JEAN-PAUL SARTRE

Œuvres romanesques

ÉDITION ÉTABLIE PAR
MICHEL CONTAT ET MICHEL RYBALKA
AVEC LA COLLABORATION
DE GENEVIÈVE IDT
ET DE GEORGE H. BAUER

GALLIMARD

CE VOLUME CONTIENT :

Préface
par Michel Contat et Geneviève Idt

Chronologie
par Michel Contat et Michel Rybalka

Note sur la présente édition
par Michel Contat et Michel Rybalka

LA NAUSÉE
Texte établi par Michel Rybalka,
présenté et annoté par Michel Contat et Michel Rybalka

LE MUR
Texte présenté et établi par Michel Rybalka
et annoté par Michel Rybalka et Michel Contat

LES CHEMINS DE LA LIBERTÉ
Texte présenté par Michel Contat

I. L'ÂGE DE RAISON
Texte présenté, établi et annoté par Michel Contat

II. LE SURSIS
Texte présenté, établi et annoté par Michel Contat

III. LA MORT DANS L'ÂME
Texte présenté, établi et annoté par Michel Rybalka

IV. DRÔLE D'AMITIÉ
Texte présenté par Michel Contat,
établi et annoté par Michel Rybalka et George H. Bauer

Appendices

DÉPAYSEMENT
Texte présenté, établi et annoté par Michel Rybalka

LA MORT DANS L'ÂME

[Fragments de journal]
Texte présenté par Michel Contat,
établi et annoté par Michel Contat et Michel Rybalka

LA DERNIÈRE CHANCE

[Fragments]
Texte présenté par George H. Bauer et Michel Contat,
établi et annoté par George H. Bauer et Michel Rybalka

Notices, notes et variantes
Bibliographie générale

PRÉFACE

I[1]

Mieux peut-être qu'aucune œuvre en ce siècle, celle de Sartre est nôtre : avec ses violences et ses contradictions, ses sombres beautés et l'éclat de ses jeux ironiques, avec ses provocations et ses générosités, ses réussites et ses échecs, et jusque dans son inachèvement, elle témoigne pour son époque, qu'elle a en retour puissamment contribué à former. « Tâcheron énorme, veilleur de nuit présent sur tous les fronts de l'intelligence », cette définition qu'en 1953 déjà, Audiberti avait donnée de Sartre ne lui déplaisait pas. Ne s'est-il pas essayé à tous les domaines d'écriture, la poésie exceptée ? Le roman, la nouvelle, la philosophie, l'essai, la critique, le théâtre, le cinéma, le reportage, la biographie, l'autobiographie, le commentaire politique, la polémique, nous en oublions. À quoi s'ajoute une activité de parole, incessante : celle du professeur, du conférencier, du militant, du donneur d'interviews. Il faut remonter à Victor Hugo, à Voltaire, pour esquisser, du seul point de vue de la variété des entreprises, une analogie de stature. Sartre a incarné plus qu'aucun autre la tradition française de l'intellectuel critique, il lui a donné sa figure moderne.

1. La première partie de cette Préface est de Michel Contat ; la seconde, de Geneviève Idt.

Intellectuel, donc, et écrivain, sans aucun doute. Mais quelle place le roman occupe-t-il dans cette œuvre par rapport à la philosophie ? Romancier d'abord, Sartre, ou philosophe ? On serait tenté de refuser la question, ou d'y répondre par une évidence : romancier et philosophe, philosophe-romancier ou romancier-philosophe, si cette interrogation ne recouvrait pas une incompréhension et un malentendu. Une opinion largement répandue dans la critique et parmi les lecteurs veut que les romans de Sartre soient l'illustration de sa pensée et que leur armature intellectuelle et la volonté de prouver les aient fait échouer comme romans. Les littéraires purs qui professent cette opinion sont en général enclins à créditer le philosophe, qu'ils comprennent mal ou ne connaissent pas, du génie qu'ils dénient au romancier. À l'inverse, bien des philosophes professionnels en désaccord avec la pensée de Sartre conviennent que ses romans sont des réussites, mais qu'ils échappent à leur compétence. Rares sont encore les lecteurs qui trouvent un intérêt égal à ses œuvres romanesques et à ses ouvrages philosophiques et leur attribuent la même portée.

Sachant trop qu'on n'a jamais convaincu qui que ce soit d'aimer une œuvre — pas plus qu'une personne — en fournissant les raisons de l'aimer, nous ne tenterons pas ici un plaidoyer pour les romans de Sartre. C'est peut-être leur force que de provoquer des sentiments contradictoires, des réactions de rejet comme des sympathies troublantes, mais jamais la sorte de dévotion respectueuse qui fait ployer les esprits devant les œuvres indiscutables. Les romans de Sartre n'en imposent pas, et c'est tant mieux : ils s'imposent à la lecture, ou ne s'imposent pas ; ils laissent libre le lecteur, car ils en appellent à sa liberté. À celui qu'ils laissent indifférent ou hostile, on expliquera vainement pourquoi ils en remuent un autre en son plus intime. Nous qui les aimons, les admirons assez pour leur avoir consacré beaucoup de travail, nous sommes ici retenus non seulement par les contraintes d'un genre — la préface d'histoire littéraire —, mais aussi par la pudeur d'en parler sur le seul mode qui leur conviendrait tout à fait, le mode subjectif, personnel, autobiographique, à la façon du livre de Roland Cailleux, Une lecture[1]*, qui rend compte par*

1. Gallimard, 1948.

une fiction romanesque des prolongements de À la recherche du
temps perdu *dans la vie intime d'un jeune homme qui lit*
Proust. *Quiconque a fait la rencontre de* La Nausée, *de «* L'Enfance d'un chef *» ou de* L'Âge de raison *à une période décisive
de sa vie, nous comprendra sans peine. Les romans de Sartre
ont apporté à bien des gens ce que la littérature peut donner de
plus grave et de plus durable, la formation d'une sensibilité, de
valeurs et d'antivaleurs, et nous pourrions ici raconter des choix
de vie qui se sont décidés dans la lumière crue projetée par ces
textes sur nos propres existences. Y en a-t-il beaucoup qui ont
ce pouvoir de déclencher une liberté ? Mais le rapport profond
à un texte, rarement décrit, relève pour chaque lecteur de son
expérience singulière. Nous nous bornerons à dessiner à grands
traits la situation des romans de Sartre dans l'ensemble de son
œuvre et dans le roman contemporain.*

   Si la liberté, comme notion philosophique, comme expérience
vécue, comme principe moteur de l'écriture, est le noyau de
l'œuvre entière, il faut considérer que le roman occupe dans
celle-ci une place centrale, un rôle fondateur. Les romans et les
nouvelles de Sartre sont en effet des exercices de la liberté : des
textes où la liberté s'essaie, au sens où Montaigne s'est essayé
lui-même dans son livre, c'est-à-dire se met à l'épreuve. Roquentin, dans La Nausée, *fait « table rase », se déprend pas à pas
des illusions qui s'interposent entre un individu et sa liberté nue.
Cette ascèse le mène au bout de la solitude, et prend l'aspect d'un
délire qui le laisse désarmé devant la présence envahissante du
monde, des choses ; mais ce n'est qu'à partir de cette déréliction
totale (la contingence) que pourra se construire, peut-être, une
liberté positive, une liberté qui ne soit plus de fuite, mais d'affrontement. Les héros, ou plutôt les antihéros des nouvelles du* Mur,
*au contraire, engagent leur liberté dans une fuite : Pablo, le
condamné qui attend son exécution, se heurte au « mur » de
l'impensable, la mort, qui reflue sur la vie et la rend absurde ;
survivant absurdement, il consent à l'absurde dans un rire de
dérision ; Ève cherche à rejoindre son mari dans la folie, mais
elle n'arrive ni tout à fait à croire à celle-ci ni à la nier, et elle
se prépare au meurtre ; Paul Hilbert, employé anonyme, veut
exister à la manière d'une catastrophe naturelle, comme un
grand criminel qui restera dans la mémoire des hommes à l'instar*

d'Érostrate, *mais il n'aura été que le triste héros d'un fait divers;* Lulu *refuse sa sexualité et se contente de mettre sa liberté dans une résistance passive à l'amie qui la manipule afin qu'elle quitte son mari impuissant pour un amant qu'elle n'aime pas;* Lucien Fleurier *recule devant la prise de conscience de sa contingence, pour s'identifier au rôle social qui lui est assigné par sa famille et sa classe.* Mathieu, *dans* L'Âge de raison, *s'est si bien voulu disponible qu'il se retrouve libre pour rien, et il lui faudra, dans* Le Sursis *et* La Mort dans l'âme *s'engager malgré lui sur les voies de l'Histoire et de la solidarité pour saisir* La Dernière chance, *laissée en suspens, en sursis de sens, par l'inachèvement des* Chemins de la liberté.

Ainsi, la liberté, dans les fictions narratives de Sartre, apparaît-elle non pas comme un point d'aboutissement mais comme une ligne d'horizon, un point de fuite, une relance perpétuelle, un parcours sans fin. La liberté ne s'atteint pas, elle est le chemin lui-même, elle est sa propre entreprise. Cette conception philosophique d'une liberté ne pouvant jamais coïncider avec elle-même, condamnée à se poursuivre sans cesse ou à se fuir, n'a pas précédé chez Sartre la mise en œuvre de son projet d'écrire, elle s'est découverte dans le mouvement même de sa réalisation par l'écriture, dans l'entreprise même d'écrire. Et cette entreprise a commencé par le roman. La narration romanesque n'illustre pas a posteriori la conception philosophique, elle la découvre et la donne à sentir, à partager concrètement, en l'inscrivant dans les dimensions du temps et de l'espace où la liberté est vécue et qui la situent. Philosophie du vécu, philosophie subjective et concrète, fondée sur l'expérience singulière du sujet qui l'a conçue, la philosophie de Sartre (son matérialisme historique subjectif, si l'on veut) est dans sa démarche même une philosophie narrative : le roman et l'autobiographie (le roman autobiographique) sont constitutifs de son expression. La théorie de la liberté exposée dans L'Être et le Néant *trouve dans* Les Chemins de la liberté *non sa mise en scène, mais sa mise à l'épreuve, sa vérification concrète, de même que la théorie de la praxis aliénée exposée dans la* Critique de la raison dialectique *trouve dans* L'Idiot de la famille, *ce « roman vrai » de Flaubert, son passage au concret, et l'inachèvement du roman romanesque et du roman théorique évite dans les deux cas à la*

théorie de se refermer sur elle-même, la relance dans une expé-
rience nouvelle : l'inachèvement est la loi de l'épreuve de liberté.

Au fond, pour le philosophe existentialiste, la démarche de
vérité consiste à dire : « Moi, Sartre, j'ai vécu ceci, que je vous
raconte, et voici ce que j'en pense, qui vaut pour d'autres que
moi et peut-être pour tout le monde. À vous de m'opposer, ou
de proposer, une vérité qui soit la vôtre et qui aille plus loin
et dévoile davantage. » Dans cette perspective, le roman apparaît
comme le stade proprement existentiel de la démarche, il dévoile
un certain type de présence au monde, il produit ce que Sartre a
appelé un « universel singulier ». Rien d'étonnant, donc, à ce
que, dans cette démarche, le roman ait précédé la philosophie
et qu'il ait pris, dès l'origine, un caractère autobiographique.
Parmi les écrits de jeunesse de Sartre qui ont été conservés, l'un,
intitulé « La Semence et le Scaphandre », et qui date de 1923,
énonce la règle qui gouvernera La Nausée et Les Chemins de
la liberté : « ne plus faire d'autres récits que ceux d'événements
de ma propre vie ». Voilà donc affirmée, au seuil de l'œuvre, et
bien avant que celle-ci se soit étendue à la philosophie, la liaison
du roman et de l'autobiographie. Ce n'est que vers l'âge de
cinquante ans que Sartre, ayant renoncé au roman, a entrepris
son autobiographie. Mais, avant et après ce moment, roman et
autobiographie sont liés par un seul projet : rendre compte de
mon existence singulière par le moyen de l'écriture. Le projet
philosophique, c'est-à-dire universalisant, qui vient se greffer
sur ce projet initial fondamentalement narcissique, en change
le sens : non plus recherche d'une jouissance dans l'image de soi
que l'écriture fixe, mais recherche d'une vérité que l'écriture propose à l'appréciation du lecteur. À celui-ci de la faire sienne ou
de la contester.

S'ils ne faisaient que proposer une vision du monde, les romans
de Sartre prêteraient à discussion, et c'est tout. Comme toute
œuvre d'art accomplie, ils offrent ce qu'on appelle communément
un univers, c'est-à-dire un ensemble complexe et cohérent
d'images, de sensations, d'obsessions, de fantasmes : ils commu-
niquent, comme par contagion, le goût d'une vie, et c'est par là
qu'ils fascinent, en agissant non pas seulement sur l'intelligence
du lecteur, mais sur sa sensibilité. Leur enjeu philosophique et
moral s'inscrit dans une fantasmatique ; c'est elle qui constitue

*l'univers à proprement parler littéraire de Sartre, c'est par elle
que se communique affectivement un sens qui déborde les significations de l'œuvre, son intelligibilité délibérée. L'artiste en
Sartre, l'écrivain qui livre ses fantasmes sans les soumettre à des
rationalisations l'emporte sur le philosophe qui maîtrise ses
idées. Non que les fantasmes démentent les idées : ils leur donnent
un substrat sensible et ambigu. Les romans de Sartre ont une
chair, des odeurs, une touffeur, une matière, des couleurs, de la
pâte. Paradoxalement, bien des lecteurs qui accusent ces romans
d'être intellectuels, parce qu'ils mettent en scène des intellectuels,
avouent être rebutés, plus que par leur contenu idéologique, par
leur matière fantasmatique, qu'ils qualifient volontiers de naturaliste. A-t-on assez répété que l'univers romanesque de Sartre
était sale, triste et laid ! À tel point que l'adjectif « sartrien » est parfois utilisé comme un synonyme de ces qualificatifs.
Ce qui est particulièrement visé par cette condamnation, c'est la
manière dont Sartre décrit la sexualité, ce qu'on pourrait appeler
son imaginaire érotique. Nous n'allons pas prétendre que l'amour
charnel est présenté chez Sartre sous des couleurs riantes et
solaires. Mais pourquoi faudrait-il qu'il le soit ? Il n'y a pas
une bonne et une mauvaise manière de vivre la sexualité ou de la
décrire. Personne n'est obligé d'adhérer à l'imaginaire sexuel
de Sartre, et on peut fort bien admettre qu'il répugne à ceux
qui en ont un autre. Tout ce qu'on doit demander à un artiste,
c'est de ne pas aborder la sexualité à travers des stéréotypes
moraux, mais de communiquer son expérience dans sa vérité
vécue. Il y a bien assez d'écrivains qui décrivent la face lumineuse
du sexe, ou qui ne le montrent pas du tout, pour ne pas reprocher
à Sartre d'exposer son envers maussade et sombre. Le catharisme de Sartre à l'égard de la chair est l'un des aspects les plus
singuliers de ses romans; le refuser pour soi-même n'implique
pas qu'il faille le refuser en soi, ou alors c'est la singularité
même de l'artiste, son idiosyncrasie qu'on refuse. Autant dire
que c'est l'art qui est ainsi contesté.*

 *Reste que ces romans se prêtent particulièrement bien à des
interprétations psychanalytiques. Le retour obstiné d'images
obsessionnelles entraîne à déchiffrer celles-ci comme si elles
avaient été produites en « parlant " au hasard " sur le divan
du psychanalyste », ainsi que Sartre l'a dit des lettres de*

Flaubert[1]. Une telle lecture est à coup sûr plus riche que la recherche de correspondances terme à terme entre les romans et les ouvrages philosophiques, qui a longtemps tenu lieu de critique à l'égard des fictions romanesques de Sartre. Mais il ne faudrait pas tomber dans le travers inverse, qui consiste à ne chercher dans ces romans que les traces d'un inconscient, les lapsus par lesquels se trahirait un psychisme névrotique. S'il faut refuser pour La Nausée et Les Chemins de la liberté l'étiquette de « romans à thèse », car ils ne démontrent rien ni ne concluent, ils n'en sont pas moins des romans où les personnages sont mus par les idées qui ordonnent leur vie. On se rappelle que c'est la définition que donnait Malraux des intellectuels. Dans la mesure où Roquentin, Mathieu, Brunet sont des intellectuels, les romans de Sartre, comme ceux de Malraux, sont des romans d'idées, ce qui veut dire que les idées y tiennent la place que la psychologie occupait dans les romans antérieurs : elles comptent. En d'autres termes, elles ont une fonction dramatique dans le récit lui-même et elles portent témoignage sur l'époque qui les a fait naître et qu'elles ont agitée. Ainsi le roman d'idées, à lire comme tel, est-il inséparable du roman historique conçu comme un reportage sur le présent. Dans l'ensemble de l'œuvre de Sartre, le roman apparaît comme l'ancrage de la sensibilité singulière de son auteur dans la réalité historique. À partir du moment où Sartre était devenu lui-même un acteur important de l'histoire, son projet romanesque autobiographique devait nécessairement se convertir à l'autobiographie déclarée. Les exigences mêmes du réalisme l'ont contraint à abandonner le roman.

II

Si « le génie est l'issue qu'on invente dans les cas désespérés », celui de Sartre romancier s'est glissé entre deux obstacles : un « manque d'imagination romanesque » et « un handicap de

---

1. *L'Idiot de la famille*, t. I, p. 8.

quatre-vingts ans », *pour aboutir au « brassage » original et baroque des fables de son époque.*

« *Je n'ai pas l'imagination romanesque* », déplorait-il en *1940*, *en pleine rédaction de* L'Âge de raison, *au milieu de sa carrière de romancier.* « *Ça ne veut pas dire que j'écrirai de plus mauvais romans que les autres, mais seulement que je ne suis pas " fait " pour le roman*[1]. » *Voué dès l'enfance à un genre pour lequel il n'était pas doué, ce « fort en thème » aurait donc manifesté une fois de plus sa tenace volonté d'échec. Car s'il a cessé en 1950 d'écrire de vrais romans, il n'a pas renoncé pour autant à la fiction romanesque : persévérant diaboliquement, il l'a retrouvée et développée sous la forme de « romans vrais » dans ses biographies d'écrivains et d'artistes. Bien plus, cet énorme noyau romanesque est entouré d'une nébuleuse pararomanesque difficile à mesurer : ébauches et projets conservés ou perdus, récits de jeunesse inédits, et surtout d'innombrables fabulettes, anas, cas, exemples, fabliaux, faits divers, histoires drôles, légendes, mythes, racontars, ragots, toutes ces « hernies » romanesques qui trouent les textes philosophiques, critiques et politiques sous la pression d'une irrésistible pulsion narrative, sinon visionnaire.* « *Pour l'anecdote, je ne crains personne* », dit Roquentin à l'instar de son auteur. *Et pour Sartre, c'est le don essentiel : si* « *la pauvreté du matériel hallucinatoire* » *est foncière, si l'imagination n'a qu'un pouvoir d'irréalisation, inventer* « *un art de conter* », *comme l'a fait Dos Passos,* « *cela suffit pour créer un univers*[2] ».

Cette modeste ambition, ou faussement modeste (« Je tiens Dos Passos pour le plus grand écrivain de notre temps ») est encore excessive pour qui a pris du retard sur ses concurrents :

« *Entre la première révolution russe et le premier conflit mondial, [...] un homme du XIXe siècle imposait à son petit-fils les idées en cours sous Louis-Philippe [...] Je prenais le départ avec un handicap de quatre-vingts ans*[3]. »

Comme l'ensemble des Mots, *cette analyse explique seulement la naissance d'une vocation d'écrivain, répond à cette seule question :* « *comment un homme devient-il quelqu'un qui écrit, quel-*

1. Lettre à Simone de Beauvoir, 25 janvier 1940. Voir p. 1905.
2. « À propos de John Dos Passos », *Situations*, I, p. 15.
3. *Les Mots*, p. 49.

*qu'un qui veut parler de l'imaginaire[1] ». Un hasard singulier,
la mort du père, aurait permis au grand-père de transmettre les
images désuètes de l'écrivain-martyr, de la littérature comme
ersatz de la religion, de l'écriture comme sacerdoce. Mais il
resterait à expliquer, dit Sartre, « comment je suis devenu
l'écrivain qui a écrit telles œuvres particulières. [...] les raisons
pour lesquelles j'ai écrit* La Nausée *plutôt qu'un autre livre, [...]
exactement le contraire de ce que je voulais écrire. Mais cela
est un tout autre sujet : les rapports d'un homme avec l'histoire
de son temps[2] ». Ce livre qui aurait expliqué* La Nausée,
*Sartre ne l'a pas écrit, mais il a laissé dans « Situation de
l'écrivain en 1947[3] », dans* Les Mots *et, par analogie, dans*
L'Idiot de la famille, *de quoi suggérer des hypothèses.*

    *Par la double médiation de l'école et de la famille, l'une redou-
blant l'autre, Charles Schweitzer incarnant les goûts, les
méthodes, les conceptions littéraires de l'enseignement secondaire[4], son petit-fils reçoit et intériorise dans ses années d'apprentissage des impératifs périmés.*

    *Les maîtres de Sartre, ce ne sont pas ses aînés d'une généra-
tion, ni Gide, Valéry, Proust, ni Joyce et Kafka, même s'il
les admire; encore moins ses frères aînés, Céline, Dos Passos
et Faulkner, ou ceux qu'il considère comme ses contemporains,
Aragon et Malraux. À certains d'entre eux, il a emprunté
délibérément, avec reconnaissance de dette, des techniques et des
recettes; aux autres, il a donné la réplique, en récrivant à sa
manière des fragments de leurs œuvres. Mais les écrivains qui
fondent la problématique de son écriture travaillaient « aux
environs de 1850 », date à laquelle il situe l'origine de son histoire
familiale. Quatre-vingts ans avant* La Nausée, *approximativement, paraissaient* Madame Bovary *et la première édition*

---

    1. « Sartre par Sartre », *Situations,* IX, p. 134.
    2. *Ibid.*
    3. Quatrième partie de *Qu'est-ce que la littérature ?* (*Situations,*
II).
    4. La routine pédagogique ordinaire s'accentue au début du
XXe siècle par la fixité du corps enseignant et la mobilisation des
hommes jeunes. À cette détermination objective de plusieurs générations d'écrivains français, s'ajoute un destin familial singulier et
décisif; la loi paternelle s'incarne précisément en un vieux professeur
dont la curiosité s'arrête à la mort de Hugo et qui fixe à l'apprenti
ses règles d'écriture.

de La Légende des siècles, *le roman réaliste et l'épopée
moderne, le « grotesque triste » et « le grotesque sublime », ce
que Charles Schweitzer appréciait le plus en morceaux d'anthologie. Peut-être faut-il alors prendre au sérieux cette boutade
des* Mots :

*« Il m'arrive [...] de me demander [...] si je n'ai pas [...] jeté
sur le marché tant de livres qui n'étaient souhaités par personne,
dans l'unique et fol espoir de plaire à mon grand-père. Ce serait
farce*[1] *[...] »*

*Bien sûr, « qui perd gagne », et « dans nos sociétés en mou-
vement, les retards donnent quelquefois de l'avance*[2] *». Par quelle
magie Sartre doit-il à ce handicap son originalité et son succès ?
Dans son effort pour obéir à des impératifs périmés qui se
contredisent et que contredisent les exigences contemporaines,
il ne peut qu'exhiber ces contradictions et les résoudre à sa
manière, par un « dépassement dialectique ». « Venu tard à la
littérature moderne », « élevé dans le culte des classiques »,
méfiant à l'égard des écrivains « dans le mouvement*[3] *», Sartre
est lui-même « classique » en plus d'un sens. Boudé par l'Université française et les avant-gardes, mais lu par la jeunesse*[4]*, poussant à leurs limites les règles d'écriture transmises par un demi-
siècle de routines pédagogiques, il joue au XX*[e] *siècle, auprès
d'un public largement secondarisé, le rôle de Hugo dans un*

---

1. *Les Mots*, p. 135.
2. *Ibid.*, p. 49.
3. « Je suis venu tard à la littérature moderne, avec beaucoup de
résistance, de méfiance, et même une sorte de mauvaise volonté. J'ai
été élevé dans le culte des classiques. J'ai grandi dans un milieu
provincial et conventionnel. Et cette influence devait me subjuguer
longtemps. Quand je retrouvai Paul Nizan et mes autres camarades
d'Henri-IV à Paris, en 1920, je constatai qu'ils avaient pris sur moi
une avance considérable. Alors qu'ils en étaient à Gide, à Giraudoux, moi, je me bourrais encore de Claude Farrère et d'Anatole
France. Je me méfiais des auteurs " dans le mouvement " et je ne
voulais pas me laisser prendre malgré moi » (« Entretien avec
Gabriel d'Aubarède », *Les Nouvelles littéraires*, 1er février 1951).
4. « Nous avons tous dévoré *La Nausée*, à quinze ans. » Cette
confidence d'une lectrice à la mort de Sartre est exemplaire : à
Cerisy, en 1979, lors d'une séance autobiographique où les participants du colloque sur Sartre tentaient d'expliquer comment ils
étaient devenus sartriens, la réponse la plus fréquente commençait
ainsi : « J'avais dix-sept ans, j'ai lu *La Nausée*. » Ce roman suscite
souvent la révélation bouleversante d'une perspective philosophique sur l'existence.

siècle qui venait d'apprendre à lire¹. Moins soucieux de singularité que d'universalité, dans son effort pour exprimer son temps, peut-être Sartre doit-il son pouvoir de fascination sur ses contemporains à une inquiétante familiarité, à une forte impression de déjà lu et de pourtant neuf.

*

« *J'aurais rêvé de n'exprimer mes idées que dans une forme belle — je veux dire dans l'œuvre d'art, roman ou nouvelle* », confiait Sartre à Claudine Chonez en 1938. Il a donc eu l'ambition classique de tout dire en langue commune, sans jargon philosophique, de dire le Vrai, le Beau, le Bien dans un Livre total². Mais, plus proche en cela de Flaubert que de Mallarmé, il conçoit ce livre comme un récit, « *une histoire belle et dure comme de l'acier* », seule forme de littérature « *qui rejoigne et réconcilie l'absolu métaphysique et la relativité du fait historique³* ». Ce rêve, c'est précisément la finalité de l'enseignement rhétorique au XIXᵉ siècle : apprendre à écrire, c'était s'initier par étapes de deux ans à la description, puis à la narration, enfin au jugement et au raisonnement, afin de pouvoir réaliser ces chefs-d'œuvre : des « narrations » à portée intellectuelle et morale.

La « littérature faite » en offre des modèles variés : le mythe platonicien, l'allégorie médiévale, la méditation cartésienne, le conte philosophique, l'épopée postromantique. Apprenti, Sartre les imite pour écrire, entre les fantasmes de ses premières tentatives romanesques et ses dernières dissertations philosophiques,

---

1. Les maîtres de Sartre au XIXᵉ siècle, ce sont moins Baudelaire, Mallarmé, Flaubert, que celui dont il n'a guère parlé. Mais dans *Les Mots*, Hugo, Charles Schweitzer et Dieu le Père sont condensés en une seule image, et dans *Situations*, II, Hugo est le seul écrivain du XIXᵉ siècle qui échappe aux invectives sartriennes : le seul qui ait écrit pour les masses populaires et celui dont la gloire fascine l'enfant. Sartre a-t-il souhaité être Victor Hugo ou rien ? En tout cas, il a souvent été pleuré comme « le Hugo du XXᵉ siècle ».

2. En 1960, il confiait à Madeleine Chapsal son désir le plus profond : « J'aimerais [...] dire la Vérité. C'est le rêve de tout écrivain vieillissant. Il pense qu'il ne l'a jamais dite — et il n'a fait que la dire... » (« Les Écrivains en personne », *Situations*, IX, p. 11).

3. *Qu'est-ce que la littérature ?* (*Situations*, II), p. 251.

entre « L'Ange du morbide » et L'Imagination, *un récit conforme à cet idéal :* « Légende de la vérité » *est une* Légende des siècles *réduite aux dimensions d'un mythe platonicien, élégante mais sans innovations formelles. Malgré son échec, c'est la direction que veut suivre l'« écrivain métaphysicien » dans son « factum sur la contingence[1] ». Seulement, il a découvert entretemps que « la philosophie est dramatique[2] » et que Husserl a « fait descendre la métaphysique dans les cafés ». Il faut bien que le récit d'idées l'y suive pour s'y encanailler. Comment encanailler dans le « vécu » et dans la langue vulgaire une méditation sur la contingence, des contes moraux condamnant la fuite devant l'existence, une épopée de la liberté ? C'est ce que montrent la genèse des œuvres et le travail d'écriture qui s'y accomplit.*

Dans l'alternance que Sartre a constamment pratiquée entre l'écriture littéraire et l'écriture philosophique, faute de pouvoir réinventer le Verbe ou par besoin vital, le texte narratif trouve-t-il son origine dans le fantasme ou dans le concept ? Sartre a nuancé sa réponse[3]. Il dissocie la genèse d'une œuvre et son programme de lecture. Le public s'y est souvent trompé, en lisant ses romans et ses drames comme une vulgarisation de ses écrits philosophiques. Selon Sartre, il n'y a rien à « comprendre » dans une fiction romanesque ou dramatique; elle ne traduit pas une idée, et la réduire au concept, c'est en détruire la finalité et l'intérêt. S'il éprouve le besoin de « soutenir [ses] pensées par ces expériences fictives et concrètes que sont les romans[4] », c'est pour « vivre » les problèmes sans se contenter de les résoudre dans l'abstrait.

La métaphysique, « c'est un effort vivant pour embrasser du dedans la condition humaine dans sa totalité [5]». La réflexion et l'écriture philosophique opèrent la totalisation que l'écriture littéraire détotalise ensuite, dans une incessante pulsation[6]. Dans

1. Qui deviendra *La Nausée*.
2. « Les Écrivains en personne », *Situations*, IX, p. 12.
3. *Ibid.*, p. 10 11.
4. *Qu'est-ce que la littérature ? (Situations*, II), p. 252.
5. *Ibid.*, p. 251.
6. L'incompréhension mutuelle qui oppose souvent les critiques littéraires aux philosophes dans l'interprétation de l'œuvre sartrienne vient de là : les philosophes s'intéressent à l'Un et les littéraires au multiple. Mais le texte sartrien est mouvement de l'un à l'autre.

la genèse de chaque roman, même si le plaisir de conter est la pulsion sartrienne la plus fondamentale, le devoir de penser préexiste à l'élaboration d'un projet précis. Avant de concevoir une intrigue, des personnages, un style narratif, Sartre se désigne des sujets à traiter : la contingence, la liberté. Il énumère des aphorismes à illustrer : « fuir l'existence, c'est encore exister », « le malheur, c'est que nous sommes libres », « l'existence, c'est la contingence ». Il s'impose enfin dans ses titres des mythes à développer : « Melancholia », « Lucifer » et, hors du corpus romanesque, « Jean-sans-terre ». Seul « Érostrate » a échappé à la transposition des titres dans un autre registre, du noble au familier, du savant au populaire, du nom propre à l'énoncé d'une situation.

La deuxième étape, c'est le choix d'un genre narratif, que déterminent à la fois l'évolution personnelle de l'auteur et sa situation historique. « L'homme seul », l'adolescent prolongé qui prend état à contre cœur dans une société stable et close choisit pour La Nausée la « méditation », cartésienne dans son sujet, ses thèmes, ses références. Et quand il sort de son poêle parce qu'il a fini son premier chef-d'œuvre et subi son épreuve initiatique, et qu'en même temps des bouleversements sociaux s'accomplissent ou se préparent, le recueil de contes le tire de son solipsisme ; le conteur s'y dépayse jusqu'au populisme, sans s'y perdre. Quand enfin « la crise du milieu de la vie » coïncide pour lui avec un conflit mondial, il retrouve pour tenter une « littérature des grandes circonstances » sa Muse enfantine, la petite fille blonde tant aimée dans Les Mots, « cherchée, perdue, retrouvée, tenue dans ses bras, reperdue » : l'Épopée[1].

Le vrai travail romanesque détotalise ensuite ces modèles simples. Dans une entreprise analogue à celle de Valéry dans Monsieur Teste, transposition romanesque du Discours de la méthode, Sartre procède en sens inverse. Tandis que Valéry désincarne progressivement son héros, chez Sartre, « c'est toute une existence humaine qui passe de l'abstrait au concret[2] ». Les acteurs du drame philosophique se singularisent : le « je » de la méditation, pur sujet énonciateur, les marionnettes du conte, les

---

1. Voir *Les Mots*, p. 139.
2. « Des rats et des hommes », *Situations*, IV, p. 44.

*valeurs incarnées par les héros épiques se chargent d'éléments
romanesques originaux : naïveté dans la perspective narrative,
intermittences de la subjectivité spontanée ou réfléchie, temporalité
tournée vers l'avenir, faite d'instants discontinus, de projets indécis, d'une attente indéfinie et de rares souvenirs structurants,
alternance de passivité et d'impulsivité dans le comportement,
voix individualisées et témoignant à la fois d'une condition sociale
et d'une vision du monde. Quant à l'intrigue, dans cette « littérature morale et problématique », elle part toujours de « situations extrêmes », c'est-à-dire décisives : imminence de la folie,
condamnation à mort, tentatives de crime, de vol, d'avortement,
de suicide. Ce sont des situations de mélodrame vécues sans
pathos, comme si leurs acteurs n'en comprenaient ni la gravité
ni le sens : l'action principale est cachée par des épisodes secondaires destinés à connoter le réel, satisfaire ou susciter des fantasmes individuels ou collectifs, ou plus simplement à brouiller
les pistes.*

*Ensuite, le discours philosophique, commentaire, moralité
ou argumentation, au lieu d'être assuré par l'auteur et d'arrêter
le sens du texte, est attribué à un personnage intellectuel par profession, historiquement et socialement situé. On peut donc lire
le commentaire comme un discours d'auteur ou de héros ; il fait
partie de la représentation narrative et le fin mot de l'histoire
reste conjectural. Bien plus, puisqu'une « technique romanesque
renvoie toujours à la métaphysique du romancier[1] », cette métaphysique s'exprime implicitement grâce à un véritable code de
« truquages » narratifs. Enfin, et c'est sans doute ce qui, à la
parution de La Nausée, a paru le plus neuf et le plus choquant,
même si cet effet de scandale s'est usé aujourd'hui, le philosophe
a renoncé au style uniformément « gourmé » propre à toutes les
formes de récits à thèse, pour des registres très divers, sur un
fond neutre de médiocrité sociale et de familiarité : « de la
graine » de Céline, sans les imprécations. Même l'épopée de
la condition humaine, oratoire, spectaculaire et hiératique
chez Malraux, devient chez notre Socrate narquoise et quotidienne.*

Finalement, ce qui, dans les fictions sartriennes, détotalise

---

1. « La Temporalité chez Faulkner », *Situations*, I, p. 66.

*sans cesse la métaphysique, c'est l'effort pour signifier « le vécu »,
ce « large fleuve charriant pêle-mêle [...] une multiplicité hétérogène », mal structurée par « le serpentement d'intentions téléologiques qui se dérobent par principe[1] ». Voilà, en deçà de l'aventure intellectuelle et morale, le modèle du récit sartrien.*

*

« Il n'est plus temps de décrire *ni de* narrer; *nous ne pouvons pas non plus nous borner à* expliquer[2]. » *Cette formule
n'est pas de Robbe-Grillet, mais de Sartre en 1948, au terme
d'une longue lutte avec les règles scolaires de la « narration[3] ».
La fameuse leçon d'écriture de Flaubert à Maupassant, rapportée
dans la préface-manifeste de* Pierre *et* Jean, *reprise, théorisée,
développée dans les manuels de l'enseignement secondaire au
début du siècle, est transmise par Charles Schweitzer à son
petit-fils : « Sais-tu ce que faisait Flaubert quand Maupassant
était petit ? Il l'installait devant un arbre et lui donnait
deux heures pour le décrire[4]. » Observer pour bien décrire, expliquer pour narrer avec vraisemblance, c'est l'« exercice spiri-*

---

1. Cette définition du « vécu » se situe justement dans une analyse
de la fascination que produit la lecture des romans de Flaubert : s'il
y a dévoilement d'une vérité chez le lecteur, il ne peut se produire
que dans le « vécu », « large fleuve charriant pêle-mêle des actions
et des attitudes irréfléchies, des aperceptions troubles par nature ou
troublées par l'affectivité, des opinions incertaines, intériorisations
passionnelles d'une situation inconnue ou inconnaissable, des sentiments truqués, de fausses pensées, une fausse conscience de soi
et, structurant cette multiplicité hétérogène, lui imposant une unité
synthétique par la temporalisation pratique, le serpentement d'intentions téléologiques qui se dérobent par principe — pour garder
leurs buts dans l'ombre — et qui ne seraient accessibles qu'au
regard acéré d'une réflexion non complice » (*L'Idiot de la famille*,
t. III, p. 338-339).
2. *Qu'est-ce que la littérature ?* (*Situations*, II), p. 311.
3. Voici un exemple de formulation de ces règles dans un manuel
très répandu au début du siècle : « l'observation reste à la base de la
narration, comme de la description, puisque l'imagination elle-
même consiste non point à créer, à inventer de toutes pièces les
détails des faits, mais seulement à emprunter à des observations
antérieures, et au besoin étrangères l'une à l'autre, des éléments
connus susceptibles de s'approprier au sujet, de telle sorte que l'ensemble seul est imaginé, et que tous les détails en sont vrais » (Paul
Crouzet, *Méthode française et exercices illustrés*, classes de 4ᵉ et 3ᵉ,
Privat-Didier, 1912, p. 343).
4. *Les Mots*, p. 132. Voir *ibid.*, p. 151, le zèle du jeune Sartre à
suivre cette recommandation.

tuel[1] » de l'écriture réaliste, et toute l'intrigue de La Nausée
consiste à en démontrer la vanité[2] : Roquentin contemple la
racine de marronnier pour tenter de la décrire, cherche à expliquer
la vie de Rollebon pour la raconter. En vain : l' « existence »,
c'est précisément ce qui échappe à la description et à la narration,
ce qui ne peut pas se comptabiliser dans une « expérience » trans-
missible, ni donner le sentiment de l' « aventure », ni se composer
en « moments parfaits ». Lire La Nausée *comme un roman
naturaliste*, c'est se laisser abuser par des épisodes-pastiches,
leurres ou exercices de style : La Nausée est un roman critique
sur l'impossibilité du romanesque, un antiroman dans la lignée
de Paludes et des Faux-monnayeurs. Sur ce thème devenu
poncif après le Nouveau Roman, l'originalité de Sartre face à
ses successeurs comme à ses devanciers, c'est d'avoir contesté par
l'absurde les présupposés métaphysiques et la pratique élémentaire du pensum réaliste, cette « charge de greffier ».

   Bien entendu, Sartre n'échappe pas au paradoxe, ferment
de toute évolution littéraire, qui consiste à remplacer par d'autres
les truquages d'un réalisme vieilli. Les produits de son travail
critique, ce sont encore des descriptions et des narrations, mais
subréalistes ou hyperréalistes, parce qu'il en a sournoisement sub-
verti les règles. L'observation, ce sont les personnages eux-
mêmes qui la pratiquent, de la fascination devant les objets jusqu'au voyeurisme, cette répétition de la scène primitive. Ce que
Sartre met en scène, c'est moins le spectacle que le regard, surnuméraire et trop fixe, sous lequel la perception s'ordonne mal, ne
s'ordonne pas ou se défait. Pour Roquentin devant la racine
innommable, pour Daniel entre les « falaises trouées » des rues
de Paris désertées, pour Mathieu dans le « paradis du désespoir »,
c'est toujours « le premier jour du monde ou le dernier », Éden
ou Apocalypse, où tout reste ou revient à l'état de nature. Dans
ces scènes de fascination, la métaphore, dont l'usage réaliste est

---

1. Les *Exercices spirituels* d'Ignace de Loyola, auxquels Sartre
fait souvent allusion, ont servi de base à l'exercice méthodique de la
description. C'est aussi le modèle qu'utilise Barrès dans *Un Homme
libre* pour écrire le « roman de la métaphysique » et faire de l' « idéologie passionnée ».
2. La hantise de l'exercice d'observation poursuit Sartre jusqu'au
Sursis : Philippe entre dans un café et pense : « Voilà une occasion
d'observer », puis il se contraint à « dresser des inventaires ».

strictement mesuré et réservé à l'ornementation, sert de recette surréaliste pour provoquer l'imaginaire; elle prolifère et ronge la description sartrienne jusqu'au fantastique et au fantasmatique[1].

La « bonne » narration obéit aux « lois de vérité, de vraisemblance et d'utilité »; elle trie l'essentiel de l'accessoire et dévoile l'ordre causal sous l'ordre chronologique. La narration sartrienne juxtapose des insignifiances avec un pointillisme maniaque. Lacunaire et ténue, compacte et pourtant discontinue, elle signifie le simple entassement des jours dans la durée brute du vécu. Ce qui n'exclut pas une forme de lyrisme : il faut imaginer Roquentin heureux, par éclairs, quand la situation s'y prête le moins, dans l'exaltation de l'instant. À l'inventaire méthodique de la description, à l'ordonnance rationnelle de la narration, qui mènent à la folie, Sartre substitue des ersatz de « haïku[2] », fragments d'absolu dans une durée amorphe[3].

Qu'il faille sauver l'absolu dans un livre, ce n'est pas la moindre des contradictions sartriennes. D'une part, il affirme que « c'est avec des mots, non pas avec ses ennuis, que l'écrivain fait ses livres[4] ». D'autre part, il fait planer après coup sur toute son œuvre romanesque un soupçon autobiographique. Bien sûr, c'est la loi du roman et les personnages sartriens ressemblent à Sartre comme Emma Bovary à Flaubert. Enfant, le narrateur des Mots s'enchantait de cette identification imparfaite

1. Si l'exercice d'observation a suscité chez Sartre autant d'attirance et de répulsion, c'est sans doute qu'il correspond à un fantasme primitif. La forte impression de réel que suscitent les épisodes de fascination s'enracine probablement dans l'inconscient. Les modes d'écriture, autant que les thèmes, se prêtent à une étude psychanalytique.
2. L'analyse du haïku par Roland Barthes est étonnamment sartrienne : « La description, genre occidental, a son répondant spirituel dans la contemplation, [...] le haïku [...] n'est nullement descente illuminative de Dieu, mais " réveil devant le fait ", saisie de la chose comme événement et non comme substance » (*L'Empire des signes*, Skira, « Les Sentiers de la création », 1970, p. 103).
3. « On peut vous tuer, on peut vous priver de vin jusqu'à la fin de vos jours; mais ce dernier glissement du bordeaux sur votre langue, aucun Dieu, aucun homme ne peuvent vous l'ôter [...] c'est un événement pur » (« Écrire pour son époque », *Les Écrits de Sartre*, p. 672). L'écriture sartrienne prétend signifier « l'événement pur » par de brèves notations de l'éphémère sans liens avec l'action romanesque.
4. « Écrire pour son époque », *op. cit.*, p. 671.

avec son héros : « *je me réjouis d'être* lui *sans qu'il fût tout à fait moi*[1]. » *Mais le statut autobiographique de ces romans est plus complexe : ils font l'objet d'un véritable* « *pacte autobiographique* », *mais hors texte, dans* Les Mots, *dans les entretiens, publiés ou non, et enfin dans les* Mémoires *de Simone de Beauvoir que Sartre n'a jamais démentis. Cette masse de confidences publiques semble avoir, entre autres finalités, celle de garantir l'enracinement des romans dans le vécu, d'indiquer les sources autobiographiques et d'inciter le lecteur à en chercher d'autres[2].*

La relecture de « L'Enfance d'un chef » *à partir des* Mots *est le meilleur exemple de ce jeu de cache-cache. Pourquoi tant d'épisodes repris presque mot à mot, sinon pour que les deux textes se complètent l'un l'autre ? Ainsi reconstitué, ce diptyque est une autobiographie achevée, affective autant qu'intellectuelle, l'histoire d'une destinée et des possibles inaccomplis, de ce que Sartre serait devenu s'il avait eu un père, une socioanalyse et une auto-analyse déniée, un roman psychanalytique en farce, mais peut-être vrai. C'est une réplique originale et retorse aux efforts de Proust et de Leiris pour réinventer l'autobiographie. Dans cette perspective, toute l'œuvre romanesque de Sartre aboutit à l'autobiographie[3]. En préfaçant le livre d'André Gorz,* Le Traître, *c'est sa propre démarche qu'il commente :* « [...] *celui dont on parle, c'est celui qui parle : mais les deux n'arrivent pas à ne faire qu'un* [...] *La voix naît d'un péril : il faut se perdre ou gagner le droit de parler à la première personne*[4] ». *Effectivement, les romans de Sartre ont créé leur auteur et lui ont donné droit à l'autobiographie déclarée. Mais voici le paradoxe : l'autobio-*

---

1. *Les Mots*, p. 121.
2. Le jeu est parfois un leurre. Dans cette recherche peut-être vaine à laquelle Sartre nous invite, bien des erreurs ont été commises. Ainsi, contrairement à ce que j'écrivais ailleurs, Lionel de Roulet n'est pas le « modèle » du personnage de Charles, auquel il ne ressemble pas. Mais Sartre s'est inspiré de sa situation de malade à Berck, ainsi que du livre de Jeanne Galzy, *Les Allongés*.
3. L'autobiographie reprend ensuite une forme détournée dans le « roman vrai » de Flaubert.
4. « Des rats et des hommes », *Situations*, IV, p. 41. La première partie de ce texte, l'un des plus brillants que Sartre ait écrits, est une passionnante méditation baroque sur l'écriture, chargée d'images, de mouvements et de rythmes motivés, riche d'intuitions neuves en 1958, et reprises par l' « esprit objectif » dix ans plus tard, sur la « fissure » du sujet et l'autonomie du langage.

graphe, c'est un Autre, l'un de ces multiples parasites qui parlent dans une tête ou guident une plume, c'est l'Écrivain célèbre, le sexagénaire, non pas une personne, mais un « bien culturel ». Le vécu semi-secret de l'individu, on l'entrevoit, de biais et dans l'incertitude, pendant l'identification provisoire de la lecture romanesque.

« Je suis un autre, dit la voix du Traître; je la trouve bien modeste : à sa place, je dirais que je suis *des autres* et je parlerais de moi à la troisième personne du pluriel[1]. » Avec la seconde guerre mondiale, Sartre découvre l'historicité et l'inter-subjectivité dans une « grande circonstance » collective. Pour qui a la tête épique et le devoir de dire le vrai, c'est le moment de mettre en scène une pluralité de points de vue, de donner au récit une dimension historique, de rivaliser avec les sommes romanesques en cours de Jules Romains et d'Aragon[2]. Les Chemins de la liberté, c'est l'épopée des « hommes de mauvaise volonté », ou la découverte du « Monde réel » au cours d'un désastre national. Ce qui frappe dans la comparaison de ces œuvres parallèles, c'est la modestie relative de l'entreprise sartrienne. Quand ses concurrents peignent à fresque la société dans son ensemble, dressent un inventaire complet des groupes sociaux, Sartre décrit, en dépit de l'apparente multiplicité du Sursis, une société restreinte : des intellectuels au premier plan, les petits bourgeois qu'ils croisent, un berger des Cévennes, un général, quelques étrangers, les chefs des États en conflit : c'est une masse, non une somme, détotalisée avant même d'être totalisée. Sartre s'est défendu d'avoir voulu écrire « un roman historique sur la guerre de 1940[3] ». Il a refusé la position de survol de l'historien, sans se limiter à quelques subjectivités privilégiées. Son dessein était d'ordre poétique : il s'agissait de donner le sentiment d'un « gigantesque et invisible polypier », d'un « drôle de corps, proprement impensable [...] dans un espace à cent millions de dimensions[4] ».

Dans cet ensemble, comme dans les œuvres précédentes, rien

---

1. « Des rats et des hommes », *Situations*, IV, p. 48.

2. Le rapprochement avec Roger Martin du Gard est moins évident.

3. *Qu'est-ce que la littérature ?* (*Situations*, II), p. 254.

4. *Le Sursis*, p. 1024-1025 de la présente édition.

*n'est inventé peut-être, mais tout est signe. Ce sont des signes,
les techniques narratives de sources différentes qui opposent le
cycle Mathieu, jusqu'au milieu de* La Mort dans l'âme, *au
cycle Brunet, et, dans chaque cycle, deux visions du monde : à la
construction dramatique avec unité de lieu, de temps et d'action,
aux références françaises dans l'univers concentrique et individualiste de* L'Âge de raison *s'opposent la technique radiophonique, le morcellement du temps, les références d'outre-Atlan-
tique[1], la dispersion de l'espace, des intrigues, des consciences,
pour l'univers en expansion du* Sursis. *Dans le cycle Brunet, la
construction cinématographique, avec fondus enchaînés, panora-
miques, travellings, s'oppose au débat politique qui referme le
cycle sur le combat de deux champions. Comme dans le diptyque
que constituent «* L'Enfance d'un chef *» et* Les Mots, *les
textes sartriens prennent sens par leurs relations; on croirait
un fleuve et c'est un édifice.*

*En un autre sens, les références au réel, c'est-à-dire à un
vécu commun, sont des signes de connivence. Selon Sartre, refuser
la « littérature rétrospective », c'est aussi « sceller [la] réconciliation de l'auteur et du lecteur[2] ». L'histoire, surtout dans «* L'Enfance d'un chef *» et* Le Sursis, *s'inscrit par allusions à l'actualité, signes de complicité aux contemporains de l'événement,
incompréhensibles aux autres sans un travail d'information ou,
déjà, l'apparat critique d'une édition savante. Sans cela, le
texte garde tout de même un sens plus général, sinon universel,
et transposable, mais appauvri de ses relations visibles, presses-
ties ou même supposées, avec des publics très divers. Les fragments des discours de Hitler, de chansons à succès, la couleur
d'une affiche de mobilisation, la déchirure d'un tract en forme
d'étoile jaune émeuvent différemment : leur authenticité saute
au visage de ceux qui se souviennent, les vrais destinataires de
Sartre; les autres doivent la soupçonner. Œuvres d'un philosophe
et d'un poète épique et fantastique, les romans de Sartre sont des
articles d'exportation, comme le prouve le succès de leurs traductions. Œuvres d'un polémiste soucieux d'établir avec des publics*

---

1. Le simultanéisme du *Sursis* est moins une copie de Dos Passos
d'ailleurs infidèle, que le signe de cette copie, destinée à signaler
l'irruption de l'Histoire dans l'ordre du Vieux Continent.
2. *Qu'est-ce que la littérature ?* (*Situations,* II), p. 257.

restreints des relations de fraternité, ce sont des romans allusifs et périssables autant que la communauté à laquelle ils s'adressent. Ils assument évidemment toutes les fonctions du langage, référentielle, expressive, poétique[1]. Mais ils privilégient la communication : « Je suis vous autres », nous criait ce grand mort.

★

« *Je n'inventais pas ces horreurs, je les trouvais, comme le reste, dans ma mémoire[2].* » Pour un enfant de bibliothèque, le livre précède la vie, et l'écriture la plus naturelle, antérieure aux lois du sens, du vrai, de la communication, de la propriété littéraire, c'est le plagiat, pratiqué dans le bonheur, la clandestinité, l'innocence[3]. Puisque « *tous les traits de l'enfant sont restés chez le quinquagénaire[4]* », l'adulte a gardé la nostalgie, l'habitude et le plaisir d'une écriture mimétique, instrument du dialogue, du burlesque et du baroque.

« *Empruntant* » tout, arguments, personnages, aventures, titres mêmes, transcrivant des passages entiers, l'enfant se tenait pourtant pour un auteur original : de légères altérations, l'invention de « *raccords* » l'autorisaient à « *confondre la mémoire avec l'imagination[5]* ». L'adulte s'approprie de la même façon le langage et ce qu'il véhicule : « *J'ai un rapport de propriétaire avec le langage* [...] *Je crois même que je ne suis propriétaire que de ça : c'est à moi ; ce qui ne veut pas dire que ce ne soit pas à d'autres aussi[6]...* » Le langage est le bien commun, le lieu commun de l'universel concret, tous s'y rencontrent. Sartre trouve sa singularité dans sa souplesse à s'emparer des langages qui l'entourent et à les brasser. La découverte à laquelle il est parvenu

1. La règle de l'art pour l'art, c'est la seule que Sartre n'ait pas intériorisée. Mais aussi n'est-elle pas transmise par l'enseignement secondaire, cet enseignement professionnel des notables. Son meilleur théoricien, Lanson, a imposé l'apprentissage exclusif de la communication, et Sartre théorise volontiers les idées simples de ce pédagogue.
2. *Les Mots,* p. 123.
3. De même que Charles Schweitzer feint d'ignorer cette activité, l'école la tolère, à condition qu'elle se cache. Il est interdit de copier, mais il faut imiter les bons auteurs.
4. *Les Mots,* p. 211.
5. *Ibid.,* p. 118.
6. « L'Écrivain et sa langue », *Situations,* IX, p. 41.

en 1972, c'est que « la littérature [...] ne livre aucun secret : elle se borne à brasser les idées de l'époque[1] *». Brasser, c'est « remuer en mêlant ». Le mélange et le mouvement caractérisent toute son œuvre romanesque, mais selon des modalités et des effets différents dans chaque texte.*

Dans La Nausée *domine le collage. Ce roman est un « roquentin*[2] *», un montage de citations vraies ou fausses, de dimensions et d'origines diverses, mais nettement délimitées, aisément repérables et identifiables : une page d'*Eugénie Grandet *en italiques, des articles de journaux, un fragment d'affiche entre guillemets, tout cela recopié dans le journal de Roquentin, au mépris de la vraisemblance de la fiction. Mais l'échec de l'historiographie et du réalisme aboutit logiquement à la copie : on imite des mots, pas des choses. Sans exclure le procédé, les nouvelles et* Les Chemins de la liberté *l'utilisent épisodiquement : ce sont des montages, mais de paroles, et des recueils de pastiches minutieusement découpés et assemblés. L'objet de l'imitation, ce n'est plus la lettre d'un texte, mais un discours, un style, une idéologie attribués aux personnages principaux. Et le statut de la réécriture est aussi moins net. S'agit-il de parodies repérables à des signes formels, de simples exercices de style, de plagiats inavoués, de « sources », d'influences, de réminiscences inconscientes ou de stéréotypes datés ? Il est souvent difficile d'en décider. Le lecteur contemporain y déchiffre parfois des répliques dans le chœur de l'époque. Dans* Les Chemins de la liberté *surtout, où le romancier confirmé se libère des modèles scolaires et rivalise avec ses collègues, il reprend des thèmes et des séquences imposés par « l'esprit objectif » et les traite à sa manière, dans une polémique ouverte mais implicite*[3]. *« La culture m'imprègne et je la*

---

1. *Sartre*, un film réalisé par *Alexandre Astruc et Michel Contat*, Gallimard, 1977, p. 24.

2. Voir la définition de ce terme p. 1674.

3. Voici un exemple de la polémique que Sartre entretient avec ses contemporains : dans *La Mort dans l'âme*, le sermon de l'aumônier aux prisonniers rappelle les deux sermons du père Paneloux dans *La Peste* de Camus, paru en 1947. La comparaison des deux textes souligne le caractère caricatural du texte sartrien, explique le malentendu entre Sartre et Camus : Camus réhabilite Paneloux, Sartre condamne l'aumônier représentant le haut clergé français pendant l'Occupation allemande. Mais tout cela n'est qu'un effet de lecture : Sartre, interrogé à ce sujet, a affirmé qu'il n'avait pas pensé à Camus en rédigeant ce passage.

rends [...] par rayonnement », écrivait-il dans Les Mots[1] ;
c'était suggérer, plus discrètement que Victor Hugo, qu'un
écrivain est un « écho sonore ».

   Mais « *j'entends les criailleries de la foule qui m'habite*[2] ».
L'écho sonore risque la discordance. Polyphoniques, les romans
de Sartre sont conformes à l'esthétique du carnaval[3] ou du drame
hugolien[4], la seule qui convienne à son idée ou à son rêve de dialectique. Ils sont construits selon des schémas carnavalesques, retour-
nements de situations antithétiques, bouleversement des valeurs,
monde à l'envers. Ils sont rythmés par des fêtes tristes et de mauvaises farces, menues ou gigantesques, du jeu de collégien à l'entrevue de dupes de Munich. Des Pierrots les traversent, des
naïfs, des surnuméraires, des comiques égarés dans des « *situations de vaudeville* » où qui perd gagne. Ces « *fourre-tout* », ces
« *bric-à-brac*[5] » où s'entassent pêle-mêle les voix et les textes,
produisent un effet de burlesque généralisé. Le voisinage de
modèles de valeurs différentes, savants ou vulgaires, est une
mésalliance ou même un sacrilège. Ce qui convient à ces épopées
dégradées dans un monde petit-bourgeois, c'est un langage désa-
cralisé par le mélange des genres et des tons. Le résultat, ce n'est
pas seulement une démythification, c'est aussi l'effet de déjà lu
et de déjà dit : l'écriture sartrienne exhibe la loi du langage qui
veut qu'on n'utilise que des mots qui ont déjà servi. Tout énoncé
sartrien, sauf en de rares exceptions où surgit le pathétique,
semble écrit entre guillemets, avec points d'ironie, ou parasité,
comme l'est un message ou un hôte, par des voix étrangères.

   Activité du désir, du fantasme, du corps, l'écriture mimétique
seule procurait un plaisir vrai au romancier enfant : elle fixait
ses rêves, elle suivait les mouvements du corps. Avant d'écrire,
il mimait et dansait ses romans au son du piano, en l'absence du

----

   1. *Les Mots*, p. 29.
   2. « Des rats et des hommes », *Situations*, IV, p. 48.
   3. La littérature « carnavalesque », selon Mikhaïl Bakhtine, se
définit par des thèmes — bouleversement des contraires, renversement des hiérarchies, et par des modes d'écriture qui mêlent sans
les confondre les voix, les styles et les genres.
   4. Le drame, défini par Victor Hugo dans la préface de *Cromwell*,
c'est « le grotesque avec le sublime, l'âme sous le corps, une tragédie sous une comédie ».
   5. Les *Mots*, p. 126-127.

*grand-père, en harmonie avec la mère. Le mouvement de la
plume s'est substitué ensuite à ce ballet fantasmatique : elle allait
si vite que le poignet faisait mal, le jeune auteur jetait sur le
parquet les cahiers remplis. L'écriture en liberté était pour lui
pur mouvement sans produit. L'adulte met ce mouvement dans
la fiction et dans le style d'une œuvre baroque dans le foisonnement
de ses récits, dans ses rythmes, dans ses images surtout[1]. Elle
contient toute une thématique baroque — voire rocaille et rococo,
par ses coquilles et crustacés —, kitsch ou simplement saugrenue.
Elle privilégie le léger, le mouvant, sur le lourd et l'immobile.
La figure baroque par excellence, l'antithèse, sert à fabriquer des
métamorphoses entre qualités contraires : les liquides se figent,
les pleins se vident, les statues volent, les édifices s'affaissent,
l'homme devient animal ou pierre, les choses ont un drôle de sourire. L'oxymore, qui concilie les contradictoires, figure l'exceptionnel ou l'impensable, et structure des séquences narratives
entières : le « paradis du désespoir », ce retour à un étrange
bonheur naturel dans l'été de la défaite, ou l'amour des infirmes
dans l'impotence et l'excrément. Les métaphores sont utilisées
sans retenue, sans cohérence, sans surveillance, parfois longuement
filées dans toute une séquence ou un livre entier : promis à un
avenir de chantre de la mer[2], Poulou devenu adulte a construit
Le Sursis sur l'image de la tempête, emblème de l'action, mais
aussi motivation de décors et de rêveries des personnages, et
modèle stylistique. Philosophe, Sartre poursuit la cohérence;
écrivain, il détotalise, diversifie ses modèles, disperse ses intrigues.
Son écriture ressemble à celle qu'il croit lire chez Melville : « le
volume de ces somptueuses phrases marines, qui se dressent et
retombent comme des montagnes liquides et s'éparpillent en
images étranges et superbes, est avant tout épique[3]. »*

*

---

1. Les textes baroques abondent dans l'œuvre de Sartre. Citons
comme le meilleur exemple, hors de l'œuvre romanesque achevée,
le thème de la mort coquette, du tombeau décoré et les images antithétiques dans « Un parterre de capucines », *Situations*, IV.
2. Voir *Les Mots*, p. 157.
3. « Sur Melville », *Les Écrits de Sartre*, p. 637.

« [...] *mes livres sentent la sueur et la peine ; j'admets qu'ils puent au nez de nos aristocrates*[1]. » En effet, la quête laborieuse, didactique, presque scolaire, du sens et de la vérité dans des œuvres de fiction et la contestation minutieuse des règles d'écriture ont pu déplaire. Mais aussi leur contraire : la libération d'un tourbillon de métaphores et de récits qui ne disent qu'une chose : que l' « *homme c'est* [...] *un conteur d'histoires* », qu'il « *vit entouré de ses histoires et des histoires d'autrui*[2] ». Classique dans sa finalité, fondée sur la recherche de la communication au détriment de l'originalité, l'œuvre sartrienne est baroque, romantique, moderne par la démesure de ses fantasmes et de son style.

Elle a déplu, pour mieux séduire et fasciner. La provocation, à la fois « violence et fraternité », était inscrite dans les romans sartriens à leur parution : entre 1938 et 1950, il a paru scandaleux de mêler la métaphysique au quotidien, le sentiment à la scatologie, l'intransigeance morale au non-conformisme. Sans disparaître aujourd'hui, cet effet de violence verbale, généreuse et sans cruauté, s'atténue, et peut-être avec lui l'effet de fraternité : exprimant son époque, l'œuvre de Sartre meurt avec elle. C'était prévu et voulu, Sartre aimait à le répéter : les ouvrages de l'esprit sont comme les bananes, il faut les consommer sur place.

Mais les fruits exotiques sont aussi fort appréciés. Relus à travers les œuvres qui ont suivi, du Nouveau Roman aux textes carnavalesques, les romans de Sartre ont pris un autre goût, non moins âpre ni moins vif : ils invitent aux jeux du langage et de l'imaginaire. Qu'une menace pèse sur les libertés, ils retrouvent leur pouvoir polémique d'exprimer le refus, ils sont de nouveau vécus « comme une émeute, comme une famine [...] comme un lien vivant de rage, de haine, ou d'amour[3] ».

MICHEL CONTAT.
GENEVIÈVE IDT.

1. *Les Mots*, p. 136.
2. *La Nausée*, p. 48 de la présente édition.
3. "Écrire pour son époque", *Les Écrits de Sartre*, p. 673.

CHRONOLOGIE

Cette chronologie de la vie et de l'œuvre de Sartre pourra, nous en avons conscience, frapper par son caractère disparate. Nous avons tenté d'y inclure le plus grand nombre possible d'éléments inédits, sans faire le partage entre ce qui a pu compter plus ou moins pour Sartre. Abondante jusqu'en 1950 environ, la documentation concernant sa vie personnelle devient assez maigre après cette date, et nous nous contentons alors le plus souvent d'énumérer les faits de sa vie publique, sans, là non plus, les hiérarchiser. On se reportera, pour une évocation plus vivante et plus sensible, aux Mémoires de Simone de Beauvoir, qui couvrent les années 1929 à 1971 de la vie de Sartre, et aux écrits autobiographiques de celui-ci. Nous n'en avons retenu que les données saillantes, en les complétant par divers témoignages et informations recueillis directement ou indirectement auprès de gens qui ont connu Sartre à différentes époques de sa vie, et par des renseignements dont nous sommes redevables à Sartre lui-même. Les citations sans références proviennent des entretiens que nous avons eus avec lui. Les références des autres citations sont données en notes de bas de page. La publication des œuvres les plus importantes est indiquée en tête de chaque année ; les articles et les interviews sont donnés à la date de parution.

1844   Naissance, le 12 juin, à Pfaffenhofen, en Alsace, du grand-père maternel de Sartre, Chrétien-*Charles* Schweitzer, l'un des trois fils de Philippe-Chrétien Schweitzer (1817-1899), un instituteur qui était considéré comme un « Franzosenkopf » contestataire et frondeur (il appela à voter non au plébiscite du 8 mai 1870 « au nom de la liberté et de l'ordre que réclame le pays ») et qui, par la suite, ouvrit une petite épicerie au rez-de-chaussée de sa maison. Les deux autres fils sont Auguste et Louis (le père d'Albert Schweitzer). Philippe Schweitzer fut maire de Pfaffenhofen de 1875 à

1886. Il a tenu un journal qui se trouve aux archives de Gunsbach. Charles Schweitzer refusa d'être pasteur, devint professeur agrégé d'allemand et fit une carrière rapide à Mâcon (où il épousa Louise Guillemin, de quatre ans plus jeune que lui, fille d'un avoué catholique, et où il enseigna au lycée Lamartine), Lyon et Paris (collège Rollin, puis lycée Janson-de-Sailly de 1893 à 1909). En 1886, il soutint une thèse sur Hans Sachs et, en 1899, une thèse complémentaire en latin sur Guillaume d'Aquitaine. Il fut l'un des pionniers de la méthode directe pour l'enseignement des langues, publia une *Méthodologie des langues vivantes* et un bon nombre de manuels scolaires pour l'enseignement de l'allemand, de l'anglais et du français (en particulier une série de *Deutsche Lesebücher,* avec la collaboration d'Émile Simonnot, professeur au lycée Chaptal).

1874   *6 août :* Naissance à Thiviers (Dordogne) de Marie-*Jean-Baptiste*-Aymard Sartre, fils du docteur Eymard Sartre (trente-sept ans, auteur d'une étude médicale, *Du lipome,* publiée à Montpellier en 1863), et de Marie Marguerite Chavoix (vingt-sept ans, fille d'un pharmacien, et qui devait mourir en 1919).

1882   *22 juillet :* Naissance à Saint-Albain, près de Mâcon, d'Anne-Marie Schweitzer. Elle est la dernière de quatre enfants, tous élevés dans la religion catholique. L'aînée est morte en bas âge, les deux autres sont Georges, qui fera Polytechnique, et Émile, qui sera professeur d'allemand (notamment au lycée Chaptal) et mourra en 1927.

1904   *3 mai :* Mariage, à la mairie du XVIᵉ arrondissement, de Jean-Baptiste Sartre et Anne-Marie Schweitzer. Ils se sont connus peu avant, à Cherbourg, où Georges Schweitzer est ingénieur de la Marine.

Jean-Baptiste Sartre, né dans une région de petites montagnes et de rivières, sur les contreforts du Massif central, a eu très tôt le rêve de devenir marin. Il est de petite taille (1,57 m). Après une préparation au lycée Henri-IV, il a passé le concours d'entrée à Polytechnique et fait ensuite l'École navale. Lorsqu'il épouse Anne-Marie Schweitzer, il est enseigne de vaisseau et a déjà contracté en Cochinchine la fièvre asiatique qui va l'emporter.

1905   Naissance, le 7 février, de Paul Nizan.

21 juin : Naissance (à dix mois) de Jean-Paul-Charles-Aymard Sartre à Paris, 13, rue Mignard, XVIᵉ (domicile du jeune couple Sartre ; Charles et Louise Schweitzer habitent le même immeuble).

20 juillet : Baptême à Notre-Dame-de-Grâce de Passy.

1906   *17 septembre* : Décès à Thiviers de Jean-Baptiste Sartre.

> *Aujourd'hui encore, je m'étonne du peu que je sais sur lui. Il a aimé pourtant, il a voulu vivre, il s'est vu mourir ; cela suffit pour faire tout un homme. Mais de cet homme-là, personne, dans ma famille, n'a su me rendre curieux. Pendant plusieurs années, j'ai pu voir, au-dessus de mon lit, le portrait d'un petit officier aux yeux candides, au crâne rond et dégarni, avec de fortes moustaches : quand ma mère s'est remariée, le portrait a disparu*[1].

1908   Naissance de Simone-Ernestine-Lucie-Marie-Bertrand de Beauvoir (9 janvier) et de Maurice Merleau-Ponty.

1906-1915   *Jusqu'à dix ans, je restai seul entre un vieillard et deux femmes*[2]. Cette période, Sartre l'a racontée dans *Les Mots*, où le récit s'arrête à la veille du remariage de sa mère.

De 1906 à 1911, le petit « Poulou » habite avec sa mère et ses grands-parents à Meudon. La famille s'installe ensuite à Paris, au cinquième étage du 1, rue Le-Goff, dans le Ve arrondissement.

Vers l'âge de trois ou quatre ans le petit Sartre, à la suite d'un refroidissement pendant un séjour à Arcachon, est atteint d'une taie sur l'œil droit qui entraînera son strabisme et ne lui laissera le plein usage que de l'œil gauche.

Il apprend alors à lire en déchiffrant *Sans famille* d'Hector Malot.

Vers sept ans, Sartre lit *Madame Bovary*, Corneille, Rabelais, Voltaire, Vigny, Mérimée, Hugo, etc.

Vers 1912 ou 1913, il s'enthousiasme pour *Michel Strogoff* et, surtout, *Pardaillan*, le feuilleton de Michel Zévaco qui paraît dans *Le Matin*, et qui nourrit ses rêveries héroïques.

Vers 1912 aussi, il se met à écrire : il correspond en vers avec son grand-père, récrit en alexandrins les fables de La Fontaine, écrit des « romans » inspirés de ses lectures : « Pour un papillon », « Le Marchand de bananes ».

À l'instigation de son grand-père, qui n'apprécie parmi les auteurs contemporains qu'Anatole France et Courteline, le petit Sartre écrit, le 26 janvier 1912, une lettre à Georges Courteline.

À l'automne 1913, il est inscrit en huitième au lycée Montaigne, d'où son grand-père le retire vite.

L'année suivante, pendant un long séjour que la famille Schweitzer fait à Arcachon, il va à l'école communale.

Jusqu'en 1913, il fait de temps à autre un séjour à Thiviers, où habitent ses grands-parents et où son grand-père

---

1. *Les Mots*, Gallimard, coll. blanche, 1964, p. 55.
2. *Ibid.*, p. 66.

paternel, le docteur Eymard Sartre, décède le 22 octobre 1913.

En octobre 1914, à Arcachon, il écrit « L'Histoire du soldat Perrin » qui enlève le Kaiser et le provoque en combat singulier.

En 1914, il passe un semestre à l'institution Poupon, d'où sa mère le retire pour lui faire suivre des leçons particulières.

En octobre 1915, il entre en sixième A II comme externe au lycée Henri-IV. Un de ses professeurs, M. Olivier, le juge ainsi après le premier trimestre : « Excellent petit enfant. Ne fait jamais une réponse juste du premier coup. Doit s'habituer à penser davantage[1]. » Il fait beaucoup de progrès et ses professeurs le notent à la fin de l'année scolaire comme « excellent à tous égards ».

1916-1917   Il est rejoint en cinquième par Paul-Yves Nizan.

Son professeur de français, M. Noël, note : « Dans les premiers de la classe pour le français. De l'ouverture d'esprit — déjà un petit bagage littéraire et une mémoire fort présente[2]. »

En cinquième j'ai écrit avec Nizan une histoire grivoise qui avait été saisie et dont il avait nié être l'auteur, en déclarant que c'était moi.

En cours d'année scolaire, le 26 avril 1917, sa mère se remarie avec M. Joseph Mancy, polytechnicien (promotion 1895, de même que J.-B. Sartre) et directeur aux usines Delaunay-Belleville. Elle l'avait connu à peu près en même temps que Jean-Baptiste Sartre chez son frère Georges Schweitzer, à Cherbourg, alors qu'il était comme celui-ci ingénieur de la Marine. Il était d'origine modeste, fils de cheminot, et ne s'était pas estimé en droit, à l'époque, de demander la main d'Anne-Marie, qu'il courtisait. Douze ou treize ans plus tard, s'étant fait une bonne situation, ayant vécu et souhaitant se marier, il avait repris contact avec elle. Anne-Marie accepta de l'épouser parce qu'elle se sentait à charge dans sa famille. Elle avait tenté quelque temps auparavant de devenir inspectrice du travail mais s'était aperçue qu'elle était atteinte par la limite d'âge avant même de passer le premier examen. Le mariage était une solution.

Ma mère n'a certainement pas épousé mon beau-père par amour. Il n'était d'ailleurs pas très aimable. C'était un grand garçon maigre, avec les moustaches noires, un teint assez vallonné, un très grand nez, d'assez beaux yeux, des cheveux noirs. Il devait avoir quarante ans[3].

Le nouveau couple s'installe dans un appartement, rue Condorcet, tandis que « Poulou » reste chez ses grands-

1. Archives du lycée Henri-IV, année 1915-1916.
2. Archives du lycée Henri-IV, année 1916-1917.
3. Entretiens avec John Gerassi (inédits), 1972.

parents, tout en étant maintenant externe surveillé à Henri-IV. La fin de sa cinquième est perturbée par ce bouleversement familial.

1917   M. et Mme Mancy s'installent à La Rochelle. Ils habitent d'abord quelque temps au 38, avenue Carnot puis loueront une maison au 14, rue Saint-Louis.
Novembre : Le petit Sartre les rejoint pour continuer sa quatrième au lycée de garçons de La Rochelle (aujourd'hui lycée Eugène-Fromentin). Il entre en 4ᵉ A (avec grec) dans la classe de M. Loosdregt, professeur de lettres victime de chahuts mémorables et qui devait mourir en 1920.

1918-1919   Classe de 3ᵉ A. Parmi ses professeurs : MM. Scriben (lettres et morale), Guignot (allemand), Cuvelier (histoire). À la distribution des prix du 12 juillet 1919, reçoit : le prix de tableau d'honneur, 1ᵉʳ prix de composition française et de version latine, 2ᵉ prix de thème latin et de mathématiques, prix de version grecque, 1ᵉʳ accessit d'allemand, 4ᵉ accessit de gymnastique.

1919-1920   Classe de 2ᵉ A (où il est le seul helléniste). Parmi ses professeurs : MM. Chaumette (lettres), Guillemoteau (histoire), Riemer (allemand). À la distribution des prix du 12 juillet 1920, reçoit : 1ᵉʳ prix de version latine et thème latin, 2ᵉ prix de composition française, prix de grec, 1ᵉʳ accessit d'anglais, 2ᵉ accessit de gymnastique, 7ᵉ accessit de récitation.
L'adolescence est un âge malheureux pour Sartre, principalement à cause des différences psychologiques et culturelles qu'il y a entre lui et son beau-père. Celui-ci juge qu'il n'a pas à jouer un rôle de père, mais à exercer, de loin, une autorité bienveillante et à surveiller les études de son beau-fils. Il l'engage à préparer une carrière de professeur de mathématiques ou de physique mais ne cherche pas à briser les résistances qu'il lui oppose, parfois avec insolence. Au lycée, Sartre, bon élève mais tenu pour un Parisien maniéré et fabulateur, est mal intégré par ses camarades ; selon son propre témoignage, il est victime de brimades, est battu et apprend à se battre. Pour se faire bien voir de ses condisciples, il se joint, en quatrième, au chahut qu'ils font subir à M. Loosdregt (surnommé « Thomaire » et qui inspirera à Sartre quelques années plus tard un roman, « Jésus la Chouette, professeur de province ») ; il ramasse de nombreuses colles et il vole de l'argent à sa mère pour faire des largesses à quelques camarades. La découverte de ces vols, au printemps 1919 (dans des circonstances dont, beaucoup plus tard, il projettera de faire une nouvelle), entraîne une rupture avec son grand-père venu en visite et dont il espérait la compréhension. Il

ne peut se confier à personne et souffre d'une profonde solitude affective. Il connaît aussi des déboires en essayant, pour faire comme ses camarades, de courtiser une fillette à peine plus âgée que lui, fille d'un « shipchandler » et qui passe pour « la plus jolie fille de La Rochelle » ; à cette occasion, il prend conscience de sa laideur.

Sartre décrit les années passées à La Rochelle comme *les trois ou quatre plus mauvaises années de* [sa] *vie*.

Selon un ancien camarade : « Il était passionnant à écouter, il savait provoquer la discussion et la faire rebondir pendant des heures. Il était ambitieux et il avait l'esprit original, avec une sorte d'exubérance imaginative. Nous pressentions tous qu'il ferait parler de lui[1]. »

En quatrième et en troisième, il écrit des romans de cape et d'épée, notamment un « Goetz von Berlichingen », et rêve d'écrire des livrets d'opérettes : « Horatius Coclès », « Mucius Scaevola », etc. Il apprend seul à jouer du piano. En seconde, il cesse d'écrire.

Au cours de sa seconde, bien que ses résultats scolaires soient tout à fait satisfaisants, sa famille décide de le renvoyer l'année suivante à Paris pour le soustraire aux « mauvaises influences ».

1920   Entre en première A au lycée Henri-IV, où il retrouve Nizan et où il restera jusqu'en 1922. Ils y sont tous deux pensionnaires.

Le littérature revient au premier plan de ses intérêts. Nizan, plus moderne d'esprit, lui fait connaître Giraudoux, Gide, Valery Larbaud, Paul Morand, etc. Ils lisent *Les Copains* de Jules Romains et découvrent ensemble Proust pour qui ils se passionnent.

Leur professeur de littérature française, M. Georgin *(il était très intelligent, très fin, très sympathique)*, leur fait lire les grandes œuvres littéraires. À cette époque, Sartre déteste Flaubert *(Madame Bovary me dégoûtait)*.

En première, Sartre se voit attribuer par ses camarades la fonction de S.O. (« satyre officiel », c'est-à-dire organisateur des distractions et des canulars).

À la fin de l'année scolaire, M. Georgin note pour Sartre : « A certainement de l'étoffe », et pour Nizan : « Intelligent, curieux, doué pour les lettres[2]. »

Dès cette année, ils sont inséparables ; quelque temps plus tard, à Louis-le-Grand puis à l'École normale, on les

1. Dans Michel Guillet, « Jean-Paul Sartre au lycée de La Rochelle », *Sud-Ouest Dimanche*, 25 octobre 1964.
2. Archives du lycée Henri-IV, année 1920-1921. Cité par Jacqueline Leiner in *Le Destin littéraire de Paul Nizan*, Klincksieck, 1970, p. 22.

appellera « Nitre et Sarzan ». Ils se nomment eux-mêmes R'hâ (Nizan) et Bor'hou (Sartre).

1921 *Juin :* Obtient le prix d'excellence ainsi que le premier prix de dissertation française. Il est présenté au Concours général et passe le baccalauréat, première partie.

1922 À la fin de sa classe de philosophie, M. Chabrier l'apprécie en ces termes : « Excellent élève : esprit déjà vigoureux, habile à discuter une question, mais doit compter un peu moins sur lui-même[1]. »
La philosophie lui paraît alors *un prodige d'ennui* et il ne songe pas du tout à en faire.
Juin : Baccalauréat, deuxième partie.
Été : Voyage en Alsace (Pfaffenhofen, Gunsbach) avec son grand-père. Vacances en famille à La Rochelle et en Dordogne.
Écrit « Jésus la Chouette », puis « L'Ange du morbide ».
À cette époque, note systématiquement dans un répertoire alphabétique trouvé dans le métro ses idées sur les sujets les plus variés.

1922-1923 Sartre et Nizan décident de passer au lycée Louis-le-Grand pour la préparation du concours d'entrée à l'École normale supérieure, l'hypokhâgne et la khâgne y étant meilleures qu'à Henri-IV.
À Louis-le-Grand, Sartre est demi-pensionnaire. Il habite alors 2, square Clignancourt, dans le XVIIIe arrondissement, chez sa mère et son beau-père qui sont revenus à Paris, les chantiers navals que M. Mancy dirigeait à La Rochelle ayant fait faillite.
Il a pour professeurs en hypokhâgne : MM. Bellessort (français), Bernes (philosophie), Lemain (latin et grec), Roubaud (histoire).
M. Bernes note à son sujet : « Esprit actif et alerte ; réussira ; doit se méfier d'une facilité trop grande et d'une rédaction trop abondante sur des idées imparfaitement précisées. » De ce professeur, Sartre se rappelle qu'il ne comprenait rigoureusement rien à son cours. M. Roubaud note : « Du travail — Esprit un peu confus — Résultats inégaux. » Reçoit les encouragements aux 1er et 2e trimestres.
Au palmarès de l'année 1922-1923, Sartre reçoit : le 2e accessit en français (alors que Nizan a le premier prix), le 3e accessit en thème latin et en version latine, le 5e accessit en philosophie.
À Louis-le-Grand, il fait la connaissance de René Maheu.

---

1. Archives du lycée Henri-IV, année 1921-1922.

1923   Publie dans *La Revue sans titre* la nouvelle « L'Ange du
        morbide » et, sous le pseudonyme de Jacques Guillemin,
        deux chapitres de « Jésus la Chouette ».

        Mars à octobre : Brouille avec Nizan.

        Été : Écrit « La Semence et le Scaphandre ».

        Octobre : Conseil de révision à la mairie du XVIIIᵉ.

1923-1924   En khâgne, parmi ses professeurs : MM. Canat (ver-
        sion latine, français), Mayer (thème latin, grec), Roubaud
        (histoire), Colonna d'Istria (philosophie).

        Au cours de cette année, semble souvent absent et est même
        noté comme « invisible ».

        Au palmarès 1923-1924, obtient uniquement une mention
        en philosophie.

        C'est à l'occasion de la première dissertation donnée par
        Colonna d'Istria, sur « La conscience de durer », que Sartre
        se prend d'intérêt pour la philosophie. Il lit l'*Essai sur les
        données immédiates de la conscience* de Bergson.

        Lit à peu près tout Joseph Conrad et aussi Valéry, Jules
        Laforgue, qui l'introduit à Schopenhauer, Nietzsche, Hugo
        von Hofmannsthal.

        Georges Canguilhem, condisciple de Sartre : « Il se faisait
        remarquer, certes, par sa puissance de travail, par ses résul-
        tats brillants, mais aussi par son entrain et sa bonne humeur.
        S'il était déjà capable de disserter sur l'ennui, il séduisait
        ses camarades par son humour, adorait les plaisanteries et
        ne dédaignait pas le chahut[1]. »

1924   *Août :* Est reçu septième à l'École « dite normale et pré-
        tendue supérieure » (Nizan). Raymond Aron est reçu 14ᵉ.

1924-1928   *L'École Normale, pour la plupart d'entre nous, pour moi,
        fut, du premier jour, le commencement de l'indépendance. Beaucoup
        peuvent dire, comme je fais, qu'ils y ont eu quatre ans de bonheur[2].*
        Parmi les condisciples de Sartre : Raymond Aron, Albert
        Bédé, Georges Canguilhem, Daniel Lagache, Paul Nizan,
        Alfred Péron (promotion 1924) ; Pierre Guille, Jean Hyp-
        polite, René Maheu, Jean Seznec (promotion 1925) ; Mau-
        rice Merleau-Ponty (promotion 1926).

        Sartre partage une « turne » avec Nizan et se lie avec d'an-
        ciens élèves d'Alain ; ils forment un groupe violent, brutal
        de langage et de manières, qui fait régner une certaine ter-
        reur dans l'École et jette volontiers sur les normaliens mon-
        dains, élitistes et vaguement nietzschéens, des bombes à eau
        en criant : « Ainsi pissait Zarathoustra ! »

---

1. Dans Claude Bonnefoy, « Rien ne laissait prévoir que Sartre deviendrait
" Sartre " », *Arts*, 11-17 janvier 1961.
2. *Situations*, IV, Gallimard, coll. blanche, 1964, p. 149.

En mars 1925, joue le rôle de Lanson dans « Le Désastre de Lang-son », revue présentée par les élèves de l'École normale. Il participera aussi aux revues de 1926 et 1927.

Jean Fabre : « À vingt ans, c'était l'être le plus généreux et le meilleur compagnon que l'on puisse imaginer [...] Sous la dérision et le dégoût de soi-même qu'il affichait volontiers et qu'il a transposés dans *La Nausée*, son secret était sans doute celui d'une grande tendresse, qu'il n'arrivait ni à reconnaître, ni à désavouer[1]. »

Vers cette époque, Sartre aurait voulu être chanteur de jazz et il fréquente assidûment le College Inn de la rue Vavin.

Lagache : « Sartre m'a dit un jour : " Je veux être l'homme qui sait le plus de choses[2] ". »

À l'École normale, Sartre travaille énormément. Il ne met presque jamais les pieds à la Sorbonne, sinon pour suivre le cours de Bréhier, notamment sur les stoïciens, qui l'intéresse. Il suit le cours de psychologie de Georges Dumas, à Sainte-Anne. Il travaille dans sa turne, régulièrement, le matin de neuf heures à une heure, et le soir de cinq heures à neuf heures, habitude qu'il conservera presque toute sa vie. Se préparant à l'agrégation de philosophie, il lit les auteurs du programme (avec un intérêt particulier pour Descartes, Spinoza et Rousseau), mais aussi Marx (qu'il comprend mal) et Freud (dont le déterminisme le rebute). Il abandonne la lecture de la littérature « classique » (à l'exception de Stendhal, qu'il préfère à tout) pour se tourner de plus en plus vers les auteurs contemporains, notamment les surréalistes. Vers 1928, il lit la traduction des *Cahiers de Malte Laurids Brigge* de Rilke, œuvre dont il se souviendra pour *La Nausée*.

Entre 1925 et 1927, il passe les certificats suivants : psychologie, morale et sociologie, logique et métaphysique, histoire de la philosophie. Il est collé à un certificat de latin.

Pendant ses années d'École, Sartre écrit relativement peu : « Le Chant de la contingence », dont il se rappelle seulement le premier vers : *J'apporte l'ennui, j'apporte l'oubli* ; un roman : « Une défaite » (« Empédocle »), qui fut « judicieusement » refusé par Gallimard ; un essai mythologique : « Er l'Arménien » ; et un article sur le droit pour la *Revue universitaire internationale* (janvier 1927). Avec Nizan, participe à la traduction de la *Psychopathologie générale* de Jaspers. Selon Daniel Lagache : « Nous avons eu le projet, Sartre, Nizan, Aron et moi, de tirer un scénario de *Poil de Carotte*. [...] Sartre avait dit très justement : " Ce qu'il faut que nous mettions au centre, c'est le besoin de tendresse[3] ". »

---

1. Dans *Revue d'histoire littéraire de la France*, n° 6, novembre-décembre 1975.
2. Dans Claude Bonnefoy, *loc. cit.*
3. *Ibid., loc. cit.*

Selon Raymond Aron, c'est à l'occasion d'un exposé sur le
sujet : « Nietzsche est-il philosophe ? », présenté durant la
troisième ou la quatrième année d'École normale au cours
de Brunschvicg, que Sartre formule pour la première fois ses
idées personnelles sur la contingence[1]. Sartre, quant à lui,
se souvenait les avoir exposées plus tôt, dans deux longues
lettres à « Camille », qui semblent perdues.

À la fin de la deuxième année, se lie avec Pierre Guille qui
prépare une agrégation de lettres et qui sera, pendant les
années trente, celui des « petits camarades » avec lequel il a
le plus d'intimité.

Après le départ de Nizan pour Aden (en septembre 1926),
Sartre, Guille et René Maheu deviennent inséparables. Ils
fréquentent tous trois assidûment une femme de quarante
ans pour qui ils éprouvent une « admirative amitié »,
Mme Morel (dont Sartre prépare le fils au baccalauréat de
philosophie en 1927). Lorsque Nizan revient d'Aden, au
printemps 1927, il est reçu lui aussi chez Mme Morel, qu'ils
appellent « cette dame » (d'où la dédicace de *Huis clos*). À
l'École, Sartre connaît un peu Merleau-Ponty, mais ne le fréquente pas ; ils ne se lieront que beaucoup plus tard, en 1941.
Durant ces années, Sartre déjeune tous les dimanches chez sa
mère et son beau-père, et voit sa mère, seule, tous les dix jours.
Ses parents s'installeront par la suite à Saint-Étienne, où
M. Mancy prend la direction des usines Le Flaive, avant de
revenir à Paris lorsque, l'entreprise ayant périclité, il occupe un
poste de direction à l'Électricité de France. Avec son beau-père,
qui le tient pour *le représentant patenté du parti communiste*, Sartre
a de fastidieuses discussions politiques. Il a de la sympathie
pour les communistes (Nizan s'est approché une première fois
du parti en janvier 1926, a connu une brève période valoi-
sienne et s'est inscrit au parti à la fin de 1927 ou au début de
1928), mais il n'est à aucun moment tenté d'adhérer lui-même :
ses positions sont individualistes, anarchisantes et il les qualifie
lui-même d'*esthétique d'opposition*. [L']*ordre* [établi], *pour ma part,
j'aimais qu'il existât et pouvoir lui jeter ces bombes : mes paroles*[2].

Sartre, Nizan et Maheu se sont inventé une mythologie
personnelle, inspirée du *Potomak* de Cocteau : ils sont les Eu-
gènes, caste illustrée par Socrate et Descartes, et relèguent
tous leurs camarades dans des catégories inférieures. « Je
vous le dis, toute pensée de l'ordre est d'une insupportable
tristesse, telle était la première des leçons de l'Eugène[3]. » Sur
ce thème, Sartre écrit « Les Maranes ».

1. Entretien de John Gerassi avec Raymond Aron (inédit), 1973.
2. *Situations*, IV, p. 147.
3. Simone de Beauvoir, *Mémoires d'une jeune fille rangée*, Gallimard, coll.
blanche, 1958, p. 321.

Sartre refuse, comme Nizan et contrairement à une grande partie des normaliens, de suivre la préparation d'élève officier de réserve. Comme Nizan aussi, il déteste l'idée de devenir professeur.

1925   À l'enterrement d'une cousine du côté paternel, à Thiviers, il fait la connaissance de « Camille », de son vrai nom Simone-Camille Sans, connue plus tard sous le nom de Simone Jollivet et dans le groupe de Sartre sous le sobriquet de « Toulouse ». Il a avec elle sa première liaison sérieuse.

1926   *15-25 août :* Une bourse lui ayant été accordée, Sartre participe à une décade sur « L'Empreinte chrétienne » à Pontigny avec L.-M. Chauffier, Charles Du Bos, Jean Baruzi. Il y fait un exposé sur Descartes mais s'y sent plutôt mal à l'aise. Le *2 octobre,* il obtient son permis de conduire.

1927   Présente, sous la direction du professeur Henri Delacroix, un diplôme d'études supérieures intitulé « L'Image dans la vie psychologique : rôle et nature » (mention très bien). On relève dans une bibliographie abondante : Bergson, Binet, Claparède, Meyerson, Piaget, Proust, Souriau, Jaspers, Ribot, Babinski et Froment, Freud *(Traumdeutung).*
        Henri Delacroix (né en 1873, mort en 1937) était professeur de psychologie à la Sorbonne depuis 1909. Ses travaux portèrent principalement sur l'histoire du mysticisme et la psychologie de l'art. Sartre ne s'estime aucune dette à son égard, mais dit que *c'est un professeur qui a compté.*
        Au cours de cette année, Sartre est convoqué devant le conseil de discipline pour avoir écrit dans le journal de l'École des textes violents et injurieux contre l'obligation pour les normaliens de se soumettre à la P.M.S. (préparation militaire supérieure) et attaqué l'armée française[1].
        24 décembre : Nizan épouse Henriette Alphen ; Sartre et Aron sont ses témoins.

1928   Échoue à l'écrit de l'agrégation où, sur le sujet « Raison et société » et à la surprise générale, il n'obtient que la cinquantième place. *J'avais essayé d'être original dans mes compositions de philo. Ça a déplu. J'ai eu de très mauvaises notes. Pour l'année suivante j'avais compris : il faut faire une copie banale présentée de façon originale.* Aron est reçu 1er.
        Après cet échec, charge ses parents de demander en mariage une jeune fille qu'il avait connue l'année précédente lorsqu'il était en vacances dans le Massif central chez un camarade,

---

1. Voir Annie Cohen-Solal, avec la collaboration de Henriette Nizan, *Paul Nizan, communiste impossible,* Grasset, 1980, p. 63.

Alfred Péron, dont elle était la cousine. Les parents de la jeune fille refusent.

Août : Séjour avec Nizan à La Croix-Valmer, en Provence. En attendant de repasser le concours, Sartre prend une chambre à la Cité universitaire, où il fait la connaissance de Marc Zuorro, le modèle de Daniel dans *Les Chemins de la liberté*.

Novembre : Sartre figure parmi les quatre-vingt-trois normaliens signataires d'une pétition contre la préparation militaire supérieure.

1929   *2 février :* *Les Nouvelles littéraires* publient la réponse de Sartre à une « Enquête auprès des étudiants d'aujourd'hui ». Comparant sa génération à la précédente, Sartre conclut : *Nous sommes plus malheureux, mais plus sympathiques.*

23-26 février : Conférences sur la phénoménologie données par Edmund Husserl à la Sorbonne. Sartre n'y assiste pas. Husserl lui est, à cette époque, totalement inconnu.

Juillet : Fait la connaissance de Simone de Beauvoir par René Maheu (à qui elle doit son sobriquet « le Castor ») pour préparer l'oral de l'agrégation. « " Il n'arrête jamais de penser ", m'avait dit Herbaud [Maheu]. Cela ne signifiait pas qu'il sécrétât à tout bout de champ des formules et des théories : il avait en horreur la cuistrerie. Mais son esprit était toujours en alerte. Il ignorait les torpeurs, les somnolences, les fuites, les esquives, les trêves, la prudence, le respect[1]. »

« Il ne comptait pas, certes, mener une existence d'homme de cabinet ; il détestait les routines et les hiérarchies, les carrières, les foyers, les droits et les devoirs, tout le sérieux de la vie. Il se résignait mal à l'idée d'avoir un métier, des collègues, des supérieurs, des règles à observer et à imposer ; il ne deviendrait jamais un père de famille, ni même un homme marié. Avec le romantisme de l'époque et de ses vingt-trois ans, il rêvait à de grands voyages. [...] Sur des carnets qu'il me montra, dans ses conversations, et même dans ses travaux scolaires, il affirmait avec entêtement un ensemble d'idées dont l'originalité et la cohérence étonnaient ses amis. [...] en causant avec [lui] j'entrevis la richesse de ce qu'il appelait sa " théorie de la contingence ", où se trouvaient déjà en germe ses idées sur l'être, l'existence, la nécessité, la liberté. J'eus l'évidence qu'il écrirait un jour une œuvre qui compterait[2]. »

Sartre et Simone de Beauvoir sont reçus au concours, lui à la première place, elle à la seconde, avec, à l'écrit, le sujet « Les Idées de contingence et de liberté ». Jean Wahl, qui fut

---

1. *Mémoires d'une jeune fille rangée*, p. 338.
2. *Ibid.*, p. 340-342.

membre du jury d'agrégation cette année-là, se souvient d'« une leçon impressionnante faite par le candidat Sartre[1] » (sur le sujet « Psychologie et logique »).

« Quand je le quittai au début d'août, je savais que plus jamais il ne sortirait de ma vie[2]. » Le *14 octobre*, ils ont leur première relation sexuelle, et Sartre propose à Simone de Beauvoir « un bail de deux ans » : « Entre nous, [...] il s'agit d'un amour nécessaire : il convient que nous connaissions aussi des amours contingentes[3]. » Beauvoir et Sartre se vouvoient.

Raymond Aron : « Je pense que nos relations ont changé du jour où il [Sartre] a rencontré Simone de Beauvoir. Il y a eu une époque où il se plaisait à m'avoir comme interlocuteur ; et puis il y a eu cette rencontre, qui a fait que, brusquement, je ne l'intéressais plus comme interlocuteur. Sartre est l'homme d'un interlocuteur privilégié [...][4]. »

Vers 1929-1930, s'amuse à tourner avec Simone de Beauvoir et les Nizan dans un petit film amateur qui, selon Simone de Beauvoir, s'intitule « Le Vautour de la sierra ».

Par Simone de Beauvoir, fait la connaissance de Stépha et de Fernando Gerassi, le modèle de Gomez des *Chemins de la liberté*. Dans le groupe qu'ils forment, le surnom de Sartre est « le Petit Homme ».

Pose sa candidature pour un poste de lecteur au Japon à partir d'octobre 1931, poste que, finalement, il n'obtiendra pas.

Novembre : Commence un service militaire de dix-huit mois (il est sursitaire depuis 1925) dans la météorologie au fort de Saint-Cyr, en compagnie de Pierre Guille et avec Raymond Aron comme sergent instructeur. Est transféré en janvier 1930 à Saint-Symphorien, près de Tours. Pendant son service, jouissant d'une certaine liberté, il écrit abondamment : des poèmes, le premier chapitre d'un roman inspiré par la mort de l'amie de Simone de Beauvoir, Zaza, puis « La Légende de la vérité » et deux pièces, « Épiméthée » et, sans doute, « J'aurai un bel enterrement ».

1930　Mort à l'âge de quatre-vingt-un ans, de sa grand-mère Schweitzer qui lui laisse un petit héritage (environ 100 000 francs). S'en servant pour améliorer leur ordinaire et pour voyager, il le dépensera avec Simone de Beauvoir en deux ou trois ans.

Parfait sa connaissance de la *Gestalttheorie*, s'intéresse à la graphologie et à la physiognomonie. Lit avec admiration

1. Claude Bonnefoy, *loc. cit.*
2. *Mémoires d'une jeune fille rangée*, p. 344.
3. *La Force de l'âge*, Gallimard, coll. blanche, 1960, p. 26-27.
4. Interview in *Le Nouvel Observateur*, 15-21 mars 1976.

Le Soulier de satin de Claudel, *Vol de nuit* de Saint-Exupéry et aussi des romans soviétiques.

Avec Simone de Beauvoir, voit de nombreux films : « Il y avait un mode d'expression que Sartre plaçait presque aussi haut que la littérature : le cinéma[1]. »

1931   *Janvier :* Parution d'*Aden-Arabie* de Nizan.

28 février : Le soldat Sartre Jean [*sic*], matricule 1991, est libéré comme deuxième classe avec un certificat attestant qu'il « a tenu une bonne conduite pendant tout le temps qu'il est resté sous les drapeaux et qu'il a constamment servi avec honneur et fidélité[2] ».

Il est nommé professeur de philosophie au lycée du Havre à partir du 1er mars 1931, en remplacement d'un professeur atteint de dépression nerveuse, et avec la garantie de conserver le poste pour l'année scolaire 1931-1932 (il y restera encore en 1932-1933 et l'occupera de nouveau de 1934 à 1936). Simone de Beauvoir est nommée à Marseille pour 1931-1932.

Au Havre, Sartre s'installe pendant les premiers mois à l'hôtel Printania ; par la suite il prendra une chambre chez une logeuse. Pendant le premier trimestre, il passe le plus clair de son temps à Paris, et Simone de Beauvoir vient le voir au Havre.

Juin : « Légende de la vérité » paraît dans *Bifur* grâce à Nizan qui le présente ainsi : « Jeune philosophe. Prépare un volume de philosophie destructrice. »

12 juillet : Sartre fait au lycée du Havre un discours de distribution des prix sur le cinéma.

Été : Voyage en Espagne avec Simone de Beauvoir. À Madrid, ils retrouvent Fernando Gerassi qui y habite depuis 1929. Nombreuses visites au Prado, où il admire le Greco, Bosch et déteste le Titien.

Le volume d'essais « La Légende de la vérité » est refusé par les éditions Rieder. Sartre renonce alors à essayer de le faire publier.

Commence un « factum sur la contingence » qui, considérablement modifié, deviendra *La Nausée. En arrivant au Havre, ayant derrière moi déjà des petits écrits, je me disais : c'est le moment maintenant de commencer à écrire. Et c'est là que j'ai commencé effectivement, mais ça a duré longtemps[3]…*

1931-1933   Conférences, salle de la Lyre havraise, sur les philosophes allemands et sur des sujets littéraires : « Le Mono-

1. *La Force de l'âge*, p. 53.
2. Certificat qui se trouvait dans les papiers de la mère de Sartre.
3. Entretiens avec John Gerassi (inédits), 1973.

logue intérieur : Joyce » et « Problèmes moraux des écrivains contemporains ». Il fait de la boxe : avec ses 1,56 m, il est poids plume.

Avec Beauvoir, il fait la connaissance de Charles Dullin.

1932   Lectures marquantes : *Voyage au bout de la nuit*, de Céline ; *42ᵉ parallèle*, de Dos Passos.

Pâques : Voyage en Bretagne avec Simone de Beauvoir. Pisse sur la tombe de Chateaubriand à Saint-Malo.

Été : Maroc espagnol. Puis ils retrouvent Pierre Guille et Mme Morel pour un voyage en auto à travers l'Espagne. Au retour, s'arrêtent à Toulouse que « Camille » leur fait visiter.

Octobre : Simone de Beauvoir prend un nouveau poste au lycée Jeanne-d'Arc à Rouen, à une heure de train du Havre. Elle y restera jusqu'en 1936. Ils se rencontrent tantôt au Havre, tantôt à Rouen et se rendent fréquemment à Paris. Ils font la connaissance de Colette Aubry, qui enseigne dans le même lycée que Simone de Beauvoir, qui fait partie d'un groupe d'oppositionnels trotskistes et s'intéresse à la psychanalyse. Leur intérêt, plutôt qu'à Freud, va à Adler « parce qu'il accordait moins de place à la sexualité[1] ». Ils se passionnent pour les faits divers, notamment pour l'affaire des sœurs Papin et pour le procès Gorguloff.

1933   Sartre découvre la phénoménologie par Raymond Aron et le livre d'Emmanuel Lévinas, *La Théorie de l'intuition dans la phénoménologie de Husserl*, Alcan, 1930.

Lit *50 000 dollars* et *Le Soleil se lève aussi* de Hemingway. « Un grand nombre des règles que nous nous imposâmes dans nos romans nous furent inspirées par Hemingway[2]. »

Pâques : Vacances à Londres, discussion animée avec Simone de Beauvoir qui lui reproche ses systématisations hâtives.

Été : Italie, Venise et le Tintoret.

Septembre : Sartre boursier pour une année académique (jusqu'en juin 1934) à l'Institut français de Berlin, où il succède à Raymond Aron qui lui a facilité les démarches, et où il étudie Husserl, s'appropriant l'idée fondamentale d'« intentionnalité ». Hitler est au pouvoir depuis janvier : « Les pensionnaires de l'Institut de Berlin ne voyaient pas le nazisme avec d'autres yeux que l'ensemble de la gauche française. Ils ne fréquentaient que des étudiants et des intellectuels antifascistes, convaincus de l'imminente débâcle de l'hitlérisme[3]. »

Sartre se lie avec «Marie Girard », une jeune Française qui vit à l'Institut, où son mari est pensionnaire[4].

---

1. *La Force de l'âge*, p. 133.
2. *Ibid.*, p. 145.
3. *Ibid.*, p. 186.
4. *Ibid.*, p. 190-191.

Vacances de Noël avec Simone de Beauvoir à Paris et à Rouen.

1934   Lit Faulkner *(Tandis que j'agonise* et *Sanctuaire)* et Kafka *(Le Procès).*
À Berlin, achève une deuxième version de *La Nausée* et écrit *La Transcendance de l'Ego.*
Pâques : Vacances à Paris.
Juillet-août : Rendez-vous avec Simone de Beauvoir à Hambourg, puis voyage en Allemagne (où ils assistent à la *Passion* d'Oberammergau), en Autriche, à Prague et en Alsace, où Sartre passe seul quinze jours en famille.
Octobre : Reprend son poste au lycée du Havre, où Raymond Aron l'avait remplacé. Il fait la connaissance à Rouen d'Olga Kosakiewicz, une ancienne élève de Simone de Beauvoir avec qui celle-ci s'est liée. Ils constituent le « trio », dont Beauvoir parlera plus tard dans *L'Invitée.*
Commence, à la demande d'Henri Delacroix, qui dirige une collection chez Alcan, un ouvrage sur l'imagination.
Visite avec Simone de Beauvoir le musée de Rouen.

1934-1936   Professeur au Havre. Selon le témoignage de l'un de ses élèves, Robert Chandeau : « Immédiatement Sartre subjugua ses élèves par sa cordiale autorité et son non-conformisme. En fait, il ne professait pas, il parlait avec de jeunes amis et ce qu'il disait paraissait tellement évident, tellement certain que nous avions l'impression de découvrir la Vérité[1]. »
Ce que confirme un autre ancien élève, l'écrivain Albert Palle, pour qui le prestige de Sartre tenait à son cours « qui était passionnant, qu'il faisait d'une manière drôle et familière [...]. Brusquement, un maître créait une relation humaine ne ressemblant ni à la famille ni à un rapport d'autorité quelconque, une relation dépouillée des barrières habituelles[2] ».
Jacques-Laurent Bost, fils de l'aumônier protestant du lycée et élève, allait devenir l'un des amis les plus proches de Sartre.
Sartre dit ceci du professorat : *La dépression que j'ai eue en 1935 est certainement liée en partie à l'enseignement. Parce que c'est une chose de prendre plaisir à causer avec des élèves, à faire cours, et c'en est une autre que de se voir comme professeur, entouré par d'autres professeurs qui font des cours magistraux, qui font de la discipline en classe. Je n'aimais pas mes collègues, je n'aimais pas l'atmosphère du lycée.*
Collabore avec d'autres professeurs à un projet de réforme de l'Université. Découvre le ski avec Beauvoir à Chamonix.

1. Dans *L'Avant-scène théâtre*, nᵒˢ 402-403, « Spécial Sartre », 1ᵉʳ-15 mai 1968, p. 9.
2. Dans *Liens*, juillet 1971, p. 11.

1935   Parution du *Cheval de Troie* de Nizan, où Sartre est représenté
        partiellement sous les traits de Lange.

        Février : Pour les recherches qu'il est en train de mener en
        écrivant son ouvrage sur l'imagination, Sartre se fait piquer
        à la mescaline, à Sainte-Anne, par son ancien condisciple, le
        docteur Lagache ; il en résulte une dépression accompagnée
        d'hallucinations qui dure plus de six mois.

        21 mars : Mort de Charles Schweitzer, à l'âge de quatre-
        vingt-onze ans. Simone de Beauvoir a évoqué partiellement
        les dernières années de sa vie dans *La Vieillesse*[1].

        14 juillet : Assiste au défilé des forces de gauche à la Bastille.
        « Nous restions spectateurs[2]. »

        Été : Croisière en Norvège avec ses parents, qui inspirera
        la nouvelle « Soleil de minuit » (perdue par Sartre) ; puis
        randonnée avec Simone de Beauvoir dans le centre de la
        France : « Sartre me dit abruptement qu'il en avait assez
        d'être fou[3]. »

        Rentrée : Simone de Beauvoir et Sartre décident de prendre
        en charge les études d'Olga Kosakiewicz et de la préparer
        eux-mêmes à une licence de philosophie. Le projet n'a guère
        de suite, mais Olga est de plus en plus mêlée à leur vie.

        Vacances de Noël à Gsteig, en Suisse, en compagnie de
        Lionel de Roulet (ancien élève de Sartre au Havre) et
        Hélène de Beauvoir (ils se marieront en 1943).

1936   Parution de *L'Imagination* chez Alcan, qui n'a retenu que
        cette première partie de l'ouvrage qui aurait dû s'intituler
        « L'Image » ou « Les Mondes imaginaires ». La seconde
        partie, largement remaniée, ne paraîtra qu'en 1940 (*L'Ima-
        ginaire*, chez Gallimard).

        Sartre et Simone de Beauvoir intègrent Olga Kosakiewicz
        à leur vie commune : « Au lieu d'un couple, nous serions
        désormais un trio. Nous pensions que les rapports humains
        sont perpétuellement à inventer, qu'*a priori* aucune forme
        n'est privilégiée, aucune impossible : celle-ci nous parut
        s'imposer[4]. » L'échec de la tentative inspirera à Simone de
        Beauvoir son roman *L'Invitée*. Olga et J.-L. Bost se marieront
        plus tard, Sartre et Simone de Beauvoir seront leurs témoins.

        Sartre remet « Melancholia » *(La Nausée)* à Gallimard par l'in-
        termédiaire de Nizan ; bonne appréciation de Paulhan, mais
        refus.

        _____

        1. Voir *La Vieillesse*, Gallimard, coll. blanche, 1970, p. 346-348, où Charles
        Schweitzer est appelé « M. Durand ». Le fait est signalé par Robert Minder in
        Rayonnement d'Albert Schweitzer, 34 études et 100 témoignages publiés sous la
        direction de Robert Minder, Colmar, éd. Alsatia, 1975.
        2. *La Force de l'âge*, p. 224.
        3. *Ibid.*, p. 228.
        4. *Ibid.*, p. 250.

Ça m'a fait quelque chose : je m'étais mis tout entier dans ce livre et j'y avais travaillé longtemps ; en le refusant c'était moi-même qu'on refusait, c'était mon expérience qu'on excluait[1].

Écrit la nouvelle « Érostrate ». À Pâques, voit le film *Les Temps modernes*. Voyage en Belgique.

La visite, en compagnie de Simone de Beauvoir, d'Olga et de Bost, d'un grand asile psychiatrique près de Rouen, frappe beaucoup Sartre.

Ne vote pas aux élections mais assiste « avec enthousiasme » à la victoire du Front populaire et donne, pour soutenir celui-ci, un article à *Vendredi*, qui ne le publie pas.

En tout cas, ce qu'il y a de certain, c'est qu'avant la guerre, pour nous, s'engager, ça ne pouvait être que s'engager au parti communiste, entrer au parti communiste. Et ça, il y avait quand même trop de choses contre, selon nous, pour qu'on le fasse[2].

Sartre se voit proposer une khâgne à Lyon, mais il préfère un poste plus modeste (classe de baccalauréat) à Laon, car il a l'espoir d'être ainsi plus rapidement nommé à Paris.

Juillet : Début de la guerre d'Espagne, « drame qui pendant deux ans et demi domina toute notre vie[3] ». Fernando Gerassi, quelque temps plus tard, part se battre pour la République.

Été : Voyage en Italie : Naples, Rome, Venise (où, ultime signe de la « crise mescalinienne », une langouste le poursuit toute une nuit). À la suite du séjour à Naples, écrit la nouvelle « Dépaysement » (dont un fragment modifié sera publié plus tard sous le titre « Nourritures ») ; il projette alors un recueil de nouvelles du type « impressions de villes ».

Rentrée : Sartre et Simone de Beauvoir prennent leurs nouveaux postes, lui à Laon, elle au lycée Molière à Paris.

Au cours de cette année scolaire 1936-1937, Sartre se rend aussi souvent qu'il le peut à Paris où il établit avec Simone de Beauvoir son quartier général au Dôme, à Montparnasse.

1937   Parution de l'essai sur *La Transcendance de l'Ego* dans le numéro 6 de *Recherches philosophiques* (que dirige Jean Wahl). Grâce aux interventions de Dullin et de Pierre Bost, « Melancholia » est finalement accepté par Gaston Gallimard qui suggère pour le livre le titre « La Nausée ».

Printemps : Fait la connaissance de Wanda Kosakiewicz, la jeune sœur d'Olga, qui va s'installer à Paris et qui, plus tard, jouera la plupart des pièces de Sartre, sous le pseudonyme de Marie-Olivier.

1. Entretiens avec John Gerassi (inédits), 1973.
2. *Sartre : un film réalisé par Alexandre Astruc et Michel Contat, texte intégral,* Gallimard, 1977, p. 47.
3. *La Force de l'âge,* p. 283.

Juillet : La Nouvelle Revue française publie la nouvelle « Le Mur ».

Été : Vacances en Grèce avec Simone de Beauvoir et Jacques-Laurent Bost. La visite d'un village grec lui inspirera le décor des *Mouches*.

Automne : Est nommé au lycée Pasteur, à Neuilly. Rend visite à Lionel de Roulet, hospitalisé à Berck, qui lui raconte des anecdotes sur la vie des « potteux ».

Sartre et Simone de Beauvoir habitent chacun une chambre au Mistral Hôtel, 24, rue Cels, dans le XIVᵉ, où ils resteront jusqu'à la guerre.

Vacances de Noël à Megève. Lecture de *L'Espoir* de Malraux, « avec une passion qui débordait de loin la littérature[1] ».

1938   Écrit quatre cents pages d'un traité de psychologie phénoménologique, « La Psyché », dont un fragment formera en 1939 l'*Esquisse d'une théorie des émotions*.

Il y a eu toute une période, vers 1935-1937, où le Castor me décourageait de passer trop de temps à la philosophie. Elle disait : « Oui, vous pouvez faire de petites gentillesses en philosophie, mais vous ne serez jamais un philosophe, vous feriez mieux d'écrire des romans. » Elle était même agacée à un moment donné, un peu après, parce que j'avais fait un gros bouquin, qui s'appelait « La Psyché », dont il n'est pour ainsi dire rien resté. Je n'ai pas terminé « La Psyché » parce que, finalement, j'y démarquais Husserl et que ça n'avait pas d'intérêt[2].

Publie « La Chambre », « Intimité », « Nourritures ».

En avril, parution de *La Nausée* qui obtiendra un assez grand succès critique et manquera de peu l'un des grands prix littéraires. L'Interallié, cette année-là, ira à Nizan pour *La Conspiration*. Voyage au Pays basque.

Articles à la *N.R.F.* sur Faulkner et Dos Passos.

Conférence sur « Le Serment » aux soirées philosophiques de Gabriel Marcel. Prend l'habitude de travailler au café de Flore à Saint-Germain-des-Prés.

Mai : Répond à une enquête de Luc Bérimont, « L'Œuvre devant la vie », parue dans *Marianne*.

Juillet : Termine « L'Enfance d'un chef », le dernier des récits du *Mur*. Forme le projet d'un roman en deux parties, « Lucifer », qui deviendra plus tard *Les Chemins de la liberté*. Voyage dans les Alpes.

Été : Vacances au Maroc ; elles serviront à l'épisode marocain du *Sursis* et inspireront le scénario « Typhus » qui,

1. *La Force de l'âge*, p. 330.
2. Entretiens avec John Gerassi (inédits), 1973.

travaillé en 1943-1944, puis déformé, sera utilisé pour le film
d'Yves Allégret *Les Orgueilleux* (1953).

Septembre : Pendant les journées de Munich, s'attendant à
être mobilisé d'un jour à l'autre, Sartre est déchiré entre
l'idée qu'on ne peut indéfiniment céder à Hitler et ses élans
intimes qui le dressent contre la guerre.

Octobre : Visite l'exposition Gauguin à Paris.

Au début de l'automne, commence *L'Âge de raison.*

1939   Publie en février le recueil *Le Mur* (d'où il retire *in extremis*
        la nouvelle « Dépaysement ») et, en décembre, *Esquisse d'une
        théorie des émotions.*

        Collabore à un numéro de *Verve* sur la figure humaine.

        Articles dans la *N.R.F.* et dans *Europe* sur Husserl, Mauriac,
        Nabokov, Denis de Rougemont, Charles Morgan, Elsa
        Triolet, Faulkner. Le texte sur Mauriac fait sensation.

        Fait la connaissance de Nathalie Sarraute qui lui avait envoyé
        Tropismes.

        Pâques : Vacances en Provence, où il parle à Simone de Beau-
        voir de Heidegger qu'il est en train de lire *(Sein und Zeit).*

        Printemps : Dîner, chez Adrienne Monnier, avec André Gide.
        Les deux écrivains discutent de littérature américaine, de
        La Nausée et plus particulièrement du personnage de l'Auto-
        didacte[1].

        Mai : Assiste à la Conférence antifasciste internationale où il
        fait notamment la connaissance d'Ilya Ehrenbourg.

        On peut appliquer à Sartre ce qu'écrit Simone de Beauvoir à
        propos d'elle-même : « Le printemps 1939 marque dans ma
        vie une coupure. Je renonçai à mon individualisme, à mon
        antihumanisme. J'appris la solidarité. [...] En 1939, mon
        existence a basculé d'une manière aussi radicale : l'Histoire
        m'a saisie pour ne plus me lâcher[2]. »

        16 mai : Dîner avec André Gide chez Adrienne Monnier.

        Été : Donne à Arnold Mandel, pour *La Revue juive de Genève,*
        une interview sur l'antisémitisme, qui ne sera publiée qu'en
        1947.

        Juillet : Début de la liaison avec Wanda Kosakiewicz.

        Vacances dans le Midi : Marseille (où il voit Nizan pour la
        dernière fois), puis Juan-les-Pins, chez Mme Morel, où ils
        apprennent la conclusion du pacte germano-soviétique.

        2 septembre : Mobilisé, rejoint la 70e division au C.M. d'avia-
        tion à Essey-lès-Nancy, puis est transféré à Brumath et à
        Morsbronn, en Alsace. Il part avec la conviction que la
        guerre sera courte.

---

1. Gisèle Freund, *Le Monde et ma caméra,* Denoël-Gonthier, 1970, p. 94.
2. *La Force de l'âge,* p. 368.

La guerre a vraiment divisé ma vie en deux. Elle a commencé quand j'avais trente-quatre ans, elle s'est terminée quand j'en avais quarante et ça a vraiment été le passage de la jeunesse à l'âge mûr. [...] C'est ça le vrai tournant de ma vie : avant, après[1].

La « drôle de guerre » est pour Sartre une période de travail intense : il continue *L'Âge de raison* et remplit une série de carnets. « Il notait sur ces carnets sa vie au jour le jour et il faisait une sorte de bilan de son passé[2]. » C'est sur ces carnets aussi qu'il ébauche une morale et rédige des réflexions philosophiques qui trouveront leur forme définitive dans *L'Être et le Néant*. Beauvoir lui rend visite à Brumath du 31 octobre au 5 novembre.

Fait de nombreuses lectures, notamment Kierkegaard, Heidegger et Hegel (que toutefois il ne connaît encore qu'à travers Hyppolite).

1940   Envisage de retarder la publication de *L'Imaginaire* (qui paraît finalement en mars) pour en faire une thèse, comme le lui propose Jean Wahl.

3-15 février : Permission à Paris. « La semaine se passa en promenades et en conversations. Sartre pensait beaucoup à l'après-guerre ; il était bien décidé à ne plus se tenir à l'écart de la vie politique[3]. »

Il écrit à Brice Parain (dans une lettre non envoyée) : *Pour ce qui est de la politique, n'aie pas peur, j'irai seul dans cette bagarre, je ne suivrai personne, et ceux qui voudront me suivre me suivront. Mais ce qu'il faut faire avant tout, c'est empêcher les jeunes gens qui sont entrés dans cette guerre à l'âge où tu es entré dans l'autre d'en sortir avec des « consciences malheureuses »[4] à ton âge.*

28 mars-9 avril : Sartre obtient une deuxième permission et reçoit le prix du Roman populiste pour *Le Mur*.

23 mai : Mort de Paul Nizan, tué au front.

27 mai : Écrit à Simone de Beauvoir : *Ce roman, à travers tant d'avatars, la paix, la « drôle de guerre » et la vraie guerre s'achemine doucement vers sa fin*[5].

J'ai été stupéfait par la défaite.

21 juin : Sans avoir vu le feu, Sartre est fait prisonnier, le jour de ses trente-cinq ans, à Padoux, en Lorraine, puis il est dirigé sur Baccarat, à la caserne Haxo des gardes mobiles, où on le garde jusqu'à la mi-août ; il est alors transféré au stalag 12 D à Trèves.

Le camp de Trèves comprend de très nombreux prêtres et aumôniers. Sartre noue parmi eux plusieurs amitiés. Les

1. *Situations*, X, p. 180.
2. *La Force de l'âge*, p. 431.
3. *Ibid.*, p. 442.
4. Cité dans *La Force de l'âge*, p. 443. *Lettres au Castor*, 2, Gallimard, 1983, p. 82.
5. Voir dans le présent volume, p. 1910.

trois premiers mois, il est versé dans l'infirmerie puis il est affecté à la baraque des artistes.

Les meilleurs amis de Sartre au camp sont : Marc Bénard (« Courbeau » chez Simone de Beauvoir, journaliste au Havre et peintre) ; le père jésuite Paul Feller (esprit original, apprécié de Sartre, auteur plus tard d'un bel ouvrage sur l'outil) ; l'abbé Henri Leroy (« abbé Page » chez Simone de Beauvoir, qui abandonne plus tard l'Église, se marie et devient libraire) ; l'abbé Marius Perrin (qui publiera un intéressant témoignage sur sa captivité[1] ; l'abbé Etchegoyen et le père dominicain Boisselot qui organisait au camp des chants grégoriens auxquels Sartre participait. Sartre (re)lit Heidegger et pense à une association qui serait « le Parti de la Liberté ».

De sa captivité, Sartre dit ceci : *J'ai retrouvé au stalag une forme de vie collective que je n'avais plus connue depuis l'École normale et je peux dire qu'en somme j'y étais heureux. Je me suis évadé par raison, je n'en avais pas tellement envie mais je me disais : il le faut, pour être dans le coup. Ce que j'aimais au camp c'était le sentiment de faire partie d'une masse. Une communication sans trou, nuit et jour, où on se parlait directement et à égalité. Ça m'a beaucoup appris*[2].

24 décembre : Sartre joue le rôle du roi mage Balthazar dans sa pièce *Bariona ou le Fils du tonnerre.* La pièce sera jouée trois fois (24, 25 et 26 décembre).

1941 *Mi-mars :* Après avoir récupéré le manuscrit de *L'Âge de raison* qui avait été confisqué par un officier allemand, Sartre réussit à se faire libérer en se faisant passer pour civil à l'aide d'un faux attestant qu'il est atteint de « cécité partielle œil droit entraînant des troubles de l'orientation[3] ». Il est dirigé sur Drancy où il passe une dizaine de jours avant de pouvoir rentrer à Paris chez ses parents. Il est décidé à créer des groupes de résistance. Simone de Beauvoir est frappée par la raideur de son moralisme.

Il retrouve son poste au lycée Pasteur après les vacances de Pâques.

Fait la connaissance d'Alberto Giacometti qui restera jusqu'à sa mort en 1966 l'un de ses amis les plus proches.

Participe, avec notamment Merleau-Ponty, Jean et Dominique Desanti, François Cuzin, Jacques-Laurent Bost, Jean Pouillon et Simone de Beauvoir, au groupe de résistance intellectuelle « Socialisme et liberté ».

Sartre rédige alors un projet de Constitution qui comprend en particulier un projet de réforme de l'Université.

1. Marius Perrin, *Avec Sartre au stalag 12 D*, Jean-Pierre Delarge éditeur, 1980.
2. Entretiens avec John Gerassi (inédits), 1973.
3. Ce document, forgé par Marius Perrin, avait été conservé par Mme Mancy.

Il cherche en vain à prendre contact avec les communistes qui font courir le bruit qu'il est un agent provocateur et le mettent sur une liste noire.

Article sur *Moby Dick* dans *Comœdia* (du 21 juin) dont Sartre a accepté, contre l'avis de Simone de Beauvoir, de tenir la chronique littéraire, qu'il ne poursuivra d'ailleurs pas.

Écrit sous forme de journal le récit des journées de la défaite et des débuts de sa captivité. Reprend et termine *L'Âge de raison*.

Été : Voyage à bicyclette en zone libre pour développer son mouvement de résistance ; rencontre Daniel Mayer à Marseille, Gide à Cabris et Malraux à Saint-Jean-Cap-Ferrat, sans succès.

23 août : Se fait démobiliser à Bourg.

Octobre : Professeur de khâgne au lycée Condorcet, où il enseignera jusqu'en 1944.

Merleau-Ponty et Sartre se résolvent à disperser le groupe « Socialisme et liberté », faute d'avoir réussi à le sortir de son isolement et jugeant que les risques encourus sont disproportionnés à son importance réelle (une jeune femme, membre du groupe, a été arrêtée — elle mourra en déportation). « Il s'attela alors opiniâtrement à la pièce qu'il avait commencée *[Les Mouches]* : elle représentait l'unique forme de résistance qui lui fût accessible[1]. »

Fin de l'année : Commence *L'Être et le Néant*.

1942   Écrit abondamment (surtout au Flore et à la Coupole). Achève *Les Mouches*, commence *Le Sursis* qu'il écrit parallèlement à *L'Être et le Néant*. *Si j'ai écrit « L'Être et le Néant » si rapidement, c'est qu'il n'y avait plus qu'à l'écrire : les idées étaient prêtes.*

Publie dans *Messages* (imprimé en Belgique) des pages de journal qu'il intitule « La Mort dans l'âme ».

Vers cette époque, lit la *Correspondance* de Flaubert et forme le projet d'écrire un jour une psychanalyse existentielle de l'auteur de *Madame Bovary*.

Autour de Sartre et de Simone de Beauvoir se constitue « la famille », formée à cette époque d'Olga et de Bost, de Wanda Kosakiewicz et de Nathalie Sorokine, une ancienne élève de Simone de Beauvoir ; ils leur viennent en aide matériellement et passent avec eux, une bonne partie de leur temps.

Pendant les premières années de l'occupation, Simone de Beauvoir habite l'hôtel Mistral ; Sartre, lui, change plusieurs fois d'hôtel et habite notamment le Welcome Hôtel, rue

---

1. *La Force de l'âge*, p. 514.

de Seine, le Grand Hôtel de Paris, 24, rue Bonaparte, l'hôtel Chaplain, rue Jules-Chaplain, etc. Ils fréquentent l'un et l'autre presque exclusivement le Flore.

Sartre voit régulièrement sa mère et son beau-père (qui habitent, depuis 1933, 23, avenue de Lamballe, dans le XVIᵉ). Ses rapports avec son beau-père se sont améliorés car Joseph Mancy est fortement hostile à la collaboration, dès l'Appel du 18 juin.

Été : Vacances à bicyclette en zone libre, puis séjour à La Pouèze, chez Mme Morel, où Sartre et Beauvoir passeront régulièrement pendant dix ans une partie de leurs vacances.

Septembre : Écrit l'*Explication de « L'Étranger »* qui paraîtra en février 1943 dans *Les Cahiers du Sud.*

Octobre : Sartre termine *L'Être et le Néant : L'ouvrage est faite*[1].

Hiver : « L'hiver fut rude[2]. » Sartre et Simone de Beauvoir prennent l'habitude de travailler au Flore.

Un pamphlet circulant en zone Sud présente Sartre comme un disciple de Heidegger et, par conséquent, comme un séide du national-socialisme.

Donne un cours sur l'histoire du théâtre, qui porte principalement sur la dramaturgie grecque, à l'École d'art dramatique de Charles Dullin.

1943   Parution des *Mouches* en avril et, au début de l'été, de *L'Être et le Néant,* qui passe presque inaperçu.

Articles sur Camus, Drieu La Rochelle, Blanchot et Bataille.

Simone de Beauvoir publie *L'Invitée,* dont il est sérieusement question pour le prix Goncourt.

Début de l'année : Sartre est approché par Paulhan qui lui demande de rejoindre le Comité national des écrivains (C.N.E.), rattaché au Conseil national de la Résistance. Il accepte, et collabore aux *Lettres françaises* clandestines.

Pendant l'occupation, j'étais un écrivain qui résistait et non pas un résistant qui écrivait[3]. Plus tard, certains, dont Malraux et les communistes, lui reprocheront de ne pas avoir pris une part plus active à la Résistance.

Participe, le plus souvent chez Édith Thomas, aux réunions du C.N.E. que préside Éluard et qui groupent notamment Paulhan, Mauriac, Claude Morgan, Jacques Debû-Bridel, Jean Guéhenno, Jean Blanzat, Jean Vaudal, Charles Vildrac, etc. Selon Claude Morgan : « Il [Sartre] ne cherchait pas ce qui pouvait diviser mais au contraire ce qui pouvait unir[1]. »

---

1. Courte lettre inédite de Sartre à Brice Parain, octobre 1942 (archives Gallimard).
2. *La Force de l'âge,* p. 543.
3. Entretiens avec John Gerassi (inédits), 1973.

2 juin : Première des *Mouches* au théâtre de la Cité. Mise en scène de Charles Dullin. Olga Kosakiewicz joue le rôle d'Électre. La pièce, agréée par la censure allemande, est présentée avec l'accord du C.N.E. (elle aura vingt-cinq représentations, puis sera reprise à l'automne).

À la générale, Sartre fait la connaissance d'Albert Camus. Les deux hommes, un peu plus tard, lient amitié.

Beauvoir est suspendue de l'Éducation Nationale le *17 juin* ; elle devient « metteuse en ondes » à la radio.

Engagé par la maison Pathé par l'intermédiaire de Jean Delannoy, Sartre signe un contrat le *13 octobre* et restera salarié jusqu'au 31 octobre 1946. Il écrit à cette époque plusieurs scénarios : « Les jeux sont faits », « Typhus », « La Fin du monde », « Histoire de nègre », « Les Faux Nez », un scénario sans titre sur la Résistance, etc.

Interrompt *Le Sursis* pour écrire en quelques jours une pièce qui s'intitulera « Les Autres », puis *Huis clos*. Propose à Camus de jouer le rôle de Garcin et de se charger de la mise en scène. Fait la connaissance de Michel Leiris et de Raymond Queneau.

Michel Leiris et sa femme Zette seront pendant toute cette époque les amis les plus intimes de Sartre et Simone de Beauvoir qui ont l'un et l'autre une vive admiration pour *L'Âge d'homme* et *L'Afrique fantôme*.

À partir de 1943, figure parmi les collaborateurs de *Combat* clandestin, pour lequel il écrit un texte (non identifié jusqu'à présent).

Le mot « existentialisme » est lancé par Gabriel Marcel.

1944   Articles sur Brice Parrain, Francis Ponge.

Février : Rend hommage à Jean Giraudoux, à la mort de celui-ci, survenue le 31 janvier.

23 février : Réunion du prix de la Pléiade ; Sartre soutient *Enrico* de Mouloudji qui obtient le prix.

5 mars : Participe, avec Georges Bataille, à une discussion sur le péché, chez Marcel Moré.

19 mars : Joue le Bout rond dans *Le Désir attrapé par la queue* de Picasso chez Michel Leiris.

Prend part, à l'époque, à une série de « fêtes » auxquelles participent notamment Camus, Queneau, les Salacrou, Georges Bataille, Georges Limbour, Sylvia Bataille, Lacan. Se lie plus familièrement avec Armand Salacrou et rencontre souvent Georges Bataille.

Mai : Fait la connaissance de Jean Genet au Flore en compagnie de Camus.

---

1. Dans *La République du Centre,* 22 août 1975.

27 mai : Première de *Huis clos* au Vieux-Colombier. Mise en scène de Raymond Rouleau. La pièce sera reprise après la Libération en septembre.

5 au 6 juin : Fiesta chez les Dullin. Au matin, Sartre et Beauvoir apprennent le débarquement allié en Normandie.

10 juin : Débat sur le théâtre avec Cocteau, Camus, Salacrou, Vilar.

Fin juin : Termine sa carrière d'enseignant.

Mi-juillet-août : À la suite de l'arrestation d'un membre du mouvement Combat, quitte Paris, avec Simone de Beauvoir, pour y revenir le 11 août 1940. Sartre, membre du C.N.Th. (Comité national du théâtre), fait partie du groupe qui occupe le Théâtre-Français. Rencontre Ernest Hemingway au Ritz, à Paris.

Août-septembre : Reportage sur les journées de la Libération dans *Combat*, avec l'aide de Simone de Beauvoir.

9 septembre : Dans leur premier numéro non clandestin, *Les Lettres françaises* publient en première page l'article de Sartre « La République du Silence », qui commence par la phrase fameuse : *Jamais nous n'avons été plus libres que sous l'occupation allemande*[1].

Septembre : Le comité directeur des *Temps modernes* est constitué. Il comprend Raymond Aron, Simone de Beauvoir, Michel Leiris, Merleau-Ponty, Albert Ollivier, Jean Paulhan et Sartre. Malraux n'a pas accepté d'en faire partie. Les restrictions sur le papier rendent impossible la parution de la revue avant la fin de la guerre.

Disposant d'un revenu confortable et régulier grâce au théâtre et à son travail de scénariste pour Pathé et voulant se consacrer entièrement à ses écrits, Sartre se fait mettre en congé illimité par l'Université. Il ne démissionnera que dans les années 60, pour régulariser une situation de fait.

Novembre : Sartre termine *Le Sursis* et le remet à Gallimard en même temps que *L'Âge de raison*.

Décembre : Rédige un manifeste pour *Les Temps modernes*.

Publie dans *Action* une mise au point sur l'existentialisme, pour répondre à des attaques communistes.

Séjour à La Pouèze, où Sartre termine ses *Réflexions sur la question juive*.

1945   Publication de *Huis clos* en mars, de *L'Âge de raison* et du *Sursis* en septembre.

De même que Camus, Sartre refuse la Légion d'honneur. Refuse aussi de signer un appel demandant la clémence pour Robert Brasillach.

---

1. *Situations*, III, p. 11.

11 janvier : S'envole à bord d'un avion militaire pour les États-Unis en compagnie de sept journalistes français. Il est l'envoyé spécial de *Combat* et du *Figaro*.

À New York, retrouve Stépha et Fernando Gerassi, par l'intermédiaire de qui il lui fait la connaissance d'Alexander Calder. Rencontre notamment André Masson, Yves Tanguy, Fernand Léger, Lévi-Strauss, André Breton, sa femme Jacqueline, David Hare, Howard Fast, Richard Wright. Reste aux États-Unis jusqu'en mai. Il se lie avec Dolorès Vanetti, « une jeune femme, à demi séparée de son mari et, en dépit d'une situation brillante, médiocrement satisfaite de sa vie[1] ». Rencontre le président Roosevelt le 9 mars et visite Hollywood (où il retrouve Henriette Nizan). Assiste à une projection privée de *Citizen Kane* auquel il consacre à son retour un article peu enthousiaste.

Gaston Gallimard lui donne pleins pouvoirs pour signer des contrats avec les écrivains américains qu'il juge intéressants.

15 janvier : Mort du beau-père de Sartre, Joseph Mancy, à l'âge de soixante-dix ans.

Mai-juin : Sartre et Simone de Beauvoir se mêlent « de bon cœur au " Tout-Paris[2] ". »

Été : Sartre séjourne à la campagne avec sa mère puis passe un mois à La Pouèze où il travaille à *Morts sans sépulture*. Voyage en Belgique avec Simone de Beauvoir et participation à un colloque organisé par les éditions du Cerf au cours duquel il répond à Gabriel Marcel : *Ma philosophie est une philosophie de l'existence ; l'existentialisme, je ne sais pas ce que c'est[3].* Lit la *Phénoménologie de l'esprit* de Hegel.

Commence à prendre des notes en vue de la « Morale » annoncée à la fin de *L'Être et le Néant*. Il l'abandonnera en 1949.

Automne : L'existentialisme est partout : parution des deux premiers volumes des *Chemins de la liberté* (septembre), du premier numéro des *Temps modernes* (15 octobre) dont le manifeste met le monde littéraire en émoi, représentation des *Bouches inutiles* de Simone de Beauvoir (29 octobre). Dans la presse, les articles se multiplient. « Nous finîmes par reprendre à notre compte l'épithète [« existentialistes »] dont tout le monde usait pour nous désigner[4]. » La notoriété de Sartre grandit démesurément en quelques semaines. *Il n'est pas plaisant d'être traité de son vivant comme un monument public[5].*

---

1. Simone de Beauvoir, *La Force des choses*, Gallimard, coll. blanche, 1963, p. 64.
2. *Ibid.,* p. 46.
3. Cité dans *La Force des choses*, p. 50.
4. *Ibid.,* p. 50.
5. *Situations*, II, p. 43.

24 octobre : Conférence sur l'existentialisme à Bruxelles.

29 octobre : Conférence célèbre et mouvementée (décrite par Boris Vian dans *L'Écume des jours*) sur le sujet : « L'existentialisme est-il un humanisme ? » donnée au club Maintenant. *J'ai très vite pensé que c'était une erreur considérable de l'avoir laissé publier.*

« Au même instant célèbre et scandaleux, Sartre n'accueillit pas sans malaise une renommée qui, tout en dépassant ses anciennes ambitions, les contredisait[1]. »

La célébrité, pour moi, ce fut la haine[2].

Octobre-novembre : Les rapports de Sartre avec les communistes ne s'améliorent pas. Au cours d'une réunion chez René Maublanc où l'a convoqué Jean Kanapa, un de ses anciens élèves du lycée Pasteur, il s'attrape avec Garaudy et Mougin. Garaudy publie, dans *Les Lettres françaises* (28 décembre 1945), une violente attaque sous le titre « Un faux prophète : Jean-Paul Sartre ».

12 décembre : Sartre repart pour l'Amérique où, sous l'égide des Relations culturelles françaises, il fait une tournée de conférences (Harvard, Princeton, Yale, New York).

1946   Parution de *L'Existentialisme est un humanisme, Morts sans sépulture, La Putain respectueuse, Réflexions sur la question juive.* Publie des préfaces à des extraits de Descartes et aux *Écrits intimes* de Baudelaire.

Projette de faire paraître chez Gallimard un volume de scénarios qui aurait comporté les titres suivants : *Les Faux Nez*, « Scénario sur la Résistance », *La Grande Peur, Histoire de nègre, L'Apprenti sorcier.* Ce projet ne se réalisera pas.

8-12 mars : Conférences au Canada (Toronto, Ottawa, Montréal).

Mars-avril : Au retour de Sartre, le 15 mars, Simone de Beauvoir s'inquiète de l'importance qu'a prise pour lui sa relation avec Dolorès. Il la rassure : *Je tiens énormément à M. [Dolorès], mais c'est avec vous que je suis[3].*

Les gens qui approchent Sartre et Simone de Beauvoir et qui connaissent leurs relations sont en général frappés par le fait qu'ils ne se tutoient pas. Sartre explique : *C'est d'elle que ça vient. Personne ne la tutoyait quand on s'est connus — ce n'était pas courant à l'époque de se tutoyer. Et puis elle n'aime pas le tutoiement, et finalement on s'est trouvé encore aujourd'hui à se dire vous, jamais on ne s'est dit tu, jamais, pas une seule fois. Et cependant cela ne fait pas la moindre distance : je n'ai jamais été plus proche d'une femme que du Castor[4].*

1. *La Force des choses*, p. 52.
2. Cité dans *La Force des choses*, p. 57.
3. *La Force des choses*, p. 82.
4. Entretiens avec John Gerassi (inédits), 1973.

Fin avril-début mai : Alité avec les oreillons à l'hôtel Louisiane, rue de Seine, où il habite depuis 1944, il travaille notamment à des « tableautins d'Amérique » qu'il abandonne peu après.

Mai : Ne vote pas au référendum sur la Constitution.

Mai-juin : Sur l'invitation de l'éditeur Albert Skira, donne une série de conférences en Suisse sur l'existentialisme : *20 mai :* Genève ; *22 et 23 mai :* Zurich ; *1er juin :* Lausanne, où il fait la connaissance d'André Gorz qui relatera plus tard dans *Le Traître* leur première rencontre.

Juin : Conférences en Italie. À Milan, rencontre notamment Elio Vittorini. À Rome, fait la connaissance de Carlo Levi, avec qui il restera lié, d'Ignazio Silone, d'Alberto Moravia et du peintre et écrivain communiste Renato Guttuso.

« Attristés par l'hostilité des [communistes] français, nous profitâmes de l'amitié des italiens avec un plaisir qui en seize ans ne devait jamais se démentir[1]. »

Jean Cau devient le secrétaire de Sartre (il le restera jusqu'en 1957).

Soutient vainement Vian pour le prix de la Pléiade (Sartre avait fait la connaissance de Boris et Michelle Vian au printemps, après son retour des États-Unis).

Premier éclatement de l'équipe des *Temps modernes* avec le départ de Raymond Aron et d'Albert Ollivier, Sartre et Merleau-Ponty se partagent la direction de la revue, Merleau-Ponty en assurant la direction politique ; il refuse toutefois que son nom apparaisse à côté de celui de Sartre sur la couverture.

Sartre publie son étude « Matérialisme et révolution » où il formule ses objections fondamentales au matérialisme dialectique et attaque le dogmatisme des intellectuels communistes français. Ses rapports avec ceux-ci se tendent encore davantage.

Cet été-là, Sartre s'installe avec sa mère dans un appartement qu'elle achète, 42, rue Bonaparte, au quatrième étage, dont les fenêtres donnent sur la place Saint-Germain-des-Prés et où ils habiteront jusqu'en 1962.

7 septembre : Reprise de *Huis clos* au théâtre de la Potinière.

Septembre : Séjour à Rome pour travailler avec J.-B. Pontalis à une adaptation cinématographique de *Huis clos* qui ne sera finalement pas réalisée.

Octobre : Fait la connaissance d'Arthur Koestler qui lui déclare : « Vous êtes un meilleur romancier que moi, mais un moins bon philosophe. »

Préface le catalogue d'une exposition d'Alexander Calder.

---

1. *La Force des choses*, p. 118.

Jusque-là j'avais toujours vécu à l'hôtel, travaillé au café, mangé au restaurant et c'était très important pour moi, le fait de ne rien posséder. C'était une manière de salut personnel ; je me serais senti perdu — comme l'est Mathieu — si j'avais eu un appartement à moi, avec des meubles, des objets à moi[1].

Pendant les années qu'il passe rue Bonaparte, Sartre joue régulièrement du piano après le déjeuner et avant de se remettre au travail. *Le piano c'est quelque chose qui a compté dans ma vie.*

Fin octobre : Arthur Koestler emmène Sartre chez Malraux en compagnie de Simone de Beauvoir et de Camus. La rencontre se termine dans l'irritation générale[2].

1ᵉʳ novembre : Conférence à la Sorbonne sur la responsabilité de l'écrivain, à l'occasion de la constitution de l'Unesco.

Pour préparer sa conférence, Sartre s'est bourré d'orthédrine, habitude qu'il a prise depuis quelque temps pour les travaux qui lui coûtent.

8 novembre : Première de *Morts sans sépulture* et de *La Putain respectueuse* au théâtre Antoine. Le titre de la deuxième pièce (écrite en quelques jours pendant l'été pour compléter le spectacle) est censuré par la direction du Métro ; la pièce fait carrière sous le titre *La P... respectueuse.*

Novembre : Voyage en Hollande, au cours duquel il travaille à *Qu'est-ce que la littérature ?* et se soumet à des analyses graphologiques et à des tests projectifs à l'Institut psychologique d'Utrecht dirigé par Van Lennep.

12 décembre : Soirée chez les Vian au cours de laquelle Camus se brouille avec Merleau-Ponty à qui il reproche sa complaisance pour les communistes. Sartre et Camus resteront plus ou moins brouillés jusqu'en mars 1947.

13 décembre : Donne à Paris une conférence sur le problème des minorités en Amérique.

Décembre : Devient membre actif de la Ligue française pour la Palestine libre, organisation proche de l'Irgoun et de Menahem Begin. Publie par la suite plusieurs textes et appels dans *La Riposte.*

1947   Parution de *Situations I, Théâtre I, Baudelaire.*

25 janvier : Simone de Beauvoir part pour les États-Unis pour une tournée de conférences. Retour à Paris le 20 mai.

Février : Commence la publication de *Qu'est-ce que la littérature ?* dans *Les Temps modernes.*
La politique du communisme stalinien est incompatible avec l'exercice honnête du métier littéraire[3].

---

1. Entretiens avec John Gerassi (inédits), 1972.
2. Voir Jean Lacouture, *Malraux, une vie dans le siècle*, Seuil, coll. « Points », 1976, p. 353.
3. *Situations*, II, p. 280.

Répond à des attaques soviétiques parues dans la *Pravda*.

Participe au comité de défense d'Henry Miller.

Fait la connaissance de Francis Jeanson dont il recommande le livre *Le Problème moral et la Pensée de Sartre*.

Avril-juin : Prend la défense de Nizan, diffamé par les communistes.

31 mai : Conférence sur Kafka, sous les auspices de la Ligue française pour la Palestine libre.

2 juin : Exposé « Conscience de soi et connaissance de soi » à la Société française de philosophie.

27 juin : Soutient Jean Genet pour le prix de la Pléiade.

Juillet : Voyage et conférence de presse à Londres pour présenter *Morts sans sépulture* et *La Putain respectueuse*. Signe une pétition à propos de l'affaire de l'*Exodus*.

Août-septembre : Voyage avec Simone de Beauvoir à Copenhague, en Suède et en Laponie.

19 septembre : Communication à un congrès de filmologues à qui il présente *Les jeux sont faits*. Le film, réalisé par Jean Delannoy, concourt cette année au Festival de Cannes, auquel Sartre assiste.

Octobre-novembre : Sur l'initiative de son ancien collègue du Havre, Bonafé, dont le père est un ami personnel de Ramadier, président du Conseil, Sartre réalise une émission radiophonique : « La Tribune des *Temps modernes* » (dates : 6, 20, 27 octobre, 10, 17 et 24 novembre). Après avoir provoqué de vives réactions, l'émission est supprimée en décembre lorsque le ministère Ramadier est remplacé par le ministère Schuman. Plusieurs entretiens déjà enregistrés ne sont pas diffusés.

Sartre dira plus tard : *Le sens de ces émissions, en définitive, c'était que les socialistes voulaient lâcher contre les communistes un groupe d'intellectuels connus* [1].

Brouille définitive avec Raymond Aron et Arthur Koestler. (Sartre : *Quand on a des opinions si différentes, on ne peut même pas voir un film ensemble* [2].)

Novembre : Appel à l'opinion internationale pour éviter la guerre par la création d'une Europe unie, socialiste et indépendante. L'appel est signé par *Esprit, Les Temps modernes,* Breton, Camus, Sartre, Rousset, etc.

Décembre : Préface une exposition David Hare à la Galerie Maeght.

Vacances de Noël à La Pouèze où Sartre commence *Les Mains sales*.

1. Entretiens avec John Gerassi (inédits), 1973.
2. *La Force des choses*, p. 157.

1948   Parution de *Les Mains sales, Situations II, L'Engrenage*.
Préface au *Portrait d'un inconnu* de Nathalie Sarraute.

Février : Voyage à Berlin ; conférence et débat sur *Les Mouches*.

13 février : Témoigne au procès de Robert Misrahi, son ancien élève au lycée Condorcet, accusé de détention d'explosifs pour le compte du groupe Stern. Sartre déclare : *Je considère que le devoir des non-Juifs est d'aider les Juifs, et la cause palestinienne*[1].

Fin février : Rejoint le groupe (composé de David Rousset, Georges Altman, Jean Rous, etc.) qui est à l'origine du Rassemblement démocratique révolutionnaire.

10 mars : Conférence de presse du R.D.R.

12 mars : Assemblée générale du R.D.R. aux Sociétés savantes.

19 mars : Allocution au meeting R.D.R., salle Wagram. Collabore au journal *La Gauche R.D.R.*

Vers cette époque, abandonne pratiquement la direction des *Temps modernes* à Merleau-Ponty (celui-ci ne rejoindra le R.D.R. que quelque temps plus tard et n'y participera jamais très activement).

Fin mars : Camus assiste avec Sartre à une répétition des *Mains sales*. Il juge la pièce excellente mais déplore qu'une réplique semble donner raison au personnage du dirigeant communiste Hoederer contre le jeune révolté Hugo.

2 avril : Première des *Mains sales* au théâtre Antoine. Mise en scène de Pierre Valde, « amicalement supervisée » par Jean Cocteau (que Sartre voit souvent à cette époque). François Périer triomphe dans le rôle de Hugo. La pièce rencontre un très grand succès. Campagne communiste hostile. Guy Leclerc écrit dans *L'Humanité* (7 avril 1948) : « Philosophe hermétique, écrivain nauséeux, dramaturge à scandale, démagogue de troisième force, telles sont les étapes de la carrière de M. Sartre. »

Début avril : Conférence dans une loge maçonnique.

Mai : Prend position en faveur de la création de l'État d'Israël.

Mai-juin : Simone de Beauvoir voyage avec Nelson Algren aux États-Unis, au Guatemala et au Mexique.

11 juin : Intervention à un meeting R.D.R.

18 juin : Entretien sur la politique avec D. Rousset ; deuxième entretien, avec Rousset et Gérard Rosenthal, le 24 novembre.

---

1. Voir Michel Contat et Michel Rybalka, *Les Écrits de Sartre*, Gallimard, 1970, p. 205.

Juin : Sartre fait la connaissance d'Olivier Todd, à l'occasion du mariage de celui-ci avec la fille de Nizan, Anne-Marie.

Août : Au Congrès de Wroclaw, Sartre est traité de « hyène à stylographe » par Fadeev.

1ᵉʳ-13 octobre : Voyage avec Simone de Beauvoir en Algérie.

Octobre : Fait partie, avec Camus, Queneau et Richard Wright, d'un Comité de solidarité avec Gary Davis.

Un peu plus tard, Sartre prend nettement ses distances par rapport au mouvement de Gary Davis, qu'il juge moralisant, naïf et inefficace.

Automne : Devient membre du comité directeur du Comité français d'échange avec l'Allemagne nouvelle.

30 octobre : Par décret du Saint-Office, toute l'œuvre de Sartre est mise à l'index.

18 novembre : Intervention à un meeting sur le Maroc.

26 novembre : Création, à Lausanne, d'une adaptation théâtrale du scénario « Les Faux Nez ».

Fin novembre : Proteste contre l'adaptation des *Mains sales* à New York.

Début décembre : Démarche soviétique auprès des autorités d'Helsinki pour empêcher la représentation des *Mains sales*, considérée comme « propagande hostile à l'U.R.S.S. ».

Décembre : À la suite d'une intervention menaçante de Malraux, irrité par un article des *Temps modernes* le mettant en cause, la revue quitte Gallimard et est reprise par Julliard. Sartre travaille à sa « Morale » et commence une longue étude sur Mallarmé.

1949   Publie *La Mort dans l'âme, Situations III, Entretiens sur la politique.*

Simone de Beauvoir publie *Le Deuxième Sexe.*

Janvier : Assiste en spectateur à une audience du procès Kravchenko.

Janvier-février : Polémique dans *Combat* avec Georges Lukács, en visite à Paris et que Sartre ne rencontre pas.

Mars : Séjour à Cagnes où il travaille à la « Morale » et au quatrième tome des *Chemins de la liberté.*

24 avril : Conférence au Centre d'études de politique étrangère : « Défense de la culture française par la culture européenne. »

Mai : Rencontre Charlie Parker au Club Saint-Germain.

Controverse avec Mauriac. Mauriac : « Il faut que notre philosophe se fasse une raison : Renonce à la politique, Zanetto, et *studia la matematica*[1]. » Sartre : *On a d'autant plus de*

1. *Le Figaro*, 25 avril 1949.

verve qu'on entend moins ce dont on parle. C'est le cas de M. Mauriac lorsqu'il aborde la politique[1].

30 juin : Convoque à ses frais une assemblée générale extra-ordinaire du R.D.R. qui met en minorité la tendance pro-américaine dirigée par Rousset et Altman.

Éclatement du R.D.R. Coup dur. Nouvel et définitif apprentissage du réalisme. On ne crée pas un mouvement[2].

Été : Voyage avec Dolorès Vanetti : Mexique, Guatemala, Panama, Curaçao, Haïti et Cuba. À Haïti, assiste avec beaucoup d'intérêt à des manifestations du culte vaudou. Rend visite le 27 août à Hemingway à La Havane.

4 octobre : Envoie un télégramme au procès Gary Davis.

12 octobre : Démissionne officiellement du R.D.R. Le mouvement, mis en veilleuse, ne survivra que quelques mois.

11 décembre : Mort de Charles Dullin.

Décembre : Rôle et texte dans le film de Nicole Védrès *La vie commence demain* (qui sortira en 1950).

Abandonne la « Morale ». Commence une préface que lui a demandée Gallimard pour les *Œuvres* de Jean Genet. Fait paraître une partie (« Drôle d'amitié ») du tome IV des *Chemins de la liberté* dans *Les Temps modernes* de novembre et décembre.

1950   Selon Simone de Beauvoir, Sartre « avait pratiquement renoncé à toute activité politique[3] ». Il s'occupe d'histoire et d'économie, relit Marx, travaille à la préface à Genet qui prend les dimensions d'un gros volume et est publiée en partie dans *Les Temps modernes*.

Préface plusieurs ouvrages : *Le Communisme yougoslave depuis la rupture avec Moscou* de Louis Dalmas, *La Fin de l'espoir* de Juan Hermanos, *L'Artiste et sa conscience* de René Leibowitz, *Portrait de l'aventurier* de Roger Stéphane.

Entretiens avec le philosophe marxiste Tran Duc Thao et Jean Domarchi (non publiés).

Début de l'année : Fait une conférence sur le théâtre à un club d'autodidactes de la rue Mouffetard.

Janvier : S'élève avec Merleau-Ponty contre l'existence des camps de concentration soviétiques.

11 février : Fait lire un hommage à Charles Dullin à l'Atelier.

Printemps : Voyage avec Simone de Beauvoir au Sahara et en Afrique noire, où Sartre est dépité de ne parvenir à nouer aucun contact politique avec le R.D.A. (Révolution démo-

1. *Le Figaro littéraire*, 7 mai 1949.
2. Cité dans *La Force des choses*, p. 194.
3. *La Force des choses*, p. 217.

cratique africaine), celui-ci ayant reçu des communistes français la consigne de l'éviter. Se repose ensuite deux semaines au Maroc.

Mai-juin : Ne signe pas l'appel de Stockholm. *Ce fut un tort*[1].

Juin : Sartre rompt avec Dolorès Vanetti qui s'est fixée en France.

Fin juin : Conférence dans une église de Francfort. Refuse de participer à un congrès pro-communiste qui se tient à Berlin. Soutient la campagne électorale de Paul Rivet, ancien directeur du musée de l'Homme, candidat neutraliste de l'Union progressiste et socialiste.

Début de la guerre de Corée qui suscite d'importantes divergences entre Sartre et Merleau-Ponty. Politiquement, Sartre « nage dans l'incertitude[2] ».

Rend visite à Gide, à Cabris, pendant le tournage du film de Marc Allégret *Avec André Gide.*

Août : Rencontre Merleau-Ponty à Saint-Raphaël ; ils passent une journée à discuter de la guerre de Corée. Merleau-Ponty : « Nous *[Les Temps modernes]* n'avons plus qu'à nous taire[3]. » Vers cette époque, Sartre et Simone de Beauvoir prennent l'habitude de passer leurs soirées chez elle à écouter de la musique. Leurs programmes sont éclectiques et vont de Monteverdi à Berg, avec une prédilection pour Beethoven, Ravel, Stravinski, Bartok, sans oublier le jazz.

1951   *Début de l'année :* Compose *Le Diable et le Bon Dieu.* Il achève la pièce au cours de répétitions mouvementées.

Janvier : Reprise des *Mouches* au Vieux-Colombier par Raymond Hermantier avec Olga Kosakiewicz (à la scène Olga Dominique) dans le rôle d'Électre, qu'elle a créé.

La municipalité communiste de Nîmes proteste contre la représentation des *Mains sales* au Festival de Nîmes.

1ᵉʳ février : Dans une interview aux *Nouvelles littéraires,* Sartre déclare notamment ceci, au sujet de ses habitudes de travail : *On peut être fécond sans travailler beaucoup. Trois heures tous les matins, trois heures tous les soirs. Voilà ma seule règle. Même en voyage. J'exécute petit à petit un plan de travail très consciemment élaboré. Roman, pièce, essai, chacun de mes ouvrages est une facette d'un ensemble, dont on ne pourra vraiment apprécier la signification que le jour où je l'aurai mené à son terme*[4].

Février : Écrit un hommage à André Gide, à la mort de celui-ci (19 février 1951).

1. Entretiens avec John Gerassi (inédits), 1973.
2. *Situations*, IV, p. 240.
3. *Ibid.,* IV, p. 236.
4. Voir *Les Écrits de Sartre,* p. 241.

Mai : À l'occasion des répétitions de *Le Diable et le Bon Dieu* auxquelles Camus assiste souvent, leur amitié connaît un bref renouveau.

7 juin : Première de la pièce au théâtre Antoine. Mise en scène de Louis Jouvet. Gros succès, mais le contenu idéologique de l'œuvre rencontre une quasi totale incompréhension.

J'ai fait faire à Goetz ce que je ne pouvais pas faire [*i.e.* résoudre la contradiction de l'intellectuel et de l'homme d'action[1]].

Juin : Dans une interview, Sartre déclare : *Jusqu'à nouvel ordre, le parti communiste représente à mes yeux le prolétariat et je ne vois pas comment cela changerait avant quelque temps [...]. Il est impossible de prendre une position anti-communiste sans être contre le prolétariat*[2].

En même temps, on peut lire dans *Paris-Presse* cette déclaration du préfet de police Baylot : « Un communiste est un soldat russe. [...] Je considère que lorsque j'ai à faire une opération avec un communiste, j'ai à faire une opération avec un acte de guerre communiste[3]. »

Été : À partir de la mi-juillet, voyage avec Simone de Beauvoir en Norvège, Islande, Écosse, puis séjour à Londres.

Octobre : En séjour en Italie avec Michelle Vian (Venise, Rome, Naples, Capri), commence « La Reine Albemarle ou le Dernier Touriste » qui, dit Simone de Beauvoir, « devait être en quelque sorte *La Nausée* de son âge mûr[4] ».

Les Mains sales, film de Fernand Rivers. Violentes protestations communistes. Dans certaines villes, le film est projeté sous la protection de la police.

Hiver 1951-1952 : Sartre s'entoure de nouveaux collaborateurs aux *Temps modernes :* Marcel Péju, Claude Lanzmann, Guy de Chambure, Bernard Dort. « Ils [Lanzmann et Péju] aidèrent Sartre à repolitiser la revue et ce furent eux surtout qui l'orientèrent vers ce " compagnonnage critique " avec les communistes que Merleau-Ponty avait abandonné[5]. »

À cette époque, Sartre travaille avec acharnement et dans un assez grand isolement (dont rend compte en partie le personnage de Dubreuilh dans *Les Mandarins* que Simone de Beauvoir commence cette année-là).

1952   Publication de *Saint Genet, comédien et martyr.*
        La P... respectueuse, film de Marcel Pagliero et Charles Brabant.

---

1. Cité par Simone de Beauvoir, *La Force des choses*, p. 262.
2. *Paris-Presse/L'Intransigeant*, 7 juin 1951.
3. *Ibid.*, 6 juin 1951.
4. *La Force des choses*, p. 217.
5. *Ibid.*, p. 271.

Janvier : Premier rapprochement avec le parti communiste. Sartre est contacté par Claude Roy et Jean Chaintron pour participer à la campagne en faveur d'Henri Martin (marin communiste emprisonné pour son action contre la guerre d'Indochine). Il est reçu par le président Auriol à qui il présente une demande de grâce pour Henri Martin, et accepte de collaborer à un livre sur l'affaire.

Printemps : Travaille à son étude sur Mallarmé.

Début juin : Sartre, à Rome, apprend l'arrestation de Duclos (« affaire des pigeons voyageurs ») à la suite de la manifestation communiste contre la venue à Paris du général Ridgway. Cette affaire coïncide pour Sartre avec la lecture du *Coup du 2 décembre* d'Henri Guillemin : *C'est un livre qui a compté : les documents qu'y fournit Guillemin m'ont révélé ce que peut contenir de merde un cœur bourgeois*[1].

Les derniers liens furent brisés, ma vision fut transformée : un anticommuniste est un chien, je ne sors pas de là, je n'en sortirai plus jamais. [...] Au nom des principes qu'elle m'avait inculqués, au nom de son humanisme, et de ses « humanités », au nom de la liberté, de l'égalité, de la fraternité, je vouai à la bourgeoisie une haine qui ne finira qu'avec moi. Quand je revins à Paris, précipitamment, il fallait que j'écrive ou que j'étouffe. J'écrivis, le jour et la nuit, la première partie des Communistes et la Paix *[qui paraît dans le numéro de juillet des* Temps modernes[2]*].*

Les faiblesses des Communistes et la Paix *viennent du fait que finalement je ne peux pas prendre une position politique sans la théoriser. J'ai fait un effort théorique qui certainement dépassait le simple fait qu'un intellectuel se mette aux côtés des communistes*[3].

Juin : En Italie, travaille à « La Reine Albemarle ».

Juillet : En séjour à Menton, Sartre, selon une interview, travaille au dernier volume des *Chemins de la liberté :* « La Dernière Chance », qu'il dit vouloir publier en octobre.

Août : Publie dans *Les Temps modernes* sa « Réponse à Albert Camus ». *Notre amitié n'était pas facile mais je la regretterai*[4]. Les deux hommes ne se rencontreront plus jamais.

Été : Sartre écrit en Italie la deuxième partie des « Communistes et la Paix ».

Pendant quatre ans, à l'exception de *Kean*, ses activités vont être presque exclusivement dominées par la politique.

15 novembre : Signe le « Manifeste contre la guerre froide » du C.N.E. (Comité national des écrivains).

19 novembre : Interdit la représentation des *Mains sales* à Vienne.

---

1. Film *Sartre par lui-même*, 1972 (voir *Sartre*, texte du film, p. 91).
2. *Situations*, IV, p. 248-249.
3. Entretiens avec John Gerassi (inédits), 1973.
4. *Situations*, IV, p. 90.

Novembre : Déjeuner chez sa mère avec Albert Schweitzer, qui vient de recevoir le prix Nobel de la Paix.

Début décembre : dîner avec Charlie Chaplin et Pablo Picasso.

12 décembre : Intervention de Sartre à la séance d'ouverture du Congrès des peuples pour la Paix, à Vienne.

23 décembre : Allocution à un meeting au Vél' d'Hiv sur le Congrès de Vienne organisé par le Mouvement de la Paix.

Fin de l'année : Sartre fait une longue conférence sur la philosophie, en français, à Fribourg-en-Brisgau, devant un vaste auditoire de professeurs et d'étudiants (qui le jugent excessivement concret pour philosophe). À cette occasion, il rend à Heidegger une visite de politesse.

1953   Parution de *L'Affaire Henri Martin* (en octobre).

15 janvier : Sartre assiste à la leçon inaugurale de Merleau-Ponty au Collège de France.

Mars : À Saint-Tropez, Pierre Brasseur et Sartre s'entretiennent d'une adaptation de *Kean* d'Alexandre Dumas.

Nouvelle controverse avec Mauriac (au sujet de l'antisémitisme en U.R.S.S.).

6 mars : Sartre apprend par Aragon, avec qui il doit déjeuner, la mort de Staline.

Avril : « Réponse à Claude Lefort », lequel s'en était pris aux « Communistes et la Paix » dans un article des *Temps modernes* où il développait les positions qui sont à ce moment-là celles de *Socialisme ou Barbarie*.

5 mai : Intervention à un meeting du Mouvement de la Paix à la Mutualité.

Mai : En désaccord depuis plus d'un an avec les positions politiques prises par *Les Temps modernes*, Merleau-Ponty finit par démissionner de la revue à l'occasion de la publication d'un article de Pierre Naville qu'il désapprouve. *Nous nous accusâmes réciproquement d'abus de pouvoir, je proposai une rencontre immédiate, je tentai par tous les moyens de la faire revenir sur sa décision : il fut inébranlable. Je ne le revis plus de quelques mois ; il ne parut plus aux* Temps modernes *et plus jamais ne s'en occupa*[1].

Juin : En séjour à Venise, Sartre apprend l'exécution des Rosenberg et proteste violemment dans *Libération* (22 juin 1955).

Juillet : Séjour à Rome où il écrit *Kean* « en quelques semaines et en s'amusant beaucoup[2] ». Il rencontre G. Lollobrigida, A. Moravia, C. Levi. À partir de 1953, Sartre passe tous les étés à Rome (sauf en 1960).

---

1. *Situations*, IV, p. 260.
2. *La Force des choses*, p. 320.

Été : Passe un mois à Amsterdam avec Simone de Beauvoir et va voir avec elle à Trèves les restes du stalag où il était prisonnier.

24 octobre : Dédicace *L'Affaire Henri Martin* à la vente du C.N.E. (dont il était devenu membre du comité directeur au début de l'année). Sartre a rédigé la partie polémique du livre qui présente le dossier complet de l'affaire.

14 novembre : Première de *Kean* au théâtre Sarah-Bernhardt. Gros succès. Projet de film sur le même sujet.

Novembre : Sortie du film d'Yves Allégret *Les Orgueilleux* (d'après « Typhus »).

Vers la fin de l'année, Sartre forme le projet d'écrire une autobiographie (premier titre : « Jean sans terre »). *Jeté dans l'atmosphère de l'action, j'ai soudain vu clair dans l'espèce de névrose qui dominait toute mon œuvre antérieure*[1].

J'ai mis longtemps à attribuer de l'importance à mon enfance, et pas seulement à cause de mes résistances à la psychanalyse ; ce refus, au fond, relevait précisément de la psychanalyse : c'est mon enfance que je rejetais[2].

Plus tard, vers 1962, Sartre a envisagé, par curiosité intellectuelle, d'entreprendre une psychanalyse avec J.-B. Pontalis, mais celui-ci, étant donné ses rapports personnels avec Sartre, s'est récusé.

Sartre et Simone de Beauvoir font la connaissance de la sœur de Claude Lanzmann, la comédienne Évelyne Rey, qui joue le rôle d'Estelle dans la reprise de *Huis clos* à la Comédie Caumartin cette année-là.

1954   Publication de *Kean.*

Huis Clos, film de Jacqueline Audry.

Vers cette époque, Sartre projette d'écrire une pièce qui se serait intitulée « Le Pari » et qui aurait illustré sa conception de la liberté.

27 janvier : Conférence où Sartre proteste contre le projet de Communauté européenne de défense et les accords de Bonn et de Paris. Plus tard, allocution à un meeting contre la C.E.D.

Février : À l'invitation d'Elsa Triolet, Sartre participe à la rencontre de Konkke-le-Zoute entre écrivains de l'Est et de l'Ouest. À cette occasion, il fait la connaissance de Brecht.

28 février : « Exécute » Jean Kanapa qui avait traité d'« intellectuels-flics » les collaborateurs des *Temps modernes.*

Avril : Parution, de la troisième partie des « Communistes et la Paix ».

Avril-juin : Écrit la préface pour le livre de photographies d'Henri Cartier-Bresson, *D'une Chine à l'autre.*

1. Interview recueillie par Jacqueline Piatier, *Le Monde,* 18 avril 1964.
2. Entretiens avec John Gerassi (inédits), 1973.

Mai : Proteste contre l'interdiction des ballets soviétiques après la défaite de Dien-Bien-Phu.

Préface une exposition de peintures de Giacometti.

Parle du livre de Julius Fucik, *Écrit sous la potence*, devant les ouvriers des usines Renault.

24-25 mai : Participe à une session extraordinaire du Conseil mondial de la Paix à Berlin et prononce à cette occasion une allocution sur « L'Universalité de l'Histoire et son para-doxe » qui sera publiée sous le titre « La Bombe H, une arme contre l'histoire ».

26 mai-23 juin : Premier voyage en U.R.S.S. : Moscou, Leningrad, Uzbekistan. Pendant son séjour, Sartre est transporté à l'hôpital où il est soigné dix jours à la suite d'une crise d'hypertension, sanction du surmenage qu'il s'est imposé au cours des derniers mois et des excès d'alcool auxquels l'ont entraîné ses hôtes soviétiques.

24 juin : Retour à Paris. Sartre sera très affaibli pendant plusieurs mois.

Juillet : Publie sans l'avoir corrigée une longue interview enthousiaste sur son voyage en U.R.S.S. dans *Libération* et dans *L'Unità*. Controverse au sujet de l'U.R.S.S. avec Pierre et Hélène Lazareff.

Été : Séjourne en Italie, où il rencontre Togliatti.

Fin août-septembre : Voyage avec Beauvoir en Alsace, Alle-magne, Autriche et Tchécoslovaquie, puis retour en Italie où il donne une interview à *Paese Sera*.

23 septembre : Conférence de presse à Vienne pour s'opposer à la représentation des *Mains sales*.

9 novembre : Simone de Beauvoir obtient le prix Goncourt pour *Les Mandarins*.

Décembre : Sartre est nommé vice-président de l'association France-U.R.S.S.

Vers cette époque, il travaille aussi à un scénario de film sur la Révolution française, dont le personnage principal devait être Joseph Lebon, commissaire envoyé par le Comité de salut public à l'armée du Nord et guillotiné après Thermidor pour brutalité et excès de violence.

1955   Parution du *Sartre par lui-même* de Francis Jeanson.

Début de l'année : Suivant en cela Francis Jeanson, *Les Temps modernes* soutiennent le F.L.N. algérien contre le M.N.A.

20 février : Allocution à un meeting France-U.R.S.S. commé-morant la victoire de Stalingrad.

Sur l'ensemble de ses rapports avec les communistes fran-çais pendant ces années-là, Sartre dira ceci en 1972 : *J'avais affaire à des hommes qui ne considéraient comme camarades que des gens de leur parti, qui étaient bardés de consignes et d'interdits, qui me jugeaient comme compagnon de route provisoire, et qui se plaçaient par avance au moment futur où je disparaîtrais de la mêlée, repris par les forces de droite*[1].

Vers cette époque, Sartre et Garaudy, sur la proposition de ce dernier, décident de mettre à l'épreuve leurs méthodes respectives en étudiant, chacun de leur côté, un même cas concret. Sartre propose Flaubert et écrit en trois mois une étude fouillée mais de forme trop négligée pour qu'il songe à la publier.

Début mai : Discussions avec Ilya Ehrenbourg à Paris.

Mai : Les Temps modernes publient un important numéro spécial sur « La Gauche » avec des articles de Simone de Beauvoir, Claude Lanzmann, Jean Pouillon, Marcel Péju, Claude Bourdet, etc. Beauvoir défend Sartre contre Merleau-Ponty.

Début juin : Assiste à la première à Paris de l'Opéra de Pékin.

8 juin : Première de *Nekrassov* au théâtre Antoine, après plusieurs retards dus à des changements de texte et de distribution ainsi qu'à des répétitions difficiles. La pièce, soutenue par les communistes, se heurte à une violente campagne de presse et n'obtient que peu de succès.

26 juin : Intervention au congrès du Mouvement de la Paix à Helsinki, où il rencontre Lukács.

À propos de cette rencontre, Sartre a dit ceci : *Deux philosophes qui discutent sont presque toujours au plus bas d'eux-mêmes. Je n'aime pas les discussions d'idées parce qu'elles ne servent à rien : chacun reste sur ses positions. En philosophie surtout les discussions sont stériles : il faut écrire. Les hommes sont en général inférieurs dans la vie à ce qu'ils sont dans leurs livres.*

Juin : Parution des *Aventures de la dialectique* de Merleau-Ponty, dont un chapitre, « Sartre et l'ultra-bolchevisme », met au jour le différend entre les deux philosophes. Sartre se tait, mais Simone de Beauvoir répond par l'article « Merleau-Ponty et le pseudo-sartrisme ».

7 juillet : Entretien radiophonique sur le théâtre, avec Robert Mallet.

Septembre-novembre : Avec Simone de Beauvoir, Sartre passe deux mois en Chine. Arrivé le 6 septembre, il assiste le 1ᵉʳ octobre au défilé de Pékin, est reçu par le vice-ministre Chen-Yi, est présenté à Mao Tsé-toung mais n'a pas l'occasion de parler avec lui, puis revient par l'U.R.S.S., où il passe une semaine à Moscou et participe à un congrès de critiques. À son retour, il entreprend de rédiger un essai sur la Chine mais l'abandonne peu après. Simone de Beauvoir reprend le projet et écrit *La Longue Marche* (qui paraîtra en 1957).

Novembre : Commence l'adaptation cinématographique de la pièce d'Arthur Miller *Les Sorcières de Salem*.

---

1. *On a raison de se révolter*, Gallimard, coll. La France sauvage, 1974, p. 33.

Signe un tract invitant à voter pour le communiste Roger Garaudy aux élections législatives de février 1956.

1956 Publication de *Nekrassov*.

Sartre continue son autobiographie et le scénario des *Sorcières de Salem* (le film, réalisé par Raymond Rouleau, sortira en avril 1957). Il travaille à son étude sur Flaubert.

27 janvier : Meeting salle Wagram contre la guerre d'Algérie. *Les Temps modernes* prennent position en faveur des appelés qui manifestent leur refus de se battre en Afrique du Nord.

2 février : Préside une conférence de presse sur la Chine.

Février : Polémiques avec Pierre Hervé et Pierre Naville au sujet du parti communiste.

Élections législatives : victoire du Front républicain. Sartre vote pour le candidat communiste de son arrondissement.

12 mars : Les communistes votent à l'Assemblée les pouvoirs spéciaux en Algérie.

Mars : Sartre fait la connaissance d'Arlette Elkaïm, née en 1935. Juive originaire de Constantine, la jeune fille préparait à Versailles le concours d'entrée à l'École normale supérieure de Sèvres et lui avait écrit à la suite de travaux scolaires qu'elle avait faits en se référant à *L'Être et le Néant*. Elle publiera par la suite des nouvelles dans *Les Temps modernes* et collaborera à la chronique cinématographique de la revue de 1960 à 1965. Sartre fera d'elle sa fille adoptive en mars 1965.

26-31 mars : Participe activement à la réunion de la Société européenne de culture à Venise (où il retrouve Merleau-Ponty).

16 mai : Conférence à la Sorbonne : «Idéologie et histoire ».

Été-automne : Voyage avec Michelle Vian, Simone de Beauvoir et Claude Lanzmann en Italie, Yougoslavie et Grèce, puis long séjour en Italie. Il y apprend la nouvelle de l'insurrection hongroise.

Novembre : Sartre soutient la position de l'Égypte lors de l'intervention israélo-franco-britannique à Suez.

9 novembre : Dans une interview accordé à P. Viansson-Ponté pour *L'Express*, Sartre condamne l'intervention soviétique en Hongrie et rompt avec le P.C. français. Il signe plusieurs appels, quitte l'association France-U.R.S.S., mais reste au C.N.E. et au Mouvement de la Paix où il fait adopter une résolution demandant le retrait des troupes soviétiques. Écrit « Le Fantôme de Staline » et publie un numéro spécial des *Temps modernes*. Novembre et décembre dominés par l'affaire de Hongrie.

1957   Se sent en sympathie avec les communistes polonais et les communistes oppositionnels.

Publie dans une revue polonaise « Existentialisme et marxisme » (qui devient *Questions de méthode*) et commence la *Critique de la raison dialectique*.

S'élève à plusieurs reprises contre la torture et la guerre en Algérie. Rencontre Raymond Aron avec qui il est brouillé depuis 1947 mais qui prend position en faveur de l'indépendance de l'Algérie.

Janvier : Voyage en Pologne pour la première polonaise des *Mouches*.

4 avril : Hommage à Brecht au théâtre des Nations.

7-16 avril : Écrit « Une entreprise de démoralisation », première version de « Vous êtes formidables », refusée par *Le Monde*.

Printemps : Francis Jeanson se lance dans l'action clandestine de soutien au F.L.N. Sartre, plus tard, se solidarisera avec cet engagement.

1ᵉʳ juin : Intervention sur l'Algérie au Mouvement de la Paix.

Été : Sartre se sépare de son secrétaire Jean Cau. Les deux hommes, d'un commun accord, semble-t-il, n'ont jamais fait état des causes de cette rupture. Séjour en Italie (Rome, Capri). Pour se reposer de la *Critique de la raison dialectique*, Sartre écrit « Des rats et des hommes » (préface au *Traître* d'André Gorz) et travaille à une étude sur le Tintoret.

Septembre : Claude Faux, alors membre du parti communiste, devient le secrétaire de Sartre et le restera jusqu'en 1963.

Septembre-octobre : Publie *Questions de méthode* dans *Les Temps modernes*.

Novembre : Publie une partie de son étude sur le Tintoret : « Le Séquestré de Venise ».

10 décembre : Dépose comme témoin à décharge au procès de Ben Sadok (meurtrier de l'ancien vice-président de l'Assemblée algérienne).

1958   « Accablante année[1]. »

Travaille à une pièce qui va devenir *Les Séquestrés d'Altona* et qui était prévue pour l'automne 1958.

Écrit « furieusement » la *Critique de la raison dialectique* : « Il ne travaillait pas comme d'habitude avec des pauses, des ratures, déchirant des pages, les recommençant ; pendant des heures d'affilée, il fonçait de feuillet en feuillet sans se relire, comme happé par des idées que sa plume, même au galop, n'arrivait pas à rattraper ; pour soutenir cet élan, je l'entendais croquer des cachets de corydrane dont il avalait

---

1. *La Force des choses*, p. 477.

un tube par jour. À la fin de l'après-midi, il était exténué ; toute son attention relâchée, il avait des gestes incertains et disait souvent un mot pour un autre[1]. »

13 janvier : Entretien avec Jean Daniel (publié seulement quinze ans plus tard, dans *Le Temps qui reste*).

6 mars : Publie dans *L'Express* un commentaire sur *La Question* d'Henri Alleg qui provoque la saisie de l'hebdomadaire. À partir de cette date, les saisies, en particulier celles des *Temps modernes*, se multiplient.

17 avril : Malraux, Martin du Gard, Mauriac, Sartre « somment » les pouvoirs publics de « condamner sans équivoque l'usage de la torture » en Algérie.

Printemps : Reprend contact avec les communistes italiens. Accepte d'écrire pour John Huston un scénario sur la vie de Freud ; une première version sera terminée en décembre.

Mai : Conférence « Dialectique et aliénation » au Collège philosophique, à la demande de Jean Wahl.

22 mai : *L'Express* publie un article de Sartre contre de Gaulle, « Le Prétendant » : *La solitude de cet homme enfermé dans sa grandeur lui interdit, en tout état de cause, de devenir le chef d'un État républicain. Ou ce qui revient au même, interdit à l'État dont il sera le chef de demeurer une République*[2].

26 mai : Rencontre Nazim Hikmet.

28 mai : Participe au défilé antigaulliste de la Nation à la République.

30 mai : Conférence de presse sur « les violations des droits de l'homme en Algérie ».

1er juin : Participe à une nouvelle manifestation contre de Gaulle.

16 juin-15 septembre : Séjour en Italie, où il rencontre notamment Alberto Moravia, Merleau-Ponty.

Septembre : Articles dans *L'Express* appelant à voter non au référendum du 28 septembre.

23 septembre : Allocution à un meeting contre le référendum avec Roger Garaudy et André Mandouze.

Septembre-octobre : Désillusion profonde à la suite des résultats du référendum du 28 septembre, instituant le régime présidentiel de la Ve République.

Octobre : Sartre évite de justesse une attaque.

« Depuis longtemps il mettait sa santé à rude épreuve, moins encore par le surmenage que, voulant réaliser le " plein emploi " de lui-même, il s'infligeait, que par la tension qu'il avait installée en lui.[3] »

1. *La Force des choses*, p. 407.
2. *Situations*, V, p. 100.
3. *La Force des choses*, p. 474.

Automne-hiver : Malgré les conseils des médecins, Sartre continue de travailler avec excès.

Parution des *Mémoires d'une jeune fille rangée.*

1959   Sartre achève la *Critique de la raison dialectique.*

Mai : Accorde à Francis Jeanson, qu'il n'a pas revu depuis plus de deux ans, une interview pour le journal clandestin *Vérités pour...*

Été : Séjour à Rome, puis à Venise où il termine à la fin du mois d'août *Les Séquestrés d'Altona* (à l'exception du monologue final de Frantz, qui trouvera sa version définitive au cours des répétitions). Comme d'habitude, la composition et surtout les répétitions de la pièce l'occupent énormément.

24 septembre : Première des *Séquestrés d'Altona* au théâtre de la Renaissance. Gros succès de public.

Septembre : Court séjour en Irlande, chez John Huston, pour travailler au film *Freud.*

Hiver : Assiste à un concert du Domaine musical et se met à explorer méthodiquement la musique sérielle.

Décembre : Conférences sur la dialectique en Suisse (La Chaux-de-Fonds et Neuchâtel).

1960   Parution, en mai, de la *Critique de la raison dialectique.*

4 janvier : Mort d'Albert Camus. Sartre écrit dans *France-Observateur* (7 janvier) un article à sa mémoire. *Nous étions brouillés, lui et moi : une brouille, ce n'est rien — dût-on ne jamais se revoir — tout juste une autre manière de vivre ensemble et sans se perdre de vue dans le petit monde étroit qui nous est donné*[1].

22 février-20 mars : Invité par la revue *Revolución,* Sartre se rend à Cuba avec Simone de Beauvoir pour un séjour d'un mois. Il rencontre Fidel Castro, Che Guevara ; parle à la télévision ; visite toute l'île ; assiste aux obsèques des victimes de l'explosion du *La Coubre,* le 5 mars. Au retour, il s'arrête à New York, où il donne une conférence de presse sur Cuba. Entreprend un gros ouvrage dont il tire le reportage « Ouragan sur le sucre » publié dans *France-Soir* du 28 juin au 15 juillet.

Mars : Au cours du séjour à Cuba, Sartre termine la préface à la réédition d'*Aden-Arabie* de Paul Nizan. La parution de cette préface, à la fin de l'été, vaut à Sartre un intérêt renouvelé parmi la jeunesse intellectuelle.

29 mars : Importante conférence sur le théâtre à la Sorbonne.

31 mars : Sartre et Simone de Beauvoir assistent à la réception donnée par Khrouchtchev à Paris, à l'ambassade soviétique.

---

1. *Situations,* IV, p. 126.

11 mai : Sartre arrive à Belgrade, où il est invité avec Simone de Beauvoir par l'Union des écrivains yougoslaves ; le 13, il est reçu par Tito ; il assiste aux représentations des *Séquestrés d'Altona* et de *Huis clos* et donne une conférence à la faculté des lettres de Belgrade.

10-12 juin : Intervient au Congrès national pour la paix en Algérie par la négociation.

17 juin : Témoigne au procès de Georges Arnaud, inculpé pour avoir rendu compte dans *Paris-Presse* d'une conférence de presse clandestine de Francis Jeanson, alors recherché par la police.

24 août-23 octobre : Voyage au Brésil avec Simone de Beauvoir. L'écrivain Jorge Amado leur sert de guide et devient pour eux un ami. Ils visitent tout le Brésil, en particulier l'Amazonie, rencontrent Niemeyer, Josué de Castro, etc., et sont reçus par le président Kubitschek à Brasilia. Sartre donne de nombreuses interviews et conférences (sur la littérature, le colonialisme, la dialectique), préface et dédicace la traduction brésilienne d'*Ouragan sur le sucre*.

Août : Signe le manifeste des 121 sur le droit à l'insoumission dans la guerre d'Algérie, rendu public le 6 septembre.

20 septembre : Fait lire une déposition retentissante au procès des membres du « réseau Jeanson ». *Ce qu'ils représentent, c'est l'avenir de la France, et le pouvoir éphémère qui s'apprête à les juger ne représente déjà plus rien*[1].

Octobre : *Les Temps modernes* sont saisis. Des anciens combattants défilent sur les Champs-Élysées en criant : « Fusillez Sartre. » *Paris-Match* titre un éditorial : « Sartre, une machine à guerre civile »[2].

Fin octobre-novembre : Retour du Brésil par Cuba (où Sartre donne une conférence et a des entretiens, notamment avec Fidel Castro) et par l'Espagne. N'est pas arrêté, comme le bruit en avait couru, mais demande à être inculpé avec Simone de Beauvoir pour l'affaire des 121. Rentré en France le 4 novembre, il est entendu le 8 par la police judiciaire. Il n'est pas inculpé, à la demande expresse du général de Gaulle, qui aurait déclaré : « On n'arrête pas Voltaire. »

Novembre : Parution de *La Force de l'âge* (période 1929-1944). Beauvoir fait la connaissance de Sylvie Le Bon.

1er décembre : Sartre donne une conférence de presse où il recommande de voter non au référendum du 6 janvier 1961 sur l'autodétermination.

Décembre : Parution de *Signes*, de Merleau-Ponty, dont la pré-

1. *Le Monde*, 22 septembre 1960. Reproduit *in extenso* dans *La Force des choses*, p. 571-574.
2. *Paris-Match*, 1er octobre 1960.

face prend contre Sartre lui-même la défense du Sartre qui s'était si sévèrement contesté dans la préface à *Aden-Arabie*.

1961   *Février :* Constitution d'un nouveau comité de rédaction des *Temps modernes* qui comprend Simone de Beauvoir, Jacques-Laurent Bost, André Gorz, Claude Lanzmann, Marcel Péju, Bernard Pingaud, J.-B. Pontalis, Jean Pouillon et dont Péju est le secrétaire général.

Début de l'année : Dîner à l'ambassade soviétique avec Mauriac et Aragon.

Rencontre Pierre Boulez chez André Masson.

Mars : Préface l'exposition Lapoujade, « Émeutes, Triptyque sur la torture, Hiroshima », Galerie Pierre Domec.
Conférence sur « Le possible en Histoire » à l'E.N.S., rue d'Ulm ; intervention de Louis Althusser.

11 avril : Reçoit le prix de la ville d'Omegna (près de Milan) pour son œuvre et son action politique.

4 mai : Mort de Merleau-Ponty. « Regrets, remords, rancœurs. » En octobre, un numéro spécial des *Temps modernes* lui est consacré par Sartre.

Quelque temps après la mort de Merleau-Ponty, Sartre se voit proposer une chaire au Collège de France. Étant donné le contexte de la guerre d'Algérie, il donne à cette proposition plus de réflexion qu'il ne l'avait fait lorsqu'elle lui avait été présentée une première fois dans les années 50, mais en définitive refuse.

Juin : Dans l'éventualité d'un attentat, Sartre installe sa mère à l'hôtel et campe chez Simone de Beauvoir.

19 juillet : L'immeuble où habite Sartre, 42, rue Bonaparte, est plastiqué, sans grand dommage. Plus tard, Sartre échappe de peu à un attentat dans la rue, place Maubert.

Juillet : Écrit, en se gavant de corydrane, une première version de son article sur Merleau-Ponty que Simone de Beauvoir jugera excessivement sévère pour lui-même.

Fin juillet-octobre : Séjour à Rome, où il écrit « Merleau-Ponty vivant » et où il s'entretient avec Frantz Fanon, peu avant la mort de celui-ci.

1er novembre : Manifestation silencieuse, place Maubert, pour protester contre la répression meurtrière de la manifestation des Algériens de Paris le 17 octobre.

18 novembre : Nouvelle manifestation, suivie d'une conférence de presse à l'hôtel Lutétia.

7 décembre : Participe à la Semaine de la pensée marxiste à la Mutualité (controverse sur la dialectique avec Garaudy, Vigier, Hyppolite).

Décembre : Séjour à Rome, où il donne une conférence à

l'Institut Gramsci (« Subjectivité et marxisme ») suivie d'un débat avec des marxistes italiens.

13 décembre : Participe à Rome à un grand meeting sur l'Algérie avec Boularouf.

19 décembre : Prend part à Paris à une manifestation contre l'O.A.S.

Décembre : Élu membre de l'Institut international de philosophie (cadre de l'Unesco).

Reprend le « Flaubert », qu'il avait commencé en 1954-1955.

1962   *7 janvier :* Deuxième attentat au plastic contre le 42, rue Bonaparte. Les plastiqueurs se sont trompés d'étage, mais cette fois les dégâts sont importants ; une partie des manuscrits inédits de Sartre sont détériorés ou disparaissent à cette occasion. Plus tard dans l'année, Sartre prend un studio au dixième étage du 222, boulevard Raspail, où il restera jusqu'en 1973.

Janvier : Témoigne en faveur de l'abbé R. Davezies, inculpé pour aide au F.L.N.

11 février : Intervention aux assises du F.A.C. (rassemblement antifasciste dans lequel Sartre tente d'assurer l'unité d'action avec les communistes contre l'O.A.S.).

13 février : Participe au défilé protestant contre le massacre du métro Charonne.

12 mars : Meeting à Bruxelles sur l'Algérie ; brève interview à la télévision belge : « Le fascisme en France. »

14 mars : Sartre est élu vice-président du Congrès de la Communauté européenne des écrivains (C.O.M.E.S.).

15 mars : Meeting du F.A.C. à la Mutualité.

15 avril : Sartre envoie une lettre affectueuse à son oncle Albert Schweitzer qui lui avait écrit à la suite du plastiquage du 42, rue Bonaparte. Il lui dit notamment : *Chaque fois que je vois ton nom parmi ceux qui luttent contre la guerre atomique, je sens combien je suis proche de toi*[1].

Juin : À la suite de différends politiques et personnels, Marcel Péju doit se retirer du comité de direction des *Temps modernes.* Francis Jeanson le remplace.

1ᵉʳ-24 juin : Séjour en U.R.S.S. avec Simone de Beauvoir. Ils lient amitié avec leur interprète, Lena Zonina (« Mme Z. », à qui seront dédiés *Les Mots*), avec qui il aura une liaison, et qui sera aussi la traductrice de plusieurs de leurs œuvres en russe. Ils rencontrent de nombreux écrivains et artistes (notamment Simonov, Fedine, Korneitchouk, Ehrenbourg, Voznesenski, Doroch, Keifitz, Bajan), assistent à une pro-

1. In *Albert Schweitzer, 1875-1975*, Exposition de la Bibliothèque nationale et universitaire de Strasbourg, Catalogue, 1975, p. 131.

jection du film de Tarkovski *L'Enfance d'Ivan* (que Sartre défendra dans *L'Unità* contre la critique communiste lors de sa présentation au Festival de Venise). Visite de Leningrad, Kiev, Rostov le Grand. Sartre est reçu par Khrouchtchev et a une discussion avec l'équipe *d'Inostranaia Literatura*. Retour par la Pologne.

9-14 juillet : Retourne à Moscou pour participer au Congrès mondial pour le désarmement général et la paix. Prononce un discours sur la démilitarisation de la Culture.

Les liens personnels qu'il noue renforcent sa sympathie politique pour les libéraux de l'U.R.S.S. ; jusqu'en 1966, il s'y rendra fréquemment pour des séjours officiels ou privés.

5-8 septembre : Séjour en Géorgie.

31 octobre : Autorise la publication hors commerce de *Bariona* par un groupement catholique.

Fin 1962 : Séjour à Rome où il projette une nouvelle pièce, sur le thème de l'*Alceste* d'Euripide, auquel il veut donner un sens féministe.

Freud, The Secret Passion, film de John Huston. Sartre fait retirer son nom du générique et ne voit pas le film.

No Exit, film argentin de Pedro Escudero et Tad Danielewski, d'après *Huis clos*.

L'Uomo Sartre, court métrage italien de Leonardo Autera et Gregorio Lo Cascio.

1963   Préface un recueil de textes de Lumumba et publie un texte sur son ami le peintre Wols.

The Condemned of Altona, film de Vittorio de Sica, « librement inspiré » de la pièce de Sartre.

Début janvier : Au cours d'un séjour à Moscou du 28 décembre 1962 au 13 janvier 1963, Sartre prend des contacts en vue de la création d'une Communauté internationale des écrivains. Visite l'exposition de peinture contemporaine qui sera peu après violemment condamnée par Khrouchtchev.

21 janvier : Participe à une conférence de presse sur le sort des insoumis et des déserteurs condamnés.

20 février : Refuse de témoigner au procès Bastien-Thiry.

Avril : Fait l'éloge du film *Les Abysses* de Nico Papatakis. Proteste contre l'exécution de Julian Grimau.

24 juin : Annonce au cours d'une conférence de presse la création d'un Comité anti-apartheid.

Août-septembre : Congrès de la C.O.M.E.S. à Leningrad, où Sartre fait une communication sur le roman. Interview à la télévision soviétique. Voyage d'une semaine en Crimée, puis en Géorgie et en Arménie, avec Simone de Beauvoir.

9 août : Avec une délégation de participants au congrès, Sartre est reçu par Khrouchtchev en Géorgie.

Termine et publie *Les Mots* dans *Les Temps modernes* d'octobre et de novembre (le volume paraîtra en janvier 1964 et connaîtra immédiatement un grand succès).

La mère de Sartre, Mme Mancy, déclare à des familiers « Poulou n'a rien compris à son enfance. » Elle entreprendra par la suite d'écrire elle-même ses souvenirs sur les années d'enfance de Sartre.

Septembre : André Puig, que Sartre aide à publier son premier roman, *La Colonie animale*, remplace Claude Faux comme secrétaire.

Automne : Beauvoir publie *La Force des choses*, qui couvre la période 1944-1952. « Il y a eu dans ma vie une réussite certaine : mes rapports avec Sartre. En plus de trente ans nous ne nous sommes endormis qu'un seul soir désunis[1]. »

12-14 novembre : Séjour en Tchécoslovaquie où Sartre est invité avec Simone de Beauvoir par l'Union des écrivains. Il participe à Prague à un débat sur la notion de décadence, fait une allocution à la radio, assiste à la première des *Séquestrés d'Altona* et donne des conférences à Prague, Bratislava et Brno. Au cours de ce séjour, Sartre se lie d'amitié avec plusieurs écrivains, notamment Antonin Liehm (qui est le traducteur de ses œuvres en tchèque) et Adolf Hoffmeister. Selon leur témoignage, Sartre a joué un rôle non négligeable dans le mouvement d'idées qui a préparé le « printemps de Prague[2] ».

29 novembre : Témoigne au procès de l'O.J.A.M. (Organisation de la jeunesse anticolonialiste de la Martinique).

1964   Parution de *Il Filosofo e la Politica* en Italie et de *Situations*, IV, V et VI en France.

Lettre-préface à *Reason and Violence* de R. D. Laing et D. Cooper.

Mort de Mme Morel (« Mme Lemaire »), dont les relations avec Sartre et Simone de Beauvoir s'étaient beaucoup refroidies au cours des années de la guerre d'Algérie.

Mars : Sartre autorise, après douze ans de refus, la représentation des *Mains sales* à Turin. Il donne sur la pièce une importante interview à son traducteur italien Paolo Caruso.

Printemps : Interview sur la littérature et la politique avec Yves Buin pour *Clarté*, le mensuel de l'Union des étudiants communistes, au sein de laquelle les sartriens sont alors nombreux.

18 avril : *Le Monde* publie une retentissante interview de

---

1. *La Force des choses*, p. 672.
2. Voir Antonin Liehm, « Kafka dix ans après », *Les Temps modernes*, n° 323 *bis*, juillet 1973, p. 2256-2259 et *passim*.

Sartre avec Jacqueline Piatier. La déclaration *En face d'un enfant qui meurt,* La Nausée *ne fait pas le poids* suscite toutes sortes de malentendus.

21 avril : Communication au colloque sur Kierkegaard organisé par l'Unesco à Paris (son ami et ancien condisciple René Maheu est directeur de cet organisme depuis 1962).

23 mai : Conférence à un colloque sur la morale et la société organisé par l'Institut Gramsci à Rome.

1ᵉʳ juin-10 juillet : Voyage à Kiev et en Ukraine, puis Moscou, Estonie, Leningrad. Écrit une courte préface à la traduction russe des *Mots*.

Juillet-septembre : Séjour à Rome, où il rédige *Les Troyennes*.

Août : Écrit un article à la mémoire de Palmiro Togliatti.

Automne : Les Temps modernes cherchent à s'ouvrir à de jeunes intellectuels. Un groupe comprenant notamment Annie Leclerc, Georges Perec, André Velter et Serge Sautereau, Nicolas Poulantzas, Jean-Paul Dollé fonctionnera régulièrement pendant quelques mois à côté du comité de direction.

15 octobre : Sartre apprend par Enzo Paci qu'il est question de lui attribuer le prix Nobel de littérature. Le 16, il envoie une lettre pour informer qu'il refusera le prix : *Pour des raisons qui me sont strictement personnelles, je désire ne pas figurer sur la liste des lauréats possibles ; sans qu'on puisse mettre en question ma haute estime pour l'Académie suédoise et pour la distinction qu'elle accorde, je ne peux ni ne veux, ni cette année ni dans l'avenir, accepter le prix Nobel*[1] *[...]*. La réception de la lettre est confirmée officieusement le 21 octobre.

22 octobre : L'Académie suédoise décerne cependant à Sartre le prix (qui comporte l'attribution d'une somme de 250 000 couronnes, soit 260 000 nouveaux francs). Sartre expose à un journaliste suédois les raisons de son refus. Innombrables articles dans la presse française et mondiale. En général, les motifs de Sartre ont été bien compris et admis, malgré certaines exceptions malveillantes.

19 novembre : Sartre aide au lancement du *Nouvel Observateur* en donnant une interview pour son premier numéro.

6 décembre : Fait lire un message à la soirée d'hommage à Nazim Hikmet organisée salle Pleyel par *Les Lettres françaises*.

9 décembre : Intervention à un débat à la Mutualité : « Que peut la littérature ? » organisé par la revue *Clarté*.

Fin de l'année : Sartre enregistre une introduction à une version de *Huis clos* en disque.

---

1. Lettre inédite.

1965   Parution de *Situations*, VII.

Reparution, en volume, chez Vrin, de *La Transcendance de l'Ego*, présentée et annotée par Sylvie Le Bon.

Janvier : Les Temps modernes s'opposent à la constitution d'une force nucléaire en France.

26 janvier : Sartre introduit une requête pour adopter Arlette Elkaïm. Requête satisfaite le 18 mars 1965.

10 mars : Première des *Troyennes* au T.N.P. Mise en scène de Michel Cacoyannis.

Mars : Pour marquer son opposition à l'intervention américaine au Vietnam, Sartre refuse en définitive l'invitation qu'il avait acceptée auparavant de donner à Cornell University une série de conférences (sur Flaubert et sur la morale). En vue de ces conférences, il écrit (et continue cette année-là) plusieurs centaines de pages de notes sur la morale.

Juin : Articles politiques contre l'idée de grande fédération (S.F.I.O. et M.R.P.) proposée par Gaston Defferre.

23 juin : Conférence de presse au théâtre de l'Athénée avec Jean Vilar et François Périer pour annoncer la reprise des *Séquestrés d'Altona*.

1ᵉʳ juillet-26 juillet : Séjour en U.R.S.S. Visite la Lituanie, Pskov. Se rend de Leningrad à Helsinki les 13 et 14 juillet pour y participer au Congrès mondial de la Paix où il présente une motion réclamant le retrait immédiat des troupes américaines du Vietnam.

Sartre écrit à Mikoyan pour demander la grâce du poète juif Brodski, déporté pour « parasitisme » et qui sera libéré peu après.

Septembre : Reprise des *Séquestrés d'Altona* à l'Athénée. Mise en scène de François Périer.

6 octobre : Intervention sur la notion d'avant-garde à un congrès de la C.O.M.E.S. à Rome. Sartre est élu vice-président de cette association.

15 octobre : Beauvoir a un grave accident de voiture.

Octobre : Huis clos présenté à la télévision dans une mise en scène de Michel Mitrani.

Décembre : Après avoir exprimé des réserves, Sartre soutient *in extremis* la candidature de François Mitterrand aux élections présidentielles. *Voter Mitterrand, ce n'est pas voter pour lui, mais contre le pouvoir personnel et contre la fuite à droite des socialistes* [1].

1966   Extraits du « Flaubert » dans *Les Temps modernes*.

1ᵉʳ janvier : Mort d'Alberto Giacometti.

---

1. *Le Monde*, 4 décembre 1965.

Février : Préface à *La Promenade du dimanche* de Georges Michel, avec qui il restera lié jusqu'à la fin de sa vie.

Mars : La revue communiste *La Nouvelle Critique* publie un ensemble d'articles groupés sous le titre « Sartre est-il marxiste ? » et qui se proposent d'« amorcer un dialogue *théorique* ».

27 avril : Assiste au procès fictif de Frantz von Gerlach, protagoniste des *Séquestrés d'Altona*, au cours d'un tournoi pour jeunes avocats (conférence Berryer).

2 mai-6 juin : Séjour en U.R.S.S. : toutes les conversations portent sur la condamnation de Siniavski et Daniel. Soljenitsyne refuse de rencontrer Sartre à qui il reproche d'avoir « cruellement outragé la littérature russe » en ayant « fait attribuer » le prix Nobel au « bourreau » Cholokhov[1].
Visite Yalta, Odessa, Lvov, Kichinev.

Juillet : À la demande de Bertrand Russel, Sartre accepte de faire partie d'un « tribunal » chargé d'enquêter sur les crimes de guerre américains au Vietnam.

Juillet-août : Voyage en Grèce. Séjour en Italie. Écrit un court texte sur son ami Carlo Levi.

18 septembre-16 octobre : Sartre et Beauvoir séjournent au Japon à l'invitation de leur éditeur japonais et de l'université de Keio. Ils sont acceuillis à l'aérodrome de Tokyo par plus d'un millliers d'étudiants. Accompagnés par leur amie et traductrice japonaise Tomiko Asabuki, ils s'entretiennent avec de nombreux écrivains et professeurs, donnent des conférences (Sartre parle, les 20, 22, et 29 septembre, du rôle de l'intellectuel), apparaissent à la télévision et, du 4 au 11 octobre, ils visitent Kyoto, Nagasaki et Hiroshima (où, le 10 octobre, ils donnent une conférence de presse). À la veille de son départ, le 14 octobre, Sartre intervient dans un grand meeting contre la guerre du Vietnam. Revient du Japon par Moscou ou il séjourne du 17 au 22 octobre.

Octobre : Numéro spécial de la revue *L'Arc* sur Sartre contenant notamment un fragment du « Tintoret » et une interview où Sartre polémique contre le structuralisme, en réponse aux attaques dont il a fait l'objet depuis quelque temps.

9 novembre : Préside à Paris une conférence sur l'apartheid.

13-15 novembre : Réunion du « tribunal Russell » à Londres pour définir ses statuts et ses objectifs.

23 novembre : Intervention au meeting « Six heures du monde pour le Vietnam » à la Mutualité, organisé par le Comité Vietnam national.

4 décembre : Conférence à Bonn sur le théâtre.
Réalisation de l'adaptation télévisée de « La Chambre » par Michel Mitrani.

---

1. Alexandre Soljenitsyne, *Le Chêne et le Veau*, Seuil, 1975, p. 121-122.

1967   *Le Mur*, film de Serge Roullet.

2 février : Participe à une conférence de presse du tribunal Russell sur le Vietnam.

Février-mars : Dans le but d'ouvrir un dialogue entre la gauche égyptienne et la gauche israélienne, Sartre fait, en compagnie de Simone de Beauvoir, successivement deux visites semi-officielles en Égypte et en Israël pour y donner des conférences et s'informer par une série d'entretiens et de rencontres.

Le séjour en Égypte dure du 25 février au 13 mars. Sartre et Simone de Beauvoir sont accompagnés par Claude Lanzmann et le journaliste Ali el Saman ; ils sont les invités du journal *Al Ahram*. Ils parcourent une grande partie du pays, visitent des camps de réfugiés palestiniens et ont un entretien avec Nasser.

Le séjour en Israël, qui dure du 14 au 30 mars, a un caractère moins officiel. Sartre et Simone de Beauvoir sont alors rejoints par Arlette Elkaïm. Ils refusent tout contact avec l'armée et s'entretiennent surtout avec des Israéliens de gauche. Ils visitent plusieurs villages arabes et ils sont reçus par Yigal Allon et le Premier ministre Levi Eshkol (le 29 mars). Leur guide, Ely Ben Gal, devient pour eux un ami qu'ils reverront souvent par la suite.

Au terme de ces deux séjours, Sartre est convaincu que le droit des Palestiniens à rentrer dans leur pays et celui d'Israël à exister en tant que nation — droits qu'il a invariablement défendus devant chacun des adversaires — sont incompatibles pour longtemps.

13 avril : Lettre de Sartre au général de Gaulle sur le tribunal Russell.

19 avril : De Gaulle répond à Sartre en l'appelant « cher Maître » et en lui faisant une leçon de droit constitutionnel pour justifier son refus de laisser siéger le « tribunal » sur le territoire français. Sartre réplique, fin avril, qu'il n'est *" maître " que pour les garçons de café qui savent que j'écris*[1] et interprète le refus de De Gaulle comme une mesure politique inavouée.

2-10 mai : Session du tribunal Russell à Stockholm. Sartre est nommé président exécutif. Il intervient à la séance inaugurale et présente les conclusions du tribunal.

19 mai : Préside à la Mutualité une conférence de presse sur le tribunal Russell.

Fin mai : Écrit la préface à un numéro spécial des *Temps modernes* sur le conflit israélo-arabe (ce numéro sortira en pleine « guerre des Six Jours »).

---

1. *Situations*, VIII, p. 47.

Sartre, de même qu'Aragon, décline une invitation à participer au Xᵉ Congrès de l'Union des écrivains soviétiques afin de marquer par là son désaccord avec l'organisation et le verdict du procès Siniavski-Daniel ainsi que le silence auquel est condamné Soljenitsyne.

30 mai : Meeting pour Régis Debray à la Mutualité.

Prend position pour Israël en ce qui concerne l'ouverture du golfe d'Akaba. Violentes réactions dans les pays arabes dont certains interdiront les œuvres de Sartre et de Beauvoir (la veuve de Frantz Fanon interdira que la préface de Sartre aux *Damnés de la terre* figure dans les réimpressions de l'ouvrage).

5 septembre : Conférence de presse sur le film *Le Mur* de Serge Roullet au Festival de Venise.

23 octobre : Présentation du *Mur*, en duplex avec New York, au cinéma Le Racine à Paris.

27 octobre : Conférence sur le Vietnam à Bruxelles.

20 novembre-1ᵉʳ décembre : Deuxième session du tribunal Russell à Roskilde, près de Copenhague. Sartre présente son texte « Le Génocide » à la séance finale.

12 décembre : Mort de Simone Jollivet. Les circonstances tragiques de cette mort sont racontées par Simone de Beauvoir dans *Tout compte fait*[1].

1968   *Janvier :* Souffrant d'artérite, Sartre ne peut assister au Congrès culturel de La Havane.

Sartre est nommé grand-officier de l'Ordre national du Mérite.

27 février : Témoigne devant la Cour de sûreté de l'État au procès des Guadeloupéens.

23 mars : Participe à une journée des intellectuels sur le Vietnam.

Fin mars-avril : Séjour en Yougoslavie où Sartre est accueilli par son ami l'historien Vladimir Dedijer.

Avril : La télévision tchèque diffuse une longue interview de Sartre où il dit son espoir dans le « printemps de Prague ».

30 avril : Participe, aux côtés de James Forman, Aimé Césaire, Daniel Guérin, à un meeting à la Mutualité en faveur du « Pouvoir noir ».

6 mai : Prend position en faveur du mouvement étudiant et contre la répression policière.

11 mai : Après « la nuit des barricades », Sartre donne à Radio-Luxembourg une interview (diffusée le lendemain) où il déclare notamment : *Le seul rapport qu'ils [les étudiants]*

---

1. Voir *Tout compte fait*, Gallimard, coll. blanche, 1972, p. 76-88.

puissent avoir avec cette Université, c'est de la casser; et pour la casser, il n'y a qu'une solution, c'est de descendre dans la rue[1].

20 mai : Le Nouvel Observateur publie un supplément spécial avec un entretien de Sartre avec Daniel Cohn-Bendit.

Dans le grand amphithéâtre bondé de la Sorbonne insurgée, Sartre parle avec les étudiants.

Juin : Dans deux interviews, dégage le sens des journées de mai et s'en prend notamment avec violence à Raymond Aron. Participe à un débat avec des étudiants à la Cité universitaire. Commence à faire l'objet d'écoutes policières qui dureront jusqu'en 1976.

Interrogé plus tard sur le sens pour lui des journées de Mai 68, Sartre dira : *Selon moi, le mouvement de Mai est le premier mouvement social d'envergure qui ait réalisé, momentanément, quelque chose de voisin de la liberté et qui, à partir de là, ait essayé de concevoir ce que c'est que la liberté en acte. Et ce mouvement a donné des gens — dont je suis — qui ont décidé qu'il fallait maintenant essayer de décrire positivement ce qu'est la liberté lorsqu'elle est conçue comme but politique*[2].

Juillet : Dans une interview donnée au *Spiegel*, Sartre accuse le parti communiste d'avoir trahi la révolution de Mai.

Voyage en Yougoslavie. Longue interview diffusée par la chaîne nationale de télévision.

Été : Italie. À Rome, Sartre s'entretient plusieurs fois avec Rossana Rossanda, dont il se sent à l'époque politiquement assez proche.

Lance un appel, avec Bertrand Russell, en faveur du boycott des Jeux Olympiques de Mexico.

24 août : Dans une interview au journal communiste *Paese Sera*, Sartre condamne l'intervention des troupes soviétiques en Tchécoslovaquie.

Septembre : Soutient la contestation du festival cinématographique de Venise.

Octobre : Reprise de *Nekrassov* à Strasbourg dans une mise en scène d'Hubert Gignoux.

14 novembre : Gros succès de la reprise de *Le Diable et le Bon Dieu* au T.N.P. avec François Périer, dans une mise en scène de Georges Wilson.

28 novembre-1ᵉʳ décembre : Court séjour en Tchécoslovaquie pour assister à la première des *Mouches* à Prague où sont également représentées *Les Mains sales* (jouées pour la première fois à l'Est). À la télévision, Sartre fait des déclarations prudentes mais transparentes au sujet de l'occupation soviétique.

1. Voir *Les Écrits de Sartre*, p. 464.
2. *Situations*, X, p. 184.

1969   Sartre entreprend de récrire entièrement son ouvrage sur Flaubert.

18 janvier : Proteste contre la sanction qui frappe un maître auxiliaire de lycée qui avait proposé à ses élèves de seize à dix-huit ans une dissertation sur *Le Mur.*

30 janvier : Mort de Mme Mancy, la mère de Sartre. Les obsèques ont lieu le 4 février à Paris.

Depuis 1962, elle vivait dans un hôtel du boulevard Raspail, à côté de chez Sartre, qui la voyait très fréquemment.

10 février : Participe, avec notamment Michel Foucault, à un meeting à la Mutualité pour protester contre l'expulsion de trente-quatre étudiants de l'université de Paris. Prend position contre la loi d'orientation de la réforme universitaire. À sa place à la tribune, il trouve un papier : « Sartre, sois bref. » Ce meeting, avec l'accueil qui lui est fait par les étudiants, marque le point de départ de l'évolution ultérieure de Sartre : pour la première fois il se sent directement contesté.

Février : Création en français, par Jean Mercure, au théâtre de la Ville, d'une adaptation du scénario *L'Engrenage.*

22 mars : Sartre dirige le « journal inattendu » de R.T.L.

Mars-avril : Préconise le boycott du référendum sur la régionalisation.

Avril : La publication dans *Les Temps modernes* d'un « dialogue psychanalytique » précédé d'une courte présentation de Sartre intitulée « L'Homme au magnétophone » suscite des dissensions au sein du comité de direction ; J.-B. Pontalis et Bernard Pingaud expliquent pourquoi ils s'y sont opposés. Cette publication fait grand bruit dans les milieux psychanalytiques. Le protagoniste du « dialogue », Jean-Jacques Abrahams, le republiera en 1976 sous le titre *L'Homme au magnétophone.*

Mai : Signe un appel en faveur du candidat de la Ligue communiste Alain Krivine, mais ne soutient pas activement sa candidature à la présidence de la République.

Juin : Sartre et Simone de Beauvoir s'abstiennent de voter au second tour des élections présidentielles (vu le choix entre Poher et Pompidou).

Été : Séjours en Yougoslavie et en Italie. Entretien avec l'équipe du *Manifesto* sur le problème de la classe et du parti. À Rome a lieu une rencontre entre Sartre, Simone de Beauvoir et notamment Daniel Cohn-Bendit, Marc Kravetz, François George, en vue d'ouvrir dans *Les Temps modernes* une tribune aux diverses tendances gauchistes.

Novembre : Sartre demande, avec Malraux et Mauriac, la libération de Régis Debray.

Dénonce la répression en Tchécoslovaquie.

Proteste contre l'expulsion de Soljenitsyne de l'Union des écrivains soviétiques.

11 décembre : Est interviewé à la télévision par Olivier Todd sur la guerre du Vietnam et le massacre de Song My. C'est la première fois qu'il accepte de paraître à l'O.R.T.F. depuis les années 50.

Jusqu'en 1974, sa position à l'égard de la télévision et de la radio d'État sera constante : il refuse d'y participer personnellement mais accepte que ses œuvres y soient diffusées car il considère qu'elles appartiennent au public.

19 décembre : Préside une conférence de presse sur les massacres américains au Vietnam.

Décembre : Interview pour le Front de libération du Québec.

Fin de l'année : Parution dans la *New Left Review* de Londres d'une importante interview sur son itinéraire intellectuel.

1970   Publie deux préfaces importantes, l'une à *Trois générations* d'Antonin Liehm, qui marque sa rupture définitive avec l'U.R.S.S., l'autre à *L'Inachevé* d'André Puig.

Parution des *Écrits de Sartre*.

10 janvier : Assiste à la levée des corps de cinq travailleurs africains intoxiqués dans un foyer d'hébergement.

13 janvier : Signe une déclaration sur le Biafra. « Après l'assassinat de l'espoir biafrais le règne du gangstérisme politique s'est étendu aux dimensions de la planète[1]. »

15 janvier : Allocution à un meeting sur le Brésil organisé à la Mutualité.

Février : Accorde une interview filmée au Comité international de soutien au peuple mexicain en lutte.

23 février : Témoigne au procès de Roland Castro inculpé pour violences à agents lors d'une manifestation.

Mars : Adhère au Comité Israël-Palestine formé par des militants révolutionnaires indépendants des formations gauchistes.

Avril : À la demande des animateurs de *La Cause du peuple*, dont les deux directeurs successifs ont été emprisonnés, Sartre prend la direction de ce journal et commence ainsi une nouvelle période d'action militante. Il fait à cette occasion la connaissance de Pierre Victor, qui deviendra par la suite son ami et collaborateur le plus proche.

Mai : En désaccord avec l'orientation, qu'ils jugent gauchiste, des *Temps modernes*, J.-B. Pontalis et Bernard Pingaud quittent la revue à la suite de la publication, dans le numéro d'avril, de l'article d'André Gorz « Détruire l'Université ».

---

1. *Le Monde*, 13 janvier 1970.

25 mai : Préside à la Mutualité un meeting où intervient aussi Alain Geismar (qui sera condamné par la suite pour les propos qu'il y a tenus).

27 mai : Dépose au procès des anciens directeurs de *La Cause du peuple*, Le Dantec et Le Bris. Ce procès donne lieu, le soir même, à une violente manifestation au Quartier latin.

4 juin : Annonce la création de l'Association des amis de La Cause du peuple, que présidera Simone de Beauvoir et dont s'occupera activement leur amie Liliane Siegel.

11 juin : Participe à la fondation du Secours rouge.

13 juin : Débat sur les travailleurs africains.

20 et 26 juin : Avec plusieurs artistes et intellectuels, Sartre distribue *La Cause du peuple* au marché de la rue Daguerre et sur les grands boulevards ; il est interpellé par la police mais aussitôt relâché.

12 juillet : Interview sur « La praxis du philosophe », diffusée par la première chaîne de télévision d'Allemagne fédérale.

Juillet : Voyage en Norvège et dans les pays nordiques en compagnie de Vladimir Dedijer et Arlette Elkaïm.

Septembre : Assume la direction du journal *Tout !* de tendance mao-libertaire, proche des positions du groupe V.L.R. (Vive la Révolution !). À la même époque, Sartre devient directeur nominal, parfois sans en être averti, d'une bonne douzaine de petites publications d'extrême gauche.

Dans une interview à *L'Idiot international*, il explique les transformations intervenues dans la situation de l'intellectuel à partir de Mai 68.

11 et 19 septembre : Témoigne aux procès des diffuseurs de *La Cause du peuple*.

18 septembre : Meeting du Secours rouge à la Mutualité où il retrouve Jean Genet.

Octobre : Préface une exposition Paul Rebeyrolle à la Galerie Maeght.

4 octobre : La B.B.C. commence la diffusion d'un feuilleton télévisé en treize épisodes tiré des *Chemins de la liberté.*

21 octobre : Refuse de témoigner au procès d'Alain Geismar et va haranguer les ouvriers de la Régie Renault au cours d'un meeting improvisé dans la rue. Les journaux du monde entier reproduiront la photo de Sartre juché sur un tonneau.

2 novembre : Sartre commence une série d'entretiens avec son ami John Gerassi en vue d'une biographie. Ces entretiens, à raison de deux par mois, dureront jusqu'en juin 1974.

9 novembre : Mort de De Gaulle. Opposant irréductible à l'action et à la personne du général, Sartre ne fait aucun commentaire public à l'occasion de sa mort mais dit ce jour-là à un ami : *Je n'ai jamais eu aucune estime pour lui*[1].

12 décembre : À Lens, sous l'égide du Secours rouge, Sartre dresse le réquisitoire d'un procès populaire jugeant l'État-patron pour sa responsabilité dans les accidents de travail.

1971   Parution (en mai) des tomes I et II de *L'Idiot de la famille.*
         Texte sur le problème basque en préface au *Procès de Burgos* de Gisèle Halimi.

7 janvier : Allocution à la Mutualité dans un meeting en faveur des Juifs d'U.R.S.S.

15 janvier : Parution du premier numéro de *J'accuse*, journal auquel Sartre va collaborer régulièrement jusqu'à sa disparition en mai après fusion avec *La Cause du peuple.*

Janvier-février : Soutient activement une grève de la faim à la chapelle Saint-Bernard en faveur des prisonniers politiques.

13 février : Participe à l'occupation manquée du Sacré-Cœur et échappe de justesse aux violences policières. Le 15, tient avec Jean-Luc Godard une conférence de presse sur cette affaire qui fait grand bruit dans les journaux.

18 février : Démissionne du Secours rouge car il juge que les maos prennent trop d'importance dans cette organisation.

Avril : Sartre rompt avec le régime cubain à propos de l'affaire Padilla. Depuis le discours de Castro approuvant l'intervention soviétique en Tchécoslovaquie, il avait pratiquement coupé toutes ses relations avec Cuba.

3 mai : Débat sur le film d'André Harris et Marcel Ophüls *Le Chagrin et la Pitié.*

12 mai : Enquête à Ivry sur l'affaire Behar Rehala, ouvrier algérien blessé par balles par des gardiens de la paix. Cette affaire donne lieu à une nouvelle controverse entre les communistes et Sartre.

Vers cette époque, prenant pour la première fois depuis la guerre un long repos, Sartre cherche un sujet de pièce, alors que ses amis maos le pressent d'écrire un roman populaire.

14 mai : À l'occasion de la mise en vente de *L'Idiot de la famille*, salué dans la presse comme un événement, *Le Monde* publie une longue interview où Sartre parle de son ouvrage.

18 mai : Sartre est victime d'une légère attaque dont il se remet, mais il a une rechute le 15 juillet, alors qu'il séjourne en Suisse. Commence à avoir des ennuis sérieux avec ses dents.

16 juin : Minute titre en couverture « En prison Sartre ! » et l'appelle « le cancer rouge de la nation ».

---

1. Entretiens avec John Gerassi (inédits), 1970.

18 juin : Sartre prend la direction du journal *Révolution !* et fonde avec Maurice Clavel l'agence de presse Libération.

19 juin : Est inculpé de diffamation pour des articles parus dans *La Cause du peuple* et dans *Tout !*

Appelle à un procès populaire de la police, qui sera interdit.

Été-automne : Séjour à Rome où il termine le troisième tome de *L'Idiot de la famille.* Il revisite Naples et Pompéi.

Octobre : Signe un appel demandant le droit à l'émigration pour les citoyens soviétiques.

7 et 27 novembre : Participe à des manifestations contre le racisme dans le quartier de la Goutte-d'Or.

À la même époque, il substitue un projet de nouvelle au projet de « testament politique » auquel il a renoncé. *Il serait temps que je dise enfin la vérité. Mais je ne pourrai la dire que dans une œuvre de fiction.* Ce projet n'aura pas de suite.

1972   Parution de *Situations,* VIII et IX, du tome III de *L'Idiot de la famille* et d'une préface au livre de Michèle Manceaux *Les Maos en France* (*Je ne suis pas mao,* précise Sartre d'emblée).

Janvier : Interventions sur les révoltes dans les prisons.

18 janvier : Participe à une conférence de presse sur les prisons après avoir tenté en vain de la tenir au ministère de la Justice, place Vendôme.

Février-mars : Début du tournage, par Alexandre Astruc et Michel Contat, d'un film sur la vie et l'œuvre de Sartre. Plus de huit heures d'entretiens de Sartre avec Simone de Beauvoir et l'équipe des *Temps modernes* sont filmées les 18 et 19 février et les 18 et 19 mars. Faute de crédits, le film ne sera achevé que quatre ans plus tard.

14 février : Sartre est expulsé *manu militari,* avec un groupe de militants, par le service d'ordre des usines Renault.

France-Culture commence la diffusion d'une adaptation radiophonique des *Chemins de la liberté.*

25 février : Conférence sur « Justice et État » au palais des Congrès de Bruxelles.

28 février : Enquête à Boulogne-Billancourt sur le meurtre le 25 février du militant maoïste Pierre Overney par un garde armé de la Régie Renault. Le *4 mars,* il assiste aux funérailles de Pierre Overney qui réunissent à Paris plus de deux cent mille personnes.

Mars : Sartre approuve l'enlèvement et la séquestration pendant quarante-huit heures d'un agent de la Régie Renault, M. Nogrette, par le groupe maoïste clandestin la Nouvelle résistance populaire. (Voir *La Cérémonie des adieux,* p. 45.)

Avril : Écrit une lettre-préface à un livre du S.P.K. allemand (collectif socialiste de patients).

XCVI   *Chronologie*   [1973]

Mai : La Cause du peuple *ayant publié sans critique des propos qui peuvent être interprétés comme un appel au lynchage du notaire accusé du crime de Bruay-en-Artois, Sartre proteste, tout en justifiant la « haine de classe » qui a inspiré ces propos aux ouvriers.*

Juin : Écrit une lettre en faveur d'un objecteur de conscience israélien.

Donne une interview sur la politique à la revue hispanophone *Libre.*

Ouvre dans *La Cause du peuple* un débat sur le journal, dont il désapprouve le simplisme ouvriériste et qu'il songe sérieusement à quitter.

Septembre : Parution de *Tout compte fait*, où Beauvoir couvre la période 1962-1972.

Automne : Conversation avec Franco Basaglia.

Novembre : Commence une série d'entretiens sur la politique avec Philippe Gavi et Pierre Victor. Ces entretiens dureront jusqu'en mars 1974.

Parution dans *Gulliver* d'un entretien de Sartre avec Pierre Verstraeten.

Décembre : Interviewe Gabriel Aranda, fonctionnaire ayant livré à la presse des documents révélant des malversations.

Entretien avec Pierre Bénichou dans *Esquire.*

Hiver 1972-1973 : Sartre s'occupe activement du projet de lancement d'un quotidien populaire, *Libération*, dont il accepte de prendre la direction. Il abandonne pour cela provisoirement la rédaction du tome IV de *L'Idiot de la famille* auquel il a travaillé pendant cette année.

1973   Parution d'*Un théâtre de situations*, recueil de textes et d'entretiens sur le théâtre.

Janvier : Entretien avec Michel-Antoine Burnier dans *Actuel.*

Dans un article des *Temps modernes* intitulé « Élections, piège à cons », Sartre se prononce pour l'abstention aux élections législatives de mars et fait une critique radicale de la démocratie représentative.

7 février : Sartre accepte d'être interviewé sur France-Inter par Jacques Chancel pour « Radioscopie », afin de présenter le projet de *Libération.*

Février : Rédige une préface pour la réédition, sous le titre *Les Paumés*, du roman d'Olivier Todd *Une demi-campagne*. Projette une préface à un livre sur la Grèce des colonels.

Interview dans *Der Spiegel* où Sartre, notamment, prend la défense des membres emprisonnés de la Fraction Armée rouge (dite « Bande à Baader »), qu'il considère comme des révolutionnaires, tout en déclarant désapprouver leurs actes.

Mars : Sartre est victime d'une nouvelle et sérieuse attaque qui va l'obliger à réduire considérablement ses activités.

22 mai : Parution du premier numéro de *Libération*, dont Sartre est le directeur, bien que la maladie lui interdise de participer pleinement au travail de rédaction.

Juin : Sartre est frappé de demi-cécité à la suite de deux hémorragies au fond de son œil valide. Il garde pendant quelques mois l'espoir de recouvrer la vue mais, son état physique interdisant une intervention chirurgicale, les spécialistes consultés déclareront plus tard le mal irréversible. Au cours des mois suivants, son état général s'améliore sensiblement et il se remet au travail sur le *Flaubert* en prenant des notes, sans pouvoir cependant se relire. Il prend ce coup du sort avec sérénité.

17 juin : Accorde une interview autobiographique à Francis Jeanson pour son livre *Sartre dans sa vie*.

Automne : Parution d'un numéro spécial de la revue italienne *Aut Aut* consacré à Sartre et comprenant le texte inédit d'une conférence donnée en 1961 sur « Subjectivité et marxisme ».

Octobre : Rentré à Paris, Sartre déménage de son studio du 222, boulevard Raspail pour prendre un appartement plus commode, au 10e étage du 29, boulevard Edgar-Quinet.

Au cours de l'automne, Pierre Victor, principal dirigeant de l'ex-Gauche prolétarienne (qui s'autodissout à son initiative), devient collaborateur permanent de Sartre. Ils poursuivent en commun une réflexion sur les conditions d'un socialisme non autoritaire et Victor fait la lecture à Sartre des ouvrages dont il ne peut plus prendre connaissance par lui-même.

8 octobre : Sartre est cité pour diffamation devant la dix-septième chambre correctionnelle du tribunal de Paris sur plainte de *Minute*. Il en profite pour faire le procès de cet hebdomadaire. Sartre sera finalement condamné à verser un franc aux plaignants.

25 octobre : S'étant d'abord abstenu de prendre publiquement position dans la guerre du Kippour, Sartre accorde néanmoins à Ely Ben-Gal une interview pour le journal israélien *Al Hamishmar* dans laquelle il condamne l'attitude du gouvernement français et appelle au règlement du conflit israélo-arabe par des négociations directes. Par la suite, Sartre ne s'associe pas à des appels en faveur d'Israël que signe Simone de Beauvoir.

15 novembre : Publie dans *Libération* une interview sur la sexualité, à propos du viol d'une militante par un camarade noir.

Décembre : Lance plusieurs appels pour sauver *Libération*, qui connaît de graves difficultés financières.

1974   Parution (en mai) de *On a raison de se révolter*, entretiens sur la politique par Gavi, Sartre et Victor, dans la nouvelle collection « La France sauvage » dirigée par Sartre.

Avril : Après avoir exprimé son souhait d'une candidature de Charles Piaget aux élections présidentielles, Sartre se prononce pour l'« abstention révolutionnaire », alors que Simone de Beauvoir soutient la candidature de François Mitterrand.

28 avril : Présentation à Bruay de *On a raison de se révolter*.

21 mai : Sartre annonce que, pour raison de santé, il cesse d'être le directeur de *Libération* et abandonne les responsabilités qu'il avait prises à l'égard d'un certain nombre de publications et de groupes d'extrême gauche.

26 mai : Reçoit chez lui Herbert Marcuse avec qui il s'entretient de la situation de l'intellectuel. À la suite de cette rencontre, à laquelle Marcuse tenait beaucoup, le philosophe allemand déclare en privé : « Sartre a toujours été mon super-ego. Bien qu'il ne veuille pas l'être, il *est* la conscience du monde[1]. »

Été : Séjours dans le Midi et en Italie. Sartre se rend à l'évidence que, ne pouvant plus travailler sur les textes, il doit définitivement renoncer à achever le tome IV de *L'Idiot de la famille*.

Il reprend alors le projet de donner une suite à son autobiographie. À Rome, il commence à enregistrer au magnétophone des dialogues qui, révisés et mis en forme, seront publiés par Beauvoir en 1981, à la suite de *La Cérémonie des adieux*. Beauvoir lui lit *L'Archipel du Goulag* de Soljenitsyne. Elle est victime d'une agression à Rome (bras gauche démis). Ils rentrent à Paris le *22 septembre.*

Novembre : Marcel Jullian, directeur d'Antenne 2, propose à Sartre une suite d'émissions télévisées sur sa vie et son œuvre. Sartre répond par une autre proposition : réaliser avec un collectif une série d'émissions sur l'histoire générale des soixante-dix années du siècle qu'il a vécues. Le projet est présenté dans la presse comme la preuve du libéralisme nouveau de la télévision. Sartre se met à l'ouvrage avec Beauvoir, Gavi et Victor. À quatre, ils constituent le noyau d'une équipe plus large de chercheurs chargés de leur fournir la matière des scénarios qu'ils élaborent en commun, Sartre étant le maître d'œuvre de l'ensemble.

16 novembre : Signe une déclaration de rupture avec l'Unesco,

---

1. Confié à Michel Contat, 1974.

à la suite du refus par cet organisme d'inclure Israël dans une région déterminée du monde.

2 décembre : Sartre participe à un débat avec Philippe Gavi et Pierre Victor sur leur livre *On a raison de se révolter.*

4 décembre : Ayant obtenu l'autorisation de rencontrer Andreas Baader dans sa prison, Sartre se rend à Stuttgart et s'entretient pendant une heure avec le prisonnier, qui en est à sa quatrième semaine de grève de la faim. Sartre donne ensuite, avec Daniel Cohn-Bendit, une conférence de presse devant les journalistes de la presse internationale ; il déclare désapprouver l'action de la Fraction Armée rouge mais dénonce vivement les conditions de détention (torture par privation sensorielle) de ses membres et il lance aux intellectuels allemands un appel pour le soutien des prisonniers politiques d'Allemagne de l'Ouest. À cette occasion, une partie de la presse allemande se livre à de violentes attaques contre Sartre.

10 décembre : Participe à une conférence de presse, à Paris, sur la situation des prisonniers politiques en R.F.A.

17 décembre : S'entretient avec des étudiants de la Cité universitaire à la Maison du Japon.

Fin décembre : Proteste, avec M. Foucault, contre la catastrophe de la mine de Liévin.

1975   *6 au 13 avril :* Séjour au Portugal en compagnie de Simone de Beauvoir et de Pierre Victor. Prévue initialement comme un voyage privé, la visite de Sartre au Portugal prend le caractère d'un séjour d'information politique : il s'entretient avec des étudiants, des intellectuels, des membres du Mouvement des forces armées, etc. Au retour, *Libération* (22 au 26 avril) publie un entretien où Sartre, Simone de Beauvoir et Pierre Victor analysent la situation portugaise et expriment un soutien critique au M.F.A.

Mai : Le philosophe Karel Kosic envoie une lettre ouverte à Sartre pour dénoncer la répression qui frappe les intellectuels en Tchécoslovaquie. Sartre lui exprime son soutien. Il signe aussi plusieurs textes condamnant la répression en U.R.S.S. et notamment en Ukraine.

10 mai : *Le Monde* publie une déclaration de Sartre au sujet du tribunal Russell, recueillie à l'occasion de la fin de la guerre du Vietnam.

Parution d'un numéro de la revue *L'Arc* consacré à Simone de Beauvoir et qui comprend notamment un dialogue entre celle-ci et Sartre au sujet du féminisme.

Juin : Entretiens avec M. Rybalka, O. Pucciani et S. Gruenheck pour la *Library of Living Philosophers.*

21 juin : Soixante-dixième anniversaire de Sartre. À cette occasion, *Le Nouvel Observateur* publie un long entretien accordé par Sartre à Michel Contat dans lequel il fait son autoportrait et dresse un bilan provisoire de sa vie. Avec plus de netteté qu'auparavant, il y prend aussi ses distances avec le marxisme et s'affirme partisan d'un « socialisme libertaire ».

Septembre : Numéro spécial du *Magazine littéraire* consacré à Sartre.

Signe avec Malraux, Mendès France, Aragon et François Jacob un appel en faveur des onze militants condamnés à mort en Espagne.

25 septembre : Avec Simone de Beauvoir et Pierre Victor, Sartre donne une conférence de presse pour expliquer les raisons de l'échec du projet pour la télévision.

26 septembre : Proteste contre l'exécution en Espagne de cinq militants antifascistes.

4 octobre : Participe avec Simone de Beauvoir, Pierre Victor et, en duplex depuis Francfort, Daniel Cohn-Bendit au « Journal inattendu » de R.T.L.

Fatigué par ces différentes interventions, il décide de réduire ses activités publiques et de se consacrer à la préparation du livre « Pouvoir et liberté » auquel il travaille avec Pierre Victor.

28 octobre : Libération publie une interview de Sartre sur l'Espagne. Le commentaire qu'il y fait sur la physionomie de Franco, alors à l'agonie, suscite de vives désapprobations.

Novembre : Les Temps modernes en appellent à l'opinion publique pour que soit révisé le procès de Pierre Goldman, condamné à la réclusion à perpétuité pour un double meurtre dont il sera par la suite innocenté, et auteur, en prison, de *Souvenirs obscurs d'un Juif polonais né en France.*

19 décembre : Mort de René Maheu.

Décembre : Signe un appel pour la libération de soldats emprisonnés à la suite d'actions syndicales dans les casernes.

1976   Parution de *Situations*, X et, en format de poche, de *Critiques littéraires (Situations,* I) et de *L'Être et le Néant.*

Parution en anglais de la traduction de la *Critique de la raison dialectique* et d'extraits de la suite inédite de la *Critique* dans la *New Left Review* (janvier 1977).

Janvier : Signe un texte de solidarité avec des militants du groupe Marge emprisonnés pour avoir occupé une dépendance de l'ambassade d'U.R.S.S. à Paris en signe de protestation contre le système d'oppression soviétique.

Mars : À l'initiative de Sartre et de Simone de Beauvoir, cinquante prix Nobel lancent un appel pour la libération du docteur Mikhael Stern, emprisonné en Union soviétique.

4 mars : Assiste à une projection du film *Sartre par lui-même.*

14 mars : Publie dans le *Corriere della Sera* un texte sur l'assassinat du cinéaste italien Pier Paolo Pasolini.

10 mai : Exprime son « horreur devant la fin tragique » d'Ulrike Meinhof dans une prison allemande.

Septembre : Reprise des *Mains sales* au théâtre des Mathurins dans une mise en scène de Patrick Dréhan avec Paul Guers dans le rôle de Hoederer.

27 octobre : Sortie à Paris du film *Sartre par lui-même* d'Alexandre Astruc et Michel Contat.

7 novembre : Accepte à l'ambassade d'Israël à Paris le titre de docteur *honoris causa* de l'université de Jérusalem. Réaffirme à cette occasion : *Je suis d'autant plus pro-palestinien que je suis pro-israélien, et réciproquement.*

Novembre : Création par le comédien Gérard Guillaumat, au théâtre de la Reprise à Lyon, du spectacle *Sartre*, montage de textes réalisé par Jeannette Colombel, mise en scène de Robert Gironès.

Le *Magazine littéraire* publie un long entretien de Sartre avec Michel Sicard sur Flaubert, accompagné de notes inédites pour le quatrième tome de *L'Idiot de la famille*.

Décembre : Appelle, dans une interview à *Politique Hebdo*, à un débat public sur l'hégémonie allemande et la question européenne. Il signe par la suite (*Le Monde*, 10 février 1977) un article allant dans le même sens et adressé aux militants socialistes.

1977   Parution de la traduction allemande de *L'Idiot de la famille*.
        Parution de *Sartre*, texte du film *Sartre par lui-même*.

6 janvier : Libération publie un dialogue entre Sartre et Pierre Victor sur leur collaboration. Depuis l'automne 1975, ils travaillent ensemble trois heures par jour à leur projet sur « Pouvoir et liberté ».

Janvier : Entretien sur les femmes avec Catherine Chaine publié dans *Le Nouvel Observateur*.

16-23 février : Voyage à Athènes, avec conférence sur « Qu'est-ce que la littérature ? ».

Mars : Le comité de direction des *Temps modernes* s'élargit avec l'entrée en son sein de Claire Étcherelli, François George, Pierre Goldman, Pierre Rigoulot et Pierre Victor.

21 juin : Alors que Brejnev est reçu à l'Élysée, Sartre et de nombreux intellectuels français accueillent au théâtre Récamier des dissidents de l'Est.

28 juillet : Entretien sur la musique avec Lucien Malson dans *Le Monde*.

Août : La nouvelle *Érostrate* est jouée au théâtre Mouffetard, dans une mise en scène d'Yves Gourvil.

Septembre : Signe l'appel à la manifestation gauchiste de

Bologne, à laquelle il ne peut finalement participer. Il accorde une interview politique à *Lotta Continua*, dans laquelle, notamment, il prend position contre les « nouveaux philosophes » et déclare : *Je ne suis plus marxiste.*

Octobre-novembre : Tout en réaffirmant son opposition au terrorisme pratiqué par la Rote Armee Fraktion en Allemagne, Sartre signe divers appels s'élevant contre l'« assassinat de Baader et de ses camarades », contre l'extradition de Klaus Croissant, et prend position avec le Comité contre une Europe germano-américaine à propos de l'affaire Schleyer.

28 octobre : S'oppose à un recours à la force contre le front Polisario en Mauritanie.

4 décembre : Publie dans *Le Monde* un « appel à ses amis israéliens » pour les inviter à répondre à l'initiative de paix du président égyptien Sadate.

1978 Parution de *Sartre, images d'une vie*, iconographie rassemblée par Liliane Sendyk-Siegel et légendée par Simone de Beauvoir.

Janvier : Un faux testament politique de Sartre appelant à l'insurrection violente contre la bourgeoisie est publié en Sicile sous forme de brochure. Sartre proteste sans donner de suites judiciaires.

2-7 février : En compagnie de Pierre Victor et d'Arlette Elkaïm, Sartre se rend de sa propre initiative en Israël pour favoriser, dans la mesure de ses moyens, une réponse israélienne à l'initiative de Sadate. À cette occasion, il rencontre plusieurs personnalités palestiniennes dans les territoires occupés.

7 février-25 mars : Reprise de *Nekrassov* au théâtre de l'Est parisien, dans une mise en scène de Georges Werler.

Mars : Ne prend pas publiquement position sur les élections législatives qui verront la défaite de la gauche.

Avril : Participe au tournage d'un film de long métrage sur Simone de Beauvoir réalisé par Josée Dayan et Malka Ribowska, et qui sortira en janvier 1979.

Mai : À Los Angeles se tient le premier d'une série de colloques universitaires sur Sartre.

3 juin : Adresse dans *Le Monde* un appel en faveur du retour en France de Daniel Cohn-Bendit.

11 juin : Interview par Juan Goytisolo dans *El País.*

1979 *Janvier :* Donne à Bernard Dort une interview pour la revue *Travail théâtral.*

15 mars : Assiste à un colloque israélo-palestinien organisé par Pierre Victor et *Les Temps modernes* et qui se tient chez Michel Foucault. Le texte du colloque, « La Paix maintenant ? » paraît dans le numéro de septembre de la revue. N'ayant guère rencontré d'écho à ses idées au sein de celle-ci, Pierre Victor se retire du comité de direction à l'automne.

Mai : Parution d'un important numéro de la revue *Obliques* consacré à Sartre, sous la direction de Michel Sicard, avec notamment un grand inédit sur Mallarmé et un entretien avec M. Sicard. Un second numéro d'*Obliques*, « Sartre et les arts », paraîtra en 1981.

Juin : Françoise Sagan publie dans *Le Matin* une « Lettre d'amour à Sartre ». Sartre, qui a de l'amitié pour elle, la rencontrera assez souvent à déjeuner.

20 juin : Participe à une conférence de presse du comité Un bateau pour le Vietnam, avec André Glucksmann et Raymond Aron, qu'il retrouve à cette occasion. Le *26 juin* il est reçu à l'Élysée par Valéry Giscard d'Estaing, en délégation du comité, avec André Glucksmann et Raymond Aron, pour présenter au chef de l'État un appel à intensifier les secours aux *boat people*.

Vers le 17 juin : Est blessé au pouce par un déséquilibré à qui il donnait de temps à autre de l'argent.

Juin : Sartre suit de loin la décade consacrée à son œuvre à Cerisy-la-Salle (16-25 juin) et à laquelle participent notamment Pierre Victor, Jean Pouillon, François George, Pierre Verstraeten, Jeannette Colombel, Oreste Pucciani.

Septembre : Interview par Maria-Antonietta Macciochi dans *L'Europeo,* recueillie à Rome en août.

27 septembre : Malgré sa fatigue, Sartre tient à assister, au Père-Lachaise, aux obsèques de Pierre Goldman, membre du comité des *Temps modernes,* assassiné le 20 septembre.

Novembre : Interview par Catherine Clément dans *Le Matin* (10-11 novembre). À cette occasion, Sartre va déjeuner avec l'équipe du journal.

1980 Au cours de l'hiver, Sartre continue les entretiens qu'il poursuit depuis 1976 avec Pierre Victor pour le livre « Pouvoir et liberté » qu'ils comptent publier à la fin de l'année. *Le Nouvel Observateur* ayant manifesté l'intention de publier l'interview parue en septembre dans *L'Europeo* et dont Sartre n'est pas satisfait, celui-ci propose de réaliser avec Pierre Victor un grand entretien où ils feront le point sur leur travail et où Sartre expliquera les développements nouveaux de sa pensée.

Janvier : S'élève contre l'assignation à résidence d'Andréi Sakharov et prend position pour le boycott des Jeux Olympiques de Moscou.

28 février : Accorde une interview au mensuel homosexuel *Le Gai Pied* qui la fera paraître dans son numéro d'avril. Vers le même temps, donne une interview sur Flaubert à

Catherine Clément et Bernard Pingaud pour le numéro de *L'Arc* qui sortira en mai.

Mars : Parution dans *Le Nouvel Observateur* (10, 17 et 24 mars) de « L'Espoir maintenant », dialogue de Sartre avec Benny Lévy (qui abandonne à cette occasion son pseudonyme de Pierre Victor).

20 mars : Sartre est hospitalisé d'urgence à l'hôpital Broussais pour un œdème pulmonaire. Son état, au début, n'alarme pas sérieusement ses proches. Simone de Beauvoir et Arlette Elkaïm se relaient à son chevet. Par la suite, il peut recevoir quelques visites, il fait des projets pour sa sortie et se préoccupe de l'accueil réservé à ses entretiens, avant que des complications rénales n'entraînent une aggravation de son état. Le 13 avril, il entre dans un coma presque complet.

15 avril : Sartre s'éteint à 21 heures sans avoir repris connaissance. Les journaux télévisés et les radios donnent l'information à 23 heures. Elle est reprise « à la une » de tous les journaux parisiens le lendemain. L'émotion est considérable, à l'étranger aussi. À l'unanimité dans l'hommage des premières quarante-huit heures succèdent des appréciations diverses où se retrouvent les vieux clivages politiques. Giscard d'Estaing, à titre personnel, se rend à l'hôpital Broussais pour s'incliner devant la dépouille mortelle. La *Pravda* du 16 avril annonce la mort de Sartre en trois lignes et n'y reviendra plus. *Libération* et *Le Matin* publieront des numéros spéciaux rassemblant textes et témoignages. « Una vita splendida », titre Rossana Rossanda dans le *Manifesto*.

19 avril : Une foule évaluée à cinquante mille personnes suit le convoi funèbre de l'hôpital Broussais au cimetière du Montparnasse. L'atmosphère chaleureuse, émue et non conformiste de ces obsèques sans service d'ordre ni discours est à peine altérée par quelques incidents provoqués par les photographes massés autour de la tombe pour saisir l'image de Simone de Beauvoir.

Sartre est mort sans laisser de testament. Il avait, bien des années auparavant, émis le vœu d'être incinéré. Cette cérémonie a lieu dans l'intimité, le 23, au Père-Lachaise, et les cendres sont déposées au cimetière du Montparnasse, à trois cents mètres de l'appartement du 29, boulevard Edgar-Quinet où Sartre avait passé ses dernières années. Sur la tombe, une plaque porte cette inscription :

« Jean-Paul Sartre, 1905-1980. »

L'inscription « Simone de Beauvoir 1908-1986 » a été ajoutée lorsque le corps de sa compagne eut été enterré dans la même tombe (sa mort est survenue le 14 avril, six ans après celle de Sartre, à un jour près).

MICHEL CONTAT.
MICHEL RYBALKA.

NOTE SUR LA PRÉSENTE ÉDITION

« La Pléiade est une pierre tombale, je ne veux pas qu'on m'enterre de mon vivant[1]. » Telle avait été la réaction de Sartre lorsque, vers 1965 — le Nobel n'était pas loin —, son éditeur lui proposa de publier son Œuvre romanesque dans la Bibliothèque de la Pléiade. Plus tard, il changea d'avis. Simone de Beauvoir, des amis et quelques jeunes gens que leur engagement dans le mouvement de Mai 68 ne rendait pas suspects de se rattacher aux vieilles valeurs littéraires, l'avaient persuadé qu'il n'avait rien à craindre de cette promotion. Si la Pléiade n'avait longtemps accueilli aucun autre écrivain vivant que Gide et Malraux, l'entrée de Giono, de Julien Green, de Mauriac dans la collection avait modifié quelque peu son caractère de Panthéon. Lui-même avait du goût pour elle, surtout depuis qu'avaient été développés ses appareils critiques, dont il se servait volontiers.

Pour notre part, nous avions conçu le projet de notre bio-bibliographie, qui devait paraître en 1970 chez Gallimard sous le titre *Les Écrits de Sartre*, en partie pour pallier l'absence d'une édition de Sartre dans la Pléiade, ou en tout cas d'un travail critique solidement documenté et visant son œuvre comme une totalité en devenir. Après la publication de cet ouvrage, nous fûmes chargés d'établir l'édition des romans et nouvelles. En acceptant cette tâche sans la moindre hésitation, nous mesurions mal son ampleur et le temps qu'il nous faudrait pour en venir à bout.

L'édition que nous présentâmes au lecteur en 1981 parut donc après la mort de Sartre, comme pour confirmer ce qu'il avait pressenti de funéraire dans le principe même d'une telle entreprise. Nous aurons à jamais le regret de n'avoir pas réussi à offrir à Sartre de son vivant ce volume auquel il s'était mis à tenir plus que

1. Voir *Situations*, X, Gallimard, 1976, p. 205.

nous ne l'avions d'abord supposé. Il avait pourtant confié à l'un de nous, en 1975, au cours d'un entretien : « Être publié dans la Pléiade représente simplement le passage à un autre type de célébrité : je passe parmi les classiques, alors qu'avant j'étais un écrivain comme un autre. — Une consécration, en somme ? — C'est le mot, oui. Ça me fait plutôt plaisir. Et il est vrai que j'ai hâte de voir publier cette Pléiade. Je pense que ça vient de l'enfance, où la célébrité c'était être publié dans une grande édition bien soignée que les gens se disputent. Il doit rester quelque chose de ça : on paraît dans la même collection que Machiavel[1]… »

La collaboration que Sartre nous apportait était ralentie du fait de son état de santé, particulièrement de la perte de sa vue. De notre côté, nous prenions notre temps. Nous nous sentions davantage de responsabilités à l'égard du lecteur et de l'avenir. Nous n'avions pas suffisamment entendu sous l'humour de cet aveu une exhortation amicale à presser notre travail.

Nos lenteurs, à vrai dire, avaient quelques causes objectives. Sartre, pas plus que ses proches, n'avait le goût des archives. Ses manuscrits sont dispersés, il n'existait aucun inventaire des documents le concernant. Une grande partie de notre temps a donc été occupée par la recherche (parfois infructueuse), le recensement et l'exploitation de nombreux manuscrits et documents. Nous pourrions ici écrire tout un récit de nos investigations touchant le manuscrit de *La Nausée* ; ce n'est qu'en juillet 1976 que nous avons pu en consulter une version dactylographiée, et en juillet 1979 que nous avons enfin pu avoir accès au manuscrit original.

Notre ambition était, outre celle de fournir un texte sûr, de jeter les bases d'une érudition sartrienne solide. En ce domaine, il n'y avait guère de travaux sur lesquels nous appuyer, en dehors de ceux que nous avions entrepris avec *Les Écrits de Sartre* et le volume *Un théâtre de situations*[2]. La critique sartrienne, même la meilleure, s'était surtout appliquée au commentaire, à l'interprétation, à l'exégèse, comme il est normal avec un auteur controversé et victime d'innombrables malentendus. Il nous fallait assumer la tâche ingrate et souvent tatillonne de l'histoire littéraire. Nos efforts ont porté pour une bonne part sur la biographie, pour laquelle nous ne voulions pas nous contenter de l'irremplaçable chronique de la vie de Sartre adulte qu'a dressée Simone de Beauvoir au fil de ses Mémoires, ni des écrits autobiographiques de Sartre, comme l'ont fait jusqu'à présent la plupart de ses biographes. Ainsi notre Chronologie comporte-t-elle une part importante de données inédites et de témoignages nouveaux ou qui n'avaient pas été rassemblés jusqu'ici, le tout ayant été soigneusement vérifié. Des erreurs peuvent s'y être glissées, que les cher-

---

1. « Autoportrait à soixante-dix ans » (entretien avec Michel Contat), *Situations*, X, p. 206.
2. Gallimard, coll. « Idées », 1973.

cheurs de l'avenir se chargeront de corriger ; elles ne sont en tout cas pas dues à la précipitation.

★

La place dont nous disposions nous a contraints à réduire l'appareil critique à ce que nous considérons comme essentiel. Bien des textes complémentaires et des commentaires figurant dans des ouvrages de Sartre, de Simone de Beauvoir ou dans *Les Écrits de Sartre*, et qu'il aurait peut-être été souhaitable de mettre sous les yeux du lecteur dans le présent volume, n'ont pu y trouver leur place. Du moment que ces textes sont accessibles en librairie, nous y renvoyons le lecteur[1]. Pour ce qui concerne nos notes, nous avons presque toujours sacrifié à l'exigence de brièveté. Ces notes ont été rédigées tantôt par l'un tantôt par l'autre, sans que nous ayons jugé utile de les signer, car, nous étant au départ partagé les œuvres, nous nous sommes toujours soumis mutuellement notre travail. Ainsi nos notes résultent-elles la plupart du temps d'un compromis entre deux conceptions de l'annotation parfois divergentes[2]. Les Notices, en revanche, sont signées. Notre effort s'est tout particulièrement porté sur *La Nausée*, pour laquelle nous avons plus étroitement collaboré que pour les autres œuvres ; aussi l'appareil critique de *La Nausée* se rapproche-t-il davantage de notre ambition commune.

La collaboration de Sartre fait, à nos yeux, l'essentiel de la valeur de la présente édition. Elle nous a été acquise, de façon généreuse et désintéressée, dès le début ; elle n'a été interrompue que par la mort. Les souvenirs, les opinions, les renseignements qu'il nous a inlassablement communiqués constituent la part la plus précieuse de nos notes. Critique lui-même, et on sait de quelle ampleur, utilisateur aussi bien que lecteur des éditions de la Pléiade, il avait ses idées sur ce qu'il attendait, pour d'autres écri-

---

1. Dans le cas des éditions Gallimard, les références sont faites aux volumes de la collection blanche actuellement en librairie et dont le format et la pagination diffèrent parfois des éditions précédentes.
2. Nous sommes à une époque où le style critique est en transition et où il faut, dans le contexte et avec les exigences d'une édition comme celle de la Pléiade, assurer un équilibre assez incertain entre des approches difficilement conciliables, sinon contradictoires : style lansonien de l'histoire littéraire, positiviste, aujourd'hui souvent naïf et pourtant difficile à éviter dans les notes d'identification ; style de l'analyse littéraire moderne, guetté par le risque du pédantisme et de l'obscurité, et pourtant nécessaire lorsque l'on parle de « texte » ; style philosophique sartrien, visant la totalité, mais d'un maniement malaisé dans des notes brèves. On explique toujours trop ou trop peu, et une fois la porte de l'interprétation ouverte, on ne sait plus très bien où s'arrêter. L'un de nous, M. Contat, penchait pour des notes abondantes, mettant en relief l'armature philosophique des romans de Sartre et tendant aussi vers l'analyse littéraire et le commentaire ; l'autre, M. Rybalka, préférait un appareil critique plus succinct, laissant l'interprétation aux soins du lecteur, mais indiquant néanmoins certaines possibilités de lecture.

vains que lui, de cette collection[1] : « Qu'elle situe le plus précisément possible une œuvre, un ouvrage particulier, dans son époque, dans l'histoire, sociale, politique, économique ; qu'elle donne un maximum d'informations biographiques relatives à chaque œuvre ; qu'elle rassemble les réactions des contemporains aux diverses œuvres, recense les comptes rendus d'époque, bref qu'elle contienne le plus possible de documents propres à éclairer autant l'homme que l'œuvre dans leur temps. Par exemple, ça ne m'intéresse pas de savoir ce que pense Mauriac de *La Princesse de Clèves*, mais ça m'intéresse beaucoup de savoir comment l'ont interprétée les contemporains de Mme de La Fayette. Quant aux commentaires des auteurs de l'annotation, ils ne m'intéressent bien sûr que s'ils sont intéressants, mais ce n'est pas eux que je vais chercher d'abord dans une Pléiade. Il faut privilégier l'histoire littéraire, mais d'un point de vue moderne[2]. » C'était nous assigner une tâche écrasante ; nous l'avons entreprise en sachant très bien que nous serions inférieurs à elle, notamment pour ce qui concerne l'histoire sociale et économique contemporaine, sur laquelle il est très difficile d'avoir une vue totalisante. Mais nous avons recueilli auprès de Sartre et de ses familiers le plus possible d'informations biographiques. C'est là qu'il nous est arrivé de nous heurter à un problème qui surgit fatalement, lorsque l'on mène sur un auteur vivant une entreprise conçue pour des morts. Sartre lui-même avait des sentiments ambivalents à l'égard de notre travail. D'un côté, il l'encourageait en se prêtant de bonne grâce à de nombreux entretiens, même lorsque certaines de nos questions pouvaient lui paraître futiles ou hors de propos. De l'autre côté, il marquait quelque réticence, et il lui est arrivé une fois ou deux d'être agacé en prenant connaissance de notes touchant sa vie privée, alors même que les renseignements donnés ne provenaient pas nécessairement de confidences que lui ou telle personne de son entourage avait pu nous faire, mais d'informations déjà publiques. C'était affaire de style, sans doute, et nous y avons remédié. Mais ces réactions étaient le signe d'une ambivalence plus générale, qui tenait aux contradictions du caractère même de Sartre, pour ne pas parler des nôtres, ni de nos possibles insuffisances. Cette édition, dont nous lui lisions, au fur et à mesure, les Notices et les notes pour y apporter, si nécessaire, des corrections, lui causait en même temps du plaisir et du déplaisir. Elle le traînait vers le passé, alors même que ses projets continuaient de le porter vers l'avenir. Ne reniant pas son passé et moins encore son œuvre, il lui plaisait de nous voir les restituer et pérenniser par notre travail ; mais préférant l'avenir et ses propres projets, il lui déplaisait de nous voir le couler tout vivant dans le

---

1. Ainsi avait-il, par exemple, beaucoup apprécié le travail d'Antoine Adam sur le Rimbaud publié en 1972.
2. Entretien du 8 octobre 1974.

bronze. Que nous le voulions ou non, nous étions auprès de lui, par fonction, du côté de la mort.

Autre chose encore : Sartre souhaitait *en apprendre* sur son œuvre, attente toujours déçue[1], mais qui ne cessait pourtant tout à la fois de nous stimuler et de nous paralyser. On voit qu'à l'ambivalence de Sartre touchant notre travail répondait la nôtre propre. C'est certainement la rançon d'une telle entreprise menée sur un auteur contemporain. Quant à l'admiration qui nous avait attachés à l'œuvre, elle n'a cessé d'augmenter à étudier celle-ci de plus près et à en creuser les strates de sens qui assurent sa force et sa beauté.

Avant sa mort, Sartre avait pris connaissance des appareils critiques de *La Nausée* et du *Mur*, ainsi que de la Notice générale des *Chemins de la liberté* — dans l'état de la rédaction où ils se trouvaient alors. Cette précision — qui peut intéresser le lecteur — ne saurait en aucun cas engager Sartre *post mortem* : l'ensemble de notre travail est présenté sous notre entière responsabilité. Lorsque nos entretiens ont été enregistrés au magnétophone et que nous les citons directement, nous indiquons la date. Quand ce n'est pas le cas[2], nous les rapportons le plus souvent en discours indirect.

★

Pour l'établissement du texte nous avons suivi, en règle générale, celui des éditions originales, en confrontant celles-ci aux réimpressions successives, que Sartre, semble-t-il, n'avait jamais revues, et aux manuscrits quand nous avons pu en disposer. On se reportera aux notices relatives à chacune des œuvres pour tout ce qui concerne les principes que nous avons observés. Sur un certain nombre de points douteux nous avons consulté Sartre et c'est lui qui a tranché ; nous le signalons pour chacun des cas. Quand il a fallu trancher nous-mêmes, nous le précisons dans une note justificative. Nous ne nous sommes pas astreints à relever systématiquement les variantes, le plus souvent minimes, des réimpressions ou de telle ou telle édition, par rapport à l'originale. Enfin, la présentation typographique, en particulier pour les dialogues, a été unifiée selon les normes de la collection de la Pléiade[3].

Toutes les citations de textes non repris dans le présent volume sont empruntées aux éditions courantes actuellement en librairie, à l'exception des collections de poche. Il en va de même pour les références aux œuvres de Simone de Beauvoir.

---

1. « Je n'ai jamais rien appris d'un de mes commentateurs » (*Situations*, X, p. 188).
2. Beaucoup des renseignements qui apparaissent dans nos notes m'ont été donnés au cours de conversations familières, plutôt que dans des séances de travail formelles (M. Contat).
3. Par exemple, dans l'édition originale, les phrases « pensées » par les personnages sont rarement imprimées entre guillemets. Le texte, sauf rares exceptions significatives, a été normalisé sur ce point, comme c'était déjà le cas dans les réimpressions, du moment que le guillemetage ne semble pas avoir obéi pour Sartre à une intention stylistique.

Le choix des textes édités n'a guère posé de problèmes. Sous le titre *Œuvres romanesques* nous avons rassemblé tous les textes de fiction et de narration publiés par Sartre de son vivant, à l'exception du conte « L'Ange du morbide », des premiers chapitres du roman « Jésus la Chouette, professeur de province » et d'un fragment de roman de jeunesse, « La Semence et le Scaphandre[1]. »

Quant aux *Mots*, après avoir marqué quelque hésitation à ce sujet, Sartre avait finalement renoncé à les joindre à la présente édition, bien qu'il estimât que ce livre autobiographique était aussi « une sorte de roman ».

La part de l'inédit dans ce volume est importante. Elle est constituée d'abord par l'intégralité des passages de *La Nausée* supprimés par Sartre à l'instigation de Brice Parain ou pour des raisons de censure ; nous donnons ces passages en variantes, Sartre ayant jugé que le texte publié correspondait en définitive à ses intentions. Totalement inédite est la nouvelle « Dépaysement », que Sartre avait retirée *in extremis* du recueil *Le Mur* où elle devait figurer. Comme Sartre s'en est déclaré insatisfait nous la donnons en appendice. Nous en faisons de même pour le journal de guerre intitulé « La Mort dans l'âme », dont quelques pages avaient pourtant paru en revue pendant la guerre. En revanche, *Drôle d'amitié*, fragment du tome IV inachevé des *Chemins de la liberté*, publié en 1949 dans *Les Temps modernes* et jamais repris depuis, est donné ici à la suite du troisième tome, *La Mort dans l'âme*. Au contraire, les deux chapitres totalement inédits du tome IV, « La Dernière Chance », qu'a reconstitués George H. Bauer d'après les brouillons qui étaient en sa possession, sont donnés en appendice, comme Sartre l'avait souhaité. Enfin, on trouvera dans l'appareil de notes et variantes un bon nombre de documents et de textes complémentaires inédits, en particulier la correspondance échangée par Sartre avec son éditeur au sujet de la publication de *La Nausée* et, surtout, une précieuse série de lettres à Simone de Beauvoir concernant la rédaction de *L'Âge de raison*.

★

Pour la présentation de l'appareil critique, nous avons délibérément adopté les normes de la collection :

— les notes de l'auteur sont appelées par astérisque et sont composées au bas des pages ;

---

1. « L'Ange du morbide » et « Jésus la Chouette, professeur de province », parus dans *La Revue sans titre* en 1923, sont repris dans *Les Écrits de Sartre*. Le fragment de « La Semence et le Scaphandre » (1923) a été publié dans le *Magazine littéraire*, n° 59, décembre 1971, p. 29, 59-64. Ces textes ont été repris, avec beaucoup d'autres, dans le volume Sartre : *Écrits de jeunesse*, Gallimard, 1990.

— les appels numériques renvoient aux notes, en fin de volume, des éditeurs ;

— les appels littéraux renvoient aux variantes en fin de volume.

Les conventions suivantes ont été adoptées pour la notation des variantes :

: indique, à l'intérieur d'une même variante, le passage à une autre leçon provenant d'un état différent du texte ;

/ indique un alinéa ;

// indique un alinéa avec un blanc ;

add. interl. : addition interlinéaire ;

add. marg. : addition marginale ;

biffé indique le ou les mots biffés ;

[...] signifie que le passage non reproduit dans la variante est identique au texte définitif.

Il nous arrive parfois d'encadrer un mot ou un groupe de mots des signes < > qui indiquent que le mot est de lecture conjecturale.

Dans certains cas, la leçon donnée en variante étant trop éloignée du texte mis sous les yeux du lecteur, il ne nous a pas été possible d'encadrer cette leçon par des mots du texte définitif. Nous y avons alors suppléé par un commentaire en tête de la variante.

★

Nous avons trouvé dans l'entourage de Sartre une aide inestimable. Simone de Beauvoir a bien voulu nous communiquer des lettres et des manuscrits essentiels et elle nous a fort utilement conseillés, notamment en lisant de très près notre annotation de *La Nausée* et la Chronologie, que nous avons pu corriger sur bien des points grâce à ses indications ; nous avons, d'autre part, fait un constant usage des renseignements contenus dans ses Mémoires[1]. Arlette Elkaïm-Sartre, comme elle l'avait déjà fait pour *Les Écrits de Sartre*, nous a servi de truchement à maintes reprises, et avec une bonne grâce infatigable, pour les questions que nous avions à poser à Sartre ; elle nous a fait de précieuses remarques sur notre annotation. Elle nous a également communiqué des documents et des manuscrits, comme l'ont fait Michelle Vian et Wanda Kosakiewicz, sans qui notre travail aurait été beaucoup plus incomplet et notre tâche beaucoup plus difficile ; leur aide à toutes, amicale et généreuse, mérite d'être soulignée ici. John Gerassi nous a permis de prendre connaissance de la centaine d'heures d'entretiens enregistrés qu'il eut avec Sartre en

---

1. *Mémoires d'une jeune fille rangée*, Gallimard, 1958 ; *La Force de l'âge*, Gallimard, 1960 ; *La Force des choses*, Gallimard, 1963 ; *Tout compte fait*, Gallimard, 1972.

vue de la biographie qu'il publia en 1981[1], et il nous a autorisés à en citer de nombreux passages. Cette marque de désintéressement et d'amitié, assez rare parmi les chercheurs attelés à un même sujet, mérite elle aussi d'être soulignée. Geneviève Idt, fondatrice du Groupe d'Études Sartriennes, a répondu sans hésiter à notre appel, lorsque nous lui avons demandé *in extremis* de collaborer à la préface de ce volume, comme Sartre lui-même l'avait souhaité peu de temps avant sa mort. Nous craignions, en effet, de nous répéter dans cette préface, l'essentiel de ce que nous avions à dire ayant déjà été formulé dans les Notices et les notes. Geneviève Idt a pu ainsi apporter un point de vue qui complétait le nôtre et l'approfondissait. Qu'elle en soit ici remerciée.

Nous tenons aussi à remercier spécialement, parmi tous ceux qui nous ont aidés, les personnes suivantes : François George, Paul Feller †, Marc Bénard †, André Gorz, André Puig, Robert Gallimard, Jacques-Laurent Bost †, Jean Pouillon, Jean-Luc Seylaz, Jacques Le Rider, André Dessein, Isabelle Grell-Feldbrügge. M. Pierre Buge, directeur littéraire de la Bibliothèque de la Pléiade, et son adjoint, M. Jacques Cotin, nous ont fait d'utiles suggestions.

Enfin, nos recherches ont été grandement facilitées par les éditions Gallimard, qui ont mis leurs archives à notre disposition, par le fonds Doucet, par Mme Berne au département des Manuscrits de la Bibliothèque nationale de France, par la Bibliothèque de Washington University à Saint-Louis et par M. Vincent Giroud de la Beinecke Library à Yale University. Cette liste n'est pas close : nous espérons qu'à notre appel d'autres possesseurs de manuscrits de Sartre ou de correspondances intéressant son œuvre auront à cœur d'enrichir une future réédition.

Il va sans dire que, malgré le soin que nous avons mis à établir les textes, à apporter une documentation originale et à rédiger nos notes, nous considérons le présent volume comme provisoire et que nous nous efforcerons de l'améliorer dans ses éditions futures. Toute aide à cette fin sera la bienvenue pour faire de ce volume, non un tombeau, mais une entreprise qui devrait à l'œuvre de Sartre elle-même quelque chose de sa vie.

MICHEL CONTAT.
MICHEL RYBALKA.

Mars 1981-Mars 2001.

Je remercie le Fonds national suisse de la recherche scientifique qui m'a accordé en 1972-1973 un subside grâce auquel j'ai pu, durant une année, me consacrer pleinement à la recherche, et je salue la mémoire du professeur Gilbert Guisan, de l'université de Lausanne, qui avait bien voulu patronner cette recherche (M. Contat).

1. John Gerassi, *Jean-Paul Sartre : Hated Conscience of His Century*, University of Chicago Press, 1989. Traduction française par Philippe Blanchard : *Sartre, conscience haïe de son siècle*, Monaco, Éditions du Rocher, 1992.

LA NAUSÉE

Au Castor[1]

« C'est un garçon sans importance
collective, c'est tout juste un individu. »

Louis-Ferdinand Céline,
L'Église[a2].

AVERTISSEMENT DES ÉDITEURS[1]

Ces cahiers[2] ont été trouvés parmi les papiers d'Antoine Roquentin[3]. Nous les publions sans y rien changer.

La première page[a] n'est pas datée, mais nous avons de bonnes raisons pour penser qu'elle est antérieure de quelques semaines au début du journal proprement dit. Elle aurait donc été écrite, au plus tard, vers le commencement de janvier 1932[4].

À cette époque, Antoine Roquentin, après avoir voyagé en Europe centrale, en Afrique du Nord et en Extrême-Orient, s'était fixé depuis trois ans[5] à Bouville[6], pour y achever ses recherches historiques sur le marquis de Rollebon[7].

Les Éditeurs.

FEUILLET SANS DATE[1]

Le mieux serait d'écrire les événements au jour le jour. Tenir un journal pour y voir clair. Ne pas laisser échapper les nuances, les petits faits, même s'ils n'ont l'air de rien[2], et surtout les classer. Il faut dire comment je vois cette table, la rue, les gens, mon paquet de tabac, puisque c'est *cela* qui a changé. Il faut déterminer exactement l'étendue et la nature de ce changement.

Par exemple, voici[a] un étui de carton qui contient ma bouteille d'encre. Il faudrait essayer de dire comment je le voyais *avant* et comment à présent je le*
Eh bien! c'est un parallélépipède rectangle, il se détache sur — c'est idiot, il n'y a rien à en dire. Voilà ce qu'il faut éviter, il ne faut pas mettre de l'étrange où il n'y a rien. Je pense que c'est le danger si l'on tient un journal : on s'exagère tout, on est aux aguets, on force continuellement la vérité. D'autre part, il est certain que je peux, d'un moment à l'autre — et précisément à propos de cet étui ou de n'importe quel autre objet — retrouver cette impression d'avant-hier. Je dois être toujours prêt, sinon elle me glisserait encore entre les doigts. Il ne faut rien**   mais noter soigneusement et dans le plus grand détail tout ce qui se produit.

Naturellement je ne peux plus rien écrire de net sur

---

* Un mot laissé en blanc.
** Un mot est raturé (peut-être « forcer » ou « forger »), un autre, rajouté en surcharge, est illisible[3].

ces histoires de samedi et d'avant-hier, j'en suis déjà trop
éloigné; ce que je peux dire seulement, c'est que, ni
dans l'un ni dans l'autre cas, il n'y a rien eu de ce qu'on
appelle à l'ordinaire un événement. Samedi les gamins
jouaient aux ricochets et je voulais lancer, comme eux,
un caillou dans la mer. À ce moment-là, je me suis
arrêté, j'ai laissé tomber le caillou et je suis parti. Je
devais avoir l'air égaré, probablement, puisque les
gamins ont ri derrière mon dos.

Voilà pour l'extérieur. Ce qui s'est passé en moi n'a
pas laissé de traces claires. Il y avait quelque chose que
j'ai vu et qui m'a dégoûté, mais je ne sais plus si je
regardais la mer ou le galet. Le galet était plat, sec sur
tout un côté, humide et boueux sur l'autre. Je le tenais
par les bords, avec les doigts très écartés, pour éviter
de me salir[1].

Avant-hier, c'était beaucoup plus compliqué. Et il y a
eu aussi cette suite de coïncidences, de quiproquos, que
je ne m'explique pas. Mais je ne vais pas m'amuser à
mettre tout cela sur le papier. Enfin il est certain que
j'ai eu peur ou quelque sentiment de ce genre. Si je
savais seulement de quoi j'ai eu peur, j'aurais déjà fait
un grand pas.

Ce qu'il y a de curieux, c'est que je ne suis pas du tout
disposé à me croire fou, je vois même avec évidence
que je ne le suis pas : tous ces changements concernent
les objets. Au moins c'est ce dont je voudrais être sûr.

Dix heures et demie*.

Peut-être bien, après tout, que c'était une petite crise
de folie. Il n'y en a plus trace. Mes drôles de sentiments
de l'autre semaine me semblent bien ridicules aujour-
d'hui : je n'y entre plus. Ce soir, je suis bien à l'aise,
bien bourgeoisement dans le monde. Ici c'est ma chambre,
orientée vers le nord-est[2]. En dessous, la rue des Mutilés
et le chantier de la nouvelle gare. Je vois de ma fenêtre,
au coin du boulevard Victor-Noir[3], la flamme rouge
et blanche du Rendez-vous des Cheminots. Le train de

---

* Du soir, évidemment. Le paragraphe qui suit est très postérieur aux précédents. Nous inclinons à croire qu'il fut écrit, au
plus tôt, le lendemain.

Paris vient d'arriver. Les gens sortent de l'ancienne gare et se répandent dans les rues. J'entends des pas et des voix. Beaucoup de personnes attendent le dernier tramway. Elles doivent faire un petit groupe triste autour du bec de gaz, juste sous ma fenêtre[1]. Eh bien, il faut qu'elles attendent encore quelques minutes : le tram[a] ne passera pas avant dix heures quarante-cinq. Pourvu qu'il ne vienne pas de voyageurs de commerce cette nuit : j'ai tellement envie de dormir et tellement de sommeil en retard. Une bonne nuit, une seule, et toutes ces histoires seraient balayées.

Onze heures moins le quart : il n'y a plus rien à craindre, ils seraient déjà là. À moins que ce ne soit le jour du monsieur de Rouen. Il vient toutes les semaines, on lui réserve la chambre n° 2, au premier, celle qui a un bidet. Il peut encore s'amener : souvent il prend un bock au Rendez-vous des Cheminots avant de se coucher. Il ne fait pas trop de bruit, d'ailleurs. Il est tout petit et très propre, avec une moustache noire cirée et une perruque. Le voilà.

Eh bien, quand je l'ai entendu monter l'escalier, ça m'a donné un petit coup au cœur, tant c'était rassurant : qu'y a-t-il à craindre d'un monde si régulier ? Je crois que je suis guéri.

Et voici le tramway 7 « Abattoirs-Grands Bassins ». Il arrive avec un grand bruit de ferraille. Il repart. À présent il s'enfonce, tout chargé de valises et d'enfants endormis, vers les Grands Bassins, vers les Usines, dans l'Est noir. C'est l'avant-dernier tramway ; le dernier passera dans une heure.

Je vais me coucher. Je suis guéri, je renonce à écrire mes impressions au jour le jour, comme les petites filles, dans un beau cahier neuf.

Dans un cas seulement il pourrait être intéressant de tenir un journal : ce serait si*

---

* Le texte du feuillet sans date s'arrête ici.

JOURNAL

Quelque chose m'est arrivé, je ne peux plus en douter. C'est venu à la façon d'une maladie, pas comme une certitude ordinaire, pas comme une évidence. Ça s'est installé sournoisement, peu à peu; je me suis senti un peu bizarre, un peu gêné, voilà tout. Une fois dans la place ça n'a plus bougé, c'est resté coi et j'ai pu me persuader que je n'avais rien, que c'était une fausse alerte. Et voilà qu'à présent, cela s'épanouit.

Je ne pense pas que le métier d'historien dispose à l'analyse psychologique. Dans notre partie, nous n'avons affaire qu'à des sentiments entiers sur lesquels on met des noms génériques comme Ambition, Intérêt. Pourtant si j'avais une ombre de connaissance de moi-même, c'est maintenant qu'il faudrait m'en servir.

Dans mes mains, par exemple, il y a quelque chose de neuf, une certaine façon de prendre ma pipe ou ma fourchette. Ou bien c'est la fourchette qui a, maintenant, une certaine façon de se faire prendre, je ne sais pas. Tout à l'heure comme j'allais entrer dans ma chambre, je me suis arrêté net, parce que je sentais dans ma main un objet froid qui retenait mon attention par une sorte de personnalité. J'ai ouvert la main, j'ai regardé : je tenais tout simplement le loquet de la porte. Ce matin, à la Bibliothèque[2], quand l'Autodidacte[*3] est venu me dire

---

* Ogier P***, dont il sera souvent question dans ce journal. C'était un clerc d'huissier. Roquentin avait fait sa connaissance en 1930 à la bibliothèque de Bouville.

bonjour, j'ai mis dix secondes à le reconnaître. Je voyais un visage inconnu, à peine un visage. Et puis il y avait sa main, comme un gros ver blanc dans ma main. Je l'ai lâchée aussitôt et le bras eſt retombé mollement.

Dans les rues, aussi, il y a une quantité de bruits louches qui traînent.

Donc il s'eſt produit un changement, pendant ces dernières semaines. Mais où ? C'eſt un changement abſtrait qui ne se pose sur rien. Eſt-ce moi qui ai changé ? Si ce n'eſt pas moi, alors c'eſt cette chambre, cette ville, cette nature ; il faut choisir.

★

Je crois que c'eſt moi[a] qui ai changé : c'eſt la solution la plus simple. La plus désagréable aussi. Mais enfin je dois reconnaître que je suis sujet à ces transformations soudaines. Ce qu'il y a, c'eſt que je pense très rarement ; alors une foule de petites métamorphoses s'accumulent[b] en moi sans que j'y prenne garde et puis un beau jour, il se produit une véritable[c] révolution. C'eſt ce qui a donné à ma vie cet aspect heurté, incohérent. Quand j'ai quitté la France, par exemple, il s'eſt trouvé bien des gens pour dire que j'étais parti sur un coup de tête. Et quand j'y suis revenu, brusquement, après six ans de voyage, on eût encore très bien pu parler de coup de tête. Je me revois encore[d], avec Mercier, dans le bureau de ce fonctionnaire français qui a démissionné l'an dernier à la suite de l'affaire Pétrou. Mercier se rendait au Bengale avec une mission archéologique[1]. J'avais toujours désiré aller au Bengale, et il me pressait de me joindre à lui. Je me demande pourquoi[e], à présent. Je pense qu'il n'était pas sûr de Portal et qu'il comptait sur moi pour le tenir à l'œil. Je ne voyais aucun motif de refus. Et même si j'avais pressenti, à l'époque, cette petite combine au sujet de Portal, c'était une raison de plus pour accepter avec enthousiasme. Eh bien, j'étais paralysé, je ne pouvais pas dire un mot. Je fixais une petite ſtatuette khmère, sur un tapis vert, à côté d'un appareil téléphonique. Il me semblait que j'étais rempli de lymphe[2] ou de lait tiède. Mercier me disait, avec une patience angélique qui voilait un peu d'irritation[f] :

« N'eſt-ce pas, j'ai besoin d'être fixé officiellement.

Je sais que vous finirez par dire oui : il vaudrait mieux accepter tout de suite. »

Il a une barbe d'un noir roux, très parfumée. À chaque mouvement de sa tête, je respirais une bouffée de parfum. Et puis, tout d'un coup, je me réveillai d'un sommeil de six ans.

La statue me parut désagréable et stupide et je sentis que je m'ennuyais profondément. Je ne parvenais pas à comprendre pourquoi j'étais en Indochine. Qu'est-ce que je faisais là ? Pourquoi parlais-je avec ces gens ? Pourquoi étais-je si drôlement habillé ? Ma passion était morte. Elle m'avait submergé et roulé pendant des années ; à présent, je me sentais vide. Mais ce n'était pas le pis : devant moi, posée avec une sorte d'indolence, il y avait une idée volumineuse et fade. Je ne sais pas trop ce que c'était, mais je ne pouvais pas la regarder tant elle m'écœurait. Tout cela se confondait pour moi avec le parfum de la barbe de Mercier.

Je me secouai, outré de colère contre lui, je répondis sèchement :

« Je vous remercie, mais je crois que j'ai assez voyagé : il faut maintenant que je rentre en France. »

Le surlendemain, je prenais le bateau pour Marseille.

Si je ne me trompe pas, si tous les signes qui s'amassent sont précurseurs d'un nouveau bouleversement de ma vie, eh bien, j'ai peur. Ce n'est pas qu'elle soit riche, ma vie, ni lourde, ni précieuse. Mais j'ai peur de ce qui va naître, s'emparer de moi — et m'entraîner où ? Va-t-il falloir encore que je m'en aille, que je laisse tout en plan, mes recherches, mon livre ? Me réveillerai-je dans quelques mois, dans quelques années, éreinté, déçu, au milieu de nouvelles ruines ? Je voudrais voir clair en moi avant qu'il ne soit trop tard.

Mardi 26 janvier[a].

Rien de nouveau.

J'ai travaillé de neuf heures à une heure à la Bibliothèque. J'ai mis sur pied le chapitre XII et tout ce qui concerne le séjour de Rollebon en Russie, jusqu'à la mort de Paul I[er1]. Voilà du travail fini : il n'en sera plus question jusqu'à la mise au net.

Il est une heure et demie. Je suis au café Mably, je

mange un sandwich, tout est à peu près normal. D'ailleurs, dans les cafés, tout est toujours normal et particulièrement au café Mably, à cause du gérant, M. Fasquelle, qui porte sur sa figure un air de canaillerie bien positif et rassurant. C'est bientôt l'heure de sa sieste et ses yeux sont déjà roses, mais son allure reste vive et décidée. Il se promène entre les tables et s'approche, en confidence, des consommateurs :

« C'est bien comme cela, monsieur ? »

Je souris de le voir si vif : aux heures où son établissement se vide, sa tête se vide aussi. De deux à quatre le café est désert, alors M. Fasquelle fait quelques pas d'un air hébété, les garçons éteignent les lumières, et il glisse dans l'inconscience : quand cet homme est seul, il s'endort.

Il reste encore une vingtaine de clients, des célibataires, de petits ingénieurs, des employés. Ils déjeunent en vitesse dans des pensions de famille qu'ils appellent leurs popotes et, comme ils ont besoin d'un peu de luxe, ils viennent ici, après leur repas, ils prennent un café et jouent au poker d'as ; ils font un peu de bruit, un bruit inconsistant qui ne me gêne pas. Eux aussi, pour exister, il faut qu'ils se mettent à plusieurs[a].

Moi je vis seul, entièrement seul. Je ne parle à personne, jamais ; je ne reçois rien, je ne donne rien[1]. L'Autodidacte ne compte pas. Il y a bien Françoise, la patronne du Rendez-vous des Cheminots. Mais est-ce que je lui parle ? Quelquefois, après dîner, quand elle me sert un bock, je lui demande :

« Vous avez le temps ce soir ? »

Elle ne dit jamais non et je la suis dans une des grandes chambres du premier étage, qu'elle loue à l'heure ou à la journée. Je ne la paie pas : nous faisons l'amour au pair. Elle y prend plaisir (il lui faut un homme par jour et elle en a bien d'autres que moi) et je me purge ainsi de certaines mélancolies[2] dont je connais trop bien la cause. Mais nous échangeons à peine quelques mots. À quoi bon ? Chacun pour soi ; à ses yeux, d'ailleurs, je reste avant tout un client de son café. Elle me dit, en ôtant sa robe :

« Dites, vous connaissez ça, le Bricot, un apéritif ? Parce qu'il y a deux clients qui en ont demandé, cette semaine. La petite ne savait pas, elle est venue me prévenir. C'étaient des voyageurs, ils ont dû boire ça à Paris.

Mais je n'aime pas acheter sans savoir. Si ça ne vous
fait rien, je garderai mes bas. »

Autrefois — longtemps même après qu'elle m'ait
quitté[1] — j'ai pensé pour Anny[2]. Maintenant, je ne pense
plus pour personne; je ne me soucie même pas de chercher des mots. Ça coule en moi, plus ou moins vite, je
ne fixe rien, je laisse aller. La plupart du temps, faute
de s'attacher à des mots, mes pensées restent des brouillards. Elles dessinent des formes vagues et plaisantes,
s'engloutissent : aussitôt, je les oublie.

Ces jeunes gens m'émerveillent : ils racontent, en
buvant leur café, des histoires nettes, et vraisemblables[a].
Si on leur demande ce qu'ils ont fait hier, ils ne se
troublent pas : ils vous mettent au courant en deux
mots. À leur place, je bafouillerais[b]. Il est vrai que personne, depuis bien longtemps, ne se soucie plus de
l'emploi de mon temps. Quand on vit seul, on ne sait
même plus ce que c'est que raconter : le vraisemblable
disparaît en même temps que les amis. Les événements
aussi, on les laisse couler; on voit surgir brusquement
des gens qui parlent et qui s'en vont, on plonge dans
des histoires sans queue ni tête : on ferait un exécrable
témoin. Mais tout l'invraisemblable, en compensation,
tout ce qui ne pourrait pas être cru dans les cafés, on
ne le manque pas. Par exemple samedi, vers quatre
heures de l'après-midi, sur le bout de trottoir en planches
du chantier de la gare, une petite femme en bleu ciel
courait à reculons, en riant, en agitant un mouchoir.
En même temps, un nègre avec un imperméable crème,
des chaussures jaunes et un chapeau vert, tournait le
coin de la rue et sifflait. La femme est venue le heurter,
toujours à reculons, sous une lanterne qui est suspendue
à la palissade et qu'on allume le soir. Il y avait donc là,
en même temps, cette palissade qui sent si fort le bois
mouillé, cette lanterne, cette petite bonne femme blonde
dans les bras d'un nègre[c], sous un ciel de feu. À quatre
ou cinq, je suppose que nous aurions remarqué le choc,
toutes ces couleurs tendres, le beau manteau[d] bleu qui
avait l'air d'un édredon, l'imperméable clair, les carreaux
rouges de la lanterne; nous aurions ri de la stupéfaction
qui paraissait[e] sur ces deux visages d'enfants.

Il est rare qu'un homme seul ait envie de rire : l'ensemble s'est animé pour moi d'un sens très fort et même

farouche, mais pur. Puis il s'est disloqué, il n'est resté que la lanterne, la palissade et le ciel : c'était encore assez beau. Une heure après, la lanterne était allumée, le vent soufflait, le ciel était noir : il ne restait plus rien du tout[a].

Tout ça n'est pas bien neuf ; ces émotions inoffensives je ne les ai jamais refusées ; au contraire. Pour les ressentir il suffit d'être un tout petit peu seul, juste assez pour se débarrasser au bon moment de la vraisemblance[1]. Mais je restais tout près des gens, à la surface de la solitude, bien résolu, en cas d'alerte, à me réfugier au milieu d'eux : au fond j'étais jusqu'ici un amateur.

Maintenant, il y a[b] partout des choses comme ce verre de bière, là, sur la table. Quand je le vois, j'ai envie de dire : pouce, je ne joue plus. Je comprends très bien que je suis allé trop loin. Je suppose qu'on ne peut pas « faire sa part » à la solitude. Cela ne veut pas dire que je regarde sous mon lit avant de me coucher, ni que j'appréhende de voir la porte de ma chambre s'ouvrir brusquement au milieu de la nuit. Seulement, tout de même, je suis inquiet : voilà une demi-heure que j'évite de *regarder* ce verre de bière. Je regarde au-dessus, au-dessous, à droite, à gauche : mais *lui,* je ne veux pas le voir. Et je sais très bien que tous les célibataires qui m'entourent ne peuvent m'être d'aucun secours : il est trop tard, je ne peux plus me réfugier parmi eux. Ils viendraient me tapoter l'épaule, ils me diraient : « Eh bien, qu'est-ce qu'il a, ce verre de bière ? Il est comme les autres. Il est biseauté, avec une anse, il porte un petit écusson avec une pelle et sur l'écusson on a écrit " Spatenbräu ". » Je sais tout cela, mais je sais qu'il y a autre chose. Presque rien. Mais je ne peux plus expliquer ce que je vois. À personne. Voilà : je glisse tout doucement au fond de l'eau, vers la peur.

Je suis seul au milieu de ces voix joyeuses et raisonnables. Tous ces types passent leur temps à s'expliquer, à reconnaître avec bonheur qu'ils sont du même avis. Quelle importance ils attachent, mon Dieu, à penser tous ensemble les mêmes choses. Il suffit de voir la tête qu'ils font quand passe au milieu d'eux un de ces hommes aux yeux de poisson, qui ont l'air de regarder en dedans et avec lesquels on ne peut plus du tout tomber d'accord. Quand j'avais huit ans et que je jouais au

Luxembourg[1], il y en avait un qui venait s'asseoir dans une guérite, contre la grille qui longe la rue Auguste-Comte. Il ne parlait pas, mais, de temps à autre, il étendait la jambe et regardait son pied d'un air effrayé. Ce pied portait une bottine, mais l'autre pied était dans une pantoufle. Le gardien a dit à mon oncle que c'était un ancien censeur. On l'avait mis à la retraite parce qu'il était venu lire les notes trimestrielles dans les classes en habit d'académicien. Nous en avions une peur horrible parce que nous sentions qu'il était seul. Un jour il a souri à Robert, en lui tendant les bras de loin : Robert a failli s'évanouir. Ce n'est pas l'air misérable de ce type qui nous faisait peur, ni la tumeur qu'il avait au cou et qui frottait contre le bord de son faux col : mais nous sentions qu'il formait dans sa tête des pensées de crabe ou de langouste[2]. Et ça nous terrorisait, qu'on pût former des pensées de langouste, sur la guérite, sur nos cerceaux, sur les buissons.

Est-ce donc ça qui m'attend ? Pour la première fois cela m'ennuie d'être seul. Je voudrais parler à quelqu'un de ce qui m'arrive avant qu'il ne soit trop tard, avant que je ne fasse peur aux petits garçons. Je voudrais qu'Anny soit là[a].

C'est curieux : je viens de remplir dix pages et je n'ai pas dit la vérité — du moins pas toute la vérité. Quand j'écrivais, sous la date, « Rien de nouveau », c'était avec une mauvaise conscience : en fait une petite histoire, qui n'est ni honteuse ni extraordinaire, refusait de sortir. « Rien de nouveau. » J'admire comme on peut mentir en mettant la raison de son côté. Évidemment, il ne s'est rien produit de nouveau, si l'on veut : ce matin, à huit heures et quart, comme je sortais de l'hôtel Printania pour me rendre à la Bibliothèque, j'ai voulu et je n'ai pas pu ramasser un papier qui traînait par terre. C'est tout et ce n'est même pas un événement. Oui, mais, pour dire toute la vérité, j'en ai été profondément impressionné : j'ai pensé que je n'étais plus libre. À la bibliothèque, j'ai cherché sans y parvenir à me défaire de cette idée. J'ai voulu la fuir au café Mably. J'espérais qu'elle se dissiperait aux lumières. Mais elle est restée là, en moi, pesante et douloureuse. C'est elle qui m'a dicté les pages qui précèdent.

Pourquoi n'en ai-je pas parlé ? Ça doit être par orgueil, et puis, aussi, un peu par maladresse. Je n'ai pas l'habitude de me raconter ce qui m'arrive, alors je ne retrouve pas bien la succession des événements, je ne distingue pas ce qui est important. Mais à présent c'est fini : j'ai relu ce que j'écrivais au café Mably et j'ai eu honte ; je ne veux pas de secrets, ni d'états d'âme, ni d'indicible ; je ne suis ni vierge ni prêtre, pour jouer à la vie intérieure[1].

Il n'y a pas[a] grand-chose à dire : je n'ai pas pu ramasser le papier, c'est tout.

J'aime beaucoup ramasser les marrons, les vieilles loques, surtout les papiers. Il m'est agréable de les prendre, de fermer ma main sur eux ; pour un peu je les porterais à ma bouche, comme font les enfants. Anny entrait dans des colères blanches quand je soulevais par un coin des papiers lourds et somptueux, mais probablement salis de merde. En été ou au début de l'automne, on trouve dans les jardins des bouts de journaux que le soleil a cuits, secs et cassants comme des feuilles mortes, si jaunes qu'on peut les croire passés à l'acide picrique. D'autres feuillets, l'hiver, sont pilonnés, broyés, maculés, ils retournent à la terre. D'autres tout neufs et même glacés, tout blancs, tout palpitants, sont posés comme des cygnes, mais déjà la terre les englue par en dessous. Ils se tordent, ils s'arrachent à la boue, mais c'est pour aller s'aplatir un peu plus loin, définitivement. Tout cela est bon à prendre. Quelquefois je les palpe simplement en les regardant de tout près, d'autres fois je les déchire pour entendre leur long crépitement, ou bien, s'ils sont très humides, j'y mets le feu, ce qui ne va pas sans peine ; puis j'essuie mes paumes remplies de boue à un mur ou à un tronc d'arbre.

Donc, aujourd'hui, je regardais les bottes fauves d'un officier de cavalerie, qui sortait de la caserne. En les suivant du regard, j'ai vu un papier qui gisait à côté d'une flaque. J'ai cru que l'officier allait, de son talon, écraser le papier dans la boue, mais non : il a enjambé, d'un seul pas, le papier et la flaque. Je me suis approché : c'était une page réglée, arrachée sans doute à un cahier d'école. La pluie l'avait trempée et tordue, elle était couverte de cloques et de boursouflures, comme une main brûlée. Le trait rouge de la marge avait déteint en une buée rose; l'encre avait coulé par endroits. Le bas de la page disparaissait sous une croûte de boue. Je me suis baissé, je me réjouissais déjà de toucher cette pâte tendre et fraîche qui se roulerait sous mes doigts en boulettes grises... Je n'ai[a] pas pu.

Je suis resté courbé, une seconde, j'ai lu « Dictée : le Hibou blanc », puis je me suis relevé, les mains vides. Je ne suis plus libre, je ne peux plus faire ce que je veux.

Les objets, cela ne devrait pas *toucher,* puisque cela ne vit pas. On s'en sert, on les remet en place, on vit au milieu d'eux : ils sont utiles, rien de plus. Et moi, ils me touchent, c'est insupportable. J'ai peur d'entrer en contact avec eux tout comme s'ils étaient des bêtes vivantes[b].

Maintenant je vois; je me rappelle mieux ce que j'ai senti, l'autre jour, au bord de la mer, quand je tenais ce galet. C'était une espèce d'écœurement douceâtre. Que c'était donc désagréable! Et cela venait du galet, j'en suis sûr, cela passait du galet dans mes mains. Oui, c'est cela, c'est bien cela : une sorte de nausée dans les mains.

Jeudi matin, à la Bibliothèque.

Tout à l'heure[c], en descendant l'escalier de l'hôtel, j'ai entendu Lucie qui faisait, pour la centième fois, ses doléances à la patronne, tout en encaustiquant les marches. La patronne parlait avec effort et par phrases courtes parce qu'elle n'avait pas encore son râtelier; elle était à peu près nue, en robe de chambre rose, avec des babouches. Lucie était sale, à son habitude; de temps en temps, elle s'arrêtait de frotter et se redressait sur les genoux pour regarder la patronne. Elle parlait sans interruption, d'un air raisonnable.

« J'aimerais cent fois mieux qu'il courrait, disait-elle; cela me serait bien égal, du moment que cela ne lui ferait pas de mal. »

Elle parlait de son mari : sur les quarante ans, cette petite noiraude s'est offert, avec ses économies, un ravissant jeune homme, ajusteur aux Usines Lecointe. Elle est malheureuse en ménage. Son mari ne la bat pas, ne la trompe pas : il boit, il rentre ivre tous les soirs. Il file un mauvais coton; en trois mois, je l'ai vu jaunir et fondre. Lucie pense que c'est la boisson. Je crois plutôt qu'il est tuberculeux.

« Il faut prendre le dessus », disait Lucie.

Ça la ronge, j'en suis sûr, mais lentement, patiemment : elle prend le dessus, elle n'est capable ni de se consoler ni de s'abandonner à son mal. Elle y pense un petit peu, un tout petit peu, de-ci, de-là, elle l'écornifle. Surtout quand elle est avec des gens, parce qu'ils la consolent et aussi parce que ça la soulage un peu d'en parler sur un ton posé, avec l'air de donner des conseils. Quand elle est seule dans les chambres, je l'entends qui fredonne, pour s'empêcher de penser. Mais elle est morose tout le jour, tout de suite lasse et boudeuse :

« C'est là, dit-elle en se touchant la gorge, ça ne passe pas. »

Elle souffre en avare. Elle doit être avare aussi pour ses plaisirs. Je me demande si elle ne souhaite pas, quelquefois, d'être délivrée de cette douleur monotone, de ces marmonnements qui reprennent dès qu'elle ne chante plus, si elle ne souhaite pas de souffrir un bon coup, de se noyer dans le désespoir. Mais, de toute façon, ça lui serait impossible : elle est nouée.

Jeudi après-midi.

« M. de Rollebon était fort laid. La reine Marie-Antoinette l'appelait volontiers sa " chère guenon ". Il avait pourtant toutes les femmes de la cour, non pas en bouffonnant comme Voisenon[1], le macaque : par un magnétisme qui portait ses belles conquêtes aux pires excès de la passion. Il intrigue, joue un rôle assez louche dans l'affaire du Collier[2] et disparaît en 1790, après avoir entretenu un commerce suivi avec Mirabeau-Tonneau[3] et Nerciat[4]. On le retrouve en Russie, où il assassine un peu Paul I[er][5] et, de là, il voyage aux pays les plus lointains, aux Indes, en Chine, au Turkestan. Il trafique, cabale, espionne. En 1813, il revient à Paris. En 1816, il est parvenu à la toute-puissance : il est l'unique confident de la duchesse d'Angoulême[6]. Cette vieille femme capricieuse et butée sur d'horribles souvenirs d'enfance s'apaise et sourit quand elle le voit. Par elle, il fait à la cour la pluie et le beau temps. En mars 1820, il épouse Mlle de Roquelaure[7], fort belle et qui a dix-huit ans. M. de Rollebon en a soixante-dix; il est au faîte des honneurs, à l'apogée de sa vie. Sept mois plus tard, accusé de trahison, il eſt saisi, jeté dans un cachot où il meurt après cinq ans de captivité, sans qu'on ait inſtruit son procès. »

J'ai relu avec mélancolie cette note de Germain Berger*. C'eſt par ces quelques lignes[a] que j'ai connu d'abord M. de Rollebon. Comme il m'a paru séduisant et comme, tout de suite, sur ce peu de mots, je l'ai aimé! C'eſt pour lui, pour ce petit bonhomme, que je suis ici. Quand je suis revenu de voyage, j'aurais pu tout aussi bien me fixer à Paris ou à Marseille. Mais la plupart des documents qui concernent les longs séjours en France du marquis sont à la Bibliothèque municipale de Bouville. Rollebon était châtelain de Maromme[2]. Avant la guerre, on trouvait encore dans cette bourgade un de ses descendants, un architeéte qui s'appelait Rollebon-Campouyré, et qui fit, à sa mort en 1912, un legs très important à la Bibliothèque de Bouville: des lettres du marquis, un fragment de journal, des papiers de toute sorte. Je n'ai pas encore tout dépouillé.

Je suis content d'avoir retrouvé ces notes. Voilà dix ans que je ne les avais pas relues. Mon écriture a changé, il me semble: j'écrivais plus serré. Comme j'aimais M. de Rollebon cette année-là! Je me souviens d'un soir — un mardi soir: j'avais travaillé tout le jour à la Mazarine; je venais de deviner, d'après sa correspondance de 1789-1790, la façon magiſtrale dont il avait roulé Nerciat. Il faisait nuit, je descendais l'avenue du Maine et, au coin de la rue de la Gaîté, j'ai acheté des marrons. Étais-je heureux! Je riais tout seul en pensant à la tête qu'avait dû faire Nerciat, lorsqu'il eſt revenu d'Allemagne. La figure[b] du marquis eſt comme cette encre: elle a bien pâli, depuis que je m'en occupe[c].

D'abord, à partir de 1801, je ne comprends plus rien à sa conduite. Ce ne sont pas les documents qui font défaut: lettres, fragments de mémoires, rapports secrets, archives de police. J'en ai presque trop, au contraire. Ce qui manque dans tous ces témoignages, c'eſt la fermeté, la consiſtance. Ils ne se contredisent pas, non, mais ils ne s'accordent pas non plus; ils n'ont pas l'air de concerner la même personne. Et pourtant les autres hiſtoriens

* Germain Berger, *Mirabeau-Tonneau et ses amis,* p. 406, n. 2. Champion, 1906. (*N.d.E.[1]*)

travaillent sur des renseignements de même espèce. Comment font-ils ? Est-ce que je suis plus scrupuleux ou moins intelligent ? Ainsi posée, d'ailleurs, la question me laisse entièrement froid. Au fond, qu'est-ce que je cherche ? Je n'en sais rien. Longtemps l'homme, Rollebon, m'a intéressé plus que le livre à écrire. Mais, maintenant, l'homme... l'homme commence à m'ennuyer. C'est au livre que je m'attache, je sens un besoin de plus en plus fort de l'écrire — à mesure que je vieillis, dirait-on.

Évidemment, on peut admettre que Rollebon a pris une part active à l'assassinat de Paul Ier, qu'il a accepté ensuite une mission de haut espionnage en Orient pour le compte du tsar et constamment trahi Alexandre au profit de Napoléon. Il a pu en même temps assumer une correspondance active avec le comte d'Artois[1] et lui faire tenir des renseignements de peu d'importance pour le convaincre de sa fidélité : rien de tout cela n'est invraisemblable; Fouché, à la même époque, jouait une comédie autrement complexe et dangereuse. Peut-être aussi le marquis faisait-il pour son compte le commerce des fusils avec les principautés asiatiques.

Eh bien, oui : il a pu faire tout ça, mais ce n'est pas prouvé : je commence à croire qu'on ne peut jamais rien prouver. Ce sont des hypothèses honnêtes et qui rendent compte des faits : mais je sens si bien qu'elles viennent de moi, qu'elles sont tout simplement une manière d'unifier mes connaissances. Pas une lueur ne vient du côté de Rollebon. Lents, paresseux, maussades, les faits s'accommodent à la rigueur de l'ordre que je veux leur donner; mais il leur reste extérieur. J'ai l'impression de faire un travail de pure imagination. Encore suis-je bien sûr que des personnages de roman auraient l'air plus vrais, seraient, en tout cas, plus plaisants[2].

Vendredi.

Trois heures[a]. Trois heures, c'est toujours trop tard ou trop tôt pour tout ce qu'on veut faire. Un drôle de moment dans l'après-midi. Aujourd'hui, c'est intolérable.

Un soleil froid blanchit la poussière des vitres. Ciel pâle, brouillé de blanc. Les ruisseaux étaient gelés ce matin.

Je digère lourdement, près du calorifère, je sais d'avance que la journée est perdue. Je ne ferai rien de bon, sauf, peut-être, à la nuit tombée. C'est à cause du soleil; il dore vaguement de sales brumes blanches, suspendues en l'air au-dessus du chantier, il coule dans ma chambre, tout blond, tout pâle; il étale sur ma table quatre reflets ternes et faux.

Ma pipe est badigeonnée d'un vernis doré qui attire d'abord les yeux par une apparence de gaieté : on la regarde, le vernis fond, il ne reste qu'une grande traînée blafarde sur un morceau de bois. Et tout est ainsi, tout, jusqu'à mes mains. Quand il se met à faire ce soleil-là, le mieux serait d'aller se coucher. Seulement, j'ai dormi comme une brute la nuit dernière et je n'ai pas sommeil.

J'aimais tant le ciel d'hier, un ciel étroit, noir de pluie, qui se poussait contre les vitres, comme un visage ridicule et touchant. Ce soleil-ci n'est pas ridicule, bien au contraire. Sur tout ce que j'aime, sur la rouille du chantier, sur les planches pourries de la palissade, il tombe une lumière avare et raisonnable, semblable au regard qu'on jette, après une nuit sans sommeil, sur les décisions qu'on a prises d'enthousiasme la veille, sur les pages qu'on a écrites sans ratures et d'un seul jet. Les quatre cafés du boulevard Victor-Noir, qui rayonnent la nuit, côte à côte, et qui sont bien plus que des cafés — des aquariums, des vaisseaux, des étoiles ou de grands yeux blancs — ont perdu leur grâce ambiguë.

Un jour parfait[a] pour faire un retour sur soi : ces froides clartés que le soleil projette, comme un jugement sans indulgence, sur les créatures — elles entrent en moi par les yeux; je suis éclairé, au-dedans, par une lumière appauvrissante. Un quart d'heure suffirait, j'en suis sûr, pour que je parvienne au suprême dégoût de moi. Merci beaucoup, je n'y tiens pas. Je ne relirai pas non plus ce que j'ai écrit hier sur le séjour de Rollebon à Saint-Pétersbourg. Je reste assis, bras ballants, ou bien je trace quelques mots[b], sans courage, je bâille, j'attends que la nuit tombe. Quand il fera noir, les objets et moi, nous sortirons des limbes.

Rollebon a-t-il ou non participé[c] à l'assassinat de Paul Ier ? Ça, c'est la question du jour : j'en suis arrivé là et je ne puis continuer sans avoir décidé.

D'après Tcherkoff[1], il était payé par le comte Pahlen.

La plupart des conjurés, dit Tcherkoff, se fussent contentés[a] de déposer le tsar et de l'enfermer. (Alexandre semble avoir été, en effet, partisan de cette solution). Mais Pahlen aurait voulu en finir tout à fait avec Paul. M. de Rollebon aurait été chargé de pousser individuellement les conjurés à l'assassinat.

« Il rendit visite à chacun d'eux et mimait la scène qui aurait lieu, avec une puissance incomparable. Ainsi il fit naître ou développa chez eux la folie du meurtre. »

Mais je me défie de Tcherkoff. Ce n'est pas un témoin raisonnable, c'est un mage sadique et un demi-fou : il tourne tout au démoniaque. Je ne vois pas[b] du tout M. de Rollebon dans ce rôle mélodramatique. Il aurait mimé la scène de l'assassinat ? Allons donc! Il est froid, il n'entraîne pas à l'ordinaire : il ne fait pas voir, il insinue et sa méthode, pâle et sans couleurs, ne peut réussir qu'avec des hommes de son bord, des intrigants accessibles aux raisons, des politiques.

« Adhémar de Rollebon, écrit Mme de Charrières[1], ne peignait point en parlant, ne faisait pas de gestes, ne changeait point d'intonation. Il gardait les yeux mi-clos et c'est à peine si l'on surprenait, entre ses cils, l'extrême bord de ses prunelles grises. Il y a peu d'années que j'ose m'avouer qu'il m'ennuyait au-delà du possible. Il parlait un peu comme écrivait l'abbé Mably[2]. »

Et c'est cet homme-là qui, par son talent de mime... Mais alors comment séduisait-il donc les femmes ? Et puis, il y a cette histoire curieuse que rapporte Ségur[3] et qui me paraît vraie :

« En 1787, dans une auberge près de Moulins, un vieil homme se mourait, ami de Diderot, formé par les philosophes. Les prêtres des environs étaient sur les dents : ils avaient tout tenté en vain; le bonhomme ne voulait pas des derniers sacrements, il était panthéiste. M. de Rollebon, qui passait et ne croyait à rien, gagea contre le curé de Moulins qu'il ne lui faudrait pas deux heures pour ramener le malade à des sentiments chrétiens. Le curé tint le pari et perdit : entrepris à trois heures du matin, le malade[c] se confessa à cinq heures et mourut à sept. "Êtes-vous si fort dans l'art de la dispute ? demanda le curé, vous l'emportez sur les nôtres ! — Je n'ai pas disputé, répondit M. de Rollebon, je lui ai fait peur de l'enfer[4]." »

À présent, a-t-il pris une part effective à l'assassinat ? Ce soir-là, vers huit heures, un officier de ses amis le reconduisit jusqu'à sa porte. S'il est ressorti, comment a-t-il pu traverser Saint-Pétersbourg sans être inquiété ? Paul, à demi-fou, avait donné l'ordre d'arrêter, à partir de neuf heures du soir, tous les passants, sauf les sages-femmes et les médecins. Faut-il croire l'absurde légende selon laquelle Rollebon aurait dû[a] se déguiser en sage-femme pour parvenir jusqu'au palais ? Après tout, il en était bien capable. En tout cas, il n'était pas chez lui la nuit de l'assassinat, cela semble prouvé. Alexandre devait le soupçonner fortement, puisqu'un des premiers actes de son règne fut d'éloigner le marquis[b] sous le vague prétexte d'une mission en Extrême-Orient.

M. de Rollebon m'assomme. Je me lève, je remue dans cette lumière pâle ; je la vois changer sur mes mains et sur les manches de ma veste : je ne peux pas assez dire comme elle me dégoûte. Je bâille. J'allume la lampe, sur la table : peut-être sa clarté pourra-t-elle combattre celle du jour. Mais non : la lampe fait tout juste autour de son pied une mare pitoyable. J'éteins ; je me lève. Au mur, il y a un trou blanc, la glace. C'est un piège. Je sais que je vais m'y laisser prendre. Ça y est. La chose grise vient d'apparaître dans la glace. Je m'approche et je la regarde, je ne peux plus m'en aller.

C'est le reflet de mon visage. Souvent, dans ces journées perdues, je reste[c] à le contempler. Je n'y comprends rien, à ce visage. Ceux des autres ont un sens. Pas le mien. Je ne peux même pas décider s'il est beau ou laid. Je pense qu'il est laid, parce qu'on me l'a dit[1]. Mais cela ne me frappe pas. Au fond, je suis même choqué qu'on puisse lui attribuer des qualités de ce genre, comme si on appelait beau ou laid un morceau de terre[d] ou bien un bloc de rocher[2].

Il y a quand même une chose qui fait plaisir à voir, au-dessus des molles régions des joues, au-dessus du front : c'est cette belle flamme rouge qui dore mon crâne[3], ce sont mes cheveux. Ça, c'est agréable à regarder. C'est une couleur nette au moins : je suis content d'être roux. C'est là, dans la glace, ça se fait voir, ça rayonne. J'ai encore de la chance : si mon front portait une de ces chevelures ternes qui n'arrivent pas à se décider entre le châtain et le blond, ma figure se perdrait dans le vague, elle me donnerait le vertige.

Mon regard descend lentement, avec ennui, sur ce front, sur ces joues : il ne rencontre rien de ferme, il s'ensable. Évidemment, il y a là un nez, des yeux, une bouche, mais tout ça n'a pas de sens, ni même d'expression humaine. Pourtant Anny et Vélines me trouvaient l'air vivant ; il se peut que je sois trop habitué à mon visage. Ma tante Bigeois me disait, quand j'étais petit : « Si tu te regardes trop longtemps dans la glace, tu y verras un singe[1]. » J'ai dû me regarder encore plus longtemps : ce que je vois est bien au-dessous du singe, à la lisière du monde végétal, au niveau des polypes. Ça vit, je ne dis pas non ; mais ce n'est pas à cette vie-là qu'Anny pensait : je vois de légers tressaillements, je vois une chair fade qui s'épanouit et palpite avec abandon. Les yeux surtout, de si près, sont horribles. C'est vitreux, mou, aveugle, bordé de rouge, on dirait des écailles de poisson.

Je m'appuie de tout mon poids sur le rebord de faïence, j'approche mon visage de la glace jusqu'à la toucher. Les yeux, le nez et la bouche disparaissent : il ne reste plus rien d'humain. Des rides brunes de chaque côté du gonflement fiévreux des lèvres, des crevasses, des taupinières. Un soyeux duvet blanc court sur les grandes pentes des joues, deux poils sortent des narines : c'est une carte géologique en relief. Et, malgré tout, ce monde lunaire m'est familier. Je ne peux pas dire que j'en *reconnaisse* les détails. Mais l'ensemble me fait une impression de déjà vu qui m'engourdit : je glisse[a] doucement dans le sommeil.

Je voudrais me ressaisir : une sensation vive et tranchée me délivrerait. Je plaque ma main gauche contre ma joue, je tire sur la peau ; je me fais la grimace[2]. Toute une moitié de mon visage cède, la moitié gauche de la bouche se tord et s'enfle, en découvrant une dent, l'orbite s'ouvre sur un globe blanc, sur une chair rose et saignante. Ce n'est pas ce que je cherchais : rien de fort, rien de neuf ; du doux, du flou, du déjà vu ! Je m'endors les yeux ouverts, déjà le visage grandit, grandit dans la glace, c'est un immense halo pâle qui glisse dans la lumière...

Ce qui me réveille brusquement, c'est que je perds

l'équilibre. Je me retrouve à califourchon sur une chaise, encore tout étourdi. Est-ce que les autres hommes ont autant de peine à juger de leur visage ? Il me semble que je vois le mien comme je sens mon corps, par une sensation sourde et organique. Mais les autres ? Mais Rollebon, par exemple ? Est-ce que ça l'endormait aussi de regarder dans les miroirs ce que que Mme de Genlis[1] appelle « son petit visage ridé, propre et net, tout grêlé de petite vérole, où il y avait une malice singulière qui sautait aux yeux, quelque effort qu'il fît pour la dissimuler. Il prenait, ajoute-t-elle, grand soin de sa coiffure et jamais je ne le vis sans perruque. Mais ses joues étaient d'un bleu qui tirait sur le noir parce qu'il avait la barbe épaisse et qu'il se voulait raser lui-même, ce qu'il faisait fort mal. Il avait coutume de se barbouiller de blanc de céruse, à la manière de Grimm. M. de Dangeville[2] disait qu'il ressemblait, avec tout[a] ce blanc et tout ce bleu, à un fromage de Roquefort. »

Il me semble qu'il devait être bien plaisant[3]. Mais, après tout, ce n'est pas ainsi qu'il apparut à Mme de Charrières. Elle le trouvait, je crois, plutôt éteint. Peut-être est-il impossible de comprendre son propre visage. Ou peut-être est-ce parce que je suis un homme seul ? Les gens qui vivent en société ont appris à se voir, dans les glaces, tels qu'ils apparaissent à leurs amis. Je n'ai pas d'amis : est-ce pour cela que ma chair est si nue ? On dirait — oui, on dirait la nature sans les hommes[4].

Je n'ai plus de goût à travailler, je ne peux plus rien faire, qu'attendre la nuit.

Cinq heures et demie.

Ça ne va pas[b] ! ça ne va pas du tout : je l'ai, la saleté, la Nausée[5]. Et cette[c] fois-ci, c'est nouveau : ça m'a pris dans un café. Les cafés étaient jusqu'ici mon seul refuge parce qu'ils sont pleins de monde et bien éclairés[6] : il n'y aura même plus ça ; quand je serai traqué dans ma chambre, je ne saurai plus où aller.

Je venais pour baiser, mais j'avais à peine poussé la porte que Madeleine, la serveuse, m'a crié :

« La patronne n'est pas là, elle est en ville à faire des courses. »

J'ai senti une vive déception au sexe, un long chatouillement désagréable[1]. En même temps, je sentais ma chemise qui frottait contre le bout de mes seins et j'étais entouré, saisi, par un lent tourbillon coloré, un tourbillon de brouillard, de lumières dans la fumée, dans les glaces, avec les banquettes qui luisaient au fond et je ne voyais ni pourquoi c'était là, ni pourquoi c'était comme ça. J'étais sur le pas de la porte, j'hésitais et puis[a] un remous se produisit, une ombre passa au plafond et je me suis senti poussé en avant. Je flottais, j'étais étourdi par les brumes lumineuses qui m'entraient de partout à la fois. Madeleine est venue en flottant m'ôter mon pardessus et j'ai remarqué qu'elle s'était tiré les cheveux en arrière et mis des boucles d'oreilles : je ne la reconnaissais pas. Je regardais ses grandes joues qui n'en finissaient pas de filer vers les oreilles. Au creux des joues, sous les pommettes, il y avait deux taches roses bien isolées qui avaient l'air de s'ennuyer sur cette chair pauvre. Les joues filaient, filaient vers les oreilles et Madeleine souriait :

« Qu'est-ce que vous prenez, monsieur Antoine ? »

Alors la Nausée m'a saisi, je me suis laissé tomber sur la banquette, je ne savais même plus où j'étais; je voyais tourner lentement les couleurs autour de moi, j'avais envie de vomir[2]. Et voilà : depuis, la Nausée ne m'a pas quitté, elle me tient.

J'ai payé. Madeleine a enlevé ma soucoupe. Mon verre écrase contre le marbre une flaque de bière jaune, où flotte une bulle. La banquette est défoncée, à l'endroit où je suis assis, et je suis contraint, pour ne pas glisser, d'appuyer fortement mes semelles contre le sol; il fait froid. À droite, ils jouent aux cartes sur un tapis de laine. Je ne les ai pas vus, en entrant; j'ai senti simplement qu'il y avait un paquet tiède, moitié sur la banquette, moitié sur la table du fond, avec des paires de bras qui s'agitaient. Depuis, Madeleine leur a apporté des cartes, le tapis et des jetons dans une sébile. Ils sont trois ou cinq, je ne sais pas, je n'ai pas le courage de les regarder. J'ai un ressort de cassé : je peux mouvoir les yeux mais pas la tête. La tête est toute molle, élastique, on dirait qu'elle est juste posée sur mon cou; si je la tourne, je vais la laisser tomber. Tout de même, j'entends un souffle court et je vois de temps en temps, du coin de l'œil, un éclair rougeaud couvert de poils blancs. C'est une main[1].

Quand la patronne fait des courses, c'est son cousin qui la remplace au comptoir. Il s'appelle Adolphe. J'ai commencé à le regarder en m'asseyant et j'ai continué parce que je ne pouvais pas tourner la tête. Il est en bras de chemise, avec des bretelles mauves; il a roulé les manches de sa chemise jusqu'au-dessus du coude. Les bretelles se voient à peine sur la chemise bleue, elles sont tout effacées, enfouies dans le bleu, mais c'est de la fausse humilité : en fait, elles ne se laissent pas oublier, elles m'agacent par leur entêtement de moutons, comme si, parties pour devenir violettes, elles s'étaient arrêtées en route sans abandonner leurs prétentions. On a envie de leur dire : « Allez-y, *devenez* violettes et qu'on n'en parle plus. » Mais non, elles restent en suspens, butées dans leur effort inachevé. Parfois le bleu qui les entoure glisse sur elles et les recouvre tout à fait : je reste un instant sans les voir. Mais ce n'est qu'une vague, bientôt le bleu pâlit par places et je vois réapparaître des îlots d'un mauve hésitant, qui s'élargissent, se rejoignent et reconstituent les bretelles[2]. Le cousin Adolphe n'a pas d'yeux : ses paupières gonflées et retroussées s'ouvrent tout juste un peu sur du blanc. Il sourit d'un air endormi; de temps à autre il s'ébroue, jappe et se débat faiblement, comme un chien qui rêve.

Sa chemise de coton bleu se détache joyeusement sur un mur chocolat. Ça aussi ça donne la Nausée. Ou plutôt *c'est* la Nausée. La Nausée n'est pas en moi : je la ressens *là-bas* sur le mur, sur les bretelles, partout autour de moi. Elle ne fait qu'un avec le café, c'est moi qui suis en elle.

À ma droite, le paquet tiède se met à bruire, il agite ses paires de bras.

« Tiens, le voilà ton atout[a]. — Qu'est-ce que c'est l'atout ? » Grande échine noire courbée sur le jeu : « Hahaha ! — Quoi ? Voilà l'atout, il vient de le jouer. — Je ne sais pas, je n'ai pas vu... — Si, maintenant je viens de jouer atout. — Ah bon, alors atout cœur. » Il chantonne : « Atout cœur, Atout cœur, À-tout-cœur. » Parlé : « Qu'est-ce que c'est, monsieur ? qu'est-ce que c'est, monsieur ? Je prends ! »

De nouveau, le silence — le goût de sucre de l'air, dans mon arrière-bouche. Les odeurs. Les bretelles.

Le cousin s'est levé, il a fait quelques pas, il a mis ses mains derrière son dos, il sourit, il lève la tête et se renverse en arrière, sur l'extrémité des talons. En cette position, il s'endort. Il est là, oscillant, il sourit toujours, ses joues tremblent. Il va tomber. Il s'incline en arrière, s'incline, s'incline, la face entièrement tournée vers le plafond, puis, au moment de tomber, il se rattrape adroitement au rebord du comptoir et rétablit son équilibre. Après quoi, il recommence. J'en ai assez, j'appelle la serveuse :

« Madeleine[a], jouez-moi un air, au phono, vous serez gentille. Celui qui me plaît, vous savez : *Some of these days*[1].

— Oui, mais ça va peut-être ennuyer ces messieurs; ces messieurs n'aiment pas la musique, quand ils font leur partie. Ah! je vais leur demander. »

Je fais un gros effort et je tourne la tête. Ils sont quatre. Elle se penche sur un vieillard pourpre qui porte au bout du nez un lorgnon cerclé de noir. Il cache son jeu contre sa poitrine et me jette un regard par en dessous.

« Faites donc, monsieur. »

Sourires. Il a les dents pourries. Ce n'est pas à lui qu'appartient la main rouge, c'est à son voisin, un type à moustaches noires. Ce type à moustaches possède d'immenses narines, qui pourraient pomper de l'air pour toute une famille et qui lui mangent la moitié du visage, mais, malgré cela, il respire par la bouche en haletant un peu. Il y a aussi avec eux un jeune homme à tête de chien. Je ne distingue pas le quatrième joueur.

Les cartes tombent sur le tapis de laine, en tournoyant. Puis des mains aux doigts bagués viennent les ramasser, grattant le tapis de leurs ongles. Les mains font des taches blanches sur le tapis, elles ont l'air soufflé et poussiéreux. Il tombe toujours d'autres cartes, les mains vont et viennent. Quelle drôle d'occupation : ça n'a pas l'air d'un jeu, ni d'un rite, ni d'une habitude. Je crois qu'ils font ça pour remplir le temps, tout simplement. Mais le temps est trop large, il ne se laisse pas remplir. Tout ce qu'on y plonge s'amollit et s'étire. Ce geste, par exemple, de la main rouge, qui ramasse les cartes en trébuchant : il est tout flasque. Il faudrait le découdre et tailler dedans.

Madeleine tourne la manivelle[a] du phonographe.
Pourvu qu'elle ne se soit pas trompée, qu'elle n'ait pas
mis, comme l'autre jour, le grand air de *Cavalleria rusti-
cana*[1]. Mais non, c'est bien ça, je reconnais l'air dès les
premières mesures. C'est un vieux *rag-time* avec refrain
chanté. Je l'ai entendu siffler en 1917 par des soldats
américains dans les rues de La Rochelle[2]. Il doit dater
d'avant-guerre. Mais l'enregistrement est beaucoup
plus récent. Tout de même, c'est le plus vieux disque de la collection, un disque Pathé pour aiguille à
saphir[b].

Tout à l'heure viendra le refrain : c'est lui surtout que
j'aime et la manière abrupte dont il se jette en avant,
comme une falaise contre la mer. Pour l'instant, c'est le
jazz qui joue ; il n'y a pas de mélodie, juste des notes,
une myriade de petites secousses[c]. Elles ne connaissent
pas de repos, un ordre inflexible les fait naître et les
détruit, sans leur laisser jamais le loisir de se reprendre,
d'exister pour soi. Elles courent, elles se pressent, elles
me frappent au passage d'un coup sec et s'anéantissent.
J'aimerais bien les retenir, mais je sais que, si j'arrivais[d]
à en arrêter une, il ne resterait plus entre mes doigts
qu'un son canaille et languissant. Il faut que j'accepte
leur mort ; cette mort, je dois même la *vouloir* : je connais
peu d'impressions plus âpres ni plus fortes[3].

Je commence à me réchauffer, à me sentir heureux.
Ça n'est encore rien d'extraordinaire, c'est un petit
bonheur de Nausée : il s'étale au fond de la flaque visqueuse[4], au fond de *notre* temps — le temps des bretelles mauves et des banquettes défoncées —, il est fait
d'instants larges et mous, qui s'agrandissent par les
bords en tache d'huile. À peine né, il est déjà vieux, il
me semble que je le connais depuis vingt ans.

Il y a un autre bonheur : au-dehors, il y a cette bande
d'acier, l'étroite durée de la musique, qui traverse notre
temps de part en part, et le refuse et le déchire de ses
sèches petites pointes ; il y a un autre temps.

« M. Randu joue cœur, tu mets le manillon. »

La voix glisse et disparaît. Rien ne mord sur le ruban
d'acier, ni la porte qui s'ouvre, ni la bouffée d'air froid
qui se coule sur mes genoux, ni l'arrivée du vétérinaire
avec sa petite fille : la musique perce ces formes vagues
et passe au travers. À peine assise, la petite fille a été

saisie : elle se tient raide, les yeux grands ouverts ; elle écoute, en frottant la table de son poing.

Quelques secondes encore et la négresse va chanter. Ça semble inévitable, si forte est la nécessité de cette musique : rien ne peut l'interrompre, rien qui vienne de ce temps où le monde est affalé ; elle cessera d'elle-même, par ordre. Si j'aime cette belle voix, c'est surtout pour ça : ce n'est ni pour son ampleur ni pour sa tristesse, c'est qu'elle est l'événement que tant de notes ont préparé, de si loin, en mourant pour qu'il naisse. Et pourtant je suis inquiet ; il faudrait si peu de chose pour que le disque s'arrête : qu'un ressort se brise, que le cousin Adolphe ait un caprice. Comme il est étrange, comme il est émouvant que cette dureté soit si fragile. Rien ne peut l'interrompre et tout peut la briser.

Le dernier accord[a] s'est anéanti. Dans le bref silence qui suit, je sens fortement que ça y est, que *quelque chose est arrivé.*

Silence.

> *Some of these days*
> *You'll miss me honey.*

Ce qui vient d'arriver, c'est que la Nausée a disparu. Quand la voix s'est élevée, dans le silence, j'ai senti mon corps se durcir et la Nausée s'est évanouie. D'un coup : c'était presque pénible de devenir ainsi tout dur, tout rutilant. En même temps la durée de la musique se dilatait, s'enflait comme une trombe. Elle emplissait la salle[b] de sa transparence métallique, en écrasant contre les murs notre temps misérable. Je suis *dans* la musique. Dans les glaces roulent des globes de feu ; des anneaux de fumée les encerclent et tournent, voilant et dévoilant le dur sourire de la lumière. Mon verre de bière s'est rapetissé, il se tasse sur la table : il a l'air dense, indispensable. Je veux le prendre et le soupeser, j'étends la main... Mon Dieu ! C'est ça surtout qui a changé, ce sont mes gestes. Ce mouvement de mon bras s'est développé comme un thème majestueux, il a glissé le long du chant de la négresse ; il m'a semblé que je dansais[1].

Le visage d'Adolphe est là, posé contre le mur chocolat ; il a l'air tout proche. Au moment où ma main se refermait, j'ai vu sa tête ; elle avait l'évidence, la nécessité

d'une conclusion. Je presse mes doigts contre le verre,
je regarde Adolphe : je suis heureux.

« Voilà! »

Une voix s'élance sur un fond de rumeur. C'est mon
voisin qui parle, le vieillard cuit. Ses joues font une
tache violette sur le cuir brun de la banquette. Il claque
une carte contre la table. La manille de carreau.

Mais le jeune homme à tête de chien sourit. Le joueur
rougeaud, courbé sur la table, le guette par en dessous,
prêt à bondir.

« Et voilà! »

La main du jeune homme sort de l'ombre, plane un
instant, blanche, indolente, puis fond soudain comme un
milan et presse une carte contre le tapis. Le gros rougeaud saute en l'air :

« Merde! Il coupe. »

La silhouette du roi de cœur paraît entre des doigts
crispés, puis on le retourne sur le nez et le jeu continue. Beau roi, venu de si loin, préparé par tant de combinaisons, par tant de gestes disparus. Le voilà qui disparaît à son tour, pour que naissent d'autres combinaisons
et d'autres gestes, des attaques, des répliques, des retours
de fortune, une foule de petites aventures.

Je suis ému, je sens mon corps comme une machine[a]
de précision au repos. Moi, j'ai eu de vraies aventures.
Je n'en retrouve aucun détail, mais j'aperçois l'enchaînement rigoureux des circonstances. J'ai traversé les mers,
j'ai laissé des villes derrière moi et j'ai remonté des
fleuves ou bien je me suis enfoncé dans des forêts, et
j'allais toujours vers d'autres villes. J'ai eu des femmes,
je me suis battu avec des types; et jamais je ne pouvais
revenir en arrière, pas plus qu'un disque ne peut tourner à rebours[1]. Et tout cela me menait *où* ? À cette
minute-ci, à cette banquette, dans cette bulle de clarté
toute bourdonnante de musique.

And when you leave me.

Oui, moi qui aimais tant, à Rome, m'asseoir au bord
du Tibre, à Barcelone, le soir, descendre et remonter
cent fois les Ramblas, moi qui près d'Angkor, dans l'îlot
du Baray de Prah-Kan, vis un banian nouer ses racines
autour de la chapelle des Nagas[2], je suis ici, je vis dans

la même seconde que ces joueurs de manille, j'écoute une négresse qui chante tandis qu'au-dehors rôde la faible nuit.

Le disque s'est arrêté.

La nuit est entrée, doucereuse, hésitante. On ne la voit pas, mais elle est là, elle voile les lampes ; on respire dans l'air quelque chose d'épais : c'est elle. Il fait froid. Un des joueurs pousse les cartes en désordre vers un autre qui les rassemble. Il y en a une qui est restée en arrière. Est-ce qu'ils ne la voient pas ? C'est le neuf de cœur. Quelqu'un la prend enfin, la donne au jeune homme à tête de chien.

« Ah ! C'est le neuf de cœur ! »

C'est bien, je vais partir. Le vieillard violacé se penche sur une feuille en suçant la pointe d'un crayon. Madeleine le regarde d'un œil clair et vide. Le jeune homme tourne et retourne le neuf de cœur entre ses doigts. Mon Dieu !...

Je me lève péniblement ; dans la glace, au-dessus du crâne du vétérinaire, je vois glisser un visage inhumain.

Tout à l'heure, j'irai au cinéma.

L'air me fait du bien : il n'a pas le goût du sucre, ni l'odeur vineuse du vermouth. Mais bon Dieu qu'il fait froid.

Il est sept heures et demie, je n'ai pas faim et le cinéma ne commence qu'à neuf heures, que vais-je faire ? Il faut que je marche vite, pour me réchauffer. J'hésite : derrière moi le boulevard conduit au cœur[a] de la ville, aux grandes parures de feu des rues centrales, au Palais Paramount, à l'Impérial, aux grands Magasins Jahan[1]. Ça ne me tente pas du tout : c'est l'heure de l'apéritif ; les choses vivantes, les chiens, les hommes, toutes les masses molles qui se meuvent spontanément, j'en ai assez vu pour l'instant[2].

Je tourne sur la gauche, je vais m'enfoncer dans ce trou, là-bas, au bout de la rangée des becs de gaz : je vais suivre le boulevard Noir jusqu'à[b] l'avenue Galvani[3]. Le trou souffle un vent glacial : là-bas il n'y a que des pierres et de la terre. Les pierres, c'est dur et ça ne bouge pas.

Il y a un bout de chemin ennuyeux : sur le trottoir de droite, une masse gazeuse, grise avec des traînées de feu, fait un bruit[c] de coquillage :[4] c'est la Vieille Gare.

Sa présence a fécondé les cent premiers mètres du boulevard Noir — depuis le boulevard de la Redoute jusqu'à
la rue Paradis —, y a fait naître une dizaine de réverbères
et, côte à côte, quatre cafés, le Rendez-vous des Cheminots et trois autres, qui languissent tout le jour, mais
qui s'éclairent[a] le soir et projettent des rectangles lumineux sur la chaussée. Je prends encore[b] trois bains de
lumière jaune, je vois sortir de l'épicerie-mercerie
Rabache une vieille femme qui ramène son fichu sur sa
tête et se met à courir : à présent c'est fini. Je suis sur
le bord du trottoir de la rue Paradis, à côté du dernier
réverbère. Le ruban de bitume se casse net. De l'autre
côté de la rue, c'est le noir et la boue. Je traverse la rue
Paradis. Je marche du pied droit dans une flaque d'eau,
ma chaussette est trempée; la promenade commence.

On *n'habite pas* cette région du boulevard Noir. Le
climat y est trop rude, le sol trop ingrat pour que la vie
s'y fixe et s'y développe. Les trois Scieries des Frères
Soleil (les Frères Soleil ont fourni la voûte lambrissée
de l'église Sainte-Cécile-de-la-Mer, qui coûta cent mille
francs) s'ouvrent à l'ouest, de toutes leurs portes et de
toutes leurs fenêtres, sur la douce rue Jeanne-Berthe-
Cœuroy, qu'elles emplissent de ronronnements. Au boulevard Victor-Noir, elles présentent leurs trois dos que
rejoignent des murs. Ces bâtiments bordent le trottoir
de gauche sur quatre cents mètres : pas la moindre
fenêtre, pas même une lucarne.

Cette fois j'ai marché des deux pieds dans le ruisseau.
Je traverse la chaussée : sur l'autre trottoir un unique
bec de gaz, comme un phare à l'extrême pointe de la
terre, éclaire une palissade défoncée, démantelée par
endroits.

Des morceaux d'affiches adhèrent encore aux planches.
Un beau visage plein de haine grimace sur un fond vert,
déchiré en étoile; au-dessous du nez, quelqu'un a
crayonné une moustache à crocs. Sur un autre lambeau,
on peut encore déchiffrer le mot « purâtre » en caractères blancs d'où tombent des gouttes rouges, peut-être
des gouttes de sang. Il se peut que le visage et le mot
aient fait partie de la même affiche. À présent l'affiche
est lacérée, les liens simples et voulus qui les unissaient
ont disparu, mais une autre unité s'est établie d'elle-
même entre la bouche tordue, les gouttes de sang, les

lettres blanches, la désinence « âtre » : on dirait qu'une
passion criminelle et sans repos cherche à s'exprimer
par ces signes mystérieux. Entre les planches on peut
voir briller les feux de la voie ferrée. Un long mur fait
suite à la palissade. Un mur sans trouées, sans portes,
sans fenêtres qui s'arrête deux cents mètres plus loin,
contre une maison. J'ai dépassé le champ d'action du
réverbère; j'entre dans le trou noir. J'ai l'impression,
en voyant mon ombre à mes pieds se fondre dans les
ténèbres, de plonger dans une eau glacée. Devant moi,
tout au fond, à travers des épaisseurs de noir, je distingue
une pâleur rose : c'est l'avenue Galvani. Je me retourne;
derrière le bec de gaz, très loin, il y a un soupçon de
clarté : ça, c'est la gare avec les quatre cafés. Derrière
moi, devant moi, il y a des gens qui boivent et jouent
aux cartes dans des brasseries. Ici il n'y a que du noir.
Le vent m'apporte par intermittences une petite sonnerie
solitaire, qui vient de loin. Les bruits domestiques, le
ronflement des autos, les cris, les aboiements ne
s'éloignent guère des rues éclairées, ils restent au chaud.
Mais cette sonnerie perce les ténèbres et parvient jusqu'ici : elle est plus dure, moins humaine que les autres
bruits.

Je m'arrête pour l'écouter. J'ai froid, les oreilles me
font mal; elles doivent être toutes rouges. Mais je me
sens pur; je suis[a] gagné par la pureté de ce qui m'entoure; rien ne vit; le vent siffle, des lignes raides fuient
dans la nuit. Le boulevard Noir n'a pas la mine indé-
cente des rues bourgeoises, qui font des grâces aux passants. Personne n'a pris soin de le parer : c'est tout juste
un envers. L'envers de la rue Jeanne-Berthe-Cœuroy,
de l'avenue Galvani. Aux environs de la gare, les Bouvillois le surveillent encore un petit peu; ils le nettoient
de temps en temps, à cause des voyageurs. Mais, tout
de suite après, ils l'abandonnent et il file tout droit
aveuglément, pour aller se cogner dans l'avenue Galvani. La ville l'a oublié. Quelquefois, un gros camion[b]
couleur de terre le traverse à toute vitesse, avec un bruit
de tonnerre. On n'y assassine même pas, faute d'assassins et de victimes. Le boulevard Noir est inhumain.
Comme un minéral. Comme un triangle. C'est une
chance qu'il y ait un boulevard comme ça à Bouville.
D'ordinaire on n'en trouve que dans les capitales, à

Berlin, du côté de Neukölln ou encore vers Friedrichs-
hain — à Londres derrière Greenwich. Des couloirs
droits et sales, en plein courant d'air, avec de larges trottoirs sans arbres. Ils sont presque toujours hors de
l'enceinte, dans ces étranges quartiers où l'on fabrique
les villes, près des gares de marchandises, des dépôts
de tramways, des abattoirs, des gazomètres. Deux jours
après l'averse, quand toute la ville est moite sous le
soleil, et rayonne de chaleur humide, ils sont encore
tout froids, ils conservent leur boue et leurs flaques.
Ils ont même des flaques d'eau qui ne sèchent jamais,
sauf un mois dans l'année, en août.

La Nausée est restée là-bas, dans la lumière jaune. Je
suis heureux : ce froid est si pur, si pure cette nuit; ne
suis-je pas moi-même une vague d'air glacé ? N'avoir
ni sang, ni lymphe, ni chair. Couler dans ce long canal
vers cette pâleur là-bas. N'être que du froid.

Voilà des gens. Deux ombres. Qu'avaient-ils besoin
de venir ici ?

C'est une petite femme qui tire un homme par la
manche. Elle parle d'une voix rapide et menue. Je ne
comprends pas ce qu'elle dit, à cause du vent.

« Tu la fermeras, oui ? » dit l'homme.

Elle parle toujours. Brusquement, il la repousse. Ils
se regardent, hésitants, puis l'homme enfonce les mains
dans ses poches et part sans se retourner.

L'homme a disparu. Trois mètres à peine me séparent
à présent de la femme. Tout à coup des sons rauques et
graves la déchirent, s'arrachent d'elle et remplissent
toute la rue, avec une violence extraordinaire :

« Charles, je t'en prie, tu sais ce que je t'ai dit ?
Charles, reviens, j'en ai assez, je suis trop malheureuse ! »

Je passe si près d'elle que je pourrais la toucher.
C'est... mais comment croire que cette chair en feu,
cette face rayonnante de douleur ?... pourtant je reconnais le fichu, le manteau et la grosse envie lie-de-vin
qu'elle a sur la main droite; c'est elle, c'est Lucie, la
femme de ménage. Je n'ose lui offrir mon appui, mais
il faut qu'elle puisse le réclamer au besoin : je passe
lentement devant elle en la regardant. Ses yeux se fixent
sur moi, mais elle ne paraît pas me voir; elle a l'air de
ne pas s'y reconnaître dans sa souffrance. Je fais quelques
pas. Je me retourne...

Oui, c'est elle, c'est Lucie. Mais transfigurée, hors d'elle-même, souffrant avec une folle générosité. Je l'envie. Elle est là, toute droite, écartant les bras, comme si elle attendait les stigmates; elle ouvre la bouche, elle suffoque. J'ai l'impression que les murs ont grandi, de chaque côté de la rue, qu'ils se sont rapprochés, qu'elle est au fond d'un puits. J'attends quelques instants : j'ai peur qu'elle ne tombe raide : elle est trop malingre pour supporter cette douleur insolite. Mais elle ne bouge pas, elle a l'air minéralisée comme tout ce qui l'entoure. Un instant je me demande si je ne m'étais pas trompé sur elle, si ce n'est pas sa vraie nature qui m'est soudain révélée...

Lucie émet un petit gémissement. Elle porte la main à sa gorge en ouvrant de grands yeux étonnés. Non, ce n'est pas en elle qu'elle puise la force de tant souffrir. Ça lui vient du dehors... c'est ce boulevard. Il faudrait la prendre par les épaules, l'emmener aux lumières, au milieu des gens dans les rues douces et roses : là-bas, on ne peut pas souffrir si fort; elle s'amollirait, elle retrouverait son air positif et le niveau ordinaire de ses souffrances.

Je lui tourne le dos[a]. Après tout, elle a de la chance. Moi je suis bien trop calme, depuis trois ans. Je ne peux plus rien recevoir de ces solitudes tragiques, qu'un peu de pureté à vide. Je m'en vais.

Jeudi, onze heures et demie.

J'ai travaillé deux heures[b] dans la salle de lecture. Je suis descendu dans la cour des Hypothèques pour fumer une pipe. Place pavée de briques roses. Les Bouvillois en sont fiers parce qu'elle date du XVIIIe siècle. À l'entrée[c] de la rue Chamade et de la rue Suspédard, de vieilles chaînes barrent l'accès aux voitures. Des dames en noir, qui viennent promener leurs chiens, glissent sous les arcades, le long des murs. Elles s'avancent rarement jusqu'au plein jour, mais elles jettent de côté des regards de jeunes filles, furtifs et satisfaits, sur la statue de Gustave Impétraz[1]. Elles ne doivent pas savoir le nom de ce géant de bronze, mais elles voient bien, à sa redingote et à son haut-de-forme, que ce fut quelqu'un du beau monde. Il tient son chapeau de la main gauche et

pose la main droite sur une pile d'in-folio : c'est un
peu[a] comme si leur grand-père était là, sur ce socle,
coulé en bronze. Elles n'ont pas besoin de le regarder
longtemps pour comprendre qu'il pensait comme elles,
tout juste comme elles, sur tous les sujets. Au service de
leurs petites idées étroites et solides il a mis son autorité[b] et l'immense érudition puisée dans les in-folio que
sa lourde main écrase. Les dames en noir se sentent
soulagées, elles peuvent vaquer tranquillement aux soins
du ménage, promener leur chien : les saintes idées, les
bonnes idées qu'elles tiennent de leurs pères, elles n'ont
plus la responsabilité de les défendre; un homme de
bronze s'en est fait le gardien.

La Grande Encyclopédie[1] consacre quelques lignes à ce
personnage; je les ai lues l'an dernier. J'avais posé le
volume sur l'entablement d'une fenêtre; à travers la
vitre, je pouvais voir le crâne vert d'Impétraz. J'appris
qu'il florissait vers 1890. Il était inspecteur d'académie.
Il peignait d'exquises bagatelles et fit trois livres : De la
popularité chez les Grecs anciens (1887[c]), La Pédagogie de
Rollin[2] (1891) et un testament poétique en 1899. Il mourut en 1902, emportant les regrets émus de ses ressortis-
sants et des gens de goût[3].

Je me suis accoté à la façade de la Bibliothèque. Je tire
sur ma pipe qui menace de s'éteindre. Je vois une vieille
dame qui sort craintivement de la galerie en arcades et
qui regarde Impétraz d'un air fin et obstiné. Elle s'enhar-
dit soudain, elle traverse la cour de toute la vitesse de
ses pattes et s'arrête un moment devant la statue en
remuant les mandibules. Puis elle se sauve, noire sur le
pavé rose, et disparaît dans une lézarde du mur.

Peut-être que cette place était gaie, vers 1800, avec
ses briques roses et ses maisons. À présent elle a[d] quelque
chose de sec et de mauvais, une pointe délicate d'horreur. Ça vient de ce bonhomme, là-haut, sur son socle.
En coulant cet universitaire dans le bronze, on en a
fait un sorcier[4].

Je regarde Impétraz[e] en face. Il n'a pas d'yeux, à peine
de nez, une barbe rongée par cette lèpre étrange qui
s'abat quelquefois, comme une épidémie, sur toutes les
statues d'un quartier. Il salue, son gilet[f], à l'endroit du
cœur, porte une grande tache vert clair. Il a l'air souffre-
teux et mauvais. Il ne vit pas, non, mais il n'est pas non

plus inanimé. Une sourde puissance émane de lui : c'est comme un vent qui me repousse : Impétraz voudrait me chasser de la cour des Hypothèques. Je ne partirai pas avant d'avoir achevé cette pipe.

Une grande ombre maigre[a] surgit brusquement derrière moi. Je sursaute.

« Excusez-moi, monsieur, je ne voulais pas vous déranger. J'ai vu que vos lèvres remuaient. Vous répétiez sans doute des phrases de votre livre. » Il rit. « Vous faisiez la chasse aux alexandrins. »

Je regarde l'Autodidacte avec stupeur. Mais il a l'air surpris de ma surprise :

« Ne doit-on pas, monsieur, éviter soigneusement les alexandrins dans la prose ? »

J'ai baissé légèrement dans son estime. Je lui demande ce qu'il fait ici, à cette heure. Il m'explique que son patron lui a donné congé et qu'il est venu directement à la Bibliothèque; qu'il ne déjeunera pas, qu'il lira jusqu'à la fermeture. Je ne l'écoute plus, mais il a dû s'écarter de son sujet primitif car j'entends tout à coup :

« ... avoir comme vous le bonheur d'écrire un livre. »

Il faut que je dise quelque chose.

« Bonheur... » dis-je d'un air dubitatif.

Il se méprend sur le sens de ma réponse et corrige rapidement :

« Monsieur, j'aurais dû dire : mérite. »

Nous montons l'escalier. Je n'ai pas envie de travailler. Quelqu'un a laissé *Eugénie Grandet* sur la table, le livre est ouvert à la page vingt-sept. Je le saisis machinalement, je me mets à lire la page vingt-sept, puis la page vingt-huit[1] : je n'ai pas le courage de commencer par le début. L'Autodidacte s'est dirigé vers les rayons du mur d'un pas vif; il rapporte deux volumes qu'il pose sur la table, de l'air d'un chien qui a trouvé un os.

« Qu'est-ce que vous lisez ? »

Il me semble qu'il répugne à me le dire : il hésite un peu, roule ses grands yeux égarés, puis il me tend les livres d'un air contraint. Ce sont *La Tourbe et les tourbières*[2], de Larbalétrier, et *Hitopadésa ou l'Instruction utile*[3], de Lastex. Eh bien ? Je ne vois pas ce qui le gêne : ces lectures me paraissent fort décentes. Par acquit de conscience je feuillette *Hitopadésa* et je n'y vois rien que d'élevé.

Trois heures.

J'ai abandonné *Eugénie Grandet*. Je me suis mis au
travail, mais sans courage. L'Autodidacte, qui voit que
j'écris, m'observe avec une concupiscence respectueuse.
De temps en temps je lève un peu la tête, je vois l'immense faux col droit d'où sort son cou de poulet. Il
porte des vêtements râpés, mais son linge est d'une
blancheur éblouissante. Sur le même rayon, il vient de
prendre un autre volume, dont je déchiffre le titre à
l'envers : *La Flèche de Caudebec,* chronique normande,
par Mlle Julie Lavergne[1]. Les lectures de l'Autodidacte
me déconcertent toujours.

Tout d'un coup les noms des derniers auteurs dont
il a consulté les ouvrages me reviennent à la mémoire :
Lambert, Langlois, Larbalétrier, Lastex, Lavergne[2].
C'est une illumination; j'ai compris la méthode de l'Autodidacte : il s'instruit dans l'ordre alphabétique[3].

Je le contemple avec une espèce d'admiration. Quelle
volonté ne lui faut-il pas, pour réaliser lentement,
obstinément un plan de si vaste envergure ? Un jour,
il y a sept ans (il m'a dit qu'il étudiait depuis sept ans)
il est entré en grande pompe dans cette salle. Il a parcouru du regard les innombrables livres qui tapissent
les murs et il a dû dire, à peu près comme Rastignac :
« À nous deux, Science humaine. » Puis il est allé prendre
le premier livre du premier rayon d'extrême droite; il
l'a ouvert à la première page, avec un sentiment de respect et d'effroi joint à une décision inébranlable. Il en
est aujourd'hui à L. K après J, L après K. Il est passé
brutalement de l'étude des coléoptères à celle de la
théorie des quanta, d'un ouvrage sur Tamerlan à un
pamphlet catholique contre le darwinisme : pas un instant il ne s'est déconcerté. Il a tout lu; il a emmagasiné
dans sa tête la moitié de ce qu'on sait sur la parthéno-
nèse, la moitié des arguments contre la vivisection.
Derrière lui, devant lui, il y a un univers. Et le jour
approche où il se dira, en fermant le dernier volume du
dernier rayon d'extrême gauche : « Et maintenant ? »

C'est l'heure de son goûter, il mange d'un air candide
du pain et une tablette de Gala Peter. Ses paupières sont
baissées et je puis contempler à loisir ses beaux cils

recourbés — des cils de femme. Il dégage une odeur de vieux tabac, à laquelle se mêle, quand il souffle, le doux parfum du chocolat.

Vendredi, trois heures.

Un peu plus, j'étais pris au piège[a] de la glace. Je l'évite, mais c'est pour tomber dans le piège de la vitre : désœuvré, bras ballants, je m'approche de la fenêtre. Le Chantier, la Palissade, la Vieille Gare — la Vieille Gare, la Palissade, le Chantier. Je bâille si fort qu'une larme me vient aux yeux. Je tiens ma pipe de la main droite et mon paquet de tabac de la main gauche. Il faudrait bourrer cette pipe. Mais je n'en ai pas le courage. Mes bras pendent, j'appuie mon front contre le carreau. Cette vieille femme m'agace. Elle trottine avec entêtement, avec des yeux perdus. Parfois elle s'arrête d'un air apeuré, comme si un invisible danger l'avait frôlée. La voilà sous ma fenêtre, le vent plaque ses jupes contre ses genoux. Elle s'arrête, elle arrange son fichu. Ses mains tremblent. Elle repart : à présent, je la vois de dos. Vieille cloporte! Je suppose qu'elle va tourner à droite dans le boulevard Noir. Ça lui fait une centaine de mètres à parcourir : du train dont elle va, elle y mettra bien dix minutes, dix minutes pendant lesquelles je resterai comme ça, à la regarder, le front collé contre la vitre. Elle va s'arrêter vingt fois, repartir, s'arrêter...

Je *vois* l'avenir. Il est là, posé dans la rue, à peine plus pâle que le présent. Qu'a-t-il besoin de se réaliser ? Qu'est-ce que ça lui donnera de plus ? La vieille s'éloigne en clopinant, elle s'arrête, elle tire sur une mèche grise qui s'échappe de son fichu. Elle marche, elle était là, maintenant elle est ici... je ne sais plus où j'en suis : est-ce que je *vois* ses gestes, est-ce que je les *prévois* ? Je ne distingue plus le présent du futur et pourtant ça dure, ça se réalise peu à peu; la vieille avance dans la rue déserte, elle déplace ses gros souliers d'homme. C'est ça le temps, le temps tout nu, ça vient lentement à l'existence, ça se fait attendre et quand ça vient, on est écœuré parce qu'on s'aperçoit que c'était déjà là depuis longtemps. La vieille approche du coin de la rue, ce n'est plus qu'un petit tas d'étoffes noires. Eh bien, oui, je veux bien, c'est neuf, ça, elle n'était pas là-bas tout à l'heure. Mais c'est du neuf terni, défloré, qui ne peut jamais surprendre. Elle va tourner le coin de la rue, elle tourne — pendant une éternité.

Je m'arrache de la fenêtre et parcours la chambre en chancelant; je m'englue au miroir, je me regarde, je me dégoûte : encore une éternité. Finalement j'échappe à mon image et je vais m'abattre sur mon lit. Je regarde le plafond, je voudrais dormir.

Calme. Calme. Je ne sens plus le glissement, les frôlements du temps. Je vois*a* des images au plafond. Des ronds de lumière d'abord, puis des croix. Ça papillonne. Et puis voilà une autre image qui se forme; au fond de mes yeux, celle-là. C'est un grand animal agenouillé. Je vois ses pattes de devant et son bât. Le reste est embrumé. Pourtant je le reconnais bien : c'est un chameau que j'ai vu à Marrakech, attaché à une pierre. Il s'était agenouillé et relevé six fois de suite; des gamins riaient et l'excitaient de la voix.

Il y a deux ans*b*, c'était merveilleux : je n'avais qu'à fermer les yeux, aussitôt ma tête bourdonnait comme une ruche : je revoyais des visages, des arbres, des maisons, une Japonaise de Kamaishi qui se lavait nue dans un tonneau, un Russe mort et vidé par une large plaie béante, tout son sang en mare à côté de lui. Je retrouvais le goût du couscous, l'odeur d'huile qui remplit, à midi, les rues de Burgos, l'odeur de fenouil qui flotte dans celles de Tetuan, les sifflements des pâtres grecs[1]; j'étais ému. Voilà bien longtemps que cette joie s'est usée. Va-t-elle renaître aujourd'hui ?

Un soleil torride, dans ma tête, glisse roidement, comme une plaque de lanterne magique. Il est suivi d'un morceau de ciel bleu; après quelques secousses il s'immobilise, j'en suis tout doré en dedans. De quelle journée marocaine (ou algérienne ? ou syrienne ?) cet éclat s'est-il soudain détaché ? Je me laisse couler dans le passé.

Meknès. Comment donc était-il ce montagnard qui nous fit peur dans une ruelle, entre la mosquée Berdaïne et cette place charmante qu'ombrage un mûrier ? Il vint sur nous, Anny était à ma droite. Ou à ma gauche ?

Ce soleil et ce ciel bleu n'étaient que tromperie. C'est la centième fois que je m'y laisse prendre. Mes souvenirs sont comme les pistoles dans la bourse du diable :

quand on l'ouvrit, on n'y trouva que des feuilles mortes[1].

Du montagnard, je ne vois plus qu'un gros œil crevé, laiteux. Cet œil est-il même bien à lui ? Le médecin qui m'exposait à Bakou le principe des avortoirs d'État, était borgne lui aussi et, quand je veux me rappeler son visage, c'est encore ce globe blanchâtre qui paraît. Ces deux hommes, comme les Nornes[2], n'ont qu'un œil qu'ils se passent à tour de rôle.

Pour cette place de Meknès, où j'allais pourtant chaque jour, c'est encore plus simple : je ne la vois plus du tout. Il me reste le vague sentiment qu'elle était charmante, et ces cinq mots indissolublement liés : une place charmante de Meknès. Sans doute, si je ferme les yeux ou si je fixe vaguement le plafond, je peux reconstituer la scène : un arbre au loin, une forme sombre et trapue court sur moi. Mais j'invente tout cela pour les besoins de la cause. Ce Marocain était grand et sec, d'ailleurs je l'ai vu seulement lorsqu'il me touchait. Ainsi je *sais* encore qu'il était grand et sec : certaines connaissances abrégées demeurent dans ma mémoire. Mais je ne *vois* plus rien : j'ai beau fouiller le passé je n'en retire plus que des bribes d'images et je ne sais pas très bien ce qu'elles représentent, ni si ce sont des souvenirs ou des fictions.

Il y a beaucoup de cas d'ailleurs où ces bribes elles-mêmes ont disparu : il ne reste plus que des mots : je pourrais encore raconter les histoires, les raconter trop bien (pour l'anecdote je ne crains personne, sauf les officiers de mer et les professionnels), mais ce ne sont plus que des carcasses. Il y est question d'un type qui fait ceci ou cela, mais ça n'est pas moi, je n'ai rien de commun avec lui. Il se promène dans des pays sur lesquels je ne suis pas plus renseigné que si je n'y avais jamais été. Quelquefois, dans mon récit, il arrive que je prononce de ces beaux noms qu'on lit dans les atlas, Aranjuez ou Canterbury. Ils font naître en moi des images toutes neuves, comme en forment, d'après leurs lectures, les gens qui n'ont jamais voyagé : je rêve sur des mots, voilà tout.

Pour cent histoires mortes, il demeure tout de même une ou deux histoires vivantes. Celles-là je les évoque avec précaution, quelquefois, pas trop souvent, de peur

de les user. J'en pêche une, je revois le décor, les personnages, les attitudes. Tout à coup, je m'arrête : j'ai
senti une usure, j'ai vu pointer un mot sous la trame des
sensations. Ce mot-là, je devine qu'il va bientôt prendre
la place de plusieurs images que j'aime. Aussitôt je
m'arrête, je pense vite à autre chose; je ne veux pas
fatiguer mes souvenirs. En vain; la prochaine fois que
je les évoquerai, une bonne partie s'en sera figée.

J'ébauche[a] un vague mouvement pour me lever, pour
aller chercher mes photos de Meknès, dans la caisse que
j'ai poussée sous ma table. À quoi bon ? Ces aphrodi-
siaques n'ont plus guère d'effet sur ma mémoire. L'autre
jour j'ai retrouvé sous un buvard une petite photo pâlie.
Une femme souriait, près d'un bassin. J'ai contemplé
un moment cette personne, sans la reconnaître. Puis au
verso, j'ai lu : « Anny, Portsmouth, 7 avril 27. »

Jamais je n'ai eu si fort qu'aujourd'hui le sentiment
d'être sans dimensions secrètes, limité à mon corps, aux
pensées légères qui montent de lui comme des bulles.
Je construis mes souvenirs avec mon présent. Je suis
rejeté, délaissé dans le présent. Le passé, j'essaie en vain
de le rejoindre : je ne peux pas m'échapper.

On frappe. C'est l'Autodidacte : je l'avais oublié. Je
lui ai promis de lui montrer mes photos de voyage.
Que le diable l'emporte.

Il s'assied sur une chaise; ses fesses tendues touchent
le dossier et son buste roide s'incline en avant[b]. Je saute
en bas de mon lit, je donne de la lumière :

« Mais comment donc, monsieur ? Nous étions fort
bien.

— Pas pour voir des photographies... »

Je lui prends son chapeau dont il ne sait que faire.

« C'est vrai, monsieur ? Vous voulez bien me les
montrer ?

— Mais naturellement. »

C'est un calcul : j'espère qu'il va se taire, pendant qu'il
les regardera. Je plonge sous la table, je pousse la caisse
contre ses souliers vernis, je dépose sur ses genoux une
brassée de cartes postales et de photos : Espagne et
Maroc espagnol.

Mais je vois bien à son air riant et ouvert que je me
suis singulièrement trompé en comptant le réduire au
silence. Il jette un coup d'œil sur une vue de Saint-

Sébastien prise du mont Igueldo, la repose précautionneusement sur la table et reste un instant silencieux. Puis
il soupire :

« Ah! monsieur. Vous avez de la chance. Si ce qu'on
dit est vrai, les voyages sont la meilleure école. Êtes-
vous de cet avis, monsieur ? »

Je fais un geste vague. Heureusement il n'a pas fini.

« Ce doit être un tel bouleversement. Si jamais je
devais faire un voyage, il me semble que je voudrais,
avant de partir, noter par écrit les moindres traits de
mon caractère pour pouvoir comparer, en revenant, ce
que j'étais et ce que je suis devenu. J'ai lu qu'il y a des
voyageurs qui ont tellement changé au physique comme
au moral, qu'à leur retour leurs plus proches parents ne
les reconnaissaient pas. »

Il manie distraitement un gros paquet de photographies. Il en prend une et la pose sur la table sans la
regarder; puis il fixe avec intensité la photo suivante
qui représente un saint Jérôme, sculpté sur une chaire
de la cathédrale de Burgos.

« Avez-vous vu ce Christ en peau de bête qui est à
Burgos ? Il y a un livre bien curieux, monsieur, sur ces
statues en peau de bête et même en peau humaine. Et la
Vierge noire ? Elle n'est pas à Burgos, elle est à Saragosse ? Mais il y en a peut-être une à Burgos ? Les pèlerins l'embrassent, n'est-ce pas ? — je veux dire : celle
de Saragosse. Et il y a une empreinte de son pied sur
une dalle ? Qui est dans un trou ? où les mères poussent
leurs enfants ? »

Tout raide, il pousse des deux mains un enfant imaginaire. On dirait qu'il refuse les présents d'Artaxerxès.

« Ah! les coutumes, monsieur, c'est... c'est curieux. »

Un peu essoufflé, il pointe vers moi sa grande mâchoire
d'âne. Il sent le tabac et l'eau croupie. Ses beaux yeux
égarés brillent comme des globes de feu et ses rares
cheveux nimbent son crâne de buée. Sous ce crâne, des
Samoyèdes, des Nyams-Nyams, des Malgaches, des
Fuégiens célèbrent les solennités les plus étranges,
mangent leurs vieux pères, leurs enfants, tournent sur
eux-mêmes au son du tam-tam jusqu'à l'évanouissement,
se livrent à la frénésie de l'amok, brûlent leurs morts,
les exposent sur les toits, les abandonnent au fil de
l'eau sur une barque illuminée d'une torche, s'accouplent

au hasard, mère et fils, père et fille, frère et sœur, se mutilent, se châtrent, se distendent les lèvres avec des plateaux, se font sculpter sur les reins des animaux monstrueux.

« Peut-on dire, avec Pascal, que la coutume est une seconde nature[1] ? »

Il a planté ses yeux noirs dans les miens, il implore une réponse.

« C'est selon », dis-je.

Il respire.

« C'est aussi ce que je me disais, monsieur. Mais je me défie tant de moi-même; il faudrait avoir tout lu. »

Mais, à la photographie suivante, c'est du délire. Il jette un cri de joie.

« Ségovie! Ségovie! Mais j'ai lu un livre sur Ségovie. »

Il ajoute avec une certaine noblesse :

« Monsieur, je ne me rappelle plus le nom de son auteur. J'ai parfois des absences. Na... No... Nod...

— Impossible, lui dis-je vivement, vous n'en êtes qu'à Lavergne. »

Je regrette aussitôt ma phrase : après tout il ne m'a jamais parlé de cette méthode de lecture, ce doit être un délire secret. En effet, il perd contenance et ses grosses lèvres s'avancent d'un air pleurard. Puis il baisse la tête et regarde une dizaine de cartes postales sans dire mot.

Mais je vois bien, au bout de trente secondes, qu'un enthousiasme puissant le gonfle et qu'il va crever s'il ne parle :

« Quand j'aurai fini mon instruction (je compte encore six ans pour cela), je me joindrai, si cela m'est permis, aux étudiants et aux professeurs qui font une croisière annuelle dans le Proche-Orient. Je voudrais préciser certaines connaissances, dit-il avec onction, et j'aimerais aussi qu'il m'arrivât de l'inattendu, du nouveau, des aventures[a] pour tout dire. »

Il a baissé la voix et pris l'air coquin.

« Quelle espèce d'aventures ? lui dis-je étonné.

— Mais toutes les espèces, monsieur. On se trompe de train. On descend dans une ville inconnue. On perd son portefeuille, on est arrêté par erreur, on passe la nuit en prison. Monsieur, j'ai cru qu'on pouvait définir l'aventure : un événement qui sort de l'ordinaire, sans être forcément extraordinaire. On parle de la magie des

aventures. Cette expression vous semble-t-elle juste ? Je
voudrais vous poser une question, monsieur.

— Qu'est-ce que c'est ? »

Il rougit et sourit.

« C'est peut-être indiscret...

— Dites toujours. »

Il se penche vers moi et demande, les yeux mi-clos :
« Vous avez eu beaucoup d'aventures, monsieur ? »

Je réponds machinalement : « Quelques-unes », en
me rejetant en arrière, pour éviter son souffle empesté.
Oui, j'ai dit cela machinalement, sans y penser. D'ordinaire[a], en effet, je suis plutôt fier d'avoir eu tant d'aventures. Mais aujourd'hui, à peine ai-je prononcé ces mots,
que je suis pris d'une grande indignation contre moi-
même : il me semble que je mens, que de ma vie je n'ai
eu la moindre aventure, ou plutôt je ne sais même plus
ce que ce mot veut dire. En même temps pèse sur mes
épaules ce même découragement qui me prit à Hanoï,
il y a près de quatre ans, quand Mercier me pressait
de me joindre à lui et que je fixais sans répondre une statuette khmère. Et l'IDÉE est là, cette grosse masse blanche
qui m'avait tant dégoûté alors : je ne l'avais pas revue
depuis quatre ans.

« Pourrai-je vous demander... ? » dit l'Autodidacte.
Parbleu! De lui en raconter une, de ces fameuses
aventures. Mais je ne veux plus dire un mot sur ce
sujet.

« Là », dis-je, penché par-dessus ses épaules étroites
et mettant le doigt sur une photo, « là, c'est Santillane[1],
le plus joli village d'Espagne.

— Le Santillane de Gil Blas ? Je ne croyais pas qu'il
existât. Ah! monsieur, comme votre conversation est
profitable. On voit bien que vous avez voyagé. »

J'ai mis l'Autodidacte à la porte, après avoir bourré
ses poches de cartes postales, de gravures et de photos.
Il est parti enchanté et j'ai éteint la lumière. À présent,
je suis seul. Pas tout à fait seul. Il y a encore cette idée,
devant moi, qui attend. Elle s'est mise en boule, elle
reste là comme un gros chat; elle n'explique rien, elle
ne bouge pas et se contente de dire non. Non, je n'ai
pas eu d'aventures.

Je bourre ma pipe, je l'allume, je m'étends sur mon

lit en mettant un manteau sur mes jambes. Ce qui m'étonne, c'est de me sentir si triste et si las. Même si c'était vrai que je n'ai jamais eu d'aventures, qu'est-ce que ça pourrait bien me faire ? D'abord, il me semble que c'est pure question de mots. Cette affaire de Meknès, par exemple, à laquelle je pensais tout à l'heure : un Marocain sauta sur moi et voulut me frapper d'un grand canif. Mais je lui lançai un coup de poing qui l'atteignit au-dessous de la tempe... Alors il se mit*a* à crier en arabe et un tas de pouilleux apparurent qui nous poursuivirent jusqu'au souk Attarin. Eh bien, on peut appeler ça du nom qu'on voudra, mais, de toute façon, c'est un événement qui *m'est arrivé*.

Il fait tout à fait noir et je ne sais plus très bien si ma pipe est allumée. Un tramway passe : éclair rouge au plafond. Puis, c'est une lourde voiture qui fait trembler la maison. Il doit être six heures.

Je n'ai pas eu d'aventures. Il m'est arrivé des histoires, des événements, des incidents, tout ce qu'on voudra. Mais pas des aventures. Ce n'est pas une question de mots ; je commence à comprendre. Il y a quelque chose à quoi je tenais plus qu'à tout le reste — sans m'en rendre bien compte. Ce n'était pas l'amour, Dieu non, ni la gloire, ni la richesse. C'était... Enfin je m'étais imaginé qu'à de certains moments ma vie pouvait prendre une qualité rare et précieuse. Il n'était pas besoin de circonstances extraordinaires : je demandais tout juste un peu de rigueur. Ma vie présente n'a rien de très brillant : mais de temps en temps, par exemple quand on jouait de la musique dans les cafés, je revenais en arrière et je me disais : autrefois, à Londres, à Meknès, à Tokyo j'ai connu des moments admirables, j'ai eu des aventures. C'est ça qu'on m'enlève, à présent. Je viens*b* d'apprendre, brusquement, sans raison apparente, que je me suis menti pendant dix ans. Les aventures sont dans les livres. Et naturellement, tout ce qu'on raconte dans les livres peut arriver pour de vrai, mais pas de la même manière. C'est à cette manière d'arriver que je tenais si fort.

Il aurait fallu d'abord que les commencements fussent de vrais commencements. Hélas ! Je vois si bien maintenant ce que j'ai voulu. De vrais commencements, apparaissant comme une sonnerie de trompette, comme les premières notes d'un air de jazz, brusquement, coupant court à l'ennui, raffermissant la durée; de ces soirs entre les soirs dont on dit ensuite : « Je me promenais, c'était un soir de mai. » On se promène, la lune vient de se lever, on est oisif, vacant, un peu vide. Et puis tout d'un coup, on pense : « Quelque chose est arrivé. » N'importe quoi : un léger craquement dans l'ombre, une silhouette légère qui traverse la rue. Mais ce mince événement n'est pas pareil aux autres, tout de suite on voit qu'il est à l'avant d'une grande forme dont le dessin se perd dans la brume et l'on se dit aussi : « Quelque chose commence. »

Quelque chose commence pour finir : l'aventure ne se laisse pas mettre de rallonge; elle n'a de sens que par sa mort. Vers cette mort, qui sera peut-être aussi la mienne, je suis entraîné sans retour. Chaque instant ne paraît que pour amener ceux qui suivent. À chaque instant je tiens de tout mon cœur : je sais qu'il est unique; irremplaçable — et pourtant je ne ferais pas un geste pour l'empêcher de s'anéantir. Cette dernière minute que je passe — à Berlin, à Londres — dans les bras de cette femme, rencontrée l'avant-veille — minute que j'aime passionnément, femme que je suis près d'aimer — elle va prendre fin, je le sais. Tout à l'heure je partirai pour un autre pays. Je ne retrouverai ni cette femme ni jamais cette nuit. Je me penche sur chaque seconde, j'essaie de l'épuiser; rien ne passe que je ne saisisse, que je ne fixe pour jamais en moi, rien, ni la tendresse fugitive de ces beaux yeux, ni les bruits de la rue, ni la clarté fausse du petit jour : et cependant la minute s'écoule et je ne la retiens pas, j'aime qu'elle passe.

Et puis tout d'un coup quelque chose casse net. L'aventure est finie, le temps reprend sa mollesse quotidienne. Je me retourne[a]; derrière moi, cette belle forme mélodique s'enfonce tout entière dans le passé. Elle diminue, en déclinant elle se contracte, à présent la fin ne fait plus qu'un avec le commencement. En suivant des yeux ce point d'or, je pense que j'accepterais — même si j'avais failli mourir, perdu une fortune, un ami — de revivre[b] tout, dans les mêmes circonstances, de bout à bout. Mais une aventure ne se recommence ni ne se prolonge.

Oui, c'est ce que je voulais — hélas ! c'est ce que je

veux encore. J'ai tant de bonheur quand une négresse
chante : quels sommets n'atteindrais-je point si ma *propre
vie* faisait la matière de la mélodie.

L'Idée est toujours là, l'innommable. Elle attend, paisiblement. À présent, elle a l'air de dire :
« Oui ? C'est *cela* que tu voulais ? Eh bien, précisément c'est ce que tu n'as jamais eu (rappelle-toi : tu te
dupais avec des mots, tu nommais aventure du clin-
quant de voyage, amours de filles, rixes, verroteries) et
c'est ce que tu n'auras jamais — ni personne autre que
toi. »
Mais pourquoi ? POURQUOI ?

                                        Samedi midi.

L'Autodidacte ne m'a pas vu entrer dans la salle de
lecture. Il était assis tout au bout de la table du fond; il
avait posé un livre devant lui, mais il ne lisait pas. Il
regardait en souriant son voisin de droite, un collégien
crasseux qui vient souvent à la Bibliothèque. L'autre
s'est laissé contempler un moment, puis lui a brusquement tiré la langue en faisant une horrible grimace.
L'Autodidacte a rougi, il a plongé précipitamment le
nez dans son livre et s'est absorbé dans sa lecture[1].

Je suis revenu[a] sur mes réflexions d'hier. J'étais tout
sec : ça m'était bien égal qu'il n'y eût pas d'aventures.
J'étais seulement curieux de savoir s'il *ne pouvait pas* y
en avoir.
Voici ce que j'ai pensé : pour que l'événement[b] le
plus banal devienne une aventure, il faut et il suffit
qu'on se mette à le *raconter*. C'est ce qui dupe les gens :
un homme, c'est toujours un conteur d'histoires, il vit
entouré de ses histoires et des histoires d'autrui, il voit
tout ce qui lui arrive à travers elles; et il cherche à vivre
sa vie comme s'il la racontait[2].
Mais il faut choisir[c] : vivre ou raconter. Par exemple
quand j'étais à Hambourg[3], avec cette Erna, dont je
me défiais et qui avait peur de moi, je menais une drôle[d]
d'existence. Mais j'étais dedans, je n'y pensais pas. Et
puis un soir, dans un petit café de San Pauli, elle m'a
quitté pour aller aux lavabos. Je suis resté seul, il y

avait un phonographe qui jouait *Blue Sky*. Je me suis
mis à me raconter ce qui s'était passé depuis mon débarquement. Je me suis dit : « Le troisième soir, comme
j'entrais dans un dancing appelé *La Grotte Bleue*, j'ai
remarqué une grande femme à moitié saoule. Et cette
femme-là, c'est celle que j'attends en ce moment, en
écoutant *Blue Sky* et qui va revenir s'asseoir, à ma droite,
et m'entourer le cou de ses bras. » Alors, j'ai senti avec
violence que j'avais une aventure. Mais Erna est revenue, elle s'est assise à côté de moi, elle m'a entouré le
cou de ses bras et je l'ai détestée sans trop savoir pourquoi. Je comprends, à présent : c'est qu'il fallait recommencer de vivre et que l'impression d'aventure venait
de s'évanouir.

Quand on vit, il n'arrive rien. Les décors changent,
les gens entrent et sortent, voilà tout. Il n'y a jamais de
commencements. Les jours s'ajoutent aux jours sans
rime ni raison, c'est une addition[a] interminable et monotone. De temps en temps, on fait un total partiel, on
dit : voilà trois ans que je voyage, trois ans que je suis
à Bouville. Il n'y a pas de fin non plus : on ne quitte
jamais une femme, un ami, une ville en une fois. Et puis
tout se ressemble : Shanghaï, Moscou, Alger, au bout
d'une quinzaine, c'est tout pareil. Par moments — rarement — on fait le point, on s'aperçoit qu'on s'est collé
avec une femme, engagé dans une sale histoire. Le temps
d'un éclair. Après ça, le défilé recommence, on se remet
à faire l'addition des heures et des jours. Lundi, mardi,
mercredi. Avril, mai, juin. 1924, 1925, 1926.

Ça, c'est vivre. Mais quand on raconte la vie, tout
change ; seulement c'est un changement que personne
ne remarque : la preuve c'est qu'on parle d'histoires
vraies. Comme s'il pouvait y avoir des histoires vraies ;
les événements se produisent dans un sens et nous les
racontons en sens inverse. On a l'air de débuter par le
commencement : « C'était par un beau soir de l'automne de 1922. J'étais clerc de notaire à Marommes. »
Et en réalité c'est par la fin qu'on a commencé. Elle est
là, invisible et présente, c'est elle qui donne à ces quelques
mots la pompe et la valeur d'un commencement. « Je
me promenais, j'étais sorti du village sans m'en apercevoir, je pensais à mes ennuis d'argent. » Cette phrase,
prise simplement pour ce qu'elle est, veut dire que le

type était absorbé, morose, à cent lieues d'une aventure, précisément dans ce genre d'humeur où on laisse passer les événements sans les voir. Mais la fin est là, qui transforme tout. Pour nous, le type est déjà le héros de l'histoire. Sa morosité, ses ennuis d'argent sont bien plus précieux que les nôtres, ils sont tout dorés par la lumière des passions futures. Et le récit se poursuit à l'envers : les instants ont cessé de s'empiler au petit bonheur les uns sur les autres, ils sont happés par la fin de l'histoire qui les attire et chacun d'eux attire à son tour l'instant qui le précède : « Il faisait nuit, la rue était déserte. » La phrase est jetée négligemment, elle a l'air superflue; mais nous ne nous y laissons pas prendre et nous la mettons de côté : c'est un renseignement dont nous comprendrons la valeur par la suite. Et nous avons le sentiment que le héros a vécu tous les détails de cette nuit comme des annonciations, comme des promesses, ou même qu'il vivait seulement ceux qui étaient des promesses, aveugle et sourd pour tout ce qui n'annonçait pas l'aventure. Nous oublions*ᵃ* que l'avenir n'était pas encore là; le type se promenait dans une nuit sans présages, qui lui offrait pêle-mêle ses richesses monotones et il ne choisissait pas.

J'ai voulu que les moments de ma vie se suivent et s'ordonnent comme ceux d'une vie qu'on se rappelle. Autant vaudrait tenter d'attraper le temps par la queue[1].

Dimanche.

J'avais oublié, ce matin, que c'était dimanche. Je suis sorti et je suis allé par les rues comme d'habitude. J'avais emporté *Eugénie Grandet*. Et puis, tout à coup, comme je poussais la grille du Jardin public, j'ai eu l'impression que quelque chose me faisait signe. Le jardin était désert et nu. Mais... comment dire ? Il n'avait pas son aspect ordinaire, il me souriait. Je suis resté un moment appuyé contre la grille et puis, brusquement, j'ai compris que c'était dimanche. C'était là sur les arbres, sur les pelouses comme un léger sourire. Ça ne pouvait pas se décrire, il aurait fallu prononcer très vite : « C'est un jardin public, l'hiver, un matin de dimanche. »

J'ai lâché la grille, je me suis retourné vers les maisons et les rues bourgeoises et j'ai dit à mi-voix : « C'est dimanche. »

C'est dimanche : derrière les docks, le long de la mer, près de la gare aux marchandises, tout autour de la ville il y a des hangars vides et des machines immobiles dans le noir. Dans toutes les maisons, des hommes se rasent derrière leurs fenêtres; ils ont la tête renversée, ils fixent tantôt leur miroir et tantôt le ciel froid pour savoir s'il fera beau. Les bordels ouvrent à leurs premiers clients, des campagnards et des soldats. Dans les églises, à la clarté des cierges, un homme boit du vin devant des femmes à genoux. Dans tous les faubourgs, entre les murs interminables des usines, de longues files noires se sont mises en marche, elles avancent lentement sur le centre de la ville. Pour les recevoir, les rues ont pris leur aspect des jours d'émeute : tous les magasins, sauf ceux de la rue Tournebride, ont baissé leurs tabliers de fer. Bientôt, en silence, les colonnes noires vont envahir ces rues qui font les mortes : d'abord viendront les cheminots de Tourville et leurs femmes qui travaillent aux savonneries de Saint-Symphorin, puis les petits bourgeois de Jouxtebouville, puis les ouvriers des filatures Pinot, puis tous les bricoleurs du quartier Saint-Maxence; les hommes de Thiérache arriveront les derniers par le tramway de onze heures. Bientôt la foule des dimanches va naître, entre des magasins verrouillés et des portes closes.

Une horloge sonne la demie de dix heures et je me mets en route : le dimanche, à cette heure-ci, on peut voir[a] à Bouville un spectacle de qualité, mais il ne faut pas arriver trop tard après[b] la sortie de la grand-messe.

La petite rue Joséphin-Soulary[c1] est morte, elle sent la cave. Mais, comme tous les dimanches, un bruit somptueux l'emplit, un bruit de marée. Je tourne dans la rue du Président-Chamart, dont les maisons ont trois étages, avec de longues persiennes blanches. Cette rue de notaires est toute possédée par la volumineuse rumeur du dimanche. Dans le passage Gillet, le bruit croît encore et je le reconnais : c'est un bruit que font des hommes. Puis soudain, sur la gauche, il se produit comme un éclatement de lumière et de sons. Je suis arrivé : voici la rue Tournebride, je n'ai qu'à prendre

rang parmi mes semblables et je vais voir les messieurs
bien échanger des coups de chapeau.

Il y a seulement soixante ans nul n'aurait osé prévoir
le miraculeux destin de la rue Tournebride, que les
habitants de Bouville appellent aujourd'hui le Petit
Prado. J'ai vu un plan daté de 1847 où elle ne figurait
même pas. Ce devait être alors un boyau noir et puant,
avec une rigole qui charriait, entre les pavés, des têtes
et des entrailles de poissons. Mais, à la fin de 1873,
l'Assemblée nationale déclara d'utilité publique la construction d'une église sur la colline Montmartre[1]. Peu de
mois après, la femme du maire de Bouville eut une
apparition : sainte Cécile, sa patronne, vint lui faire des
remontrances. Était-il supportable que l'élite se crottât
tous les dimanches pour aller à Saint-René ou à Saint-
Claudien entendre la messe avec les boutiquiers ? L'Assemblée nationale n'avait-elle pas donné l'exemple ?
Bouville avait à présent, grâce à la protection du Ciel,
une situation économique de premier ordre; ne conve-
nait-il pas de bâtir une église pour rendre grâces au
Seigneur ?

Ces visions furent agréées : le Conseil municipal tint
une séance historique et l'évêque accepta de recueillir
les souscriptions. Restait à choisir l'emplacement. Les
vieilles familles de négociants et d'armateurs étaient
d'avis qu'on élevât l'édifice au sommet du Coteau Vert[2],
où elles habitaient, « afin que sainte Cécile veillât sur
Bouville comme le Sacré-Cœur de Jésus sur Paris ». Les
nouveaux messieurs du boulevard Maritime[3], encore peu
nombreux, mais fort riches, se firent tirer l'oreille : ils
donneraient ce qu'il faudrait, mais on construirait l'église
sur la place Marignan; s'ils payaient pour une église, ils
entendaient pouvoir en user; ils n'étaient pas fâchés de
faire sentir leur puissance à cette altière bourgeoisie qui
les traitait comme des parvenus. L'évêque s'avisa d'un
compromis : l'église fut construite à mi-chemin du
Coteau Vert et du boulevard Maritime, sur la place de la
Halle-aux-Morues, qu'on baptisa place Sainte-Cécile-de-
la-Mer. Ce monstrueux édifice, qui fut terminé en 1887,
ne coûta pas moins de quatorze millions.

La rue Tournebride, large mais sale et mal famée, dut
être entièrement reconstruite et ses habitants furent fermement refoulés derrière la place Sainte-Cécile; le Petit

Prado est devenu — surtout le dimanche matin — le rendez-vous des élégants et des notables. Un à un, de beaux magasins se sont ouverts sur le passage de l'élite. Ils restent ouverts le lundi de Pâques, toute la nuit de Noël, tous les dimanches jusqu'à midi. À côté de Julien, le charcutier, dont les pâtés chauds sont renommés, le pâtissier Foulon expose ses spécialités fameuses, d'admirables petits fours coniques en beurre mauve, surmontés d'une violette de sucre. À la vitrine du libraire Dupaty[1], on voit les nouveautés de chez Plon[2], quelques ouvrages techniques, tels qu'une théorie du Navire ou un traité de la Voilure, une grande histoire illustrée de Bouville et des éditions de luxe élégamment disposées : *Königsmark*[3], relié en cuir bleu, *Le Livre de mes fils*[4], de Paul Doumer, relié en cuir beige avec des fleurs pourpres. Ghislaine « Haute couture, modèles parisiens » sépare Piégeois[a], le fleuriste, de Paquin, l'antiquaire. Le coiffeur Gustave, qui emploie quatre manucures, occupe le premier étage d'un immeuble tout neuf peint en jaune.

Il y a deux ans, au coin de l'impasse des Moulins-Gémeaux[5] et de la rue Tournebride, une impudente petite boutique étalait encore une réclame pour le Tu-pu-nez, produit insecticide. Elle avait fleuri au temps que l'on criait la morue sur la place Sainte-Cécile, elle avait cent[b] ans. Les vitres de la devanture étaient rarement lavées : il fallait faire effort pour distinguer, à travers la poussière et la buée, une foule de petits personnages de cire revêtus de pourpoints couleur de feu, qui figuraient des rats et des souris. Ces animaux débarquaient d'un navire de haut bord en s'appuyant sur des cannes ; à peine avaient-ils touché terre qu'une paysanne, coquettement vêtue, mais livide et noire de crasse, les mettait en fuite en les aspergeant de Tu-pu-nez. J'aimais beaucoup cette boutique, elle avait un air cynique et entêté, elle rappelait avec insolence les droits de la vermine et de la crasse, à deux pas de l'église la plus coûteuse de France.

La vieille herboriste est morte l'an dernier et son neveu a vendu la maison. Il a suffi d'abattre quelques murs : c'est maintenant une petite salle de conférence, « La Bonbonnière ». Henry Bordeaux, l'année dernière, y a fait une causerie sur l'Alpinisme[6].

Dans la rue Tournebride, il ne faut pas être pressé :
les familles marchent lentement. Quelquefois on gagne
un rang parce que toute une famille est entrée chez
Foulon ou chez Piégeois. Mais, à d'autres moments, il
faut s'arrêter et marquer le pas parce que deux familles,
appartenant, l'une à la colonne montante et l'autre à la
colonne descendante, se sont rencontrées et solidement
agrippées par les mains. J'avance à petits pas. Je domine
les deux colonnes de toute la tête et je vois des chapeaux,
une mer de chapeaux. La plupart sont noirs et durs.
De temps à autre, on en voit un qui s'envole au bout
d'un bras et découvre le tendre miroitement d'un crâne;
puis, après quelques instants, d'un vol lourd, il se pose.
Au 16 de la rue Tournebride, le chapelier Urbain, spécialiste de képis, fait planer comme un symbole un
immense chapeau rouge d'archevêque dont les glands
d'or pendent à deux mètres du sol.

On fait halte : juste sous les glands, un groupe vient
de se former. Mon voisin attend sans impatience, les
bras ballants : ce petit vieillard pâle et fragile comme
une porcelaine, je crois bien que c'est Coffier, le président de la Chambre de commerce. Il paraît qu'il est si
intimidant parce qu'il ne dit jamais rien. Il habite, au
sommet du Coteau Vert, une grande maison de briques,
dont les fenêtres sont toujours grandes ouvertes. C'est
fini : le groupe s'est désagrégé, on repart. Un autre vient
de se former, mais il tient moins de place : à peine
constitué, il s'est poussé contre la devanture de Ghislaine. La colonne ne s'arrête même pas : à peine fait-elle
un léger écart; nous défilons devant six personnes qui
se tiennent les mains : « Bonjour, monsieur, bonjour,
cher monsieur, comment allez-vous; mais couvrez-vous
donc, monsieur, vous allez prendre froid; merci,
madame, c'est qu'il ne fait pas chaud. Ma chérie, je te
présente le docteur Lefrançois[a]; docteur, je suis très
heureuse de faire votre connaissance, mon mari me
parle toujours du docteur Lefrançois qui l'a si bien
soigné, mais couvrez-vous donc, docteur, par ce froid
vous prendriez mal. Mais le docteur se guérirait vite;
hélas! madame, ce sont les médecins qui sont les plus
mal soignés; le docteur est un musicien remarquable.
Mon Dieu, docteur, mais je ne savais pas, vous jouez
du violon ? Le docteur a beaucoup de talent. »

Le petit vieux, à côté de moi, c'est sûrement Coffier; il y a une des femmes du groupe, la brune, qui le mange des yeux[1], tout en souriant vers le docteur. Elle a l'air de penser : « Voilà Monsieur Coffier, le président de la Chambre de commerce; comme il a l'air intimidant, il paraît qu'il est si froid. » Mais M. Coffier n'a daigné rien voir : ce sont des gens du boulevard Maritime, ils ne sont pas du monde. Depuis le temps que je viens dans cette rue voir les coups de chapeau du dimanche, j'ai appris à distinguer les gens du Boulevard et ceux du Coteau. Quand un type porte un manteau tout neuf, un feutre souple, une chemise éblouissante, quand il déplace de l'air, il n'y a pas[a] à s'y tromper : c'est quelqu'un du boulevard Maritime. Les gens du Coteau Vert se distinguent par je ne sais quoi de minable et d'affaissé. Ils ont des épaules étroites et un air d'insolence sur des visages usés. Ce gros monsieur qui tient un enfant par la main, je jurerais qu'il est du Coteau : son visage est tout gris et sa cravate est nouée comme une ficelle.

Le gros monsieur s'approche de nous : il regarde fixement M. Coffier. Mais, un peu avant de le croiser, il détourne la tête et se met à plaisanter paternellement avec son petit garçon. Il fait encore quelques pas, penché sur son fils, les yeux plongés dans ses yeux, rien qu'un papa; puis, tout à coup, se tournant prestement vers nous, il jette un coup d'œil vif au petit vieillard et fait un salut ample et sec, avec un rond de bras. Le petit garçon, déconcerté, ne s'est pas découvert : c'est une affaire entre grandes personnes.

À l'angle de la rue Basse-de-Vieille notre colonne bute contre une colonne de fidèles qui sortent de la messe : une dizaine de personnes se heurtent et se saluent en tourbillonnant, mais les coups de chapeau partent trop vite pour que je puisse les détailler; au-dessus de cette foule grasse et pâle, l'église Sainte-Cécile dresse sa monstrueuse masse blanche : un blanc de craie sur un ciel sombre; derrière ces murailles éclatantes, elle retient dans ses flancs un peu du noir de la nuit. On repart, dans un ordre légèrement modifié. M. Coffier a été repoussé derrière moi. Une dame en bleu marine s'est collée contre mon flanc gauche. Elle vient de la messe. Elle cligne des yeux, un peu éblouie de retrouver

le matin. Ce monsieur qui marche devant elle et qui a
une nuque si maigre, c'est son mari.

Sur l'autre trottoir, un monsieur, qui tient sa femme
par le bras, vient de lui glisser quelques mots à l'oreille
et s'est mis à sourire. Aussitôt, elle dépouille soigneusement de toute expression sa face crémeuse et fait quelques
pas[a] en aveugle. Ces signes ne trompent pas : ils vont
saluer. En effet, au bout d'un instant, le monsieur jette
sa main en l'air. Quand ses doigts sont à proximité de
son feutre, ils hésitent une seconde avant de se poser
délicatement sur la coiffe. Pendant qu'il soulève doucement son chapeau, en baissant un peu la tête pour aider
à l'extraction, sa femme fait un petit saut en inscrivant
sur son visage un sourire jeune. Une ombre les dépasse
en s'inclinant; mais leurs deux sourires jumeaux ne
s'effacent pas sur-le-champ : ils demeurent quelques
instants sur leurs lèvres, par une espèce de rémanence.
Quand le monsieur et la dame me croisent, ils ont repris
leur impassibilité, mais il leur reste encore un air gai
autour de la bouche.

C'est fini : la foule est moins dense, les coups de chapeau se font plus rares, les vitrines des magasins ont
quelque chose de moins exquis : je suis au bout de la
rue Tournebride. Vais-je traverser et remonter la rue
sur l'autre trottoir ? Je crois que j'en ai assez : j'ai assez
vu de ces crânes roses, de ces faces menues, distinguées,
effacées. Je vais traverser la place Marignan. Comme je
m'extirpe avec précaution de la colonne, une tête de
vrai monsieur jaillit tout près de moi d'un chapeau noir.
C'est le mari de la dame en bleu marine. Ah! le beau
long crâne de dolichocéphale, planté de cheveux courts
et drus, la belle moustache américaine, semée de fils
d'argent. Et le sourire, surtout, l'admirable sourire
cultivé. Il y a un lorgnon, aussi, quelque part sur un
nez.

Il se retournait sur sa femme et lui disait :

« C'est un nouveau dessinateur de l'usine. Je me
demande ce qu'il peut faire ici. C'est un bon petit
garçon, il est timide, il m'amuse. »

Contre la glace du charcutier Julien, le jeune dessinateur qui vient de se recoiffer, encore tout rose, les yeux
baissés, l'air obstiné, garde tous les dehors d'une intense
volupté. C'est le premier dimanche, sans aucun doute,

qu'il ose traverser la rue Tournebride. Il a l'air d'un premier communiant. Il a croisé ses mains derrière son dos et tourné son visage vers la vitrine avec un air de pudeur tout à fait excitant; il regarde sans les voir quatre andouillettes brillantes de gelée qui s'épanouissent sur leur garniture de persil.

Une femme sort de la charcuterie et lui prend le bras. C'est sa femme, elle est toute jeune malgré sa peau rongée. Elle peut bien rôder aux abords de la rue Tournebride, personne ne la prendra pour une dame; elle est trahie par l'éclat cynique de ses yeux, par son air raisonnable et averti. Les vraies dames ne savent pas le prix des choses, elles aiment les belles folies; leurs yeux sont de belles fleurs candides, des fleurs de serre.

J'arrive[a] sur le coup d'une heure à la brasserie Vézelise[1]. Les vieillards sont là, comme d'habitude. Deux d'entre eux ont déjà commencé leur repas. Il y en a quatre qui font la manille en buvant l'apéritif. Les autres sont debout et les regardent jouer pendant qu'on met leur couvert. Le plus grand, qui a une barbe de fleuve, est agent de change. Un autre est commissaire en retraite de l'Inscription maritime. Ils mangent et boivent comme à vingt ans. Le dimanche ils prennent de la choucroute. Les derniers arrivés interpellent les autres, qui mangent déjà :

« Alors ? toujours la choucroute dominicale ? »

Ils s'asseyent et soupirent d'aise :

« Mariette, mon petit, un demi sans faux col et une choucroute. »

Cette Mariette est une gaillarde. Comme je m'assieds à une table du fond, un vieillard écarlate se met à tousser de fureur pendant qu'elle lui sert un vermouth.

« Versez-m'en davantage, voyons », dit-il en toussant.

Mais elle se fâche à son tour : elle n'avait pas fini de verser :

« Mais laissez-moi verser, qui est-ce qui vous dit quelque chose ? Vous êtes comme la personne qui se contrarie avant qu'on lui cause. »

Les autres se mettent à rire.

« Touché ! »

L'agent de change, en allant s'asseoir, prend Mariette par les épaules :

« C'est dimanche, Mariette. On va au cinéma cet après-midi, avec son petit homme ?

— Ah bien oui! C'est le jour d'Antoinette. En fait de petit homme c'est moi qui m'appuie la journée[a]. »

L'agent de change s'est assis, en face d'un vieillard tout rasé, à l'air malheureux. Le vieillard rasé commence aussitôt un récit animé. L'agent de change ne l'écoute pas : il fait des grimaces et tire sur sa barbe. Ils ne s'écoutent jamais.

Je reconnais mes voisins : ce sont des petits commerçants du voisinage. Le dimanche, leur bonne a « campo ». Alors ils viennent ici et s'installent toujours à la même table. Le mari mange une belle côte de bœuf rose. Il la regarde de près et renifle de temps en temps. La femme chipote dans son assiette. C'est une forte blonde de quarante ans avec des joues rouges et cotonneuses. Elle a de beaux seins durs sous sa blouse de satin. Elle siffle, comme un homme, sa bouteille de bordeaux rouge à chaque repas.

Je vais lire *Eugénie Grandet*. Ce n'est pas que j'y trouve grand plaisir : mais il faut bien faire quelque chose. J'ouvre le livre au hasard : la mère et la fille parlent de l'amour naissant d'Eugénie :

Eugénie lui baisa la main en disant[1] :
« Combien tu es bonne, ma chère Maman! »
Ces paroles firent rayonner le vieux visage maternel, flétri par de longues douleurs :
« Le trouves-tu bien ? » demanda Eugénie.
Madame Grandet ne répondit que par un sourire; puis, après un moment de silence, elle dit à voix basse :
« L'aimerais-tu donc déjà ? Ce serait mal.
— Mal, reprit Eugénie, pourquoi ? Il te plaît, il plaît à Nanon, pourquoi ne me plairait-il pas ? Tiens, Maman, mettons la table pour son déjeuner. »
Elle jeta son ouvrage, sa mère en fit autant en lui disant :
« Tu es folle! »
Mais elle se plut à justifier la folie de sa fille en la partageant.
Eugénie appela Nanon.
« Quoi, que voulez-vous encore, Mamselle[2] ?
— Nanon, tu auras bien de la crème pour midi ?
— Ah! Pour midi, oui, répondit la vieille servante.

— *Eh bien, donne-lui du café bien fort, j'ai entendu dire à Monsieur des Grassins que le café se faisait bien fort à Paris. Mets-en beaucoup.*

— *Et où voulez-vous que j'en prenne ?*

— *Achètes-en.*

— *Et si Monsieur me rencontre ?*

— *Il est à ses prés... »*

Mes voisins étaient demeurés silencieux depuis mon arrivée, mais, tout à coup, la voix du mari me tira de ma lecture.

Le mari, d'un air amusé et mystérieux :

« Dis donc, tu as vu ? »

La femme sursaute et le regarde, sortant d'un rêve. Il mange et boit, puis reprend, du même air malicieux :

« Ha, ha ! »

Un silence, la femme est retombée dans son rêve. Tout à coup elle frissonne et demande :

« Qu'est-ce que tu dis ?

— Suzanne hier.

— Ah oui ! dit la femme, elle avait été voir Victor.

— Qu'est-ce que je t'avais dit ? »

La femme repousse son assiette d'un air impatienté.

« Ce n'est pas bon. »

Les bords de son assiette sont garnis des boulettes de viande grise qu'elle a recrachées[a]. Le mari poursuit son idée.

« Cette petite femme-là... »

Il se tait et sourit vaguement. En face de nous le vieil agent de change caresse le bras de Mariette en soufflant un peu. Au bout d'un moment :

« Je te l'avais dit, l'autre jour.

— Qu'est-ce que tu m'avais dit ?

— Victor, qu'elle irait le voir. Qu'est-ce qu'il y a », demande-t-il brusquement d'un air effaré[b], « tu n'aimes pas ça ?

— Ce n'est pas bon.

— Ça n'est plus ça, dit-il avec importance, ça n'est plus comme du temps de Hécart. Tu sais où il est, Hécart ?

— Il est à Domrémy, non ?

— Oui, oui, qui te l'a dit ?

— Toi, tu me l'as dit dimanche. »

Elle mange une mie de pain qui traîne sur la nappe
en papier. Puis, en lissant de la main le papier sur le
bord de la table, avec hésitation :

« Tu sais, tu te trompes, Suzanne est plus...

— Ça se peut, ma petite fille, ça se peut bien »,
répond-il distraitement. Il cherche des yeux Mariette,
il lui fait signe.

« Il fait chaud. »

Mariette s'appuie familièrement sur le bord de la
table.

« Oh oui, il fait chaud, dit la femme en gémissant,
on étouffe ici et puis le bœuf n'est pas bon, je le dirai
au patron, ça n'est plus ça, ouvrez donc un peu le vasis-
tas, ma petite Mariette. »

Le mari reprend son air amusé :

« Dis donc, tu n'as pas vu ses yeux ?

— Mais quand, mon coco ? »

Il la singe avec impatience :

« Mais quand, mon coco ? C'est bien toi : en été
quand il neige.

— Hier tu veux dire ? Ah bon! »

Il rit, il regarde au loin, il récite très vite, avec une
certaine application :

« Des yeux de chat qui fait dans la braise. »

Il est si satisfait qu'il paraît avoir oublié ce qu'il voulait dire. Elle s'égaie à son tour, sans arrière-pensée.

« Ha, ha, gros malin. »

Elle lui frappe de petits coups sur l'épaule.

« Gros malin, gros malin. »

Il répète avec plus d'assurance :

« De chat qui fait dans la braise. »

Mais elle ne rit plus :

« Non, sérieusement, tu sais, elle est sérieuse. »

Il se penche, il lui chuchote une longue histoire à
l'oreille. Elle garde un moment la bouche ouverte, le
visage un peu tendu et hilare, comme quelqu'un qui va
pouffer, puis, brusquement, elle se rejette en arrière et
lui griffe les mains.

« Ça n'est pas vrai, ça n'est pas vrai. »

Il dit d'un ton raisonnable et posé :

« Écoute-moi, mon petit, puisqu'il l'a dit : si ça
n'était pas vrai pourquoi est-ce qu'il l'aurait dit ?

— Non, non.

« — Mais puisqu'il l'a dit : écoute, suppose... »
Elle se met à rire :
« Je ris parce que je pense à René.
— Oui. »
Il rit aussi. Elle reprend, d'une voix basse et importante :
« Alors, c'est qu'il s'en est aperçu mardi.
— Jeudi.
— Non mardi, tu sais bien à cause du... »
Elle dessine dans les airs une espèce d'ellipse.
Long silence. Le mari trempe de la mie de pain dans sa sauce. Mariette change les assiettes et leur apporte des tartes. Tout à l'heure, moi aussi je prendrai une tarte. Soudain la femme un peu rêveuse, un sourire fier et un peu scandalisé aux lèvres, énonce d'une voix traînante :
« Oh non, toi tu sais! »
Il y a tant de sensualité dans sa voix qu'il s'émeut, il lui caresse la nuque de sa main grasse.
« Charles, tais-toi, tu m'excites, mon chéri », murmure-t-elle en souriant, la bouche pleine.
J'essaie de reprendre ma lecture :

« *Et où voulez-vous que j'en prenne ?*
— *Achètes-en.*
— *Et si Monsieur me rencontre ?* »

Mais j'entends encore la femme qui dit :
« Dis, Marthe, je vais la faire rire, je vais lui raconter. »
Mes voisins[a] se sont tus. Après la tarte, Mariette leur a donné des pruneaux et la femme est tout occupée à pondre gracieusement les noyaux dans sa cuiller. Le mari, l'œil au plafond, tapote une marche sur la table. On dirait que leur état normal est le silence et la parole une petite fièvre qui les prend quelquefois.

« *Et où voulez-vous que j'en prenne ?*
— *Achètes-en.* »

Je ferme le livre, je vais me promener.
Quand je suis sorti de la brasserie Vézelise, il était près de trois heures; je sentais l'après-midi dans tout

mon corps alourdi. Pas mon après-midi : la leur, celle
que cent mille Bouvillois allaient vivre en commun. À
cette même heure, après le copieux et long déjeuner
du dimanche, ils se levaient de table[a] et, pour eux,
quelque chose était mort. Le dimanche avait usé sa
légère jeunesse. Il fallait digérer le poulet et la tarte,
s'habiller pour sortir.

La sonnerie du Ciné-Eldorado retentissait dans l'air
clair. C'est un bruit familier du dimanche, cette sonnerie
en plein jour. Plus de cent personnes faisaient queue, le
long du mur vert. Elles attendaient avidement l'heure
des douces ténèbres, de la détente, de l'abandon, l'heure
où l'écran, luisant comme un caillou blanc sous les
eaux, parlerait et rêverait pour elles. Vain désir : quelque
chose en elles resterait contracté; elles avaient trop peur
qu'on ne leur gâchât leur beau dimanche. Tout à
l'heure[b] comme chaque dimanche, elles allaient être
déçues : le film serait idiot, leur voisin fumerait la pipe
et cracherait entre ses genoux, ou bien Lucien serait si
désagréable, il n'aurait pas un mot gentil ou bien, comme
par un fait exprès, justement aujourd'hui, pour une fois
qu'on allait au cinéma, leur douleur intercostale allait
renaître. Tout à l'heure, comme chaque dimanche, de
sourdes petites colères grandiraient dans la salle obscure[1].

J'ai suivi la calme rue Bressan. Le soleil avait dissipé
les nuages, il faisait beau. Une famille venait de sortir
de la villa *La Vague*[2]. La fille[c] boutonnait ses gants sur
le trottoir. Elle pouvait avoir trente ans. La mère,
plantée sur la première marche du perron, regardait droit
devant elle, d'un air assuré, en respirant largement. Du
père, je ne voyais que le dos énorme. Courbé sur la
serrure, il fermait la porte à clef. La maison resterait
vide et noire jusqu'à leur retour. Dans les maisons voisines, déjà verrouillées et désertes, les meubles et les
parquets craquaient doucement. Avant de sortir, on
avait éteint le feu dans la cheminée de la salle à manger.
Le père rejoignit les deux femmes, et la famille, sans un
mot, se mit en marche. Où allaient-ils ? Le dimanche
on va au cimetière monumental, ou bien l'on rend visite
à des parents, ou bien, si l'on est tout à fait libre, on va
se promener sur la Jetée[3]. J'étais libre : je suivis[d] la rue
Bressan qui débouche sur la Jetée-Promenade.

Le ciel était d'un bleu pâle : quelques fumées, quelques

aigrettes; de temps à autre un nuage à la dérive passait devant le soleil. Je voyais au loin la balustrade de ciment blanc qui court le long de la Jetée-Promenade, la mer brillait à travers les ajours. La famille prit sur la droite, la rue de l'Aumônier-Hilaire, qui grimpe au Coteau Vert. Je les vis monter à pas lents, ils faisaient trois taches noires sur le miroitement de l'asphalte. Je tournai à gauche et j'entrai dans la foule qui défilait au bord de la mer.

Elle était plus mêlée que le matin. Il semblait que tous ces hommes n'eussent plus la force de soutenir cette belle hiérarchie sociale dont, avant déjeuner, ils étaient si fiers. Les négociants et les fonctionnaires marchaient côte à côte; ils se laissaient[a] coudoyer, heurter même et déplacer par de petits employés à la mine pauvre. Les aristocraties, les élites, les groupements professionnels avaient fondu dans cette foule tiède. Il restait des hommes, presque seuls, qui ne représentaient plus.

Une flaque de lumière au loin, c'était la mer à marée basse. Quelques écueils à fleur d'eau trouaient de leurs têtes cette surface de clarté. Sur le sable gisaient des barques de pêche, non loin des cubes de pierre gluants qu'on a jetés pêle-mêle au pied de la Jetée, pour la protéger des vagues et qui laissent entre eux des trous pleins de grouillements. À l'entrée de l'avant-port, sur le ciel blanchi par le soleil, une drague découpait son ombre. Tous les soirs, jusqu'à minuit, elle hurle et gémit et mène un train de tous les diables. Mais le dimanche, les ouvriers se promènent à terre, il n'y a qu'un gardien à bord : elle se tait.

Le soleil était clair et diaphane : un petit vin blanc. Sa lumière effleurait à peine les corps, ne leur donnait pas d'ombres, pas de relief : les visages et les mains faisaient des taches d'or pâle. Tous ces hommes en pardessus semblaient flotter doucement à quelques pouces du sol[b]. De temps en temps le vent poussait sur nous des ombres qui tremblaient comme de l'eau; les visages s'éteignaient un instant, devenaient crayeux.

C'était dimanche; encaissée entre la balustrade et les grilles des chalets de plaisance, la foule s'écoulait à petits flots, pour s'aller perdre en mille ruisseaux derrière le grand hôtel de la Compagnie Transatlantique. Que d'enfants! Enfants en voiture, dans les bras, à la main ou

marchant par deux, par trois, devant*ᵃ* leurs parents, d'un
air gourmé. Tous ces visages, je les avais vus, peu
d'heures auparavant, presque triomphants, dans la jeunesse d'un matin de dimanche. À présent, ruisselants*ᵇ*
de soleil, ils n'exprimaient plus rien que le calme, la
détente, une espèce d'obstination.

Peu de gestes : on donnait bien encore quelques
coups de chapeau mais sans l'ampleur, sans la gaieté
nerveuse du matin. Les gens se laissaient tous aller un
peu en arrière, la tête levée, le regard au loin, abandonnés au vent qui les poussait en gonflant leurs manteaux.
De temps en temps un rire sec, vite étouffé ; le cri d'une
mère, Jeannot, Jeannot, veux-tu bien. Et puis le silence.
Légère odeur de tabac blond : ce sont les commis qui
fument. Salammbô, Aïcha[1], cigarettes du dimanche. Sur
quelques visages, plus abandonnés, je crus lire un peu
de tristesse : mais non, ces gens n'étaient pas tristes, ni
gais : ils se reposaient. Leurs yeux grands ouverts et
fixes reflétaient passivement la mer et le ciel. Tout à
l'heure ils allaient rentrer, ils boiraient une tasse de thé,
en famille, sur la table de la salle à manger. Pour l'instant ils voulaient vivre avec le moins de frais, économiser les gestes, les paroles, les pensées, faire la planche :
ils n'avaient qu'un seul jour pour effacer leurs rides,
leurs pattes d'oie, les plis amers que donne le travail de
la semaine. Un seul jour. Ils sentaient les minutes couler
entre leurs doigts ; auraient-ils le temps d'amasser assez
de jeunesse pour repartir à neuf le lundi matin ? Ils respiraient à pleins poumons parce que l'air de la mer vivi-
fie : seuls leurs souffles, réguliers et profonds comme
ceux des dormeurs, témoignaient encore de leur vie. Je
marchais à pas de loup, je ne savais que faire de mon
corps dur et frais, au milieu de cette foule tragique qui
se reposait.

La mer était maintenant couleur d'ardoise ; elle montait lentement. Elle serait haute à la nuit ; cette nuit la
Jetée-Promenade serait plus déserte que le boulevard
Victor-Noir. En avant et sur la gauche un feu rouge
brillerait dans le chenal.

Le soleil descendait lentement sur la mer. Il incendiait
au passage la fenêtre d'un chalet normand. Une femme
éblouie porta d'un air las une main à ses yeux et agita
la tête.

« Gaston, ça m'éblouit, dit-elle avec un rire hésitant.

— Hé! C'est un bon petit soleil, dit son mari, ça ne chauffe pas, mais ça fait tout de même plaisir. »

Elle dit encore, en se tournant vers la mer :

« Je croyais qu'on l'aurait vue.

— Aucune chance, dit l'homme, elle est dans le soleil. »

Ils devaient parler de l'île Caillebotte, dont on aurait dû voir la pointe méridionale entre la drague et le quai de l'avant-port.

La lumière s'adoucit. Dans cette heure instable, quelque chose annonçait le soir. Déjà ce dimanche avait un passé. Les villas et la balustrade grise semblaient des souvenirs tout proches. Un à un les visages perdaient leur loisir, plusieurs devinrent presque tendres.

Une femme enceinte s'appuyait sur un jeune homme blond qui avait l'air brutal.

« Là, là, là, regarde, dit-elle.

— Quoi ?

— Là, là, les mouettes. »

Il haussa les épaules : il n'y avait pas de mouettes. Le ciel était devenu presque pur, un peu rose à l'horizon.

« Je les ai entendues. Écoute, elles crient. »

Il répondit :

« C'est quelque chose qui a grincé. »

Un bec de gaz brilla. Je crus que l'allumeur de réverbères était passé. Les enfants le guettent, car il donne le signal du retour. Mais ce n'était qu'un dernier reflet du soleil. Le ciel était encore clair, mais la terre baignait dans la pénombre. La foule s'éclaircissait, on entendait distinctement le râle de la mer. Une jeune femme, appuyée des deux mains à la balustrade, leva vers le ciel sa face bleue, barrée de noir par le fard des lèvres. Je me demandai, un instant, si je n'allais pas aimer les hommes. Mais, après tout, c'était leur dimanche et non le mien[1].

La première lumière qui s'alluma fut celle du phare Caillebotte; un petit garçon s'arrêta près de moi et murmura d'un air d'extase : « Oh! le phare! »

Alors je sentis mon cœur gonflé d'un grand sentiment d'aventure[2].

★

Je tourne sur la gauche et, par la rue des Voiliers, je rejoins le Petit Prado. On a baissé le rideau de fer sur les vitrines. La rue Tournebride est claire mais déserte, elle a perdu sa brève gloire du matin; rien ne la distingue plus, à cette heure, des rues avoisinantes. Un vent assez fort s'est levé. J'entends grincer le chapeau de tôle de l'archevêque.

Je suis seul, la plupart des gens sont rentrés dans leurs foyers, ils lisent le journal du soir en écoutant la T. S. F. Le dimanche qui finit leur a laissé un goût de cendre et déjà leur pensée se tourne vers le lundi. Mais il n'y a pour moi ni lundi ni dimanche : il y a des jours qui se poussent en désordre, et puis, tout d'un coup, des éclairs comme celui-ci.

Rien n'a changé et pourtant tout existe d'une autre façon. Je ne peux pas décrire; c'est comme la Nausée et pourtant c'est juste le contraire : enfin une aventure m'arrive et quand je m'interroge, je vois qu'*il m'arrive que je suis moi et que je suis ici* ; c'est *moi* qui fends la nuit, je suis heureux comme un héros de roman.

Quelque chose va se produire : dans l'ombre de la rue Basse-de-Vieille, il y a quelque chose qui m'attend, c'est là-bas, juste à l'angle de cette rue calme, que ma vie va commencer. Je me vois avancer, avec le sentiment de la fatalité. Au coin de la rue, il y a une espèce de borne blanche. De loin, elle paraissait toute noire et, à chaque enjambée, je la vire un peu plus au blanc. Ce corps obscur qui s'éclaire peu à peu me fait une impression extraordinaire : quand il sera tout clair, tout blanc, je m'arrêterai, juste à côté de lui et alors commencera l'aventure. Il est si proche à présent, ce phare blanc qui sort de l'ombre, que j'ai presque peur : je songe un instant à retourner sur mes pas. Mais il n'est pas possible de rompre le charme. J'avance, j'étends la main, je touche la borne.

Voici la rue Basse-de-Vieille et l'énorme masse de Sainte-Cécile tapie dans l'ombre et dont les vitraux luisent. Le chapeau de tôle grince. Je ne sais si le monde s'est soudain resserré ou si c'est moi qui mets entre les sons et les formes une unité si forte : je ne puis même pas concevoir que rien de ce qui m'entoure soit autre qu'il n'est.

Je m'arrête un instant, j'attends, je sens mon cœur

battre; je fouille des yeux la place déserte. Je ne vois rien. Un vent assez fort s'est levé. Je me suis trompé, la rue Basse-de-Vieille n'était qu'un relais : la *chose* m'attend au fond de la place Ducoton.

Je ne suis pas pressé de me remettre en marche. Il me semble que j'ai touché la cime de mon bonheur. À Marseille, à Shanghaï, à Meknès, que n'ai-je fait pour gagner un sentiment si plein ? Aujourd'hui je n'attends plus rien, je rentre chez moi, à la fin d'un dimanche vide : il est là.

Je repars. Le vent m'apporte le cri d'une sirène. Je suis tout seul, mais je marche comme une troupe qui descend sur une ville[1]. Il y a, en cet instant, des navires qui résonnent de musique sur la mer; des lumières s'allument dans toutes les villes d'Europe; des communistes et des nazis font le coup de feu dans les rues de Berlin, des chômeurs battent le pavé de New York, des femmes, devant leurs coiffeuses, dans une chambre chaude, se mettent du rimmel sur les cils. Et moi je suis là, dans cette rue déserte et chaque coup de feu qui part d'une fenêtre de Neukölln, chaque hoquet sanglant des blessés qu'on emporte, chaque geste précis et menu des femmes qui se parent répond à chacun de mes pas, à chaque battement de mon cœur[2].

Devant le passage Gillet, je ne sais plus que faire. Est-ce qu'on ne m'attend pas au fond du passage ? Mais il y a aussi, place Ducoton, au bout de la rue Tournebride, une certaine chose qui a besoin de moi pour naître. Je suis plein d'angoisse : le moindre geste m'engage. Je ne peux pas deviner ce qu'on veut de moi. Il faut pourtant choisir : je sacrifie le passage Gillet, j'ignorerai toujours ce qu'il me réservait.

La place Ducoton est vide. Est-ce que je me suis trompé ? Il me semble que je ne le supporterais pas. Est-ce que vraiment il n'arrivera rien ? Je m'approche des lumières du café Mably. Je suis désorienté, je ne sais si je vais entrer : je jette un coup d'œil à travers les grandes vitres embuées.

La salle est bondée. L'air est bleu à cause de la fumée des cigarettes et de la vapeur que dégagent les vêtements humides. La caissière est à son comptoir. Je la connais bien : elle est rousse comme moi; elle a une maladie dans le ventre. Elle pourrit doucement sous ses

jupes avec un sourire mélancolique, semblable à l'odeur
de violette que dégagent parfois les corps en décomposition. Un frisson me parcourt de la tête aux pieds :
c'est... c'est elle qui m'attendait. Elle était là, dressant
son buste immobile au-dessus du comptoir, elle souriait.
Du fond de ce café quelque chose revient en arrière sur
les moments épars de ce dimanche et les soude les uns
aux autres, leur donne un sens : j'ai traversé tout ce
jour pour aboutir là, le front contre cette vitre, pour
contempler ce fin visage qui s'épanouit sur un rideau
grenat. Tout s'est arrêté; ma vie s'est arrêtée : cette
grande vitre, cet air lourd, bleu comme de l'eau, cette
plante grasse et blanche au fond de l'eau, et moi-même,
nous formons un tout immobile et plein : je suis heureux.

Quand je me retrouvai sur le boulevard de la Redoute
il ne me restait plus qu'un amer regret. Je me disais :
« Ce sentiment d'aventure, il n'y a peut-être rien au
monde à quoi je tienne tant[a]. Mais il vient quand il
veut; il repart si vite et comme je suis sec quand il est
reparti! Me fait-il ces courtes visites ironiques pour me
montrer que j'ai manqué ma vie ? »

Derrière moi, dans la ville, dans les grandes rues
droites, aux froides clartés des réverbères, un formidable événement social agonisait : c'était la fin du
dimanche.

Lundi.

Comment ai-je pu écrire, hier, cette phrase absurde
et pompeuse :

« J'étais seul, mais je marchais comme une troupe
qui descend sur une ville. »

Je n'ai pas besoin de faire de phrases. J'écris pour
tirer au clair certaines circonstances. Se méfier de la
littérature. Il faut écrire[b] au courant de la plume; sans
chercher les mots.

Ce qui me dégoûte, au fond, c'est d'avoir été sublime,
hier soir. Quand j'avais vingt ans, je me saoulais et,
ensuite, j'expliquais que j'étais un type dans le genre
de Descartes[1]. Je sentais très bien que je me gonflais
d'héroïsme, je me laissais aller, ça me plaisait. Après

quoi, le lendemain j'étais aussi écœuré que si je m'étais réveillé dans un lit rempli de vomissures. Je ne vomis pas, quand je suis saoul, mais ça vaudrait encore mieux. Hier, je n'avais même pas l'excuse de l'ivresse. Je me suis exalté comme un imbécile. J'ai besoin de me nettoyer avec des pensées[a] abstraites, transparentes comme de l'eau.

Ce sentiment d'aventure ne vient décidément pas des événements : la preuve en est faite. C'est plutôt la façon dont les instants s'enchaînent. Voilà, je pense, ce qui se passe : brusquement on sent que le temps s'écoule, que chaque instant conduit à un autre instant, celui-ci à un autre et ainsi de suite ; que chaque instant s'anéantit, que ce n'est pas la peine d'essayer de le retenir, etc., etc. Et alors on attribue cette propriété aux événements qui vous apparaissent *dans* les instants ; ce qui appartient à la forme, on le reporte sur le contenu. En somme, ce fameux écoulement du temps, on en parle beaucoup mais on ne le voit guère. On voit une femme, on pense qu'elle sera vieille, seulement on ne la *voit* pas vieillir. Mais, par moments, il semble qu'on la *voie* vieillir et qu'on se sente vieillir avec elle : c'est le sentiment d'aventure.

On appelle ça, si je me souviens bien, l'irréversibilité du temps. Le sentiment de l'aventure serait, tout simplement, celui de l'irréversibilité du temps. Mais pourquoi est-ce qu'on ne l'a pas toujours ? Est-ce que le temps ne serait pas toujours irréversible ? Il y a des moments où on a l'impression qu'on peut faire ce qu'on veut, aller de l'avant ou revenir en arrière, que ça n'a pas d'importance ; et puis d'autres où on dirait que les mailles se sont resserrées et, dans ces cas-là, il ne s'agit pas de manquer son coup parce qu'on ne pourrait plus le recommencer.

Anny faisait rendre au temps tout ce qu'il pouvait. À l'époque où elle était à Djibouti et moi à Aden[1], quand j'allais la voir pour vingt-quatre heures, elle s'ingéniait à multiplier les malentendus entre nous, jusqu'à ce qu'il[b] ne restât plus que soixante minutes, exactement, avant mon départ ; soixante minutes, juste le temps qu'il faut pour qu'on sente passer les secondes une à une. Je me rappelle une de ces terribles soirées. Je devais repartir à minuit. Nous étions allés au cinéma[c] en plein air ; nous étions désespérés, elle autant que moi.

Seulement elle menait le jeu. À onze heures, au début
du grand film elle prit ma main et la serra dans les
siennes sans un mot. Je me sentis envahi d'une joie
âcre et je compris, sans avoir besoin de regarder ma
montre, qu'il était onze heures. À partir de cet instant,
nous commençâmes à sentir couler les minutes. Cette
fois-là, nous nous quittions pour trois mois. À un
moment on projeta sur l'écran une image toute blanche,
l'obscurité s'adoucit et je vis qu'Anny pleurait. Puis,
à minuit, elle lâcha ma main, après l'avoir serrée violemment; je me levai et je partis sans lui dire un seul mot.
C'était du travail bien fait.

                                    Sept heures du soir.

    Journée de travail. Ça n'a pas trop mal marché; j'ai
écrit six pages, avec un certain plaisir. D'autant plus
que c'étaient des considérations abstraites sur le règne
de Paul Ier. Après l'orgie d'hier, je suis resté, tout le
jour^a, étroitement boutonné. Il n'aurait pas fallu faire
appel à mon cœur! Mais je me sentais bien à l'aise en
démontant les ressorts de l'autocratie russe.
    Seulement ce Rollebon m'agace. Il fait le mystérieux
dans les plus petites choses. Qu'a-t-il bien pu faire en
Ukraine au mois d'août 1804 ? Il parle de son voyage
en termes voilés :
    « La postérité jugera si mes efforts, que le succès ne
pouvait récompenser, ne méritaient pas mieux qu'un
reniement brutal et des humiliations qu'il a fallu supporter en silence, quand j'avais dans mon sein de quoi
faire taire les railleurs et les précipiter dans la crainte. »
    Je m'y suis laissé prendre une fois : il se montrait
plein de réticences pompeuses au sujet d'un petit
voyage qu'il avait fait à Bouville en 1790. J'ai perdu
un mois à vérifier ses faits et gestes. En fin de compte,
il avait engrossé la fille d'un de ses fermiers. Est-ce que
ce n'est pas tout simplement un cabotin ?
    Je me sens plein d'humeur contre ce petit fat si men-
teur; peut-être est-ce du dépit : j'étais ravi qu'il mentît
aux autres, mais j'aurais voulu qu'il fît une exception
pour moi; je croyais que nous nous entendrions comme
larrons en foire par-dessus la tête de tous ces morts et
qu'il finirait bien par me dire, à moi, la vérité! Il n'a

rien dit, rien du tout; rien de plus qu'à Alexandre ou à Louis XVIII qu'il dupait. Il m'importe beaucoup que Rollebon ait été un type bien. Coquin, sans doute : qui ne l'est pas ? Mais un grand ou un petit coquin ? Je n'estime pas assez les recherches historiques pour perdre mon temps avec un mort dont, s'il était en vie, je ne daignerais pas toucher la main[1]. Que sais-je de lui ? On ne peut rêver plus belle vie que la sienne : mais l'a-t-il faite ? Si seulement ses lettres n'étaient pas si guindées... Ah! Il aurait fallu connaître son regard, peut-être avait-il une façon charmante de pencher la tête sur son épaule, ou de dresser d'un air malin, son long index à côté de son nez, ou bien, quelquefois, entre deux mensonges polis, une brève violence qu'il étouffait aussitôt. Mais il est mort : il reste de lui un *Traité de stratégie* et des *Réflexions sur la vertu*[2].

Si je me laissais aller, je l'imaginerais si bien : sous son ironie brillante et qui a fait tant de victimes, c'est un simple, presque un naïf. Il pense peu, mais, en toute occasion, par une grâce profonde, il fait exactement ce qu'il faut. Sa coquinerie est candide, spontanée, toute généreuse, aussi sincère que son amour de la vertu. Et quand il a bien trahi ses bienfaiteurs et ses amis, il se retourne vers les événements, avec gravité, pour en tirer la morale. Il n'a jamais pensé qu'il eût le moindre droit sur les autres, ni les autres sur lui : les dons que lui fait la vie, il les tient pour injustifiés et gratuits. Il s'attache fortement à toute chose mais s'en détache facilement. Et ses lettres, ses ouvrages, il ne les a jamais écrits lui-même : il les a fait composer par l'écrivain public.

Seulement, si c'était pour en venir là, il fallait plutôt que j'écrive un roman sur le marquis de Rollebon.

Onze heures du soir.

J'ai dîné au Rendez-vous des Cheminots. La patronne étant là, j'ai dû la baiser, mais c'était bien par politesse. Elle me dégoûte un peu, elle est trop blanche et puis elle sent le nouveau-né. Elle me serrait la tête contre sa poitrine dans un débordement de passion : elle croit bien faire. Pour moi, je grappillais distraitement son sexe sous les couvertures; puis mon bras s'est engourdi.

Je pensais à M. de Rollebon : après tout, qu'est-ce qui
m'empêche d'écrire un roman sur sa vie ? J'ai laissé aller
mon bras le long du flanc de la patronne et j'ai vu soudain un petit jardin avec des arbres bas et larges d'où
pendaient d'immenses feuilles couvertes de poils. Des
fourmis couraient partout, des mille-pattes et des tei-
gnes. Il y avait des bêtes encore plus horribles : leur
corps était fait d'une tranche de pain grillé comme on
en met en canapé sous les pigeons ; elles marchaient
de côté avec des pattes de crabe. Les larges feuilles
étaient toutes noires de bêtes. Derrière des cactus et
des figuiers de Barbarie, la Velléda[1] du Jardin public
désignait son sexe du doigt. « Ce jardin sent le vomi,
criai-je[2].

— J'aurais pas voulu vous réveiller, dit la patronne,
mais j'avais un pli du drap sous les fesses et puis il faut
que je descende en bas pour les clients du train de Paris. »

Mardi gras.

J'ai fessé Maurice Barrès[3]. Nous étions trois soldats
et l'un de nous avait un trou au milieu de la figure.
Maurice Barrès s'est approché et nous a dit : « C'est
bien ! » et il a donné à chacun un petit bouquet de violettes. « Je ne sais pas où le mettre », a dit le soldat à
la tête trouée. Alors Maurice Barrès a dit : « Il faut le
mettre au milieu du trou que vous avez dans la tête. »
Le soldat a répondu : « Je vais te le mettre dans le cul. »
Et nous avons retourné Maurice Barrès et nous l'avons
déculotté. Sous sa culotte il y avait une robe rouge de
cardinal. Nous avons relevé la robe et Maurice Barrès
s'est mis à crier : « Attention, j'ai des pantalons à sous-
pieds. » Mais nous l'avons fessé jusqu'au sang et sur
son derrière, nous avons dessiné, avec les pétales des
violettes, la tête de Déroulède.

Je me souviens trop fréquemment de mes rêves,
depuis quelque temps. D'ailleurs, je dois beaucoup
remuer pendant mon sommeil, parce que je trouve tous
les matins mes couvertures par terre. Aujourd'hui c'est
Mardi gras, mais, à Bouville, ça ne signifie pas grand-
chose ; c'est à peine s'il y a, dans toute la ville, une centaine de personnes pour se déguiser.

Comme je descendais l'escalier, la patronne m'a appelé.

« Il y a une lettre pour vous. »

Une lettre : la dernière que j'ai reçue était du conservateur de la bibliothèque de Rouen au mois de mai dernier. La patronne m'emmène dans son bureau; elle me tend une longue enveloppe jaune et renflée : Anny m'a écrit. Voilà cinq ans que je n'avais eu de ses nouvelles. La lettre est allée me chercher à mon ancien domicile de Paris, elle porte le timbre du 1er février.

Je sors; je tiens l'enveloppe entre mes doigts, je n'ose pas l'ouvrir; Anny n'a pas changé son papier à lettres, je me demande si elle l'achète toujours dans la petite papeterie de Piccadilly. Je pense qu'elle a conservé aussi sa coiffure, ses lourds cheveux blonds qu'elle ne voulait pas couper. Elle doit lutter patiemment devant les miroirs pour sauver son visage : ce n'est pas coquetterie ni crainte de vieillir; elle veut rester comme elle est, tout juste comme elle est. C'est peut-être ce que je préférais en elle, cette fidélité puissante et sévère au moindre trait de son image[1].

Les lettres fermes de l'adresse, tracées à l'encre violette (elle n'a pas changé d'encre non plus) brillent encore un peu.

« Monsieur Antoine Roquentin. »

Comme j'aime lire mon nom sur ces enveloppes. Dans un brouillard j'ai retrouvé un de ses sourires, j'ai deviné ses yeux, sa tête inclinée : quand j'étais assis, elle venait se planter devant moi en souriant. Elle me dominait de tout le buste, elle me saisissait aux épaules et me secouait à bras tendus.

L'enveloppe est lourde, elle doit contenir au moins six pages. Les pattes de mouches de mon ancienne concierge chevauchent cette belle écriture :

« Hôtel Printania — Bouville. »

Ces petites lettres-là ne brillent pas.

Quand je décachette la lettre, ma désillusion me rajeunit de six ans[2] :

« Je ne sais comment Anny peut s'y prendre pour gonfler ainsi ses enveloppes : il n'y a jamais rien dedans. »

Cette phrase, je l'ai dite cent fois au printemps de 1924,

en luttant, comme aujourd'hui, pour extraire de la
doublure un bout de papier quadrillé. La doublure est
une splendeur : vert sombre avec des étoiles d'or; on
dirait une lourde étoffe empesée. À elle seule, elle fait
les trois quarts du poids de l'enveloppe.

Anny a écrit au crayon :

« Je passerai à Paris dans quelques jours. Viens me
voir à l'hôtel d'Espagne, le 20 février. Je t'en prie (elle
a rajouté " je t'en prie " au-dessus de la ligne et l'a
rejoint à " me voir " par une curieuse spirale). Il *faut*
que je te voie. Anny. »

À Meknès, à Tanger, quand je rentrais, le soir, je
trouvais parfois un mot sur mon lit : « Je veux te voir
tout de suite. » Je courais, Anny m'ouvrait, les sourcils
levés, l'air étonné : elle n'avait plus rien à me dire; elle
m'en voulait un peu d'être venu. J'irai; peut-être qu'elle
refusera de me recevoir. Ou bien on me dira au bureau
de l'hôtel : « Personne de ce nom n'est descendu chez
nous. » Je ne crois pas qu'elle ferait ça. Seulement elle
peut m'écrire, dans huit jours, qu'elle a changé d'avis
et que ce sera pour une autre fois.

Les gens sont à leur travail. C'est un Mardi gras
bien plat qui s'annonce. La rue des Mutilés sent fortement le bois humide, comme toutes les fois qu'il va
pleuvoir. Je n'aime pas ces drôles de journées : les
cinémas donnent des matinées, les enfants des écoles sont
en vacances; il y a dans les rues un vague petit air de
fête qui ne cesse de solliciter l'attention et s'évanouit
dès qu'on y prend garde.

Je vais sans doute revoir Anny mais je ne peux pas
dire que cette idée me rende précisément joyeux. Depuis
que j'ai reçu sa lettre, je me sens désœuvré. Heureusement il est midi; je n'ai pas faim, mais je vais manger,
pour passer le temps. J'entre chez Camille, rue des
Horlogers[1].

C'est une boîte bien close; on y sert la choucroute ou
le cassoulet toute la nuit. Les gens y viennent souper à
la sortie du théâtre; les sergents de ville y envoient les
voyageurs qui arrivent dans la nuit et qui ont faim.
Huit tables de marbre. Une banquette de cuir court le
long des murs. Deux glaces mangées de taches rousses.
Les vitres des deux fenêtres et de la porte sont en verre
dépoli. Le comptoir est dans un renfoncement. Il y a

aussi une pièce, sur le côté. Mais je n'y suis jamais entré; elle eſt pour les couples.

« Donnez-moi une omelette au jambon. »

La bonne, une énorme fille aux joues rouges, ne peut pas s'empêcher de rire quand elle parle à un homme.

« Je n'ai pas le droit. Voulez-vous une omelette aux pommes de terre ? Le jambon eſt renfermé : il n'y a que le patron qui le coupe. »

Je commande un cassoulet. Le patron s'appelle Camille et c'eſt un dur.

La bonne s'en va. Je suis seul dans cette vieille pièce sombre. Dans mon portefeuille, il y a une lettre d'Anny. Une fausse honte m'empêche de la relire. J'essaie de me rappeler les phrases une à une.

« Mon cher Antoine. »

Je souris : certainement non, certainement Anny n'a pas écrit « mon cher Antoine ».

Il y a six ans — nous venions de nous séparer d'un commun accord — je décidai de partir pour Tokyo. Je lui écrivis quelques mots. Je ne pouvais plus l'appeler « mon cher amour »; je commençai en toute innocence par « ma chère Anny ».

« J'admire ton aisance, me répondit-elle; je n'ai jamais été, je ne suis pas ta chère Anny. Et toi, je te prie de croire que tu n'es pas mon cher Antoine. Si tu ne sais pas comment m'appeler, ne m'appelle pas, cela vaudra mieux. »

Je prends sa lettre dans mon portefeuille. Elle n'a pas écrit « mon cher Antoine ». Au bas de la lettre, il n'y a pas non plus de formule de politesse : « Il faut que je te voie. Anny. » Rien qui puisse me fixer sur ses sentiments. Je ne peux m'en plaindre : je reconnais là son amour du parfait. Elle voulait toujours réaliser des « moments parfaits ». Si l'inſtant ne s'y prêtait pas, elle ne prenait plus d'intérêt à rien, la vie disparaissait de ses yeux, elle traînait paresseusement, avec l'air d'une grande fille à l'âge ingrat. Ou bien encore elle me cherchait querelle :

« Tu te mouches comme un bourgeois, solennelle-ment, et tu toussotes dans ton mouchoir avec satis-faction. »

Il ne fallait pas répondre, il fallait attendre : soudain
à quelque signal, qui m'échappait, elle tressaillait, elle
durcissait ses beaux traits languissants et commençait
son travail de fourmi. Elle avait une magie impérieuse
et charmante ; elle chantonnait entre ses dents en regardant de tous les côtés, puis elle se redressait en souriant,
venait me secouer par les épaules, et, pendant quelques
instants, semblait donner des ordres aux objets qui
l'entouraient. Elle m'expliquait, d'une voix basse et
rapide, ce qu'elle attendait de moi.

« Écoute, tu veux bien faire un effort, n'est-ce pas ?
Tu as été si sot, la dernière fois. Tu vois comme ce
moment-ci pourrait être beau ? Regarde le ciel, regarde
la couleur du soleil sur le tapis. J'ai justement mis ma
robe verte et je ne suis pas fardée, je suis toute pâle.
Recule-toi, va t'asseoir dans l'ombre ; tu comprends ce
que tu as à faire ? Eh bien, voyons ! Que tu es sot !
Parle-moi. »

Je sentais que le succès de l'entreprise était dans
mes mains : l'instant avait un sens obscur qu'il fallait
dégrossir et parfaire ; certains gestes devaient être faits,
certaines paroles dites : j'étais accablé sous le poids de
ma responsabilité, j'écarquillais les yeux et je ne voyais
rien, je me débattais au milieu de rites qu'Anny inventait sur le moment et je les déchirais de mes grands bras
comme des toiles d'araignée. À ces moments-là elle me
haïssait.

Certainement, j'irai la voir. Je l'estime et je l'aime
encore de tout mon cœur. Je souhaite qu'un autre ait eu
plus de chance et plus d'habileté au jeu des moments
parfaits.

« Tes satanés cheveux gâchent tout, disait-elle. Que
veux-tu qu'on fasse d'un homme roux ? »

Elle souriait. J'ai perdu d'abord le souvenir de ses
yeux, puis celui de son long corps. J'ai retenu, le plus
longtemps que j'ai pu, son sourire et puis, il y a trois
ans, je l'ai perdu aussi. Tout à l'heure, brusquement,
comme je prenais la lettre des mains de la patronne, il
est revenu ; j'ai cru voir Anny qui souriait. J'essaie de le
rappeler encore : j'ai besoin de sentir toute la tendresse
qu'Anny m'inspire ; elle est là, cette tendresse, elle est
toute proche, elle ne demande qu'à naître[1]. Mais le sourire ne revient point : c'est fini. Je reste vide et sec.

Un homme est entré, frileusement.

« Messieurs dames, bonjour. »

Il s'assied, sans quitter son pardessus verdi. Il frotte l'une contre l'autre ses longues mains en enchevêtrant ses doigts.

« Qu'est-ce que je vais vous servir ? »

Il sursaute, les yeux inquiets :

« Eh ? Vous me donnerez un Byrrh à l'eau. »

La bonne ne bouge pas. Son visage, dans la glace, a l'air de dormir. En fait, ses yeux sont ouverts, mais ce ne sont que des fentes. Elle est comme ça, elle ne se presse pas de servir les clients, elle prend toujours un moment pour rêver sur leurs commandes. Elle doit s'offrir un petit plaisir d'imagination : je crois qu'elle pense à la bouteille[a] qu'elle va prendre au-dessus du comptoir, à l'étiquette blanche avec des lettres rouges, à l'épais sirop noir qu'elle va verser : c'est un peu comme si elle buvait elle-même.

Je glisse la lettre d'Anny dans mon portefeuille : elle m'a donné ce qu'elle pouvait ; je ne peux pas remonter à la femme qui l'a prise dans ses mains, pliée, mise dans son enveloppe. Est-il seulement possible de penser à quelqu'un au passé ? Tant que nous nous sommes aimés nous n'avons pas permis que le plus infime de nos instants, la plus légère de nos peines se détachât de nous et restât en arrière. Les sons, les odeurs, les nuances du jour, même les pensées que nous ne nous étions pas dites, nous emportions tout et tout restait à vif : nous n'avons pas cessé d'en jouir et d'en souffrir au présent. Pas un souvenir ; un amour implacable et torride, sans ombres, sans recul, sans refuge. Trois années présentes à la fois. C'est pour cela que nous nous sommes séparés : nous n'avions plus assez de force pour supporter ce fardeau. Et puis, quand Anny m'a quitté, d'un seul coup, d'une seule pièce, les trois ans se sont écroulés dans le passé. Je n'ai même pas souffert, je me sentais vide. Ensuite le temps s'est remis à couler et le vide s'est agrandi. Ensuite, à Saïgon, quand j'ai décidé de revenir en France, tout ce qui demeurait encore — des visages étrangers, des places, des quais au bord de longs fleuves —, tout s'est anéanti. Et voilà ; mon passé n'est plus qu'un trou énorme. Mon présent : cette bonne au corsage noir qui rêve près du comptoir, ce petit bonhomme. Tout ce que je sais de ma vie, il me semble que je l'ai appris dans des livres. Les palais de Bénarès, la terrasse du roi Lépreux, les temples de Java avec leurs grands escaliers brisés, se sont un instant reflétés dans mes yeux, mais ils sont restés là-bas, sur place. Le tramway qui passe devant l'hôtel Printania n'emporte pas, le soir, à ses vitres, le reflet de l'enseigne au néon; il s'enflamme un instant et s'éloigne avec des vitres noires.

Cet homme ne cesse pas de me regarder : il m'ennuie. Il fait bien l'important pour sa taille. La bonne se décide enfin à le servir. Elle lève paresseusement son grand bras noir, atteint la bouteille et l'apporte avec un verre.

« Voilà, monsieur.

— Monsieur Achille », dit-il avec urbanité.

Elle verse sans répondre; tout d'un coup il retire prestement le doigt de son nez et pose les deux mains à plat sur la table. Il a rejeté la tête en arrière et ses yeux brillent. Il dit d'une voix froide :

« La pauvre fille. »

La bonne sursaute et je sursaute aussi : il a une expression indéfinissable, de l'étonnement peut-être, comme si c'était un autre qui venait de parler. Nous sommes gênés tous les trois.

La grosse bonne se reprend la première : elle n'a pas d'imagination. Elle toise M. Achille avec dignité : elle sait bien qu'il lui suffirait d'une seule main pour l'arracher de sa place et le jeter dehors.

« Et pourquoi donc que je serais une pauvre fille ? »

Il hésite. Il la regarde, décontenancé, puis il rit. Son visage se plisse de mille rides, il fait des gestes légers avec le poignet :

« Ça l'a vexée. On dit ça comme ça; on dit : pauvre fille. C'est sans intention. »

Mais elle lui tourne le dos et s'en va derrière le comptoir : elle est vraiment offensée. Il rit encore :

« Ha! Ha! Ça m'a échappé, dites donc. On est fâché ? Elle est fâchée », dit-il en s'adressant vaguement à moi.

Je détourne la tête. Il soulève un peu son verre, mais il ne songe pas à boire : il cligne des yeux d'un air surpris et intimidé; on dirait qu'il cherche à se rappeler quelque chose. La bonne s'est assise à la caisse; elle prend un ouvrage. Tout est revenu au silence : mais ce n'est plus le même silence. Voilà la pluie : elle frappe légèrement les vitres dépolies; s'il y a encore dans les rues des enfants déguisés, elle va ramollir et barbouiller leurs masques de carton.

La bonne allume les lampes : il est à peine deux heures, mais le ciel est tout noir, elle n'y voit plus assez pour coudre. Douce lumière; les gens sont dans les maisons, ils ont allumé aussi, sans doute. Ils lisent, ils regardent le ciel par la fenêtre. Pour eux... c'est autre chose. Ils ont vieilli autrement. Ils vivent au milieu des legs, des cadeaux et chacun de leurs meubles est un souvenir. Pendulettes, médailles, portraits, coquillages, presse-papiers, paravents, châles. Ils ont des armoires pleines de bouteilles, d'étoffes, de vieux vêtements, de journaux; ils ont tout gardé. Le passé, c'est un luxe de propriétaire.

Où donc conserverais-je le mien ? On ne met pas son passé dans sa poche; il faut avoir une maison pour l'y ranger. Je ne possède que mon corps; un homme tout seul, avec son seul corps, ne peut pas arrêter les souvenirs[a]; ils lui passent au travers. Je ne devrais pas me plaindre : je n'ai voulu qu'être libre.

Le petit homme s'agite et soupire. Il s'est pelotonné dans son manteau, mais de temps en temps il se redresse et prend un air hautain. Lui non plus, il n'a pas de passé. En cherchant bien, on trouverait sans doute, chez des cousins qui ne le fréquentent plus, une photographie qui le représente à une noce, avec un col cassé, une chemise à plastron et une dure moustache de jeune homme. De moi, je crois bien qu'il ne reste même pas ça.

Le voilà encore qui me regarde. Cette fois il va me parler, je me sens tout raide. Ce n'est pas de la sympathie qu'il y a entre nous : nous sommes pareils, voilà. Il est seul comme moi, mais plus enfoncé que moi dans la solitude. Il doit attendre[b] sa Nausée ou quelque chose de ce genre. Il y a donc à présent des gens qui me *reconnaissent,* qui pensent, après m'avoir dévisagé : « Celui-là est des nôtres. » Eh bien ? Que veut-il ? Il doit bien savoir que nous ne pouvons rien l'un pour l'autre. Les familles sont dans leurs maisons, au milieu de leurs souvenirs. Et nous voici, deux épaves sans mémoire. S'il se levait tout d'un coup, s'il m'adressait la parole, je sauterais en l'air.

La porte s'ouvre avec fracas : c'est le docteur Rogé.

« Bonjour, tout le monde. »

Il entre, farouche et soupçonneux, en flageolant un peu sur ses longues jambes, qui peuvent à peine supporter son torse. Je le vois souvent, le dimanche, à la brasserie Vézelise, mais il ne me connaît pas[a]. Il est bâti comme les anciens moniteurs de Joinville : des bras comme des cuisses, cent dix de tour de poitrine et ça ne tient pas debout.

« Jeanne, ma petite Jeanne. »

Il trottine jusqu'au porte-manteau pour accrocher à la patère son large chapeau de feutre. La bonne a plié son ouvrage et vient sans hâte, en dormant, extraire le docteur de son imperméable.

« Qu'est-ce que vous prenez, docteur ? »

Il la considère gravement. Voilà ce que j'appelle une belle tête d'homme. Usée, creusée par la vie et les passions. Mais le docteur a compris la vie, dominé ses passions.

« Je ne sais pas du tout ce que je veux », dit-il d'une voix profonde.

Il s'est laissé tomber sur la banquette en face de moi ; il s'éponge le front. Dès qu'il n'est plus sur ses jambes, il se trouve à l'aise. Ses yeux intimident, de gros yeux noirs et impérieux.

« Ça sera... ça sera, ça sera, ça sera — un vieux calva, mon enfant. »

La bonne, sans faire un mouvement, contemple cette énorme face ravinée. Elle est songeuse. Le petit bonhomme a levé la tête avec un sourire délivré. Et c'est vrai : ce colosse nous a délivrés. Il y avait ici quelque chose d'horrible qui allait nous prendre. Je respire avec force : à présent, on est entre hommes.

« Alors, ça vient, mon calvados ? »

La bonne sursaute et s'en va. Il a étendu ses gros bras et pris la table à pleins bords. M. Achille est tout joyeux ; il voudrait attirer l'attention du docteur. Mais il a beau balancer ses jambes et sauter sur la banquette, il est si menu qu'il ne fait pas de bruit.

La bonne apporte le calvados. D'un mouvement de tête, elle indique au docteur son voisin. Le docteur Rogé fait pivoter son buste avec lenteur : il ne peut pas remuer le cou.

« Tiens, c'est toi, vieille saleté, crie-t-il, tu n'es donc pas mort ? »

Il s'adresse à la bonne :

« Vous acceptez ça chez vous ? »

Il regarde le petit homme, de ses yeux féroces. Un regard direct, qui remet les choses en place. Il explique :

« C'est un vieux toqué, voilà ce que c'est. »

Il ne se donne même pas la peine de montrer qu'il plaisante. Il sait que le vieux toqué ne se fâchera pas, qu'il va sourire. Et ça y est : l'autre sourit avec humilité. Un vieux toqué : il se détend, il se sent protégé contre lui-même; il ne lui arrivera rien aujourd'hui. Le plus fort, c'est que je suis rassuré moi aussi. Un vieux toqué : c'était donc ça, ce n'était que ça.

Le docteur rit, il me lance un coup d'œil engageant et complice : à cause de ma taille sans doute — et puis j'ai une chemise propre — il veut bien m'associer à sa plaisanterie.

Je ne ris pas, je ne réponds pas à ses avances : alors, sans cesser de rire, il essaie sur moi le feu terrible de ses prunelles. Nous nous considérons en silence pendant quelques secondes; il me toise en faisant le myope, il me classe. Dans la catégorie des toqués ? Dans celle des voyous ?

C'est tout de même lui qui détourne la tête : un petit dégonflage devant un type seul, sans importance sociale[1], ça ne vaut pas la peine d'en parler, ça s'oublie tout de suite. Il roule une cigarette et l'allume, puis il reste immobile avec des yeux fixes et durs à la manière des vieillards.

Les belles rides; il les a toutes : les barres transversales du front, les pattes d'oie, les plis amers de chaque côté de la bouche, sans compter les cordes jaunes qui pendent sous son menton. Voilà un homme qui a de la chance : du plus loin qu'on le voit, on se dit qu'il a dû souffrir et que c'est quelqu'un qui a vécu. Il mérite son visage, d'ailleurs, car il ne s'est pas un instant mépris sur la façon de retenir et d'utiliser son passé : il l'a empaillé, tout simplement, il en a fait de l'expérience à l'usage des femmes et des jeunes gens.

M. Achille est heureux comme il n'a pas dû l'être de longtemps. Il bée d'admiration; il boit son Byrrh à petites gorgées en gonflant ses joues. Eh bien! Le doc-

teur a su le prendre! Ce n'est pas le docteur qui se laisserait fasciner par un vieux toqué sur le point d'avoir sa
crise; une bonne bourrade[a], quelques mots brusques et
qui fouettent, voilà ce qu'il leur faut. Le docteur a de
l'expérience[b]. C'est un professionnel de l'expérience : les
médecins, les prêtres, les magistrats et les officiers
connaissent l'homme comme s'ils l'avaient fait.

J'ai honte pour M. Achille. Nous sommes du même
bord, nous devrions faire bloc contre eux. Mais il m'a
lâché, il est passé de leur côté : il y croit honnêtement,
lui, à l'Expérience. Pas à la sienne, ni à la mienne.
À celle du docteur Rogé. Tout à l'heure M. Achille se
sentait drôle, il avait l'impression d'être tout seul; à
présent il sait qu'il y en a eu d'autres dans son genre,
beaucoup d'autres : le docteur Rogé les a rencontrés, il
pourrait raconter à M. Achille l'histoire de chacun
d'eux et lui dire comment elle a fini. M. Achille est un
cas, tout simplement, et qui se laisse aisément ramener à
quelques notions communes.

Comme je voudrais lui dire qu'on le trompe, qu'il
fait le jeu des importants. Des professionnels de l'expérience ? Ils ont traîné leur vie dans l'engourdissement et
le demi-sommeil, ils se sont mariés précipitamment, par
impatience, et ils ont fait des enfants au hasard. Ils ont
rencontré les autres hommes dans les cafés, aux mariages,
aux enterrements. De temps en temps, pris dans un
remous, ils se sont débattus sans comprendre ce qui leur
arrivait. Tout ce qui s'est passé autour d'eux a commencé et s'est achevé hors de leur vue; de longues
formes obscures, des événements qui venaient de loin
les ont frôlés rapidement et, quand ils ont voulu regarder, tout était fini déjà. Et puis, vers les quarante ans,
ils baptisent leurs petites obstinations et quelques proverbes du nom d'expérience, ils commencent à faire les
distributeurs automatiques : deux sous dans la fente de
gauche et voilà des anecdotes enveloppées de papier
d'argent; deux sous dans la fente de droite et l'on reçoit
de précieux conseils qui collent aux dents comme des
caramels mous. Moi aussi, à ce compte, je pourrais me
faire inviter chez les gens et ils se diraient entre eux que
je suis un grand voyageur devant l'Éternel. Oui : les
musulmans pissent accroupis; les sages-femmes hindoues utilisent, en guise d'ergotine, le verre pilé dans

la bouse de vache ; à Bornéo, quand une fille a ses règles, elle passe trois jours et trois nuits sur le toit de sa maison. J'ai vu à Venise des enterrements en gondole, à Séville les fêtes de la Semaine sainte, j'ai vu la Passion d'Oberammergau[1]. Naturellement, tout cela n'est qu'un maigre échantillon de mon savoir : je pourrais me renverser sur une chaise et commencer avec amusement :

« Connaissez-vous Jihlava[2], chère madame ? C'est une curieuse petite ville de Moravie où j'ai séjourné en 1924... »

Et le président du tribunal qui a vu tant de cas prendrait la parole à la fin de mon histoire :

« Comme c'est vrai, cher monsieur, comme c'est humain. J'ai vu un cas semblable au début de ma carrière. C'était en 1902. J'étais juge suppléant à Limoges... »

Seulement voilà, on m'a trop embêté avec ça dans ma jeunesse. Je n'étais pourtant pas d'une famille de professionnels[3]. Mais il y a aussi des amateurs. Ce sont les secrétaires, les employés, les commerçants, ceux qui écoutent les autres au café : ils se sentent gonflés, aux approches de la quarantaine, d'une expérience qu'ils ne peuvent pas écouler au-dehors. Heureusement ils ont fait des enfants et ils les obligent à la consommer sur place. Ils voudraient nous faire croire que leur passé n'est pas perdu, que leurs souvenirs se sont condensés, moelleusement convertis en Sagesse. Commode passé ! Passé de poche, petit livre doré plein de belles maximes. « Croyez-moi, je vous parle d'expérience, tout ce que je sais, je le tiens de la vie. » Est-ce que la Vie se serait chargée de penser pour eux ? Ils expliquent le neuf par l'ancien — et l'ancien, ils l'ont expliqué par des événements plus anciens encore, comme ces historiens qui font de Lénine un Robespierre russe et de Robespierre un Cromwell français : au bout du compte, ils n'ont jamais rien compris du tout... Derrière leur importance, on devine une paresse morose : ils voient défiler des apparences, ils bâillent, ils pensent qu'il n'y a rien de nouveau sous les cieux. « Un vieux toqué » — et le docteur Rogé songeait vaguement à d'autres vieux toqués dont il ne se rappelle aucun en particulier. À présent, rien de ce que fera M. Achille ne saurait nous surprendre : *puisque* c'est un vieux toqué !

Ce n'est pas un vieux toqué : il a peur. De quoi a-t-il peur ? Quand on veut comprendre une chose, on se place en face d'elle, tout seul, sans secours; tout le passé du monde ne pourrait servir de rien. Et puis elle disparaît et ce qu'on a compris disparaît avec elle.

Les idées[a] générales c'est plus flatteur. Et puis les professionnels et même les amateurs finissent toujours par avoir raison. Leur sagesse recommande de faire le moins de bruit possible, de vivre le moins possible, de se laisser oublier. Leurs meilleures histoires sont celles d'imprudents, d'originaux qui ont été châtiés. Eh bien oui: c'est ainsi que ça se passe et personne ne dira le contraire. Peut-être M. Achille n'a-t-il pas la conscience très tranquille. Il se dit peut-être qu'il n'en serait pas là s'il avait écouté les conseils de son père, de sa sœur aînée. Le docteur a le droit de parler: il n'a pas manqué sa vie; il a su se rendre utile. Il se dresse, calme et puissant, au-dessus de cette épave; c'est un roc.

Le docteur Rogé a bu son calvados. Son grand corps se tasse et ses paupières tombent lourdement. Pour la première fois, je vois son visage sans les yeux: on dirait un masque de carton, comme ceux qu'on vend aujourd'hui dans les boutiques. Ses joues ont une affreuse couleur rose... La vérité m'apparaît brusquement: cet homme va bientôt mourir. Il le sait sûrement; il suffit qu'il se soit regardé dans une glace: il ressemble chaque jour un peu plus au cadavre qu'il sera. Voilà ce que c'est que leur expérience, voilà pourquoi je me suis dit, si souvent, qu'elle sent la mort: c'est leur dernière défense. Le docteur[b] voudrait bien y croire, il voudrait se masquer l'insoutenable réalité: qu'il est seul, sans acquis, sans passé, avec une intelligence qui s'empâte, un corps qui se défait. Alors il a bien construit, bien aménagé, bien capitonné son petit délire de compensation: il se dit qu'il progresse. Il a des trous de pensée, des moments où ça tourne à vide dans sa tête? C'est que son jugement n'a plus la précipitation de la jeunesse. Il ne comprend plus ce qu'il lit dans les livres? C'est qu'il est si loin des livres, à présent. Il ne peut plus faire l'amour? Mais il l'a fait. Avoir fait l'amour, c'est beaucoup mieux que de le faire encore: avec le recul on juge, on compare et réfléchit. Et ce terrible visage de cadavre, pour en pouvoir supporter la vue dans les miroirs, il s'efforce de croire que les leçons de l'expérience s'y sont gravées.

Le docteur[a] tourne un peu la tête. Ses paupières s'entrouvrent, il me regarde avec des yeux roses de sommeil. Je lui souris. Je voudrais que ce sourire lui révèle tout ce qu'il essaie de se cacher[1]. C'est ça qui le réveillerait, s'il pouvait se dire : « En voilà un qui *sait* que je vais crever! » Mais ses paupières retombent : il s'endort. Je m'en vais, je laisse M. Achille veiller sur son sommeil.

La pluie a cessé, l'air est doux, le ciel roule lentement de belles images noires : c'est plus qu'il n'en faut pour faire le cadre d'un moment parfait; pour refléter ces images, Anny ferait naître dans nos cœurs de sombres petites marées. Moi, je ne sais pas profiter de l'occasion : je vais au hasard, vide et calme, sous ce ciel inutilisé.

Mercredi[b].

Il ne faut pas avoir peur[2].

Jeudi.

Écrit quatre pages. Ensuite, un long moment de bonheur. Ne pas trop réfléchir sur la valeur de l'Histoire. On court le risque de s'en dégoûter. Ne pas oublier[c] que M. de Rollebon représente, à l'heure qu'il est, la seule justification de mon existence.

D'aujourd'hui en huit, je vais voir Anny.

Vendredi.

Le brouillard était si[d] dense, boulevard de la Redoute, que je crus prudent de raser les murs de la Caserne; sur ma droite, les phares des autos chassaient devant eux une lumière mouillée et il était impossible de savoir où finissait le trottoir. Il y avait des gens autour de moi; j'entendais le bruit de leurs pas, ou, parfois, le petit bourdonnement de leurs paroles : mais je ne voyais personne. Une fois, un visage de femme se forma à la hauteur de mon épaule, mais la brume l'engloutit aussitôt; une autre fois quelqu'un me frôla en soufflant très fort. Je ne savais pas où j'allais, j'étais trop absorbé : il fallait avancer avec précaution, tâter le sol du bout du pied et même étendre les mains en avant. Je ne prenais d'ailleurs aucun plaisir à cet exercice. Pourtant je ne son-

geais pas à rentrer, j'étais pris. Enfin, au bout d'une
demi-heure, j'aperçus au loin une vapeur bleuâtre. En
me guidant sur elle, je parvins bientôt au bord d'une
grande lueur; au centre, perçant la brume de ses feux,
je reconnus le café Mably.

Le café Mably a douze lampes électriques; mais il n'y
en avait que deux d'allumées, l'une au-dessus de la
caisse, l'autre au plafonnier. L'unique garçon me poussa
de force dans un coin sombre.

« Pas par ici, monsieur, je nettoie. »

Il était en veston, sans gilet ni faux col, avec une chemise blanche rayée de violet. Il bâillait, il me regardait
d'un air maussade en se passant les doigts dans les cheveux.

« Un café noir et des croissants. »

Il se frotta les yeux sans répondre et s'éloigna. J'avais
de l'ombre jusqu'aux yeux, une sale ombre glaciale. Le
radiateur n'était sûrement pas allumé.

Je n'étais pas seul. Une femme au teint cireux était
assise en face de moi et ses mains s'agitaient sans cesse,
tantôt pour caresser sa blouse, tantôt pour remettre
d'aplomb son chapeau noir. Elle était avec un grand
blond qui mangeait une brioche sans souffler mot. Le
silence me parut lourd. J'avais envie d'allumer ma pipe,
mais il m'aurait été désagréable d'attirer leur attention
par un craquement d'allumette.

Une sonnerie de téléphone. Les mains s'arrêtèrent :
elles restèrent accrochées à la blouse. Le garçon prenait
son temps. Il finit posément de balayer, avant d'aller
décrocher le récepteur. « Allô! c'est monsieur Georges ?
Bonjour, monsieur Georges... Oui, monsieur Georges...
Le patron n'est pas là... Oui, il devrait être descendu...
Ah, par ces temps de brouillard... Il descend vers huit
heures d'ordinaire... Oui, monsieur Georges, je lui ferai
la commission. Au revoir, monsieur Georges. »

Le brouillard pesait sur les vitres comme un lourd
rideau de velours gris. Une face se colla un instant au
carreau et disparut.

La femme dit plaintivement :

« Rattache-moi mon soulier.

— Il n'est pas défait », dit l'homme sans regarder.
Elle s'énerva. Ses mains couraient le long de sa blouse
et sur son cou comme de grosses araignées.

« Si, si, rattache-moi mon soulier. »

Il se baissa, d'un air excédé, et lui toucha légèrement le pied sous la table :

« C'est fait. »

Elle sourit avec satisfaction. L'homme appela le garçon.

« Garçon, ça fait combien ?

— Combien de brioches ? » dit le garçon.

J'avais baissé les yeux pour ne pas avoir l'air de les dévisager. Après quelques instants, j'entendis des craquements et je vis paraître le bord d'une jupe et deux bottines maculées de boue sèche. Celles de l'homme suivirent, vernies et pointues. Elles s'avancèrent vers moi, s'immobilisèrent et firent demi-tour : il mettait son manteau. À ce moment, le long de la jupe, une main se mit à descendre, au bout d'un bras raide ; elle hésita un peu, elle grattait la jupe.

« Tu es prête ? » dit l'homme.

La main s'ouvrit et vint toucher une large étoile de boue sur la bottine droite, puis elle disparut.

« Ouf ! » dit l'homme.

Il avait pris une valise près du portemanteau. Ils sortirent, je les vis s'enfoncer dans le brouillard.

« Ce sont des artistes, me dit le garçon en m'apportant mon café, c'est eux qui ont fait le numéro d'entracte au Ciné-Palace. La femme se bande les yeux et elle lit le prénom et l'âge des spectateurs. Ils s'en vont aujourd'hui parce que c'est vendredi et qu'on change les programmes. »

Il alla chercher une assiette de croissants sur la table que les artistes venaient de quitter.

« Ce n'est pas la peine. »

Ces croissants-là, je n'avais pas envie de les manger.

« Il faut que j'éteigne l'électricité. Deux lampes pour un seul client, à neuf heures du matin : le patron me disputerait. »

La pénombre envahit le café. Une faible clarté, barbouillée de gris et de brun, tombait maintenant des hautes vitres.

« Je voudrais voir M. Fasquelle. »

Je n'avais pas vu entrer la vieille. Une bouffée d'air glacé me fit frissonner.

« M. Fasquelle n'est pas encore descendu.

— C'est Mme Florent qui m'envoie, reprit-elle, ça ne va pas. Elle ne viendra pas aujourd'hui. »

Mme Florent, c'est la caissière, la rousse.

« Ce temps-là, dit la vieille, c'est mauvais pour son ventre. »

Le garçon prit un air important :

« C'est le brouillard, répondit-il, c'est comme M. Fasquelle; je m'étonne qu'il n'est pas descendu. On l'a demandé au téléphone. D'ordinaire, il descend à huit heures. »

Machinalement, la vieille regarda au plafond :

« Il est là-haut ?

— Oui, c'est sa chambre. »

La vieille dit d'une voix traînante, comme si elle se parlait à elle-même :

« Des fois qu'il serait mort...

— Ah ben! — le visage du garçon exprima l'indignation la plus vive — Ah! ben! merci. »

Des fois qu'il serait mort... Cette pensée m'avait effleuré. C'est bien le genre d'idées qu'on se fait par ces temps de brouillard.

La vieille partit. J'aurais dû l'imiter : il faisait froid et noir. Le brouillard filtrait sous la porte; il allait monter lentement et noyer tout. À la Bibliothèque municipale, j'aurais trouvé de la lumière et du feu.

De nouveau, un visage vint s'écraser contre la vitre; il faisait des grimaces.

« Attends un peu », dit le garçon en colère, et il sortit en courant.

La figure s'effaça, je restai seul. Je me reprochai amèrement d'avoir quitté ma chambre. À présent, la brume avait dû l'envahir; j'aurais eu peur[a] d'y rentrer.

Derrière la caisse, dans l'ombre, quelque chose craqua. Ça venait de l'escalier privé : est-ce que le gérant descendait enfin ? Mais non : personne ne se montra; les marches craquaient toutes seules. M. Fasquelle dormait encore. Ou bien il était mort au-dessus de ma tête. Trouvé mort dans son lit, un matin de brouillard. — En sous-titre : dans le café, des clients consommaient sans se douter...

Mais était-il encore dans son lit ? N'avait-il pas chaviré, entraînant les draps avec lui et cognant de la tête contre le plancher ?

Je connais très bien M. Fasquelle; il s'est enquis parfois de ma santé. C'est un gros réjoui, avec une barbe soignée : s'il est mort c'est d'une attaque. Il sera couleur aubergine, avec la langue hors de la bouche. La barbe en l'air; le cou violet sous le moutonnement du poil.

L'escalier privé[a] se perdait dans le noir. À peine pouvais-je distinguer la pomme de la rampe. Il faudrait traverser cette ombre. L'escalier craquerait. En haut, je trouverais la porte de la chambre...

Le corps est là, au-dessus de ma tête. Je tournerais le commutateur : je toucherais cette peau tiède[b], pour voir.

— Je n'y tiens plus, je me lève. Si le garçon me surprend dans l'escalier, je lui dirai que j'ai entendu du bruit.

Le garçon rentra brusquement, essoufflé.

« Oui, monsieur! » cria-t-il.

L'imbécile! Il vint vers moi.

« C'est deux francs.

— J'ai entendu du bruit là-haut, lui dis-je.

— C'est pas trop tôt!

— Oui, mais je crois que ça ne va pas : on aurait dit des râles et puis il y a eu un bruit sourd. »

Dans cette salle obscure, avec ce brouillard derrière les vitres, ça sonnait tout à fait naturel. Je n'oublierai pas les yeux qu'il fit.

« Vous devriez monter pour voir, ajoutai-je perfidement.

— Ah non! dit-il; puis : j'aurais peur qu'il m'attrape. Quelle heure est-il ?

— Dix heures.

— J'irai à dix heures et demie, s'il n'est pas descendu. » Je fis un pas vers la porte.

« Vous vous en allez ? Vous ne restez pas ?

— Non.

— C'était un vrai râle ?

— Je ne sais pas, lui dis-je en sortant, c'était peut-être parce que j'avais l'esprit à ça. »

Le brouillard s'était un peu levé. Je me hâtai de gagner la rue Tournebride : j'avais besoin de ses lumières. Ce fut une déception : de la lumière, certes, il y en avait, elle ruisselait sur les vitres des magasins. Mais ce n'était pas de la lumière gaie : c'était tout blanc à cause du

brouillard et cela vous tombait sur les épaules comme
une douche.

Beaucoup de monde, surtout des femmes : des bonnes,
des femmes de ménage, des patronnes aussi, de celles
qui disent : « J'achète moi-même, c'est plus sûr. » Elles
flairaient un peu les devantures et finissaient par entrer.

Je m'arrêtai devant la charcuterie Julien. De temps à
autre, je voyais à travers la glace une main qui désignait les pieds truffés et les andouillettes. Alors une
grosse fille blonde se penchait, la poitrine offerte, et
prenait le bout de chair morte entre ses doigts. Dans sa
chambre, à cinq minutes de là, M. Fasquelle était
mort.

Je cherchai autour de moi un appui solide, une
défense contre mes pensées. Il n'y en avait pas : peu à
peu, le brouillard s'était déchiré, mais quelque chose
d'inquiétant restait à traîner dans la rue. Peut-être pas
une vraie menace : c'était effacé, transparent. Mais c'est
justement ce qui finissait par faire peur. J'appuyai[a] mon
front contre la vitrine. Sur la mayonnaise d'un œuf à la
russe, je remarquai une goutte d'un rouge sombre :
c'était du sang. Ce rouge sur ce jaune me soulevait le
cœur.

Brusquement, j'eus une vision : quelqu'un[b] était
tombé, la face en avant et saignait dans les plats. L'œuf
avait roulé dans le sang; la rondelle de tomate qui le
couronnait s'était détachée, elle était tombée à plat,
rouge sur rouge. La mayonnaise avait un peu coulé :
une mare de crème jaune qui divisait la rigole de sang
en deux bras.

« C'est trop bête, il faut que je me secoue. Je vais
aller travailler à la Bibliothèque. »

Travailler ? Je savais bien que je n'écrirais pas une
ligne. Encore une journée fichue. En traversant le Jardin
public je vis, sur le banc où je m'assieds d'ordinaire,
une grande pèlerine bleue immobile. En voilà un qui
n'a pas froid.

Quand j'entrai dans la salle de lecture, l'Autodidacte
allait en sortir. Il s'est jeté sur moi :

« Il faut que je vous remercie, monsieur. Vos photographies m'ont fait passer des heures inoubliables. »

En le voyant, j'eus un moment d'espoir : à deux,
peut-être serait-il plus facile de traverser cette journée.

Mais, avec l'Autodidacte, on n'est jamais deux qu'en apparence.

Il frappa sur un in-quarto. C'était une *Histoire des religions*.

« Monsieur, nul n'était mieux qualifié que Nouçapié[1] pour[a] tenter cette vaste synthèse. Cela est-il vrai ? »

Il avait l'air las et ses mains tremblaient :

« Vous avez mauvaise mine, lui dis-je.

— Ah, monsieur, je le crois bien! C'est qu'il m'arrive une histoire abominable. »

Le gardien venait vers nous : c'est un petit Corse rageur, avec des moustaches de tambour-major. Il se promène des heures entières entre les tables en claquant des talons. L'hiver, il crache dans des mouchoirs[b] qu'il fait ensuite sécher contre le poêle[2].

L'Autodidacte se rapprocha jusqu'à me souffler au visage :

« Je ne vous dirai rien devant cet homme, me dit-il d'un air de confidence. Si vous vouliez, monsieur ?...

— Quoi donc ? »

Il rougit et ses hanches ondoyèrent gracieusement :

« Monsieur, ah! monsieur : je me jette à l'eau. Me feriez-vous l'honneur de déjeuner avec moi mercredi ?

— Très volontiers. »

J'avais envie de déjeuner avec lui comme de me pendre.

« Quel honneur[c] vous me faites », dit l'Autodidacte. Il ajouta rapidement : « J'irai vous prendre chez vous, si vous le voulez bien » et disparut, de peur, sans doute, que je ne change d'avis s'il m'en laissait le temps.

Il était onze heures et demie. J'ai travaillé jusqu'à deux heures moins le quart. Du mauvais travail : j'avais un livre sous les yeux, mais ma pensée revenait sans cesse au café Mably. M. Fasquelle était-il descendu à présent ? Au fond, je ne croyais pas trop à sa mort et c'est précisément ce qui m'agaçait : c'était une idée flottante dont je ne pouvais ni me persuader ni me défaire. Les souliers du Corse craquaient sur le plancher. Plusieurs fois, il vint se planter devant moi, d'un air de vouloir me parler. Mais il se ravisait et s'éloignait.

Vers une heure, les derniers lecteurs s'en allèrent. Je n'avais pas faim; je ne voulais surtout pas partir. Je travaillai encore un moment puis je sursautai : je me sentais enseveli dans le silence.

Je levai la tête : j'étais seul. Le Corse avait dû descendre chez sa femme qui est concierge de la Bibliothèque; j'avais envie du bruit de ses pas. J'entendis tout juste celui d'une petite chute de charbon dans le poêle. Le brouillard avait envahi la pièce : pas le vrai brouillard, qui s'était dissipé depuis longtemps — l'autre, celui dont les rues étaient encore pleines, qui sortait des murs, des pavés. Une espèce d'inconsistance des choses. Les livres étaient toujours là, naturellement, rangés par ordre alphabétique sur les rayons, avec leurs dos noirs ou bruns et leurs étiquettes UP lf. 7.996 (Usage public — Littérature française) ou UP sn (Usage public — Sciences naturelles). Mais... comment dire ? D'ordinaire, puissants et trapus, avec le poêle, les lampes vertes, les grandes fenêtres, les échelles, ils endiguent l'avenir. Tant qu'on restera entre ces murs, ce qui arrivera doit arriver à droite ou à gauche du poêle. Saint Denis lui-même entrerait-il, en portant son chef dans ses mains, il faudrait qu'il entre par la droite, qu'il marche entre les rayons consacrés à la littérature française et la table réservée aux lectrices. Et s'il ne touche pas terre, s'il flotte à vingt centimètres du sol, son cou sanglant sera tout juste à la hauteur du troisième rayon de livres. Ainsi ces objets servent-ils^a au moins à fixer les limites du vraisemblable.

Eh bien aujourd'hui, ils ne fixaient plus rien du tout : il semblait que^b leur existence même était mise en question, qu'ils avaient la plus grande peine à passer d'un instant à l'autre. Je serrai fortement dans mes mains le volume que je lisais : mais les sensations les plus violentes étaient émoussées. Rien n'avait l'air vrai; je me sentais entouré d'un décor de carton qui pouvait être brusquement déplanté. Le monde attendait, en retenant son souffle, en se faisant petit — il attendait sa crise, sa Nausée, comme M. Achille l'autre jour.

Je me levai. Je ne pouvais plus tenir en place au milieu de ces choses affaiblies. J'allai jeter un coup d'œil par la fenêtre sur le crâne d'Impétraz. Je murmurai : *Tout* peut se produire, *tout* peut arriver. Évidemment, pas le genre d'horrible que les hommes ont inventé; Impétraz n'allait pas se mettre à danser sur son socle : ce serait autre chose.

Je regardai avec effroi ces êtres instables qui, dans

une heure, dans une minute allaient peut-être crouler :
eh bien oui; j'étais là, je vivais au milieu de ces livres
tout pleins de connaissances, dont les uns décrivaient les
formes immuables des espèces animales, dont les autres
expliquaient que la quantité d'énergie se conserve intégralement dans l'univers; j'étais là, debout devant une
fenêtre dont les carreaux avaient un indice de réfraction
déterminé. Mais quelles faibles barrières! C'est par
paresse, je suppose, que le monde se ressemble d'un
jour à l'autre. Aujourd'hui, il avait l'air de vouloir
changer. Et alors *tout, tout* pouvait arriver.

Je n'ai pas de temps à perdre : à l'origine de ce malaise
il y a l'histoire du café Mably. Il faut que j'y retourne,
que je voie M. Fasquelle en vie, que je touche au besoin
sa barbe ou ses mains. Alors, peut-être, je serai délivré.

Je pris mon pardessus en hâte et le jetai, sans l'enfiler,
sur mes épaules; je m'enfuis. En traversant le Jardin
public, je retrouvai à la même place le bonhomme à la
pèlerine; il avait une énorme face blême entre deux
oreilles écarlates de froid.

Le café Mably étincelait de loin : cette fois les douze
ampoules devaient être allumées. Je hâtai le pas : il
fallait en finir. Je jetai d'abord un coup d'œil par la
grande baie vitrée; la salle était déserte. La caissière
n'était pas là, le garçon non plus — ni M. Fasquelle.

Je dus faire un gros effort pour entrer; je ne m'assis
pas. Je criai : « Garçon! » Personne ne répondit. Une
tasse vide sur une table. Un morceau de sucre sur la
soucoupe.

« Il n'y a personne ? »

Un manteau pendait à une patère. Sur un guéridon,
des magazines étaient empilés dans des cartons noirs.
J'épiai le moindre bruit, retenant mon souffle. L'escalier
privé craqua légèrement. Au-dehors, la sirène d'un
bateau. Je sortis à reculons, sans quitter l'escalier des
yeux.

Je sais bien : à deux heures de l'après-midi, les clients
sont rares. M. Fasquelle était grippé; il avait dû envoyer
le garçon en courses — pour chercher un médecin,
peut-être. Oui, mais voilà, j'avais *besoin* de voir M. Fasquelle. À l'entrée de la rue Tournebride, je me retournai,
je contemplai avec dégoût le café étincelant et désert.
Au premier étage, les persiennes étaient closes.

Une véritable panique s'empara de moi. Je ne savais plus où j'allais. Je courus le long des Docks, je tournai dans les rues désertes du quartier Beauvoisis : les maisons me regardaient fuir, de leurs yeux mornes. Je me répétais avec angoisse : où aller ? où aller ? *Tout* peut arriver. De temps à autre, le cœur battant, je faisais un brusque demi-tour : qu'est-ce qui se passait dans mon dos ? Peut-être ça commencerait derrière moi et, quand je me retournerais, tout d'un coup, ce serait trop tard. Tant que je pourrais fixer les objets, il ne se produirait rien : j'en regardais le plus que je pouvais, des pavés, des maisons, des becs de gaz; mes yeux allaient rapidement des uns aux autres pour les surprendre et les arrêter au milieu de leur métamorphose. Ils n'avaient pas l'air trop naturels, mais je me disais avec force : c'est un bec de gaz, c'est une borne-fontaine et j'essayais, par la puissance de mon regard, de les réduire à leur aspect quotidien. Plusieurs fois, je rencontrai des bars sur ma route : le café des Bretons, le bar de la Marne[a]. Je m'arrêtais, j'hésitais devant leurs rideaux de tulle rose : peut-être ces boîtes bien calfeutrées avaient-elles été épargnées, peut-être renfermaient-elles encore une parcelle du monde d'hier, isolée, oubliée. Mais il aurait fallu pousser la porte, entrer. Je n'osais pas; je repartais. Les portes des maisons, surtout, me faisaient peur. Je craignais qu'elles ne s'ouvrissent seules. Je finis par marcher au milieu de la chaussée.

Je débouchai brusquement sur le quai des Bassins du Nord. Des barques de pêche, de petits yachts. Je posai le pied sur un anneau scellé dans la pierre. Ici, loin des maisons, loin des portes, j'allais connaître un instant de répit. Sur l'eau calme et piquetée de grains noirs, un bouchon flottait.

« Et *sous* l'eau ? Tu n'as pas pensé à ce qu'il peut y avoir *sous* l'eau ? »

Une bête ? Une grande carapace, à demi enfoncée dans la boue ? Douze paires de pattes labourent lentement la vase. La bête se soulève un peu, de temps en temps. Au fond de l'eau. J'approchai, guettant un remous, une faible ondulation[1]. Le bouchon restait immobile, parmi les grains noirs.

À ce moment, j'entendis des voix. Il était temps. Je fis un tour sur moi-même et je repris ma course.

Je rattrapai les deux hommes qui parlaient, dans la rue de Castiglione. Au bruit de mes pas, ils tressaillirent violemment et se retournèrent ensemble. Je vis leurs yeux inquiets qui se portaient sur moi, puis derrière moi pour voir s'il ne venait pas autre chose. Ils étaient donc comme moi, ils avaient donc peur ? Quand je les dépassai, nous nous regardâmes : un peu plus, nous nous adressions la parole. Mais les regards exprimèrent soudain la défiance : par une journée comme celle-ci, on ne parle pas à n'importe qui.

Je me retrouvai rue Boulibet, hors d'haleine. Eh bien, le sort en était jeté : j'allais retourner à la Bibliothèque, prendre un roman, essayer de lire. En longeant la grille du Jardin public, j'aperçus le bonhomme à la pèlerine. Il était toujours là, dans le jardin désert; son nez était devenu aussi rouge que ses oreilles.

J'allais pousser la grille, mais l'expression de son visage me figea : il plissait les yeux et ricanait à moitié, d'un air stupide et doucereux. Mais en même temps, il fixait droit devant lui quelque chose que je ne pouvais voir, avec un regard si dur et d'une telle intensité que je me retournai brusquement.

En face de lui, un pied en l'air, la bouche entrouverte, une petite fille d'une dizaine d'années, fascinée, le considérait en tirant nerveusement sur son fichu et tendait en avant son visage pointu.

Le bonhomme se souriait à lui-même, comme quelqu'un qui va faire une bonne farce. Tout d'un coup, il se leva, les mains dans les poches de sa pèlerine, qui lui tombait jusqu'aux pieds. Il fit deux pas et ses yeux chavirèrent. Je crus qu'il allait tomber. Mais il continuait à sourire, d'un air somnolent.

Je compris soudain : la pèlerine! J'aurais voulu empêcher ça. Il m'eût suffi de tousser ou de pousser la grille. Mais j'étais fasciné à mon tour, par le visage de la petite fille. Elle avait les traits tirés par la peur, son cœur devait battre horriblement : seulement je lisais aussi sur ce museau de rat quelque chose de puissant et de mauvais. Ce n'était pas de la curiosité mais plutôt une espèce d'attente assurée. Je me sentis impuissant : j'étais dehors, au bord du jardin, au bord de leur petit drame; mais eux, ils étaient rivés l'un à l'autre par la puissance obscure de leurs désirs, ils formaient un couple. Je retins mon

souffle, je voulais voir ce qui se peindrait sur cette figure
vieillotte, quand le bonhomme, derrière mon dos, écar-
terait les pans de sa pèlerine.

Mais tout à coup, délivrée, la petite secoua la tête et
se mit à courir. Le type à la pèlerine m'avait vu : c'est
ce qui l'avait arrêté. Une seconde il resta immobile au
milieu de l'allée, puis il s'en alla, le dos rond. Sa pèlerine
lui battait le mollet.

Je poussai la grille et je le rejoignis d'un bond.

« Eh dites donc! » criai-je.

Il se mit à trembler.

« Une grande menace pèse sur la ville », lui dis-je
poliment au passage.

Je suis entré dans la salle de lecture et j'ai pris, sur
une table, *La Chartreuse de Parme*. J'essayais de m'absorber dans ma lecture, de trouver un refuge dans la claire
Italie de Stendhal[1]. J'y parvenais par à-coups, par
courtes hallucinations, puis je retombais dans cette
journée menaçante, en face d'un petit vieillard qui
raclait sa gorge, d'un jeune homme qui rêvait, renversé
sur sa chaise.

Les heures passaient, les vitres étaient devenues noires.
Nous étions quatre, sans compter le Corse qui tamponnait à son bureau les dernières acquisitions de la Bibliothèque. Il y avait là ce petit vieillard, le jeune homme
blond, une jeune femme qui prépare sa licence — et
moi. De temps en temps, l'un de nous levait la tête,
jetait un coup d'œil rapide et méfiant sur les trois
autres, comme s'il en avait peur. À un moment le petit
vieillard se mit à rire : je vis la jeune femme frissonner de
la tête aux pieds. Mais j'avais déchiffré à l'envers le titre
du livre qu'il lisait : c'était un roman gai.

Sept heures moins dix. Je pensai brusquement que la
Bibliothèque fermait à sept heures. J'allais être encore
une fois rejeté dans la ville. Où irais-je ? Qu'est-ce que
je ferais ?

Le vieillard avait fini son roman. Mais il ne s'en allait
pas. Il tapait du doigt sur la table, à coups[a] secs et réguliers.

« Messieurs, dit le Corse, on va bientôt fermer. »

Le jeune homme sursauta et me lança un bref coup
d'œil. La jeune femme s'était tournée vers le Corse,
puis elle reprit son livre et sembla s'y plonger.

« On ferme », dit le Corse, cinq minutes plus tard.

Le vieillard hocha la tête d'un air indécis. La jeune femme repoussa son livre, mais sans se lever.

Le Corse n'en revenait pas. Il fit quelques pas hésitants, puis tourna un commutateur. Aux tables de lecture les lampes s'éteignirent. Seule l'ampoule centrale restait allumée.

« Il faut partir ? » demanda doucement le vieillard.

Le jeune homme, lentement, à regret, se leva. Ce fut à qui mettrait le plus de temps pour enfiler son manteau. Quand je sortis, la femme était encore assise, une main posée à plat sur son livre.

En bas, la porte d'entrée béait sur la nuit. Le jeune homme, qui marchait le premier, se retourna, descendit lentement l'escalier, traversa le vestibule; sur le seuil, il s'attarda un instant puis se jeta dans la nuit et disparut.

Arrivé au bas de l'escalier, je levai la tête. Au bout d'un moment, le petit vieux quitta la salle de lecture, en boutonnant son pardessus. Quand il eut descendu les trois premières marches, je pris mon élan et plongeai en fermant les yeux.

Je sentis sur ma figure une petite caresse fraîche. Au loin quelqu'un sifflait. Je relevai les paupières : il pleuvait. Une pluie douce et calme. La place était paisiblement éclairée par ses quatre réverbères. Une place[a] de province sous la pluie. Le jeune homme s'éloignait à grandes enjambées; c'était lui qui sifflait : aux deux autres, qui ne savaient pas encore, j'eus envie de crier qu'ils pouvaient sortir sans crainte, que la menace était passée.

Le petit vieillard apparut sur le seuil. Il se gratta la joue d'un air embarrassé, puis il sourit largement et ouvrit son parapluie.

Samedi matin.

Un soleil charmant, avec une brume légère qui promet du beau temps pour la journée. J'ai pris mon petit déjeuner au café Mably.

Mme Florent, la caissière, m'a fait un gracieux sourire. J'ai crié, de ma table :

« Est-ce que M. Fasquelle est malade ?

— Oui, monsieur; une grosse grippe : il en a pour

quelques jours à garder le lit. Sa fille est arrivée ce
matin de Dunkerque. Elle s'installe ici pour le soigner. »

Pour la première fois depuis que j'ai reçu sa lettre, je
suis franchement heureux de revoir Anny. Qu'a-t-elle
fait depuis six ans ? Est-ce que nous serons gênés quand
nous nous reverrons ? Anny ne sait pas ce que c'est
que la gêne. Elle me recevra comme si je l'avais quittée
hier. Pourvu que je ne fasse pas la bête, que je ne l'indis-
pose pas, pour commencer. Bien me rappeler de ne pas
lui tendre la main, en arrivant : elle déteste ça.

Combien de jours resterons-nous ensemble ? Peut-
être la ramènerai-je à Bouville. Il suffirait qu'elle y vive
quelques heures ; qu'elle couche une nuit à l'hôtel Printania. Après, ce ne serait plus pareil ; je ne pourrais plus
avoir peur.

L'après-midi.

L'an dernier, quand je fis ma première visite au
Musée de Bouville[1], le portrait d'Olivier Blévigne me
frappa[2]. Défaut de proportions ? De perspective ? Je
n'aurais su dire, mais quelque chose me gênait : ce
député n'avait pas l'air d'aplomb sur sa toile.

Depuis, je suis revenu le voir plusieurs fois. Mais ma
gêne persistait. Je ne voulais pas admettre que Bordurin, prix de Rome et six fois médaillé, eût fait une faute
de dessin.

Or, cette après-midi, en feuilletant une vieille collection du *Satirique bouvillois*[3], feuille de chantage dont le
propriétaire fut accusé, pendant la guerre, de haute
trahison, j'ai entrevu la vérité. Aussitôt j'ai quitté la
Bibliothèque et je suis allé faire un tour au Musée.

Je traversai rapidement la pénombre du vestibule. Sur
les dalles blanches et noires, mes pas ne faisaient aucun
bruit. Autour de moi, tout un peuple de plâtre se tordait les bras. J'entrevis en passant, par deux grandes
ouvertures, des vases craquelés, des assiettes, un satyre
bleu et jaune sur un socle. C'était la salle Bernard-
Palissy[4], consacrée à la céramique et aux arts mineurs.
Mais la céramique ne me fait pas rire. Un monsieur et
une dame en deuil contemplaient respectueusement ces
objets cuits.

Au-dessus de l'entrée du grand salon — ou salon Bor-

durin-Renaudas —, on avait accroché, depuis peu sans
doute, une grande toile que je ne connaissais pas. Elle
était signée Richard Séverand et s'appelait *La Mort du
célibataire*[1]. C'était un don de l'État.

Nu jusqu'à la ceinture, le torse un peu vert comme il
convient aux morts, le célibataire gisait sur un lit défait.
Les draps et les couvertures en désordre attestaient une
longue agonie. Je souris en pensant à M. Fasquelle.
Il n'était pas seul, lui : sa fille le soignait. Déjà, sur la
toile, la bonne, une servante maîtresse aux traits marqués par le vice, avait ouvert le tiroir d'une commode et
comptait des écus. Une porte ouverte laissait voir, dans
la pénombre, un homme à casquette qui attendait[a], une
cigarette collée à la lèvre inférieure. Près du mur un
chat lapait du lait avec indifférence.

Cet homme n'avait vécu que pour lui-même. Par un
châtiment sévère et mérité, personne, à son lit de mort,
n'était venu lui fermer les yeux. Ce tableau me donnait
un dernier avertissement : il était encore temps, je pouvais retourner sur mes pas. Mais, si je passais outre, que
je sache bien ceci : dans le grand salon où j'allais entrer,
plus de cent cinquante portraits étaient accrochés aux
murs ; si l'on exceptait quelques jeunes gens enlevés
trop tôt à leurs familles et la mère supérieure d'un orphelinat, aucun de ceux qu'on avait représentés n'était
mort célibataire, aucun d'eux n'était mort sans enfants
ni intestat, aucun sans les[b] derniers sacrements. En règle,
ce jour-là comme les autres jours, avec Dieu et avec le
monde, ces hommes avaient glissé doucement dans la
mort, pour aller réclamer la part de vie éternelle à
laquelle ils avaient droit.

Car ils avaient eu droit à tout : à la vie, au travail, à
la richesse, au commandement, au respect, et, pour finir,
à l'immortalité.

Je me recueillis un instant et j'entrai. Un gardien dormait près d'une fenêtre. Une lumière blonde, qui tombait des vitres, faisait des taches sur les tableaux. Rien
de vivant dans cette grande salle rectangulaire, sauf un
chat qui prit peur à mon entrée et s'enfuit. Mais je sentis
sur moi le regard de cent cinquante paires d'yeux.

Tous ceux qui firent partie de l'élite bouvilloise entre
1875 et 1910 étaient là, hommes et femmes, peints avec
scrupule par Renaudas et par Bordurin.

Les hommes ont construit Sainte-Cécile-de-la-Mer. Ils ont fondé[a], en 1882, la Fédération des Armateurs et des Négociants de Bouville « pour grouper en un faisceau[1] puissant toutes les bonnes volontés, coopérer à l'œuvre du redressement national et tenir en échec les partis de désordre... ». Ils ont fait de Bouville le port commercial français le mieux outillé pour le déchargement des charbons et des bois. L'allongement et l'élargissement des quais a été leur œuvre. Ils ont donné toute l'extension désirable à la gare Maritime et porté à 10,70 m. par des dragages persévérants, la profondeur d'eau de mouillage à marée basse. En vingt ans le tonnage des bateaux de pêche, qui était de 5 000 tonneaux en 1869, s'est élevé, grâce à eux, à 18 000 tonneaux. Ne reculant devant aucun sacrifice pour faciliter l'ascension des meilleurs représentants de la classe travailleuse, ils ont créé, de leur propre initiative, divers centres d'enseignement technique et professionnel qui ont prospéré sous leur haute protection. Ils ont brisé la fameuse grève des docks en 1898 et donné leurs fils à la Patrie en 1914.

Les femmes, dignes compagnes de ces lutteurs, ont fondé la plupart des Patronages, des Crèches, des Ouvroirs. Mais elles furent, avant tout, des épouses et des mères. Elles ont élevé de beaux enfants, leur ont appris leurs devoirs et leurs droits, la religion, le respect des traditions qui ont fait la France.

La teinte générale des portraits tirait sur le brun sombre. Les couleurs vives avaient été bannies, par un souci de décence. Dans les portraits de Renaudas, toutefois, qui peignait plus volontiers les vieillards, la neige des cheveux et des favoris tranchait sur les fonds noirs; il excellait à rendre les mains. Chez Bordurin qui avait moins de procédé, les mains étaient un peu sacrifiées, mais les faux cols brillaient comme du marbre blanc.

Il faisait très chaud et le gardien ronflait doucement. Je jetai un coup d'œil circulaire sur les murs : je vis des mains et des yeux; çà et là une tache de lumière mangeait un visage. Comme je me dirigeais vers le portrait d'Olivier Blévigne, quelque chose me retint : de la cimaise le négociant Pacôme faisait tomber sur moi un clair regard.

Il était debout, la tête légèrement rejetée en arrière,

il tenait d'une main, contre son pantalon gris perle, un chapeau haut de forme et des gants. Je ne pus me défendre d'une certaine admiration : je ne voyais rien en lui de médiocre, rien qui donnât prise à la critique : petits pieds, mains fines, larges épaules de lutteur, élégance discrète, avec un soupçon de fantaisie. Il offrait courtoisement aux visiteurs la netteté sans rides de son visage; l'ombre d'un sourire flottait même sur ses lèvres. Mais ses yeux gris ne souriaient pas. Il pouvait avoir cinquante ans : il était jeune et frais comme à trente. Il était beau.

Je renonçai à le prendre en défaut. Mais lui ne me lâcha pas. Je lus dans ses yeux un jugement calme et implacable.

Je compris alors tout ce qui nous séparait : ce que je pouvais penser sur lui ne l'atteignait pas; c'était tout juste de la psychologie, comme on en fait dans les romans. Mais son jugement me transperçait comme un glaive et mettait en question jusqu'à mon droit d'exister. Et c'était vrai, je m'en étais toujours rendu compte : je n'avais pas le droit d'exister. J'étais apparu par hasard, j'existais comme une pierre, une plante, un microbe. Ma vie poussait au petit bonheur et dans tous les sens. Elle m'envoyait parfois des signaux vagues; d'autres fois je ne sentais rien qu'un bourdonnement sans conséquence.

Mais pour ce bel homme sans défauts, mort aujourd'hui, pour Jean Pacôme, fils du Pacôme de la Défense nationale, il en avait été tout autrement : les battements de son cœur et les rumeurs sourdes de ses organes lui parvenaient sous forme de petits droits instantanés et purs. Pendant soixante ans, sans défaillance, il avait fait usage du droit de vivre. Les magnifiques yeux gris! Jamais le moindre doute ne les avait traversés. Jamais non plus Pacôme ne s'était trompé.

Il avait toujours fait son devoir, tout son devoir, son devoir de fils, d'époux, de père, de chef. Il avait aussi réclamé ses droits sans faiblesse : enfant, le droit d'être bien élevé, dans une famille unie, celui d'hériter d'un nom sans tache, d'une affaire prospère; mari, le droit d'être soigné, entouré d'affection tendre; père, celui d'être vénéré; chef, le droit d'être obéi sans murmure. Car un droit n'est jamais que l'autre aspect d'un devoir. Sa réussite extraordinaire (les Pacôme sont aujourd'hui

la plus riche famille de Bouville) n'avait jamais dû
l'étonner. Il ne s'était jamais dit qu'il était heureux et
lorsqu'il prenait un plaisir, il devait s'y livrer avec modération, en disant : « Je me délasse. » Ainsi le plaisir,
passant lui aussi au rang de droit, perdait son agressive
futilité. Sur la gauche, un peu au-dessus de ses cheveux
d'un gris bleuté, je remarquai des livres sur une étagère.
Les reliures étaient belles; c'étaient sûrement des classiques. Pacôme, sans doute, relisait le soir, avant de
s'endormir, quelques pages de « son vieux Montaigne »
ou une ode d'Horace dans le texte latin. Quelquefois,
aussi, il devait lire, pour s'informer, un ouvrage contemporain. C'est ainsi qu'il avait connu Barrès et Bourget.
Au bout d'un moment il posait le livre. Il souriait. Son
regard, perdant son admirable vigilance, devenait
presque rêveur. Il disait : « Comme il est plus simple et
plus difficile de faire son devoir[1]! »

Il n'avait jamais fait d'autre retour sur soi : c'était un
chef.

Il y avait d'autres chefs qui pendaient aux murs : il
n'y avait même que cela. C'était un chef, ce grand vieillard vert-de-gris dans son fauteuil. Son gilet blanc était
un rappel heureux de ses cheveux d'argent. (De ces
portraits, peints surtout aux fins de l'édification morale
et dont l'exactitude était poussée jusqu'au scrupule, le
souci d'art n'était pas exclu.) Il posait sa longue main
fine sur la tête d'un petit garçon. Un livre ouvert reposait sur ses genoux enveloppés d'une couverture. Mais
son regard errait au loin. Il voyait toutes ces choses qui
sont invisibles aux jeunes gens. On avait écrit son nom
sur un losange de bois doré, au-dessous de son portrait :
il devait s'appeler Pacôme, ou Parrottin, ou Chaigneau.
Je n'eus pas l'idée d'aller voir : pour ses proches, pour
cet enfant, pour lui-même, il était simplement le Grand-
Père; tout à l'heure s'il jugeait l'heure venue de faire
entrevoir à son petit-fils l'étendue de ses futurs devoirs,
il parlerait de lui-même à la troisième personne.

« Tu vas promettre à ton grand-père d'être bien
sage, mon petit chéri, de bien travailler l'an prochain.
Peut-être que, l'an prochain, le grand-père ne sera plus
là. »

Au soir de la vie, il répandait sur chacun son indul-
gente bonté. Moi-même s'il me voyait — mais j'étais

transparent à ses regards — je trouverais grâce à ses yeux : il penserait que j'avais eu, autrefois, des grands-parents. Il ne réclamait rien : on n'a plus de désirs à cet âge. Rien sauf qu'on baissât légèrement le ton quand il entrait, sauf qu'il y eût sur son passage une nuance de tendresse et de respect dans les sourires, rien, sauf que sa belle-fille dît parfois : « Père est extraordinaire; il est plus jeune que nous tous »; sauf d'être le seul à pouvoir calmer les colères de son petit-fils en lui imposant les mains sur la tête et de pouvoir dire ensuite : « Ces gros chagrins-là, c'est le grand-père qui sait les consoler », rien, sauf que son fils, plusieurs fois l'an, vînt solliciter ses conseils sur les questions délicates, rien enfin sauf de se sentir serein, apaisé, infiniment sage. La main du vieux monsieur pesait à peine sur les boucles de son petit-fils : c'était presque une bénédiction. À quoi pouvait-il penser ? À son passé d'honneur, qui lui conférait le droit de parler sur tout et d'avoir sur tout le dernier mot. Je n'avais pas été assez loin l'autre jour : l'Expérience était bien plus qu'une défense contre la mort; elle était un droit : le droit des vieillards.

Le général Aubry, accroché à la cimaise, avec son grand sabre, était un chef. Un chef encore, le président Hébert, fin lettré, ami d'Impétraz. Son visage était long et symétrique avec un interminable menton, ponctué, juste sous la lèvre, par une impériale; il avançait un peu la mâchoire, avec l'air amusé de faire un distinguo, de rouler une objection de principe, comme un rot léger. Il rêvait, il tenait une plume d'oie : lui aussi, parbleu, se délassait, et c'était en faisant des vers. Mais il avait l'œil d'aigle des chefs.

Et les soldats ? J'étais au centre de la pièce, point de mire de tous ces yeux graves. Je n'étais pas un grand-père, ni un père, ni même un mari. Je ne votais pas[1], c'était à peine si je payais quelques impôts : je ne pouvais me targuer ni des droits du contribuable, ni de ceux de l'électeur, ni même de l'humble droit à l'honorabilité que vingt ans d'obéissance confèrent à l'employé. Mon existence commençait à m'étonner sérieusement. N'étais-je pas une simple apparence ?

« Hé, me dis-je soudain, c'est moi, le soldat! » Cela me fit rire, sans rancune.

Un quinquagénaire potelé me retourna poliment un

beau sourire. Renaudas l'avait peint avec amour, il
n'avait pas eu de touches trop tendres pour les petites
oreilles charnues et ciselées, pour les mains surtout,
longues, nerveuses, avec des doigts déliés : de vraies
mains de savant ou d'artiste. Son visage m'était inconnu :
j'avais dû souvent passer devant la toile sans la remarquer. Je m'approchai, je lus : « Rémy Parrottin, né à
Bouville, en 1849, professeur à l'École de Médecine de
Paris. »

Parrottin : le docteur Wakefield m'en avait parlé :
« J'ai rencontré, une fois dans ma vie, un grand homme.
C'était Rémy Parrottin. J'ai suivi ses cours pendant
l'hiver de 1904 (vous savez que j'ai passé deux ans à
Paris pour étudier l'obstétrique). Il m'a fait comprendre
ce que c'est qu'un chef. Il avait le fluide, je vous jure.
Il nous électrisait, il nous aurait conduits au bout du
monde. Et avec cela, c'était un gentleman : il avait une
immense fortune dont il consacrait une bonne part à
aider les étudiants pauvres. »

C'est ainsi que ce prince de la science, la première fois
que j'en entendis parler, m'avait inspiré quelques sentiments forts. À présent, j'étais devant lui et il me souriait.
Que d'intelligence et d'affabilité dans son sourire ! Son
corps grassouillet reposait mollement au creux d'un
grand fauteuil de cuir. Ce savant sans prétention mettait
tout de suite les gens à leur aise. On l'eût même pris
pour un bonhomme sans la spiritualité de son regard.

Il ne fallait pas longtemps pour deviner la raison de
son prestige : il était aimé parce qu'il comprenait tout ;
on pouvait tout lui dire. Il ressemblait un peu à Renan,
somme toute, avec plus de distinction[1]. Il était de ceux
qui disent :

« Les socialistes ? Eh bien, moi, je vais plus loin
qu'eux ! » Lorsqu'on le suivait sur ce chemin périlleux,
on devait bientôt abandonner, en frissonnant, la famille,
la Patrie, le droit de propriété, les valeurs les plus sacrées.
On doutait même une seconde du droit de l'élite bourgeoise à commander. Un pas de plus et, soudain, tout
était rétabli, merveilleusement fondé sur de solides raisons, à l'ancienne. On se retournait, on apercevait derrière soi les socialistes, déjà loin, tout petits, qui agitaient leur mouchoir en criant : « Attendez-nous. »

Je savais d'ailleurs, par Wakefield, que le Maître

aimait, comme il disait lui-même avec un sourire, « d'accoucher les âmes. » Resté jeune, il s'entourait de jeunesse : il recevait souvent les jeunes gens de bonne famille qui se destinaient à la médecine. Wakefield avait été plusieurs fois déjeuner chez lui. Après le repas, on passait au fumoir. Le Patron traitait en hommes ces étudiants qui n'étaient pas bien loin encore de leurs premières cigarettes : il leur offrait des cigares. Il s'étendait[a] sur un divan et parlait longuement, les yeux mi-clos, entouré de la foule avide de ses disciples. Il évoquait des souvenirs, racontait des anecdotes, en tirait une moralité piquante et profonde. Et si, parmi ces jeunes gens bien élevés, il en était un pour faire un peu la forte tête, Parrottin s'intéressait tout particulièrement à lui. Il le faisait parler, l'écoutait attentivement, lui fournissait des idées, des sujets de méditation. Il arrivait forcément qu'un jour, le jeune homme, tout rempli d'idées généreuses, excité par l'hostilité des siens, las de penser tout seul et contre tous, demandait au Patron de le recevoir seul, et, tout balbutiant de timidité, lui livrait ses plus intimes pensées, ses indignations, ses espoirs. Parrottin le serrait sur son cœur. Il disait : « Je vous comprends, je vous ai compris du premier jour. » Ils causaient. Parrottin allait loin, plus loin encore, si loin que le jeune homme avait peine à le suivre. Avec quelques entretiens de cette espèce on pouvait constater une amélioration sensible chez le jeune révolté. Il voyait clair en lui-même, il apprenait à connaître les liens profonds qui l'attachaient à sa famille, à son milieu ; il comprenait enfin le rôle admirable de l'élite. Et pour finir, comme par enchantement, la brebis égarée, qui avait suivi Parrottin pas à pas, se retrouvait au bercail, éclairée, repentante. « Il a guéri plus d'âmes, concluait Wakefield, que je n'ai guéri de corps. »

Rémy Parrottin me souriait affablement. Il hésitait, il cherchait à comprendre ma position, pour la tourner doucement et me ramener à la bergerie[1]. Mais je n'avais pas peur de lui : je n'étais pas une brebis. Je regardai son beau front calme et sans rides, son petit ventre, sa main posée à plat sur son genou. Je lui rendis son sourire et le quittai.

Jean Parrottin[b], son frère, président de la S.A.B.[2], s'appuyait des deux mains sur le rebord d'une table chargée de papiers; par toute son attitude il signifiait au visiteur que l'audience avait pris fin. Son regard était extraordinaire; il était comme abstrait et brillait de droit pur. Ses yeux éblouissants dévoraient toute sa face. Au-dessous de cet embrasement j'aperçus deux lèvres minces et serrées de mystique. « C'est drôle, me dis-je, il ressemble à Rémy Parrottin. » Je me tournai vers le Grand Patron : en l'examinant à la lumière de cette ressemblance, on faisait brusquement surgir sur son doux visage je ne sais quoi d'aride et de désolé, l'air de la famille. Je revins à Jean Parrottin.

Cet homme avait la simplicité d'une idée. Il ne restait plus en lui que des os, des chairs mortes et le Droit Pur. Un vrai cas de possession, pensai-je. Quand le Droit s'est emparé d'un homme, il n'est pas d'exorcisme qui puisse le chasser; Jean Parrottin avait consacré toute sa vie à penser son Droit : rien d'autre. À la place du léger mal de tête que je sentais naître, comme à chaque fois que je visite un musée, il eût senti à ses tempes le droit douloureux d'être soigné. Il ne fallait point qu'on le fît trop penser, qu'on attirât son attention sur des réalités déplaisantes, sur sa mort possible, sur les souffrances d'autrui. Sans doute, à son lit de mort, à cette heure où l'on est convenu, depuis Socrate, de prononcer quelques paroles élevées, avait-il dit à sa femme, comme un de mes oncles à la sienne, qui l'avait veillé douze nuits : « Toi, Thérèse, je ne te remercie pas; tu n'as fait que ton devoir. » Quand un homme en arrive là, il faut lui tirer son chapeau.

Ses yeux, que je fixai avec ébahissement, me signifiaient mon congé. Je ne partis pas, je fus résolument indiscret. Je savais, pour avoir longtemps contemplé à la Bibliothèque de l'Escurial[1] un certain portrait de Philippe II, que, lorsqu'on regarde en face un visage éclatant de droit, au bout d'un moment, cet éclat s'éteint, qu'un résidu[a] cendreux demeure : c'était ce résidu qui m'intéressait.

Parrottin offrait une belle résistance. Mais, tout d'un coup, son regard s'éteignit, le tableau devint terne. Que restait-il ? Des yeux aveugles, la bouche mince comme un serpent mort et des joues. Des joues pâles et rondes d'enfant : elles s'étalaient sur la toile. Les employés de la S.A.B. ne les avaient jamais soupçonnées : ils ne restaient pas assez longtemps dans le bureau de Parrottin. Quand ils entraient, ils rencontraient ce terrible regard, comme un mur. Par-derrière, les joues[a] étaient à l'abri, blanches et molles. Au bout de combien d'années sa femme les avait-elle remarquées ? Deux ans ? Cinq ans ? Un jour, j'imagine, comme son mari dormait à ses côtés, et qu'un rayon de lune lui caressait le nez, ou bien comme il digérait péniblement, à l'heure chaude, renversé dans un fauteuil, les yeux mi-clos, avec une flaque de soleil sur le menton, elle avait osé le regarder en face : toute cette chair était apparue sans défense, bouffie, baveuse, vaguement obscène[1]. À dater de ce jour, sans doute, Mme Parrottin avait pris le commandement.

Je fis quelques pas en arrière, j'enveloppai d'un même coup d'œil tous ces grands personnages : Pacôme, le président Hébert, les deux Parrottin, le général Aubry. Ils avaient porté des chapeaux hauts-de-forme ; le dimanche, ils rencontraient, dans la rue Tournebride, Mme Gratien, la femme du maire, qui vit sainte Cécile en songe. Ils lui adressaient de grands saluts cérémonieux dont le secret s'est perdu.

On les avait peints très exactement ; et pourtant, sous le pinceau, leurs visages avaient dépouillé la mystérieuse faiblesse des visages d'hommes. Leurs faces, même les plus veules, étaient nettes comme des faïences : j'y cherchais en vain quelque parenté avec les arbres et les bêtes, avec les pensées de la terre[b] ou de l'eau. Je pensais bien qu'ils n'avaient pas eu cette nécessité, de leur vivant. Mais, au moment de passer à la postérité, ils s'étaient confiés à un peintre en renom pour qu'il opérât discrètement sur leur visage ces dragages, ces forages, ces irrigations, par lesquels, tout autour de Bouville, ils avaient transformé la mer et les champs. Ainsi, avec le concours de Renaudas et de Bordurin, ils avaient asservi toute la Nature : hors d'eux et en eux-mêmes. Ce que ces toiles sombres offraient à mes regards, c'était l'homme repensé par l'homme, avec, pour unique parure, la plus belle conquête de l'homme : le bouquet des Droits[c] de l'Homme et du Citoyen. J'admirai sans arrière-pensée le règne humain.

Un monsieur et une dame étaient entrés. Ils étaient vêtus de noir et cherchaient à se faire tout petits. Ils s'arrêtèrent, saisis, sur le pas de la porte, et le monsieur se découvrit machinalement.

« Ah! Ben! » dit la dame fortement émue.

Le monsieur reprit plus vite son sang-froid. Il dit d'un ton respectueux :

« C'est toute une époque!

— Oui, dit la dame, c'est l'époque de ma grand-mère. »

Ils firent quelques pas et rencontrèrent le regard de Jean Parrottin. La dame restait bouche bée, mais le monsieur n'était pas fier : il avait l'air humble, il devait bien connaître les regards intimidants et les audiences écourtées. Il tira doucement sa femme par le bras :

« Regarde celui-ci », dit-il.

Le sourire de Rémy Parrottin avait toujours mis les humbles à leur aise. La femme s'approcha et lut, avec application :

« Portrait de Rémy Parrottin, né à Bouville, en 1849, professeur à l'École de Médecine de Paris, par Renaudas.

— Parrottin, de l'Académie des Sciences, dit son mari, par Renaudas, de l'Institut. C'est de l'Histoire! »

La dame eut un hochement de tête puis elle regarda le Grand Patron.

« Ce qu'il est bien, dit-elle, ce qu'il a l'air intelligent! »

Le mari eut un geste large.

« C'est tous ceux-là qui ont fait Bouville, dit-il avec simplicité.

— C'est bien de les avoir mis là, tous ensemble », dit la dame, attendrie.

Nous étions trois soldats à faire la manœuvre dans cette salle immense. Le mari qui riait de respect[1], silencieusement, me jeta un coup d'œil inquiet et cessa brusquement de rire. Je me détournai et j'allai me planter en face du portrait d'Olivier Blévigne. Une douce jouissance m'envahit : eh bien! j'avais raison. C'était vraiment trop drôle!

La femme s'était approchée de moi.

« Gaston, dit-elle, brusquement enhardie, viens donc! »

Le mari vint vers nous.

« Dis donc, poursuivit-elle, il a sa rue, celui-là : Olivier Blévigne. Tu sais, la petite rue qui grimpe au Coteau Vert juste avant d'arriver à Jouxtebouville. »

Elle ajouta, au bout d'un instant :

« Il n'avait pas l'air commode.

— Non ! Les rouspéteurs devaient trouver à qui parler. »

La phrase m'était adressée[a]. Le monsieur me regarda du coin de l'œil et se mit à rire avec un peu de bruit, cette fois, d'un air fat et tatillon, comme s'il était lui-même Olivier Blévigne.

Olivier Blévigne ne riait pas. Il pointait vers nous sa mâchoire contractée et sa pomme d'Adam saillait.

Il y eut un moment de silence et d'extase.

« On dirait qu'il va bouger », dit la dame.

Le mari expliqua obligeamment :

« C'était un gros négociant en coton. Ensuite il a fait de la politique, il a été député. »

Je le savais. Il y a deux ans, j'ai consulté, à son sujet, le *Petit Dictionnaire des grands hommes de Bouville* de l'abbé Morellet[1]. J'ai copié l'article.

« Blévigne Olivier-Martial, fils du précédent, né et mort à Bouville (1849-1908), fit son droit à Paris et obtint le grade de licencié en 1872. Fortement impressionné par l'insurrection de la Commune, qui l'avait contraint, comme tant de Parisiens, de se réfugier à Versailles sous la protection de l'Assemblée nationale, il se jura, à l'âge où les jeunes gens ne songent qu'au plaisir, " de consacrer sa vie au rétablissement de l'Ordre ". Il tint parole : dès son retour dans notre ville, il fonda le fameux club de l'Ordre, qui réunit chaque soir, pendant de longues années, les principaux négociants et armateurs de Bouville. Ce cercle aristocratique, dont on a pu dire, par boutade, qu'il était plus fermé que le Jockey, exerça jusqu'en 1908 une influence salutaire sur les destinées de notre grand port commercial. Olivier Blévigne épousa, en 1880, Marie-Louise Pacôme, la fille cadette du négociant Charles Pacôme (voir ce nom) et fonda, à la mort de celui-ci, la maison Pacôme-Blévigne et fils. Peu après il se tourna vers la politique active et posa sa candidature à la députation.

« " Le pays, dit-il dans un discours célèbre, souffre de la plus grave maladie : la classe dirigeante ne veut plus commander. Et qui donc commandera, messieurs, si ceux que leur hérédité, leur éducation, leur expérience ont rendus les plus aptes à l'exercice du pouvoir, s'en

détournent par résignation ou par lassitude ? Je l'ai dit
souvent : commander n'est pas un droit de l'élite; c'est
son principal devoir. Messieurs, je vous en conjure : res-
taurons le principe d'autorité! "

« Élu au premier tour le 4 octobre 1885[1], il fut constamment réélu depuis. D'une éloquence énergique et
rude, il prononça de nombreux et brillants discours.
Il était à Paris en 1898 lorsqu'éclata la terrible grève.
Il se transporta d'urgence à Bouville, où il fut l'anima-
teur de la résistance. Il prit l'initiative de négocier avec
les grévistes. Ces négociations, inspirées d'un esprit de
large conciliation, furent interrompues par l'échauffou-
rée de Jouxtebouville. On sait qu'une intervention discrète de la troupe fit rentrer le calme dans les esprits[2].

« La mort prématurée de son fils Octave entré tout
jeune à l'École polytechnique et dont il voulait " faire
un chef " porta un coup terrible à Olivier Blévigne. Il ne
devait pas s'en relever et mourut deux ans plus tard en
février 1908.

« Recueils de discours : *Les Forces morales* (1894.
Épuisé), *Le Devoir de punir* (1900[a]). Les Discours de ce
recueil ont tous été prononcés à propos de l'affaire
Dreyfus. (Épuisé), *Volonté* (1902. Épuisé). On réunit
après sa mort ses derniers discours et quelques lettres à
ses intimes sous le titre *Labor improbus*[3] (chez Plon,
1910). Iconographie : il existe un excellent portrait de
lui par Bordurin au musée de Bouville. »

Un excellent portrait, soit. Olivier Blévigne portait
une petite moustache noire et son visage olivâtre ressemblait un peu à celui de Maurice Barrès. Les deux hommes
s'étaient assurément connus : ils siégeaient sur les mêmes
bancs. Mais le député de Bouville n'avait pas la nonchalance du Président de la ligue des Patriotes. Il était raide
comme une trique et jaillissait de la toile comme un
diable de sa boîte. Ses yeux étincelaient : la pupille était
noire, la cornée rougeâtre. Il pinçait ses petites lèvres
charnues et pressait sa main droite contre sa poitrine.

Comme il m'avait tracassé, ce portrait! Quelquefois
Blévigne m'avait paru trop grand et d'autres fois trop
petit. Mais aujourd'hui, je savais à quoi m'en tenir.

J'avais appris la vérité en feuilletant le *Satirique bouvillois*. Le numéro du 6 novembre 1905 était tout entier
consacré à Blévigne. On le représentait sur la couver-

ture, minuscule, accroché à la crinière du père Combes, avec cette légende : Le Pou du Lion. Et dès la première page, tout s'expliquait : Olivier Blévigne mesurait un mètre cinquante-trois. On raillait sa petite taille et sa voix de rainette, qui avait fait, plus d'une fois, pâmer la Chambre tout entière. On l'accusait de mettre des talonnettes de caoutchouc dans ses bottines. Par contre Mme Blévigne, née Pacôme, était un cheval. « C'est le cas de dire, ajoutait le chroniqueur, qu'il a son double pour moitié. »

Un mètre cinquante-trois! Eh oui : Bordurin, avec un soin jaloux, l'avait entouré de ces objets qui ne risquent point de rapetisser; un pouf, un fauteuil bas, une étagère avec quelques in-douze, un petit guéridon persan. Seulement il lui avait donné la même taille qu'à son voisin Jean Parrottin et les deux toiles avaient les mêmes dimensions. Il en résultait que le guéridon, sur l'une, était presque aussi grand que l'immense table sur l'autre et que le pouf serait venu à l'épaule de Parrottin. Entre les deux portraits l'œil faisait instinctivement la comparaison : mon malaise était venu de là.

À présent, j'avais envie de rire : un mètre cinquante-trois! Si j'avais voulu parler à Blévigne, j'aurais dû me pencher ou fléchir sur les genoux. Je ne m'étonnais plus qu'il levât si impétueusement le nez en l'air : le destin des hommes de cette taille se joue toujours à quelques pouces au-dessus de leur tête.

Admirable puissance de l'art. De ce petit homme à la voix suraiguë, rien ne passerait à la postérité, qu'une face menaçante, qu'un geste superbe et des yeux sanglants de taureau. L'étudiant terrorisé par la Commune, le député minuscule et rageur; voilà ce que la mort avait pris. Mais, grâce à Bordurin, le président du club de l'Ordre, l'orateur des Forces Morales, était immortel.

« Oh! Le pauvre petit Pipo! »

La dame avait poussé un cri étouffé : sous le portrait d'Octave Blévigne, « fils du précédent », une main pieuse avait tracé ces mots :

« Mort à Polytechnique en 1904[1]. »

« Il est mort! C'est comme le fils Arondel. Il avait l'air intelligent. Ce que sa maman a dû avoir de la peine! Aussi ils en font trop dans ces grandes Écoles. Le cerveau travaille, même pendant le sommeil. Moi, j'aime bien ces bicornes, ça fait chic. Des casoars, ça s'appelle ?

— Non; c'est à Saint-Cyr, les casoars. »

Je contemplai à mon tour le polytechnicien mort en bas âge[1]. Son teint de cire et sa moustache bien pensante auraient suffi à éveiller l'idée d'une mort prochaine. D'ailleurs il avait prévu son destin : une certaine résignation se lisait dans ses yeux clairs, qui voyaient loin. Mais, en même temps, il portait haut la tête; sous cet uniforme, il représentait l'Armée française.

Tu Marcellus eris! Manibus date lilia plenis[2]...

Une rose coupée, un polytechnicien mort : que peut-il y avoir de plus triste ?

Je suivis doucement la longue galerie, saluant au passage, sans m'arrêter, les visages distingués qui sortaient de la pénombre : M. Bossoire[3], président du tribunal de commerce, M. Faby, président du conseil d'administration du port autonome de Bouville, M. Boulange, négociant, avec sa famille, M. Rannequin, maire de Bouville, M. de Lucien, né à Bouville, ambassadeur de France aux États-Unis et poète, un inconnu aux habits de préfet, Mère Sainte-Marie-Louise, supérieure du Grand Orphelinat, M. et Mme Théréson, M. Thiboust-Gouron, président général du conseil des prud'hommes, M. Bobot, administrateur principal de l'Inscription maritime, MM. Brion, Minette, Grelot, Lefèbvre, le docteur et Mme Pain, Bordurin lui-même, peint par son fils Pierre Bordurin. Regards clairs et froids, traits fins, bouches minces. M. Boulange était économe[a] et patient, Mère Sainte-Marie-Louise d'une piété industrieuse, M. Thiboust-Gouron était dur pour lui-même comme pour autrui. Mme Théréson luttait sans faiblir contre un mal profond. Sa bouche infiniment lasse disait assez sa souffrance. Mais jamais cette femme pieuse n'avait dit : « J'ai mal. » Elle prenait le dessus : elle composait des menus et présidait des Sociétés de bienfaisance. Parfois, au milieu d'une phrase, elle fermait lentement les paupières et la vie abandonnait son visage. Cette défaillance ne durait guère plus d'une seconde; bientôt Mme Théréson rouvrait les yeux, reprenait sa phrase. Et l'on chu-

chotait dans l'ouvroir : « Pauvre Mme Théréson! Elle
ne se plaint jamais. »

J'avais traversé le salon Bordurin-Renaudas dans
toute sa longueur. Je me retournai. Adieu beaux lys,
tout en finesse dans vos petits sanctuaires peints, adieu
beaux lys, notre orgueil et notre raison d'être, adieu,
Salauds[a1].

Lundi[b].

Je n'écris plus mon livre sur Rollebon; c'est fini, je ne
peux plus[c] l'écrire. Qu'est-ce que je vais faire de ma vie ?

Il était trois heures. J'étais assis à ma table; j'avais
posé à côté de moi la liasse des lettres que j'ai volées à
Moscou; j'écrivais :

« On avait pris soin de répandre les bruits les plus
sinistres. M. de Rollebon dut se laisser prendre à cette
manœuvre, puisqu'il écrivit à son neveu, en date du
13 septembre, qu'il venait de rédiger son testament. »

Le marquis était présent : en attendant de l'avoir définitivement installé dans l'existence historique, je lui prê-
tais ma vie. Je le sentais comme une chaleur légère au
creux de l'estomac.

Je m'avisai tout à coup d'une objection qu'on ne
manquerait pas de me faire : Rollebon était loin d'être
franc avec son neveu, dont il voulait user, si le coup
manquait, comme d'un témoin à décharge auprès de
Paul Ier. Il était fort possible qu'il eût inventé l'histoire
du testament pour se donner l'air d'un naïf.

C'était une petite objection de rien; il n'y avait pas
de quoi fouetter un chat. Elle suffit pourtant à me plonger dans une rêverie morose. Je revis soudain la grosse
bonne de *Chez Camille,* la tête hagarde de M. Achille,
la salle où j'avais si nettement senti que j'étais oublié,
délaissé dans le présent[d]. Je me dis avec lassitude :

« Comment donc, moi qui n'ai pas eu la force de
retenir mon propre passé, puis-je espérer[e] que je sauverai celui d'un autre ? »

Je pris ma plume et j'essayai de me remettre au travail; j'en avais par-dessus la tête, de ces réflexions sur le
passé, sur le présent, sur le monde. Je ne demandais
qu'une chose : qu'on me laisse tranquillement achever
mon livre.

Mais comme mes regards tombaient sur le bloc de feuilles blanches, je fus saisi par son aspect et je restai, la plume en l'air, à contempler ce papier éblouissant : comme il était dur et voyant, comme il était présent. Il n'y avait rien en lui que du présent. Les lettres que je venais d'y tracer n'étaient pas encore sèches et déjà elles ne m'appartenaient plus.

« On avait pris soin de répandre les bruits les plus sinistres... »

Cette phrase, je l'avais pensée, elle avait d'abord été un peu de moi-même. À présent, elle s'était gravée dans le papier, elle faisait bloc contre moi. Je ne la reconnaissais plus. Je ne pouvais même plus la repenser. Elle était là, en face de moi ; en vain y aurais-je cherché une marque d'origine. N'importe qui d'autre avait pu l'écrire. Mais moi, *moi* je n'étais pas sûr de l'avoir écrite. Les lettres, maintenant, ne brillaient plus, elles étaient sèches. Cela aussi avait disparu : il ne restait plus rien de leur éphémère éclat.

Je jetai un regard anxieux autour de moi : du présent, rien d'autre que du présent. Des meubles légers et solides, encroûtés*ᵃ* dans leur présent, une table, un lit, une armoire à glace — et moi-même. La vraie nature du présent se dévoilait : il était ce qui existe, et tout ce qui n'était pas présent n'existait pas. Le passé n'existait pas. Pas du tout. Ni dans les choses ni même dans ma pensée. Certes, depuis longtemps, j'avais compris que le mien m'avait échappé. Mais je croyais, jusqu'alors, qu'il s'était simplement retiré hors de ma portée. Pour moi le passé n'était qu'une mise à la retraite : c'était une autre manière d'exister, un état de vacances et d'inaction ; chaque événement, quand son rôle avait pris fin, se rangeait sagement, de lui-même, dans une boîte et devenait événement honoraire : tant on a de peine à imaginer le néant. Maintenant, je savais : les choses sont tout entières ce qu'elles paraissent — et *derrière* elles... il n'y a rien.

Quelques minutes encore cette pensée m'absorba. Puis je fis un violent mouvement d'épaules pour me libérer et j'attirai vers moi le bloc de papier.

« ... qu'il venait de rédiger son testament. »

Un immense écœurement m'envahit soudain et la plume me tomba des doigts en crachant de l'encre.

Qu'est-ce qui s'était passé ? Avais-je la Nausée ? Non, ce n'était pas cela, la chambre avait son air paterne de tous les jours. C'était à peine si la table me semblait plus lourde, plus épaisse et mon stylo plus compact. Seulement M. de Rollebon venait de mourir pour la deuxième fois.

Tout à l'heure encore il était là, en moi, tranquille et chaud et, de temps en temps, je le sentais remuer. Il était bien vivant, plus vivant pour moi que l'Autodidacte ou la patronne du Rendez-vous des Cheminots. Sans doute il avait ses caprices, il pouvait rester plusieurs jours sans se montrer ; mais souvent, par de mystérieux beaux temps, comme le capucin hygrométrique, il mettait le nez dehors, j'apercevais son visage blafard et ses joues bleues. Et même quand il ne se montrait pas, il pesait lourd sur mon cœur et je me sentais rempli.

À présent il n'en restait plus rien. Pas plus que ne restait, sur ces traces d'encre sèche, le souvenir de leur frais éclat. C'était ma faute : les seules paroles qu'il ne fallait pas dire je les avais prononcées : j'avais dit que le passé n'existait pas. Et d'un seul coup, sans bruit, M. de Rollebon était retourné à son néant.

Je pris ses lettres dans mes mains, je les palpai avec une espèce de désespoir :

« C'est lui, me dis-je, c'est pourtant lui qui a tracé ces signes un à un. Il s'est appuyé sur ce papier, il a posé son doigt sur les feuilles, pour les empêcher de tourner sous la plume. »

Trop tard : ces mots n'avaient plus de sens. Rien d'autre n'existait plus qu'une liasse de feuilles jaunes que je pressais dans mes mains. Il y avait bien cette histoire compliquée : le neveu de Rollebon assassiné en 1810 par la police du Tsar, ses papiers confisqués et transportés aux Archives secrètes puis, cent dix ans plus tard, déposés par les Soviets, qui ont pris le pouvoir, à la bibliothèque d'État où je les vole en 1923. Mais cela n'avait pas l'air vrai et, de ce vol que j'ai commis moi-même, je ne conservais aucun vrai souvenir. Pour expliquer la présence de ces papiers dans ma chambre, il n'eût pas été difficile de trouver cent autres histoires plus croyables : toutes, en face de ces feuillets[a] rugueux, sembleraient creuses et légères comme des bulles. Plutôt que de compter sur eux pour me mettre en communication avec Rollebon, je ferais mieux de m'adresser tout de suite aux tables tournantes. Rollebon n'était plus. Plus du tout. S'il restait encore de lui quelques os, ils existaient pour eux-mêmes, en toute indépendance, ils n'étaient plus qu'un peu de phosphate et de carbonate de chaux avec des sels et de l'eau.

Je fis une dernière tentative; je me répétai ces mots de Mme de Genlis par lesquels — d'ordinaire — j'évoque le Marquis : « son petit visage ridé, propre et net, tout grêlé de petite vérole, où il y avait une malice singulière qui sautait aux yeux, quelque effort qu'il fît pour la dissimuler. »

Son visage[a] m'apparut docilement, son nez pointu, ses joues bleues, son sourire. Je pouvais former ses traits à volonté, peut-être même avec plus de facilité qu'auparavant. Seulement ce n'était plus qu'une image en moi, une fiction. Je soupirai, je me laissai aller en arrière contre le dossier de ma chaise, avec l'impression d'un manque intolérable.

Quatre heures sonnent. Voilà une heure que je suis là, bras ballants, sur ma chaise. Il commence à faire sombre. À part cela rien n'a changé dans cette chambre : le papier blanc est toujours sur la table, à côté du stylo et de l'encrier... Mais jamais plus je n'écrirai sur la feuille commencée. Jamais plus, en suivant la rue des Mutilés et le boulevard de la Redoute, je ne me rendrai à la Bibliothèque pour y consulter les archives.

J'ai envie de[b] sauter sur mes pieds et de sortir, de faire n'importe quoi pour m'étourdir. Mais si je lève un doigt, si je ne me tiens pas absolument tranquille, je sais bien ce qui va m'arriver. Je ne *veux pas* que ça m'arrive encore. Ça viendra toujours trop tôt. Je ne bouge pas; je lis machinalement, sur la feuille du bloc, le paragraphe que j'ai laissé inachevé :

« On avait pris soin de répandre les bruits les plus sinistres. M. de Rollebon dut se laisser prendre à cette manœuvre, puisqu'il écrivit à son neveu en date du 13 septembre, qu'il venait de rédiger son testament. »

La grande affaire Rollebon a pris fin, comme une grande passion[1]. Il va falloir trouver autre chose. Il y a quelques années, à Shanghaï, dans le bureau de Mercier[2], je suis soudain sorti d'un songe, je me suis réveillé.

Ensuite j'ai fait un autre songe, je vivais à la cour des Tsars, dans de vieux palais si froids que des stalactites de glace se formaient, en hiver, au-dessus des portes. Aujourd'hui, je me réveille, en face d'un bloc de papier blanc. Les flambeaux, les fêtes glaciales, les uniformes, les belles épaules frissonnantes ont disparu. À la place il reste *quelque chose* dans la chambre tiède, quelque chose que je ne veux pas voir.

M. de Rollebon était mon associé : il avait besoin de moi pour être et j'avais besoin de lui pour ne pas sentir mon être. Moi, je fournissais la matière brute, cette matière dont j'avais à revendre, dont je ne savais que faire : l'existence, *mon* existence. Lui, sa partie, c'était de représenter. Il se tenait en face de moi et s'était emparé de ma vie pour me *représenter* la sienne. Je ne m'apercevais plus que j'existais, je n'existais plus en moi, mais en lui; c'est pour lui que je mangeais, pour lui que je respirais, chacun de mes mouvements avait son sens au-dehors, là, juste en face de moi, en lui; je ne voyais plus ma main qui traçait les lettres sur le papier, ni même la phrase que j'avais écrite — mais, derrière, au-delà du papier, je voyais le marquis, qui avait réclamé ce geste, dont ce geste prolongeait, consolidait l'existence. Je n'étais qu'un moyen de le faire vivre, il était ma raison d'être, il m'avait délivré de moi. Qu'est-ce que je vais faire à présent ?

Surtout ne pas bouger, *ne pas bouger*... Ah!

Ce mouvement d'épaules, je n'ai pas pu le retenir...

La Chose, qui attendait, s'est alertée, elle a fondu sur moi, elle se coule en moi, j'en suis plein. — Ce n'est rien : la Chose, c'est moi. L'existence, libérée, dégagée, reflue sur moi. J'existe.

J'existe. C'est doux, si doux, si lent. Et léger : on dirait que ça tient en l'air tout seul. Ça remue. Ce sont des effleurements partout qui fondent et s'évanouissent. Tout doux, tout doux. Il y a de l'eau mousseuse dans ma bouche. Je l'avale, elle glisse dans ma gorge, elle me caresse — et la voilà qui renaît dans ma bouche. J'ai dans la bouche à perpétuité une petite mare d'eau blanchâtre — discrète — qui frôle ma langue. Et cette mare, c'est encore moi. Et la langue. Et la gorge, c'est moi.

Je vois ma main, qui s'épanouit sur la table. Elle vit

— c'est moi. Elle s'ouvre, les doigts se déploient et[a] pointent. Elle est sur le dos. Elle me montre son ventre gras. Elle a l'air d'une bête à la renverse. Les doigts, ce sont les pattes. Je m'amuse à les faire remuer, très vite, comme les pattes d'un crabe qui est tombé sur le dos. Le crabe est mort : les pattes se recroquevillent, se ramènent sur le ventre de ma main. Je vois les ongles — la seule chose de moi qui ne vit pas. Et encore. Ma main se retourne, s'étale à plat ventre, elle m'offre à présent son dos. Un dos argenté, un peu brillant — on dirait un poisson, s'il n'y avait pas les poils roux à la naissance des phalanges. Je sens ma main. C'est moi, ces deux bêtes qui s'agitent au bout de mes bras. Ma main gratte une de ses pattes, avec l'ongle d'une autre patte ; je sens son poids sur la table qui n'est pas moi. C'est long, long, cette impression de poids, ça ne passe pas. Il n'y a pas de raison pour que ça passe. À la longue, c'est intolérable... Je retire ma main, je la mets dans ma poche. Mais je sens tout de suite, à travers l'étoffe, la chaleur de ma cuisse. Aussitôt, je fais sauter ma main de ma poche ; je la laisse pendre contre le dossier de la chaise. Maintenant, je sens son poids au bout de mon bras. Elle tire un peu, à peine, mollement, moelleusement, elle existe. Je n'insiste pas[b] : où que je la mette, elle continuera d'exister et je continuerai de sentir qu'elle existe ; je ne peux pas la supprimer, ni supprimer le reste de mon corps, la chaleur humide qui salit ma chemise, ni toute cette graisse chaude qui tourne paresseusement, comme si on la remuait à la cuiller, ni toutes les sensations qui se promènent là-dedans, qui vont et viennent, remontent de mon flanc à mon aisselle ou bien qui végètent doucement, du matin jusqu'au soir, dans leur coin habituel.

Je me lève en sursaut : si seulement je pouvais m'arrêter de penser, ça irait déjà mieux. Les pensées, c'est ce qu'il y a de plus fade. Plus fade encore que de la chair. Ça s'étire à n'en plus finir et ça laisse un drôle de goût. Et puis il y a les mots, au-dedans des pensées, les mots inachevés, les ébauches de phrase qui reviennent tout le temps : « Il faut que je fini... J'ex... Mort... M. de Roll est mort... Je ne suis pas... J'ex... » Ça va, ça va... et ça ne finit jamais. C'est pis que le reste parce que je me sens responsable et complice. Par exemple, cette espèce de rumination douloureuse : *j'existe,* c'est moi qui l'entretiens. Moi. Le corps, ça vit tout seul, une fois que ça a commencé. Mais la pensée, c'est *moi* qui la continue, qui la déroule. J'existe. Je pense que j'existe. Oh, le long serpentin, ce sentiment d'exister — et je le déroule, tout doucement... Si je pouvais m'empêcher de penser! J'essaie, je réussis : il me semble que ma tête s'emplit de fumée... et voilà que ça recommence : « Fumée... ne pas penser... Je ne veux pas penser... Je pense que je ne veux pas penser. Il ne faut pas que je pense que je ne veux pas penser. Parce que c'est encore une pensée. » On n'en finira donc jamais ?

Ma pensée c'est *moi* : voilà pourquoi je ne peux pas m'arrêter. J'existe parce que je pense[a]... et je ne peux pas m'empêcher de penser. En ce moment même — c'est affreux — si j'existe, *c'est parce que* j'ai horreur d'exister. C'est moi, *c'est moi* qui me tire du néant auquel j'aspire : la haine, le dégoût d'exister, ce sont autant de manières de *me faire* exister, de m'enfoncer dans l'existence. Les pensées naissent par-derrière moi, comme un vertige, je les sens naître derrière ma tête... si je cède, elles vont venir là devant, entre mes yeux — et je cède toujours, la pensée grossit, grossit et la voilà, l'immense, qui me remplit tout entier et renouvelle mon existence.

Ma salive est sucrée[b], mon corps est tiède; je me sens fade. Mon canif est sur la table. Je l'ouvre. Pourquoi pas ? De toute façon, ça changerait un peu. Je pose ma main gauche sur le bloc-notes et je m'envoie un bon coup de couteau dans la paume[1]. Le geste était trop nerveux; la lame a glissé, la blessure est superficielle[c]. Ça saigne. Et puis après ? Qu'est-ce qu'il y a de changé ? Tout de même, je regarde avec satisfaction, sur la feuille blanche, en travers des lignes que j'ai tracées tout à l'heure, cette petite mare de sang qui a cessé enfin d'être moi. Quatre lignes sur une feuille blanche, une tache de sang, c'est ça qui fait un beau souvenir. Il faudra que j'écrive au-dessous : « Ce jour-là, j'ai renoncé à faire mon livre sur le marquis de Rollebon. »

Est-ce que je vais soigner ma main ? J'hésite. Je regarde la petite coulée monotone du sang. Le voilà justement qui coagule. C'est fini. Ma peau a l'air rouillée, autour de la coupure. Sous la peau, il ne reste qu'une petite sensation pareille aux autres, peut-être encore plus fade.

C'est la demie de cinq heures qui sonne. Je me lève, ma chemise froide se colle à ma chair. Je sors. Pourquoi ? Eh bien, parce que je n'ai pas non plus de raisons pour ne pas le faire. Même si je reste, même si je me blottis en silence dans un coin, je ne m'oublierai pas. Je serai là, je pèserai sur le plancher. Je suis.

J'achète un journal en passant. Sensationnel. Le corps de la petite Lucienne a été retrouvé ! Odeur d'encre, le papier se froisse entre mes doigts. L'ignoble individu a pris la fuite. L'enfant a été violée[1]. On a retrouvé son corps, ses doigts crispés dans la boue. Je roule le journal en boule mes doigts crispés sur le journal, odeur d'encre, mon Dieu comme les choses existent fort aujourd'hui. La petite Lucienne a été violée. Étranglée. Son corps existe encore, sa chair meurtrie[a]. *Elle* n'existe plus. Ses mains. Elle n'existe plus. Les maisons. Je marche entre les maisons, je suis entre les maisons, tout droit sur le pavé ; le pavé sous mes pieds existe, les maisons se referment sur moi, comme l'eau se referme sur moi sur le papier en montagne de cygne, je suis. Je suis j'existe je pense donc je suis[2] ; je suis parce que je pense, pourquoi est-ce que je pense ? je ne veux plus penser je suis parce que je pense que je ne veux pas être[b], je pense que je... parce que... pouah ! Je fuis, l'ignoble individu a pris la fuite, son corps violé. Elle a senti cette autre chair qui se glissait dans la sienne. Je... voilà que je... Violée. Un doux désir sanglant de viol me prend par-derrière, tout doux, derrière les oreilles[c], les oreilles filent derrière moi, les cheveux roux, ils sont roux sur ma tête, une herbe mouillée, une herbe rousse, est-ce encore moi ? et le journal est-ce encore moi ? tenir le journal existence contre existence, les choses existent les unes contre les autres, je lâche ce journal. La maison jaillit, elle existe devant moi le long du mur je passe, le long du long mur j'existe, devant le mur, un pas, le mur existe devant moi, une deux, derrière moi, le mur est derrière moi, un doigt[d] qui gratte dans ma culotte gratte, gratte et tire le doigt de la petite maculé[e] de boue, la boue sur mon doigt qui sortait[f] du ruisseau boueux et retombe doucement, doucement, mollissait, grattait moins fort les doigts de la petite qu'on étranglait, ignoble individu, grattaient la boue, la terre moins fort, le doigt glisse doucement, tombe la tête la première et caresse roulé chaud contre[g] ma cuisse ; l'existence est molle et roule et ballotte, je ballotte entre les maisons[a], je suis, j'existe, je pense donc je ballotte, je suis, l'existence est une chute tombée, tombera pas, tombera, le doigt gratte à la lucarne[b], l'existence est une imperfection. Le monsieur. Le beau monsieur existe. Le monsieur sent qu'il existe. Non, le beau monsieur qui passe, fier et doux comme un volubilis, ne sent pas qu'il existe. S'épanouir; j'ai mal à la main[c] coupée, existe, existe, existe. Le beau monsieur existe Légion d'honneur, existe moustache, c'est tout; comme on doit être heureux de n'être qu'une Légion d'honneur et qu'une moustache et le reste personne ne le voit, il voit les deux bouts pointus de sa moustache des deux côtés du nez; je ne pense pas donc je suis une moustache. Ni son corps maigre ni ses grands pieds il ne les voit, en fouillant au fond du pantalon, on découvrirait une paire de petites gommes grises[d]. Il a la Légion d'honneur, les Salauds ont le droit d'exister : « j'existe parce que c'est mon droit ». J'ai le droit d'exister donc j'ai le droit de ne pas penser : le doigt se lève. Est-ce que je vais… ? caresser dans l'épanouissement des draps blancs la chair blanche épanouie qui retombe douce toucher les moiteurs fleuries[e] des aisselles les élixirs et les liqueurs et les florescences de la chair entrer dans l'existence de l'autre dans les muqueuses rouges à la lourde douce douce odeur d'existence me sentir exister entre les douces lèvres[f] mouillées les lèvres rouges de sang pâle les lèvres palpitantes qui bâillent toutes mouillées d'existence toutes mouillées d'un pus clair entre les lèvres mouillées sucrées qui larmoient[g] comme des yeux. Mon corps de chair qui vit la chair qui grouille et tourne doucement liqueurs qui tourne crème la chair qui tourne tourne tourne l'eau douce et sucrée de ma chair le sang de ma main j'ai mal doux à ma chair meurtrie qui tourne marche je marche je fuis je suis un ignoble individu à la chair meurtrie meurtrie d'existence à ces murs. J'ai froid je fais un pas j'ai froid un pas je tourne à gauche il tourne à gauche il pense qu'il tourne à gauche fou suis-je fou[h] ? Il dit qu'il a peur d'être fou l'existence vois-tu petit dans l'existence il s'arrête le corps s'arrête il pense qu'il s'arrête d'où vient-il ? Que fait-il ? Il repart il a peur très peur ignoble individu[i] le désir comme une brume le désir le dégoût il dit qu'il est dégoûté d'exister est-il

dégoûté ? fatigué de dégoûté d'exister. Il court. Qu'es-
père-t-il ? Il court se fuir se jeter dans le bassin ? Il court
le cœur le cœur qui bat c'est une fête, le cœur existe,
les jambes existent le souffle existe ils existent courant
soufflant battant tout mou tout doux s'essouffle m'essouffle, il dit qu'il s'essouffle ; l'existence prend mes
pensées par-derrière et doucement les épanouit *par-derrière ;* on me prend par-derrière, on me force par-derrière
de penser, donc d'être quelque chose, derrière moi qui
souffle en légères bulles d'existence, il est bulle de brume
de désir, il est pâle dans la glace comme un mort, Rollebon est mort, Antoine Roquentin n'est pas mort, m'évanouir : il dit qu'il voudrait s'évanouir, il court, il court
le furet (par-derrière) par-derrière *par-derrière,* la petite
Lucile[1] assaillie par-derrière, violée par l'existence par-
derrière, il demande grâce, il a honte de demander grâce,
pitié, au secours, au secours donc j'existe, il entre au
bar de la Marine, les petites glaces du petit bordel, il est
pâle dans les petites glaces du petit bordel le grand roux
mou qui se laisse tomber sur la banquette, le pick-up
joue, existe, tout tourne, existe le pick-up, le cœur bat :
tournez, tournez liqueurs de la vie, tournez gelées,
sirops de ma chair, douceurs... le pick-up.

> *When the mellow moon begins to beam*[a]
> *Every night I dream a little dream*[2].

La voix, grave et rauque, apparaît brusquement et le
monde s'évanouit, le monde des existences. Une femme
de chair a eu cette voix, elle a chanté devant un disque,
dans sa plus belle toilette et l'on enregistrait sa voix. La
femme : bah ! elle existait comme moi, comme Rollebon,
je n'ai pas envie de la connaître. Mais il y a ça. On ne
peut pas dire que cela existe. Le disque qui tourne existe,
l'air frappé par la voix, qui vibre, existe, la voix qui
impressionna le disque exista. Moi qui écoute, j'existe.
Tout est plein, l'existence partout, dense et lourde et
douce. Mais, par-delà toute cette douceur, inaccessible,
toute proche, si loin hélas, jeune, impitoyable et sereine
il y a cette... cette rigueur.

Mardi[b].

Rien. Existé.

Mercredi[1].

Il y a un rond*a* de soleil sur la nappe en papier. Dans le rond, une mouche se traîne, engourdie, se chauffe et frotte ses pattes de devant l'une contre l'autre. Je vais lui rendre le service de l'écraser. Elle ne voit pas surgir cet index géant dont les poils dorés brillent au soleil.

« Ne la tuez pas, monsieur! » s'écrie l'Autodidacte.

Elle éclate, ses petites tripes blanches sortent de son ventre; je l'ai débarrassée de l'existence. Je dis sèchement à l'Autodidacte :

« C'était un service à lui rendre. »

Pourquoi suis-je ici ? — Et pourquoi n'y serais-je pas ? Il est midi, j'attends qu'il soit l'heure de dormir. (Heureusement, le sommeil ne me fuit pas.) Dans quatre jours, je reverrai Anny : voilà, pour l'instant, ma seule raison de vivre. Et après ? Quand Anny m'aura quitté ? Je sais bien ce que, sournoisement, j'espère : j'espère qu'elle ne me quittera plus jamais. Je devrais pourtant bien savoir qu'Anny n'acceptera jamais de vieillir devant moi. Je suis faible et seul, j'ai besoin d'elle. J'aurais voulu la revoir dans ma force : Anny*b* est sans pitié pour les épaves.

« Êtes-vous bien, monsieur? Vous sentez-vous bien ? »

L'Autodidacte me regarde de côté avec des yeux rieurs. Il halète un peu, la bouche ouverte, comme un chien hors d'haleine. Je l'avoue : ce matin j'étais presque heureux de le revoir, j'avais besoin de parler.

« Comme je suis heureux de vous avoir à ma table, dit-il, si vous avez froid, nous pourrions nous installer à côté du calorifère. Ces messieurs vont bientôt partir, ils ont demandé leur addition. »

Quelqu'un se soucie de moi, se demande si j'ai froid; je parle à un autre homme : il y a des années que cela ne m'est arrivé.

« Ils s'en vont, voulez-vous que nous changions de place ? »

Les deux messieurs ont allumé des cigarettes. Ils sortent, les voilà dans l'air pur, au soleil. Ils passent le long des grandes vitres, en tenant leurs chapeaux à deux mains. Ils rient; le vent ballonne leurs manteaux. Non, je ne veux pas changer de place. À quoi bon ? Et puis, à travers les vitres, entre les toits blancs des cabines de bain, je vois la mer, verte et compacte.

L'Autodidacte a sorti de son portefeuille deux rectangles de carton violet. Il les donnera tout à l'heure à la caisse. Je déchiffre à l'envers sur l'un d'eux :

> « Maison Bottanet, cuisine bourgeoise.
> « Le déjeuner à prix fixe : 8 francs.
> « Hors-d'œuvre au choix.
> « Viande garnie.
> « Fromage ou dessert.
> « 140 francs les 20 cachets. »

Ce type qui mange à la table ronde, près de la porte, je le reconnais maintenant : il descend souvent à l'hôtel Printania, c'est un voyageur de commerce. De temps à autre, il pose sur moi son regard attentif et souriant; mais il ne me voit pas; il est trop absorbé à épier ce qu'il mange. De l'autre côté de la caisse, deux hommes rouges et trapus dégustent des moules en buvant du vin blanc. Le plus petit, qui a une mince moustache jaune, raconte une histoire dont il s'amuse lui-même. Il prend des temps et rit, en montrant des dents éblouissantes. L'autre ne rit pas; ses yeux sont durs. Mais il fait souvent « oui » avec la tête. Près de la fenêtre, un homme maigre et brun, aux traits distingués, avec de beaux cheveux blancs rejetés en arrière, lit pensivement son journal. Sur la banquette, à côté de lui, il a posé une serviette de cuir. Il boit de l'eau de Vichy. Dans un moment, tous ces gens vont sortir; alourdis par la nourriture, caressés par la brise, le pardessus grand ouvert, la tête un peu chaude, un peu bruissante, ils marcheront le long de la balustrade en regardant les enfants sur la plage et les bateaux sur la mer; ils iront à leur travail. Moi, je n'irai nulle part, je n'ai pas de travail.

L'Autodidacte rit avec innocence et le soleil se joue dans ses rares cheveux :

« Voulez-vous choisir votre menu ? »

Il me tend la carte : j'ai droit à un hors-d'œuvre au choix : cinq rondelles de saucisson ou des radis ou des crevettes grises ou un ravier de céleri rémoulade. Les escargots de Bourgogne sont supplémentés.

« Vous me donnerez un saucisson », dis-je à la bonne.

Il m'arrache la carte des mains :

« N'y a-t-il rien de meilleur ? Voilà des escargots de Bourgogne.

— C'est que je n'aime pas beaucoup les escargots.

— Ah! Alors des huîtres ?

— C'est quatre francs de plus, dit la bonne.

— Eh bien, des huîtres, mademoiselle — et des radis pour moi. »

Il m'explique en rougissant :

« J'aime beaucoup les radis. »

Moi aussi[1].

« Et ensuite ? » demande-t-il.

Je parcours la liste des viandes. Le bœuf en daube me tenterait. Mais je sais d'avance que j'aurai du poulet chasseur, c'est la seule viande supplémentée.

« Vous donnerez, dit-il, un poulet chasseur à monsieur. Pour moi, un bœuf en daube, mademoiselle. »

Il retourne la carte : la liste des vins est au verso.

« Nous allons prendre du vin, dit-il d'un air un peu solennel.

— Eh bien, dit la bonne, on se dérange! Vous n'en buvez jamais.

— Mais je peux très bien supporter un verre de vin à l'occasion. Mademoiselle, voulez-vous nous donner une carafe de rosé d'Anjou ? »

L'Autodidacte pose la carte, rompt son pain en petits morceaux et frotte son couvert avec sa serviette. Il jette un coup d'œil sur l'homme aux cheveux blancs qui lit son journal, puis il me sourit :

« À l'ordinaire, je viens ici avec un livre, quoiqu'un médecin me l'ait déconseillé : on mange trop vite, on ne mâche pas. Mais j'ai un estomac d'autruche, je peux avaler n'importe quoi. Pendant l'hiver de 1917, quand j'étais prisonnier, la nourriture était si mauvaise que tout le monde est tombé malade. Naturellement, je me suis fait porter malade comme les autres : mais je n'avais rien. »

Il a été prisonnier de guerre... C'est la première fois qu'il m'en parle; je n'en reviens pas : je ne puis me l'imaginer autrement qu'autodidacte.

« Où étiez-vous prisonnier ? »

Il ne répond pas. Il a posé sa fourchette et me regarde avec une prodigieuse intensité. Il va me raconter ses ennuis : à présent, je me rappelle que quelque chose n'allait pas, à la Bibliothèque. Je suis tout oreilles : je ne demande qu'à m'apitoyer sur les ennuis des autres, cela me changera. Je n'ai pas d'ennuis, j'ai de l'argent comme un rentier, pas de chef, pas de femme ni d'enfants; j'existe, c'est tout. Et c'est si vague, si métaphysique, cet ennui-là, que j'en ai honte.

L'Autodidacte n'a pas l'air de vouloir parler. Quel curieux regard il me jette : ce n'est pas un regard pour voir, mais plutôt pour communion d'âmes. L'âme de l'Autodidacte est montée jusqu'à ses magnifiques yeux d'aveugle où elle affleure. Que la mienne en fasse autant, qu'elle vienne coller son nez aux vitres : toutes deux se feront des politesses.

Je ne veux pas de communion d'âmes, je ne suis pas tombé si bas. Je me recule. Mais l'Autodidacte avance le buste au-dessus de la table, sans me quitter des yeux. Heureusement, la serveuse lui apporte ses radis. Il retombe sur sa chaise, son âme disparaît de ses yeux, il se met docilement à manger.

« Ça s'est arrangé, vos ennuis ? »

Il sursaute :

« Quels ennuis, monsieur ? demande-t-il d'un air effaré.

— Vous savez bien, l'autre jour vous m'en aviez parlé. »

Il rougit violemment.

« Ha! dit-il d'une voix sèche. Ha! oui, l'autre jour. Eh bien, c'est ce Corse, monsieur, ce Corse de la Bibliothèque. »

Il hésite une seconde fois, avec un air têtu de brebis :

« Ce sont des ragots, monsieur, dont je ne veux pas vous importuner. »

Je n'insiste pas. Il mange, sans qu'il y paraisse, avec une rapidité extraordinaire. Il a déjà fini ses radis quand on m'apporte les huîtres. Il ne reste sur son assiette qu'un paquet de queues vertes et un peu de sel mouillé.

Dehors, deux jeunes gens se sont arrêtés devant le menu, qu'un cuisinier de carton leur présente de la main gauche (de la droite il tient une poêle à frire). Ils hésitent. La femme a froid, elle rentre le menton dans son col de fourrure. Le jeune homme se décide le premier, il ouvre la porte et s'efface pour laisser passer sa compagne.

Elle entre. Elle regarde autour d'elle d'un air aimable et frissonne un peu :

« Il fait chaud », dit-elle d'une voix grave.

Le jeune homme referme la porte.

« Messieurs dames », dit-il.

L'Autodidacte se retourne et dit gentiment :

« Messieurs dames. »

Les autres clients ne répondent pas, mais le monsieur distingué baisse un peu son journal et scrute les nouveaux arrivants d'un regard profond.

« Merci, ce n'est pas la peine. »

Avant que la serveuse, accourue pour l'aider, ait pu faire un geste, le jeune homme s'est souplement débarrassé de son imperméable. Il porte, en guise de veston, un blouson de cuir avec une fermeture éclair. La serveuse, un peu déçue, s'est tournée vers la jeune femme. Mais il la devance encore et aide, avec des gestes doux et précis, sa compagne à ôter son manteau. Ils s'asseyent près de nous, l'un contre l'autre. Ils n'ont pas l'air de se connaître depuis longtemps. La jeune femme a un visage las et pur, un peu boudeur. Elle enlève soudain son chapeau et secoue ses cheveux noirs en souriant.

L'Autodidacte les contemple longuement, avec bonté ; puis il se tourne vers moi et me fait un clin d'œil attendri comme s'il voulait dire : « Sont-ils beaux ! »

Ils ne sont pas laids. Ils se taisent, ils sont heureux d'être ensemble, heureux qu'on les voie ensemble. Quelquefois, quand nous entrions, Anny et moi, dans un restaurant de Piccadilly, nous nous sentions les objets de contemplations attendries. Anny s'en agaçait, mais, je l'avoue, j'en étais un peu fier. Étonné surtout ; je n'ai jamais eu l'air propret qui va si bien à ce jeune homme et l'on ne peut même pas dire que ma laideur soit émouvante. Seulement nous étions jeunes : à présent, j'ai l'âge de m'attendrir sur la jeunesse des autres. Je ne m'attendris pas. La femme a des yeux sombres et doux ; le jeune homme une peau orangée, un peu grenue et un charmant petit menton volontaire. Ils me touchent, c'est vrai, mais ils m'écœurent aussi un peu. Je les sens si loin de moi : la chaleur les alanguit, ils poursuivent en leur cœur un même rêve, si doux, si faible. Ils sont à l'aise, ils regardent avec confiance les murs jaunes, les gens, ils trouvent que le monde est bien comme il est,

tout juste comme il est et chacun d'eux, provisoirement,
puise le sens de sa vie dans celle de l'autre[1]. Bientôt, à
eux deux, ils ne feront plus qu'une seule vie, une vie
lente et tiède qui n'aura plus du tout de sens — mais ils
ne s'en apercevront pas.

Ils ont l'air de s'intimider l'un l'autre. Pour finir, le
jeune homme, d'un air gauche et résolu, prend du bout
des doigts la main de sa compagne. Elle respire fortement et ils se penchent ensemble sur le menu. Oui, ils
sont heureux. Et puis, après ?

L'Autodidacte prend l'air amusé, un peu mystérieux :

« Je vous ai vu avant-hier.

— Où donc ?

— Ha ! ha ! » dit-il respectueusement taquin.

Il me fait attendre un instant, puis :

« Vous sortiez du Musée.

— Ah oui, dis-je, pas avant-hier : samedi. »

Avant-hier, je n'avais certes pas le cœur à courir les
musées.

« Avez-vous vu cette fameuse reproduction en bois
sculpté de l'attentat d'Orsini[2] ?

— Je ne connais pas cela.

— Est-ce possible ? Elle est dans une petite salle, à
droite en entrant. C'est l'ouvrage d'un insurgé de la
Commune qui vécut à Bouville jusqu'à l'amnistie[3], en se
cachant dans un grenier. Il avait voulu s'embarquer
pour l'Amérique, mais ici la police du port est bien
faite. Un homme admirable. Il employa ses loisirs forcés
à sculpter un grand panneau de chêne. Il n'avait pas
d'autres instruments que son canif et une lime à ongles.
Il faisait les morceaux délicats à la lime : les mains, les
yeux. Le panneau a un mètre cinquante de long sur un
mètre de large ; toute l'œuvre est d'un seul tenant ; il y a
soixante-dix personnages, chacun de la grandeur de ma
main, sans compter les deux chevaux qui traînent la voiture de l'empereur. Et les visages, monsieur, ces visages
faits à la lime, ils ont tous de la physionomie, un air
humain. Monsieur, si je puis me permettre, c'est un
ouvrage qui vaut la peine d'être vu[4]. »

Je ne veux pas m'engager :

« J'avais simplement voulu revoir les tableaux de
Bordurin. »

L'Autodidacte s'attriste brusquement :

« Ces portraits dans le grand salon ? Monsieur, dit-il, avec un sourire tremblant, je n'entends rien à la peinture. Certes, il ne m'échappe pas que Bordurin est un grand peintre, je vois bien qu'il a de la touche, de la patte, comment dit-on ? Mais le plaisir, monsieur, le plaisir esthétique m'est étranger. »

Je lui dis avec sympathie :

« Moi c'est pareil pour la sculpture.

— Ah, monsieur ! Hélas, moi aussi. Et pour la musique, et pour la danse. Pourtant, je ne suis pas sans quelques connaissances. Eh bien, c'est inconcevable : j'ai vu des jeunes gens qui ne savaient pas la moitié de ce que je sais et qui, placés devant un tableau, paraissaient éprouver du plaisir.

— Ils devaient faire semblant, dis-je d'un air encourageant.

— Peut-être... »

L'Autodidacte rêve un moment :

« Ce qui me désole, ce n'est pas tant d'être privé d'une certaine espèce de jouissance, c'est plutôt que toute une branche de l'activité humaine me soit étrangère... Pourtant je suis un homme et des *hommes* ont fait ces tableaux... »

Il reprend soudain, la voix changée :

« Monsieur, je me suis une fois risqué à penser que le beau n'était qu'une affaire de goût. N'y a-t-il pas des règles différentes pour chaque époque ? Voulez-vous me permettre, monsieur ? »

Je le vois, avec surprise, tirer de sa poche un carnet[a] de cuir noir. Il le feuillette un instant : beaucoup de pages blanches et, de loin en loin, quelques lignes tracées à l'encre rouge. Il est devenu tout pâle. Il a mis le carnet à plat sur la nappe et il pose sa grande main sur la page ouverte. Il tousse avec embarras :

« Il me vient parfois à l'esprit des — je n'ose dire des pensées. C'est très curieux : je suis là, je lis et tout d'un coup, je ne sais d'où cela vient, je suis comme illuminé. D'abord je n'y prenais pas garde, puis je me suis résolu à faire l'achat d'un carnet. »

Il s'arrête et me regarde : il attend.

« Ah ! Ah ! dis-je.

— Monsieur, ces maximes sont naturellement provisoires : mon instruction n'est pas finie. »

Il prend le carnet dans ses mains tremblantes, il est
très ému :

« Voici justement quelque chose sur la peinture. Je
serais heureux si vous me permettiez de vous en donner lecture.

— Très volontiers », dis-je.

Il lit :

« Personne ne croit plus ce que le XVIII siècle tenait
pour vrai. Pourquoi voudrait-on que nous prissions
encore plaisir aux œuvres qu'il tenait pour belles ? »

Il me regarde d'un air suppliant:

« Que faut-il en penser, monsieur ? C'est peut-être
un peu paradoxal ? C'est que j'ai cru pouvoir donner
à mon idée la forme d'une boutade.

— Eh bien je... je trouve cela très intéressant.

— Est-ce que vous l'avez déjà lu quelque part ?

— Mais non, certainement.

— Vraiment, jamais nulle part ? Alors, monsieur,
dit-il rembruni, c'est que cela n'est pas vrai. Si c'était
vrai, quelqu'un l'aurait déjà pensé.

— Attendez donc, lui dis-je, maintenant que j'y réfléchis je crois que j'ai lu quelque chose comme cela. »

Ses yeux brillent; il tire son crayon.

« Chez quel auteur ? me demande-t-il d'un ton précis.

— Chez... chez Renan. »

Il est aux anges.

« Auriez-vous la bonté de me citer le passage exact ?
dit-il en suçant la pointe de son crayon.

— Vous savez, j'ai lu ça il y a très longtemps.

— Oh, ça ne fait rien, ça ne fait rien. »

Il écrit le nom de Renan sur son carnet, au-dessous
de sa maxime.

« Je me suis rencontré avec Renan[1]! J'ai tracé le nom
au crayon, explique-t-il d'un air ravi, mais je le repasserai ce soir à l'encre rouge. »

Il regarde un moment son carnet avec extase et j'attends qu'il me lise d'autres maximes. Mais il le referme
avec précaution et l'enfouit dans sa poche. Sans doute
juge-t-il que c'est assez de bonheur en une seule fois.

« Comme c'est agréable, dit-il d'un air intime, de
pouvoir, quelquefois, comme cela, causer avec abandon. »

Ce pavé, comme on pouvait le supposer, écrase notre
languissante conversation. Un long silence suit.

Depuis l'arrivée des deux jeunes gens, l'atmosphère du restaurant s'est transformée. Les deux hommes rouges se sont tus ; ils détaillent sans se gêner les charmes de la jeune femme. Le monsieur distingué a posé son journal et regarde le couple avec complaisance, presque avec complicité. Il pense que la vieillesse est sage, que la jeunesse est belle, il hoche[a] la tête avec une certaine coquetterie : il sait bien qu'il est encore beau, admirablement conservé, qu'avec son teint brun et son corps mince il peut encore séduire. Il joue à se sentir paternel. Les sentiments de la bonne paraissent plus simples : elle s'est plantée devant les jeunes gens et les contemple bouche bée.

Ils parlent à voix basse. On leur a servi des hors-d'œuvre mais ils n'y touchent pas. En tendant l'oreille je peux saisir des bribes de leur conversation. Je comprends mieux ce que dit la femme, de sa voix riche et voilée.

« Non, Jean, non.

— Pourquoi pas ? murmure le jeune homme avec une vivacité passionnée.

— Je vous l'ai dit.

— Ça n'est pas une raison. »

Il y a quelques mots qui m'échappent, puis la jeune femme fait un charmant geste lassé :

« J'ai trop souvent essayé. J'ai passé l'âge où on peut recommencer sa vie. Je suis vieille, vous savez. »

Le jeune homme rit avec ironie. Elle reprend :

« Je ne pourrais pas supporter une... déception.

— Il faut avoir confiance, dit le jeune homme ; là, comme vous êtes en ce moment, vous ne vivez pas. »

Elle soupire :

« Je sais !

— Regardez Jeannette.

— Oui, dit-elle avec une moue.

— Eh bien, moi je trouve ça très beau, ce qu'elle a fait. Elle a eu du courage.

— Vous savez, dit la jeune femme, elle s'est plutôt précipitée sur l'occasion. Je vous dirai que, si j'avais voulu, j'aurais eu des centaines d'occasions de ce genre. J'ai préféré attendre.

— Vous avez eu raison, dit-il tendrement, vous avez eu raison de m'attendre. »

Elle rit, à son tour :

« Qu'il est fat ! Je n'ai pas dit cela. »

Je ne les écoute plus : ils m'agacent. Ils vont coucher
ensemble. Ils le savent. Chacun d'eux sait que l'autre
le sait. Mais, comme ils sont jeunes, chastes et décents,
comme chacun veut conserver sa propre estime et celle
de l'autre, comme l'amour est une grande chose poétique qu'il ne faut pas effaroucher, ils vont plusieurs
fois la semaine dans les bals et dans les restaurants
offrir le spectacle de leurs petites danses rituelles et
mécaniques[1]...

Après tout, il faut bien tuer le temps. Ils sont jeunes
et bien bâtis, ils en ont encore pour une trentaine d'années. Alors ils ne se pressent pas, ils s'attardent et ils
n'ont pas tort. Quand ils auront couché ensemble, il
faudra qu'ils trouvent autre chose pour voiler l'énorme
absurdité de leur existence. Tout de même... est-il absolument nécessaire de se mentir ?

Je parcours la salle des yeux. C'est une farce ! Tous
ces gens sont assis avec des airs sérieux, ils mangent.
Non, ils ne mangent pas : ils réparent leurs forces pour
mener à bien la tâche qui leur incombe. Ils ont chacun
leur petit entêtement personnel qui les empêche de
s'apercevoir qu'ils existent ; il n'en est pas un qui ne se
croie indispensable à quelqu'un ou à quelque chose.
N'est-ce pas l'Autodidacte qui me disait l'autre jour :
« Nul n'était mieux qualifié que Nouçapié pour[a] entreprendre cette vaste synthèse ? » Chacun d'eux fait une
petite chose et nul n'est mieux qualifié que lui pour la
faire. Nul n'est mieux qualifié que le commis-voyageur,
là-bas, pour placer la pâte dentifrice Swan. Nul n'est
mieux qualifié que cet intéressant jeune homme pour
fouiller sous les jupes de sa voisine. Et moi je suis parmi
eux et, s'ils me regardent, ils doivent penser que nul
n'est mieux qualifié que moi pour faire ce que je fais.
Mais moi *je sais*. Je n'ai l'air de rien, mais je sais que
j'existe et qu'ils existent. Et si je connaissais l'art de
persuader, j'irais m'asseoir auprès du beau monsieur à
cheveux blancs et je lui expliquerais ce que c'est que
l'existence. À l'idée de la tête qu'il ferait, j'éclate de
rire. L'Autodidacte me regarde avec surprise. Je voudrais bien m'arrêter, mais je ne peux pas : je ris aux
larmes[2].

« Vous êtes gai, monsieur, me dit l'Autodidacte d'un air circonspect.

— C'est que je pense, lui dis-je en riant, que nous voilà, tous tant que nous sommes, à manger et à boire pour conserver notre précieuse existence et qu'il n'y a rien, rien, aucune raison d'exister. »

L'Autodidacte est devenu grave, il fait effort pour me comprendre. J'ai ri trop fort : j'ai vu plusieurs têtes qui se tournaient vers moi. Et puis je regrette d'en avoir tant dit. Après tout, cela ne regarde personne.

Il répète lentement.

« Aucune raison d'exister... Vous voulez sans doute dire, monsieur, que la vie est sans but ? N'est-ce pas ce qu'on appelle le pessimisme ? »

Il réfléchit encore un instant, puis il dit, avec douceur :

« J'ai lu, il y a quelques années, un livre d'un auteur américain, il s'appelait *La Vie vaut-elle d'être vécue*[1] ? N'est-ce pas la question que vous vous posez ? »

Évidemment non, ce n'est pas la question que je me pose. Mais je ne veux rien expliquer.

« Il concluait, me dit l'Autodidacte d'un ton consolant, en faveur de l'optimisme volontaire. La vie a un sens si l'on veut bien lui en donner un. Il faut d'abord agir, se jeter dans une entreprise. Si ensuite l'on réfléchit, le sort en est jeté, on est engagé[2]. Je ne sais ce que vous en pensez, monsieur ?

— Rien », dis-je.

Ou plutôt je pense que c'est précisément l'espèce de mensonge que se font perpétuellement le commis-voyageur, les deux jeunes gens et le monsieur aux cheveux blancs.

L'Autodidacte sourit avec un peu de malice et beaucoup de solennité :

« Aussi n'est-ce pas mon avis. Je pense que nous n'avons pas à chercher si loin le sens de notre vie.

— Ah ?

— Il y a un but, monsieur, il y a un but... il y a les hommes. »

C'est juste : j'oubliais qu'il est humaniste. Il reste une seconde silencieux, le temps de faire disparaître, proprement, inexorablement, la moitié de son bœuf en daube et toute une tranche de pain. « Il y a les hommes... » il vient de se peindre tout entier, ce tendre. — Oui,

mais il ne sait pas bien dire ça. Il a de l'âme plein les
yeux, c'est indiscutable, mais l'âme ne suffit pas. J'ai fréquenté autrefois des humanistes parisiens, cent fois je
les ai entendus dire « il y a les hommes », et c'était
autre chose! Virgan était inégalable. Il ôtait ses lunettes,
comme pour se montrer nu, dans sa chair d'homme, il
me fixait de ses yeux émouvants, d'un lourd regard fatigué, qui semblait me déshabiller pour saisir mon essence
humaine, puis il murmurait, mélodieusement : « Il y a
les hommes, mon vieux, il y a les hommes », en donnant au « Il y a » une sorte de puissance gauche, comme
si son amour des hommes, perpétuellement neuf et
étonné, s'embarrassait dans ses ailes géantes.

Les mimiques de l'Autodidacte n'ont pas acquis ce
velouté; son amour des hommes est naïf et barbare : un
humaniste de province.

« Les hommes, lui dis-je, les hommes... en tout cas
vous n'avez pas l'air de vous en soucier beaucoup :
vous êtes toujours seul, toujours le nez dans un livre. »

L'Autodidacte bat des mains, il se met à rire malicieusement :

« Vous faites erreur. Ah, monsieur, permettez-moi de
vous le dire : quelle erreur! »

Il se recueille un instant et achève, avec discrétion, de
déglutir. Son visage est radieux comme une aurore.
Derrière lui, la jeune femme éclate d'un rire léger.
Son compagnon s'est penché sur elle et lui parle à
l'oreille.

« Votre erreur n'est que trop naturelle, dit l'Autodidacte, j'aurais dû vous dire, depuis longtemps... Mais
je suis si timide, monsieur : je cherchais une occasion.

— Elle est toute trouvée, lui dis-je poliment.

— Je le crois aussi. Je le crois aussi! Monsieur, ce
que je vais vous dire... » Il s'arrête en rougissant : « Mais
peut-être que je vous importune ? »

Je le rassure. Il pousse un soupir de bonheur.

« Ce n'est pas tous les jours qu'on rencontre des
hommes comme vous, monsieur, chez qui l'ampleur des
vues se joint à la pénétration de l'intelligence. Voilà
des mois que je voulais vous parler, vous expliquer ce
que j'ai été, ce que je suis devenu... »

Son assiette est vide et nette comme si on venait de
la lui apporter. Je découvre soudain, à côté de la mienne,

un petit plat d'étain où un pilon de poulet nage dans une sauce brune. Il faut manger ça.

« Je vous parlais tout à l'heure de ma captivité en Allemagne. C'est là que tout a commencé. Avant la guerre j'étais seul et je ne m'en rendais pas compte ; je vivais avec mes parents, qui étaient de bonnes gens, mais je ne m'entendais pas avec eux. Quand je pense à ces années-là... Mais comment ai-je pu vivre ainsi ? j'étais mort, monsieur, et je ne m'en doutais pas ; j'avais une collection de timbres-poste. »

Il me regarde et s'interrompt :

« Monsieur, vous êtes pâle, vous avez l'air fatigué. Je ne vous ennuie pas, au moins ?

— Vous m'intéressez beaucoup.

— La guerre est venue et je me suis engagé sans savoir pourquoi. Je suis resté deux années sans comprendre, parce que la vie du front laissait peu de temps pour réfléchir et puis les soldats étaient trop grossiers. À la fin de 1917 j'ai été fait prisonnier. On m'a dit depuis que beaucoup de soldats ont retrouvé, en captivité, la foi de leur enfance. Monsieur, dit l'Autodidacte en baissant les paupières sur ses prunelles enflammées, je ne crois pas en Dieu ; son existence est démentie par la Science. Mais, dans le camp de concentration, j'ai appris à croire dans les hommes.

— Ils supportaient leur sort avec courage ?

— Oui, dit-il d'un air vague, il y avait cela aussi. D'ailleurs nous étions bien traités. Mais je voulais parler d'autre chose ; les derniers mois de la guerre, on ne nous donnait plus guère de travail. Quand il pleuvait, on nous faisait entrer dans un grand hangar de planches où nous tenions à peu près deux cents en nous serrant. On fermait la porte, on nous laissait là, pressés, les uns contre les autres, dans une obscurité à peu près complète. »

Il hésite[a] un instant.

« Je ne saurais vous expliquer, monsieur. Tous ces hommes étaient là, on les voyait à peine mais on les sentait contre soi, on entendait le bruit de leur respiration... Une des premières fois qu'on nous enferma dans ce hangar la presse était si forte que je crus d'abord que j'allais étouffer, puis, subitement, une joie puissante s'éleva en moi, je défaillais presque : alors je sentis que j'aimais ces hommes comme des frères, j'aurais voulu les embrasser tous. Depuis, chaque fois que j'y retournais, je connus la même joie. »

Il faut que je mange mon poulet, qui doit être froid. L'Autodidacte a fini depuis longtemps et la bonne attend, pour changer les assiettes.

« Ce hangar avait revêtu à mes yeux un caractère sacré. Quelquefois j'ai réussi à tromper la surveillance de nos gardiens, je m'y suis glissé tout seul et là, dans l'ombre, au souvenir des joies que j'y avais connues, je tombais dans une sorte d'extase. Les heures passaient mais je n'y prenais pas garde. Il m'est arrivé de sangloter. »

Je dois être malade : il n'y a pas d'autre façon d'expliquer cette formidable colère qui vient de me bouleverser. Oui, une colère de malade : mes mains tremblaient, le sang est monté à mon visage et, pour finir, mes lèvres aussi se sont mises à trembler. Tout ça, simplement parce que le poulet était froid. Moi aussi, d'ailleurs, j'étais froid et c'était le plus pénible : je veux dire que le fond était resté comme il est depuis trente-six heures, absolument froid, glacé. La colère m'a traversé en tourbillonnant, c'était quelque chose comme un frisson, un effort de ma conscience pour faire la réaction, pour lutter contre cet abaissement de température. Effort vain : sans doute, j'aurais, pour[a] un rien, roué de coups l'Autodidacte ou la serveuse en les accablant d'injures. Mais je ne serais pas[b] entré tout entier dans le jeu. Ma rage se démenait à la surface et pendant un moment, j'eus l'impression pénible d'être un bloc de glace enveloppé de feu, une omelette-surprise. Cette agitation[c] superficielle s'évanouit et j'entendis l'Autodidacte qui disait :

« Tous les dimanches, j'allais à la messe. Monsieur, je n'ai jamais été croyant. Mais ne pourrait-on pas dire que le vrai mystère de la messe, c'est la communion entre les hommes ? Un aumônier français, qui n'avait plus qu'un bras, célébrait l'office. Nous avions un harmonium. Nous écoutions debout, tête nue, et, pendant que les sons de l'harmonium me transportaient, je me sentais ne faire qu'un avec tous les hommes qui m'entouraient. Ah! monsieur, comme j'ai pu aimer ces messes. À présent encore, en souvenir d'elles, je vais quelquefois à l'Église, le dimanche matin. Nous avons, à Sainte-Cécile, un organiste remarquable.

— Vous avez dû souvent regretter cette vie ?

— Oui, monsieur, en 1919. C'est l'année de ma libération. J'ai passé des mois très pénibles. Je ne savais que faire, je dépérissais. Partout où je voyais des hommes rassemblés je me glissais dans leur groupe. Il m'est arrivé, ajoute-t-il en souriant, de suivre l'enterrement d'un inconnu. Un jour, de désespoir, j'ai jeté ma collection de timbres dans le feu... Mais j'ai trouvé ma voie.

— Vraiment ?

— Quelqu'un m'a conseillé... Monsieur, je sais que je puis compter sur votre discrétion. Je suis — peut-être ne sont-ce pas vos idées, mais vous avez l'esprit si large — je suis socialiste. »

Il a baissé les yeux et ses longs cils palpitent :

« Depuis le mois de septembre 1921, je suis inscrit au parti socialiste S.F.I.O[1]. Voilà ce que je voulais vous dire. »

Il rayonne de fierté. Il me regarde, la tête renversée en arrière, les yeux mi-clos, la bouche entr'ouverte, il a l'air d'un martyr.

« C'est très bien, dis-je, c'est très beau.

— Monsieur, je savais que vous m'approuveriez. Et comment pourrait-on blâmer quelqu'un qui vient vous dire : j'ai disposé de ma vie de telle et telle façon et, à présent, je suis parfaitement heureux ? »

Il a écarté les bras et me présente ses paumes, les doigts tournés vers le sol, comme s'il allait recevoir les stigmates. Ses yeux sont vitreux, je vois rouler, dans sa bouche, une masse sombre et rose.

« Ah, dis-je, du moment que vous êtes heureux...

— Heureux ? » Son regard est gênant, il a relevé les paupières et me fixe d'un air dur. « Vous allez pouvoir en juger, monsieur. Avant d'avoir pris cette décision, je me sentais dans une solitude si affreuse que j'ai songé au suicide. Ce qui m'a retenu, c'est l'idée que personne, absolument personne, ne serait ému de ma mort[a], que je serais encore plus seul dans la mort que dans la vie. »

Il se redresse, ses joues se gonflent.

« Je ne suis plus seul, monsieur. Plus jamais.

— Ah, vous connaissez beaucoup de monde ? » dis-je.

Il sourit et je m'aperçois aussitôt de ma naïveté :

« Je veux dire que je ne me *sens* plus seul. Mais naturellement, monsieur, il n'est pas nécessaire que je sois avec quelqu'un.

— Pourtant, dis-je, à la section socialiste...

— Ah ! J'y connais tout le monde. Mais la plupart seulement de nom. Monsieur, dit-il avec espièglerie, est-ce qu'on est obligé de choisir ses compagnons de façon si étroite ? Mes amis, ce sont tous les hommes. Quand je vais au bureau, le matin, il y a, devant moi, derrière moi, d'autres hommes qui vont à leur travail. Je les vois, si j'osais, je leur sourirais, je pense que je suis socialiste, qu'ils sont tous le but de ma vie, de mes efforts et qu'ils ne le savent pas encore. C'est une fête pour moi, monsieur. »

Il m'interroge des yeux ; j'approuve en hochant la tête, mais je sens qu'il est un peu déçu, qu'il voudrait plus d'enthousiasme. Que puis-je faire ? Est-ce ma faute si, dans tout ce qu'il me dit, je reconnais au passage l'emprunt, la citation ? Si je vois réapparaître, pendant qu'il parle, tous les humanistes que j'ai connus ? Hélas, j'en ai tant connu ! L'humaniste radical est tout particulièrement l'ami des fonctionnaires[1]. L'humaniste dit « de gauche » a pour souci principal de garder les valeurs humaines ; il n'est d'aucun parti, parce qu'il ne veut pas trahir l'humain, mais ses sympathies vont aux humbles ; c'est aux humbles qu'il consacre sa belle culture classique. C'est en général un veuf qui a l'œil beau et toujours embué de larmes : il pleure aux anniversaires. Il aime aussi le chat, le chien, tous les mammifères supérieurs. L'écrivain communiste aime les hommes depuis le deuxième plan quinquennal[2] ; il châtie parce qu'il aime. Pudique, comme tous les forts, il sait cacher ses sentiments mais il sait aussi, par un regard, une inflexion de sa voix, faire pressentir, derrière ses rudes paroles de justicier, sa passion âpre et douce pour ses frères. L'humaniste catholique, le tard-venu, le benjamin, parle des hommes avec un air merveilleux. Quel beau conte de fées, dit-il, que la plus humble des vies, celle d'un docker londonien, d'une piqueuse de bottines ! Il a choisi l'humanisme des anges ; il écrit, pour l'édification des anges, de longs romans tristes et beaux, qui obtiennent fréquemment le prix Femina[3].

Ça, ce sont les grands premiers rôles. Mais il y en a d'autres, une nuée d'autres : le philosophe humaniste, qui se penche sur ses frères comme un frère aîné et qui a le sens de ses responsabilités ; l'humaniste qui aime les hommes tels qu'ils sont, celui qui les aime tels qu'ils devraient être, celui qui veut les sauver avec leur agrément et celui qui les sauvera malgré eux, celui qui veut créer des mythes nouveaux et celui qui se contente des anciens, celui qui aime dans l'homme sa mort, celui qui aime dans l'homme sa vie, l'humaniste joyeux, qui a toujours le mot pour rire, l'humaniste sombre, qu'on rencontre surtout aux veillées funèbres. Ils se haïssent tous entre eux : en tant qu'individus, naturellement — pas en tant qu'hommes. Mais l'Autodidacte l'ignore : il les a enfermés en lui comme des chats dans un sac de cuir et ils s'entredéchirent sans qu'il s'en aperçoive.

Il me regarde déjà avec moins de confiance.

« Est-ce que vous ne sentez pas cela comme moi, monsieur ?

— Mon Dieu... »

Devant son air inquiet, un peu rancuneux, je regrette une seconde de l'avoir déçu. Mais il reprend aimablement :

« Je sais ; vous avez vos recherches, vos livres, vous servez la même cause à votre façon. »

Mes livres, *mes* recherches, l'imbécile. Il ne pouvait faire de plus belle gaffe.

« Ce n'est pas pour cela que j'écris. »

À l'instant le visage de l'Autodidacte se transforme : on dirait qu'il a flairé l'ennemi, je ne lui avais jamais vu cette expression. Quelque chose est mort entre nous.

Il demande, en feignant la surprise :

« Mais... si je ne suis pas indiscret, pourquoi donc écrivez-vous, monsieur ?

— Eh bien... je ne sais pas : comme ça, pour écrire[1]. »

Il a beau jeu de sourire, il pense qu'il m'a décontenancé :

« Écririez-vous dans une île déserte ? N'écrit-on pas toujours pour être lu ? »

C'est par habitude qu'il a donné à sa phrase la tournure interrogative. En réalité, il affirme. Son vernis de douceur et de timidité s'est écaillé ; je ne le reconnais plus. Ses traits laissent paraître une lourde obstination ; c'est

un mur de suffisance. Je ne suis pas encore revenu de
mon étonnement, que je l'entends dire :

« Qu'on me dise : j'écris pour une certaine catégorie
sociale, pour un groupe d'amis. À la bonne heure.
Peut-être écrivez-vous pour la postérité... Mais, monsieur, en dépit de vous-même, vous écrivez pour
quelqu'un. »

Il attend une réponse. Comme elle ne vient pas, il
sourit faiblement.

« Peut-être que vous êtes misanthrope ? »

Je sais ce que dissimule ce fallacieux effort de conciliation. Il me demande peu de chose, en somme : simplement d'accepter une étiquette. Mais c'est un piège :
si je consens l'Autodidacte triomphe, je suis aussitôt
tourné, ressaisi, dépassé, car l'humanisme reprend et
fond ensemble toutes les attitudes humaines. Si l'on
s'oppose à lui de front, on fait son jeu; il vit de ses
contraires. Il est une race de gens têtus et bornés, de
brigands, qui perdent à tout coup contre lui : toutes
leurs violences, leurs pires excès, il les digère, il en fait
une lymphe blanche et mousseuse. Il a digéré l'anti-
intellectualisme, le manichéisme, le mysticisme, le pessimisme, l'anarchisme, l'égotisme[a] : ce ne sont plus que
des étapes, des pensées incomplètes qui ne trouvent leur
justification qu'en lui. La misanthropie aussi tient sa
place dans ce concert : elle n'est qu'une dissonance
nécessaire à l'harmonie du tout. Le misanthrope est
homme : il faut donc bien que l'humaniste soit misanthrope en quelque mesure. Mais c'est un misanthrope
scientifique, qui a su doser sa haine, qui ne hait d'abord
les hommes que pour mieux pouvoir ensuite les aimer.

Je ne veux pas qu'on m'intègre, ni que mon beau
sang rouge aille engraisser cette bête lymphatique : je
ne commettrai pas la sottise de me dire « anti-humaniste ». Je ne *suis pas* humaniste, voilà tout[1].

« Je trouve, dis-je à l'Autodidacte, qu'on ne peut pas
plus haïr les hommes que les aimer. »

L'Autodidacte me regarde d'un air protecteur et lointain. Il murmure, comme s'il ne prenait pas garde à ses
paroles :

« Il faut les aimer, il faut les aimer...

— Qui faut-il aimer ? Les gens qui sont ici ?

— Ceux-là aussi. Tous. »

Il se retourne vers le couple à la radieuse jeunesse : voilà ce qu'il faut aimer. Il contemple un moment le monsieur aux cheveux blancs. Puis il ramène son regard sur moi; je lis sur son visage une interrogation muette. Je fais « non » de la tête. Il a l'air de me prendre en pitié.

« Vous non plus, lui dis-je agacé, vous ne les aimez pas.

— Vraiment, monsieur ? Est-ce que vous me permettez d'avoir un avis différent ? »

Il est redevenu respectueux jusqu'au bout des ongles, mais il fait l'œil ironique de quelqu'un qui s'amuse énormément. Il me hait. J'aurais eu bien tort de m'attendrir sur ce maniaque[a]. Je l'interroge à mon tour :

« Alors, ces deux jeunes gens, derrière vous, vous les aimez ? »

Il les regarde encore, il réfléchit :

« Vous voulez me faire dire, reprend-il soupçonneux, que je les aime sans les connaître. Eh bien, monsieur, je l'avoue, je ne les connais pas... À moins, justement, que l'amour ne soit la vraie connaissance, ajoute-t-il avec un rire fat.

— Mais qu'est-ce que vous aimez ?

— Je vois qu'ils sont jeunes et c'est la jeunesse que j'aime en eux. Entre autres choses, monsieur. »

Il s'interrompt et prête l'oreille :

« Est-ce que vous comprenez ce qu'ils disent ? »

Si je comprends! Le jeune homme, enhardi par la sympathie qui l'entoure, raconte, d'une voix pleine, un match de football que son équipe a gagné l'an dernier contre un club havrais[1].

« Il lui raconte une histoire, dis-je à l'Autodidacte.

— Ah! Je n'entends pas bien. Mais j'entends les voix, la voix douce, la voix grave : elles alternent. C'est... c'est si sympathique[2].

— Seulement moi, j'entends aussi ce qu'ils disent, malheureusement.

— Eh bien ?

— Eh bien, ils jouent la comédie.

— Véritablement ? La comédie de la jeunesse, peut-être ? demande-t-il avec ironie. Vous me permettrez, monsieur, de la trouver bien profitable. Est-ce qu'il suffit de la jouer pour revenir à leur âge ? »

Je reste sourd à son ironie; je poursuis :

« Vous leur tournez le dos, ce qu'ils disent vous échappe... De quelle couleur sont les cheveux de la jeune femme ? »

Il se trouble :

« Eh bien je... — il coule un regard vers les jeunes gens et reprend son assurance — noirs!

— Vous voyez bien!

— Comment ?

— Vous voyez bien que vous ne les aimez pas, ces deux-là. Vous ne sauriez peut-être pas les reconnaître dans la rue. Ce ne sont que des symboles, pour vous. Ce n'est pas du tout sur eux que vous êtes en train de vous attendrir; vous vous attendrissez sur la Jeunesse de l'Homme, sur l'Amour de l'Homme et de la Femme, sur la Voix humaine.

— Eh bien ? Est-ce que ça n'existe pas ?

— Certes non, ça n'existe pas! Ni la Jeunesse, ni l'Âge mûr, ni la Vieillesse, ni la Mort... »

Le visage de l'Autodidacte, jaune et dur comme un coing, s'est figé dans un tétanos réprobateur. Je poursuis néanmoins :

« C'est comme ce vieux monsieur derrière vous, qui boit de l'eau de Vichy. C'est l'Homme mûr, je suppose, que vous aimez en lui; l'Homme mûr qui s'achemine avec courage vers son déclin et qui soigne sa mise parce qu'il ne veut pas se laisser aller ?

— Exactement, me dit-il avec défi.

— Et vous ne voyez pas que c'est un salaud ? »

Il rit, il me trouve étourdi, il jette un bref coup d'œil sur le beau visage encadré de cheveux blancs :

« Mais, monsieur, en admettant qu'il paraisse ce que vous dites, comment pouvez-vous juger cet homme sur sa mine ? Un visage, monsieur, ne dit rien quand il est au repos. »

Aveugles humanistes! Ce visage est si *parlant,* si net — mais jamais leur âme tendre et abstraite ne s'est laissé toucher par le sens d'un visage[1].

« Comment pouvez-vous, dit l'Autodidacte, *arrêter* un homme, dire il *est* ceci ou cela ? Qui peut épuiser un homme ? Qui peut connaître les ressources d'un homme ? »

Épuiser un homme! Je salue au passage l'humanisme

catholique à qui l'Autodidacte a emprunté, sans le savoir, cette formule.

« Je sais, lui dis-je, je sais que tous les hommes sont admirables. Vous êtes admirable. Je suis admirable. En tant que créatures de Dieu, naturellement. »

Il me regarde sans comprendre, puis avec un mince sourire :

« Vous plaisantez sans doute, monsieur, mais il est vrai que tous les hommes ont droit à notre admiration. C'est difficile, monsieur, très difficile d'être un homme[1]. »

Il a quitté sans s'en apercevoir l'amour des hommes en Christ; il hoche la tête et, par un curieux phénomène de mimétisme, il ressemble à ce pauvre Guéhenno[2].

« Excusez-moi, lui dis-je, mais alors je ne suis pas bien sûr d'être un homme : je n'avais jamais trouvé ça bien difficile. Il me semblait qu'on n'avait qu'à se laisser aller. »

L'Autodidacte rit franchement, mais ses yeux restent mauvais :

« Vous êtes trop modeste, monsieur. Pour supporter votre condition, la condition humaine, vous avez besoin, comme tout le monde, de beaucoup de courage. Monsieur, l'instant qui vient peut être celui de votre mort, vous le savez et vous pouvez sourire : voyons! n'est-ce pas admirable! Dans la plus insignifiante de vos actions, ajoute-t-il avec aigreur, il y a une immensité d'héroïsme. »

« Et comme dessert[a], messieurs ? » dit la bonne.

L'Autodidacte est tout blanc, ses paupières sont baissées à demi sur ses yeux de pierre. Il fait un faible geste de la main, comme pour m'inviter à choisir.

« Un fromage, dis-je avec héroïsme.

— Et monsieur ? »

Il sursaute.

« Hé ? Ah oui : eh bien, je ne prendrai rien, j'ai fini.

— Louise ! »

Les deux gros hommes payent et s'en vont. Il y en a un qui boite. Le patron les reconduit à la porte : ce sont des clients d'importance, on leur a servi une bouteille de vin dans un seau à glace.

Je contemple l'Autodidacte avec un peu de remords : il s'est complu toute la semaine à imaginer ce déjeuner, où il pourrait faire part à un autre homme de son amour

des hommes. Il a si rarement l'occasion de parler. Et
voilà : je lui ai gâché son plaisir. Au fond il est aussi
seul que moi; personne ne se soucie de lui. Seulement
il ne se rend pas compte de sa solitude. Eh bien oui :
mais ce n'était pas[a] à moi de lui ouvrir les yeux. Je me
sens très mal à l'aise : je rage, c'est vrai, mais pas contre
lui, contre les Virgan et les autres, tous ceux qui ont
empoisonné[b] cette pauvre cervelle. Si je pouvais les tenir
là, devant moi, j'aurais tant à leur dire. À l'Autodidacte je ne dirai rien, je n'ai pour lui que de la sympathie : c'est quelqu'un dans le genre de M. Achille,
quelqu'un de mon bord, qui a trahi par ignorance, par
bonne volonté!

Un éclat de rire de l'Autodidacte me tire de mes rêveries moroses :

« Vous m'excuserez, mais quand je pense à la profondeur de mon amour pour les hommes, à la force
des élans qui m'emportent vers eux et que je nous vois
là, en train de raisonner, d'argumenter... cela me donne
envie de rire[1]. »

Je me tais[c], je souris d'un air contraint. La bonne
pose devant moi une assiette avec un bout de camem-
bert crayeux. Je parcours la salle du regard et un violent dégoût m'envahit. Que fais-je ici ? Qu'ai-je été me
mêler de discourir sur l'humanisme ? Pourquoi ces gens
sont-ils là ? Pourquoi mangent-ils ? C'est vrai qu'ils ne
savent pas, eux, qu'ils existent. J'ai envie de partir, de
m'en aller quelque part où je serais vraiment *à ma
place*, où je m'emboîterais... Mais ma place n'est nulle
part; je suis de trop.

L'Autodidacte se radoucit. Il avait craint plus de[d]
résistance de ma part. Il veut bien passer l'éponge sur
tout ce que j'ai dit. Il se penche vers moi d'un air confi-
dentiel :

« Au fond, vous les aimez, monsieur, vous les aimez
comme moi : nous sommes séparés par des mots. »

Je ne peux plus parler, j'incline la tête. Le visage de
l'Autodidacte est tout contre le mien. Il sourit d'un air
fat, tout contre mon visage, comme dans les cauchemars. Je mâche péniblement un morceau de pain que
je ne me décide pas à avaler. Les hommes. Il faut aimer
les hommes. Les hommes sont admirables. J'ai envie
de vomir — et tout d'un coup ça y est : la Nausée.

Une belle crise : ça me secoue de haut en bas. Il y a une heure que je la voyais venir, seulement je ne voulais pas me l'avouer. Ce goût de fromage dans ma bouche... L'Autodidacte babille et sa voix bourdonne doucement à mes oreilles. Mais je ne sais plus du tout de quoi il parle. J'approuve machinalement de la tête. Ma main est crispée sur le manche du couteau à dessert. Je *sens* ce manche de bois noir. C'est ma main qui le tient. Ma main. Personnellement, je laisserais plutôt ce couteau tranquille : à quoi bon toujours toucher quelque chose ? Les objets ne sont pas faits pour qu'on les touche. Il vaut bien mieux se glisser entre eux, en les évitant le plus possible. Quelquefois on en prend un dans sa main et on est obligé de le lâcher au plus vite. Le couteau tombe sur l'assiette. Au bruit, le monsieur aux cheveux blancs sursaute et me regarde. Je reprends le couteau, j'appuie la lame contre la table et je la fais plier.

C'est donc ça la Nausée : cette aveuglante évidence ? Me suis-je creusé la tête ! En ai-je écrit ! Maintenant je sais : J'existe — le monde existe — et je sais que le monde existe. C'est tout. Mais ça m'est égal[a]. C'est étrange que tout me soit aussi égal : ça m'effraie. C'est depuis ce fameux jour où je voulais faire des ricochets. J'allais lancer ce galet, je l'ai regardé et c'est alors que tout a commencé : j'ai senti qu'il *existait*. Et puis après ça, il y a eu d'autres Nausées; de temps en temps les objets se mettent à vous exister dans la main. Il y a eu la Nausée du Rendez-vous des Cheminots et puis une autre, avant, une nuit que je regardais par la fenêtre; et puis une autre au Jardin public, un dimanche, et puis d'autres. Mais jamais ça n'avait été aussi fort qu'aujourd'hui.

« ... de la Rome[b] antique, monsieur ? »

L'Autodidacte m'interroge, je crois. Je me tourne vers lui et je lui souris. Eh bien ? Qu'est-ce qu'il a ? Pourquoi est-ce qu'il se recroqueville sur sa chaise ? Je fais donc peur, à présent ? Ça devait finir comme ça. D'ailleurs ça m'est égal. Ils n'ont pas tout à fait tort d'avoir peur : je sens bien que je pourrais faire n'importe quoi. Par exemple enfoncer ce couteau à fromage dans l'œil[c] de l'Autodidacte. Après ça, tous ces gens me piétineraient, me casseraient les dents à coups de soulier. Mais ça n'est pas ça qui m'arrête : un goût de sang dans la bouche au lieu de ce goût de fromage, ça ne fait pas de différence. Seulement il faudrait faire un geste, donner naissance à un événement[a] superflu : il serait de trop, le cri que pousserait l'Autodidacte — et le sang qui coulerait sur sa joue et le sursaut de tous ces gens. Il y a bien assez de choses qui existent comme ça.

Tout le monde me regarde; les deux représentants de la Jeunesse ont interrompu leur doux entretien. La femme a la bouche ouverte en cul de poule. Ils devraient bien voir, pourtant, que je suis inoffensif.

Je me lève, tout tourne autour de moi. L'Autodidacte me fixe de ses grands yeux que je ne crèverai pas.

« Vous partez déjà, murmure-t-il.

— Je suis un peu fatigué. Vous êtes très gentil de m'avoir invité. Au revoir. »

En partant, je m'aperçois que j'ai gardé dans la main gauche le couteau à dessert. Je le jette sur mon assiette qui se met à tinter. Je traverse la salle au milieu du silence. Ils ne mangent plus : ils me regardent, ils ont l'appétit coupé. Si je m'avançais vers la jeune femme en faisant « Hon! » elle se mettrait à hurler, c'est sûr. Ce n'est pas la peine.

Tout de même, avant de sortir, je me retourne et je leur fais voir mon visage, pour qu'ils puissent le graver en leur mémoire.

« Au revoir, messieurs dames. »

Ils ne répondent pas. Je m'en vais. À présent leurs joues vont reprendre des couleurs, ils vont se mettre à jacasser.

Je ne sais pas où aller, je reste planté à côté du cuisinier de carton. Je n'ai pas besoin de me retourner pour savoir qu'ils me regardent à travers les vitres : ils regardent mon dos avec surprise et dégoût; ils croyaient que j'étais comme eux, que j'étais un homme et je les ai trompés. Tout d'un coup, j'ai perdu mon apparence d'homme et ils ont vu un crabe qui s'échappait à reculons de cette salle si humaine. À présent l'intrus démasqué[b] s'est enfui : la séance continue. Ça m'agace de sentir dans mon dos tout ce grouillement d'yeux et de pensées effarées. Je traverse la chaussée, l'autre trottoir longe la plage et les cabines de bain.

Il y a beaucoup de gens qui se promènent au bord

de la mer, qui tournent vers la mer des visages printa-
niers, poétiques : c'est à cause du soleil, ils sont en fête.
Il y a des femmes en clair, qui ont mis leur toilette du
printemps dernier; elles passent longues et blanches
comme des gants de chevreau glacé; il y a aussi de
grands garçons qui vont au lycée, à l'École de commerce, des vieillards décorés. Ils ne se connaissent pas,
mais ils se regardent d'un air de connivence, parce qu'il
fait si beau et qu'ils sont des hommes. Les hommes
s'embrassent sans se connaître, les jours de déclaration
de guerre; ils se sourient à chaque printemps. Un prêtre
s'avance à pas lents, en lisant son bréviaire. Par instants
il lève la tête et regarde la mer d'un air approbateur :
la mer aussi est un bréviaire, elle parle de Dieu. Couleurs
légères, légers parfums, âmes de printemps. « Il fait
beau, la mer est verte, j'aime mieux ce froid sec que
l'humidité. » Poètes! Si j'en prenais un par le revers
de son manteau, si je lui disais « viens à mon aide »,
il penserait « qu'est-ce que c'est que ce crabe[1] ? » et
s'enfuirait en laissant son manteau entre mes mains.

Je leur tourne le dos, je m'appuie des deux mains à
la balustrade. La *vraie* mer est froide et noire, pleine de
bêtes; elle rampe sous cette mince pellicule verte qui
est faite pour tromper les gens. Les sylphes qui m'entourent s'y sont laissé prendre : ils ne voient que la
mince pellicule, c'est elle qui prouve l'existence de Dieu.
Moi je vois le dessous! les vernis fondent, les brillantes
petites peaux veloutées, les petites peaux de pêche du
bon Dieu pètent de partout sous mon regard, elles se
fendent et s'entrebâillent. Voilà le tramway de Saint-
Élémir, je tourne sur moi-même et les choses tournent
avec moi, pâles et vertes comme des huîtres. Inutile,
c'était inutile de sauter dedans puisque je ne veux aller
nulle part.

Derrière les vitres, des objets bleuâtres défilent, tout
roides et cassants, par saccades. Des gens, des murs;
par ses fenêtres ouvertes une maison m'offre son cœur
noir; et les vitres pâlissent, bleuissent tout ce qui est
noir, bleuissent ce grand logement de briques jaunes
qui s'avance en hésitant, en frissonnant et qui s'arrête
tout d'un coup en piquant du nez. Un monsieur monte
et s'assied en face de moi. Le bâtiment jaune repart, il
se glisse d'un bond contre les vitres, il est si près qu'on

n'en voit plus qu'une partie, il s'est assombri. Les vitres
tremblent. Il s'élève, écrasant, bien plus haut qu'on ne
peut voir, avec des centaines de fenêtres ouvertes sur
des cœurs noirs; il glisse le long de la boîte, il la frôle;
la nuit s'est faite, entre les vitres qui tremblent. Il glisse
interminablement, jaune comme de la boue et les vitres
sont bleu de ciel. Et tout d'un coup il n'est plus là, il
est resté en arrière, une vive clarté grise envahit la boîte
et se répand partout avec une inexorable justice : c'est
le ciel; à travers les vitres, on voit encore des épaisseurs
et des épaisseurs de ciel, parce qu'on monte la côte
Éliphar et qu'on voit clair des deux côtés, à droite jusqu'à la mer, à gauche jusqu'au champ d'aviation. Défense
de fumer, même une gitane.

J'appuie ma main sur la banquette, mais je la retire
précipitamment : ça existe. Cette chose sur quoi je suis
assis, sur quoi j'appuyais ma main s'appelle une banquette. Ils l'ont faite tout exprès pour qu'on puisse
s'asseoir, ils ont pris du cuir, des ressorts, de l'étoffe,
ils se sont mis au travail, avec l'idée de faire un siège
et quand ils ont eu fini, c'était *ça* qu'ils avaient fait.
Ils ont porté[a] ça, ici dans cette boîte, et la boîte roule
et cahote à présent, avec ses vitres tremblantes, et elle
porte dans ses flancs cette chose rouge. Je murmure :
« c'est une banquette », un peu comme un exorcisme.
Mais le mot reste sur mes lèvres : il refuse d'aller se poser
sur la chose. Elle reste ce qu'elle est, avec sa peluche
rouge, milliers de petites pattes rouges, en l'air, toutes
raides, de petites pattes mortes. Cet énorme ventre tourné
en l'air, sanglant, ballonné — boursouflé avec toutes
ses pattes mortes, ventre qui flotte dans cette boîte,
dans ce ciel gris, ce n'est pas une banquette. Ça pourrait
tout aussi bien être un âne mort, par exemple, ballonné
par l'eau et qui flotte à la dérive, le ventre en l'air dans
un grand fleuve gris, un fleuve d'inondation; et moi je
serais assis sur le ventre de l'âne et mes pieds trempe-
raient dans l'eau claire. Les choses[b] se sont délivrées de
leurs noms. Elles sont là, grotesques, têtues, géantes et
ça paraît imbécile de les appeler des banquettes ou de
dire quoi que ce soit sur elles : je suis au milieu des
Choses, les innommables. Seul, sans mots, sans défenses,
elles m'environnent, sous moi, derrière moi, au-dessus
de moi. Elles n'exigent rien, elles ne s'imposent pas :

elles sont là. Sous le coussin de la banquette, contre la paroi de bois il y a une petite ligne d'ombre, une petite ligne noire qui court le long de la banquette d'un air mystérieux et espiègle, presque un sourire. Je sais très bien que ça n'est pas un sourire et cependant ça existe, ça court sous les vitres blanchâtres, sous le tintamarre des vitres, ça s'obstine, sous les images bleues qui défilent derrière les vitres et s'arrêtent et repartent, ça s'obstine, comme le souvenir imprécis d'un sourire, comme un mot à demi oublié dont on ne se rappelle que la première syllabe et le mieux qu'on puisse faire, c'est de détourner les yeux et de penser à autre chose, à cet homme à demi couché sur la banquette, en face de moi, là. Sa tête de terre cuite aux yeux bleus. Toute la droite de son corps s'est affaissée, le bras droit est collé au corps, le côté droit vit à peine, avec peine, avec avarice, comme s'il était paralysé. Mais sur tout le côté gauche, il y a une petite existence parasite qui prolifère, un chancre : le bras s'est mis à trembler et puis il s'est levé et la main était raide, au bout. Et puis la main s'est mise aussi à trembler et, quand elle est arrivée à la hauteur du crâne, un doigt s'est tendu et s'est mis à gratter le cuir chevelu, de l'ongle. Une espèce de grimace voluptueuse est venue habiter le côté droit de la bouche et le côté gauche restait mort. Les vitres tremblent, le bras tremble, l'ongle gratte, gratte, la bouche sourit sous les yeux fixes et l'homme supporte sans s'en apercevoir cette petite existence qui gonfle son côté droit, qui a emprunté son bras droit et sa joue droite pour se réaliser. Le receveur me barre le chemin.

« Attendez l'arrêt. »

Mais je le repousse et je saute hors du tramway. Je n'en pouvais plus*a*. Je ne pouvais plus supporter que les choses fussent si proches. Je pousse une grille, j'entre, des existences légères bondissent d'un saut et se perchent sur les cimes. À présent, je me reconnais, je sais où je suis : je suis au Jardin public. Je me laisse tomber sur un banc entre les grands troncs noirs, entre les mains noires et noueuses qui se tendent vers le ciel. Un arbre gratte la terre sous mes pieds d'un ongle noir. Je voudrais tant me laisser aller, m'oublier, dormir. Mais je ne peux pas, je suffoque : l'existence me pénètre de partout, par les yeux, par le nez, par la bouche...

Et tout d'un coup, d'un seul coup, le voile se déchire, j'ai compris, j'ai *vu*.

Six heures du soir.

Je ne peux pas dire que je me sente allégé ni content; au contraire, ça m'écrase. Seulement mon but est[a] atteint : je sais ce que je voulais savoir; tout ce qui m'est arrivé depuis le mois de janvier, je l'ai compris. La Nausée ne m'a pas quitté et je ne crois pas qu'elle me quittera de sitôt; mais je ne la subis plus, ce n'est plus une maladie ni une quinte passagère : c'est moi.

Donc j'étais tout à l'heure au Jardin public[b]. La racine du marronnier s'enfonçait dans la terre, juste au-dessous de mon banc[1]. Je ne me rappelais plus que c'était une racine. Les mots s'étaient évanouis et, avec eux, la signification des choses, leurs modes d'emploi, les faibles repères que les hommes ont tracés à leur surface. J'étais assis, un peu voûté, la tête basse, seul en face de cette masse noire et noueuse, entièrement brute et qui me faisait peur. Et puis j'ai eu cette illumination[2].

Ça m'a coupé le souffle. Jamais, avant ces derniers jours, je n'avais[c] pressenti ce que voulait dire « exister ». J'étais comme les autres, comme ceux qui se promènent au bord de la mer dans leurs habits de printemps. Je disais comme eux « la mer est verte; ce point blanc, là-haut, c'est une mouette », mais je ne sentais pas que ça existait, que la mouette était une « mouette-existante »; à l'ordinaire l'existence se cache. Elle est[d] là, autour de nous, en nous, elle est *nous,* on ne peut pas dire deux mots sans parler d'elle et, finalement, on ne la touche pas. Quand je[e] croyais y penser, il faut croire que je ne pensais rien, j'avais la tête vide, ou tout juste[f] un mot dans la tête, le mot « être ». Ou alors, je pensais... comment dire ? Je pensais l'*appartenance,* je me disais que la mer appartenait à la classe des objets verts ou que le vert faisait partie des qualités[g] de la mer. Même quand je regardais les choses, j'étais à cent lieues de songer qu'elles existaient : elles m'apparaissaient comme un décor. Je les prenais dans mes mains, elles me servaient d'outils, je prévoyais leurs résistances. Mais tout ça se passait à la surface. Si l'on m'avait demandé ce que c'était que l'existence, j'aurais répondu de bonne foi que ça n'était rien, tout juste une forme vide qui venait s'ajouter aux choses du dehors, sans rien changer à leur nature. Et puis voilà, tout d'un coup, c'était là, c'était clair comme le jour : l'existence s'était soudain dévoilée^a. Elle avait perdu son allure inoffensive de catégorie abstraite : c'était la pâte même des choses, cette racine était pétrie dans de l'existence. Ou plutôt la racine, les grilles du jardin, le banc, le gazon rare de la pelouse, tout ça s'était évanoui ; la diversité des choses, leur individualité n'étaient qu'une apparence, un vernis. Ce vernis^b avait fondu, il restait des masses monstrueuses et molles, en désordre — nues d'une effrayante et obscène nudité[1].

Je me gardais^c de faire le moindre mouvement, mais je n'avais pas besoin de bouger pour voir, derrière les arbres, les colonnes bleues et le lampadaire du kiosque à musique, et la Velléda, au milieu d'un massif de lauriers. Tous ces objets... comment dire ? Ils m'incommodaient ; j'aurais souhaité qu'ils existassent moins fort^d, d'une façon plus sèche, plus abstraite, avec plus de retenue. Le marronnier se pressait contre mes yeux. Une rouille verte^e le couvrait jusqu'à mi-hauteur ; l'écorce, noire et boursouflée, semblait de cuir bouilli. Le petit bruit d'eau de la fontaine Masqueret se coulait dans mes oreilles et s'y faisait un nid, les emplissait de soupirs ; mes narines^f débordaient d'une odeur verte et putride. Toutes choses, doucement, tendrement, se laissaient aller à l'existence comme ces femmes lasses qui s'abandonnent au rire et disent : « C'est bon de rire » d'une voix mouillée, elles s'étalaient, les unes en face des autres, elles se faisaient l'abjecte confidence de leur existence. Je compris qu'il^g n'y avait pas de milieu entre l'inexistence et cette abondance pâmée. Si l'on existait, il fallait *exister jusque-là*, jusqu'à la moisissure, à la boursouflure, à l'obscénité[2]. Dans un autre monde, les cercles, les airs de musique gardent leurs lignes pures et rigides. Mais l'existence est un fléchissement. Des arbres, des piliers bleu de nuit, le râle heureux d'une fontaine, des odeurs vivantes, de petits brouillards de chaleur qui flottaient dans l'air froid, un homme roux qui digérait sur un banc : toutes ces somnolences, toutes ces digestions prises ensemble offraient un aspect vaguement comique. Comique... non : ça n'allait pas jusque-là, rien

de ce qui existe ne peut être comique; c'était comme
une analogie flottante, presque insaisissable avec certaines situations de vaudeville. Nous étions[a] un tas
d'existants gênés, embarrassés de nous-mêmes, nous
n'avions pas la moindre raison d'être là, ni les uns ni
les autres, chaque existant, confus, vaguement inquiet,
se sentait de trop par rapport aux autres. *De trop* :
c'était le seul rapport que je pusse établir entre ces
arbres, ces grilles, ces cailloux. En vain cherchais-je à
compter les marronniers, à les *situer* par rapport à la
Velléda, à comparer leur hauteur avec celle des platanes : chacun d'eux s'échappait des relations où je cherchais à l'enfermer, s'isolait, débordait. Ces relations (que
je m'obstinais à maintenir pour retarder l'écroulement
du monde humain, des mesures, des quantités, des
directions) j'en sentais l'arbitraire; elles ne mordaient
plus sur les choses. *De trop,* le marronnier, là en face
de moi un peu sur la gauche. *De trop,* la Velléda...

Et *moi*[b] — veule, alangui, obscène, digérant, ballottant
de mornes pensées — *moi aussi j'étais de trop.* Heureusement je ne le sentais pas, je le comprenais surtout, mais
j'étais mal à l'aise parce que j'avais peur de le sentir
(encore à présent j'en ai peur — j'ai peur que ça ne me
prenne par le derrière de ma tête et que ça ne me soulève comme une lame de fond). Je rêvais vaguement de
me supprimer, pour anéantir au moins une de ces existences superflues. Mais ma mort même[c] eût été de trop.
De trop, mon cadavre, mon sang sur ces cailloux, entre
ces plantes, au fond de ce jardin souriant. Et la chair
rongée eût été de trop dans la terre qui l'eût reçue et mes
os enfin, nettoyés, écorcés, propres et nets comme des
dents eussent encore été de trop : j'étais de trop pour
l'éternité[1].

Le mot d'Absurdité[d] naît à présent sous ma plume;
tout à l'heure, au jardin, je ne l'ai pas trouvé, mais je
ne le cherchais pas non plus, je n'en avais pas besoin :
je pensais sans mots, *sur* les choses, *avec* les choses.
L'absurdité, ce n'était pas une idée dans ma tête, ni un
souffle de voix, mais ce long serpent mort à mes pieds,
ce serpent de bois. Serpent ou griffe ou racine ou serre
de vautour, peu importe. Et sans rien formuler nettement, je comprenais que j'avais trouvé la clé de l'Exis-

tence, la clé de mes Nausées, de ma propre vie. De fait, tout ce que j'ai pu saisir ensuite se ramène à cette absurdité fondamentale. Absurdité : encore un mot[a] ; je me débats contre des mots ; là-bas, je touchais la chose. Mais je voudrais fixer ici le caractère absolu[b] de cette absurdité. Un geste, un événement dans le petit monde colorié des hommes n'est jamais absurde que relativement : par rapport aux circonstances qui l'accompagnent. Les discours d'un fou, par exemple, sont absurdes par rapport à la situation où il se trouve mais non par rapport à son délire. Mais moi[c], tout à l'heure, j'ai fait l'expérience de l'absolu : l'absolu ou l'absurde. Cette racine[d], il n'y avait rien par rapport à quoi elle ne fût absurde. Oh ! Comment pourrai-je fixer ça avec des mots ? Absurde[e] : par rapport aux cailloux, aux touffes d'herbe jaune, à la boue sèche, à l'arbre, au ciel, aux bancs verts. Absurde, irréductible ; rien — pas même un délire profond et secret de la nature — ne pouvait l'expliquer. Évidemment je ne savais pas tout, je n'avais pas vu le germe se développer ni l'arbre croître. Mais devant cette[f] grosse patte rugueuse, ni l'ignorance ni le savoir n'avaient d'importance : le monde des explications et des raisons n'est pas celui de l'existence. Un cercle n'est[g] pas absurde, il s'explique très bien par la rotation d'un segment de droite autour d'une de ses extrémités. Mais aussi un cercle n'existe pas. Cette racine, au contraire, existait dans la mesure où je ne pouvais pas l'expliquer. Noueuse[h], inerte, sans nom, elle me fascinait, m'emplissait les yeux, me ramenait sans cesse à sa propre existence. J'avais beau me répéter[i] : « C'est une racine » — ça ne prenait plus. Je voyais bien qu'on ne pouvait pas passer de sa fonction de racine, de pompe aspirante, à *ça,* à cette peau dure et compacte de phoque, à cet aspect huileux, calleux, entêté. La fonction n'expliquait rien : elle permettait de comprendre en gros ce que c'était qu'une racine, mais pas du tout *celle-ci.* Cette racine-ci, avec sa couleur, sa forme, son mouvement figé, était... au-dessous de[j] toute explication. Chacune de ses qualités lui échappait un peu, coulait hors d'elle, se solidifiait à demi, devenait presque une chose ; chacune était *de trop dans* la racine et la souche tout entière me donnait à présent l'impression de rouler un peu hors d'elle-même, de se nier, de se perdre dans un étrange excès. Je raclai

mon talon contre cette griffe noire : j'aurais voulu
l'écorcher un peu. Pour rien[a], par défi, pour faire apparaître sur le cuir tanné le rose absurde d'une éraflure :
pour *jouer* avec l'absurdité du monde. Mais, quand je
retirai mon pied, je vis que l'écorce était restée noire.

Noire ? J'ai senti[b] le mot qui se dégonflait, qui se
vidait de son sens avec une rapidité extraordinaire.
Noire ? La racine n'*était pas* noire, ce n'était pas du
noir qu'il y avait sur ce morceau de bois — c'était...
autre chose : le noir[c], comme le cercle, n'existait pas.
Je regardais la racine : était-elle *plus que noire* ou noire *à
peu près* ? Mais je cessai[d] bientôt de m'interroger parce
que j'avais l'impression d'être en pays de connaissance.
Oui, j'avais déjà scruté, avec cette inquiétude, des objets
innommables, j'avais déjà cherché — vainement — à
penser quelque chose *sur eux :* et déjà j'avais senti leurs
qualités, froides et inertes, se dérober, glisser entre mes
doigts. Les bretelles d'Adolphe, l'autre soir, au Rendez-
vous des Cheminots. Elles n'*étaient pas* violettes. Je
revis les deux taches indéfinissables sur la chemise. Et
le galet, ce fameux galet, l'origine[e] de toute cette histoire : il n'était pas... je ne me rappelais pas bien au
juste ce qu'il refusait d'être. Mais je n'avais[f] pas oublié
sa résistance passive. Et la main de l'Autodidacte; je
l'avais prise et serrée, un jour, à la Bibliothèque et puis
j'avais eu l'impression que ça n'était pas tout à fait une
main. J'avais pensé à un gros ver blanc, mais ça n'était
pas ça non plus. Et la transparence louche du verre de
bière, au café Mably. Louches : voilà ce qu'ils étaient,
les sons, les parfums, les goûts. Quand ils vous filaient
rapidement sous le nez, comme des lièvres débusqués,
et qu'on n'y faisait pas trop attention, on pouvait les
croire tout simples et rassurants, on pouvait croire qu'il
y avait au monde du vrai bleu, du vrai rouge, une vraie
odeur d'amande ou de violette. Mais dès qu'on les retenait un instant, ce sentiment de confort et de sécurité
cédait la place à un profond malaise : les couleurs, les
saveurs, les odeurs n'étaient jamais vraies, jamais tout
bonnement elles-mêmes et rien qu'elles-mêmes. La qualité la plus simple, la plus indécomposable avait du
trop en elle-même, par rapport à elle-même, en son
cœur. Ce noir, là, contre mon pied, ça n'avait pas l'air
d'être du noir mais plutôt l'effort confus pour imaginer

du noir de quelqu'un qui n'en aurait jamais vu et qui n'aurait pas su s'arrêter, qui aurait imaginé un être ambigu, par-delà les couleurs. Ça *ressemblait* à une couleur mais aussi... à une meurtrissure ou encore à une sécrétion, à un suint — et à autre chose, à une odeur[a] par exemple, ça se fondait en odeur de terre mouillée, de bois tiède et mouillé, en odeur noire étendue comme un vernis sur ce bois nerveux, en saveur de fibre mâchée, sucrée. Je ne le *voyais* pas simplement ce noir : la vue, c'est une invention abstraite, une idée nettoyée, simplifiée, une idée d'homme. Ce noir-là, présence amorphe et veule, débordait[b] de loin, la vue, l'odorat et le goût. Mais cette richesse tournait en confusion et finalement ça n'était plus rien parce que c'était trop.

Ce moment fut extraordinaire. J'étais là, immobile et glacé, plongé dans une extase horrible. Mais, au sein même de cette extase quelque chose de[c] neuf venait d'apparaître; je comprenais la Nausée, je la possédais. À vrai dire je ne me formulais pas mes découvertes. Mais je crois[d] qu'à présent il me serait facile de les mettre en mots. L'essentiel c'est la contingence. Je veux dire que, par définition, l'existence n'est pas la nécessité. Exister, c'est *être là,* simplement; les existants apparaissent, se laissent *rencontrer,* mais on ne peut jamais les *déduire.* Il y a[e] des gens, je crois, qui ont compris ça. Seulement ils ont essayé de surmonter cette contingence en inventant un être nécessaire et cause de soi[f]. Or aucun être nécessaire ne peut expliquer l'existence : la contingence n'est pas un faux-semblant, une apparence qu'on peut dissiper; c'est l'absolu, par conséquent la gratuité parfaite. Tout est[g] gratuit, ce jardin, cette ville et moi-même. Quand il arrive qu'on s'en rende compte, ça vous tourne le cœur et tout se met à flotter, comme l'autre soir, au Rendez-vous des Cheminots : voilà la Nausée; voilà ce que les Salauds[h] — ceux du Coteau Vert et les autres — essaient de se cacher avec leur idée de droit. Mais quel pauvre mensonge[i] : personne n'a de droit; ils sont entièrement gratuits, comme les autres hommes, ils n'arrivent pas[j] à ne pas se sentir de trop. Et en eux-mêmes, secrètement, ils *sont trop,* c'est-à-dire[k] amorphes et vagues, tristes.

Combien de temps[l] dura cette fascination ? *J'étais* la racine de marronnier. Ou plutôt j'étais tout entier cons-

cience de son existence. Encore détaché d'elle — puisque
j'en avais conscience — et pourtant perdu en elle, rien
d'autre qu'elle[1]. Une conscience mal à l'aise et qui pourtant se laissait aller de tout son poids, en porte-à-faux,
sur ce morceau de bois inerte. Le temps s'était arrêté :
une petite mare noire à mes pieds; il était impossible
que quelque chose vînt *après* ce moment-là. J'aurais
voulu m'arracher à cette atroce jouissance, mais je
n'imaginais même pas que cela fût possible; j'étais
dedans; la souche noire[a] *ne passait pas,* elle restait là,
dans mes yeux, comme un morceau trop gros reste en
travers d'un gosier. Je ne pouvais ni l'accepter ni la
refuser. Au prix de quel effort ai-je levé les yeux ? Et
même, les ai-je levés ? ne me suis-je pas plutôt anéanti
pendant un instant pour renaître[b] l'instant d'après avec
la tête renversée et les yeux tournés vers le haut ? De
fait, je n'ai pas eu conscience d'un passage. Mais, tout
d'un coup, il m'est devenu impossible de penser l'existence[c] de la racine. Elle s'était effacée, j'avais beau me
répéter : elle existe, elle est encore là, sous le banc, contre
mon pied droit, ça ne voulait plus rien dire. L'existence
n'est pas[d] quelque chose qui se laisse penser de loin :
il faut que ça vous envahisse brusquement, que ça s'arrête sur vous, que ça pèse lourd[e] sur votre cœur comme
une grosse bête immobile — ou alors il n'y a plus rien
du tout.

Il n'y avait plus rien du tout, j'avais les yeux vides et
je m'enchantais de ma délivrance. Et puis, tout d'un
coup, ça s'est mis à remuer devant mes yeux, des mouvements[f] légers et incertains : le vent secouait la cime de
l'arbre.

Ça ne me déplaisait pas de voir bouger quelque chose,
ça me changeait de toutes ces existences immobiles qui
me regardaient comme des yeux fixes. Je me disais, en
suivant le balancement[g] des branches : les mouvements
n'existent jamais tout à fait, ce sont des passages, des
intermédiaires entre deux existences, des temps faibles.
Je m'apprêtais à les voir sortir du néant, mûrir progressivement, s'épanouir : j'allais enfin surprendre des existences en train de naître.

Il n'a pas fallu plus de trois secondes pour que tous
mes espoirs fussent balayés. Sur ces branches hésitantes
qui tâtonnaient autour d'elles en aveugles, je n'arrivais[h]

pas à saisir de « passage » à l'existence. Cette idée de
passage, c'était encore une invention des hommes. Une
idée trop claire. Toutes ces agitations*a* menues s'iso-
laient, se posaient pour elles-mêmes. Elles débordaient
de toutes parts les branches et les rameaux. Elles tour-
billonnaient autour de ces mains sèches, les enveloppaient*b* de petits cyclones. Bien sûr, un mouvement
c'était autre chose qu'un arbre. Mais c'était tout de
même un absolu. Une chose. Mes yeux ne rencontraient*c*
jamais que du plein. Ça grouillait d'existences, au bout
des branches, d'existences qui se renouvelaient sans
cesse et qui ne naissaient jamais. Le vent-existant*d* venait
se poser sur l'arbre comme une grosse mouche ; et
l'arbre frissonnait. Mais le frisson n'était pas une qualité naissante, un passage de la puissance à l'acte ; c'était
une chose ; une chose-frisson se coulait dans l'arbre,
s'en emparait, le secouait, et soudain l'abandonnait,
s'en allait plus loin tourner sur elle-même. Tout était
plein, tout en acte, il n'y avait pas de temps faible,
tout, même le plus imperceptible sursaut, était fait avec
de l'existence. Et tous ces existants qui s'affairaient
autour de l'arbre ne venaient de nulle part et n'allaient
nulle part. Tout d'un coup ils existaient et ensuite,
tout d'un coup, ils n'existaient plus : l'existence est sans
mémoire ; des disparus, elle ne garde rien — pas même
un souvenir. L'existence partout*e*, à l'infini, de trop, toujours et partout ; l'existence — qui n'est jamais bornée
que par l'existence. Je me laissai aller sur le banc,
étourdi*f*, assommé par cette profusion d'êtres sans origine : partout des éclosions*g*, des épanouissements, mes
oreilles bourdonnaient d'existence, ma chair elle-même
palpitait et s'entrouvrait, s'abandonnait au bourgeonne-
ment universel, c'était répugnant. « Mais pourquoi,
pensai-je, pourquoi tant*h* d'existences, puisqu'elles se
ressemblent toutes ? » À quoi bon tant d'arbres tous
pareils ? Tant d'existences manquées*i* et obstinément
recommencées et de nouveau manquées — comme les
efforts maladroits d'un insecte tombé sur le dos ? (J'étais
un de ces efforts.) Cette abondance-là*j* ne faisait pas
l'effet de la générosité, au contraire. Elle était morne,
souffreteuse, embarrassée d'elle-même. Ces arbres, ces
grands corps gauches... Je me mis à rire parce que je
pensais tout d'un coup aux printemps formidables qu'on

décrit dans les livres, pleins de craquements, d'éclate-
ments, d'éclosions géantes. Il y avait des imbéciles qui
venaient vous parler de volonté de puissance et de lutte
pour la vie. Ils n'avaient donc jamais regardé une bête
ni un arbre ? Ce platane, avec ses plaques de pelade,
ce chêne à moitié pourri, on aurait voulu me les faire
prendre pour de jeunes forces âpres qui jaillissent vers
le ciel. Et cette racine ? Il aurait sans doute fallu que je
me la représente comme une griffe vorace, déchirant la
terre, lui arrachant sa nourriture ?

Impossible de*a* voir les choses de cette façon-là. Des
mollesses, des faiblesses, oui. Les arbres flottaient. Un
jaillissement vers le ciel ? Un affalement plutôt ; à chaque
instant je m'attendais à voir les troncs se rider comme
des verges lasses, se recroqueviller et choir sur le sol
en un tas noir et mou avec des plis. *Ils n'avaient pas envie*
d'exister, seulement ils ne pouvaient pas s'en empêcher ;
voilà. Alors ils faisaient toutes leurs petites cuisines, doucement, sans entrain ; la sève montait lentement dans les
vaisseaux, à contrecœur, et les racines s'enfonçaient lentement dans la terre. Mais ils semblaient à chaque instant sur le point de tout planter là et de s'anéantir. Las
et vieux, ils continuaient d'exister*b*, de mauvaise grâce,
simplement parce qu'ils étaient trop faibles pour mourir, parce que la mort ne pouvait leur venir que de
l'extérieur : il n'y a que les airs de musique*c* pour porter
fièrement leur propre mort en soi comme une nécessité
interne ; seulement ils n'existent pas*d*. Tout existant naît
sans raison, se prolonge par faiblesse et meurt par rencontre*e*. Je me laissai aller en arrière et je fermai les
paupières. Mais les images, aussitôt alertées, bondirent
et vinrent remplir d'existences mes yeux clos : l'existence est un plein que l'homme ne peut quitter.

Étranges images. Elles représentaient une foule de
choses. Pas des choses vraies*f*, d'autres qui leur ressemblaient. Des objets en bois qui ressemblaient à des
chaises, à des sabots, d'autres objets qui ressemblaient à
des plantes. Et puis deux visages : c'était le couple qui
déjeunait près de moi, l'autre dimanche, à la brasserie
Vézelise. Gras, chauds, sensuels, absurdes, avec les
oreilles rouges. Je voyais les épaules et la gorge de la
femme. De l'existence nue. Ces deux-là, — ça me fit
horreur brusquement, — ces deux-là continuaient à

exister quelque part dans Bouville; quelque part, — au milieu de quelles odeurs ? — cette gorge douce continuait à se caresser contre de fraîches étoffes, à se blottir dans les dentelles et la femme continuait à sentir sa gorge exister dans son corsage, à penser : « mes nénés, mes beaux fruits », à sourire mystérieusement, attentive à l'épanouissement de ses seins qui la chatouillaient et puis j'ai crié[a] et je me suis retrouvé les yeux grands ouverts.

Est-ce que je l'ai rêvée, cette énorme présence ? Elle était là, posée sur le jardin, dégringolée dans les arbres, toute molle, poissant tout, tout épaisse, une confiture. Et j'étais dedans, moi, avec tout le jardin ? J'avais peur[b], mais j'étais surtout en colère, je trouvais ça si bête, si déplacé, je haïssais cette ignoble marmelade. Il y en avait, il y en avait ! Ça montait jusqu'au ciel, ça s'en allait partout, ça remplissait tout de son affalement gélatineux et j'en voyais des profondeurs et des profondeurs, bien plus loin que les limites du jardin et que les maisons et que Bouville, je n'étais plus à Bouville, ni nulle part[c], je flottais. Je n'étais pas surpris, je savais bien que c'était le Monde, le Monde tout nu qui se montrait tout d'un coup, et j'étouffais de colère contre ce gros être absurde. On ne pouvait[d] même pas se demander d'où ça sortait, tout ça, ni comment il se faisait qu'il existât un monde, plutôt que rien. Ça n'avait pas de sens, le monde était partout présent, devant, derrière. Il n'y avait rien eu *avant* lui. Rien. Il n'y avait pas eu de moment où il aurait pu ne pas exister. C'est bien ça qui m'irritait : bien sûr il n'y avait *aucune raison* pour qu'elle existât, cette larve coulante. *Mais il n'était pas possible* qu'elle n'existât pas. C'était impensable : pour imaginer le néant, il fallait qu'on se trouve déjà là, en plein monde et les yeux grands ouverts et vivant; le néant ça n'était qu'une idée dans ma tête, une idée existante flottant dans cette immensité : ce néant n'était pas venu *avant* l'existence, c'était une existence comme une autre et apparue après beaucoup d'autres. Je criai « quelle saleté, quelle saleté! » et je me secouai pour me débarrasser de cette saleté poisseuse, mais elle tenait bon et il y en avait tant, des tonnes et des tonnes d'existence, indéfiniment : j'étouffais au fond de cet immense ennui. Et puis, tout d'un coup[e], le jardin se vida comme par un grand trou, le monde disparut de la même façon qu'il était venu, ou bien je me réveillai — en tout cas je ne le vis plus ; il restait de la terre jaune autour de moi, d'où[a] sortaient des branches mortes dressées en l'air.

Je me levai, je sortis. Arrivé à la grille, je me suis retourné. Alors le jardin m'a souri. Je me suis appuyé à la grille et j'ai longtemps regardé. Le sourire des arbres, du massif de laurier, ça *voulait dire* quelque chose ; c'était ça le véritable secret de l'existence. Je me rappelai[b] qu'un dimanche, il n'y a pas plus de trois semaines, j'avais déjà saisi sur les choses une sorte d'air complice. Était-ce à moi qu'il s'adressait[c] ? Je sentais avec ennui que je n'avais aucun moyen de comprendre. Aucun moyen. Pourtant c'était là, dans l'attente, ça ressemblait à un regard. C'était[d] là, sur le tronc du marronnier... c'était *le* marronnier. Les choses, on aurait dit des pensées[e] qui s'arrêtaient en route, qui s'oubliaient, qui oubliaient ce qu'elles avaient voulu penser et qui restaient comme ça, ballottantes, avec un drôle de petit sens qui les dépassait. Ça m'agaçait ce petit sens : je ne *pouvais pas* le comprendre, quand bien même je serais resté cent sept ans appuyé à la grille ; j'avais appris sur l'existence tout ce que je pouvais savoir. Je suis parti, je suis rentré à l'hôtel, et voilà, j'ai écrit.

Dans la nuit[f].

Ma décision est prise : je n'ai plus de raison de rester à Bouville puisque je n'écris plus mon livre ; je vais aller vivre à Paris. Vendredi je prendrai le train de cinq heures, samedi je verrai Anny ; je pense que nous passerons quelques jours ensemble. Ensuite je reviendrai ici pour régler quelques affaires et faire mes malles. Le 1er mars, au plus tard, je serai définitivement installé à Paris.

Vendredi[g].

Au Rendez-vous des Cheminots. Mon train part dans vingt minutes. Le phono. Forte impression d'aventure.

Samedi[1].

Anny[2] vient m'ouvrir[h], dans une longue robe noire. Naturellement, elle ne me tend pas la main, elle ne me dit pas bonjour. J'ai gardé la main droite dans la poche de mon pardessus. Elle dit d'un ton boudeur et très vite, pour se débarrasser des formalités :

« Entre et assieds-toi où tu voudras, sauf sur le fauteuil près de la fenêtre. »

C'est elle, c'est bien elle. Elle laisse pendre ses bras, elle a le visage morose qui lui donnait l'air, autrefois, d'une petite fille à l'âge ingrat. Mais maintenant elle ne ressemble plus à une petite fille. Elle est grasse, elle a une forte poitrine.

Elle ferme la porte, elle se dit à elle-même d'un air méditatif :

« Je ne sais pas si je vais m'asseoir sur le lit... »

Finalement, elle se laisse tomber sur une sorte de caisse recouverte d'un tapis. Sa démarche n'est plus la même : elle se déplace avec une lourdeur majestueuse et non sans grâce : elle a l'air embarrassée de son jeune embonpoint. Pourtant, malgré tout, c'est bien elle, c'est Anny.

Anny éclate de rire.

« Pourquoi ris-tu ? »

Elle ne répond pas tout de suite, à son habitude, et prend un air chicanier.

« Dis pourquoi ?

— C'est à cause de ce large sourire que tu arbores depuis ton entrée. Tu as l'air d'un père qui vient de marier sa fille. Allons, ne reste pas debout. Pose ton manteau et assieds-toi. Oui, là si tu veux. »

Un silence suit, qu'Anny ne cherche pas à rompre. Comme cette chambre est nue! Autrefois Anny emportait dans tous ses voyages une immense valise pleine de châles, de turbans, de mantilles, de masques japonais, d'images d'Épinal. À peine était-elle descendue dans un hôtel — et dût-elle n'y rester qu'une nuit — son premier soin était d'ouvrir cette valise et d'en sortir toutes ses richesses, qu'elle suspendait aux murs, accrochait aux lampes, étendait sur les tables ou sur le sol en suivant un ordre variable et compliqué; en moins d'une demi-heure la chambre la plus banale se revêtait d'une personnalité lourde et sensuelle, presque intolérable. Peut-être que la valise s'est égarée, est restée à la consigne... Cette pièce froide, avec la porte qui s'entrouvre sur le cabinet de toilette a quelque chose de

sinistre. Elle ressemble, en plus luxueux et en plus triste,
à ma chambre de Bouville.

Anny rit encore. Je reconnais très bien ce petit rire
très élevé et un peu nasillard.

« Eh bien, tu n'as pas changé. Qu'est-ce que tu
cherches de cet air affolé ? »

Elle sourit, mais son regard me dévisage avec une
curiosité presque hostile.

« Je pensais seulement que cette chambre n'a pas
l'air d'être habitée par toi.

— Ah oui ? » répond-elle d'un air vague.

Un nouveau silence. À présent elle est assise sur le
lit, très pâle dans sa robe noire. Elle n'a pas coupé ses
cheveux. Elle me regarde toujours, d'un air calme, en
levant un peu les sourcils. Elle n'a donc rien à me dire ?
Pourquoi m'a-t-elle fait venir ? Ce silence est insupportable.

Je dis soudain, pitoyablement :

« Je suis content de te voir. »

Le dernier mot s'étrangle dans ma gorge : si c'était
pour trouver ça, j'aurais mieux fait de me taire. Elle va
sûrement se fâcher. Je pensais bien que le premier quart
d'heure serait pénible. Jadis, quand je revoyais Anny,
fût-ce après une absence de vingt-quatre heures, fût-ce
le matin au réveil, jamais je ne savais trouver les mots
qu'elle attendait, ceux qui convenaient à sa robe, aux
temps, aux dernières paroles que nous avions prononn-
cées la veille. Mais qu'est-ce qu'elle veut ? Je ne peux
pas le deviner.

Je relève les yeux. Anny me regarde avec une espèce
de tendresse.

« Tu n'as donc pas du tout changé ? Tu es donc toujours aussi sot ? »

Son visage exprime la satisfaction. Mais comme elle
a l'air fatigué.

« Tu es une borne, dit-elle, une borne au bord d'une
route. Tu expliques imperturbablement et tu explique-
ras toute ta vie que Melun est à vingt-sept kilomètres
et Montargis à quarante-deux. Voilà pourquoi j'ai tant
besoin de toi.

— Besoin de moi ? Tu as eu besoin de moi pendant
ces quatre ans que je ne t'ai pas vue ? Eh bien, tu as été
joliment discrète. »

J'ai parlé en souriant : elle pourrait croire que je lui garde rancune. Je sens ce sourire très faux sur ma bouche, je suis mal à l'aise.

« Que tu es sot! Naturellement, je n'ai pas besoin de te voir, si c'est ça que tu veux dire. Tu sais, tu n'as rien de particulièrement réjouissant pour les yeux. J'ai besoin que tu existes et que tu ne changes pas. Tu es comme ce mètre de platine qu'on conserve quelque part à Paris ou aux environs. Je ne pense pas que personne ait jamais eu envie de le voir.

— C'est ce qui te trompe.

— Enfin, peu importe, moi pas. Eh bien, je suis contente de savoir qu'il existe, qu'il mesure exactement la dix-millionième partie du quart du méridien terrestre. J'y pense chaque fois qu'on prend des mesures dans un appartement ou qu'on me vend de l'étoffe au mètre.

— Ah oui ? dis-je froidement.

— Mais tu sais, je pourrais très bien ne penser à toi que comme à une vertu abstraite, une espèce de limite. Tu peux me remercier de me rappeler à chaque fois ta figure. »

Voilà donc revenues ces discussions alexandrines qu'il fallait soutenir autrefois, quand j'avais dans le cœur des envies simples et vulgaires, comme de lui dire que je l'aimais, de la prendre dans mes bras. Aujourd'hui je n'ai aucune envie. Sauf peut-être celle de me taire et de la regarder, de réaliser en silence toute l'importance de cet événement extraordinaire : la présence d'Anny en face de moi. Et pour elle, est-ce que ce jour est semblable aux autres ? Ses mains à elle ne tremblent pas. Elle devait avoir quelque chose à me dire le jour où elle m'a écrit — ou peut-être, simplement, était-ce un caprice. À présent, il n'en est plus question depuis longtemps.

Anny me sourit tout d'un coup avec une tendresse si visible que les larmes me montent aux yeux.

« J'ai pensé à toi beaucoup plus souvent qu'au mètre de platine. Il n'y a pas de jour où je n'aie pensé à toi. Et je me rappelais distinctement jusqu'au moindre détail de ta personne. »

Elle se lève et vient appuyer ses mains sur mes épaules.

« Ose dire que tu te rappelais ma figure, toi qui te plains.

« — C'est malin, dis-je, tu sais très bien que j'ai une mauvaise mémoire.

— Tu l'avoues : tu m'avais complètement oubliée. M'aurais-tu reconnue dans la rue ?

— Naturellement. Ce n'est pas de cela qu'il s'agit.

— Te rappelais-tu seulement la couleur de mes cheveux ?

— Mais oui ! Ils sont blonds. »

Elle se met à rire.

« Tu dis ça bien fièrement. À présent que tu les vois, tu n'as pas beaucoup de mérite. »

Elle balaye mes cheveux d'un coup de main.

« Et toi, tes cheveux sont roux, dit-elle en m'imitant ; la première fois que je t'ai vu, tu avais, je ne l'oublierai jamais, un chapeau mou qui tirait sur le mauve et qui jurait atrocement avec tes cheveux roux. C'était bien pénible à regarder. Où est ton chapeau ? Je veux voir si tu as toujours aussi mauvais goût.

— Je n'en porte plus. »

Elle siffle légèrement, en écarquillant les yeux.

« Tu n'as pas trouvé ça tout seul ! Si ? Eh bien, je te félicite. Naturellement ! Seulement il fallait y songer. Ces cheveux-là ne supportent rien, ils jurent avec les chapeaux, avec les coussins de fauteuils, même avec la tapisserie des murs qui leur sert de fond. Ou alors il faudrait que tu enfonces le chapeau jusqu'aux oreilles, comme ce feutre anglais que tu avais acheté à Londres. Tu rentrais ta mèche sous la coiffe, on ne savait même plus si tu avais encore des cheveux. »

Elle ajoute, du ton décidé dont on termine les vieilles querelles :

« Il ne t'allait pas du tout. »

Je ne sais plus de quel chapeau il s'agit.

« Je disais donc qu'il m'allait ?

— Je pense bien que tu le disais ! Tu ne parlais même que de ça. Et tu te regardais sournoisement dans les glaces, quand tu croyais que je ne te voyais pas. »

Cette connaissance du passé m'accable. Anny n'a même pas l'air d'évoquer des souvenirs, son ton n'a pas la nuance attendrie et lointaine qui convient à ce genre d'occupation. Elle semble parler d'aujourd'hui, tout au plus d'hier ; elle a conservé en pleine vie ses opinions, ses entêtements, ses rancunes d'autrefois. Pour moi, au contraire, tout est noyé dans un vague poétique; je suis prêt à toutes les concessions.

Elle me dit brusquement d'une voix sans intonation :

« Tu vois, moi j'ai grossi, j'ai vieilli, il faut que je me soigne. »

Oui. Et comme elle a l'air fatigué! Comme je veux parler, elle ajoute aussitôt :

« J'ai fait du théâtre, à Londres.

— Avec Candler ?

— Mais non, pas avec Candler. Je te reconnais bien là. Tu t'étais fourré dans la tête que je ferais du théâtre avec Candler. Combien de fois faudra-t-il te dire que Candler est un chef d'orchestre. Non, dans un petit théâtre, Soho Square. On a joué *Emperor Jones,* des pièces de Sean O'Casey, de Synge[1], et *Britannicus.*

— *Britannicus*? dis-je étonné.

— Eh bien oui. *Britannicus.* C'est à cause de cela que j'ai quitté. C'est moi qui leur avais donné l'idée de monter *Britannicus*; et ils ont voulu me faire jouer Junie.

— Oui ?

— Eh bien naturellement je ne pouvais jouer qu'Agrippine.

— Et maintenant, qu'est-ce que tu fais ? »

J'ai eu tort de demander cela. La vie se retire complètement de son visage. Pourtant, elle répond immédiatement :

« Je ne joue plus. Je voyage. Il y a un type qui m'entretient. »

Elle sourit :

« Oh! Ne me regarde pas avec cette sollicitude, ce n'est pas tragique. Je t'ai toujours dit que ça me serait égal de me faire entretenir. D'ailleurs c'est un vieux type, il n'est pas gênant.

— Un Anglais ?

— Mais qu'est-ce que ça peut te faire, dit-elle agacée. Nous n'allons pas parler de ce bonhomme. Il n'a aucune importance ni pour toi ni pour moi. Veux-tu du thé ? »

Elle entre dans le cabinet de toilette. Je l'entends aller et venir, remuer des casseroles et parler toute seule; un murmure aigu et inintelligible. Sur la table de nuit près de son lit, il y a, comme toujours, un tome de l'*Histoire de France* de Michelet. Au-dessus du lit, je distingue maintenant qu'elle a accroché une photo, une seule, une reproduction du portrait d'Emily Brontë par son frère.

Anny revient et me dit brusquement :

« Maintenant il faut me parler de toi. »

Puis elle disparaît de nouveau dans le cabinet de toilette. De cela je me souviens, malgré ma mauvaise mémoire : elle posait ainsi de ces questions directes qui me gênaient fort, parce que j'y sentais à la fois un intérêt sincère et le désir d'en finir au plus vite. En tout cas, après cette question, il n'est plus permis d'en douter : elle veut quelque chose de moi. Pour l'instant, ce ne sont que des préliminaires : on se débarrasse de ce qui pourrait gêner; on règle définitivement les questions secondaires : « Maintenant il faut me parler de toi. » Tout à l'heure, elle me parlera d'elle. Du coup, je n'ai plus la moindre envie de rien lui raconter. À quoi bon ? La Nausée, la peur, l'existence... Il vaut mieux que je garde tout cela pour moi.

« Allons, dépêche-toi », crie-t-elle à travers la cloison. Elle revient avec une théière.

« Qu'est-ce que tu fais ? Habites-tu Paris ?

— J'habite Bouville.

— Bouville ? Pourquoi ? Tu n'es pas marié, j'espère ?

— Marié ? » dis-je en sursautant.

Il m'est très désagréable[a] qu'Anny ait pu penser cela. Je le lui dis.

« C'est absurde. C'est tout à fait le genre d'imaginations naturalistes que tu me reprochais autrefois. Tu sais : quand je t'imaginais veuve et mère de deux garçons. Et toutes ces histoires que je te racontais sur ce que nous deviendrions. Tu détestais ça.

— Et toi tu t'y complaisais, répond-elle sans se troubler. Tu disais ça pour faire fort. D'ailleurs tu t'indignes comme cela dans la conversation, mais tu es bien assez traître pour te marier un jour dans la coulisse. Tu as protesté pendant un an, avec indignation, que tu n'irais pas voir *Violettes impériales*[1]. Puis un jour que j'étais malade, tu as été le voir tout seul dans un petit cinéma du quartier.

— Je suis à Bouville, dis-je avec dignité, parce que je fais un livre sur M. de Rollebon. »

Anny me regarde avec un intérêt appliqué.

« M. de Rollebon ? Il vivait au xviiie siècle ?

— Oui.

— Tu m'en avais parlé, en effet, dit-elle vaguement. C'est un livre d'histoire, alors ?

— Oui.

— Ha! Ha! »

Si elle me pose encore une question, je lui raconterai tout. Mais elle ne demande plus rien, Apparemment, elle juge qu'elle en sait assez sur moi. Anny sait fort bien écouter, mais seulement quand elle veut. Je la regarde : elle a baissé les paupières, elle pense à ce qu'elle va me dire, à la façon dont elle commencera. Dois-je l'interroger à mon tour ? Je ne crois pas qu'elle y tienne. Elle parlera quand elle jugera bon de le faire. Mon cœur bat très fort.

Elle dit brusquement :

« Moi, j'ai changé. »

Voilà le commencement. Mais elle se tait, maintenant. Elle sert du thé dans des tasses de porcelaine blanche. Elle attend que je parle : il faut que je dise quelque chose. Pas n'importe quoi, juste ce qu'elle attend. Je suis au supplice. A-t-elle vraiment changé ? Elle a grossi, elle a l'air fatigué : ce n'est sûrement pas cela qu'elle veut dire.

« Je ne sais pas, je ne trouve pas. J'ai déjà retrouvé ton rire, ta façon de te lever et de mettre tes mains sur mes épaules, ta manie de parler toute seule. Tu lis toujours l'*Histoire* de Michelet. Et puis un tas d'autres choses... »

Cet intérêt profond qu'elle porte à mon essence éternelle et son indifférence totale pour tout ce qui peut m'arriver dans la vie — et puis cette drôle de préciosité, pédante et charmante à la fois — et puis cette façon de supprimer dès l'abord toutes les formules mécaniques de politesse, d'amitié, tout ce qui facilite les rapports des hommes entre eux, d'obliger ses interlocuteurs à une invention perpétuelle.

Elle hausse les épaules :

« Mais si, j'ai changé, dit-elle sèchement, j'ai changé du tout au tout. Je ne suis plus la même personne. Je pensais que tu t'en apercevrais du premier coup d'œil. Et tu viens me parler de l'*Histoire* de Michelet. »

Elle vient se planter devant moi :

« Nous allons voir si cet homme est aussi fort qu'il
le prétend. Cherche : en quoi suis-je changée ? »

J'hésite; elle tape du pied, encore souriante mais sincèrement agacée.

« Il y a quelque chose qui te mettait au supplice,
autrefois. Du moins tu le prétendais. Et maintenant
c'est fini, disparu. Tu devrais t'en apercevoir. Est-ce
que tu ne te sens pas plus à l'aise ? »

Je n'ose lui répondre que non : je suis, tout comme
autrefois, assis du bout des fesses sur ma chaise, soucieux d'éviter des embûches, de conjurer d'inexplicables
colères.

Elle s'est rassise.

« Eh bien, dit-elle en hochant la tête avec conviction,
si tu ne comprends pas, c'est que tu as oublié bien des
choses. Plus encore que je ne pensais. Voyons, tu ne te
rappelles plus tes méfaits d'autrefois ? Tu venais, tu
parlais, tu repartais : tout à contretemps. Imagine que
rien n'ait changé : tu serais entré, il y aurait eu des
masques et des châles au mur, j'aurais été assise sur le
lit et je t'aurais dit (elle rejette la tête en arrière, dilate
les narines et parle d'une voix de théâtre, comme pour
se moquer d'elle-même) : " Eh bien ? Qu'attends-tu ?
Assieds-toi. " Et naturellement j'aurais soigneusement
évité de te dire : sauf sur le fauteuil près de la fenêtre.

— Tu me tendais des pièges.

— Ce n'étaient pas des pièges... Alors naturellement,
toi, tu serais tout droit allé t'y asseoir.

— Et que me serait-il arrivé ? » dis-je en me retournant et en considérant le fauteuil avec curiosité.

Il est d'apparence ordinaire, il a l'air paterne et confortable.

« Rien que du mal », répond Anny brièvement.

Je n'insiste pas : Anny s'est toujours entourée d'objets tabous.

« Je crois, lui dis-je tout à coup, que je devine
quelque chose. Mais ce serait tellement extraordinaire.
Attends, laisse-moi chercher : en effet, cette chambre
est toute nue. Tu me rendras justice que je l'ai
tout de suite remarqué. Bon, je serais entré, j'aurais vu
en effet ces masques, aux murs, et les châles et tout
cela. L'hôtel s'arrêtait[a] toujours à ta porte. Ta chambre
c'était autre chose... Tu ne serais pas venue m'ouvrir.

Je t'aurais aperçue tapie dans un coin, peut-être assise par terre sur cette moquette rouge que tu emportais toujours avec toi, me regardant sans indulgence, attendant... À peine aurais-je prononcé un mot, fait un geste, pris ma respiration, que tu te serais mise à froncer les sourcils et je me serais senti profondément coupable sans savoir pourquoi. Puis de minute en minute, j'aurais accumulé les impairs, je me serais enfoncé dans ma faute...

— Combien de fois est-ce arrivé ?

— Cent fois.

— Au moins! Es-tu plus habile, plus fin à présent ?

— Non!

— J'aime te l'entendre dire. Alors ?

— Alors, c'est qu'il n'y a plus...

— Ha! Ha! s'écrie-t-elle d'une voix de théâtre, il ose à peine y croire! »

Elle reprend doucement.

« Eh bien, tu peux m'en croire : il n'y a plus.

— Plus de moments parfaits ?

— Non. »

Je suis ahuri. J'insiste.

« Enfin tu ne... C'est fini ces... tragédies, ces tragédies instantanées où les masques, les châles, les meubles et moi-même nous avions chacun notre petit rôle — et toi un grand ? »

Elle sourit.

« L'ingrat! Je lui ai donné quelquefois des rôles plus importants qu'à moi-même : mais il ne s'en est pas douté. Eh bien, oui : c'est fini. Es-tu bien surpris ?

— Ah oui, je suis surpris! Je croyais que cela faisait partie de toi-même, que si on t'avait ôté cela, ç'aurait été comme si on t'avait arraché le cœur.

— Je le croyais aussi », dit-elle d'un air de ne rien regretter. Elle ajoute avec une espèce d'ironie qui me fait une impression très désagréable :

« Mais tu vois que je peux vivre sans cela. »

Elle a croisé[a] les doigts et retient un de ses genoux dans ses mains. Elle regarde en l'air, avec un vague sourire qui lui rajeunit tout le visage. Elle a l'air d'une grosse petite fille, mystérieuse et satisfaite.

« Oui, je suis contente que tu sois resté le même. Si on t'avait déplacé, repeint, enfoncé sur le bord d'une

autre route, je n'aurais plus rien de fixe pour m'orienter. Tu m'es indispensable : moi je change; toi, il est
entendu que tu restes immuable et je mesure mes changements par rapport à toi. »

Je me sens tout de même un peu vexé.

« Eh bien, c'est très inexact, dis-je avec vivacité. J'ai
au contraire tout à fait évolué ces temps-ci et, au fond,
je...

— Oh, dit-elle avec un mépris écrasant, des changements intellectuels ! Moi j'ai changé jusqu'au blanc des
yeux. »

Jusqu'au blanc des yeux... Qu'est-ce donc qui, dans
sa voix, m'a bouleversé ? En tout cas, brusquement, j'ai
fait un saut ! je cesse de rechercher une Anny disparue.
C'est cette fille-là, cette fille grasse à l'air ruiné qui me
touche et que j'aime.

« J'ai une espèce de certitude... physique. Je sens qu'il
n'y a pas de moments parfaits. Je le sens jusque dans
mes jambes quand je marche. Je le sens tout le temps,
même quand je dors. Je ne peux pas l'oublier. Jamais[a]
il n'y a rien eu qui soit comme une révélation; je ne
peux pas dire : à partir de tel jour, de telle heure, ma
vie s'est transformée. Mais à présent, je suis toujours
un peu comme si cela m'avait été brusquement révélé
la veille. Je suis éblouie, mal à l'aise, je ne m'habitue
pas. »

Elle dit ces mots d'une voix calme où demeure un
soupçon de fierté d'avoir tant changé. Elle se balance
sur sa caisse, avec une grâce extraordinaire. Pas une
fois depuis que je suis entré, elle n'a si fort ressemblé à
l'Anny d'autrefois, de Marseille. Elle m'a repris, j'ai
replongé dans son étrange univers, par-delà le ridicule,
la préciosité, la subtilité. J'ai même retrouvé cette petite
fièvre qui m'agitait toujours en sa présence et ce goût
amer au fond de ma bouche.

Anny décroise les mains et lâche son genou. Elle se
tait. C'est un silence concerté; comme lorsque, à l'Opéra,
la scène reste vide, pendant sept mesures d'orchestre
exactement. Elle boit son thé. Puis elle pose sa tasse et
se tient raide en appuyant ses mains fermées sur le
rebord de la caisse.

Soudain elle fait paraître sur sa face son superbe
visage de Méduse que j'aimais tant, tout gonflé de haine,

tout tordu, venimeux. Anny ne change guère d'expression; elle change de visage; comme les acteurs antiques changeaient de masque : d'un coup. Et chacun de ces masques est destiné à créer l'atmosphère, à donner le ton de ce qui suivra. Il apparaît et se maintient sans se modifier pendant qu'elle parle. Puis il tombe, il se détache d'elle.

Elle me fixe sans paraître me voir. Elle va parler. J'attends un discours tragique, haussé à la dignité de son masque, un chant funèbre.

Elle ne dit qu'un seul mot :

« Je me survis. »

L'accent ne correspond pas du tout au visage. Il n'est pas tragique, il est... horrible : il exprime un désespoir sec, sans larmes, sans pitié. Oui, il y a en elle quelque chose d'irrémédiablement desséché.

Le masque tombe, elle sourit.

« Je ne suis pas triste du tout. Je m'en suis souvent étonnée mais j'avais tort : pourquoi serais-je triste ? J'étais capable[a] autrefois d'assez belles passions. J'ai passionnément haï ma mère. D'ailleurs toi, dit-elle avec défi, je t'ai passionnément aimé. »

Elle attend une réplique. Je ne dis rien.

« Tout ça, c'est fini, bien entendu.

— Comment peux-tu le savoir ?

— Je le sais. Je sais que je ne rencontrerai plus jamais rien ni personne qui m'inspire de la passion. Tu sais, pour se mettre à aimer quelqu'un, c'est une entreprise. Il faut avoir une énergie, une générosité, un aveuglement... Il y a même un moment, tout au début, où il faut sauter par-dessus un précipice : si on réfléchit, on ne le fait pas. Je sais que je ne sauterai plus jamais.

— Pourquoi ? »

Elle me jette un regard ironique et ne répond pas.

« À présent, dit-elle, je vis entourée de mes passions défuntes. J'essaie de retrouver cette belle[b] fureur qui me précipita du troisième étage, quand j'avais douze ans, un jour que ma mère m'avait fouettée. »

Elle ajoute, sans rapport apparent, d'un air lointain :

« Il n'est pas bon non plus que je fixe trop longtemps les objets. Je les regarde pour savoir ce que c'est, puis il faut que je détourne vite les yeux.

— Mais pourquoi ?

— Ils me dégoûtent. »

Mais est-ce qu'on ne dirait pas ?... Il y a sûrement des ressemblances en tout cas. Une fois déjà, à Londres, c'est arrivé, nous avons pensé séparément les mêmes choses sur les mêmes sujets, à peu près au même moment. J'aimerais tant que... Mais la pensée d'Anny fait de nombreux détours; on n'est jamais certain de l'avoir tout à fait comprise. Il faut[a] que j'en aie le cœur net.

« Écoute, je voudrais te dire : tu sais que je n'ai jamais très bien su ce que c'était, les moments parfaits; tu ne me l'as jamais expliqué.

— Oui, je sais, tu ne faisais aucun effort. Tu faisais le pieu, à côté de moi.

— Hélas! Je sais ce que ça m'a coûté.

— Tu as bien mérité tout ce qui t'est arrivé, tu étais très coupable; tu m'agaçais avec ton air solide. Tu avais l'air de dire : moi, je suis normal; et tu t'appliquais à respirer la santé, tu ruisselais de santé morale.

— Je t'ai tout de même demandé plus de cent fois de m'expliquer ce que c'était qu'un...

— Oui mais avec quel ton, dit-elle en colère; tu condescendais à t'informer, voilà la vérité. Tu demandais ça avec une amabilité distraite, comme les vieilles dames qui me demandaient à quoi je jouais, quand j'étais petite. Au fond, dit-elle rêveusement, je me demande si ce n'est pas toi que j'ai le plus haï. »

Elle fait un effort sur elle-même, se reprend et sourit, les joues encore enflammées. Elle est très belle.

« Je veux bien t'expliquer ce que c'est. À présent je suis assez vieille pour parler sans colère aux vieilles bonnes femmes comme toi, des jeux de mon enfance. Allons, parle, qu'est-ce que tu veux savoir ?

— Ce que c'était.

— Je t'ai bien parlé des situations privilégiées ?

— Je ne crois pas.

— Si, dit-elle avec assurance. C'était à Aix, sur cette place dont je ne me rappelle plus le nom. Nous étions dans le jardin d'un café, au gros soleil, sous des parasols oranges. Tu ne te rappelles pas : nous buvions des citronnades et j'ai trouvé des mouches mortes dans le sucre en poudre.

— Ah oui, peut-être...

— Eh bien, je t'ai parlé de ça, dans ce café. Je t'en

avais parlé à propos de la grande édition de l'*Histoire* de Michelet[1], celle que j'avais quand j'étais petite. Elle était beaucoup plus grande que celle-ci et les feuilles avaient une couleur blême, comme l'intérieur d'un champignon, et elles sentaient aussi le champignon. À la mort de mon père, mon oncle Joseph a mis la main dessus et emporté tous les volumes. C'est ce jour-là que je l'ai appelé vieux cochon, que ma mère m'a fouettée et que j'ai sauté par la fenêtre.

— Oui, oui... tu as dû me parler de cette *Histoire de France*... Tu ne la lisais pas dans un grenier ? Tu vois, je me rappelle. Tu vois que tu étais injuste tout à l'heure quand tu m'accusais d'avoir tout oublié.

— Tais-toi. Donc j'emportais, comme tu t'en es très bien souvenu, ces énormes livres au grenier. Ils avaient très peu d'images, peut-être trois ou quatre par volume. Mais chacune occupait une grande page à elle toute seule, une page dont le verso était resté blanc. Cela me faisait d'autant plus d'effet que, sur les autres feuilles, on avait disposé le texte en deux colonnes pour gagner de la place. J'avais pour ces gravures un amour extra-ordinaire; je les connaissais toutes par cœur, et quand je relisais un livre de Michelet, je les attendais cinquante pages à l'avance; ça me paraissait toujours un miracle de les retrouver. Et puis il y avait un raffinement : la scène qu'elles représentaient ne se rapportait jamais au texte des pages voisines, il fallait aller chercher l'événe-ment des trente pages plus loin.

— Je t'en supplie[a], parle-moi des moments parfaits.

— Je te parle des situations privilégiées. C'étaient celles qu'on représentait sur les gravures. C'est moi qui les appelais privilégiées, je me disais qu'elles devaient avoir une importance bien considérable pour qu'on eût consenti à en faire le sujet de ces images si rares. On les avait choisies entre toutes, comprends-tu : et pour-tant il y avait beaucoup d'épisodes qui avaient une valeur plastique plus grande, d'autres qui avaient plus d'in-térêt historique. Par exemple, pour tout le XVIe siècle, il y avait seulement trois images : une pour la mort d'Henri II, une pour l'assassinat du duc de Guise, et une pour l'entrée d'Henri IV à Paris. Alors je me suis imaginé que ces événements étaient d'une nature parti-culière. D'ailleurs les gravures me confirmaient dans

cette idée : le dessin en était fruſte, les bras et les jambes
n'étaient jamais très bien attachés aux troncs. Mais c'était
plein de grandeur. Quand le duc de Guise eſt assassiné[a],
par exemple, les ſpectateurs manifeſtent leur ſtupeur et
leur indignation en tendant tous les paumes en avant et
en détournant la tête; c'eſt très beau, on dirait un chœur.
Et ne crois pas qu'on ait oublié les détails plaisants, ou
anecdotiques. On voyait des pages qui tombaient par
terre, des petits chiens qui s'enfuyaient, des bouffons
assis sur les marches du trône. Mais tous ces détails
étaient traités avec tant de grandeur et tant de maladresse qu'ils étaient en harmonie parfaite avec le reſte
de l'image : je ne crois pas avoir rencontré de tableaux
qui aient une unité aussi rigoureuse. Eh bien, c'eſt
venu de là.

— Les situations privilégiées ?

— Enfin, l'idée que je m'en faisais. C'étaient des
situations qui avaient une qualité tout à fait rare et
précieuse, du ſtyle, si tu veux. Être roi, par exemple,
quand j'avais huit ans, ça me paraissait une situation
privilégiée. Ou bien mourir. Tu ris, mais il y avait tant
de gens dessinés au moment de leur mort, et il y en a
tant qui ont prononcé des paroles sublimes à ce moment-
là, que moi, je croyais de bonne foi... enfin je pensais
qu'en entrant dans l'agonie on était transporté au-dessus
de soi-même. D'ailleurs, il suffisait d'être dans la chambre
d'un mort : la mort étant une situation privilégiée,
quelque chose émanait d'elle et se communiquait à toutes
les personnes présentes. Une espèce de grandeur. Quand
mon père eſt mort, on m'a fait monter dans sa chambre
pour le voir une dernière fois. En montant l'escalier,
j'étais très malheureuse, mais j'étais aussi comme ivre
d'une sorte de joie religieuse; j'entrais enfin dans une
situation privilégiée. Je me suis appuyée au mur, j'ai
essayé de faire les geſtes qu'il fallait. Mais il y avait ma
tante et ma mère, agenouillées au bord du lit, qui
gâchaient tout par leurs sanglots. »

Elle dit ces derniers mots avec humeur, comme si le
souvenir en était encore cuisant. Elle s'interrompt; le
regard fixe, les sourcils levés, elle profite de l'occasion
pour revivre la scène encore une fois.

« Plus tard, j'ai élargi tout ça : j'y ai ajouté d'abord
une situation nouvelle, l'amour (je veux dire l'acte de

faire l'amour). Tiens, si tu n'as jamais compris, pourquoi je me refusais à... à certaines de tes demandes, c'est une occasion de le comprendre : pour moi, il y avait quelque chose à sauver. Et puis alors je me suis dit qu'il devait y avoir beaucoup plus de situations privilégiées que je pourrais compter, finalement j'en ai admis une infinité.

— Oui, mais enfin qu'est-ce que c'était ?

— Eh bien, mais je te l'ai dit, dit-elle avec étonnement, voilà un quart d'heure que je te l'explique.

— Enfin est-ce qu'il fallait surtout que les gens soient très passionnés, transportés de haine ou d'amour, par exemple; ou bien fallait-il que l'aspect extérieur de l'événement soit grand, je veux dire : ce qu'on en peut voir...

— Les deux... ça dépendait, répond-elle de mauvaise grâce.

— Et les moments parfaits ? Qu'est-ce qu'ils viennent faire là-dedans ?

— Ils viennent après. Il y a d'abord des signes annonciateurs. Puis la situation privilégiée, lentement, majestueusement, entre dans la vie des gens. Alors la question se pose de savoir si on veut en faire un moment parfait.

— Oui, dis-je, j'ai compris. Dans chacune des situations privilégiées, il y a certains actes qu'il faut faire, des attitudes qu'il faut prendre, des paroles qu'il faut dire — et d'autres attitudes, d'autres paroles sont strictement défendues. Est-ce que c'est cela ?

— Si tu veux...

— En somme, la situation c'est de la matière : cela demande à être traité.

— C'est cela, dit-elle : il fallait d'abord être plongé dans quelque chose d'exceptionnel et sentir qu'on y mettait de l'ordre. Si toutes ces conditions avaient été réalisées, le moment aurait été parfait.

— En somme, c'était une sorte d'œuvre d'art.

— Tu m'as déjà dit ça, dit-elle avec agacement. Mais non : c'était... un devoir. Il *fallait* transformer les situations privilégiées en moments parfaits. C'était une question de morale. Oui, tu peux bien rire : de morale. »

Je ne ris pas du tout.

« Écoute, lui dis-je spontanément, moi aussi je vais reconnaître mes torts. Je ne t'ai jamais bien comprise,

je n'ai jamais essayé sincèrement de t'aider. Si j'avais
su[a]...

— Merci, merci beaucoup, dit-elle ironiquement. J'espère que tu ne t'attends pas à de la reconnaissance pour
ces regrets tardifs. D'ailleurs je ne t'en veux pas; je ne
t'ai jamais rien expliqué clairement, j'étais nouée, je ne
pouvais en parler à personne, même pas à toi — surtout pas à toi. Il y avait toujours quelque chose qui
sonnait faux dans ces moments-là. Alors j'étais comme
égarée. J'avais pourtant l'impression de faire tout ce
que je pouvais.

— Mais qu'est-ce qu'il fallait faire ? Quelles actions ?

— Que tu es sot, on ne peut pas donner d'exemple,
ça dépend.

— Mais raconte-moi ce que tu essayais de faire.

— Non, je ne tiens pas à en parler. Mais, si tu veux,
voilà une histoire qui m'avait beaucoup frappée quand
j'allais à l'école. Il y avait un roi qui avait perdu une
bataille et qui avait été fait prisonnier. Il était là, dans
un coin, dans le camp du vainqueur. Il voit passer son
fils et sa fille enchaînés. Il n'a pas pleuré, il n'a rien dit.
Ensuite, il voit passer, enchaîné lui aussi, un de ses ser-
viteurs. Alors il s'est mis à gémir et à s'arracher les cheveux. Tu peux inventer toi-même des exemples. Tu vois :
il y a des cas où on ne doit pas pleurer — ou bien alors
on est immonde. Mais si on se laisse tomber une bûche
sur le pied, on peut faire ce qu'on veut, geindre, sangloter, sauter sur l'autre pied. Ce qui serait sot, ce
serait d'être tout le temps stoïque : on s'épuiserait pour
rien. »

Elle sourit :

« D'autres fois il fallait être *plus* que stoïque. Tu ne te
rappelles pas, naturellement, la première fois que je t'ai
embrassé ?

— Si, très bien, dis-je triomphalement, c'était dans
les jardins de Kew[b], au bord de la Tamise[1].

— Mais ce que tu n'as jamais su c'est que je m'étais
assise sur des orties : ma robe s'était relevée, j'avais les
cuisses couvertes de piqûres et, au moindre mouvement,
c'étaient de nouvelles piqûres. Eh bien, là, le stoïcisme
n'aurait pas suffi. Tu ne me troublais pas du tout, je
n'avais pas une envie particulière de tes lèvres, ce baiser
que j'allais te donner était d'une bien plus grande impor-

tance, c'était un engagement, un pacte. Alors tu comprends, cette douleur était impertinente, il ne m'était pas permis de penser à mes cuisses dans un moment comme celui-là. Il ne suffisait pas de ne pas marquer ma souffrance : il fallait ne pas souffrir. »

Elle me regarde fièrement, encore toute surprise de ce qu'elle a fait :

« Pendant plus de vingt minutes, tout le temps que tu insistais pour l'avoir, ce baiser que j'étais bien décidée à te donner, tout le temps que je me faisais prier — parce qu'il fallait te le donner selon les formes — je suis arrivée à m'anesthésier complètement[a]. Dieu sait pourtant que j'ai la peau sensible : je n'ai *rien* senti, jusqu'à ce que nous nous soyons relevés. »

C'est ça, c'est bien ça. Il n'y a pas d'aventures — il n'y a pas de moments parfaits... nous avons perdu les mêmes illusions, nous avons suivi les mêmes chemins. Je devine le reste — je peux même prendre la parole à sa place et dire moi-même ce qui lui reste à dire :

« Et alors, tu t'es rendu compte qu'il y avait toujours des bonnes femmes en larmes, ou un type roux, ou n'importe quoi d'autre pour gâcher tes effets ?

— Oui, naturellement, dit-elle sans enthousiasme.

— Ce n'est pas cela ?

— Oh, tu sais, les maladresses d'un type roux j'aurais peut-être pu m'y résigner à la longue. Après tout j'étais bien bonne de m'intéresser à la façon dont les autres jouaient leur rôle... non, c'est plutôt...

— Qu'il n'y a pas de situations privilégiées ?

— Voilà. Je croyais que la haine, l'amour ou la mort descendaient sur nous, comme les langues de feu du Vendredi saint[1]. Je croyais qu'on pouvait rayonner de haine ou de mort. Quelle erreur ! Oui, vraiment, je pensais que ça existait "la Haine", que ça venait se poser sur les gens et les élever au-dessus d'eux-mêmes. Naturellement il n'y a que moi, moi qui hais, moi qui aime. Et alors ça, moi, c'est toujours la même chose, une pâte qui s'allonge, qui s'allonge... ça se ressemble même tellement qu'on se demande comment les gens ont eu l'idée d'inventer des noms, de faire des distinctions. »

Elle pense comme moi. Il me semble que je ne l'ai jamais quittée.

« Écoute bien, lui dis-je, depuis un moment je pense

à une chose qui me plaît bien plus que le rôle de borne
que tu m'as généreusement donné : c'est que nous avons
changé ensemble et de la même façon. J'aime mieux
ça, tu sais, que de te voir t'éloigner de plus en plus et
d'être condamné à marquer éternellement ton point de
départ. Tout ce que tu m'as raconté, j'étais venu te le
raconter — avec d'autres mots, il est vrai. Nous nous
rencontrons à l'arrivée. Je ne peux pas te dire comme
ça me fait plaisir.

— Oui ? dit-elle doucement mais d'un air entêté, eh
bien, j'aurais tout de même mieux aimé que tu ne changes
pas ; c'était plus commode. Je ne suis pas comme toi,
ça me déplaît plutôt de savoir que quelqu'un a pensé
les mêmes choses que moi. D'ailleurs, tu dois te tromper. »

Je lui raconte mes aventures, je lui parle de l'existence — peut-être un peu trop longuement. Elle écoute
avec application, les yeux grands ouverts, les sourcils
levés.

Quand j'ai fini, elle a l'air soulagée.

« Eh bien, mais tu ne penses pas du tout les mêmes
choses que moi. Tu te plains parce que les choses ne
se disposent pas autour de toi comme un bouquet de
fleurs, sans que tu te donnes la peine de rien faire. Mais
jamais je n'en ai tant demandé : je voulais agir. Tu sais,
quand nous jouions à l'aventurier et à l'aventurière[1] : toi
tu étais celui à qui il arrive des aventures, moi j'étais
celle qui les fait arriver. Je disais : "Je suis un homme
d'action." Tu te rappelles ? Eh bien, je dis simplement
à présent : on ne peut pas être un homme d'action. »

Il faut croire que je n'ai pas l'air convaincu, car elle
s'anime et reprend avec plus de force :

« Et puis il y a un tas d'autres choses que je ne t'ai
pas dites, parce que ce serait beaucoup trop long à
t'expliquer. Par exemple, il aurait fallu que je puisse
me dire, au moment même où j'agissais, que ce que je
faisais aurait des suites... fatales. Je ne peux pas bien
t'expliquer...

— Mais c'est tout à fait inutile, dis-je d'un air assez
pédant, ça aussi, je l'ai pensé. »

Elle me regarde avec méfiance.

« À t'en croire, tu aurais tout pensé de la même
façon que moi : tu m'étonnes bien. »

Je ne peux pas la convaincre, je ne ferais que l'irriter. Je me tais. J'ai envie de la prendre dans mes bras.

Tout à coup elle me regarde d'un air anxieux :

« Et alors, si tu as pensé à tout ça, qu'est-ce qu'on peut faire ? »

Je baisse la tête.

« Je me... je me survis », répète-t-elle lourdement.

Que puis-je lui dire ? Est-ce que je connais des raisons de vivre ? Je ne suis pas, comme elle, désespéré, parce que je n'attendais pas grand-chose. Je suis plutôt... étonné devant cette vie qui m'est donnée — donnée pour *rien*. Je garde la tête baissée, je ne veux pas voir le visage d'Anny en ce moment.

« Je voyage, poursuit-elle d'une voix morne ; je reviens de Suède[a]. Je me suis arrêtée huit jours à Berlin. Il y a ce type qui m'entretient... »

La prendre dans mes bras... À quoi bon ? Je ne peux rien pour elle. Elle est seule comme moi.

Elle me dit, d'une voix plus gaie :

« Qu'est-ce que tu grommelles... »

Je relève les yeux. Elle me regarde avec tendresse.

« Rien. Je pensais seulement à quelque chose.

— Ô mystérieux personnage ! Eh bien, parle ou tais-toi, mais choisis. »

Je lui parle du Rendez-vous des Cheminots, du vieux *rag-time* que je me fais jouer au phono, de l'étrange bonheur qu'il me donne.

« Je me demandais si de ce côté-là on ne pouvait pas trouver ou enfin chercher... »

Elle ne répond rien, je crois qu'elle ne s'est pas beaucoup intéressée à ce que je lui ai dit.

Elle reprend tout de même, au bout d'un instant — et je ne sais si elle poursuit ses pensées ou si c'est une réponse à ce que je viens de lui dire.

« Les tableaux, les statues, c'est inutilisable : c'est beau *en face* de moi. La musique...

— Mais au théâtre...

— Eh bien quoi, au théâtre ? Tu veux énumérer tous les beaux-arts ?

— Tu disais autrefois que tu voulais faire du théâtre parce qu'on devait, sur la scène, réaliser des moments parfaits !

— Oui, je les ai réalisés : pour les autres. J'étais dans

la poussière, au courant d'air, sous les lumières crues, entre des portants de carton. En général, j'avais Thorndyke pour partenaire. Je crois que tu l'as vu jouer, à Covent Garden. J'avais toujours peur de lui éclater de rire au nez.

— Mais tu[a] n'étais jamais prise par ton rôle ?

— Un peu, par moments : jamais très fort. L'essentiel, pour nous tous, c'était le trou noir, juste devant nous, au fond duquel il y avait des gens qu'on ne voyait pas ; à ceux-là, évidemment, on présentait un moment parfait. Mais, tu sais, ils ne vivaient pas dedans : il se déroulait devant eux. Et nous, les acteurs, tu penses que nous vivions dedans ? Finalement il n'était nulle part, ni d'un côté ni de l'autre de la rampe, il n'existait pas ; et pourtant tout le monde pensait à lui. Alors tu comprends, mon petit, dit-elle d'un ton traînant et presque canaille, j'ai tout envoyé promener.

— Moi j'avais essayé d'écrire ce livre... »

Elle m'interrompt.

« Je vis dans le passé. Je reprends tout ce qui m'est arrivé et je l'arrange. De loin, comme ça, ça ne fait pas mal, on s'y laisserait presque prendre. Toute notre histoire est assez belle. Je lui donne quelques coups de pouce et ça fait une suite de moments parfaits. Alors je ferme les yeux et j'essaye de m'imaginer que je vis encore dedans. J'ai d'autres personnages aussi... Il faut savoir[b] se concentrer. Tu ne sais pas ce que j'ai lu ? Les *Exercices spirituels,* de Loyola[1]. Ça m'a été très utile. Il y a une manière de poser d'abord le décor, puis de faire apparaître les personnages. On arrive à *voir* », ajoute-t-elle d'un air maniaque[c].

— Eh bien, ça ne me satisferait pas du tout, dis-je.

— Crois-tu que ça me satisfasse ? »

Nous restons un moment silencieux. Le soir tombe ; je distingue à peine la tache pâle de son visage. Son vêtement noir se confond avec l'ombre qui a envahi la pièce. Machinalement je prends ma tasse, où reste encore un peu de thé et je la porte à mes lèvres. Le thé est froid. J'ai envie de fumer mais je n'ose pas. J'ai l'impression pénible que nous n'avons plus rien à nous dire. Hier encore, j'avais tant de questions à lui poser : où avait-elle été, qu'avait-elle fait, qui avait-elle rencontré ? Mais cela ne m'intéressait que dans la mesure où Anny s'était

donnée de tout son cœur. À présent, je suis sans curiosité : tous ces pays, toutes ces villes où elle a passé,
tous ces hommes qui lui ont fait la cour et que peut-
être elle a aimés, tout cela ne tenait pas à elle, tout cela
lui était au fond tellement indifférent : de petits éclats
de soleil à la surface d'une mer sombre et froide. Anny
est en face de moi, nous ne nous sommes pas vus depuis
quatre ans, et nous n'avons plus rien à nous dire.

« À présent, dit Anny, tout à coup, il faut que tu
partes. J'attends quelqu'un.

— Tu attends... ?

— Non, j'attends un Allemand, un peintre. »

Elle se met à rire. Ce rire sonne étrangement dans la
pièce obscure.

« Tiens, en voilà un qui n'est pas comme nous — pas
encore. Il agit, celui-là, il se dépense. »

Je me lève[a] à contrecœur.

« Quand te revois-je ?

— Je ne sais pas, je pars demain soir pour Londres.

— Par Dieppe ?

— Oui et je pense qu'ensuite j'irai en Égypte. Peut-
être que je repasserai à Paris l'hiver prochain, je t'écrirai.

— Demain je suis libre toute la journée, lui dis-je
timidement.

— Oui, mais moi j'ai beaucoup à faire, répond-elle
d'une voix sèche. Non, je ne peux pas te voir. Je t'écrirai d'Égypte. Tu n'as qu'à me donner ton adresse.

— C'est ça. »

Je griffonne mon adresse, dans la pénombre, sur un
bout d'enveloppe. Il faudra que je dise à l'hôtel Printania qu'on me fasse suivre mes lettres, quand je quitterai Bouville. Au fond, je sais bien qu'elle n'écrira pas.
Peut-être la reverrai-je dans dix ans. Peut-être est-ce la
dernière fois que je la vois. Je ne suis pas simplement
accablé de la quitter; j'ai une peur affreuse de retrouver
ma solitude.

Elle se lève; à la porte elle m'embrasse légèrement
sur la bouche.

« C'est pour me rappeler tes lèvres, dit-elle en souriant. Il faut que je rajeunisse mes souvenirs, pour mes
" Exercices spirituels ". »

Je la prends par le bras et je la rapproche de moi.
Elle ne résiste pas, mais elle fait non de la tête.

« Non. ça ne m'intéresse plus. On ne recommence pas... Et puis, d'ailleurs, pour ce qu'on peut faire des gens, le premier venu un peu joli garçon vaut autant que toi.

— Mais alors qu'est-ce que tu vas faire ?

— Mais je te l'ai dit, je vais en Angleterre.

— Non, je veux dire...

— Eh bien, rien! »

Je n'ai pas lâché ses bras, je lui dis doucement :

« Alors il faut que je te quitte après t'avoir retrouvée. »

À présent je distingue nettement son visage. Tout à coup il devient blême et tiré. Un visage de vieille femme, absolument affreux; celui-là, je suis bien sûr qu'elle ne l'a pas appelé : il est là, à son insu, ou peut-être malgré elle.

« Non, dit-elle lentement, non. Tu ne m'as pas retrouvée. »

Elle dégage ses bras. Elle ouvre la porte. Le couloir est ruisselant de lumière.

Anny se met à rire.

« Le pauvre! Il n'a pas de chance. Pour la première fois qu'il joue bien son rôle, on ne lui en sait aucun gré[1]. Allons, va-t'en. »

J'entends la porte se refermer derrière moi.

Dimanche.

Ce matin, j'ai consulté l'Indicateur des Chemins de fer : en supposant qu'elle ne m'ait pas menti, elle partirait par le train de Dieppe à cinq heures trente-huit. Mais peut-être son type l'emmènerait-il en auto ? J'ai erré toute la matinée dans les rues de Ménilmontant et puis, l'après-midi, sur les quais. Quelques pas, quelques murs me séparaient d'elle. À cinq heures trente-huit[a], notre entretien d'hier deviendrait un souvenir, la femme opulente dont les lèvres avaient effleuré ma bouche rejoindrait dans le passé la petite fille maigre de Meknès, de Londres. Mais rien encore n'était passé, puisqu'elle était encore là, puisqu'il était encore possible de la revoir, de la convaincre, de l'emmener avec moi pour toujours. Je ne me sentais pas encore seul.

Je voulus détourner ma pensée d'Anny, parce que, à

force d'imaginer son corps et son visage, j'étais tombé dans un extrême énervement : mes mains tremblaient et j'étais parcouru de frissons glacés. Je me mis à feuilleter les livres, aux étalages des revendeurs, et tout particulièrement les publications obscènes, parce que, malgré tout, ça occupe l'esprit.

Quand cinq heures sonnèrent à l'horloge de la gare d'Orsay, je regardais les gravures d'un ouvrage intitulé *Le Docteur au fouet*[1]. Elles étaient peu variées : dans la plupart d'entre elles, un grand barbu brandissait une cravache au-dessus de monstrueuses croupes nues. Dès que j'eus compris qu'il était cinq heures, je rejetai le livre au milieu des autres et je sautai dans un taxi, qui me conduisit à la gare Saint-Lazare.

Je me suis promené une vingtaine de minutes sur ce quai, puis je les ai vus. Elle portait un gros manteau de fourrure qui lui donnait l'air d'une dame. Et une[a] voilette. Le type avait un manteau de poils de chameau. Il était bronzé, jeune encore, très grand, très beau. Un étranger, sûrement mais pas un Anglais; peut-être un Égyptien. Ils sont montés dans le train sans me voir. Ils ne se parlaient pas. Ensuite le type est redescendu et il a acheté des journaux. Anny a baissé la glace de son compartiment; elle m'a vu. Elle m'a longuement regardé, sans colère, avec des yeux inexpressifs. Puis le type est remonté dans le wagon et le train est parti. À ce moment-là, j'ai vu nettement le restaurant de Piccadilly où nous déjeunions autrefois, puis tout a claqué. J'ai marché. Quand je me suis senti fatigué, je suis entré dans ce café et je me suis endormi. Le garçon vient de me réveiller et j'écris ceci dans le demi-sommeil.

Je rentrerai demain à Bouville par le train de midi. Il me suffira d'y rester deux jours : pour faire mes valises et régler mes affaires à la banque. Je pense qu'ils voudront, à l'hôtel Printania, que je leur paye une quinzaine en plus, parce que je ne les ai pas prévenus. Il faudra aussi que je rende à la Bibliothèque les livres que j'ai empruntés. De toute façon, je serai de retour à Paris avant la fin de la semaine.

Et qu'est-ce que je gagnerai au change ? C'est[b] toujours une ville : celle-ci est fendue par un fleuve, l'autre est bordée par la mer, à cela près elles se ressemblent. On choisit une terre pelée, stérile, et on y roule de grandes pierres creuses. Dans ces pierres, des odeurs sont captives, des odeurs plus lourdes que l'air. Quelquefois on les jette par la fenêtre dans les rues et elles y restent jusqu'à ce que les vents les aient déchirées. Par temps clair, les bruits entrent par un bout de la ville et sortent par l'autre bout, après avoir traversé tous les murs; d'autres fois, entre ces pierres que le soleil cuit, que le gel fend, ils tournent en rond.

J'ai peur des villes. Mais il ne faut pas en sortir. Si on s'aventure trop loin, on rencontre le cercle de la Végétation. La Végétation a rampé pendant des kilomètres vers les villes. Elle attend. Quand la ville sera morte, la Végétation l'envahira, elle grimpera sur les pierres, elle les enserrera, les fouillera, les fera éclater de ses longues pinces noires; elle aveuglera les trous et laissera pendre partout des pattes vertes. Il faut rester dans les villes, tant qu'elles sont vivantes, il ne faut pas pénétrer seul sous cette grande chevelure qui est à leurs portes : il faut la laisser onduler et craquer sans témoins. Dans les villes, si l'on sait s'arranger, choisir les heures où les bêtes digèrent ou dorment, dans leurs trous[a], derrière des amoncellements de détritus organiques, on ne rencontre guère que des minéraux, les moins effrayants des existants.

Je vais rentrer à Bouville. La Végétation n'assiège Bouville que de trois côtés. Sur le quatrième côté, il y a un grand trou, plein d'une eau noire qui remue toute seule. Le vent siffle entre les maisons. Les odeurs restent moins longtemps qu'ailleurs : chassées sur la mer par le vent, elles filent au ras de l'eau noire comme de petits brouillards follets. Il pleut. On a laissé pousser des plantes entre quatre grilles. Des plantes châtrées, domestiquées, inoffensives tant elles sont grasses. Elles ont d'énormes feuilles blanchâtres qui pendent comme des oreilles. À toucher, on dirait du cartilage. Tout est gras et blanc à Bouville, à cause de toute cette eau qui tombe du ciel. Je vais rentrer à Bouville. Quelle horreur!

Je me réveille en sursaut. Il est minuit. Il y a six heures qu'Anny a quitté Paris. Le bateau a pris la mer. Elle dort dans une cabine et, sur le pont, le beau type bronzé fume des cigarettes.

Mardi à Bouville.

Est-ce que c'est ça, la liberté ? Au-dessous de moi[a], les jardins descendent mollement vers la ville et, dans chaque jardin, s'élève une maison. Je vois la mer, lourde, immobile, je vois Bouville. Il fait beau.

Je suis libre : il ne me reste plus aucune raison de vivre, toutes celles que j'ai essayées ont lâché et je ne peux plus[b] en imaginer d'autres. Je suis encore assez jeune, j'ai encore assez de forces pour recommencer. Mais que faut-il recommencer ? Combien, au plus fort de mes terreurs, de mes nausées, j'avais compté sur Anny pour me sauver, je le comprends seulement maintenant. Mon passé est mort, M. de Rollebon est mort, Anny n'est revenue que pour m'ôter tout espoir. Je suis seul dans cette rue blanche que bordent les jardins. Seul et libre. Mais cette liberté ressemble un peu à la mort.

Aujourd'hui ma vie prend fin. Demain j'aurai quitté cette ville qui s'étend à mes pieds, où j'ai si longtemps vécu. Elle ne sera plus qu'un nom, trapu, bourgeois, bien français, un nom dans ma mémoire, moins riche que ceux de Florence ou de Bagdad. Il viendra une époque où je me demanderai : « Mais enfin, quand j'étais à Bouville, qu'est-ce que je pouvais donc faire, au long de la journée ? » Et de ce soleil, de cette après-midi, il ne restera rien, pas même un souvenir.

Toute ma vie est derrière moi. Je la vois tout entière, je vois sa forme et les lents mouvements qui m'ont mené jusqu'ici. Il y a peu de choses à en dire : c'est une partie perdue, voilà tout. Voici trois ans que je suis entré à Bouville, solennellement. J'avais perdu la première manche. J'ai voulu jouer la seconde et j'ai perdu aussi : j'ai perdu la partie. Du même coup, j'ai appris qu'on perd toujours. Il n'y a que les Salauds qui croient gagner. À présent, je vais faire comme Anny, je vais me survivre. Manger, dormir. Dormir, manger. Exister lentement, doucement, comme ces arbres, comme une flaque d'eau, comme la banquette rouge du tramway.

La Nausée me laisse un court répit. Mais je sais qu'elle reviendra : c'est mon état normal. Seulement, aujourd'hui mon corps est trop épuisé pour la supporter. Les malades aussi ont d'heureuses faiblesses qui leur

ôtent, quelques heures, la conscience de leur mal. Je
m'ennuie, c'est tout. De temps en temps je bâille si fort
que les larmes me roulent sur les joues. C'est un ennui
profond, profond, le cœur profond de l'existence, la
matière même dont je suis fait. Je ne me néglige pas,
bien au contraire : ce matin, j'ai pris un bain, je me suis
rasé. Seulement, quand je repense à tous ces petits actes
soigneux, je ne comprends pas comment j'ai pu les
faire : ils sont si vains. Ce sont les habitudes, sans doute,
qui les ont faits pour moi. Elles ne sont pas mortes,
elles, elles continuent à s'affairer, à tisser tout doucement, insidieusement leurs trames, elles me lavent, m'essuient, m'habillent, comme des nourrices. Est-ce que
ce sont elles, aussi, qui m'ont conduit sur cette colline ?
Je ne me rappelle plus comment je suis venu. Par l'escalier[a] Dautry, sans doute : est-ce que j'ai gravi vraiment
une à une ses cent dix marches ? Ce qui est peut-être
encore plus difficile à imaginer, c'est que, tout à l'heure,
je vais les redescendre. Pourtant, je le sais : je me retrouverai dans un moment au bas du Coteau Vert, je pourrai,
en levant la tête, voir s'éclairer au loin les fenêtres de
ces maisons qui sont si proches. Au loin. Au-dessus de
ma tête ; et cet instant-ci, dont je ne puis sortir, qui
m'enferme et me borne de tout côté, cet instant dont
je suis fait ne sera plus qu'un songe brouillé.

Je regarde[b], à mes pieds, les scintillements gris de
Bouville. On dirait[c], sous le soleil, des monceaux de
coquilles, d'écailles, d'esquilles d'os, de graviers. Perdus entre ces débris, de minuscules éclats de verre ou
de mica jettent par intermittence des feux légers. Les
rigoles, les tranchées, les minces sillons qui courent
entre les coquilles, dans une heure ce seront des rues,
je marcherai dans ces rues, entre des murs. Ces petits
bonshommes noirs que je distingue dans la rue Boulibet, dans une heure je serai l'un d'eux.

Comme je me sens loin d'eux, du haut de cette colline.
Il me semble que j'appartiens à une autre espèce. Ils
sortent des bureaux, après leur journée de travail, ils
regardent les maisons et les squares d'un air satisfait,
ils pensent que c'est *leur* ville, une « belle cité bourgeoise ». Ils n'ont pas peur, ils se sentent chez eux. Ils
n'ont jamais vu que l'eau apprivoisée qui coule des
robinets, que la lumière qui jaillit des ampoules quand

on appuie sur l'interrupteur, que les arbres métis, bâtards
qu'on soutient avec des fourches. Ils ont la preuve, cent
fois par jour, que tout se fait par mécanisme, que le
monde obéit à des lois fixes et immuables. Les corps
abandonnés dans le vide tombent tous à la même vitesse,
le Jardin public est fermé tous les jours à seize heures
en hiver, à dix-huit heures en été, le plomb fond à 335°,
le dernier tramway part de l'Hôtel de Ville à vingt-
trois heures cinq. Ils sont paisibles, un peu moroses, ils
pensent à Demain, c'est-à-dire, simplement, à un nouvel
aujourd'hui; les villes ne disposent que d'une seule
journée qui revient toute pareille à chaque matin. À peine
la pomponne-t-on un peu, les dimanches. Les imbéciles. Ça me répugne, de penser que je vais revoir leurs
faces épaisses et rassurées. Ils légifèrent, ils écrivent des
romans populistes[1], ils se marient, ils ont l'extrême sottise de faire des enfants. Cependant, la grande nature
vague s'est glissée dans leur ville, elle s'est infiltrée, partout, dans leur maison, dans leurs bureaux, en eux-
mêmes. Elle ne bouge pas, elle se tient tranquille et eux,
ils sont en plein dedans, ils la respirent et ils ne la voient
pas, ils s'imaginent qu'elle est dehors, à vingt lieues de
la ville. Je la *vois,* moi, cette nature, je la *vois*... Je sais
que sa soumission est paresse, je sais qu'elle n'a pas de
lois : ce qu'ils prennent pour sa constance... Elle n'a
que des habitudes et elle peut en changer demain.

S'il arrivait[a] quelque chose ? Si tout d'un coup elle
se mettait à palpiter ? Alors ils s'apercevraient qu'elle
est là et il leur semblerait que leur cœur va craquer.
Alors de quoi leur serviraient leurs digues et leurs remparts et leurs centrales électriques et leurs hauts four-
neaux et leurs marteaux-pilons ? Cela peut arriver n'importe quand, tout de suite peut-être : les présages sont
là. Par exemple, un père de famille en promenade verra
venir vers lui, à travers la rue, un chiffon rouge comme
poussé par le vent. Et quand le chiffon sera tout près
de lui, il verra que c'est un quartier de viande pourrie,
maculé de poussière, qui se traîne en rampant, en sautillant, un bout de chair torturée qui se roule dans les
ruisseaux en projetant par spasmes des jets de sang.
Ou bien une mère regardera la joue de son enfant et lui
demandera : « Qu'est-ce que tu as là, c'est un bouton ? »
et elle verra la chair se bouffir un peu, se crevasser,

s'entrouvrir et, au fond de la crevasse, un troisième
œil, un œil rieur apparaîtra. Ou bien ils sentiront de
doux frôlements sur tout leur corps, comme les caresses
que les joncs, dans les rivières, font aux nageurs. Et
ils sauront que leurs[a] vêtements sont devenus des choses
vivantes. Et un autre trouvera[b] qu'il y a quelque chose
qui le gratte dans la bouche. Et il s'approchera d'une
glace, ouvrira la bouche : et sa langue sera devenue un
énorme mille-pattes tout vif, qui tricotera des pattes et
lui raclera le palais. Il voudra le cracher, mais le mille-
pattes, ce sera une partie de lui-même et il faudra qu'il
l'arrache avec ses mains. Et des foules de choses appa-
raîtront pour lesquelles il faudra trouver des noms nouveaux, l'œil de pierre, le grand bras tricorne, l'orteil-
béquille, l'araignée-mâchoire[1]. Et celui qui se sera
endormi dans son bon lit, dans sa douce chambre chaude,
se réveillera tout nu sur un sol bleuâtre, dans une forêt
de verges bruissantes, dressées rouges et blanches vers
le ciel comme les cheminées de Jouxtebouville, avec de
grosses couilles à demi sorties de terre, velues et bul-
beuses, comme des oignons. Et des oiseaux voletteront
autour de ces verges et les picoreront de leurs becs et
les feront saigner. Du sperme coulera lentement, doucement, de ces blessures, du sperme mêlé de sang,
vitreux et tiède avec de petites bulles. Ou alors rien de
tout cela n'arrivera, il ne se produira aucun changement
appréciable, mais les gens, un matin, en ouvrant leurs
persiennes, seront surpris par une espèce de sens affreux,
lourdement posé sur les choses et qui aura l'air d'attendre. Rien que cela : mais pour peu que cela dure
quelque temps, il y aura des suicides par centaines. Eh
bien oui! Que cela change un peu, pour voir, je ne
demande pas mieux. On en verra d'autres, alors, plongés brusquement dans la solitude. Des hommes tout
seuls, entièrement seuls avec d'horribles monstruosités,
courront par les rues, passeront lourdement devant moi,
les yeux fixes, fuyant leurs maux et les emportant avec
soi, la bouche ouverte, avec leur langue-insecte qui
battra des ailes. Alors j'éclaterai de rire, même si mon
corps est couvert de sales croûtes louches qui s'épanouissent en fleurs de chair, en violettes et en renoncules.
Je m'adosserai à un mur et je leur crierai au passage :
« Qu'avez-vous fait de votre Science ? Qu'avez-vous

fait de votre humanisme ? Où est votre dignité de roseau pensant ? » Je n'aurai pas peur — ou du moins pas plus qu'en ce moment. Est-ce que ce ne sera pas toujours de l'existence, des variations sur l'existence ? Tous ces yeux qui mangeront lentement un visage, ils seront de trop, sans doute, mais pas plus que les deux premiers. C'est de l'existence que j'ai peur.

Le soir tombe, les premières lampes s'allument dans la ville. Mon Dieu ! Comme la ville a l'air *naturelle,* malgré toutes ses géométries, comme elle a l'air écrasée par le soir. C'est tellement... évident, d'ici ; se peut-il que je sois le seul à le voir ? N'y a-t-il nulle part d'autre Cassandre[1], au sommet d'une colline, regardant à ses pieds une ville engloutie au fond de la nature ? D'ailleurs que m'importe ? Que pourrais-je lui dire ?

Mon corps, tout doucement, se tourne vers l'est, oscille un peu et se met en marche.

Mercredi : mon dernier jour à Bouville.

J'ai parcouru la ville entière pour retrouver l'Autodidacte. Sûrement, il n'est pas rentré chez lui. Il doit marcher au hasard, accablé de honte et d'horreur, ce pauvre humaniste dont les hommes ne veulent plus. À vrai dire, je n'ai guère été surpris[a] quand la chose est arrivée : depuis longtemps, je sentais que sa tête douce et craintive appelait sur elle le scandale. Il était si peu coupable : c'est à peine de la sensualité, son humble amour contemplatif pour les jeunes garçons — une forme d'humanisme, plutôt. Mais il fallait bien qu'un jour il se retrouve seul. Comme M. Achille, comme moi : il est de ma race, il a de la bonne volonté. À présent, il est entré dans la solitude — et pour toujours. Tout s'est écroulé d'un coup, ses rêves de culture, ses rêves d'entente avec les hommes. D'abord il y aura la peur, l'horreur et les nuits sans sommeil, et puis, après ça, la longue suite de jours d'exil. Il reviendra errer, le soir, dans la cour des Hypothèques ; il regardera de loin les fenêtres étincelantes de la Bibliothèque et le cœur lui manquera quand il se rappellera les longues rangées de livres, leurs reliures de cuir, l'odeur de leurs pages. Je regrette de ne pas l'avoir accompagné, mais il ne l'a pas voulu ; c'est lui qui m'a

supplié de le laisser seul : il commençait l'apprentissage
de la solitude. J'écris ceci au café Mably. J'y suis entré
cérémonieusement, je voulais contempler le gérant, la
caissière et sentir avec force que je les voyais pour la
dernière fois. Mais je ne peux détourner ma pensée de
l'Autodidacte, j'ai toujours devant les yeux son visage
défait, plein de reproche et son haut col sanglant. Alors
j'ai demandé du papier et je vais raconter ce qui lui
est arrivé.

Je me suis amené[1] à la Bibliothèque vers deux heures
de l'après-midi. Je pensais : « La Bibliothèque. J'entre
ici pour la dernière fois. »

La salle était presque déserte. J'avais peine à la reconnaître parce que je savais que je n'y reviendrais jamais.
Elle était légère comme une vapeur, presque irréelle,
toute rousse; le soleil couchant teintait de roux la
table réservée aux lectrices, la porte, le dos des livres.
Une seconde, j'eus l'impression charmante de pénétrer
dans un sous-bois plein de feuilles dorées; je souris. Je
pensai : « Comme il y a longtemps que je n'ai souri. »
Le Corse regardait par la fenêtre, les mains derrière le
dos. Que voyait-il ? Le crâne d'Impétraz ? « Moi je ne
verrai plus le crâne d'Impétraz, ni son haut-de-forme ni
sa redingote. Dans six heures, j'aurai quitté Bouville. »
Je posai sur le bureau du sous-bibliothécaire les deux
volumes que j'avais empruntés le mois dernier. Il
déchira une fiche verte et m'en tendit les morceaux :

« Voilà, monsieur Roquentin.

— Merci. »

Je pensai : « À présent, je ne leur dois plus rien. Je
ne dois plus rien à personne d'ici. J'irai faire tout à
l'heure mes adieux à la patronne du Rendez-vous des
Cheminots. Je suis libre. » J'hésitai quelques instants :
emploierais-je ces derniers moments à faire une longue
promenade dans Bouville, à revoir le boulevard Victor-
Noir[a], l'avenue Galvani, la rue Tournebride ? Mais ce
sous-bois était si calme, si pur : il me semblait qu'il
existait à peine et que la Nausée l'avait épargné. J'allai
m'asseoir près du poêle. Le *Journal de Bouville*[2] traînait
sur la table. J'allongeai la main, je le pris.

« Sauvé par son chien.

« M. Dubosc[3], propriétaire à Remiredon, rentrait
hier soir à bicyclette de la foire de Naugis[4]... »

Une grosse dame vint s'asseoir à ma droite. Elle posa son chapeau de feutre à côté d'elle. Son nez était planté dans son visage comme un couteau dans une pomme. Sous le nez, un petit trou obscène se fronçait dédaigneusement. Elle tira de son sac un livre relié, s'accouda à la table en appuyant sa tête sur ses mains grasses. En face de moi, un vieux monsieur dormait. Je le connaissais : il était à la Bibliothèque le soir où j'avais eu si peur. Il avait eu peur aussi, je crois. Je pensai : « Comme c'est loin, tout ça. »

À quatre heures et demie, l'Autodidacte entra. J'aurais aimé lui serrer la main et lui faire mes adieux. Mais il faut croire que notre dernière entrevue lui avait laissé un mauvais souvenir : il me fit un salut distant et alla déposer assez loin de moi un petit paquet blanc qui devait contenir[a], comme d'habitude, une tranche de pain et une tablette de chocolat. Au bout d'un moment, il revint avec un livre illustré qu'il posa près de son paquet. Je pensai : « Je le vois pour la dernière fois. » Demain soir, après-demain soir, tous les soirs qui suivraient, il reviendrait lire à cette table en mangeant son pain et son chocolat, il poursuivrait avec patience ses grignotements de rat, il lirait les ouvrages de Nadaud, Naudeau, Nodier, Nys[1], en s'interrompant de temps à autre pour noter une maxime sur son petit carnet. Et moi, je marcherais dans Paris, dans les rues de Paris, je verrais des figures nouvelles. Qu'est-ce qui m'arriverait, pendant qu'il serait ici, que la lampe éclairerait son gros visage réfléchi ? Je sentis juste à temps que j'allais me laisser reprendre au mirage de l'aventure. Je haussai les épaules et repris ma lecture.

« Bouville et ses environs.

« *Monistiers*[2].

« Activité de la brigade de gendarmerie pendant l'année 1931[b]. Le maréchal des logis-chef Gaspard, commandant la brigade de Monistiers et ses quatre gendarmes, MM. Lagoutte, Nizan, Pierpont et Ghil[3], n'ont guère chômé pendant l'année 1931[c]. En effet nos gendarmes ont eu à constater 7 crimes, 82 délits, 159 contraventions, 6 suicides et 15 accidents d'automobiles dont 3 mortels. »

« *Jouxtebouville*.

« Groupe amical des Trompettes de Jouxtebouville.

« Aujourd'hui répétition générale, remise des cartes pour le concert annuel. »

« *Compoſtel.*

« Remise de la Légion d'honneur au Maire. »

« Le touriſte bouvillois (Fondation Scout bouvillois 1924) :

« Ce soir, à 20 h 45, réunion mensuelle au siège social, 10, rue Ferdinand-Byron, salle A. Ordre du jour : lecture du dernier procès-verbal. Correspondance; banquet annuel, cotisation 1932, programme des sorties en mars; queſtions diverses; adhésions. »

« Protection des animaux (Société bouvilloise) :

« Jeudi prochain, de 15 heures à 17 heures, salle C, 10, rue Ferdinand-Byron, Bouville, permanence publique. Adresser la correspondance au président, au siège ou 154, avenue Galvani. »

« Club bouvillois du chien de défense... Association bouvilloise des malades de guerre... Chambre syndicale des patrons de taxis... Comité bouvillois des Amis des Écoles normales[1]... »

Deux jeunes garçons entrèrent, avec des serviettes. Des élèves du lycée. Le Corse aime bien les élèves du lycée, parce qu'il peut exercer sur eux une surveillance paternellè. Il les laisse souvent, par plaisir, s'agiter sur leurs chaises et bavarder, puis, tout à coup, il va, à pas de loup, se placer derrière eux et les gronde : « Eſt-ce que c'eſt une tenue, pour de grands jeunes gens ? Si vous ne voulez pas changer, M. le Bibliothécaire eſt décidé à se plaindre à M. le Proviseur. » Et s'ils proteſtent, il les regarde de ses yeux terribles : « Donnez-moi vos noms. » Il dirige aussi leurs lectures : à la Bibliothèque, certains volumes sont marqués d'une croix rouge; c'eſt l'Enfer : des œuvres de Gide, de Diderot, de Baudelaire, des traités médicaux. Quand un lycéen demande à consulter un de ces livres, le Corse lui fait un signe, l'attire dans un coin et l'interroge. Au bout d'un moment, il éclate et sa voix emplit la salle de lecture : « Il y a pourtant des livres plus intéressants, quand on a votre âge. Des livres inſtructifs. D'abord avez-vous fini vos devoirs ? En quelle classe êtes-vous ? En seconde ? Et vous n'avez rien à faire après quatre heures ? Votre professeur vient souvent ici et je lui parlerai de vous. »

Les deux jeunes garçons restaient plantés près du poêle. Le plus jeune avait de beaux cheveux bruns, la peau presque trop fine et une toute petite bouche, méchante et fière. Son copain, un gros râblé avec une ombre de moustache, lui toucha le coude et murmura quelques mots. Le petit brun ne répondit pas, mais il eut un imperceptible sourire, plein de morgue et de suffisance. Puis tous deux, nonchalamment, choisirent un dictionnaire sur un des rayons et s'approchèrent de l'Autodidacte qui fixait sur eux un regard fatigué. Ils avaient l'air d'ignorer son existence, mais ils s'assirent tout contre lui, le petit brun à sa gauche et le gros râblé à la gauche du petit brun[1]. Ils commencèrent aussitôt à feuilleter leur dictionnaire. L'Autodidacte laissa errer son regard à travers la salle puis il revint à sa lecture. Jamais une salle de bibliothèque n'a offert de spectacle plus rassurant : je n'entendais pas un bruit, sauf le souffle court de la grosse dame, je ne voyais que des têtes penchées sur des in-octavo. Pourtant, dès ce moment, j'eus l'impression qu'un événement désagréable allait se produire. Tous ces gens qui baissaient les yeux d'un air appliqué semblaient jouer la comédie : j'avais senti, quelques instants plus tôt, passer sur nous comme un souffle de cruauté.

J'avais fini ma lecture, mais je ne me décidais pas à m'en aller : j'attendais, en feignant de lire mon journal. Ce qui augmentait ma curiosité et ma gêne, c'est que les autres attendaient aussi. Il me semblait que ma voisine tournait plus rapidement les pages de son livre. Quelques minutes passèrent, puis j'entendis des chuchotements. Je levai prudemment la tête. Les deux gamins avaient fermé leur dictionnaire. Le petit brun ne parlait pas, il tournait vers la droite un visage empreint de déférence et d'intérêt. À demi caché derrière son épaule, le blond tendait l'oreille et rigolait silencieusement. « Mais qui parle ? » pensai-je.

C'était l'Autodidacte. Il était penché sur son jeune voisin, les yeux dans les yeux, il lui souriait; je voyais remuer ses lèvres et, de temps en temps, ses longs cils palpitaient. Je ne lui connaissais pas cet air de jeunesse, il était presque charmant. Mais, par instants, il s'interrompait et jetait derrière lui un regard inquiet. Le jeune garçon semblait boire ses paroles. Cette petite scène

n'avait rien d'extraordinaire et j'allais revenir à ma lecture quand je vis le jeune garçon glisser lentement sa
main derrière son dos sur le bord de la table. Ainsi
masquée aux yeux de l'Autodidacte, elle chemina un
instant et se mit à tâtonner autour d'elle, puis, ayant
rencontré le bras du gros blond, elle le pinça violemment.
L'autre, trop absorbé à jouir silencieusement des paroles
de l'Autodidacte, ne l'avait pas vue venir. Il sauta en
l'air et sa bouche s'ouvrit démesurément sous l'effet de
la surprise et de l'admiration. Le petit brun avait conservé
sa mine d'intérêt respectueux. On aurait pu douter si
cette main espiègle lui appartenait. « Qu'est-ce qu'ils
vont lui faire ? » pensai-je. Je comprenais bien que
quelque chose d'ignoble allait se produire, je voyais
bien aussi qu'il était encore temps d'empêcher que cela
ne se produisît. Mais je n'arrivais pas à deviner ce qu'il
fallait empêcher. Une seconde, j'eus l'idée de me lever,
d'aller frapper sur l'épaule de l'Autodidacte et d'engager une conversation avec lui. Mais, au même moment,
il surprit mon regard. Il cessa tout net de parler et
pinça les lèvres d'un air irrité. Découragé, je détournai
rapidement les yeux et repris mon journal, par contenance. Cependant la grosse dame avait repoussé son
livre et levé la tête. Elle semblait fascinée. Je sentis clairement que le drame allait éclater[a] : ils *voulaient* tous
qu'il éclatât. Que pouvais-je faire ? Je jetai un coup
d'œil vers le Corse : il ne regardait plus par la fenêtre,
il s'était à demi tourné vers nous.

Un quart d'heure passa. L'Autodidacte avait repris
ses chuchotements. Je n'osais plus le regarder, mais
j'imaginais si bien son air jeune et tendre et ces lourds
regards qui pesaient sur lui sans qu'il le sût. À un
moment j'entendis son rire, un petit rire flûté et gamin.
Ça me serra le cœur : il me semblait que des sales mômes
allaient noyer un chat. Puis, tout à coup, les chuchotements cessèrent. Ce silence me parut tragique : c'était
la fin, la mise à mort. Je baissais la tête sur mon journal
et je feignais de lire; mais je ne lisais pas : je haussais
les sourcils et je levais les yeux aussi haut que je pouvais, pour tâcher de surprendre ce qui se passait dans
ce silence en face de moi. En tournant légèrement la
tête, je parvins à attraper du coin de l'œil quelque chose :
c'était une main, la petite main blanche qui s'était tout

à l'heure glissée le long de la table. À présent elle reposait sur le dos, détendue, douce et sensuelle, elle avait[a] l'indolente nudité d'une baigneuse qui se chauffe au soleil. Un objet brun et velu s'en approcha, hésitant. C'était un gros doigt jauni par le tabac; il avait, près de cette main, toute la disgrâce d'un sexe mâle. Il s'arrêta un instant, rigide, pointant vers la paume fragile, puis, tout d'un coup, timidement, il se mit à la caresser. Je n'étais pas étonné, j'étais surtout furieux contre l'Autodidacte : il ne pouvait donc pas se retenir, l'imbécile; il ne comprenait donc pas le danger qu'il courait ? Il lui restait une chance, une petite chance : s'il posait ses deux mains sur la table, de chaque côté de son livre, s'il se tenait absolument coi, peut-être échapperait-il pour cette fois à son[b] destin. Mais je *savais* qu'il allait manquer sa chance : le doigt passait doucement, humblement, sur la chair inerte, l'effleurait à peine sans oser s'appesantir : on eût dit qu'il était conscient de sa laideur. Je levai brusquement la tête, je ne pouvais plus supporter ce petit va-et-vient obstiné : je cherchais les yeux de l'Autodidacte et je toussai fortement, pour l'avertir. Mais il avait clos ses paupières, il souriait. Son autre main avait disparu sous la table. Les jeunes garçons ne riaient plus, ils étaient devenus très pâles. Le petit brun pinçait les lèvres, il avait peur, on aurait dit qu'il se sentait dépassé par les événements. Pourtant il ne retirait pas sa main, il la laissait sur la table, immobile, à peine un peu crispée. Son camarade ouvrait la bouche, d'un air stupide et horrifié.

C'est alors que le Corse se mit à hurler. Il était venu, sans qu'on l'entende, se placer derrière la chaise de l'Autodidacte. Il était cramoisi et il avait l'air de rire, mais ses yeux étincelaient. Je sautai sur ma chaise, mais je me sentis presque soulagé : l'attente était trop pénible. Je voulais que ça finisse le plus tôt possible, qu'on le mette dehors, si on voulait, mais que ça finisse. Les deux garçons, blancs comme des linges, saisirent leurs serviettes en un clin d'œil et disparurent.

« Je vous ai vu, criait le Corse ivre de fureur, je vous ai vu cette fois, vous n'irez pas dire que ça n'est pas vrai. Vous irez le dire, hein, ce coup-ci, que ça n'est pas vrai ? Vous croyez que je ne voyais pas votre manège ? Je n'ai pas les yeux dans ma poche, mon bonhomme. Patience, que je me disais, patience ! et quand je le prendrai ça lui coûtera cher. Oh! oui, ça vous coûtera cher. Je connais votre nom, je connais votre adresse, je me suis renseigné, vous comprenez. Je connais aussi votre patron, M. Chuillier. C'est lui qui sera surpris, demain matin, quand il recevra une lettre de M. le Bibliothécaire. Hein ? taisez-vous, lui dit-il en roulant les yeux. D'abord faut pas vous imaginer que ça va s'arrêter là. Il y a des tribunaux, en France, pour des gens de votre espèce. Monsieur s'instruisait ! Monsieur complétait sa culture[a] ! Monsieur me dérangeait tout le temps, pour des renseignements ou pour des livres. Vous ne m'en avez jamais fait accroire, vous savez. »

L'Autodidacte n'avait pas l'air surpris. Il devait y avoir des années qu'il s'attendait à ce dénouement. Cent fois il avait dû imaginer ce qui se passerait, le jour où le Corse se glisserait à pas de loup derrière lui et qu'une voix furieuse retentirait tout d'un coup à ses oreilles. Et cependant il revenait tous les soirs, il poursuivait fiévreusement ses lectures et puis, de temps à autre, comme un voleur, il caressait la main blanche ou peut-être la jambe d'un petit garçon. Ce que je lisais sur son visage, c'était plutôt de la résignation.

« Je ne sais pas ce que vous voulez dire, balbutia-t-il, je viens ici depuis des années... »

Il feignait l'indignation, la surprise, mais sans conviction. Il savait bien que l'événement était là, et que rien ne pourrait plus l'arrêter, qu'il fallait en vivre les minutes une à une.

« Ne l'écoutez pas, je l'ai vu », dit ma voisine. Elle s'était levée lourdement : « Ah non ! Ça n'est pas la première fois que je le vois; lundi dernier, pas plus tard que ça, je l'ai vu et je n'ai rien voulu dire, parce que je n'en croyais pas mes yeux et je n'aurais pas cru que dans une Bibliothèque, un endroit sérieux où les gens viennent pour s'instruire, il se passerait des choses à faire rougir. Moi je n'ai pas d'enfants, mais je plains les mères qui envoient les leurs travailler ici et qui croient qu'ils sont bien tranquilles, à l'abri, pendant qu'il y a des monstres qui ne respectent rien et qui les empêchent de faire leurs devoirs. »

Le Corse s'approcha de l'Autodidacte :

« Vous entendez ce que dit Madame ? lui cria-t-il dans la figure, vous n'avez pas besoin de jouer la comédie. On vous a vu, sale bonhomme ! »

— Monsieur, je vous intime l'ordre d'être poli », dit l'Autodidacte avec dignité. C'était dans son rôle. Peutêtre aurait-il voulu avouer, s'enfuir, mais il fallait qu'il joue son rôle jusqu'au bout. Il ne regardait pas le Corse, il avait les yeux presque clos. Ses bras pendaient ; il était horriblement pâle. Et puis, tout à coup, un flot de sang lui monta au visage.

Le Corse étouffait de fureur :

« Poli ? Saleté ! Vous croyez peut-être que je ne vous ai pas vu. Je vous guettais, que je vous dis. Il y a des mois que je vous guettais. »

L'Autodidacte haussa les épaules et feignit de se replonger dans sa lecture. Écarlate, les yeux remplis de larmes, il avait pris un air d'extrême intérêt et regardait avec attention une reproduction de mosaïque byzantine.

« Il continue à lire, il a du toupet », dit la dame en regardant le Corse.

Celui-ci restait indécis. En même temps, le sousbibliothécaire, un jeune homme timide et bien pensant, que le Corse terrorise, s'était lentement soulevé au-dessus de son bureau et criait : « Paoli, qu'est-ce que c'est ? » Il y eut une seconde de flottement et je pus espérer que l'affaire en demeurerait là. Mais le Corse dut faire un retour sur lui-même et se sentir ridicule. Énervé, ne sachant plus que dire à cette victime muette, il se dressa de toute sa taille et lança un grand coup de poing dans le vide. L'Autodidacte se retourna effaré. Il regardait le Corse, la bouche ouverte ; il y avait une peur horrible dans ses yeux.

« Si vous me frappez, je me plaindrai, dit-il péniblement, je veux m'en aller de mon plein gré. »

Je m'étais levé à mon tour, mais il était trop tard : le Corse émit un petit gémissement voluptueux et soudain il écrasa son poing sur le nez de l'Autodidacte. Une seconde je ne vis plus que les yeux de celui-ci, ses magnifiques yeux béants de douleur et de honte au-dessus d'une manche et d'un poing brun. Quand le Corse retira son poing, le nez de l'Autodidacte commençait à pisser le sang. Il voulut porter les mains à son visage,

mais le Corse le frappa encore au coin des lèvres. L'Autodidacte s'affaissa sur sa chaise et regarda devant lui
avec des yeux timides et doux. Le sang coulait de son
nez sur ses vêtements. Il tâtonna de la main droite,
pour trouver son paquet pendant que sa main gauche,
obstinément, tentait d'essuyer ses narines ruisselantes.

« Je m'en vais », dit-il comme à lui-même.

La femme à côté de moi était pâle et ses yeux brillaient.

« Sale type, dit-elle, c'est bien fait. »

Je tremblais de colère. Je fis le tour de la table, je
saisis le petit Corse par le cou et je le soulevai, tout
gigotant : je l'aurais bien cassé sur la table. Il était
devenu bleu et se débattait, cherchait à me griffer; mais
ses bras courts n'atteignaient pas mon visage. Je ne
disais mot mais je voulais lui taper sur le nez et le
défigurer. Il le comprit, il leva le coude pour protéger
sa face : j'étais content parce que je voyais qu'il avait
peur. Il se mit à râler soudain :

« Lâchez-moi, espèce de brute. Est-ce que vous êtes
une tante, vous aussi ? »

Je me demande encore pourquoi je l'ai lâché. Ai-je
eu peur des complications ? Est-ce que ces années paresseuses à Bouville m'ont rouillé ? Autrefois je ne l'aurais
pas laissé sans lui avoir brisé les dents[a]. Je me tournai
vers l'Autodidacte, qui s'était enfin levé. Mais il fuyait
mon regard; il alla, la tête baissée, décrocher son manteau. Il passait constamment sa main gauche sous son
nez, comme pour arrêter le saignement. Mais le sang
giclait toujours, et j'avais peur qu'il ne se trouvât mal.
Il marmotta, sans regarder personne :

« Voilà des années que je viens ici... »

Mais à peine sur ses pieds, le petit homme était redevenu maître de la situation...

« Foutez-moi le camp, dit-il à l'Autodidacte, et ne
remettez plus les pieds ici ou bien c'est par la police
que je vous fais sortir. »

Je rattrapai l'Autodidacte au bas de l'escalier. J'étais
gêné, honteux de sa honte, je ne savais que lui dire.
Il n'eut pas l'air de s'apercevoir de ma présence. Il avait
enfin sorti son mouchoir et il crachotait quelque chose.
Son nez saignait un peu moins.

« Venez avec moi chez le pharmacien », lui dis-je
gauchement.

Il ne répondit pas. Une forte rumeur s'échappait de la salle de lecture. Tout ce monde devait y parler à la fois. La femme poussa un éclat de rire aigu.

« Je ne pourrai plus jamais revenir ici », dit l'Autodidacte. Il se retourna et regarda d'un air perplexe l'escalier, l'entrée de la salle de lecture. Ce mouvement fit couler du sang entre son faux col et son cou. Il avait la bouche et les joues barbouillées de sang.

« Venez », lui dis-je en le prenant par le bras.

Il frissonna et se dégagea violemment.

« Laissez-moi!

— Mais vous ne pouvez pas rester seul. Il faut qu'on vous lave la figure, qu'on vous soigne. »

Il répétait :

« Laissez-moi, je vous en prie, monsieur, laissez-moi. »

Il était au bord de la crise de nerfs : je le laissai s'éloigner. Le soleil couchant éclaira un moment son dos courbé, puis il disparut. Sur le seuil de la porte, il y avait une tache de sang, en étoile.

Une heure plus tard.

Il fait gris, le soleil se couche; dans deux heures le train part. J'ai traversé pour la dernière[a] fois le Jardin public et je me promène dans la rue Boulibet[b]. Je *sais* que c'est la rue Boulibet, mais je ne la reconnais pas. D'ordinaire, quand je m'y engageais, il me semblait traverser une profonde épaisseur de bon sens : pataude et carrée, la rue Boulibet ressemblait, avec son sérieux plein de disgrâce, sa chaussée bombée et goudronnée, aux routes nationales, lorsqu'elles traversent les bourgs riches et qu'elles se flanquent, sur plus d'un kilomètre, de grosses maisons à deux étages; je l'appelais une rue de paysans et elle m'enchantait parce qu'elle était si déplacée, si paradoxale dans un port de commerce. Aujourd'hui les maisons sont là, mais elles ont perdu leur aspect rural : ce sont des immeubles et voilà tout. Au Jardin public, j'ai eu, tout à l'heure, une impression du même genre : les plantes, les pelouses, la fontaine d'Olivier Masqueret avaient l'air obstinées à force d'être inexpressives. Je comprends : la ville m'abandonne la première. Je n'ai pas quitté Bouville et déjà je n'y suis plus. Bouville se tait. Je trouve étrange qu'il me faille demeurer deux heures encore dans cette ville qui sans plus se soucier de moi range ses meubles et les met sous des housses pour pouvoir les découvrir dans toute leur fraîcheur, ce soir, demain, à de nouveaux arrivants. Je me sens plus oublié que jamais.

Je fais quelques pas et je m'arrête. Je savoure cet oubli total où je suis tombé. Je suis entre deux villes, l'une m'ignore, l'autre ne me connaît plus. Qui se souvient de moi ? Peut-être une lourde jeune femme, à Londres... Et encore, est-ce bien à *moi* qu'elle pense ? D'ailleurs il y a ce type, cet Égyptien. Il vient peut-être d'entrer dans sa chambre, il l'a peut-être prise dans ses bras. Je ne suis pas jaloux; je sais bien qu'elle se survit. Même si elle l'aimait de tout son cœur, ça serait tout de même un amour de morte. Moi, j'ai eu son dernier amour vivant. Mais tout de même, il y a ça qu'il peut lui donner : le plaisir. Et si*ᵃ* elle est en train de défaillir et de sombrer dans le trouble, alors il n'y a plus rien en elle qui la rattache à moi. Elle jouit et je ne suis pas plus pour elle que si je ne l'avais jamais rencontrée; elle s'est vidée de moi d'un coup et toutes les autres consciences du monde sont, elles aussi, vides de moi. Ça me fait drôle. Pourtant je sais bien que j'existe, que *je* suis ici.

À présent, quand je dis « je », ça me semble creux. Je n'arrive plus*ᵇ* très bien à me sentir, tellement je suis oublié. Tout ce qui reste de réel, en moi, c'est de l'existence qui se sent exister. Je bâille doucement, longuement. Personne. Pour personne, Antoine Roquentin n'existe. Ça m'amuse. Et qu'est-ce que c'est que ça, Antoine Roquentin ? C'est de l'abstrait. Un pâle petit souvenir de moi vacille dans ma conscience. Antoine Roquentin... Et soudain le Je pâlit, pâlit et c'en est fait, il s'éteint.

Lucide, immobile, déserte, la conscience est posée entre des murs; elle se perpétue. Personne ne l'habite plus. Tout à l'heure encore quelqu'un disait *moi,* disait *ma* conscience. Qui ? Au-dehors il y avait des rues parlantes, avec des couleurs et des odeurs connues. Il reste des murs anonymes, une conscience anonyme. Voici ce qu'il y a : des murs, et, entre les murs, une petite transparence vivante et impersonnelle. La conscience existe comme un arbre, comme un brin d'herbe. Elle somnole, elle s'ennuie. De petites existences fugitives la peuplent comme des oiseaux dans les branches. La peuplent et disparaissent. Conscience oubliée, délaissée entre ces murs, sous le ciel gris. Et voici le sens de son existence : c'est qu'elle est conscience d'être de trop. Elle se dilue, elle s'éparpille, elle cherche à se perdre sur le mur brun, le long du réverbère ou là-bas dans la fumée du soir. Mais elle ne s'oublie *jamais;* elle est conscience[a] d'être une conscience qui s'oublie. C'est son lot. Il y a une voix étouffée qui dit : « Le train part dans deux heures » et il y a conscience de cette voix[1]. Il y a aussi conscience d'un visage. Il passe lentement, plein de sang, barbouillé et ses gros yeux larmoient. Il n'est pas entre les murs, il n'est nulle part. Il s'évanouit; un corps voûté le remplace avec une tête sanglante, s'éloigne à pas lents, à chaque pas semble s'arrêter, ne s'arrête jamais. Il y a conscience de ce corps qui marche lentement dans une rue sombre. Il marche, mais il ne s'éloigne pas. La rue sombre ne s'achève pas, elle se perd dans le néant. Elle n'est pas entre les murs, elle n'est nulle part. Et il y a conscience d'une voix étouffée qui dit : « L'Autodidacte erre dans la ville. »

Pas dans la même ville, pas entre ces murs atones, l'Autodidacte marche dans une ville féroce, qui ne l'oublie pas. Il y a des gens qui pensent à lui, le Corse, la grosse dame; peut-être tout le monde, dans la ville. Il n'a pas encore perdu, il ne peut pas perdre son moi, ce moi supplicié, saignant qu'ils n'ont pas voulu achever. Ses lèvres, ses narines lui font mal; il pense : « J'ai mal. » Il marche, il faut qu'il marche. S'il s'arrêtait un seul instant, les hauts murs de la Bibliothèque se dresseraient brusquement autour de lui, l'enfermeraient; le Corse surgirait à son côté et la scène recommencerait, toute pareille, dans tous ses détails, et la femme ricanerait : « Ça devrait être au bagne, ces saloperies-là. » Il marche, il ne veut pas rentrer chez lui : le Corse l'attend dans sa chambre et la femme et les deux jeunes gens : « Ce n'est pas la peine de nier, je vous ai vu. » Et la scène recommencerait. Il pense : « Mon Dieu, si je n'avais pas fait ça, si je pouvais n'avoir pas fait ça, si ça pouvait n'être pas vrai! »

Le visage inquiet passe et repasse devant la conscience :

« Peut-être qu'il va se tuer. » Mais non : cette âme
douce et traquée ne peut songer à la mort.

Il y a connaissance de la conscience. Elle se voit de
part en part, paisible et vide entre les murs, libérée de
l'homme qui l'habitait, monstrueuse parce qu'elle n'est
personne. La voix dit : « Les malles sont enregistrées.
Le train part dans deux heures. » Les murs glissent à
droite et à gauche. Il y a conscience du macadam,
conscience du magasin de ferronnerie, des meurtrières
de la caserne et la voix dit : « Pour la dernière fois. »
    Conscience d'Anny, d'Anny la grasse, de la vieille
Anny, dans sa chambre d'hôtel, il y a conscience de la
souffrance, la souffrance est consciente entre les longs
murs qui s'en vont et qui ne reviendront jamais : « On
n'en finira donc pas ? » la voix chante entre les murs un
air de jazz, *Some of these days,* ça ne finira donc pas ? et
l'air revient doucement, par-derrière, insidieusement,
reprendre la voix, et la voix chante sans pouvoir s'arrêter et le corps marche et il y a conscience de tout ça
et conscience, hélas ! de la conscience. Mais personne
n'est là pour souffrir et se tordre les mains et se prendre
soi-même en pitié. Personne, c'est une pure souffrance
des carrefours, une souffrance oubliée — qui ne peut
pas s'oublier. Et la voix dit « Voilà le Rendez-vous des
Cheminots » et le Moi jaillit dans la conscience, c'est *moi,*
Antoine Roquentin, je pars pour Paris tout à l'heure ;
je viens faire mes adieux à la patronne.

« Je viens vous faire mes adieux.
— Vous partez, monsieur Antoine ?
— Je vais m'installer à Paris, pour changer.
— Le veinard ! »

Comment ai-je pu presser mes lèvres sur ce large
visage ? Son corps ne m'appartient plus. Hier encore
j'aurais su le deviner sous la robe de laine noire. Aujour-
d'hui la robe est impénétrable. Ce corps blanc, avec les
veines à fleur de peau, était-ce un rêve ?

« On vous regrettera, dit la patronne. Vous ne voulez pas prendre quelque chose ? C'est moi qui l'offre. »

On s'installe, on trinque. Elle baisse un peu la voix.

« Je m'étais bien habituée à vous, dit-elle avec un
regret poli, on s'entendait bien.

— Je reviendrai vous voir.
— C'est ça, monsieur Antoine. Quand vous pas-

serez par Bouville, vous viendrez nous dire un petit bonjour. Vous vous direz : " Je vais aller dire bonjour à Mme Jeanne[1], ça lui fera plaisir. " C'est vrai, on aime bien savoir ce que les gens deviennent. D'ailleurs, ici, les gens nous reviennent toujours. Nous avons des marins, pas vrai ? des employés de la Transat : des fois je reste deux ans sans les revoir, un coup qu'ils sont au Brésil ou à New York ou bien quand ils font du service à Bordeaux sur un bateau des messageries. Et puis un beau jour, je les revois. " Bonjour, madame Jeanne. " On prend un verre ensemble. Vous me croirez si vous voulez, je me rappelle ce qu'ils ont l'habitude de prendre. À deux ans de distance ! Je dis à Madeleine[a] : " Vous servirez un vermouth sec à M. Pierre, un Noilly Cinzano à M. Léon. " Ils me disent : " Comment que vous vous rappelez ça, la patronne ? — C'est mon métier ", que je leur dis. »

Au fond de la salle, il y a un gros homme qui couche avec elle depuis peu. Il l'appelle :

« La petite patronne ! »

Elle se lève :

« Excusez, monsieur Antoine. »

La bonne s'approche de moi :

« Alors comme ça, vous nous quittez ?

— Je vais à Paris.

— J'y ai habité à Paris, dit-elle fièrement. Deux ans. Je travaillais chez Siméon. Mais je m'ennuyais d'ici. »

Elle hésite une seconde puis s'aperçoit qu'elle n'a plus rien à me dire :

« Eh bien, au revoir, monsieur Antoine. »

Elle s'essuie la main à son tablier et me la tend :

« Au revoir, Madeleine. »

Elle s'en va. J'attire à moi le *Journal de Bouville* et puis je le repousse : tout à l'heure, à la Bibliothèque, je l'ai lu, de la première ligne à la dernière.

La patronne ne revient pas : elle abandonne à son ami ses mains grassouillettes, qu'il pétrit avec passion.

Le train part dans trois quarts d'heure.

Je fais mes comptes, pour me distraire.

Douze cents francs par mois[2], ça n'est pas gras. Pourtant si je me restreins un peu ça devrait suffire. Une chambre à trois cents francs, quinze francs par jour pour la nourriture : il restera quatre cent cinquante francs pour le blanchissage, les menus frais et le cinéma. De linge, de vêtements, je n'aurai pas besoin avant long-temps. Mes deux costumes sont propres, bien qu'un peu luisants aux coudes : ils me feront encore trois ou quatre ans si j'en prends soin.

Bon Dieu! c'est *moi* qui vais mener cette existence de champignon ? Qu'est-ce que je ferai de mes journées ? Je me promènerai. J'irai m'asseoir aux Tuileries sur une chaise de fer — ou plutôt sur un banc, par économie. J'irai lire dans les Bibliothèques. Et puis ? Une fois par semaine le cinéma. Et puis ? Est-ce que je m'offrirai un Voltigeur, le dimanche ? Est-ce que j'irai jouer au cro-quet avec[a] les retraités du Luxembourg ? À trente ans! J'ai pitié de moi. Il y a des moments où je me demande si je ne ferais pas mieux de dépenser en un an les trois cent mille francs qui me restent — et après... Mais qu'est-ce que ça me donnerait? Des costumes neufs? Des femmes? Des voyages? J'ai eu tout ça et, à présent, c'est fini, ça ne me fait plus envie : pour ce qui en reste-rait! Je me retrouverais dans un an, aussi vide qu'au-jourd'hui, sans même un souvenir et lâche devant la mort.

Trente ans! Et 14 400 francs de rente. Des coupons à toucher tous les mois. Je ne suis pourtant pas un vieillard! Qu'on me donne quelque chose à faire, n'im-porte quoi... Il vaudrait mieux que je pense à autre chose, parce que, en ce moment, je suis en train de me jouer la comédie. Je sais très bien que je ne veux rien faire : faire quelque chose, c'est créer de l'existence — et il y a bien assez d'existence comme ça.

La vérité, c'est que je ne peux pas lâcher ma plume : je crois que je vais avoir la Nausée et j'ai l'impression de la retarder en écrivant. Alors j'écris ce qui me passe par la tête.

Madeleine, qui veut me faire plaisir, me crie de loin en me montrant un disque[1] :

« Votre disque, monsieur Antoine, celui que vous aimez, voulez-vous l'entendre, pour la dernière fois ?

— S'il vous plaît. »

J'ai dit ça par politesse, mais je ne me sens pas en très bonnes dispositions pour entendre un air de jazz. Tout de même je vais faire attention, parce que, comme dit Madeleine, j'entends ce disque pour la dernière fois :

il est très vieux; trop vieux, même pour la province; en vain le chercherais-je à Paris. Madeleine va le déposer sur le plateau du phonographe, il va tourner; dans les rainures l'aiguille d'acier va se mettre à sauter et à grincer et puis, quand elles l'auront guidée, en spirale, jusqu'au centre du disque, ce sera fini, la voix rauque qui chante *Some of these days* se taira pour toujours.

Ça commence.

Dire qu'il y a des imbéciles pour puiser des consolations dans les beaux-arts. Comme ma tante Bigeois : « Les *Préludes* de Chopin m'ont été d'un tel secours à la mort de ton pauvre oncle. » Et les salles de concert regorgent d'humiliés, d'offensés qui, les yeux clos, cherchent à[a] transformer leurs pâles visages en antennes réceptrices. Ils se figurent que les sons captés coulent en eux, doux et nourrissants et que leurs souffrances deviennent musique, comme celles du jeune Werther; ils croient que la beauté leur est compatissante. Les cons[b].

Je voudrais qu'ils me disent s'ils la trouvent compatissante, cette musique-ci. Tout à l'heure[c], j'étais certainement très loin de nager dans la béatitude. À la surface je faisais mes comptes, mécaniquement. Au-dessous stagnaient toutes ces pensées désagréables qui ont pris la forme d'interrogations informulées, d'étonnements muets et qui ne me quittent plus ni jour ni nuit. Des pensées sur Anny, sur ma vie gâchée. Et puis, encore au-dessous, la Nausée, timide comme une aurore. Mais à ce moment-là, il n'y avait pas de musique, j'étais morose et tranquille. Tous les objets qui m'entouraient étaient faits de la même matière que moi, d'une espèce de souffrance moche. Le monde était si laid, hors de moi, si laids ces verres sales sur les tables, et les taches brunes sur la glace et le tablier de Madeleine et l'air aimable du gros amoureux de la patronne, si laide l'existence même du monde, que je me sentais à l'aise, en famille.

À présent il y a ce chant de saxophone. Et j'ai honte. Une glorieuse petite souffrance vient de naître, une souffrance-modèle. Quatre notes[d] de saxophone. Elles vont et viennent, elles ont l'air de dire : « Il faut faire comme nous, souffrir *en mesure*. » Eh bien, oui! Naturellement, je voudrais bien souffrir de cette façon-là, en mesure, sans complaisance, sans pitié pour moi-même, avec une

aride pureté. Mais est-ce que c'est ma faute si la bière est
tiède au fond de mon verre, s'il y a des taches brunes
sur la glace, si je suis de trop, si la plus sincère de mes
souffrances, la plus sèche se traîne et s'appesantit, avec
trop de chair et la peau trop large à la fois, comme l'éléphant de mer[1], avec de gros yeux humides et touchants
mais si vilains ? Non, on ne peut certainement pas dire
qu'elle soit compatissante[a], cette petite douleur de diamant, qui tourne en rond au-dessus du disque et
m'éblouit. Même pas ironique : elle tourne allégrement,
tout occupée d'elle-même; elle a tranché comme une faux
la fade intimité du monde et maintenant elle tourne et
nous tous, Madeleine, le gros homme, la patronne, moi-
même et les tables, les banquettes, la glace tachée, les
verres, nous tous qui nous abandonnions à l'existence,
parce que nous étions entre nous, rien qu'entre nous,
elle nous a surpris dans le débraillé, dans le laisser-aller
quotidien : j'ai honte pour moi-même et pour ce qui[b]
existe *devant* elle.

  Elle n'existe pas. C'en est même agaçant; si je me
levais, si j'arrachais ce disque du plateau qui le supporte
et si je le cassais en deux, je ne l'atteindrais pas, *elle*.
Elle est au delà — toujours au delà de quelque chose,
d'une voix, d'une note de violon. À travers des épaisseurs et des épaisseurs d'existence, elle se dévoile, mince
et ferme et, quand on veut la saisir, on ne rencontre
que des existants, on bute sur des existants dépourvus
de sens. Elle est derrière eux : je ne l'entends même
pas, j'entends des sons, des vibrations de l'air qui la
dévoilent. Elle n'existe pas, puisqu'elle n'a rien de trop :
c'est tout le reste qui est de trop par rapport à elle.
Elle *est*.

  Et moi aussi j'ai voulu *être*. Je n'ai même voulu que
cela; voilà le fin mot de l'histoire. Je vois clair dans
l'apparent désordre de ma vie[c] : au fond de toutes ces
tentatives qui semblaient sans liens, je retrouve le même
désir : chasser l'existence hors de moi, vider les instants
de leur graisse, les tordre, les assécher, me purifier, me
durcir, pour rendre enfin le son net et précis d'une note
de saxophone. Ça pourrait même faire un apologue :
il y avait un pauvre type qui s'était trompé de monde.
Il existait, comme les autres gens, dans le monde des
jardins publics, des bistrots, des villes commerçantes et

il voulait se persuader qu'il vivait ailleurs, derrière la
toile des tableaux, avec les doges du Tintoret[1], avec les
graves[a] Florentins de Gozzoli[2], derrière les pages des
livres, avec Fabrice del Dongo et Julien Sorel, derrière
les disques de phono, avec les longues plaintes sèches
des jazz. Et puis[b], après avoir bien fait l'imbécile, il a
compris, il a ouvert les yeux, il a vu qu'il y avait maldonne : il était dans un bistrot, justement, devant un
verre de bière tiède. Il est resté accablé sur la banquette;
il a pensé : je suis un imbécile. Et à ce moment précis,
de l'autre côté de l'existence, dans cet autre monde
qu'on peut voir de loin, mais sans jamais l'approcher,
une petite mélodie s'est mise à danser, à chanter : « C'est
comme moi qu'il faut être; il faut souffrir en mesure. »
    La voix chante :

> *Some of these days*
> *You'll miss me honey.*

On a dû rayer le disque à cet endroit-là, parce que
ça fait un drôle de bruit. Et il y a quelque chose qui
serre le cœur : c'est que la mélodie n'est absolument
pas touchée par ce petit toussotement de l'aiguille sur
le disque. Elle est si loin — si loin derrière. Ça aussi,
je le comprends : le disque se raye et s'use, la chanteuse
est peut-être morte; moi, je vais m'en aller, je vais
prendre mon train. Mais derrière l'existant qui tombe
d'un présent à l'autre, sans passé, sans avenir, derrière
ces sons qui, de jour en jour, se décomposent, s'éraillent[c]
et glissent vers la mort, la mélodie reste la même, jeune
et ferme, comme un témoin sans pitié.
    La voix s'est tue[d]. Le disque racle un peu puis s'arrête.
Délivré d'un songe importun le café rumine, remâche
le plaisir d'exister. La patronne a le sang au visage, elle
donne des gifles sur les grosses joues blanches de son
nouvel ami, mais sans parvenir à les colorer. Des joues
de mort. Moi, je croupis, je m'endors à moitié. Dans un
quart d'heure je serai dans le train, mais je n'y pense pas.
Je pense à un Américain rasé, aux épais sourcils noirs,
qui étouffe de chaleur, au vingtième étage d'un immeuble
de New York[3]. Au-dessus de New York le ciel brûle,
le bleu du ciel s'est enflammé, d'énormes flammes jaunes
viennent lécher les toits; les gamins de Brooklyn vont

se mettre, en caleçons de bain, sous les lances d'arrosage.
La chambre obscure, au vingtième étage, cuit à gros
feu. L'Américain aux sourcils noirs soupire, halète, et
la sueur roule sur ses joues. Il est assis, en bras de chemise, devant son piano; il a un goût de fumée dans la
bouche et, vaguement, vaguement, un fantôme d'air
dans la tête, *Some of these days.* Tom va venir dans une
heure avec sa gourde plate sur la fesse; alors ils s'affa-
leront tous deux dans les fauteuils de cuir et ils boiront
de grandes rasades d'alcool et le feu du ciel viendra
flamber leurs gorges, ils sentiront le poids d'un immense
sommeil torride. Mais d'abord il faut noter cet air. *Some
of these days.* La main moite saisit un crayon sur le piano.
Some of these days, you'll miss me honey.

    Ça s'est passé comme ça. Comme ça ou autrement,
mais peu importe. C'est comme ça qu'elle est née. C'est
le corps usé de ce Juif aux sourcils de charbon qu'elle
a choisi pour naître. Il tenait mollement son crayon et
des gouttes de sueur tombaient de ses doigts bagués sur
le papier. Et pourquoi pas moi ? Pourquoi fallait-il précisément ce gros veau plein de sale bière et d'alcool
pour que ce miracle s'accomplît ?

    « Madeleine, est-ce que vous voulez remettre le
disque ? Juste une fois, avant que je ne parte. »

    Madeleine se met à rire. Elle tourne la manivelle et
voilà que ça recommence. Mais je ne pense plus à moi.
Je pense à ce type de là-bas qui a composé cet air, un
jour de juillet, dans la chaleur noire de sa chambre.
J'essaie de penser à lui *à travers* la mélodie, à travers les
sons blancs et acidulés du saxophone. Il a fait ça. Il
avait des ennuis, tout n'allait pas pour lui comme il
aurait fallu : des notes à payer — et puis il devait bien
y avoir quelque part une femme qui ne pensait pas à
lui de la façon qu'il aurait souhaitée — et puis il y avait
cette terrible vague de chaleur qui transformait les
hommes en mares de graisse fondante. Tout ça n'a rien
de bien joli ni de bien glorieux. Mais quand j'entends[a]
la chanson et que je pense que c'est ce type-là qui l'a
faite, je trouve sa souffrance et sa transpiration... émouvantes. Il a eu de la veine. Il n'a pas dû s'en rendre
compte d'ailleurs. Il a dû penser : avec un peu de veine,
ce truc-là me rapportera bien cinquante dollars! Eh bien,
c'est la première fois depuis des années qu'un homme

me paraît émouvant. Je voudrais savoir quelque chose sur ce type. Ça m'intéresserait d'apprendre le genre d'ennuis qu'il avait, s'il avait une femme ou s'il vivait seul. Pas du tout par humanisme : au contraire. Mais parce qu'il a fait ça. Je n'ai pas envie de le connaître — d'ailleurs il est peut-être mort. Juste d'obtenir quelques renseignements sur lui et de pouvoir penser à lui, de temps en temps, en écoutant ce disque. Voilà. Je suppose que ça ne lui ferait ni chaud ni froid, à ce type, si on lui disait qu'il y a, dans la septième ville de France[1], aux abords de la gare, quelqu'un qui pense à lui. Mais moi je serais heureux[a], si j'étais à sa place ; je l'envie. Il faut que je parte. Je me lève, mais je reste un instant hésitant, je voudrais entendre chanter la négresse. Pour la dernière fois.

Elle chante. En voilà deux qui sont sauvés : le Juif et la Négresse. Sauvés. Ils se sont peut-être crus perdus jusqu'au bout, noyés dans l'existence. Et pourtant, personne ne pourrait penser à moi comme je pense à eux, avec cette douceur. Personne, pas même Anny. Ils sont un peu pour moi comme des morts, un peu comme des héros de roman ; ils se sont lavés du péché d'exister. Pas complètement, bien sûr — mais tout autant qu'un homme peut faire. Cette idée me bouleverse tout d'un coup, parce que je n'espérais même plus ça. Je sens quelque chose qui me frôle timidement et je n'ose pas bouger parce que j'ai peur que ça ne s'en aille. Quelque chose que je ne connaissais plus : une espèce de joie.

La négresse chante. Alors on peut justifier son existence ? Un tout petit peu ? Je me sens extraordinairement intimidé. Ça n'est pas que j'aie beaucoup d'espoir. Mais je suis comme un type complètement gelé après un voyage dans la neige et qui entrerait tout d'un coup dans une chambre tiède. Je pense qu'il resterait immobile près de la porte, encore froid, et que de lents frissons parcourraient tout son corps.

Some of these days
You'll miss me honey.

Est-ce que je ne pourrais pas essayer... Naturellement, il ne s'agirait pas d'un air[b] de musique... mais est-ce que je ne pourrais pas, dans un autre genre ?... Il fau-

drait que ce soit un livre : je ne sais rien faire d'autre.
Mais pas un livre d'histoire : l'histoire, ça parle de ce
qui a existé — jamais un existant ne peut justifier l'existence d'un autre existant. Mon erreur, c'était de vouloir
ressusciter M. de Rollebon. Une autre espèce de livre.
Je ne sais pas très bien laquelle — mais il faudrait qu'on
devine, derrière les mots imprimés, derrière les pages,
quelque chose qui n'existerait pas, qui serait au-dessus
de l'existence. Une histoire, par exemple, comme il ne
peut pas en arriver, une aventure. Il faudrait qu'elle
soit belle et dure comme de l'acier et qu'elle fasse honte
aux gens de leur existence.

Je m'en vais, je me sens vague. Je n'ose pas prendre
de décision. Si j'étais sûr d'avoir du talent... Mais jamais
— jamais je n'ai rien écrit de ce genre; des articles historiques, oui, — et encore. Un livre. Un roman. Et il
y aurait des gens qui liraient ce roman et qui diraient :
« C'est Antoine Roquentin qui l'a écrit, c'était un type
roux qui traînait dans les cafés », et ils penseraient à ma
vie comme je pense à celle de cette négresse : comme à
quelque chose de précieux et d'à moitié légendaire. Un
livre. Naturellement, ça ne serait d'abord qu'un travail
ennuyeux et fatigant, ça ne m'empêcherait pas d'exister
ni de sentir que j'existe. Mais il viendrait bien un moment
où le livre serait écrit, serait derrière moi et je pense
qu'un peu de sa clarté tomberait sur mon passé. Alors
peut-être que je pourrais, à travers lui, me rappeler ma
vie sans répugnance. Peut-être qu'un jour, en pensant
précisément à cette heure-ci, à cette heure morne où
j'attends, le dos rond, qu'il soit temps de monter dans
le train, peut-être que je sentirais mon cœur battre plus
vite et que je me dirais : « C'est ce jour-là, à cette heure-là
que tout a commencé. » Et j'arriverais — au passé, rien
qu'au passé — à m'accepter.

La nuit tombe. Au premier étage de l'hôtel Printania
deux fenêtres viennent de s'éclairer. Le chantier de la
Nouvelle Gare sent fortement le bois humide[a] : demain
il pleuvra sur Bouville[b1].

LE MUR

À Olga Kosakiewicz[1]

LE MUR

On nous poussa dans une grande salle blanche et mes yeux se mirent à cligner parce que la lumière leur faisait mal. Ensuite je vis une table et quatre types derrière la table, des civils, qui regardaient des papiers. On avait massé les autres prisonniers dans le fond et il nous fallut traverser toute la pièce pour les rejoindre. Il y en avait plusieurs que je connaissais et d'autres qui devaient être étrangers[a]. Les deux qui étaient devant moi étaient blonds avec des crânes ronds ; ils se ressemblaient : des Français, j'imagine. Le plus petit remontait tout le temps son pantalon : c'était nerveux.

Ça dura près de trois heures ; j'étais abruti et j'avais la tête vide ; mais la pièce était bien chauffée et je trouvais ça plutôt agréable : depuis vingt-quatre heures, nous n'avions pas cessé de grelotter. Les gardiens amenaient les prisonniers l'un après l'autre devant la table. Les quatre types leur demandaient alors leur nom et leur profession. La plupart du temps ils n'allaient pas plus loin — ou bien alors ils posaient une question par-ci, par-là : « As-tu pris part au sabotage des munitions ? » Ou bien : « Où étais-tu le matin du 9 et que faisais-tu ? » Ils n'écoutaient pas les réponses ou du moins ils n'en avaient pas l'air : ils se taisaient un moment et regardaient droit devant eux puis ils se mettaient à écrire. Ils demandèrent[b] à Tom si c'était vrai qu'il servait dans la Brigade internationale[1] : Tom[c] ne pouvait pas dire le contraire à cause des papiers qu'on avait trouvés dans sa veste. À Juan ils ne demandèrent rien, mais, après qu'il eut dit son nom, ils écrivirent long-temps.

« C'est mon frère José qui est anarchiste, dit Juan. Vous savez bien qu'il n'est plus ici. Moi je ne suis d'aucun parti, je n'ai jamais fait de politique. »

Ils ne répondirent pas. Juan dit encore :

« Je n'ai rien fait. Je ne veux pas payer pour les autres. »

Ses lèvres tremblaient. Un gardien le fit taire et l'emmena. C'était mon tour :

« Vous vous appelez Pablo Ibbieta ? »

Je dis que oui.

Le type regarda ses papiers et me dit :

« Où est Ramon Gris ?

— Je ne sais pas.

— Vous l'avez caché dans votre maison du 6 au 19.

— Non. »

Ils écrivirent un moment et les gardiens me firent sortir. Dans le couloir Tom et Juan attendaient[a] entre deux gardiens. Nous nous mîmes en marche. Tom demanda à un des gardiens :

« Et alors ?

— Quoi ? dit le gardien.

— C'est un interrogatoire ou un jugement ?

— C'était le jugement, dit le gardien.

— Eh bien ? Qu'est-ce qu'ils vont faire de nous ? »

Le gardien répondit sèchement :

« On vous communiquera la sentence dans vos cellules. »

En fait, ce qui nous servait de cellule c'était une des caves de l'hôpital. Il y faisait terriblement froid à cause des courants d'air. Toute la nuit nous avions grelotté et pendant la journée ça n'avait guère mieux été. Les cinq jours précédents je les avais passés dans un cachot de l'archevêché, une espèce d'oubliette qui devait dater du moyen âge : comme il y avait beaucoup de prisonniers et peu de place, on les casait n'importe où. Je ne regrettais pas mon cachot : je n'y avais pas souffert du froid mais j'y étais seul; à la longue c'est irritant. Dans la cave j'avais de la compagnie. Juan ne parlait guère : il avait peur et puis il était trop jeune pour avoir son mot à dire. Mais Tom était beau parleur et il savait très bien l'espagnol.

Dans la cave il y avait un banc et quatre paillasses. Quand ils nous eurent ramenés, nous nous assîmes et nous attendîmes en silence. Tom dit, au bout d'un moment :

« Nous sommes foutus.

— Je le pense aussi, dis-je, mais je crois qu'ils ne feront rien au petit.

— Ils n'ont rien à lui reprocher, dit Tom. C'est le frère d'un militant, voilà tout. »

Je regardai Juan : il n'avait pas l'air d'entendre. Tom reprit :

« Tu sais ce qu'ils font à Saragosse ? Ils couchent les types sur la route et ils leur passent dessus avec des camions. C'est un Marocain déserteur qui nous l'a dit. Ils disent que c'est pour économiser les munitions.

— Ça n'économise pas l'essence », dis-je.

J'étais irrité contre Tom : il n'aurait pas dû dire ça.

« Il y a des officiers qui se promènent sur la route, poursuivit-il, et qui surveillent ça, les mains dans les poches, en fumant des cigarettes. Tu crois qu'ils achèveraient les types ? Je t'en fous. Ils les laissent gueuler. Des fois pendant une heure. Le Marocain disait que, la première fois, il a manqué dégueuler.

— Je ne crois[a] pas qu'ils fassent ça ici, dis-je. À moins qu'ils ne manquent vraiment de munitions. »

Le jour entrait par quatre soupiraux et par une ouverture ronde qu'on avait pratiquée au plafond, sur la gauche, et qui donnait sur le ciel. C'est par ce trou rond, ordinairement fermé par une trappe, qu'on déchargeait le charbon dans la cave. Juste au-dessous du trou il y avait un gros tas de poussier ; il avait été destiné à chauffer l'hôpital mais, dès le début de la guerre, on avait évacué les malades et le charbon restait là, inutilisé ; il pleuvait même dessus, à l'occasion, parce qu'on avait oublié de baisser la trappe.

Tom se mit à grelotter :

« Sacré nom de Dieu, je grelotte, dit-il, voilà que ça recommence. »

Il se leva et se mit à faire de la gymnastique. À chaque mouvement sa chemise s'ouvrait sur sa poitrine blanche et velue. Il s'étendit sur le dos, leva les jambes en l'air et fit les ciseaux : je voyais trembler sa grosse croupe. Tom était costaud mais il avait trop de graisse. Je pensais que des balles de fusil ou des pointes de baïonnettes allaient bientôt s'enfoncer dans cette masse de chair tendre comme dans une motte de beurre. Ça ne me faisait pas le même effet que s'il avait été maigre.

Je n'avais pas exactement froid, mais je ne sentais plus mes épaules ni mes bras. De temps en temps, j'avais l'impression qu'il me manquait quelque chose et je commençais à chercher ma veste autour de moi et puis je me rappelais brusquement qu'ils ne m'avaient pas donné de veste. C'était plutôt pénible. Ils avaient pris nos vêtements pour les donner à leurs soldats et ils ne nous avaient laissé que nos chemises — et ces pantalons de toile que les malades hospitalisés portaient au gros de l'été. Au bout d'un moment Tom se releva et s'assit près de moi en soufflant.

« Tu es réchauffé ?

— Sacré nom de Dieu, non. Mais je suis essoufflé. »

Vers huit heures du soir un commandant entra avec deux phalangistes. Il avait une feuille de papier à la main. Il demanda au gardien :

« Comment s'appellent-ils, ces trois-là ?

— Steinbock, Ibbieta et Mirbal », dit le gardien.

Le commandant mit ses lorgnons et regarda sa liste :

« Steinbock... Steinbock... Voilà. Vous êtes condamné à mort. Vous serez fusillé demain matin. »

Il regarda encore :

« Les deux autres aussi, dit-il.

— C'est pas possible, dit Juan. Pas moi. »

Le commandant le regarda d'un air étonné :

« Comment vous appelez-vous ?

— Juan Mirbal, dit-il.

— Eh bien, votre nom est là, dit le commandant, vous êtes condamné.

— J'ai rien fait », dit Juan.

Le commandant haussa les épaules et se tourna vers Tom et vers moi.

« Vous êtes basques ?

— Personne n'est basque. »

Il eut l'air agacé.

« On m'a dit qu'il y avait trois Basques. Je ne vais

pas perdre mon temps à leur courir après. Alors naturellement vous ne voulez pas de prêtre ? »

Nous ne répondîmes même pas. Il dit :

« Un médecin belge viendra tout à l'heure. Il a l'autorisation de passer la nuit avec vous. »

Il fit le salut militaire et sortit.

« Qu'est-ce que je te disais, dit Tom. On est bons.

— Oui, dis-je, c'est vache pour le petit. »

Je disais ça pour être juste mais je n'aimais pas le petit. Il avait un visage trop fin et la peur, la souffrance l'avaient défiguré, elles avaient tordu tous ses traits. Trois jours auparavant c'était un môme dans le genre mièvre, ça peut plaire; mais maintenant il avait l'air d'une vieille tapette et je pensais qu'il ne redeviendrait plus jamais jeune, même si on le relâchait. Ça n'aurait pas été mauvais d'avoir un peu de pitié à lui offrir mais la pitié me dégoûte, il me faisait plutôt horreur. Il n'avait plus rien dit mais il était devenu gris : son visage et ses mains étaient gris. Il se rassit et regarda le sol avec des yeux ronds. Tom était une bonne âme, il voulut lui prendre le bras, mais le petit se dégagea violemment en faisant une grimace.

« Laisse-le, dis-je à voix basse, tu vois bien qu'il va se mettre à chialer. »

Tom obéit à regret; il aurait aimé consoler le petit; ça l'aurait occupé et il n'aurait pas été tenté de penser à lui-même. Mais ça m'agaçait : je n'avais jamais pensé à la mort parce que l'occasion ne s'en était pas présentée, mais maintenant l'occasion était là et il n'y avait pas autre chose à faire que de penser à ça.

Tom se mit à parler :

« Tu as bousillé des types, toi ? » me demanda-t-il.

Je ne répondis pas. Il commença à m'expliquer qu'il en avait bousillé six depuis le début du mois d'août; il ne se rendait pas compte de la situation et je voyais bien qu'il ne *voulait* pas s'en rendre compte. Moi-même je ne réalisais pas encore tout à fait, je me demandais si on souffrait beaucoup, je pensais aux balles, j'imaginais[a] leur grêle brûlante à travers mon corps. Tout ça c'était en dehors de la véritable question; mais j'étais tranquille : nous avions toute la nuit pour comprendre. Au bout d'un moment Tom cessa de parler et je le regardai du coin de l'œil; je vis qu'il était devenu gris, lui aussi, et

qu'il avait l'air misérable; je me dis : « Ça commence. »
Il faisait presque nuit, une lueur terne filtrait à travers
les soupiraux et le tas de charbon faisait une grosse tache
sous le ciel; par le trou du plafond je voyais déjà une
étoile : la nuit serait pure et glacée.

La porte s'ouvrit et deux gardiens entrèrent. Ils
étaient suivis d'un homme blond qui portait un uniforme beige. Il nous salua :

« Je suis médecin, dit-il. J'ai l'autorisation de vous
assister en ces pénibles circonstances. »

Il avait une voix agréable et distinguée. Je lui dis :

« Qu'est-ce que vous venez faire ici ?

— Je me mets à votre disposition. Je ferai tout mon
possible pour que ces quelques heures vous soient moins
lourdes.

— Pourquoi êtes-vous venu chez nous ? Il y a d'autres
types, l'hôpital en est plein.

— On m'a envoyé ici », répondit-il d'un air vague.

« Ah! vous aimeriez fumer, hein ? ajouta-t-il précipitamment. J'ai des cigarettes et même des cigares. »

Il nous offrit des cigarettes anglaises et des puros, mais
nous refusâmes. Je le regardai dans les yeux et il parut
gêné. Je lui dis :

« Vous ne venez pas ici par compassion. D'ailleurs
je vous connais. Je vous ai vu avec des fascistes dans la
cour de la caserne, le jour où on m'a arrêté. »

J'allais continuer, mais tout d'un coup il m'arriva
quelque chose qui me surprit : la présence de ce médecin
cessa brusquement de m'intéresser. D'ordinaire quand
je suis sur un homme, je ne le lâche pas. Et pourtant
l'envie de parler me quitta; je haussai les épaules et je
détournai les yeux. Un peu plus tard, je levai la tête :
il m'observait d'un air curieux. Les gardiens s'étaient
assis sur une paillasse. Pedro, le grand maigre, se tournait les pouces, l'autre agitait de temps en temps la tête
pour s'empêcher[a] de dormir.

« Voulez-vous de la lumière ? » dit soudain Pedro au
médecin. L'autre fit « oui » de la tête : je pense qu'il
avait à peu près autant d'intelligence qu'une bûche, mais
sans doute[b] n'était-il pas méchant. À regarder ses gros
yeux bleus et froids, il me sembla qu'il péchait surtout
par défaut d'imagination. Pedro sortit et revint avec une
lampe à pétrole qu'il posa sur le coin du banc. Elle

éclairait mal, mais c'était mieux que rien : la veille on
nous avait laissés dans le noir. Je regardai un bon
moment le rond de lumière que la lampe faisait au
plafond. J'étais fasciné. Et puis, brusquement, je me
réveillai, le rond de lumière s'effaça et je me sentis
écrasé sous un poids énorme. Ce n'était pas la pensée
de la mort, ni la crainte : c'était anonyme. Les pommettes
me brûlaient et j'avais mal au crâne.

Je me secouai et regardai mes deux compagnons.
Tom avait enfoui sa tête dans ses mains, je ne voyais
que sa nuque grasse et blanche. Le petit Juan était de
beaucoup le plus mal en point, il avait la bouche ouverte
et ses narines tremblaient. Le médecin s'approcha de
lui et lui posa la main sur l'épaule comme pour le
réconforter : mais ses yeux restaient froids. Puis je vis
la main du Belge descendre sournoisement le long du
bras de Juan jusqu'au poignet. Juan se laissait faire
avec indifférence. Le Belge lui prit le poignet entre trois
doigts, avec un air distrait, en même temps il recula
un peu et s'arrangea pour me tourner le dos. Mais je
me penchai en arrière et je le vis tirer sa montre et la
consulter un instant sans lâcher le poignet du petit. Au
bout d'un moment il laissa retomber la main inerte et
alla s'adosser au mur, puis, comme s'il se rappelait soudain quelque chose de très important qu'il fallait noter
sur-le-champ, il prit un carnet dans sa poche et y inscrivit
quelques lignes. « Le salaud, pensai-je avec colère, qu'il
ne vienne pas me tâter le pouls, je lui enverrai mon
poing dans sa sale gueule. »

Il ne vint pas mais je sentis qu'il me regardait. Je
levai la tête et lui rendis son regard. Il me dit d'une voix
impersonnelle :

« Vous ne trouvez pas qu'on grelotte ici ? »

Il avait l'air d'avoir froid; il était violet.

« Je n'ai pas froid », lui répondis-je.

Il ne cessait pas de me regarder, d'un œil dur[a].
Brusquement je compris et je portai mes mains à ma
figure : j'étais trempé de sueur. Dans cette cave, au
gros de l'hiver, en plein courant d'air, je suais. Je
passai les doigts dans mes cheveux qui étaient feutrés
par la transpiration; en même temps je m'aperçus que
ma chemise était humide et collait à ma peau : je ruisselais depuis une heure au moins et je n'avais rien senti.

Mais ça n'avait pas échappé au cochon de Belge; il avait vu les gouttes rouler sur mes joues et il avait pensé : c'est la manifestation[a] d'un état de terreur quasi pathologique; et il s'était senti normal et fier de l'être parce qu'il avait froid. Je voulus me lever pour aller lui casser la figure mais à peine avais-je ébauché un geste que ma honte et ma colère furent effacées; je retombai sur le banc avec indifférence.

Je me contentai de me frictionner le cou avec mon mouchoir parce que, maintenant, je sentais la sueur qui gouttait de mes cheveux sur ma nuque et c'était désagréable. Je renonçai d'ailleurs bientôt à me frictionner, c'était inutile : déjà mon mouchoir était bon à tordre et je suais toujours. Je suais aussi des fesses et mon pantalon humide adhérait au banc.

Le petit Juan parla tout à coup.

« Vous êtes médecin ?

— Oui, dit le Belge.

— Est-ce qu'on souffre... longtemps ?

— Oh! Quand... ? Mais non, dit le Belge d'une voix paternelle, c'est vite fini. »

Il avait l'air de rassurer un malade payant[b].

« Mais je... on m'avait dit... qu'il fallait souvent deux salves.

— Quelquefois, dit le Belge en hochant la tête. Il peut se faire que la première salve n'atteigne aucun des organes vitaux.

— Alors il faut qu'ils rechargent les fusils et qu'ils visent de nouveau ? »

Il réfléchit et ajouta d'une voix enrouée :

« Ça prend du temps! »

Il avait une peur affreuse de souffrir, il ne pensait qu'à ça : c'était de son âge. Moi je n'y pensais plus beaucoup et ce n'était pas la crainte de souffrir qui me faisait transpirer.

Je me levai et je marchai jusqu'au tas de poussier. Tom sursauta et me jeta un regard haineux : je l'agaçais parce que mes souliers craquaient. Je me demandais si j'avais le visage aussi terreux que lui : je vis qu'il suait aussi. Le ciel était superbe, aucune lumière ne se glissait dans ce coin sombre et je n'avais qu'à lever la tête pour apercevoir la grande Ourse. Mais ça n'était plus comme auparavant : l'avant-veille, de mon cachot de l'archevêché, je pouvais voir un grand morceau de ciel et chaque heure du jour me rappelait un souvenir différent. Le matin, quand le ciel était d'un bleu dur et léger, je pensais à des plages au bord de l'Atlantique; à midi je voyais le soleil et je me rappelais un bar de Séville où je buvais du manzanilla en mangeant des anchois et des olives; l'après-midi j'étais à l'ombre et je pensais à l'ombre profonde qui s'étend sur la moitié des arènes pendant que l'autre moitié scintille au soleil : c'était vraiment pénible de voir ainsi toute la terre se refléter dans le ciel. Mais à présent je pouvais regarder en l'air tant que je voulais, le ciel ne m'évoquait plus rien. J'aimais mieux ça. Je revins m'asseoir près de Tom. Un long moment passa.

Tom se mit à parler, d'une voix basse. Il fallait toujours qu'il parlât, sans ça il ne se reconnaissait pas bien dans ses pensées. Je pense que c'était à moi qu'il s'adressait mais il ne me regardait pas. Sans doute avait-il peur de me voir comme j'étais, gris et suant : nous étions pareils et pires que des miroirs l'un pour l'autre. Il regardait le Belge, le vivant.

« Tu comprends, toi ? disait-il. Moi, je comprends pas. »

Je me mis aussi à parler à voix basse. Je regardais le Belge.

« Quoi, qu'est-ce qu'il y a ?

— Il va nous arriver quelque chose que je ne peux pas comprendre. »

Il y avait une étrange odeur autour de Tom. Il me sembla que j'étais plus sensible aux odeurs qu'à l'ordinaire. Je ricanai :

« Tu comprendras tout à l'heure.

— Ça n'est pas clair, dit-il d'un air obstiné. Je veux bien avoir du courage, mais il faudrait au moins que je sache... Écoute, on va nous amener dans la cour. Bon. Les types vont se ranger devant nous. Combien seront-ils ?

— Je ne sais pas. Cinq ou huit. Pas plus.

— Ça va. Ils seront huit. On leur criera : " En joue " et je verrai les huit fusils braqués sur moi. Je pense que je voudrai rentrer dans le mur, je pousserai le mur avec le dos de toutes mes forces et le mur résistera, comme dans les cauchemars. Tout ça je peux me l'imaginer. Ah! Si tu savais comme je peux me l'imaginer.

— Ça va! lui dis-je, je me l'imagine aussi.

— Ça doit faire un mal de chien. Tu sais qu'ils visent les yeux et la bouche pour défigurer, ajouta-t-il méchamment. Je sens déjà les blessures; depuis une heure j'ai des douleurs dans la tête et dans le cou. Pas de vraies[a] douleurs; c'est pis : ce sont les douleurs que je sentirai demain matin. Mais après ? »

Je comprenais très bien ce qu'il voulait dire mais je ne voulais pas en avoir l'air. Quant aux douleurs, moi aussi je les portais dans mon corps, comme une foule de petites balafres. Je ne pouvais pas m'y faire, mais j'étais comme lui, je n'y attachais pas d'importance.

« Après, dis-je rudement, tu boufferas[b] du pissenlit. »

Il se mit à parler pour lui seul : il ne lâchait pas des yeux le Belge. Celui-ci n'avait pas l'air d'écouter. Je savais ce qu'il était venu faire; ce que nous pensions ne l'intéressait pas; il était venu regarder nos corps, des corps qui agonisaient tout vifs.

« C'est comme dans les cauchemars, disait Tom. On veut penser à quelque chose, on a tout le temps l'impression que ça y est, qu'on va comprendre et puis ça glisse, ça vous échappe et ça retombe. Je me dis : après il n'y aura plus rien. Mais je ne comprends pas ce que ça veut dire. Il y a des moments où j'y arrive presque.. et puis ça retombe, je recommence à penser aux douleurs[c], aux balles, aux détonations. Je suis matérialiste, je te le jure; je ne deviens pas fou. Mais il y a quelque chose qui ne va pas. Je vois mon cadavre : ça n'est pas difficile mais c'est *moi* qui le vois, avec *mes* yeux. Il faudrait que j'arrive à penser... à penser que je ne verrai plus rien, que je n'entendrai plus rien et que le monde continuera pour les autres. On n'est pas faits pour penser ça, Pablo. Tu peux[d] me croire : ça m'est déjà arrivé de veiller toute une nuit en attendant quelque chose. Mais cette chose-là, ça n'est pas pareil : ça nous prendra par derrière, Pablo, et nous n'aurons pas pu nous y préparer.

— La ferme, lui dis-je, veux-tu que j'appelle un confesseur ? »

Il ne répondit pas. J'avais déjà remarqué qu'il avait tendance à faire le prophète et à m'appeler Pablo en parlant d'une voix blanche. Je n'aimais pas beaucoup ça; mais il paraît que tous les Irlandais sont ainsi. J'avais l'impression vague qu'il sentait l'urine. Au fond

je n'avais pas beaucoup de sympathie pour Tom et je
ne voyais pas pourquoi, sous prétexte que nous allions
mourir ensemble, j'aurais dû en avoir davantage. Il y a
des types avec qui ç'aurait été différent. Avec Ramon
Gris, par exemple. Mais, entre Tom et Juan, je me
sentais seul. D'ailleurs j'aimais mieux ça : avec Ramon
je me serais peut-être attendri. Mais j'étais terriblement
dur, à ce moment-là, et je voulais rester dur.

Il continua à mâchonner des mots, avec une espèce
de distraction. Il parlait sûrement pour s'empêcher de
penser. Il sentait l'urine à plein nez comme les vieux
prostatiques. Naturellement j'étais de son avis, tout ce
qu'il disait j'aurais pu le dire : ça n'est pas *naturel* de
mourir. Et, depuis que j'allais mourir, plus rien ne me
semblait naturel, ni ce tas de poussier, ni le banc, ni la
sale gueule de Pedro. Seulement, ça me déplaisait de
penser les mêmes choses que Tom. Et je savais bien que,
tout au long de la nuit, à cinq minutes près, nous conti-
nuerions à penser les choses en même temps, à suer ou
à frissonner en même temps. Je le regardai de côté et,
pour la première fois, il me parut étrange : il portait
sa mort sur sa figure. J'étais blessé dans mon orgueil :
pendant vingt-quatre heures j'avais vécu aux côtés de
Tom, je l'avais écouté, je lui avais parlé, et je savais que
nous n'avions rien de commun. Et maintenant nous nous
ressemblions comme des frères jumeaux, simplement
parce que nous allions crever ensemble. Tom me prit
la main sans me regarder :

« Pablo, je me demande... je me demande si c'est
bien vrai qu'on s'anéantit. »

Je dégageai ma main, je lui dis :

« Regarde entre tes pieds, salaud. »

Il y avait une flaque entre ses pieds et des gouttes
tombaient de son pantalon.

« Qu'est-ce que c'est, dit-il avec effarement.

— Tu pisses dans ta culotte, lui dis-je.

— C'est pas vrai, dit-il furieux, je ne pisse pas, je ne
sens rien. »

Le Belge s'était approché. Il demanda avec une fausse
sollicitude :

« Vous vous sentez souffrant ? »

Tom ne répondit pas. Le Belge regarda la flaque sans
rien dire.

« Je ne sais pas ce que c'est, dit Tom d'un ton farouche, mais je n'ai pas peur. Je vous jure que je n'ai pas peur. »

Le Belge ne répondit pas. Tom se leva et alla pisser dans un coin. Il revint en boutonnant sa braguette, se rassit et ne souffla plus mot. Le Belge prenait des notes.

Nous le regardions; le petit Juan aussi le regardait : nous le regardions tous les trois[a] parce qu'il était vivant. Il avait les gestes d'un vivant, les soucis d'un vivant; il grelottait dans cette cave, comme devaient grelotter les vivants; il avait un corps obéissant et bien nourri. Nous autres nous ne sentions plus guère nos corps — plus de la même façon, en tout cas. J'avais envie de tâter mon pantalon, entre mes jambes, mais je n'osais pas; je regardais le Belge, arqué sur ses jambes, maître de ses muscles — et qui pouvait penser à demain. Nous étions là, trois ombres[b] privées de sang; nous le regardions et nous sucions sa vie comme des vampires.

Il finit par s'approcher du petit Juan. Voulut-il lui tâter la nuque pour quelque motif professionnel ou bien obéit-il à une impulsion charitable ? S'il agit par charité ce fut la seule et unique fois de toute la nuit. Il caressa le crâne et le cou du petit Juan. Le petit se laissait faire, sans le quitter des yeux, puis, tout à coup, il lui saisit la main et la regarda d'un drôle d'air. Il tenait la main du Belge entre les deux siennes et elles n'avaient rien de plaisant, les deux pinces grises qui serraient cette main grasse et rougeaude. Je me doutais bien de ce qui allait arriver et Tom devait s'en douter aussi : mais le Belge n'y voyait que du feu, il souriait[c] paternellement. Au bout d'un moment le petit porta la grosse patte rouge à sa bouche et voulut la mordre. Le Belge se dégagea vivement et recula jusqu'au mur en trébuchant. Pendant une seconde il nous regarda avec horreur, il devait comprendre tout d'un coup que nous n'étions pas des hommes comme lui. Je me mis à rire, et l'un des gardiens sursauta. L'autre s'était endormi, ses yeux, grands ouverts, étaient blancs.

Je me sentais las et surexcité, à la fois. Je ne voulais plus penser à ce qui arriverait à l'aube, à la mort. Ça ne rimait à rien, je ne rencontrais que des mots ou du vide. Mais dès que j'essayais de penser à autre chose je voyais des canons de fusil braqués sur moi. J'ai peut-

être vécu vingt fois de suite mon exécution; une fois
même j'ai cru que ça y était pour de bon : j'avais dû
m'endormir une minute. Ils me traînaient vers le mur
et je me débattais; je leur demandais pardon. Je me
réveillai en sursaut et je regardai le Belge : j'avais peur
d'avoir crié dans mon sommeil. Mais il se lissait[a] la
moustache, il n'avait rien remarqué. Si j'avais voulu, je
crois que j'aurais pu dormir un moment : je veillais
depuis quarante-huit heures, j'étais à bout. Mais je
n'avais pas envie de perdre deux heures de vie : ils
seraient venus me réveiller à l'aube, je les aurais suivis,
hébété de sommeil et j'aurais clamecé sans faire « ouf »;
je ne voulais pas de ça, je ne voulais pas mourir comme
une bête, je voulais comprendre. Et puis je craignais
d'avoir des cauchemars. Je me levai, je me promenai
de long en large et, pour me changer les idées, je me
mis à penser à ma vie passée. Une foule de souvenirs
me revinrent, pêle-mêle. Il y en avait de bons et de mauvais — ou du moins je les appelais comme ça *avant*. Il
y avait des visages et des histoires. Je revis le visage
d'un petit novillero qui s'était fait encorner à Valence
pendant la Feria, celui d'un de mes oncles, celui de
Ramon Gris. Je me rappelai des histoires : comment
j'avais chômé pendant trois mois en 1926, comment
j'avais manqué crever de faim. Je me souvins d'une nuit
que j'avais passée sur un banc à Grenade : je n'avais
pas mangé depuis trois jours, j'étais enragé, je ne voulais pas crever. Ça me fit sourire. Avec quelle[b] âpreté,
je courais après le bonheur, après les femmes, après la
liberté. Pourquoi faire ? J'avais voulu libérer l'Espagne,
j'admirais Pi y Margall[1], j'avais adhéré au mouvement
anarchiste, j'avais parlé dans des réunions publiques : je
prenais tout[c] au sérieux comme si j'avais été immortel.

À ce moment-là j'eus l'impression que je tenais toute
ma vie devant moi et je pensai : « C'est un sacré mensonge. » Elle ne valait rien puisqu'elle était finie. Je
me demandai comment j'avais pu me promener, rigoler
avec des filles : je n'aurais pas remué le petit doigt si
seulement j'avais imaginé que je mourrais comme ça.
Ma vie était devant moi, close, fermée, comme un sac
et pourtant tout ce qu'il y avait dedans était inachevé.
Un instant j'essayai de la juger. J'aurais voulu me dire :
c'est une belle vie. Mais on ne pouvait pas porter de

jugement sur elle, c'était une ébauche; j'avais passé mon
temps à tirer des traites pour l'éternité, je n'avais rien
compris. Je ne regrettais rien : il y avait des tas de choses
que j'aurais pu regretter, le goût du manzanilla ou bien
les bains que je prenais en été dans une petite crique
près de Cadix; mais la mort avait tout désenchanté.

Le Belge eut une fameuse idée, soudain.

« Mes amis, nous dit-il, je puis me charger — sous
réserve que l'administration militaire y consentira —
de porter un mot de vous, un souvenir aux gens qui
vous aiment... »

Tom grogna :

« J'ai personne. »

Je ne répondis rien. Tom attendit un instant, puis
me considéra avec curiosité :

« Tu ne fais rien dire à Concha ?

— Non. »

Je détestais cette complicité tendre : c'était ma faute,
j'avais parlé de Concha la nuit précédente, j'aurais dû
me retenir. J'étais avec elle depuis un an. La veille encore
je me serais coupé un bras à coups de hache pour la
revoir cinq minutes. C'est pour ça que j'en avais parlé,
c'était plus fort que moi. À présent je n'avais plus envie
de la revoir, je n'avais plus rien à lui dire. Je n'aurais
même pas voulu la serrer dans mes bras : j'avais horreur
de mon corps parce qu'il était devenu gris et qu'il suait
— et je n'étais pas sûr de ne pas avoir horreur du sien.
Concha pleurerait quand elle apprendrait ma mort; pendant des mois elle n'aurait plus de goût à vivre. Mais
tout de même c'était moi qui allais mourir. Je pensai
à ses beaux yeux tendres. Quand elle me regardait,
quelque chose passait d'elle à moi. Mais je pensai que
c'était fini : si elle me regardait *à présent* son regard
resterait dans ses yeux, il n'irait pas jusqu'à moi. J'étais
seul.

Tom aussi était seul, mais pas de la même manière.
Il s'était assis à califourchon et il s'était mis à regarder
le banc avec une espèce de sourire, il avait l'air étonné.
Il avança la main et toucha le bois avec précaution,
comme s'il avait peur de casser quelque chose, ensuite
il retira vivement sa main et frissonna. Je ne me serais
pas amusé à toucher le banc, si j'avais été Tom; c'était
encore de la comédie d'Irlandais, mais je trouvais aussi

que les objets avaient un drôle d'air : ils étaient plus effacés, moins denses qu'à l'ordinaire. Il suffisait que je regarde le banc, la lampe, le tas de poussier, pour que je sente que j'allais mourir. Naturellement je ne pouvais pas clairement penser ma mort mais je la voyais partout, sur les choses, dans la façon dont les choses avaient reculé et se tenaient à distance, discrètement, comme des gens qui parlent bas au chevet d'un mourant. C'était *sa* mort que Tom venait de toucher sur le banc.

Dans l'état où j'étais, si l'on était venu m'annoncer que je pouvais rentrer tranquillement chez moi, qu'on me laissait la vie sauve, ça m'aurait laissé froid : quelques heures ou quelques années d'attente c'est tout pareil, quand on a perdu l'illusion d'être éternel. Je ne tenais plus à rien, en un sens, j'étais calme. Mais c'était un calme horrible — à cause de mon corps : mon corps, je voyais avec ses yeux, j'entendais avec ses oreilles, mais ça n'était plus moi; il suait et tremblait tout seul et je ne le reconnaissais plus. J'étais obligé de le toucher et de le regarder pour savoir ce qu'il devenait, comme si ç'avait été le corps d'un autre. Par moments je le sentais encore, je sentais des glissements, des espèces de dégringolades, comme lorsqu'on est dans un avion qui pique du nez, ou bien je sentais battre mon cœur. Mais ça ne me rassurait pas : tout ce qui venait de mon corps avait un sale air louche. La plupart du temps, il se tassait[a], il se tenait coi et je ne sentais plus rien qu'une espèce de pesanteur, une présence immonde contre moi; j'avais l'impression d'être lié à une vermine énorme. À un moment je tâtai mon pantalon et je sentis qu'il était humide; je ne savais pas s'il était mouillé de sueur ou d'urine, mais j'allai pisser sur le tas de charbon, par précaution.

Le Belge tira sa montre et la regarda. Il dit :

« Il est trois heures et demie. »

Le salaud! Il avait dû le faire exprès. Tom sauta en l'air : nous ne nous étions pas encore aperçus que le temps s'écoulait; la nuit nous entourait comme une masse informe et sombre, je ne me rappelais même plus qu'elle avait commencé.

Le petit Juan se mit à crier. Il se tordait les mains, il suppliait :

« Je ne veux pas mourir, je ne veux pas mourir. »

Il courut à travers toute la cave en levant les bras en l'air puis il s'abattit sur une des paillasses et sanglota. Tom le regardait avec des yeux mornes et n'avait même plus envie de le consoler. Par le fait ce n'était pas la peine : le petit faisait plus de bruit que nous, mais il était moins atteint : il était comme un malade qui se défend contre son mal par de la fièvre. Quand il n'y a même plus de fièvre, c'est beaucoup plus grave.

Il pleurait : je voyais bien qu'il avait pitié de lui-même; il ne pensait pas à la mort. Une seconde, une seule seconde, j'eus envie de pleurer moi aussi, de pleurer de pitié sur moi. Mais ce fut le contraire qui arriva : je jetai un coup d'œil sur le petit, je vis ses maigres épaules sanglotantes et je me sentis inhumain[a] : je ne pouvais avoir pitié ni des autres ni de moi-même. Je me dis : « Je veux mourir proprement. »

Tom s'était levé, il se plaça juste en dessous de l'ouverture ronde et se mit à guetter le jour. Moi j'étais buté, je voulais mourir proprement et je ne pensais qu'à ça. Mais, par en dessous, depuis que le médecin nous avait dit l'heure, je sentais le temps qui filait, qui coulait goutte à goutte.

Il faisait encore noir quand j'entendis la voix de Tom :

« Tu les entends.

— Oui. »

Des types marchaient dans la cour.

« Qu'est-ce qu'ils viennent foutre ? Ils ne peuvent pourtant pas tirer dans le noir. »

Au bout d'un moment nous n'entendîmes plus rien. Je dis à Tom :

« Voilà le jour. »

Pedro se leva en bâillant et vint souffler la lampe. Il dit à son copain :

« Mince de froid. »

La cave était devenue toute grise. Nous entendîmes des coups de feu dans le lointain.

« Ça commence, dis-je à Tom, ils doivent faire ça dans la cour[b] de derrière. »

Tom demanda au médecin de lui donner une cigarette. Moi je n'en voulais pas; je ne voulais ni cigarettes ni alcool. À partir de cet instant ils ne cessèrent pas de tirer.

« Tu te rends compte ? » dit Tom.

Il voulait ajouter quelque chose mais il se tut, il regardait la porte. La porte s'ouvrit et un lieutenant entra avec quatre soldats. Tom laissa tomber sa cigarette.

« Steinbock ? »

Tom ne répondit pas. Ce fut Pedro qui le désigna.

« Juan Mirbal ?

— C'est celui qui est sur la paillasse.

— Levez-vous », dit le lieutenant.

Juan ne bougea pas. Deux soldats le prirent aux aisselles et le mirent sur ses pieds. Mais dès qu'ils l'eurent lâché il retomba.

Les soldats hésitèrent.

« Ce n'est pas le premier qui se trouve mal, dit le lieutenant, vous n'avez qu'à le porter, vous deux; on s'arrangera là-bas. »

Il se tourna vers Tom :

« Allons, venez. »

Tom sortit entre deux soldats. Deux autres soldats suivaient, ils portaient le petit par les aisselles et par les jarrets. Il n'était pas évanoui; il avait les yeux grands ouverts et des larmes coulaient le long de ses joues. Quand je voulus sortir, le lieutenant m'arrêta :

« C'est vous, Ibbieta ?

— Oui.

— Vous allez attendre ici : on viendra vous chercher tout à l'heure. »

Ils sortirent. Le Belge et les deux geôliers sortirent aussi, je restai seul. Je ne comprenais pas ce qui m'arrivait mais j'auraisᵃ mieux aimé qu'ils en finissent tout de suite. J'entendais les salves à intervalles presque réguliers; à chacune d'elles, je tressaillais. J'avais envie de hurler et de m'arracher les cheveux. Mais je serrais les dents et j'enfonçais les mains dans mes poches parce que je voulais rester propre.

Au bout d'une heure on vint me chercher et on me conduisit au premier étage, dans une petite pièce qui sentait le cigare et dont la chaleur me parut suffocante. Il y avait là deux officiers qui fumaient, assis dans des fauteuils, avec des papiers sur leurs genoux.

« Tu t'appelles Ibbieta ?

— Oui.

— Où est Ramon Gris ?

— Je ne sais pas. »

Celui qui m'interrogeait était petit et gros. Il avait des yeux durs derrière ses lorgnons. Il me dit :

« Approche. »

Je m'approchai. Il se leva et me prit par les bras en me regardant d'un air à me faire rentrer sous terre. En même temps il me pinçait les biceps de toutes ses forces. Ça n'était pas pour me faire mal, c'était le grand jeu : il voulait me dominer. Il jugeait nécessaire aussi de m'envoyer son souffle pourri en pleine figure. Nous restâmes un moment comme ça, moi ça me donnait plutôt envie de rire. Il en faut beaucoup plus pour intimider un homme qui va mourir : ça ne prenait pas. Il me repoussa violemment et se rassit. Il dit :

« C'est ta vie contre la sienne. On te laisse la vie sauve si tu nous dis où il est. »

Ces deux types chamarrés, avec leurs cravaches et leurs bottes, c'étaient tout de même des hommes qui allaient mourir. Un peu plus tard que moi, mais pas beaucoup plus. Et ils s'occupaient à chercher des noms sur leurs paperasses[a], ils couraient après d'autres hommes pour les emprisonner ou les supprimer ; ils avaient des opinions sur l'avenir de l'Espagne et sur d'autres sujets. Leurs petites activités me paraissaient choquantes et burlesques[b] : je n'arrivais plus à me mettre à leur place, il me semblait qu'ils étaient fous.

Le petit gros me regardait toujours, en fouettant ses bottes de sa cravache. Tous ses gestes étaient calculés pour lui donner l'allure d'une bête vive et féroce.

« Alors ? C'est compris ?

— Je ne sais pas où est Gris, répondis-je. Je croyais qu'il était à Madrid. »

L'autre officier leva sa main pâle avec indolence. Cette indolence aussi était calculée. Je voyais tous leurs petits manèges et j'étais stupéfait qu'il se trouvât des hommes pour s'amuser à ça.

« Vous avez un quart d'heure pour réfléchir, dit-il lentement. Emmenez-le à la lingerie, vous le ramènerez dans un quart d'heure. S'il persiste à refuser, on l'exécutera sur-le-champ. »

Ils savaient ce qu'ils faisaient : j'avais passé la nuit dans l'attente ; après ça ils m'avaient encore fait attendre une heure dans la cave, pendant qu'on fusillait Tom et

Juan et maintenant ils m'enfermaient dans la lingerie;
ils avaient dû préparer leur coup depuis la veille. Ils
se disaient que les nerfs s'usent à la longue et ils espéraient m'avoir comme ça.

Ils se trompaient bien. Dans la lingerie je m'assis
sur un escabeau, parce que je me sentais très faible et
je me mis à réfléchir. Mais pas à leur proposition. Naturellement je savais où était Gris : il se cachait chez ses
cousins, à quatre kilomètres de la ville. Je savais aussi
que je ne révélerais pas sa cachette, sauf s'ils me tor-
turaient (mais ils n'avaient pas l'air d'y songer). Tout
cela était parfaitement réglé, définitif et ne m'intéressait
nullement. Seulement j'aurais voulu comprendre les raisons de ma conduite. Je préférais crever plutôt que de
livrer Gris. Pourquoi ? Je n'aimais plus Ramon Gris.
Mon amitié pour lui était morte un peu avant l'aube
en même temps que mon amour pour Concha, en même
temps que mon désir de vivre. Sans doute je l'estimais
toujours; c'était un dur. Mais ça n'était pas pour cette
raison que j'acceptais de mourir à sa place; sa vie n'avait
pas plus de valeur que la mienne; aucune vie n'avait
de valeur. On allait coller un homme contre un mur et
lui tirer dessus jusqu'à ce qu'il en crève : que ce fût
moi ou Gris ou un autre c'était pareil. Je savais bien
qu'il était plus utile que moi à la cause de l'Espagne
mais je me foutais de l'Espagne et de l'anarchie : rien
n'avait plus d'importance. Et pourtant j'étais là, je pouvais sauver ma peau en livrant Gris et je me refusais
à le faire. Je trouvais ça plutôt comique : c'était de l'obstination. Je pensai :

« Faut-il être têtu!... » Et une drôle de gaieté m'envahit.

Ils vinrent me chercher et me ramenèrent auprès des
deux officiers. Un rat partit sous nos pieds et ça m'amusa.
Je me tournai vers un des phalangistes et je lui dis :

« Vous avez vu le rat ? »

Il ne répondit pas. Il était sombre, il se prenait au
sérieux. Moi j'avais envie de rire mais je me retenais
parce que j'avais peur, si je commençais, de ne plus
pouvoir m'arrêter. Le phalangiste portait des moustaches.
Je lui dis encore :

« Il faut couper tes moustaches, ballot. »

Je trouvais drôle qu'il laissât de son vivant les poils

envahir sa figure. Il me donna un coup de pied sans
grande conviction, et je me tus.

« Eh bien, dit le gros officier, tu as réfléchi ? »

Je les regardai avec curiosité, comme des insectes
d'une espèce très rare. Je leur dis :

« Je sais où il est. Il est caché dans le cimetière. Dans
un caveau ou dans la cabane des fossoyeurs. »

C'était pour leur faire une farce. Je voulais les voir
se lever, boucler leurs ceinturons et donner des ordres
d'un air affairé.

Ils sautèrent sur leurs pieds.

« Allons-y. Moles, allez demander quinze hommes
au lieutenant Lopez. Toi, me dit le petit gros, si tu as
dit la vérité, je n'ai qu'une parole. Mais tu le paieras
cher si tu t'es fichu de nous. »

Ils partirent dans un brouhaha et j'attendis paisiblement sous la garde des phalangistes. De temps en temps
je souriais parce que je pensais à la tête qu'ils allaient
faire. Je me sentais abruti et malicieux. Je les imaginais[a],
soulevant les pierres tombales, ouvrant une à une les
portes des caveaux. Je me représentais la situation comme
si j'avais été un autre : ce prisonnier obstiné à faire le
héros, ces graves phalangistes avec leurs moustaches et
ces hommes en uniforme qui couraient entre les tombes ;
c'était d'un comique irrésistible.

Au bout d'une demi-heure le petit gros revint seul.
Je pensai qu'il venait donner l'ordre de m'exécuter.
Les autres devaient être restés au cimetière.

L'officier me regarda. Il n'avait pas du tout l'air
penaud.

« Emmenez-le dans la grande cour avec les autres,
dit-il. À la fin des opérations militaires un tribunal
régulier décidera de son sort. »

Je crus que je n'avais pas compris. Je lui demandai :

« Alors on ne me... on ne me fusillera pas ?... »

— Pas maintenant en tout cas. Après, ça ne me regarde
plus. »

Je ne comprenais toujours pas. Je lui dis :

« Mais pourquoi ? »

Il haussa les épaules sans répondre et les soldats
m'emmenèrent. Dans la grande cour il y avait une centaine de prisonniers, des femmes, des enfants, quelques
vieillards. Je me mis à tourner autour de la pelouse

centrale, j'étais hébété[a]. À midi on nous fit manger au réfectoire. Deux ou trois types m'interpellèrent. Je devais les connaître, mais je ne leur répondis pas : je ne savais même plus où j'étais.

Vers le soir on poussa dans la cour une dizaine de prisonniers nouveaux. Je reconnus Garcia, le boulanger. Il me dit :

« Sacré veinard ! Je ne pensais pas te revoir vivant.

— Ils m'avaient condamné à mort, dis-je, et puis ils ont changé d'idée. Je ne sais pas pourquoi.

— Ils m'ont arrêté à deux heures, dit Garcia.

— Pourquoi ? »

Garcia ne faisait pas de politique.

« Je ne sais pas, dit-il. Ils arrêtent tous ceux qui ne pensent pas comme eux. »

Il baissa la voix.

« Ils ont eu Gris. »

Je me mis à trembler.

« Quand ?

— Ce matin. Il avait fait le con. Il a quitté son cousin mardi parce qu'ils avaient eu des mots. Il ne manquait pas de types qui l'auraient caché mais il ne voulait plus rien devoir à personne. Il a dit : " Je me serais caché chez Ibbieta, mais puisqu'ils l'ont pris j'irai me cacher au cimetière "

— Au cimetière ?

— Oui. C'était con. Naturellement ils y ont passé ce matin, ça devait arriver. Ils l'ont trouvé dans la cabane des fossoyeurs. Il leur a tiré dessus et ils l'ont descendu.

— Au cimetière ! »

Tout se mit à tourner et je me retrouvai assis par terre : je riais si fort que les larmes me vinrent aux yeux.

LA CHAMBRE

I

Mme Darbédat tenait un rahat-loukoum entre ses doigts. Elle l'approcha de ses lèvres avec précaution et retint sa respiration de peur que ne s'envolât à son souffle la fine poussière[a] de sucre dont il était saupoudré : « Il est à la rose », se dit-elle. Elle mordit brusquement dans cette chair vitreuse et un parfum de croupi lui emplit la bouche. « C'est curieux comme la maladie affine les sensations. » Elle se mit à penser à des mosquées, à des Orientaux obséquieux (elle avait été à Alger pendant son voyage de noces) et ses lèvres pâles ébauchèrent un sourire : le rahat-loukoum aussi était obséquieux.

Il fallut qu'elle passât, à plusieurs reprises, le plat de la main sur les pages de son livre, parce qu'elles s'étaient, malgré ses précautions, recouvertes[b] d'une mince couche de poudre blanche. Ses mains faisaient glisser, rouler, crisser les petits grains de sucre sur le papier lisse : « Ça me rappelle Arcachon[1], quand je lisais sur la plage. » Elle avait passé l'été de 1907 au bord de la mer. Elle portait alors un grand chapeau de paille avec un ruban vert; elle s'installait tout près de la jetée, avec un roman de Gyp[2] ou de Colette Yver[3]. Le vent faisait pleuvoir sur ses genoux des tourbillons de sable et, de temps à autre, elle secouait son livre en le tenant par les coins.

C'était bien la même sensation : seulement les grains de sable étaient tout secs, tandis que ces petits graviers de sucre collaient un peu au bout de ses doigts. Elle revit une bande de ciel gris perle au-dessus d'une mer noire. « Ève n'était pas encore née. » Elle se sentait tout alourdie de souvenirs et précieuse comme un coffret de santal. Le nom du roman qu'elle lisait alors lui revint tout à coup à la mémoire : il s'appelait *Petite Madame*[1], il n'était pas ennuyeux. Mais depuis qu'un mal inconnu la retenait dans sa chambre, Mme Darbédat préférait les Mémoires et les ouvrages historiques. Elle souhaitait que la souffrance, des lectures graves, une attention vigilante et tournée vers ses souvenirs, vers ses sensations les plus exquises, la mûrissent comme un beau fruit de serre.

Elle pensa, avec un peu d'énervement, que son mari allait bientôt frapper à sa porte. Les autres jours de la semaine il venait seulement vers le soir, il la baisait au front en silence et lisait *Le Temps*[2] en face d'elle, dans la bergère. Mais, le jeudi, c'était « le jour » de M. Darbédat : il allait passer une heure chez sa fille, en général de trois à quatre. Avant de sortir il entrait chez sa femme et tous deux s'entretenaient de leur gendre avec amertume. Ces conversations du jeudi, prévisibles jusqu'en leurs moindres détails, épuisaient Mme Darbédat. M. Darbédat remplissait la calme chambre de sa présence. Il ne s'asseyait pas, marchait de long en large, tournait sur lui-même. Chacun de ses emportements blessait Mme Darbédat comme un éclat de verre. Ce jeudi-là, c'était pis encore que de coutume : à la pensée qu'il lui faudrait, tout à l'heure, répéter à son mari les aveux d'Ève et voir ce grand corps terrifiant bondir de fureur, Mme Darbédat avait des sueurs. Elle prit un loukoum dans la soucoupe, le considéra quelques instants avec hésitation, puis elle le reposa tristement : elle n'aimait pas que son mari la vît manger des loukoums.

Elle sursauta en entendant frapper.

« Entre », dit-elle d'une voix faible.

M. Darbédat entra sur la pointe des pieds.

« Je vais voir Ève », dit-il comme chaque jeudi.

Mme Darbédat lui sourit.

« Tu l'embrasseras pour moi. »

M. Darbédat ne répondit pas et plissa le front d'un air soucieux : tous les jeudis à la même heure, une irritation sourde se mêlait en lui aux pesanteurs de la digestion.

« Je passerai voir Franchot en sortant de chez elle, je voudrais qu'il lui parle sérieusement et qu'il tâche de la convaincre. »

Il faisait des visites fréquentes au docteur Franchot. Mais en vain. Mme Darbédat haussa les sourcils. Autrefois, quand elle était bien portante, elle haussait volontiers les épaules. Mais depuis que la maladie avait alourdi son corps, elle remplaçait les gestes, qui l'eussent trop fatiguée, par des jeux de physionomie : elle disait oui avec les yeux, non avec les coins[a] de la bouche; elle levait les sourcils au lieu des épaules.

« Il faudrait pouvoir le lui enlever de force.

— Je t'ai déjà dit que c'était impossible. D'ailleurs la loi est très mal faite. Franchot me disait l'autre jour qu'ils ont des ennuis inimaginables avec les familles : des gens qui ne se décident pas, qui veulent garder le malade chez eux; les médecins ont les mains liées, ils peuvent donner leur avis, un point c'est tout. Il faudrait, reprit-il, qu'il fasse un scandale public ou alors qu'elle demande elle-même son internement.

— Et ça, dit Mme Darbédat, ça n'est pas pour demain.

— Non. »

Il se tourna vers le miroir et, plongeant ses doigts dans sa barbe, il se mit à la peigner. Mme Darbédat regardait sans affection la nuque rouge et puissante de son mari.

« Si elle continue, dit M. Darbédat, elle deviendra plus toquée que lui, c'est affreusement malsain. Elle ne le quitte pas d'une semelle, elle ne sort jamais sauf pour aller te voir, elle ne reçoit personne. L'atmosphère de leur chambre est tout simplement irrespirable. Elle n'ouvre jamais la fenêtre parce que Pierre ne veut pas. Comme si on devait consulter un malade. Ils font brûler des parfums, je crois, une saleté dans une cassolette, on se croirait à l'église. Ma parole, je me demande quelquefois... elle a des yeux bizarres, tu sais.

— Je n'ai pas remarqué, dit Mme Darbédat. Je lui trouve l'air naturel. Elle a l'air triste, évidemment.

— Elle a une mine de déterrée. Dort-elle ? Manget-elle ? Il ne faut pas l'interroger sur ces sujets-là. Mais je pense qu'avec un gaillard comme Pierre à ses côtés, elle ne doit pas fermer l'œil de la nuit. » Il haussa les épaules : « Ce que je trouve fabuleux, c'est que nous, ses parents, nous n'ayons pas le droit de la protéger contre elle-même. Note bien que Pierre serait mieux soigné chez Franchot. Il y a un grand parc. Et puis je pense, ajouta-t-il en souriant un peu, qu'il s'entendrait mieux avec des gens de son espèce. Ces êtres-là sont comme les enfants, il faut les laisser entre eux; ils forment une espèce de franc-maçonnerie. C'est là qu'on aurait dû le mettre dès le premier jour et je dis : pour lui-même. C'était son intérêt bien entendu. »

Il ajouta au bout d'un instant :

« Je te dirai que je n'aime pas la savoir seule avec Pierre, surtout la nuit. Imagine qu'il arrive quelque chose. Pierre a l'air terriblement sournois.

— Je ne sais pas, dit Mme Darbédat, s'il y a lieu de beaucoup s'inquiéter, attendu que c'est un air qu'il a toujours eu. Il donnait l'impression de se moquer du monde. Pauvre garçon, reprit-elle en soupirant, avoir eu son orgueil et en être venu là. Il se croyait plus intelligent que nous tous. Il avait une façon de te dire : " Vous avez raison " pour clore les discussions... C'est une bénédiction pour lui qu'il ne puisse pas voir son état. »

Elle se rappelait avec déplaisir ce long visage ironique, toujours un peu penché de côté. Pendant les premiers temps du mariage d'Ève, Mme Darbédat n'eût pas demandé mieux que d'avoir un peu d'intimité avec son gendre. Mais il avait découragé ses efforts : il ne parlait presque pas, il approuvait toujours avec précipitation et d'un air absent.

M. Darbédat suivait son idée :

« Franchot m'a fait visiter son installation, dit-il, c'est superbe. Les malades ont des chambres particulières, avec des fauteuils de cuir, s'il te plaît, et des lits-divans. Il y a un tennis, tu sais, et ils vont faire construire une piscine. »

Il s'était planté devant la fenêtre et regardait à travers la vitre en se dandinant un peu sur ses jambes arquées. Soudain il pivota sur ses talons, les épaules basses, les mains dans les poches, en souplesse. Mme Darbédat

sentit qu'elle allait se mettre à transpirer : toutes les
fois c'était la même chose; à présent il allait marcher
de long en large comme un ours en cage et, à chaque
pas, ses souliers craqueraient.

« Mon ami, dit-elle, je t'en supplie, assieds-toi, tu
me fatigues. » Elle ajouta en hésitant : « J'ai quelque
chose de grave à te dire. »

M. Darbédat s'assit dans la bergère et posa ses mains
sur ses genoux; un léger frisson parcourut l'échine de
Mme Darbédat : le moment était venu, il fallait qu'elle
parlât[a].

« Tu sais, dit-elle avec une toux d'embarras, que j'ai
vu Ève mardi.

— Oui.

— Nous avons bavardé sur un tas de choses, elle
était très gentille, il y a longtemps que je ne l'avais vue
si en confiance. Alors je l'ai un peu questionnée, je l'ai
fait parler sur Pierre. Eh bien, j'ai appris, ajouta-t-elle,
embarrassée de nouveau, qu'elle tient *beaucoup* à lui.

— Je le sais parbleu bien », dit M. Darbédat.

Il agaçait un peu Mme Darbédat : il fallait toujours
lui expliquer minutieusement les choses, en mettant les
points sur les *i*. Mme Darbédat rêvait de vivre dans le
commerce de personnes fines et sensibles qui l'eussent
toujours comprise à demi-mot.

« Mais je veux dire, reprit-elle, qu'elle y tient *autrement* que nous ne nous l'imaginions. »

M. Darbédat roula des yeux furieux et inquiets,
comme chaque fois qu'il ne saisissait pas très bien le
sens d'une allusion ou d'une nouvelle :

« Qu'est-ce que ça veut dire ?

— Charles, dit Mme Darbédat, ne me fatigue pas.
Tu devrais comprendre qu'une mère peut avoir de la
peine à dire certaines choses.

— Je ne comprends pas un traître mot à tout ce que
tu me racontes, dit M. Darbédat avec irritation. Tu ne
veux tout de même pas dire ?...

— Eh bien si! dit-elle.

— Ils ont encore... encore à présent ?

— Oui! oui! oui! » fit-elle agacée en trois petits
coups secs.

M. Darbédat écarta les bras, baissa la tête et se tut.

« Charles, dit sa femme inquiète, je n'aurais pas dû

te le dire. Mais je ne pouvais pas garder ça pour moi.

— Notre enfant! dit-il d'une voix lente. Avec ce fou!
Il ne la reconnaît même plus, il l'appelle Agathe. Il faut
qu'elle ait perdu le sens de ce qu'elle se doit. »

Il releva la tête et regarda sa femme avec sévérité.

« Tu es sûre d'avoir bien compris ?

— Il n'y avait pas de doute possible. Je suis comme
toi, ajouta-t-elle vivement; je ne pouvais pas la croire
et d'ailleurs je ne la comprends pas. Moi, rien qu'à l'idée
d'être touchée par ce pauvre malheureux... Enfin,
soupira-t-elle, je suppose qu'il la tient par là.

— Hélas! dit M. Darbédat. Tu te souviens de ce
que je t'avais dit quand il est venu nous demander sa
main ? Je t'ai dit : " Je crois qu'il plaît *trop* à Ève. "
Tu n'avais pas voulu me croire. »

Il frappa soudain sur la table et rougit violemment :

« C'est de la perversité! Il la prend dans ses bras et
il l'embrasse en l'appelant Agathe et en lui débitant
toutes ses calembredaines sur les statues qui volent et
je ne sais quoi! Et elle se laisse faire! Mais qu'est-ce qu'il
y a donc entre eux ? Qu'elle le plaigne de tout son cœur,
qu'elle le mette dans une maison de repos où elle puisse
le voir tous les jours, à la bonne heure! Mais je n'aurais
jamais pensé... Je la considérais comme veuve. Écoute,
Jeannette, dit-il d'une voix grave, je vais te parler
franchement : eh bien, si elle a des sens, j'aimerais encore
mieux qu'elle prenne un amant!

— Charles, tais-toi! » cria Mme Darbédat.

M. Darbédat prit d'un air las le chapeau et la canne
qu'il avait déposés en entrant, sur un guéridon.

« Après ce que tu viens de me dire, conclut-il, il ne
me reste pas beaucoup d'espoir. Enfin je lui parlerai
tout de même parce que c'est mon devoir. »

Mme Darbédat avait hâte qu'il s'en allât.

« Tu sais, dit-elle pour l'encourager, je crois qu'il
y a malgré tout chez Ève plus d'entêtement que...
d'autre chose. Elle sait qu'il est incurable mais elle
s'obstine, elle ne veut pas en avoir le démenti. »

M. Darbédat se flattait rêveusement la barbe.

« De l'entêtement ? Oui, peut-être. Eh bien, si tu as
raison, elle finira par se lasser. Il n'est pas commode tous
les jours et puis il manque de conversation. Quand
je lui dis bonjour, il me tend une main molle et il ne

parle pas. Dès qu'ils sont seuls, je pense qu'il revient
sur ses idées fixes : elle me dit qu'il lui arrive de crier
comme un égorgé parce qu'il a[a] des hallucinations. Des
statues. Elles lui font peur parce qu'elles bourdonnent.
Il dit qu'elles volent autour de lui et qu'elles lui font
des yeux blancs. »

Il mettait ses gants ; il reprit :

« Elle se lassera, je ne te dis pas. Mais si elle se
détraque auparavant ? Je voudrais qu'elle sorte un peu,
qu'elle voie du monde : elle rencontrerait quelque gentil
garçon — tiens, un type comme Schröder qui est ingénieur chez Simpson, quelqu'un d'avenir, elle le reverrait
un petit peu chez les uns, chez les autres, et elle s'habi-
tuerait tout doucement à l'idée de refaire sa vie. »

Mme Darbédat ne répondit point, par crainte de faire
rebondir la conversation. Son mari se pencha sur elle.

« Allons, dit-il, il faut que je parte.

— Adieu papa, dit Mme Darbédat en lui tendant le
front. Embrasse-la bien et dis-lui de ma part qu'elle
est une pauvre chérie. »

Quand son mari fut parti, Mme Darbédat se laissa
aller au fond de son fauteuil et ferma les yeux, épuisée.
« Quelle vitalité », pensa-t-elle avec reproche. Dès qu'elle
eut retrouvé un peu de force, elle allongea doucement
sa main pâle et prit un loukoum dans la soucoupe, à
tâtons et sans ouvrir les yeux.

Ève habitait avec son mari au cinquième étage d'un
vieil immeuble, rue du Bac, M. Darbédat grimpa lestement les cent douze marches de l'escalier. Quand il
appuya sur le bouton de la sonnette, il n'était même pas
essoufflé. Il se rappela avec satisfaction[b] le mot de
Mlle Dormoy : « Pour votre âge, Charles, vous êtes
tout simplement merveilleux. » Jamais il ne se sentait
plus fort ni plus sain que le jeudi, surtout après ces
alertes escalades.

Ce fut Ève qui vint lui ouvrir : « C'est vrai, elle n'a
pas de bonne. Ces filles *ne peuvent pas* rester chez elle :
je me mets à leur place. » Il l'embrassa : « Bonjour la
pauvre chérie. »

Ève lui dit bonjour avec une certaine froideur.

« Tu es un peu pâlotte, dit M. Darbédat en lui
touchant la joue, tu ne prends pas assez d'exercice. »

Il y eut un silence.

« Maman va bien ? demanda Ève.

— Couci couça. Tu l'as vue mardi ? Eh bien, c'est comme toujours. Ta tante Louise est venue la voir hier, ça lui a fait plaisir. Elle aime bien recevoir des visites, mais il ne faut pas qu'elles restent longtemps. Ta tante Louise venait à Paris avec les petits pour cette histoire d'hypothèques. Je t'en ai parlé, je crois, c'est une drôle d'histoire. Elle est passée à mon bureau pour me demander conseil. Je lui ai dit qu'il n'y avait pas deux partis à prendre : il faut qu'elle vende. Elle a trouvé preneur, d'ailleurs : c'est Bretonnel. Tu te rappelles Bretonnel ? Il s'est retiré des affaires à présent. »

Il s'arrêta brusquement : Ève l'écoutait à peine. Il songea avec tristesse qu'elle ne s'intéressait plus à rien. « C'est comme les livres. Autrefois il fallait les lui arracher. À présent elle ne lit même plus. »

« Comment va Pierre ?

— Bien, dit Ève. Veux-tu le voir ?

— Mais certainement, dit M. Darbédat avec gaieté, je vais lui faire une petite visite. »

Il était plein de compassion pour ce malheureux garçon, mais il ne pouvait le voir sans répugnance. « J'ai horreur des êtres malsains. » Évidemment, ce n'était pas la faute de Pierre : il avait une hérédité terriblement chargée. M. Darbédat soupirait : « On a beau prendre des précautions, ces choses-là se savent toujours trop tard. » Non, Pierre n'était pas responsable. Mais, tout de même, il avait toujours porté cette tare en lui; elle formait le fond de son caractère; ça n'était pas comme un cancer ou la tuberculose, dont on peut toujours faire abstraction quand on veut juger l'homme tel qu'il est*a* en lui-même. Cette grâce nerveuse et cette subtilité qui avaient tant plu à Ève, quand il faisait sa cour, c'étaient des fleurs de folie. « Il était déjà fou quand il l'a épousée; seulement ça ne se voyait pas. On se demande, pensa M. Darbédat, où commence la responsabilité, ou, plutôt, où elle s'arrête. En tout cas il s'analysait trop, il était tout le temps tourné vers lui-même. Mais, est-ce la cause ou l'effet de son mal ? » Il suivait sa fille à travers un long corridor sombre :

« Cet appartement est trop grand pour vous, dit-il, vous devriez déménager.

— Tu me dis ça toutes les fois, papa, répondit Ève, mais je t'ai déjà répondu que Pierre ne veut pas quitter sa chambre. »

Ève était étonnante : c'était à se demander si elle se rendait bien compte de l'état de son mari. Il était fou à lier et elle respectait ses décisions et ses avis comme s'il avait tout son bon sens.

« Ce que j'en dis, c'est pour toi, reprit M. Darbédat légèrement agacé. Il me semble que, si j'étais femme, j'aurais peur dans ces vieilles pièces mal éclairées. Je souhaiterais pour toi un appartement lumineux, comme on en a construit, ces dernières années, du côté d'Auteuil, trois petites pièces bien aérées. Ils ont baissé le prix de leurs loyers parce qu'ils ne trouvent pas de locataires; ce serait le moment. »

Ève tourna doucement le loquet de la porte et ils entrèrent dans la chambre. M. Darbédat fut pris à la gorge par une lourde odeur d'encens. Les rideaux étaient tirés. Il distingua, dans la pénombre, une nuque maigre au-dessus du dossier d'un fauteuil : Pierre leur tournait le dos : il mangeait.

« Bonjour Pierre, dit M. Darbédat en élevant la voix. Eh bien, comment allons-nous aujourd'hui ? »

M. Darbédat s'approcha : le malade était assis devant une petite table; il avait l'air sournois.

« Nous avons mangé des œufs à la coque, dit M. Darbédat en haussant encore le ton. C'est bon, ça ! »

— Je ne suis pas sourd », dit Pierre d'une voix douce.

M. Darbédat, irrité, tourna les yeux vers Ève pour la prendre à témoin. Mais Ève lui rendit un regard dur et se tut. M. Darbédat comprit qu'il l'avait blessée. « Eh bien, tant pis pour elle. » Il était impossible de trouver le ton juste avec ce malheureux garçon : il avait moins de raison qu'un enfant de quatre ans et Ève aurait voulu qu'on le traitât comme un homme. M. Darbédat ne pouvait se défendre d'attendre avec impatience le moment où tous ces égards ridicules ne seraient plus de saison. Les malades l'agaçaient toujours un peu — et tout particulièrement les fous parce qu'ils avaient tort. Le pauvre Pierre, par exemple, avait tort sur toute la ligne, il ne pouvait souffler mot sans déraisonner et cependant il eût été vain de lui demander la moindre

humilité, ou même une reconnaissance[a] passagère de
ses erreurs.

Ève ôta les coquilles d'œuf et le coquetier. Elle mit
devant Pierre un couvert avec une fourchette et un
couteau.

« Qu'est-ce qu'il va manger, à présent ? dit M. Darbédat, jovial.

— Un bifteck. »

Pierre avait pris la fourchette et la tenait au bout de[b]
ses longs doigts pâles. Il l'inspecta minutieusement puis
il eut un rire léger :

« Ce ne sera pas pour cette fois, murmura-t-il en la reposant; j'étais prévenu. »

Ève s'approcha et regarda la fourchette avec un intérêt passionné.

« Agathe, dit Pierre, donne-m'en une autre. »

Ève obéit et Pierre se mit à manger. Elle avait pris
la fourchette suspecte et la tenait serrée dans ses mains
sans la quitter des yeux : elle semblait faire un violent
effort. « Comme tous leurs gestes et tous leurs rapports
sont louches! » pensa M. Darbédat.

Il était mal à l'aise.

« Attention, dit Pierre, prends-la par le milieu du
dos à cause des pinces[1]. »

Ève soupira et reposa la fourchette sur la desserte.
M. Darbédat sentit la moutarde lui monter au nez. Il
ne pensait pas qu'il fût bon de céder à toutes les fantaisies
de ce malheureux — même du point de vue de Pierre,
c'était pernicieux. Franchot l'avait bien dit : « On ne
doit jamais entrer dans le délire d'un malade. » Au lieu
de lui donner une autre fourchette, il aurait mieux valu
le raisonner doucement et lui faire comprendre que la
première était toute pareille aux autres. Il s'avança vers
la desserte, prit ostensiblement la fourchette et en effleura
les dents d'un doigt léger. Puis il se tourna vers Pierre.
Mais celui-ci découpait sa viande d'un air paisible; il
leva sur son beau-père un regard doux et inexpressif.

« Je voudrais bavarder un peu avec toi », dit M. Darbédat à Ève.

Ève le suivit docilement au salon. En s'asseyant sur
le canapé, M. Darbédat s'aperçut qu'il avait gardé la
fourchette dans sa main. Il la jeta avec humeur sur une
console.

« Il fait meilleur ici, dit-il.

— Je n'y viens jamais.

— Je peux fumer ?

— Mais oui, papa, dit Ève avec empressement. Veux-tu un cigare ? »

M. Darbédat préféra rouler une cigarette. Il pensait sans ennui à la discussion qu'il allait entamer. En parlant à Pierre, il se sentait embarrassé de sa raison comme un géant peut l'être de sa force quand il joue avec un enfant. Toutes ses qualités de clarté, de netteté, de précision se retournaient contre lui. « Avec ma pauvre Jeannette, il faut bien l'avouer, c'est un peu la même chose. » Certes Mme Darbédat n'était pas folle, mais la maladie l'avait... assoupie. Ève, au contraire, tenait de son père, c'était une nature droite et logique; avec elle, la discussion devenait un plaisir. « C'est pour cela que je ne veux pas qu'on me l'abîme. » M. Darbédat leva les yeux; il voulait revoir les traits intelligents et fins de sa fille. Il fut déçu : dans ce visage autrefois si raisonnable et transparent, il y avait maintenant quelque chose de brouillé et d'opaque. Ève était toujours très belle. M. Darbédat remarqua qu'elle s'était fardée avec grand soin, presque avec pompe. Elle avait bleui ses paupières et passé du rimmel sur ses longs cils. Ce maquillage parfait et violent fit une impression pénible à son père :

« Tu es verte sous ton fard, lui dit-il, j'ai peur que tu ne tombes malade. Et comme tu te fardes à présent ! Toi qui étais si discrète. »

Ève ne répondit pas et M. Darbédat considéra un instant avec embarras ce visage éclatant et usé, sous la lourde masse des cheveux noirs. Il pensa qu'elle avait l'air d'une tragédienne. « Je sais même exactement à qui elle ressemble. À cette femme, cette Roumaine qui a joué *Phèdre* en français au mur d'Orange[1]. » Il regrettait de lui avoir fait cette remarque désagréable : « Cela m'a échappé ! Il vaudrait mieux ne pas l'indisposer pour de petites choses. »

« Excuse-moi, dit-il en souriant, tu sais que je suis un vieux naturiste. Je n'aime pas beaucoup toutes ces pommades que les femmes d'aujourd'hui se collent sur la figure. Mais c'est moi qui ai tort, il faut vivre avec son temps. »

Ève lui sourit aimablement. M. Darbédat alluma sa cigarette et en tira quelques bouffées.

« Ma petite enfant, commença-t-il, je voulais justement te dire : nous allons bavarder, nous deux, comme autrefois. Allons, assieds-toi et écoute-moi gentiment ; il faut avoir confiance en son vieux papa.

— J'aime mieux rester debout, dit Ève. Qu'est-ce que tu as à me dire ?

— Je vais te poser une simple question, dit M. Darbédat un peu plus sèchement. À quoi tout cela te mènera-t-il ?

— Tout cela ? répéta Ève étonnée.

— Eh bien oui, tout, toute cette vie que tu t'es faite. Écoute, reprit-il, il ne faut pas croire que je ne te comprenne pas (il avait eu une illumination soudaine). Mais ce que tu veux faire est au-dessus des forces humaines. Tu veux vivre uniquement par l'imagination, n'est-ce pas ? Tu ne veux pas admettre qu'il est malade ? Tu ne veux pas voir le Pierre d'aujourd'hui, c'est bien cela ? Tu n'as d'yeux que pour le Pierre d'autrefois. Ma petite chérie, ma petite fille, c'est une gageure impossible à tenir, reprit M. Darbédat. Tiens, je vais te raconter une histoire que tu ne connais peut-être pas : quand nous étions aux Sables-d'Olonne, tu avais trois ans, ta mère a fait la connaissance d'une jeune femme charmante qui avait un petit garçon superbe. Tu jouais sur la plage avec ce petit garçon, vous étiez hauts comme trois pommes, tu étais sa fiancée. Quelque temps plus tard, à Paris, ta mère a voulu revoir cette jeune femme ; on lui a appris qu'elle avait eu un affreux malheur : son bel enfant avait été décapité par l'aile avant d'une automobile. On a dit à ta mère : " Allez la voir mais ne lui parlez surtout pas de la mort de son petit, elle *ne veut pas* croire qu'il est mort. ". Ta mère y est allée, elle a trouvé une créature à moitié timbrée : elle vivait comme si son gamin existait encore ; elle lui parlait, elle mettait son couvert à table. Eh bien, elle a vécu dans un tel état de tension nerveuse qu'il a fallu, au bout de six mois, qu'on l'emmène de force dans une maison de repos où elle a dû rester trois ans. Non, mon petit, dit M. Darbédat en secouant la tête, ces choses-là sont impossibles. Il aurait bien mieux valu qu'elle reconnaisse courageusement la vérité. Elle aurait souffert une

bonne fois et puis le temps aurait passé l'éponge. Il n'y
a rien de tel que de regarder les choses en face, crois-moi.

— Tu te trompes, dit Ève avec effort, je sais très bien
que Pierre est... »

Le mot ne passa pas. Elle se tenait très droite, elle
posait les mains sur le dossier d'un fauteuil : il y avait
quelque chose d'aride et de laid dans le bas de son
visage.

« Eh bien... alors ? demanda M. Darbédat étonné.

— Alors quoi ?

— Tu... ?

— Je l'aime comme il est, dit Ève rapidement et
d'un air ennuyé.

— Ce n'est pas vrai, dit M. Darbédat avec force. Ce
n'est pas vrai : tu ne l'aimes pas; tu ne peux pas l'aimer.
On ne peut éprouver de tels sentiments que pour un
être sain et normal. Pour Pierre, tu as de la compassion,
je n'en doute pas, et sans doute aussi tu gardes le souvenir des trois années de bonheur que tu lui dois. Mais
ne me dis pas que tu l'aimes, je ne te croirai pas. »

Ève restait muette et fixait le tapis d'un air absent.

« Tu pourrais me répondre, dit M. Darbédat avec
froideur. Ne crois pas que cette conversation me soit
moins pénible qu'à toi.

— Puisque tu ne me croiras pas.

— Eh bien, si tu l'aimes, s'écria-t-il exaspéré, c'est
un grand malheur pour toi, pour moi et pour ta pauvre
mère parce que je vais te dire quelque chose que j'aurais préféré te cacher : avant trois ans, Pierre aura
sombré dans la démence la plus complète, il sera comme
une bête. »

Il regarda sa fille avec des yeux durs : il lui en voulait
de l'avoir contraint, par son entêtement, à lui faire cette
pénible révélation.

Ève ne broncha pas; elle ne leva même pas les yeux.

« Je le savais.

— Qui te l'a dit ? demanda-t-il stupéfait.

— Franchot. Il y a six mois que je le sais.

— Et moi qui lui avais recommandé de te ménager,
dit M. Darbédat avec amertume. Enfin, peut-être cela
vaut-il mieux. Mais dans ces conditions tu dois comprendre qu'il serait impardonnable de garder Pierre
chez toi. La lutte que tu as entreprise est vouée à l'échec,

sa maladie ne pardonne pas. S'il y avait quelque chose
à faire, si on pouvait le sauver à force de soins, je ne
dis pas. Mais regarde un peu : tu étais jolie, intelligente
et gaie, tu te détruis par plaisir et sans profit. Eh bien,
c'est entendu, tu as été admirable mais voilà, c'est fini,
tu as fait tout ton devoir, plus que ton devoir ; à présent
il serait immoral d'insister. On a aussi des devoirs envers
soi-même, mon enfant. Et puis tu ne penses pas à nous.
Il faut, répéta-t-il en martelant les mots, que tu envoies
Pierre à la clinique de Franchot. Tu abandonneras cet
appartement où tu n'as eu que du malheur et tu reviendras chez nous. Si tu as envie de te rendre utile et de
soulager les souffrances d'autrui, eh bien, tu as ta mère.
La pauvre femme est soignée par des infirmières, elle
aurait bien besoin d'être un peu entourée. Et *elle,*
ajouta-t-il, elle pourra apprécier ce que tu feras pour
elle et t'en être reconnaissante. »

Il y eut un long silence. M. Darbédat entendit Pierre
chanter dans la chambre voisine. C'était à peine un
chant du reste ; plutôt une sorte de récitatif aigu et précipité. M. Darbédat leva les yeux sur sa fille :

« Alors, c'est non ?

— Pierre restera avec moi, dit-elle doucement, je
m'entends bien avec lui.

— À condition de bêtifier toute la journée. »

Ève sourit et lança à son père un étrange regard
moqueur et presque gai. « C'est vrai, pensa M. Darbédat
furieux, ils ne font pas que ça ; ils couchent ensemble. »

« Tu es complètement folle », dit-il en se levant.

Ève sourit tristement et murmura, comme pour elle-
même :

« Pas assez.

— Pas assez ? Je ne peux te dire qu'une chose, mon
enfant, tu me fais peur. »

Il l'embrassa hâtivement et sortit. « Il faudrait, pensa-
t-il en descendant l'escalier, lui envoyer deux solides gaillards qui emmèneraient de force ce pauvre déchet et qui
le colleraient sous la douche sans lui demander son avis. »

C'était un beau jour d'automne, calme et sans mystère ;
le soleil dorait les visages des passants. M. Darbédat fut
frappé par la simplicité de ces visages : il y en avait de
tannés et d'autres étaient lisses, mais ils reflétaient tous
des bonheurs et des soucis qui lui étaient familiers.

« Je sais très exactement ce que je reproche à Ève,
se dit-il en s'engageant sur le boulevard Saint-Germain.
Je lui reproche de vivre en dehors de l'humain. Pierre
n'est plus un être humain : tous les soins, tout l'amour
qu'elle lui donne, elle en prive un peu tous ces gens-là.
On n'a pas le droit de se refuser aux hommes; quand
le diable y serait, nous vivons en société. »

Il dévisageait les passants avec sympathie; il aimait
leurs regards graves et limpides. Dans ces rues ensoleillées, parmi les hommes, on se sentait en sécurité,
comme au milieu d'une grande famille.

Une femme en cheveux s'était arrêtée devant un étalage en plein air. Elle tenait une petite fille par la main.

« Qu'est-ce que c'est ? demanda la petite fille en désignant un appareil de T.S.F.

— Touche à rien, dit sa mère, c'est un appareil; ça
fait de la musique. »

Elles restèrent un moment sans parler, en extase.
M. Darbédat, attendri, se pencha vers la petite fille et
lui sourit.

II

« Il est parti. » La porte d'entrée s'était refermée
avec un claquement sec; Ève était seule dans le salon :
« Je voudrais qu'il meure. »

Elle crispa ses mains sur le dossier du fauteuil : elle
venait de se rappeler les yeux de son père. M. Darbédat
s'était penché sur Pierre d'un air compétent; il lui avait
dit : « C'est bon, ça! » comme quelqu'un qui sait parler
aux malades; il l'avait regardé et le visage de Pierre
s'était peint au fond de ses gros yeux prestes. « Je le
hais quand il le regarde, quand je pense qu'il le *voit*. »

Les mains d'Ève glissèrent le long du fauteuil et elle
se tourna vers la fenêtre. Elle était éblouie. La pièce
était remplie de soleil, il y en avait partout : sur le tapis
en ronds pâles; dans l'air, comme une poussière aveuglante. Ève avait perdu l'habitude de cette lumière indiscrète et diligente, qui furetait partout, récurait tous les
coins, qui frottait les meubles et les faisait reluire comme
une bonne ménagère. Elle s'avança pourtant jusqu'à la

fenêtre et souleva le rideau de mousseline qui pendait contre la vitre. Au même instant, M. Darbédat sortait de l'immeuble; Ève aperçut tout à coup ses larges épaules. Il leva la tête et regarda le ciel en clignant des yeux puis il s'éloigna à grandes enjambées, comme un jeune homme. « Il se force, pensa Ève, tout à l'heure il aura son point de côté. » Elle ne le haïssait plus guère : il y avait si peu de chose dans cette tête; à peine le minuscule souci de paraître jeune. Pourtant la colère la reprit quand elle le vit tourner au coin du boulevard Saint-Germain et disparaître. « Il pense à Pierre. » Un peu de leur vie s'était échappée de la chambre close et traînait dans les rues, au soleil, parmi les gens. « Est-ce qu'on ne pourra donc jamais nous oublier ? »

La rue du Bac était presque déserte. Une vieille dame traversait la chaussée à petits pas; trois jeunes filles passèrent en riant. Et puis des hommes, des hommes forts et graves qui portaient des serviettes et qui parlaient entre eux. « Les gens normaux! », pensa Ève, étonnée de trouver en elle-même une telle puissance de haine. Une belle femme grasse courut lourdement au-devant d'un monsieur élégant. Il l'entoura de ses bras et l'embrassa sur la bouche. Ève eut un rire dur et laissa tomber le rideau.

Pierre ne chantait plus, mais la jeune femme du troisième s'était mise au piano; elle jouait une étude de Chopin. Ève se sentait plus calme; elle fit un pas vers la chambre de Pierre mais elle s'arrêta aussitôt et s'adossa au mur avec un peu d'angoisse : comme chaque fois qu'elle avait quitté la chambre, elle était prise de panique à l'idée qu'il lui fallait y rentrer. Pourtant elle savait bien qu'elle n'aurait pas pu vivre ailleurs : elle aimait la chambre. Elle parcourut du regard avec une curiosité froide, comme pour gagner un peu de temps, cette pièce sans ombres et sans odeur où elle attendait que son courage revînt. « On dirait le salon d'un dentiste. » Les fauteuils de soie rose, le divan, les tabourets étaient sobres et discrets, un peu paternes[a]; de bons amis de l'homme. Ève imagina que des messieurs graves et vêtus d'étoffes claires, tout pareils à ceux qu'elle avait vus de la fenêtre, entraient dans le salon en poursuivant une conversation commencée. Ils ne prenaient même pas le temps de reconnaître les lieux; ils s'avançaient d'un pas ferme jusqu'au milieu de la pièce; l'un d'eux, qui laissait traîner sa main derrière lui comme un sillage, frôlait au passage des coussins, des objets sur les tables, et ne sursautait même pas à ces contacts. Et quand un meuble se trouvait sur leur chemin, ces hommes posés, loin de faire un détour pour l'éviter, le changeaient tranquillement de place. Ils s'asseyaient enfin, toujours plongés dans leur entretien, sans même jeter un coup d'œil derrière eux. « Un salon pour gens normaux », pensa Ève. Elle fixait le bouton de la porte close et l'angoisse lui serrait la gorge : « Il faut que j'y aille. Je ne le laisse jamais seul si longtemps. » Il faudrait ouvrir cette porte; ensuite Ève se tiendrait sur le seuil, en tâchant d'habituer ses yeux à la pénombre et la chambre la repousserait de toutes ses forces. Il faudrait qu'Ève triomphât de cette résistance et qu'elle s'enfonçât jusqu'au cœur de la pièce. Elle eut soudain une envie violente de voir Pierre; elle eût aimé se moquer avec lui de M. Darbédat. Mais Pierre n'avait pas besoin d'elle; Ève ne pouvait pas prévoir l'accueil qu'il lui réserverait. Elle pensa soudain avec une sorte d'orgueil qu'elle n'avait plus de place nulle part. « Les normaux croient encore que je suis des leurs. Mais je ne pourrais pas rester une heure au milieu d'eux. J'ai besoin de vivre là-bas, de l'autre côté de ce mur. Mais là-bas, on ne veut pas de moi. »

Un changement profond s'était fait autour d'elle. La lumière avait vieilli, elle grisonnait : elle s'était alourdie, comme l'eau d'un vase de fleurs, quand on ne l'a pas renouvelée depuis la veille. Sur les objets, dans cette lumière vieillie, Ève retrouvait une mélancolie qu'elle avait depuis longtemps oubliée : celle d'une après-midi d'automne qui finit. Elle regardait autour d'elle, hésitante, presque timide : tout cela était si loin : dans la chambre il n'y avait ni jour, ni nuit, ni saison, ni mélancolie. Elle se rappela vaguement des automnes très anciens, des automnes de son enfance puis, soudain, elle se raidit : elle avait peur des souvenirs.

Elle entendit la voix de Pierre.

« Agathe! Où es-tu ?

— Je viens », cria-t-elle.

Elle ouvrit la porte et pénétra dans la chambre.

L'épaisse odeur de l'encens lui emplit les narines et la bouche, tandis qu'elle écarquillait les yeux et tendait les mains en avant — le parfum et la pénombre ne faisaient plus pour elle, depuis longtemps, qu'un seul élément, âcre et ouaté, aussi simple, aussi familier que l'eau, l'air ou le feu — et elle s'avança prudemment vers une tache pâle qui semblait flotter dans la brume. C'était le visage de Pierre : le vêtement de Pierre (depuis qu'il était malade, il s'habillait de noir) s'était fondu dans l'obscurité. Pierre avait renversé sa tête en arrière et fermé les yeux. Il était beau. Ève regarda ses longs cils recourbés, puis elle s'assit près de lui sur la chaise basse. « Il a l'air de souffrir », pensa-t-elle. Ses yeux s'habituaient peu à peu à la pénombre. Le bureau émergea le premier, puis le lit, puis les objets personnels de Pierre, les ciseaux, le pot de colle, les livres, l'herbier, qui jonchaient le tapis près du fauteuil.

« Agathe ? »

Pierre avait ouvert les yeux, il la regardait en souriant.

« Tu sais, la fourchette ? dit-il. J'ai fait ça pour effrayer le type. Elle n'avait *presque* rien. »

Les appréhensions d'Ève s'évanouirent et elle eut un rire léger :

« Tu as très bien réussi, dit-elle, tu l'as complètement affolé. »

Pierre sourit.

« As-tu vu ? Il l'a tripotée un bon moment, il la tenait à pleines mains. Ce qu'il y a, dit-il, c'est qu'ils ne savent pas prendre les choses ; ils les empoignent.

— C'est vrai », dit Ève.

Pierre frappa légèrement sur la paume de sa main gauche avec l'index de sa main droite.

« C'est avec ça qu'ils prennent. Ils approchent leurs doigts et quand ils ont attrapé l'objet, ils plaquent leur paume dessus pour l'assommer. »

Il parlait d'une voix rapide et du bout des lèvres : il avait l'air perplexe :

« Je me demande ce qu'ils veulent, dit-il enfin. Ce type est déjà venu. Pourquoi me l'ont-ils envoyé ? S'ils veulent savoir ce que je fais, ils n'ont qu'à le lire sur l'écran, ils n'ont même pas besoin de bouger de chez eux. Ils font des fautes. Ils ont le pouvoir mais ils font des fautes. Moi je n'en fais jamais, c'est mon atout.

Hoffka, dit-il, hoffka. » Il agitait ses longues mains devant
son front : « La garce ! Hoffka paffka suffka. En veux-tu
davantage ?

— C'est la cloche ? demanda Ève.

— Oui. Elle est partie. » Il reprit avec sévérité :
« Ce type, c'est un subalterne. Tu le connais, tu es allée
avec lui au salon. »

Ève ne répondit pas.

« Qu'est-ce qu'il voulait ? demanda Pierre. Il a dû
te le dire. »

Elle hésita un instant puis répondit brutalement :

« Il voulait qu'on t'enferme. »

Quand on disait doucement la vérité à Pierre, il se
méfiait, il fallait la lui assener avec violence, pour
étourdir et paralyser les soupçons[a]. Ève aimait encore
mieux le brutaliser que lui mentir : quand elle mentait
et qu'il avait l'air de la croire, elle ne pouvait se défendre
d'une très légère impression de supériorité qui lui
donnait horreur d'elle-même.

« M'enfermer ! répéta Pierre avec ironie. Ils déraillent.
Qu'est-ce que ça peut me faire, des murs. Ils croient
peut-être que ça va m'arrêter. Je me demande quelquefois
s'il n'y a pas deux bandes. La vraie, celle du nègre.
Et puis une bande de brouillons qui cherche à fourrer
son nez là dedans et qui fait sottise sur sottise. »

Il fit sauter sa main sur le bras du fauteuil et la considéra d'un air réjoui :

« Les murs, ça se traverse. Qu'est-ce que tu lui as
répondu ? demanda-t-il en se tournant vers Ève avec
curiosité.

— Qu'on ne t'enfermerait pas. »

Il haussa les épaules.

« Il ne fallait pas dire ça. Toi aussi tu as fait une
faute, à moins que tu ne l'aies fait exprès. Il faut les
laisser abattre leur jeu. »

Il se tut. Ève baissa tristement la tête : « Ils les
empoignent ! » De quel ton méprisant il avait dit ça — et
comme c'était juste. « Est-ce que moi aussi j'empoigne
les objets ? J'ai beau m'observer, je crois que la plupart
de mes gestes l'agacent. Mais il ne le dit pas. » Elle
se sentit soudain misérable, comme lorsqu'elle avait
quatorze ans et que Mme Darbédat, vive et légère, lui
disait : « On croirait que tu ne sais pas quoi faire de

tes mains. » Elle n'osait pas faire un mouvement et, juste à ce moment, elle eut une envie irrésistible de changer de position. Elle ramena doucement ses pieds sous sa chaise, effleurant[a] à peine le tapis. Elle regardait la lampe sur la table — la lampe dont Pierre avait peint le socle en noir — et le jeu d'échecs. Sur le damier, Pierre n'avait laissé que les pions noirs. Quelquefois il se levait, il allait jusqu'à la table et il prenait les pions un à un dans ses mains. Il leur parlait, il les appelait Robots et ils paraissaient s'animer d'une vie sourde entre ses doigts. Quand il les avait reposés, Ève allait les toucher à son tour (elle avait l'impression d'être un peu ridicule) : ils étaient redevenus de petits bouts de bois mort mais il restait sur eux quelque chose de vague et d'insaisissable, quelque chose comme un sens. « Ce sont *ses* objets, pensa-t-elle. Il n'y a plus rien à moi dans la chambre. » Elle avait possédé quelques meubles, autrefois. La glace et la petite coiffeuse en marqueterie qui venait de sa grand-mère et que Pierre appelait par plaisanterie : *ta* coiffeuse. Pierre les avait entraînés avec lui : à Pierre seul les choses montraient leur vrai visage. Ève pouvait les regarder pendant des heures : elles mettaient un entêtement inlassable et mauvais à la décevoir, à ne lui offrir jamais que leur apparence — comme au docteur Franchot et à M. Darbédat. « Pourtant, se dit-elle avec angoisse, je ne les vois plus tout à fait comme mon père. Ce n'est pas possible que je les voie tout à fait comme lui. »

Elle remua un peu les genoux : elle avait des fourmis dans les jambes. Son corps était raide et tendu, il lui faisait mal; elle le sentait trop vivant, indiscret : « Je voudrais être invisible et rester là; le voir sans qu'il me voie. Il n'a pas besoin de moi; je suis de trop dans la chambre. » Elle tourna un peu la tête et regarda le mur au-dessus de Pierre. Sur le mur, des menaces étaient écrites. Ève le savait mais elle ne pouvait pas les lire. Elle regardait souvent les grosses roses rouges de la tenture murale, jusqu'à ce qu'elles se missent à danser sous ses yeux. Les roses flamboyaient dans la pénombre. La menace était, la plupart du temps, inscrite près du plafond, à gauche au-dessus du lit : mais elle se déplaçait quelquefois. « Il faut que je me lève. Je ne peux pas — je ne peux pas rester assise plus longtemps. »

Il y avait aussi, sur le mur, des disques blancs qui ressemblaient à des tranches d'oignon. Les disques tournèrent sur eux-mêmes et les mains d'Ève se mirent à
trembler : « Il y a des moments où je deviens folle.
Mais non, pensa-t-elle avec amertume, je ne *peux pas*
devenir folle. Je m'énerve, tout simplement. »

Soudain elle sentit la main de Pierre sur la sienne.

« Agathe », dit Pierre avec tendresse.

Il lui souriait mais il lui tenait la main du bout des
doigts avec une espèce de répulsion, comme s'il avait
pris un crabe par le dos et qu'il eût voulu éviter ses
pinces.

« Agathe, dit-il, je voudrais tant avoir confiance en
toi. »

Ève ferma les yeux et sa poitrine se souleva :

« Il ne faut rien répondre, sans cela il va se méfier[a],
il ne dira plus rien. »

Pierre avait lâché sa main :

« Je t'aime bien, Agathe, lui dit-il. Mais je ne peux
pas te comprendre. Pourquoi restes-tu tout le temps
dans la chambre ? »

Ève ne répondit pas.

« Dis-moi pourquoi.

— Tu sais bien que je t'aime, dit-elle avec sécheresse.

— Je ne te crois pas, dit Pierre. Pourquoi m'aimerais-tu ? Je dois te faire horreur : je suis hanté. » Il
sourit mais il devint grave tout d'un coup :

« Il y a un mur entre toi et moi. Je te vois, je te
parle, mais tu es de l'autre côté. Qu'est-ce qui nous
empêche de nous aimer ? Il me semble que c'était plus
facile autrefois. À Hambourg.

— Oui, dit Ève tristement. » Toujours Hambourg[1].
Jamais il ne parlait de leur vrai passé. Ni Ève ni lui
n'avaient été à Hambourg.

« Nous nous promenions le long des canaux. Il y
avait un chaland, tu te rappelles[b] ? Le chaland était noir;
il y avait un chien sur le pont. »

Il inventait à mesure; il avait l'air faux.

« Je te tenais par la main, tu avais une autre peau.
Je croyais tout ce que tu me disais. Taisez-vous »,
cria-t-il.

Il écouta un moment :

« Elles vont venir », dit-il d'une voix morne.

Ève sursauta :

« Elles vont venir ? Je croyais déjà qu'elles ne vien-draient plus jamais. »

Depuis trois jours, Pierre était plus calme; les ſtatues n'étaient pas venues. Pierre avait une peur horrible des ſtatues, quoiqu'il n'en convînt jamais. Ève n'en avait pas peur : mais quand elles se mettaient à voler dans la chambre, en bourdonnant, elle avait peur de Pierre.

« Donne-moi le ziuthre[1] », dit Pierre.

Ève se leva et prit le ziuthre : c'était un assemblage de morceaux de carton que Pierre avait collés lui-même : il s'en servait pour conjurer les ſtatues. Le ziuthre ressemblait à une araignée. Sur un des cartons Pierre avait écrit : « Pouvoir sur l'embûche » et sur un autre « Noir ». Sur un troisième il avait dessiné une tête rieuse avec des yeux plissés : c'était Voltaire. Pierre saisit le ziuthre par une patte et le considéra d'un air sombre.

« Il ne peut plus me servir, dit-il.

— Pourquoi ?

— Ils l'ont inversé.

— Tu en feras un autre ? »

Il la regarda longuement.

« Tu le voudrais bien », dit-il entre ses dents.

Ève était irritée contre Pierre. « Chaque fois qu'elles viennent, il eſt averti; comment fait-il : il ne se trompe jamais. »

Le ziuthre pendait piteusement au bout des doigts de Pierre : « Il trouve toujours de bonnes raisons pour ne pas s'en servir. Dimanche, quand elles sont venues, il prétendait l'avoir égaré mais je le voyais, moi, derrière le pot de colle et il ne pouvait pas ne pas le voir. Je me demande si ça n'eſt pas *lui* qui les attire. » On ne pouvait jamais savoir s'il était tout à fait sincère. À certains moments, Ève avait l'impression que Pierre était envahi malgré lui par un foisonnement malsain de pensées et de visions. Mais, à d'autres moments, Pierre avait l'air d'inventer. « Il souffre[a]. Mais jusqu'à quel point *croit-il* aux ſtatues et au nègre ? Les ſtatues, en tout cas, je sais qu'il ne les voit pas, il les entend seulement : quand elles passent, il détourne la tête; il dit tout de même qu'il les voit; il les décrit. » Elle se rappela le visage rougeaud du doſteur Franchot : « Mais, chère madame, tous les aliénés sont des menteurs; vous perdriez votre temps si vous vouliez distinguer ce qu'ils ressentent réellement de ce qu'ils prétendent ressentir. » Elle sursauta : « Qu'est-ce que Franchot vient faire là dedans ? Je ne vais pas me mettre à penser comme lui. »

Pierre s'était levé, il alla jeter le ziuthre dans la corbeille à papiers : « C'est comme *toi* que je voudrais penser », murmura-t-elle. Il marchait à petits pas, sur la pointe des pieds, en serrant les coudes contre ses hanches, pour occuper le moins de place possible. Il revint s'asseoir et regarda Ève d'un air fermé.

« Il faudra mettre des tentures noires, dit-il, il n'y a pas assez de noir dans cette chambre. »

Il s'était tassé dans le fauteuil. Ève regarda tristement ce corps avare, toujours prêt à se retirer, à se recroqueviller : les bras, les jambes, la tête avaient l'air d'organes rétractiles. Six heures sonnèrent à la pendule; le piano s'était tu. Ève soupira : les statues ne viendraient pas tout de suite; il fallait les attendre.

« Veux-tu que j'allume ? »

Elle aimait mieux ne pas les attendre dans l'obscurité.

« Fais ce que tu veux », dit Pierre.

Ève alluma la petite lampe du bureau et un brouillard rouge envahit la pièce. Pierre aussi attendait.

Il ne parlait pas mais ses lèvres remuaient, elles faisaient deux taches sombres dans le brouillard rouge. Ève aimait les lèvres de Pierre. Elles avaient été, autrefois, émouvantes et sensuelles; mais elles avaient perdu leur sensualité. Elles s'écartaient l'une de l'autre en frémissant un peu et se rejoignaient sans cesse, s'écrasaient l'une contre l'autre pour se séparer de nouveau. Seules, dans ce visage muré, elles vivaient; elles avaient l'air de deux bêtes peureuses. Pierre pouvait marmotter ainsi pendant des heures sans qu'un son sortît de sa bouche et, souvent, Ève se laissait fasciner par ce petit mouvement obstiné. « J'aime sa bouche. » Il ne l'embrassait plus jamais; il avait horreur des contacts : la nuit on le touchait, des mains d'hommes, dures et sèches, le pinçaient par tout le corps; des mains de femmes, aux ongles très longs, lui faisaient de sales caresses. Souvent il se couchait tout habillé mais les mains se glissaient sous ses vêtements et tiraient sur sa chemise. Une fois il avait entendu rire et des lèvres bouffies s'étaient posées sur ses lèvres. C'était depuis cette nuit-là qu'il n'embrassait plus Ève.

« Agathe, dit Pierre, ne regarde pas ma bouche! »

Ève baissa les yeux.

« Je n'ignore pas qu'on peut apprendre à lire sur les lèvres », poursuivit-il avec insolence.

Sa main tremblait sur le bras du fauteuil. L'index se tendit, vint frapper trois fois sur le pouce et les autres doigts se crispèrent : c'était une conjuration. « Ça va commencer », pensa-t-elle. Elle avait envie de prendre Pierre dans ses bras.

Pierre se mit à parler très haut, sur un ton mondain :

« Te souviens-tu de San Pauli[1] ? »

Ne pas répondre. C'était peut-être un piège.

« C'est là que je t'ai connue, dit-il d'un air satisfait. Je t'ai soulevée à un marin danois. Nous avons failli nous battre, mais j'ai payé la tournée et il m'a laissé t'emmener. Tout cela n'était que comédie. »

« Il ment, il ne croit pas un mot de ce qu'il dit. Il sait que je ne m'appelle pas Agathe. Je le hais quand il ment. » Mais elle vit ses yeux fixes et sa colère fondit. « Il ne ment pas, pensa-t-elle, il est à bout. Il sent qu'elles approchent; il parle pour s'empêcher d'entendre. » Pierre se cramponnait des deux mains aux bras du fauteuil. Son visage était blafard; il souriait.

« Ces rencontres sont souvent étranges, dit-il, mais je ne crois pas au hasard. Je ne te demande pas qui t'avait envoyée, je sais que tu ne répondrais pas. En tout cas, tu as été assez habile pour m'éclabousser. »

Il parlait péniblement, d'une voix aiguë et pressée. Il y avait des mots qu'il ne pouvait prononcer et qui sortaient de sa bouche comme une substance molle et informe.

« Tu m'as entraîné en pleine fête, entre des manèges d'automobiles noires, mais derrière les autos il y avait une armée d'yeux rouges qui luisaient dès que j'avais le dos tourné. Je pense que tu leur faisais des signes, tout en te pendant à mon bras, mais je ne voyais rien. J'étais trop absorbé par les grandes cérémonies du Couronnement. »

Il regardait droit devant lui, les yeux grands ouverts. Il se passa la main sur le front, très vite, d'un geste étriqué et sans cesser de parler : il ne voulait pas cesser de parler.

« C'était le Couronnement de la République, dit-il d'une voix stridente, un spectacle impressionnant dans son genre à cause des animaux de toute espèce qu'envoyaient les colonies pour la cérémonie. Tu craignais de t'égarer parmi les singes. J'ai dit parmi les singes, répéta-t-il d'un air arrogant, en regardant autour de lui. *Je pourrais dire parmi les nègres!* Les avortons qui se glissent sous les tables et croient passer inaperçus sont découverts et cloués sur-le-champ par mon Regard. La consigne est de se taire, cria-t-il. De se taire. Tous en place et garde à vous pour l'entrée des statues, c'est l'ordre. Tralala — il hurlait et mettait ses mains en cornet devant sa bouche — tralalala, tralalalala. »

Il se tut et Ève sut que les statues venaient d'entrer dans la chambre. Il se tenait tout raide, pâle et méprisant. Ève se raidit aussi et tous deux attendirent en silence. Quelqu'un marchait dans le corridor : c'était Marie, la femme de ménage, elle venait sans doute d'arriver. Ève pensa : « Il faudra que je lui donne de l'argent pour le gaz. » Et puis les statues se mirent à voler ; elles passaient entre Ève et Pierre.

Pierre fit « Han » et se blottit dans le fauteuil en ramenant ses jambes sous lui. Il détournait la tête ; de temps à autre il ricanait mais des gouttes de sueur perlaient à son front. Ève ne put supporter la vue de cette joue pâle, de cette bouche qu'une moue tremblante déformait : elle ferma les yeux. Des fils dorés se mirent à danser sur le fond rouge de ses paupières ; elle se sentait vieille et pesante. Pas très loin d'elle, Pierre soufflait bruyamment. « Elles volent, elles bourdonnent ; elles se penchent sur lui... » Elle sentit un chatouillement léger, une gêne à l'épaule et au flanc droit. Instinctivement son corps s'inclina vers la gauche comme pour éviter un contact désagréable, comme pour laisser passer un objet lourd et maladroit. Soudain le plancher craqua et elle eut une envie folle d'ouvrir les yeux, de regarder sur sa droite en balayant l'air de sa main.

Elle n'en fit rien ; elle garda les yeux clos et une joie âcre la fit frissonner : « *Moi aussi* j'ai peur », pensa-t-elle. Toute sa vie s'était réfugiée dans son côté droit. Elle se pencha vers Pierre, sans ouvrir les yeux. Il lui suffirait d'un tout petit effort et, pour la première fois, elle entrerait dans ce monde tragique. « J'ai peur des statues », pensa-t-elle. C'était une affirmation violente et aveugle, une incantation : de toutes ses forces elle voulait croire à leur présence; l'angoisse qui paralysait son côté droit, elle essayait d'en faire un sens nouveau, un toucher. Dans son bras, dans son flanc et son épaule, elle *sentait* leur passage.

Les statues volaient bas et doucement; elles bourdonnaient. Ève savait qu'elles avaient l'air malicieux et que des cils sortaient de la pierre autour de leurs yeux; mais elle se les représentait mal. Elle savait aussi qu'elles n'étaient pas encore tout à fait vivantes mais que des plaques de chair, des écailles tièdes, apparaissaient sur leurs grands[a] corps; au bout de leurs doigts la pierre pelait et leurs paumes les démangeaient. Ève ne pouvait pas *voir* tout cela : elle pensait simplement que d'énormes femmes glissaient tout contre elle, solennelles et grotesques, avec un air humain et l'entêtement compact de la pierre. « Elles se penchent sur Pierre — Ève faisait un effort si violent que ses mains se mirent à trembler — elles se penchent vers moi... » Un cri horrible la glaça tout à coup. « Elles l'ont touché. » Elle ouvrit les yeux : Pierre avait la tête dans ses mains, il haletait. Ève se sentit épuisée : « Un jeu, pensa-t-elle avec remords; ce n'était qu'un jeu, pas un instant je n'y ai cru sincèrement. Et pendant ce temps-là, il souffrait pour de vrai. »

Pierre se détendit et respira fortement. Mais ses pupilles restaient étrangement dilatées; il transpirait.

« Tu les as vues ? demanda-t-il.

— Je ne peux pas les voir.

— Ça vaut mieux pour toi, elles te feraient peur. Moi, dit-il, j'ai l'habitude. »

Les mains d'Ève tremblaient toujours, elle avait le sang à la tête. Pierre prit une cigarette dans sa poche et la porta à sa bouche. Mais il ne l'alluma pas :

« Ça m'est égal de les voir, dit-il, mais je ne veux pas qu'elles me touchent : j'ai peur qu'elles ne me donnent des boutons. »

Il réfléchit un instant et demanda :

« Est-ce que tu les as entendues ?

— Oui, dit Ève, c'est comme un moteur d'avion. » (Pierre le lui avait dit en propres termes, le dimanche précédent.)

Pierre sourit avec un peu de condescendance.

« Tu exagères », dit-il. Mais il restait blême. Il
regarda les mains d'Ève : « Tes mains tremblent. Ça
t'a impressionnée, ma pauvre Agathe. Mais tu n'as pas
besoin de te faire du mauvais sang : elles ne reviendront
plus avant demain. »

Ève ne pouvait pas parler, elle claquait des dents et
elle craignait que Pierre ne s'en aperçût. Pierre la considéra longuement.

« Tu es rudement belle, dit-il en hochant la tête.
C'est dommage, c'est vraiment dommage. »

Il avança rapidement la main et lui effleura l'oreille.

« Ma belle démone! Tu me gênes un peu, tu es trop
belle : ça me distrait. S'il ne s'agissait pas de récapitulation... »

Il s'arrêta et regarda Ève avec surprise :

« Ce n'est pas de ce mot-là*... Il est venu... il est
venu, dit-il en souriant d'un air vague. J'avais l'autre
sur le bout de la langue... et celui-là... s'est mis à sa
place. J'ai oublié ce que je te disais. »

Il réfléchit un instant et secoua la tête :

« Allons, dit-il, je vais dormir. » Il ajouta d'une voix
enfantine : « Tu sais, Agathe, je suis fatigué. Je ne
trouve plus mes idées. »

Il jeta sa cigarette et regarda le tapis d'un air inquiet.
Ève lui glissa un oreiller sous la tête.

« Tu peux dormir aussi, lui dit-il en fermant les yeux,
elles ne reviendront pas. »

« RÉCAPITULATION. » Pierre dormait, il avait un demi-
sourire candide; il penchait la tête : on aurait dit qu'il
voulait caresser sa joue à son épaule. Ève n'avait pas
sommeil, elle pensait : « Récapitulation. » Pierre avait
pris soudain l'air bête et le mot avait coulé hors de sa
bouche, long et blanchâtre. Pierre avait regardé devant
lui avec étonnement comme s'il voyait le mot et ne
le reconnaissait pas; sa bouche était ouverte, molle;
quelque chose semblait s'être cassé en lui. « Il a bre-
douillé. C'est la première fois que ça lui arrive : il s'en
est aperçu, d'ailleurs. Il a dit qu'il ne trouvait plus ses
idées. » Pierre poussa un petit gémissement voluptueux
et sa main fit un geste léger. Ève le regarda durement :
« Comment va-t-il se réveiller. » Ça la rongeait. Dès
que Pierre dormait, il fallait qu'elle y pensât, elle ne

pouvait pas s'en empêcher. Elle avait peur qu'il ne se réveillât avec les yeux troubles et qu'il ne se mît à bredouiller. « Je suis*ª* stupide, pensa-t-elle, ça ne doit pas commencer avant un an; Franchot l'a dit. » Mais l'angoisse ne la quittait pas; un an; un hiver, un printemps, un été, le début d'un autre automne. Un jour ces traits se brouilleraient, il laisserait pendre sa mâchoire, il ouvrirait à demi des yeux larmoyants. Ève se pencha sur la main de Pierre et y posa ses lèvres : « Je te tuerai avant. »

ÉROSTRATE

Les hommes, il faut les voir d'en haut. J'éteignais la lumière et je me mettais à la fenêtre : ils ne soupçonnaient même pas qu'on pût les observer d'en dessus. Ils soignent la façade, quelquefois les derrières, mais tous leurs effets sont calculés pour des spectateurs d'un mètre soixante-dix. Qui donc a jamais réfléchi à la forme d'un chapeau melon vu d'un sixième étage ? Ils négligent de défendre leurs épaules et leurs crânes par des couleurs vives et des étoffes voyantes, ils ne savent pas combattre ce grand ennemi de l'Humain : la perspective plongeante. Je me penchais et je me mettais à rire : où donc était-elle, cette fameuse « station debout » dont ils étaient si fiers : ils s'écrasaient contre le trottoir et deux longues jambes à demi-rampantes sortaient de dessous leurs épaules.

Au balcon d'un sixième[1] : c'est là que j'aurais dû passer toute ma vie. Il faut étayer les supériorités morales par des symboles matériels, sans quoi elles retombent. Or, précisément, quelle est ma supériorité sur les hommes ? Une supériorité de position, rien d'autre : je me suis placé au-dessus de l'humain qui est en moi et je le contemple. Voilà pourquoi j'aimais les tours de Notre-Dame, les plates-formes de la tour Eiffel, le Sacré-Cœur, mon sixième de la rue Delambre[2]. Ce sont d'excellents symboles.

Il fallait quelquefois redescendre dans les rues. Pour aller au bureau, par exemple. J'étouffais. Quand on est de plain-pied avec les hommes, il est beaucoup plus difficile de les considérer comme des fourmis : ils *touchent*. Une fois, j'ai vu un type mort dans la rue. Il était tombé sur le nez. On l'a retourné, il saignait. J'ai vu ses yeux ouverts et son air louche et tout ce sang. Je me disais : « Ce n'est rien, ça n'est pas plus émouvant que de la peinture fraîche. On lui a badigeonné le nez en rouge, voilà tout. » Mais j'ai senti une sale douceur qui me prenait aux jambes et à la nuque, je me suis évanoui. Ils m'ont emmené dans une pharmacie, m'ont donné des claques sur les épaules et fait boire de l'alcool. Je les aurais tués.

Je savais qu'ils étaient mes ennemis mais eux ne le savaient pas. Ils s'aimaient entre eux, ils se serraient les coudes; et moi, ils m'auraient bien donné un coup de main par-ci, par-là, parce qu'ils me croyaient leur semblable. Mais s'ils avaient pu deviner la plus infime partie de la vérité, ils m'auraient battu. D'ailleurs, ils l'ont fait plus tard. Quand ils m'eurent pris et qu'ils ont su *qui* j'étais, ils m'ont passé à tabac, ils m'ont tapé dessus pendant deux heures, au commissariat, ils m'ont donné des gifles et des coups de poing, ils m'ont tordu les bras, ils m'ont arraché mon pantalon et puis, pour finir, ils ont jeté mon lorgnon par terre et pendant que je le cherchais, à quatre pattes, ils m'envoyaient en riant des coups de pied dans le derrière. J'ai toujours prévu qu'ils finiraient par me battre : je ne suis pas fort et je ne peux pas me défendre. Il y en a qui me guettaient depuis longtemps : les grands. Ils me bousculaient dans la rue, pour rire, pour voir ce que je ferais. Je ne disais rien. Je faisais semblant de n'avoir pas compris. Et pourtant ils m'ont eu. J'avais peur d'eux : c'était un pressentiment. Mais vous pensez bien que j'avais des raisons plus sérieuses pour les haïr.

De ce point de vue, tout est allé beaucoup mieux à dater du jour où je me suis acheté un revolver. On se sent fort quand on porte assidûment sur soi une de ces choses qui peuvent exploser et faire du bruit. Je le prenais le dimanche, je le mettais tout simplement dans la poche de mon pantalon et puis j'allais me promener — en général sur les Boulevards. Je le sentais qui tirait sur mon pantalon comme un crabe, je le sentais contre ma cuisse, tout froid. Mais peu à peu, il se réchauffait au

contact de mon corps. Je marchais avec une certaine
raideur, j'avais l'allure du type qui est en train de bander
et que sa verge freine à chaque pas. Je glissais ma main
dans ma poche et je tâtais l'*objet*. De temps en temps,
j'entrais dans un urinoir — même là-dedans je faisais
bien attention parce qu'on a souvent des voisins — je
sortais mon revolver, je le soupesais, je regardais sa
crosse aux quadrillages noirs et sa gâchette noire qui
ressemble à une paupière demi-close. Les autres, ceux
qui voyaient, du dehors, mes pieds écartés et le bas de
mon pantalon, croyaient que je pissais. Mais je ne pisse
jamais dans les urinoirs.

Un soir l'idée m'est venue de tirer sur des hommes.
C'était un samedi soir, j'étais sorti pour chercher Léa[1],
une blonde qui fait le quart devant un hôtel de la rue
Montparnasse. Je n'ai jamais eu de commerce intime
avec une femme : je me serais senti volé. On leur monte
dessus, c'est entendu, mais elles vous dévorent le bas-
ventre avec leur grande bouche poilue et, à ce que j'ai
entendu dire, ce sont elles — et de loin — qui gagnent
à cet échange. Moi je ne demande rien à personne, mais
je ne veux rien donner non plus. Ou alors il m'aurait
fallu une femme froide et pieuse qui me subisse avec
dégoût. Le premier samedi de chaque mois, je montais
avec Léa dans une chambre de l'hôtel Duquesne. Elle
se déshabillait et je la regardais sans la toucher. Quelquefois ça partait tout seul dans mon pantalon, d'autres fois
j'avais le temps de rentrer chez moi pour me finir. Ce
soir-là, je ne la trouvais pas à son poste. J'attendis, un
moment et comme je ne la voyais pas venir, je supposai
qu'elle était grippée. C'était au début de janvier et il
faisait très froid. J'étais désolé : je suis un imaginatif
et je m'étais vivement représenté le plaisir que je comptais
tirer de cette soirée. Il y avait bien, dans la rue d'Odessa,
une brune que j'avais souvent remarquée, un peu mûre
mais ferme et potelée : je ne déteste pas les femmes
mûres[2] : quand elles sont dévêtues, elles ont l'air plus
nues que les autres. Mais elle n'était pas au courant de
mes convenances et ça m'intimidait un peu de lui
exposer ça de but en blanc. Et puis je me défie des
nouvelles connaissances : ces femmes-là peuvent très
bien cacher un voyou derrière une porte et, après ça,
le type s'amène tout d'un coup et vous prend votre

argent. Bien heureux s'il ne vous donne pas des coups de poing. Pourtant, ce soir-là, j'avais je ne sais quelle hardiesse, je décidai de passer chez moi pour prendre mon revolver et de tenter l'aventure.

Quand j'abordai la femme, un quart d'heure plus tard, mon arme était dans ma poche et je ne craignais plus rien. À la regarder de près, elle avait plutôt l'air misérable. Elle ressemblait à ma voisine d'en face, la femme de l'adjudant, et j'en fus très satisfait parce qu'il y avait longtemps que j'avais envie de la voir à poil, celle-là. Elle s'habillait la fenêtre ouverte, quand l'adjudant était parti, et j'étais resté souvent derrière mon rideau pour la surprendre. Mais elle faisait sa toilette au fond de la pièce.

À l'hôtel Stella il ne restait qu'une chambre libre, au quatrième. Nous montâmes. La femme était assez lourde et s'arrêtait à chaque marche, pour souffler. J'étais très à l'aise : j'ai un corps sec, malgré mon ventre et il faudrait plus de quatre étages pour me faire perdre haleine. Sur le palier du quatrième, elle s'arrêta et mit sa main droite sur son cœur en respirant très fort. De la main gauche elle tenait la clef de la chambre.

« C'est haut », dit-elle en essayant de me sourire. Je lui pris la clef sans répondre et j'ouvris la porte. Je tenais mon revolver de la main gauche, braqué droit devant moi à travers la poche et je ne le lâchai qu'après avoir tourné le commutateur. La chambre était vide. Sur le lavabo ils avaient mis un petit carré de savon vert, pour la passe. Je souris : avec moi ni les bidets ni les petits carrés de savon n'ont fort à faire. La femme soufflait toujours, derrière moi, et ça m'excitait. Je me retournai; elle me tendit ses lèvres. Je la repoussai.

« Déshabille-toi », lui dis-je.

Il y avait un fauteuil en tapisserie; je m'assis confortablement. C'est dans ces cas-là que je regrette de ne pas fumer. La femme ôta sa robe puis s'arrêta en me jetant un regard méfiant.

« Comment t'appelles-tu ? lui dis-je en me renversant en arrière.

— Renée.

— Eh bien, Renée, presse-toi, j'attends.

— Tu ne te déshabilles pas ?

— Va, va, lui dis-je, ne t'occupe pas de moi. »

Elle fit tomber son pantalon à ses pieds puis le ramassa et le posa soigneusement sur sa robe avec son soutien-gorge.

« Tu es donc un petit vicieux, mon chéri, un petit paresseux ? me demanda-t-elle; tu veux que ce soit ta petite femme qui fasse tout le travail ? »

En même temps elle fit un pas vers moi et, s'appuyant avec les mains sur les accoudoirs de mon fauteuil, elle essaya lourdement de s'agenouiller entre mes jambes. Mais je la relevai avec rudesse :

« Pas de ça, pas de ça », lui dis-je.

Elle me regarda avec surprise.

« Mais qu'est-ce que tu veux que je te fasse ?

— Rien. Marche, promène-toi, je ne t'en demande pas plus. »

Elle se mit à marcher de long en large, d'un air gauche. Rien n'embête plus les femmes que de marcher quand elles sont nues. Elles n'ont pas l'habitude de poser les talons à plat. La putain voûtait le dos et laissait pendre ses bras. Pour moi j'étais aux anges : j'étais là, tranquillement assis dans un fauteuil, vêtu jusqu'au cou, j'avais gardé jusqu'à mes gants et cette dame mûre s'était mise toute nue sur mon ordre et virevoltait autour de moi.

Elle tourna la tête vers moi et, pour sauver les apparences, me sourit coquettement :

« Tu me trouves belle ? Tu te rinces l'œil ?

— T'occupe pas de ça.

— Dis donc, me demanda-t-elle avec une indignation subite, t'as l'intention de me faire marcher longtemps comme ça ?

— Assieds-toi. »

Elle s'assit sur le lit et nous nous regardâmes en silence. Elle avait la chair de poule. On entendait le tic-tac d'un réveil, de l'autre côté du mur. Tout à coup je lui dis :

« Écarte les jambes. »

Elle hésita un quart de seconde puis elle obéit. Je regardai entre ses jambes et je reniflai. Puis je me mis à rire si fort que les larmes me vinrent aux yeux. Je lui dis simplement :

« Tu te rends compte ? »

Et je repartis à rire.

Elle me regarda avec stupeur puis rougit violemment et referma les jambes.

« Salaud », dit-elle entre ses dents.

Mais je ris de plus belle, alors elle se leva d'un bond et prit son soutien-gorge sur la chaise.

« Hé là, lui dis-je, ça n'est pas fini. Je te donnerai cinquante francs tout à l'heure, mais j'en veux pour mon argent. »

Elle prit nerveusement son pantalon.

« J'en ai marre, tu comprends. Je ne sais pas ce que tu veux. Et si tu m'as fait monter pour te fiche de moi... »

Alors j'ai sorti mon revolver et je le lui ai montré. Elle m'a regardé d'un air sérieux et elle a laissé tomber son pantalon sans rien dire.

« Marche, lui dis-je, promène-toi. »

Elle s'est promenée encore cinq minutes. Puis je lui ai donné ma canne et je lui ai fait faire l'exercice. Quand j'ai senti que mon caleçon était mouillé, je me suis levé et je lui ai tendu un billet de cinquante francs. Elle l'a pris.

« Au revoir, ajoutai-je, je ne t'aurai pas beaucoup fatiguée pour le prix. »

Je suis parti, je l'ai laissée toute nue au milieu de la chambre, son soutien-gorge dans une main, le billet de cinquante francs dans l'autre. Je ne regrettais pas mon argent : je l'avais ahurie et ça ne s'étonne pas facilement, une putain. J'ai pensé en descendant l'escalier : « Voilà ce que je voudrais, les étonner tous. » J'étais joyeux comme un enfant. J'avais emporté le savon vert, et rentré chez moi, je le frottai longtemps sous l'eau chaude jusqu'à ce qu'il ne fût plus qu'une mince pellicule entre mes doigts et qu'il ressemblât à un bonbon à la menthe sucé très longtemps.

Mais la nuit je me réveillai en sursaut et je revis son visage, les yeux qu'elle faisait quand je lui ai montré mon feu, et son ventre gras qui sautait à chacun de ses pas.

Que j'ai été bête, me dis-je. Et je sentis un remords amer : j'aurais dû tirer pendant que j'y étais, crever ce ventre comme une écumoire. Cette nuit-là et les trois nuits suivantes, je rêvai de six petits trous rouges groupés en cercle autour du nombril.

Par la suite je ne sortis plus sans mon revolver. Je

regardais le dos des gens et j'imaginais, d'après leur
démarche, la façon dont ils tomberaient si je leur tirais
dessus. Le dimanche, je pris l'habitude d'aller me poster
devant le Châtelet, à la sortie des concerts classiques.
Vers six heures j'entendais une sonnerie et les ouvreuses
venaient assujettir les portes vitrées avec des crochets.
C'était le commencement : la foule sortait lentement; les
gens marchaient d'un pas flottant, les yeux encore pleins
de rêve, le cœur encore plein de jolis sentiments. Il
y en avait beaucoup qui regardaient autour d'eux d'un
air étonné : la rue devait leur paraître toute bleue.
Alors ils souriaient avec mystère : ils passaient d'un
monde à l'autre. C'est dans l'autre que je les attendais,
moi. J'avais glissé ma main droite dans ma poche et
je serrais de toutes mes forces la crosse de mon arme.
Au bout d'un moment je me *voyais* en train de leur tirer
dessus. Je les dégringolais comme des pipes, ils tombaient les uns sur les autres et les survivants, pris de
panique, refluaient dans le théâtre en brisant les vitres
des portes. C'était un jeu très énervant : mes mains
tremblaient, à la fin, et j'étais obligé d'aller boire un
cognac chez Dreher pour me remettre.

Les femmes je ne les aurais pas tuées. Je leur aurais
tiré dans les reins. Ou alors dans les mollets, pour les
faire danser.

Je n'avais rien décidé encore. Mais je pris le parti de
tout faire comme si ma décision était arrêtée. J'ai commencé par régler des détails accessoires. J'ai été m'exercer dans un stand, à la foire de Denfert-Rochereau. Mes
cartons n'étaient pas fameux mais les hommes offrent
des cibles larges, surtout quand on tire à bout portant.
Ensuite je me suis occupé de ma publicité. J'ai choisi
un jour où tous mes collègues étaient réunis au bureau.
Un lundi matin. J'étais très aimable avec eux, par principe, bien que j'eusse horreur de leur serrer la main.
Ils ôtaient leurs gants pour dire bonjour, ils avaient
une façon obscène de déculotter leur main, de rabattre
leur gant et de le faire glisser lentement le long des
doigts en dévoilant la nudité grasse et chiffonnée de la
paume. Moi je gardais toujours mes gants.

Le lundi matin on ne fait pas grand-chose. La dactylo
du service commercial venait de nous apporter les
quittances. Lemercier la plaisanta gentiment et, quand

elle fut sortie, ils détaillèrent ses charmes avec une
compétence blasée. Puis ils parlèrent de Lindbergh. Ils
aimaient bien Lindbergh. Je leur dis :

« Moi j'aime les héros noirs.

— Les nègres ? demanda Massé.

— Non, noirs comme m'en dit Magie Noire. Lindbergh
est un héros blanc. Il ne m'intéresse pas.

— Allez voir si c'est facile de traverser l'Atlantique », dit aigrement Bouxin.

Je leur exposai ma conception du héros noir :

« Un anarchiste, résuma Lemercier.

— Non, dis-je doucement, les anarchistes aiment les
hommes à leur façon.

— Alors ce serait un détraqué. »

Mais Massé, qui avait des lettres, intervint à ce
moment :

« Je le connais votre type, me dit-il. Il s'appelle
Érostrate. Il voulait devenir illustre et il n'a rien trouvé
de mieux que de brûler le temple d'Éphèse, une des
sept merveilles du monde.

— Et comment s'appelait l'architecte de ce temple ?

— Je ne me rappelle plus, confessa-t-il, je crois même
qu'on ne sait pas son nom.

— Vraiment ? Et vous vous rappelez le nom d'Érostrate ? Vous voyez qu'il n'avait pas fait un si mauvais
calcul. »

La conversation prit fin sur ces mots, mais j'étais bien
tranquille; ils se la rappelleraient au bon moment.
Pour moi, qui, jusqu'alors, n'avais jamais entendu
parler d'Érostrate, son histoire m'encouragea. Il y avait
plus de deux mille ans qu'il était mort et son acte brillait
encore, comme un diamant noir. Je commençais à croire
que mon destin serait court et tragique. Cela me fit peur
tout d'abord et puis je m'y habituai. Si on prend ça
d'une certaine façon, c'est atroce mais, d'un autre côté,
ça donne à l'instant qui passe une force et une beauté
considérables. Quand je descendais dans la rue, je sentais
en mon corps une puissance étrange. J'avais sur moi
mon revolver, cette chose qui éclate et qui fait du bruit.
Mais ce n'était plus de lui que je tirais mon assurance,
c'était de moi : j'étais un être de l'espèce des revolvers,
des pétards et des bombes. Moi aussi, un jour, au
terme de ma sombre vie, j'exploserais et j'illuminerais

le monde d'une flamme violente et brève comme un éclair de magnésium. Il m'arriva, vers cette époque, de faire plusieurs nuits le même rêve. J'étais un anarchiste, je m'étais placé sur le passage du Tsar et je portais sur moi une machine infernale. À l'heure dite, le cortège passait, la bombe éclatait et nous sautions en l'air, moi, le Tsar et trois officiers chamarrés d'or, sous les yeux de la foule.

Je restais maintenant des semaines entières sans paraître au bureau. Je me promenais sur les boulevards, au milieu de mes futures victimes ou bien je m'enfermais dans ma chambre et je tirais des plans. On me congédia au début d'octobre. J'occupai alors mes loisirs en rédigeant la lettre suivante, que je copiai en cent deux exemplaires :

Monsieur,

Vous êtes célèbre et vos ouvrages tirent à trente mille. Je vais vous dire pourquoi : c'est que vous aimez les hommes. Vous avez l'humanisme dans le sang : c'est bien de la chance. Vous vous épanouissez quand vous êtes en compagnie; dès que vous voyez un de vos semblables, sans même le connaître, vous vous sentez de la sympathie pour lui. Vous avez du goût pour son corps, pour la façon dont il est articulé, pour ses jambes qui s'ouvrent et se ferment à volonté, pour ses mains surtout : ça vous plaît qu'il ait cinq doigts à chaque main et qu'il puisse opposer le pouce aux autres doigts. Vous vous délectez, quand votre voisin prend une tasse sur la table, parce qu'il y a une manière de prendre qui est proprement humaine et que vous avez souvent décrite dans vos ouvrages, moins souple, moins rapide que celle du singe, mais, n'est-ce pas ? tellement plus intelligente. Vous aimez aussi la chair de l'homme, son allure de grand blessé en rééducation, son air de réinventer la marche à chaque pas et son fameux regard que les fauves ne peuvent supporter. Il vous a donc été facile de trouver l'accent qui convient pour parler à l'homme de lui-même : un accent pudique mais éperdu. Les gens se jettent sur vos livres avec gourmandise, ils les lisent dans un bon fauteuil, ils pensent au grand amour malheureux et discret que vous leur portez et ça les console de bien des choses, d'être laids, d'être lâches, d'être cocus, de n'avoir pas reçu d'augmentation au premier janvier. Et l'on dit volontiers de votre dernier roman : c'est une bonne action.

Vous serez curieux de savoir, je suppose, ce que peut être un homme qui n'aime pas les hommes. Eh bien, c'est moi et je les aime si peu que je vais tout à l'heure en tuer une demi-douzaine : peut-être vous demanderez-vous : pourquoi seulement une demi-douzaine ? Parce que mon revolver n'a que six cartouches[1]. Voilà une monstruosité, n'est-ce pas ? Et de plus, un acte proprement impolitique ? Mais je vous dis que je ne peux pas les aimer. Je comprends fort bien ce que vous ressentez. Mais ce qui vous attire en eux me dégoûte. J'ai vu comme vous des hommes mastiquer avec mesure en gardant l'œil pertinent, en feuilletant de la main gauche une revue économique. Est-ce ma faute si je préfère assister au repas des phoques ? L'homme ne peut rien faire de son visage sans que ça tourne au jeu de physionomie. Quand il mâche en gardant la bouche close, les coins de sa bouche montent et descendent, il a l'air de passer sans relâche de la sérénité à la surprise pleurarde. Vous aimez ça, je le sais, vous appelez ça la vigilance de l'Esprit. Mais moi ça m'écœure : je ne sais pas pourquoi; je suis né ainsi.

S'il n'y avait entre nous qu'une différence de goût, je ne vous importunerais pas. Mais tout se passe comme si vous aviez la grâce et que je ne l'aie point. Je suis libre d'aimer ou non le homard à l'américaine, mais si je n'aime pas les hommes, je suis un misérable et je ne puis trouver de place au soleil. Ils ont accaparé le sens de la vie. J'espère que vous comprenez ce que je veux dire. Voilà trente-trois ans que je me heurte à des portes closes au-dessus desquelles on a écrit : « Nul n'entre ici s'il n'est humaniste[2]. » Tout ce que j'ai entrepris j'ai dû l'abandonner; il fallait choisir : ou bien c'était une tentative absurde et condamnée ou bien il fallait qu'elle tournât tôt ou tard à leur profit. Les pensées que je ne leur destinais pas expressément, je n'arrivais pas à les détacher de moi, à les formuler : elles demeuraient en moi comme de légers mouvements organiques. Les outils mêmes dont je me servais, je sentais qu'ils étaient à eux; les mots par exemple : j'aurais voulu des mots à moi. Mais ceux dont je dispose ont traîné dans je ne sais combien de consciences; ils s'arrangent tout seuls dans ma tête en vertu d'habitudes qu'ils ont prises chez les autres et ça n'est pas sans répugnance que je les utilise en vous écrivant. Mais c'est pour la dernière fois. Je vous le dis : il faut aimer les hommes ou bien c'est tout juste s'ils vous permettent de bricoler. Eh bien, moi, je ne veux pas bricoler. Je vais prendre, tout à l'heure, mon revolver, je descendrai dans la rue et je verrai si l'on peut réussir quelque chose contre eux. *Adieu, monsieur, peut-être est-ce vous que je vais rencontrer. Vous ne saurez jamais alors avec quel plaisir je vous ferai sauter la cervelle. Sinon — et c'est le cas le plus probable — lisez les journaux de demain. Vous y verrez qu'un individu nommé Paul Hilbert a descendu, dans une crise de fureur, cinq passants sur le boulevard Edgar-Quinet. Vous savez mieux que personne ce que vaut la prose des grands quotidiens. Vous comprendrez donc que je ne suis pas « furieux ». Je suis très calme au contraire et je vous prie d'accepter, Monsieur, l'assurance de mes sentiments distingués.*

PAUL HILBERT.

Je glissai les cent deux lettres dans cent deux enveloppes et j'écrivis sur les enveloppes les adresses de cent deux écrivains français. Puis, je mis le tout dans un tiroir de ma table avec six carnets de timbres.

Pendant les quinze jours qui suivirent, je sortis fort peu, je me laissais occuper lentement par mon crime. Dans la glace, où j'allais parfois me regarder, je constatais avec plaisir les changements de mon visage. Les yeux s'étaient agrandis, ils mangeaient toute la face. Ils étaient noirs et tendres sous les lorgnons et je les faisais rouler comme des planètes. De beaux yeux d'artiste et d'assassin. Mais je comptais changer bien plus profondément encore après l'accomplissement du massacre. J'ai vu les photos de ces deux belles filles, ces servantes qui tuèrent et saccagèrent leurs maîtresses[1]. J'ai vu leurs photos d'*avant* et d'*après*. *Avant,* leurs visages se balançaient comme des fleurs sages au-dessus de cols de piqué. Elles respiraient l'hygiène et l'honnêteté appétissante. Un fer discret avait ondulé pareillement leurs cheveux. Et, plus rassurante encore que leurs cheveux frisés, que leurs cols et que leur air d'être en visite chez le photographe, il y avait leur ressemblance de sœurs, leur ressemblance si bien pensante, qui mettait tout de suite en avant les liens du sang et les racines naturelles du groupe familial. *Après,* leurs faces resplendissaient comme des incendies. Elles avaient le cou nu des futures décapitées. Des rides partout, d'horribles rides de peur et de haine, des plis, des trous dans la chair comme si une bête avec des griffes avait tourné en rond sur leurs visages. Et ces yeux, toujours ces

grands yeux noirs et sans fond — comme les miens.
Pourtant elles ne se ressemblaient plus. Chacune portait
à sa manière le souvenir de leur crime commun. « S'il
suffit, me disais-je, d'un forfait où le hasard a la plus
grande part pour transformer ainsi ces têtes d'orphelinat,
que ne puis-je espérer d'un crime entièrement conçu
et organisé par moi. » Il s'emparerait de moi, boulever-
serait ma laideur trop humaine... un crime, ça coupe
en deux la vie de celui qui le commet. Il devait y avoir
des moments où l'on souhaiterait revenir en arrière, mais
il est là, derrière vous, il vous barre le passage, ce
minéral étincelant. Je ne demandais qu'une heure pour
jouir du mien, pour sentir son poids écrasant. Cette
heure, j'arrangerai tout pour l'avoir à moi : je décidai
de faire l'exécution dans le haut de la rue d'Odessa. Je
profiterais de l'affolement pour m'enfuir en les laissant
ramasser leurs morts. Je courrais, je traverserais le
boulevard Edgar-Quinet et tournerais rapidement dans
la rue Delambre. Je n'aurais besoin que de trente
secondes pour atteindre la porte de l'immeuble où
j'habite. À ce moment-là mes poursuivants seraient
encore sur le boulevard Edgar-Quinet, ils perdraient ma
trace et il leur faudrait sûrement plus d'une heure pour
la retrouver. Je les attendrais chez moi et quand je les
entendrais frapper à ma porte, je rechargerais mon
revolver et je me tirerais dans la bouche.

Je vivais plus largement ; je m'étais entendu avec un
traiteur de la rue Vavin qui me faisait porter, matin et
soir, de bons petits plats. Le commis sonnait, je n'ou-
vrais pas, j'attendais quelques minutes puis j'entre-
bâillais ma porte et je voyais, dans un long panier posé
sur le sol, des assiettes pleines qui fumaient.

Le 27 octobre à six heures du soir il me restait dix-
sept francs cinquante. Je pris mon revolver et le paquet
de lettres, je descendis. J'eus soin de ne pas fermer la
porte, pour pouvoir rentrer plus vite quand j'aurais fait
mon coup. Je ne me sentais pas bien, j'avais les mains
froides et le sang à la tête, les yeux me chatouillaient.
Je regardai les magasins, l'hôtel des Écoles, la papeterie où j'achète mes crayons et je ne les reconnus pas.
Je me disais : « Qu'est-ce que c'est que cette rue ? »
Le boulevard Montparnasse était plein de gens. Ils me
bousculaient, me repoussaient, me frappaient de leurs

coudes ou de leurs épaules. Je me laissais ballotter, la force me manquait pour me glisser entre eux. Je me vis soudain au cœur de cette foule, horriblement seul et petit. Comme ils auraient pu me faire mal, s'ils l'avaient voulu! J'avais peur à cause de l'arme, dans ma poche. Il me semblait qu'ils allaient deviner qu'elle était là. Ils me regarderaient de leurs yeux durs, ils diraient : « Hé mais... mais... » avec une indignation joyeuse, en me harponnant de leurs pattes d'hommes. Lynché! Ils me jetteraient au-dessus de leurs têtes et je retomberais dans leurs bras comme une marionnette. Je jugeai plus sage de remettre au lendemain l'exécution de mon projet. J'allai dîner à la Coupole pour seize francs quatre-vingts. Il me restait soixante-dix centimes que je jetai dans le ruisseau.

Je suis resté trois jours dans ma chambre, sans manger, sans dormir. J'avais fermé les persiennes et je n'osais ni m'approcher de la fenêtre ni faire de la lumière. Le lundi, quelqu'un carillonna à ma porte. Je retins mon souffle et j'attendis. Au bout d'une minute on sonna encore. J'allai sur la pointe des pieds coller mon œil au trou de la serrure. Je ne vis qu'un morceau d'étoffe noire et un bouton. Le type sonna encore puis redescendit : je ne sais pas qui c'était. Dans la nuit, j'eus des visions fraîches, des palmiers, de l'eau qui coulait, un ciel violet au-dessus d'une coupole. Je n'avais pas soif parce que, d'heure en heure, j'allais boire au robinet de l'évier. Mais j'avais faim. J'ai revu aussi la putain brune. C'était dans un château que j'avais fait construire sur les Causses Noirs[a1] à vingt lieues de tout village. Elle était nue et seule avec moi. Je l'ai forcée à se mettre à genoux sous la menace de mon revolver, à courir à quatre pattes; puis je l'ai attachée à un pilier et, après lui avoir longuement expliqué ce que j'allais faire, je l'ai criblée de balles. Ces images m'avaient tellement troublé que j'ai dû me contenter. Après je suis resté immobile dans le noir, la tête absolument vide. Les meubles se sont mis à craquer. Il était cinq heures du matin. J'aurais donné n'importe quoi pour quitter ma chambre mais je ne pouvais pas descendre à cause des gens qui marchaient dans les rues.

Le jour est venu. Je ne sentais plus ma faim, mais je me suis mis à suer : j'ai trempé ma chemise. Dehors il y avait du soleil. Alors j'ai pensé : « Dans une chambre close, dans le noir Il est tapi. Depuis trois jours. Il n'a ni mangé ni dormi. On a sonné et Il n'a pas ouvert. Tout à l'heure Il va descendre dans la rue et Il tuera. » Je me faisais peur. À six heures du soir la faim m'a repris. J'étais fou de colère. Je me suis cogné un moment dans les meubles, puis j'ai allumé l'électricité dans les chambres, à la cuisine, aux cabinets. Je me suis mis à chanter à tue-tête, j'ai lavé mes mains et je suis sorti. Il m'a fallu deux bonnes minutes pour mettre toutes mes lettres à la boîte. Je les enfonçais par paquets de dix. J'ai dû friper quelques enveloppes. Puis j'ai suivi le boulevard du Montparnasse jusqu'à la rue d'Odessa. Je me suis arrêté devant la glace d'une chemiserie et, quand j'y ai vu mon visage, j'ai pensé : « C'est pour ce soir. »

Je me postai dans le haut de la rue d'Odessa, non loin d'un bec de gaz et j'attendis. Deux femmes passèrent. Elles se donnaient le bras, la blonde disant :

« Ils avaient mis des tapis à toutes les fenêtres et c'étaient les nobles du pays qui faisaient la figuration.

— Ils sont pannés[1] ? demanda l'autre.

— Il n'y a pas besoin d'être panné pour accepter un travail qui rapporte cinq louis par jour.

— Cinq louis! », dit la brune, éblouie. Elle ajouta, en passant près de moi : « Et puis je me figure que ça devait les amuser de mettre les costumes de leurs ancêtres. »

Elles s'éloignèrent. J'avais froid mais je suais abondamment. Au bout d'un moment je vis arriver trois hommes; je les laissai passer : il m'en fallait six. Celui de gauche me regarda et fit claquer sa langue. Je détournai les yeux.

À sept heures cinq, deux groupes qui se suivaient de près débouchèrent du boulevard Edgar-Quinet. Il y avait un homme et une femme avec deux enfants. Derrière eux venaient trois vieilles femmes. Je fis un pas en avant. La femme avait l'air en colère et secouait le petit garçon par le bras. L'homme dit d'une voix traînante :

« Il est emmerdant, aussi, ce morpion. »

Le cœur me battait si fort que j'en avais mal dans les bras. Je m'avançai et me tins devant eux, immobile.

Mes doigts, dans ma poche, étaient tout mous autour
de la gâchette.

« Pardon », dit l'homme en me bousculant.

Je me rappelai que j'avais fermé la porte de mon
appartement et cela me contraria : il me faudrait perdre
un temps précieux à l'ouvrir. Les gens s'éloignèrent. Je
fis volte-face et je les suivis machinalement. Mais je
n'avais plus envie de tirer sur eux. Ils se perdirent dans
la foule du boulevard. Moi, je m'appuyai contre le mur.
J'entendis sonner huit heures et neuf heures. Je me
répétais : « Pourquoi faut-il tuer tous ces gens qui sont
déjà *morts* », et j'avais envie de rire. Un chien vint flairer
mes pieds.

Quand le gros homme me dépassa, je sursautai et je
lui emboîtai le pas. Je voyais le pli de sa nuque rouge
entre son melon et le col de son pardessus. Il se dandinait un peu et respirait fort, il avait l'air costaud. Je
sortis mon revolver : il était brillant et froid, il me dégoûtait, je ne me rappelai pas très bien ce que je devais en
faire. Tantôt je le regardais et tantôt je regardais la
nuque du type. Le pli de la nuque me souriait, comme
une bouche souriante et amère[a]. Je me demandais si je
n'allais pas jeter mon revolver dans un égout.

Tout d'un coup le type se retourna et me regarda
d'un air irrité. Je fis un pas en arrière.

« C'est pour vous... demander... »

Il n'avait pas l'air d'écouter, il regardait mes mains.
J'achevai péniblement.

« Pouvez-vous me dire où est la rue de la Gaîté ? »

Son visage était gros et ses lèvres tremblaient. Il ne
dit rien, il allongea la main. Je reculai encore et je
lui dis :

« Je voudrais... »

À ce moment je *sus* que j'allais me mettre à hurler.
Je ne voulais pas : je lui lâchai trois balles dans le ventre.
Il tomba d'un air idiot, sur les genoux et sa tête roula
sur son épaule gauche.

« Salaud, lui dis-je, sacré salaud! »

Je m'enfuis. Je l'entendis tousser. J'entendis aussi des
cris et une galopade derrière moi. Quelqu'un demanda :
« Qu'est-ce que c'est, ils se battent ? » puis tout de suite
après on cria : « À l'assassin! À l'assassin! » Je ne pensais pas que ces cris me concernaient. Mais ils me sem-

blaient sinistres, comme la sirène des pompiers quand j'étais enfant. Sinistres et légèrement ridicules. Je courais de toute la force de mes jambes.

Seulement j'avais commis une erreur impardonnable : au lieu de remonter la rue d'Odessa vers le boulevard Edgar-Quinet, *je la descendais vers le boulevard Montparnasse.* Quand je m'en aperçus, il était trop tard : j'étais déjà au beau milieu de la foule, des visages étonnés se tournaient vers moi (je me rappelle celui d'une femme très fardée qui portait un chapeau vert avec une aigrette) et j'entendais les imbéciles de la rue d'Odessa crier à l'assassin derrière mon dos. Une main se posa sur mon épaule. Alors je perdis la tête : je ne voulais pas mourir étouffé par cette foule. Je tirai encore deux coups de revolver. Les gens se mirent à piailler et s'écartèrent. J'entrai en courant dans un café. Les consommateurs se levèrent sur mon passage mais ils n'essayèrent pas de m'arrêter, je traversai le café dans toute sa longueur et je m'enfermai dans les lavabos. Il restait encore une balle dans mon revolver.

Un moment s'écoula. J'étais essoufflé et je haletais. Tout était d'un silence extraordinaire, comme si les gens faisaient exprès de se taire. J'élevai mon arme jusqu'à mes yeux et je vis son petit trou noir et rond : la balle sortirait par là; la poudre me brûlerait le visage. Je laissai retomber mon bras et j'attendis. Au bout d'un instant ils s'amenèrent à pas de loup; ils devaient être toute une troupe, à en juger par le frôlement des pieds sur le plancher. Ils chuchotèrent un peu puis se turent. Moi je soufflais toujours et je pensais qu'ils m'entendaient souffler, de l'autre côté de la cloison. Quelqu'un s'avança doucement et secoua la poignée de la porte. Il devait s'être plaqué de côté contre le mur, pour éviter mes balles. J'eus tout de même envie de tirer — mais la dernière balle était pour moi.

« Qu'est-ce qu'ils attendent ? me demandai-je. S'ils se jetaient sur la porte et s'ils la défonçaient *tout de suite* je n'aurais pas le temps de me tuer et ils me prendraient vivant. » Mais ils ne se pressaient pas, ils me laissaient tout le loisir de mourir. Les salauds, ils avaient peur.

Au bout d'un instant, une voix s'éleva.

« Allons, ouvrez, on ne vous fera pas de mal. »

Il y eut un silence et la même voix reprit :

« Vous savez bien que vous ne pouvez pas vous échapper. »

Je ne répondis pas, je haletais toujours. Pour m'encourager à tirer, je me disais : « S'ils me prennent, ils vont me battre, me casser des dents, ils me crèveront peut-être un œil. » J'aurais voulu savoir si le gros type était mort. Peut-être que je l'avais seulement blessé... et les deux autres balles, peut-être qu'elles n'avaient atteint personne... Ils préparaient quelque chose, ils étaient en train de tirer un objet lourd sur le plancher ? Je me hâtai de mettre le canon de mon arme dans ma bouche et je le mordis très fort. Mais je ne pouvais pas tirer, pas même poser le doigt sur la gâchette. Tout était retombé dans le silence.

Alors j'ai jeté le revolver et je leur ai ouvert la porte.

INTIMITÉ

I

Lulu couchait nue parce qu'elle aimait se caresser aux draps et que le blanchissage coûte cher. Henri avait protesté au début : on ne se met pas toute nue dans un lit, ça ne se fait pas, c'est sale. Il avait tout de même fini par suivre l'exemple de sa femme mais chez lui c'était du laisser-aller ; il était raide comme un piquet quand il y avait du monde, par genre (il admirait les Suisses et tout particulièrement les Genevois, il leur trouvait grand air parce qu'ils étaient en bois) mais il se négligeait dans les petites choses, par exemple il n'était pas très propre, il ne changeait pas assez souvent de caleçons ; quand Lulu les mettait au sale, elle ne pouvait pas s'empêcher de remarquer qu'ils avaient le fond jaune à force de frotter contre l'entrejambe. Personnellement, Lulu ne détestait pas la saleté : ça fait plus intime, ça donne des ombres tendres ; au creux des coudes par exemple ; elle n'aimait guère ces Anglais, ces corps impersonnels qui ne sentent rien. Mais elle avait horreur des négligences de son mari, parce que c'étaient des façons de se dorloter. Le matin, à son lever, il était toujours très tendre pour lui-même, la tête pleine de rêves, et le grand jour, l'eau froide, le crin des brosses lui faisaient l'effet d'injustices brutales.

Lulu était couchée sur le dos, elle avait introduit le

gros orteil de son pied gauche dans une fente du drap;
ce n'était pas une fente, c'était un décousu. Ça l'embêtait; il faut que je raccommode ça demain, mais elle
tirait tout de même un peu sur les fils pour les sentir
casser. Henri ne dormait pas encore mais il ne gênait
plus. Il l'avait souvent dit à Lulu : dès qu'il fermait les
yeux, il se sentait ligoté par des liens ténus et résistants,
il ne pouvait même plus lever le petit doigt. Une grosse
mouche embobinée dans une toile d'araignée, Lulu
aimait sentir contre elle ce grand corps captif. S'il pouvait rester comme ça paralysé, c'est moi qui le soignerais, qui le nettoierais comme un enfant et quelquefois
je le retournerais sur le ventre et je lui donnerais la fessée et d'autres fois*a*, quand sa mère viendrait le voir, je
le découvrirais sous un prétexte, je rabattrais les draps
et sa mère le verrait tout nu. Je pense qu'elle en tomberait raide, il doit y avoir quinze ans qu'elle ne l'a pas
vu comme ça. Lulu passa une main légère sur la hanche
de son mari et le pinça un peu à l'aine. Henri grogna
mais ne fit pas un mouvement. Réduit à l'impuissance.
Lulu sourit : le mot « impuissance » la faisait toujours
sourire. Quand elle aimait encore Henri et qu'il reposait, ainsi paralysé, à côté d'elle, elle se plaisait à imaginer qu'il avait été patiemment saucissonné par de tout
petits hommes dans le genre de ceux qu'elle avait vus
sur une image quand elle était petite et qu'elle*b* lisait
l'histoire de Gulliver. Elle appelait souvent Henri « Gulliver » et Henri aimait bien ça parce que c'était un nom
anglais et que Lulu avait l'air instruite mais il aurait
préféré que Lulu le prononçât avec l'accent. Ce qu'ils
ont pu m'embêter : s'il voulait quelqu'un d'instruit, il
n'avait qu'à épouser Jeanne Beder, elle a des seins en
cor de chasse mais elle sait cinq langues. Quand on
allait encore à Sceaux, le dimanche, je m'embêtais
tellement dans sa famille que je prenais un livre, n'importe quoi; il y avait toujours quelqu'un qui venait
regarder ce que je lisais et sa petite sœur me demandait :
« Vous comprenez, Lucie ?... » Ce qu'il y a, c'est qu'il
ne me trouve pas distinguée. Les Suisses, oui, ça c'est
des gens distingués parce que sa sœur aînée a épousé
un Suisse qui lui a fait cinq enfants et puis ils lui en
imposent avec leurs montagnes. Moi je ne peux pas
avoir d'enfant, c'est constitutionnel, mais je n'ai jamais

pensé que c'était distingué ce qu'il fait, quand il sort
avec moi, d'aller tout le temps dans les urinoirs et je
suis obligée de regarder les devantures en l'attendant,
j'ai l'air de quoi ? et il ressort en tirant sur son pantalon
et en arquant les jambes comme un vieux.

Lulu retira son orteil de la fente du drap et agita un
peu les pieds, pour le plaisir de se sentir alerte auprès de
cette chair molle et captive. Elle entendit un gargouillis :
un ventre qui chante, ça m'agace, je ne peux jamais
savoir si c'est son ventre ou le mien. Elle ferma les
yeux : ce sont des liquides qui glougloutent dans des
paquets de tuyaux mous, il y en a comme ça chez tout
le monde, chez Rirette[1], chez moi (je n'aime pas y penser, ça me donne mal au ventre). Il m'aime, il n'aime
pas mes boyaux, si on lui montrait mon appendice dans
un bocal, il ne le reconnaîtrait pas, il est tout le temps
à me tripoter mais si on lui mettait le bocal dans les
mains il ne sentirait rien, au dedans, il ne penserait pas
« c'est à elle », on devrait pouvoir aimer tout d'une
personne, l'œsophage et le foie et les intestins[2]. Peut-
être qu'on ne les aime pas par manque d'habitude, si
on les voyait comme ils voient nos mains et nos bras
peut-être qu'on les aimerait ; alors les étoiles de mer
doivent s'aimer mieux que nous, elles s'étendent sur la
plage quand il fait soleil et elles sortent leur estomac
pour lui faire prendre l'air et tout le monde peut le
voir ; je me demande par où nous ferions sortir le nôtre,
par le nombril. Elle avait fermé les yeux et des disques
bleus se mirent à tourner, comme à la foire, hier, je
tirais sur les disques avec des flèches de caoutchouc et
il y avait des lettres qui s'allumaient, une à chaque coup
et elles formaient un nom de ville, il m'a empêchée
d'avoir Dijon au complet avec sa manie de se coller
contre moi par derrière, je déteste qu'on me touche par
derrière, je voudrais n'avoir pas de dos, je n'aime pas
que les gens me fassent des trucs quand je les vois pas,
ils peuvent s'en payer et puis on ne voit pas leurs mains,
on les sent qui descendent ou qui montent, on ne peut
pas prévoir où elles vont, ils vous regardent de tous
leurs yeux et vous ne les voyez pas, il adore ça ; jamais
Henri n'y aurait songé mais lui il ne pense qu'à se
mettre derrière moi et je suis sûre qu'il fait exprès de
me toucher le derrière parce qu'il sait que je meurs de

honte d'en avoir un, quand j'ai honte ça l'excite mais
je ne veux pas penser à lui (elle avait peur), je veux
penser à Rirette. Elle pensait à Rirette tous les soirs à
la même heure, juste au moment où Henri commençait
à bredouiller et à gémir. Mais il y eut de la résistance,
l'autre voulait se montrer, elle vit même un instant des
cheveux noirs et crépus et elle crut que ça y était et elle
frissonna parce qu'on ne sait jamais ce qui va venir,
si c'est le visage ça va, ça passe encore[a], mais il y a des
nuits qu'elle avait passées sans fermer l'œil à cause des
sales souvenirs qui étaient remontés à la surface, c'est
affreux quand on connaît tout d'un homme et surtout
ça. Henri, ça n'est pas la même chose, je peux l'imaginer de la tête aux pieds, ça m'attendrit, parce qu'il est
mou, avec une chair toute grise sauf le ventre qui est
rose, il dit qu'un homme bien fait, quand il est assis,
son ventre fait trois plis, mais le sien en a six, seulement il les compte de deux en deux et il ne veut pas
voir les autres. Elle éprouva de l'agacement en pensant
à Rirette : « Lulu, vous ne savez pas ce que c'est qu'un
beau corps d'homme. » C'est ridicule, naturellement si,
je sais ce que c'est, elle veut dire un corps dur comme
la pierre, avec des muscles, j'aime pas ça. Patterson avait
un corps comme ça, et moi je me sentais molle comme
une chenille quand il me serrait contre lui; Henri, je
l'ai épousé parce qu'il était mou, parce qu'il ressemblait
à un curé. Les curés c'est doux[b] comme les femmes avec
leurs soutanes et il paraît qu'ils ont des bas. Quand
j'avais quinze ans, j'aurais voulu relever doucement leur
robe et voir leurs genoux d'hommes et leurs caleçons,
ça me faisait drôle qu'ils aient quelque chose entre les
jambes; dans une main j'aurais pris la robe et l'autre
main je l'aurais glissée le long de leurs jambes, en remontant jusque-là où je pense, c'est pas que j'aime tellement les femmes, mais un machin d'homme, quand c'est
sous une robe, c'est douillet, c'est comme une grosse
fleur. Ce qu'il y a c'est qu'en réalité on ne peut jamais
prendre ça dans ses mains, si seulement ça pouvait rester tranquille, mais ça se met à bouger comme une bête,
ça durcit, ça me fait peur, quand c'est dur et tout droit
en l'air c'est brutal; ce que c'est sale, l'amour. Moi j'aimais Henri parce que sa petite affaire ne durcissait jamais,
ne levait jamais la tête, je riais, je l'embrassais quelque-

fois, je n'en avais pas plus peur que de celle d'un enfant;
le soir, je prenais sa douce petite chose entre mes doigts,
il rougissait et il tournait la tête de côté en soupirant,
mais ça ne bougeait pas, ça restait bien sage dans ma
main, je ne serrais pas, nous restions longtemps ainsi et
il s'endormait. Alors je m'étendais sur le dos et je pensais à des curés, à des choses pures, à des femmes, et
je me caressais le ventre d'abord, mon beau ventre plat,
je descendais les mains, je descendais, et c'était le plaisir;
le plaisir il n'y a que moi qui sache me le donner.

Les cheveux crépus, les cheveux de nègre. Et l'angoisse dans la gorge comme une boule. Mais elle serra
fortement[a] les paupières et finalement, ce fut l'oreille de
Rirette qui apparut, une petite oreille cramoisie et dorée
qui avait l'air en sucre candi. Lulu, à la voir, n'eut pas
autant de plaisir que d'ordinaire parce qu'elle entendait
la voix de Rirette en même temps. C'était une voix
aiguë et précise que Lulu n'aimait pas. « Vous *devez*
partir avec Pierre, ma petite Lulu; c'est la seule chose
intelligente à faire. » J'ai beaucoup d'affection pour
Rirette, mais elle m'agace un tout petit peu quand elle
fait l'importante et qu'elle s'enchante de ce qu'elle dit.
La veille, à la Coupole, Rirette s'était penchée avec des
airs raisonnables et un peu hagards : « Vous ne *pouvez*
pas rester avec Henri, puisque vous ne l'aimez plus, ce
serait un crime. » Elle ne perd pas une occasion de dire
du mal de lui, je trouve que ce n'est pas très gentil, il
a toujours été parfait avec elle; je ne l'aime plus, c'est
possible, mais ça n'est pas à Rirette de me le dire; avec
elle tout paraît simple et facile : on aime ou on n'aime
plus; mais moi je ne suis pas simple. D'abord j'ai mes
habitudes ici et puis je l'aime bien, c'est mon mari.
J'aurais voulu la battre, j'ai toujours envie de lui faire
mal parce qu'elle est grasse. « Ce serait un crime. » Elle
a levé le bras, j'ai vu son aisselle, je l'aime toujours
mieux quand elle a les bras nus. L'aisselle. Elle s'entrouvrit, on aurait dit une bouche, et Lulu vit une chair
mauve, un peu ridée, sous des poils frisés qui ressemblaient à des cheveux; Pierre l'appelle « Minerve potelée », elle n'aime pas ça du tout. Lulu sourit parce qu'elle
pensait à son petit frère Robert qui lui avait dit un jour
qu'elle était en combinaison : « Pourquoi que tu as des
cheveux sous les bras ? » et elle avait répondu : « C'est

une maladie ¹». Elle aimait bien s'habiller devant son petit frère parce qu'il avait toujours des réflexions drôles, on se demande où il va chercher ça. Et il touchait à toutes les affaires de Lulu, il pliait les robes soigneusement, il a les mains si prestes, plus tard ce sera un grand couturier. C'est un métier charmant et moi, je dessinerai des tissus pour lui. C'est curieux qu'un enfant songe à devenir couturier; si j'avais été garçon, il me semble que j'aurais voulu être explorateur ou acteur, mais pas couturier; mais il a toujours été rêveur, il ne parle pas assez, il suit son idée; moi, je voulais être bonne sœur pour aller quêter dans les beaux immeubles. Je sens mes yeux tout doux, tout doux comme de la chair, je vais m'endormir. Mon beau visage pâle sous la cornette, j'aurais eu l'air distingué. J'aurais vu des centaines d'antichambres sombres. Mais la bonne aurait allumé presque tout de suite; alors j'aurais aperçu des tableaux de famille, des bronzes d'art sur des consoles. Et des portemanteaux. La dame vient avec un petit carnet et un billet de cinquante francs : « Voici, ma sœur. — Merci, madame, Dieu vous bénisse. À la prochaine fois. » Mais je n'aurais pas été une vraie sœur. Dans l'autobus, quelquefois, j'aurais fait de l'œil à un type, il aurait été ahuri d'abord, ensuite il m'aurait suivie en me racontant des trucs et je l'aurais fait coffrer par un agent. L'argent de la quête je l'aurais gardé pour moi. Qu'est-ce que je me serais acheté ? DE L'ANTIDOTE. C'est idiot. Mes yeux s'amollissent, ça me plaît, on dirait qu'on les a trempés dans l'eau et tout mon corps est confortable. La belle tiare verte, avec les émeraudes et les lapis-lazulis. La tiare tourna, tourna et c'était une horrible tête de bœuf, mais Lulu n'avait pas peur, elle dit : « Secourge². Les oiseaux du Cantal. Fixe. » Un long fleuve rouge se traînait à travers d'arides campagnes. Lulu pensait à son hachoir mécanique puis à de la gomina.

« Ce serait un crime! » Elle sursauta et se dressa dans la nuit ᵃ, les yeux durs. Ils me torturent, ils ne s'en aperçoivent donc pas ? Rirette, je sais bien qu'elle le fait dans une bonne intention, mais elle qui est si raisonnable pour les autres, elle devrait comprendre que j'ai besoin de réfléchir. Il m'a dit : « Tu viendras! » en faisant des yeux de braise. « Tu viendras dans ma maison à moi,

je te veux toute à moi. » J'ai horreur de ses yeux quand
il veut faire l'hypnotiseur, il me pétrissait le bras; quand
je lui vois ces yeux-là, je pense toujours aux poils qu'il
a sur la poitrine. Tu viendras, je te veux toute à moi;
comment peut-on dire des choses pareilles ? Je ne suis
pas un chien.

Quand je me suis assise, je lui ai souri, j'avais changé
ma poudre pour lui et j'avais fait mes yeux parce qu'il
aime ça, mais il n'a rien vu, il ne regarde pas mon visage,
il regardait mes seins et j'aurais voulu qu'ils sèchent sur
ma poitrine, pour l'embêter, pourtant je n'en ai pas
beaucoup, ils sont tout petits. Tu viendras dans ma villa
de Nice. Il a dit qu'elle était blanche avec un escalier de
marbre et qu'elle donne sur la mer, et que nous vivrons
tout nus toute la journée, ça doit faire drôle de monter
un escalier quand on est nue; je l'obligerai à monter
devant moi, pour qu'il ne me regarde pas; sans ça je
ne pourrais même pas[a] lever le pied, je resterais immobile en souhaitant de tout mon cœur qu'il devienne
aveugle; d'ailleurs ça ne me changera guère; quand il
est là, je crois toujours que je suis nue. Il m'a prise par[b]
les bras, il avait l'air méchant, il m'a dit : « Tu m'as
dans la peau! » et moi j'avais peur, j'ai dit : « Oui »;
je veux faire ton bonheur, nous irons nous promener
en auto, en bateau, nous irons en Italie et je te donnerai
tout ce que tu voudras. Mais sa villa n'est presque pas
meublée et nous coucherons par terre sur un matelas.
Il veut que je dorme dans ses bras et je sentirai son odeur;
j'aimerais bien sa poitrine parce qu'elle est brune et
large, mais il y a un tas de poils dessus, je voudrais que
les hommes soient sans poils, les siens sont noirs et
doux comme de la mousse, des fois je les caresse et
des fois j'en ai horreur, je me recule le plus loin possible
mais il me plaque contre lui. Il voudra que je dorme
dans ses bras, il me serrera dans ses bras et je sentirai
son odeur; et quand il fera noir nous entendrons le
bruit de la mer et il est capable de me réveiller au milieu
de la nuit s'il a envie de faire cela : je ne pourrai jamais
m'endormir tranquille sauf quand j'aurai mes affaires,
parce que là, tout de même, il me fichera la paix et
encore il paraît qu'il y a des hommes qui font cela avec
les femmes indisposées et après ils ont du sang sur le
ventre, du sang qui n'est pas à eux, et il doit y en avoir

sur les draps, partout, c'est dégoûtant, pourquoi faut-il
que nous ayons des corps ?

Lulu ouvrit les yeux, les rideaux étaient colorés en
rouge par une lumière qui venait de la rue, il y avait
un reflet rouge dans la glace ; Lulu aimait cette lumière
rouge et il y avait un fauteuil qui se découpait en ombre
chinoise contre la fenêtre. Sur les bras du fauteuil,
Henri avait déposé son pantalon, ses bretelles pendaient
dans le vide. Il faut que je lui achète des tirants de
bretelles. Oh, je ne veux pas, je ne veux pas partir. Il
m'embrassera toute la journée et je serai *à lui*, je ferai
son plaisir, il me regardera ; il pensera « c'est mon plaisir,
je l'ai touchée là et là et je peux recommencer quand ça
me plaira ». À Port-Royal. Lulu donna des coups de
pieds dans les draps, elle détestait Pierre quand elle se
rappelait ce qui s'était passé à Port-Royal. Elle était
derrière la haie, elle croyait qu'il était resté dans l'auto,
qu'il consultait la carte, et tout d'un coup elle l'avait
vu, il était venu à pas de loup derrière elle, il la regardait.
Lulu donna un coup de pied à Henri ; il va se réveiller,
celui-là. Mais Henri fit « Homphph » et ne se réveilla
pas. Je voudrais connaître un beau jeune homme, pur
comme une fille, et nous ne nous toucherions pas, nous
nous promènerions au bord de la mer et nous nous
tiendrions par la main et la nuit nous coucherions dans
deux lits jumeaux, nous resterions comme frère et sœur
et nous parlerions jusqu'au matin. Ou alors j'aimerais
bien vivre avec Rirette, c'est si charmant les femmes entre
elles ; elle a des épaules grasses et polies ; j'étais bien
malheureuse quand elle aimait Fresnel, mais ça me troublait de penser qu'il la caressait, qu'il passait lentement
les mains sur ses épaules et sur ses flancs et qu'elle
soupirait. Je me demande comment peut être son
visage quand elle est étendue comme ça, toute nue, sous
un homme, et qu'elle sent des mains qui se promènent
sur sa chair. Je ne la toucherais pas[a] pour tout l'or du
monde, je ne saurais que faire d'elle, même si elle
voulait bien, si elle me disait : « Je veux bien », je ne
saurais pas, mais si j'étais invisible, je voudrais être là
pendant qu'on lui fait ça et regarder son visage (ça
m'étonnerait qu'elle ait encore l'air d'une Minerve), et
caresser d'une main légère ses genoux écartés, ses genoux
roses, et l'entendre gémir. Lulu, la gorge sèche, eut un

rire bref : on a quelquefois de ces idées. Une fois elle
avait inventé que Pierre voulait violer Rirette. Et je
l'aidais, je tenais Rirette dans mes bras. Hier. Elle avait
le feu aux joues, nous étions assises, sur son divan,
l'une contre l'autre, elle avait les jambes serrées, mais
nous n'avons rien dit, nous ne dirons jamais rien. Henri
se mit à ronfler et Lulu siffla. Je suis là, je ne peux pas
dormir, je me fais du mauvais sang et lui il ronfle,
l'imbécile. S'il me prenait dans ses bras, s'il me suppliait,
s'il me disait : « Tu es tout pour moi, Lulu, je t'aime, ne
pars pas ! » je lui ferais ce sacrifice, je resterais, oui,
je resterais avec lui, toute ma vie, pour lui faire plaisir.

II

Rirette s'assit à la terrasse du Dôme et commanda
un porto. Elle se sentait lasse, elle était irritée contre
Lulu :

« ... et leur porto a le goût de bouchon, Lulu s'en
moque parce qu'elle prend des cafés, mais on ne peut
tout de même pas prendre un café à l'heure de l'apéritif ;
ici ils prennent des cafés toute la journée ou bien des
cafés-crème parce qu'ils n'ont pas le sou, ce que ça
doit les énerver, moi je ne pourrais pas, je flanquerais
toute la boutique au nez des clients, ce sont[a] des gens
qui n'ont pas besoin de se tenir. Je ne comprends pas
pourquoi elle me donne toujours ses rendez-vous à
Montparnasse, finalement ça serait aussi près de chez elle
si elle me retrouvait au café de la Paix ou au Pam-Pam,
et moi ça m'éloignerait moins de mon travail ; je ne peux
pas dire comme ça m'attriste de voir toujours ces têtes-
là, dès que j'ai une minute il faut que je vienne ici, sur
la terrasse encore ça peut aller, mais dedans ça sent le
linge sale, je n'aime pas les ratés. Et même sur la terrasse
je me sens déplacée parce que je suis un peu propre
sur moi, ça doit étonner les gens qui passent de me voir
au milieu des gens d'ici qui ne se rasent même pas et
les femmes qui ont l'air de je ne sais quoi. On doit se
dire : " Qu'est-ce qu'elle fait là ? " Je sais bien qu'il
vient quelquefois des Américaines assez riches quand
c'est l'été, mais il paraît qu'elles s'arrêtent maintenant en

Angleterre avec le gouvernement que nous avons, c'est
pour ça que le commerce de luxe ne marche pas, j'ai
vendu moitié moins que l'an dernier à pareille époque,
et je me demande comment font les autres, puisque
c'est moi la meilleure vendeuse, Mme Dubech me l'a
dit, je plains la petite Yonnel, elle ne sait pas vendre,
elle n'a pas dû se faire un sou de plus que son fixe, ce
mois-ci; et quand on est restée sur ses pieds toute la
journée on voudrait se détendre un peu dans un endroit
agréable, avec un peu de luxe, un peu d'art, et un personnel bien stylé, on voudrait fermer les yeux et se
laisser aller, et puis il faudrait de la musique en sourdine,
ça ne coûterait pas tellement cher d'aller de temps en
temps au Dancing des Ambassadeurs; mais les garçons
d'ici sont tellement insolents, on voit qu'ils ont affaire
à du petit monde, sauf le petit brun qui me sert, il est
gentil; je crois que ça plaît à Lulu de se sentir entourée
par tous ces types-là, ça lui ferait peur d'aller dans un
endroit un peu chic, au fond elle n'est pas sûre d'elle,
ça l'intimide dès qu'un homme a de belles manières,
elle n'aimait pas Louis; eh bien! je pense qu'ici elle peut
se sentir à son aise, il y en a qui n'ont même pas de faux
cols, avec leur air de pauvres et leurs pipes et ces yeux
qu'ils vous jettent, ils n'essayent même pas de dissimuler, on voit qu'ils n'ont pas d'argent pour se payer
des femmes, ça n'est pourtant pas ça qui manque dans
le quartier, c'en est même dégoûtant; on dirait qu'ils
vont vous manger et ils ne seraient même pas capables
de vous dire un peu gentiment qu'ils ont envie de vous,
de tourner la chose de manière à vous faire plaisir. »

Le garçon s'approcha :

« Sec, votre porto, mademoiselle ?

— Oui, merci. »

Il dit encore, d'un air aimable :

« Quel beau temps!

— Ça n'est pas trop tôt, dit Rirette.

— C'est vrai, on aurait cru que l'hiver n'aurait jamais
fini. »

Il s'en alla et Rirette le suivit des yeux. « J'aime bien
ce garçon, pensa-t-elle, il sait se tenir à sa place, il n'est
pas familier, mais il a toujours un mot pour moi, une
petite attention particulière. »

Un jeune homme maigre et voûté la regardait avec

insistance ; Rirette haussa les épaules et lui tourna le
dos : « Quand on veut faire de l'œil aux femmes, on
pourrait au moins avoir du linge propre. Je lui répondrai ça, s'il m'adresse la parole. Je me demande pourquoi
elle ne part pas. Elle ne veut pas faire de peine à Henri,
je trouve ça trop joli : une femme n'a tout de même pas
le droit de gâcher sa vie pour un impuissant. » Rirette
détestait les impuissants, c'était physique. « Elle doit
partir, décida-t-elle, c'est son bonheur qui est en jeu,
je lui dirai qu'on ne doit pas jouer avec son bonheur.
Lulu vous n'avez pas le droit de jouer avec votre
bonheur. Je ne lui dirai rien du tout, c'est fini, je lui ai
dit cent fois, on ne peut pas faire le bonheur des gens
malgré eux. » Rirette sentit un grand vide dans sa tête,
parce qu'elle était si fatiguée, elle regardait le porto,
tout visqueux dans son verre, comme un caramel liquide
et une voix répétait en elle : « Le bonheur, le bonheur »,
et c'était un beau mot attendrissant et grave et elle
pensait que si on lui avait demandé son avis au concours
de *Paris-Soir,* elle aurait dit que c'était le plus beau mot
de la langue française. « Est-ce que quelqu'un y a pensé ?
Ils ont dit : énergie, courage, mais c'est parce que ce
sont des hommes, il aurait fallu que ce soit une femme,
ce sont les femmes qui peuvent trouver ça, il aurait
fallu deux prix, un pour les hommes, et le plus beau
nom ç'aurait été Honneur; un pour les femmes, et
j'aurais gagné, j'aurais dit Bonheur; Honneur et Bonheur
ça rime, c'est amusant. Je lui dirai : " Lulu, vous n'avez
pas le droit de manquer votre bonheur. Votre Bonheur,
Lulu, votre Bonheur. " Personnellement, je trouve
Pierre très bien, d'abord c'est un homme pour de bon,
et puis il est intelligent, ce qui ne gâte rien, il a de l'argent, il sera aux petits soins pour elle. Il est de ces hommes
qui savent aplanir les petites difficultés de la vie, c'est
agréable pour une femme, j'aime bien qu'on sache
commander, c'est une nuance, mais il sait parler, aux
garçons, aux maîtres d'hôtel, on lui obéit, moi j'appelle
ça avoir de la carrure. C'est peut-être ce qui manque le
plus à Henri. Et puis il y a des considérations de santé,
avec le père qu'elle a eu, elle ferait bien de faire attention, c'est charmant d'être mince et diaphane et de n'avoir
jamais ni faim, ni sommeil, de dormir quatre heures par
nuit et de courir Paris toute la journée pour placer des

projets de tissus, mais c'est de l'inconscience, elle aurait besoin de suivre un régime rationnel, manger peu à la fois, je veux bien, mais souvent et à heures fixes. Elle sera bien avancée quand on l'enverra pour dix ans dans un sanatorium. »

Elle fixa d'un air perplexe l'horloge du carrefour Montparnasse dont les aiguilles marquaient onze heures vingt. « Je ne comprends pas Lulu, c'est un drôle de tempérament, je n'ai jamais pu savoir si elle aimait les hommes ou s'ils la dégoûtaient : pourtant avec Pierre elle devrait être contente, ça la change tout de même un peu de son type de l'an dernier, de son Rabut, Rebut, comme je l'appelais. » Ce souvenir l'amusa mais elle retint son sourire parce que le jeune homme maigre la regardait toujours, elle avait surpris son regard en tournant la tête. Rabut avait la figure criblée de points noirs et Lulu s'amusait à les lui ôter en pressant sur la peau avec les ongles : « C'est écœurant, mais ça n'est pas sa faute, Lulu ne sait pas ce que c'est qu'un bel homme, moi, j'adore les hommes coquets, d'abord c'est si joli de belles affaires d'hommes, leurs chemises, leurs souliers, les belles cravates chatoyantes, c'est rude si l'on veut, mais c'est si doux, c'est fort, une force douce, c'est comme leur odeur de tabac anglais et d'eau de Cologne et leur peau quand ils sont bien rasés, ça n'est pas... ça n'est pas de la peau de femme, on dirait du cuir de Cordoue, leurs bras forts se ferment sur vous, on met la tête sur leur poitrine, on sent leur douce odeur forte d'hommes soignés, ils vous murmurent des mots doux; ils ont de belles affaires, de beaux souliers rudes en cuir de vache, ils vous murmurent " Ma chérie, ma douce chérie ", et on se sent défaillir »; Rirette pensa à Louis qui l'avait quittée l'an dernier et son cœur se serra : « Un homme qui s'aime et qui a des tas de petites manières, une chevalière, un étui à cigarettes en or et des petites manies..., seulement ceux-là, ce qu'ils peuvent être rosses, quelquefois, c'est pis que des femmes. Ce qui serait le mieux ce serait un homme de quarante ans, quelqu'un qui se soignerait encore avec des cheveux grisonnants aux tempes et rejetés en arrière, très sec, avec de larges épaules, très sportif, mais qui connaîtrait la vie et qui serait bon parce qu'il aurait souffert. Lulu n'est qu'une gamine, elle a de la chance d'avoir une amie comme moi, parce que Pierre commence à se lasser et il y en a qui en profiteraient au lieu que moi je lui dis toujours de prendre patience, et quand il est un peu tendre avec moi, je n'ai pas l'air d'y faire attention, je me mets à parler de Lulu et je trouve toujours un mot pour la faire valoir, mais elle ne mérite pas la chance qu'elle a, elle ne se rend pas compte, je lui souhaite de vivre un peu seule comme moi depuis que Louis est parti, elle verrait ce que c'est de rentrer seule dans sa chambre le soir, quand on a travaillé toute la journée et de trouver la chambre vide et de mourir d'envie de poser sa tête sur une épaule. On se demande où on trouve le courage de se lever le lendemain matin et de retourner au travail et d'être séduisante et gaie et de donner du courage à tout le monde alors qu'on voudrait plutôt mourir que de continuer cette vie-là. »

L'horloge sonna la demie de onze heures. Rirette pensait au bonheur, à l'oiseau bleu, à l'oiseau du bonheur, à l'oiseau rebelle de l'amour. Elle sursauta : « Lulu a trente minutes de retard, c'est normal. Elle ne quittera jamais son mari, elle n'a pas assez de volonté pour ça. Au fond, c'est surtout par respectabilité qu'elle reste avec Henri : elle le trompe mais tant qu'on lui dit " Madame ", elle pense que ça ne compte pas. Elle dit pis que pendre de lui mais il ne faudrait pas qu'on lui répète le lendemain ce qu'elle a dit, elle se fâcherait tout rouge. J'ai fait tout ce que je pouvais et je lui ai dit ce que j'avais à lui dire, tant pis pour elle. »

Un taxi s'arrêta devant le Dôme et Lulu en descendit. Elle portait une grosse valise et son visage était un peu solennel.

« J'ai quitté Henri », cria-t-elle de loin.

Elle s'approcha, courbée sous le poids de sa valise. Elle souriait.

« Comment Lulu ? dit Rirette saisie, vous ne voulez pas dire ?....

— Oui, dit Lulu, c'est fini, je l'ai laissé tomber. »

Rirette était encore incrédule :

« Il le sait ? Vous le lui avez dit ? »

Les yeux de Lulu devinrent orageux :

« Et comment! dit-elle.

— Eh bien ma petite Lulu! »

Rirette ne savait trop que penser mais, en tout état

de cause, elle supposa que Lulu avait besoin d'encouragements :

« Comme c'est bien, dit-elle, comme vous avez été
courageuse. »

Elle eut envie d'ajouter : vous voyez que ça n'était
pas bien difficile. Mais elle se retint. Lulu se laissait
admirer : elle avait le rouge aux joues et ses yeux flamboyaient. Elle s'assit et posa sa valise près d'elle. Elle
portait un manteau de laine grise avec une ceinture de
cuir et un pull-over jaune clair au col roulé. Elle était
tête nue. Rirette n'aimait pas que Lulu se promenât
tête nue : elle reconnut tout de suite le curieux mélange
de blâme et d'amusement où elle était plongée; Lulu
lui produisait toujours cet effet-là. « Ce que j'aime en
elle, décida Rirette, c'est sa vitalité. »

« En cinq secs, dit Lulu. Et je lui ai dit ce que j'avais
sur le cœur. Il était sonné.

— Je n'en reviens pas, dit Rirette. Mais qu'est-ce
qui vous a pris, ma petite Lulu ? Vous avez mangé du
lion. Hier soir, j'aurais donné ma tête à couper que vous
ne le quitteriez pas.

— C'est à cause de mon petit frère. Avec moi je
veux bien qu'il fasse le supérieur, mais je ne peux pas
souffrir qu'il touche à ma famille.

— Mais comment ça s'est-il passé ?

— Où est le garçon ? dit Lulu en s'agitant sur sa
chaise. Les garçons du Dôme ne sont jamais là quand
on les appelle. C'est le petit brun qui nous sert ?

— Oui, dit Rirette. Vous savez que j'ai fait sa
conquête ?

— Ah ? Eh bien alors méfiez-vous de la dame du
lavabo, il est tout le temps fourré avec elle. Il lui fait
la cour, mais je crois que c'est un prétexte pour voir
les dames entrer aux cabinets; quand elles sortent il les
regarde dans les yeux pour les faire rougir. À propos,
je vous laisse une minute, il faut que je descende téléphoner à Pierre, il va faire une tête! Si vous voyez le
garçon, commandez-moi un café-crème; j'en ai pour une
minute et je vous raconterai tout.

Elle se leva, fit quelques pas et revint vers Rirette.

« Je suis bien heureuse, ma petite Rirette.

— Chère Lulu », dit Rirette en lui prenant les mains.

Lulu se dégagea et traversa la terrasse d'un pas léger.

Rirette la regarda s'éloigner. « Je ne l'aurais jamais
crue capable de ça. Comme elle est gaie, pensa-t-elle,
un peu scandalisée, ça lui réussit de plaquer son mari.
Si elle m'avait écoutée, ce serait fait depuis longtemps.
De toute façon c'est grâce à moi; au fond, j'ai beaucoup d'influence sur elle. »

Lulu revint au bout de quelques instants :

« Pierre en était assis, dit-elle. Il voulait des détails
mais je les lui donnerai tout à l'heure, je déjeune avec
lui. Il dit qu'on pourra peut-être partir demain soir.

— Comme je suis heureuse, Lulu, dit Rirette. Racon-
tez-moi vite. C'est cette nuit que vous avez décidé ça ?

— Vous savez, je n'ai rien décidé, dit Lulu modestement, ça s'est décidé tout seul. » Elle tapa nerveusement
sur la table : « Garçon, garçon! Il m'embête ce garçon,
je voudrais un café-crème. »

Rirette était choquée : à la place de Lulu et dans des
circonstances aussi graves, elle n'aurait pas perdu son
temps à courir après un café-crème. Lulu est quelqu'un
de charmant, mais c'est étonnant comme elle peut être
futile, c'est un oiseau.

Lulu pouffa de rire :

« Si vous aviez vu la tête d'Henri!

— Je me demande ce que va dire votre mère, dit
Rirette avec sérieux.

— Ma mère ? Elle sera en-chan-tée, dit Lulu d'un air
assuré. Il était malpoli avec elle, vous savez, elle en
avait jusque-là! Toujours à lui reprocher de m'avoir mal
élevée, que j'étais ci, que j'étais ça, qu'on voyait bien
que j'avais reçu une éducation d'arrière-boutique. Vous
savez, ce que j'en ai fait c'est un peu à cause d'elle.

— Mais que s'est-il passé ?

— Eh bien il a giflé Robert.

— Mais Robert est donc venu chez vous ?

— Oui, en passant, ce matin, parce que maman veut
le mettre en apprentissage chez Gompez. Je crois que
je vous l'ai dit. Alors il est passé chez nous pendant
que nous prenions notre petit déjeuner et Henri l'a giflé.

— Mais pourquoi ? » demanda Rirette légèrement
agacée. Elle détestait la façon dont Lulu racontait les
histoires.

« Ils ont eu des mots, dit Lulu vaguement, et le petit
ne s'est pas laissé faire. Il lui tient tête. " Vieux cul "

qu'il lui a fait, en pleine figure. Parce qu'Henri l'a appelé mal élevé, naturellement, il ne sait dire que ça ; je me tordais. Alors Henri s'est levé, nous déjeunions dans le studio, et il lui a flanqué une gifle, je l'aurais tué !

— Alors, vous êtes partie ?

— Partie ? dit Lulu étonnée, où ?

— Je croyais que c'était à ce moment-là que vous l'aviez quitté. Écoutez, ma petite Lulu, il faut me raconter ça en ordre, sans ça je n'y comprends rien. Dites-moi, ajouta-t-elle, prise d'un soupçon, vous l'avez bien quitté, c'est bien vrai ?

— Mais oui, voilà une heure que je vous l'explique.

— Bon. Alors Henri a giflé Robert. Et après ?

— Après, dit Lulu, je l'ai enfermé sur le balcon, c'était trop drôle ! Il était encore en pyjama, il tapait à la vitre mais il n'osait pas casser les carreaux parce qu'il est avare comme un pou. Moi, à sa place, j'aurais tout bousillé, même si j'avais dû me mettre les mains en sang. Et puis les Texier se sont amenés. Alors il m'a fait des sourires à travers la fenêtre, il faisait semblant que c'était une plaisanterie. »

Le garçon passait ; Lulu le saisit par le bras :

« Alors, vous voilà, garçon ? Est-ce que ça vous dérangerait de me servir un café-crème ? »

Rirette se sentit gênée et elle fit au garçon un sourire un peu complice[a] mais le garçon resta sombre et s'inclina avec une obséquiosité pleine de blâme. Rirette en voulut un peu à Lulu : elle ne savait jamais prendre le ton juste avec les inférieurs, elle était tantôt trop familière, tantôt trop exigeante et trop sèche.

Lulu se mit à rire.

« Je ris parce que je revois Henri en pyjama sur le balcon ; il tremblait de froid. Vous savez comment je m'y suis prise pour l'enfermer ? Il était au fond du studio, Robert pleurait et il faisait des sermons. J'ai ouvert la fenêtre et j'ai fait : " Regarde Henri ! il y a un taxi qui a renversé la marchande de fleurs. " Il est venu à côté de moi : il aime bien la marchande de fleurs parce qu'elle lui a dit qu'elle était suisse et il croit qu'elle est amoureuse de lui. " Où ça ? Où ça ? " qu'il disait. Moi je me suis retirée en douce, je suis rentrée dans la chambre et j'ai refermé la fenêtre. Je lui ai crié à travers la vitre : " Ça t'apprendra à faire la brute avec mon frère. " Je l'ai laissé plus d'une heure sur le balcon, il nous regardait avec des yeux ronds, il était bleu de colère. Moi je lui tirais la langue et je donnais des bonbons à Robert; après ça, j'ai apporté mes affaires dans le studio et je me suis habillée devant Robert parce que je sais qu'Henri déteste ça : Robert m'embrassait les bras et dans le cou comme un petit homme, il est charmant; nous faisions comme si Henri n'était pas là. De l'affaire, j'ai oublié de me laver.

— Et l'autre qui était là derrière la fenêtre. C'est trop comique », dit Rirette en riant aux éclats.

Lulu cessa de rire :

« J'ai peur qu'il n'ait pris froid, dit-elle sérieusement; dans la colère on ne réfléchit pas. » Elle reprit avec gaieté : « Il nous tendait le poing et il parlait tout le temps mais je ne comprenais pas la moitié de ce qu'il disait. Puis Robert est parti et là-dessus les Texier ont sonné et je les ai fait entrer. Quand il les a vus, il est devenu tout sourires, il a fait des courbettes sur le balcon et moi je leur disais : "Regardez mon mari, mon grand chéri, s'il ne ressemble pas à un poisson dans un aquarium ?" Les Texier le saluaient à travers la vitre, ils étaient légèrement ahuris mais ils savent se tenir.

— Je vois ça d'ici, dit Rirette en riant. Haha! Votre mari sur le balcon et les Texier dans le studio! » Elle répéta plusieurs fois « votre mari sur le balcon et les Texier dans le studio... » Elle aurait voulu trouver des mots drôles et pittoresques pour décrire la scène à Lulu, elle pensait que Lulu n'avait pas le sens du comique. Mais les mots ne vinrent pas.

« J'ai ouvert la fenêtre, dit Lulu, et Henri est rentré. Il m'a embrassée devant les Texier et il m'a appelée petite friponne. "La petite friponne, qu'il faisait, elle a voulu me jouer un tour. " Et je souriais, et les Texier souriaient poliment, tout le monde souriait. Mais quand ils ont été partis, il m'a lancé un coup de poing sur l'oreille. Alors j'ai pris une brosse et je la lui ai envoyée sur le coin de la bouche : je lui ai fendu les deux lèvres.

— Ma pauvre Lulu », dit Rirette avec tendresse.

Mais Lulu repoussa du geste toute compassion. Elle se tenait droite en secouant ses boucles brunes d'un air combatif et ses yeux lançaient des éclairs.

« C'est là qu'on s'est expliqué : je lui ai lavé les lèvres
avec une serviette et je lui ai dit que j'en avais marre,
que je ne l'aimais plus, et que je partirais. Il s'est mis
à pleurer, il a dit qu'il se tuerait. Mais ça ne prend plus :
vous vous rappelez, Rirette, l'année dernière, au moment
de ces histoires avec la Rhénanie¹, il me chantait ça tous
les jours : il va y avoir la guerre, Lulu, je vais partir
et je serai tué, tu me regretteras, tu auras du remords
pour toutes les peines que tu m'as faites. " Ça va, que
je lui répondais, tu es impuissant, c'est un cas de
réforme. " Tout de même je l'ai calmé, parce qu'il parlait
de m'enfermer à clé dans le studio, je lui ai juré que je
ne partirais pas avant un mois. Après ça, il a été à son
bureau, il avait les yeux rouges et un bout de taffetas
gommé sur la lèvre, il n'était pas beau. Moi, j'ai fait
le ménage, j'ai mis les lentilles sur le feu et j'ai fait ma
valise. Je lui ai laissé un mot sur la table de la cuisine.

— Qu'est-ce que vous lui écriviez ?

— Je lui mettais, dit Lulu fièrement : " Les lentilles
sont sur le feu. Sers-toi et éteins le gaz. Il y a du jambon
dans le frigidaire. Moi j'en ai marre et je les mets.
Adieu ". »

Elles rirent toutes deux et des passants se retournèrent. Rirette pensa qu'elles devaient offrir un spectacle
charmant et elle regretta de ne pas être assise à la terrasse de Viel ou du café de la Paix. Quand elles eurent
fini de rire, elles se turent et Rirette s'aperçut qu'elles
n'avaient plus rien à se dire. Elle était un peu déçue.

« Il faut que je me sauve, dit Lulu en se levant; je
retrouve Pierre à midi. Qu'est-ce que je vais faire de ma
valise ?

— Laissez-la moi, dit Rirette, je la confierai tout à
l'heure à la dame des lavabos. Quand est-ce que je vous
revois ?

— Je viendrai vous prendre chez vous à deux heures,
j'ai un tas de courses à faire avec vous : je n'ai pas pris
la moitié de mes affaires, il faudra que Pierre me donne
de l'argent. »

Lulu partit et Rirette appela le garçon. Elle se sentait
grave et triste pour deux. Le garçon accourut : Rirette
avait déjà remarqué qu'il s'empressait toujours de venir
quand c'était elle qui l'appelait.

« C'est cinq francs », dit-il. Il ajouta d'un air un peu

sec : « Vous étiez bien gaies, toutes les deux, on vous entendait rire d'en bas. »

Lulu l'a blessé, pensa Rirette avec dépit. Elle dit en rougissant

« Mon amie est un peu nerveuse ce matin.

— Elle est charmante, dit le garçon avec âme. Je vous remercie, mademoiselle. »

Il empocha les six francs et s'en fut. Rirette était un peu étonnée, mais midi sonna et elle pensa qu'Henri allait rentrer chez lui et trouver le mot de Lulu : ce fut pour elle un moment plein de douceur.

« Je voudrais qu'on envoie tout ça *avant demain soir*, à l'hôtel du Théâtre, rue Vandamme[a] », dit Lulu à la caissière, d'un air de dame. Elle se tourna vers Rirette :

« C'est fini, Rirette, on les met.

— Quel nom ? dit la caissière.

— Mme Lucienne Crispin. »

Lulu jeta son manteau sur son bras et se mit à courir; elle descendit en courant le grand escalier de la Samaritaine. Rirette la suivait, faillit[b] plusieurs fois tomber parce qu'elle ne regardait pas ses pieds : elle n'avait d'yeux que pour la mince silhouette bleue et jaune serin qui dansait devant elle! « C'est pourtant vrai qu'elle a un corps obscène... » Chaque fois que Rirette voyait Lulu de dos ou de profil, elle était frappée par l'obscénité de ses formes mais elle ne s'expliquait pas pourquoi; c'était une impression. « Elle est souple et mince, mais elle a quelque chose d'indécent, je ne sors pas de là. Elle fait tout ce qu'elle peut pour se mouler, ça doit être ça. Elle dit qu'elle a honte de son derrière et elle met des jupes qui lui collent aux fesses. Il est petit, son derrière, je veux bien, bien plus petit[c] que le mien, mais il se voit davantage. Il est tout rond, au-dessous de ses reins maigres, il remplit bien la jupe, on dirait qu'on l'a coulé dedans; et puis il danse. »

Lulu se retourna et elles se sourirent. Rirette pensait au corps indiscret de son amie avec un mélange de réprobation et de langueur : de petits seins retroussés, une chair polie, toute jaune — quand on la touchait on aurait juré du caoutchouc — de longues cuisses, un long corps canaille, aux membres longs : « Un corps de négresse, pensa Rirette, elle a l'air d'une négresse qui danse la rumba. » Près de la porte tambour, une glace renvoya à Rirette le reflet de ses formes pleines : « Je suis plus sportive, pensa-t-elle en prenant le bras de Lulu, elle fait plus d'effet que moi quand nous sommes habillées, mais toute nue, je suis sûrement mieux qu'elle. »

Elles restèrent un moment silencieuses, puis Lulu dit :

« Pierre a été charmant. Vous aussi vous avez été charmante, Rirette, je vous suis bien reconnaissante à tous les deux. »

Elle avait dit ça d'un air contraint, mais Rirette n'y fit pas attention : Lulu n'avait jamais su remercier, elle était trop timide.

« Ça m'embête, dit soudain Lulu, mais il faut que je m'achète un soutien-gorge.

— Ici ? » dit Rirette. Elles passaient justement devant un magasin de lingerie.

« Non. Mais c'est parce que j'en voyais que j'y ai pensé. Pour les soutiens-gorge, je vais chez Fischer.

— Boulevard du Montparnasse ? s'écria Rirette. Faites bien attention, Lulu, reprit-elle gravement, il vaudrait mieux ne pas trop hanter le boulevard Montparnasse, surtout à cette heure-ci : nous allons tomber sur Henri, ce sera infiniment désagréable.

— Sur Henri ? dit Lulu en haussant les épaules; mais, non, pourquoi ? »

L'indignation empourpra les joues et les tempes de Rirette.

« Vous êtes bien toujours la même, ma petite Lulu : quand une chose vous déplaît, vous la niez, purement et simplement. Vous avez envie d'aller chez Fischer, alors vous me soutenez qu'Henri ne passe pas sur le boulevard du Montparnasse. Vous savez très bien qu'il y passe tous les jours à six heures, c'est son chemin. Vous me l'avez dit vous-même : il remonte la rue de Rennes et il va attendre l'AE[1] à l'angle du boulevard Raspail.

— D'abord il n'est que cinq heures, dit Lulu, et puis il n'a peut-être pas été au bureau : après le mot que je lui ai écrit, il a dû s'étendre.

— Mais Lulu, dit soudain Rirette, il y a un autre Fischer, vous savez bien, pas loin de l'Opéra, dans la rue du 4-Septembre.

— Oui, dit Lulu d'un air veule, mais il faudra y aller.

— Ah, je vous aime bien, ma petite Lulu! Il faudra y aller! Mais c'est à deux pas, c'est bien plus près que le carrefour Montparnasse.

— J'aime pas ce qu'ils vendent. »

Rirette pensa avec amusement que tous les Fischer vendaient les mêmes articles. Mais Lulu avait des obstinations incompréhensibles : Henri était incontestablement la personne qu'elle avait le moins envie de rencontrer en ce moment et on aurait dit qu'elle faisait exprès de se jeter dans ses jambes.

« Eh bien, dit-elle avec indulgence, allons à Montparnasse, d'ailleurs Henri est si grand que nous l'apercevrons avant qu'il ne nous voie.

— Et puis quoi ? dit Lulu, si on le rencontre, on le rencontrera, c'est tout. Il ne va pas nous manger. »

Lulu tint à gagner Montparnasse à pied; elle dit qu'elle avait besoin d'air. Elles suivirent la rue de Seine, puis la rue de l'Odéon et la rue de Vaugirard. Rirette fit l'éloge de Pierre et montra à Lulu combien il avait été parfait dans cette circonstance.

« Ce que j'aime Paris, dit Lulu, ce que je vais avoir de regrets !

— Taisez-vous donc, Lulu. Quand je pense que vous avez la chance d'aller à Nice et que vous regrettez Paris. »

Lulu ne répondit pas, elle se mit à regarder à droite et à gauche d'un air triste et chercheur.

Lorsqu'elles sortirent de chez Fischer elles entendirent sonner six heures. Rirette prit Lulu par le coude et voulut l'emmener au plus vite. Mais Lulu s'arrêta devant Baumann le fleuriste.

« Regardez ces azalées, ma petite Rirette. Si j'avais un beau salon, j'en mettrais partout.

— Je n'aime pas les fleurs en pot », dit Rirette.

Elle était exaspérée. Elle tourna la tête du côté de la rue de Rennes et naturellement, au bout d'une minute elle vit apparaître la grande silhouette stupide d'Henri. Il était nu-tête et portait un veston de sport en tweed marron. Rirette détestait le marron :

« Le voilà, Lulu, le voilà, dit-elle précipitamment.

— Où ? dit Lulu, où est-il ? »

Elle n'était guère plus calme que Rirette.

« Derrière nous, sur l'autre trottoir. Filons et ne vous retournez pas. »

Lulu se retourna tout de même.

« Je le vois », dit-elle.

Rirette chercha à l'entraîner mais Lulu se raidit, elle regardait fixement Henri. Elle dit enfin :

« Je crois qu'il nous a vues. »

Elle paraissait effrayée, elle céda d'un seul coup à Rirette et se laissa docilement emmener.

« Maintenant, pour l'amour du Ciel, Lulu, ne vous retournez plus, dit Rirette un peu essoufflée. Nous allons tourner dans la prochaine rue à droite, c'est la rue Delambre. »

Elles marchaient très vite et bousculaient les passants. Par moments Lulu se faisait un peu traîner, à d'autres moments c'était elle qui tirait Rirette en avant. Mais elles n'avaient pas atteint le coin de la rue Delambre quand Rirette vit une grande ombre brune un peu en arrière de Lulu; elle comprit que c'était Henri et se mit à trembler de colère. Lulu gardait les paupières baissées, elle avait l'air sournois et buté. « Elle regrette son imprudence mais il est trop tard, tant pis pour elle. »

Elles pressèrent le pas; Henri les suivait sans dire un mot. Elles dépassèrent la rue Delambre et continuèrent à marcher dans la direction de l'Observatoire. Rirette entendait craquer les souliers d'Henri; il y avait aussi une sorte de râle léger et régulier qui scandait leur marche : c'était le souffle d'Henri (Henri avait toujours eu le souffle fort, mais jamais à ce point-là : il avait dû courir pour les rejoindre, ou bien c'était l'émotion).

« Il faut faire comme s'il n'était pas là, pensa Rirette. Ne pas avoir l'air de s'apercevoir de son existence. » Mais elle ne put s'empêcher de le regarder du coin de l'œil. Il était blanc comme un linge et baissait tellement les paupières que ses yeux semblaient clos. « On dirait un somnambule », pensa Rirette avec une espèce d'horreur. Les lèvres d'Henri tremblaient et, sur la lèvre inférieure, un petit bout de taffetas rose, à moitié décollé, s'était mis à trembler aussi. Et le souffle; toujours le souffle égal et rauque qui se terminait à présent par une petite musique nasillarde. Rirette se sentait mal à l'aise : elle ne craignait pas Henri, mais la maladie et la passion lui faisaient toujours un peu peur. Au bout d'un moment, Henri avança doucement la main, sans regarder, et saisit le bras de Lulu. Lulu tordit la bouche comme si elle allait pleurer et se dégagea en frissonnant.

« Pfffouh! » fit Henri.

Rirette avait une envie folle de s'arrêter : elle avait un point de côté et ses oreilles bourdonnaient. Mais Lulu courait presque; elle aussi, elle avait l'air d'une somnambule, Rirette eut l'impression que, si elle lâchait le bras de Lulu et si elle s'arrêtait, ils continueraient tous deux à courir côte à côte, muets, pâles comme des morts et les yeux clos.

Henri se mit à parler. Il dit d'une drôle de voix enrouée :

« Rentre avec moi. »

Lulu ne répondit pas. Henri reprit, de la même voix rauque et sans intonation :

« Tu es ma femme. Rentre avec moi.

— Vous voyez bien qu'elle ne veut pas rentrer, répondit Rirette les dents serrées. Laissez-la tranquille. »

Il n'eut pas l'air de l'entendre. Il répétait :

« Je suis ton mari, je veux que tu rentres avec moi.

— Je vous prie de la laisser tranquille, dit Rirette sur un ton aigu, vous ne gagnerez rien à l'embêter comme ça, fichez-nous la paix. »

Il tourna vers Rirette un visage étonné :

« C'est ma femme, dit-il; elle est à moi, je veux qu'elle rentre avec moi. »

Il avait pris le bras de Lulu et cette fois Lulu ne se dégagea pas :

« Allez-vous-en, dit Rirette.

— Je ne m'en irai pas, je la suivrai partout, je veux qu'elle rentre à la maison. »

Il parlait avec effort. Tout à coup, il fit une grimace qui découvrit ses dents et il cria de toutes ses forces :

« Tu es à moi! »

Des gens se retournèrent en riant. Henri secouait le bras de Lulu et grondait comme une bête en retroussant les lèvres. Par bonheur, un taxi vide vint à passer. Rirette lui fit signe et s'arrêta. Henri s'arrêta aussi. Lulu voulut poursuivre sa marche mais ils la maintinrent solidement, chacun par un bras.

« Vous devriez comprendre, dit Rirette en tirant

Lulu vers la chaussée que vous ne la ramènerez jamais à vous par ces violences.

— Laissez-la, laissez ma femme », dit Henri en tirant en sens inverse. Lulu était molle comme un paquet de linge.

« Vous montez ou vous ne montez pas ? » cria le chauffeur impatienté.

Rirette lâcha le bras de Lulu et fit pleuvoir une grêle de coups sur les mains d'Henri. Mais il ne paraissait pas les sentir. Au bout d'un moment il lâcha prise et se mit à regarder Rirette d'un air stupide. Rirette le regarda aussi. Elle avait peine à rassembler ses idées, un immense écœurement l'avait envahie. Ils restèrent ainsi les yeux dans les yeux pendant quelques secondes; ils soufflaient tous les deux. Puis Rirette se reprit, elle saisit Lulu par la taille et la traîna jusqu'au taxi.

« Où va-t-on ? » dit le chauffeur.

Henri les avait suivies, il voulait monter avec elles. Mais Rirette le repoussa de toutes ses forces et referma précipitamment la portière.

« Oh partez, partez! fit-elle au chauffeur. On vous dira l'adresse après. »

Le taxi démarra et Rirette se laissa aller au fond de la voiture. « Comme tout cela était vulgaire », pensa-t-elle. Elle haïssait Lulu.

« Où voulez-vous aller, ma petite Lulu », demanda-t-elle doucement.

Lulu ne répondit pas. Rirette l'entoura de ses bras et se fit persuasive :

« Il faut me répondre. Voulez-vous que je vous dépose chez Pierre ? »

Lulu fit un mouvement que Rirette prit pour un acquiescement. Elle se pencha en avant :

« 11, rue de Messine. »

Quand Rirette se retourna, Lulu la regardait d'un drôle d'air.

« Qu'est-ce qu'il..., commença Rirette.

— Je vous déteste, hurla Lulu, je déteste Pierre, je déteste Henri. Qu'est-ce que vous avez tous après moi ? Vous me torturez. »

Elle s'arrêta net et tous ses traits se brouillèrent.

« Pleurez, dit Rirette avec une dignité calme, pleurez, ça vous fera du bien. »

Lulu se plia en deux et se mit à sangloter. Rirette la prit dans ses bras et la serra contre elle. De temps à autre, elle lui caressait les cheveux. Mais, au dedans, elle se sentait froide et méprisante. Quand la voiture s'arrêta, Lulu s'était calmée. Elle s'essuya les yeux et se poudra.

« Excusez-moi, dit-elle gentiment, c'était nerveux. Je n'ai pas pu supporter de le voir dans cet état, il me faisait mal.

— Il avait l'air d'un orang-outang », dit Rirette rassérénée.

Lulu sourit.

« Quand est-ce que je vous revois, demanda Rirette.

— Oh, pas avant demain. Vous savez que Pierre ne peut pas me loger à cause de sa mère ? Je suis à l'hôtel du Théâtre. Vous pourriez venir assez tôt, vers les neuf heures, si ça ne vous dérange pas, parce qu'ensuite j'irai voir maman. »

Elle était blafarde et Rirette pensa avec tristesse que c'était terrible la facilité avec laquelle Lulu pouvait se décomposer.

« N'en faites pas trop, ce soir, dit-elle.

— Je suis terriblement fatiguée, dit Lulu, j'espère que Pierre me laissera rentrer de bonne heure, mais il ne comprend jamais ces choses-là. »

Rirette garda le taxi et se fit conduire chez elle. Elle avait pensé un moment qu'elle irait au cinéma mais elle n'en avait plus le cœur. Elle jeta son chapeau sur une chaise et fit un pas vers la fenêtre. Mais le lit l'attirait, tout blanc, tout doux, tout moite dans son creux d'ombre. S'y jeter, sentir la caresse de l'oreiller contre ses joues brûlantes. « Je suis forte, c'est moi qui ai tout fait pour Lulu et maintenant je suis seule et personne ne fait rien pour moi. » Elle avait tant de pitié pour elle-même qu'elle sentit une houle de sanglots monter jusqu'à sa gorge. « Ils vont partir pour Nice et je ne les verrai plus. C'est moi qui aurai fait leur bonheur mais ils ne penseront plus à moi. Et moi je resterai ici à travailler huit heures par jour, à vendre des perles fausses chez Burma. » Quand les premières larmes roulèrent sur ses joues, elle se laissa tomber doucement sur son lit. « À Nice... répétait-elle en pleurant amèrement, à Nice... au soleil... sur la Riviera... »

« Pouah! »

Nuit noire. On aurait dit que quelqu'un marchait dans la chambre : un homme avec des pantoufles. Il avançait avec précaution un pied, puis l'autre, sans pouvoir éviter un léger craquement du plancher. Il s'arrêtait, il y avait un moment de silence, puis, transporté soudain à l'autre bout de la chambre, il reprenait, comme un maniaque, sa marche sans but. Lulu avait froid, les couvertures étaient beaucoup trop légères. Elle avait dit : « Pouah! » à voix haute et le son de sa voix lui avait fait peur.

Pouah! Je suis sûre qu'à présent il regarde le ciel et les étoiles, il allume une cigarette, il est dehors, il a dit qu'il aimait la teinte mauve du ciel de Paris. À petits pas, il rentre chez lui, à petits pas : il se sent poétique quand il vient de faire ça, il me l'a dit, et léger comme une vache qu'on vient de traire, il n'y pense plus — et moi je suis souillée. Ça ne m'étonne pas qu'il soit pur en ce moment, il a laissé son ordure ici, dans le noir, il y a un essuie-main qui en est rempli et le drap est humide au milieu du lit, je ne peux pas étendre mes jambes parce que je sentirais le mouillé sous ma peau, quelle ordure, et lui il est tout sec[a], je l'ai entendu qui sifflotait sous ma fenêtre quand il est sorti; il était là en dessous, sec et frais dans ses beaux habits, dans son pardessus de demi-saison, il faut reconnaître qu'il sait s'habiller, une femme peut être fière de sortir avec lui, il était sous ma fenêtre et moi j'étais nue dans le noir et j'avais froid et je me frottais le ventre avec les mains parce que je me croyais encore toute mouillée. « Je monte une minute[b], qu'il avait fait, juste pour voir ta chambre. » Il est resté deux heures et le lit grinçait — ce sale petit lit de fer. Je me demande où il a été chercher cet hôtel, il m'avait dit qu'il y avait passé quinze jours autrefois, que j'y serais très bien, ce sont de drôles de chambres, j'en ai vu deux, je n'ai jamais vu de chambres si petites et elles sont encombrées de meubles, il y a des poufs et des canapés et des petites tables, ça pue l'amour, je ne sais pas s'il y a passé quinze jours mais il ne les a sûrement pas passés seul; il faut qu'il me respecte bien peu pour m'avoir collée là-dedans. Le garçon de l'hôtel rigolait quand nous sommes montés, c'est un Algérien, je déteste ces types-là, j'en ai peur, il m'a regardé les jambes, après ca il est rentré dans le bureau, il a dû se dire : « Ça y est, ils font ça » et il s'est imaginé des choses sales, il paraît que c'est effrayant ce qu'ils font là-bas, aux femmes; s'il y en a une qui leur tombe sous la main, elle reste boiteuse pour la vie; et tout le temps que Pierre m'embêtait je pensais à cet Algérien qui pensait à ce que je faisais et qui se figurait des ordures pires encore que ça n'était. Il y a quelqu'un dans la chambre!

Lulu retint son souffle mais les craquements cessèrent presque aussitôt. J'ai mal entre les cuisses, ça me démange et ça me cuit, j'ai envie de pleurer et ce sera ainsi toutes les nuits sauf la nuit prochaine parce que nous serons dans le train. Lulu se mordit la lèvre et frissonna parce qu'elle se rappelait qu'elle avait gémi. C'est pas vrai, je n'ai pas gémi, j'ai seulement respiré un peu fort, parce qu'il est si lourd, quand il est sur moi il me coupe le souffle. Il m'a dit : « Tu gémis, tu jouis »; j'ai horreur qu'on parle en faisant ça, je voudrais qu'on s'oublie, mais lui il n'arrête pas de dire des cochonneries. Je n'ai pas gémi[a], d'abord, je ne peux pas prendre de plaisir, c'est un fait, le médecin l'a dit, à moins que je ne me le donne moi-même. Il ne veut pas le croire, ils n'ont jamais voulu le croire, ils disaient tous : « C'est parce qu'on t'a mal commencée, moi je t'apprendrai le plaisir »; je les laissais dire, je savais bien ce qui en était, c'est médical; mais ça les vexe.

Quelqu'un montait l'escalier. C'est quelqu'un qui rentre. À moins, mon Dieu, que ce soit lui qui revienne. Il en est bien capable, si l'envie l'a repris. Ce n'est pas lui, ce sont des pas lourds — ou alors — le cœur de Lulu sauta dans sa poitrine — si c'était l'Algérien, il sait que je suis seule, il va venir cogner à la porte, je ne peux pas, je ne peux pas supporter ça, non, c'est à l'étage d'en dessous, c'est un type qui rentre, il met sa clef dans la serrure, il lui faut du temps, il est saoul, je me demande qui loge dans cet hôtel, ça doit être du propre; j'ai rencontré une rousse, cette après-midi, dans l'escalier, elle avait des yeux de droguée. Je n'ai pas

gémi! Mais naturellement il a fini par me troubler avec
tous ses tripotages, il sait faire; j'ai horreur des types
qui savent faire, j'aimerais mieux coucher avec un
vierge. Ces mains qui vont tout droit où il faut, qui
frôlent, qui appuient un peu, pas trop... ils vous prennent
pour un instrument dont ils sont fiers de savoir jouer.
Je déteste qu'on me trouble, j'ai la gorge sèche, j'ai
peur et j'ai un goût dans la bouche et je suis humiliée
parce qu'ils croient qu'ils me dominent, Pierre je le
giflerais quand il prend son air fat et qu'il dit : « J'ai
la technique. » Mon Dieu, dire que la vie c'est ça, c'est
pour ça qu'on s'habille et qu'on se lave et qu'on se
fait belle et tous les romans sont écrits sur ça et on y
pense tout le temps et finalement voilà ce que c'est, on
s'en va dans une chambre avec un type qui vous étouffe
à moitié et qui vous mouille le ventre pour finir. Je
veux dormir[a], oh, si je pouvais seulement un peu dormir,
demain je voyagerai toute la nuit, je serai brisée. Je
voudrais tout de même être un peu fraîche pour me
balader dans Nice; il paraît que c'est si beau, il y a
des petites rues italiennes et des linges de couleur qui
sèchent au soleil, je m'installerai avec mon chevalet et
je peindrai et des petites filles viendront regarder ce
que je fais. Saloperie! (elle s'était un peu avancée et sa
hanche avait touché la tache humide du drap). C'est
pour faire ça qu'il m'emmène. Personne, personne ne
m'aime. Il marchait à côté de moi et je défaillais presque
et j'attendais un mot de tendresse, il aurait dit : « Je
t'aime » je ne serais pas revenue chez lui bien sûr,
mais je lui aurais dit quelque chose de gentil, on se serait
quittés bons amis, j'attendais, j'attendais, il m'a pris le
bras et je lui ai laissé mon bras, Rirette était furieuse,
ça n'est pas vrai qu'il avait l'air d'un orang-outang mais
je savais qu'elle pensait quelque chose comme ça, elle
le regardait de côté avec de sales yeux, c'est étonnant
comme elle peut être mauvaise, eh bien, malgré ça
quand il m'a pris le bras je n'ai pas résisté mais ça n'est
pas *moi* qu'il voulait, il voulait *sa femme* parce qu'il m'a
épousée et qu'il est mon mari; il me rabaissait toujours,
il disait qu'il était plus intelligent que moi et tout ce
qui est arrivé c'est sa faute, il n'avait qu'à ne pas me
traiter de son haut, je serais encore avec lui. Je suis
sûre qu'il ne me regrette pas en ce moment, il ne pleure

pas, il râle, voilà ce qu'il fait et il est bien content parce
qu'il a le lit pour lui tout seul et qu'il peut étendre ses
grandes jambes. Je voudrais mourir. J'ai si peur qu'il
ne pense du mal de moi; je ne pouvais rien lui expliquer
parce que Rirette était entre nous, elle parlait, elle parlait,
elle avait l'air hystérique. Elle est contente à présent,
elle se complimente sur son courage, comme c'est malin
avec Henri qui est doux comme un mouton. J'irai.
Ils ne peuvent tout de même pas me forcer à le quitter
comme un chien. Elle sauta hors du lit et tourna le
commutateur. Mes bas et une combinaison ça suffit.
Elle*ᵃ* ne prit même pas la peine de se peigner, tant elle
était pressée et les gens qui me verront ne sauront pas
que je suis nue sous mon grand manteau gris, il me
tombe jusqu'aux pieds. L'Algérien — elle s'arrêta le
cœur battant — il va falloir que je le réveille pour qu'il
m'ouvre la porte. Elle descendit à pas de loup — mais
les marches craquaient une à une; elle frappa contre la
vitre du bureau.

« Qu'est-ce que c'est ? » dit l'Algérien. Ses yeux
étaient roses et ses cheveux embroussaillés, il n'avait
pas l'air bien redoutable.

« Ouvrez-moi la porte », dit Lulu avec sécheresse.

Un quart d'heure plus tard elle sonnait chez Henri.

« Qui est là ? demanda Henri à travers la porte.
— C'est moi. »

Il ne répond rien, il ne veut pas me laisser rentrer
chez moi. Mais je taperai sur la porte jusqu'à ce qu'il
ouvre, il cédera à cause des voisins. Au bout d'une
minute la porte s'entrebâilla et Henri apparut, blafard
avec un bouton sur le nez; il était en pyjama. « Il n'a
pas dormi », pensa Lulu avec tendresse.

« Je ne voulais pas partir comme ça, je voulais te
revoir. »

Henri ne disait toujours rien. Lulu entra en le poussant un peu. Qu'il est donc emprunté, on le trouve
toujours sur son passage, il me regarde avec des yeux
ronds, il a les bras ballants, il ne sait que faire de son
corps. Tais-toi, va, tais-toi, je vois bien que tu es ému
et que tu ne peux pas parler. Il faisait effort pour avaler
sa salive et ce fut Lulu qui dut fermer la porte.

« Je veux qu'on se quitte bons amis », dit-elle.

Il ouvrit la bouche comme s'il voulait parler, tourna
précipitamment sur lui-même et s'enfuit. Qu'est-ce qu'il
fait ? Elle n'osait le suivre. Est-ce qu'il pleure ? Elle
l'entendit soudain tousser : il est aux cabinets. Quand
il revint, elle se pendit à son cou et colla sa bouche
contre la sienne : il sentait le vomi. Lulu éclata en sanglots :

« J'ai froid, dit Henri.

— Couchons-nous, proposa-t-elle en pleurant, je peux
rester jusqu'à demain matin. »

Ils se couchèrent et Lulu fut secouée d'énormes sanglots parce qu'elle retrouvait sa chambre et son beau
lit propre et la lueur rouge dans la vitre. Elle pensait
qu'Henri la prendrait dans ses bras mais il n'en fit
rien : il était couché de tout son long, comme si on
avait mis un piquet dans le lit. Il est aussi raide que quand
il parle avec un Suisse. Elle lui prit la tête à deux mains
et le regarda fixement. « Tu es pur, toi, tu es pur. » Il
se mit à pleurer.

« Que je suis malheureux, dit-il, je n'ai jamais été
aussi malheureux.

— Moi non plus », dit Lulu.

Ils pleurèrent longtemps. Au bout d'un moment elle
éteignit et mit la tête sur son épaule. Si on pouvait
rester comme ça toujours : purs et tristes comme deux
orphelins; mais ça n'est pas possible, ça n'arrive pas
dans la vie. La vie était une énorme vague qui allait
fondre sur Lulu et l'arracher aux bras d'Henri. Ta
main, ta grande main. Il en est fier parce qu'elles sont
grandes, il dit que les descendants de vieille famille
ont toujours de grandes extrémités. Il ne me prendra
plus la taille entre ses mains — il me chatouillait un
peu mais j'étais fière parce qu'il pouvait presque rejoindre
ses doigts. Ce n'est pas vrai qu'il est impuissant, il est
pur, pur — et un peu paresseux. Elle sourit à travers
ses larmes, et l'embrassa sous le menton.

« Qu'est-ce que je vais dire, à mes parents ? fit
Henri. Ma mère en mourra. »

Mme Crispin ne mourrait pas, elle triompherait au
contraire. Ils parleront de moi, aux repas, tous les cinq,
avec des airs de blâme, comme des gens qui en savent
long mais qui ne veulent pas tout dire à cause de la
petite qui a seize ans, qui est trop jeune pour qu'on

parle de certaines choses devant elle. Elle rigolera au-
dedans parce qu'elle saura tout, elle sait toujours tout
et elle me déteste. Toute cette boue! Et les apparences
sont contre moi.

« Ne leur dis pas tout de suite, supplia-t-elle, dis que
je suis à Nice pour ma santé.

— Ils ne me croiront pas. »

Elle embrassa Henri à petits coups rapides sur tout
le visage.

« Henri, tu n'étais pas assez gentil avec moi.

— C'est vrai, dit Henri, je n'étais pas assez gentil.
Mais toi non plus, dit-il à la réflexion, tu n'étais pas
assez gentille.

— Moi non plus. Hou! dit Lulu, que nous sommes
malheureux! »

Elle pleurait si fort qu'elle pensa suffoquer : bientôt
le jour allait paraître et elle partirait. On ne fait jamais,
jamais ce qu'on veut, on est emporté.

« Tu n'aurais pas dû partir comme ça », dit Henri.
Lulu soupira.

« Je t'aimais bien, Henri.

— Et maintenant, tu ne m'aimes plus ?

— Ce n'est pas*a* la même chose.

— Avec qui pars-tu ?

— Avec des gens que tu ne connais pas.

— Comment connais-tu des gens que je ne connais
pas, dit Henri avec colère, où les as-tu vus ?

— Laisse ça, mon chéri, mon petit Gulliver, tu ne
vas pas faire le mari en ce moment ?

— Tu pars avec un homme! dit Henri en pleurant.

— Écoute Henri, je te jure que non, je te jure sur
la tête de maman, les hommes me dégoûtent trop en
ce moment. Je pars avec un ménage, des amis de Rirette,
des gens âgés. Je veux vivre seule, ils me trouveront
du travail; oh, Henri, si tu savais comme j'ai besoin
de vivre seule, comme tout ça me dégoûte.

— Quoi ? dit Henri, qu'est-ce qui te dégoûte ?

— Tout! elle l'embrassa — il n'y a que toi qui ne me
dégoûtes pas, mon chéri. »

Elle passa ses mains sous le pyjama d'Henri et le
caressa longuement par tout le corps. Il frissonna sous
ces mains glacées mais il se laissa faire, il dit seulement :

« Je vais prendre mal. »

Il y avait en lui, sûrement, quelque chose de brisé.

À sept heures, Lulu se leva, les yeux gonflés de
larmes ; elle dit avec lassitude :

« Il faut que je retourne là-bas.

— Où là-bas ?

— Je suis à l'hôtel du Théâtre, rue Vandamme.
C'est un sale hôtel.

— Reste avec moi.

— Non Henri, je t'en prie, n'insiste pas, je t'ai dit
que c'était impossible. »

« C'est le flot qui vous emporte, c'est la vie ; on ne
peut pas juger, ni comprendre, il n'y a qu'à se laisser
aller. Demain je serai à Nice. » Elle passa dans le cabinet
de toilette pour baigner ses yeux dans l'eau tiède.
Elle remit son manteau en grelottant. « C'est comme
une fatalité. Pourvu que je puisse dormir dans le train,
cette nuit, sans ça je serai claquée en arrivant à Nice.
J'espère qu'il a pris des premières ; ce sera la première fois que je voyagerai en première. Tout est
toujours comme ça : voilà des années que j'ai envie
de faire un long voyage en première classe et le jour
où ça m'arrive les choses s'arrangent de telle façon que
ça ne me fait presque plus de plaisir. » Elle avait hâte
de partir, à présent, parce que ces derniers moments
avaient quelque chose d'insupportable.

« Qu'est-ce que tu va faire avec ce Gallois ? »
demanda-t-elle.

Gallois avait commandé une affiche à Henri, Henri
l'avait faite et, à présent, Gallois n'en voulait plus.

« Je ne sais pas », dit Henri.

Il s'était blotti sous les couvertures, on ne voyait
plus que ses cheveux et un bout d'oreille. Il dit d'une
voix lente et molle :

« Je voudrais dormir pendant huit jours.

— Adieu, mon chéri, dit Lulu.

— Adieu. »

Elle se pencha sur lui, écarta un peu les couvertures
et l'embrassa sur le front. Elle demeura longtemps sur
le palier, sans se décider à fermer la porte de l'appartement. Au bout d'un moment, elle détourna les yeux et
tira violemment sur la poignée. Elle entendit un bruit
sec et crut qu'elle allait s'évanouir : elle avait connu

une impression semblable quand on avait jeté la première pelletée de terre sur le cercueil de son père.

« Henri n'a pas été très gentil. Il aurait pu se lever
pour m'accompagner jusqu'à la porte. Il me semble que
j'aurais eu moins de chagrin si c'était lui qui l'avait
refermée. »

IV

« Elle a fait ça! dit Rirette le regard au loin, elle a
fait ça! »

C'était le soir. Vers six heures Pierre avait téléphoné
à Rirette et elle était venue le rejoindre au Dôme.

« Mais vous, dit Pierre, est-ce que vous ne deviez
pas la voir ce matin vers neuf heures ?

— Je l'ai vue.

— Elle n'avait pas l'air drôle ?

— Mais non, dit Rirette, je n'ai rien remarqué. Elle
était un peu fatiguée, mais elle m'a dit qu'elle avait mal
dormi après votre départ parce qu'elle était très excitée
à l'idée de voir Nice et parce qu'elle avait un peu peur
du garçon algérien... Tenez, elle m'a même demandé si
je croyais que vous aviez pris des premières dans le
train, elle a dit que c'était le rêve de sa vie de voyager
en première. Non, décida Rirette, je suis sûre qu'elle
n'avait rien de semblable en tête; du moins pas tant que
j'étais là. Je suis restée deux heures avec elle, et, pour
ces choses-là, je suis assez observatrice, ça m'étonnerait
si quelque chose m'avait échappé. Vous me direz
qu'elle est très dissimulée, mais je la connais depuis
quatre ans et je l'ai vue dans des masses de circonstances,
je possède ma Lulu sur le bout du doigt.

— Alors ce sont les Texier qui l'auront décidée.
C'est drôle... » Il rêva quelques instants et reprit soudain : « Je me demande qui leur a donné l'adresse de
Lulu. C'est moi qui ai choisi l'hôtel et elle n'en avait
jamais entendu parler auparavant. »

Il jouait distraitement avec la lettre de Lulu et Rirette
était agacée parce qu'elle aurait voulu la lire et qu'il
ne le lui proposait pas.

« Quand l'avez-vous reçue ? demanda-t-elle enfin.

— La lettre ?... » Il la lui tendit avec simplicité.
« Tenez, vous pouvez lire. On a dû la poser chez le
concierge vers une heure. »

C'était une mince feuille violette, comme on en vend
dans les bureaux de tabac :

Mon grand chéri,

*Les Texier sont venus (je ne sais pas qui leur a donné
l'adresse) et je vais te faire beaucoup de peine, mais je ne pars
pas, mon amour, mon Pierre chéri; je reste avec Henri parce
qu'il est trop malheureux. Ils ont été le voir ce matin, il ne
voulait pas ouvrir et Mme Texier a dit qu'il n'avait plus
figure humaine. Ils ont été très gentils et ils ont compris mes
raisons, elle dit que tous les torts sont de son côté, que c'est
un ours mais qu'il n'est pas mauvais dans le fond. Elle dit
qu'il lui a fallu ça pour qu'il comprenne combien il tenait à
moi. Je ne sais pas qui leur a donné mon adresse, ils ne l'ont
pas dit, ils ont dû me voir par hasard quand je suis sortie de
l'hôtel ce matin avec Rirette. Mme Texier m'a dit qu'elle
savait bien qu'elle me demandait un énorme sacrifice mais
qu'elle me connaissait assez pour savoir que je ne m'y déroberai
pas. Je regrette bien fort notre beau voyage à Nice, mon amour,
mais j'ai pensé que tu serais le moins malheureux parce que
tu m'as toujours. Je suis à toi de tout mon cœur et de tout mon
corps et nous nous verrons aussi souvent que par le passé. Mais
Henri se tuerait s'il ne m'avait plus, je lui suis indispensable;
je t'assure que ça ne m'amuse pas de me sentir une pareille
responsabilité. J'espère que tu ne feras pas ta vilaine petite
gueule qui me fait si peur, tu ne voudrais pas que j'aie des
remords, dis. Je rentre chez Henri tout à l'heure, je suis un
peu révulsée quand je pense que je vais le revoir dans cet état
mais j'aurai le courage de poser mes conditions. D'abord je
veux plus de liberté parce que j'aime et je veux qu'il laisse
Robert tranquille et qu'il ne dise plus jamais de mal de maman.
Mon chéri, je suis bien triste, je voudrais que tu sois là, j'ai
envie de toi, je me serre contre toi et je sens tes caresses par
tout mon corps. Je serai demain à cinq heures au Dôme. —
Lulu.*

« Mon pauvre Pierre! »
Rirette lui avait pris la main.

« Je vous dirai, dit Pierre, que c'est pour elle surtout
que j'ai des regrets! Elle avait besoin d'air et de soleil.

Mais puisqu'elle en a décidé ainsi... Ma mère me faisait des scènes épouvantables, reprit-il. La villa est à elle, elle ne voulait pas que j'y amène une femme.

— Ah ? dit Rirette d'une voix entrecoupée. Ah ? C'est très bien alors, alors tout le monde est content ! »

Elle laissa retomber la main de Pierre : elle se sentait, sans savoir pourquoi, envahie par un amer regret.

L'ENFANCE D'UN CHEF

« Je suis adorable dans mon petit costume d'ange[1]. »
Mme Portier avait dit à maman : « Votre petit garçon
est gentil à croquer. Il est adorable dans son petit
costume d'ange. » M. Bouffardier attira Lucien entre
ses genoux et lui caressa les bras : « C'est une vraie
petite fille, dit-il en souriant. Comment t'appelles-tu ?
Jacqueline, Lucienne, Margot ? » Lucien devint tout
rouge et dit : « Je m'appelle Lucien. » Il n'était plus
tout à fait sûr de ne pas être une petite fille : beaucoup
de personnes l'avaient embrassé en l'appelant mademoiselle, tout le monde trouvait qu'il était si charmant
avec ses ailes de gaze, sa longue robe bleue, ses petits
bras nus et ses boucles blondes; il avait peur que les
gens ne se décident tout d'un coup qu'il n'était plus un
petit garçon; il aurait beau protester, personne ne l'écou-
terait, on ne lui permettrait plus de quitter sa robe sauf
pour dormir et le matin en se réveillant il la trouverait
au pied de son lit et quand il voudrait faire pipi, au
cours de la journée, il faudrait qu'il la relève, comme
Nénette et qu'il s'asseye sur ses talons. Tout le monde
lui dirait : ma jolie petite chérie; peut-être que ça y est
déjà, que je *suis* une petite fille; il se sentait si doux
en dedans, que c'en était un petit peu écœurant et sa
voix sortait toute flûtée de ses lèvres et il offrit des
fleurs à tout le monde avec des gestes arrondis; il avait
envie de s'embrasser la saignée du bras. Il pensa : ça
n'est pas pour de vrai. Il aimait bien quand ça n'était

pas pour de vrai mais il s'était amusé davantage le jour
du Mardi Gras : on l'avait costumé en Pierrot, il avait
couru et sauté en criant, avec Riri et ils s'étaient cachés
sous les tables. Sa maman lui donna un coup léger de
son face-à-main. « Je suis fière de mon petit garçon. »
Elle était imposante et belle, c'était la plus grasse et la
plus grande de toutes ces dames. Quand il passa devant
le long buffet couvert d'une nappe blanche, son papa
qui buvait une coupe de champagne le souleva de terre
en lui disant : « Bonhomme! » Lucien avait envie de
pleurer et de dire : « Na! » il demanda de l'orangeade
parce qu'elle était glacée et qu'on lui avait défendu d'en
boire. Mais on lui en versa deux doigts dans un tout
petit verre. Elle avait un goût poisseux et n'était pas
du tout si glacée que ça : Lucien se mit à penser aux
orangeades à l'huile de ricin qu'il avalait quand il était
si malade. Il éclata en sanglots et trouva bien consolant
d'être assis entre papa et maman dans l'automobile.
Maman serrait Lucien contre elle, elle était chaude et
parfumée, toute en soie. De temps à autre l'intérieur de
l'auto devenait blanc comme de la craie, Lucien clignait
des yeux, les violettes que maman portait à son corsage
sortaient de l'ombre et Lucien respirait tout à coup leur
odeur. Il sanglotait encore un peu mais il se sentait
moite et chatouillé, à peine un peu poisseux, comme
l'orangeade; il aurait aimé barboter dans sa petite baignoire et que maman le lavât avec l'éponge de caoutchouc. On lui permit de se coucher dans la chambre
de papa et de maman, comme lorsqu'il était bébé; il rit
et fit grincer les ressorts de son petit lit et papa dit :
« Cet enfant est surexcité. » Il but un peu d'eau de
fleurs d'oranger et vit papa en bras de chemise.
    Le lendemain Lucien était sûr d'avoir oublié quelque
chose. Il se rappelait très bien le rêve qu'il avait fait :
papa et maman portaient des robes d'anges, Lucien était
assis tout nu sur son pot, il jouait du tambour, papa
et maman voletaient autour de lui; c'était un cauchemar.
Mais, avant le rêve, il y avait eu quelque chose, Lucien
avait dû se réveiller. Quand il essayait de se rappeler,
il voyait un long tunnel noir éclairé par une petite lampe
bleue toute pareille à la veilleuse qu'on allumait le soir,
dans la chambre de ses parents. Tout au fond de cette
nuit sombre et bleue quelque chose s'était passé —

quelque chose de blanc. Il s'assit par terre aux pieds de
maman et prit son tambour. Maman lui dit : « Pourquoi
me fais-tu ces yeux-là, mon bijou ? » Il baissa les yeux
et tapa sur son tambour en criant : « Boum, baoum,
tararaboum. » Mais quand elle eut tourné la tête il se
mit à la regarder minutieusement, comme s'il la voyait
pour la première fois. La robe bleue avec la rose en
étoffe, il la reconnaissait bien, le visage aussi. Pourtant
ça n'était plus pareil. Tout à coup il crut que ça y était ;
s'il y pensait encore un tout petit peu, il allait retrouver
ce qu'il cherchait. Le tunnel s'éclaira d'un pâle jour gris
et on voyait remuer quelque chose. Lucien eut peur et
poussa un cri : le tunnel disparut[1]. « Qu'est-ce que tu as,
mon petit chéri ? » dit maman. Elle s'était agenouillée
près de lui et avait l'air inquiet. « Je m'amuse », dit
Lucien. Maman sentait bon mais il avait peur qu'elle
ne le touchât : elle lui paraissait drôle, papa aussi, du
reste. Il décida qu'il n'irait plus jamais dormir dans leur
chambre.

   Les jours suivants, maman ne s'aperçut de rien.
Lucien était tout le temps dans ses jupes, comme à
l'ordinaire et il bavardait avec elle en vrai petit homme.
Il lui demanda de lui raconter *Le Petit Chaperon rouge*
et maman le prit sur ses genoux. Elle lui parla du loup
et de la grand-mère du Chaperon rouge, un doigt levé,
souriante et grave. Lucien la regardait, il lui disait :
« Et alors ? » et quelquefois, il lui touchait les frisons
qu'elle avait dans le cou ; mais il ne l'écoutait pas, il se
demandait si c'était bien sa vraie maman. Quand elle
eut fini son histoire il lui dit : « Maman, raconte-moi
quand tu étais petite fille. » Et maman raconta : mais
peut-être qu'elle mentait. Peut-être qu'elle était autrefois
un petit garçon et qu'on lui avait mis des robes —
comme à Lucien, l'autre soir — et qu'elle avait continué
à en porter pour faire semblant d'être une fille. Il tâta
gentiment ses beaux bras gras qui, sous la soie, étaient
doux comme du beurre. Qu'est-ce qui arriverait si on
ôtait la robe de maman et si elle mettait les pantalons
de papa ? Peut-être qu'il lui pousserait tout de suite
une moustache noire. Il serra les bras de maman de
toutes ses forces ; il avait l'impression qu'elle allait se
transformer sous ses yeux en une bête horrible — ou
peut-être devenir une femme à barbe comme celle de la

foire. Elle rit en ouvrant la bouche toute grande et
Lucien vit sa langue rose et le fond de sa gorge : c'était
sale, il avait envie de cracher dedans. « Hahaha ! disait
maman, comme tu me serres, mon petit homme ! Serre-
moi bien fort. Aussi fort que tu m'aimes. » Lucien
prit une des belles mains aux bagues d'argent et la
couvrit de baisers. Mais le lendemain comme elle était
assise près de lui et qu'elle lui tenait les mains pendant
qu'il était sur son pot et qu'elle lui disait : « Pousse,
Lucien, pousse, mon petit bijou, je t'en supplie », il
s'arrêta soudain de pousser et lui demanda, un peu
essoufflé : « Mais tu es bien ma vraie maman, au moins ? »
Elle lui dit : « Petit sot » et lui demanda si ça n'allait
pas bientôt venir. À partir de ce jour Lucien fut persuadé qu'elle jouait la comédie et il ne lui dit plus jamais
qu'il l'épouserait quand il serait grand. Mais il ne savait
pas trop quelle était cette comédie : il se pouvait que
des voleurs, la nuit du tunnel, soient venus prendre
papa et maman dans leur lit et qu'ils aient mis ces
deux-là à leur place. Ou bien alors c'étaient bien papa
et maman pour de vrai, mais dans la journée ils jouaient
un rôle et, la nuit, ils étaient tout différents. Lucien
fut à peine surpris, la nuit de Noël, quand il se réveilla
en sursaut et qu'il les vit mettre les jouets dans la
cheminée. Le lendemain ils parlèrent du père Noël et
Lucien fit semblant de les croire : il pensait que c'était
dans leur rôle ; ils avaient dû voler les jouets. Au mois
de février, il eut la scarlatine et s'amusa beaucoup.

Quand il fut guéri, il prit l'habitude de jouer à l'orphelin. Il s'asseyait au milieu de la pelouse, sous le marronnier, remplissait ses mains de terre et pensait : « Je
serais un orphelin, je m'appellerais Louis. Je n'aurais
pas mangé depuis six jours. » La bonne, Germaine,
l'appela pour le déjeuner et, à table, il continua de
jouer ; papa et maman ne s'apercevaient de rien. Il avait
été recueilli par des voleurs qui voulaient faire de lui
un pickpocket[1]. Quand il aurait déjeuné, il s'enfuirait
et il irait les dénoncer. Il mangea et but très peu ; il
avait lu dans *L'Auberge de l'Ange gardien*[2] que le premier
repas d'un homme affamé devait être léger. C'était amusant parce que tout le monde jouait. Papa et maman
jouaient à être papa et maman ; maman jouait à se tourmenter parce que son petit bijou mangeait si peu, papa

jouait à lire le journal et à agiter de temps en temps
son doigt devant la figure de Lucien en disant : « Badaboum, bonhomme! » Et Lucien jouait aussi, mais il
finit par ne plus très bien savoir à quoi. À l'orphelin ?
Ou à être Lucien ? Il regarda la carafe. Il y avait une
petite lumière rouge qui dansait au fond de l'eau et on
aurait juré que la main de papa était dans la carafe,
énorme et lumineuse, avec de petits poils noirs sur les
doigts. Lucien eut soudain l'impression que la carafe
aussi jouait à être une carafe. Finalemant il toucha à
peine aux plats et il eut si faim, l'après-midi, qu'il dut
voler une douzaine de prunes et faillit avoir une indigestion. Il pensa qu'il en avait assez de jouer à être
Lucien.

Il ne pouvait pourtant pas s'en empêcher et il lui
semblait tout le temps qu'il jouait. Il aurait voulu être
comme M. Bouffardier qui était si laid et si sérieux.
M. Bouffardier, quand il venait dîner, se penchait sur
la main de maman en disant : « Mes hommages, chère
madame » et Lucien se plantait au milieu du salon et
le regardait avec admiration. Mais rien de ce qui arrivait
à Lucien n'était sérieux. Quand il tombait et se faisait
une bosse, il s'arrêtait parfois de pleurer et se demandait : « Est-ce que j'ai vraiment bobo ? » Alors il se
sentait encore plus triste et ses pleurs reprenaient de
plus belle. Lorsqu'il embrassa la main de maman en lui
disant : « Mes hommages, chère madame », maman lui
ébouriffa les cheveux en lui disant : « Ce n'est pas bien,
ma petite souris, tu ne dois pas te moquer des grandes
personnes » et il se sentit tout découragé. Il ne parvenait
à se trouver quelque importance que le premier et le
troisième vendredi du mois. Ces jours-là beaucoup de
dames venaient voir maman et il y en avait toujours
deux ou trois qui étaient en deuil; Lucien aimait les
dames en deuil surtout quand elles avaient de grands
pieds. D'une manière générale il se plaisait avec les
grandes personnes parce qu'elles étaient si respectables —
et jamais on n'a envie de penser qu'elles s'oublient au
lit ni à toutes ces choses que font les petits garçons,
parce qu'elles ont tellement d'habits sur le corps et si
sombres, on ne peut pas imaginer ce qu'il y a dessous.
Quand elles sont ensemble, elles mangent de tout et
elles parlent et leurs rires mêmes sont graves, c'est beau

comme à la messe. Elles traitaient Lucien comme un personnage. Mme Couffin prenait Lucien sur ses genoux et lui tâtait les mollets en déclarant : « C'est le plus joli petit mignon que j'aie vu. » Alors elle l'interrogeait sur ses goûts, elle l'embrassait et elle lui demandait ce qu'il ferait plus tard. Et tantôt il répondait qu'il serait un grand général comme Jeanne d'Arc et qu'il reprendrait l'Alsace-Lorraine aux Allemands[1], tantôt qu'il voulait être missionnaire. Tout le temps qu'il parlait, il croyait ce qu'il disait. Mme Besse était une grande et forte femme avec une petite moustache. Elle renversait Lucien, elle le chatouillait en disant : « Ma petite poupée. » Lucien était ravi, il riait d'aise et se tortillait sous les chatouilles ; il pensait qu'il était une petite poupée, une charmante petite poupée pour grandes personnes et il aurait aimé que Mme Besse le déshabille et le lave et le mette au dodo dans un tout petit berceau comme un poupon de caoutchouc. Et parfois Mme Besse disait : « Est-ce qu'elle parle, ma poupée ? » et elle lui pressait tout à coup l'estomac. Alors Lucien faisait semblant d'être une poupée mécanique, il disait : « Couic » d'une voix étranglée et ils riaient tous les deux.

M. le curé, qui venait déjeuner à la maison tous les samedis, lui demanda s'il aimait bien sa maman. Lucien adorait sa jolie maman et son papa qui était si fort et si bon. Il répondit : « Oui » en regardant M. le curé dans les yeux, d'un petit air crâne, qui fit rire tout le monde. M. le curé avait une tête comme une framboise, rouge et grumeleuse, avec un poil sur chaque grumeau. Il dit à Lucien que c'était bien et qu'il fallait toujours bien aimer sa maman ; et puis il demanda qui Lucien préférait de sa maman ou du bon Dieu. Lucien ne put deviner sur-le-champ la réponse et il se mit à secouer ses boucles et à donner des coups de pied dans le vide en criant : « Baoum, tararaboum » et les grandes personnes reprirent leur conversation comme s'il n'existait pas. Il courut au jardin et se glissa au dehors par la porte de derrière ; il avait emporté sa petite canne de jonc. Naturellement Lucien ne devait jamais sortir du jardin, c'était défendu ; d'ordinaire Lucien était un petit garçon très sage mais ce jour-là il avait envie de désobéir. Il regarda le gros buisson d'orties avec défiance ; on

voyait bien que c'était un endroit défendu; le mur était
noirâtre, les orties étaient de méchantes plantes nui-
sibles, un chien avait fait sa commission juste aux pieds
des orties; ça sentait la plante, la crotte de chien et le
vin chaud. Lucien fouetta les orties de sa canne en criant :
« J'aime ma maman, j'aime ma maman. » Il voyait les
orties brisées, qui pendaient minablement en jutant blanc,
leurs cous blanchâtres et duveteux s'étaient effilochés
en se cassant, il entendait une petite voix solitaire qui
criait : « J'aime ma maman, j'aime ma maman »; il y
avait une grosse mouche bleue qui bourdonnait : c'était
une mouche à caca, Lucien en avait peur — et une odeur
de défendu, puissante, putride et tranquille lui emplissait
les narines. Il répéta : « J'aime ma maman » mais sa
voix lui parut étrange, il eut une peur épouvantable et
s'enfuit d'une traite jusqu'au salon. De ce jour Lucien
comprit qu'il n'aimait pas sa maman. Il ne se sentait
pas coupable, mais il redoubla de gentillesse parce qu'il
pensait qu'on devait faire semblant toute sa vie d'aimer
ses parents, sinon on était un méchant petit garçon.
Mme Fleurier trouvait Lucien de plus en plus tendre
et justement il y eut la guerre cet été-là et papa partit
se battre et maman était heureuse, dans son chagrin,
que Lucien fût tellement attentionné; l'après-midi,
quand elle reposait au jardin dans son transatlantique
parce qu'elle avait tant de peine, il courait lui chercher
un coussin et le lui glissait sous la tête ou bien il lui
mettait une couverture sur les jambes et elle se défendait
en riant : « Mais j'aurai trop chaud, mon petit homme,
que tu es donc gentil! » Il l'embrassait fougueusement,
tout hors d'haleine, en lui disant : « Ma maman à moi! »
et il allait s'asseoir au pied du marronnier.

Il dit « marronnier! » et il attendit. Mais rien ne se
produisit. Maman était étendue sous la véranda, toute
petite au fond d'un lourd silence étouffant. Ça sentait
l'herbe chaude, on aurait pu jouer à être un explorateur
dans la forêt vierge; mais Lucien n'avait plus de goût
à jouer. L'air tremblait au-dessus de la crête rouge du
mur et le soleil faisait des taches brûlantes sur la terre
et sur les mains de Lucien. « Marronnier! » C'était
choquant : quand Lucien disait à maman : « Ma jolie
maman à moi » maman souriait et quand il avait appelé
Germaine : arquebuse, Germaine avait pleuré et s'était

plainte à maman. Mais quand on disait : marronnier, il
n'arrivait rien du tout. Il marmotta entre ses dents :
« Sale arbre » et il n'était pas rassuré mais comme l'arbre
ne bougeait pas, il répéta plus fort : « Sale arbre, sale
marronnier! attends voir, attends un peu! » et il lui
donna des coups de pied[1]. Mais l'arbre resta tranquille,
tranquille — comme s'il était en bois. Le soir, à dîner,
Lucien dit à maman : « Tu sais, maman, les arbres, eh
bien, ils sont en bois » en faisant une petite mine étonnée
que maman aimait bien. Mais Mme Fleurier n'avait pas
reçu de lettre au courrier de midi. Elle dit sèchement :
« Ne fais pas l'imbécile. » Lucien devint un petit brise-
tout. Il cassait tous ses jouets pour voir comment ils
étaient faits, il taillada les bras d'un fauteuil avec un
vieux rasoir de papa, il fit tomber la tanagra du salon
pour savoir si elle était creuse et s'il y avait quelque
chose dedans; quand il se promenait il décapitait les
plantes et les fleurs avec sa canne : chaque fois il était
profondément déçu, les choses c'était bête, ça n'existait
pas pour de vrai. Maman lui demandait souvent en lui
montrant des fleurs ou des arbres : « Comment ça
s'appelle, ça ? » Mais Lucien secouait la tête et répondait :
« Ça, c'est rien du tout, ça n'a pas de nom[2]. » Tout
cela ne valait pas la peine qu'on y fît attention. Il était
beaucoup plus amusant d'arracher les pattes d'une saute-
relle parce qu'elle vous vibrait entre les doigts comme
une toupie et, quand on lui pressait sur le ventre, il en
sortait une crème jaune. Mais tout de même les sauterelles ne criaient pas. Lucien aurait bien voulu faire
souffrir une de ces bêtes qui crient quand elles ont mal,
une poule, par exemple, mais il n'osait pas les approcher.
M. Fleurier revint au mois de mars parce que c'était un
chef et le général lui avait dit qu'il serait plus utile à la
tête de son usine que dans les tranchées comme n'importe qui. Il trouva Lucien très changé et il dit qu'il ne
reconnaissait plus son petit bonhomme. Lucien était
tombé dans une sorte de somnolence; il répondait mollement, il avait toujours un doigt dans le nez ou bien il
soufflait sur ses doigts et se mettait à les sentir et il
fallait le supplier pour qu'il fît sa commission. À présent
il allait tout seul au petit endroit; il fallait simplement
qu'il laissât sa porte entre-bâillée et de temps à autre,
maman ou Germaine venaient l'encourager. Il restait

des heures entières sur le trône et, une fois, il s'ennuya
tellement qu'il s'endormit. Le médecin dit qu'il gran-
dissait trop vite et prescrivit un reconstituant. Maman
voulut enseigner à Lucien de nouveaux jeux mais Lucien
trouvait qu'il jouait bien assez comme cela et que
finalement tous les jeux se valaient, c'était toujours la
même chose. Il boudait souvent : c'était aussi un jeu
mais plutôt amusant. On faisait de la peine à maman,
on se sentait tout triste et rancuneux, on devenait un
peu sourd avec la bouche cousue et les yeux brumeux, au
dedans il faisait tiède et douillet comme quand on est
sous les draps le soir et qu'on sent sa propre odeur;
on était seul au monde. Lucien ne pouvait plus sortir
de ses bouderies et quand papa prenait sa voix moqueuse
pour lui dire : « Tu fais du boudin », Lucien se roulait
par terre en sanglotant. Il allait encore assez souvent
au salon quand sa maman recevait mais, depuis qu'on
lui avait coupé ses boucles, les grandes personnes s'occupaient moins de lui ou alors c'était pour lui faire la
morale et lui raconter des histoires instructives. Quand
son cousin Riri vint à Férolles[1] à cause des bombardements avec la tante Berthe, sa jolie maman, Lucien fut
très content et il essaya de lui apprendre à jouer. Mais
Riri était trop occupé à détester les Boches et puis il
sentait encore le bébé quoiqu'il eût six mois de plus que
Lucien; il avait des taches de son sur la figure et il ne
comprenait pas toujours très bien. Ce fut à lui pourtant
que Lucien confia qu'il était somnambule. Certaines
personnes se lèvent la nuit et parlent et se promènent
en dormant : Lucien l'avait lu dans *Le Petit Explorateur*[2]
et il avait pensé qu'il devait y avoir un vrai Lucien qui
marchait, parlait et aimait ses parents pour de vrai pendant la nuit; seulement, le matin venu, il oubliait tout
et il recommençait à faire semblant d'être Lucien. Au
début Lucien ne croyait qu'à moitié à cette histoire mais
un jour ils allèrent près des orties et Riri montra son
pipi à Lucien et lui dit : « Regarde comme il est grand,
je suis un grand garçon. Quand il sera tout à fait grand,
je serai un homme et j'irai me battre contre les Boches
dans les tranchées. » Lucien trouva Riri tout drôle et
il eut une crise de fou rire. « Fais voir le tien », dit Riri.
Ils comparèrent et celui de Lucien était le plus petit
mais Riri trichait : il tirait sur le sien pour l'allonger.

« C'est moi qui ai le plus grand, dit Riri. — Oui, mais moi je suis somnambule », dit Lucien tranquillement. Riri ne savait pas ce que c'était qu'un somnambule et Lucien dut le lui expliquer. Quand il eut fini il pensa : « C'est donc vrai que je suis somnambule » et il eut une terrible envie de pleurer. Comme ils couchaient dans le même lit ils convinrent que Riri resterait éveillé la nuit suivante et qu'il observerait bien Lucien quand Lucien se lèverait et qu'il retiendrait tout ce que Lucien dirait : « Tu me réveilleras au bout d'un moment, dit Lucien, pour voir si je me rappellerai tout ce que j'ai fait. » Le soir Lucien qui ne pouvait s'endormir entendit des ronflements aigus et dut réveiller Riri. « Zanzibar! dit Riri. — Réveille-toi Riri, tu dois me regarder quand je me lèverai. — Laisse-moi dormir », dit Riri d'une voix pâteuse. Lucien le secoua et le pinça sous sa chemise et Riri se mit à gigoter et il demeura éveillé, les yeux ouverts, avec un drôle de sourire. Lucien pensa à une bicyclette que son papa devait lui acheter, il entendit le sifflement d'une locomotive et puis, tout d'un coup, la bonne entra et tira les rideaux, il était huit heures du matin. Lucien ne sut jamais ce qu'il avait fait pendant la nuit. Le bon Dieu le savait, lui, parce que le bon Dieu voyait tout. Lucien s'agenouillait sur le prie-Dieu et s'efforçait d'être sage pour que sa maman le félicite à la sortie de la messe mais il détestait le bon Dieu : le bon Dieu était plus renseigné sur Lucien que Lucien lui-même. Il savait que Lucien n'aimait pas sa maman ni son papa et qu'il faisait semblant d'être sage et qu'il touchait son pipi le soir dans son lit. Heureusement le bon Dieu ne pouvait pas tout se rappeler, parce qu'il y avait tant de petits garçons au monde. Quand Lucien se frappait le front en disant : « Picotin » le bon Dieu oubliait tout de suite ce qu'il avait vu. Lucien entreprit aussi de persuader au bon Dieu qu'il aimait sa maman. De temps à autre il disait dans sa tête : « Comme j'aime ma chère maman! » Il y avait toujours un petit coin en lui qui n'en était pas très persuadé et le bon Dieu naturellement voyait ce petit coin. Dans ce cas-là c'était Lui qui gagnait. Mais quelquefois on pouvait s'absorber complètement dans ce qu'on disait. On prononçait très vite « oh, que j'aime ma maman », en articulant bien et on revoyait le visage de maman et on se sentait tout attendri, on pensait vaguement, vaguement que le bon Dieu vous regardait et puis après on n'y pensait même plus, on était tout crémeux de tendresse et puis il y avait les mots qui dansaient dans vos oreilles : maman, *maman*, MAMAN. Cela ne durait qu'un instant, bien entendu, c'était comme lorsque Lucien essayait de faire tenir une chaise en équilibre sur deux pieds. Mais si, juste à ce moment-là, on prononçait « Pacota », le bon Dieu était refait : Il n'avait vu que du Bien et ce qu'il avait vu se gravait pour toujours dans Sa mémoire. Mais Lucien se lassa de ce jeu parce qu'il fallait faire de trop gros efforts et puis finalement on ne savait jamais si le bon Dieu avait gagné ou perdu. Lucien ne s'occupa plus de Dieu. Quand il fit sa première communion, M. le Curé dit que c'était le petit garçon le plus sage et le plus pieux de tout le catéchisme. Lucien comprenait vite et il avait une bonne mémoire mais sa tête était remplie de brouillards.

Le dimanche était une éclaircie. Les brouillards se déchiraient quand Lucien se promenait avec papa sur la route de Paris. Il avait son beau petit costume marin et on rencontrait des ouvriers de papa qui saluaient papa et Lucien. Papa s'approchait d'eux et ils disaient : « Bonjour, monsieur Fleurier » et aussi « Bonjour, mon petit monsieur ». Lucien aimait bien les ouvriers parce que c'étaient des grandes personnes mais pas comme les autres. D'abord ils l'appelaient : monsieur. Et puis ils portaient des casquettes et ils avaient de grosses mains aux ongles ras qui avaient toujours l'air souffrantes et gercées. Ils étaient respectables et respectueux. Il n'aurait pas fallu tirer la moustache du père Bouligaud : papa aurait grondé Lucien. Mais le père Bouligaud, pour parler à papa, ôtait sa casquette et papa et Lucien gardaient leurs chapeaux sur leurs têtes et papa parlait d'une grosse voix souriante et bourrue : « Eh bien, père Bouligaud, on attend son fiston, quand est-ce qu'il aura sa permission ? — À la fin du mois, monsieur Fleurier, merci, monsieur Fleurier. » Le père Bouligaud avait l'air tout heureux et il ne se serait pas permis de donner une tape sur le derrière de Lucien en l'appelant Crapaud, comme M. Bouffardier. Lucien détestait M. Bouffardier, parce qu'il était si laid. Mais quand il voyait le père Bouligaud, il se sentait attendri et il avait envie d'être bon. Une fois, au retour de la promenade, papa prit Lucien sur ses genoux et lui expliqua ce que c'était qu'un chef. Lucien voulut savoir comment papa parlait aux ouvriers quand il était à l'usine et papa lui montra comment il fallait s'y prendre et sa voix était toute changée. « Est-ce que je deviendrai aussi un chef ? demanda Lucien. — Mais bien sûr, mon bonhomme, c'est pour cela que je t'ai fait. — Et à qui est-ce que je commanderai ? — Eh bien, quand je serai mort, tu seras le patron de mon usine et tu commanderas à mes ouvriers. — Mais ils seront morts aussi. — Eh bien, tu commanderas à leurs enfants et il faudra que tu saches te faire obéir et te faire aimer. — Et comment est-ce que je me ferai aimer, papa ? » Papa réfléchit un peu et dit : « D'abord il faudra que tu les connaisses tous par leur nom. » Lucien fut profondément remué et quand le fils du contremaître Morel vint à la maison annoncer que son père avait eu deux doigts coupés, Lucien lui parla sérieusement et doucement, en le regardant tout droit dans les yeux et en l'appelant Morel. Maman dit qu'elle était fière d'avoir un petit garçon si bon et si sensible. Après cela, ce fut l'armistice, papa lisait le journal à haute voix tous les soirs, tout le monde parlait des Russes et du gouvernement allemand et des réparations et papa montrait à Lucien des pays sur une carte : Lucien passa l'année la plus ennuyeuse de sa vie, il aimait encore mieux quand c'était la guerre; à présent tout le monde avait l'air désœuvré et les lumières qu'on voyait dans les yeux de Mme Coffin[1] s'étaient éteintes. En octobre 1919, Mme Fleurier lui fit suivre les cours de l'école Saint-Joseph en qualité d'externe.

Il faisait chaud dans le cabinet de l'abbé Gerromet. Lucien était debout près du fauteuil de M. l'abbé, il avait mis ses mains derrière son dos et s'ennuyait ferme. « Est-ce que maman ne va pas bientôt s'en aller ? » Mais Mme Fleurier ne songeait pas encore à partir. Elle était assise sur l'extrême bord d'un fauteuil vert et tendait son ample poitrine vers M. l'abbé; elle parlait très vite et elle avait sa voix musicale, comme quand elle était en colère et qu'elle ne voulait pas le montrer. M. l'abbé parlait lentement et les mots avaient l'air beaucoup plus longs dans sa bouche que dans celle des autres personnes, on aurait dit qu'il les suçait un peu, comme des sucres d'orge, avant de les laisser passer. Il expliquait à maman que Lucien était un bon petit garçon poli et travailleur mais si terriblement indifférent à tout et madame Fleurier dit qu'elle était très déçue parce qu'elle avait pensé qu'un changement de milieu lui ferait du bien. Elle demanda s'il jouait, au moins, pendant les récréations. « Hélas, madame, répondit le bon père, les jeux mêmes ne semblent pas l'intéresser beaucoup. Il est quelquefois turbulent et même violent mais il se lasse vite; je crois qu'il manque de persévérance. » Lucien pensa : « C'est de moi qu'ils parlent. » C'étaient deux grandes personnes et il faisait le sujet de leur conversation, tout comme la guerre, le gouvernement allemand ou M. Poincaré; elles avaient l'air grave et elles raisonnaient sur son cas. Mais cette pensée ne lui fit même pas plaisir. Ses oreilles étaient pleines des petits mots chantants de sa mère, des mots sucés et collants de M. l'abbé, il avait envie de pleurer. Heureusement la cloche sonna et on lui rendit sa liberté. Mais pendant la classe de géographie, il resta très énervé et il demanda à l'abbé Jacquin la permission d'aller au petit coin parce qu'il avait besoin de bouger.

Tout d'abord la fraîcheur, la solitude et la bonne odeur du petit coin le calmèrent. Il s'était accroupi par acquit de conscience mais il n'avait pas envie; il leva la tête et se mit à lire les inscriptions dont la porte était couverte. On avait écrit au crayon bleu : « Barataud est une punaise[1]. » Lucien sourit : c'était vrai, Barataud était une punaise, il était minuscule et on disait qu'il grandirait un peu mais presque pas, parce que son papa était tout petit, presque un nain. Lucien se demanda si Barataud avait lu cette inscription et il pensa que non : autrement elle serait effacée. Barataud aurait sucé son doigt et aurait frotté les lettres jusqu'à ce qu'elles disparaissent. Lucien se réjouit un peu en imaginant que Barataud irait au petit coin à quatre heures et qu'il baisserait sa petite culotte de velours et qu'il lirait : « Barataud est une punaise. » Peut-être n'avait-il jamais pensé qu'il était si petit. Lucien se promit de l'appeler punaise, dès le lendemain matin à la récréation. Il se releva et lut sur le mur de droite une autre inscription

tracée de la même écriture bleue : « Lucien Fleurié est
une grande asperche. » Il l'effaça soigneusement et revint
en classe. « C'est vrai, pensa-t-il en regardant ses camarades, ils sont tous plus petits que moi. » Et il se sentit
mal à l'aise. « Grande asperche. » Il était assis à son
petit bureau en bois des Iles. Germaine était à la cuisine,
maman n'était pas encore rentrée. Il écrivit « grande
asperge » sur une feuille blanche pour rétablir l'orthographe. Mais les mots lui parurent trop connus et ne
lui firent plus aucun effet. Il appela : « Germaine, ma
bonne Germaine! — Qu'est-ce que vous voulez
encore ? » demanda Germaine. « Germaine, je voudrais
que vous écriviez sur ce papier : " Lucien Fleurier est
une grande asperge. " — Vous êtes fou, monsieur
Lucien ? » Il lui entoura le cou de ses bras. « Germaine,
ma petite Germaine, soyez gentille. » Germaine se mit
à rire et essuya ses doigts gras à son tablier. Pendant
qu'elle écrivait, il ne la regarda pas, mais, ensuite, il
emporta la feuille dans sa chambre et la contempla
longuement. L'écriture de Germaine était pointue,
Lucien croyait entendre une voix sèche qui lui disait à
l'oreille : « Grande asperge. » Il pensa : « Je suis grand. »
Il était écrasé de honte : grand comme Barataud était
petit — et les autres ricanaient derrière son dos. C'était
comme si on lui avait jeté un sort : jusque-là, ça lui
paraissait naturel de voir ces camarades de haut en bas.
Mais à présent, il lui semblait qu'on l'avait condamné
tout d'un coup à être grand pour le reste de sa vie. Le
soir il demanda à son père si on pouvait rapetisser quand
on le voulait de toutes ses forces. M. Fleurier dit que
non : tous les Fleurier avaient été grands et forts et
Lucien grandirait encore. Lucien fut désespéré. Quand
sa mère l'eut bordé il se releva et il alla se regarder dans
la glace : « Je suis grand. » Mais il avait beau se regarder,
ça ne se voyait pas, il n'avait l'air ni grand ni petit. Il
releva un peu sa chemise et vit ses jambes; alors il
imagina que Costil disait à Hébrard : « Dis donc,
regarde les longues jambes de l'asperge » et ça lui faisait
tout drôle. Il faisait froid, Lucien frissonna et quelqu'un
dit : « L'asperge a la chair de poule! » Lucien releva
très haut le pantet[1] de sa chemise et ils virent tous son
nombril et toute sa boutique et puis il courut à son lit
et s'y glissa. Quand il mit la main sous sa chemise il

pensa que Costil le voyait et qu'il disait : « Regardez
donc un peu ce qu'elle fait, la grande asperge! » Il
s'agita et tourna dans son lit en soufflant : « Grande
asperge! grande asperge! » jusqu'à ce qu'il ait fait
naître sous ses doigts une petite démangeaison acidulée.

Les jours suivants, il eut envie de demander à
M. l'abbé la permission d'aller s'asseoir au fond de la
classe. C'était à cause de Boisset, de Winckelmann et
de Costil qui étaient derrière lui et qui pouvaient regarder sa nuque. Lucien sentait sa nuque mais il ne la voyait
pas et même il l'oubliait souvent. Mais pendant qu'il
répondait de son mieux à M. l'abbé, et qu'il récitait la
tirade de Don Diègue, les autres étaient derrière lui et
regardaient sa nuque et ils pouvaient ricaner en pensant :
« Qu'elle est maigre, il a deux cordes dans le cou. »
Lucien s'efforçait de gonfler sa voix et d'exprimer
l'humiliation de Don Diègue. Avec sa voix il faisait
ce qu'il voulait; mais la nuque était toujours là, paisible
et inexpressive, comme quelqu'un qui se repose et
Basset[a] la voyait. Il n'osa pas changer de place, parce
que le dernier banc était réservé aux cancres, mais la
nuque et les omoplates lui démangeaient tout le temps
et il était obligé de se gratter sans cesse. Lucien inventa
un jeu nouveau : le matin, quand il prenait son tub
tout seul dans le cabinet de toilette comme un grand,
il imaginait que quelqu'un le regardait par le trou de
la serrure, tantôt Costil, tantôt le père Bouligaud, tantôt
Germaine. Alors il se tournait de tous côtés pour qu'ils
le vissent sous toutes ses faces et parfois il tournait son
derrière vers la porte et se mettait à quatre pattes pour
qu'il fût bien bombé et bien ridicule; M. Bouffardier
s'approchait à pas de loup pour lui donner un lavement.
Un jour qu'il était au petit endroit, il entendit des
craquements; c'était Germaine qui frottait à l'encaustique le buffet du couloir. Son cœur s'arrêta de battre,
il ouvrit tout doucement la porte et sortit, la culotte
sur les talons, la chemise roulée autour des reins. Il
était obligé de faire de petits bonds, pour avancer sans
perdre l'équilibre. Germaine leva sur lui un œil placide :
« C'est-il que vous faites la course en sac ? » demanda-
t-elle. Il remonta rageusement son pantalon et courut
se jeter sur son lit. Mme Fleurier était désolée, elle

disait souvent à son mari : « Lui qui était si gracieux
quand il était petit, regarde comme il a l'air gauche; si
ça n'est pas dommage! » M. Fleurier jetait un regard
distrait sur Lucien et répondait : « C'est l'âge! » Lucien
ne savait que faire de son corps; quoi qu'il entreprît
il avait toujours l'impression que ce corps était en train
d'exister de tous les côtés à la fois, sans lui demander
son avis. Lucien se complut à imaginer qu'il était invisible puis il prit l'habitude de regarder par les trous
de serrure pour se venger et pour voir comment les
autres étaient faits sans le savoir. Il vit sa mère pendant
qu'elle se lavait. Elle était assise sur le bidet, elle avait
l'air endormi et elle avait sûrement tout à fait oublié
son corps et même son visage, parce qu'elle pensait
que personne ne la voyait. L'éponge allait et venait toute
seule sur cette chair abandonnée; elle avait des mouvements paresseux et on avait l'impression qu'elle allait
s'arrêter en cours de route. Maman frotta une lavette
avec un morceau de savon et sa main disparut entre ses
jambes. Son visage était reposé, presque triste, sûrement
elle pensait à autre chose, à l'éducation de Lucien ou à
M. Poincaré. Mais pendant ce temps-là, elle *était* cette
grosse masse rose, ce corps volumineux qui s'affalait
sur la faïence du bidet. Lucien, une autre fois, ôta ses
souliers et grimpa jusqu'aux mansardes. Il vit Germaine.
Elle avait une longue chemise verte qui lui tombait
jusqu'aux pieds, elle se peignait devant une petite glace
ronde et elle souriait mollement à son image. Lucien
fut pris du fou rire et dut redescendre précipitamment.
Après cela, il se faisait des sourires et même des grimaces
devant la psyché du salon et, au bout d'un moment,
il était pris de peurs épouvantables.

Lucien finit par s'endormir tout à fait mais personne
ne s'en aperçut sauf Mme Coffin qui l'appelait son
bel-au-bois dormant; une grosse boule d'air qu'il ne
pouvait ni avaler ni cracher lui tenait toujours la bouche
entrouverte : c'était *son bâillement;* quand il était seul,
la boule grossissait en lui caressant doucement le palais
et la langue; sa bouche s'ouvrait toute grande et les
larmes roulaient sur ses joues : c'étaient des moments
très agréables. Il ne s'amusait plus autant quand il était
aux cabinets mais par contre[a] il aimait beaucoup éternuer,
ça le réveillait et pendant un instant il regardait autour

de lui d'un air émoustillé et puis il s'assoupissait de
nouveau. Il apprit à reconnaître les diverses sortes de
sommeil : l'hiver, il s'asseyait devant la cheminée et
tendait sa tête vers le feu; quand elle était bien rouge et
bien rissolée, elle se vidait d'un seul coup; il appelait
ça « s'endormir par la tête ». Le matin du dimanche au
contraire, il s'endormait par les pieds : il entrait dans
son bain, il se baissait lentement et le sommeil montait
le long de ses jambes et de ses flancs en clapotant.
Au-dessus du corps endormi, tout blanc et ballonné au
fond de l'eau et qui avait l'air d'une poule bouillie, une
petite tête blonde trônait, pleine de mots savants, tem-
plum, templi, templo, séisme, iconoclastes. En classe
le sommeil était blanc, troué d'éclairs : « Que vouliez-
vous qu'il fît contre trois ? » Premier : Lucien Fleurier.
« Qu'est-ce que le Tiers État : rien. » Premier : Lucien
Fleurier, second Winckelmann. Pellereau fut premier en
algèbre; il n'avait qu'un testicule, l'autre n'était pas
descendu; il faisait payer deux sous pour voir et dix
pour toucher. Lucien donna les dix sous, hésita, tendit
la main et s'en alla sans toucher, mais ensuite ses regrets
étaient si vifs qu'ils le tenaient parfois éveillé plus d'une
heure. Il était moins bon en géologie qu'en histoire,
premier, Winckelmann, second Fleurier. Le dimanche
il allait se promener à bicyclette, avec Costil et Winckelmann. À travers de rousses campagnes que la chaleur
écrasait, les bicyclettes glissaient sur la moelleuse poussière; les jambes de Lucien étaient vivaces et musclées
mais l'odeur sommeilleuse des routes lui montait à la
tête, il se courbait sur son guidon, ses yeux devenaient
roses et se fermaient à demi. Il eut trois fois de suite le
prix d'excellence. On lui donna *Fabiola ou L'Église des
Catacombes*[1], le *Génie du christianisme* et la *Vie du cardinal
Lavigerie*[2]. Costil au retour des grandes vacances leur
apprit à tous le *De profundis morpionibus* et *L'Artilleur
de Metz*[3]. Lucien décida de faire mieux et consulta le
Larousse médical de son père à l'article « Utérus »,
ensuite il leur expliqua comment les femmes étaient
faites, il leur fit même un croquis au tableau et Costil
déclara que c'était dégueulasse; mais après cela ils ne
pouvaient plus entendre parler de trompes sans éclater
de rire et Lucien pensait avec satisfaction qu'on ne trouverait pas dans la France entière un élève de seconde

et peut-être même de rhétorique qui connût aussi bien que lui les organes féminins.

Quand les Fleurier s'installèrent à Paris, ce fut un éclair de magnésium. Lucien ne pouvait plus dormir à cause des cinémas, des autos et des rues. Il apprit à distinguer une Voisin d'une Packard, une Hispano-Suiza d'une Rolls et il parlait à l'occasion de voitures surbaissées; depuis plus d'un an, il portait des culottes longues. Pour le récompenser de son succès à la première partie du baccalauréat, son père l'envoya en Angleterre; Lucien vit des prairies gonflées d'eau et des falaises blanches, il fit de la boxe avec John Latimer et il apprit l'over-arm-stroke, mais, un beau matin, il se réveilla endormi, ça l'avait repris; il revint tout somnolent à Paris. La classe de Mathématiques-Élémentaires du lycée Condorcet[1] comptait trente-sept élèves. Huit de ces élèves disaient qu'ils étaient dessalés et traitaient les autres de puceaux. Les Dessalés méprisèrent Lucien jusqu'au 1er novembre, mais, le jour de la Toussaint, Lucien alla se promener avec Garry, le plus dessalé de tous et il fit preuve, négligemment, de connaissances anatomiques si précises que Garry fut ébloui. Lucien n'entra pas dans le groupe des dessalés parce que ses parents ne le laissaient pas sortir le soir, mais il eut avec eux des rapports de puissance à puissance.

Le jeudi, tante Berthe venait déjeuner rue Raynouard[2], avec Riri. Elle était devenue énorme et triste et passait son temps à soupirer; mais comme sa peau était restée très fine et très blanche, Lucien aurait aimé la voir toute nue. Il y pensait le soir dans son lit : ça serait par un jour d'hiver, au bois de Boulogne, on la découvrirait nue dans un taillis, les bras croisés sur sa poitrine, frissonnante avec la chair de poule. Il imaginait qu'un passant myope la touchait du bout de sa canne en disant : « Mais qu'est-ce que c'est que cela ? » Lucien ne s'entendait pas très bien avec son cousin : Riri était devenu un joli jeune homme un peu trop élégant, il faisait sa philosophie à Lakanal et ne comprenait rien aux mathématiques. Lucien ne pouvait s'empêcher de penser que Riri, à sept ans passés, faisait encore son gros dans sa culotte, et qu'alors il marchait les jambes écartées comme un canard et qu'il regardait sa maman avec des yeux candides en disant : « Mais non, maman, j'ai pas

fait, je te promets. » Et il avait quelque répugnance à
toucher la main de Riri. Pourtant il était très gentil
avec lui et lui expliquait ses cours de mathématiques;
il fallait qu'il fasse souvent un gros effort sur lui-même
pour ne pas s'impatienter, parce que Riri n'était pas
très intelligent. Mais il ne s'emporta jamais et il gardait
toujours une voix posée et très calme. Mme Fleurier
trouvait que Lucien avait beaucoup de tact, mais tante
Berthe ne lui marquait aucune gratitude. Quand Lucien
proposait à Riri de lui donner une leçon, elle rougissait
un peu et s'agitait sur sa chaise en disant : « Mais non,
tu es bien gentil mon petit Lucien, mais Riri est trop
grand garçon. Il pourrait s'il voulait; il ne faut pas
l'habituer à compter sur les autres. » Un soir, Mme Fleurier dit brusquement à Lucien : « Tu crois peut-être
que Riri t'est reconnaissant de ce que tu fais pour lui ?
Eh bien, détrompe-toi, mon petit garçon : il prétend
que tu te gobes, c'est ta tante Berthe qui me l'a dit. »
Elle avait pris sa voix musicale et un air bonhomme;
Lucien comprit qu'elle était folle de colère. Il se sentait
vaguement intrigué et ne trouva rien à répondre. Le
lendemain et le surlendemain il eut beaucoup de travail
et toute cette histoire lui sortit de l'esprit.

Le dimanche matin il posa brusquement sa plume et
se demanda : « Est-ce que je me gobe ? » Il était onze
heures; Lucien, assis à son bureau, regardait les personnages roses de la cretonne qui tapissait les murs; il
sentait sur sa joue gauche la chaleur sèche et poussiéreuse du premier soleil d'avril, sur sa joue droite la
lourde chaleur touffue du radiateur. « Est-ce que je me
gobe ? » Il était difficile de répondre. Lucien essaya
d'abord de se rappeler son dernier entretien avec Riri
et de juger impartialement sa propre attitude. Il s'était
penché sur Riri et lui avait souri en disant : « Tu piges ?
Si tu ne piges pas, mon vieux Riri, n'aie pas peur de
le dire : on remettra ça. » Un peu plus tard, il avait fait
une erreur dans un raisonnement délicat et il avait dit
gaiement : « Au temps pour moi. » C'était une expression
qu'il tenait de M. Fleurier et qui l'amusait. Il n'y avait
pas de quoi fouetter un chat : « Mais est-ce que je me
gobais, pendant que je disais ça ? » À force de chercher,
il fit soudain réapparaître quelque chose de blanc, de
rond, de doux comme un morceau de nuage : c'était

sa pensée de l'autre jour : il avait dit : « Tu piges ? » et il y avait eu ça dans sa tête, mais ça ne pouvait pas se décrire. Lucien fit des efforts désespérés pour *regarder* ce bout de nuage et il sentit tout à coup qu'il tombait dedans, la tête la première, il se trouva en pleine buée et devint lui-même de la buée, il n'était plus qu'une chaleur blanche et humide qui sentait le linge. Il voulut s'arracher à cette buée et prendre du recul, mais elle venait avec lui. Il pensa : « C'est moi, Lucien Fleurier, je suis dans ma chambre, je fais un problème de physique, c'est dimanche. » Mais ses pensées fondaient en brouillard, blanc sur blanc. Il se secoua et se mit à détailler les personnages de la cretonne, deux bergères, deux bergers et l'Amour. Puis tout à coup il se dit : « Moi, je suis... » et un léger déclic se produisit : il s'était réveillé de sa longue somnolence.

Ça n'était pas agréable : les bergers avaient sauté en arrière, il semblait à Lucien qu'il les regardait par le gros bout d'une lorgnette. À la place de cette stupeur qui lui était si douce et qui se perdait voluptueusement dans ses propres replis, il y avait maintenant une petite perplexité très réveillée qui se demandait : « Qui suis-je ? »

« Qui suis-je ? Je regarde le bureau, je regarde le cahier. Je m'appelle Lucien Fleurier mais ça n'est qu'un nom. Je me gobe. Je ne me gobe pas. Je ne sais pas, ça n'a pas de sens.

« Je suis un bon élève. Non. C'est de la frime : un bon élève aime travailler — moi pas. J'ai de bonnes notes, mais je n'aime pas travailler. Je ne déteste pas ça non plus, je m'en fous. Je me fous de tout. Je ne serai jamais un chef. » Il pensa avec angoisse : « Mais qu'est-ce que je vais devenir ? » Un moment passa; il se gratta la joue et cligna de l'œil gauche parce que le soleil l'éblouissait : « Qu'est-ce que je suis, *moi ?* » Il y avait cette brume, enroulée sur elle-même, indéfinie. « Moi ! » Il regarda au loin; le mot sonnait dans sa tête et puis peut-être qu'on pouvait deviner quelque chose comme la pointe sombre d'une pyramide dont les côtés fuyaient, au loin, dans la brume. Lucien frissonna et ses mains tremblaient : « Ça y est, pensa-t-il, ça y est ! J'en étais sûr : *je n'existe pas.* »

Pendant les mois qui suivirent, Lucien essaya souvent

de se rendormir mais il n'y réussit pas : il dormait bien
régulièrement neuf heures par nuit et le reste du temps,
il était tout vif et de plus en plus perplexe : ses parents
disaient qu'il ne s'était jamais si bien porté. Quand il
lui arrivait de penser qu'il n'avait pas l'étoffe d'un chef
il se sentait romantique et il avait envie de marcher
pendant des heures sous la lune; mais ses parents ne
l'autorisaient pas encore à sortir le soir. Alors souvent,
il s'allongeait sur son lit et prenait sa température : le
thermomètre marquait 37,5 ou 37,6 et Lucien pensait
avec un plaisir amer que ses parents lui trouvaient bonne
mine. « Je n'existe pas. » Il fermait les yeux et se laissait
aller : l'existence est une illusion; puisque je *sais* que
je n'existe pas, je n'ai qu'à me boucher les oreilles, à
ne plus penser à rien, et je vais m'anéantir. Mais l'illusion
était tenace. Au moins avait-il sur les autres gens la
supériorité très malicieuse de posséder un secret :
Garry, par exemple, n'existait pas plus que Lucien. Mais
il suffisait de le voir s'ébrouer tumultueusement au
milieu de ses admirateurs : on comprenait tout de suite
qu'il croyait dur comme fer à sa propre existence.
M. Fleurier non plus n'existait pas — ni Riri ni personne : le monde était une comédie sans acteurs. Lucien,
qui avait obtenu la note 15 pour sa dissertation sur
« la Morale et la Science » songea à écrire un *Traité
du néant* et il imaginait que les gens, en le lisant, se résor-
beraient les uns après les autres, comme les vampires
au chant du coq. Avant de commencer la rédaction de
son traité, il voulut prendre l'avis du Babouin, son
prof de philo. « Pardon, monsieur, lui dit-il à la fin
d'une classe, est-ce qu'on peut soutenir que nous
n'existons pas ? » Le Babouin dit que non. « Coghito,
dit-il, ergo çoum. Vous existez puisque vous doutez de
votre existence. » Lucien n'était pas convaincu mais il
renonça à écrire son ouvrage. En juillet, il fut reçu
sans éclat à son baccalauréat de mathématiques et partit
pour Férolles avec ses parents. La perplexité ne passait
toujours pas : c'était comme une envie d'éternuer[1].

Le père Bouligaud était mort et la mentalité des
ouvriers de M. Fleurier avait beaucoup changé. Ils
touchaient à présent de gros salaires et leurs femmes
s'achetaient des bas de soie. Mme Bouffardier citait des
détails effarants à Mme Fleurier : « Ma bonne me racon-

tait qu'elle voyait hier chez le rôtisseur la petite Ansiaume, qui est la fille d'un bon ouvrier de votre mari et dont nous nous sommes occupés quand elle a perdu sa mère. Elle a épousé un ajusteur de Beaupertuis. Eh bien, elle commandait un poulet de vingt francs! Et d'une arrogance! Rien n'est assez bon pour elles; elles veulent avoir tout ce que nous avons[1]. » À présent, quand Lucien faisait, le dimanche, un petit tour de promenade avec son père, les ouvriers touchaient à peine leurs casquettes en les voyant et il y en avait même qui traversaient pour n'avoir pas à saluer. Un jour Lucien rencontra le fils Bouligaud qui n'eut même pas l'air de le reconnaître. Lucien en fut un peu excité : c'était l'occasion de se prouver qu'il était un chef. Il fit peser sur Jules Bouligaud un regard d'aigle et s'avança vers lui, les mains derrière le dos. Mais Bouligaud ne sembla pas intimidé : il tourna vers Lucien des yeux vides et le croisa en sifflotant. « Il ne m'a pas reconnu », se dit Lucien. Mais il était profondément déçu et, les jours qui suivirent, il pensa plus que jamais que le monde n'existait pas.

Le petit revolver de Mme Fleurier était rangé dans le tiroir de gauche de sa commode. Son mari lui en avait fait cadeau en septembre 1914 avant de partir au front. Lucien le prit et le tourna longtemps entre ses doigts : c'était un petit bijou, avec un canon doré et une crosse plaquée de nacre. On ne pouvait pas compter sur un traité de philosophie pour persuader aux gens qu'ils n'existaient pas. Ce qu'il fallait c'était un acte, un acte vraiment désespéré qui dissipât les apparences et montrât en pleine lumière le néant du monde. Une détonation, un jeune corps saignant sur un tapis, quelques mots griffonnés sur une feuille : « Je me tue parce que je n'existe pas. Et vous aussi mes frères, vous êtes néant! » Les gens liraient leur journal le matin; ils verraient : « Un adolescent a osé! » Et chacun se sentirait terriblement troublé et se demanderait : « Et moi? Est-ce que j'existe? » On avait connu dans l'histoire, entre autres lors de la publication de *Werther,* de semblables épidémies de suicides; Lucien pensa que « martyr » en grec veut dire « témoin ». Il était trop sensible pour faire un chef mais non pour faire un martyr. Par la suite il entra souvent dans le boudoir

de sa mère et il regardait le revolver et il entrait en agonie.
Il lui arriva même de mordre le canon doré en serrant
fortement ses doigts contre la crosse. Le reste du temps
il était plutôt gai parce qu'il pensait que tous les vrais
chefs avaient connu la tentation du suicide. Par exemple
Napoléon. Lucien ne se dissimulait pas qu'il touchait
le fond du désespoir mais il espérait sortir de cette crise
avec une âme trempée et il lut avec intérêt le *Mémorial
de Sainte-Hélène*. Il fallait pourtant prendre une décision :
Lucien se fixa le 30 septembre comme terme ultime de
ses hésitations. Les derniers jours furent extrêmement
pénibles : certes la crise était salutaire, mais elle exigeait
de Lucien une tension si forte qu'il craignait de se
briser, un jour, comme du verre. Il n'osait plus toucher
au revolver; il se contentait d'ouvrir le tiroir, il soulevait un peu les combinaisons de sa mère et contemplait
longuement le petit monstre glacial et têtu qui se tassait
au creux de la soie rose. Pourtant lorsqu'il eut accepté
de vivre, il ressentit un vif désappointement et se
trouva tout désœuvré. Heureusement les multiples
soucis de la rentrée l'absorbèrent : ses parents l'en-
voyèrent au lycée Saint-Louis suivre les cours prépa-
ratoires à l'École centrale. Il portait un beau calot à
liséré rouge avec un insigne et chantait :

> *C'est le piston qui fait marcher les machines
> C'est le piston qui fait marcher les wagons...*

Cette dignité nouvelle de « piston » comblait Lucien
de fierté; et puis sa classe ne ressemblait pas aux autres :
elle avait des traditions et un cérémonial; c'était une force.
Par exemple, il était d'usage qu'une voix demandât, un
quart d'heure avant la fin du cours de français : « Qu'est-
ce qu'un cyrard ? » et tout le monde répondait en sourdine : « C'est un con! » Sur quoi la voix reprenait :
« Qu'est-ce qu'un agro ? » et on répondait un peu plus
fort : « C'est un con! » Alors M. Béthune qui était
presque aveugle et portait des lunettes noires, disait avec
lassitude : « Je vous en prie, messieurs! » Il y avait
quelques instants de silence absolu et les élèves se
regardaient avec des sourires d'intelligence, puis
quelqu'un criait : « Qu'est-ce qu'un piston ? » et ils
rugissaient tous ensemble : « C'est un type énorme! »

À ces moments-là, Lucien se sentait galvanisé. Le soir il relatait minutieusement à ses parents les divers incidents de la journée et quand il disait : « Alors toute la classe s'est mise à rigoler... » ou bien « toute la classe a décidé de mettre Meyrinex en quarantaine » les mots, en passant, lui chauffaient la bouche comme une gorgée d'alcool. Pourtant les premiers mois furent très durs : Lucien manqua ses compositions de mathématiques et de physique et puis, individuellement, ses camarades n'étaient pas trop sympathiques : c'étaient des boursiers, pour la plupart bûcheurs et malpropres avec de mauvaises manières. « Il n'y en a pas un, dit-il à son père, dont je voudrais me faire un ami. — Les boursiers, dit rêveusement M. Fleurier, représentent une élite intellectuelle et pourtant ils font de mauvais chefs : ils ont brûlé une étape. » Lucien en entendant parler de « mauvais chefs » sentit un pincement désagréable à son cœur et il pensa de nouveau à se tuer pendant les semaines qui suivirent; mais il n'avait plus le même enthousiasme qu'aux vacances. Au mois de janvier, un nouvel élève nommé Berliac scandalisa toute la classe : il portait des vestons cintrés verts ou mauves, à la dernière mode, de petits cols ronds et des pantalons comme on en voyait sur les gravures de tailleurs, si étroits qu'on se demandait comment il pouvait les enfiler. D'emblée, il se classa dernier en mathématiques. « Je m'en fous, déclara-t-il, je suis un littéraire, je fais des maths pour me mortifier. » Au bout d'un mois il avait séduit tout le monde : il distribuait des cigarettes de contrebande et il leur dit qu'il avait des femmes et leur montra les lettres qu'elles lui envoyaient. Toute la classe décida que c'était un chic type et qu'il fallait lui fiche la paix. Lucien admirait beaucoup son élégance et ses manières, mais Berliac traitait Lucien avec condescendance et l'appelait « gosse de riches ». « Après tout, dit un jour Lucien, ça vaut mieux que si j'étais gosse de pauvres. » Berliac sourit. « Tu es un petit cynique ! » lui dit-il, et, le lendemain, il lui fit lire un de ses poèmes : « Caruso gobait des yeux crus tous les soirs, à part ça sobre comme un chameau. Une dame fit un bouquet avec les yeux de sa famille et les lança sur la scène. Chacun s'incline devant ce geste exemplaire. Mais n'oubliez pas que son heure de gloire dura trente-sept minutes :

exactement depuis le premier bravo jusqu'à l'extinction
du grand lustre de l'Opéra (par la suite il fallait qu'elle
tînt en laisse son mari, lauréat de plusieurs concours,
qui bouchait avec deux croix de guerre les cavités roses
de ses orbites). Et notez bien ceci : tous ceux d'entre
nous qui mangerons trop de chair humaine en conserve
périront par le scorbut. » « C'est très bien, dit Lucien
décontenancé. — Je les obtiens, dit Berliac avec nonchalance, par une technique nouvelle, ça s'appelle
l'écriture automatique. » À quelque temps de là, Lucien
eut une violente envie de se tuer et décida de demander
conseil à Berliac. « Qu'est-ce que je dois faire ? »
demanda-t-il quand il eut exposé son cas. Berliac l'avait
écouté avec attention; il avait l'habitude de sucer ses
doigts et d'enduire ensuite de salive les boutons qu'il
avait sur la figure, de sorte que sa peau brillait par
places comme un chemin après la pluie. « Fais comme tu
voudras, dit-il enfin, ça n'a aucune importance. » Il
réfléchit un peu et ajouta en appuyant sur les mots :
« *Rien* n'a *jamais* aucune importance. » Lucien fut un
peu déçu mais il comprit que Berliac avait été profondément frappé quand celui-ci, le jeudi suivant, l'invita
à goûter chez sa mère. Mme Berliac fut très aimable;
elle avait des verrues et une tache lie-de-vin sur la joue
gauche : « Vois-tu, dit Berliac à Lucien, les vraies
victimes de la guerre c'est nous. » C'était bien l'avis de
Lucien et ils convinrent qu'ils appartenaient tous les deux
à une génération sacrifiée. Le jour tombait, Berliac
s'était couché sur son lit, les mains nouées derrière la
nuque. Ils fumèrent des cigarettes anglaises, firent
tourner des disques au gramophone et Lucien entendit
la voix de Sophie Tucker[1] et celle d'Al Johnson[2]. Ils
devinrent tout mélancoliques et Lucien pensa que Berliac était son meilleur ami. Berliac lui demanda s'il
connaissait la psychanalyse[3]; sa voix était sérieuse et il
regardait Lucien avec gravité. « J'ai désiré ma mère
jusqu'à l'âge de quinze ans », lui confia-t-il. Lucien se
sentit mal à l'aise; il avait peur de rougir et puis il se
rappelait les verrues de Mme Berliac et ne comprenait
pas bien qu'on pût la désirer. Pourtant lorsqu'elle entra
pour leur apporter des toasts, il fut vaguement troublé
et essaya de deviner sa poitrine à travers le chandail
jaune qu'elle portait. Quand elle fut sortie, Berliac dit

d'une voix positive : « Toi aussi, naturellement, tu as
eu envie de coucher avec ta mère. » Il n'interrogeait
pas, il affirmait. Lucien haussa les épaules : « Naturellement », dit-il. Le lendemain il était inquiet, il avait
peur que Berliac ne répétât leur conversation. Mais il
se rassura vite : « Après tout, pensa-t-il, il s'est plus
compromis que moi. » Il était très séduit par le tour
scientifique qu'avaient pris leurs confidences et le jeudi
suivant, il lut un ouvrage de Freud sur le rêve[1] à la
bibliothèque Sainte-Geneviève. Ce fut une révélation.
« C'est donc ça, se répétait Lucien en marchant au
hasard par les rues, c'est donc ça! » Il acheta par la suite
l'*Introduction à la psychanalyse*[2] et la *Psychopathologie de la
vie quotidienne*[3], tout devint clair pour lui. Cette impression étrange de ne pas exister, ce vide qu'il y avait eu
longtemps dans sa conscience, ses somnolences, ses
perplexités, ses efforts vains pour se connaître, qui ne
rencontraient jamais qu'un rideau de brouillard...
« Parbleu, pensa-t-il, j'ai un complexe. » Il raconta à
Berliac comment il s'était, dans son enfance, figuré qu'il
était somnambule et comment les objets ne lui paraissaient jamais tout à fait réels : « Je dois avoir, conclut-il,
un complexe de derrière les fagots. — Tout comme moi,
dit Berliac, nous avons des complexes maison! » Ils
prirent l'habitude d'interpréter leurs rêves et jusqu'à
leurs moindres gestes; Berliac avait toujours tant
d'histoires à raconter que Lucien le soupçonnait un peu
de les inventer ou, tout au moins, de les embellir. Mais
ils s'entendaient très bien et ils abordaient les sujets
les plus délicats avec objectivité; ils s'avouèrent qu'ils
portaient un masque de gaieté pour tromper leur entourage mais qu'ils étaient au fond terriblement tourmentés.
Lucien était délivré de ses inquiétudes. Il s'était jeté
avec avidité sur la psychanalyse parce qu'il avait compris
que c'était ce qui lui convenait et à présent il se sentait
raffermi, il n'avait plus besoin de se faire du mauvais
sang et d'être toujours à chercher dans sa conscience les
manifestations palpables de son caractère. Le véritable
Lucien était profondément enfoui dans l'inconscient; il
fallait rêver à lui sans jamais le voir, comme à un cher
absent. Lucien pensait tout le jour à ses complexes et
il imaginait avec une certaine fierté le monde obscur,
cruel et violent qui grouillait sous les vapeurs de sa

conscience. « Tu comprends, disait-il à Berliac, en
apparence j'étais un gosse endormi et indifférent à tout,
quelqu'un de pas très intéressant. Et même du dedans,
tu sais, ça avait tellement l'air d'être ça, que j'ai failli
m'y laisser prendre. Mais je savais bien qu'il y avait
autre chose. — Il y a *toujours* autre chose », répondit
Berliac. Et ils se souriaient avec orgueil. Lucien fit un
poème intitulé *Quand la brume se déchirera* et Berliac le
trouva fameux, mais il reprocha à Lucien de l'avoir
écrit en vers réguliers. Ils l'apprirent tout de même par
cœur et quand ils voulaient parler de leurs libidos ils
disaient volontiers :

« Les grands crabes tapis sous le manteau de brume[1] »
puis, tout simplement « les crabes » en clignant de l'œil.
Mais au bout de quelque temps, Lucien, quand il était
seul et surtout le soir, commença à trouver tout cela
un peu effrayant. Il n'osait plus regarder sa mère en
face et, quand il l'embrassait avant d'aller se coucher,
il craignait qu'une puissance ténébreuse ne déviât son
baiser et ne le fît tomber sur la bouche de Mme Fleurier,
c'était comme s'il avait porté en lui-même un volcan.
Lucien se traita avec précaution, pour ne pas violenter
l'âme somptueuse et sinistre qu'il s'était découverte. Il
en connaissait à présent tout le prix et il en redoutait
les terribles réveils. « J'ai peur de moi », se disait-il.
Il avait renoncé depuis six mois aux pratiques solitaires
parce qu'elles l'ennuyaient et qu'il avait trop de travail
mais il y revint : il fallait que chacun suivît sa pente,
les livres de Freud étaient remplis par les histoires de
malheureux jeunes gens qui avaient eu des poussées de
névrose pour avoir rompu trop brusquement avec leurs
habitudes. « Est-ce que nous n'allons pas devenir fous ? »
demandait-il à Berliac. Et de fait, certains jeudis, ils se
sentaient étranges : la pénombre s'était sournoisement
glissée dans la chambre de Berliac, ils avaient fumé des
paquets entiers de cigarettes opiacées, leurs mains tremblaient. Alors l'un d'eux se levait sans mot dire, marchait à pas de loup jusqu'à la porte et tournait le commutateur. Une lumière jaune envahissait la pièce et ils se
regardaient avec défiance.

Lucien ne tarda pas à remarquer que son amitié
avec Berliac reposait sur un malentendu : nul plus que
lui, certes, n'était sensible à la beauté pathétique du

complexe d'Œdipe, mais il y voyait surtout le signe d'une puissance de passion qu'il souhaitait dériver plus tard vers d'autres fins. Berliac au contraire semblait se complaire dans son état et n'en voulait pas sortir. « Nous sommes des types foutus, disait-il avec orgueil, des ratés. Nous ne ferons jamais rien. — Jamais rien », répondait Lucien en écho. Mais il était furieux. Au retour des vacances de Pâques, Berliac lui raconta qu'il avait partagé la chambre de sa mère dans un hôtel de Dijon : il s'était levé au petit matin, s'était approché du lit où sa mère dormait encore et avait rabattu doucement les couvertures. « Sa chemise était relevée », dit-il en ricanant. En entendant ces mots, Lucien ne put se défendre de mépriser un peu Berliac et il se sentit très seul. C'était bien joli d'avoir des complexes mais il fallait savoir les liquider à temps : comment un homme fait pourrait-il assumer des responsabilités, et prendre un commandement s'il avait gardé une sexualité infantile ? Lucien commença à s'inquiéter sérieusement : il aurait aimé prendre le conseil d'une personne autorisée mais il ne savait à qui s'adresser. Berliac lui parlait souvent d'un surréaliste nommé Bergère[1] qui était très versé dans la psychanalyse et qui semblait avoir pris un grand ascendant sur lui; mais jamais il n'avait proposé à Lucien de le lui faire connaître. Lucien fut aussi très déçu parce qu'il avait compté sur Berliac pour lui procurer des femmes; il pensait que la possession d'une jolie maîtresse changerait tout naturellement le cours de ses idées. Mais Berliac ne parlait plus jamais de ses belles amies. Ils allaient quelquefois sur les grands boulevards et suivaient des typesses mais ils n'osaient pas leur parler : « Que veux-tu, mon pauvre vieux, disait Berliac, nous ne sommes pas de la race qui plaît. Les femmes sentent en nous quelque chose qui les effraie. » Lucien ne répondait pas; Berliac commençait à l'agacer. Il faisait souvent des plaisanteries de très mauvais goût sur les parents de Lucien, il les appelait monsieur et madame Dumollet[2]. Lucien comprenait fort bien qu'un surréaliste méprisât la bourgeoisie en général, mais Berliac avait été invité plusieurs fois par Mme Fleurier qui l'avait traité avec confiance et amitié : à défaut de gratitude, un simple souci de décence aurait dû l'empêcher de parler d'elle sur ce ton. Et puis Berliac

était terrible avec sa manie d'emprunter de l'argent qu'il
ne rendait pas : dans l'autobus il n'avait jamais de monnaie et il fallait payer pour lui; dans les cafés il ne proposait qu'une fois sur cinq de régler les consommations.
Lucien lui dit tout net, un jour, qu'il ne comprenait
pas cela, et qu'on devait, entre camarades, partager tous
les frais des sorties. Berliac le regarda avec profondeur
et lui dit : « Je m'en doutais : tu es un anal » et il lui
expliqua le rapport freudien : fèces = or et la théorie
freudienne de l'avarice. « Je voudrais savoir une chose,
dit-il; jusqu'à quel âge ta mère t'a-t-elle essuyé ? »
Ils faillirent se brouiller.

Dès le début du mois de mai, Berliac se mit à sécher
le lycée : Lucien allait le rejoindre, après la classe, dans
un bar de la rue des Petits-Champs où ils buvaient des
vermouths Crucifix. Un mardi après-midi, Lucien trouva
Berliac attablé devant un verre vide. « Te voilà, dit
Berliac. Écoute, il faut que je les mette, j'ai rendez-vous
à cinq heures avec mon dentiste. Attends-moi, il habite
à côté et j'en ai pour une demi-heure. — O. K., répondit
Lucien en se laissant tomber sur une chaise. François,
donnez-moi un vermouth blanc. » À ce moment un
homme entra dans le bar et sourit d'un air étonné en
les apercevant. Berliac rougit et se leva précipitamment.
« Qui ça peut-il être ? » se demanda Lucien. Berliac,
en serrant la main de l'inconnu, s'était arrangé pour lui
masquer Lucien; il parlait d'une voix basse et rapide,
l'autre répondit d'une voix claire. « Mais non, mon
petit, mais non, tu ne seras jamais qu'un pitre. » En
même temps il se haussait sur la pointe des pieds et
dévisageait Lucien par-dessus le crâne de Berliac, avec
une tranquille assurance. Il pouvait avoir trente-cinq
ans; il avait un visage pâle et de magnifiques cheveux
blancs : « C'est sûrement Bergère, pensa Lucien le
cœur battant, ce qu'il est beau ! »

Berliac avait pris l'homme aux cheveux blancs par le
coude d'un geste timidement autoritaire :

« Venez avec moi, dit-il, je vais chez mon dentiste,
c'est à deux pas.

— Mais tu étais avec un ami, je crois, répondit
l'autre sans quitter Lucien des yeux, tu devrais nous
présenter l'un à l'autre. »

Lucien se leva en souriant. « Attrape! » pensait-il;

il avait les joues en feu. Le cou de Berliac rentra dans
ses épaules et Lucien crut une seconde qu'il allait refuser.
« Eh bien, présente-moi donc », fit-il d'une voix gaie.
Mais à peine avait-il parlé que le sang afflua à ses tempes ;
il aurait voulu rentrer sous terre. Berliac fit volte-face
et marmotta sans regarder personne :

« Lucien Fleurier, un camarade de lycée, M. Achille
Bergère.

— Monsieur, j'admire vos œuvres », dit Lucien d'une
voix faible. Bergère lui prit la main dans ses longues
mains fines et l'obligea à se rasseoir. Il y eut un silence ;
Bergère enveloppait Lucien d'un chaud regard tendre ;
il lui tenait toujours la main : « Êtes-vous inquiet ? »
demanda-t-il avec douceur.

Lucien s'éclaircit la voix et rendit à Bergère un ferme
regard :

« Je suis inquiet ! » répondit-il distinctement. Il lui
semblait qu'il venait de subir les épreuves d'une initiation. Berliac hésita un instant puis vint rageusement
reprendre sa place en jetant son chapeau sur la table.
Lucien brûlait d'envie de raconter à Bergère sa tentative
de suicide ; c'était quelqu'un avec qui il fallait parler des
choses abruptement et sans préparation. Il n'osa rien
dire à cause de Berliac ; il haïssait Berliac.

« Avez-vous du raki ? demanda Bergère au garçon.

— Non, ils n'en ont pas, dit Berliac avec empressement ; c'est une petite boîte charmante mais il n'y a
rien à boire que du vermouth.

— Qu'est-ce que c'est que cette chose jaune que
vous avez là-bas dans une carafe ? demanda Bergère
avec une aisance pleine de mollesse.

— C'est du Crucifix blanc, répondit le garçon.

— Eh bien, donnez-moi de ça. »

Berliac se tortillait sur sa chaise : il semblait partagé
entre le désir de vanter ses amis et la crainte de faire
briller Lucien à ses dépens. Il finit par dire, d'une voix
morne et fière :

« Il a voulu se tuer.

— Parbleu ! dit Bergère, je l'espère bien. »

Il y eut un nouveau silence : Lucien avait baissé les
yeux d'un air modeste mais il se demandait si Berliac
n'allait pas bientôt foutre le camp. Bergère regarda
tout à coup sa montre :

« Et ton dentiste ? » demanda-t-il.

Berliac se leva de mauvaise grâce.

« Accompagnez-moi, Bergère, supplia-t-il, c'est à deux pas.

— Mais non, puisque tu reviens. Je tiendrai compagnie à ton camarade. »

Berliac demeura encore un moment, il sautait d'un pied sur l'autre.

« Allez, file, dit Bergère, d'une voix impérieuse, tu nous retrouveras ici. »

Lorsque Berliac fut parti, Bergère se leva et vint s'asseoir sans façon à côté de Lucien. Lucien lui raconta longuement son suicide; il lui expliqua aussi qu'il avait désiré sa mère et qu'il était un sadico-anal et qu'il n'aimait rien au fond et que tout en lui était comédie. Bergère l'écoutait sans mot dire en le regardant profondément et Lucien trouvait délicieux d'être compris. Quand il eut fini, Bergère lui passa familièrement le bras autour des épaules et Lucien respira une odeur d'eau de Cologne et de tabac anglais.

« Savez-vous, Lucien, comment j'appelle votre état ? » Lucien regarda Bergère avec espoir; il ne fut pas déçu.

« Je l'appelle, dit Bergère, le Désarroi[1]. »

Désarroi : le mot avait commencé tendre et blanc comme un clair de lune, mais le « oi » final avait l'éclat cuivré d'un cor.

« Désarroi... » dit Lucien.

Il se sentait grave et inquiet comme lorsqu'il avait dit à Riri qu'il était somnambule. Le bar était sombre mais la porte s'ouvrait toute grande sur la rue, sur le lumineux brouillard blond du printemps; sous le parfum d'homme soigné que dégageait Bergère, Lucien percevait la lourde odeur de la salle obscure, une odeur de vin rouge et de bois humide. « Désarroi... pensait-il; à quoi est-ce que ça va m'engager ? » Il ne savait pas bien si on lui avait découvert une dignité ou une maladie nouvelle; il voyait près de ses yeux les lèvres agiles de Bergère qui voilaient et dévoilaient sans répit l'éclat d'une dent d'or.

« J'aime les êtres qui sont en désarroi, disait Bergère, et je trouve que vous avez une chance extraordinaire. Car enfin, cela vous a été donné. Vous voyez tous ces porcs ? Ce sont des assis[2]. Il faudrait les donner aux

fourmis rouges, pour les asticoter un peu. Vous savez
ce qu'elles font ces consciencieuses bestioles ?

— Elles mangent de l'homme, dit Lucien.

— Oui, elles débarrassent les squelettes de leur
viande humaine.

— Je vois », dit Lucien. Il ajouta : « Et moi ? qu'est-ce
qu'il faut que je fasse ?

— Rien pour l'amour de Dieu, dit Bergère avec un
effarement comique. Et surtout ne pas vous asseoir.
À moins, dit-il en riant, que ce ne soit sur un pal.
Avez-vous lu Rimbaud ?

— Nnnon, dit Lucien.

— Je vous prêterai les *Illuminations*. Écoutez, il faut
que nous nous revoyions. Si vous êtes libre jeudi,
passez donc chez moi vers trois heures, j'habite à
Montparnasse, 9, rue Campagne-Première[1]. »

Le jeudi suivant Lucien alla chez Bergère et il y
retourna presque tous les jours du mois de mai. Ils
avaient convenu de dire à Berliac qu'ils se voyaient une
fois par semaine, parce qu'ils voulaient être francs avec
lui tout en évitant de lui faire de la peine. Berliac s'était
montré parfaitement déplacé; il avait dit à Lucien en
ricanant : « Alors, c'est le béguin ? Il t'a fait le coup
de l'inquiétude et tu lui as fait le coup du suicide :
le grand jeu, quoi! » Lucien protesta : « Je te ferai
remarquer, dit-il en rougissant, que c'est toi qui as
parlé le premier de mon suicide. — Oh! dit Berliac,
c'était seulement pour t'éviter la honte de le faire toi-
même. » Ils espacèrent leurs rendez-vous. « Tout ce
qui me plaisait en lui, dit un jour Lucien à Bergère,
c'est à vous qu'il l'empruntait, je m'en rends compte
à présent. — Berliac est un singe, dit Bergère en riant,
c'est ce qui m'a toujours attiré vers lui. Vous savez
que sa grand-mère maternelle est juive ? Cela explique
bien des choses. — En effet », répondit Lucien. Il
ajouta au bout d'un instant : « D'ailleurs, c'est quelqu'un
de charmant. » L'appartement de Bergère était encombré
d'objets étranges et comiques : des poufs dont le siège
de velours rouge reposait sur des jambes de femmes en
bois peint, des statuettes nègres, une ceinture de chasteté
en fer forgé avec des piquants, des seins en plâtre dans
lesquels on avait planté de petites cuillers[2]; sur le bureau
un gigantesque pou de bronze et un crâne de moine

volé dans un ossuaire de Mistra[1] servaient de presse-
papiers. Les murs étaient tapissés de lettres de faire-
part qui annonçaient la mort du surréaliste Bergère[2].
Malgré tout, l'appartement donnait une impression de
confort intelligent et Lucien aimait à s'étendre sur le
divan profond du fumoir. Ce qui l'étonnait particulièrement c'était l'énorme quantité de farces et d'attrapes
que Bergère avait accumulées sur une étagère : fluide
glacial, poudre à éternuer, poil à gratter, sucre flottant,
étron diabolique, jarretelle de la mariée. Bergère prenait,
tout en parlant, l'étron diabolique entre ses doigts et
le considérait avec gravité : « Ces attrapes, disait-il, ont
une valeur révolutionnaire; elles inquiètent. Il y a plus
de puissance destructrice en elles que dans les œuvres
complètes de Lénine. » Lucien, surpris et charmé,
regardait tour à tour ce beau visage tourmenté aux yeux
caves et ces longs doigts fins qui tenaient avec grâce
un excrément parfaitement imité. Bergère lui parlait
souvent de Rimbaud et du « dérèglement systématique
de tous les sens[3] ». « Quand vous pourrez, en passant
sur la place de la Concorde, voir distinctement et à
volonté une négresse à genoux en train de sucer l'obé-
lisque, vous pourrez vous dire que vous avez crevé le
décor et que vous êtes sauvé[4]. » Il lui prêta les *Illuminations, Les Chants de Maldoror,* et les œuvres du marquis
de Sade. Lucien essayait consciencieusement de comprendre, mais beaucoup de choses lui échappaient et il
était choqué parce que Rimbaud était pédéraste. Il le
dit à Bergère qui se mit à rire : « Mais pourquoi, mon
petit ? » Lucien fut très embarrassé. Il rougit et pendant
une minute il se mit à haïr Bergère de toutes ses forces;
mais il se domina, releva la tête et dit avec une franchise
simple : « J'ai dit une connerie. » Bergère lui caressa
les cheveux : il paraissait attendri : « Ces grands yeux
pleins de trouble, dit-il, ces yeux de biche... Oui,
Lucien, vous avez dit une connerie. La pédérastie de
Rimbaud, c'est le dérèglement premier et génial de sa
sensibilité. C'est à elle que nous devons ses poèmes.
Croire qu'il y a des objets spécifiques du désir sexuel
et que ces objets sont les femmes, parce qu'elles ont un
trou entre les jambes, c'est la hideuse et volontaire erreur
des assis. Regardez! » Il tira de son bureau une douzaine
de photos jaunies et les jeta sur les genoux de Lucien.

Lucien vit d'horribles putains nues, riant de leurs bouches édentées, écartant leurs jambes comme des lèvres et dardant entre leurs cuisses quelque chose comme une langue moussue. « J'ai eu la collection pour trois francs à Bou-Saada, dit Bergère. Si vous embrassez le derrière de ces femmes-là, vous êtes un fils de famille et tout le monde dira que vous menez la vie de garçon. Parce que ce sont des femmes, comprenez-vous ? Moi je vous dis que la première chose à faire c'est de vous persuader que *tout* peut être objet de désir sexuel, une machine à coudre, une éprouvette, un cheval ou un soulier. Moi, dit-il en souriant, j'ai fait l'amour avec des mouches. J'ai connu un fusilier marin qui couchait avec des canards. Il leur mettait la tête dans un tiroir, les tenait solidement par les pattes et allez donc ! » Bergère pinça distraitement l'oreille de Lucien et conclut : « Le canard en mourait et le bataillon le mangeait. » Lucien sortait de ces entretiens la tête en feu, il pensait que Bergère était un génie, mais il lui arrivait de se réveiller la nuit, trempé de sueur, la tête remplie de visions monstrueuses et obscènes et il se demandait si Bergère exerçait sur lui une bonne influence : « Être seul! gémissait-il en se tordant les mains, n'avoir personne pour me conseiller, pour me dire si je suis dans le droit chemin! » S'il allait jusqu'au bout, s'il pratiquait pour de bon le dérèglement de tous ses sens, est-ce qu'il n'allait pas perdre pied et se noyer ? Un jour que Bergère lui avait longtemps parlé d'André Breton, Lucien murmura comme dans un rêve : « Oui, mais si, après ça, je ne peux plus revenir en arrière ? » Bergère sursauta : « Revenir en arrière ? Qui parle de revenir en arrière ? Si vous devenez fou, c'est tant mieux. Après, comme dit Rimbaud, " viendront d'autres horribles travailleurs[1] ". — C'est bien ce que je pensais », dit Lucien tristement. Il avait remarqué que ces longues causeries avaient un résultat opposé à celui que souhaitait Bergère : dès que Lucien se surprenait à éprouver une sensation un peu fine, une impression originale, il se mettait à trembler : « Ça commence », pensait-il. Il aurait volontiers souhaité n'avoir plus que les perceptions les plus banales et les plus épaisses; il ne se sentait à l'aise que le soir avec ses parents : c'était son refuge. Ils parlaient de Briand, de la mauvaise volonté des

Allemands, des couches de la cousine Jeanne et du prix
de la vie; Lucien échangeait voluptueusement avec eux
des propos d'un grossier bon sens. Un jour, comme il
rentrait dans sa chambre après avoir quitté Bergère, il
ferma machinalement la porte à clé et poussa la targette.
Quand il s'aperçut de son geste, il s'efforça d'en rire
mais il ne put dormir de la nuit : il venait de comprendre
qu'il avait peur.

Cependant il n'aurait cessé pour rien au monde de
fréquenter Bergère. « Il me fascine », se disait-il. Et
puis il appréciait vivement la camaraderie si délicate et
d'un genre si particulier que Bergère avait su établir
entre eux. Sans quitter un ton viril et presque rude,
Bergère avait l'art de faire sentir et pour ainsi dire
toucher à Lucien, sa tendresse : par exemple il lui
refaisait le nœud de sa cravate en le grondant d'être si
mal fagoté, il le peignait avec un peigne d'or qui venait
du Cambodge. Il fit découvrir à Lucien son propre
corps et lui expliqua la beauté âpre et pathétique de la
Jeunesse : « Vous êtes Rimbaud[1], lui disait-il, il avait
vos grandes mains quand il est venu à Paris pour voir
Verlaine, il avait ce visage rose de jeune paysan bien
portant et ce long corps grêle de fillette blonde. » Il
obligeait Lucien à défaire son col et à ouvrir sa chemise,
puis il le conduisait, tout confus, devant une glace et
lui faisait admirer l'harmonie charmante de ses joues
rouges et de sa gorge blanche; alors il effleurait d'une
main légère les hanches de Lucien et ajoutait tristement :
« On devrait se tuer à vingt ans. » Souvent, à présent,
Lucien se regardait dans les miroirs, et il apprenait à
jouir de sa jeune grâce pleine de gaucherie. « Je suis
Rimbaud » pensait-il, le soir, en ôtant ses vêtements avec
des gestes pleins de douceur et il commençait à croire
qu'il aurait la vie brève et tragique d'une fleur trop
belle. À ces moments-là il lui paraissait qu'il avait connu,
très longtemps auparavant, des impressions analogues
et une image absurde lui revenait à l'esprit : il se revoyait
tout petit, avec une longue robe bleue et des ailes d'ange,
distribuant des fleurs dans une vente de charité. Il regardait ses longues jambes. « Est-ce que c'est vrai que j'ai la
peau si douce ? » pensait-il avec amusement. Et une fois il
promena ses lèvres sur son avant-bras, du poignet à la saignée du coude, le long d'une charmante petite veine bleue.

Un jour, en entrant chez Bergère, il eut une surprise désagréable : Berliac était là, il s'occupait à détacher avec un couteau des fragments d'une substance noirâtre qui avait l'aspect d'une motte de terre. Les deux jeunes gens ne s'étaient pas revus depuis dix jours : ils se serrèrent la main avec froideur. « Tu vois ça, dit Berliac, c'est du haschisch[1]. Nous allons en mettre dans ces pipes entre deux couches de tabac blond, ça fait un effet étonnant. Il y en a pour toi, ajouta-t-il. — Merci, dit Lucien, je n'y tiens pas. » Les deux autres se mirent à rire et Berliac insista, l'œil mauvais : « Mais tu es idiot, mon vieux, tu vas en prendre : tu ne peux pas te figurer comme c'est agréable. — Je t'ai dit que non ! » dit Lucien. Berliac ne répondit plus rien, il se borna à sourire d'un air supérieur et Lucien vit que Bergère souriait aussi. Il tapa du pied et dit : « Je n'en veux pas, je ne veux pas m'esquinter, je trouve idiot de prendre de ces machins-là qui vous abrutissent. » Il avait lâché ça malgré lui, mais quand il comprit la portée de ce qu'il venait de dire et qu'il imagina ce que Bergère pouvait penser de lui, il eut envie de tuer Berliac et les larmes lui vinrent aux yeux. « Tu es un bourgeois, dit Berliac en haussant les épaules, tu fais semblant de nager, mais tu as bien trop peur de perdre pied. — Je ne veux pas prendre l'habitude des stupéfiants, dit Lucien d'une voix plus calme; c'est un esclavage comme un autre et je veux rester disponible. — Dis que tu as peur de t'engager », répondit violemment Berliac. Lucien allait lui donner une paire de gifles quand il entendit la voix impérieuse de Bergère. « Laisse-le, Charles, disait-il à Berliac, c'est lui qui a raison. Sa peur de s'engager c'est *aussi* du désarroi. » Ils fumèrent tous deux, étendus sur le divan et une odeur de papier d'Arménie se répandit dans la pièce. Lucien s'était assis sur un pouf en velours rouge et les contemplait en silence. Berliac, au bout d'un moment, laissa aller sa tête en arrière et battit des paupières avec un sourire mouillé. Lucien le regardait avec rancune et se sentait humilié. Enfin Berliac se leva et quitta la pièce d'un pas hésitant : il avait gardé jusqu'au bout sur ses lèvres ce drôle de sourire endormi et voluptueux. « Donnez-moi une pipe », dit Lucien d'une voix rauque. Bergère se mit à rire. « Pas la peine, dit-il. Ne t'en fais pas pour

Berliac. Tu ne sais pas ce qu'il fait en ce moment ? — Je
m'en fous, dit Lucien. — Eh bien, sache tout de même
qu'il vomit, dit tranquillement Bergère. C'est le seul
effet que le haschisch lui ait jamais produit. Le reste
n'est qu'une comédie, mais je lui en fais fumer quelquefois parce qu'il veut m'épater et que ça m'amuse. »
Le lendemain Berliac vint au lycée et il voulut le prendre
de haut avec Lucien. « Tu montes dans les trains, dit-il,
mais tu choisis soigneusement ceux qui restent en
gare[1]. » Mais il trouva à qui parler. « Tu es un bonimen-
teur, lui répondit Lucien, tu crois peut-être que je ne
sais pas ce que tu faisais hier dans la salle de bains ?
Tu dégueulais, mon vieux! » Berliac devint blême.
« C'est Bergère qui te l'a dit ? — Qui veux-tu que ça
soit ? — C'est bien, balbutia Berliac, mais je n'aurais
pas cru que Bergère fût un type à se foutre de ses anciens
copains avec les nouveaux. » Lucien était un peu inquiet :
il avait promis à Bergère de ne rien répéter. « Allez,
ça va! dit-il, il ne s'est pas foutu de toi, il a simplement
voulu me montrer que ça ne prenait pas. » Mais Berliac
lui tourna le dos et partit sans lui serrer la main. Lucien
n'était pas trop fier quand il retrouva Bergère. « Qu'est-ce
que vous avez dit à Berliac ? » demanda Bergère d'un
air neutre. Lucien baissa la tête sans répondre : il était
accablé. Mais il sentit soudain la main de Bergère sur
sa nuque : « Ça ne fait rien du tout, mon petit. De toute
façon, il fallait que ça finisse : les comédiens ne m'amusent
jamais longtemps. » Lucien reprit un peu de courage :
il releva la tête et sourit : « Mais moi aussi je suis un
comédien, dit-il en battant des paupières. — Oui, mais
toi, tu es joli », répondit Bergère en l'attirant contre
lui. Lucien se laissa aller; il se sentait doux comme une
fille et il avait les larmes aux yeux. Bergère l'embrassa
sur les joues et lui mordilla l'oreille en l'appelant tantôt
« ma belle petite canaille » et tantôt « mon petit frère »
et Lucien pensait qu'il était bien agréable d'avoir un
grand frère si indulgent et si compréhensif.

M. et Mme Fleurier voulurent connaître ce Bergère
dont Lucien parlait tant et ils l'invitèrent à dîner. Tout
le monde le trouva charmant, jusqu'à Germaine, qui
n'avait jamais vu un si bel homme; M. Fleurier avait
connu le général Nizan[2] qui était l'oncle de Bergère
et il en parla longuement. Aussi Mme Fleurier fut-elle

trop heureuse de confier Lucien à Bergère pour les
vacances de la Pentecôte. Ils allèrent à Rouen, en auto;
Lucien voulait voir la cathédrale et l'hôtel de ville, mais
Bergère refusa tout net : « Ces ordures ? » demanda-t-il
avec insolence. Finalement ils allèrent passer deux heures
dans un bordel de la rue des Cordeliers et Bergère fut
marrant : il appelait toutes les pouffiasses « Mademoiselle » en donnant des coups de genoux à Lucien sous
la table, puis il accepta de monter avec l'une d'elles,
mais revint au bout de cinq minutes : « Foutons le camp,
souffla-t-il, sans quoi ça va barder. » Ils payèrent rapidement et sortirent. Dans la rue, Bergère raconta ce
qui s'était passé; il avait profité de ce que la femme avait
le dos tourné pour jeter dans le lit une pleine poignée
de poils à gratter, puis il avait déclaré qu'il était impuissant et il était redescendu. Lucien avait bu deux whiskies
et il était un peu parti; il chanta *L'Artilleur de Metz*
et le *De profundis morpionibus;* il trouvait admirable que
Bergère fût à la fois si profond et si gamin.

  « Je n'ai retenu qu'une chambre, dit Bergère quand
ils arrivèrent à l'hôtel, mais il y a une grande salle de
bains. » Lucien ne fut pas surpris : il avait vaguement
pensé pendant le voyage qu'il partagerait la chambre de
Bergère mais sans jamais s'arrêter bien longtemps sur
cette idée. À présent qu'il ne pouvait plus reculer, il
trouvait la chose un peu désagréable, surtout parce qu'il
n'avait pas les pieds propres. Il imagina, pendant qu'on
montait les valises, que Bergère lui dirait : « Comme
tu es sale, tu vas noircir les draps », et il lui répondrait
avec insolence : « Vous avez des idées bien bourgeoises
sur la propreté. » Mais Bergère le poussa dans la salle
de bains avec sa valise en lui disant : « Arrange-toi là
dedans, moi je vais me déshabiller dans la chambre. »
Lucien prit un bain de pieds et un bain de siège. Il
avait envie d'aller aux cabinets mais il n'osa pas et se
contenta d'uriner dans le lavabo; puis il revêtit sa
chemise de nuit, mit des pantoufles que sa mère lui
avait prêtées (les siennes étaient toutes trouées) et frappa :
« Êtes-vous prêt ? demanda-t-il. — Oui, oui, entre. »
Bergère avait enfilé une robe de chambre noire sur un
pyjama bleu ciel. La chambre sentait l'eau de Cologne.
« Il n'y a qu'un lit ? » demanda Lucien. Bergère ne
répondit pas : il regardait Lucien avec une stupeur qui

s'acheva en un formidable éclat de rire : « Mais tu es
en bannière! dit-il en riant. Qu'as-tu fait de ton bonnet
de nuit ? Ah non, tu es trop drôle, je voudrais que tu
te voies. — Voilà deux ans, dit Lucien très vexé, que
je demande à ma mère de m'acheter des pyjamas. »
Bergère vint vers lui : « Allez, ôte ça, dit-il d'un ton
sans réplique, je vais t'en donner un des miens. Il va
être un peu grand, mais ça t'ira toujours mieux que ça. »
Lucien demeura cloué au milieu de la pièce, les yeux
rivés sur les losanges rouges et verts de la tapisserie.
Il aurait préféré retourner dans la salle de bains mais il
eut peur de passer pour un imbécile et d'un mouvement
sec il envoya promener sa chemise par-dessus sa tête.
Il y eut un instant de silence : Bergère regardait Lucien
en souriant et Lucien comprit soudain qu'il était tout
nu au milieu de la chambre et qu'il portait à ses pieds
les pantoufles à pompon de sa mère. Il regarda ses mains
— les grandes mains de Rimbaud — il aurait voulu
les plaquer contre son ventre et cacher au moins ça,
mais il se reprit et les mit bravement derrière son dos.
Sur les murs, entre deux rangs de losanges, il y avait
de loin en loin un petit carré violet. « Ma parole, dit
Bergère, il est aussi chaste qu'une pucelle : regarde-toi
dans une glace, Lucien, tu as rougi jusqu'à la poitrine.
Tu es pourtant mieux comme ça qu'en bannière. — Oui,
dit Lucien avec effort, mais on n'a jamais l'air fin quand
on est à poil. Passez-moi vite le pyjama. » Bergère lui
jeta un pyjama de soie qui sentait la lavande et ils se
mirent au lit. Il y eut un lourd silence : « Ça va mal,
dit Lucien; j'ai envie de dégueuler. » Bergère ne répondit
pas et Lucien eut un renvoi au whisky. « Il va coucher
avec moi », se dit-il. Et les losanges de la tapisserie se
mirent à tourner pendant que l'étouffante odeur d'eau
de Cologne le saisissait à la gorge. « Je n'aurais pas
dû accepter de faire ce voyage. » Il n'avait pas eu de
chance; vingt fois, ces derniers temps, il avait été à
deux doigts de découvrir ce que Bergère voulait de
lui et puis chaque fois, comme par un fait exprès, un
incident était survenu qui avait détourné sa pensée. Et
à présent, il était là, dans le lit de ce type et il attendait
son bon plaisir. « Je vais prendre mon oreiller et aller
coucher dans la salle de bains. » Mais il n'osa pas; il
pensait au regard ironique de Bergère. Il se mit à rire :

« Je pense à la putain de tout à l'heure, dit-il, elle doit être en train de se gratter. » Bergère ne répondait toujours pas; Lucien le regarda du coin de l'œil : il était étendu, sur le dos, l'air innocent, les mains sous la nuque. Alors une fureur violente s'empara de Lucien, il se dressa sur un coude et lui dit : « Eh bien, qu'est-ce que vous attendez ? C'est pour enfiler des perles que vous m'avez amené ici ? »

Il était trop tard pour regretter sa phrase : Bergère s'était tourné vers lui et le considérait d'un œil amusé : « Voyez-moi cette petite grue avec son visage d'ange. Alors, mon bébé, je ne te l'ai pas fait dire : c'est sur moi que tu comptes pour les dérégler, tes petits sens. » Il le regarda encore un instant, leurs visages se touchaient presque, puis il prit Lucien dans ses bras et lui caressa la poitrine sous la veste du pyjama. Ça n'était pas désagréable, ça chatouillait un peu, seulement Bergère était effrayant : il avait pris un air idiot et répétait avec effort : « Tu n'as pas honte, petit cochon, tu n'as pas honte, petit cochon! » comme les disques de phono qui annoncent dans les gares le départ des trains. La main de Bergère au contraire, vive et légère, semblait une personne. Elle frôlait doucement la pointe des seins de Lucien, on aurait dit la caresse de l'eau tiède quand on entre dans le bain. Lucien aurait voulu attraper cette main, l'arracher de lui et la tordre, mais Bergère aurait rigolé : voyez-moi ce puceau. La main glissa lentement le long de son ventre et s'attarda à défaire le nœud de la cordelière qui retenait son pantalon. Il la laissa faire : il était lourd et mou comme une éponge mouillée et il avait une frousse épouvantable. Bergère avait rabattu les couvertures, il avait posé la tête sur la poitrine de Lucien et il avait l'air de l'ausculter. Lucien eut coup sur coup deux renvois aigres et il eut peur de dégueuler sur les beaux cheveux argentés qui étaient si dignes. « Vous me pressez sur l'estomac », dit-il. Bergère se souleva un peu et passa une main sous les reins de Lucien; l'autre main ne caressait plus, elle tiraillait. « Tu as de belles petites fesses », dit soudain Bergère. Lucien croyait faire un cauchemar : « Elles vous plaisent ? » demanda-t-il avec coquetterie. Mais Bergère le lâcha soudain et releva la tête d'un air dépité. « Sacré petit bluffeur, dit-il rageusement, ça veut jouer les

Rimbaud et voilà plus d'une heure que je m'escrime sur
lui sans parvenir à l'exciter. » Des larmes d'énervement
montèrent aux yeux de Lucien et il repoussa Bergère
de toutes ses forces : « Ça n'est pas ma faute, dit-il d'une
voix sifflante, vous m'avez fait trop boire, j'ai envie de
dégueuler. — Eh bien, va ! va ! dit Bergère et prends ton
temps. » Il ajouta entre ses dents : « Charmante soirée. »
Lucien remonta son pantalon, enfila la robe de chambre
noire et sortit. Quand il eut refermé la porte des cabinets,
il se sentit si seul et si désemparé qu'il éclata en sanglots.
Il n'y avait pas de mouchoirs dans les poches de la
robe de chambre et il s'essuya les yeux et le nez avec
le papier hygiénique. Il eut beau se mettre deux doigts
dans le gosier, il n'arriva pas à vomir. Alors il fit machinalement tomber son pantalon et s'assit sur le trône
en grelottant. « Le salaud, pensait-il, le salaud ! » Il
était atrocement humilié mais il ne savait pas s'il avait
honte d'avoir subi les caresses de Bergère ou de n'avoir
pas été troublé. Le couloir craquait de l'autre côté de
la porte et Lucien sursautait à chaque craquement mais
il ne pouvait se décider à rentrer dans la chambre :
« Il faut pourtant que j'y aille, pensait-il, il le faut, sans
quoi il se foutra de moi — avec Berliac ! » et il se levait
à demi, mais aussitôt il revoyait le visage de Bergère
et son air bête, il l'entendait dire : « Tu n'as pas honte,
petit cochon ! » Il retombait sur le siège, désespéré !
Au bout d'un moment il fut pris d'une violente diarrhée
qui le soulagea un peu : « Ça s'en va par le bas, pensa-t-il,
j'aime mieux ça. » De fait, il n'avait plus envie de
vomir. « Il va me faire mal », pensa-t-il ensuite et
il crut qu'il allait s'évanouir. Lucien finit par avoir si
froid qu'il se mit à claquer des dents ; il pensa qu'il
allait tomber malade et se leva brusquement. Quand il
rentra, Bergère le regarda d'un air contraint ; il fumait
une cigarette, son pyjama était ouvert et on voyait son
torse maigre. Lucien ôta lentement ses pantoufles et sa
robe de chambre et se glissa sans mot dire sous la couverture : « Ça va ? » demanda Bergère. Lucien haussa
les épaules : « J'ai froid ! — Tu veux que je te réchauffe ?
— Essayez toujours », dit Lucien. À l'instant il se sentit
écrasé par un poids énorme. Une bouche tiède et molle
se colla contre la sienne, on aurait dit un bifteck cru.
Lucien ne comprenait plus rien, il ne savait plus où il

était et il étouffait à demi, mais il était content parce qu'il avait chaud. Il pensa à Mme Besse qui lui appuyait sa main sur le ventre en l'appelant « ma petite poupée », et à Hébrard qui l'appelait « grande asperge » et aux tubs qu'il prenait le matin en s'imaginant que M. Bouffardier allait entrer pour lui donner un lavement et il se dit « je suis sa petite poupée! » À ce moment, Bergère poussa un cri de triomphe. « Enfin! dit-il, tu te décides. Allons, ajouta-t-il en soufflant, on fera quelque chose de toi. » Lucien tint à ôter lui-même son pyjama.

Le lendemain ils se réveillèrent à midi. Le garçon leur porta leur petit déjeuner au lit et Lucien trouva qu'il avait l'air rogue. « Il me prend pour une lope », pensa-t-il avec un frisson de désagrément. Bergère fut très gentil, il s'habilla le premier et alla fumer une cigarette sur la place du Vieux-Marché pendant que Lucien prenait son bain. « Ce qu'il y a, pensa Lucien en se frottant soigneusement au gant de crin, c'est que c'est ennuyeux. » Le premier moment de terreur passé, et quand il s'était aperçu que ça n'était pas si douloureux qu'il croyait, il avait sombré dans un morne ennui. Il espérait toujours que c'était fini et qu'il allait pouvoir dormir, mais Bergère ne l'avait pas laissé tranquille avant quatre heures du matin. « Il faudra tout de même que je finisse mon problème de trigo » se dit-il. Et il s'efforça de ne plus penser qu'à son travail. La journée fut longue. Bergère lui raconta la vie de Lautréamont, mais Lucien ne l'écouta pas très attentivement; Bergère l'agaçait un peu. Le soir ils couchèrent à Caudebec et naturellement Bergère embêta Lucien pendant un bon moment mais, vers une heure du matin, Lucien lui dit tout net qu'il avait sommeil et Bergère sans se fâcher lui ficha la paix. Ils rentrèrent à Paris vers la fin de l'après-midi. Somme toute Lucien n'était pas mécontent de lui-même.

Ses parents l'accueillirent à bras ouverts : « As-tu bien remercié M. Bergère au moins ? » demanda sa mère. Il resta un moment à bavarder avec eux sur la campagne normande et se coucha de bonne heure. Il dormit comme un ange mais le lendemain, à son réveil, il lui sembla qu'il grelottait en dedans. Il se leva et se contempla longtemps dans la glace. « Je suis un pédéraste », se dit-il. Et il s'effondra. « Lève-toi, Lucien, cria sa mère à travers la porte, tu vas au lycée ce matin.

— Oui, maman », répondit Lucien avec docilité, mais
il se laissa tomber sur son lit et se mit à regarder ses
orteils. « C'est trop injuste, je ne me rendais pas compte,
moi, je n'ai pas d'expérience. » Ces orteils, un homme
les avait sucés l'un après l'autre. Lucien détourna la
tête avec violence : « Il savait, lui. Ce qu'il m'a fait
faire porte un nom, ça s'appelle coucher avec un homme
et il le savait. » C'était marrant — Lucien sourit avec
amertume — on pouvait, pendant des journées entières,
se demander : suis-je intelligent, est-ce que je me gobe,
on n'arrivait jamais à décider. Et à côté de ça, il y avait
des étiquettes qui s'accrochaient à vous un beau matin
et il fallait les porter toute sa vie : par exemple Lucien
était grand et blond, il ressemblait à son père, il était
fils unique et, depuis hier, il était pédéraste. On dirait
de lui : « Fleurier, vous savez bien, ce grand blond qui
aime les hommes ? » Et les gens répondraient : « Ah!
oui! La grande tantouse ? Très bien, je sais qui c'est. »

Il s'habilla et sortit mais il n'eut pas le cœur d'aller
au lycée. Il descendit l'avenue de Lamballe jusqu'à la
Seine et suivit les quais. Le ciel était pur, les rues sentaient la feuille verte, le goudron et le tabac anglais. Un
temps rêvé pour porter des vêtements propres sur un
corps bien lavé avec une âme toute neuve. Les gens
avaient tous un air moral : Lucien seul, se sentait louche
et insolite dans ce printemps. « C'est la pente fatale,
songeait-il, j'ai commencé par le complexe d'Œdipe,
après ça je suis devenu sadico-anal et maintenant c'est
le bouquet, je suis pédéraste; où est-ce que je vais
m'arrêter ? » Évidemment son cas n'était pas encore
très grave; il n'avait pas eu grand plaisir aux caresses
de Bergère. « Mais si j'en prends l'habitude ? pensa-t-il
avec angoisse. Je ne pourrai plus m'en passer, ça sera
comme la morphine! » Il deviendrait un homme taré,
personne ne voudrait plus le recevoir, les ouvriers de
son père rigoleraient quand il leur donnerait un ordre.
Lucien imagina avec complaisance son épouvantable
destin. Il se voyait à trente-cinq ans, mignard et fardé
et déjà un monsieur à moustache avec la Légion d'honneur, levait sa canne d'un air terrible. « Votre présence
ici, monsieur, est une insulte pour mes filles. » Lorsque
soudain, il chancela et cessa brusquement de jouer : il
venait de se rappeler une phrase de Bergère. C'était à

Caudebec pendant la nuit. Bergère avait dit : « Eh mais dis donc! tu y prends goût! » Qu'avait-il voulu dire ? Naturellement Lucien n'était pas de bois et à force d'être tripoté... « Ça ne prouve rien », se dit-il avec inquiétude. Mais on prétendait que ces gens-là étaient extraordinaires pour repérer leurs pareils, c'était comme un sixième sens. Lucien regarda longuement un sergent de ville qui réglait la circulation devant le pont d'Iéna. « Est-ce que cet agent pourrait m'exciter ? » Il fixait le pantalon bleu de l'agent, il imaginait des cuisses musculeuses et velues : « Est-ce que ça me fait quelque chose ? » Il repartit très soulagé. « Ça n'est pas si grave, pensa-t-il, je peux encore me sauver. Il a abusé de mon désarroi mais je ne suis pas *vraiment* pédéraste. » Il recommença l'expérience avec tous les hommes qui le croisèrent et chaque fois le résultat était négatif. « Ouf! pensa-t-il, eh bien, j'ai eu chaud! » C'était un avertissement, voilà tout. Il ne fallait plus recommencer, parce qu'une mauvaise habitude est vite prise et puis il fallait de toute urgence qu'il se guérît de ses complexes. Il résolut de se faire psychanalyser par un spécialiste sans le dire à ses parents. Ensuite il prendrait une maîtresse et deviendrait un homme comme les autres.

Lucien commençait à se rassurer lorsqu'il pensa tout à coup à Bergère : à ce moment même, Bergère existait quelque part dans Paris, enchanté de lui-même et la tête pleine de souvenirs : « Il sait comment je suis fait il connaît ma bouche, il m'a dit : " Tu as une odeur que je n'oublierai pas "; il ira se vanter à ses amis, en disant : " Je l'ai eu " comme si j'étais une gonzesse. À l'instant même il est peut-être en train de raconter ses nuits à... — le cœur de Lucien cessa de battre — à Berliac! S'il fait ça, je le tue : Berliac me déteste, il le racontera à toute la classe, je suis un type coulé, les copains refuseront de me serrer la main. Je dirai que ça n'est pas vrai, se dit Lucien avec égarement, je porterai plainte, je dirai qu'il m'a violé! » Lucien haïssait Bergère de toutes ses forces : sans lui, sans cette conscience scandaleuse et irrémédiable, tout aurait pu s'arranger, personne n'aurait rien su et Lucien lui-même aurait fini par oublier. « S'il pouvait mourir subitement! Mon Dieu, je vous en prie, faites qu'il soit mort cette nuit avant d'avoir rien dit à personne. Mon Dieu, faites que cette histoire soit

enterrée, vous ne pouvez pas vouloir que je devienne
un pédéraste! En tout cas, il me tient! pensa Lucien
avec rage. Il va falloir que je retourne chez lui et que
je fasse tout ce qu'il veut et que je lui dise que j'aime ça,
sinon je suis perdu! » Il fit encore quelques pas et ajouta,
par mesure de précaution : « Mon Dieu, faites que Berliac
meure aussi. »

Lucien ne put prendre sur lui de retourner chez
Bergère. Pendant les semaines qui suivirent, il croyait le
rencontrer à chaque pas et, quand il travaillait dans sa
chambre, il sursautait aux coups de sonnette; la nuit il
avait des cauchemars épouvantables : Bergère le prenait
de force au milieu de la cour du lycée Saint-Louis,
tous les pistons étaient là et ils regardaient en rigolant.
Mais Bergère ne fit aucune tentative pour le revoir et
ne donna pas signe de vie. « Il n'en voulait qu'à ma
peau », pensa Lucien, vexé. Berliac avait disparu, lui
aussi et Guigard, qui allait parfois aux courses avec
lui le dimanche, affirmait qu'il avait quitté Paris à la suite
d'une crise de dépression nerveuse. Lucien se calma
peu à peu : son voyage à Rouen lui faisait l'effet d'un
rêve obscur et grotesque qui ne se rattachait à rien; il
en avait oublié presque tous les détails, il gardait seulement l'impression d'une morne odeur de chair et d'eau
de Cologne et d'un intolérable ennui. M. Fleurier
demanda plusieurs fois ce que devenait l'ami Bergère :
« Il faudra que nous l'invitions à Férolles pour le remercier. » « Il est parti pour New York », finit par répondre
Lucien. Il alla plusieurs fois canoter sur la Marne avec
Guigard et sa sœur et Guigard lui apprit à danser.
« Je me réveille, pensait-il, je renais. » Mais il sentait
encore assez souvent quelque chose qui pesait sur son
dos comme une besace : c'étaient ses complexes; il se
demanda s'il ne devrait pas aller trouver Freud à Vienne :
« Je partirai sans argent, à pied s'il le faut, je lui dirai :
je n'ai pas le sou mais je suis un cas. » Par une chaude
après-midi de juin il rencontra, sur le boulevard Saint-
Michel, le Babouin, son ancien prof de philo. « Alors,
Fleurier, dit le Babouin, vous préparez Centrale ? — Oui,
monsieur, dit Lucien. — Vous auriez pu, dit le Babouin,
vous orienter vers les études littéraires. Vous étiez bon
en philosophie. — Je n'ai pas abandonné la philo, dit
Lucien. J'ai fait des lectures cette année. Freud, par

exemple. À propos, ajouta-t-il, pris d'une inspiration, je voulais vous demander, monsieur : que pensez-vous de la Psychanalyse ? » Le Babouin se mit à rire : « C'est une mode, dit-il, qui passera. Ce qu'il y a de meilleur chez Freud, vous le trouvez déjà chez Platon[1]. Pour le reste, ajouta-t-il d'un ton sans réplique, je vous dirai que je ne coupe pas dans ces fariboles. Vous feriez mieux de lire Spinoza. » Lucien se sentit délivré d'un fardeau énorme et il rentra chez lui à pied, en sifflotant : « C'était un cauchemar, pensa-t-il, mais il n'en reste plus rien ! » Le soleil était dur et chaud ce jour-là, mais Lucien leva la tête et le fixa sans cligner des yeux : c'était le soleil de tout le monde et Lucien avait le droit de le regarder en face ; il était sauvé ! « Des fariboles ! pensait-il, c'étaient des fariboles ! Ils ont essayé de me détraquer mais ils ne m'ont pas eu. » En fait il n'avait cessé de résister : Bergère l'avait emberlificoté dans ses raisonnements, mais Lucien avait bien senti, par exemple, que la pédérastie de Rimbaud était une tare, et, quand cette petite crevette de Berliac avait voulu lui faire fumer du haschisch, Lucien l'avait proprement envoyé promener : « J'ai failli me perdre, pensa-t-il, mais ce qui m'a protégé c'est ma santé morale ! » Le soir, au dîner, il regarda son père avec sympathie. M. Fleurier était carré d'épaules, il avait les gestes lourds et lents d'un paysan, avec quelque chose de racé et les yeux gris, métalliques et froids d'un chef. « Je lui ressemble », pensa Lucien. Il se rappela que les Fleurier, de père en fils, étaient chefs d'industrie depuis quatre générations : « On a beau dire, la famille ça existe ! » Et il pensa avec orgueil à la santé morale des Fleurier.

Lucien ne se présenta pas, cette année-là, au concours de l'École centrale et les Fleurier partirent très tôt pour Férolles. Il fut enchanté de retrouver la maison, le jardin, l'usine, la petite ville calme et équilibrée. C'était un autre monde : il décida de se lever de bon matin pour faire de grandes promenades dans la région. « Je veux, dit-il à son père, m'emplir les poumons d'air pur et faire provision de santé pour l'an prochain, avant le grand coup de collier. » Il accompagna sa mère chez les Bouffardier et chez les Besse et tout le monde trouva qu'il était devenu un grand garçon raisonnable et posé. Hébrard et Winckelmann qui suivaient des cours de droit à Paris étaient revenus à Férolles pour les vacances. Lucien sortit plusieurs fois avec eux et ils parlèrent des farces qu'ils faisaient à l'abbé Jacquemart, de leurs bonnes balades en vélo et chantèrent *L'Artilleur de Metz* à trois voix. Lucien appréciait vivement la franchise rude et la solidité de ses anciens camarades et il se reprocha de les avoir négligés. Il avoua à Hébrard qu'il n'aimait guère Paris, mais Hébrard ne pouvait pas le comprendre : ses parents l'avaient confié à un abbé et il était très tenu; il restait encore ébloui de ses visites au musée du Louvre et de la soirée qu'il avait passée à l'Opéra. Lucien fut attendri par cette simplicité; il se sentait le frère aîné d'Hébrard et de Winckelmann et il commença à se dire qu'il ne regrettait pas d'avoir eu une vie si tourmentée : il y avait gagné de l'expérience. Il leur parla de Freud et de la Psychanalyse et s'amusa un peu à les scandaliser. Ils critiquèrent violemment la théorie des complexes mais leurs objections étaient naïves et Lucien le leur montra, puis il ajouta qu'en se plaçant à un point de vue philosophique on pouvait aisément réfuter les erreurs de Freud[1]. Ils l'admirèrent beaucoup, mais Lucien fit semblant de ne pas s'en apercevoir.

M. Fleurier expliqua à Lucien le mécanisme de l'usine. Il l'emmena visiter les bâtiments centraux et Lucien observa longuement le travail des ouvriers. « Si je mourais, dit M. Fleurier, il faudrait que tu puisses prendre du jour au lendemain toutes les commandes de l'usine. » Lucien le gronda et lui dit : « Mon vieux papa, veux-tu bien ne pas parler de cela! » Mais il fut grave plusieurs jours de suite en pensant aux responsabilités qui lui incomberaient tôt ou tard. Ils eurent de longues conversations sur les devoirs du patron et M. Fleurier lui montra que la propriété n'était pas un droit mais un devoir[2] : « Qu'est-ce qu'ils viennent nous embêter avec leur lutte de classes, dit-il, comme si les intérêts des patrons et des ouvriers étaient opposés! Prends mon cas, Lucien. Je suis un petit patron, ce qu'on appelle un margoulin dans l'argot parisien. Eh bien! je fais vivre cent ouvriers avec leur famille. Si je fais de bonnes affaires, ils sont les premiers à en profiter. Mais si je suis obligé de fermer l'usine, les voilà sur le pavé. *Je n'ai pas le droit,* dit-il avec force, de faire de mauvaises affaires. Voilà ce que j'appelle, moi, la solidarité des classes. »

Pendant plus de trois semaines tout alla bien; il ne pensait presque plus jamais à Bergère; il lui avait pardonné : il espérait simplement ne plus le revoir de sa vie. Quelquefois, quand il changeait de chemise, il s'approchait de la glace et s'y regardait avec étonnement : « Un homme a désiré ce corps », pensait-il. Il promenait lentement les mains sur ses jambes et pensait : « Un homme a été troublé par ces jambes. » Il touchait ses reins et regrettait de ne pas être un autre pour pouvoir se caresser à sa propre chair comme à une étoffe de soie. Il lui arrivait parfois de regretter ses complexes : ils étaient solides, ils pesaient lourd, leur énorme masse sombre le lestait. À présent, c'était fini, Lucien n'y croyait plus et il se sentait d'une légèreté pénible. Ça n'était pas tellement désagréable, d'ailleurs, c'était plutôt une sorte de désenchantement très supportable, un peu écœurant, qui pouvait, à la rigueur, passer pour de l'ennui. « Je ne suis rien, pensait-il, mais c'est parce que rien ne m'a sali. Berliac, lui, est salement engagé. Je peux bien supporter un peu d'incertitude : c'est la rançon de la pureté. »

Au cours d'une promenade, il s'assit sur un talus et pensa : « J'ai dormi six ans et puis, un beau jour, je suis sorti de mon cocon[1]. » Il était tout animé et regarda le paysage d'un air affable. « Je suis fait pour l'action! » se dit-il. Mais à l'instant ses pensées de gloire tournèrent au fade. Il dit à mi-voix : « Qu'ils attendent un peu et ils verront ce que je vaux. » Il avait parlé avec force mais les mots roulèrent hors de lui comme des coquilles vides. « Qu'est-ce que j'ai ? » Cette drôle d'inquiétude il ne *voulait* pas la reconnaître, elle lui avait fait trop de mal, autrefois. Il pensa : « C'est ce silence... ce pays... » Pas un être vivant, sauf des grillons qui traînaient péniblement dans la poussière leurs abdomens jaunes et noirs. Lucien détestait les grillons parce qu'ils avaient toujours l'air à moitié crevés. De l'autre côté de la route, une lande grisâtre, accablée, crevassée se laissait glisser jusqu'à la rivière. Personne ne voyait Lucien, personne ne l'entendait; il sauta sur ses pieds et il eut l'impression que ses mouvements ne rencontraient aucune résistance, pas même celle de la pesanteur. À présent il était debout, sous un rideau de nuages gris; c'était comme s'il existait dans le vide. « Ce silence... » pensa-t-il. C'était plus que du silence, c'était du néant. Autour de Lucien la campagne était extraordinairement tranquille et molle, inhumaine : il semblait qu'elle se faisait toute petite et retenait son souffle pour ne pas le déranger. « Quand l'artilleur de Metz revint en garnison... » Le son s'éteignit sur ses lèvres comme une flamme dans le vide : Lucien était seul, sans ombre, sans écho, au milieu de cette nature discrète, qui ne pesait pas. Il se secoua et tenta de reprendre le fil de ses pensées. « Je suis fait pour l'action. D'abord j'ai du ressort : je peux faire des sottises mais ça ne va pas loin parce que je me reprends. » Il pensa : « J'ai de la santé morale. » Mais il s'arrêta en faisant une grimace de dégoût, tant ça lui paraissait absurde de parler de « santé morale » sur cette route blanche que traversaient des bêtes agonisantes. De colère Lucien marcha sur un grillon; il sentit sous sa semelle une petite boulette élastique et, quand il leva le pied, le grillon vivait encore : Lucien lui cracha dessus. « Je suis perplexe. Je suis perplexe. C'est comme l'an dernier. » Il se mit à penser à Winckelmann qui l'appelait « l'as des as », à M. Fleurier qui le traitait en homme, à Mme Besse qui lui avait dit : « C'est ce grand garçon-là que j'appelais ma petite poupée, je n'oserais plus le tutoyer à présent, il m'intimide. » Mais ils étaient loin, très loin et il lui sembla que le vrai Lucien était resté à Férolles avec eux : ici au milieu de ce monde perdu[a], il n'y avait qu'une larve blanche et perplexe. « Qu'est-ce que je suis ? » Des kilomètres et des kilomètres de lande, un sol plat et gercé, sans herbes, sans odeurs et puis, tout d'un coup, sortant droite de cette croûte grise, l'asperge, tellement insolite qu'il n'y avait même pas d'ombre derrière elle. « Qu'est-ce que je suis ? » La question n'avait pas changé depuis les vacances précédentes, on aurait dit qu'elle attendait Lucien à l'endroit même où il l'avait laissée; ou plutôt ça n'était pas une question, c'était un état. Lucien haussa les épaules. « Je suis trop scrupuleux, pensa-t-il, je m'analyse trop. »

Les jours suivants il s'efforça de ne plus s'analyser : il aurait voulu se fasciner sur les choses, il contemplait longuement les coquetiers, les ronds de serviette, les arbres, les devantures; il flatta beaucoup sa mère en lui demandant si elle voulait bien lui montrer son argenterie.

Mais pendant qu'il regardait l'argenterie, il pensait qu'il regardait l'argenterie et, derrière son regard, un petit brouillard vivant palpitait. Et Lucien avait beau s'absorber dans une conversation avec M. Fleurier, ce brouillard abondant et ténu, dont l'inconsistance opaque ressemblait faussement à de la lumière, se glissait *derrière* l'attention qu'il prêtait aux paroles de son père : ce brouillard, c'était lui-même. De temps à autre, agacé, Lucien cessait d'écouter, il se retournait, essayait d'attraper le brouillard et de le regarder en face : il ne rencontrait que le vide, le brouillard était encore *derrière*.

Germaine vint trouver Mme Fleurier, en larmes : son frère avait une broncho-pneumonie. « Ma pauvre Germaine, dit Mme Fleurier, vous qui disiez toujours qu'il était si solide ! » Elle lui accorda un mois de vacances et fit venir, pour la remplacer, la fille d'un ouvrier de l'usine, la petite Berthe Mozelle, qui avait dix-sept ans. Elle était petite avec des nattes blondes enroulées autour de la tête ; elle boitait légèrement. Comme elle venait de Concarneau, Mme Fleurier la pria de porter une coiffe de dentelles « ça sera plus gentil ». Dès les premiers jours, ses grands yeux bleus, chaque fois qu'elle rencontrait Lucien, reflétaient une admiration humble et passionnée et Lucien comprit qu'elle l'adorait. Il lui parla familièrement et lui demanda plusieurs fois : « Est-ce que vous vous plaisez chez nous ? » Dans les couloirs il s'amusait à la frôler pour voir si ça lui faisait de l'effet. Mais elle l'attendrissait et il puisa dans cet amour un précieux réconfort ; il pensait souvent avec une pointe d'émotion à l'image que Berthe devait se faire de lui. « Par le fait je ne ressemble guère aux jeunes ouvriers qu'elle fréquente. » Il fit entrer Winckelmann à l'office sous un prétexte et Winckelmann trouva qu'elle était bien roulée : « Tu es un petit veinard, conclut-il, à ta place je me l'enverrais. » Mais Lucien hésitait : elle sentait la sueur et sa chemisette noire était rongée sous les bras. Par une pluvieuse après-midi de septembre, madame Fleurier se fit conduire à Paris en auto et Lucien resta seul dans sa chambre. Il se coucha sur son lit et se mit à bâiller. Il lui semblait être un nuage capricieux et fugace, toujours le même et toujours autre, toujours en train de se diluer dans les airs par les bords. « Je me demande pourquoi j'existe ? »

Il était là, il digérait, il bâillait, il entendait la pluie qui tapait contre les vitres, il y avait cette brume blanche qui s'effilochait dans sa tête : et puis après ? Son existence était un scandale et les responsabilités qu'il assumerait plus tard suffiraient à peine à la justifier. « Après tout, je n'ai pas demandé à naître », se dit-il. Et il eut un mouvement de pitié pour lui-même. Il se rappela ses inquiétudes d'enfant, sa longue somnolence et elles lui apparurent sous un jour neuf : au fond il n'avait cessé d'être embarrassé de sa vie, de ce cadeau volumineux et inutile et il l'avait portée dans ses bras sans savoir qu'en faire ni où la déposer. « J'ai passé mon temps à regretter d'être né. » Mais il était trop déprimé pour pousser plus loin ses pensées; il se leva, alluma une cigarette et descendit à la cuisine pour demander à Berthe de faire un peu de thé.

Elle ne le vit pas entrer. Il lui toucha l'épaule et elle sursauta violemment. « Je vous ai fait peur ? » demanda-t-il. Elle le regardait d'un air épouvanté en s'appuyant des deux mains à la table et sa poitrine se soulevait; au bout d'un moment, elle sourit et dit : « Ça m'a fait un coup, je ne croyais pas qu'il y avait personne. » Lucien lui rendit son sourire avec indulgence et lui dit : « Vous seriez bien gentille de me préparer un peu de thé. — Tout de suite, monsieur Lucien », répondit la petite et elle s'enfuit vers son fourneau : la présence de Lucien semblait lui être pénible. Lucien demeurait sur le pas de la porte, incertain. « Eh bien, demanda-t-il paternellement, est-ce que vous vous plaisez chez nous ? » Berthe lui tournait le dos et remplissait une casserole au robinet. Le bruit de l'eau couvrit sa réponse. Lucien attendit un moment et, quand elle eut posé la casserole sur le fourneau à gaz, il reprit : « Avez-vous déjà fumé ? — Des fois », répondit la petite avec méfiance. Il ouvrit son paquet de Craven et le lui tendit. Il n'était pas trop content : il lui semblait qu'il se compromettait; il n'aurait pas dû la faire fumer. « Vous voulez... que je fume ? dit-elle surprise. — Pourquoi pas ? — Madame va me disputer. » Lucien eut une impression désagréable de complicité. Il se mit à rire et dit : « Nous ne lui dirons pas. » Berthe rougit, prit une cigarette du bout des doigts et la planta dans sa bouche. « Dois-je lui offrir du feu ? Ce serait incorrect. » Il lui dit : « Eh bien, vous ne l'allumez pas ? » Elle l'agaçait ; elle restait là, les bras raides, rouge et docile, les lèvres en cul de poule autour de la cigarette ; on aurait dit qu'elle s'était enfoncé un thermomètre dans la bouche. Elle finit par prendre une allumette soufrée dans une boîte de fer-blanc, la gratta, fuma quelques bouffées en clignant des yeux et dit : « C'est doux », puis elle sortit précipitamment la cigarette de sa bouche et la serra gauchement entre les cinq doigts. « C'est une victime-née », pensa Lucien. Pourtant, elle se dégela un peu quand il lui demanda si elle aimait sa Bretagne, elle lui décrivit les différentes sortes de coiffes bretonnes et même elle chanta d'une voix douce et fausse une chanson de Rosporden. Lucien la taquina gentiment mais elle ne comprenait pas la plaisanterie et le regardait d'un air effaré : à ces moments-là elle ressemblait à un lapin. Il s'était assis sur un escabeau et se sentait tout à fait à l'aise : « Asseyez-vous donc, lui dit-il. — Oh non, monsieur Lucien, pas devant monsieur Lucien. » Il la prit par les aisselles et l'attira sur ses genoux : « Et comme ça ? » lui demanda-t-il. Elle se laissa faire en murmurant : « Sur vos genoux ! » d'un air d'extase et de reproche avec un drôle d'accent et Lucien pensa avec ennui : « Je m'engage trop, je n'aurais jamais dû aller si loin. » Il se tut : elle restait sur ses genoux, toute chaude, bien tranquille, mais Lucien sentait son cœur battre. « Elle est ma chose, pensa-t-il, je peux en faire tout ce que je veux. » Il la lâcha, prit la théière et remonta dans sa chambre : Berthe ne fit pas un geste pour le retenir. Avant de boire son thé, Lucien se lava les mains avec le savon parfumé de sa mère, parce qu'elles sentaient les aisselles.

« Est-ce que je vais coucher avec elle ? » Lucien fut très absorbé, les jours suivants, par ce petit problème ; Berthe se mettait tout le temps sur son passage et le regardait avec de grands yeux tristes d'épagneul. La morale l'emporta : Lucien comprit qu'il risquait de la rendre enceinte parce qu'il n'avait pas assez d'expérience (impossible d'acheter des préservatifs à Férolles, il était trop connu) et qu'il attirerait de gros ennuis à M. Fleurier. Il se dit aussi qu'il aurait, plus tard, moins d'autorité dans l'usine si la fille d'un de ses ouvriers pouvait se vanter d'avoir couché avec lui. « Je n'ai pas le droit

de la toucher. » Il évita de se trouver seul avec Berthe
pendant les derniers jours de septembre. « Alors, lui dit
Winckelmann, qu'est-ce que tu attends ? — Je ne
marche pas, répondit sèchement Lucien, j'aime pas les
amours ancillaires. » Winckelmann qui entendait parler
d'amours ancillaires pour la première fois, émit un léger
sifflement et se tut.

Lucien était très satisfait de lui-même : il s'était conduit
comme un chic type et cela rachetait bien des erreurs.
« Elle était à cueillir », se disait-il avec un peu de regret.
Mais à la réflexion il pensa : « C'est comme si je l'avais
eue : elle s'est offerte et je n'en ai pas voulu. » Et il
considéra désormais qu'il n'était plus vierge. Ces
légères satisfactions l'occupèrent quelques jours puis
elles fondirent en brume elles aussi. À la rentrée d'octobre
il se sentait aussi morne qu'au début de la précédente
année scolaire.

Berliac n'était pas revenu et personne n'avait de ses
nouvelles. Lucien remarqua plusieurs visages inconnus :
son voisin de droite qui s'appelait Lemordant avait fait
une année de mathématiques spéciales à Poitiers. Il était
encore plus grand que Lucien, et, avec sa moustache
noire, avait déjà l'allure d'un homme[1]. Lucien retrouva
sans plaisir ses camarades ; ils lui semblèrent puérils et
innocemment bruyants : des séminaristes. Il s'associait
encore à leurs manifestations collectives mais avec nonchalance, comme le lui permettait d'ailleurs sa qualité de
« carré ». Lemordant l'aurait attiré davantage parce qu'il
était mûr ; mais il ne paraissait pas avoir acquis, comme
Lucien, cette maturité à travers de multiples et pénibles
expériences : c'était un adulte de naissance. Lucien
contemplait souvent avec une pleine satisfaction cette
tête volumineuse et pensive, sans cou, plantée de biais
dans les épaules : il semblait impossible d'y faire rien
entrer, ni par les oreilles, ni par ses petits yeux chinois,
roses et vitreux : « C'est un type qui a des convictions »,
pensait Lucien avec respect ; et il se demandait non sans
jalousie quelle pouvait être cette certitude qui donnait
à Lemordant une si pleine conscience de soi. « Voilà
comme je devrais être : un roc. » Il était tout de même
un peu surpris que Lemordant fût accessible aux raisons
mathématiques ; mais M. Husson le rassura quand il
rendit les premiers devoirs : Lucien était septième et

Lemordant avait obtenu la note cinq et le soixante-dix-huitième rang; tout était dans l'ordre. Lemordant ne s'émut pas; il semblait s'attendre au pis et sa bouche minuscule, ses grosses joues jaunes et lisses n'étaient pas faites pour exprimer des sentiments; c'était un Bouddha. On ne le vit en colère qu'une fois, ce jour où Loewy l'avait bousculé dans le vestiaire. Il émit d'abord une dizaine de petits grognements aigus, en battant des paupières : « En Pologne! dit-il enfin, en Pologne! sale Youpin et ne viens pas nous emmerder chez nous. » Il dominait Loewy de toute sa taille et son buste massif vacillait sur ses longues jambes. Il finit par lui donner une paire de gifles et le petit Loewy fit des excuses : l'affaire en resta là.

Le jeudi, Lucien sortait avec Guigard qui l'emmenait danser chez les amies de sa sœur. Mais Guigard finit par avouer que ces sauteries l'ennuyaient. « J'ai une amie, lui confia-t-il, elle est première chez Plisnier, rue Royale. Justement elle a une copine qui n'a personne : tu devrais venir avec nous samedi soir. » Lucien fit une scène à ses parents et obtint la permission de sortir tous les samedis; on lui laisserait la clé sous le paillasson. Il rejoignit Guigard vers neuf heures dans un bar de la rue Saint-Honoré. « Tu verras, dit Guigard, Fanny est charmante et puis ce qu'elle a de bien, c'est qu'elle sait s'habiller. — Et la mienne? — Je ne la connais pas; je sais qu'elle est petite main et qu'elle vient d'arriver à Paris, elle est d'Angoulême. À propos, ajouta-t-il, ne fais pas de gaffe. Je suis Pierre Daurat. Toi, comme tu es blond, j'ai dit que tu avais du sang anglais, c'est mieux. Tu t'appelles Lucien Bonnières. — Mais pourquoi? demanda Lucien intrigué. — Mon vieux, répondit Guigard, c'est un principe. Tu peux faire ce que tu veux avec ces femmes-là, mais il ne faut jamais dire ton nom. — Bon, bon! dit Lucien et qu'est-ce que je fais, dans la vie? — Tu peux dire que tu es étudiant ça vaut mieux, tu comprends, ça les flatte et puis tu n'es pas obligé de les sortir coûteusement. Pour les frais, on partage, naturellement; mais ce soir, tu me laisseras payer, j'ai l'habitude : je te dirai lundi ce que tu me dois. » Lucien pensa tout de suite que Guigard cherchait à faire de petits bénéfices : « Ce que je suis devenu méfiant! » pensa-t-il avec amusement. Fanny

entra presque aussitôt : c'était une grande fille brune
et maigre, avec de longues cuisses et un visage très
fardé. Lucien la trouva intimidante. « Voilà Bonnières,
dont je t'ai parlé, dit Guigard. — Enchantée, dit Fanny
d'un air myope. Voilà Maud, ma petite amie. » Lucien
vit une petite bonne femme sans âge coiffée d'un pot
de fleurs renversé. Elle n'était pas fardée et paraissait
grisâtre auprès de l'éclatante Fanny. Lucien fut amèrement déçu mais il s'aperçut qu'elle avait une jolie bouche
— et puis, avec elle il n'aurait pas besoin de faire d'embarras. Guigard avait pris soin de régler les bocks à
l'avance, de sorte qu'il put profiter du brouhaha de
l'arrivée pour pousser gaiement les deux jeunes filles
vers la porte, sans leur laisser le temps de consommer.
Lucien lui en sut gré : M. Fleurier ne lui donnait que
cent vingt-cinq francs par semaine et, avec cet argent
il fallait encore qu'il payât ses communications. La
soirée fut très amusante; ils allèrent danser au quartier
Latin, dans une petite salle chaude et rose avec des
coins d'ombre et où le cocktail coûtait cent sous. Il
y avait beaucoup d'étudiants avec des femmes dans le
genre de Fanny mais moins bien. Fanny fut superbe :
elle regarda dans les yeux un gros barbu qui fumait la
pipe et elle dit très haut : « J'ai horreur des gens qui
fument la pipe au dancing. » Le type devint cramoisi
et remit sa pipe tout allumée dans sa poche. Elle traitait
Guigard et Lucien avec un peu de condescendance et
leur dit plusieurs fois : « Vous êtes de sales gosses »,
d'un air maternel et gentil. Lucien se sentait plein
d'aisance et tout sucre; il dit à Fanny plusieurs petites
choses amusantes et il souriait en les disant. Finalement
le sourire ne quitta plus son visage et il sut trouver une
voix raffinée avec un rien de laisser-aller et de courtoise
tendresse nuancée d'ironie. Mais Fanny lui parlait peu :
elle prenait le menton de Guigard dans sa main et tirait
sur les bajoues pour faire saillir la bouche; quand les
lèvres étaient toutes grosses et un peu baveuses, comme
des fruits gonflés de jus ou comme des limaces, elle les
léchait à petits coups en disant « Baby ». Lucien était
horriblement gêné et il trouvait Guigard ridicule :
Guigard avait du rouge à côté des lèvres et des traces
de doigts sur les joues. Mais la tenue des autres couples
était encore plus négligée : tout le monde s'embrassait;

de temps à autre la dame du vestiaire passait avec un petit panier et elle jetait des serpentins et des boules multicolores en criant : « Olé, les enfants, amusez-vous, riez, olé, olé! » et tout le monde riait. Lucien finit par se rappeler l'existence de Maud et il lui dit en souriant : « Regardez ces tourtereaux. » Il désignait Guigard et Fanny et ajouta : « Nous autres, nobles vieillards... » Il n'acheva pas sa phrase, mais sourit si drôlement que Maud sourit aussi. Elle ôta son chapeau et Lucien vit avec plaisir qu'elle était plutôt mieux que les autres femmes du dancing; alors il l'invita à danser et lui raconta les chahuts qu'il faisait à ses professeurs, l'année de son baccalauréat. Elle dansait bien, elle avait des yeux noirs et sérieux et un air averti. Lucien lui parla de Berthe et lui dit qu'il avait des remords. « Mais, ajouta-t-il, cela valait mieux pour elle. » Maud trouva l'histoire de Berthe poétique et triste, elle demanda combien Berthe gagnait chez les parents de Lucien. « Ça n'est pas toujours drôle pour une jeune fille, ajouta-t-elle, d'être en condition. » Guigard et Fanny ne s'occupaient plus d'eux, ils se caressaient et le visage de Guigard était tout mouillé. Lucien répétait de temps en temps : « Regardez les tourtereaux, mais regardez-les! » et il avait sa phrase prête : « Ils me donneraient envie d'en faire autant. » Mais il n'osait pas la placer et se contentait de sourire, puis il feignit que Maud et lui fussent de vieux copains, dédaigneux de l'amour et il l'appela « vieux frère » et fit le geste de lui frapper sur l'épaule. Fanny tourna soudain la tête et les regarda avec surprise. « Alors, dit-elle, la petite classe, qu'est-ce que vous faites ? Embrassez-vous donc, vous en mourez d'envie. » Lucien prit Maud dans ses bras; il était un peu gêné parce que Fanny les regardait : il aurait voulu que le baiser fût long et réussi mais il se demandait comment les gens faisaient pour respirer. Finalement, ça n'était pas si difficile qu'il pensait, il suffisait d'embrasser de biais, pour bien dégager les narines. Il entendait Guigard qui comptait « un, deux..., trois..., quatre... » et il lâcha Maud à cinquante-deux. « Pas mal pour un début, dit Guigard; mais je ferai mieux. » Lucien regarda son bracelet-montre et dut compter à son tour : Guigard lâcha la bouche de Fanny à la cent cinquante-neuvième seconde. Lucien était furieux et trouvait ce concours stupide. « J'ai lâché Maud par discrétion, pensa-t-il, mais ça n'est pas malin, une fois qu'on sait respirer, on peut continuer indéfiniment. » Il proposa une seconde manche et la gagna. Quand ils eurent tous fini, Maud regarda Lucien et lui dit sérieusement : « Vous embrassez bien. » Lucien rougit de plaisir. « À votre service », répondit-il en s'inclinant. Mais il aurait tout de même préféré embrasser Fanny. Ils se quittèrent vers minuit et demie à cause du dernier métro. Lucien était tout joyeux; il sauta et dansa dans la rue Raynouard et il pensa : « L'affaire est dans le sac. » Les coins de sa bouche lui faisaient mal parce qu'il avait tant souri.

Il prit l'habitude de voir Maud le jeudi à six heures et le samedi soir. Elle se laissait embrasser mais ne voulait pas se donner à lui. Lucien se plaignit à Guigard qui le rassura : « Ne t'en fais pas, dit Guigard, Fanny est sûre qu'elle couchera; seulement elle est jeune et elle n'a eu que deux amants; Fanny te recommande d'être très tendre avec elle. — Tendre ? dit Lucien. Tu te rends compte ? » Ils rirent tous deux et Guigard conclut : « Faut ce qu'il faut, mon vieux. » Lucien fut très tendre. Il embrassait beaucoup Maud et lui disait qu'il l'aimait, mais à la longue c'était un peu monotone et puis il n'était pas très fier de sortir avec elle : il aurait aimé lui donner des conseils sur ses toilettes mais elle était pleine de préjugés et se mettait très vite en colère. Entre leurs baisers, ils demeuraient silencieux, les yeux fixes en se tenant par la main. « Dieu sait à quoi elle pense, avec des yeux si sévères. » Lucien, lui, pensait toujours à la même chose : à cette petite existence triste et vague qui était la sienne, il se disait : « Je voudrais être Lemordant, en voilà un qui a trouvé sa voie! » À ces moments-là il se voyait comme s'il était un autre : assis près d'une femme qui l'aimait, la main dans sa main, les lèvres encore humides de ses baisers et refusant l'humble bonheur qu'elle lui offrait : seul. Alors il serrait fortement les doigts de la petite Maud et les larmes lui venaient aux yeux : il aurait voulu la rendre heureuse.

Un matin de décembre, Lemordant s'approcha de Lucien; il tenait un papier. « Veux-tu signer ? demanda-t-il. — Qu'est-ce que c'est ? — C'est à cause des youtres de Normale sup; ils ont envoyé à *L'Œuvre* un torchon

contre la préparation militaire obligatoire avec deux cents
signatures[1]. Alors nous protestons; il nous faut au moins
mille noms : on va faire donner les cyrards, les flottards,
les agro, les X, tout le gratin. » Lucien se sentit flatté;
il demanda : « Ça va paraître ? — Dans *L'Action* sûrement. Peut-être aussi dans *L'Écho de Paris*. » Lucien
avait envie de signer sur-le-champ mais il pensa que ce
ne serait pas sérieux. Il prit le papier et le lut attentivement. Lemordant ajouta : « Tu ne fais pas de politique,
je crois; c'est ton affaire. Mais tu es français, tu as le
droit de dire ton mot. » Quand il entendit « tu as le
droit de dire ton mot » Lucien fut traversé par une
inexplicable et rapide jouissance. Il signa. Le lendemain
il acheta *L'Action française,* mais la proclamation n'y
figurait pas. Elle ne parut que le jeudi, Lucien la trouva
en seconde page sous ce titre : *La jeunesse de France
donne un bon direct dans les gencives de la Juiverie internationale.*
Son nom était là, condensé, définitif, pas très loin de
celui de Lemordant, presque aussi étranger que ceux de
Flèche et de Flipot qui l'entouraient; il avait l'air habillé.
« Lucien Fleurier, pensa-t-il, un nom de paysan, un
nom bien français. » Il lut à haute voix toute la série
des noms qui commençaient par F et quand ce fut le
tour du sien il le prononça en faisant semblant de ne
pas le reconnaître. Puis il fourra le journal dans sa poche
et rentra chez lui tout joyeux.

Ce fut lui qui alla, quelques jours plus tard, trouver
Lemordant. « Tu fais de la politique ? lui demanda-t-il.
— Je suis ligueur, dit Lemordant, est-ce que tu lis
quelquefois *L'Action* ? — Pas souvent, avoua Lucien,
jusqu'ici ça ne m'intéressait pas, mais je crois que je
suis en train de changer. » Lemordant le regardait sans
curiosité, de son air imperméable. Lucien lui raconta,
tout à fait en gros, ce que Bergère avait appelé son
« désarroi ». « D'où es-tu ? demanda Lemordant. — De
Férolles. Mon père y a une usine. — Combien de temps
es-tu resté là-bas ? — Jusqu'en seconde. — Je vois, dit
Lemordant, eh bien, c'est simple, tu es un déraciné.
As-tu lu Barrès[2] ? — J'ai lu *Colette Baudoche.* — Ce n'est
pas cela, dit Lemordant avec impatience. Je vais t'apporter *Les Déracinés,* cette après-midi : c'est ton histoire.
Tu trouveras là le mal et son remède. » Le livre était
relié en cuir vert. Sur la première page un « ex-libris

André Lemordant » se détachait en lettres gothiques.
Lucien fut surpris : il n'avait jamais songé que Lemordant
pût avoir un petit nom.

Il commença sa lecture avec beaucoup de méfiance :
tant de fois déjà on avait voulu l'expliquer; tant de fois
on lui avait prêté des livres en lui disant : « Lis ça, c'est
tout à fait toi. » Lucien pensa avec un sourire un peu
triste qu'il n'était pas quelqu'un qu'on pût démonter
ainsi en quelques phrases. Le complexe d'Œdipe, le
Désarroi : quels enfantillages et comme c'était loin, tout
ça! Mais, dès les premières pages il fut séduit : d'abord
ça n'était pas de la psychologie — Lucien en avait par-
dessus la tête, de la psychologie — les jeunes gens dont
parlait Barrès n'étaient pas des individus abstraits, des
déclassés comme Rimbaud ou Verlaine, ni des malades
comme toutes·ces Viennoises désœuvrées qui se faisaient psychanalyser par Freud. Barrès commençait par
les placer dans leur milieu, dans leur famille : ils avaient
été bien élevés, en province, dans de solides traditions;
Lucien trouva que Sturel lui ressemblait. « C'est pourtant vrai, se dit-il, je suis un déraciné. » Il pensa à la
santé morale des Fleurier, une santé qui ne s'acquiert
qu'à la campagne, à leur force physique (son grand-
père tordait un sou de bronze entre ses doigts); il se
rappela avec émotion les aubes de Férolles : il se levait,
il descendait à pas de loup pour ne pas réveiller ses
parents, il enfourchait sa bicyclette et le doux paysage
d'Ile-de-France l'enveloppait de sa discrète caresse. « J'ai
toujours détesté Paris », pensa-t-il avec force. Il lut aussi
le *Jardin de Bérénice* et, de temps à autre, il interrompait
sa lecture et se mettait à réfléchir, les yeux dans le vague :
voilà donc que, de nouveau, on lui offrait un caractère
et un destin, un moyen d'échapper aux bavardages inta-
rissables de sa conscience, une méthode pour se définir
et s'apprécier. Mais combien il préférait, aux bêtes
immondes et lubriques de Freud, l'inconscient plein
d'odeurs agrestes dont Barrès lui faisait cadeau. Pour le
saisir, Lucien n'avait qu'à se détourner d'une stérile et
dangereuse contemplation de soi-même : il fallait qu'il
étudiât le sol et le sous-sol de Férolles, qu'il déchiffrât
le sens des collines onduleuses qui descendent jusqu'à
la Sernette, qu'il s'adressât à la géographie humaine et
à l'histoire. Ou bien, tout simplement, il devait retourner

à Férolles, y vivre : il le trouverait à ses pieds, inoffensif et fertile, étendu à travers la campagne férollienne, mêlé aux bois, aux sources, à l'herbe, comme un humus nourrissant où Lucien puiserait enfin la force de devenir un chef. Lucien sortait très exalté de ces longues songeries et même, de temps à autre, il avait l'impression d'avoir trouvé sa voie. À présent, quand il demeurait silencieux près de Maud un bras passé autour de sa taille, des mots, des bribes de phrases résonnaient en lui : « renouer la tradition », « la terre et les morts »; mots profonds et opaques, inépuisables. « Comme c'est tentant », pensait-il. Pourtant il n'osait y croire : trop souvent déjà, on l'avait déçu. Il s'ouvrit de ses craintes à Lemordant : « Ce serait trop beau. — Mon cher, répondit Lemordant, on ne croit pas tout de suite ce qu'on veut : il faut des pratiques. » Il réfléchit un peu et dit : « Tu devrais venir avec nous. » Lucien accepta de grand cœur, mais il tint à préciser qu'il gardait sa liberté : « Je viens, dit-il, mais ça ne m'engage pas. Je veux voir et réfléchir. »

Lucien fut charmé par la camaraderie des jeunes camelots; ils lui firent un accueil cordial et simple et, tout de suite, il se sentit à l'aise au milieu d'eux. Il connut bientôt la « bande » de Lemordant, une vingtaine d'étudiants qui portaient presque tous le béret de velours. Ils tenaient leurs assises au premier étage de la brasserie Polder où ils jouaient au bridge et au billard. Lucien allait souvent les y retrouver et bientôt il comprit qu'ils l'avaient adopté, car il était toujours reçu aux cris de : « Voilà le plus beau ! » ou « C'est notre Fleurier national ! » Mais c'était leur bonne humeur qui séduisait surtout Lucien : rien de pédant ni d'austère; peu de conversations politiques. On riait, et on chantait, voilà tout, on poussait des gueulantes ou bien on battait des bans en l'honneur de la jeunesse estudiantine. Lemordant lui-même, sans se départir d'une autorité que personne n'aurait osé lui contester, se détendait un peu, se laissait aller à sourire. Lucien, le plus souvent, se taisait, son regard errait sur ces jeunes gens bruyants et musclés : « C'est une force », pensait-il. Au milieu d'eux il découvrait peu à peu le véritable sens de la jeunesse : il ne résidait pas dans la grâce affectée qu'appréciait un Bergère; la jeunesse, c'était l'avenir de la France. Les

camarades de Lemordant, d'ailleurs, n'avaient pas le
charme trouble de l'adolescence : c'étaient des adultes
et plusieurs portaient la barbe. À les bien regarder on
trouvait en eux tous un air de parenté : ils en avaient
fini avec les errements et les incertitudes de leur âge,
ils n'avaient plus rien à apprendre, ils étaient faits. Au
début leurs plaisanteries légères et féroces scandalisaient
un peu Lucien : on aurait pu les croire inconscients.
Quand Rémy vint annoncer que Mme Dubus la femme
du leader radical, avait eu les jambes coupées par un
camion, Lucien s'attendait d'abord à ce qu'ils rendissent
un bref hommage à un adversaire malheureux. Mais ils
éclatèrent tous de rire et se frappèrent sur les cuisses
en disant : « La vieille charogne! » et « Estimable
camionneur! » Lucien fut un peu contraint mais il
comprit tout à coup que ce grand rire purificateur était
un refus : ils avaient flairé un danger, ils n'avaient pas
voulu d'un lâche apitoiement et ils s'étaient fermés.
Lucien se mit à rire aussi. Peu à peu leur espièglerie lui
apparut sous son véritable jour : elle n'avait que les
dehors de la frivolité; au fond c'était l'affirmation d'un
droit : leur conviction était si profonde, si religieuse,
qu'elle leur donnait le droit de paraître frivole, d'envoyer
promener d'une boutade, d'une pirouette, tout ce qui
n'était pas l'essentiel. Entre l'humour glacé de Charles
Maurras et les plaisanteries de Desperreau, par exemple
(il traînait dans sa poche un vieux bout de capote
anglaise qu'il appelait le prépuce à Blum) il n'y avait
qu'une différence de degré. Au mois de janvier l'Université annonça une séance solennelle au cours de
laquelle le grade de *doctor honoris causa* devait être conféré
à deux minéralogistes suédois. « Tu vas voir un beau
chahut », dit Lemordant à Lucien en lui remettant une
carte d'invitation. Le grand Amphithéâtre était bondé.
Quand Lucien vit entrer, aux sons de *La Marseillaise,*
le Président de la République et le Recteur, son cœur
se mit à battre, il eut peur pour ses amis. Presque
aussitôt quelques jeunes gens se dressèrent dans les
tribunes et se mirent à crier[1]. Lucien reconnut avec
sympathie Rémy, rouge comme une tomate, se débattant
entre deux hommes qui le tiraient par son veston et
criant : « La France aux Français. » Mais il se plut tout
particulièrement à voir un monsieur âgé qui soufflait,

d'un air d'enfant terrible, dans une petite trompette,
« comme c'est sain », pensa-t-il. Il goûtait vivement ce
mélange original de gravité têtue et de turbulence qui
donnait aux plus jeunes cet air mûr et aux plus âgés cette
allure de diablotins. Lucien s'essaya bientôt, lui aussi,
à plaisanter. Il eut quelques succès et quand il disait
d'Herriot : « S'il meurt dans son lit, celui-là, il n'y a
plus de bon Dieu », il sentait naître en lui une fureur
sacrée. Alors il serrait les mâchoires et, pendant un
moment, il se sentait aussi convaincu, aussi étroit, aussi
puissant que Rémy ou que Desperreau. « Lemordant
a raison, pensa-t-il, il faut des pratiques, tout est là. »
Il apprit aussi à refuser la discussion : Guigard, qui
n'était qu'un républicain, l'accablait d'objections. Lucien
l'écoutait de bonne grâce mais, au bout d'un moment,
il se fermait. Guigard parlait toujours mais Lucien ne
le regardait même plus : il lissait le pli de son pantalon
et s'amusait à faire des ronds avec la fumée de sa cigarette en dévisageant les femmes. Il entendait un peu,
malgré tout, les objections de Guigard mais elles perdaient brusquement leur poids et glissaient sur lui,
légères et futiles. Guigard finissait par se taire, très
impressionné. Lucien parla à ses parents de ses nouveaux
amis et M. Fleurier lui demanda s'il allait devenir camelot. Lucien hésita et dit gravement : « Je suis tenté, je
suis vraiment tenté. — Lucien, je t'en prie, ne fais pas
ça, dit sa mère, ils sont très agités et un malheur est
vite arrivé. Vois-tu qu'on te passe à tabac ou qu'on te
mette en prison ? Et puis tu es beaucoup trop jeune
pour faire de la politique. » Lucien ne lui répondit que
par un sourire ferme et M. Fleurier intervint : « Laisse-le
faire, ma chérie, dit-il avec douceur, laisse-le suivre son
idée ; il faut en avoir passé par là. » À dater de ce jour
il sembla à Lucien que ses parents le traitaient avec une
certaine considération. Pourtant il ne se décidait pas ;
ces quelques semaines lui avaient beaucoup appris : il
se représentait tour à tour la curiosité bienveillante de
son père, les inquiétudes de Mme Fleurier, le respect
naissant de Guigard, l'insistance de Lemordant, l'impatience de Rémy et il se disait en hochant la tête : « Ce
n'est pas une petite affaire. » Il eut une longue conversation avec Lemordant et Lemordant comprit très bien
ses raisons et lui dit de ne pas se presser. Lucien avait

encore des crises de cafard : il avait l'impression de
n'être qu'une petite transparence gélatineuse qui tremblotait sur la banquette d'un café[1] et l'agitation bruyante
des camelots lui paraissait absurde. Mais à d'autres
moments il se sentait dur et lourd comme une pierre
et il était presque heureux.

Il était de mieux en mieux avec toute la bande. Il
leur chanta *La Noce à Rébecca* que Hébrard lui avait
apprise aux vacances précédentes et tout le monde
déclara qu'il avait été fort amusant. Lucien mis en verve
fit plusieurs réflexions mordantes sur les Juifs et parla
de Berliac qui était si avare : « Je me disais toujours :
mais pourquoi est-il si radin, ça n'est pas possible d'être
aussi radin. Et puis un beau jour j'ai compris : il était
de la tribu. » Tout le monde se mit à rire et une sorte
d'exaltation s'empara de Lucien : il se sentait vraiment
furieux contre les Juifs et le souvenir de Berliac lui
était profondément désagréable. Lemordant le regarda
dans les yeux et lui dit : « Toi, tu es un pur. » Par la
suite on demandait souvent à Lucien : « Fleurier, dis-
nous en une bien bonne sur les youtres » et Lucien
racontait des histoires juives qu'il tenait de son père;
il n'avait qu'à commencer sur un certain ton « un chour
Léfy rengontre Plum... » pour mettre ses amis en joie.
Un jour Rémy et Patenôtre dirent qu'ils avaient croisé
un Juif algérien sur les bords de la Seine et qu'ils lui
avaient fait une peur affreuse en s'avançant sur lui
comme s'ils voulaient se le jeter à l'eau : « Je me disais,
conclut Rémy : quel dommage que Fleurier ne soit pas
avec nous. — Ça vaut peut-être mieux, qu'il n'ait pas
été là, interrompit Desperreau, parce que lui, il aurait
foutu le Juif à l'eau pour de bon! » Lucien n'avait pas
son pareil pour reconnaître un Juif à vue de nez. Quand
il sortait avec Guigard il lui poussait le coude : « Ne te
retourne pas tout de suite : le petit gros, derrière nous,
c'en est un! — Pour ça, disait Guigard, tu as du flair! »
Fanny, elle non plus, ne pouvait pas sentir les Juifs;
ils montèrent tous les quatre dans la chambre de Maud
un jeudi et Lucien chanta *La Noce à Rébecca*. Fanny
n'en pouvait plus, elle disait : « Arrêtez, arrêtez, je vais
faire pipi dans mon pantalon » et, quand il eut fini,
elle lui lança un regard heureux, presque tendre. À la
brasserie Polder, on finit par monter un bateau à Lucien.

Il se trouvait toujours quelqu'un pour dire négligemment : « Fleurier qui aime tant les Juifs... » ou bien « Léon Blum, le grand ami de Fleurier... » et les autres attendaient dans le ravissement, en retenant leur souffle, la bouche ouverte. Lucien devenait rouge, il frappait sur la table en criant : « Sacré nom...! » et ils éclataient de rire, ils disaient : « Il a marché! il a marché! Il n'a pas marché : il a couru! »

Il les accompagnait souvent à des réunions politiques et il entendit le professeur Claude et Maxime Real del Sarte[1]. Son travail souffrait un peu de ces obligations nouvelles, mais comme, en tout état de cause, Lucien ne pouvait compter, cette année-là, sur un succès au concours de Centrale, M. Fleurier se montra indulgent : « Il faut bien, dit-il à sa femme, que Lucien apprenne son métier d'homme. » Au sortir de ces réunions, Lucien et ses amis avaient la tête en feu et ils faisaient des gamineries. Une fois, ils étaient une dizaine, ils rencontrèrent un petit bonhomme olivâtre qui traversait la rue Saint-André-des-Arts en lisant *L'Humanité*. Ils le coincèrent contre un mur et Rémy lui ordonna : « Jette ce journal. » Le petit type voulait faire des manières mais Desperreau se glissa derrière lui et le ceintura pendant que Lemordant, de sa poigne puissante, lui arrachait le journal. C'était très amusant. Le petit homme, furibond, donnait des coups de pied dans le vide en criant : « Lâchez-moi, lâchez-moi » avec un drôle d'accent et Lemordant, très calme, déchirait le journal. Mais quand Desperreau voulut lâcher son bonhomme, les choses commencèrent à se gâter : l'autre se jeta sur Lemordant et l'aurait frappé si Rémy ne lui avait décoché à temps un bon coup de poing derrière l'oreille. Le type alla dinguer contre le mur et les regarda tous d'un air mauvais en disant : « Sales Français! — Répète ce que tu as dit », demanda froidement Marchesseau. Lucien comprit qu'il allait y avoir du vilain : Marchesseau n'entendait pas la plaisanterie quand il s'agissait de la France. « Sales Français! » dit le métèque. Il reçut une claque formidable et se jeta en avant, tête baissée en hurlant : « Sales Français, sales bourgeois, je vous déteste, je voudrais que vous creviez tous, tous, tous! » et un flot d'autres injures immondes et d'une violence que Lucien n'aurait même pas pu imaginer. Alors ils

perdirent patience et furent obligés de s'y mettre un
peu tous et de lui donner une bonne correction. Au
bout d'un moment ils le lâchèrent et le type se laissa
aller contre le mur; il flageolait, un coup de poing lui
avait fermé l'œil droit et ils étaient tous autour de lui,
fatigués de frapper, attendant qu'il tombe. Le type
tordit la bouche et cracha : « Sales Français! — Tu veux
qu'on recommence », demanda Desperreau, tout essoufflé. Le type ne parut pas entendre : il les regardait avec
défi de son œil gauche et répétait : « Sales Français,
sales Français! » Il y eut un moment d'hésitation et
Lucien comprit que ses copains allaient abandonner la
partie. Alors ce fut plus fort que lui, il bondit en avant
et frappa de toutes ses forces. Il entendit quelque chose
qui craquait et le petit bonhomme le regarda d'un
air veule et surpris : « Sales... » bafouilla-t-il. Mais
son œil poché se mit à béer sur un globe rouge et
sans prunelle; il tomba sur les genoux et ne dit plus
rien. « Foutons le camp », souffla Rémy. Ils coururent et ne s'arrêtèrent que sur la place Saint-Michel :
personne ne les poursuivait. Ils arrangèrent leurs cravates et se brossèrent les uns les autres, du plat de
la main.

   La soirée s'écoula sans que les jeunes gens fissent
allusion à leur aventure et ils se montrèrent particulièrement gentils les uns pour les autres : ils avaient délaissé
cette brutalité pudique qui leur servait, d'ordinaire, à
voiler leurs sentiments. Ils se parlaient avec politesse et
Lucien pensa qu'ils se montraient, pour la première fois,
tels qu'ils devaient être dans leurs familles; mais il était
lui-même très énervé : il n'avait pas l'habitude de se
battre en pleine rue contre des voyous. Il pensa à Maud
et à Fanny avec tendresse.

   Il ne put trouver le sommeil. « Je ne peux pas continuer, pensa-t-il, à les suivre dans leurs équipées en
amateur. À présent tout est bien pesé, il *faut* que je
m'engage[1]! » Il se sentait grave et presque religieux
quand il annonça la bonne nouvelle à Lemordant. « C'est
décidé, lui dit-il, je suis avec vous. » Lemordant lui
frappa sur l'épaule et la bande fêta l'événement en buvant
quelques bonnes bouteilles. Ils avaient repris leur ton
brutal et gai et ne parlèrent pas de l'incident de la veille.
Comme ils allaient se quitter, Marchesseau dit simple-

ment à Lucien : « Tu as un fameux punch ! » et Lucien répondit : « C'était un Juif ! »

Le surlendemain, Lucien vint trouver Maud avec une grosse canne de jonc qu'il avait achetée dans un magasin du boulevard Saint-Michel. Maud comprit tout de suite : elle regarda la canne et dit : « Alors, ça y est ? — Ça y est », dit Lucien en souriant. Maud parut flattée; personnellement elle était plutôt favorable aux idées de gauche, mais elle avait l'esprit large. « Je trouve, disait-elle, qu'il y a du bon dans tous les partis. » Au cours de la soirée, elle lui gratta plusieurs fois la nuque en l'appelant son petit camelot. À peu de temps de là, un samedi soir, Maud se sentit fatiguée : « Je crois que je vais rentrer, dit-elle, mais tu peux monter avec moi, si tu es sage : tu me tiendras la main et tu seras bien gentil avec ta petite Maud qui a si mal, tu lui raconteras des histoires. » Lucien n'était guère enthousiaste : la chambre de Maud l'attristait par sa pauvreté soigneuse; on aurait dit une chambre de bonne. Mais il aurait été criminel de laisser passer une si belle occasion. À peine entrée, Maud se jeta sur son lit en disant : « Houff ! comme je suis bien », puis elle se tut et fixa Lucien dans les yeux en retroussant les lèvres. Il vint s'étendre près d'elle et elle se mit la main sur les yeux en écartant les doigts et en disant d'une voix enfantine : « Coucou, je te vois, tu sais, Lucien, je te vois ! » Il se sentait lourd et mou, elle lui mit les doigts dans la bouche et il les suça, puis il lui parla tendrement, il lui dit : « La petite Maud est malade, qu'elle a donc du malheur, la pauvre petite Maud ! » et il la caressa par tout le corps; elle avait fermé les yeux et elle souriait mystérieusement. Au bout d'un moment il avait relevé la jupe de Maud et il se trouva qu'ils faisaient l'amour; Lucien pensa : « Je suis doué. » « Eh bien ! dit Maud quand ils eurent fini, si je m'attendais à ça ! » Elle regarda Lucien avec un tendre reproche : « Grand vilain, je croyais que tu serais sage ! » Lucien dit qu'il avait été aussi surpris qu'elle. « Ça s'est fait comme ça », dit-il. Elle réfléchit un peu et lui dit sérieusement : « Je ne regrette rien. Avant c'était peut-être plus pur mais c'était moins complet. »

« J'ai une maîtresse », pensa Lucien dans le métro. Il était vide et las, imprégné d'une odeur d'absinthe et

de poisson frais; il alla s'asseoir en se tenant raide pour
éviter le contact de sa chemise trempée de sueur; il lui
semblait que son corps était en lait caillé. Il se répéta
avec force : « J'ai une maîtresse », mais il se sentait
frustré : ce qu'il avait désiré de Maud, la veille encore,
c'était son visage étroit et fermé, qui avait l'air habillé,
sa mince silhouette, son allure de dignité, sa réputation
de fille sérieuse, son mépris du sexe masculin, tout ce
qui faisait d'elle une personne étrangère, vraiment *une
autre,* dure et définitive, toujours hors d'atteinte, avec
ses petites pensées propres, ses pudeurs, ses bas de soie,
sa robe de crêpe, sa permanente. Et tout ce vernis avait
fondu sous son étreinte, il était resté de la chair, il avait
approché ses lèvres d'un visage sans yeux, nu comme
un ventre, il avait possédé une grosse fleur de chair
mouillée. Il revit la bête aveugle qui palpitait dans les
draps avec des clapotis et des bâillements velus et il
pensa : c'était *nous deux.* Ils n'avaient fait qu'un, il ne
pouvait plus distinguer sa chair de celle de Maud;
personne ne lui avait jamais donné cette impression
d'écœurante intimité, sauf peut-être Riri, quand Riri
montrait son pipi derrière un buisson ou quand il s'était
oublié et qu'il restait couché sur le ventre et gigotait,
le derrière nu, pendant qu'on faisait sécher son pantalon.
Lucien éprouva quelque soulagement en pensant à
Guigard : il lui dirait demain : « J'ai couché avec Maud,
c'est une petite femme épatante, mon vieux : elle a ça
dans le sang. » Mais il était mal à l'aise : il se sentait
nu dans la chaleur poussiéreuse du métro, nu sous une
mince pellicule de vêtements, raide et nu à côté d'un
prêtre, en face de deux dames mûres, comme une grande
asperge souillée.

Guigard le félicita vivement. Il en avait un peu assez
de Fanny : « Elle a vraiment trop mauvais caractère.
Hier elle m'a fait la tête toute la soirée. » Ils tombèrent
d'accord tous les deux : des femmes comme ça, il fallait
bien qu'il y en eût, parce qu'on ne pouvait tout de même
pas rester chaste jusqu'au mariage et puis elles n'étaient
pas intéressées, ni malades, mais ç'aurait été une erreur
de s'attacher à elles. Guigard parla des vraies jeunes
filles avec beaucoup de délicatesse et Lucien lui demanda
des nouvelles de sa sœur. « Elle va bien mon vieux, dit
Guigard, elle dit que tu es un lâcheur. Tu comprends,

ajouta-t-il avec un peu d'abandon, je ne suis pas mécontent d'avoir une sœur : sans ça, il y a des choses dont on ne peut pas se rendre compte. » Lucien le comprenait parfaitement. Par la suite, ils parlèrent souvent des jeunes filles et ils se sentaient pleins de poésie et Guigard aimait à citer les paroles d'un de ses oncles, qui avait eu beaucoup de succès féminins : « Je n'ai peut-être pas toujours fait le bien, dans ma chienne de vie, mais il y a une chose dont le bon Dieu me tiendra compte ; je me serais plutôt fait trancher les mains que de toucher à une jeune fille. » Ils retournèrent quelquefois chez les amies de Pierrette Guigard. Lucien aimait beaucoup Pierrette, il lui parlait comme un grand frère un peu taquin et il lui était reconnaissant parce qu'elle ne s'était pas fait couper les cheveux. Il était très absorbé par ses activités politiques ; tous les dimanches matin, il allait vendre *L'Action française* devant l'église de Neuilly. Pendant plus deux heures, Lucien se promenait de long en large le visage durci. Les jeunes filles qui sortaient de la messe levaient parfois vers lui leurs beaux yeux francs ; alors Lucien se détendait un peu, il se sentait pur et fort ; il leur souriait. Il expliqua à la bande qu'il respectait les femmes et il fut heureux de trouver chez eux la compréhension qu'il avait souhaitée. D'ailleurs ils avaient presque tous des sœurs.

Le 17 avril les Guigard donnèrent une sauterie pour les dix-huit ans de Pierrette et, naturellement, Lucien fut invité. Il était déjà très ami avec Pierrette, elle l'appelait son danseur et il la soupçonnait d'être un peu amoureuse de lui. Mme Guigard avait fait venir une tapeuse[1] et l'après-midi promettait d'être fort gaie. Lucien dansa plusieurs fois avec Pierrette puis il alla retrouver Guigard qui recevait ses amis dans le fumoir. « Salut, dit Guigard, je crois que vous vous connaissez tous : Fleurier, Simon, Vanusse, Ledoux. » Pendant que Guigard nommait ses camarades, Lucien vit qu'un grand jeune homme roux et frisé, à la peau laiteuse et aux durs sourcils noirs s'approchait d'eux en hésitant et la colère le bouleversa. « Qu'est-ce que ce type fait ici, se demanda-t-il, Guigard sait pourtant bien que je ne peux pas sentir les Juifs ! » Il pirouetta sur ses talons et s'éloigna rapidement pour éviter les présentations. « Qu'est-ce que c'est que ce Juif ? demanda-t-il un moment plus

tard à Pierrette. — C'est Weill, il est aux Hautes Études
commerciales; mon frère l'a connu à la salle d'armes.
— J'ai horreur des Juifs », dit Lucien. Pierrette eut un
rire léger. « Celui-là est plutôt bon garçon, dit-elle.
Menez-moi donc au buffet. » Lucien prit une coupe de
champagne et n'eut que le temps de la reposer : il se
trouvait nez à nez avec Guigard et Weill. Il foudroya
Guigard des yeux et fit volte-face. Mais Pierrette le saisit
par le bras et Guigard l'aborda d'un air ouvert : « Mon
ami Fleurier, mon ami Weill, dit-il avec aisance, voilà :
les présentations sont faites. » Weill tendit la main et
Lucien se sentit très malheureux. Heureusement il se
rappela tout à coup Desperreau : « Fleurier aurait foutu
le Juif à l'eau pour de bon. » Il enfonça ses mains dans
ses poches, tourna le dos à Guigard et s'en fut. « Je
ne pourrai plus remettre les pieds dans cette maison »,
songea-t-il, en demandant son vestiaire. Il ressentait un
orgueil amer. « Voilà ce que c'est que de tenir fortement
à ses opinions; on ne peut plus vivre en société. »
Mais dans la rue son orgueil fondit et Lucien devint
très inquiet. « Guigard doit être furieux! » Il hocha la
tête et tenta de se dire avec conviction : « Il n'avait pas
le droit d'inviter un Juif s'il m'invitait! » Mais sa colère
était tombée; il revoyait avec une sorte de malaise la
tête étonnée de Weill, sa main tendue, et il se sentait
enclin à la conciliation : « Pierrette pense sûrement que
je suis un mufle. J'aurais dû serrer cette main. Après
tout ça ne m'engageait pas. Faire un salut réservé et
m'éloigner tout de suite après : voilà ce qu'il fallait
faire. » Il se demanda s'il était encore temps de retourner
chez les Guigard. Il s'approcherait de Weill et lui dirait :
« Excusez-moi, j'ai eu un malaise », il lui serrerait la
main et lui ferait un bout de conversation gentille.
Mais non : c'était trop tard, son geste était irréparable.
« Qu'avais-je besoin, pensa-t-il avec irritation, de
montrer mes opinions à des gens qui ne peuvent pas
les comprendre! » Il haussa nerveusement les épaules :
c'était un désastre. À cet instant même Guigard et
Pierrette commentaient sa conduite, Guigard disait :
« Il est complètement fou! » Lucien serra les poings.
« Oh, pensa-t-il avec désespoir, ce que je les hais!
Ce que je hais les Juifs! » et il essaya de puiser un peu
de force dans la contemplation de cette haine immense.

Mais elle fondit sous son regard, il avait beau penser à
Léon Blum qui recevait de l'argent de l'Allemagne[1] et
haïssait les Français, il ne ressentait plus rien qu'une
morne indifférence. Lucien eut la chance de trouver
Maud chez elle. Il lui dit qu'il l'aimait et la posséda
plusieurs fois, avec une sorte de rage. « Tout est foutu,
se disait-il, je ne serai jamais *quelqu'un*. » « Non, non!
disait Maud, arrête mon grand chéri, pas ça, c'est
défendu! » Mais elle finit par se laisser faire : Lucien
voulut l'embrasser partout. Il se sentait enfantin et pervers; il avait envie de pleurer.

Le lendemain matin, au lycée, Lucien eut un serrement de cœur en apercevant Guigard. Guigard avait
l'air sournois et fit semblant de ne pas le voir. Lucien
rageait si fort qu'il ne put prendre de notes : « Le
salaud! pensait-il, le salaud! » À la fin du cours, Guigard
s'approcha de lui, il était blême. « S'il rouspète, pensa
Lucien, terrorisé, je lui fous des claques. » Ils demeurèrent un instant côte à côte, chacun regardant la pointe
de ses souliers. Enfin Guigard dit, d'une voix altérée :
« Excuse-moi, mon vieux, je n'aurais pas dû te faire ce
coup-là. » Lucien sursauta et le regarda avec méfiance.
Mais Guigard continua péniblement : « Je le rencontre
à la salle, tu comprends, alors j'ai voulu... nous faisons
des assauts ensemble et il m'avait invité chez lui, mais
je comprends, tu sais, je n'aurais pas dû, je ne sais pas
comment ça se fait mais, quand j'ai écrit les invitations,
je n'y ai pas pensé une seconde... » Lucien ne disait
toujours rien parce que les mots ne passaient pas mais
il se sentait porté à l'indulgence. Guigard ajouta la tête
basse : « Eh bien, pour une gaffe... — Espèce d'andouille,
dit Lucien, en lui frappant sur l'épaule, je sais bien que
tu ne l'as pas fait exprès. » Il dit avec générosité : « J'ai
eu mes torts, d'ailleurs. Je me suis conduit comme un
mufle. Mais qu'est-ce que tu veux, c'est plus fort que
moi, je ne peux pas les toucher, c'est physique, j'ai
l'impression qu'ils ont des écailles sur les mains. Qu'a
dit Pierrette ? — Elle a ri comme une folle, dit Guigard
piteusement. — Et le type ? — Il a compris. J'ai dit ce
que j'ai pu, mais il a mis les voiles au bout du quart
d'heure. » Il ajouta, toujours penaud : « Mes parents
disent que tu as eu raison, que tu ne pouvais agir autrement du moment que tu as une conviction. » Lucien

dégusta le mot de « conviction »; il avait envie de serrer
Guigard dans ses bras : « C'est rien, mon vieux, lui dit-il;
c'est rien du moment qu'on reste copains. » Il descendit
le boulevard Saint-Michel dans un état d'exaltation
extraordinaire : il lui semblait qu'il n'était plus lui-même.

Il se dit : « C'est drôle, ça n'est plus moi, je ne me
reconnais pas! » Il faisait chaud et doux; les gens flânaient, portant sur leurs visages le premier sourire étonné
du printemps; dans cette foule molle, Lucien s'enfonçait comme un coin d'acier, il pensait « Ça n'est plus
moi. » Moi, la veille encore, c'était un gros insecte ballonné, pareil aux grillons de Férolles; à présent Lucien
se sentait propre et net comme un chronomètre. Il entra
à La Source et commanda un pernod. La bande ne
fréquentait pas La Source parce que les métèques y pul-
lulaient; mais, ce jour-là, les métèques et les Juifs n'incommodaient pas Lucien. Au milieu de ces corps oli-
vâtres, qui bruissaient légèrement, comme un champ
d'avoine sous le vent, il se sentait insolite et menaçant,
une monstrueuse horloge accotée contre la banquette et
qui rutilait. Il reconnut avec amusement un petit Juif
que les J. P.[1] avaient rossé, au trimestre précédent, dans
les couloirs de la Faculté de Droit. Le petit monstre,
gras et pensif, n'avait pas gardé la trace des coups, il
avait dû rester cabossé quelque temps et puis il avait
repris sa forme ronde; mais il y avait en lui une sorte de
résignation obscène.

Pour le moment il avait l'air heureux : il bâilla voluptueusement; un rayon de soleil lui chatouillait les narines;
il se gratta le nez et sourit. Était-ce un sourire? ou plutôt une petite oscillation qui avait pris naissance au
dehors, quelque part dans un coin de la salle, et qui
était venue mourir sur sa bouche? Tous ces métèques
flottaient dans une eau sombre et lourde dont les remous
ébranlaient leurs chairs molles, soulevant leurs bras,
agitant leurs doigts, jouant un peu avec leurs lèvres. Les
pauvres types! Lucien avait presque pitié d'eux. Qu'est-ce
qu'ils venaient faire en France? Quels courants marins
les avaient apportés et déposés ici? Ils avaient beau
s'habiller décemment, chez des tailleurs du boulevard
Saint-Michel, ils n'étaient guère plus que des méduses.
Lucien pensa qu'il n'était pas une méduse, qu'il n'appartenait pas à cette faune humiliée, il se dit : « Je suis en

plongée! » Et puis, tout à coup, il oublia La Source et
les métèques, il ne vit plus qu'un dos, un large dos
bossué par les muscles, qui s'éloignait avec une force
tranquille, qui se perdait, implacable, dans la brume.
Il vit aussi Guigard : Guigard était pâle, il suivait des
yeux ce dos, il disait à Pierrette invisible : « Eh bien!
pour une gaffe!... » Lucien fut envahi par une joie
presque intolérable : ce dos puissant et solitaire, c'était
le sien[1]! Et la scène s'était passée hier! Pendant un instant, au prix d'un violent effort, il fut Guigard, il suivit
son propre dos avec les yeux de Guigard, il éprouva
devant lui-même l'humilité de Guigard et se sentit déli-
cieusement terrorisé : « Ça leur servira de leçon! »
pensa-t-il. Le décor changea : c'était le boudoir de
Pierrette, ça se passait dans l'avenir. Pierrette et Guigard
désignaient, d'un air un peu confit, un nom sur une liste
d'invitations. Lucien n'était pas présent, mais sa puissance était sur eux. Guigard disait : « Ah non! pas celui-
là! Eh bien, avec Lucien, ça ferait du joli; Lucien qui ne
peut pas souffrir les Juifs! » Lucien se contempla encore
une fois, il pensa : « Lucien, c'est moi! Quelqu'un qui
ne peut pas souffrir les Juifs. » Cette phrase il l'avait
souvent prononcée, mais aujourd'hui ça n'était pas
pareil aux autres fois. Pas du tout. Bien sûr, en apparence, c'était une simple constatation, comme si on
avait dit : « Lucien n'aime pas les huîtres », ou bien :
« Lucien aime la danse. » Mais il ne fallait pas s'y tromper : l'amour de la danse, peut-être qu'on aurait pu le
découvrir aussi chez le petit Juif, ça ne comptait pas
plus qu'un frisson de méduse; il n'y avait qu'à regarder
ce sacré youtre pour comprendre que ses goûts et ses
dégoûts restaient collés à lui comme son odeur, comme
les reflets de sa peau, qu'ils disparaîtraient avec lui comme
les clignotements de ses lourdes paupières, comme ses
sourires gluants de volupté. Mais l'antisémitisme de
Lucien était d'une autre sorte : impitoyable et pur, il
pointait hors de lui comme une lame d'acier, menaçant
d'autres poitrines. « Ça, pensa-t-il, c'est... c'est sacré! » Il
se rappela que sa mère, quand il était petit, lui disait parfois d'un certain ton : « Papa travaille dans son bureau. »
Et cette phrase lui semblait une formule sacramentelle
qui lui conférait soudain une nuée d'obligations religieuses, comme de ne pas jouer avec sa carabine à air

comprimé, de ne pas crier « Tararaboum »; il marchait
dans les couloirs sur la pointe des pieds, comme s'il avait
été dans une cathédrale. « À présent, c'est mon tour »,
pensa-t-il avec satisfaction. On disait en baissant la voix :
« Lucien n'aime pas les Juifs », et les gens se sentaient
paralysés, les membres transpercés d'une nuée de petites
fléchettes douloureuses. « Guigard et Pierrette, se dit-il
avec attendrissement, sont des enfants. » Ils avaient été
très coupables, mais il avait suffi que Lucien leur montrât
un peu les dents et, aussitôt, ils avaient eu des remords,
ils avaient parlé à voix basse et s'étaient mis à marcher
sur la pointe des pieds.

Lucien, pour la seconde fois, se sentit plein de respect
pour lui-même. Mais cette fois-ci, il n'avait plus besoin
des yeux de Guigard : c'était à ses propres yeux qu'il
paraissait respectable — à ses yeux qui perçaient enfin
son enveloppe de chair, de goûts et de dégoûts, d'habitudes et d'humeurs. « Là où je me cherchais, pensa-t-il,
je ne pouvais pas me trouver. » Il avait fait, de bonne foi,
le recensement minutieux de tout ce qu'il *était*. « Mais si
je ne devais être que ce que je suis, je ne vaudrais pas
plus que ce petit youtre. » En fouillant ainsi dans cette
intimité de muqueuse, que pouvait-on découvrir, sinon
la tristesse de la chair, l'ignoble mensonge de l'égalité, le
désordre ? « Première maxime, se dit Lucien, ne pas chercher à voir en soi; il n'y a pas d'erreur plus dangereuse[1]. »
Le vrai Lucien — il le savait à présent — il fallait le
chercher dans les yeux des autres, dans l'obéissance craintive de Pierrette et de Guigard, dans l'attente pleine
d'espoir de tous ces êtres qui grandissaient et mûrissaient
pour lui, de ces jeunes apprentis qui deviendraient *ses*
ouvriers, des Férolliens, grands et petits, dont il serait
un jour le maire. Lucien avait presque peur, il se sentait
presque trop grand pour lui[2]. Tant de gens l'attendaient,
au port d'armes : et lui il était, il serait toujours cette
immense attente des autres. « C'est ça, un chef »,
pensa-t-il. Et il vit réapparaître un dos musculeux et
bossué et puis, tout de suite après, une cathédrale. Il
était dedans, il s'y promenait à pas de loup sous la
lumière tamisée qui tombait des vitraux[3]. « Seulement,
ce coup-ci, c'est moi la cathédrale ! » Il fixa son regard
avec intensité sur son voisin, un long Cubain brun et
doux comme un cigare. Il fallait absolument trouver des

mots pour exprimer son extraordinaire découverte. Il
éleva doucement, précautionneusement sa main jusqu'à
son front, comme un cierge allumé, puis il se recueillit
un instant, pensif et sacré, et les mots vinrent d'eux-
mêmes, il murmura : « j'ai des droits! » Des droits!
Quelque chose dans le genre des triangles et des cercles :
c'était si parfait que ça n'existait pas, on avait beau tracer
des milliers de ronds avec des compas, on n'arrivait
pas à réaliser un seul cercle[1]. Des générations d'ouvriers
pourraient, de même, obéir scrupuleusement aux ordres
de Lucien, ils n'épuiseraient jamais son droit à commander, les droits c'était par delà l'existence, comme les
objets mathématiques et les dogmes religieux. Et voilà
que Lucien, justement, c'était ça : un énorme bouquet
de responsabilités et de droits. Il avait longtemps cru
qu'il existait par hasard, à la dérive : mais c'était faute
d'avoir assez réfléchi. Bien avant sa naissance, sa place
était marquée au soleil, à Férolles. Déjà — bien avant,
même, le mariage de son père — on *l'attendait;* s'il était
venu au monde, c'était pour occuper cette place :
« J'existe, pensa-t-il, parce que j'ai le droit d'exister[2]. »
Et, pour la première fois, peut-être, il eut une vision
fulgurante et glorieuse de son destin. Il serait reçu à
Centrale, tôt ou tard (ça n'avait d'ailleurs aucune importance). Alors il laisserait tomber Maud (elle voulait
tout le temps coucher avec lui, c'était assommant; leurs
chairs confondues dégageaient à la chaleur torride de
ce début de printemps une odeur de gibelotte un peu
roussie. « Et puis Maud est à tout le monde, aujourd'hui
à moi, demain à un autre, tout ça n'a aucun sens »);
il irait habiter à Férolles. Quelque part en France, il
y avait une jeune fille claire dans le genre de Pierrette,
une provinciale aux yeux de fleur, qui se gardait chaste
pour lui : elle essayait parfois d'imaginer son maître
futur, cet homme terrible et doux; mais elle n'y parvenait pas. Elle était vierge; elle reconnaissait au plus
secret de son corps le droit de Lucien à la posséder seul.
Il l'épouserait, elle serait *sa* femme, le plus tendre de
ses droits. Lorsqu'elle se dévêtirait le soir, à menus
gestes sacrés, ce serait comme un holocauste. Il la prendrait dans ses bras avec l'approbation de tous, il lui
dirait : « Tu es à moi! » Ce qu'elle lui montrerait, elle
aurait le devoir de ne le montrer qu'à lui et l'acte d'amour

serait pour lui le recensement voluptueux de ses biens. Son plus tendre droit; son droit le plus intime : le droit d'être respecté jusque dans sa chair, obéi jusque dans son lit[1]. « Je me marierai jeune », pensa-t-il. Il se dit aussi qu'il aurait beaucoup d'enfants; puis il pensa à l'œuvre de son père; il était impatient de la continuer et il se demanda si M. Fleurier n'allait pas bientôt mourir.

Une horloge sonna midi; Lucien se leva. La métamorphose était achevée : dans ce café, une heure plus tôt, un adolescent gracieux et incertain était entré; c'était un homme qui en sortait, un chef parmi les Français. Lucien fit quelques pas dans la glorieuse lumière d'un matin de France. Au coin de la rue des Écoles et du boulevard Saint-Michel, il s'approcha d'une papeterie et se mira dans la glace : il aurait voulu retrouver sur son visage l'air imperméable qu'il admirait sur celui de Lemordant. Mais la glace ne lui renvoya qu'une jolie petite figure butée, qui n'était pas encore assez terrible : « Je vais laisser pousser ma moustache[2] » décida-t-il.

Les Chemins de la liberté

I

L'ÂGE DE RAISON

Roman

À Wanda Kosakiewicz[1]

I

Au milieu de la rue Vercingétorix, un grand type saisit Mathieu par le bras; un agent faisait les cent pas sur l'autre trottoir.

« Donne-moi quelque chose, patron; j'ai faim. »

Il avait les yeux rapprochés et des lèvres épaisses, il sentait l'alcool.

« Ça ne serait pas plutôt que tu aurais soif ? demanda Mathieu.

— Je te jure, mon pote, dit le type avec difficulté, je te jure. »

Mathieu avait retrouvé une pièce de cent sous dans sa poche :

« Je m'en fous, tu sais, dit-il, c'était plutôt pour dire. »

Il lui donna les cent sous.

« Ce que tu fais là, dit le type en s'appuyant contre le mur, c'est bien; je m'en vais te souhaiter quelque chose de formidable. Qu'est-ce que je vais te souhaiter ? »

Ils réfléchirent tous les deux; Mathieu dit :

« Ce que tu voudras.

— Eh bien, je te souhaite du bonheur, dit le type. Voilà. »

Il rit d'un air triomphant. Mathieu vit que l'agent de police s'approchait d'eux et il eut peur pour le type :

« Ça va, dit-il, salut. »

Il voulut s'éloigner mais le type le rattrapa :

« C'est pas assez, le bonheur, dit-il d'une voix mouillée, c'est pas assez.

— Eh bien, qu'est-ce qu'il te faut !

— Je voudrais te donner quelque chose...

— Je vais te faire coffrer pour mendicité », dit l'agent.

Il était tout jeune, avec des joues rouges ; il essayait d'avoir l'air dur :

« Voilà une demi-heure que tu emmerdes les passants, ajouta-t-il sans assurance.

— Il ne mendie pas, dit vivement Mathieu, on cause. »

L'agent haussa les épaules et continua son chemin. Le type chancelait d'une manière inquiétante ; il ne semblait pas même avoir vu l'agent.

« J'ai trouvé ce que je vais te donner. Je vais te donner un timbre de Madrid. »

Il sortit de sa poche un rectangle de carton vert et le tendit à Mathieu. Mathieu lut :

« C. N. T.[1] Diario Confederal. Ejemplares 2. France. Comité anarcho-syndicaliste, 41, rue de Belleville, Paris-19[ea]. » Un timbre était collé sous l'adresse. Il était vert aussi, il portait l'estampille de Madrid. Mathieu avança la main :

« Merci bien.

— Ah mais attention ! dit le type en colère, c'est... c'est Madrid. »

Mathieu le regarda : le type avait l'air ému et faisait des efforts violents pour exprimer sa pensée. Il y renonça et dit seulement :

« Madrid.

— Oui.

— Je voulais y aller, je te jure. Seulement ça ne s'est pas arrangé. »

Il était devenu sombre, il dit : « Attends », et passa lentement le doigt sur le timbre.

« Ça va. Tu peux le prendre.

— Merci. »

Mathieu fit quelques pas mais le type le rappela :

« Eh !

— Eh ? » fit Mathieu. Le type lui montrait de loin la pièce de cent sous :

« Il y a un mec qui vient de me filer cent sous. Je te paie un rhum.

— Pas ce soir. »

Mathieu s'éloigna avec un vague regret. Il y avait eu une époque, dans sa vie, où il traînait dans les rues, dans les bars avec tout le monde, le premier venu pouvait l'inviter. À présent, c'était bien fini : ce genre de trucs-là ne donnait jamais rien. Il était plaisant. Il a eu envie d'aller se battre en Espagne. Mathieu hâta le pas, il pensa avec agacement : « En tout cas nous n'avions rien à nous dire. » Il tira de sa poche la carte verte : « Elle vient de Madrid, mais elle ne lui est pas adressée. Quelqu'un a dû la lui passer. Il l'a touchée plusieurs fois avant de me la donner, parce que ça venait de Madrid. » Il se rappelait le visage du type et l'air qu'il avait pris pour regarder le timbre : un drôle d'air passionné. Mathieu regarda le timbre à son tour sans cesser de marcher puis il remit le morceau de carton dans sa poche. Un train siffla et Mathieu pensa : « Je suis vieux. »

Il était dix heures vingt-cinq ; Mathieu était en avance. Il passa sans s'arrêter, sans même tourner la tête devant la petite maison bleue. Mais il la regardait du coin de l'œil. Toutes les fenêtres étaient noires, sauf celle de Mme Duffet. Marcelle n'avait pas encore eu le temps d'ouvrir la porte d'entrée : elle était penchée sur sa mère et la bordait, avec des gestes masculins, dans le grand lit à baldaquin. Mathieu restait sombre ; il pensait « Cinq cents francs[1] pour aller jusqu'au 29[2], ça fait trente francs par jour, plutôt moins. Comment vais-je faire ? » Il fit demi-tour et revint sur ses pas.

La lumière s'était éteinte dans la chambre de Mme Duffet. Au bout d'un moment la fenêtre de Marcelle s'éclaira ; Mathieu traversa la chaussée et longea l'épicerie en évitant de faire craquer ses semelles neuves. La porte était entrebâillée ; il la poussa tout doucement et elle grinça : « Mercredi j'apporterai ma burette et je mettrai un peu d'huile dans les gonds. » Il entra, referma la porte et se déchaussa dans l'obscurité. L'escalier craquait un peu : Mathieu le gravit avec précaution, ses souliers à la main ; il tâtait chaque marche de l'orteil avant d'y poser le pied : « Quelle comédie ! » pensa-t-il[3].

Marcelle ouvrit sa porte avant qu'il n'eût atteint le palier. Une buée rose et qui sentait l'iris fusa hors de sa chambre et se répandit dans l'escalier. Elle avait mis

sa chemise verte. Mathieu vit en transparence la courbe
tendre et grasse de ses hanches. Il entra; il lui semblait
toujours qu'il entrait dans un coquillage. Marcelle ferma
la porte à clé. Mathieu se dirigea vers la grande armoire
encastrée dans le mur, l'ouvrit et y déposa ses souliers;
puis il regarda Marcelle et vit que quelque chose n'allait
pas.

« Qu'est-ce qui ne va pas ? demanda-t-il à voix basse.

— Mais ça va, dit Marcelle à voix basse, et toi, mon
vieux ?

— Je suis sans un; à part ça, ça va. »

Il l'embrassa dans le cou et sur la bouche. Le cou
sentait l'ambre, la bouche sentait le caporal ordinaire.
Marcelle s'assit sur le bord du lit et se mit à regarder
ses jambes, pendant que Mathieu se déshabillait.

« Qu'est-ce que c'est que ça ? » demanda Mathieu.

Il y avait sur la cheminée une photographie qu'il ne
connaissait pas. Il s'approcha et vit une jeune fille
maigre et coiffée en garçon qui riait d'un air dur et
timide. Elle portait un veston d'homme et des souliers
à talons plats.

« C'est moi », dit Marcelle sans lever la tête.

Mathieu se retourna : Marcelle avait retroussé sa
chemise sur ses cuisses grasses; elle se penchait en
avant et Mathieu devinait sous la chemise la fragilité
de sa lourde poitrine.

« Où as-tu trouvé ça ?

— Dans un album. Elle date de l'été 28[1]. »

Mathieu plia soigneusement son veston et le déposa
dans l'armoire à côté de ses souliers. Il demanda :

« Tu regardes les albums de famille, à présent ?

— Non, mais je ne sais pas, aujourd'hui j'ai eu envie
de retrouver des choses de ma vie, comment j'étais avant
de te connaître, quand j'étais bien portante. Amène-la. »

Mathieu lui apporta la photo et elle la lui arracha
des mains. Il s'assit à côté d'elle. Elle frissonna et s'écarta
un peu. Elle regardait la photo avec un vague sourire.

« J'étais marrante », dit-elle.

La jeune fille se tenait toute raide, appuyée contre la
grille d'un jardin. Elle ouvrait la bouche; elle aussi
devait dire : « C'est marrant », avec la même désinvolture gauche, la même audace sans aplomb. Seulement,
elle était jeune et maigre.

Marcelle secoua la tête.

« Marrant! Marrant! Elle a été prise au Luxembourg par un étudiant en pharmacie. Tu vois le blouson que je porte? Je me l'étais acheté le jour même, parce qu'on devait faire une grande balade à Fontainebleau le dimanche suivant. Mon Dieu!... »

Il y avait sûrement quelque chose : jamais ses gestes n'avaient été si brusques, ni sa voix si heurtée, si masculine. Elle était assise sur le bord du lit, pis que nue, sans défense, comme une grosse potiche, au fond de la chambre rose, et c'était plutôt pénible de l'entendre parler de sa voix d'homme, pendant qu'une forte odeur sombre montait d'elle. Mathieu la prit par les épaules et l'attira contre lui :

« Tu le regrettes, ce temps-là ? »

Marcelle dit sèchement :

« Ce temps-là, non : je regrette la vie que j'aurais pu avoir. »

Elle avait commencé ses études de chimie et la maladie les avait interrompues. Mathieu pensa : « On dirait qu'elle m'en veut. » Il ouvrit la bouche pour l'interroger, mais il vit ses yeux et il se tut. Elle regardait la photo d'un air triste et tendu.

« J'ai grossi, hein ?

— Oui. »

Elle haussa les épaules et jeta la photographie sur le lit. Mathieu pensa : « C'est vrai, elle a une vie sinistre. » Il voulut l'embrasser sur la joue, mais elle se dégagea sans brusquerie, avec un petit rire nerveux. Elle dit :

« Il y a dix ans de ça. »

Mathieu pensa : « Je ne lui donne rien. » Quatre nuits par semaine, il venait la voir; il lui racontait minutieusement tout ce qu'il avait fait; elle lui donnait des conseils, d'une voix sérieuse et légèrement autoritaire; elle disait souvent : « Je vis par procuration. » Il demanda :

« Qu'est-ce que tu as fait hier ? Tu es sortie ? »

Marcelle eut un geste las et rond :

« Non, j'étais fatiguée. J'ai un peu lu, mais maman me dérangeait tout le temps pour le magasin.

— Et aujourd'hui ?

— Aujourd'hui, je suis sortie, dit-elle d'un air morose. J'ai senti le besoin de prendre l'air, de coudoyer

des gens. Je suis descendue jusqu'à la rue de la Gaîté,
ça m'amusait; et puis je voulais voir Andrée.

— Tu l'as vue ?

— Oui, cinq minutes. Quand je suis sortie de chez
elle, il s'est mis à pleuvoir, c'est un drôle de mois de
juin, et puis les gens avaient des têtes ignobles. J'ai pris
un taxi et je suis rentrée. »

Elle demanda mollement :

« Et toi ? »

Mathieu n'avait pas envie de raconter. Il dit :

« Hier, j'ai été au lycée pour faire mes derniers cours[1].
J'ai dîné chez Jacques, c'était mortel comme d'habitude.
Ce matin, je suis passé à l'économat pour voir s'ils ne
pourraient pas m'avancer quelque chose; il paraît que
ça ne se fait pas. Pourtant à Beauvais[2], je m'arrangeais
avec l'économe. Ensuite, j'ai vu Ivich[3]. »

Marcelle leva les sourcils et le regarda. Il n'aimait
pas lui parler d'Ivich. Il ajouta :

« Elle est déjetée en ce moment.

— À cause ? »

La voix de Marcelle s'était raffermie et son visage
avait pris une expression raisonnable et masculine; elle
avait l'air d'un Levantin gras. Il dit du bout des lèvres :

« Elle va être collée.

— Tu m'avais dit qu'elle travaillait.

— Eh bien oui... si tu veux, à sa manière, c'est-à-dire
qu'elle doit rester des heures entières en face d'un livre
sans faire un mouvement. Mais tu sais comme elle est :
elle a des évidences[4], comme les folles. En octobre, elle
savait sa botanique, l'examinateur était content; et puis,
tout d'un coup, elle s'est *vue*[a] en face d'un type chauve,
en train de parler des cœlentérés. Ça lui a paru bouffon,
elle a pensé : " Je me fous des cœlentérés ", et le type
n'a plus pu tirer un mot d'elle.

— Drôle de petite bonne femme, dit Marcelle rêveusement.

— En tout cas, dit Mathieu, j'ai peur qu'elle ne
recommence, ce coup-ci. Ou qu'elle n'invente quelque
chose, tu verras. »

Ce ton, ce ton de détachement protecteur, n'était-ce
pas un mensonge ? Tout ce qui pouvait s'exprimer par
des paroles, il le disait. « Mais il n'y a pas que les
paroles ! »

Il hésita un instant, puis il baissa la tête, découragé :
Marcelle n'ignorait rien de son affection pour Ivich;
elle aurait même accepté qu'il l'aimât. Elle n'exigeait
qu'une chose en somme : qu'il parlât d'Ivich précisément
sur ce ton. Mathieu n'avait pas cessé de caresser le dos
de Marcelle et Marcelle commençait à battre des paupières : elle aimait qu'il lui caressât le dos, surtout à la
naissance des reins et entre les omoplates. Mais soudain
elle se dégagea et son visage se durcit. Mathieu lui
dit :

« Écoute, Marcelle, je me fous qu'Ivich soit collée,
elle n'est pas plus faite que moi pour être médecin. De
toute façon, même si elle passait le P. C. B.[1] elle tournerait de l'œil à la première dissection, l'an prochain,
et ne remettrait plus les pieds à la Faculté. Mais si ça
ne marche pas cette fois-ci, elle va faire une connerie.
En cas d'échec, sa famille ne veut pas la laisser recommencer. »

Marcelle lui demanda d'une voix précise :

« Quel genre de connerie veux-tu dire au juste ?

— Je ne sais pas, dit-il, décontenancé.

— Ah ! Je te connais bien, mon pauvre vieux. Tu
n'oses pas l'avouer mais tu as peur qu'elle ne se fiche
une balle dans la peau. Et ça prétend avoir horreur du
romanesque. Dis donc, on dirait que tu ne l'as jamais
vue, sa peau ? Moi, j'aurais la frousse de la fêler, rien
qu'en passant le doigt dessus. Et tu t'imagines que les
poupées qui ont ces peaux-là vont se détériorer à coups
de revolver ? Je peux très bien me la représenter affalée
sur une chaise, tous ses cheveux dans la figure et se
fascinant sur un mignon petit browning posé devant
elle, c'est très russe. Mais quant à me figurer autre chose,
non, non et non ! Un revolver, mon vieux, c'est fait
pour nos peaux de crocodile. »

Elle appuya son bras contre celui de Mathieu. Il avait
la peau plus blanche que Marcelle.

« Regarde ça, mon vieux, la mienne surtout, on
dirait du maroquin. »

Elle se mit à rire :

« Tu ne trouves pas que j'ai tout ce qu'il faut pour
faire une écumoire ? Je me figure un joli petit trou bien
rond sous mon sein gauche, avec des bords nets et
propres et tout rouges. Ça ne serait pas vilain. »

Elle riait toujours. Mathieu lui mit la main sur la bouche :

« Tais-toi, tu vas réveiller la vieille. »

Elle se tut. Il lui dit :

« Comme tu es nerveuse! »

Elle ne répondit pas. Mathieu posa la main sur la jambe de Marcelle et la caressa doucement. Il aimait cette chair molle et beurreuse[a] avec ses poils doux sous les caresses, comme mille frissons ténus. Marcelle ne bougea pas : elle regardait la main de Mathieu. Mathieu finit par ôter sa main.

« Regarde-moi », dit-il.

Il vit un instant ses yeux cernés, le temps d'un regard hautain et désespéré.

« Qu'est-ce que tu as ?

— Je n'ai rien », dit-elle en détournant la tête.

C'était toujours comme ça avec elle : elle était nouée. Tout à l'heure, elle ne pourrait plus se retenir : elle éclaterait. Il n'y avait rien à faire, qu'à tuer le temps jusqu'à ce moment-là. Mathieu redoutait ces explosions silencieuses : la passion dans cette chambre-coquillage était insoutenable, parce qu'il fallait l'exprimer à voix basse et sans geste pour ne pas réveiller Mme Duffet[1]. Mathieu se leva, marcha jusqu'à l'armoire et prit le bout de carton dans la poche de son veston.

« Tiens, regarde.

— Qu'est-ce que c'est ?

— C'est un type qui me l'a passé tout à l'heure dans la rue. Il avait l'air sympathique et je lui ai donné un peu d'argent. »

Marcelle prit la carte avec indifférence. Mathieu se sentit lié au type par une espèce de complicité. Il ajouta :

« Tu sais, pour lui, ça représentait quelque chose.

— C'était un anarchiste ?

— Je ne sais pas. Il voulait m'offrir un verre.

— Tu as refusé ?

— Oui.

— Pourquoi ? demanda Marcelle négligemment. Ça pouvait être amusant.

— Bah! » dit Mathieu.

Marcelle releva la tête et considéra la pendule d'un air myope et amusé.

« C'est curieux, dit-elle, ça m'agace toujours quand

tu me racontes des choses comme ça : et Dieu sait s'il y en a à présent. Ta vie est pleine d'occasions manquées.

— Tu appelles ça une occasion manquée ?

— Oui. Autrefois tu aurais fait n'importe quoi pour provoquer cette sorte de rencontres.

— J'ai peut-être un peu changé, dit Mathieu, avec bonne volonté. Qu'est-ce que tu crois ? Que j'ai vieilli ?

— Tu as trente-quatre ans[1] », dit simplement Marcelle.

Trente-quatre ans. Mathieu pensa à Ivich et il eut un petit sursaut de déplaisir.

« Oui... Écoute, je ne crois pas que ce soit ça ; c'était plutôt par scrupule. Tu comprends, je n'aurais pas été dans le coup.

— C'est si rare, à présent, que tu sois dans le coup », dit Marcelle.

Mathieu ajouta vivement :

« Lui non plus, d'ailleurs, il n'aurait pas été dans le coup : quand on est saoul, on fait du pathétique. C'est ça que je voulais éviter. »

Il pensa : « Ce n'est pas tout à fait vrai ; je n'ai pas tant réfléchi. » Il voulut faire un effort de sincérité. Mathieu et Marcelle avaient convenu qu'ils se diraient toujours tout[2].

« Ce qu'il y a... » dit-il.

Mais Marcelle s'était mise à rire. Un roucoulement bas et doux comme lorsqu'elle lui caressait les cheveux en lui disant : « Mon pauvre vieux. » Pourtant elle n'avait pas l'air tendre.

« Je te reconnais bien là, dit-elle. Ce que tu as peur du pathétique! Et puis après ? Quand même tu aurais fait un peu de pathétique avec ce pauvre garçon ? Où serait le mal ?

— À quoi ça m'aurait-il avancé ? » demanda Mathieu.

C'était contre lui-même qu'il se défendait.

Marcelle eut un sourire sans amabilité : « Elle me cherche », pensa Mathieu déconcerté. Il se sentait pacifique et un peu abruti, de bonne humeur en somme, et il n'avait pas envie de discuter.

« Écoute, dit-il, tu as tort de faire un plat de cette histoire. D'abord, je n'avais pas le temps : j'allais chez toi.

— Tu as parfaitement raison, dit Marcelle. Ça n'est rien. Absolument rien, si l'on veut; il n'y a pas de quoi

fouetter un chat... Mais c'est tout de même symptomatique. »

Mathieu sursauta : si seulement elle avait bien voulu
ne pas se servir de mots si rebutants.

« Allons, vas-y, dit-il. Qu'est-ce que tu vois là-dedans
de si intéressant ?

— Eh bien, dit-elle, c'est toujours ta fameuse lucidité[1].
Tu es amusant, mon vieux, tu as une telle frousse d'être
ta propre dupe que tu refuserais la plus belle aventure
du monde plutôt que de risquer de te mentir.

— Ben oui, dit Mathieu, tu le sais bien. Il y a longtemps qu'on l'a dit. »

Il la trouvait injuste. Cette « lucidité » (il détestait ce
terme, mais Marcelle l'avait adopté depuis quelque temps.
L'hiver précédent, c'était « urgence » : les mots ne lui
faisaient guère plus d'une saison), cette lucidité, ils en
avaient pris l'habitude ensemble, ils en étaient responsables, l'un vis-à-vis de l'autre, ce n'était rien de moins
que le sens profond de leur amour. Quand Mathieu
avait pris ses engagements envers Marcelle, il avait
renoncé pour toujours aux pensées de solitude, aux
fraîches pensées ombreuses et timides qui glissaient en
lui autrefois avec la vivacité furtive des poissons. Il ne
pouvait aimer Marcelle qu'en toute lucidité : elle *était*
sa lucidité, son compagnon, son témoin, son conseiller,
son juge.

« Si je me mentais, dit-il, j'aurais l'impression de te
mentir du même coup. Ça me serait insupportable.

— Oui », dit Marcelle.

Elle n'avait pas l'air très convaincue.

« Tu n'as pas l'air très convaincue ?

— Si, dit-elle mollement.

— Tu crois que je me mens ?

— Non... enfin on ne peut jamais savoir. Mais je ne
pense pas. Seulement, sais-tu ce que je crois ? Que tu
es en train de te stériliser un peu. J'ai pensé ça aujour-
d'hui. Oh ! tout est net et propre, chez toi ; ça sent le
blanchissage ; c'est comme si tu t'étais passé à l'étuve.
Seulement, ça manque d'ombre. Il n'y a plus rien d'inutile, plus rien d'hésitant ni de louche. C'est torride. Et
ne dis pas que c'est pour moi que tu fais ça : tu suis ta
pente[2] ; tu as le goût de t'analyser. »

Mathieu était déconcerté. Marcelle se montrait sou-

vent assez dure; elle restait toujours sur ses gardes, un
peu agressive, un peu méfiante, et si Mathieu n'était pas
de son avis elle croyait souvent qu'il voulait la dominer.
Mais il avait rarement senti en elle cette volonté arrêtée
de lui être désagréable. Et puis, il y avait cette photo,
sur le lit... Il dévisagea Marcelle avec inquiétude : le
moment n'était pas encore venu où elle se laisserait
décider à parler.

« Ça ne m'intéresse pas tant que ça de me connaître,
dit-il simplement.

— Je sais, dit Marcelle, ce n'est pas un but, c'est un
moyen. C'est pour te libérer de toi-même; te regarder,
te juger : c'est ton attitude préférée. Quand tu te regardes,
tu te figures que tu n'es pas ce que tu regardes, que tu
n'es rien. Au fond, c'est ça ton idéal : n'être rien.

— N'être rien, répéta lentement Mathieu. Non. Ce
n'est pas ça. Écoute : je... je voudrais ne me tenir que
de moi-même.

— Oui. Être libre. Totalement libre. C'est ton vice.

— Ça n'est pas un vice, dit Mathieu. C'est... Que
veux-tu qu'on fasse d'autre ? »

Il était agacé : tout cela, il l'avait expliqué cent fois
à Marcelle et elle savait que c'était ce qui lui tenait le
plus à cœur.

« Si... si je n'essayais pas de reprendre mon existence
à mon compte, ça me semblerait tellement absurde
d'exister[1]. »

Marcelle avait pris l'air rieur et buté :

« Oui, oui... c'est ton vice.

Mathieu pensa : « Elle m'énerve quand elle fait
l'espiègle. » Mais il eut des remords et dit doucement :

« Ça n'est pas un vice : c'est comme ça que je suis.

— Pourquoi les autres ne sont-ils pas comme ça, si
ça n'est pas un vice ?

— Ils sont comme ça, seulement ils ne s'en rendent
pas compte. »

Marcelle avait cessé de rire, il y avait un pli dur et
triste au coin de ses lèvres.

« Moi, je n'ai pas tant besoin d'être libre », dit-elle.

Mathieu regarda sa nuque inclinée et se sentit mal
à son aise : c'étaient toujours ces remords, ces remords
absurdes, qui le hantaient quand il était avec elle. Il
pensa qu'il ne se mettait jamais à la place de Marcelle :

« La liberté dont je lui parle c'est une liberté d'homme bien portant. » Il lui posa la main sur le cou et serra doucement entre ses doigts cette chair onctueuse, déjà un peu usée.

« Marcelle ? Tu es embêtée ? »

Elle tourna vers lui des yeux un peu troubles :

« Non. »

Ils se turent. Mathieu avait du plaisir au bout des doigts. Juste au bout des doigts. Il descendit lentement sa main le long du dos de Marcelle et Marcelle baissa les paupières; il vit ses longs cils noirs. Il l'attira contre lui : il n'avait pas exactement de désir pour elle en cet instant, c'était plutôt l'envie de voir cet esprit rétif et anguleux fondre comme une aiguille de glace au soleil[1]. Marcelle laissa rouler sa tête sur l'épaule de Mathieu et il vit de près sa peau brune, ses cernes bleuâtres et grenus. Il pensa : « Bon Dieu! ce qu'elle vieillit. » Et il pensa aussi qu'il était vieux. Il se pencha sur elle avec une sorte de malaise : il aurait voulu s'oublier et l'oublier. Mais il y avait beau temps qu'il ne s'oubliait plus quand il faisait l'amour avec elle. Il l'embrassa sur la bouche; elle avait une belle bouche juste et sévère. Elle glissa tout doucement en arrière et se renversa sur le lit, les yeux clos, pesante, défaite; Mathieu se leva, ôta son pantalon et sa chemise, les déposa, pliés au pied du lit, puis il s'étendit contre elle. Mais il vit qu'elle avait les yeux grands ouverts et fixes, elle regardait le plafond, les mains croisées sous sa tête.

« Marcelle », dit-il.

Elle ne répondit pas; elle avait l'air mauvais; et puis, brusquement, elle se redressa. Il se rassit sur le bord du lit, gêné de se sentir nu.

« À présent, dit-il fermement, tu vas me dire ce qu'il y a.

— Il n'y a rien, dit-elle d'une voix veule.

— Si, dit-il avec tendresse. Il y a quelque chose qui te tracasse; Marcelle! Est-ce qu'on ne se dit pas tout ?

— Tu n'y peux rien et ça va t'embêter. »

Il lui caressa légèrement les cheveux :

« Vas-y tout de même.

— Eh bien, ça y est.

— Quoi ? qu'est-ce qui y est ?

— Ça y est! »

Mathieu fit la grimace :

« Tu en es sûre ?

— Tout à fait sûre. Tu sais que je ne m'affole jamais :
ça fait deux mois de retard.

— Merde! » dit Mathieu.

Il pensait : « Il y a au moins trois semaines qu'elle
aurait dû me le dire. » Il avait envie de faire quelque
chose de ses mains : par exemple bourrer sa pipe; mais
sa pipe était dans l'armoire avec son veston. Il prit une
cigarette sur la table de nuit et la reposa aussitôt.

« Alors, voilà! Tu sais ce qu'il y a, dit Marcelle.
Qu'est-ce qu'on fait ?

— Eh bien on... on le fait passer, non ?

— Bon. Eh bien, j'ai une adresse, dit Marcelle.

— Qui te l'a donnée ?

— Andrée. Elle y a été.

— C'est la bonne femme qui l'a salopée l'année dernière ? Dis donc, elle en a eu pour six mois avant de se
remettre. Je ne veux pas.

— Alors ? Tu veux être père ? »

Elle se dégagea, se rassit à quelque distance de
Mathieu. Elle avait l'air dur, mais pas un air d'homme.
Elle avait posé ses mains à plat sur ses cuisses et ses bras
ressemblaient à deux anses de terre cuite. Mathieu
remarqua que son visage était devenu gris. L'air était
rose et sucré, on respirait du rose, on en mangeait :
et puis il y avait ce visage gris, il y avait ce regard fixe,
on aurait dit qu'elle s'empêchait de tousser.

« Attends, dit Mathieu, tu me dis ça comme ça,
brusquement : on va réfléchir. »

Les mains de Marcelle commencèrent à trembler; elle
dit avec une passion subite :

« Je n'ai pas besoin que tu réfléchisses; ça n'est pas
à toi d'y réfléchir. »

Elle avait tourné la tête vers lui et le regardait. Elle
regarda le cou, les épaules et les flancs de Mathieu, puis
son regard descendit encore. Elle avait l'air étonné.
Mathieu rougit violemment et serra les jambes.

« Tu n'y peux rien », répéta Marcelle. Elle ajouta
avec une ironie pénible :

« À présent, c'est une affaire de femme. »

Sa bouche se pinça sur les derniers mots : une bouche
vernie avec des reflets mauves, un insecte écarlate, occupé

à dévorer ce visage cendreux. « Elle est humiliée, pensa Mathieu, elle me hait. » Il avait envie de vomir. La chambre semblait s'être tout à coup vidée de sa fumée rose; il y avait de grands vides entre les objets. Mathieu pensa : « Je lui ai fait *ça!* » Et la lampe, la glace avec ses reflets de plomb, la pendulette, la bergère, l'armoire entrebâillée lui parurent soudain des mécaniques impitoyables : on les avait déclenchées et elles déroulaient dans le vide leurs grêles existences, avec un entêtement raide, comme un dessous de plat à musique obstiné à jouer sa ritournelle. Mathieu se secoua, sans pouvoir s'arracher à ce monde sinistre et aigrelet. Marcelle n'avait pas bougé, elle regardait toujours le ventre de Mathieu et cette fleur coupable, qui reposait douillettement sur ses cuisses avec un air impertinent d'innocence. Il savait qu'elle avait envie de crier et de sangloter, mais qu'elle ne le ferait pas, de peur d'éveiller Mme Duffet. Il saisit brusquement Marcelle par la taille et l'attira vers lui. Elle s'abattit sur son épaule et renifla trois ou quatre fois, sans larme. C'était tout ce qu'elle pouvait se permettre : un orage à blanc.

Quand elle releva la tête, elle était calmée. Elle dit, d'une voix positive :

« Excuse-moi, mon vieux, j'avais besoin d'une détente : je me tiens depuis ce matin. Naturellement, je ne te reproche rien.

— Tu en aurais bien le droit, dit Mathieu. Je ne suis pas fier. C'est la première fois... Nom de Dieu, quelle saleté! J'ai fait la connerie et c'est toi qui la paies. Enfin, ça y est, ça y est. Écoute qu'est-ce que c'est que cette bonne femme, où habite-t-elle ?

— 24, rue Morère. Il paraît que c'est une drôle de bonne femme.

— Je m'en doute. Tu dis que tu viens de la part d'Andrée ?

— Oui. Elle ne prend que quatre cents francs. Tu sais, il paraît que c'est un prix dérisoire, dit soudain Marcelle d'une voix raisonnable.

— Oui, je vois ça, dit Mathieu avec amertume, en somme, c'est une occasion. »

Il se sentait gauche comme un fiancé. Un grand type gauche et tout nu qui avait fait un malheur et qui souriait gentiment pour se faire oublier. Mais elle ne pouvait pas l'oublier : elle voyait ses cuisses blanches, musclées, un peu courtes, sa nudité satisfaite et péremptoire. C'était un cauchemar grotesque. « Si j'étais elle, j'aurais envie de taper sur toute cette viande. » Il dit :

« C'est justement ça qui m'inquiète : elle ne prend pas assez.

— Eh bien merci, dit Marcelle. Encore heureux qu'elle demande si peu : justement je les ai, les quatre cents francs, c'était pour ma couturière, mais elle attendra. Et tu sais, ajouta-t-elle avec force, je suis persuadée qu'elle me soignera aussi bien que dans ces fameuses cliniques clandestines où on vous prend quatre mille francs comme un sou. D'ailleurs, nous n'avons pas le choix.

— Nous n'avons pas le choix, répéta Mathieu. Quand iras-tu ?

— Demain, vers minuit. Il paraît qu'elle ne reçoit que la nuit. Marrant, hein ? Je crois qu'elle est un peu timbrée, mais ça m'arrange plutôt, à cause de maman. Le jour elle tient une mercerie; elle ne dort presque jamais. On entre par une cour, on voit de la lumière sous une porte, c'est là.

— Bon, dit Mathieu, eh bien! je vais y aller. »

Marcelle le regarda avec stupeur :

« Tu n'es pas fou ? Elle te mettra dehors, elle te prendra pour un type de la police.

— Je vais y aller, répéta Mathieu.

— Mais pourquoi ? Qu'est-ce que tu lui diras ?

— Je veux me rendre compte, je verrai ce que c'est. Si ça ne me plaît pas, tu n'iras pas. Je ne veux pas que tu te fasses charcuter par une vieille folle. Je dirai que je viens de la part d'Andrée, que j'ai une amie qui a des ennuis mais qu'elle est grippée en ce moment, n'importe quoi.

— Et alors ? Où est-ce que j'irai, si ça ne marche pas ?

— On a bien deux jours pour se retourner, hein ? J'irai voir Sarah demain, elle connaît sûrement quelqu'un. Tu te rappelles, au début, ils ne voulaient pas d'enfants. »

Marcelle semblait un peu détendue, elle lui flatta la nuque :

« Tu es gentil, mon chéri, je ne sais pas trop ce que tu vas fabriquer, mais je comprends que tu veuilles faire quelque chose; tu voudrais bien qu'on t'opère à ma

place, hein ? » Elle lui mit ses beaux bras autour du cou
et ajouta sur un ton de résignation comique :

« Si tu demandes à Sarah, ça sera sûrement un
youpin[1]. »

Mathieu l'embrassa et elle devint toute molle. Elle dit :

« Mon chéri, mon chéri.

— Enlève ta chemise. »

Elle obéit et il la renversa sur le lit; il lui caressa les
seins. Il aimait leurs larges pointes de cuir, bordées par
des boursouflures fiévreuses. Marcelle soupirait, les yeux
clos, passive et gourmande. Mais ses paupières se crispaient. Le trouble s'attarda un moment, posé sur Mathieu
comme une main tiède. Et puis, soudain, Mathieu pensa :
« Elle est enceinte. » Il se rassit. Sa tête bourdonnait
encore d'une aigre musique.

« Écoute, Marcelle, ça ne gaze pas, aujourd'hui.
Nous sommes trop nerveux, tous les deux. Pardonne-
moi. »

Marcelle eut un petit grognement endormi, puis elle
se leva brusquement et se mit à fourrager à deux mains
dans ses cheveux.

« C'est comme tu veux », dit-elle avec froideur.

Elle ajouta plus aimablement :

« Au fond, tu as raison, nous sommes trop nerveux.
Je désirais tes caresses, mais j'avais de l'appréhension.

— Hélas, dit Mathieu, le mal est fait, nous n'avons
plus rien à craindre.

— Je sais, mais ça n'était pas raisonné. Je ne sais pas
comment te dire : tu me fais un peu peur, mon chéri. »

Mathieu se leva.

« Bon. Eh bien, je vais aller voir cette vieille.

— Oui. Tu me téléphoneras demain pour me dire ce
qui en est.

— Je ne peux pas te voir demain soir ? Ça serait plus
simple.

— Non, pas demain soir. Après-demain, si tu veux. »

Mathieu avait enfilé sa chemise et son pantalon. Il
embrassa Marcelle sur les yeux :

« Tu ne m'en veux pas ?

— Ce n'est pas ta faute. C'est arrivé une seule fois
en sept ans, tu n'as rien à te reprocher. Et moi, je ne
te dégoûte pas, au moins ?

— Tu es folle.

— Tu sais, je me dégoûte un peu moi-même, je me fais l'effet d'être un gros tas de nourriture.

— Mon petit, dit Mathieu tendrement, mon pauvre petit. Avant huit jours tout sera réglé, je te le promets. »

Il ouvrit la porte sans bruit et se glissa au dehors en tenant ses souliers à la main. Sur le palier, il se retourna : Marcelle était restée assise sur le lit. Elle lui souriait, mais Mathieu eut l'impression qu'elle lui gardait rancune.

★

Quelque chose se décrocha dans ses yeux fixes et ils roulèrent à l'aise dans ses orbites, tranquilles et mous : elle ne[a] le regardait plus, il ne lui devait plus compte de ses regards. Cachée par ses vêtements sombres et par la nuit, sa chair coupable se sentait à l'abri, elle retrouvait peu à peu sa tiédeur et son innocence, elle recommençait à s'épanouir sous les étoffes, la burette, apporter la burette après-demain, comment vais-je faire pour m'en souvenir ? Il était seul.

Il s'arrêta, transpercé : ça n'était pas vrai, il n'était pas seul, Marcelle ne l'avait pas lâché; elle pensait à lui, elle pensait : « Le salaud, il m'a fait ça, il s'est oublié en moi comme un gosse qui fait dans ses draps. » Il avait beau s'en aller à grands pas dans la rue déserte, noir, anonyme, enfoncé dans ses vêtements jusqu'au cou, il ne lui échapperait pas. La conscience de Marcelle était restée là-bas, pleine de malheurs et de cris, et Mathieu ne l'avait pas quittée : il était là-bas, dans la chambre rose, nu et sans défense devant cette lourde transparence, plus gênante qu'un regard[1]. « Une seule fois », se dit-il avec rage. Il répéta à mi-voix pour convaincre Marcelle : « Une seule fois, en sept ans ! » Marcelle ne se laissait pas convaincre : elle était restée dans la chambre et elle pensait à Mathieu. C'était intolérable d'être ainsi jugé, haï là-bas, en silence. Sans pouvoir se défendre, ni même se cacher le ventre avec les mains. Si seulement, à la même seconde, il avait pu exister pour d'autres avec cette force... Mais Jacques et Odette dormaient; Daniel était saoul ou abruti. Ivich ne pensait jamais aux absents. Boris peut-être... Mais la conscience de Boris n'était qu'un tout petit éclair trouble, elle ne pouvait lutter contre cette lucidité farouche et immobile qui fascinait

Mathieu à distance. La nuit avait enseveli la plupart des consciences : Mathieu était seul avec Marcelle dans la nuit. Un couple.

Il y avait de la lumière chez Camus[1]. Le patron entassait les chaises les unes sur les autres; la serveuse fixait un volet de bois contre l'un des battants de la porte. Mathieu poussa l'autre battant et entra. Il avait envie de se faire voir. Simplement de se faire voir. Il s'accouda au comptoir :

« Bonsoir, tout le monde. »

Le patron le regarda. Il y avait aussi un receveur de la T. C. R. P.[2] qui buvait un pernod, sa casquette sur les yeux. Des consciences. Des consciences affables et distraites. Le receveur rejeta sa casquette en arrière d'une chiquenaude et regarda Mathieu. La conscience de Marcelle lâcha prise et se dilua dans la nuit.

« Donnez-moi un demi.

— Vous vous faites rare, dit le patron.

— C'est pourtant pas faute d'avoir soif.

— Ça c'est vrai qu'il fait soif, dit le receveur. On se croirait au gros de l'été. »

Ils se turent. Le patron rinçait des verres, le receveur sifflotait. Mathieu était content parce qu'ils le regardaient de temps à autre. Il vit sa tête dans la glace, elle émergeait blême et ronde d'une mer d'argent : chez Camus, on avait toujours l'impression qu'il était quatre heures du matin à cause de la lumière, une buée argentée qui tirait les yeux et blanchissait les visages, les mains, les pensées. Il but. Il pensa : « Elle est enceinte. C'est marrant : je n'ai pas l'impression que c'est vrai. » Ça lui paraissait choquant et grotesque, comme quand on voit un vieux et une vieille qui s'embrassent sur la bouche : après sept ans ces trucs-là ne devraient pas arriver. « Elle est enceinte. » Dans son ventre, il y avait une petite marée vitreuse qui gonflait doucement, à la fin ça serait comme un œil : « Ça s'épanouit au milieu des cochonneries qu'elle a dans le ventre[3], c'est vivant. » Il vit une longue épingle qui avançait en hésitant dans la pénombre. Il y eut un bruit mou et l'œil éclata, crevé : il ne resta plus qu'une membrane opaque et sèche. « Elle ira chez cette vieille; elle va se faire charcuter. » Il se sentait vénéneux. « Ça va. » Il se secoua : c'étaient des pensées blêmes, des pensées de quatre heures du matin.

« Bonsoir. »

Il paya et sortit.

« Qu'est-ce que j'ai fait ? » Il marchait doucement, en essayant de se rappeler. « Il y a deux mois... » Il ne se rappelait rien du tout ou alors il fallait que ça soit au lendemain des vacances de Pâques[1]. Il avait pris Marcelle dans ses bras, comme d'habitude, par tendresse, sans doute, par tendresse plutôt que par désir; et maintenant... Il avait été roulé. « Un gosse. Je croyais lui donner du plaisir et je lui ai fait un gosse. Je n'ai rien compris à ce que je faisais. À présent, je vais filer quatre cents francs à cette vieille, elle va enfoncer son outil entre les jambes de Marcelle et racler; la vie s'en ira comme elle est venue; et moi, je serai couillon comme devant; en détruisant cette vie, pas plus qu'en la créant, je n'aurai su ce que je faisais. » Il eut un petit rire sec : « Et les autres ? Ceux qui ont décidé gravement d'être pères et qui se sentent des géniteurs, quand ils regardent le ventre de leur femme, est-ce qu'ils comprennent mieux que moi ? Ils y sont allés à l'aveuglette, en trois coups de queue. Le reste c'est du travail en chambre noire et dans la gélatine, comme la photographie. Ça se fait sans eux. » Il entra dans une cour et vit de la lumière sous une porte : « C'est là. » Il avait honte.

Mathieu frappa :

« Qu'est-ce que c'est ? dit une voix.

— Je voudrais vous parler.

— Ce n'est pas une heure pour venir chez les gens.

— Je viens de la part d'Andrée Besnier. »

La porte s'entrouvrit. Mathieu vit une mèche de cheveux jaunes et un grand nez.

« Qu'est-ce que vous voulez ? Ne venez pas me faire le coup de la police, parce que ça ne prendrait pas, je suis en règle. J'ai le droit d'avoir de la lumière chez moi toute la nuit, si ça me plaît. Si vous êtes inspecteur, vous n'avez qu'à me montrer votre carte.

— Je ne suis pas de la police, dit Mathieu. J'ai un ennui. On m'a dit que je pouvais m'adresser à vous.

— Entrez. »

Mathieu entra. La vieille portait un pantalon d'homme et une blouse à fermeture éclair. Elle était très maigre, avec des yeux fixes et durs.

« Vous connaissez Andrée Besnier ? »

Elle le dévisageait d'un air furieux.

« Oui, dit Mathieu. Elle est venue vous voir l'an dernier vers Noël parce qu'elle était embêtée; elle a été assez malade et vous êtes allée quatre fois chez elle pour la soigner.

— Et après ? »

Mathieu regardait les mains de la vieille. C'étaient des mains d'homme, d'étrangleur. Elles étaient crevassées, gercées, avec des ongles ras et noirs et des cicatrices, des coupures. Sur la première phalange du pouce gauche, il y avait des ecchymoses violettes et une grosse croûte noire. Mathieu frissonna en pensant à la tendre chair brune de Marcelle.

« Je ne viens pas pour elle, dit-il, je viens pour une de ses amies. »

La vieille eut un rire sec.

« C'est la première fois qu'un homme a le culot de venir parader devant moi. Je ne veux pas avoir affaire aux hommes, comprenez-vous ? »

La pièce était sale et en désordre. Il y avait des caisses partout et de la paille sur le sol carrelé. Sur une table Mathieu vit une bouteille de rhum et un verre à demi plein.

« Je suis venu parce que mon amie m'a envoyé. Elle ne peut pas venir aujourd'hui, elle m'a prié de m'entendre avec vous. »

Au fond de la pièce, une porte était entrouverte. Mathieu aurait juré qu'il y avait quelqu'un derrière cette porte. La vieille lui dit :

« Ces pauvres gosses, elles sont trop bêtes. Il n'y a qu'à vous regarder pour voir que vous êtes le genre de type à faire un malheur, à renverser des verres ou à casser des glaces. Et malgré ça elles vous confient ce qu'elles ont de plus précieux. Après tout, elles n'ont que ce qu'elles méritent. »

Mathieu resta poli.

« J'aurais voulu voir où vous opérez. »

La vieille lui lança un regard haineux et défiant :

« Mais dites donc! Qui est-ce qui vous dit que j'opère ? De quoi parlez-vous ? De quoi vous mêlez-vous ? Si votre amie veut me voir, qu'elle vienne. C'est à elle seule que je veux avoir affaire. Vous vouliez vous rendre compte, hein ? Est-ce qu'elle a demandé à se rendre

compte avant de se mettre entre vos pattes ? Vous avez
fait un malheur. Bon. Eh bien, souhaitez que je sois
plus habile que vous, c'est tout ce que je peux vous
dire. Adieu.

— Au revoir, madame », dit Mathieu.

Il sortit. Il se sentait délivré. Il s'en retourna doucement vers l'avenue d'Orléans ; pour la première fois
depuis qu'il l'avait quittée, il pouvait penser à Marcelle
sans angoisse, sans horreur, avec une tristesse tendre.
« J'irai chez Sarah demain », pensa-t-il.

II

Boris regardait la nappe à carreaux rouges et pensait
à Mathieu Delarue[1]. Il pensait : « Ce type-là est bien. »
L'orchestre s'était tu, l'air était tout bleu et les gens
parlaient entre eux. Boris connaissait tout le monde dans
l'étroite petite salle : ça n'était pas des gens qui venaient
pour rigoler ; ils s'amenaient après leur boulot, ils étaient
graves et ils avaient faim. Le nègre en face de Lola,
c'était le chanteur du Paradise ; les six types du fond
avec leurs bonnes femmes, c'étaient les musiciens de
Nénette. Il leur était certainement arrivé quelque chose,
un bonheur inattendu, peut-être un engagement pour
l'été (ils avaient vaguement parlé l'avant-veille d'une
boîte à Constantinople) parce qu'ils avaient commandé
du champagne et, d'ordinaire, ils étaient plutôt radins.
Boris vit aussi la blonde qui dansait en matelot à La
Java. Le grand maigre à lunettes qui fumait un cigare,
c'était le directeur d'une boîte de la rue Tholozé que la
préfecture de police venait de faire fermer. Il disait qu'on
la rouvrirait bientôt parce qu'il avait des appuis en haut
lieu. Boris regrettait amèrement de n'y être pas allé, il
irait sûrement si elle rouvrait. Le type était avec une petite
tapette qui, de loin, avait l'air plutôt charmante, un blond
avec un visage mince, qui ne faisait pas trop de manières
et qui avait de la grâce. Boris ne blairait pas beaucoup
les pédérastes parce qu'ils étaient tout le temps après lui,
mais Ivich les appréciait, elle disait : « Ceux-là, au moins,

ils ont le courage de ne pas être comme tout le monde. »
Boris était plein de considération pour les opinions de
sa sœur et il faisait des efforts loyaux pour estimer les
tantes. Le nègre mangeait une choucroute. Boris pensa :
« Je n'aime pas la choucroute. » Il aurait voulu savoir le
nom du plat qu'on avait servi à la danseuse de La Java :
un truc brun qui avait l'air bon. Il y avait une tache de
vin rouge sur la nappe. Une belle tache, on aurait dit
que la nappe était de satin à cet endroit-là; Lola avait
répandu un peu de sel sur la tache, parce qu'elle était
soigneuse. Le sel était rose. Ce n'est pas vrai que le sel
boit les taches. Il faillit dire à Lola que le sel ne buvait
pas les taches. Mais il aurait fallu parler : Boris sentait
qu'il ne pouvait pas parler. Lola était à côté de lui, lasse
et toute chaude, et Boris ne pouvait pas s'arracher le
moindre mot, sa voix était morte. Je serais comme ça
si j'étais muet. C'était voluptueux, sa voix flottait au fond
de sa gorge, douce comme du coton, et elle ne pouvait
plus sortir, elle était morte. Boris pensa : « J'aime bien
Delarue » et il se réjouit. Il se serait réjoui davantage s'il
n'avait senti, avec tout son côté gauche, de la tempe jusqu'au flanc, que Lola le regardait. Sûrement c'était un
regard passionné, Lola ne pouvait guère le regarder
autrement. C'était un peu gênant parce que les regards
passionnés appellent en retour des gestes aimables ou des
sourires; et Boris n'aurait pas pu faire le moindre mouvement. Il était paralysé. Seulement, ça n'avait pas trop
d'importance : il n'était pas censé voir le regard de Lola :
il le devinait, mais ça c'était son affaire. Là, tourné comme
il était, avec les cheveux dans les yeux, il ne voyait pas
le moindre petit bout de Lola, il pouvait fort bien supposer qu'elle regardait la salle et les gens. Boris n'avait pas
sommeil, il était plutôt à son aise parce qu'il connaissait
tout le monde dans la salle; il vit la langue rose du nègre;
Boris avait de l'estime pour ce nègre : une fois le nègre
s'était déchaussé, il avait pris une boîte d'allumettes
entre ses doigts de pieds, il l'avait ouverte, en avait retiré
une allumette et l'avait enflammée, toujours avec ses
pieds. « Ce mec-là est formidable, pensa Boris avec
admiration. Tout le monde devrait savoir se servir de
ses pieds comme de ses mains. » Son côté gauche lui
faisait mal à force d'être regardé : il savait que le moment
approchait où Lola lui demanderait : « À quoi penses-

tu ? » Il était absolument impossible de retarder cette
question, ça ne dépendait pas de lui : Lola la poserait
à son heure, avec une espèce de fatalité. Boris avait
l'impression de jouir d'un tout petit morceau de temps,
infiniment précieux. Au fond, c'était plutôt agréable :
Boris voyait la nappe, il voyait le verre de Lola (Lola
avait soupé; elle ne dînait jamais avant son tour de
chant). Elle avait bu du Château Gruau, elle se soignait
bien, elle se passait une foule de petits caprices parce
qu'elle était si désespérée de vieillir. Il restait un peu de
vin dans le verre, on aurait dit du sang poussiéreux.
Le jazz se mit à jouer : *If the moon turns green*[1], et Boris
se demanda : « Est-ce que je saurais chanter cet air-là ? »
Ç'aurait été fameux de se balader rue Pigalle, au clair
de lune, en sifflant un petit air. Delarue lui avait dit :
« Vous sifflez comme un cochon. » Boris se mit à rire
en lui-même et il pensa : « Ce con-là! » Il débordait
de sympathie pour Mathieu. Il jeta un petit coup d'œil
de côté, sans bouger la tête, et il aperçut les yeux lourds
de Lola au-dessous d'une somptueuse mèche de cheveux
roux[2]. Au fond, ça se supportait très bien, un regard.
Il suffisait de s'habituer à cette chaleur particulière qui
vient embraser votre visage quand vous sentez que
quelqu'un vous observe passionnément. Boris livrait
docilement aux regards de Lola son corps, sa nuque
maigre et ce profil perdu qu'elle aimait tant; à ce prix,
il pouvait s'enfuir profondément en lui-même et s'occuper des petites pensées plaisantes qui lui venaient.

« À quoi penses-tu ? demanda Lola.

— À rien.

— On pense toujours à quelque chose.

— Je pensais à rien, dit Boris.

— Même pas que tu aimais l'air qu'ils jouent ou que
tu voudrais apprendre les claquettes ?

— Si, des trucs comme ça.

— Tu vois. Pourquoi ne me les dis-tu pas ? Je voudrais savoir tout ce que tu penses.

— Ça ne se dit pas, ça n'a pas d'importance.

— Ça n'a pas d'importance! On croirait qu'on ne t'a
donné une langue que pour parler de philosophie avec
ton prof. »

Il la regarda et lui sourit : « Je l'aime bien parce
qu'elle est rousse et qu'elle a l'air vieux. »

« Drôle de gosse », dit Lola.

Boris cligna des yeux et prit un air suppliant. Il
n'aimait pas qu'on lui parlât de lui; c'était toujours si
compliqué, il s'y perdait. Lola avait l'air d'être en colère,
mais c'était simplement qu'elle l'aimait avec passion et
qu'elle se tourmentait à cause de lui. Il y avait des
moments comme ça où c'était plus fort qu'elle, elle se
faisait des cheveux sans raison, elle regardait Boris avec
égarement, elle ne savait plus que faire de lui et ses
mains s'agitaient toutes seules. Au début, Boris s'en
étonnait, mais à présent il s'y était habitué. Lola mit
sa main sur la tête de Boris :

« Je me demande ce qu'il y a là-dedans, dit-elle. Ça
me fait peur.

— Pourquoi ? Je te jure que c'est innocent, dit Boris
en riant.

— Oui, mais je ne peux pas te dire... ça vient tout
seul, je n'y suis pour rien, chacune de tes pensées est
une petite fuite. »

Elle lui ébouriffa les cheveux.

« Ne relève pas ma mèche, dit Boris. J'aime pas qu'on
voie mon front. »

Il lui prit la main, la caressa un peu et la reposa sur
la table.

« Tu es là, tu es tout tendre, dit Lola, je crois que tu
es bien avec moi et puis, tout d'un coup, plus personne,
je me demande où tu es parti.

— Je suis là. »

Lola le regardait de tout près. Son visage blafard
était défiguré par une générosité triste, c'était précisément le genre d'air qu'elle prenait pour chanter *Les
Écorchés*[1]. Elle avançait les lèvres, ces lèvres énormes aux
coins tombants qu'il avait aimées d'abord. Depuis qu'il
les avait senties sur sa bouche, elles lui faisaient l'effet
d'une nudité moite et fiévreuse au beau milieu d'un
masque de plâtre. À présent, il préférait la peau de Lola,
elle était si blanche qu'elle n'avait pas l'air vrai. Lola
demanda timidement :

« Tu... tu ne t'emmerdes pas avec moi ?

— Je ne m'emmerde jamais. »

Lola soupira et Boris pensa avec satisfaction : « C'est
marrant ce qu'elle a l'air vieux, elle ne dit pas son âge
mais elle va sûrement chercher dans les quarante

berges. » Il aimait bien que les gens qui tenaient à lui eussent l'air âgé, il trouvait ça rassurant. En plus de ça, ça leur donnait une sorte de fragilité un peu terrible, qui n'apparaissait pas au premier abord parce qu'ils avaient tous la peau tannée comme du cuir. Il eut envie d'embrasser le visage bouleversé de Lola, il pensa qu'elle était crevée, qu'elle avait raté sa vie et qu'elle était seule, encore plus seule peut-être depuis qu'elle l'aimait : « Je ne peux rien pour elle », pensa-t-il avec résignation. Il la trouvait, en cet instant, formidablement sympathique.

« J'ai honte », dit Lola.

Elle avait une voix lourde et sombre comme une tenture de velours rouge.

« Pourquoi ?

— Parce que tu es un môme. »

Il dit :

« Je jouis quand tu dis : môme. C'est un beau mot pour ta voix à cause de l'accent circonflexe. Tu dis deux fois : môme dans *Les Écorchés,* rien que pour ça j'irais t'entendre. Il y avait du monde, ce soir ?

— De la bourjouille[1]. Ça venait de je ne sais où, ça jacassait. Ils avaient envie de m'écouter comme de se pendre. Sarrunyan a dû les faire taire; j'en étais gênée, tu sais, j'avais l'impression d'être indiscrète. Ils ont tout de même applaudi quand je suis entrée.

— C'est régulier.

— J'en ai marre, dit Lola. Ça me dégoûte de chanter pour ces cons. Des types qui sont venus là parce qu'ils avaient une invitation à rendre à un ménage. Si tu les voyais s'amener tout en sourires; ils s'inclinent, ils tiennent la chaise de la bonne femme pendant qu'elle s'assied. Alors naturellement tu les déranges, quand tu t'amènes ils te regardent de haut en bas. Boris, dit brusquement Lola, je chante pour vivre.

— Ben oui.

— Si j'avais pensé que je finirais comme ça, je n'aurais jamais commencé.

— De n'importe quelle façon, quand tu chantais au music-hall, tu vivais aussi de ton chant.

— Ça n'était pas pareil. »

Il y eut un silence, puis Lola se hâta d'ajouter :

« Dis, le petit type qui chante après moi, le nouveau,

je lui ai parlé ce soir. Il est courtois mais il n'est pas
plus Russe que moi. »

« Elle croit qu'elle m'ennuie », pensa Boris. Il se
promit de lui dire une bonne fois qu'elle ne l'ennuyait
jamais. Pas aujourd'hui, plus tard.

« Il a peut-être appris le russe ?

— Mais toi, dit Lola, tu devrais pouvoir me dire s'il
a un bon accent.

— Mes parents ont quitté la Russie en 17, j'avais
trois mois[1].

— C'est rigolo que tu ne saches pas le russe »,
conclut Lola d'un air songeur.

« Elle est marrante, pensa Boris, elle a honte de
m'aimer parce qu'elle est plus vieille que moi. Moi, je
trouve ça naturel, il faut bien qu'il y en ait un qui soit
plus âgé que l'autre. » Surtout c'était plus moral :
Boris n'aurait pas su aimer une fille de son âge. Si les
deux sont jeunes, ils ne savent pas se conduire, ça
cafouille, on a toujours l'impression de jouer à la
dînette. Avec les gens mûrs, c'est pas pareil. Ils sont
solides, ils vous dirigent et puis leur amour a du poids.
Quand Boris était avec Lola, il avait l'approbation de sa
conscience, il se sentait justifié. Naturellement, il préférait la compagnie de Mathieu, parce que Mathieu
n'était pas une bonne femme : un type c'est plus marrant.
Et puis Mathieu lui expliquait des trucs. Seulement
Boris se demandait souvent si Mathieu avait de l'amitié
pour lui. Mathieu était indifférent et brutal et, bien
entendu, des types, entre eux, ça ne doit jamais être
tendre, mais il y a mille autres façons de montrer qu'on
tient à quelqu'un et Boris trouvait que Mathieu aurait
bien pu de temps en temps avoir un mot ou un geste
qui marquât son affection. Avec Ivich, Mathieu était tout
différent. Boris revit tout à coup le visage de Mathieu
un jour qu'il aidait Ivich à mettre son manteau; il
sentit à son cœur un pincement désagréable. Le sourire
de Mathieu : sur cette bouche amère que Boris aimait
tant, ce drôle de sourire honteux et tendre. Mais aussitôt
la tête de Boris se remplit de fumée et il ne pensa plus
à rien.

« Le voilà reparti », dit Lola.

Elle le regardait avec anxiété.

« À quoi pensais-tu ?

— Je pensais à Delarue », dit Boris à regret.

Lola eut un sourire triste :

« Est-ce que tu ne pourrais pas aussi, quelquefois, penser un peu à moi ?

— Je n'ai pas besoin de penser à toi, puisque tu es là.

— Pourquoi penses-tu toujours à Delarue ? Tu voudrais être avec lui ?

— Je suis content d'être ici.

— Tu es content d'être ici ou content d'être avec moi ?

— C'est la même chose.

— Pour toi, c'est la même chose. Pas pour moi. Quand je suis avec toi, je me fous d'être ici ou ailleurs. D'ailleurs, je ne suis jamais *contente* d'être avec toi.

— Non ? demanda Boris avec surprise.

— Ce n'est pas du contentement. Tu n'as pas besoin de faire la bête, tu connais très bien ça : je t'ai vu avec Delarue, tu ne sais plus où tu es quand il est là.

— Ça n'est pas pareil.

Lola approcha de lui son beau visage ruiné : elle avait l'air implorant :

« Mais regarde-moi donc, petite gueule, dis-moi pourquoi tu tiens à lui tant que ça.

— Je ne sais pas. Je n'y tiens pas tant que ça. Il est bien. Lola, ça me gêne de te parler de lui, parce que tu m'as dit que tu ne pouvais pas le blairer. »

Lola eut un sourire contraint :

« Regardez-moi s'il se tortille. Mais, ma petite fille, je ne t'ai pas dit que je ne pouvais pas le blairer. Simplement je n'ai jamais compris ce que tu trouvais en lui de tellement extraordinaire. Mais explique-moi, je ne demande qu'à comprendre. »

Boris pensa : « Ça n'est pas vrai, j'aurai pas dit trois mots qu'elle va tousser. »

« Je trouve qu'il est sympathique, dit-il prudemment.

— Tu me dis toujours ça. Ce n'est pas précisément ce mot-là que je choisirais. Dis-moi qu'il a l'air intelligent, qu'il est instruit, je veux bien; mais pas sympathique. Enfin, je te dis mon impression; pour moi, un type sympathique c'est quelqu'un dans le genre de Maurice, quelqu'un de tout rond, mais lui, il met les gens mal à l'aise parce qu'il n'est ni chair ni poisson, il trompe son monde. Tiens, regarde ses mains.

— Qu'est-ce qu'elles ont, ses mains ? Je les aime bien, moi.

— C'est des grosses mains d'ouvrier. Elles tremblent toujours un peu comme s'il venait de finir un travail de force.

— Eh ben, justement.

— Ah mais oui, mais c'est qu'il n'est pas ouvrier. Quand je le vois refermer sa grosse patte sur un verre de whisky, ça fait plutôt dur et jouisseur, je ne déteste pas, seulement ensuite, il ne faut pas le voir en train de boire, avec cette drôle de bouche qu'il a, cette bouche de clergyman. Je ne peux pas t'expliquer, je le trouve austère et puis si tu regardes ses yeux, on voit trop qu'il a de l'instruction, c'est le mec qui n'aime rien simplement, ni boire, ni manger, ni coucher avec les femmes; il faut qu'il réfléchisse sur tout, c'est comme cette voix qu'il a, une voix coupante de monsieur qui ne se trompe jamais, je sais que c'est le métier qui veut ça, quand on explique à des gosses, j'avais un instituteur qui parlait comme lui, mais moi je ne suis plus à l'école, ça me rebique; je comprends qu'on soit tout l'un ou tout l'autre, une bonne brute ou alors le genre distingué, instituteur, pasteur, mais pas les deux à la fois. Je ne sais pas s'il y a des femmes à qui ça plaît, il faut bien croire que si, mais moi je te le dis franchement, ça me dégoûterait qu'un type comme ça me touche, je n'aimerais pas sentir sur moi ses pattes de bagarreur pendant qu'il me doucherait avec son regard glacé. »

Lola reprit son souffle : « Qu'est-ce qu'elle lui met », pensa Boris. Mais il était très paisible. Les gens qui l'aimaient n'étaient pas obligés de s'aimer entre eux et Boris trouvait tout naturel que chacun d'eux essayât de le dégoûter des autres.

« Je te comprends très bien, poursuivit Lola d'un air conciliant, tu ne le vois pas avec les mêmes yeux que moi, parce qu'il a été ton prof, tu es influencé; je vois ça à des tas de petits trucs; par exemple, tu es tellement sévère pour la façon dont les gens s'habillent, tu ne les trouves jamais assez élégants et justement lui, il est toujours fichu comme l'as de pique, il met des cravates dont le garçon de mon hôtel ne voudrait pas, eh bien, ça t'est égal. »

Boris se sentait engourdi et pacifique, il expliqua :

« Ça ne fait rien qu'on soit mal fringué quand on ne s'occupe pas de ses fringues. Ce qui est moche, c'est de vouloir épater et de rater ses effets.

— Toi, tu ne les rates pas, petite putain, dit Lola.

— Je sais ce qui me va », dit Boris modestement.

Il pensa qu'il portait un chandail bleu à grosses côtes et il fut content : c'était un beau chandail. Lola lui avait pris la main et elle la faisait sauter entre les siennes. Boris regarda sa main qui sautait et retombait et il pensa : « Elle n'est pas à moi, on dirait une crêpe. » Il ne la sentait plus ; ça l'amusa et il remua un doigt pour la faire revivre. Le doigt frôla la paume de Lola et Lola lui jeta un regard reconnaissant. « C'est ça qui m'intimide », pensa Boris avec agacement. Il se dit qu'il lui aurait sûrement été plus facile de se montrer tendre si Lola n'avait pas eu aussi souvent des mines humbles et fondantes. Pour ce qui était de se faire tripoter les mains en public par une bonne femme sur le retour, ça ne le gênait pas du tout. Il pensait depuis longtemps qu'il avait le genre à ça : même quand il était seul, dans le métro par exemple, les gens le regardaient d'un air scandalisé et les petites garces qui sortaient de l'atelier lui riaient au nez. Lola dit brusquement :

« Tu ne m'as toujours pas dit pourquoi tu le trouvais si bien. »

Elle était comme ça, elle ne pouvait jamais s'arrêter quand elle avait commencé. Boris était sûr qu'elle se faisait mal, mais au fond elle devait aimer ça. Il la regarda : l'air était bleu autour d'elle et son visage était d'un blanc bleuté. Mais les yeux restaient fiévreux et durs.

« Dis, pourquoi ?

— Parce qu'il est bien. Oh ! gémit Boris, tu me cours. Il ne tient à rien.

— Et c'est bien de ne tenir à rien ? Tu ne tiens à rien, toi ?

— À rien.

— Tout de même tu tiens bien un tout petit peu à moi ?

— Ah oui, je tiens à toi. »

Lola eut l'air malheureux et Boris détourna la tête. Il n'aimait tout de même pas trop la regarder quand elle avait cet air-là. Elle se rongeait ; il trouvait ça con, mais il n'y pouvait rien. Il faisait tout ce qui dépendait de lui.

Il était fidèle à Lola, il lui téléphonait souvent, il allait
la chercher trois fois par semaine à la sortie du Sumatra
et, ces soirs-là, il couchait chez elle. Pour le reste, c'était
une question de caractère probablement. Une question
d'âge, aussi, les vieux sont âpres, on dirait toujours que
c'est leur vie qui est en jeu. Une fois, quand Boris
était petit, il avait laissé tomber sa cuiller; on lui avait
commandé de la ramasser et il avait refusé, il s'était
entêté. Alors son père avait dit, sur un ton de majesté
inoubliable : « Eh bien, c'est *moi* qui vais la ramasser. »
Boris avait vu un grand corps qui se courbait avec raideur, un crâne chauve, il avait entendu des craquements,
c'était un sacrilège intolérable[1] : il avait éclaté en sanglots. Depuis, Boris avait considéré les adultes comme
des divinités volumineuses et impotentes. S'ils se baissaient, on avait l'impression qu'ils allaient se casser, s'ils
faisaient un faux pas et s'ils se foutaient en l'air, on
était partagé entre l'envie de rire et l'horreur religieuse.
Et s'ils avaient les larmes aux yeux, comme Lola en ce
moment, on ne savait plus où se mettre. Des larmes
d'adulte, c'était une catastrophe mystique, quelque chose
comme les pleurs que Dieu verse sur la méchanceté de
l'homme. D'un autre point de vue, naturellement, il
louait Lola d'être si passionnée. Mathieu lui avait expliqué qu'il fallait avoir des passions et Descartes l'avait
dit aussi[2].

« Delarue a des passions, dit-il, poursuivant sa pensée
à voix haute, mais ça n'empêche pas qu'il ne tient à
rien. Il est libre.

— À ce compte-là, je suis libre aussi, je ne tiens
qu'à toi. »

Boris ne répondit pas.

« Je ne suis pas libre ? demanda Lola.

— Ça n'est pas pareil. »

Trop difficile à expliquer. Lola était une victime et
puis elle n'avait pas de chance et puis elle était trop
émouvante. Tout ça n'était pas en sa faveur. Et puis
elle prenait de l'héroïne. Ça, c'était plutôt bien, d'un
sens; c'était même tout à fait bien, en principe; Boris
en avait parlé avec Ivich et ils avaient convenu tous les
deux que c'était bien. Mais il y avait la manière : si on
en prend pour se détruire ou par désespoir ou pour
affirmer sa liberté, on ne mérite que des éloges. Mais

Lola en prenait avec un abandon gourmand, c'était son moment de détente. Elle n'était même pas intoxiquée d'ailleurs[1].

« Tu me fais rire, dit Lola d'un ton sec. C'est toujours ta manière de mettre Delarue par principe au-dessus des autres. Parce que tu sais, entre nous, je me demande bien lequel est le plus libre de lui ou de moi : il est dans ses meubles, il a un traitement fixe, une retraite assurée, il vit comme un petit fonctionnaire. Et par-dessus le marché, il y a ce collage dont tu m'as parlé, cette bonne femme qui ne sort jamais, c'est complet, comme liberté on ne fait pas mieux. Moi, je n'ai que ma guenille, je suis seule, je vis à l'hôtel, je ne sais même pas si j'aurai un engagement pour l'été.

— Ça n'est[a] pas pareil », répéta Boris.

Il était agacé. Lola se foutait pas mal de la liberté. Elle s'emballait là-dessus ce soir parce qu'elle voulait battre Mathieu sur son propre terrain.

« Oh! je te tuerais, ma petite gueule, quand tu es comme ça. Quoi ? Qu'est-ce qui n'est pas pareil ?

— Toi, tu es libre sans le vouloir, expliqua-t-il, ça se trouve comme ça, voilà tout. Tandis que Mathieu, c'est raisonné.

— Je ne comprends toujours pas, dit Lola en secouant la tête.

— Eh bien, son appartement, il s'en fout; il vit là comme il vivrait ailleurs et j'ai idée qu'il se fout aussi de sa bonne femme. Il reste avec elle parce qu'il faut bien coucher avec quelqu'un. Sa liberté ne se voit pas, elle est en dedans. »

Lola avait l'air absent, il eut envie de la faire souffrir un peu, pour lui faire les pieds, et il ajouta :

« Toi, tu tiens trop à moi; il ne voudrait jamais se laisser pincer comme ça.

— Ha! cria Lola blessée, je tiens trop à toi, petite brute! Et tu crois qu'il n'y tient pas trop, à ta sœur, lui ? Il n'y avait qu'à le regarder, l'autre soir, au Sumatra.

— À Ivich ? demanda Boris. Tu me fais bien mal au sein. »

Lola ricana et la fumée remplit soudain la tête de Boris. Un moment s'écoula et puis il se trouva que le jazz jouait *St James Infirmary*[2] et Boris eut envie de danser.

« On danse ça ? »

Ils dansèrent. Lola avait fermé les yeux et il entendait son souffle court. Le petit pédéraste s'était levé et il alla inviter la danseuse de La Java. Boris pensa qu'il allait le voir de près et il se réjouit. Lola était lourde dans ses bras; elle dansait bien et elle sentait bon, mais elle était trop lourde. Boris pensa qu'il aimait mieux danser avec Ivich. Ivich dansait formidablement bien. Il pensa : « Ivich devrait apprendre les claquettes. » Ensuite, il ne pensa plus à rien à cause de l'odeur de Lola. Il serra Lola contre lui et respira fortement. Elle ouvrit les yeux et le regarda avec attention :

« Tu m'aimes ?

— Oui, dit Boris en faisant la grimace.

— Pourquoi me fais-tu la grimace ?

— Parce que. Tu me gênes.

— Pourquoi ? Ça n'est pas vrai que tu m'aimes ?

— Si.

— Pourquoi tu ne me le dis jamais de toi-même ? Il faut toujours que je te le demande.

— Parce que ça ne vient pas. C'est des trucs : je trouve qu'on ne doit pas les dire.

— Ça te déplaît quand je te dis que je t'aime ?

— Non, toi tu peux le dire, du moment que ça te vient, mais tu ne dois pas me demander si je t'aime.

— Mon chéri, c'est rare que je te demande quelque chose. La plupart du temps ça me suffit de te regarder et de sentir que je t'aime. Mais il y a des moments où c'est ton amour à toi que j'ai envie de toucher.

— Je comprends, dit Boris sérieusement, mais tu devrais attendre que ça me vienne. Si ça ne vient pas de soi-même, ça n'a plus de sens.

— Mais, petit niais, tu dis toi-même que ça ne te vient pas quand on ne te demande rien. »

Boris se mit à rire.

« C'est vrai, dit-il, tu me fais déconner. Mais tu sais, on peut avoir de bons sentiments pour quelqu'un et ne pas avoir envie d'en parler. »

Lola ne répondit pas. Ils s'arrêtèrent, applaudirent et la musique reprit. Boris vit avec satisfaction que la petite tapette s'amenait vers eux en dansant. Mais quand il put la regarder de tout près, ce fut un coup dur : le mec avait bien quarante ans. Il gardait sur son visage le vernis de la jeunesse et il avait vieilli par en dessous.

Il avait de grands yeux bleus de poupée et une bouche
enfantine, seulement il y avait des poches sous ses yeux
de faïence et des rides autour de sa bouche, ses narines
étaient pincées comme s'il allait mourir, et puis ses
cheveux, qui faisaient de loin l'effet d'une buée d'or,
parvenaient à peine à dissimuler son crâne. Boris regarda
avec horreur ce vieil enfant glabre : « Il a été jeune »,
pensa-t-il. Il y avait des types qui étaient faits pour
avoir trente-cinq ans — Mathieu par exemple — parce
qu'ils n'avaient jamais eu de jeunesse. Mais quand un
mec avait été vraiment jeune, il restait marqué pour
toute sa vie. Ça pouvait aller jusqu'à vingt-cinq ans.
Après... c'était affreux. Il se mit à regarder Lola et lui
dit précipitamment :

« Lola, regarde-moi. Je t'aime. »

Les yeux de Lola devinrent roses et elle marcha sur
le pied de Boris. Elle dit seulement :

« Mon chéri. »

Il eut envie de crier : « Mais serre-moi donc plus fort,
fais-moi sentir que je t'aime. » Mais Lola ne disait rien,
elle était seule à son tour, c'était bien le moment ! Elle
souriait vaguement, elle avait baissé les paupières, son
visage s'était refermé sur son bonheur. Un visage calme
et désert. Boris se sentit abandonné et la pensée, la pensée
dégueulasse l'envahit soudain : « Je ne veux pas, je ne veux
pas vieillir. » L'an dernier, il était bien tranquille, il ne
pensait jamais à ces trucs-là et, à présent, c'était sinistre,
il sentait tout le temps sa jeunesse lui couler entre les
doigts. Jusqu'à vingt-cinq ans. « J'ai encore cinq ans
de bon, pensa Boris, après je me ferai sauter le caisson. »
Il ne pouvait plus supporter d'entendre cette musique
et de sentir ces gens autour de lui. Il dit :

« On rentre ?

— Tout de suite, ma petite merveille. »

Ils regagnèrent leur table. Lola appela le garçon et
paya, elle jeta son mantelet de velours sur ses épaules.

« Allons ! » dit-elle.

Ils sortirent. Boris ne pensait plus à grand-chose mais
il se sentait sinistre. Il y avait plein de types dans la rue
Blanche, des types durs et vieux. Ils rencontrèrent le
maestro Piranèse, du Chat Botté, et le saluèrent : ses
petites jambes tricotaient sous son gros abdomen. « Moi
aussi peut-être, j'aurai du bide. » Ne plus pouvoir

se regarder dans une glace, sentir ses gestes secs et cassants comme si on était en bois mort... Et chaque instant qui passait, chaque instant usait un peu plus sa jeunesse. « Si au moins je pouvais m'économiser, vivre tout doucement, au ralenti, je gagnerais peut-être quelques années. Mais pour ça, il ne faudrait pas que je me couche tous les soirs à deux heures du matin. » Il regarda Lola avec haine : « Elle me tue. »

« Qu'est-ce que tu as ? demanda Lola.

— Je n'ai rien. »

Lola habitait dans un hôtel de la rue Navarin. Elle prit sa clé au tableau et ils montèrent en silence. La chambre était nue, il y avait dans un coin une malle couverte d'étiquettes et, sur le mur du fond, une photo de Boris, fixée avec des punaises. C'était une photo d'identité que Lola avait fait agrandir. « Ça, ça restera, pensa Boris, quand je serai devenu une vieille ruine, là-dessus j'aurai toujours l'air jeune. » Il avait envie de déchirer la photo.

« Tu es sinistre, dit Lola, qu'est-ce qu'il y a ?

— Je suis crevé, dit Boris, j'ai mal au crâne. »

Lola parut inquiète.

« Tu n'es pas malade, mon chéri ? Tu ne veux pas un cachet ?

— Non, ça va, c'est en train de passer. »

Lola lui prit le menton et lui releva la tête :

« Tu as l'air de m'en vouloir. Tu ne m'en veux pas au moins ? Si ! Tu m'en veux ! Qu'est-ce que j'ai fait ? »

Elle avait l'air affolée.

« Je ne t'en veux pas, tu es folle, protesta mollement Boris.

— Tu m'en veux. Mais qu'est-ce que je t'ai fait ? Tu ferais mieux de me le dire, parce qu'alors je pourrais t'expliquer. C'est sûrement un malentendu. Ça ne peut pas être irréparable. Boris, je t'en supplie, dis-moi ce qu'il y a.

— Mais il n'y a rien. »

Il mit ses bras autour du cou de Lola et l'embrassa sur la bouche. Lola frissonna. Boris respirait une haleine parfumée et sentait, contre sa bouche, une nudité moite. Il était troublé. Lola couvrit son visage de baisers ; elle haletait un peu.

Boris sentit qu'il désirait Lola et il en fut satisfait :

le désir pompait les idées noires, comme d'ailleurs les autres idées. Il se fit un grand remous dans sa tête et elle se vida par en haut avec rapidité. Il avait posé la main sur la hanche de Lola, il touchait sa chair à travers la robe de soie : il ne fut plus qu'une main étendue sur une chair de soie. Il crispa un peu la main et l'étoffe glissa sous ses doigts comme une fine petite peau caressante et morte ; la vraie peau résistait par dessous, élastique, glacée comme un gant de chevreau. Lola jeta à la volée son mantelet sur le lit et ses bras jaillirent tout nus, ils se nouèrent autour du cou de Boris; elle sentait bon. Boris voyait ses aisselles rasées et piquetées de points minuscules et durs, d'un noir bleuâtre : on aurait dit des têtes d'échardes profondément enfoncées. Boris et Lola restaient debout, à la place même où le désir les avait pris parce qu'ils n'avaient plus la force de s'en aller. Les jambes de Lola se mirent à trembler et Boris se demanda s'ils n'allaient pas se laisser choir tout doucement sur le tapis. Il serra Lola contre lui et sentit l'épaisse douceur de ses seins.

« Ah! » fit Lola.

Elle s'était renversée en arrière et il était fasciné par cette tête pâle aux lèvres gonflées, une tête de Méduse. Il pensa : « Ce sont ses derniers beaux jours. » Et il la serra plus fort. « Un de ces matins, elle s'écroulera tout d'un coup. » Il ne la haïssait plus; il se sentait contre elle, dur et maigre, tout en muscles, il l'enveloppait de ses bras et la défendait contre la vieillesse. Puis il eut une seconde d'égarement et de sommeil : il regarda les bras de Lola, blancs comme une chevelure de vieille femme, et il crut qu'il tenait la vieillesse entre ses mains et qu'il fallait la serrer de toutes ses forces, jusqu'à l'étouffer.

« Comme tu me serres, gémit Lola heureuse, tu me fais mal. J'ai envie de toi. »

Boris se dégagea : il était un peu choqué.

« Passe-moi mon pyjama, je vais aller me déshabiller dans le cabinet de toilette. »

Il entra dans le cabinet de toilette et ferma la porte à clé : il détestait que Lola entrât pendant qu'il se déshabillait. Il se lava la figure et les pieds et s'amusa à se mettre du talc sur les jambes. Il était tout à fait rasséréné. Il pensa : « C'est marrant. » Il avait la tête

vague et lourde, il ne savait plus bien ce qu'il pensait :
« Il faudra que j'en parle à Delarue », conclut-il. De
l'autre côté de la porte, elle l'attendait, sûrement elle
était nue, déjà. Mais il n'avait pas envie de se presser.
Un corps nu, plein d'odeurs nues, quelque chose de
bouleversant, c'était ce que Lola ne voulait pas comprendre. Il allait falloir, à présent, se laisser couler au
fond d'une sensualité pesante, au goût fort. Une fois
qu'on était dedans, ça pouvait gazer, mais *avant,* on ne
pouvait pas s'empêcher d'en avoir peur. « En tout cas,
pensa-t-il avec irritation, je ne veux pas tomber dans
les pommes comme l'autre fois. » Il se peigna avec soin
au-dessus du lavabo, pour voir s'il perdait ses cheveux.
Mais il n'en tomba pas un seul sur la faïence blanche.
Quand il eut revêtu son pyjama, il ouvrit la porte et
rentra dans la chambre.

Lola était étendue sur le lit toute nue. C'était une
autre Lola, paresseuse et redoutable, elle le guettait à
travers ses cils. Son corps, sur la courtepointe bleue,
était d'un blanc argenté, comme le ventre d'un poisson,
avec une touffe de poils roux en triangle. Elle était belle.
Boris s'approcha du lit et la considéra avec un mélange
de trouble et de dégoût; elle lui tendit les bras :

« Attends », dit Boris.

Il appuya sur l'interrupteur et l'électricité s'éteignit.
La chambre devint toute rouge : sur l'immeuble d'en
face, au troisième étage, on avait placé depuis peu une
réclame lumineuse. Boris s'étendit près de Lola et se
mit à lui caresser les épaules et les seins. Elle avait la
peau si douce, on aurait juré qu'elle avait gardé sa
robe de soie. Ses seins étaient un peu mous mais Boris
aimait ça : c'étaient les seins d'une personne qui a vécu.
Il avait eu beau éteindre, il voyait tout de même, à
cause de cette maudite enseigne, le visage de Lola, pâle
dans le rouge, avec des lèvres noires : elle avait l'air
de souffrir, ses yeux étaient durs. Boris se sentit lourd
et tragique, tout juste comme à Nîmes, quand le premier
taureau avait bondi dans l'arène : quelque chose allait
se produire, quelque chose d'inévitable, de terrible et
de fade, comme la mort sanglante du taureau.

« Ôte ton pyjama, supplia Lola.

— Non », dit Boris.

C'était rituel. Chaque fois, Lola lui demandait d'ôter

son pyjama et Boris était obligé de refuser. Les mains de Lola se glissèrent sous sa veste et le caressèrent doucement. Boris se mit à rire.

« Tu me chatouilles. »

Ils s'embrassèrent. Au bout d'un moment, Lola prit la main de Boris et se l'appuya sur le ventre, contre la touffe de ses poils roux : elle avait toujours de drôles d'exigences et Boris était obligé de se défendre, quelquefois. Il laissa pendant quelques instants sa main pendre, inerte, contre les cuisses de Lola et puis il la remonta doucement jusqu'à ses épaules.

« Viens, dit Lola en l'attirant sur elle, je t'adore, viens ! viens ! »

Elle gémit bientôt et Boris se dit : « Ça y est, je vais tomber dans les pommes ! » Une onde pâteuse montait de ses reins à sa nuque. « Je ne veux pas », se dit Boris en serrant les dents. Mais il lui sembla soudain qu'on le soulevait par le cou, comme un lapin, il se laissa aller sur le corps de Lola et ne fut plus qu'un tournoiement rouge et voluptueux.

« Mon chéri », dit Lola.

Elle le fit doucement glisser de côté et sortit du lit. Boris resta anéanti, la tête dans l'oreiller. Il entendit que Lola ouvrait la porte du cabinet de toilette et il pensa : « Quand ça sera fini avec elle, je serai chaste, je ne veux plus d'histoires. Ça me dégoûte de faire l'amour. Pour être juste, ça n'est pas tant que ça me dégoûte mais j'ai horreur de tomber dans les pommes. On ne sait plus ce qu'on fait, on se sent dominé et puis alors, à quoi ça sert d'avoir choisi sa bonne femme, ça serait la même chose avec toutes, c'est du physiologique. » Il répéta avec dégoût : « Du physiologique ! » Lola faisait sa toilette pour la nuit. Le bruit de l'eau était agréable et innocent, Boris l'écouta avec plaisir. Les hallucinés de la soif, dans le désert, entendaient des bruits semblables, des bruits de source. Boris essaya de s'imaginer qu'il était halluciné. La chambre, la lumière rouge, les clapotis, c'étaient des hallucinations, il allait se retrouver en plein désert, couché sur le sable, son casque de liège sur les yeux. Le visage de Mathieu lui apparut tout à coup : « C'est marrant, pensa-t-il, j'aime mieux les types que les bonnes femmes. Quand je suis avec une bonne femme, je ne suis pas le quart aussi heureux que quand je suis avec un type. Pourtant je voudrais pour rien au monde coucher avec un type. » Il se réjouit en pensant : « Un moine, que je serai, quand j'aurai quitté Lola! » Il se sentit sec et pur. Lola sauta sur le lit et le prit dans ses bras.

« Mon petit! dit-elle, mon petit! »

Elle lui caressa les cheveux et il y eut un long moment de silence. Boris voyait déjà des étoiles qui tournaient quand Lola se mit à parler. Sa voix était toute drôle dans la nuit rouge.

« Boris, je n'ai que toi, je suis seule au monde, il faut bien m'aimer, je ne peux penser qu'à toi. Si je pense à ma vie, j'ai envie de me foutre à l'eau, il faut que je pense à toi toute la journée. Ne sois pas vache, mon amour, ne me fais jamais de mal, tu es tout ce qui me reste. Je suis dans tes mains, mon amour, ne me fais pas de mal; ne me fais jamais de mal, je suis toute seule! »

Boris se réveilla en sursaut et envisagea la situation avec netteté.

« Si tu es seule, c'est que tu aimes ça, dit-il d'une voix claire, c'est parce que tu es orgueilleuse. Sans ça tu aimerais un type plus vieux que toi. Moi, je suis trop jeune, je ne peux pas t'empêcher d'être seule. J'ai idée que tu m'as choisi à cause de ça.

— Je ne sais pas, dit Lola, je t'aime passionnément, c'est tout ce que je sais. »

Elle le serrait farouchement dans ses bras. Boris l'entendit encore qui disait : « Je t'adore », et puis il s'endormit tout à fait.

III

L'été. L'air était tiède et touffu; Mathieu marchait au milieu de la chaussée, sous un ciel lucide, ses bras ramaient, écartant de lourdes tentures d'or. L'été. L'été des autres. Pour lui, une journée noire commençait, qui se traînerait en serpentant jusqu'au soir, un enterrement sous le soleil. Une adresse. L'argent. Il faudrait courir

aux quatre coins de Paris. Sarah donnerait l'adresse.
Daniel prêterait l'argent. Ou Jacques. Il avait rêvé qu'il
était un assassin et il lui restait un peu de son rêve au
fond des yeux, écrasé sous l'éblouissante pression de la
lumière. 16, rue Delambre. C'était là; Sarah habitait au
sixième et, naturellement, l'ascenseur ne marchait pas.
Mathieu monta à pied. Derrière les portes closes, des
femmes faisaient le ménage, en tablier, une serviette
nouée autour de la tête; pour elles aussi la journée commençait. Quelle journée? Mathieu était légèrement
essoufflé quand il sonna, il pensa : « Je devrais faire de la
gymnastique. » Il pensa avec ennui : « Je me dis ça
chaque fois que je monte un escalier. » Il entendit un
trottinement menu; un petit homme chauve, aux yeux
clairs, lui ouvrit en souriant. Mathieu le reconnut, c'était
un Allemand, un émigré, il l'avait souvent vu, au Dôme[1],
sirotant un café crème avec ravissement ou penché sur
un échiquier, couvant les pièces du regard et léchant
ses grosses lèvres.

« Je voudrais voir Sarah », dit Mathieu.

Le petit homme devint grave, s'inclina et claqua des
talons : il avait les oreilles violettes.

« Weymüller, dit-il, avec raideur.

— Delarue », dit Mathieu sans s'émouvoir.

Le petit homme reprit son sourire affable :

« Entrez, entrez, dit-il, elle est en bas, dans le studio;
elle sera si heureuse. »

Il le fit entrer dans le vestibule et disparut en trottinant. Mathieu poussa la porte vitrée et pénétra dans le
studio de Gomez. Sur le palier de l'escalier intérieur, il
s'arrêta, ébloui par la lumière : elle coulait à flots par
les grandes verrières poussiéreuses; Mathieu cligna des
yeux, sa tête lui faisait mal.

« Qui est-ce? » dit la voix de Sarah.

Mathieu se pencha par-dessus la rampe. Sarah était
assise sur le divan, en kimono jaune, il voyait son crâne
sous les cheveux raides et rares. Une torche flambait
en face d'elle : cette tête rousse de brachycéphale...
« C'est Brunet », pensa Mathieu, contrarié. Il ne l'avait
pas vu depuis six mois, mais il n'avait aucun plaisir à
le retrouver chez Sarah : ça faisait encombrement, ils
avaient trop de choses à se dire, leur amitié mourante
était entre eux. Et puis Brunet amenait avec lui l'air

du dehors, tout un univers sain, court et têtu de révoltes
et de violences, de travail manuel, d'efforts patients, de
discipline : il n'avait pas besoin d'entendre le honteux
petit secret d'alcôve que Mathieu allait confier à Sarah.
Sarah leva la tête et sourit.

« Bonjour, bonjour », dit-elle.

Mathieu lui rendit son sourire : il voyait d'en haut ce
visage plat et disgracié, rongé par la bonté et, au-dessous,
les gros seins mous, qui sortaient à demi du kimono.
Il se hâta de descendre.

« Quel bon vent vous amène ? demanda Sarah.

— Il faut que je vous demande quelque chose », dit
Mathieu.

Le visage de Sarah rosit de gourmandise.

« Tout ce que vous voudrez », dit-elle.

Elle ajouta, toute réjouie par le plaisir qu'elle comptait
lui faire :

« Vous savez qui est là ? »

Mathieu se tourna vers Brunet et lui serra la main.
Sarah les couvait d'un œil attendri.

« Salut, vieux social-traître[1] », dit Brunet.

Mathieu fut content, malgré tout, d'entendre cette
voix. Brunet était énorme et solide, avec un lent visage
de paysan. Il n'avait pas l'air particulièrement aimable.

« Salut, dit Mathieu. Je te croyais mort. »

Brunet rit sans répondre.

« Asseyez-vous près de moi », dit Sarah avec avidité.

Elle allait lui rendre service, elle le savait; à présent,
il était sa propriété. Mathieu s'assit. Le petit Pablo
jouait sous la table avec des cubes.

« Et Gomez ? demanda Mathieu.

— C'est toujours pareil. Il est à Barcelone, dit Sarah.

— Vous avez eu de ses nouvelles ?

— La semaine dernière. Il raconte ses exploits »,
répondit Sarah avec ironie.

Les yeux de Brunet brillèrent :

« Tu sais qu'il est devenu colonel ? »

Colonel. Mathieu pensa au type de la veille et son cœur
se serra. Gomez était parti, lui. Un jour, il avait appris
la chute d'Irun, dans *Paris-soir*[2]. Il s'était longtemps promené dans l'atelier, en passant les doigts dans ses cheveux
noirs. Et puis il était descendu, nu-tête et en veston,
comme s'il allait acheter des cigarettes au Dôme. Il

n'était pas revenu[1]. La pièce était restée dans l'état où il l'avait laissée : une toile inachevée sur le chevalet, une plaque de cuivre à demi gravée sur la table, au milieu des fioles d'acide. Le tableau et la gravure représentaient mistress Simpson[a]. Sur le tableau, elle était nue. Mathieu la revit, saoule et superbe, chantant au bras de Gomez d'une voix éraillée. Il pensa : « Il était tout de même trop vache avec Sarah. »

« C'est le ministre qui vous a ouvert ? » demanda Sarah d'une voix gaie.

Elle ne voulait pas parler de Gomez. Elle lui avait tout pardonné, ses trahisons, ses fugues, sa dureté. Mais pas ça. Pas son départ pour l'Espagne : il était parti pour tuer des hommes; il avait tué des hommes. Pour Sarah, la vie humaine était sacrée.

« Quel ministre ? demanda Mathieu étonné.

— La petite souris aux oreilles rouges, c'est un ministre, dit Sarah avec une naïve fierté. Il a été du gouvernement socialiste de Munich, en 22[2]. À présent, il crève de faim.

— Et naturellement, vous l'avez recueilli. »

Sarah se mit à rire :

« Il est venu chez moi, avec sa valise. Non, sérieusement, dit-elle, il n'a plus où aller. On l'a chassé de son hôtel parce qu'il ne pouvait plus payer. »

Mathieu compta sur ses doigts :

« Avec Annia, Lopez et Santi, ça vous fait quatre pensionnaires, dit-il.

— Annia va s'en aller, dit Sarah, d'un air d'excuse. Elle a trouvé du travail.

— C'est insensé », dit Brunet.

Mathieu sursauta et se tourna vers lui. L'indignation de Brunet était lourde et calme : il regardait Sarah de son air le plus paysan et répétait :

« C'est insensé.

— Quoi ? Qu'est-ce qui est insensé ?

— Ah! dit vivement Sarah en posant la main sur le bras de Mathieu, venez à mon secours, mon cher Mathieu!

— Mais de quoi s'agit-il ?

— Mais ça n'intéresse pas Mathieu », dit Brunet à Sarah d'un air mécontent.

Elle ne l'écoutait plus :

« Il veut que je mette mon ministre à la porte, dit-elle piteusement.

— À la porte ?

— Il dit que je suis criminelle de le garder.

— Sarah exagère », dit paisiblement Brunet.

Il se tourna vers Mathieu et expliqua, à contrecœur :
« Le fait est que nous avons de mauvais renseignements sur ce petit bonhomme. Il paraît qu'il rôdait, il y a six mois, dans les couloirs de l'ambassade d'Allemagne. Il ne faut pas être bien malin pour deviner ce qu'un émigré juif peut fabriquer là-bas.

— Vous n'avez pas de preuves ! dit Sarah.

— Non. Nous n'avons pas de preuves. Si nous en avions, il ne serait pas ici. Mais quand il n'y aurait que des présomptions, Sarah est d'une imprudence folle en l'hébergeant.

— Mais pourquoi ? Pourquoi ? dit Sarah passionnément.

— Sarah ! dit Brunet tendrement, vous feriez sauter tout Paris pour éviter un désagrément à vos protégés. »

Sarah sourit faiblement :
« Pas tout Paris, dit-elle. Mais ce qu'il y a de sûr c'est que je ne sacrifierai pas Weymüller à vos histoires de Parti. C'est... c'est si abstrait, un Parti.

— C'est bien ce que je disais », dit Brunet.

Sarah secoua violemment la tête. Elle avait rougi et ses gros yeux verts s'étaient embués.

« Le petit ministre, dit-elle avec indignation. Vous l'avez vu, Mathieu. Est-ce qu'il peut faire du mal à une mouche ? »

Le calme de Brunet était énorme. C'était le calme de la mer. C'était apaisant et exaspérant à la fois. Il n'avait jamais l'air d'être un seul homme, il avait la vie lente, silencieuse et bruissante d'une foule. Il expliqua :

« Gomez nous envoie quelquefois des messagers. Ils viennent ici et nous les rencontrons chez Sarah ; tu devines que les messages sont confidentiels. Est-ce que c'est l'endroit que tu choisirais entre tous pour installer un type qui a la réputation d'être un espion ? »

Mathieu ne répondit pas. Brunet avait employé la tournure interrogative, mais c'était un effet oratoire : il ne lui demandait pas son avis ; il y avait beau temps

que Brunet avait cessé de prendre l'avis de Mathieu
sur quoi que ce fût.

« Mathieu, je vous fais juge : si je renvoie Weymüller,
il se jettera dans la Seine. Est-ce qu'on peut vraiment,
ajouta-t-elle avec désespoir, acculer un homme au suicide sur un simple soupçon ? »

Elle s'était redressée, hideuse et rayonnante. Elle
faisait naître en Mathieu la complicité barbouillée qu'on
se sent pour les écrasés, les accidentés, les porteurs de
phlegmons et d'ulcères.

« C'est sérieux ? demanda-t-il. Il va se jeter dans la
Seine ?

— Mais non, dit Brunet. Il retournera à l'ambassade
d'Allemagne et il essaiera de se vendre tout à fait.

— Ça revient au même, dit Mathieu. De toute façon,
il est foutu. »

Brunet haussa les épaules :

« Eh bien, oui, dit-il, avec indifférence.

— Vous l'entendez, Mathieu, dit Sarah en le regardant avec angoisse. Eh bien ? Qui a raison ? Dites
quelque chose. »

Mathieu n'avait rien à dire. Brunet ne lui demandait
pas son avis, il n'avait que faire de l'avis d'un bourgeois,
d'un sale intellectuel, d'un chien de garde[1]. « Il m'écoutera avec une politesse glacée, il ne sera pas plus ébranlé
qu'un roc, il me jugera sur ce que je dirai, c'est tout. »
Mathieu ne voulait pas que Brunet le jugeât. Il y avait
eu un temps où, par principe, aucun des deux ne jugeait
l'autre. « L'amitié n'est pas faite pour critiquer, disait
alors Brunet. Elle est faite pour donner confiance. » Il
le disait peut-être encore, mais à présent, c'était à ses
camarades du Parti qu'il pensait.

« Mathieu ! » dit Sarah.

Brunet se pencha vers elle et lui toucha le genou :

« Écoutez, Sarah, dit-il doucement. J'aime bien
Mathieu et j'estime beaucoup son intelligence. S'il s'agissait d'éclaircir un passage de Spinoza ou de Kant, c'est
sûrement lui que je consulterais. Mais cette affaire est
toute bête et je vous jure que je n'ai pas besoin d'un
arbitre, fût-il professeur de philosophie. Mon siège est
fait. »

« Évidemment, pensa Mathieu. Évidemment. » Son
cœur s'était serré, mais il n'en voulait pas à Brunet.

« Qui suis-je pour donner des conseils ? Et qu'ai-je fait de ma vie ? » Brunet s'était levé.

« Il faut que je file, dit-il. Bien entendu, vous ferez comme vous voudrez, Sarah. Vous n'êtes pas du Parti et ce que vous faites pour nous est déjà considérable. Mais si vous le gardez, je vous demanderai simplement de passer chez moi lorsque Gomez vous enverra de ses nouvelles.

— Entendu », dit Sarah.

Ses yeux brillaient, elle semblait délivrée.

« Et ne laissez rien traîner. Brûlez tout, dit Brunet.

— Je vous le promets. »

Brunet se tourna vers Mathieu :

« Allez, au revoir, vieux frère. »

Il ne lui tendait pas la main, il le considérait attentivement, d'un air dur, le regard de Marcelle, hier soir, son étonnement implacable. Il était nu sous ces regards, un grand type nu, en mie de pain. Un maladroit. « Qui suis-je pour donner des conseils ? » Il cligna des yeux : Brunet semblait dur et noueux. « Et moi, je porte l'avortement sur ma figure. » Brunet parla ; il n'avait pas du tout la voix que Mathieu attendait :

« Tu as une sale gueule, dit-il doucement. Qu'est-ce qui ne va pas ? »

Mathieu s'était levé aussi.

« Je... j'ai des emmerdements. C'est sans importance. »

Brunet lui posa la main sur l'épaule. Il le regardait en hésitant.

« C'est idiot. On est tout le temps à courir, à droite et à gauche, on n'a plus le temps de s'occuper des vieux copains. Si tu crevais, j'apprendrais ta mort un mois après, par hasard.

— Je ne crèverai pas de sitôt », dit Mathieu en riant.

Il sentait la poigne de Brunet sur son épaule, il pensait : « Il ne me juge pas » et il était pénétré d'une humble reconnaissance.

Brunet resta sérieux :

« Non, dit-il. Pas de sitôt. Mais... »

Il parut enfin se décider :

« Es-tu libre vers deux heures ? J'ai un moment, je pourrais faire un saut chez toi ; on pourra causer un petit peu, comme autrefois.

— Comme autrefois. Je suis entièrement libre, je t'attendrai », dit Mathieu.

Brunet lui sourit amicalement. Il avait gardé son sourire naïf et gai. Il tourna sur lui-même et se dirigea vers l'escalier.

« Je vous accompagne », dit Sarah.

Mathieu les suivit des yeux. Brunet montait les marches avec une souplesse surprenante. « Tout n'est pas perdu », se dit-il. Et quelque chose remua dans sa poitrine, quelque chose de tiède et de modeste, qui ressemblait à de l'espoir. Il fit quelques pas. La porte claqua au-dessus de sa tête. Le petit Pablo le regardait avec gravité. Mathieu s'approcha de la table et prit un burin. Une mouche qui s'était posée sur la plaque de cuivre s'envola. Pablo le regardait toujours. Mathieu se sentit gêné, sans savoir pourquoi. Il avait l'impression d'être englouti par les yeux de l'enfant. « Les mômes, pensa-t-il, c'est des petits voraces, tous leurs sens sont des bouches. » Le regard de Pablo n'était pas encore humain et pourtant c'était déjà plus que de la vie : il n'y avait pas longtemps que le môme était sorti d'un ventre et ça se voyait ; il était là, indécis, tout petit, il gardait encore un velouté malsain de chose vomie ; mais derrière les humeurs troubles qui remplissaient ses orbites, une petite conscience goulue s'était embusquée. Mathieu jouait avec le burin. « Il fait chaud », pensa-t-il. La mouche bourdonnait autour de lui ; dans une chambre rose, au fond d'un autre ventre, il y avait une cloque qui gonflait.

« Tu sais ce que j'ai rêvé, demanda Pablo.

— Dis-le.

— J'ai rêvé que j'étais une plume. »

« Ça pense ! » se dit Mathieu.

Il demanda :

« Et qu'est-ce que tu faisais quand tu étais une plume ?

— Rien. Je dormais. »

Mathieu rejeta brusquement le burin sur la table : la mouche effrayée se mit à voleter en rond, puis elle se posa sur la plaque de cuivre entre deux minces rainures qui représentaient un bras de femme. Il fallait faire vite, car la cloque enflait, pendant ce temps-là elle faisait des efforts obscurs pour se désengluer, pour s'arracher aux

ténèbres et devenir semblable à *ça,* à cette petite ventouse
blême et molle qui pompait le monde.

Mathieu fit quelques pas vers l'escalier. Il entendait la
voix de Sarah. Elle a ouvert la porte d'entrée, elle se
tient sur le seuil et sourit à Brunet. « Qu'est-ce qu'il
attend pour redescendre ? » Il fit demi-tour, il regarda
l'enfant et regarda la mouche. « Un enfant. Une chair
pensive qui crie et qui saigne quand on la tue. Une
mouche c'est plus facile à tuer qu'un enfant. » Il haussa
les épaules : « Je ne vais tuer personne. Je vais empêcher un enfant de naître[1]. » Pablo s'était remis à jouer
avec ses cubes ; il avait oublié Mathieu. Mathieu étendit
la main et toucha la table du doigt. Il se répétait avec
étonnement : « Empêcher de naître... » On aurait dit
qu'il y avait quelque part un enfant tout fait qui attendait l'heure de bondir de ce côté-ci du décor, dans cette
pièce, sous ce soleil, et que Mathieu lui barrait le passage.
En fait, c'était bien à peu près ça : il y avait tout un
petit homme pensif et chafouin, menteur et douloureux,
avec une peau blanche, de larges oreilles et des grains
de beauté, avec une poignée de signes distinctifs comme
on en met sur les passeports, un petit homme qui ne
courrait jamais dans les rues, un pied sur le trottoir et
l'autre dans le ruisseau ; il y avait des yeux, une paire
d'yeux verts comme ceux de Mathieu ou noirs comme
ceux de Marcelle qui ne verraient jamais les ciels
glauques de l'hiver, ni la mer, ni jamais aucun visage,
il y avait des mains qui ne toucheraient jamais la
neige, ni la chair des femmes, ni l'écorce des arbres :
il y avait une image du monde, sanglante, lumineuse,
maussade, passionnée, sinistre, pleine d'espoirs, une
image peuplée de jardins et de maisons, de grandes
filles douces et d'insectes horribles, qu'on allait faire
éclater d'un coup d'épingle, comme un ballon du
Louvre.

« Me voilà, dit Sarah, je vous ai fait attendre ? »

Mathieu leva la tête et se sentit soulagé : elle était
penchée sur la rampe, lourde et difforme ; c'était une
adulte, de la vieille chair qui avait l'air de sortir de la
salure et de n'être jamais née ; Sarah lui sourit et descendit rapidement l'escalier, son kimono volait autour de
ses jambes courtes.

« Alors ? Qu'est-ce qu'il y a ? » dit-elle avidement.

Ses gros yeux troubles le dévisageaient avec insistance. Il se détourna et dit sèchement :

« Marcelle est enceinte.

— Oh ! »

Sarah avait l'air plutôt réjouie. Elle demanda avec timidité :

« Alors... vous allez ?...

— Non, non, dit vivement Mathieu, nous ne voulons pas de gosse.

— Ah oui, dit-elle, je vois. » Elle baissa la tête et garda le silence. Mathieu ne put supporter cette tristesse qui n'était même pas un reproche.

« Je crois que ça vous est arrivé autrefois, Gomez me l'a dit, répliqua-t-il avec brutalité.

— Oui. Autrefois. »

Elle releva soudain les yeux et ajouta dans un élan : « Vous savez, ça n'est rien du tout si c'est pris à temps. »

Elle s'interdisait de le juger, elle abandonnait ses réserves, ses reproches et n'avait plus qu'un désir, le rassurer.

« Ça n'est rien du tout... »

Il allait sourire, envisager l'avenir avec confiance ; elle serait seule à porter le deuil de cette mort minuscule et secrète.

« Écoutez, Sarah, dit Mathieu irrité, essayez de me comprendre : je ne veux pas me marier. Ça n'est pas par égoïsme : je trouve le mariage... »

Il se tut : Sarah était mariée, elle avait épousé Gomez cinq ans auparavant. Il ajouta au bout d'un instant :

« Et puis Marcelle ne veut pas d'enfant.

— Elle n'aime pas les enfants ?

— Ça ne l'intéresse pas. »

Sarah parut déconcertée :

« Oui, dit-elle, oui... alors, en effet. »

Elle lui prit les mains :

« Mon pauvre Mathieu, comme vous devez être embêté ! Je voudrais pouvoir vous aider.

— Eh bien, justement, dit Mathieu, vous pouvez nous aider. Quand vous avez eu cet... ennui, vous êtes allée voir quelqu'un, un Russe, je crois.

— Oui, dit Sarah. (Son visage changea.) C'était horrible !

— Ah ? dit Mathieu d'une voix altérée. C'est... c'est
très douloureux.

— Pas trop, mais... » Elle dit d'un air piteux : « Je
pensais au petit. Vous savez, c'était Gomez qui voulait.
Et quand il voulait quelque chose, en ce temps-là...
Mais c'était une horreur, jamais je... Il pourrait bien
me supplier à deux genoux, à présent, je ne recommen-
cerais pas. »

Elle regarda Mathieu avec des yeux égarés.

« Ils m'ont donné un petit paquet, après l'opération,
et ils m'ont dit : "Vous jetterez ça dans un égout."
Dans un égout. Comme un rat crevé! Mathieu, dit-elle
en lui serrant fortement le bras, vous ne savez pas ce
que vous allez faire! »

— Et quand vous mettez un gosse au monde, est-ce
que vous le savez davantage ? » demanda Mathieu avec
colère.

Un gosse : une conscience de plus, une petite lumière
affolée, qui volerait en rond, se cognerait aux murs et
ne pourrait plus s'échapper.

« Non, mais je veux dire : vous ne savez pas ce que
vous exigez de Marcelle; j'ai peur qu'elle ne vous haïsse
plus tard. »

Mathieu revit les yeux de Marcelle, de grands yeux
durs et cernés.

« Est-ce que vous haïssez Gomez ? » demanda-t-il
sèchement.

Sarah fit un geste pitoyable et désarmé : elle ne pouvait haïr personne, Gomez moins que tout autre.

« En tout cas, dit-elle d'un air fermé, je ne peux pas
vous envoyer chez ce Russe, il opère toujours mais il
boit, à présent; je n'ai plus aucune confiance en lui. Il
a eu une sale histoire, il y a deux ans.

— Et vous ne connaissez personne d'autre ?

— Personne », dit lentement Sarah. Mais soudain
toute sa bonté reflua sur son visage et elle s'écria :
« Mais si, j'ai votre affaire, comment n'y ai-je pas pensé;
je vais arranger ça. Waldmann. Vous ne l'avez pas vu
chez moi ? Un Juif, un gynécologue. C'est le spécialiste
de l'avortement, en quelque sorte : avec lui vous serez
tranquille. À Berlin, il avait une clientèle formidable.
Quand les nazis ont pris le pouvoir, il a été s'établir à
Vienne. Après ça, il y a eu l'Anschluss et il a débarqué

à Paris avec une petite valise. Mais il avait envoyé depuis longtemps tout son argent à Zurich.

— Vous croyez qu'il marchera ?

— Naturellement. Je vais aller le voir aujourd'hui même.

— Je suis content, dit Mathieu, je suis rudement content. Il ne prend pas trop cher ?

— Là-bas, il prenait jusqu'à 2 000 marks. »

Mathieu pâlit :

« 10 000 francs ! »

Elle ajouta vivement :

« Mais c'était du vol, il faisait payer sa réputation. Ici personne ne le connaît, il sera raisonnable : je lui proposerai 3 000 francs.

— Bon », dit Mathieu les dents serrées.

Il se demandait : « Où vais-je trouver cet argent ? »

« Écoutez, dit Sarah, pourquoi est-ce que je n'irais pas dès ce matin ? Il habite rue Blaise-Desgoffe, c'est tout près. Je m'habille et je descends. Vous m'attendez ?

— Non, je... j'ai rendez-vous à dix heures et demie. Sarah, vous êtes une perle », dit Mathieu.

Il la prit par les épaules et la secoua en souriant. Elle venait de lui sacrifier ses répugnances les plus profondes, de se faire, par générosité, la complice d'un acte qui lui inspirait de l'horreur : elle rayonnait de plaisir.

« Où serez-vous vers onze heures ? demanda-t-elle. J'aurais pu vous téléphoner.

— Eh bien, je serai au Dupont Latin, boulevard Saint-Michel[1]. Je pourrai y rester jusqu'à ce que vous m'appeliez ?

— Au Dupont Latin ? Entendu. »

Le peignoir de Sarah s'était largement ouvert sur ses énormes seins. Mathieu la plaqua contre lui, par tendresse et pour ne plus voir son corps.

« Au revoir, dit Sarah, au revoir, mon cher Mathieu. »

Elle haussa vers lui son visage tendre et disgracié. Il y avait dans ce visage une humilité troublante et presque voluptueuse qui donnait l'envie sournoise de lui faire du mal, de l'accabler de honte : « Quand je la vois, disait Daniel, je comprends le sadisme. » Mathieu l'embrassa sur les deux joues.

★

« L'été ! » Le ciel hantait la rue, c'était un minéral
fantôme ; les gens flottaient dans le ciel et leurs visages
flambaient. Mathieu respira une odeur verte et vivante,
une jeune poussière ; il cligna des yeux et sourit. « L'été ! »
Il fit quelques pas ; le goudron noir et fondant, piqueté
de grains blancs, colla à ses semelles : Marcelle était
enceinte ; ce n'était plus le même été.

Elle dormait, son corps baignait dans une ombre
touffue, transpirait en dormant. Ses beaux seins bruns
et mauves s'étaient affaissés, des gouttelettes sourdaient
autour de leurs pointes, blanches et salées comme des
fleurs[1]. Elle dort. Elle dort toujours jusqu'à midi. La
cloque, au fond de son ventre, ne dort pas, elle n'a pas
le temps de dormir : elle se nourrit et elle gonfle. Le
temps coulait par secousses raides et irrémédiables. La
cloque enflait et le temps coulait. « Il faut que je trouve
l'argent dans les quarante-huit heures. »

Le Luxembourg, chaud et blanc, statues et pigeons,
enfants. Les enfants courent, les pigeons s'envolent.
Courses, éclairs blancs, infimes débandades. Il s'assit sur
une chaise de fer : « Où vais-je trouver l'argent ? Daniel
ne m'en prêtera pas. Je lui en demanderai tout de même...
et puis, en dernier recours, j'aurai toujours la ressource
de m'adresser à Jacques. » Le gazon moutonnait jusqu'à
ses pieds, une statue lui tendait son jeune cul de pierre,
les pigeons roucoulaient, oiseaux de pierre : « Après
tout, ce n'est qu'une affaire de quinze jours, ce Juif
attendra bien jusqu'à la fin du mois, et, le 29, je touche
mon traitement. »

Mathieu s'arrêta brusquement : il se *voyait* penser, il
avait horreur de lui-même : « À cette heure-ci, Brunet
marche par les rues, à l'aise dans la lumière, il est léger
parce qu'il attend, il marche à travers une ville de verre
filé qu'il va bientôt briser, il se sent fort, il marche en
se dandinant un peu, avec précaution, parce que l'heure
n'est pas encore venue de tout casser, il attend, il espère.
Et moi ! Et moi ! Marcelle est enceinte. Sarah convain-
cra-t-elle ce Juif ? Où trouver l'argent ? Voilà ce que
je pense ! » Il revit tout à coup deux yeux rapprochés
sous d'épais sourcils noirs : « Madrid. Je voulais y aller.
Je te jure. Et puis ça ne s'est pas arrangé. » Il pensa
tout à coup : « Je suis vieux. »

« Je suis vieux. Me voilà affalé sur une chaise, engagé

jusqu'au cou dans ma vie et ne croyant à rien. Pourtant, moi aussi j'ai voulu partir pour une Espagne. Et puis ça ne s'est pas arrangé. Est-ce qu'il y a des Espagnes ? Je suis là, je me déguste, je sens le vieux goût de sang et d'eau ferrugineuse, mon goût, je *suis* mon propre goût, j'existe. Exister, c'est ça : se boire sans soif. Trente-quatre ans. Trente-quatre ans que je me déguste et je suis vieux. J'ai travaillé, j'ai attendu, j'ai eu ce que je voulais : Marcelle, Paris, l'indépendance; c'est fini. Je n'attends plus rien. » Il regardait ce jardin routinier, toujours nouveau, toujours le même, comme la mer, parcouru depuis cent ans par les mêmes vaguelettes de couleurs et de bruits. Il y avait ça : ces enfants qui couraient en désordre, les mêmes depuis cent ans, ce même soleil sur les reines de plâtre aux doigts cassés et tous ces arbres; il y avait Sarah et son kimono jaune, Marcelle enceinte, l'argent. Tout ça était si naturel, si *normal*, si monotone, ça suffisait à remplir une vie, *c'était* la vie. Le reste, les Espagnes, les châteaux en Espagne, c'était... « Quoi ? Une tiède petite religion laïque à mon usage ? L'accompagnement discret et séraphique de ma vraie vie ? Un alibi ? C'est comme ça qu'ils me voient, eux, Daniel, Marcelle, Brunet, Jacques : l'homme qui veut être libre. Il mange, il boit, comme tout le monde, il est fonctionnaire du gouvernement, il ne fait pas de politique, il lit *L'Œuvre* et *Le Populaire*[1], il a des ennuis d'argent. Seulement, il veut être libre, comme d'autres veulent une collection de timbres. La liberté, c'est son jardin secret. Sa petite connivence avec lui-même. Un type paresseux et froid, un peu chimérique mais très raisonnable au fond, qui s'est sournoisement confectionné un médiocre et solide bonheur d'inertie et qui se justifie de temps en temps par des considérations élevées. Est-ce que c'est ça que je suis ? »

Il avait sept ans, il était à Pithiviers[2], chez son oncle Jules, le dentiste, tout seul dans le salon d'attente et il jouait à s'empêcher d'exister : il fallait essayer de ne pas s'avaler, comme lorsqu'on garde sur la langue un liquide trop froid en retenant le petit mouvement de déglutition qui le ferait couler dans l'arrière-gorge. Il était arrivé à se vider complètement la tête. Mais ce vide avait encore un goût. C'était un jour à sottises. Il croupissait dans une chaleur provinciale qui sentait la

mouche, et justement il venait d'attraper une mouche
et de lui arracher les ailes. Il avait constaté que la tête
ressemblait au bout soufré d'une allumette de cuisine,
il avait été chercher le grattoir à la cuisine et il l'avait
frotté contre la tête de la mouche, pour voir si elle
s'enflammerait. Mais tout cela négligemment : c'était
une piètre comédie désœuvrée, il n'arrivait pas à s'intéresser à lui-même, il savait très bien que la mouche ne
s'allumerait pas. Sur la table, il y avait des magazines
déchirés et un beau vase de Chine, vert et gris, avec des
anses comme des serres de perroquet; l'oncle Jules lui
avait dit que ce vase avait trois mille ans. Mathieu
s'était approché du vase, les mains derrière le dos, et
l'avait regardé en se dandinant avec inquiétude : c'était
effrayant d'être une petite boulette de mie de pain, dans
ce vieux monde rissolé, en face d'un impassible vase de
trois mille ans. Il lui avait tourné le dos et s'était mis à
loucher et à renifler devant la glace[1], sans parvenir à
se distraire, puis tout à coup il était revenu près de la
table, il avait soulevé le vase, qui était fort lourd, et il
l'avait jeté sur le parquet : ça lui était venu comme ça,
et, tout de suite après, il s'était senti léger comme un
fil de la Vierge. Il avait regardé les débris de porcelaine,
émerveillé : quelque chose venait d'arriver à ce vase de
trois mille ans entre ces murs quinquagénaires, sous
l'antique lumière de l'été, quelque chose de très irrévé-
rencieux qui ressemblait à un matin[2]. Il avait pensé :
« C'est moi qui ai fait ça! » et il s'était senti tout fier,
libéré du monde et sans attaches, sans famille, sans
origines, un petit surgissement têtu qui avait crevé la
croûte terrestre.

Il avait seize ans, c'était une petite brute, il était
couché sur le sable, à Arcachon[3], il regardait les longues
vagues plates de l'Océan. Il venait de rosser un jeune
Bordelais qui lui avait lancé des pierres et il l'avait obligé
à manger du sable. Assis à l'ombre des pins, hors
d'haleine, les narines emplies par l'odeur de la résine,
il avait l'impression d'être une petite explosion en suspens dans les airs, ronde, abrupte, inexplicable. Il s'était
dit : « Je serai libre », ou plutôt il ne s'était rien dit du
tout, mais c'était ce qu'il voulait dire et c'était un pari;
il avait parié que sa vie entière ressemblerait à ce moment
exceptionnel. Il avait vingt et un ans, il lisait Spinoza[4]

dans sa chambre, c'était le Mardi gras, il y avait de
grands chars multicolores qui passaient dans la rue,
chargés de mannequins en carton; il avait levé les yeux
et il avait parié de nouveau, avec cette emphase philosophique qui leur était commune depuis peu, à Brunet
et à lui; il s'était dit : « Je ferai mon salut[1]! » Dix fois,
cent fois, il avait refait son pari. Les mots changeaient
avec l'âge, avec les modes intellectuelles, mais c'était
un seul et même pari; et Mathieu n'était pas, à ses
propres yeux, un grand type un peu lourd[2] qui enseignait
la philosophie dans un lycée de garçons, ni le frère de
Jacques Delarue, l'avoué, ni l'amant de Marcelle, ni
l'ami de Daniel et de Brunet : il n'était rien d'autre que
ce pari.

Quel pari ? Il passa la main sur ses yeux lassés par la
lumière : il ne savait plus bien; il avait à présent — de
plus en plus souvent — de longs moments d'exil. Pour
comprendre son pari, il fallait qu'il fût au meilleur de
lui-même.

« Balle, s'il vous plaît. »

Une balle de tennis roula jusqu'à ses pieds, un petit
garçon courait vers lui, une raquette à la main. Mathieu
ramassa la balle et la lui lança. Il n'était certes pas au
meilleur de lui-même : il croupissait dans cette chaleur
morne, il subissait l'antique et monotone sensation du
quotidien : il avait beau se répéter les phrases qui
l'exaltaient autrefois : « Être libre. Être cause de soi,
pouvoir dire : je suis parce que je le veux; être mon
propre commencement. » C'étaient des mots vides et
pompeux, des mots agaçants d'intellectuel.

Il se leva. Un fonctionnaire se leva, un fonctionnaire
qui avait des ennuis d'argent et qui allait retrouver la
sœur d'un de ses anciens élèves. Il pensa : « Est-ce que
les jeux sont faits ? Est-ce que je ne suis plus qu'un
fonctionnaire ? » Il avait attendu si longtemps; ses dernières années n'avaient été qu'une veillée d'armes[a]. Il
attendait à travers mille petits soucis quotidiens; naturellement il courait après les bonnes femmes, pendant
ce temps-là, il voyageait et puis il fallait bien qu'il
gagnât sa vie. Mais, à travers tout ça, son unique soin
avait été de se garder disponible. Pour un acte. Un
acte libre et réfléchi qui engagerait toute sa vie et qui
serait au commencement d'une existence nouvelle. Il

n'avait jamais pu se prendre complètement à un amour, à un plaisir, il n'avait jamais été vraiment malheureux : il lui semblait toujours qu'il était ailleurs, qu'il n'était pas encore né tout à fait. Il attendait. Et pendant ce temps-là, doucement, sournoisement, les années étaient venues, elles l'avaient saisi, par derrière ; trente-quatre ans. « C'est à vingt-cinq ans qu'il aurait fallu m'engager. Comme Brunet. Oui, mais alors, on ne s'engage pas en pleine connaissance de cause. On est couillonné. Je ne voulais pas non plus être couillonné. » Il avait songé à partir pour la Russie, à laisser tomber ses études, à apprendre un métier manuel. Mais ce qui l'avait retenu, chaque fois, au bord de ces ruptures violentes, c'est qu'il manquait de _raisons_ pour le faire. Sans raisons, elles n'eussent été que des coups de tête. Et il avait continué à attendre...

Des bateaux à voile tournaient dans le bassin du Luxembourg, giflés de temps en temps par le jet d'eau. Il s'arrêta pour regarder leur petit carrousel nautique. Il pensa : « Je n'attends plus. Elle a raison : je me suis vidé, stérilisé pour n'être plus qu'une attente. À présent, je suis vide, c'est vrai. Mais je n'attends plus rien. »

Là-bas, près du jet d'eau, un petit bateau était en perdition, il donnait de la bande. Tout le monde riait en le regardant ; un gamin tentait de le rattraper avec une gaffe.

IV

Mathieu regarda sa montre : « Dix heures quarante, elle est en retard. » Il n'aimait pas qu'elle fût en retard, il avait toujours peur qu'elle ne se fût laissée mourir. Elle oubliait tout, elle se fuyait, elle s'oubliait d'une minute à l'autre, elle oubliait de manger, elle oubliait de dormir. Un jour elle oublierait de respirer et ce serait fini. Deux jeunes gens s'étaient arrêtés près de lui : ils considéraient une table avec morgue.

« _Sit down,_ fit l'un.

— Je _sit down_ », dit l'autre. Ils rirent et s'assirent ;

ils avaient des mains soignées, la mine dure et la chair tendre. « Il n'y a que des morpions ici! » pensa Mathieu, irrité. Des étudiants ou des lycéens; les jeunes mâles entourés de femelles grises avaient l'air d'insectes étincelants et butés. « C'est marrant la jeunesse, pensa Mathieu, au dehors ça rutile et au-dedans on ne sent rien. » Ivich sentait sa jeunesse, Boris aussi, mais c'étaient des exceptions. Des martyrs de la jeunesse. « Je ne savais pas que j'étais jeune moi, ni Brunet, ni Daniel. On s'en est rendu compte après. »

Il songea sans trop de plaisir qu'il allait conduire Ivich à l'exposition Gauguin. Il aimait lui montrer de beaux tableaux, de beaux films, de beaux objets parce qu'il n'était pas beau, c'était une manière de s'excuser. Ivich ne l'excusait pas : ce matin, comme les autres fois, elle regarderait les tableaux de son air maniaque et farouche; Mathieu se tiendrait à ses côtés, laid, importun, oublié. Et pourtant il n'aurait pas voulu être beau : jamais elle n'était plus seule qu'en face de la beauté. Il se dit : « Je ne sais pas ce que je veux d'elle. » Et, justement, il l'aperçut; elle descendait le boulevard au côté d'un grand garçon calamistré qui portait des lunettes, elle levait vers lui son visage, elle lui offrait son sourire illuminé; ils parlaient avec animation. Quand elle vit Mathieu, ses yeux s'éteignirent, elle fit un salut rapide à son compagnon et traversa la rue des Écoles d'un air endormi. Mathieu se leva :

« Salut bien, Ivich.

— Bonjour », dit-elle.

Elle avait son visage le plus habillé : elle avait ramené ses boucles blondes jusqu'à son nez et sa frange descendait jusqu'à ses yeux. L'hiver, le vent bousculait ses cheveux, dénudait ses grosses joues blêmes et ce front bas qu'elle appelait « mon front de Kalmouk »; une large face apparaissait, pâle, enfantine et sensuelle comme la lune entre deux nuages. Aujourd'hui Mathieu ne voyait qu'un faux visage étroit et pur qu'elle portait en avant du vrai, comme un masque triangulaire. Les jeunes voisins de Mathieu se tournèrent vers elle : visiblement ils pensaient : « La belle fille. » Mathieu la regarda avec tendresse; il était le seul, parmi tous ces gens, à savoir qu'Ivich était laide. Elle s'assit, calme et morose. Elle n'était pas fardée parce que le fard abîme la peau.

« Et pour madame ? » demanda le garçon.

Ivich lui sourit, elle aimait qu'on l'appelât madame ; puis elle se tourna vers Mathieu d'un air incertain :

« Prenez un pippermint, dit Mathieu, vous aimez ça.

— J'aime ça ? dit-elle amusée. Alors je veux bien. Qu'est-ce que c'est ? demanda-t-elle quand le garçon fut parti.

— C'est de la menthe verte.

— Cette chose verte et visqueuse que j'ai bue l'autre fois ? Oh ! je n'en veux pas, ça poisse la bouche. Je me laisse toujours faire mais je ne devrais pas vous écouter, nous n'avons pas les mêmes goûts.

— Vous aviez dit que vous aimiez ça, dit Mathieu contrarié.

— Oui, mais après j'ai réfléchi, je me suis rappelé le goût. Elle frissonna. Je n'en boirai plus jamais.

— Garçon ! cria Mathieu.

— Non, non, laissez, il va l'apporter, c'est joli à regarder. Je n'y toucherai pas, voilà tout ; je n'ai pas soif. »

Elle se tut. Mathieu ne savait que lui dire : si peu de choses intéressaient Ivich ; et puis il n'avait pas envie de parler. Marcelle était là ; il ne la voyait pas, il ne la nommait pas, mais elle était là. Ivich, il la voyait, il pouvait l'appeler par son nom ou lui toucher l'épaule : mais elle était hors d'atteinte, avec sa taille frêle et sa belle gorge dure ; elle semblait peinte et vernie, comme une Tahitienne sur une toile de Gauguin, inutilisable. Tout à l'heure, Sarah téléphonerait. Le chasseur appellerait : « Monsieur Delarue » ; Mathieu entendrait au bout du fil une voix noire : « Il veut dix mille francs, pas un sou de moins. » Hôpital, chirurgie, odeur d'éther, questions d'argent. Mathieu fit un effort et se tourna vers Ivich, elle avait fermé les yeux et passait un doigt léger sur ses paupières. Elle rouvrit les yeux :

« J'ai l'impression qu'ils se tiennent ouverts tout seuls. De temps en temps je les ferme pour les reposer. Est-ce qu'ils sont rouges ?

— Non.

— C'est le soleil ; en été j'ai toujours mal aux yeux. Des jours comme ça, on ne devrait sortir qu'à la nuit tombée ; autrement on ne sait pas où se mettre, le soleil vous poursuit partout. Et puis les gens ont les mains moites. »

Mathieu toucha du doigt, sous la table, la paume de sa propre main : elle était sèche. C'était l'autre, le grand garçon calamistré, qui avait les mains moites. Il regardait Ivich sans trouble; il se sentait coupable et délivré, parce qu'il tenait moins à elle.

« Ça vous ennuie que je vous aie obligée à sortir ce matin ?

— De toute façon c'était impossible que je reste dans ma chambre.

— Mais pourquoi ? » demanda Mathieu étonné.

Ivich le regarda avec impatience :

« Vous ne savez pas ce que c'est, vous, un foyer d'étudiantes. On y protège la jeune fille pour de bon, surtout en période d'examen. Et puis la bonne femme m'a prise en affection, elle entre tout le temps dans ma chambre sous des prétextes, elle me caresse les cheveux, j'ai horreur qu'on me touche.

Mathieu l'écoutait à peine : il savait qu'elle ne pensait pas à ce qu'elle disait. Ivich secoua la tête d'un air irrité :

« Cette grosse du Foyer m'aime parce que je suis blonde. C'est toujours pareil, dans trois mois elle va me détester : elle dira que je suis sournoise.

— Vous êtes sournoise, dit Mathieu.

— Ben oui... » dit-elle d'un ton traînant qui faisait penser à ses joues blêmes.

« Et puis, qu'est-ce que vous voulez, les gens finissent tout de même par s'apercevoir que vous leur cachez vos joues et que vous baissez les yeux devant eux comme une sainte-nitouche.

— Eh bien! Ça vous plairait à vous qu'on sache qui vous êtes ? » Elle ajouta avec une sorte de mépris : « Il est vrai que vous n'êtes pas sensible à ces choses-là. Quant à ce qui est de regarder les gens en face, reprit-elle, je ne peux pas : les yeux me picotent tout de suite.

— Vous m'avez souvent gêné au début, dit Mathieu. Vous me regardiez au-dessus du front, à la hauteur des cheveux. Moi qui ai si peur de devenir chauve... Je croyais que vous aviez remarqué une éclaircie et que vous ne pouviez plus en détacher les yeux.

— Je regarde tout le monde comme ça.

— Oui, ou alors par côté : comme ça... »

Il lui lança un coup d'œil sournois et rapide. Elle rit, amusée et furieuse :

« Cessez! Je ne veux pas qu'on m'imite.

— Ça n'était pas bien méchant.

— Non, mais ça me fait peur quand vous me prenez mes expressions.

— Je comprends ça, dit Mathieu en souriant.

— Ce n'est pas ce que vous avez l'air de croire : vous seriez le plus beau type du monde, ça me ferait pareil. »

Elle ajouta d'une voix changée :

« Je voudrais bien ne pas avoir si mal aux yeux.

— Écoutez, dit Mathieu, je vais aller chez un pharmacien vous chercher un cachet. Mais j'attends un coup de téléphone. Si on me demande vous seriez bien gentille de dire au chasseur que je reviens tout de suite et qu'on me rappelle.

— Non, n'allez pas, dit-elle froidement, je vous remercie bien, mais rien n'y ferait, c'est ce soleil. »

Ils se turent. « Je m'emmerde », pensa Mathieu, avec un drôle de plaisir grinçant. Ivich lissait sa jupe avec les paumes en relevant un peu les doigts comme si elle allait frapper des touches de piano. Ses mains étaient toujours rougeaudes, parce qu'elle avait une mauvaise circulation; en général elle les tenait en l'air et les agitait un peu pour les faire pâlir. Elles ne lui servaient guère à prendre, c'étaient deux petites idoles frustes au bout de ses bras; elles effleuraient les choses avec des gestes menus et inachevés et semblaient moins les saisir que les modeler. Mathieu regarda les ongles d'Ivich, longs et pointus, violemment peints, presque chinois : il suffisait de contempler ces parures encombrantes et fragiles pour comprendre qu'Ivich ne pouvait rien faire de ses dix doigts. Un jour, un de ses ongles était tombé tout seul, elle le conservait dans un petit cercueil et, de temps en temps, elle l'examinait avec un mélange d'horreur et de plaisir. Mathieu l'avait vu : il avait gardé son vernis, il ressemblait à un scarabée mort. « Je me demande ce qui la préoccupe : elle n'a jamais été plus agaçante. Ça doit être son examen. À moins qu'elle ne s'emmerde avec moi : après tout, je suis une grande personne. »

« Ça ne commence sûrement pas comme ça quand on devient aveugle, dit tout à coup Ivich d'un air neutre.

— Sûrement pas, dit Mathieu en souriant. Vous savez ce que vous a dit le docteur à Laon : vous avez un peu de conjonctivite. »

Il parlait doucement, il souriait doucement, il se sentait empoissé de douceur : avec Ivich il fallait toujours sourire, faire des gestes doux et lents. « Comme Daniel avec ses chats. »

« Les yeux me font si mal, dit Ivich, il suffit d'un rien... » Elle hésita : « Je... c'est au fond des yeux que j'ai mal. Tout au fond. Est-ce qu'il n'y a pas ça aussi au commencement de cette folie dont vous me parliez ?

— Ah ! cette histoire de l'autre jour ? demanda Mathieu. Écoutez, Ivich, la dernière fois c'était votre cœur, vous aviez peur d'une crise cardiaque. Quelle drôle de petite personne vous faites, on dirait que vous avez besoin de vous tourmenter ; et puis, d'autres fois, vous déclarez tout d'un coup que vous êtes bâtie à chaux et à sable ; il faut choisir. »

Sa voix lui laissait un goût de sucre au fond de la bouche.

Ivich regardait à ses pieds d'un air fermé.

« Il doit m'arriver quelque chose.

— Je sais, dit Mathieu, votre ligne de vie est brisée. Mais vous m'avez dit que vous n'y croyiez pas vraiment.

— Non, je n'y crois pas vraiment... Et puis il y a aussi que je ne peux pas imaginer mon avenir. Il est barré. »

Elle se tut et Mathieu la regarda en silence. Sans avenir... Tout à coup il eut un mauvais goût dans la bouche et il sentit qu'il tenait à Ivich de toutes ses forces. C'était vrai qu'elle n'avait pas d'avenir : Ivich à trente ans, Ivich à quarante ans, ça n'avait pas de sens. Il pensa : « Elle n'est pas viable. » Quand Mathieu était seul ou quand il parlait avec Daniel, avec Marcelle, sa vie s'étendait devant lui, claire et monotone : quelques femmes, quelques voyages, quelques livres[1]. Une longue pente molle, Mathieu la descendait lentement, lentement, souvent même il trouvait que ça n'allait pas assez vite. Et tout à coup, quand il voyait Ivich, il lui semblait vivre une catastrophe. Ivich était une petite souffrance voluptueuse et tragique qui n'avait pas de lendemain : elle partirait, elle deviendrait folle, elle mourrait d'une crise cardiaque ou bien ses parents la séquestreraient à

Laon. Mais Mathieu ne pourrait pas supporter de vivre sans elle. Il fit un geste timide avec la main : il aurait voulu prendre le bras d'Ivich au-dessus du coude et le serrer de toutes ses forces. « J'ai horreur qu'on me touche. » La main de Mathieu retomba. Il dit très vite : « Vous avez une bien belle blouse, Ivich. »

C'était une gaffe : Ivich inclina la tête avec raideur et tapota sa blouse d'un air contraint. Elle accueillait les hommages comme des offenses, c'était comme si on taillait à coups de hache une image d'elle, grossière et fascinante, à laquelle elle avait peur de se laisser prendre. Elle seule pouvait penser comme il convenait à sa personne. Elle y pensait sans mots, c'était une petite certitude tendre, une caresse. Mathieu regarda avec humilité les frêles épaules d'Ivich, son cou droit et rond. Elle disait souvent : « J'ai horreur des gens qui ne sentent pas leur corps. » Mathieu sentait son corps, mais c'était plutôt comme un gros paquet encombrant.

« Vous voulez toujours qu'on aille voir les Gauguin ?

— Quels Gauguin ? Ah ! l'exposition dont vous m'avez parlé ? Eh bien, on peut y aller.

— Vous n'avez pas l'air d'en avoir envie.

— Si.

— Mais il faut le dire, Ivich, si vous n'en avez pas envie.

— Mais vous, vous en avez envie.

— Vous savez bien que j'y suis déjà allé. J'ai envie de vous la montrer si ça vous fait plaisir, mais si vous n'y tenez pas, ça ne m'intéresse plus.

— Eh bien alors, j'aimerais mieux y aller un autre jour.

— Seulement l'exposition finit demain, dit Mathieu, déçu.

— Oh ben tant pis, dit Ivich d'un air veule, ça se retrouvera. » Elle ajouta avec entrain : « Ces choses-là se retrouvent toujours, n'est-ce pas ?

— Ivich ! dit Mathieu avec une douceur irritée, vous voilà bien. Dites que vous n'en avez plus envie, mais vous savez bien que ça ne se retrouvera pas d'ici long-temps.

— Eh bien, dit-elle gentiment, je ne veux pas y aller parce que je suis dégoûtée à cause de cet examen. C'est infernal de faire attendre si longtemps les résultats.

« — Est-ce que ça n'est pas pour demain ?

— Justement. » Elle ajouta en effleurant la manche de Mathieu avec le bout de ses doigts :

« Il ne faut pas faire attention à moi, aujourd'hui, je ne suis plus moi. Je dépends des autres, c'est avilissant, j'ai tout le temps l'image d'une petite feuille blanche collée contre un mur gris. Ils vous imposent de penser à ça. Quand je me suis levée ce matin, j'ai senti que j'étais déjà à demain ; aujourd'hui c'est une journée pour rien, une journée rayée. Ils me l'ont volée et il ne m'en reste déjà pas tant. »

Elle ajouta d'une voix basse et rapide :

« J'ai raté ma préparation de botanique.

— Je comprends », dit Mathieu.

Il aurait voulu trouver dans ses souvenirs une angoisse qui lui permît de comprendre celle d'Ivich. À la veille de l'agrégation, peut-être... Non, de toute façon, ça n'était pas pareil. Il avait vécu sans risques, paisiblement. À présent il se sentait fragile, au milieu d'un monde menaçant, mais c'était à travers Ivich.

« Si je suis admissible, dit Ivich, je boirai un petit peu avant d'aller à l'oral. »

Mathieu ne répondit pas.

« Un tout petit peu, répéta Ivich.

— Vous avez dit, ça en février, avant d'aller passer votre colle et puis, finalement, c'était du propre, vous avez pris quatre petits verres de rhum et vous étiez complètement soûle.

— D'ailleurs je ne serai pas admissible, dit-elle d'un air faux.

— C'est entendu mais si, par hasard, vous l'étiez ?

— Eh bien, je ne boirai pas. »

Mathieu n'insista pas : il était sûr qu'elle se présenterait ivre à l'oral : « Ça n'est pas moi qui aurais fait ça, j'étais bien trop prudent. » Il était irrité contre Ivich et dégoûté de lui-même. Le garçon apporta un verre à pied et le remplit à moitié de menthe verte.

« Je vous donne tout de suite le seau à glace.

— Merci bien », dit Ivich.

Elle regardait le verre et Mathieu la regardait. Un désir violent et imprécis l'avait envahi : être un instant cette conscience éperdue et remplie de sa propre odeur, sentir du dedans ces bras longs et minces, sentir, à la saignée, la peau de l'avant-bras se coller comme une lèvre à la peau du bras, sentir ce corps et tous les petits baisers discrets qu'il se donnait sans cesse. Être Ivich sans cesser d'être moi. Ivich prit le seau des mains du garçon et mit un cube de glace dans son verre.

« Ça n'est pas pour boire, dit-elle, mais c'est plus joli comme ça. »

Elle cligna un peu des yeux et sourit d'un air enfantin.

« C'est joli. »

Mathieu regarda le verre avec irritation, il s'appliqua à observer l'agitation épaisse et maladroite du liquide, la blancheur trouble du glaçon. En vain. Pour Ivich, c'était une petite volupté visqueuse et verte qui la poissait jusqu'au bout des doigts; pour lui, ça n'était rien. Moins que rien : un verre avec de la menthe dedans. Il pouvait *penser* ce que sentait Ivich, mais il ne sentait jamais rien; pour elle les choses étaient des présences étouffantes et complices, d'amples remous qui la pénétraient jusque dans sa chair, mais Mathieu les voyait toujours de loin. Il lui jeta un coup d'œil et soupira : il était en retard, comme toujours; Ivich ne regardait déjà plus le verre; elle avait l'air triste et tirait nerveusement sur une boucle de ses cheveux.

« Je voudrais une cigarette. »

Mathieu prit le paquet de Gold Flake dans sa poche et le lui tendit :

« Je vais vous donner du feu.

— Merci, je préfère l'allumer moi-même. »

Elle alluma la cigarette et en tira quelques bouffées. Elle avait approché sa main de sa bouche et s'amusait d'un air maniaque à faire courir la fumée le long de sa paume. Elle expliqua comme pour elle-même :

« Je voudrais que la fumée ait l'air de sortir de ma main. Ça serait drôle, une main qui brumerait.

— Ça ne se peut pas, la fumée va trop vite.

— Je sais, ça m'agace mais je ne peux pas m'arrêter. Je sens mon souffle qui chatouille ma main, il passe juste au milieu, on dirait qu'elle est coupée en deux par un mur. »

Elle eut un petit rire et se tut, elle soufflait toujours sur sa main, mécontente et obstinée. Puis elle jeta sa cigarette et secoua la tête; l'odeur de ses cheveux parvint aux narines de Mathieu. C'était une odeur de gâteau et de sucre vanillé, parce qu'elle se lavait les cheveux au jaune d'œuf; mais ce parfum de pâtisserie laissait un goût charnel.

Mathieu se mit à penser à Sarah.

« À quoi pensez-vous, Ivich ? » demanda-t-il.

Elle demeura un instant la bouche ouverte, décontenancée, et puis elle reprit son air méditatif et son visage se referma. Mathieu se sentait las de la regarder, il avait mal au coin des yeux :

« À quoi pensez-vous ? répéta-t-il.

— Je... » Ivich se secoua. « Vous me demandez tout le temps ça. À rien de précis. Ce sont des choses qu'on ne peut pas dire, ça ne se formule pas.

— Mais tout de même ?

— Eh bien, je regardais ce bonhomme qui vient, par exemple. Que voulez-vous que je dise ? Il faudrait dire : il est gros, il s'éponge le front avec un mouchoir, il porte un nœud tout fait... C'est drôle que vous me forciez à raconter ça, dit-elle brusquement, honteuse et irritée, ça ne vaut pas la peine d'être dit.

— Si, pour moi, si. Si je pouvais faire un vœu, je souhaiterais que vous soyez obligée de penser tout haut. »

Ivich sourit malgré elle.

« C'est du vice, dit-elle, la parole n'est pas faite pour ça.

— C'est marrant, vous avez pour la parole un respect de sauvage; vous avez l'air de croire qu'elle n'est faite que pour annoncer les morts et les mariages ou pour dire la messe. D'ailleurs vous ne regardiez pas les gens, Ivich, je vous ai vue, vous regardiez votre main et ensuite vous avez regardé votre pied. Et puis je sais ce que vous pensiez.

— Pourquoi le demandez-vous, alors ? Il ne faut pas être bien malin pour le deviner : je pensais à cet examen.

— Vous avez peur d'être collée, c'est ça ?

— Naturellement, j'ai peur d'être collée. Ou plutôt non, je n'ai pas peur. Je *sais* que je suis collée. »

Mathieu sentit de nouveau dans sa bouche un goût de catastrophe : si elle est collée, je ne la verrai plus. Elle serait sûrement collée : c'était une évidence[1].

« Je ne veux pas retourner à Laon, dit Ivich, désespérée. Si j'y rentre collée, je n'en sortirai plus, ils m'ont dit que c'était ma dernière chance. »

Elle se remit à tirer sur ses cheveux.

« Si j'avais du courage..., dit-elle en hésitant.

— Qu'est-ce que vous feriez ? demanda Mathieu inquiet.

— N'importe quoi. Tout plutôt que de retourner là-bas, je ne veux pas y passer ma vie, je ne veux pas !

— Mais vous m'aviez dit que votre père vendrait peut-être la scierie d'ici un an ou deux et que tout le monde viendrait s'installer à Paris.

— De la patience ! Voilà comme vous êtes tous, dit Ivich en tournant vers lui des yeux étincelants de fureur. Je voudrais vous y voir ! Deux ans dans cette cave, patienter deux ans ! Vous ne pouvez donc pas vous mettre dans la tête que c'est deux ans qu'on me vole ? Je n'ai qu'une vie, moi, dit-elle rageusement. À la façon dont vous parlez, on dirait que vous vous croyez éternel. Un an de perdu, d'après vous, ça se remplace ! » Les larmes lui vinrent aux yeux. « Ça n'est pas vrai que ça se remplace, c'est ma jeunesse qui filera là-bas goutte à goutte. Je veux vivre tout de suite, je n'ai pas commencé et je n'ai pas le temps d'attendre, je suis déjà vieille, j'ai vingt et un ans.

— Ivich, je vous en prie, dit Mathieu, vous me faites peur. Essayez une fois au moins de me dire clairement comment vous avez réussi vos travaux pratiques. Tantôt vous avez l'air contente et tantôt vous êtes désespérée.

— J'ai tout raté, dit Ivich d'un air sombre.

— Je croyais que vous aviez réussi en physique.

— Parlons-en ! dit Ivich avec ironie. Et puis la chimie a été lamentable, je ne peux pas me fourrer les dosages dans la tête, c'est tellement aride.

— Mais aussi pourquoi avez-vous choisi de faire ça ?

— Quoi ?

— Le P. C. B.

— Il fallait bien sortir de Laon », dit-elle d'un ton farouche.

Mathieu fit un geste d'impuissance ; ils se turent. Une femme sortit du café et passa lentement devant eux ; elle était belle, avec un tout petit nez dans un visage lisse, elle avait l'air de chercher quelqu'un. Ivich dut sentir d'abord son parfum : elle releva lentement sa tête morne puis la vit et son visage se transforma.

« La superbe créature », dit-elle d'une voix basse et profonde. Mathieu eut horreur de cette voix.

La femme s'immobilisa, clignant des yeux au soleil, elle pouvait avoir trente-cinq ans, on voyait ses longues jambes par transparence à travers le crêpe léger de sa robe; mais Mathieu n'avait pas envie de les regarder, il regardait Ivich. Ivich était devenue presque laide, elle serrait avec force ses mains l'une contre l'autre. Elle avait dit un jour à Mathieu : « Les petits nez, ça me donne envie de les mordre. » Mathieu se pencha un peu et il la vit de trois quarts; elle avait un air endormi et cruel et il pensa qu'elle avait envie de mordre.

« Ivich », dit doucement Mathieu.

Elle ne répondit pas; Mathieu savait qu'elle ne pouvait pas répondre : il n'existait plus pour elle, elle était toute seule.

« Ivich! »

C'était dans ces moments-là qu'il tenait le plus à elle, lorsque son petit corps charmant et presque mignard était habité par une force douloureuse, par un amour ardent et trouble, disgracié, pour la beauté. Il pensa : « Je ne suis pas beau », et il se sentit seul à son tour.

La femme s'en alla. Ivich la suivit des yeux et murmura rageusement :

« Il y a des moments où je voudrais être un type. »

Elle eut un petit rire sec et Mathieu la regarda tristement.

« On demande monsieur Delarue au téléphone, cria le chasseur.

— C'est moi », dit Mathieu.

Il se leva.

« Excusez-moi, c'est Sarah Gomez. »

Ivich lui sourit avec froideur; il entra dans le café et descendit l'escalier.

« Monsieur Delarue ? Première cabine. »

Mathieu prit l'écouteur, la porte de la cabine ne fermait pas.

« Allô, c'est Sarah ?

— Rebonjour, dit la voix nasillarde de Sarah. Eh bien, c'est arrangé.

— Ah! je suis content.

— Seulement il faut vous presser : il part dimanche pour les États-Unis. Il voudrait faire ça après-demain au plus tard, pour avoir le temps de la surveiller un peu les premiers jours.

— Bon... Eh bien, je vais prévenir Marcelle aujour-
d'hui même, seulement ça me prend un peu de court,
il faut que je trouve l'argent. Combien veut-il ?

— Ah ! je suis désolée, dit la voix de Sarah, mais il
veut quatre mille comptant, j'ai insisté, je vous jure,
j'ai dit que vous étiez gêné mais il n'a rien voulu savoir.
C'est un sale Juif », ajouta-t-elle en riant.

Sarah débordait de pitié inemployée mais, quand elle
avait entrepris de rendre un service, elle devenait brutale
et affairée comme une sœur de charité. Mathieu avait
un peu éloigné l'écouteur, il pensait : « Quatre mille
francs », et il entendait le rire de Sarah crépiter sur la
petite plaque noire, c'était un cauchemar.

« D'ici deux jours ? Bon, je... je m'arrangerai. Merci,
Sarah, vous êtes une perle. Vous serez chez vous ce
soir avant dîner ?

— Toute la journée.

— Bon. Je passerai, il y a encore des trucs à régler.

— À ce soir. »

Mathieu sortit de la cabine.

« Je voudrais un jeton de téléphone, mademoiselle.
Oh ! et puis non, ça n'est pas la peine. »

Il jeta vingt sous dans une soucoupe et monta lentement l'escalier. Ça n'était pas la peine d'appeler Marcelle
avant d'avoir réglé cette question d'argent. « J'irai trouver Daniel à midi. » Il se rassit près d'Ivich et la regarda
sans tendresse.

« Je n'ai plus mal à la tête, dit-elle gentiment.

— Je suis bien content », dit Mathieu.

Il avait le cœur plein de suie.

Ivich le regarda de côté, à travers ses longs cils. Elle
avait un sourire confus et coquet :

« On pourrait... on pourrait tout de même aller voir
les Gauguin.

— Si vous voulez », dit Mathieu sans surprise.

Ils se levèrent et Mathieu remarqua que le verre
d'Ivich était vide.

« Taxi, cria-t-il.

— Pas celui-là, dit Ivich, il est découvert, nous aurons
le vent dans la figure.

— Non, non, dit Mathieu au chauffeur, continuez, ça
n'était pas pour vous.

— Arrêtez celui-ci, dit Ivich, regardez comme il est

beau, on dirait un carrosse du Saint-Sacrement et puis il est fermé. »

Le taxi s'arrêta et Ivich y monta. « Pendant que j'y suis, pensa Mathieu, je demanderai mille francs de plus à Daniel, ça me permettra de finir le mois. »

« Galerie des Beaux-Arts, faubourg Saint-Honoré[1]. »

Il s'assit en silence auprès d'Ivich. Ils étaient gênés tous les deux.

Mathieu vit, entre ses pieds, trois cigarettes à moitié consumées, avec des bouts dorés.

« Il y a quelqu'un qui s'est énervé dans ce taxi.

— Pourquoi ? »

Mathieu lui montra les cigarettes.

« C'est une femme, dit Ivich, il y a des traces de rouge. »

Ils sourirent et se turent. Mathieu dit :

« Une fois j'ai trouvé cent francs dans un taxi.

— Vous avez dû être content.

— Oh! je les ai rendus au chauffeur.

— Tiens, dit Ivich, moi je les aurais gardés; pourquoi avez-vous fait ça ?

— Je ne sais pas », dit Mathieu.

Le taxi traversa la place Saint-Michel, Mathieu faillit dire : « Regardez comme la Seine est verte », mais il ne dit rien. Ivich dit soudain :

« Boris pensait que nous irions tous les trois au Sumatra, ce soir; j'aimerais... »

Elle avait tourné la tête et regardait les cheveux de Mathieu en avançant la bouche d'un air tendre. Ivich n'était pas précisément coquette, mais de temps en temps elle prenait un air de tendresse pour le plaisir de sentir son visage lourd et doux comme un fruit. Mathieu la jugea agaçante et déplacée.

« Je serai content de voir Boris et d'être avec vous, dit-il, ce qui me gêne un peu, vous le savez, c'est Lola; elle ne peut pas m'encaisser.

— Qu'est-ce que ça fait ? »

Il y eut un silence. C'était comme s'ils s'étaient représenté en même temps qu'ils étaient un homme et une femme, enfermés ensemble dans un taxi. « Ça ne doit pas être », se dit-il avec agacement; Ivich reprit :

« Je ne trouve pas que Lola vaille la peine qu'on

fasse attention à elle. Elle est belle et elle chante bien, voilà tout.

— Je la trouve sympathique.

— Naturellement. Ça, c'est votre morale, vous voulez toujours être parfait. Du moment que les gens vous détestent, vous faites de votre mieux pour leur découvrir des qualités. Moi, je ne la trouve pas sympathique, ajouta-t-elle.

— Elle est charmante avec vous.

— Elle ne peut pas faire autrement; mais je ne l'aime pas, elle joue la comédie.

— La comédie ? demanda Mathieu en levant les sourcils, c'est bien la dernière chose que je lui reprocherais.

— C'est drôle que vous n'ayez pas remarqué ça : elle pousse des soupirs gros comme elle pour qu'on la croie désespérée et puis elle se commande de bons petits plats. »

Elle ajouta avec une sournoise méchanceté :

« Moi, j'aurais cru que les gens désespérés se fichaient pas mal de crever : ça m'étonne toujours quand je la vois calculer sou par sou ses dépenses et faire des économies.

— Ça n'empêche pas qu'elle soit désespérée. C'est comme ça que font les gens qui vieillissent : quand ils sont dégoûtés d'eux-mêmes et de leur vie, ils pensent à l'argent et ils se soignent.

— Eh bien, on ne devrait jamais vieillir », dit Ivich sèchement.

Il la regarda d'un air gêné et il s'empressa d'ajouter :

« Vous avez raison, ça n'est pas beau d'être vieux.

— Oh! mais vous, vous n'avez pas d'âge, dit Ivich, il me semble que vous avez toujours été comme vous êtes, vous avez la jeunesse d'un minéral. Quelquefois, j'essaie d'imaginer comment vous étiez dans votre enfance, mais je ne peux pas.

— J'avais des boucles, dit Mathieu.

— Eh bien moi, je me figure que vous étiez comme aujourd'hui, tout juste un peu plus petit. »

Cette fois, Ivich ne devait pas savoir qu'elle avait l'air tendre. Mathieu voulut parler mais il y avait un drôle de chatouillement dans son gosier et il était hors de lui même. Il avait laissé derrière lui Marcelle, Sarah et les interminables couloirs d'hôpital où il traînait depuis le

matin, il n'était plus nulle part, il se sentait libre; cette
journée d'été le frôlait de sa masse dense et chaude, il
avait envie de s'y laisser tomber de tout son poids. Une
seconde encore il lui sembla qu'il restait en suspens dans
le vide avec une intolérable impression de liberté et puis,
brusquement, il étendit le bras, prit Ivich par les épaules
et l'attira contre lui. Ivich se laissa aller avec raideur,
tout d'une pièce, comme si elle perdait l'équilibre. Elle
ne dit rien; elle avait un air neutre.

Le taxi s'était engagé dans la rue de Rivoli, les
arcades du Louvre s'envolaient lourdement le long des
vitres, comme de grosses colombes. Il faisait chaud,
Mathieu sentait un corps chaud contre son flanc; à
travers la glace de devant il voyait des arbres et un
drapeau tricolore au bout d'un mât. Il se rappela le
geste d'un type qu'il avait vu, une fois, rue Mouffetard.
Un type assez bien mis, au visage tout gris. Le type
s'était approché d'une friterie, il avait longuement
regardé une tranche de viande froide posée sur une
assiette, à l'étalage, puis il avait étendu la main et pris
le morceau de viande; il avait l'air de trouver ça tout
simple, il avait dû se sentir libre lui aussi. Le patron
avait crié, un agent avait emmené le type qui paraissait
étonné. Ivich ne disait toujours rien.

« Elle me juge », pensa Mathieu avec irritation.

Il se pencha; pour la punir, il effleura du bout des
lèvres une bouche froide et close; il était buté; Ivich
se taisait. En relevant la tête il vit ses yeux et sa joie
rageuse s'évanouit. Il pensa : « Un homme marié qui
tripote une jeune fille dans un taxi » et son bras retomba,
mort et cotonneux; le corps d'Ivich se redressa avec
une oscillation mécanique, comme un balancier qu'on
a écarté de sa position d'équilibre. « Ça y est, se dit
Mathieu, c'est irrémédiable. » Il faisait le dos rond, il
aurait voulu fondre. Un agent leva son bâton, le taxi
s'arrêta. Mathieu regardait droit devant lui, mais il ne
voyait pas les arbres; il regardait son amour.

C'était de l'amour. *À présent*, c'était de l'amour.
Mathieu pensa : « Qu'est-ce que j'ai fait ? » Cinq minutes
auparavant cet amour n'existait pas; il y avait entre eux
un sentiment rare et précieux, qui n'avait pas de nom[1],
qui ne pouvait pas s'exprimer par des gestes. Et, justement, il avait fait un geste, le seul qu'il ne fallait pas

faire — ça n'était pas exprès d'ailleurs, c'était venu tout seul. Un geste et cet amour était apparu devant Mathieu, comme un gros objet importun et déjà vulgaire. Ivich penserait désormais qu'il l'aimait, elle penserait : « Il est comme les autres » ; désormais, Mathieu aimerait Ivich, comme les autres femmes qu'il avait aimées. « Qu'est-ce qu'elle pense ? » Elle se tenait à ses côtés, raide et silencieuse, et il y avait ce geste entre eux, j'ai horreur qu'on me touche, ce geste maladroit et tendre, qui avait déjà l'obstination impalpable des choses passées. « Elle râle, elle me méprise, elle pense que je suis comme les autres. Ça n'était pas ça que je voulais d'elle », pensa-t-il avec désespoir. Mais, déjà, il n'arrivait plus à se rappeler ce qu'il voulait *avant*. L'amour était là, tout rond, tout facile, avec ses désirs simples et ses conduites banales, et c'était Mathieu qui l'avait fait naître, en pleine liberté. « Ça n'est pas vrai, pensa-t-il avec force, je ne la désire pas, je ne l'ai jamais désirée. » Mais il savait déjà qu'il allait la désirer : ça finit toujours par là, je regarderai ses jambes et sa gorge et puis, un beau jour... Il vit brusquement Marcelle étendue sur le lit, toute nue, et les yeux clos : il haïssait Marcelle.

Le taxi s'était arrêté ; Ivich ouvrit la porte et descendit sur la chaussée. Mathieu ne la suivit pas tout de suite : il contemplait d'un œil rond cet amour tout neuf et déjà vieux, cet amour d'homme marié, honteux et sournois, humiliant pour elle, humilié d'avance, il l'acceptait déjà comme une fatalité. Il descendit enfin, paya et rejoignit Ivich qui l'attendait sous la porte cochère. « Si seulement elle pouvait oublier. » Il lui jeta un coup d'œil furtif et trouva qu'elle avait l'air dur. « En mettant les choses au mieux, il y a quelque chose de fini entre nous », pensa-t-il. Mais il n'avait pas envie de s'empêcher de l'aimer. Ils entrèrent à l'Exposition sans échanger une parole.

V

« L'Archange[1]! » Marcelle bâilla, se redressa un peu, secoua la tête et ce fut sa première pensée : « L'Archange vient ce soir. » Elle aimait ses mystérieuses visites, mais,

ce jour-là, elle y pensait sans plaisir. Il y avait une horreur fixe dans l'air autour d'elle, une horreur de midi.
Une chaleur dégradée emplissait la chambre, elle avait
déjà servi dehors, elle avait laissé sa luminosité dans les
plis du rideau et stagnait là, inerte et sinistre comme un
destin. « S'il savait, il est si pur, je le dégoûterais. »
Elle s'était assise au bord du lit, comme la veille, quand
Mathieu était tout nu contre elle, elle regardait ses
orteils avec un dégoût morose et la soirée de la veille
était encore là, impalpable, avec sa lumière morte et
rose, comme une odeur refroidie. « Je n'ai pas pu...
Je n'ai pas pu lui dire. » Il aurait dit : « Bon! Eh bien,
on va s'arranger » avec un air allant et gai, l'air d'avaler
une drogue. Elle savait qu'elle n'aurait pas pu supporter
ce visage; c'était resté dans sa gorge. Elle pensa :
« Midi! » Le plafond était gris comme un petit matin,
mais c'était une chaleur de midi. Marcelle s'endormait
tard et ne connaissait plus jamais les matins, il lui
semblait parfois que sa vie s'était arrêtée un jour à
midi, qu'elle était un éternel midi affalé sur les choses,
mou, pluvieux[a], sans espoir et tellement inutile. Au-
dehors, c'était le grand jour, les toilettes claires. Mathieu
marchait au dehors, dans le poudroiement vif et gai
de cette journée commencée sans elle et qui avait déjà
un passé. « Il pense à moi, il s'affaire », pensa-t-elle
sans amitié. Elle était agacée parce qu'elle imaginait cette
robuste pitié au grand soleil, cette pitié agissante et
maladroite d'homme sain. Elle se sentait lente et molle,
encore toute barbouillée de dormi; il y avait ce casque
d'acier sur sa tête, ce goût de buvard dans sa bouche,
cette tiédeur le long de ses flancs et, sous les bras, au
bout des poils noirs, ces perles de froid. Elle avait envie
de vomir, mais elle se retenait : sa journée n'était pas
encore commencée, elle était là, posée contre Marcelle,
en équilibre instable, le moindre geste la ferait s'écrouler
comme une avalanche. Elle eut un ricanement dur :
« Sa liberté! » Quand on se réveillait le matin avec le
cœur tourné et qu'on avait quinze heures à tuer avant
de pouvoir se recoucher, qu'est-ce que ça pouvait bien
foutre qu'on soit libre ? « Ça n'aide pas à vivre, la
liberté. » De délicates petites plumes enduites d'aloès
lui caressaient le fond de la gorge et puis un dégoût
de tout, en boule sur sa langue, lui tirait les lèvres en

arrière. « J'ai de la chance, il paraît qu'il y en a qui vomissent toute la journée, au deuxième mois; moi, je rends un peu le matin, l'après-midi je suis lasse, mais je tiens le coup; et maman a connu des femmes qui ne pouvaient pas supporter l'odeur du tabac, il ne manquerait plus que ça. » Elle se leva brusquement et courut au lavabo; elle vomit une eau mousseuse et trouble, on aurait dit un blanc d'œuf un peu battu. Marcelle se cramponna au rebord de faïence et regarda le liquide boursouflé d'air : finalement, ça ressemblait plutôt à du sperme. Elle eut un mauvais sourire et murmura : « Souvenir d'amour. » Puis il se fit un grand silence de métal dans sa tête et sa journée commença. Elle ne pensait plus à rien, elle passa la main dans ses cheveux et attendit : « Le matin, je rends toujours deux fois. » Et puis, tout d'un coup, elle revit le visage de Mathieu, son air naïf et convaincu, quand il avait dit : « On le fait passer, non ? » et elle fut traversée d'un éclair de haine.

Ça vient. Elle pensa d'abord au beurre et elle en eut horreur, il lui semblait qu'elle mâchait un bout de beurre jaune et rance, puis elle sentit quelque chose comme un grand rire au fond de sa gorge et elle se pencha au-dessus du lavabo. Un long filament pendait à ses lèvres, elle dut tousser pour s'en débarrasser. Ça ne la dégoûtait pas. Elle était pourtant prompte à se dégoûter d'elle-même : l'hiver dernier, quand elle avait ses diarrhées, elle ne voulait plus que Mathieu la touchât, il lui semblait tout le temps qu'elle avait une odeur. Elle regarda les glaires qui glissaient lentement vers le trou de vidange, en laissant des traces luisantes et visqueuses, comme des limaces. Elle dit à mi-voix : « Marrant! Marrant! » Ça ne la dégoûtait pas : c'était de la *vie,* comme les éclosions gluantes d'un printemps, ça n'était pas plus répugnant que la petite colle rousse et odorante qui enduit les bourgeons. « Ce n'est pas *ça* qui est répugnant. » Elle fit couler un peu d'eau pour nettoyer la cuvette, elle ôta sa chemise avec des gestes mous. Elle pensa : « Si j'étais une bête, on me laisserait tranquille. » Elle pourrait s'abandonner à cette langueur vivante, s'y baigner comme au sein d'une grande fatigue heureuse. Elle n'était pas une bête. « On le fait passer, non ? » Depuis la veille au soir, elle se sentait traquée.

La glace lui renvoyait son image entourée de lueurs
de plomb. Elle s'en approcha. Elle ne regarda ni ses
épaules, ni ses seins : elle n'aimait pas son corps. Elle
regarda son ventre, son ample bassin fécond. Sept ans
plus tôt, un matin — Mathieu avait passé la nuit avec
elle, c'était la première fois — elle s'était approchée de
la glace avec le même étonnement hésitant, elle pensait
alors : « C'est donc vrai qu'on peut m'aimer! » et elle
contemplait sa chair polie et soyeuse, presque une étoffe,
et son corps n'était qu'une surface, rien qu'une surface,
faite pour réfléchir les jeux stériles de la lumière et pour
se froncer sous les caresses comme l'eau sous le vent.
Aujourd'hui, ce n'était plus la même chair : elle regardait
son ventre et elle retrouvait, devant l'abondance paisible de ces grasses prairies nourricières, une impression
qu'elle avait eue lorsqu'elle était petite, devant les seins
des femmes qui allaitaient au Luxembourg : par-delà
la peur et le dégoût, une sorte d'espoir. Elle pensa :
« C'est là. » Dans ce ventre, une petite fraise de sang
se hâtait de vivre, avec une précipitation candide, une
petite fraise de sang[1] toute stupide qui n'était même pas
encore une bête et qu'on allait racler au bout d'un couteau. « Il y en a d'autres, à cette heure, qui regardent
leur ventre et qui pensent aussi : " C'est là. " Mais
elles sont fières, elles. » Elle haussa les épaules : eh bien,
oui, il était fait pour la maternité, ce corps qui s'épanouissait absurdement. Mais les hommes en avaient
décidé autrement. Elle irait chez cette vieille : il n'y
avait qu'à s'imaginer que c'était un fibrome. « D'ailleurs,
à l'heure qu'il est, ce n'est pas plus qu'un fibrome. »
Elle irait chez la vieille, elle mettrait les jambes en l'air
et la vieille la gratterait entre les cuisses avec son outil.
Et puis on n'en parlerait plus, ce ne serait plus qu'un
souvenir ignoble, tout le monde en a comme ça dans
sa vie. Elle reviendrait dans sa chambre rose, elle
continuerait à lire, à souffrir de l'intestin, et Mathieu
continuerait à la voir quatre nuits par semaine et il la
traiterait, quelque temps encore, avec une délicatesse
attendrie, comme une jeune mère, et quand il ferait
l'amour, il redoublerait de précautions et Daniel, Daniel
l'Archange viendrait aussi de temps en temps... Une
occasion manquée, quoi! Elle surprit ses yeux dans la
glace et se détourna vivement : elle ne voulait pas haïr

Mathieu. Elle pensa : « Il faut tout de même que je commence ma toilette. »

Elle n'en avait pas le courage. Elle se rassit sur le lit, elle posa doucement la main sur son ventre, juste au-dessus des poils noirs, elle appuya un peu, pas trop, elle pensa avec une sorte de tendresse : « C'est là. » Mais la haine ne désarmait pas. Elle se dit avec application : « Je ne veux pas le haïr. Il est dans son droit, on a toujours dit qu'en cas d'accident... Il ne pouvait pas savoir, c'est ma faute, je ne lui ai jamais rien dit. » Elle put croire un instant qu'elle allait se détendre, elle ne craignait rien tant que d'avoir à le mépriser. Mais, presque aussitôt, elle sursauta : « Et comment aurais-je pu le lui dire ? Il ne me demande jamais rien. » Évidemment : ils avaient convenu, une fois pour toutes, qu'ils se raconteraient tout, mais c'était surtout commode pour lui. Il aimait surtout à parler de lui, à exposer ses petits cas de conscience, ses délicatesses morales. Quant à Marcelle, il lui faisait confiance : par paresse. Il ne se tourmentait pas pour elle, il pensait : « Si elle avait quelque chose, elle me le dirait. » Mais elle ne pouvait pas parler : ça ne sortait pas. « Il devrait pourtant le savoir, que je ne peux pas parler de moi, que je ne m'aime pas assez pour ça. » Sauf avec Daniel, Daniel savait l'intéresser à elle-même : il avait une manière si charmante de l'interroger, en la regardant de ses beaux yeux caressants, et puis ils avaient un secret ensemble. Daniel était si mystérieux : il la voyait en cachette et Mathieu ignorait tout de leur intimité; ils ne faisaient rien de mal, c'était presque une farce, mais cette complicité créait entre eux un lien charmant et léger; et puis Marcelle n'était pas fâchée d'avoir un peu de vie personnelle, quelque chose qui fût vraiment à elle et qu'elle ne fût pas obligée de partager. « Il n'avait qu'à faire comme Daniel, pensa-t-elle. Pourquoi n'y a-t-il que Daniel qui sache me faire parler ? S'il m'avait un peu aidée... » Toute la journée de la veille, elle avait eu la gorge serrée, elle aurait voulu lui dire : « Et si on le gardait ? » Ah! s'il avait hésité, ne fût-ce qu'une seconde, je le lui aurais dit. Mais il était venu, il avait pris son air naïf : « On le fait passer, non ? » Et ça n'avait pas pu sortir. « Il était inquiet, quand il est parti : il ne voudrait pas que cette bonne femme me

démolisse. Ça oui : il va chercher des adresses, ça
l'occupera, à présent qu'il n'a plus ses cours, ça vaut
encore mieux pour lui que de traîner avec cette petite.
Et puis il est embêté comme quelqu'un qui a cassé une
potiche. Mais, au fond, il a la conscience parfaitement
en repos... Il a dû se promettre de me combler d'amour. »
Elle eut un rire bref : « Ça va. Seulement il faut qu'il
se presse : bientôt, j'aurai passé l'âge de l'amour. »

Elle crispa les mains sur le drap, elle était effrayée :
« Si je me mets à le détester, qu'est-ce qui me restera ? »
Savait-elle seulement si elle voulait un gosse ? Elle
voyait de loin, dans la glace, une masse sombre et un
peu affaissée : c'était son corps de sultane stérile. « Est-ce
qu'il aurait vécu seulement ? Je suis pourrie. » Elle
irait chez cette vieille. En se cachant, la nuit. Et la
vieille lui passerait la main dans les cheveux comme à
Andrée et l'appellerait : « Mon petit chat », avec un air
de complicité immonde : « Quand on n'est pas mariée,
une grossesse, c'est aussi dégueulasse qu'une blennor-
ragie, j'ai une maladie vénérienne, voilà ce qu'il faut que
je me dise. »

Mais elle ne put s'empêcher de passer doucement la
main sur son ventre. Elle pensa : « C'est là. » Là.
Quelque chose de vivant et de malchanceux comme elle.
Une vie absurde et superflue, comme la sienne... Elle
pensa soudain avec passion : « Il aurait été *à moi*. Même
idiot, même difforme, il aurait été à moi. » Mais ce désir
secret, cet obscur serment étaient tellement solitaires,
tellement inavouables, il fallait les dissimuler à tant de
gens, qu'elle se sentit brusquement coupable et elle eut
horreur d'elle-même.

VI

On voyait d'abord, au-dessus de la porte, l'écusson
« R. F. » et les drapeaux tricolores : ça donnait tout de
suite le ton. Et puis on pénétrait dans les grands salons
déserts, on plongeait dans une lumière académique qui
tombait d'une verrière dépolie : ça vous entrait, doré,

dans les yeux et ça se mettait aussitôt à fondre, ça
devenait gris. Murs clairs, tentures de velours beige.
Mathieu pensa : « L'esprit français. » Un bain d'esprit
français, il y en avait partout, sur les cheveux d'Ivich,
sur les mains de Mathieu : c'était ce soleil expurgé et
le silence officiel de ces salons ; Mathieu se sentit accablé
par une nuée de responsabilités civiques : il convenait
de parler bas, de ne pas toucher aux objets exposés,
d'exercer avec modération, mais fermeté, son esprit
critique, de n'oublier en aucun cas la plus française
des vertus, la Pertinence. Après ça, naturellement, il y
avait bien des taches sur les murs, les tableaux, mais
Mathieu n'avait plus aucune envie de les regarder. Il
entraîna tout de même Ivich, il lui montra sans parler
un paysage breton avec un calvaire, un Christ en croix,
un bouquet, deux Tahitiennes, à genoux sur le sable,
une ronde de cavaliers maoris[1]. Ivich ne disait rien et
Mathieu se demandait ce qu'elle pouvait penser. Il
essayait, par à-coups, de regarder les tableaux, mais ça
ne donnait rien : « Les tableaux, ça ne vous prend pas,
pensa-t-il avec agacement, ça se propose ; ça dépend de
moi qu'ils existent ou non, je suis libre en face d'eux. »
Trop libre : ça lui créait une responsabilité supplémentaire, il se sentait en faute.

　« Ça, c'est Gauguin », dit-il.

　C'était une petite toile carrée avec une étiquette :
Portrait de l'artiste, par lui-même[2]. Gauguin, blême et
peigné, avec un menton énorme, avait un air d'intelligence facile et la morgue triste d'un enfant. Ivich ne
répondit pas et Mathieu lui jeta un coup d'œil furtif :
il ne vit que ses cheveux dédorés par le faux éclat du
jour. La semaine précédente, en regardant ce portrait
pour la première fois, Mathieu l'avait trouvé beau. À
présent, il se sentait sec. D'ailleurs, il ne *voyait* pas le
tableau : Mathieu était sursaturé de réalité, de vérité,
transi par l'esprit de la Troisième République ; tout ce
qui était réel, il le voyait, il voyait tout ce que pouvait
éclairer cette lumière classique, les murs, les toiles dans
leurs cadres, les couleurs croûteuses sur les toiles. Mais
pas les tableaux ; les tableaux s'étaient éteints et ça paraissait monstrueux, au fond de ce petit bain de pertinence,
qu'il se fût trouvé des gens pour peindre, pour figurer
sur des toiles des objets inexistants.

Un monsieur et une dame entrèrent. Le monsieur était grand et rose avec des yeux comme des boutons de bottine et de doux cheveux blancs ; la dame, c'était plutôt le genre gazelle, elle pouvait avoir quarante ans. À peine entrés, ils eurent l'air d'être chez eux : ça devait être une habitude, il y avait un rapport indéniable entre leur air de jeunesse et la qualité de la lumière ; ça devait être la lumière des expositions nationales qui les conservait le mieux. Mathieu montra à Ivich une grande moisissure sombre au flanc du mur de fond :

« C'est encore lui. »

Gauguin, nu jusqu'à la ceinture sous un ciel d'orage, fixait sur eux le regard dur et faux des hallucinés[1]. La solitude et l'orgueil avaient dévoré son visage ; son corps était devenu un fruit gras et mou des tropiques avec des poches pleines d'eau. Il avait perdu la Dignité — cette Dignité humaine que Mathieu conservait encore sans savoir qu'en faire — mais il gardait l'orgueil. Derrière lui, il y avait des présences obscures, tout un sabbat de formes noires. La première fois qu'il avait vu cette chair obscène et terrible, Mathieu avait été ému ; mais il était seul. Aujourd'hui, il y avait, à côté de lui, un petit corps rancuneux et Mathieu avait honte de lui-même, il était de trop : une grosse immondice au pied du mur.

Le monsieur et la dame s'approchèrent ; ils vinrent se planter sans façon devant la toile. Ivich dut faire un pas de côté, parce qu'ils l'empêchaient de voir. Le monsieur se renversa en arrière et regarda le tableau avec une sévérité navrée. C'était une compétence : il avait la rosette.

« Tss, tss, tss, fit-il, en secouant la tête, que j'aime donc peu ça ! Ma parole, il se prenait pour le Christ. Et cet ange noir, là, là, derrière lui, ça n'est pas sérieux. »

La dame se mit à rire :

« Mon Dieu ! c'est vrai, dit-elle d'une voix de fleur, cet ange, c'est littéraire comme tout.

— Je n'aime pas Gauguin quand il pense, dit le monsieur profondément. Le vrai Gauguin c'est le Gauguin qui décore. »

Il regardait Gauguin de ses yeux de poupée, sec et mince dans son beau costume de flanelle grise en face de ce gros corps nu. Mathieu entendit un gloussement bizarre et se retourna : Ivich avait le fou rire, elle lui jeta un regard désespéré en se mordant les lèvres : « Elle ne m'en veut plus », pensa Mathieu avec un éclair de joie. Il la prit par le bras et la conduisit pliée en deux jusqu'à un fauteuil de cuir, au beau milieu de la pièce. Ivich se laissa tomber dans le fauteuil en riant; elle avait tous ses cheveux dans la figure.

« C'est formidable, dit-elle à voix haute. Comment est-ce qu'il disait : " Je n'aime pas Gauguin quand il pense ? " Et la bonne femme! Ça lui va si bien d'être avec une bonne femme comme ça. »

Le monsieur et la dame se tenaient très droits : ils semblaient se consulter du regard sur le parti à prendre[1].

« Il y a d'autres tableaux dans la salle à côté », dit Mathieu timidement.

Ivich cessa de rire.

« Non, dit-elle d'un ton morose, à présent ça n'est plus pareil : il y a des gens...

— Vous voulez qu'on s'en aille ?

— J'aimerais mieux, ça m'a redonné mal à la tête tous ces tableaux. Je voudrais me promener un peu à l'air. »

Elle se leva. Mathieu la suivit en jetant un coup d'œil de regret au grand tableau du mur de gauche : il aurait voulu le lui montrer. Deux femmes foulaient une herbe rose de leurs pieds nus. L'une d'elles portait un capuchon, c'était une sorcière. L'autre étendait le bras avec une tranquillité prophétique[2]. Elles n'étaient pas tout à fait vivantes. Il semblait qu'on les eût surprises en train de se métamorphoser en choses.

Dehors, la rue flambait; Mathieu eut l'impression de traverser un brasier.

« Ivich », fit-il malgré lui.

Ivich fit la grimace et porta les mains à ses yeux :

« C'est comme si on me les crevait à coups d'épingle. Oh! dit-elle avec fureur, je hais l'été. »

Ils firent quelques pas. Ivich titubait un peu, elle pressait toujours ses mains contre ses yeux.

« Attention, dit Mathieu, le trottoir s'arrête. »

Ivich abaissa brusquement les mains, et Mathieu vit ses yeux pâles, écarquillés. Ils traversèrent la chaussée en silence.

« Ça ne devrait pas être public, dit Ivich, tout à coup.

— Vous voulez dire : les expositions ? demanda
Mathieu, étonné.

— Oui.

— Si ça n'était pas public — il essayait de reprendre
le ton de familiarité gaie qui leur était habituel — je
me demande comment nous ferions pour y aller.

— Eh bien, nous n'irions pas », dit Ivich sèchement.

Ils se turent. Mathieu pensa : « Elle n'a pas cessé de
m'en vouloir. » Et puis, soudain, il fut traversé par
une certitude insupportable : « Elle veut foutre le camp.
Elle ne pense qu'à ça. Elle doit chercher dans sa tête
une phrase de congé poli et, quand elle l'aura trouvée,
elle me plaquera. Je ne veux pas qu'elle s'en aille »,
pensa-t-il avec angoisse.

« Vous n'avez rien de spécial à faire ? demanda-t-il.

— Quand ?

— Maintenant.

— Non, rien.

— Puisque vous voulez vous promener, je pensais...
est-ce que ça vous ennuierait de m'accompagner jusque
chez Daniel, rue Montmartre ? Nous pourrions nous
quitter devant sa porte et vous me permettriez de vous
offrir un taxi pour rentrer au Foyer.

— Si vous voulez, mais je ne rentre pas au Foyer,
je vais voir Boris. »

« Elle reste. » Ça ne prouvait pas qu'elle lui avait
pardonné. Ivich avait horreur de quitter les endroits
et les gens, même si elle les haïssait, parce que l'avenir
lui faisait peur. Elle s'abandonnait avec une indolence
boudeuse aux situations les plus déplaisantes et elle
finissait par y trouver une sorte de répit. Mathieu était
content tout de même : tant qu'elle demeurerait avec
lui, il l'empêcherait de penser. S'il parlait sans relâche,
s'il s'imposait, il pourrait retarder un peu l'éclosion
des pensées coléreuses et méprisantes qui allaient naître
en elle. Il fallait parler, parler tout de suite, sur n'importe
quoi. Mais Mathieu ne trouvait rien à dire. Il finit par
demander gauchement :

« Ça vous a tout de même bien plu, ces tableaux ? »

Ivich haussa les épaules.

« Naturellement. »

Mathieu avait envie de s'éponger le front, mais il
n'osa pas le faire. « Dans une heure, elle sera libre, elle

me jugera sans appel et je ne pourrai plus me défendre. Ça n'est pas possible de la laisser partir comme ça, décida-t-il. Il faut que je lui explique. »

Il se tourna vers elle, mais il vit ses yeux un peu hagards et les mots ne vinrent pas.

« Vous croyez qu'il était fou ? demanda soudain Ivich.

— Gauguin ? Je ne sais pas. C'est à cause de son portrait que vous demandez ça ?

— C'est à cause de ses yeux. Et puis il y a ces formes noires, derrière lui, on dirait des chuchotements. »

Elle ajouta avec une sorte de regret :

« Il était beau.

— Tiens, dit Mathieu surpris, c'est une idée qui ne me serait pas venue. »

Ivich avait une façon de parler des morts illustres qui le scandalisait un peu : entre les grands peintres et leurs tableaux, elle n'établissait aucun rapport; les tableaux c'étaient des choses, de belles choses sensuelles qu'il aurait fallu posséder; il lui semblait qu'ils avaient toujours existé; les peintres c'étaient des hommes comme les autres : elle ne leur savait aucun gré de leurs œuvres et ne les respectait pas. Elle demandait s'ils avaient été plaisants, gracieux, s'ils avaient eu des maîtresses; un jour, Mathieu lui avait demandé si elle aimait les toiles de Toulouse-Lautrec et elle avait répondu : « Quelle horreur, il était si laid! » Mathieu s'était senti personnellement blessé.

« Si, il était beau », dit Ivich avec conviction.

Mathieu haussa les épaules. Les étudiants de la Sorbonne insignifiants et frais comme des filles, Ivich pouvait les manger des yeux tant qu'elle voulait. Et même Mathieu l'avait trouvée charmante, un jour qu'elle avait longuement dévisagé un jeune pupille d'orphelinat accompagné de deux religieuses et qu'elle avait dit avec une gravité un peu inquiète : « Je crois que je deviens pédéraste. » Les femmes aussi, elle pouvait les trouver belles. Mais pas Gauguin. Pas cet homme mûr qui avait fait *pour elle* des tableaux qu'elle aimait.

« Ce qu'il y a, dit-il, c'est que je ne le trouve pas sympathique. »

Ivich fit une moue méprisante et se tut.

« Qu'est-ce qu'il y a, Ivich, dit vivement Mathieu,

vous me blâmez parce que j'ai dit qu'il n'était pas sympathique ?

— Non, mais je me demande pourquoi vous avez dit ça.

— Comme ça. Parce que c'est mon impression : c'est cet air d'orgueil qu'il a, ça lui donne des yeux de poisson bouilli. »

Ivich se mit à tirer sur une boucle de cheveux, elle avait pris un air d'obstination fade.

« Il a l'air noble, dit-elle sur un ton neutre.

— Oui... dit Mathieu du même ton, il a de la morgue, si c'est ça que vous voulez dire.

— Naturellement, dit Ivich avec un petit rire.

— Pourquoi dites-vous : naturellement ?

— Parce que j'étais sûre que vous appelleriez ça de la morgue. »

Mathieu dit avec douceur :

« Je ne voulais rien dire de mal sur lui. Vous savez, j'aime bien qu'on soit orgueilleux. »

Il y eut un assez long silence. Puis Ivich dit abruptement, d'un air bête et fermé :

« Les Français n'aiment pas ce qui est noble. »

Ivich parlait volontiers du tempérament français quand elle était en colère et toujours avec cet air bête. Elle ajouta d'une voix bonasse :

« Je comprends ça, d'ailleurs. Du dehors, ça doit paraître tellement exagéré. »

Mathieu ne répondit pas : le père d'Ivich était noble. Sans la révolution de 1917, Ivich aurait été élevée à Moscou, au pensionnat des demoiselles de la noblesse ; elle aurait été présentée à la cour, elle aurait épousé un officier de la garde, grand et beau, au front étroit, au regard mort. M. Serguine, à présent, était propriétaire d'une scierie mécanique à Laon. Ivich était à Paris, elle se promenait à Paris, avec Mathieu, un bourgeois français qui n'aimait pas la noblesse.

« C'est lui qui est... parti ? demanda soudain Ivich.

— Oui, dit Mathieu avec empressement, vous voulez que je vous raconte son histoire ?

— Je crois que je sais : il était marié, il avait des enfants, c'est ça ?

— Oui, il travaillait dans une banque. Et puis, le dimanche, il s'en allait en banlieue avec un chevalet et une boîte à couleurs. C'était ce qu'on appelle un peintre des dimanches.

— Un peintre des dimanches ?

— Oui : au début, c'est ce qu'il était, ça veut dire un amateur qui barbouille des toiles le dimanche comme on pêche à la ligne. Un peu par hygiène, vous comprenez, parce qu'on peint des paysages à la campagne, on respire du bon air. »

Ivich se mit à rire, mais pas de l'air que Mathieu attendait.

« Ça vous amuse qu'il ait commencé par être un peintre des dimanches ? demanda Mathieu avec inquiétude.

— Ça n'est pas à lui que je pensais.

— Qu'est-ce que vous pensiez ?

— Je me demandais si on parlait aussi, quelquefois, des écrivains du dimanche. »

Des écrivains du dimanche : des petits bourgeois qui écrivaient annuellement une nouvelle ou cinq ou six poèmes pour mettre un peu d'idéal dans leur vie. Par hygiène. Mathieu frissonna :

« Vous voulez dire que j'en suis un ? demanda-t-il gaiement. Eh bien! vous voyez que ça mène à tout. Peut-être qu'un beau jour je partirai à Tahiti. »

Ivich se tourna vers lui et le regarda bien en face. Elle avait l'air mauvais et apeuré : elle devait s'effrayer de sa propre audace.

« Ça m'étonnerait, dit-elle d'une voix blanche.

— Pourquoi pas ? dit Mathieu. Peut-être pas à Tahiti, mais à New York. J'aimerais bien aller en Amérique. »

Ivich tirait sur ses boucles avec violence.

« Oui, dit-elle, si c'était en mission... avec d'autres professeurs. »

Mathieu la regarda en silence et elle reprit :

« Peut-être que je me trompe... Je vous imagine très bien faisant une conférence dans une université devant des étudiants américains, mais pas sur le pont d'un bateau avec des émigrants. C'est peut-être parce que vous êtes Français.

— Vous croyez qu'il me faut des cabines de luxe ? demanda-t-il en rougissant.

— Non, dit Ivich brièvement, de seconde classe. »

Il eut quelque peine à avaler sa salive. « Je voudrais

bien l'y voir, elle, sur un pont de bateau, avec les émigrants, elle en crèverait. »

« Enfin, conclut-il, de n'importe quelle façon, je vous trouve drôle de décider comme ça que je ne pourrais pas partir. D'ailleurs vous vous trompez, j'en ai eu envie très souvent, autrefois. Ça m'a passé parce que je trouve ça idiot. Et puis cette histoire est d'autant plus comique qu'elle est venue à propos de Gauguin, précisément, qui est resté un rond-de-cuir jusqu'à quarante ans. »

Ivich éclata d'un rire ironique :

« Ça n'est pas vrai ? demanda Mathieu.

— Si... puisque vous le dites. En tout cas, il n'y a qu'à le regarder sur sa toile...

— Eh bien ?

— Eh bien! j'imagine qu'il ne doit pas y avoir beaucoup de ronds-de-cuir de son espèce. Il avait l'air... perdu. »

Mathieu revit un visage lourd au menton énorme. Gauguin avait perdu la dignité humaine, il avait accepté de la perdre.

« Je vois, dit-il. Sur la grande toile du fond ? Il était très malade à ce moment-là. »

Ivich sourit avec mépris.

« Je parle du petit tableau où il est encore jeune : il a l'air capable de n'importe quoi. » Elle regarda le vide, d'un air un peu hagard, et Mathieu sentit pour la seconde fois la morsure de la jalousie.

« Évidemment, si c'est ça que vous voulez dire, je ne suis pas un homme perdu.

— Oh! non, dit Ivich.

— Je ne vois pas pourquoi ce serait une qualité, d'ailleurs, dit-il, ou alors c'est que je ne comprends pas bien ce que vous voulez dire.

— Eh bien! n'en parlons plus.

— Naturellement. Vous êtes toujours comme ça, vous faites des reproches enveloppés et puis vous refusez de vous expliquer, c'est trop commode.

— Je ne fais de reproche à personne », dit-elle avec indifférence.

Mathieu cessa de marcher et la regarda. Ivich s'arrêta de mauvaise grâce. Elle sautait d'un pied sur l'autre et fuyait le regard de Mathieu :

« Ivich! Vous allez me dire ce que vous mettez là-dedans.

— Dans quoi ? dit-elle avec étonnement.

— Dans cette histoire d'homme « perdu ».

— Nous en sommes encore à parler de ça ?

— Ça a l'air idiot, dit Mathieu, mais je voudrais savoir ce que vous mettez là-dedans. »

Ivich recommença à tirer sur ses cheveux : c'était exaspérant.

« Mais je n'y mets rien, c'est un mot qui m'est venu. »

Elle s'arrêta, elle avait l'air de chercher. De temps en temps elle ouvrait la bouche, et Mathieu croyait qu'elle allait parler : mais rien ne venait. Elle dit :

« Je me moque qu'on soit comme ça ou autrement. »

Elle avait enroulé une boucle autour de son doigt et tirait dessus comme pour l'arracher. Elle ajouta tout d'un coup d'une voix rapide, en fixant la pointe de ses souliers :

« Vous êtes installé et vous ne changeriez pas pour tout l'or du monde.

— C'est donc ça! dit Mathieu. Qu'est-ce que vous en savez ?

— C'est une impression : on a l'impression que vous avez votre vie faite et vos idées sur tout. Alors vous étendez la main vers les choses quand vous croyez qu'elles sont à votre portée, mais vous ne vous dérangeriez pas pour aller les prendre.

— Qu'est-ce que vous en savez ? répéta Mathieu. Il ne trouvait rien d'autre à dire : il pensait qu'elle avait raison.

— Je croyais, dit Ivich avec lassitude. Je croyais que vous ne vouliez rien risquer, que vous étiez trop intelligent pour ça. » Elle ajouta d'un air faux : « Mais du moment que vous me dites que vous êtes autrement... »

Mathieu pensa tout à coup à Marcelle et il eut honte :

« Non, dit-il d'une voix basse, je suis comme ça, je suis comme vous croyez.

— Ah! dit Ivich sur un ton de triomphe.

— Vous... vous trouvez ça méprisable ?

— Au contraire, dit Ivich avec indulgence. Je trouve que c'est beaucoup mieux comme ça. Avec Gauguin la vie devait être impossible. » Elle ajouta sans qu'on pût discerner la moindre ironie dans sa voix : « Avec vous on se sent en sécurité, on n'a jamais à craindre d'imprévu.

— En effet, dit Mathieu sèchement. Si vous voulez dire que je ne fais pas de caprices... Vous savez je pourrais en faire comme un autre, mais je trouve ça moche.

— Je sais, dit Ivich, tout ce que vous faites est toujours si... méthodique... »

Mathieu sentit qu'il pâlissait.

« À propos de quoi dites-vous ça, Ivich ?

— À propos de tout, dit Ivich d'un air vague.

— Oh! vous avez bien une petite idée particulière. »

Elle marmotta sans le regarder :

« Chaque semaine, vous arriviez avec la *Semaine à Paris,* vous faisiez un programme...

— Ivich! dit Mathieu indigné, c'était pour vous!

— Je sais, dit Ivich avec politesse, je vous suis très reconnaissante. »

Mathieu était plus surpris encore que blessé.

« Je ne comprends pas, Ivich. Est-ce que vous n'aimiez pas entendre des concerts ou voir des tableaux ?

— Mais si.

— Comme vous dites ça mollement.

— J'aimais vraiment beaucoup... J'ai horreur, dit-elle avec une violence soudaine, qu'on me crée des devoirs envers les choses que j'aime.

— Ah!... vous... vous n'aimiez pas ça! » répéta Mathieu.

Elle avait relevé la tête et rejeté ses cheveux en arrière, son large visage blême s'était dévoilé, ses yeux étincelaient. Mathieu était atterré : il regardait les lèvres fines et veules d'Ivich, il se demandait comment il avait pu les embrasser.

« Il fallait le dire, reprit-il piteusement, je ne vous aurais jamais forcée. »

Il l'avait traînée au concert, dans les expositions, il lui expliquait les tableaux et, pendant ce temps-là, elle le haïssait.

« Qu'est-ce que ça peut me faire, à moi, des tableaux, dit Ivich sans l'entendre, si je ne peux pas les posséder. À chaque fois je crevais de rage et d'envie de les emporter, mais on ne peut même pas les toucher. Et je vous sentais à côté de moi, tranquille et respectueux : vous alliez là comme à la messe. »

Ils se turent. Ivich avait gardé son air dur. Mathieu eut brusquement la gorge serrée :

« Ivich, je vous prie de m'excuser pour ce qui s'est passé ce matin.

— Ce matin ? dit Ivich. Je n'y pensais même plus, je pensais à Gauguin.

— Ça ne se reproduira plus, dit Mathieu, je n'ai même pas compris comment ça a pu se produire. »

Il parlait par acquit de conscience : il savait que sa cause était perdue. Ivich ne répondit pas et Mathieu reprit avec effort :

« Il y a aussi les musées et les concerts... Si vous saviez comme je regrette! On croit qu'on est d'accord avec quelqu'un... Mais vous ne disiez jamais rien. »

À chaque mot il croyait qu'il allait s'arrêter. Et puis un autre lui venait du fond de la gorge en lui soulevant la langue. Il parlait avec dégoût et par petits spasmes. Il ajouta :

« Je vais essayer de changer. »

« Je suis abject », pensa-t-il. Une colère désespérée lui embrasait les joues. Ivich secoua la tête.

« On ne peut pas se changer », dit-elle. Elle avait pris un ton raisonnable et Mathieu la détesta franchement. Ils marchèrent en silence, côte à côte; ils étaient inondés de lumière et ils se haïssaient. Mais, en même temps, Mathieu se voyait avec les yeux d'Ivich et il avait horreur de lui-même. Elle porta sa main à son front et serra ses tempes entre ses doigts :

« Est-ce que c'est encore loin ?

— Un quart d'heure. Vous êtes fatiguée ?

— Oh! oui. Excusez-moi, ce sont ces tableaux. » Elle tapa du pied et regarda Mathieu d'un air égaré : « Voilà déjà qu'ils m'échappent, ils se brouillent tous dans ma tête. Toutes les fois, c'est pareil.

— Vous voulez rentrer ? » Mathieu était presque soulagé.

« Je crois que ça vaut mieux. »

Mathieu héla un taxi. À présent, il avait hâte d'être seul.

« Au revoir », dit Ivich sans le regarder.

Mathieu pensa : « Et le Sumatra ? Est-ce que je dois tout de même y aller ? »

Mais il n'avait même plus envie de la revoir.

« Au revoir », dit-elle.

Le taxi s'éloigna et, pendant quelques inſtants, Mathieu le suivit des yeux avec angoisse. Puis une porte claqua en lui, se verrouilla, et il se mit à penser à Marcelle.

VII

Nu jusqu'à la ceinture[a], Daniel se rasait devant son armoire à glace : « C'eſt pour ce matin, à midi tout sera fini. » Ça n'était pas un simple projet : la chose était déjà là, dans la lumière électrique, dans le crissement léger du rasoir; on ne pouvait pas essayer de l'éloigner, ni même de la rapprocher pour que ce fût plus vite terminé : il fallait la vivre, simplement. Dix heures venaient à peine de sonner, mais midi était déjà présent dans la chambre, fixe et rond, un œil. Au-delà, il n'y avait rien qu'une après-midi vague qui se tordait comme un ver. Le fond des yeux lui faisait mal parce qu'il avait si peu dormi et il avait un bouton sous la lèvre, une toute petite rougeur avec une pointe blanche : à présent, c'était comme ça, chaque fois qu'il avait bu. Daniel tendait l'oreille : mais non, c'étaient des bruits dans la rue. Il regarda le bouton, rouge et fiévreux — il y avait aussi les grands cernes bleuâtres sous ses yeux — et il pensa : « Je me détruis. » Il prenait grand soin de passer le rasoir tout autour du bouton sans l'écorcher; il reſterait une petite touffe de crins noirs, mais tant pis : Daniel avait horreur des écorchures. En même temps, il tendait l'oreille : la porte de sa chambre était entrebâillée, pour qu'il pût mieux entendre : il se disait : « Ce coup-ci, je ne la raterai pas. »

Ce fut un tout petit frôlement, presque imperceptible; déjà Daniel avait bondi, son rasoir à la main, il ouvrit brusquement la porte d'entrée. Il était trop tard, l'enfant l'avait prévenu : elle s'était enfuie, elle devait s'être blottie dans l'encoignure d'un palier, elle attendait le cœur battant, en retenant son souffle. Daniel découvrit sur le paillasson, à ses pieds, un petit bouquet d'œillets : « Sale petite femelle », dit-il très haut. C'était la fille de la concierge, il en était[a] sûr. Il n'y avait qu'à regarder ses yeux de poisson frit quand elle lui disait bonjour. Ça durait depuis quinze jours ; tous les matins, en rentrant de l'école, elle déposait des fleurs devant la porte de Daniel. Il fit tomber, d'un coup de pied, les œillets dans la cage de l'escalier. « Il faudra que je reste aux écoutes dans l'antichambre pendant toute une matinée, ça n'est que comme ça que je la pincerai. » Il apparaîtrait, nu jusqu'à la ceinture, et fixerait sur elle un regard sévère. Il pensa : « C'est ma tête qu'elle aime. Ma tête et mes épaules parce qu'elle a de l'idéal. Ça lui fera un coup, de voir que j'ai du poil sur la poitrine. » Il rentra dans sa chambre et se remit à se raser. Il voyait dans la glace son visage sombre et noble aux joues bleues ; il pensa avec une sorte de malaise : « C'est ça qui les excite. » Un visage d'archange ; Marcelle l'appelait son cher archange et, à présent, il fallait qu'il essuyât les regards de cette petite garce, toute gonflée par la puberté[b]. « Les salopes », pensa Daniel avec irritation. Il se pencha un peu, et, d'un coup adroit de son rasoir, il décapita son bouton. Ça n'aurait pas été une mauvaise blague de défigurer cette tête qu'elles aimaient tant. « Bah ! Un visage balafré est toujours un visage, ça *signifie* toujours quelque chose : je m'en lasserais plus vite encore. » Il s'approcha de la glace et se regarda sans plaisir ; il se dit : « D'ailleurs, j'aime être beau. » Il avait l'air fatigué. Il se pinça à la hauteur des hanches : « Il faudrait perdre un kilo. » Sept whiskies, la veille au soir, tout seul, au Johnny's. Jusqu'à trois heures il n'avait pas pu se décider à rentrer parce que c'était sinistre de mettre la tête sur l'oreiller et de se sentir couler dans le noir, en pensant qu'il y aurait un lendemain. Daniel pensa aux chiens de Constantinople[1] : on les avait traqués dans les rues et mis dans des sacs, dans *des paniers,* et puis on les avait abandonnés dans une île déserte ; ils se dévoraient entre eux ; le vent de la pleine mer apportait parfois leurs hurlements jusqu'aux oreilles des marins : « Ça n'était pas des chiens qu'on aurait dû y mettre. » Daniel n'aimait pas les chiens. Il enfila une chemise de soie crème et un pantalon de flanelle grise ; il choisit une cravate avec soin : aujourd'hui, ça serait la verte à rayures, parce qu'il avait mauvais teint. Puis il ouvrit la fenêtre et le matin entra

dans sa chambre, un matin lourd, étouffant, prédestiné.
Une seconde, Daniel se laissa flotter dans la chaleur
stagnante, puis il regarda autour de lui : il aimait sa
chambre parce qu'elle était impersonnelle et ne le livrait
pas, on aurait dit une chambre d'hôtel. Quatre murs
nus, deux fauteuils, une chaise, une table, une armoire,
un lit. Daniel n'avait pas de souvenirs. Il vit le grand
panier d'osier ouvert au milieu de la pièce et détourna
les yeux : c'était pour aujourd'hui.

La montre de Daniel marquait dix heures vingt-cinq.
Il entrouvrit la porte de la cuisine et siffla. Scipion
parut le premier; il était blanc et roux avec une petite
barbe. Il regarda durement Daniel et bâilla avec férocité,
en faisant le pont avec son dos. Daniel s'agenouilla
avec douceur et se mit à lui caresser le museau. Le chat,
les yeux mi-clos, lui donna de petits coups de patte
sur la manche. Au bout d'un moment, Daniel le prit
par la peau du cou et le déposa dans le panier; Scipion
y demeura sans un mouvement, écrasé et béat. Malvina
vint ensuite; Daniel l'aimait moins que les deux autres
parce qu'elle était comédienne et servile. Quand elle
se fut assurée qu'il la voyait, elle se mit à ronronner de
loin et à faire des grâces : elle se frottait la tête contre
le battant de la porte. Daniel frôla du doigt son cou
gras, alors elle se renversa sur le dos, les pattes raides,
et il lui chatouilla les tétins sous sa fourrure noire.
« Ha, ha! dit-il d'une voix chantante et mesurée, ha,
ha! » et elle se roulait d'un flanc sur l'autre avec des
mouvements gracieux de la tête : « Attends voir un
peu, pensa-t-il, attends seulement jusqu'à midi. » Il
l'attrapa par les pattes et la déposa près de Scipion.
Elle avait l'air un peu étonnée, mais elle se roula en
boule et, à la réflexion, se remit à ronronner.

« Poppée, appela Daniel, Poppée, Poppée! » Poppée
ne venait presque jamais quand on l'appelait; Daniel
dut aller la chercher à la cuisine. Quand elle le vit,
elle sauta sur le fourneau à gaz avec un petit rugissement
irrité. C'était une chatte de gouttière, avec une grande
cicatrice qui lui barrait le flanc droit. Daniel l'avait
trouvée au Luxembourg, un soir d'hiver, peu avant la
fermeture du jardin, il l'avait emportée. Elle était impérieuse et mauvaise, elle mordait souvent Malvina :
Daniel l'aimait. Il la prit dans ses bras et elle retira la

tête en arrière en aplatissant les oreilles et en faisant le
gros cou : elle avait l'air scandalisé. Il lui passa ses
doigts sur le museau et elle mordilla le bout de ce
doigt, furieuse et amusée; alors il la pinça dans le gras
du cou et elle releva sa petite tête butée. Elle ne ronronnait pas — Poppée ne ronronnait jamais — mais elle
le regarda, bien en face, et Daniel pensa, par habitude :
« C'est rare, un chat qui vous regarde dans les yeux. »
En même temps, il sentit qu'une angoisse intolérable
l'envahissait et il dut détourner les yeux : « Là, là, dit-il,
là, là, ma reine! » et il lui sourit sans la regarder. Les
deux autres étaient restés côte à côte, stupides et ron-
ronnants, on aurait dit un chant de cigales[a]. Daniel les
contempla avec un soulagement mauvais : « De la
gibelotte. » Il[b] pensait aux tétins roses de Malvina.
Mais ce fut toute une histoire pour faire entrer Poppée
dans le panier : il dut la pousser par l'arrière-train, elle
se retourna en crachant et lui envoya un coup de griffe.
« Ah! c'est comme ça ? » dit Daniel. Il la prit par la
nuque et par les reins et la courba de force, l'osier
grinça sous les griffes de Poppée. La chatte eut un instant
de stupeur et Daniel en profita pour rabattre vivement
le couvercle et fermer les deux cadenas. « Ouf », fit-il.
Sa main lui cuisait un peu, une sèche petite douleur,
presque un chatouillement. Il se releva et considéra le
panier avec une satisfaction ironique. « Bouclés! » Sur
le dessus de sa main, il y avait trois égratignures et,
au fond de lui-même, un chatouillement aussi; un drôle
de chatouillement qui risquait de tourner mal. Il prit
la pelote de ficelle sur la table et la mit dans la poche
de son pantalon.

Il hésita. « Il y a un bon bout de chemin; je vais
avoir chaud. » Il aurait voulu prendre son veston de
flanelle, mais il n'avait pas l'habitude de céder facilement
à ses désirs, et puis ça serait comique de marcher au
gros soleil, rouge et suant, avec ce fardeau dans les bras.
Comique et un peu ridicule : ça le fit sourire et il choisit
sa veste de tweed violine, qu'il ne pouvait plus supporter
depuis la fin de mai. Il souleva le panier par l'anse et
pensa : « Ce qu'ils sont lourds, ces sales animaux. »
Il imaginait leur posture humiliée et grotesque, leur
terreur rageuse. « C'était donc ça[c] que j'aimais! » Il
avait suffi d'enfermer les trois idoles dans une cage

d'osier et elles étaient redevenues des chats, tout simplement des chats, de petits mammifères vaniteux et
bornés qui crevaient de frousse — aussi peu sacrés que
possible. « Des chats : ça n'était que des chats. » Il se
mit à rire : il avait l'impression qu'il était en train de
jouer un bon tour à quelqu'un. Quand il franchit la
porte d'entrée, il eut un haut-le-cœur, mais ça ne dura
pas : dans l'escalier il se sentait dur et sec, avec une drôle
de fadeur par en dessous, une fadeur de viande crue.
La concierge était sur le pas de sa porte; elle lui sourit.
Elle aimait bien Daniel parce qu'il était si cérémonieux
et si galant.

« Vous êtes bien matinal, monsieur Sereno[1].

— J'avais peur que vous ne fussiez malade, chère
madame, répondit Daniel, d'un air attentif. Je suis rentré
tard hier soir et j'ai vu de la lumière sous la porte de
votre loge.

— Imaginez! dit la concierge en riant, j'étais si rendue
que je m'étais endormie sans éteindre. Tout d'un coup,
j'entends votre coup de sonnette. Ah! j'ai dit, voilà monsieur Sereno qui rentre! (Je n'avais que vous de sorti.)
J'ai éteint tout de suite après. Il était trois heures, à peu
près ?

— À peu près...

— Eh bien! dit-elle, je pense que vous en avez un
gros panier!

— Ce sont mes chats.

— Ils sont malades, les pauvres petites bêtes ?

— Non, mais je les emmène chez ma sœur, à Meudon. Le vétérinaire dit qu'ils ont besoin d'air. »

Il ajouta gravement :

« Vous savez que les chats peuvent devenir tuberculeux ?

— Tuberculeux! dit la concierge saisie. Alors, soi-
gnez-les bien. Tout de même, ajouta-t-elle, ça va faire
un vide chez vous; je m'étais habituée à les voir, ces
mignons, quand je faisais votre ménage. Ça doit vous
faire du chagrin.

— Beaucoup de chagrin, madame Dupuy », dit
Daniel.

Il lui fit un sourire grave et la quitta. « La vieille
taupe, elle s'est coupée. Elle devait les tripoter quand
je n'y étais pas : je lui avais pourtant bien défendu de

les toucher ; elle ferait mieux de surveiller sa fille. »
Il franchit le porche et la lumière l'éblouit, la sale
lumière brûlante et pointue. Elle lui faisait mal aux
yeux, c'était prévu : quand on a bu la veille, rien ne
vaut les matins de brume. Il ne voyait plus rien, il
nageait dans la lumière, avec un cercle de fer autour du
crâne. Tout d'un coup, il vit son ombre, grotesque et
trapue, avec l'ombre du cageot d'osier qu'il balançait
au bout de son bras. Daniel sourit : il était très grand.
Il se redressa de toute sa taille, mais l'ombre resta
courtaude et difforme, on aurait dit un chimpanzé. « Le
docteur Jekyll et mister Hyde. Non, pas de taxi, se dit-il,
j'ai tout mon temps. Je vais balader mister Hyde jusqu'à
l'arrêt du 72. » Le 72 le mènerait à Charenton. À un
kilomètre de là, Daniel connaissait un petit coin solitaire au bord de la Seine. « Eh bien, se dit-il, je ne vais
tout de même pas tourner de l'œil, il ne manquerait
plus que ça. » L'eau de la Seine était particulièrement
noire et sale à cet endroit-là, avec des flaques d'huile
verdâtres, à cause des usines de Vitry. Daniel se contempla avec dégoût : il se sentait tellement doux, à l'intérieur,
tellement doux que ça n'était pas naturel. Il pensa :
« Voilà l'homme », avec une sorte de plaisir. Il était
tout dur et barré et puis, par en dessous, il y avait une
faible victime qui demandait grâce. Il pensa : « C'est
drôle qu'on puisse se haïr comme si on était un autre. »
Ça n'était pas vrai, d'ailleurs : il avait beau faire, il n'y
avait qu'un Daniel. Quand il se méprisait, il avait
l'impression de se détacher de soi, de planer comme un
juge abstrait au-dessus d'un grouillement impur et puis,
tout d'un coup, ça le reprenait, ça l'aspirait par en bas,
il s'engluait en lui-même. « Merde ! pensa-t-il, je vais
boire un coup. » Il avait juste un petit détour à faire,
il s'arrêterait chez Championnet, rue Tailledouce. Quand
il poussa la porte, le bar était désert. Le garçon épous-
setait des tables de bois roux, en forme de tonneaux.
L'obscurité fut douce aux yeux de Daniel : « J'ai un
sacré mal de tête », pensa-t-il. Il posa le panier et se
hissa sur un tabouret de bar.

   « Naturellement, ça sera un petit whisky bien tassé,
affirma le barman.

   — Non », dit sèchement Daniel.

   « Qu'ils aillent se faire foutre avec leur manie de

cataloguer les gens comme si c'étaient des parapluies
ou des machines à coudre. Je ne *suis* pas... on n'est
jamais rien. Mais ils vous définissent en un tournemain.
Celui-ci[a] donne de bons pourboires, celui-là a toujours
le mot pour rire, moi[b] j'aime les petits whiskies bien tassés.

— Un gin-fizz », dit Daniel.

Le barman le servit sans faire d'observations : il
devait être froissé. « Tant mieux. Je ne mettrai plus les
pieds dans cette boîte, ils sont trop familiers. » D'ailleurs,
le gin-fizz avait le goût de limonade purgative. Ça
s'éparpillait en poussière acidulée sur la langue et ça
finissait par un goût d'acier. « Ça ne me fait plus rien »,
pensa Daniel.

« Donnez-moi une vodka poivrée dans un verre
ballon. »

Il but la vodka et resta rêveur un moment, avec un
feu d'artifice dans la bouche. Il pensait : « Ça n'en
finira donc jamais ? » Mais c'étaient des pensées de
surface, comme toujours, des chèques sans provision.
« Qu'est-ce qui ne finira donc jamais ? Qu'est-ce qui
ne finira donc jamais ? » On entendit[c] un miaulement
bref et un grattement. Le barman sursauta :

« Ce sont des chats », dit Daniel brièvement.

Il descendit du tabouret, jeta vingt francs sur la table
et reprit le panier. En le soulevant, il découvrit sur le
sol une toute petite goutte rouge : c'était du sang.
« Qu'est-ce qu'ils peuvent fabriquer là-dedans ? » pensa
Daniel avec angoisse. Mais il n'avait pas envie de soulever le couvercle. Pour l'instant, il n'y avait dans le
cageot qu'une peur massive et indifférenciée : s'il
ouvrait, cette peur allait redevenir *ses chats* et ça, Daniel
n'aurait pas pu le supporter. « Ah! tu ne pourrais pas
le supporter ? et si je le soulevais, ce couvercle ? »
Mais déjà Daniel était dehors et l'aveuglement recommençait, un aveuglement lucide et moite : les yeux vous
démangeaient, on croyait ne voir que du feu et puis,
tout d'un coup, on s'apercevait qu'on était en train de
voir des maisons depuis un moment déjà, des maisons
à cent pas devant soi, claires et légères, comme des
fumées : au fond de la rue il y avait un grand mur bleu.
« C'est sinistre de voir clair », pensa Daniel. C'était
comme ça qu'il imaginait l'enfer : un regard qui per-
cerait tout, on verrait jusqu'au bout du monde —

jusqu'au fond de soi. Le panier[a] remua tout seul au
bout de son bras; ça grattait là-dedans. Cette terreur
qu'il sentait si proche de sa main, Daniel ne savait pas
trop si elle lui faisait horreur ou plaisir : d'ailleurs, ça
revenait au même. « Il y a tout de même quelque chose
qui les rassure, ils sentent mon odeur. » Daniel pensa :
« C'est vrai, pour eux, je suis une odeur. » Mais patience :
bientôt Daniel n'aurait plus cette odeur familière, il se
promènerait sans odeur, seul au milieu des hommes,
qui n'ont pas les sens assez fins pour vous repérer au
parfum. Être sans odeur et sans ombre, sans passé,
n'être plus rien qu'un invisible arrachement à soi vers
l'avenir. Daniel s'aperçut qu'il était à quelques pas en
avant de son corps, par là, au niveau du bec de gaz,
et qu'il se regardait venir, boitillant un peu à cause de
son fardeau, emprunté, déjà en nage; il se voyait venir,
il n'était plus qu'un pur regard. Mais la glace d'une
teinturerie lui renvoya son image et l'illusion se dissipa.
Daniel s'emplit d'une eau vaseuse et fade : lui-même;
l'eau de la Seine, fade et vaseuse, emplira le panier, ils
vont se déchirer avec leurs griffes. Un grand dégoût
l'envahit, il pensa : « C'est un acte gratuit. » Il s'était
arrêté, il avait posé le panier par terre : « S'emmerder
à travers le mal qu'on fait aux autres. On ne peut jamais
s'atteindre directement. » Il pensa de nouveau à Constantinople : on enfermait les épouses infidèles dans un sac
avec des chats hydrophobes et on jetait le sac dans le
Bosphore. Tonneaux[b], sacs de cuir, cageots d'osier:
prisons. « Il y en a de pires. » Daniel haussa les épaules :
encore une pensée sans provision. Il ne voulait pas faire
de tragique, il en avait assez fait, autrefois. Quand on
fait du tragique, c'est qu'on se prend au sérieux. Jamais,
jamais plus Daniel ne se prendrait au sérieux. L'autobus
apparut tout d'un coup, Daniel fit signe au conducteur
et monta en première classe.
     « Pour le terminus ?
     — Six tickets », dit le receveur.
L'eau de Seine les rendra fous. L'eau café au lait avec
des reflets violets. Une femme vint s'asseoir en face de
lui, digne et pincée, avec une petite fille. La petite fille
regarda le panier avec intérêt : « Sale moucheronne »,
pensa Daniel. Le panier miaula et Daniel sursauta
comme s'il était pris en flagrant délit d'assassinat :

« Qu'est-ce que c'est ? demanda la petite fille d'une voix claire.

— Chut, dit sa mère, veux-tu laisser le monsieur tranquille !

— Ce sont des chats, dit Daniel.

— Ils sont à vous ? demanda la petite fille.

— Oui.

— Pourquoi est-ce que vous les emmenez dans un panier.

— Parce qu'ils sont malades, répondit Daniel doucement.

— Est-ce que je peux les voir ?

— Jeannine, dit sa mère, tu exagères.

— Je ne peux pas te les montrer, la maladie les a rendus méchants. »

La petite fille prit une voix raisonnable et charmeuse : « Oh ! Avec moi, ils ne seraient pas méchants, les minets.

— Crois-tu ? Écoute, ma petite chérie, dit Daniel d'une voix basse et rapide, je vais les noyer mes chats, voilà ce que je vais faire et sais-tu pourquoi ? Parce que, pas plus tard que ce matin, ils ont déchiré tout le visage d'une belle petite fille comme toi, qui venait m'apporter des fleurs. On sera obligé de lui mettre un œil de verre.

— Ha ! » dit la petite fille, interloquée. Elle regarda un instant le panier avec terreur et se jeta dans les jupes de sa mère.

« Là, là ! fit la mère en tournant vers Daniel des yeux indignés, tu vois qu'il faut rester tranquille, ne pas bavarder à tort et à travers. C'est rien, mon petit chat, le monsieur a voulu plaisanter. »

Daniel lui rendit son regard, paisiblement : « Elle me déteste », pensa-t-il avec satisfaction. Il voyait défiler, derrière les vitres, des maisons grises, il savait que la bonne femme le regardait. « Une mère indignée ! Elle cherche ce qu'elle pourra détester en moi. Pas mon visage. » On ne détestait jamais le visage de Daniel. « Ni mon vêtement, il est neuf et tendre. Ah ! peut-être mes mains. » Ses mains étaient courtes et fortes, un peu grasses, avec des poils noirs sur les phalanges. Il les étala sur ses genoux : « Regarde-les ! Mais regarde-les donc ! » Mais la femme avait abandonné la partie : elle fixait les yeux droit devant elle, d'un air obtus ; elle se

reposait. Daniel la contempla avec une sorte d'avidité :
ces gens qui se reposaient, comment faisaient-ils ? Elle
s'était laissée tomber de toute sa taille en elle-même et
elle s'y diluait. Il n'y avait rien dans cette tête qui ressemblât à une fuite éperdue devant soi, ni curiosité, ni
haine, aucun mouvement, pas même une ondulation
légère : rien que la pâte épaisse du sommeil. Elle se
réveilla soudain, un air d'animation vint se poser sur
son visage.

« C'est là, mais c'est là! dit-elle. Viens donc! que tu
es agaçante à toujours traînasser. »

Elle prit sa fille par la main et l'entraîna. Avant de
descendre, la petite fille se retourna et jeta un regard
d'horreur sur le panier. L'autobus repartit puis s'arrêta;
des gens passèrent en riant devant Daniel.

« Terminus! » lui cria le receveur.

Daniel sursauta : la voiture était vide. Il se leva et
descendit. C'était une place populeuse avec des bistrots;
un groupe d'ouvriers et de femmes s'était formé autour
d'une voiture à bras. Des femmes le regardèrent avec
surprise. Daniel hâta le pas et tourna dans une ruelle
sale qui descendait vers la Seine. Des deux côtés de la
rue il y avait des tonneaux et des entrepôts. Le panier
s'était mis à miauler sans arrêt et Daniel courait presque :
il portait un seau percé dont l'eau s'enfuyait goutte à
goutte. Chaque miaulement, c'était une goutte d'eau.
Le seau était lourd. Daniel le prit de la main gauche et,
de la droite, il s'épongea le front. Il ne fallait pas penser
aux chats. « Ah! tu ne veux pas penser aux chats ? Eh
bien! précisément, il *faut* que tu y penses, ça serait
trop commode! » Daniel revit les yeux d'or de Poppée
et pensa très vite à n'importe quoi, à la Bourse, il
avait gagné dix mille francs l'avant-veille, à Marcelle,
il devait voir Marcelle le soir même, c'était son jour :
« Archange! » Daniel ricana : il méprisait profondément
Marcelle : « Ils n'ont pas le courage de s'avouer qu'ils
ne s'aiment plus. Si Mathieu voyait les choses comme
elles sont, il faudrait bien qu'il prenne une décision.
Mais il ne veut pas. Il ne veut pas se perdre. Il est normal, lui », pensa Daniel avec ironie. Les chats miau-
lèrent comme si on les avait ébouillantés et Daniel
sentit qu'il perdait la tête. Il posa le cageot par terre et
y donna deux violents coups de pied. Il se fit un grand

remue-ménage à l'intérieur, et puis les chats se turent. Daniel resta un moment immobile avec un drôle de frisson en aigrette derrière les oreilles. Des ouvriers sortirent d'un entrepôt et Daniel reprit sa marche. C'était là. Il descendit par un escalier de pierre sur la berge de la Seine et s'assit par terre, près d'un anneau de fer, entre un tonneau de goudron et un tas de pavés. La Seine était jaune sous le ciel bleu. Des chalands noirs et remplis de tonneaux étaient amarrés contre le quai d'en face. Daniel était assis au soleil et ses tempes lui faisaient mal. Il regarda l'eau, onduleuse et gonflée avec des fluorescences d'opale. Puis il^a sortit son peloton de sa poche et avec son canif il coupa un long bout de ficelle; ensuite, sans se lever, de la main gauche, il prit un pavé. Il assujettit l'une des extrémités de la ficelle à l'anse du panier, enroula le reste du cordon autour du pavé, fit plusieurs nœuds et reposa la pierre sur le sol : ça faisait un drôle d'engin. Daniel pensa qu'il lui faudrait porter le panier de la main droite et la pierre de la main gauche : il les laisserait choir dans l'eau en même temps. Le panier flotterait peut-être un dixième de seconde et puis une force brutale l'attirerait au fond de l'eau, il s'enfoncerait brusquement. Daniel pensa qu'il avait chaud, il maudit sa veste épaisse mais il ne voulut pas l'ôter. En lui ça palpitait, ça demandait grâce, et Daniel, dur et sec, se regardait gémir : « Quand on n'a pas le courage de se tuer en gros, il faut bien le faire en détail. » Il s'approcherait de l'eau, il dirait : « Adieu à ce que j'aime le mieux au monde... » Il se souleva un peu sur les mains et regarda autour de lui : à droite la berge était déserte, à gauche, tout au loin, il vit un pêcheur, noir dans le soleil. Les remous se propageraient *sous l'eau* jusqu'au bouchon de sa ligne : « Il va croire que ça mord. » Il rit et sortit son mouchoir pour essuyer la sueur qui perlait à son front. Les aiguilles de son bracelet-montre marquaient onze heures vingt-cinq. « À onze heures et demie! » Il fallait prolonger ce moment extraordinaire : Daniel était dédoublé; il se sentait perdu dans un nuage écarlate, sous un ciel de plomb, il pensa à Mathieu avec une sorte d'orgueil : « C'est *moi* qui suis libre », se dit-il. Mais c'était un orgueil impersonnel, car Daniel n'était plus personne. À onze heures vingt-neuf il se leva, il se sentait si

faible qu'il dut s'appuyer au tonneau. Il fit une tache
de goudron à son veston de tweed et il la regarda.

Il vit la tache noire sur l'étoffe violine et tout d'un
coup il sentit qu'il ne faisait plus qu'un. Un seul. Un
lâche. Un type qui aimait ses chats et qui ne voulait
pas les foutre à l'eau. Il prit son canif, se baissa et coupa
la ficelle. En silence : même au-dedans de lui-même il
faisait silence, il avait trop honte pour parler devant soi.
Il reprit le panier et remonta l'escalier : c'était comme s'il
passait en détournant la tête devant quelqu'un qui le
regardait avec mépris. En lui, c'était toujours le désert
et le silence. Quand il fut en haut des marches, il osa
s'adresser ses premières paroles : « Qu'est-ce que c'était
que cette goutte de sang ? » Mais il n'osa pas ouvrir le
panier : il se mit à marcher en boitant. C'est moi. C'est
moi. C'est moi. L'immonde. Mais il y avait au fond de
lui un drôle de petit sourire parce qu'il avait sauvé
Poppée.

« Taxi », cria-t-il.

Le taxi s'arrêta.

« 22, rue Montmartre, dit Daniel. Voulez-vous mettre
ce panier à côté de vous ? »

Il se laissa bercer par le mouvement du taxi. Il n'arrivait même plus à se mépriser. Et puis la honte reprit
le dessus et il recommença à se voir[a] : c'était intolérable.
« Ni en gros, ni en détail », pensa-t-il amèrement.
Quand il prit son portefeuille pour payer le chauffeur,
il constata sans joie qu'il était gonflé de billets. « Gagner
de l'argent, oui. Je peux faire ça. »

« Vous voilà donc revenu, monsieur Sereno, dit la
concierge, y a justement quelqu'un qui vient de monter
chez vous. Un de vos amis, un grand avec des épaules
comme ça. Je lui ai dit que vous n'étiez pas là. "Il n'est
pas là, qu'il a dit, eh bien je vais laisser un mot sous sa
porte." »

Elle regarda le panier et s'écria :

« Mais vous les avez rapportés, les mignons !

— Qu'est-ce que vous voulez, madame Dupuy, dit
Daniel, c'est peut-être coupable, mais je n'ai pas pu
me séparer d'eux. »

« C'est Mathieu, pensa-t-il en montant l'escalier, il
tombe bien celui-là. » Il était content de pouvoir haïr
un autre.

Il rencontra Mathieu sur le palier du troisième :

« Salut, dit Mathieu, je n'espérais plus te voir.

— J'étais allé promener mes chats », dit Daniel. Il s'étonnait de sentir en lui une sorte de chaleur.

« Tu remontes avec moi ? demanda-t-il précipitamment.

— Oui. J'ai un service à te demander. »

Daniel lui jeta un rapide coup d'œil et remarqua qu'il avait un visage terreux. « Il a l'air salement embêté », pensa-t-il. Il avait envie de l'aider. Ils montèrent. Daniel mit la clé dans la serrure et poussa la porte.

« Passe », dit-il. Il lui toucha légèrement l'épaule et retira tout de suite sa main. Mathieu entra dans la chambre de Daniel et s'assit dans un fauteuil.

« Je n'ai rien compris à ce que m'a dit ta concierge, dit-il. Elle prétendait que tu avais emmené tes chats chez ta sœur. Tu es réconcilié avec ta sœur, à présent ? »

Quelque chose se glaça subitement en Daniel : « Quelle tête ferait-il s'il savait d'où je viens ? » Il regarda sans sympathie les yeux raisonnables et perçants de son ami : « C'est vrai, il est normal, lui. » Il se sentait séparé de lui par un abîme. Il rit :

« Ah ! oui ! Chez ma sœur... c'était un innocent petit mensonge », dit-il. Il savait que Mathieu n'insisterait pas : Mathieu avait l'habitude agaçante de traiter Daniel en mythomane et il affectait de ne jamais s'enquérir des mobiles qui le poussaient à mentir. De fait Mathieu loucha sur le cageot d'un air perplexe et se tut.

« Tu permets ? » demanda Daniel.

Il était devenu tout sec. Il n'avait qu'un désir : ouvrir le panier au plus vite : « Qu'est-ce que c'était que cette goutte de sang ? » Il s'agenouilla en pensant : « Ils vont me sauter à la figure » et il avança son visage au-dessus du couvercle, de façon qu'il fût bien à leur portée. Il pensait en ouvrant le cadenas : « Un bon petit embêtement ne lui ferait pas de mal. Ça lui ferait perdre pour un temps son optimisme et son air rassis. » Poppée s'échappa du panier en grondant et s'enfuit à la cuisine. Scipion sortit à son tour : il avait conservé sa dignité mais ne semblait pas rassuré du tout. Il s'en fut à pas comptés jusqu'à l'armoire, regarda autour de lui d'un air sournois, s'étira et finit par se glisser sous le lit. Malvina ne bougeait pas : « Elle est blessée »,

pensa Daniel. Elle gisait au fond du panier, anéantie.
Daniel lui mit un doigt sous le menton et lui releva
la tête de force : elle avait reçu un bon coup de griffe
sur le nez et son œil gauche était fermé, mais elle ne
saignait plus. Sur son museau il y avait une croûte
noirâtre et, autour de la croûte, ses poils étaient raides
et gluants.

« Qu'est-ce qu'il y a ? » demanda Mathieu. Il s'était
soulevé et regardait la chatte avec politesse. « Il me
trouve ridicule parce que je m'occupe d'une chatte. Ça
lui semblerait tout naturel s'il s'agissait d'un marmot. »

« Malvina a reçu un mauvais coup, expliqua Daniel.
C'est sûrement Poppée qui l'a griffée, elle est insupportable. Excuse-moi, mon cher, je vais te demander une
petite minute pour la soigner. »

Il alla chercher une bouteille d'arnica et un paquet
de ouate dans l'armoire. Mathieu le suivit des yeux, sans
mot dire, puis il se passa la main sur le front d'un air de
vieillard. Daniel se mit à laver le nez de Malvina. La
chatte se débattait faiblement.

« Sois belle, dit Daniel, sois sage. Allons! Allons!
Na! »

Il pensait qu'il agaçait prodigieusement Mathieu et
ça lui donnait du cœur à l'ouvrage. Mais, quand il
releva la tête, il vit que Mathieu regardait dans le vide
d'un air dur.

« Excuse-moi, mon cher, dit Daniel de sa voix la
plus profonde, je n'en ai plus que pour une petite
minute. Il fallait que je lave cette bête, tu sais, ça s'infecte
si vite. Je ne t'agace pas trop ? » ajouta-t-il en lui adressant un franc sourire. Mathieu tressaillit, puis il se mit
à rire.

« Va donc, va donc, dit-il, ne fais pas tes yeux de
velours. »

Mes yeux de velours! La supériorité de Mathieu
était odieuse : « Il croit me connaître, il parle de *mes*
mensonges, de *mes* yeux de velours. Il ne me connaît
pas du tout, mais ça l'amuse de m'étiqueter comme si
j'étais une chose. »

Daniel rit avec cordialité et essuya soigneusement la
tête de Malvina. Malvina fermait les yeux, elle avait
les dehors de l'extase, mais Daniel savait bien qu'elle
souffrait. Il lui donna une petite tape sur les reins.

« Voilà! dit-il en se relevant, demain il n'y paraîtra plus. Mais l'autre lui a envoyé un bon coup de griffe, tu sais.

— Poppée ? C'est une teigne », dit Mathieu d'un air absent.

Il dit brusquement :

« Marcelle est enceinte.

— Enceinte! »

La surprise de Daniel fut de courte durée, mais il eut à lutter contre une formidable envie de rire. C'était ça, c'était donc ça! « C'est vrai, ça pisse le sang tous les mois lunaires et c'est prolifique comme des raies par-dessus le marché. » Il pensa avec dégoût qu'il la verrait le soir même. « Je me demande si j'aurai le courage de lui toucher la main. »

« Je suis salement emmerdé », dit Mathieu d'un air objectif.

Daniel le regarda et dit sobrement :

« Je te comprends ». Puis il se hâta de lui tourner le dos sous prétexte d'aller ranger la bouteille d'arnica dans l'armoire. Il avait peur de lui éclater de rire au nez. Il se mit à penser à la mort de sa mère, ça lui réussissait toujours dans ces occasions-là. Il en fut quitte pour deux ou trois soubresauts convulsifs. Mathieu continuait gravement à parler derrière le dos de Daniel :

« Ce qu'il y a c'est que ça l'humilie, dit-il. Tu ne l'as pas vue souvent, tu n'as pas pu te rendre compte, mais c'est une espèce de Walkyrie. Une Walkyrie en chambre, ajouta-t-il sans méchanceté. Pour elle c'est une déchéance terrible.

— Oui, dit Daniel avec sollicitude, et puis pour toi ça ne vaut guère mieux : tu as beau faire, elle doit te faire horreur à présent. Je sais que, chez moi, ça tuerait l'amour.

— Je n'ai plus d'amour pour elle, dit Mathieu.

— Non ? »

Daniel était profondément étonné et diverti : « Il y aura du sport, ce soir. » Il demanda :

« Tu le lui as dit ?

— Évidemment non.

— Pourquoi "évidemment" ? Il faudra bien que tu le lui dises. Tu vas la...

— Non. Je ne veux pas la plaquer, si c'est ça que tu veux dire.

— Alors ? »

Daniel s'amusait ferme. Il avait hâte à présent de revoir Marcelle.

« Alors rien, dit Mathieu. Tant pis pour moi. Ça n'est pas sa faute, si je ne l'aime plus.

— Est-ce que c'est la tienne ?

— Oui, dit Mathieu brièvement.

— Tu vas continuer à la voir en cachette et à...

— Et puis après ?

— Eh bien! dit Daniel, si tu joues longtemps ce petit jeu-là, tu finiras par la haïr. »

Mathieu avait l'air dur et buté :

« Je ne veux pas qu'elle soit emmerdée.

— Si tu préfères te sacrifier... » dit Daniel avec indifférence. Quand Mathieu se mettait à faire le quaker, Daniel le haïssait.

« Qu'est-ce que j'ai à sacrifier ? J'irai au lycée, je verrai Marcelle. J'écrirai une nouvelle tous les deux ans. C'est précisément ce que j'ai fait jusqu'ici. » Il ajouta avec une amertume que Daniel ne lui connaissait pas :

« Je suis un écrivain des dimanches. D'ailleurs, dit-il, je tiens à elle, ça m'embêterait salement de ne plus la voir. Seulement ça me fait comme des liens de famille. »

Il y eut un silence. Daniel vint s'asseoir dans le fauteuil, en face de Mathieu.

« Il faut que tu m'aides, dit Mathieu. J'ai une adresse mais pas d'argent. Prête-moi cinq mille balles.

— Cinq mille balles », répéta Daniel d'un air incertain.

Son portefeuille gonflé, boudiné dans sa poche intérieure, son portefeuille de marchand de cochons, il suffisait de l'ouvrir, d'y prendre cinq billets. Mathieu lui avait souvent rendu service, autrefois.

« Je te rendrai la moitié à la fin du mois, dit Mathieu. Et puis l'autre moitié le 14 juillet parce qu'à ce moment-là je touche mes traitements d'août et de septembre à la fois. »

Daniel regarda la face terreuse de Mathieu et pensa : « Ce type-là est formidablement embêté. » Puis il pensa aux chats et se sentit impitoyable.

« Cinq mille francs! dit-il d'une voix désolée, mais je ne les ai pas, mon vieux, je suis bien embêté...

— Tu m'avais dit l'autre jour que tu allais faire une bonne affaire.

— Eh bien! mon pauvre vieux, dit Daniel, ta bonne affaire a été une fameuse déception : tu sais ce que c'est que la Bourse. D'ailleurs c'est bien simple, je n'ai plus que des dettes. »

Il n'avait pas mis beaucoup de sincérité dans sa voix parce qu'il ne désirait pas convaincre. Mais quand il vit que Mathieu ne le croyait pas, il se mit en colère : « Qu'il aille se faire foutre! Il se croit profond, il s'imagine qu'il lit en moi. Je me demande pourquoi je l'aiderais : il n'a qu'à taper ses pareils. » Ce qui était insupportable c'était cet air normal et composé que Mathieu n'arrivait pas à perdre, même dans l'affliction.

« Bon! dit Mathieu avec entrain, alors tu ne peux vraiment pas ? »

Daniel pensa : « Il faut qu'il en ait rudement besoin pour insister comme ça. »

« Vraiment pas. Je suis désolé, mon vieux. »

Il était gêné par la gêne de Mathieu, mais ça n'était pas tellement désagréable : on avait l'impression de s'être retourné un ongle. Daniel aimait bien les situations fausses.

« Tu en as un besoin urgent ? interrogea-t-il avec sollicitude. Tu ne peux pas t'adresser ailleurs ?

— Oh! tu sais, c'était surtout pour éviter de taper Jacques.

— C'est vrai, dit Daniel, un peu déçu, il y a ton frère. Alors tu es sûr d'avoir ton argent. »

Mathieu eut l'air découragé :

« Ça n'est pas dit. Il s'est foutu dans la tête qu'il ne fallait plus me prêter un sou, que c'était me rendre un mauvais service. "À ton âge, il m'a dit, tu devrais être indépendant." »

— Oh! mais dans un cas comme celui-là, il t'en prêtera sûrement », dit Daniel avec rondeur. Il tira doucement un bout de langue et se mit à se lécher la lèvre supérieure avec satisfaction : il avait su trouver, du premier coup, ce ton d'optimisme superficiel et allant qui mettait les gens en fureur.

Mathieu avait rougi :

« Précisément. Je ne peux pas lui dire que c'est pour ça.

— C'est vrai », dit Daniel. Il réfléchit un moment : « De toute façon, il te restera ces sociétés, tu sais, qui

prêtent aux fonctionnaires. Je dois dire que la plupart
du temps on tombe sur des usuriers. Mais tu t'en
moques, des intérêts, du moment que tu as ton argent. »

Mathieu eut l'air intéressé et Daniel pensa avec ennui
qu'il l'avait un peu rassuré :

« Qu'est-ce que c'est que ces gens-là ? Ils prêtent
l'argent tout de suite ?

— Ah! non, dit vivement Daniel, ils mettent bien
une dizaine de jours : il faut qu'ils fassent une enquête. »

Mathieu se tut, il semblait méditer; Daniel sentit tout
à coup un petit choc mou : Malvina avait bondi sur ses
genoux, elle s'y installa en ronronnant : « En voilà une
qui n'a pas de rancune », pensa Daniel avec dégoût. Il
se mit à la caresser d'une main légère et négligente. Les
bêtes et les gens n'arrivaient pas à le haïr : à cause d'une
espèce d'inertie bonasse ou peut-être à cause de son
visage. Mathieu s'était absorbé dans ses misérables
petits calculs : lui non plus il n'avait pas de rancune.
Daniel se pencha sur Malvina et se mit à lui gratter le
crâne : sa main tremblait.

« Dans le fond, dit-il sans regarder Mathieu, je serais
presque content de ne pas avoir l'argent. Je viens d'y
penser : toi qui veux toujours être libre, ça te fournit
une occasion superbe de faire un acte de liberté.

— Un acte de liberté ? » Mathieu n'avait pas l'air
de comprendre. Daniel releva la tête :

« Oui, dit Daniel, tu n'as qu'à épouser Marcelle. »

Mathieu le regarda en fronçant les sourcils : il devait
se demander si Daniel ne se moquait pas de lui. Daniel
soutint son regard avec une gravité modeste.

« Tu es cinglé ? demanda Mathieu.

— Pourquoi ? Tu n'as qu'un mot à dire et tu changes
toute ta vie, ça n'arrive pas tous les jours. »

Mathieu se mit à rire : « Il prend le parti d'en rire »,
pensa Daniel agacé.

« Tu n'arriveras pas à me tenter, dit Mathieu. Et
surtout pas en ce moment.

— Eh bien mais... précisément, dit Daniel sur le
même ton de légèreté, ça doit être très amusant de faire
exprès le contraire de ce qu'on veut. On se sent devenir
un autre.

— Et quel autre! dit Mathieu. Veux-tu aussi que je
fasse trois gosses, pour le plaisir de me sentir un autre

quand je les promènerai au Luxembourg ? J'imagine en effet que ça me changerait si je devenais un type complètement foutu. »

« Pas tant que ça, pensa Daniel, pas tant que tu le crois. »

« Au fond, dit-il, ça ne doit pas être tellement désagréable d'être un type foutu. Mais là, foutu jusqu'aux moelles, enterré. Un type marié avec trois gosses, comme tu dis. Ce que ça doit vous calmer !

— En effet, dit Mathieu. Des types comme ça j'en rencontre tous les jours. Tiens, des pères d'élèves qui viennent me voir. Quatre enfants, cocus, membres de l'association des parents d'élèves. Ils ont l'air plutôt calmes. Je dirais même bénins.

— Ils ont aussi une espèce de gaieté, dit Daniel. Ils me donnent le vertige. Et toi, ça ne te tente vraiment pas ? Je te vois si bien marié, reprit-il, tu serais comme eux, gras, bien soigné, avec le mot pour rire et des yeux de celluloïd. Moi, je crois que je ne te détesterais pas.

— Ça te ressemble assez, dit Mathieu sans s'émouvoir. Mais moi j'aime encore mieux demander cinq mille balles à mon frère. »

Il se leva. Daniel posa Malvina à terre et se leva aussi. « Il sait que j'ai l'argent et il ne me hait pas : qu'est-ce qu'il faut donc leur faire ? »

Le portefeuille était là, Daniel n'avait qu'à mettre la main à sa poche, il dirait : « Voilà, mon vieux, j'ai voulu te faire poser un peu, histoire de rire. » Mais il eut peur de se mépriser.

« Je regrette, dit-il en hésitant, si je vois un moyen, je t'écrirai... »

Il avait accompagné Mathieu jusqu'à la porte d'entrée.

« Ne te frappe pas, dit Mathieu gaiement, je me débrouillerai. »

Il referma la porte. Quand Daniel entendit son pas leste dans l'escalier, il pensa : « C'est irréparable » et il eut le souffle coupé. Mais ça ne dura pas : « Pas un instant, se dit-il, il n'a cessé d'être pondéré, dispos, en parfait accord avec lui-même. Il est emmerdé, mais ça lui reste extérieur. Au-dedans il est chez soi. » Il alla regarder son beau visage sombre dans la glace et pensa : « Tout de même, ça vaudrait mille s'il était obligé d'épouser Marcelle. »

VIII

Elle était réveillée depuis longtemps, à présent; elle devait se ronger. Il fallait la rassurer, lui dire qu'elle n'irait là-bas *en aucun cas*. Mathieu revit avec tendresse son pauvre visage ravagé de la veille et elle lui parut, tout à coup, d'une fragilité poignante. « Il faut que je lui téléphone. » Mais il décida de passer d'abord chez Jacques : « Comme ça, j'aurai peut-être une bonne nouvelle à lui annoncer. » Il pensait avec irritation à l'air que Jacques allait prendre. Un air amusé et sage, au-delà du blâme comme de l'indulgence, avec la tête inclinée de côté et les yeux mi-clos : « Comment ? encore besoin d'argent ? » Mathieu en avait la chair de poule. Il traversa la chaussée et pensa à Daniel : il ne lui en voulait pas. C'était ainsi, on ne pouvait pas en vouloir à Daniel. Il en voulait à Jacques. Il s'arrêta devant un immeuble trapu de la rue Réaumur et lut avec agacement, comme chaque fois : « Jacques Delarue, avoué, deuxième étage. » Avoué! Il entra et prit l'ascenseur. « J'espère bien qu'Odette ne sera pas là », pensa-t-il.

Elle était là; Mathieu l'aperçut à travers la porte vitrée du petit salon, elle était assise sur un divan, élégante, longue et propre jusqu'à l'insignifiance; elle lisait. Jacques disait volontiers : « Odette est une des rares femmes de Paris qui trouvent le temps de lire. »

« M. Mathieu veut voir madame ? demanda Rose.

— Oui, je vais lui dire bonjour; mais voulez-vous prévenir monsieur que je le retrouverai tout à l'heure dans son bureau ? »

Il poussa la porte, Odette leva sur lui son beau visage ingrat et fardé.

« Bonjour, Thieu, dit-elle d'un air content. C'est *ma* visite que vous venez me faire ?

— Votre visite ? » dit Mathieu.

Il regardait avec une sympathie déconcertée ce haut front calme et ces yeux verts. Elle était belle sans aucun doute, mais d'une beauté qui semblait se dérober sous le regard. Habitué à des visages comme celui de Lola dont le sens s'imposait du premier coup avec brutalité, Mathieu avait cent fois tenté de retenir ensemble ces traits glissants, mais ils s'échappaient, l'ensemble se défaisait à chaque instant et le visage d'Odette gardait son décevant mystère bourgeois.

« Je voudrais bien que ce soit votre visite, reprit-il, mais il faut que je voie Jacques, j'ai un service à lui demander.

— Vous n'êtes pas si pressé, dit Odette, Jacques ne s'échappera pas. Asseyez-vous là. »

Elle lui fit une place auprès d'elle :

« Attention, dit-elle en souriant, un de ces jours, je me fâcherai. Vous me négligez. J'ai droit à ma visite personnelle, vous me l'avez promise.

— C'est-à-dire que c'est vous qui m'avez promis de me recevoir un de ces jours.

— Comme vous êtes poli, dit-elle en riant, vous n'avez pas la conscience tranquille. »

Mathieu s'assit. Il aimait bien Odette, seulement il ne savait jamais que lui dire.

« Comment allez-vous, Odette ? »

Il mit de la chaleur dans sa voix pour dissimuler la gaucherie de sa question.

« Fort bien, dit-elle. Savez-vous où j'ai été ce matin ? À Saint-Germain, avec l'auto, pour voir Françoise, ça m'a charmée.

— Et Jacques ?

— Il a beaucoup à faire ces jours-ci ; je ne le voyais presque plus. Mais il est insolent de santé comme toujours. »

Mathieu sentit soudain un profond déplaisir. « Elle est à Jacques », pensa-t-il. Il regarda avec malaise le long bras brun qui sortait d'une robe très simple et retenue à la taille par une cordelière rouge, presque une robe de jeune fille. Le bras, la robe et le corps sous la robe appartenaient à Jacques, comme la bergère, comme le secrétaire d'acajou, comme le divan. Cette femme discrète et pudique sentait la possession. Il y eut un silence, puis Mathieu prit la voix chaude et un peu nasale qu'il réservait à Odette.

« Vous avez une bien belle robe, dit-il.

— Oh! écoutez, dit Odette, avec un rire indigné, laissez cette robe tranquille ; chaque fois que vous me

voyez, vous me parlez de mes robes. Dites-moi plutôt
ce que vous avez fait cette semaine. »

Mathieu rit aussi, il se sentait détendu.

« Eh bien, justement, j'ai quelque chose à dire sur
cette robe.

— Mon Dieu, dit Odette, qu'est-ce que ça va être ?

— Eh bien, je me demande si vous ne devriez pas
mettre des boucles d'oreilles quand vous la portez.

— Des boucles d'oreilles ? »

Odette le regarda d'un air singulier.

« Vous trouvez que ça fait vulgaire, dit Mathieu.

— Du tout. Mais ça rend le visage indiscret. »

Elle dit brusquement en lui riant au nez :

« Vous seriez certainement beaucoup plus à l'aise
avec moi, si j'en portais.

— Mais non, pourquoi ? » dit Mathieu vaguement.

Il était surpris, il pensait : « Elle n'est décidément
pas bête. » Il en était de l'intelligence d'Odette comme de
sa beauté : elle avait quelque chose d'insaisissable.

Il y eut un silence, Mathieu ne sut plus que dire.
Pourtant, il n'avait pas envie de s'en aller, il goûtait
une sorte de quiétude. Odette lui dit gentiment :

« J'ai tort de vous retenir, allez vite chez Jacques,
vous avez l'air préoccupé. »

Mathieu se leva. Il pensa qu'il allait demander de
l'argent à Jacques et sentit des fourmillements au bout
des doigts.

« Au revoir, Odette, dit-il affectueusement. Non,
non, ne vous dérangez pas. Je reviendrai pour vous
dire adieu. »

« Jusqu'à quel point est-elle une victime ? se demandait-il en frappant à la porte de Jacques. Avec ce genre
de bonnes femmes, on ne sait jamais. »

« Entre », dit Jacques.

Il se leva, vif et très droit, et s'avança vers Mathieu.

« Bonjour, vieux, dit-il chaleureusement. Ça va ? »

Il paraissait beaucoup plus jeune que Mathieu, quoiqu'il fût l'aîné. Mathieu trouvait qu'il épaississait des
hanches. Pourtant, il devait porter un corset.

« Bonjour », dit Mathieu avec un sourire amical.

Il se sentait en faute; depuis vingt ans il se sentait
en faute, chaque fois qu'il pensait à son frère ou qu'il
le revoyait.

« Alors, dit Jacques, qu'est-ce qui t'amène ? »

Mathieu fit un geste maussade.

« Ça ne va pas ? demanda Jacques. Tiens, prends un fauteuil. Veux-tu un whisky ?

— Va pour un whisky », dit Mathieu. Il s'assit, la gorge serrée. Il pensait : « Je bois mon whisky et je fous le camp sans rien dire. » Mais il était trop tard, Jacques savait parfaitement à quoi s'en tenir : « Il pensera simplement que je n'ai pas osé le taper. » Jacques restait debout, il prit une bouteille de whisky et remplit deux verres.

« C'est ma dernière bouteille, dit-il, mais je ne renouvellerai pas ma provision avant l'automne. On a beau dire, un bon gin-fizz, pendant les chaleurs, c'est tout de même meilleur, qu'en penses-tu ? »

Mathieu ne répondit pas, il regardait sans aménité ce visage rose et frais de tout jeune homme, ces cheveux blonds coupés très court. Jacques souriait innocemment, toute sa personne respirait l'innocence, mais ses yeux étaient durs. « Il joue l'innocence, pensa Mathieu avec rage, il sait très bien pourquoi je suis venu, il est en train de chercher son personnage. » Il dit avec dureté :

« Tu te doutes bien que je viens te taper. »

Voilà, c'était jeté. À présent, il ne pouvait plus reculer; déjà son frère haussait les sourcils d'un air de profonde surprise. « Il ne m'épargnera rien », pensa Mathieu consterné.

« Mais non, je ne m'en doutais pas, dit Jacques, pourquoi veux-tu que je m'en doute ? Voudrais-tu insinuer que c'est le seul but de tes visites ? »

Il s'assit, toujours très droit, un peu raide, et croisa les jambes avec souplesse, comme pour compenser la raideur de son buste. Il portait un superbe costume de sport en drap anglais.

« Je ne veux rien insinuer du tout », dit Mathieu. Il cligna des yeux et ajouta en serrant fortement son verre :

« Mais j'ai besoin de quatre mille francs d'ici demain. »

« Il va dire non. Pourvu qu'il refuse vite et que je puisse foutre le camp. » Mais Jacques n'était jamais pressé : il était avoué, il avait le temps,

« Quatre billets, dit-il en hochant la tête d'un air connaisseur. Mais dis-moi! dis-moi donc! »

Il étendit les jambes et considéra ses souliers avec satisfaction :

« Tu m'amuses, Thieu, dit-il, tu m'amuses et tu m'instruis. Oh! ne prends pas ce que je te dis en mauvaise part, ajouta-t-il vivement sur un geste de Mathieu; je ne songe pas à critiquer ta conduite, mais enfin je réfléchis, je m'interroge, je vois ça de haut, je dirais "en philosophe" si je ne m'adressais à un philosophe. Vois-tu, quand je pense à toi, je me confirme dans l'idée qu'il ne faut pas être un homme à principes. Toi, tu en es bourré, tu t'en inventes et tu ne t'y conformes pas. En théorie, il n'y a pas plus indépendant, c'est très beau, tu vis au-dessus des classes. Seulement, je me demande ce que tu deviendrais si je n'étais pas là. Note que je suis trop heureux, moi qui n'ai pas de principes, de pouvoir t'aider de temps en temps. Mais il me semble qu'avec tes idées, j'aurais à cœur de ne rien demander à un affreux bourgeois. Car je suis un affreux bourgeois », ajouta-t-il en riant de bon cœur.

Il reprit sans cesser de rire :

« Et il y a pis, c'est que toi qui craches sur la famille, tu t'autorises de nos liens de famille pour me taper. Car enfin, tu ne t'adresserais pas à moi si je n'étais ton frère. »

Il prit un air d'intérêt sincère.

« Ça ne te gêne pas, au fond, tout ça ?

— J'y suis bien obligé », dit Mathieu en riant aussi.

Il n'allait pas s'engager dans une discussion d'idées. Les discussions d'idées, avec Jacques, tournaient toujours mal. Mathieu perdait tout de suite son sang-froid.

« Oui, évidemment, dit Jacques froidement. Tu ne crois pas qu'avec un peu d'organisation ?... Mais c'est sans doute contraire à tes idées. Je ne dis pas que ce soit ta faute, remarque bien : pour moi, c'est la faute des principes.

— Tu sais, dit Mathieu, pour répondre quelque chose, refuser les principes, c'est encore un principe.

— Oh! si peu », dit Jacques.

« À présent, se dit Mathieu, il va les lâcher. » Mais il regarda les joues pleines de son frère, sa mine fleurie, son air ouvert et pourtant buté, et il pensa avec un serrement de cœur : « Il a l'air dur à la détente. » Heureusement, Jacques avait repris la parole :

« Quatre billets, répéta-t-il. C'est un besoin subit,

car enfin, la semaine dernière quand tu... quand tu es venu me demander un petit service, il n'a pas été question de ça.

— En effet, dit Mathieu, je... ça date d'hier. »

Il pensa soudain à Marcelle, il la revit, sinistre et nue dans la chambre rose, et il ajouta d'un ton pressant qui le surprit lui-même :

« Jacques, j'ai *besoin* de cet argent. »

Jacques le dévisagea avec curiosité et Mathieu se mordit les lèvres : lorsqu'ils étaient ensemble, les deux frères n'avaient pas coutume de manifester si vivement leurs sentiments.

« À ce point-là ? C'est drôle. Tu es pourtant le dernier... Tu... d'ordinaire tu m'empruntes un peu d'argent parce que tu ne sais pas ou ne veux pas t'organiser, mais je n'aurais jamais cru... Naturellement je ne te demande rien », ajouta-t-il sur un ton légèrement interrogateur.

Mathieu hésitait : « Vais-je lui dire que ce sont mes impôts ? Mais non. Il sait que je les ai payés en mai. »

« Marcelle est enceinte », dit-il brusquement.

Il sentit qu'il rougissait et secoua les épaules, pourquoi pas, après tout ? Pourquoi cette honte brûlante et subite ? Il regarda son frère en face avec des yeux agressifs. Jacques eut l'air intéressé :

« Vous vouliez un enfant ? »

Il faisait exprès de ne pas comprendre.

« Non, dit Mathieu d'un ton cassant, c'est un accident.

— Ça m'étonnait aussi, dit Jacques, mais enfin, tu aurais pu vouloir pousser jusqu'au bout tes expériences en dehors de l'ordre établi...

— Oui, eh bien ça n'est pas ça du tout. »

Il y eut un silence et puis Jacques reprit, tout à fait à son aise :

« Alors ? À quand le mariage ? »

Mathieu rougit de colère : comme toujours, Jacques refusait d'envisager honnêtement la situation, il tournait obstinément autour d'elle et, pendant ce temps-là, son esprit s'évertuait à trouver un nid d'aigle d'où il pût prendre des vues plongeantes sur la conduite des autres. Quoi qu'on lui dît, quoi qu'on fît, son premier mouvement était pour s'élever au-dessus du débat, il ne pouvait rien voir que d'en haut, il avait la passion des nids d'aigle.

« Nous avons décidé qu'elle se ferait avorter », dit Mathieu brutalement.

Jacques ne sourcilla pas.

« Tu as trouvé ton médecin ? dit-il d'un air neutre.

— Oui.

— Un homme sûr ? D'après ce que tu m'as dit, la santé de cette jeune femme est délicate.

— J'ai des amis qui me répondent de lui.

— Oui, dit Jacques, oui, évidemment. »

Il ferma les yeux un instant, les rouvrit et joignit les mains par le bout des doigts.

« En somme, dit-il, si je t'ai bien compris, ce qui t'arrive c'est ceci : tu viens d'apprendre que ton amie est enceinte; tu ne veux pas te marier, pour des raisons de principes, mais tu te considères comme engagé envers elle par des obligations aussi strictes que celles du mariage. Ne voulant ni l'épouser ni porter atteinte à sa réputation, tu as décidé de la faire avorter dans les meilleures conditions possibles. Des amis t'ont recommandé un médecin de confiance qui te demande quatre mille francs, il ne te reste plus qu'à te procurer la somme. C'est bien cela ?

— Exactement! dit Mathieu.

— Et pourquoi te faut-il l'argent d'ici demain ?

— Le type que j'ai en vue part pour l'Amérique dans huit jours.

— Bon, dit Jacques, compris! »

Il souleva ses mains jointes jusqu'à hauteur de ses yeux et les considéra d'un air précis comme quelqu'un qui n'a plus qu'à tirer les conclusions de ce qu'il vient de dire. Mais Mathieu ne s'y trompa pas : un avoué ne conclut pas si vite. Jacques avait abaissé les mains et les avait reposées sur ses genoux, disjointes, il s'était enfoncé dans son fauteuil et ses yeux ne brillaient plus. Il dit d'une voix endormie :

« On est très sévère pour les avortements, en ce moment.

— Je sais, dit Mathieu, ça leur prend de temps en temps. Ils mettent en taule quelques pauvres bougres sans protection, mais les grands spécialistes ne sont jamais inquiétés.

— Tu veux dire qu'il y a là une injustice, dit Jacques. Je suis tout à fait de ton avis. Mais je n'en désapprouve pas totalement les résultats. Par la force des choses, tes pauvres bougres sont des herboristes ou des faiseuses d'anges qui vous détraquent une femme avec des instruments sales; les rafles opèrent une sélection, c'est déjà ça.

— Enfin voilà, dit Mathieu excédé, je viens te demander quatre mille francs.

— Et... dit Jacques, tu es bien sûr que l'avortement est conforme à tes principes ?

— Pourquoi pas ?

— Je ne sais pas, c'est à toi de le savoir. Tu es pacifiste par respect de la vie humaine, et tu vas détruire une vie.

— Je suis tout à fait décidé, dit Mathieu. Et, d'ailleurs, je suis peut-être pacifiste mais je ne respecte pas la vie humaine, tu dois confondre.

— Ah! je croyais... » dit Jacques.

Il considérait Mathieu avec une sérénité amusée.

« Alors te voilà dans la peau d'un infanticide ? Ça te va si mal, mon pauvre Thieu. »

« Il a peur qu'on ne me prenne, pensa Mathieu : il ne donnera pas un sou. » Il aurait fallu pouvoir lui dire : « Si tu payes, tu ne cours aucun risque, je m'adresserai à un habile homme qui n'est pas sur les listes de la police. Si tu refuses, je serai obligé d'envoyer Marcelle chez une herboriste et, là, je ne garantis rien parce que la police les connaît toutes et peut leur serrer la vis du jour au lendemain. » Mais ces arguments étaient trop directs pour avoir prise sur Jacques; Mathieu dit simplement :

« Un avortement n'est pas un infanticide. »

Jacques prit une cigarette et l'alluma :

« Oui, dit-il avec détachement. J'en conviens : un avortement n'est pas un infanticide, c'est un meurtre " métaphysique ". » Il ajouta sérieusement : « Mon pauvre Mathieu, je n'ai pas d'objections contre le meurtre métaphysique, pas plus que contre les crimes parfaits. Mais que *toi,* tu commettes un meurtre métaphysique... toi, tel que tu es... » Il fit claquer sa langue d'un air de blâme :

« Non, décidément, ce serait une fausse note. »

C'était fini, Jacques refusait, Mathieu allait pouvoir s'en aller. Il s'éclaircit la voix et demanda par acquit de conscience :

« Alors, tu ne peux pas m'aider ?

— Comprends-moi bien, dit Jacques, je ne refuse pas de te rendre service. Mais serait-ce *vraiment* te rendre service ? Je suis persuadé d'ailleurs que tu trouveras facilement l'argent dont tu as besoin... » Il se leva brusquement comme s'il avait pris une décision et vint poser amicalement sa main sur l'épaule de son frère :

« Écoute, Thieu, dit-il avec chaleur, disons que j'ai refusé : je ne veux pas t'aider à te mentir. Mais je vais te proposer autre chose... »

Mathieu, qui allait se lever, retomba sur son fauteuil et sa vieille colère fraternelle le ressaisit. Cette douce et ferme pression sur son épaule lui était intolérable; il renversa la tête en arrière et vit le visage de Jacques en raccourci.

« Me mentir ! Voyons, Jacques, dis que tu ne veux pas tremper dans une affaire d'avortement, que tu désapprouves ça ou que tu n'as pas d'argent disponible, c'est ton droit et je ne t'en voudrai pas. Mais qu'est-ce que tu viens me parler de mensonge ? Il n'y a pas de mensonge là-dedans. Je ne veux pas d'enfant : il m'en vient un, je le supprime; c'est tout. »

Jacques retira sa main et fit quelques pas d'un air réfléchi : « Il va me faire un discours, pensa Mathieu, je n'aurais jamais dû accepter la discussion. »

« Mathieu, dit Jacques d'une voix posée, je te connais mieux que tu ne crois et tu m'effraies. Il y a beau temps que je redoutais quelque chose de ce genre : cet enfant qui va naître est le résultat logique d'une situation où tu t'es mis volontairement et tu veux le supprimer parce que tu ne veux pas accepter toutes les conséquences de tes actes. Tiens, veux-tu que je te dise la vérité ? Tu ne te mens peut-être pas en ce moment précis : mais c'est ta vie tout entière qui est bâtie sur un mensonge.

— Mais je t'en prie, dit Mathieu, ne te gêne pas : apprends-moi ce que je me cache. » Il souriait.

« Ce que tu te caches, dit Jacques, c'est que tu es un bourgeois honteux. Moi je suis revenu à la bourgeoisie après bien des errements, j'ai contracté avec

elle un mariage de raison, mais toi tu es bourgeois par
goût, par tempérament, et c'est ton tempérament qui
te pousse au mariage. Car *tu es marié,* Mathieu, dit-il
avec force.

— Première nouvelle, dit Mathieu.

— Si, tu es marié, seulement tu prétends le contraire
parce que tu as des théories. Tu as pris tes habitudes
chez cette jeune femme : quatre fois par semaine tu
t'en vas tranquillement la rejoindre et tu passes la nuit
avec elle. Voilà sept ans que ça dure, ça n'a plus rien
d'une aventure; tu l'estimes, tu te sens des obligations
envers elle, tu ne veux pas la quitter. Et je suis bien
sûr que tu ne recherches pas uniquement le plaisir,
j'imagine même qu'à la longue, si fort qu'il ait pu être,
le plaisir a dû s'émousser. En fait, le soir, tu dois t'asseoir près d'elle et lui raconter longuement les événements de la journée et lui demander conseil dans les
cas difficiles.

— Évidemment », dit Mathieu en haussant les épaules.
Il était furieux contre lui-même.

« Eh bien, dit Jacques, veux-tu me dire en quoi ceci
diffère du mariage... à la cohabitation près ?

— À la cohabitation près ? dit Mathieu ironiquement.
Excuse-moi, c'est une paille.

— Oh! dit Jacques, j'imagine que ça ne doit pas te
coûter beaucoup, à toi, de t'en abstenir. »

« Il n'en avait jamais tant dit, pensa Mathieu, il
prend sa revanche. » Il aurait fallu partir en claquant
la porte. Mais Mathieu savait bien qu'il resterait jusqu'au bout : il avait un désir combatif et malveillant de
connaître l'opinion de son frère.

« À moi, dit-il, pourquoi dis-tu que ça ne doit pas
me coûter beaucoup à moi ?

— Parce que toi, tu y gagnes le confort, une apparence de liberté : tu as tous les avantages du mariage
et tu te sers de tes principes pour en refuser les inconvénients[1]. Tu refuses de régulariser la situation, ça t'est
bien facile. Si quelqu'un en souffre, ça n'est pas toi.

— Marcelle partage mes idées sur le mariage », dit
Mathieu d'une voix rogue; il s'entendait prononcer
chaque mot et se trouvait profondément déplaisant.

« Oh! dit Jacques, si elle ne les partageait pas, elle
serait sans doute trop fière pour te l'avouer. Sais-tu

que je ne te comprends pas : toi, si prompt à t'indigner quand tu entends parler d'une injustice, tu maintiens cette femme dans une position humiliée depuis des années, pour le simple plaisir de te dire que tu es d'accord avec tes principes. Et encore si c'était vrai, si vraiment tu conformais ta vie à tes idées. Mais, je te le répète, tu es pour autant dire marié, tu as un appartement coquet, tu touches à dates fixes un traitement assez rondelet, tu n'as aucune inquiétude pour l'avenir puisque l'État te garantit une retraite... et tu aimes cette vie-là, calme, réglée, une vraie vie de fonctionnaire.

— Écoute, dit Mathieu, il y a un malentendu entre nous : je me soucie fort peu d'être ou de n'être pas un bourgeois. Ce que je veux simplement c'est... — il acheva entre ses dents serrées avec une sorte de honte — garder ma liberté.

— J'aurais cru, moi, dit Jacques, que la liberté consistait à regarder en face les situations où l'on s'est mis de son plein gré et à accepter toutes ses responsabilités. Mais ça n'est sans doute pas ton avis : tu condamnes la société capitaliste, et pourtant tu es fonctionnaire dans cette société, tu affiches une sympathie de principe pour les communistes[1] : mais tu te gardes bien de t'engager, tu n'as jamais voté. Tu méprises la classe bourgeoise et pourtant tu es bourgeois, fils et et frère de bourgeois et tu vis comme un bourgeois. »

Mathieu fit un geste mais Jacques ne se laissa pas interrompre :

« Tu as pourtant l'âge de raison, mon pauvre Mathieu ! dit-il avec une pitié grondeuse. Mais ça aussi tu te le caches, tu veux te faire plus jeune que tu n'es. D'ailleurs... peut-être suis-je injuste. L'âge de raison, tu ne l'as peut-être pas encore, c'est plutôt un âge moral... peut-être que j'y suis arrivé plus vite que toi. »

« Ça y est, pensa Mathieu, il va me parler de sa jeunesse. » Jacques était très fier de sa jeunesse, c'était sa garantie, elle lui permettait de défendre le parti de l'ordre avec une bonne conscience : pendant cinq ans il avait singé avec application tous les égarements à la mode, il avait donné dans le surréalisme, eu quelques liaisons flatteuses et il avait respiré parfois, avant de faire l'amour, un mouchoir imbibé de chlorure d'éthyle. Un beau jour, il s'était rangé : Odette lui apportait

six cent mille francs de dot. Il avait écrit à Mathieu :
« Il faut avoir le courage de faire comme tout le monde,
pour n'être comme personne[1]. » Et il avait acheté une
étude d'avoué.

« Je ne te reproche pas ta jeunesse, dit-il. Au
contraire : tu as eu la chance d'éviter certains écarts.
Mais enfin, je ne regrette pas non plus la mienne. Au
fond, vois-tu, nous avions tous deux à user les instincts
de notre vieux pirate de grand-père. Seulement, moi,
je les ai liquidés d'un seul coup et toi tu les uses à la
petite semaine, il te manque d'avoir touché le fond. Je
pense qu'à l'origine tu étais beaucoup moins pirate que
moi, c'est ce qui te perd : ta vie est un perpétuel compromis entre un goût de révolte et d'anarchie au fond très
modeste et tes tendances profondes qui te portent vers
l'ordre, la santé morale, je dirais presque la routine. Le
résultat c'est que tu es resté un vieil étudiant irresponsable. Mais, mon vieux, regarde-toi bien : tu as trente-
quatre ans, tes cheveux s'éclaircissent un peu — pas
tant que les miens, il est vrai — tu n'as plus rien d'un
jouvenceau, ça te va très mal la vie de bohème. D'ailleurs,
qu'est-ce que c'est que ça, la bohème ? C'était très joli
il y a cent ans, à présent c'est une poignée d'égarés qui
ne sont dangereux pour personne et qui ont manqué
le train. Tu as l'âge de raison, Mathieu, tu as l'âge de
raison ou tu devrais l'avoir, répéta-t-il distraitement.

— Bah ! dit Mathieu, ton âge de raison, c'est l'âge
de la résignation, je n'y tiens pas du tout. »

Mais Jacques ne l'écoutait pas. Son regard devint
tout à coup net et gai et il reprit vivement :

« Écoute, comme je te l'ai dit, je vais te faire une
proposition, si tu refuses, il ne te sera pas difficile de
trouver quatre mille francs, je n'ai pas de remords. Je
tiens dix mille francs à ta disposition si tu épouses ton
amie. »

Mathieu avait prévu le coup, de toute façon ça lui
ménageait une sortie potable qui sauvait la face :

« Je te remercie, Jacques, dit-il en se levant, tu es
vraiment trop gentil, mais ça ne va pas. Je ne dis pas
que tu aies tort sur toute la ligne, mais si je dois me
marier un jour, il faut que l'envie m'en vienne. En ce
moment, ça ne serait qu'un coup de tête stupide pour
me sortir du bain. »

Jacques se leva aussi :

« Réfléchis bien, dit-il, prends ton temps. Ta femme sera très bien reçue ici, je n'ai pas besoin de te le dire, je fais confiance à ton choix; Odette sera heureuse de la traiter en amie. D'ailleurs ma femme ignore tout de ta vie privée.

— C'est tout réfléchi, dit Mathieu.

— Comme tu voudras », dit Jacques cordialement — était-il si mécontent ? — Il ajouta : « Quand te voit-on ?

— Je viendrai déjeuner dimanche, dit Mathieu. Salut.

— Salut, dit Jacques, et... tu sais, si tu te ravisais, ma proposition tient toujours. »

Mathieu sourit et sortit sans répondre. « C'est fini! pensa-t-il, c'est fini! » Il descendit l'escalier en courant, il n'était pas gai mais il avait envie de chanter. À présent, Jacques devait s'être rassis à son bureau, l'œil perdu, avec un sourire triste et grave : « Ce garçon-là m'inquiète, il a pourtant l'âge de raison. » Ou peut-être était-il allé faire un tour chez Odette : « Mathieu me donne des inquiétudes. Je ne peux pas te dire pourquoi. Mais il n'est pas raisonnable. » Qu'est-ce qu'elle dirait ? Est-ce qu'elle jouerait le rôle de l'épouse mûre et réfléchie ou bien s'en tirerait-elle par quelques approbations rapides sans lever le nez de son livre ?

« Tiens, se dit Mathieu, j'ai oublié de dire au revoir à Odette! » Il en conçut du remords : il était en dispositions d'avoir des remords. « Est-ce que c'est vrai ? Est-ce que je maintiens Marcelle dans une position humiliée ? » Il se rappela les violentes sorties de Marcelle contre le mariage : « Je le lui ai proposé, d'ailleurs. Une fois. Il y a cinq ans. » C'était en l'air, à vrai dire, en tout cas Marcelle lui avait ri au nez. « Ah! ça, pensa-t-il, j'ai un complexe d'infériorité devant mon frère! » Mais non, ce n'était pas ça, quel que fût son sentiment de culpabilité, Mathieu n'avait jamais cessé de se donner raison contre Jacques. « Seulement voilà, c'est un salaud qui me tient à cœur; quand je n'ai plus honte devant lui, j'ai honte pour lui. Ah! pensa-t-il, on n'en finit jamais avec la famille, c'est comme la petite vérole, ça vous prend quand on est gosse et ça vous marque pour la vie. » Il y avait un bistrot, à l'angle de la rue Montorgueil[1]. Il entra, prit un jeton à la caisse, la cabine était dans un recoin sombre. Il avait le cœur serré en décrochant l'appareil.

« Allô! Allô! Marcelle ? »

Marcelle avait le téléphone dans sa chambre.

« C'est toi ? dit-elle.

— Oui.

— Eh bien ?

— Eh bien! la vieille est impossible.

— Hum! fit Marcelle d'un air de doute.

— Je t'assure. Elle était aux trois quarts soûle, ça pue, chez elle, c'est dégueulasse, si tu voyais ses mains! Et puis c'est une brute.

— Bon. Alors ?

— Eh bien! j'ai quelqu'un en vue. Par Sarah. Quelqu'un de *très* bien.

— Ah! » dit Marcelle avec indifférence. Elle ajouta : « Combien ?

— Quatre mille.

— Combien ? répéta Marcelle incrédule.

— Quatre mille.

— Tu vois bien! Ça n'est pas possible, il faut que j'aille...

— Tu n'iras pas! dit Mathieu avec force. J'emprunterai.

— À qui ? à Jacques ?

— Je sors de chez lui. Il refuse.

— Daniel ?

— Il refuse aussi, la vache! Je l'ai vu ce matin, je suis sûr qu'il était plein aux as.

— Tu ne lui as pas dit que c'était pour... ça, demanda Marcelle vivement.

— Non, dit Mathieu.

— Qu'est-ce que tu vas faire ?

— Je ne sais pas. » Il sentit que sa voix manquait d'assurance et il ajouta fermement : « Ne t'en fais pas. Nous avons quarante-huit heures : je trouverai. Quand le Diable y serait, ça se trouve, quatre mille francs.

— Eh bien, trouve-les, dit Marcelle d'un drôle de ton. Trouve-les.

— Je te téléphonerai. Je te vois toujours demain soir ?

— Oui.

— Ça va, toi ?

— Ça va.

— Tu... tu n'es pas trop...

— Si, dit Marcelle d'une voix sèche. J'ai de l'angoisse. » Elle ajouta plus doucement : « Enfin fais pour
le mieux, mon pauvre vieux!

— Je t'apporterai les quatre mille francs demain
soir », dit Mathieu.

Il hésita et dit avec effort :

« Je t'aime. »

Marcelle raccrocha sans répondre.

Il sortit de la cabine. En traversant le café, il entendait
encore la voix sèche de Marcelle : « J'ai de l'angoisse. »
« Elle m'en veut. Pourtant je fais ce que je peux. " Dans
une position humiliée. " Est-ce que je la maintiens dans
une position humiliée ? Et si... » Il s'arrêta net sur le
bord du trottoir. Et si elle voulait l'enfant ? Alors là,
tout foutait le camp, il suffisait de penser ça une seconde
et tout prenait un autre sens, c'était une autre histoire
et Mathieu, Mathieu lui-même, se transformait de la
tête aux pieds, il n'avait cessé de se mentir, c'était un
beau salaud. Heureusement ça n'était pas vrai, ça ne
pouvait pas être vrai, « je l'ai trop souvent entendue se
moquer de ses amies mariées, quand elles étaient
enceintes : des vases sacrés, elle les appelait, elle disait :
" Elles crèvent d'orgueil parce qu'elles vont pondre. "
Quand on a dit ça, on n'a pas le droit de changer d'avis
en douce, ça serait un abus de confiance. Et Marcelle
est incapable d'un abus de confiance, elle me l'aurait dit,
pourquoi ne me l'aurait-elle pas dit, on se dit tout, oh!
et puis assez! assez! » Il était las de tourner en rond
dans ce maquis inextricable, Marcelle, Ivich, l'argent,
l'argent, Ivich, Marcelle. « Je ferai tout ce qu'il faudra
mais je voudrais n'y plus penser, pour l'amour de Dieu,
je voudrais penser à autre chose. » Il pensa à Brunet
mais ça, c'était plus triste encore : une amitié morte; il
se sentait nerveux et triste parce qu'il allait le revoir.
Il vit un kiosque à journaux et s'en approcha : « *Paris-
Midi*[1], s'il vous plaît. »

Il n'y en avait plus, il prit un journal au hasard :
c'était *Excelsior*[2]. Mathieu donna ses dix sous et s'en
fut. *Excelsior,* ça n'était pas un journal offensant, c'était
du papier gras, triste et velouté comme du tapioca. Il
n'arrivait pas à vous mettre en colère, il vous ôtait
simplement le goût de vivre pendant qu'on le lisait.

Mathieu lut : « Bombardement aérien de Valence » et
il releva la tête, vaguement irrité : la rue Réaumur était
en cuivre noirci. Deux heures, le moment de la journée
où la chaleur était le plus sinistre, elle se tordait et
crépitait au milieu de la chaussée comme une longue
étincelle électrique. « Quarante avions tournent pendant
une heure au-dessus du centre de la ville et lâchent
cent cinquante bombes. On ignore encore le nombre
exact de morts et de blessés. » Il vit du coin de l'œil,
sous le titre, un terrible petit texte serré, en italique, qui
avait l'air bavard et documenté : « De notre envoyé
spécial », on donnait des chiffres. Mathieu tourna la
page, il n'avait pas envie d'en savoir plus long. Un
discours de M. Flandin à Bar-le-Duc. La France tapie
derrière la ligne Maginot... Stokovsky nous déclare :
« Je n'épouserai jamais Greta Garbo. » Du nouveau
sur l'affaire Weidmann. La visite du roi d'Angleterre :
quand Paris attend son Prince Charmant[1]. Tous les
Français... Mathieu sursauta et pensa : « Tous les Français sont des salauds. » Gomez le lui avait écrit, une fois,
de Madrid[2]. Il referma le journal et se mit à lire, en
première page, la dépêche de l'envoyé spécial. On
comptait déjà cinquante morts et trois cents blessés,
et ça n'était pas fini, il y avait sûrement des cadavres
sous les décombres. Pas d'avions, pas de D. C. A.
Mathieu se sentait vaguement coupable. Cinquante morts
et trois cents blessés, qu'est-ce que ça signifiait au juste ?
Un hôpital plein ? Quelque chose comme un grave
accident de chemin de fer ? Cinquante morts. Il y avait
des milliers d'hommes en France qui n'avaient pas pu
lire leur journal, ce matin-là, sans qu'une boule de colère
leur montât à la gorge, des milliers d'hommes qui
avaient serré les poings en murmurant : « Salauds ! »
Mathieu serra les poings, il murmura : « Salauds ! » et
se sentit encore plus coupable. Si du moins il avait pu
trouver en lui une petite émotion bien vivante et modeste,
consciente de ses limites. Mais non : il était vide, il y
avait devant lui une grande colère, une colère désespérée,
il la voyait, il aurait pu la toucher. Seulement elle était
inerte, elle attendait pour vivre, pour éclater, pour
souffrir, qu'il lui prêtât son corps. C'était la colère des
autres. « Salauds ! » Il serrait les poings, il marchait à
grands pas, mais ça ne venait pas, la colère restait

dehors. « J'y ai été, moi, à Valence, j'y ai vu la Fiesta,
en 34, et une grande corrida avec Ortega et El Estu-
diante[1]. » Sa pensée faisait des ronds au-dessus de la
ville, cherchant une église, une rue, la façade d'une
maison dont il pût dire : « J'ai vu ça, ils l'ont détruit,
ça n'existe plus. » Ça y est! la pensée s'abattit sur une
rue sombre, écrasée par d'énormes monuments. « J'ai
vu ça », il s'y promenait, le matin, il étouffait dans une
ombre ardente, le ciel flambait très haut, au-dessus des
têtes. Ça y est. *Les bombes sont tombées dans cette rue, sur
les gros monuments gris, la rue s'est élargie énormément, elle
entre à présent jusqu'au fond des maisons, il n'y a plus d'ombre
dans la rue, le ciel en fusion a coulé sur la chaussée et le soleil
tape sur les décombres.* Quelque chose s'apprêtait à naître,
une timide aurore de colère. Ça y est! Mais ça se dégonfla,
ça se raplatit, il était désert, il marchait à pas comptés
avec la décence d'un type qui suit un enterrement, à
Paris, pas à Valence, à Paris, hanté par un fantôme de
colère. Les vitres flamboyaient, les autos filaient sur la
chaussée, il marchait au milieu de petits hommes vêtus
d'étoffes claires, de Français, qui ne regardaient pas le
ciel, qui n'avaient pas peur du ciel. Et pourtant c'est *réel*,
là-bas, quelque part sous le même soleil, c'est réel, les
autos se sont arrêtées, les vitres ont éclaté, des bonnes
femmes stupides et muettes sont accroupies avec des airs
de poules mortes auprès de vrais cadavres et elles lèvent la
tête de temps à autre, elles regardent le ciel, le ciel vénéneux, tous les Français sont des salauds. Mathieu avait
chaud, c'était une *vraie* chaleur. Il passa son mouchoir sur
son front, il pensa : « On ne peut pas souffrir pour ce qu'on
veut. » Là-bas, il y avait une histoire formidable et tragique qui réclamait qu'on souffrît pour elle... « Je ne peux
pas, je ne suis pas dans le coup. Je suis à Paris, au milieu de
mes présences à moi, Jacques derrière son bureau qui
dit : " Non " et Daniel qui ricane et Marcelle dans la
chambre rose et Ivich que j'ai embrassée ce matin. Sa
vraie présence, écœurante, à force d'être vraie. Chacun
a son monde, le mien c'est un hôpital avec Marcelle
enceinte dedans et ce Juif qui me demande quatre mille
francs. Il y a d'autres mondes. Gomez. Il était dans le
coup, il est parti, c'était son lot. Et le type d'hier. Il
n'est pas parti, il doit errer dans les rues, comme moi.
Seulement s'il ramasse un journal et qu'il lit : " Bom-

bardement de Valence ", il n'aura pas besoin de se forcer, il souffrira *là-bas,* dans la ville en décombres. Pourquoi suis-je dans ce monde dégueulasse de tapages, d'instruments chirurgicaux, de pelotages sournois dans les taxis, dans ce monde sans Espagne ? Pourquoi ne suis-je pas dans le bain, avec Gomez, avec Brunet ? Pourquoi n'ai-je pas eu envie d'aller me battre[1] ? Est-ce que j'aurais pu choisir un autre monde ? Est-ce que je suis encore libre ? Je peux aller où je veux, je ne rencontre pas de résistance, mais c'est pis : je suis dans une cage sans barreaux, je suis séparé de l'Espagne par... par *rien* et cependant, c'est infranchissable. » Il regarda la dernière page d'*Excelsior :* photos de l'envoyé spécial. Des corps allongés sur le trottoir le long d'un mur. Au milieu de la chaussée, une grosse commère, couchée sur le dos, les jupes relevées sur ses cuisses, elle n'avait plus de tête[2]. Mathieu replia le journal et le jeta dans le ruisseau.

Boris le guettait, devant la porte de l'immeuble. En apercevant Mathieu, il prit un air froid et gourmé : c'était son air de fou.

« Je viens de sonner chez vous, dit-il, mais je crois que vous n'y étiez pas.

— En êtes-vous bien sûr ? demanda Mathieu du même ton.

— Pas absolument, dit Boris, tout ce que je peux vous dire, c'est que vous ne m'avez pas ouvert. »

Mathieu le regarda en hésitant. Il était à peine deux heures, de toute façon, Brunet n'arriverait pas avant une demi-heure.

« Montez avec moi, dit-il, nous allons en avoir le cœur net. »

Ils montèrent. Dans l'escalier, Boris dit de sa voix naturelle :

« Ça tient toujours pour le Sumatra, ce soir ? »

Mathieu se détourna et feignit de chercher ses clés dans sa poche :

« Je ne sais pas si j'irai, dit-il. J'ai pensé... Lola préférerait peut-être vous avoir à elle toute seule.

— Ben, évidemment, dit Boris, mais qu'est-ce que ça fait ? Elle sera polie. Et puis de toute façon nous ne serions pas seuls : il y aura Ivich.

— Vous avez vu Ivich ? demanda Mathieu en ouvrant la porte.

« — Je la quitte, répondit Boris.

— Passez », dit-il en s'effaçant.

Boris passa devant Mathieu et se dirigea avec une familiarité pleine d'aisance vers le bureau. Mathieu regardait sans amitié son dos maigre : « Il l'a vue », pensait-il.

« Vous vous amenez ? » dit Boris.

Il s'était tourné et considérait Mathieu d'un air rieur et tendre.

« Ivich ne... ne vous a rien dit pour ce soir ? demanda Mathieu.

— Pour ce soir ?

— Oui. Je me demandais si elle irait : elle a l'air toute préoccupée par son examen.

— Elle veut absolument y aller, dit Boris. Elle a dit que ce serait marrant de se trouver tous les quatre ensemble.

— Tous les quatre ? répéta Mathieu. Elle a dit tous les quatre ?

— Ben oui, dit Boris candidement : il y a Lola.

— Alors elle compte que j'irai ?

— Naturellement », dit Boris, étonné.

Il y eut un silence. Boris s'était penché au balcon et regardait la rue. Mathieu le rejoignit et lui donna un grand coup de poing dans le dos :

« J'aime bien votre rue, dit Boris, mais à la longue on doit en avoir marre. Ça m'étonne toujours que vous habitiez dans un appartement.

— Pourquoi ?

— Je ne sais pas. Libre comme vous êtes, vous devriez bazarder vos meubles et vivre à l'hôtel[1]. Vous vous rendez compte ? Vous vous installeriez un mois dans une piaule de Montmartre, un mois faubourg du Temple, un mois rue Mouffetard...

— Bah ! dit Mathieu agacé, ça n'a aucune importance.

— Oui, dit Boris après avoir rêvé longtemps, ça n'a aucune importance. On sonne », ajouta-t-il d'un air contrarié.

Mathieu alla ouvrir : c'était Brunet.

« Salut, dit Mathieu, tu... tu es en avance.

— Eh bien ! oui, dit Brunet en souriant, ça te fâche ?

— Pas du tout...

— Qui c'est ça ? demanda Brunet.

— Boris Serguine, dit Mathieu.

— Ah! c'est le fameux disciple, dit Brunet. Je ne le connais pas. »

Boris s'inclina froidement et recula jusqu'au fond de la pièce. Mathieu se tenait devant Brunet, les bras ballants.

« Il déteste qu'on le prenne pour mon disciple.

— Compris », dit Brunet sans s'émouvoir.

Il roulait une cigarette entre ses doigts, indifférent et solide sous le ragard haineux de Boris.

« Assieds-toi, dit Mathieu, prends le fauteuil. »

Brunet s'assit sur une chaise.

« Non, dit-il en souriant, tes fauteuils sont corrupteurs... »; il ajouta :

« Alors, vieux social-traître, il faut venir jusque dans ton antre pour te rencontrer.

— Ça n'est pas ma faute, dit Mathieu : j'ai souvent cherché à te voir mais tu es introuvable.

— C'est vrai, dit Brunet. Je suis devenu une espèce de commis-voyageur. Ils me font tellement valser qu'il y a des jours où j'ai de la peine à me retrouver moi-même. »

Il reprit avec sympathie :

« C'est quand je te vois que je me retrouve le mieux, il me semble que je me suis laissé en dépôt chez toi. »

Mathieu lui sourit avec reconnaissance :

« J'ai pensé bien des fois qu'on devrait se voir plus souvent, dit-il. Il me semble qu'on vieillirait moins vite si on pouvait se retrouver de temps en temps tous les trois. »

Brunet le regarda avec surprise :

« Tous les trois ?

— Eh bien! oui, Daniel, toi et moi.

— C'est vrai, Daniel! dit Brunet avec ahurissement. Il existe toujours ce copain-là! Tu le vois encore de temps en temps, n'est-ce pas ? »

La joie de Mathieu tomba : quand il rencontrait Portal ou Bourrelier, Brunet devait leur dire, du même ton ennuyé : « Mathieu ? Il est professeur au lycée Buffon[1], je le vois encore de temps en temps. »

« Je le vois encore, oui, figure-toi! » dit-il avec amertume.

Il y eut un silence. Brunet avait posé les mains à plat sur ses genoux. Il était là, pesant et massif, il était assis sur une chaise de Mathieu, il inclinait son visage d'un air têtu vers la flamme d'une allumette, la pièce était emplie de sa présence, de la fumée de sa cigarette, de ses gestes lents. Mathieu regardait ses grosses mains de paysan, il pensa : « Il est venu. » Il sentit que la confiance et la joie tentaient timidement de renaître en son cœur.

« Et à part ça, demanda Brunet, qu'est-ce que tu deviens ? »

Mathieu se sentit gêné : par le fait il ne devenait rien.

« Rien, dit-il.

— Je vois : quatorze heures de cours par semaine et un voyage à l'étranger pendant les grandes vacances.

— Eh bien, oui! » dit Mathieu en riant. Il évita de regarder Boris.

« Et ton frère ? Toujours croix-de-feu ?

— Non, dit Mathieu. Il nuance. Il dit que les croix-de-feu ne sont pas assez dynamiques.

— C'est du gibier pour Doriot[1], dit Brunet.

— On en cause... Tiens! je viens de m'engueuler avec lui », ajouta Mathieu sans réfléchir.

Brunet lui jeta un regard aigu et rapide.

« Pourquoi ?

— C'est toujours pareil : je lui demande un service, il me répond par un sermon.

— Et alors, toi, tu l'engueules. C'est drôle, dit Brunet avec ironie. Est-ce que tu espères encore le changer ?

— Mais non », dit Mathieu agacé.

Ils se turent encore un moment et Mathieu pensa tristement : « Ça rame. » Si seulement Boris avait eu la bonne idée de s'en aller. Mais il ne paraissait pas y songer, il se tenait dans son coin, tout hérissé, il avait l'air d'un lévrier malade. Brunet s'était assis à califourchon sur sa chaise, lui aussi faisait peser sur Boris un regard lourd. « Il voudrait qu'il s'en aille », pensa Mathieu avec satisfaction. Il se mit à regarder fixement Boris entre les deux yeux : peut-être finirait-il par comprendre, sous les feux conjugués de ces regards. Boris ne bougeait pas. Brunet s'éclaircit la voix.

« Vous travaillez toujours la philosophie, jeune homme ? » demanda-t-il.

Boris fit « oui » de la tête.

« Où en êtes-vous ?

— Je finis ma licence, dit Boris avec sécheresse.

— Votre licence, dit Brunet d'un air absorbé, votre licence, à la bonne heure... »

Il ajouta rondement :

« Est-ce que vous me haïrez si je vous enlève Mathieu pour un moment ? Vous avez la chance de le voir tous les jours et moi... Viens-tu faire un tour dehors ? » demanda-t-il à Mathieu.

Boris s'avança vers Brunet avec raideur :

« J'ai compris, dit-il. Restez, restez : c'est moi qui m'en vais. »

Il s'inclina légèrement : il était offensé. Mathieu le suivit jusqu'à la porte d'entrée et lui dit avec chaleur :

« À ce soir, n'est-ce pas ? Je serai là-bas vers onze heures. »

Boris lui sourit d'un air navré :

« À ce soir. »

Mathieu ferma la porte et revint vers Brunet.

« Eh bien! dit-il en se frottant les mains, tu l'as vidé! »

Ils rirent. Brunet demanda :

« J'y ai peut-être été un peu fort. Tu ne m'en veux pas ?

— Au contraire, dit Mathieu en riant. Il a l'habitude et puis je suis si content de te voir seul. »

Brunet dit d'une voix posée :

« J'étais pressé qu'il s'en aille parce que je n'ai qu'un quart d'heure. »

Le rire de Mathieu se cassa net.

« Un quart d'heure! » Il ajouta vivement : « Je sais, je sais, tu ne disposes pas de ton temps. Tu es déjà bien gentil d'être venu.

— À vrai dire, j'étais même pris toute la journée. Mais ce matin, quand j'ai vu ta gueule, j'ai pensé : " Il faut absolument que je lui parle. "

— J'avais une sale gueule ?

— Ben oui, mon pauvre vieux. Un peu trop jaune, un peu trop bouffie, avec un tic des paupières et du coin de la bouche. »

Il ajouta affectueusement :

« Je me suis dit : " Je ne veux pas qu'on me l'abîme ". »

Mathieu toussa :

« Je ne pensais pas que j'avais une tête si expressive...

J'avais mal dormi, ajouta-t-il péniblement. J'ai des ennuis... oh! tu sais, comme tout le monde : de simples ennuis d'argent. »

Brunet n'avait pas l'air convaincu :

« Tant mieux, si ce n'est que ça, dit-il. Tu t'en tireras toujours. Mais tu avais plutôt l'air du type qui vient de s'apercevoir qu'il a vécu sur des idées qui ne paient pas.

— Oh! les idées... » dit Mathieu avec un geste vague. Il regardait Brunet avec une humble gratitude, il pensait : « C'est pour ça qu'il est venu. Il avait sa journée prise, des tas de rendez-vous importants et il s'est dérangé pour me porter secours. » Mais tout de même, ç'aurait été mieux si Brunet avait obéi au simple désir de le revoir.

« Écoute-moi[a], dit Brunet, je ne vais pas y aller par quatre chemins, je suis venu te faire une proposition : veux-tu entrer au Parti ? Si tu acceptes, je t'emmène avec moi et en vingt minutes c'est réglé... »

Mathieu sursauta :

« Au parti... communiste ? » demanda-t-il.

Brunet se mit à rire, ses paupières s'étaient plissées, il montrait ses dents éblouissantes :

« Ben, évidemment, dit-il, tu ne voudrais pas que je te fasse entrer chez La Rocque ? »

Il y eut un silence.

« Brunet, demanda doucement Mathieu, pourquoi tiens-tu à ce que je devienne un communiste[b] ? Est-ce pour mon bien ou pour le bien du Parti ?

— C'est pour ton bien, dit Brunet. Tu n'as pas besoin de prendre un air soupçonneux, je ne suis pas devenu sergent racoleur du P. C. Et puis entendons-nous bien : le Parti n'a aucun besoin de toi. Tu ne représentes rien pour lui qu'un petit capital d'intelligence — et ça, des intellectuels, nous en avons à revendre[1]. — Mais *toi* tu as besoin du Parti.

— C'est pour mon bien, répéta Mathieu. Pour mon bien... Écoute, reprit-il brusquement[c], je ne m'attendais pas à ta... à ta proposition, je suis pris[d] de court mais... Mais je voudrais que tu me dises ce que tu penses. Tu sais, je vis entouré de gosses qui ne s'occupent que d'eux-mêmes et qui m'admirent par principe. Personne ne me parle jamais de moi; moi aussi, quelquefois, j'ai

de la peine à me retrouver. Alors ? Tu penses que j'ai
besoin de m'engager ?

— Oui, dit Brunet avec force. Oui, tu as besoin de
t'engager. Est-ce que tu ne le sens pas toi-même ? »

Mathieu sourit tristement : il pensait à l'Espagne.

« Tu as suivi ton chemin, dit Brunet. Tu es fils de
bourgeois, tu ne pouvais pas venir à nous*a* comme ça,
il a fallu que tu te libères. À présent c'est fait, tu es
libre. Mais à quoi ça sert-il, la liberté, si ce n'est pas
pour s'engager ? Tu as mis trente-cinq ans à te nettoyer
et le résultat c'est du vide. Tu es un drôle de corps, tu
sais, poursuivit-il avec un sourire amical. Tu vis en
l'air, tu as tranché tes attaches bourgeoises, tu n'as
aucun lien avec le prolétariat, tu flottes, tu es un abstrait,
un absent. Ça ne doit pas être drôle tous les jours.

— Non, dit Mathieu, ce n'est pas drôle tous les jours. »

Il s'approcha de Brunet et le secoua par les épaules :
il l'aimait très fort.

« Sacré vieux racoleur, lui dit-il, sacrée putain. Ça
me fait plaisir que tu me dises tout ça. »

Brunet lui sourit distraitement : il suivait son idée.
Il dit :

« Tu as renoncé à tout pour être libre. Fais un pas
de plus, renonce à ta liberté elle-même : et tout te sera
rendu[1].

— Tu parles comme un curé, dit Mathieu en riant.
Non mais, sérieusement, mon vieux, ça ne serait pas
un sacrifice, tu sais. Je sais bien que je retrouverais
tout, de la chair, du sang, de vraies passions. Tu sais,
Brunet, j'ai fini par perdre le sens de la réalité : rien ne
me paraît plus tout à fait vrai. »

Brunet ne répondit pas : il méditait. Il avait un lourd
visage couleur de brique, aux traits tombants avec des
cils roux très pâles et très longs. Il ressemblait à un
Prussien. Mathieu, chaque fois qu'il le voyait, avait
une sorte de curiosité inquiète dans les narines, il
reniflait doucement et s'attendait à respirer tout à coup
une forte odeur animale. Mais Brunet n'avait pas d'odeur.

« Toi, tu es bien réel, dit Mathieu. Tout ce que tu
touches à l'air réel[2]. Depuis que tu es dans ma chambre,
elle me paraît vraie et elle me dégoûte. »

Il ajouta brusquement :

« Tu es un homme.

— Un homme ? demanda Brunet, surpris ; le contraire serait inquiétant. Qu'est-ce que tu veux dire ?

— Rien d'autre que ce que je dis : tu as choisi d'être un homme. »

Un homme aux muscles puissants et un peu noués, qui pensait par courtes vérités sévères, un homme droit, fermé, sûr de soi, terrestre, réfractaire aux tentations angéliques de l'art, de la psychologie, de la politique, tout un homme, rien qu'un homme. Et Mathieu était là, en face de lui, indécis, mal vieilli, mal cuit, assiégé par tous les vertiges de l'inhumain : il pensa : « Moi, je n'ai pas l'air d'un homme. »

Brunet se leva et vint vers Mathieu :

« Eh bien, fais comme moi, dit-il, qu'est-ce qui t'en empêche ? Est-ce que tu t'imagines que tu pourras vivre toute ta vie entre parenthèses ? »

Mathieu le regarda en hésitant :

« Évidemment, dit-il, évidemment. Et si je choisis, je choisis d'être avec vous, il n'y a pas d'autre choix[1].

— Il n'y a pas d'autre choix », répéta Brunet. Il attendit un peu et demanda : « Alors ? »

— Laisse-moi un peu souffler, dit Mathieu.

— Souffle, dit Brunet, souffle, mais presse-toi. Demain tu seras trop vieux, tu auras tes petites habitudes, tu seras l'esclave de ta liberté. Et peut-être aussi que le monde sera trop vieux.

— Je ne comprends pas » dit Mathieu.

Brunet le regarda et lui dit rapidement :

« Nous aurons la guerre en septembre.

— Tu rigoles, dit Mathieu.

— Tu peux me croire, les Anglais le savent, le gouvernement français est prévenu ; dans la seconde quinzaine de septembre, les Allemands entreront en Tchécoslovaquie[2].

— Ces tuyaux-là... dit Mathieu contrarié.

— Mais tu ne comprends donc rien ? » demanda Brunet avec agacement. Il se reprit et ajouta plus doucement :

« Il est vrai que si tu comprenais, je n'aurais pas besoin de te mettre les points sur les *i*. Écoute : tu es de la biffe[3] comme moi. Admets que tu partes dans l'état où tu es en ce moment : tu risques de crever comme une bulle, tu auras rêvé ta vie trente-cinq ans et puis un beau jour une grenade fera éclater tes rêves, tu mourras sans t'être réveillé. Tu as été un fonctionnaire abstrait, tu seras un héros dérisoire et tu tomberas sans avoir rien compris, pour que M. Schneider[1] conserve[a] ses intérêts dans les usines Skoda[2].

— Et toi ? » demanda Mathieu. Il ajouta en souriant : « Mon pauvre vieux, j'ai bien peur que le marxisme ne protège pas des balles.

— J'en ai peur aussi, dit Brunet. Tu sais où ils m'enverront ? En avant de la ligne Maginot : c'est le casse-pipe garanti.

— Alors ?

— Ça n'est pas pareil, c'est un risque assumé. À présent rien ne peut ôter son sens à ma vie, rien ne peut l'empêcher d'être un destin. »

Il ajouta vivement :

« Comme celle de tous les camarades, d'ailleurs. »

On aurait dit qu'il avait peur[b] de pécher par orgueil.

Mathieu ne répondit pas, il alla s'accouder au balcon, il pensait : « Il a bien dit ça. » Brunet avait raison : sa vie était un destin. Son âge, sa classe, son temps, il avait tout repris, tout assumé, il avait choisi la canne plombée[3] qui le frapperait à la tempe, la grenade allemande qui l'éventrerait. Il s'était engagé, il avait renoncé à sa liberté, ce n'était plus qu'un soldat. Et on lui avait tout rendu, même sa liberté. « Il est plus libre que moi : il est d'accord avec lui-même et d'accord avec le Parti. » Il était là, bien réel, avec un vrai goût de tabac dans la bouche, les couleurs et les formes dont il s'emplissait les yeux étaient plus vraies, plus denses que celles que Mathieu pouvait voir, et cependant, au même instant, il s'étendait à travers toute la terre, souffrant et luttant avec les prolétaires de tous les pays. « En cet instant, en ce même instant, il y a des types qui se fusillent à bout portant dans la banlieue de Madrid, il y a des Juifs autrichiens qui agonisent dans les camps de concentration, il y a des Chinois dans les décombres de Nankin, et moi, je suis là, tout frais, je me sens libre, dans un quart d'heure je prendrai mon chapeau et j'irai me promener au Luxembourg. » Il se tourna vers Brunet et le regarda avec amertume : « Je suis un irresponsable », pensa-t-il.

« Ils ont bombardé Valence, dit-il, tout à coup.

— Je sais, dit Brunet. Il n'y avait pas un canon de
D. C. A. dans toute la ville. Ils ont lâché leurs bombes
sur un marché. »

Il n'avait pas serré les poings, il n'avait pas abandonné
son ton paisible, son débit un peu endormi, et pourtant
c'était lui qu'on avait bombardé, c'étaient ses frères et
ses sœurs, ses enfants qu'on avait tués. Mathieu alla
s'asseoir dans un fauteuil. « Tes fauteuils sont corrupteurs. » Il se redressa vivement et s'assit sur le coin de
la table.

« Eh bien ? » dit Brunet.

Il avait l'air de le guetter.

« Eh bien! dit Mathieu, tu as de la veine.

— De la veine d'être communiste ?

— Oui.

— Tu en as de bonnes! Ça se choisit, mon vieux.

— Je sais. Tu as de la veine d'avoir pu choisir. »

Le visage de Brunet se durcit un peu :

« Ça veut dire que tu n'auras pas cette veine-là. »

Voilà, il faut répondre. Il attend : oui ou non. Entrer
au Parti, donner un sens à sa vie, choisir d'être un
homme, agir, croire. Ce serait le salut. Brunet ne le
quittait pas des yeux :

« Tu refuses ?

— Oui, dit Mathieu, désespéré, oui, Brunet : je
refuse. »

Il pensait : « Il est venu m'offrir ce qu'il a de meilleur! »
Il ajouta :

« Ça n'est pas définitif, tu sais. Plus tard... »

Brunet haussa les épaules.

« Plus tard ? Si tu comptes sur une illumination
intérieure pour te décider, tu risques d'attendre longtemps. Est-ce que tu t'imagines que j'étais convaincu
quand je suis entré au P. C. ? Une conviction, ça se fait. »

Mathieu sourit tristement.

« Je sais bien : mets-toi à genoux et tu croiras. Tu
as peut-être raison. Mais moi, je veux croire d'abord.

— Naturellement, dit Brunet avec impatience. Vous
êtes tous pareils, vous autres les intellectuels : tout
craque, tout fout le camp, les fusils vont partir tout
seuls et vous êtes là, paisibles, vous réclamez le droit
d'être convaincus. Ah! si seulement tu pouvais te voir
avec mes yeux, tu comprendrais que le temps presse.

— Eh bien, oui, le temps presse, et puis après ? »
Brunet s'envoya une claque d'indignation sur la cuisse.

« Et voilà ! Tu fais semblant de regretter ton scepticisme mais tu y tiens[a]. C'est ton confort moral. Dès
qu'on l'attaque, tu t'y accroches âprement, comme ton
frère s'accroche à son argent. »

Mathieu dit doucement :

« Est-ce que j'ai l'air âpre, en ce moment ?

— Je ne dis pas... » dit Brunet.

Il y eut un silence. Brunet paraissait radouci : « S'il
pouvait me comprendre », pensa Mathieu. Il fit un
effort : convaincre Brunet, c'était le seul moyen qui lui
restait de se convaincre lui-même.

« Je n'ai rien à défendre : je ne suis pas fier de ma vie
et je n'ai pas le sou. Ma liberté ? Elle me pèse : voilà
des années que je suis libre pour rien. Je crève d'envie
de la troquer un bon coup contre une certitude. Je ne
demanderais pas mieux[b] que de travailler avec vous, ça
me changerait de moi-même, j'ai besoin de m'oublier
un peu. Et puis je pense comme toi qu'on n'est pas un
homme tant qu'on n'a pas trouvé quelque chose pour
quoi on accepterait de mourir. »

Brunet avait relevé la tête :

« Eh bien, alors ? dit-il presque gaiement.

— Eh bien, tu vois : je ne peux pas m'engager, je
n'ai pas assez de raisons pour ça. Je râle comme vous,
contre les mêmes gens, contre les mêmes choses, mais
pas assez. Je n'y peux rien. Si je me mettais à défiler
en levant le poing et en chantant *L'Internationale* et si
je me déclarais satisfait avec ça, je me mentirais. »

Brunet avait pris son air le plus massif, le plus paysan,
il ressemblait à une tour. Mathieu le regarda avec désespoir :

« Est-ce que tu me comprends, Brunet ? Dis, est-ce
que tu me comprends ?

— Je ne sais pas si je te comprends très bien, dit
Brunet, mais de toute façon tu n'as pas à te justifier,
personne ne t'accuse. Tu te réserves pour une meilleure
occasion, c'est ton droit. Je souhaite qu'elle se présente
le plus tôt possible.

— Je le souhaite aussi. »

Brunet le regarda avec curiosité.

« Es-tu bien sûr de le souhaiter ?

— Ben oui...

— Oui ? Eh bien, tant mieux. Seulement je crains qu'elle ne vienne pas de sitôt.

— Je me suis dit ça aussi, dit Mathieu. Je me suis dit qu'elle ne viendrait peut-être jamais ou trop tard, ou que peut-être il *n'y a pas* d'occasion.

— Et alors ?

— Eh bien! dans ce cas-là, je serai le pauvre type. C'est tout. »

Brunet se leva :

« Voilà... dit-il, voilà... Eh bien! mon vieux, je suis bien content tout de même de t'avoir vu. »

Mathieu se leva aussi.

« Tu ne vas pas... tu ne vas pas partir comme ça. Tu as bien encore une minute ? »

Brunet regarda sa montre :

« Je suis déjà en retard. »

Il y eut un silence. Brunet attendait poliment. « Il ne faut pas qu'il parte, il faut que je lui parle », pensa Mathieu. Mais il ne trouvait rien à lui dire.

« Il ne faut pas m'en vouloir, dit-il précipitamment.

— Mais je ne t'en veux pas, dit Brunet. Tu n'es pas forcé de penser comme moi.

— Ça n'est pas vrai, dit Mathieu désolé. Je vous connais bien, vous autres : vous estimez qu'on est forcé de penser comme vous à moins d'être un salaud. Tu me prends pour un salaud, mais tu ne veux pas me le dire, parce que tu juges le cas désespéré. »

Brunet eut un faible sourire :

« Je ne te prends pas pour un salaud, dit-il. Simplement tu es moins dégagé de ta classe que je ne croyais. »

Tout en parlant, il s'était rapproché de la porte. Mathieu lui dit :

« Tu ne peux pas savoir comme ça m'a touché que tu sois venu me voir et que tu m'aies offert ton aide, simplement parce que j'avais une sale gueule ce matin. Tu as raison, tu sais, j'ai besoin d'aide. Seulement c'est ton aide à toi que je voudrais... pas celle de Karl Marx. Je voudrais te voir souvent et parler avec toi, est-ce que c'est impossible ? »

Brunet détourna les yeux :

« Je voudrais bien, dit-il, mais je n'ai pas beaucoup de temps. »

Mathieu pensait : « Évidemment[a]. Il a eu pitié de moi ce matin et j'ai découragé sa pitié. À présent nous sommes redevenus des étrangers l'un pour l'autre. Je n'ai aucun droit sur son temps. » Il dit, malgré lui :

« Brunet, tu ne te rappelles donc pas ? Tu étais mon meilleur ami. »

Brunet jouait avec le loquet de la porte :

« Pourquoi donc crois-tu que je sois venu ? Si tu avais accepté mon offre, nous aurions pu travailler ensemble... »

Ils se turent. Mathieu pensait : « Il est pressé, il crève d'envie de s'en aller. » Brunet ajouta sans le regarder :

« Je tiens toujours à toi. Je tiens à ta gueule, à tes mains, à ta voix et puis il y a tout de même les souvenirs. Mais ça ne change rien à l'affaire : mes seuls amis[b], à présent, ce sont les camarades du Parti, avec ceux-là, j'ai tout un monde en commun.

— Et tu penses que nous n'avons plus rien de commun ? » demanda Mathieu.

Brunet leva les épaules sans répondre. Il eût suffi de dire un mot, un seul mot, et Mathieu eût tout retrouvé, l'amitié de Brunet, des raisons[c] de vivre. C'était tentant comme le sommeil. Mathieu se redressa brusquement :

« Je ne veux pas te retenir, dit-il. Viens me voir quand tu auras le temps.

— Certainement, dit Brunet. Et toi, si tu changes d'avis, mets-moi un mot.

— Certainement », dit Mathieu.

Brunet avait ouvert la porte. Il sourit à Mathieu et s'en fut. Mathieu pensa : « C'était mon meilleur ami[d]. »

Il est parti. Il s'en allait par les rues, en tanguant et en se dandinant comme un matelot, et les rues devenaient réelles une à une. Mais la réalité de la chambre avait disparu avec lui. Mathieu regarda son fauteuil vert et corrupteur, ses chaises, ses rideaux verts, il pensa : « Il ne s'assiéra plus sur mes chaises, il ne regardera plus mes rideaux en roulant une cigarette », la chambre n'était plus qu'une tache de lumière verte qui tremblait au passage des autobus. Mathieu s'approcha de la fenêtre et s'accouda au balcon. Il pensait : « Je ne *pouvais* pas accepter », et la chambre était derrière lui comme une eau tranquille, il n'y avait que sa tête

qui sortait de l'eau, la chambre corruptrice était derrière
lui, il tenait la tête hors de l'eau, il regardait dans la rue
en pensant : « Est-ce que c'est vrai ? est-ce que c'est
vrai que je ne pouvais pas accepter ? » Une petite fille,
au loin, sautait à la corde, la corde s'élevait au-dessus
de sa tête comme une anse et fouettait le sol sous ses
pieds. Un après-midi d'été; la lumière était posée dans
la rue et sur les toits, égale, fixe et froide comme une
vérité éternelle. « Est-ce que c'est vrai que je ne suis
pas un salaud ? » Le fauteuil est vert, la corde à sauter
ressemble à une anse : ça c'est indiscutable. Mais quand
il s'agit des gens, on peut toujours discuter, tout ce
qu'ils font peut s'expliquer, par en haut ou par en bas,
c'est comme on veut. « J'ai refusé parce que je veux
rester libre : voilà ce que je peux dire. Et je peux dire
aussi : j'ai eu les foies; j'aime mes rideaux verts, j'aime
prendre l'air, le soir, à mon balcon et je ne voudrais
pas que ça change; ça me plaît de m'indigner contre le
capitalisme et je ne voudrais pas qu'on le supprime,
parce que je n'aurais plus de motifs de m'indigner[1],
ça me plaît de me sentir dédaigneux et solitaire, ça
me plaît de dire non, toujours non, et j'aurais peur qu'on
essayât de construire pour de bon un monde vivable,
parce que je n'aurais plus qu'à dire oui et à faire comme
les autres. Par en haut ou par en bas : qui déciderait ?
Brunet a décidé : il pense que je suis un salaud. Jacques
aussi. Daniel aussi : ils ont tous décidé que je suis un
salaud. Ce pauvre Mathieu, il est foutu, c'est un salaud.
Et qu'est-ce que je peux faire, moi, contre eux tous ?
Il faut décider : mais qu'est-ce que je décide ? » Quand
il avait dit non, tout à l'heure, il se croyait sincère, un
enthousiasme amer s'était levé tout droit dans son cœur.
Mais qui donc aurait pu garder, sous cette lumière, la
plus petite parcelle d'enthousiasme ? C'était une lumière
de fin d'espoir, elle éternisait tout ce qu'elle touchait.
La petite fille sauterait éternellement à la corde, la corde
s'élèverait éternellement au-dessus de sa tête et fouette-
rait éternellement le trottoir sous ses pieds, Mathieu la
regarderait éternellement. À quoi bon sauter à la corde ?
À quoi bon ? À quoi bon décider d'être libre ? Sous
cette même lumière, à Madrid, à Valence, des hommes
s'étaient mis à leur fenêtre, ils regardaient des rues
désertes et éternelles, ils disaient : « À quoi bon ?

À quoi bon continuer la lutte ? » Mathieu rentra dans la chambre, mais la lumière l'y poursuivit. « *Mon* fauteuil, *mes* meubles. » Sur la table, il y avait un presse-papier qui figurait un crabe. Mathieu le prit par le dos, comme s'il était vivant. « *Mon* presse-papier. » À quoi bon ? À quoi bon ? Il laissa retomber le crabe sur la table et il décida : « Je suis un type foutu. »

IX

Il était six heures[a]; en sortant de son bureau, Daniel s'était regardé dans la glace de l'antichambre, il avait pensé : « Ça recommence! » et il avait eu peur. Il s'engagea dans la rue Réaumur : on pouvait s'y cacher, ça n'était qu'un hall à ciel ouvert, une salle des pas perdus. Le soir avait vidé les immeubles commerciaux qui la bordaient; on n'était pas tenté, au moins, d'imaginer des intimités derrière leurs vitres noires. Libéré, le regard de Daniel filait tout droit entre ces falaises trouées jusqu'à la flaque de ciel rose et croupi qu'elles emprisonnaient à l'horizon.

Ça n'était pas si commode de se cacher. Même pour la rue Réaumur, il était trop voyant; les grandes garces fardées qui sortaient des magasins lui lançaient des œillades hardies et il sentait son corps : « Salopes », dit-il entre ses dents. Il avait peur de respirer leur odeur : la femme a beau se laver, elle sent. Heureusement, les femmes étaient plutôt rares, malgré tout, ça n'était pas une rue pour les femmes, et les hommes ne se souciaient pas de lui, ils lisaient leurs journaux en marchant ou bien ils frottaient d'un air las les verres de leurs lunettes ou bien ils souriaient dans le vide avec étonnement. C'était une vraie foule, bien qu'elle fût un peu clairsemée, elle cheminait lentement, un lourd destin de foule semblait l'écraser. Daniel se mit au pas de ce lent défilé, il emprunta à ces hommes leur sourire endormi, leur destin vague et menaçant, il se perdit : il n'y eut plus en lui qu'un bruit sourd d'avalanches, il ne fut plus qu'une plage de lumière oubliée : « J'arri-

verai trop tôt chez Marcelle, j'ai le temps de marcher
un peu. »

Il se redressa, raide et méfiant : il s'était retrouvé,
il ne pouvait jamais se perdre bien loin. « J'ai le temps
de marcher un peu. » Ça voulait dire : « Je vais faire
un tour à la kermesse », il y avait beau temps que
Daniel ne parvenait plus à se duper. D'ailleurs à quoi
bon ? Il voulait aller à la kermesse ? Eh bien, il irait.
Il irait parce qu'il n'avait pas la moindre envie de s'en
empêcher : « Ce matin les chats, la visite de Mathieu,
après ça quatre heures de travail odieux et, ce soir,
Marcelle, c'était intolérable, je peux bien me dédommager
un peu. »

Marcelle, c'était un marécage. Elle se laissait endoc-
triner pendant des heures, elle disait : oui, oui, toujours
oui, et les idées s'enlisaient dans sa tête, elle n'existait
qu'en apparence. Ça va bien de s'amuser un moment
avec les imbéciles, on donne de la corde, ils s'élèvent
dans les airs, énormes et légers comme des éléphants
de baudruche, on tire sur la corde et ils reviennent
flotter à ras de terre, tourneboulés, ahuris, ils dansent
à chaque secousse de la ficelle avec des rebonds patauds,
mais il faut changer souvent d'imbéciles, sinon ça se
finit dans le dégoût. Et puis, à présent, Marcelle était
pourrie; dans sa chambre, ça serait irrespirable. D'ordinaire déjà, on ne pouvait s'empêcher de renifler quand
on y entrait. Ça ne sentait rien mais on n'en était jamais
sûr, on gardait tout le temps de l'inquiétude au fond
des bronches, souvent ça donnait de l'asthme. « J'irai
à la kermesse. » Il n'y avait pas besoin de tant d'excuse,
d'ailleurs, c'était tout à fait innocent : il voulait observer
le manège des tantes en train de chasser. La kermesse
du boulevard de Sébastopol était une célébrité dans son
genre, c'était là que le contrôleur des Finances Durat
avait racolé la petite salope qui l'avait occis. Les voyous
qui flânaient devant les appareils à sous en attendant
le client étaient beaucoup plus drôles que leurs collègues
de Montparnasse : c'étaient des tapettes d'occasion, de
petits rustres mal dégrossis, brutaux et canailles, aux
voix rauques, avec une sournoiserie feutrée, qui cherchaient simplement à gagner dix francs et un dîner.
Et puis alors les michés, de quoi mourir de rire, tendres
et soyeux, des voix chemins du miel, quelque chose de

papillotant, d'humble et d'égaré dans le regard. Daniel
ne pouvait pas souffrir leur humilité, ils avaient perpétuellement l'air de plaider coupables. Il avait envie de
les battre, un homme qui se condamne lui-même, on
a toujours envie de taper dessus pour l'accabler davantage, pour briser en mille morceaux le peu de dignité
qui lui reſte. Il s'accotait d'ordinaire contre un pilier
et les regardait fixement pendant qu'ils faisaient la roue
sous les yeux cancres et rigolards de leurs jeunes amants.
Les michés le prenaient pour un poulet ou pour le
souteneur d'un des mômes : il leur gâchait tout leur
plaisir.

Daniel fut pris d'une hâte subite et pressa le pas :
« On va rire! » Sa gorge était sèche, l'air sec brûlait
autour de lui. Il ne voyait plus rien, il avait une tache
devant les yeux, le souvenir d'une épaisse lumière jaune
d'œuf, elle le repoussait et l'attirait à la fois, cette
lumière ignoble, il avait besoin de la voir mais elle
était encore loin, elle flottait entre des murs bas, comme
une odeur de cave. La rue Réaumur s'évanouit, il ne
reſtait plus rien devant lui qu'une diſtance avec des
obſtacles, les gens : ça sentait le cauchemar. Seulement,
dans les vrais cauchemars, Daniel n'arrivait jamais au
bout de la rue. Il tourna dans le boulevard de Sébaſto-
pol, calciné sous le ciel clair, et ralentit sa marche.
Kermesse : il vit l'enseigne, s'assura que les visages
des passants lui étaient inconnus et entra.

C'était un long boyau poussiéreux aux murs badi-
geonnés de brun avec la laideur sévère et l'odeur vineuse
d'un entrepôt. Daniel s'enfonça dans la lumière jaune,
elle était plus triſte et plus crémeuse encore qu'à l'ordinaire, la clarté du jour la tassait au fond de la salle ;
pour Daniel, c'était la lumière du mal de mer : elle lui
rappelait cette nuit qu'il avait passée, malade, sur le
bateau de Palerme : dans la chambre aux machines
déserte il y avait une bruine jaune toute pareille, il en
rêvait parfois et se réveillait en sursaut, heureux de
retrouver les ténèbres. Les heures qu'il passait à la
kermesse lui semblaient rythmées par un sourd martèlement de bielles.

Le long des murs on avait disposé des boîtes grossières sur quatre pattes, c'étaient les jeux. Daniel les
connaissait tous : les joueurs de football, seize petites

figurines de bois peint embrochées sur de longues
tringles de cuivre, les joueurs de polo, l'automobile de
fer-blanc qu'il fallait faire courir sur une route d'étoffe,
entre des maisons et des champs, les cinq petits chats
noirs sur le toit, au clair de lune, qu'on abattait de cinq
coups de revolver, la carabine électrique, les distributeurs de chocolats et de parfum. Au fond de la salle
il y avait trois rangées de « kinéramas », les titres des
films se détachaient en grosses lettres noires : *Jeune
ménage, Femmes de chambre polissonnes, Le Bain de soleil,
La Nuit de noces interrompue*. Un monsieur à lorgnon
s'était approché en tapinois d'un de ces appareils, il
glissa vingt sous dans la fente et colla ses yeux avec
une hâte maladroite contre les oculaires de mica. Daniel
étouffait : c'était cette poussière, cette chaleur, et puis
on s'était mis à frapper de grands coups, à intervalles
réguliers, de l'autre côté du mur. Sur la gauche il vit
l'appât : des jeunes gens pauvrement vêtus s'étaient
groupés autour du boxeur nègre, mannequin de deux
mètres qui portait au milieu du ventre un coussinet de
cuir et un cadran. Ils étaient quatre, un blond, un rouquin
et deux bruns, ils avaient ôté leurs vestes, relevé les
manches de leurs chemises sur leurs petits bras maigres
et ils tapaient comme des sourds sur le coussin. Une
aiguille indiquait sur le cadran la force de leurs poings.
Ils coulèrent vers Daniel des regards sournois et se
mirent à frapper de plus belle. Daniel leur fit les gros
yeux pour leur montrer qu'ils se trompaient d'adresse
et leur tourna le dos. Sur la droite, près de la caisse, à
contre-jour, il vit un long jeune homme aux joues
grises, qui portait un complet tout froissé, une chemise
de nuit et des chaussons. Ça n'était sûrement pas une
lope comme les autres, d'ailleurs il n'avait pas l'air de
les connaître, il était entré là par hasard — Daniel en
aurait donné sa tête à couper — et semblait tout absorbé
par la contemplation d'une grue mécanique. Au bout
d'un moment, attiré sans doute par la lampe électrique
et le kodak qui reposaient, derrière les vitres, sur un
cailloutis de bonbons, il s'approcha sans bruit et glissa
d'un air rusé une pièce de monnaie dans la fente de
l'appareil, puis il s'éloigna un peu et parut retomber
dans sa méditation, il se caressait les ailes du nez d'un
doigt pensif. Daniel sentit qu'un frisson trop connu lui

parcourait la nuque : « Il s'aime bien, pensa-t-il, il
aime se toucher. » C'étaient ceux-là les plus attirants,
les plus romanesques : ceux dont le moindre mouvement
révélait une inconsciente coquetterie, un amour de soi
profond et feutré. Le jeune homme saisit d'un geste
vif les deux manettes de l'appareil et se mit à les manœuvrer avec compétence. La grue tourna sur elle-même
avec un bruit d'engrenage et des tremblotements séniles,
tout l'appareil en était secoué. Daniel lui souhaitait de
gagner la lampe électrique, mais un guichet cracha des
bonbons multicolores qui avaient l'aspect avare et borné
de haricots secs. Le jeune homme ne parut pas déçu,
il fouilla dans sa poche et en tira une autre pièce. « Ce
sont ses derniers sous, décida Daniel, il n'a pas mangé
depuis hier. » Il ne fallait pas. Il ne fallait pas se laisser
aller à imaginer derrière ce corps maigre et charmant,
tout occupé de lui-même, une vie mystérieuse de priva-
tions, de liberté et d'espoir. Pas aujourd'hui. Pas ici
dans cet enfer, sous cette sinistre lumière, je me suis
coups sourds qu'on frappait contre le mur, je me suis
juré de tenir le coup. Et pourtant Daniel comprenait
si bien qu'on puisse être happé par un de ces appareils,
y perdre peu à peu son argent et recommencer encore
et encore, la gorge séchée de vertige et de fureur :
Daniel comprenait tous les vertiges. La grue se mit à
tourner, avec des mouvements précautionneux et ren-
chéris : cet appareil nickelé avait l'air satisfait de lui-
même. Daniel eut peur : il avait fait un pas en avant,
il brûlait d'envie de poser sa main sur le bras du jeune
homme — il sentait déjà le contact de l'étoffe rêche et
pelée — et de lui dire : « Ne jouez plus. » Le cauchemar
allait recommencer, avec ce goût d'éternité et ce tam-
tam victorieux de l'autre côté du mur et cette marée
de tristesse résignée qui montait en lui, cette tristesse
infinie et familière qui allait tout submerger, il lui
faudrait des jours et des nuits pour en sortir. Mais un
monsieur entra et Daniel fut délivré : il se redressa, il
crut qu'il allait éclater de rire : « Voilà l'homme »,
pensa-t-il. Il était un peu égaré mais content tout de
même parce qu'il avait tenu le coup.
    Le monsieur s'avança avec pétulance, il marchait en
pliant les genoux, le buste raide et les jambes souples :
« Toi, pensa Daniel, tu portes un corset. » Il pouvait

avoir cinquante ans, il était rasé de près, avec un visage
compréhensif que la vie semblait avoir amoureusement
massé, un teint de pêche sous des cheveux blancs, un
beau nez florentin et un regard un peu plus dur, un peu
plus myope qu'il n'eût fallu : le regard de circonstance.
Son entrée fit sensation : les quatre voyous se retournèrent ensemble, en affectant le même air d'innocence
vicieuse, puis ils se remirent à donner des coups de
poing dans le bide du nègre, mais le cœur n'y était plus.
Le monsieur laissa son regard se poser un instant sur
eux avec une réserve d'où la sévérité n'était pas exclue,
puis il se détourna et s'approcha du jeu de football.
Il fit tourner les tringles de fer et examina les figurines
avec une application souriante comme s'il s'amusait lui-
même du caprice qui l'avait conduit là. Daniel vit ce
sourire et reçut un coup de faux en plein cœur, toutes
ces feintes et ces mensonges lui firent horreur et il eut
envie de s'enfuir. Mais ce ne fut qu'un instant : c'était
un élancement sans conséquence, il avait l'habitude. Il
s'accota commodément contre un pilier et fit peser sur
le monsieur un regard lourd. À sa droite, le jeune
homme en chemise de nuit avait tiré une troisième
pièce de sa poche et il recommençait pour la troisième
fois sa petite danse silencieuse autour de la grue.

Le beau monsieur se pencha sur le jeu et promena
son index sur le corps fluet des petits joueurs de bois :
il ne voulait pas s'abaisser à faire des avances, il considérait sans doute qu'il était, avec ses cheveux blancs et
ses vêtements clairs, une tartine assez délectable pour
attirer sur elle toutes ces jeunes mouches. De fait, après
quelques instants de conciliabule, le petit blond se
détacha du groupe, il avait jeté sans l'enfiler sa veste
sur ses épaules et se rapprochait du miché en flânant,
les mains dans les poches. Il avait l'air craintif et flaireur,
un regard de chien sous ses épais sourcils. Daniel
considéra avec dégoût sa croupe dodue, ses grosses
joues paysannes mais grises, qu'un peu de barbe salissait
déjà. « De la chair de femme, pensa-t-il. Ça se brasse
comme de la pâte à pain. » Le monsieur l'emmènerait
chez lui, le baignerait, le savonnerait, le parfumerait
peut-être. À cette pensée, Daniel eut un retour de fureur :
« Salauds ! » murmura-t-il. Le jeune homme s'était
arrêté à quelques pas du vieux monsieur et feignait à

son tour d'examiner l'appareil. Ils étaient penchés tous
les deux sur les tringles et les inspectaient sans se regarder, d'un air d'intérêt. Le jeune homme au bout d'un
moment parut prendre une décision extrême : il empoigna un bouton et fit tourner une des tringles sur elle-
même avec rapidité. Quatre petits joueurs décrivirent
un demi-cercle et s'arrêtèrent la tête en bas.

« Vous savez jouer ? demanda le monsieur d'une
voix en pâte d'amande. Oh! Voulez-vous m'expliquer ?
Je ne comprends pas!

— Vous mettez vingt ronds et puis vous tirez. Il y a
des boules qui viennent, faut les envoyer dans le trou.

— Mais il faut être deux, n'est-ce pas ? J'essaie
d'envoyer la balle dans le but et vous, vous devez
m'en empêcher ?

— Ben oui », dit le jeune homme. Il ajouta au bout
d'un instant : « Faut qu'on soye aux deux bouts, un là
et un là.

— Voudriez-vous faire une partie avec moi ?

— Moi, je veux bien », dit le jeune homme.

Ils jouèrent. Le monsieur dit d'une voix de tête :

« Mais ce jeune homme est tellement habile! Comment
fait-il ? Il gagne tout le temps. Apprenez-moi.

— C'est l'habitude, dit le jeune homme avec modestie.

— Ah! vous vous exercez! Vous venez souvent ici,
sans doute ? Il m'arrive d'entrer en passant, mais je ne
vous ai jamais rencontré : je vous aurais remarqué.
Si, si, je vous aurais remarqué, je suis très physionomiste
et vous avez une figure intéressante. Vous êtes touran-
geau ?

— Oui, oui, sûrement », dit le jeune homme déconcerté.

Le monsieur cessa de jouer et se rapprocha de lui.

« Mais la partie n'est pas finie, dit le jeune homme
naïvement, il vous reste cinq boules.

— Oui! Eh bien, nous jouerons tout à l'heure, dit
le monsieur. Je préfère causer un petit peu si cela ne
vous ennuie pas. »

Le jeune homme eut un sourire appliqué. Le monsieur,
pour le rejoindre, dut faire un tour sur lui-même. Il
releva la tête en passant sa langue sur ses lèvres minces
et rencontra le regard de Daniel. Daniel fit la moue, le
monsieur détourna les yeux précipitamment et parut

inquiet, il se frotta les mains d'un air de prêtre. Le
jeune homme n'avait rien vu, la bouche ouverte, l'œil
vide et déférent, il attendait qu'on lui adressât la parole.
Il y eut un silence, puis le monsieur se mit à lui parler
avec onction, sans le regarder, d'une voix étouffée.
Daniel eut beau tendre l'oreille, il ne surprit que les
mots « villa » et « billard ». Le jeune homme hocha la
tête avec conviction.

« Ça doit être nickel! » dit-il à voix haute.

Le monsieur ne répondit pas et lança un coup d'œil
furtif dans la direction de Daniel. Daniel se sentait
réchauffé par une colère sèche et délicieuse. Il connaissait
tous les rites du départ : ils se diraient adieu et le monsieur s'en irait le premier, d'un pas affairé. Le gamin
irait rejoindre ses copains avec nonchalance, il donnerait
un coup de poing ou deux dans le ventre du nègre, puis
il partirait à son tour, après des adieux mous, en traînant les pieds : c'était lui qu'il fallait suivre. Et le vieux,
qui ferait les cent pas dans la rue voisine, verrait surgir
tout à coup Daniel sur les talons de sa jeune beauté.
Quel moment! Daniel en jouissait d'avance, il dévorait
des yeux en justicier le visage délicat et usé de sa proie,
ses mains tremblaient, son bonheur eût été parfait s'il
n'avait eu la gorge si sèche, il crevait de soif. S'il trouvait une occasion favorable, il leur ferait le coup de la
Police des mœurs : il pourrait toujours prendre le nom
du vieux et lui flanquer une frousse épouvantable :
« S'il me demande ma carte d'inspecteur, je lui montrerai mon coupe-file de la préfecture[1]. »

« Bonjour, monsieur Lalique », dit une voix timide.

Daniel sursauta : Lalique était un nom de guerre
qu'il prenait parfois. Il se retourna brusquement :

« Qu'est-ce que tu fais ici ? demanda-t-il avec sévérité.
Je t'avais défendu d'y remettre les pieds. »

C'était Bobby. Daniel l'avait placé chez un pharmacien. Il était devenu gros et gras, il portait un complet
de confection neuf, il n'était plus intéressant du tout.
Bobby avait incliné sa tête sur l'épaule et faisait l'enfant :
il regardait Daniel sans lui répondre, avec un sourire
innocent et futé, comme s'il eût dit : « Coucou, me
voilà. » Ce sourire porta la fureur de Daniel à son
comble.

« Vas-tu parler ? demanda-t-il.

— Je vous cherche depuis trois jours, monsieur Lalique, dit Bobby de sa voix traînante, je ne connais pas votre adresse. Je me suis dit : " Un de ces jours, M. Daniel va venir faire son petit tour par ici... " »

« Un de ces jours! Insolente petite ordure! » Il se permettait de juger Daniel, de faire ses petites prévisions : « Il s'imagine qu'il me connaît, qu'il peut me manœuvrer. » Il n'y avait rien à faire, à moins de l'écraser comme une limace : une image de Daniel était enkystée là, sous ce front étroit, et elle y demeurerait toujours. Malgré sa répugnance, Daniel se sentait solidaire de cette trace flasque et vivante : *c'était lui* qui vivait ainsi dans la conscience de Bobby.

« Tu es laid! dit-il, tu as épaissi et puis ce costume ne te va pas, où as-tu été le pêcher ? C'est terrible comme ta vulgarité ressort quand tu es endimanché. »

Bobby ne parut pas s'émouvoir : il regardait Daniel en écarquillant les yeux d'un air gentil, il souriait toujours. Daniel détestait cette patience inerte de pauvre, ce sourire mou et tenace, en caoutchouc : même si on avait déchiré ces lèvres à coups de poing, il serait resté sur la bouche saignante. Daniel jeta un coup d'œil furtif vers le beau monsieur et vit avec dépit qu'il ne se gênait plus : il était penché sur le voyou blond et respirait ses cheveux en riant d'un air bon. « C'était prévu, pensa Daniel avec fureur. Il me voit avec cette lope, il me prend pour un confrère, je suis sali. » Il haïssait cette franc-maçonnerie de pissotières. « Ils s'imaginent que tout le monde en est. Moi, en tout cas, je me tuerais plutôt que de ressembler à cette vieille lope! »

« Qu'est-ce que tu veux ? demanda-t-il brutalement. Je suis pressé. Et puis recule-toi un peu, tu sens la brillantine à plein nez.

— Excusez-moi, dit Bobby sans se hâter, vous étiez là, appuyé au poteau, vous n'aviez pas l'air pressé du tout, c'est pourquoi je me suis permis...

— Oh! Mais dis-moi, tu parles bien! dit Daniel éclatant de rire. Tu t'es acheté une langue de confection en même temps que ton costume ? »

Ces sarcasmes glissèrent sur Bobby : il avait renversé la tête et regardait le plafond d'un air de volupté humble à travers ses paupières mi-closes. « Il m'avait plu parce

qu'il ressemblait à un chat. » À cette pensée, Daniel
ne put réprimer un sursaut de rage : eh bien! oui, un
jour! Bobby lui avait plu un jour! Est-ce que ça lui
conférait des droits pour toute sa vie ?

Le vieux monsieur avait pris la main de son jeune ami
et la gardait paternellement dans les siennes. Puis il lui
dit adieu en lui tapotant la joue, jeta un regard complice
à Daniel et s'en fut à longues foulées dansantes. Daniel
lui tira la langue, mais déjà l'autre avait tourné le dos.
Bobby se mit à rire.

« Qu'est-ce qui te prend ? demanda Daniel.

— C'est parce que vous avez tiré la langue à la vieille
tata », dit Bobby. Il ajouta d'un ton caressant : « Vous
êtes toujours le même, monsieur Daniel, toujours aussi
gamin.

— Ça va », dit Daniel horrifié. Il fut pris d'un soupçon
et demanda :

« Et ton pharmacien ? Tu n'es plus chez lui ?

— Je n'ai pas eu de chance », dit Bobby plaintivement.

Daniel le regarda avec dégoût.

« Tu t'es pourtant fait de la graisse. »

Le petit type blond sortit nonchalamment de la
kermesse, il frôla Daniel en passant. Ses trois camarades
le suivirent bientôt, ils se bousculèrent en riant très
haut. « Qu'est-ce que je fais ici ? » pensa Daniel. Il
chercha des yeux les épaules voûtées et la nuque maigre
du jeune homme en chemise de nuit.

« Allons, parle, dit-il distraitement. Qu'est-ce que tu
lui as fait ? Tu l'as volé ?

— C'est la pharmacienne, dit Bobby. Elle ne m'avait
pas à la bonne. »

Le jeune homme en chemise de nuit n'était plus là.
Daniel se sentit las et vidé, il avait peur de se retrouver
seul.

« Elle s'est mise en boule parce que je voyais Ralph,
poursuivit Bobby.

— Je t'avais dit de ne plus fréquenter Ralph. C'est
une sale petite frappe.

— Alors il faut plaquer les copains parce qu'on a eu un
coup de veine ? demanda Bobby avec indignation. Je le
voyais moins, mais je ne voulais pas le laisser tomber d'un
seul coup. C'est un voleur, elle disait : " Je lui interdis de

mettre les pieds dans ma pharmacie. " Que voulez-vous, c'est une femme qui est con. Alors moi, je le voyais dehors pour pas qu'elle m'attrape. Mais il y a le stagiaire qui nous a vus ensemble. Le sale petit mec, je crois qu'il a de ces goûts, dit Bobby avec pudeur. Au début que j'étais là, c'étaient des Bobby par-ci, des mon petit Bobby par-là, comment que je l'ai envoyé tartir. Je te rattraperai, qu'il m'a dit. Il rentre à la pharmacie, le voilà qui dégoise tout, qu'il nous avait vus ensemble, qu'on se tenait mal, que les gens se retournaient sur nous. "Qu'est-ce que je t'avais dit, qu'elle fait, la patronne, je te défends de le voir ou tu ne resteras pas chez nous. " "Madame, que je lui fais, à la pharmacie, c'est vous qui commandez, mais quand je suis dehors, vous avez rien à dire. " Pan! »

La kermesse était déserte, de l'autre côté du mur, le martèlement avait cessé. La caissière se leva, c'était une grosse blonde. Elle s'en fut à petits pas jusqu'à un distributeur de parfums et se mira dans la glace en souriant. Sept heures sonnèrent.

« À la pharmacie, c'est vous qui commandez, mais quand je suis dehors vous avez rien à dire », répéta Bobby avec complaisance.

Daniel se secoua.

« Alors ils t'ont mis dehors ? demanda-t-il du bout des lèvres.

— C'est moi qui suis parti, dit Bobby dignement. J'ai dit : je préfère m'en aller. Et j'avais plus un sou, hein ? Ils n'ont même pas voulu me payer mon dû, mais tant pis : je suis comme ça. Je couche chez Ralph, je dors l'après-midi parce que, le soir, il reçoit une femme du monde : c'est une liaison. J'ai pas mangé depuis avant-hier. »

Il regarda Daniel d'un air caressant :

« Je me suis dit : je vais toujours tâcher de voir monsieur Lalique, il me comprendra.

— Tu es un petit idiot, dit Daniel. Tu ne m'intéresses plus. Je me décarcasse pour te trouver une place et tu te fais mettre dehors au bout d'un mois. Et puis, tu sais, ne t'imagine pas que je crois la moitié de ce que tu me dis. Tu mens comme un arracheur de dents.

— Vous pouvez lui demander, dit Bobby. Vous verrez si je dis pas la vérité.

— Lui demander. À qui ?

— À la patronne, tiens.

— Je m'en garderais bien, dit Daniel. J'en entendrais de belles. D'ailleurs, je ne peux rien pour toi. »

Il se sentait veule, il pensa : « Il faut que je m'en aille », mais ses jambes étaient engourdies.

« On avait l'idée de travailler, Ralph et moi... dit Bobby d'un air détaché. On voulait s'établir à notre compte.

— Oui ? Et tu viens me demander de t'avancer de l'argent pour vos premières dépenses ? Garde ces histoires-là pour d'autres. Combien veux-tu ?

— Vous êtes un chic type, monsieur Lalique, dit Bobby d'une voix mouillée. Je disais justement à Ralph ce matin : que je trouve seulement monsieur Lalique, tu verras qu'il ne me laissera pas dans le pétrin.

— Combien veux-tu ? » répéta Daniel.

Bobby se mit à se tortiller.

« C'est-à-dire, si des fois vous pouviez me prêter, *prêter* hein ? Je vous les rendrais à la fin du premier mois.

— Combien ?

— Cent francs.

— Tiens, dit Daniel, en voilà cinquante, je te les donne. Et disparais. »

Bobby empocha le billet sans mot dire et ils restèrent en face l'un de l'autre, indécis.

« Va-t'en », dit Daniel mollement. Tout son corps était en coton.

« Merci, monsieur Lalique », dit Bobby. Il fit un faux départ et revint sur ses pas. « Des fois que vous voudriez me parler ou à Ralph, on habite à côté, 6, rue aux Ours, au septième. Vous vous trompez sur Ralph, vous savez, il vous aime beaucoup.

— Va-t'en. »

Bobby s'éloigna à reculons, souriant toujours, puis il tourna sur lui-même et s'en fut. Daniel s'approcha de la grue et la regarda. À côté du kodak et de la lampe électrique, il y avait une paire de jumelles qu'il n'avait jamais remarquée. Il glissa une pièce de vingt sous dans la fente de l'appareil et tourna les boutons au hasard. La grue laissa choir ses pinces sur le lit de bonbons qu'elles se mirent à racler maladroitement.

Daniel ramassa cinq ou six bonbons dans le creux de sa main et les mangea.

Le soleil accrochait un peu d'or aux grandes bâtisses noires, le ciel était rempli d'or, mais une ombre douce et liquide montait de la chaussée, les gens souriaient aux caresses de l'ombre. Daniel avait une soif d'enfer, mais il ne voulait pas boire : crève donc! crève de soif! « Après tout, pensa-t-il, je n'ai rien fait de mal. » Mais c'était pis : il s'était laissé frôler par le Mal, il s'était tout permis sauf l'assouvissement, il n'avait même pas eu le courage de s'assouvir. À présent il portait ce Mal en lui comme un chatouillement vivace, du haut en bas de son corps, il était infecté, il avait encore cet arrière-goût jaune dans les yeux, ses yeux jaunissaient tout. Il eût encore mieux valu s'assommer de plaisir et assommer le Mal en soi. Il est vrai qu'il renaissait toujours. Il se retourna brusquement : « Il est capable de me suivre pour voir où j'habite. Oh! pensa-t-il, je voudrais qu'il m'ait suivi. Cette rossée que je lui flanquerais en pleine rue! » Mais Bobby ne se montrait pas. Il avait gagné sa journée, à présent il était rentré. Chez Ralph, 6, rue aux Ours. Daniel sursauta : « Si je pouvais oublier cette adresse! S'il pouvait se faire que j'oublie cette adresse... » À quoi bon ? Il n'aurait garde de l'oublier.

Les gens babillaient autour de lui, en paix avec eux-mêmes. Un monsieur dit à sa femme : « Hé mais, ça remonte à l'avant-guerre. En 1912. Non. En 1913. J'étais encore chez Paul Lucas. » La paix. La paix des braves gens, des honnêtes gens, des hommes de bonne volonté. Pourquoi est-ce *leur* volonté qui est la bonne et non la mienne ? On n'y pouvait rien, c'était comme ça. Quelque chose dans ce ciel, dans cette lumière, dans cette nature en avait décidé ainsi. Ils le savaient, ils savaient qu'ils avaient raison, que Dieu, s'il existait, était de leur bord. Daniel regarda leurs visages : comme ils étaient durs, malgré leur abandon. Il suffirait d'un signal pour que ces hommes se jettent sur lui et le déchirent. Et le ciel, la lumière, les arbres, toute la Nature seraient d'accord avec eux, comme toujours : Daniel était un homme de mauvaise volonté.

Sur le pas de sa porte, un concierge gras et pâle,

aux épaules affaissées prenait le frais. Daniel le vit de loin, il pensa : « Voilà le Bien. » Le concierge était assis sur une chaise, les mains sur le ventre, comme un Bouddha, il regardait passer les gens et, de temps à autre, les approuvait d'un petit signe de tête : « Être ce type-là », pensait Daniel avec envie. Ça devait être un cœur révérencieux. À part ça, sensible aux grandes forces naturelles, le chaud, le froid, la lumière et l'humidité. Daniel s'arrêta : il était fasciné par ces longs cils bêtes, par la malice sentencieuse de ces joues pleines. S'abrutir jusqu'à n'être plus que ça, jusqu'à n'avoir plus dans sa tête qu'une pâte blanche avec un petit parfum de crème à raser. « Il dort toutes les nuits », pensa-t-il. Il ne savait plus s'il avait envie de le tuer ou de se glisser bien au chaud dans cette âme en ordre. Le gros homme leva la tête et Daniel reprit sa marche : « Avec la vie que je mène, je peux toujours espérer que je deviendrai gâteux le plus tôt possible. »

Il jeta un mauvais regard à sa serviette, il n'aimait pas porter ça au bout de son bras : ça lui donnait l'air d'un avocat. Mais sa mauvaise humeur fondit aussitôt parce qu'il se rappela qu'il ne l'avait pas emportée sans intention; et même elle lui serait *formidablement* utile. Il ne se dissimulait pas qu'il courait des risques, mais il était calme et froid, un peu animé simplement. « Si j'arrive au bord du trottoir en treize enjambées... » Il fit treize enjambées et s'arrêta pile au bord du trottoir, mais la dernière enjambée était notablement plus grande que les autres, il s'était fendu comme un escrimeur : « D'ailleurs, ça n'a aucune importance : de toute façon l'affaire est dans le sac. » Ça ne pouvait pas rater, c'était scientifique, on se demandait même comment il se faisait que personne n'y eût songé auparavant : « Ce qu'il y a, pensa-t-il avec sévérité, c'est que les voleurs sont cons. » Il traversa la chaussée et précisa son idée : « Il y a beau temps qu'ils auraient dû s'organiser. En syndicat, comme les prestidigitateurs. » Une association pour la mise en commun et l'exploitation des procédés techniques, voilà ce qui leur faisait défaut. Avec un siège social, un honneur, des traditions et une bibliothèque. Une cinéthèque aussi et des films qui décomposeraient au ralenti les mouvements difficiles. Chaque perfectionnement nou-

veau serait filmé, la théorie serait enregistrée sur disques
et porterait le nom de son inventeur; on classerait tout
par catégorie; il y aurait par exemple le vol à l'étalage
avec le procédé 1673 ou « procédé Serguine » appelé
aussi l'œuf de Christophe Colomb (parce qu'il est simple
comme bonjour mais encore faut-il le trouver). Boris
eût accepté de tourner un petit film démonstratif. « Ah!
pensa-t-il, et puis des cours gratuits de psychologie du
vol, c'est indispensable. » Son procédé reposait presque
entièrement sur la psychologie. Il regarda avec satisfaction un petit café à un étage, couleur potiron, et
s'aperçut soudain qu'il était au milieu de l'avenue
d'Orléans[1]. C'était formidable ce que les gens avaient
l'air sympathiques, sur l'avenue d'Orléans, entre sept
heures et sept heures et demie du soir. La lumière y
faisait beaucoup certainement, c'était une mousseline
rousse tout à fait seyante, et puis c'était charmant de se
trouver tout au bout de Paris, près d'une porte, les
rues filaient sous vos pieds vers le centre vieillot et
commercial de la ville, vers les Halles, vers les ruelles
sombres du quartier Saint-Antoine, on se sentait plongé
dans le doux exil religieux du soir et des faubourgs.
Les gens ont l'air d'être sortis dans la rue pour être
ensemble; ils ne se fâchent pas quand on les bouscule,
on pourrait croire, même, que ça leur fait plaisir. Et
puis ils regardent les devantures avec une admiration
innocente et tout à fait désintéressée. Sur le boulevard
Saint-Michel, les gens regardent aussi les devantures,
mais c'est avec l'intention d'acheter. « Je reviendrai ici
tous les soirs », décida Boris avec enthousiasme. Et
puis, l'été prochain, il louerait une chambre dans une
de ces maisons à trois étages qui avaient l'air de sœurs
jumelles et qui faisaient penser à la révolution de 48.
Mais si les fenêtres étaient si étroites, je me demande
comment les bonnes femmes s'y prenaient pour faire
passer les sommiers qu'elles jetaient sur les soldats.
C'est tout noir de fumée autour des fenêtres, on dirait
qu'elles ont été léchées par des flammes d'incendie, ça
n'est pas triste, ces façades blêmes et percées de petits
trous noirs, on dirait des éclats de ciel d'orage sous le
ciel bleu, je regarde les fenêtres, si je pouvais monter
sur le toit-terrasse de ce petit café, j'apercevrais les
armoires à glace au fond des chambres comme des lacs

verticaux ; la foule passe à travers mon corps et je pense
à des gardes municipaux, aux grilles dorées du Palais-
Royal, au 14 juillet, je ne sais pas pourquoi. « Qu'est-ce
qu'il venait faire chez Mathieu, ce communiste ? »
pensa-t-il brusquement. Boris n'aimait pas les communistes, ils étaient trop sérieux. Brunet, en particulier, on
aurait dit un pape. « Il m'a foutu dehors, pensa Boris,
hilare. La vache, il m'a proprement foutu dehors. »
Et puis ça le prit tout d'un coup, un violent petit
simoun dans sa tête, le besoin d'être méchant : « Mathieu
s'est peut-être aperçu qu'il se gourait sur toute la ligne,
il va peut-être entrer au Parti communiste. » Il se divertit
un instant à dénombrer les conséquences incalculables
d'une pareille conversion. Mais il prit peur tout de suite
et s'arrêta. Bien certainement Mathieu ne s'était pas
gouré, ça serait trop grave, à présent que Boris était
engagé : en classe de philosophie, il avait eu de vives
sympathies pour le communisme et Mathieu l'en avait
détourné en lui expliquant ce que c'était que la liberté.
Boris avait tout de suite compris : on a le devoir de
faire tout ce qu'on veut, de penser tout ce qui vous
semble bon, de n'être responsable que devant soi-même
et de remettre en question, constamment, tout ce qu'on
pense et tout le monde. Boris avait bâti sa vie là-dessus
et il était scrupuleusement libre[1] : en particulier, il
remettait toujours tout le monde en question, sauf
Mathieu et Ivich ; ces deux-là, c'était tout à fait inutile,
attendu qu'ils étaient parfaits. Quant à la liberté, il
n'était pas bon non plus de s'interroger sur elle, parce
qu'alors on cessait d'être libre. Boris se gratta le crâne
avec perplexité et il se demanda d'où lui venaient ces
impulsions de brise-tout qui le prenaient de temps en
temps. « Au fond j'ai peut-être un caractère inquiet »,
pensa-t-il avec un étonnement amusé. Parce qu'enfin, à
considérer froidement les choses, Mathieu ne s'était pas
gouré, c'était tout à fait impossible : Mathieu n'était
pas un type à se gourer. Boris se réjouit et balança
allégrement sa serviette au bout de son bras. Il se
demanda aussi s'il était moral d'avoir un caractère
inquiet et il entrevit du pour et du contre, mais il
s'interdit de pousser plus loin ses investigations ; il
demanderait à Mathieu. Boris trouvait tout à fait
indécent qu'un type de son âge prétendît penser par

lui-même. Il en avait assez vu, à la Sorbonne, de ces
faux malins, des normaliens salingues et à lunettes, qui
avaient toujours une théorie personnelle en réserve, ils
finissaient régulièrement par déconner, d'une manière
ou d'une autre, et puis, même sans ça, leurs théories
étaient laides, elles étaient anguleuses. Boris avait le
ridicule en horreur, il ne voulait pas déconner et préférait se taire et passer pour une tête vide, c'était beaucoup
moins désobligeant. Plus tard, naturellement, ça serait
une autre affaire, mais, pour l'instant, il s'en remettait
à Mathieu dont c'était le métier. Et puis ça le réjouissait
toujours quand Mathieu se mettait à penser : Mathieu
rougissait, regardait ses doigts, bafouillait un peu, mais
c'était du travail probe et élégant. Quelquefois, entre
tant, il venait une petite idée à Boris, bien malgré lui,
et il faisait son possible pour que Mathieu ne s'en
aperçût pas, mais il s'en apercevait toujours, ce fumier,
il lui disait : « Vous avez quelque chose derrière la
tête » et il l'accablait de questions. Boris était au supplice,
il essayait cent fois de détourner la conversation, mais
Mathieu était tenace comme un pou ; Boris finissait par
lâcher le morceau et puis il regardait entre ses pieds,
et le plus fort, c'est que Mathieu l'engueulait, après ça,
lui disait : « C'est complètement idiot, vous raisonnez
comme un manche », exactement comme si Boris s'était
targué d'avoir une idée de génie. « Le fumier ! » répéta
Boris, hilare. Il s'arrêta devant la glace d'une belle
pharmacie rouge et considéra son image avec impartialité. « Je suis un modeste », pensa-t-il. Et il se trouva
sympathique. Il monta sur la balance automatique et se
pesa pour voir s'il n'avait pas engraissé depuis la veille.
Une ampoule rouge s'alluma, un mécanisme se mit en
marche avec un râle sifflant et Boris reçut un ticket de
carton : cinquante-sept kilos cinq cents. Il eut un
moment de désarroi : « J'ai pris cinq cents grammes »,
pensa-t-il. Mais il s'aperçut heureusement qu'il avait
gardé sa serviette à la main. Il descendit de la balance
et reprit sa marche. Cinquante-sept kilos pour un mètre
soixante-treize, c'était bien. Il était d'une humeur absolument charmante et se sentait tout velouté au-dedans.
Et puis, au-dehors, il y avait la mélancolie ténue de cette
vieille journée qui sombrait lentement autour de lui
et le frôlait, en s'enfonçant, de sa lumière rousse et de

ses parfums pleins de regret. Cette journée, cette mer
tropicale qui se retirait en le laissant seul sous un ciel
pâlissant, c'était encore une étape, une toute petite étape.
La nuit allait venir, il irait au Sumatra, il verrait Mathieu,
il verrait Ivich, il danserait. Et puis tout à l'heure, juste
à la charnière entre le jour et la nuit, il y aurait ce larcin,
ce chef-d'œuvre. Il se redressa et pressa le pas : il allait
falloir jouer serré. À cause de ces types qui n'ont l'air
de rien, qui feuillettent les livres d'un air sérieux et qui
sont des détectives privés. La librairie Garbure en
employait six. Boris tenait le renseignement de Picard
qui avait fait ce métier-là trois jours quand il avait été
collé à son certificat de géologie, il était bien forcé,
ses parents lui avaient coupé les vivres, mais il avait
plaqué tout de suite, dégoûté. Non seulement il lui
fallait espionner les clients comme un vulgaire poulet,
mais on lui avait donné l'ordre de guetter les naïfs,
les types à lorgnon, par exemple, qui approchaient timidement de l'étalage et de leur sauter tout à coup sur
le poil en les accusant d'avoir voulu glisser un bouquin
dans leur poche. Naturellement, les malheureux se
décomposaient, on les emmenait au fond d'un long
couloir dans un petit bureau sombre, où on leur extor-
quait cent francs sous la menace de poursuites judiciaires.
Boris se sentit grisé : il les vengerait tous; *lui,* on ne le
prendrait pas. « La plupart des types, pensa-t-il, se
défendent mal, sur cent qui volent, il y en a quatre-
vingts qui improvisent. » Pour lui, il n'improvisait pas;
bien sûr, il ne savait pas tout, mais ce qu'il savait, il
l'avait appris avec méthode, car il avait toujours pensé
qu'un type qui travaille de la tête doit posséder par-
dessus le marché un métier manuel pour se maintenir
en contact avec la réalité. Jusqu'ici il n'avait tiré aucun
profit matériel de ses entreprises : il comptait pour rien
de posséder dix-sept brosses à dents, une vingtaine de
cendriers, une boussole, un pique-feu et un œuf à
repriser. Ce qu'il prenait en considération dans chaque
cas, c'était la difficulté technique. Mieux valait, comme
la semaine précédente, dérober une petite boîte de
réglisses Blackoïd sous les yeux du pharmacien qu'un
portefeuille en maroquin dans un magasin désert. Le
profit du vol était tout moral; sur ce point, Boris se
sentait en plein accord avec les anciens Spartiates, c'était

une ascèse. Et puis il y avait un moment jouissant, c'était quand on se disait : « Je vais compter jusqu'à cinq, à cinq il faut que la brosse à dents soit dans ma poche »; on avait la gorge serrée et une extraordinaire impression de lucidité et de puissance. Il sourit : il allait faire une exception à ses principes; pour la première fois, l'intérêt serait le mobile du vol : dans une demi-heure au plus tard, il posséderait ce joyau, ce trésor indispensable : « Ce Thesaurus ! » se dit-il à mi-voix, car il aimait le mot de Thesaurus qui lui rappelait le Moyen Âge, Abélard, un herbier, Faust et les ceintures de chasteté qu'on voit au musée de Cluny. « Il sera à moi, je pourrai le consulter à toute heure du jour. » Tandis que, jusqu'à présent, il était obligé de le feuilleter à l'étalage et précipitamment, et puis les pages n'étaient pas coupées; bien souvent il n'avait pu recueillir que des renseignements tronqués. Il le poserait, le soir même, sur sa table de nuit et le lendemain, en se réveillant, son premier regard serait pour lui : « Ah non! se dit-il avec agacement : je couche chez Lola, ce soir. » En tout cas, il l'emmènerait à la bibliothèque de la Sorbonne et, de temps en temps, interrompant son travail de révision, il y jetterait un coup d'œil pour se récréer : il se promit d'apprendre une locution et peut-être même deux par jour, en six mois ça ferait six fois trois dix-huit, multipliés par deux : trois cent soixante, avec les cinq ou six cents qu'il connaissait déjà, ça pourrait aller chercher le millier, c'était ce qu'on appelait une bonne connaissance moyenne. Il traversa le boulevard Raspail et s'engagea dans la rue Denfert-Rochereau avec un léger déplaisir. La rue Denfert-Rochereau[1] l'ennuyait énormément, peut-être à cause des marronniers; de toute façon, c'était un endroit nul, à l'exception d'une teinturerie noire avec des rideaux rouge sang qui pendaient lamentablement comme deux chevelures scalpées. Boris jeta au passage un coup d'œil aimable à la teinturerie et puis il se plongea dans le silence blond et distingué de la rue. Une rue ? ce n'était qu'un trou avec des maisons sur chaque bord. « Oui, mais le métro passe par en dessous », pensa Boris et il tira quelque réconfort de cette idée, il se représenta pendant une minute ou deux qu'il marchait sur une mince croûte de bitume, elle allait peut-être s'effondrer. « Il faudra que je raconte ça

à Mathieu, se dit Boris. Il va en baver. » Non. Le sang
monta soudain à son visage, il ne raconterait rien du
tout. À Ivich, oui : elle le comprenait et si elle ne volait
pas elle-même, c'était parce qu'elle n'était pas douée. Il
raconterait aussi l'histoire à Lola, pour la faire râler.
Mais Mathieu n'était pas trop franc au sujet de ces vols.
Il ricanait avec indulgence quand Boris lui en parlait,
mais Boris n'était pas très sûr qu'il les approuvât. Par
exemple, il se demandait bien quels reproches Mathieu
pouvait lui faire. Lola, elle, ça la rendait folle, mais
c'était normal, elle ne pouvait pas comprendre certaines
délicatesses, d'autant qu'elle était un peu radin. Elle lui
disait : « Tu volerais ta propre mère, tu finiras un jour
par me voler. » Et il répondait : « Hé! Hé! si ça se
trouve, je ne dis pas non. » Naturellement, ça n'avait
pas le sens commun : on ne volait pas ses intimes, c'était
beaucoup trop facile, il répondait ça par agacement :
il détestait cette manière qu'avait Lola de toujours
ramener tout à elle. Mais Mathieu... Oui Mathieu, c'était
à n'y rien comprendre. Qu'est-ce qu'il pouvait bien avoir
contre le vol, du moment qu'il était exécuté dans les
règles ? Ce blâme tacite de Mathieu tourmenta Boris
pendant quelques instants, et puis il secoua la tête et
se dit : « C'est marrant! » Dans cinq ans, dans sept ans,
il aurait ses idées à lui, celles de Mathieu lui paraîtraient
attendrissantes et vieillottes, il serait son propre juge :
« Savoir même si nous nous verrons encore ? » Boris
n'avait nulle envie que ce jour vînt, et il se trouvait
parfaitement heureux mais il était raisonnable et il savait
que c'était une nécessité : il fallait qu'il changeât, qu'il
laissât une foule de choses et de gens derrière lui, il
n'était pas encore fait. Mathieu c'était une étape, comme
Lola, et dans les moments où Boris l'admirait le plus,
il y avait dans cette admiration quelque chose de provisoire qui lui permettait d'être éperdue sans servilité.
Mathieu était aussi bien que possible, mais il ne pouvait
pas changer *en même temps* que Boris, il ne pouvait plus
changer du tout, il était trop parfait. Ces pensées assombrirent Boris et il fut content d'arriver sur la place
Edmond-Rostand : c'était toujours agréable de la traverser à cause des autobus qui se précipitaient lourdement sur vous, comme de gros dindons, et qu'il fallait
éviter de justesse, rien qu'en effaçant un peu le buste.

« Pourvu qu'ils n'aient pas eu l'idée de rentrer le livre
justement aujourd'hui. » Au coin de la rue Monsieur-le-
Prince et du boulevard Saint-Michel, il fit une pause; il
voulait refréner son impatience, il n'eût pas été prudent
de s'amener les joues rougies par l'espoir, avec des yeux
de loup. Il avait pour principe d'agir à froid. Il s'imposa
de demeurer immobile devant la boutique d'un marchand d'ombrelles et de couteaux et de regarder l'un
après l'autre, méthodiquement, les articles en montre,
des tom-pouce[1] verts et rouges, huileux, des parapluies
à manche d'ivoire qui figuraient des têtes de bouledogue, tout cela était triste à pleurer et, par surcroît,
Boris arrêta volontairement sa pensée sur les vieilles
personnes qui viennent acheter ces objets. Il allait
atteindre à un état de résolution froide et sans gaieté,
lorsqu'il vit soudain quelque chose qui le replongea
dans la jubilation : « Un eustache! » murmura-t-il, les
mains tremblantes. C'était un véritable eustache, lame
épaisse et longue, cran d'arrêt, manche de corne noire,
élégant comme un croissant de lune; il y avait deux
taches de rouille sur la lame, on aurait dit du sang :
« Oh! » gémit Boris, le cœur tordu de désir. Le couteau
reposait, grand ouvert, sur une planchette de bois vernie,
entre deux parapluies. Boris le regarda longtemps et le
monde se décolora autour de lui, tout ce qui n'était pas
l'éclat froid de cette lame perdit son prix à ses yeux, il
voulait tout plaquer, entrer dans la boutique, acheter le
couteau et s'enfuir n'importe où, comme un voleur, en
emportant son butin : « Picard m'apprendra à le lancer »,
se dit-il. Mais le sens rigoureux de ses devoirs reprit
bientôt le dessus : « Tout à l'heure. Je l'achèterai tout
à l'heure, pour me récompenser si je réussis mon coup. »
   La librairie Garbure faisait le coin de la rue de Vaugirard et du boulevard Saint-Michel[2] et elle avait — ce
qui servait les desseins de Boris — une entrée dans
chaque rue. Devant le magasin on avait disposé six
longues tables chargées de livres, ils étaient, pour la
plupart, d'occasion. Boris repéra du coin de l'œil un
monsieur à moustache rouge qui rôdait souvent dans
les parages et qu'il soupçonnait d'être un poulet. Puis
il s'approcha de la troisième table et voici : le livre était
là, énorme, si énorme même que Boris en fut un instant
découragé, sept cents pages in-quarto, des feuilles gau-

frées, épaisses comme le petit doigt : « Il va falloir faire
entrer ça dans ma serviette », se dit-il, avec un peu
d'accablement. Mais il lui suffit de regarder le titre d'or
qui luisait doucement sur la couverture pour sentir
renaître son courage : *Dictionnaire historique et étymologique
de la langue verte et des argots depuis le XIV*e *siècle jusqu'à
l'époque contemporaine*[1]. « Historique! » se répéta Boris
avec extase. Il toucha la couverture du bout des doigts
d'un geste familier et tendre, pour reprendre contact :
« Ça n'est pas un livre, c'est un meuble », pensa-t-il
avec admiration. Dans son dos, sans aucun doute, le
monsieur à moustache s'était retourné, il le guettait. Il
fallait commencer la comédie, feuilleter le volume, faire
la mine du badaud qui hésite et, finalement se laisse
tenter. Boris ouvrit le dictionnaire au hasard. Il lut :

« Être de... pour : porté sur. Tournure assez
communément employée aujourd'hui. Exemple : " Le
curé était de la chose comme un bourdon. " Traduisez :
le curé était porté sur la bagatelle. On dit aussi : " être
de l'homme " pour " être inverti[2] ". Cette locution
semble provenir de la France du Sud-Ouest... »

Les pages suivantes n'étaient pas coupées. Boris
abandonna sa lecture et se mit à rire tout seul. Il se
répétait avec délices : « Le curé était de la chose comme
un bourdon. » Puis il redevint brusquement sérieux et
se mit à compter : « Un! deux! trois! quatre! » pendant
qu'une joie austère et pure faisait battre son cœur.

Une main se posa sur son épaule[3]. « Je suis fait,
pensa Boris, mais ils ont agi trop tôt, ils ne peuvent
rien prouver contre moi. » Il se retourna lentement,
avec sang-froid. C'était Daniel Sereno, un ami de
Mathieu. Boris l'avait vu deux ou trois fois, il le trouvait superbe; par exemple, il avait l'air vache.

« Bonjour, dit Sereno, qu'est-ce que vous lisez donc ?
Vous avez l'air fasciné. »

Il n'avait pas l'air vache du tout, mais il fallait se
méfier : à vrai dire il paraissait même trop aimable, il
devait préparer un sale coup. Et puis, comme par un
fait exprès, il avait surpris Boris en train de feuilleter
ce dictionnaire d'argot, ça reviendrait sûrement aux
oreilles de Mathieu qui en ferait des gorges chaudes.

« Je m'étais arrêté en passant », répondit-il d'un air
contraint.

Sereno sourit; il prit le volume à deux mains et l'éleva jusqu'à ses yeux; il devait être un peu myope. Boris admira son aisance : d'ordinaire, ceux qui feuilletaient les livres prenaient soin de les laisser sur la table, par crainte des détectives privés. Mais il était évident que Sereno se croyait tout permis. Boris murmura d'une voix étranglée en feignant le détachement :

« C'est un ouvrage curieux... »

Sereno ne répondit pas; il semblait plongé dans sa lecture. Boris s'irrita et lui fit subir un examen sévère. Mais il dut reconnaître, par honnêteté d'esprit, que Sereno était parfaitement élégant. Pour tout dire, il y avait dans ce complet de tweed presque rose, dans cette chemise de lin, dans cette cravate jaune, une hardiesse calculée qui choquait un peu Boris. Boris aimait l'élégance sobre et un peu négligée. Mais enfin l'ensemble était irréprochable, quoique tendre comme du beurre frais. Sereno éclata de rire. Il avait un rire chaud et plaisant, et puis Boris le trouva sympathique parce qu'il ouvrait la bouche toute grande en riant.

« Être de l'homme! dit Sereno. Être de l'homme! C'est une trouvaille, je m'en servirai à l'occasion. »

Il reposa le livre sur la table :

« Êtes-vous de l'homme, Serguine ?

— Je... dit Boris, le souffle coupé.

— Ne rougissez pas, dit Sereno — et Boris se sentit devenir écarlate — et soyez convaincu que cette pensée ne m'a même pas effleuré. Je sais reconnaître ceux qui sont de l'homme — visiblement cette expression l'amusait — leurs gestes ont une rondeur molle qui ne trompe pas. Tandis que vous, je vous observais depuis un moment et j'étais charmé : vos gestes sont vifs et gracieux, mais ils ont des angles. Vous devez être très adroit. »

Boris écoutait Sereno avec attention : c'est toujours intéressant d'entendre quelqu'un vous expliquer comment il vous voit. Et puis Sereno avait une voix de basse très agréable. Par exemple, ses yeux étaient gênants : à première vue, on les aurait crus tout embués de tendresse et puis, quand on les regardait mieux, on y découvrait quelque chose de dur, presque de maniaque. « Il cherche à me faire une blague », pensa Boris et il se tint sur ses gardes. Il eût aimé demander à Sereno

ce qu'il entendait par « des gestes qui ont des angles »,
mais il n'osa pas, il pensa qu'il convenait de parler le
moins possible et puis, sous ce regard insistant, il sentait naître en lui une étrange douceur déconcertée, il
avait envie de s'ébrouer et de piaffer pour dissiper ce
vertige de douceur. Il détourna la tête et il y eut un
silence assez pénible. « Il va me prendre pour un con »,
pensa Boris avec résignation.

« Vous faites des études de philosophie, je crois, dit
Sereno.

— Oui, des études de philosophie », dit Boris avec
empressement.

Il était heureux d'avoir un prétexte pour rompre le
silence. Mais, à ce moment, l'horloge de la Sorbonne
sonna un coup et Boris s'arrêta, glacé d'effroi. « Huit
heures et quart, pensa-t-il, avec angoisse. S'il ne s'en
va pas tout de suite, c'est foutu. » La librairie Garbure
fermait à huit heures et demie. Sereno n'avait pas du
tout l'air d'avoir envie de s'en aller. Il dit :

« Je vous avouerai que je ne comprends rien à la
philosophie. Vous, vous devez comprendre, naturellement...

— Je ne sais pas, un peu, je crois », dit Boris au
supplice.

Il pensait : « J'ai sûrement l'air malpoli, mais pourquoi ne s'en va-t-il pas ? » D'ailleurs Mathieu l'avait
prévenu : Sereno apparaissait toujours à contretemps,
cela faisait partie de sa nature démoniaque.

« Je présume que vous aimez ça, dit Sereno.

— Oui », dit Boris, qui se sentit rougir pour la
seconde fois. Il détestait parler de ce qu'il aimait :
c'était impudique. Il avait l'impression que Sereno
s'en doutait et faisait exprès de se montrer indiscret.
Sereno le regarda d'un air d'attention pénétrante :

« Pourquoi ?

— Je ne sais pas », dit Boris.

C'était vrai : il ne savait pas. Pourtant, il aimait ça
bien fort. Même Kant.

Sereno sourit :

« Au moins, on voit tout de suite que ce n'est pas
un amour de tête », dit-il.

Boris se cabra, et Sereno ajouta vivement :

« Je plaisante. En fait, je trouve que vous avez de

la chance. Moi, j'en ai fait, comme tout le monde. Mais on n'a pas su me la faire aimer... J'imagine que c'est Delarue qui m'en a dégoûté : il est trop fort pour moi. Je lui ai demandé quelquefois des explications, mais, dès qu'il avait commencé à m'en donner, je n'y entendais plus rien ; il me semblait même que je ne comprenais plus ma question. »

Boris fut blessé par ce ton persifleur et il soupçonna que Sereno voulait l'amener insidieusement à médire de Mathieu pour le plaisir de le lui répéter ensuite. Il admira Sereno d'être si gratuitement vache, mais il se révolta et dit sèchement :

« Mathieu explique très bien. »

Cette fois Sereno éclata de rire et Boris se mordit les lèvres :

« Mais je n'en doute pas une seconde. Seulement nous sommes de trop vieux amis et j'imagine qu'il réserve ses qualités pédagogiques pour les jeunes gens. Il recrute d'ordinaire ses disciples parmi ses élèves.

— Je ne suis pas son disciple, dit Boris.

— Je ne pensais pas à vous, dit Daniel. Vous n'avez pas une tête de disciple. Je pensais à Hourtiguère, un grand blond qui est parti l'an dernier pour l'Indochine. Vous avez dû en entendre parler : il y a deux ans, c'était la grande passion, on les voyait toujours ensemble. »

Boris dut reconnaître que le coup avait porté et son admiration pour Sereno s'en accrut mais il aurait aimé lui envoyer son poing dans la figure.

« Mathieu m'en a parlé », dit-il.

Il détestait ce Hourtiguère que Mathieu avait connu avant lui. Mathieu prenait parfois un air pénétré quand Boris venait le retrouver au Dôme et il disait : « Il faut que j'écrive à Hourtiguère. » Après quoi, il restait un long moment rêveur et appliqué comme un soldat qui écrit à sa payse et il faisait des ronds dans l'air au-dessus d'une feuille blanche, avec la plume de son stylo. Boris se mettait au travail à côté de lui mais il le détestait. Il n'était pas jaloux de Hourtiguère, bien entendu. Au contraire, il éprouvait pour lui de la pitié mêlée d'un peu de répulsion (il ne connaissait rien de lui d'ailleurs, sauf une photo qui le représentait comme un grand garçon à l'air malchanceux avec des culottes de golf, et une dissertation philosophique tout à fait idiote qui traînait encore sur la table de travail de Mathieu). Seulement il ne voulait pour rien au monde que Mathieu le traitât plus tard comme il traitait Hourtiguère. Il aurait préféré ne plus jamais revoir Mathieu s'il avait pu croire que celui-ci dirait un jour d'un air important et morose à un jeune philosophe : « Ah! Aujourd'hui, il faut que j'écrive à Serguine. » Il acceptait à la rigueur que Mathieu ne fût qu'une étape dans sa vie — et c'était déjà assez pénible — mais il ne pouvait supporter d'être une étape dans la vie de Mathieu.

Sereno semblait s'être installé. Il s'appuyait à la table de ses deux mains, dans une posture nonchalante et commode :

« Je regrette souvent d'être tellement ignare dans ce domaine, poursuivit-il. Ceux qui en ont fait, ont l'air d'en avoir tiré de grandes joies. »

Boris ne répondit pas.

« Il m'aurait fallu un initiateur, dit Sereno. Quelqu'un dans votre genre... Qui ne soit pas encore trop calé mais qui prenne ça au sérieux. »

Il rit, comme traversé d'une idée plaisante :

« Dites-moi, ce serait amusant si je prenais des leçons avec vous... »

Boris le regarda avec méfiance. Ce devait être encore un piège. Il ne se voyait pas du tout en train de donner des leçons à Sereno, qui devait être beaucoup plus intelligent que lui et qui lui poserait certainement une foule de questions embarrassantes. Il étranglerait de timidité. Il pensa avec une résignation froide qu'il devait être huit heures vingt-cinq. Sereno souriait toujours, il avait l'air enchanté de son idée. Mais il avait de drôles d'yeux. Boris avait de la peine à le regarder en face.

« Je suis très paresseux, vous savez, dit Sereno. Il faudrait prendre de l'autorité sur moi... »

Boris ne put s'empêcher de rire et il avoua franchement :

« Je crois que je ne saurais pas du tout...

— Mais si! dit Sereno, je suis persuadé que si.

— Vous m'intimideriez », dit Boris.

Sereno haussa les épaules :

« Bah!... Tenez, avez-vous une minute ? Nous pourrions prendre un verre en face, au d'Harcourt, et nous parlerions de notre projet. »

« Notre » projet... Boris suivait des yeux avec
angoisse un commis de la librairie Garbure qui commençait à empiler les livres les uns sur les autres. Il
eût aimé pourtant suivre Sereno au d'Harcourt : c'était
un drôle de type et puis il était rudement beau, et puis
c'était amusant de parler avec lui parce qu'il fallait
jouer serré; on avait tout le temps l'impression d'être
en danger. Il se débattit un instant contre lui-même,
mais le sens du devoir l'emporta :

« C'est que je suis assez pressé », dit-il, d'une voix
que le regret rendait coupante.

Le visage de Sereno changea.

« Très bien, dit-il, je ne veux pas vous déranger.
Excusez-moi de vous avoir tenu si longtemps. Allons,
au revoir, et dites bonjour à Mathieu. »

Il se détourna brusquement et partit : « Est-ce que
je l'ai blessé ? » pensa Boris mal à son aise. Il suivit
d'un regard inquiet les larges épaules de Sereno qui
remontait le boulevard Saint-Michel. Et puis il pensa,
tout à coup, qu'il n'avait plus une minute à perdre.

« Un. Deux. Trois. Quatre. Cinq. »

À cinq, il prit ostensiblement le volume de la main
droite et se dirigea vers la librairie sans essayer de se
cacher.

*

Une cohue de mots qui fuyaient n'importe où; les
mots fuyaient, Daniel fuyait un long corps frêle, un
peu voûté, des yeux noisette, tout un visage austère
et charmant, c'est un petit moine, un moine russe,
Alioscha[1]. Des pas, des mots, les pas sonnaient jusque
dans sa tête, n'être plus que ces pas, que ces mots, tout
valait mieux que le silence : « Le petit imbécile, je
l'avais bien jugé. Mes parents m'ont défendu de parler
aux gens que je ne connais pas, voulez-vous un bonbon
ma petite demoiselle, mes parents m'ont défendu... Ha!
ce n'est qu'une très petite cervelle, je ne sais pas, je ne
sais pas, aimez-vous la philosophie, je ne sais pas,
parbleu, comment le saurait-il, pauvre agneau! Mathieu
fait le sultan dans sa classe, il lui a jeté le mouchoir, il
l'emmène au café et le petit avale tout, les cafés-crème
et les théories, comme des hosties; va, va promener

tes airs de première communiante, il était là gourmé et précieux comme un âne chargé de reliques, oh! j'ai compris, je ne voulais pas porter la main sur toi, je ne suis pas digne; et ce regard qu'il m'a lancé quand je lui ai dit que je ne comprenais pas la philosophie, il ne se donnait même plus la peine d'être poli, vers la fin. Oh! je suis *sûr* — je l'avais pressenti du temps de Hourtiguère — je suis *sûr* qu'il les met en garde contre moi. C'est très bien, dit Daniel en riant d'aise, c'est une excellente leçon et à peu de frais, je suis content qu'il m'ait envoyé promener; si j'avais eu la folie de m'intéresser un peu à lui et de lui parler avec confiance, il serait allé rapporter ça tout bouillant à Mathieu et ils en auraient fait des gorges chaudes. » Il s'arrêta si brusquement qu'une dame qui marchait derrière lui le heurta dans le dos et poussa un petit cri : « Il lui a parlé de moi! » C'était une idée in-to-lé-ra-ble, à vous donner une suée de rage, il fallait se les imaginer tous deux, bien dispos, heureux d'être ensemble, le petit la bouche bée, naturellement, écarquillant les yeux et mettant les oreilles en cornet, pour ne rien perdre de la manne divine, dans quelque café de Montparnasse, une de ces infectes tabagies qui sentaient le linge sale... « Mathieu a dû le regarder par en dessous, d'un air profond, et il lui a expliqué mon caractère, c'est à mourir de rire. » Daniel répéta : « C'est à mourir de rire », et il enfonça ses ongles dans la paume de sa main. Ils l'avaient jugé par derrière, ils l'avaient démonté, disséqué, et il était sans défense, il ne se doutait de rien, il avait pu exister ce jour-là comme les autres jours, comme s'il n'était rien qu'une transparence sans mémoire et sans conséquence, comme s'il n'était pas pour les autres un corps un peu gras, des joues qui s'empâtaient, une beauté orientale qui se fanait, un sourire cruel et, qui sait ?... Mais non, personne. « Si Bobby le sait, Ralph le sait, Mathieu non. Bobby c'est une crevette, ça n'est pas une conscience, il habite 6, rue aux Ours, avec Ralph. Ha! si l'on pouvait vivre au milieu d'aveugles. Il n'est pas aveugle, lui, il s'en vante, il sait voir, c'est un fin psychologue et il a le *droit* de parler de moi attendu qu'il me connaît depuis quinze ans et que c'est mon meilleur ami, et il ne s'en prive pas; dès qu'il rencontre quelqu'un, ça fait deux personnes pour qui

j'existe et puis trois et puis neuf, et puis cent. Sereno,
Sereno, Sereno le courtier, Sereno le boursier, Sereno
le... Ha! s'il pouvait crever, mais non, il se promène
en liberté avec son opinion sur moi au fond de la tête
et il en infecte tous ceux qui l'approchent, il faudrait
courir partout et gratter, gratter, effacer, laver à grande
eau, j'ai gratté Marcelle jusqu'à l'os. Elle m'a tendu la
main, le premier jour, en me regardant beaucoup, elle
m'a dit : " Mathieu m'a si souvent parlé de vous. " Et
je l'ai regardée à mon tour, j'étais fasciné, j'étais *là-dedans,*
j'existais dans cette chair, derrière ce front buté, au fond
de ces yeux, salope! À présent, elle ne croit plus un
mot de ce qu'il lui dit sur moi. »

Il sourit avec satisfaction; il était si fier de cette
victoire que, pendant une seconde, il oublia de se surveiller : il se fit une déchirure dans la trame des mots,
qui gagna peu à peu, s'étendit, devint du silence. Le
silence, lourd et vide. Il n'aurait pas dû, il n'aurait pas
dû cesser de parler. Le vent était tombé, la colère hésitait; tout au fond du silence, il y avait le visage de Serguine, comme une plaie. Doux visage obscur; quelle
patience, quelle ferveur n'aurait-il pas fallu pour l'éclairer
un peu. Il pensa : « J'aurais pu... » Cette année encore,
aujourd'hui encore, il aurait pu. Après... Il pensa :
« Ma dernière chance. » C'était sa dernière chance et
Mathieu la lui avait soufflée, négligemment. Des Ralph,
des Bobby, voilà ce qu'on lui laissait. « Et lui, le pauvre
gosse, il en fera un singe savant! » Il marchait en silence,
ses pas résonnaient seuls au fond de sa tête, comme dans
une rue déserte, au petit matin. Sa solitude était si
totale, sous ce beau ciel, doux comme une bonne
conscience, au milieu de cette foule affairée, qu'il était
stupéfait d'exister; il devait être le cauchemar de quelqu'un, de quelqu'un qui finirait bien par se réveiller.
Heureusement, la colère déferla, recouvrit tout, il se
sentit ranimé par une rage allègre et la fuite recommença,
le défilé des mots recommença; il haïssait Mathieu. En
voilà un qui doit trouver tout naturel d'exister, il ne se
pose pas de question, cette lumière grecque et juste, ce
ciel vertueux sont faits pour lui, il est chez lui, il n'a
jamais été seul : « Ma parole, pensa Daniel, il se prend
pour Goethe. » Il avait relevé la tête, il regardait les
passants dans les yeux; il choyait sa haine : « Mais

prends garde, fais-toi des disciples, si ça t'amuse, mais
pas *contre moi,* parce que je finirai par te jouer un sale
tour. » Une nouvelle poussée de colère le souleva, il
ne touchait plus terre, il volait, tout à la joie de se
sentir terrible, et tout à coup l'idée lui vint, aiguë,
rutilante : « Mais, mais, mais... on pourrait peut-être
l'aider à réfléchir, à rentrer en lui-même, s'arranger pour
que les choses ne lui soient pas trop faciles, ça serait
un fameux service à lui rendre. » Il se rappelait de quel
air brusque et masculin Marcelle lui avait jeté un jour,
par-dessus son épaule : « Quand une femme est foutue,
elle n'a qu'à se faire faire un gosse. » Ça serait trop
drôle s'ils n'étaient pas tout à fait du même avis sur
la question, s'il courait avec zèle les boutiques d'herboriste, pendant qu'elle, au fond de sa chambre rose, séchait
du désir d'avoir un enfant. Elle n'aura rien osé lui dire,
seulement... S'il se trouvait quelqu'un, un bon ami
commun, pour lui donner un peu de courage... « Je
suis méchant », pensa-t-il, inondé de joie. La méchanceté, c'était cette extraordinaire impression de vitesse,
on se détachait soudain de soi-même et on filait en
avant comme un trait; la vitesse vous prenait à la nuque,
elle augmentait de minute en minute, c'était intolérable
et délicieux, on roulait freins desserrés, à tombeau ouvert,
on enfonçait de faibles barrières qui surgissaient à droite,
à gauche, inattendues — Mathieu le pauvre type, je suis
trop vache, je vais gâcher sa vie — et qui cassaient net,
comme des branches mortes, et c'était enivrant cette
joie transpercée de peur, sèche comme une secousse
électrique, cette joie qui ne pouvait pas s'arrêter. « Je
me demande s'il aura encore des disciples ? Un père de
famille, ça ne trouve pas si souvent preneur. » La tête
de Serguine, quand Mathieu viendrait lui annoncer son
mariage, le mépris de ce petit, son écrasante stupeur.
« Vous vous mariez ? » Et Mathieu bafouillerait : « On
a quelquefois des devoirs. » Mais les gosses ne comprent-
nent pas ces devoirs-là. Il y avait quelque chose qui
tentait timidement de renaître. C'était le visage de
Mathieu, son brave visage de bonne foi, mais la course
reprit aussitôt de plus belle : le mal n'était en équilibre
qu'à toute vitesse, comme une bicyclette. Sa pensée
bondit devant lui, alerte et joyeuse : « C'est un homme
de bien, Mathieu. Ce n'est pas un méchant, oh! non;

il est de la race d'Abel, il a sa conscience pour lui. Eh
bien, il *doit* épouser Marcelle. Après ça, il n'aura plus
qu'à se reposer sur ses lauriers, il est jeune encore, il
aura toute une vie pour se féliciter de sa bonne action. »

C'était si vertigineux ce repos languissant d'une
conscience pure, d'une insondable conscience pure, sous
un ciel indulgent et familier, qu'il ne savait pas s'il le
désirait pour Mathieu ou pour lui-même. Un type fini,
résigné, calme, enfin calme... : « Et si elle ne voulait
pas... Oh! s'il y a une chance, une seule chance pour
qu'elle veuille avoir le gosse, je jure bien qu'elle lui
demandera de l'épouser demain soir. » Monsieur et
Madame Delarue... Monsieur et Madame Delarue ont
l'honneur de vous faire part... « En somme, pensa
Daniel, je suis leur ange gardien, l'ange du foyer. »
C'était un archange, un archange de haine, un archange
justicier qui s'engagea dans la rue Vercingétorix. Il
revit, un instant, un long corps gauche et gracieux, un
visage maigre incliné sur un livre, mais l'image chavira
aussitôt et ce fut Bobby qui réapparut. « 6, rue aux
Ours. » Il se sentait libre comme l'air, il s'accordait
toutes les permissions. La grande épicerie de la rue
Vercingétorix était encore ouverte, il y entra. Quand
il sortit, il tenait dans la main droite le glaive de feu
de saint Michel et dans la main gauche un paquet de
bonbons pour Mme Duffet[1].

X

Dix heures sonnèrent à la pendulette. Mme Duffet
ne parut pas entendre. Elle fixait sur Daniel un regard
attentif; mais ses yeux avaient rosi. « Elle ne va pas
tarder à décamper », pensa-t-il. Elle lui souriait d'un
air futé, mais de petits vents coulis fusaient à travers
ses lèvres mal jointes : elle bâillait sous son sourire.
Tout à coup, elle rejeta la tête en arrière et parut prendre
une décision; elle dit avec un entrain espiègle :

« Eh bien, mes enfants, moi, je vais au lit! Ne la
faites pas veiller trop tard, Daniel, je compte sur vous.
Après, elle dort jusqu'à midi. »

Elle se leva et vint tapoter l'épaule de Marcelle de sa petite main preste. Marcelle était assise sur le lit.

« Tu entends, Rodilard[1], dit-elle en s'amusant à parler entre ses dents serrées, tu dors trop tard, ma fille, tu dors jusqu'à midi, tu te fais de la graisse.

— Je jure de m'en aller avant minuit », dit Daniel. Marcelle sourit :

« Si je veux. »

Il se tourna vers Mme Duffet en feignant l'accablement :

« Que puis-je faire ?

— Enfin, soyez raisonnables, dit Mme Duffet. Et merci pour vos délicieux bonbons. »

Elle éleva la boîte enrubannée à la hauteur de ses yeux, d'un geste un peu menaçant :

« Vous êtes trop gentil, vous me gâtez, je finirai par vous gronder !

— Vous ne pouviez me faire plus de plaisir qu'en les aimant », dit Daniel d'une voix profonde.

Il se pencha sur la main de Mme Duffet et la baisa. De près, la chair était ridée avec des tavelures mauves.

« Archange ! dit Mme Duffet attendrie. Allons, je me sauve », ajouta-t-elle en embrassant Marcelle sur le front.

Marcelle lui entoura la taille de son bras et la retint contre elle une seconde, Mme Duffet lui ébouriffa les cheveux et se dégagea prestement.

« Je viendrai te border tout à l'heure, dit Marcelle.

— Non, non, mauvaise fille ; je te laisse à ton archange. »

Elle s'enfuit avec la vivacité d'une petite fille et Daniel suivit d'un regard froid son dos menu : il avait cru qu'elle ne s'en irait jamais. La porte se referma, mais il ne se sentit pas soulagé : il avait un peu peur de rester seul avec Marcelle. Il se tourna vers elle et vit qu'elle le regardait en souriant.

« Qu'est-ce qui vous fait sourire ? demanda-t-il.

— Ça m'amuse toujours de vous voir avec maman, dit Marcelle. Que vous êtes enjôleur, mon pauvre Archange ; c'est une honte, vous ne pouvez pas vous empêcher de séduire les gens. »

Elle le regardait avec une tendresse de propriétaire, elle semblait satisfaite de l'avoir pour elle toute seule.

« Elle a le masque de la grossesse », pensa Daniel avec rancune. Il lui en voulait d'avoir l'air si contente. Il avait toujours un peu d'angoisse, quand il se trouvait au bord de ces longs entretiens chuchotants et qu'il fallait plonger dedans. Il se racla la gorge : « Je vais avoir de l'asthme », pensa-t-il. Marcelle était une épaisse odeur triste, déposée sur le lit, en boule, qui s'effilocherait au moindre geste.

Elle se leva :

« J'ai quelque chose à vous montrer. »

Elle alla chercher une photo sur la cheminée.

« Vous qui voulez toujours savoir comment j'étais, quand j'étais jeune... », dit-elle en la lui tendant.

Daniel la prit : c'était Marcelle à dix-huit ans, elle avait l'air d'une gouine, avec la bouche veule et les yeux durs. Et toujours cette chair flasque qui flottait comme un costume trop large. Mais elle était maigre. Daniel leva les yeux et surprit son regard anxieux.

« Vous étiez charmante, dit-il avec prudence, mais vous n'avez guère changé. »

Marcelle se mit à rire :

« Si ! Vous savez très bien que j'ai changé, mauvais flatteur, mais tenez-vous tranquille, vous n'êtes pas avec ma mère. »

Elle ajouta :

« Mais n'est-ce pas que j'étais un beau brin de fille ?

— Je vous aime mieux à présent, dit Daniel. Vous aviez quelque chose d'un peu mou dans la bouche... Vous avez l'air *tellement* plus intéressante.

— On ne sait jamais si vous êtes sérieux », dit-elle d'un air maussade. Mais il était facile de voir qu'elle était flattée.

Elle se haussa un peu et jeta un bref coup d'œil vers la glace. Ce geste gauche et sans pudeur agaça Daniel : il y avait dans sa coquetterie une bonne foi enfantine et désarmée qui jurait avec son visage de femme de peine. Il lui sourit.

« Moi aussi, je vais vous demander pourquoi vous souriez, dit-elle.

— Parce que vous avez eu un geste de petite fille pour vous regarder dans la glace. C'est si émouvant, quand par hasard vous vous occupez de vous-même. »

Marcelle rosit et tapa du pied :

« Il ne pourra pas s'empêcher de flatter! »

Ils rirent tous les deux et Daniel pensa sans grand courage : « Allons-y. » Ça se présentait bien, c'était le moment, mais il se sentait vide et mou. Il pensa à Mathieu pour se donner du cœur et fut satisfait de retrouver sa haine intacte. Mathieu était net et sec comme un os; on pouvait le haïr. On ne pouvait pas haïr Marcelle.

« Marcelle! Regardez-moi. »

Il avait avancé le buste et la dévisageait d'un air soucieux.

« Voilà », dit Marcelle.

Elle lui rendit son regard, mais sa tête était agitée de secousses raides : elle pouvait difficilement soutenir le regard d'un homme.

« Vous avez l'air fatiguée. »

Marcelle cligna des yeux.

« Je suis un peu patraque, dit-elle. Ce sont les chaleurs. »

Daniel se pencha un peu plus et répéta d'un air de blâme désolé :

« Très fatiguée! Je vous regardais tout à l'heure; pendant que votre mère nous racontait son voyage à Rome : vous aviez l'air si préoccupée, si nerveuse... »

Marcelle l'interrompit, avec un rire indigné :

« Écoutez, Daniel, c'est la troisième fois qu'elle vous raconte ce voyage. Et vous, chaque fois, vous l'écoutez avec le même air d'intérêt passionné; pour être tout à fait franche, ça m'agace un peu, je ne sais pas trop ce qu'il y a dans votre tête à ces moments-là.

— Votre mère m'amuse, dit Daniel. Je connais ses histoires, mais j'aime les lui entendre raconter, elle a des petits gestes qui me charment. »

Il fit un petit mouvement du cou et Marcelle éclata de rire : Daniel savait très bien imiter les gens quand il voulait. Mais il reprit aussitôt son sérieux et Marcelle cessa de rire. Il la regarda avec reproche et elle s'agita un peu sous ce regard. Elle lui dit :

« C'est vous qui avez l'air drôle, ce soir. Qu'est-ce que vous avez ? »

Il ne se pressa pas de lui répondre. Un silence lourd pesait sur eux, la chambre était une vraie fournaise. Marcelle eut un petit rire gêné qui mourut aussitôt sur ses lèvres. Daniel s'amusait beaucoup.

« Marcelle, dit-il, je ne devrais pas vous le dire... »
Elle se rejeta en arrière :

« Quoi ? Quoi ? Qu'est-ce qu'il y a ?

— Vous n'en voudrez pas à Mathieu ? »

Elle blêmit :

« Il... Oh! le... Il m'avait juré qu'il ne vous dirait rien.

— Marcelle, c'est tellement important et vous vouliez me le cacher ! Je ne suis donc plus votre ami ? »

Marcelle frissonna :

« C'est sale ! » dit-elle.

Voilà ! Ça y est : elle est nue. Il n'était plus question d'archange ni de photos de jeunesse; elle avait perdu son masque de dignité rieuse. Il n'y avait plus qu'une grosse femme enceinte, qui sentait la chair. Daniel avait chaud, il passa la main sur son front en sueur.

« Non, dit-il lentement, non, ce n'est pas sale. »

Elle eut un geste brusque du coude et de l'avant-bras, qui zébra l'air torride de la chambre.

« Je vous fais horreur », dit-elle.

Il eut un rire jeune :

« Horreur ? À moi ? Marcelle, vous pourriez chercher longtemps avant de trouver quelque chose qui me donne horreur de vous. »

Marcelle ne répondit pas, elle avait baissé le nez, tristement. Elle finit par dire :

« Je voulais tant vous tenir en dehors de tout ça!... »

Ils se turent. À présent, il y avait un nouveau lien entre eux : un lien immonde et mou, comme un cordon ombilical[a].

« Vous avez vu Mathieu, depuis qu'il m'a quitté ? demanda Daniel.

— Il m'a téléphoné vers une heure », dit Marcelle avec brusquerie.

Elle s'était reprise et durcie, elle se tenait sur la défensive, toute droite et les narines pincées; elle souffrait.

« Il vous a dit que je lui avais refusé l'argent ?

— Il m'a dit que vous n'en aviez pas.

— J'en avais.

— Vous en aviez ? répéta-t-elle, étonnée.

— J'en avais, mais je ne voulais pas lui en prêter. Pas avant de vous avoir vue, du moins. »

Il prit un temps et ajouta :

« Marcelle, est-ce qu'il faut que je lui en prête ?

— Mais, dit-elle avec embarras, je ne sais pas. C'est à vous de voir si vous pouvez.

— Je peux admirablement. J'ai quinze mille francs dont je peux disposer sans me gêner le moins du monde.

— Alors oui, dit Marcelle. Oui, mon cher Daniel, il faut nous en prêter. »

Il y eut un silence. Marcelle chiffonnait le drap du lit entre ses doigts et sa lourde gorge palpitait.

« Vous ne me comprenez pas, dit Daniel. Je veux dire : est-ce que vous désirez du fond du cœur que je lui en prête ? »

Marcelle leva la tête et le regarda avec surprise :

« Vous êtes bizarre, Daniel; vous avez quelque chose derrière la tête.

— Eh bien... je me demandais simplement si Mathieu vous avait consultée.

— Mais naturellement. Enfin, dit-elle avec un très léger sourire, on ne se consulte pas, nous autres, vous savez comme nous sommes : l'un dit : on fera ceci, ou cela, et l'autre proteste s'il n'est pas d'accord.

— Oui, dit Daniel. Oui... Seulement, c'est tout à l'avantage de celui qui a son opinion déjà faite : l'autre est bousculé et n'a pas le temps de s'en faire une.

— Peut-être..., dit Marcelle.

— Je sais combien Mathieu respecte vos avis, dit-il. Mais j'imagine si bien la scène : elle m'a hanté tout l'après-midi. Il a dû faire le gros dos, comme il fait dans ces cas-là, et puis dire en avalant sa salive : " Bon ! Eh bien, on prendra les grands moyens. " Il n'a pas eu d'hésitations et, d'ailleurs, il ne pouvait pas en avoir : c'est un homme. Seulement... est-ce que ça n'a pas été un peu précipité ? Vous ne deviez pas savoir vous-même ce que vous vouliez ? »

Il se pencha de nouveau vers Marcelle :

« Ça ne s'est pas passé comme ça ? »

Marcelle ne le regardait pas. Elle avait tourné la tête du côté du lavabo et Daniel la voyait de profil. Elle avait l'air sombre.

« Un peu comme ça », dit-elle.

Elle rougit violemment :

« Oh! et puis n'en parlons plus, Daniel, je vous en prie! Ça... ça ne m'est pas très agréable. »

Daniel ne la quittait pas des yeux. « Elle palpite », pensa-t-il. Mais il ne savait plus trop s'il avait plaisir à l'humilier ou à s'humilier avec elle. Il se dit : « Ce sera plus facile que je ne pensais. »

« Marcelle, dit-il, ne vous fermez pas, je vous en supplie : je sais combien il vous est déplaisant que nous parlions de tout ça...

— Surtout avec vous, dit Marcelle. Daniel, vous êtes tellement autre! »

« Parbleu, je suis sa pureté! » Elle frissonna de nouveau et serra les bras contre sa poitrine :

« Je n'ose plus vous regarder, dit-elle. Même si je ne vous dégoûte pas, il me semble que je vous ai perdu.

— Je sais, dit Daniel avec amertume. Un archange, ça s'effarouche facilement. Écoutez, Marcelle, ne me faites plus jouer ce rôle ridicule. Je n'ai rien d'un archange; je suis simplement votre ami, votre meilleur ami. Et j'ai tout de même mon mot à dire, ajouta-t-il avec fermeté, puisque je suis en mesure de vous aider. Marcelle, êtes-vous vraiment sûre que vous n'avez pas envie d'un enfant ? »

Il se fit une rapide petite déroute à travers le corps de Marcelle, on eût dit qu'il voulait se désassembler. Et puis ce début de dislocation fut arrêté net, le corps se tassa sur le bord du lit, immobile et pesant. Elle tourna la tête vers Daniel; elle était cramoisie; mais elle le regardait sans rancune, avec une stupeur désarmée. Daniel pensa : « Elle est désespérée. »

« Vous n'avez qu'un mot à dire : si vous êtes sûre de vous, Mathieu recevra l'argent demain matin. »

Il souhaitait presque qu'elle lui dît : « Je suis sûre de moi. » Il enverrait l'argent et tout serait dit. Mais elle ne disait rien, elle s'était tournée vers lui, elle avait l'air d'attendre; il fallait aller jusqu'au bout. « Ah çà! pensa Daniel avec horreur, elle a l'air reconnaissante, ma parole! » Comme Malvina, quand il l'avait rossée.

« Vous! dit-elle. Vous vous êtes demandé ça! Et lui... Daniel, il n'y a que vous au monde qui vous intéressiez à moi. »

Il se leva, il vint s'asseoir près d'elle et lui prit la main. Une main molle et fiévreuse comme une confidence :

il la garda dans la sienne sans parler. Marcelle semblait lutter contre ses larmes; elle regardait ses genoux.

« Marcelle, ça vous est égal qu'on supprime le gosse ? »

Marcelle eut un geste las :

« Que voulez-vous qu'on fasse d'autre ? »

Daniel pensa : « J'ai gagné. » Mais il n'en ressentit aucun plaisir. Il étouffait. De tout près, Marcelle sentait un peu, il l'aurait juré; c'était imperceptible et même, si on voulait, ça n'était pas à proprement parler une odeur, mais on aurait dit qu'elle fécondait l'air autour d'elle. Et puis il y avait cette main qui suait dans la sienne. Il se contraignit à la serrer plus fort, pour lui faire exprimer tout son jus.

« Je ne sais pas ce qu'on peut faire, dit-il d'une voix un peu sèche; nous verrons ça après. En ce moment, je ne pense qu'à vous. Ce gosse, si vous l'aviez, ce serait peut-être un désastre, mais peut-être aussi une chance. Marcelle! il ne faut pas que vous puissiez vous accuser plus tard de n'avoir pas assez réfléchi.

— Oui..., dit Marcelle, oui... »

Elle regardait le vide avec un air de bonne foi qui la rajeunissait. Daniel pensa à la jeune étudiante qu'il avait vue sur la photo. « C'est vrai! Elle a été jeune... » Mais, sur ce visage ingrat, les reflets de la jeunesse eux-mêmes n'étaient pas émouvants. Il lâcha brusquement sa main et s'écarta un peu d'elle.

« Réfléchissez, répéta-t-il d'une voix pressante. Est-ce que vous êtes vraiment sûre ?

— Je ne sais pas », dit Marcelle.

Elle se leva :

« Excusez-moi, il faut que j'aille border maman. »

Daniel s'inclina en silence : c'était rituel. « J'ai gagné! » pensa-t-il, quand la porte se fut refermée. Il s'essuya les mains sur son mouchoir, puis il se leva vivement et ouvrit le tiroir de la table de nuit : il s'y trouvait parfois des lettres amusantes, de courts billets de Mathieu, tout à fait conjugaux, ou d'interminables doléances d'Andrée, qui n'était pas heureuse. Le tiroir était vide, Daniel se rassit dans le fauteuil et pensa : « J'ai gagné, elle meurt d'envie de pondre. » Il était content d'être seul : il pouvait récupérer de la haine. « Je jure bien qu'il l'épousera, se dit-il. Il a d'ailleurs été ignoble, il ne l'a même pas consultée. Pas la peine, reprit-il avec un rire sec. Pas la peine de le haïr pour de *bons* motifs : j'ai assez à faire avec les autres. »

Marcelle rentra avec un visage décomposé. Elle dit d'une voix abrupte :

« Et quand même j'en aurais envie, du gosse ? À quoi ça m'avancerait-il ? Je ne peux pas me payer le luxe d'être fille mère et il n'est pas question qu'il m'épouse, n'est-ce pas ? »

Daniel haussa des sourcils étonnés :

« Et pourquoi ? demanda-t-il. Pourquoi ne peut-il pas vous épouser ? »

Marcelle le regarda avec ahurissement, puis elle prit le parti de rire :

« Mais, Daniel ! Enfin, vous savez bien comme nous sommes !

— Je ne sais rien du tout, dit Daniel. Je ne sais qu'une chose : s'il veut, il n'a qu'à faire les démarches nécessaires, comme tout le monde, et dans un mois, vous êtes sa femme. Est-ce *vous,* Marcelle, qui avez décidé de ne jamais vous marier ?

— J'aurais horreur qu'il m'épouse à son corps défendant.

— Ce n'est pas une réponse. »

Marcelle se détendit un peu. Elle se mit à rire et Daniel comprit qu'il avait fait fausse route. Elle dit :

« Non, vraiment, ça m'est tout à fait égal de ne pas m'appeler Mme Delarue.

— J'en suis sûr, dit Daniel vivement. Je voulais dire : si c'était le seul moyen de garder l'enfant ?... »

Marcelle parut bouleversée :

« Mais... je n'ai jamais envisagé les choses de cette façon. »

Ça devait être vrai. Il était très difficile de lui faire regarder les choses en face; il fallait lui maintenir le nez dessus, sinon elle s'éparpillait dans toutes les directions. Elle ajouta :

« C'est... c'est une chose qui allait de soi entre nous : le mariage est une servitude et nous n'en voulions ni l'un ni l'autre.

— Mais vous voulez l'enfant ? »

Elle ne répondit pas. C'était le moment décisif; Daniel répéta d'une voix dure :

« N'est-ce pas ? Vous voulez l'enfant ? »

Marcelle s'appuyait d'une main à l'oreiller et elle avait posé l'autre main contre ses cuisses. Elle l'éleva un peu et la posa contre son ventre, comme si elle avait mal à l'intestin; c'était grotesque et fascinant. Elle dit d'une voix solitaire :

« Oui. Je veux l'enfant. »

Gagné. Daniel se tut. Il ne pouvait détacher les yeux de ce ventre. Chair ennemie, chair graisseuse et nourricière, garde-manger. Il pensa que Mathieu l'avait désirée, et il eut une flamme brève de satisfaction : c'était comme s'il s'était déjà un peu vengé. La main brune et baguée se crispait sur la soie, pressait contre ce ventre. Qu'est-ce qu'elle sentait, au-dedans, cette lourde femelle en désarroi ? Il aurait voulu *être elle*. Marcelle dit sourdement :

« Daniel, vous m'avez délivrée. Je ne... je ne pouvais dire ça à personne, à personne au monde, j'avais fini par croire que c'était coupable. »

Elle le regarda anxieusement :

« Ça n'est pas coupable ? »

Il ne put s'empêcher de rire :

« Coupable ? Mais c'est de la perversion, Marcelle. Vous trouvez vos désirs coupables quand ils sont naturels ?

— Non, je veux dire : vis-à-vis de Mathieu. C'est comme une rupture de contrat.

— Il faut vous expliquer franchement avec lui, voilà tout. »

Marcelle ne répondit pas; elle avait l'air de ruminer. Elle dit soudain, passionnément :

« Oh! si j'avais un gosse, je vous jure, je ne permettrais pas qu'il gâche sa vie comme moi.

— Vous n'avez pas gâché votre vie.

— Si!

— Mais non, Marcelle. Pas encore.

— Si! Je n'ai rien fait et personne n'a besoin de moi. »

Il ne répondit pas : c'était vrai.

« Mathieu n'a pas besoin de moi. Si je crevais... ça ne l'atteindrait pas dans ses moelles. Vous non plus, Daniel. Vous avez une grande affection pour moi, c'est peut-être ce que j'ai de plus précieux au monde. Mais vous n'avez pas besoin de moi; c'est plutôt moi qui ai besoin de vous. »

Répondre ? Protester ? Il fallait se méfier : Marcelle paraissait être dans un de ses accès de clairvoyance cynique. Il lui prit la main sans mot dire et la serra de façon significative.

« Un gosse, poursuivit Marcelle. Un gosse, oui, il aurait eu besoin de moi. »

Il lui caressa la main :

« C'est à Mathieu qu'il faut dire tout ça.

— Je ne peux pas.

— Mais pourquoi ?

— Je suis nouée. J'attends que ça vienne de lui.

— Mais vous savez bien que ça ne viendra jamais de lui : il n'y pense pas.

— Pourquoi n'y pense-t-il pas ? Vous y avez bien pensé.

— Je ne sais pas.

— Eh bien, alors ça restera comme c'est. Vous nous prêterez l'argent et j'irai chez ce médecin.

— Vous ne pouvez pas, s'écria brusquement Daniel; vous ne pouvez pas ! »

Il s'arrêta net et la considéra avec méfiance : c'était l'émotion qui lui avait fait pousser ce cri stupide. Cette idée le glaça, il avait horreur de l'abandon. Il pinça les lèvres et fit des yeux ironiques, en levant un sourcil. Vaine défense; il aurait fallu ne pas la voir : elle avait courbé les épaules, ses bras pendaient le long de ses flancs; elle attendait, passive et usée, elle allait attendre ainsi pendant des années, jusqu'au bout. Il pensa : « Sa dernière chance ! » comme il l'avait pensé pour lui-même tout à l'heure. Entre trente et quarante ans, les gens jouent leur dernière chance. Elle allait jouer et perdre; dans quelques jours, elle ne serait plus qu'une grosse misère. Il fallait empêcher ça.

« Et si j'en parlais moi-même à Mathieu ? »

Une énorme pitié bourbeuse l'avait envahi. Il n'avait aucune sympathie pour Marcelle et il se dégoûtait profondément, mais la pitié était là, irrésistible. Il aurait fait n'importe quoi pour s'en délivrer. Marcelle leva la tête, elle avait l'air de le croire fou.

« Lui en parler ? Vous ? Mais, Daniel ! À quoi pensez-vous ?

« — On pourrait lui dire... que je vous ai rencontrée... »

« — Où ? Je ne sors jamais. Et même en admettant, est-ce que je serais allée de but en blanc vous raconter ça ? »

« — Non. Non, évidemment. »

Marcelle lui posa la main sur le genou :

« Daniel, je vous en prie, ne vous en mêlez pas. Je suis furieuse contre Mathieu, il ne devait pas vous raconter... »

Mais Daniel tenait à son idée :

« Écoutez, Marcelle. Vous ne savez pas ce que nous allons faire ? Lui dire la vérité, tout simplement. Je lui dirai : " Il faut que tu nous pardonnes une petite cachotterie : Marcelle et moi, nous nous voyons quelquefois et nous ne te l'avons pas dit. " »

« — Daniel! supplia Marcelle, il ne faut pas. Je ne veux pas que vous parliez de moi. Pour rien au monde je ne veux avoir l'air de réclamer. C'était à lui de comprendre. »

Elle ajouta d'un air conjugal :

« Et puis vous savez, il ne me pardonnerait pas de ne pas le lui avoir dit moi-même. Nous nous disons toujours tout. »

Daniel pensa : « Elle est bien bonne. » Mais il n'avait pas envie de rire.

« Mais je ne parlerais pas en votre nom, dit-il. Je lui dirais que je vous ai vue, que vous aviez l'air tourmentée et que tout n'est peut-être pas aussi simple qu'il le croit. Tout ça comme venant de moi.

« — Je ne veux pas, dit Marcelle d'un air buté. Je ne veux pas. »

Daniel regardait ses épaules et son cou avec avidité. Cette obstination bête l'irritait; il voulait la briser. Il était possédé par un désir énorme et disgracié : violer cette conscience, s'abîmer avec elle dans l'humilité. Mais ça n'était pas du sadisme : c'était plus tâtonnant et plus humide, plus charnel. C'était de la bonté.

« Il le faut, Marcelle. Marcelle, regardez-moi! »

Il la prit aux épaules et ses doigts s'enfoncèrent dans du beurre tiède.

« Si je ne lui en parle pas, vous ne lui direz jamais rien et... et ce sera fini, vous vivrez auprès de lui en silence, vous finirez par le haïr. »

Marcelle ne répondit pas, mais il comprit à son air

rancuneux et dégonflé qu'elle était en train de céder.
Elle dit encore :

« Je ne veux pas. »

Il la lâcha :

« Si vous ne me laissez pas faire, dit-il avec colère,
je vous en voudrai longtemps. Vous vous serez gâché
la vie de vos propres mains. »

Marcelle promenait le bout de son pied sur la descente de lit.

« Il faudrait... il faudrait lui dire des choses tout à
fait vagues..., dit-elle, simplement éveiller son attention...

— Bien entendu », dit Daniel.

Il pensait : « Compte là-dessus. »

Marcelle eut un geste de dépit :

« Ce n'est pas possible.

— Allons bon! Vous alliez devenir raisonnable...
Pourquoi n'est-ce pas possible ?

— Vous seriez obligé de lui dire que nous nous voyons.

— Eh bien, oui, dit Daniel avec agacement, je vous
l'ai dit. Mais je le connais, il ne s'en fâchera pas, il
s'irritera un peu, pour la forme, et puis, comme il va
se sentir coupable, il sera trop content d'avoir quelque
chose à vous reprocher. D'ailleurs, je lui dirai que nous
nous voyons depuis quelques mois seulement et à de
rares intervalles. De toute façon, il aurait bien fallu que
nous le lui disions un jour.

— Oui. »

Elle n'avait pas l'air convaincue :

« C'était *notre* secret, dit-elle avec un profond regret.
Écoutez, Daniel, c'était ma vie privée, je n'en ai pas
d'autre. »

Elle ajouta haineusement :

« Je ne puis avoir à moi que ce que je lui cache.

— Il faut essayer. Pour l'enfant. »

Elle allait céder, il n'y avait plus qu'à attendre; elle
allait glisser, entraînée par son propre poids, vers la
résignation, vers l'abandon; dans un moment, elle serait
toute ouverte, sans défense et comblée, elle lui dirait :
« Faites ce que vous voulez, je suis entre vos mains. »
Elle le fascinait; ce tendre feu qui le dévorait, il ne savait
plus si c'était le Mal ou la bonté. Bien et Mal, *leur* Bien
et *son* Mal, c'était pareil. Il y avait cette femme, et cette
communion repoussante et vertigineuse.

Marcelle se passa la main dans les cheveux.

« Eh bien, essayons, dit-elle avec défi. Après tout, ce sera une épreuve.

— Une épreuve ? demanda Daniel. C'est Mathieu que vous voulez mettre à l'épreuve ?

— Oui.

— Vous pouvez penser qu'il restera indifférent ? Qu'il n'aura pas hâte d'aller s'expliquer avec vous ?

— Je ne sais pas. »

Elle dit sèchement :

« J'ai besoin de l'estimer. »

Le cœur de Daniel se mit à battre avec violence.

« Vous ne l'estimez donc plus ?

— Si... Mais je ne suis plus en confiance avec lui depuis hier soir. Il a été... Vous avez raison : il a été trop négligent. Il ne s'est pas soucié de moi. Et puis son coup de téléphone d'aujourd'hui, c'était piteux. Il a... »

Elle rougit :

« Il a cru devoir me dire qu'il m'aimait. En raccrochant. Ça puait la mauvaise conscience. Je ne peux pas vous dire l'effet que ça m'a fait! Si jamais je cessais de l'estimer... Mais je ne veux pas y penser. Quand par hasard je lui en veux, ça m'est extrêmement pénible. Ah! s'il essayait de me faire un peu parler demain, s'il me *demandait* une fois, une seule fois : " Qu'est-ce que tu as dans la tête ?... " »

Elle se tut, elle secoua la tête tristement.

« Je lui parlerai, dit Daniel. En sortant de chez vous, je lui mettrai un mot et je lui donnerai rendez-vous pour demain. »

Ils se turent. Daniel se mit à penser à l'entrevue du lendemain : elle promettait d'être violente et dure, ça le lavait de cette poisseuse pitié.

« Daniel! dit Marcelle. Cher Daniel. »

Il leva la tête et vit son regard. C'était un regard lourd et envoûtant, qui débordait de reconnaissance sexuelle, un regard d'après l'amour. Il ferma les yeux : il y avait entre eux quelque chose de plus fort que l'amour. Elle s'était ouverte, il était entré en elle, ils ne faisaient plus qu'un.

« Daniel! » répéta Marcelle.

Daniel ouvrit les yeux et toussa péniblement; il avait

de l'asthme. Il lui prit la main et l'embrassa longuement en retenant son souffle.

« Mon Archange », disait Marcelle au-dessus de sa tête.

Il passera toute sa vie penché sur cette main odorante, et elle lui caressa les cheveux[a].

XI

Une grande fleur mauve montait vers le ciel, c'était la nuit. Mathieu se promenait dans cette nuit, il pensait : « Je suis un type foutu. » C'était une idée toute neuve, il fallait la tourner et la retourner, la flairer avec circonspection. De temps en temps Mathieu la perdait, il ne restait plus que les mots. Les mots n'étaient pas dépourvus d'un certain charme sombre : « Un type foutu. » On imaginait de beaux désastres, le suicide, la révolte, d'autres issues extrêmes. Mais l'idée revenait vite : ça n'était pas ça, pas du tout ça ; il s'agissait d'une petite misère tranquille et modeste, il n'était pas question de désespoir, au contraire, c'était plutôt confortable : Mathieu avait l'impression qu'on venait de lui donner toutes les permissions, comme à un incurable : « Je n'ai plus qu'à me laisser vivre », pensa-t-il. Il lut « Sumatra » en lettres de feu et le nègre se précipita vers lui, en touchant sa casquette. Sur le seuil de la porte, Mathieu hésita : il entendait des rumeurs, un tango ; son cœur était encore plein de paresse et de nuit. Et puis ça se fit d'un coup, comme le matin, quand on se trouve debout sans savoir comment on s'est levé : il avait écarté la tenture verte, descendu les dix-sept marches de l'escalier, il était dans une cave écarlate et bruissante avec des taches d'un blanc malsain, les nappes ; ça sentait l'homme, il y avait plein d'hommes dans la salle, comme à la messe. Au fond de la cave des gauchos en chemise de soie jouaient de la musique sur une estrade. Devant lui il y avait des gens debout, immobiles et corrects, qui semblaient attendre : ils dansaient ; ils étaient moroses, ils avaient l'air en proie à un interminable destin. Mathieu fouilla la salle de son regard las pour découvrir Boris et Ivich.

« Vous désirez une table, monsieur ? »

Un beau jeune homme s'inclinait devant lui d'un air d'entremetteur.

« Je cherche quelqu'un », dit Mathieu.

Le jeune homme le reconnut :

« Ah ! c'est vous, monsieur ? dit-il avec cordialité. Mlle Lola s'habille. Vos amis sont dans le fond, à gauche, je vais vous conduire.

— Non, merci, je les trouverai bien. Vous avez beaucoup de monde aujourd'hui.

— Oui, pas mal. Des Hollandais. Ils sont un peu bruyants mais ils consomment bien. »

Le jeune homme disparut. Il ne fallait pas songer à se frayer un passage entre les couples qui dansaient. Mathieu attendit : il écoutait le tango et les traînements de pieds, il regardait les lents déplacements de ce meeting silencieux. Des épaules nues, une tête de nègre, l'éclat d'un col, des femmes superbes et mûres, beaucoup de messieurs âgés qui dansaient avec un air d'excuse. Les sons âcres du tango leur passaient par-dessus la tête : les musiciens n'avaient pas l'air de jouer pour eux. « Qu'est-ce que je viens faire ici ? » se demanda Mathieu. Son veston luisait aux coudes, son pantalon n'avait plus de pli, il ne dansait pas bien, il était incapable de s'amuser avec cette oisiveté grave. Il se sentit mal à l'aise : à Montmartre, malgré la sympathie des maîtres d'hôtel, on ne pouvait jamais se sentir à l'aise ; il y avait dans l'air une cruauté inquiète et sans repos.

Les ampoules blanches se rallumèrent. Mathieu s'avança sur la piste au milieu de dos en fuite. Dans une encoignure il y avait deux tables. À l'une d'elles, un homme et une femme parlaient à petits coups, sans se regarder. À l'autre il vit Boris et Ivich, ils se penchaient l'un vers l'autre tout affairés, avec une austérité pleine de grâce. « On dirait deux petits moines. » C'était Ivich qui parlait, elle faisait des gestes vifs. Jamais, même dans ses moments de confiance, elle n'avait offert à Mathieu un tel visage. « Qu'ils sont jeunes ! » pensa Mathieu. Il avait envie de faire demi-tour et de s'en aller. Il s'approcha pourtant, parce qu'il ne pouvait plus supporter la solitude, il avait l'impression de les

regarder par le trou de la serrure. Bientôt ils l'apercevraient, ils tourneraient vers lui ces visages composés
qu'ils réservaient à leurs parents, aux grandes personnes,
et, même au fond de leurs cœurs, il y aurait quelque
chose de changé. Il était tout près d'Ivich à présent,
mais elle ne le voyait pas. Elle s'était penchée à l'oreille
de Boris et chuchotait. Elle avait un peu — un tout
petit peu — l'air d'une grande sœur, elle parlait à Boris
avec une condescendance émerveillée. Mathieu se sentit
un peu réconforté : même avec son frère, Ivich ne
s'abandonnait pas tout à fait, elle jouait à la grande
sœur, elle ne s'oubliait jamais. Boris eut un rire bref :

« Des clous ! » dit-il simplement.

Mathieu posa la main sur leur table. « Des clous. »
Sur ces mots leur dialogue prenait fin pour toujours :
c'était comme la dernière réplique d'un roman ou d'une
pièce de théâtre. Mathieu regardait Boris et Ivich : il
les trouvait romanesques.

« Salut, dit-il.

— Salut », dit Boris en se levant.

Mathieu jeta un bref coup d'œil vers Ivich : elle
s'était rejetée en arrière. Il vit des yeux pâles et mornes.
La *vraie* Ivich avait disparu. « Et pourquoi la vraie ? »
pensa-t-il avec irritation.

« Bonjour, Mathieu », dit Ivich.

Elle ne sourit pas, mais elle n'avait pas non plus l'air
étonné ni rancuneux; elle semblait trouver la présence
de Mathieu toute naturelle. Boris montra la foule d'un
geste rapide :

« Il y a quelqu'un ! dit-il avec satisfaction.

— Oui, dit Mathieu.

— Voulez-vous ma place ?

— Non, ça n'est pas la peine; vous la donnerez à
Lola tout à l'heure. »

Il s'assit. La piste était déserte, il n'y avait plus personne sur l'estrade des musiciens : les gauchos avaient
terminé leur série de tangos, le jazz nègre Hijito's band[1]
allait les remplacer.

« Qu'est-ce que vous buvez ? » demanda Mathieu.

Les gens bourdonnaient autour de lui, Ivich ne
l'avait pas mal reçu : il était pénétré par une chaleur
humide, il jouissait de l'épaississement heureux que
donne le sentiment d'être un homme parmi d'autres.

« Une vodka, dit Ivich.

— Tiens, vous aimez ça, maintenant ?

— C'est fort, dit-elle sans se prononcer.

— Et ça ? » demanda Mathieu par esprit de justice
en désignant une mousse blanche dans le verre de Boris.
Boris le regardait avec une admiration joviale et ébahie;
Mathieu se sentait gêné.

« C'est dégueulasse, dit Boris, c'est le cocktail du
barman.

— C'est par politesse que vous l'avez commandé ?

— Il y a trois semaines qu'il me casse les pieds pour
que j'y goûte. Vous savez, il ne sait pas faire les cocktails.
Il est devenu barman parce qu'il était prestidigitateur.
Il dit que c'est le même métier, mais il se trompe.

— Je suppose que c'est à cause du shaker, dit Mathieu,
et puis, quand on casse les œufs, il faut avoir le tour de
main.

— Alors il vaudrait mieux avoir été jongleur. N'importe comment j'en aurais pas pris de sa sale mixture,
mais je lui ai emprunté cent balles ce soir.

— Cent francs, dit Ivich, mais je les avais.

— Moi aussi, dit Boris, mais c'est parce qu'il est
barman. Un barman on *doit* lui emprunter de l'argent »,
expliqua-t-il avec une nuance d'austérité.

Mathieu regarda le barman. Il était debout derrière
son bar, tout en blanc, les bras croisés, il fumait une
cigarette. Il avait l'air paisible.

« J'aurais aimé être barman, dit Mathieu, ça doit
être marrant.

— Ça vous aurait coûté cher, dit Boris, vous auriez
tout cassé. »

Il y eut un silence. Boris regardait Mathieu et Ivich
regardait Boris.

« Je suis de trop », se dit Mathieu avec tristesse.

Le maître d'hôtel lui tendit la carte des champagnes :
il fallait faire attention; il ne lui restait plus tout à fait
cinq cents francs.

« Un whisky », dit Mathieu.

Il eut soudain horreur des économies et de cette
maigre liasse qui traînait dans son portefeuille. Il rappela le maître d'hôtel.

« Attendez. Je préfère du champagne. »

Il reprit la carte. Le Mumm coûtait trois cents francs.

« Vous en prendrez bien, dit-il à Ivich.

— Non. Oui, dit-elle à la réflexion. C'est préférable.

— Donnez-nous un Mumm, cordon rouge.

— Je suis content de boire du champagne, dit Boris, parce que je n'aime pas ça. Il faut s'habituer.

— Vous êtes gonflants, tous les deux, dit Mathieu, vous buvez toujours des trucs que vous n'aimez pas. »

Boris s'épanouit : il adorait que Mathieu lui parlât sur ce ton. Ivich pinça les lèvres. « On ne peut rien leur dire, pensa Mathieu avec un peu d'humeur. Il y en a toujours un qui se scandalise. » Ils étaient là, en face de lui, attentifs et sévères ; ils s'étaient fait de Mathieu, l'un et l'autre, une image personnelle et ils exigeaient l'un et l'autre qu'il y ressemblât. Seulement ces deux images n'étaient pas conciliables.

Ils se turent.

Mathieu détendit les jambes et sourit de plaisir. Des sons de trompette, acidulés et glorieux, lui parvenaient, par bouffées ; il n'avait pas l'idée d'y chercher un air : c'était là, voilà tout, ça faisait du bruit, ça lui donnait une grosse jouissance cuivrée à fleur de peau. Bien entendu, il savait fort bien qu'il était foutu ; mais finalement, dans ce dancing, à cette table, au milieu de tous ces autres types pareillement foutus, ça n'avait pas tellement d'importance et ça n'était pas pénible du tout. Il tourna la tête : le barman rêvait toujours : à droite il y avait un type avec un monocle, tout seul, l'air ravagé ; et un autre, plus loin, tout seul aussi devant trois consommations et un sac de dame ; sa femme et son ami devaient danser, il avait l'air plutôt soulagé : il bâilla largement derrière sa main et ses petits yeux clignèrent avec volupté. Partout des faces souriantes et proprettes, avec des yeux décavés. Mathieu se sentit soudain solidaire de tous ces types qui auraient mieux fait de rentrer chez eux mais qui n'en avaient même plus la force, qui restaient là à fumer de minces cigarettes, à boire des mixtures au goût d'acier, à sourire, les oreilles dégouttantes de musique, à contempler de leurs yeux vidés les débris de leur destin ; il sentit l'appel discret d'un humble et lâche bonheur : « Être comme eux... » Il eut peur et sursauta ; il se tourna vers Ivich. Rancuneuse et distante comme elle était, c'était pourtant son unique recours. Ivich[a] regardait le liquide transparent qui reſtait dans son verre : elle louchait d'un air inquiet.

« Il faut boire d'un coup, dit Boris.

— Ne faites pas ça, dit Mathieu, vous allez vous incendier la gorge.

— La vodka se boit d'un coup », dit Boris avec sévérité.

Ivich prit son verre.

« J'aime mieux boire d'un coup, ça sera plus vite fini.

— Non, ne buvez pas, attendez le champagne.

— Il *faut* que j'avale ça, dit-elle avec irritation, je veux m'amuser. »

Elle se renversa en arrière en approchant le verre de ses lèvres et elle en fit couler tout le contenu dans sa bouche; elle avait l'air de remplir une carafe. Elle reſta ainsi une seconde, n'osant avaler, avec cette petite mare de feu au fond du gosier. Mathieu souffrait pour elle.

« Avale! lui dit Boris. Imagine-toi que c'eſt de l'eau : il n'y a que ça. »

Le cou d'Ivich se gonfla et elle reposa le verre avec une horrible grimace; elle avait les yeux pleins de larmes. La dame brune, leur voisine, abandonnant un inſtant sa rêverie morose, fit tomber sur elle un regard plein de blâme.

« Pouah! dit Ivich, ça brûle... c'eſt du feu!

— Je t'en achèterai une bouteille pour que tu t'exerces », dit Boris. Ivich réfléchit une seconde :

« Il vaudrait mieux que je m'entraîne avec du marc, c'eſt plus fort. »

Elle ajouta avec une espèce d'angoisse :

« Je pense que je vais pouvoir m'amuser, maintenant. »

Personne ne lui répondit. Elle se retourna vivement vers Mathieu : c'était la première fois qu'elle le regardait :

« Vous, vous tenez bien l'alcool ?

— Lui ? Il eſt formidable, dit Boris. Sept whiskies que je l'ai vu boire, un jour qu'il me parlait de Kant. À la fin je n'écoutais plus, j'étais soûl pour lui. »

C'était vrai : même comme ça Mathieu ne pouvait pas se perdre. Pendant tout le temps qu'il buvait, il s'accrochait. À quoi ? Il revit tout à coup Gauguin,

une grosse face blême aux yeux déserts; il pensa : « À
ma dignité humaine. » Il avait peur, s'il s'abandonnait
un instant, de trouver tout à coup dans sa tête, égarée,
flottant comme un brouillard de chaleur, une pensée
de mouche ou de cancrelat.

« J'ai horreur d'être soûl, expliqua-t-il avec humilité,
je bois mais je refuse l'ivresse de tout mon corps.

— Pour ça, vous êtes entêté, dit Boris, avec admiration, pis qu'une tête de mule!

— Je ne suis pas entêté, je suis tendu : je ne sais
pas me laisser aller. Il faut toujours que je pense sur
ce qui m'arrive, c'est une défense. »

Il ajouta avec ironie, comme pour lui-même :

« Je suis un roseau pensant. »

Comme pour lui-même. Mais ça n'était pas vrai, il
n'était pas sincère : au fond il voulait plaire à Ivich.
Il pensa : « Alors, j'en suis là ? » Il en était à profiter
de sa déchéance, il ne dédaignait pas d'en tirer de menus
avantages, il s'en servait pour faire des politesses aux
petites filles. « Salaud! » Mais il s'arrêta, effrayé : quand
il se traitait de salaud, il n'était pas non plus sincère,
il n'était pas vraiment indigné. C'était un truc pour se
racheter, il croyait se sauver de l'abjection par la « lucidité », mais cette lucidité ne lui coûtait rien, elle l'amusait plutôt. Et ce jugement même qu'il portait sur sa
lucidité, cette manière de grimper sur ses propres
épaules... « Il faudrait changer jusqu'aux moelles. »
Mais rien ne pouvait l'y aider : toutes ses pensées
étaient contaminées dès leur naissance. Soudain Mathieu
s'ouvrit comme une blessure; il se vit tout entier,
béant : pensées, pensées sur des pensées, pensées sur
des pensées de pensées, il était transparent jusqu'à
l'infini et pourri jusqu'à l'infini. Et puis ça s'éteignit,
il se retrouva assis en face d'Ivich qui le regardait d'un
drôle d'air :

« Alors ? lui demanda-t-il, vous avez travaillé, tantôt. »

Ivich haussa les épaules avec colère :

« Je ne veux plus qu'on me parle de ça! J'en ai marre,
je suis ici pour m'amuser.

— Elle a passé sa journée sur son divan, en boule,
avec des yeux comme des soucoupes. »

Boris ajouta fièrement sans se soucier du regard noir
que sa sœur lui jetait :

« Elle est marrante, elle peut crever de froid en plein été. »

Ivich avait frissonné de longues heures, sangloté peut-être. À présent, il n'y paraissait plus : elle s'était mis du bleu sur les paupières et du rouge framboise sur les lèvres, l'alcool enflammait ses joues, elle était éclatante.

« Je voudrais passer une soirée formidable, dit-elle, parce que c'est ma dernière soirée.

— Vous êtes ridicule.

— Si, dit-elle avec obstination, je serai collée, je le sais, et je partirai sur l'heure, je ne pourrai pas rester un jour de plus à Paris. Ou alors... »

Elle se tut.

« Ou alors ?

— Rien. Je vous en prie, ne parlons plus de ça, ça m'humilie. Ah! Voilà le champagne », dit-elle gaiement.

Mathieu vit la bouteille et pensa : « Trois cent cinquante francs. » Le type qui l'avait abordé la veille, rue Vercingétorix, il était foutu lui aussi, mais modestement, sans champagne ni belles folies; et, par-dessus le marché, il avait faim. Mathieu eut horreur de la bouteille. Elle était lourde et noire, avec une serviette blanche autour du col. Le garçon, penché sur le seau à glace d'un air gourmé et révérencieux, la faisait tourner du bout des doigts, avec compétence. Mathieu regardait toujours la bouteille, il pensait toujours au type de la veille et se sentait le cœur étreint d'une vraie angoisse; mais, justement, il y avait un jeune homme digne, sur l'estrade, qui chantait dans un porte-voix :

Il a mis dans le mille
Émile.

Et puis il y avait cette bouteille qui tournait cérémonieusement au bout de doigts pâles, et puis tous ces gens qui cuisaient dans leur jus sans faire tant d'histoires. Mathieu pensa : « Il puait le gros rouge; au fond c'est pareil. D'ailleurs, je n'aime pas le champagne. » Le dancing tout entier lui parut un petit enfer léger comme une bulle de savon et il sourit.

« Pourquoi vous marrez-vous ? demanda Boris en riant d'avance.

— Je viens de me rappeler que moi non plus je n'aime pas le champagne. »

Ils se mirent à rire tous les trois. Le rire d'Ivich était strident; sa voisine tourna la tête et la toisa.

« On a bonne mine! » dit Boris.

Il ajouta :

« On pourrait le vider dans le seau à glace quand le garçon sera parti.

—- Si vous voulez, dit Mathieu.

— Non! dit Ivich, je veux boire, moi; je boirai toute la bouteille, si vous n'en voulez pas. »

Le garçon les servit et Mathieu porta mélancoliquement son verre à ses lèvres. Ivich regardait le sien d'un air perplexe.

« Ça ne serait pas mauvais, dit Boris, si c'était servi bouillant. »

Les ampoules blanches s'éteignirent, on ralluma les lampes rouges et un roulement de tambour retentit. Un petit monsieur chauve et rondelet, en smoking, sauta sur l'estrade et se mit à sourire dans un porte-voix.

« Mesdames et Messieurs, la direction du Sumatra a le grand plaisir de vous présenter Miss Ellinor dans ses débuts à Paris. Miss El-li-nor, répéta-t-il. Ha! »

Aux premiers accords d'une biguine[1], une longue fille blonde entra dans la salle. Elle était nue, son corps, dans l'air rouge, semblait un grand morceau de coton. Mathieu se tourna vers Ivich : elle regardait la fille nue de ses yeux pâles grands ouverts; elle avait pris son air de cruauté maniaque.

« Je la connais », souffla Boris.

La fille dansait, affolée par l'envie de plaire; elle semblait inexperte; elle lançait ses jambes en avant, l'une après l'autre, avec énergie, et ses pieds pointaient au bout de ses jambes comme des doigts.

« Elle en remet, dit Boris, elle va se claquer. »

De fait, il y avait une fragilité inquiétante dans ses longs membres; quand elle reposait les pieds sur le sol, des secousses ébranlaient ses jambes, des chevilles aux cuisses. Elle se rapprocha de l'estrade et se tourna : « Ça y est, pensa Mathieu avec ennui, elle va travailler de la croupe. » Le bruit des conversations couvrait la musique par rafales.

« Elle ne sait pas danser, dit la voisine d'Ivich en

pinçant les lèvres. Quand on met les consommations
à trente-cinq francs, on devrait soigner les attractions.

— Ils ont Lola Montero, dit le gros type.

— Ça ne fait rien, c'est honteux, ils ont ramassé ça
dans la rue. »

Elle but une gorgée de son cocktail et se mit à jouer
avec ses bagues. Mathieu parcourut la salle du regard
et ne rencontra que des visages sévères et justes; les
gens se délectaient de leur indignation : la fille leur
semblait deux fois nue, parce qu'elle était maladroite.
On eût dit qu'elle sentait leur hostilité et qu'elle espérait les attendrir. Mathieu fut frappé par sa bonne
volonté éperdue : elle leur tendait ses fesses entrouvertes
dans un emportement de zèle qui fendait le cœur.

« Qu'est-ce qu'elle se dépense! dit Boris.

— Ça ne prendra pas, dit Mathieu, ils veulent qu'on
les respecte.

— Ils veulent surtout voir des culs.

— Oui, mais il leur faut de l'art autour. »

Pendant un moment les jambes de la danseuse piaf-
fèrent sous l'impotence hilare de sa croupe, puis elle se
redressa avec un sourire, leva les bras en l'air et les secoua :
il en tomba par nappes des frissons qui glissèrent le
long des omoplates et vinrent mourir au creux des reins.

« C'est marrant ce qu'elle peut avoir les hanches
raides », dit Boris.

Mathieu ne répondit pas, il venait de penser à Ivich.
Il n'osait pas la regarder, mais il se rappelait son air
de cruauté; finalement elle était comme tous les autres,
l'enfant sacrée : doublement défendue par sa grâce et
par ses vêtements sages, elle dévorait des yeux, avec
les sentiments d'un mufle, cette pauvre viande nue. Un
flot de rancune monta aux lèvres de Mathieu, il en
avait la bouche empoisonnée : « Ça n'était pas la peine
de faire tant de manières, ce matin. » Il tourna un peu
la tête et vit le poing d'Ivich tout crispé, qui reposait
sur la table. L'ongle du pouce écarlate et affilé, pointait
vers la piste comme une flèche indicatrice. « Elle est
toute seule, pensa-t-il, elle cache sous ses cheveux son
visage chaviré, elle serre les cuisses, elle *jouit!* » Cette
idée lui fut insupportable, il faillit se lever et disparaître,
mais il n'en avait pas la force, il pensa simplement :
« Dire que je l'aime pour sa pureté. » La danseuse, les

poings sur les hanches, se déplaçait de côté, sur les
talons, elle effleura leur table de sa hanche. Mathieu eût
souhaité désirer ce gros pouf réjoui au bas d'une échine
peureuse, pour se distraire de ses pensées, pour jouer
un bon tour à Ivich. La fille s'était accroupie, jambes
écartées, elle balançait lentement sa croupe d'avant en
arrière, comme une de ces lanternes pâles qui oscillent,
la nuit, dans les petites gares au bout d'un bras invisible.

« Pouah! dit Ivich, je ne veux plus la regarder. »

Mathieu se tourna vers elle avec étonnement, il vit
un visage triangulaire[1], décomposé par la rage et le
dégoût : « Elle n'était pas troublée », pensa-t-il avec
reconnaissance. Ivich frissonnait, il voulut lui sourire,
mais sa tête s'emplit de grelots; Boris, Ivich, le corps
obscène et la brume pourpre glissèrent hors de sa
portée. Il était seul, il y avait au loin un feu de Bengale
et, dans la fumée, un monstre à quatre jambes qui faisait
la roue, une musique de fête lui parvenait en soubresauts
à travers un bruissement humide de feuillage. « Qu'est-ce
que j'ai ? » se demanda-t-il. C'était comme le matin :
autour de lui, il n'y avait plus qu'un spectacle, Mathieu
était ailleurs.

La musique se rompit et la fille s'immobilisa, tournant
son visage vers la salle. Au-dessus de son sourire, elle
avait de beaux yeux aux abois. Personne n'applaudit et
il y eut quelques rires offensants.

« Les vaches! » dit Boris.

Il frappa dans ses mains avec force. Des visages étonnés
se tournèrent vers lui.

« Veux-tu te taire, dit Ivich furieuse, tu ne vas pas
l'applaudir.

— Elle fait ce qu'elle peut, dit Boris en applaudissant.

— Raison de plus. »

Boris haussa les épaules :

« Je la connais, dit-il, j'ai dîné avec elle et Lola,
c'est une bonne fille mais elle n'a pas de tête. »

La fille disparut en souriant et en envoyant des baisers.
Une lumière blanche envahit la salle, ce fut le réveil :
les gens étaient contents de se retrouver entre eux après
justice faite, la voisine d'Ivich alluma une cigarette et
fit une moue tendre pour elle seule. Mathieu ne se réveillait pas, c'était un cauchemar blanc, voilà tout, les visages
s'épanouissaient autour de lui, avec une suffisance rieuse

et flasque, la plupart n'avaient pas l'air habités. « Le
mien doit être comme ça, il doit avoir cette pertinence
des yeux, des coins de la bouche et, malgré ça, on doit
voir qu'il est creux. » C'était une figure de cauchemar
cet homme qui sautillait sur l'estrade et faisait des gestes
pour réclamer le silence, avec son air de déguster par
avance l'étonnement qu'il allait provoquer, avec son
affectation de laisser tomber dans le porte-voix, sans
commentaires, tout simplement, le nom célèbre :
« Lola Montero! »
La salle frissonna de complicité et d'enthousiasme,
les applaudissements crépitèrent et Boris parut charmé.
« Ils sont de bon poil, ça va gazer. »
Lola s'était accotée contre la porte; de loin, son visage
aplati et raviné ressemblait au mufle d'un lion, ses épaules,
blancheur frissonnante à reflets verts, c'était le feuillage
d'un bouleau un soir de vent sous les phares d'une auto.
« Qu'elle est belle! » murmura Ivich.
Elle s'avança à grandes enjambées calmes, avec un
désespoir plein d'aisance; elle avait les petites mains et
les grâces alourdies d'une sultane, mais elle mettait dans
sa démarche une générosité d'homme.
« Elle en jette, dit Boris avec admiration, c'est pas à
elle qu'ils feraient le coup du crochet[1]. »
C'était vrai : les gens du premier rang s'étaient reculés
sur leurs chaises, tout intimidés, ils osaient à peine regarder de si près cette tête célèbre. Une belle tête de tribun,
volumineuse et publique, empâtée par un soupçon d'importance politicienne : la bouche connaissait son affaire,
elle était habituée à bâiller largement, les lèvres bien
en dehors, pour vomir l'horreur, le dégoût et pour que
la voix portât loin. Lola s'immobilisa tout d'un coup,
la voisine d'Ivich soupira de scandale et d'admiration :
« Elle les tient », pensa Mathieu.
Il se sentait gêné : au fond d'elle-même, Lola était
noble et passionnée, pourtant son visage mentait, il
jouait la noblesse et la passion. Elle souffrait, Boris la
désespérait, mais, cinq minutes par jour, elle profitait
de son tour de chant pour souffrir en beauté[2]! « Eh
bien, et moi ? Est-ce que je ne suis pas en train de souffrir en beauté, de jouer au type foutu avec accompagnement de musique ? Pourtant, pensa-t-il, c'est bien vrai
que je suis foutu. » Autour de lui, c'était pareil : il y

avait des gens qui n'existaient pas du tout, des buées, et puis il y en avait d'autres qui existaient un peu trop. Le barman, par exemple. Tout à l'heure il fumait une cigarette, vague et poétique comme un liseron; à présent il s'était réveillé, il était un peu trop barman, il secouait le shaker, l'ouvrait, faisait couler une mousse jaune dans des verres avec des gestes d'une précision légèrement superflue : il jouait au barman[1]. Mathieu pensa à Brunet. « Peut-être qu'on ne peut pas faire autrement; peut-être qu'il faut choisir : n'être rien ou jouer ce qu'on est. Ça serait terrible, se dit-il, on serait truqués par nature. »

Lola, sans se presser, parcourait la salle du regard. Son masque douloureux s'était durci et figé, il semblait oublié sur son visage. Mais, au fond des yeux, seuls vivants, Mathieu crut surprendre une flamme de curiosité âpre et menaçante qui n'était pas jouée. Elle aperçut enfin Boris et Ivich et parut tranquillisée. Elle leur fit un grand sourire plein de bonté, puis elle annonça d'un air perdu :

« Une chanson de matelot : *Johnny Palmer*[2].

— J'aime sa voix, dit Ivich, on dirait un gros velours à côtes.

— Oui. »

Mathieu pensa : « Encore *Johnny Palmer!* »

L'orchestre préluda et Lola leva ses bras lourds — ça y est, elle fait la croix — il vit s'ouvrir une bouche saignante.

> *Qui est cruel, jaloux, amer ?*
> *Qui triche au jeu, sitôt qu'il perd ?*

Mathieu n'écouta plus, il avait honte devant cette image de la douleur. Ça n'était qu'une image, il le savait bien, mais tout de même...

« Je ne sais pas souffrir, je ne souffre jamais assez. » Ce qu'il y avait de plus pénible dans la souffrance, c'est qu'elle était un fantôme, on passait son temps à lui courir après, on croyait toujours qu'on allait l'atteindre et se jeter dedans et souffrir un bon coup en serrant les dents, mais, au moment où l'on y tombait, elle s'échappait[3], on ne trouvait plus qu'un éparpillement de mots et des milliers de raisonnements affolés qui grouillaient minutieusement : « Ça bavarde dans ma tête, ça n'arrête

pas de bavarder, je donnerais n'importe quoi pour pouvoir me taire. » Il regarda Boris avec envie; derrière ce
front buté, il devait y avoir d'énormes silences.

> *Qui est cruel, jaloux, amer!*
> *C'est Johnny Palmer.*

« Je mens! » Sa déchéance, ses lamentations, c'étaient
des mensonges, du vide, il s'était poussé dans le vide,
à la surface de lui-même pour échapper à la pression
insoutenable de son véritable monde. Un monde noir
et torride qui puait l'éther. Dans ce monde-là, Mathieu
n'était pas foutu — pas du tout, c'était pis : il était
gaillard — gaillard et criminel. C'était Marcelle qui
serait foutue s'il ne trouvait pas cinq mille balles avant
le surlendemain. Foutue pour de bon, sans lyrisme; ça
voulait dire qu'elle pondrait le gosse ou alors qu'elle
risquait de crever entre les mains d'une herboriste. Dans
ce monde-là, la souffrance n'était pas un état d'âme et
il n'y avait pas besoin de mots pour l'exprimer : c'était
un air des choses. « Épouse-la, faux bohème, épouse-la,
mon cher, pourquoi ne l'épouses-tu pas ? » Je parie
qu'elle va en claquer, pensa Mathieu avec horreur. Tout
le monde applaudit et Lola daigna sourire. Elle s'inclina
et dit :

« Une chanson de l'*Opéra de quat'sous* : " La fiancée
du pirate[1] ". »

« Je ne l'aime pas quand elle chante ça. Margo Lion[2]
était bien mieux. Plus mystérieuse. Lola, c'est une rationaliste, elle est sans mystère. Et puis trop bonne. Elle
me hait, mais d'une grosse haine ronde, c'est sain, une
haine d'honnête homme. » Il écoutait distraitement ces
pensées légères qui couraient comme des souris dans
un grenier. Au-dessous, il y avait un épais sommeil
triste, un monde épais qui attendait en silence : Mathieu
retomberait dedans tôt ou tard. Il vit Marcelle, il vit
sa bouche dure et ses yeux égarés : « Épouse-la, faux
bohème, épouse-la, tu as pourtant l'âge de raison, il
faut l'épouser. »

> *Un navire de haut bord*
> *Trent' canons aux sabords*
> *Entrera dans le port.*

« Assez! Assez! Je trouverai de l'argent, je finirai bien par en trouver ou alors je l'épouserai, c'est entendu, je ne suis pas un salaud, mais pour ce soir, rien que pour ce soir, qu'on me foute la paix avec tout ça, je veux oublier; Marcelle n'oublie pas, elle est dans la chambre, allongée sur le lit, elle se rappelle tout, elle me voit, elle écoute les rumeurs de son corps et puis après ? Elle aura mon nom, ma vie entière s'il le faut, mais cette nuit est à moi. » Il se tourna vers Ivich, s'élança vers elle, elle lui sourit, mais il se cogna le nez contre une muraille de verre, pendant qu'on applaudissait. « Une autre! réclamait-on, une autre! » Lola ne tint pas compte de ces prières : elle avait un autre tour de chant à deux heures du matin, elle se ménageait. Elle salua deux fois et s'avança vers Ivich. Des têtes se tournèrent vers la table de Mathieu. Mathieu et Boris se levèrent.

« Bonjour, ma petite Ivich, ça va ?

— Bonjour, Lola », dit Ivich, d'un air veule.

Lola effleura le menton de Boris d'une main légère :
« Bonjour, crapule. »

Sa voix calme et grave conférait au mot « crapule » une sorte de dignité; il semblait que Lola l'eût choisi exprès parmi les mots gauches et pathétiques de ses chansons.

« Bonjour, madame, dit Mathieu.

— Ah! dit-elle, vous êtes là aussi ? »

Ils s'assirent. Lola se tourna vers Boris, elle semblait tout à fait à son aise.

« Il paraît qu'ils ont emboîté Ellinor ?

— On en cause.

— Elle est venue pleurer dans ma loge. Sarrunyan était furieux, c'est la troisième fois depuis huit jours.

— Il ne va pas la vider ? demanda Boris, inquiet.

— Il en avait envie : elle n'a pas de contrat. Je lui ai dit : si elle part, je pars avec.

— Qu'est-ce qu'il a dit ?

— Qu'elle pouvait rester une semaine encore. »

Elle parcourut la salle du regard et dit d'une voix haute :

« C'est un sale public, ce soir.

— Tiens, dit Boris, j'aurais pas dit. »

La voisine d'Ivich, qui dévorait Lola des yeux avec

impudence, avait tressailli. Mathieu eut envie de rire;
il trouvait Lola très sympathique.

« C'eſt que tu n'as pas l'habitude, dit Lola. Quand
je suis entrée, j'ai vu tout de suite qu'ils venaient de
faire un mauvais coup, ils avaient l'air cafard. Tu sais,
ajouta-t-elle, si la môme perd sa place, elle n'a plus qu'à
faire le trottoir. »

Ivich releva soudain la tête, elle avait l'air égaré.

« Je me fous qu'elle fasse le trottoir, dit-elle avec
violence, ça lui conviendra mieux que la danse. »

Elle faisait effort pour tenir sa tête droite et pour
garder ouverts ses yeux ternes et roses. Elle perdit un
peu de son assurance et ajouta d'un air conciliant et
traqué :

« Naturellement, je comprends bien qu'il faut qu'elle
gagne sa vie. »

Personne ne répondit et Mathieu souffrit pour elle :
ça devait être dur de tenir la tête droite. Lola la regardait
avec placidité. Comme si elle pensait : « Gosse de riche. »
Ivich eut un petit rire.

« J'ai pas besoin de danser », dit-elle d'un air malin.

Son rire se brisa et sa tête croula.

« Qu'eſt-ce qu'elle tient », dit paisiblement Boris.

Lola contemplait le crâne d'Ivich avec curiosité. Au
bout d'un moment elle avança sa petite main grasse,
saisit les cheveux d'Ivich à poignée et lui releva la tête.
Elle avait l'air d'une infirmière :

« Qu'eſt-ce qu'il y a, mon petit ? On a trop bu ? »

Elle écartait comme un rideau les boucles blondes
d'Ivich, dénudant une grosse joue blême. Ivich entrouvrait des yeux mourants, elle laissait rouler sa tête en
arrière. « Elle va vomir », pensa Mathieu sans s'émouvoir. Lola tirait par saccades sur les cheveux d'Ivich.

« Ouvrez les yeux, voyons, ouvrez les yeux ! Voulez-
vous me regarder ? »

Les yeux d'Ivich s'ouvrirent tout grands, ils brillaient de haine :

« Eh bien, voilà : je vous regarde, dit-elle d'une voix
nette et glacée.

— Tiens, dit Lola, vous n'êtes pas si soûle que ça. »

Elle lâcha les cheveux d'Ivich. Ivich leva vivement
les mains et raplatit ses boucles sur ses joues, elle avait
l'air de modeler un masque et, de fait, son visage en

triangle réapparut sous ses doigts, mais il resta autour de sa bouche et dans ses yeux quelque chose de pâteux et d'usé. Elle demeura un moment immobile, avec l'air intimidant d'un somnambule, pendant que l'orchestre jouait un slow.

« Tu m'invites ? » demanda Lola.

Boris se leva et ils se mirent à danser. Mathieu les suivit du regard, il n'avait pas envie de parler.

« Cette femme me blâme, dit Ivich d'un air sombre.

— Lola ?

— Non, ma voisine. Elle me blâme. »

Mathieu ne répondit pas. Ivich reprit :

« Je voudrais tant m'amuser ce soir et... et voilà ! Je hais le champagne ! »

« Elle doit me haïr aussi parce que c'est moi qui lui en ai fait prendre. » Il la vit avec surprise prendre la bouteille dans le seau et remplir sa coupe.

« Qu'est-ce que vous faites ? demanda-t-il.

— Je pense que je n'en ai pas pris assez. Il y a un état qu'il faut atteindre, après on est bien. »

Mathieu pensa qu'il aurait dû l'empêcher de boire, mais il n'en fit rien. Ivich porta la coupe à ses lèvres et fit une grimace de dégoût :

« Que c'est mauvais », dit-elle en reposant son verre.

Boris et Lola passèrent près de leur table, ils riaient.

« Ça va, petite fille ? cria Lola.

— Tout à fait bien maintenant », dit Ivich avec un sourire aimable.

Elle reprit la coupe de champagne et la vida d'un trait sans quitter Lola des yeux. Lola lui rendit son sourire et le couple s'éloigna en dansant. Ivich avait l'air fasciné.

« Elle se serre contre lui, dit-elle d'une voix presque inintelligible, c'est... c'est risible. Elle a l'air d'une ogresse. »

« Elle est jalouse, se dit Mathieu. Mais duquel des deux ? »

Elle était à moitié ivre, souriant d'un air maniaque; tout occupée de Boris et de Lola, elle se souciait de lui comme d'une guigne, il lui servait seulement de prétexte pour parler à voix haute : ses sourires, ses mines et tous les mots qu'elle disait, elle se les adressait à elle-même à travers lui. « Ça devrait m'être insupportable, pensa Mathieu, et ça me laisse complètement froid. »

« Dansons », dit brusquement Ivich.

Mathieu sursauta :

« Vous n'aimez pas danser avec moi.

— Ça ne fait rien, dit Ivich, je suis soûle. »

Elle se leva en chancelant, faillit tomber et se rattrapa au bord de la table. Mathieu la prit dans ses bras et l'emporta, ils entrèrent dans un bain de vapeur, la foule se referma sur eux, sombre et parfumée. Un instant Mathieu fut englouti. Mais tout de suite, il se retrouva, il marquait le pas derrière un nègre, il était seul, dès les premières mesures Ivich s'était envolée, il ne la sentait plus.

« Comme vous êtes légère. »

Il baissa les yeux et vit des pieds : « Il y en a beaucoup qui ne dansent pas mieux que moi », pensa-t-il. Il tenait Ivich à distance, presque à bout de bras, et ne la regardait pas.

« Vous dansez correctement, dit-elle, mais on voit que ça ne vous fait pas plaisir.

— Ça m'intimide », dit Mathieu.

Il sourit :

« Vous êtes étonnante, tout à l'heure vous pouviez à peine marcher et maintenant vous dansez comme une professionnelle.

— Je peux danser ivre morte, dit Ivich, je peux danser toute la nuit, ça ne me fatigue jamais.

— Je voudrais bien être comme ça.

— Vous ne pourriez pas.

— Je sais. »

Ivich regardait autour d'elle avec nervosité :

« Je ne vois plus l'ogresse, dit-elle.

— Lola ? À gauche derrière vous.

— Allons vers eux », dit-elle.

Ils bousculèrent un couple chétif, l'homme leur demanda pardon et la femme leur jeta un regard noir; Ivich, la tête tournée en arrière, halait Mathieu à reculons. Ni Boris, ni Lola ne les avaient vus venir. Lola fermait les yeux, ses paupières faisaient deux taches bleues dans son dur visage. Boris souriait, perdu dans une solitude angélique.

« Et maintenant ? demanda Mathieu.

— Restons par là, il y a plus de place. »

Ivich était devenue presque lourde, elle dansait à

peine, les yeux fixés sur son frère et sur Lola. Mathieu
ne voyait plus qu'un bout d'oreille entre deux boucles.
Boris et Lola se rapprochèrent en tournant sur eux-
mêmes. Quand ils furent tout proches, Ivich pinça son
frère au-dessus du coude :

« Bonjour, Petit Poucet. »

Boris écarquilla les yeux avec étonnement :

« Eh ! dit-il, Ivich, ne te sauve pas ! Pourquoi m'appelles-tu comme ça ? »

Ivich ne répondit pas, elle fit faire volte-face à Mathieu
et s'arrangea pour tourner le dos à Boris. Lola avait
ouvert les yeux.

« Tu comprends pourquoi elle m'appelle Petit Poucet ? lui demanda Boris.

— Je crois que je m'en doute », dit Lola.

Boris dit encore quelques mots, mais le fracas des
applaudissements couvrit sa voix; le jazz s'était tu, les
nègres se hâtaient de plier bagage pour laisser la place
à l'orchestre argentin.

Ivich et Mathieu regagnèrent leur table.

« Je m'amuse follement », dit Ivich.

Lola était déjà assise.

« Vous dansez rudement bien », dit-elle à Ivich.

Ivich ne répondit pas, elle fixait sur Lola un regard
lourd :

« Vous étiez gonflant, dit Boris à Mathieu, je croyais
que vous ne dansiez jamais.

— C'est votre sœur qui a voulu.

— Costaud comme vous êtes, dit Boris, vous devriez
plutôt faire de la danse acrobatique. »

Il y eut un silence pesant. Ivich se taisait, solitaire et
revendiquante, et personne n'avait envie de parler. Un
tout petit ciel local s'était formé au-dessus de leurs têtes,
rond, sec et étouffant. Les ampoules se rallumèrent.
Aux premières mesures du tango, Ivich se pencha vers
Lola :

« Venez ! dit-elle d'une voix rauque.

— Je ne sais pas conduire, dit Lola.

— C'est moi qui conduirai », dit Ivich. Elle ajouta
d'un air mauvais en découvrant ses dents :

« N'ayez pas peur, je conduis comme un homme. »

Elles se levèrent. Ivich étreignit brutalement Lola et
la poussa vers la piste.

« Elles sont marrantes, dit Boris en bourrant sa pipe.
— Oui. »

Lola surtout était marrante : elle avait un air de jeune fille.

« Regardez », dit Boris.

Il sortit de sa poche un énorme surin à manche de corne et le posa sur la table.

« C'est un couteau basque, expliqua-t-il, il est à cran d'arrêt. »

Mathieu prit poliment le couteau et tenta de l'ouvrir :

« Pas comme ça, malheureux! dit Boris, vous allez vous massacrer! »

Il reprit le couteau, l'ouvrit et le posa près de son verre :

« C'est un couteau de caïd, dit-il. Vous voyez ces taches brunes ? Le type qui me l'a vendu m'a juré que c'était du sang. »

Ils se turent. Mathieu regardait au loin la tête tragique de Lola qui glissait au-dessus d'une mer sombre. « Je ne savais pas qu'elle était si grande. » Il détourna les yeux et lut sur le visage de Boris un contentement naïf qui lui fendit le cœur. « Il est content parce qu'il est avec moi, songea-t-il avec remords, et moi je ne trouve jamais rien à lui dire. »

« Visez la bonne femme qui vient d'arriver. À droite, la troisième table, dit Boris.
— La blonde qui a des perles ?
— Oui, c'est des fausses. Allez-y mou, elle nous regarde. »

Mathieu coula un regard sournois vers une grande et belle fille à l'air froid.

« Comment vous la trouvez ?
— Comme ça.
— J'ai eu la touche avec elle, mardi dernier, elle était bourrée, elle voulait tout le temps m'inviter à danser. En plus de ça, elle m'a fait cadeau de son porte-cigarettes, Lola était folle, elle le lui a fait rapporter par le garçon. » Il ajouta d'un air sobre :

« Il était en argent, avec des pierres incrustées.
— Elle vous mange des yeux, dit Mathieu.
— Je m'en doute.
— Qu'allez-vous faire d'elle ?
— Rien, dit-il avec mépris, c'est une femme entretenue.

— Et alors ? demanda Mathieu, surpris. Vous voilà bien puritain, tout à coup.

— C'est pas ça, dit Boris en riant. C'est pas ça, mais les grues, les danseuses, les chanteuses, finalement c'est toujours pareil. Si vous en avez une, vous les avez toutes. » Il posa sa pipe et dit avec gravité : « D'ailleurs je suis un chaste, moi, je ne suis pas comme vous.

— Hum ! dit Mathieu.

— Vous verrez, dit Boris, vous verrez, je vous étonnerai : comme un moine que je vivrai, quand ça sera fini avec Lola. »

Il se frottait les mains d'un air réjoui. Mathieu dit : « Ça ne sera pas fini de si tôt.

— Le 1er juillet. Qu'est-ce que vous pariez ?

— Rien. Vous pariez tous les mois que vous romprez le mois suivant et vous perdez à chaque coup. Vous me devez déjà cent francs, une paire de jumelles de courses, cinq Corona-Corona et le bateau en bouteille que nous avons vu rue de Seine. Vous n'avez jamais pensé à rompre, vous tenez bien trop à Lola.

— C'est aux seins que vous me faites mal, expliqua Boris.

— Seulement c'est plus fort que vous, poursuivit Mathieu sans se troubler, vous ne pouvez pas vous sentir engagé, ça vous affole.

— Taisez-vous donc, dit Boris, furieux et amusé, vous pouvez toujours courir pour avoir vos cigares et votre bateau.

— Je sais, vous ne payez jamais vos dettes d'honneur : vous êtes un petit malheureux.

— Et vous, vous êtes un médiocre », répondit Boris. Son visage s'illumina :

« Vous ne trouvez pas que c'est une injure formidable à envoyer à un type : monsieur, vous êtes un médiocre.

— C'est pas mal, dit Mathieu.

— Ou alors encore mieux : monsieur, vous êtes une non-valeur !

— Non, dit Mathieu, pas ça, vous affaibliriez votre position. »

Boris le reconnut de bonne grâce :

« Vous avez raison, dit-il, vous êtes odieux, parce que vous avez toujours raison. »

Il ralluma sa pipe avec soin.

« Pour tout vous dire, j'ai mon idée, dit-il d'un air confus et maniaque, je voudrais avoir une bonne femme du grand monde.

— Tiens, dit Mathieu, pourquoi ?

— Je ne sais pas. Je pense que ça doit être marrant, elles doivent faire un tas de manières. Et puis c'est flatteur, il y en a qui ont leur nom dans *Vogue*. Vous vous rendez compte. Vous achetez *Vogue*, vous regardez les photos, vous voyez : Mme la comtesse de Rocamadour avec ses six lévriers et vous pensez : " J'ai couché avec cette bonne femme-là, hier soir. " Ça doit vous faire un coup.

— Dites donc, elle vous sourit à présent, dit Mathieu.

— Oui. Elle est culottée. C'est du pur vice, vous savez, elle veut me souffler à Lola parce qu'elle ne peut pas la blairer. Je vais lui tourner le dos, décida-t-il.

— Qu'est-ce que c'est, le type qui est avec elle ?

— Un copain. Il danse à l'Alcazar. Il est beau, hein ! Visez cette gueule. Ça va chercher dans les trente-cinq berges et ça se donne des airs de Chérubin.

— Eh ben quoi ? dit Mathieu. Vous serez comme ça, quand vous aurez trente-cinq ans.

— À trente-cinq ans, dit Boris sobrement, je serai crevé depuis longtemps.

— Ça vous plaît à dire.

— Je suis tuberculeux, dit-il.

— Je sais — un jour Boris s'était écorché les gencives en se brossant les dents, il avait craché du sang, — je sais. Et après ?

— Ça m'est égal d'être tuberculeux, dit Boris. Simplement ça me dégoûterait de me soigner. Je trouve qu'on ne doit pas passer la trentaine, après on est un vieux jeton. »

Il regarda Mathieu et ajouta :

« Je ne dis pas ça pour vous.

— Non, dit Mathieu. Mais vous avez raison; après trente ans, on est un vieux jeton.

— Je voudrais avoir deux ans de plus et puis rester toute ma vie à cet âge-là : ça serait jouissant. »

Mathieu le regarda avec une sympathie scandalisée. La jeunesse, c'était à la fois pour Boris une qualité périssable et gratuite dont il fallait profiter cyniquement et une vertu morale dont il fallait se montrer digne.

C'était plus encore, c'était une justification. « Ça ne fait rien, pensa Mathieu, il *sait* être jeune. » Lui seul peut-être, parmi tous ces gens, était vraiment, pleinement *ici* dans ce dancing, sur sa chaise. « Au fond, ça n'est pas si con : vivre sa jeunesse à fond et claquer à trente ans. De toute façon, après trente ans, on est un mort. »

« Vous avez l'air salement emmerdé », dit Boris.

Mathieu sursauta : Boris était rouge de confusion, mais il regardait Mathieu avec une sollicitude inquiète.

« Ça se voit ? demanda Mathieu.

— Et comment, que ça se voit.

— J'ai des emmerdements d'argent.

— Vous vous défendez mal, dit Boris sévèrement. Si j'avais votre traitement, j'aurais pas besoin d'emprunter. Voulez-vous les cent francs du barman ?

— Merci, j'ai besoin de cinq mille balles. »

Boris siffla d'un air entendu :

« Oh! pardon, dit-il. Votre ami Daniel va vous les refiler ?

— Il ne peut pas.

— Et votre frère ?

— Il ne veut pas.

— Ah! merde, dit Boris, désolé. Si vous vouliez... ajouta-t-il avec embarras.

— Quoi, si je voulais ?

— Rien, je pensais : c'est con, Lola a des sous plein sa mallette et elle n'en fait rien.

— Je ne veux pas emprunter à Lola.

— Mais puisque je vous jure qu'elle n'en fait rien. S'il s'agissait de son compte en banque, je ne dis pas : elle achète des valeurs, elle joue à la Bourse, mettons qu'elle ait besoin de son fric. Mais elle a sept mille francs chez elle depuis quatre mois, elle n'y a pas touché, elle n'a même pas trouvé le temps de les porter à la banque. Je vous dis qu'ils traînent au fond d'une mallette.

— Vous ne comprenez pas, dit Mathieu agacé. Je ne veux pas emprunter à Lola parce qu'elle ne peut pas me blairer. »

Boris se mit à rire :

« Pour ça non! dit-il, elle ne peut pas vous blairer.

— Vous voyez.

— C'est tout de même con, dit Boris. Vous êtes emmerdé comme un pou à cause de cinq mille balles, vous les avez sous la main et vous ne voulez pas les prendre. Et si je les lui demandais comme pour moi ?

— Non, non! Ne faites rien, dit vivement Mathieu, elle finirait toujours par savoir la vérité. Sérieusement, hein ? dit-il en insistant, ça me serait désagréable que vous lui demandiez. »

Boris ne répondit pas. Il avait pris son couteau entre deux doigts et l'avait élevé lentement jusqu'à la hauteur de son front, la pointe en bas. Mathieu se sentait mal à l'aise : « Je suis ignoble, pensa-t-il, je n'ai pas le droit de faire l'homme d'honneur aux dépens de Marcelle. » Il se tourna vers Boris, il voulait lui dire: « Allez-y, demandez l'argent à Lola. » Mais il ne put s'arracher un mot et le sang lui vint aux joues. Boris écarta les doigts et le couteau tomba. La lame se ficha dans le plancher et le manche se mit à vibrer.

Ivich et Lola regagnaient leurs places. Boris ramassa le couteau et le reposa sur la table.

« Qu'est-ce que c'est que cette horreur ? demanda Lola.

— C'est un couteau de caïd, dit Boris, c'est pour te faire marcher droit.

— Tu es un petit monstre. »

L'orchestre avait attaqué un autre tango. Boris regarda Lola d'un air sombre :

« Dis, viens danser, dit-il entre ses dents.

— Vous allez me crever, tous tant que vous êtes », dit Lola.

Son visage s'était illuminé, elle ajouta avec un sourire heureux :

« Tu es gentil. »

Boris se leva et Mathieu pensa : « Il va lui demander l'argent tout de même. » Il était écrasé de honte et lâchement soulagé. Ivich s'assit à côté de lui.

« Elle est formidable, dit-elle d'une voix enrouée.

— Oui, elle est belle.

— Oh!... Et puis ce corps! Ce que ça peut être émouvant cette tête ravagée sur ce corps épanoui. Je sentais le temps couler, j'avais l'impression qu'elle allait se faner entre mes bras. »

Mathieu suivait des yeux Boris et Lola. Boris n'avait

pas encore abordé la question. Il avait l'air de plaisanter
et Lola lui souriait.

« Elle est sympathique, dit Mathieu distraitement.

— Sympathique ? Ah ! non, dit-elle d'un ton sec. C'est
une sale bonne femme, une femelle. »

Elle ajouta avec fierté :

« Je l'intimidais.

— J'ai vu », dit Mathieu. Il croisait et décroisait les
jambes avec nervosité.

« Vous voulez danser ? demanda-t-il.

— Non, dit Ivich, je veux boire. » Elle remplit sa
coupe à demi et expliqua : « C'est bien de boire quand
on danse parce que la danse empêche l'ivresse et que
l'alcool vous soutient. »

Elle ajouta d'un air tendu :

« C'est fameux ce que je m'amuse, je finis en beauté. »

« Ça y est, pensa Mathieu, il lui parle. » Boris avait
pris l'air sérieux, il parlait sans regarder Lola. Lola ne
disait rien. Mathieu se sentit devenir écarlate, il était
irrité contre Boris. Les épaules d'un nègre gigantesque
lui masquèrent un moment la tête de Lola, elle réapparut
avec un air fermé, puis la musique cessa, la foule s'entrouvrit et Boris en sortit, crâneur et mauvais. Lola le
suivait d'un peu loin, elle n'avait pas l'air contente. Boris
se pencha sur Ivich.

« Rends-moi un service : invite-la », dit-il rapidement.

Ivich se leva sans marquer d'étonnement et se jeta à
la rencontre de Lola.

« Oh ! non, dit Lola, non, ma petite Ivich, je suis si
fatiguée. »

Elles parlementèrent un instant, puis Ivich l'entraîna.

« Elle ne veut pas ? demanda Mathieu.

— Non, dit Boris, elle va me le payer. »

Il était blême, sa moue haineuse et veule lui donnait
un air de ressemblance avec sa sœur. C'était une ressemblance trouble et déplaisante.

« Ne faites pas de bêtises, dit Mathieu, inquiet.

— Vous m'en voulez, hein ! demanda Boris, vous
m'aviez bien défendu de lui en parler...

— Je serais un salaud si je vous en voulais : vous
savez bien que je vous ai laissé faire... Pourquoi a-t-elle
refusé ?

— Sais pas, dit Boris en haussant les épaules. Elle a

fait une sale gueule et elle a dit qu'elle avait besoin de
son argent. Ça alors! dit-il avec une fureur étonnée,
pour une fois que je lui demande quelque chose... Elle
n'y est plus du tout! Ça doit payer, une femme de son
âge, quand ça veut avoir un type du mien!

— Comment lui avez-vous présenté ça ?

— Je lui ai dit que c'était pour un copain qui veut
acheter un garage. Je lui ai dit le nom : Picard. Elle le
connaît. C'est vrai qu'il veut acheter un garage.

— Elle n'a pas dû vous croire.

— J'en sais rien, dit Boris, mais ce que je sais, c'est
qu'elle va me le payer tout de suite.

— Restez tranquille, cria Mathieu.

— Oh! ça va, dit Boris d'un air hostile, c'est mon
affaire. »

Il alla s'incliner devant la grande blonde, qui rosit
un peu et se leva. Comme ils se mettaient à danser, Lola
et Ivich passèrent près de Mathieu. La blonde faisait
des mines. Mais elle avait l'air aux aguets sous son
sourire. Lola gardait son calme, elle s'avançait majestueusement, et les gens s'écartaient sur son passage pour
lui marquer leur respect. Ivich marchait à reculons, les
yeux au ciel, inconsciente. Mathieu prit le couteau de
Boris par la lame et en frappa le manche contre la table
à petits coups secs : « Il va y avoir du sang », pensa-t-il.
Il s'en foutait éperdument, d'ailleurs, il pensait à Marcelle. Il pensa : « Marcelle, ma femme », et quelque chose
se referma sur lui en clapotant. « Ma femme, elle vivra
dans ma maison. » Voilà. C'était naturel, parfaitement
naturel, comme d'être respirer, comme d'avaler sa salive.
Ça le frôlait de partout. « Laisse-toi aller, ne te crispe
pas, sois souple, sois naturel. Dans ma maison. Je la
verrai tous les jours de ma vie. » Il pensa : « Tout est
clair, j'ai une *vie*. »

Une vie. Il regardait tous ces visages empourprés, ces
lunes rousses qui glissaient sur des coussinets de nuages :
« Ils ont des vies. Tous. Chacun la sienne. Elles s'étirent
à travers les murs du dancing, à travers les rues de Paris,
à travers la France, elles s'entrecroisent, elles se coupent
et elles restent toutes aussi rigoureusement personnelles
qu'une brosse à dents, qu'un rasoir, que les objets de
toilette qui ne se prêtent pas. Je le savais qu'ils avaient
chacun leur vie. Je ne savais pas que j'en avais une, moi.

Je pensais : " Je ne fais rien, j'y échapperai. " Eh bien
je me foutais dedans. » Il posa le couteau sur la table,
prit la bouteille et l'inclina au-dessus de son verre :
elle était vide. Il restait un peu de champagne dans la
coupe d'Ivich, il prit la coupe et but.

« J'ai bâillé, j'ai lu, j'ai fait l'amour. Et ça marquait !
Chacun de mes gestes suscitait, au-delà de lui-même,
dans le futur, une petite attente obstinée qui mûrissait.
C'est *moi,* ces attentes, c'est moi qui m'attends aux carrefours, aux croisées des chemins, dans la grande salle
de la mairie du XIVe, c'est moi qui m'attends là-bas sur
un fauteuil rouge, j'attends que j'y vienne, vêtu de noir,
avec un faux col dur, que j'y vienne crever de chaleur
et dire : oui, oui, je consens à la prendre pour épouse. »
Il secoua violemment la tête, mais sa vie tenait bon autour
de lui. « Lentement, sûrement, au gré de mes humeurs,
de mes paresses, j'ai sécrété ma coquille. À présent, c'est
fini, je suis muré, moi partout ! Au centre, il y a mon
appartement avec moi dedans, au milieu de mes fauteuils
de cuir vert, dehors il y a la rue de la Gaîté, à sens unique
parce que je la descends toujours, l'avenue du Maine et
tout Paris en rond autour de moi, Nord devant, Sud
derrière, le Panthéon à main droite, la tour Eiffel à main
gauche, la porte de Clignancourt en face de moi et, au
milieu de la rue Vercingétorix, un petit trou satiné de
rose, la chambre de Marcelle, ma femme, et Marcelle est
dedans, nue, elle m'attend. Et puis, tout autour de Paris,
la France sillonnée de routes à sens unique et puis des
mers teintées de bleu ou de noir, la Méditerranée en
bleu, la mer du Nord en noir, la Manche couleur café
au lait et puis des pays, l'Allemagne, l'Italie — l'Espagne est en blanc parce que je ne suis pas allé m'y
battre — et puis des villes rondes, à des distances fixes
de ma chambre, Tombouctou, Toronto, Kazan, Nijni-
Novgorod, immuables comme des bornes. Je vais, je
m'en vais, je me promène, j'erre, j'ai beau errer : ce
sont des vacances d'universitaire, partout où je vais
j'emporte ma coquille avec moi, je reste *chez moi* dans
ma chambre, au milieu de mes livres, je ne me rapproche
pas d'un centimètre de Marrakech ou de Tombouctou.
Même si je prenais le train, le bateau, l'autocar, si j'allais
passer mes vacances au Maroc, si j'arrivais soudain à
Marrakech, je serais toujours dans ma chambre, chez

moi. Et si j'allais me promener sur les places, dans les souks, si je serrais l'épaule d'un Arabe, pour *toucher* sur lui Marrakech, eh bien! cet Arabe serait à Marrakech, pas moi : moi je serais toujours assis, dans ma chambre, paisible et méditatif comme j'ai choisi d'être, à trois mille kilomètres du Marocain et de son burnous. Dans ma chambre. Pour toujours. Pour toujours l'ancien amant de Marcelle et, à présent, son mari le professeur, pour toujours celui qui n'a pas appris l'anglais, qui n'a pas adhéré au Parti communiste, celui qui n'a pas été en Espagne, pour toujours. »

« Ma vie. » Elle l'entourait. C'était un drôle d'objet sans commencement ni fin, qui pourtant n'était pas infini. Il la parcourait des yeux d'une mairie à l'autre, de la mairie du XVIIIe arrondissement où il avait passé en octobre 1923 le conseil de revision[1], à la mairie du XIVe où il allait épouser Marcelle au mois d'août ou au mois de septembre 1938; elle avait un sens vague et hésitant comme les choses naturelles, une fadeur tenace, une odeur de poussière et de violette.

« J'ai mené une vie édentée, pensa-t-il. Une vie édentée. Je n'ai jamais mordu, j'attendais, je me gardais pour plus tard — et je viens de m'apercevoir que je n'ai plus de dents. Que faire ? Briser la coquille ? C'est facile à dire. Et d'ailleurs! qu'est-ce qui resterait ? Une petite gomme visqueuse qui ramperait dans la poussière en laissant derrière elle une traînée brillante. »

Il leva les yeux et vit Lola, elle avait un sourire méchant sur les lèvres. Il vit Ivich : elle dansait, la tête renversée en arrière, perdue, sans âge, sans avenir : « Elle n'a pas de coquille. » Elle dansait, elle était ivre, elle ne pensait pas à Mathieu. Pas du tout. Pas plus que s'il n'avait jamais existé. L'orchestre s'était mis à jouer un tango argentin. Mathieu le connaissait bien, ce tango, c'était *Mio caballo muriò*[2], mais il regardait Ivich et il lui semblait qu'il entendait cet air triste et rude pour la première fois. « Elle ne sera jamais à moi, elle n'entrera jamais dans ma coquille. » Il sourit, il sentait une humble douleur rafraîchissante, il contempla tendrement ce petit corps rageur et frêle où sa liberté s'était ensablée : « Ma chère Ivich, ma chère liberté. » Et tout d'un coup, au-dessus de son corps encrassé, au-dessus de sa vie une pure conscience se mit à planer, une conscience sans moi, juste un peu d'air chaud; elle planait, c'était un regard, elle regardait le faux bohème, le petit bourgeois cramponné à ses aises, l'intellectuel raté « pas révolutionnaire, révolté », le rêveur abstrait entouré de sa vie flasque, elle jugeait : « Ce type est foutu, il ne l'a pas volé. » Elle, elle n'était solidaire de personne, elle tournoyait dans la bulle tournoyante, écrasée, perdue, souffrant là-bas sur le visage d'Ivich, toute sonnante de musique, éphémère et désolée. Une conscience rouge, un sombre petit lamento, *Mio caballo murrio,* elle était capable de tout, de se désespérer *vraiment* pour les Espagnols, de décider n'importe quoi. Si ça pouvait durer comme ça... Mais ça ne pouvait pas durer : la conscience enflait, enflait, l'orchestre se tut, elle éclata. Mathieu se retrouva seul avec lui-même, au fond de sa vie, sec et dur, il ne se jugeait même plus, il ne s'acceptait pas non plus, il *était* Mathieu, voilà tout : « Une extase de plus. Et puis après ? » Boris regagna sa place, il n'avait pas l'air trop fier. Il dit à Mathieu :

« Oh! là là!

— Hé ? demanda Mathieu.

— La blonde. C'est une sale bonne femme.

— Qu'est-ce qu'elle a fait ? »

Boris fronça les sourcils et frissonna sans répondre. Ivich revint s'asseoir près de Mathieu. Elle était seule. Mathieu fouilla la salle du regard et découvrit Lola près des musiciens, elle parlait avec Sarrunyan. Sarrunyan semblait étonné, puis il jeta un coup d'œil sournois du côté de la grande blonde qui s'éventait négligemment. Lola lui sourit et traversa la salle. Quand elle s'assit, elle avait un drôle d'air. Boris regarda son soulier droit avec affectation et il y eut un lourd silence.

« C'est trop fort, cria la blonde, vous n'avez pas le droit, je ne partirai pas. »

Mathieu sursauta et tout le monde se retourna. Sarrunyan s'était penché obséquieusement sur la blonde, comme un maître d'hôtel qui prend la commande. Il lui parlait à voix basse, d'un air calme et dur. La blonde se leva tout à coup.

« Viens », dit-elle à son type.

Elle fouilla dans son sac. Les coins de sa bouche tremblaient.

« Non, non, dit Sarrunyan, c'est moi qui vous invite. »

La blonde froissa un billet de cent francs et le jeta sur la table. Son compagnon s'était levé, il regardait le billet de cent francs avec blâme. Puis la blonde lui prit le bras et ils partirent tous deux la tête haute, en roulant pareillement les hanches.

Sarrunyan s'avança vers Lola en sifflotant.

« Il fera chaud quand elle reviendra, dit-il avec un sourire amusé.

— Merci, dit Lola. Je n'aurais pas cru que ça serait si facile. »

Il s'en fut. L'orchestre argentin avait quitté la salle, les nègres rentraient un à un avec leurs instruments. Boris fixa sur Lola un regard de fureur et d'admiration, puis il se tourna brusquement vers Ivich.

« Viens danser », dit-il.

Lola les regarda d'un air paisible pendant qu'ils se levaient. Mais, quand ils se furent éloignés, son visage se décomposa d'un seul coup. Mathieu lui sourit :

« Vous faites ce que vous voulez dans la boîte, dit-il.

— Je les tiens, dit-elle avec indifférence. Les gens viennent ici pour moi. »

Ses yeux restaient inquiets, elle se mit à tapoter nerveusement sur la table. Mathieu ne savait plus que lui dire. Heureusement, elle se leva au bout d'un instant.

« Excusez-moi », dit-elle.

Mathieu la vit faire le tour de la salle et disparaître. Il pensa : « C'est l'heure de la drogue. » Il était seul. Ivich et Boris dansaient, aussi purs qu'un air de musique, à peine moins impitoyables. Il détourna la tête et regarda ses pieds. Du temps coula, nul. Il ne pensait à rien. Une sorte de plainte rauque le fit sursauter. Lola était revenue, elle avait les yeux clos, elle souriait : « Elle a son compte », pensa-t-il. Elle ouvrit les yeux et s'assit, sans cesser de sourire.

« Est-ce que vous saviez que Boris avait besoin de cinq mille francs ?

— Non, dit-il. Non, je ne savais pas. Il a besoin de cinq mille francs ? »

Lola le regardait toujours, elle oscillait d'arrière en avant. Mathieu voyait deux grosses prunelles vertes avec des pupilles minuscules :

« Je viens de les lui refuser, dit Lola. Il dit que c'est pour Picard, je pensais qu'il se serait adressé à vous. »

Mathieu se mit à rire :

« Il sait que je n'ai jamais le sou.

— Alors vous n'étiez pas au courant ? demanda Lola d'un air incrédule.

— Eh bien, non!

— Tiens, dit-elle, c'est drôle. »

On avait l'impression qu'elle allait chavirer, coque en l'air, comme une vieille épave, ou alors que sa bouche allait se déchirer et lâcher un cri énorme.

« Il est venu chez vous tantôt ? demanda-t-elle.

— Oui, vers les trois heures.

— Et il ne vous a parlé de rien ?

— Qu'est-ce que ça a d'étonnant ? Il a pu rencontrer Picard cet après-midi.

— C'est ce qu'il m'a dit.

— Eh bien, alors ? »

Lola haussa les épaules :

« Picard travaille toute la journée à Argenteuil. »

Mathieu dit avec indifférence :

« Picard avait besoin d'argent, il a dû passer à l'hôtel de Boris. Il ne l'a pas trouvé et puis il lui est tombé dessus en redescendant le boulevard Saint-Michel. »

Lola le regarda ironiquement :

« Vous pensez comment Picard irait demander cinq mille francs à Boris qui n'a que trois cents francs par mois d'argent de poche.

— Alors je ne sais pas », dit Mathieu, exaspéré.

Il avait envie de lui dire : « L'argent, c'était pour moi. » Comme ça, on en aurait fini tout de suite. Mais ça n'était pas possible à cause de Boris. « Elle lui en voudrait terriblement, il aurait l'air d'être mon complice. » Lola tapotait la table du bout de ses ongles écarlates, les coins de sa bouche se relevaient brusquement, tremblaient un peu et retombaient. Elle épiait Mathieu avec une insistance inquiète, mais, sous cette colère aux aguets, Mathieu devinait un grand vide trouble. Il eut envie de rire.

Lola détourna les yeux :

« Est-ce que ça ne serait pas plutôt une épreuve ? demanda-t-elle.

— Une épreuve ? répéta Mathieu, étonné.

— Je me demande.

— Une épreuve ? Quelle drôle d'idée.

— Ivich lui dit tout le temps que je suis radin.

— Qui est-ce qui vous a dit ça ?

— Ça vous étonne que je le sache ? dit Lola d'un
air de triomphe. C'est que c'est un gosse loyal. Il ne
faudrait pas vous imaginer qu'on peut lui dire du mal
de moi sans que ça me revienne. À chaque coup je
m'en aperçois, rien qu'à la manière dont il me regarde.
Ou alors il me pose des questions d'un air de n'y pas
toucher. Vous pensez si je le vois venir de loin. C'est
plus fort que lui, il veut en avoir le cœur net.

— Et alors ?

— Il a voulu voir si j'étais radin. Il a inventé ce
truc de Picard. À moins qu'on ne le lui ait soufflé.

— Qui voulez-vous qui le lui ait soufflé ?

— Je n'en sais rien. Il y en a beaucoup qui pensent
que je suis une vieille peau et que c'est un moutard. Il
suffit de voir la tête des morues d'ici quand elles nous
voient ensemble.

— Vous vous imaginez qu'il s'occupe de ce qu'elles
lui disent ?

— Non. Mais il y a des gens qui croient agir pour
son bien en lui montant la tête.

— Écoutez, dit Mathieu, ça n'est pas la peine de
prendre des gants : si c'est pour moi que vous dites ça,
vous vous trompez.

— Ah! dit Lola froidement. C'est bien possible. »
Il y eut un silence puis elle demanda brusquement :
« Comment se fait-il qu'il y ait toujours des scènes
quand vous venez ici avec lui ?

— Je ne sais pas. Je ne fais rien pour ça. Aujourd'hui
je ne voulais pas venir... J'imagine qu'il tient à chacun
de nous d'une manière différente et que ça l'énerve
quand il nous voit tous les deux en même temps. »

Lola regardait droit devant elle d'un air sombre et
tendu. Elle dit enfin :

« Retenez bien ça : je ne veux pas qu'on me le
prenne. Je suis sûre que je ne lui fais pas de mal. Quand
il aura assez de moi, il pourra me quitter, ça viendra
bien assez tôt. Mais je ne veux pas que les autres me
le prennent. »

« Elle se déballe », pensa Mathieu. Bien entendu,
c'était l'influence de la drogue. Mais il y avait autre
chose : Lola haïssait Mathieu et pourtant ce qu'elle lui

disait à cet instant, elle n'aurait pas osé le dire à d'autres. Entre elle et lui, malgré la haine, il y avait une espèce de solidarité.

« Je ne veux pas vous le prendre, dit-il.

— Je croyais, dit Lola d'un air fermé.

— Eh bien, il ne faut pas le croire. Vos rapports avec Boris ne me regardent pas. Et s'ils me regardaient, je trouverais que c'est très bien comme ça.

— Je me disais : il se croit des responsabilités parce qu'il est son professeur. »

Elle se tut, et Mathieu comprit qu'il ne l'avait pas convaincue. Elle avait l'air de chercher ses mots.

« Je... je sais que je suis une vieille femme, reprit-elle péniblement, je ne vous ai pas attendu pour m'en apercevoir. Mais c'est pour ça que je peux l'aider : il y a des choses que je peux lui apprendre, ajouta-t-elle avec défi. Et puis qu'est-ce qui vous dit que je suis trop vieille pour lui ? Il m'aime comme je suis, il est heureux avec moi quand on ne lui met pas toutes ces idées dans la tête. »

Mathieu se taisait. Lola s'écria avec une violence mal assurée :

« Mais vous devriez pourtant le savoir, qu'il m'aime. Il a dû vous le dire, puisqu'il vous dit tout.

— Je pense qu'il vous aime », dit Mathieu.

Lola tourna vers lui ses yeux lourds :

« J'en ai vu de toutes les couleurs et je ne me monte pas le coup, mais je vous le dis : ce môme est ma dernière chance. Après ça, faites ce que vous voulez. »

Mathieu ne répondit pas tout de suite. Il regardait Boris et Ivich qui dansaient et il avait envie de dire à Lola : « Ne nous disputons pas, vous voyez bien que nous sommes pareils. » Mais cette ressemblance l'écœurait un peu ; il y avait dans l'amour de Lola, malgré sa violence, malgré sa pureté, quelque chose de flasque et de vorace. Il dit pourtant, du bout des lèvres :

« Vous me dites ça à moi... Mais je le sais aussi bien que vous.

— Pourquoi : aussi bien que moi ?

— Nous sommes pareils.

— Qu'est-ce que ça veut dire ?

— Regardez-nous, dit-il, et regardez-les. »

Lola fit une moue méprisante :

« Nous ne sommes pas pareils », dit-elle.

Mathieu haussa les épaules et ils se turent, irréconciliés. Ils regardaient tous deux Boris et Ivich. Boris et Ivich dansaient, ils étaient cruels sans même le savoir. Ou peut-être qu'ils le savaient un peu. Mathieu était assis auprès de Lola, ils ne dansaient pas parce que ça n'était plus tout à fait de leur âge : « On doit nous prendre pour deux amants », pensa-t-il. Il entendit Lola murmurer pour elle seule : « Si seulement j'étais sûre que c'est pour Picard. »

Boris et Ivich revenaient vers eux. Lola se leva avec effort. Mathieu crut qu'elle allait tomber, mais elle s'appuya à la table et prit une profonde respiration.

« Viens, dit-elle à Boris, j'ai à te parler. »

Boris parut mal à son aise :

« Tu ne peux pas le faire ici ?

— Non.

— Eh bien, attends que l'orchestre joue et nous danserons.

— Non, dit Lola, je suis fatiguée. Tu vas venir dans ma loge. Vous m'excusez, ma petite Ivich ?

— Je suis soûle, dit Ivich aimablement.

— Nous revenons vite, dit Lola, d'ailleurs c'est bientôt mon tour de chant. »

Lola s'éloigna, et Boris la suivit de mauvaise grâce. Ivich se laissa tomber sur sa chaise.

« C'est vrai que je suis soûle, dit-elle, ça m'est venu en dansant. »

Mathieu ne répondit pas.

« Pourquoi s'en vont-ils ? demanda Ivich.

— Ils vont s'expliquer. Et puis Lola vient de se droguer. Vous savez, après la première prise, on n'a plus qu'une idée, c'est d'en prendre une seconde.

— Je pense que j'aimerais me droguer, dit Ivich, songeuse.

— Naturellement.

— Eh bien, quoi ? dit-elle, indignée. Si je dois rester à Laon toute ma vie, il faudra bien que je m'occupe. »

Mathieu se tut.

« Ah ! je vois ! dit-elle. Vous m'en voulez parce que je suis soûle.

— Mais non.

— Si, vous me blâmez.

— Comment voulez-vous ? D'ailleurs, vous n'êtes pas tellement soûle.

— Je suis for-mi-da-ble-ment soûle », dit Ivich avec satisfaction.

Les gens commençaient à partir. Il pouvait être deux heures du matin. Dans sa loge, une petite pièce crasseuse et tendue de velours rouge, avec une vieille glace à cadre doré, Lola menaçait et suppliait : « Boris ! Boris ! Boris ! tu me rends folle. » Et Boris baissait le nez, craintif et têtu. Une longue robe noire virevoltant entre des murs rouges et l'éclat noir de la robe dans la glace et le jaillissement des beaux bras blancs qui se tordaient avec un pathétique suranné. Et puis Lola passerait tout à coup derrière un paravent et là, avec abandon, la tête renversée comme pour arrêter un saignement de nez, elle respirerait deux pincées de poudre blanche[1]. Le front de Mathieu ruisselait, mais il n'osait pas l'essuyer, il était honteux de transpirer devant Ivich; elle avait dansé sans répit, elle était restée pâle, elle ne transpirait pas. Elle avait dit, le matin même : « J'ai horreur de toutes ces mains moites »; il ne sut plus que faire de ses mains. Il se sentait faible et las, il n'avait plus aucun désir, il ne pensait plus à rien. De temps en temps, il se disait que le soleil allait bientôt se lever, qu'il lui faudrait reprendre ses démarches, téléphoner à Marcelle, à Sarah, vivre de bout en bout une nouvelle journée, et ça lui paraissait incroyable. Il aurait aimé demeurer indéfiniment à cette table, sous ces lumières artificielles, à côté d'Ivich.

« Je m'amuse », dit Ivich d'une voix d'ivrogne.

Mathieu la regarda : elle était dans cet état d'exaltation joyeuse qu'un rien suffit à transformer en fureur.

« Je me fous des examens, dit Ivich, si je suis collée je serai contente. Ce soir, j'enterre ma vie de garçon. »

Elle sourit et dit d'un air d'extase :

« Ça brille comme un petit diamant.

— Qu'est-ce qui brille comme un petit diamant ?

— Ce moment-ci. Il est tout rond, il est suspendu dans le vide comme un petit diamant, je suis éternelle. »

Elle prit le couteau de Boris par le manche, appuya le plat de la lame contre le rebord de la table et s'amusa à le faire plier :

« Qu'est-ce qu'elle a, celle-là ? demanda-t-elle tout à coup.

« — Qui ?

— La bonne femme en noir à côté de moi. Depuis qu'elle est ici, elle n'a pas cessé de me blâmer. »

Mathieu tourna la tête : la femme en noir regardait Ivich du coin de l'œil.

« Eh bien ? demanda Ivich. Ça n'est pas vrai ?

— Je crois que si. »

Il vit le mauvais petit visage d'Ivich tout tassé, avec des yeux rancuneux et vagues, et il pensa : « J'aurais mieux fait de me taire. » La femme en noir avait très bien compris qu'ils parlaient d'elle : elle avait pris un air majestueux, son mari s'était réveillé, il regardait Ivich de ses gros yeux. « Que c'est ennuyeux », pensa Mathieu. Il se sentait paresseux et lâche, il eût tout donné pour qu'il n'y eût pas d'histoires.

« Cette femme me méprise parce qu'elle est décente, marmotta Ivich en s'adressant à son couteau. Je ne suis pas décente, moi, je m'amuse, je me soûle, je vais me faire coller au P. C. B. Je hais la décence, dit-elle soudain d'une voix forte.

— Taisez-vous, Ivich, je vous en prie. »

Ivich le regarda d'un air glacé.

« Vous me parlez, je crois ? dit-elle. C'est vrai, vous aussi vous êtes décent. N'ayez pas peur : quand j'aurai passé dix ans à Laon, entre mon père et ma mère, je serai encore bien plus décente que vous. »

Elle était affalée sur sa chaise, elle appuyait obstinément la lame du couteau contre la table et la faisait plier avec un air de folle. Il y eut un silence lourd, puis la femme en noir se tourna vers son mari :

« Je ne comprends pas qu'on se tienne comme cette petite », dit-elle.

Le mari regarda craintivement les épaules de Mathieu :

« Hem! fit-il.

— Ce n'est pas tout à fait sa faute, poursuivit la femme, les coupables sont ceux qui l'ont amenée ici. »

« Ça y est, pensa Mathieu, voilà l'esclandre. » Ivich avait sûrement entendu, mais elle ne dit rien, elle était sage. Trop sage : elle avait l'air d'épier quelque chose, elle avait relevé la tête et pris un drôle de visage maniaque et réjoui.

« Qu'est-ce qu'il y a ? » demanda Mathieu avec inquiétude.

Ivich était devenue toute pâle :

« Rien. Je… je fais une indécence de plus, pour amuser madame. Je veux voir comment elle supporte la vue du sang. »

La voisine d'Ivich poussa un léger cri et battit des paupières. Mathieu regarda précipitamment les mains d'Ivich. Elle tenait le couteau de sa main droite et se fendait la paume de la main gauche avec application. Sa chair s'était éclose depuis le gras du pouce jusqu'à la racine du petit doigt, le sang jutait doucement[1].

« Ivich, s'écria Mathieu, vos pauvres mains. »

Ivich ricanait d'un air vague :

« Est-ce que vous croyez qu'elle va tourner de l'œil ? » lui demanda-t-elle. Mathieu allongea la main au-dessus de la table et Ivich lui laissa prendre le couteau sans résistance. Mathieu était éperdu, il regardait les doigts maigres d'Ivich que le sang barbouillait déjà, il pensait qu'elle avait mal à sa main.

« Vous êtes folle ! dit-il. Venez avec moi aux toilettes, la dame des lavabos va vous panser.

— Me panser ? » Ivich eut un rire méchant. « Vous vous rendez compte de ce que vous dites ? »

Mathieu se leva.

« Venez, Ivich, je vous en prie, venez vite.

— C'est une sensation très agréable, dit Ivich sans se lever. Je croyais que ma main était une motte de beurre. »

Elle avait élevé sa main gauche jusqu'à son nez et la regardait d'un œil critique. Le sang ruisselait partout, on eût dit le va-et-vient d'une fourmilière.

« C'est mon sang, dit-elle. J'aime bien voir mon sang.

— En voilà assez », dit Mathieu.

Il saisit Ivich par l'épaule, mais elle se dégagea violemment et une large goutte de sang tomba sur la nappe. Ivich regardait Mathieu avec des yeux brillants de haine.

« Vous vous permettez *encore* de me toucher ? » demanda-t-elle. Elle ajouta avec un rire insultant : « J'aurais dû me douter que vous trouveriez ça excessif. Ça vous scandalise qu'on puisse s'amuser avec son sang. »

Mathieu sentit qu'il blêmissait de fureur. Il se rassit, étala sa main gauche à plat sur la table et dit suavement :

« Excessif ? Mais non, Ivich, je trouve ça charmant. C'est un jeu pour demoiselle de la noblesse, je suppose ? »

Il planta le couteau d'un seul coup dans sa paume et ne sentit presque rien. Quand il le lâcha, le couteau resta fiché dans sa chair, tout droit, le manche en l'air.

« Ah ! Ah ! dit Ivich, écœurée, ôtez-le ! Ôtez-le donc !

— Vous voyez, dit Mathieu, les dents serrées, c'est à la portée de tout le monde. »

Il se sentait doux et massif et il avait un peu peur de s'évanouir. Mais il y avait en lui une espèce de satisfaction butée et une mauvaise volonté malicieuse de cancre. Ce n'était pas seulement pour braver Ivich qu'il s'était envoyé ce bon coup de couteau, c'était aussi un défi à Jacques, à Brunet, à Daniel, à sa vie[1] : « Je suis un con, pensa-t-il, Brunet a bien raison de dire que je suis un vieil enfant. » Mais il ne pouvait pas s'empêcher d'être content. Ivich regardait la main de Mathieu qui paraissait clouée sur la table et le sang qui fusait autour de la lame. Et puis elle regarda Mathieu, elle avait un visage tout changé. Elle dit doucement :

« Pourquoi avez-vous fait ça ?

— Et vous ? » demanda Mathieu avec raideur.

Sur leur gauche, il y avait un petit tumulte menaçant : c'était l'opinion publique. Mathieu s'en moquait, il regardait Ivich.

« Oh ! dit Ivich, je... je regrette tant. »

Le tumulte s'enfla et la dame en noir se mit à glapir :

« Ils sont ivres, ils vont s'estropier, il faut qu'on les empêche, je ne peux pas voir ça. »

Quelques têtes se retournèrent et le garçon accourut :

« Madame désire quelque chose ? »

La femme en noir pressait un mouchoir sur sa bouche, elle désigna Mathieu et Ivich sans un mot. Mathieu arracha rapidement le couteau de la plaie et ça lui fit très mal.

« Nous nous sommes blessés avec ce couteau. »

Le garçon en avait vu bien d'autres :

« Si ces messieurs-dames veulent bien passer au lavabo, dit-il sans s'émouvoir, la dame du vestiaire a tout ce qu'il faut. »

Cette fois, Ivich se leva docilement. Ils traversèrent la piste derrière le garçon en tenant chacun une main en l'air ; c'était si comique que Mathieu éclata de rire. Ivich le regarda d'un air inquiet, puis elle se mit à rire

aussi. Elle riait si fort que sa main trembla. Deux gouttes
de sang tombèrent sur le parquet.

« Je m'amuse, dit Ivich.

— Mon Dieu! s'écria la dame du vestiaire, ma pauvre
demoiselle, qu'est-ce que vous vous êtes donc fait! Et
le pauvre monsieur!

— Nous avons joué avec un couteau, dit Ivich.

— Et voilà! dit la dame du vestiaire, indignée. Un
accident est si vite arrivé. C'était un couteau de la maison ?

— Non.

— Ah! je me disais aussi... C'est que c'est profond,
dit-elle en examinant la blessure d'Ivich. Ne vous
inquiétez pas, je vais tout arranger. »

Elle ouvrit une armoire et la moitié de son corps y
disparut. Mathieu et Ivich se sourirent. Ivich paraissait
dégrisée.

« Je n'aurais pas cru que vous puissiez faire ça, dit-
elle à Mathieu.

— Vous voyez que tout n'est pas perdu, dit Mathieu.

— Ça me fait mal, à présent, dit Ivich.

— À moi aussi », dit Mathieu.

Il était heureux. Il lut « Dames » puis « Messieurs »
en lettres d'or sur deux portes ripolinées en gris crémeux,
il regarda le sol carrelé de blanc, il respira une odeur
anisée de désinfectant et son cœur se dilata :

« Ça ne doit pas être si déplaisant d'être dame de
vestiaire, dit-il avec élan.

— Mais non! » dit Ivich, épanouie.

Elle le regardait avec un air de sauvagerie tendre, elle
hésita un instant puis elle appliqua soudain la paume
de sa main gauche sur la paume blessée de Mathieu. Il
y eut un claquement mouillé.

« C'est le mélange des sangs », expliqua-t-elle.

Mathieu lui serra la main sans dire un mot et il sentit
une vive douleur, il avait l'impression qu'une bouche
s'ouvrait dans sa main.

« Vous me faites très mal, dit Ivich.

— Je sais. »

La dame du vestiaire était sortie de l'armoire, un peu
congestionnée. Elle ouvrit une boîte de fer-blanc :
« Voilà l'affaire », dit-elle.

Mathieu vit une bouteille de teinture d'iode, des
aiguilles, des ciseaux, des bandes de crêpe Velpeau.

« Vous êtes bien montée », dit-il.

Elle hocha la tête avec gravité :

« Ah! c'est qu'il y a des jours où ça n'est pas de la plaisanterie. Avant-hier il y a une femme qui a jeté son verre à la tête d'un de nos bons clients. Il saignait, ce monsieur, il saignait, j'avais peur pour ses yeux, je lui ai retiré une grande esquille de verre du sourcil.

— Diable », dit Mathieu.

La dame du vestiaire s'affairait autour d'Ivich :

« Un peu de patience, ma mignonne, ça va nous cuire un peu, c'est de la teinture d'iode; là, c'est fini. »

« Vous... vous me direz si je suis indiscrète ? demanda Ivich à mi-voix.

— Oui.

— Je voudrais savoir à quoi vous pensiez quand je dansais avec Lola.

— Tout à l'heure ?

— Oui, au moment où Boris a invité la blonde. Vous étiez tout seul dans votre coin.

— Je crois que je pensais à moi, dit Mathieu.

— Je vous regardais, vous étiez... presque beau. Si vous pouviez toujours garder ce visage!

— On ne peut pas toujours penser à soi. »

Ivich rit :

« Moi, je crois que je pense toujours à moi.

— Donnez-moi votre main, monsieur, dit la dame du vestiaire. Attention, ça va vous brûler. Là! là! Ça ne sera rien. »

Mathieu sentit une forte brûlure, mais il n'y fit pas attention, il regardait Ivich qui se peignait maladroitement devant la glace, en retenant ses boucles de sa main emmaillotée. Elle finit par rejeter ses cheveux en arrière et son large visage apparut tout nu. Mathieu se sentit gonfler par un désir âpre et désespéré.

« Vous êtes belle, dit-il.

— Mais non, dit Ivich en riant, je suis horriblement laide au contraire. C'est mon visage secret.

— Je crois que je l'aime encore plus que l'autre, dit Mathieu.

— Demain, je me peignerai comme ça », dit-elle.

Mathieu ne trouva rien à répondre. Il inclina la tête et se tut.

« C'est fait », dit la dame du vestiaire.

Mathieu s'aperçut qu'elle avait une moustache grise.

« Merci beaucoup, madame, vous êtes habile comme une infirmière. »

La dame des lavabos rougit de plaisir :

« Oh! dit-elle, c'est naturel. Dans notre métier, il y a beaucoup de travaux de délicatesse. »

Mathieu mit dix francs dans une soucoupe et ils sortirent. Ils regardaient avec satisfaction leurs mains gourdes et enrubannées.

« C'est comme si j'avais une main de bois », dit Ivich.

Le dancing était presque désert. Lola, debout au milieu de la piste, allait chanter. Boris était assis à leur table, il les attendait. La dame en noir et son mari avaient disparu. Il restait sur leur table deux coupes à demi pleines et une douzaine de cigarettes dans une boîte ouverte.

« C'est une déroute, dit Mathieu.

— Oui, dit Ivich, je l'ai eue. »

Boris les regarda d'un air hilare.

« Vous vous êtes massacrés, dit-il.

— C'est ton sale couteau, dit Ivich avec humeur.

— Il a l'air de couper très bien », dit Boris, qui regardait leurs mains en amateur.

« Et Lola ? » demanda Mathieu.

Boris s'assombrit.

« Ça va très mal. J'ai dit une connerie.

— Quoi ?

— J'ai dit que Picard était venu chez moi et que je l'avais reçu dans ma chambre. Il paraît que j'avais dit autre chose la première fois, le diable sait quoi.

— Vous aviez dit qu'il vous avait rencontré sur le boulevard Saint-Michel.

— Aïe! dit Boris.

— Elle râle ?

— Hou là là! comme un porc. Vous n'avez qu'à la regarder. » Mathieu regarda Lola. Elle avait un visage hargneux et désolé.

« Excusez-moi, dit Mathieu.

— Vous n'avez pas à vous excuser : c'est ma faute. Et puis ça s'arrangera, j'ai l'habitude. Ça finit toujours par s'arranger. »

Ils se turent. Ivich regardait sa main bandée, d'un air tendre. Le sommeil, la fraîcheur, l'aube grise s'étaient glissés dans la salle, impalpablement, le dancing sentait le petit matin. « Un diamant, pensait Mathieu, elle a dit : un petit diamant. » Il était heureux, il ne pensait plus rien sur lui-même, il avait l'impression d'être assis au-dehors sur un banc : au-dehors, hors du dancing, hors de sa vie. Il sourit : « Elle a dit aussi ça. Elle a dit : je suis éternelle... »

Lola se mit à chanter.

XII

« Au Dôme, à dix heures. » Mathieu se réveilla. Ce petit monticule de gaze blanche, sur le lit, c'était sa main gauche. Elle lui faisait mal, mais tout son corps était allègre. « Au Dôme, à dix heures. » Elle avait dit : « J'y serai avant vous, je ne pourrai pas fermer l'œil de la nuit. » Il était neuf heures, il sauta à bas du lit. « Elle va changer sa coiffure », pensa-t-il.

Il poussa les persiennes : la rue était déserte, le ciel bas et gris, il faisait moins chaud que la veille, c'était un vrai matin. Il ouvrit le robinet du lavabo et se plongea la tête dans l'eau : moi aussi, je suis du matin. Sa vie était tombée à ses pieds, en plis lourds, elle l'entourait encore, elle lui empêtrait les chevilles mais il l'enjamberait, il la laisserait derrière lui comme une peau morte. Le lit, le bureau, la lampe, le fauteuil vert : ce n'étaient plus ses complices, mais des objets anonymes de fer et de bois, des ustensiles, il avait passé la nuit dans une chambre d'hôtel. Il enfila ses vêtements et descendit l'escalier en sifflant.

« Il y a un pneu pour vous », dit la concierge.

Marcelle! Mathieu eut un goût amer dans sa bouche : il avait oublié Marcelle. La concierge lui tendit une enveloppe jaune : c'était Daniel.

Mon cher Mathieu, écrivait Daniel, j'ai cherché autour de moi, mais je ne puis décidément réunir la somme que tu me demandes. Crois bien que je le regrette. Veux-tu passer chez moi à midi ? J'aurai à t'entretenir de ton affaire. Amicalement à toi.

« Bon, pensa Mathieu, j'irai le voir. Il ne veut pas
les lâcher, mais il aura trouvé une combine. » La vie
lui semblait facile, il *fallait* qu'elle fût facile : de toute
façon Sarah se chargerait bien d'obtenir que le médecin
patientât quelques jours; au besoin on lui enverrait
l'argent en Amérique.

Ivich était là, dans un coin sombre. Il vit d'abord sa
main bandée.

« Ivich! » dit-il avec douceur.

Elle leva les yeux vers lui, elle avait son visage menteur et triangulaire, sa mauvaise petite pureté, ses boucles
lui cachaient la moitié des joues : elle n'avait pas relevé
ses cheveux.

« Avez-vous un peu dormi ? demanda Mathieu tristement.

— Guère. »

Il s'assit. Elle vit qu'il regardait leurs deux mains
bandées, elle retira lentement la sienne et la cacha sous
la table. Le garçon s'approcha, il connaissait bien
Mathieu.

« Ça va, monsieur ? demanda-t-il.

— Ça va, dit Mathieu. Donnez-moi un thé et deux
pommes. »

Il y eut un silence dont Mathieu profita pour ensevelir
ses souvenirs de la nuit. Quand il sentit que son cœur
était désert, il releva la tête :

« Vous n'avez pas l'air en train. C'est cet examen ? »

Ivich ne répondit que par une moue méprisante et
Mathieu se tut, il regardait les banquettes vides. Une
femme agenouillée lavait le carrelage à grande eau. Le
Dôme s'éveillait à peine, c'était le matin. Quinze heures,
avant de pouvoir dormir! Ivich se mit à parler à voix
basse, d'un air tourmenté :

« C'est à deux heures, dit-elle. Et il en est déjà neuf.
Je sens les heures qui s'effondrent sous moi. »

Elle recommençait à tirer sur ses boucles d'un air
maniaque, c'était insupportable. Elle dit :

« Vous croyez qu'on voudrait de moi comme vendeuse, dans un grand magasin ?

— Vous n'y pensez pas, Ivich, c'est tuant.

— Et mannequin ?

— Vous êtes un peu petite, mais on pourrait essayer...

— Je ferais n'importe quoi pour ne pas rester à

Laon. Je serai laveuse de vaisselle. » Elle ajouta d'un
air soucieux et vieillot :

« En pareil cas, est-ce qu'on ne met pas des annonces
dans les journaux ?

— Écoutez, Ivich, nous avons le temps de nous
retourner. De toute façon vous n'êtes pas encore collée. »
Ivich haussa les épaules et Mathieu enchaîna vivement :

« Mais même si vous l'étiez, vous ne seriez pas perdue.
Par exemple, vous pourriez rentrer chez vous pour deux
mois ; pendant ce temps, je chercherais, je vous trouverais
bien quelque chose. »

Il parlait d'un air de conviction bonhomme, mais il
n'avait aucun espoir : même s'il lui procurait un emploi,
elle s'en ferait chasser au bout d'une semaine.

« Deux mois à Laon, dit Ivich avec colère. On voit
bien que vous parlez sans savoir. C'est... c'est insupportable.

— De toute façon vous y auriez passé vos vacances.

— Oui, mais quel accueil vont-ils me faire, à présent ? »

Elle se tut. Il la regarda sans mot dire : elle avait son
teint jaune des matins, de tous les matins. La nuit semblait avoir glissé sur elle. « Rien ne la marque », pensa-t-il.
Il ne put se retenir de lui dire :

« Vous n'avez pas relevé vos cheveux ?

— Vous voyez bien que non, dit Ivich sèchement.

— Vous me l'aviez promis, hier soir, dit-il avec un
peu d'irritation.

— J'étais soûle », dit-elle. Et elle répéta avec force,
comme si elle voulait l'intimider : « J'étais complètement soûle.

— Vous n'aviez pas l'air tellement soûle, quand vous
m'avez promis.

— Bon ! dit-elle avec impatience, et qu'est-ce que cela
peut faire ? Les gens sont étonnants avec les promesses. »
Mathieu ne répondit pas. Il avait l'impression qu'on
lui posait sans répit des questions urgentes : comment
trouver cinq mille francs avant le soir ? Comment faire
venir Ivich à Paris l'année prochaine ? Quelle attitude
adopter à présent à l'égard de Marcelle ? Il n'avait pas
le temps de se reprendre, de revenir aux interrogations
qui faisaient le fond de ses pensées depuis la veille :

« Qui suis-je ? Qu'ai-je fait de ma vie ? » Comme il détournait la tête pour secouer ce nouveau souci, il vit, au loin, la longue silhouette hésitante de Boris qui avait l'air de les chercher à la terrasse.

« Voilà Boris! » dit-il contrarié. Il demanda, pris d'un soupçon désagréable : « C'est vous qui lui avez dit de venir ?

— Mais non, dit Ivich stupéfaite. Je devais le retrouver à midi parce que... parce qu'il passait la nuit avec Lola. Et regardez l'air qu'il a! »

Boris les avait aperçus. Il vint vers eux. Il avait les yeux grands ouverts et fixes, il était livide. Il souriait :

« Salut! » cria Mathieu.

Boris leva deux doigts vers sa tempe pour faire son salut habituel, mais il ne put achever son geste. Il abattit ses deux mains sur la table et se mit à se balancer sur ses talons sans dire un mot. Il souriait toujours.

« Qu'est-ce que tu as ? demanda Ivich. Tu ressembles à Frankenstein.

— Lola est morte », dit Boris.

Il regardait droit devant lui d'un air bête. Mathieu demeura quelques instants sans comprendre, puis il fut envahi par une stupeur scandalisée.

« Qu'est-ce que... ? »

Il regarda Boris : il ne fallait pas songer à l'interroger tout de suite. Il l'attrapa par un bras et le força à s'asseoir près d'Ivich. Il répéta machinalement :

« Lola est morte! »

Ivich tourna vers son frère des yeux écarquillés. Elle s'était un peu reculée sur la banquette comme si elle avait peur de le toucher :

« Elle s'est tuée ? » demanda-t-elle.

Boris ne répondit pas et ses mains se mirent à trembler.

« Dis, répéta Ivich nerveusement. Est-ce qu'elle s'est tuée ? Est-ce qu'elle s'est tuée ? »

Le sourire de Boris s'élargit d'une manière inquiétante, ses lèvres dansaient. Ivich le regardait fixement en tirant sur ses boucles : « Elle ne se rend pas compte », pensa Mathieu avec irritation.

« Ça va, dit-il. Vous nous direz plus tard. Ne parlez pas. »

Boris commença à rire. Il dit :

« Si vous... si vous... »

Mathieu lui envoya une gifle sèche et silencieuse, du bout des doigts. Boris cessa de rire et le regarda en grommelant, puis il se tassa un peu et demeura tranquille, la bouche ouverte, l'air stupide. Ils se taisaient tous trois, et la mort était entre eux, anonyme et sacrée. Ça n'était pas un événement, c'était un milieu, une substance pâteuse à travers laquelle Mathieu voyait sa tasse de thé et la table de marbre et le visage noble et méchant d'Ivich.

« Et pour monsieur ? » demanda le garçon.

Il s'était approché et regardait Boris avec ironie.

« Donnez vite un cognac », dit Mathieu. Il ajouta d'un air naturel : « Monsieur est pressé. »

Le garçon s'éloigna et revint bientôt avec une bouteille et un verre : Mathieu se sentait mou et vidé, il commençait seulement à ressentir les fatigues de la nuit.

« Buvez », dit-il à Boris.

Boris but docilement. Il reposa le verre et dit, comme pour lui-même :

« C'est pas marrant !

— Petite gueule ! dit Ivich en se rapprochant de lui. Ma petite gueule ! »

Elle lui sourit avec tendresse, le saisit par les cheveux et lui secoua la tête.

« Tu es là, tu as les mains chaudes, soupira Boris avec soulagement.

— À présent, raconte ! dit Ivich. Es-tu sûr qu'elle est morte ?

— Elle a pris de la drogue cette nuit, dit Boris péniblement. Ça n'allait pas entre nous.

— Alors elle s'est empoisonnée ? dit-elle vivement.

— Je ne sais pas », dit Boris.

Mathieu regardait Ivich avec stupeur : elle caressait tendrement la main de son frère, mais sa lèvre supérieure se retroussait d'une drôle de façon sur ses petites dents. Boris se remit à parler d'une voix sourde. Il n'avait pas l'air de s'adresser à eux :

« On est monté dans sa chambre et elle a pris de la drogue. Elle en avait pris une première fois dans sa loge, quand on se disputait.

— En fait, ça devait être la seconde fois, dit Mathieu. J'ai l'impression qu'elle en a pris pendant que vous dansiez avec Ivich.

— Bon, dit Boris avec lassitude. Alors ça fait trois
fois. Elle n'en prenait jamais tant que ça. On s'est couché
sans se parler. Elle sautait dans le lit, je ne pouvais pas
m'endormir. Et puis tout à coup elle s'est tenue tranquille et je me suis endormi. »

Il vida son verre et reprit :

« Ce matin je me suis réveillé parce que j'étouffais.
C'était son bras : il était étendu sur le drap en travers
de moi. Je lui ai dit : " Ôte ton bras, tu m'étouffes. "
Elle ne l'ôtait pas. Je croyais que c'était pour qu'on se
réconcilie, je lui ai pris le bras, il était froid. Je lui ai
dit : " Qu'est-ce que tu as ? " Elle n'a rien dit. Alors
j'ai poussé son bras de toutes mes forces, elle a failli
tomber dans la ruelle, je suis sorti du lit, je lui ai pris
le poignet et j'ai tiré dessus pour la remettre droite.
Elle avait les yeux ouverts. J'ai vu ses yeux, dit-il avec
une sorte de colère, et je ne pourrai pas les oublier.

— Ma pauvre petite gueule », dit Ivich.

Mathieu s'efforçait d'avoir pitié de Boris, mais il n'y
parvenait pas. Boris le déconcertait plus encore qu'Ivich.
On aurait dit qu'il en voulait à Lola d'être morte.

« J'ai pris mes frusques et je me suis habillé, continua
Boris d'une voix monotone. Je ne voulais pas qu'on me
trouve dans sa chambre. Ils ne m'ont pas vu sortir, il
n'y avait personne à la caisse. J'ai pris un taxi et je suis
venu.

— Tu as du chagrin ? » demanda doucement Ivich.
Elle s'était penchée vers lui mais sans trop de compas-
sion : elle avait l'air de demander un renseignement.
Elle dit :

« Regarde-moi! Tu as du chagrin ?

— Je... » dit Boris. Il la regarda et dit brusquement :
« Ça me fait horreur. »

Le garçon passait, il l'appela :

« Je voudrais un autre cognac.

— Est-ce que c'est aussi pressé que le premier ?
demanda le garçon en souriant.

— Allons, servez vite », dit Mathieu sèchement.

Boris l'écœurait un peu. Il ne lui restait plus rien de
sa grâce sèche et rigide. Son nouveau visage ressemblait
trop à celui d'Ivich. Mathieu se mit à penser au corps
de Lola, étendu sur le lit d'une chambre d'hôtel. Des
messieurs en chapeau melon allaient entrer dans la

chambre, ils regarderaient ce corps somptueux avec un
mélange de concupiscence et de souci professionnel, ils
rabattraient les couvertures et relèveraient la chemise de
nuit pour chercher les blessures, en pensant que le
métier d'inspecteur a parfois du bon. Il frissonna :

« Elle est toute seule là-bas ? dit-il.

— Oui, je pense qu'on la trouvera vers midi, dit
Boris avec une mine soucieuse. La bonne la réveille
toujours vers cette heure-là.

— Dans deux heures », dit Ivich.

Elle avait repris ses airs de grande sœur. Elle caressait les cheveux de son frère d'un air apitoyé et triomphant. Boris se laissait cajoler; il s'écria brusquement :

« Nom de Dieu ! »

Ivich sursauta. Boris parlait volontiers l'argot, mais
il ne jurait jamais.

« Qu'est-ce que tu as fait ? demanda-t-elle avec
inquiétude.

— Mes bafouilles, dit Boris.

— Quoi ?

— Mes bafouilles, j'ai été con, je les ai laissées chez
elle. »

Mathieu ne comprenait pas :

« Des lettres que vous lui aviez écrites ?

— Oui.

— Et alors ?

— Eh bien!... le médecin va venir, on saura qu'elle
est morte intoxiquée.

— Vous parliez de la drogue dans vos lettres ?

— Eh bien, oui », dit Boris d'une voix morne. Mathieu
avait l'impression qu'il jouait la comédie :

« Vous avez pris de la drogue ? » demanda-t-il. Il
était un peu vexé parce que Boris ne le lui avait jamais dit.

« Je... ça m'est arrivé. Une fois ou deux, par curiosité.
Et puis je parle d'un type qui en vendait, un type de la
Boule-Blanche, je lui en ai acheté une fois pour Lola.
J'aimerais pas qu'il soit fait à cause de moi.

— Boris, tu es fou, dit Ivich, comment as-tu pu
écrire des choses pareilles! »

Boris leva la tête :

« Vous vous rendez compte du foin !

— Mais peut-être qu'on ne les trouvera pas ? dit
Mathieu.

— C'est la première chose qu'ils trouveront. En mettant tout au mieux, je serai convoqué comme témoin.

— Oh! le père, dit Ivich. Qu'est-ce qu'il va râler.

— Il est capable de me rappeler à Laon et de me coller dans une banque.

— Tu me tiendras compagnie », dit Ivich d'une voix sinistre.

Mathieu les regarda avec pitié : « C'est donc comme ça qu'ils sont! » Ivich avait perdu son air victorieux : blottis l'un contre l'autre, blêmes et décomposés, ils avaient l'air de deux petites vieilles. Il y eut un silence, puis Mathieu s'aperçut que Boris le regardait de côté, il avait un air de ruse autour de la bouche, une pauvre ruse désarmée. « Il y a une combine là-dessous », pensa Mathieu, agacé.

« Vous dites que la servante vient la réveiller à midi ? demanda-t-il.

— Oui. Elle frappe jusqu'à ce que Lola lui réponde.

— Eh bien! il est dix heures et demie. Vous avez le temps d'y retourner tranquillement et de ramasser vos lettres. Prenez un taxi si vous voulez, mais vous pourriez même y aller en autobus. »

Boris détourna les yeux.

« Je ne peux pas y retourner. »

« Nous y voilà », pensa Mathieu. Il demanda :

« Ça vous est vraiment impossible ?

— Je ne peux pas. »

Mathieu vit qu'Ivich le regardait :

« Où sont les lettres ? demanda-t-il.

— Dans une petite mallette noire devant la fenêtre. Il y a une valise sur la mallette, vous n'aurez qu'à la pousser. Vous verrez, il y a des tas de lettres. Les miennes sont attachées avec un ruban jaune. »

Il prit un temps et ajouta sur un ton d'indifférence :

« Il y a aussi du pèze. Des billoquets[1]. »

Des billoquets. Mathieu siffla doucement, il pensait : « Il est pas fou, le môme, il a songé à tout, même à me payer. »

« La mallette est fermée à clé ?

— Oui, la clé est dans le sac de Lola, le sac est sur la table de nuit. Vous trouverez un trousseau et puis une petite clé plate. C'est celle-là.

— Quel numéro, la chambre ?

« — C'est le 21, au troisième, la seconde chambre à gauche.

— C'est bon, dit Mathieu, j'y vais. »

Il se leva. Ivich le regardait toujours, Boris avait l'air délivré. Il rejeta ses cheveux en arrière avec une grâce retrouvée et dit en souriant faiblement :

« Si on vous arrête, vous n'aurez qu'à dire que vous allez chez Bolivar, c'est le nègre du Kamtchatka, je le connais. Il habite aussi au troisième.

— Vous m'attendrez ici tous les deux », dit Mathieu.

Il avait pris malgré lui un ton de commandement. Il ajouta plus doucement :

« Je serai de retour dans une heure.

— On vous attendra », dit Boris.

Il ajouta avec un air d'admiration et de reconnaissance éperdue :

« Vous êtes un type en or. »

Mathieu fit quelques pas sur le boulevard Montparnasse, il était content d'être seul. Derrière lui, Boris et Ivich allaient se mettre à chuchoter, ils allaient reformer leur monde irrespirable et précieux. Mais il ne s'en souciait pas. Tout autour de lui, en éclats, il y avait ses soucis de la veille, son amour pour Ivich, la grossesse de Marcelle, l'argent et puis, au centre, une tache aveugle, la mort. Il fit plusieurs fois « ouf » en se passant les mains sur le visage et en se frottant les joues. « Pauvre Lola, pensa-t-il, je l'aimais bien. » Mais ça n'était pas à lui de la regretter : cette mort était maudite parce qu'elle n'avait reçu aucune sanction et ça n'était pas à lui de la sanctionner. Elle était tombée lourdement dans une petite âme affolée et elle y faisait des ronds. À cette petite âme seule incombait l'écrasante responsabilité de la penser et de la racheter. Si seulement Boris avait eu un éclair de tristesse... Mais il n'avait éprouvé que de l'horreur. La mort de Lola resterait éternellement en marge du monde, éternellement déclassée, comme un reproche. « Crevée comme un chien! » C'était une pensée insoutenable.

« Taxi! » cria Mathieu.

Quand il se fut assis dans la voiture, il se sentit plus calme. Il avait même un sentiment de supériorité tranquille comme si, tout à coup, il se fût fait pardonner de ne plus avoir l'âge d'Ivich ou plutôt comme si la jeu-

nesse subitement venait de perdre son prix. « Ils dépen-
dent de moi », se dit-il avec une fierté amère. Il valait
mieux que le taxi ne s'arrêtât pas devant l'hôtel.

« À l'angle de la rue de Navarin et de la rue des
Martyrs. »

Mathieu regardait le défilé des grands immeubles
tristes du boulevard Raspail. Il se répéta : « Ils dépen-
dent de moi. » Il se sentait solide et même un peu épais.
Et puis les vitres s'assombrirent, le taxi s'engagea dans
l'étroit goulet de la rue du Bac et, subitement, Mathieu
réalisa que Lola était morte, qu'il allait entrer dans sa
chambre, voir ses yeux grands ouverts et son corps
blanc. « Je ne la regarderai pas », décida-t-il. Elle était
morte. Sa conscience s'était anéantie. Mais non sa vie.
Abandonnée par la bête molle et tendre qui l'avait si
longtemps habitée, cette vie déserte s'était simplement
arrêtée, elle flottait, pleine de cris sans échos et d'espoirs
inefficaces, d'éclats sombres, de figures et d'odeurs
surannées, elle flottait en marge du monde, entre parenthèses, inoubliable et définitive, plus indestructible qu'un
minéral, et rien ne pouvait l'empêcher d'avoir *été,* elle
venait de subir son ultime métamorphose : son avenir
s'était figé. « Une vie, pensa Mathieu, c'est fait avec de
l'avenir comme les corps sont faits avec du vide. » Il
baissa la tête : il pensait à sa propre vie. L'avenir l'avait
pénétrée jusqu'au cœur, tout y était en instance, en
sursis. Les jours les plus anciens de son enfance, le
jour où il avait dit : « Je serai libre », le jour où il avait
dit : « Je serai grand[1] », lui apparaissaient, encore aujour-
d'hui, avec leur avenir particulier, comme un petit ciel
personnel tout rond au-dessus d'eux, et cet avenir,
c'était lui, *lui* tel qu'il était à présent, las et mûrissant,
ils avaient des droits sur lui, à travers tout ce temps
écoulé, ils maintenaient leurs exigences et il avait souvent des remords écrasants, parce que son présent
nonchalant et blasé, c'était le vieil avenir de ces jours
passés. C'était lui qu'ils avaient attendu vingt ans, c'était
de lui, de cet homme fatigué, qu'un enfant dur avait
exigé qu'il réalisât ses espoirs; il dépendait de lui que
ces serments enfantins demeurassent enfantins pour
toujours ou qu'ils devinssent les premières annonces
d'un destin. Son passé ne cessait de subir les retouches
du présent; chaque jour décevait davantage ces vieux

rêves de grandeur, et chaque jour avait un nouvel avenir;
d'attente en attente, d'avenir en avenir, la vie de Mathieu
glissait doucement... vers quoi ?

Vers rien. Il pensa à Lola : elle était morte et sa vie
comme celle de Mathieu n'avait été qu'une attente. Il y
avait eu sûrement, en quelque ancien été, une petite
fille aux boucles rousses, qui avait juré d'être une grande
chanteuse, et aussi, vers 1923, une jeune chanteuse impatiente de tenir la vedette sur les affiches. Et son amour
pour Boris, ce grand amour de vieille, dont elle avait
tant souffert, avait été en sursis depuis le premier jour.
Hier encore, obscur et chancelant, il attendait son sens
de l'avenir, hier encore elle pensait qu'elle allait vivre
et que Boris l'aimerait un jour; les moments les plus
pleins, les plus lourds, les nuits d'amour qui lui avaient
paru les plus éternelles n'étaient que des attentes.

Il n'y avait rien eu à attendre : la mort était revenue
en arrière sur toutes ces attentes et les avait arrêtées,
elles restaient immobiles et muettes, sans but, absurdes.
Il n'y avait rien eu à attendre : nul ne saurait jamais si
Lola eût fini par se faire aimer de Boris, la question
n'avait pas de sens. Lola était morte, il n'y avait plus
un geste à faire, plus une caresse, plus une prière; il
n'y avait plus rien que des attentes d'attentes, plus rien
qu'une vie dégonflée aux couleurs brouillées, qui s'af-
faissait sur elle-même. « Si je mourais aujourd'hui, pensa
brusquement Mathieu, personne ne saurait jamais si
j'étais foutu ou si je gardais encore des chances de me
sauver[1]. »

Le taxi s'arrêta et Mathieu descendit : « Attendez-
moi », dit-il au chauffeur. Il traversa obliquement la
chaussée, poussa la porte de l'hôtel, entra dans un vestibule sombre et lourdement parfumé. Au-dessus d'une
porte vitrée, à gauche, il y avait un rectangle d'émail :
« Direction. » Mathieu jeta un coup d'œil à travers les
vitres : la pièce semblait vide, on n'entendait que le
tic tac d'une horloge. La clientèle ordinaire de l'hôtel,
chanteuses, danseurs, nègres de jazz, rentrait tard et se
levait tard : tout dormait encore. « Il ne faut pas que
je monte trop vite », pensa Mathieu. Il sentait son cœur
battre et ses jambes étaient molles. Il s'arrêta sur le
palier du troisième et regarda autour de lui. La clé
était sur la porte. « Et s'il y avait quelqu'un ? » Il prêta

l'oreille un moment et frappa. Personne ne répondait.
Au quatrième étage quelqu'un tira sur une chasse d'eau,
Mathieu entendit des bouillonnements en cascade, suivis
d'un petit bruit liquide et flûté. Il poussa la porte et
entra.

La chambre était obscure et gardait encore l'odeur
moite du sommeil. Mathieu fouilla la pénombre du
regard, il était avide de lire la mort sur les traits de Lola,
comme si c'eût été un sentiment humain. Le lit était
sur la droite au fond de la pièce. Mathieu vit Lola, toute
blanche, qui le regardait : « Lola ? » dit-il à voix basse.
Lola ne répondit pas. Elle avait un visage extraordinairement expressif mais indéchiffrable; ses seins étaient
nus, un de ses beaux bras s'étendait tout raide, en travers
du lit, l'autre s'enfonçait sous les couvertures. « Lola! »
répéta Mathieu en s'avançant vers le lit. Il ne pouvait
détacher ses regards de cette poitrine si fière, il avait envie
de la toucher. Il demeura quelques instants au bord du
lit, hésitant, inquiet, le corps empoisonné par un âcre
désir, puis il se détourna et saisit rapidement le sac de
Lola sur la table de nuit. La clé plate était dans le sac :
Mathieu la prit et se dirigea vers la fenêtre. Un jour gris
filtrait à travers les rideaux, la chambre était emplie
d'une présence immobile; Mathieu s'agenouilla devant
la mallette, la présence irrémédiable était là, dans son
dos, comme un regard. Il introduisit la clé dans la serrure. Il leva le couvercle, plongea ses deux mains dans
la mallette et des papiers se froissèrent sous ses doigts.
C'étaient des billets de banque, il y en avait beaucoup.
Des billets de mille. Sous une pile de quittances et de
notes, Lola avait caché un paquet de lettres noué avec
une faveur jaune. Mathieu éleva le paquet vers la
lumière, examina l'écriture et dit à mi-voix : « Les voilà »,
puis il glissa le paquet dans sa poche. Mais il ne pouvait
pas s'en aller, il restait à genoux, le regard fixé sur les
billoquets. Au bout d'un moment, il fouilla nerveusement dans les papiers, la tête détournée, triant sans les
regarder, au toucher. « Je suis payé », pensa-t-il. Derrière lui, il y avait cette longue femme blanche au visage
étonné, les bras semblaient pouvoir se tendre encore et
les ongles rouges encore griffer. Il se releva et se brossa
les genoux du plat de sa main droite. Sa main gauche
serrait une liasse de billets de banque. Il pensa : « Nous

sommes tirés d'affaire » et il considérait les billets avec
perplexité. « Nous sommes tirés d'affaire... » Il tendait
l'oreille malgré lui, il écoutait le corps silencieux de
Lola, il se sentait cloué sur place. « C'est bon! » murmura-t-il avec résignation. Ses doigts s'ouvrirent et les
billoquets retombèrent en tournoyant dans la mallette.
Mathieu referma le couvercle, donna un tour de clé, mit
la clé dans sa poche et sortit de la chambre à pas de
loup.

La lumière l'éblouit : « Je n'ai pas pris l'argent », se
dit-il avec stupeur.

Il demeurait immobile, la main sur la rampe de l'escalier, il pensait : « Je suis un faible! » Il faisait ce qu'il
pouvait pour trembler de rage, mais on ne peut jamais
rager pour de vrai contre soi-même. Soudain, il pensa
à Marcelle, à l'ignoble vieille aux mains d'étrangleur et
il eut une vraie peur : « Ça n'était rien, rien qu'un geste
à faire, pour l'empêcher de souffrir, pour lui éviter une
histoire sordide qui la marquera. Et je n'ai pas pu : je
suis trop délicat. Brave garçon, va. Après ça, pensa-t-il
en regardant sa main bandée, je peux bien m'envoyer des
coups de couteau dans la main, pour faire le grand funeste
auprès des demoiselles : je n'arriverai plus jamais à me
prendre au sérieux. » Elle irait chez la vieille, il n'y
avait pas d'autre issue : ce serait à elle de se montrer
brave, de lutter contre l'angoisse et l'horreur; pendant
ce temps-là, il se soutiendrait en buvant des rhums dans
un bistrot. « Non, pensa-t-il effrayé. Elle n'ira pas. Je
l'épouserai, puisque je ne suis bon qu'à ça. » Il pensa :
« Je l'épouserai » en pressant fortement sa main blessée
contre la rampe et il lui sembla qu'il se noyait. Il murmura : « Non! Non! » en rejetant la tête en arrière, puis
il respira fortement, tourna sur lui-même, traversa le
corridor et rentra dans la chambre. Il s'adossa à la porte
comme la première fois et tenta d'accoutumer ses yeux
à la pénombre.

Il n'était même pas sûr d'avoir le courage de voler. Il
fit quelques pas incertains et distingua enfin la face grise
de Lola et ses yeux grands ouverts qui le regardaient.

« Qui est là ? » demanda Lola.

C'était une voix faible mais hargneuse. Mathieu frissonna de la tête aux pieds : « Le petit idiot! » pensa-t-il.

« C'est Mathieu. »

Il y eut un long silence, puis Lola demanda :

« Quelle heure est-il ?

— Onze heures moins le quart.

— J'ai mal à la tête », dit-elle. Elle remonta sa couverture jusqu'à son menton et resta immobile, les yeux fixés sur Mathieu. Elle avait l'air encore morte.

« Où est Boris ? demanda-t-elle. Qu'est-ce que vous faites ici ?

— Vous avez été malade, expliqua Mathieu précipitamment.

— Qu'est-ce que j'ai eu ?

— Vous étiez toute raide avec les yeux grands ouverts. Boris vous parlait, vous ne répondiez pas, il a pris peur. »

Lola n'avait pas l'air d'entendre. Et puis tout d'un coup elle eut un rire désagréable et vite étouffé. Elle dit avec effort :

« Il a cru que j'étais morte ? »

Mathieu ne répondit pas.

« Hein ? C'est ça ? Il a cru que j'étais morte ?

— Il a eu peur, dit Mathieu évasivement.

— Ouf! » fit Lola.

Il y eut un nouveau silence. Elle avait fermé les yeux, ses mâchoires tremblaient. Elle semblait faire un violent effort pour se reprendre. Elle dit, les yeux toujours clos :

« Donnez-moi mon sac, il est sur la table de nuit. »

Mathieu lui tendit le sac : elle en tira un poudrier où elle mira son visage avec dégoût.

« C'est vrai que j'ai l'air d'une morte », dit-elle.

Elle reposa le sac sur le lit avec un soupir d'épuisement et ajouta :

« D'ailleurs je ne vaux guère mieux.

— Vous vous sentez mal ?

— Assez mal. Mais je sais ce que c'est, ça passera dans la journée.

— Avez-vous besoin de quelque chose ? Voulez-vous que j'aille chercher le médecin ?

— Non. Restez tranquille. Alors c'est Boris qui vous a envoyé ?

— Oui. Il était affolé.

— Il est en bas ? demanda Lola en se soulevant un peu.

— Non... Je... j'étais au Dôme, vous comprenez, il

eſt venu m'y chercher. J'ai sauté dans un taxi et me
voilà. »

La tête de Lola retomba sur l'oreiller.

« Merci tout de même. »

Elle se mit à rire. Un rire essoufflé et pénible.

« En somme il a eu les jetons, le petit ange. Il a
fichu le camp sans demander son reſte. Et il vous a
envoyé ici vous assurer que j'étais bien morte.

— Lola! dit Mathieu.

— Ça va, dit Lola, pas de boniments! »

Elle referma les yeux et Mathieu crut qu'elle allait
s'évanouir. Mais elle reprit sèchement au bout d'un
inſtant :

« Voulez-vous lui dire qu'il se rassure. Je ne suis pas
en danger. Ce sont des malaises qui me prennent quelquefois quand je... Enfin il saura pourquoi. C'eſt le
cœur qui flanche un peu. Dites-lui qu'il vienne ici tout
de suite. Je l'attends. Je reſterai ici jusqu'à ce soir.

— Entendu, dit Mathieu. Vous n'avez vraiment
besoin de rien ?

— Non. Ce soir, je serai guérie, j'irai chanter là-bas. »

Elle ajouta :

« Il n'en a pas encore fini avec moi.

— Alors, au revoir. »

Il se dirigea vers la porte, mais Lola le rappela. Elle
dit d'une voix implorante :

« Vous me promettez de le faire venir ? On s'était...
on s'était un peu disputés hier soir, dites-lui que je ne
lui en veux plus, qu'il ne sera plus queſtion de rien.
Mais qu'il vienne! Je vous en prie, qu'il vienne! Je ne
peux pas supporter l'idée qu'il me croit morte. »

Mathieu était ému. Il dit :

« Compris. Je vais vous l'envoyer. »

Il sortit. Le paquet de lettres, qu'il avait glissé dans
la poche intérieure de son veſton, pesait fortement
contre sa poitrine : « La tête qu'il va faire! pensa Mathieu.
Il faudra que je lui rende la clé, il se débrouillera pour
la remettre dans le sac. » Il essaya de se répéter gaiement : « J'ai eu du nez de ne pas prendre l'argent! »
Mais il n'était pas gai, peu importait que sa lâcheté eût
eu des suites favorables; ce qui comptait, c'était qu'il
n'avait *pas pu* prendre l'argent. « Tout de même, pensa-
t-il, je suis content qu'elle ne soit pas morte. »

« Hé, monsieur, cria le chauffeur, c'est par ici! »
Mathieu se retourna, égaré.

« Qu'est-ce que c'est ? Ah! c'est vous! dit-il en reconnaissant le taxi. Eh bien, conduisez-moi au Dôme. »

Il s'assit et le taxi démarra. Il voulait chasser la pensée de son humiliante défaite. Il prit le paquet de lettres, défit le nœud et commença à lire. C'étaient de petits mots secs que Boris avait écrits de Laon, pendant les vacances de Pâques. Il y était parfois question de cocaïne, mais en termes si voilés que Mathieu se dit avec surprise : « Je ne savais pas qu'il était prudent. » Les lettres commençaient toutes par « ma chère Lola », puis c'étaient de brefs comptes rendus des journées de Boris. « Je me baigne. Je me suis engueulé avec mon père. J'ai fait la connaissance d'un ancien lutteur qui va m'apprendre le catch. J'ai fumé un Henry Clay jusqu'au bout sans faire tomber la cendre. » Boris les terminait chaque fois par ces mots : « Je t'aime très fort et je t'embrasse. Boris. » Mathieu imagina sans peine dans quelles dispositions Lola avait dû lire ces lettres, sa déception toujours prévue et cependant toujours neuve, et l'effort qu'elle devait faire chaque fois pour se dire avec entrain : « Au fond, il m'aime : ce qu'il y a, c'est qu'il ne sait pas le dire. » Il pensa : « Et elle les a gardées tout de même. » Il refit soigneusement le nœud et remit le paquet dans sa poche : « Il faudra que Boris s'arrange pour les glisser dans la mallette sans qu'elle le voie. » Quand le taxi s'arrêta il sembla à Mathieu qu'il était l'allié naturel de Lola. Mais il ne pouvait penser à elle autrement qu'au passé. En entrant au Dôme, il avait l'impression qu'il allait défendre la mémoire d'une morte.

On eût dit que Boris n'avait pas fait un mouvement depuis le départ de Mathieu. Il était assis de côté, les épaules voûtées, la bouche ouverte, les narines pincées. Ivich lui parlait à l'oreille avec animation, mais elle se tut quand elle vit entrer Mathieu. Mathieu s'approcha et jeta le paquet de lettres sur la table :

« Voilà », dit-il.

Boris prit les lettres et les fit promptement disparaître dans sa poche. Mathieu le regardait sans amitié :

« Ça n'a pas été trop difficile ? demanda Boris.

— Pas difficile du tout, seulement voilà : Lola n'est pas morte. »

Boris leva les yeux sur lui, il n'avait pas l'air de comprendre :

« Lola n'est pas morte », répéta-t-il stupidement.

Il s'affaissa davantage, il semblait écrasé : « Parbleu, pensa Mathieu, il commençait à s'y habituer. »

Ivich regardait Mathieu avec des yeux étincelants.

« Je l'aurais parié! dit-elle. Qu'est-ce qu'elle avait ?

— Simple évanouissement », répondit Mathieu avec raideur.

Ils se turent. Boris et Ivich prenaient leur temps pour digérer la nouvelle. « C'est une farce », pensa Mathieu. Boris releva enfin la tête. Il avait des yeux vitreux :

« C'est... c'est elle qui vous a rendu les lettres ? demanda-t-il.

— Non. Elle était encore évanouie quand je les ai prises. »

Boris but une gorgée de cognac et reposa le verre sur la table :

« Ça alors! dit-il comme pour lui-même.

— Elle dit que ça lui arrive quelquefois quand elle prend de la drogue. Elle m'a dit que vous deviez le savoir. »

Boris ne répondit pas. Ivich semblait s'être ressaisie.

« Qu'est-ce qu'elle a dit ? demanda-t-elle avec curiosité. Elle devait être bouleversée quand elle vous a vu au pied de son lit ?

— Pas trop. J'ai dit que Boris avait pris peur et qu'il était venu me demander de l'aide. Naturellement, j'ai dit que j'étais venu voir ce qu'il y avait. Vous vous rappellerez ça, dit-il à Boris. Tâchez de ne pas vous couper. Et puis vous vous arrangerez pour remettre les lettres à leur place sans qu'elle le voie. »

Boris se passa la main sur le front :

« C'est plus fort que moi, dit-il, je la vois morte. »

Mathieu en avait assez :

« Elle veut que vous alliez la voir tout de suite.

— Je... j'aurais cru qu'elle était morte, répéta Boris comme pour s'excuser.

— Eh bien! elle ne l'est pas! dit Mathieu exaspéré. Prenez un taxi et allez la voir. »

Boris ne bougea pas.

« Vous entendez ? demanda Mathieu. Elle est malheureuse comme les pierres cette bonne femme-là. »

Il allongea la main pour saisir le bras de Boris, mais Boris se dégagea d'une violente secousse.

« Non! » cria-t-il d'une voix si forte qu'une femme de la terrasse se retourna. Il reprit plus bas avec un entêtement mou et invincible : « J'irai pas.

— Mais, dit Mathieu étonné, vous savez, c'est fini, les histoires d'hier : elle a promis qu'il n'en serait plus question.

— Oh! les histoires d'hier! dit Boris en haussant les épaules.

— Eh bien, alors ? »

Boris le regarda d'un air mauvais :

« Elle me fait horreur.

— Parce que vous avez cru qu'elle était morte ? Voyons, Boris, reprenez-vous, toute cette histoire est bouffonne. Vous vous étiez trompé, eh bien! voilà : c'est fini.

— Je trouve que Boris a raison », dit Ivich avec vivacité. Elle ajouta et sa voix était chargée d'une intention que Mathieu ne comprit pas : « Je... à sa place j'en ferais autant.

— Mais vous ne comprenez donc pas ? Il va la faire crever pour de bon. »

Ivich secoua la tête, elle avait son sinistre petit visage irrité. Mathieu lui lança un regard de haine : « Elle lui monte la tête », pensa-t-il.

« S'il retourne chez elle ce sera par pitié, dit Ivich. Vous ne pouvez pas exiger ça de lui : il n'y a rien de plus répugnant, même pour elle.

— Qu'il essaie au moins de la voir. Il verra bien. »

Ivich fit une grimace impatientée :

« Il y a des choses que vous ne sentez pas », dit-elle.

Mathieu demeura interdit et Boris profita de l'avantage :

« Je ne veux pas la revoir, dit-il d'une voix butée. Pour moi, elle est morte.

— Mais c'est idiot! » cria Mathieu.

Boris le regarda d'un air sombre :

« Je ne voulais pas vous le dire, mais si je la revois il faudra que je la *touche*. Et ça, ajouta-t-il avec dégoût, je ne pourrai pas. »

Mathieu sentit son impuissance. Il regardait avec lassitude ces deux petites têtes hostiles.

« Eh bien, alors, dit-il, attendez un peu... que votre souvenir soit effacé. Dites-moi que vous la reverrez demain ou après-demain. »

Boris parut soulagé :

« C'est ça, dit-il, d'un air faux, demain. »

Mathieu faillit lui dire : « Au moins téléphonez-lui que vous ne pouvez pas y aller. » Mais il se retint, il pensa : « Il ne le fera pas. Je vais téléphoner moi-même. » Il se leva :

« Il faut que j'aille chez Daniel, dit-il à Ivich. Quand est-ce, vos résultats ? À deux heures ?

— Oui.

— Voulez-vous que j'aille les voir ?

— Non, merci. Boris ira.

— Quand est-ce que je vous reverrai ?

— Je ne sais pas.

— Envoyez-moi un pneu tout de suite, pour me dire si vous êtes reçue.

— Oui.

— N'oubliez pas, dit Mathieu en s'éloignant. Salut !

— Salut », répondirent-ils en même temps.

Mathieu descendit au sous-sol du Dôme et consulta le Bottin. Pauvre Lola ! Demain sans doute, Boris retournerait au Sumatra. « Mais cette journée qu'elle va passer à l'attendre !... Je ne voudrais pas être dans sa peau. »

« Voulez-vous me donner Trudaine 00-35 ? demanda-t-il à la grosse téléphoniste.

— Les deux cabines sont occupées, répondit-elle. Il faut que vous attendiez. »

Mathieu attendit, il voyait par deux portes ouvertes le carrelage blanc des lavabos. La veille au soir, devant d'autres « Toilettes »... Drôle de souvenir d'amour.

Il se sentait plein de rancune contre Ivich. « Ils ont peur de la mort, se dit-il. Ils ont beau être frais et pro-prets, ils ont de petites âmes sinistres, parce qu'ils ont peur. Peur de la mort, de la maladie, de la vieillesse. Ils s'accrochent à leur jeunesse comme un moribond à la vie. Combien de fois j'ai vu Ivich se tripoter le visage devant une glace : elle tremble déjà d'avoir des rides. Ils passent leur temps à ruminer leur jeunesse, ils ne font que des projets à court terme, comme s'ils n'avaient devant eux que cinq ou six ans. Après... Après, Ivich parle de se tuer, mais je suis tranquille, elle n'osera jamais : ils remueront des cendres. Finalement, je suis ridé, j'ai une peau de crocodile, des muscles qui se nouent, mais *moi* j'ai encore des années à vivre... Je commence à croire que c'est nous qui avons été jeunes. Nous voulions faire les hommes, nous étions ridicules mais je me demande si le seul moyen de sauver sa jeunesse n'est pas de l'oublier. » Mais il restait mal à l'aise, il les sentait là-haut, tête contre tête, chuchotants et complices, ils étaient fascinants tout de même.

« Ça vient le téléphone ? demanda-t-il.

— Un moment, monsieur, répondit la grosse femme aigrement. J'ai un client qui a demandé Amsterdam. »

Mathieu se détourna et fit quelques pas : « Je n'ai pas pu prendre l'argent ! » Une femme descendait l'escalier, vive et légère, de celles qui disent avec des visages de fillette : « Je vais faire mon petit pipi. » Elle vit Mathieu, hésita et reprit sa marche à longues foulées glissantes, se fit tout esprit, tout parfum, entra fleur dans les cabinets. « Je n'ai pas pu prendre l'argent ; ma liberté c'est un mythe. Un mythe — Brunet avait raison — et ma vie se construit par en-dessous avec une rigueur mécanique. Un néant, le rêve orgueilleux et sinistre de n'être rien, d'être toujours autre chose que ce que je suis. C'est pour n'être pas de mon âge que je fais joujou depuis un an avec ces deux marmots ; en vain : je suis un homme, une grande personne, c'est une grande personne, c'est un monsieur qui a embrassé la petite Ivich dans un taxi. C'est pour n'être pas de ma classe que j'écris dans des revues de gauche ; en vain : je suis un bourgeois, je n'ai pas pu prendre l'argent de Lola, leurs tabous m'ont fait peur. C'est pour échapper à ma vie que je couchotte à droite et à gauche, avec la permission de Marcelle, que je refuse obstinément de passer devant le maire ; en vain : je suis marié, je vis en ménage. » Il s'était emparé du Bottin, il le feuilletait distraitement et lut : « Hollebecque, auteur dramatique, Nord 77-80. » Il avait mal au cœur, il se dit : « Voilà. Vouloir être ce que je suis, c'est la seule liberté qui me reste. Ma seule liberté : vouloir épouser Marcelle. » Il était si las de se sentir ballotté entre les courants contraires qu'il fut presque réconforté. Il serra les poings et prononça intérieurement avec une gravité de grande personne, de bourgeois, de monsieur, de chef de famille : « Je *veux* épouser Marcelle. »

Pouah ! C'étaient des mots, une option enfantine et vaine. « Ça aussi, pensa-t-il, ça aussi c'est un mensonge : je n'ai pas besoin de volonté pour l'épouser; je n'ai qu'à me laisser aller. » Il referma le Bottin, il regardait, accablé, les débris de sa dignité humaine. Et, soudain, il lui sembla qu'il *voyait* sa liberté. Elle était hors d'atteinte, cruelle, jeune et capricieuse comme la grâce : elle lui commandait tout uniment de plaquer Marcelle. Ce ne fut qu'un instant; cette inexplicable liberté, qui prenait les apparences du crime, il ne fit que l'entrevoir : elle lui faisait peur et puis elle était si loin. Il resta buté sur sa volonté trop humaine, sur ces mots trop humains : « Je l'épouserai. »

« À vous, monsieur, dit la téléphoniste. Vous avez la deuxième cabine.

— Merci », dit Mathieu.

Il entra dans la cabine.

« Décrochez, monsieur. »

Mathieu décrocha docilement l'appareil.

« Allô ! Trudaine 00-35 ? C'est une commission pour Mme Montero. Non, ne la dérangez pas. Vous monterez lui dire tout à l'heure. C'est de la part de M. Boris : il ne peut pas venir.

— M. Maurice ? dit la voix.

— Non, pas Maurice : Boris. B comme Bernard, O comme Octave. Il ne peut pas venir. Oui. C'est ça. Merci, au revoir, madame. »

Il sortit, il pensa en se grattant la tête : « Marcelle doit être aux cent coups, je devrais lui téléphoner, pendant que j'y suis. » Il regarda la dame du téléphone d'un air indécis.

« Vous voulez un autre numéro ? demanda-t-elle.

— Oui... donnez-moi Ségur 25-64. »

C'était le numéro de Sarah.

« Allô Sarah, c'est Mathieu, dit-il.

— Bonjour, dit la voix rude de Sarah. Alors ? Est-ce que ça s'arrange ?

— Pas du tout, dit Mathieu. Les gens sont durs à la détente. Justement, je voulais vous demander : vous ne pourriez pas faire un saut chez ce type et le prier de me faire crédit jusqu'à la fin du mois.

— Mais il sera parti, à la fin du mois.

— Je lui enverrai son argent en Amérique. »

Il y eut un bref silence.

« Je peux toujours essayer, dit Sarah sans enthousiasme. Mais ça n'ira pas tout seul. C'est un vieux grigou et puis il traverse une crise d'hypersionisme, il déteste tout ce qui n'est pas Juif depuis qu'on l'a chassé de Vienne.

— Essayez tout de même, si ça ne vous embête pas.

— Ça ne m'embête pas du tout. J'irai tout de suite après déjeuner.

— Merci Sarah, vous êtes un type en or! » dit Mathieu.

XIII

« Il est trop injuste, dit Boris.

— Oui, dit Ivich, s'il se figure qu'il a rendu service à Lola! »

Elle eut un petit rire sec et Boris se tut, satisfait : personne ne le comprenait comme Ivich. Il tourna la tête vers l'escalier des toilettes et pensa avec sévérité : « Là, il est allé trop fort. On ne *doit pas* parler à quelqu'un comme il m'a parlé. Je ne suis pas Hourtiguère. » Il regardait l'escalier, il espérait que Mathieu leur ferait un sourire en remontant. Mathieu réapparut, il sortit sans leur avoir adressé un regard et Boris en eut le cœur tourné.

« Il a l'air bien fier, dit-il.

— Qui ?

— Mathieu. Il vient de sortir. »

Ivich ne répondit rien. Elle avait l'air neutre, elle regardait sa main bandée.

« Il m'en veut, dit Boris. Il trouve que je ne suis pas moral.

— Oui, dit Ivich, mais ça lui passera. » Elle haussa les épaules. « Je ne l'aime pas quand il est moral.

— Moi, si », dit Boris. Il ajouta, après réflexion : « Mais je suis plus moral que lui.

« — Pfff! » dit Ivich. Elle se balança un peu sur la banquette, elle avait l'air niaise et joufflue. Elle dit d'un ton canaille : « Moi je m'en bats l'œil, de la morale. Je m'en bats l'œil. »

Boris se sentit très seul. Il aurait aimé se rapprocher d'Ivich, mais Mathieu était encore entre eux. Il dit :

« Il est injuste. Il ne m'a pas laissé le temps de m'expliquer. »

Ivich dit d'un air équitable :

« Il y a des choses qu'on ne peut pas lui expliquer. »

Boris ne protesta pas, par habitude, mais il pensait qu'on pouvait tout expliquer à Mathieu, si seulement il était de bon poil. Il lui semblait toujours qu'ils ne parlaient pas du même Mathieu : celui d'Ivich était plus fade.

Ivich eut un faible rire :

« Que tu as l'air obstiné, petite mule », dit-elle.

Boris ne répondit pas, il remâchait ce qu'il aurait dû dire à Mathieu : qu'il n'était pas une petite brute égoïste et qu'il avait eu une secousse terrible quand il avait cru que Lola était morte. Il avait même entrevu un moment qu'il allait souffrir et ça l'avait scandalisé. Il trouvait la souffrance immorale, et puis il ne pouvait réellement pas la supporter. Alors il avait fait un effort sur lui-même. Par moralité. Et quelque chose s'était bloqué, il y avait eu une panne, il fallait attendre que ça revienne.

« C'est marrant, dit-il, quand je pense à Lola, à présent, elle me fait l'effet d'une vieille bonne femme. »

Ivich eut un petit rire et Boris fut choqué. Il ajouta par souci de justice :

« Elle ne doit pas rigoler, en ce moment.

— Ben non.

— Je ne veux pas qu'elle souffre, dit-il.

— Eh bien, tu n'as qu'à aller la voir », dit Ivich d'un ton chantant.

Il comprit qu'elle lui tendait un piège et répondit vivement :

« J'irai pas. D'abord elle... je la vois toujours morte. Et puis je ne veux pas que Mathieu s'imagine qu'il peut me faire tourner en bourrique. »

Sur ce point, il ne céderait pas, il n'était pas Hourtiguère. Ivich dit avec douceur :

« C'est un peu vrai qu'il te fait tourner en bourrique. »
C'était une vacherie, Boris le constata sans colère :
Ivich avait de bonnes intentions, elle voulait le faire
rompre avec Lola, c'était pour son bien. Tout le monde
avait toujours en vue le bien de Boris. Seulement ce
bien variait avec les personnes.

« Je lui en donne l'air, comme ça, répondit-il avec
sérénité. C'est ma tactique avec lui. »

Mais il avait été touché au vif et il en voulut à Mathieu.
Il s'agita un peu sur la banquette et Ivich le regarda d'un
air inquiet.

« Petite gueule, tu penses trop, dit-elle. Tu n'as qu'à
t'imaginer qu'elle est morte pour de bon.

— Ben oui, ça serait commode, mais je ne peux pas »,
dit Boris.

Ivich parut amusée.

« C'est drôle, dit-elle, moi je peux. Quand je ne vois
plus les gens, ils n'existent plus. »

Boris admira sa sœur et se tut : il ne se sentait pas
capable d'une telle force d'âme. Il dit au bout d'un
moment :

« Je me demande s'il a pris l'argent. On serait beaux !
— Quel argent ?
— Chez Lola. Il avait besoin de cinq mille francs.
— Tiens ! »

Ivich eut l'air intrigué et mécontent. Boris se demanda
s'il n'aurait pas mieux fait de tenir sa langue. Il était
entendu qu'ils se disaient tout, mais, de temps en temps,
on pouvait faire exception à la règle.

« Tu as l'air en boule contre Mathieu », dit-il.

Ivich pinça les lèvres :

« Il m'énerve, dit-elle. Ce matin, il me faisait *homme*.
— Oui... », dit Boris.

Il se demandait ce qu'Ivich avait voulu dire, mais il
n'en laissa rien voir : ils devaient se comprendre à demi-
mot, sinon le charme eût été rompu. Il y eut un silence,
puis Ivich ajouta brusquement :

« Allons-nous-en. Je ne peux pas supporter le Dôme.
— Moi non plus », dit Boris.

Ils se levèrent et sortirent. Ivich prit le bras de Boris.
Boris avait une légère et tenace envie de vomir.

« Tu crois qu'il va râler longtemps ? demanda-t-il.
— Mais non, mais non », dit Ivich impatientée.

Boris dit perfidement :

« Il râle aussi contre toi. »

Ivich se mit à rire :

« C'est bien possible, mais je m'en désolerai plus tard. J'ai d'autres soucis en tête.

— C'est vrai, dit Boris avec confusion, tu es emmerdée.

— Salement.

— À cause de ton examen ? »

Ivich haussa les épaules et ne répondit pas. Ils firent quelques pas en silence. Il se demandait si c'était vraiment à cause de son examen. Il l'eût souhaité d'ailleurs : c'eût été plus moral.

Il leva les yeux et il se trouva que le boulevard Montparnasse était fameux sous cette lumière grise. On se serait cru en octobre. Boris aimait beaucoup le mois d'octobre. Il pensa : « Au mois d'octobre dernier, je ne connaissais pas Lola. » Au même moment, il se sentit délivré : « Elle vit. » Pour la première fois, depuis qu'il avait abandonné son cadavre dans la chambre sombre, il sentait qu'elle vivait, c'était comme une résurrection. Il pensa : « Ça n'est pas possible que Mathieu m'en veuille longtemps, puisqu'elle n'est pas morte. » Jusqu'à cette minute, il savait qu'elle souffrait, qu'elle l'attendait avec angoisse, mais cette souffrance et cette angoisse lui paraissaient irrémédiables et figées comme celles des gens qui sont morts désespérés. Mais il y avait maldonne : Lola vivait, elle reposait dans son lit les yeux ouverts, elle était habitée par une petite colère vivante, comme chaque fois qu'il arrivait en retard à ses rendez-vous. Une colère qui n'était ni plus ni moins respectable que les autres ; un peu plus forte, peut-être. Il n'avait pas envers elle ces obligations incertaines et redoutables qu'imposent les morts, mais des devoirs sérieux, en somme des devoirs de famille. Du coup, Boris put évoquer le visage de Lola sans horreur. Ce ne fut pas le visage d'une morte qui vint à l'appel, mais cette face encore jeune et courroucée qu'elle tournait vers lui la veille, quand elle lui criait : « Tu m'as menti, tu n'as pas vu Picard. » En même temps, il sentit en lui une solide rancune contre cette fausse morte qui avait provoqué toutes ces catastrophes. Il dit :

« Je ne rentrerai pas à mon hôtel : elle est capable d'y venir.

« — Va coucher chez Claude.

— Oui. »

Ivich fut prise d'une idée.

« Tu devrais lui écrire. C'est plus correct.

— À Lola ? Oh! non.

— Si.

— Je ne saurais pas quoi lui mettre.

— Je te la ferai, ta lettre, petite buse.

— Mais pour lui dire quoi ? »

Ivich le regarda avec étonnement :

« Est-ce que tu ne veux pas rompre avec elle ?

— Je ne sais pas. »

Ivich parut agacée, mais elle n'insista pas. Elle n'insistait jamais; elle était bien pour ça. Mais de toute façon, entre Mathieu et Ivich, Boris aurait à jouer serré : pour l'instant, il n'avait pas plus envie de perdre Lola que de la revoir.

« On verra, dit-il. Ça ne sert à rien d'y penser. »

Il était bien sur ce boulevard, les gens avaient de bonnes gueules, il les connaissait presque tous de vue, et il y avait un petit rayon de soleil un peu gai qui caressait les vitres de la Closerie des Lilas.

« J'ai faim, dit Ivich, je vais déjeuner. »

Elle entra dans l'épicerie Demaria. Boris l'attendit au-dehors. Il se sentit faible et attendri comme un convalescent et il se demandait à quoi il pourrait bien penser pour se faire un petit plaisir. Son choix s'arrêta brusquement sur le *Dictionnaire historique et étymologique de l'argot*. Et il se réjouit. Le *Dictionnaire* était sur sa table de nuit à présent, on ne voyait plus que lui : « C'est un *meuble,* pensa-t-il tout illuminé, j'ai fait un coup de maître. » Et puis, comme un bonheur ne vient jamais seul, il pensa au couteau, il le sortit de sa poche et l'ouvrit. « Je suis verni! » Il l'avait acheté la veille et déjà ce couteau avait une histoire, il avait fendu la peau des deux êtres qui lui étaient le plus chers. « Il coupe rudement bien », pensa-t-il.

Une femme passa et le regarda avec insistance. Elle était *formidablement* bien fringuée. Il se retourna pour la voir de dos : elle s'était retournée aussi, ils se regardèrent avec sympathie.

« Me voilà », dit Ivich.

Elle tenait deux grosses pommes du Canada. Elle en

frotta une sur son derrière et, quand elle fut bien polie, elle mordit dedans en tendant l'autre à Boris.

« Non merci, dit Boris. J'ai pas faim. » Il ajouta : « Tu me choques.

— Pourquoi ?

— Tu frottes tes pommes sur ton derrière.

— C'est pour les polir, dit Ivich.

— Vise la bonne femme qui s'en va, dit Boris. J'avais une touche. »

Ivich mangeait d'un air bonhomme[1].

« Encore ? fit-elle la bouche pleine.

— Pas par là, dit Boris. Derrière toi. »

Ivich se retourna et leva les sourcils.

« Elle est belle, dit-elle simplement.

— Tu as vu ses fringues ? Ma vie ne se passera pas sans que j'aie une femme comme ça. Une femme du grand monde. Ça doit être jouissant. »

Ivich regardait toujours la femme qui s'éloignait. Elle avait une pomme dans chaque main, elle avait l'air de les lui tendre.

« Quand je serai fatigué d'elle, je te la passerai », dit Boris généreusement.

Ivich mordit dans sa pomme :

« Penses-tu », dit-elle.

Elle lui prit le bras et l'entraîna brusquement. Sur l'autre côté du boulevard Montparnasse, il y avait un magasin japonais. Ils traversèrent la chaussée et s'arrêtèrent devant l'étalage.

« Regarde les petites coupes, dit Ivich.

— C'est pour le saké, dit Boris.

— Qu'est-ce que c'est ?

— C'est de l'eau-de-vie de riz.

— Je viendrai m'en acheter. Je m'en ferai des tasses à thé.

— C'est beaucoup trop petit.

— Je les remplirai plusieurs fois de suite.

— Ou bien tu pourrais en remplir six à la fois.

— Oui, dit Ivich, ravie. J'aurai six petites coupes pleines devant moi, je boirai tantôt dans l'une, tantôt dans l'autre. »

Elle se recula un peu et dit d'un air de passion, les dents serrées :

« Oh ! je voudrais acheter toute la boutique. »

Boris blâmait le goût de sa sœur pour ces bibelots. Il voulut cependant entrer dans le magasin, mais Ivich le retint.

« Pas aujourd'hui. Viens. »

Ils remontèrent la rue Denfert-Rochereau et Ivich dit :

« Pour avoir des petits objets comme ça — mais alors, une chambre pleine! — je serais capable de me vendre à un vieux.

— Tu ne saurais pas, dit Boris sévèrement. C'est un métier. Ça s'apprend. »

Ils marchaient doucement, c'était un instant de bonheur; sûrement Ivich avait oublié son examen, elle avait l'air gai. Dans ces moments-là, Boris avait l'impression qu'ils ne faisaient plus qu'un. Au ciel, il y avait de gros morceaux de bleu et des nuages blancs qui bouillonnaient : le feuillage des arbres était lourd de pluie, ça sentait le feu de bois, comme dans la grand-rue d'un village.

« J'aime ce temps-là, dit Ivich en entamant sa seconde pomme. Il fait un peu humide mais ça ne poisse pas. Et puis ça ne fait pas mal aux yeux. Je me sens de taille à faire vingt kilomètres. »

Boris s'assura discrètement qu'il y avait des cafés à proximité. Quand Ivich parlait de faire vingt kilomètres à pied, il était sans exemple qu'elle ne demandât pas à s'asseoir tout de suite après.

Elle regarda le lion de Belfort et dit avec extase :

« Ce lion me plaît. Il fait sorcier.

— Heu! dit Boris.

Il respectait les goûts de sa sœur même s'il ne les partageait pas. D'ailleurs Mathieu s'en était porté garant, il lui avait dit un jour : « Votre sœur a mauvais goût, mais c'est mieux que le goût le plus sûr : c'est un mauvais goût *profond*. » Dans ces conditions, il n'y avait pas à discuter. Mais personnellement Boris était plutôt sensible à la beauté classique.

« On prend le boulevard Arago? demanda-t-il.

— Lequel est-ce?

— Celui-là.

— Je veux bien, dit Ivich, il est tout luisant. »

Ils marchèrent en silence. Boris remarqua que sa sœur s'assombrissait et devenait nerveuse, elle faisait

exprès de marcher en se tordant les pieds : « L'agonie
va commencer », pensa-t-il avec un effroi résigné. Ivich
entrait en agonie chaque fois qu'elle attendait les résultats d'un examen. Il leva les yeux et vit quatre jeunes
ouvriers qui venaient à leur rencontre et qui les regardaient en rigolant. Boris était habitué à ces rires, il les
considéra avec sympathie. Ivich baissait la tête et ne
paraissait pas les avoir vus. Quand les jeunes types
furent arrivés à leur hauteur, ils se séparèrent : deux
d'entre eux passèrent à la gauche de Boris, les deux
autres à la droite d'Ivich.

« On fait un sandwich ? proposa l'un deux.

— Face de pet », dit Boris gentiment.

À ce moment Ivich sauta en l'air et poussa un cri
perçant qu'elle étouffa aussitôt en mettant sa main
devant sa bouche.

« Je me tiens comme une fille de cuisine », dit-elle,
rouge de confusion. Les jeunes ouvriers étaient déjà
loin.

« Qu'est-ce qu'il y a ? demanda Boris, étonné.

— Il m'a touchée, dit Ivich avec dégoût. Le sale type. »
Elle ajouta avec sévérité :

« Ça ne fait rien, je n'aurais pas dû crier.

— Lequel est-ce ? » dit Boris, outré.
Ivich le retint.

« Je t'en prie, reste tranquille. Ils sont quatre. Et
puis je me suis assez ridiculisée comme ça.

— Ça n'est pas parce qu'il t'a touchée, expliqua Boris.
Mais je peux pas supporter qu'on te fasse ça quand je
suis avec toi. Quand tu es avec Mathieu, personne ne
te touche. De quoi j'ai l'air ?

— C'est comme ça, ma petite gueule, dit Ivich tristement. Moi non plus, je ne te protège pas. Nous ne
sommes pas respectables. »

C'était vrai. Boris s'en étonnait souvent : quand il se
regardait dans les glaces, il se trouvait l'air intimidant.

« Nous ne sommes pas respectables », répéta-t-il.

Ils se serrèrent l'un contre l'autre et se sentirent
orphelins.

« Qu'est-ce que c'est que ça ? » demanda Ivich au
bout d'un moment.

Elle montrait un long mur, noir à travers le vert des
marronniers.

« C'est la Santé, dit Boris. Une prison.

— C'est fameux, dit Ivich. Je n'ai jamais rien vu de plus sinistre. Est-ce qu'on s'en échappe ?

— C'est rare, dit Boris. J'ai lu qu'une fois un prisonnier avait sauté du haut du mur. Il s'est raccroché à la grosse branche d'un marronnier et puis il a caleté. »

Ivich réfléchit et désigna du doigt un marronnier.

« Ça devait être celui-là, dit-elle. Si on s'asseyait sur le banc qui est à côté ? Je suis fatiguée. Peut-être qu'on verra sauter un autre prisonnier.

— Peut-être, dit Boris sans conviction. Tu sais, ils font plutôt ça la nuit. »

Ils traversèrent la chaussée et allèrent s'asseoir. Le banc était mouillé. Ivich dit avec satisfaction :

« C'est frais. »

Mais aussitôt après elle commença à s'agiter et à tirer sur ses cheveux. Boris dut lui taper sur la main pour qu'elle n'arrachât point ses boucles.

« Tâte ma main, dit Ivich, elle est glacée. »

C'était vrai. Et Ivich était livide, elle avait l'air de souffrir, tout son corps était agité de petits soubresauts. Boris la vit si triste qu'il essaya de penser à Lola, par sympathie.

Ivich releva brusquement la tête : elle avait un air de résolution sombre :

« Tu as tes dés ? demanda-t-elle.

— Oui. »

Mathieu avait offert à Ivich un jeu de poker d'as dans un petit sachet en cuir. Ivich en avait fait cadeau à Boris. Ils y jouaient souvent tous les deux.

« Jouons », dit-elle.

Boris tira les dés du sachet. Ivich ajouta :

« Deux manches et une belle. Commence. »

Ils s'écartèrent l'un de l'autre. Boris s'assit à califourchon et fit rouler les dés sur le banc. Il avait tiré un poker de rois.

« Coup sec, dit-il.

— Je te hais », dit Ivich.

Elle fronça les sourcils et, avant d'agiter les dés, souffla sur ses doigts en marmottant. C'était une conjuration. « C'est sérieux, pensa Boris, elle joue sa réussite à l'examen. » Ivich jeta les dés et perdit : elle avait un brelan de dames.

« À la seconde manche », dit-elle en regardant Boris avec des yeux étincelants. Cette fois elle tira un brelan d'as.

« Coup sec », annonça-t-elle à son tour.

Boris lança les dés et fut sur le point d'obtenir un poker d'as. Mais, avant qu'ils ne fussent au bout de leur course, il avança la main sous couleur de les ramasser et il en poussa deux sournoisement, du bout de l'index et du médius. Deux rois vinrent à la place de l'as de cœur et du poker.

« Deux paires, annonça-t-il d'un air dépité.

— J'ai une manche, dit Ivich, triomphante. À la belle. »

Boris se demandait si elle l'avait vu tricher[1]. Mais, après tout, c'était sans grande importance : Ivich ne tenait compte que du résultat. Elle gagna la belle par deux paires contre une, sans qu'il eût à s'en mêler.

« Bon! dit-elle simplement.

— Tu veux jouer encore ?

— Non, non, dit-elle, c'est bien. Tu sais, je jouais pour savoir si je serais reçue.

— Je ne savais pas, dit Boris; eh bien! tu es reçue. »

Ivich haussa les épaules.

« Je n'y crois pas », dit-elle.

Ils se turent et demeurèrent assis côte à côte, la tête basse. Boris ne regardait pas Ivich mais il la sentait trembler.

« J'ai chaud, dit Ivich, quelle horreur : j'ai les mains moites, je suis moite d'angoisse. »

Par le fait, sa main droite, tout à l'heure si froide, était brûlante. Sa main gauche, inerte et emmaillotée, reposait sur ses genoux.

« Ce bandage me dégoûte, dit-elle. J'ai l'air d'un blessé de guerre, j'ai bonne envie de l'arracher. »

Boris ne répondit pas. Une horloge au loin sonna un coup. Ivich sursauta :

« C'est... c'est midi et demi ? demanda-t-elle d'un air égaré.

— C'est une heure et demie », dit Boris en consultant sa montre.

Ils se regardèrent et Boris dit :

« Eh bien, à présent, il faut que j'y aille. »

Ivich se colla à lui et lui entoura les épaules de ses bras.

« N'y va pas, Boris, ma petite gueule, je ne veux
rien savoir, je rentrerai à Laon ce soir et je... Je ne veux
rien savoir.

— Tu débloques, lui dit Boris avec douceur. Il faudra bien que tu saches ce qui en est quand tu reverras
les parents. »

Ivich laissa retomber ses bras.

« Alors vas-y, dit-elle. Mais reviens le plus vite possible, je t'attends ici.

— Ici ? dit Boris, stupéfait. Tu ne préfères pas qu'on
fasse le chemin ensemble ? Tu m'attendrais dans un
café du Quartier latin.

— Non, non, dit Ivich, je t'attends ici.

— Comme tu veux. Et s'il pleut ?

— Boris, je t'en prie, ne me torture pas, fais vite. Je
resterai ici, même s'il pleut, même si la terre tremble,
je ne peux pas me remettre sur mes jambes, je n'ai plus
la force de lever un doigt. »

Boris se leva et s'en fut à grandes enjambées. Quand
il eut traversé la rue, il se retourna. Il voyait Ivich de
dos : affaissée sur son banc, la tête enfoncée dans les
épaules, elle avait l'air d'une vieille pauvresse. « Après
tout, elle sera peut-être reçue », se dit-il. Il fit quelques
pas et revit soudain le visage de Lola. Le vrai. Il pensa :
« Elle est malheureuse! » et son cœur se mit à battre
avec violence.

XIV

Dans un moment. Dans un moment, il reprendrait
sa quête infructueuse; dans un moment, hanté par les
yeux rancuneux et las de Marcelle, par le visage sournois
d'Ivich, par le masque mortuaire de Lola, il retrouverait
un goût de fièvre au fond de sa bouche, l'angoisse
viendrait lui écraser l'estomac. Dans un moment. Il
s'enfonça dans son fauteuil et alluma sa pipe; il était
désert et calme, il s'abandonnait à la fraîcheur sombre
du bar[1]. Il y avait ce tonneau verni, qui leur servait de

table, ces photos d'actrices et ces bérets de matelots,
accrochés aux murs, ce poste de T. S. F. invisible, qui
chuchotait comme un jet d'eau, ces beaux gros messieurs
riches, au fond de la salle, qui fumaient des cigares en
buvant du porto — les derniers clients, des gens d'affaires, les autres étaient allés déjeuner depuis longtemps;
il pouvait être une heure et demie, mais on s'imaginait
facilement que c'était le matin, la journée était là, étale,
comme une mer inoffensive, Mathieu se diluait dans
cette mer sans passion, sans vagues, il n'était plus guère
qu'un negro-spiritual à peine perceptible, un tumulte
de voix distinguées, une lumière couleur de rouille et le
bercement de toutes ces belles mains chirurgicales, qui
se balançaient, porteuses de cigares, comme des cara-
velles chargées d'épices. Cet infime fragment de vie
béate, il savait bien qu'on le lui prêtait seulement, et
qu'il faudrait le rendre tout à l'heure, mais il en profitait
sans âpreté : aux types foutus, le monde réserve encore
beaucoup d'humbles petits bonheurs, c'est même pour
eux qu'il garde la plupart de ses grâces passagères, à la
condition qu'ils en jouissent modestement. Daniel était
assis à sa gauche, solennel et silencieux. Mathieu pouvait contempler à loisir son beau visage de cheik arabe
et c'était aussi un petit bonheur des yeux. Mathieu étendit
les jambes et sourit pour lui seul.

« Je te recommande leur xérès, dit Daniel.

— Ça va. Mais tu me l'offres : je suis sans un.

— Je te l'offre, dit Daniel. Mais dis-moi : veux-tu que
je te prête deux cents francs ? J'ai honte de te proposer
si peu...

— Bah! dit Mathieu, ça n'est même pas la peine. »

Daniel avait tourné vers lui ses grands yeux caress-
sants. Il insista :

« Je t'en prie. J'ai quatre cents francs pour finir la
semaine : nous allons partager. »

Il fallait se garder d'accepter, ça n'était pas dans les
règles du jeu.

« Non, dit Mathieu. Non, je t'assure, tu es bien
gentil. »

Daniel faisait peser sur lui un regard lourd de sollicitude :

« Tu n'as vraiment besoin de rien ?

— Si, dit Mathieu, j'ai besoin de cinq mille francs.

Mais pas en ce moment. En ce moment, j'ai besoin d'un xérès et de ta conversation.

— Je souhaite que ma conversation soit à la hauteur du xérès », dit Daniel.

Il n'avait pas soufflé mot de son pneumatique, ni des raisons qui l'avaient poussé à convoquer Mathieu. Mathieu lui en savait plutôt gré : ça viendrait bien assez tôt. Il dit :

« Tu sais ? J'ai vu Brunet, hier.

— Vraiment ? dit Daniel poliment.

— Je crois bien que c'est fini entre nous, ce coup-ci.

— Vous vous êtes disputés ?

— Pas disputés. Pis que ça. »

Daniel avait pris l'air navré; Mathieu ne put s'empêcher de sourire :

« Tu t'en fous de Brunet, toi ? demanda-t-il.

— Eh bien, tu sais... je n'ai jamais été aussi intime que toi avec lui, dit Daniel. Je l'estime beaucoup, mais si j'étais le maître, je le ferais empailler et je le mettrais au musée de l'homme, section xxe siècle.

— Il n'y ferait pas mauvaise figure », dit Mathieu.

Daniel mentait : il avait beaucoup aimé Brunet, autrefois. Mathieu goûta le xérès et dit :

« Il est bon.

— Oui, dit Daniel, c'est ce qu'ils ont de meilleur. Mais leur provision s'épuise, et ils ne peuvent pas la renouveler à cause de la guerre d'Espagne. »

Il reposa son verre vide et prit une olive dans une soucoupe.

« Sais-tu, dit-il, que je vais te faire une confession ? »

C'était fini : ce bonheur humble et léger venait de glisser dans le passé. Mathieu regarda Daniel du coin de l'œil : Daniel avait l'air noble et pénétré.

« Vas-y, dit Mathieu.

— Je me demande l'effet que ça va te faire, reprit Daniel d'une voix hésitante. Je serais désolé si tu devais m'en vouloir.

— Tu n'as qu'à parler, tu seras fixé, dit Mathieu en souriant.

— Eh bien!... Devine qui j'ai vu hier soir ?

— Qui tu as vu hier soir ? répéta Mathieu déçu. Mais je ne sais pas, tu peux avoir vu une masse de gens.

— Marcelle Duffet.

— Marcelle ? Tiens. »

Mathieu n'était pas très supris : Daniel et Marcelle ne s'étaient pas vus souvent, mais Marcelle semblait avoir de la sympathie pour Daniel.

« Tu as de la chance, dit-il, elle ne sort jamais. Où l'as-tu rencontrée ?

— Mais, chez elle..., dit Daniel en souriant. Où veux-tu que ce soit, puisqu'elle ne sort jamais. »

Il ajouta en abaissant les paupières d'un air modeste :

« Pour tout te dire, nous nous voyons de temps en temps. »

Il y eut un silence, Mathieu regardait les longs cils noirs de Daniel qui palpitaient un peu. Une horloge sonna deux coups, une voix nègre chantait doucement : *There's cradle in Carolina*[1]. « Nous nous voyons de temps en temps. » Mathieu détourna la tête et fixa son regard sur le pompon rouge d'un béret de marin.

« Vous vous voyez, répéta-t-il sans bien comprendre. Mais... où ça ?

— Eh bien, chez elle, je viens de te le dire, dit Daniel avec une nuance d'agacement.

— Chez elle ? Tu veux dire que tu vas chez elle ? »

Daniel ne répondit pas. Mathieu demanda :

« Quelle idée t'a pris ? Comment est-ce arrivé ?

— Mais, tout simplement. J'ai toujours eu la plus vive sympathie pour Marcelle Duffet. J'admirais beaucoup son courage et sa générosité. »

Il prit un temps et Mathieu répéta avec étonnement : « Le courage de Marcelle, sa générosité. » Ce n'étaient pas ces qualités-là qu'il estimait le plus en elle. Daniel poursuivit :

« Un jour je m'ennuyais, l'envie m'est venue d'aller sonner chez elle et elle m'a reçu tout à fait aimablement. Voilà tout : depuis, nous avons continué à nous voir. Notre seul tort a été de te le cacher. »

Mathieu plongea dans les parfums épais, dans l'air ouaté de la chambre rose : Daniel était assis sur la bergère, il regardait Marcelle de ses grands yeux de biche, et Marcelle souriait gauchement comme si on allait la photographier. Mathieu secoua la tête : ça ne collait pas, c'était absurde et choquant, ces deux-là n'avaient absolument rien de commun, ils n'auraient pas pu s'entendre.

« Tu vas chez elle et elle me l'aurait caché ? »

Il dit avec tranquillité :

« C'est une blague. »

Daniel leva les yeux et considéra Mathieu d'un air sombre :

« Mathieu! dit-il de sa voix la plus profonde, tu me rendras cette justice que je ne me suis jamais permis la moindre plaisanterie sur tes rapports avec Marcelle, ils sont trop précieux.

— Je ne dis pas, dit Mathieu, je ne dis pas. N'empêche que c'est une blague. »

Daniel laissa tomber les bras, découragé :

« C'est bien, dit-il tristement. Alors restons-en là.

— Non, non, dit Mathieu, continue, tu es très amusant : je ne marche pas, voilà tout.

— Tu ne me facilites pas la tâche, dit Daniel avec reproche. Il m'est déjà assez pénible de m'accuser devant toi. » Il soupira : « J'aurais mieux aimé que tu me croies sur parole. Mais puisqu'il te faut des preuves... »

Il avait tiré de sa poche un portefeuille bourré de billets. Mathieu vit les billets et pensa : « Le salaud. » Mais paresseusement, pour la forme.

« Regarde », dit Daniel.

Il tendait une lettre à Mathieu. Mathieu prit la lettre : c'était l'écriture de Marcelle. Il lut :

Vous aviez raison comme toujours, mon cher Archange. C'était bien des pervenches. Mais je ne comprends pas un traître mot de ce que vous m'écrivez. Va pour samedi, puisque vous n'êtes pas libre demain. Maman dit qu'elle vous grondera bien fort, pour les bonbons. Venez vite, cher Archange : nous attendons avec impatience votre visitation. Marcelle.

Mathieu regarda Daniel. Il dit :

« Alors... C'est vrai ? »

Daniel fit un signe de tête : il se tenait très droit, funèbre et correct comme un témoin de duel. Mathieu relut la lettre d'un bout à l'autre. Elle était datée du 20 avril[1]. « Elle a écrit ça. » Ce style précieux et enjoué lui ressemblait si peu. Il se frotta le nez avec perplexité, puis il éclata de rire :

« Archange. Elle t'appelle archange, je n'aurais jamais trouvé ça. Un archange déchu, j'imagine, un type dans le genre de Lucifer[1]. Et tu vois aussi la vieille : c'est complet. »

Daniel parut décontenancé :

« À la bonne heure, dit-il sèchement. Moi qui craignais que tu ne te fâches... »

Mathieu tourna la tête vers lui et le regarda avec incertitude; il voyait bien que Daniel avait compté sur sa colère.

« C'est vrai, dit-il, je devrais me fâcher, ce serait normal. Remarque : ça viendra peut-être. Mais, pour l'instant, je suis abasourdi. »

Il vida son verre, s'étonnant à son tour de n'être pas plus irrité.

« Tu la vois souvent ?

— C'est irrégulier; mettons deux fois par mois environ.

— Mais qu'est-ce que vous pouvez bien trouver à vous dire ? »

Daniel sursauta et ses yeux brillèrent. Il dit d'une voix trop douce :

« Aurais-tu des sujets de conversations à nous proposer ?

— Ne te fâche pas, dit Mathieu d'une voix conciliante. Tout ça est si neuf, si imprévu pour moi... ça m'amuserait presque. Mais je n'ai pas de mauvaises intentions. Alors, c'est vrai ? Vous aimez parler ensemble ? Mais — ne râle pas, je t'en prie : je cherche à me rendre compte — mais de quoi parlez-vous ?

— De tout, dit Daniel avec froideur. Évidemment, Marcelle n'attend pas de moi des entretiens très élevés. Mais ça la repose.

— C'est incroyable, vous êtes si différents. »

Il n'arrivait pas à se débarrasser de cette image absurde : Daniel tout en cérémonies, tout en grâces sournoises et nobles, avec ses airs de Cagliostro et son long sourire africain[2], et Marcelle, en face de lui, raide, gauche et loyale... Loyale ? Raide ? Elle ne devait pas être si raide : « Venez, l'Archange, nous attendons votre visitation. » C'était Marcelle qui avait écrit ça, c'était elle qui s'essayait à ces épaisses gentillesses. Pour la première fois, Mathieu se sentit effleuré par une espèce de colère : « Elle m'a menti, pensa-t-il avec stupeur, elle me ment depuis six mois. » Il reprit :

« Ça m'étonne tellement que Marcelle m'ait caché
quelque chose. »

Daniel ne répondit pas.

« C'est toi qui lui as demandé de se taire ? demanda
Mathieu.

— C'est moi. Je ne voulais pas que tu patronnes nos
relations. À présent je la connais d'assez longue date,
ça n'a plus tant d'importance.

— C'est toi qui le lui as demandé », répéta Mathieu
un peu détendu. Il ajouta : « Mais elle n'a fait aucune
difficulté ?

— Ça l'a beaucoup étonnée.

— Oui, mais elle n'a pas refusé.

— Non. Elle ne devait pas trouver ça très coupable.
Elle a ri, je m'en souviens, elle a dit : " C'est un cas de
conscience. " Elle pense que j'aime à m'entourer de
mystère. » Il ajouta avec une ironie voilée, qui fut très
désagréable à Mathieu : « Au début, elle m'appelait
Lohengrin[1]. Depuis, comme tu vois, son choix s'est
fixé sur Archange.

— Oui », dit Mathieu. Il pensait : « Il se moque
d'elle », et il se sentait humilié pour Marcelle. Sa pipe
s'était éteinte, il allongea la main et prit machinalement
une olive. C'était grave : il ne se sentait *pas assez* abattu.
Une stupeur intellectuelle, oui, comme lorsqu'on
découvre qu'on s'est trompé sur toute la ligne... Mais,
autrefois, il y avait quelque chose de vivant en lui qui
eût saigné. Il dit simplement, d'une voix morne :

« Nous nous disions tout...

— Tu te l'imaginais, dit Daniel. Est-ce qu'on peut
tout dire ? »

Mathieu haussa les épaules avec irritation. Mais il
était surtout fâché contre lui-même.

« Et cette lettre ! dit-il. Nous attendons votre visitation ! Il me semble que je découvre une autre Marcelle. »

Daniel parut effrayé :

« Une autre Marcelle, comme tu y vas ! Écoute, tu
ne vas tout de même pas, pour un enfantillage...

— Tu me reprochais toi-même, tout à l'heure, de ne
pas prendre les choses assez au sérieux.

— C'est que tu passes d'un extrême à l'autre », dit
Daniel. Il poursuivit d'un air de compréhension affectueuse : « Ce qu'il y a, c'est que tu te fies trop à tes juge-

ments sur les gens. Cette petite histoire prouve simplement que Marcelle est plus compliquée que tu ne le
croyais.

— Peut-être, dit Mathieu. Mais il y a autre chose. »

Marcelle s'était mise dans son tort et il avait peur de
lui en vouloir : il ne *fallait pas* qu'il perdît sa confiance
en elle, aujourd'hui — aujourd'hui, où il serait obligé,
peut-être, de lui sacrifier sa liberté. Il avait besoin de
l'estimer, sinon ce serait trop dur.

« D'ailleurs, dit Daniel, nous avons toujours eu
l'intention de te le dire, mais c'était si drôle de faire
les conspirateurs, nous remettions ça de jour en jour. »

Nous! Il disait : nous; quelqu'un pouvait dire nous,
en parlant à Mathieu de Marcelle. Mathieu regarda
Daniel sans amitié : c'eût été le moment de le haïr. Mais
Daniel était désarmant, comme toujours. Mathieu lui
dit brusquement :

« Daniel, pourquoi a-t-elle fait ça ?

— Eh bien! je te l'ai dit, répondit Daniel : parce que je
l'en ai priée. Et puis ça devait l'amuser d'avoir un secret. »

Mathieu secoua la tête :

« Non. Il y a autre chose. Elle savait très bien ce
qu'elle faisait. Pourquoi l'a-t-elle fait ?

— Mais..., dit Daniel, j'imagine que ça ne doit pas
être toujours commode de vivre dans ton rayonnement.
Elle s'est cherché un coin d'ombre.

— Elle me trouve envahissant ?

— Elle ne me l'a pas dit précisément, mais c'est ce
que j'ai cru comprendre. Que veux-tu, tu es une force,
ajouta-t-il en souriant. Note qu'elle t'admire, elle admire
cette façon que tu as de vivre dans une maison de verre
et de crier sur les toits ce qu'on a l'habitude de garder
pour soi-même : mais ça l'épuise. Elle ne t'a pas parlé
de mes visites parce qu'elle a eu peur que tu ne forces ses
sentiments pour moi, que tu ne la presses de leur donner
un nom, que tu ne les démontes pour les lui rendre
en petits morceaux. Tu sais, ils ont besoin d'obscurité...
C'est quelque chose d'hésitant, de très mal défini...

— Elle te l'a dit ?

— Oui. Ça, elle me l'a dit. Elle m'a dit : " Ce qui
m'amuse avec vous, c'est que je ne sais pas du tout où
je vais. Avec Mathieu, je le sais toujours. " »

« Avec Mathieu, je le sais toujours. » Et Ivich :

« Avec vous on n'a jamais à craindre d'imprévu. »
Mathieu eut un haut-le-cœur.

« Pourquoi ne m'a-t-elle jamais parlé de tout ça ?

— Elle prétend que c'est parce que tu ne l'interroges
jamais. »

C'était vrai, Mathieu baissa la tête : chaque fois qu'il
s'agissait de pénétrer les sentiments de Marcelle, il était
pris d'une paresse invincible. Lorsqu'il avait cru parfois
remarquer une ombre dans ses yeux, il avait haussé les
épaules : « Bah ! s'il y avait quelque chose, elle me le
dirait, elle me dit tout. » Et c'est ça que j'appelais ma
confiance en elle. J'ai tout gâché.

Il se secoua et dit brusquement :

« Pourquoi me dis-tu ça aujourd'hui ?

— Il fallait bien qu'on te le dise un jour ou l'autre. »

Cet air évasif était fait pour piquer la curiosité :
Mathieu n'en fut pas dupe.

« Pourquoi *aujourd'hui* et pourquoi *toi* ? reprit-il. Il
aurait été plus... normal qu'elle m'en parle la première.

— Eh bien, dit Daniel avec un embarras joué, je
me suis peut-être trompé, mais je... j'ai cru qu'il y allait
de votre intérêt à tous deux. »

Bon. Mathieu se raidit : « Attention au coup dur, ça
ne fait que commencer. » Daniel ajouta :

« Je vais te dire la vérité : Marcelle ignore que je t'ai
parlé et, hier encore, elle n'avait pas l'air décidée à te
mettre au courant de sitôt. Tu m'obligeras même en lui
cachant soigneusement notre conversation. »

Mathieu rit malgré lui :

« Te voilà bien, Satan ! Tu sèmes des secrets partout.
Hier encore, tu conspirais avec Marcelle contre moi, et,
aujourd'hui, tu me demandes ma complicité contre elle.
Quel drôle de traître tu fais. »

Daniel sourit :

« Je n'ai rien d'un Satan, dit-il. Ce qui m'a décidé à
parler, c'est une véritable inquiétude qui m'a pris hier
soir. Il m'a semblé qu'il y avait un grave malentendu
entre vous. Naturellement, Marcelle est trop fière pour
t'en parler elle-même. »

Mathieu serra fortement son verre dans sa main : il
commençait à comprendre.

« C'est à propos de votre... » Daniel acheva avec
pudeur : « De votre accident.

— Ah! dit Mathieu. Tu lui as dit que tu savais ?

— Non, non. Je n'ai rien dit. C'est elle qui a parlé la première.

— Ah! »

« Hier encore, au téléphone, elle avait l'air de redouter que je ne lui en parle. Et le soir même elle lui a tout dit. Une comédie de plus. » Il ajouta :

« Et alors ?

— Eh bien! ça ne va pas. Il y a quelque chose qui cloche.

— Qu'est-ce qui te permet de dire ça ? demanda Mathieu, la gorge serrée.

— Rien de précis, c'est plutôt... la façon dont elle m'a présenté les choses.

— Qu'est-ce qu'il y a ? Elle m'en veut de lui avoir fait un gosse ?

— Je ne pense pas. Pas de ça. De ton attitude d'hier, plutôt. Elle m'en a parlé avec rancune.

— Qu'est-ce que j'ai fait ?

— Je ne pourrais pas te le dire exactement. Tiens, voilà ce qu'elle m'a dit, entre autres choses : " C'est toujours lui qui décide, et, si je ne suis pas d'accord avec lui, il est entendu que je proteste. Seulement, c'est tout à son avantage, parce qu'il a son opinion déjà faite, et il ne me laisse jamais le temps de m'en faire une. " Je ne te garantis pas les termes.

— Mais je n'ai pas eu de décision à prendre, dit Mathieu interdit. Nous avions toujours été d'accord sur ce qu'il faudrait faire en pareil cas.

— Oui. Mais est-ce que tu t'es inquiété de son opinion, avant-hier ?

— Ma foi non, dit Mathieu. J'étais sûr qu'elle pensait comme moi.

— Oui, enfin tu ne lui as rien demandé. Quand aviez-vous envisagé pour la dernière fois cette... éventualité ?

— Je ne sais pas, il y a deux ou trois ans.

— Deux ou trois ans. Et tu ne crois pas qu'elle a pu changer d'avis entre-temps ? »

Au fond de la salle, les messieurs s'étaient levés, ils se congratulaient en riant, un chasseur apporta leurs chapeaux, trois feutres noirs et un melon. Ils sortirent avec un geste amical au barman et le garçon arrêta la radio. Le bar retomba dans un silence sec, il y avait dans l'air un goût de désastre. « Ça finira mal », pensa Mathieu. Il ne savait pas très bien ce qui allait mal finir : cette journée orageuse, cette histoire d'avortement, ses rapports avec Marcelle ? Non, c'était quelque chose de plus vague et de plus large : sa vie, l'Europe, cette paix fade et sinistre. Il revit les cheveux roux de Brunet : « Il y aura la guerre en septembre. » En ce moment, dans le bar désert et sombre, on arrivait presque à y croire. Il y avait quelque chose de pourri dans sa vie, dans cet été.

« Elle a peur de l'opération ? demanda-t-il.

— Je ne sais pas, dit Daniel d'un air distant.

— Elle a envie que je l'épouse ? »

Daniel se mit à rire :

« Mais je n'en sais rien, tu m'en demandes trop. De toute façon, ça ne doit pas être si simple. Sais-tu ? Tu devrais lui en parler ce soir. Sans faire allusion à moi, bien entendu : comme s'il t'était venu des scrupules. Telle que je l'ai vue hier, ça m'étonnerait qu'elle ne te dise pas tout : elle avait l'air d'en avoir gros sur le cœur.

— C'est bon. Je tâcherai de la faire parler. »

Il y eut un silence, puis Daniel ajouta d'un air gêné :

« Enfin voilà : je t'ai averti.

— Oui. Merci tout de même, dit Mathieu.

— Tu m'en veux ?

— Pas du tout. C'est si bien le genre de service que tu peux rendre : ça vous tombe sur la tête comme une tuile. »

Daniel rit très fort : il ouvrait la bouche toute grande, on voyait ses dents éblouissantes et le fond de sa gorge.

★

Je n'aurais pas dû, la main posée sur l'écouteur, elle pensait, je n'aurais pas dû, nous nous disions toujours tout, il pense : Marcelle me disait tout, ah! il le pense, il sait, à présent il *sait,* stupeur accablée dans sa tête et cette petite voix dans sa tête, Marcelle me disait toujours tout, elle y est, en ce moment, elle y est dans sa tête, c'est intolérable, j'aimerais cent fois mieux qu'il me haïsse, mais il était là-bas, assis sur la banquette

du café, les bras écartés comme s'il venait de laisser
tomber quelque chose, le regard fixé sur le sol comme
si quelque chose venait de s'y briser. C'est fait, la
conversation *a eu lieu*. Ni vu, ni entendu, je n'y étais pas,
je n'ai rien su, et elle est, elle a été, les mots ont été
dits et je ne sais rien, la voix grave montait comme une
fumée vers le plafond du café, la voix viendra de *là,* la
belle voix grave qui fait toujours trembler la plaque
de l'écouteur, elle sortira de là, elle dira c'est fait, mon
Dieu, mon Dieu, qu'est-ce qu'elle dira ? Je suis nue,
je suis pleine et cette voix sortira tout habillée de la
plaque blanche, nous n'aurions pas dû, nous n'aurions
pas dû, elle en aurait presque voulu à Daniel s'il avait
été possible de lui en vouloir, il a été si généreux, si
bien, il est le seul à s'être soucié de moi, il a pris ma
cause en main, l'Archange, il a dévoué à ma cause sa
superbe voix. Une femme, une faible femme, toute faible
et *défendue* dans le monde des hommes et des vivants
par une voix sombre et chaude, la voix sortira de là,
elle dira : « Marcelle me disait tout », pauvre Mathieu,
cher Archange! Elle pensa : l'Archange, et ses yeux se
mouillèrent, larmes douces, larmes d'abondance et de
fertilité, larmes de *vraie* femme après huit jours torrides,
de douce, douce femme *défendue*. Il m'a prise dans ses
bras, caressée, défendue, la petite eau dansante des yeux
et la caresse en rigole sinueuse sur les joues et la moue
tremblante des lèvres, pendant huit jours elle avait
regardé au loin un point fixe, les yeux secs et déserts :
ils vont me le tuer, pendant huit jours elle avait été
Marcelle la précise, Marcelle la dure, Marcelle la raisonnable, Marcelle l'homme, il dit que je suis un homme
et voici l'eau, la faible femme, la pluie dans les yeux,
pourquoi résister, demain je serai dure et raisonnable,
une fois une seule fois les larmes, les remords, la douce
pitié de soi et l'humilité plus douce encore, ces mains
de velours sur mes flancs, sur mes fesses, elle avait
envie de prendre Mathieu dans ses bras et de lui demander pardon, pardon à genoux : pauvre Mathieu, mon
pauvre grand. Une fois, une seule fois, défendue, par-
donnée, c'est si bon. Une idée tout d'un coup l'essouffla
net, du vinaigre coulait dans ses veines, ce soir quand
il entrera chez moi, quand je lui mettrai mes bras
autour du cou, quand je l'embrasserai, il saura tout, et

moi il faudra que je fasse semblant de ne pas savoir qu'il
sait. Ah! nous lui mentons, pensa-t-elle avec désespoir,
nous lui mentons encore, nous lui disons tout mais notre
sincérité est empoisonnée. Il sait, il entrera ce soir, je
verrai ses bons yeux, je penserai, il *sait* et comment
pourrai-je le supporter, mon grand, mon pauvre grand,
pour la première fois de ma vie je t'ai fait de la peine,
ah! j'accepterai tout, j'irai chez la vieille, je tuerai
l'enfant, j'ai honte, je ferai ce qu'il voudra, tout ce que
tu voudras.

Le téléphone sonna sous ses doigts, elle crispa la
main sur l'écouteur :

« Allô! dit-elle, allô! c'est Daniel ?

— Oui, dit la belle voix calme, qui est à l'appareil ?

— C'est Marcelle.

— Bonjour, ma chère Marcelle.

— Bonjour », dit Marcelle. Son cœur battait à grands
coups.

« Avez-vous bien dormi ? » la voix grave résonnait
dans son ventre, c'était insupportable et délicieux. « Je
vous ai quittée terriblement tard, hier soir, Mme Duffet
devrait me gronder. Mais j'espère qu'elle n'en a rien su.

— Non, dit Marcelle haletante, elle n'en a rien su.
Elle dormait sur ses deux oreilles quand vous êtes
parti...

— Et *vous* ? insista la voix tendre, avez-vous dormi ?

— Moi ? Eh bien... pas mal. Je suis un peu énervée,
vous savez. »

Daniel se mit à rire, c'était un beau rire de luxe,
paisible et fort. Marcelle se détendit un peu.

« Il ne faut pas vous énerver, dit-il. Tout a très bien
marché.

— Tout a... c'est vrai ?

— C'est vrai. Mieux même que je ne l'espérais. Nous
avions un peu méconnu Mathieu, chère Marcelle. »

Marcelle se sentit mordue par un âpre remords. Elle
dit :

« N'est-ce pas ? N'est-ce pas que nous l'avions
méconnu ?

— Il m'a arrêté dès les premiers mots, dit Daniel.
Il m'a dit qu'il avait bien compris que quelque chose
n'allait pas et que ça l'avait tourmenté toute la journée
d'hier.

— Vous... vous lui avez dit que nous nous voyions ? demanda Marcelle d'une voix étranglée.

— Naturellement, dit Daniel, étonné. Est-ce que ça n'était pas convenu ?

— Si... si... Comment a-t-il pris ça ? »

Daniel parut hésiter :

« Très bien, dit-il. En définitive, très bien. D'abord il ne voulait pas le croire...

— Il a dû vous dire : " Marcelle me disait tout. "

— En effet — Daniel semblait amusé — il l'a dit en propres termes.

— Daniel! dit Marcelle, j'ai des remords! »

Elle entendit de nouveau le rire profond et gai :

« Comme ça se trouve : lui aussi. Il est parti bourrelé de remords. Ah! si vous êtes tous deux dans ces dispositions-là, je voudrais bien être caché quelque part dans votre chambre quand il vous verra : ça promet d'être délicieux. »

Il rit de nouveau et Marcelle pensa avec une humble gratitude : « Il se moque de moi. » Mais déjà la voix était devenue toute grave et l'écouteur vibrait comme un orgue.

« Non, sérieusement, Marcelle, tout marche à merveille, vous savez : je suis si content pour vous. Il ne m'a pas laissé parler, il m'a arrêté dès les premiers mots, il m'a dit : " Pauvre Marcelle, je suis un grand coupable, je me déteste, mais je réparerai, crois-tu que je puisse encore réparer ? " et il avait les yeux tout roses. Comme il vous aime!

— Oh! Daniel! disait Marcelle. Oh! Daniel... Oh! Daniel... »

Il y eut un silence, puis Daniel ajouta :

« Il m'a dit qu'il voulait vous parler, ce soir, à cœur ouvert : "Nous viderons l'abcès." À présent, tout est entre vos mains, Marcelle. Il fera tout ce que vous voudrez.

— Oh! Daniel. Oh! Daniel. » Elle se reprit un peu et ajouta :

« Vous avez été si bon, si... Je voudrais vous voir le plus tôt possible, j'ai tant de choses à vous dire et je ne peux pas vous parler sans voir votre visage. Pouvez-vous demain ? »

La voix lui parut plus sèche, elle avait perdu ses harmoniques.

« Ah ! demain, non ! Naturellement j'ai hâte de vous voir... Écoutez, Marcelle, je vous téléphonerai.

— Entendu, dit Marcelle, téléphonez-moi vite. Ah ! Daniel, mon cher Daniel...

— Au revoir, Marcelle, dit Daniel. Soyez bien habile ce soir.

— Daniel ! » cria-t-elle. Mais il avait raccroché.

Marcelle reposa l'écouteur et passa son mouchoir sur ses yeux humides : « L'Archange ! Il s'est sauvé bien vite, de peur que je le remercie. » Elle s'approcha de la fenêtre et regarda les passants : des femmes, des gamins, quelques ouvriers, elle trouva qu'ils avaient l'air heureux. Une jeune femme courait au milieu de la chaussée, elle portait son enfant dans ses bras, elle lui parlait en courant, tout essoufflée, et lui riait dans la figure. Marcelle la suivit des yeux, puis elle s'approcha de la glace et s'y mira avec étonnement. Sur la planchette du lavabo, il y avait trois roses rouges dans un verre à dents. Marcelle en prit une avec hésitation et la tourna timidement entre ses doigts, puis elle ferma les yeux et piqua la rose dans sa chevelure noire. « Une rose dans mes cheveux... » Elle ouvrit les paupières, se regarda dans la glace, tapota sa chevelure et se sourit avec confusion.

XV

« Veuillez attendre ici, monsieur », dit le petit homme.

Mathieu s'assit sur une banquette. C'était une anti-chambre sombre qui sentait le chou ; sur la gauche, une porte vitrée luisait faiblement. On sonna et le petit homme alla ouvrir. Une jeune femme entra, vêtue avec une décence misérable.

« Prenez la peine de vous asseoir, madame. »

Il l'accompagna en la frôlant jusqu'à la banquette et elle s'assit en ramenant ses jambes sous elle.

« Je suis déjà venue, dit la jeune femme. C'est pour un prêt.

— Oui, madame, certainement. »

Le petit homme lui parlait dans la figure :

« Vous êtes fonctionnaire ?

— Pas moi. Mon mari. »

Elle se mit à fouiller dans son sac; elle n'était pas laide, mais elle avait un air dur et traqué; le petit homme la regardait avec gourmandise. Elle sortit de son sac deux ou trois papiers soigneusement pliés; il les prit, s'approcha de la porte vitrée pour y voir plus clair et les examina longuement.

« Très bien, dit-il en les lui rendant; c'est très bien. Deux enfants ? Vous avez l'air si jeune... On les attend avec impatience, n'est-ce pas ? Mais quand ils arrivent, ils désorganisent un peu les finances du ménage. Vous êtes un peu gênés, en ce moment ? »

La jeune femme devint rouge et le petit homme se frotta les mains :

« Eh bien, dit-il avec bonté, nous allons tout arranger, nous allons tout arranger, c'est pour ça que nous sommes là. »

Il la regarda un moment d'un air pensif et souriant, puis il s'éloigna. La jeune femme jeta un coup d'œil hostile à Mathieu et se mit à jouer avec la fermeture de son sac. Mathieu se sentait mal à l'aise : il s'était introduit chez les vrais pauvres et c'était leur argent qu'il allait prendre, un argent terne et gris, qui sentait le chou. Il baissa la tête et regarda le plancher entre ses pieds : il revoyait les billets soyeux et parfumés dans la mallette de Lola; ça n'était pas le même argent.

La porte vitrée s'ouvrit et un grand monsieur à moustaches blanches apparut. Il avait des cheveux d'argent soigneusement rejetés en arrière. Mathieu le suivit dans le bureau. Le monsieur lui indiqua affablement un fauteuil de cuir usé et ils s'assirent tous deux. Le monsieur appuya ses coudes sur la table et joignit ses belles mains blanches. Il portait une cravate vert sombre, discrètement égayée par une perle.

« Vous désirez avoir recours à nos services ? demanda-t-il paternellement.

— Oui. »

Il regarda Mathieu; ses yeux bleu clair lui sortaient un peu de la tête.

« Monsieur... ?

— Delarue.

« — Vous n'ignorez pas que les statuts de notre société prévoient exclusivement un service de prêts aux fonctionnaires ? »

La voix était belle et blanche, un peu grasse, comme les mains.

« Je suis fonctionnaire, dit Mathieu. Professeur.

— Ah! ah! fit le monsieur avec intérêt. Nous sommes tout particulièrement heureux d'aider les universitaires. Vous êtes professeur de lycée ?

— Oui. Au lycée Buffon[1].

— Parfait, dit le monsieur avec aisance. Eh bien, nous allons accomplir les petites formalités d'usage... D'abord, je vais vous demander si vous êtes muni de pièces d'identité, n'importe quoi, passeport, livret militaire, carte d'électeur... »

Mathieu lui tendit ses papiers. Le monsieur les prit et les considéra un instant avec distraction.

« Bien. C'est fort bien, dit-il. Et quel est le montant de la somme que vous désireriez ?

— Je voudrais six mille francs », dit Mathieu.

Il réfléchit un instant et dit :

« Mettons sept mille. »

Il était agréablement surpris. Il pensa : « Je n'aurais pas cru que ça irait si vite. »

« Vous connaissez nos conditions ? Nous prêtons pour six mois, sans renouvellement possible. Nous sommes obligés de demander vingt pour cent d'intérêt[2], parce que nous avons des frais énormes et que nous courons de gros risques.

— Bon! Bon! » dit Mathieu rapidement.

Le monsieur tira deux feuilles imprimées de son tiroir.

« Voulez-vous avoir l'obligeance de remplir ces formulaires ? Vous signerez au bas des feuilles. »

C'était une demande de prêt en double exemplaire. Il fallait indiquer nom, âge, état civil, adresse. Mathieu se mit à écrire.

« Parfait, dit le monsieur en parcourant les feuilles du regard. Né à Paris... en 1905[3]... de père et mère français... Eh bien, c'est tout pour l'instant. À la remise des sept mille francs, nous vous demanderons de signer sur papier timbré une reconnaissance de dette. Le timbre est à votre charge.

— À la remise ? Vous ne pouvez donc pas me les donner tout de suite ? »

Le monsieur parut très surpris.

« Tout de suite ? Mais, mon cher monsieur, il nous faut au moins quinze jours pour réunir nos renseignements.

— Quels renseignements ? Vous avez vu mes papiers... »

Le monsieur considéra Mathieu avec une indulgence amusée :

« Ah! dit-il, les universitaires sont tous les mêmes! Tous des idéalistes. Notez, monsieur, qu'en ce cas particulier je ne mets pas votre parole en doute. Mais, d'une façon générale, qu'est-ce qui nous prouve que les papiers qu'on nous montre ne sont pas faux ? » Il eut un petit rire triste : « Quand on manie l'argent, on apprend la défiance. C'est un vilain sentiment, je suis de votre avis, mais nous n'avons pas le droit d'être confiants. Alors voilà, conclut-il, il faut que nous fassions notre petite enquête; nous nous adressons directement à votre ministère. Soyez sans crainte : avec toute la discrétion requise. Mais vous savez, entre nous, ce que sont les administrations : je doute fort que vous puissiez attendre raisonnablement notre aide avant le 5 juillet.

— C'est impossible », dit Mathieu, la gorge serrée. Il ajouta : « Il me faudrait l'argent ce soir ou demain matin au plus tard, j'en ai un besoin urgent. Est-ce qu'on ne peut pas... avec un intérêt plus élevé ? »

Le monsieur parut scandalisé, il leva en l'air ses deux belles mains.

« Mais nous ne sommes pas des usuriers, mon cher monsieur! Notre Société a reçu les encouragements du ministère des Travaux publics. C'est un organisme, pour autant dire, officiel. Nous prenons des intérêts normaux qui ont été établis en considération de nos frais et de nos risques, et nous ne pouvons nous prêter à aucune tractation de ce genre. »

Il ajouta avec sévérité :

« Si vous étiez pressé, il fallait venir plus tôt. Vous n'avez donc pas lu nos notices ?

— Non, dit Mathieu en se levant. J'ai été pris de court.

— Alors je regrette... dit le monsieur froidement.

Faut-il déchirer les formulaires que vous venez de
remplir ? »

Mathieu pensa à Sarah : « Elle aura sûrement obtenu
un délai. »

« Ne déchirez pas, dit-il. Je m'arrangerai d'ici là.

— Mais oui, dit le monsieur d'un air affable, vous
trouverez toujours un ami qui vous avancera pour quinze
jours ce dont vous avez besoin. Alors, c'est bien votre
adresse, dit-il en pointant l'index sur le formulaire :
12, rue Huyghens[1] ?

— Oui.

— Eh bien, dans les premiers jours de juillet nous
vous enverrons une petite convocation. »

Il se leva et accompagna Mathieu à la porte.

« Au revoir, monsieur, dit Mathieu. Merci.

— Heureux de vous rendre service, dit le monsieur
en s'inclinant. Au plaisir de vous revoir. »

Mathieu traversa l'antichambre à grands pas. La jeune
femme était toujours là; elle mordait son gant d'un air
hagard.

« Veuillez vous donner la peine d'entrer, madame »,
dit le monsieur derrière Mathieu.

Au-dehors, des lueurs végétales tremblaient dans l'air
gris. Mais, à présent, Mathieu avait tout le temps l'impression d'être emmuré. « Encore un échec », pensa-t-il.
Il n'avait plus d'espoir qu'en Sarah.

Il était arrivé sur le boulevard de Sébastopol; il entra
dans un café et demanda un jeton au comptoir :

« Au fond et à droite, les téléphones. »

En composant le numéro, Mathieu murmura :
« Pourvu qu'elle ait réussi. Oh! pourvu qu'elle ait
réussi. » C'était une espèce de prière.

« Allô, dit-il, allô Sarah ?

— Allô, oui, dit une voix. C'est Weymüller.

— C'est Mathieu Delarue, dit Mathieu. Pourrais-je
parler à Sarah ?

— Elle est sortie.

— Ah ? C'est embêtant... Vous ne savez pas quand
elle rentrera ?

— Non, je ne sais pas. Avez-vous quelque chose à
lui faire dire ?

— Non. Dites seulement que j'ai téléphoné. »

Il raccrocha et sortit. Sa vie ne dépendait plus de lui,

elle était entre les mains de Sarah; il ne lui restait plus
qu'à attendre. Il fit signe à un autobus et monta s'asseoir
près d'une vieille femme qui toussait dans son mouchoir. « Entre Juifs on s'entend toujours », pensa-t-il.
Il marchera, il marchera sûrement.

« Denfert-Rochereau ?

— Trois tickets », dit le receveur.

Mathieu prit les trois tickets et se mit à regarder par
la vitre; il pensait à Marcelle avec une rancune triste.
Les vitres tremblaient, la vieille toussait, les fleurs
dansaient sur son chapeau de paille noire. Le chapeau,
les fleurs, la vieille, Mathieu, tout était emporté par
l'énorme machine; la vieille ne levait pas le nez de son
mouchoir et pourtant elle toussait à l'angle de la rue
aux Ours et du boulevard de Sébastopol, elle toussait
rue Réaumur, elle toussait rue Montorgueil, elle toussait
sur le Pont-Neuf, au-dessus d'une eau grise et calme.
« Et si le Juif ne marchait pas ? » Mais cette pensée
n'arriva pas à le faire sortir de sa torpeur; il n'était plus
qu'un sac de charbon sur d'autres sacs, au fond d'un
camion. « Tant pis, ce serait fini, je lui dirais ce soir
que je l'épouse. » L'autobus, énorme et enfantin,
l'emportait, le faisait virer à droite, à gauche, le secouait,
le cognait, les événements le cognaient au dossier de la
banquette, à la vitre, il était bercé par la vitesse de sa
vie, il pensait : « Ma vie n'est plus à moi, ma vie n'est
plus qu'un destin »; il regardait jaillir l'un après l'autre
les lourds immeubles noirs de la rue des Saints-Pères, il
regardait sa vie qui défilait. L'épousera, l'épousera pas :
« Ça ne me regarde plus, c'est pile ou face. »

Il y eut un brusque coup de frein et l'autobus s'arrêta.
Mathieu se redressa et regarda le dos du wattman avec
angoisse : toute sa liberté venait de refluer sur lui. Il
pensa : « Non, non, ce n'est pas pile ou face. Quoi qu'il
arrive, c'est *par moi* que tout doit arriver. » Même s'il
se laissait emporter, désemparé, désespéré, même s'il
se laissait emporter comme un vieux sac de charbon, il
aurait choisi sa perdition : il était libre, libre pour tout,
libre de faire la bête ou la machine, libre pour accepter,
libre pour refuser, libre pour tergiverser; épouser,
plaquer, traîner des années ce boulet à son pied : il
pouvait faire ce qu'il voulait, personne n'avait le droit
de le conseiller, il n'y aurait pour lui de Bien ni de Mal

que s'il les inventait. Autour de lui les choses s'étaient groupées en rond, elles attendaient sans faire un signe, sans livrer la moindre indication. Il était seul, au milieu d'un monstrueux silence, libre et seul, sans aide et sans excuse, condamné à décider sans recours possible, condamné pour toujours à être libre.

« Denfert-Rochereau », cria le receveur.

Mathieu se leva et descendit; il s'engagea dans la rue Froidevaux[1]. Il était las et nerveux, il voyait sans cesse une mallette ouverte au fond d'une chambre obscure et, dans la mallette, des billets odorants et douillets; c'était comme un remords : « Ah! j'aurais dû les prendre », pensa-t-il.

« Il y a un pneu pour vous, dit la concierge. Il vient d'arriver. »

Mathieu prit le pneu et déchira l'enveloppe; à l'instant les murs qui l'enserraient s'écroulèrent et il lui sembla qu'il changeait de monde. Il y avait trois mots, au milieu de la page, d'une grosse écriture descendante :

Collée. Inconsciente. Ivich.

« Ça n'est pas une mauvaise nouvelle, au moins ? demanda la concierge.

— Non.

— Ah! Bon. Parce que vous étiez tout interdit.

— C'est un de mes anciens élèves qui a échoué à ses examens.

— Ah! C'est qu'on devient plus difficile, à ce qu'on m'a dit.

— Beaucoup plus.

— Pensez! Tous ces jeunes gens qu'on reçoit, dit la concierge. Après, les voilà avec des titres. Et qu'est-ce que vous voulez qu'on en fasse ?

— Je vous le demande. »

Il relut pour la quatrième fois le message d'Ivich. Il était frappé par sa grandiloquence inquiétante. Collée, inconsciente... « Elle est en train de faire une connerie, pensa-t-il. C'est clair comme le jour, elle est en train de faire une connerie. »

« Quelle heure est-il ?

— Six heures. »

« Six heures. Elle a eu ses résultats à deux heures. Voilà quatre heures qu'elle est lâchée dans les rues de Paris. » Il enfouit le pneumatique dans sa poche.

« Madame Garinet, prêtez-moi cinquante francs, dit-il à la concierge.

— Mais c'est que je ne sais pas si je les ai », dit la concierge étonnée. Elle fouilla dans le tiroir de sa table à ouvrage : « Tenez, je n'ai que cent francs, vous me rapporterez la monnaie ce soir.

— Entendu, dit Mathieu, merci. »

Il sortit; il pensait : « Où peut-elle être ? » Il avait la tête vide et ses mains tremblaient. Un taxi en maraude passait dans la rue Froidevaux. Mathieu l'arrêta :

« Foyer des Étudiantes, 173, rue Saint-Jacques. En vitesse.

— Ça va », dit le chauffeur.

« Où peut-elle être ? Au mieux elle est déjà partie pour Laon; au pis... Et j'ai quatre heures de retard », pensa-t-il. Il était penché en avant et appuyait fortement son pied droit sur le tapis pour accélérer.

Le taxi s'arrêta. Mathieu descendit et sonna à la porte du Foyer.

« Mlle Ivich Serguine est-elle là ? »

La dame le regarda avec défiance.

« Je vais voir », dit-elle.

Elle revint aussitôt :

« Mlle Serguine n'est pas rentrée depuis ce matin. Y a-t-il une commission à lui faire ?

— Non. »

Mathieu remonta dans la voiture.

« Hôtel de Pologne, rue du Sommerard. »

Au bout d'un moment, il cogna contre la vitre :

« Là, là ! dit-il, l'hôtel à gauche. »

Il sauta à terre et poussa la porte vitrée.

« M. Serguine est-il là ? »

Le gros valet albinos était à la caisse. Il reconnut Mathieu et lui sourit :

« Il n'est pas rentré de la nuit.

— Et sa sœur... une jeune fille blonde, est-ce qu'elle est passée aujourd'hui ?

— Oh, je connais bien Mlle Ivich, dit le garçon. Non, elle n'est pas venue, il n'y a que Mme Montero qui a téléphoné deux fois pour appeler M. Boris, qu'il aille la voir tout de suite dès qu'il sera rentré; si vous le voyez, vous pouvez lui dire.

— Entendu », dit Mathieu.

Il sortit. Où pouvait-elle être ? Au cinéma ? Ça n'était guère probable. À traîner dans les rues ? En tout cas, elle n'avait pas encore quitté Paris, sinon elle fût repassée au Foyer pour prendre ses valises. Mathieu tira le pneumatique de sa poche et examina l'enveloppe : il avait été expédié du bureau de poste de la rue Cujas, mais ça ne prouvait rien.

« Où va-t-on ? » demanda le chauffeur.

Mathieu le regarda d'un air incertain et fut brusquement illuminé : « Pour qu'elle ait écrit ça, il faut qu'elle ait eu un coup dans le nez. Elle s'est sûrement soûlée. »

« Écoutez, dit-il, vous allez remonter doucement le boulevard Saint-Michel à partir des quais. Je cherche quelqu'un ; il faudra que je fasse tous les cafés. »

Ivich n'était ni au Biarritz, ni à la Source, ni au d'Harcourt, ni au Biard, ni au Palais du Café. Chez Capoulade, Mathieu aperçut un étudiant chinois qui la connaissait. Il s'avança. Le Chinois buvait un porto, juché sur un tabouret de bar.

« Excusez-moi, dit Mathieu en levant la tête vers lui. Je crois que vous connaissez Mlle Serguine. Est-ce que vous l'avez vue aujourd'hui ?

— Non », dit le Chinois. Il parlait avec difficulté. « Il lui est arrivé malheur.

— Il lui est arrivé malheur ! s'écria Mathieu.

— Non, dit le Chinois. Je demande s'il lui est arrivé malheur.

— Je ne sais pas », dit Mathieu en lui tournant le dos.

Il ne songeait même plus à protéger Ivich contre elle-même ; il n'avait que le besoin douloureux et violent de la revoir. « Et si elle avait essayé de se tuer ? Elle est bien assez bête pour ça », songea-t-il avec fureur. Après tout, elle est peut-être tout simplement à Montparnasse.

« Au carrefour Vavin », dit-il.

Il remonta dans la voiture. Ses mains tremblaient : il les mit dans ses poches. Le taxi prit le virage autour de la fontaine Médicis et Mathieu aperçut Renata, l'amie italienne d'Ivich. Elle sortait du Luxembourg, une serviette sous le bras.

« Arrêtez ! Arrêtez ! » cria Mathieu au chauffeur.

Il sauta du taxi et courut à elle.

« Avez-vous vu Ivich ? »

Renata prit un air digne :

« Bonjour, monsieur, dit-elle.

— Bonjour, dit Mathieu, Avez-vous vu Ivich ?

— Ivich ? dit Renata. Mais oui.

— Quand ?

— Il y a une heure à peu près.

— Où ?

— Au Luxembourg. Elle était en drôle de compagnie, dit Renata un peu pincée. Vous savez qu'elle est refusée, la pauvre.

— Oui. Où est-elle allée ?

— Ils voulaient aller au dancing. À la Tarentule, je crois.

— Où est-ce ?

— Rue Monsieur-le-Prince. Vous verrez, c'est un marchand de disques, le dancing est au sous-sol.

— Merci. »

Mathieu fit quelques pas, puis il revint en arrière :

« Excusez-moi. J'avais *aussi* oublié de vous dire au revoir.

— Au revoir, monsieur », dit Renata.

Mathieu revint vers son chauffeur.

« Rue Monsieur-le-Prince, c'est à deux pas. Allez doucement, je vous arrêterai. »

« Pourvu qu'elle y soit encore! Je ferai tous les thés dansants du Quartier latin. »

« Arrêtez, c'est là. Vous m'attendrez un moment. »

Mathieu entra dans un magasin de disques[1].

« La Tarentule ? demanda-t-il.

— Au sous-sol. Descendez l'escalier. »

Mathieu descendit un escalier, respira une odeur fraîche et moisie, poussa le battant d'une porte de cuir et reçut un coup dans l'estomac : Ivich était là, elle dansait. Il s'appuya contre le montant de la porte et pensa : « Elle est là. »

C'était une cave déserte et antiseptique, sans une ombre. Une lumière filtrée tombait des plafonniers en papier huilé. Mathieu vit une quinzaine de tables avec des nappes, perdues au fond de cette mer morte de lumière. Sur les murs beiges, on avait collé des morceaux de cartons multicolores qui figuraient des plantes exotiques, mais ils se gondolaient déjà, sous l'action de l'humidité, les cactus étaient gonflés de cloques. Un pick-up invisible diffusait un paso-doble et cette musique en conserve rendait la salle encore plus nue.

Ivich avait mis la tête sur l'épaule de son danseur et se serrait étroitement contre lui. Il dansait bien. Mathieu le reconnut : c'était le grand jeune homme brun qui accompagnait Ivich la veille, sur le boulevard Saint-Michel. Il respirait les cheveux d'Ivich et de temps en temps les embrassait. Alors elle rejetait sa tête en arrière et riait, toute pâle, les yeux clos, pendant qu'il chuchotait à son oreille ; ils étaient seuls au milieu de la piste. Au fond de la salle, quatre jeunes gens et une fille violemment fardée frappaient dans leurs mains en criant : « Olé. » Le grand type brun reconduisit Ivich à leur table en la tenant par la taille, les étudiants s'affairèrent autour d'elle et lui firent la fête ; ils avaient un drôle d'air à la fois familier et guindé ; ils l'enveloppaient à distance de gestes ronds et tendres. La femme fardée se tenait sur la réserve. Elle était debout, lourde et molle, avec un regard fixe. Elle alluma une cigarette et dit pensivement :

« Olé. »

Ivich s'écroula sur une chaise entre la jeune femme et un petit blond qui portait la barbe en collier. Elle avait le fou rire.

« Non, non ! dit-elle en agitant la main devant son visage. Pas d'alibi ! Pas besoin d'alibi ! »

Le barbu se leva avec empressement pour céder sa chaise au beau danseur brun : « C'est complet, pensa Mathieu, on lui reconnaît le droit de s'asseoir à côté d'elle. » Le beau brun avait l'air de trouver la chose toute naturelle ; c'était le seul, d'ailleurs, qui parût à son aise. Ivich montra du doigt le barbu :

« Il se sauve parce que j'ai promis de l'embrasser, dit-elle en riant.

— Permettez, dit le barbu avec dignité, vous ne me l'avez pas promis, vous m'en avez menacé.

— Eh bien ! Je ne t'embrasserai pas, dit Ivich. J'embrasserai Irma !

— Vous voulez m'embrasser, mon petit Ivich, dit la jeune femme, surprise et flattée.

— Oui, viens ! » Elle la tira par le bras avec autorité.

Les autres s'écartèrent, scandalisés, quelqu'un dit : « Voyons, Ivich ! » d'une voix doucement grondeuse. Le beau brun la regardait froidement avec un mince sourire ; il la guettait. Mathieu se sentit humilié : pour cet élégant jeune homme, Ivich n'était qu'une proie, il la déshabillait d'un regard connaisseur et sensuel, elle était déjà nue devant lui, il devinait ses seins, ses cuisses et l'odeur de sa chair... Mathieu se secoua brusquement et s'avança vers Ivich, les jambes molles : il s'était aperçu qu'il la désirait pour la première fois, honteusement, à travers le désir d'un autre.

Ivich avait fait mille simagrées avant d'embrasser sa voisine. Finalement, elle lui prit la tête à deux mains, l'embrassa sur les lèvres et la repoussa violemment :

« Tu sens le cachou », dit-elle d'un air de blâme.

Mathieu se planta devant leur table.

« Ivich! » dit-il.

Elle le regarda la bouche ouverte et il se demanda si elle le reconnaissait. Elle éleva lentement la main gauche et la lui montra :

« C'est toi, dit-elle. Tiens, regarde. »

Elle avait arraché son bandage. Mathieu vit une croûte rougeâtre et gluante avec de petits rochers de pus jaune.

« Tu as gardé le tien, dit Ivich, déçue. C'est vrai, tu es prudent, toi.

— Elle l'a arraché, malgré nous, dit la femme d'un ton d'excuse. C'est un petit démon. »

Ivich se leva brusquement et regarda Mathieu d'un air sombre.

« Emmenez-moi d'ici. Je m'avilis. »

Les jeunes gens se regardèrent.

« Vous savez, dit le barbu à Mathieu, nous ne l'avons pas fait boire. Nous aurions plutôt essayé de l'en empêcher.

— Pour ça oui, dit Ivich avec dégoût. Des bonnes d'enfant, voilà ce que c'est.

— Sauf moi, Ivich, dit le beau danseur, sauf moi. »

Il la regardait d'un air complice. Ivich se tourna vers lui et dit :

« Sauf celui-ci qui est un goujat.

— Venez », dit Mathieu doucement.

Il la prit par les épaules et l'entraîna; il entendait derrière lui une rumeur consternée.

Au milieu de l'escalier, Ivich se fit plus lourde.

« Ivich », supplia-t-il.

Elle secoua ses boucles, hilare.

« Je veux m'asseoir là, dit-elle.

— Je vous en prie. »

Ivich se mit à pouffer et releva sa jupe au-dessus du genou.

« Je veux m'asseoir là. »

Mathieu la saisit par la taille et l'emporta. Quand ils furent dans la rue, il la lâcha : elle ne s'était pas débattue. Elle cligna des yeux et regarda autour d'elle d'un air morose.

« Voulez-vous rentrer chez vous ? proposa Mathieu.

— Non ! dit Ivich avec éclat.

— Voulez-vous que je vous mène chez Boris ?

— Il n'est pas chez lui.

— Où est-il ?

— Le diable sait.

— Où voulez-vous aller ?

— Est-ce que je sais, moi ? C'est à vous de trouver, c'est vous qui m'avez emmenée. »

Mathieu réfléchit un instant.

« Bien », dit-il.

Il la soutint jusqu'au taxi et dit :

« 12, rue Huyghens. »

« Je vous emmène chez moi, dit-il. Vous pourrez vous étendre sur mon divan et je vous ferai du thé. »

Ivich ne protesta pas. Elle monta péniblement dans la voiture et se laissa aller sur les coussins.

« Ça ne va pas ? »

Elle était livide.

« Je suis malade, dit-elle.

— Je vais lui dire d'arrêter devant un pharmacien, dit Mathieu.

— Non, dit-elle violemment.

— Alors étendez-vous et fermez les yeux, dit Mathieu. Nous arrivons bientôt. »

Ivich gémit un peu. Tout à coup, elle verdit et se pencha par la portière. Mathieu voyait son petit dos maigre tout secoué par les vomissements. Il allongea la main et agrippa sans bruit le loquet de la portière : il avait peur qu'elle ne s'ouvrît. Au bout d'un moment, la toux cessa. Mathieu se rejeta vivement en arrière, prit sa pipe et la bourra d'un air absorbé. Ivich se laissa retomber sur les coussins et Mathieu remit sa pipe dans sa poche.

« Nous sommes arrivés », lui dit-il.

Ivich se redressa péniblement. Elle dit :

« J'ai honte ! »

Mathieu descendit le premier et lui tendit les bras pour l'aider. Mais elle le repoussa et sauta vivement sur la chaussée. Il paya le chauffeur en hâte et se retourna vers elle. Elle le regardait d'un air neutre; une aigre petite odeur de vomi s'échappait de sa bouche si pure. Mathieu respira passionnément cette odeur[1].

« Vous allez mieux ?

— Je ne suis plus soûle, dit Ivich sombrement. Mais j'ai la tête qui me bat. »

Mathieu lui fit monter doucement l'escalier.

« À chaque marche, c'est un coup dans ma tête », lui dit-elle d'un air hostile. Au deuxième palier, elle s'arrêta un instant pour reprendre son souffle.

« À présent, je me rappelle tout.

— Ivich!

— Tout. J'ai roulé avec ces sales types et je me suis donnée en spectacle. Et je... j'ai été collée au P. C. B.

— Venez, dit Mathieu. Il ne reste plus qu'un étage. »

Ils montèrent en silence. Ivich dit tout à coup :

« Comment m'avez-vous trouvée ? »

Mathieu se courba pour introduire la clé dans la serrure.

« Je vous cherchais, dit-il, et puis j'ai rencontré Renata. »

Ivich marmotta derrière son dos :

« J'espérais tout le temps que vous viendriez.

— Entrez », dit Mathieu en s'effaçant. Elle le frôla en passant et il eut envie de la prendre dans ses bras.

Ivich fit quelques pas incertains et entra dans la chambre. Elle regarda autour d'elle d'un air morne.

« C'est ça, chez vous ?

— Oui », dit Mathieu. C'était la première fois qu'il la recevait dans son appartement. Il regarda ses fauteuils de cuir vert et sa table de travail; il les vit avec les yeux d'Ivich et il en eut honte.

« Voilà le divan, dit-il. Étendez-vous. »

Ivich se jeta sur le divan sans dire un mot.

« Voulez-vous du thé ?

— J'ai froid », dit Ivich.

Mathieu alla chercher son couvre-pied et le lui étendit sur les jambes. Ivich ferma les yeux et posa la tête sur un coussin. Elle souffrait, il y avait trois petites rides verticales sur son front, à la racine du nez.

« Voulez-vous du thé ? »

Elle ne répondit pas. Mathieu prit la bouilloire électrique et s'en fut la remplir au robinet de l'évier. Dans le garde-manger, il trouva un demi-citron tout vieux, tout vitreux avec la peau sèche, mais, en pressant bien, peut-être qu'on en tirerait une larme ou deux. Il le mit sur un plateau avec deux tasses et rentra dans la chambre.

« J'ai mis l'eau à chauffer », dit-il.

Ivich ne répondit pas : elle dormait. Mathieu tira une chaise contre le divan et s'assit sans faire de bruit. Les trois rides d'Ivich avaient disparu, son front était lisse et pur; elle souriait, les yeux clos. « Qu'elle est jeune ! » pensa-t-il. Il avait mis tout son espoir dans une enfant. Elle était si faible et si légère sur ce divan : elle ne pouvait aider personne; il aurait fallu, au contraire, qu'on l'aidât à vivre. Et Mathieu ne pouvait pas l'aider. Ivich partirait pour Laon, elle s'abrutirait là-bas, un hiver ou deux, et puis un type surviendrait — un jeune type — et il l'emmènerait. « Moi, j'épouserai Marcelle. » Mathieu se leva et alla voir tout doucement si l'eau bouillait, puis il revint s'asseoir auprès d'Ivich, il regarda tendrement ce petit corps malade et souillé qui restait si noble dans le sommeil; il pensa qu'il aimait Ivich et il en fut étonné : ça ne se *sentait* pas, l'amour, ça n'était pas une émotion particulière, ni non plus une nuance particulière de ses sentiments, on aurait dit plutôt une malédiction fixe à l'horizon, une promesse de malheur. L'eau se mit à chanter dans la bouilloire et Ivich ouvrit les yeux :

« Je vous fais du thé, dit Mathieu. En voulez-vous ?

— Du thé ? dit Ivich d'un air perplexe. Mais vous ne savez pas faire le thé. »

Elle ramena du plat de la main ses boucles sur ses joues et se leva en se frottant les yeux.

« Donnez-moi votre paquet, dit-elle, je vais vous faire du thé à la russe. Seulement, il faudrait un samovar.

— Je n'ai qu'une bouilloire, dit Mathieu en lui tendant le paquet de thé.

— Oh! Et puis c'est du thé de Ceylan! Enfin tant pis. »

Elle s'affaira autour de la bouilloire.

« Et la théière ?

— C'est vrai », dit Mathieu. Il courut chercher la théière à la cuisine.

« Merci. »

Elle avait l'air encore sombre mais animée. Elle versa l'eau dans la théière et revint s'asseoir au bout de quelques instants.

« Il faut le laisser infuser », dit-elle.

Il y eut un silence, puis elle reprit :

« Je n'aime pas votre appartement.

— Je le pensais bien, dit Mathieu. Si vous êtes un peu remise, nous pouvons sortir.

— Où aller ? dit Ivich. Non, reprit-elle, je suis contente d'être ici. Tous ces cafés tournaient autour de moi; et puis les gens, c'est un cauchemar. Ici, c'est laid, mais c'est calme. Est-ce que vous ne pourriez pas tirer les rideaux ? On allumerait cette petite lampe. »

Mathieu se leva. Il alla fermer les volets et détacha les embrasses. Les lourds rideaux verts se rejoignirent. Il alluma la lampe de son bureau.

« C'est la nuit », dit Ivich, charmée.

Elle s'adossa aux coussins du divan :

« Comme c'est douillet; c'est comme si la journée était finie. Je voudrais qu'il fasse noir quand je sortirai d'ici, j'ai peur de retrouver le jour.

— Vous resterez tant que vous voudrez, dit Mathieu. Personne ne doit venir et d'ailleurs si quelqu'un vient nous le laisserons sonner sans ouvrir. Je suis entièrement libre. »

Ce n'était pas vrai : Marcelle l'attendait à onze heures. Il pensa avec rancune : « Elle attendra. »

« Quand partez-vous ? demanda-t-il.

— Demain. Il y a un train à midi. »

Mathieu resta un moment sans parler. Puis il dit, en surveillant sa voix :

« Je vous accompagnerai à la gare.

— Non! dit Ivich. J'ai horreur de ça, ça fait des adieux mous qui s'étirent comme du caoutchouc. Et puis je serai morte de fatigue.

— Comme vous voudrez, dit Mathieu. Vous avez télégraphié à vos parents ?

— Non. Je... Boris voulait le faire mais je l'en ai empêché.

— Alors, il faudra que vous leur annonciez vous-même ? »

Ivich baissa la tête :

« Oui. »

Il y eut un silence. Mathieu regardait la tête courbée d'Ivich et ses épaules frêles : il lui semblait qu'elle le quittait petit à petit.

« Alors, demanda-t-il, c'est notre dernière soirée de l'année ?

— Ha! dit-elle, avec un rire ironique, de l'année!...

— Ivich, dit Mathieu, vous ne devez pas... D'abord, j'irai vous voir à Laon.

— Je ne veux pas. Tout ce qui touche à Laon est sali.

— Eh bien, vous reviendrez.

— Non.

— Il y a une session en novembre, vos parents ne peuvent pas...

— Vous ne les connaissez pas.

— Non. Mais ça n'est pas possible qu'ils gâchent toute votre vie pour vous punir d'avoir manqué un examen.

— Ils ne songeront pas à me punir, dit Ivich. Mais ce sera pis; ils se désintéresseront de moi, je leur sortirai de l'esprit tout simplement. D'ailleurs, c'est ce que je mérite, dit-elle, en s'emportant, je ne suis pas capable d'apprendre un métier et j'aimerais mieux rester à Laon toute ma vie que de recommencer le P. C. B.

— Ne dites pas ça, Ivich, dit Mathieu, alarmé. Ne vous résignez pas déjà. Vous avez horreur de Laon.

— Oh! oui, j'en ai horreur », dit-elle, les dents serrées.

Mathieu se leva pour aller chercher la théière et les tasses. Tout d'un coup le sang lui monta au visage; il se retourna vers elle et murmura sans la regarder :

« Écoutez, Ivich, vous allez partir demain, mais je vous donne ma parole que vous reviendrez. À la fin d'octobre. D'ici là, je m'arrangerai.

— Vous vous arrangerez ? demanda Ivich avec une surprise lassée; mais il n'y a pas à s'arranger : je vous dis que je suis incapable d'apprendre un métier. »

Mathieu osa lever les yeux sur elle, mais il ne se sentait pas rassuré; comment trouver les mots qui ne la froisseraient pas ?

« Ça n'est pas ça que je voulais dire... Si... Si vous aviez voulu me permettre de vous aider... »

Ivich n'avait toujours pas l'air de comprendre; Mathieu ajouta :

« J'aurai un peu d'argent. »

Ivich eut un haut-le-corps :

« Ah ! c'est ça ? » demanda-t-elle.

Elle ajouta sèchement :

« C'est tout à fait impossible. »

— Mais pas du tout, dit Mathieu avec chaleur, ça n'est pas impossible du tout. Écoutez : pendant les vacances, je mettrai un peu d'argent de côté ; Odette et Jacques m'invitent chaque année à passer le mois d'août dans leur villa de Juan-les-Pins[1], je n'y ai jamais été, mais il faut bien que je m'exécute un jour. J'irai cette année-ci, ça m'amusera et je ferai des économies... Ne refusez pas sans savoir, dit-il vivement, ce serait un prêt. »

Il s'interrompit. Ivich s'était affaissée, et elle le regardait par en dessous d'un air mauvais.

« Mais ne me regardez pas comme ça, Ivich !

— Ah, je ne sais pas comment je vous regarde, mais je sais que j'ai mal à la tête », dit Ivich d'une voix maussade.

Elle baissa les yeux et ajouta :

« Je devrais rentrer me coucher.

— Je vous en prie, Ivich ! Écoutez-moi : je trouverai l'argent, vous vivrez à Paris, ne dites pas non ; je vous en supplie, ne dites pas non sans réfléchir. Ça ne peut pas vous gêner : vous me rembourserez quand vous gagnerez votre vie. »

Ivich haussa les épaules et Mathieu ajouta vivement :

« Eh bien, Boris me remboursera. »

Ivich ne répondit pas, elle avait enseveli sa tête dans ses cheveux. Mathieu restait planté devant elle, agacé et malheureux.

« Ivich ! »

Elle se taisait toujours. Il avait envie de la prendre par le menton et de lui relever la tête de force.

« Ivich, enfin ! répondez-moi. Pourquoi ne répondez-vous pas ? »

Ivich se taisait. Mathieu se mit à marcher de long en large ; il pensait : « Elle acceptera, je ne la lâcherai pas avant qu'elle n'accepte. Je... je donnerai des leçons, ou je corrigerai des épreuves. »

« Ivich, dit-il, vous allez me dire pourquoi vous n'acceptez pas. »

Il arrivait qu'on réduisît Ivich par la fatigue : il fallait la harceler de questions en changeant de ton à chacune d'elles.

« Pourquoi n'acceptez-vous pas ? dit-il. Dites pourquoi vous n'acceptez pas. »

Ivich murmura enfin, sans lever la tête :

« Je ne veux pas accepter votre argent.

— Pourquoi ? Vous acceptez bien celui de vos parents.

— Ça n'est pas la même chose.

— En effet : ça n'est pas la même chose. Vous m'avez dit cent fois que vous les détestiez.

— Je n'ai pas de raison pour accepter votre argent.

— Et vous en avez peut-être pour accepter le leur ?

— Je ne veux pas qu'on soit généreux avec moi, dit Ivich. Quand c'est mon père, je n'ai pas besoin d'être reconnaissante.

— Ivich, qu'est-ce que c'est que cet orgueil ? s'écria Mathieu. Vous n'avez pas le droit de gâcher votre vie pour une question de dignité. Songez à la vie que vous aurez là-bas. Vous regretterez jour par jour, heure par heure, d'avoir refusé. »

Ivich se décomposa :

« Laissez-moi! dit-elle, laissez-moi! »

Elle ajouta d'une voix basse et rauque :

« Oh! Quel supplice de ne pas être riche! Dans quelles situations abjectes ça vous met.

— Mais je ne vous comprends pas, dit Mathieu doucement. Vous m'avez dit, le mois dernier encore, que l'argent était quelque chose de vil, dont il ne fallait même pas s'occuper. Vous disiez : " Ça m'est égal d'où il vient, pourvu que j'en aie ". »

Ivich haussa les épaules. Mathieu ne voyait plus que le haut de son crâne et un peu de sa nuque entre les boucles et le col de la blouse. La nuque était plus brune que la peau du visage :

« Est-ce que vous n'avez pas dit ça ?

— Je ne veux pas que vous me donniez de l'argent. »

Mathieu perdit patience :

« Ah! alors c'est parce que je suis un homme, dit-il avec un rire saccadé.

— Qu'est-ce que vous dites ? » demanda Ivich.

Elle le regardait avec une haine froide :

« C'est grossier. Je n'ai jamais pensé à ça et... et je m'en moque; je n'imagine même pas...

— Eh bien alors ? Pensez donc : pour la première fois

de votre vie vous seriez absolument libre; vous habite-
riez où vous voudriez, vous feriez tout ce qui vous plairait. Vous m'avez dit que vous aimeriez faire une licence
de philo. Eh bien, vous pourriez essayer; Boris et moi,
nous vous aiderions[1].

— Pourquoi voulez-vous me faire du bien ? demanda
Ivich. Je ne vous en ai jamais fait. J'ai... j'ai toujours été
insupportable avec vous et maintenant vous avez pitié
de moi.

— Je n'ai pas pitié de vous.

— Alors pourquoi me proposez-vous de l'argent ? »
Mathieu hésita, puis il dit en se détournant :

« Je ne peux pas supporter l'idée de ne plus vous
voir. »

Il y eut un silence, puis Ivich demanda sur un ton
incertain :

« Vous... vous voulez dire que c'est... par égoïsme
que vous m'offrez ça ?

— Par pur égoïsme, dit Mathieu sèchement, j'ai envie
de vous revoir, c'est tout. »

Il osa se tourner vers elle. Elle le regardait en haussant les sourcils, la bouche entrouverte. Puis, tout d'un
coup, elle parut se détendre.

« Alors peut-être, dit-elle avec indifférence. En ce
cas, ça vous regarde; on verra. Après tout, vous avez
raison : que l'argent vienne d'ici ou d'ailleurs. »

Mathieu respira : « Ça y est! » pensa-t-il. Mais il
n'était guère soulagé : Ivich gardait son air maussade :

« Comment ferez-vous avaler ça à vos parents ?
demanda-t-il pour l'engager davantage.

— Je dirai n'importe quoi, dit Ivich vaguement. Ils
me croiront ou ils ne me croiront pas. Qu'est-ce que
ça fait puisqu'ils ne payent plus ? »

Elle baissa la tête, d'un air sombre.

« Il va falloir retourner là-bas », dit-elle.

Mathieu s'efforça de voiler son irritation :

« Mais puisque vous reviendrez!

— Oh! dit-elle, ça c'est irréel... Je dis non, je dis
oui, mais je n'arrive pas à y croire. C'est loin. Tandis
que Laon, je sais que j'y serai demain soir. »

Elle se toucha la gorge et dit :

« Je le sens là. Et puis, il faut que je fasse mes valises.
J'en aurai pour toute la nuit. »

Elle se leva :

« Le thé doit être prêt. Venez le boire. »

Elle versa le thé dans les tasses. Il était noir comme du café.

« Je vous écrirai, dit Mathieu.

— Moi aussi, dit-elle. Mais je n'aurai rien à vous dire.

— Vous me décrirez votre maison, votre chambre. Je voudrais pouvoir vous imaginer là-bas.

— Oh non! dit-elle. Je n'aimerais pas parler de tout ça. C'est déjà bien assez de le vivre. »

Mathieu pensa aux sèches petites lettres que Boris envoyait à Lola. Mais ce ne fut qu'un instant : il regarda les mains d'Ivich, ses ongles rouges et pointus, ses poignets maigres, et il pensa : « Je la reverrai. »

« Quel drôle de thé », dit Ivich en reposant sa tasse.

Mathieu sursauta : on venait de sonner à la porte d'entrée. Il ne dit rien : il espérait qu'Ivich n'avait pas entendu.

« Tiens! Est-ce qu'on ne vient pas de sonner? » demanda-t-elle.

Mathieu mit un doigt sur ses lèvres.

« On a dit tout à l'heure qu'on n'ouvrirait pas, chuchota-t-il.

— Mais si! Mais si! dit Ivich d'une voix claire. C'est peut-être important; allez vite ouvrir. »

Mathieu se dirigea vers la porte. Il pensait : « Elle a horreur d'être en complicité avec moi. » Il ouvrit la porte comme Sarah allait sonner pour la seconde fois.

« Bonjour, dit Sarah, essoufflée. Eh bien! vous me faites courir. Le petit ministre m'a dit que vous aviez téléphoné et je suis venue; je n'ai même pas pris le temps de mettre un chapeau. »

Mathieu la regarda avec effroi : moulée par son horrible tailleur vert pomme, riant de toutes ses dents pourries, avec ses cheveux dépeignés et son air de bonté malsaine, elle puait la catastrophe.

« Bonjour, dit-il vivement, vous savez, je suis avec... »

Sarah le repoussa amicalement et avança la tête par-dessus son épaule :

« Qui est là? demanda-t-elle avec une curiosité goulue. Ah! C'est Ivich Serguine. Comment allez-vous? »

Ivich se leva et fit une espèce de révérence. Elle avait

l'air déçue. Sarah aussi d'ailleurs. Ivich était la seule
personne que Sarah ne pût souffrir.

« Comme vous êtes maigrichonne, dit Sarah. Je suis
sûre que vous ne mangez pas assez, vous n'êtes pas
raisonnable. »

Mathieu se plaça bien en face de Sarah et la regarda
fixement. Sarah se mit à rire :

« Voilà Mathieu qui me fait les gros yeux, dit-elle
gaiement. Il ne veut pas que je vous parle de régime. »

Elle se tourna vers Mathieu :

« Je suis rentrée tard, dit-elle. Le Waldmann était
introuvable. Il n'y a pas vingt jours qu'il est à Paris et
le voilà embarqué dans un tas d'affaires louches. Il était
six heures quand j'ai pu mettre la main dessus.

— Vous êtes gentille, Sarah, merci », dit Mathieu.

Il ajouta avec entrain :

« Eh bien, nous parlerons de ça plus tard. Venez
prendre une tasse de thé.

— Non, non! Je ne m'assieds même pas, dit-elle, il
faut que je file à la librairie espagnole, ils veulent me
voir d'urgence, il y a un ami de Gomez qui vient d'arriver à Paris.

— Qui est-ce? demanda Mathieu pour gagner du
temps.

— Je ne sais pas encore. On m'a dit : un ami de
Gomez. Il vient de Madrid. »

Elle regarda Mathieu avec tendresse. Ses yeux semblaient égarés par la bonté.

« Mon pauvre Mathieu, j'ai une mauvaise nouvelle
pour vous : il refuse.

— Hem! »

Mathieu eut tout de même la force de dire :

« Vous désirez sans doute me parler en particulier? »

Il fronça les sourcils à plusieurs reprises. Mais Sarah
ne le regardait pas :

« Oh, ça n'est même pas la peine, dit-elle tristement.
Je n'ai presque rien à vous dire. »

Elle ajouta d'une voix chargée de mystère :

« J'ai insisté tant que j'ai pu. Rien à faire. Il faut que
la personne en question soit chez lui demain matin avec
l'argent.

— Bon! Eh bien, tant pis : n'en parlons plus », dit
Mathieu vivement.

Il appuya sur les derniers mots, mais Sarah tenait à se justifier; elle dit :

« J'ai fait mon possible, je l'ai supplié, vous savez. Il m'a dit : " Est-ce une Juive ? " J'ai dit non. Alors il a dit : " Je ne fais pas de crédit. Si elle veut que je la débarrasse, qu'elle paie. Sinon, il ne manque pas de cliniques à Paris ". »

Mathieu entendit le divan craquer derrière lui. Sarah continuait :

« Il a dit : " Je ne leur ferai jamais de crédit, ils nous ont trop fait souffrir là-bas. " Et c'est vrai, vous savez, je le comprends presque. Il m'a parlé des Juifs de Vienne, des camps de concentration. Je ne voulais pas le croire... » Sa voix s'étrangla : « On les a martyrisés. »

Elle se tut et il y eut un lourd silence. Elle reprit en secouant la tête :

« Alors, qu'allez-vous faire ?

— Je ne sais pas.

— Vous ne songez pas à...

— Si, dit Mathieu tristement, j'imagine que ça finira comme ça.

— Mon cher Mathieu », dit Sarah avec émotion.

Il la regarda durement et elle se tut, décontenancée; il vit s'allumer dans ses yeux quelque chose qui ressemblait à une lueur de conscience.

« Bon! dit-elle au bout d'un moment, eh bien, je me sauve. Téléphonez-moi demain matin sans faute, je veux savoir.

— Entendu, dit Mathieu, au revoir, Sarah.

— Au revoir, ma petite Ivich, cria Sarah de la porte.

— Au revoir, madame », dit Ivich.

Quand Sarah fut partie, Mathieu reprit sa marche à travers la chambre. Il avait froid.

« Cette bonne femme, dit-il en riant, c'est un ouragan. Elle entre comme une bourrasque, flanque tout par terre et repart en coup de vent. »

Ivich ne dit rien. Mathieu savait qu'elle ne répondrait pas. Il vint s'asseoir près d'elle et dit, sans la regarder :

« Ivich, je vais épouser Marcelle. »

Il y eut encore un silence. Mathieu regardait les lourds rideaux verts qui pendaient à la fenêtre. Il était las.

Il expliqua à Ivich, en baissant la tête :

« Elle m'a appris avant-hier qu'elle était enceinte. »

Les mots eurent de la peine à passer : il n'osait pas se tourner vers Ivich, mais il savait qu'elle le regardait.

« Je me demande pourquoi vous me dites ça, dit-elle d'une voix glacée. Ce sont vos affaires. »

Mathieu haussa les épaules, il dit :

« Vous saviez bien qu'elle était...

— Votre maîtresse ? dit Ivich avec hauteur. Je vous dirai que je ne m'occupe pas beaucoup de ces choses-là. »

Elle hésita, puis dit d'un air distrait :

« Je ne vois pas pourquoi vous prenez l'air accablé. Si vous l'épousez, c'est sans doute que vous le voulez bien. Autrement, d'après ce qu'on m'a dit, il ne manque pas de moyens...

— Je n'ai pas d'argent, dit Mathieu. J'en ai cherché partout...

— C'est pour ça que vous aviez chargé Boris d'emprunter cinq mille francs à Lola ?

— Ah ! vous savez ? Je n'ai pas... enfin oui, si vous voulez, c'est pour ça. »

Ivich dit d'une voix blanche :

« C'est sordide.

— Oui.

— D'ailleurs, ça ne me regarde pas, dit Ivich. Vous devez savoir ce que vous avez à faire. »

Elle acheva de boire son thé et demanda :

« Quelle heure est-il ?

— Neuf heures moins le quart.

— Est-ce qu'il fait noir ? »

Mathieu alla à la fenêtre et souleva le rideau. Un jour sale filtrait encore à travers les persiennes.

« Pas encore tout à fait.

— Oh ! bien, tant pis, dit Ivich en se levant, je vais tout de même m'en aller. J'ai toutes ces valises à faire, dit-elle d'un ton gémissant.

— Eh bien, au revoir », dit Mathieu.

Il n'avait pas envie de la retenir.

« Au revoir.

— Je vous reverrai en octobre ? »

C'était parti malgré lui. Ivich eut un sursaut violent.

« En octobre ! dit-elle, les yeux étincelants. En octobre ! Ah ! non. »

Elle se mit à rire :

« Excusez-moi, dit-elle, mais vous avez l'air si drôle.

Je n'ai jamais pensé à accepter votre argent : vous n'en aurez pas trop pour monter votre ménage.

— Ivich! » dit Mathieu en la prenant par le bras.

Ivich poussa un cri et se dégagea brusquement :

« Laissez-moi, dit-elle, ne me touchez pas. »

Mathieu laissa retomber ses bras. Il sentait monter en lui une colère désespérée.

« Je m'en étais doutée, poursuivit Ivich, haletante. Hier matin... quand vous avez osé me toucher... je me suis dit : " Ce sont des manières d'homme marié. "

— Ça va, dit Mathieu rudement. Pas la peine d'insister. J'ai compris. »

Elle était là, campée devant lui, rouge de colère, un sourire d'insolence aux lèvres : il eut peur de lui-même. Il se jeta dehors en la bousculant et claqua la porte d'entrée derrière lui.

XVI

> *Tu ne sais pas aimer, tu ne sais pas*
> *En vain je tends les bras.*

Le café des Trois Mousquetaires[1] brillait de tous ses feux dans le soir hésitant. Une foule de loisir s'était attroupée devant la terrasse : bientôt la dentelle lumineuse de la nuit, de café en café, de vitrine en vitrine, allait s'étendre sur Paris; les gens attendaient la nuit en écoutant la musique, ils avaient l'air heureux, ils se pressaient frileusement devant ce premier petit rougeoiement nocturne. Mathieu contourna cette foule lyrique : la douceur du soir n'était pas pour lui.

> *Tu ne sais pas aimer, tu ne sais pas*
> *Jamais, jamais tu ne sauras.*[2]

Une longue rue droite. Derrière lui, dans une chambre verte, une petite conscience haineuse le repoussait de toutes ses forces. Devant lui, dans une chambre rose, une femme immobile l'attendait en souriant d'espoir.

Dans une heure il entrerait à pas de loup dans la chambre
rose, il se laisserait engloutir par ce doux espoir, par
cette gratitude, par cet amour. Pour toute la vie, pour
toute la vie. On se fout à l'eau pour moins que ça.

« Espèce de con! »

Mathieu se jeta en avant pour éviter l'auto; il buta
contre le trottoir et se retrouva par terre : il était tombé
sur les mains.

« Sacré nom de Dieu! »

Il se releva, les paumes lui cuisaient. Il considéra ses
mains boueuses avec gravité : la main droite était noire,
avec quelques petites écorchures, la main gauche lui
faisait mal; la boue maculait son pansement. « Il ne
manquait plus que ça, murmura-t-il sérieusement, il ne
manquait plus que ça. » Il tira son mouchoir, l'humecta
de salive et frotta ses paumes avec une sorte de tendresse;
il avait envie de pleurer. Une seconde il fut en suspens,
il se regardait avec étonnement. Et puis il éclata de
rire. Il riait de lui-même, de Marcelle, d'Ivich, de sa
maladresse ridicule, de sa vie, de ses minables passions;
il se rappelait ses anciens espoirs et il en riait parce qu'ils
avaient abouti à *ça,* à cet homme plein de gravité qui
avait manqué pleurer parce qu'il était tombé par terre;
il se regardait sans honte, avec un amusement froid et
acharné, il pensait : « Dire que je me prenais au sérieux. »
Le rire s'arrêta, après quelques secousses : il n'y avait
plus personne pour rire.

Du vide. Le corps se remet en marche en traînant des
pieds, lourd et chaud avec des frissons, des brûlures de
colère, à la gorge, à l'estomac. Mais plus personne ne
l'habite. Les rues se sont vidées comme par un trou
d'évier; quelque chose qui les remplissait encore tout
à l'heure s'est englouti. Les choses sont demeurées là,
intactes, mais leur gerbe est défaite, elles pendent du
ciel comme d'énormes stalactites, elles montent de terre
comme d'absurdes menhirs. Toutes leurs petites solli-
citations coutumières, leurs menus chants de cigale, se
sont dissipés dans les airs, elles se taisent. Il y avait
naguère un avenir d'homme qui se jetait contre elles et
qu'elles réfléchissaient en un éparpillement de tentations
diverses. L'avenir est mort.

Le corps tourne sur la droite, il plonge dans un gaz
lumineux et dansant au fond d'une gerçure crasseuse,

entre les blocs de glace rayés de lueurs. Des masses sombres se traînent en grinçant. À hauteur des yeux, des fleurs poilues se balancent. Entre ces fleurs, au fond de cette crevasse, une transparence glisse et se contemple avec une passion glacée.

« J'irai les prendre! » Le monde se reforma, bruyant et affairé, avec des autos, des gens, des vitrines; Mathieu se retrouva au milieu de la rue du Départ. Mais ça n'était plus le même monde ni tout à fait le même Mathieu. Au bout du monde, par-delà les immeubles et les rues, il y avait une porte close. Il fouilla dans son portefeuille et en retira une clé. Là-bas, cette porte close, ici cette petite clé plate : c'étaient les seuls objets du monde; entre eux, il n'y avait rien qu'un entassement d'obstacles et de distances. « Dans une heure. J'ai le temps d'y aller à pied. » Une heure : juste le temps d'aller à cette porte et de l'ouvrir; au-delà de cette heure il n'y avait rien. Mathieu marchait d'un pas égal, en paix avec lui-même, il se sentait méchant et tranquille. « Et si Lola était restée au lit ? » Il remit la clé dans sa poche et pensa : « Eh bien, tant pis : je prendrais l'argent tout de même. »

La lampe éclairait mal. Près de la fenêtre mansardée, entre la photo de Marlène Dietrich et celle de Robert Taylor, il y avait un calendrier-réclame qui portait une petite glace piquetée de rouille. Daniel s'en approcha en se baissant un peu et commença à refaire son nœud de cravate; il avait hâte d'être entièrement vêtu. Dans la glace, derrière lui, presque effacé par la pénombre et la crasse blanche du miroir, il vit le maigre et dur profil de Ralph et ses mains se mirent à trembler : il avait envie de serrer ce cou mince dont la pomme d'Adam saillait et de le faire craquer dans ses doigts. Ralph tournait la tête vers la glace, il ne savait pas que Daniel le voyait et il fixa sur lui un drôle de regard : « Il fait une gueule d'assassin, pensa Daniel en frissonnant — tout compte fait, c'était presque un frisson de plaisir — il est humilié, le petit mâle, il me hait. » Il s'attarda à nouer sa cravate. Ralph le regardait toujours et Daniel jouissait de cette haine qui les unissait, une haine recuite, qui semblait vieille de vingt ans, une possession; ça le purifiait. « Un jour, un type comme ça viendra me buter par-derrière. » Le jeune visage grandirait dans la glace et puis ce serait fini, ce serait la mort infâme, qui lui convenait. Il fit volte-face et Ralph baissa les yeux vivement. La chambre était une fournaise.

« Tu n'as pas une serviette ? »

Daniel avait les mains moites.

« Regardez dans le pot à eau. »

Dans le pot à eau, il y avait une serviette crasseuse. Daniel s'essuya les mains soigneusement :

« Il n'y a jamais eu d'eau, dans ce pot à eau. Vous n'avez pas l'air de beaucoup vous laver, tous les deux.

— On se lave au robinet qui est dans le couloir », dit Ralph d'un ton maussade.

Il y eut un silence et puis il expliqua :

« C'est plus commode. »

Il enfilait ses souliers, assis sur le bord du lit-cage, le buste fléchi, le genou droit levé. Daniel contemplait ce dos mince, ces bras jeunes et musclés qui sortaient d'une chemise Lacoste à manches courtes : « Il a de la grâce », pensa-t-il impartialement. Mais il avait horreur de cette grâce. Encore un instant il serait dehors et tout ça serait du passé. Mais il savait ce qui l'attendait, au-dehors. Au moment de remettre son veston, il hésita : il avait les épaules et la poitrine inondées de sueur, il songeait avec appréhension que le poids du veston allait plaquer sa chemise de lin contre sa chair humide.

« Il fait terriblement chaud chez toi, dit-il à Ralph.

— C'est sous les toits.

— Quelle heure est-il ?

— Neuf heures. Ça vient de sonner. »

Dix heures à tuer avant le jour. Il ne se coucherait pas. Quand il se couchait par là-dessus c'était toujours beaucoup plus pénible. Ralph leva la tête :

« Je voulais vous demander, monsieur Lalique... c'est vous qui avez conseillé à Bobby de rentrer chez son potard ?

— Conseillé ? Non. Je lui ai dit qu'il était idiot de l'avoir plaqué.

— Ah bon! C'est que ça n'est pas pareil. Il est venu me dire ça ce matin, qu'il allait faire des excuses, que c'était vous qui le vouliez, il n'avait pas l'air franc.

— Je ne veux rien du tout, dit Daniel, et je ne lui ai surtout pas dit de faire des excuses. »

Ils sourirent tous deux avec mépris. Daniel voulut
remettre son veston et puis le cœur lui manqua.

« Je lui ai dit : " Fais ce que tu veux, dit Ralph en
se baissant. Ça n'est pas mes oignons. Du moment que
c'est M. Lalique qui te conseille... " Mais je vois ce que
c'est, à présent. »

Il eut un mouvement rageur pour nouer le lacet de
son soulier gauche.

« Je lui dirai rien, dit-il, il est comme ça, il faut qu'il
mente. Mais il y en a un que je vous jure que je rattraperai au tournant.

— Le pharmacien ?

— Oui. Enfin pas le vieux. Le jeune mec.

— Le stagiaire ?

— Oui. Cette lope. Tout ce qu'il a été raconter sur
Bobby et sur moi. Il ne faut pas que Bobby soit fier,
pour être rentré dans cette boîte. Mais n'ayez pas peur,
j'irai l'attendre un soir à la sortie, son stagiaire. »

Il sourit méchamment, il se complaisait dans sa colère.

« Je m'amènerai, les mains dans les poches, avec mon
petit air vache : " Tu me reconnais ? Oui ? Alors ça va.
Dis donc qu'est-ce que t'as raconté sur moi ? Hein ?
Qu'est-ce que t'as raconté sur moi ? " Vous verrez le
mec ! " J'ai rien dit ! J'ai rien dit ! — Ah, t'as rien dit ? "
Paf, un coup dans l'estomac, je l'envoie par terre, je
lui saute dessus et je lui cogne la gueule contre le trottoir. »

Daniel le regardait avec une irritation ironique ; il
pensait : « Tous pareils. » Tous. Sauf Bobby, qui était
une femelle. *Après,* ils parlaient toujours de casser la
figure à quelqu'un. Ralph s'animait, les yeux brillants,
les oreilles écarlates ; il avait besoin de faire des gestes
vifs et brusques. Daniel ne put résister au désir de
l'humilier davantage.

« Dis donc, c'est peut-être lui qui te démolira.

— Lui ? » Ralph rigolait haineusement. « Il peut
toujours s'amener. Vous avez qu'à demander au garçon
de l'Oriental ; en voilà un qui a compris. Un mec de
trente ans avec des bras comme ça. Il voulait me sortir,
qu'il disait. »

Daniel sourit avec insolence :

« Et tu n'en as fait qu'une bouchée, naturellement.

— Oh! vous n'avez qu'à demander, dit Ralph blessé.

Ils étaient peut-être dix, à nous regarder. " Tu viens dehors ? " que je lui fais. Tenez, il y avait Bobby et puis un grand, que je vous ai vu avec lui, Corbin, aux abattoirs il est. Le voilà qui sort : " C'est-il que tu veux apprendre à vivre à un père de famille ? " qu'il me fait. Qu'est-ce que je lui ai passé ! Un pain que je lui fous dans l'œil pour commencer, et puis, au retour, je le mouche avec mon coude. Comme ça. En plein nase. »

Il s'était levé, mimant les épisodes du combat. Il tourna sur lui-même, montrant ses petites fesses dures, moulées par le pantalon bleu. Daniel se sentit inondé de fureur, il aurait voulu le frapper. « Il pissait du sang, poursuivit Ralph. Hop ! Une prise aux jambes et par terre ! Il ne savait plus où c'est qu'il en était, le père de famille. »

Il se tut, sinistre et plein de morgue, réfugié dans sa gloire. Il avait l'air d'un insecte. « Je le tuerai », pensa Daniel. Il ne croyait pas trop à ces histoires, mais ça l'humiliait tout de même que Ralph eût terrassé un homme de trente ans. Il se mit à rire :

« Tu veux faire ton petit caïd, dit-il péniblement. Tu finiras par tomber sur un bec. »

Ralph se mit à rire aussi et ils se rapprochèrent.

« Je veux pas faire mon caïd, dit-il, mais c'est pas les gros qui me font peur.

— Alors, dit Daniel, tu n'as peur de personne ? Hein ? Tu n'as peur de personne ? »

Ralph était tout rouge.

« C'est pas les plus gros qui sont les plus forts ! dit-il.

— Et toi ? Montre voir si tu es fort, dit Daniel en le poussant. Montre voir si tu es fort. »

Ralph resta un instant la bouche ouverte, puis ses yeux étincelèrent.

« Avec vous, je veux bien. Pour rigoler, bien sûr, dit-il d'une voix sifflante. Gentiment. Vous auriez pas la loi. »

Daniel le saisit à la ceinture :

« Je vais te faire voir, mon bambin. »

Ralph était souple et dur ; ses muscles roulaient sous les mains de Daniel. Ils luttèrent en silence et Daniel se mit à souffler, il avait vaguement l'impression d'être un gros type à moustaches. Ralph parvint à le soulever, mais Daniel lui poussa les deux mains dans la figure et Ralph le lâcha. Ils se retrouvèrent en face l'un de l'autre, souriants et haineux.

« Ah vous faites la rosse ? dit Ralph sur un drôle de ton. Ah vous voulez faire la rosse ? »

Il se jeta soudain sur Daniel, la tête en avant. Daniel esquiva son coup de tête et le saisit par la nuque. Il était déjà à bout de souffle; Ralph n'avait pas l'air fatigué du tout. Ils s'empoignèrent à nouveau et commencèrent à tourner sur eux-mêmes au milieu de la chambre. Daniel avait un goût âcre et fiévreux au fond de la bouche : « Il faut en finir ou bien il va m'avoir. » Il poussa Ralph de toutes ses forces mais Ralph résista. Une colère folle envahit Daniel, il pensa : « Je suis ridicule. » Il se baissa brusquement, attrapa Ralph par les reins, le souleva, le jeta sur le lit et d'un même élan se laissa tomber sur lui. Ralph se débattit et essaya de griffer, mais Daniel lui saisit les poignets et les rabattit sur le traversin. Ils restèrent ainsi un bon moment, Daniel était trop fatigué pour se relever. Ralph était cloué sur le lit, impuissant, écrasé sous ce poids d'homme, de père de famille. Daniel le regardait avec délices; les yeux de Ralph étaient emplis d'une folie de haine, il était beau.

« Qui est-ce qui a eu la loi ? demanda Daniel d'une voix entrecoupée. Qui est-ce qui a eu la loi, mon petit bonhomme ? »

Ralph sourit tout de suite et dit d'une voix fausse :

« Vous êtes costaud, monsieur Lalique. »

Daniel le lâcha et se remit sur ses pieds. Il était hors d'haleine et humilié. Son cœur battait à se rompre.

« J'ai été costaud, dit-il. À présent, je n'ai plus de souffle. »

Ralph était debout, il arrangeait le col de sa chemise et ne soufflait pas. Il essaya de rire, mais il fuyait le regard de Daniel.

« Le souffle, ça n'est rien, dit-il, beau joueur. Il n'y a qu'à s'entraîner.

— Tu te bats bien, dit Daniel. Mais il y a la différence de poids. »

Ils ricanèrent tous deux, d'un air gêné. Daniel avait envie de prendre Ralph à la gorge et de lui cogner dans la figure de toutes ses forces. Il remit son veston; sa chemise trempée de sueur se colla sur sa peau.

« Allons, dit-il, je m'en vais. Bonsoir.

— Bonsoir, monsieur Lalique.

— J'ai caché quelque chose pour toi dans la chambre, dit Daniel. Cherche bien et tu le trouveras. »

La porte se referma, Daniel descendit l'escalier, les jambes molles. « D'abord, me laver, pensa-t-il, avant tout, me laver des pieds à la tête. » Comme il franchissait le seuil de la porte cochère, une pensée lui vint tout à coup, qui l'arrêta net : il s'était rasé le matin, avant de sortir ; il avait laissé son rasoir sur la cheminée, grand ouvert.

En ouvrant la porte, Mathieu déclencha une sonnerie légère et feutrée. « Je ne l'avais pas remarquée ce matin, pensa-t-il, ils doivent mettre le contact le soir, après neuf heures. » Il jeta un coup d'œil, de biais, à travers la vitre du bureau et vit une ombre : il y avait quelqu'un. Il marcha sans hâte jusqu'au tableau des clés. Chambre 21. La clé était accrochée à un clou. Mathieu la prit rapidement et la mit dans sa poche, puis il fit demi-tour et revint vers l'escalier. Une porte s'ouvrit derrière son dos : « Ils vont m'appeler », pensa-t-il. Il n'avait pas peur : c'était prévu.

« Hé là ! où allez-vous ? » dit une voix dure.

Mathieu se retourna. C'était une grande femme maigre avec des lorgnons. Elle avait l'air importante et inquiète. Mathieu lui sourit.

« Où allez-vous ? répéta-t-elle. Vous ne pouvez pas demander à la caisse ? »

Bolivar. Le nègre s'appelait Bolivar.

« Je vais chez M. Bolivar, au troisième, dit Mathieu tranquillement.

— Bon ! parce que je vous ai vu trafiquer du côté du tableau, dit la femme, soupçonneuse.

— Je regardais si sa clé était là.

— Elle n'y est pas ?

— Non. Il est chez lui », dit Mathieu.

La femme s'approcha du tableau. Une chance sur deux.

« Oui, dit-elle avec un soulagement déçu. Il est là. »

Mathieu se mit à monter l'escalier, sans répondre. Sur le palier du troisième, il s'arrêta un instant, puis il glissa la clé dans la serrure du 21 et ouvrit la porte.

La chambre était plongée dans la nuit. Une nuit rouge qui sentait la fièvre et le parfum. Il referma la porte à clé et s'avança vers le lit. D'abord, il étendait les mains en avant pour se protéger des obstacles, mais il s'habitua vite. Le lit était défait, il y avait deux oreillers sur le traversin, encore creusés par le poids des têtes. Mathieu s'agenouilla devant la mallette et l'ouvrit; il avait une légère envie de vomir. Les billets qu'il avait lâchés le matin étaient retombés sur les paquets de lettres : Mathieu en prit cinq; il ne voulait rien voler pour lui-même. « Qu'est-ce que je vais faire de la clé ? » Il hésita un moment, puis décida de la laisser dans la serrure de la mallette. En se relevant il remarqua, au fond de la pièce, à droite, une porte qu'il n'avait pas vue le matin. Il s'en fut l'ouvrir : c'était un cabinet de toilette. Mathieu gratta une allumette et vit surgir dans une glace son visage doré par la flamme. Il se regarda jusqu'à ce que la flamme fût éteinte, puis il laissa tomber l'allumette et rentra dans la chambre. À présent, il distinguait nettement les meubles, les vêtements de Lola, son pyjama, sa robe de chambre, son tailleur rangés avec soin sur les chaises, sur des porte-manteaux : il eut un petit rire mauvais et sortit.

Le couloir était désert, mais on entendait des pas et des rires, il y avait des gens qui montaient l'escalier. Il fit un mouvement pour rentrer dans la chambre; mais non : ça lui était tout à fait égal d'être pris. Il glissa la clé dans la serrure et ferma la porte à double tour. Quand il se redressa, il vit une femme suivie d'un soldat.

« C'est au quatrième », dit la femme.

Et le soldat dit :

« C'est haut. »

Mathieu les laissa passer, puis il descendit. Il pensait avec amusement que le plus dur restait à faire : il fallait remettre la clé sur le tableau.

Au premier étage, il s'arrêta et se pencha sur la rampe. La femme était sur le pas de la porte d'entrée, elle lui tournait le dos et regardait la rue. Mathieu descendit sans bruit les dernières marches et accrocha la clé au clou, puis il remonta à pas de loup jusqu'au palier, attendit un instant et redescendit l'escalier bruyamment. La femme se retourna et il la salua au passage.

« Au revoir, madame.

— Revoir », bougonna-t-elle.

Il sortit, il sentait le regard de la femme qui pesait sur son dos, il avait envie de rire.

Morte la bête, mort le venin. Il marche à grands pas, les jambes molles. Il a peur, sa bouche est sèche. Les rues sont trop bleues, il fait trop doux. *La flamme court le long de la mèche, le tonneau de poudre est au bout.* Il monte l'escalier quatre à quatre; il a de la peine à mettre la clé dans la serrure, sa main tremble. Deux chats détalent entre ses jambes : il leur fait peur à présent. *Morte la bête...*

Le rasoir est là, sur la table de nuit, grand ouvert. Il le prend par le manche et il le regarde. Le manche est noir, la lame est blanche. *La flamme court le long de la mèche.* Il passe le doigt sur le fil de la lame, il sent au bout de son doigt un goût acide de coupure, il frissonne : c'est ma main qui doit tout faire. Le rasoir n'aide pas, ce n'est qu'une inertie, il pèse le poids d'un insecte dans la main. Il fait quelques pas dans la chambre, il demande du secours, un signe. Tout est inerte et silencieux. La table est inerte, les chaises sont inertes, elles flottent dans une lumière immobile. Seul debout, seul vivant dans la lumière trop bleue. Rien ne m'aidera, rien ne se produira. Les chats grattent dans la cuisine. Il appuie la main sur la table, elle répond à sa pression par une pression égale, ni plus, ni moins. Les choses, c'est servile. Docile. Maniable. Ma main fera tout. Il bâille d'angoisse et d'ennui. D'ennui plus encore que d'angoisse. Il est seul dans le décor. Rien ne le pousse à décider, rien ne l'en empêche : il faut décider seul. Son acte n'est qu'une absence. Cette fleur rouge entre ses jambes, elle n'est pas là; cette flaque rouge sur le parquet, elle n'est pas là. Il regarde le parquet. Le parquet est uni, lisse : nulle part, il n'y a de place pour la tache. *Je serai couché par terre, inerte, le pantalon ouvert et poisseux; le rasoir sera par terre, rouge, ébréché, inerte.* Il se fascine sur le rasoir, sur le parquet : s'il pouvait les imaginer assez fort, cette flaque rouge et cette brûlure, assez fort pour qu'elles se réalisent d'elles-mêmes sans qu'il ait besoin de faire ce geste. La douleur, je la supporterai. Je la veux, je l'appelle. Mais c'est ce geste, *ce geste.* Il regarde le plancher, puis la lame. En vain : l'air est doux, la chambre est doucement obscure, le rasoir luit doucement, pèse doucement dans sa main. Un geste, il faut un geste, le présent bascule à la première goutte de sang. C'est ma main, c'est *ma main* qui doit tout faire[1].

Il va à la fenêtre. Il regarde le ciel. Il tire les rideaux. De

la main gauche. Il allume l'électricité. De la main gauche.
Il fait passer le rasoir dans sa main gauche. Il prend son
portefeuille. Il en tire cinq billets de mille francs. Il
prend une enveloppe sur son bureau, il met l'argent dans
l'enveloppe. Il écrit sur l'enveloppe : Pour M. Delarue,
12, rue Huyghens. Il place l'enveloppe bien en évidence
sur la table. Il se lève, il marche, il emporte la bête collée
à son ventre, elle le suce, il la sent. Oui ou non. Il est pris
au piège. Il faut décider. Il a toute la nuit pour ça. Seul
en face de lui-même. Toute la nuit. Sa main droite
reprend le rasoir. Il a peur de sa main, il la surveille. Elle
est toute raide au bout de son bras. Il dit : « Allons ! » Et
un petit frisson rieur le parcourt des reins à la nuque.
« Allons, finissons-en ! » S'il pouvait se *trouver mutilé,*
comme on se trouve debout le matin, après que le réveil
a sonné, sans savoir comment on s'est levé. Mais il faut
d'abord faire ce geste obscène, ce geste de pissotière, se
déboutonner longuement, patiemment. L'inertie du
rasoir remonte dans sa main, dans son bras. Un corps
vivant et chaud avec un bras de pierre. Un énorme bras
de statue, inerte, glacé, avec un rasoir au bout. Il desserre
les doigts. Le rasoir tombe sur la table.

Le rasoir est là, sur la table, grand ouvert. Rien n'est
changé. Il peut allonger la main et le prendre. Le rasoir
obéira, inerte. Il est encore temps ; il sera toujours temps,
j'ai toute la nuit. Il marche à travers la chambre. Il ne se
hait plus, il ne veut plus rien, il flotte. La bête est là, entre
ses jambes, droite et dure. Saloperie ! Si ça te dégoûte
trop, mon petit, le rasoir est là, sur la table. *Morte la bête...*
Le rasoir. Le rasoir. Il tourne autour de la table, sans
quitter le rasoir des yeux. Rien ne m'empêchera donc de
le prendre ? Rien. Tout est inerte et tranquille. Il allonge
la main, il touche la lame. *Ma main fera tout.* Il saute en
arrière, ouvre la porte et bondit dans l'escalier. Un de
ses chats, affolé, dévale l'escalier devant lui.

Daniel courait dans la rue. Là-haut, la porte était restée
grande ouverte, la lampe allumée, le rasoir sur la table ;
les chats erraient dans l'escalier sombre. Rien ne l'empêchait de retourner sur ses pas, de revenir. La chambre
l'attendait, soumise. Rien n'était décidé, rien ne serait
jamais décidé. Il fallait courir, fuir le plus loin possible,
se plonger dans le bruit, dans les lumières, au milieu des
gens, redevenir un homme parmi les autres, se faire regar-

der par d'autres hommes. Il courut jusqu'au Roi Olaf, il poussa la porte, hors d'haleine.

« Donnez-moi un whisky », dit-il en soufflant.

Son cœur battait à grands coups jusqu'au bout de ses doigts et il avait un goût d'encre dans la bouche. Il s'assit dans le box du fond.

« Vous avez l'air fatigué », dit le garçon d'un air respectueux.

C'était un grand Norvégien qui parlait le français sans accent. Il regardait aimablement Daniel et Daniel se sentit devenir un riche client un peu maniaque qui laissait de bons pourboires. Il sourit :

« Ça ne va pas fort, expliqua-t-il. J'ai un peu de fièvre. »

Le garçon hocha la tête et s'en fut. Daniel retomba dans sa solitude. Sa chambre l'attendait là-haut, toute prête, la porte était grande ouverte, le rasoir brillait sur la table. « Jamais je ne pourrai rentrer chez moi. » Il boirait autant qu'il faudrait. Sur le coup de quatre heures, le garçon, aidé du barman, le porterait dans un taxi. Comme chaque fois.

Le garçon revint avec un verre à demi-plein et une bouteille d'eau de Perrier.

« Juste comme vous l'aimez, dit-il.

— Merci. »

Daniel était seul dans ce bar fade et tranquille. La lumière[a] blonde moussait autour de lui; le bois blond des cloisons brillait doucement, il était enduit d'un vernis épais; quand on le touchait, ça collait. Il versa l'eau de Perrier dans son verre et le whisky pétilla un instant, des bulles affairées montèrent à la surface, elles se pressaient comme des commères, et puis toute cette petite agitation se calma. Daniel regarda le liquide jaune où flottait une trace d'écume : on aurait dit de la bière éventée. Au bar, invisibles, le garçon et le barman parlaient en norvégien.

« Encore boire ! »

Il balaya le verre d'un coup de main et l'envoya s'écraser contre le carrelage. Le barman et le garçon se turent brusquement; Daniel se pencha au-dessus de la table : le liquide rampait lentement sur les carreaux en poussant ses pseudopodes vers le pied d'une chaise.

Le garçon était accouru :

« Je suis si maladroit! gémit Daniel en souriant.

— Je vous le remplace? » demanda le garçon.

Il s'était baissé, les reins tendus, pour éponger le liquide et ramasser les débris de verre.

« Oui... Non, dit brusquement Daniel. C'est un avertissement, ajouta-t-il sur un ton de plaisanterie. Il ne faut pas que je prenne d'alcool ce soir. Donnez-moi donc une demi-Perrier avec une tranche de citron. »

Le garçon s'éloigna. Daniel se sentait plus calme. Un présent opaque se reformait autour de lui. L'odeur de gingembre, la lumière blonde, les cloisons de bois...

« Merci. »

Le garçon avait débouché la bouteille et rempli le verre à moitié. Daniel but et reposa son verre. Il pensa : « Je le savais! Je savais que je ne le ferais pas! » Quand il marchait à grands pas dans les rues et quand il grimpait l'escalier quatre à quatre, il savait qu'il n'irait pas jusqu'au bout; il le savait quand il avait pris le rasoir dans sa main, il ne s'était pas dupé une seconde, quel piètre comédien. Simplement, à la fin, il avait réussi à se faire peur, alors il avait foutu le camp. Il prit son verre et le serra dans sa main : de toutes ses forces il voulait se dégoûter, il ne trouverait jamais une si belle occasion. « Salaud! lâche et comédien : salaud! » Un instant il crut qu'il allait y parvenir, mais non, c'étaient des mots. Il aurait fallu... Ah! n'importe qui, n'importe quel juge, il eût accepté n'importe quel juge mais pas *lui-même,* pas cet atroce mépris de soi qui n'avait jamais assez de force, ce faible, faible mépris moribond, qui semblait à chaque instant sur le point de s'anéantir et qui ne passait pas. Si quelqu'un *savait,* s'il pouvait sentir peser sur lui le lourd mépris d'*un autre...* « Mais je ne pourrai jamais, j'aimerais encore mieux me châtrer. » Il regarda sa montre, onze heures, encore huit heures à tuer avant le matin. Le temps ne coulait plus.

Onze heures! Il sursauta tout à coup : « Mathieu est chez Marcelle. Elle lui parle. En ce moment même, elle lui parle, elle lui met les bras autour du cou, elle trouve qu'il ne se déclare pas assez vite... Ça aussi, c'est moi qui l'ai fait. » Il se mit à trembler de tous ses membres : il cédera, il finira par céder, je lui ai gâché sa vie.

Il a lâché son verre, il est debout, le regard fixe, il ne peut ni se mépriser ni s'oublier. Il voudrait être mort et il existe, il continue obstinément à se faire exister. Il voudrait être mort, il pense qu'il voudrait être mort, il pense qu'il pense qu'il voudrait être mort... *Il y a un moyen.*

Il avait parlé tout haut, le garçon accourut.

« Vous m'avez appelé ?

— Oui, dit Daniel distraitement. Voilà pour vous. »

Il jeta cent francs sur la table. Il y a un moyen. Un moyen de tout arranger ! Il se redressa et se dirigea d'un pas vif vers la porte. « Un fameux moyen. » Il eut un petit rire : il était toujours amusé quand il avait l'occasion de se faire une bonne farce.

XVII

Mathieu referma doucement la porte, en la soulevant un peu sur ses gonds, pour qu'elle ne grinçât pas, puis il posa le pied sur la première marche de l'escalier, se courba et délaça son soulier. Sa poitrine frôlait son genou. Il ôta ses souliers, les prit de la main gauche, se releva et posa la main droite sur la rampe, les yeux levés sur la pâle brume rose qui semblait en suspens dans les ténèbres. Il ne se jugeait plus. Il monta lentement dans le noir, en évitant de faire craquer les marches.

La porte de la chambre était entrebâillée ; il la poussa. Ça sentait lourd. Toute la chaleur de la journée s'était déposée au fond de cette pièce, comme une lie. Assise sur le lit, une femme le regardait en souriant, c'était Marcelle. Elle avait mis sa belle robe de chambre blanche avec la cordelière dorée, elle s'était fardée avec soin, elle avait un air solennel et gai. Mathieu referma la porte et resta immobile, les bras ballants, pris à la gorge par l'insupportable douceur d'exister. Il était *là*, il s'épanouissait *là*, près de cette femme souriante, plongé tout entier dans cette odeur de maladie, de bonbons et d'amour. Marcelle avait rejeté la tête en arrière et le considérait malicieusement entre ses paupières mi-closes. Il lui rendit son sourire et alla déposer ses souliers dans le placard. Une voix gonflée de tendresse soupira dans son dos :

« Mon chéri. »

Il se retourna brusquement et s'adossa contre le placard.

« Salut », dit-il à voix basse.

Marcelle leva la main jusqu'à sa tempe et agita les doigts :

« Salut, salut ! »

Elle se leva, vint lui mettre les bras autour du cou et l'embrassa, lui glissant sa langue dans la bouche. Elle s'était mis du bleu sur les paupières ; elle avait une fleur dans les cheveux.

« Tu as chaud », dit-elle en lui caressant la nuque.

Elle le regardait de bas en haut, la tête un peu renversée, dardant un bout de langue entre ses dents, avec un air d'animation et de bonheur ; elle était belle. Mathieu pensa, le cœur serré, à la maigre laideur d'Ivich.

« Tu es bien gaillarde, dit-il. Pourtant, hier, au téléphone, ça n'avait pas l'air d'aller fort.

— Non. J'étais stupide. Mais aujourd'hui, ça va, ça va même très bien.

— Tu as passé une bonne nuit ?

— J'ai dormi comme un loir. »

Elle l'embrassa encore une fois, il sentit sur ses lèvres le riche velours de cette bouche et puis cette nudité glabre, chaude et preste, sa langue. Il se dégagea doucement. Marcelle était nue sous sa robe de chambre, il vit ses beaux seins et il eut un goût de sucre dans sa bouche. Elle lui prit la main et l'entraîna vers le lit :

« Viens t'asseoir près de moi. »

Il s'assit près d'elle. Elle tenait toujours sa main entre les siennes, elle la pressait par petites secousses maladroites et il semblait à Mathieu que la chaleur de ces mains remontait jusqu'à son aisselle.

« Ce qu'il fait chaud, chez toi », dit-il.

Elle ne répondit pas, elle le dévorait des yeux, les lèvres entrouvertes, avec un air humble et confiant. Il fit passer en douce sa main gauche devant son estomac et l'enfonça sournoisement dans la poche droite de son pantalon pour y prendre son tabac. Marcelle surprit cette main au passage et poussa un cri léger :

« Ha ! Mais qu'est-ce que tu as à la main ?

— Je me suis coupé. »

Marcelle lâcha la main droite de Mathieu et lui happa l'autre main au passage ; elle la retourna comme une crêpe et en considéra la paume d'un œil critique :

« Mais ton pansement est affreusement sale, tu vas t'infecter! Et il y a de la boue dessus, qu'est-ce que c'est que ça?

— Je me suis foutu par terre. »

Elle eut un rire indulgent et scandalisé :

« Je me suis coupé, je me suis foutu par terre. Voyez-moi ce benêt! Mais qu'est-ce que tu as donc fabriqué? Attends, je vais te le refaire, moi, ton pansement; tu ne peux pas rester comme ça. »

Elle démaillota la main de Mathieu et hocha la tête :

« C'est une vilaine plaie, comment as-tu fait ton compte? Tu avais un coup dans le nez?

— Mais non. C'est hier soir, au Sumatra.

— Au Sumatra? »

De larges joues blêmes, des cheveux d'or, demain, demain, je me peignerai comme ça pour vous.

« C'est une fantaisie de Boris, répondit-il. Il avait acheté un surin, il m'a mis au défi de me le planter dans la main.

— Et toi, naturellement, tu t'es empressé de le faire. Mais tu es complètement piqué, mon pauvre chéri, tous ces moutards te feront tourner en bourrique. Regardez-moi cette pauvre patte saccagée. »

La main de Mathieu reposait, inerte, entre ses deux mains brûlantes; la plaie était répugnante, avec sa croûte noire et juteuse. Marcelle éleva lentement cette main jusqu'à son visage, elle la regardait fixement et puis, tout à coup, elle se pencha, elle appuya ses lèvres contre la blessure avec un emportement d'humilité. « Qu'est-ce qu'elle a? » se demanda-t-il. Il l'attira contre lui et l'embrassa sur l'oreille.

« Tu es bien avec moi? demanda Marcelle.

— Mais oui.

— Tu n'en as pas l'air. »

Mathieu lui sourit sans répondre. Elle se leva, elle alla chercher sa trousse dans le placard. Elle lui tournait le dos, elle s'était haussée sur la pointe des pieds et levait les bras pour atteindre le rayon supérieur; ses manches avaient glissé le long de ses bras. Mathieu regardait ces bras nus qu'il avait si souvent caressés et ses anciens désirs lui tournaient sur le cœur. Marcelle revint vers lui avec une lourdeur alerte :

« Donne la patte. »

Elle avait versé de l'alcool sur une petite éponge, elle se mit à lui laver la main. Il sentait contre sa hanche la tiédeur de ce corps trop connu.

« Lèche! »

Marcelle lui tendait un bout de taffetas gommé. Il tira la langue et lécha docilement la pelure rose. Marcelle appliqua le bout de taffetas sur la plaie, elle prit le vieux pansement et le tint un moment suspendu au bout de ses doigts; elle le considérait avec un dégoût amusé.

« Qu'est-ce que je vais faire de cette horreur? Quand tu seras parti, j'irai le jeter dans la caisse à ordures. »

Elle lui emmaillota prestement la main dans une belle gaze blanche.

« Alors, Boris t'a lancé un défi? Et tu t'es massacré la main? Quel grand gosse! Est-ce qu'il s'en est fait autant?

— Ma foi non », dit Mathieu.

Marcelle rit :

« Il t'a bien eu! »

Elle s'était fourré une épingle anglaise dans la bouche et elle déchirait la gaze des deux mains. Elle dit, en pinçant ses lèvres sur l'épingle :

« Ivich était là?

— Quand je me suis coupé?

— Oui.

— Non. Elle dansait avec Lola. »

Marcelle piqua l'épingle dans le bandage. Sur la tige d'acier il restait un peu de vermillon de ses lèvres.

« Là! Ça y est. Vous vous êtes bien amusés?

— Comme ça.

— C'est beau, le Sumatra? Tu sais ce que je voudrais? Que tu m'y emmènes une fois.

— Mais ça te fatiguerait, dit Mathieu, contrarié.

— Oh! pour une fois... On ferait ça en grande pompe, il y a si longtemps que je n'ai pas fait de sortie avec toi. »

Une sortie! Mathieu se répétait avec irritation ce mot conjugal : Marcelle n'avait pas de chance avec les mots.

« Tu veux? dit Marcelle.

— Écoute, dit-il, de toute façon, ça ne pourrait pas être avant l'automne : ces temps-ci, il va falloir que tu te reposes sérieusement et puis, ensuite, c'est la fermeture annuelle de la boîte. Lola part en tournée pour l'Afrique du Nord.

— Eh bien, on ira cet automne. C'est promis ?

— Promis. »

Marcelle toussa avec embarras :

« Je vois bien que tu m'en veux un peu, dit-elle.

— Moi ?

— Oui... J'ai été bien déplaisante avant-hier.

— Mais non. Pourquoi ?

— Si. J'étais nerveuse.

— On l'aurait été à moins. Tout est de ma faute, mon pauvre petit.

— Tu n'as rien à te reprocher, dit-elle, dans un cri de confiance. Tu n'as jamais rien eu à te reprocher. »

Il n'osa se tourner vers elle, il s'imaginait trop bien l'air de son visage, il ne pouvait supporter cette confiance inexplicable et imméritée. Il y eut un long silence : elle attendait sûrement un mot tendre, un mot de pardon. Mathieu n'y tint plus :

« Regarde », dit-il.

Il sortit son portefeuille de sa poche et l'étala sur ses genoux. Marcelle allongea le cou et appuya son menton sur l'épaule de Mathieu.

« Qu'est-ce que je dois regarder ?

— Ça. »

Il tira les billets du portefeuille :

« Un, deux, trois, quatre, cinq », dit-il en les faisant claquer triomphalement. Ils avaient gardé l'odeur de Lola. Mathieu attendit un moment, les billets sur ses genoux et, comme Marcelle ne soufflait mot, il se tourna vers elle. Elle avait relevé la tête et regardait les billets en clignant des yeux. Elle n'avait pas l'air de comprendre. Elle dit lentement :

« Cinq mille francs. »

Mathieu eut un geste bonhomme pour poser les billets sur la table de nuit.

« Eh oui ! dit-il. Cinq mille francs. J'ai eu du mal à les trouver. »

Marcelle ne répondit pas. Elle se mordait la lèvre inférieure et regardait les billets d'un air incrédule ; elle avait vieilli tout d'un coup. Elle regarda Mathieu d'un air triste mais confiant encore. Elle dit :

« Je croyais... »

Mathieu l'interrompit, il dit rondement :

« Tu vas pouvoir aller chez le Juif. Il paraît qu'il est

fameux. Des centaines de bonnes femmes, à Vienne, lui ont passé par les mains. Et du beau monde, de la clientèle riche. »

Les yeux de Marcelle s'éteignirent.

« Tant mieux, dit-elle, tant mieux. »

Elle avait pris une épingle anglaise dans la trousse, elle l'ouvrait et la refermait nerveusement. Mathieu ajouta :

« Je te les laisse. Je pense que Sarah t'emmènera chez lui et c'est toi qui le régleras, il veut qu'on le paye d'avance, ce cochon-là. »

Il y eut un silence, puis Marcelle lui demanda :

« Où as-tu trouvé cet argent ?

— Devine, dit Mathieu.

— Daniel ? »

Il haussa les épaules : elle savait très bien que Daniel n'avait rien voulu prêter.

« Jacques.

— Mais non. Je te l'ai dit hier, au téléphone.

— Alors je donne ma langue au chat, dit-elle sèchement. Qui ?

— Personne ne me les a *donnés* », dit-il.

Marcelle eut un pâle sourire :

« Tu ne vas tout de même pas me dire que tu les as volés ?

— Si.

— Tu les as volés ? reprit-elle avec stupeur. Ça n'est pas vrai ?

— Si. À Lola. »

Il y eut un silence. Mathieu essuya son front en sueur :

« Je te raconterai, dit-il.

— Tu les as volés! » répéta lentement Marcelle.

Son visage était devenu gris; elle dit, sans le regarder :

« Fallait-il que tu aies envie de te débarrasser du gosse.

— J'avais surtout envie que tu n'ailles pas chez cette vieille. »

Elle réfléchissait; sa bouche avait repris son pli dur et cynique. Il lui demanda :

« Tu me blâmes de les avoir volés ?

— Je m'en moque.

— Alors qu'est-ce qu'il y a ? »

Marcelle fit un geste brusque et la trousse de pharmacie tomba sur le plancher. Ils la regardèrent tous les deux et Mathieu la repoussa du pied. Marcelle tourna lentement la tête vers lui, elle avait l'air étonné.

« Dis-moi ce qu'il y a », répéta Mathieu.

Elle eut un rire sec.

« Pourquoi ris-tu ?

— Je me moque de moi », dit-elle.

Elle avait ôté la fleur qu'elle portait dans ses cheveux et elle la tournait entre ses doigts. Elle murmura :

« J'ai été trop bête. »

Son visage s'était durci. Elle demeura la bouche ouverte comme si elle avait envie de lui parler, mais les mots ne passaient pas : elle semblait avoir peur de ce qu'elle allait dire. Mathieu lui prit la main mais elle se dégagea. Elle dit sans le regarder :

« Je sais que tu as vu Daniel. »

Ça y est ! Elle s'était rejetée en arrière et elle avait crispé ses mains sur les draps; elle avait l'air effrayé et délivré. Mathieu aussi se sentait délivré : toutes les cartes étaient sur table, il faudrait aller jusqu'au bout. Ils avaient toute la nuit pour ça.

« Oui, je l'ai vu, dit Mathieu. Comment le sais-tu ? C'est donc toi qui l'avais envoyé ? Vous aviez tout arrangé ensemble, hein ?

— Ne parle pas si fort, dit Marcelle, tu vas réveiller ma mère. Ce n'est pas moi qui l'ai envoyé, mais je savais qu'il voulait te voir. »

Mathieu dit tristement :

« C'est moche !

— Oh oui ! C'est moche », dit Marcelle avec amertume.

Ils se turent : Daniel était là, il s'était assis entre eux.

« Eh bien, dit Mathieu, il faut qu'on s'explique franchement, il ne nous reste plus que ça à faire.

— Il n'y a rien à expliquer, dit Marcelle. Tu as vu Daniel, il t'a dit ce qu'il avait à te dire et tu as été, en le quittant, voler cinq mille francs à Lola.

— Oui. Et toi, depuis des mois, tu reçois Daniel en cachette. Tu vois bien qu'il y a des choses à expliquer. Écoute, demanda-t-il brusquement, qu'est-ce qu'il y a eu avant-hier ?

— Avant-hier ?

— Ne fais pas semblant de ne pas comprendre. Daniel m'a dit que tu me reprochais mon attitude d'avant-hier.

— Oh laisse! dit-elle. Ne te casse pas la tête.

— Je t'en prie, Marcelle, dit Mathieu, ne te bute pas. Je te jure que je suis de bonne volonté, je reconnaîtrai toutes mes fautes. Mais dis-moi ce qu'il y a eu avant-hier. Ça irait déjà tellement mieux si nous pouvions retrouver un peu de confiance l'un dans l'autre. »

Elle hésitait, morose et un peu détendue.

« Je t'en prie, dit-il, en lui prenant la main.

— Eh bien... c'était comme les autres fois, tu te moquais pas mal de ce que j'avais dans la tête.

— Et qu'est-ce que tu avais dans la tête ?

— Pourquoi veux-tu me le faire dire ? Tu le sais fort bien.

— C'est vrai, dit Mathieu, je crois que je le sais. »

Il pensa : « C'est fini, je l'épouserai. » C'était l'évidence même. « Il fallait que je sois bien salaud pour m'imaginer que je pourrais y couper. » Elle était là, elle souffrait, elle était malheureuse et méchante, et il n'avait qu'un geste à faire pour lui rendre le calme. Il dit :

« Tu veux qu'on se marie, n'est-ce pas ? »

Elle lui arracha sa main et se leva d'un bond. Il la regarda avec stupeur : elle était devenue blafarde et ses lèvres tremblaient :

« Tu... C'est Daniel qui t'a dit ça ?

— Non, dit Mathieu interdit. Mais c'est ce que j'avais cru comprendre.

— C'est ce que tu avais cru comprendre! dit-elle en riant, c'est ce que tu avais cru comprendre! Daniel t'a dit que j'étais embêtée et toi tu as compris que je voulais me faire épouser. Voilà ce que tu penses de moi. Toi, Mathieu, après sept ans. »

Ses mains aussi s'étaient mises à trembler. Mathieu eut envie de la prendre dans ses bras, mais il n'osa pas.

« Tu as raison, dit-il, je n'aurais pas dû penser ça. »

Elle n'avait pas l'air d'entendre. Il insista :

« Écoute, j'avais des excuses : Daniel venait de m'apprendre que tu le voyais sans me le dire. »

Elle ne répondait toujours pas. Il dit doucement :

« C'est le gosse, que tu veux ?

— Ha! dit Marcelle, ça ne te regarde pas. Ce que je veux ne te regarde plus!

— Je t'en prie, dit Mathieu. Il est encore temps... »
Elle secoua la tête :

« Ce n'est pas vrai, il n'est plus temps.

— Mais pourquoi, Marcelle ? Pourquoi ne veux-tu
pas causer tranquillement avec moi ? Il suffirait d'une
heure : tout s'arrangerait, tout s'éclaircirait...

— Je ne veux pas.

— Mais pourquoi ? Mais pourquoi ?

— Parce que je ne t'estime plus assez. Et puis parce
que tu ne m'aimes plus. »

Elle avait parlé avec assurance, mais elle était surprise
et effrayée par ce qu'elle venait de dire; il n'y avait plus
dans ses yeux qu'une interrogation inquiète. Elle reprit
tristement :

« Pour penser de moi ce que tu as pensé, il faut que
tu aies complètement cessé de m'aimer... »

C'était presque une question. S'il la prenait dans ses
bras, s'il lui disait qu'il l'aimait, tout pouvait encore être
sauvé. Il l'épouserait, ils auraient l'enfant, ils vivraient
côte à côte toute leur vie. Il s'était levé; il allait lui dire :
« Je t'aime. » Il chancela un peu et dit d'une voix claire :

« Eh bien, c'est vrai... je n'ai plus d'amour pour toi. »

La phrase était prononcée depuis longtemps qu'il
l'écoutait encore, avec stupeur. Il pensa : « C'est fini,
tout est fini. » Marcelle s'était rejetée en arrière en poussant un cri de triomphe, mais presque aussitôt elle mit
sa main devant sa bouche et lui fit signe de se taire :

« Ma mère », murmura-t-elle d'un air anxieux.

Ils prêtèrent l'oreille tous les deux, mais ils n'entendirent que les roulements lointains des autos. Mathieu
dit :

« Marcelle, je tiens encore à toi de toutes mes forces... »
Marcelle eut un rire hautain.

« Naturellement. Seulement tu y tiens... autrement.
C'est ça que tu veux me dire ? »

Il lui prit la main, il lui dit :

« Écoute... »

Elle dégagea sa main d'une secousse sèche :

« Ça va, dit-elle, ça va. Je sais ce que je voulais
savoir. »

Elle releva quelques mèches trempées de sueur qui
pendaient sur son front. Tout à coup elle sourit, comme
à un souvenir.

« Mais dis-moi, reprit-elle avec un éclair de joie haineuse, ce n'est pas ce que tu disais hier, au téléphone. Tu m'as fort bien dit : " Je t'aime ", et personne ne te le demandait. »

Mathieu ne répondit pas. Elle dit, d'un air écrasant :
« Ce qu'il faut que tu me méprises...
— Je ne te méprise pas, dit Mathieu. J'ai...
— Va-t'en, dit Marcelle.
— Tu es folle, dit Mathieu. Je ne veux pas m'en aller, il faut que je t'explique, que je...
— Va-t'en, répéta-t-elle d'une voix sourde, les yeux clos.
— Mais j'ai gardé pour toi toute ma tendresse, s'écriat-il désespéré, je ne songe pas à t'abandonner. Je veux rester près de toi toute ma vie, je t'épouserai, je...
— Va-t'en, dit-elle, va-t'en, je ne peux plus te voir, va-t'en ou je ne réponds plus de moi, je vais me mettre à hurler. »

Elle s'était mise à trembler de tout son corps. Mathieu fit un pas vers elle, mais elle le repoussa violemment :
« Si tu ne t'en vas pas, j'appelle ma mère. »

Il ouvrit le placard et prit ses souliers, il se sentait ridicule et odieux. Elle dit, dans son dos.

« Reprends ton argent. »

Mathieu se retourna.

« Non, dit-il. Ça, c'est à part. Ça n'est pas une raison parce que... »

Elle prit les billets sur la table de nuit et les lui jeta à la figure. Ils voletèrent à travers la chambre et retombèrent sur la descente de lit, près de la trousse de pharmacie. Mathieu ne les ramassa pas; il regardait Marcelle. Elle s'était mise à rire, par saccades, les yeux fermés. Elle disait :

« Ha! que c'est drôle! Moi qui croyais... »

Il voulut s'approcher, mais elle ouvrit les yeux et se rejeta en arrière, elle lui montrait la porte. « Si je reste, elle va gueuler », pensa-t-il. Il tourna les talons et sortit de la chambre en chaussettes, ses souliers à la main. Quand il fut au bas de l'escalier, il remit ses souliers et s'arrêta un instant, la main sur le loquet de la porte, prêtant l'oreille. Il entendit tout à coup le rire de Marcelle, un rire bas et sombre, qui s'élevait en hennissant et retombait par cascades. Une voix cria :

« Marcelle ? Qu'est-ce qu'il y a ? Marcelle! »

C'était la mère. Le rire s'arrêta net et tout retomba dans le silence. Mathieu écouta un moment encore et, comme il n'entendait plus rien, il ouvrit doucement la porte et sortit.

XVIII

Il pensait : « Je suis un salaud », et ça l'étonnait énormément. Il n'y avait plus en lui que de la fatigue et de la stupeur. Il s'arrêta sur le palier du second pour souffler. Ses jambes étaient molles; il avait dormi six heures en trois jours, peut-être même pas : « Je vais me coucher. » Il jetterait ses vêtements en désordre, il tituberait jusqu'à son lit et s'y laisserait tomber. Mais il savait qu'il allait rester éveillé toute la nuit, les yeux grands ouverts dans le noir. Il monta : la porte de l'appartement était restée ouverte, Ivich avait dû s'enfuir en déroute; dans le bureau, la lampe brûlait encore.

Il entra et il vit Ivich. Elle était assise sur le divan, toute raide.

« Je ne suis pas partie, dit-elle.

— Je vois », dit Mathieu sèchement.

Ils restèrent un moment silencieux; Mathieu entendait le bruit fort et régulier de son propre souffle. Ivich dit en détournant la tête :

« J'ai été odieuse. »

Mathieu ne répondit pas. Il regardait les cheveux d'Ivich et il pensait : « Est-ce pour elle que j'ai fait ça ? » Elle avait baissé la tête, il contempla sa nuque brune et douce avec une tendresse appliquée : il aurait aimé sentir qu'il tenait à elle plus qu'à tout au monde, pour que son acte eût au moins cette justification. Mais il ne sentait rien, qu'une colère sans objet, et l'acte était derrière lui, nu, glissant, incompréhensible : il avait volé, il avait abandonné Marcelle enceinte, *pour rien*.

Ivich fit un effort et dit avec courtoisie :

« Je n'aurais pas dû me mêler de donner mon avis... »

Mathieu haussa les épaules :

« Je viens de rompre avec Marcelle. »

Ivich releva la tête.

Elle dit d'une voix fade :

« Vous l'avez laissée... sans argent ? »

Mathieu sourit : « Naturellement, pensa-t-il. Si je l'avais fait, elle me le reprocherait à présent. »

« Non. Je me suis arrangé.

— Vous avez trouvé de l'argent ?

— Oui.

— Où ça ? »

Il ne répondit pas. Elle le regarda avec inquiétude : « Mais vous n'avez pas...

— Si. Je l'ai volé, si c'est ça que vous voulez dire. À Lola. Je suis monté chez elle pendant qu'elle n'y était pas. »

Ivich cligna des yeux et Mathieu ajouta :

« Je le lui rendrai d'ailleurs. C'est un emprunt forcé, voilà tout. »

Ivich avait l'air stupide, elle répéta lentement, comme Marcelle tout à l'heure :

« Vous avez volé Lola. »

Son air pénétré agaça Mathieu. Il dit vivement :

« Oui, vous savez, ça n'est pas très glorieux : il y avait un escalier à monter et une porte à ouvrir.

— Pourquoi avez-vous fait ça ? »

Mathieu eut un rire bref :

« Si je le savais ! »

Elle se redressa brusquement et son visage devint dur et solitaire comme lorsqu'elle se retournait dans la rue pour suivre des yeux une belle passante ou un jeune garçon. Mais cette fois c'était Mathieu qu'elle regardait. Mathieu sentit qu'il rougissait. Il dit par scrupule :

« Je ne voulais pas la plaquer. Juste lui donner l'argent pour ne pas être obligé de l'épouser.

— Oui, je comprends », dit Ivich.

Elle n'avait pas du tout l'air de comprendre, elle le regardait. Il insista en détournant la tête :

« Vous savez, c'était plutôt moche : c'est elle qui m'a chassé. Elle a pris ça très mal, je ne sais pas ce qu'elle attendait. »

Ivich ne répondit pas et Mathieu se tut, pris d'angoisse. Il pensait : « Je ne veux pas qu'elle me récompense. »

« Vous êtes beau », dit Ivich.

Mathieu sentit avec accablement renaître en lui son âcre amour. Il lui semblait qu'il abandonnait Marcelle pour la seconde fois. Il ne dit rien, il s'assit près d'Ivich et lui prit la main. Elle lui dit :

« C'est formidable ce que vous avez l'air seul. »

Il avait honte. Il finit par dire :

« Je me demande ce que vous croyez, Ivich ? Tout ça c'est piteux, vous savez : j'ai volé par affolement et à présent j'ai des remords.

— Je vois bien que vous avez des remords, dit Ivich en souriant. Je pense que j'en aurais aussi, à votre place : on ne peut pas s'en empêcher, le premier jour. »

Mathieu serrait fortement la petite main rêche aux ongles pointus. Il dit :

« Vous vous trompez, je ne suis pas...

— Taisez-vous », dit Ivich.

Elle dégagea sa main, d'un geste brusque, tira tous ses cheveux en arrière, découvrant ses joues et ses oreilles. Il lui suffit de quelques mouvements rapides et, quand elle abaissa les mains, sa chevelure tenait toute seule, son visage était nu.

« Comme ça », dit-elle.

Mathieu pensa : « Elle veut m'ôter jusqu'à mes remords. » Il étendit le bras, il attira Ivich contre lui et elle se laissa aller; il entendait en lui un petit air vif et gai dont il croyait avoir perdu jusqu'au souvenir. La tête d'Ivich roula un peu sur son épaule, elle lui souriait, les lèvres entrouvertes. Il lui rendit son sourire et l'embrassa légèrement, puis il la regarda et le petit air s'arrêta net : « Mais ce n'est qu'une enfant », se dit-il. Il se sentait absolument seul.

« Ivich », dit-il doucement.

Elle le regarda avec surprise.

« Ivich, je... j'ai eu tort. »

Elle avait froncé les sourcils et sa tête était agitée de minuscules secousses. Mathieu laissa tomber les bras, il dit avec lassitude :

« Je ne sais pas ce que je veux de vous. »

Ivich eut un soubresaut et se dégagea rapidement. Ses yeux étincelèrent, mais elle les voila et prit un maintien triste et doux. Seules, ses mains restaient furieuses : elles voletaient autour d'elle, s'abattaient sur son crâne et lui tiraient les cheveux. Mathieu avait la gorge sèche, mais il considérait cette colère avec indifférence. Il pensait : « Ça aussi, je l'ai gâché », et il était presque content : c'était comme une expiation. Il reprit, en cherchant le regard qu'elle lui dérobait obstinément :

« Il ne faut pas que je vous touche.

— Oh! c'est sans importance », dit-elle, rouge de colère. Elle ajouta d'un ton chantant :

« Vous aviez l'air si fier d'avoir pris une décision, j'ai cru que vous veniez chercher une récompense. »

Il se rassit près d'elle et lui prit doucement le bras, un peu au-dessus du coude. Elle ne se dégagea pas.

« Mais je vous aime, Ivich. »

Ivich se raidit :

« Je ne voudrais pas que vous croyiez..., lui dit-elle.

— Que je croie quoi ? »

Mais il devinait. Il lui lâcha le bras.

« Je... je n'ai pas d'amour pour vous », dit Ivich.

Mathieu ne répondit pas. Il pensait : « Elle prend sa revanche, c'est régulier. » D'ailleurs, c'était probablement vrai : pourquoi l'aurait-elle aimé ? Il ne souhaitait plus rien, sinon de rester un long moment silencieux à côté d'elle, et qu'elle s'en allât enfin sans parler. Il dit pourtant :

« Vous reviendrez l'an prochain ?

— Je reviendrai », dit-elle.

Elle lui souriait d'un air presque tendre, elle devait estimer son honneur satisfait. C'était ce même visage qu'elle avait tourné vers lui la veille, pendant que la dame des lavabos lui bandait la main. Il la regarda avec incertitude, il sentait renaître son désir. Ce désir triste et résigné qui n'était désir *de rien*. Il lui prit le bras, il sentit sous ses doigts cette chair fraîche. Il dit :

« Je vous... »

Il s'interrompit. On sonnait à la porte d'entrée : un coup d'abord, puis deux, puis un carillon ininterrompu. Mathieu se sentit glacé, il pensa : « Marcelle! » Ivich avait pâli, sûrement elle avait eu la même idée. Ils se regardèrent.

« Il faut ouvrir, chuchota-t-elle.

— Je pense que oui », dit Mathieu.

Il ne bougea pas. À présent, on frappait des coups violents contre la porte. Ivich dit en frissonnant :

« C'est horrible de penser qu'il y a quelqu'un derrière cette porte.

— Oui, dit Mathieu. Voulez-vous... voulez-vous passer dans la cuisine ? Je fermerai la porte, personne ne vous verra. »

Ivich le regarda avec un air d'autorité calme :

« Non. Je vais rester. »

Mathieu alla ouvrir et vit dans la pénombre une grosse tête grimaçante, on aurait dit un masque : c'était Lola. Elle le repoussa pour entrer plus vite :

« Où est Boris ? demanda-t-elle. J'ai entendu sa voix. »

Mathieu ne prit même pas le temps de refermer la porte, il entra dans le bureau sur ses talons. Lola s'était avancée vers Ivich d'un air menaçant.

« Vous allez me dire où est Boris. »

Ivich la regarda avec des yeux terrorisés. Pourtant Lola n'avait pas l'air de s'adresser à elle — ni à personne — et il n'était même pas sûr qu'elle la vît. Mathieu se mit entre elles :

« Il n'est pas là. »

Lola tourna vers lui son visage défiguré. Elle avait pleuré.

« J'ai entendu sa voix.

— À part ce bureau, dit Mathieu en essayant d'attraper le regard de Lola, il y a dans l'appartement une cuisine et une salle de bains. Vous pouvez fouiller partout si le cœur vous en dit.

— Alors où est-ce qu'il est ? »

Elle avait gardé sa robe de soie noire et son maquillage de scène. Ses gros yeux sombres avaient l'air de s'être caillés.

« Il a quitté Ivich vers trois heures, dit Mathieu. Nous ne savons pas ce qu'il a fait depuis. »

Lola se mit à rire comme une aveugle. Ses mains se crispaient sur un tout petit sac de velours noir qui semblait contenir un seul objet, dur et lourd. Mathieu vit le sac et il eut peur, il fallait renvoyer Ivich sur-le-champ.

« Eh bien, si vous ne savez pas ce qu'il a fait, je peux vous l'apprendre, dit Lola. Il est monté chez moi vers sept heures comme je venais de sortir, il a ouvert ma porte, forcé la serrure d'une mallette et il m'a volé cinq mille francs. »

Mathieu n'osa pas regarder Ivich, il lui dit doucement, en gardant les yeux fixés à terre :

« Ivich, il vaut mieux que vous vous en alliez; il faut que je parle à Lola. Est-ce que... est-ce que je peux vous revoir cette nuit ? »

Ivich était décomposée.

« Oh non! dit-elle, je veux rentrer, j'ai mes valises à faire et puis je veux dormir. Je voudrais tant dormir. »

Lola demanda :

« Elle part ?

— Oui, dit Mathieu. Demain matin.

— Est-ce que Boris part aussi ?

— Non. »

Mathieu prit la main d'Ivich :

« Allez dormir, Ivich. Vous avez eu une rude journée. Vous ne voulez toujours pas que je vous accompagne à la gare ?

— Non. J'aime mieux pas.

— Alors, à l'année prochaine. »

Il la regardait, espérant retrouver dans ses yeux une lueur de tendresse, mais il ne put y lire que la panique.

« À l'année prochaine, dit-elle.

— Je vous écrirai, Ivich, dit Mathieu tristement.

— Oui. Oui. »

Elle se disposait à sortir. Lola lui barra le passage :

« Pardon! Qu'est-ce qui me prouve qu'elle ne va pas rejoindre Boris ?

— Et puis après ? dit Mathieu. Elle est libre, j'imagine.

— Restez ici », dit Lola en attrapant de la main gauche le poignet d'Ivich.

Ivich poussa un cri de douleur et de colère.

« Lâchez-moi, cria-t-elle, ne me touchez pas, je ne veux pas qu'on me touche. »

Mathieu repoussa vivement Lola, qui fit quelques pas en arrière en grondant. Il regardait son sac.

« Sale bonne femme », murmura Ivich entre ses dents. Elle se tâtait le poignet du pouce et de l'index.

« Lola, dit Mathieu sans quitter le sac des yeux, laissez-la partir, j'ai des tas de choses à vous dire, mais laissez-la partir d'abord.

— Vous me direz où est Boris ?

— Non, dit Mathieu, mais je vous expliquerai cette histoire de vol.

— Eh bien, allez-vous-en, dit Lola. Et si vous voyez Boris, dites-lui que j'ai porté plainte.

— La plainte sera retirée, dit Mathieu à mi-voix, les yeux toujours fixés sur le sac. Adieu, Ivich, partez vite. »

Ivich ne répondit pas et Mathieu entendit avec soulagement le bruit léger de ses pas. Il ne la vit pas partir, mais le bruit s'éteignit et il eut un bref serrement de cœur. Lola fit un pas en avant et cria :

« Dites-lui qu'il s'est trompé d'adresse. Dites-lui qu'il est encore trop jeune pour m'avoir! »

Elle se tourna vers Mathieu : toujours ce regard gênant, qui n'avait pas l'air de voir.

« Alors ? demanda-t-elle durement. Allez-y de votre histoire.

— Écoutez, Lola! » dit Mathieu.

Mais Lola s'était remise à rire.

« Je ne suis pas née d'hier, dit-elle en riant. Oh! mais non. On m'a assez dit que je pourrais être sa mère. »

Mathieu s'avança vers elle :

« Lola!

— Il s'est dit : " Elle m'a dans la peau, la vieille; elle sera trop heureuse que je lui refasse son flouss, elle me dira merci. " Il ne me connaît pas! Il ne me connaît pas! »

Mathieu la saisit par les bras et la secoua comme un prunier, pendant qu'elle criait en riant :

« Il ne me connaît pas!

— Allez-vous vous taire! » dit-il rudement.

Lola se calma et, pour la première fois, parut le voir :

« Allez-y.

— Lola, dit Mathieu, avez-vous réellement porté plainte contre lui ?

— Oui. Qu'est-ce que vous avez à me dire ?

— C'est moi qui vous ai volée », dit-il.

Lola le regardait avec indifférence. Il dut répéter :

« C'est moi qui ai volé les cinq mille francs!

— Ah! dit-elle, vous ? »

Elle haussa les épaules.

« La patronne l'a vu.

— Comment voulez-vous qu'elle l'ait vu, puisque je vous dis que c'est moi.

— Elle l'a vu, dit Lola agacée. Il est monté à sept heures en se cachant. Elle l'a laissé faire parce que je lui en avais donné l'ordre. Je l'avais attendu toute la journée, il y avait dix minutes que j'étais descendue. Il devait me guetter au coin de la rue, il est monté dès qu'il m'a vue partir. »

Elle parlait d'une voix morne et rapide qui semblait exprimer une conviction inébranlable : « On dirait qu'elle a besoin d'y croire », pensa Mathieu découragé. Il dit :

« Écoutez. À quelle heure êtes-vous rentrée chez vous ?

— La première fois ? À huit heures.

— Eh bien, les billets étaient encore dans la mallette.

— Je vous dis que Boris est monté à sept heures.

— Ça se peut qu'il soit monté, il venait peut-être vous voir. Mais vous n'avez pas regardé dans la mallette ?

— Mais si.

— Vous y avez regardé à huit heures ?

— Oui.

— Lola, vous êtes de mauvaise foi, dit Mathieu. Je sais que vous n'y avez pas regardé. Je le sais. À huit heures j'avais la clé sur moi et vous n'auriez pas pu l'ouvrir. D'ailleurs, si vous aviez découvert le vol à huit heures, comment voulez-vous me faire croire que vous auriez attendu minuit pour venir chez moi ? À huit heures vous vous êtes tranquillement maquillée, vous avez mis votre belle robe noire et vous êtes allée au Sumatra. Ça n'est pas vrai ? »

Lola le regarda d'un air fermé :

« La patronne l'a vu monter.

— Oui, mais *vous,* vous n'avez pas regardé dans la mallette. À huit heures l'argent y était encore. Je suis monté à dix heures et je l'ai pris. Il y avait une vieille au bureau, elle m'a vu, elle pourra témoigner. Vous vous êtes aperçue du vol à minuit.

— Oui, dit Lola, avec lassitude. À minuit. Mais c'est la même chose. J'ai eu un malaise au Sumatra et je suis rentrée. Je me suis étendue et j'ai pris la mallette à côté de moi. Il y avait... il y avait des lettres que je voulais relire. »

Mathieu pensa : « C'est vrai : les lettres. Pourquoi veut-elle cacher qu'on les lui a volées ? » Ils se taisaient tous deux; de temps en temps, Lola oscillait d'arrière en avant, comme quelqu'un qui dort debout. Elle parut enfin s'éveiller.

« *Vous,* vous m'avez volée ?

— Moi. »

Elle eut un rire bref.

« Gardez vos boniments pour les juges si ça vous plaît de ramasser six mois à sa place.

— Eh bien, justement, Lola : quel intérêt aurais-je à risquer la prison pour Boris ? »

Elle tordit la bouche.

« Est-ce que je sais ce que vous faites avec lui ?

— C'est idiot, voyons ! Écoutez, je vous jure que c'est moi : la mallette était devant la fenêtre, sous une valise. J'ai pris l'argent et laissé la clé dans la serrure. »

Les lèvres de Lola tremblaient, elle pétrissait nerveusement son sac :

« C'est tout ce que vous avez à me dire ? Alors laissez-moi partir. »

Elle voulait passer, Mathieu l'arrêta.

« Lola, vous ne *voulez* pas vous laisser convaincre. »

Lola le repoussa d'un coup d'épaule.

« Vous ne voyez donc pas dans quel état je suis ? Pour qui me prenez-vous avec votre histoire de mallette ? Elle était sous une valise, devant la fenêtre, répéta-t-elle en singeant la voix de Mathieu. Boris est venu ici et vous croyez que je ne le sais pas ? Vous avez comploté ensemble ce qu'il fallait dire à la vieille. Allons, laissez-moi partir, dit-elle d'un air terrible, laissez-moi partir. »

Mathieu voulut la prendre par les épaules, mais Lola se rejeta en arrière et chercha à ouvrir son sac ; Mathieu le lui arracha et le jeta sur le divan :

« Brute, dit Lola.

— C'est du vitriol ou un revolver ? » demanda Mathieu en souriant.

Lola se mit à trembler de tous ses membres. « Ça y est, pensa Mathieu, c'est la crise de nerfs. » Il avait l'impression de faire un rêve sinistre et saugrenu. Mais il fallait la convaincre. Lola cessa de trembler. Elle s'était rencoignée près de la fenêtre et le guettait avec des yeux brillants de haine impuissante. Mathieu détourna la tête : il n'avait pas peur de sa haine, mais il y avait sur ce visage une aridité désolée qui était insoutenable.

« Je suis monté chez vous ce matin, dit-il posément. J'ai pris la clé dans votre sac. Quand vous vous êtes réveillée, j'allais ouvrir la mallette. Je n'ai pas eu le

temps de remettre la clé à sa place c'est ce qui m'a
donné l'idée de remonter ce soir dans votre chambre.

— Inutile, dit Lola sèchement, je vous ai vu entrer
ce matin. Quand je vous ai parlé, vous n'étiez même
pas arrivé au pied de mon lit.

— J'étais entré une première fois et reparti. »

Lola ricana et il ajouta à contrecœur :

« À cause des lettres. »

Elle n'eut pas l'air d'entendre : c'était tout à fait inutile
de lui parler des lettres, elle ne voulait penser qu'à
l'argent, elle avait besoin d'y penser pour faire flamber
sa colère, son seul recours. Elle finit par dire avec un
petit rire sec :

« Le malheur, c'est qu'il m'avait demandé les cinq
mille francs hier soir, comprenez-vous ? C'est même
pour ça qu'on s'était disputés. »

Mathieu sentit son impuissance : c'était évident, le
coupable ne pouvait être que Boris. « J'aurais dû y
penser », se dit-il avec accablement.

« Vous donnez donc pas la peine, dit Lola avec un
mauvais sourire. Je l'aurai. Si vous arrivez à embobiner le juge, je l'aurai d'une autre façon, c'est tout. »

Mathieu regarda le sac, sur le divan. Lola le regarda
aussi.

« C'est pour moi qu'il vous a demandé l'argent, dit-il.

— Oui. Et c'est pour vous aussi qu'il a volé un
livre dans une librairie l'après-midi ? Il s'en est vanté
en dansant avec moi. »

Elle s'arrêta net et reprit soudain avec un calme
menaçant :

« D'ailleurs, bon! C'est vous qui m'avez volée ?

— Oui.

— Eh bien, rendez-moi l'argent. »

Mathieu resta interdit. Lola ajouta sur un ton de
triomphe ironique :

« Rendez-le-moi tout de suite et je retire ma plainte. »

Mathieu ne répondit pas. Lola dit :

« Suffit. J'ai compris. »

Elle reprit son sac sans qu'il cherchât à l'en empêcher.

« D'ailleurs, qu'est-ce que ça prouverait si je l'avais ?
dit-il péniblement. Boris aurait pu me le confier.

— Je ne vous demande pas ça. Je vous demande de
me le rendre.

— Je ne l'ai plus.

— Sans blague ? Vous m'avez volée à dix heures et à minuit vous n'avez plus rien ? Mes compliments.

— J'ai donné l'argent.

— À qui ?

— Je ne vous le dirai pas. »

Il ajouta vivement :

« Ce n'était pas à Boris. »

Lola sourit sans répondre; elle se dirigea vers la porte et il ne l'arrêta pas. Il pensait : « C'est rue des Martyrs, son commissariat. J'irai m'expliquer là-bas. » Mais, quand il vit de dos cette grande forme noire qui marchait avec la raideur aveugle d'une catastrophe, il eut peur, il pensa au sac et tenta un dernier effort :

« Après tout, je peux bien vous dire pour qui c'était : c'était pour Mlle Duffet, une amie. »

Lola ouvrit la porte et sortit. Il l'entendit crier dans l'antichambre, et son cœur fit un bond. Lola réapparut tout à coup, elle avait l'air d'une folle :

« Il y a quelqu'un », dit-elle.

Mathieu pensa : « C'est Boris. »

C'était Daniel. Il entra avec noblesse et s'inclina devant Lola.

« Voici les cinq mille francs, madame, dit-il en tendant une enveloppe. Veuillez vérifier que ce sont bien les vôtres. »

Mathieu pensa, à la fois : « C'est Marcelle qui l'envoie » et « Il a écouté à la porte ». Daniel écoutait volontiers aux portes pour ménager ses entrées.

Mathieu demanda :

« Est-ce qu'elle... ? »

Daniel le rassura d'un geste :

« Tout va bien », dit-il.

Lola regardait l'enveloppe avec un air méfiant et sournois de paysanne :

« Il y a cinq mille francs là-dedans ? demanda-t-elle.

— Oui.

— Qu'est-ce qui me prouve que ce sont les miens ?

— Vous n'avez pas pris les numéros ? demanda Daniel.

— Pensez-vous !

— Ah ! Madame, dit Daniel, d'un air de reproche, il faut toujours prendre les numéros. »

Mathieu eut une inspiration soudaine : il se rappela l'épaisse odeur de Chypre et de renfermé qui s'était échappée de la mallette.

« Sentez-les », dit-il.

Lola hésita un instant et puis elle s'empara de l'enveloppe avec brusquerie, la déchira et approcha les billets de son nez. Mathieu craignait que Daniel n'éclatât de rire. Mais Daniel était sérieux comme un pape, il regardait Lola en faisant l'œil compréhensif.

« Eh bien ? Vous avez obligé Boris à les rendre ? demanda-t-elle.

— Je ne connais personne du nom de Boris, dit Daniel. C'est une amie de Mathieu qui me les a confiés pour que je les lui rapporte. Je suis venu en courant et j'ai surpris la fin de votre conversation, je m'en excuse, madame. »

Lola resta immobile, les bras tombés le long du corps, serrant son sac de la main gauche, la main droite crispée sur les billets ; elle avait l'air anxieux et stupéfait.

« Mais pourquoi auriez-vous fait ça, vous ? demanda-t-elle brusquement. Qu'est-ce que c'est pour vous, cinq mille francs ? »

Mathieu sourit sans gaieté :

« Eh bien, il paraît que c'est beaucoup. »

Il ajouta doucement :

« Il faudra songer à retirer votre plainte, Lola. Ou bien, si vous voulez, portez plainte contre moi. »

Lola détourna la tête et dit rapidement :

« Je n'avais pas encore porté plainte. »

Elle restait plantée au milieu de la pièce, l'air absorbé. Elle dit :

« Il y avait aussi des lettres.

— Je ne les ai plus. Je les ai prises ce matin pour lui quand on vous croyait morte. C'est ce qui m'a donné l'idée de revenir prendre l'argent. »

Lola regarda Mathieu sans haine, avec un immense étonnement et une sorte d'intérêt :

« Vous m'avez volé cinq mille francs ! dit-elle. C'est... c'est marrant. »

Mais ses yeux s'éteignirent vite et son visage se durcit. Elle avait l'air de souffrir.

« Je m'en vais », dit-elle.

Ils la laissèrent partir en silence. Sur le pas de la porte, elle se retourna :

« S'il n'a rien fait, pourquoi ne revient-il pas ?

— Je ne sais pas. »

Lola eut un sanglot bref et s'appuya au montant de la porte. Mathieu fit un pas vers elle, mais elle s'était reprise :

« Croyez-vous qu'il reviendra ?

— Je crois. Ils sont incapables de faire le bonheur des gens, mais ils ne peuvent pas non plus les plaquer, c'est encore trop difficile pour eux.

— Oui, dit Lola. Oui. Allons, adieu.

— Adieu, Lola. Vous... vous n'avez besoin de rien ?

— Non. »

Elle sortit. Ils entendirent la porte se refermer.

« Quelle est cette vieille dame ? demanda Daniel.

— C'est Lola, l'amie de Boris Serguine. Elle est sonnée.

— Elle en a l'air », dit Daniel.

Mathieu se sentit gêné de rester seul avec lui ; il lui semblait qu'on l'avait remis brusquement en présence de sa faute. Elle était là, en face de lui, *vivante,* elle vivait au fond des yeux de Daniel, et Dieu sait quelle forme elle avait prise dans cette conscience capricieuse et truquée. Daniel semblait disposé à abuser de la situation. Il était cérémonieux, insolent et funèbre comme en ses plus mauvais jours. Mathieu se durcit et redressa la tête; Daniel était livide.

« Tu as une sale gueule, dit Daniel avec un mauvais sourire.

— J'allais t'en dire autant, dit Mathieu. Nous sommes frais. »

Daniel haussa les épaules.

« Tu viens de chez Marcelle ? demanda Mathieu.

— Oui.

— C'est elle qui t'a rendu l'argent ?

— Elle n'en avait pas besoin, dit Daniel évasivement.

— Elle n'en avait pas besoin ?

— Non.

— Dis-moi au moins si elle a le moyen...

— Il n'est plus question de ça, mon cher, dit Daniel, c'est de l'histoire ancienne. »

Il avait relevé le sourcil gauche et considérait Mathieu avec ironie, comme à travers un monocle imaginaire.

« S'il veut m'épater, pensa Mathieu, il ferait aussi bien d'empêcher ses mains de trembler. »

Daniel dit négligemment :

« Je l'épouse. Nous garderons l'enfant. »

Mathieu prit une cigarette et l'alluma. Son crâne vibrait comme une cloche. Il dit avec calme :

« Tu l'aimais donc ?

— Pourquoi pas ? »

« C'est de Marcelle qu'il s'agit », pensa Mathieu. *De Marcelle!* Il n'arrivait pas à s'en persuader complètement.

« Daniel, dit-il, je ne te crois pas.

— Attends un peu, tu verras bien.

— Non, je veux dire : tu ne me feras pas croire que tu l'aimes, je me demande ce qu'il y a là-dessous. »

Daniel avait l'air las, il s'était assis sur le bord du bureau, un pied posé par terre, balançant l'autre avec désinvolture. « Il s'amuse », pensa Mathieu avec colère.

« Tu serais bien étonné si tu savais ce qu'il y a », dit Daniel.

Mathieu pensa : « Parbleu! Elle était sa maîtresse. »

« Si tu ne dois pas me le dire, tais-toi », dit-il sèchement.

Daniel le regarda un instant comme s'il s'amusait à l'intriguer, et puis, tout d'un coup, il se leva et se passa la main sur le front :

« Ça s'engage mal », dit-il.

Il considérait Mathieu avec surprise.

« Ce n'est pas de ça que je venais te parler. Écoute, Mathieu, je suis... »

Il eut un rire forcé :

« Tu vas te prendre au sérieux si je te dis ça.

— Ça va. Parle ou ne parle pas, dit Mathieu.

— Eh bien, je suis... »

Il s'arrêta encore, et Mathieu, impatienté, termina pour lui :

« Tu es l'amant de Marcelle. C'est ça que tu voulais dire. »

Daniel écarquilla les yeux et émit un léger sifflement. Mathieu sentit qu'il devenait écarlate :

« Pas mal trouvé! dit Daniel d'un air admiratif. Tu ne demanderais que ça, hein ? Non, mon cher, tu n'as même pas cette excuse.

— Tu n'as qu'à parler, aussi, dit Mathieu, humilié.

— Attends, dit Daniel. Tu n'aurais pas quelque chose à boire ? Du whisky ?

— Non, dit Mathieu, mais j'ai du rhum blanc. C'est une fameuse idée, ajouta-t-il, on va boire un coup. »

Il s'en fut dans la cuisine et ouvrit le placard : « Je viens d'être ignoble », pensa-t-il. Il revint avec deux verres à bordeaux et une bouteille de rhum. Daniel prit la bouteille et remplit les verres à ras bord.

« Ça vient de la Rhumerie martiniquaise ? dit-il.

— Oui.

— Tu y vas encore quelquefois ?

— Quelquefois, dit Mathieu. À la tienne. »

Daniel le regarda d'un air inquisiteur, comme si Mathieu lui dissimulait quelque chose.

« À mes amours, dit-il en levant son verre.

— Tu es soûl, dit Mathieu, outré.

— Il est vrai que j'ai un peu bu, dit Daniel. Mais rassure-toi. J'étais à jeun quand je suis monté chez Marcelle. C'est après...

— Tu viens de chez elle ?

— Oui. Avec une petite étape au Falstaff.

— Tu... tu as dû la trouver juste après mon départ ?

— J'attendais que tu sortes, dit Daniel en souriant. Je t'ai vu tourner le coin de la rue et je suis monté. »

Mathieu ne put retenir un geste de contrariété :

« Tu me guettais ? dit-il. Oh, et puis tant mieux, après tout, Marcelle ne sera pas restée seule. Eh bien, qu'est-ce que tu voulais me dire ?

— Rien du tout, mon vieux, dit Daniel, avec une cordialité subite. Je voulais simplement t'annoncer mon mariage.

— C'est tout ?

— C'est tout... Oui, c'est tout.

— Comme tu voudras », dit Mathieu froidement.

Ils se turent un moment et puis Mathieu demanda :

« Comment... comment est-elle ?

— Tu voudrais que je te dise qu'elle est enchantée ? demanda Daniel ironiquement. Épargne ma modestie.

— Je t'en prie, dit Mathieu sèchement. C'est entendu, je n'ai aucun droit de demander... Mais enfin tu es venu ici...

— Eh bien, dit Daniel, je croyais que j'aurais plus

de peine à la convaincre : elle s'est jetée sur ma proposition comme la pauvreté sur le monde. »

Mathieu vit passer dans ses yeux comme un éclair
de rancune; il dit vivement, pour excuser Marcelle :

« Elle se noyait... »

Daniel haussa les épaules et se mit à marcher de long
en large. Mathieu n'osait pas le regarder : Daniel se
contenait, il parlait doucement, mais il avait l'air d'un
possédé[1]. Mathieu croisa les mains et fixa les yeux sur
ses souliers. Il reprit péniblement, comme pour lui-
même :

« Alors c'était le gosse qu'elle voulait ? Je n'avais
pas compris ça. Si elle me l'avait dit... »

Daniel se taisait. Mathieu reprit avec application :

« C'était le gosse. Bon. Il naîtra. Je... moi, je voulais
le supprimer. Je suppose que c'est mieux qu'il naisse. »

Daniel ne répondit pas.

« Je ne le verrai jamais, bien entendu ? » demanda
Mathieu.

C'était à peine une interrogation; il ajouta, sans attendre la réponse :

« Enfin, voilà. Je suppose que je devrais être content.
En un sens, tu la sauves... mais je n'y comprends rien,
pourquoi as-tu fait ça ?

— Sûrement pas par philanthropie, si c'est ça que tu
veux dire, dit Daniel sèchement. Il est abject ton rhum,
ajouta-t-il. Donne-m'en tout de même un autre verre. »

Mathieu remplit les verres et ils burent.

« Alors, dit Daniel, qu'est-ce que tu vas faire à
présent ?

— Rien. Rien de plus.

— Cette petite Serguine ?

— Non.

— Te voilà pourtant libéré.

— Bah !

— Allons, bonsoir, dit Daniel en se levant. J'étais
venu pour te rendre l'argent et te rassurer un peu :
Marcelle n'a rien à craindre, elle a confiance en moi.
Toute cette histoire l'a terriblement secouée, mais elle
n'est pas vraiment malheureuse.

— Tu vas l'épouser ! répéta Mathieu. Elle me hait,
ajouta-t-il à mi-voix.

— Mets-toi à sa place, dit Daniel durement.

— Je sais. Je m'y suis mis. Elle t'a parlé de moi ?

— Très peu.

— Tu sais, dit Mathieu. Ça me fait quelque chose que tu l'épouses.

— Tu as des regrets ?

— Non. Je trouve ça sinistre.

— Merci.

— Oh! pour vous deux. Je ne sais pas pourquoi.

— Ne t'inquiète pas, tout ira bien. Si c'est un garçon, nous l'appellerons Mathieu. »

Mathieu se redressa, les poings serrés :

« Tais-toi, dit-il.

— Allons, ne te fâche pas », dit Daniel.

Il répéta d'un air distrait :

« Ne te fâche pas. Ne te fâche pas. » Il ne se décidait pas à s'en aller.

« En somme, lui dit Mathieu, tu es venu voir la gueule que j'avais, après cette histoire ?

— Il y a de ça, dit Daniel. Franchement, il y a de ça. Tu as toujours l'air... si solide : tu m'agaçais.

— Eh bien, tu as vu, dit Mathieu. Je ne suis pas si solide.

— Non. »

Daniel fit quelques pas vers la porte et revint brusquement vers Mathieu; il avait perdu son air ironique, mais ça n'en valait pas mieux :

« Mathieu, je suis pédéraste, dit-il.

— Hein ? » fit Mathieu.

Daniel s'était rejeté en arrière et le regardait avec des yeux étonnés, qui étincelaient de colère.

« Ça te dégoûte, hein ?

— Tu es pédéraste ? répéta lentement Mathieu. Non, ça ne me dégoûte pas; pourquoi est-ce que ça me dégoûterait ?

— Je t'en prie, dit Daniel, ne te crois pas obligé de faire l'esprit large... »

Mathieu ne répondit pas. Il regardait Daniel et pensait : « Il est pédéraste. » Il n'était pas très étonné.

« Tu ne dis rien, poursuivit Daniel d'une voix sifflante. Tu as raison. Tu as la réaction qu'il faut, je n'en doute pas, celle que tout homme sain doit avoir, mais tu fais aussi bien de la garder pour toi. »

Daniel était immobile, les bras collés au corps, il

avait l'air étriqué. « Qu'est-ce qu'il lui a pris de venir se torturer chez moi ? » se demanda Mathieu avec dureté. Il pensait qu'il aurait dû trouver quelque chose à dire; mais il était plongé dans une indifférence profonde et paralysante. Et puis ça lui semblait si naturel, si normal : il était un salaud, Daniel était un pédéraste, c'était dans l'ordre des choses. Il dit enfin :

« Tu peux être ce que tu voudras, ça ne me regarde pas.

— J'imagine, dit Daniel en souriant avec hauteur. J'imagine, en effet, que ça ne te regarde pas. Tu as assez à faire avec ta propre conscience.

— Alors pourquoi viens-tu me raconter ça ?

— Eh bien je... je voulais voir l'effet que ça produirait sur un type comme toi, dit Daniel en se raclant la gorge. Et puis, à présent qu'il y a quelqu'un qui *sait*, je... je parviendrai peut-être à y croire. »

Il était vert et parlait avec difficulté, mais il continuait à sourire. Mathieu ne put supporter ce sourire et détourna la tête.

Daniel ricana :

« Ça t'étonne ? Ça dérange tes idées sur les invertis ? »

Mathieu releva vivement la tête :

« Ne crâne donc pas, dit-il. Tu es pénible. Tu n'as pas besoin de crâner devant moi. Tu te dégoûtes peut-être, mais pas plus que je ne me dégoûte, on se vaut. D'ailleurs, dit-il à la réflexion, c'est pour ça que tu me racontes tes histoires. Ça doit être moins dur de se confesser devant une loque; et on a tout de même le bénéfice de la confession.

— Tu es un petit malin », dit Daniel d'une voix vulgaire que Mathieu ne lui connaissait pas.

Ils se turent. Daniel regardait droit devant lui avec une stupeur fixe, à la manière des vieillards. Mathieu fut traversé par un remords aigu :

« Si c'est comme ça, pourquoi épouses-tu Marcelle ?

— Ça n'a aucun rapport.

— Je... Je ne peux pas te laisser l'épouser », dit Mathieu.

Daniel se redressa et des rougeurs sombres vinrent marquer son visage de noyé :

« Vraiment, tu ne *peux* pas ? demanda-t-il avec morgue. Et comment feras-tu pour m'en empêcher ? »

Mathieu se leva sans répondre. Le téléphone était sur son bureau. Il le prit et composa le numéro de Marcelle. Daniel le regarda avec ironie. Il y eut un long silence.

« Allô ? » fit la voix de Marcelle.

Mathieu sursauta.

« Allô! dit-il, c'est Mathieu. Je... écoute, nous avons été idiots tout à l'heure. Je voudrais... allô! Marcelle ? Tu m'écoutes ? Marcelle! dit-il avec fureur, allô! »

On ne répondait toujours pas. Il perdit la tête et cria dans l'appareil :

« Marcelle, je veux t'épouser! »

Il y eut un bref silence, puis une sorte de jappement, au bout du fil, et on raccrocha. Mathieu garda un moment l'écouteur serré dans sa main, puis il le reposa doucement sur la table. Daniel le regardait sans mot dire, il n'avait pas l'air triomphant. Mathieu but une gorgée de rhum et retourna s'asseoir dans le fauteuil.

« Bon! » dit-il.

Daniel sourit :

« Tranquillise-toi, dit-il en manière de consolation : les pédérastes ont toujours fait d'excellents maris, c'est connu.

— Daniel! Si tu l'épouses pour faire un geste, tu vas gâcher sa vie.

— Tu devrais être le dernier à me le dire, dit Daniel. Et puis je ne l'épouse pas pour faire un geste. D'ailleurs, ce qu'elle veut avant tout, c'est le gosse.

— Est-ce que... Est-ce qu'elle sait ?

— Non!

— Pourquoi l'épouses-tu ?

— Par amitié pour elle. »

Le ton n'était pas convaincant. Ils se versèrent à boire, et Mathieu dit avec obstination :

« Je ne veux pas qu'elle soit malheureuse.

— Je te jure qu'elle ne le sera pas.

— Elle croit que tu l'aimes ?

— Je ne pense pas. Elle m'a proposé de vivre de son côté, mais ça ne fait pas mon affaire. Je l'installerai chez moi. Il est entendu qu'on laissera le sentiment venir peu à peu. »

Il ajouta avec une ironie pénible :

« J'entends remplir mes devoirs de mari jusqu'au bout.

— Mais est-ce... ? »

Mathieu rougit violemment :

« Est-ce que tu aimes aussi les femmes ? »

Daniel eut un drôle de reniflement; il dit :

« Pas beaucoup.

— Je vois. »

Mathieu baissa la tête et des larmes de honte lui vinrent aux yeux. Il dit :

« Je me dégoûte encore plus depuis que je sais que tu vas l'épouser. »

Daniel but :

« Oui, dit-il d'un air impartial et distrait, je pense que tu dois te sentir assez sale. »

Mathieu ne répondit pas. Il regardait le sol entre ses pieds. « C'est un pédéraste et elle va l'épouser. »

Il ouvrit les mains et racla son talon contre le parquet : il se sentait traqué. Tout à coup, le silence lui pesa, il se dit : « Daniel me regarde », et il releva la tête précipitamment. Daniel le regardait en effet et avec un tel air de haine que le cœur de Mathieu se serra.

« Pourquoi me regardes-tu comme ça ? demanda-t-il.

— Tu *sais!* dit Daniel. Il y a quelqu'un qui *sait!*

— Tu ne détesterais pas me foutre une balle dans la peau ? »

Daniel ne répondit pas. Mathieu fut brûlé soudain par une idée insupportable :

« Daniel, dit-il, tu l'épouses pour te martyriser.

— Et puis après ? dit Daniel d'une voix blanche. Ça ne regarde que moi. »

Mathieu mit sa tête dans ses mains :

« Bon Dieu! » dit-il.

Daniel ajouta vivement :

« Ça n'a aucune importance. *Pour elle,* ça n'a aucune importance.

— Tu la hais ?

— Non. »

Mathieu pensa tristement : « Non, c'est moi qu'il hait. »

Daniel avait repris son sourire :

« On vide la bouteille ? demanda-t-il.

— Vidons », dit Mathieu.

Ils burent, et Mathieu s'aperçut qu'il avait envie de fumer. Il prit une cigarette dans sa poche et l'alluma.

« Écoute, dit-il, ce que tu es ne me regarde pas. Même à présent que tu m'en as parlé. Il y a tout de même une chose que je voudrais te demander : pourquoi as-tu honte ? »

Daniel eut un rire sec.

« Je t'attendais là, mon cher. J'ai honte d'être pédéraste *parce que je suis* pédéraste. Je sais ce que tu vas me dire : " Si j'étais à ta place, je ne me laisserais pas faire, je réclamerais ma place au soleil, c'est un goût comme un autre ", etc. Seulement ça ne me touche pas. Je sais que tu me diras tout ça, précisément parce que tu n'es pas pédéraste. Tous les invertis sont honteux, c'est dans leur nature.

— Mais est-ce que ça ne serait pas mieux... de s'accepter ? » demanda timidement Mathieu.

Daniel parut agacé :

« Tu m'en reparleras, le jour où tu auras accepté d'être un salaud, répondit-il avec dureté. Non. Les pédérastes qui se vantent ou qui s'affichent ou simplement qui consentent... ce sont des morts; ils se sont tués à force d'avoir honte. Je ne veux pas de cette mort-là. »

Mais il semblait détendu et regardait Mathieu sans haine.

« Je ne me suis que trop accepté, poursuivit-il avec douceur. Je me connais dans les coins. »

Il n'y avait rien à dire. Mathieu alluma une autre cigarette. Et puis il restait un peu de rhum au fond de son verre et il le but. Daniel lui faisait horreur. Il pensa : « Dans deux ans, dans quatre ans... est-ce que je serai comme ça ? » Et il fut pris soudain du désir d'en parler à Marcelle : c'était à elle seule qu'il pouvait parler de sa vie, de ses craintes, de ses espoirs. Mais il se rappela qu'il ne la verrait plus jamais, et son désir, en suspens, innommé, se mua lentement en une sorte d'angoisse. Il était seul.

Daniel avait l'air de réfléchir : son regard était fixe et de temps en temps ses lèvres s'entrouvraient. Il fit un petit soupir et quelque chose parut céder dans son visage. Il se passa la main sur le front : il avait l'air étonné.

« Aujourd'hui, tout de même, je me suis surpris », dit-il à mi-voix.

Il eut un singulier sourire, presque enfantin, qui
paraissait déplacé sur sa face olivâtre où la barbe mal
rasée mettait des plaques bleues. « C'est vrai, pensa
Mathieu, il a été jusqu'au bout, cette fois. » Il lui vint
tout à coup une idée qui lui serra le cœur : « Il est libre »,
pensa-t-il. Et l'horreur que Daniel lui inspirait se
mélangea soudain d'envie.

« Tu dois être dans un drôle d'état, dit-il.

— Oui, dans un drôle d'état », dit Daniel.

Il souriait toujours d'un air de bonne foi. Il dit :

« Donne-moi une cigarette.

— Tu fumes, à présent ? demanda Mathieu.

— Une. Ce soir. »

Mathieu dit brusquement :

« Je voudrais être à ta place.

— À ma place ? répéta Daniel, sans trop de surprise.

— Oui. »

Daniel haussa les épaules. Il dit :

« Dans cette histoire, tu es gagnant sur tous les
tableaux. »

Mathieu eut un rire sec. Daniel expliqua :

« Tu es libre.

— Non, dit Mathieu en secouant la tête, ça n'est pas
parce qu'on abandonne une femme qu'on est libre. »

Daniel regarda Mathieu avec curiosité :

« Tu avais pourtant l'air de le croire, ce matin.

— Je ne sais pas. Ça n'était pas clair. Rien n'est clair.
La vérité, c'est que j'ai abandonné Marcelle *pour rien*. »

Il fixait son regard sur les rideaux de la fenêtre qu'agitait un petit vent nocturne. Il était las.

« Pour rien, reprit-il. Dans toute cette histoire, je
n'ai été que refus et négation : Marcelle n'est plus dans
ma vie, mais il y a tout le reste.

— Quoi ? »

Mathieu montra son bureau, d'un geste large et vague :

« Tout ça, tout le reste. »

Il était fasciné par Daniel. Il pensait : « Est-ce que
c'est ça la liberté ? Il a *agi;* à présent, il ne peut plus
revenir en arrière : ça doit lui sembler étrange de sentir
derrière lui un acte inconnu, qu'il ne comprend déjà
presque plus et qui va bouleverser sa vie. Moi, tout
ce que je fais, je le fais *pour rien;* on dirait qu'on me vole
les suites de mes actes; tout se passe comme si je pouvais

toujours reprendre mes coups. Je ne sais pas ce que je donnerais pour faire un acte irrémédiable. »

Il dit à haute voix :

« Avant-hier soir, j'ai vu un type qui avait voulu s'engager dans les milices espagnoles.

— Et alors ?

— Eh bien, il s'est dégonflé : il est foutu à présent.

— Pourquoi me dis-tu ça ?

— Je ne sais pas. Comme ça.

— Tu as eu envie de partir pour l'Espagne ?

— Oui. Pas assez. »

Ils se turent. Au bout d'un moment, Daniel jeta sa cigarette et dit :

« Je voudrais être plus vieux de six mois.

— Moi pas, dit Mathieu. Dans six mois, je serai pareil à ce que je suis.

— Avec les remords en moins », dit Daniel.

Il se leva :

« Je t'offre un verre chez Clarisse.

— Non, dit Mathieu. Je n'ai pas envie de me soûler ce soir. Je ne sais pas trop ce que je ferais si j'étais soûl.

— Rien de bien sensationnel, dit Daniel. Alors tu ne viens pas ?

— Non. Tu ne veux pas rester encore un moment ?

— Il faut que je boive, dit Daniel. Adieu.

— Adieu. Je... je te reverrai bientôt ? » demanda Mathieu.

Daniel parut embarrassé.

« Je crois que ça sera difficile. Marcelle m'a bien dit qu'elle ne voulait rien changer à ma vie, mais je pense que ça lui serait pénible que je te revoie.

— Ah ? Bon ! dit Mathieu sèchement. En ce cas, bonne chance. »

Daniel lui sourit sans répondre et Mathieu ajouta brusquement :

« Tu me hais. »

Daniel s'approcha de lui et lui passa la main sur l'épaule d'un tout petit geste maladroit et honteux :

« Non, pas en ce moment.

— Mais demain... »

Daniel inclina la tête sans répondre.

« Salut, dit Mathieu.

— Salut. »

Daniel sortit, Mathieu s'approcha de la fenêtre et releva les rideaux. C'était une plaisante nuit, plaisante et bleue ; le vent avait balayé les nuages, on voyait des étoiles au-dessus des toits. Il s'accouda au balcon et bâilla longuement. Dans la rue, au-dessous de lui, un homme marchait d'un pas tranquille ; il s'arrêta au coin de la rue Huyghens et de la rue Froidevaux[1], leva la tête et regarda le ciel : c'était Daniel. Un air de musique venait par bouffées de l'avenue du Maine, la lumière blanche d'un phare glissa dans le ciel, s'attarda au-dessus d'une cheminée et dégringola derrière les toits. C'était un ciel de fête villageoise, piqueté de cocardes, qui sentait les vacances et les bals champêtres. Mathieu vit disparaître Daniel et pensa : « Je reste seul. » Seul, mais pas plus libre qu'auparavant. Il s'était dit, la veille : « Si seulement Marcelle n'existait pas. » Mais c'était un mensonge. « Personne n'a entravé ma liberté, c'est ma vie qui l'a bue. » Il referma la fenêtre et rentra dans la chambre. L'odeur d'Ivich y flottait encore. Il respira l'odeur et revit cette journée de tumulte. Il pensa : « Beaucoup de bruit pour rien. » Pour rien : cette vie lui était donnée pour rien, il n'était rien et cependant il ne changerait plus : il était fait. Il ôta ses chaussures et resta immobile, assis sur le bras du fauteuil, un soulier à la main ; il avait encore, au fond de la gorge, la chaleur rousse et sucrée du[a] rhum. Il bâilla : il avait fini sa journée, il en avait fini avec sa jeunesse. Déjà des morales éprouvées lui proposaient discrètement leurs services : il y avait l'épicurisme désabusé, l'indulgence souriante, la résignation, l'esprit de sérieux, le stoïcisme, tout ce qui permet de déguster minute par minute, en connaisseur, une vie ratée. Il ôta son veston, il se mit à dénouer sa cravate. Il se répétait en bâillant : « C'est vrai, c'est tout de même vrai : j'ai l'âge de raison. »

II

LE SURSIS

Roman

VENDREDI 23 SEPTEMBRE

Seize heures trente à Berlin, quinze heures trente à
Londres. L'hôtel s'ennuyait sur sa colline, désert et solennel, avec un vieillard dedans[1]. À Angoulême, à Marseille,
à Gand, à Douvres, ils pensaient : « Que fait-il ? Il est
plus de trois heures, pourquoi ne descend-il pas ? » Il
était assis dans le salon aux persiennes demi-closes, les
yeux fixes sous ses épais sourcils, la bouche légèrement
ouverte, comme s'il se rappelait un souvenir très ancien.
Il ne lisait plus, sa vieille main tavelée, qui tenait encore
les feuillets, pendait le long de ses genoux. Il se tourna
vers Horace Wilson et demanda : « Quelle heure est-il ? »
et Horace Wilson dit : « Quatre heures et demie, à peu
près. » Le vieillard leva ses gros yeux, eut un petit rire
aimable et dit : « Il fait chaud. » Une chaleur rousse, cré-
pitante, pailletée s'était affalée sur l'Europe ; les gens
avaient de la chaleur sur les mains, au fond des yeux, dans
les bronches ; ils attendaient, écœurés de chaleur, de poussière et d'angoisse. Dans le hall de l'hôtel, les journalistes
attendaient. Dans la cour, trois chauffeurs attendaient,
immobiles au volant de leurs autos ; de l'autre côté du
Rhin, immobiles dans le hall de l'hôtel Dreesen, de longs
Prussiens vêtus de noir attendaient. Milan Hlinka n'attendait plus. Il n'attendait plus depuis l'avant-veille. Il y
avait eu cette lourde journée noire, traversée par une
certitude fulgurante : « Ils nous ont lâchés ! » Et puis le
temps s'était remis à couler, au petit bonheur, les jours
ne se vivaient plus pour eux-mêmes, ça n'était plus que

des lendemains, il n'y aurait plus jamais que des lendemains.

À quinze heures trente, Mathieu attendait encore, au
bord d'un horrible avenir ; au même instant, à seize heures
trente, Milan n'avait plus d'avenir. Le vieillard se leva,
il traversa la pièce, les genoux raides, d'un pas noble et
sautillant. Il dit : « Messieurs ! » et il sourit affablement ;
il posa le document sur la table et en lissa les feuillets de
son poing fermé ; Milan s'était planté devant la table ; le
journal déplié couvrait toute la largeur de la toile cirée.
Milan lut pour la septième fois :

« Le Président de la République, et avec lui le Gouvernement n'ont rien pu faire qu'accepter les propositions
des deux grandes puissances, au sujet de la base d'une
attitude future. Il ne nous restait rien d'autre à faire,
puisque nous sommes restés seuls[1]. » Nevile Henderson[a]
et Horace Wilson s'étaient approchés de la table, le vieillard se tourna vers eux, il avait l'air inoffensif et périmé,
il dit : « Messieurs, voici ce qui nous reste à faire. » Milan
pensait : « Il n'y avait rien d'autre à faire. » Une rumeur
confuse entrait par la fenêtre et Milan pensait : « Nous
sommes restés seuls. »

Une petite voix de souris monta de la rue : « Vive
Hitler ! »

Milan courut à la fenêtre :

« Attends un peu, cria-t-il. Attends que je descende ! »

Il y eut une fuite éperdue, des claquements de galoches ;
au bout de la rue le gamin se retourna, fouilla dans son
tablier et se mit à faire des moulinets avec son bras. Deux
chocs secs contre le mur.

« C'est le petit Liebknecht[2], dit Milan, il fait sa tournée. »

Il se pencha : la rue était déserte, comme les dimanches.
À leur balcon les Schœnhof avaient attaché des drapeaux
rouges et blancs avec des croix gammées. Tous les volets
de la maison verte étaient fermés. Milan pensa : « Nous
n'avons pas de volets. »

« Il faut ouvrir toutes les fenêtres, dit-il.

— Pourquoi ? demanda Anna.

— Quand les fenêtres sont fermées, ils visent les carreaux. »

Anna haussa les épaules :

« De toute façon... », dit-elle.

Leurs chants et leurs cris arrivaient par grandes rafales vagues.

« Ils sont toujours sur la place », dit Milan.

Il avait posé les mains sur la barre d'appui, il pensait : « Tout est fini. » Un gros homme apparut au coin de la rue. Il portait un rücksack et s'appuyait sur un bâton. Il avait l'air las, deux femmes le suivaient, courbées sous d'énormes ballots.

« Les Jägerschmitt rentrent », dit Milan sans se retourner.

Ils s'étaient enfuis le lundi soir, ils avaient dû passer la frontière dans la nuit du mardi au mercredi. À présent ils s'en revenaient, la tête haute. Jägerschmitt s'approcha de la maison verte et gravit les marches du perron. Il avait le visage gris de poussière, avec un drôle de sourire. Il se mit à fouiller dans les poches de sa veste et sortit une clé. Les femmes avaient posé leurs ballots par terre et le regardaient faire.

« Tu rentres quand il n'y a plus de danger! » lui cria Milan.

Anna dit vivement :

« Milan! »

Jägerschmitt avait levé la tête. Il vit Milan et ses yeux clairs brillèrent.

« Tu rentres quand il n'y a plus de danger.

— Oui, je rentre, cria Jägerschmitt. Et toi, tu vas t'en aller! »

Il tourna la clé dans la serrure et poussa la porte; les deux femmes entrèrent derrière lui. Milan se retourna :

« Sales couards! dit-il.

— Tu les provoques, dit Anna.

— Ce sont des couards, dit Milan, de la sale race d'Allemands. Ils nous léchaient les bottes, il y a deux ans.

— N'empêche. Tu ne dois pas les provoquer. »

Le vieillard cessa de parler; sa bouche demeurait entrouverte comme si elle continuait en silence à émettre des avis sur la situation. Ses gros yeux ronds s'étaient embués de larmes, il avait levé les sourcils, il regardait Horace et Nevile d'un air interrogateur. Ils se turent, Horace fit un mouvement brusque et détourna la tête; Nevile marcha jusqu'à la table, prit le document, le considéra un instant et le repoussa avec mécontentement. Le vieillard eut l'air perplexe; il écarta les bras en signe d'impuissance et de bonne foi. Il dit pour la cinquième fois : « Je me suis trouvé en face d'une situation tout à fait inattendue; je pensais que nous discuterions tranquillement les propositions dont j'étais le porteur... » Horace pensa : « Vieux renard! Où va-t-il chercher cette voix de grand-père ? » Il dit : « C'est bien, Excellence : dans dix minutes nous serons à l'hôtel Dreesen. »

« Lerchen est venue, dit Anna. Son mari est à Prague; elle n'est pas tranquille.

— Elle n'a qu'à venir chez nous.

— Si tu crois qu'elle sera plus tranquille, dit Anna avec un petit rire. Avec un fou comme toi, qui se met à la fenêtre pour insulter les gens dans la rue... »

Il regarda sa petite tête fine et calme, aux traits tirés, ses épaules étroites, son ventre énorme.

« Assieds-toi, dit-il. Je n'aime pas te voir debout. »

Elle s'assit, elle croisa les mains sur son ventre; le type brandissait des journaux en murmurant : « *Paris-Soir*[1], dernière. Il m'en reste deux, achetez-les. » Il avait tant crié qu'il s'était égosillé. Maurice prit le journal. Il lut : « Le premier ministre Chamberlain a adressé au chancelier Hitler une lettre à laquelle, comme on l'admet dans les milieux britanniques, ce dernier répondra. La rencontre avec M. Hitler, qui devait avoir lieu ce matin, est, en conséquence, renvoyée à une heure ultérieure. »

Zézette regardait le journal par-dessus l'épaule de Maurice. Elle demanda :

« Il y a du nouveau ?

— Non. C'est toujours pareil. »

Il tourna la page et ils virent une photo sombre qui représentait une espèce de château, un truc comme au Moyen Âge, au sommet d'une colline, avec des tours, des clochetons et des centaines de fenêtres.

« C'est Godesberg, dit Maurice.

— C'est là qu'il est, Chamberlain ? demanda Zézette.

— Il paraît qu'on a envoyé des renforts de police.

— Oui, dit Milan. Deux gendarmes. Ça fait six gendarmes en tout. Ils se sont barricadés dans la gendarmerie. »

Un tombereau de cris se déversa dans la chambre. Anna frissonna; mais son visage restait calme.

« Si on téléphonait ? dit-elle.

— Téléphoner ?

« — Oui. À Prisecnice. »

Milan lui montra le journal sans répondre : « D'après une dépêche du D. N. B.[1] datée de jeudi, les populations allemandes des régions des Sudètes auraient pris en main le service d'ordre jusqu'à la frontière linguistique. »

« Ça n'est peut-être pas vrai, dit Anna. On m'a dit que ça ne s'est fait qu'à Eger. »

Milan donna un coup de poing sur la table :

« Nom de Dieu! encore demander du secours. »

Il étendit les mains; elles étaient énormes et noueuses, avec des taches brunes et des cicatrices : il avait été bûcheron avant son accident. Il les regardait en écartant les doigts. Il dit :

« Ils peuvent s'amener. À deux, à trois. On rigolera cinq minutes, je te le dis.

— Ils s'amèneront à six cents », dit Anna.

Milan baissa la tête; il se sentait seul.

« Écoute! » dit Anna.

Il écouta : on les entendait plus distinctement, ils devaient s'être mis en marche. La rage le fit trembler; il n'y voyait plus très clair et son crâne lui faisait mal. Il s'approcha de la commode et se mit à souffler.

« Qu'est-ce que tu fais ? » demanda Anna.

Il s'était penché sur le tiroir de la commode, il soufflait. Il se courba un peu plus et grogna sans répondre.

« Il ne faut pas, lui dit-elle.

— Quoi ?

— Il ne faut pas. Donne-moi ça. »

Il se retourna : Anna s'était levée, elle s'appuyait contre la chaise, elle avait l'air juste. Il pensa à son ventre; il lui tendit le revolver.

« Ça va, dit-il. Je vais téléphoner à Prisecnice. »

Il descendit au rez-de-chaussée, dans la salle d'école, il ouvrit les fenêtres, puis il prit le téléphone.

« Donnez-moi la préfecture, à Prisecnice. Allô ? »

Son oreille droite entendait un grésillement sec, en zigzag. Son oreille gauche *les* entendait. Odette eut un rire confus : « Je n'ai jamais très bien su où c'était, la Tchécoslovaquie », dit-elle en plongeant ses doigts dans le sable. Au bout d'un moment il y eut un déclic.

« Na ? » fit une voix.

Milan pensa : « Je demande du secours! » Il serrait l'écouteur de toutes ses forces.

« Ici Pravnitz, dit-il, je suis l'instituteur. Nous sommes
vingt Tchèques, il y a trois démocrates allemands qui se
cachent au fond d'une cave, le reste est à Henlein; ils sont
encadrés par cinquante types du Corps franc[1] qui ont
passé la frontière hier soir et qui les ont massés sur la
place. Le maire est avec eux. »

Il y eut un silence, puis la voix dit avec insolence :

« Bitte! Deutsch sprechen.

— Schweinkopf[2]! » cria Milan.

Il raccrocha et remonta l'escalier en boitant bas. Sa
jambe lui faisait mal. Il entra dans la chambre et s'assit.

« Ils sont là-bas », dit-il.

Anna vint vers lui, elle posa les mains sur ses épaules :

« Mon cher amour, dit-elle.

— Les salauds! dit Milan. Ils comprenaient tout, ils
rigolaient au bout du fil. »

Il l'attira entre ses genoux. Le ventre énorme touchait
son ventre :

« À présent nous sommes tout seuls, dit-il.

— Je ne peux pas le croire. »

Il leva lentement la tête et la regarda de bas en haut;
elle était sérieuse et dure à l'ouvrage, mais elle avait ça
des femmes : il fallait toujours qu'elle fît confiance à
quelqu'un.

« Les voilà! » dit Anna.

Les voix semblaient plus proches : ils devaient défiler
dans la Grand-Rue. De loin les cris joyeux des foules
ressemblent à des cris d'horreur.

« La porte est barricadée ?

— Oui, dit Milan. Mais ils peuvent toujours entrer
par les fenêtres ou faire le tour par le jardin.

— S'ils montent... dit Anna.

— Tu n'as pas besoin d'avoir peur. Ils pourront tout
casser sans que je lève un doigt. »

Il sentit tout d'un coup les lèvres chaudes d'Anna
contre sa joue :

« Mon cher amour. Je sais que c'est pour moi que tu
feras ça.

— Ça n'est pas pour toi. Toi c'est moi. C'est pour le
gosse. »

Ils sursautèrent : on avait sonné.

« Ne va pas à la fenêtre », cria Anna.

Il se leva, il alla à la fenêtre. Les Jägerschmitt avaient

ouvert tous leurs volets; le drapeau hitlérien pendait au-dessus de la porte. En se penchant il vit une ombre minuscule.

« Je descends », cria-t-il.

Il traversa la pièce :

« C'est Marikka », dit-il.

Il descendit l'escalier, il alla ouvrir. Pétards, cris, musique par-dessus les toits : c'était un jour de fête. Il regarda la rue vide et son cœur se serra.

« Qu'est-ce que tu viens faire ici ? demanda-t-il. Il n'y a pas classe.

— C'est maman qui m'envoie », dit Marikka. Elle portait un petit panier avec des pommes et des tartines de margarine.

« Ta mère est folle; tu vas rentrer chez toi.

— Elle dit que vous ne me renvoyiez pas. »

Elle lui tendit une feuille pliée en quatre. Il la déplia et lut : « Le père et Georg ont perdu la tête. Je vous en prie, gardez Marikka jusqu'à ce soir. »

« Où est-il, ton père ? demanda Milan.

— Il s'est mis derrière la porte, avec Georg. Ils ont des haches et des fusils. » Elle ajouta avec un peu d'importance : « Maman m'a fait sortir par la cour, elle dit que je serai mieux chez vous parce que vous êtes raisonnable.

— Oui, dit Milan. Oui. Je suis raisonnable. Allez, monte. »

Dix-sept heures trente à Berlin, seize heures trente à Paris. Légère dépression au nord de l'Écosse. M. von Dörnberg parut sur l'escalier du Grand Hôtel, les journalistes l'entourèrent et Pierryl demanda : « Est-ce qu'il va descendre ? » M. von Dörnberg tenait un papier dans la main droite; il leva la main gauche et dit : « On n'a pas encore décidé si M. Chamberlain verrait le Führer dans la soirée. »

« C'est ici, dit Zézette. Je vendais des fleurs ici, dans une petite voiture verte.

— Tu te mettais bien », dit Maurice.

Il regardait docilement le trottoir et la chaussée, puisque c'était ça qu'ils étaient venus voir, depuis le temps qu'elle en parlait. Mais ça ne lui disait rien. Zézette avait lâché son bras, elle riait toute seule, sans bruit, en regardant filer les voitures. Maurice demanda :

« Tu avais une chaise ?

— Des fois; un pliant, dit Zézette.

— Ça ne devait pas être bien marrant.

— Au printemps c'était bien », dit Zézette.

Elle lui parlait à mi-voix, sans se retourner vers lui, comme dans une chambre de malade; depuis un moment elle s'était mise à faire des mouvements distingués avec les épaules et le dos, elle n'avait pas l'air naturel. Maurice s'embêtait; il y avait au moins vingt personnes devant une vitrine, il s'approcha et se mit à regarder par-dessus leurs têtes. Zézette demeura en extase sur le bord du trottoir; au bout d'un instant, elle le rejoignit et lui reprit le bras. Sur une plaque de verre biseautée, il y avait deux bouts de cuir rouge avec une mousse rouge, tout autour, pareille à une houpette à poudre. Maurice se mit à rire.

« Tu rigoles ? chuchota Zézette.

— C'est des souliers », dit Maurice en rigolant.

Deux ou trois têtes se retournèrent. Zézette lui fit : « Chut » et l'entraîna.

« Ben quoi ? dit Maurice, on est pas à la messe. »

Mais il avait tout de même baissé la voix : les gens s'avançaient à pas de loup les uns derrière les autres, ils avaient tous l'air de se connaître mais personne ne parlait.

« Il y a bien cinq ans que j'étais pas venu ici », chuchota-t-il.

Zézette lui montra le Maxim's avec fierté.

« C'est le Maxim's », lui dit-elle au creux de l'oreille. Maurice regarda le Maxim's et détourna vivement la tête : on lui en avait causé, c'était une belle saloperie, c'était là que les bourgeois sablaient le champagne, en 1914, pendant que les ouvriers se faisaient casser la gueule. Il dit entre ses dents :

« Pourriture ! »

Mais il se sentait gêné, sans savoir pourquoi. Il marchait à petits pas, en se dandinant; les gens lui semblaient fragiles et il avait peur de les heurter.

« Ça se peut, dit Zézette. Mais c'est quand même une belle rue, tu trouves pas ?

— Ça m'épate pas, dit Maurice. Ça manque d'air. »

Zézette haussa les épaules et Maurice se mit à penser à l'avenue de Saint-Ouen : quand il quittait l'hôtel, le matin, des types le dépassaient en sifflant, une musette

sur le dos, courbés sur le guidon de leurs vélos. Il se
sentait heureux : les uns s'arrêtaient à Saint-Denis et
d'autres continuaient leur chemin, tout le monde allait
dans le même sens, la classe ouvrière était en marche. Il
dit à Zézette :

« Ici, on est chez les bourgeois. »

Ils firent quelques pas dans une odeur de papier d'Arménie et puis Maurice s'arrêta et demanda pardon.

« Qu'est-ce que tu dis ? demanda Zézette.

— C'est rien, dit Maurice gêné. Je dis rien. »

Il avait encore heurté quelqu'un; les autres avaient
beau marcher les yeux baissés, ils s'arrangeaient toujours
pour s'éviter au dernier moment; ça devait être une
affaire d'habitude.

« Tu t'amènes ? »

Mais il n'avait plus envie de reprendre sa marche, il
avait peur de casser quelque chose et puis cette rue ne
menait nulle part, elle n'avait pas de direction, il y avait
des gens qui remontaient vers les Boulevards, d'autres
qui descendaient vers la Seine et d'autres qui restaient
collés par le nez aux vitrines, ça faisait des remous locaux,
mais pas de mouvements d'ensemble, on se sentait seul.
Il allongea la main et la posa sur l'épaule de Zézette; il
serrait fortement la chair grasse à travers l'étoffe. Zézette
lui sourit, elle s'amusait, elle regardait tout avec avidité
sans perdre son air averti, elle remuait gentiment ses
petites fesses. Il lui chatouilla le cou et elle rit.

« Maurice, dit-elle, finis ! »

Il aimait bien les fortes couleurs qu'elle se mettait sur
le visage, le blanc qui ressemblait à du sucre et le beau
rouge des pommettes. De près, elle sentait la gaufre. Il
lui demanda à voix basse :

« Tu t'amuses ?

— Je reconnais tout », dit Zézette les yeux brillants.

Il lui lâcha l'épaule et ils se remirent à marcher en
silence : elle avait connu des bourgeois, ils venaient lui
acheter des fleurs, elle leur souriait et il y en avait même
qui essayaient de la tripoter. Il regardait sa nuque blanche
et il se sentait drôle, il avait envie de rire et de se fâcher.

« *Paris-Soir,* cria une voix.

— On l'achète ? demanda Zézette.

— C'est le même que tout à l'heure. »

Les gens entouraient le vendeur et s'arrachaient les

journaux en silence. Une femme sortit de la foule, elle
avait de hauts talons et un chapeau de quoi se marrer
perché sur le haut du crâne. Elle déplia le journal et se
mit à lire en trottinant. Tous ses traits s'affaissèrent et elle
poussa un grand soupir.

« Vise la bonne femme », dit Maurice.

Zézette la regarda :

« Son homme est peut-être pour partir », dit-elle.

Maurice haussa les épaules : ça semblait si drôle qu'on
pût être vraiment malheureuse avec ce chapeau et ces
souliers de morue.

« Ben quoi ? dit-il, il est officemar, son homme.

— Même qu'il serait officemar, dit Zézette, il peut y
laisser sa peau comme les copains. »

Maurice la regarda de travers :

« Tu me fais marrer avec les officemars. T'as qu'à voir
en 14, s'ils y ont laissé leur peau.

— Eh ben justement, dit Zézette. Je croyais qu'il y en
avait eu beaucoup de morts.

— C'est les culs-terreux qui sont morts et puis nous
autres », dit Maurice.

Zézette se serra contre lui :

« Oh! Maurice, dit-elle, tu crois vraiment qu'il y aura
la guerre ?

— Qu'est-ce que j'en sais, moi ? » dit Maurice.

Le matin encore, il en était sûr et les copains en étaient
sûrs comme lui. Ils étaient au bord de la Seine, ils regardaient la file de grues et la drague, il y avait des gars en
bras de chemise, des durs de Gennevilliers qui creusaient
une tranchée pour un câble électrique et c'était évident
que la guerre allait éclater. Finalement, ça ne les changerait pas tant, les gars de Gennevilliers : ils seraient
quelque part dans le Nord à creuser des tranchées, sous le
soleil, menacés par les balles, les obus et les grenades
comme aujourd'hui par les éboulis, les chutes et tous
les accidents du travail; ils attendraient la fin de la guerre
comme ils attendaient la fin de leur misère. Et Sandre
avait dit : « On la fera, les gars. Mais quand on reviendra,
on gardera nos fusils. »

À présent, il n'était plus sûr de rien : à Saint-Ouen,
c'était la guerre en permanence, mais pas ici. Ici, c'était
la paix : il y avait des vitrines, des objets de luxe à l'étalage, des étoffes de couleur, des glaces pour se regarder,

tout le confort. Les gens avaient l'air triste mais c'était de naissance. Pourquoi se battraient-ils ? Ils n'attendaient plus rien, ils avaient tout. Ça devait être sinistre de ne rien espérer sauf que la vie continuât indéfiniment comme elle avait commencé!

« La bourgeoisie ne veut pas la guerre, expliqua Maurice tout à coup. Elle a peur de la victoire, parce que ce serait la victoire du prolétariat. »

Le vieillard se leva, il conduisit Nevile Henderson et Horace Wilson jusqu'à la porte. Il les regarda un instant d'un air ému, il ressemblait à tous les vieillards au visage usé qui entouraient le vendeur de journaux de la rue Royale, les kiosques à journaux de Pall Mall Street et qui ne demandaient plus rien sauf que leur vie se terminât comme elle avait commencé. Il pensait à ces vieillards et aux enfants de ces vieillards et il dit :

« Vous demanderez en outre à M. von Ribbentrop si le chancelier Hitler juge utile que nous ayons une dernière conversation avant mon départ, en attirant son attention sur ce point qu'une acceptation de principe entraînerait pour M. Hitler la nécessité de nous faire connaître de nouvelles propositions. Vous insisterez particulièrement sur le fait que je suis décidé à faire tout ce qui est humainement possible pour régler le litige par voie de négociations, car il me semble incroyable que les peuples de l'Europe, qui ne veulent pas la guerre, soient plongés dans un conflit sanglant pour une question sur laquelle l'accord est en grande partie réalisé. Bonne chance. »

Horace et Nevile s'inclinèrent, ils descendirent l'escalier, la voix cérémonieuse, craintive, cassée, civilisée résonnait encore à leurs oreilles et Maurice regardait les chairs douces, usées, civilisées des vieillards et des femmes et il pensait avec dégoût qu'il faudrait les saigner.

Il faudrait les saigner, ce serait plus écœurant que d'écraser des limaces, mais il faudrait en venir là. Les mitrailleuses prendraient la rue Royale en enfilade, puis elle resterait quelques jours à l'abandon, avec des carreaux cassés, des glaces trouées en étoile, des tables renversées aux terrasses des cafés, parmi les éclats de verre; des avions tourneraient dans le ciel au-dessus des cadavres. Et puis on enlèverait les morts, on redresserait les tables, on remplacerait les carreaux et la vie reprendrait,

des hommes drus avec de fortes nuques rouges, des blou-
sons de cuir et des casquettes repeupleraient la rue. En
Russie, c'était pourtant comme ça, Maurice avait vu des
photos de la perspective Nevski; les prolétaires avaient
pris possession de cette avenue de luxe, ils s'y promenaient, les palais et les grands ponts de pierre ne les
épataient plus.

« Pardon! » dit Maurice avec confusion.

Il avait balancé un grand coup de coude dans le dos
d'une vieille dame qui le regarda d'un air indigné. Il se
sentit las et découragé : sous les grands panneaux-
réclames, sous les lettres d'or noirci accrochées au balcon,
entre les pâtisseries et les magasins de chaussures, devant
les colonnes de la Madeleine, on ne pouvait imaginer
d'autre foule que celle-ci, avec beaucoup de vieilles dames
trottinantes et d'enfants en costume marin. La lumière
triste et dorée, l'odeur d'encens, les immeubles écrasants,
les voix de miel, les visages anxieux et endormis, le frôlement sans espoir des semelles contre le bitume, tout
allait ensemble, tout était *réel;* la Révolution n'était
qu'un rêve. « Je n'aurais pas dû venir, pensa Maurice en
jetant un coup d'œil rancuneux à Zézette. La place d'un
prolétaire n'est pas ici. »

Une main lui toucha l'épaule; il rougit de plaisir en
reconnaissant Brunet.

« Bonjour, mon petit gars, dit Brunet en souriant.

— Salut, camarade », dit Maurice.

La poigne de Brunet était dure et calleuse comme la
sienne et elle serrait fort. Maurice regarda Brunet et se
mit à rire d'aise. Il se réveillait : il sentait les copains
autour de lui, à Saint-Ouen, à Ivry, à Montreuil, dans
Paris même, à Belleville, à Montrouge, à La Villette, qui
se serraient les coudes et se préparaient au coup dur.

« Qu'est-ce que tu fous ici ? demanda Brunet. Tu es
en chômage ?

— C'est mon congé payé, expliqua Maurice un peu
gêné. Zézette a voulu venir parce qu'elle travaillait ici,
autrefois.

— Et voilà Zézette, dit Brunet. Salut, camarade
Zézette.

— C'est Brunet, dit Maurice. Tu as lu son article, ce
matin, dans *L'Huma.* »

Zézette regarda Brunet hardiment et lui tendit la main.

Elle n'avait pas peur des hommes, celle-là, même que ce soit des bourgeois ou des huiles du Parti.

« Je l'ai connu, il était haut comme ça, dit Brunet en désignant Maurice, il était aux Faucons rouges[1], à la chorale, je n'ai jamais vu personne avoir la voix si fausse. Finalement, on avait convenu qu'il ferait seulement semblant de chanter pendant les défilés. »

Ils rirent.

« Et alors ? dit Zézette. Est-ce qu'il va y avoir la guerre ? Vous devez le savoir, vous; vous êtes bien placé pour ça. »

C'était une question idiote, une question de femme, mais Maurice lui fut reconnaissant de l'avoir posée. Brunet était devenu sérieux.

« Je ne sais pas s'il y aura la guerre, dit-il. Mais il ne faut surtout pas en avoir peur : la classe ouvrière doit savoir que ça n'est pas en faisant des concessions qu'on pourra l'éviter. »

Il causait bien. Zézette avait levé vers lui des yeux remplis de confiance et elle souriait doucement en l'écoutant. Maurice fut agacé : Brunet causait comme le journal et il ne disait rien de plus que le journal[2].

« Vous croyez qu'Hitler se dégonflerait si on lui montrait les dents ? » demanda Zézette.

Brunet avait pris un air officiel, il ne paraissait pas comprendre qu'on lui demandait son avis personnel.

« C'est tout à fait possible, dit-il. Et puis, quoi qu'il arrive, l'U. R. S. S. est avec nous. »

« Évidemment, pensa Maurice, les grosses légumes du Parti ne vont pas se mettre comme ça, sur commande, à faire part de leurs opinions à un petit mécano de Saint-Ouen. » Mais il était déçu tout de même. Il regarda Brunet et sa joie tomba tout à fait : Brunet avait de fortes mains paysannes, une dure mâchoire, des yeux qui savaient ce qu'ils voulaient; mais il portait un col et une cravate, un complet de flanelle, il semblait à l'aise au milieu des bourgeois.

Une vitrine sombre renvoyait leur image : Maurice vit une femme en cheveux et un grand costaud, la casquette en arrière, éclatant dans son blouson, qui parlaient avec un monsieur. Pourtant, il restait là, les mains dans les poches, il ne se décidait pas à quitter Brunet.

« Tu es toujours à Saint-Mandé ? demanda Brunet.

— Non, dit Maurice, à Saint-Ouen. Je travaille chez le Flaive[1].

— Ah ? Je te croyais à Saint-Mandé! Ajusteur ?

— Mécano.

— Bon, dit Brunet. Bon, bon, bon. Eh bien!... Salut, camarade.

— Salut, camarade », dit Maurice. Il se sentait mal à l'aise, et vaguement déçu.

« Salut, camarade », dit Zézette, en souriant de toutes ses dents.

Brunet les regarda s'éloigner. La foule s'était refermée sur eux, mais les épaules énormes de Maurice émergeaient au-dessus des chapeaux. Il devait tenir Zézette par la taille : sa casquette lui frôlait le chignon et ils chaloupaient, tête contre tête, entre les passants. « C'est un bon petit gars, pensa Brunet. Mais je n'aime pas sa poufiasse. » Il reprit sa marche, il était grave, avec un remords à fleur de peau. « Qu'est-ce que je pouvais lui répondre ? » pensa-t-il. À Saint-Denis, à Saint-Ouen, à Sochaux, au Creusot, par centaines de milliers, ils attendaient avec le même regard anxieux et confiant. Des centaines de milliers de têtes comme celle-là, de bonnes têtes rondes et dures, maladroitement taillées, des têtes grosse coupe, de vraies têtes d'homme qui se tournaient vers l'Est, vers Godesberg, vers Prague, vers Moscou. Et qu'est-ce qu'on pouvait leur répondre ? Les défendre : pour le moment, c'est tout ce qu'on pouvait faire. Défendre leur pensée lente et tenace contre tous les salauds qui tentaient de la faire dérailler. Aujourd'hui la mère Boningue, demain Dottin, le secrétaire du syndicat des Instituteurs, après-demain les Pivertistes[2] : c'était son lot; il irait des uns aux autres, il essaierait de les faire taire. La mère Boningue le regarderait d'un air velouté, elle lui parlerait de « l'horreur de verser le sang » en agitant ses mains idéalistes. C'était une grosse femme d'une cinquantaine d'années, rougeaude, avec un duvet blanc sur les joues, des cheveux courts et un regard douillet de prêtre derrière ses lunettes; elle portait un veston d'homme au revers barré par le ruban de la légion d'honneur. « Je lui dirai : les femmes ne vont pas commencer leurs conneries; en 14, elles poussaient leurs mâles dans les wagons par les épaules, alors qu'il aurait fallu se coucher sur les rails pour empêcher le train de partir et aujourd'hui que ça peut avoir un sens de se battre, vous allez faire des ligues pour la paix, vous vous arrangez pour saboter le moral des hommes. » Le visage de Maurice réapparut et Brunet secoua les épaules avec agacement : : « Un mot, un seul mot, quelquefois ça les éclaire et je n'ai pas su le trouver. » Il pensa avec rancune : « C'est la faute de sa bonne femme, elles ont l'art de poser des questions idiotes. » Les joues farineuses de Zézette, ses petits yeux obscènes, son ignoble parfum; elles iraient recueillir des signatures et des signatures, insistantes et douces, les grosses colombes radicales, les Juives trotzkistes, les oppositionnelles S.F.I.O., elles entreraient partout, avec leur sacré culot, une vieille paysanne en train de traire, elles lui fondraient dessus, elles lui colleraient un stylo dans sa large patte mouillée : « Signez là si vous êtes contre la guerre. » *Plus de guerre, jamais. Des négociations, toujours. La Paix d'abord.* Et qu'est-ce qu'elle ferait, la Zézette, si on lui tendait un stylo, tout d'un coup ? Est-ce qu'elle avait gardé des réflexes de classe assez sains pour rire au nez de ces grosses dames bienveillantes ? Elle l'a traîné dans les beaux quartiers. Elle regardait les boutiques avec animation, elle se colle un pied de fard sur les joues... Pauvre petit gars, ça ne serait pas beau si elle s'accrochait à son cou pour l'empêcher de partir; ils n'ont pas besoin de ça... *Intellectuel. Bourgeois.* « Je ne peux pas la blairer parce qu'elle a du plâtre sur la figure et les mains rongées. » Tous les camarades ne peuvent pourtant pas être célibataires. Il se sentait las et pesant; tout à coup, il pensa : « Je la blâme de se farder parce que je n'aime pas les fards à bon marché. » *Intellectuel. Bourgeois.* Les aimer. Les aimer tous et toutes, chacun et chacune, sans distinction. Il pensa : « Je ne devrais même pas *vouloir* les aimer, ça devrait se trouver comme ça, par nécessité, comme on respire. » *Intellectuel. Bourgeois. Séparé pour toujours.* « J'aurai beau faire, nous n'aurons jamais les mêmes souvenirs. » Joseph Mercier, âgé de trente-trois ans, hérédosyphilitique, professeur d'histoire naturelle au lycée Buffon et au collège Sévigné, remontait la rue Royale en reniflant et en tordant périodiquement la bouche avec un petit claquement humide; il avait sa douleur au côté

gauche, il se sentait misérable et il pensait par à-coups :
« Est-ce qu'ils paieront le traitement des fonctionnaires
mobilisés ? » Il regardait à ses pieds pour ne pas voir
tous ces visages impitoyables et il heurta un grand
homme roux en costume de flanelle grise qui l'envoya
dinguer contre une vitrine ; Joseph Mercier leva les
yeux et pensa : « Quelle armoire ! » C'était une armoire,
un mur, une de ces brutes insensibles et cruelles, comme
le grand Chamerlier de mathématiques élémentaires qui
le narguait en pleine classe, un de ces types qui ne
doutent jamais de rien ni d'eux-mêmes, qui n'ont jamais
été malades, qui n'ont pas de tics, qui prennent les
femmes et la vie à pleines mains et qui marchent droit
vers leur but en vous envoyant dinguer contre les
vitrines. La rue Royale coulait doucement vers la Seine
et Brunet coulait avec elle, quelqu'un l'avait heurté, il
avait vu s'enfuir une larve maigre au nez rongé, avec
un melon et un grand faux col de porcelaine, il pensait
à Zézette et à Maurice et il avait retrouvé sa vieille
angoisse familière, sa honte devant ces souvenirs inex-
piables, la maison blanche au bord de la Marne, la bibliothèque du père, les longues mains parfumées de la mère,
qui le séparaient d'eux pour toujours.

C'était un beau soir doré, un fruit de septembre.
Stephen Hartley, penché au balcon, murmurait : « Les
vastes et lents remous de la foule vespérale. » Tous ces
chapeaux, cette mer de feutre, quelques têtes nues
flottaient entre les vagues, il pensa : « comme des
mouettes », il pensa qu'il écrirait : « comme des
mouettes », deux têtes blondes et une tête grise, un
beau crâne roux, au-dessus des autres, déjà touché par
la calvitie ; Stephen pensait « la foule française » et il
était ému. Petite foule de petits hommes héroïques et
vieillots. Il écrirait : « La foule française attend les
événements dans le calme et la dignité. » À la une du
New York Herald, en caractères gras, « j'ai ausculté la
foule française ». Petits hommes, ils n'avaient jamais
l'air très bien lavés, grands chapeaux des femmes, foule
silencieuse, sereine et sale, dorée par l'heure calme
d'un soirᵃ de Paris entre la Madeleine et la Concorde,
au soleil couchant. Il écrirait « le visage de la France »,
il écrirait : « le visage éternel de la France ». Des glissements, des chuchotements qu'on aurait dits respectueux

et émerveillés, ce serait exagéré de mettre « émerveillés » ; un grand Français roux, un peu chauve, calme comme un coucher de soleil, quelques éclats de soleil aux vitres des autos, quelques éclats de voix ; des scintillements de voix, pensa Stephen. Il pensa : « Mon article est fait. »

« Stephen ! dit Sylvia dans son dos.

— Je travaille », dit Stephen sèchement et sans se retourner.

« Mais il faut me répondre, cher, dit Sylvia, il n'y a plus que des premières sur le *Lafayette*.

— Prends des premières, prends des cabines de luxe, dit Stephen, le *Lafayette* est peut-être le dernier bateau qui part pour l'Amérique d'ici longtemps. »

Brunet marchait tout doucement, il respirait une odeur de papier d'Arménie, il leva la tête, regarda des lettres d'or noirci accrochées à un blacon ; la guerre éclata : elle était là, au fond de cette inconsistance lumineuse, inscrite comme une évidence sur les murs de la belle ville cassable ; c'était une explosion fixe qui déchirait en deux la rue Royale ; les gens lui passaient au travers sans la voir ; Brunet la voyait. Elle avait toujours été là, mais les gens ne le savaient pas encore. Brunet avait pensé : « Le ciel nous tombera sur la tête. » Et tout s'était mis à tomber, il avait vu les maisons comme elles étaient pour de vrai : des chutes arrêtées. Ce gracieux magasin supportait des tonnes de pierre et chaque pierre, scellée avec les autres, tombait à la même place, obstinément, depuis cinquante ans ; quelques kilos de plus et la chute recommencerait ; les colonnes s'arrondiraient en flageolant et elles se feraient de sales fractures avec des esquilles ; la vitrine éclaterait ; des tombereaux de pierres s'effondreraient dans la cave en écrasant les ballots de marchandises. Ils ont des bombes de quatre mille kilos. Brunet eut le cœur serré : tout à l'heure encore sur ces façades bien alignées, il y avait un sourire humain, mélangé à la poudre d'or du soir. Ça s'était éteint : cent mille kilos de pierre ; des hommes erraient entre des avalanches stabilisées. Des soldats entre des ruines, il sera tué, peut-être. Il vit des sillons noirâtres sur les joues plâtrées de Zézette. Des murs poussiéreux, des pans de murs avec de grandes ouvertures béantes et des carrés de papier bleus ou jaunes, par endroit, et des plaques de lèpre ; des carrelages rouges, parmi les

éboulis, des dalles disjointes par la mauvaise herbe.
Ensuite, des baraques de planches, des campements. Et
puis on construirait de grandes casernes monotones
comme sur les boulevards extérieurs. Le cœur de Brunet
se serra : « J'aime Paris », pensa-t-il avec angoisse.
L'évidence s'éteignit d'un seul coup et la ville se reforma
autour de lui. Brunet s'arrêta; il se sentit sucré par une
lâche douceur et pensa : « S'il n'y avait pas de guerre!
S'il pouvait n'y avoir pas de guerre! » Et il regardait
avidement les grandes portes cochères, la vitrine étincelante de Driscoll, les tentures bleu roi de la brasserie
Weber. Au bout d'un moment, il eut honte; il reprit
sa marche, il pensa : « J'aime trop Paris. » Comme
Pilniak, à Moscou, qui aimait trop les vieilles églises.
Le Parti a bien raison de se méfier des intellectuels. La
mort est inscrite dans les hommes, la ruine est inscrite
dans les choses; d'autres hommes viendront qui rebâtiront Paris, qui rebâtiront le monde. Je lui dirai :
« Alors vous voulez la paix à n'importe quel prix ? »
Je lui parlerai avec douceur en la regardant fixement
et je lui dirai : « Il faut que les femmes nous laissent
tranquilles. Ce n'est pas le moment de venir embêter
les hommes avec leurs conneries. »

« Je voudrais être un homme », dit Odette.

Mathieu se souleva sur un coude. Il était tout brun,
à présent. Il demanda en souriant :

« Pour jouer au petit soldat ? »

Odette rougit :

« Oh non! dit-elle vivement. Mais je trouve idiot
d'être une femme en ce moment.

— Ça ne doit pas être très commode », admit-il.

Elle avait eu l'air d'une perruche, une fois de plus;
les mots qu'elle employait se retournaient toujours
contre elle. Il lui semblait pourtant que Mathieu n'aurait
pas pu la blâmer, si elle avait su se faire comprendre; il
aurait fallu lui dire que les hommes la mettaient toujours
mal à l'aise quand ils parlaient de la guerre devant elle.
Ils n'étaient pas naturels, ils montraient trop d'assurance,
comme s'ils avaient voulu lui faire entendre que c'était
une affaire d'homme et cependant ils avaient toujours
l'air d'attendre quelque chose d'elle : une sorte d'arbitrage, parce qu'elle était femme et ne partirait pas
et qu'elle restait au-dessus de la mêlée. Et que pouvait-

elle leur dire ? Restez ? Partez ? Elle n'avait pas à décider,
justement parce qu'elle ne partait pas. Ou alors il aurait
fallu leur dire : « Faites ce que vous voulez. » Mais
s'ils ne voulaient rien ? Elle s'effaçait, elle faisait semblant de ne pas les entendre, elle leur servait le café ou
les liqueurs, entourée de leurs éclats de voix décidés.
Elle soupira, prit un peu de sable dans sa main et le fit
couler, chaud et blanc, sur sa jambe brune. La plage
était déserte, la mer scintillait et bruissait. Sur le ponton
de bois du Provençal[1], trois jeunes femmes en pantalon
de plage prenaient le thé. Odette ferma les yeux. Elle
gisait sur le sable au fond d'une chaleur sans date, sans
âge : la chaleur de son enfance, quand elle fermait les
yeux, couchée sur ce même sable et qu'elle jouait à
être une salamandre au fond d'une grande flamme rouge
et bleue. Même chaleur, même caresse humide du
maillot ; on croyait le sentir fumer doucement au soleil,
même brûlure du sable sous sa nuque ; les autres années,
elle se fondait avec le ciel, la mer et le sable, elle ne
distinguait plus le présent du passé. Elle se redressa,
les yeux grands ouverts : aujourd'hui, il y avait un vrai
présent ; il y avait cette angoisse au creux de son estomac ;
il y avait Mathieu, brun et nu, assis en tailleur sur son
peignoir blanc. Mathieu se taisait. Elle n'aurait pas
demandé mieux que de se taire aussi. Mais quand elle
ne le forçait pas à lui adresser directement la parole, elle
le perdait : il se prêtait obligeamment, le temps de
faire un petit discours de sa voix nette et un peu rauque,
et puis il s'en allait, en laissant son corps en gage, un
corps bien poli, bien stylé. Si du moins on avait pu
supposer qu'il s'absorbait dans des pensées agréables :
mais il regardait droit devant lui, d'un air à fendre le
cœur, pendant que ses grandes mains s'occupaient sagement à faire un pâté de sable. Le pâté s'effondrait, les
mains le reconstruisaient inlassablement ; Mathieu ne
regardait jamais ses mains ; c'était énervant à la fin.

   « On ne fait pas des pâtés avec du sable sec, dit
Odette. Les tout petits enfants savent déjà ça. »

   Mathieu se mit à rire.

   « À quoi pensez-vous ? demanda Odette.

   — Il faut que j'écrive à Ivich, répondit-il. Ça m'embarrasse.

   — Je n'aurais pas cru que ça vous embarrassait,

répondit-elle avec un petit rire. Vous lui envoyez des volumes.

— Ben oui. Mais il y a des imbéciles qui lui ont fait peur. Elle s'est mise à lire les journaux et elle n'y comprend rien : elle veut que je lui explique. Ça va être commode : elle confond les Tchèques et les Albanais, elle croit que Prague est au bord de la mer.

— C'est très russe », dit Odette sèchement.

Mathieu fit la moue sans répondre et Odette se sentit antipathique. Il ajouta en souriant :

« Ce qui complique tout, c'est qu'elle est folle de colère contre moi.

— Pourquoi ? demanda-t-elle.

— Parce que je suis français. Elle vivait tranquillement chez les Français et voilà qu'ils se mettent tout d'un coup à vouloir se battre. Elle trouve ça scandaleux.

— C'est charmant », dit Odette indignée.

Mathieu prit un air bonasse :

« Il faut se mettre à sa place, dit-il doucement. Elle nous en veut parce que nous nous mettons dans le cas d'être tués ou blessés! Elle trouve que les blessés manquent de tact parce qu'on est bien obligé de penser à leur corps. Du physiologique, elle appelle ça. Elle a horreur du physiologique, chez elle et chez les autres.

— Petite chérie, murmura Odette.

— C'est sincère, dit Mathieu. Elle reste des jours entiers sans se nourrir, parce que ça la dégoûte de manger. Quand elle a sommeil, la nuit, elle prend du café pour se réveiller[1]. »

Odette ne répondit pas; elle pensait : « Une bonne fessée, voilà ce qu'il lui faudrait. » Mathieu remuait ses mains dans le sable d'un air poétique et idiot : « Elle ne mange jamais, mais je suis sûre qu'elle cache dans sa chambre d'énormes pots de confiture. Les hommes sont trop bêtes. » Mathieu s'était remis à faire ses pâtés; il était reparti, Dieu savait où et pour combien de temps : « Moi, je mange de la viande rouge et je dors quand j'ai sommeil », pensa-t-elle avec amertume. Sur le ponton du Provençal, les musiciens jouaient la *Sérénade portugaise*[2]. Ils étaient trois. Des Italiens. Le violoniste n'était pas trop mauvais; il fermait les yeux quand il jouait. Odette se sentit émue : c'était toujours si drôle la musique en plein air, si ténu, si futile. Surtout en ce moment : des tonnes de chaleur et de guerre pesaient sur la mer, sur le sable, et il y avait ce cri de souris qui montait tout droit vers le ciel. Elle se tourna vers Mathieu, elle voulait lui dire : « J'aime bien cette musique. » Mais elle se tut : peut-être qu'Ivich détestait la *Sérénade portugaise*.

Les mains de Mathieu s'immobilisèrent et le pâté de sable s'écroula.

« J'aime bien cette musique, dit-il en relevant la tête. Qu'est-ce que c'est ?

— C'est la *Sérénade portugaise* », dit Odette.

Dix-huit heures dix à Godesberg. Le vieillard attendait. À Angoulême, à Marseille, à Gand, à Douvres, ils pensaient : « Que fait-il ? Est-il descendu ? Est-ce qu'il parle avec Hitler ? Ça se pourrait qu'ils soient, en ce moment même, en train de tout arranger à eux deux. » Et ils attendaient. Le vieillard attendait, lui aussi, dans le salon aux persiennes demi-closes. Il était seul, il rota et s'approcha de la fenêtre. La colline descendait vers le fleuve, verte et blanche. Le Rhin était tout noir, il avait l'air d'une route bitumée après la pluie. Le vieillard rota encore une fois, il avait un goût aigre dans la bouche. Il se mit à tambouriner contre la vitre et les mouches effrayées voletèrent autour de lui. C'était une chaleur blanche et poussiéreuse, pompeuse, sceptique, surannée, une chaleur à collerette, du temps de Frédéric II; au fond de cette chaleur, un vieil Anglais s'ennuyait, un vieil Anglais du temps d'Édouard VII et tout le reste du monde était en 1938. À Juan-les-Pins, le 23 septembre 1938 à dix-sept heures dix, une grosse femme en robe de toile blanche s'assit sur un pliant, ôta ses lunettes bleues et se mit à lire le journal. C'était *Le Petit Niçois,* Odette Delarue[a] voyait la manchette en gros caractères : « Du sang-froid », et, en s'appliquant, elle put déchiffrer le sous-titre : « M. Chamberlain adresse un message à Hitler. » Elle se demanda : « Est-ce que j'ai *vraiment* horreur de la guerre ? » et elle pensa : « Non. Non : pas jusqu'au bout. » Si elle en avait eu horreur jusqu'au bout, elle se serait levée d'un bond, elle aurait couru jusqu'à la gare, elle aurait crié : « Ne partez pas ! Restez chez vous ! » en étendant les bras. Elle se vit, un instant, toute droite, les bras en croix et criant, et elle eut le vertige. Et puis elle sentit avec soulagement qu'elle était incapable d'une indiscrétion si grossière. Pas jusqu'au bout. Une femme bien, une Française, raisonnable et discrète, avec des tas de consignes, avec la consigne de ne rien penser jusqu'au bout. À Laon, dans une chambre sombre, une petite fille haineuse et scandalisée refusait la guerre de toutes ses forces, aveuglément, obstinément. Odette disait : « La guerre est une chose horrible! »; elle disait : « Je pense tout le temps aux pauvres types qui partent. » Mais elle ne pensait rien encore, elle attendait, sans impatience : elle savait qu'on lui dirait bientôt tout ce qu'il fallait penser, dire et faire. Quand son père avait été tué, en 1917, on lui avait dit : « C'est très bien, il faut être courageuse », elle avait très vite appris à porter ses voiles de deuil avec une tristesse crâne, à planter dans les yeux des gens un clair regard d'orpheline de guerre. En 1924, son frère avait été blessé au Maroc, il était revenu boiteux et on avait dit à Odette : « C'est très bien, il ne faut surtout pas le plaindre »; et Jacques lui avait dit, quelques années plus tard : « C'est curieux, j'aurais cru Étienne plus fort, il n'a jamais accepté son infirmité, il s'est aigri. » Jacques partirait, Mathieu partirait et ce serait très bien, elle en était sûre. Pour le moment les journaux hésitaient encore; Jacques disait : « Ce serait une guerre idiote » et *Candide*[1] disait : « Nous n'allons pas nous battre parce que les Allemands des Sudètes veulent porter des bas blancs. » Mais bientôt le pays ne serait plus qu'une immense approbation; les Chambres approuveraient à l'unanimité la politique du gouvernement, *Le Jour*[2] célébrerait nos poilus héroïques. Jacques, lui, dirait : « Les ouvriers sont admirables »; les passants s'adresseraient dans la rue des sourires pieux et complices : ce serait la guerre, Odette approuverait aussi, en tricotant des passe-montagnes[3]. Il était là, il avait l'air d'écouter la musique, il savait ce qu'il fallait penser pour de vrai mais il ne le disait pas. Il écrivait à Ivich des lettres de vingt pages pour lui expliquer la situation. À Odette, il n'expliquait rien du tout.

« À quoi pensez-vous ? »

Odette sursauta :

« Je... je ne pensais à rien.

— Vous n'êtes pas régulière, dit Mathieu. Moi, je vous ai répondu. »

Elle inclina la tête en souriant; mais elle n'avait pas envie de parler. Il paraissait tout à fait réveillé à présent; il la regardait.

« Qu'est-ce qu'il y a ? » demanda-t-elle, gênée.

Il ne répondit pas. Il riait d'un air étonné.

« Vous vous êtes aperçu que j'existais ? dit Odette. Et ça vous a porté un coup. C'est ça ? »

Quand Mathieu riait, ses yeux se plissaient, il ressemblait à un enfant chinois.

« Vous vous imaginez que vous pouvez passez inaperçue ? demanda-t-il.

— Je ne suis pas très remuante, dit Odette.

— Non. Pas très causante, non plus. En plus de ça vous faites ce que vous pouvez pour qu'on vous oublie. Eh bien, c'est raté : même quand vous êtes toute sage et décente et que vous regardez la mer sans faire plus de bruit qu'une souris, on sait que vous êtes là. C'est comme ça. Au théâtre, ils appellent ça de la présence; il y a des acteurs qui en ont, et d'autres qui n'en ont pas. Vous, vous en avez. »

Odette eut chaud aux joues :

« Vous êtes gâté par les Russes, dit-elle vivement. La présence, ça doit être une qualité très slave. Mais je ne crois pas que ce soit mon genre. »

Mathieu la considéra gravement.

« Et qu'est-ce qui est votre genre ? » demanda-t-il.

Odette sentit ses yeux qui s'affolaient un peu et papillonnaient dans ses orbites. Elle maîtrisa son regard et le ramena sur ses pieds nus aux ongles laqués. Elle n'aimait pas qu'on lui parlât d'elle.

« Je suis une bourgeoise, dit-elle gaiement, une bourgeoise française, rien de bien intéressant. »

Elle n'avait pas dû lui paraître assez convaincue; elle ajouta avec force, pour clore la discussion :

« N'importe qui. »

Mathieu ne répondit pas. Elle le regarda du coin de l'œil : ses mains s'étaient remises à racler le sable. Odette se demanda quelle gaffe elle avait bien pu faire. De toute façon il aurait bien pu protester un peu, ne fût-ce que par politesse.

Au bout d'un moment elle entendit sa voix douce et rauque :

« C'est dur, hein, de se sentir n'importe qui ?

— On s'y fait, dit Odette.

— Je suppose. Moi, je ne m'y suis pas encore fait.

— Mais, vous, vous n'êtes pas n'importe qui », dit-elle vivement.

Mathieu considérait le pâté qu'il avait édifié. Cette fois c'était un beau pâté qui tenait en l'air tout seul. Il le balaya d'un coup de main.

« On est toujours n'importe qui[1] », dit-il.

Il rit :

« C'est idiot.

— Comme vous êtes triste, dit Odette.

— Pas plus que les autres. Nous sommes tous un peu énervés par ces menaces de guerre. »

Elle leva les yeux et voulut parler, mais elle rencontra son regard, un beau regard calme et tendre. Elle se tut. N'importe qui : un homme et une femme qui se regardaient sur une plage; et la guerre était là, autour d'eux; elle était descendue en eux et les rendait semblables aux autres, à tous les autres. « Il se sent n'importe qui, il me regarde, il sourit, mais ce n'est pas à moi qu'il sourit, c'est à n'importe qui. » Il ne lui demandait rien, sauf de se taire et d'être anonyme, comme d'habitude. Il fallait se taire : si elle lui avait dit : « Vous n'êtes pas n'importe qui, vous êtes beau, vous êtes fort, vous êtes romanesque, vous ne ressemblez à personne » et s'il l'avait crue, alors il lui aurait glissé entre les doigts, il serait reparti dans ses rêves, il aurait osé, peut-être, en aimer une autre, cette Russe par exemple qui buvait du café quand elle avait sommeil. Elle eut un sursaut d'orgueil et se mit à parler. Elle dit, très vite :

« Ça sera terrible, cette fois-ci.

— Ça sera surtout con, dit Mathieu. Ils vont détruire tout ce qu'ils pourront atteindre. Paris, Londres, Rome... Ça sera joli, après ! »

Paris, Rome, Londres. Et la villa de Jacques, blanche et bourgeoise au bord de l'eau[2]. Odette frissonna; elle regarda la mer. La mer n'était plus qu'une vapeur scintillante; nu et brun, courbé en avant, un skieur nautique tiré par un canot automobile glissait sur cette vapeur. Aucun homme ne pourrait détruire ce scintillement lumineux.

« Il restera au moins ça, dit-elle.

— Quoi ?

— Ça, la mer. »

Mathieu secoua la tête.

« Même pas, dit-il, même pas ça. »

Elle le regarda avec surprise : elle ne comprenait pas toujours très bien ce qu'il voulait dire. Elle songea à l'interroger mais, tout à coup, il lui *fallut* partir. Elle sauta sur ses pieds, mit ses sandales et s'entoura de son peignoir.

« Qu'est-ce que vous faites ? demanda Mathieu.

— Il faut que je parte, dit-elle.

— Et ça vous a prise tout d'un coup ?

— Je viens de me rappeler que j'ai promis à Jacques un ailloli pour ce soir. Madeleine ne s'en tirera pas toute seule.

— Et puis surtout c'est rare que vous restiez long-temps à la même place, dit Mathieu. Eh bien, je vais me remettre à l'eau. »

Elle gravit les marches sableuses et, quand elle fut sur la terrasse, elle se retourna. Elle vit Mathieu qui courait vers la mer. « Il a raison, pensa-t-elle, j'ai la bougeotte. » Toujours partir, toujours se reprendre, toujours s'enfuir. Dès qu'elle se plaisait un peu quelque part, elle se troublait, elle se sentait coupable et injusti-fiée. Elle regardait[a] la mer, elle pensa : « J'ai toujours peur. » Derrière elle, à cent mètres, il y avait la villa de Jacques, la grosse Madeleine, l'ailloli à préparer, les justifications, le repas : elle se remit en marche. Elle demanderait à Madeleine : « Comment va votre maman ? » et Madeleine répondrait : « C'est toujours pareil » en reniflant un peu, et Odette lui dirait : « Il faut lui faire un peu de bouillon et puis vous lui porterez du blanc de poulet, vous lèverez une aile, avant de servir, vous verrez bien si elle la mange » et Madeleine répondrait : « Ah! ma pauvre madame, elle ne touche à rien. » Odette dirait : « Donnez-moi ça. » Elle pren-drait le poulet, elle découperait une aile de ses propres mains, elle se sentirait justifiée. « Même pas ça! » Elle jeta un dernier coup d'œil à la mer. « Il a dit : même pas ça. » Elle était pourtant si légère, on aurait dit le ciel à l'envers, que pouvaient-ils contre elle ? Elle était pâteuse et glauque, couleur de café au lait, si plate, si monotone, la mer de tous les jours, elle sentait l'iode et les médicaments, *leur* mer, *leur* brise marine, ils les

font payer cent francs par jour; il se souleva sur les
coudes et regarda les enfants qui jouaient sur le sable
gris, la petite Simone Chassieux courait et riait en traînant derrière elle sa jambe gauche serrée dans une
bottine orthopédique. Près de l'escalier, il y avait un
gosse qu'il ne connaissait pas, un nouveau sans doute,
maigre à faire peur avec d'énormes oreilles, il s'était
mis un doigt dans le nez et regardait gravement trois
petites filles qui faisaient des pâtés. Il voûtait ses petites
épaules pointues et fléchissait les genoux; mais son
buste volumineux restait d'une rigidité de pierre. Corset.
Scoliose tuberculeuse. « Il doit être idiot par-dessus le
marché. »

« Couchez-vous, dit Jeannine, étendez-vous bien à
plat. Ce que vous êtes agité, aujourd'hui. »

Il obéit et vit le ciel. Quatre petits nuages blancs. Il
entendit grincer les roues d'un chariot sur la chaussée :
« On le rentre tôt celui-là, qui ça peut-il être ? »

« Salut, petite tête », dit une grosse voix.

Il leva vivement les deux bras et fit tourner le miroir,
au-dessus de sa tête. Ils étaient déjà passés, mais il
reconnut la grosse croupe de l'infirmière : c'était Darrieux.

« Quand la fais-tu couper, ta barbe ? lui cria-t-il.

— Quand tu te feras couper les couilles! » répondit
la voix lointaine de Darrieux.

Il se mit à rire, charmé : Jeannine détestait les gros
mots.

« Quand est-ce qu'on me rentre ? »

Il vit la main de Jeannine qui fouillait dans la poche
de sa blouse blanche et qui en sortait une montre.

« Encore un petit quart d'heure. Vous vous ennuyez ?
— Non. »

Il ne s'ennuyait jamais. Les pots de fleurs ne s'ennuient pas. On les sort quand il fait soleil, on les rentre
à la tombée du soir. On ne leur demande jamais leur
avis, ils n'ont rien à décider, rien à attendre. On n'imagine pas comme c'est absorbant de pomper l'air et la
lumière par tous les pores. Le ciel résonna comme un
gong et il vit cinq petits points gris en triangle qui brillaient entre deux nuages. Il se détendit et ses orteils
frétillèrent : le son venait par grandes nappes de cuivre,
c'était agréable et caressant, ça ressemblait à l'odeur de
chloroforme quand on vous endort sur la grande table.

Jeannine soupira et il la regarda du coin de l'œil : elle avait levé la tête et paraissait anxieuse, il y avait sûrement quelque chose qui la tracassait. « Ah! c'est vrai : il va y avoir la guerre. » Il sourit.

« Alors, dit-il en tournant un peu le cou, ils se décident à la faire, leur guerre, les debout.

— Vous savez ce que je vous ai dit, répondit-elle sèchement. Si vous parlez comme ça, je ne vous répondrai plus. »

Il se tut, il avait tout le temps, l'avion ronflait à ses oreilles, il se sentait bien, moi, ça ne m'embête pas le silence. Elle ne pouvait pas lutter, les debout sont toujours inquiets, il faut qu'ils parlent ou qu'ils se remuent; elle finit par dire :

« Oui, j'en ai peur : il va y avoir la guerre. »

En prenant son air des jours d'opération, son air d'enfant pauvre et d'infirmière-major. Quand elle était entrée, le premier jour, et qu'elle lui avait dit : « Il faut vous soulever, je vais ôter le bassin », elle avait cet air-là. Il suait, il sentait sa propre odeur, son horrible odeur de corroierie, elle était debout, experte, inconnue, elle tendait vers lui ses mains de luxe et elle avait cet air-là.

Il se lécha doucement les lèvres : il l'avait bien eue, depuis. Il lui dit :

« Vous avez l'air toute remuée.

— Vous pensez!

— Qu'est-ce que ça peut vous faire, la guerre? Ça ne nous regarde pas. »

Elle détourna la tête et il tapota avec humeur le rebord de la gouttière. Elle n'avait pas à s'occuper de la guerre. Son métier, c'était de soigner les malades.

« Je me fous de la guerre, moi, dit-il.

— Pourquoi faites-vous semblant d'être méchant? lui dit-elle doucement. Vous n'aimeriez pas que la France soit battue.

— Ça me serait égal.

— Monsieur Charles! Vous me faites peur quand vous êtes comme ça.

— C'est pas ma faute si je suis nazi, ricana-t-il.

— Nazi! dit-elle découragée. Qu'est-ce que vous allez encore inventer! Nazi! Ils battent les Juifs et tous ceux qui ne sont pas de leur avis, ils les mettent en prison et les prêtres aussi et ils ont mis le feu au Reichstag et ce sont des gangsters. Ce sont des choses qu'on n'a pas le droit de dire; un jeune homme comme vous n'a pas le droit de dire qu'il est nazi, même par plaisanterie. »

Il gardait sur les lèvres un petit sourire entendu, pour la faire marcher. Il n'avait pas d'antipathie pour les nazis. Ils étaient violents et sombres, ils avaient l'air de vouloir tout bouffer : on verrait jusqu'où ils iraient, on verrait. Il eut une idée marrante :

« S'il y avait la guerre, on serait tous parallèles.

— Ah! il est content, dit Jeannine, qu'est-ce qu'il a bien pu trouver ? »

Il dit :

« Les debout sont fatigués d'être debout, ils vont se coucher à plat ventre dans des trous. Moi sur le dos, eux sur le ventre : on sera tous parallèles. »

Il y avait assez longtemps qu'ils se penchaient sur lui, qu'ils le nettoyaient, le récuraient, le bouchonnaient de leurs mains justes et qu'il restait immobile, avec toutes ces mains sur le corps, à regarder leurs visages à partir du menton, leurs trous de nez croûteux au-dessus du promontoire des lèvres et la ligne noire des cils à l'horizon : « Ça serait bien leur tour de s'étendre. » Jeannine ne réagit pas : elle était moins vivace que d'ordinaire. Elle posa tout doucement la main sur son épaule :

« Méchant! lui dit-elle. Méchant, méchant, méchant! »

C'était le moment de la réconciliation. Il lui dit :

« Qu'est-ce qu'il y a à bouffer, ce soir ?

— Un potage au riz, de la purée de pommes de terre et puis vous allez être content : de la lotte.

— Et puis quoi, comme dessert ? des pruneaux ?

— Je ne sais pas.

— Ça doit être des pruneaux, dit-il. Hier, on avait de la compote d'abricots. »

Plus que cinq minutes; il s'allongea et se gonfla pour en jouir davantage, il regarda son petit bout de monde dans son troisième œil. Un œil poussiéreux et fixe, avec des tavelures brunes : il décomposait toujours un peu les mouvements, c'était amusant pour ça, ils devenaient raides et mécaniques comme dans les films d'avant-guerre. Et, justement, une femme en noir glissa dedans, étendue sur une gouttière, elle glissa et disparut : un petit garçon poussait le chariot.

« Qui est-ce ? demanda-t-il à Jeannine.

— Je ne la connais pas, dit Jeannine. Je crois qu'elle est à la villa *Mon Repos,* vous savez la grande maison rousse au bord de la mer.

— C'est là qu'André s'est fait opérer ?

— Oui. »

Il respira profondément. Un soleil frais et soyeux lui coulait dans la bouche, dans les narines, dans les yeux. « Et ce soldat, qu'est-ce qu'il vient faire là ? est-ce qu'il a besoin de respirer l'air des malades ? » Le soldat passa dans la glace, raide comme une image de lanterne magique, il avait l'air soucieux, Charles se redressa sur un coude et le suivit des yeux avec curiosité : « Il marche, il sent ses jambes et ses cuisses, tout son corps pèse sur ses pieds. » Le soldat s'arrêta et se mit à causer avec une infirmière : « Ah! c'est quelqu'un d'ici », pensa Charles, soulagé. Il parlait gravement, en hochant la tête, sans perdre son air triste. « Il se lave et s'habille tout seul, il va où il veut, il faut tout le temps qu'il s'occupe de lui-même, il se sent tout drôle parce qu'il est debout : j'ai connu ça. Quelque chose va lui arriver. Demain ça sera la guerre et quelque chose va leur arriver à tous. Pas à moi. Moi, je suis un objet. »

« C'est l'heure », dit Jeannine. Elle le regardait tristement, elle avait les yeux pleins de larmes. Ce qu'elle est moche. Il lui dit :

« On l'aime bien, sa poupée ?

— Oh! oui.

— Ne me secouez pas comme à l'aller.

— Non. »

Les larmes jaillirent et roulèrent sur les joues pâles. Il la regarda avec méfiance.

« Qu'est-ce qui vous prend ? »

Elle ne répondit pas, elle s'était penchée sur lui en reniflant, elle arrangeait ses couvertures; il voyait ses trous de nez.

« Vous me cachez quelque chose. »

Elle ne répondait toujours pas.

« Qu'est-ce que vous me cachez ? Vous vous êtes disputée avec Mme Gouverné ? Allons! je n'aime pas qu'on me traite en enfant. »

Elle s'était redressée, elle le regardait avec une tendresse désespérée.

« On va vous évacuer », dit-elle en pleurant.

Il ne comprenait pas bien. Il dit :

« Moi ?

— Tous les malades de Berck[1]. C'est trop près de la frontière. »

Il se mit à trembler. Il happa la main de Jeannine et la serra :

« Mais je veux rester !

— Ils ne laisseront personne ici », dit-elle d'une voix morne. »

Il serra la main de toutes ses forces :

« Je ne veux pas, dit-il, je ne veux pas ! »

Elle dégagea sa main sans répondre, passa derrière le chariot et se mit à le pousser. Charles se redressa à moitié et se mit à tortiller entre ses doigts un coin de la couverture.

« Mais où vont-ils nous envoyer ? Quand partira-t-on ? Est-ce que les infirmières partent avec nous ? Dites quelque chose. »

Elle ne répondait toujours pas et il l'entendait soupirer au-dessus de sa tête. Il se laissa retomber en arrière et dit d'une voix rageuse :

« Ils m'auront eu jusqu'au bout. »

Je ne veux pas regarder dans la rue. Milan s'est mis à la fenêtre, il regarde ; il est sombre. Ils ne sont pas encore là, mais ils traînent les pieds tout autour du pâté de maisons. Je les entends. Je me penche sur Marikka, je lui dis :

« Mets-toi là.

— Où ça ?

— Contre le mur, entre les fenêtres. »

Elle me dit :

« Pourquoi qu'on m'a envoyée chez toi ? »

Je ne réponds pas ; elle me dit :

« Qui c'est qui crie ? »

Je ne réponds pas. Les pieds qui traînent. Ça fait chuchuchuchu-ou-ou-chu. Je m'assieds par terre, près d'elle. Je suis lourde. Je la prends dans mes bras. Milan est à la fenêtre, il se mord les ongles d'un air vide. Je lui dis :

« Milan ! viens près de nous ; ne reste pas à la fenêtre. »

Il grogne, il se penche par-dessus la barre d'appui, il fait exprès de se pencher. Les pieds qui traînent. Dans cinq minutes ils seront là. Marikka fronce ses petits sourcils.

« Qui c'est qui marche ?

— Les Allemands. »

Elle fait « Ha ? » et son visage redevient pur. Elle écoute docilement les pieds qui traînent, comme elle écoute ma voix en classe ou la pluie ou le vent dans les arbres : parce que c'est là. Je la regarde et elle me rend un regard pur. Tout juste ce regard, n'être plus que ce regard qui ne comprend pas, qui ne prévoit pas. Je voudrais être sourde, me fasciner sur ces yeux, lire le bruit dans ces yeux. Un doux bruit dénué de sens, comme le bruit des feuillages. Moi je sais que ce sont des pieds qui traînent. C'est mou, ils viendront mollement et ils le battront jusqu'à ce qu'il soit tout mou au bout de leurs bras. Il est là, costaud et dur, il regarde par la fenêtre : ils le tiendront à bout de bras, il sera flasque avec un air bête sur sa face écrasée; ils le batteront, ils le jetteront par terre et demain il aura honte devant moi. Marikka frissonne dans mes bras, je lui demande :

« Tu as peur ? »

Elle fait non de la tête. Elle n'a pas peur. Elle est grave, comme lorsque j'écris au tableau noir et qu'elle suit mon bras des yeux en entrouvrant la bouche. Elle s'applique : elle a déjà compris les arbres et l'eau et puis les bêtes qui marchent toutes seules, et puis les gens et puis les lettres de l'alphabet. À présent il y a ça : le silence des grandes personnes et ces pieds qui traînent dans la rue; c'est ça qu'il faut comprendre. Parce que nous sommes un petit pays. Ils viendront, ils feront passer leurs tanks à travers nos champs, ils tireront sur nos hommes. Parce que nous sommes un petit pays. Mon Dieu! faites que les Français viennent à notre aide, mon Dieu, empêchez-les de nous abandonner.

« Les voilà », dit Milan.

Je ne veux pas regarder son visage. Seulement celui de Marikka parce qu'elle ne comprend pas. Dans notre rue : ils avancent, ils traînent leurs pieds dans notre rue, ils crient notre nom, je les entends. Je suis là, assise par terre, lourde et immobile; le revolver de Milan est dans la poche de mon tablier. Il regarde le visage de Marikka : elle entrouvre la bouche; ses yeux sont purs et elle ne comprend pas.

Il marchait le long des rails, il regardait les boutiques et il riait d'aise. Il regardait les rails, il regardait les boutiques, il regardait droit devant lui la rue blanche, en clignant des yeux, et il pensait : « Je suis à Marseille. » Les boutiques étaient fermées, les rideaux de fer étaient baissés, la rue était déserte mais il était à Marseille. Il s'arrêta, posa son sac, ôta son blouson de cuir et le mit sur son bras, puis il s'épongea le front et remit le sac sur son dos. Il avait envie de faire un bout de causette avec quelqu'un. Il dit : « J'ai douze mégots et un mégot de cigare dans mon mouchoir. » Les rails brillaient, la longue rue blanche l'éblouissait, il dit : « J'ai un kil de rouge dans mon sac. » Il faisait soif et il l'aurait bien bu, mais il aurait mieux aimé boire une mominette[1] dans un biſtrot, si seulement ils n'avaient pas tous été fermés. « J'aurais pas cru ça », dit-il. Il se mit à marcher entre les rails, la rue miroitait comme une rivière, entre de petites maisons noires. À gauche, il y avait des tas de boutiques mais on ne pouvait pas savoir ce qu'on y vendait, vu que les rideaux de fer étaient baissés; à droite il y avait des maisons ouvertes en plein vent et désertes qui ressemblaient à des gares et puis, de temps en temps, un mur de briques. Mais c'était Marseille. Gros-Louis demanda :

« Où c'eſt qu'ils peuvent être ?

— Rentrez vite », cria une voix.

Au coin d'une ruelle, il y avait un biſtrot ouvert. Un gars coſtaud avec des bacchantes toutes raides se tenait sur le seuil, il criait : « Rentrez vite » et des gens que Gros-Louis n'avait pas vus sortirent de terre tout d'un coup et se mirent à courir vers le biſtrot. Gros-Louis se mit à courir aussi; les autres gars rentraient en se bousculant, il voulut rentrer derrière eux, mais le type aux bacchantes lui donna un petit coup sec sur la poitrine avec le plat de la main et lui dit :

« Fous-moi le camp. »

Il y avait un môme en salopette qui portait dans ses bras une table ronde plus grosse que lui et qui essayait de la rentrer dans le café.

« Ça va, gros père, dit Gros-Louis, je m'en vais. T'aurais pas des fois une mominette ?

— Je t'ai dit de caleter.

— Je m'en vais, dit Gros-Louis. T'as pas besoin

d'avoir peur ; c'est pas moi qui resterais dans une compagnie où je ne suis pas désiré. »

Le type lui tourna le dos, ôta d'une secousse le loquet extérieur de la porte et entra dans le café en la refermant sur lui. Gros-Louis regarda la porte : à la place de la poignée, il restait un petit trou rond avec des bords en relief. Il se gratta la nuque et répéta : « Je m'en vais, il n'a pas besoin d'avoir peur. » Il s'approcha tout de même de la vitre et tenta de jeter un coup d'œil dans le café, mais quelqu'un tira les rideaux à l'intérieur et il ne vit plus rien. Il pensa : « J'aurais pas cru ça. » Il voyait la rue à droite et à gauche à perte de vue, les rails brillaient, sur les rails il y avait un wagonnet tout noir, abandonné. « Je voudrais bien rentrer quelque part », dit Gros-Louis. Il aurait aimé boire une mominette dans un bistrot, en faisant un bout de causette avec le patron. Il expliqua, en se grattant le crâne : « C'est pas que j'aie pas l'habitude d'être dehors. » Seulement quand il était dehors, d'ordinaire, les autres étaient dehors aussi, il y avait les moutons et les autres bergers[1], ça faisait tout de même de la compagnie et puis, quand il n'y avait personne, il n'y avait personne, voilà tout. Tandis qu'à présent il était dehors et tous les autres étaient dedans, derrière leurs murs et leurs portes sans poignées. Il était tout seul dehors avec le wagonnet. Il tapa à la vitre du café et attendit. Personne ne répondit : s'il ne les avait pas vus entrer de ses propres yeux, il aurait juré que le café était vide. Il dit : « Je m'en vais » et il s'en alla ; il commençait à faire drôlement soif ; il n'aurait pas imaginé Marseille comme ça. Il marchait, il pensait que la rue sentait le renfermé. Il dit : « Où c'est que je vais m'asseoir ? » et il entendit derrière lui une rumeur, comme un troupeau de moutons qui transhume. Il se retourna et vit au loin une bande de types avec des drapeaux. « Ah ! ben, je vais les regarder passer », dit-il. Et il se sentit tout content. Justement, de l'autre côté des rails, il y avait une espèce de place, un champ de foire, avec deux petites bicoques vertes adossées à un grand mur : il dit : « Je vais m'asseoir là pour les regarder passer. » L'une des bicoques était une boutique, ça sentait la saucisse et les frites tout autour d'elle. Gros-Louis vit un vieux type en tablier blanc qui remuait une poêle à l'intérieur de la boutique. Il lui dit :

« Papa, donne-moi des frites. »

Le vieux se retourna :

« Ben merde alors ! dit-il.

— J'ai de l'argent, dit Gros-Louis.

— Ben merde alors ! Je me fous de ton argent, je ferme la boutique. »

Il sortit et se mit à tourner une manivelle. Un rideau de fer descendit avec fracas.

« C'est pas sept heures », dit Gros-Louis en criant pour dominer le fracas.

Le vieux ne répondit pas.

« Je croyais que tu fermais parce que c'était sept heures », cria Gros-Louis.

Le rideau de fer était baissé. Le vieux ôta la manivelle, se redressa et cracha.

« Dis donc, fada, tu les as pas vus venir, non ? Je tiens pas à donner mes frites gratis », dit-il en rentrant dans sa maisonnette.

Gros-Louis regarda un moment encore la porte verte, puis il s'assit par terre au milieu du champ de foire, il se cala le dos avec son sac et se chauffa au soleil. Il pensa qu'il avait une miche de pain, un kil de rouge, douze mégots de cigarettes et un mégot de cigare, il dit : « Eh bien ! je vais casser la croûte. » De l'autre côté des rails les types commençaient à défiler, ils agitaient leurs drapeaux, ils chantaient et criaient ; Gros-Louis avait tiré son couteau de sa poche et il les regardait passer en cassant la croûte. Il y en avait qui levaient le poing et d'autres qui lui criaient : « Viens avec nous ! » et il riait, il les saluait au passage. Il aimait bien le bruit et le mouvement, ça faisait une petite distraction.

Il entendit des pas et se retourna. Un grand nègre venait vers lui, il avait les bras nus et une chemisette d'un rose passé ; son pantalon de toile bleue s'élargissait et s'aplatissait sur ses longs mollets maigres à chaque enjambée. Il n'avait pas l'air pressé. Il s'arrêta et tordit un maillot de bain entre ses mains brunes et roses. L'eau dégouttait sur la poussière et faisait de petits ronds. Le nègre roula le maillot dans une serviette, puis il se mit à regarder nonchalamment le défilé, il sifflotait.

« Hé ! » fit Gros-Louis.

Le nègre le regarda et lui sourit.

« Qu'est-ce qu'ils font ? »

Le nègre vint vers lui en balançant les épaules : il n'avait pas l'air pressé.

« C'est les dockers, dit-il.

— Ils font la grève ?

— La grève est finie, dit le nègre. Mais ceux-là veulent qu'on la recommence.

— Ah ! c'est pour ça ! » dit Gros-Louis.

Le nègre le regarda un moment sans rien dire, il avait l'air de chercher ses idées. Pour finir il s'assit par terre, posa son maillot sur ses genoux et se mit à rouler une cigarette. Il sifflotait.

« D'où c'est que ti viens comme ça ? demanda-t-il.

— Je viens de Prades, dit Gros-Louis.

— Je sais pas où c'est, dit le nègre.

— Ah ! tu ne sais pas où c'est ! » dit Gros-Louis en riant. Ils rirent tous les deux et puis Gros-Louis expliqua : « Je ne m'y plaisais plus.

— Ti viens chercher du travail ? dit le nègre.

— J'étais berger, expliqua Gros-Louis. Je gardais les moutons sur le Canigou. Mais je ne m'y plaisais plus. »

Le nègre hocha la tête.

« Y a plus de travail, dit-il sévèrement.

— Oh ! j'en trouverai bien », dit Gros-Louis. Il montra ses mains : « Je peux tout faire.

— Y a plus de travail », répéta le nègre.

Ils se turent. Gros-Louis regardait les gens qui défilaient en criant. Ils criaient : « Au poteau ! Sabiani[1] au poteau ! » Il y avait des femmes avec eux ; elles étaient rouges et échevelées, elles ouvraient la bouche comme si elles allaient tout bouffer mais on n'entendait pas ce qu'elles racontaient, les hommes gueulaient plus fort qu'elles. Gros-Louis était content, il avait de la compagnie. Il pensa : « C'est marrant. » Une grosse femme[a] passa, là-bas, avec les autres, ses nénés ballottaient. Gros-Louis pensa qu'il n'aurait pas détesté lui faire une plaisanterie entre deux repas, il en aurait eu plein les mains. Le nègre se mit à rire. Il riait si fort qu'il s'étrangla avec la fumée de sa cigarette. Il riait et toussait à la fois. Gros-Louis lui tapa dans le dos :

« Pourquoi que tu ris ? » lui demanda-t-il en riant.

Le nègre avait repris son sérieux :

« Comme ça, dit-il.

— Bois un coup », dit Gros-Louis.

Le nègre prit la bouteille et but au goulot. Gros-Louis but aussi. La rue était redevenue déserte.

« Où as-tu couché ? demanda le nègre.

— Je ne sais pas, dit Gros-Louis. C'était une place, avec des wagons sous une bâche. Ça sentait le charbon.

— T'as de l'argent ?

— Pt'êt ben qu'oui », dit^a Gros-Louis.

La porte du café s'ouvrit et un groupe d'hommes sortit. Ils restèrent un moment dans la rue; ils regardaient du côté où allaient les grévistes en s'abritant les yeux avec les mains. Et puis les uns s'en allèrent à pas lents en allumant des cigarettes et les autres restèrent dans la rue, par petits paquets. Il y avait un type, tout rouge avec un petit ventre, qui gesticulait. Il dit avec colère à un jeune gars qui n'avait pas l'air bien costaud :

« Nous avons la guerre au cul et tu viens nous parler de syndicalisme!

Il suait, il ne portait pas de veste, sa chemise était ouverte avec deux larges taches humides aux aisselles. Gros-Louis se tourna vers le nègre :

« La guerre ? demanda-t-il. Quelle guerre ?

— Un banc! dit Daniel. Voilà ce qu'il nous faut! »

C'était un banc vert, adossé au mur de la ferme, sous la fenêtre ouverte. Daniel poussa la barrière et entra dans la cour. Un chien aboya et se jeta en avant, en tirant sur sa chaîne; une vieille parut sur le seuil de la maison, elle tenait une casserole.

« Là! là! dit-elle en brandissant la casserole. Brr! Veux-tu! »

Le chien gronda un peu et se coucha sur le ventre.

« Ma femme est un peu fatiguée, dit Daniel en ôtant son chapeau. Est-ce que vous lui permettriez de s'asseoir sur ce banc ? »

La vieille plissait les yeux avec méfiance : elle ne savait peut-être pas le français. Daniel répéta d'une voix forte :

« Ma femme est un peu fatiguée. »

La vieille se tourna vers Marcelle, qui s'était appuyée contre la barrière, et sa méfiance fondit.

« Bien sûr qu'elle peut s'asseoir votre dame. Les bancs sont faits pour ça. Et c'est pas elle qui usera le nôtre, depuis le temps qu'il est là. Vous venez de Peyrehorade[1] ? »

Marcelle entra à son tour et vint s'asseoir en souriant :

« Oui, dit-elle. Nous voulions pousser jusqu'à la falaise ; mais c'est un peu loin pour moi, à présent. »

La vieille fit un clignement d'œil complice.

« Eh bien ! dit-elle. Ah ! c'est qu'il faut être prudente, dans votre état. »

Marcelle se laissa aller contre le mur, les yeux mi-clos, avec un petit rire heureux. La vieille lui regardait le ventre en connaisseuse, puis elle se tourna vers Daniel, hocha la tête et lui sourit d'un air d'estime. Daniel crispa la main sur le pommeau de sa canne et il sourit aussi. Tout le monde souriait et le ventre était là, en confiance. Un enfant sortit en trébuchant de la ferme, il s'arrêta net et fixa sur Marcelle un regard perplexe. Il ne portait pas de culotte ; ses petites fesses étaient rougeaudes et croûteuses.

« Je voulais voir la falaise, dit Marcelle d'un air mutin.

— Mais il y a un taxi à Peyrehorade, dit la vieille. Il est au fils Lamblin, la dernière maison sur la route de Bidasse.

— Je sais », dit Marcelle.

La vieille se tourna vers Daniel et le menaça du doigt :

« Ah ! monsieur, il faut être bien gentil avec votre dame ; c'est le moment de tout lui passer. »

Marcelle sourit :

« Il est gentil, dit-elle. C'est moi qui ai voulu marcher. »

Elle étendit le bras et caressa la tête du gosse. Elle s'intéressait aux enfants depuis une quinzaine ; ça lui était venu tout d'un coup. Elle les flairait et les tâtait quand ils passaient à portée de sa main.

« C'est votre petit-fils ?

— C'est le petit de ma nièce. Il va sur ses quatre ans.

— Il est joli, dit Marcelle.

— Quand il est sage. » La vieille baissa la voix : « Ça sera-t-il un garçon ?

— Ah ! dit Marcelle, je le voudrais bien. »

La vieille se mit à rire :

« Il faut répéter tous les matins la prière à sainte Marguerite[1]. »

Il y eut un silence tout rond, peuplé d'anges. Tous les yeux s'étaient tournés vers Daniel. Il se pencha sur sa canne et baissa les paupières d'un air modeste et viril.

« Je vais encore vous déranger, madame, dit-il dou-

cement. Est-ce que je peux vous demander un bol de lait
pour ma femme ? » Il se tourna vers Marcelle : « Vous
prendrez bien un bol de lait ?

— Je vais vous donner ça », dit la vieille. Elle disparut
dans sa cuisine.

« Venez vous asseoir près de moi », dit Marcelle.

Il s'assit.

« Comme vous êtes prévenant! » dit-elle en lui prenant la main.

Il sourit. Elle le regardait d'un air éperdu et il continua
à sourire en étouffant un bâillement qui lui tira les lèvres
jusqu'aux oreilles. Il pensait : « Ça ne devrait pas être
permis d'avoir l'air enceinte à ce point-là. » L'air était
moite, un peu fiévreux, des odeurs y flottaient par
paquets chevelus comme des algues; Daniel fixait le cli-
gnotement vert et roux d'un buisson, de l'autre côté de
la barrière; il avait du feuillage plein les narines et plein
la bouche. Encore quinze jours. Quinze jours verts et
clignotants, quinze jours de campagne. Il détestait la
campagne. Un doigt timide se promenait sur sa main,
avec l'hésitation d'une branche balancée par le vent. Il
baissa les yeux et regarda le doigt. Il était blanc, un peu
gras, il portait une alliance. « Elle m'adore », pensa
Daniel. Adoré. Nuit et jour cette adoration humble et
insinuante se coulait en lui comme les odeurs vivantes
des champs. Il ferma les yeux à demi et l'adoration de
Marcelle se fondit avec le feuillage bruissant, avec l'odeur
de purin et de sainfoin.

« À quoi pensez-vous ? demanda Marcelle.

— À la guerre », répondit Daniel.

La vieille rapportait un bol de lait mousseux. Marcelle
le lui prit des mains et but à longs traits. Sa lèvre supérieure allait chercher le liquide très loin dans la tasse et
l'aspirait avec un bruit léger. Le lait chantait en lui passant dans la gorge.

« Ça fait du bien », dit-elle avec un soupir. Elle s'était
fait une moustache blanche.

La vieille la regardait d'un air bon.

« Un lait bourru, voilà ce qu'il faut pour le petit »,
dit-elle. Elles rirent toutes deux, entre femmes, et Marcelle se leva en s'appuyant contre le mur :

« Je me sens toute reposée, dit-elle à Daniel. Nous
partirons quand vous voudrez.

« — Au revoir, madame, dit Daniel en glissant un billet dans la main de la vieille. Nous vous remercions de votre aimable hospitalité.

— Merci, madame, dit Marcelle avec un sourire intime.

— Allons, au revoir, dit la vieille. Et allez doucement, pour le retour. »

Daniel ouvrit la barrière et s'effaça devant Marcelle : elle buta contre une grosse pierre et trébucha.

« Haï! fit la vieille de loin.

— Prenez mon bras, dit Daniel.

— Je suis si maladroite », dit Marcelle confuse.

Elle lui prit le bras; il la sentit contre lui, chaude et difforme; il pensa : « Mathieu a pu désirer ça. »

« Surtout, dit-il, marchez à petits pas. »

Des haies sombres. Le silence. Les champs. La ligne noire des pins à l'horizon. À pas lourds et lents, des hommes rentraient dans les fermes; ils s'assiéraient à la longue table et avaleraient leur soupe sans dire un mot. Un troupeau de vaches traversa le chemin. Une d'elles prit peur et se mit à trotter en sautant. Marcelle se serra contre Daniel.

« Figurez-vous : j'ai peur des vaches », dit-elle en baissant la voix.

Daniel lui serra le bras tendrement : « Va-t'en au Diable », pensa-t-il. Elle respira profondément et se tut. Il la regarda du coin de l'œil et vit ses yeux vagues, son sourire endormi, son air de béatitude : « Ça y est! pensa-t-il avec satisfaction. Elle est repartie. » Ça la prenait de temps en temps, quand le môme lui remuait dans le ventre ou qu'une sensation inconnue la traversait; elle devait se sentir innombrable et fourmillante, une voie lactée. De toute façon ça faisait cinq bonnes minutes de gagnées. Il pensa : « Je me promène à la campagne, il y a des vaches qui passent, cette grosse bonne femme est ma femme. » Il eut envie de rire : de sa vie il n'avait vu autant de vaches. « Tu l'as voulu! Tu l'as voulu! Tu souhaitais une catastrophe à la petite semaine, eh bien! tu es servi. » Ils allaient doucement, comme deux amoureux, bras dessus bras dessous, et les mouches bourdonnaient autour d'eux. Un vieil homme qui s'appuyait sur une bêche, immobile au bord de son champ, les regarda passer et leur sourit. Daniel sentit qu'il rougissait violemment. À ce moment, Marcelle sortit de sa torpeur.

« Vous y croyez, vous, à la guerre ? » demanda-t-elle brusquement.

Ses gestes avaient perdu leur raideur agressive, ils s'étaient empâtés et alanguis. Mais elle avait gardé sa voix abrupte et positive. Daniel regarda les champs. Des champs de quoi ? Il ne savait pas reconnaître un champ de maïs d'un champ de betteraves. Il entendit Marcelle qui répétait :

« Est-ce que vous y croyez ? »

Et il pensa : « S'il pouvait y avoir la guerre! » Elle serait veuve. Veuve avec l'enfant et six cent mille francs d'argent liquide. Sans compter quelques souvenirs d'un mari incomparable : que pouvait-elle demander de plus ? Il s'arrêta brusquement, bouleversé de désir; il serra sa canne de toutes ses forces, il pensa : « Mon Dieu, pourvu qu'il y ait la guerre! » Une foudre sauvage qui ferait éclater cette douceur, qui labourerait horriblement ces campagnes, qui creuserait ces champs en entonnoir, qui façonnerait ces terres plates et monotones à l'image d'une mer démontée, la guerre, l'hécatombe des hommes de bonne volonté, le massacre des innocents. « Ce ciel pur, ils vont le déchirer de leurs propres mains. Comme ils vont se haïr! Comme ils vont avoir peur! Et moi, comme je frétillerai dans cette mer de haine. » Marcelle le regardait avec surprise. Il eut envie de rire.

« Non. Je n'y crois pas. »

Des enfants sur le chemin, leurs petites voix aigres et inoffensives et leurs rires. La paix. Le soleil papillote dans les haies comme hier, comme demain; le clocher de Peyrehorade apparaît au détour du chemin. Chaque chose du monde a son odeur, son ombre du soir, pâle et longue, et son avenir particulier. Et la somme de tous ces avenirs, c'est la paix : on peut la toucher sur le bois vermoulu de cette barrière, sur le cou frais de ce petit garçon, on peut la lire dans ses yeux avides, elle monte des orties chauffées par le jour, on l'entend dans le tintement de ces cloches. Partout des hommes se sont assemblés autour de soupières fumantes, ils rompent le pain, ils versent du vin dans les verres, ils essuient leur couteau, et leurs gestes quotidiens font la paix. Elle est là, tissée avec tous ces avenirs, elle a l'obstination hésitante de la Nature, elle est le retour éternel du soleil, l'immobilité frissonnante des campagnes, le sens des travaux des hommes. Pas un geste qui ne l'appelle et ne la réalise, même le trottinement pesant de Marcelle à mes côtés, même la tendre pression de mes doigts sur le bras de Marcelle. Une grêle de pierres par la fenêtre : « Hors d'ici ! Hors d'ici ! » Milan n'eut que le temps de se rejeter en arrière. Une voix aiguë criait son nom : « Hlinka ! Milan Hlinka, hors d'ici. » Quelqu'un chanta : « Les Tchèques sont comme le pou dans la fourrure allemande ! » Les pierres avaient roulé sur le plancher. Un pavé brisa la glace de la cheminée, un autre tomba sur la table et pulvérisa un bol plein de café. Le café coula sur la toile cirée et se mit à goutter doucement sur le plancher. Milan s'adossa au mur, il regarda la glace, la table, le plancher, pendant qu'ils vociféraient en allemand, sous la fenêtre. Il pensa : « Ils ont renversé mon café ! » et saisit une chaise par le dossier. Il transpirait. Il souleva la chaise au-dessus de sa tête.

« Qu'est-ce que tu fais ? cria Anna.

— Je vais la leur balancer sur la gueule.

— Milan ! Tu n'as pas le droit. Tu n'es pas seul. »

Il reposa la chaise et regarda les murs avec étonnement. Ça n'était plus sa chambre. Ils l'avaient éventrée ; une brume rouge lui monta dans les yeux ; il enfonça ses mains dans ses poches et il se répéta : « Je ne suis pas seul. Je ne suis pas seul. » Daniel pensait : « Je suis seul. » Seul avec ses rêves sanglants dans cette paix à perte de vue. Les tanks et les canons, les avions, les trous boueux crevant les champs, ça n'était qu'un petit sabbat dans sa tête. Jamais ce ciel ne se fendrait ; l'avenir était là, posé sur ces campagnes ; Daniel était dedans, comme un ver dans une pomme. Un seul avenir. L'avenir de tous les hommes : ils l'ont fait de leurs propres mains, lentement, depuis des années et ils ne m'y ont pas laissé la moindre place, la plus humble chance. Des larmes de rage montèrent aux yeux de Milan, et Daniel se retourna vers Marcelle : « *Ma* femme, *mon* avenir, le seul qui me reste, puisque le monde a décidé de sa Paix. »

Fait comme un rat ! Il s'était redressé sur les avant-bras et regardait défiler les boutiques.

« Recouchez-vous ! dit la voix éplorée de Jeannine. Et puis ne vous retournez pas tout le temps comme ça, à droite et à gauche : vous me donnez le tournis.

— Où vont-ils nous envoyer ?

— Puisque je vous dis que je ne sais pas.

— Vous savez qu'on va nous évacuer et vous ne savez pas où ils vont nous envoyer ? Ah! je vous crois bien!

— Mais je vous jure qu'on ne me l'a pas dit. Ne me torturez pas!

— D'abord qui vous l'a dit ? Ça n'est pas un bobard ? On peut vous faire avaler n'importe quoi.

— C'est le médecin-chef de la clinique, dit Jeannine à regret.

— Et il n'a pas dit où nous irons ? »

Le chariot roulait le long de la poissonnerie Cusier; il entra, les pieds les premiers, dans une odeur fade et coupante de fraîchin.

« Plus vite! Ça sent la petite fille qui se néglige!

— Je... je ne peux pas aller plus vite. Ma petite poupée, je vous en supplie, ne vous agitez pas, vous allez encore faire du 39. » Elle soupira et dit comme pour elle-même : « Je n'aurais jamais dû vous le dire.

— Naturellement! Et le jour du départ on m'aurait chloroformé ou bien on m'aurait raconté qu'on m'emmenait faire un pique-nique ? »

Il s'étendit de nouveau parce qu'on allait passer devant la librairie Nattier. Il détestait la librairie Nattier, avec sa devanture d'un jaune sale. Et puis la vieille était toujours sur le pas de la porte et elle joignait les mains quand elle le voyait passer.

« Vous me secouez! Faites donc attention! »

Comme un rat! Il y en a qui pourraient se lever, courir se cacher dans la cave ou au grenier. Moi, je suis un paquet; ils n'auront qu'à venir me prendre.

« C'est vous qui collerez les étiquettes, Jeannine ?

— Quelles étiquettes!

— Les étiquettes pour l'expédition : haut et bas, fragile, prière de manier l'objet avec précaution. Vous m'en mettrez une sur le ventre et une au derrière.

— Méchant! dit-elle. Méchant, méchant!

— Ça va! Ils nous feront voyager en train, naturellement ?

— Eh bien oui. Comment voulez-vous qu'on fasse ?

— En train sanitaire ?

— Mais je ne sais pas, cria Jeannine. Je ne peux pas inventer, je vous dis que je ne sais pas! »

— Ne criez pas. Je ne suis pas sourd. »

Le chariot s'arrêta net et il entendit qu'elle se mouchait.

« Qu'est-ce qui vous prend ? Vous m'arrêtez en pleine rue ?... »

Les roues se remirent à rouler sur les pavés inégaux. Il reprit :

« Ils nous l'ont assez dit, pourtant, qu'il fallait éviter les voyages en train... »

Il y eut des reniflements inquiétants au-dessus de sa tête et il se tut : il avait peur qu'elle ne se mît à chialer. Les rues grouillaient de malades, à cette heure-ci : ça serait joli, ce grand garçon poussé par une infirmière en larmes. Mais une idée le traversa et il ne put s'empêcher de dire entre ses dents :

« J'ai horreur des villes nouvelles. »

Ils ont tout décidé, ils ont voulu se charger de tout, ils avaient la santé, la force, le loisir; ils ont voté, ils ont choisi leurs chefs, ils étaient debout, ils couraient par toute la terre avec leurs airs importants et soucieux, ils arrangeaient entre eux le destin du monde et, en particulier, celui des pauvres malades qui sont de grands enfants. Et voilà le résultat : la guerre; c'est du propre. Pourquoi faut-il que je paye pour leurs sottises ? J'étais malade, moi, personne ne m'a demandé mon avis! À présent, ils se rappellent que j'existe et ils veulent m'entraîner dans leur merde. Ils vont me prendre sous les aisselles et sous les jarrets, ils me diront : « Pardon, excuse, nous faisons la guerre » et ils me déposeront dans un coin comme une crotte, pour que je ne risque pas de gêner leur jeu de massacre. La question qu'il retenait depuis une demi-heure lui remonta soudain aux lèvres. Elle serait trop heureuse, mais tant pis : cette fois, il fallait que ça sorte :

« Vous... est-ce que les infirmières nous accompagnent ?

— Oui, dit Jeannine. Quelques-unes.

— Et... et vous ?

— Non, dit Jeannine. Pas moi. »

Il se mit à trembler et dit d'une voix rauque :

« Vous nous plaquez ?

— Je suis désignée pour l'hôpital de Dunkerque.

— Bon, bon! dit Charles. Toutes les infirmières se valent, hein ? »

Jeannine ne répondit pas. Il se redressa et regarda autour de lui. Sa tête virait d'elle-même de gauche à droite et de droite à gauche, c'était très fatigant et il avait des chatouillements secs au fond des yeux. Un chariot roulait à leur rencontre, poussé par un grand vieillard élégant. Sur la gouttière il y avait une jeune femme au visage creux avec des cheveux d'or; on lui avait jeté sur les jambes un magnifique manteau de fourrures. Elle le regarda à peine, renversa la tête en arrière et murmura quelques mots qui montèrent tout droit, vers le visage penché du vieux monsieur.

« Qui est-ce ? demanda Charles. Ça fait longtemps que je la vois.

— Je ne sais pas. Je crois que c'est une artiste de music-hall. Elle a fait une jambe et puis un bras.

— Est-ce qu'elle sait ?

— Quoi ?

— Les malades, je veux dire, est-ce qu'ils savent ?

— Personne ne sait, le docteur a défendu de le répéter.

— C'est dommage, dit-il en ricanant. Elle serait peut-être moins fière.

— Donnez donc un coup de Fly-tox là-dessus, dit Pierre avant de monter dans le fiacre. Ça sent l'insecte. »

L'Arabe vaporisa docilement un peu d'insecticide sur les housses blanches et les coussins de la banquette.

« Voilà », dit-il.

Pierre fronça les sourcils :

« Hum! »

Maud lui mit la main sur la bouche :

« Chut, dit-elle d'un air implorant. Chut, chut! C'est bien comme ça.

— Soit. Mais si tu attrapes des poux, ne viens pas te plaindre à moi. »

Il lui tendit la main pour l'aider à monter, puis il s'assit près d'elle. Les doigts maigres de Maud lui laissèrent une chaleur sèche et vivante au creux de la paume : elle avait toujours un peu la fièvre.

« Vous nous promènerez autour des remparts », dit-il sèchement.

On a beau dire, la pauvreté rend vulgaire. Maud était vulgaire, il haïssait la franc-maçonnerie qui l'unissait aux cochers, aux porteurs, aux guides, aux garçons de café : elle leur donnait toujours raison et, si on les prenait en flagrant délit, elle s'arrangeait pour leur trouver des excuses.

Le cocher fouetta son cheval et la voiture s'ébranla en grinçant :

« Quelles guimbardes! dit Pierre en riant. J'ai toujours peur qu'un essieu ne casse. »

Maud se penchait au dehors et regardait tout de ses grands yeux graves et scrupuleux.

« C'est notre dernière promenade.

— Eh oui! dit-il. Eh oui! »

Elle se sent poétique parce que c'est le dernier jour et que nous prenons le bateau demain. C'était agaçant, mais il supportait encore mieux son recueillement que sa gaieté. Elle n'était pas très jolie et quand elle voulait montrer de la grâce ou de l'animation, ça tournait tout de suite au désastre. « Ça suffit largement comme ça », pensa-t-il. Il y aurait la journée de demain et les trois jours de traversée; et puis, à Marseille, bonsoir, chacun s'en irait de son côté. Il se félicita d'avoir retenu une couchette de première : les quatre femmes voyageaient en troisième classe; il l'inviterait dans sa cabine quand il aurait envie d'elle, mais elle n'oserait jamais, timide comme elle était, monter en première sans qu'il aille la chercher.

« Vous avez retenu vos places dans l'autocar ? » demanda-t-il.

Maud eut l'air un peu gêné :

« Finalement nous ne prendrons pas l'autocar. On nous emmène en voiture à Casa.

— Qui ça ?

— Une connaissance de Ruby, un vieux monsieur tout à fait charmant qui nous fera faire un détour par Fez.

— Dommage », dit-il poliment.

Le fiacre avait quitté Marrakech et passait au milieu de la ville européenne. Devant eux l'immense terrain vague pourrissait à sec, avec ses bidons éventrés et ses boîtes de conserves vides. La voiture roulait entre de grands cubes blancs aux vitres étincelantes; Maud mit ses lunettes noires, Pierre grimaçait un peu à cause du soleil. Les cubes, sagement posés côte à côte, ne pesaient pas sur le désert; si le vent soufflait, ils s'envoleraient. Sur l'un d'eux, on avait accroché une plaque indicatrice :

« Rue du Maréchal-Lyautey. » Mais il n'y avait pas de rue : tout juste un petit bras de désert goudronné entre des immeubles. Trois indigènes regardaient passer la voiture ; le plus jeune avait un œil blanc. Pierre se redressa un peu et leur jeta un regard ferme. Montrer sa force pour n'avoir pas à s'en servir, la phrase ne valait pas seulement pour les autorités militaires, elle dictait leur tenue aux colons et même aux simples touristes. Il n'était pas nécessaire de faire grand étalage de puissance : ne pas s'abandonner, simplement, se tenir droit. L'angoisse qui l'oppressait depuis le matin disparut. Sous les yeux stupides de ces Arabes, il sentit qu'il représentait la France.

« Qu'allons-nous trouver en rentrant ? » dit Maud tout à coup.

Il serra les poings sans répondre. L'imbécile : elle lui avait rendu d'un seul coup son angoisse. Elle insistait :

« Ce sera peut-être la guerre. Pour toi le départ ; pour moi le chômage. »

Il avait horreur de l'entendre parler de chômage avec cet air sérieux, comme un ouvrier. Pourtant elle était second violon dans l'Orchestre féminin Baby's[1] qui faisait des tournées en Méditerranée et dans le Proche-Orient : ça pouvait passer pour un métier artistique. Il eut un geste agacé :

« Je t'en prie, Maud, si on ne parlait pas des événements ? Pour une fois, veux-tu ? C'est notre dernière soirée à Marrakech. »

Elle se serra contre lui :

« C'est vrai, c'est notre dernière soirée. »

Il lui caressa les cheveux ; mais il gardait ce goût amer dans la bouche. Ce n'était pas de la peur, oh ! non ; il avait de qui tenir, il *savait* qu'il n'aurait jamais peur. C'était plutôt... du désenchantement.

Le fiacre longeait les remparts à présent. Maud lui montra une porte rouge, au-dessus de laquelle on voyait des têtes vertes de palmier.

« Oh ! Pierre, tu te rappelles ?

— Quoi ?

— Il y a un mois, jour pour jour. C'est là qu'on s'est rencontrés.

— Ah ! oui...

— Tu m'aimes ? »

Elle avait une petite figure maigre, un peu osseuse, avec deux yeux immenses et une belle bouche.

« Oui, je t'aime.

— Dis-le mieux que ça! »

Il se pencha sur elle et l'embrassa.

Le vieillard avait l'air furieux, il les regardait droit dans les yeux en fronçant ses gros sourcils. Il dit d'une voix brève : « Un mémorandum! Voilà toutes ses concessions! » Horace Wilson hocha la tête, il pensait : « Pourquoi joue-t-il la comédie ? » Est-ce que Chamberlain ne savait pas qu'il y aurait un mémorandum ? Est-ce que tout n'avait pas été décidé la veille ? Est-ce qu'ils n'avaient pas convenu de toute cette mise en scène quand ils étaient restés seuls en face l'un de l'autre, avec ce faux jeton de docteur Schmidt[1] ?

« Prends-la dans tes bras, ta petite Maud; elle a le cafard, ce soir. »

Il l'entoura de ses bras et elle se mit à parler d'une toute petite voix enfantine.

« Tu n'as pas peur de la guerre, toi ? »

Il sentit un frisson déplaisant courir le long de sa nuque[a] :

« Ma pauvre petite fille, non, je n'ai pas peur. Un homme n'a pas peur de la guerre.

— Eh bien je te garantis que Lucien en avait peur! dit-elle. C'est même ce qui m'a dégoûté de lui : il était vraiment trop froussard. »

Il se pencha et l'embrassa dans les cheveux : il se demandait pourquoi il avait eu, tout à coup, envie de la gifler.

« D'abord, poursuivit-elle, comment un homme pourrait-il protéger une femme, s'il passe son temps à avoir la trouille ?

— Ça n'était pas un homme, dit-il doucement. Moi, je suis un homme. »

Elle lui prit le visage dans ses mains et se mit à parler en le flairant :

« Oui vous étiez un homme, monsieur, oui vous étiez un homme. Avec vos cheveux noirs et votre barbe noire, vous aviez l'air d'avoir vingt-huit ans. »

Il se dégagea; il se sentait doux et fade, une nausée lui remontait de l'estomac à la gorge et il ne savait pas ce qui l'écœurait le plus de ce désert miroitant, de ces murs de terre rouge ou de cette femme qui se blottissait dans ses bras. « Ce que j'en ai marre du Maroc ! » Il aurait voulu être déjà à Tours, dans la maison de ses parents, et que ce fût le matin et que sa mère vînt lui porter son petit déjeuner au lit. « Eh bien, vous descendrez dans le salon des journalistes, dit-il à Nevile Henderson, et vous voudrez bien faire savoir que, déférant à la demande du chancelier Hitler, je me rendrai à l'hôtel Dreesen aux environs de vingt-deux heures trente. »

« Cocher ! dit-il. Cocher ! rentrez en ville par cette porte.

— Qu'est-ce qui te prend ? demanda Maud étonnée.

— J'en ai marre des remparts, lui dit-il avec violence ; j'en ai marre du désert et j'en ai marre du Maroc. »

Mais il se maîtrisa aussitôt et lui prenant le menton entre deux doigts :

« Si tu es sage, lui dit-il, nous allons t'acheter des babouches. »

La guerre n'était pas dans la musique des manèges, n'était pas dans les bistrots grouillants de la rue Rochechouart. Pas un souffle de vent. Maurice transpirait, il sentait la cuisse chaude de Zézette[a] contre sa cuisse, on fait une petite belote et puis ça va, n'était pas dans les champs, dans le tremblement immobile de l'air chauffé au-dessus de la haie, dans le pépiement rond et blanc des oiseaux, dans le rire de Marcelle, *elle s'était levée dans le désert* autour des murs de Marrakech. Un vent rouge et chaud s'était levé, il tourbillonnait autour du fiacre, il courait sur les vagues de la Méditerranée, il frappait Mathieu au visage ; Mathieu se séchait sur la plage déserte, il pensait : « Même pas ça » et le vent de la guerre soufflait sur lui.

Même pas ça ! Il faisait un peu froid mais il n'avait pas envie de rentrer tout de suite. L'un après l'autre, les gens avaient quitté la plage ; c'était l'heure du dîner. La mer elle-même s'était dépeuplée, elle gisait, déserte et solaire, une grande lumière écroulée, et le tremplin noir du ski nautique la trouait comme une tête de récif.

« Même pas ça », pensait Mathieu. Elle tricoterait, la fenêtre ouverte, en attendant les lettres de Jacques. De temps en temps elle lèverait le nez, avec un vague espoir ; elle chercherait *sa* mer du regard. *Sa* mer : une bouée, un plongeoir, un peu d'eau clapotant contre le sable chaud. Un calme petit jardin à la mesure des hommes, avec quelques larges avenues et d'innombrables sentiers. Et chaque fois elle reprendrait son tricot avec la même déception : on lui aurait changé sa mer. L'arrière-pays, hérissé de baïonnettes et surchargé de canons, aurait tiré à soi le littoral ; l'eau et le sable se seraient rétractés et poursuivraient une vie morne chacun de son côté. Des barbelés striant les perrons blancs de leurs ombres étoilées ; des canons sur la promenade, entre les pins ; des sentinelles devant les villas ; des officiers arpenteraient en aveugles cette ville d'eau désolée. La mer retournerait à sa solitude. Impossible de se baigner : l'eau, gardée militairement, prendrait, au bord de la plage, un aspect administratif ; le plongeoir, la bouée ne seraient plus à aucune distance appréciable de la terre ; tous les chemins qu'Odette avait tracés sur les vagues depuis son enfance se seraient effacés. Mais le large, par contre, le large houleux, inhumain, avec ses batailles navales à cinquante milles de Malte, avec ses grappes de bateaux coulés près de Palerme, avec ses profondeurs labourées par des poissons de fer, le large serait tout contre elle, elle découvrirait partout sur les flots sa présence glaciale et la haute mer se lèverait à l'horizon comme un mur sans espoir. Mathieu se redressa : il était sec ; il se mit à brosser son maillot du plat de la main. « Ce que ça doit être emmerdant, la guerre ! » pensa-t-il. Et après la guerre ? Ça serait encore une autre mer. Mer de vaincus ? Mer de vainqueurs ? Dans cinq ans, dans dix ans, il serait peut-être, ici, un soir de septembre, à la même heure, assis sur ce même sable, devant cette énorme masse de gélatine, et les mêmes rayons roux raseraient la surface de l'eau. Mais que verrait-il ?

Il se leva et s'enveloppa dans son peignoir. Déjà les pins, sur la terrasse, étaient tout noirs contre le ciel. Il jeta un dernier coup d'œil à la mer : la guerre n'avait pas encore éclaté ; les gens dînaient tranquillement dans les villas ; pas un canon, pas un soldat, pas de barbelés, la flotte était en rade, à Bizerte, à Toulon ; il était encore permis de voir la mer en fleur, la mer d'un des derniers soirs de la paix. Mais elle resta inerte et neutre : une grande étendue d'eau salée qui s'agitait un peu, ça ne disait rien. Il haussa les épaules et gravit les marches de

pierre : depuis quelques jours les choses le quittaient
une à une. Il avait perdu les odeurs, toutes les odeurs
du midi, et puis les goûts. À présent la mer. « Comme
les rats quittent le bateau qui va sombrer. » Quand
viendrait le jour du départ il serait tout sec, il ne lui
reſterait plus rien à regretter. Il revint à pas lents vers
la villa, et Pierre sauta hors du fiacre :

« Viens, dit-il, tu auras ta paire de babouches. »

Ils entrèrent dans les souks. Il était tard; les Arabes
se hâtaient de gagner la place Djemaa-el-Fnâ avant le
coucher du soleil. Pierre se sentait plus gaillard; le
va-et-vient de la foule avait sur lui un effet réconfortant.
Il regardait les femmes voilées et, quand elles lui rendaient son regard, il goûtait sa beauté dans leurs yeux.

« Regarde, dit-il. En voilà des babouches. »

Il y avait de tout à l'étalage, c'était un bric-à-brac
d'étoffes, de colliers, de chaussures brodées :

« Que c'eſt joli! dit Maud. Arrêtons-nous. »

Elle plongea les mains dans ce fouillis hétéroclite et
Pierre s'écarta un peu : il ne voulait pas offrir aux Arabes
le speĉtacle d'un Européen absorbé dans la contemplation de parures féminines.

« Choisis, dit-il diſtraitement, choisis ce que tu voudras. »

À l'éventaire voisin on vendait des livres français; il
s'amusa à les feuilleter. Il y avait un pêle-mêle de romans
policiers et de films romancés. Il entendait, à sa droite,
anneaux et bracelets cliqueter sous les doigts de Maud.

« Trouves-tu ta vie ? lui demanda-t-il par-dessus son
épaule.

— Je cherche, je cherche, répondit-elle. Il faut
réfléchir. »

Il retourna à sa leĉture. Sous une pile de *Texas Jack*
et de *Buffalo Bill,* il découvrit un livre avec des photos.
C'était un ouvrage du colonel Picot sur les blessés de
la face[1]; les premières pages manquaient, les autres
étaient cornées. Il voulut le reposer très vite, mais il
était trop tard : le livre s'était ouvert de lui-même;
Pierre vit une tête horrible, du nez au menton ce n'était
qu'un trou, sans lèvres ni dents; l'œil droit était arraché,
une large cicatrice couturait la joue droite. Le visage
torturé gardait un sens humain, un air ignoblement
rigolard. Pierre sentait des picotements glacés sur toute

la peau de son crâne et il se demandait : mais comment cet ouvrage a-t-il échoué ici ?

« Y en a beau livre, dit le marchand. Ti vas t'amuser. »

Pierre se mit à tourner les pages. Il vit des types sans nez ou sans yeux ou sans paupières avec des globes oculaires saillants comme dans les planches anatomiques. Il était fasciné, il regardait les photos une à une et il se répétait en lui-même : « Mais comment a-t-il échoué ici ? » Le plus affreux ce fut une tête sans mâchoire inférieure ; la mâchoire supérieure avait perdu sa lèvre, on voyait une gencive et quatre dents. « Il vit, pensa-t-il. Ce type-là est vivant. » Il leva les yeux : une glace piquetée dans un cadre doré lui renvoya son image ; il la regarda avec horreur...

« Pierre, dit Maud, viens voir, j'ai trouvé. »

Il hésita : le livre lui brûlait les mains mais il ne pouvait se résoudre à le rejeter au milieu des autres, à s'éloigner de lui, à lui tourner le dos.

« J'arrive », dit-il.

Il montra du doigt le volume au marchand et demanda : « Combien ? »

Le gosse se promenait comme un fauve dans le petit bureau. Irène tapait un article intéressant sur les méfaits du militarisme. Elle s'arrêta et leva la tête :

« Vous me donnez le tournis.

— Je ne m'en irai pas, dit Philippe. Je ne m'en irai pas avant qu'il ait reçu... »

Elle se mit à rire :

« Que d'histoires ! Vous voulez le voir ? Eh bien il est là, derrière la porte ; vous n'avez qu'à entrer et vous le verrez.

— Parfaitement ! » dit Philippe.

Il fit un pas en avant et s'arrêta :

« Je... ça serait maladroit, je l'indisposerais. Oh ! Irène, vous ne voulez pas retourner lui demander. Une dernière fois, je vous jure que c'est la dernière fois.

— Ce que vous êtes empoisonnant, dit-elle. Laissez donc tomber. Pitteaux est un sale type : vous ne comprenez donc pas que c'est une chance pour vous qu'il ne veuille plus vous voir ? Cela ne vous ferait que du mal.

— Ah ! du mal ! dit-il ironiquement. Est-ce qu'on peut me nuire ? On voit que vous ne connaissez pas

mes parents : ils ont toutes les vertus, ils ne m'ont laissé
que le parti du Mal. »

Irène le regarda dans les yeux :

« Est-ce que vous vous figurez que je ne sais pas ce
qu'il vous veut ? »

Le gosse rougit mais ne répondit pas.

« Oh! et puis après tout, dit-elle en haussant les
épaules.

— Allez lui redemander, Irène, dit Philippe d'une
voix implorante. Allez lui redemander. Dites-lui que
je suis à la veille de prendre une décision capitale.

— Il s'en fout.

— Allez le lui dire tout de même. »

Elle poussa la porte et entra sans frapper. Pitteaux
leva la tête et fit la moue :

« Qu'est-ce qu'il y a ? » demanda-t-il d'une voix
tonnante.

Il ne l'intimidait pas.

« Ça va, dit-elle. Pas besoin de crier. C'est le môme :
j'en ai marre de l'avoir sur les bras. Ça vous gênerait
que je vous le passe une minute ?

— J'ai dit non, dit Pitteaux.

— Il dit qu'il va prendre une décision capitale.

— Qu'est-ce que ça peut me foutre, à moi ?

— Ah! débrouillez-vous, dit-elle avec impatience.
Je suis votre secrétaire, je ne suis pas sa nourrice.

— C'est bon, dit-il, les yeux étincelants. Qu'il entre!
Ah! il va prendre une décision capitale! Ah! il va
prendre une décision capitale! Eh bien, moi, c'est une
exécution capitale que je vais faire. »

Elle lui rit au nez et se retourna vers Philippe.

« Allez-y. »

Le gosse se précipita, mais, sur le seuil du bureau,
il s'arrêta religieusement et elle dut le pousser pour le
faire entrer. Elle ferma la porte sur lui et revint s'asseoir à sa table. Presque aussitôt ça se mit à gueuler dur
de l'autre côté de la cloison. Elle se mit à taper avec
indifférence : elle savait que la partie était perdue pour
Philippe. Il jouait aux affranchis, il était bouche bée
devant Pitteaux; Pitteaux avait voulu profiter de ça
pour se l'envoyer, par vice pur : il n'était même pas
pédéraste. Au dernier moment, le môme avait eu la
frousse. Il était comme tous les mômes, il voulait tout

avoir sans rien donner. À présent il suppliait Pitteaux de lui garder son amitié mais Pitteaux l'avait envoyé bondir. Elle l'entendit qui criait : « Fous-moi le camp. Tu es un petit lâche, un petit bourgeois, un gosse de riche qui se prend pour un truand. » Elle se mit à rire et elle tapa quelques lignes de l'article. « Peut-on concevoir brutes plus sinistres que les officiers supérieurs qui condamnèrent Dreyfus ? » » « Qu'est-ce qu'il leur met », pensa-t-elle, égayée.

La porte s'ouvrit et se referma avec fracas. Philippe était devant elle. Il avait pleuré. Il se pencha sur le bureau en pointant l'index vers la poitrine d'Irène :

« Il m'a poussé à bout, dit-il d'un air farouche. On n'a pas le droit de pousser les gens à bout. » Il rejeta la tête en arrière et se mit à rire : « Vous entendrez parler de moi.

— Te casse pas la tête », dit Irène en soupirant.

L'infirmière rabattit le couvercle de la malle : vingt-deux paires de souliers, il ne devait pas donner beaucoup de travail aux cordonniers, quand une paire était usée, il la jetait dans la malle et il en achetait une autre, plus de cent paires de chaussettes trouées au talon et à la place du gros orteil, six costumes fatigués dans l'armoire et c'est sale, chez lui, un vrai taudis de célibataire. Elle pouvait bien le quitter cinq minutes, elle se glissa dans le corridor, entra au petit endroit et releva ses jupes en laissant la porte grande ouverte à tout hasard. Elle se soulagea rapidement, l'oreille tendue, attentive au moindre bruit : mais Armand Viguier restait bien sagement étendu, tout seul dans sa chambre, ses mains jaunes reposaient sur le drap, il avait renversé sa tête maigre à la dure barbe grise, aux yeux caves, il souriait d'un air distant. Ses petites jambes s'allongeaient sous les draps, ses pieds faisaient l'un avec l'autre un angle de quatre-vingts degrés et ses ongles pointaient — les terribles ongles de ses gros orteils, qu'il coupait au canif tous les trois mois et qui, depuis vingt-cinq ans, lui trouaient toutes ses paires de chaussettes. Il avait des escarres aux fesses, bien qu'on lui eût glissé un rond de caoutchouc sous les reins, mais elles ne saignaient plus : il était mort. Sur la table de nuit on avait posé son lorgnon et son râtelier dans un verre d'eau.

Mort. Et sa vie était là, partout, impalpable, achevée,

dure et pleine comme un œuf, si remplie que toutes
les forces du monde n'eussent pas pu y faire entrer un
atome, si poreuse que Paris et le monde lui passaient
au travers, éparpillée aux quatre coins de la France et
condensée tout entière en chaque point de l'espace, une
grande foire immobile et criarde; les cris étaient là,
les rires, le sifflement des locomotives et l'éclatement
des shrapnells, le 6 mai 1917, ce bourdonnement sanglant dans sa tête, quand il tombe entre les deux tranchées, les bruits étaient là, glacés, et l'infirmière aux
aguets n'entendait qu'un susurrement sous ses jupes.
Elle se releva, elle ne tira pas la chasse d'eau, par respect
pour la mort, elle revint s'asseoir au chevet d'Armand,
traversant ce grand soleil immobile qui éclaire pour
toujours un visage de femme, à la Grande Jatte, le
20 juillet 1900, dans le canot. Armand Viguier était
mort, sa vie flottait, enfermant des douleurs immobiles,
une grande zébrure qui traverse de part en part le mois
de mars 1922, sa douleur intercostale, d'indestructibles
petits joyaux, l'arc-en-ciel au-dessus du quai de Bercy
un samedi soir, il a plu, les pavés glissent, deux cyclistes
passent en riant, le bruit de la pluie sur le balcon, par
une étouffante après-midi de mars, un air de tzigane
qui lui fait venir les larmes aux yeux, des gouttes de
rosée brillant dans l'herbe, un envol de pigeons sur la
place Saint-Marc. Elle déplia le journal, ajusta ses lunettes
sur son nez et se mit à lire : « Dernière heure : M. Chamberlain n'a pas conféré, cet après-midi, avec le chancelier
Hitler[1]. » Elle pensa à son neveu qui allait sûrement partir,
elle posa le journal à côté d'elle, elle soupira. La paix était
là, comme l'arc-en-ciel, comme le soleil de la Grande
Jatte, comme le bras blond frisé par la lumière. La paix
de 1939 et de 1940 et de 1980, la grande paix des hommes;
l'infirmière serrait les lèvres, elle pensait : « C'est la
guerre », elle regardait au loin, les yeux fixes, et son
regard passait au travers de la paix. Chamberlain hocha
la tête, il dit : « Je ferai ce que je pourrai, naturellement,
mais je n'ai pas grand espoir. » Horace Wilson sentit
qu'un frisson déplaisant lui coulait dans le dos, il se
dit : « S'il était sincère ? » et l'infirmière pensa : « Mon
mari en 14, en 38 mon neveu : j'aurai vécu entre deux
guerres. » Mais Armand Viguier sait que la paix vient
de naître, Chantal lui demande : « Pourquoi t'es-tu

battu, avec tes idées ? » et il répond : « Pour que ce
soit la dernière guerre. » Le 27 mai 1919. Pour toujours.
Il écoute Briand qui parle[1], tout petit à la tribune, sous
un ciel léger; il est perdu dans la foule des pèlerins, la
paix est descendue sur eux, ils la touchent, ils la voient,
ils crient : « Vive la paix! » Pour toujours. Il est assis
au Luxembourg, sur une chaise de fer, il regarde pour
toujours les marronniers en fleurs, la guerre s'est enfoncée
dans le passé, il étend ses petites jambes, il regarde les
enfants qui courent, il pense qu'ils ne connaîtront jamais
les horreurs de la guerre. Les années futures sont une
voie royale et tranquille, le temps s'épanouit en éventail.
Il regarde ses vieilles mains chauffées par le soleil, il
sourit, il pense : « C'est grâce à nous. Il n'y aura plus
de guerre. Ni dans ma vie, ni après moi. » Le 22 mai 1938.
Pour toujours. Armand Viguier[a] était mort et personne
ne pouvait plus lui donner raison, ni tort. Personne ne
pouvait changer l'avenir indestructible de sa vie morte.
Un jour de plus, un seul jour, et tous ses espoirs s'écrou-
laient peut-être, il découvrait tout à coup que sa vie
s'était écrasée entre deux guerres, comme entre le marteau et l'enclume. Mais il était mort le 23 septembre 1938,
à quatre heures du matin, après sept jours de coma, il
avait emporté la paix avec lui. La paix, toute la paix,
la paix du monde, implacable, hors de prise. On sonna
à la porte d'entrée, elle sursauta, ça devait être la cousine d'Angers, sa seule parente, on l'avait prévenue la
veille par un télégramme. Elle ouvrit à une petite femme
noire, qui avait un museau de rat et des cheveux dans
la figure.
« Je suis Mme Verchoux.
— Ah! très bien, madame!
— Est-ce qu'on peut encore le voir ?
— Mais oui. Il est là. »
Mme Verchoux s'approcha du lit, elle regarda les
joues creuses, les yeux caves.
« Il a beaucoup changé », dit-elle.
Vingt heures trente à Juan-les-Pins, vingt et une
heures trente à Prague.
« Ne quittez pas l'écoute. Une communication très
importante va suivre immédiatement. Ne quittez pas
l'écoute. Une communication...
— C'est fini », dit Milan.

Il se tenait dans l'embrasure de la fenêtre. Anna ne répondit pas. Elle se baissa, elle commença à ramasser les débris de verre, elle mit les plus grosses pierres dans son tablier et les rejeta par la fenêtre. La lampe était brisée, la chambre était sombre et bleue.

« À présent, dit-elle, je vais donner un bon coup de balai. »

Elle répéta : « Un bon coup de balai », et se mit à trembler :

« Ils nous prendront tout, dit-elle en pleurant, ils casseront tout, ils vont nous chasser.

— Tais-toi, dit Milan. Pour l'amour de Dieu, ne pleure pas! »

Il marcha jusqu'à l'appareil de T. S. F., il tourna les boutons et les lampes s'allumèrent.

« Il n'a rien », dit-il d'un ton satisfait.

La voix aigrelette et mécanique remplit soudain la pièce :

« Ne quittez pas l'écoute. Une communication très importante va suivre immédiatement. Ne quittez pas l'écoute. Une communication très importante...

— Écoute, dit Milan d'une voix changée, écoute! »

Pierre marchait à grands pas. Maud courait à ses côtés en serrant ses babouches sous son bras. Elle était heureuse :

« Ce qu'elles sont belles, lui dit-elle. Ruby sera folle de jalousie; elle s'en est acheté à Fez qui ne sont pas la moitié aussi bien. Et puis c'est tellement commode, tu enfiles ça au saut du lit et tu n'as même pas besoin d'y mettre les mains, tandis que les pantoufles c'est toute une histoire. Seulement, il y a un coup à prendre pour ne pas les perdre, il faut cambrer les pieds, je crois, en mettant les orteils comme ça; je demanderai à la bonne de l'hôtel qui est arabe. »

Pierre ne répondait toujours pas. Elle lui jeta un coup d'œil inquiet et reprit :

« Tu aurais dû t'en acheter aussi, toi qui cours toujours pieds nus à travers ta chambre; tu sais que ça va aussi bien aux hommes qu'aux femmes? »

Pierre s'arrêta au beau milieu de la rue.

« Assez! » lui dit-il d'une voix formidable.

Elle s'arrêta aussi, interdite.

« Qu'est-ce qu'il y a?

« — Ça va aussi bien aux hommes qu'aux femmes! dit Pierre en la singeant. Allons! Allons! Tu sais très bien à quoi je pensais pendant tes bavardages! Et tu y pensais comme moi », ajouta-t-il avec force. Il se passa la langue sur les lèvres et sourit ironiquement. Maud voulut parler, mais elle le regarda et se tut, glacée.

« Seulement on ne veut pas regarder la réalité en face, reprit-il. Les femmes surtout : quand elles pensent à une chose, il faut vite qu'elles parlent d'une autre. N'est-ce pas ?

— Mais Pierre, dit Maud affolée, tu deviens fou! Je ne comprends rien à ce que tu dis. À quoi crois-tu que je pense ? À quoi est-ce que tu penses ? »

Pierre sortit un livre de sa poche, l'ouvrit et le lui mit sous le nez :

« À ça », dit-il.

C'était une photo de gueule cassée. Le type n'avait plus de nez, il portait un bandeau sur l'œil.

« Tu... tu as acheté ça ? demanda-t-elle avec stupeur.

— Eh bien! oui, dit Pierre. Après ? Je suis un homme, moi, je n'ai pas peur : je veux connaître la gueule que j'aurai l'an prochain. »

Il agitait la photo devant les yeux de Maud :

« M'aimeras-tu quand je serai comme ça ? »

Elle craignait de comprendre, elle aurait tout donné pour qu'il se tût.

« Réponds! M'aimeras-tu ?

— Tais-toi, dit-elle, je t'en supplie, tais-toi.

— Ces hommes-là, dit Pierre, vivent à demeure au Val-de-Grâce. Ils ne sortent que la nuit et encore, avec un masque sur la figure. »

Elle voulut lui prendre le livre des mains, mais il le lui arracha et le mit dans sa poche. Elle le regarda, les lèvres tremblantes, elle avait peur d'éclater en sanglots.

« Oh, Pierre! dit-elle doucement. Tu as donc peur ? »

Il se tut brusquement et fixa sur elle des yeux stupides. Ils restèrent un moment immobiles, puis il dit d'une voix pâteuse :

« Tous les hommes ont peur. Tous. Celui qui n'a pas peur n'est pas normal; ça n'a rien à voir avec le courage. Et toi, tu n'as pas le droit de me juger, puisque tu n'iras pas te battre. »

Ils reprirent leur marche en silence. Elle pensait :

« C'est un lâche ! » Elle regardait son grand front hâlé, son nez florentin, sa belle bouche, et elle pensait : « C'est un lâche. Comme Lucien. Je n'ai pas de veine. »

Le buste d'Odette émergeait dans la lumière et son corps s'achevait dans l'ombre de la salle à manger, elle s'accoudait au balcon, elle regardait la mer, Gros-Louis pensait : « Quelle guerre ? » Il marchait, et la lumière rouge du couchant dansait sur ses mains, sur sa barbe, Odette sentait dans son dos la bonne chambre sombre, le bon refuge, la nappe blanche qui luisait faiblement dans le noir, mais elle se dressait dans la lumière, la lumière, le savoir et la guerre lui entraient par les yeux, elle pensait qu'il allait partir, la lumière électrique se coagulait par paquets dans la fluidité du jour finissant, des paquets de jaune d'œuf, Jeannine avait tourné le commutateur, les mains de Marcelle s'agitaient dans le jaune sous la lampe, elle demanda du sel et ses mains firent des ombres sur la nappe, Daniel dit : « C'est du bluff, il n'y a qu'à tenir sec, il abattra son jeu. » La dure lumière qui râpe les yeux comme du papier de verre, c'est comme ça, dans le Sud, jusqu'à la dernière minute. C'est midi et puis la nuit dégringole brusquement, Pierre babillait, il voulait lui faire croire qu'il avait retrouvé son calme mais elle marchait à son côté en silence et fixait sur lui un regard aussi dur que la lumière. Quand ils arrivèrent sur la place, elle eut peur qu'il ne lui proposât de passer la nuit avec lui, mais il ôta son chapeau et dit froidement : « Puisque nous nous levons tôt demain et que tu as encore les bagages à faire, je pense qu'il vaut mieux que tu rentres coucher avec tes compagnes. » Elle répondit : « Je pense aussi que c'est mieux. » Et il lui dit : « À demain. — À demain, dit-elle ; à demain sur le bateau. »

« Ne quittez pas l'écoute, une communication très importante va suivre. » Il était étendu, les mains sous la nuque, il se sentait tout gris, il dit : « On l'aime bien sa petite poupée. » Et elle tressaillit, elle dit : « Oui... » Comme chaque soir, elle avait peur. « Oui, je vous aime bien ! » Des fois elle acceptait, des fois elle disait non, mais ce soir elle n'oserait pas. « Alors on lui fait sa petite caresse, sa petite caresse du soir ? » Elle soupira, elle était toute honteuse, c'était amusant. Elle dit : « Pas ce soir. » Il souffla un peu, il dit : « Pauvre petite poupée,

elle est si agitée, ça lui ferait tant de bien. Pour la faire
dormir, vous ne voulez pas ? Non, vous ne voulez pas ?
Tu sais bien, ça me calme toujours... » Elle prit son visage
d'infirmière-major, comme lorsqu'elle le mettait sur le
bassin, sa tête devint toute raide sur ses épaules, elle ne
fermait pas les yeux, mais c'était tout comme si elle
s'arrangeait pour ne rien voir et ses mains, par en dessous,
le déboutonnèrent prestement, des mains de spécialiste,
et son visage qui était si triste, c'était *très* amusant, la
main entra, si douce, une pâte d'amandes, Odette
sursauta et dit : « Vous m'avez fait peur : est-ce que
Jacques est avec vous ? » Charles soupira, Mathieu dit
non. « Non, dit Maurice, il faut ce qu'il faut. » Il
avait pris la clé sur le tableau : « Ça pue encore les
chiottes, c'est dégueulasse. — C'est le petit de Mme
Salvador, dit Zézette, elle le fout dehors quand elle
reçoit des types, alors il pose culotte partout pour se
distraire. »
    Ils montèrent l'escalier : « Ne quittez pas l'écoute,
une communication... » Milan et Anna se penchaient
sur l'appareil, des rumeurs de victoire entraient par les
fenêtres. « Baisse-le un peu, dit Anna, il ne faut pas
les provoquer », la main douce, douce comme une pâte
d'amandes, Charles bourgeonna, fleurit, l'énorme fruit
s'épanouit, la cosse allait éclater, un fruit tout droit vers
le ciel, un fruit juteux, tout un printemps d'une suffocante douceur; le silence, le cliquetis des fourchettes, et
les longues déchirures d'étoffe dans l'appareil, la caresse
du vent sur le gros fruit velouté, velu, Anna sursauta
et serra le bras de Milan :
    « Citoyens,
    « Le gouvernement tchécoslovaque décide de pro-
clamer la mobilisation générale; tous les hommes âgés
de moins de quarante ans et les spécialistes de tout âge
doivent rejoindre immédiatement. Tous les officiers,
sous-officiers et soldats de la réserve et de la seconde
réserve de tous grades, tous les permissionnaires doivent
rejoindre sans délai leurs centres d'équipement. Tous
doivent être habillés de vêtements civils usagés, munis
de leurs papiers militaires et de vivres pour deux jours.
La date limite pour rejoindre leurs postes respectifs est
de quatre heures trente du matin.
    « Tous les véhicules, les automobiles et les avions

sont mobilisés. La vente de l'essence eſt autorisée avec
un permis délivré par l'autorité militaire.

« Citoyens! Le moment décisif arrive. Le succès
dépend de chacun. Que chacun mette toutes ses forces
au service de la patrie. Soyez braves et fidèles. Notre
lutte eſt une lutte pour la juſtice et la liberté!

« Vive la Tchécoslovaquie[1]! »

Milan se redressa, il était en feu, il posa les mains
sur les épaules d'Anna, il lui dit :

« Enfin! Anna, ça y eſt! ça y eſt. »

Une voix de femme répéta le décret en slovaque, ils
ne comprenaient plus rien, sauf quelques mots, de-ci
de-là, mais c'était comme une musique militaire. Anna
répéta : « Enfin! Enfin! » et des larmes lui coulèrent
sur les joues. Et puis ils comprirent de nouveau : *Die
Regierung hat entschlossen*[2], c'était de l'allemand, Milan
tourna le bouton à fond et la radio se mit à hurler, la
voix écrasait contre les murs leurs odieuses chansons,
leurs bruits de fête, elle sortirait par les fenêtres, elle
casserait les carreaux des Jägerschmitt, elle irait les
trouver dans leur salon munichois, dans leur petite
réunion de famille et elle leur glacerait les os. L'odeur
de chiottes et de lait aigre l'avait attendu, il l'aspira largement, elle entra en lui, comme un coup de balai, elle
le purifiait des parfums blonds et proprets de la rue
Royale, c'était l'odeur de la misère, c'était *son* odeur.
Maurice se planta devant la porte de sa chambre, pendant que Zézette mettait la clé dans la serrure et qu'Odette
disait joyeusement : « À table, alors! À table. Jacques,
tu auras une surprise »; il se sentait fort et dur, il avait
retrouvé le monde de la colère et de la révolte; au
deuxième étage, les gosses hurlaient parce que leur
père était rentré soûl; dans la chambre voisine, on
entendait les pas menus de Maria Pranzini dont le mari,
un couvreur, était tombé d'un toit, le mois dernier, les
bruits, les couleurs, les odeurs, tout avait l'air *vrai,* il
s'était réveillé, il avait retrouvé le monde de la guerre.

Le vieillard se tourna vers Hitler, il regardait ce mauvais visage enfantin, ce visage de mouche et il se sentait
choqué jusqu'au fond de l'âme. Ribbentrop était entré,
il dit quelques mots en allemand et Hitler fit un signe au
doĉteur Schmidt : « Nous apprenons, dit le doĉteur
Schmidt en anglais, que le gouvernement de M. Benès

vient de décréter la mobilisation générale. » Hitler écarta
les bras en silence comme un homme qui déplore que
l'événement vienne lui donner raison. Le vieillard sourit
aimablement et une lueur rouge s'alluma dans ses yeux.
Une lueur de guerre. Il n'avait qu'à se mettre à bouder,
comme le Führer, il n'avait qu'à écarter les bras avec l'air
de dire : « Eh bien ? C'est comme ça ! » et la pile d'assiettes qu'il tenait en équilibre depuis dix-sept jours s'écroule-
rait sur le parquet. Le docteur Schmidt le regardait avec
curiosité, il pensait que ça devait être tentant d'ouvrir les
bras, quand on portait une pile d'assiettes depuis dix-sept
jours, il pensait : « Voilà l'instant historique », il pensait
qu'on en était arrivé au dernier recours, à la liberté toute
nue d'un vieux commerçant de Londres[1]. À présent le
Führer et le vieillard se regardaient en silence et aucun
interprète n'était plus nécessaire. Le docteur Schmidt fit
un pas en arrière.

Il s'assit sur un banc de la place Gélu et posa le banjo
à côté de lui. Il faisait sombre et bleu sous les platanes, il
y avait des musiques et c'était le soir, les mâts des bateaux
de pêche sortaient de terre, tout droits, tout noirs et, de
l'autre côté du port, les fenêtres scintillaient par centaines.
Un gosse faisait couler l'eau de la fontaine ; sur le banc
voisin, d'autres nègres vinrent s'asseoir et le saluèrent.
Il n'avait pas faim, il n'avait pas soif, il s'était baigné
derrière la jetée, il avait rencontré un grand type hirsute
qui paraissait tomber de la lune et qui lui avait offert à
boire, tout cela, c'était bon. Il sortit le banjo de son étui,
il avait envie de chanter. Un instant, un seul instant, il
tousse, il se racle la gorge, il va chanter dans un instant,
Chamberlain, Hitler et Schmidt attendaient la guerre en
silence, elle allait entrer dans un instant, le pied avait
gonflé mais ça venait, dans un instant il allait le sortir du
soulier, Maurice, assis sur le lit tirait de toutes ses forces,
dans un instant Jacques aurait achevé de boire son potage,
Odette n'entendrait plus ce petit susurrement agaçant,
le feu d'artifices, le fourmillement des fusées prêtes à
partir, dans un instant les soleils filtreraient en tourbillonnant vers le plafond, sa poupée, dans un instant ça
sentirait l'absinthe et une colle chaude et abondante inon-
derait ses cuisses paralysées, et la voix monterait, riche
et tendre, à travers le feuillage des platanes ; un instant,
Mathieu mangeait, Marcelle mangeait, Daniel mangeait,

Boris mangeait, Brunet mangeait, ils avaient des âmes instantanées qu'emplissaient jusqu'aux bords de pâteuses petites voluptés, un instant et elle entrerait, bardée d'acier, redoutée par Pierre, acceptée par Boris, désirée par Daniel, la guerre, la grande guerre des debout, la folle guerre des blancs. Un instant : elle avait éclaté dans la chambre de Milan, elle s'échappait par toutes les fenêtres, elle se déversait avec fracas chez les Jägerschmitt, elle rôdait autour des remparts de Marrakech, elle soufflait sur la mer, elle écrasait les bâtiments de la rue Royale, elle remplissait les narines de Maurice avec son odeur de chiottes et de lait suri, dans les champs, dans les étables, dans les cours de ferme, elle *n'existait pas,* elle se jouait à pile ou face, entre deux glaces à trumeaux, dans les salons lambrissés de l'hôtel Dreesen. Le vieillard se passa la main sur le front et dit d'une voix blanche : « Eh bien, si vous voulez, nous allons discuter un à un les articles de votre mémorandum. » Et le docteur Schmidt comprit que le temps des interprètes était revenu.

Hitler s'approcha de la table et la belle voix grave monta dans l'air pur; au cinquième étage de l'hôtel Massilia, une femme qui prenait le frais à son balcon l'entendit, elle dit : « Gomez! viens écouter le nègre, c'est charmant! » Milan pensa à sa jambe et sa joie s'éteignit, il serra fortement l'épaule d'Anna et dit : « Ils ne voudront pas de moi, je ne suis plus bon à rien. » Et le nègre chantait. Armand Viguier était mort, ses deux mains pâles s'allongeaient sur le drap, les deux femmes le veillaient en causant des événements, elles avaient sympathisé tout de suite, Jeannine prit une serviette éponge et s'essuya les mains, puis elle se mit à lui frotter les cuisses, Chamberlain disait : « En ce qui concerne le premier paragraphe, je présenterai deux objections » et le nègre chantait : « *Bei mir, bist du schön;* cela signifie : " Vous êtes pour moi la plus jolie[1]. " »

Deux femmes s'arrêtèrent, il les connaissait, Anina et Dolorès, deux putains de la rue du Lacydon, Anina lui dit : « Té! tu chantes ? » et il ne répondit pas, il chantait et les femmes lui souriraient et Sarah appela avec impatience : « Gomez, Pablo, venez donc! qu'est-ce que vous faites ? Il y a un nègre qui chante, c'est charmant. »

SAMEDI 24 SEPTEMBRE

À Crévilly[1], sur le coup de six heures, le père Croulard entra dans la gendarmerie et frappa à la porte du bureau. Il pensait : « Ils m'ont réveillé. » Il pensait qu'il leur dirait : « Pourquoi qu'on m'a réveillé ? » Hitler dormait, Chamberlain dormait, son nez faisait une petite musique de fifre, Daniel s'était assis sur son lit, ruisselant de sueur, il pensait : « Ça n'était qu'un cauchemar ! »

« Entrez ! dit le lieutenant de gendarmerie. Ah ! c'est vous, père Croulard ? Eh bien il va falloir en mettre un coup. »

Ivich gémit un peu et se retourna sur le côté.

« C'est le petit qui m'a réveillé », dit le père Croulard. Il regarda le lieutenant avec rancune et dit : « Faut que ça soye important...

— Ah ! père Croulard, dit le lieutenant, il faut graisser vos bottes ! »

Le père Croulard n'aimait pas le lieutenant. Il dit :

« Je ne connais pas ça, moi, des bottes. J'ai pas de bottes, j'ai que des sabots.

— Il faut graisser vos bottes, répéta le lieutenant, il faut graisser vos bottes : on est bons comme la romaine ! »

Sans sa moustache, il aurait ressemblé à une fille. Il avait des lorgnons et les joues roses, comme l'institutrice. Il était penché en avant, les bras écartés, et il s'appuyait à la table du bout des doigts. Le père Croulard le regardait et pensait : « C'est lui qui m'a fait réveiller. »

« Il vous a bien dit d'apporter le pot de colle ? » dit le lieutenant.

Le père Croulard tenait le pot de colle derrière son dos; il le montra en silence.

« Et les pinceaux ? demanda le lieutenant. Il faut faire vite! Vous n'avez pas le temps de rentrer chez vous.

— Les pinceaux sont dans ma blouse, dit le père Croulard avec dignité. On m'a réveillé en sursaut mais j'aurais tout de même pas oublié les pinceaux. »

Le lieutenant lui tendit le rouleau :

« Vous en mettrez une sur la façade de la mairie, deux sur la grande place et une sur la maison du notaire.

— De maître Belhomme ? C'est défendu d'y afficher, dit le père Croulard.

— Je m'en fous! » dit le lieutenant. Il avait l'air nerveux et gai, il dit : « Je prends ça sur moi, je prends tout sur moi.

— C'est-il la mobilisation pour de bon ?

— Je veux! dit le lieutenant. On en découdrrra, père Croulard, on en découdrrra!

— Oh! dit le père Croulard. Vous et moi, je pense que nous resterons ici. »

On frappa à la porte et le lieutenant alla ouvrir, prestement. C'était le maire. Il était en sabots, il avait mis son écharpe sur sa blouse. Il dit :

« Qu'est-ce que m'a dit le petit ?

— Voilà les affiches », dit le lieutenant.

Le maire mit ses lunettes et déroula les affiches. Il lut à mi-voix : « Mobilisation générale » et posa vivement les affiches sur la table, comme s'il avait peur de se brûler. Il dit :

« J'étais aux champs, je suis passé prendre mon écharpe. »

Le père Croulard allongea la main, enroula les affiches et mit le rouleau sous sa blouse. Il dit au maire :

« Je me disais : c'est pas ordinaire, aussi, qu'ils me réveillent si matin.

— Je suis passé prendre mon écharpe », dit le maire. Il regarda le lieutenant avec inquiétude, il dit : « Ils ne parlent pas de réquisition.

— Il y a une autre affiche, dit le lieutenant.

— Bon Dieu! dit le maire. Bon Dieu de bon Dieu! Et voilà que ça recommence!

— J'ai fait la guerre, moi, dit le père Croulard. Cinquante-deux mois sans blessures. » Il plissa les yeux, égayé par ce souvenir.

« Ça va, dit le maire. Vous avez fait l'autre, vous ne ferez pas celle-ci. Et puis vous vous en foutez, vous, des réquisitions. »

Le lieutenant frappa sur la table avec autorité :

« Il faut faire quelque chose, dit-il. Il faut marquer le coup. »

Le maire avait l'air égaré. Il avait passé les mains dans son écharpe et il faisait le gros dos :

« Le tambourinaire est malade, expliqua-t-il.

— Je sais jouer du tambour, dit le père Croulard. Je peux le remplacer. » Il sourit : voilà dix ans que c'était son rêve, d'être tambourinaire.

« Le tambourinaire ? dit le lieutenant. Vous allez me faire sonner le tocsin. Voilà ce que vous allez faire ! »

Chamberlain dormait, Mathieu dormait, le Kabyle posa l'échelle contre l'autocar, chargea la malle sur son épaule et se mit à grimper sans se tenir aux barreaux, Ivich dormait, Daniel sortit ses jambes du lit, une cloche sonnait à toute volée dans sa tête, Pierre regardait la plante des pieds, rose et noire, du Kabyle, il pensait : « C'est la malle de Maud. » Mais Maud n'était pas là, elle partirait un peu plus tard avec Doucette, France et Ruby dans la voiture d'un vieux très riche qui était amoureux de Ruby ; à Paris, à Nantes, à Mâcon des hommes collaient sur les murs des affiches blanches, le tocsin sonnait à Crévilly, Hitler dormait, Hitler était un petit enfant, il avait quatre ans, on lui avait mis sa belle robe, un chien noir passa, il voulut l'attraper dans son filet à papillons ; le tocsin sonnait, Mme Reboulier s'éveilla en sursaut et dit :

« C'est quelque chose qui brûle. »

Hitler dormait, il découpait le pantalon de son père en menues lanières avec des ciseaux à ongles, Leni von Riefenstahl[1] entra, ramassa les lanières de flanelle et dit : « Je te les ferai manger en salade. »

Le tocsin sonnait, sonnait, sonnait, Maublanc dit à sa femme :

« Je parie que c'est la scierie qui a pris feu. »

Il sortit dans la rue. Mme Reboulier, en chemise rose derrière ses volets, le vit passer, le vit héler le facteur qui courait. Maublanc cria :

« Hé! Anselme!

— C'est la mobilisation, cria le facteur.

— Quoi? qu'est-ce qu'il a dit? demanda Mme Reboulier à son mari qui était venu la rejoindre. Ça n'est pas quelque chose qui brûle? »

Maublanc regarda les deux affiches et les lut à mi-voix, puis il fit demi-tour et revint chez lui. Sa femme était sur le pas de la porte, il lui dit : « Dis à Paul qu'il attelle la carriole. » Il entendit du bruit et se retourna : c'était Chapin, sur sa charrette; il lui dit : « Eh ben! tu as fait vinaigre, t'es donc si pressé? » Chapin le regarda sans répondre. Maublanc regarda derrière la charrette : il y avait deux bœufs qui suivaient lentement, attachés à l'arrière par des licols. Il dit à mi-voix : « Les sacrées belles bêtes! — Tu peux le dire, dit Chapin avec colère, tu peux dire que c'est des belles bêtes. » Le tocsin sonnait, Hitler dormait, le vieux Fraigneau disait à son fils : « S'ils me prennent les deux chevaux et toi, comment que je vais travailler? » Nanette frappait à la porte et Mme Reboulier lui dit : « C'est vous, Nanette? Voyez donc sur la place pourquoi on sonne le tocsin » et Nanette répondit : « Mais madame ne sait pas? C'est la mobilisation générale. »

Comme tous les matins. Mathieu pensait : « Comme tous les matins. » Pierre s'était poussé contre la vitre : il regardait, par la fenêtre, les Arabes assis par terre ou sur des coffres multicolores qui attendaient le car d'Ouarzazat[1]; Mathieu avait ouvert les yeux, il les sentait mous et pâteux dans ses orbites, des yeux de nouveau-né[a], encore aveugles, il pensait : « À quoi bon? » comme tous les matins. Un matin de terreur, une flèche de feu tirée sur Casablanca, sur Marseille, l'autocar trépidait sous ses pieds, le moteur tournait, au-dehors le chauffeur, un grand type avec une casquette de drap beige à la visière de cuir, achevait posément sa cigarette. Il pensait : « Maud me méprise. » Un matin comme tous les matins, stagnant et vide, une pompeuse cérémonie quotidienne avec cuivres et fanfare et lever public du soleil. Autrefois il y avait eu d'autres matins : des commencements; le réveil sonnait, Mathieu se levait d'un coup, les yeux durs, tout frais, comme à la sonnerie d'un clairon. Il n'y avait plus de commencement, plus rien à entreprendre. Et pourtant il allait falloir se lever, prendre part à la cérémonie, tracer dans cette chaleur des chemins et des sentiers, faire tous les gestes du culte, comme un prêtre qui a perdu la foi. Il sortit les jambes du lit, se redressa, ôta son pyjama. « À quoi bon ? » Et il se laissa retomber sur le dos, tout nu, les mains sous la nuque, il commençait à distinguer le plafond, à travers une brume blanche. « Foutu. Complètement foutu. Autrefois je portais les journées sur mon dos, je les faisais passer d'une rive à l'autre ; à présent c'est elles qui me portent. » L'autocar trépidait, ça battait, ça tapait sous ses pieds, le plancher brûlait, il lui semblait que ses semelles se fendillaient, le gros cœur lâche de Pierre battait, tapait, tapait contre les coussins tièdes, la vitre était brûlante et pourtant il se sentait glacé, il pensait : « Ça commence. » Ça finirait dans un trou, près de Sedan ou de Verdun, et ça venait de commencer. Elle lui avait dit : « Tu es donc un lâche », en le regardant d'un air de mépris. Il revit le petit visage sérieux et fiévreux, aux yeux sombres, aux lèvres minces, il eut un coup au cœur et l'autocar démarra. Il faisait encore très frais ; Louison Corneille, la sœur de la garde-barrière, qui était venue de Lisieux pour aider sa sœur malade à tenir son ménage, sortit sur la route pour aller relever les barrières du passage à niveau et dit : « C'est que ça pique. » Elle était de bonne humeur parce qu'elle était fiancée. Il y avait deux ans qu'elle était fiancée, mais chaque fois qu'elle y pensait ça la mettait de bonne humeur. Elle se mit à tourner la manivelle et, tout à coup, elle s'arrêta. Elle était sûre qu'il y avait quelqu'un sur la route, derrière son dos. Elle n'avait pas songé à regarder, en sortant de la maison, mais elle en était sûre. Elle se retourna et elle eut le souffle coupé : il y avait plus de cent charrettes, carrioles, chars à bœuf, vieilles calèches qui attendaient, immobiles, à la queue leu leu. Les gars étaient assis tout raides sur les banquettes, le fouet à la main, l'air mauvais, en silence. Il y en avait d'autres qui étaient à cheval et d'autres étaient venus à pied en tirant derrière eux un bœuf au bout d'une corde. C'était si drôle qu'elle prit peur. Elle tourna rapidement la manivelle et se rejeta sur le côté de la route. Les gars fouettèrent leurs chevaux et les carrioles se mirent à défiler devant elle, le car roulait entre de longues steppes rouges, les Arabes grouillaient dans leur dos. Pierre dit : « Sacrés bicots, je ne suis pas tranquille quand je les

sens derrière moi, je me demande toujours ce qu'ils
fabriquent. » Pierre jeta un coup d'œil dans le fond de la
voiture : ils étaient entassés, en silence, déjà verts et gris,
les yeux clos. Une femme voilée s'était laissée aller, entre
les sacs et les colis, à la renverse, on voyait ses paupières
closes au-dessus de son voile. « C'est quand même
malheureux, pensa-t-il. Dans cinq minutes, ils vont se
mettre à dégueuler, ces gens-là n'ont pas d'estomac. »
Louison les reconnaissait au passage, c'étaient les gars
de Crévilly, tous les gars de Crévilly, elle aurait pu mettre
un nom sur chacun d'eux mais ils n'avaient pas leurs
visages familiers, le gros rouge c'était le fils Chapin, elle
avait dansé avec lui à la Saint-Martin, elle lui cria : « Hé !
Marcel, tu es bien fier ! » Il se retourna et la regarda d'un
air intimidant. Elle dit : « C'est-il que vous allez à la
noce ? » Il dit : « Sacré nom de Dieu, oui. T'as raison : à
la noce. » La charrette traversa les rails en cahotant, il y
avait deux bœufs qui la suivaient, deux belles bêtes.
D'autres charrettes passèrent, elle les regardait en s'abritant les yeux avec la main. Elle reconnut Maublanc,
Tournus, Cauchois, ils ne faisaient pas attention à elle, ils
passaient, tout droits sur leur siège, portant leurs fouets
comme des sceptres, ils avaient l'air de mauvais rois. Son
cœur se serra et elle leur cria : « C'est-il la guerre ? » Mais
personne ne lui répondit. Ils passèrent, dans leurs guimbardes cahotantes et bringuebalantes, les bœufs suivaient avec une noblesse comique, les voitures disparurent, l'une après l'autre, derrière le tournant, elle resta
un moment, la main en visière au-dessus des yeux, à
regarder dans le soleil levant, l'autocar filait comme le
vent, tournait, virait en ronflant, elle pensait à Jean
Matrat, son fiancé, qui faisait son service à Angoulême,
dans un régiment de pionniers, les charrettes réapparurent, des mouches sur la route blanche, collées au flanc
de la colline, l'autocar fonça entre les roches brunes, tourna, tourna, à chaque virage les Arabes étaient projetés les
uns contre les autres et faisaient « Houeech » d'une voix
pathétique. La femme voilée se dressa subitement et sa
bouche, invisible sous la mousseline blanche, déversa
d'affreuses imprécations ; elle brandit au-dessus de sa
tête des bras gros comme des cuisses, au bout des bras
les mains légères et potelées, avec des ongles teints, dansaient ; pour finir elle arracha son voile, se pencha par la

portière et se mit à vomir en gémissant. « Ça y est, se dit
Pierre, ça y est; ils vont nous dégueuler dessus. » Les
charrettes n'avançaient pas, elles avaient l'air engluées
sur la route. Louison les regarda longtemps : elles bougeaient, elles bougeaient tout de même, elles arrivaient
une à une au sommet de la colline et puis on ne les voyait
plus. Louison laissa retomber sa main et ses yeux éblouis
clignotèrent, puis elle rentra pour s'occuper des petits.
Pierre pensait à Maud, Mathieu pensait à Odette, il avait
rêvé d'elle, ils se tenaient par la taille et ils chantaient la
barcarolle des *Contes d'Hoffmann*[1] sur le ponton du Provençal, À présent il était nu et suant sur son lit, il regardait
le plafond et Odette lui tenait compagnie. « Si je ne suis
pas mort d'ennui, c'est bien à elle que je le dois. » Une
humeur blanchâtre tremblotait encore dans ses yeux, un
peu de tendresse tremblotait encore dans son cœur. Une
tendresse blanche, une triste petite tendresse de réveil,
un prétexte à rester couché sur le dos quelques instants
de plus. Dans cinq minutes l'eau froide coulerait sur sa
nuque et dans ses yeux, la mousse de savon crépiterait
dans ses oreilles, le dentifrice empâterait ses gencives, il
n'aurait plus de tendresse pour personne. Des couleurs,
des lumières, des odeurs, des sons. Et puis des mots, des
mots courtois, des mots sérieux, des mots sincères, des
mots drôles, des mots jusqu'au soir. Mathieu... pfftt!
Mathieu, c'était un avenir. Il n'y a plus d'avenir. Il n'y a
plus de Mathieu qu'en songe, entre minuit et cinq heures
du matin. Chapin pensait : « Deux si belles bêtes! » La
guerre, il s'en foutait : il faudrait voir. Mais ces bêtes-là,
il les soignait depuis cinq ans, il les avait châtrées lui-
même, ça lui crevait le cœur. Il donna un coup de fouet
à son cheval et le fit obliquer vers la gauche; sa carriole
passa lentement le long de la charrette à Simenon.
« Qu'est-ce que tu fous ? dit Simenon. — J'en ai marre,
dit Chapin, je voudrais être arrivé! — Tu vas fatiguer
tes bêtes, dit Simenon. — Je m'en fous bien, à présent »,
dit Chapin. Il avait envie de les gratter tous; il s'était mis
debout, il faisait claquer sa langue et criait : « Hue!
Hue! », il glissa le long de la charrette à Popaul, il glissa
le long du char à Poulaille. « Tu fais la course ? »
demanda Poulaille. Chapin ne répondit pas et Poulaille
cria derrière lui : « Attention aux bêtes! Tu les
esquintes! » et Chapin pensa : « Je voudrais qu'elles

crèvent. » On frappait ; Chapin était en tête à présent et les autres le suivaient et frappaient leurs chevaux, par émulation ; on frappait, Mathieu s'était levé, il se frottait les yeux ; *on frappait ;* l'autocar fit une embardée pour éviter un Arabe à bicyclette qui portait une grosse musulmane voilée sur le cadre de son vélo ; ON FRAPPAIT et Chamberlain sursauta, il dit : « Holà ! qu'est-ce que c'est ? Qui frappe ? » et une voix répondit : « Il est sept heures, Votre Excellence. » À l'entrée de la caserne, il y avait une barrière de bois. Une sentinelle montait la garde devant la barrière. Chapin tira sur les rênes et cria : « Ho ! Ho ! nom de Dieu ! — Ah ben ! dit la sentinelle. Ah ben ! Et d'où c'est que vous venez, comme ça ? — Allez, lève ça, dit Chapin en montrant la barrière. — J'ai pas d'ordres, dit le soldat. D'où c'est que vous venez ? — Je te dis de lever ça. » Un adjudant sortit du poste de garde. Toutes les charrettes s'étaient arrêtées ; il les considéra un instant et puis il siffla : « Qu'est-ce que vous venez foutre ici ? demanda-t-il. — Eh ben ! on est mobilisé, dit Chapin. C'est-il que vous ne voulez plus de nous, à cette heure ? — T'as le fascicule ? » demanda l'adjudant. Chapin se mit à fouiller dans ses poches, l'adjudant regarda tous ces gars silencieux et sombres, immobiles sur leurs sièges, qui avaient l'air de présenter les armes, et il se sentit fier sans savoir pourquoi. Il avança d'un pas et cria : « Et les autres ? Ils ont aussi le fascicule ? Sortez vos livrets. » Chapin avait retrouvé son livret militaire. L'adjudant le prit et le feuilleta : « Eh bien ? dit-il, t'as le fascicule 3[1], couillon. Tu t'es trop pressé, ça sera pour la prochaine fois. — Je vous dis que je suis mobilisé, dit Chapin. — Tu le sais peut-être mieux que moi ? dit l'adjudant. — Oui, je le sais, dit Chapin en colère. Je l'ai lu sur l'affiche. » Derrière eux les gars s'impatientaient, Poulaille criait : « Alors ? c'est-il fini ? Est-ce qu'on entre ? » « Sur l'affiche ? dit l'adjudant. Tiens, la voilà, ton affiche. Tu n'as qu'à la regarder, si tu sais lire. » Chapin posa son fouet, sauta sur le sol et s'approcha du mur. Il y avait trois affiches. Deux en couleurs : « Engagez-vous, rengagez-vous dans l'armée coloniale » et une troisième toute blanche : « Rappel immédiat de certaines catégories de réservistes. » Il lut lentement, à mi-voix, et dit en secouant la tête : « C'est pas celle-là qu'on a mise chez nous. » Maublanc, Poulaille, Fraigneau étaient descendus de voiture, ils regardaient l'affiche et ils dirent : « C'est pas la nôtre, d'affiche. — D'où c'est que vous êtes ? demanda l'adjudant. — De Crévilly, dit Poulaille. — Eh ben, je sais pas, dit l'adjudant, mais j'ai idée qu'il y a un fameux con, à la gendarmerie de Crévilly. Enfin ! donnez-moi vos livrets et suivez-moi chez le lieutenant. » Sur la grand-place de Crévilly, devant l'église, les femmes entouraient Mme Reboulier, qui faisait tant de bien au pays, il y avait la Marie et Stéphanie et la femme du buraliste et la Jeanne Fraigneau. La Marie pleurait doucement, Mme Reboulier avait mis son grand chapeau noir, elle parlait en agitant son ombrelle : « Il ne faut pas pleurer, la Marie, il faut serrer les dents. Ah ! Ah ! il faut serrer les dents. On vous le rendra votre mari, vous verrez, avec des citations et des médailles. Et ça n'est peut-être pas lui qui sera le plus malheureux, vous savez ! Parce que, cette fois-ci, tout le monde est mobilisé, les femmes comme les hommes. »

Elle pointa son ombrelle vers l'est et se sentit rajeunie de vingt ans. « Vous verrez, dit-elle, vous verrez ! C'est peut-être les civils qui gagneront la guerre. » Mais la Marie avait pris son air de bêtise crasseuse, ses sanglots lui faisaient sauter les épaules et elle regardait le monument aux morts, à travers ses larmes, en gardant un silence irritant. « À vos ordres », dit le lieutenant. Il pressait l'écouteur contre son oreille et disait : « À vos ordres. » Et la voix molle et furieuse coulait intarissablement : « Et vous dites qu'ils sont partis ? Ah ! mon pauvre ami, vous avez fait du propre. Je ne vous le cache pas, c'est un coup à vous faire casser ! » Le père Croulard traversait la place avec son pot de colle et ses pinceaux, un rouleau blanc sous le bras. La Marie lui cria : « Qu'est-ce que c'est ? Qu'est-ce que c'est ? » et Mme Reboulier nota avec impatience que ses yeux brillaient d'un espoir stupide. Le père Croulard riait d'aise, il montra le rouleau blanc et il dit : « C'est rien. C'est le lieutenant qui s'est trompé d'affiches ! » Le lieutenant raccrocha l'écouteur et s'assit, les jambes molles. La voix résonnait encore à ses oreilles : « C'est un coup à vous faire casser. » Il se releva et s'approcha de la fenêtre ouverte : sur le mur d'en face, toute fraîche, encore humide, blanche comme la neige, l'affiche s'épanouissait : « Mobilisation générale. » La colère le prit à la

gorge; il pensait : « Je lui avais bien dit d'enlever celle-là
d'abord, mais il fera exprès de l'ôter en dernier. » Il
enjamba soudain le rebord de la fenêtre, courut à
l'affiche et se mit à la lacérer. Le père Croulard trempa son
pinceau dans la colle, Mme Reboulier le regardait faire
avec regret, le lieutenant grattait, grattait le mur, il avait
des boulettes de pâte blanche sous les ongles; Blomart
et Cormier étaient restés dans la caserne; les autres étaient
revenus à leurs chevaux et se regardaient avec incertitude; ils avaient envie de rire et de se mettre en colère, ils
se sentaient vides comme au lendemain de la foire. Chapin s'approcha de ses bœufs et les flatta de la main. Ils
avaient le mufle et le poitrail pleins de bave, il pensa
tristement : « Si j'avais su, je les aurais pas tant fatigués. »
« Qu'est-ce qu'on fait ? demanda Poulaille, derrière son
dos. — On peut pas rentrer tout de suite, dit Chapin.
Faut laisser reposer les bêtes. » Fraigneau regardait la
caserne et ça lui rappelait des souvenirs, il donna un coup
de coude à Chapin et dit en riant sournoisement : « Dis
donc! Si on y allait ? — Où ça que tu veux aller, mon
gars ? demanda Chapin. — Eh ben! dit Fraigneau, au
bordel! » Les gars de Crévilly l'entourèrent et lui donnèrent des claques sur les épaules, ils rigolaient, ils
disaient : « Sacré Fraigneau! Il a toujours de bonnes
idées! » Chapin lui-même se dérida, il dit : « Je sais où
c'est, les gars; vous n'avez qu'à remonter en carriole, je
vas vous conduire. »
    Huit heures trente. Un skieur tournait déjà autour du
tremplin, traîné par un canot automobile; de temps à
autre Mathieu entendait le ronflement du moteur et puis
le canot s'éloignait, le skieur devenait un point noir et
l'on n'entendait plus rien. La mer, plate, dure et blanche
semblait une piste de patinage déserte. Tout à l'heure, elle
bleuirait, clapoterait, deviendrait liquide et profonde et
ça serait la mer de tout le monde, pleine de cris, piquetée
de petites têtes noires. Mathieu traversa la terrasse, suivit
un moment la promenade. Les cafés étaient encore fermés, deux autos passèrent. Il était sorti sans but précis :
pour acheter le journal, pour respirer l'épaisse odeur de
varech et d'eucalyptus qui traînait dans le port et puis
pour tuer le temps. Odette dormait encore, Jacques travaillait jusqu'à dix heures. Il tourna dans une rue com-
merçante qui montait vers la gare, deux jeunes Anglaises

le croisèrent en riant ; quatre personnes s'étaient assemblées autour d'une affiche. Mathieu s'approcha : ça ferait toujours passer un moment. Un petit monsieur à barbiche hochait la tête. Mathieu lut :

« Par ordre du ministre de la Défense nationale et de la Guerre et du ministre de l'Air, les officiers, sous-officiers et hommes de troupe des réserves, porteurs d'un ordre ou fascicule de mobilisation de couleur blanche, portant en surcharge le chiffre " 2 " se mettront en route immédiatement et sans délai, sans attendre une notification individuelle.

« Ils rejoindront le lieu de convocation indiqué sur leur ordre ou fascicule de mobilisation dans les conditions précisées par ce document.

« Le samedi 24 septembre 1938 à 9 heures.

« Les ministres de la Défense nationale, de la Guerre et de l'Air[1]. »

« Tt, tt, tt », fit le monsieur d'un air de blâme. Mathieu lui sourit et relut l'affiche avec attention : c'était un de ces documents ennuyeux mais utiles à connaître qui, depuis quelque temps, remplissaient les journaux sous le nom de « Déclaration du Foreign Office » ou « Communication du Quai d'Orsay ». Il fallait toujours s'y mettre à deux fois pour en venir à bout. Mathieu lut : « Ils rejoindront le lieu de convocation indiqué » et il pensa : « Mais j'ai le fascicule 2, moi ! » Tout d'un coup l'affiche se mit à le viser ; c'était comme si on avait écrit son nom à la craie sur le mur, avec des insultes et des menaces. Mobilisé : c'était là, sur le mur — peut-être aussi que ça pouvait déjà se lire sur sa figure. Il rougit et s'éloigna précipitamment. « Fascicule 2. Ça y est. Je suis en train de devenir intéressant. » Odette le regarderait avec une émotion contenue. Jacques prendrait son air du dimanche et lui dirait : « Mon vieux, je n'ai rien à te dire. » Mais Mathieu se sentait modeste et n'avait pas envie de devenir intéressant. Il tourna sur la gauche dans la première rue qui se présenta et hâta le pas : sur le trottoir de droite il y avait un petit groupe sombre qui bruissait devant une affiche. Dans toute la France. Deux par deux. Quatre par quatre. Devant des milliers d'affiches. Et dans chaque groupe il y a bien au moins un type qui tâte son portefeuille et son livret militaire à travers l'étoffe de son veston

et qui se sent devenir intéressant. Rue de la Poste.
Deux affiches, deux groupes. On parlait encore de lui.
Il s'engagea dans une longue ruelle sombre. Celle-là,
du moins, il en était sûr, les colleurs d'affiches l'avaient
épargnée. Il était seul, il pouvait penser à lui. Il pensa :
« Ça y est. » Ça y était : cette journée ronde et pleine,
qui devait mourir de vieillesse, paisiblement, sur place,
elle s'allongeait subitement, en flèche, elle fonçait dans
la nuit avec fracas, elle filait dans le noir, dans la fumée,
dans les campagnes désertes, à travers un tumulte
d'essieux et de bogies et il glissait dedans, comme dans
un toboggan[1], il ne s'arrêterait qu'au bout de la nuit,
à Paris, sur le quai de la gare de Lyon. Déjà des lumières
fausses hantaient le plein jour : les futures lumières des
gares nocturnes. Déjà une vague douleur hantait le fond
de ses yeux : la future douleur sèche des insomnies.
Ça ne l'ennuyait pas : ça ou autre chose... Ça ne l'amusait
pas non plus : de toute façon, c'était de l'anecdote, du
pittoresque. « Il faudra que je demande l'heure du train
de Marseille », pensa-t-il. La ruelle le reconduisit insen-
siblement sur la Corniche. Il déboucha tout à coup, en
pleine lumière, et s'assit à la terrasse d'une brasserie qui
venait d'ouvrir. « Un café et l'indicateur. » Un monsieur
à moustache argentée vint s'asseoir près de lui. Une
femme mûre l'accompagnait. Le monsieur ouvrit
L'Éclaireur de Nice, la dame se tourna vers la mer.
Mathieu la regarda un instant et devint triste. Il pensa :
« Il faudra mettre de l'ordre dans mes affaires. Installer
Ivich à Paris, dans mon appartement, lui donner une
procuration pour qu'elle puisse toucher mon traitement. » La tête du monsieur réapparut au-dessus de
son journal : « C'est la guerre », dit-il. La dame soupira
sans répondre; Mathieu regarda les joues brillantes et
polies du monsieur, sa veste de tweed, sa chemise à
rayures violettes et il pensa : « C'est la guerre. »

C'est la guerre. Quelque chose qui ne tenait plus à lui
que par un fil se détacha, se tassa et retomba en arrière.
C'était sa vie; elle était morte. Morte. Il se retourna, il
la regarda[a]. Viguier était mort, il allongeait les mains
sur le drap blanc, une mouche vivait sur son front et
son avenir s'étendait à perte de vue, illimité, hors de
jeu, fixe comme son regard fixe sous ses paupières
mortes. Son avenir : la paix, l'avenir du monde, l'avenir

de Mathieu. L'avenir de Mathieu était là, à découvert
fixe et vitreux, hors de jeu. Mathieu était assis à une
table de café, il buvait, il était par-delà son avenir, il le
regardait et il pensait : « La paix. » Mme Verchoux
montra Viguier à l'infirmière, elle avait le torticolis et
ses yeux la picotaient, elle dit : « C'était un brave
homme. » Et elle chercha un mot, un mot un peu plus
cérémonieux pour le qualifier; elle était sa plus proche
parente et c'était à elle de conclure. Le mot de « paisible » vint sur sa langue, mais il n'était pas assez
concluant. Elle dit : « C'était un homme pacifique »
et se tut. Mathieu pensa : « J'ai eu un avenir pacifique. »
Un avenir pacifique : il avait aimé, haï, souffert et
l'avenir était là, autour de lui, au-dessus de sa tête,
partout, comme un océan et chacune de ses rages,
chacun de ses malheurs, chacun de ses rires s'alimentait
à cet avenir invisible et présent. Un sourire, un simple
sourire, c'était une hypothèque sur la paix du lendemain,
de l'année suivante, du siècle; sinon je n'aurais jamais
osé sourire. Des années et des années de paix future
s'étaient déposées par avance sur les choses et les
avaient mûries, dorées; prendre sa montre, la poignée
d'une porte, une main de femme, c'était prendre la
paix entre ses mains. L'après-guerre était un commencement. Le commencement de la paix. On la vivait
sans se presser, comme on vit un matin. « Le jazz était
un commencement, et le cinéma, que j'ai tant aimé,
était un commencement. Et le surréalisme. Et le communisme. J'hésitais, je choisissais longuement, j'avais le
temps. Le temps, la paix, c'était la même chose. À présent cet avenir est là, à mes pieds, mort. C'était un faux
avenir, une imposture. » Il regardait ces vingt années
qu'il avait vécues étales, ensoleillées, une plaine marine
et il les voyait à présent comme elles avaient été : un
nombre fini de journées comprimées entre deux hauts
murs sans espoir, une période cataloguée, avec un
début et une fin, qui figurerait dans les manuels d'histoire
sous le nom d'Entre-deux-guerres. « Vingt ans : 1918-
1938. Seulement vingt ans! Hier ça semblait à la fois
plus court et plus long : de toute façon on n'aurait pas
eu l'idée de compter, puisque ça n'était pas terminé.
À présent, c'est terminé. C'était un faux avenir. Tout
ce qu'on a vécu depuis vingt ans, on l'a vécu à faux.

Nous étions appliqués et sérieux, nous essayions de
comprendre et voilà : ces belles journées avaient un
avenir secret et noir, elles nous trompaient, la guerre
d'aujourd'hui, la nouvelle Grande Guerre nous les
volait par en dessous. Nous étions cocus sans le savoir.
À présent la guerre est là, ma vie est morte; c'était *ça,*
ma vie : il faut tout reprendre du début[a]. » Il chercha
un souvenir, n'importe lequel, celui qui renaîtrait le
premier, cette soirée qu'il avait passée à Pérouse, assis
sur la terrasse, mangeant une granité à l'abricot et
regardant au loin, dans la poussière, la calme colline
d'Assise[1]. Eh! bien, c'était la guerre qu'il aurait fallu
lire dans le rougeoiement du couchant. « Si j'avais pu,
dans les lueurs rousses qui doraient la table et le parapet,
soupçonner une promesse d'orage et de sang, elles
m'appartiendraient à présent, du moins aurais-je sauvé
ça. Mais j'étais sans méfiance, la glace fondait sur ma
langue, je pensais : " Vieux ors, amour, gloire mystique[2]. " Et j'ai tout perdu. » Le garçon passait entre
les tables, Mathieu le héla, paya et se leva sans trop
savoir ce qu'il faisait. Il laissait sa vie derrière lui, j'ai
mué. Il traversa la chaussée et alla s'accouder à la
balustrade, face à la mer.

Il se sentait sinistre et léger : il était nu, on lui avait
tout volé. « Je n'ai plus rien à moi, pas même mon passé.
Mais c'était un faux passé et je ne le regrette pas. »
Il pensa : « Ils m'ont débarrassé de ma vie. C'était une
vie minable et ratée, Marcelle, Ivich, Daniel, une sale
vie, mais ça m'est égal, à présent, puisqu'elle est morte.
À partir de ce matin, depuis qu'ils ont collé ces affiches
blanches sur les murs, toutes les vies sont ratées, toutes
les vies sont mortes. Si j'avais fait ce que je voulais, si
j'avais pu, une fois, une seule fois, être *libre,* eh bien ça
serait tout de même une sale duperie, puisque j'aurais
été libre pour la paix, dans cette paix trompeuse, et qu'à
présent je serais tout de même ici, face à la mer, appuyé
à cette balustrade, avec toutes les affiches blanches
derrière mon dos; toutes ces affiches qui parlent de moi,
sur tous les murs de France, et qui disent que ma vie
est morte et qu'il n'y a jamais eu de paix : ça n'était
pas la peine de me donner tant de mal, pas la peine d'avoir
tant de remords. » La mer, la plage, les tentes, la balustrade : froides, exsangues. Elles avaient perdu leur vieil

avenir, on ne leur en avait pas encore donné de neuf ;
elles flottaient dans le présent. Mathieu flottait[a]. Un
survivant, nu sur une plage, au milieu de hardes gonflées
d'eau, au milieu des caisses défoncées, des objets sans
usage défini que la mer a rejetés. Un jeune homme brun
sortit d'une tente, il avait l'air calme et vide, il regardait
la mer en hésitant : « Un survivant, nous sommes tous des
survivants », les officiers allemands souriaient et saluaient,
le moteur tournait, l'hélice tournait, Chamberlain salua,
sourit, fit volte-face et posa le pied sur l'échelle.

L'exil à Babylone, la malédiction sur Israël et le mur
des lamentations, rien n'avait changé pour le peuple
juif depuis le temps où ses fils passaient enchaînés entre
les tours rouges d'Assyrie, sous l'œil cruel des conqué-
rants à la barbe annelée. Schalom trottinait au milieu
de ces hommes aux cheveux noirs, aux boucles nettes
et cruelles. Il pensait que rien n'avait changé. Schalom
pensait à Georges Lévy. Il pensait : « Nous n'avons
plus le sens de la solidarité entre Juifs, voilà la véritable
malédiction divine ! » et il se sentait pathétique mais pas
de trop mauvaise humeur, parce qu'il avait vu, sur les
murs, ces affiches blanches. Il avait demandé un secours
à Georges Lévy mais Georges Lévy était un homme dur,
un Juif alsacien ; il avait refusé. Il n'avait pas exactement
refusé, il avait gémi et s'était tordu les bras, il avait
parlé de sa vieille mère, de la crise. Mais tout le monde
savait qu'il détestait sa mère et qu'il n'y avait pas de
crise dans la fourrure. Schalom s'était mis, lui aussi,
à gémir et il avait levé ses bras tremblants vers le ciel,
il avait parlé du nouvel exode et des pauvres Juifs
émigrés qui avaient souffert pour tous les autres et dans
leur chair. Lévy était un homme dur, un mauvais riche,
il avait gémi plus fort et il poussait Schalom vers la
porte, de sa grosse bedaine, en lui soufflant dans le nez.
Schalom gémissait et reculait, les bras en l'air, et il
avait envie de sourire parce qu'il pensait à la rigolade
que devaient s'offrir les employés de l'autre côté de la
porte. Au coin de la rue du 4-Septembre, il y avait une
charcuterie miroitante et cossue ; Schalom s'arrêta
émerveillé, il regardait les andouillettes en gelée, les
pâtés en croûte, les chapelets de saucisse en cuir verni,
les cervelas pansus et ridés, avec leurs petits anus roses,
et il songeait aux charcuteries de Vienne. Il évitait dans

la mesure du possible de manger du porc, mais les
pauvres émigrés sont obligés de se nourrir avec ce qu'ils
trouvent. Quand il ressortit de la charcuterie, il portait
au doigt, par une ficelle rose, un petit paquet si blanc,
si délicat qu'on eût dit un paquet de gâteaux et il était
scandalisé. Il pensait : « Tous les Français sont de mauvais
riches. » Le peuple le plus riche de toute l'Europe.
Schalom s'engagea dans la rue du 4-Septembre en appelant la malédiction du ciel sur les mauvais riches et,
comme si le ciel l'avait exaucé, il vit du coin de l'œil
un groupe de Français immobiles et muets devant une
affiche blanche. Il passa tout contre eux, en baissant les
yeux et en pinçant les lèvres, parce qu'il n'était pas bon
en ce moment qu'un pauvre Juif fût surpris à sourire
dans les rues de Paris. Birnenschatz, diamantaire : c'était
là. Il hésita un instant, puis, avant de passer sous la
porte cochère, il glissa son paquet de cervelas dans sa
serviette. Les moteurs tournaient, tournaient, grondaient,
les planches tremblaient, ça sentait l'éther et la benzine,
l'autocar s'enfonçait dans les flammes, *oh! Pierre, tu es
donc un lâche,* l'avion nageait dans le soleil, Daniel tapotait l'affiche du bout de sa canne, il disait : « Je suis très
tranquille, nous ne sommes pas si bêtes que d'aller
nous battre sans avions. » L'avion passait au-dessus des
arbres, juste au-dessus, le docteur Schmidt leva la tête,
le moteur grondait, il vit l'avion entre les feuilles, un
éclat de mica dans le ciel, il pensa : « Bon voyage!
Bon voyage! » et il sourit; les Arabes vaincus, résignés,
livides, gisaient pêle-mêle au fond de la voiture, un
négrillon sortit de la case, agita la main et regarda longtemps l'autocar qui s'en allait, vous avez vu le petit
youtre, une livre de cervelas qu'il m'a achetée, rien que
ça, je croyais qu'ils ne mangeaient pas de cochon! Le
négrillon et l'interprète rentraient à pas lents, la tête
encore pleine du bruissement des moteurs. C'était une
table de fer ronde, peinte en vert, avec un trou au milieu
pour le manche du parasol, elle était tavelée de brun
par endroits comme une poire, le journal était sur la
table, *Le Petit Niçois,* il n'était pas déplié. Mathieu toussa,
elle était assise près de la table, elle avait pris le petit
déjeuner au jardin, comment vais-je lui annoncer ça ?
Pas d'histoires, surtout pas d'histoires, si elle pouvait
se taire, non, se taire c'est encore trop, se lever et dire :

« Eh bien, je vais vous faire préparer des sandwiches pour le voyage. » Simplement. Elle était en robe de chambre, elle lisait son courrier. « Jacques n'est pas descendu, lui dit-elle. Il a travaillé tard cette nuit. » Ses premiers mots, chaque fois qu'ils se revoyaient, étaient toujours pour lui parler de Jacques, après ça il n'était plus question de lui. Mathieu sourit et toussa. « Asseyez-vous, dit-elle, il y a deux lettres pour vous. » Il prit les lettres, il demanda :

« Vous avez vu le journal ?

— Pas encore, Mariette l'a apporté avec le courrier et je ne me suis pas encore décidée à l'ouvrir. Je n'ai jamais été bien forte pour lire les journaux, mais, à présent, je les ai pris en grippe. »

Mathieu souriait et approuvait de la tête, mais ses dents restaient serrées. C'était redevenu entre eux comme autrefois. Il avait suffi d'une affiche sur un mur et c'était redevenu entre eux comme autrefois : elle était redevenue la femme de Jacques, il ne trouvait plus rien à lui dire. « Du jambon cru, pensa-t-il. C'est ça que j'aimerais pour le voyage. »

« Lisez, lisez vos lettres, dit Odette vivement. Ne vous occupez pas de moi ; d'ailleurs, il va falloir que je monte m'habiller. »

Mathieu prit la première lettre qui était timbrée de Biarritz, c'était toujours un petit moment de gagné. Quand elle se serait levée il lui dirait : « À propos, je pars... » Non, ça aurait l'air trop dégagé. « Je pars. » Plutôt comme ça : « Je pars... » Il reconnut l'écriture de Boris et pensa avec remords : « Il y a plus d'un mois que je ne lui ai pas écrit. » L'enveloppe contenait une carte-lettre. Boris avait écrit sa propre adresse et mis un timbre sur la moitié gauche de la carte. Sur la droite, il avait tracé quelques lignes :

MON CHER BORIS,

Je me porte $\left\{ \begin{array}{l} bien* \\ mal \end{array} \right.$

*Voici la raison de mon silence : irritation légitime, illégitime, mauvaise volonté, conversion brusque, folie, maladie, paresse, ignominie pure et simple**.*

* Biffer la mention inutile.
** Id.

Je vous écrirai une longue lettre d'ici... jours.

Veuillez accepter mes profondes excuses et l'expression de ma repentante amitié.

Signature :

« Vous riez tout seul, dit Odette.

— C'est Boris, dit Mathieu. Il est à Biarritz avec Lola. » Il lui tendit la lettre et elle se mit à rire aussi :

« Celui-là est charmant, dit-elle. Est-ce qu'il a... est-ce qu'il a l'âge de... ?

— Il a dix-neuf ans[1], dit Mathieu. Ça dépendra de la durée de la guerre. »

Odette le regarda tendrement :

« Vos élèves vous mangent la soupe sur la tête », lui dit-elle.

Ça devenait de plus en plus difficile de lui parler. Mathieu décacheta l'autre lettre. Elle était de Gomez, le mari de Sarah. Mathieu ne l'avait pas revu depuis son départ pour l'Espagne. Il était colonel, à présent, dans l'armée régulière.

Mon cher Mathieu,

Je suis venu en mission à Marseille, où Sarah m'a rejoint avec le petit. Je repars mardi, mais pas sans vous avoir vu[2]. Attendez-moi au train de quatre heures dimanche et retenez-moi une chambre n'importe où, je vais m'arranger pour faire un saut à Juan-les-Pins. Nous avons beaucoup de choses à nous dire.

Amicalement.

GOMEZ.

Mathieu mit la lettre dans sa poche, il pensait avec humeur : « Dimanche c'est demain[a], je serai parti. » Il avait envie de revoir Gomez; en cet instant, c'était le seul de ses amis qu'il eût envie de revoir : celui-là savait un peu ce que c'était que la guerre. « Je pourrais peut-être le retrouver à Marseille, entre deux trains... » Il tira la lettre de sa poche, toute froissée : Gomez n'avait pas donné son adresse. Mathieu haussa les épaules avec agacement et rejeta la lettre sur la table; Gomez était resté pareil à lui-même, bien qu'il fût

colonel : impérieux et impotent. Odette s'était décidée
à déplier le journal, elle le tenait en l'air, au bout de
ses beaux bras écartés, et elle le parcourait avec application.

« Oh! » fit-elle.

Elle se tourna vers Mathieu et lui demanda sur un
ton léger :

« Mais vous, vous n'avez pas le fascicule 2 ? »

Mathieu se sentit rougir, il cligna des yeux :

« Si », dit-il, confus.

Odette le regardait avec dureté, comme s'il était coupable. Il ajouta précipitamment :

« Mais je ne pars pas aujourd'hui, je reste encore
quarante-huit heures : j'ai un ami qui vient me voir. »

Il se sentit soulagé par cette décision brusque : ça
reculait les effusions presque au surlendemain : « Il y a
un bout de chemin de Juan-les-Pins à Nancy[1], ils n'iront
pas me faire des histoires pour quelques heures de
retard. » Mais le regard d'Odette ne s'adoucissait pas
et il se débattait sous ce regard, il répétait : « Je reste
encore quarante-huit heures, je reste encore quarante-
huit heures », pendant qu'Ella Birnenschatz nouait ses
bras maigres et bruns autour du cou de son père.

« Ce que tu es chou, mon petit papa », dit Ella
Birnenschatz[2].

Odette se leva brusquement :

« Eh bien, je vous laisse, dit-elle. Il faut tout de
même que je m'habille, je pense que Jacques va bientôt
descendre vous tenir compagnie. »

Elle s'en fut en serrant sa robe de chambre sur ses
hanches rondes et minces, Mathieu pensa : « Elle a été
correcte. Pour ça, elle a été correcte » et il se sentit
pénétré de reconnaissance. Quelle belle fille, quelle belle
petite garce, il la repoussa en faisant les gros yeux,
Weiss se tenait près de la porte, il avait l'air endimanché :

« Tu me mouilles, dit M. Birnenschatz en s'essuyant
la joue. Et tu me mets du rouge. Quelle fricassée de
museaux. »

Ella se mit à rire :

« Tu as peur de ce que penseront tes dactylos. Tiens!
dit-elle en l'embrassant sur le nez, tiens, tiens! » Et
il sentit des lèvres chaudes sur son crâne. Il l'attrapa
par les épaules et l'écarta de toute la longueur de ses

grands bras. Elle riait et se débattait, il pensait : « La belle fille, la belle petite fille. » La mère était grasse et molle avec de larges yeux apeurés et résignés qui le mettaient mal à l'aise, mais Ella tenait de lui et puis surtout elle ne tenait de personne, elle s'était faite elle-même et à Paris; « Je leur dis toujours : la race, qu'est-ce que c'est que ça la race, est-ce que vous prendriez Ella pour une Juive, si vous la rencontriez dans la rue ? Mince comme une Parisienne, avec le teint chaud des filles du Midi et un petit visage raisonnable et passionné, un visage équilibré, reposant, sans tare, sans race, sans destin, un vrai visage *français*. » Il la lâcha, prit l'écrin sur le bureau et le lui tendit :

« Tiens », dit-il. Il ajouta, pendant qu'elle regardait les perles : « L'an prochain, elles seront deux fois plus grosses mais ce seront les dernières : le collier sera fini. »

Elle voulut encore l'embrasser, mais il lui dit : « Allez! bonne fête, bonne fête! Sauve-toi vite, tu vas être en retard pour ton cours. »

Elle s'en alla en jetant un sourire à Weiss; une jeune fille ferma la porte, traversa le bureau des secrétaires, s'en alla et Schalom, assis sur le bout des fesses, son chapeau sur ses genoux, pensa : « La belle petite Juive »; elle avait une petite tête de singe, toute ramassée en avant, qui aurait tenu dans le creux d'une main, avec de grands yeux myopes, fort beaux, ça devait être la fille de Birnenschatz. Schalom se souleva et fit un petit salut qu'elle ne parut pas remarquer. Il se rassit et pensa : « Elle a l'air *trop* intelligente; nous sommes comme ça, nous autres, nos expressions sont marquées au fer rouge sur nos visages; on dirait que nous les endurons comme un martyre. » M. Birnenschatz pensait aux perles, il se disait : « Ça n'est pas un mauvais placement. » Elles valaient cent billets, il pensa qu'Ella les avait acceptées sans transports excessifs et sans indifférence : elle connaissait le prix des choses mais elle trouvait naturel d'avoir de l'argent, de recevoir de beaux cadeaux, d'être heureuse. « Bon Dieu, quand je n'aurai fait que ça, moi, avec la femme que j'ai et tous les vieux de Cracovie derrière moi, si je n'ai réussi que ça, une petite gosse, fille de Juifs polonais, qui ne se casse pas trop la tête, qui ne s'amuse pas à se faire souffrir, qui trouve naturel d'être heureuse, je crois que je n'aurai pas perdu mon temps. » Il se tourna vers Weiss :

« Tu sais où elle va ? demanda-t-il. Je te le donne en mille. À un cours en Sorbonne! C'est un phénomène. »

Weiss sourit vaguement sans quitter son air emprunté.

« Patron, dit-il, je viens vous faire mes adieux. »

M. Birnenschatz le considéra par-dessus ses lunettes.

« Tu t'en vas ? »

Weiss acquiesça de la tête et M. Birnenschatz lui fit les gros yeux :

« J'en étais sûr! Tu es assez bête pour avoir le fascicule 2, toi ?

— C'est un fait, dit Weiss en souriant, je suis assez bête pour ça.

— Eh bien! dit M. Birnenschatz en croisant les bras, tu me mets dans de beaux draps! Qu'est-ce que je vais faire sans toi ? »

Il répéta distraitement : « Qu'est-ce que je vais faire sans toi ? Qu'est-ce que je vais faire sans toi ? » Il cherchait à se rappeler combien Weiss avait de gosses. Weiss le regardait de côté d'un air inquiet :

« Bah! Vous trouverez bien à me remplacer, dit-il.

— Ah non! Il va falloir déjà que je te paye à ne rien foutre; tu ne voudrais pas que je m'en mette un autre sur les bras par-dessus le marché. Ta place t'attendra, mon garçon. »

Weiss avait l'air ému, il se frottait le nez en louchant, il était horriblement laid.

« Patron... », dit-il.

M. Birnenschatz l'interrompit : les remerciements, c'est obscène et puis il n'avait pas tellement de sympathie pour Weiss, parce que lui, alors, c'en était un qui portait son destin sur sa figure, avec ses yeux furtifs et cette grosse lèvre inférieure qui tremblait de bonté et d'amertume.

« Ça va, dit-il, ça va. Tu ne quittes pas la maison, tu la représentes auprès de messieurs les officiers de terre. Tu es lieutenant ?

— Je suis capitaine », dit Weiss.

« Foutu capitaine », pensa M. Birnenschatz. Weiss avait l'air heureux, ses larges oreilles étaient cramoisies. Foutu capitaine — et c'est ça la guerre, la hiérarchie militaire.

« Quelle sacrée connerie, hein ? dit-il.

— Hum ! fit Weiss.

— Ça n'est pas une connerie ?

— Bien sûr, dit Weiss. Mais je voulais dire : *pour nous,* ça n'est pas tellement une connerie.

— Pour nous ? demanda M. Birnenschatz étonné. Pour nous ? De qui parles-tu ? »

Weiss baissa les yeux :

« Pour nous, Juifs, dit-il. Après ce qu'ils ont fait aux Juifs d'Allemagne, nous avons une raison de nous battre. »

M. Birnenschatz fit quelques pas, il était agacé :

« Qu'est-ce que c'est que ça : nous, Juifs ? demanda-t-il. Connais pas. Je suis français, moi. Tu te sens juif ?

— Mon cousin de Gratz est chez moi depuis mardi, dit Weiss. Il m'a montré ses bras. Ils l'ont brûlé du coude à l'aisselle avec leurs cigares. »

M. Birnenschatz s'arrêta net, il saisit le dossier d'une chaise entre ses fortes mains et une rage sombre l'incendia jusqu'aux yeux :

« Ceux qui ont fait ça, dit-il, ceux qui ont fait ça... »

Weiss souriait ; M. Birnenschatz se calma :

« Ça n'est pas parce que ton cousin est juif, Weiss. C'est parce que c'est un homme. Je ne peux pas supporter qu'on fasse violence à un homme. Mais qu'est-ce que c'est, un Juif ? C'est un homme que les autres hommes prennent pour un Juif[1]. Tiens, regarde Ella. Est-ce que tu la prendrais pour une Juive, si tu ne la connaissais pas ? »

Weiss n'avait pas l'air convaincu. M. Birnenschatz marcha sur lui et lui toucha la poitrine de son index tendu :

« Écoute, mon petit Weiss, voilà ce que je peux te dire : j'ai quitté la Pologne en 1910, je suis venu en France. On m'y a bien reçu, je m'y suis trouvé bien, je me suis dit " C'est bon, à présent c'est la France qui est mon pays. " En 1914 est venue la guerre. Bon : j'ai dit : " Je fais la guerre, puisque c'est mon pays. " Et je sais ce que c'est, la guerre, j'étais au Chemin des Dames, moi. Seulement à présent, je vais te dire : je suis Français. Pas Juif, pas Juif français : Français. Les Juifs de Berlin et de Vienne, ceux des camps de concentration, je les plains et puis ça me fait rager de penser qu'il y a des hommes qu'on martyrise. Mais, écoute-moi bien, tout ce que je pourrai faire pour empêcher qu'un Français, un seul Français, se fasse casser la gueule pour eux, je le ferai. Je me sens plus proche du premier type que je rencontrerai tout à l'heure dans la rue que de mes oncles de Lenz[1] ou de mes neveux de Cracovie. Les histoires de Juifs allemands, ça ne nous regarde pas. »

Weiss avait l'air sournois et têtu. Il dit avec un sourire lamentable :

« Même si c'était vrai, patron, vous feriez mieux de ne pas le dire. Il faut bien que ceux qui partent se trouvent des raisons de partir. »

M. Birnenschatz sentit le rouge de la confusion lui monter aux pommettes. « Pauvre type », pensa-t-il avec remords.

« Tu as raison, lui dit-il, brusquement, je ne suis qu'un vieil emplâtre et je n'ai rien à dire sur cette guerre, puisque je ne la fais pas. Quand pars-tu ?

— Par le train de seize heures trente, dit Weiss.

— Le train d'aujourd'hui ? Et alors ? Qu'est-ce que tu fais ici ? Va vite, va vite chez ta femme. As-tu besoin d'argent ?

— Pas pour l'instant, je vous remercie.

— Va-t'en. Tu m'enverras ta femme, je réglerai tout avec elle. Allez, allez. Adieu. »

Il ouvrit la porte et le poussa dehors. Weiss saluait et marmottait d'inintelligibles remerciements. M. Birnenschatz aperçut, par-dessus l'épaule de Weiss, un homme assis dans l'antichambre, son chapeau sur les genoux. Il reconnut Schalom et fronça les sourcils : il n'aimait pas qu'on fît poser les solliciteurs.

« Entrez, dit-il. Il y a longtemps que vous attendez ?

— Une petite demi-heure, dit Schalom en souriant d'un air résigné. Mais qu'est-ce que c'est, une demi-heure ? Vous êtes si occupé. Moi, j'ai tout mon temps. Qu'est-ce que je fais, du matin au soir ? j'attends. La vie en exil n'est qu'une attente, vous le savez.

— Entrez, dit vivement M. Birnenschatz. Entrez. On aurait dû me prévenir. »

Schalom entra ; il souriait et saluait. M. Birnenschatz entra derrière lui et referma la porte. Il reconnaissait parfaitement Schalom : « Il a été quelque chose dans le mouvement syndicaliste bavarois. » Schalom s'amenait de

temps en temps, le tapait de deux ou trois mille francs
et disparaissait pour quelques semaines.

« Prenez un cigare.

— Je ne fume pas », dit Schalom avec un petit plongeon en avant. M. Birnenschatz prit un cigare, le tourna
distraitement entre ses doigts et puis le remit dans l'étui.

« Alors ? dit-il. Ça s'arrange pour vous ? »

Schalom cherchait une chaise.

« Asseyez-vous ! Asseyez-vous », dit M. Birnenschatz
avec empressement.

Non. Schalom n'avait pas envie de s'asseoir. Il s'approcha de la chaise et déposa sa serviette sur le siège,
pour être plus à l'aise, puis, se retournant vers M. Birnenschatz, il émit un long gémissement mélodieux.

« Ah ! ça ne s'arrange guère, dit Schalom. Il n'est pas
bon que l'homme vive sur la terre des autres, on l'y supporte malaisément ; on lui reproche le pain qu'il mange.
Et cette méfiance qu'ils ont de nous, cette méfiance française. Quand je serai de retour à Vienne, voilà l'image
que je garderai de la France : un escalier sombre qu'on
monte péniblement, un bouton qu'on presse, une porte
qui s'ouvre à demi : "Qu'est-ce que vous voulez ?" et
qui se referme. La police des garnis, la mairie, la queue
à la préfecture de police. Au fond, c'est naturel, nous
sommes chez eux. Seulement regardez un peu : on pourrait nous faire travailler ; moi je ne demande qu'à me
rendre utile. Mais pour trouver un emploi, il faut la carte
de travail et pour avoir la carte de travail, il faut être
employé quelque part. Avec la meilleure volonté du
monde, je ne peux pas gagner ma vie. C'est peut-être ce
que je supporte le moins facilement : être une charge
pour les autres. Surtout, quand ils vous le font sentir si
cruellement. Et que de temps perdu : j'avais commencé
à écrire mes mémoires, cela m'aurait procuré un peu
d'argent. Mais il y a tant de démarches à faire dans une
journée : j'ai dû tout abandonner. »

Il était tout petit, tout vif, il avait posé sa serviette
sur la chaise et ses mains libérées voletaient autour de
ses oreilles rouges : « Ce qu'il peut avoir l'air juif,
celui-là. » M. Birnenschatz se rapprocha nonchalamment
de la glace et y jeta un coup d'œil rapide : un mètre
quatre-vingts, le nez cassé, la tête d'un boxeur américain
sous les grosses lunettes ; non, nous ne sommes pas de

la même espèce. Mais il n'osait pas regarder Schalom, il
se sentait compromis. « Qu'il s'en aille. S'il pouvait s'en
aller tout de suite. » Il n'y fallait pas compter. C'était
seulement par la longueur de sa visite et l'animation
enjouée de sa conversation que Schalom se distinguait
à ses propres yeux d'un simple mendiant. « Il faut que je
cause », pensa M. Birnenschatz. Schalom y avait droit.
Il avait droit à ses trois billets et à son petit quart d'heure
d'entretien. M. Birnenschatz s'assit sur le bord de son
bureau. Sa main droite, qu'il avait plongée dans la poche
de son veston, taquinait son étui à cigares.

« Les Français sont des hommes durs », dit Schalom.
Sa voix montait et dégringolait prophétiquement, mais
une flamme d'amusement tremblait dans ses yeux délavés. « Des hommes durs. À leurs yeux un étranger est par
principe un suspect, quand ce n'est pas un coupable. »

« Il me parle comme si je n'étais pas français. Parbleu : je suis juif, Juif de Pologne, arrivé en France le
19 juillet 1910, personne ne s'en souvient ici, mais lui,
il ne l'a pas oublié. Un Juif qui a eu de la chance. » Il se
tourna vers Schalom et le considéra avec irritation. Schalom baissait un peu la tête et lui présentait son front, par
déférence, mais il le regardait en face, sous ses sourcils
arqués. Il le regardait, ses gros yeux pâles le *voyaient Juif*.
Deux Juifs, bien à l'abri, bien isolés dans un bureau de
la rue du 4-Septembre, deux Juifs, deux complices; et,
tout autour d'eux, dans les rues, dans les autres maisons,
rien que des Français. Deux Juifs, le gros youtre qui a
réussi et puis le petit youpin mal nourri qui n'a pas eu de
chance. Laurel et Hardy.

« Ce sont des hommes durs! dit Schalom. Des
hommes impitoyables! »

M. Birnenschatz haussa brusquement les épaules. « Il
faut se mettre à... à leur place, dit-il sèchement — il
n'avait pas pu dire : à notre place — savez-vous combien
il y a d'étrangers en France depuis 1934 ?

— Je sais, dit Schalom, je sais. Et je trouve que c'est
un grand honneur pour la France. Mais que fait-elle
pour le mériter ? Voyez : ses jeunes gens parcourent le
Quartier latin et, si quelqu'un ressemble à un Juif, ils lui
tombent dessus à coups de poing[1].

— Le ministère Blum nous a fait beaucoup de tort »,
observa M. Birnenschatz.

Il avait dit : nous ; il avait accepté la complicité de ce
petit métèque. Nous. Nous les Juifs. Mais c'était par
charité. Les yeux de Schalom le considéraient avec une
insistance respectueuse. Il était maigre et petit, ils
l'avaient battu et chassé de Bavière, à présent il était là,
il devait coucher dans un hôtel sordide et passer ses
journées au café. « Et le cousin de Weiss, ils l'ont brûlé
avec leurs cigares. » M. Birnenschatz regardait Schalom
et il se sentait poisseux. Ça n'était pas de la sympathie
qu'il avait pour lui, oh non : c'était... c'était...

Elle le regardait, elle pensait : « C'est un homme de proie.
Ils sont marqués et c'est par eux que les guerres arrivent. » Mais
elle sentait que son vieil amour n'était pas mort.

M. Birnenschatz tâtait son portefeuille.

« Enfin, dit-il d'une voix bienveillante, espérons que
tout cela ne va pas durer trop longtemps. »

Schalom pinça les lèvres et releva vivement sa petite
tête. « J'ai fait le geste trop tôt », pensa M. Birnenschatz.

Un homme de proie. Il prend les femmes, il tue les hommes.
Il pense qu'il est un fort. Mais ça n'est pas vrai, il est marqué,
voilà tout.

« Ça dépend des Français, dit Schalom. Si les Français
recouvrent le sens de leur mission historique...

— Quelle mission ? » demanda froidement M. Birnenschatz. Les yeux de Schalom brillèrent de haine :

« L'Allemagne les provoque et les outrage de toutes
les façons, dit-il d'une voix dure et aiguë. Qu'est-ce
qu'ils attendent ? Est-ce qu'ils croient désarmer la colère
de Hitler ? Chaque nouvelle démission de la France prolonge le régime nazi de dix ans. Et pendant ce temps-là,
nous sommes là, nous les victimes, nous attendons en
nous rongeant les poings. Aujourd'hui, j'ai vu les
affiches blanches sur les murs et j'ai un peu d'espoir. Mais
hier encore je pensais : " Les Français n'ont plus de sang
dans les veines et je mourrai en exil. " »

Deux Juifs dans un bureau de la rue du 4-Septembre.
Le point de vue des Juifs sur les événements internationaux. *Je suis Partout*[1] écrira demain : « Ce sont les Juifs
qui poussent la France à la guerre. » M. Birnenschatz ôta
ses lunettes et les essuya avec son mouchoir : il était ivre
de colère. Il demanda doucement :

« Et s'il y a la guerre, vous la ferez ?

— Beaucoup d'émigrés s'engageront, j'en suis sûr,

dit Schalom. Mais regardez-moi, ajouta-t-il en désignant son petit corps malingre. Quel conseil de révision voudrait de moi ?

— Alors est-ce que vous allez nous foutre la paix ? dit M. Birnenschatz d'une voix tonnante. Est-ce que vous allez nous foutre la paix ? Qu'est-ce que vous venez nous emmerder chez nous ? Je suis Français, moi, je ne suis pas Juif allemand, je me fous des Juifs allemands. Allez la faire ailleurs, votre guerre. »

Schalom le considéra un instant avec stupeur, puis il reprit son sourire humble, allongea la main, s'empara de sa serviette et se rapprocha de la porte à reculons. M. Birnenschatz tira son portefeuille de sa poche :

« Attendez », dit-il.

Schalom avait gagné la porte.

« Je n'ai besoin de rien, lui dit-il. Je demande quelquefois des secours aux Juifs. Mais vous avez raison : vous n'êtes pas un Juif et je me suis trompé d'adresse. »

Il sortit et M. Birnenschatz regarda longtemps la porte sans faire un geste. *C'est un homme dur, un homme de proie, ils ont une étoile et tout leur réussit. Mais la guerre arrive par eux ; et la mort et la douleur par eux. Ils sont la flamme et l'incendie, ils font mal, il m'a fait mal, je le porte comme une esquille de bois sous mes ongles, comme une escarbille brûlante sous mes paupières, comme une écharde dans mon cœur.* « C'est ça qu'elle pense de moi. » Il n'avait pas besoin d'aller le lui demander, il la connaissait, s'il pouvait entrer dans cette tête noire et crépue[1], il y trouverait à toute heure cette pensée fixe et inexorable, c'est une dure, à sa façon, elle n'oublie jamais. Il se penchait, en pyjama, au-dessus de la place Gélu, il faisait encore frais, le ciel était bleu pâle, gris sur les bords, c'était l'heure où l'eau ruisselle sur les carrelages, sur l'étal de bois des poissonniers, ça sentait le départ et le matin[a]. Le matin, le grand large et, là-bas, la vie sans remords, les petites fumées rondes des grenades sur le sol gercé de Catalogne. Mais derrière son dos, derrière la fenêtre entrebâillée, dans la chambre pleine de sommeil et de nuit, il y avait cette pensée morte qui le guettait, qui le jugeait, il y avait son remords. Il partirait demain, il les embrasserait sur le quai de la gare et elle retournerait à l'hôtel avec le petit, elle descendrait en sautillant l'escalier monumental, elle penserait : il est reparti pour l'Espagne. Elle ne lui pardonnerait jamais d'être parti pour l'Espagne; c'était une peau morte sur son cœur. Il se penchait au-dessus de la place Gélu pour retarder le moment de rentrer dans la chambre : il avait besoin de cris, de chants amers, de douleurs violentes et brèves, pas de cette douceur affreuse. L'eau ruisselait sur la place. L'eau, les odeurs mouillées du matin, les cris campagnards du matin. Sous les platanes, la place était glissante, liquide, blanche et preste comme un poisson dans la mer. Et, cette nuit, un nègre avait chanté et la nuit avait semblé lourde et sèche, une nuit espagnole. Gomez ferma les yeux, il se sentit traversé par l'âpre désir de l'Espagne et de la guerre. Elle ne comprend pas ça. Ni la nuit, ni le matin, ni la guerre.

« Pan, pan! Pan, pan, pan, pan, pan! » criait Pablo à tue-tête.

Gomez se retourna et rentra dans la chambre. Pablo avait mis son casque, il avait pris sa carabine par le canon et s'en servait comme d'une masse d'armes. Il courait à travers la chambre d'hôtel en donnant dans le vide des coups énormes qui le déséquilibraient. Sarah le suivait de son regard mort.

« C'est un massacre, dit Gomez.

— Je les tue tous, répondit Pablo sans s'arrêter.

— Qui, tous ? »

Sarah était assise au bord du lit, en robe de chambre. Elle reprisait un bas.

« Tous les fascistes », dit Pablo.

Gomez se rejeta en arrière et se mit à rire :

« Tue-les! dit-il. N'en laisse pas un. Et celui-là, là-bas, tu l'oublies. »

Pablo courut dans la direction que Gomez indiquait et zébra l'air de sa carabine.

« Pan, pan! fit-il. Pan, pan, pan. Pas de quartier! »

Il s'arrêta et se tourna vers Gomez, haletant, l'air sérieux et passionné.

« Oh! Gomez!, dit Sarah, tu vois! Comment as-tu pu ? »

Gomez avait acheté la veille une panoplie à Pablo.

« Il faut qu'il apprenne à se battre, dit Gomez en flattant la tête du petit. Sinon, il deviendra un capon, comme les Français. »

Sarah leva les yeux sur lui et il vit qu'il l'avait profondément blessée.

« Je ne comprends pas, dit-elle, qu'on appelle les gens capons parce qu'ils n'ont pas envie de se battre.

— Il y a des moments où il faut avoir envie de se battre, dit Gomez.

— Jamais, dit Sarah. En aucun cas. Il n'y a rien qui vaille la peine que je me retrouve un jour sur une route avec ma maison en morceaux à côté de moi et mon petit écrasé dans mes bras. »

Gomez ne répondit pas. Il n'y avait rien à répondre. Sarah avait raison. De son point de vue, elle avait raison. Mais le point de vue de Sarah était de ceux qu'il fallait négliger par principe, sinon on n'arriverait jamais à rien. Sarah eut un rire léger et amer :

« Quand je t'ai connu, tu étais pacifiste, Gomez.

— C'est qu'à ce moment-là il fallait être pacifiste. Le but n'a pas changé. Mais les moyens pour l'atteindre sont différents. »

Sarah se tut, décontenancée. Elle gardait la bouche entrouverte et sa lèvre pendante découvrait ses dents cariées. Pablo fit un moulinet avec sa carabine en criant :

« Attends un peu, sale Français, capon de Français.

— Tu vois, dit Sarah.

— Pablo, dit vivement Gomez, il ne faut pas taper sur les Français. Les Français ne sont pas fascistes.

— Les Français sont des capons ! » cria Pablo. Et il battit à coups de crosse les rideaux de la fenêtre qui s'envolèrent lourdement. Sarah ne dit rien, mais Gomez eût préféré ne pas voir le regard qu'elle jeta à Pablo. Ça n'était pas un regard dur, non : un regard étonné, plutôt, hésitant, elle avait l'air de voir son fils pour la première fois. Elle avait posé à côté d'elle le bas qu'elle reprisait et elle regardait ce petit étranger, cette saine petite brute qui faisait sauter les têtes et fracassait les crânes, et elle devait penser avec stupeur : « C'est moi qui l'ai fait. » Gomez eut honte : « Huit jours, pensa-t-il. Il a suffi de huit jours. »

« Gomez, dit brusquement Sarah, est-ce que tu crois vraiment qu'il va y avoir la guerre ?

— J'espère bien, dit Gomez. J'espère que Hitler finira par forcer les Français à se battre.

— Gomez, dit Sarah, sais-tu ce que j'ai compris, ces derniers temps : c'est que les hommes sont méchants. »

Gomez haussa les épaules :

« Ils ne sont ni bons ni méchants. Chacun suit son
intérêt.

— Non, non, dit Sarah. Ils sont méchants. » Elle ne
quittait pas des yeux le petit Pablo, elle avait l'air de lui
prédire son destin : « Méchants et acharnés à se nuire,
ajouta-t-elle.

— Je ne suis pas méchant, dit Gomez.

— Si, dit Sarah sans le regarder. Tu es méchant, mon
pauvre Gomez, tu es très méchant. Et tu n'as pas
d'excuses : les autres sont malheureux. Mais toi tu es
méchant et heureux. »

Il y eut un long silence. Gomez regardait cette nuque
courte et grasse, ce corps disgracié qu'il avait tenu dans
ses bras toutes les nuits, il pensait : « Elle n'a pas d'amitié
pour moi. Ni de tendresse. Ni d'estime. Elle m'aime,
tout simplement : lequel de nous deux est le plus
méchant ? »

Mais, tout d'un coup, le remords le reprit : il était arrivé,
un soir, de Barcelone, heureux, c'était vrai, profondément
heureux. Il s'était prêté huit jours. Il repartait demain.
« Je ne suis pas bon », pensa-t-il.

« Est-ce qu'il y a de l'eau chaude ?

— Tiède, dit Sarah. Le robinet de gauche.

— Bon, dit Gomez. Eh bien, je vais me raser. » Il
entra dans le cabinet de toilette, en laissant la porte
grande ouverte, fit couler de l'eau et choisit une lame :
« Quand je serai parti, pensa-t-il, la panoplie ne fera pas
long feu. » Sans doute Sarah, à son retour, l'enferme-
rait-elle dans sa grande armoire à médicaments ; à moins
qu'elle ne trouvât plus simple de l'oublier ici : « Elle ne lui
enseigne que des jeux de fille », pensa-t-il. Dans combien
de temps reverrait-il Pablo et qu'aurait-elle fait de lui ?
Pourtant le petit a l'air résistant ! Il s'approcha du lavabo
et les vit tous deux dans la glace. Pablo se tenait au milieu
de la chambre, essoufflé, cramoisi, les jambes écartées, les
mains dans les poches. Sarah s'était agenouillée devant
lui et le regardait sans mot dire. « Elle veut savoir s'il me
ressemble », pensa Gomez. Il se sentit mal à l'aise et ferma
la porte sans bruit.

« ... m'a rejoint avec le petit. Attendez-moi au train
de quatre heures dimanche et retenez-moi une... » une
main se posa fortement sur son épaule gauche, une autre
main sur son épaule droite. Une pression chaude et ami-

cale. Ça y est : il remit la lettre dans sa poche et leva les
yeux.

« Salut.

— Odette vient de me dire... » dit Jacques en plongeant son regard dans les yeux de Mathieu : « Mon
pauvre vieux ! »

Il s'assit, sans quitter son frère des yeux, dans le fauteuil qu'Odette venait d'abandonner ; une main qui lui
appartenait à peine remonta habilement son pantalon ;
ses jambes se croisèrent toutes seules. Il ignorait ces
menus incidents locaux : il n'était plus qu'un regard.

« Tu sais, je ne pars pas aujourd'hui, dit Mathieu.

— Je sais. Tu ne crains pas qu'on te fasse des ennuis ?

— Oh... à quelques heures près... »

Jacques respira profondément :

« Qu'est-ce que tu veux que je te dise ? En d'autres
temps, quand un type partait, on pouvait lui dire :
défends tes enfants, défends ta liberté ou ton domaine,
défends la France, enfin on pouvait lui trouver des raisons
pour risquer sa peau. Mais aujourd'hui... »

Il haussa les épaules. Mathieu avait baissé la tête et
raclait la terre avec son talon.

« Tu ne réponds pas, dit Jacques d'une voix pénétrante. Tu aimes mieux ne pas parler, de peur d'en dire
trop. Mais je sais ce que tu penses, va. »

Mathieu frottait toujours son soulier contre le sol. Il
dit sans lever la tête :

« Mais non, tu ne le sais pas. »

Il y eut un bref silence, puis il entendit la voix incertaine de son frère :

« Qu'est-ce que tu veux dire ?

— Eh bien, je ne pense rien du tout.

— Si tu veux, dit Jacques avec un agacement imperceptible. Tu ne penses rien mais tu es désespéré, c'est la
même chose. »

Mathieu se força à relever la tête et à sourire :

« Je ne suis pas désespéré non plus.

— Enfin, dit Jacques, tu ne vas pas me faire croire
que tu pars résigné, comme un mouton qu'on mène à
l'abattoir ?

— Ben, dit Mathieu, je lui ressemble tout de même
un peu, au mouton, tu ne trouves pas ? Je pars parce que
je ne peux pas faire autrement. Après ça, que cette guerre

soit juste ou injuste, pour moi, c'est très secondaire[1]. »

Jacques renversa la tête en arrière et considéra Mathieu entre ses yeux mi-clos :

« Mathieu, tu m'étonnes. Tu m'étonnes énormément, je ne te reconnais plus. Comment ? J'avais un frère révolté, cynique, mordant, qui ne voulait jamais être dupe, qui ne pouvait pas lever le petit doigt sans chercher à comprendre pourquoi il levait le petit doigt plutôt que l'index, le petit doigt de la main droite plutôt que celui de la main gauche. Là-dessus, voilà la guerre, on l'envoie en première ligne, et mon révolté, mon casseur d'assiettes part gentiment, sans s'interroger, en disant : " Je pars parce que je ne peux pas faire autrement. "

— Ça n'est pas ma faute, dit Mathieu. Je n'ai jamais pu arriver à me faire une opinion sur ce genre de questions.

— Enfin voyons, dit Jacques, c'est pourtant clair : nous sommes en présence d'un monsieur — je parle de Benès — qui s'est formellement engagé à faire de la Tchécoslovaquie une fédération sur le modèle helvétique[2]. Il s'y est engagé, répéta-t-il avec force, je l'ai lu sur les procès-verbaux de la conférence de la Paix, tu vois que je te cite mes sources. Et cette promesse équivalait à donner aux Allemands des Sudètes une véritable autonomie ethnographique[3]. Bon. Là-dessus ce monsieur oublie complètement ses engagements et fait administrer, juger, surveiller des Allemands par des Tchèques. Les Allemands n'aiment pas ça : c'est leur droit strict[4]. D'autant plus que je les connais, moi, ces fonctionnaires tchèques, j'y ai été en Tchécoslovaquie : ce qu'ils peuvent être enquiquinants! Eh bien, on voudrait que la France, pays, qu'ils disent, de la liberté, verse son sang pour que les fonctionnaires tchèques continuent à exercer leurs petites vexations sur des populations allemandes, et voilà pourquoi toi, professeur de philosophie au lycée Pasteur[5], tu vas aller passer tes dernières années de jeunesse à dix pieds sous terre, entre Bitche et Wissembourg[6]. Alors, tu comprends, quand tu viens me dire que tu pars résigné et que tu te fous pas mal que cette guerre soit juste ou injuste, ça m'échauffe un peu les oreilles. »

Mathieu regardait son frère avec perplexité ; il pensait : « Autonomie ethnographique, j'aurais jamais trouvé ça. » Il dit tout de même, par acquit de conscience :

« Ce n'est pas l'autonomie ethnographique qu'ils

veulent à présent, les Sudètes : c'est le rattachement à l'Allemagne. »

Jacques fit une grimace de souffrance :

« S'il te plaît, Mathieu, ne parle pas comme mon concierge, ne les appelle pas les Sudètes. Les Sudètes, ce sont des montagnes. Dis : " Les Allemands des Sudètes " si tu veux ou " les Allemands " tout court. Alors ? Ils veulent le rattachement à l'Allemagne ? Eh bien, c'est qu'on les a poussés à bout. Si on leur avait donné au début ce qu'ils demandaient, nous n'en serions pas là. Mais Benès a rusé, finassé, parce que de gros bonnets de chez nous ont eu le tort immense de lui laisser croire qu'il avait la France derrière lui : et voilà le résultat. »

Il regarda Mathieu avec tristesse :

« Tout cela, dit-il, je le supporterais à la rigueur : il y a beau temps que je sais ce que valent les politiciens. Mais que toi, un homme sensé, un universitaire, tu aies perdu les réflexes les plus élémentaires, au point de me soutenir tranquillement que tu t'en vas à la boucherie parce que tu ne peux pas faire autrement, cela je ne peux pas le supporter. Si vous êtes beaucoup à penser de cette façon, la France est foutue, mon pauvre vieux.

— Mais qu'est-ce que tu veux que nous fassions ? demanda Mathieu.

— Comment ? Mais nous sommes encore en démocratie, Thieu ! Il y a encore une opinion publique en France, je suppose.

— Et après ?

— Eh bien ! si des millions de Français, au lieu de s'épuiser en vaines querelles, s'étaient dressés tous ensemble, s'ils avaient dit à nos gouvernants : " Les Allemands des Sudètes veulent rentrer dans le sein de la Germania ? Qu'ils y rentrent : c'est eux que ça regarde ! " Il ne se serait pas trouvé un homme politique pour risquer une guerre à propos de cette vétille. »

Il posa une main sur le genou de Mathieu et reprit sur un ton conciliant :

« Je sais que tu n'aimes pas le régime hitlérien. Mais enfin, on peut bien ne pas partager tes préventions contre lui : c'est un régime jeune, allant, qui a fait ses preuves et qui exerce sur les nations d'Europe centrale une indiscutable attraction. Et puis, de toute façon, c'est leur affaire : nous n'avons pas à nous en mêler. »

Mathieu étouffa un bâillement et ramena ses jambes sous sa chaise; il jeta un regard sournois sur le visage un peu bouffi de son frère et pensa qu'il vieillissait.

« Peut-être, dit-il docilement, peut-être as-tu raison. »

Odette descendit l'escalier et s'assit auprès d'eux en silence. Elle avait la grâce et la tranquillité d'une bête familière : elle s'asseyait, repartait, revenait s'asseoir, sûre de passer inaperçue. Mathieu se tourna vers elle avec agacement : il n'aimait pas les voir ensemble. Quand Jacques était là, le visage d'Odette ne changeait pas, il restait lisse et fuyant, comme celui d'une statue aux yeux sans prunelles. Mais on était obligé de le lire autrement.

« Jacques trouve que je ne suis pas assez triste de partir, dit-il en souriant. Il cherche à me mettre la mort dans l'âme[1] en m'expliquant que je vais me faire tuer pour rien. »

Odette lui rendit un sourire. Ce ne fut pas le sourire mondain qu'il attendait, mais un sourire pour lui tout seul; en un instant la mer fut de nouveau là, et le balancement léger de la mer et les ombres chinoises qui couraient sur les flots et la coulée de soleil qui palpitait dans la mer, et les agaves verts et les aiguilles vertes qui tapissaient le sol et l'ombre pointilliste des grands pins et la chaleur ronde et blanche et l'odeur de résine, toute l'épaisseur d'un matin de septembre à Juan-les-Pins. Chère Odette. Mal mariée, mal aimée; mais avait-on le droit de dire qu'elle avait perdu sa vie, quand elle pouvait, d'un sourire, faire renaître un jardin au bord de l'eau et la chaleur de l'été sur la mer ? Il regarda Jacques, jaune et gras; ses mains tremblaient, il frappait sur le journal avec emportement : « De quoi a-t-il peur ? » pensa Mathieu. Le samedi 24 septembre à onze heures du matin, Pascal Montastruc, né à Nîmes le 6 février 1899 et surnommé le Borgne parce qu'il s'était planté un couteau dans l'œil gauche le 6 août 1907 en essayant de couper les cordes de la balançoire de son petit camarade Julot Truffier pour voir ce que ça donnerait, vendait, comme tous les samedis, des iris et des boutons-d'or sur le quai de Passy, un peu en avant de la station de métro; il avait sa technique personnelle, il prenait les bouquets, les beaux bouquets dans son panier d'osier posé sur un pliant, et descendait sur la chaussée, les autos filaient en klaxonnant, il criait : « Les bouquets, les beaux bouquets

pour vot' dame » en brandissant le bouquet jaune, la
voiture fonçait sur lui, comme le taureau dans l'arène,
et il ne bougeait pas, il rentrait le buffet, il rejetait la tête
en arrière, il laissait filer l'auto contre lui comme une
grosse bête stupide et criait par la portière ouverte : « Les
bouquets, les beaux bouquets ! » et d'ordinaire les auto-
mobilistes s'arrêtaient, il grimpait sur le marchepied et
l'auto venait se ranger contre le trottoir, parce que c'était
le ouiquinde¹ et qu'ils aimaient bien rentrer dans leurs
beaux immeubles de la rue des Vignes ou de la rue du
Ranelagh avec des bouquets pour leurs dames. « Les
beaux bouquets », il sauta en arrière pour éviter l'auto,
la centième qui passait sans s'arrêter : « Va donc ! » Je ne
sais pas ce qu'ils ont ce matin. Ils conduisaient vite et
brutal, penchés sur leurs volants, sourds comme des
pots. Ils ne tournaient pas dans la rue Charles-Dickens
ou dans l'avenue de Lamballe², ils enfilaient les quais à
toute pompe, comme s'ils voulaient pousser jusqu'à
Pontoise, Pascal le Borgne n'y comprenait plus rien :
« Mais où c'est-il qu'ils vont ? où c'est-il qu'ils vont ? »
qu'il s'en allait en regardant son panier plein de fleurs
jaunes et roses, que c'en était une pitié.

« C'est de la pure folie, dit-il. Le plus beau suicide
de l'histoire. Comment ? La France a subi deux terribles
saignées en cent ans, une au temps des guerres de
l'Empire, l'autre en 1914 ; en plus de ça le taux des
naissances décroît chaque jour. Et c'est le moment
qu'on choisirait pour déchaîner une nouvelle guerre
qui nous coûterait trois à quatre millions d'hommes ?
Trois ou quatre millions d'hommes que nous ne pourrions plus refaire, dit-il en martelant les mots. Vainqueur ou vaincu, le pays passe au rang de nation de
second ordre : voilà une certitude. Et puis il y en a une
autre que je vais te dire : la Tchécoslovaquie sera bouffée
avant que nous ayons eu le temps de dire ouf. Il n'y
a qu'à regarder une carte : elle a l'air d'un quartier de
viande entre les mâchoires du loup allemand. Que le
loup serre un peu les mâchoires...

— Mais, dit Odette, ça ne serait que provisoire, on
reconstituerait l'État tchécoslovaque après la guerre.

— Ah oui ? dit Jacques en riant insolemment. Ah!
je te crois bien! Il y a toute apparence en effet que les
Anglais laissent reconstituer le foyer d'incendie. Quinze

millions d'habitants, neuf nationalités différentes, c'est
un défi au bon sens. Il ne faut pas que les Tchèques s'y
trompent, ajouta-t-il avec sévérité, leur intérêt vital est
d'éviter cette guerre coûte que coûte. »

De quoi a-t-il peur ? Il regardait filer les voitures, serrant dans sa main son bouquet inutile, ça ressemblait à
la route de Chantilly, un soir de courses, il y en avait
qui portaient des malles, des matelas, des voitures d'enfants, des machines à coudre sur leurs toits; et toutes
étaient pleines à craquer de valises, de colis, de paniers.
« Sans blague! » dit Pascal le Borgne. Elles filaient, si
lourdement chargées qu'à chaque ressaut les garde-
boue raclaient les pneus. « Ils foutent le camp, pensa-t-il,
ils foutent le camp. » Il fit un léger saut en arrière pour
éviter une Salmson, mais il ne songeait pas à remonter
sur le trottoir. Ils foutaient le camp, les messieurs aux
visages poncés, massés, les enfants gras, les belles
madames, ils avaient le feu au cul, ils foutaient le camp
devant les Boches, devant les bombardements, devant
le communisme. Il y perdait tous ses clients. Mais il
trouvait ça si farce, ce défilé de voitures, cette fuite
éperdue vers la Normandie, ça le payait de tant de
choses, qu'il resta sur la chaussée, frôlé au passage par
les voitures fuyardes, et qu'il se mit à rigoler de tout
son cœur.

« Et par où, je te prie, pourrons-nous les secourir ?
Parce qu'enfin il nous faudrait tout de même attaquer
l'Allemagne. Alors ? Par où ? Dans l'Est, il y a la ligne
Siegfried, nous nous casserions le nez. Au Nord, il y
a la Belgique. Allons-nous violer la neutralité belge ?
Mais dites, dites : par où ? Faudra-t-il faire le tour par
la Turquie ? C'est du pur roman. Tout ce que nous
pourrions faire, c'est attendre, l'arme au pied, que
l'Allemagne ait réglé le compte de la Tchécoslovaquie.
Après quoi, elle viendrait nous régler le nôtre...

— Eh bien, dit Odette, c'est à ce moment-là que... »
Jacques tourna vers elle un regard de mari :
« De quoi ? » demanda-t-il froidement. Il se pencha
vers Mathieu : « Je t'ai parlé de Laurent, qui a été grand
manitou à Air-France et qui est resté le conseiller de
Cot et de Guy La Chambre[1] ? Eh bien, je te livre sans
commentaires ce qu'il m'a dit en juillet dernier : l'armée
française dispose en tout et pour tout de quarante

bombardiers et de soixante-dix chasseurs. Si tout est à
l'avenant, les Allemands seront à Paris pour le Jour
de l'An.

— Jacques! » dit Odette furieuse.

De quoi a-t-il peur ? Pascal riait, riait, il avait laissé
tomber son bouquet pour rire à son aise, il fit un saut
en arrière, une roue de l'auto passa sur les tiges du
bouquet. De quoi a-t-il peur ? Elle est furieuse parce
qu'on s'est permis d'envisager la défaite de la France.
Elle n'est pas tout à fait sympathique : les mots lui font
peur. Ils ont peur des zeppelins et des taubes[1], je les
ai vus moi en 1916, ils n'en menaient pas large et ça
recommence; les autos passaient à toute vitesse sur les
tiges broyées, et Pascal avait les larmes aux yeux, tant
il trouvait ça farce. Maurice ne trouvait pas ça drôle
du tout. Il avait payé la tournée aux copains et les omoplates lui cuisaient encore des larges tapes qu'il avait
reçues. À présent, il était seul et tout à l'heure il faudrait
annoncer ça à Zézette. Il vit l'affiche blanche sur le
haut mur gris des usines Penhoët et il s'approcha, il
avait besoin de la relire seul et lentement :

« Par ordre du ministre de la Défense nationale et
de la Guerre et du ministre de l'Air. » La mort, ça n'était
pas bien terrible, c'était un accident de travail, Zézette
était dure, elle était assez jeune pour refaire sa vie, c'est
toujours tellement simple quand on n'a pas de gosses.
Pour le reste, eh bien, il allait partir et puis, à la fin, il
garderait son fusil, c'était une affaire entendue. Mais
quand la fin viendrait-elle ? Dans deux ans ? Dans cinq
ans ? La dernière avait duré cinquante-deux mois. Pendant cinquante-deux mois, il faudrait obéir aux sergents,
aux juteux, à toutes ces gueules de vaches qu'il avait
tant haïes. Leur obéir au doigt et à l'œil, les saluer dans
la rue alors qu'il était obligé d'enfoncer ses mains dans
ses poches, quand il en rencontrait un, pour s'empêcher
d'aller lui taper dans la figure. En secteur, ils doivent
se tenir à peu près pénards[2], ils ont la frousse de la balle
dans le dos; mais au repos, ils font chier le bonhomme
comme à la caserne. « Oh! vienne le jour de la première
attaque, comment que je le descendrai, moi, le juteux
qui marchera devant moi. » Il reprit sa marche, il se
sentait triste et doux comme au temps où il faisait de
la boxe et qu'il se déshabillait au vestiaire, un quart

d'heure avant le match. La guerre était une longue, longue route, il ne fallait pas trop y penser, sinon on finissait par trouver que rien n'avait de sens, même pas la fin, même pas le retour avec le fusil au poing. Une longue, longue route. Et peut-être qu'il crèverait à moitié chemin, comme s'il n'avait eu d'autre but que de se faire trouer la peau pour défendre les usines Schneider ou le coffre de M. de Wendel[1]. Il marchait dans la poussière noire entre le mur des usines Penhoët et celui des chantiers Germain; il voyait, assez loin sur sa droite, les toits inclinés des ateliers des chemins de fer du Nord, et puis, plus loin encore, la grande cheminée rouge de la brûlerie et il pensait : « Une longue, longue route. » Le Borgne riait entre les autos, Maurice marchait dans la poussière et Mathieu était assis au bord de la mer, il écoutait Jacques, il se disait : « Peut-être a-t-il raison », il pensait qu'il allait dépouiller ses vêtements, sa profession, son identité, partir nu pour la plus absurde des guerres, pour une guerre perdue d'avance, et il se sentait couler au fond de l'anonymat; il n'était plus rien, ni le vieux professeur de Boris, ni le vieil amant de la vieille Marcelle, ni le trop vieil amoureux d'Ivich; plus rien qu'un anonyme, sans âge, dont on avait volé l'avenir et qui avait devant lui des journées imprévisibles. À onze heures trente, l'autocar s'arrêta à Safi et Pierre en sortit pour se dérouiller les jambes. Des cases plates et jaunes sur le bord de la route bitumée; par derrière, Safi, invisible, dégringolait vers la mer. Des Arabes cuisaient, accroupis sur une large bande de terre ocre, l'avion volait au-dessus d'un damier jaune et gris, c'était la France. « Ce qu'ils peuvent s'en foutre ceux-là », pensa Pierre avec envie; il marchait entre les Arabes, il pouvait les toucher et pourtant il n'était pas présent parmi eux : ils fumaient tranquillement leur kif au soleil et lui, il allait se faire casser la gueule en Alsace; il buta contre une motte de terre, l'avion tomba dans un trou d'air et le vieillard pensa : « Je n'aime pas l'avion. » Hitler se penchait sur la table, le général désignait la carte et disait : « Cinq brigades de chars. Mille avions partiront de Dresde, de Tempelhof, de Munich » et Chamberlain pressait son mouchoir sur sa bouche et pensait : « C'est mon deuxième voyage en avion. Je n'aime pas les voyages en avion. »

« Ils ne peuvent pas m'aider ; ils sont accroupis, sous le soleil, semblables à de petites casseroles d'eau fumante, ils sont contents, ils sont seuls sur la terre ; ah ! pensa-t-il avec désespoir, mon Dieu ! mon Dieu ! si je pouvais être Arabe ! »

À onze heures quarante-cinq, François Hannequin, pharmacien de première classe à Saint-Flour, un mètre soixante-dix, nez droit, front moyen, strabisme léger, barbe en collier, forte odeur de la bouche et des poils du sexe, entérite chronique jusqu'à sept ans, complexe d'Œdipe liquidé aux environs de la treizième année, baccalauréat à dix-sept ans, masturbation jusqu'au service militaire à raison de deux ou trois pollutions par semaine, lecteur du *Temps* et du *Matin*[1] (par abonnement), époux sans enfants de Dieulafoy, Espérance, catholique pratiquant à raison de deux ou trois communions par trimestre[2], monta au premier étage, entra dans la chambre nuptiale où sa femme essayait un chapeau et dit : « C'est bien ce que je te disais, ils appellent les fascicules 2. » Sa femme posa le chapeau sur la coiffeuse, ôta les épingles de sa bouche et dit : « Alors, tu pars cet après-midi ? » Il dit : « Oui, par le train de cinq heures. — Bon sang ! dit sa femme, je suis toute retournée, je n'aurai jamais le temps de tout te préparer. Qu'est-ce que tu emporteras, dit-elle, des chemises, naturellement, et des caleçons longs, tu en as en laine, en mousseline et en coton, il vaut mieux la laine. Oh, et puis des ceintures de flanelle, si tu pouvais en prendre cinq ou six, en les roulant. — Pas de ceinture, dit Hannequin, c'est des nids à poux. — Quelle horreur, mais tu n'auras pas de poux. Emporte-les, je t'en prie, pour me faire plaisir ; une fois là-bas tu verras bien ce que tu peux en faire. Heureusement que j'ai encore des conserves, tu vois, c'est celles que j'ai achetées en 36, au moment des grèves, tu te moquais de moi, j'ai une boîte de choucroute au vin blanc, mais tu n'aimeras pas ça... — Ça me donne des aigreurs. Mais, dit-il en se frottant les mains, si tu avais une petite boîte de cassoulet... — Une boîte de cassoulet, dit Espérance, ah ! mon pauvre ami, et comment feras-tu pour la réchauffer ? — Bah ! dit Hannequin. — Comment bah ? Mais ça se chauffe au bain-marie. — Eh bien, il y a du poulet en gelée, non ? — Ah ! c'est ça, du poulet en gelée et puis une belle mortadelle que

les cousins de Clermont ont envoyée. » Il rêva un instant
et dit : « J'emporterai mon couteau suisse. — Oui.
Et où est-ce que je vais avoir mis la bouteille thermos
pour ton café ? — Ah oui! du café, il faut quelque
chose de chaud pour tenir au ventre; c'est la première
fois, depuis que je suis marié, que je mangerai sans soupe,
dit-il en souriant mélancoliquement. Mets-moi quelques
prunes, pendant que tu y es, et puis une fiole de cognac.
— Tu prends la valise jaune ? » Il sursauta : « La valise ?
Jamais de la vie, c'est incommode et puis je ne tiens
pas à la perdre; on vole tout là-bas, je vais prendre
ma musette. — Quelle musette ? — Eh bien, celle que
je prenais pour aller à la pêche, avant notre mariage.
Qu'est-ce que tu en as fait ? — Ce que j'en ai fait ? Ah!
je ne sais pas, mon pauvre ami, tu me fais perdre la
tête, je l'ai mise au grenier, je pense. — Au grenier!
Bon Dieu, avec les souris! Ça va être du propre. — Tu
ferais tellement mieux d'emporter la valise, elle n'est
pas grande, tu pourras très bien la surveiller. Ah! je
sais où elle est : chez Mathilde, je la lui ai prêtée pour
son pique-nique. — Tu as prêté ma musette à Mathilde ?
— Mais non, qu'est-ce que tu me parles de musette ?
La bouteille thermos, je te dis. — Enfin, je veux ma
musette, dit Hannequin fermement. — Ah! mon chéri,
qu'est-ce que tu veux que je te dise, vois tout ce que j'ai
à faire, aide-moi un peu, cherche-la toi-même, ta musette,
tu pourrais regarder au grenier. » Il monta l'escalier et
poussa la porte du grenier, ça sentait la poussière, on
n'y voyait goutte, une souris lui détala entre les jambes :
« Sacré nom de Dieu, les rats vont l'avoir bouffée »,
pensa-t-il.

Il y avait des malles, un mannequin d'osier, une map-
pemonde, un vieux four, un fauteuil de dentiste, un
harmonium, il fallait déranger tout ça. Si au moins elle
avait eu l'idée de la mettre dans une malle, à l'abri. Il
ouvrit les malles l'une après l'autre et il les refermait avec
colère. Elle était si commode, en cuir, avec une fermeture éclair, c'est fou ce qu'on pouvait y faire entrer et
elle avait deux compartiments. Ce sont précisément ces
choses-là qui vous aident à passer les mauvais moments;
on ne se doute pas comme c'est précieux : « En tout
cas je ne partirai pas avec la valise, pensa-t-il avec colère,
j'aimerais mieux ne rien emporter. »

Il s'assit sur une malle, il avait les mains noires de poussière, il sentait la poussière comme une colle sèche et rêche sur tout son corps, il tenait les mains en l'air pour ne pas tacher son veston noir, il lui semblait qu'il n'aurait jamais le courage de sortir du grenier, je n'ai plus de goût à rien, et cette nuit qu'il allait passer sans même une soupe chaude pour lui tenir au ventre, tout était si vain, il se sentait seul et perdu, là-haut, tout en haut, sur sa malle, avec cette gare bruyante et sombre qui l'attendait, à deux cents mètres au-dessous de lui, mais le cri vibrant d'Espérance le fit sursauter ; c'était un cri de triomphe : « Je l'ai ! Je l'ai ! » Il ouvrit la porte et courut à l'escalier : « Où était-elle ? — J'ai ta musette, elle était en bas dans le placard du cellier. » Il descendit l'escalier, prit la musette des mains de sa femme, l'ouvrit, la regarda et la brossa du plat de la main, puis, la posant sur le lit, il dit : « Dis donc, ma chérie, je me demandais si je ne ferais pas bien de m'acheter une bonne paire de souliers ? »

À table ! À table ! ils s'étaient engagés dans le tunnel aveuglant de midi ; dehors, le ciel blanc de chaleur, dehors les rues mortes et blanches, le no man's land, dehors la guerre ; derrière les volets clos, ils cuisaient à l'étouffée, Daniel mit sa serviette sur ses genoux, Hannequin noua sa serviette autour de son cou, Brunet prit la serviette en papier sur la table, la froissa et s'essuya les lèvres, Jeannine poussa Charles dans la grande salle à manger presque déserte, aux vitres striées de lueurs crayeuses, et elle lui étala sa serviette sur la poitrine ; c'était la trêve : la guerre, eh bien, oui, la guerre, mais la chaleur ! le beurre dans l'eau, la grosse motte au fond, aux contours flous et huileux, l'eau grasse et grise par dessus et les petits bouts de beurre morts qui flottaient le ventre en l'air, Daniel regardait fondre les coquillettes de beurre dans le ravier, Brunet s'épongea le front, le fromage suait dans son assiette comme un brave homme au travail, la bière de Maurice était tiède, il repoussa son verre : « Pouah ! On dirait de la pisse ! » Un glaçon nageait dans le vin rouge de Mathieu, il but, il eut d'abord de l'eau froide dans la bouche, puis une petite mare de vin éventé encore un peu chaud qui fondit tout aussitôt en eau ; Charles tourna un peu la tête et dit : « Encore de la soupe ! Il faut être cinglé

pour servir de la soupe en plein été. » On lui posa son
assiette sur la poitrine, elle lui chauffait la peau à travers
la serviette et la chemise, il voyait tout juste le rebord
de faïence, il plongea sa cuiller au jugé, l'éleva verticalement, mais quand on est sur le dos on n'est jamais très
sûr de la verticale, une partie du liquide retomba dans
l'assiette en clapotant, Charles ramena lentement la
cuiller au-dessus de ses lèvres, il l'abaissa par côté et
merde! C'est toujours pareil, le liquide brûlant coula sur
sa joue et inonda son col de chemise. La guerre, ah oui!
la guerre. « Non, non, dit Zézette, pas la radio, je ne
veux plus, je ne veux plus y penser. — Mais si, un peu
de musique », dit Maurice. Chersau, goodb, ch chrrr,
mon étoile, informations, les sombreros et les mantilles,
j'attendrai[1] demandé par Huguette Arnal, par Pierre
Ducroc, sa femme et ses deux filles à la Roche-Canillac,
par Mlle Éliane à Calvi et Jean-François Roquette
pour sa petite Marie-Madeleine et par un groupe de
dactylos de Tulle pour leurs soldats, j'attendrai, le jour
et la nuit, reprenez donc un peu de bouillabaisse, non
merci, dit Mathieu, ça ne peut pas ne pas s'arranger, la
radio crépitait, filait au-dessus des places blanches et
mortes, crevait les vitres, entrait en ville dans les étuves
sombres, Odette pensait : ça ne peut pas ne pas s'arranger,
c'était une évidence, il faisait si chaud. Mlle Éliane,
Zézette, Jean-François Roquette et la famille Ducroc
de la Roche-Canillac pensaient : ça ne peut pas ne pas
s'arranger; il faisait si chaud. Qu'est-ce que vous voulez
qu'ils fassent, demanda Daniel, c'était une fausse alerte,
pensait Charles, ils vont nous laisser là. Ella Birnenschatz
posa sa fourchette, rejeta la tête en arrière, elle dit :
« Eh bien moi, la guerre, je n'y crois pas. » J'attendrai
toujours ton retour; l'avion volait au-dessus d'une vitre
poussiéreuse, posée à plat; au bout de la vitre, très loin,
on voyait un peu de mastic, Henry se pencha vers Chamberlain et lui cria à l'oreille : c'est l'Angleterre, l'Angleterre et la foule qui s'écrasait contre les barrières de
l'aérodrome, attendant son retour, mon amour, toujours,
il eut une brève défaillance, il faisait si chaud, il avait
envie d'oublier le conquérant à tête de mouche et
l'hôtel Dreesen et le mémorandum, envie de croire,
mon Dieu, de croire que ça pouvait encore s'arranger,
il ferma les yeux, ma poupée chérie[2], demandée par

Mme Duranty et sa petite nièce, de Decazeville, la guerre mon Dieu oui, la guerre et la chaleur et le triste sommeil résigné d'après-midi; Casa, voilà Casa, l'autocar s'arrêta sur une place blanche et déserte, Pierre sortit le premier et des larmes brûlantes lui entrèrent dans les yeux; il restait encore un peu de matin dans l'autocar, mais dehors, au grand soleil, c'était la mort du matin. Fini le matin, ma poupée chérie, finie la jeunesse, finis les espoirs, voilà la grande catastrophe de midi. Jean Servin avait repoussé son assiette, il lisait la page sportive de *Paris-Soir,* il n'avait pas eu connaissance du décret de mobilisation partielle, il avait été à son travail, il en était revenu pour déjeuner, il y retournerait vers les deux heures; Lucien Rénier cassait des noix, entre ses paumes, il avait lu les affiches blanches, il pensait : c'est du bluff; François Destutt, garçon de laboratoire à l'Institut Derrien, torchait son assiette avec du pain et ne pensait rien, sa femme ne pensait rien, René Malleville, Pierre Charnier ne pensaient rien. Le matin, la guerre était un glaçon aigu et coupant dans leur tête et puis elle avait fondu, c'était une petite mare tiède. Ma poupée chérie, le goût épais et sombre du bœuf bourguignon, l'odeur de poisson, le chicot de viande entre les deux molaires, les fumées du vin rouge et la chaleur, la chaleur! Chers auditeurs, la France, inébranlable mais pacifique, fait résolument face à son destin.

Il était las, il était étourdi, il passa trois fois sa main devant ses yeux, le jour lui faisait mal et Dawburn qui suçait la pointe de son crayon dit à son confrère du *Morning Post :* « Il a reçu le coup de bambou. » Il leva la main et dit faiblement :

« Mon premier devoir, maintenant que je suis de retour, est de faire un rapport aux gouvernements français et anglais sur les résultats de ma mission et jusqu'à ce que je l'aie fait, il me sera difficile d'en rien dire. »

Midi l'enveloppait de son linceul blanc, Dawburn le regardait et pensait à de longues routes désertes entre des roches grises et rouillées sous le feu du ciel. Le vieillard ajouta d'une voix encore plus faible :

« Je me bornerai à ceci : j'ai confiance que tous les intéressés continueront leurs efforts pour résoudre paci-

fiquement le problème de la Tchécoslovaquie, parce que
sur lui repose la paix de l'Europe en notre temps[1]. »
    Elle picore des miettes de pain sur la nappe d'un air
précis. Elle est un peu oppressée, comme quand elle a
son rhume des foins, elle m'a dit : « J'ai une boule
d'air dans l'estomac », elle a versé quelques larmes,
par désarroi : ça va déranger toutes ses habitudes. Je
lui ai dit : « Les premiers temps. Les premiers temps
seulement. » Elle pense qu'elle est malheureuse, ce petit
froid sombre dans sa tête, elle croit que c'est du malheur.
Elle se tient droite, elle pense qu'elle n'a pas le droit de
se laisser aller, que toutes les femmes de France sont aussi
malheureuses qu'elle. Digne, calme, intimidante, ses
beaux bras posés sur la nappe, elle a l'air de trôner à
la caisse d'un grand magasin. Elle ne pense pas, elle ne
veut pas penser qu'elle sera beaucoup plus tranquille,
après mon départ. Qu'est-ce qu'elle pense ? Qu'il y a
une tache de rouille sur son porte-couteau. Elle fronce
les sourcils, elle gratte la tache du bout de son ongle
rouge. Elle sera beaucoup plus tranquille. Sa mère, ses
amies, l'ouvroir, le grand lit pour elle toute seule, elle
mange à peine, elle se fera des œufs au plat sur un coin
de fourneau, la petite n'est pas difficile à nourrir, des
bouillies, toujours des bouillies, je lui disais : « Mais
donne-moi n'importe quoi, toujours la même chose, ne
cherche pas à composer des menus, je ne fais jamais
attention à ce que je mange », elle s'entêtait : c'était
son devoir.
    « Georges ?
    — Ma chérie ?
    — Tu veux de la tisane ?
    — Non merci. »
    Elle boit sa tisane en soupirant, elle a les yeux rouges.
Mais elle ne me regarde pas, elle regarde le buffet, parce
qu'il est là, juste en face d'elle. Elle n'a rien à me dire
ou bien elle me dira : « Ne prends pas froid. » Elle ira
peut-être jusqu'à m'imaginer, ce soir, dans le train, une
petite forme maigre tassée au fond du compartiment,
mais ça s'arrête là, après c'est trop difficile ; elle pense
à sa vie d'ici. Que ça va faire un vide. Un tout petit
vide, Andrée : je fais si peu de bruit. J'étais dans le
fauteuil avec un livre, elle reprisait des bas, nous n'avions
rien à nous dire. Le fauteuil sera toujours là. L'important,

c'est le fauteuil. Elle m'écrira. Trois fois par semaine.
Scrupuleusement. Elle deviendra toute sérieuse, elle
cherchera longtemps l'encre, la plume, ses lunettes
blondes et puis elle s'installera d'un air intimidant devant
ce secrétaire incommode qu'elle tient de sa grand-mère
Vasseur : « La petite fait ses dents, ma mère viendra
pour la Noël, Mme Ancelin est morte, Émilienne se
marie en septembre, le fiancé est très bien, d'un certain
âge, il est dans les Assurances. » Si la petite a la coqueluche, elle me le cachera, pour ne pas me donner d'inquiétude. « Pauvre Georges, il n'en a pas besoin, il se
fait du souci pour rien. » Elle m'enverra des colis, le
saucisson, le sucre, le paquet de café, le paquet de tabac,
la paire de chaussettes de laine, la boîte de sardines, les
comprimés de méta, le beurre salé. Un colis entre dix
mille, identique aux dix mille autres; si on me donne
par erreur celui du voisin, je ne m'en apercevrai pas,
les colis, les lettres, les bouillies de Jeannette, les taches
sur le porte-couteau, la poussière sur le buffet, ça lui
suffira; le soir, elle dira : « Je suis lasse, je ne peux plus
y suffire. » Elle ne lira pas les journaux. Pas plus qu'à
présent : elle les hait, parce que ça fait du papier qui
traîne et qu'on ne peut pas s'en servir avant quarante-
huit heures pour la cuisine ou les cabinets; Mme Hébertot
viendra lui apprendre les nouvelles, nous avons rem-
porté une grande victoire ou bien ça ne va pas, ma petite
amie, ça ne va pas, ça piétine. Henri et Pascal ont déjà
convenu avec leurs femmes d'un langage chiffré pour
faire savoir où ils seront : on souligne certaines lettres[1].
Mais avec Andrée c'est inutile. Il essaya tout de même,
pour voir :

« Je peux te faire savoir où je serai.

— Mais ça n'est pas défendu ? demanda-t-elle avec
surprise.

— Eh bien oui, mais on s'arrange, tu sais comme
pendant la guerre de 14, tu relies toutes les majuscules,
par exemple.

— C'est bien compliqué, dit-elle en soupirant.

— Mais non tu verras, c'est simple comme tout.

— Oui et puis tu te feras prendre, on mettra tes
lettres au panier et je serai inquiète.

— Ça vaut la peine de risquer le coup.

— Oh! si tu veux, mon ami, mais tu sais, la géo-

graphie et moi... Je regarderai sur une carte, je verrai
un rond avec un nom dessous, je serai bien avancée. »

Et voilà. En un sens, c'est mieux, c'est beaucoup
mieux comme ça ; elle touchera mon traitement...

« Est-ce que je t'ai donné la procuration ?

— Oui, mon chéri, je l'ai mise dans le secrétaire. »

C'est beaucoup mieux. Ça doit être embêtant de
laisser quelqu'un qui se fait du mauvais sang, on doit
se sentir vulnérable. Je repousse ma chaise.

« Oh ! non, mon pauvre chéri, ça n'est pas la peine
de plier ta serviette.

— C'est vrai. »

Elle ne me demande pas où je vais. Elle ne me
demande jamais où je vais. Je lui dis :

« Je vais voir la petite.

— Ne la réveille pas. »

« Je ne la réveillerai pas ; quand je le voudrais, je
n'arriverais pas à faire assez de bruit pour la réveiller,
je suis trop léger. » Il poussa la porte, un volet s'était
ouvert, une après-midi éblouissante et crayeuse était
entrée ; toute une moitié de la chambre était encore dans
l'ombre, mais l'autre moitié étincelait sous une lumière
poussiéreuse ; la petite dormait dans son berceau,
Georges s'assit près d'elle. Ses cheveux blonds, sa petite
bouche pure et ces grosses joues un peu tombantes qui
lui donnent l'air d'un magistrat anglais. Elle commençait à m'aimer. Le soleil gagnait du terrain, il poussa
doucement le berceau en arrière. « Là ! là ! comme ça !
Elle ne sera pas jolie, elle me ressemble. Pauvre gosse,
il vaudrait mieux qu'elle ressemble à sa mère. Encore
toute molle ; sans os, on dirait. Et déjà elle porte en
elle cette loi rigide qui a été ma loi ; les cellules pullu-
leront selon ma loi, les cartilages durciront selon ma
loi, le crâne s'ossifiera selon ma loi. Une petite maigrichonne, aux dehors insignifiants, aux cheveux ternes,
scoliose de l'épaule droite, forte myopie, elle glissera
sans bruit, sans toucher terre, évitant les gens et les
choses par d'énormes détours, parce qu'elle sera trop
légère et trop faible pour les changer de place. Mon
Dieu ! toutes ces années qui vont lui venir, les unes
après les autres, impitoyablement et c'est si vain, tellement inutile, tout est écrit là, dans sa chair, et il faudra
qu'elle vive son destin minute par minute et qu'elle

croie l'inventer et il est là, tout entier, écœurant à force
d'être prévisible, je l'ai contaminée et pourquoi faut-il
qu'elle vive goutte à goutte tout ce que j'ai déjà vécu,
pourquoi faut-il toujours que tout se *répète,* indéfiniment ? Une petite maigrichonne, une petite âme
clairvoyante et timorée, tout ce qu'il faut pour bien
souffrir. Moi, je m'en vais, je suis appelé à d'autres
fonctions ; elle va grandir, ici, obstinément, impruder-
ment, elle va me représenter. Et la coqueluche, et les
longues convalescences, et cette passion malheureuse
pour ses belles grasses camarades aux chairs roses et
les miroirs où elle se regardera en pensant : "Est-ce
que je suis trop laide pour qu'on m'aime ?" Tout ça,
jour après jour, avec ce goût de déjà vu, est-ce la peine,
grand Dieu, est-ce bien la peine ? » Elle s'éveilla un
instant et le regarda avec une curiosité grave, pour elle
c'était un instant tout neuf, elle croit qu'il est tout neuf.
Il la sortit du berceau et la serra dans ses bras de toutes
ses forces : « Ma petite ! Mon petit bébé ! Ma pauvre
petite ! » Mais elle prit peur et commença à crier[1].

« Georges », dit derrière la porte une voix pleine
de reproches. Il reposa doucement la petite dans son
berceau. Elle le regarda un instant encore, d'un air
sévère et morose, et puis ses yeux se fermèrent, se rou-
vrirent en clignotant, se fermèrent tout à fait. Elle
commençait à m'aimer. Il aurait fallu être là à toute
heure, l'habituer si profondément à ma présence qu'elle
ne puisse plus me *voir.* Combien de temps cela va-t-il
durer ? Cinq ans, six ans ? Je retrouverai une vraie
petite fille qui me regardera avec stupeur, qui pensera :
« C'est ça, mon papa ! » et qui aura honte de moi devant
ses petites amies. Ça aussi je l'ai vécu. Quand papa est
revenu de la guerre, j'avais douze ans. L'après-midi
avait envahi presque toute la chambre. L'après-midi,
la guerre. La guerre, ça devait ressembler à une interminable après-midi. Il se leva sans bruit, ouvrit doucement la fenêtre et tira la persienne.

Cabine 19, c'est là. Elle n'osait pas entrer, elle restait
devant la porte, sa valise à la main, en s'efforçant de se
persuader qu'elle conservait un peu d'espoir. Et si, par
hasard, ça se trouvait être une vraiment jolie petite
cabine, avec une descente de lit et, par exemple, des
fleurs dans un verre à dents sur la planchette du lavabo ?

Ce sont des choses qui arrivent, on rencontre souvent des gens qui vous disent : « À bord de tel ou tel bateau, ça n'est pas la peine de prendre des secondes, les troisièmes sont aussi luxueuses que des premières. » À ce moment-là, peut-être que France serait désarmée, peut-être qu'elle dirait : « Ah! bien voilà! Voilà une cabine qui n'est pas comme les autres. Si les troisièmes étaient toujours comme ça... » Maud s'imagina qu'elle était France. Une France conciliante et veule, qui disait : « Oh! ben ma foi... on va pouvoir s'arranger comme ça. » Mais elle restait gelée, au fond d'elle-même, gelée et déjà résignée. Elle entendit des pas, elle n'aimait pas qu'on la surprît à traîner dans les couloirs, une fois il y avait eu un vol et on l'avait interrogée d'une façon assez déplaisante, quand on est pauvre, il faut faire attention aux petites choses, parce que les gens sont impitoyables : elle se trouva soudain au beau milieu de la cabine et elle n'eut même pas de déception, elle s'y attendait. Six places : trois couchettes superposées, à sa droite, trois autres à sa gauche : « Eh bien, voilà... voilà! » Pas de fleurs sur le lavabo, ni de descente de lit; ça, elle n'y avait jamais cru. Pas de chaises non plus, ni de table. Quatre personnes s'y sentiraient un peu à l'étroit, mais le lavabo était propre. Elle avait envie de pleurer, mais ça n'était même pas la peine : puisque c'était prévu. France ne *pouvait pas* voyager en troisième classe, voilà le fait dont il fallait partir, ça ne se discutait pas. Pas plus qu'on ne discutait le fait que Ruby ne pouvait pas voyager en chemin de fer, le dos tourné à la locomotive. On pouvait être tenté de se demander alors pourquoi France s'obstinait à prendre des billets de troisième. Mais, sur ce point comme sur l'autre, France ne méritait aucun reproche : elle prenait des billets de troisième parce qu'elle avait le goût de l'économie et qu'elle gérait sagement les finances de l'orchestre Baby's; qui donc eût pu lui en faire grief? Maud posa sa mallette sur le sol, elle essaya, pendant une seconde, de s'enraciner dans la cabine, de faire semblant d'y être depuis deux jours. Alors les couchettes, le hublot, les têtes d'écrou peintes en jaune qui hérissaient les parois, tout lui serait familier, intime. Elle murmura avec force : « Mais elle est très bien, cette cabine. » Et puis elle se sentit lasse, elle reprit sa mal-

lette et resta debout entre les couchettes sans savoir
que faire, « si on reste, il faut que je déballe mes affaires
mais on ne restera sûrement pas et si France voit que
j'ai commencé à m'installer, elle a l'esprit de contradiction, ça sera une raison de plus pour qu'elle décide
de s'en aller ». Elle se sentait provisoire dans la cabine,
sur ce bateau, sur terre. Le capitaine était grand et gros
avec des cheveux blancs. Elle frissonna, elle pensa :
« On y serait pourtant bien, toutes les quatre, si seulement on pouvait y rester seules. » Mais il lui suffit
d'un coup d'œil pour perdre cet espoir : sur la couchette
de droite, on avait déposé des bagages; un panier d'osier
fermé par une tringle rouillée et une valise de fibre
— non, pas même, de carton — aux coins éraillés.
Et puis, pour comble de malchance, elle entendit un
bruit léger, elle leva les yeux et vit qu'une femme d'une
trentaine d'années était étendue, très pâle, les narines
pincées et les yeux clos, sur la couchette supérieure de
droite. Allons, c'était fini. Il avait regardé ses jambes,
quand elle passait sur le pont; il fumait un cigare, elle
connaissait bien ce genre d'hommes, qui sentent le
cigare et l'eau de Cologne. Et voilà, elles s'amèneraient
demain, bruyantes et fardées, sur le pont des deuxièmes
classes, les gens seraient déjà installés, ils auraient fait
connaissance entre eux et choisi leurs transatlantiques,
Ruby marcherait très droite, la tête haute, rieuse et
myope, avec l'arrière-train baladeur et Doucette dirait
d'une voix de tête : « Mais non, mon loup, viens donc,
puisque c'est le capitaine qui le veut. » Les messieurs
bien, assis sur le pont avec des couvertures sur les
genoux, les suivraient d'un regard froid, les femmes
lâcheraient des réflexions malhonnêtes sur leur passage
et le soir, dans les couloirs, elles rencontreraient quelques
gentlemen trop aimables, avec des mains partout.
« Rester, mon Dieu! rester ici, entre ces quatre tôles
peintes en jaune, on serait si bien, mon Dieu, on serait
entre nous. »

France poussa la porte, Ruby entra derrière elle.
« On n'a pas descendu les bagages ? » demanda France
de sa voix la plus forte.

Maud lui fit signe de se taire, en désignant la malade.
France leva ses gros yeux clairs, sans cils, vers la couchette supérieure; son visage demeurait impérieux et

inexpressif, comme à l'ordinaire, mais Maud comprit que la partie était perdue.

« On ne sera pas trop mal, dit Maud avec entrain, la cabine est presque au milieu : le tangage se sent moins. »

Ruby ne répondit que par un haussement d'épaules. France demanda d'une voix détachée :

« Comment s'installe-t-on ?

— Comme vous voudrez. Voulez-vous que je prenne la couchette d'en dessous ? » demanda Maud avec empressement.

France ne pouvait pas dormir si elle sentait deux personnes au-dessus d'elle.

« Nous verrons, dit-elle, nous verrons... »

Le capitaine avait des yeux clairs et glacés dans un visage rouge. La porte s'ouvrit et une dame en noir apparut. Elle marmotta quelques mots et alla s'asseoir sur sa couchette, entre la valise et le panier. Elle pouvait avoir cinquante ans, elle était très pauvrement vêtue, avec une grosse peau terreuse et ravinée et des yeux qui paraissaient lui sortir de la tête. Maud la regarda et pensa : « C'est fini. » Elle sortit un bâton de rouge de son sac et commença à se refaire les lèvres. Mais France la regarda du coin de l'œil, avec un tel air de satisfaction majestueuse que Maud, agacée, laissa retomber le bâton de rouge au fond de son sac. Il y eut un long silence, que Maud reconnut : il avait déjà régné, dans une cabine toute semblable, quand le *Saint-Georges* les emmenait à Tanger et un an plus tôt, sur le *Théophile-Gautier*[1], lorsqu'ils s'en allaient jouer au Polythéion de Corinthe. Il fut troublé soudain par un étrange petit nasillement : la dame en noir avait tiré son mouchoir et l'avait posé, tout déployé, contre sa figure : elle pleurait, sans violence mais sans retenue, comme une personne qui prend ses aises en prévision d'une crise qui durera longtemps. Au bout d'un moment, elle ouvrit son panier et elle en retira un morceau de pain beurré, une tranche d'agneau grillé et une bouteille thermos enveloppée dans une serviette. Elle se mit à manger en pleurant, elle déboucha la bouteille et versa du café chaud dans le gobelet, la bouche pleine, avec de grosses larmes étincelantes qui lui roulaient le long des joues. Maud regarda la cabine avec des yeux neufs : c'était une salle d'attente, rien de plus qu'une salle d'attente dans une petite gare triste de province. « Pourvu qu'il ne soit pas vicieux. » Elle renifla et rejeta la tête en arrière à cause du rimmel. France la regardait froidement, de côté[a].

« Cette cabine est trop petite, dit France d'une voix publique, nous y serons très mal. On m'avait promis à Casablanca que nous serions seules dans une cabine de six places. »

La cérémonie commençait, il y avait dans l'air quelque chose de sinistre et d'un peu solennel; Maud dit faiblement :

« On pourrait faire supplémenter les billets. »

France ne répondit pas. Elle s'était assise sur la couchette de gauche et paraissait méditer. Au bout d'un instant son visage s'éclaira et elle dit gaiement :

« Si nous nous proposions au capitaine pour donner un concert gratuit dans les salons de première, peut-être qu'il consentirait à faire transporter nos bagages dans une cabine plus confortable ? »

Maud ne répondit pas : c'était à Ruby de répondre.

« Excellente idée », dit vivement Ruby.

Maud frissonna tout à coup et elle eut horreur d'elle-même. Elle se tourna vers France et dit d'une voix suppliante :

« Vas-y, France! Tu es notre chef d'équipe, c'est à toi d'aller voir le capitaine.

— Mais non, ma chérie, dit France avec enjouement. Qu'est-ce que tu veux qu'une vieille bonne femme comme moi aille voir le capitaine ? Il sera beaucoup plus gentil avec une petite mignonne de ton âge. »

Un gros rougeaud avec des cheveux blancs et des yeux gris. Il devait être méticuleusement propre, c'était toujours ça. France allongea le bras et appuya sur le bouton de sonnette :

« Il vaut mieux régler ça tout de suite », dit-elle. La dame en noir pleurait toujours. Elle releva brusquement la tête et parut s'apercevoir de leur présence.

« C'est-il que vous allez changer de cabine ? » demanda-t-elle avec inquiétude.

France la considéra d'un air glacé. Maud répondit vivement :

« Nous avons beaucoup de bagages, madame. Nous serions à l'étroit et nous vous gênerions.

— Oh! Vous ne me gêneriez pas, dit la dame. J'aime la compagnie. »

On frappa et le steward entra. « Les jeux sont faits », pensa Maud. Elle sortit son bâton de rouge et son poudrier, s'approcha de la glace et se mit à se farder avec application.

« Voudriez-vous demander au capitaine, dit France, s'il aura une minute pour recevoir Mlle Maud Dassignies, de l'orchestre féminin Baby's ?

— Mais non, dit-il, mais non. Je vous parie que non. »

Les fauteuils d'osier, l'ombre des platanes. Daniel baignait dans de très vieux souvenirs ennuyés; à Vichy, en 1920, il était assoupi dans un fauteuil d'osier, sous les grands arbres du Parc, il avait sur les lèvres le même sourire courtois et sa mère tricotait près de lui, Marcelle tricotait près de lui des chaussons pour le gosse, elle rêvait sur la guerre, elle n'avait plus de regard. Le bourdonnement éternel de la grosse mouche, que de temps passé depuis Vichy et cette mouche bourdonnait toujours, ça sentait la menthe; derrière eux, dans le salon de l'hôtel quelqu'un jouait du piano, depuis vingt ans, depuis cent ans. Un peu de soleil sur les doigts, frisant les poils des phalanges, un peu de soleil chauffait, au fond de la tasse vide, une mare de café et un écueil de sucre, brun et grenu, avec mille têtes brillantes. Daniel tassa le sucre, pour le plaisir morose de sentir sous sa cuiller cet effondrement de sable crissant. Le jardin se laissait doucement glisser vers la rivière, l'eau tiède et lente, l'odeur de plante chauffée et la *Revue des Deux Mondes* que M. de Lestrange, colonel en retraite, avait laissée sur une table de l'autre côté du perron. La mort, l'éternité, on n'y échappera pas, la douce, l'insinuante éternité; les feuilles vertes et poisseuses, au-dessus des têtes; le petit tas éternel des premières feuilles mortes. Émile bêchait, seul vivant, sous les châtaigniers. C'était le fils des patrons, il avait jeté près de lui, au bord de la fosse, un sac de toile grise. Dans le sac, il y avait Zizi, la chienne crevée : Émile lui creusait sa tombe, un grand chapeau de paille sur la tête; la sueur étincelait sur son dos nu. Un petit gars grossier et nul, au visage brut, un rocher avec deux fissures horizontales et moussues à la place des yeux, il avait dix-sept ans, il troussait déjà les filles, il était champion local de billard et fumait le cigare : mais il avait ce corps délicieux, immérité.

« Ah! dit Marcelle, si j'osais vous croire... »

Naturellement. Naturellement elle n'osait pas le croire. Et pourtant qu'est-ce que ça pouvait lui faire, à celle-là, qu'il y ait la guerre ? Elle continuerait à faire du lard en quelque trou de campagne. Est-ce qu'elle ne va pas foutre le camp, elle laisse passer l'heure de sa sieste. Il appuyait le pied sur la bêche et pesait de toutes ses forces; poser doucement les mains sur les flancs et remonter, en appuyant à peine, comme un masseur, pendant qu'il bêche, frôler le va-et-vient des muscles dorsaux, tremper le bout des doigts dans l'ombre humide des aisselles; sa sueur sent le thym. Il but une gorgée de marc.

« Ça serait trop beau, dit Marcelle. Et voyez : voilà la mobilisation qui commence.

— Mais, ma chère Marcelle, comment pouvez-vous vous y laisser prendre ? La *Home Fleet* va faire son petit tour dans la mer du Nord, on mobilisera deux cent mille hommes en France, Hitler massera quatre divisions blindées à la frontière tchèque. Après ça, ces messieurs auront la conscience satisfaite, ils pourront causer tranquillement autour d'une table. »

Des corps de femme, ça s'empoigne. Du caoutchouc, de la viande désossée, il vous en vient toujours plus qu'on ne veut dans les mains. Ce beau corps-là, il appelait des caresses de sculpteur, il faudrait le modeler. Daniel se dressa brusquement sur son fauteuil et tourna vers Marcelle des yeux étincelants. « Pas de ça, surtout pas de ça, pas de vice distrait, je n'ai pas encore l'âge. Je bois un verre de marc, je parle gravement de la guerre qui vient, et pendant ce temps-là le regard effleure nonchalamment un jeune dos nu, une croupe un peu tendue, écornifle toutes les aubaines qu'offrent les après-midi d'été. Qu'elle vienne! Qu'elle vienne donc, la guerre, qu'elle vienne mater mes yeux, les enfoncer dans leurs orbites, qu'elle leur montre enfin des corps souillés, saignants, désarticulés, qu'elle m'arrache à l'éternel, aux veules petits désirs éternels, aux sourires, aux feuillages, au bourdonnement des mouches, un geyser de feu monte au ciel, une flamme qui brûle le visage et les yeux, on croit qu'on a les joues arrachées, qu'il vienne enfin l'instant innommable qui ne rappelle rien. »

« Mais voyons, dit Marcelle avec une tendre indulgence — elle n'appréciait guère ses capacités politiques
— l'Allemagne ne peut pas reculer, n'est-ce pas ? Et nous,
nous sommes arrivés à la limite des concessions. Alors ?

— N'ayez donc pas peur, dit Daniel amèrement. Nous
ferons toutes les concessions qu'il faudra, il n'y a pas de
limites. Et puis l'Allemagne peut s'offrir le luxe de reculer, qui oserait appeler ça une reculade ? On dira que
c'est de la générosité. »

Émile s'était redressé, il s'essuyait le front avec le dos
de sa main, son aisselle flambait au soleil, il regardait le
ciel en souriant, un jeune dieu. Un jeune dieu ! Daniel
griffa le bras de son fauteuil. Combien de fois, Seigneur,
combien de fois avait-il dit : un jeune dieu, en contemplant un adolescent dans le soleil. Des mots éculés de
vieille tante ; je *suis* un pédéraste, il le disait et c'était
encore des mots, ça ne le touchait pas et tout à coup il
pensa : « Qu'est-ce que ça pourrait y changer, la guerre ? »
Il serait là, assis sur le bord d'un talus, pendant une
accalmie, il regarderait distraitement le dos nu d'un jeune
soldat en train de bêcher la terre ou de chercher ses poux,
ses lèvres, bien dressées, murmureraient d'elles-mêmes :
un jeune dieu ; on s'emporte partout.

« Et puis quoi ! dit-il brusquement, nous sommes là
à nous mettre martel en tête. Et quand il y aurait la
guerre ? J'imagine que ça doit se vivre à la petite semaine
comme le reste.

— Oh ! Daniel. » Marcelle avait l'air vraiment scandalisée. « Comment pouvez-vous dire ? Ce serait... Ce
serait terrible. »

Des mots. Toujours des mots.

« Ce qu'il y a de terrible, dit Daniel en souriant, c'est
que rien n'est jamais bien terrible. Il n'y a pas d'extrêmes. »

Marcelle le regarda avec un peu de surprise, elle avait
les yeux ternes et roses. « Le sommeil la gagne », pensa
Daniel avec satisfaction.

« Si vous me disiez ça des souffrances morales, je
comprendrais. Mais, Daniel ! il y a les souffrances physiques...

— Ah ! dit Daniel en la menaçant du doigt. Vous pensez déjà à vos futures douleurs. Eh bien vous verrez !
Vous verrez ! J'imagine que ça aussi, c'est très surfait. »

Marcelle lui sourit en étouffant un bâillement.

« Allons, dit Daniel en se levant, ne vous tourmentez surtout pas, Marcelle. Voyez, pour un peu vous laissiez passer l'heure de votre sieste. Vous ne dormez pas assez; dans votre état il faut beaucoup dormir.

— Moi, je ne dors pas assez ? dit Marcelle, bâillant et riant à la fois. J'ai honte, au contraire, je ne lis plus rien, je passe mes journées sur mon lit. »

« Heureusement », pensa Daniel en lui baisant le bout des doigts.

« Je parie, dit-il, que vous n'avez pas écrit à madame votre mère.

— C'est vrai, dit-elle, je suis une mauvaise fille. » Elle bâilla et ajouta : « Je vais m'y mettre avant de dormir.

— Non, non! dit Daniel vivement, reposez-vous tout de suite. C'est moi qui vais lui envoyer un mot.

— Oh! Daniel, dit Marcelle confuse et ravie, un mot de son gendre, elle sera si fière! »

Elle gravit le perron en chancelant et il revint s'asseoir sur son fauteuil. Il bâilla, le temps coula et puis il s'aperçut qu'il était en train d'écouter le piano. Il regarda sa montre : il était trois heures vingt-cinq, Marcelle descendrait à six heures pour sa promenade apéritive. « J'ai deux heures et demie devant moi », se dit-il avec un peu d'appréhension. Voilà : autrefois sa solitude, c'était comme l'air qu'on respire, il en usait sans la voir. À présent, elle lui était concédée par petits bouts haletants et il ne savait plus qu'en faire. « Ce qu'il y a de plus fort, c'est que je m'ennuie plutôt moins quand Marcelle est là. Tu l'as voulu, se dit-il, tu l'as voulu! » Il restait un peu de marc au fond de son verre, il le but. Ce soir de juin, quand il avait décidé de l'épouser, il étouffait d'angoisse, il croyait plonger dans l'horreur. Tout ça pour en venir là, au fauteuil d'osier, au goût doucement pourri du marc dans sa bouche, à ce dos nu. La guerre, ça serait pareil. L'horreur, c'est toujours pour le lendemain. Moi marié, moi soldat : je ne trouve que moi. Même pas moi : une suite de petites courses excentriques, de petits mouvements centrifuges et pas de centre. Pourtant il y *a* un centre. Un centre : moi, *Moi* — et l'horreur est au centre. Il leva la tête, la mouche bourdonnait à la hauteur de ses yeux, il la chassa. Encore une fuite. Un petit geste de la

main, presque rien et déjà il s'échappait, que m'importe
cette mouche ? Être de pierre, immobile, insensible, pas
un geste, pas un bruit, aveugle et sourd, les mouches, les
perce-oreilles, les coccinelles monteraient et descendraient sur mon corps, une statue farouche aux yeux
blancs, sans un projet, sans un souci ; peut-être que j'arriverais à coïncider avec moi-même. Pas pour m'accepter,
Dieu non : pour *être* enfin l'objet pur de ma haine. Il y
eut une déchirure, quatre notes d'une polonaise, l'éclair
de ce dos, là-bas, une démangeaison au gras du pouce
et puis il se rassembla de nouveau. Être ce que je suis,
être un pédéraste, un méchant, un lâche, être enfin cette
immondice qui n'arrive même pas à exister. Il rapprocha
les genoux, posa les mains à plat sur ses cuisses, il eut
envie de rire : « Ce que je dois avoir l'air sage » et haussa
les épaules : « Imbécile ! Ne plus me soucier de l'air que
j'ai, ne plus me regarder, surtout, si je me regarde je suis
deux. *Être*. Dans le noir, à l'aveuglette. Être pédéraste,
comme le chêne est chêne. S'éteindre. Éteindre le regard
intérieur. » Il pensa : « Éteindre. » Le mot roula comme
un tonnerre et se répercuta dans d'immenses salles vides.
Chasser les mots, ils faisaient un pullulement de petits
sursis, chacun lui donnait rendez-vous au bout de lui-
même... Il y eut une nouvelle déchirure, Daniel se
retrouva, somnolent et ennuyé, un type qui n'a que
deux heures devant lui et qui se distrait comme il peut.
Être comme ils me voient, comme Mathieu me voit —
et Ralph dans sa sale petite tête ; chasser les mots comme
des moustiques ; il se mit à compter mentalement, un,
deux — des mots lui vinrent : divertissement d'estivant.
Mais il compta plus vite, il rapprocha les maillons de la
chaîne et les mots ne passèrent plus. Cinq, six, sept, huit,
les profondeurs sous-marines, une image était là, tapie,
hideuse, familière de ces bas-fonds, une araignée de mer,
elle s'épanouissait, vingt-deux, vingt-trois, Daniel s'aperçut qu'il retenait son souffle, il le lâcha, vingt-sept,
vingt-huit, l'autre bêchait toujours, là-haut, à la surface ;
l'image : c'était une plaie béante, une bouche amère, elle
saignait, c'est moi, je *suis* les deux lèvres écartées et le
sang qui gargouille entre les lèvres, trente-trois, l'image
lui était familière et pourtant il la formait pour la première fois. Chasser aussi les images ; il était saisi par une
peur étrange et légère. Glisser, se laisser glisser comme

lorsqu'on veut s'endormir. Mais *je vais m'endormir!* Il se secoua, émergea à la surface. Quel silence au-dehors; ce silence écrasant, demi-mort, qu'il cherchait vainement en lui, il était là, dehors, il faisait peur. Le soleil épars jonchait le sol de ronds pâles et mouvants, la chienne crevée, ce bruit de rivière à la cime des arbres, le dos nu, si proche, si lointain, il se sentait si terriblement étranger qu'il se laissa repartir, il coula en arrière, à présent il voyait le jardin par-en dessous, comme un plongeur qui lève la tête et regarde le ciel à travers l'eau. Sans bruit, sans voix, quel silence autour de lui, en dessus, en dessous et lui seul, petit hiatus bavard au milieu de ce silence. Un, deux, trois, expulser la parole, que le silence du jardin traverse, se rejoigne et s'unifie au travers de moi, égaliser mon souffle. Lentement, profondément, que chaque colonne d'air écrase comme un piston les mots qui tenteraient de naître. *Être,* comme un arbre, comme le dos nu, comme les lunules papillotantes sur la terre rose. Si je fermais les yeux : les yeux portent trop loin, hors de l'instant, hors de moi, déjà *là-bas* sur les feuilles, sur ce dos; le regard traqué, furtif, fuyant, toujours au bout de lui-même, palpe à distance. Mais il n'osa pas baisser les paupières : Émile devait le regarder par en dessous, de temps en temps, il aurait l'air d'un vieux monsieur saisi par une somnolence digestive; se fasciner sur un objet, plutôt, donner sa pâture au regard, l'enchaîner, le nourrir et glisser au fond de lui-même, délivré des yeux, *dans ma nuit touffue;* il fixa la plate-bande, à gauche, un grand mouvement vert et figé : une vague immobilisée au moment où elle s'éparpille, le regard égaré, renvoyé sans fin d'une feuille à l'autre, se dissolvait dans ce fouillis végétal. Une (inspiration) deux (expiration) trois (inspiration) quatre (expiration). Il descendait en tournoyant, il rencontra, au passage, une fourmillante envie de rire, je fais le derviche, pourvu que je n'avale pas ma langue, déjà, elle était au-dessus de lui, il s'enfonçait, croisant des mots en lambeaux : Peur, Défi, qui remontaient à la surface. Un défi vers le ciel clair, il le pensait sans image, sans mots, ça vient, s'ouvrir comme une bouche d'égout. Sous l'azur, une revendication amère, une supplication vaine, *Eli, Eli, lamma sabacthani*[1], ce furent les derniers mots qu'il rencontra, ils montaient comme des bulles légères, le foisonnement vert de la plate-bande était là,

ni vu ni nommé, une plénitude de présence contre ses
yeux, ça vient, *ça vient.* Ça le fendit comme une faux,
c'était extraordinaire, désespérant, délicieux. Ouvert,
ouvert, la cosse éclate, ouvert, ouvert, comblé, moi-
même pour l'éternité, pédéraste, méchant, lâche[a]. *On*
me voit; non. Même pas : *ça me voit.* Il était *l'objet*
d'un regard. Un regard qui le fouillait jusqu'au fond, qui
le pénétrait à coups de couteau et qui n'était pas son
regard; un regard opaque, la nuit en personne, qui l'attendait là, au fond de lui, et qui le condamnait à être lui-
même, lâche, hypocrite, pédéraste pour l'éternité. Lui-
même, palpitant sous ce regard et défiant ce regard. Le
regard. La nuit. Comme si la nuit était regard. Je suis *vu.*
Transparent, transparent, transpercé. Mais par qui ? *Je ne
suis pas seul,* dit Daniel à haute voix. Émile se redressa.

« Qu'est-ce qu'il y a, m'sieur Sereno ? demanda-t-il.

— Je vous demandais si vous aviez bientôt fini, dit
Daniel.

— Ça avance, dit Émile, dans une paire de minutes. »

Il ne se pressait pas de se remettre à bêcher, il regardait
Daniel avec une curiosité insolente. Mais ça, c'était un
regard humain, un regard qu'on pouvait regarder.
Daniel se leva, il tremblait de peur :

« Ça ne vous fatigue pas de bêcher au gros soleil ?

— J'ai l'habitude », dit Émile.

Il avait une poitrine charmante, un peu grasse, avec
deux minuscules pointes roses; il s'appuyait sur sa bêche,
d'un air provocant; en trois enjambées... Mais il y avait
cette étrange, étrange jouissance plus âpre que toutes les
voluptés, il y avait ce Regard.

« Il fait trop chaud pour moi, dit Daniel, je crois que
je vais monter me reposer un instant. »

Il inclina légèrement la tête et gravit le perron. Il
avait la bouche sèche mais il était décidé : dans sa
chambre, rideaux tirés, persiennes closes, il recommencerait l'expérience.

Dix-sept heures quinze à Saint-Flour. Mme Hannequin accompagnait son mari à la gare; ils avaient pris le
raidillon. M. Hannequin portait son complet sport, avec
sa musette en bandoulière; il avait chaussé des souliers
neufs dont les empeignes le blessaient. À mi-chemin, ils
rencontrèrent Mme Calvé. Elle s'était arrêtée devant la
maison du notaire, pour souffler un peu.

« Ah! pauvres jambes, dit-elle en les apercevant. Je deviens une vieille bonne femme.

— Vous êtes plus fraîche que jamais, dit Mme Hannequin, et je ne connais pas grand monde pour remonter le raidillon sans reprendre haleine.

— Et où courez-vous comme ça ? demanda Mme Calvé.

— Ah! ma pauvre Jeanne, dit Mme Hannequin, mais j'accompagne mon mari. Il part, il est rappelé!

— Pas possible, dit Mme Calvé. Mais je ne savais pas! Eh bien! Eh bien! » Il sembla à M. Hannequin qu'elle le regardait avec un intérêt particulier : « Ça doit être dur, ajouta-t-elle, de partir par une si belle journée.

— Bah! bah! dit M. Hannequin.

— Il est très courageux, dit Mme Hannequin.

— À la bonne heure, dit Mme Calvé en souriant à Mme Hannequin. C'est ce que je disais hier à mon mari : les Français partiront tous avec courage. »

M. Hannequin se sentit jeune et courageux.

— Excusez-nous, dit-il, il est temps de partir.

— Alors à bientôt, dit Mme Calvé.

— Oh... à bientôt... fit Mme Hannequin en hochant la tête.

— Mais si, à bientôt! à bientôt! » dit fortement M. Hannequin.

Ils reprirent leur marche, M. Hannequin marchait d'un pas vif, Mme Hannequin lui dit :

« Doucement, François, je ne peux pas te suivre, à cause de mon cœur. »

Ils rencontrèrent la Marie dont le fils faisait son service. M. Hannequin lui cria :

« Rien à faire dire à votre fils, la Marie ? Je le rencontrerai peut-être : je redeviens soldat. »

La Marie parut frappée :

« Jésus! » dit-elle en joignant les mains.

M. Hannequin lui fit un petit signe et ils entrèrent dans la gare.

C'était Charlot qui poinçonnait les billets.

« Alors, monsieur Hannequin, demanda-t-il, c'est le grand boum-boum, cette fois-ci ?

— Le zim-badaboum, la rumba d'amour », répondit M. Hannequin en lui tendant son billet.

M. Pineau, le notaire, était sur le quai. Il leur cria de loin :

« Alors on va faire la bombe à Paris ?

— Oui, dit M. Hannequin, ou recevoir des bombes à Nancy. » Il ajouta sobrement : « Je suis rappelé.

— Ah! comme ça! dit le notaire. Comme ça! Mais dites donc, vous aviez le fascicule 2, vous ?

— Mais oui!

— Allez! dit-il. Vous nous reviendrez bientôt : c'est de la frime, tout ça.

— Je n'en suis pas si sûr, répondit sèchement M. Hannequin. Dans la diplomatie, vous savez, vous avez de ces conjonctures qui commencent en farce et qui finissent dans le sang.

— Et... ça vous dit, de vous battre pour les Tchèques ?

— Tchèques ou pas Tchèques, on se bat toujours pour le roi de Prusse », répondit M. Hannequin.

Ils rirent et se saluèrent. Le train de Paris entrait en gare, mais M. Pineau prit le temps de baiser la main de Mme Hannequin.

M. Hannequin monta dans son compartiment sans s'aider des mains. Il jeta à la volée sa musette dans le coin qu'il avait retenu, revint dans le couloir, baissa la glace et sourit à sa femme.

« Coucou, le voilà! Je suis très bien, dit-il. Il y a beaucoup de place. Si ça continue, je pourrai étendre mes jambes pour dormir.

— Oh! il montera du monde à Clermont.

— J'en ai peur.

— Tu m'écriras, lui dit-elle. Un petit mot tous les jours; ça n'a pas besoin d'être long.

— Entendu.

— N'oublie pas de mettre tes ceintures de flanelle, fais-moi ce plaisir.

— Je le jure », dit-il avec une solennité rieuse.

Il se redressa, traversa le couloir et descendit sur le marchepied.

« Embrasse-moi, ma vieille », dit-il.

Il l'embrassa sur ses joues grasses. Elle versa deux larmes.

« Mon Dieu! dit-elle, tout ce... tout ce tracas! On avait bien besoin de ça.

— Allons, allons! dit-il. Chut! chut! Veux-tu bien... »

Ils se turent. Il lui souriait, elle le regardait en souriant et en pleurant un peu, ils n'avaient plus rien à se dire.

M. Hannequin souhaitait que le train partît le plus vite possible.

Dix-sept heures cinquante-deux à Niort. La grande aiguille de l'horloge se déplace par secousses toutes les minutes, oscille un peu et s'arrête. Le train est noir, la gare est noire. La suie. Elle a tenu à venir. Par devoir. Je lui ai dit : « Ça n'est pas la peine que tu viennes. » Elle m'a regardé d'un air scandalisé : « Mais comment, Georges ? Tu n'y penses pas. » Je lui ai dit : « Ne reste pas trop longtemps, tu ne peux pas laisser la petite toute seule. » Elle a dit : « Je vais demander à la mère Cornu de la garder. Je te mettrai au train et puis je m'en retournerai. » À présent, elle est là, je me penche à la fenêtre de mon compartiment et je la regarde. J'ai envie de fumer mais je n'ose pas, je pense que ça ne serait pas décent. Elle regarde au bout du quai, en s'abritant les yeux de la main, à cause du soleil. Et puis de temps en temps, elle se rappelle que je suis là et qu'il faut me regarder. Elle lève la tête, elle reporte les yeux sur moi, elle me sourit, elle n'a rien à me dire. Au fond, je suis déjà parti.

« Oreillers, couvertures, oranges, limonades, sand-wiches.

— Georges !

— Ma chérie ?

— Veux-tu des oranges ? »

Ma musette est pleine à craquer. Mais elle a envie de me donner quelque chose. Parce que je pars. Si je refuse, elle aura des remords. Je n'aime pas les oranges.

« Non, merci.

— Oh ? non ?

— Non vraiment. Tu es très gentille. »

Pâle sourire. J'ai embrassé tout à l'heure ces belles joues froides et pleines et le coin de ce sourire. Elle m'a embrassé, ça m'a fait un peu honte : pourquoi tant d'his-toires, mon Dieu ? Parce que je pars ? Il y en a d'autres qui partent. Il est vrai qu'on les embrasse aussi. Que de belles femmes ainsi, debout, au soleil déclinant, dans la fumée et la suie, levant un sourire peint vers un homme penché à la fenêtre de son wagon. Et puis après ? Nous, nous devons être un peu ridicules : elle est trop belle, trop froide, je suis trop laid.

« Écris-moi, dit-elle — elle l'a déjà dit, mais il faut

remplir le temps — aussi souvent que tu peux. Ça n'a pas besoin d'être bien long... »

Ça ne sera pas long. Je n'aurai rien à dire, il ne m'arrivera rien, il ne m'arrive jamais rien. Et puis je l'ai déjà vue lire des lettres. Son air appliqué, important, ennuyé; elle met ses lunettes sur le bout de son nez, elle lit à mi-voix, pour elle-même, et elle trouve le moyen de sauter des lignes.

« Eh bien, alors, mon pauvre chéri, je vais te dire au revoir. Tâche de dormir un peu, cette nuit. »

Eh oui, il faut bien dire quelque chose. Mais elle sait que je ne dors jamais dans les trains. Elle répétera ça tout à l'heure à la mère Cornu : « Il est parti, le train était bondé. Pauvre Georges, j'espère qu'il pourra tout de même dormir. »

Elle regarde autour d'elle, d'un air malheureux; son grand chapeau de paille remue sur sa tête. Un jeune homme et une jeune femme se sont arrêtés près d'elle.

« Il faut que je m'en aille. À cause de la petite. » Elle dit ça d'une voix un peu forte, à cause d'eux. Ils sont intimidants parce qu'ils sont beaux. Mais ils ne font pas attention à elle.

« C'est ça, ma chérie. Au revoir. Rentre vite. J'écrirai dès que ce sera possible. »

Une petite larme, tout de même. Pourquoi, mon Dieu, pourquoi ? Elle hésite. Et si, tout d'un coup, elle me tendait les bras, si elle me disait : « Tout ça n'est qu'un malentendu, je t'aime, je t'aime! »

« Ne prends pas froid.

— Non, non. Au revoir. »

Elle s'en va. Un petit signe de la main, un regard clair et la voilà qui s'en va, lentement, en balançant un peu sa belle croupe dure, dix-sept heures cinquante-cinq. Je n'ai plus envie de fumer. Le jeune homme et la jeune femme sont restés sur le quai. Je les regarde. Il porte une musette et ils ont parlé de Nancy : c'est un rappelé, lui aussi. Ils ne disent plus rien; ils se regardent. Et moi je regarde leurs mains, leurs belles mains qui n'ont pas d'alliance. La femme est pâle, toute longue et mince, avec des cheveux noirs ébouriffés; lui, il est grand et blond, avec la peau toute dorée, ses bras nus sortent d'une chemisette de soie bleue. Les portières claquent, ils ne les entendent pas; ils ne se regardent même plus, ils n'ont plus besoin de se regarder, c'est par le dedans qu'ils sont ensemble.

« En voiture pour Paris. »

Elle frissonne, sans rien dire. Il ne l'embrasse pas, il enferme dans ses mains les beaux bras nus, à hauteur des épaules, et il descend lentement ses mains le long des bras. Il s'arrête aux poignets. Des poignets maigres et frêles. Il a l'air de les serrer de toutes ses forces. Elle le laisse faire, ses bras pendent inertes, son visage est endormi.

« En voiture. »

Le train s'ébranle, il saute sur le marchepied, il reste là accroché aux barres de cuivre. Elle s'est tournée vers lui, le soleil lui blanchit le visage, elle cligne des yeux, elle sourit. C'est un sourire large et chaud, si confiant, si tranquille et si tendre : ça n'est pas possible qu'un homme, si beau, si fort soit-il, emporte pour lui tout seul un pareil sourire. Elle ne me voit pas, elle ne voit que lui, elle cligne des yeux, elle se bat contre le soleil pour le voir encore un moment. Moi je lui souris, je lui rends son sourire. Dix-huit heures. Le train a quitté la gare, il entre dans le soleil, toutes ses vitres brillent. Elle est restée sur le quai, toute petite et sombre. Il y a des mouchoirs qui s'agitent, autour d'elle. Elle ne bouge pas, elle n'agite pas de mouchoir, ses bras tombent le long de son corps, mais elle sourit, on dirait qu'elle s'épuise à sourire. À présent, elle sourit encore, sans doute, mais on ne voit plus son sourire. On la voit. Elle est là, pour lui, pour tous ceux qui partent, pour moi. Ma femme est dans notre calme maison, assise auprès de la petite, le silence et la paix se reforment autour d'elle. Moi, je pars, pauvre Georges, il est parti, j'espère qu'il pourra dormir, je pars, je m'évade dans le soleil et je souris de toutes mes forces à une petite forme sombre qui est restée sur le quai de la gare.

Dix-huit heures dix. Pitteaux faisait les cent pas dans la rue Cassette, il avait rendez-vous à dix-huit heures, il regarda sa montre-bracelet, dix-huit heures dix, je monterai dans cinq minutes. À cinq cent vingt-huit kilomètres au sud-ouest de Paris, Georges, accoudé à la barre d'appui, glissait entre les pâturages, regardait les poteaux télégraphiques, suait et souriait, Pitteaux se disait : « Quelle connerie peut-il avoir encore faite, ce petit emmerdeur ? » Il fut traversé d'un violent désir, monter, sonner, crier : « Alors, qu'est-ce qu'il a encore fait ? Moi, je n'y suis pour rien. » Mais il se contraignit à faire demi-tour, j'irai jusqu'à ce bec de gaz, là-bas, il marcha, avant tout ne pas paraître empressé, il se reprochait même d'être venu, il aurait fallu répondre, sur du papier à en-tête, Madame, si vous désirez me parler, je suis à mon bureau tous les jours de dix heures à midi. Il tourna le dos au réverbère, il hâta le pas, malgré lui. Paris : cinq cent dix-huit kilomètres, Georges s'essuya le front, il glissait de côté vers Paris, comme un crabe, Pitteaux pensait : « C'est une sale affaire », il courait presque, avec le train derrière lui, il tourna dans la rue de Rennes, entra au soixante et onze, monta au troisième étage et sonna; à six cent trente-huit kilomètres de Paris, Hannequin regardait les jambes de sa voisine, c'étaient de grosses jambes bien galbées, dans des bas rayonne un peu velus; Pitteaux avait sonné, il attendait sur le palier en s'épongeant le front, Georges s'essuyait le front, dans le fracas des bogies, quelle connerie a-t-il pu faire, c'est une sale histoire, Pitteaux avait de la peine à avaler, et l'estomac, surtout, l'estomac qui était vague et gargouilleur, mais il se tenait très droit, avec la tête roidement levée, en dilatant un peu les narines, et il faisait sa moue, sa terrible moue, la porte s'ouvrit, le train d'Hannequin plongea dans un tunnel, Pitteaux plongea dans une obscurité fraîche, ça sentait la poussière sacrée, la bonne lui dit : « Donnez-vous la peine d'entrer! » une femme rondelette et parfumée, les bras nus et mous, la douce mollesse fraîche des chairs quadragénaires, avec une mèche blanche au milieu de ses cheveux noirs, se précipita sur lui, il sentit son odeur mûre.

« Où est-il ? »

Il s'inclina, elle avait pleuré. La voisine d'Hannequin décroisa les jambes et il vit un bout de cuisse au-dessus de la jarretelle, il fit sa terrible moue et dit :

« De qui parlez-vous, madame ? »

Elle dit :

« Où est Philippe ? »

Et il se sentit tout attendri, peut-être qu'elle allait pleurer devant lui, en tordant ses beaux bras, une femme de son milieu devait sûrement se raser les aisselles.

Une voix d'homme le fit sursauter, elle venait du fond de l'antichambre.

« Ma chère amie, nous perdons notre temps. Si M. Pitteaux veut entrer dans mon bureau, nous allons le mettre au courant. »

Pris au piège! Il entra, tremblant de rage, il plongea dans la chaleur blanche, le train sortait du tunnel, une flèche de lumière blanche entra dans le compartiment. Ils se sont assis, le dos au jour naturellement, et moi je suis en pleine lumière. Ils étaient deux.

« Je suis le général Lacaze », dit le gros homme en uniforme. Il désigna son voisin, un géant mélancolique, et ajouta :

« Voici M. Jardies, médecin aliéniste, qui a bien voulu examiner Philippe et le suivre un peu, ces derniers temps. »

Georges rentra dans son compartiment et s'assit, un petit brun se penchait en avant, il parlait, il avait le type espagnol : « Votre patron vous aidera, c'est très joli, c'est bon pour les employés ou les fonctionnaires. Moi, j'ai pas de fixe, je suis garçon de café, j'ai mes pourboires, voilà ce que j'ai. Vous me dites que ça ne va pas durer, que c'est pour leur faire peur, je veux bien vous croire, mais admettez que ça dure deux mois, comment qu'elle va manger, ma femme ? »

« Philippe, mon beau-fils, dit le général, a quitté la maison sans nous prévenir, dans les premières heures de la matinée. Vers dix heures sa mère a trouvé cette lettre sur la table de la salle à manger. » Il la lui tendit par-dessus le bureau en ajoutant d'un air autoritaire : « Prenez-en connaissance, je vous prie. »

Pitteaux saisit la lettre avec répugnance, cette sale petite écriture irrégulière, pointue, avec des ratures et des taches, il venait, il attendait des heures entières, je l'entendais marcher de long en large, il repartait en laissant n'importe où, par terre, sur une chaise, sous la porte, des petits bouts de papier froissés, couverts de ses pattes de mouche, Pitteaux regardait l'écriture sans la lire, comme une suite de dessins absurdes et trop connus, qui lui donnaient des haut-le-cœur, je voudrais ne l'avoir jamais rencontré.

Ma petite maman, voici le temps des assassins, moi, je choisis le martyre. Tu auras peut-être un peu de peine : je me le souhaite. Philippe.

Il déposa la lettre sur le bureau et sourit :

« Le temps des assassins! dit-il. L'influence de Rimbaud[1] a fait des ravages effrayants. »

Le général le regarda :

« Nous reviendrons tout à l'heure sur la question des influences, dit-il. Savez-vous où est mon beau-fils ?

— Comment le saurais-je ?

— Quand l'avez-vous vu pour la dernière fois ? »

« Ah! ça, pensa Pitteaux, ils m'interrogent! » Il se tourna vers Mme Lacaze et dit sur un ton de bonne compagnie :

« Je ne sais pas, ma foi! Il y a huit jours, peut-être. »

La voix du général le frappait par côté, à présent.

« Vous a-t-il fait part de ses intentions ?

— Mais non, dit Pitteaux en souriant à la mère. Vous connaissez Philippe, il agit par coups de tête. Je suis persuadé qu'il ne savait pas hier soir ce qu'il ferait ce matin.

— Et depuis, reprit le général, vous a-t-il écrit ou téléphoné ? »

Pitteaux hésita mais la main était déjà partie, une main docile, servile qui plongea dans la poche intérieure du vêtement, la décision suivit, la main tendit le bout de papier. Mme Lacaze s'empara avidement du billet, je ne commande plus à mes mains. Il commandait encore à son visage, il fit sa moue, sa terrible moue, en relevant un sourcil.

« J'ai reçu ça ce matin.

— *Lætus et errabundus,* lut Mme Lacaze avec application. Pour la paix. »

Le train roulait, le bateau tanguait, l'estomac de Pitteaux chantait, il se mit debout péniblement :

« Cela signifie : joyeux et vagabond, expliqua Pitteaux avec politesse. C'est le titre d'un poème de Verlaine[2]. »

Le psychiatre lui jeta un coup d'œil.

« Un poème un peu spécial.

— C'est tout ? » demanda Mme Lacaze.

Elle tournait et retournait le papier entre ses doigts.

« Hélas, oui, chère madame, c'est tout. »

Il entendit la voix coupante du général :

« Que voulez-vous de plus, ma chère amie ? Je trouve cette lettre parfaitement claire et je m'étonne que

M. Pitteaux ait prétendu ne pas connaître les intentions de Philippe. »

Pitteaux se retourna brusquement vers lui, regarda l'uniforme — pas le visage, l'uniforme — et le sang lui monta à la tête.

« Monsieur, dit-il, Philippe m'écrivait des poulets de cette espèce trois ou quatre fois par semaine, j'avais fini par ne plus y faire attention. Vous m'excuserez de vous dire que j'ai tout de même d'autres soucis.

— Monsieur Pitteaux, dit le général, vous dirigez depuis 1937 une revue intitulée *Le Pacifiste*[1] où vous avez pris nettement position, non seulement contre la guerre mais aussi contre l'armée française. Vous avez connu mon beau-fils en octobre 37 dans des conditions que j'ignore et vous l'avez gagné à vos idées. Il a adopté sous votre influence une attitude inadmissible vis-à-vis de moi, parce que je suis officier, et vis-à-vis de sa mère parce qu'elle m'a épousé[2]; il s'est livré en public à des manifestations d'un caractère nettement antimilitariste. Aujourd'hui, il abandonne notre domicile, au plus fort de la tension internationale, en nous avisant, par le mot que vous avez lu, qu'il entend devenir le martyr de la paix. Vous avez trente ans, monsieur Pitteaux, et Philippe n'en a pas vingt, aussi je ne vous surprendrai pas en vous disant que je vous tiens pour personnellement responsable de tout ce qui peut arriver à mon beau-fils par suite de son escapade. »

« Eh bien, dit Hannequin à sa voisine, moi, je vais vous dire : je suis mobilisé. — Ah! mon Dieu », dit-elle. Georges regardait le garçon de café, il le trouvait sympathique et il avait envie de lui dire : « Moi aussi, je suis mobilisé », mais il n'osait pas, c'était par pudeur, le train le secouait terriblement. « Je suis sur les roues », pensa-t-il.

« Je décline toute responsabilité, dit Pitteaux d'une voix catégorique. Je comprends votre chagrin, mais je ne peux tout de même pas accepter de vous servir de bouc émissaire. Philippe Grésigne est venu au siège de la revue en octobre 37, c'est un fait que je ne songe pas à nier. Il nous a soumis un poème qui nous a semblé plein de promesses et nous l'avons fait paraître dans notre numéro de décembre. Depuis il est revenu souvent et nous avons mis tout en œuvre pour le décourager :

il était beaucoup trop exalté à notre gré et, pour tout
dire, nous ne savions que faire de lui. » (Assis sur le
bout des fesses, il fixait sur Pitteaux son regard bleu et
gênant, il le regardait boire et fumer, il regardait ses
lèvres remuer, il ne fumait pas, il ne buvait pas, il se
mettait, de temps en temps, un doigt dans le nez ou
un ongle entre les dents sans cesser de le regarder.)

« Mais où peut-il être ? cria soudain Mme Lacaze.
Où peut-il être ? Et qu'est-ce qu'il fait ? Vous parlez
de lui comme s'il était mort. »

Ils se turent. Elle s'était penchée en avant, avec un
visage anxieux et méprisant; Pitteaux voyait la naissance
de sa gorge par l'échancrure du corsage; le général
était tout raide dans son fauteuil, il attendait, il accordait
quelques minutes de silence à la légitime douleur d'une
mère. Le psychiatre regarda Mme Lacaze avec un air
de sympathie attentive, comme si c'était une de ses
malades. Puis il hocha sa grosse tête mélancolique, se
retourna vers Pitteaux et reprit les hostilités :

« Je vous accorde, monsieur Pitteaux, que Philippe
n'avait pas compris toutes vos idées. Il n'en demeure pas
moins que c'était un enfant très influençable qui avait
pour vous une admiration éperdue.

— Est-ce ma faute ?

— Peut-être n'est-ce pas votre faute. Mais vous abu-
siez de votre influence.

— Par exemple! dit Pitteaux. Enfin puisque vous
avez examiné Philippe vous savez que c'était un malade!

— Pas tout à fait, dit le médecin en souriant. Il avait
certainement une hérédité chargée. Du côté de son père,
ajouta-t-il avec un coup d'œil au général. Mais ce n'était
pas tout à fait un psychopathe. C'était un garçon solitaire, désadapté, paresseux et vaniteux. Tics, phobies,
naturellement, avec prédominance d'idées sexuelles. Il
est venu me voir assez souvent, ces derniers temps,
nous avons bavardé, il m'a avoué qu'il... comment
puis-je dire ? Vous excuserez la rudesse d'un médecin,
dit-il à Mme Lacaze. Bref, pollutions fréquentes et
systématiques. Je sais que beaucoup de mes confrères
ne voient là qu'un effet, moi, j'y discernerais plutôt
une cause, avec Esquirol[1]. En un mot, il traversait
péniblement ce que M. Mendousse appelle, d'un mot
si heureux, la crise d'originalité des adolescents[2] : il

avait besoin d'un guide. Vous avez été un mauvais berger, monsieur Pitteaux, un mauvais berger. »

Le regard de Mme Lacaze semblait posé sur Pitteaux par hasard; mais il était insoutenable. Pitteaux préféra se tourner franchement vers le psychiatre :

« Je m'en excuse auprès de Mme Lacaze, dit-il, mais, puisque vous m'y obligez, je vous déclare tout net que j'ai toujours tenu Philippe pour le type accompli du dégénéré. S'il avait besoin d'un guide, que ne vous en occupiez-vous ? C'était votre office. »

Le psychiatre sourit tristement et se lécha les lèvres en soupirant. Elle souriait, elle était accotée contre la porte de la cabine, elle avait la chair de poule, elle souriait d'un air charmeur :

« Eh bien, mon petit, dit le capitaine, il faudra revenir me voir à neuf heures, je vous dirai ce que j'ai pu faire pour vous et vos amies. » Il avait des yeux vides et clairs, il était très rouge, il lui caressa la poitrine et le cou et ajouta : « N'oubliez pas : rendez-vous, ici, ce soir à neuf heures. »

« Le général Lacaze a bien voulu me communiquer quelques pages du journal de Philippe et j'ai cru que c'était mon devoir d'en prendre connaissance. Monsieur Pitteaux, il résulte de cette lecture que vous exerciez un chantage sur ce malheureux garçon. Sachant combien il désirait votre estime, vous en profitiez, semble-t-il, pour lui demander certains services, qu'il ne précise pas dans son carnet. Ces derniers temps, il s'est avisé de se rebeller et vous lui avez témoigné un mépris si écrasant que vous l'avez réduit au désespoir. »

Que savent-ils ? Mais la colère fut la plus forte, il sourit à son tour. Maud souriait et saluait, son arrière-train était déjà dehors, à l'air libre, son buste s'inclinait, plongeait dans l'air chaud et parfumé de la cabine :

« Mais certainement, capitaine. Alors, à neuf heures; à neuf heures, capitaine, c'est entendu. »

« Qui l'a réduit au désespoir ? Qui donc l'humiliait tous les jours ? Est-ce moi qui l'ai giflé samedi dernier en pleine table ? Est-ce moi qui affectais de le prendre pour un malade, qui l'envoyais chez un psychiatre et qui l'obligeais à répondre à des questions humiliantes ? »

« Vous aussi, vous êtes mobilisé ? » demanda le garçon de café.

Georges lui sourit d'un air malheureux, mais il aurait fallu parler, répondre aux questions des deux jeunes femmes :

« Non, dit-il, je vais à Paris pour mes affaires. »

La voix aiguë de Mme Lacaze le fit sursauter :

« Est-ce que vous n'allez pas vous taire ? Est-ce que vous ne pouvez pas vous taire ? Comme vous le méprisez! Un enfant de vingt ans, vous l'avez déshabillé, vous l'avez sali, et moi, est-ce que vous ne me respectez pas ? Il s'est peut-être jeté dans la Seine et vous êtes là à vous renvoyer les responsabilités les uns aux autres. Nous sommes tous coupables; il disait : " Vous n'avez pas le droit de me pousser à bout ", et nous l'avons tous poussé à bout. »

Le général était tout rouge, Maud était toute rouge :

« Ça y est, dit-elle, on va venir prendre nos bagages, nous coucherons en seconde, cette nuit.

— Ma chérie, dit France, eh bien, tu vois, tu t'en faisais un monde, mais ça n'était pas si difficile que ça.

— Rose! » dit-il sans élever la voix, en fixant sur elle ses yeux de bois. Elle frissonna, elle le regarda la bouche ouverte :

« C'est... C'est immonde, dit-elle, j'ai honte! »

Il étendit sa forte main et la referma sur le bras nu de sa femme; il répéta :

« Rose », d'une voix sans intonation. Le corps de Mme Lacaze se tassa, elle ferma la bouche, secoua la tête et parut se réveiller; elle regarda le général et le général lui sourit, tout était rentré dans l'ordre.

« Je ne partage pas les inquiétudes de ma femme, dit-il, mon beau-fils est parti en volant dix mille francs dans le secrétaire de sa mère. J'ai donc peine à croire qu'il veuille attenter à ses jours. »

Il y eut un silence. Le bateau dansait un peu, déjà; Pierre se sentait pâteux, il s'était planté devant sa couchette, il ouvrit sa valise, d'où sortit une odeur de lavande, de crème dentifrice et de tabac blond qui lui tourna sur le cœur, il pensa : « Le steward l'a dit, nous aurons une mauvaise traversée! » Le général se recueillait, la générale avait l'air d'une enfant sage, Pitteaux ne comprenait pas, son estomac chanta, son crâne lui faisait mal, il ne comprenait pas; ça montait, hop, et puis ça piquait du nez, le plancher vibrait sous les pieds, l'air était chaud et poisseux, il regardait le général et il n'avait plus la force de le haïr.

« Monsieur Pitteaux, dit le général, en conclusion de cet entretien j'estime que vous pouvez et que vous *devez* nous aider à retrouver mon beau-fils. Jusqu'ici je me suis borné à alerter les commissariats. Mais si, d'ici quarante-huit heures, nous n'avons pas retrouvé Philippe, j'ai l'intention de remettre l'affaire entre les mains de mon ami, le procureur Déterne, et de lui demander, par la même occasion, si la justice ne ferait pas bien d'enquêter un peu sur l'origine des fonds du *Pacifiste*.

— Je... naturellement je vous aiderai, dit-il. Tout le monde peut mettre le nez dans les comptes du *Pacifiste*, nous pouvons les étaler au grand jour. »

Le bateau s'enfonça, c'était les montagnes russes, il ajouta, en poussant sa voix à travers sa gorge serrée :

« Mais je... je ne refuse pas de vous aider. Par simple humanité, mon général. »

Le général inclina la tête :

« C'est bien ainsi que je l'entends », dit-il.

Ça montait doucement, doucement, à la dérobée et ça descendait de même, on ne pouvait pas s'empêcher de regarder les couchettes ou le lavabo pour surprendre au passage quelque chose qui fût en train de monter ou de descendre, mais on ne voyait rien, sauf, de temps à autre, une bande bleu sombre, un peu de travers, qui affleurait au bord inférieur du hublot, pour disparaître aussitôt ; c'était un petit mouvement vivant et timide, un battement de cœur, le cœur de Pierre battait à l'unisson ; pendant des heures et des heures ça ne cesserait pas de monter et de descendre ; la langue de Pierre était un gros fruit juteux dans sa bouche ; à chaque déglutition, il entendait un léger craquement cartilagineux quelque part dans ses oreilles, il y avait aussi cette couronne de fer qui lui enserrait les tempes et puis cette envie de bâiller. Mais il était très tranquille : on n'a le mal de mer que si on veut bien. Il n'avait qu'à se redresser, à sortir de sa cabine, à faire un tour de promenade sur le pont : il se retrouverait, cet écœurement léger se dissiperait : « Je vais voir Maud », dit-il. Il lâcha la valise, il se tint droit et raide au bord de la couchette, c'était comme un réveil. À présent le bateau montait et descendait sous ses pieds, mais l'estomac et la tête étaient libérés; les yeux méprisants de Maud réapparurent — et la peur; et la honte. Je lui dirai que j'étais malade, une petite insolation, que j'avais trop bu. Il *faut* que je m'explique, il parlerait, elle le transpercerait de son regard dur, comme c'est fatigant. Il avala péniblement sa salive, elle glissa au fond de sa gorge avec un horrible frôlement soyeux et déjà une eau fade fusait dans sa bouche, fatigant, fatigant, ses idées s'enfuirent, il ne resta plus qu'une grande douceur abandonnée, une envie de monter et de descendre en mesure, de vomir doucement, longuement, de se laisser aller sur l'oreiller, ho hisse, ho hisse, sans pensées, emporté par le grand tangage du monde; il se rattrapa à temps : on n'a le mal de mer que si on veut l'avoir. Il se retrouva tout entier, raide et sec, un lâche, un amant méprisé, un futur mort de la guerre, il retrouva toute sa peur lucide et glacée. Il prit la seconde valise sur la couchette supérieure, la déposa sur la couchette d'en dessous et entreprit de l'ouvrir. Il restait tout droit, sans se pencher, sans même regarder la valise, ses doigts engourdis palpaient la serrure à l'aveuglette; ça vaut-il la peine ? Ça vaut-il la peine de lutter ? Il ne serait plus rien qu'une vaste douceur, il ne penserait plus à rien, il n'aurait plus peur, il suffisait de s'abandonner. « Il faut que j'aille voir Maud. » Il leva une main et la promena dans les airs avec une douceur vacillante et un peu solennelle. Gestes doux, doux palpitements de mes cils, saveur douce au fond de ma bouche, douce odeur de lavande et de pâte dentifrice, le bateau monte doux, redescend doux; il bâilla et le temps ralentit, devint sirupeux autour de lui; il suffisait de se raidir, de faire trois pas hors de la cabine, à l'air frais. Mais pour quoi *faire ?* Pour retrouver la peur ? Il balaya la valise d'un revers de main et se laissa tomber sur le lit. Un sirop. Un sirop sucré, il n'avait plus peur, il n'avait plus honte, c'était si délicieux d'avoir le mal de mer.

Il s'assit sur le bord du quai, ses jambes pendaient au-dessus de l'eau; il était fatigué, il dit : « Ça serait pas mal, Marseille, s'il y avait pas tant de maisons. » Au-dessous de lui, les bateaux remuaient un peu, pas beaucoup, c'étaient des petits bateaux, très nombreux, avec des fleurs ou alors de beaux rideaux rouges et des statues à poil.

Il voyait les bateaux, il y en avait qui sautaient comme des chèvres et d'autres qui ne bougeaient pas, il voyait l'eau toute bleue et puis un grand pont de fer au loin; ce qui est loin, on a du plaisir à le regarder, ça repose. Il avait mal aux yeux : il dormait sous son wagon, des hommes étaient venus avec des lanternes; ils l'avaient éclairé et chassé, avec des mots blessants; après ça il avait bien trouvé un tas de sable, mais le sommeil n'était pas revenu. Il demanda : « Où c'est que je vais crécher, cette nuit ? » Il y avait sûrement de bons endroits, avec un peu d'herbe. Mais il fallait les connaître : il aurait dû interroger le nègre. Il avait faim et il se mit debout, ses genoux étaient raides, ils craquèrent. « J'ai plus rien à manger, expliqua-t-il, faut que j'aille à l'auberge. » Il reprit sa marche, il avait marché toute la journée, il entrait, il demandait : « Y a-t-il du travail ? » et il repartait : le nègre avait dit : « Y a pas de travail. » Dans les villes, la marche est fatigante, à cause des pavés. Il traversa le quai, de biais, lentement, en regardant à droite et à gauche pour éviter les tramways, quand il entendait leurs clochettes, ça lui donnait un coup. Il y avait beaucoup de monde, des gringalets qui marchaient très vite, en regardant à leurs pieds, comme s'ils cherchaient quelque chose; ils le bousculaient en passant et lui demandaient pardon sans même lever les yeux sur lui; il leur aurait bien adressé la parole, mais ils semblaient si fragiles qu'ils en étaient intimidants. Il monta sur le trottoir et vit des cafés avec de belles terrasses et puis des auberges, mais il n'entra pas : il y avait des nappes sur les tables, les nappes, ça risque de se tacher. Il tourna dans une ruelle sombre, qui sentait le fraîchin[1], il demanda : « Mais où c'est-il que je vais manger, avec tout ça ? » et, justement, il trouva ce qu'il lui fallait : il vit, devant une petite maison basse, une dizaine de tables en bois; sur chaque table on avait disposé deux ou quatre couverts et puis une petite lampe ronde qui ne devait pas éclairer beaucoup et puis pas de nappes. À l'une des tables, un monsieur mangeait déjà avec une dame qui avait l'air bien honnête. Gros-Louis s'approcha d'eux, s'assit à la table voisine et leur fit un sourire. La dame le regarda sérieusement et recula un peu sa chaise. Gros-Louis appela la servante, c'était une jolie petite personne un peu fluette mais avec un derrière dur et bien allant.

« Qu'est-ce qu'on mange ici, ma mignonne ? »

Elle était jolie et sentait bon, mais elle ne paraissait pas contente de le voir. Elle le regarda en hésitant :

« Vous avez le menu, dit-elle en désignant une feuille de papier sur la table.

— Ah ! bon », dit Gros-Louis.

Il prit le papier et fit semblant de le regarder, mais il avait peur de le tenir à l'envers. La bonne s'était éloignée, elle parlait avec un monsieur qui s'était planté sur le pas de la porte. Le monsieur l'écoutait en hochant la tête et en regardant Gros-Louis. À la fin il la quitta et s'approcha de Gros-Louis avec un air triste.

« Qu'est-ce que vous voulez, mon ami ? demanda-t-il.

— Eh ben, je veux manger, dit Gros-Louis étonné. Vous avez bien une soupe et un bout de lard. »

Le monsieur secoua la tête tristement :

« Non, dit-il. Nous n'avons pas de soupe.

— J'ai de l'argent, dit Gros-Louis. Je demande pas de crédit.

— J'en suis sûr, dit le monsieur. Mais vous devez vous être trompé. Vous ne seriez pas à votre aise, ici, et vous nous gêneriez. »

Gros-Louis le regarda :

« C'est donc pas une auberge ? demanda-t-il.

— Si, si, dit le patron. Mais nous avons un certain genre de clientèle... Vous feriez mieux d'aller de l'autre côté de la Canebière, vous trouverez des tas de petits restaurants qui vous conviendront parfaitement. »

Gros-Louis s'était levé. Il se gratta le crâne avec embarras.

« J'ai de l'argent, dit-il. Je peux vous le montrer.

— Mais non, mais non, dit le monsieur vivement. Je vous crois sur parole. »

Il le prit obligeamment par le bras et lui fit faire quelques pas dans la rue.

« Prenez par là, dit-il, vous retrouverez le quai et vous le suivrez sur la droite, vous ne pouvez pas vous tromper.

— Vous êtes bien honnête », dit Gros-Louis en touchant son chapeau. Il se sentait en faute.

Il se retrouva sur le quai, au milieu des petits hommes

noirs qui lui couraient entre les jambes, il marchait très
lentement, de crainte d'en renverser un, et il était triste;
à cette heure-là il descendait du Canigou sur Villefranche, le troupeau trottait devant lui, ça faisait de la
compagnie, il rencontrait souvent M. Pardoux qui montait à la ferme du Vétil et qui ne serait jamais passé
sans lui donner un cigare et une paire de bons coups
de poing dans les côtes, la montagne était rousse et
muette, au fond de la vallée on voyait les fumées de
Villefranche. Il était perdu, tous ces gens allaient trop
vite, il ne voyait que le haut de leurs crânes ou la coiffe
de leurs chapeaux, c'était de la petite espèce. Un gamin
lui partit entre les jambes, le regarda en rigolant et dit
à son copain :

« Vise-moi celui-là, tu crois pas qu'il s'ennuie tout
seul là-haut ? »

Gros-Louis les regarda courir et se sentit en faute; il
avait honte d'être si grand. Il dit : « Ils ont leurs habitudes » et s'appuya au mur. Il était triste et doux, aussi
triste que le jour où il avait été malade. Il pensa au nègre,
qui était si courtois et si gai, son seul ami, il dit : « J'aurais pas dû le laisser partir. » Et puis, tout d'un coup,
une petite idée un peu gaie lui traversa la tête : « Un
nègre ça se voit de loin, ça ne doit pas être difficile à
retrouver »; et il reprit sa marche, il se sentait moins
seul, il le cherchait des yeux et il pensait : « Je vais lui
payer un verre. »

Elles étaient toutes sur la place, le visage rougi par
le soleil couchant. Il y avait Jeanne, Ursule, les sœurs
Clapot, la Marie, et toutes les autres. Elles avaient
d'abord attendu chez elles et puis en voyant passer les
heures, elles étaient revenues sur la place, les unes après
les autres, et elles attendaient. Elles virent, à travers la
glace dépolie les premières lampes s'allumer dans le
café de la veuve Tremblin; ça faisait trois taches nébu-
leuses en haut de la vitre. Elles virent ces taches et se
sentirent attristées : la mère Tremblin avait allumé les
lampes dans son café désert, elle s'était assise à une
table de marbre, elle avait posé sur le marbre sa corbeille
à ouvrage et elle reprisait ses bas de coton sans inquiétude, parce qu'elle était veuve. Mais elles, elles restaient
au-dehors et elles attendaient leurs hommes, elles sentaient derrière elles leurs maisons vides et les cuisines

que l'ombre envahissait peu à peu et il y avait devant
elles cette longue route aventureuse et Caen, au bout
de la route. La Marie regarda l'heure au clocher de
l'église, elle dit à Ursule : « Il est tantôt neuf heures,
peut-être bien qu'on les a tout de même gardés. » Le
maire avait dit que c'était impossible mais qu'est-ce qu'il
en savait, il ne connaissait pas mieux qu'elles les habitudes
des villes. Pourquoi aurait-on renvoyé des gars costauds
qui venaient se proposer d'eux-mêmes ? Peut-être bien
qu'on leur avait dit : « Ah ben ! puisque vous êtes là... »
et qu'on les avait gardés. La petite Rose arriva en courant, elle était essoufflée, elle criait : « Les voilà ! Les
voilà ! » et toutes les femmes se mirent à courir aussi ;
elles coururent jusqu'à la ferme de Darbois, d'où l'on
découvrait un bout de chemin et elles les virent sur la
route blanche, entre les prairies, ils étaient sur leurs
charrettes, à la queue leu leu, comme à l'aller, ils revenaient lentement, ils chantaient. Chapin venait en tête,
il était effondré sur sa banquette, ses mains tenaient
mollement les rênes, il dormait et le cheval marchait par
habitude ; la Marie vit qu'il avait un œil au beurre noir
et elle pensa qu'il s'était encore battu. Derrière lui,
debout sur son char, le fils Renard chantait à tue-tête,
mais il n'avait pas l'air gai, les autres venaient derrière,
tout noirs déjà sur le ciel clair. Marie se retourna vers
la Clapot et lui dit : « Ils sont soûls, on avait bien
besoin de ça. » La charrette de Chapin s'amenait tout
doucement, en grinçant, et les femmes s'écartèrent pour
la laisser passer. Elle passa et la Louise Chapin poussa
un cri aigu : « Mon Dieu, il ne ramène qu'une bête,
qu'est-ce qu'il a fait de l'autre, il l'a vendue pour boire. »
Le fils Renard chantait à tue-tête, il faisait zigzaguer sa
carriole d'un fossé à l'autre et il y en avait d'autres
derrière lui, qui chantaient debout dans les charrettes,
le fouet à la main. La Marie vit son homme, il n'avait
pas l'air soûl, mais quand elle vit de près sa gueule
maussade, elle comprit qu'il avait bu et qu'il allait
cogner. « C'est pis qu'une bête », pensa-t-elle, le cœur
serré. Mais elle était bien contente tout de même qu'il
fût revenu, il y avait trop de travail à la ferme, il valait
mieux qu'il cognât de temps en temps, les samedis, et
qu'il fût là pour le gros ouvrage. Il s'était laissé tomber
sur une chaise, à la terrasse d'un bistrot, il avait demandé

du pinard, on lui avait servi du vin blanc dans un tout petit verre, il sentait ses jambes, il les étendit sous la table et il fit remuer ses orteils dans ses souliers. « C'est marrant », dit-il. Il but et dit : « C'est marrant, je l'ai pourtant bien cherché. » Il l'aurait fait asseoir en face de lui, il aurait regardé sa bonne tête noire ; rien qu'à le voir, il s'était mis à rire et le négro s'était mis à rire aussi, il avait l'air confiant et doux comme un bestiau : « Je lui donnerai du tabac pour fumer et du vin pour boire. »

Son voisin le regardait : « Il me trouve drôle parce que je parle tout seul » ; c'était un petit gars de vingt ans, bien mal poussé, bien chétif, avec une peau de fille, il était assis avec un brun, plutôt bel homme, qui avait le nez cassé, du poil dans les oreilles et une ancre tatouée sur l'avant-bras gauche. Gros-Louis comprit qu'ils parlaient de lui, dans leur patois. Il leur sourit et appela le garçon.

« Un autre verre du même, mon gars. Et si tu as de plus grands verres, des fois, ne te gêne pas. »

Le garçon ne bougeait pas, il ne disait trop rien, mais il le regardait d'un air d'avoir deux airs. Gros-Louis sortit son portefeuille et le mit sur la table.

« Qu'est-ce que t'as, mon petit gars ? Tu crois que je ne peux pas payer ? Tiens ! »

Il sortit les trois billets de mille et les lui fit passer sous le nez.

« Qu'est-ce que t'en dis ? Allez, ramène-moi un verre de ta saloperie. »

Il remit son portefeuille dans sa poche et s'aperçut que le petit gars frisé lui souriait poliment.

« Ça boume ? demanda le petit gars.

— Hé ?

— Ça va ?

— Ça va, dit Gros-Louis. Je cherche mon négro.

— Vous n'êtes pas d'ici ?

— Non, dit Gros-Louis en riant. Je ne suis pas d'ici. Tu ne veux pas boire un coup ? C'est moi qui invite.

— Ça ne se refuse pas, dit le frisé. Je peux amener mon pote ? »

Il dit quelques mots à son copain, dans leur patois. Le copain sourit et se leva en silence. Ils vinrent s'asseoir en face de Gros-Louis. Le petit sentait le senti-bon.

« Tu sens la garce, dit Gros-Louis.

— Je viens de chez le coiffeur.

— Ah! c'est donc ça. Comment que tu t'appelles ?

— Je m'appelle Mario, dit le petit; le copain est italien. Il s'appelle Starace[1]; on est des matelots. »

Starace rit et salua sans souffler mot.

« Il sait pas le français, mais il est marrant, dit Mario. Tu sais l'italien ?

— Non, dit Gros-Louis.

— Ça fait rien, tu verras : il est marrant tout de même. »

Ils parlèrent entre eux, en italien. C'était une bien jolie langue, ils avaient l'air de chanter. Gros-Louis était un peu content d'être avec eux, parce que ça lui faisait de la compagnie, mais dans le fond, il se sentait seul.

« Qu'est-ce que vous voulez ?

— Eh bien, des pastis, dit Mario.

— Trois pastis, dit Gros-Louis. Qu'est-ce que c'est, du vin ?

— Non, non, bien mieux que ça, tu verras. »

Le garçon remplit trois verres d'une liqueur, Mario versa de l'eau dans les verres et la liqueur se transforma en une brume blanche et tournoyante.

« À la tienne », dit Mario.

Il but bruyamment et s'essuya la bouche avec sa manche. Gros-Louis but aussi : ça n'était pas trop mauvais, ça sentait l'anis.

« Regarde Starace, dit Mario, il va te faire marrer. »

Starace s'était mis à loucher; en même temps, il fronçait le nez, avançait les lèvres et remuait les oreilles comme un lapin. Gros-Louis rit mais il se sentait choqué et mécontent : il pensa qu'il n'aimait pas Starace. Mario riait aux larmes :

« Je t'avais prévenu, disait-il en riant. Il est marrant, le frère. Il va te faire le coup de la soucoupe, à présent. »

Starace posa son verre sur la table, encastra sa soucoupe dans sa large paume et fit passer trois fois de suite sa main gauche à plat sur sa main droite. Après la troisième fois, la soucoupe avait disparu. Profitant de la surprise de Gros-Louis, Starace lui plongea la main entre les genoux. Gros-Louis sentit qu'un objet dur lui raclait les jambes et la main réapparut, tenant la soucoupe. Gros-Louis rit modérément, bien que Mario lui frappât sur les cuisses en pleurant de joie.

« Ah! vieux salaud! disait Mario entre deux hoquets. Je te le dis : t'as pas fini de rire avec nous. »

Il se calma progressivement; lorsqu'il eut repris son sérieux, un lourd silence tomba sur les trois hommes. Gros-Louis les trouvait fatigants et il avait un peu envie qu'ils s'en aillent, mais il pensa que la nuit allait tomber et qu'il lui faudrait reprendre sa marche au hasard des longues rues noyées d'ombre et chercher interminablement un coin pour croquer et un autre pour dormir, son cœur se serra et il commanda une nouvelle tournée de pastis. Mario se pencha vers lui et Gros-Louis respira son odeur.

« Alors comme ça, t'es pas d'ici ? demanda Mario.

— Je suis pas d'ici et je connais personne, dit Gros-Louis. Le seul gars que je connais, je ne peux pas le retrouver. À moins que vous ne le connaissiez, dit-il à la réflexion. C'est le négro. »

Mario hocha la tête d'un air vague.

Il se pencha tout à coup vers Gros-Louis en plissant les yeux :

« Marseille c'est la ville où on rigole, lui dit-il. Si tu connais pas Marseille, t'as jamais rigolé de ta vie. »

Gros-Louis ne répondit pas. À Villefranche, il avait souvent rigolé. Et puis dans les bordels de Perpignan, quand il avait fait son service : ça c'était fin. Mais il n'arrivait pas à s'imaginer qu'on pût rigoler à Marseille.

« T'as pas envie de rigoler ? demanda Mario. Ça te dit rien les belles poupées ?

— C'est pas ça, dit Gros-Louis. Mais pour le moment j'aimerais mieux croquer. Si vous connaissez une auberge, je vous offrirai le manger avec plaisir. »

À la nuit tombante, les solides s'étaient évaporés, il restait de vagues masses gazeuses, des brumes sombres; elle marchait vite, la tête baissée, les épaules rentrées; elle avait peur de buter tout à coup contre un cordage, elle rasait la cloison; se laisser ronger par la nuit, n'être qu'une buée en suspens dans cette énorme vapeur et s'effilocher peu à peu par les bords. Mais elle savait bien que sa robe blanche était un fanal. Elle traversait le pont des secondes classes, elle n'entendait pas un bruit, sauf l'éternel reproche de la mer; mais il y avait

partout des hommes immobiles et silencieux qui se
détachaient sur l'ombre plate de la mer, ils avaient des
yeux : de temps en temps un feu pointu trouait la nuit,
rougissait un visage, des yeux brillaient, la regardaient,
s'évanouissaient, elle aurait voulu mourir.

Il fallut descendre un escalier, traverser le pont des
troisièmes, remonter un autre escalier, raide comme
une échelle et tout blanc ; si on me voit, il ne peut pas
y avoir de doute, sa cabine est là-haut, toute seule ; il
a du travail, cet homme, ça n'est guère possible qu'il me
garde toute la nuit. Elle avait peur qu'il n'y prenne goût
et qu'il n'envoie tous les soirs un steward la chercher au
salon, comme le capitaine grec, mais non, pour un gros
vieux comme ça, je suis beaucoup trop maigre, il sera
déçu, il ne trouvera que des os. Elle n'eut pas besoin de
frapper, la porte était entrouverte, il l'attendait dans le
noir, il dit :

« Entrez, belle dame. »

Elle hésita un instant, la gorge serrée ; une main
l'attira dans la cabine et la porte se referma. Elle fut
plaquée soudain contre un gros ventre, une vieille
bouche qui sentait le liège s'écrasa sur sa bouche. Elle
se laissait faire, elle pensait avec une résignation fière :
« C'est le métier, ça fait partie de mon métier. » Le
commandant appuya sur l'interrupteur et sa tête sortit
de l'ombre, le blanc de ses yeux était liquide et bleuté,
avec un point rouge dans l'œil gauche. Elle se dégagea
en souriant ; tout était devenu beaucoup plus difficile,
depuis que les lampes s'étaient allumées ; jusque-là elle
l'imaginait par grandes masses, mais, à présent, il s'était
mis à exister jusque dans les plus infimes détails, elle
allait faire l'amour avec un être unique au monde,
comme tous les êtres, et cette nuit serait une nuit unique,
comme toutes les nuits, une nuit d'amour unique et
irréparable, irréparablement perdue. Maud souriait et
disait :

« Attendez, capitaine, attendez, vous êtes bien pressé :
il faut que nous fassions connaissance. »

Qu'est-ce que c'est ? Il se dressa sur un coude, soupçonneux : le bateau semblait immobile. Il eut trois ou
quatre renvois dont l'un très mauvais, qui lui passa par
le nez, il se sentait vide et mou mais lucide[a].

« Qu'est-ce que c'est ? » pensa-t-il. Et il se retrouva

soudain assis sur sa couchette, avec un cercle de fer qui lui enserrait la tête et cette angoisse déjà trop familière qui lui mordait le cœur. Le temps s'était remis en marche, c'était une mécanique inexorable et saccadée, chaque seconde le déchirait comme une dent de scie, chaque seconde le rapprochait de Marseille et de la terre grise où il allait crever. De nouveau le monde était là, autour de sa cabine, un monde atroce de gares, de fumées, d'uniformes, de campagnes dévastées, un monde où il ne pouvait vivre et qu'il ne pouvait quitter, avec ce trou boueux qui l'attendait en Flandre. Un lâche, un fils d'officier qui a peur de faire la guerre : il avait horreur de lui-même. Et pourtant il s'accrochait désespérément à la vie. C'est encore plus dégueulasse : « Ce n'est pas pour ce que je vaux que je veux vivre ; c'est... pour rien : pour rien, parce que je vis. » Il se sentait capable de tout pour sauver sa peau, de fuir, de demander grâce, de trahir et pourtant il ne tenait pas tellement à sa peau. Il se leva : « Qu'est-ce que je vais lui dire ? Que j'avais une insolation, une crise de paludisme ? Que je n'étais pas dans mon état normal ? » Il s'approcha de la glace en vacillant et vit qu'il était jaune comme un citron. « C'est complet : je ne peux même plus compter sur ma gueule. Et je dois sentir le vomi, par-dessus le marché. » Il se passa de l'eau de Cologne sur le visage et se gargarisa avec de l'eau de Botot. « Que d'histoires, pensa-t-il avec irritation. C'est bien la première fois que je me soucie de ce qu'une poule pense de moi. Une moitié de grue, une violoniste de bastringue ; et j'ai eu des femmes mariées, des mères de famille. Elle me tient, celle-là, pensa-t-il en enfilant son veston, elle *sait*. »

Il ouvrit la porte et sortit ; le capitaine était tout nu, il avait une peau cireuse et lisse, sans poils, à part quatre ou cinq, tout blancs, sur les seins, les autres avaient dû tomber de vieillesse, il riait, il avait l'air d'un gros bébé espiègle, Maud effleura du bout des doigts ses grosses cuisses polies et il se tortilla en disant :

« Tu me chatouilles ! »

Il connaissait le numéro de la cabine : 27 ; il prit un couloir à droite puis un autre à gauche, on frappait de grands coups réguliers contre la cloison ; 27, c'était là. Une jeune femme était étendue sur le dos, pâle comme une morte ; une vieille dame, assise sur une cou-

chette, les yeux rouges et gonflés, mangeait une tartine
de fromage.

« Oh! dit-elle, les trois dames, là ? Elles étaient bien
gentilles. Elles sont parties, on les a mises en seconde;
je les regretterai. »

Il la regardait avec surprise, il lui posa la main sur
l'os iliaque :

« Vous seriez bien roulée, avec une belle petite
gueule, mais ce que vous êtes maigre. »

Elle rit; quand on lui touchait l'os iliaque, ça la faisait rire.

« Vous n'aimez pas les maigres, capitaine ?

— Ah! je ne déteste pas ça, mais pas du tout »,
s'empressa-t-il de répondre.

Il monta l'escalier en courant; il *fallait* qu'il vît
Maud. À présent, c'était le couloir des secondes, un
beau couloir avec un tapis, les portes et les cloisons
étaient ripolinées en bleu-gris. Il eut de la chance :
Ruby apparut brusquement, suivie d'un steward qui portait ses valises.

« Bonjour, dit Pierre. Vous êtes en seconde ?

— Eh bien oui! dit Ruby : France craint d'être malade.
Nous sommes toutes tombées d'accord : quand la santé
est en jeu, il faut savoir s'imposer des sacrifices.

— Où est Maud ? »

Maud était couchée sur le flanc, le capitaine lui pelo-
tait les fesses avec une courtoisie distraite; elle se sentait
profondément humiliée : « Si je ne suis pas son type,
il ne faudrait pas qu'il se croie obligé. » Elle lui passa
la main sur les flancs pour lui rendre sa politesse :
c'était de la vieille peau.

« Maud ? dit Ruby d'une voix aiguë. Qui sait où
elle est ? Vous la connaissez : l'envie l'a prise d'aller
faire la cour aux soutiers, à moins que ce ne soit au commandant, elle adore les traversées, elle est toujours à
courir d'un bout à l'autre du bateau.

— Petite curieuse! » dit le capitaine. Il rit et lui saisit
le poignet : « Je vais vous faire faire le tour du propriétaire », dit-il. Et ses yeux brillèrent pour la première
fois. Maud se laissa faire, elle était confuse, à cause du
changement de cabines, il fallait tout de même qu'il y
trouvât son compte, elle regrettait vivement d'être trop
maigre, elle avait l'impression de l'avoir dupé; le capi-

taine souriait, il baissait les yeux, il avait l'air chaste et
intérieur, il serrait le poignet de Maud et dirigeait sa
main avec une douceur ferme; Maud était contente, elle
pensait : « Pour une chose dont il a envie, ça serait
malheureux que je refuse, après le dérangement qu'on
lui a causé, surtout qu'il n'aime pas les maigres. »

« Merci! Merci bien! »

Il inclina la tête et reprit sa course. Il *fallait* trouver
Maud; elle sera sur le pont. Il grimpa sur le pont des
secondes, il faisait sombre, il était presque impossible
de reconnaître les gens, à moins de les regarder sous
le nez. « Je suis idiot, je n'ai qu'à l'attendre là : d'où
qu'elle vienne, il faut qu'elle prenne cet escalier. » Le
capitaine avait fermé les yeux tout à fait, il avait un air
tranquille et religieux qui plaisait beaucoup à Maud, elle
avait le poignet fatigué, mais elle était contente de faire
plaisir et puis elle se sentait toute seule, comme quand
elle était petite et que le grand-père Théveneur la prenait
sur ses genoux et qu'il s'endormait tout à coup en dode-
linant de la tête. Pierre regardait la mer et pensait :
« Je suis un lâche. » Un vent frais ruisselait sur ses
joues et faisait claquer sa mèche, il regardait monter et
descendre la mer; il se regardait avec étonnement et il
pensait : « Lâche. Je ne l'aurais jamais cru. » Lâche à
en pleurer. Il avait suffi d'un jour pour qu'il découvre
son être véritable; sans ces menaces de guerre il n'aurait
jamais rien su. « Si j'étais né en 1860, par exemple. »
Il se serait promené dans la vie avec une certitude tranquille; il aurait sévèrement blâmé la lâcheté des autres
et rien, absolument rien ne lui aurait découvert sa véritable nature. Pas de chance. Un jour, un seul jour : à
présent il savait et il était seul. Les autos, les trains, les
bateaux labouraient cette nuit claire et sonore, conver-
geaient tous vers Paris, emportaient de jeunes types
comme lui, qui ne dormaient pas, qui se penchaient
au-dessus du bastingage ou se cognaient le nez aux
vitres sombres. « Ça n'est pas juste, pensa-t-il. Il y a
des milliers de gens, des millions, peut-être, qui ont vécu
à des époques heureuses et qui n'ont jamais connu leurs
limites : on leur a laissé le bénéfice du doute. Alfred de
Vigny était peut-être un lâche. Et Musset ? Et Sainte-
Beuve ? Et Baudelaire ? Ils ont eu de la veine. Tandis
que moi! murmura-t-il en frappant du pied. Elle n'au-

rait jamais su, elle aurait continué à me regarder avec
son air d'adoration, elle n'aurait pas duré plus longtemps
que les autres, je l'aurais plaquée au bout de trois mois.
Mais elle sait, à présent. Elle sait. La garce, elle me tient. »

Il faisait noir au-dehors, mais, dans le bar, il y avait
tant de lumière que Gros-Louis en était tout ébloui.
C'était plutôt rigolo, parce qu'on ne voyait pas de
lampes : il y avait un long tube rouge qui se tortillait
autour du plafond et puis un autre, un blanc, et la
lumière venait de là; ils avaient collé des glaces partout;
dans la glace d'en face, Gros-Louis voyait toute sa tête
et le haut du crâne de Starace, il ne voyait ni Mario ni
Daisy qui étaient trop petits. Il avait payé les repas et
quatre tournées de pastis; il fit apporter des fines. Ils
étaient assis au fond du bar, en face du comptoir, c'était
douillet, entourés d'un gros bruit cotonneux qui berçait.
Gros-Louis s'épanouissait, il avait envie de monter sur
la table et de chanter. Mais il ne savait pas chanter.
À d'autres moments ses yeux se fermaient, il tombait
dans un trou et il se sentait accablé comme si quelque
chose d'horrible lui était arrivé, il rouvrait les yeux, il
essayait de se rappeler ce que c'était, mais finalement il
ne lui était rien arrivé du tout. L'un dans l'autre, il
était plutôt à son aise, un peu irrité simplement, mais
confortable; il avait de la peine à tenir les yeux ouverts.
Il avait étendu ses longues jambes sous la table, l'une
entre celles de Mario, l'autre entre celles de Starace, il
se voyait dans la glace et ça le faisait rire, il essaya de
faire la grimace de Starace, mais il ne pouvait ni loucher
ni remuer les oreilles. Au-dessous de la glace, il y avait
une petite dame bien convenable, qui fumait pensivement, elle dut prendre la grimace pour elle, car elle
lui tira la langue et puis elle emprisonna son poignet
droit dans sa main gauche, ferma le poing droit et le fit
tourner en ricanant. Gros-Louis détourna les yeux,
interdit, il avait peur de l'avoir blessée.

Daisy était assise contre lui, petite, dure et chaude.
Mais elle ne s'occupait pas de lui. Elle sentait bon et
elle était peinturlurée comme il faut, avec de gros
nénés, mais Gros-Louis la trouvait trop sérieuse, il
aimait les petites mignonnes un peu rieuses qui vous
font des agaceries, comme, par exemple, de vous souffler dans l'oreille, et qui vous chuchotent, en baissant

les yeux, des cochonneries que vous ne comprenez pas tout de suite. Daisy était animée et grave; elle parlait gravement de la guerre avec Mario; elle disait :

« Eh bien on la fera, la guerre; s'il faut la faire, on la fera. »

Starace se tenait tout droit sur sa chaise, en face de Daisy; il semblait attentif mais c'était sûrement par courtoisie, puisqu'il ne comprenait rien. Gros-Louis avait pris de la sympathie pour lui, parce qu'il restait si tranquille et sans jamais se fâcher. Mario regardait Daisy d'un air rusé, il hochait la tête et disait :

« Je ne dis pas, je ne dis pas. »

Mais il n'avait pas l'air convaincu.

« Moi j'aime mieux la guerre que la grève, dit Daisy, t'aimes pas mieux la guerre que la grève ? T'as qu'à voir la grève des dockers ce qu'elle a coûté à tout le monde, à nous comme aux autres.

— Je ne dis pas », dit Mario.

Daisy parlait avec application et d'un air malheureux; elle branlait la tête en parlant : « Pendant la guerre, fini les grèves, dit-elle sévèrement. Tout le monde travaille. Ah! Ah! Et si t'avais vu les bateaux en 17, t'étais trop môme; moi aussi j'étais môme, mais tu vois, je me les rappelle. C'était la nouba, la nuit tu voyais des feux jusqu'à l'Estaque. Et ces têtes qu'on voyait dans les rues, tu te serais cru je ne sais pas où, on se sentait fier, et les queues dans la rue Boutherille, il y avait des Anglais, des Américains, des Italiens, des Allemands, même des Hindous qu'il y avait, ainsi! Qu'est-ce qu'elle ramassait, ma mère, je te le dis!

— Il n'y avait pas d'Allemands, dit Mario, on était en guerre avec eux.

— Je te dis qu'il y avait des Allemands, dit Daisy. Et en uniforme encore, avec un machin sur leurs casquettes. Je les ai peut-être vus, non ?

— On était en guerre avec eux », dit Mario.

Daisy haussa les épaules :

« Eh bien oui, mais là-haut dans le Nord. Ceux-là, ils ne venaient pas des tranchées, ils arrivaient par mer, pour faire du commerce. »

Une grande garce passait, bien grasse et blonde comme du beurre, mais elle avait l'air trop sérieuse, elle aussi. Gros-Louis pensa : « C'est d'habiter la ville qui leur

donne cet air-là. » Elle se pencha vers Daisy, elle
paraissait indignée :

« Eh ben moi j'aime pas la guerre, comprends-tu ?
Parce que j'en ai plein le cul de la guerre et mon frère,
il a fait celle de 14, tu voudrais peut-être qu'il remette
ça ? Et la ferme de mon oncle, elle n'a pas brûlé, non ?
Ça ne te dit rien ? »

Daisy fut un instant déconcertée mais elle reprit
vivement son sang-froid.

« Alors, t'aimes mieux les grèves ? demanda-t-elle.
Mais dis-le donc ? »

Mario regarda la grande blonde et elle s'en alla sans
rien dire, en hochant la tête. Elle s'assit non loin d'eux
et se mit à parler avec véhémence à un petit homme triste
qui mâchait une paille. Elle désignait Daisy et parlait à
une vitesse surprenante. Le petit homme ne répondait
pas, il mâchait sa paille sans lever les yeux, il n'avait
même pas l'air de l'entendre.

« Elle est de Sedan, expliqua Mario.

— Où c'est ? demanda Daisy.

— C'est dans le Nord. »

Elle haussa les épaules.

« Eh ben alors, qu'est-ce qu'elle a à râler ? Dans le
Nord, ils ont l'habitude. »

Gros-Louis bâilla de toutes ses forces et des larmes
lui roulèrent sur les joues. Il s'ennuyait mais il était
content parce qu'il aimait bien bâiller. Mario lui jeta un
coup d'œil rapide. Starace se mit à bâiller aussi.

« Le copain s'emmerde, dit Mario en montrant Gros-
Louis, sois gentille avec lui, Daisy. »

Daisy se tourna vers Gros-Louis et lui mit son bras
autour du cou. Elle n'avait plus du tout l'air sérieux.

« C'est vrai, mon coco, que tu t'ennuies ? avec un
beau brin de fille à tes côtés ? »

Gros-Louis allait lui répondre quand il aperçut le
négro. Il était debout devant le comptoir et buvait un
liquide jaune dans un grand verre. Il portait un complet
vert et un chapeau de paille avec un ruban multicolore.
« Ah ben! » dit Gros-Louis. Il regardait le négro et il
était heureux.

« Qu'est-ce que t'as ? » demanda Daisy étonnée.

Il tourna la tête vers elle puis vers Starace et les
regarda avec stupeur. Il avait honte d'être avec eux. Il

secoua les épaules, pour faire tomber le bras de Daisy, il se leva et s'approcha du nègre à pas de loup. Le nègre buvait et Gros-Louis riait d'aise. Daisy disait derrière lui d'un ton aigre : « Qu'est-ce qu'il lui prend, à cet enflé-là ? Il m'a fait mal. » Mais Gros-Louis s'en foutait : il était délivré de Mario et de Starace. Il leva la main droite au-dessus du négro et lui envoya une grande claque entre les omoplates. Le négro manqua s'étrangler; il toussa et cracha puis il se retourna sur Gros-Louis d'un air furieux.

« C'est moi, dit Gros-Louis.

— Vous n'êtes pas cinglé, des fois ? dit le nègre d'une voix aiguë.

— Tu vois bien que c'est moi ! répéta Gros-Louis.

— Je vous connais pas », dit le nègre.

Gros-Louis regarda le nègre avec tristesse :

« Tu ne te rappelles pas ? On s'est vus hier, tu venais de te baigner ? »

Le nègre toussa et cracha. Starace et Mario s'étaient levés, ils s'étaient mis de chaque côté de Gros-Louis. « Est-ce qu'ils ne vont pas me foutre la paix ? » pensa Gros-Louis avec colère. Mario le tira doucement par la manche.

« Allez, viens, dit-il. Tu vois bien qu'il ne veut pas de toi.

— C'est mon négro, dit Gros-Louis d'un ton menaçant.

— Enlevez-le, dit le nègre. À quelle heure que vous le couchez ? »

Gros-Louis regardait le nègre et se sentait malheureux : c'était bien lui, il était si joli et si gai, avec son beau chapeau de paille. Pourquoi fallait-il qu'il fût oublieux et ingrat ?

« Je t'ai donné un coup de vin, dit-il.

— Allez, viens ! répéta Mario. C'est pas ton négro : ils se ressemblent tous. »

Gros-Louis serra les poings et se tourna vers Mario :

« Fous-moi la paix, que je te dis. C'est pas tes affaires. »

Mario recula d'un pas.

« Tous les nègres se ressemblent, dit-il d'un air inquiet.

— Mario, laisse-le. C'est une brute, viens ici », cria Daisy.

Gros-Louis allait cogner quand la porte s'ouvrit et un second nègre apparut, tout pareil au premier, avec un canotier et un costume rose. Il regarda Gros-Louis avec indifférence, traversa le bar d'un pas dansant et alla s'accouder au comptoir. Gros-Louis se frotta les yeux et puis il regarda les deux nègres tour à tour. Il se mit à rire.

« On dirait deux fois le même », dit-il.

Mario se rapprocha :

« Eh bien, tu vois ? »

Gros-Louis était confus. Il n'aimait pas beaucoup Starace, ni Mario, mais il se sentait coupable envers eux. Il les prit par le bras :

« Je croyais que c'était mon négro », expliqua-t-il.

Le nègre lui avait tourné le dos et s'était remis à boire. Mario regarda Starace, puis ils se tournèrent tous deux vers Daisy. Daisy était debout, les poings sur les hanches, elle les attendait. Elle n'avait pas l'air commode.

« Hum! fit Mario.

— Hum! » fit Starace.

Ils firent volte-face, saisirent chacun Gros-Louis par un bras et l'entraînèrent.

« On va le chercher, ton négro », dit Mario.

La rue était étroite et déserte, elle sentait le chou. Au-dessus des toits on voyait des étoiles. « Ils se ressemblent tous », pensa Gros-Louis tristement. Il demanda :

« Il y en a beaucoup, à Marseille ?

— Beaucoup de quoi, mon pote ?

— De négros ?

— Y en a pas mal », dit Mario en hochant la tête. « Je suis complètement noir », pensa Gros-Louis. « Mais je vais vous aider, dit le capitaine, je serai votre camériste. » Mario avait pris Gros-Louis par la taille, le capitaine avait saisi la combinaison par une bretelle, Maud ne put s'empêcher de rire : « Mais vous la tenez à l'envers! » Mario se penchait en avant, il serrait fortement la taille de Gros-Louis et se frottait la tête contre son estomac, il disait : « T'es mon pote, pas vrai Starace, c'est mon petit pote, on s'aime, nous deux. » Et Starace riait en silence, sa tête tournait, tournait, tournait, ses dents brillaient, c'était un cauchemar, sa tête était toute bruissante de cris et de lumières, il s'en allait vers d'autres bruits et d'autres lumières, ils ne le lâcheraient pas de la nuit, le rire de Starace, son visage brun qui montait

et descendait, la petite gueule de fouine de Mario, il
avait envie de vomir, la mer montait et descendait dans
l'estomac de Pierre, il savait très bien qu'il ne retrouverait jamais son nègre, Mario le poussait, Starace le tirait,
le nègre était un ange et moi je suis en enfer. Il dit :
« Le nègre était un ange. »

Et deux grosses larmes roulèrent sur ses joues, Mario
le poussait, Starace le tirait, ils tournèrent le coin de la
rue, Pierre ferma les yeux, il n'y eut plus que la lueur cli-
gnotante du réverbère sur les pavés et le chuintement
écumeux de l'eau contre l'étrave.

Volets clos, fenêtres closes, ça sentait la punaise et le
formol. Il se penchait sur le passeport, la bougie éclairait
ses cheveux gris et bouclés, mais elle projetait l'ombre
de son crâne sur toute la table. « Pourquoi n'allume-t-il
pas l'électricité, il va s'arracher les yeux. » Philippe se
racla la gorge : il se sentait noyé dans le silence et l'oubli.
« Là-bas j'existe, j'existe enfin, je suis solide, je m'impose,
elle n'a pas pu avaler une bouchée, elle a une boule de
larmes dans le gosier et lui, il est stupéfait, la main qu'il a
levée sur moi se dessèche, il ne m'aurait pas cru capable
de ça, là-bas je viens de naître, et pourtant c'est ici que
je suis, en face de ce petit vieux râblé, à la moustache
grise, qui m'a complètement oublié. Ici ; *ici!* Ici, ma présence monotone au milieu des aveugles et des sourds, je
fonds en ombre, et là-bas, sous les feux du candélabre,
entre la bergère et le canapé, j'existe, je compte. » Il
frappa du pied et le vieux leva les yeux, des yeux de
myope, durs, larmoyants et fatigués.

« Vous avez été en Espagne ?

— Oui, dit Philippe. Il y a trois ans.

— Le passeport n'est plus valable. Il aurait fallu le
renouveler.

— Je sais, dit Philippe avec impatience.

— Moi, ça m'est égal. Vous parlez l'espagnol ?

— Comme le français.

— S'ils vous prennent pour un Espagnol, vous aurez
de la chance, avec vos cheveux filasse.

— Il y a des Espagnols blonds. »

Le vieux haussa les épaules :

« Moi, vous savez, je vous dis ça... »

Il feuilletait distraitement le passeport. « *Moi,* je suis
ici, chez un faussaire. » Ça n'avait pas l'air vrai. Depuis

ce matin, rien n'avait l'air vrai. Le faussaire ne ressemblait pas à un faussaire, mais à un gendarme.

« Vous avez l'air d'un gendarme. »

Le vieux ne répondit pas; Philippe se sentit mal à l'aise. L'insignifiance. Elle était revenue *ici* la transparente insignifiance de la veille, quand je passais à travers leurs regards, quand j'étais une vitre cahotante sur le dos d'un vitrier et que je passais à travers le soleil. *Là-bas,* à présent je suis opaque comme un mort; elle se demande : « Où est-il ? Qu'est-ce qu'il fait ? Est-ce qu'il pense tout de même à moi ? » Mais le vieux n'a pas l'air de savoir qu'il y a un endroit sur la terre où je suis une pierre précieuse.

« Alors ? » dit Philippe.

Le vieux posa sur lui son regard las.

« C'est Pitteaux qui vous envoie ?

— C'est la troisième fois que vous me le demandez. Oui, c'est Pitteaux qui m'a envoyé, dit Philippe avec aplomb.

— C'est bon, dit le vieux. D'ordinaire, je fais ça pour rien; mais pour vous, ça sera trois mille francs. »

Philippe fit la moue de Pitteaux :

« J'espère bien. Je n'avais pas l'intention de vous demander un service gratuit. »

Le vieux ricana. « Ma voix sonne faux, pensa Philippe avec irritation. Je n'ai pas encore l'insolence *naturelle*. Surtout en face des vieux. Entre eux et moi, il y a un très ancien compte de gifles impayées. Il faudra que je les rende toutes avant de pouvoir leur parler en égal. Mais la dernière, pensa-t-il avec éclat, la dernière en date est effacée. »

« Voilà », dit-il.

Il tira vivement son portefeuille et déposa trois billets sur la table.

« Jeune idiot! dit le vieux. À présent, je vais les empocher et refuser de faire votre travail. »

Philippe le regarda avec inquiétude et fit un mouvement pour reprendre les billets. Le vieux éclata de rire.

« Je croyais... » dit Philippe.

Le vieux riait toujours, Philippe retira sa main avec dépit et se mit à sourire :

« Je connais les hommes, dit-il. Je *sais* que vous n'auriez pas fait ça. »

Le vieux cessa de rire. Il avait l'air gai et mauvais.

« Ça connaît les hommes. Pauvre petit morpion, tu viens chez moi, tu ne m'as jamais vu, tu sors tes fafiots et tu les poses sur la table, c'est un coup à te faire assassiner. Allez, allez, laisse-moi travailler. Je te prends mille francs tout de suite, pour le cas où tu changerais d'idée. Tu m'apporteras le reste quand tu viendras chercher les papiers. »

Une gifle de plus, je les rendrai toutes. Les larmes lui vinrent aux yeux. Il avait le *droit* de se mettre en colère, mais ce qu'il ressentait c'était de la stupeur. Comment font-ils tous pour être si durs, ils ne désarment jamais, ils sont aux aguets, à la moindre erreur ils vous sautent dessus et vous font mal. Qu'est-ce que je lui ai fait ? Et à eux, là-bas, dans le salon bleu, qu'est-ce que je leur avais fait ? J'apprendrai les règles du jeu, je serai dur, je les ferai trembler.

« Quand sera-ce prêt ?

— Demain, dans la matinée.

— Je pensais... je ne pensais pas que ça vous prendrait si longtemps.

— Oui ? dit le vieux. Et les tampons, tu crois que je les invente ? Allez, file, tu reviendras demain matin, je n'ai pas trop de toute la nuit pour faire ta besogne. »

Dehors la nuit, la nuit écœurante et tiède avec ses monstres; les pas qui sonnent longtemps derrière vous sans qu'on ose retourner la tête, la nuit, à Saint-Ouen; le quartier n'est pas sûr.

Philippe demanda d'une voix blanche :

« À quelle heure puis-je revenir ?

— À l'heure que tu veux, à partir de six heures.

— Y a-t-il... y a-t-il des hôtels par ici ?

— Avenue de Saint-Ouen, tu n'auras qu'à choisir. Allez, file.

— Je reviendrai à six heures », dit Philippe avec fermeté.

Il prit sa mallette, referma la porte et descendit l'escalier. Ses larmes jaillirent sur le palier du troisième, il avait oublié d'emporter un mouchoir, il s'essuya les yeux avec sa manche, il renifla une fois ou deux, je ne suis pas un lâche. Le vieux manant là-haut le prenait pour un lâche, son mépris le poursuivait comme un regard. Ils me regardent. Philippe se hâta de descendre les dernières

marches. « Porte s'il vous plaît. » La porte bâilla sur une
grisaille trouble et tiède. Philippe plongea dans cette
eau de vaisselle. « Je ne suis pas un lâche, il n'y a que ce
sale vieux pour le penser. Il ne le pense plus d'ailleurs,
décida-t-il. Il ne pense plus à moi, il s'est mis au travail. »
Le regard s'éteignit, Philippe pressa le pas. « Alors, Philippe ? Tu as la frousse ? — Je n'ai pas la frousse, je ne
peux pas. — Tu ne peux pas, Philippe ? Tu ne peux
pas ? » Il s'était rencogné contre le mur. Pitteaux lui
caressa les flancs et la poitrine, lui toucha la pointe des
seins à travers sa chemise, puis il lui donna un coup sur la
bouche avec deux doigts de la main droite : « Adieu,
Philippe, va-t'en. Je n'aime pas les froussards. » La rue
s'était peuplée de statues nocturnes, ces hommes adossés
aux murailles qui ne disent rien, qui ne fument pas et
qui vous regardent passer, sans un geste, de leurs yeux
embués de nuit. Il courait presque et son cœur battait
plus vite. « Avec ta gueule ? Allez, allez, tu es un petit
lâche. » Ils verront, ils verront tous, il y viendra comme
les autres, il lira mon nom, il dira : « Tiens ! pour un
gosse de riche, pour un marmouset, ça n'est pas si mal. »

Un crevé de lumière, sur sa droite, un hôtel. Le garçon
se tenait sur le seuil ; il louchait. « Est-ce qu'il me
regarde ? » Philippe ralentit sa marche mais il fit un pas
de trop, il dépassa la porte, le garçon devait loucher dans
son dos à présent ; décemment, il ne pouvait plus revenir
sur ses pas. Le sommelier louche ou le duel des Cyclopes.
Ou encore ceci : une sale histoire pour le cyclope. Il se
regarde dans la glace, un beau jour, parce que ça le
démange au-dessus des pommettes : un autre œil vient
de lui pousser à côté du premier ! Quel désespoir ! Impossible de leur faire faire des manœuvres d'ensemble, bien
entendu, le premier était resté trop longtemps seul, il
faisait bande à part[1]. Sur le trottoir d'en face, il y avait
un autre hôtel, l'hôtel de Concarneau, une petite construction à un étage. « Est-ce que j'y vais ? Et s'ils me
demandaient mes papiers ? » pensa-t-il. Il n'osa pas traverser, il reprit sa marche sur le même trottoir. « Il faut
de l'estomac, mais ce soir je n'en ai guère, le vieux m'a
vidé ; ou alors, pensa-t-il en regardant l'enseigne "Café,
vins, liqueurs ", si j'avais un coup dans le nez. » Il poussa
la porte.

C'était un tout petit café, un zinc et deux tables, la

sciure de bois collait aux semelles. Le patron le regarda
avec méfiance. « Je suis trop bien habillé », pensa Philippe avec irritation.

« Une fine », dit-il en s'approchant du comptoir.

Le patron prit une bouteille dont le bouchon était
surmonté d'un bec de fer-blanc. Il versa la fine, Philippe
avait posé sa mallette et le regardait faire, amusé : un
filet d'alcool coulait du bec de fer; il a l'air d'arroser des
légumes. Philippe but une gorgée, il pensa : « Ça *doit*
être du mauvais alcool. » Il n'en buvait jamais, ça avait
goût de vin roussi et ça lui incendia la gorge; il reposa le
verre précipitamment. Le patron le regardait. Y avait-il
de l'ironie dans ses yeux placides ? Philippe reprit le
verre et le porta à ses lèvres d'un geste négligent : son
gosier flambait, ses yeux mouillaient, il but d'un seul
trait. Quand il reposa le verre, il se sentait nonchalant et
un peu gai. Il pensa : « Voilà une occasion d'observer. »
Il avait découvert, quinze jours auparavant, qu'il ne
savait pas observer, je suis poète, je n'analyse pas. Depuis
il se contraignait à dresser des inventaires, partout où il
pouvait, à faire le compte par exemple des objets exposés
dans une vitrine. Il jeta un coup d'œil circulaire, je vais
commencer par la dernière rangée de bouteilles, en haut,
derrière le comptoir. Quatre bouteilles de Byrrh, une de
Goudron, deux de Noilly, un cruchon de rhum.

Quelqu'un venait d'entrer. Un ouvrier avec une casquette. Philippe pensa : « C'est un prolétaire. » Il n'avait
pas eu l'occasion d'en rencontrer souvent mais il pensait
beaucoup à eux. C'était un homme d'une trentaine d'années, musclé mais mal bâti, avec des bras trop longs et
des jambes torses, c'était sûrement le travail manuel qui
l'avait déformé; il avait des poils jaunes et raides sous le
nez; il portait une cocarde tricolore à sa casquette et
semblait mécontent et agité. Il dit :

« Ça sera un coup de blanc, le patron, en vitesse.

— On va fermer, dit le patron.

— Vous n'allez pas refuser un coup de blanc à un
mobilisé ? » demanda l'ouvrier.

Il parlait avec difficulté, d'une voix enrouée, comme
s'il avait passé la journée à crier. Il expliqua en clignant
de l'œil droit :

« Je pars demain matin. »

Le patron prit un verre et une bouteille :

« Où c'est que vous allez ? demanda-t-il en posant le verre sur le comptoir.

— À Soissons, dit le type. Je suis dans les chars. »

Il éleva le verre jusqu'à sa bouche, sa main tremblait, du vin coula sur le plancher.

« On va leur rentrer dans le lard, dit-il.

— Heu ! fit le patron.

— Comme ça ! » dit le type.

Il frappa deux fois sur son poing gauche du plat de sa main droite.

« Savoir, dit le patron. Ils sont forts, les cochons !

— Comme ça, je vous dis ! »

Il but, fit claquer sa langue et chanta. Il paraissait excité et las ; à chaque instant ses traits s'affaissaient, ses yeux se fermaient, ses lèvres se mettaient à pendre : mais tout aussitôt une force impitoyable lui relevait les paupières, tirait vers le haut les coins de ses lèvres : il semblait la proie épuisée d'une gaieté qui ne voulait plus finir. Il se tourna vers Philippe :

« Eh bien ? tu es mobilisé ?

— Je... pas encore, dit Philippe en se reculant.

— Qu'est-ce que tu attends ? Faut leur rentrer dans le lard. »

C'était un prolétaire : Philippe lui sourit et se força à faire un pas vers lui.

« Je te paye un coup de blanc, dit le prolétaire. Patron, deux verres, un pour vous, un pour lui : c'est ma tournée.

— J'ai pas soif, dit le patron sévèrement. Et puis c'est l'heure de fermer : je me lève à quatre heures, moi. »

Il poussa néanmoins un verre devant Philippe.

« On va trinquer », dit le prolétaire.

Philippe leva son verre. Tout à l'heure dans la chambre d'un faussaire, à présent trinquant sur le zinc avec un travailleur. S'ils me voyaient !

« À votre santé, dit-il.

— À la victoire », dit le prolétaire.

Philippe le regarda avec surprise : il voulait sûrement plaisanter ; les travailleurs sont pour la paix.

« Dis comme moi, dit le type. Dis : à la victoire. »

Il avait l'air sérieux et mécontent.

« Je ne veux pas dire ça, dit Philippe.

— De quoi ? » fit le type.

Il serrait les poings. Un rot lui coupa la parole ; il fit

les yeux blancs, laissa tomber la mâchoire et sa tête oscilla mollement pendant une seconde.

« Dites comme lui », dit le patron.

Le prolétaire s'était ressaisi, il vint lui parler sous le nez, il puait le vin. « Je ne dirai pas : à la victoire.

— Tu ne veux pas dire : à la victoire ? C'est à moi que tu fais ça ? à un mobilisé ? à un poilu de 38 ? »

Le prolétaire le saisit par la cravate et le poussa contre le comptoir :

« Tu me fais ça à moi ? Tu ne veux pas trinquer ? »

Qu'est-ce qu'il ferait, Pitteaux ? Qu'est-ce qu'il ferait, à ma place ?

« Allons, dit le patron d'une voix sévère, faites ce qu'il vous dit : je ne veux pas d'histoires ; et puis débarrassez-moi le plancher : je me lève à quatre heures, moi. »

Philippe prit son verre :

« À la victoire », murmura-t-il.

Il but, mais il avait la gorge serrée, il crut qu'il ne pourrait pas avaler. Le type l'avait lâché et ricanait d'un air suffisant en s'essuyant la moustache avec le dos de la main.

« Il ne voulait pas dire : à la victoire, expliqua-t-il au patron. Je te l'ai pris par la cravate : tu me fais ça à moi, mauvais Français ? à un mobilisé, à un poilu de 14 ? »

Philippe jeta une pièce de quarante sous sur le zinc, prit sa mallette et se hâta de sortir. C'était un ivrogne, il fallait céder, Pitteaux aurait cédé : « Je ne suis pas un lâche. »

« Hé, dis donc, petit gars ! »

Le type était sorti derrière lui, Philippe entendit le patron qui fermait la porte et qui donnait un tour de clé. Il se sentit glacé : il lui semblait qu'on les enfermait tous les deux ensemble.

« Te sauve pas comme ça, dit le type. On va leur rentrer dans le lard, que je te dis, ça s'arrose. »

Il s'approcha de Philippe et lui entoura le cou de son bras, Mario avait pris le bras de Gros-Louis et le serrait tendrement, c'était l'enfer, ils marchaient dans les ruelles sombres, ils ne s'arrêtaient jamais, Gros-Louis n'en pouvait plus, il avait envie de vomir et ses oreilles bourdonnaient.

« C'est que je suis un peu pressé, dit Philippe.

— Où c'est qu'on va ? demanda Gros-Louis.

— On va chercher ton négro.

— Tu ne vas pas jouer au Jules ? Quand je paye à boire, faut boire, compris ? »

Gros-Louis regarda Mario et il eut peur. Mario disait : « Alors, mon pote, mon petit pote, t'es fatigué, mon pote ? » Mais il n'avait pas le même visage. Starace lui avait pris le bras gauche, c'était l'enfer. Il essaya de dégager son bras droit mais il sentit une douleur aigre au coude.

« Dis donc, toi, tu me casses le bras », dit-il.

Philippe plongea brusquement et se mit à courir. C'est un ivrogne, il n'y a pas de mal à se sauver devant un ivrogne. Starace lui lâcha le bras tout à coup et fit un pas en arrière. Gros-Louis voulut se retourner pour voir ce qu'il fabriquait, mais Mario s'accrochait à son bras, Philippe entendait derrière lui un souffle court : « Cré putain de bon soir, sale petite lope, as pas peur, je vas te corriger, moi ! — Qu'est-ce qui te prend, mon petit pote, mais qu'est-ce qui te prend, on n'est donc plus copain ? » Gros-Louis pensa : « Ils vont me tuer », la peur le glaçait jusqu'aux os, il prit Mario à la gorge avec sa main libre et le souleva de terre ; mais au même instant sa tête se fendit jusqu'au menton, il lâcha Mario et tomba sur les genoux, le sang lui coulait sur les sourcils. Il essaya de se rattraper au veston de Mario mais Mario fit un bond en arrière et Gros-Louis ne le vit plus. Il voyait le nègre qui glissait à ras du sol mais sans toucher terre, il ne ressemblait pas du tout aux autres nègres, il venait vers lui, les bras ouverts, en riant, Gros-Louis étendit les mains, il avait cette énorme douleur cuivrée dans la tête, il lui cria : « Au secours ! » il reçut un second coup sur le crâne et il tomba le nez dans le ruisseau, Philippe courait toujours, hôtel du Canada, il s'arrêta, il reprit son souffle et regarda derrière lui, il l'avait semé. Il resserra le nœud de sa cravate et entra dans l'hôtel à pas mesurés.

Tangage, roulis. Tangage, roulis. Les oscillations du bateau lui montaient en spirales dans les mollets et dans les cuisses et venaient mourir en épaisses vibrations dans le bas de son ventre. Mais sa tête restait libre, tout juste un ou deux renvois un peu aigres ; il serrait fortement la rampe du bastingage entre ses mains. Onze heures ; le ciel fourmillait d'étoiles, un feu rouge dansait au loin sur la mer ; c'est peut-être cette image-là qui reviendra dans mes yeux la dernière et qui s'y fixera pour toujours, quand je serai dans mon entonnoir, à la renverse avec la mâchoire emportée, sous un ciel clignotant. Cette pure image noire avec ce bruissement de palmes et ces présences d'hommes, si lointaines derrière leur feu rouge, dans le noir. Il les vit, en uniforme, serrés comme des harengs derrière leur fanal, glissant silencieusement vers la mort. Ils le regardaient sans souffler mot, le feu rouge glissait sur l'eau, ils glissaient, ils défilaient devant Pierre et ils le regardaient. Il les haït tous, il se sentit seul et buté sous les yeux méprisants de la nuit ; il leur cria : « C'est moi qui ai raison, c'est moi qui ai raison, j'ai raison d'avoir peur, je suis fait pour vivre, pour vivre, pour *vivre!* Pas pour mourir : rien ne vaut la peine de mourir. » Elle ne venait pas ; où pouvait-elle être ? Il se pencha sur l'entrepont désert. « Salope, tu me la paieras cette attente. » Il avait eu des modèles, des mannequins, des girls superbement balancées, mais cette petite maigrichonne, plutôt mal foutue, c'était la première femme qu'il désirait avec cette violence. « Lui caresser la nuque, elle adore ça, à la nais-sance des cheveux noirs, faire monter lentement le trouble du ventre à la tête, empâter ses petites idées claires, je te baiserai, je te baiserai, j'entrerai dans ton mépris, je le crèverai comme une bulle ; quand tu seras pleine de moi et que tu crieras "Mon Pierre", en roulant des yeux blancs, nous verrons ce que deviendra ton regard mépri-sant, nous verrons si tu m'appelleras lâche. »

« Au revoir, chère, chère amie, au revoir, revenez, revenez! »

C'était un chuchotement, le vent le dispersa. Pierre tourna la tête et l'air s'engouffra dans son oreille. Là-bas, sur le pont avant, une petite lampe accrochée au-dessus de la cabine du capitaine éclairait une robe blanche, ballonnée par le vent. La femme en blanc descendit lentement l'escalier en se tenant à la rampe, à cause du vent et du roulis ; sa robe tantôt gonflée, tantôt plaquée sur ses cuisses semblait une cloche en train de sonner. Elle disparut soudain, elle devait traverser l'entrepont, le bateau tomba dans un trou, la mer était au-dessus de lui, blanche et noire, il remonta péniblement et la tête de la femme réapparut, elle montait l'escalier du pont des secondes. Voilà donc pourquoi on les a changées de cabine. Elle était en sueur et moite, un peu décoiffée, elle passa devant Pierre sans le voir, avec son air honnête et grave.

« Putain! » murmura Pierre. Il se sentit submergé par une énorme fadeur, il n'avait plus envie d'elle, il n'avait plus envie de vivre. Le bateau tombait, tombait, au fond de la mer, Pierre tombait, cotonneux et mou, il hésita un instant et puis il laissa sa bouche s'emplir de bile, il se pencha sur l'eau noire et vomit par-dessus bord.

« A présent, la petite fiche », dit le garçon.

Philippe posa sa mallette, prit le porte-plume et le trempa dans l'encre. Le garçon le regardait faire, les mains croisées derrière le dos. Étouffait-il un bâillement ou un rire ? « Parce que je suis bien habillé, pensa Philippe avec colère. Ils s'arrêtent tous aux habits, le reste, ils ne le voient pas. » Il écrivit d'une main ferme :

Isidore Ducasse[1].

Voyageur de commerce.

« Conduisez-moi », dit-il au garçon en le regardant dans les yeux.

Le garçon décrocha une grosse clé au tableau et ils montèrent, l'un derrière l'autre. L'escalier était sombre, des lampes bleues l'éclairaient de loin en loin; les pantoufles du garçon clapotaient sur les marches de pierre. Derrière une porte, un gosse pleurait; ça sentait les cabinets. « C'est un garni », pensa Philippe. Garni, c'était un mot triste qu'il avait lu souvent, dans des romans naturalistes, et toujours avec répugnance.

« Et voilà », dit le garçon en mettant la clé dans une serrure.

C'était une immense chambre au sol carrelé; les murs étaient peints en ocre jusqu'à mi-hauteur et, de là, en jaune terne jusqu'au plafond. Une seule chaise, une seule table : elles semblaient perdues au milieu de la pièce : deux fenêtres, un lavabo qui ressemblait à un évier, un grand lit contre le mur. « On a mis le lit nuptial dans la cuisine », pensa Philippe.

Le garçon ne s'en allait pas. Il dit avec un sourire :

« C'est dix francs. Je vous demanderai de me régler tout de suite. »

Philippe lui tendit vingt francs :

« Gardez tout, dit-il. Et réveillez-moi à cinq heures et demie. »

Le garçon ne parut pas impressionné.

« Bonsoir, monsieur, bonne nuit », dit-il en partant. Philippe prêta l'oreille un moment. Quand il cessa d'entendre le bruit flasque des savates sur les marches, il donna deux tours de clé à la serrure, poussa la targette et porta la table contre la porte. Puis il posa la mallette sur la table et la regarda les bras ballants. Le candélabre du salon s'éteignit, la bougie du faussaire s'éteignit; le noir mangea tout. Un noir anonyme. Seule, cette longue chambre nue brillait dans le noir, aussi impersonnelle que la nuit. Philippe regardait la table, engourdi, désœuvré. Il bâilla. Pourtant il n'avait pas sommeil : il était vide. Une mouche oubliée qui se réveille au commencement de l'hiver, quand toutes les autres mouches sont mortes, et qui n'a plus la force de voler. Il regardait la mallette, il se disait : « Il faut l'ouvrir, il faut que je prenne mon pyjama. » Mais les envies s'engourdissaient dans sa tête, il n'arrivait même pas à lever le bras. Il regardait la mallette, il regardait le mur et il pensait : « À quoi bon ? à quoi bon s'empêcher de mourir puisque ce mur existe là, en face de moi, avec ses couleurs immondes et triomphales ? » Il n'avait même plus peur.

Et hop, ça monte! et hop, ça descend! Il n'avait plus peur. La cuvette montait et descendait, pleine de mousse, il montait et descendait, étendu sur le dos, et il n'avait plus peur. Le steward va râler, quand il entrera, parce que j'ai vomi par terre, mais je m'en fous. Tout était si doux, l'eau dans sa bouche, l'odeur de vomi, cette boule dans sa poitrine, son corps n'était qu'une douceur, et puis cette roue qui tournait, tournait, tournait en lui écrasant le front, il la voyait, il s'amusait à la voir, c'était une roue de taxi avec un pneu gris et usé. La roue tournait, les pensées familières tournaient, tournaient, mais il s'en foutait bien, enfin, enfin! il pouvait s'en foutre, dans huit jours, en Argonne, ils me tireront dessus, mais je m'en fous, elle me méprise, elle pense que je suis un lâche, je m'en fous, qu'est-ce que ça peut me faire *aujourd'hui,* qu'est-ce que ça peut me faire ? Je m'en fous, je m'en fous, je ne pense à rien, je n'ai peur de rien, je ne me reproche rien.

Et hop! ça monte, et hop! ça descend; c'est tellement agréable de se foutre de tout.

Onze heures, onze coups dans le silence. Il étendit
la main, ouvrit la mallette, sa joue droite le brûlait
comme une torche; onze heures, le candélabre se ralluma
dans la nuit, elle était assise dans la bergère, toute petite
et dodue, avec ses beaux bras nus, sa joue le brûlait,
la torture recommençait, la main se levait, la joue
brûlait, je ne suis pas un lâche, je ne suis pas un lâche,
il déplia son pyjama; onze heures, bonsoir maman,
j'embrassais l'hétaïre du général sur ses joues parfumées, je regardais ses bras, je m'inclinais devant lui,
bonsoir Père, bonsoir Philippe, bonsoir Philippe. Hier
encore, c'était hier. Il pensait avec stupeur : « C'était
hier. Mais qu'est-ce que j'ai donc fait ? Qu'est-ce qui
s'est passé depuis ? J'ai mis mon pyjama dans ma mallette, je suis sorti comme tous les jours et tout était
changé : un roc est tombé derrière moi sur la route et
l'a défoncée, je ne peux plus revenir sur mes pas. Mais
quand, *quand* ça s'est-il produit ? J'ai pris ma mallette,
j'ai ouvert doucement la porte, j'ai descendu l'escalier...
C'était hier. Elle est assise sur la bergère, il se tient
devant la cheminée, hier. Il fait doux et clair dans le
salon, je suis Philippe Grésigne, beau-fils du général
Lacaze, licencié ès lettres, poète d'avenir, *hier, hier,* hier
pour toujours. » Il s'était déshabillé, il enfila son pyjama :
dans le garni, c'étaient des gestes neufs, hésitants, il
fallait les apprendre. Le Rimbaud était dans la mallette,
il l'y laissa, il n'avait pas envie de lire. Une[a] seule fois,
si elle m'avait cru une seule fois, si elle avait mis ses
beaux bras autour de mon cou, si elle m'avait dit :
« J'ai confiance, tu es courageux, tu seras fort », je ne
serais pas parti. C'est une hétaïre, elle apportait dans ma
chambre des mots de général, des mots fossiles, elle
les lâchait, ils étaient trop lourds pour elle, ils ont roulé
sous le lit, je les ai laissés s'amonceler pendant cinq ans;
qu'on déplace le lit, on les retrouvera tous, patrie, honneur, vertu, famille, dans la poussière, je n'en ai pas
détourné un seul à mon profit. Il était resté pieds nus
sur le carrelage, il éternua, je vais prendre froid, l'interrupteur était près de la porte, il éteignit et gagna le
lit à tâtons, il avait peur de marcher sur les bêtes,
l'énorme araignée qui a des pattes comme des doigts
d'homme et qui ressemble à une main coupée, la mygale,
s'il y en avait une, ici, s'il y en avait une ? Il se glissa

dans les draps et le lit grinça. Sa joue brûlait, une torche
dans la nuit, une flamme rouge, il l'appuya contre le
traversin. Ils se couchent, elle a mis sa chemise rose
avec les dentelles. Ce soir, c'est un peu moins douloureux d'imaginer ça; ce soir il n'osera pas la toucher, il
aura honte et elle, l'hétaïre, elle ne se laissera tout de
même pas faire, pendant que son enfant crève de froid
et de faim sur les routes, elle pense à moi, elle fait semblant de dormir, elle me voit, pâle et dur, les lèvres
crispées, les yeux secs, elle me voit marcher dans la nuit
sous les étoiles. Ce n'est pas un lâche, mon petit n'est
pas un lâche, mon petit, mon enfant, mon chéri. Si
j'étais là, si je pouvais être là, pour elle seule, et boire
ces larmes qui roulent sur ses joues et caresser ces beaux
bras tendres, maman, ma petite maman. « Le général
est chancelier », dit une voix bizarre à ses oreilles. Un
petit triangle vert se décrocha et se mit à tourner, le
général est chancelier.

Le triangle tournait, c'était Rimbaud, il grossit comme
un champignon, devint sec et croûteux, une fluxion à la
joue, à la victoire, *à la victoire*, À LA VICTOIRE. « Je ne
suis pas un lâche », cria Philippe, réveillé en sursaut. Il
était assis sur le lit, en sueur, les yeux fixes, le drap
sentait le soufre, de quel droit sont-ils mes témoins ?
Les manants. Ils me jugent selon leurs règles et je
n'accepte que les miennes. À moi mes fières orgies!
à moi mon orgueil! Je suis de la race des seigneurs. Ah!
pensa-t-il avec rage, plus tard! plus tard! Il faut attendre.
Plus tard ils mettront une plaque de marbre sur le mur
de cet hôtel, ici Philippe Grésigne passa la nuit du 24
au 25 septembre 1938. Mais je serai mort. Un murmure
flou et doux passait sous la porte. Tout d'un coup la
nuit mourut. Il la regardait du fond de l'avenir, avec les
yeux de ces hommes en veston noir qui discouraient sous
la plaque de marbre. Chaque minute filait dans le noir,
précieuse et sacrée, déjà passée. Un jour elle sera *passée* cette
nuit, glorieuse et passée, comme les nuits de Maldoror,
comme les nuits de Rimbaud. Ma nuit. « Zézette »,
dit une voix d'homme. L'orgueil vacilla, le passé se
déchira, c'était le présent. La clé tourna dans la serrure,
son cœur sauta dans sa poitrine. « Non, c'est à côté. » Il
entendit grincer la porte de la chambre voisine. « Ils sont
au moins deux, pensa-t-il, un homme et une femme. »

Ils parlaient. Philippe n'entendait pas tout ce qu'ils disaient mais il comprit que l'homme s'appelait Maurice et ça le rassura un peu. Il se recoucha, il allongea ses jambes, il écarta le drap de son menton de peur d'attraper des boutons. Un petit chant flûté s'éleva. Un drôle de petit chant.

« Chiale pas, dit l'homme tendrement, chiale pas, ça ne sert à rien. »

Il avait une voix chaude et rocailleuse, il attaquait les mots avec rudesse et par à-coups, ils sortaient du fond de sa gorge tantôt très vite et tantôt lentement, âpres et râpeux; mais ils se prolongeaient tous par une douce vibration sombre. Le chant de flûte cessa, après un ou deux gargouillis. Il se penche sur elle, il la prend aux épaules. Philippe sentait deux fortes mains sur ses épaules, un visage se penchait sur lui. Un visage brun et maigre, presque noir, aux joues bleutées, avec un nez de boxeur et une belle bouche amère, une bouche de nègre.

« Chiale pas, répéta la voix. Mon petit; ne chiale pas, calme-toi. »

Philippe se calma tout à fait. Il les entendait aller et venir, on dirait qu'ils sont dans ma chambre. Ils traînèrent un objet lourd sur le plancher. Le lit peut-être ou une malle. Et puis l'homme quitta ses souliers.

« Dimanche prochain », dit Zézette.

Elle avait une voix plus vulgaire mais plus chantante. Il la voyait moins bien : peut-être était-elle blonde avec un visage très pâle, comme Sonia, dans *Crime et châtiment*[1].

« Eh bien ?

— Oh! Maurice, tu as oublié! On devait aller à Corbeil, chez Jeanne.

— Tu iras sans moi.

— J'aurai pas le cœur à y aller », dit-elle.

Ils baissèrent la voix, Philippe ne comprenait pas ce qu'ils disaient, mais il se sentait heureux parce qu'ils étaient tristes. C'étaient des prolétaires. De *vrais* prolétaires. L'autre était un ivrogne, un manant.

« Tu y as été, à Nancy ? demanda Zézette.

— Autrefois, oui.

— Comment est-ce ?

— C'est pas mal.

— Tu m'enverras un paquet de cartes postales. Je veux pouvoir m'imaginer où tu es.

— Ils ne nous y laisseront pas, tu sais. »

Un *vrai* prolétaire. Il n'avait pas envie de faire la guerre, celui-là, il ne pensait pas à la victoire : il partait, la mort dans l'âme, parce qu'il ne pouvait pas faire autrement.

« Mon grand », dit Zézette.

Ils se turent. Philippe pensait : « Ils sont tristes » et de douces larmes lui humectèrent les yeux. « De doux anges tristes. J'entrerais, je leur tendrais les mains, je leur dirais : "Moi aussi je suis triste. À cause de vous, pour vous. C'est pour vous que j'ai quitté la maison de mes parents. Pour vous et pour tous ceux qui partent pour la guerre." Nous nous tiendrions, Maurice et moi, de chaque côté d'elle et je leur dirais : " Je suis le martyr de la paix ". » Il ferma les yeux, apaisé : il n'était plus seul, deux anges tristes veillaient sur son sommeil. Le martyr, couché sur le dos, comme un gisant de pierre et deux anges tristes à son chevet, avec des palmes. Ils murmuraient : « Mon grand, mon grand, ne me quitte pas, je t'aime », et un autre mot aussi, suave et précieux, il ne se le rappelait déjà plus, mais c'était le plus tendre des mots tendres, il tournoya, flamboya comme une couronne de feu et Philippe l'emporta dans son sommeil.

« Ah ben! dit Gros-Louis. Ah ben alors! » Il s'était assis sur le trottoir; il n'aurait jamais cru qu'il pût avoir si mal au crâne, chaque élancement éveillait en lui une stupeur nouvelle. « Oh! fit-il, oh, celui-là! Ah ben merde, alors! » Il porta la main à sa joue, c'était poisseux et ça le chatouillait, ça devait être du sang. « Eh ben, dit-il, je vais me faire un bandage. Où c'est qu'ils ont mis mon sac ? » Il tâtonna autour de lui et sa main rencontra un objet dur, c'était un portefeuille : « C'est-il qu'ils ont perdu leur portefeuille ? » demanda-t-il. Il le prit et l'ouvrit, il était vide. Il fouilla dans sa poche, prit une allumette soufrée et la gratta contre le bitume : c'était son portefeuille. « Eh bien, ça va, constata-t-il, ça va pas mal maintenant. » Son livret[a] militaire était resté dans la poche de sa blouse mais le portefeuille était vide. « Et comment que je vas faire ? » Il promenait toujours ses mains sur le sol, il dit : « J'irai pas chez les gendarmes. C'est pas[b] des choses à faire. » Il ferma les yeux un instant et se mit à souffler : sa tête lui faisait si mal qu'il se demandait s'il n'y avait pas un trou dedans.

Il se toucha le crâne avec précaution, ça n'avait point l'air fendu mais les cheveux s'étaient coagulés en touffes gluantes et puis, dès qu'il appuyait un peu, c'était comme si on lui tapait dessus à coups de maillet. « Ça me plaît pas d'aller chez les gendarmes, dit-il[a]. Mais comment que je vas faire ? » Ses yeux s'habituaient à la pénombre, il distingua une masse sombre, à quelques mètres de lui, sur la chaussée. « C'est mon sac. » Il se mit en route à quatre pattes, parce qu'il ne pouvait pas tenir sur ses jambes. « Qu'est-ce que c'est ? » Il avait mis sa main dans une flaque. « Ils ont cassé ma bouteille », pensa-t-il, le cœur serré. Il prit le sac, la toile était trempée, la bouteille était en miettes. « Oh ! tout de même, dit Gros-Louis, tout de même ! » Il lâcha le sac, s'assit dans la rigole de vin, au milieu de la chaussée et se mit à pleurer ; les sanglots lui passaient par le nez et le secouaient, il avait l'impression que son crâne éclatait : il n'avait jamais pleuré si fort depuis la mort de la vieille. Charles était tout nu, les jambes en l'air, devant six infirmières-majors, la plus verte battit des ailes et remua les mandibules, ça voulait dire : « Bon pour le service » ; Mathieu rapetissa et s'arrondit, Marcelle l'attendait, jambes écartées, Marcelle était un passe-boules, quand Mathieu fut tout rond, Jacques le lança, il tomba dans le trou noir labouré de fusées, il tomba dans la guerre ; la guerre faisait rage, une bombe brisa les carreaux et roula au pied du lit, Ivich se redressa, la bombe s'épanouit, c'était un bouquet de roses, Offenbach en sortit : « Ne partez pas, dit Ivich, n'allez pas à la guerre, sinon qu'est-ce que je vais devenir ? » Victoire, Philippe chargeait baïonnette au canon, il criait : « Victoire, victoire, à la victoire », les douze tsars déguerpirent, la tsarine était délivrée, il défit ses liens, elle était nue, petite et grasse, elle louchait ; les shrapnells et les grenades couraient sur le commandant de toute la vitesse de leurs pattes, Pierre les attrapait par le dos et les mettait dans son paquetage, c'était la consigne, mais la quatrième voulut s'envoler, il la saisit par les élytres, toute bruissante et gigotante, il éclata de rire et se mit à la plumer, le commandant le regardait, il était étendu sur le dos, les shrapnells lui avaient bouffé les joues et les gencives, mais il restait ses yeux, ses grands yeux pleins de mépris, Pierre s'enfuit à toutes jambes, il désertait, il désertait,

il courait dans le désert, Maud lui demanda : « Est-ce
que je peux desservir ? » Viguier était mort, il sentait;
Daniel ôta son pantalon, il pensait : « il y a un regard »;
il se dressait devant un regard, lâche, pédéraste, méchant,
comme un défi. « Ça me voit, ça me voit comme je *suis*. »
Hannequin ne pouvait pas dormir, il pensait : « Je suis
mobilisé » et ça lui semblait drôle, la tête de sa voisine
pesait lourd sur son épaule, elle sentait le cheveu et la
brillantine, il laissait pendre le bras et lui touchait la
cuisse, c'était agréable mais un peu fatigant. Il était
tombé sur le ventre, il n'avait plus de jambes. « Mon
amour! cria-t-elle. — Qu'est-ce que tu racontes, dit la
voix endormie. — Je rêvais, dit Odette, dors, mon
chéri, dors. » Philippe se réveilla en sursaut : ça n'était
pas le cri du coq, c'était un doux gémissement de femme,
hâh, haaâhh, haâh, il crut d'abord qu'elle pleurait,
mais non, il connaissait bien ces plaintes-là, il les avait
écoutées souvent, l'oreille collée contre la porte, pâle
de rage et de froid. Mais, cette fois-ci, ça ne le dégoûtait pas. C'était tout neuf et tendre : la musique des
anges.

« Haâh, que je t'aime, dit Zézette d'une voix rauque.
Oh! oh! oh! ohohooh haâah! »

Il y eut un silence. Il pesait sur elle de tout son corps
dur, le bel ange aux cheveux noirs, à la bouche amère.
Elle était écrasée, comblée. Philippe se redressa brusquement et s'assit, la bouche mauvaise, le cœur mordu
de jalousie. Pourtant, il aimait bien Zézette.

« Haaâhh. »

Il respira : c'était un cri péremptoire et définitif; ils
avaient fini. Au bout d'un moment, il entendit des
claquements mouillés : des pieds nus couraient sur les
dalles, le robinet chanta, un oiseau dans les branches
et toutes les conduites d'eau furent secouées par d'affreux borborygmes. Zézette était revenue vers Maurice.
toute fraîche, les jambes froides; le lit grinça, elle
s'était couchée près de lui, dans le lit brûlant et humide,
elle s'était serrée contre lui, elle respirait l'odeur rousse
de sa sueur.

« Si tu mourais, j'aurais plus qu'à me tuer.
— Dis pas ça.
— J'aurais plus qu'à me tuer, Momo.
— Ça serait dommage. Tu es bien roulée, tu es tra-

vailleuse ; tu aimes bien bouffer, tu aimes bien baiser :
regarde tout ce que tu perdrais.

— Avec *toi,* j'aime baiser. Avec toi, dit Zézette
passionnément. Mais toi, tu t'en fous bien, tu pars, tu
es content.

— Non, je ne suis pas content, dit Maurice. Ça
m'emmerde de partir.

Il va partir. Il s'en ira, il prendra le train pour Nancy,
je ne les verrai jamais, je ne verrai jamais son visage, il
ne saura jamais *qui* je suis. Ses pieds grifferent le drap :
« Je veux les voir. »

« Si tu ne partais pas. Si tu pouvais ne pas partir... »
Maurice lui dit doucement :

« Déconne pas. »

« Je veux les voir. » Il sauta du lit. La mygale le
guettait, tapie sous le lit, mais il courut plus vite qu'elle,
il appuya sur l'interrupteur et elle s'évanouit dans la
lumière. « Je veux les voir. » Il enfila son pantalon,
mit ses pieds nus dans ses souliers et sortit. Deux
ampoules bleues éclairaient le couloir. Sur la porte du
dix-neuf, ils avaient fixé un papier gris avec une punaise :
« Maurice Tailleur[a]. » Philippe s'appuya au mur, son
cœur sautait dans sa poitrine et il était essoufflé comme
s'il avait couru. « Qu'est-ce que je peux faire ? » Il
avança la main et toucha légèrement la porte : ils étaient
là, derrière le mur. « Je ne demande rien, je veux simplement les voir. » Il se baissa et colla son œil au trou
de la serrure. Il reçut un souffle froid sur la cornée,
battit des paupières et ne vit rien du tout : ils avaient
éteint. « Je veux les voir », pensa-t-il en frappant à la
porte. Ils ne répondirent pas. Sa gorge se serra mais il
frappa plus fort.

« Qu'est-ce que c'est ? » dit la voix. Elle était brusque
et dure mais elle changerait. Il ouvrirait la porte et la
voix changerait. Philippe frappa : il ne pouvait pas
parler.

« Eh bien quoi ? dit la voix impatientée. Qui est là ? »

Philippe cessa de frapper. Il était hors d'haleine. Il
prit une forte aspiration et poussa sa voix à travers son
gosier contracté.

« Je voudrais vous parler », dit-il.

Il y eut un long silence. Philippe songeait à s'en aller
lorsqu'il entendit un bruit de pas, un souffle tout contre

la porte, un déclic; il allume. Les pas s'éloignèrent, il
met son pantalon. Philippe recula et s'adossa au mur,
il avait peur. La clé tourna dans la serrure, la porte
s'ouvrit, il vit paraître, dans l'entrebâillement, une tête
rouge et hirsute, aux pommettes larges, à la peau ravinée.
Le type avait des yeux clairs et sans cils; il regardait
Philippe avec un étonnement comique.

« Vous vous êtes trompé de porte », dit-il.

C'était sa voix, mais, en passant par cette bouche, elle
devenait méconnaissable.

« Non, dit Philippe, je ne me suis pas trompé.

— Et alors ? Qu'est-ce que vous me voulez ? »

Philippe regardait Maurice, il pensait : « Ça n'est plus
la peine. » Mais il était trop tard. Il dit :

« Je voudrais vous parler. »

Maurice hésitait; Philippe vit dans ses yeux qu'il allait
refermer la porte et s'appuya vivement contre le battant.

« Je voudrais vous parler, répéta-t-il.

— Je ne vous connais pas », dit Maurice. Ses yeux
pâles étaient durs et rusés. Il ressemblait au plombier
qui était venu réparer la baignoire.

« Qu'est-ce que c'est, Maurice ? Qu'est-ce qu'il
veut ? » dit la voix inquiète de Zézette.

La voix était *vraie;* vrai aussi le doux visage invisible.
C'était la grosse face de Maurice qui était un songe.
Un cauchemar. La voix s'éteignit; le doux visage
s'éteignit; la tête de Maurice sortit de l'ombre, dure et
massive, vraie.

« C'est un type que je ne connais pas, dit Maurice.
Je ne sais pas ce qu'il me veut.

— Je peux vous être utile », balbutia Philippe.

Maurice le toisait avec défiance. « Il *voit* mon pantalon de flanelle, pensa Philippe, il voit mes souliers
en cuir de veau, il voit ma veste de pyjama, noire avec
un col russe. »

« Je... j'étais dans la chambre à côté, dit-il en s'arc-
boutant contre la porte. Et je... je vous jure que je peux
vous être utile.

— Reviens, cria Zézette. Laisse-le, Maurice, laisse-le. »

Maurice regardait toujours Philippe. Il réfléchit un
moment et son visage renfrogné s'éclaira un peu :

« C'est Émile qui vous envoie ? » demanda-t-il en
baissant un peu la voix.

Philippe détourna les yeux.

« Oui, dit-il. C'est Émile.

— Alors ? »

Philippe frissonna.

« Je ne peux pas parler ici.

— Comment ça se fait que vous connaissiez Émile ? reprit Maurice en hésitant.

— Laissez-moi entrer, implora Philippe. Qu'est-ce que ça peut vous faire de me laisser entrer ? Et moi je ne peux rien dire dans ce couloir. »

Maurice ouvrit la porte.

« Entrez, dit-il. Mais pas plus de cinq minutes. J'ai sommeil. »

Philippe entra. La chambre était toute pareille à la sienne. Mais il y avait des vêtements sur les chaises, des bas, une culotte et des souliers de femme sur les carreaux rouges, près du lit et, sur la table, un réchaud à gaz avec une casserole. Ça sentait la graisse refroidie. Zézette était assise dans le lit, elle serrait un fichu de laine mauve autour de ses épaules. Elle était laide avec de petits yeux enfoncés et mobiles. Elle regardait Philippe avec hostilité. La porte se referma et il tressaillit.

« Alors ? Qu'est-ce qu'il me veut, Émile ? »

Philippe regarda Maurice avec angoisse : il ne pouvait plus parler.

« Allons, dépêchez-vous, dit Zézette d'une voix furieuse. Il part demain matin, c'est pas le moment de venir nous emmerder. »

Philippe ouvrit la bouche et fit un violent effort, mais aucun son ne sortit. Il se voyait avec leurs yeux, c'était insupportable.

« Je vous cause français, non ? demanda Zézette. Je vous dis qu'il part demain. »

Philippe se tourna vers Maurice et dit d'une voix étranglée :

« Il ne faut pas partir.

— Partir où ?

— À la guerre. »

Maurice avait l'air abasourdi.

« C'est un flic », dit Zézette d'une voix aiguë.

Philippe regardait les carreaux rouges, les bras ballants et se sentait tout engourdi, c'était presque agréable. Maurice le prit par l'épaule et le secoua :

« Tu connais Émile, toi ? »

Philippe ne répondit pas. Maurice le secoua de plus belle.

« Tu vas répondre ? Je te demande si tu connais Émile. »

Philippe leva sur Maurice des yeux désespérés.

« Je connais un vieux qui fait de faux papiers », dit-il d'une voix basse et rapide.

Maurice le lâcha brusquement. Philippe baissa la tête et ajouta :

« Il vous en fera. »

Il y eut un long silence, puis Philippe entendit la voix triomphante de Zézette :

« Qu'est-ce que je te disais, c'est un provocateur. »

Il osa relever les yeux, Maurice le regardait d'un air terrible. Il étendit sa grosse patte velue, Philippe fit un saut en arrière.

« C'est pas vrai, dit-il, le coude levé, c'est pas vrai, je ne suis pas un flic.

— Alors qu'est-ce que tu viens foutre ici ?

— Je suis pacifiste, dit Philippe prêt à pleurer.

— Pacifiste ! répéta Maurice avec stupeur. On aura tout vu ! » Il se gratta le crâne un instant et puis il éclata de rire.

« Pacifiste ! dit-il. Dis, Zézette, tu te rends compte. »

Philippe se mit à trembler.

« Je vous défends de rire », dit-il d'une voix basse.

Il se mordit les lèvres pour s'empêcher de pleurer et ajouta péniblement : « Même si vous n'êtes pas pacifiste, vous devez me respecter.

— Te respecter ? répéta Maurice. Te respecter ?

— Je suis déserteur, dit Philippe avec dignité. Si je vous propose des faux papiers, c'est que je m'en suis fait faire. Après-demain je serai en Suisse. »

Il regarda Maurice en face : Maurice avait rapproché les sourcils, il avait une ride en Y sur le front, il paraissait réfléchir.

« Venez avec moi, dit Philippe. J'ai de l'argent pour deux. »

Maurice le regarda avec dégoût.

« Petit salaud ! dit-il. Tu as vu comme il est loqué, Zézette ? Bien sûr que la guerre te fait horreur, bien sûr que tu ne veux pas combattre les fascistes. Tu les

embrasserais plutôt, les fascistes, hein ? C'est eux qui
protègent tes sous, gosse de riches.

— Je ne suis pas fasciste, dit Philippe.

— Non, c'est moi, dit Maurice. Allez, fous-moi le
camp, ordure! Sans ça je fais un malheur. »

C'étaient les jambes de Philippe qui voulaient s'enfuir.
Ses jambes et ses pieds. Il ne s'enfuirait pas. Il traîna
ses jambes en avant, il s'approcha de Maurice, il baissa
de force ce coude enfantin qui se relevait tout seul. Il
regarda le menton de Maurice; il n'arrivait pas à
lever son regard jusqu'aux yeux pâles et sans cils. Il
dit :

« Je ne m'en irai pas. »

Ils restèrent un moment en face l'un de l'autre et
puis Philippe éclata :

« Comme vous êtes durs. Tous. Tous. J'étais là, je
vous entendais parler et j'espérais... Mais vous êtes
comme les autres, vous êtes un mur. Toujours condamner, sans jamais chercher à comprendre; est-ce que vous
savez *qui* je suis ? C'est *pour vous* que j'ai déserté; et
j'aurais aussi bien pu rester chez moi, où je mange à
ma faim et où je vis au chaud dans de beaux meubles
avec des domestiques, mais j'ai tout quitté à cause de
vous. Et vous, on vous envoie à la boucherie et vous
trouvez ça bien, vous ne lèverez pas le petit doigt, on
vous met un fusil entre les mains et vous pensez que
vous êtes des héros et si quelqu'un essaye d'agir autrement
vous le traitez de gosse de riches, de fasciste et de froussard parce qu'il ne fait pas comme tout le monde. Je ne
suis pas un froussard, vous mentez, je ne suis pas un
fasciste et ça n'est pas ma faute si je suis un gosse de
riches. C'est plus facile, allez, beaucoup plus facile
d'être un gosse de pauvres.

— Je te conseille de t'en aller, dit Maurice d'une voix
blanche, parce que je n'aime pas beaucoup les salades
et je pourrais me fâcher.

— Je ne m'en irai pas, dit Philippe en frappant du pied.
J'en ai assez, à la fin! J'en ai assez de tous ces gens qui
font semblant de ne pas me voir ou qui me regardent
de leur haut, et de quel droit ? De quel droit ? J'existe,
moi, et je vous vaux. Je ne m'en irai pas, je resterai
toute la nuit, s'il le faut, je veux m'expliquer une bonne
fois.

— Ah! tu ne t'en iras pas! dit Maurice. Ah! tu ne t'en iras pas! »

Il le saisit aux épaules et le poussa vers la porte; Philippe voulut résister, mais c'était désespérant : Maurice était fort comme un bœuf.

« Lâchez-moi, cria Philippe. Lâchez-moi, si vous me mettez dehors, je resterai devant votre porte et je ferai du potin, je ne suis pas un lâche, je veux que vous m'écoutiez. Lâchez-moi, espèce de brute », dit-il en lui donnant des coups de pied.

Il vit la main levée de Maurice et son cœur cessa de battre :

« Non! dit-il. Non! »

Maurice le gifla deux fois avec son poing fermé.

« Vas-y mou, dit Zézette, c'est un môme. »

Maurice lâcha Philippe et le regarda avec une sorte de surprise.

« Vous... Je vous hais, murmura Philippe.

— Écoute, mon gars, dit Maurice d'un air incertain.

— Vous verrez, dit Philippe, vous verrez tous! Vous aurez honte. »

Il sortit en courant, rentra dans sa chambre et ferma la porte à double tour. Le train roulait, le bateau montait et descendait, Hitler dormait, Ivich dormait, Chamberlain dormait, Philippe se jeta sur son lit et se mit à pleurer, Gros-Louis titubait, des maisons et encore des maisons, son crâne était en feu mais il ne pouvait pas s'arrêter, il fallait qu'il marchât dans la nuit aux aguets, dans la terrible nuit chuchotante, Philippe pleurait, il était sans forces, il pleurait, il entendait leurs chuchotements à travers le mur, il n'arrivait même pas à les détester, il pleurait, exilé, dans la nuit froide et minable, dans la nuit grise des carrefours, Mathieu s'était réveillé, il se leva et se mit à la fenêtre, il entendait le chuchotement de la mer, il sourit à la belle nuit de lait.

DIMANCHE 25 SEPTEMBRE

Un jour de honte, un jour de repos, un jour de peur, le jour de Dieu, le soleil se levait sur un dimanche. Le phare, le fanal, la croix, la joue, la JOUE, Dieu porte sa croix dans les églises, je porte ma joue dans les rues endimanchées, tiens mais vous avez une fluxion; mais non : c'est qu'ils m'ont fessé sur la joue, ignoble petit individu qui porte ses fesses sur sa figure, la grosse tête embarrassante à porter, la tête fendue, emmaillotée, la citrouille, le potiron, ils ont cogné par derrière, une deux, il marchait dans sa tête, les semelles battaient dans sa tête, c'est dimanche, où c'est que je vais trouver du travail, les portes étaient closes, les grandes portes de fer, cloutées, rouillées, closes sur du noir, sur du vide à l'odeur de sciure, de cambouis et de vieux fer, sur le sol de terre, jonché de copeaux rouillés, elles étaient closes les terribles petites portes de bois, closes sur du plein, sur des chambres pleines à craquer de meubles, de souvenirs, d'enfants, de haines, avec cette épaisse odeur d'oignons roussis, et le faux col brillant sur le lit et les femmes pensives derrière les fenêtres, il marchait entre les fenêtres, entre les regards, raidi, pétrifié par les regards. Gros-Louis marchait entre les murs de briques et les portes de fer, il marchait, pas un sou, rien à croquer et la tête qui bat comme un cœur, il marchait et ses semelles tapaient dans sa tête, flic, flac, ils marchaient, déjà en sueur, dans les rues assassinées par le dimanche, sa joue éclairait le boulevard devant lui, il pensait : « Déjà des rues de guerre. » Il pensait : « Comment que je vais croquer ? » Ils pensaient : « N'y a-t-il personne pour m'aider ? » Mais les petits hommes bruns, les grands ouvriers au visage rocheux se rasaient en pensant à la guerre, en pensant qu'ils auraient toute une journée pour penser à la guerre, toute une journée vide à tirer leur angoisse à travers les rues assassinées. La guerre : les boutiques closes, les rues désertes, trois cent soixante-cinq dimanches par an; Philippe s'appelait Pedro Cazarès, il portait son nom sur sa poitrine. Pedro Cazarès, Pedro Cazarès, Pedro Cazarès, Pedro Cazarès partait le soir même pour la Suisse, il emmenait en Suisse une grosse joue fleurie et marquée de cinq phalanges; les femmes le regardaient, du haut de leurs fenêtres.

Dieu regardait Daniel.

L'appellerai-je Dieu ? Un seul mot et tout change. Il s'adossait aux volets gris qui fermaient la boutique du sellier, les gens se hâtaient vers l'église, noirs sur la rue rose, éternels. Tout était éternel. Une jeune femme passa, blonde et légère, les cheveux méticuleusement fous, elle habitait à l'hôtel, son mari venait la voir deux jours par quinzaine, c'était un industriel de Pau; elle avait mis son visage en sommeil parce que c'était dimanche, ses petits pieds trottinaient vers l'église, son âme était un lac d'argent. L'église : un trou; la façade était romane, il y avait un gisant de pierre à voir, dans la deuxième chapelle à main droite en entrant. Il sourit à la mercière et à son petit garçon. L'appellerai-je Dieu ? Il n'était pas étonné, il pensait : « Ça devait arriver. Tôt ou tard. Je sentais bien qu'il y avait quelque chose. Tout, j'ai toujours tout fait pour un témoin. Sans témoin, on s'évapore. »

« Bonjour, monsieur Sereno, dit Nadine Pichon. Vous allez à la messe ?

— Je me hâte », dit Daniel.

Il la suivit des yeux, elle boitait plus fort que de coutume, deux petites filles la rejoignirent en courant et tournèrent joyeusement autour d'elle. Il les regarda. Darder sur elles mon regard regardé! Mon regard est creux, le regard de Dieu le traverse de part en part. « Je fais de la littérature », pensa-t-il brusquement. Dieu n'était plus là. Cette nuit, dans la sueur des draps il y avait Sa présence et Daniel s'était senti Caïn : « Me voilà, me voilà comme tu m'as fait, lâche, creux, pédéraste. Et puis après ? » Et le regard était là, partout, muet, transparent, mystérieux. Daniel avait fini par s'endormir et puis, au réveil, il était seul. Un souvenir de regard. La foule ruisselait de toutes les portes béantes, gants noirs, faux cols de faïence, peaux de lapin, et les missels de famille au bout des doigts. « Ah ! se dit Daniel, il faudrait une méthode. Je suis las d'être cette évaporation sans répit vers le ciel vide, je veux un toit. » Le boucher le frôla au passage, c'était un gros homme rubicond qui mettait des lorgnons, le dimanche, pour marquer le coup ; sa main velue se fermait sur un missel. Daniel pensa : « Il va se faire *voir*, le regard tombera sur lui des verrières et des vitraux ; ils vont tous se faire voir ; la moitié de l'humanité vit sous regard[1]. Est-ce qu'il sent le regard sur lui quand il tape avec le hachoir sur la viande qui éclôt sous les coups, qui s'ouvre, révélant l'os rond et bleuâtre ? *On le voit, on* voit sa dureté comme je vois ses mains, son avarice comme je vois ses cheveux rares et ce peu de pitié qui brille sous l'avarice comme le crâne sous les cheveux ; il le sait, il tournera les pages cornées de son missel, il gémira : " Seigneur, Seigneur, je *suis* avare. " Et le regard de Méduse tombera d'en haut, pétrifiant. Des vertus de pierre, des vices de pierre : quel repos. Ces gens-là ont des techniques éprouvées », se dit Daniel avec dépit, en regardant les dos noirs qui s'enfonçaient dans les ténèbres de l'église. Trois femmes trottinaient de conserve dans la clarté rousse du matin. Trois femmes tristes et recueillies, habitées. Elles ont allumé le feu, balayé le plancher, versé le lait dans le café et elles n'étaient rien encore, qu'un bras au bout du balai, qu'une main fermée sur l'anse de la théière, que ce réseau de brume qui se pousse sur les choses, à travers les murs, par les champs et les bois. À présent, elles vont là-bas, dans la pénombre, elles vont être ce qu'elles sont. Il les suivit de loin. « Si j'y allais ? Histoire de rire : me voilà, me voilà comme tu m'as fait, triste et lâche, irrémédiable. Tu me regardes et tout espoir s'enfuit : je suis las de me fuir. Mais je sais sous ton œil que je ne *peux* plus me fuir. J'entrerai, je me dresserai debout, au milieu de ces femmes à genoux, comme un monument d'iniquité. Je dirai : " Je *suis* Caïn. Eh bien ? c'est toi qui m'as fait, porte-moi. " Le regard de Marcelle, le regard de Mathieu, le regard de Bobby, le regard de mes chats : ils s'arrêtaient toujours à ma peau. Mathieu, je *suis* pédéraste. Je suis, je suis, je suis pédéraste, mon Dieu. » Le vieil homme au visage ridé avait la larme à l'œil, il mâchonnait sa moustache roussie par le tabac, d'un air méchant. Il entra dans l'église, usé, fourbu, gâteux et Daniel entra derrière lui. C'était l'heure où Ribadeau s'amenait en sifflotant sur le boulodrome et les gars lui disaient : « Alors, Ribadeau, en forme, aujourd'hui ? » Ribadeau pensait à ça en roulant une cigarette, il se sentait les mains creuses, il regardait mélancoliquement les wagons et les rangées de tonneaux et il lui manquait quelque chose dans les mains, le poids d'une boule cloutée, bien calée dans sa paume ; il regardait les tonneaux et il pensait : « Un dimanche, si c'est pas dommage ! » Marius, Claudio, Remy étaient partis tour à tour, ils jouaient au petit soldat ; Jules et Charlot faisaient ce qu'ils pouvaient, ils roulaient les tonneaux le long des rails, ils se mettaient à deux pour les soulever et ils les balançaient dans les wagons ; ils étaient costauds mais vieux, Ribadeau les entendait souffler et la sueur ruisselait le long de leurs dos nus ; on n'en finira jamais. Il y avait un grand type avec un pansement autour de la tête qui rôdait depuis un quart d'heure dans l'entrepôt ; il finit par s'approcher de Jules, et Ribadeau vit ses lèvres remuer. Jules l'écoutait de son air abruti et puis il se releva à moitié, il appliqua ses paumes contre ses reins et désigna Ribadeau d'un coup de tête.

« Qu'est-ce que c'est ? » demanda Ribadeau.

Le type s'approcha en hésitant ; il marchait en canard, les pieds en dehors. Un vrai bandit. Il toucha son pansement en manière de salut.

« Est-ce qu'il y a du travail ? demanda-t-il.

— Du travail ? » reprit Ribadeau. Il regardait le type : un vrai bandit, son pansement était noirâtre, il avait l'air costaud, mais son visage était pâle à faire peur.

« Du travail ? » dit Ribadeau.

Ils se dévisageaient en hésitant, Ribadeau se demandait si le type n'allait pas tomber dans les pommes.

« Du travail, dit-il en se grattant le crâne, c'est pas ça qui manque. »

Le type cligna des yeux. De près, il n'avait pas l'air trop mauvais :

« Je peux travailler, dit-il.

— Tu n'as pas l'air sain, dit Ribadeau.

— De quoi ? dit le type.

— Je dis que tu as l'air malade. »

Le type le regarda avec étonnement.

« Je suis pas malade, dit-il.

— Tu es tout blanc. Et puis qu'est-ce que c'est que ce bandeau ?

— C'est parce qu'ils m'ont tapé dessus, expliqua le type. C'est rien.

— Qui ça qui t'a tapé dessus ? Les cognes ?

— Non. Des copains. Je peux travailler tout de suite.

— C'est à voir », dit Ribadeau.

Le type se baissa, prit un tonneau et le souleva à bout de bras.

« Je peux travailler, dit-il en le reposant à terre.

— Fi de putain ! » dit Ribadeau avec admiration. Il ajouta : « Comment t'appelles-tu ?

— Je m'appelle Gros-Louis.

— Tu as tes papiers ?

— J'ai mon livret militaire, dit Gros-Louis.

— Fais voir. »

Gros-Louis fouilla dans la poche intérieure de sa blouse, en retira le livret avec précaution et le tendit à Ribadeau. Ribadeau l'ouvrit et se mit à siffler.

« Eh ben dis donc ! dit-il. Eh ben dis donc !

— Je suis en règle, dit Gros-Louis d'un air inquiet.

— En règle ? Tu sais lire ? »

Gros-Louis le regarda d'un air rusé :

« Il n'y a pas besoin de savoir lire pour porter des tonneaux. »

Ribadeau lui tendit son livret :

« Tu as le fascicule 2, mon gars. On t'attend à Montpellier, à la caserne. Je te conseille de te manier, sinon tu seras porté réfractaire.

— À Montpellier ? dit Gros-Louis stupéfait. J'ai rien à faire à Montpellier. »

Ribadeau se mit en colère.

« Je te dis que tu es mobilisé, cria-t-il. Tu as le fascicule 2, tu es mobilisé. »

Gros-Louis remit son livret dans sa poche.

« Alors vous ne m'employez pas ? demanda-t-il.

— Je veux pas employer un déserteur. »

Gros-Louis se baissa et souleva un tonneau :

« Ça va, ça va, dit vivement Ribadeau. Tu es costaud, je ne dis pas. Mais ça me fera une belle jambe, si on vient t'arrêter dans quarante-huit heures. »

Gros-Louis avait posé le tonneau sur son épaule; il dévisageait Ribadeau avec application, en fronçant ses gros sourcils. Ribadeau haussa les épaules :

« Je regrette », dit-il.

Il n'y avait plus rien à dire. Il s'éloigna, il pensa : « Je ne veux pas d'un réfractaire, moi. » Il dit :

« Eh! Charlot!

— Eh ? dit Charlot.

— Vise le type là-bas, c'est un réfractaire.

— Dommage, dit Charlot. Il aurait pu nous donner un coup de main.

— Je ne peux pas embaucher un réfractaire, dit Ribadeau.

— Ben non », dit Charlot.

Ils se retournèrent tous deux : le grand type avait reposé le tonneau sur le sol, il tournait d'un air malheureux son livret militaire entre ses doigts.

La foule les entourait, les portait, tournait en rond autour d'eux et s'épaississait en tournant, René ne savait plus s'il était immobile ou s'il tournait avec la foule. Il regardait les drapeaux français qui flottaient au-dessus de l'entrée de la gare de l'Est; la guerre était là-bas, au bout des rails, elle ne gênait pas, il se sentait menacé par une catastrophe beaucoup plus immédiate : les foules, c'est fragile, il y a toujours un malheur qui plane au-dessus d'elles. *L'enterrement de Gallieni*[1], *il rampe, il traîne sa petite robe blanche entre les racines noires de la foule, sous l'horreur du soleil, l'échafaudage s'effondre, ne regarde pas, ils ont emporté la femme, raide, avec un pied en dentelle rouge qui sortait de sa bottine éclatée;* la foule l'entourait, sous le ciel clair et vide, je hais les foules, il sentait des yeux partout, des soleils qui faisaient éclore des fleurs dans son dos, sur son ventre, qui allumaient son long nez pâle, le départ pour la banlieue des premiers dimanches de mai, et le lendemain, dans les journaux : « Le dimanche rouge », il en reste toujours quelques-uns sur le carreau. Irène le protégeait de son petit corps potelé, *ne regarde pas, elle m'entraîne par la main, elle me tire et la femme passe derrière moi, glisse sur la foule, comme un mort sur le Gange.* Elle regardait d'un air de blâme les poings levés, au loin, sous les drapeaux tricolores, au-dessus des casquettes. Elle dit :

« Les idiots ! »

René fit semblant de ne pas entendre ; mais sa sœur poursuivit avec une lenteur convaincue :

« Les idiots. On les envoie à la boucherie et ils sont contents. »

Elle était scandaleuse. Dans l'autobus, au cinéma, dans le métro, elle était scandaleuse, elle disait toujours ce qu'il ne fallait pas dire, sa voix ronde et crémeuse lâchait des mots scandaleux. Il jeta un coup d'œil derrière lui, ce type à tête de fouine, avec des yeux trop fixes et un nez rongé, les écoutait. Irène[1] lui mit la main sur l'épaule, elle avait l'air réfléchi. Elle venait de se rappeler qu'elle était sa grande sœur, il pensa qu'elle allait lui donner des conseils ennuyeux mais de toute façon, elle s'était dérangée pour l'accompagner à la gare et à présent, elle était seule au milieu de ces hommes sans femmes, comme les jours où il l'emmenait voir un match de boxe à Puteaux, il ne fallait pas la vexer. Elle lisait, couchée sur son divan, en fumant beaucoup et elle se faisait ses opinions elle-même, comme ses chapeaux. Elle lui dit :

« Écoute-moi bien, René, tu ne vas pas faire comme ces idiots.

— Non, dit René à voix basse. Non, non.

— Écoute-moi bien, reprit-elle. Tu ne vas pas faire du zèle. »

Quand elle était convaincue, sa voix portait loin. Elle dit :

« Ça t'avancerait à quoi ? Vas-y puisque tu ne peux pas l'éviter, mais ne te fais pas remarquer quand tu seras là-bas. Ni en bien, ni en mal : ça revient au même. Et planque-toi, chaque fois que tu peux te planquer.

— Oui, oui », dit-il.

Elle le tenait solidement par les épaules ; elle le regardait d'un air pénétré mais sans affection ; elle suivait son idée.

« Parce que je te connais, René, tu es un petit crâneur, tu ferais n'importe quoi pour qu'on cause de toi. Mais alors, ça, je te préviens, si tu reviens avec une citation, je ne t'adresse plus la parole, parce que c'est trop bête. Et si tu ramènes une jambe plus courte que l'autre, ou un trou dans la figure, ne compte pas sur moi pour te plaindre et ne viens pas me raconter que c'est arrivé par accident; avec un peu de prudence, ce sont des choses qu'on peut parfaitement éviter.

— Oui, dit-il, oui. »

Il pensait qu'elle avait raison, mais que ça n'était pas à dire. Ni à penser. Ça devait se faire tout seul, tranquillement, sans paroles, par la force des choses, de manière qu'ensuite, on n'ait rien à se reprocher. Des casquettes, une mer de casquettes, les casquettes du lundi matin, des jours ouvrables, les casquettes des chantiers, des meetings du samedi, Maurice était à son aise, au plus épais de la foule. La marée ballottait les poings levés, les portait lentement, avec des arrêts brusques, des hésitations, de nouveaux départs, vers les drapeaux tricolores, *camarades, camarades, les poings de mai, les poings fleuris coulent vers Garches, vers les stands rouges sur la prairie de Garches, je m'appelle Zézette et les faucons chantent, chantent le joli mois de mai, le monde qui naît.* Ça sentait le velours et le vin, Maurice était partout, il pullulait, il sentait le velours, il sentait le vin, il frottait sa manche à l'étoffe rêche d'un veston, un petit frisé lui poussait sa musette dans les reins, le piétinement sourd de milliers de pieds lui remontait par les jambes jusqu'au ventre, ça ronflait dans le ciel, au-dessus de sa tête, il leva le nez, il regarda l'avion puis ses yeux se baissèrent et il vit au-dessous de lui des visages renversés, reflets de son visage, il leur sourit. Deux lacs clairs dans une peau tannée, des cheveux crépus, une balafre, il sourit. Et il sourit au binoclard qui avait l'air si appliqué, il sourit au barbu maigre et pâle qui pinçait les lèvres et ne souriait pas. Ça criait dans ses oreilles, ça criait et ça riait, sans blague Jojo, c'est toi, dis donc faut qu'il y ait la guerre pour qu'on se rencontre; c'était dimanche. Quand les usines sont fermées, quand les hommes sont ensemble et attendent, les mains vides, dans les gares, le sac au dos, sous un destin de fer, alors c'est dimanche et ça n'a pas tellement d'importance qu'on parte pour la guerre ou pour la forêt de Fontainebleau. Daniel debout devant un prie-Dieu respirait une odeur calme de cave et d'encens, regardait ces crânes nus

sous une lumière violette, seul debout au milieu de
ces hommes à genoux, Maurice, entouré d'hommes
debout, d'hommes sans femmes, dans l'odeur fiévreuse
de vin, de charbon, de tabac, regardant les casquettes
sous la lumière du matin, pensait : « C'est dimanche »,
Pierre dormait, Mathieu pressa sur le tube et un cylindre
de pâte rose sortit en chuintant, se cassa, tomba sur les
poils de la brosse. Un petit gars bouscula Maurice en
riant : « Hé Simon! Simon! » Et Simon se retourna, il
avait des joues rouges, il rigolait, il dit : « Eh dis donc!
C'est le cas de dire sombre dimanche[1]. » Maurice se mit
à rigoler il répéta : « Sombre dimanche! » et un beau
jeune type lui rendit son sourire, il y avait une femme
avec lui, pas trop cave et bien fringuée; elle se cramponnait à son bras et le regardait d'un air suppliant mais il
ne la regardait pas, s'il l'avait regardée, ils se seraient
refermés l'un sur l'autre, ils n'auraient plus fait qu'un.
Un couple tout seul. Il rigolait, il regardait Maurice, la
femme ne comptait pas, Zézette ne comptait pas, *elle*
souffle, elle sent fort, elle est toute molle sous moi, mon chéri,
mon chéri, entre en moi, il y avait encore un peu de nuit,
comme une suée, entre son corps et sa chemise, un peu
de suie, un peu d'angoisse fade et tendre, mais il rigolait à
l'air libre et les femmes étaient de trop; la guerre était là,
la guerre, la révolution, la victoire. Nous garderons nos
fusils. Tous ceux-là : le frisé, le barbu, le binoclard, le
grand jeune homme, ils reviendront avec leurs fusils, en
chantant *L'Internationale* et ça sera dimanche. Dimanche
pour toujours. Il leva le poing.

« Il lève le poing. C'est intelligent. »

Maurice se retourna, le poing en l'air :

« Quoi, quoi ? » demanda-t-il.

C'était le barbu.

« Vous voulez mourir pour les Sudètes ? demanda le
barbu.

— Ta gueule », dit Maurice.

Le barbu le regarda d'un air mauvais et hésitant, on
aurait dit qu'il cherchait à se rappeler quelque chose. Il
cria tout d'un coup :

« À bas la guerre! »

Maurice fit un pas en arrière et sa musette heurta un
dos.

« La tairas-tu ? dit-il. La tairas-tu, ta grande gueule ?

— À bas la guerre, cria le barbu. À bas la guerre. »

Ses mains s'étaient mises à trembler et ses yeux chaviraient, il ne pouvait plus s'arrêter de crier. Maurice le regardait avec une stupeur attristée, sans colère, il songea un instant à lui envoyer son poing dans la figure, tout juste pour le faire taire, on bouscule bien les gosses qui ont le hoquet ; mais il sentait encore une chair flasque contre ses phalanges et il n'était pas fier : il avait cogné sur un môme ; il coulera de l'eau sous les ponts avant que je recommence. Il enfonça les mains dans ses poches :

« Va donc, salope », dit-il simplement.

Le barbu continua de crier, d'une voix courtoise et fatiguée — une voix de riche ; et Maurice eut tout à coup l'impression déplaisante que la scène était truquée. Il regarda autour de lui et sa joie disparut : c'était la faute aux autres, ils ne faisaient pas ce qu'ils avaient à faire. Dans les meetings, quand un type se met à brailler des conneries, la foule reflue sur lui et l'efface, on voit ses bras en l'air, pendant un instant et puis plus rien du tout. Au lieu de ça, les copains s'étaient reculés, ils avaient fait le vide autour du barbu ; la jeune femme le regardait avec curiosité, elle avait lâché le bras de son homme, les gars se détournaient, ils n'avaient pas l'air franc, ils faisaient semblant de ne pas entendre.

« À bas la guerre ! » cria le barbu.

Un drôle de malaise était tombé sur le dos de Maurice : il y avait ce soleil, ce type qui criait tout seul et tous ces hommes silencieux qui baissaient la tête... Son malaise devint de l'angoisse ; il écarta la foule à coups d'épaule et se dirigea vers l'entrée de la gare, vers les vrais camarades qui levaient le poing sous les drapeaux. Le boulevard Montparnasse était désert. Dimanche. À la terrasse de la Coupole cinq ou six personnes consommaient ; la marchande de cravates se tenait sur le pas de sa porte ; au premier étage du quatre-vingt-dix-neuf, au-dessus du Kosmos[1], un homme en bras de chemise parut à la fenêtre et s'accouda à la balustrade. Maubert et Thérèse poussèrent un cri de joie, il y en avait une. Là, là, là, sur le mur, entre la Coupole et la pharmacie, il y avait une grande affiche jaune et bordée de rouge, *Français,* toute humide encore. Maubert fonça, le cou rentré dans les épaules, la tête en avant, Thérèse le suivit, elle s'amusait comme une petite folle : ils en avaient déchiré six, sous l'œil rond des bons bourgeois, c'est épatant d'avoir un patron jeune et sportif, bien découplé et qui sait ce qu'il veut.

« Saleté! » dit Maubert.

Il regarda autour de lui; une petite fille s'était arrêtée, elle pouvait avoir dix ans, elle les regardait en jouant avec ses nattes; Maubert répéta bien haut :

« Saleté! »

Et Thérèse dit d'une voix forte dans le dos de Maubert :

« Comment le gouvernement laisse-t-il afficher ces saletés ? »

La marchande de cravates ne répondit pas : c'était une grosse femme endormie, un vague sourire professionnel s'attardait entre ses joues.

> *Français,*
>
> *Les exigences allemandes sont inadmissibles. Nous avons tout fait pour conserver la Paix, mais personne ne peut demander que la France renie ses engagements et qu'elle accepte de devenir une nation de deuxième ordre. Si nous abandonnons aujourd'hui les Tchèques, demain Hitler nous demandera l'Alsace...*

Maubert saisit l'affiche par un bout et leva, comme une aiguillette de canard, un long ruban de papier jaune. Thérèse prit l'affiche par le coin droit, elle tira, il en vint un grand morceau[1] :

> *de la France qu'elle*
> *et qu'elle accepte de*
> *une nation de*
> *si nous aban*
> *nous de*

Il restait sur le mur une étoile jaune et irrégulière. Maubert recula d'un pas pour regarder son œuvre : une étoile jaune, tout juste une étoile jaune, avec des mots inoffensifs et brisés. Thérèse sourit et regarda ses mains gantées, il restait un fragment d'affiche, une mince pelure collée à son gant droit : « Répu... », elle frotta son pouce contre son index et la petite peau jaune se roula en boulette, s'asséchen roulant, devint dure comme une tête d'épingle, Thérèse écarta les doigts, la boulette tomba, elle eut une enivrante impression de puissance.

« Ça sera un petit bifteck, monsieur Désiré, un petit bifteck dans les trois cents grammes, quelque chose de joli, mais coupez-moi ça comme il faut : hier, c'est votre commis qui m'a servie, je n'étais pas satisfaite, c'était plein de nerfs. Dites donc, qu'est-ce qu'il y a, là, en face ? Eh bien, au vingt-quatre, les rideaux noirs. Il y a quelqu'un qui est mort ? — Ah, je ne sais pas, dit le boucher. Au vingt-quatre, je n'ai pas de clients, ils se font servir chez Berthier. Regardez-moi ça si je vous avantage, c'est rose, c'est tendre, ça mousse comme du champagne et pas un tendon, je mangerais ça tout cru. — Au vingt-quatre, dit Mme Lieutier, eh bien, mais je sais, moi, c'est M. Viguier. — M. Viguier ? Connais pas. Ça sera un nouveau locataire ? — Ah mais non, c'est le petit vieux monsieur, vous ne connaissez que lui, celui qui donnait des bonbons à Thérèse. — Oh ! celui qui était si convenable ? Quel dommage ! Je le regretterai, moi ; M. Viguier c'est-il possible ! — Écoutez donc, il était bien assez vieux pour faire un mort. — Oh ! dit Mme Lieutier, et puis vous savez, comme j'ai dit à mon mari, il est mort à temps, ce petit vieux-là, il a eu du nez, peut-être que nous autres, dans six mois, on regrettera que c'est pas nous qui soyons à sa place. Vous savez qu'ils ont fait une invention ? — Oh ! qui ça ? — Eux donc, les Allemands. Ça tue les gens comme des mouches et dans d'horribles souffrances. — C'est-il Dieu possible, ah ! les brigands. Mais qu'est-ce que c'est ? Qu'est-ce que c'est ? — Ah ! c'est une espèce de gaz, je crois, ou de rayon si vous voulez, on m'a expliqué ça. — Alors, c'est le rayon de la mort, dit le boucher en hochant la tête. — Eh bien oui, quelque chose comme ça. Dites donc, ça ne vaut-il pas mieux d'être sous la terre ? — Vous avez bien raison, c'est ce que je dis toujours. Plus de ménage, plus de souci ; voilà comme je voudrais mourir : le soir on s'endort, le matin on ne se réveille plus. — À ce qu'il paraît qu'il est mort comme ça. — Qui ? — Le petit vieux. — Il y a des gens qui ont de la veine, nous, faudra qu'on subisse tout, malgré qu'on est des femmes, vous avez vu comme ça se passait en Espagne. Non, une entrecôte et puis vous n'avez pas de la fressure pour mon chat ? Quand je pense : encore une guerre ! Mon mari a fait celle de 14, à présent c'est le tour de mon fils, je vous dis que les hommes sont fous. C'est donc bien difficile de s'entendre ? — Mais Hitler ne veut pas qu'on s'entende, madame Bonnetain. — Quoi, Hitler ? Il veut ses Sudètes, cet homme-là ? Eh bien, moi, je les lui donnerais. Je sais pas seulement si c'est des hommes ou des montagnes et mon fils va se faire casser la figure pour ça. Je les lui donnerais! Je les lui donnerais! Vous les voulez : les voilà. Il serait bien attrapé. Dites, reprit-elle sérieusement, c'est aujourd'hui l'enterrement ? Vous ne savez pas à quelle heure c'est, parce que je me mettrai à la fenêtre pour le voir passer. » Qu'est-ce qu'ils ont tous après moi, avec leur guerre ? Il tenait le livret, il le serrait de toutes ses forces, il ne pouvait se résoudre à le remettre dans sa poche : c'était tout ce qu'il possédait au monde. Il l'ouvrit sans cesser de marcher, vit son portrait et se sentit un peu rassuré; ces petits dessins noirs qui causaient de lui, tant qu'il les regardait, ils étaient moins inquiétants, ils n'avaient pas l'air si mauvais. Il dit : « Tout de même ! » « Tout de même! dit-il, tout de même, C'est-il un malheur de ne point savoir lire! » Un déserteur, le petit jeune homme éreinté qui remontait l'avenue de Clichy en traînant son image de glace en glace, ce petit jeune homme sans haine, c'était un insoumis, un déserteur, un grand gaillard terrible, au crâne rasé, qui vit à Barcelone, dans le Barrio Chino, caché par une fille qui l'adore. Mais comment peut-on *être* déserteur ? Avec quels yeux faut-il se voir ?

Il était debout dans la nef, le prêtre chantait pour lui; il pensa : « Le repos, le calme, le calme, le repos. » *Tel qu'en lui-même enfin l'éternité le change*[1]. Tu m'as créé tel que je suis et tes desseins sont impénétrables; je suis la plus honteuse de tes pensées, tu me vois et je te sers, je me dresse contre toi, je t'insulte et en t'insultant, je te sers. Je suis ta créature, tu t'aimes en moi, tu me portes, toi qui as créé les monstres. Une clochette tinta, les fidèles courbèrent la tête, mais Daniel resta droit, le regard fixe. Tu me vois. Tu m'aimes. Il se sentait calme et sacré.

Le corbillard s'arrêta devant la porte du vingt-quatre. « Les voilà, les voilà », dit Mme Bonnetain. « C'est au troisième », dit la concierge. Elle reconnut l'employé des pompes funèbres et lui dit : « Bonjour, monsieur

René, ça va toujours ? — Bonjour, dit M. René. On n'a pas idée de se faire enterrer un dimanche. — Ah! dit la concierge, c'est que nous étions libre penseur. » Jacques regardait Mathieu et il frappa sur la table, il dit : « Et quand même nous la gagnerions, cette guerre, sais-tu où irait le profit ? À Staline. — Et si nous ne bougeons pas, le profit sera pour Hitler, dit Mathieu doucement. — Et puis après ? Hitler, Staline, c'est la même chose. Seulement l'entente avec Hitler nous économise deux millions d'hommes et nous épargne la révolution. » Nous y voilà. Mathieu se leva et alla jeter un coup d'œil par la fenêtre. Il n'était même pas irrité; il pensait : « À quoi tout cela sert-il ? » Il avait déserté et le ciel gardait son air bonhomme des dimanches, les rues sentaient la fine cuisine, la frangipane, le poulet, la famille. Un couple passa, l'homme portait une pâtisserie enveloppée dans du papier glacé, il la portait par une ficelle rose passée à son petit doigt. Comme tous les dimanches. *C'est de la blague, ça ne compte pas, vois comme tout est calme, pas un remous, c'est la petite mort dominicale, la petite mort en famille, tu n'as qu'à reprendre ton coup, le ciel existe, le magasin d'alimentation existe, la tarte existe; les déserteurs n'existent pas.* Dimanche, dimanche, la première queue devant la pissotière de la place Clichy, les premières chaleurs du jour. Entrer dans l'ascenseur qui vient de redescendre, respirer dans la cage sombre le parfum de la blonde du troisième, appuyer sur le bouton blanc, le petit chavirement, le doux glissement, mettre la clé dans la serrure, comme tous les dimanches, accrocher son chapeau à la troisième patère, arranger son nœud de cravate devant la glace de l'antichambre, pousser la porte du salon en criant : « Me voilà. » Que ferait-elle ? Est-ce qu'elle ne viendrait pas à lui, comme tous les dimanches[1], en murmurant : « Mon beau chéri ? » C'était tellement vraisemblable, tellement étouffant de vraisemblance. Et pourtant il avait perdu tout cela pour toujours. « Si seulement je pouvais me mettre en colère! Il m'a giflé, pensa-t-il. Il m'a giflé. » Il s'arrêta, il avait un point de côté, il s'appuya contre un arbre, il n'était pas en colère. « Ah! pensa-t-il avec désespoir, pourquoi faut-il que je ne sois plus un enfant ? » Mathieu vint se rasseoir en face de Jacques. Jacques parlait, Mathieu le regardait et tout était si ennuyeux, le bureau dans la pénombre, la petite musique de l'autre côté des pins, les coquilles de beurre dans le ravier, les bols vides sur le plateau : une éternité sans importance. Il eut envie de parler à son tour. Pour rien, pour ne rien dire, pour briser ce silence éternel que la voix de son frère ne parvenait pas à percer. Il lui dit :

« Te casse pas la tête. La guerre, la paix, c'est égal.

— C'est égal ? dit Jacques, étonné. Va donc dire ça aux millions d'hommes qui se préparent à se faire tuer.

— Eh bien quoi ? dit Mathieu avec bonhomie. Ils portaient leur mort en eux depuis leur naissance. Et quand on les aura massacrés jusqu'au dernier, l'humanité sera toujours aussi pleine qu'auparavant : sans une lacune, sans un manquant.

— Moins douze à quinze millions d'hommes, dit Jacques.

— Ce n'est pas une question de nombre, dit Mathieu. Elle n'est pleine que d'elle-même, personne ne lui manque et elle n'attend personne. Elle continuera à n'aller nulle part et les mêmes hommes se poseront les mêmes questions et rateront les mêmes vies. »

Jacques le regardait en souriant, pour montrer qu'il n'était pas dupe :

« Et où veux-tu en venir ?

— Eh bien justement, à rien, dit Mathieu.

— Les voilà, les voilà, cria Mme Bonnetain très animée, ils vont mettre la bière dans le corbillard. » La guerre n'est rien, le train partait, hérissé de poings levés, Maurice avait retrouvé les copains : Dubech et Laurent l'écrasaient contre la fenêtre, il chantait : « L'internationale sera le genre humain. — Tu chantes comme mon cul, lui dit Dubech. — Je veux! » dit Maurice. Il avait chaud, les tempes lui faisaient mal, c'était le plus beau jour de sa vie. Il avait froid, il avait mal au ventre, il sonna pour la troisième fois; il entendait des bruits de pas précipités dans le couloir, des portes claquaient mais personne ne venait : « Qu'est-ce qu'elles font, elles me laisseront chier dans mon froc. » Quelqu'un courut lourdement, passa devant la chambre...

« Hé ho! » cria Charles.

La course continua et le bruit s'éteignit, mais on se mit à taper à grands coups au-dessus de sa tête. Qu'elles aillent se faire foutre, si c'était la petite Dorliac, qui leur allonge cinq billets tous les mois, rien qu'en pourboires, elles se battraient pour entrer dans sa piaule. Il frissonna[a], il devait y avoir des fenêtres ouvertes, un courant d'air glacé fusait sous la porte, elles aèrent, nous ne sommes pas encore partis et elles aèrent déjà; les bruits, le vent froid, les cris entraient comme dans un moulin, je suis sur une place publique. Depuis sa première radiographie il n'avait connu pareille angoisse.

« Hé ho! Hé ho! » cria-t-il.

Onze heures moins dix, Jeannine n'était pas[b] venue, on l'avait laissé seul toute la matinée. Est-ce qu'ils ne vont pas bientôt finir, là-haut? Les coups de marteau lui résonnaient au fond des yeux, on dirait qu'ils clouent mon cercueil. Il avait les yeux secs et douloureux, il s'était réveillé en sursaut, à trois heures du matin, après un mauvais rêve. Enfin, c'était à peine un rêve : il était resté à Berck; la plage, les hôpitaux, les cliniques, tout était vide : plus de malades, plus d'infirmières, des fenêtres noires, des salles désertes, le sable gris et nu à perte de vue. Mais ce vide-là n'était pas simplement du vide, on ne voit ça que dans les rêves. Le rêve se poursuivait; il avait les yeux grands ouverts et le rêve se poursuivait : il était sur sa gouttière au beau milieu de sa chambre et pourtant sa chambre était déjà vide; elle n'avait plus ni haut ni bas, ni droite ni gauche. Il restait quatre cloisons, tout juste quatre cloisons qui se cognaient à angle droit, tout juste un peu d'air marin entre quatre murs. Elles traînaient dans le couloir un objet lourd et raboteux, sans doute une grosse malle de riche :

« Hé ho! fit-il. Hé ho! »

La porte s'ouvrit, Mme Louise entra.

« Enfin, dit-il.

— Ah! une minute! dit Mme Louise. Nous avons cent malades à habiller; chacun son tour.

— Où est Jeannine?

— Si vous croyez qu'elle a le temps de s'occuper de vous! Elle habille les petites Pottier.

— Donnez-moi vite le bassin, dit Charles. Vite, vite!

— Qu'est-ce qui vous arrive? Ce n'est pas votre heure.

— J'ai de l'angoisse, dit Charles. Ça doit être pour ça.

— Oui, mais moi il faut que je vous prépare. Tout le monde doit être prêt pour onze heures. Enfin dépêchez-vous.

Elle défit le cordon de son pyjama et tira sur son pantalon, puis elle le souleva par les reins et fit glisser le bassin sous lui. L'émail était froid et dur. « J'ai la diarrhée », pensa Charles avec ennui.

« Comment vais-je faire si j'ai la diarrhée dans le train ?

— Ne vous en faites pas. Tout est prévu. »

Elle le regardait en jouant avec son trousseau de clés. Elle lui dit :

« Vous aurez beau temps pour partir. »

Les lèvres de Charles se mirent à trembler :

« Je n'aurais pas voulu partir, dit-il.

— Bah! Bah! dit Mme Louise. Allons! est-ce que c'est fini ? »

Charles fit un dernier effort :

« C'est fini. »

Elle fouilla dans la poche de son tablier et en tira une nappe de papier et des ciseaux. Elle coupa le papier en huit.

« Soulevez-vous », dit-elle.

Il entendit le froissement du papier, il sentit le frottement du papier.

« Ouf, fit-il.

— Là! dit-elle. Mettez-vous sur le ventre pendant que je pose le bassin; je vais finir de vous essuyer ».

Il se mit sur le ventre, il l'entendit marcher dans la pièce et puis il sentit la caresse de ses doigts experts. C'était le moment qu'il préférait. Une chose. Une pauvre petite chose abandonnée. Son sexe se durcit sous lui et il le caressa au drap frais.

Mme Louise le retourna comme un paquet. Elle lui regarda le ventre et se mit à rire :

« Ah, farceur! dit-elle. Allez, on vous regrettera, monsieur Charles, vous étiez un vrai boute-en-train. »

Elle rejeta les couvertures et lui ôta son pyjama :

« Un petit peu d'eau de Cologne sur la figure, lui dit-elle en le frottant. Dame! aujourd'hui la toilette sera sommaire.

— Levez les bras. Bon. La chemise. Le caleçon à

présent, ne gigotez pas comme ça, je ne peux pas vous
enfiler vos chaussettes. »

Elle se recula pour juger de son ouvrage et dit avec
satisfaction :

« Vous voilà propre comme un sou.

— Le voyage sera-t-il long ? demanda Charles d'une
voix altérée.

— Probablement, dit-elle en lui mettant sa veste.

— Et où va-t-on ?

— Je ne sais pas. Je crois que vous vous arrêterez
d'abord à Dijon. »

Elle regarda autour d'elle :

« Que je voie si je n'oublie rien. Ah! dit-elle, naturellement! Et votre tasse! Votre tasse bleue! Vous y
tenez tant. »

Elle la prit sur l'étagère et se pencha sur la valise.
C'était une tasse de faïence bleue avec des papillons
rouges. Elle était très belle.

« Je vais la mettre entre les chemises pour qu'elle
ne se casse pas.

— Donnez-la-moi », dit Charles.

Elle le regarda avec surprise et lui tendit la tasse. Il
la prit, se souleva sur un coude et la lança à la volée
contre le mur.

« Vandale! cria Mme Louise indignée. Il fallait me
la donner si vous ne vouliez pas la prendre.

— Je ne voulais ni la donner ni la prendre », dit
Charles.

Elle haussa les épaules, alla à la porte et l'ouvrit au
grand large.

« Alors, on part ? demanda-t-il.

— Eh bien oui, dit-elle. Vous ne voulez pas manquer
le train ?

— Si vite! dit Charles. Si vite! »

Elle était revenue se placer derrière lui, elle poussa la
gouttière; il étendit la main pour toucher la table au
passage, il vit un moment la fenêtre et un bout du mur
dans le miroir fixé au-dessus de sa tête et puis plus rien,
il était dans le couloir, derrière une quarantaine de
chariots rangés en file indienne le long du mur; il lui
sembla qu'on lui tordait le cœur.

Le cortège funèbre se mit en marche : « Les voilà
qui partent, dit Mme Bonnetain. Dites donc, il n'y a

pas beaucoup de monde pour l'accompagner à sa dernière demeure. » On avançait petit à petit, un arrêt
après chaque tour de roue, la fosse sombre était au bout,
elles y poussaient les gouttières deux par deux mais il
n'y avait qu'un ascenseur et ça prenait du temps[a].

« Ce que c'est long, dit Charles.

— On ne partira pas sans vous », dit Mme Louise.

Le corbillard passait sous la fenêtre; la petite dame
en deuil, ça devait être la famille, la concierge avait
fermé sa loge à clé, elle suivait, à côté d'une femme
robuste, en gris avec un feutre bleu, l'infirmière. M. Bonnetain s'accouda au balcon près de sa femme : « Le
père Viguier, c'était un frère trois points, dit-il.
— Qu'est-ce que tu en sais ? — Ha! Ha! » dit-il d'un
air fat. Il ajouta au bout d'un moment : « Il me dessinait
des triangles sur la paume, avec son pouce, quand il
me serrait la main. » Une bouffée de colère monta aux
tempes de Mme Bonnetain, parce que son mari parlait
si légèrement d'un mort. Elle suivit l'enterrement du
regard et elle pensa : « Le pauvre homme. » Il reposait
là, de tout son long, sur le dos, on l'emmenait, les pieds
devant, vers la fosse. Pauvre homme, c'est triste de
n'avoir pas de famille. Elle fit un signe de croix. De
tout son long; on le poussait vers la fosse obscure, il
sentirait l'ascenseur se dérober sous lui.

« Qui part avec nous ? demanda-t-il.

— Personne de chez nous, dit Mme Louise. On a
désigné les trois infirmières du chalet normand et puis
Georgette Fouquet, une grande brune que vous connaissez sûrement, elle est à la clinique du docteur
Robertal.

— Ah! je vois qui c'est », dit Charles, pendant qu'elle
le poussait doucement vers la fosse. « Une brune avec
de belles jambes. Elle n'a pas l'air commode. »

Il l'avait souvent remarquée sur la plage, surveillant
une bande de petits rachitiques et distribuant les taloches
avec équité; elle avait les jambes nues et portait des
espadrilles. De belles jambes nerveuses et velues, il
s'était dit qu'il aimerait être soigné par elle. Ils le descendront dans la fosse avec des cordes et personne ne
se penchera sur lui, sauf cette petite bonne femme qui
n'a même pas l'air bien convenable, ce que c'est triste
de mourir comme ça; Mme Louise le poussa dans la

cage, il y avait déjà une gouttière rangée, dans l'ombre, contre la cloison.

« Qui est là ? demanda Charles en clignant des yeux.

— C'est Petrus, dit une voix.

— Ah! vieux cul! dit Charles. Alors ? On déménage ? »

Petrus ne répondit pas, il y eut un petit choc, il sembla à Charles qu'il planait à quelques centimètres au-dessus de sa gouttière, ils s'enfonçaient dans la fosse, le plancher du troisième était déjà au-dessus de sa tête, il quittait sa vie par en dessous, par un trou d'évier.

« Mais où est-elle, dit-il avec un sanglot bref, où est Jeannine ? »

Mme Louise ne parut pas entendre et Charles ravala ses pleurs à cause de Petrus. Philippe marchait, il ne pouvait plus s'arrêter; s'il cessait de marcher il allait s'évanouir; Gros-Louis marchait, il s'était blessé au pied droit. Un monsieur passa dans la rue déserte, un petit gros avec moustache et canotier, Gros-Louis étendit la main :

« Dis donc, lui dit-il. Tu sais lire ? »

Le monsieur fit un petit saut de côté et pressa le pas.

« Te sauve pas, dit Gros-Louis. Je ne vais pas te manger. »

Le monsieur allongea le pas, Gros-Louis se mit à boitiller derrière lui, en lui tendant le livret militaire; le monsieur finit par prendre ses jambes à son cou et se sauva en poussant un petit cri de bête. Gros-Louis s'arrêta et le regarda s'éloigner en se grattant le crâne au-dessus de son bandage : le monsieur était devenu tout petit et rond comme une balle, il roula jusqu'au coin d'une rue, rebondit, tourna et disparut.

« Ah, là! là! dit Gros-Louis. Ah, là! là!

— Il ne faut pas pleurer », dit Mme Louise.

Elle lui tamponna les yeux avec son mouchoir, je ne me doutais même pas que je pleurais. Il se sentit un peu attendri; c'était agréable de pleurer sur soi-même.

« J'étais tellement heureux ici.

— On ne l'aurait pas cru, dit Mme Louise. Vous étiez toujours à grogner après quelqu'un. »

Elle replia la grille de l'ascenseur et le poussa dans le vestibule. Charles se souleva sur les coudes, il reconnut Totor et la môme Gavalda. La môme Gavalda était pâle comme un linge; Totor s'était enfoncé dans ses couvertures et fermait les yeux. Des hommes en casquette s'emparaient des chariots à leur sortie de l'ascenseur, ils leur faisaient franchir le seuil de la clinique et disparaissaient avec eux dans le parc. Un homme s'avança vers Charles.

« Allons adieu et bon voyage, dit Mme Louise. Envoyez-nous une petite carte quand vous serez arrivé. Et n'oubliez pas : la petite valise avec les affaires de toilette est à vos pieds, sous les couvertures. »

Le type se penchait déjà vers Charles.

« Ha! cria Charles. Faites très attention. On est facilement brutal quand on n'a pas l'habitude.

— Ça va, dit le type, c'est pas malin de pousser votre histoire. Des diables à la gare de Dunkerque, des wagonnets à Lens, des chariots à Anzin, j'ai fait que ça toute ma vie. »

Charles se tut, il avait peur : le gars qui poussait la gouttière de la môme Gavalda lui fit prendre le virage sur deux roues et racla la planche contre le mur.

« Attendez, dit Jeannine. Attendez! C'est moi qui vais le conduire à la gare. »

Elle descendait l'escalier en courant, elle était hors d'haleine.

« Monsieur Charles! » dit-elle.

Elle le regardait avec une extase triste[a], sa poitrine se soulevait fortement, elle fit semblant d'arranger ses couvertures pour pouvoir le toucher; il possédait encore quelque chose sur terre; où qu'il soit, il posséderait encore ça : ce gros cœur diligent et révérencieux qui continuerait à battre pour lui, à Berck, dans une clinique déserte.

« Eh bien, dit-il, vous m'avez laissé tomber.

— Oh! Monsieur Charles, le temps me durait. Mais je n'ai pas pu, Mme Louise a dû vous dire. »

Elle tourna autour de la gouttière, triste et affairée, bien d'aplomb sur ses deux jambes, et il trembla de haine : c'était une *debout*, elle avait des souvenirs verticaux, il ne resterait pas longtemps à l'abri dans ce cœur.

« Allons, allons, dit-il sèchement. Pressons-nous : conduisez-moi.

— Entrez », dit une voix faible.

Maud poussa la porte et une odeur de vomi la prit

à la gorge. Pierre était étendu de tout son long sur la couchette. Il était blême et ses yeux lui mangeaient la figure, mais il semblait paisible. Elle eut un mouvement de recul, mais elle se força à pénétrer dans la cabine. Sur une chaise, au chevet de Pierre, il y avait une cuvette remplie d'une eau trouble et mousseuse.

« Je ne vomis plus que des glaires, dit Pierre d'une voix égale. Il y a longtemps que j'ai rendu tout ce que j'avais dans l'estomac. Ôte la cuvette et assieds-toi. »

Maud ôta la cuvette en retenant son souffle et la déposa près du lavabo. Elle s'assit; elle avait laissé la porte ouverte pour aérer la cabine. Il y eut un silence; Pierre la regardait avec une curiosité gênante.

« Je ne savais pas que tu étais malade, dit-elle, sans ça je serais venue plus tôt. »

Pierre se souleva sur un coude :

« Ça va un peu mieux, dit-il, mais je suis encore très faible. Je ne cesse de dégueuler depuis hier. Il vaudrait peut-être mieux que je mange quelque chose à midi, qu'est-ce que tu en dis ? Je pensais à me faire monter une aile de poulet.

— Mais je ne sais pas du tout, dit Maud agacée. Tu dois bien sentir si tu as faim. »

Pierre fixait la couverture d'un air soucieux :

« Évidemment, dit-il, ça risque de me charger l'estomac mais ça peut aussi me le caler et puis, d'un autre côté, si les nausées me reprennent, il faut bien que j'aie quelque chose à vomir. »

Maud le regarda avec stupeur. Elle pensait : « Ce qu'il faut de temps pour connaître un homme. »

« Eh bien, je dirai au steward qu'il te porte un bouillon de légumes et un blanc de poulet. » Elle eut un rire contraint et ajouta :

« Si tu penses à manger, c'est que tu n'es pas bien malade. »

Il y eut un silence. Pierre avait relevé les yeux et il l'observait avec un mélange déconcertant d'attention et d'indifférence.

« Alors, raconte-moi : vous êtes en seconde à présent.

— Qui te l'a dit ? demanda Maud mécontente.

— Ruby. Je l'ai rencontrée hier dans les couloirs.

— Eh bien oui, dit Maud. Oui, nous sommes en seconde.

— Comment vous êtes-vous débrouillées ?

— Nous avons proposé de donner un concert.

— Ah! » dit Pierre.

Il ne cessait pas de la regarder. Il allongea ses mains sur le drap et dit mollement :

« Et puis tu as couché avec le capitaine ?

— Qu'est-ce que tu chantes ? dit Maud.

— Je t'ai vue sortir de sa cabine, dit Pierre, il n'y avait pas à s'y tromper. »

Maud était mal à l'aise. En un sens, elle n'avait plus de comptes à lui rendre; mais d'un autre côté il eût été plus régulier de le prévenir. Elle baissa les yeux et toussa; elle se sentait coupable et ça lui rendait un peu de tendresse pour Pierre.

« Écoute, lui dit-elle, si j'avais refusé, France n'aurait pas compris.

— Mais qu'est-ce que France a à voir là-dedans ? » dit la voix paisible de Pierre.

Elle releva brusquement la tête : il souriait, il avait gardé son air de curiosité veule. Elle se sentit outragée; elle aurait préféré qu'il crie.

« Si tu veux savoir, dit-elle sèchement, quand je suis sur un bateau je couche avec le capitaine pour que l'orchestre Baby's puisse faire la traversée en deuxième classe. Voilà. »

Elle attendit un moment qu'il protestât, mais il ne soufflait mot. Elle se pencha sur lui et ajouta avec force :

« Je ne suis pas une grue.

— Qui a dit que tu étais une grue ? Tu fais ce que tu veux ou ce que tu peux. Je ne trouve pas ça mal. »

Il lui sembla qu'il lui donnait un coup de cravache en pleine figure. Elle se leva brusquement :

« Ah! tu ne trouves pas ça mal! dit-elle. Ah! tu ne trouves pas ça mal!

— Mais non.

— Eh bien tu as tort, dit-elle avec agitation. Tu as le plus grand tort.

— C'est donc mal ? demanda Pierre, amusé.

— Ah! n'essaie pas de m'embrouiller. Non ce n'est pas mal : pourquoi serait-ce mal ? Qui est-ce qui me demande de me refuser ? Pas les types qui tournent autour de moi, bien sûr, ni mes compagnes qui profitent de moi, ni ma mère qui ne gagne plus rien et à

qui j'envoie des sous. Mais toi tu devrais trouver ça
mal parce que tu es mon amant. »

Pierre avait joint les mains sur sa couverture; il avait
un air sournois et fuyant de malade :

« Ne crie pas, dit-il doucement. J'ai mal à la tête. »
Elle se domina et le regarda froidement :

« N'aie pas peur, lui dit-elle à mi-voix, je ne crierai
plus. Seulement j'aime autant te dire que c'est bien
fini, nous deux. Parce que, tu comprends, ça me dégoûte
déjà assez de me faire tripoter par ce vieux plein de
soupe et si tu m'avais engueulée ou si tu m'avais plainte,
j'aurais cru que tu tenais un peu à moi et ça m'aurait
donné du cœur. Mais si je peux coucher avec qui je
veux sans que ça fasse ni chaud ni froid à personne,
pas même à toi, alors c'est que je suis un chien galeux,
une putain. Eh bien, mon vieux, les putains, elles
courent après les michés et elles n'ont pas besoin de
s'embarrasser de cloches dans ton genre. »

Pierre ne répondit pas : il avait fermé les yeux. Elle
envoya promener sa chaise d'un coup de pied et sortit
en claquant la porte.

Il glissait, soulevé sur un coude, entre des chalets, des
cliniques, des pensions de famille; tout était vide, les
cent vingt-deux fenêtres de l'hôtel Brun étaient ouvertes;
dans le vestibule du chalet *Mon Désir,* dans le jardin de
la villa Oasis, des malades attendaient, couchés dans
leurs cercueils, la tête dressée; ils regardaient en silence
le défilé des gouttières; tout un peuple de gouttières
roulait vers la gare. Personne ne parlait, on n'entendait
que les gémissements des essieux et le choc sourd des
roues tombant du trottoir sur la chaussée. Jeannine
marchait vite; ils dépassèrent une grosse vieille rubi-
conde poussée par un petit vieux qui pleurait, ils dépassèrent Zozo, c'était sa mère qui le conduisait à la gare,
la boiteuse du chalet de nécessité.

« Hé! ho! » cria Charles.

Zozo sursauta, il se souleva un peu et regarda Charles
de ses yeux clairs et vides.

« On n'est pas vernis », dit-il en soupirant.

Charles se laissa retomber sur le dos; il sentait à sa
droite, à sa gauche, ces présences horizontales, dix mille
petits enterrements. Il rouvrit les yeux et vit un morceau
de ciel et puis des centaines de gens, penchés aux fenêtres

de la Grande-Rue, qui agitaient leurs mouchoirs. Salauds!
Salauds! C'est pas le 14 juillet. Un vol de mouettes tour-
billonna en criant au-dessus de sa tête et Jeannine se
moucha derrière lui. Elle pleurait sous ses voiles de crêpe,
l'infirmière gardait les yeux fixés sur l'unique couronne
qui bringuebalait à l'arrière du corbillard, mais elle
l'entendait pleurer, elle ne devait pas le regretter beaucoup, il y avait plus de dix ans qu'elle ne l'avait vu,
mais on garde toujours quelque part au fond de soi
une tristesse honteuse et inassouvie qui attend modestement un enterrement, une première communion, un
mariage, pour obtenir enfin les larmes qu'elle n'a jamais
osé réclamer; l'infirmière pensa à sa mère paralysée, à
la guerre, à son neveu qui allait partir, à la dure, dure
condition d'infirmière et elle se mit à pleurer aussi, elle
était contente, la petite dame pleurait, derrière elles la
concierge commençait à renifler, pauvre vieux, il y a si
peu de monde pour l'accompagner, au moins qu'on ait
l'air triste; Jeannine pleurait en poussant la gouttière,
Philippe marchait, je vais m'évanouir, Gros-Louis marchait, la guerre, la maladie, la mort, le départ, la misère;
c'était dimanche, Maurice chantait à la fenêtre de son
compartiment, Marcelle entra dans la pâtisserie pour
acheter un saint-honoré.

« Vous n'êtes guère causant, dit Jeannine. Je pensais
que ça vous ferait un peu de peine de me quitter. »

Ils avaient pris la rue de la gare.

« Vous trouvez que je ne suis pas assez emmerdé
comme ça? demanda Charles. Ils m'empaquettent, ils
m'emportent je ne sais où sans me demander mon avis
et par-dessus le marché vous voulez que je vous regrette?

— Vous n'avez pas de cœur.

— Ça va, dit-il durement. Je voudrais que vous soyez
à ma place. On verrait ce que vous feriez du vôtre. »

Elle ne répondit pas et il vit un plafond sombre
au-dessus de sa tête.

« Nous sommes arrivés », dit Jeannine.

À qui faut-il crier au secours? Qui faut-il supplier
pour qu'ils ne m'emmènent pas, je ferai tout ce qu'on
voudra mais qu'on me laisse ici, elle me soignera, elle
me promènera, le soir, elle me fera ma petite caresse...

« Ah! lui dit-il, je sens que je vais crever pendant le
voyage.

— Mais vous êtes fou, s'écria Jeannine affolée. Vous êtes complètement fou, comment pouvez-vous dire ces choses-là ? »

Elle tourna autour de la gouttière et se pencha sur lui, il sentait son souffle chaud.

« Allons! allons! dit-il, en lui riant au nez. Pas de manifestations. Ça n'est pas vous qui aurez les embêtements, si je meurs. C'est la belle brune, vous savez, l'infirmière du docteur Robertal. »

Jeannine se redressa brusquement.

« C'est un chameau, dit-elle. Vous ne pouvez pas vous imaginer toutes les histoires qu'elle a faites à Lucienne. Ah! vous en verrez avec elle, ajouta-t-elle entre ses dents serrées. Et ça n'est pas la peine de lui faire les yeux doux, elle est moins bête que moi. »

Charles se redressa et regarda autour de lui avec inquiétude. Il y avait plus de deux cents gouttières alignées dans le hall. Les porteurs les poussaient sur le quai, les unes après les autres.

« Je ne veux pas partir », murmura-t-il entre ses dents.

Jeannine le regarda tout à coup d'un air égaré :

« Adieu, lui dit-elle. Adieu ma chère, chère poupée. »

Il voulut répondre mais la gouttière s'était ébranlée. Un frisson le parcourut des pieds à la nuque; il renversa la tête en arrière et vit un visage rougeaud penché au-dessus du sien.

« Écrivez-moi, cria Jeannine, écrivez-moi. »

Déjà il était sur le quai, dans un brouhaha de coups de sifflet et de cris d'adieux

« Ce... ce n'est pas ce train-là ? demanda-t-il avec angoisse.

— Non ? Et qu'est-ce qu'il vous faut alors ? L'Orient-express ? dit l'employé avec ironie.

— Mais ce sont des wagons de marchandises! »

L'employé cracha entre ses pieds :

« Vous ne tiendriez pas dans un train de voyageurs, expliqua-t-il. Il faudrait enlever les banquettes, vous vous rendez compte du chiendent ? »

Les porteurs prenaient les gouttières par les deux extrémités, les détachaient de leurs chariots et les portaient jusqu'aux wagons. Dans les wagons, il y avait des employés avec des casquettes, ils se courbaient, ils attrapaient les gouttières comme ils pouvaient et ils les emportaient dans les ténèbres. Le beau Samuel, le don Juan de Berck, qui avait dix-huit coſtumes, passa tout près de Charles, dans les bras de deux porteurs, et disparut dans le fourgon, les jambes en l'air.

« Il y a tout de même des trains sanitaires, dit Charles avec indignation.

— Ah! je vous crois. Comme s'ils allaient, à la veille de la guerre, envoyer des trains sanitaires à Berck pour ramasser les potteux. »

Charles voulut répondre mais sa gouttière bascula brusquement et il fut emporté dans les airs, la tête en bas.

« Portez-moi droit, cria-t-il, portez-moi droit. »

Les porteurs se mirent à rire, le trou béant se rapprocha, s'agrandit, ils lâchèrent de la corde et le cercueil tomba sur la terre fraîche avec un bruit mou. Penchées au bord de la fosse, l'infirmière et la concierge sanglotaient sans retenue.

« Tu vois, dit Boris, tu vois : ils se taillent tous. »

Ils étaient assis dans le hall de l'hôtel, près d'un monsieur décoré qui lisait le journal. Le portier descendit deux valises en peau de porc et les déposa près de l'entrée, à côté des autres.

« Cinq départs ce matin, dit-il d'une voix neutre.

— Vise les valises, dit Boris, elles sont en peau de porc. Ces gens-là ne les méritent pas, ajouta-t-il avec sévérité.

— Pourquoi, ma beauté ?

— Elles devraient être couvertes d'étiquettes.

— Eh bien ? mais on ne verrait plus la peau de porc, dit Lola.

— Juſtement. Le vrai luxe doit se cacher, et puis ça leur servirait de housse. Moi, si j'en avais une comme ça, je ne serais pas ici.

— Où serais-tu ?

— N'importe où : au Mexique ou en Chine. » Il ajouta : « Avec toi. »

Une grande femme en chapeau noir traversa le hall avec agitation; elle criait :

« Mariette! Mariette!

— C'eſt Mme Delarive, dit Lola. Elle part cet après-midi.

— Nous allons reſter seuls à l'hôtel, dit Boris. Ça

sera marrant : nous changerons de chambre tous les soirs.

— Hier, au Casino, dit Lola, ils étaient dix à m'écouter. Aussi je ne me casse plus. J'ai demandé qu'on les groupe tous ensemble, aux tables du milieu, et je leur susurre mes chansons aux oreilles. »

Boris se leva pour aller regarder les valises. Il les palpa discrètement et revint près de Lola.

« Pourquoi s'en vont-ils ? demanda-t-il en se rasseyant. Ils seraient aussi bien ici. Si ça se trouve, on bombardera leur maison le lendemain de leur retour.

— Ben oui, dit Lola, mais c'est *leur* maison. Tu ne comprends pas ça ?

— Non.

— C'est comme ça, dit-elle. À partir d'un certain âge, on attend les emmerdements chez soi. »

Boris se mit à rire et Lola se redressa avec inquiétude; elle avait gardé ça d'autrefois : quand il riait, elle croyait toujours qu'il se moquait d'elle.

« Pourquoi ris-tu ?

— Parce que je te trouve bien brave. Tu es là à m'expliquer ce que sentent les gens d'un certain âge. Mais tu n'y comprends rien, ma pauvre Lola : tu n'as jamais eu de chez toi.

— Non », dit Lola tristement.

Boris lui prit la main et embrassa le creux de sa paume. Lola rougit.

« Ce que tu es gentil avec moi. Je te dis, tu n'es plus le même.

— Plains-toi! »

Lola lui serra la main avec force :

« Je ne me plains pas. Mais je voudrais savoir pourquoi tu es si gentil.

— C'est que je prends de l'âge », dit-il.

Elle lui avait abandonné sa main; elle souriait, renversée dans le fauteuil. Il était content qu'elle soit heureuse : il voulait lui laisser un bon souvenir. Il lui caressa la main et il pensa : « Un an; je n'en ai plus que pour un an à vivre avec elle »; il se sentit tout attendri : déjà leur histoire avait le charme du passé. Autrefois il la menait durement, mais c'est qu'ils avaient un bail illimité : ça l'agaçait, il aimait bien les engagements à durée définie. Un an : il lui donnerait tout le bonheur

qu'elle méritait, il réparerait tous ses torts et puis il la
quitterait, mais pas salement, pas pour une autre bonne
femme ou parce qu'il aurait assez d'elle : ça s'arrangerait
de soi-même, par la force des choses, parce qu'il serait
majeur et qu'on l'enverrait au front. Il la regarda du
coin de l'œil : elle avait l'air jeune, sa belle poitrine se
soulevait de plaisir; il pensa avec mélancolie : « J'aurai
été l'homme d'une seule femme. » Mobilisé en 40, tué
en 41, non, en 42, parce qu'il fallait qu'il eût le temps
de faire ses classes, ça faisait une femme en vingt-deux
ans[1]. Trois mois plus tôt, il rêvait encore de coucher
avec des personnes de la haute société. « C'est que j'étais
un môme », pensa-t-il sans indulgence. Il mourrait sans
avoir connu les duchesses, mais il ne regrettait rien. En
un sens, il aurait pu, dans les mois qui allaient venir,
collectionner les bonnes fortunes, mais il n'y tenait pas
trop : « Je me disperserais. Lorsqu'on n'a plus que deux
ans à vivre, il convient plutôt de se concentrer sérieusement. » Jules Renard avait dit à son fils : « N'étudie
qu'une seule femme mais étudie-la bien et tu connaîtras
la femme[2]. » Il fallait étudier Lola avec soin, au restaurant, dans la rue, au lit. Il promena son doigt sur
le poignet de Lola et pensa : « Je ne la connais pas encore
très bien. » Il y avait des coins de son corps qu'il ignorait
et il ne savait pas toujours ce qui se passait dans sa tête.
Mais il avait un an devant lui. Et il allait s'y mettre tout
de suite. Il tourna la tête vers elle et la considéra attentivement.

« Qu'est-ce que tu as à me regarder ? demanda Lola.

— Je t'étudie, dit Boris.

— J'aime pas que tu me regardes trop, j'ai toujours
peur que tu me trouves vieille. »

Boris lui sourit : elle était restée méfiante, elle ne
s'accoutumait pas à son bonheur :

« T'en fais pas », lui dit-il.

Une veuve les salua sèchement et se laissa tomber sur
un fauteuil à côté du monsieur décoré.

« Eh bien, chère madame, dit le monsieur. Nous
allons avoir un discours d'Hitler.

— Oh! quand ça ? demanda la veuve.

— Il parle demain soir, au Sportpalast.

— Brr! dit-elle en frissonnant. Alors, j'irai me coucher tôt et je me mettrai la tête sous les draps, je ne veux

pas l'entendre. J'imagine qu'il n'a rien d'agréable à nous dire.

— Je le crains fort », dit le monsieur.

Il y eut un silence, puis il reprit :

« Notre grande erreur, voyez-vous, nous l'avons faite en 36, lors de la remilitarisation de la zone rhénane[1]. Il fallait envoyer dix divisions là-bas. Si nous avions montré les dents, les officiers allemands avaient leur ordre de repli dans leur poche. Mais Sarraut[2] attendait le bon plaisir du Front populaire et le Front populaire préférait donner nos armes aux communistes espagnols.

— L'Angleterre ne nous aurait pas suivis, fit observer la veuve.

— Elle ne nous aurait pas suivis! Elle ne nous aurait pas suivis! répéta le monsieur, impatienté. Eh bien, je vais vous poser une question, madame. Savez-vous ce qu'Hitler aurait fait, si Sarraut avait mobilisé ?

— Je ne sais pas, dit la veuve.

— Il se serait sui-ci-dé, madame; je le sais de source sûre : il y a vingt ans que je connais un officier du 2e bureau. »

La veuve hocha tristement la tête :

« Que d'occasions perdues! dit-elle.

— Et à qui la faute, madame ?

— Ah! dit-elle.

— Eh oui! dit le monsieur, eh oui! Voilà ce que c'est que de voter rouge. Le Français est incorrigible : la guerre est à sa porte et il réclame des congés payés. »

La veuve releva le nez : elle avait un air d'anxiété vraie.

« Alors vous croyez que c'est la guerre ?

— La guerre, dit le monsieur, interdit. Oh! oh! n'allons pas si vite. Non : Daladier n'est pas un enfant; il fera certainement les concessions nécessaires. Mais nous allons avoir les pires ennuis.

— Salauds », dit Lola entre ses dents.

Boris lui sourit avec sympathie. Pour elle, la question de la Tchécoslovaquie était très simple : un petit pays était attaqué, la France devait le défendre. Elle était un peu tarte, en politique, mais généreuse.

« Viens déjeuner, dit-elle, ils me tapent sur les nerfs. »

Elle se leva. Il regarda ses belles et fortes hanches, il pensa *la* femme. C'était *la* femme, *toute la femme* qu'il allait posséder cette nuit. Il sentit qu'un désir violent lui chauffait les oreilles.

Derrière son dos, la gare — et Gomez, dans le train, les pieds sur la banquette. Il avait brusqué les adieux : « Je n'aime pas les embrassades sur le quai. » Elle descendait l'escalier monumental, le train était encore en gare, Gomez lisait en fumant, les pieds sur la banquette, il avait de beaux souliers neufs en cuir de vache. Elle vit les souliers, sur le drap gris de la banquette; il était en première classe; la guerre, ça rapporte. « Je le hais », pensa-t-elle. Elle était sèche et vide. Elle vit encore un moment la mer éclatante, le port et les bateaux et puis plus rien : des hôtels sombres, des toits et des tramways.

« Pablo, ne descends*ᵃ* pas si vite! Tu vas tomber. »

Le petit resta sur une marche, un pied en l'air. Il va voir Mathieu. Il aurait pu rester un jour de plus avec moi, mais il m'a préféré Mathieu. Ses mains étaient brûlantes. Tant qu'il était là, c'était un supplice; maintenant qu'il est parti, je ne sais plus où aller.

Le petit Pablo la regarda avec gravité.

« Il est parti, mon papa ? » demanda-t-il.

Il y avait une horloge, en face d'eux, qui marquait une heure trente-cinq. Le train était parti depuis sept minutes.

« Oui, dit Sarah. Il est parti.

— Il va se battre ? demanda Pablo, les yeux brillants.

— Non, dit Sarah. Il va voir un ami.

— Oui, mais après, il va se battre ?

— Après, dit Sarah, il ira faire se battre les autres. »

Pablo s'était arrêté sur l'avant-dernière marche; il fléchit les genoux et sauta à pieds joints sur le trottoir, puis il se retourna et regarda sa mère en lui souriant avec fierté. « Cabotin », pensa-t-elle. Elle se retourna, sans lui sourire, et parcourut du regard l'escalier monumental. Les trains roulaient, s'arrêtaient, repartaient au-dessus de sa tête. Le train de Gomez roulait vers l'Est, entre des falaises crayeuses, ou peut-être entre des maisons. La gare était déserte, au-dessus de sa tête, une grande bulle grise, pleine de soleil et de fumées, une odeur de vin et de suie, les rails brillaient. Elle baissa la tête, ça ne lui était pas agréable de penser à cette gare abandonnée là-haut dans la chaleur blanche de l'après-midi. En avril 33, il était parti, par ce même train, il portait un complet de tweed gris, Miſtress Simpson[1] l'attendait à Cannes, ils avaient passé quinze jours à San Remo. « J'aimais encore mieux ça », pensa-t-elle. Un petit poing tâtonnant effleura sa main. Elle ouvrit la main et la referma sur le poignet de Pablo. Elle baissa les yeux et le regarda. Il avait une blouse à col marin avec un chapeau de toile.

« Pourquoi tu me regardes comme ça ? » demanda Pablo.

Sarah détourna la tête et regarda la chaussée. Elle était effrayée de se sentir si dure. « Ce n'eſt qu'un enfant, pensa-t-elle. Mais ce n'eſt qu'un enfant ! » Elle le regarda de nouveau en essayant de lui sourire, mais elle ne put y parvenir, ses mâchoires étaient serrées, sa bouche était de bois. Les lèvres du petit se mirent à trembler et elle comprit qu'il allait pleurer. Elle le tira brusquement et se mit à marcher à grands pas. Le petit, surpris, oublia ses larmes, il trottinait auprès d'elle.

« Où va-t-on, maman ?

— Je ne sais pas », dit Sarah.

Elle prit la première rue à sa droite. C'était une rue déserte ; tous les magasins étaient fermés. Elle hâta encore le pas et tourna dans une rue, à gauche, entre de hautes maisons sombres et sales. Et toujours personne.

« Tu me fais courir », dit Pablo.

Sarah serra sa main sans répondre et l'entraîna. Ils prirent une grande rue droite, une rue à tramway. On n'y voyait ni autos ni tramways, rien que des rideaux de fer baissés et puis les rails qui filaient vers le port. Elle pensa que c'était dimanche et son cœur se serra. Elle tira violemment sur le poignet de Pablo.

« Maman, gémit Pablo. Oh ! maman. »

Il s'était mis à courir pour la suivre. Il ne pleurait pas, il était tout blanc, avec des cernes au-dessous des yeux ; il levait vers elle un visage étonné et défiant. Sarah s'arrêta net ; des larmes mouillèrent ses joues

« Pauvre gosse, dit-elle. Pauvre petit innocent. »

Elle s'accroupit devant lui : qu'importait ce qu'il deviendrait plus tard ? Pour l'inſtant, il était là, inoffensif et laid avec une ombre minuscule à ses pieds, il avait l'air seul au monde et il y avait tout ce scandale dans ses yeux ; après tout, il n'avait pas demandé à naître.

« Pourquoi tu pleures ? demanda Pablo. C'est parce que papa est parti ? »

Les larmes de Sarah tarirent à l'instant et elle eut envie de rire. Mais Pablo la regardait d'un air soucieux. Elle se releva et dit, en détournant la tête :

« Oui. Oui, c'est parce que papa est parti.

— Est-ce qu'on va rentrer bientôt ? demanda-t-il.

— Tu es fatigué ? C'est qu'on est encore loin de chez nous. Viens, dit-elle, viens. Nous irons tout doucement. »

Ils firent quelques pas et puis Pablo s'arrêta; il tendit le doigt :

« Oh! regarde! » dit-il avec une extase presque douloureuse.

C'était une affiche, à la porte d'un cinéma tout bleu. Ils s'approchèrent. Une odeur de formol s'échappait du hall sombre et frais. Sur l'affiche des cow-boys poursuivaient un cavalier masqué en tirant des coups de revolver. Encore des coups de feu, encore des revolvers! Il regardait, haletant; il mettrait son casque, tout à l'heure, il prendrait son fusil et courrait dans la chambre en faisant le bandit masqué. Elle n'eut pas le courage de l'emmener. Elle tourna simplement la tête. La caissière s'éventait, dans sa cabine de verre. C'était une grosse femme brune, au teint pâle, avec des yeux de feu. Sur le guichet, derrière la vitre, il y avait des fleurs dans un pot; elle avait fixé sur le mur, avec des punaises, une photo de Robert Taylor. Un monsieur entre deux âges sortit de la salle et s'approcha de la caisse.

« Combien ? demanda-t-il à travers le guichet.

— Cinquante-trois entrées, dit-elle.

— C'est ce que j'avais compté. Et hier, soixante-sept. Un beau film comme ça, avec des poursuites!

— Les gens restent chez eux[a] », dit la caissière en haussant les épaules.

Un homme s'était arrêté près de Pablo, il regardait l'affiche en soufflant, mais il n'avait pas l'air de la voir. C'était un grand type blafard, aux vêtements déchirés, avec un bandeau taché de sang autour de la tête et de la boue séchée sur la joue et sur les mains. Il devait venir de loin. Sarah prit Pablo par la main[b].

« Viens », dit-elle.

Elle se força à marcher très doucement, à cause du

petit, mais elle avait envie de courir, il lui semblait que quelqu'un la regardait par derrière. Devant elle, les rails miroitaient, le goudron fondait doucement au soleil, l'air tremblait un peu, autour d'un réverbère, ça n'était plus le même dimanche. « Les gens restent chez eux. » Tout à l'heure encore, elle devinait, par-delà les pâtés de maisons, des boulevards joyeux et surpeuplés qui sentaient la poudre de riz et la cigarette blonde; elle marchait dans une calme rue de banlieue, toute une foule invisible et proche l'accompagnait. Il avait suffi d'un mot et les boulevards s'étaient vidés. À présent, ils filaient vers le port, blancs, déserts; l'air tremblait entre des murs aveugles.

« Maman, dit Pablo. Le monsieur nous suit.

— Mais non, dit Sarah. Il fait comme nous, il se promène. »

Elle tourna sur sa gauche et c'était la même rue, interminable et fixe; il n'y avait plus qu'une rue qui errait à travers Marseille. Et Sarah était dans cette rue, dehors, avec un enfant; et tous les Marseillais étaient dedans. Cinquante-trois entrées. Elle pensait à Gomez, au rire de Gomez : naturellement, tous les Français sont des lâches. Eh bien quoi ? ils restent chez eux, c'est naturel; ils ont peur de la guerre et ils ont bien raison. Mais elle restait mal à l'aise. Elle s'aperçut qu'elle avait pressé le pas et elle voulut ralentir sa marche, à cause de Pablo. Mais le petit la tira en avant.

« Vite, vite, dit-il d'une voix étouffée. Oh! maman.

— Qu'est-ce qu'il y a ? dit-elle sèchement.

— Il est toujours là, tu sais. »

Sarah tourna un peu la tête et vit le clochard; il les suivait, c'était sûr. Son cœur se mit à sauter dans sa poitrine.

« Courons! » dit Pablo.

Elle pensa au bandeau sanglant et fit brusquement volte-face. Le type s'arrêta net et les regarda venir de ses yeux brumeux. Sarah avait peur. Le petit s'était cramponné à elle des deux mains et la tirait en arrière de toutes ses forces. « Les gens restent chez eux. » Elle aurait beau appeler, crier au secours, personne ne viendrait.

« Vous avez besoin de quelque chose ? » demandat-elle en regardant le clochard dans les yeux.

Il eut un sourire piteux et la peur de Sarah s'évanouit.

« Est-ce que vous savez lire ? » demanda-t-il.

Il lui tendait un vieux carnet tout déchiré. Elle le prit, c'était un livret militaire. Pablo lui entourait les jambes de ses bras, elle sentait son petit corps chaud.

« Eh bien ? dit-elle.

— Je voudrais savoir ce qu'il y a d'écrit là », dit le type en pointant son doigt sur une feuille.

Il avait l'air bon, malgré son œil violet et à demi-fermé. Sarah le regarda un moment et puis elle regarda la feuille.

« C'est-il malheureux, marmotta le type avec confusion. C'est-il malheureux de ne point savoir lire.

— Eh bien, vous avez une feuille blanche, dit Sarah. Il va falloir que vous alliez à Montpellier. »

Elle lui tendit le livret mais le type ne le prit pas tout de suite. Il demanda :

« C'est-il vrai qu'il va y avoir la guerre ?

— Je ne sais pas », dit Sarah.

Elle pensa : « Il va partir. » Et puis elle pensa à Gomez. Elle demanda :

« Qui vous a fait votre bandage ?

— Eh ben, dit le type, c'est moi. »

Sarah fouilla dans son sac. Elle avait des épingles et deux mouchoirs propres.

« Asseyez-vous sur le trottoir », dit-elle avec autorité. Le type s'assit péniblement.

« J'ai les jambes gourdes », dit-il avec un rire d'excuse.

Sarah déchira les mouchoirs. Gomez lisait *L'Humanité* en première classe, les pieds sur la banquette. Il verrait Mathieu et puis il irait à Toulouse, prendre l'avion pour Barcelone. Elle dénoua le bandage sanglant et l'ôta par petites secousses. Le type grogna un peu. Il y avait une croûte noire et gluante qui s'étendait sur la moitié de son crâne. Sarah tendit un mouchoir à Pablo.

« Va chercher de l'eau à la fontaine. »

Le petit courut, heureux de s'éloigner. Le type leva les yeux sur Sarah. Il lui dit :

« J'ai pas envie de me battre. »

Sarah lui posa doucement la main sur l'épaule. Elle aurait voulu lui demander pardon.

« Je suis berger, dit-il.

— Qu'est-ce que vous faites à Marseille ? »

Il secoua la tête :

« J'ai pas envie de me battre », répéta-t-il.

Pablo était revenu, Sarah lava tant bien que mal la blessure et elle refit prestement le pansement.

« Relevez-vous », dit-elle.

Il se releva. Il la regardait de ses yeux vagues.

« Alors, faut que j'aille à Montpellier ? »

Elle fouilla dans son sac et en sortit deux billets de cent francs.

« Pour votre voyage », dit-elle.

Le type ne les prit pas tout de suite : il la regardait avec application.

« Prenez, dit Sarah d'une voix basse et rapide. Prenez. Et ne vous battez pas si vous pouvez l'éviter. »

Il prit les billets. Sarah lui serra fortement la main.

« Ne vous battez pas, répéta-t-elle. Faites ce que vous voulez, retournez chez vous, cachez-vous ; tout vaut mieux que de se battre. »

Il la regardait sans comprendre. Elle saisit la main de Pablo, fit demi-tour et ils reprirent leur marche. Au bout d'un moment elle se retourna : il regardait le bandage et le mouchoir mouillé que Sarah avait jetés sur la chaussée. Il finit par se baisser, il les ramassa en tâtonnant et les enfouit dans sa poche.

Les gouttes de sueur lui roulaient sur le front jusqu'aux tempes, elles dévalaient sur ses joues des narines aux oreilles, il avait cru d'abord que c'étaient des bêtes, il s'était envoyé une gifle et sa main avait écrasé des larmes tièdes.

« Nom de Dieu ! dit son voisin de gauche, ce qu'il fait chaud. »

Il reconnut sa voix, c'était Blanchard, une grosse brute.

« Ils le font exprès, dit Charles. Ils laissent les wagons au soleil pendant des heures. »

Il y eut un silence, puis Blanchard demanda :

« C'est toi, Charles ?

— C'est moi », dit Charles.

Il regrettait d'avoir parlé. Blanchard adorait faire des farces, il aspergeait les gens avec un revolver à eau ou bien il se faisait rouler contre eux et il accrochait une araignée de carton à leurs couvertures.

« Comme on se rencontre, dit Blanchard.

— Oui.

— Le monde est petit. »

Charles reçut un paquet d'eau en pleine figure. Il s'essuya et cracha; Blanchard rigolait.

« Espèce de con », dit Charles.

Il tira son mouchoir et s'essuya le cou en se forçant à rire.

« C'est ton revolver à eau.

— Je veux, dit Blanchard en riant. Je ne t'ai pas raté, hein ? En pleine gueule! T'en fais pas, j'ai des attrapes plein mes poches : on va se marrer pendant le voyage.

— Quel con, dit Charles avec un rire de bonheur. Quel con, quel gamin! »

Blanchard lui faisait peur : les gouttières se touchent, s'il veut me pincer ou jeter du poil à gratter sous mes couvertures, il n'aura qu'à étendre la main. « Je n'ai pas de chance, pensa-t-il; il faudra rester sur le qui-vive pendant tout le voyage. » Il soupira et s'aperçut qu'il regardait le plafond, c'était une grande paroi sombre, hérissée de rivets. Il avait tourné son miroir vers l'arrière, la glace était noire comme une plaque de verre fumé. Charles se souleva un peu et jeta un coup d'œil autour de lui. Ils avaient laissé la porte à coulisses grand ouverte; une lumière blonde moussait dans le wagon, courant sur les corps étendus, frisant les couvertures, pâlissant les visages. Mais la région éclairée était strictement délimitée par le cadre de la porte; à droite et à gauche, c'était l'obscurité à peu près complète. Les veinards, ils ont dû glisser la pièce aux porteurs; ils auront tout l'air, toute la lumière; de temps en temps, en se soulevant sur un coude, ils verront filer un arbre vert. Il retomba, épuisé; sa chemise était trempée. Si au moins on pouvait partir. Mais le train restait là, à l'abandon, tout enveloppé de soleil. Une drôle d'odeur — paille pourrie et parfum de Houbigant — stagnait à ras du sol. Il redressa le cou pour lui échapper parce qu'elle lui donnait envie de vomir, mais la sueur l'inonda, il se laissa aller et la nappe d'odeur se reforma au-dessus de son nez. Au-dehors, il y avait des rails et le soleil et des wagons vides sur des voies de garage et des buissons blancs de poussière : le désert. Et puis plus loin, c'était dimanche. Un dimanche à Berck : des gosses qui jouaient sur la plage, des familles qui prenaient du café au lait dans les brasseries. « C'est marrant, pensa-t-il, c'est marrant. » Une voix s'éleva, à l'autre bout du wagon :

« Denis ! Ho, Denis ! »

Personne ne répondit.

« Maurice, tu es là ? »

Il y eut un silence et puis la voix conclut, désolée :

« Les salauds. »

Le silence était rompu. Quelqu'un gémit près de Charles :

« Qu'il fait chaud. »

Et une voix répondit, pâle et chevrotante, une voix de grand malade :

« Ça ira mieux tout à l'heure, quand le train roulera. »

Ils se parlaient à l'aveuglette, sans se reconnaître ; quelqu'un dit avec un petit rire :

« C'est comme ça qu'ils voyagent, les soldats. »

Et puis le silence retomba. La chaleur, le silence, l'angoisse. Charles vit tout à coup deux belles jambes dans des bas de fil blanc, son regard remonta le long d'une blouse blanche : c'était la belle infirmière. Elle venait de monter dans le wagon. Elle tenait une valise d'une main et un pliant de l'autre ; elle promenait autour d'elle un regard irrité :

« C'est de la folie, dit-elle, c'est de la pure folie.

— Quoi, quoi ? dit une voix rude qui venait du dehors.

— Si vous aviez réfléchi une minute vous auriez peut-être compris qu'il ne fallait pas mettre les hommes avec les femmes.

— Nous les avons mis comme on nous les a amenés.

— Et comment voulez-vous que je les soigne, les uns devant les autres ?

— Il fallait être là quand on les a montés.

— Je ne peux pas être partout à la fois. Je m'occupais de faire enregistrer les bagages.

— Quelle pagaïe, dit l'homme.

— Vous pouvez le dire. »

Il y eut un silence et puis elle reprit :

« Vous allez me faire le plaisir d'appeler vos camarades ; on transportera les hommes dans les wagons de queue.

— Vous pouvez vous taper. Est-ce que c'est vous qui paierez le travail supplémentaire ?

— Je porterai plainte, dit sèchement l'infirmière.

— Ça va, dit-il. Portez plainte, ma belle. Moi, je vous emmerde, comprenez-vous ? »

L'infirmière haussa les épaules et se détourna; elle marcha précautionneusement entre les corps et vint s'asseoir sur son pliant, non loin de Charles, au bord du rectangle de lumière.

« Ho, Charles! dit Blanchard.

— Hé ? demanda Charles en frissonnant.

— Il y a des fumelles[1], ici. »

Charles ne répondit pas.

« Et comment que je vais faire, dit Blanchard à haute voix, si j'ai envie de chier ? »

Charles rougit de fureur et de honte, mais il pensa au poil à gratter et il émit un petit rire complice.

Il se fit un mouvement à ras du sol, sans doute des types qui tordaient le cou pour voir s'ils avaient des voisines. Mais, dans l'ensemble, une sorte de gêne pesait sur le wagon. Les chuchotements traînèrent et s'éteignirent. « Comment que je vais faire, si j'ai envie de chier ? » Charles se sentait sale, à l'intérieur, un paquet de boyaux collants et mouillés : quelle honte, s'il fallait demander le bassin devant les filles. Il se verrouilla, il pensa : « Je tiendrai jusqu'au bout. » Blanchard respirait fort, son nez faisait une petite musique innocente, mon Dieu, s'il pouvait dormir. Charles eut un moment d'espoir, il tira une cigarette de sa poche et frotta une allumette.

« Qu'est-ce que c'est ? » demanda l'infirmière.

Elle avait posé un tricot sur ses genoux. Charles voyait son visage courroucé, très haut et très loin au-dessus de lui, dans une ombre bleue.

« J'allume une cigarette », dit-il; sa voix lui parut drôle et indiscrète.

« Ah! non, dit-elle. Non. Ici on ne fume pas. »

Charles souffla sur l'allumette et tâtonna autour de lui, du bout des doigts. Il rencontra entre deux couvertures une planche humide et rugueuse qu'il gratta de l'ongle avant d'y déposer le petit morceau de bois à demi carbonisé; puis, brusquement, ce contact lui fit horreur et il ramena ses mains sur sa poitrine : « Je suis au ras du sol », pensa-t-il. Au ras du sol. Par terre. Au-dessous des tables et des chaises, sous les talons des infirmières

et des porteurs, écrasé, à demi confondu avec la boue
et la paille, toutes les bêtes qui courent dans les rainures des parquets pouvaient lui grimper sur le ventre.
Il agita les jambes, il racla ses talons contre la gouttière. Doucement; pour ne pas réveiller Blanchard. La
sueur lui ruisselait sur la poitrine; il remonta ses genoux
sous les couvertures. Ces fourmillements inquiets dans
les cuisses et dans les jambes, ces révoltes violentes et
vagues de tout son corps l'avaient tourmenté sans
répit, les premiers temps qu'il était à Berck. Et puis
ça s'était calmé : il avait oublié ses jambes, il avait
trouvé naturel d'être poussé, roulé, porté, il était
devenu une chose. « Ça ne va pas revenir, pensa-t-il
avec angoisse. Mon Dieu, ça ne va pas revenir ? » Il
étendit ses jambes, il ferma les yeux. Il fallait penser :
« Je ne suis qu'une pierre, je ne suis rien qu'une pierre. »
Ses mains crispées s'ouvrirent, il sentit son corps se
pétrifier lentement sous les couvertures. Une pierre
parmi les pierres.

Il se redressa en sursaut, les yeux ouverts, le cou
raide : il y avait eu une secousse et puis des raclements,
des roulements tout de suite monotones, apaisants
comme la pluie : le train s'était mis en marche[a]. Il
passait *le long de quelque chose;* il y avait au-dehors des
objets solides et lourds de soleil qui glissaient contre
les wagons : des ombres indistinctes, d'abord lentement
puis de plus en plus rapides, couraient sur la paroi
lumineuse, face à la porte ouverte; on aurait dit un
écran de cinéma. La lumière, sur la paroi, pâlit un peu,
grisonna et puis brusquement ce fut un éclatement :
« On sort de la gare. » Charles avait mal au cou mais
il se sentait plus calme; il se recoucha, leva les bras
et fit tourner son miroir de quatre-vingt-dix degrés.
À présent, il voyait, dans le coin gauche de la glace, un
morceau du rectangle éclairé. Ça lui suffisait : cette surface brillante vivait, c'était tout un paysage; tantôt la
lumière tremblait et pâlissait, comme si elle allait s'évanouir, tantôt elle durcissait, elle se figeait et prenait
l'aspect d'un badigeonnage de peinture ocre; et puis de
temps en temps elle frissonnait tout entière, traversée
d'ondulations obliques et comme ridée par le vent.
Charles la regarda longtemps : au bout d'un moment
il se sentit libéré, comme s'il se fût assis, les jambes

pendantes, sur le marchepied du wagon, en regardant
défiler les arbres, les champs et la mer.

« Blanchard! » murmura-t-il[a].

Pas de réponse. Il attendit un peu et souffla :

« Tu dors ? »

Blanchard ne répondit pas. Charles poussa un petit
soupir d'aise et il se détendit, s'allongea complètement,
sans quitter le miroir des yeux. Il dort; il dort[b], quand
il est entré il ne tenait plus debout; il s'est laissé tomber
sur la banquette, mais ses yeux étaient durs, ils disaient :
« Vous ne m'aurez pas. » Il a commandé son café d'un
air très méchant, il en vient comme ça qui prennent les
garçons pour des ennemis; des tout jeunes : ils croient
que la vie est une lutte, ils ont lu ça dans les livres,
alors ils luttent dans les cafés, ils vous commandent une
grenadine avec un regard à vous donner le frisson.

« Versé un, dit Félix, et deux chinois[1] à la terrasse. »

Elle appuya sur les boutons et fit tourner la manivelle. Félix lui fit un clin d'œil et lui désigna le petit
jeune homme qui dormait. Ça n'est pas une lutte, c'est
un marécage, dès qu'on fait un mouvement, on s'enfonce mais ils ne le savent pas tout de suite, ils s'agitent
beaucoup les premières années, c'est ce qui fait qu'ils
descendent plus vite; j'en ai fait, j'en ai fait; à présent
je suis vieille, je reste bien tranquille, les bras collés au
corps, je ne bouge pas, à mon âge on n'enfonce plus
guère. Il dormait, la bouche ouverte, sa mâchoire lui
pendait sur la poitrine, il n'était plus joli du tout, ses
paupières rouges et gonflées, son nez rouge lui donnaient l'air d'un mouton. Moi, j'ai tout de suite deviné
quand je l'ai vu entrer dans la salle vide, l'air aveugle,
avec ce soleil dehors et tous ces clients à la terrasse, je
me suis dit : « Il a une lettre à écrire ou bien il attend
une femme ou c'est qu'il y a quelque chose de cassé. »
Il leva sa longue main pâle, il chassa les mouches sans
ouvrir les yeux : il n'y avait pas de mouche. Il a de la
peine jusque dans son sommeil; les ennuis, ça vous suit
partout, j'étais assise sur le banc, je regardais les rails
et le tunnel, il y avait un oiseau qui chantait et moi
j'étais pleine, enceinte, chassée, je n'avais plus d'yeux
pour pleurer, plus d'argent dans mon sac, tout juste
mon billet, je me suis endormie, j'ai rêvé qu'on me
tuait, qu'on me tirait les cheveux en m'appelant traînée

et puis le train est venu et je suis montée dedans. Tantôt je me dis qu'il aura son allocation, un vieux travailleur, un invalide, qu'on ne peut pas la lui refuser et tantôt qu'ils s'arrangeront pour ne pas la lui donner, ils sont durs; je suis là, je suis vieille, je ne bouge plus mais je me fais des idées. Il est habillé comme un jeune monsieur, il a sûrement une maman pour prendre soin de ses effets, mais ses souliers sont blancs de poussière; qu'a-t-il fait? où a-t-il traîné? Le sang travaille chez les jeunes, s'il m'avait dit: « Frappe », j'aurais tué père et mère, ce qu'on peut être têtu; des fois qu'il aurait assassiné une vieille, une femme dans mes âges; ils l'arrêteront bien, vous verrez, il n'est pas de force; ils viendront peut-être ici pour le pincer et *Le Matin* publiera sa photographie, on verra une sale petite figure de gouape, pas ressemblante du tout et il se trouvera toujours une personne pour dire: « Il a bien une tête à faire ça »; eh bien, moi, je le dis: pour les condamner, il ne faut pas les avoir vus de près parce que, quand on les regarde s'enfoncer chaque jour un peu plus, on pense que personne ne peut rien et que finalement ça revient au même de prendre un café crème à la terrasse d'un café ou de faire des économies pour s'acheter une maison ou d'assassiner sa mère. Le téléphone sonnait, elle sursauta.

« Allô? dit-elle.

— Je voudrais parler à Mme Cuzin.

— C'est moi, dit-elle. Eh bien?

— Ils me l'ont refusée, dit Julot.

— Quoi? dit-elle. Quoi, quoi?

— Ils me l'ont refusée.

— Mais ça n'est pas possible.

— Ils me l'ont refusée.

— Mais un invalide, un vieux travailleur; qu'est-ce qu'ils t'ont dit?

— Que j'y avais pas droit.

— Oh! dit-elle. Oh!

— À ce soir », dit Julot.

Elle raccrocha. Ils la lui ont refusée. Un invalide, un vieux travailleur, ils lui ont dit qu'il n'y avait pas droit. « À présent je vais me faire du mauvais sang », pensa-t-elle. Le jeune homme ronflait, il avait un air bête et sentencieux. Félix sortit, portant sur son plateau

les deux chinois et le noir ; il poussa la porte et le soleil
entra, la glace scintilla au-dessus du dormeur, puis la
porte se referma, la glace s'éteignit, ils restèrent tous les
deux seuls. « Qu'a-t-il fait ? Où a-t-il été traîner ?
Qu'est-ce qu'il emporte dans sa valise ? Il va payer, à
présent : pendant vingt ans, pendant trente ans, à moins
qu'il ne soit tué à la guerre, pauvre jeune homme, il a
l'âge de partir. Il dort, il ronfle, il a de la peine, à la
terrasse les gens parlent de la guerre, mon mari n'aura
pas son allocation. Ah ! pitié, dit-elle, pitié pour nous
autres pauvres hommes ! »

« Pitteaux ! » cria le jeune homme.

Il s'était réveillé en sursaut ; un instant il la regarda,
les yeux roses, la bouche ouverte, et puis il fit claquer
ses mâchoires, il pinça les lèvres, il avait l'air intelligent
et mauvais.

« Garçon ! »

Félix n'entendait pas ; elle le voyait, à la terrasse, il
allait et venait, il prenait les commandes. Le jeune
homme perdit son assurance, il frappa contre le marbre
en tournant la tête à droite et à gauche d'un air traqué.
Elle eut pitié de lui.

« C'est vingt sous », lui dit-elle, du haut de la caisse.

Il lui lança un regard de haine, jeta une pièce de cinq
francs sur la table, prit sa valise et s'en alla en boitant.
La glace scintilla, une bouffée de cris et de chaleur entra
dans la salle ; la solitude entra. Elle regarda les tables,
les glaces, la porte, tous ces objets trop connus qui ne
pouvaient plus retenir sa pensée. « Ça va commencer,
se dit-elle, je vais me faire du mauvais sang. »

Il fut éclaboussé de lumière. Quelqu'un braquait sur
lui, par côté, une lampe de poche. Il tourna la tête et
grogna. La lampe planait à ras du sol ; il se mit à cligner
des yeux. Derrière ce soleil, il y avait un œil calme et
implacable qui le regardait, c'était inacceptable.

« Qu'est-ce que c'est ? dit-il.

— C'est bien lui », dit une voix chantante.

Une femme. Le paquet oblong, à ma droite, c'est
une femme. Il eut un petit instant de satisfaction et puis
il pensa avec colère qu'elle l'avait éclairé comme un
objet : « Elle a promené sa lumière sur moi comme si
j'étais un mur. » Il dit sèchement :

« Je ne vous connais pas.

— Nous nous sommes rencontrés souvent », dit-elle.

La lampe s'éteignit. Il restait ébloui, avec des ronds violets qui lui tournaient dans les yeux.

« Je ne peux pas vous voir.

— Moi, je vous vois, dit-elle. Même sans la lampe, je vous vois. »

La voix était jeune et jolie, mais il se méfiait. Il répéta :

« Je ne vous vois pas; vous m'avez ébloui.

— Je vois dans la nuit, dit-elle fièrement.

— Vous êtes albinos ? »

Elle se mit à rire :

« Albinos ? Je n'ai pas les yeux rouges ni les cheveux blancs, si c'est ça que vous voulez dire. »

Elle avait un accent prononcé qui donnait à toutes ses phrases une allure interrogative.

« Qui êtes-vous ?

— Ah! devinez, dit-elle. Ce n'est pas bien difficile : avant-hier encore vous m'avez rencontrée et vous m'avez jeté un regard de haine.

— De haine ? Je ne hais personne.

— Oh! si, dit-elle. Je pense même que vous haïssez tout le monde.

— Attendez! Est-ce que vous n'aviez pas une fourrure ? »

Elle riait toujours :

« Tendez la main, dit-elle. Touchez. »

Il étendit le bras et toucha une grosse masse informe. C'était une fourrure. Sous la fourrure, il y avait sûrement des couvertures et puis des paquets de vêtements et puis le corps blanc et mou, un escargot dans sa coquille. Ce qu'elle doit avoir chaud! Il caressa un peu la fourrure et un parfum tiède et lourd s'en dégagea. C'est donc ça qui sentait, tout à l'heure. Il caressait la fourrure à rebrousse-poil et il était content.

« Vous êtes blonde, dit-il triomphalement; vous portez des boucles d'oreilles en or. »

Elle rit et la lampe s'alluma de nouveau. Mais, cette fois, elle l'avait tournée vers son propre visage; le roulis du train secouait la lampe dans sa main; la lumière remontait de la poitrine au front, rasait des lèvres fardées, dorait un léger duvet blond, au coin des lèvres, rougissait un peu les narines. Les cils recourbés et

noircis se dressaient comme de petites pattes au-dessus
des paupières renflées; on aurait dit deux insectes sur
le dos. Elle était blonde : ses cheveux moussaient en
nuée légère autour de sa tête. Il eut un coup au cœur.
Il pensa : « Elle est belle », et retira brusquement sa
main.

« Je vous reconnais. Il y avait toujours un vieux
monsieur qui vous poussait; vous passiez sans regarder
personne.

— Je vous regardais très bien, entre mes cils. »

Elle souleva un peu la tête et il la reconnut tout à fait :

« Je n'aurais jamais cru que vous pouviez me regarder, dit-il. Vous aviez l'air tellement riche, tellement
au-dessus de nous; je vous croyais à la pension Beaucaire.

— Non, dit-elle. J'étais à *Mon Chalet*.

— Je ne m'attendais pas à vous retrouver dans un
wagon à bestiaux. »

La lumière s'éteignit :

« Je suis très pauvre », dit-elle.

Il étendit la main et appuya doucement sur la fourrure :

« Et ça ? »

Elle rit.

« C'est tout ce qui me reste. »

Elle était rentrée dans l'ombre. Un gros paquet,
informe et sombre. Mais il avait encore son image dans
les yeux. Il ramena ses deux mains sur son ventre et se
mit à regarder le plafond. Blanchard ronflait doucement; les malades s'étaient mis à causer entre eux, par
deux, par trois; le train roulait en gémissant. Elle était
pauvre et malade, elle était étendue dans un wagon à
bestiaux, on l'habillait et la déshabillait comme une
poupée. Et elle était belle. Belle comme une star de
cinéma. Près de lui toute cette beauté humiliée, ce long
corps pur et souillé. Elle était belle. Elle chantait dans
les music-halls et elle l'avait regardé entre ses cils et
elle avait désiré le connaître : c'était comme si on l'avait
remis debout, sur ses deux pieds.

« Vous étiez chanteuse, demanda-t-il brusquement.

— Chanteuse ? Mais non. Je sais jouer du piano.

— Je vous prenais pour une chanteuse.

— Je suis autrichienne, dit-elle. Tout mon argent
est là-bas, entre les mains des Allemands. J'ai quitté
l'Autriche après l'Anschluss.

— Vous étiez déjà malade ?

— J'étais déjà sur une planche. Mes parents m'ont emmenée en train. C'était comme aujourd'hui, sauf qu'il faisait clair et que j'étais étendue sur une banquette de première classe. Il y avait des avions allemands au-dessus de nous, on croyait toujours qu'ils allaient lâcher des bombes. Ma mère pleurait, moi j'avais le nez en l'air, je sentais le ciel qui pesait sur moi à travers le plafond. C'est le dernier train qu'ils ont laissé passer.

— Après ?

— Après je suis venue ici. Ma mère est en Angleterre : il faut qu'elle gagne notre vie.

— Et ce vieux monsieur qui vous poussait ?

— C'est un vieil idiot, dit-elle durement.

— Alors vous êtes toute seule ?

— Toute seule. »

Il répéta :

« Toute seule au monde », et il se sentit fort et dur comme un chêne.

« Quand avez-vous su que c'était moi ?

— Quand vous avez gratté votre allumette. »

Il ne voulait pas se laisser aller à sa joie. Elle était là en réserve, pesante et indifférenciée, presque oubliée ; c'était elle qui communiquait à sa voix ce petit tremblement acide. Mais il la gardait pour la nuit, il voulait en jouir tout seul.

« Vous avez vu la lumière sur la paroi ?

— Oui, dit-elle. Je l'ai regardée pendant une heure.

— Regardez, regardez. C'est un arbre qui passe.

— Ou un poteau télégraphique.

— Le train ne va pas vite.

— Non, dit-elle. Vous êtes pressé ?

— Non. On ne sait pas où on va.

— Mais non ! dit-elle gaiement. Sa voix tremblait aussi.

— Finalement, dit-il, on n'est pas si mal ici.

— Il y a de l'air, dit-elle. Et puis ça distrait, ces ombres qui passent.

— Vous vous rappelez le mythe de la caverne ?

— Non. Qu'est-ce que c'est, le mythe de la caverne ?

— Ce sont des esclaves. Ils sont attachés au fond d'une caverne. Ils voient des ombres sur un mur.

— Pourquoi les a-t-on attachés là ?

— Je ne sais pas. C'est Platon qui a écrit ça.

« — Ah! oui! Platon... » dit-elle d'un air vague.

« Je lui apprendrai qui est Platon », pensa-t-il avec ivresse. Il avait un peu mal au ventre, mais il souhaitait que le voyage n'eût pas de fin.

Georges secoua le loquet de la porte. À travers la vitre, il voyait un grand bonhomme moustachu et une jeune femme avec un linge noué autour de la tête qui lavaient des tasses et des verres derrière un comptoir de bois. Un soldat somnolait à une table. Georges tira violemment sur le loquet et la vitre trembla. Mais la porte ne s'ouvrit pas. La femme et le type n'avaient pas l'air d'entendre.

« Ils n'ouvriront pas. »

Il se retourna : un homme gros et mûr le regardait en souriant. Il portait un veston noir sur un pantalon militaire, des molletières, un chapeau mou et un col cassé. Georges lui montra l'écriteau : « La cantine*ª* ouvre à cinq heures. »

« Il est cinq heures dix », dit-il.

L'autre haussa les épaules. Une musette volumineuse pesait contre son flanc gauche, un masque à gaz contre son flanc droit : il écartait les bras et tenait les coudes en l'air.

« Ils ouvrent quand ils veulent. »

La cour de la caserne était remplie d'hommes entre deux âges qui avaient l'air de s'ennuyer. Il y en avait beaucoup qui se promenaient tout seuls, en regardant par terre. Les uns portaient une veste militaire, d'autres un pantalon kaki, d'autres étaient restés en civil, avec des sabots tout neufs, qui claquaient contre le sol bitumé du préau. Un grand type roux qui avait eu la chance d'obtenir une tenue complète, marchait pensivement, les mains dans les poches de sa veste militaire, le melon posé sur l'oreille, en casseur d'assiettes. Un lieutenant fendit les groupes et se dirigea rapidement vers la cantine.

« Vous n'êtes pas allé vous faire habiller ? » demanda le petit gros. Il tirait sur les courroies de sa musette pour la faire passer derrière son dos.

« Ils n'ont plus rien. »

Le type cracha entre ses pieds :

« Moi, ils m'ont donné ça. J'étouffe là-dedans; avec ce soleil il y a de quoi crever. Quelle pagaïe. »

Georges montra l'officier.

« Est-ce qu'on le salue ?

— Avec quoi ? Je ne peux tout de même pas lui tirer mon chapeau. »

L'officier passa près d'eux sans les regarder. Georges suivit des yeux son dos maigre et se sentit abattu. Il faisait chaud, les vitres des bâtiments militaires étaient peintes en bleu; derrière les murs blancs, il y avait des routes blanches, des champs d'aviation, verts à perte de vue sous le soleil; les murs de la caserne découpaient au milieu des prés une petite place rase et poussiéreuse où des hommes las tournaient comme dans les rues d'une ville[1]. C'était l'heure où sa femme entrouvrait les persiennes; le soleil entrait dans la salle à manger; le soleil était partout, dans les maisons, dans les casernes et dans les campagnes. Il se dit : « C'est toujours pareil. » Mais il ne savait pas trop ce qui était pareil. Il pensa à la guerre et s'aperçut qu'il n'avait pas peur de mourir. Un train siffla au loin, ce fut comme si quelqu'un lui souriait.

« Écoutez, dit-il.

— Hé ?

— Le train. »

Le petit gros le regarda sans comprendre, puis tira un mouchoir de sa poche et commença à s'éponger le front. Le train siffla encore. Il s'en allait, plein de civils, de belles femmes et d'enfants; les campagnes glissaient inoffensives, le long des vitres. Le train siffla et ralentit.

« Il va s'arrêter », dit Charles.

Les essieux grincèrent et le train s'arrêta; le mouvement s'écoula de Charles, il resta sec et vide comme s'il avait perdu tout son sang, c'était une petite mort.

« Je n'aime pas quand les trains s'arrêtent », dit-il.

Georges pensait aux trains de voyageurs qui descendent vers le sud, vers la mer, à la mer, à des villas blanches au bord de la mer; Charles sentait l'herbe verte qui croissait sous le plancher, entre les rails, il sentait à travers les plaques de tôle, il voyait sur le rectangle lumineux qui se découpait sur la cloison des champs verts à perte de vue, le train était pris par la prairie comme un bateau par la banquise, l'herbe allait grimper aux roues, passer entre les planches disjointes, la campagne traversait de part en part le train immobile. Le train pris au piège sifflait, sifflait lamentablement; le sifflement lointain se traînait si poétiquement; le train roulait tout doucement, la tête du voisin de Maurice branlait dans son col beige, c'était un gros homme qui sentait l'ail, il avait chanté *L'Internationale* depuis leur départ et bu deux litres de picrate. Il finit par s'abandonner avec un roucoulement sur l'épaule de Maurice. Maurice avait trop chaud mais il n'osait bouger, il avait le cœur sur les lèvres à cause de cette chaleur et du vin blanc et du soleil blanc qui l'aveuglait à travers les vitres poussiéreuses, il pensait : « Je voudrais être arrivé. » Ses yeux le chatouillèrent, devinrent gros et durs, il ferma les paupières, il entendait son sang bruire dans ses oreilles et le soleil lui perçait les paupières; il sentait venir un sommeil blanc, suant, aveuglant, les cheveux du copain lui chatouillaient le cou et le menton, c'était un après-midi sans espoir. Le gros type sortit une photo de son portefeuille :

« C'est ma femme », dit-il.

C'était une femme sans âge, comme on en voit sur les photos, il n'y avait rien à dire sur elle.

« Elle est en bonne santé, dit Georges.

— Elle mange comme quatre », dit le type.

Ils restaient en face l'un de l'autre, indécis. Georges n'avait pas de sympathie pour ce gros type trop rouge, qui soufflait en parlant, mais il avait envie de lui montrer la photo de sa fille.

« Marié ?

— Oui.

— Des enfants ? »

Georges le regarda sans répondre, en ricanant un peu. Puis il mit brusquement la main à la poche, sortit son portefeuille et y prit une photo qu'il lui tendit les yeux baissés.

« C'est ma fille.

— Vous avez de belles bottines, dit le type en prenant la photo. Elles vous feront de l'usage.

— J'ai des cors, dit Georges avec humilité. Croyez-vous qu'ils me les laisseront ?

— Ils seront trop contents. Ils n'ont peut-être pas de souliers pour tout le monde. »

Il regarda encore un moment les bottines de Georges, puis il s'en détourna à regret et jeta les yeux sur la photo. Georges sentit qu'il rougissait :

« Quelle belle enfant, dit le type. Combien pèse-t-elle ?

— Je ne sais pas », dit Georges.

Il considérait avec stupeur ce gros homme qui tenait la photo entre ses doigts et faisait tomber dessus son regard décolorant. Il dit :

« Quand je reviendrai, elle ne me reconnaîtra pas.

— C'est probable, dit le type. À moins que...

— Oui, dit Georges. À moins que...

— Alors ? demanda Sarraut. J'y vais ? »

Il tournait la feuille entre ses doigts. Daladier avait taillé une allumette avec son canif et se l'était enfoncée entre deux dents. Il ne répondait pas, tassé sur sa chaise, tout en plis.

« Est-ce que j'y vais ? répéta Sarraut.

— C'est la guerre, dit Bonnet doucement. Et la guerre perdue. »

Daladier tressauta et fit peser sur Bonnet un regard lourd. Bonnet le soutint innocemment, de ses yeux clairs et sans fond. Il avait l'air d'un fourmilier. Champetier de Ribes et Reynaud[1] se tenaient un peu en arrière, silencieux et désapprobateurs. Daladier s'affaissa complètement.

« Allez », grogna-t-il avec un geste mou.

Sarraut se leva et sortit de la pièce. Il descendit l'escalier en pensant qu'il avait mal au crâne. Ils étaient tous là, ils se turent à sa vue et prirent leur air professionnel. « Quelle bande de cons », pensa Sarraut.

« Je vais vous donner lecture du communiqué », dit-il.

Il y eut une rumeur et il en profita pour essuyer ses lunettes, puis il lut :

« Le conseil de cabinet a entendu les exposés de M. le président du Conseil et de M. Georges Bonnet sur le mémorandum remis à M. Chamberlain par le chancelier du Reich.

« Il a approuvé à l'unanimité les déclarations que MM. Édouard Daladier et Georges Bonnet se proposent de porter à Londres au gouvernement anglais[2]. »

« Ça y est, pensa Charles. J'ai envie de chier[a]. » Ça s'était produit tout d'un coup : son ventre était devenu plein à déborder.

« Oui, dit-il, oui. Je pense comme vous. Oui. »

Les voix montaient parallèlement, paisibles. Il aurait

voulu se réfugier tout entier dans sa voix, n'être qu'une voix grave près de la belle voix chantante et blonde. Mais il était d'*abord* cette chaleur, cette insécurité palpitante, ce paquet de matières mouillées qui glougloutaient dans ses intestins . Il y eut un silence; elle rêvait près de lui, fraîche et neigeuse; il leva la main avec précaution et la passa sur son front moite. « Han! » gémit-il tout à coup.

« Qu'est-ce qu'il y a ?

— Ça n'est rien, dit-il. C'est mon voisin qui ronfle. »

Ça l'avait pris dans le ventre comme un fou rire, cette sombre et violente envie de s'ouvrir et de pleuvoir par en bas; un papillon éperdu battait des ailes entre ses fesses. Il serra les fesses et la sueur ruissela sur son visage, coula vers ses oreilles en lui chatouillant les joues. « Je vais tout lâcher », pensa-t-il, terrorisé.

« Vous ne me dites plus rien, dit la voix blonde.

— Je... dit-il, je me demandais... Pourquoi avez-vous eu envie de me connaître ?

— Vous avez de beaux yeux arrogants, dit-elle. Et puis je voulais savoir pourquoi vous me haïssiez. »

Il déplaça légèrement les reins, pour tromper son besoin. Il dit :

« Je haïssais tout le monde parce que j'étais pauvre. J'ai un sale caractère. »

Ça lui avait échappé sous le coup de son envie; il s'était ouvert par en haut : par en haut ou par en bas, il fallait qu'il s'ouvrît.

« Un sale caractère, répéta-t-il en haletant. Je suis un envieux. »

Il n'en avait jamais tant dit. À personne. Elle lui effleura la main du bout des doigts.

« Ne me haïssez pas : moi aussi, je suis pauvre. »

Un chatouillement lui parcourut le sexe : ça n'était pas à cause de ces doigts maigres et chauds sur le gras de sa main, ça venait de plus loin, de la grande chambre nue, au bord de la mer. Il sonnait, Jeannine arrivait rabattait les couvertures, lui glissait le bassin sous les reins, elle le regardait se liquéfier et quelquefois elle prenait Master Jack entre le pouce et l'index, il adorait ça. À présent, sa chair était bien dressée, l'habitude était prise[a] : toutes ses envies de chier étaient empoisonnées par une langueur acide, par l'envie pâmée de s'ouvrir

sous un regard, de béer sous des yeux professionnels.
« C'est *ça* que je suis », pensa-t-il. Et le cœur lui manqua.
Il avait horreur de lui, il secoua la tête et la sueur lui
brûla les yeux. « Le train ne partira donc pas ? » Si le
wagon s'était remis à rouler, il lui semblait qu'il aurait
été arraché à lui-même, qu'il aurait laissé sur place ses
désirs louches et douloureux et qu'il aurait pu tenir
encore un moment. Il étouffa un nouveau gémissement :
il souffrait, il allait se déchirer comme une étoffe; il
referma en silence sa main sur la douce main si maigre.
Des mains en pâte d'amande prennent Master Jack avec
compétence, Master Jack exulte, indolent, la tête un peu
penchée, une fille de charcuterie prend entre ses doigts une
andouillette sur son lit de gelée. Tout nu. Fendu. Vu.
Une coque éclatée, c'est le printemps. Horreur! Il haïssait
Jeannine.

    « Comme vous avez chaud aux mains, dit la voix.
    — J'ai la fièvre. »
    Quelqu'un gémit doucement dans le soleil, un des
malades allongés près de la porte. L'infirmière se leva
et vint à lui en enjambant les corps. Charles leva le
bras gauche et manœuvra rapidement son miroir; la
glace attrapa soudain l'infirmière, courbée sur un gros
adolescent aux joues rouges et aux oreilles écartées. Il
avait l'air impérieux et pressé. Elle se redressa et retourna
à sa place. Charles la vit fouiller dans sa valise. Elle leur
fit face, elle tenait un urinal entre ses doigts. Elle demanda
d'une voix forte :
    « Personne n'a envie[a] ? Si quelqu'un a envie, il vau-
drait mieux le dire pendant l'arrêt, c'est plus commode.
Surtout ne vous retenez pas, n'ayez pas honte les uns
devant les autres. Il n'y a ni homme ni femme ici; il
n'y a que des malades. »
    Elle promena sur eux son regard sévère mais per-
sonne ne répondit. Le gros garçon s'empara de l'urinal
avec avidité et le fit disparaître sous sa couverture.
Charles serrait fortement la main de son amie. Il suffisait d'élever la voix, de dire : « Moi, moi, j'ai envie. »
L'infirmière se baissa, prit l'urinal et l'éleva. Il rutilait au soleil, rempli d'une belle eau jaune et mousseuse. L'infirmière s'approcha de la porte et se pencha
au-dehors; Charles vit son ombre sur la cloison, le bras
levé, qui se découpait dans le rectangle de lumière. Elle

inclinait l'urinal, une ombre de liquide s'en échappait, étincelante.

« Madame, dit une voix faible.

— Ah! dit-elle, vous vous décidez! Je viens. »

Ils céderont les uns après les autres. Les femmes tiendront plus longtemps que les hommes. Ils vont empuantir leurs voisines; après ça, oseront-ils leur adresser la parole ? « Les salauds », pensa-t-il. Il se fit un remue-ménage à ras du sol; des appels chuchotés, honteux, s'élevaient de tous les coins. Charles reconnut des voix de femmes.

« Attendez, dit l'infirmière. Chacun son tour. »

« Il n'y a que des malades. » Ils se croient tout permis parce qu'ils sont des malades. Ni hommes, ni femmes : des malades. Il souffrait mais il était fier de souffrir : je ne céderai pas; *moi*, je suis un homme. L'infirmière allait des uns aux autres; on entendait le bruit craquant de ses souliers sur les planches et, de temps à autre, un froissement de papier. Une odeur fade et chaude emplissait le wagon. « Je ne céderai pas », pensa-t-il en se tordant de douleur.

« Madame », dit la voix blonde.

Il avait cru mal entendre, mais la voix répéta, honteuse et chantante :

« Madame! Madame! Ici.

— Voilà », dit l'infirmière.

La main chaude et maigre se tordit dans la main de Charles et lui échappa. Il entendit des craquements de souliers : l'infirmière était au-dessus d'eux, immense et sévère, un Archange.

« Tournez-vous », dit la voix suppliante. Elle chuchota encore une fois : « Tournez-vous. »

Il tourna la tête, il aurait voulu se boucher les oreilles et le nez. L'infirmière plongea, énorme vol d'oiseaux noirs, obscurcissant son miroir. Il ne vit plus rien. « C'est une malade », pensa-t-il. Elle avait dû rejeter sa fourrure : un instant le parfum recouvrit tout et puis, peu à peu, une forte odeur rance perça, il en avait plein les narines. C'est une malade. C'est une malade; la belle peau lisse était tendue sur des vertèbres liquides, sur des intestins purulents. Il hésita, partagé entre le dégoût et un immonde désir[a]. Et puis, d'un seul coup, il se verrouilla, ses entrailles se fermèrent comme un poing, il ne sentit plus son corps. C'est une malade. Toutes les envies, tous les désirs s'étaient effacés, il se sentait propre et sec, c'était comme s'il avait recouvré la santé. Une malade : « Elle a résisté tant qu'elle a pu », pensa-t-il avec amour. Le papier se froissa, l'infirmière se releva, déjà plusieurs voix l'appelaient à l'autre bout du wagon. Il ne l'appellerait pas; il planait à quelques pouces du sol, au-dessus d'eux. Il n'était pas une chose; il n'était pas un nourrisson. « Elle n'a pas pu résister », pensa-t-il avec une tendresse si forte que les larmes lui en vinrent aux yeux. Elle ne parlait plus, elle n'osait plus lui adresser la parole; elle a honte. « Je la protégerai », pensa-t-il avec amour. Debout. Debout, penché sur elle et contemplant son doux visage hagard. Elle haletait un peu, dans l'ombre. Il étendit la main et la promena à tâtons sur la fourrure. Le jeune corps se crispa, mais Charles rencontra une main et s'en empara. La main résista, il l'attira près de lui, il la serrait de toutes ses forces. Une malade. Et il était là, sec et dur, délivré; il la protégerait :

« Comment vous appelez-vous ? » demanda-t-il.

« Eh bien! lisez », dit Chamberlain avec impatience. Lord Halifax prit le message de Masaryk[1] et commença à lire : « Il n'a pas besoin d'y mettre le ton », pensa Chamberlain.

« Mon gouvernement, lut Halifax, a maintenant étudié le document et la carte. C'est un ultimatum *de facto,* comme on en présente d'ordinaire à une nation vaincue, et non une proposition à un État souverain qui a montré les plus grandes dispositions possibles à faire des sacrifices pour l'apaisement de l'Europe. Le gouvernement de M. Hitler n'a pas encore manifesté la moindre trace d'une disposition analogue aux sacrifices. Mon gouvernement est étonné par le contenu du mémorandum. Les propositions vont fort au-delà de ce que nous avions consenti dans ce qu'on nomme le plan anglo-français. Elles nous privent de toutes les sauvegardes de notre existence nationale. Nous devons céder de larges positions de nos fortifications soigneusement préparées et laisser entrer profondément dans notre territoire les armées allemandes avant d'avoir pu l'organiser sur une nouvelle base ou d'avoir pu faire les moindres préparatifs de défense. Notre indépen-

dance nationale et économique disparaîtrait automatiquement avec l'adoption du plan de M. Hitler. Toute
la procédure de transfert de la population sera réduite
à une fuite panique*a* pour ceux qui n'accepteront pas
le régime nazi allemand. Ils doivent quitter leur maison
sans même le droit d'emmener leurs possessions personnelles, ni même, dans le cas des paysans, leur vache.

« Mon gouvernement souhaite que je déclare avec
toute la solennité possible que les demandes de M. Hitler,
sous leur forme présente, sont absolument et inconditionnellement inacceptables pour mon gouvernement.
Contre ces nouvelles et cruelles demandes, mon gouvernement se sent engagé à une résistance suprême et
nous ferons ainsi, avec l'aide de Dieu. La nation de
saint Wenceslas, de Jean Huss et de Thomas Masaryk[1]
ne sera pas une nation d'esclaves.

« Nous comptons sur les deux grandes démocraties
occidentales dont nous avons suivi les vœux contre
notre propre jugement pour qu'elles soient à nos côtés,
à notre heure d'épreuve.

— C'est tout ? demanda Chamberlain.

— C'est tout.

— Eh bien, voilà de nouveaux embarras », dit-il.

Lord Halifax ne répondait pas; il se tenait droit
comme un remords, respectueux et réservé.

« Les ministres français arriveront d'ici une heure,
dit Chamberlain sèchement. Je trouve ce document
pour le moins... inopportun.

— Vous pensez qu'il est de nature à peser sur leurs
décisions ? » demanda Halifax avec une pointe d'ironie.

Le vieillard ne répondit pas; il prit le papier dans
ses mains et se mit à le lire en marmottant.

« Les vaches! s'écria-t-il soudain avec irritation.
Qu'est-ce que les vaches viennent faire ici ? C'est tellement maladroit.

— Je ne trouve pas cela si maladroit. J'ai été ému,
dit Lord Halifax.

— Ému ? dit le vieillard avec un petit rire. Mon cher,
nous traitons une affaire. Ceux qui seront émus perdront la partie. »

Des étoffes rouges et roses et mauves*b*, des robes
mauves, des robes blanches, des gorges nues, de beaux
seins sous des mouchoirs, des flaques de soleil sur les

tables, des mains, des liquides poisseux et dorés, encore
des mains, des cuisses jaillissant des shorts, des voix
gaies, des robes rouges et roses et blanches, des voies
gaies qui tournaient dans l'air, des cuisses, la valse de
La Veuve joyeuse, l'odeur des pins, du sable chaud, l'odeur
vanillée du grand large, toutes les îles du monde invisibles et présentes dans le soleil, l'île sous le Vent, l'île
de Pâques, les îles Sandwich, des boutiques de luxe le
long de la mer, l'imperméable de dame à trois mille
francs, les clips, les fleurs rouges et roses et blanches,
les mains, les cuisses, « la musique vient par ici », les
voix gaies qui tournaient dans l'air, Suzanne et ton
régime ? Ah ! tant pis, pour une fois. Les voiles sur la
mer et les skieurs sautant, bras tendus, de vague en
vague, l'odeur des pins, par bouffées, la paix. La paix
à Juan-les-Pins. Elle restait là, affalée, oubliée, elle
tournait à l'aigre. Les gens s'y laissaient prendre : des
broussailles de couleurs, des buissons de musique leur
dissimulaient leur petite angoisse inexperte ; Mathieu
marchait lentement le long des cafés, le long des boutiques, la mer à sa gauche : le train de Gomez n'arrivait
qu'à dix-huit heures dix-sept ; il regardait les femmes,
par habitude, leurs cuisses pacifiques, leurs seins pacifiques. Mais il était en faute. Depuis trois heures vingt-
cinq il était en faute : à trois heures vingt-cinq un train
était parti pour Marseille. « Je ne suis plus ici. Je suis
à Marseille, dans un café de l'avenue de la Gare, j'attends
le train de Paris, je suis dans le train de Paris. Je suis à
Paris par un petit matin ensommeillé, je suis dans une
caserne, je tourne en rond dans la cour de la caserne, à
Essey-lès-Nancy. » À Essey-lès-Nancy, Georges cessa
de parler, parce qu'il fallait crier trop fort, ils levèrent
la tête, l'avion rasait les toits avec un grondement de
tonnerre, Georges suivit l'avion, au-dessus des murs,
au-dessus des toits, au-dessus de Nancy, à Niort, il
était à Niort, dans sa chambre avec la petite, avec ce
goût de poussière dans la bouche. « Qu'est-ce qu'il va
me dire ? Il jaillira du train, vif et brun comme un
estivant de Juan-les-Pins, je suis aussi brun que lui, à
présent, mais je n'ai rien à lui dire. J'étais à Tolède, à
Guadalajara, que faisais-tu ? Je vivais... J'étais à Malaga,
j'ai quitté la ville dans les derniers, qu'as-tu fait ? J'ai
vécu. Ah ! pensa-t-il avec agacement, c'est un ami que

j'attends, ça n'est tout de même pas un juge. » Charles riait, elle ne disait rien, elle avait encore un peu honte, il lui tenait la main et il riait : « Catherine, c'est un beau nom », lui dit-il tendrement. Il a de la veine, après tout, il a fait la guerre en Espagne, il *a pu* la faire, pas d'armes, des dynamiteros contre les tanks, les nids d'aigle de la sierra, l'amour dans les hôtels déserts de Madrid, les petites fumées individuelles dans la plaine, les combats individuels, l'Espagne n'a pas perdu son odeur; et moi, c'est une guerre triste qui m'attend, une guerre cérémonieuse et ennuyée; contre les tanks des antichars, une guerre collective et technique, une épidémie. L'Espagne était là, une raie qui courait au loin sur l'eau bleue. Maud était accoudée au bastingage et regardait l'Espagne. Ils se battent là-bas. Le bateau glissait le long de la côte; là-bas ils entendent le canon; on entendait le bruit des vagues, un poisson volant sauta hors de l'eau. Mathieu marchait vers l'Espagne, la mer à sa gauche, la France à sa droite. Maud glissait le long de la côte, l'Algérie à sa gauche, emportée vers la droite, vers la France; l'Espagne c'était cette haleine torride et cette brume. Maud et Mathieu pensaient à la guerre espagnole et ça les reposait de l'autre guerre, de la guerre vert-de-gris qui se préparait sur leur droite. Il fallait se glisser jusqu'au mur en ruines, en faire le tour et revenir, alors la mission serait accomplie. Le Marocain rampait entre les pierres noircies, la terre était chaude, il avait de la terre sous les ongles des mains et des pieds, il avait peur, il pensait à Tanger; tout en haut de Tanger il y avait une maison jaune à un étage d'où l'on voyait le scintillement éternel de la mer, un nègre à barbe blanche l'habitait, qui mettait des serpents dans sa bouche pour amuser les Anglais. Il fallait penser à cette maison jaune. Mathieu pensait à l'Espagne, Maud pensait à l'Espagne, le Marocain rampait sur le sol gercé d'Espagne, il pensait à Tanger et il se sentait seul. Mathieu tourna dans une rue aveuglante, l'Espagne vira, flamba, ça n'était plus qu'une buée de feu indistincte, sur sa gauche. Nice à droite et, au-delà de Nice, un trou, l'Italie. La gare en face de lui; en face de lui la France et la guerre, la *vraie* guerre, Nancy. Il était à Nancy; par-delà la gare, il marchait vers Nancy. Il n'avait pas soif, il n'avait pas chaud, il n'était pas las.

Son corps était au-dessous de lui, anonyme et cotonneux; les couleurs et les sons, les éclats de soleil, les
odeurs venaient s'enterrer dans son corps; tout ça ne
le regardait plus. « C'est comme ça quand on commence
une maladie », pensa-t-il. Philippe fit passer sa mallette
dans sa main gauche; il était épuisé, mais il fallait tenir
jusqu'au soir. Jusqu'au soir : je dormirai dans le train.
La terrasse de la Tour d'Argent bourdonnait comme une
ruche, robes rouges, roses, mauves, bas de soie artificielle, joues fardées, liquides caramélisés, une foule
sirupeuse et collante, il eut le cœur transpercé de pitié :
on les arrachera des cafés, de leurs chambres et c'est
avec eux qu'on fera de la guerre. Il avait pitié d'eux,
il avait pitié de lui; ils cuisaient dans la lumière, poisseux, repus, désespérés. Philippe eut tout à coup un
vertige de fatigue et d'orgueil : je suis leur conscience.

Encore un café. Mathieu regardait ces beaux hommes
bruns, si gras, si parfaitement d'aplomb et il se sentait
séparé. Ils ont à leur droite le casino, à leur gauche la
poste, derrière eux la mer; c'est tout : la France, l'Espagne, l'Italie sont des lampes qui ne s'allument jamais
pour eux. Ils sont là, ramassés là tout entiers et la guerre
est un fantôme. « Je suis un fantôme », pensa-t-il. Ils
seraient lieutenants, capitaines, ils coucheraient dans des
lits, ils se raseraient tous les jours et puis beaucoup
d'entre eux sauraient se faire embusquer. Il ne les blâmait pas. « Qu'est-ce qui pouvait les en empêcher ? La
solidarité avec ceux qui vont au casse-pipe ? Mais moi,
j'y vais, au casse-pipe. Et je ne demande aucune solidarité. Pourquoi est-ce que j'y vais ? » pensa-t-il brusquement. « Attention! » cria Philippe, bousculé. Il se
baissa pour ramasser sa mallette; le grand type en savates
ne se retourna même pas. « Brute! » grommela Philippe.
Il fit face au café et regarda les gens avec des yeux terribles. Mais personne n'avait remarqué l'incident. Un
gosse pleurait, sa mère lui tamponnait les yeux, avec
un mouchoir. À la table voisine trois hommes étaient
assis, accablés, devant des orangeades. « Ils ne sont pas
tellement innocents, pensa-t-il en parcourant la foule
de son regard insoutenable. Pourquoi partent-ils ? Ils
n'auraient qu'à dire non. » L'auto filait. Daladier enfoncé
dans les coussins suçait une cigarette éteinte en regardant
les piétons. Ça l'emmerdait d'aller à Londres, pas d'apéro,

il boufferait comme un cochon, une femme en cheveux riait, la bouche grande ouverte, il pensa : « Ils ne se rendent pas compte » et il hocha la tête. Philippe pensa : « On les emmène à la boucherie et ils ne s'en rendent pas compte. Ils prennent la guerre comme une maladie. La guerre n'est pas une maladie, pensa-t-il avec force. C'est un mal insupportable parce qu'il vient aux hommes par les hommes. » Mathieu poussa le portillon : « Je viens attendre un ami », dit-il à l'employé. La gare était riante, déserte et silencieuse comme un cimetière. Pourquoi est-ce que j'y vais ? Il s'assit sur un banc vert. « Il y en a qui refuseront de partir. Mais ça n'est pas mon affaire. Refuser, se croiser les bras ou bien filer en Suisse. Pourquoi ? Je ne *sens* pas ça. Ça n'est pas mon affaire. Et la guerre en Espagne ça n'était pas non plus mon affaire. Ni le parti communiste. Mais qu'est-ce qui est *mon* affaire ? » se demanda-t-il avec une sorte d'angoisse. Les rails brillaient, le train viendrait par la gauche. Sur la gauche, tout au bout, ce petit lac miroitant, au point où les rails se rejoignaient, c'étaient Toulon, Marseille, Port-Bou, l'Espagne. Une guerre absurde, injustifiée, Jacques dit qu'elle est perdue d'avance. « La guerre est une maladie, pensa-t-il; mon affaire c'est de la supporter comme une maladie. Pour rien. Par propreté. Je serai un malade courageux, voilà. Pourquoi la faire ? Je ne l'approuve pas. Pourquoi ne pas la faire ? Ma peau ne vaut même pas qu'on la sauve. Voilà, pensa-t-il, voilà : je suis mené ! » Un fonctionnaire. Et ce qu'ils lui laissaient, c'était le stoïcisme triste des fonctionnaires, qui supportent tout, la pauvreté, les maladies et la guerre, par respect d'eux-mêmes. Il sourit, il se dit : « Et je ne me respecte même pas. » « Un martyr, il leur faut un martyr », pensa Philippe. Il flottait, il se baignait dans la fatigue, ce n'était pas désagréable mais il fallait s'y abandonner; simplement il n'y voyait plus très clair, sur sa droite et sur sa gauche deux volets lui fermaient la rue. La foule l'enserrait, les gens sortaient de partout, des enfants lui couraient entre les jambes, des faces clignotantes de soleil glissaient au-dessus de sa tête, au-dessous de sa tête, toujours la même face, ballotée, s'inclinant d'arrière en avant, oui-oui-oui. Oui, nous accepterons ces salaires de famine, oui, nous irons à la guerre, oui, nous laisserons nos maris partir, oui, nous ferons la queue devant les boulangeries avec nos enfants dans les bras. La foule; c'était la foule, cet immense acquiescement silencieux. Et si vous leur expliquez, ils vous cassent la gueule, pensa Philippe, la joue brûlante, ils vous foulent aux pieds avec fureur, en criant : « Oui. » Il regardait ces visages morts, il mesurait son impuissance : on ne peut rien leur dire, c'est un martyr qu'il leur faut. Quelqu'un qui se dresse tout à coup sur la pointe des pieds et qui crie : « NON. » Ils se jetteraient sur lui et le déchireraient. Mais ce sang versé pour eux, par eux, leur communiquerait une puissance neuve; l'esprit du martyr habiterait en eux, ils lèveraient la tête, sans cligner des yeux, et un grondement de refus roulerait d'un bout à l'autre de la foule, comme un tonnerre. « Je suis ce martyr », pensa-t-il. Une joie de supplicié l'envahit, une joie trop forte; sa tête s'inclina, il lâcha la valise, il tomba sur les genoux, englouti par le consentement universel.

« Salut! » cria Mathieu.

Gomez courait vers lui, tête nue, toujours beau. Une brume sur les yeux, il battait des paupières, où suis-je ? Des voix disaient au-dessus de lui : « Qu'est-ce qu'il a ? C'est un étourdissement, quelle est votre adresse ? » Une tête se penchait sur lui, c'était une vieille femme, est-ce qu'elle va me mordre ? Votre adresse! Mathieu et Gomez se regardaient en riant d'aise, votre adresse, *votre adresse,* VOTRE ADRESSE, il fit un violent effort et se releva. Il souriait :

« Mais ce n'est rien, madame, c'est la chaleur. J'habite tout près, je vais rentrer.

— Il faut l'accompagner, dit quelqu'un derrière lui, il ne peut pas rentrer seul » et la voix se perdit dans un grand bruissement de feuilles : « Oui, *oui,* OUI, il faut l'accompagner, il faut l'accompagner, il faut l'accompagner.

— Ah! laissez-moi, cria-t-il, laissez-moi, ne me touchez pas. Non! Non! *Non!* NON! » Il les regarda en face, il regarda leurs yeux usés, scandalisés et il cria : « Non. » Non à la guerre, non au général, non aux mères coupables, non à Zézette et à Maurice, non, laissez-moi tranquille. Ils s'écartèrent et il se mit à courir, avec des semelles de plomb. Il courait, il courait, quelqu'un lui mit la main sur l'épaule et il crut qu'il allait éclater en sanglots. C'était un jeune homme, avec une petite moustache, qui lui tendait sa mallette.

« Vous avez oublié votre mallette », lui dit-il en rigolant. Le Marocain s'arrêta net : c'était un serpent qu'il avait pris pour une branche morte. Un petit serpent; il faudrait une pierre pour lui écraser la tête. Mais le serpent se tordit tout à coup, zébra la terre d'un éclair brun et disparut dans le fossé. C'était un heureux présage. Rien ne bougeait derrière le mur. « J'en reviendrai », pensa-t-il.

Mathieu prit Gomez aux épaules :

« Salut, dit-il. Salut, colonel! »

Gomez eut un sourire noble et mystérieux.

« Général », dit-il.

Mathieu laissa retomber ses mains.

« Général? Dites donc, on avance vite là-bas.

— Les cadres manquent, dit Gomez sans cesser de sourire. Comme vous êtes brun, Mathieu!

— C'est du hâle de luxe, dit Mathieu gêné. Ça s'attrape sur les plages, à ne rien faire. »

Il cherchait sur les mains, sur le visage de Gomez des traces de ses épreuves; il était prêt à tous les remords. Mais Gomez, vif et mince dans son costume de flanelle, cambrant sa petite taille, ne se livrait pas si vite : pour l'instant, il avait l'air d'un estivant.

« Où allons-nous? demanda-t-il.

— On va chercher un petit restaurant tranquille, dit Mathieu. J'habite chez mon frère et ma belle-sœur, mais je ne vous invite pas à dîner chez eux : ils ne sont pas drôles.

— Je voudrais un endroit avec de la musique et des femmes[a] », dit Gomez. Il regarda Mathieu avec impudence et ajouta : « Je viens de passer huit jours en famille.

— Ah! bon, dit Mathieu. Bon. Eh bien, nous irons au Provençal. »

Le planton les regardait venir sans dureté, avec un air professionnel. Il se tenait immobile, un peu voûté, entre les deux distributeurs automatiques de tickets; le soleil rougissait son fusil et son casque. Il les héla au passage.

« C'est pour?

— Essey-lès-Nancy, dit Maurice.

— Vous sortez, vous prenez le tramway à votre gauche et vous descendez au terminus. »

Ils sortirent. C'était une place triste comme on en voit devant les gares, avec des cafés et des hôtels. Il y avait des fumées dans le ciel.

« Ça fait du bien de se dégourdir les jambes », dit Dornier en soupirant.

Maurice leva la tête et sourit en clignant des yeux.

« Pas plus de tramway que de beurre au cul », dit Bébert.

Une femme les regarda avec sympathie.

« Il n'est pas encore arrivé! Où c'est que vous allez ?

— À Essey-lès-Nancy, dit Maurice.

— Vous en avez pour un bon quart d'heure. Il passe toutes les vingt minutes.

— On a le temps de boire un coup », dit Dornier à Maurice.

Il faisait frais, le train roulait, l'air était rouge; il fut parcouru d'un frisson de bonheur et tira sur ses couvertures. Il dit : « Catherine! » et elle ne répondit pas. Mais quelque chose frôla sa poitrine, un oiseau, et remonta lentement jusqu'à son cou; puis l'oiseau s'envola et se posa tout à coup sur son front. C'était sa main, sa douce main parfumée, elle glissa sur le nez de Charles, les doigts légers effleurèrent les lèvres, ça le chatouillait. Il saisit la main et se l'appuya sur la bouche. Elle était tiède; il coula ses doigts le long du poignet et il sentit battre le pouls. Il fermait les yeux, il embrassait cette main maigre et le pouls battait sous ses doigts comme le cœur d'un oiseau. Elle rit : « C'est comme si nous étions des aveugles : il faut faire connaissance avec les doigts. » Il étendit le bras à son tour, il avait peur de lui faire mal; il toucha la tige de fer du miroir et puis des cheveux épandus sur la couverture, blonds au bout de ses doigts, puis une tempe et puis une joue, tendre et charnue comme tout un corps de femme, et puis une bouche tiède aspira ses doigts, des dents les mordillèrent, pendant que mille aiguilles le picotaient des reins à la nuque; il dit : « Catherine! » et il pensa : « Nous faisons l'amour. » Elle lâcha sa main et soupira, Maurice souffla sur son bock et fit sauter la mousse sur le plancher, il but, elle dit : « Qu'est-ce que c'est déjà, les barques où les gens sont couchés côte à côte ? »

Maurice happa sa lèvre supérieure et la lécha, il dit :
« Elle est fraîche ! » « Je ne sais pas, dit Charles, peut-
être les gondoles. — Non, pas les gondoles, enfin ça
ne fait rien : nous serions dans une de ces barques. »
Il lui prit la main, ils glissaient côte à côte, au fil de l'eau,
elle était sa maîtresse, la star aux cheveux d'or pâle, il
était un autre homme, il la protégeait. Il lui dit : « Je
voudrais que le train n'arrive jamais. » Daniel mordil-
lait son porte-plume, on frappa à la porte et il retint
son souffle, il regardait sans la voir la feuille blanche
sur le sous-main. « Daniel ! dit la voix de Marcelle.
Êtes-vous là ? » Il ne répondit pas ; les pas lourds de
Marcelle s'éloignèrent, elle descendait l'escalier, les
marches craquaient une à une ; il sourit, plongea sa
plume dans l'encre et écrivit : « Mon cher Mathieu. »
Une main serrée dans l'ombre[a], un crissement de plume,
le visage de Philippe sort de l'ombre et vient à sa rencontre, pâle dans les ténèbres du miroir, un petit mouvement de tangage, la bière glacée glougloute dans sa
gorge et lui coupe le sifflet, la micheline parcourt trente-
trois mètres entre Paris et Rouen ; une seconde d'homme,
la trois millième seconde de la vingtième heure du vingt-
cinquième[b] jour de septembre 1938. Une seconde perdue,
roulée derrière Charles et Catherine dans la campagne
chaude, entre les rails, abandonnée par Maurice dans
la sciure du café sombre et frais, nageant dans le sillage
du paquebot de la compagnie Paquet, prise aux lacs de
l'encre fraîche, miroitant et séchant dans les jambages
de l'M de Mathieu pendant que la plume gratte le
papier et le déchire, pendant que Daladier, enfoncé dans
les coussins, suce une cigarette éteinte en regardant les
piétons. Ça l'emmerdait d'être à Londres ; il tournait
obstinément les yeux vers la portière pour ne pas voir
la sale gueule de Bonnet et le visage fermé de ce con
d'Anglais ; il pensait : « Ils ne se rendent pas compte ! »
Il vit une femme en cheveux qui riait la bouche grande
ouverte. Ils regardaient tous l'auto d'un air inexpressif,
il y en avait deux ou trois qui criaient : « Hurrah ! »
mais ils ne se rendaient décidément pas compte, ils ne
comprenaient pas qu'elle emportait la guerre et la paix
à Downing Street, la guerre ou la paix, pile ou face,
l'auto noire qui roulait en klaxonnant sur la route de
Londres. Daniel écrivait. Le commandant s'était arrêté

devant la porte du salon des premières, il lisait : « Ce soir, à vingt et une heures, l'orchestre féminin Baby's donnera un concert symphonique dans le salon des premières. Tous les passagers, sans distinction de classe, sont gracieusement invités. » Il tira sur sa pipe et pensa : « Elle est beaucoup trop maigre. » Et juste à ce moment, il sentit un parfum chaud, il entendit un petit bruit d'ailes, c'était Maud, il se retourna; à Madrid le soleil couchant dorait la façade en ruines de la Cité Universitaire; Maud le regardait, il fit un pas, le Marocain se glissait entre les décombres, le Belge le visa, Maud et le commandant se regardaient. Le Marocain leva la tête et vit le Belge; ils se regardèrent et puis, brusquement, Maud fit un sourire sec et détourna la tête, le Belge appuya sur la gâchette, le Marocain mourut, le commandant fit un pas vers Maud et puis il pensa : « Elle est trop maigre » et s'arrêta. « Sacré salaud », dit le Belge. Il regardait le Marocain mort et il disait : « Sacré salaud! »

« Alors, dit Gomez. Et Marcelle ? Sarah m'a dit que c'était fini ?

— C'est fini, dit Mathieu. Elle a épousé Daniel.

— Daniel Sereno ? C'est une drôle d'idée, dit Gomez. Enfin, vous êtes libéré.

— Libéré, dit Mathieu. Libéré de quoi ?

— Marcelle ne vous convenait pas, dit Gomez.

— Bah! dit Mathieu. Bah, bah! »

Les tables couvertes de nappes blanches entouraient en demi-cercle une piste sableuse et jonchée d'aiguilles de pin. Le Provençal était désert; seul un monsieur mangeait une aile de poulet en buvant de l'eau de Vichy. Les musiciens montèrent languissamment sur l'estrade, s'assirent dans un grand bruit de chaises et se mirent à chuchoter entre eux, en accordant leurs instruments; on distinguait encore la mer, noire entre les pins. Mathieu étendit ses jambes sous la table et but une gorgée de porto. Pour la première fois depuis huit jours, il se sentait chez lui; il s'était ramassé d'un seul coup, il tenait tout entier dans ce drôle d'endroit, moitié salon particulier, moitié bois sacré. Les pins semblaient découpés dans du carton, les petites lampes roses, au milieu de la douce nuit naturelle, laissaient couler sur la nappe une lumière de boudoir; un projecteur s'al-

luma dans les arbres, blanchit soudain la piste qui parut
de ciment. Mais il y avait cette absence au-dessus de
leurs têtes et, dans le ciel, les étoiles, vagues petites
bêtes peineuses; il y avait cette odeur de résine et puis
ce vent de mer, remuant et inquiet, une âme en peine,
qui feuilletait les nappes et qui vous passait tout à coup
son museau froid dans le cou.

« Parlons de vous », dit Mathieu.

Gomez parut surpris :

« Il ne vous est rien arrivé d'autre ? demanda-t-il.

— Rien, dit Mathieu.

— Depuis deux ans ?

— Rien. Vous me retrouvez comme vous m'avez laissé.

— Sacrés Français! dit Gomez en riant. Vous êtes
tous éternels. »

Le saxophoniste riait : le violoniste lui parlait à
l'oreille. Ruby se pencha vers Maud, qui accordait son
violon :

« Vise le vieux, au second rang » dit-elle.

Maud pouffa : le vieux était chauve comme un œuf.
Son regard parcourut l'auditoire, ils étaient bien cinq
cents. Elle vit Pierre debout près de la porte et cessa
de rire. Gomez regarda le violoniste d'un air sombre
puis il jeta un coup d'œil aux chaises vides.

« Comme petit coin tranquille, je pense qu'on ne
fait pas mieux, dit-il d'une voix résignée.

— Il y a de la musique, dit Mathieu.

— Je vois, dit Gomez. Je vois bien. »

Il regardait les musiciens d'un air de blâme. Maud
lisait le blâme dans tous ces yeux, elle avait le feu aux
pommettes, comme chaque fois; elle pensait : « Oh!
mon Dieu, à quoi bon ? À quoi bon ? » Mais France,
debout, mousseuse et tricolore, donnait tous les signes
du bonheur, elle souriait, elle battait la mesure par
avance; elle tenait son archet en levant le petit doigt,
comme si c'était une fourchette.

« Vous m'aviez promis des femmes, dit Gomez.

— Eh bien oui! dit Mathieu désolé. Je ne sais pas
ce qu'il y a : la semaine dernière, à cette heure-ci, toutes
les tables étaient prises et pour du linge, il y avait du
linge, je vous jure.

— Ce sont les événements, dit Gomez de sa voix douce.

— Sans doute. »

Les événements; c'est pourtant vrai : pour eux aussi, là-bas, ça existe « les événements ». Ils se battent, adossés aux Pyrénées, les yeux tournés vers Valence, vers Madrid, vers Tarragone; mais ils lisent les journaux et ils pensent à tout ce grouillement d'hommes et d'armes, derrière leur dos, et ils ont leurs opinions sur la France, sur la Tchécoslovaquie, sur l'Allemagne. Il s'agita un peu sur sa chaise : un poisson s'était approché de la vitre de l'aquarium et le regardait de ses yeux ronds. Il offrit à Gomez un petit ricanement complice et dit d'un ton mal assuré :

« C'est que les gens commencent à comprendre.

— Ils ne comprennent rien du tout, dit Gomez. Un Espagnol peut comprendre, un Tchèque aussi et peut-être même un Allemand, parce qu'ils sont dans le coup. Les Français ne sont pas dans le coup; ils ne comprennent rien : ils ont peur. »

Mathieu se sentit blessé; il dit vivement :

« On ne peut pas le leur reprocher. Moi, je n'ai rien à perdre et ça ne m'embête pas tellement de partir; ça me change. Mais si l'on tient fortement à quelque chose, je pense que ça ne doit pas être facile de passer proprement de la paix à la guerre.

— Je l'ai fait en une heure, dit Gomez. Croyez-vous que je ne tenais pas à ma peinture ?

— Vous, c'est différent », dit Mathieu.

Gomez haussa les épaules.

« Vous parlez comme Sarah. »

Ils se turent. Mathieu n'estimait pas tellement Gomez. Moins que Brunet, moins que Daniel. Mais il se sentait coupable devant lui, parce que c'était un Espagnol. Il frissonna. Un poisson contre la vitre de l'aquarium. Et il était Français sous ce regard, Français jusqu'aux moelles. Coupable. Coupable et Français. Il avait envie de lui dire : « Mais sacrebleu ! j'étais interventionniste. » Mais ça n'était pas la question. Ce qu'il avait souhaité personnellement ne comptait pas. Il était Français, ça n'aurait servi à rien qu'il se désolidarisât des autres Français. J'ai décidé la non-intervention en Espagne, je n'ai pas envoyé d'armes, j'ai fermé la frontière aux volontaires. Il fallait se défendre avec tous ou se laisser condamner avec tous, avec le maître d'hôtel et le monsieur dyspeptique qui buvait de l'eau de Vichy.

« C'est idiot, dit-il, je m'étais imaginé que vous viendriez en uniforme. »

Gomez sourit :

« En uniforme ? Vous voulez me voir en uniforme ? »

Il sortit une liasse de photos de son portefeuille et les tendit à Mathieu, les unes après les autres.

« Voilà l'homme. »

C'était un officier à l'air dur, sur les marches d'une église.

« Vous n'avez pas l'air commode.

— Il faut ça », dit Gomez.

Mathieu le regarda et se mit à rire :

« Oui, dit Gomez. C'est une farce.

— Je ne pensais pas ça, dit Mathieu. Je me demandais si j'aurais l'air aussi vache que vous, sous l'uniforme.

— Vous êtes officier ? demanda Gomez avec intérêt.

— Simple soldat. »

Gomez eut un geste d'agacement.

« Tous les Français sont simples soldats.

— Tous les Espagnols sont généraux », dit Mathieu vivement.

Gomez rit de bon cœur.

« Regardez-moi ça », dit-il en lui tendant une photo.

C'était une toute jeune fille, brune et sombre. Elle était très belle. Gomez lui tenait la taille et souriait avec l'air avantageux qu'il prenait toujours sur les photos.

« Mars et Vénus, dit-il.

— Je vous retrouve, dit Mathieu. Mais dites-moi, vous les prenez bien jeunes.

— Quinze ans; mais la guerre les mûrit. Et me voilà au combat. »

Mathieu vit un petit homme blotti sous un pan de mur en ruines.

« Où est-ce ?

— À Madrid. La Cité Universitaire. On s'y bat encore. »

Il s'est battu. Il s'est vraiment couché derrière ce mur et on lui tirait dessus. Il était capitaine, à l'époque. Peut-être qu'il manquait de cartouches et qu'il pensait : « Salauds de Français. » Gomez s'était renversé sur sa chaise, il achevait de boire son porto, il prit sa boîte d'allumettes d'un geste reposé, il alluma sa cigarette, ses traits nobles et comiques jaillirent de l'ombre et s'éteignirent. Il s'est battu ; il n'en reste rien dans ses yeux. La nuit tombait, l'enveloppait de douceur, il bleuissait au-dessus de la lampe rose, l'orchestre jouait *No te quiero mas,* le vent agitait doucement la nappe, une femme entra, riche et seule, et s'assit près d'eux, son parfum flotta jusqu'à leur nez. Gomez l'aspira largement en dilatant ses narines, son visage se durcit, il tourna la tête d'un air chercheur.

« À droite », dit Mathieu.

Gomez fixa sur elle un regard de loup, il était devenu grave. Il dit :

« Belle fille.

— C'est une actrice, dit Mathieu. Elle a douze pyjamas de plage. Il y a un industriel de Lyon qui l'entretient.

— Hum ! » fit Gomez.

Elle lui rendit son regard et détourna les yeux en souriant à moitié.

« Vous ne perdrez pas votre soirée », dit Mathieu.

Il ne répondit pas. Il avait posé l'avant-bras sur la nappe, Mathieu regardait sa main velue et baguée, que rosissait la clarté de la lampe. Il est là, tout bleu, avec ses mains roses, il respire ce parfum de blonde, il l'appelle du regard. Il s'est battu. Il y a derrière lui des villes roussies, des tourbillons de poussière rouge, des croupes pelées, des explosions de fusées qui ne brillent même pas dans ses yeux. Il s'est battu ; il va retourner se battre et il est là, il voit ces nappes blanches que je vois. Il tenta de regarder les pins, la piste, la femme avec les yeux de Gomez, ces yeux brûlés par les flammes de la guerre ; il y parvint un instant et puis l'âpreté inquiète et somptueuse qui l'avait traversé s'évanouit. Il s'est battu, il est... comme il est romanesque ! « Moi je ne suis pas romanesque », pensa Mathieu. « Non, dit Odette, deux couverts seulement, M. Mathieu ne rentre pas dîner. » Elle s'approcha de la fenêtre ouverte, elle entendait la musique du Provençal, c'était un tango. Ils écoutaient la musique ; Mathieu pensait : « Il est de passage. » Le garçon leur servit le potage : « Non, dit Gomez, pas de potage. » Elles jouaient *Le Tango du chat;* le violon de France sautait dans la lumière et plongeait soudain dans l'ombre comme un poisson volant. France souriait, les yeux mi-clos, elle plongeait derrière son violon, l'archet grattait, le violon miaulait, Maud entendait miauler le violon contre son oreille, elle entendait tousser le monsieur chauve et Pierre la regardait, Gomez se mit à rire, il n'avait pas l'air bon.

« Un tango, dit-il, un tango! Si des Français s'avisaient de jouer un tango comme ça, dans un café de Madrid...

— On leur jetterait des pommes cuites? demanda Mathieu.

— Des pierres! dit Gomez.

— On ne nous aime pas beaucoup là-bas? demanda Mathieu.

— Dame! » fit Gomez.

Il poussa la porte : le Bar basque était désert. Boris y était entré un soir à cause de son nom : « Bar basque », ça faisait penser à barbaque et barbaque était un mot qu'il ne pouvait prononcer sans rire. Et puis il s'était trouvé que le bar était tout à fait fameux et Boris y était revenu tous les soirs, pendant que Lola était à son travail. Par les fenêtres ouvertes, on entendait la musique lointaine du casino; une fois, même, il avait cru reconnaître la voix de Lola, mais le fait ne s'était pas reproduit.

« Bonjour, monsieur Boris, dit le patron.

— Bonjour patron, dit Boris. Donnez-moi donc un rhum blanc. »

Il se sentait béat. Il pensait qu'il boirait deux rhums blancs en fumant sa pipe; puis, vers onze heures, il s'offrirait un sandwich au saucisson. Aux environs de minuit, il irait chercher Lola. Le patron se pencha sur lui et remplit son verre.

« Le Marseillais n'est pas là? demanda Boris.

— Non, dit le patron. Il a un banquet professionnel.

— Oh! pardon! »

Le Marseillais était placier en corsets, il y avait aussi un autre type, nommé Charlier, un typographe. Boris jouait quelquefois à la belote avec eux et d'autres fois, ils parlaient sur la politique et sur les sports ou bien ils restaient assis sans rien dire, les uns au comptoir, les autres aux tables du fond; de temps en temps Charlier rompait le silence pour dire : « Oui! oui! oui! c'est comme ça » en hochant la tête et le temps passait agréablement.

« Il n'y a pas grand monde aujourd'hui », dit Boris.

Le patron haussa les épaules.

« Ils foutent tous le camp. D'ordinaire je reste ouvert jusqu'à la Toussaint, dit-il en regagnant le comptoir. Mais si ça continue je ferme la boîte au 1er octobre et je me retire sur mes terres. »

Boris s'arrêta de boire et demeura saisi. De toute façon le contrat de Lola expirait le 1er octobre, ils seraient partis. Mais il n'aimait pas penser que le Bar basque fermerait derrière leur dos. Le casino aussi allait fermer et tous les hôtels, Biarritz resterait désert. C'était la même chose que lorsqu'on pensait à la mort : si l'on avait la certitude que d'autres hommes, après vous, boiraient encore des rhums blancs, prendraient des bains de mer, entendraient des airs de jazz, on se sentait plutôt réconforté ; mais s'il avait fallu penser que tout le monde mourrait en même temps et qu'après vous l'humanité fermerait boutique, ça n'aurait rien eu de réjouissant.

« À quelle date rouvrirez-vous ? demanda-t-il pour se rassurer.

— S'il y a la guerre, dit le patron, je ne rouvrirai pas du tout. »

Boris compta sur ses doigts : « 26, 27, 28, 29, 30, j'y reviendrai cinq fois encore et puis ce sera fini ; je ne reverrai plus jamais le Bar basque. » C'était marrant. Cinq fois. Il boirait encore cinq fois des rhums blancs à cette table et puis ce serait la guerre, le Bar basque fermerait et, en octobre 39, Boris serait mobilisé. Des lampes en forme de bougies plantées sur des suspensions de chêne laissaient tomber une belle lumière rousse sur les tables. Boris pensa : « Je ne reverrai plus cette lumière-là. Justement celle-là : du roux sur du noir. » Naturellement il en verrait beaucoup d'autres, les fusées nocturnes au-dessus des champs de bataille, on dit que c'est pas mal. Mais cette lumière-là s'éteindrait le 1er octobre et Boris ne la verrait plus jamais. Il considéra avec respect une tache de clarté qui s'étalait sur la table et pensa qu'il avait été coupable. Il avait toujours traité les objets à la façon des fourchettes et des cuillers, comme s'ils avaient été indéfiniment renouvelables : c'était une profonde erreur ; il y avait un nombre fini de bars, de cinémas, de maisons, de villes et de villages et, dans chacun d'eux, un même individu ne pouvait aller qu'un nombre fini de fois.

« Voulez-vous que je mette la T. S. F. ? demanda le patron. Ça vous désennuiera.

— Non, merci, dit Boris. C'est bien comme ça. »

Au moment de sa mort, en 42, il aurait déjeuné 365 × 22 fois soit 8 030 fois, en comptant ses repas de nourrisson. Et si l'on admettait qu'il avait mangé de l'omelette 1 fois sur 10, il aurait mangé 803 omelettes. « Seulement 803 omelettes ? se dit-il avec étonnement. Ah non! il y a aussi les dîners, ça fait 16 060 repas et 1 606 omelettes. » De toute façon, pour un amateur, ça n'était pas considérable. « Et les cafés, poursuivit-il. On peut compter le nombre de fois que j'irai encore dans un café : mettons que j'y aille 2 fois par jour et que je sois mobilisé dans un an, ça fait 730 fois. 730 fois! ce que c'est peu. » Ça lui porta tout de même un coup mais il n'était pas particulièrement surpris : il avait toujours su qu'il mourrait jeune. Il s'était dit souvent qu'il finirait tuberculeux ou assassiné par Lola. Mais, au fond de lui-même, il n'avait jamais douté qu'il ne dût périr à la guerre. Il travaillait, il préparait son bachot ou sa licence, mais c'était plutôt par passe-temps, comme les jeunes filles qui suivent des cours à la Sorbonne en attendant de se marier. « C'est marrant, se dit-il : il y a eu des époques où les gens faisaient leur droit ou leur agrégation de philo en pensant qu'ils auraient une étude de notaire à quarante ans, une retraite de professeur à soixante. On se demande ce qu'il pouvait y avoir dans leur tête. Des gens qui avaient devant eux 10 000, 15 000 soirées au café, 4 000 omelettes, 2 000 nuits d'amour! Et, s'ils quittaient un endroit qui leur plaisait, ils pouvaient se dire à coup sûr : "Nous reviendrons l'an prochain ou dans dix ans." Ils devaient faire des conneries, décida-t-il avec sévérité. On ne peut pas conduire sa vie à quarante ans de distance. » Pour lui, il était beaucoup plus modeste : il avait des projets pour deux ans, après, ce serait fini. Il *faut* être modeste. Une jonque passa lentement sur le Fleuve Bleu et Boris s'attrista tout à coup. Il n'irait jamais aux Indes, ni en Chine, ni à Mexico, ni même à Berlin, sa vie était encore plus modeste qu'il n'eût souhaité. Quelques mois en Angleterre, Laon, Biarritz, Paris — et il y en a qui ont fait le tour du monde. Une seule femme. C'était une toute petite vie; elle avait l'air déjà finie, puisqu'on savait d'avance tout ce qu'elle ne contiendrait pas. Il *faut* être modeste. Il se redressa, but une gorgée de rhum et pensa : « C'est mieux comme ça, on ne risque pas de gaspiller. »

« Un autre rhum, patron. »

Il leva la tête et observa les ampoules électriques avec application.

La pendule sonna en face de lui, au-dessus de la glace; il voyait son visage dans la glace. Il pensa : « Il est neuf heures quarante-cinq », il pensa : « À dix heures! » et il appela la serveuse.

« La même chose. »

La serveuse s'en alla et elle revint avec la bouteille de fine et une soucoupe. Elle versa la fine dans le verre de Philippe et posa la soucoupe sur les trois autres. Elle avait un sourire ironique mais Philippe la regarda droit dans les yeux avec lucidité; il prit le verre fermement et l'éleva sans en répandre une goutte; il but une gorgée et reposa le verre sans quitter des yeux les yeux de la serveuse.

« Combien ?

— Vous voulez payer ? demanda-t-elle.

— Je veux payer tout de suite.

— Eh bien, c'est douze francs. »

Il lui donna quinze francs et la chassa de la main. Il pensa : « Je ne dois plus rien à personne! » Et il rit un peu, derrière sa main. Il pensa : « À personne! » Il se vit rire dans la glace et ça le fit rire. Au dernier coup de dix heures, il se lèverait, il arracherait son image à la glace et le martyre commencerait. Pour l'instant il se sentait plutôt gai, il considérait la situation en dilettante. Le café était hospitalier, c'était Capoue, la banquette était molle comme un matelas de plumes, il était enfoncé dedans, une petite musique venait de derrière le comptoir et aussi un bruit de vaisselle qui lui rappelait les cloches des vaches à Seelisberg. Il se voyait dans la glace, il aurait pu rester assis à se regarder et à écouter cette musique pendant une éternité. À dix heures. Il se lèverait, il prendrait son image avec les mains, il l'arracherait à la glace comme une peau morte, comme une taie à un œil. *Les glaces opérées de la cataracte...*

Cataractes du jour.

Dans les glaces opérées de la cataracte.

Ou bien :

Le jour s'engouffre en cataracte dans la glace opérée de la cataracte.

Ou encore :

Niagara du jour en cataracte dans la glace opérée de la cataracte.

Les mots tombèrent en poudre et il s'accrocha au marbre froid, le vent m'emporte, il y avait ce goût d'alcool poisseux dans sa gorge. LE MARTYR. Il se regarda dans la glace, il pensa qu'il regardait le martyr; il se fit un sourire et un salut. « Dix heures moins dix, ha! pensa-t-il avec satisfaction, je trouve *le temps long.* » Cinq minutes de passées, une éternité. Encore deux éternités, sans bouger, sans penser, sans souffrir, à contempler le beau visage émacié du martyr et puis le temps s'engouffrera en mugissant dans un taxi, dans le train, jusqu'à Genève.

Ataraxie.

Niagara du temps.

Niagara du jour.

Dans les glaces opérées de la cataracte.

Je m'en vais en taxi.

À Gauburge, à Bibracte.

Dont acte, dont acte!

Dont cataracte.

Il rit, il cessa de rire, il regarda autour de lui, le café sentait la gare, le train, l'hôpital; il avait envie d'appeler au secours. Sept minutes. « Qu'est-ce qui serait le plus révolutionnaire? pensa-t-il. Partir ou ne pas partir? Si je pars, je fais la révolution contre les autres; si je ne pars pas, je la fais contre moi, c'est plus fort. Tout préparer, voler, faire faire les faux papiers, rompre toutes les attaches et puis, au dernier moment, pfftt : je ne pars plus, bonsoir! La liberté au second degré; la liberté contestant la liberté. » À dix heures moins trois il décida de jouer son départ à pile ou face. Il voyait nettement le hall de la gare d'Orsay, désert et ruisselant de lumière et l'escalier qui s'enfonçait sous la terre, dans la fumée des locomotives, il avait un goût de fumée dans la bouche; il prit la pièce de quarante sous, pile je pars; il la lança en l'air, pile, je pars! pile, je pars. Elle retomba pile. « Eh bien, je pars! dit-il à son image. Non parce que je hais la guerre, non parce que je hais ma famille, non pas même parce que j'ai décidé de partir : par pur *hasard;* parce qu'une pièce a roulé d'un côté plutôt que de l'autre. Admirable, pensa-t-il; je suis à l'extrême pointe de la liberté. Le martyre gratuit; si elle m'avait vu, lançant ma pièce en l'air! Encore une minute. Un coup de dés! Ding, jamais, ding, ding, un coup, ding, de dés, ding, n'abo, ding, ding, lira, ding, ding, l'hasard. *Ding!* » Il se leva, il marchait droit, il posait ses pieds l'un après l'autre sur une rainure du parquet, il sentait le regard de la serveuse sur son dos mais il ne lui donnerait pas à rire. Elle le rappela :

« Monsieur! »

Il se retourna, tremblant :

« Votre mallette. »

Merde. Il traversa la salle en courant, s'empara de sa mallette, et se mit à tituber. Il gagna péniblement la porte au milieu des rires, sortit, héla un taxi. Il tenait sa mallette de sa main gauche, il serrait dans sa main droite la pièce de quarante sous. La voiture s'arrêta devant lui.

« Quelle adresse ? »

Le chauffeur avait une moustache et une verrue sur la joue.

« Rue Pigalle, dit Philippe. À la Cabane cubaine.

— Nous avons perdu la guerre », dit Gomez.

Mathieu le savait mais il pensait que Gomez ne le savait pas encore. L'orchestre jouait *I'm looking for Sallie,* les assiettes brillaient sous la lampe et la lumière des projecteurs tombait sur la piste comme un monstrueux clair de lune, un clair de lune réclame pour Honolulu. Gomez était assis là, le clair de lune gisait à sa droite, à sa gauche une femme lui souriait à demi; il allait repartir pour l'Espagne et il savait que les républicains avaient perdu la guerre.

« Vous ne pouvez pas en être sûrs, dit Mathieu. Personne ne peut en être sûr.

— Si, dit Gomez. Nous, nous en sommes sûrs. »

Il ne paraissait pas triste : il faisait une constatation, voilà tout. Il regardait Mathieu d'un air calme et délivré. Il dit :

« Tous mes soldats sont sûrs que la guerre est perdue.

— Ils se battent quand même ? demanda Mathieu.

— Qu'est-ce que vous voulez qu'ils fassent ? »

Mathieu haussa les épaules.

« Évidemment. »

Je prends mon verre, je bois deux gorgées de Château-Margaux, on me dit : « Ils se battent jusqu'au dernier, il ne leur reste rien d'autre à faire », je bois une gorgée de

Château-Margaux, je hausse les épaules, je dis : « Évidemment. » Salaud.

« Qu'est-ce que c'est que ça ? demanda Gomez.

— Les tournedos Rossini, dit le maître d'hôtel.

— Ah ! oui, dit Gomez. Donnez. »

Il lui prit le plat des mains et le déposa sur la table.

« Pas mal, dit-il Pas mal. »

Les tournedos sont sur la table ; un pour lui, un pour
moi. Il a le droit de savourer le sien, il a le droit de le
déchirer avec ses belles dents blanches, il a le droit de
regarder la jolie fille à sa gauche et de penser : « La belle
garce ! » Moi, pas. Si je mange, cent Espagnols morts me
sautent à la gorge. Je n'ai pas payé.

« Buvez ! dit Gomez. Buvez ! »

Il prit la bouteille et remplit le verre de Mathieu.

« C'est vous qui m'en priez », dit Mathieu avec un
petit rire. Il prit le verre et le vida. Le tournedos se trouva
subitement dans son assiette. Il prit sa fourchette et son
couteau :

« Si c'est l'Espagne qui m'en prie », murmura-t-il.

Gomez ne parut pas l'entendre. Il s'était versé un
verre de Château-Margaux ; il but et sourit :

« Aujourd'hui le tournedos, demain, les pois chiches.
C'est la dernière soirée que je passe en France, dit-il. Et
c'est le seul bon dîner que j'y aie fait.

— Comment ? dit Mathieu. Mais à Marseille ?

— Sarah est végétarienne », dit Gomez.

Il regardait droit devant lui, il avait l'air sympathique.
Il dit :

« Quand je suis parti en permission, ça faisait trois
semaines que Barcelone était privée de tabac. Ça ne vous
dit rien, toute une ville qui ne fume pas ? »

Il tourna les yeux vers Mathieu et soudain il parut le
voir. Son regard reprit une pertinence désagréable.

« Vous connaîtrez tout ça, dit-il.

— Ce n'est pas certain, dit Mathieu. La guerre peut
encore s'éviter.

— Oh ! naturellement, dit Gomez. La guerre peut
toujours s'éviter. »

Il eut un petit rire et ajouta :

« Il suffira que vous laissiez tomber les Tchèques. »

« Non, mon vieux, pensa Mathieu, non, mon vieux !
Les Espagnols peuvent me faire la leçon avec l'Espagne,

c'est leur rayon. Mais pour les leçons tchécoslovaques, je réclame la présence d'un Tchèque. »

« Franchement, Gomez, demanda-t-il, faut-il les soutenir ? Il n'y a pas si longtemps que les communistes réclamaient l'autonomie pour les Allemands des Sudètes.

— Faut-il les soutenir ? demanda Gomez en imitant Mathieu. Fallait-il nous soutenir ? Fallait-il soutenir les Autrichiens ? Et vous ? Qui vous soutiendra quand ce sera votre tour ?

— Il ne s'agit pas de nous, dit Mathieu.

— Il s'agit de vous, dit Gomez. De qui s'agirait-il ?

— Gomez, dit Mathieu, mangez votre tournedos. Je comprends très bien que vous nous détestiez tous. Mais enfin c'est votre dernier soir de permission, la viande refroidit dans votre assiette, il y a une femme qui vous sourit, et puis, après tout, j'étais interventionniste. »

Gomez s'était repris :

« Je sais, dit-il en souriant, je sais bien.

— Et puis voyez-vous, dit Mathieu, en Espagne la situation était nette. Mais quand vous venez me parler de la Tchécoslovaquie, je ne vous suis plus parce que j'y vois beaucoup moins clair. Il y a une question de droit que je n'arrive pas à trancher : car enfin, si les Allemands des Sudètes ne veulent pas être Tchèques ?

— Laissez donc les questions de droit, dit Gomez en haussant les épaules. Vous cherchez une raison de vous battre ? Il n'y en a qu'une : si vous ne vous battez pas, vous êtes foutus. Ce que veut Hitler, ce n'est ni Prague, ni Vienne, ni Dantzig : c'est l'Europe. »

Daladier regarda Chamberlain, il regarda Halifax et puis il détourna les yeux et regarda une pendule dorée sur une console; les aiguilles marquaient dix heures trente-cinq; le taxi s'arrêta devant la Cabane cubaine. Georges se retourna sur le dos et gémit un peu, les ronflements de son voisin l'empêchaient de dormir.

« Je ne puis, dit Daladier, que répéter ce que j'ai déjà déclaré : le gouvernement français a pris des engagements vis-à-vis de la Tchécoslovaquie. Si le gouvernement de Prague maintient son refus des propositions allemandes et si, en conséquence de ce refus, il est victime d'une agression, le gouvernement français se verra dans l'obligation de remplir ses engagements. »

Il toussa, regarda Chamberlain et attendit.

« Oui, dit Chamberlain. Oui, évidemment. »

Il parut disposé à ajouter quelques mots ; mais les mots ne vinrent point. Daladier attendait en traçant, du bout du pied, des ronds sur le tapis. Il finit par relever la tête et demanda d'une voix fatiguée :

« Quelle serait, dans cette éventualité, la position du gouvernement britannique ? »

France, Maud, Doucette et Ruby se levèrent et saluèrent. Il y eut, dans les premiers rangs, des applaudissements mous et puis la foule s'écoula au milieu d'un grand bruit de chaises. Maud chercha Pierre du regard, mais il avait disparu. France se tourna vers elle, elle avait les joues en feu, elle souriait.

« C'était une bonne soirée, dit-elle. Une vraiment bonne soirée. »

La guerre était là, sur la piste blanche, elle était l'éclat mort du clair de lune artificiel, l'acidité fausse de la trompette bouchée et ce froid sur la nappe, dans l'odeur du vin rouge, et cette vieillesse secrète des traits de Gomez. La guerre ; la mort ; la défaite. Daladier regardait Chamberlain, il lisait la guerre dans ses yeux, Halifax regardait Bonnet, Bonnet regardait Daladier ; ils se taisaient et Mathieu regardait le guerre dans son assiette, dans la sauce noire et ocellée du tournedos.

« Et si, nous aussi, nous perdions la guerre ?

— Alors, l'Europe sera fascisée, dit Gomez avec légèreté. Ce n'est pas une mauvaise préparation au communisme.

— Que deviendrez-vous, Gomez ?

— Je pense que leurs poulets m'abattront dans un garni ou bien alors j'irai tirer le diable par la queue en Amérique. Qu'est-ce que ça fait ? J'aurai vécu. »

Mathieu regarda Gomez avec curiosité :

« Et vous ne regrettez rien ? demanda-t-il.

— Rien du tout.

— Même pas la peinture ?

— Même pas la peinture. »

Mathieu secoua la tête tristement. Il aimait les tableaux de Gomez.

« Vous faisiez de beaux tableaux, dit-il.

— Je ne pourrai plus jamais peindre.

— Pourquoi ?

— Je ne sais pas. C'est physique. J'ai perdu la patience ; ça me paraîtrait ennuyeux.

— Mais à la guerre aussi il faut être patient.

— Ce n'est pas la même patience. »

Ils se turent. Le maître d'hôtel apporta les crêpes sur un plat d'étain, il les arrosa de rhum et de calvados, puis il approcha du plat une allumette enflammée. Un spectre de flamme se balança un moment dans les airs.

« Gomez! dit tout à coup Mathieu. Vous, vous êtes fort; vous savez pourquoi vous vous battez.

— Vous voulez dire que vous ne le sauriez pas ?

— Si. Je crois que je le saurais. Mais je ne pensais pas à moi. Il y a des types qui n'ont que leur vie, Gomez. Et personne ne fait rien pour eux. Personne. Aucun gouvernement, aucun régime. Si le fascio remplaçait ici la République, ils ne s'en apercevraient même pas. Prenez un berger des Cévennes. Est-ce que vous croyez qu'il saurait pourquoi il se bat ?

— Chez nous ce sont les bergers qui sont les plus enragés, dit Gomez.

— Pourquoi se battent-ils ?

— Ça dépend. J'en ai connu qui se battaient pour apprendre à lire.

— En France tout le monde sait lire, dit Mathieu. Si je rencontrais dans mon régiment un berger des Cévennes et si je le voyais crever à côté de moi pour me conserver ma République et mes libertés, je vous jure que je ne serais pas fier[1]. Oh! Gomez, est-ce que vous n'avez pas honte, quelquefois : tous ces gens qui sont morts pour vous ?

— Ça ne me gêne pas, dit Gomez. Je risque ma peau comme eux.

— Les généraux meurent dans leur lit.

— Je n'ai pas toujours été général.

— De toute façon ça n'est pas pareil, dit Mathieu.

— Je ne les plains pas, dit Gomez, je n'ai pas pitié d'eux. » Il avança la main au-dessus de la nappe et saisit l'avant-bras de Mathieu : « Mathieu, dit-il d'une voix basse et lente, c'est beau, la guerre. »

Son visage flamboyait. Mathieu tenta de se dégager mais Gomez lui serra le bras avec force et reprit :

« J'aime la guerre. »

Il n'y avait plus rien à dire. Mathieu eut un petit rire gêné et Gomez le lâcha.

« Vous avez fait une forte impression sur notre voisine », dit Mathieu.

Gomez jeta un regard sur sa gauche, entre ses beaux cils.

« Oui ? dit-il. Eh bien, il faut battre le fer pendant qu'il est chaud. Cette piste, c'est pour danser ?

— Mais oui. »

Gomez se leva en boutonnant son veston. Il se dirigea vers l'actrice et Mathieu le vit s'incliner au-dessus d'elle. Elle renversa la tête en arrière et le regarda avec un rire donné, puis ils s'éloignèrent et se mirent à danser. Ils dansaient ; elle ne sentait pas du tout la négresse, ça devait être une Martiniquaise. Philippe pensait : « Martiniquaise » et ce fut le mot de Malabaraise[1] qui lui vint aux lèvres. Il murmura :

« Ma belle Malabaraise. »

Elle répondit :

« Vous dansez bien. »

Il y avait une petite musique de fifre dans sa voix, ça n'était pas désagréable.

« Vous parlez très bien le français », dit-il.

Elle le regarda avec indignation :

« Je suis née en France.

— Ça ne fait rien, dit-il. Vous parlez très bien le français tout de même. »

Il pensa : « Je suis soûl » et il rit. Elle lui dit sans colère :

« Vous êtes complètement ivre.

— Voui », dit-il.

Il ne sentait plus sa fatigue ; il aurait dansé jusqu'au matin ; mais il avait décidé de coucher avec la négresse, c'était plus sérieux. Ce qu'il y avait de particulièrement réjouissant dans l'ivresse, c'était ce pouvoir qu'elle donnait sur les objets. Pas besoin de les toucher : un simple regard et on les possédait ; il possédait ce front, ces cheveux noirs ; il se caressait les yeux à ce visage lisse. Plus loin, ça devenait flou ; il y avait ce gros monsieur qui buvait du champagne et puis des gens vautrés les uns sur les autres, qu'il ne distinguait pas très bien. La danse était finie ; ils allèrent s'asseoir.

« Ce que vous dansez bien, dit-elle. Joli comme vous êtes, vous en avez eu, des femmes.

— Je suis vierge, dit Philippe.

— Menteur! »

Il leva la main :

« Je vous jure que je suis vierge. Je vous le jure sur la tête de ma mère.

— Ah ? dit-elle, déçue. Alors c'est que les femmes ne vous intéressent pas.

— Je ne sais pas, dit-il. Il faut voir. »

Il la regarda, il la posséda par les yeux, il fit la moue et il dit :

« Je compte sur toi. »

Elle lui souffla la fumée de sa cigarette au visage :

« Tu verras ce que je sais faire. »

Il la prit par les cheveux et l'attira à lui; de près, elle sentait tout de même un peu la graisse. Il l'embrassa légèrement sur les lèvres. Elle dit :

« Un puceau. Je vais gagner le gros lot.

— Gagner ? dit-il. On perd toujours. »

Il ne la désirait pas du tout. Mais il était content parce qu'elle était belle et qu'elle ne l'intimidait pas. Il se sentait tout à fait à son aise et il pensa : « Je sais parler aux femmes. » Il la lâcha, elle se redressa; la mallette de Philippe tomba sur le sol.

« Attention! dit-il. Tu es soûle! »

Elle ramassa la mallette :

« Qu'est-ce qu'il y a là-dedans ?

— Chut! Touche pas : c'est une valise diplomatique.

— Je veux savoir ce qu'il y a dedans, dit-elle en faisant l'enfant. Mon chéri, dis-moi ce qu'il y a dedans. »

Il voulut lui arracher la mallette, mais déjà elle l'avait ouverte. Elle vit le pyjama et la brosse à dents.

« Un bouquin! dit-elle en découvrant le Rimbaud. Qu'est-ce que c'est ?

— Ça, dit-il, c'est un type qui est parti.

— Où ça ?

— Qu'est-ce que ça peut te faire ? dit-il. Il est parti. »

Il lui prit le livre des mains et le replaça dans la mallette.

« C'est un poète, dit-il avec ironie. Est-ce que tu comprends mieux comme ça ?

— Ben oui, dit-elle. Il fallait le dire tout de suite. »

Il referma la mallette, il pensa : « Je ne suis pas parti » et son ivresse tomba. « Pourquoi ? Pourquoi ne suis-je pas parti ? » À présent, il distinguait très bien le gros monsieur, en face de lui : il n'était pas si gros que ça et il avait des yeux intimidants. Les grappes humaines se décollèrent d'elles-mêmes; il y avait des femmes, des noires et des blanches; des hommes aussi. Il lui sembla qu'on le regardait beaucoup. « Pourquoi suis-je ici ? Comment suis-je entré ? Pourquoi ne suis-je pas parti ? » Il y avait un trou dans ses souvenirs : il avait lancé la pièce en l'air, il avait hélé un taxi et puis voilà : à présent, il était assis à cette table, devant une coupe de champagne, avec cette négresse qui sentait la colle de poisson. Il regardait ce Philippe qui jetait la pièce en l'air, il essayait de le déchiffrer, il pensait : « Je suis *un autre* », il pensait : « Je ne me connais pas. » Il tourna la tête vers la négresse.

« Pourquoi tu me regardes ? demanda-t-elle.

— Comme ça.

— Tu me trouves belle ?

— Comme ci, comme ça. »

Elle se racla la gorge et ses yeux étincelèrent. Elle souleva son derrière à quelques pouces au-dessus de la banquette en appuyant les mains sur la nappe.

« Si tu me trouves moche, je peux m'en aller : on n'est pas mariés. »

Il fouilla dans sa poche et en tira trois billets de mille francs froissés.

« Tiens, dit-il. Prends ça et reste. »

Elle prit les billets, les déplia, les lissa et se rassit en riant.

« Tu es un sale gosse, dit-elle. Un sale petit gosse. »

Un abîme de honte s'était ouvert juste devant lui : il n'avait qu'à s'y laisser tomber. Giflé, battu, chassé, même pas parti. Il se penchait au-dessus du trou et il avait le vertige. La honte l'attendait au fond; il n'avait qu'à *choisir* d'avoir honte. Il ferma les yeux et toute la fatigue de la journée reflua sur lui. La fatigue, la honte, la mort. Choisir d'avoir honte. « Pourquoi ne suis-je pas parti ? Pourquoi ai-je *choisi* de ne pas partir ? » Il lui sembla qu'il portait le monde sur ses épaules.

« Tu n'es pas bavard », lui dit-elle.

Il lui mit le doigt sous le menton.

« Comment t'appelles-tu ?

— Flossie.

— Ça n'est pas un nom malabarais.

— Je te dis que je suis née en France, dit-elle avec
irritation.

— Eh bien, Flossie, je t'ai filé trois billets. Tu ne voudrais pas que je te fasse la conversation par-dessus le marché ? »
Elle haussa les épaules et détourna la tête. Le trou noir
était toujours là, avec la honte au fond. Il le regardait, il
se penchait dessus et puis tout à coup il comprit, l'angoisse lui tordit le cœur : « C'est un piège, si je tombe
dedans je ne pourrai plus me supporter. Plus jamais. » Il
se redressa, il pensa avec force : « C'est parce que j'étais
soûl que je ne suis pas parti ! » et l'abîme se referma : il
avait choisi. « C'est parce que j'étais soûl que je ne suis
pas parti. » Il avait frôlé la honte de trop près ; il avait eu
trop peur : à présent il avait choisi de ne plus avoir honte.
Plus jamais.
« Je devais prendre le train, figure-toi. Et puis j'étais
trop soûl.

— Tu le prendras demain », dit-elle d'un air bon
enfant.
Il sursauta :
« Pourquoi me dis-tu ça ?

— Eh bien, dit-elle étonnée, quand on rate un train,
on prend le suivant.

— Je ne pars plus, dit-il en fronçant les sourcils. J'ai
changé d'avis. Sais-tu ce que c'est qu'un signe ?

— Un signe ? répéta-t-elle.

— Le monde est plein de signes. Tout est signe. Il
faut savoir les déchiffrer. Tu devais partir, tu te soûles,
tu ne pars plus : pourquoi n'es-tu pas partie ? C'est qu'il
ne fallait pas que tu partes. C'est un signe : tu avais mieux
à faire ici. »
Elle hocha la tête :
« C'est vrai, dit-elle. C'est bien vrai ce que tu dis. »
Mieux à faire. La foule de la Bastille, c'est là qu'il faut
témoigner. Sur place. Se faire déchirer sur place. Orphée.
À bas la guerre! Qui pourra dire que je suis un lâche ? Je
verserai mon sang pour eux tous, pour Maurice et pour
Zézette, pour Pitteaux, pour le général, pour tous ces
hommes dont les ongles vont me lacérer. Il se tourna vers
la négresse et la regarda tendrement : une nuit, une seule
nuit. Ma première nuit d'amour. Ma dernière nuit.
« Tu es belle, Flossie. »

Elle lui sourit.

« Tu pourrais être gentil si tu voulais.

— Viens danser, lui dit-il. Je serai gentil jusqu'au chant du coq. »

Ils dansaient. Mathieu regardait Gomez; il pensait : « Sa dernière nuit » et il souriait; la négresse aimait la danse, elle fermait les yeux à moitié; Philippe dansait, il pensait : « Ma dernière nuit, ma première nuit d'amour. » Il n'avait plus honte; il était las, il faisait chaud; demain je verserai mon sang pour la paix. Mais l'aube était encore loin. Il dansait, il se sentait confortable et justifié; il se trouva romanesque. Les lumières glissèrent le long de la paroi; le train ralentissait, des grincements, deux secousses, il s'arrêta, la lumière éclaboussa le wagon, Charles cligna des yeux et lâcha la main de Catherine.

« Laroche-Migennes, cria l'infirmière. Nous sommes arrivés.

— Laroche-Migennes ? dit Charles. Mais nous ne sommes pas passés par Paris.

— On nous aura détournés, dit Catherine.

— Rassemblez vos affaires, cria l'infirmière. On va vous descendre. »

Blanchard s'était réveillé en sursaut :

« Quoi, quoi ? dit-il. Où c'est qu'on est ? »

Personne ne répondit. L'infirmière expliquait :

« Nous reprendrons le train demain. On passe la nuit ici.

— J'ai mal aux yeux, dit Catherine en riant; c'est cette lumière. »

Il tourna la tête vers elle, elle riait en se protégeant les yeux avec sa main.

« Rassemblez vos affaires, criait l'infirmière. Rassemblez vos affaires. »

Elle se pencha sur un homme chauve dont le crâne brillait :

« Est-ce fini ?

— Une minute, que diable ! dit l'homme.

— Pressez-vous, dit-elle, les porteurs vont arriver.

— Là ! là ! dit-il. Vous pouvez l'enlever, vous m'avez coupé l'envie. »

Elle se releva; elle portait le bassin à bras tendus; elle enjamba des corps et se dirigea vers la porte.

« Nous sommes bien tranquilles, dit Charles. Ils sont

peut-être une douzaine d'hommes d'équipe et il y a vingt wagons à décharger. D'ici qu'ils arrivent à nous...

— À moins qu'ils ne commencent par la queue. »

Charles mit son avant-bras devant ses yeux :

« Où vont-ils nous mettre ? Dans les salles d'attente ?

— J'imagine.

— Ça m'embête un peu de quitter ce wagon. J'y avais fait mon trou. Pas vous ?

— Moi, lui dit-elle, du moment que je suis avec vous...

— Les voilà ! » cria Blanchard.

Des hommes entrèrent dans le wagon. Ils étaient noirs parce qu'ils tournaient le dos à la lumière. Leurs ombres se découpèrent sur la paroi ; on aurait dit qu'ils entraient des deux côtés à la fois. Le silence s'était fait ; Catherine dit, à voix basse :

« Je vous avais bien dit qu'ils commenceraient par nous. »

Charles ne répondit pas. Il vit deux des hommes se courber sur un malade et son cœur se serra. Jacques dormait, son nez chantait ; elle ne pouvait pas dormir, tant qu'il ne serait pas rentré, elle ne s'endormirait pas. Juste devant ses pieds Charles vit une ombre énorme qui se pliait en deux, ils emmènent le copain de devant, après c'est mon tour, la nuit, les fumées, le froid, le tangage, les quais déserts, il avait peur. Il y avait un rais de lumière sous la porte, elle entendit du bruit au rez-de-chaussée, le voilà. Elle reconnut son pas dans l'escalier et la paix descendit en elle : « Il est là, sous notre toit, je l'ai. » Encore une nuit. La dernière. Mathieu ouvrit la porte, il la referma, il ouvrit la fenêtre et ferma les volets, elle entendit l'eau qui coulait. Il va dormir. De l'autre côté de ce mur, sous notre toit.

« C'est à moi, dit Charles. Dites-leur de vous emporter tout de suite après moi. »

Il lui serra fortement la main pendant que les deux hommes se penchaient sur lui et qu'il recevait en pleine figure une haleine vineuse.

« Han ! » fit le type, derrière lui.

Il eut peur tout à coup et manœuvra sa glace pendant qu'ils le soulevaient, il voulait voir si elle le suivait mais il n'aperçut que les épaules du porteur et sa tête d'oiseau de nuit.

« Catherine ! » cria-t-il.

Il ne reçut aucune réponse. Il se balançait au-dessus du seuil, le type criait des ordres derrière lui, ses jambes s'abaissèrent, il crut qu'il tombait.

« Doucement! dit-il, doucement. »

Mais déjà il voyait les étoiles dans le ciel noir, il faisait froid.

« Est-ce qu'elle suit ? demanda-t-il.

— Qui ça ? demanda le type à tête d'oiseau.

— Ma voisine. C'est une amie.

— On s'occupera des femmes après, dit le type. On ne vous met pas dans le même local. »

Charles se mit à trembler :

« Mais je croyais... dit-il.

— Vous ne voudriez tout de même pas qu'elles pissent devant vous.

— Je croyais, dit Charles, je croyais... »

Il passa la main sur son front et se mit soudain à hurler :

« Catherine! Catherine! Catherine! »

Il se balançait au bout de leurs bras, il voyait les étoiles, une lampe lui giclait dans les yeux, puis les étoiles, puis une lampe et il criait :

« Catherine! Catherine!

— Il est fou, celui-là! dit le porteur de derrière. Est-ce que vous allez vous taire ?

— Mais je ne connais même pas son nom, dit Charles d'une voix étranglée par les larmes. Je vais la perdre pour toujours. »

Ils le déposèrent sur le sol, ouvrirent une porte, le soulevèrent de nouveau, il vit un plafond jaune et sinistre, il entendit la porte se refermer, il était pris au piège.

« Salauds, dit-il, pendant qu'ils le posaient par terre. Salauds!

— Dis donc, toi! fit le type à tête d'oiseau.

— Ça va, dit l'autre. Tu vois pas qu'il travaille du chapeau. »

Il entendit leurs pas décroître, la porte s'ouvrit et se referma.

« Comme on se retrouve », dit la voix de Blanchard.

Au même instant, Charles reçut un paquet d'eau en pleine figure. Mais il se tut, il demeura immobile, comme un mort, et il regardait le plafond, les yeux grands ouverts, pendant que l'eau lui ruisselait dans les oreilles et dans le cou. Elle ne voulait pas dormir, elle demeurait immobile, sur le dos, dans la chambre sombre. « Il se couche, bientôt il aura sombré dans le sommeil et moi je le veille. Il est fort, il est pur, il a appris ce matin qu'il partait pour la guerre et il n'a même pas battu des paupières. Mais à présent il est désarmé; il va dormir, c'est la dernière nuit. Ah! pensa-t-elle, comme il est romanesque. »

C'était une chambre odorante et tiède, avec des lumières satinées et des fleurs partout.

« Entrez », dit-elle.

Gomez entra. Il regarda autour de lui, il vit une poupée sur un divan et il pensa à Teruel. Il avait dormi dans une chambre toute pareille, avec des lampes, des poupées et des fleurs, mais sans odeur et sans plafond; il y avait un trou au milieu du plancher.

« Pourquoi souriez-vous ?

— C'est charmant ici », dit-il.

Elle s'approcha de lui :

« Si la chambre vous plaît, vous pouvez y revenir aussi souvent que vous en aurez envie.

— Je pars demain, dit Gomez.

— Demain ? dit-elle. Où allez-vous ? »

Elle le regardait de ses beaux yeux inexpressifs.

« En Espagne.

— En Espagne ? Mais alors...

— Oui, dit-il. Je suis un soldat en permission.

— De quel côté êtes-vous ? demanda-t-elle.

— De quel côté voulez-vous que je sois ?

— Du côté de Franco ?

— Ben, voyons! »

Elle lui mit les bras autour du cou :

« Mon beau soldat. »

Elle avait une haleine exquise; il l'embrassa[a].

« Une seule nuit, dit-elle. Ce n'est pas beaucoup. Pour une fois que je trouve un homme qui me plaît!

— Je reviendrai, dit-il. Quand Franco aura gagné la guerre... »

Elle l'embrassa encore et se dégagea doucement.

« Attends-moi. Il y a du gin et du whisky sur le guéridon. »

Elle ouvrit la porte du cabinet de toilette et disparut.

Gomez alla au guéridon et remplit un verre de gin.
Les camions roulaient, les vitres tremblaient, Sarah,
réveillée en sursaut, s'assit sur le lit. « Mais combien
y en a-t-il ? se demanda-t-elle. Ça n'en finit pas. » De
lourds camions, déjà camouflés, avec des bâches grises
et des raies vertes et brunes sur le capot, ils devaient
être pleins d'hommes et d'armes. Elle pensa : « C'est
la guerre » et se mit à pleurer. *Catherine! Catherine!*
Elle était restée deux ans les yeux secs ; et quand Gomez
était monté dans le train, elle n'avait pas trouvé une
larme. À présent les larmes coulaient. *Catherine!* Les
hoquets la soulevèrent, elle s'abattit sur l'oreiller, elle
pleurait en le mordant pour ne pas réveiller le petit.
Gomez but une gorgée de gin et le trouva bon. Il fit
quelques pas dans la chambre et s'assit sur le divan.
D'une main il tenait son verre, de l'autre il attrapa la
poupée par la nuque et l'installa sur ses genoux. Il entendait couler l'eau d'un robinet dans le cabinet de toilette,
une douceur bien connue remontait le long de ses
flancs, comme deux mains lisses. Il était heureux, il but,
il pensa : « Je suis fort. » Les camions roulaient, les
vitres tremblaient, l'eau du robinet coulait, Gomez
pensait : « Je suis fort, j'aime la vie et je risque ma vie,
j'attends la mort demain, tout à l'heure, et je ne la crains
pas, j'aime le luxe et je vais retrouver la misère et la
faim, je sais ce que je veux, je sais pourquoi je me bats,
je commande et l'on m'obéit, j'ai renoncé à tout, à la
peinture, à la gloire et je suis comblé. » Il pensa à
Mathieu et il se dit : « Je ne voudrais pas être dans sa
peau. » Elle ouvrit la porte, elle était nue sous sa robe
de chambre rose. Elle dit :

    « Me voilà.

    — Ah ben, alors, dit-elle. Ah ben, merde alors ! »

    Elle avait passé une demi-heure, dans le cabinet de
toilette, à se laver et à se parfumer, parce que les blancs
n'aimaient pas toujours son odeur, elle s'était avancée
vers lui, souriante et les bras ouverts, et il dormait,
tout nu dans le lit, la tête enfoncée dans l'oreiller. Elle
le prit par l'épaule et le secoua furieusement :

    « Veux-tu te réveiller, dit-elle d'une voix sifflante.
Petit salaud, veux-tu te réveiller ? »

    Il ouvrit les paupières et la regarda de ses yeux vagues.
Il posa le verre sur l'étagère, la poupée sur le divan,

se leva sans hâte et la prit dans ses bras. Il était heureux.

« Tu peux lire ça, toi ? » demanda Gros-Louis.

L'employé le repoussa.

« C'est la troisième fois que tu me le demandes. Je te dis que tu vas à Montpellier.

— Et où est-il le train pour Montpellier ?

— Il part à quatre heures du matin; il n'est pas formé. »

Gros-Louis le regarda avec inquiétude :

« Alors ? Qu'est-ce qu'il faut que je fasse ?

— Colle-toi dans la salle d'attente et pique un roupillon jusqu'à quatre heures. Tu as ton billet ?

— Non, dit Gros-Louis.

— Eh bien, va le prendre. Non, pas par là! Ah! quelle bourrique : au guichet, fada. »

Gros-Louis s'en fut au guichet. Un employé à lunettes somnolait derrière la vitre.

« Hé! » dit Gros-Louis.

L'employé sursauta.

« Je vais à Montpellier, dit Gros-Louis.

— À Montpellier ? »

L'employé avait l'air surpris; sans doute était-il mal réveillé. Un soupçon effleura pourtant l'âme de Gros-Louis.

« C'est bien Montpellier qu'il y a écrit là ? »

Il montra son livret militaire.

« Montpellier, dit l'employé. Quart de place, c'est quinze francs. »

Gros-Louis lui tendit les cent francs de la bonne femme.

« Et maintenant, dit-il. Qu'est-ce qu'il faut que je fasse ?

— Allez à la salle d'attente.

— À quelle heure part le train ?

— À quatre heures. Vous ne savez donc pas lire ?

— Non », dit Gros-Louis.

Il hésitait à s'en aller. Il demanda :

« C'est vrai qu'il va y avoir la guerre ? »

L'employé haussa les épaules.

« Qu'est-ce que vous voulez que j'en sache ? ça n'est pas écrit sur l'indicateur, n'est-ce pas ? »

Il se leva et remonta vers le fond de la pièce. Il fai-

sait semblant de consulter des papiers mais, au bout
d'un instant, il s'assit, mit la tête dans ses mains et
reprit son somme. Gros-Louis regarda autour de lui. Il
aurait voulu trouver un type qui le renseignât sur ces
histoires de guerre, mais le hall était désert. Il dit :
« Ben, je vais aller à la salle d'attente. » Et il traversa
le hall en traînant les pieds : il avait sommeil et ses
cuisses lui faisaient mal.

« Laisse-moi dormir, gémit Philippe.

— Plus souvent, dit Flossie. Un puceau ! Faut que
t'y passes, ça me portera bonheur. »

Il poussa la porte et entra dans la salle. Il y avait
plein de gens qui dormaient sur les banquettes et beaucoup de valises et de paquets sur le sol. La lumière
était triste ; une porte vitrée s'ouvrait au fond sur le
noir. Il s'approcha d'une banquette et s'assit entre deux
femmes. L'une d'elle suait et dormait la bouche ouverte.
La sueur lui coulait sur les joues, elle laissait des traces
roses. L'autre ouvrit les yeux et le regarda.

« Je suis rappelé, expliqua Gros-Louis. Faut que
j'aille à Montpellier. »

La femme s'écarta vivement et lui jeta un regard
plein de blâme. Gros-Louis pensa qu'elle n'aimait pas
les soldats mais il lui demanda tout de même :

« Est-ce qu'il va y avoir la guerre ? »

Elle ne répondit pas : elle avait renversé la tête en
arrière et s'était rendormie. Gros-Louis avait peur de
s'endormir. Il dit : « Si je m'endors, je ne me réveillerai
point. » Il étendit les jambes ; il aurait bien croqué un
petit rien, du pain ou du saucisson, par exemple ; il lui
restait de l'argent, mais c'était la nuit, toutes les boutiques étaient fermées. Il dit : « Mais avec qui qu'on est
en guerre ? » C'était sans doute avec les Allemands.
Peut-être à cause de l'Alsace-Lorraine. Il y avait un
journal qui traînait sur le sol, à ses pieds, il le ramassa,
puis il pensa à la bonne femme qui lui avait bandé la
tête et il dit : « J'aurais pas dû partir. » Il dit : « Eh ben
oui, mais où est-ce que j'aurais été, je n'ai plus d'argent. »
Il dit : « À la caserne, ils me nourriront. » Mais il n'aimait pas les casernes. Les salles d'attente non plus. Tout
d'un coup, il se sentit triste et vidé. Ils l'avaient soûlé
et battu et, à présent, ils l'envoyaient à Montpellier. Il
dit : « Bon Dieu, j'y comprends rien, moi. » Il dit :

« C'est parce que je ne sais pas lire. » Tous ces gens qui dormaient en savaient plus que lui; ils avaient lu le journal, ils savaient pourquoi on allait faire la guerre. Et lui, il était tout seul dans la nuit, tout seul et tout petit, il ne savait rien, il ne comprenait rien, c'était comme s'il allait mourir. Et puis il sentit le journal sous ses doigts. C'était écrit là. Ils avaient tout écrit : la guerre, le temps qu'il ferait demain, le prix des choses, les heures des trains. Il déplia le journal et regarda. Il vit des milliers de petites taches noires, ça ressemblait aux rouleaux des orgues de Barbarie, avec ces trous dans le papier qui font du bruit quand on tourne la manivelle. Quand on regardait longtemps, ça donnait le tournis. Il y avait une photo, aussi : un homme propret et bien peigné qui riait. Il laissa tomber le journal et se mit à pleurer.

LUNDI 26 SEPTEMBRE

Seize heures trente. Tout le monde regarde le ciel,
je regarde le ciel. Dumur dit : « Ils n'ont pas de retard. »
Il a déjà sorti son kodak, il regarde le ciel, il fait la
grimace, à cause du soleil. L'avion est tantôt noir,
tantôt brillant, il grossit mais son bruit reste le même,
un beau bruit plein qui fait plaisir à entendre. Je dis :
« Ne poussez donc pas. » Ils sont tous là, à se pousser
derrière moi. Je me retourne : ils renversent la tête en
arrière, ils font la grimace, ils sont verts sous le soleil
et leurs corps ont des mouvements vagues comme ceux
des grenouilles décapitées. Dumur dit : « Un jour viendra qu'on sera comme ça le nez en l'air dans un champ;
seulement on sera habillé en kaki et l'avion ça sera un
Messerschmitt. » Je dis : « Ça n'est pas demain, avec
toutes ces couilles molles. » L'avion décrit des cercles
dans le ciel, il descend, il descend, il se cogne au sol, il
remonte, il se cogne encore, il court sur l'herbe en sautant, il s'arrête. Nous courons vers l'avion, nous sommes
cinquante, Sarraut court devant nous, plié en deux; il
y a une dizaine de messieurs en melon qui courent sur
le gazon en se tordant les pieds, tout le monde s'immobilise, l'avion est inanimé, nous le regardons en silence,
la porte de la carlingue est toujours fermée, on dirait
qu'ils sont tous morts à l'intérieur. Un type en cotte
bleue apporte une échelle et la pose contre l'avion, la
porte s'ouvre, un type descend par l'échelle et puis un
autre et puis Daladier. Mon cœur bat dans ma tête.

Daladier remonte les épaules et baisse la tête. Sarraut s'approche de lui, je l'entends qui dit :

« Eh bien ? »

Daladier sort une main de sa poche et fait un geste vague. Il fonce, tête baissée, la meute se jette sur lui et le coiffe. Je ne bouge pas, je sais qu'il ne dira rien. Le général Gamelin saute de l'avion. Il est vif, il a de belles bottes et une tête de bouledogue. Il regarde devant lui d'un air jeune et mordant.

« Alors ? demande Sarraut. Alors, mon général ? C'est la guerre ?

— Eh ! mon Dieu », dit le général.

Ma bouche se sèche ; j'en crèverai ! Je crie à Dumur : « Je calte, prends tes photos seul. » Je cours jusqu'à la sortie, je cours sur la route, je hèle un taxi, je dis : « À *L'Huma.* » Le chauffeur sourit, je lui souris, il dit :

« Alors, camarade ? »

Je lui réponds :

« Ça y est ! Ils l'ont dans le cul, cette fois ; ils n'ont pas pu caner. »

Le taxi roule à toute vitesse, je regarde les maisons et les gens. Les gens ne savent rien, ils ne font pas attention au taxi, et le taxi roule entre eux à toute vitesse emportant quelqu'un qui *sait.* Je mets ma tête à la portière, j'ai envie de leur crier que ça y est. Je saute hors du taxi, je paye, je monte très vite les escaliers. Ils sont tous là, Dupré, Charvel, Renard et Chabot. Ils sont en bras de chemise, Renard fume, Charvel écrit, Dupré regarde par la fenêtre. Ils me regardent avec étonnement. Je leur dis :

« Amenez-vous, les copains, descendez, c'est ma tournée. »

Ils me regardent toujours ; Charvel lève la tête et me regarde. Je dis :

« Ça y est ! Ça y est ! C'est la guerre ! Descendez, c'est ma tournée, je paye à boire[1].

— Vous en avez un beau chapeau, dit la patronne.

— N'est-ce pas ? » dit Flossie. Elle se regarda dans la glace du vestibule et dit avec satisfaction :

« Il a des plumes.

— Oh oui ! » dit la patronne. Elle ajouta : « Il y a quelqu'un chez vous ; Madeleine n'a pas pu faire la chambre. »

— Je sais, dit Flossie. Ça ne fait rien : je la ferai moi-même. »

Elle monta l'escalier et poussa la porte de sa chambre. Les volets étaient clos, la chambre sentait la nuit. Flossie tira doucement la porte et alla frapper au 15.

« Qui est là ? dit la voix rauque de Zou.

— C'est Flossie. »

Zou vint ouvrir, elle était en petite culotte.

« Entre vite. »

Flossie entra. Zou rejeta ses cheveux en arrière, se planta au milieu de la chambre et entreprit de tasser ses gros seins dans un soutien-gorge. Flossie pensa qu'elle devrait se raser les aisselles.

« Tu te lèves seulement ? demanda-t-elle.

— Je me suis couchée à six heures, dit Zou. Qu'est-ce qu'il y a ?

— Viens voir mon gigolo, dit Flossie.

— Qu'est-ce que tu racontes, négrillonne ?

— Viens voir mon gigolo. »

Zou enfila un peignoir et la suivit dans le couloir. Flossie la fit entrer dans la chambre en mettant un doigt sur ses lèvres.

« On n'y voit rien », dit Zou.

Flossie la poussa vers le lit et chuchota :

« Regarde. »

Elles se penchèrent toutes deux et Zou se mit à rire silencieusement.

« Merde ! dit-elle. Merde alors : c'est un môme.

— Il s'appelle Philippe.

— Ce qu'il est beau ! »

Philippe dormait, couché sur le dos ; il avait l'air d'un ange. Flossie le regardait avec un mélange d'émerveillement et de rancune.

« Il est plus blond que moi, dit Zou.

— C'est un puceau », dit Flossie.

Zou la regarda en riant finement :

« C'était.

— Quoi ?

— Tu dis : c'est un puceau. Je te dis : c'était un puceau.

— Ah ! Ah oui ! Eh bien, tu sais, je crois qu'il l'est resté.

— Sans blague !

— Il dort comme ça depuis deux heures du matin »,
dit Flossie sèchement.

Philippe ouvrit les yeux, il regarda les deux femmes
qui se penchaient au-dessus de lui, il dit : « Hou! »
et se retourna sur le ventre.

« Regarde! » dit Flossie.

Elle rabattit les couvertures; le corps apparut blanc
et nu. Zou roula de gros yeux.

« Miam! Miam! fit-elle. Couvre ça, je ferais des
folies. »

Flossie passa une main légère sur les hanches étroites
du petit, sur ses jeunes fesses minces, puis elle remonta
les draps en soupirant.

« Donnez-moi, dit M. Birnenschatz, un Noilly-
cassis. »

Il se laissa tomber sur la banquette et s'épongea le
front. Par les glaces de la porte-tambour, il pouvait
surveiller l'entrée de son bureau.

« Qu'est-ce que vous prenez ? demanda-t-il à Neu.
— La même chose », dit Neu.

Le garçon s'éloignait, Neu le rappela :

« Vous m'apporterez *L'Information*[1]. »

Ils se regardèrent en silence et puis Neu leva soudain
les bras en l'air.

« Aïe, aïe! dit-il, aïe, aïe! Mon pauvre Birnenschatz!
— Oui », dit M. Birnenschatz.

Le garçon remplit leurs verres et tendit le journal à
Neu. Neu regarda les cotes du jour, fit la grimace et
reposa le journal sur la table.

« Mauvais, dit-il.

— Évidemment. Qu'est-ce que vous voulez qu'ils
fassent ? Ils attendent le discours d'Hitler. »

M. Birnenschatz promena un regard morose sur les
murs et sur les glaces. D'ordinaire, il aimait ce petit
café frais et douillet; aujourd'hui il s'irritait de ne pas
s'y sentir à son aise.

« Il n'y a plus qu'à attendre, reprit-il. Daladier a fait
ce qu'il a pu; Chamberlain a fait ce qu'il a pu. À présent,
il n'y a plus qu'à attendre. On va dîner sans appétit
et dès huit heures et demie, on va tourner le bouton
de la radio pour entendre ce discours. Attendre quoi ?
reprit-il soudain en frappant sur la table. Le bon plaisir
d'un seul homme. Un seul homme. Les affaires sont dans

le marasme, la Bourse dégringole, mes commis ont la tête à l'envers, le pauvre See est mobilisé : à cause d'un seul homme; la guerre et la paix sont entre ses mains. Ça me fait honte pour l'humanité. »

Brunet se leva. Mme Samboulier le regarda. Il lui plaisait un peu : il devait bien faire l'amour, sourdement, paisiblement, avec une lenteur paysanne.

« Vous ne restez pas ? demanda-t-elle. Vous dîneriez avec moi. »

Elle désigna l'appareil de radio et ajouta :

« Comme digestif, je vous offre le discours d'Hitler.

— J'ai un rendez-vous à sept heures, dit Brunet. Et puis, pour tout dire, je me fous du discours d'Hitler. »

Mme Samboulier le regarda sans comprendre.

« Si l'Allemagne capitaliste veut vivre, dit Brunet, il lui faut tous les marchés européens; donc il faut qu'elle élimine par la force tous ses concurrents industriels. L'Allemagne *doit* faire la guerre, ajouta-t-il avec force; et elle *doit* la perdre. Si Hitler avait été tué en 1914, nous en serions exactement au même point aujourd'hui.

— Alors, dit Mme Samboulier, la gorge serrée, cette affaire tchèque, ce n'est pas un bluff ?

— C'est peut-être un bluff dans la tête d'Hitler, dit Brunet. Mais ce qu'il y a dans la tête d'Hitler n'a aucune espèce d'importance.

— Il peut encore l'empêcher, affirma M. Birnenschatz. S'il veut, il peut l'empêcher. Tous les atouts sont dans ses mains : l'Angleterre ne veut pas la guerre, l'Amérique est trop loin, la Pologne marche avec lui; s'il voulait il serait demain le maître du monde et sans tirer un coup de canon. Les Tchèques ont accepté le plan franco-anglais; il n'a qu'à l'accepter aussi. S'il donnait cette preuve de modération...

— Il ne peut plus reculer, dit Brunet. Toute l'Allemagne est derrière lui, qui le pousse.

— *Nous,* nous pouvons reculer », dit Mme Samboulier.

Brunet la regarda et se mit à rire.

« Ah! c'est vrai, dit-il, vous êtes pacifiste. »

Neu retourna la boîte et les dominos tombèrent sur la table.

« Aïe! Aïe! dit-il. J'ai peur de la modération d'Hitler.

Vous rendez-vous compte du prestige que ça lui donnerait ? »

Il s'était penché vers M. Birnenschatz et lui chuchotait
dans l'oreille. M. Birnenschatz s'écarta avec agacement :
Neu ne pouvait pas dire trois mots sans chuchoter avec
un air de conspirateur, pendant que ses mains volaient
dans les airs.

« S'il acceptait le plan franco-anglais, dans trois mois,
Doriot[1] serait au pouvoir.

— Doriot... dit M. Birnenschatz en haussant les
épaules.

— Doriot ou un autre.

— Et puis après ?

— Et nous ? » demanda Neu en baissant encore la
voix.

M. Birnenschatz regarda sa grosse bouche douloureuse et sentit que la colère lui chauffait les oreilles :

« Tout vaut mieux que la guerre, dit-il sèchement.

— Donnez votre lettre, la petite la mettra à la poste. »

Il posa l'enveloppe sur la table, entre une casserole
et un plat d'étain : Mlle Ivich Serguine, 12, rue de la
Mégisserie, Laon. Odette jeta un coup d'œil sur l'adresse,
mais elle ne fit aucun commentaire; elle achevait de
nouer une ficelle autour d'un gros paquet.

« Na! dit-elle. Na, na! Ça va être fini, ne vous impa-
tientez pas. »

La cuisine était blanche et propre, une infirmerie.
Elle sentait la résine et la mer.

« J'ai mis deux ailes de poulet, dit Odette, et un peu
de gelée, puisque vous l'aimez, et puis quelques tranches
de pain bis et des sandwiches au jambon cru. Dans la
bouteille thermos, il y a du vin. Vous n'aurez qu'à la
garder, elle vous servira là-bas. »

Il chercha son regard, mais elle baissait les yeux sur
le paquet et semblait très affairée. Elle courut au buffet,
coupa un long morceau de ficelle et revint en courant à
son paquet.

« Il est bien assez ficelé », dit Mathieu.

La petite bonne se mit à rire mais Odette ne répondit
pas. Elle mit la ficelle dans sa bouche, la retint en pinçant les lèvres et retourna prestement le paquet sur le
dos. L'odeur de résine emplit soudain les narines de
Mathieu et, pour la première fois depuis l'avant-veille,

il lui sembla qu'il y avait autour de lui quelque chose qu'il allait pouvoir regretter. C'était la paix de cet après-midi dans la cuisine, ces calmes travaux ménagers, ce soleil laminé par le store, qui tombait en miettes sur les carreaux et, par-delà tout cela, son enfance, peut-être, et un certain genre de vie calme et affairée, qu'il avait refusé une fois pour toutes.

« Mettez votre doigt là », dit Odette.

Il s'approcha, il se pencha au-dessus de sa nuque, il appuya le doigt sur la ficelle. Il aurait voulu lui dire quelques mots tendres, mais la voix d'Odette n'invitait pas à la tendresse. Elle leva les yeux sur lui :

« Voulez-vous des œufs durs ? Vous les mettriez dans vos poches. »

Elle avait l'air d'une jeune fille. Il ne la regrettait pas. Peut-être parce qu'elle était la femme de Jacques. Il pensa qu'il oublierait vite ce visage si modeste. Mais il aurait voulu que son départ lui fît un peu de peine.

« Non, dit-il, je vous remercie. Pas d'œufs durs. »

Elle lui mit le paquet dans les bras :

« Voilà, dit-elle. Un beau paquet. »

Il lui dit :

« Vous m'accompagnez à la gare. »

Elle secoua la tête :

« Pas moi. Jacques vous accompagne. Je crois qu'il préfère rester seul avec vous, pour les dernières minutes.

— Alors adieu, dit-il. Est-ce que vous m'écrirez ?

— Ça me ferait honte : j'écris de vraies lettres de petite fille, avec des fautes d'orthographe. Non : je vous enverrai des colis.

— J'aimerais que vous m'écriviez, dit-il.

— Eh bien alors, de temps en temps, vous trouverez un petit mot entre la boîte de sardines et le paquet de savons. »

Il lui tendit la main et elle la serra rapidement. Elle avait une main brûlante et sèche. Il pensait vaguement : « C'est dommage. » Les longs doigts lui coulèrent entre les doigts comme du sable chaud. Il sourit et sortit de la cuisine. Jacques était agenouillé, au salon, devant son poste de radio dont il manœuvrait les boutons. Mathieu passa devant la porte et monta lentement l'escalier. Il n'était pas mécontent de s'en aller. Comme il s'approchait de sa chambre, il entendit derrière lui un bruit

léger et il se retourna : c'était Odette. Elle se tenait
sur la dernière marche, elle était pâle et le regardait.

« Odette », dit-il.

Elle ne répondit pas, elle le regardait toujours, d'un
air dur. Il se sentit gêné et fit passer le paquet sous son
bras gauche pour se donner une contenance.

« Odette », répéta-t-il.

Elle s'approcha de lui, elle avait un visage indiscret
et prophétique qu'il ne lui connaissait pas.

« Adieu », dit-elle.

Elle était tout près de lui. Elle ferma les yeux et tout
d'un coup posa les lèvres contre les siennes. Il fit un
mouvement pour la prendre dans ses bras mais elle lui
échappa. Déjà elle avait repris son air modeste; elle
descendit l'escalier sans retourner la tête.

Il entra dans sa chambre et déposa le paquet dans sa
valise. Elle était si pleine qu'il dut s'agenouiller sur le
couvercle pour la fermer.

« Qu'est-ce que c'est ? » dit Philippe.

Il s'était redressé en sursaut, il regardait Flossie avec
terreur.

« Eh bien, c'est moi, mon petit bébé », dit-elle.

Il se laissa retomber en arrière en portant la main à
son front. Il gémit :

« J'ai mal au crâne. »

Elle ouvrit le tiroir de la table de nuit et en sortit
un tube d'aspirine; il ouvrit le tiroir de la console, en
sortit un verre et une bouteille de pernod, il les déposa
sur le bureau présidentiel et s'affala dans son fauteuil.
Le moteur de l'avion lui tournait encore dans la tête;
il avait un quart d'heure, tout juste un quart d'heure,
pour se remettre. Il versa du pernod dans le verre, prit
une carafe d'eau sur la table et la renversa de haut
au-dessus du verre. Le liquide s'agitait et s'argentait par
vagues successives. Il décolla son mégot de sa lèvre
inférieure et le jeta dans la corbeille à papiers. J'ai fait
tout ce que j'ai pu. Il se sentait vide. Il pensa : « La
France... la France... » et but une gorgée de pernod. J'ai
fait tout ce que j'ai pu; à présent la parole est à Hitler.
Il but une gorgée de pernod et fit claquer sa langue, il
pensa : « La position de la France est nettement définie. »
Il pensa : « À présent, je n'ai plus qu'à attendre. » Il
était éreinté; il détendit ses jambes sous le bureau et

pensa avec une sorte de satisfaction : « Je n'ai plus qu'à attendre. » Comme tout le monde. Les jeux sont faits. Il avait dit : « Si les frontières tchèques sont violées, la France tiendra ses engagements. » Et Chamberlain avait répondu : « Si, en conséquence de ces obligations, les forces françaises devenaient activement engagées dans des hostilités contre l'Allemagne, nous nous sentirions le devoir de les appuyer.

Sir Nevile Henderson s'avança, sir Horace Wilson se tenait très droit derrière lui; sir Nevile Henderson tendit le message au chancelier du Reich; le chancelier du Reich lui prit le message des mains et se mit à le lire. Quand il eut fini, le chancelier du Reich demanda à sir Nevile Henderson :

« Est-ce là le message de M. Chamberlain ? »

Daladier but une gorgée de pernod, soupira, et sir Nevile Henderson répondit fermement :

« Oui, c'est là le message de M. Chamberlain. » Daladier se leva et alla enfermer la bouteille de pernod dans le tiroir de la console; le chancelier du Reich dit de sa voix enrouée :

« Vous pourrez considérer mon discours de ce soir comme une réponse au message de M. Chamberlain. »

Daladier pensait : « Quel con! Quel con! Qu'est-ce qu'il va dire[1] ? » Une ivresse légère lui montait aux tempes, il pensait : « Les événements m'échappent. » C'était comme un grand repos. Il pensa : « J'ai tout fait pour éviter la guerre; à présent la guerre et la paix ne sont plus dans mes mains. » Il n'y avait plus rien à décider, il n'y avait qu'à attendre. Comme tout le monde. Comme le bougnat du coin. Il sourit, il *était* le bougnat du coin, on l'avait dépouillé de ses responsabilités; la position de la France est nettement définie... C'était un grand repos. Il fixait les fleurs sombres du tapis, il sentait le vertige monter en lui. La paix, la guerre. J'ai tout fait pour maintenir la paix. Mais il se demandait à présent s'il ne désirait pas que ce torrent énorme l'emportât comme un brin de paille, il se demandait s'il ne désirait pas tout à coup cette énorme vacance : la guerre[2].

Il regarda autour de lui avec stupeur et cria :

« Je ne suis pas parti. »

Elle était allée ouvrir les persiennes, elle revint près

du lit et se pencha sur lui. Elle avait chaud, il respira son odeur de poisson.

« Qu'est-ce que tu racontes, petite crapule ? Qu'est-ce que tu racontes ? »

Elle lui avait posé une de ses fortes mains noires sur la poitrine. Le soleil faisait une tache d'huile sur sa joue gauche. Philippe la regarda et se sentit profondément humilié : elle avait des rides autour des yeux et aux coins de la bouche. « Elle était si belle aux lumières », pensa-t-il. Elle lui soufflait dans la figure et laissait couler sa langue rose entre ses lèvres. « Je ne suis pas parti », pensa-t-il. Il lui dit :

« Tu n'es plus toute jeune. »

Elle fit une drôle de grimace et referma la bouche. Elle lui dit :

« Pas si jeune que toi, crapule. »

Il voulut sortir de son lit mais elle le tenait solidement ; il était nu et désarmé ; il se sentait misérable.

« Petite crapule, dit-elle, petite crapule. »

Les mains noires descendirent lentement le long de ses flancs. « Après tout, pensa-t-il, ça n'est pas donné à tout le monde de perdre son pucelage avec une négresse. » Il se laissa retomber en arrière et des jupes noires et grises vinrent tourner à quelques pouces de son visage. Le type gueulait moins fort, derrière lui ; c'était plutôt un râle, une espèce de gargouillis. Un soulier se leva au-dessus de sa tête, il vit une semelle pointue, une motte de terre était collée contre le talon ; la semelle se posa en craquant à côté de sa gouttière ; c'était un gros soulier noir à boutons. Il leva les yeux, vit une soutane et, très haut dans les airs, deux narines poilues au-dessus d'un rabat. Blanchard lui souffla à l'oreille :

« Faut qu'il aille rudement mal, le copain, pour qu'ils aient fait venir un cureton.

« Qu'est-ce qu'il a ? demanda Charles.

— Je ne sais pas, mais Pierrot dit qu'il va y passer. »

Charles pensa : « Pourquoi n'est-ce pas moi ? » Il voyait sa vie et il pensait : « Pourquoi n'est-ce pas moi ? » Deux hommes d'équipe passèrent près de lui, il reconnut le drap de leurs pantalons ; il entendait, derrière lui, la voix onctueuse et calme du curé ; le malade ne gémissait plus. « Il est peut-être crevé », pensa-t-il. L'infirmière passa, elle tenait une cuvette entre ses mains; il dit timidement :

« Madame! Vous ne pourriez pas y aller, à présent ? » Elle baissa les yeux sur lui en rougissant de colère.

« C'est encore vous ? Qu'est-ce que vous voulez ?

— Vous ne pouvez pas envoyer quelqu'un chez les femmes ? Elle s'appelle Catherine.

— Ah! fichez-moi donc la paix, répondit-elle. Ça fait la quatrième fois que vous me demandez ça.

— Ça serait simplement pour lui demander son nom de famille et pour lui donner le mien; ça ne vous dérangerait pas beaucoup.

— Il y a un mourant, ici, dit-elle rudement. Vous pensez comme j'ai le temps de m'occuper de vos bêtises. »

Elle s'en alla et le type se remit à geindre; c'était difficile à supporter. Charles manœuvra sa glace; il vit un moutonnement de corps étendus côte à côte et, tout au fond, la croupe énorme du curé agenouillé près du malade. Au-dessus d'eux, il y avait une cheminée avec une glace dans un cadre. Le curé se releva et les porteurs se penchèrent sur le corps, ils l'emmenaient.

« Est-il mort ? » demanda Blanchard.

La gouttière de Blanchard n'avait pas de miroir rotatif.

« Je ne sais pas », dit Charles.

Le cortège passa près d'eux en soulevant un nuage de poussière. Charles se mit à tousser, puis il vit le dos courbé des porteurs qui se dirigeaient vers la porte. Une robe tournoya près de lui et s'immobilisa soudain. Il entendit la voix de l'infirmière.

« Avec ça, on est coupé de tout, on ne sait plus les nouvelles. Comment ça va-t-il, monsieur le curé ?

— Ça ne va pas bien du tout, dit le curé. Pas bien du tout, Hitler va parler ce soir, je ne sais pas ce qu'il dira, mais je crois que c'est la guerre. »

Sa voix tombait par nappes sur le visage de Charles. Charles se mit à rire.

« Qu'est-ce que t'as à te marrer ? demanda Blanchard.

— Je me marre parce que le cureton dit qu'il va y avoir la guerre.

— Je ne trouve pas ça marrant, dit Blanchard.

— Moi, si », dit Charles.

« Ils l'auront, leur guerre; ils l'auront dans le cul. » Il riait toujours : à 1,70 m au-dessus de sa tête, c'était la guerre, la tourmente, l'honneur outragé, le devoir patriotique; mais au ras du sol, il n'y avait ni guerre ni paix; rien que la misère et la honte des sous-hommes, des pourris, des allongés. Bonnet ne la voulait pas; Champetier de Ribes la voulait; Daladier regardait le tapis, c'était un cauchemar, il ne pouvait pas se débarrasser de ce vertige qui l'avait saisi derrière les oreilles : qu'elle éclate! qu'elle éclate! qu'il la déclare donc, ce soir, le grand méchant loup de Berlin. Il racla fortement son soulier contre le parquet; sur le parquet, Charles sentait monter le vertige de son ventre à sa tête : la honte, la douce, douce, confortable honte, il ne lui restait plus que ça. L'infirmière était arrivée près de la porte, elle enjamba un corps et l'abbé s'effaça pour la laisser passer.

« Madame! cria Charles. Madame! »

Elle se retourna, grande et forte, avec un beau visage moustachu et des yeux furieux.

Charles dit d'une voix claire qui résonna dans toute la salle :

« Madame, madame! Vite, vite! Donnez-moi le bassin, c'est pressé. »

Le voilà! Le voilà, on les poussait par derrière, ils poussèrent le policeman qui recula d'un pas en étendant les bras, ils crièrent : « Hurrah, le voilà! » Il marchait à pas raides et calmes, il donnait le bras à sa femme, Fred était ému, mon père et ma mère, le dimanche, à Greenwich; il cria : « Hurrah! », c'était si bon de les voir là, si paisibles, qui donc aurait osé avoir peur, quand on les voyait faire leur petite promenade d'après-midi, comme de vieux époux très unis ? Il serra fortement sa valise, la brandit au-dessus de sa tête et cria : « Vive la paix, hurrah! » Ils se tournèrent tous les deux vers lui et M. Chamberlain lui sourit personnellement; Fred sentit que le calme et la paix descendaient jusqu'au fond de son cœur, il était protégé, gouverné, réconforté et le vieux Chamberlain trouvait encore le moyen de se promener tranquillement par les rues, comme n'importe qui, et de lui adresser un sourire personnel. Tout le monde criait hurrah autour de lui, Fred regardait le dos maigre de M. Chamberlain qui s'éloignait de son pas de clergyman, il pensa : « C'est l'Angleterre », et les larmes lui montèrent aux yeux. La petite Sadie se baissa et prit une photo sous le bras du policeman.

« À la queue, madame, à la queue comme tout le monde.

— Il faut faire la queue pour avoir un _Paris-Soir ?_

— Mais comment donc! Et même comme ça, ça m'étonnerait que vous en ayez. »

Elle n'en croyait pas ses oreilles.

« Eh ben, merde, alors! Je vais pas faire la queue pour _Paris-Soir;_ ça ne m'est encore jamais arrivé de faire la queue pour un journal! »

Elle leur tourna le dos, le cycliste arrivait avec son paquet de feuilles. Il les posa sur la table à côté du kiosque et ils se mirent à les compter.

« Les voilà! Les voilà. »

Il y eut un remous dans la foule.

« Enfin! dit la marchande, allez-vous me laisser les compter ?

— Ne poussez pas, voyons! dit la dame bien, je vous dis de ne pas pousser.

— Je ne pousse pas, madame, dit le petit gros : on me pousse, ça n'est pas pareil.

— Et moi, dit le maigrichon, je vous prie d'être poli avec ma femme. »

La dame en deuil se tourna vers Émilie :

« C'est la troisième dispute que je vois depuis ce matin.

— Ah! dit Émilie, c'est qu'en ce moment les hommes sont si nerveux. »

L'avion s'approchait des montagnes; Gomez les regarda et puis il regarda, au-dessous de lui, les rivières et les champs, il y avait une ville toute ronde à sa gauche, tout était risible et si petit, c'était la France, verte et jaune, avec ses tapis d'herbe et ses rivières tranquilles. « Adieu! Adieu! » Il s'enfoncerait entre les montagnes, adieu les tournedos Rossini, les coronas et les belles femmes, il descendrait en planant vers le sol rouge et nu, vers le sang. Adieu! Adieu : tous les Français étaient là, au-dessous de lui, dans la ville ronde, dans les champs, au bord de l'eau : dix-huit heures trente-cinq, ils s'agitent comme des fourmis, ils attendent le discours d'Hitler. À mille mètres au-dessous de moi ils attendent le discours d'Hitler. Moi je n'attends rien. Dans un quart d'heure, il ne verrait plus ces douces prairies, d'énormes blocs de pierre le sépareraient de cette terre de peur et d'avarice. Dans un quart d'heure, il descendrait vers les hommes maigres aux geſtes vifs, aux yeux durs, vers *ses* hommes. Il était heureux, avec une boule d'angoisse dans la gorge. Les montagnes se rapprochaient, elles étaient brunes, à présent. Il pensa : « Comment vais-je retrouver Barcelone ? »

« Entrez », dit Zézette.

C'était une dame, un peu forte et très jolie, avec un chapeau de paille et un tailleur en prince de galles. Elle regarda autour d'elle en dilatant les narines et, tout aussi-tôt, sourit gentiment.

« Madame Suzanne Tailleur ?

— C'eſt moi », dit Zézette intriguée.

Elle s'était levée. Elle pensa qu'elle avait les yeux rouges et s'adossa à la fenêtre. La dame la regardait en clignant des yeux. Quand on la voyait mieux, elle parais-sait plus âgée. Elle avait l'air éreintée.

« Je ne vous dérange pas, au moins ?

— Ben non, dit Zézette. Assoyez-vous. »

La dame se pencha sur la chaise et la regarda, puis elle s'assit. Elle se tenait droite et son dos ne touchait pas le dossier.

« J'ai bien monté quarante étages depuis ce matin. Et les gens ne pensent pas toujours à vous offrir des chaises. »

Zézette s'aperçut qu'elle avait encore son dé au doigt. Elle l'ôta et le jeta dans sa boîte à couture. À ce moment le bifteck se mit à crépiter dans la poêle. Elle rougit, courut au fourneau et éteignit le gaz. Mais l'odeur persiſtait.

« Que je ne vous empêche pas de manger.

— Oh ! j'ai bien le temps », dit Zézette.

Elle regardait la dame et se sentait partagée entre la gêne et l'envie de rire.

« Votre mari eſt mobilisé ?

— Il eſt parti hier matin.

— Ils partent tous, dit la dame. C'eſt terrible. Vous devez être dans une situation matérielle... difficile...

— Je crois que je vais reprendre mon ancien métier, dit Zézette. J'étais fleuriſte. »

La dame hocha la tête :

« C'est terrible ! C'est terrible ! » Elle avait l'air si navré que Zézette eut un mouvement de sympathie :

« Votre mari est parti aussi ?

— Je ne suis pas mariée. » Elle regarda Zézette et ajouta vivement : « Mais j'ai deux frères qui pourraient partir.

— Qu'est-ce que vous désirez ? demanda Zézette d'une voix sèche.

— Eh bien, dit la demoiselle, voilà. » Elle lui sourit : « Je ne connais pas vos idées et ce que je vais vous demander est en dehors de toute politique. Vous fumez ? Vous voulez une cigarette ? »

Zézette hésita :

« Je veux bien », dit-elle.

Elle se tenait debout contre le fourneau à gaz et ses mains serraient le bord de la table, derrière son dos. L'odeur du bifteck et le parfum de la visiteuse s'étaient mélangés, à présent. La demoiselle lui tendit son étui et Zézette fit un pas en avant. La demoiselle avait des doigts fins et blancs avec des ongles faits. Zézette prit une cigarette entre ses doigts rouges. Elle regardait ses doigts et les doigts de la demoiselle et elle souhaitait qu'elle s'en aille au plus vite. Elles allumèrent leurs cigarettes et la demoiselle demanda :

« Vous ne croyez pas qu'il faut empêcher cette guerre à tout prix ? »

Zézette recula jusqu'au fourneau et la regarda avec méfiance. Elle était inquiète. Sur la table elle aperçut une paire de jarretelles et un pantalon qui traînaient.

« Ne croyez-vous pas, dit la demoiselle, que si nous unissions nos forces... »

Zézette traversa la pièce d'un air négligent ; quand elle atteignit la table, elle demanda :

« Qui ça, nous ?

— Nous autres femmes, dit la demoiselle avec force.

— Nous autres femmes », répéta Zézette. Elle ouvrit rapidement le tiroir et y jeta les jarretelles avec le pantalon, puis elle se tourna vers la demoiselle, soulagée.

« Nous autres femmes ? Mais qu'est-ce que nous pouvons faire ? »

La demoiselle fumait comme un homme, en rejetant la fumée par le nez ; Zézette regardait son tailleur et son collier de jade et ça lui faisait drôle de lui dire « nous ».

« Seule, vous ne pouvez rien, dit la demoiselle avec
bonté. Mais vous n'êtes pas seule : en ce moment, il y a
cinq millions de femmes qui craignent pour la vie d'un
être cher. À l'étage en dessous, c'est Mme Panier, dont le
frère et le mari viennent de partir et qui a six enfants. Sur
le trottoir d'en face c'est la boulangère. À Passy c'est la
duchesse de Cholet.

— Oh! la duchesse de Cholet... murmura Zézette.

— Eh bien ?

— Ça n'est pas pareil.

— Qu'est-ce qui n'est pas pareil ? Qu'est-ce qui n'est
pas pareil ? Parce qu'il y en a qui vont en auto pendant
que les autres font leur ménage elles-mêmes ? Ah!
madame, je suis la première à réclamer une organisation
sociale meilleure. Mais croyez-vous que c'est la guerre
qui nous la donnera ? Les questions de classes comptent
si peu en face du danger qui nous menace. Nous sommes
d'abord des femmes, madame, des femmes qu'on atteint
dans ce qu'elles ont de plus cher. Supposez que nous
nous donnions toutes la main et que nous criions toutes
ensemble : "Pas de ça!" Voyons : vous n'aimeriez pas le
voir revenir ? »

Zézette secoua la tête : ça lui paraissait farce que cette
demoiselle l'appelât madame.

« On ne peut pas empêcher la guerre », dit-elle.

La demoiselle rougit légèrement :

« Et pourquoi pas ? » demanda-t-elle.

Zézette haussa les épaules. Celle-là voulait empêcher
la guerre. D'autres, comme Maurice, voulaient supprimer la misère. Finalement personne n'empêchait
rien.

« Parce que, dit-elle. On ne peut pas l'empêcher.

— Ah! mais il ne faut pas penser comme ça, dit la
visiteuse avec reproche. Ce sont ceux qui pensent comme
ça qui font arriver les guerres. Et puis il faut songer un
peu aux autres. Quoi que vous fassiez, vous êtes solidaire
de nous toutes. »

Zézette ne répondit pas. Elle serrait dans son poing sa
cigarette éteinte et elle avait l'impression d'être à l'école
communale.

« Vous ne pouvez pas me refuser une signature, dit la
demoiselle. Voyons, madame, une signature : vous ne
pouvez pas. »

Elle avait tiré de son sac une feuille de papier; elle la mit sous le nez de Zézette.

« Qu'est-ce que c'est ? demanda Zézette.

— C'est une pétition contre la guerre, dit la demoiselle. Nous recueillons les adhésions par milliers. »

Zézette lut à mi-voix :

« Les femmes de France signataires de la présente pétition déclarent qu'elles font confiance au gouvernement de la République pour sauvegarder la paix par *tous les moyens*. Elles affirment leur conviction absolue que la guerre, quelles que soient les circonstances où elle éclate, est toujours un crime. Des négociations, des échanges de vue, toujours; le recours à la violence, jamais. Pour la paix universelle, contre la guerre sous toutes ses formes, ce 22 septembre 1938. La ligue des mères et des épouses françaises. »

Elle retourna la page : le verso était couvert de signatures, serrées les unes en dessous des autres, horizontales, obliques, montantes, descendantes, à l'encre noire, à l'encre violette, à l'encre bleue. Certaines s'étalaient largement, en grosses lettres anguleuses, et d'autres, avares et pointues, se serraient honteusement dans un petit coin. À côté de chaque signature, il y avait une adresse : Mme Jeanne Plémeux, 6, rue d'Aubignac; Mme Solange Péres, 142, avenue de Saint-Ouen. Zézette parcourut du regard les noms de toutes ces madames. Elles s'étaient toutes penchées sur ce papier. Il y en avait dont la marmaille criait dans la pièce à côté et d'autres avaient signé dans un boudoir, avec un stylo d'or. À présent leurs noms étaient côte à côte et ils se ressemblaient. Mme Suzanne Tailleur : elle n'avait qu'à demander une plume à la demoiselle et elle deviendrait, elle aussi, une madame, son nom s'étalerait, important et morose, au-dessous des autres.

« Qu'est-ce que vous ferez de tout ça ? demanda-t-elle.

— Quand nous aurons assez de signatures, nous enverrons une délégation de femmes les porter à la présidence du Conseil. »

Mme Suzanne Tailleur. Elle *était* Mme Suzanne Tailleur. Maurice lui répétait tout le temps qu'on était solidaire de sa classe. Et voilà qu'à présent elle avait des devoirs en commun avec la duchesse de Cholet. Elle pensa : « Une signature : je ne peux pas leur refuser une signature. »

Flossie s'accouda au traversin et regarda Philippe.

« Eh bien, crapule ? Qu'est-ce que tu en penses ?

— Ça peut aller, dit Philippe. Ça doit être encore mieux quand on n'a pas mal au crâne.

— Faut que je me lève, dit Flossie. Je vais bouffer, puis j'irai à la boîte. Tu viens ?

— Je suis trop fatigué, dit Philippe. Va sans moi.

— Tu m'attendras ici, hein ? Tu me jures que tu m'attendras ?

— Mais oui, dit Philippe en fronçant les sourcils. Va vite, va vite, je t'attendrai.

— Alors, dit la demoiselle, est-ce que vous signez ?

— J'ai pas de porte-plume », dit Zézette.

La demoiselle lui tendit un stylo. Zézette le prit et signa au bas de la page. Elle calligraphia son nom et son adresse à côté de la signature, puis elle releva la tête et regarda la demoiselle : il lui semblait que quelque chose allait arriver.

Il n'arriva rien du tout. La demoiselle se leva. Elle prit la feuille et la regarda attentivement.

« C'est parfait, dit-elle. Eh bien, ma journée est finie. »

Zézette ouvrit la bouche : il lui semblait qu'elle avait une foule de questions à poser. Mais les questions ne vinrent pas. Elle dit seulement :

« Alors, vous allez porter ça à Daladier ?

— Mais oui, dit la demoiselle. Mais oui. »

Elle agita la feuille un moment puis elle la plia et la fit disparaître dans son sac. Zézette eut un serrement de cœur quand le sac se referma. La demoiselle leva la tête et la regarda droit dans les yeux :

« Merci, dit-elle. Merci pour *lui*. Merci pour nous toutes. Vous êtes une femme de cœur, madame Tailleur. »

Elle lui tendit la main :

« Allons, dit-elle, il faut que je me sauve. »

Zézette lui serra la main après s'être essuyé la sienne à son tablier. Elle se sentait amèrement déçue.

« C'est... c'est tout ? » demanda-t-elle.

La demoiselle se mit à rire. Elle avait des dents comme des perles. Zézette se répéta : « Nous sommes solidaires. » Mais les mots n'avaient plus de sens.

« Oui, pour le moment, c'est tout. »

Elle gagna la porte d'un pas vif, l'ouvrit, tourna une dernière fois un visage souriant vers Zézette et disparut. Son parfum flottait encore dans la pièce. Zézette entendit son pas décroître et renifla deux ou trois fois. Il lui semblait qu'on lui avait volé quelque chose. Elle alla à la fenêtre, l'ouvrit et se pencha au-dehors. Il y avait une auto contre le trottoir. La demoiselle sortit de l'hôtel, ouvrit la portière et monta dans l'auto qui démarra. « J'ai fait une connerie », pensa Zézette. L'auto tourna dans l'avenue de Saint-Ouen et disparut, emportant à jamais sa signature et la belle dame parfumée. Zézette soupira, referma la fenêtre et ralluma le gaz. La graisse se mit à crépiter, l'odeur de viande chaude recouvrit le parfum et Zézette pensa : « Si jamais Maurice sait ça, qu'est-ce que je vais prendre. »

« Maman, j'ai faim.

— Quelle heure est-il ? » demanda la mère à Mathieu.

C'était une belle et forte Marseillaise avec une ombre de moustache.

Mathieu jeta un coup d'œil à son bracelet-montre :

« Il est huit heures vingt. »

La femme prit sous ses jambes un panier fermé par une tringle de fer :

« Sois contente, petit tourment, tu vas manger. »

Elle tourna la tête vers Mathieu.

« Elle ferait damner un saint. »

Mathieu leur adressa un sourire vague et bienveillant. « Huit heures vingt, pensa-t-il. Dans dix minutes Hitler va parler. Ils sont au salon, il y a plus d'un quart d'heure que Jacques tripote les boutons de la radio. »

La femme avait posé le panier sur la banquette ; elle l'ouvrit, Jacques cria :

« Je l'ai ! Je l'ai ! J'ai Stuttgart[1]. »

Odette était debout près de lui, elle lui avait mis la main sur l'épaule. Elle entendit un brouhaha et il lui sembla que le souffle d'une longue salle voûtée la frappait au visage. Mathieu les poussa un peu pour faire place au panier : il n'avait pas quitté Juan-les-Pins. Il était près d'Odette, contre Odette, mais aveugle et sourd, le train emportait ses oreilles et ses yeux vers Marseille. Il n'avait pas d'amour pour elle, c'était autre chose : elle l'avait regardé comme s'il n'était pas tout à fait mort. Il voulut donner un visage à cette tendresse informe qui pesait en

lui; il chercha le visage d'Odette, mais il fuyait, celui de
Jacques apparut par deux fois à sa place, Mathieu finit
par entrevoir une forme immobile dans un fauteuil, avec
un bout de nuque inclinée et un air d'attention sur une
face dépourvue de bouche et de nez.

« Il était temps, dit Jacques en se retournant vers elle.
Il n'a pas commencé de parler. »

Mes yeux sont ici. Il voyait le panier : une belle serviette
blanche à raies rouges et noires en recouvrait le contenu.
Mathieu contempla encore un instant la nuque brune et
puis la lâcha : c'était si peu pour une si lourde tendresse.
Elle s'abîma dans l'ombre et la serviette se mit à exister
énormément, elle s'installa dans ses yeux, chassant pêle-
mêle les images et les pensées. *Mes yeux sont ici.* Une
sonnerie étouffée le fit sursauter.

« Cocotte, vite, vite! » dit la Marseillaise.

Elle se tourna vers Mathieu avec un rire d'excuse :

« C'est le réveil. Je le mets toujours sur huit heures et
demie. »

La petite ouvrit précipitamment une mallette, y plongea les mains et la sonnerie s'arrêta. Huit heures trente,
il va entrer au Sportpalast. Je suis à Juan-les-Pins, je suis
à Berlin, mais *mes yeux sont ici. Quelque part* une longue
auto noire s'arrêtait devant une porte, des hommes en
chemise brune en descendaient. *Quelque part* au nord-
est, sur sa droite et derrière lui : mais *ici* il y avait cette
nappe qui lui bouchait la vue. Des doigts potelés et
bagués la tirèrent prestement par les coins, elle disparut,
Mathieu vit une bouteille thermos couchée sur le flanc
et des piles de tartines : il eut faim. Je suis à Juan-les-
Pins, je suis à Berlin, je suis à Paris, je n'ai plus de vie, je
n'ai plus de destin. Mais *ici,* j'ai faim. Ici, près de cette
grosse brune et de cette petite fille. Il se leva, atteignit sa
valise dans le filet, l'ouvrit et y prit à tâtons le paquet
d'Odette. Il se rassit, prit son couteau et trancha les
ficelles; il avait hâte de manger, comme s'il devait avoir
fini à temps pour entendre le discours d'Hitler. Il entre;
une formidable clameur fait trembler les vitres, il est
calme, il étend la main. *Quelque part,* il y avait dix mille
hommes au port d'armes, la tête droite, le bras levé.
Quelque part, dans son dos, Odette se penchait sur un
appareil de T. S. F. Il parle, il dit : « Mes compatriotes »,
et déjà sa voix ne lui appartient plus, elle est devenue

internationale. On l'entend à Brest-Litowsk, à Prague, à
Oslo, à Tanger, à Cannes, à Morlaix, sur le grand bateau
blanc de la compagnie Paquet qui vogue entre Casablanca et Marseille.

« Tu es sûr tu as Stuttgart ? demanda Odette. On
n'entend rien.

— Chut, chut, dit Jacques. Oui, j'en suis sûr. »
Lola s'arrêta devant l'entrée du casino.

« Alors à tout à l'heure, lui dit-elle.

— Chante bien, dit Boris.

— Oui. Où vas-tu, mon chéri ?

— Je vais au Bar basque, dit Boris. Il y a des copains
qui ne savent pas l'allemand et qui m'ont demandé de
leur traduire le discours d'Hitler.

— Brr, dit Lola en frissonnant, tu ne vas pas rigoler.

— J'aime bien traduire », dit Boris.

Il parle ! Mathieu fit un violent effort pour *l'entendre*
et puis il se sentit creux et lâcha tout. Il mangeait ; en face
de lui la petite fille mordait dans une tartine de confiture ;
on n'entendait que le halètement calme des bogies, c'était
un soir de miel, tout clos. Mathieu détourna les yeux et
regarda la mer, à travers la vitre. Le soir rose et rond se
fermait au-dessus d'elle. Et pourtant une voix perçait cet
œuf en sucre. Elle est partout, le train fonce dedans et elle
est dans le train, sous les pieds de la môme, dans les cheveux de la dame, dans ma poche, si j'avais une radio je la
ferais éclore dans le filet ou sous la banquette. Elle est là,
énorme, elle couvre le bruit du train, elle fait trembler les
vitres — et je ne l'entends pas. Il était las, il aperçut au
loin une voile sur l'eau et ne pensa plus qu'à elle.

« Écoute ! dit Jacques triomphant, écoute ! »

Une immense rumeur sortit soudain de l'appareil.
Odette fit un pas en arrière, c'était presque insupportable. « Comme ils sont nombreux, pensa-t-elle. Comme
ils l'admirent ! » Là-bas, à des milliers de kilomètres, des
dizaines de milliers de damnés. Et leurs voix remplissaient le calme salon de famille — et c'était son sort à
elle qui se jouait là-bas.

« Le voilà, dit Jacques, le voilà. »

La bourrasque s'apaisait peu à peu ; on distinguait des
voix nasales et dures et puis le silence se fit et Odette
comprit qu'il allait parler. Boris poussa la porte du bar
et le patron lui fit signe de se presser.

« Maniez-vous, dit-il, ça va commencer. »

Ils étaient trois, accoudés au zinc : il y avait le Marseillais, Charlier, le typo de Rouen, et puis un grand type costaud et grossièrement bâti, qui vendait des machines à coudre et qui s'appelait Chomis[1].

« Salut », dit Boris, à voix basse.

Ils le saluèrent en vitesse et il s'approcha de l'appareil. Il les estimait parce qu'ils n'avaient pas craint d'écourter leur dîner pour venir se faire dire en face des trucs désagréables. C'étaient des types durs, qui regardaient les choses en face.

Il s'était appuyé des deux mains à la table, il regardait la mer immense, il entendait le bruit de la mer. Il leva la main droite et la mer se calma. Il dit :

« Mes chers compatriotes.

« Il y a une limite où il n'est plus possible de céder parce que cela deviendrait une faiblesse nuisible. Dix millions d'Allemands se trouvaient en dehors du Reich en deux grands territoires constitués. C'étaient des Allemands qui voulaient réintégrer le Reich. Je n'aurais pas le droit de comparaître devant l'Histoire d'Allemagne si j'avais voulu simplement les abandonner[a] avec indifférence. Je n'aurais pas non plus moralement le droit d'être le Führer de ce peuple. J'ai pris sur moi assez de sacrifices, de renoncement. Là se trouvait la limite que je ne pouvais franchir. Le plébiscite en Autriche a montré combien ce sentiment était fondé. Un ardent témoignage a été rendu alors, tel que le reste du monde ne l'avait certainement pas espéré. Mais nous avons vu déjà que, pour les démocraties, un plébiscite devient inutile et même funeste du moment qu'il ne produit pas le résultat qu'elles espéraient. Néanmoins ce problème a été résolu pour le bonheur du grand peuple allemand tout entier.

« Et maintenant nous avons devant nous le dernier problème qui doit être résolu et *qui sera résolu.* »

La mer se déchaîna à ses pieds et il resta un moment sans parler à regarder ses vagues énormes. Odette pressa la main contre sa poitrine, ça lui faisait chaque fois sauter le cœur, ces hurlements. Elle se pencha à l'oreille de Jacques qui gardait les sourcils froncés, avec un air d'attention extrême, bien qu'Hitler eût cessé de parler depuis plusieurs secondes. Elle lui demanda, sans grand espoir :

« Qu'est-ce qu'il dit ? »

Jacques prétendait comprendre l'allemand parce qu'il avait passé trois mois à Hanovre et, depuis dix ans, il écoutait scrupuleusement à la radio tous les orateurs de Berlin, il s'était même abonné à la *Frankfurter Zeitung,* à cause des articles financiers. Mais les renseignements qu'il donnait sur ce qu'il avait lu ou entendu demeuraient toujours très vagues. Il haussa les épaules :

« Toujours la même chose. Il a parlé de sacrifices et du bonheur du peuple allemand.

— Il consent à faire des sacrifices ? demanda vivement Odette. Ça veut dire qu'il ferait des concessions ?

— Oui, non... Tu sais, c'est resté très en l'air. »

Il étendit la main et Karl cessa de crier : c'était un ordre. Il se tourna à droite et à gauche en murmurant : « Écoutez ! Écoutez ! », il lui semblait que l'ordre muet du Führer le traversait de part en part et prenait corps dans sa bouche. « Écoutez ! dit-il. Écoutez ! » Il n'était plus qu'un instrument docile, un résonateur : le plaisir le fit trembler de la tête aux pieds. Tout le monde se tut, la salle entière s'abîma dans le silence et dans la nuit ; Hess, Goering et Goebbels avaient disparu, il n'y avait plus personne au monde que Karl et son Führer. Le Führer parlait devant le grand étendard rouge à la croix gammée, il parlait pour Karl, pour lui seul. Une voix, une seule voix au monde. Il parle pour moi, il pense pour moi, il décide pour moi. Mon Führer.

« C'est la dernière revendication territoriale que j'aie à formuler en Europe, mais c'est une revendication dont je ne m'écarterai pas et que je réaliserai s'il plaît à Dieu. »

Il fit une pause. Alors Karl comprit qu'il avait la permission de crier et il cria de toutes ses forces. Tout le monde se mit à crier, la voix de Karl s'enfla, monta jusqu'aux cintres et fit trembler les vitres. Il brûlait de joie, il avait dix mille bouches et il se sentait historique.

« Ta gueule ! Ta gueule », cria Mimile dans l'appareil. Il se tourna vers Robert et lui dit : « Tu te rends compte ! Quelle bande de cons ! Ces types-là ne sont contents que quand ils peuvent gueuler ensemble. Leurs distractions, paraît que c'est la même chose. Ils ont de grands machins à Berlin, il peut y tenir vingt mille personnes, ils se réunissent là le dimanche, ils se mettent à chanter en chœur en buvant de la bière. »

L'appareil mugissait toujours :

« Oh! dis, dit Robert, on lui fait le coup du crochet[1]! »

Ils tournèrent le bouton, les voix s'éteignirent et il leur sembla soudain que la chambre sortait de l'ombre, elle était là, autour d'eux, petite et calme, la fine était à portée de leurs mains, ils n'avaient eu qu'à tourner un bouton et toutes ces clameurs de damnés étaient rentrées dans leur boîte, un beau soir mesuré était venu par la fenêtre, un soir français; ils étaient entre Français.

« Cet État tchèque a débuté par un grand mensonge. L'auteur de ce mensonge s'appelait Benès. »

Rafales dans l'appareil.

« Ce M. Benès se présenta à Versailles et il affirma d'abord qu'il existait une nation tchécoslovaque. »

Hilarité dans l'appareil. La voix reprit, hargneuse :

« Il était obligé d'inventer ce mensonge, afin de donner au maigre effectif de ses concitoyens une importance un peu plus grande et par suite un peu plus justifiée. Et les hommes d'État anglo-saxons, qui n'ont jamais été familiarisés suffisamment avec les questions ethniques et géographiques, n'ont pas jugé nécessaire alors de vérifier ces affirmations de M. Benès.

« Comme cet État ne paraissait pas viable, on a simplement pris trois millions et demi d'Allemands, contrairement à leur droit de disposer librement d'eux-mêmes et contrairement à leur volonté de libre disposition. »

L'appareil cria : « Fi! Fi! Fi! » M. Birnenschatz cria : « Menteur! On ne les a pas pris à l'Allemagne ces Allemands! » Ella regardait son père, tout rouge d'indignation, qui fumait un cigare dans son fauteuil, elle regardait sa mère et sa sœur Ivy et elle les haïssait presque : « Comment peuvent-ils écouter ça! »

« Comme cela ne suffisait pas, il fallut encore ajouter un million de Magyars, puis des Russes subcarpathiques, et, enfin, encore quelques centaines de milliers de Polonais.

« Voilà ce qu'est cet État qui s'est plus tard appelé Tchécoslovaquie, contrairement au droit de libre disposition des peuples, contrairement au désir et à la volonté clairement exprimés des nations violentées. En vous parlant ici, je compatis naturellement au destin de tous ces opprimés : je compatis au destin des Slovaques, des Polonais, des Hongrois, des Ukrainiens; mais je ne parle naturellement que de la destinée de mes Allemands. »

Une clameur immense remplit la pièce. Comment peuvent-ils écouter ça ? Et ces *Heil! Heil!* ça lui faisait mal au cœur. « Enfin *nous sommes des Juifs,* pensa-t-elle avec irritation, nous n'avons pas à écouter notre bourreau. Lui, passe encore, je l'ai toujours entendu dire que les Juifs n'existaient pas. Mais elle, pensa-t-elle en regardant sa mère, *elle,* elle sait qu'elle est juive, elle le sent et elle reste là. » Mme Birnenschatz, volontiers prophétique, s'était écriée l'avant-veille encore : « C'est la guerre, mes enfants, et la guerre *perdue,* le peuple juif n'a plus qu'à reprendre sa besace. » À présent, elle somnolait au milieu des clameurs, elle fermait de temps à autre ses yeux peints et sa grosse tête sombre aux cheveux de jais oscillait. La voix reprit, dominant la tempête :

« Et maintenant commence le cynisme. Cet État qui n'est gouverné que par une minorité, oblige ses nationaux à faire une politique qui les forcerait un jour à tirer sur leurs frères. »

Elle se leva. Ces mots rauques, qui s'arrachaient péniblement d'une gorge toujours prête à tousser, c'étaient des coups de couteau. Il a torturé des Juifs : pendant qu'il parle, il y en a des milliers qui agonisent dans les camps de concentration, et on laisse sa voix se pavaner chez nous, dans ce salon où nous avons, hier encore, reçu le cousin Dachauer, avec ses paupières brûlées.

« Beneš exige ceci des Allemands : " Si je fais la guerre contre l'Allemagne, tu devras tirer sur les Allemands. Et si tu refuses tu seras un traître ici et je te ferai fusiller. " Et il demande la même chose aux Hongrois et aux Polonais. »

La voix était là, énorme, la voix de haine; l'homme était contre Ella. La grande plaine d'Allemagne, les montagnes de France s'étaient effondrées, il était tout contre elle, sans distance, il se démenait dans sa boîte, il me regarde, il me voit. Ella se tourna vers sa mère, vers Ivy : mais elles avaient sauté en arrière. Ella pouvait encore les voir, mais non les toucher. Paris aussi avait reculé hors d'atteinte, la lumière qui entrait par les fenêtres tombait morte sur le tapis. Il s'était fait un imperceptible décollement des gens et des choses, elle était seule au monde avec cette voix.

« Le 20 février de cette année, j'ai déclaré au Reichstag qu'il fallait qu'un changement intervînt dans la vie des dix millions d'Allemands qui vivent hors de nos frontières. Or M. Benès a agi autrement. Il a institué une oppression encore plus complète. »

Il lui parlait seul à seule, les yeux dans les yeux, avec une irritation croissante et le désir de lui faire peur, de lui faire mal. Elle restait fascinée, ses yeux ne quittaient pas le mica. Elle n'entendait pas ce qu'il disait, mais sa voix l'écorchait.

« Une terreur encore plus grande... Une époque de dissolutions... »

Elle se détourna brusquement et quitta la pièce. La voix la poursuivit dans le vestibule, indistincte, écrasée, encore vénéneuse; Ella entra vivement dans sa chambre et ferma sa porte à clé. Là-bas, dans le salon, il menaçait encore. Mais elle n'entendait plus qu'un murmure confus. Elle se laissa tomber sur une chaise : il n'y aura donc personne, pas une mère de Juif supplicié, pas une femme de communiste assassiné pour prendre un revolver et pour aller l'abattre ? Elle serrait les poings, elle pensait que, si elle était Allemande, elle aurait la force de le tuer.

Mathieu se leva, prit un des cigares de Jacques dans son imperméable et poussa la portière du compartiment.

« Si c'est pour moi, dit la Marseillaise, ne vous gênez pas, mon mari fume la pipe : je suis habituée.

— Je vous remercie, dit Mathieu, mais j'ai envie de me dégourdir un peu les jambes. »

Il avait surtout envie de ne plus la voir. Ni la petite, ni le panier. Il fit quelques pas dans le couloir, s'arrêta, alluma son cigare. La mer était bleue, et calme, il glissait le long de la mer, il pensait : « Qu'est-ce qui m'arrive ? » *Ainsi la réponse de cet homme fut plus que jamais : « Fusillons, arrêtons, incarcérons. » Et cela pour tous ceux qui d'une manière ou d'une autre ne lui conviennent pas,* il voulait s'appliquer et comprendre. Jamais rien ne lui était arrivé qu'il n'eût compris; c'était sa seule force, son unique défense, sa dernière fierté. Il regardait la mer et il pensait : « Je ne comprends pas *alors arriva ma revendication de Nuremberg. Cette revendication fut complètement nette : pour la premi* il m'arrive que je pars pour la guerre », se dit-il. Ça n'avait pas l'air bien malin et pourtant ce n'était pas clair du tout. En ce qui le concernait personnellement, tout était simple et net : il avait joué et perdu, sa vie était derrière lui, gâchée. Je ne laisse rien, je ne regrette rien, pas même Odette, pas même Ivich, je ne suis personne. Restait l'événement lui-même. *Je déclarai que maintenant le droit de libre disposition devait enfin, vingt ans après les déclarations du président Wilson*[1], *entrer en vigueur pour ces trois millions et demi d'hommes* tout ce qui l'avait atteint jusque-là était à sa mesure d'homme, les petits emmerdements et les catastrophes, il les avait vus venir, il les avait regardés en face. Quand il avait été prendre l'argent dans la chambre de Lola, il avait vu les billets, il les avait touchés, il avait respiré le parfum qui flottait dans la chambre; et quand il avait plaqué Marcelle, il la regardait dans les yeux pendant qu'il lui parlait; ses difficultés n'étaient jamais qu'avec lui-même; il pouvait se dire : « J'ai eu raison, j'ai eu tort »; il pouvait se juger. À présent c'était devenu impossible *et de nouveau M. Benès a donné sa réponse : de nouveaux morts, de nouvelles incarcérations, de nouveaux* Il pensa : « Je pars pour la guerre » et cela ne signifiait rien. Quelque chose lui était arrivé qui le dépassait. La guerre le dépassait. « Ça n'est pas tant qu'elle me dépasse, c'est qu'elle *n'est pas là*. Où est-elle ? Partout : elle prend naissance de partout[2], le train fonce dans la guerre, Gomez atterrit dans la guerre, ces estivants en toile blanche se promènent dans la guerre, il n'est pas un battement de cœur qui ne l'alimente, pas une conscience qui n'en soit traversée. Et pourtant, elle est comme la voix d'Hitler, qui remplit ce train et que je ne peux pas entendre : *J'ai déclaré nettement à M. Chamberlain ce que nous considérons maintenant comme la seule possibilité de solution;* de temps en temps on croit qu'on va la toucher, sur n'importe quoi, dans la sauce d'un tournedos, on avance la main, elle n'est plus là : il ne reste qu'un bout de viande dans de la sauce. Ah ! pensa-t-il, il faudrait être partout à la fois. »

Mon Führer, mon Führer, tu parles et je suis changé en pierre, je ne pense plus, je ne veux plus rien, je ne suis que ta voix, je l'attendrais à la sortie, je le viserais au cœur, mais je suis en premier lieu le porte-parole des Allemands et c'est pour ces Allemands que j'ai parlé, assurant que je ne suis plus disposé à rester spectateur inactif et calme alors que ce dément de Prague croit pouvoir, je serai ce martyr, je ne suis pas parti pour la Suisse, à présent je ne peux plus rien faire qu'endurer ce martyre, je jure d'être ce martyr, je jure, je jure, je jure, chut, dit Gomez, nous écoutons le discours du pantin.

« Ici Radio-Paris, ne quittez pas l'écoute : dans un instant nous vous transmettrons la traduction française de la première partie du discours du chancelier Hitler. »

« Ah! tu vois! dit Germain Chabot, tu vois! Ça n'était pas la peine de descendre et de courir deux heures après *L'Intran*[1]. Je te l'ai dit : ils font toujours ça. »

Mme Chabot posa son tricot dans la corbeille à ouvrage et rapprocha son fauteuil.

« On va savoir ce qu'il a dit. Je n'aime pas ça, dit-elle. Ça me fait comme un creux dans l'estomac. Ça ne te fait pas ça ?

— Si », dit Germain Chabot.

L'appareil ronflait, il émit deux ou trois borborygmes et Chabot saisit le bras de sa femme.

« Écoute », lui dit-il.

Ils se penchèrent un peu, l'oreille tendue, et quelqu'un se mit à chanter la *Cucaracha*.

« Tu es sûr que tu es sur Radio-Paris ? demanda Mme Chabot.

— Sûr.

— Alors, c'est pour nous faire prendre patience. »

La voix chanta trois couplets, puis le disque s'arrêta.

« Nous y voilà », dit Chabot.

Il y eut un léger grésillement et un orchestre hawaïen se mit à jouer *Honey Moon*.

Il faudrait être partout. Il considéra tristement le bout de son cigare : partout, sans ça on est refait. « Je suis refait. Je *suis* un soldat qui part pour la guerre. Voilà ce qu'il faudrait *voir* : la guerre et le soldat. Un bout de cigare, des villas blanches au bord de l'eau, le glissement monotone des wagons sur les rails et ce voyageur trop connu, Fez, Marrakech, Madrid, Pérouse, Sienne, Rome, Prague, Londres, qui fume pour la millième fois dans le couloir d'un wagon de troisième classe. Pas de guerre, pas de soldat : il faudrait être partout, il faudrait *me voir de partout,* de Berlin comme un trois millionième de l'armée française, avec les yeux de Gomez, comme un de ces chiens de Français qu'on pousse à coups de pied vers la bataille, avec les yeux d'Odette. Il faudrait me voir *avec les yeux de la guerre*. Mais où sont les yeux de la guerre ? Je suis *ici,* devant *mes* yeux glissent de grandes surfaces claires, je suis clairvoyant, je vois — et pourtant je m'oriente à tâtons, à l'aveuglette et chacun de mes mouvements allume une ampoule ou déclenche une sonnerie dans un monde que je ne vois pas. » Zézette avait fermé les volets mais le jour finissant entrait encore par les fentes, elle se sentait lasse et morte, elle jeta sa combinaison sur une chaise et se glissa nue dans le lit, je dors toujours si bien quand j'ai du chagrin; mais, quand elle fut dans les draps, c'était dans ce lit-là que Momo l'avait caressée l'avant-veille, dès qu'elle s'abandonnait, il venait sur elle, il l'écrasait et si elle rouvrait les yeux, il n'était plus là, il dormait là-bas, dans sa caserne et puis il y avait cette sacrée radio qui gueulait en langue étrangère, c'était le poste des Heinemann, les Allemands réfugiés du premier, une voix rauque et vipérine qui vous râpait les nerfs, ça ne finira donc pas, ça ne va donc pas finir! Mathieu envia Gomez et puis il se dit : « Gomez n'en *voit* pas plus que moi, il se débat contre des invisibles — et il cessa de l'envier. Qu'est-ce qu'il voit : des murs, un téléphone sur son bureau, le visage de son officier d'ordonnance. Il *fait* la guerre, il ne la voit pas. Et alors, ça, pour la faire, nous la faisons tous; je lève la main, je tire sur ce cigare et je *fais* la guerre; Sarah maudit la folie des hommes, elle serre Pablo dans ses bras : elle *fait* la guerre. Odette fait la guerre quand elle enveloppe dans du papier des sandwiches au jambon. La guerre prend tout, ramasse tout, elle ne laisse rien perdre, pas une pensée, pas un geste et personne ne peut la voir, pas même Hitler. Personne. » Il répéta : « Personne » — et tout à coup il l'entrevit. C'était un drôle de corps, proprement impensable.

« Ici Radio-Paris, ne quittez pas l'écoute : dans un instant nous vous transmettrons la traduction française de la première partie du discours du chancelier Hitler. »

Ils ne bougèrent pas. Ils se regardèrent du coin de l'œil et, quand Rina Ketty se mit à chanter *J'attendrai*, ils se sourirent. Mais, à la fin du premier couplet, Mme Chabot éclata de rire :

« J'attendrai! dit-elle. Ça, c'est trouvé! Ils se paient notre tête. »

Un corps énorme, une planète, dans un espace à cent millions de dimensions; les êtres à trois dimensions ne pouvaient même pas l'imaginer. Et pourtant chaque dimension était une conscience autonome. Si on essayait de regarder la planète en face, elle s'effondrait en miettes, il ne restait plus que des consciences. Cent millions de consciences libres dont chacune voyait des murs, un bout de cigare rougeoyant, des visages familiers, et construisait sa destinée sous sa propre responsabilité. Et pourtant, si l'on *était* une de ces consciences on s'apercevait à d'imperceptibles effleurements, à d'insensibles changements, qu'on était solidaire d'un gigantesque et invisible polypier. La guerre : chacun est libre et pourtant les jeux sont faits. Elle est là, elle est partout, c'est la totalité de toutes mes pensées, de toutes les paroles d'Hitler, de tous les actes de Gomez, : mais personne n'est là pour faire le total. Elle n'existe que pour Dieu. Mais Dieu n'existe pas. Et pourtant la guerre existe.

« Et je n'ai laissé aucun doute sur le fait que, désormais, la patience allemande a tout de même un terme. Je n'ai laissé aucun doute sur le fait qu'il est, certes, dans le caractère de notre mentalité allemande de témoigner d'une longue patience, mais que, lorsque le moment est venu, il faut en finir.

— Qu'est-ce qu'il dit ? Qu'est-ce qu'il dit ? » demanda Chomis.

Boris expliqua :

« Il dit que la patience allemande a des limites.

— La nôtre aussi », dit Charlier.

Tout le monde se mit à gueuler dans l'appareil et Herrera entra dans la pièce.

« Ah! Salut! dit-il en voyant Gomez. Eh bien ? Bonne perm ?

— Couci, couça, dit Gomez.

— Toujours... prudents, les Français ?

— Ha! Vous n'imaginez même pas. Mais je crois qu'ils vont l'avoir dans le cul! » Il désigna le poste de T. S. F. : « Le pantin de Berlin est déchaîné.

— Sans blague ? » Les yeux de Herrera étincelèrent : « Mais dites donc, c'est que ça changerait bien des choses !

— Je pense bien », dit Gomez.

Ils se regardèrent un instant en souriant; Tilquin, qui était à la fenêtre, revint vers eux :

« Baissez le poste, j'entends quelque chose. »

Gomez tourna le bouton et les rumeurs s'affaiblirent.

« Vous entendez ? Vous entendez ? »

Gomez prêta l'oreille; il perçut un ronronnement sourd.

« Ça y est, dit Herrera. Une alerte. La quatrième depuis ce matin.

— La quatrième! dit Gomez.

— Oui, dit Herrera. Ah! vous allez trouver du changement. »

Hitler parlait de nouveau; ils se penchèrent sur le poste. Gomez écoutait le discours d'une oreille; de l'autre il suivait le ronronnement des avions. Il y eut une explosion sourde dans le lointain.

« Que fait-il ? Il n'a pas cédé le territoire, il expulse maintenant les Allemands! M. Benès avait à peine parlé que ses mesures militaires d'oppression reprirent, encore accentuées. Nous constatons ces chiffres effroyables : en un jour 10 000 personnes en fuite, le jour suivant 20 000... »

Le ronronnement décrut puis augmenta tout à coup, il y eut deux longues détonations.

« C'est le port qui prend, chuchota Tilquin.

— ... Le surlendemain 37 000, deux jours après 41 000, puis 62 000, puis 78 000; maintenant c'est 90 000, 107 000, 137 000. Et aujourd'hui 214 000. Des régions entières sont dépeuplées, des localités sont incendiées, c'est avec des obus et des gaz que l'on essaie de se défaire des Allemands. M. Benès, lui, est installé à Prague, et il se dit : "Il ne peut rien arriver, j'ai finalement derrière moi l'Angleterre et la France ". »

Herrera pinça le bras de Gomez :

« Attention, dit-il, attention : il va leur casser le morceau! »

Son visage s'était coloré et il regardait l'appareil avec sympathie. La voix jaillit, tonitruante et rocailleuse :

« Et maintenant, mes compatriotes, je crois que l'heure est venue où il est nécessaire de dire les choses carrément. »

Un chapelet d'explosions qui se rapprochaient couvrit le bruit des applaudissements. Mais Gomez y fit à peine attention : il fixait son regard sur l'appareil, il écoutait cette voix menaçante et il sentit renaître en lui un sentiment depuis longtemps enseveli, quelque chose qui ressemblait à de l'espoir.

Vous, qui passez sans me voir
Sans même dire bonsoir

Donnez-moi un peu d'espoir
Ce soir
J'ai tant de peine[1].

« J'ai compris, dit Germain Chabot. Cette fois j'ai compris.

— Qu'est-ce que c'est ? dit sa femme.

— Eh bien! c'est une combine avec la presse du soir. Ils ne veulent pas radiodiffuser la traduction avant que les journaux l'aient publiée. »

Il se leva et prit son chapeau :

« Je descends, dit-il. Je trouverai bien un *Intran* sur le boulevard Barbès. »

C'était le moment. Il sortit les deux jambes du lit, il pensa : « C'est le moment. » Elle trouverait l'oiseau envolé et un billet de mille francs épinglé sur la couverture, si j'ai le temps j'y joindrai un poème d'adieu. Il avait la tête lourde mais elle ne lui faisait plus mal. Il se passa les mains sur la figure et les abaissa avec dégoût : elles sentaient la négresse. Sur la tablette de verre, au-dessus du lavabo, il y avait un savon rose, à côté d'un vaporisateur, et une éponge de caoutchouc. Il prit l'éponge mais une nausée lui remonta à la bouche et il alla chercher, dans la mallette, son gant de toilette et son savon. Il se lava de la tête aux pieds, l'eau coulait sur le plancher, mais ça n'avait aucune importance. Il se peigna, tira une chemise propre de la mallette et la revêtit. La chemise du martyr. Il était triste et ferme. Il y avait une brosse sur le guéridon, il brossa son veston avec soin. « Mais où ai-je pu fourrer mon pantalon ? » se demanda-t-il. Il regarda sous le lit et même entre les draps : pas de pantalon; il se dit : « Fallait-il que je sois soûl. » Il ouvrit l'armoire à glace, il commençait à être inquiet : le pantalon ne s'y trouvait pas. Il demeura un moment au milieu de la pièce, en chemise, à se gratter le crâne en regardant autour de lui, et puis la colère le prit parce que c'était une situation parfaitement ridicule pour un futur martyr que de rester ainsi planté, en chaussettes dans la chambre à coucher d'une grue, avec les pannets[2] de sa bannière qui lui battaient les genoux. À ce moment il aperçut, sur sa droite, un placard encastré dans le mur. Il y courut mais la clé n'était pas dans la serrure; il essaya de l'ouvrir avec ses ongles et puis avec des ciseaux qu'il

trouva sur la table, mais il n'y parvint pas. Il jeta les
ciseaux et se mit à frapper du pied en murmurant d'une
voix furieuse : « La sacrée putain, la garce! Elle a enfermé
mon pantalon pour m'empêcher de sortir. »

« Et là, je ne puis maintenant dire qu'une chose :
deux hommes sont en face l'un de l'autre : là, M. Benès!
et ici, moi! »

La foule entière se mit à hurler. Anna regardait Milan
avec inquiétude. Il s'était approché du poste et le considérait les mains dans ses poches. Son visage avait noirci
et il y avait quelque chose qui remuait dans sa joue.

« Milan, dit Anna.

— Nous sommes deux hommes de genre différent.
Lorsque M. Benès, au temps de la grande lutte des
peuples, allait et venait dans le monde, se tenant à l'écart
du danger, j'ai, en tant que loyal soldat allemand, accompli mon devoir. Et aujourd'hui, me voici debout en
face de cet homme comme soldat de mon peuple. »

Ils applaudirent de nouveau. Anna se leva et posa la
main sur le bras de Milan : son biceps était contracté,
tout son corps était de pierre. « Il va tomber », pensa-t-elle.
Il dit en bégayant :

« Salaud! »

Elle lui serra le bras de toutes ses forces mais il la
repoussa. Il avait du sang dans les yeux.

« Benès et moi! bégaya-t-il. Benès et moi! Parce que
tu as soixante-quinze millions d'hommes derrière toi. »

Il fit un pas en avant; elle pensa : « Qu'est-ce qu'il va
faire ? » et s'élança; mais déjà il avait, par deux fois,
craché sur l'appareil.

La voix continuait :

« Je n'ai que peu de choses à déclarer : je suis reconnaissant à M. Chamberlain de tous ses efforts. Je lui ai
assuré que le peuple allemand ne veut rien d'autre que la
paix : mais je lui ai aussi déclaré que je ne puis reculer les
limites de notre patience. Je lui ai en outre assuré, et je le
répète ici, que — une fois ce problème résolu — il n'y
a plus pour l'Allemagne en Europe de problème territo-
rial! Je lui ai en outre assuré que du moment où la Tchécoslovaquie aura résolu ces problèmes, c'est-à-dire où
les Tchèques se seront expliqués avec leurs autres minorités, non pas par l'oppression, mais pacifiquement,
qu'alors je n'aurai plus à m'intéresser à l'État tchèque.

Et cela, je le lui garantis! Nous ne voulons pas du tout de Tchèques. Mais de même, je veux maintenant déclarer devant le peuple allemand, qu'en ce qui concerne le problème des Sudètes, ma patience est à bout. J'ai fait à M. Benès une offre qui n'est pas autre chose que la réalisation de ce qu'il a lui-même déjà assuré. Il a maintenant la décision en sa main : paix ou guerre. Ou bien il acceptera ces propositions et il donnera maintenant aux Allemands la liberté ou bien nous irons la prendre nous-mêmes. »

Herrera releva la tête, il exultait :

« Nom de Dieu! dit-il. Nom de Dieu de nom de Dieu! Vous avez entendu ça ? C'est la guerre.

— Oui, dit Gomez. Benès est un dur; il ne cédera pas : c'est la guerre.

— Nom de Dieu, dit Tilquin. Si ça pouvait être ça! Si seulement ça pouvait être ça!

— Qu'est-ce que c'est ? demanda Chamberlain.

— La suite », dit Woodehouse.

Chamberlain prit les feuillets et se mit à lire. Woodehouse scrutait son visage avec anxiété. Au bout d'un moment le premier ministre releva la tête et lui sourit avec affabilité.

« Eh bien, dit-il, rien de nouveau. »

Woodehouse le regarda avec surprise.

« Le chancelier Hitler s'est exprimé avec beaucoup de violence, fit-il observer.

— Bah! bah! dit M. Chamberlain. Il y était bien obligé. »

« Aujourd'hui, je marche devant mon peuple comme son premier soldat; et derrière moi, que le monde le sache bien, marche maintenant un peuple, un peuple qui est autre que celui de 1918. En cette heure, tout le peuple allemand s'unira à moi. Il ressentira ma volonté comme sa volonté, de même que je considère son avenir et son destin comme le moteur de mon action! Et nous voulons renforcer cette volonté commune, telle que nous l'avions au temps du combat, au temps où je partis comme simple soldat inconnu pour conquérir un Reich, ne doutant jamais du succès et de la victoire définitive. Autour de moi s'est serrée une troupe d'hommes braves et de femmes braves, ils ont marché avec moi. Et maintenant, mon peuple allemand, je te demande ceci : " Marche après moi, homme après homme, femme après femme. À cette heure, nous voulons tous avoir une volonté commune. Cette volonté doit être plus forte que toute détresse et que tout danger; et si cette volonté est plus forte que la détresse et le danger, elle viendra à bout de la détresse et du danger. " Nous sommes résolus! M. Benès a maintenant à choisir. »

Boris se tourna vers les autres et leur dit :

« C'est fini. »

Ils ne réagirent pas tout de suite : ils fumaient, d'un air attentif. Au bout d'un instant le patron demanda :

« Alors ? on lui tord le cou ?

— Vous pouvez y aller. »

Le patron se pencha au-dessus des bouteilles et tourna le bouton : pendant un moment Boris se sentit mal à l'aise : ça faisait comme un grand vide. Un peu de vent et de nuit entrait par la porte ouverte.

« Alors, qu'est-ce qu'il a dit ? demanda le Marseillais.

— Eh bien, pour finir, il a dit : " Tout mon peuple est derrière moi, je suis prêt à la guerre. À M. Benès de choisir. "

— Funérailles! dit le Marseillais. Alors c'est la guerre ? »

Boris haussa les épaules.

« Eh bien, dit le Marseillais, moi qu'il y a six mois que je n'ai pas vu ma femme ni mes deux filles, je m'en vais rentrer à Marseille et bonsoir : un petit salut de la main et je pars à la caserne.

— Moi, je n'aurai peut-être même pas le temps de voir ma mère », dit Chomis. Il expliqua : « Je suis du Nord.

— Ah! comme ça! » dit le Marseillais en hochant la tête.

Ils se turent. Charlier vida sa pipe contre son talon. Le patron dit :

« Vous reprenez quelque chose ? Puisque c'est la guerre, j'offre la tournée.

— Va pour une tournée. »

L'air du dehors était frais et noir, on entendait la musique lointaine du Casino : c'était peut-être Lola qui chantait.

« J'y ai été, moi, en Tchécoslovaquie, dit le type du Nord. Et je suis content d'y avoir été : comme ça, on sait pour quoi on se bat.

— Vous y êtes resté longtemps ? demanda Boris.

— Six mois. Pour des coupes de bois. Je m'entendais bien avec les Tchèques. Ils sont travailleurs.

— Pour ça, dit le barman, les Allemands aussi sont travailleurs.

— Oui, mais ils font chier le monde. Tandis que les Tchèques sont tranquilles.

— À la bonne vôtre, dit Charlier.

— À la bonne vôtre. »

Ils trinquèrent et le Marseillais dit :

« Il commence à faire frais. »

Mathieu se réveilla en sursaut :

« Qu'est-ce que c'est ? demanda-t-il en se frottant les yeux.

— C'est Marseille, la gare Saint-Charles : tout le monde descend.

— Bon, dit Mathieu. Bon, bon. »

Il décrocha son imperméable et prit sa valise dans le filet. Il se sentait vague. « Hitler doit avoir fini son discours », pensa-t-il avec soulagement.

« Je les ai vus partir, les gars de 14, dit le type du Nord. J'avais dix ans. C'était autre chose que maintenant.

— Ils en voulaient ?

— Ha! s'ils en voulaient! Ça braillait! Ça chantait! Ça gesticulait!

— Faut dire qu'ils ne se rendaient pas compte, dit le Marseillais.

— Ben non.

— Nous, on se rend compte », dit Boris.

Il y eut un silence. Le type du Nord regardait droit devant lui. Il dit :

« Je les ai vus de près, les Fritz. Quatre ans qu'on a été occupés. Qu'est-ce qu'on a pris! Le village a été rasé, on se cachait des semaines entières dans les carrières. Alors vous comprenez, quand je pense qu'il faut remettre ça... » Il ajouta : « Ça ne veut pas dire que je ne ferai pas comme les autres.

— Moi, ce qu'il y a, dit le patron en souriant, c'est que j'ai la frousse de la mort. Depuis tout petit. Seulement je me suis fait une raison, ces derniers temps. Je me suis dit : "Ce qui est moche, c'est de mourir. Mais que ce soit de la grippe espagnole ou d'un éclat d'obus..." »

Boris riait aux anges : il les trouvait sympathiques; il

pensa : « J'aime mieux les hommes que les bonnes
femmes. » La guerre avait ça de bon qu'elle se faisait
entre hommes. Pendant trois ans, pendant cinq ans, il ne
verrait que des hommes. « Et je céderai mon tour de
permission aux pères de famille. »

« Ce qui compte, dit Chomis, c'est de pouvoir se dire
qu'on a vécu. Moi, j'ai trente-six ans, j'ai pas toujours
rigolé. Il y a eu des hauts et des bas. Mais j'ai vécu. Ils
peuvent me couper en petits morceaux, ils n'empêche-
ront pas ça. » Il se tourna vers Boris : « Pour un jeune
gars comme vous, ça doit être plus dur.

— Oh! dit Boris vivement, depuis le temps qu'on me
répète qu'il va y avoir la guerre! »

Il rougit un peu et ajouta : « C'est quand on est marié
qu'on doit l'avoir mauvaise.

— Oui, dit le Marseillais en soupirant. Ma femme est
courageuse et puis elle a un métier : elle est coiffeuse. Ça
m'embêterait plutôt à cause des petites : c'est quand
même mieux d'avoir un père, non ? Mais dites donc, c'est
pas parce qu'on y va qu'on y claque forcément.

— Ben non », dit Boris.

La musique s'était éteinte. Un couple entra dans le
bar. La femme était rousse avec une robe verte très
longue et très décolletée. Ils s'assirent à une table du
fond.

« Quand même! dit Charlier. Ce que c'est con, la
guerre. Je ne connais rien de plus con.

— Moi non plus, dit le patron.

— Moi non plus, dit Chomis.

— Alors, dit le Marseillais, qu'est-ce que je vous
dois ? Il y a une tournée pour moi.

— Et une pour moi, » dit Boris.

Ils payèrent. Chomis et le Marseillais sortirent en se
donnant le bras. Charlier hésita un moment, tourna sur
ses talons et alla s'asseoir en emportant son verre de
fine. Boris était demeuré devant le zinc, il pensa :
« Comme ils sont sympathiques » et il se réjouit. Il
y en aurait comme ça, dans les tranchées, des milliers
et des milliers, tout aussi sympathiques. Et Boris vivrait
avec eux et il ne les quitterait ni jour ni nuit; il aurait
de quoi faire. Il pensa : « J'ai de la chance »; quand il
se comparait aux pauvres types de son âge qui avaient
été écrasés ou qui étaient morts du choléra, il était

bien obligé de convenir qu'il avait de la chance. On ne
l'avait pas pris en traître ; il ne s'agissait pas d'une de
ces guerres qui bouleversent sans préparation la vie
d'un homme, comme un simple accident : celle-là s'était
annoncée six ou sept ans à l'avance, on avait eu le
temps de la voir venir. Personnellement Boris n'avait
jamais douté qu'elle ne finisse par éclater ; il l'avait
attendue comme un prince héritier qui sait, dès son
enfance, qu'il est né pour régner[1]. Ils l'avaient mis au
monde pour cette guerre, ils l'avaient élevé pour elle,
ils l'avaient envoyé au lycée, à la Sorbonne, ils lui
avaient donné une culture. Ils disaient que c'était pour
qu'il devînt professeur, mais ça lui avait toujours semblé
louche ; à présent il savait qu'ils voulaient faire de lui
un officier de réserve ; ils n'avaient rien épargné pour
qu'il fît un beau mort tout neuf et bien sain. « Le
plus marrant, pensa-t-il, c'est que je ne suis pas né en
France, je suis seulement naturalisé. » Mais finalement,
ça n'avait pas tellement d'importance ; s'il était resté en
Russie ou si ses parents s'étaient réfugiés à Berlin ou à
Budapest, ç'aurait été pareil : ça n'est pas une question
de nationalité, c'est une question d'âge ; les jeunes Allemands, les jeunes Hongrois, les jeunes Anglais, les
jeunes Grecs étaient promis à la même guerre, au même
destin. En Russie, il y avait eu d'abord la génération
de la Révolution, puis celle du plan quinquennal et, à
présent, celle du conflit mondial : à chacune son lot.
Finalement on naît pour la guerre ou pour la paix, comme
on naît ouvrier ou bourgeois, il n'y a rien à y faire,
tout le monde n'a pas la chance d'être Suisse. « Un
type qui aurait le droit de protester, pensa-t-il, c'est
Mathieu : il est sûrement né pour la paix, lui ; il a cru
pour de bon qu'il mourrait de vieillesse et il a déjà ses
petites habitudes ; à son âge on n'en change plus. Tandis
que moi, c'est *ma* guerre. C'est elle qui m'a fait, c'est
moi qui la ferai ; nous sommes inséparables ; je ne peux
même pas m'imaginer ce que je serais si elle n'avait
pas dû éclater. » Il pensa à sa vie et il ne lui parut plus
qu'elle était trop courte : « Les vies ne sont ni courtes
ni longues. C'était une vie, voilà tout. Avec la guerre
au bout. » Il se sentit tout à coup revêtu d'une dignité
nouvelle, parce qu'il avait une fonction dans la société
et aussi parce qu'il allait périr de mort violente et il

fut gêné dans sa modestie. Il était sûrement l'heure d'aller chercher Lola. Il sourit au patron et sortit rapidement.

Le ciel était nuageux ; par-ci par-là, on voyait des étoiles ; le vent soufflait de la mer. Pendant un moment, il y eut un brouillard dans la tête de Boris et puis il pensa : « *Ma* guerre », et fut étonné, parce qu'il n'avait pas l'habitude de penser longtemps aux mêmes choses. « Ce que j'aurai peur ! se dit-il. Ah ! là ! là ! ce que j'aurai les jetons. » Et il se mit à rire de scandale et d'aise à l'idée de cette frousse gigantesque. Mais il s'arrêta de rire au bout de quelques pas sous le coup d'une inquiétude subite : c'est qu'il ne faudrait pas avoir trop peur. Il ne ferait pas de vieux os, d'accord, mais ce n'était pas une raison pour rater sa vie et se permettre n'importe quoi. On l'avait voué dès sa naissance mais on lui avait laissé toute sa chance, sa guerre était une vocation plutôt qu'une destinée. Évidemment il aurait pu en souhaiter une autre : celle de grand philosophe, par exemple, ou de don Juan ou de grand financier. Mais on ne choisit pas sa vocation : on la réussit ou on la rate, c'est tout ; et le plus vache, dans la sienne, c'est qu'il n'était pas permis de reprendre son coup. Il y avait des vies qui ressemblaient au baccalauréat : on devait remettre plusieurs copies et si on loupait la physique, on pouvait se rattraper avec les sciences nat. ou la philo. La sienne faisait plutôt penser au certificat de philosophie générale où vous êtes jugé sur une seule épreuve ; c'était terriblement intimidant. Mais, de toute façon, c'était cette épreuve-là qu'il devait réussir, pas une autre — et il aurait du coton. Il fallait se conduire proprement, bien sûr, mais ça ne suffisait pas. Il fallait surtout s'installer dans la guerre, y faire son trou et tâcher de bien profiter de tout. Il fallait se dire que, d'un certain point de vue, tout se vaut : une attaque en Argonne, ça vaut une promenade en gondole, le jus qu'on boit dans les tranchées, au petit matin, ça vaut le café des gares espagnoles à l'aube. Et puis il y a les copains, la vie au grand air, les colis et surtout le spectacle : un bombardement, ça ne doit pas être sale. Seulement il ne fallait pas avoir peur. « Si j'ai peur, je me laisse voler ma vie, je suis le têtard. Je n'aurai pas peur », décida-t-il.

Les lumières du Casino le tirèrent de son rêve, des bouffées de musique passaient par les fenêtres ouvertes, une auto noire vint se ranger silencieusement devant le perron. « Encore un an à tirer », pensa-t-il avec agacement.

Il était plus de minuit, le Sportpalast était obscur et désert, chaises renversées, bouts de cigare écrasés, M. Chamberlain parlait à la radio, Mathieu errait sur le quai du Vieux-Port, en pensant : « C'est une maladie, tout juste une maladie; elle est tombée sur moi par hasard, elle ne me concerne pas, il faut la traiter par le stoïcisme comme la goutte ou les maux de dents. » M. Chamberlain dit :

« J'espère que le chancelier ne rejettera pas cette proposition qui est faite dans le même esprit d'amitié avec lequel j'ai été accueilli en Allemagne, et qui, si elle est acceptée, satisfera le désir allemand de l'union des Sudètes avec le Reich, sans verser de sang en aucune partie de l'Europe[1]. »

Il fit un geste de la main pour indiquer qu'il avait terminé et s'éloigna du micro. Zézette, qui ne pouvait s'endormir, s'était mise à la fenêtre et regardait les étoiles au-dessus des toits, Germain Chabot ôtait son pantalon dans le cabinet de toilette. Boris attendait Lola dans le hall du Casino; partout, dans les airs, inécoutée ou presque, une fleur sombre tentait d'éclore : *If the moon turns green,* interprété par le jazz de l'hôtel Astoria et retransmis par Daventry[2].

MARDI 27 SEPTEMBRE

Vingt-deux heures trente. « Monsieur Delarue! dit la concierge. En voilà une surprise! Je ne vous attendais que dans huit jours. »

Mathieu lui sourit. Il aurait préféré passer inaperçu : mais il fallait bien demander les clés.

« Vous n'êtes pas mobilisé, au moins ?

— Moi ? dit Mathieu. Non.

— Ah! dit-elle. Alors tant mieux! tant mieux! Ça viendra toujours assez tôt. Oh! ces événements, dites! Il s'en est passé, depuis que vous êtes parti. Et vous croyez que c'est la guerre ?

— Je ne sais pas, madame Garinet », dit Mathieu. Il ajouta vivement : « Y a-t-il du courrier ?

— Eh bien, je vous ai tout envoyé, dit Mme Garinet. Hier encore, j'ai fait suivre un imprimé à Juan-les-Pins : si seulement vous m'aviez prévenue de votre retour. Et puis, ah! ce matin, il est arrivé ça pour vous. »

Elle lui tendit une longue enveloppe grise; Mathieu reconnut l'écriture de Daniel. Il prit la lettre et la mit dans sa poche sans l'ouvrir.

« Vous voulez les clés ? dit la concierge. Ah! c'est bête que vous n'ayez pas pu prévenir : j'aurais eu le temps de nettoyer. Tandis qu'à présent... Les volets ne sont pas même ouverts.

— Ça ne me fait rien du tout, dit Mathieu en prenant les clés. Rien du tout. Bonsoir, madame Garinet. »

La maison était encore déserte. Du dehors, Mathieu

avait vu toutes les persiennes closes. On avait ôté, pour l'été, le tapis de l'escalier. Il passa lentement devant l'appartement du premier étage. Des enfants y criaient autrefois et Mathieu s'était souvent agité dans les draps, les oreilles percées par les hurlements du dernier-né. À présent les chambres étaient noires et désertes, derrière les volets clos. Les vacances. Mais il pensait au fond de lui-même : « La guerre. » C'était la guerre, ces vacances stupéfiées, écourtées pour les uns, prolongées pour les autres. Au second habitait une femme entretenue : souvent, son parfum fusait sous la porte et se répandait jusque sur le palier. Elle devait être à Biarritz, dans un grand hôtel accablé par la chaleur et le marasme des affaires. Il arriva au troisième et tourna la clé dans la serrure. Au-dessous de lui, au-dessus de lui, des pierres, la nuit, le silence. Il entra dans le noir, posa dans le noir sa valise et son imperméable : l'antichambre sentait la poussière. Il demeura immobile, les bras collés au corps, enseveli dans l'ombre, puis, brusquement, tourna le commutateur et traversa les unes après les autres les pièces de son appartement, en laissant toutes les portes ouvertes ; il fit la lumière dans le bureau, dans la cuisine, dans les cabinets, dans sa chambre. Toutes les lampes brillaient, un courant de lumière continu circulait entre les pièces. Il s'arrêta au bord de son lit.

Quelqu'un avait couché là. Les couvertures se tordaient en corde, la taie d'oreiller était sale et froissée, des miettes de croissant jonchaient le drap. Quelqu'un : « Moi. » Il pensait : « C'est moi qui ai couché là. Moi, le 15 juillet, pour la dernière fois. » Mais il regardait le lit avec dégoût : son ancien sommeil s'était refroidi dans les draps, à présent c'était le sommeil d'un autre. « Je ne dormirai pas ici. »

Il se détourna et pénétra dans le bureau : son dégoût persista. Un verre sale sur la cheminée. Sur la table, près du crabe de bronze, une cigarette brisée : un foisonnement de crins secs s'en échappait. « Quand est-ce que j'ai cassé cette cigarette ? » Il lui pressa sur le ventre et sentit sous ses doigts un crissement de feuilles mortes. Les livres. Un volume d'Arbelet, un autre de Martineau, *Lamiel, Lucien Leuwen,* les *Souvenirs d'Égotisme.* Quelqu'un avait projeté d'écrire un article sur Stendhal[1]. Les livres restaient là et le projet, pétrifié, était devenu une chose. Mai 38 : il n'était pas encore absurde d'écrire sur Stendhal. Une chose. Une chose comme leurs couvertures grises, comme la poussière qui s'était déposée sur leurs dos. Une chose opaque, passive, une présence impénétrable. *Mon projet.*

Son projet de boire, qui s'était déposé par plaques ternes sur la transparence du verre, son projet de fumer, son projet d'écrire, l'homme avait accroché ses projets partout. Il y avait ce fauteuil de cuir vert où l'homme s'asseyait, le soir. C'était le soir : Mathieu regarda le fauteuil et s'assit sur le bord d'une chaise. *Tes fauteuils sont corrupteurs.* Une voix avait dit, ici même : « Tes fauteuils sont corrupteurs[1]. » Sur le divan, une fille blonde avait secoué ses boucles avec colère. En ce temps-là l'homme voyait à peine les boucles, entendait à peine les voix : il voyait, il entendait son avenir au travers. À présent l'homme était parti, emportant son vieil avenir menteur ; les présences s'étaient refroidies, elles demeuraient là, une pellicule de graisse figée sur les meubles, les voix flottaient à hauteur des yeux : elles étaient montées jusqu'au plafond et puis elles étaient retombées, elles flottaient. Mathieu se sentit indiscret, il alla à la fenêtre et poussa les persiennes. Il restait un peu de jour au ciel, une clarté anonyme : il respira.

La lettre de Daniel. Il étendit la main pour la prendre et puis il laissa sa main retomber sur la barre d'appui. Daniel était parti par cette rue, un soir de juin, il avait passé sous ce réverbère : l'homme s'était mis à la fenêtre et l'avait suivi des yeux. C'était à cet homme-là que Daniel avait écrit. Mathieu n'avait pas envie de lire sa lettre. Il se retourna brusquement, il parcourut son bureau du regard, avec une joie sèche. Ils étaient tous là, enfermés, morts, Marcelle, Ivich, Brunet, Boris, Daniel. Ils y étaient venus, ils s'y étaient pris, ils y resteraient. Les colères d'Ivich, les remontrances de Brunet, Mathieu s'en souvenait déjà comme de la mort de Louis XVI, avec la même impartialité. Elles appartenaient au passé du monde, pas au sien : il n'avait plus de passé.

Il referma les volets, traversa la pièce, hésita et, à la réflexion, laissa la lampe allumée. Demain matin, je viendrai reprendre mes valises. Il referma la porte d'en-

trée sur eux tous et descendit l'escalier. Léger. Vide et
léger. Là-haut, derrière lui, les cierges électriques
éclaireraient toute la nuit sa vie morte.

« À quoi tu penses ? demanda Lola.

— À rien », dit Boris.

Ils étaient assis sur la plage. Lola ne chantait pas ce
soir-là, parce qu'il y avait un gala au casino. Un couple
venait de passer devant eux et puis un soldat. Boris
pensait au soldat.

« Sois gentil, dit Lola d'une voix pressante, dis-moi
à quoi tu penses. »

Boris haussa les épaules :

« Je pensais au soldat qui vient de passer.

— Ah! dit Lola, surprise. Et qu'est-ce que tu en
pensais ?

— Qu'est-ce que tu veux qu'on pense d'un soldat ?

— Boris, gémit Lola, qu'est-ce que tu as ? Tu étais
si doux, si tendre. Et voilà que tout recommence comme
autrefois. Tu ne m'as presque pas parlé de la journée. »

Boris ne répondit pas, il pensait au soldat. Il pensait :
« Il a de la chance; moi, j'ai encore un an à tirer. » Un
an : il rentrerait à Paris, il se promènerait sur le boulevard
Montparnasse, sur le boulevard Saint-Michel, qu'il
connaissait par cœur, il irait au Dôme, à la Coupole, il
coucherait chez Lola tous les jours. « Si je pouvais voir
Mathieu, ça irait à la rigueur, mais Mathieu sera mobilisé.
Et mon diplôme! » pensa-t-il tout à coup. Car il y aurait,
par-dessus le marché, cette mauvaise plaisanterie : le
diplôme d'études supérieures. Son père exigerait sûrement qu'il s'y présentât et Boris serait obligé de remettre
un mémoire sur l'Imagination chez Renouvier ou sur
l'Habitude chez Maine de Biran[1]. « Pourquoi jouent-ils
tous la comédie ? » pensa-t-il avec irritation. Ils l'avaient
élevé pour la guerre, c'était leur droit, mais à présent
ils voulaient le contraindre à passer son diplôme, comme
s'il avait toute une vie de paix devant lui. Ça serait gai :
pendant un an, il irait dans les bibliothèques, il ferait
semblant de lire les *Œuvres complètes* de Maine de Biran
dans l'édition Tisserand, il ferait semblant de prendre
des notes, il ferait semblant de préparer son examen et
il ne cesserait pas de penser à la véritable épreuve qui
l'attendait, il ne cesserait pas de se demander s'il aurait
peur ou s'il pourrait tenir le coup. « S'il n'y avait pas

celle-là, pensa-t-il en jetant un regard malveillant sur
Lola, je m'engagerais sur-le-champ, ce serait une bonne
farce à leur faire. »

« Boris! s'écria Lola effrayée, comme tu me regardes!
Est-ce que tu ne m'aimes plus ?

— Au contraire, dit Boris les dents serrées. Tu ne
peux pas savoir comme je t'aime. Tu ne t'en doutes
même pas. »

Ivich avait allumé sa lampe de chevet et s'était étendue
sur le lit, toute nue. Elle avait laissé la porte ouverte
et surveillait le corridor. Il y avait un rond de lumière
au plafond et tout le reste de la chambre était bleu. Une
brume bleue flottait au-dessus de la table, ça sentait le
citron, le thé et la cigarette.

Elle entendit un frôlement dans le couloir et une
masse énorme passa silencieusement devant la porte.

« Hep! » cria-t-elle.

Son père tourna la tête et la regarda d'un air de
blâme.

« Ivich, je t'ai déjà priée : il faut fermer la porte ou
t'habiller. »

Il avait un peu rougi et sa voix était plus chantante
qu'à l'ordinaire.

« À cause de la bonne.

— La bonne est couchée », dit Ivich sans s'émouvoir.
Elle ajouta : « Je te guettais. Tu fais si peu de bruit
quand tu passes : j'avais peur de te manquer. Retourne-
toi. »

M. Serguine se retourna, elle se leva et mit sa robe
de chambre. Son père se tenait très raide, de dos, dans
l'encadrement de la porte. Elle regarda sa nuque, ses
épaules athlétiques et se mit à rire sans bruit.

« Tu peux regarder. »

Il était de face à présent. Il renifla deux ou trois fois
et dit :

« Tu fumes trop.

— C'est par nervosité », dit-elle.

Il se tut. La lampe éclairait son gros visage rocheux.
Ivich le trouva beau. Beau comme une montagne;
comme les chutes du Niagara. Il finit par dire :

« Je vais me coucher.

— Non, dit Ivich suppliante. Non, papa : je voudrais
écouter la radio.

« — Qu'est-ce que c'est ? s'écria M. Serguine. À cette heure ? »

Ivich ne se laissa pas prendre à cette indignation : elle savait qu'il ressortait de sa chambre tous les soirs vers onze heures et qu'il allait entendre les nouvelles, en sourdine, dans son bureau. Il était sournois et léger comme un elfe, malgré ses quatre-vingt-dix kilos.

« Vas-y seule, dit-il. Moi je me lève tôt demain.

— Mais papa, dit piteusement Ivich, tu sais bien que je ne sais pas faire marcher le poste. »

M. Serguine se mit à rire.

« Ha ! ha ! dit-il. Ha ! ha !

« Tu veux écouter la musique ? » demanda-t-il en reprenant son sérieux. « Mais ta pauvre mère dort.

— Mais non, papa, dit Ivich furieuse. Je ne veux pas écouter la musique. Je veux savoir où ils en sont avec leur guerre.

— Alors, viens. »

Elle le suivit au bureau, pieds nus, et il se pencha sur le poste. Ses longues et fortes mains maniaient si doucement les boutons qu'Ivich en eut le cœur remué et regretta leur intimité passée. Quand elle avait quinze ans, ils étaient toujours ensemble, Mme Serguine était jalouse ; quand M. Serguine emmenait Ivich au restaurant, il la faisait asseoir en face de lui, sur la banquette, elle composait elle-même son menu ; les garçons l'appelaient madame, elle en riait d'aise et il était tout fier, il avait l'air d'être en bonne fortune. On entendit les dernières mesures d'une marche militaire et puis un Allemand se mit à parler d'une voix irritée.

« Papa, dit-elle avec reproche, je ne sais pas l'allemand. »

Il la regarda d'un air naïf. « Il l'a fait exprès », pensa-t-elle.

« À cette heure-ci, ce sont les meilleures informations. »

Ivich écouta avec attention pour voir si elle reconnaîtrait au passage le mot « Krieg » dont elle savait le sens. L'Allemand se tut et l'orchestre attaqua une nouvelle marche ; Ivich en avait les oreilles écorchées mais M. Serguine écouta jusqu'au bout : il ne détestait pas la musique militaire.

« Hé bien ? demanda Ivich, avec angoisse.

— Ça va très mal », déclara M. Serguine. Mais il n'avait pas l'air trop affecté.

« Ah! dit-elle, la gorge sèche. Toujours à cause de ces Tchèques ?

— Oui.

— Comme je les hais », dit-elle passionnément. Elle ajouta au bout d'un moment : « Mais si un pays refusait de faire la guerre, on ne pourrait pas l'y forcer ?

— Ivich, dit sévèrement M. Serguine, tu es une enfant.

— Ah ? dit Ivich. Ah oui, évidemment. »

Elle soupçonnait son père de ne pas s'y connaître mieux qu'elle.

« C'est tout ce qu'il y a comme information ? »

M. Serguine hésita.

« Papa! »

« Il est furieux que je sois venue, je lui gâche sa petite fête. » M. Serguine aimait les secrets, il avait six valises cadenassées, deux malles verrouillées, il les ouvrait parfois quand il était seul. Ivich le contempla avec attendrissement, il était si sympathique qu'elle faillit lui faire part de son angoisse.

« Dans un moment, dit-il à regret, nous entendrons les Français. »

Il baissa sur elle ses yeux pâles et elle sentit qu'il ne pouvait rien pour elle. Elle demanda seulement :

« Comment ce serait, s'il y avait la guerre ?

— Les Français seraient battus.

— Pfui! Est-ce que les Allemands entreraient en France ?

— Naturellement.

— Ils viendraient à Laon ?

— Je suppose. Je suppose qu'ils descendraient sur Paris. »

« Il n'en sait rien du tout, pensa Ivich. C'est un polichinelle. » Mais son cœur sautait dans sa poitrine.

« Ils prendraient Paris mais ils ne le détruiraient pas ? »

Elle se repentit d'avoir posé la question. Depuis que les bolchevistes avaient mis le feu à ses châteaux, son père avait acquis le goût des catastrophes. Il hocha la tête en fermant à demi les yeux :

« Hé! dit-il. Hé! hé! »

Vingt-trois heures trente. C'était une rue morte,

l'ombre la noyait; de loin en loin un fanal. Une rue de nulle part, bordée de grands mausolées anonymes. Toutes persiennes closes, pas une fente de lumière. « Ce fut la rue Delambre. » Mathieu avait traversé la rue Cels, la rue Froidevaux, suivi l'avenue du Maine et même la rue de la Gaîté[1]; elles se ressemblaient toutes : encore tièdes, déjà méconnaissables, déjà des rues de guerre. Quelque chose s'était perdu. Paris n'était déjà plus qu'un grand cimetière de rues.

Mathieu entra au Dôme parce que le Dôme se trouvait là. Un garçon s'empressa autour de lui avec un sourire gentil : c'était un petit gars à lunettes, malingre et plein de bonne volonté. Un nouveau : les anciens[a] faisaient attendre leurs clients pendant une heure, puis s'amenaient nonchalamment et prenaient la commande sans sourire.

« Où est Henri ?

— Henri ? demanda le garçon.

— Un gros brun avec des yeux qui lui sortaient de la tête.

— Ah! Eh bien, il est mobilisé.

— Et Jean ?

— Le blond ? Il est mobilisé aussi. C'est moi qui le remplace.

— Donnez-moi une fine », dit Mathieu.

Le garçon partit en courant. Mathieu cligna des yeux puis il considéra la salle avec étonnement. En juillet le Dôme n'avait pas de limites précises, il coulait dans la nuit, à travers ses vitres et sa porte-tambour, il s'épandait sur la chaussée, les passants baignaient dans ce petit lait qui tremblait encore sur les mains et sur la moitié gauche du visage des chauffeurs stationnés au milieu du boulevard Montparnasse. Un pas de plus, on plongeait dans le rouge, le profil droit des chauffeurs était rouge : c'était la Rotonde. À présent les ténèbres du dehors se poussaient contre les vitres, le Dôme était réduit à lui-même : une collection de tables, de banquettes, de verres, secs, rétractés, privés de cette luminosité diffuse qui était leur ombre de nuit. Disparus, les émigrés allemands, le pianiste hongrois, la vieille Américaine alcoolique. Partis, tous ces couples charmants qui se tenaient les mains sous la table et parlaient d'amour jusqu'au matin, les yeux roses de sommeil.

Un commandant, à sa gauche, soupait avec sa femme. En face, une petite grue annamite rêvait devant un café-crème et, à la table voisine, un capitaine mangeait une choucroute. À droite, un garçon en uniforme serrait une femme contre lui. Mathieu le connaissait de vue, c'était un élève des Beaux-Arts, long, pâle et perplexe ; l'uniforme lui donnait l'air féroce. Le capitaine leva la tête et son regard traversa la muraille ; Mathieu suivit ce regard : au bout il y avait une gare, des feux, des reflets sur des rails, des hommes au visage terreux, les yeux agrandis par l'insomnie, assis tout raides dans des wagons, les mains sur les genoux. En juillet nous étions assis en rond sous les lampes, nous ne nous quittions pas des yeux, pas un de nos regards ne se perdait. À présent ils se perdent, ils filent vers Wissembourg, vers Montmédy ; il y a beaucoup de vide et beaucoup de noir entre les personnes. Ils ont mobilisé le Dôme, ils en ont fait un ustensile de première nécessité : un buffet. « Ah ! pensa-t-il joyeusement, je ne reconnais rien, je ne regrette rien, je ne laisse rien derrière moi[a]. »

La petite Indochinoise lui sourit. Elle était mignarde, avec des mains minuscules ; il y avait deux ans que Mathieu se promettait de passer une nuit avec elle. Ce serait le moment. Je promènerais ma bouche sur sa peau froide, je respirerais son odeur d'insecte et de coffret ; je serais nu et quelconque sous ses doigts professionnels ; il y a en moi quelques vieilleries qui en mourraient. Il suffisait de lui rendre son sourire.

« Garçon. »

Le garçon accourut :

« C'est six francs. »

Mathieu paya et sortit. Je la connais encore trop.

Il faisait noir. Première nuit de guerre. Non, pas tout à fait. Il restait encore beaucoup de lumières accrochées au flanc des maisons. Dans un mois, dans quinze jours, la première alerte les soufflerait ; pour l'instant ce n'était qu'une répétition générale. Mais Paris avait tout de même perdu son plafond de coton rose. Pour la première fois, Mathieu voyait une grande buée sombre en suspens au-dessus de la ville : le ciel. Celui de Juan-les-Pins, de Toulouse, de Dijon, d'Amiens, un même ciel pour la campagne et pour la ville, pour toute la

France. Mathieu s'arrêta, leva la tête et le regarda. Un
ciel de n'importe où, sans privilèges. Et moi sous cette
grande équivalence : quelconque. Quelconque, n'importe où : c'est la guerre. Il fixait les yeux sur une flaque
de lumière, il se répéta, pour voir : « Paris, boulevard
Raspail. » Mais on les avait mobilisés aussi, ces noms
de luxe, ils avaient l'air de sortir d'une carte d'état-
major ou d'un communiqué. Il ne restait plus rien du
boulevard Raspail. Des routes, rien que des routes, qui
filaient du sud au nord, de l'ouest à l'est; des routes
numérotées. De temps en temps on les pavait sur un
kilomètre ou deux, des trottoirs et des maisons surgissaient de terre, ça s'appelait rue, avenue, boulevard.
Mais ce n'était jamais qu'un morceau de route; Mathieu
marchait, la face tournée vers la frontière belge, sur
un tronçon de route départementale issu de la Nationale 14. Il tourna dans la longue voie droite et carros-
sable qui prolongeait les voies ferrées de la compagnie
de l'Ouest, anciennement la rue de Rennes. Une flamme
l'enveloppa, fit sauter hors de l'ombre un réverbère,
s'éteignit : un taxi passait, roulant vers les gares de la
rive droite. Une auto noire suivit, remplie d'officiers,
puis tout retomba dans le silence. Au bord du chemin,
sous ce ciel indifférencié, les maisons s'étaient réduites
à leur fonction la plus fruste : c'étaient des immeubles
de rapport. Des dortoirs-réfectoires pour les mobili-
sables, pour les familles de mobilisés. Déjà l'on pres-
sentait leur destination ultime : elles deviendraient des
« points stratégiques » et, pour finir, des cibles. Après
cela, on pouvait bien détruire Paris : il était déjà mort.
Un nouveau monde était en train de naître : le monde
austère et pratique des ustensiles.
    Un rayon de lumière passait entre les rideaux du
café des Deux-Magots. Mathieu s'assit à la terrasse.
Derrière lui, des gens chuchotaient dans l'ombre : les
derniers clients. Il commençait à faire frais.
    « Un demi, dit Mathieu.
    — Il va être minuit, dit le garçon. On ne sert plus
à la terrasse.
    — Rien qu'un demi.
    — Alors, en vitesse. »
    Dans son dos, une femme se mit à rire. C'était le
premier rire qu'il entendît depuis son retour : il en

fut presque choqué. Pourtant il ne se sentait pas triste; mais il n'avait pas envie de rire. Au ciel, une nuée se déchira et deux étoiles parurent. Mathieu pensa : « C'est la guerre. »

« Si ça ne vous fait rien de me payer tout de suite : après, je vous laisserai tranquille. »

Mathieu paya, le garçon rentra dans la salle. Un couple d'ombres se leva, glissa entre les tables et s'en fut. Mathieu restait seul à la terrasse. Il leva la tête et vit, de l'autre côté de la place, une belle église toute neuve, blanche dans le ciel noir. Une église de village. Hier s'élevait sur son emplacement un édifice bien parisien : l'église Saint-Germain-des-Prés, monument historique, souvent Mathieu donnait rendez-vous à Ivich devant son porche. Demain peut-être, il ne resterait en face des Deux-Magots qu'un ustensile cassé, sur lequel cent canons s'obstineraient à tirer. Mais aujourd'hui... aujourd'hui Ivich était à Laon, Paris était mort, on venait d'enterrer la Paix, la guerre n'était pas encore déclarée. Il n'y avait qu'une grande forme blanche posée sur une place, les écailles blanches de la nuit. Une église de village. Elle était neuve, elle était belle; elle ne servait à rien. Un vent léger se leva; une auto passa, tous feux éteints, puis un cycliste, puis deux camions qui firent trembler le sol. L'image de pierre se troubla un instant, puis le vent tomba, le silence se fit et elle se reforma, blanche, inutile, inhumaine, dressant au milieu de tous ces outils verticaux, au bord de la route de l'Est, l'avenir impassible et nu du rocher. Éternelle. Il suffisait d'un tout petit point noir au ciel pour la faire éclater en poudre et cependant elle était éternelle. Un homme tout seul, oublié, mangé par l'ombre en face de cette éternité périssable. Il frissonna et pensa : « Moi aussi, je suis éternel. »

Cela s'était fait sans douleur. Il y avait eu un homme tendre et timoré qui aimait Paris et qui s'y promenait. L'homme était mort. Aussi mort que Waldeck-Rousseau, que Thureau-Dangin[1]; il s'était enfoncé dans le passé du monde, avec la Paix, sa vie avait été versée dans les archives de la Troisième République; ses dépenses quotidiennes alimenteraient les statistiques concernant le niveau de vie des classes moyennes après 1918, ses lettres serviraient de documents à l'histoire de la bour-

geoisie entre les deux guerres, ses inquiétudes, ses hésitations, ses hontes et ses remords seraient fort précieux
pour l'étude des mœurs françaises après la chute du
Second Empire. Cet homme s'était taillé un avenir à sa
mesure, culotté, boucané, résigné, surchargé de signes,
de rendez-vous, de projets. Un petit avenir historique
et mortel : la guerre était tombée dessus de tout son
poids et l'avait écrasé. Pourtant, jusqu'à cette minute,
il restait encore quelque chose qui pouvait s'appeler
Mathieu, quelque chose à quoi il se cramponnait de
toutes ses forces. Il n'aurait su dire ce que c'était. Peut-
être quelque habitude très ancienne, peut-être une certaine manière de choisir ses pensées à son image, de *se*
choisir au jour le jour à l'image de ses pensées, de
choisir ses aliments, ses habits, les arbres et les maisons
qu'il voyait. Il ouvrit les mains et lâcha prise; cela se
passait très loin au fond de lui, dans une région où les
mots n'ont plus de sens. Il lâcha prise, il ne resta plus
qu'un regard. Un regard tout neuf, sans passion, une
simple transparence. « J'ai perdu mon âme », pensa-t-il
avec joie. Une femme traversa cette transparence. Elle
se hâtait, ses talons clapotaient sur le trottoir. Elle
glissa dans le regard immobile, soucieuse, mortelle,
temporelle, dévorée de mille projets menus, elle passa
la main sur son front, tout en marchant, pour rejeter
une mèche en arrière. J'étais comme elle; une ruche de
projets. Sa vie est *ma* vie; sous ce regard, sous le ciel
indifférent, toutes les vies s'équivalaient. L'ombre la
prit, ses talons claquaient dans la rue Bonaparte; toutes
les vies humaines se fondirent dans l'ombre, le clapo-
tement s'éteignit.
   Mon regard. Il regardait la blancheur étouffée du
clocher. Tout est mort. Mon regard et ces pierres.
Éternel et minéral, comme elle. Dans mon vieil avenir
des hommes et des femmes m'attendaient le 20 juin 1940,
le 16 septembre 1942, le 8 février 1944[1], ils me faisaient
des signes. À présent c'est mon regard seul qui s'attend
dans l'avenir, à perte de vue, comme ces pierres s'attendent, s'attendent pierres, demain, après-demain, toujours. Un regard et une joie énorme comme la mer;
c'était une fête. Il posa ses mains sur ses genoux, il
voulait être calme : qui me prouve que je ne redeviendrai
pas demain ce que j'étais hier ? Mais il n'avait pas peur.

L'église peut crouler, je peux choir dans un trou d'obus, retomber dans ma vie : rien ne peut m'ôter ce moment éternel. Rien : il y aurait eu, pour toujours, cet éclair sec enflammant des pierres sous le ciel noir; l'absolu, pour toujours; l'absolu, sans cause, sans raison, sans but, sans autre passé, sans autre avenir que la permanence, gratuit, fortuit, magnifique. « Je suis libre », se dit-il soudain. Et sa joie se mua sur-le-champ en une écrasante angoisse.

Irène s'ennuyait. Il ne se passait rien, sinon que l'orchestre jouait *Music Maestro please* et que Marc la regardait avec des yeux de phoque. Il ne se passait jamais rien, d'ailleurs, ou alors, si quelque chose arrivait, par hasard, on ne s'en apercevait pas sur le moment. Elle suivait des yeux une Scandinave, une grande blonde qui dansait depuis plus d'une heure sans même s'asseoir entre les danses, elle pensa avec impartialité : « Cette femme est bien habillée. » Marc aussi était bien habillé; tout le monde était bien habillé sauf Irène qui se sentait sale dans sa robe grenat, elle s'en fichait, je sais bien que je n'ai pas de goût pour choisir mes toilettes et puis où est-ce que je prendrais l'argent pour les renouveler, seulement, à tant faire que d'aller chez les riches, il faut trouver le moyen de ne pas se faire remarquer. Il y avait déjà une demi-douzaine de types qui la regardaient : une robe de quatre sous un peu luisante, ça vous les mettait en appétit, ils se sentaient moins intimidés. Marc était à son aise parce qu'il était riche; il aimait l'emmener chez les riches parce que ça la mettait en état d'infériorité et, qu'il croyait, de moindre résistance.

« Pourquoi ne voulez-vous pas ? » demanda-t-il.

Irène sursauta.

« Qu'est-ce que je ne veux pas ? Ah! oui... »

Elle sourit sans répondre.

« À quoi pensez-vous ?

— Je pensais que mon verre était vide. Commandez-moi un autre Cherry Gobler. »

Marc commanda un autre Cherry Gobler. C'était un peu marrant de le faire payer parce qu'il inscrivait ses dépenses au jour le jour sur un carnet. Ce soir, il mettrait : Sortie avec Irène, un gin-fizz, deux Cherry Gobler : cent soixante-quinze francs. Elle s'aperçut qu'il lui caressait l'avant-bras du bout de l'index, ça devait faire un bon moment qu'il s'amusait à ça.

« Dites, Irène, dites. Pourquoi ?

— Mais, comme ça, dit-elle en bâillant. Je ne sais pas.

— Eh bien, alors, justement : si vraiment vous ne savez pas...

— Ah! mais non! C'est le contraire : quand je couche avec quelqu'un, je veux savoir pourquoi. C'est pour ses yeux ou pour une phrase qu'il a dite ou parce qu'il est beau.

— Je suis beau », dit Marc à voix basse.

Irène se mit à rire et il rougit.

« Enfin, dit-il vivement, vous comprenez ce que je veux dire.

— Très bien, dit-elle, très bien. »

Il la saisit par le poignet :

« Irène, bon Dieu! qu'est-ce qu'il faut que je fasse ? »

Il se penchait sur elle avec une humilité hargneuse, l'émotion troublait son haleine. « Ce que je m'ennuie », pensa-t-elle.

« Rien. Il n'y a rien à faire.

— Ha! » fit-il.

Il la lâcha et rejeta la tête en arrière, en découvrant les dents. Elle se voyait dans la glace, une petite souillon avec de beaux yeux et elle pensait : « Mon Dieu! Que d'histoires pour *ça!* » Elle en avait honte pour lui et pour elle et tout était si fade et si ennuyeux; elle ne comprenait même plus pourquoi elle se refusait : je fais beaucoup d'embarras; il vaudrait mieux lui dire : « Vous le voulez ? Eh bien, allons-y : une demi-heure dans une chambre d'hôtel, une passe, quoi! Une petite cochonnerie entre deux draps et puis après on reviendra ici finir la soirée et vous me laisserez tranquille. » Mais il fallait croire qu'elle attachait encore trop d'importance à son pauvre corps : elle sentait bien qu'elle ne céderait pas.

« Je vous trouve drôle! » dit-il.

Il roulait avec égarement de gros beaux yeux méchants, il va essayer de me faire mal, c'est régulier, et puis après il me demandera pardon.

« Comme vous vous défendez! reprit-il avec ironie. Si je ne vous connaissais pas depuis quatre ans je pourrais croire que vous êtes une vertu. »

Elle le regarda avec un intérêt soudain et se mit à

penser. Quand elle pensait, elle s'ennuyait beaucoup
moins.

« Vous avez raison, dit-elle, c'est très drôle : je suis
facile, c'est un fait, et pourtant je me ferais plutôt hacher
que de coucher avec vous. Allez donc expliquer ça ! »
Elle l'examina impartialement et conclut : « Je ne peux
même pas dire que vous me dégoûtiez vraiment.

— Plus bas ! dit-il. Parlez moins fort. » Il ajouta haineusement : « Vous avez une petite voix claire qui porte
loin. »

Ils se turent. Les gens dansaient, l'orchestre jouait
Caravane[1]; Marc tournait son verre sur la nappe et les
glaçons s'entrechoquaient dedans. Irène retomba dans
son ennui.

« Au fond, dit-il soudain, je vous ai trop laissé voir
que je vous désirais. »

Il avait posé les mains à plat sur la table et la lissait
avec calme; il essayait de retrouver sa dignité humaine.
Aucune importance, il la reperdra dans cinq minutes.
Elle lui sourit cependant parce qu'il lui fournissait l'occasion de s'interroger sur elle-même.

« Eh bien, dit-elle, il y a de ça. Il doit y avoir de ça. »

Marc lui apparaissait à travers une brume. Une paisible
petite brume d'étonnement qui était montée de son cœur
à ses yeux. Elle adorait se sentir ainsi étonnée, avec toutes
les questions qu'on se pose à perte de vue et qui n'ont jamais
jamais de réponse. Elle lui expliqua :

« Quand on a trop envie de moi, ça me scandalise.
Voyons, Marc, je me sens ridicule : demain Hitler nous
aura peut-être attaqués et vous êtes là à vous agiter
parce que je ne veux pas coucher avec vous. Il faut vraiment que vous soyez un pauvre type pour vous mettre
dans des états pareils à propos d'une bonne femme
comme moi.

— Ça me regarde, dit-il d'une voix rageuse.

— Ça me regarde aussi : j'ai horreur qu'on me sures-
time. »

Il y eut un silence. On est des bêtes, on met des
mots sur un instinct. Elle le regarda du coin de l'œil :
ça y est, il va se dégonfler. Ses traits s'affaissaient, le
moment le plus pénible était encore à venir; une fois,
au Melody's, il avait pleuré. Il ouvrit la bouche et elle
lui dit vivement :

« Taisez-vous, Marc, je vous en prie : vous allez dire une bêtise ou une saloperie. »

Il ne l'entendit pas ; il agitait la tête de droite à gauche, il avait l'air fatal :

« Irène, dit-il à mi-voix, je vais partir.

— Partir ? Où ça ?

— Ne faites pas l'idiote. Vous m'avez compris.

— Et alors ?

— Je pensais que ça vous ferait tout de même quelque chose. »

Elle ne répondit pas : elle le regardait fixement. Au bout d'un instant, il reprit en détournant la tête :

« En 14, beaucoup de femmes se sont données à des types qui les aimaient, simplement parce qu'ils allaient partir. »

Elle se tut ; les mains de Marc se mirent à trembler.

« Irène, c'est une chose qui compte si peu pour vous, et pour moi, justement, ça aurait tellement d'importance, surtout en ce moment...

— Ça ne prend pas », dit Irène.

Il se retourna violemment sur elle :

« Enfin, sacré nom de Dieu ! c'est pour vous que je vais me battre.

— Salaud ! » dit Irène.

Il se dégonfla aussitôt ; ses yeux rougirent.

« Je ne peux pas supporter l'idée que je vais crever sans vous avoir eue. »

Irène se leva :

« Venez danser », dit-elle.

Il se leva docilement et ils dansèrent. Il s'était plaqué contre elle ; il la fit tourner à grands pas autour de la salle et, tout à coup, elle eut le souffle coupé.

« Qu'est-ce qu'il y a ? demanda-t-il.

— Rien du tout. »

Elle venait de reconnaître Philippe, sagement assis auprès d'une créole assez belle, mais sur le retour. « Il était là ! Il était là pendant qu'on le cherchait partout. » Elle le trouva pâlot, avec des cernes sous les yeux. Elle poussa Marc au milieu de la foule : il ne fallait surtout pas que Philippe la reconnût. L'orchestre cessa de jouer, et ils regagnèrent leur table. Marc se laissa tomber sur la banquette. Irène allait s'asseoir quand elle vit un type qui s'inclinait devant la négresse.

« Asseyez-vous, dit Marc. Je n'aime pas vous voir debout.

— Une minute! » dit-elle avec impatience.

La négresse se leva paresseusement et le type l'enlaça. Philippe les regarda un moment d'un air traqué et Irène sentit son cœur sauter dans sa poitrine. Tout d'un coup, il se leva et se coula au-dehors.

« Excusez-moi un instant, dit Irène.

— Où allez-vous?

— Aux cabinets. Là, êtes-vous content?

— Vous allez faire semblant d'y aller, et puis vous ficherez le camp. »

Elle désigna son sac sur la table :

« Mon sac est resté à ma place. »

Marc grommela sans répondre; elle traversa la piste en écartant les danseurs à coups d'épaules.

« Elle est folle, celle-là », dit une femme. Marc s'était levé derrière elle, elle l'entendit crier :

« Irène! »

Mais elle était déjà dehors : de toute façon il lui faudra bien cinq minutes pour régler les consommations. La rue était sombre : « C'est idiot, pensa-t-elle, je l'ai perdu. » Mais lorsque ses yeux se furent habitués à la pénombre, elle l'aperçut qui trottait dans la direction de la Trinité, en rasant les murs. Elle se mit à courir : « Tant pis pour mon sac; j'y perds ma boîte à poudre, cent francs et les deux lettres de Maxime. » Elle ne s'ennuyait plus du tout. Ils parcoururent ainsi une centaine de mètres en courant tous les deux et puis Philippe s'arrêta si brusquement qu'Irène pensa le heurter. Elle fit un crochet rapide, le dépassa et, s'approchant de la porte d'un immeuble, sonna deux fois. La porte s'ouvrit comme Philippe passait derrière elle. Elle attendit une seconde puis claqua violemment le battant, comme si elle venait d'entrer dans l'immeuble. Philippe marchait doucement, à présent, c'était un jeu de le suivre. De temps en temps, l'ombre l'engloutissait et puis un peu plus loin, sous la petite pluie lumineuse d'un réverbère, il émergeait de la nuit. « Ce que je m'amuse », pensa-t-elle. Elle adorait suivre les gens; elle pouvait marcher des heures derrière des personnes qu'elle ne connaissait même pas.

Sur les boulevards, il y avait encore beaucoup de monde et il faisait plus clair à cause des cafés et des devan-

tures. Philippe s'arrêta pour la seconde fois, mais Irène
ne se laissa pas surprendre ; elle se plaça derrière lui, dans
un coin sombre, et attendit. « Il a peut-être un rendez-
vous. » Il se retourna vers elle, il était blême ; tout d'un
coup, il se mit à parler et elle crut qu'il l'avait reconnue ;
pourtant elle était sûre qu'il ne pouvait pas la voir. Il fit
un pas en arrière et marmotta quelque chose ; il avait l'air
terrorisé. « Il est devenu fou », pensa-t-elle.

Deux femmes passèrent, une jeune et une vieille, avec
des chapeaux provinciaux. Il se rapprocha d'elles, il avait
une tête d'exhibitionniste.

« À bas la guerre », dit-il.

Les femmes pressèrent le pas : elles n'avaient pas dû
comprendre. Deux officiers s'avançaient derrière elles ;
Philippe se tut et les laissa passer. Ils étaient suivis de
près par une grue parfumée dont l'odeur frappa Irène en
plein nez. Philippe se planta devant elle d'un air mauvais ;
elle lui souriait déjà mais il lui dit d'une voix étranglée :

« À bas la guerre, à bas Daladier ! Vive la paix.

— Espèce d'enflé ! » dit la femme.

Elle passa. Philippe secoua la tête, il regarda à droite
et à gauche d'un air furieux et puis il plongea soudain
dans les ténèbres de la rue Richelieu. Irène riait si fort
qu'elle faillit se laisser surprendre.

« Encore deux minutes. »

Il tracassait le bouton, un air de jazz jaillit, quatre notes
de saxophone, une étoile filante.

« Oh ! laisse-le, dit Ivich. C'est joli. »

M. Serguine tourna le bouton et la plainte du saxophone fut remplacée par un long traînement rocailleux,
puis il considéra Ivich avec sévérité :

« Comment peux-tu aimer cette musique de sauvages ? »

Il méprisait les nègres. De sa vie d'étudiant à Munich,
il avait conservé des souvenirs fulgurants, un culte pour
Wagner.

« Il est temps », reprit-il.

Une voix fit trembler l'appareil. Une vraie voix française, posée, affable, qui s'appliquait à rendre par des in-
flexions mélodieuses toutes les sinuosités du discours, une
voix pénétrante et persuasive de grand frère. Je déteste
les voix françaises. Elle sourit à son père et dit lâchement pour retrouver un peu de leur ancienne complicité :

« Je déteste les voix françaises. »

M. Serguine émit un léger gloussement mais il ne répondit pas et, de la main, il lui imposa silence.

« Aujourd'hui, disait la voix, l'envoyé du Premier britannique a été reçu à nouveau par le chancelier du Reich, qui lui a fait savoir que s'il n'avait pas demain, à quatorze heures, une réponse satisfaisante de Prague au sujet de la promesse d'évacuation des régions Sudètes, il se réservait de prendre les mesures nécessaires.

« On estime généralement que le chancelier Hitler a voulu mentionner la mobilisation générale dont l'ordre était attendu pour lundi, lors du discours du chancelier, et qui n'a été sans doute retardée qu'en raison de la lettre du Premier Ministre britannique[1]. »

La voix se tut. Ivich, la gorge sèche, leva les yeux sur son père. Il avait bu ces paroles avec un air de béatitude tout à fait stupide.

« Qu'est-ce que ça signifie au juste, une mobilisation ? demanda-t-elle avec détachement.

— Ça signifie la guerre.

— Mais pas nécessairement ?

— Bah ! bah !

— Nous ne nous battrons pas, dit-elle violemment. Nous ne pouvons pas nous battre à cause des Tchèques ! »

M. Serguine sourit avec douceur :

« Tu sais, dit-il, quand on mobilise...

— Mais puisque nous ne *voulons pas* de la guerre.

— Si nous ne voulions pas de la guerre, nous n'aurions pas mobilisé. »

Elle le regarda avec stupeur :

« Nous avons mobilisé ? Nous aussi ?

— Non, dit-il en rougissant. Je veux dire : les Allemands.

— Ah ? Moi je parlais des Français », dit Ivich avec sécheresse.

La voix reprit, calmante et bénigne :

« Dans les cercles étrangers de Berlin, on pense généralement... »

« Chut ! dit M. Serguine.

Il se rassit, le visage tourné vers l'appareil. « Je suis orpheline », pensa Ivich. Elle quitta la pièce sur la pointe des pieds, traversa le couloir et s'enferma dans sa chambre. Elle claquait des dents : ils passeront par Laon, ils brûleront Paris, la rue de Seine, la rue de la Gaîté, la rue des Rosiers, le bal de la Montagne-Sainte-Geneviève; si Paris brûle, je me tue. « Oh! pensa-t-elle en se laissant tomber sur son lit, et le Musée Grévin ? » Elle n'y avait jamais été, Mathieu avait promis de l'y conduire en octobre et ils allaient le réduire en poudre avec leurs bombes. Et si c'était cette nuit ? Son cœur sautait dans sa poitrine, elle avait froid aux avant-bras et aux mains; qu'est-ce qui les en empêche ? Peut-être qu'à cette heure même Paris est déjà en cendres et qu'on le cache pour ne pas affoler la population. À moins que ce ne soit défendu par des accords internationaux ? Comment savoir ? « Oh! pensa-t-elle avec fureur, je suis sûre qu'il y a des gens qui savent; et moi, je n'y comprends rien, on m'a tenue dans l'ignorance, on me faisait étudier le latin et personne ne m'a rien dit et à présent voilà! Mais j'ai le droit de vivre, pensa-t-elle avec égarement, on m'a mise au monde pour que je vive, j'en ai le droit. » Elle se sentait si profondément lésée, qu'elle s'abattit sur son oreiller et fut secouée par cinq ou six sanglots. « C'est trop injuste, murmurait-elle, en mettant les choses au mieux il y en aura pour six ans, pour dix ans, et toutes les femmes s'habilleront comme des infirmières et, quand ce sera fini, je serai vieille. » Mais ses larmes ne coulèrent pas, elle avait un glaçon dans le cœur. Elle se redressa brusquement : « *Qui, qui* veut la guerre ? » À prendre les gens un à un, ils n'étaient pas belliqueux, ils ne songeaient qu'à manger, à gagner de l'argent et à faire des enfants. Même les Allemands. Et pourtant la guerre était là, Hitler avait mobilisé. « Il ne peut tout de même pas décider ça tout seul », pensa-t-elle. Et une phrase lui passa par la tête, où l'avait-elle lue ? dans un journal sûrement, à moins qu'elle ne l'ait entendu prononcer à déjeuner par un client de son père : *qui y a-t-il derrière lui ?* elle répéta à mi-voix en fronçant les sourcils et en regardant le bout de ses pantoufles : « Qui y a-t-il derrière lui ? » et elle espérait un peu que tout allait s'éclairer, elle passa en revue les noms de toutes ces grandes puissances obscures qui mènent le monde, la franc-maçonnerie, les Jésuites, les deux cents familles, les marchands de canons, les Maîtres de l'or, le Mur d'argent, les trusts américains, l'Internationale communiste, le Ku-klux-klan; il devait y avoir un peu de tout ça et puis autre chose encore, peut-être, une association tout à fait secrète et formidablement puissante dont on ignorait jusqu'au nom. « Mais que peuvent-ils vouloir ? » se demanda-t-elle pendant que deux larmes de rage lui coulaient sur les joues. Elle essaya un moment de deviner leurs raisons mais elle se sentait vide avec un cercle de métal qui tournait sous son crâne. « Si du moins je savais où est la Tchécoslovaquie! » Elle avait fixé au mur, avec des punaises, une grande aquarelle bleu et or : c'était l'Europe, elle s'était amusée à la peindre, l'hiver précédent, d'après un atlas, en corrigeant un peu les contours; elle avait mis des fleuves partout, échancré les côtes trop plates et surtout elle s'était bien gardée d'écrire aucun nom sur la carte : ça faisait savant et prétentieux; pas de frontière non plus : elle avait horreur des pointillés. Elle s'approcha : la Tchécoslovaquie était là, quelque part, au plus épais des terres. Là, par exemple, à moins que ce ne fût la Russie. Et l'Allemagne, où est-elle ? Elle regardait la grande forme jaune et lisse, cernée de bleu, elle pensait : « Toute cette terre! » et elle se sentait perdue. Elle se détourna, laissa tomber sa robe de chambre et se mira nue dans la glace, d'ordinaire ça la consolait un peu quand elle avait des ennuis. Mais elle se vit soudain toute petite, un fétu, avec une peau grumeleuse, parce qu'elle avait la chair de poule, et les pointes de ses seins qui se dressaient, elle détestait ça, un vrai corps d'hôpital, fait pour les blessures, on dit qu'ils violeront toutes les femmes, ils peuvent me couper une jambe. S'ils entraient dans sa chambre, s'ils la trouvaient toute nue dans ses couvertures : vous avez cinq minutes pour vous habiller, et ils tourneraient le dos comme pour Marie-Antoinette, mais ils entendraient tout, le bruit mou des pieds sur la descente de lit et le frôlement des étoffes contre la peau. Elle prit son pantalon et ses bas et les enfila rapidement, on doit attendre le malheur debout et vêtue. Quand elle eut passé sa jupe et son corsage, elle se sentit un peu protégée. Mais, comme elle chaussait ses souliers, une voix de basse se mit à chantonner en allemand, dans le couloir.

Ich hatt' einen Kameraden[a1]...

Ivich se précipita sur la porte et l'ouvrit; elle se trouva nez à nez avec son père, il avait l'air solennel et guilleret.

« Qu'est-ce que tu chantes ? dit-elle furieuse. Qu'est-ce que tu te permets de chanter ? »

Il la regarda avec un sourire entendu.

« Attends, dit-il, attends un peu, ma petite grenouille : nous la reverrons, notre Sainte Russie. »

Elle rentra dans sa chambre en claquant la porte : « Je me moque de la Sainte Russie, je ne veux pas qu'on démolisse Paris et s'ils se permettent quoi que ce soit, tu verras si les avions français n'iront pas lâcher des bombes sur ton Munich! »

Le bruit des pas décrut dans le couloir, tout retomba dans le silence. Ivich se tenait toute raide au milieu de la pièce, en évitant de se regarder dans la glace. Tout à coup, il y eut trois coups de sifflet impérieux, ça venait de la rue, elle frissonna de la tête aux pieds. Dehors. Dans la rue. Tout se passait au-dehors : sa chambre était une prison. On décidait de sa vie partout, au Nord, à l'Est, au Sud, partout dans cette nuit empoisonnée, trouée d'éclairs, pleine de chuchotements et de conciliabules, partout sauf ici où elle restait claquemurée et où justement il n'arrivait rien. Ses mains et ses jambes se mirent à trembler, elle prit son sac, passa son peigne dans ses cheveux, ouvrit la porte sans bruit et se glissa au-dehors.

Dehors. Tout est dehors[1] : les arbres sur le quai, les deux maisons du pont, qui rosissent la nuit, le galop figé d'Henri IV au-dessus de ma tête : tout ce qui pèse. Au-dedans, rien, pas même une fumée, il n'y a pas de *dedans,* il n'y a rien. Moi : rien. « Je suis libre », se dit-il, la bouche sèche.

Au milieu du Pont-Neuf, il s'arrêta, il se mit à rire : « Cette liberté, je l'ai cherchée bien loin; elle était si proche que je ne pouvais pas la voir, que je ne peux pas la toucher, elle n'était que moi. Je suis ma liberté. » Il avait espéré qu'un jour il serait comblé de joie, percé de part en part par la foudre. Mais il n'y avait ni foudre ni joie : seulement ce dénuement, ce vide saisi de vertige devant lui-même, cette angoisse que sa propre transparence empêchait à tout jamais de se voir. Il étendit les mains et les promena lentement sur la pierre de la balustrade, elle était rugueuse, crevassée, une éponge pétrifiée, chaude encore du soleil d'après-midi. Elle était là, énorme et massive, enfermant en soi le silence écrasé, les ténèbres comprimées qui sont le dedans des choses. Elle était là : une plénitude. Il aurait voulu s'accrocher à cette pierre, se fondre à elle, se remplir de son opacité, de son repos. Mais elle ne pouvait lui être d'aucun secours : elle était dehors, pour toujours. Il y avait ses mains, pourtant, sur la balustrade blanche : quand il les regardait, elles semblaient de bronze. Mais, justement parce qu'il pouvait les regarder, elles n'étaient plus à lui, c'étaient les mains d'un autre, dehors, comme les arbres, comme les reflets qui tremblaient dans la Seine, des mains coupées. Il ferma les yeux et elles redevinrent siennes : il n'y eut plus contre la pierre chaude qu'un petit goût acide et familier, un petit goût de fourmi très négligeable. « Mes mains : l'inappréciable distance qui me révèle les choses et m'en sépare pour toujours. Je ne suis rien, je n'ai rien. Aussi inséparable du monde que la lumière et pourtant exilé, comme la lumière, glissant à la surface des pierres et de l'eau, sans que rien, jamais, ne m'accroche ou ne m'ensable. Dehors. Dehors. Hors du monde, hors du passé, hors de moi-même : la liberté c'est l'exil et je suis condamné à être libre[1]. »

Il fit quelques pas, s'arrêta de nouveau, s'assit sur la balustrade et regarda couler l'eau. « Et qu'est-ce que je vais faire de toute cette liberté ? Qu'est-ce que je vais faire de moi ? » On avait jalonné son avenir de tâches précises : la gare, le train pour Nancy, la caserne, le maniement d'armes. Mais ni cet avenir ni ces tâches ne lui appartenaient plus. Rien n'était plus à lui : la guerre labourait la terre, mais ce n'était pas *sa* guerre. Il était seul sur ce pont, seul au monde et personne ne pouvait lui donner d'ordre. « Je suis libre *pour rien* », pensa-t-il avec lassitude. Pas un signe au ciel ni sur la terre, les objets de ce monde étaient trop absorbés par leur guerre, ils tournaient vers l'Est leurs têtes multiples, Mathieu courait à la surface des choses et elles ne le sentaient pas. Oublié. Oublié par le pont qui le supportait avec indifférence, par ces chemins qui filaient vers la frontière, par cette ville qui se soulevait lentement pour regarder à l'horizon un incendie qui ne le concernait pas. Oublié, ignoré, tout seul : un retardataire; tous les mobilisés étaient partis depuis l'avant-veille, il n'avait plus rien à faire ici. Prendrai-je le train ? Aucune importance. Partir, rester, fuir : ce n'étaient pas ces actes-là qui mettraient en jeu sa liberté. Et pourtant il fallait la risquer. Il s'agrippa des deux mains à la pierre et se pencha au-dessus de l'eau. Il suffirait d'un plongeon, l'eau le dévorerait, sa liberté

deviendrait eau. Le repos. Pourquoi pas ? Ce suicide
obscur ce serait *aussi* un absolu. Toute une loi, tout un
choix, toute une morale. Un acte unique, incomparable
qui illuminerait une seconde le pont et la Seine. Il suffirait
de se pencher un peu plus et il se serait choisi pour l'éternité. Il se pencha, mais ses mains ne lâchaient pas la pierre,
elles supportaient tout le poids de son corps. Pourquoi
pas ? Il n'avait pas de raison particulière pour se laisser
couler, mais il n'avait pas non plus de raison pour s'en
empêcher. Et l'acte était là, devant lui, sur l'eau noire, il
lui dessinait son avenir. Toutes les amarres étaient tranchées, rien au monde ne pouvait le retenir : c'était ça
l'horrible, horrible liberté. Tout au fond de lui, il sentait
battre son cœur affolé ; un seul geste, des mains qui
s'ouvrent et *j'aurai été* Mathieu. Le vertige se leva doucement sur le fleuve ; le ciel et le pont s'effondrèrent : il
ne resta plus que lui et l'eau ; elle montait jusqu'à lui, elle
léchait ses jambes pendantes. L'eau, son avenir. « À présent *c'est vrai*, je vais me tuer. » Tout à coup, il *décida* de
ne pas le faire. Il décida : « Ce ne sera qu'une épreuve. »
Il se retrouva debout, en marche, glissant sur la croûte
d'un astre mort. Ce sera pour la prochaine fois.

Elle courait dans la grande rue, elle entendit encore
deux ou trois coups de sifflet puis plus rien, et voilà que
la grande rue aussi était une prison : il ne s'y passait rien,
les façades des maisons étaient aveugles et plates, tous
les volets clos, la guerre était ailleurs. Elle s'appuya un
instant contre une borne-fontaine, elle était anxieuse et
déçue, mais elle ne savait pas ce qu'elle avait espéré : des
lumières peut-être, des magasins ouverts, des gens qui
commenteraient les événements. Il n'y avait rien du tout :
les lumières éclairaient, dans les grandes villes politiques,
les ambassades et les palais ; elle était enfermée dans
une nuit quotidienne. « Tout se passe toujours ailleurs »,
se dit-elle en frappant du pied. Elle entendit un frôlement : on aurait dit que quelqu'un se glissait derrière
elle. Elle retint son souffle et écouta longtemps ; mais
le bruit ne se reproduisit pas. Elle avait froid, la peur
lui serrait la gorge : elle se demanda si elle ne ferait pas
mieux de rentrer. Mais elle ne *pouvait* pas rentrer, sa
chambre lui faisait horreur ; ici du moins elle marchait
sous le ciel de tout le monde, elle restait en communication, par le ciel, avec Paris et Berlin. Elle entendit un

grattement prolongé derrière elle et cette fois elle eut le
courage de se retourner. Ce n'était qu'un chat : elle vit
briller ses prunelles et il traversa la chaussée de droite à
gauche, c'était mauvais signe. Elle reprit sa course,
tourna dans la rue Thiers et s'arrêta, hors d'haleine.
« Les avions! » Ils grondaient sourdement, ils devaient
être encore très éloignés. Elle prêta l'oreille : ça ne venait
pas du ciel. On aurait dit... « Mais oui, pensa-t-elle dépi-
tée : c'est quelqu'un qui ronfle. » C'était Lescat, le notaire,
elle reconnut les panonceaux au-dessus de sa tête. Il
ronflait, les fenêtres ouvertes, elle ne put s'empêcher de
rire et puis tout d'un coup son rire se figea : « Ils dorment
tous. Je suis seule dans la rue, entourée de gens qui
dorment, personne ne tient compte de moi. »

« Partout sur terre ils dorment ou ils préparent leur
guerre dans des bureaux, il n'y en a pas un qui ait mon
nom dans la tête. Mais je suis là*a*! pensa-t-elle, scandalisée. Je suis là, je vois, je sens, j'existe autant qu'Hitler*b*! »

Au bout d'un moment, elle reprit sa marche et parvint
sur l'esplanade. Au-dessous de Laon, la plaine s'étendait
morne. De loin en loin, on y avait piqué des lumières
mais elles ne rassuraient pas; Ivich savait trop bien ce
qu'elles éclairaient : des rails, des traverses de bois, des
cailloux, des wagons abandonnés sur des voies de garage.
Au bout de la plaine, il y avait Paris. Elle respira : « S'il
était en flammes, on verrait une clarté à l'horizon. » Le
vent faisait claquer sa robe contre ses genoux mais elle
ne bougeait pas : « Paris est là-bas, encore ruisselant de
lumière et c'est peut-être sa dernière nuit. » Il y avait en
ce moment même des gens qui montaient et qui descendaient le boulevard Saint-Michel, d'autres, au Dôme, qui
la connaissaient peut-être et qui parlaient entre eux. « La
dernière nuit — et je suis là, dans cette eau noire, et
quand je serai libre, je ne retrouverai plus qu'un monceau
de ruines avec des tentes entre les pierres. Mon Dieu!
dit-elle, mon Dieu! faites que je puisse le revoir une dernière fois. » La gare était là juste au-dessous d'elle, ce
rougeoiement au bas de l'escalier; le train de nuit partait
à trois heures vingt. « J'ai cent francs, pensa-t-elle triomphalement, j'ai cent francs dans mon sac. »

Déjà, elle descendait en courant les marches du raidillon, Philippe descendait en courant la rue Montmartre,

dégonfleur, sale dégonfleur, ah! je suis un dégonfleur?
Eh bien, ils vont voir. Il déboucha sur une place[a]; une
grande bouche sombre et bourdonnante s'ouvrait de
l'autre côté de la chaussée, ça sentait le chou et la viande
crue. Il s'arrêta devant la grille d'une station de métro, il
y avait des cageots vides sur le bord du trottoir; il vit
à ses pieds des brins de paille et des feuilles de salade
maculées de boue; à droite des ombres passaient et
repassaient dans la lumière blanche d'un café. Ivich
s'approcha du guichet:
« Une troisième pour Paris.
— Aller et retour? demanda l'employé.
— Aller », répondit-elle fermement.
Philippe s'éclaircit la voix et cria de toutes ses forces:
« À bas la guerre! »
Il ne se produisit rien, le va-et-vient des ombres
continua devant le café. Il mit ses mains en cornet
devant sa bouche:
« À bas la guerre! »
Sa voix lui parut un tonnerre. Quelques ombres
s'arrêtèrent et il vit des hommes qui venaient vers lui.
Ils étaient assez nombreux, la plupart portaient des cas-
quettes. Ils s'avançaient nonchalamment et le regar-
daient d'un air intéressé.
« À bas la guerre! » leur cria-t-il.
Ils étaient tout près de lui; il y avait parmi eux deux
femmes et un jeune homme brun de physique agréable.
Philippe le regarda avec sympathie et se mit à crier,
sans le quitter des yeux:
« À bas Daladier, à bas Chamberlain, vive la paix! »
Ils l'entouraient à présent et il se sentait à son aise,
pour la première fois depuis quarante-huit heures. Ils
le regardaient en levant les sourcils et ils ne disaient
rien. Il voulut leur expliquer qu'ils étaient victimes de
l'impérialisme capitaliste mais sa voix ne pouvait plus
s'arrêter, elle criait: « À bas la guerre! » C'était un
hymne triomphal. Il reçut un coup violent sur l'oreille
et continua à crier, puis un coup sur la bouche et un
coup sur l'œil droit: il tomba sur les genoux et il ne
cria plus. Une femme s'était placée devant lui, il voyait
ses jambes et ses souliers à talons plats, elle se débattait, elle disait:
« Salauds! Salauds! C'est un gosse, ne le touchez pas. »

Mathieu entendit une voix aiguë qui criait : « Salauds ! Salauds ! C'est un gosse, ne le touchez pas. » Quelqu'un se débattait au milieu d'une dizaine de types en casquette; c'était une petite femme, elle avait les bras en l'air et tous ses cheveux dans la figure. Un jeune homme brun, avec une cicatrice sous l'oreille, la secouait violemment et elle criait :

« Il a raison, vous êtes tous des lâches, vous devriez être à la Concorde, en train de manifester contre la guerre; mais vous préférez taper sur un môme, c'est moins dangereux. »

Une grosse maquerelle, devant Mathieu, regardait la scène avec des yeux brillants :

« Foutez-la à poil ! » dit-elle.

Mathieu se détourna avec ennui : des incidents comme celui-là, il devait s'en produire à tous les carrefours. Veille de guerre, veille d'armes : c'était du pittoresque, ça ne le concernait pas. Tout d'un coup, il décida que ça le concernait. Il écarta la maquerelle d'une bourrade, entra dans le cercle et posa la main sur l'épaule du type brun.

« Police, dit-il. Qu'est-ce qu'il y a ? »

Le type le regarda avec méfiance.

« C'est le petit qui est par terre. Il a crié : " À bas la guerre ! " »

— Et tu lui as tapé dessus ? dit Mathieu sévèrement. Tu ne pouvais pas appeler un agent ?

— Il n'y a pas d'agent, monsieur l'inspecteur, dit la maquerelle.

— Toi, la Carmen, dit Mathieu, tu causeras quand je t'adresserai la parole. »

Le type brun avait l'air ennuyé :

« On ne lui a pas fait de mal, dit-il en léchant ses phalanges écorchées. On lui a filé une taloche, pour marquer le coup.

— Qui lui a filé une taloche ? » demanda Mathieu.

Le type à la cicatrice regarda ses mains en soupirant.

« C'est moi », dit-il.

Les autres avaient reculé d'un pas; Mathieu se tourna vers eux.

« Vous voulez qu'on vous cite comme témoins ? »

Ils reculèrent un peu plus, sans répondre. La maquerelle avait disparu.

« Circulez, leur dit Mathieu, ou je prends vos noms. Toi, reste.

— Alors, dit le type, à cette heure, on fout les Français en tôle quand ils corrigent un Boche qui fait de la provocation ?

— T'occupe pas. On va s'expliquer. »

Les badauds s'étaient dispersés. Il y en avait deux ou trois sur le seuil d'un café qui regardaient. Mathieu se pencha sur le môme : ils l'avaient bien arrangé. Il saignait de la bouche et son œil gauche était fermé. De l'œil droit, il regardait Mathieu avec fixité.

« J'ai crié, dit-il fièrement.

— C'est pas ce que tu as fait de mieux, dit Mathieu. Tu peux te lever ? »

Le môme se mit péniblement sur ses pieds. Il était tombé dans la salade; il avait une feuille de salade au derrière et des brins de paille boueux s'accrochaient à sa veste. La petite femme le brossa du plat de la main.

« Vous le connaissez ? » lui demanda Mathieu.

Elle hésita :

« N-non. »

Le môme se mit à rire.

« Bien sûr qu'elle me connaît. C'est Irène, la secrétaire de Pitteaux. »

Irène regarda Mathieu d'un air sombre.

« Vous n'allez pas le mettre au bloc pour ça ?

— Je vais me gêner. »

Le type à la cicatrice le tira par la manche : il n'avait pas l'air fier.

« Je gagne ma vie, moi, monsieur l'inspecteur, je travaille. Si je vous accompagne au commissariat, je vais perdre ma nuit.

— Tes papiers. »

Le type sortit un passeport Nansen[1], il s'appelait Canaro.

Mathieu se mit à rire.

« Né à Constantinople! dit-il. Ben, dis donc, faut-il que tu aimes la France pour démolir comme ça le premier qui l'attaque.

— C'est ma seconde patrie, dit le type avec dignité.

— Tu vas t'engager, j'espère ? »

Le type ne répondit pas. Mathieu nota son nom et son adresse sur un carnet.

« Fous-moi le camp, dit-il. On te convoquera. Venez, vous autres. »

Ils s'engagèrent tous trois dans la rue Montmartre et firent quelques pas. Mathieu soutenait le petit qui vacillait sur ses jambes. Irène demanda :

« Dites, vous allez le relâcher ? »

Mathieu ne répondit pas : ils n'étaient pas encore assez éloignés des Halles. Ils marchèrent encore un moment et puis, comme ils arrivaient sous un réverbère, Irène se planta devant Mathieu et le regarda avec haine.

« Sale flic! » dit-elle.

Mathieu se mit à rire : son chignon lui avait croulé dans la figure et elle louchait, pour l'apercevoir, entre les mèches qui lui pendaient devant les yeux.

« Je ne suis pas un flic, dit-il.

— Sans blague! »

Elle secouait la tête, pour se débarrasser de ses cheveux. Elle finit par les empoigner coléreusement et par les rejeter en arrière. Son visage apparut, mat avec de grands yeux. Elle était très belle; elle ne semblait pas très étonnée.

« Si vous n'êtes pas un flic, vous les avez bien eus », fit-elle observer.

Mathieu ne répondit pas. Cette histoire ne l'amusait plus. L'envie lui était venue tout d'un coup de se promener dans la rue Montorgueil.

« Eh bien, dit-il, je vais vous mettre dans un taxi. »

Il y en avait deux ou trois qui stationnaient au milieu de la chaussée. Mathieu s'approcha de l'un d'eux en tirant le môme derrière lui. Irène les suivit. Elle retenait ses cheveux, de la main droite, au-dessus de sa tête.

« Entrez là-dedans. »

Elle rougit.

« Il faut que je vous dise : j'ai perdu mon sac. »

Mathieu poussait le môme dans la voiture : il lui avait plaqué une main entre les omoplates et de l'autre main il écartait la portière.

« Fouillez dans ma poche de veston, dit-il. Celle de droite. »

Irène retira sa main de la poche au bout d'un instant.

« J'ai trouvé cent francs et des sous.

— Gardez les cent francs. »

Une dernière poussée et le môme s'affala sur la banquette. Irène monta derrière lui.

« Quelle est votre adresse ? demanda-t-elle.

— Je n'en ai plus, dit Mathieu. Au revoir.

— Hé ! » cria Irène.

Mais il avait déjà tourné les talons : il voulait revoir la rue Montorgueil[1]. Il voulait la revoir tout de suite. Il marcha pendant une minute et puis un taxi vint se ranger contre le trottoir, juste à sa hauteur.

La portière s'ouvrit et une femme se pencha ; c'était Irène.

« Montez, lui dit-elle. Vite. »

Mathieu monta dans le taxi.

« Asseyez-vous sur le strapontin. »

Il s'assit.

« Qu'est-ce qu'il y a ?

— C'est le petit qui n'a plus sa tête. Il dit qu'il va se constituer prisonnier ; il trafique tout le temps avec la portière et veut se jeter dehors. Je ne suis pas assez forte pour le tenir. »

Le petit se tenait rencogné sur la banquette, il avait les genoux plus hauts que la tête.

« Il a le goût du martyre, expliqua Irène.

— Quel âge a-t-il ?

— Je ne sais pas : dix-neuf ans. »

Mathieu considérait les longues jambes maigres du môme : il avait l'âge de ses plus vieux élèves.

« S'il a envie de se faire mettre en tôle, dit-il, vous n'avez pas le droit de l'en empêcher.

— Vous êtes drôle, vous, dit Irène indignée. Vous ne savez pas ce qu'il risque.

— Il a buté quelqu'un ?

— Mais non.

— Qu'est-ce qu'il a fait ?

— C'est toute une histoire », dit-elle d'un air morose. Il remarqua qu'elle s'était refait son chignon, tout en haut de son crâne. Ça lui donnait un air comique et têtu, malgré sa belle bouche lasse.

« De toute façon ça le regarde, dit Mathieu. Il est libre.

— Libre ! dit-elle. Puisque je vous dis qu'il n'a plus sa tête à lui. »

Au mot de « libre » le petit ouvrit son œil unique et

marmotta quelque chose que Mathieu ne comprit pas, puis, sans crier gare, il se jeta sur la poignée de la portière et tenta de l'ouvrir. Une auto, au même instant, frôlait le taxi arrêté. Mathieu appuya sa main sur la poitrine du môme et le rejeta dans les coussins.

« Si j'avais envie de me constituer prisonnier, poursuivit-il en se tournant vers Irène, je n'aimerais pas qu'on m'en empêche.

— À bas la guerre! cria le môme.

— Oui, oui, dit Mathieu. T'as raison. » Il le maintenait toujours sur la banquette. Il se tourna vers Irène.

« Je crois qu'en effet il n'a plus sa tête à lui. »

Le chauffeur ouvrit la glace.

« On part ?

— 15, avenue du Parc-Montsouris », dit Irène triomphante.

Le môme griffa la main de Mathieu, puis, quand le taxi eut démarré, il prit le parti de se tenir tranquille. Ils restèrent silencieux un moment; le taxi filait dans des rues noires que Mathieu ne connaissait pas. De temps à autre le visage d'Irène sortait de l'ombre pour y replonger aussitôt.

« Vous êtes bretonne ? demanda Mathieu.

— Moi ? Je suis de Metz. Pourquoi me demandez-vous ça ?

— À cause de votre chignon.

— Il est moche, hein ? C'est une amie qui veut que je me coiffe comme ça. »

Elle se tut un instant puis elle demanda :

« Comment ça se fait que vous n'ayez pas d'adresse ?

— Je déménage.

— Oui, oui... Vous êtes mobilisé, n'est-ce pas ?

— Ben oui. Comme tout le monde.

— Ça vous plaît de faire la guerre ?

— Je n'en sais rien : je ne l'ai pas encore faite.

— Moi, je suis contre, dit Irène.

— Je m'en suis aperçu. »

Elle se pencha vers lui avec sollicitude.

« Dites, vous avez perdu quelqu'un ?

— Non, dit Mathieu. J'ai l'air d'avoir perdu quelqu'un ?

— Vous avez l'air drôle, dit-elle. Attention! Attention! »

Le gosse avait allongé la main, sournoisement, et il essayait d'ouvrir la portière.

« Veux-tu te tenir tranquille! dit Mathieu en le rejetant dans son coin. Quel lavement! dit-il à Irène.

— C'est le fils d'un général.

— Ah? Eh bien, il ne doit pas être fier de son père. »

Le taxi s'était arrêté. Irène descendit la première et puis il fallut faire sortir le petit. Il se cramponnait aux accoudoirs et lançait des coups de pied. Irène se mit à rire :

« Ce qu'il est contrariant : à présent, il ne veut plus sortir. »

Mathieu finit par le prendre à bras-le-corps et le porta sur le trottoir.

« Ouf!

— Attendez une seconde, dit Irène. La clé était dans mon sac, il faut que je passe par la fenêtre. »

Elle s'approcha d'une maisonnette à un étage dont une fenêtre était entrouverte. Mathieu maintenait le gosse d'une main. De l'autre il fouilla dans sa poche et tendit la monnaie au chauffeur.

« Gardez tout.

— Qu'est-ce qu'il a, le frère? demanda le chauffeur, hilare.

— Il a son compte », dit Mathieu.

Le taxi démarra. Derrière Mathieu une porte s'ouvrit et Irène apparut dans un rectangle de lumière.

« Entrez », dit-elle.

Mathieu entra, en poussant le petit, qui ne disait plus rien du tout. Irène ferma la porte derrière lui.

« C'est à gauche, dit-elle. Le commutateur est à main droite. »

Mathieu chercha à tâtons le commutateur et la lumière jaillit. Il vit une chambre poussiéreuse, avec un lit-cage, un pot à eau et une cuvette sur une coiffeuse; une bicyclette sans roue était suspendue au plafond par des ficelles.

« C'est votre chambre?

— Non, dit Irène. C'est la chambre d'amis. »

Il la regarda et se mit à rire :

« Vos bas. »

Ils étaient blancs de poussière et déchirés aux genoux.

« C'est en montant par la fenêtre », expliqua-t-elle avec insouciance.

Le petit s'était planté au milieu de la pièce, il vacillait d'une manière inquiétante et regardait tout de son œil unique. Mathieu le montra à Irène :

« Qu'est-ce qu'on en fait ?

— Ôtez-lui ses souliers et couchez-le : je vais lui laver la figure. »

Le petit se laissa faire sans résistance : il paraissait effondré. Irène revint vers lui avec une cuvette et du coton.

« Là, là, dit-elle. Allons, Philippe, soyez sage. »

Elle s'était penchée sur lui et lui promenait maladroitement un tampon d'ouate sur le sourcil. Le gosse se mit à gronder.

« Oui, dit-elle maternellement. Ça pique mais ça fait du bien. »

Elle alla reposer la cuvette sur la coiffeuse. Mathieu se leva.

« Bon, dit-il. Eh bien je vais me tirer.

— Ah non ! » dit-elle vivement. Elle ajouta à voix basse :

« S'il voulait repartir, je ne suis pas assez forte pour l'en empêcher.

— Vous ne pensez tout de même pas que je vais le veiller toute la nuit ?

— Comme vous êtes peu obligeant ! » lui dit-elle avec irritation. Elle ajouta au bout d'un instant, sur un ton plus conciliant : « Attendez au moins qu'il s'endorme; ça ne tardera pas. »

Le môme s'agitait sur le lit en bredouillant des paroles confuses.

« Où a-t-il pu traîner pour se mettre dans des états pareils ? » demanda Irène.

Elle était un peu boulotte avec une chair mate, un peu trop tendre, un peu moite, qui n'avait pas l'air tout à fait propre; on aurait dit qu'elle venait de se lever. Mais la tête était admirable : une toute petite bouche aux commissures lasses, des yeux immenses et de minuscules oreilles roses.

« Eh bien, dit Mathieu, il dort !

— Vous croyez ? »

Ils sursautèrent : le gosse s'était redressé, il dit d'une voix forte :

« Flossie! Mon pantalon!

— Merde! » dit Mathieu.

Irène sourit :

« Vous êtes ici jusqu'au matin. »

Mais c'était un petit délire avant-coureur du sommeil : Philippe se laissa retomber en arrière, grogna pendant quelques instants et, presque aussitôt après, se mit à ronfler.

« Venez », dit Irène à voix basse.

Il la suivit dans une grande pièce tapissée de cretonne rose. Elle avait accroché au mur une guitare et un ukulele.

« C'est ma chambre. Je laisse la porte entrouverte pour entendre le petit. »

Mathieu vit un grand lit défait, à baldaquin, un pouf, un gramophone et des disques sur une table Henri II. Sur un fauteuil à bascule, on avait jeté pêle-mêle des bas usagés, une culotte de femme, des combinaisons. Irène suivit son regard :

« Je me suis meublée à la foire aux puces.

— Ça n'est pas mal, dit Mathieu. Pas mal du tout.

— Asseyez-vous.

— Où ? demanda Mathieu.

— Attendez. »

Sur le pouf il y avait un bateau, dans une bouteille. Elle le prit et le posa sur le sol, puis elle débarrassa le fauteuil à bascule de sa lingerie qu'elle porta sur le pouf.

« Voilà. Moi, je me mets sur le lit. »

Mathieu s'assit et se mit à se balancer.

« La dernière fois que je me suis assis dans un fauteuil à bascule, c'était à Nîmes, dans le hall de l'hôtel des Arènes. J'avais quinze ans[1]. »

Irène ne répondit pas. Mathieu revit le grand hall sombre avec sa porte vitrée étincelante de soleil : ce souvenir-là lui appartenait encore; et il y en avait d'autres, intimes et indistincts, qui tremblaient tout autour : « Je n'ai pas perdu mon enfance. » L'âge mûr, l'âge de raison s'était effondré, mais il restait l'enfance, toute chaude : il n'en avait jamais été si proche. Il repensa au petit garçon couché sur les dunes d'Arcachon[2], qui exigeait d'être libre : devant ce gamin têtu, Mathieu avait cessé d'avoir honte. Il se leva.

« Vous vous en allez ? dit Irène.

— Je vais me promener, dit-il.

— Vous ne voulez pas rester un peu ? »

Il hésita :

« Franchement, j'avais plutôt envie d'être seul. »

Elle lui posa la main sur le bras :

« Vous verrez. Avec moi ce sera comme si vous étiez seul. »

Il la regarda : elle avait une drôle de façon de parler, veule et un peu niaise dans sa gravité; elle ouvrait à peine sa petite bouche et secouait un peu la tête pour en faire tomber les mots.

« Je reste », dit-il.

Elle ne manifesta aucune satisfaction. Son visage d'ailleurs semblait peu expressif. Mathieu fit quelques pas dans la chambre, s'approcha de la table et prit quelques disques. Ils étaient usés, quelques-uns fêlés; la plupart avaient perdu leurs enveloppes. Il y avait quelques airs de jazz, un pot-pourri de Maurice Chevalier, le *Concerto pour la main gauche*[1], le *Quatuor* de Debussy, la *Sérénade* de Toselli et *L'Internationale,* chantée par un chœur russe.

« Vous êtes communiste ? lui demanda-t-il.

— Non, dit-elle; je n'ai pas d'opinion. Je pense que je serais communiste si les hommes n'étaient pas des fumiers. » Elle ajouta à la réflexion : « Je suis pacifiste.

— Vous êtes marrante, dit Mathieu, si les hommes sont des fumiers ça devrait vous être égal qu'ils meurent à la guerre ou autrement. »

Elle secoua la tête avec une gravité obstinée :

« Justement, dit-elle. Puisqu'ils sont des fumiers, c'est encore plus dégoûtant de faire la guerre avec. »

Il y eut un silence. Mathieu regarda une toile d'araignée au plafond et se mit à siffloter.

« Je ne peux rien vous offrir à boire, dit Irène. À moins que vous n'aimiez le sirop d'orgeat. Il en reste un fond de bouteille.

— Hum! dit Mathieu.

— Oui, je m'en doutais. Ah! il y a un cigare sur la cheminée, prenez-le si vous voulez.

— Je veux bien », dit Mathieu.

Il se leva et prit le cigare, qui était sec et brisé.

« Je peux le mettre dans ma pipe ?

— Faites-en ce qui vous plaira. »

Il se rassit en cassant le cigare entre ses doigts ; il sentait le regard d'Irène sur lui.

« Mettez-vous à l'aise, dit-elle. Si vous n'avez pas envie de parler, ne parlez pas.

— C'est bon », dit Mathieu.

Elle demanda, au bout d'un instant :

« Vous ne voulez pas dormir ?

— Oh ! non. »

Il lui semblait qu'il n'aurait plus jamais envie de dormir.

« Où seriez-vous, en ce moment, si vous ne m'aviez pas rencontrée ?

— Dans la rue Montorgueil.

— Qu'est-ce que vous y feriez ?

— Je m'y promènerais.

— Ça doit vous sembler drôle d'être ici.

— Non.

— C'est vrai, dit-elle avec un vague reproche : vous y êtes si peu. »

Il ne répondit pas : il pensait qu'elle avait raison. Ces quatre murs et cette femme sur le lit, c'était un accident sans importance, une des figures inconsistantes de la nuit. Mathieu était partout où s'étendait la nuit, des frontières du Nord à la Côte d'Azur ; il ne faisait qu'un avec elle, il regardait Irène avec tous les yeux de la nuit : elle n'était qu'une lumière minuscule, dans le noir. Un cri perçant la fit sursauter.

« Quel poison ! Je vais voir ce qu'il y a. »

Elle sortit sur la pointe des pieds et Mathieu alluma sa pipe. Il n'avait plus envie d'aller rue Montorgueil : la rue Montorgueil était là, elle traversait la pièce ; toutes les routes de France y passaient, toutes les herbes y poussaient. On avait posé quatre cloisons de planche n'importe où. Mathieu était n'importe où. Irène revint s'asseoir : c'était n'importe qui. Ce n'était pas à une Bretonne qu'elle ressemblait. Plutôt à la petite Annamite du Dôme. Elle en avait la peau safranée, le visage inexpressif et la grâce impotente.

« C'est rien, dit-elle. Il a des cauchemars. »

Mathieu tira paisiblement sur sa pipe.

« Il a dû en voir de raides, ce môme. »

Irène haussa les épaules et son visage changea brusquement :

« Bah! dit-elle.

— Vous êtes bien dure, tout d'un coup, dit Mathieu.

— Ah! c'est que ça m'agace quand on plaint un petit monsieur de son espèce, tout ça c'est des histoires de gosse de riches.

— Ça n'empêche peut-être pas qu'il soit malheureux.

— Vous me faites rigoler. Moi, mon vieux m'a foutue dehors à dix-sept ans : c'est vous dire que je n'étais pas d'accord avec lui. Mais je n'aurais pas été dire que j'étais malheureuse. »

Un instant, Mathieu entrevit sous son visage de luxe une face rude et avertie de femme de peine. Sa voix coulait, lente et volumineuse, avec une sorte de monotonie dans l'indignation :

« On est malheureux, dit-elle, quand on a froid ou qu'on est malade ou qu'on n'a pas de quoi manger. Le reste, c'est des vapeurs. »

Il se mit à rire : elle fronçait le nez avec application et ouvrait largement sa petite bouche pour vomir les mots. Il l'écoutait à peine : il la *voyait*. Un regard. Un regard immense, un ciel vide : elle se débattait dans ce regard, comme un insecte dans la lumière d'un phare.

« Non, dit-elle, je veux bien le recueillir, le soigner, l'empêcher de faire des bêtises; mais je ne veux pas qu'on le plaigne. Parce que j'en ai vu, de la misère! Et quand des bourgeois prétendent qu'ils sont malheureux... »

Elle le regarda attentivement, en reprenant son souffle.

« C'est vrai que vous êtes un bourgeois, vous.

— Oui, dit Mathieu. Je suis un bourgeois. »

Elle me voit. Il lui sembla qu'il durcissait et qu'il rapetissait à toute vitesse. Derrière ces yeux, il y a un ciel sans étoiles, il y a *aussi* un regard. Elle me voit; comme elle voit la table et le ukulele. Et pour elle je *suis* : une particule en suspens dans un regard, un bourgeois. C'est vrai que je suis un bourgeois. Et pourtant, il n'arrivait pas à le sentir. Elle le regardait toujours.

« Qu'est-ce que vous faites dans la vie? Non, laissez-moi deviner. Médecin?

— Non.

— Avocat?

— Non.

— Tiens! dit-elle. Vous pourriez être un escroc.

— Je suis professeur, dit Mathieu.

— C'est curieux », dit-elle, un peu déçue. Mais elle ajouta vivement : « Ça n'a pas d'importance. »

Elle me regarde. Il se leva et lui prit le bras, un peu en dessous du coude. La chair douce et tiède s'enfonçait un peu sous les doigts.

« Qu'est-ce qui vous prend ? demanda-t-elle.

— J'avais envie de vous toucher. En tout bien tout honneur : parce que vous me regardez. »

Elle se laissa aller contre lui et le regard s'embua.

« Vous me plaisez, dit-elle.

— Vous me plaisez aussi.

— Vous avez une femme ?

— Je n'ai personne. »

Il s'assit près d'elle, sur le lit :

« Et vous ? Il y a quelqu'un dans votre vie ?

— Il y a... quelques-uns. » Elle fit un petit geste navré.

« Je suis facile », dit-elle.

Le regard avait disparu. Il restait une petite poupée chinoise qui sentait l'acajou.

« Facile ? Et puis après ? » dit Mathieu.

Elle ne répondit pas. Elle s'était mis la tête dans les mains et regardait le vide avec gravité. « C'est une pensive », se dit Mathieu.

« Quand une femme est mal fringuée, il faut qu'elle soit facile », dit-elle au bout d'un moment.

Elle se tourna vers Mathieu avec inquiétude.

« Je ne suis pas intimidante, hein ?

— Non, dit Mathieu à regret. Ça, on ne peut pas dire. »

Mais elle avait l'air si désolé qu'il la prit dans ses bras.

Le café était désert.

« Il est deux heures du matin, n'est-ce pas ? » demanda Ivich au garçon.

Il essuya ses yeux avec le revers de la main et jeta un coup d'œil à la pendule. Elle marquait huit heures et demie.

« Peut se faire », grogna-t-il.

Ivich se tassa sagement dans un coin, en ramenant sa jupe sur ses genoux. Je serais une orpheline qui va rejoindre sa tante dans la banlieue de Paris. Elle pensa qu'elle avait les yeux trop brillants et fit tomber ses cheveux sur sa figure. Mais son cœur débordait d'une excitation presque joyeuse : une heure à attendre, une rue à traverser et elle sauterait dans le train; je serai vers six heures à la gare du Nord, j'irai d'abord au Dôme, je mangerai deux oranges et puis de là, chez Renata pour la taper de cinq cents francs. Elle avait envie de commander une fine, mais une orpheline ne boit pas d'alcool.

« Voulez-vous me donner un tilleul ? » demanda-t-elle d'une voix menue.

Le garçon tourna les talons, il était affreux mais il *fallait* le séduire. Quand il apporta le tilleul elle leva sur lui un doux regard effarouché.

« Merci », soupira-t-elle.

Il se planta devant elle et renifla avec perplexité.

« Où c'est-il que vous allez comme ça ?

— À Paris, dit-elle, chez ma tante.

— Vous êtes pas la fille à M. Serguine, celui qui a la scierie, là-haut ? »

L'imbécile !

« Oh! non, dit-elle. Mon père est mort en 1918. Je suis pupille de la Nation. »

Il hocha la tête à plusieurs reprises et s'éloigna : c'était un rustre, un moujik. À Paris, les garçons de café ont des regards de velours et ils croient ce qu'on leur dit. Je vais revoir Paris. Dès la gare du Nord, elle serait reconnue : on l'attendait. Les rues l'attendaient, les devantures, les arbres du cimetière Montparnasse et... et les personnes aussi. Certaines personnes qui ne seraient pas parties — comme Renata — ou qui seraient revenues. Je me retrouverai; c'est là-bas seulement qu'elle était Ivich, entre l'avenue du Maine et les quais. Et on me montrera la Tchécoslovaquie sur une carte. « Ah! pensa-t-elle avec passion, qu'ils bombardent s'ils veulent, nous mourrons ensemble, il ne restera que Boris pour nous regretter. »

« Éteignez. »

Il obéit, la chambre fondit dans la grande nuit de guerre, les deux regards se diluèrent dans la nuit; il ne restait qu'un rais de lumière, entre l'embrasure de la porte et son battant entrouvert, un œil en long qui semblait les voir. Mathieu gêné se dirigea vers la porte.

« Non, dit la voix dans son dos. Laissez ouvert : à cause du petit; je veux l'entendre. »

Il revint sur ses pas en silence, ôta ses souliers et son pantalon. Le soulier droit fit du bruit en heurtant le plancher.

« Mettez vos vêtements sur le fauteuil. »

Il déposa son pantalon et son veston, puis sa chemise sur le fauteuil à bascule qui se balança en grinçant. Il demeura tout nu, les bras ballants et les orteils crispés, au milieu de la pièce. Il avait envie de rire.

« Venez. »

Il s'étendit sur le lit contre un corps chaud et nu; elle était couchée sur le dos, elle ne fit pas un geste, ses bras restaient collés le long de ses flancs. Mais quand il lui embrassa la gorge, un peu en dessous du cou, il sentit les battements de son cœur, de grands coups de maillet qui l'ébranlaient de la tête aux pieds. Il resta un long moment sans bouger, gagné par cette immobilité palpitante : il avait oublié le visage d'Irène; il allongea la main, il promena ses doigts sur une chair aveugle. N'importe qui. Des gens passèrent près d'eux, Mathieu entendit craquer leurs souliers : ils parlaient haut et riaient entre eux.

« Dis donc, Marcel, dit une femme. Si tu étais Hitler, est-ce que tu pourrais dormir cette nuit ? »

Ils rirent, leurs pas et leurs rires s'éloignèrent et Mathieu resta seul.

« Si je dois prendre des précautions, dit une voix ensommeillée, il vaudrait mieux le dire tout de suite.

— Il n'y a pas de précautions à prendre, dit Mathieu. Je ne suis pas un salaud. »

Elle ne répondit pas. Il entendit son souffle fort et régulier. Une prairie, une prairie dans la nuit; elle respirait comme les herbes, comme les arbres; il se demanda si elle ne s'était pas endormie. Mais une main maladroite et à demi fermée lui effleura rapidement la hanche et la cuisse : cela pouvait, à la rigueur, passer pour une caresse. Il se souleva doucement et se glissa sur elle.

Boris se retira brusquement, rabattit les draps et se laissa retomber sur le côté. Lola n'avait pas bougé; elle restait étendue sur le dos, les yeux fermés. Boris se recroquevilla pour éviter le plus possible le contact du drap contre son corps en sueur. Lola dit sans ouvrir les yeux :

« Je commence à croire que tu m'aimes. »

Il ne répondit pas. Cette nuit, il avait aimé toutes les femmes à travers elle, les duchesses et les autres. Ses mains, qu'une pudeur insurmontable retenait jusque-là sur les épaules et les seins de Lola, il les avait promenées partout; il avait promené partout ses lèvres; le demi-évanouissement où il tombait, d'ordinaire, au milieu du plaisir et qui lui faisait horreur, il l'avait recherché avec rage : il y avait des pensées qu'il voulait fuir. À présent, il se sentait pâteux et souillé, son cœur battait à se rompre; ce n'était pas désagréable : en ce moment, il fallait penser le moins possible. Ivich lui disait toujours : « Tu penses trop » — et elle avait raison. Il vit tout à coup sourdre un peu d'eau au coin des paupières closes de Lola, ça faisait deux petits lacs dont le niveau montait lentement des deux côtés du nez. « Qu'est-ce qu'il y a encore ? » se demanda-t-il. Il vivait depuis vingt-quatre heures avec une angoisse sèche au creux de l'estomac, il n'était pas d'humeur à s'attendrir.

« Passe-moi mon mouchoir, dit Lola. Il est sous le traversin. »

Elle s'essuya les yeux et les ouvrit. Elle le regardait d'un air méfiant et dur. « Qu'est-ce que j'ai encore fait ? » Mais ce n'était pas ce qu'il croyait : elle dit d'une voix éteinte :

« Tu vas partir.

— Où ça ? Ah! oui... Eh bien, mais pas tout de suite : dans un an.

— Qu'est-ce que c'est, un an ? »

Elle le regardait avec insistance; il sortit une main de dessous les draps et rabattit sa mèche sur ses yeux.

« Dans un an, la guerre sera peut-être finie, dit-il prudemment.

— Finie ? Ah! je te crois bien : on sait quand une guerre commence, on ne sait jamais quand elle finit. »

Son bras blanc jaillit des draps; elle se mit à palper le visage de Boris comme si elle eût été aveugle. Elle lui lissa la tempe et les joues, elle suivit le contour de ses oreilles, elle lui caressa le nez du bout des doigts : il se sentait ridicule.

« Un an, c'est long, dit-il avec amertume. On a le temps d'y penser.

« — On voit bien que tu es un môme. Si tu savais ce que ça passe vite, un an, à mon âge.

— Moi, je trouve ça long, dit Boris avec obstination.

— Tu as donc envie de te battre ?

— C'est pas ça. »

Il avait moins chaud, il se tourna sur le dos et détendit ses jambes qui rencontrèrent un bout d'étoffe au fond du lit, son pantalon de pyjama. Il expliqua, le regard au plafond :

« De toute façon, puisque je dois la faire, cette guerre, autant que ça soit tout de suite et qu'on n'en parle plus.

— Ha! et moi ? » cria Lola. Elle ajouta d'une voix haletante : « Ça ne te fait rien de me laisser, petite brute ?

— Mais puisque je te laisserai de toute façon.

— Ah! le plus tard possible, dit-elle passionnément. J'en crèverais. Surtout que, tel que tu es, tu resteras des trois jours sans m'écrire, par paresse, et moi je te croirai mort. Tu ne sais pas ce que c'est.

— Toi non plus, tu ne le sais pas, dit Boris. Attends d'y être passée pour te casser la tête. »

Il y eut un silence, puis elle dit, d'une voix rauque et hargneuse qu'il connaissait bien :

« Dans tous les cas, ça ne doit pas être tellement difficile de faire planquer quelqu'un. Elle connaît plus de gens que tu ne crois, la vieille. »

Il se rejeta vivement sur le côté et la regarda avec fureur.

« Lola, si tu fais ça...

— Eh bien ?

— Je ne te revois plus de ma vie. »

Elle s'était calmée; elle lui dit, avec un drôle de sourire :

« Je croyais que la guerre te faisait horreur ? Tu m'as assez répété que tu étais antimilitariste.

— Je le suis toujours.

— Alors ?

— Ça n'est pas la même chose. »

Elle avait de nouveau fermé les yeux, elle se tenait toute tranquille, mais elle n'avait plus la même tête : ses deux vieilles rides de fatigue et de détresse venaient d'apparaître au coin de ses lèvres. Boris fit un effort :

« Je suis antimilitariste parce que je ne peux pas blairer les officiers, dit-il sur un ton conciliant. Les grivetons, je les aime bien.

— Mais tu seras officier. Ils vont t'y forcer. »

Boris ne répondit pas : c'était trop compliqué; il s'y perdait lui-même. Il détestait les officiers, c'était un fait. Mais d'autre part, puisque c'était *sa* guerre et qu'on l'avait voué à une brève carrière militaire, il *fallait* qu'il fût sous-lieutenant. « Ah! pensa-t-il, si je pouvais être déjà là-bas et suivre le peloton, par la force des choses, et ne plus m'embêter avec tout ça. » Il dit brusquement:

« Je me demande si j'aurais peur.

— Peur ?

— Ça me tracasse. »

Il pensait qu'elle ne comprendrait pas : il aurait mieux valu s'expliquer avec Mathieu ou même avec Ivich. Mais puisqu'elle était là...

« Toute l'année, on va lire dans les journaux : les Français avancent sous un déluge de fer et de feu, ou des trucs comme ça, tu vois ce que je veux dire. Et je me demanderai à chaque fois : " Est-ce que je tiendrais le coup ? " Ou bien j'interrogerai des permissionnaires, je leur demanderai : " C'est dur ? " et ils me répondront : " Très dur ", et je me sentirai drôle. Ça va être joyeux. »

Elle se mit à rire et l'imita sans gaieté :

« Attends d'y être passé pour te casser la tête. Et même si tu avais peur, petit sot! La belle affaire. »

Il pensa : « C'est pas la peine de lui expliquer : elle ne comprend rien. » Il bâilla et demanda :

« On éteint ? J'ai sommeil.

— Si tu veux, dit Lola. Embrasse-moi. »

Il l'embrassa et éteignit. Il la haïssait, il pensa : « Elle ne m'aime pas pour moi-même, sans ça elle aurait compris. » Ils étaient tous les mêmes, ils faisaient semblant d'être aveugles : ils ont fait de moi un coq de combat, un taureau de ganaderia et à présent ils se bouchent les yeux, mon père veut que je fasse mon diplôme et celle-là veut me faire embusquer parce qu'elle a couché autrefois avec un colonel. Au bout d'un instant il sentit un corps brûlant et nu qui lui tombait sur le dos. « Toujours ce corps contre moi pendant un an

encore. Elle profite de moi », pensa-t-il et il se sentit
dur et fermé. Il se poussa dans la ruelle.

« Où vas-tu ? demanda Lola, où vas-tu ? Tu vas
tomber par terre.

— Tu me tiens chaud. »

Elle s'écarta en grognant. Un an. Un an à me demander
si je suis un lâche, pendant un an j'aurai peur d'avoir
peur. Il entendait le souffle égal de Lola, elle dormait;
et puis de nouveau le corps dégringola sur lui; ce n'était
pas sa faute, il y avait un creux au milieu du matelas,
mais Boris eut un frisson de rage et de désespoir :
« Elle m'écrasera jusqu'à demain matin. Oh! des hommes,
pensa-t-il, vivre avec des hommes et chacun son lit. »
Tout à coup, il fut pris d'une espèce de vertige, il avait
les yeux ouverts et fixes dans le noir et un frisson glacial
parcourut son dos en sueur : il venait de comprendre
qu'il avait décidé de s'engager le lendemain.

La porte s'ouvrit et Mme Birnenschatz apparut en
chemise de nuit avec un foulard sur la tête.

« Gustave, dit-elle en criant pour couvrir le bruit de
la T. S. F., je t'en supplie, viens te coucher.

— Dors, dors, dit M. Birnenschatz, ne t'occupe pas
de moi.

— Mais je ne peux pas dormir si tu n'es pas couché.

— Ah! dit-il avec un geste agacé, tu vois bien que
j'attends quelque chose.

— Mais qu'est-ce que c'est ? dit-elle. Pourquoi tri-
potes-tu tout le temps cette maudite radio ? Les voisins finiront par se plaindre. Qu'est-ce que tu attends ? »

M. Birnenschatz se tourna vers elle et lui saisit fortement les bras :

« Je parie que c'est du bluff, dit-il. Je te parie qu'il
y aura un démenti dans la nuit.

— Mais quoi ? demanda-t-elle affolée. De quoi
parles-tu ? »

Il lui fit signe de se taire. Une voix calme et posée
s'était mise à parler :

« On dément à Berlin de source autorisée toutes les
nouvelles qui ont paru à l'étranger, tant sur un ultimatum qui aurait été adressé à la Tchécoslovaquie par
l'Allemagne avec pour dernier délai aujourd'hui à quatorze heures que sur une prétendue mobilisation générale
qui devrait être décrétée après ce délai. »

« Écoute, cria M. Birnenschatz, écoute! »

« On estime que ces nouvelles ne peuvent que répandre la panique et créer une psychose de guerre. »

« On dément également une déclaration qui aurait été faite par le ministre Goebbels à un journal étranger sur ce même délai, en affirmant que le Dr Goebbels, depuis des semaines, n'a vu ni reçu aucun journaliste étranger[1]. »

M. Birnenschatz écouta encore un instant, mais la voix s'était tue. Alors il fit faire un tour de valse à Mme Birnenschatz en criant :

« Je te l'avais dit, je te l'avais bien dit, c'est la reculade, c'est la pâle reculade. Nous n'aurons pas la guerre, Catherine, nous n'aurons pas la guerre et les nazis sont foutus. »

La lumière. Les quatre murs se dressèrent tout d'un coup entre Mathieu et la nuit. Il se souleva sur les mains et regarda le calme visage d'Irène : la nudité de ce corps de femme était remontée jusqu'au visage, le corps l'avait repris comme la nature reprend les jardins abandonnés; Mathieu ne pouvait plus l'isoler des épaules rondes, des petits seins pointus, ce n'était qu'une fleur de chair, paisible et vague.

« Ça n'a pas été trop ennuyeux ? demanda-t-elle.

— Ennuyeux ?

— Il y en a qui me trouvent ennuyeuse parce que je ne suis pas très active. Une fois un type s'est tellement embêté avec moi qu'il est parti le matin et qu'il n'est plus jamais revenu.

— Je ne me suis pas embêté », dit Mathieu.

Elle lui passa un doigt léger sur le cou :

« Mais vous savez, il ne faudrait pas croire que je suis froide.

— Je sais, dit Mathieu. Taisez-vous. »

Il lui prit la tête à deux mains et se pencha sur ses yeux. C'étaient deux lacs de glacier, transparents et sans fond. Elle me regarde. Derrière ce regard, le corps et le visage avaient disparu. Au fond de ces yeux il y a la nuit. La nuit vierge. Elle m'a fait entrer dans ces yeux; j'existe dans cette nuit : un homme nu. Je la quitterai dans quelques heures et cependant je resterai en elle pour toujours. En elle, dans cette nuit anonyme. Il pensa : « Et elle ne connaît même pas mon nom. »

Et tout d'un coup, il se mit à tenir si fort à elle qu'il eut besoin de le lui dire. Mais il se tut : les mots auraient menti; c'était à cette chambre qu'il tenait, autant qu'à elle, à la guitare sur le mur, au gosse qui dormait dans son lit-cage, à cet instant, à toute cette nuit.

Elle lui sourit :

« Vous me regardez mais vous ne me voyez pas.

— Je vous vois. »

Elle bâilla :

« Je voudrais dormir un moment.

— Dormez, dit Mathieu. Seulement mettez votre réveil à six heures : il faut que je repasse chez moi, avant d'aller à la gare.

— C'est ce matin que vous partez ?

— Ce matin à huit heures.

— Je peux vous accompagner à la gare ?

— Si vous voulez.

— Attendez, dit-elle. Il faut que je sorte du lit pour remonter le réveil et pour éteindre. Mais ne regardez pas, j'ai honte à cause de mon derrière, qui est trop gros et trop bas. »

Il détourna la tête et il l'entendit aller et venir dans la pièce, puis elle éteignit. Elle lui dit en se recouchant :

« Il m'arrive de me lever en dormant et de me pro-mener dans la chambre. Vous n'aurez qu'à me fiche des gifles. »

MERCREDI 28 SEPTEMBRE

Six heures du matin...

Elle était très fière : elle n'avait pas fermé l'œil de la nuit et pourtant elle n'avait pas sommeil. Tout juste une brûlure sèche au fond des orbites, une démangeaison à l'œil gauche, ce tremblotement des paupières et puis de temps en temps des frissons de fatigue qui lui parcouraient le dos, des reins à la nuque. Elle avait voyagé dans un train *horriblement* désert, la dernière créature vivante qu'elle ait vue, c'était le chef de gare, à Soissons, agitant son drapeau rouge. Et puis, tout à coup, dans le hall de la gare de l'Est, la foule. C'était une foule très laide, bourrée de vieilles femmes et de soldats ; mais elle avait tant d'yeux, tant de regards et puis Ivich adorait ce perpétuel petit roulis, ces coups de coude, de reins, ces coups d'épaule et le balancement obstiné des têtes les unes derrière les autres ; c'était tellement agréable de n'être plus toute seule à supporter le poids de la guerre. Elle s'arrêta sur le seuil d'une des grandes portes de sortie et contempla religieusement le boulevard de Strasbourg ; il fallait s'en remplir les yeux et ramasser en sa mémoire les arbres, les boutiques closes, les autobus, les rails de tramway, les cafés qui commençaient à ouvrir et l'air fumeux du petit matin. Même s'ils lâchaient leurs bombes dans cinq minutes, dans trente secondes, ils ne pourraient pas m'enlever ça. Elle s'assura qu'elle ne laissait rien échapper, même pas la grande affiche Dubo-dubon-

dubonnet, sur la gauche et puis, tout à coup, elle fut
prise d'une petite frénésie : il fallait qu'elle entrât dans
la ville avant qu'*ils* n'arrivent. Elle bouscula deux
Bretonnes qui portaient des cages à oiseaux, elle franchit le seuil, elle posa le pied sur un vrai trottoir de
Paris. Il lui sembla qu'elle entrait dans un brasier, c'était
exaltant et sinistre. « Tout brûlera, femmes, enfants,
vieillards, je périrai dans les flammes. » Elle n'avait pas
peur : « De toute façon, j'aurais eu horreur de vieillir »;
seulement la hâte lui desséchait la gorge; il n'y avait
pas une minute à perdre : tant de choses à revoir, la
Foire aux puces, les Catacombes, Ménilmontant, et
d'autres qu'elle ne connaissait pas encore, comme le
Musée Grévin. « S'*ils* me laissaient huit jours, s'*ils* ne
venaient pas avant mardi prochain, j'aurais le temps
de tout faire. Ah! pensa-t-elle avec passion, huit jours
à vivre, je veux m'amuser plus qu'en une année entière,
je veux mourir en m'amusant. » Elle s'approcha d'un
taxi :

« 12, rue Huyghens.

— Montez.

— Vous passerez par le boulevard Saint-Michel, la
rue Auguste-Comte, la rue Vavin, la rue Delambre et
puis par la rue de la Gaîté et l'avenue du Maine.

— Ça rallonge, dit le chauffeur.

— Ça ne fait rien. »

Elle entra dans la voiture et referma la portière.
Elle avait laissé Laon derrière elle, pour toujours. Plus
jamais : nous mourrons ici. « Qu'il fait beau, pensa-t-elle,
qu'il fait beau! Cet après-midi, nous irons rue des
Rosiers et dans l'île Saint-Louis. »

« Vite, vite, cria Irène. Venez! »

Mathieu était en bras de chemise, il se peignait devant
la glace. Il posa le peigne sur la table, mit son veston
sous son bras et entra dans la chambre d'amis.

« Eh bien ? »

Irène lui montra le lit d'un geste pathétique.

« Il a caleté!

— Sans blague, dit Mathieu, sans blague! »

Il considéra un instant le lit défait, en se grattant le
crâne, et puis il éclata de rire. Irène le regarda d'un air
sérieux et étonné, mais le rire la gagna.

« Il nous a bien eus », dit Mathieu.

Il enfila son veston. Irène riait toujours.

« Rendez-vous au Dôme à sept heures.

— À sept heures », dit-elle.

Il se pencha sur elle et l'embrassa légèrement.

Ivich monta l'escalier en courant et s'arrêta sur le palier du troisième, hors d'haleine. La porte était entre-bâillée. Elle se mit à trembler. « À moins que ce ne soit la concierge ? » Elle entra : toutes les portes étaient ouvertes, toutes les lampes allumées. Dans l'antichambre, elle vit une grosse valise : « Il est là. »

« Mathieu ! »

Personne ne répondit. La cuisine était vide mais, dans la chambre à coucher, le lit était défait. « Il a passé la nuit là. » Elle entra dans le bureau, ouvrit les fenêtres et les persiennes. « Ça n'est pas si laid, pensa-t-elle attendrie, j'étais injuste. » Elle vivrait là, elle lui écrirait quatre fois par semaine ; non, cinq fois. Et puis, un beau jour, il lirait dans les journaux : « Bombardement de Paris » et il ne recevrait plus de lettres du tout. Elle tourna autour du bureau, elle toucha les livres, le presse-papier en forme de crabe. Il y avait une cigarette brisée près d'un ouvrage de Martineau sur Stendhal ; elle la prit et la mit dans son sac avec les reliques. Puis elle s'assit sagement sur le divan. Au bout d'un moment, elle entendit des pas dans l'escalier et son cœur bondit.

C'était lui. Il s'attarda un moment dans l'antichambre, puis il entra en portant sa valise. Ivich ouvrit les mains et son sac tomba sur le sol.

« Ivich ! »

Il n'avait pas l'air étonné. Il posa sa valise, ramassa le sac et le lui rendit.

« Vous êtes là depuis longtemps ? »

Elle ne répondit pas ; elle lui en voulait un peu parce qu'elle avait laissé tomber son sac. Il vint s'asseoir près d'elle. Elle ne le voyait pas. Elle voyait le tapis et le bout de ses souliers.

« J'ai de la chance, dit-il joyeusement. Une heure plus tard, vous me manquiez : je prends le train de Nancy à huit heures.

— Mais comment ? Vous partez tout de suite ? »

Elle se tut, mécontente d'elle-même et haïssant sa propre voix. Ils avaient si peu de temps, elle aurait tant voulu être simple, mais c'était plus fort qu'elle :

quand elle était restée longtemps sans voir les gens, elle ne pouvait pas les retrouver simplement. Elle s'était laissée envahir par une torpeur cotonneuse qui ressemblait à de la bouderie. Elle lui dérobait soigneusement son visage mais elle lui laissait voir son trouble; elle se sentait plus impudique que si elle l'eût regardé dans les yeux. Deux mains se tendirent vers la valise, l'ouvrirent, y prirent un réveil et le remontèrent. Mathieu se leva pour aller poser le réveil sur la table. Ivich haussa un peu les yeux et le vit, tout noir dans le contre-jour. Il vint se rasseoir; il continuait à se taire mais Ivich reprit un peu de courage. Il la regardait; elle savait qu'il la regardait. Personne, depuis trois mois, ne l'avait regardée comme il faisait en ce moment. Elle se sentait précieuse et fragile: une petite idole muette; c'était doux, agaçant et un peu douloureux[a]. Brusquement elle perçut le tic tac du réveil et elle pensa qu'il allait partir. « Je ne veux pas être fragile, je ne veux pas être une idole. » Elle fit un violent effort et parvint à se tourner vers lui. Il n'avait pas le regard qu'elle attendait.

« Vous voilà, Ivich. Vous voilà. »

Il n'avait pas l'air de penser à ce qu'il disait. Elle lui sourit tout de même mais elle était glacée de la tête aux pieds. Il ne lui rendit pas son sourire; il dit lentement :

« C'est vous... »

Il la considérait avec étonnement.

« Comment êtes-vous venue ? reprit-il sur un ton plus animé.

— Par le train. »

Elle avait appliqué ses paumes l'une contre l'autre et les serrait fortement, pour faire craquer ses phalanges.

« Je voulais dire : vos parents le savent ?

— Non.

— Vous vous êtes sauvée ?

— À peu près.

— Oui, dit-il. Oui. Eh bien, c'est parfait : vous habiterez ici. » Il ajouta avec intérêt : « Vous vous embêtiez, à Laon ? »

Elle ne répondit pas : la voix lui tombait sur la nuque, comme un couperet, froide et paisible :

« Pauvre Ivich! »

Elle commença à se tirer les cheveux par poignées.
Il reprit :

« Boris est à Biarritz ?

— Oui. »

Boris s'était levé à tâtons, il enfila son pantalon et
sa veste en frissonnant, jeta un coup d'œil sur Lola qui
dormait la bouche ouverte, ouvrit la porte sans bruit
et sortit dans le couloir, ses souliers à la main.

Ivich jeta un coup d'œil au réveil et vit qu'il était
déjà six heures vingt. Elle demanda d'une voix plaintive :

« Quelle heure est-il ?

— Six heures vingt, dit-il. Attendez : je vais mettre
quelques objets dans ma musette, ce sera vite fait ;
après, je serai tout à fait libre. »

Il s'agenouilla près de la valise. Elle le regardait,
inerte. Elle ne sentait plus son corps mais le tic tac du
réveil lui cassait les oreilles. Au bout d'un moment, il
se releva :

« Tout est prêt. »

Il restait debout, devant elle. Elle voyait son pantalon, un peu usé aux genoux.

« Écoutez bien, Ivich, dit-il doucement. Nous allons
parler de choses sérieuses : l'appartement est à vous ; la
clé est pendue au clou, près de la porte, vous habiterez
ici jusqu'à la fin de la guerre. Pour mon traitement, je
me suis arrangé : j'ai donné une procuration à Jacques,
il le touchera et vous l'enverra chaque mois. Il y aura
des petites notes à régler de temps en temps : le loyer
par exemple et puis les impôts, à moins qu'on en dégrève
les soldats — et puis vous m'enverrez bien quelquefois
un petit colis. Ce qui restera est pour vous : je crois que
vous pourrez vivre. »

Elle écoutait avec stupeur cette voix égale et monotone qui ressemblait à celle du speaker de la radio. Comment ose-t-il être si ennuyeux ? Elle ne comprenait pas
très bien ce qu'il disait mais elle imaginait nettement la
tête qu'il devait faire, demi-souriante, avec des paupières
lourdes et un air de béatitude posée. Elle le regarda
pour mieux le haïr et sa haine tomba : il n'avait pas la
tête de sa voix. Est-ce qu'il souffre ? Mais non, il ne
semblait pas malheureux. C'était un visage qu'elle ne
lui connaissait pas, voilà tout.

« Est-ce que vous m'écoutez, Ivich ? demanda-t-il en souriant.

— Certainement », dit-elle. Elle se leva : « Mathieu, je voudrais que vous me montriez la Tchécoslovaquie sur une carte.

— C'est que je n'ai pas de cartes, dit-il. Ah, si ! je dois avoir un vieil atlas. »

Il alla chercher un album cartonné, dans sa bibliothèque, il le posa sur la table, le feuilleta et l'ouvrit. « Europe centrale. » Les couleurs étaient assommantes : rien que du beige et du violet. Pas de bleu : ni mer ni océan. Ivich regarda attentivement la carte et ne découvrit pas non plus de Tchécoslovaquie.

« Il date d'avant 14, dit Mathieu.

— Et, avant 1914, il n'y avait pas de Tchécoslovaquie ?

— Non. »

Il prit son stylo et traça au milieu de la carte une courbe irrégulière et fermée.

« C'est à peu près comme ça », dit-il.

Ivich regarda cette large étendue de terre sans eau, aux couleurs tristes, ce trait d'encre noire, si déplacé, si laid auprès des caractères d'imprimerie, elle lut le mot « Bohême » à l'intérieur de la courbe et elle dit :

« Ah, c'est ça ! C'est ça la Tchécoslovaquie... »

Tout lui parut vain et elle se mit à sangloter.

« Ivich ! » dit Mathieu.

Elle se trouva brusquement à demi étendue sur le divan ; Mathieu la tenait dans ses bras. D'abord elle se raidit : « Je ne veux pas de sa pitié, je suis ridicule », mais au bout d'un moment elle se laissa aller, il n'y eut plus ni guerre, ni Tchécoslovaquie, ni Mathieu ; tout juste cette douce et chaude pression autour de ses épaules.

« Avez-vous seulement dormi, cette nuit ? demanda-t-il.

— Non, dit-elle entre deux sanglots.

— Ma pauvre petite Ivich ! Attendez. »

Il se leva et sortit ; elle l'entendait aller et venir dans la chambre voisine. Quand il revint, il avait retrouvé un peu de cet air naïf et béat qu'elle aimait :

« J'ai mis des draps propres, dit-il en s'asseyant près d'elle. Le lit est fait, vous pourrez vous coucher dès que je serai parti. »

Elle le regarda :

« Je... je ne vous accompagne pas à la gare ?

— Je croyais que vous détestiez les adieux sur le quai.

— Oh! dit-elle d'un air conciliant, pour une circonstance si pompeuse... »

Mais il secoua la tête :

« J'aime mieux m'en aller seul. Et puis il faut que vous dormiez.

— Ah! dit-elle. Ah, bon! »

Elle pensa : « Que j'étais bête! » Et elle se sentit tout d'un coup froide et verrouillée. Elle secoua énergiquement la tête, s'essuya les yeux et sourit.

« Vous avez raison, je suis trop nerveuse. C'est la fatigue : je vais me reposer. »

Il la prit par la main et la fit lever :

« Il faut que je vous fasse faire le tour du propriétaire. »

Dans sa chambre, il s'arrêta devant une armoire :

« Vous trouverez là six paires de draps, des taies d'oreillers et des couvertures. Il y a aussi un édredon quelque part, mais je ne sais pas où je l'ai mis, la concierge vous le dira. »

Il avait ouvert l'armoire et regardait les piles de linge blanc. Il se mit à rire; il n'avait pas l'air bon.

« Qu'est-ce qu'il y a ? demanda poliment Ivich.

— Tout ça, c'était à moi. C'est bouffon. »

Il se tourna vers elle.

« Je vais vous montrer aussi le garde-manger. Venez. »

Ils entrèrent dans la cuisine et il lui montra un placard.

« C'est là. Il reste de l'huile, du sel et du poivre et puis voilà des boîtes de conserve. » Il élevait les boîtes cylindriques les unes après les autres à la hauteur de ses yeux et les faisait tourner sous la lampe : « Ça c'est du saumon, ça du cassoulet, voilà trois boîtes de choucroute. Vous mettez ça au bain-marie... » Il s'arrêta et fut repris de son rire mauvais. Mais il n'ajouta rien, il regarda une boîte de petits pois, de ses yeux morts, et puis il la reposa dans le placard.

« Attention au gaz, Ivich. Il faut baisser la manette du compteur, chaque soir, avant de vous coucher. »

Ils étaient revenus dans le bureau.

« À propos, dit-il, je préviendrai la concierge, en descendant, que je vous laisse l'appartement. Elle vous enverra demain Mme Balaine. C'est ma femme de ménage, elle n'est pas désagréable.

— Balaine, dit Ivich. Quel drôle de nom. »

Elle se mit à rire et Mathieu sourit.

« Jacques ne rentre pas avant le début d'octobre, dit-il. Il faut que je vous donne un peu de sous pour vous permettre de l'attendre. »

Il y avait mille francs et deux billets de cent francs dans son portefeuille. Il prit le billet de mille francs et le lui donna.

« Merci beaucoup », dit Ivich.

Elle le prit et le garda dans sa main serrée.

« S'il arrive quoi que ce soit, appelez Jacques. Je lui écrirai que je vous confie à lui.

— Merci, répétait Ivich. Merci. Merci.

— Vous connaissez son adresse ?

— Oui, oui. Merci.

— Au revoir. » Il s'approcha d'elle : « Au revoir, ma chère Ivich. Je vous écrirai dès que j'aurai une adresse. »

Il la prit par les épaules et l'attira vers lui.

« Ma chère petite Ivich. »

Elle lui tendit docilement le front et il l'embrassa. Puis il lui serra la main et sortit. Elle l'entendit claquer la porte de l'antichambre; alors elle défroissa le billet de mille francs et regarda la vignette; puis elle le déchira en huit morceaux qu'elle jeta sur le tapis.

Un vieux colonial à la barbe fauve, une main posée sur l'épaule d'une recrue, lui désignait, de l'autre main, la côte africaine. « Engagez-vous, rengagez-vous dans l'armée coloniale. » La jeune recrue avait l'air tout à fait stupide. Il faudrait évidemment en passer par là : pendant six mois Boris aurait l'air d'une cruche. Mettons pendant trois mois : les années de guerre comptent double. « Ils me couperont ma mèche, pensa-t-il en serrant les dents. Les vaches! » Jamais il ne s'était senti plus farouchement antimilitariste. Il passa près d'une sentinelle, immobile dans une guérite. Boris lui jeta un coup d'œil sournois et le cœur lui manqua tout à coup. « Merde », pensa-t-il. Mais il était décidé, il se sentait méchant de la tête aux pieds : il entra dans la

caserne, les jambes molles. Le ciel rutilait, un vent très
léger portait jusqu'en ces faubourgs lointains l'odeur
de la mer. « Quel dommage, pensa Boris. Quel dommage qu'il fasse si beau. » Un agent faisait les cent pas
à la porte du commissariat. Philippe le regardait; il se
sentait tout à fait abandonné et il avait froid; sa joue
et sa lèvre supérieure lui faisaient mal. Ce sera un martyre
sans gloire. Sans gloire et sans joie : le cachot et puis,
un matin, le poteau, dans les fossés du donjon de Vincennes; personne ne le saurait : ils l'avaient tous repoussé.

« Le commissaire de police ? » demanda-t-il.

L'agent le regarda :

« C'est au premier. »

Je serai mon propre témoin, je ne dois plus de comptes
qu'à moi.

« Le bureau des engagements ? »

Les deux grivetons échangèrent un coup d'œil et
Boris sentit ses joues s'embraser : « J'ai bonne mine »,
pensa-t-il.

« Le bâtiment au fond de la cour, première porte à
gauche. »

Boris fit un salut négligent avec deux doigts et traversa la cour d'un pas ferme; mais il pensait : « J'ai
l'air d'un con », et il en était péniblement affecté. « Ils
doivent se marrer, pensa-t-il. Un type qui vient ici de
lui-même, sans y être forcé, ils doivent trouver ça
farce. » Philippe était debout, en pleine lumière, il
regardait dans les yeux un petit monsieur décoré, à la
mâchoire carrée, et pensait à Raskolnikoff[1].

« Vous êtes le commissaire ?

— Je suis son secrétaire », dit le monsieur.

Philippe parlait difficilement, à cause de sa lèvre
tuméfiée, mais sa voix était claire. Il avança d'un pas :

« Je suis déserteur, dit-il fermement. Et je fais usage
de faux papiers. »

Le secrétaire le dévisagea avec attention :

« Asseyez-vous donc », lui dit-il poliment.

Le taxi roulait vers la gare de l'Est.

« Vous allez être en retard, dit Irène.

— Non, dit Mathieu, mais ça sera juste. » Il ajouta
en guise d'explication : « Il y avait une fille chez moi.

— Une fille ?

— Elle venait de Laon pour me voir.

— Elle vous aime ?

— Mais non.

— Et vous, vous l'aimez ?

— Non : je lui cède mon appartement.

— C'est une bonne fille ?

— Non, dit Mathieu. Ce n'est pas une bonne fille. Mais elle n'est pas mauvaise non plus. »

Ils se turent. Le taxi traversait les Halles.

« Là, là, dit soudain Irène. C'était là.

— Oui.

— C'était hier. Bon Dieu! C'est loin... »

Elle se rejeta au fond de la voiture pour regarder par le mica.

« Fini », dit-elle en se rasseyant.

Mathieu ne répondit pas. Il pensait à Nancy : il n'y avait jamais été.

« Vous ne causez pas beaucoup, dit Irène. Mais je ne m'ennuie pas avec vous.

— J'ai trop causé autrefois », dit Mathieu avec un rire bref.

Il se tourna vers elle :

« Qu'est-ce que vous allez faire aujourd'hui ?

— Rien, dit Irène. Je ne fais jamais rien : mon vieux me sert une pension. »

Le taxi s'arrêta. Ils descendirent et Mathieu paya.

« Je n'aime pas les gares, dit Irène. C'est sinistre. »

Elle lui glissa tout à coup sa main sous le bras. Elle marchait près de lui, silencieuse et familière : il lui semblait qu'il la connaissait depuis dix ans.

« Il faut que je prenne mon billet. »

Ils traversèrent la foule. C'était une foule civile, lente et muette, avec quelques soldats.

« Vous connaissez Nancy ?

— Non, dit Mathieu.

— Moi, je connais. Dites-moi où vous allez.

— À la caserne d'aviation d'Essey-lès-Nancy.

— Je connais, dit-elle. Je connais. »

Des hommes avec des musettes faisaient la queue devant le guichet.

« Voulez-vous que j'aille vous chercher un journal pendant que vous faites la queue ?

— Non, dit-il en lui serrant le bras. Restez près de moi. »

Elle lui sourit d'un air content. Ils avancèrent, pas à pas.

« Essey-lès-Nancy. »

Il tendit son livret militaire et l'employé lui donna un ticket. Il se retourna vers elle :

« Accompagnez-moi jusqu'au portillon. Mais j'aime mieux que vous ne veniez pas sur le quai. »

Ils firent quelques pas et s'arrêtèrent.

« Alors, adieu, dit-elle.

— Adieu, dit Mathieu.

— Ça n'aura duré qu'une nuit.

— Une nuit. Oui, mais vous serez mon seul souvenir de Paris. »

Il l'embrassa. Elle lui demanda :

« Est-ce que vous m'écrirez ?

— Je ne sais pas », dit Mathieu.

Il la regarda un moment sans parler et puis il s'éloigna.

« Hé ! » lui dit-elle.

Il se retourna. Elle souriait mais ses lèvres tremblaient un peu.

« Je ne sais même pas votre nom.

— Je m'appelle Mathieu Delarue.

— Entrez. »

Il était assis dans son lit, en pyjama, toujours bien peigné, toujours beau, elle se demanda s'il ne mettait pas une résille pour la nuit. Sa chambre sentait l'eau de Cologne. Il la regarda d'un air effaré, prit rapidement ses lunettes sur la table de nuit et les mit sur son nez :

« Ivich !

— Eh bien oui ! » dit-elle avec bonhomie.

Elle s'assit sur le bord du lit et lui sourit. Le train de Nancy quittait la gare de l'Est ; à Berlin, les bombardiers venaient peut-être de s'envoler. « Je veux m'amuser ! Je veux m'amuser ! » Elle regarda autour d'elle : c'était une chambre d'hôtel, laide et cossue. La bombe traversera le toit et le plancher du sixième : c'est ici que je mourrai.

« Je ne pensais pas vous revoir, dit-il dignement.

— Pourquoi ? Parce que vous vous êtes conduit comme un goujat !

— On avait bu, dit-il.

— J'avais bu parce que je venais d'apprendre que j'étais collée au P. C. B. Mais vous, vous n'aviez pas bu : vous vouliez m'emmener dans votre chambre; vous me guettiez. »

Il était complètement désorienté.

« Eh bien m'y voilà, dans votre chambre, dit-elle. Alors ? »

Il devint écarlate :

« Ivich! »

Elle lui rit au nez :

« Vous n'avez pas l'air bien redoutable. »

Il y eut un long silence et puis une main maladroite effleura sa taille. Les bombardiers avaient franchi la frontière. Elle riait aux larmes : « De toute façon, je ne mourrai pas vierge. »

« Cette place est libre ?

— Hon! » fit le gros vieillard.

Mathieu posa sa musette dans le filet et s'assit. Le compartiment était plein; Mathieu tenta de regarder ses compagnons de voyage mais il faisait encore sombre. Il demeura immobile un instant et puis il y eut une brusque secousse et le train s'ébranla. Mathieu eut un sursaut de joie : c'était fini. Demain, Nancy, la guerre, la peur, la mort peut-être, la liberté. « Nous allons voir, dit-il. Nous allons voir. » Il mit la main à sa poche pour prendre sa pipe et une enveloppe se froissa sous ses doigts : c'était la lettre de Daniel. Il eut envie de la remettre dans sa poche mais une sorte de pudeur l'en empêcha : il fallait tout de même la lire. Il bourra sa pipe, l'alluma, fit sauter l'enveloppe et en sortit sept feuillets couverts d'une écriture égale et serrée, sans ratures. « Il a fait un brouillon. Qu'elle est longue », pensa-t-il avec ennui. Le train était heureusement sorti de la gare, on y voyait plus clair. Il lut :

Mon cher Mathieu.

J'imagine trop bien ta stupeur pour ne pas ressentir profondément à quel point cette lettre est inopportune. Au reste, je ne sais pas bien moi-même pourquoi je m'adresse à toi : il faut supposer que, comme celle du crime, la voie des confidences est une pente savonneuse. Quand je t'ai révélé, en juin dernier, un aspect pittoresque de ma nature, peut-être ai-je fait de toi,

*à mon insu, mon témoin d'élection. J'en serais au regret, car
s'il était vrai que je dusse faire estampiller par toi tous les
événements de ma vie, je serais contraint de te vouer une haine
active, ce qui ne laisserait pas d'être fatigant pour moi et pour
toi nuisible. Tu penses bien que j'écris ceci en* riant. *Depuis
quelques jours, je connais une légèreté de plomb — si cette
alliance de mots ne te fait pas peur — et le Rire m'a donné
comme une grâce supplémentaire. Mais laissons cela, puisque,
aussi bien, ce n'est pas l'ordinaire de ma vie que je vais te
retracer, mais une aventure* extraordinaire. *Sans doute ne me
semblera-t-elle tout à fait réelle que lorsqu'elle existera aussi
pour d'autres. Ce n'est pas que je compte beaucoup sur ta foi,
ni même, peut-être, sur ta bonne foi. Le rationalisme qui,
depuis plus de dix ans, est ton gagne-pain, si je te demande de
le mettre un instant de côté pour me suivre, je doute que tu
consentes à t'en départir. Mais peut-être ai-je justement choisi
de communiquer cette expérience inouïe à celui de mes amis qui
fût le moins propre à l'entendre; peut-être ai-je vu là quelque
chose comme une contre-épreuve. Non que je te demande une
réponse : il me serait désagréable que tu te croies obligé de
m'écrire ces exhortations au bon sens que — fais-moi l'honneur
de le croire — je n'ai pas manqué de m'adresser de vive voix.
Il faut même que je te l'avoue : c'est lorsque je pense au bon sens,
à la saine raison, aux sciences positives que, le plus souvent, la
manne du rire descend sur moi. J'imagine d'ailleurs que Marcelle serait peinée si elle trouvait une lettre de toi dans mon
courrier. Elle croirait surprendre une correspondance clandestine et peut-être, te connaissant comme elle te connaît,
s'imaginerait-elle que tu te mets généreusement à mon service,
pour guider mes premiers pas dans la vie conjugale. Mais voici
pourquoi ton silence peut me servir de contre-épreuve : s'il
m'est possible d'imaginer ton « hideux sourire*[1] *» sans en être
troublé et de concevoir l'ironie inavouée avec laquelle tu envi-
sageras mon « cas » sans abandonner la voie exceptionnelle
que j'ai choisie, j'aurai gagné la certitude que je suis dans le
droit chemin. J'ajoute, pour éviter tout malentendu, et en
remerciant le fin psychologue de ses bons offices, que cette fois-ci,
c'est au philosophe que je m'adresse, car il convient de situer
le récit que je t'envoie sur le plan métaphysique. Tu jugeras
sans doute que c'est bien de la prétention puisque je n'ai lu ni
Hegel ni Schopenhauer; mais ne t'en formalise pas : je ne serais
certes pas capable de fixer par des notions les mouvements
actuels de mon esprit et je t'en laisse le soin, puisque c'est ton*

métier; je me contenterai de vivre, à l'aveuglette, ce que vous autres, les clairvoyants, vous concevez. Toutefois, je ne pense pas que tu cèdes si facilement : ce rire, ces angoisses, ces intuitions fulgurantes, il est malheureusement bien vraisemblable que tu te croiras obligé de les classer parmi les « états » psychologiques et de les expliquer par mon caractère et mes mœurs, en abusant des confidences que je me suis laissé aller à te faire. Cela ne me regarde pas : ce qui a été dit reste dit; tu es donc libre de t'en servir à ton gré, même si c'est pour commettre à mon sujet des erreurs monumentales. Je t'avouerai même que c'est avec un plaisir secret que je me dispose à te donner tous les renseignements nécessaires pour reconstituer la vérité, tout en sachant que tu les utiliseras pour t'enfoncer délibérément dans l'erreur.

Venons aux faits. Ici le rire me fait tomber la plume des mains. Pleurs de rire[1]! Ce que je n'aborde qu'en tremblant, ce dont je ne me suis jamais parlé à moi-même, par pudeur autant que par respect, je vais le monnayer en mots publics et ces mots, c'est à toi que je les adresse, ils resteront sur ces feuillets bleus et tu pourras encore, dans dix ans, les relire pour t'égayer. Il me semble que je commets un sacrilège contre moi-même; et certes c'est le plus inexcusable; mais j'ai entrevu aussi ceci, que je te livre avec le reste : le sacrilège fait rire. Ce que j'aime le plus ne me serait pas tout à fait cher, si, une fois au moins, je n'en avais ri. Eh bien, je t'aurai fait rire de ma foi nouvelle; je porterai en moi une certitude humiliée qui te dépassera de toute son immensité et qui sera pourtant entre tes mains tout entière; ce qui m'écrase ici sera rapetissé là-bas à la mesure de ton indignité. Sache donc, si tu t'égayes à la lecture de cette lettre, que je t'ai devancé : je ris, Mathieu, je ris; le Dieu fait homme, dépassant tous les hommes et moqué par tous, pendant à la croix, la bouche ouverte, verdi, plus muet qu'une carpe sous les sarcasmes, quoi de plus risible; va, va, tu auras beau faire, les plus douces larmes de rire ne couleront pas sur tes joues.

Voyons donc ce que les mots peuvent faire. Me comprendras-tu d'abord, si je te dis que je n'ai jamais su ce que je suis ? Mes vices, mes vertus, j'ai le nez dessus, je ne puis les voir, ni prendre assez de recul pour me considérer d'ensemble. Et puis j'ai je ne sais quel sentiment d'être une matière molle et mouvante où les mots s'enlisent; à peine ai-je tenté de me nommer, que déjà celui qui est nommé s'est confondu avec celui qui nomme et tout est remis en question. J'ai souvent souhaité me

*haïr, tu sais que j'avais pour cela de bonnes raisons. Mais
cette haine, dès que je l'essayais sur moi, se noyait dans mon
inconsistance, ce n'était déjà plus qu'un souvenir. Je ne pouvais
pas m'aimer non plus — j'en suis sûr, bien que je ne l'aie
jamais tenté. Mais il fallait éternellement que je me sois;
j'étais mon propre fardeau. Pas assez lourd, Mathieu, jamais
assez lourd. Un instant, en ce soir de juin où il m'a plu de me
confesser à toi, j'ai cru me toucher dans tes yeux effarés. Tu
me voyais, dans tes yeux j'étais solide et prévisible; mes actes
et mes humeurs n'étaient plus que les conséquences d'une essence
fixe. Cette essence c'est par moi que tu la connaissais, je te
l'avais décrite avec mes mots, je t'avais révélé des faits que tu
ignorais et qui t'avaient permis de l'entrevoir. Pourtant c'est
toi qui la voyais et moi je te voyais seulement la voir. Un instant tu as été le médiateur entre moi et moi-même, le plus
précieux du monde à mes yeux puisque cet être solide et dense
que j'étais, que je voulais être, tu le percevais aussi simplement,
aussi communément que je te percevais. Car enfin, j'existe,
je suis, même si je ne me sens pas être; et c'est un rare supplice
que de trouver en soi une telle certitude sans le moindre fondement, un tel orgueil sans matière. J'ai compris alors qu'on
ne pouvait s'atteindre que par le jugement d'un autre, par la
haine d'un autre. Par l'amour d'un autre aussi, peut-être;
mais il n'en est pas question ici. De cette révélation, je t'ai
gardé une gratitude mitigée. Je ne sais de quel nom tu appelles
aujourd'hui nos rapports. Ce n'est pas l'amitié, ni tout à fait
la haine. Disons qu'il y a un cadavre entre nous. Mon cadavre.*

*J'étais encore dans ces dispositions d'esprit lorsque je partis
à Sauveterre avec Marcelle. Tantôt je voulais te rejoindre et
tantôt je rêvais de te tuer. Mais un beau jour je me suis avisé
de la réciprocité de nos relations. Que serais-tu sans moi,
sinon cette même espèce d'inconsistance que je suis pour moi-
même? C'est par mon intercession que tu peux te deviner
parfois — non sans quelque exaspération — tel que tu es :
un rationaliste un peu court, très assuré en apparence, au
fond bien incertain, plein de bonne volonté pour tout ce qui est
naturellement du ressort de ta raison, aveugle et menteur pour
tout le reste; raisonneur par prudence, sentimental par goût, fort
peu sensuel; bref un intellectuel mesuré, modéré, fruit délicieux
de nos classes moyennes. S'il est vrai que je ne puis m'atteindre
sans ton intercession, la mienne t'est nécessaire si tu veux te
connaître. Je nous ai vus alors, étayant nos deux néants l'un
par l'autre et pour la première fois j'ai ri de ce rire profond*

et comblé qui brûle tout ; puis je suis retombé dans une sorte d'indifférence assez noire, d'autant que le sacrifice que j'avais fait en ce même mois de juin et qui m'apparaissait alors comme une expiation douloureuse, s'était révélé à la longue comme horriblement supportable. *Mais ici je dois me taire : je ne puis parler de Marcelle sans rire, et par un souci de décence que tu apprécieras, je ne veux pas rire d'elle avec toi. C'est alors que m'est échue la* chance *la plus improbable et la plus folle. Dieu me voit, Mathieu ; je le sens, je le sais. Voilà : tout est dit d'un seul coup ; que je voudrais donc être près de toi et puiser une certitude plus forte, s'il est possible, dans le spectacle du rire épais qui va t'agiter pendant un bon moment.*

À présent c'est assez. Nous avons assez ri l'un de l'autre : je reprends mon récit. Tu as certainement éprouvé, en métro, dans le foyer d'un théâtre, en wagon, l'impression soudaine et insupportable d'être épié par-derrière. Tu te retournes mais déjà le curieux a plongé le nez dans son livre ; tu ne peux arriver à savoir qui *t'observait. Tu retournes à ta position première, mais tu sais que l'inconnu vient de relever les yeux, tu le sens à un léger fourmillement de tout ton dos, comparable à un resserrement violent et rapide de tous tes tissus. Eh bien, voilà ce que j'ai ressenti pour la première fois, le 26 septembre, à trois heures de l'après-midi, dans le parc de l'hôtel. Et il n'y avait personne, entends-tu, Mathieu, personne. Mais le regard était là. Comprends-moi bien : je ne l'ai pas* saisi, *comme on happe au passage un profil, un front ou des yeux ; car son caractère propre, c'est d'être* insaisissable. *Seulement je me suis resserré, rassemblé j'étais à la fois transpercé et opaque, j'existais* en présence *d'un regard. Depuis, je n'ai pas cessé d'être devant témoin. Devant témoin, même dans ma chambre close : quelquefois, la conscience d'être traversé par ce glaive, de dormir devant témoin, me réveillait en sursaut. Pour tout dire, j'ai presque complètement perdu le sommeil. Ah ! Mathieu, quelle découverte : on me voyait[1], je m'agitais pour me connaître, je croyais m'écouler par tous les bouts, je réclamais ton intercession bienveillante et, pendant ce temps-là, on me voyait, le regard était là, inaltérable, un invisible acier. Et toi aussi, rieur incrédule, on te voit. Mais tu ne le sais pas. Te dire ce qu'est le Regard me sera bien facile : car il n'est rien ; c'est une absence ; tiens : imagine la nuit la plus obscure. C'est la nuit qui te regarde. Mais une nuit éblouissante ; la nuit en pleine lumière ; la nuit secrète du jour[2]. Je ruisselle de lumière noire ; il y en a partout sur mes mains, sur mes*

*yeux, dans mon cœur et je ne la vois pas. Crois bien que ce
viol perpétuel m'a d'abord été odieux : tu sais que mon plus
ancien rêve, c'était d'être invisible ; j'ai cent fois souhaité de
ne laisser aucune trace, ni sur terre ni dans les cœurs. Quelle
angoisse de découvrir soudain ce regard comme un milieu universel d'où je ne puis m'évader. Mais quel repos, aussi. Je
sais enfin que je suis. Je transforme à mon usage et pour ta
plus grande indignation le mot imbécile et criminel de votre
prophète, ce « je pense donc je suis » qui m'a tant fait souffrir
— car plus je pensais, moins il me semblait être — et je dis :
on me voit, donc je suis*[1]. *Je n'ai plus à supporter la responsabilité de mon écoulement pâteux : celui qui me voit me fait
être ; je suis comme il me voit. Je tourne vers la nuit ma face
nocturne et éternelle, je me dresse comme un défi, je dis à Dieu :
me voilà. Me voilà tel que vous me voyez, tel que je suis.
Qu'y puis-je : vous me connaissez et je ne me connais pas.
Qu'ai-je à faire sinon à me supporter ? Et vous, dont le
regard me fuit éternellement, supportez-moi. Mathieu, quelle
joie, quel supplice ! Je suis enfin changé en moi-même. On me
hait, on me méprise, on me supporte, une présence me soutient
à l'être pour toujours. Je suis infini et infiniment coupable*[2].
*Mais je suis, Mathieu, je suis. Devant Dieu et devant les
hommes, je suis. Ecce homo.*

*Je suis allé voir le curé de Sauveterre. C'est un paysan
instruit et matois, au visage usé et mobile de vieux comédien.
Il ne me plaît guère mais il ne m'était pas désagréable que
mon premier contact avec l'Église se fît par son intermédiaire.
Il m'a reçu dans un bureau garni d'une foule de livres qu'il
n'a sûrement pas tous lus. D'abord, je lui ai donné mille
francs pour ses pauvres et j'ai vu qu'il me prenait pour un
criminel repenti. J'ai senti que j'allais rire et j'ai dû envisager
tout le tragique de ma situation pour conserver mon sérieux :*

*« Monsieur le curé, lui ai-je dit, je ne souhaite qu'un rensei-
gnement : votre religion enseigne-t-elle que Dieu nous voit ?*

— Il nous voit, répondit-il étonné. Il lit dans nos cœurs.

*— Mais qu'y voit-il ? ai-je demandé. Voit-il cette mousse,
cette écume dont sont faites mes pensées quotidiennes ou bien
son regard atteint-il notre essence éternelle ? »*

*Et le vieux roublard m'a fait cette réponse, où j'ai reconnu
une sagesse séculaire :*

« Monsieur, Dieu voit tout. »

J'ai compris que...

Mathieu froissa les feuillets avec impatience. « Quelles vieilleries! » pensa-t-il. La glace était baissée, il roula la lettre en boule et la jeta par la fenêtre, sans lire davantage.

« Non, non, dit le commissaire, prenez l'appareil : je n'aime pas parler à ces officiers supérieurs; ils vous prennent pour leurs larbins.

— J'imagine que celui-ci sera plus aimable, dit le secrétaire. Après tout nous lui rendons son fils; et puis il est dans son tort, en somme : il n'avait qu'à mieux le surveiller...

— Vous verrez, vous verrez, dit le commissaire, il s'arrangera pour être déplaisant. Surtout dans les circonstances présentes : la veille d'une guerre, vous pouvez toujours essayer de faire reconnaître à un général qu'il est dans son tort. »

Le secrétaire prit le téléphone et composa le numéro. Le commissaire alluma une cigarette :

« Du doigté, Mirant, dit-il. Ne quittez pas le ton professionnel et ne parlez pas trop.

— Allô, dit le secrétaire, allô ? Le général Lacaze ?

— Oui, dit une voix désagréable. Qu'est-ce que vous me voulez ?

— Je suis le secrétaire du commissariat de la rue Delambre. »

La voix parut marquer un peu plus d'intérêt :

« Oui. Eh bien ?

— Un jeune homme s'est présenté à mon bureau vers huit heures, ce matin », dit le secrétaire d'une voix neutre et languissante. « Il prétendait être déserteur et porteur de faux papiers. Nous avons en effet trouvé sur lui un passeport espagnol grossièrement imité. Il s'est refusé à décliner son identité véritable. Mais la préfecture nous avait communiqué le signalement et les photos de votre beau-fils et nous l'avons reconnu tout de suite. »

Il y eut un silence et le secrétaire reprit, un peu déconcerté :

« Bien entendu, mon général, il n'y a aucune charge à retenir contre lui. Il n'est pas déserteur puisqu'il n'a pas été appelé sous les drapeaux; il promène dans ses poches un faux passeport, mais cela ne constitue pas un délit, puisqu'il n'a pas eu l'occasion d'en faire usage. Nous l'avons gardé à votre disposition et vous pourrez venir le chercher quand il vous plaira.

« — L'avez-vous passé à tabac ? » demanda la voix sèche.

Le secrétaire sursauta :

« Qu'est-ce qu'il dit ? » demanda le commissaire.

Le secrétaire voila l'appareil de la main.

« Il demande si nous l'avons passé à tabac. »

Le commissaire leva les bras au ciel, pendant que le secrétaire répondait :

« Non, mon général. Non, bien entendu.

— Dommage », dit le général.

Le secrétaire se permit un rire respectueux.

« Qu'est-ce qu'il a dit ? » demanda le commissaire. Mais le secrétaire impatienté lui tourna le dos et se pencha sur l'appareil.

« Je viendrai ce soir ou demain. D'ici là, gardez-le au poste ; ça lui sera une leçon.

— Bien, mon général. »

Le général raccrocha.

« Qu'est-ce qu'il disait ? demanda le commissaire.

— Il voulait qu'on passe le gosse à tabac. »

Le commissaire écrasa sa cigarette dans le cendrier.

« Tu parles ! » dit-il avec ironie.

Dix-huit heures trente. Le soleil sur la mer, il n'en finissait pas de descendre, ni les guêpes de bourdonner ni la guerre de se rapprocher ; elle chassa une guêpe d'un geste qui n'en finissait pas ; Jacques, derrière elle, n'en finissait pas de boire à petites gorgées son whisky. Elle pensa : « La vie est interminable. » Père, mère, frères, oncles et tantes, quinze années de suite, s'étaient réunis dans ce salon par les belles après-midi de septembre, raides et muets comme des portraits de famille ; elle avait attendu le dîner, toutes les après-midi, d'abord sous les tables, ensuite sur une petite chaise, en cousant, en se demandant à quoi bon vivre. Elles étaient toutes là, toutes les après-midi perdues, dans l'or roux de cette heure vaine. Père était là, derrière elle, il lisait *Le Temps*. À quoi bon vivre ? À quoi bon vivre ? Une mouche grimpait maladroitement le long de la vitre, dégringolait, remontait encore ; Odette la suivait des yeux, elle avait envie de pleurer.

« Viens t'asseoir, dit Jacques. Daladier va parler. »

Elle se tourna vers lui : il avait mal dormi ; il était assis dans le fauteuil de cuir, avec l'air enfantin qu'il prenait quand il avait peur. Elle s'assit sur le bras du fauteuil. Tous les jours seront pareils. Tous les jours. Elle regarda au-dehors et pensa : « Il avait raison, la mer a changé. »

« Qu'est-ce qu'il va dire ? »

Jacques haussa les épaules :

« Il va nous annoncer que la guerre est déclarée. »

Elle reçut une petite secousse, mais pas plus forte que ça. Quinze nuits. Pendant quinze nuits d'angoisse, elle avait supplié dans le vide; elle aurait tout donné, sa maison, sa santé, dix ans de vie pour sauver la paix. Mais qu'elle éclate, bon Dieu! qu'elle éclate, à présent, la guerre. Qu'il arrive enfin quelque chose : que la cloche du dîner sonne, que la foudre tombe sur la mer, qu'une voix sombre annonce tout à coup : les Allemands sont entrés en Tchécoslovaquie. Une mouche. Une mouche noyée au fond d'une tasse; elle se laissait noyer par cette calme après-midi de catastrophe; elle regardait les cheveux clairsemés de son mari et elle ne comprenait plus très bien pourquoi ça valait la peine de préserver les hommes de la mort et leurs maisons de la ruine. Jacques posa son verre sur la console. Il dit tristement :

« C'est la fin.

— La fin de quoi ?

— De tout. Je ne sais même plus ce qu'il faut souhaiter, de la victoire ou de la défaite.

— Oh! dit-elle mollement.

— Battus, nous serons germanisés; mais je te jure que les Allemands sauront rétablir l'ordre. Communistes, juifs et francs-maçons n'auront plus qu'à faire leurs valises. Vainqueurs, nous serons bolchevisés, c'est le triomphe du Frente Crapular, l'anarchie, pis peut-être... Ah! reprit-il d'une voix plaintive, il ne fallait pas la déclarer, cette guerre, il ne fallait pas la déclarer! »

Elle n'écoutait pas trop ce qu'il lui disait. Elle pensait : « Il a peur, il est méchant, il est seul. » Elle se pencha sur lui et lui caressa les cheveux. « Mon pauvre petit Jacques. »

« Mon cher petit Boris. »

Elle lui souriait, elle avait l'air bien honnête, Boris eut le cœur transpercé par les remords, il faudrait tout de même que je le lui dise.

« C'est bête, reprit Lola, je suis énervée, j'ai envie de

savoir ce qu'il va nous raconter, mais, tu comprends, ça n'est tout de même pas comme si tu allais partir tout de suite. »

Boris regarda ses pieds et se mit à siffloter. Il valait mieux faire semblant de n'avoir pas entendu, sans ça elle l'accuserait d'hypocrisie, par-dessus le marché. De minute en minute, ça devenait plus difficile. Elle prendrait sa pauvre vieille mine effarée, elle lui dirait : « Tu as fait ça ! Tu as fait ça et tu ne m'en as pas dit un mot ? » « Je ne me vois pas frais », conclut-il.

« Donnez-moi un Martini, dit Lola. Et toi, qu'est-ce que tu prends ?

— Pareil. »

Il se remit à siffloter. Après l'allocution de Daladier, il se présenterait peut-être une occasion : elle apprendrait que la guerre était déclarée, ça l'étourdirait tout de même un peu ; alors Boris foncerait, il lui dirait : « Je me suis engagé ! » sans lui laisser le temps de reprendre son souffle. Il y avait des cas où l'excès de malheur provoquait des réactions inattendues : le rire, par exemple ; ça serait marrant si elle se mettait à rire. « Je serais tout de même un peu vexé », se dit-il avec objectivité. Tous les clients de l'hôtel étaient réunis dans le hall, même les deux curés. Ils s'enfonçaient dans leurs fauteuils et prenaient des airs confortables parce qu'ils se sentaient observés, mais ils n'en menaient pas large et Boris en avait surpris plus d'un en train de regarder sournoisement la pendule. Ça va ! Ça va ! vous avez encore une demi-heure à attendre. Boris était mécontent, il n'aimait pas Daladier et ça l'écœurait de penser qu'il y avait comme ça dans toute la France des centaines de milliers de couples, de familles nombreuses et de curés prêts à recueillir comme une manne céleste la parole de ce type qui avait torpillé le Front populaire[1]. « Ça lui donne trop d'importance », pensa-t-il. Et, se tournant vers l'appareil de T. S. F., il bâilla ostensiblement.

Il faisait chaud et soif, il y en avait trois qui dormaient : les deux près du couloir et le petit vieux, mains jointes, qui avait l'air de prier ; les quatre autres avaient étalé un mouchoir sur leurs genoux et jouaient aux cartes. Ils étaient jeunes et pas trop laids, ils avaient accroché aux filets leurs vestons qui se balançaient derrière leurs nuques et leur ébouriffaient les cheveux au passage. De temps en temps, Mathieu regardait du coin de l'œil les avant-bras bruns et frisés de son voisin, un petit blond dont les mains aux larges ongles noirs maniaient les cartes avec dextérité. Il était typo ; le type, à côté de lui, c'était un serrurier. Des deux autres, sur la banquette d'en face, l'un, le plus proche de Mathieu, était représentant et l'autre jouait du violon dans un café de Bois-Colombes. Le compartiment sentait l'homme, le tabac et le vin, la sueur coulait sur leurs durs visages, les modelait et les faisait reluire ; sur le menton bringuebalant du petit vieux, entre les chaumes raides et blancs de ses joues, elle avait l'air plus huileuse et plus âcre : un excrément de la face. De l'autre côté de la fenêtre, sous un mauvais soleil, un champ gris et plat s'étirait.

Le typo n'avait pas de chance ; il perdait ; il se penchait sur le jeu en arquant les sourcils d'un air surpris et buté :

« Ah mais alors ! » disait-il.

Le représentant ramassa prestement les cartes et les battit. Le typo les suivait du regard quand elles passaient d'une main à l'autre.

« Je suis pas verni », dit-il avec rancune.

Ils jouèrent en silence. Au bout d'un moment, le typo fit un pli.

« Atout ! dit-il d'un air de triomphe. Ah ! ça va peut-être changer un petit peu, les enfants ! Je vais peut-être m'énerver un petit peu ! »

Mais déjà le représentant étalait son jeu : « Atout, atout et ratatout. Pas d'histoires : la reine mère n'en veut pas. »

Le typo repoussa ses cartes.

« Je ne joue plus : je perds trop.

— T'as raison, dit le serrurier. Et puis on est trop secoué. »

Le représentant plia le mouchoir et le mit dans sa poche. C'était un grand et gros homme au teint pâle, avec une tête flasque de grenouille, aux mâchoires larges, au crâne étroit. Les trois autres lui disaient « vous », parce qu'il avait de l'instruction et qu'il était sergent. Mais il les tutoyait. Il jeta un regard malveillant sur Mathieu et se leva en chancelant :

« Je vais boire un coup.

— Ça, c'est une idée. »

Le serrurier et le typo sortirent des bouteilles de leurs
musettes; le serrurier but au goulot et tendit son litre au
violoniste :

« Un coup de picrate ?

— Pas tout de suite.

— Tu ne sais pas ce qui est bon. »

Ils se turent, accablés de chaleur. Le serrurier gonfla
ses joues et soupira doucement, le représentant alluma
une High-life[1]. Mathieu pensait : « Ils ne m'aiment pas,
ils me trouvent fier. » Pourtant, il se sentait attiré par
eux, même par les dormeurs, même par le représentant :
ils bâillaient, ils dormaient, ils jouaient aux cartes, le roulis ballottait leurs têtes vides mais ils avaient un destin,
comme les rois, comme les morts. Un destin écrasant qui
se confondait avec la chaleur, la fatigue et le bourdonnement des mouches : le wagon, clos comme une étuve,
barricadé par le soleil, par la vitesse, les emportait en
cahotant vers la même aventure. Un éclat de lumière
ourlait l'oreille écarlate du typo; le lobe, on aurait dit
une fraise de sang[2] : « C'est avec ça qu'on fait la guerre »,
pensa Mathieu. Jusque-là, elle lui était apparue comme
un enchevêtrement d'acier tordu, de poutres brisées, de
fonte et de pierre. À présent, le sang tremblait dans les
rayons du soleil, une clarté rousse avait envahi le wagon :
la guerre c'était un destin de sang; on la ferait avec le
sang de ces six hommes, avec le sang qui stagnait dans le
lobe de leurs oreilles, avec le sang qui courait bleu sous
leur peau, avec le sang de leurs lèvres. On les fendrait
comme des outres, toutes les ordures sauteraient au-
dehors; les intestins farceurs du serrurier, qui glougloutaient et parfois lâchaient un pet sourd, ils traîneraient
dans la poussière, tragiques comme ceux du cheval éventré dans l'arène.

« Eh ben! je vais me dégourdir les jambes », dit le
typo, comme pour lui-même. Mathieu le regarda se lever
et gagner le couloir : déjà cette phrase était *historique*.
Un mort l'avait prononcée à mi-voix, un jour d'été, de
son vivant. Un mort ou, ce qui revenait au même, un
survivant. Des morts — déjà des morts. Voilà pourquoi
je n'ai rien à leur dire. Il les regardait avec une sorte de
vertige, il aurait voulu être engagé dans leur grande
aventure historique, mais il en était exclu. Il croupissait
dans leur chaleur, il saignerait sur les mêmes chemins et

pourtant il n'était pas avec eux, il n'était qu'un halo pâle et éternel : il n'avait pas de destin.

Le typo qui fumait dans le couloir se tourna tout à coup vers eux.

« Y a des avions.

— Ah ? »

Le représentant se baissa. Sa poitrine touchait ses grosses cuisses et il relevait la tête et les sourcils.

« Où ça ?

— Là, là! Des chiées.

— Je... Ah! Oh!... Oh! dis donc, fit le serrurier.

— Ce sont des Français ? » demanda le violoniste en levant vers le typo ses beaux yeux égarés.

« Ils sont trop haut, on ne voit pas.

— Bien sûr que ce sont des Français, dit le serrurier. Qu'est-ce que tu veux que ce soit ? La guerre n'est pas déclarée. »

Le typo se pencha vers eux en se retenant des deux mains à l'encadrement de la portière.

« Qu'est-ce que t'en sais ? Voilà onze heures que tu roules. Tu crois peut-être qu'ils attendront que t'arrives pour la déclarer. »

Le serrurier parut frappé :

« Merde, dit-il. T'as raison, petit cheval. Dites, les gars, on est peut-être en guerre depuis le matin. »

Ils se tournèrent vers le représentant :

« Qu'est-ce que vous en dites ? Vous le croyez, vous, qu'on est en guerre ? »

Le représentant avait l'air paisible. Il haussa superbement les épaules :

« Qu'est-ce que vous imaginez ? Qu'on irait se battre pour la Tchécoslovaquie ? Vous l'avez regardée sur une carte, la Tchécoslovaquie ? Non ? Ben moi, je l'ai regardée. Et plus d'un coup. De la merde, que c'est. Et grand comme un mouchoir de poche. Il y a peut-être là-bas deux pauvres millions d'hommes et qui ne parlent même pas la même langue. Vous parlez s'il s'en tamponne le coquillard, Hitler, de la Tchécoslovaquie. Et Daladier ? D'abord Daladier, c'est pas Daladier : c'est les deux cents familles. Et elles s'en barbouillent, les deux cents familles, de la Tchécoslovaquie. »

Il parcourut du regard son auditoire et conclut :

« La vérité c'est que ça bougeait chez nous et chez eux

depuis 36. Alors qu'est-ce qu'ils ont fait les Chamberlain, les Hitler, les Daladier ? Ils se sont dit : " On va les
boucler, ces gens-là " ; et ils ont passé un bon petit traité
secret. Hitler, son grand truc, quand les ouvriers rous-
pètent, c'est de les foutre sous les drapeaux. Comme ça,
motus, bouche cousue. Tu rouscailles ? Deux heures
d'exercice. Tu rouscailles encore ? On t'en foutra six.
Après ça, les gars sont sur les genoux, ils ne pensent plus
qu'à se pieuter. Ben, les autres ministres, ils se sont dit :
" On va faire comme lui. " Alors voilà : pas plus de guerre
que de beurre aux fesses. Ni pour la Tchécoslovaquie
ni pour le Grand Turc. Seulement nous, on est mobilisés,
on va tirer trois ans, quatre ans et pendant ce temps-là,
à l'arrière, ils casseront les reins du prolétariat. »

Ils le regardaient d'un air incertain ; ils n'étaient pas
convaincus ou peut-être qu'ils n'avaient pas compris. Le
serrurier dit d'un air vague :

« Ce qui est sûr, c'est que c'est les gros qui cassent les
verres et que c'est les petits qui les payent. »

Le violoniste hocha la tête d'un air approbateur et ils
retombèrent dans le silence, le typo se retourna et colla
son front à une des grandes glaces du couloir. « Évidemment, se dit Mathieu, ils ne sont pas très chauds pour
se battre. » Il pensait aux types de 14, avec leurs grandes
gueules ouvertes et leurs fusils fleuris. Et puis après ? Ce
sont ceux-là qui ont raison. Ils parlent par proverbe mais
les mots les trahissent, il y a quelque chose dans leur tête
qui ne peut s'exprimer par les mots. Leurs pères ont fait
un massacre absurde et voilà vingt ans qu'on leur
explique que la guerre ne paie pas. Après ça, est-ce qu'on
voudrait qu'ils crient : « À Berlin! » D'ailleurs tout ce
qu'ils disaient, tout ce qu'ils pensaient n'avait aucune
importance : de petits scintillements furtifs en marge de
de leur destin. On dirait bientôt : les soldats de 38 —
comme on disait : les soldats de l'an II, les poilus de 14.
Ils creuseraient leurs trous comme les autres, ni mieux ni
plus mal, et puis ils se coucheraient dedans, parce que
c'était leur lot. « Et *toi* ? pensa-t-il brusquement. Toi qui
te fais leur témoin, sans que personne te le demande, qui
es-tu ? Que feras-tu ? Et si tu en réchappes, qui seras-tu ? »

Le typo cogna au carreau.

« Ils sont toujours là.

— Qui ? demanda le violoniste en sursautant.

« — Les avions. Ils tournent autour du train.
— Ils tournent ? T'es pas sinoque ?
— Je ne les vois pas, non ?
— Mais dites donc! dit le serrurier. Mais dites donc! »
Le petit vieux s'était réveillé :
« Qu'est-ce qu'il y a ? demanda-t-il, en mettant sa main en cornet devant son oreille.
— Des avions.
— Ah! des avions! »
Il sourit aux anges et se rendormit.
« Venez donc! dit le typo. Venez donc! Ils sont peut-être trente. J'en avais jamais tant vu depuis Villacoublay[1]. »
Le serrurier et le représentant s'étaient levés. Mathieu les suivit dans le couloir. Il vit une vingtaine de petites bêtes transparentes, des crevettes dans l'eau du ciel. Elles semblaient exister par intermittence : quand elles n'étaient pas dans le soleil, elles s'effaçaient.
« Si c'étaient des Frisés ?
— Parle pas de malheur. On serait bons. Tu parles d'une cible. »
Il y avait une vingtaine de types dans le couloir à présent, le nez en l'air.
« Ça m'a l'air sérieux », dit le représentant.
Ils avaient l'air nerveux. Un type tambourinait contre la glace; il y en avait un autre qui battait la mesure avec son pied. L'escadrille prit un virage aigu et disparut au-dessus du train.
« Ouf! dit une voix.
— Attendez, dit le typo. Attendez! Ils ont déjà fait le coup, je vous dis qu'ils tournent au-dessus du train.
— Les v'là! Les v'là! »
Un grand gaillard moustachu avait baissé une glace et se penchait à la renverse, par la portière. Les avions avaient réapparu, il y en avait un qui laissait derrière lui un sillage blanc.
« Ce sont des Fridolins, dit le moustachu en se redressant.
— Il y a des chances. »
Derrière Mathieu, le violoniste se dressa brusquement; il se mit à secouer les deux dormeurs.
« Ce qu'il a fait ? » demanda l'un d'eux pâteusement, en entrouvrant des yeux roses.

« La guerre est déclarée, dit le violoniste. Ça va péter : il y a des avions boches au-dessus du train. »

Lola serra nerveusement le poignet de Boris.

« Écoute, lui dit-elle, écoute. »

Jacques était devenu tout pâle :

« Écoute, dit-il, il va parler. »

C'était une voix lente, basse et sourde, qui nasillait un peu :

« J'avais annoncé que je ferais ce soir une communication au pays sur la situation internationale, mais j'ai été saisi, au début de cet après-midi, d'une invitation du gouvernement allemand à rencontrer demain à Munich le chancelier Hitler, MM. Mussolini et Chamberlain. J'ai accepté cette invitation.

« Vous comprendrez qu'à la veille d'une négociation aussi importante, j'ai le devoir d'ajourner les explications que je voulais vous donner. Mais avant mon départ, je tiens à adresser au peuple de France mes remerciements pour son attitude pleine de courage et de dignité.

« Je tiens à remercier surtout les Français qui ont été rappelés sous les drapeaux pour le sang-froid et la résolution dont ils ont donné une preuve nouvelle.

« Ma tâche est rude. Depuis le début des difficultés que nous traversons, je n'ai pas cessé de travailler de toutes mes forces à la sauvegarde de la paix et des intérêts vitaux de la France. Je continuerai demain cet effort avec la pensée que je suis en plein accord avec la nation entière[1]. »

« Boris! dit Lola, Boris! »

Il ne répondit pas. Elle lui dit :

« Réveille-toi, mon chéri, qu'est-ce que tu as ? C'est la paix : il va y avoir une conférence internationale. »

Elle se tournait vers lui, rouge et excitée. Il jura doucement entre ses dents :

« Nom de Dieu! Nom de Dieu de nom de Dieu de bordel de merde. »

La joie de Lola tomba :

« Mais qu'est-ce que tu as, mon chéri : tu es vert.

— Je me suis engagé pour trois ans », dit Boris.

Le train filait, les avions tournaient.

« Le mécanicien est fou, cria un type. Qu'est-ce qu'il attend pour arrêter ? S'ils se mettent à lâcher des bombes, on va crever comme des bêtes. »

Le typo était blême et tout tranquille; il gardait la
tête levée et ne cessait pas d'épier les avions.

« Faudrait sauter, dit-il entre ses dents.

— Ben merde, dit le représentant. Sauter à cette
vitesse, je ne m'en sens pas. » Il sortit son mouchoir et
s'épongea le front : « Il vaudrait mieux tirer le signal
d'alarme. »

Le serrurier et le typo se regardèrent :

« Fais-le, toi, dit le typo.

— Dis : et si c'étaient des Français ? Qu'est-ce qu'on
se ferait mettre! »

Mathieu reçut un choc dans le dos : un gros homme
courait vers l'avant en criant :

« Il ralentit : tous aux portières! »

Le typo se tourna vers le représentant; il avait de
drôles de gestes lents et mal assurés, avec un petit sourire
qui découvrait ses dents.

« Vous voyez; le dur ralentit : c'est des Frisés. C'est
de la frime, c'est de la frime! dit-il en imitant le représentant. Eh ben, regardez, si c'est de la frime.

— J'ai pas dit ça, dit l'autre mollement, j'ai dit... »

Le typo lui tourna le dos et se dirigea vers l'avant du
train. De tous les compartiments, des hommes sortaient,
ils se pressaient dans le couloir, pour être les premiers à
sauter dans les champs. Quelqu'un toucha le bras de
Mathieu, c'était le petit vieillard, il levait la tête vers lui
et le considérait avec perplexité.

« Qu'est-ce qu'il y a ? Mais qu'est-ce qu'il y a ?

— Rien, dit Mathieu, agacé. Dormez. »

Il se pencha à la fenêtre. Deux types étaient descendus
sur le marchepied du wagon. L'un d'eux sauta en criant,
toucha le sol, fit deux pas de côté, emporté par sa vitesse,
heurta de l'épaule un poteau télégraphique et boula sur le
talus, la tête en avant. Déjà le train l'avait dépassé.
Mathieu tourna la tête et le vit se redresser, tout petit,
lever les bras en l'air et courir à travers champs. L'autre
hésitait, penché en avant, et se retenait d'une main à la
barre de cuivre.

« Ne poussez pas, bon Dieu, fit une voix étranglée.
On étouffe. »

Le train ralentit encore. Il y avait des têtes à toutes les
fenêtres et, autour des marchepieds, des hommes qui se
préparaient à sauter. Au tournant, une gare apparut, elle

était à trois cents mètres ; Mathieu aperçut une petite ville
dans le lointain. Deux hommes sautèrent encore et
enjambèrent un passage à niveau. Déjà le train entrait
dans la gare. « C'est avec ça, pensa Mathieu, qu'on va
faire des héros. »

Un énorme bourdonnement s'échappait de la gare, des
robes claires étincelaient au soleil, des mains se levaient,
gantées de fil blanc, de grandes filles avec des chapeaux
de paille agitaient leurs mouchoirs, des enfants couraient
en riant et en criant le long du quai. Le violoniste
repoussa violemment Mathieu et se pencha jusqu'au
ventre par la fenêtre. Il mit ses mains en porte-voix
autour de sa bouche.

« Barrez-vous ! cria-t-il à la foule. Les avions ! » Les
gens de la gare le regardaient sans comprendre, en
souriant et en criant. Il leva le bras, au-dessus de sa tête,
et indiqua le ciel du doigt. Une grande clameur lui répondit. D'abord Mathieu n'entendait pas bien et puis il comprit tout à coup :

« La paix ! C'est la paix, les gars. »

Le train tout entier gronda :

« Les avions ! Les avions !

— Hurrah ! criaient les filles, hurrah ! »

Elles finirent par regarder en l'air et, levant les bras,
agitèrent leurs mouchoirs vers le ciel, pour saluer les
avions. Le représentant se rongeait nerveusement les
ongles.

« Je comprends pas, murmura-t-il, je comprends pas. »

Après deux ou trois craquements le train s'arrêta
tout à fait. Un employé de la gare monta sur un banc,
son drapeau rouge sous le bras ; il cria :

« La paix ! Conférence à Munich. Daladier part ce
soir. »

Le train demeurait silencieux, immobile, incom-
préhensif. Et puis tout d'un coup, il se mit à hurler :

« Hurrah ! Vive Daladier, vive la paix ! »

Les robes de taffetas bleu et rose disparurent dans
une marée de vestons bruns et noirs ; la foule s'agita et
bruissa, comme un feuillage, des éclats de soleil scintillaient partout, les casquettes et les chapeaux de paille
tournaient, tournaient, c'était une valse, Jacques fit
valser Odette au milieu du salon, Mme Birnenschatz
serrait Ella sur sa poitrine et gémissait :

« Je suis heureuse, Ella, ma fille, mon petit, je suis heureuse. » Sous la fenêtre, un jeune gars, tout rouge et riant comme un fou, sauta sur une paysanne et l'embrassa sur les deux joues. Elle riait aussi, toute décoiffée, son chapeau de paille rejeté en arrière, et elle criait : « Hurrah! » sous les baisers. Jacques embrassa Odette sur l'oreille, il exultait :

« La paix. Et tu penses bien qu'ils ne se borneront pas à régler la question des Sudètes. Le pacte à quatre. C'est par là qu'il aurait fallu commencer. »

La bonne entrebâilla la porte :

« Madame, est-ce que je peux servir ?

— Servez, dit Jacques, servez! Et puis vous irez chercher à la cave une bouteille de champagne et une bouteille de chambertin. »

Un grand vieillard à lunettes noires avait escaladé un banc, il levait d'une main une bouteille de rouge et de l'autre un gobelet.

« Un verre de pinard, les gars, un verre de pinard à la santé de la paix.

— Ici, cria le serrurier, ici! Vive la paix!

— Ah! monsieur l'abbé, je vous embrasse! »

Le curé recula mais la vieille le prit de vitesse et elle fit comme elle avait dit, Gressier plongea la louche dans la soupière : « Ah! mes enfants, mes enfants. C'est la fin d'un cauchemar. » Zézette ouvrit la porte : « Alors, c'est vrai, madame Isidore ? — Oui, ma petite enfant, c'est vrai, je l'ai entendu, la radio l'a dit, il reviendra votre Momo, je vous l'avais bien dit que le bon Dieu ne voulait pas de ça. » Il dansait sur place, dégonflé, dégonflé, Hitler a dégonflé; moi, je crois plutôt que c'est nous qu'on a dégonflé mais comment que je m'en balance du moment qu'on ne se bat pas, mais non, mais non, j'étais prévenu, à deux heures j'ai tout racheté, c'est un coup de deux cents billets, écoutez-moi bien, mon ami, c'est une circonstance ex-cep-tion-nelle, pour la première fois une guerre qui paraissait inévitable a été conjurée par la volonté de quatre chefs d'État, l'importance de leur décision dépasse de loin l'heure présente : maintenant la guerre n'est plus possible, Munich c'est la première déclaration de paix. Mon Dieu, mon Dieu, j'ai prié, j'ai prié, j'ai dit : « Mon Dieu, prenez mon cœur, prenez ma vie » et vous m'avez

exaucée, mon Dieu, vous êtes le plus grand, vous êtes
le plus sage, vous êtes le plus tendre, l'abbé se dégagea :
Mais je vous l'ai toujours dit, madame : Dieu est épatant. Et merde pour les Tchèques, qu'ils se débrouillent
tout seuls. Zézette marchait dans la rue, Zézette chantait, tous les oiseaux dans mon cœur, les gens avaient
de bonnes têtes souriantes, ils se disaient bonjour du
coin de l'œil même s'ils ne se connaissaient pas. Ils
savaient, elle savait, ils savaient qu'elle savait, tout le
monde avait la même pensée, tout le monde était heureux, il n'y avait qu'à faire comme tout le monde ; le
beau soir, cette femme qui passe, je lis jusqu'au fond
de son cœur, et ce bon vieux lit dans le mien, toute
ouverte à tous, on ne fait qu'un, elle se mit à pleurer,
tout le monde s'aimait, tout le monde était heureux,
tout le monde était comme tout le monde et Momo,
là-bas, il devait être content tout de même, elle pleurait,
tout le monde la regardait et ça lui faisait chaud dans
le dos et à la poitrine tous ces regards, plus on la regardait plus elle pleurait, elle se sentait fière et publique
comme une mère qui allaite son enfant.

« Eh bien, dit Jacques, mais tu bois sec! »

Odette riait toute seule. Elle dit :

« Je pense qu'ils vont démobiliser bientôt les réservistes ?

— D'ici quinze jours, un mois », dit Jacques.

Elle rit encore et but une gorgée de vin. Et puis
tout d'un coup le sang lui monta aux joues.

« Qu'est-ce que tu as ? demanda Jacques. Tu es
devenue tout rouge.

— Ce n'est rien, dit-elle, j'ai un peu trop bu, voilà
tout. »

Je ne l'aurais jamais embrassé si j'avais su qu'il reviendrait si vite.

« Montez! Montez! »

Le train s'ébranlait lentement. Les types se mirent à
courir, en criant et riant ; ils s'accrochaient par grappes
aux marchepieds. La face en sueur du serrurier apparut
à la fenêtre, il se cramponnait au rebord, des deux
mains.

« Nom de Dieu, dit-il, aidez-moi vite, je vais lâcher. »

Mathieu le hissa, il enjamba la fenêtre et sauta dans
le couloir.

« Ouf! fit-il en s'épongeant le front. J'ai cru que j'y laisserais les deux jambes. »

Le violoniste apparut à son tour.

« Eh bien, on est au complet.

— On fait une belote ?

— Je veux. »

Ils rentrèrent dans le compartiment; Mathieu les regardait par le carreau. Ils commencèrent par s'envoyer un bon coup de rouge, puis le représentant sortit son mouchoir et ils l'étalèrent sur leurs genoux.

« À toi la donne. »

Le serrurier péta :

« Oh! la belle bleue, dit-il, en désignant au plafond une fusée imaginaire.

— Dégueulasse! » dit le typo joyeusement.

« Qu'est-ce qu'ils font ici ? pensa Mathieu. Et moi, qu'est-ce que j'y fais ? » Leur destin s'était évanoui, le temps s'était remis à couler au petit bonheur, sans but; le train roulait sans but, par habitude; le long du train, une route flottait, inerte : à présent elle ne menait plus nulle part, ça n'était plus que de la terre goudronnée. Les avions avaient disparu; la guerre avait disparu. Un ciel pâle où la paix se réveillait doucement avec le soir, une campagne engourdie, des joueurs de cartes, des dormeurs, une bouteille cassée dans le couloir, des mégots dans une flaque de vin, une puissante odeur d'urine, tous ces résidus injustifiables... « On dirait un lendemain de fête », pensa Mathieu, le cœur serré.

Douce, Maud et Ruby remontaient la Canebière. Douce était très animée : elle avait toujours eu un faible[a] pour la politique.

« Il paraît que c'était un malentendu, expliquait-elle. Hitler croyait que Chamberlain et Daladier voulaient lui faire un mauvais coup et, pendant ce temps-là, Chamberlain et Daladier croyaient qu'il avait l'intention de les attaquer. Alors Mussolini a été les trouver, il leur a fait comprendre qu'ils se trompaient; à présent tout est arrangé : demain ils déjeunent tous les quatre ensemble.

— Quel gueuleton », soupira Ruby.

La Canebière avait un air de fête, les gens marchaient à petits pas, il y en avait qui riaient tout seuls. Maud avait le noir. Bien sûr, elle était contente que tout se

fût si bien arrangé, mais elle se réjouissait surtout pour
les autres. De toute façon, il faudrait qu'elle passe encore
une nuit dans le réduit malodorant de l'hôtel Genièvre
et puis après, les gares, les trains, Paris, le chômage,
les gargotes et les maux d'estomac : l'entrevue de
Munich, quelle qu'en fût l'issue, n'y changerait rien.
Elle se sentait seule. En passant devant le café Riche,
elle sursauta.

« Qu'est-ce qu'il y a ? demanda Ruby.

— C'est Pierre, répondit Maud. Ne regarde pas. Il
est à la troisième table, à gauche. Là, ça y est : il nous
a vues. »

Il se leva, il rayonnait dans son costume de lin, il
avait son air le plus viril et le plus riche. « Bien sûr,
pensa-t-elle, il n'y a plus de danger, à présent. » Elle
essaya, pendant qu'il venait vers elle, de se remémorer
son visage vert dans cette cabine qui sentait le vomi.
Mais l'odeur et le visage avaient été balayés par le vent
de la mer. Il la salua, il paraissait tout à fait sûr de lui.
Elle voulait lui tourner le dos mais ses jambes flageo-
lantes la portèrent vers lui en dépit d'elle-même. Il lui
dit en souriant :

« Alors, on se quitte comme ça, sans même prendre
un glass ? »

Elle le regarda en face, elle se dit : « C'est un lâche. »
Mais ça ne se voyait pas. Elle voyait des lèvres ironiques et courageuses, des joues mâles et cette pomme
d'Adam qui pointait.

« Viens, murmura-t-il. Tout ça, c'est de l'histoire
ancienne. »

Elle pensa à sa chambre d'hôtel qui sentait l'ammoniaque. Elle dit :

« Il faut que tu invites Douce et Ruby. »

Il s'avança vers elles et leur sourit, Ruby l'aimait
bien parce qu'il était distingué. Trois fleurs s'assirent
en rond à la terrasse du café Riche. C'était tout un
parterre de fleurs; des fleurs, des visages soleilleux et
bruissants, des drapeaux, des jets d'eau, des soleils.
Elle baissa les paupières et respira profondément : entre
ses yeux tournait un soleil, on n'a pas le droit de juger
un homme qui a le mal de mer. Pour elle aussi c'était
la Paix.

« Pourquoi ne m'aiment-ils pas ? » Il était seul dans

la salle grise, il se penchait en avant, les coudes posés
sur ses cuisses, soutenant sa lourde tête dans ses mains.
Près de lui, sur le banc, il avait posé les sandwiches et
le bol de café que le flic lui avait apportés à midi; à
quoi bon manger : il était fini. Ils voudraient l'enrôler
de force, il refuserait, c'était le poteau ou, de toute
façon, vingt ans de cellule; sa vie s'arrêtait ici. Il la
regardait avec un étonnement profond : c'était une
entreprise manquée de bout en bout. Ses idées coulaient
à droite et à gauche, incolores et fluides; une seule
demeurait fixe, une question qui ne comportait pas de
réponse : pourquoi ne m'aiment-ils pas ? Dans la pièce
voisine il y eut de grandes explosions de rire, les flics
étaient en gaieté. Une voix grave cria :

« Ça s'arrose. »

Il y avait peut-être des flics qui s'aimaient entre eux
et puis les gens, au-dehors, dans les rues et dans les
maisons, ils se souriaient, ils s'aidaient les uns les autres,
ils se parlaient avec déférence et courtoisie et il y en
avait parmi eux qui s'aimaient de toutes leurs forces,
comme Zézette et Maurice. C'était peut-être parce qu'ils
étaient plus âgés : ils avaient eu le temps de s'accoutumer
les uns aux autres. Un jeune homme, c'est un voyageur
qui entre la nuit dans un compartiment à demi-plein :
les gens le détestent et s'arrangent pour lui faire croire
qu'il ne reste plus de place. Pourtant ma place était
marquée, puisque je suis né. Ou alors c'est que je suis
pourri. Les flics recommencèrent à rire, de l'autre côté
de la porte, et l'un d'eux prononça le mot de « Munich ».
Les rues, les maisons, les wagons, le commissariat : un
monde plein à craquer, le monde des hommes, Philippe
ne pouvait pas y entrer. Il resterait toute sa vie dans
une cellule comme celle-ci, le terrier que les hommes
réservent à ceux dont ils n'ont pas voulu. Il vit une
petite femme grasse et rieuse, aux bras polis, l'hétaïre.
Il pensa : « De toute façon elle portera mon deuil. »
La porte s'ouvrit et le général entra. Philippe se recula
sur le banc jusque dans le coin le plus sombre, il
cria :

« Laissez-moi. Je veux purger ma peine, je n'ai pas
besoin de votre protection. »

Le général éclata de rire. Il traversa la salle de son
pas sec et rapide et vint se planter devant Philippe.

« Purger ta peine ? Pour qui te prends-tu, petit imbécile ? »

Le coude. Il se leva malgré Philippe et se plaça devant sa joue, prêt à parer les coups. Mais Philippe le rabaissa et dit d'une voix ferme :

« Je suis déserteur.

— Déserteur! Hitler et Daladier signent un accord demain, mon pauvre ami : il n'y aura pas de guerre et tu n'as jamais été déserteur. »

Il considérait Philippe avec une ironie insultante.

« Même pour faire le mal, il faut être un homme, Philippe, il faut avoir de la volonté et de la persévérance. Tu n'es qu'un gamin nerveux et mal élevé; tu m'as gravement manqué de respect et tu as plongé ta mère dans une inquiétude atroce : voilà tout ce que tu as pu faire. »

Des flics rigolards passaient leurs têtes par l'entrebâillement de la porte. Philippe bondit sur ses pieds. Mais le général le prit par l'épaule et le contraignit à se rasseoir.

« Qu'est-ce que c'est ? Tu m'écouteras jusqu'au bout. Ta dernière incartade prouve que ton éducation est à refaire. Ta mère a convenu tout à l'heure qu'elle avait été beaucoup trop faible. Maintenant c'est moi qui me charge de toi. »

Il s'était encore rapproché de Philippe. Philippe leva le coude et cria :

« Si vous me touchez, je me tue.

— C'est ce que nous allons voir », dit le général.

Il lui baissa le coude de la main gauche et, de la droite, le gifla par deux fois. Philippe s'écroula sur le banc et se mit à pleurer.

Il y avait une petite agitation gaie dans le couloir, une femme chantait *Va petit mousse*. Il les haïssait toutes, elles me cassent la tête. L'infirmière entra, portant le dîner sur un plateau.

« Je n'ai pas faim, dit-il.

— Ah! il faut manger, monsieur Charles, sinon vous vous affaiblirez encore. Et puis voilà de bonnes nouvelles pour vous donner de l'appétit : la guerre est évitée; Daladier et Chamberlain auront une entrevue avec Hitler. »

Il la regarda avec stupeur : c'est vrai, ça traîne toujours leur histoire de Sudètes.

Elle était un peu rouge et ses yeux brillaient :

« Eh bien ? Vous n'êtes pas content ? »

Ils m'ont traîné hors de chez moi, emporté comme un colis, crevé, et ils ne se battent même pas. Mais il n'était pas en colère : c'était si loin, tout ça.

« Qu'est-ce que vous voulez que ça me fasse ? » dit-il.

NUIT DU 29 AU 30 SEPTEMBRE

Une heure trente.

MM. Hubert Masaryk[1] et Mastny, membres de la délégation tchécoslovaque, attendaient dans la chambre de sir Horace Wilson en compagnie de M. Ashton-Gwatkin. Mastny était pâle et transpirait, il avait des cernes noirs sous les yeux. Hubert Masaryk marchait de long en large; M. Ashton-Gwatkin était assis sur le lit; Ivich s'était rencoignée au fond du lit, elle ne le sentait pas mais elle sentait sa chaleur et elle entendait son souffle; elle ne pouvait pas dormir et elle savait qu'il ne dormait pas non plus. Des décharges électriques lui parcouraient les jambes et les cuisses, elle mourait d'envie de se retourner sur le dos, mais si elle bougeait, elle le touchait; tant qu'il croirait qu'elle dormait, il la laisserait tranquille. Mastny se tourna vers Ashton-Gwatkin et dit :

« C'est long. »

M. Ashton-Gwatkin eut un geste d'excuse et d'indifférence. Le sang monta au visage de Masaryk.

« Les accusés attendent le verdict », dit-il d'une voix sourde.

M. Ashton-Gwatkin ne parut pas entendre. Ivich pensa : « La nuit ne finira donc pas ? » Elle sentit soudain une chair trop douce contre sa hanche, il profitait de son sommeil pour la frôler, il ne faut pas bouger, sans ça, il s'apercevra que je suis éveillée. La chair glissa lentement le long de ses reins, elle était brûlante et molle, c'était une jambe. Elle se mordit violemment la lèvre inférieure et Masaryk poursuivit :

« Pour que la ressemblance soit complète, on nous a fait recevoir par la police.

— Mais comment ? dit M. Ashton-Gwatkin en prenant une mine étonnée.

— Nous avons été conduits à l'hôtel Régina dans une voiture de la police, expliqua Mastny.

— Tss, tss, tss », fit M. Ashton-Gwatkin avec blâme.

C'était une main, à présent ; elle descendait le long de ses flancs, légère et comme distraite ; les doigts lui effleurèrent le ventre. « Ce n'est *rien,* pensa-t-elle, c'est une bête. Je dors. Je dors. Je rêve ; je ne bougerai pas. » Masaryk prit la carte que sir Horace Wilson lui avait remise. Les territoires qui devaient être occupés immédiatement par l'armée allemande étaient marqués en bleu. Il la regarda un moment, puis la rejeta sur la table avec colère.

« Je... je ne comprends toujours pas, dit-il en regardant M. Ashton-Gwatkin dans les yeux. Sommes-nous encore une nation souveraine ? »

M. Ashton-Gwatkin haussa les épaules ; il paraissait vouloir dire qu'il n'était pour rien dans l'affaire ; mais Masaryk pensa qu'il était plus ému qu'il ne voulait le montrer.

« Ces négociations avec Hitler sont très difficiles, fit-il observer. Tenez compte de cela.

— Tout dépendait de la fermeté des grandes puissances », répondit violemment Masaryk.

L'Anglais rougit légèrement. Il se redressa et dit sur un ton solennel :

« Si vous n'acceptez pas cet accord, il faudra vous arranger seuls avec l'Allemagne. » Il se racla la gorge et ajouta plus doucement : « Peut-être les Français vous le diront-ils avec plus de formes. Mais, croyez-moi, ils sont de notre avis ; en cas de refus ils se désintéresseront de vous. »

Masaryk eut un rire désagréable et ils se turent. Une voix chuchota :

« Tu dors ? »

Elle ne répondit pas, mais aussitôt elle sentit une bouche contre son oreille et puis tout un corps pesant contre le sien.

« Ivich! murmura-t-il. Ivich! »

Il ne fallait pas crier, ni se débattre; je ne suis pas une fille qu'on viole. Elle se retourna sur le dos et dit d'une voix claire :

« Non, je ne dors pas. Après ?

— Je t'aime », dit-il.

Une bombe! Une bombe qui tomberait de cinq mille mètres et qui les tuerait net! Une porte s'ouvrit et sir Horace Wilson entra; il avait les yeux baissés; depuis leur arrivée, il baissait les yeux, il leur parlait en regardant le parquet. De temps à autre, il devait s'en rendre compte : il levait brusquement la tête et leur plongeait dans les yeux un regard vide.

« Messieurs, on vous attend. »

Les trois hommes le suivirent. Ils traversèrent de longs couloirs déserts. Un garçon d'étage dormait sur une chaise; l'hôtel semblait mort; son corps était brûlant, il appliqua sa poitrine contre les seins d'Ivich et elle entendit un bruit mou de ventouse, elle était inondée de leurs sueurs.

« Si vous m'aimez, dit-elle, écartez-vous, j'ai trop chaud.

— C'est là[1] », dit sir Horace Wilson en s'effaçant. Il ne s'écartait pas, d'une main il arracha les couvertures, de l'autre il lui tenait fermement l'épaule, il était couché sur elle à présent, il lui pétrissait les épaules et les bras de ces mains violentes, de ces mains de proie, pendant que sa voix enfantine et suppliante murmurait :

« Je t'aime, Ivich, mon amour, je t'aime. »

C'était une petite salle basse et vivement éclairée. MM. Chamberlain, Daladier et Léger se tenaient debout derrière une table chargée de papiers. Les cendriers étaient pleins de bouts de cigarettes mais personne ne fumait plus. Chamberlain posa les deux mains sur la table. Il avait l'air fatigué.

« Messieurs », dit-il avec un sourire affable.

Masaryk et Mastny s'inclinèrent sans parler. Ashton-Gwatkin s'écarta vivement d'eux, comme s'il ne pouvait plus supporter leur compagnie et il alla se placer derrière M. Chamberlain avec sir Horace Wilson. À présent les deux Tchèques avaient cinq hommes devant eux, de l'autre côté de la table. Derrière eux, il y avait la porte et les couloirs déserts de l'hôtel. Il y eut un instant de silence lourd. Masaryk les regarda tour à tour et puis il chercha le regard de Léger. Mais Léger rangeait des documents dans une serviette.

« Voulez-vous vous asseoir, messieurs », dit M. Chamberlain.

Les Français et les Tchèques s'assirent mais M. Chamberlain demeura debout.

« Eh bien... » dit M. Chamberlain. Il avait les yeux roses de sommeil. Il considéra ses mains d'un air incertain, puis se redressa brusquement et dit :

« La France et la Grande-Bretagne viennent de signer un accord concernant les revendications allemandes au sujet des Sudètes. Cet accord, grâce à la bonne volonté de tous, peut être considéré comme réalisant un progrès certain sur le mémorandum de Godesberg. »

Il toussa et se tut. Masaryk se tenait très raide dans son fauteuil, il attendait. M. Chamberlain parut vouloir continuer, mais il se ravisa et tendit une feuille de papier à Maštny :

« Voulez-vous prendre connaissance de cet accord ? Le mieux serait peut-être que vous le lisiez à haute voix. »

Maštny prit la feuille; quelqu'un passa dans le corridor, à pas légers. Puis les pas décrurent et une horloge, quelque part dans la ville, sonna deux coups. Maštny commença à lire. Il avait un accent nasillard et monotone; il lisait lentement, comme s'il réfléchissait entre chaque phrase, et la feuille tremblait dans ses mains :

Les quatre puissances : Allemagne, Royaume-Uni, France, Italie, tenant compte de l'arrangement déjà réalisé en principe pour la cession à l'Allemagne des territoires des Allemands des Sudètes, sont convenues des dispositions et conditions suivantes réglementant ladite cession et les mesures qu'elle comporte. Chacune d'elles, par cet accord, s'engage à accomplir les démarches nécessaires[a] pour en assurer l'exécution.

1° L'évacuation commencera le 1er octobre;

2° Le Royaume-Uni, la France et l'Italie conviennent que l'évacuation du territoire en question devra être achevée le 10 octobre, sans qu'aucune des installations existantes ait été détruite. Le gouvernement tchécoslovaque aura la responsabilité d'effectuer cette évacuation sans qu'il en résulte aucun dommage aux dites installations;

3° Les conditions de cette évacuation seront déterminées dans le détail par une commission internationale composée de représentants de l'Allemagne, du Royaume-Uni, de la France, de l'Italie et de la Tchécoslovaquie;

4° L'occupation progressive par les troupes du Reich des territoires de prédominance allemande commencera le 1er octobre. Les quatre zones indiquées sur la carte ci-jointe seront occupées par les troupes allemandes dans l'ordre suivant :

La zone 1, les 1er et 2 octobre.
La zone 2, les 2 et 3 octobre.
La zone 3, les 3, 4 et 5 octobre.
La zone 4, les 6 et 7 octobre.

Les autres territoires à prépondérance allemande seront déterminés par la commission internationale et occupés par les troupes allemandes d'ici au 10 octobre.

La voix monotone s'élevait dans le silence, au milieu de la ville endormie. Elle butait, elle s'arrêtait, elle repartait impitoyablement, un peu chevrotante et des millions d'Allemands dormaient à perte de vue autour d'elle, pendant qu'elle exposait minutieusement les modalités d'un assassinat historique. La voix suppliante et chuchotante, mon amour, mon désir, j'aime tes seins, j'aime ton odeur, est-ce que tu m'aimes, montait dans la nuit et les mains, sous son corps brûlant, assassinaient.

« Je voudrais poser une question, dit Masaryk. Que faut-il entendre par "territoire à prépondérance allemande" ? »

Il s'était adressé à Chamberlain. Mais Chamberlain le considéra sans répondre, d'un air légèrement hébété. Visiblement il n'avait pas écouté la lecture. Léger prit la parole, dans le dos de Masaryk. Masaryk imprima un mouvement de rotation à son fauteuil et vit Léger de profil :

« Il s'agit, dit Léger, de majorités calculées selon les propositions acceptées par vous. »

Mastny tira son mouchoir et s'épongea le front, puis il reprit sa lecture :

5° La commission internationale mentionnée au paragraphe 3 déterminera les territoires où doit être effectué le plébiscite.

Ces territoires seront occupés par des contingents internationaux jusqu'à l'achèvement du plébiscite...

Il s'interrompit et demanda :

« Ces contingents seront-ils effectivement internationaux ou n'y aura-t-il que des troupes anglaises ? »

M. Chamberlain bâilla derrière sa main et une larme roula sur sa joue. Il retira sa main :

« Cette question n'est pas encore entièrement mise au point. On envisage aussi la participation de soldats belges et italiens. »

Cette commission, reprit Mastny, *fixera également les conditions dans lesquelles le plébiscite doit être institué en prenant pour base les conditions du plébiscite de la Sarre. Elle fixera en outre, pour l'ouverture du plébiscite, une date qui ne pourra être postérieure à la fin novembre.*

Il s'arrêta encore et demanda à Chamberlain avec une douceur ironique :

« Le membre tchécoslovaque de cette commission aura-t-il le même droit de vote que les autres membres ?

— Naturellement », dit M. Chamberlain avec bienveillance.

Un trouble gluant comme du sang poissait les cuisses et le ventre d'Ivich, il se glissa dans son sang, je ne suis pas une fille qu'on viole, elle s'ouvrit, elle se laissa poignarder, mais pendant que des frissons de glace et de feu montaient jusqu'à sa poitrine, sa tête restait froide, elle avait sauvé sa tête et elle lui criait, dans sa tête : « Je te hais ! »

6º La fixation finale des frontières sera établie par la commission internationale. Cette commission aura aussi compétence pour recommander aux quatre puissances : Allemagne, Royaume-Uni, France et Italie, dans certains cas exceptionnels, des modifications de portée restreinte à la détermination strictement ethnologique des zones transférables sans plébiscite.

« Devons-nous, demanda Masaryk, considérer cet article comme une clause assurant la protection de nos intérêts vitaux ? »

Il s'était tourné vers Daladier et le regardait avec insistance. Mais Daladier ne répondit pas; il avait l'air vieux et accablé. Masaryk remarqua qu'il avait gardé, au coin de la bouche, un mégot éteint.

« Cette clause nous a été promise, dit Masaryk fortement.

— En un sens, dit Léger, cet article peut être considéré
comme faisant fonction de la clause dont vous parlez. Mais
il faut être modeste, pour commencer. La question des
garanties de vos frontières sera de la compétence de la
commission internationale. »

Masaryk eut un rire bref et se croisa les bras :

« Même pas une garantie ! » dit-il en secouant la tête.

*7°, lut Mastny, il y aura un droit d'option permettant d'être
inclus dans les territoires transférés ou d'en être exclu.*

*Cette option s'exercera dans un délai de six mois à partir de
la date du présent accord.*

*8° Le gouvernement tchécoslovaque libérera, dans un délai
de quatre semaines à partir de la conclusion du présent accord,
tous les Allemands des Sudètes qui le désireront des formations
militaires ou de la police auxquelles ils appartiennent.*

*Dans le même délai, le gouvernement tchécoslovaque libérera
les prisonniers allemands des Sudètes qui accomplissent des
peines de prison pour délits politiques.*

Munich, le 29 septembre 1938[1].

« Voilà, dit-il, voilà. »

Il regardait la feuille, comme s'il n'avait pas fini de
lire. M. Chamberlain bâilla largement, puis il se mit à
tapoter sur la table.

« Voilà », dit encore Mastny.

C'était fini, la Tchécoslovaquie de 1918 avait cessé
d'exister. Masaryk suivit des yeux la feuille blanche, que
Mastny allait reposer sur la table; puis il se tourna vers
Daladier et Léger et les regarda fixement. Daladier était
affaissé dans son fauteuil, le menton sur sa poitrine. Il
tira une cigarette de sa poche, la considéra un instant et
la remit dans son paquet. Léger était un peu rouge, il
avait l'air impatienté.

« Attendez-vous, dit Masaryk à Daladier, une déclaration ou une réponse de mon gouvernement ? »

Daladier ne répondit pas. Léger baissa la tête et dit très
vite :

« M. Mussolini doit regagner l'Italie dès ce matin;
nous ne disposons pas de beaucoup de temps. »

Masaryk regardait toujours Daladier. Il dit : « Même pas de réponse ? Dois-je comprendre que nous sommes *obligés* d'accepter ? »

Daladier eut un geste las et Léger répondit derrière lui :

« Que pouvez-vous faire d'autre ? »

Elle pleurait, le visage tourné contre le mur ; elle pleurait en silence et les sanglots secouaient ses épaules.

« Pourquoi ris-tu ? demanda-t-il d'une voix incertaine.

— Parce que je vous hais », répondit-elle.

Masaryk se leva, Mastny se leva aussi. M. Chamberlain bâillait à se décrocher la mâchoire.

VENDREDI 30 SEPTEMBRE

Le petit soldat vint vers Gros-Louis en agitant un journal.

« C'est la paix! » dit-il.

Gros-Louis posa son seau :

« Qu'est-ce que tu dis, mon gars ?

— Je te dis que c'est la paix. »

Gros-Louis le regarda avec soupçon.

« Ça ne peut pas être la paix puisqu'on n'a pas fait la guerre.

— Ils ont signé, mon gros. Tu n'as qu'à regarder le journal. »

Il le lui tendit mais Gros-Louis le repoussa de la main.

« Je ne sais pas lire.

— Ah! pochetée, dit le petit gars avec pitié. Ben, regarde la photo! »

Gros-Louis prit le journal avec répugnance, s'approcha de la fenêtre de l'écurie et regarda la photo. Il reconnut Daladier, Hitler et Mussolini qui souriaient : ils avaient l'air bons amis.

« Eh ben! dit-il. Eh ben! »

Il regarda le petit gars en fronçant les sourcils, puis il s'égaya soudain :

« Les voilà réconciliés à cette heure! dit-il en riant[a]. Et je ne sais même pas pourquoi ils se disputaient. »

Le soldat se mit à rire et Gros-Louis rit aussi.

« Salut, ma vieille! » dit le soldat.

Il s'éloigna. Gros-Louis s'approcha de la jument noire et se mit à lui caresser la croupe.

« Là, là, ma belle! dit-il. Là, là! »

Il se sentait vague. Il dit :

« Ben qu'est-ce que je vas faire, à présent ? Qu'est-ce que je vas faire[a] ? »

M. Birnenschatz se dissimulait derrière son journal; on voyait monter une petite fumée droite au-dessus des feuilles déployées; Mme Birnenschatz s'agitait dans son fauteuil.

« Il faut que je voie Rose pour cette histoire d'aspirateur. »

C'était la troisième fois qu'elle parlait de l'aspirateur, mais elle ne s'en allait pas. Ella la considérait sans sympathie : elle aurait voulu rester seule avec son père.

« Tu crois qu'ils vont me le reprendre ? demanda Mme Birnenschatz en se tournant vers sa fille.

— Tu me demandes ça tout le temps. Mais je ne sais pas, maman. »

Hier Mme Birnenschatz avait pleuré de bonheur, en serrant sa fille et ses nièces sur sa poitrine. Aujourd'hui elle ne savait déjà plus que faire de sa joie; c'était une grosse joie flasque comme elle, qui tournerait bientôt à la prophétie, à moins qu'elle ne parvînt à la faire partager.

Elle se tourna vers son mari :

« Gustave », murmura-t-elle.

M. Birnenschatz ne répondit pas.

« Tu ne fais guère de bruit, aujourd'hui.

— Non! » fit M. Birnenschatz.

Il baissa tout de même son journal et la regarda par-dessus ses lunettes. Il avait l'air las et vieilli : Ella sentit son cœur se serrer; elle avait envie de l'embrasser, mais il valait mieux ne pas commencer les effusions devant Mme Birnenschatz qui n'y était que trop disposée.

« Es-tu content au moins ? demanda Mme Birnenschatz.

— Content de quoi ? demanda-t-il sèchement.

— Mais voyons, dit-elle déjà gémissante, tu m'as dit cent fois que tu n'en voulais pas, de cette guerre, que ce serait une catastrophe, qu'il fallait traiter avec les Allemands, je croyais que tu serais content. »

M. Birnenschatz haussa les épaules et reprit son jour-

nal. Mme Birnenschatz fixa un moment son regard plein
de surprise et de reproche sur ce rempart de papier, sa
lèvre inférieure tremblait. Puis elle soupira, se leva avec
difficulté et se dirigea vers la porte.

« Je ne comprends plus ni mon mari ni ma fille »,
dit-elle en sortant.

Ella s'approcha de son père et l'embrassa doucement
sur le crâne.

« Qu'est-ce qu'il y a, papa ? »

M. Birnenschatz posa ses lunettes et leva la tête vers
elle :

« Je n'ai rien à dire. Cette guerre, je n'étais plus d'âge
à la faire, n'est-ce pas ? Alors, on se tait. »

Il plia méticuleusement son journal : il grommelait,
comme pour lui-même.

« J'étais pour la paix...

— Alors ?

— Alors ?... »

Il inclina la tête à droite et leva l'épaule droite, par un
drôle de mouvement enfantin.

« J'ai honte », dit-il d'une voix sombre[1].

Gros-Louis vida son seau dans les chiottes, exprima
soigneusement toute l'eau de l'éponge, puis il mit
l'éponge dans le seau et les reporta à l'écurie. Il ferma la
porte de l'écurie, traversa la cour et entra dans le bâtiment B. La chambrée était déserte. « Ils ne sont guère
pressés de partir, dit Gros-Louis, faut croire qu'ils se
plaisent ici. » Il tira de dessous le vin son pantalon et son
veston civils. « Moi, je ne me plais pas », dit-il en commençant à se déshabiller. Il n'osait pas encore se réjouir,
il dit : « Voilà huit jours qu'on m'emmerde. » Il enfila son
pantalon et disposa soigneusement sur son lit ses effets
militaires. Il ne savait pas si le patron le reprendrait. « Et
qui c'est qui garde ses moutons, à cette heure ! » Il prit[a]
sa musette et sortit. Il y avait quatre types devant le lavoir
qui le regardèrent en rigolant. Gros-Louis les salua de la
main et traversa la cour. Il n'avait plus un sou mais il
rentrerait à pied. « Je leur donnerai un coup de main,
dans les fermes, ils me laisseront bien casser la croûte. »
Tout d'un coup, il revit le ciel, bleu pâle au-dessus des
bruyères du Canigou, il revit les petits culs culbuteurs des
moutons et il comprit qu'il était libre.

« Vous là-bas ! Où allez-vous ? »

Gros-Louis se retourna : c'était l'adjudant Peltier, un gros. Il accourait, hors d'haleine.

« Eh bien! disait-il en courant. Eh bien ça, alors! »

Il s'arrêta à deux pas de Gros-Louis, cramoisi de fureur et d'essoufflement.

« Où allez-vous ? répéta-t-il.

— Je m'en vais, dit Gros-Louis.

— Vous vous en allez! dit l'adjudant en se croisant les bras. Vous vous en allez!... Mais *où* vous en allez-vous ? demanda-t-il avec une indignation désespérée.

— Chez moi! dit Gros-Louis.

— Chez lui! dit l'adjudant. Il s'en va chez lui! Sans doute que le menu ne lui plaît pas ou alors c'est le sommier qui grince. » Il reprit un sérieux menaçant et dit : « Vous allez me faire le plaisir de faire demi-tour, et au trot! Et je vais vous soigner, moi, mon garçon. »

« Il ne sait pas qu'ils sont réconciliés », pensa Gros-Louis. Il dit :

« La paix est signée, mon adjudant. »

L'adjudant paraissait n'en pas croire ses oreilles.

« Est-ce que vous jouez au con ou est-ce que vous voulez m'acheter ? »

Gros-Louis ne voulait pas se fâcher. Il se détourna et reprit sa marche. Mais le gros type courut derrière lui, le tira par la manche et vint se placer devant lui. Il le touchait avec son ventre et criait :

« Si vous n'obéissez pas immédiatement, ça sera le Conseil de guerre. »

Gros-Louis s'arrêta et se gratta le câne. Il pensa à Marseille et il eut mal à la tête.

« Voilà huit jours qu'on m'emmerde », dit-il avec douceur.

L'adjudant le secouait par sa veste en hurlant :

« Qu'est-ce que vous dites ?

— Voilà huit jours qu'on m'emmerde! » cria Gros-Louis d'une voix de tonnerre.

Il prit l'adjudant par l'épaule et lui tapa sur le visage. Au bout d'un moment, il fut obligé de lui passer un bras sous l'aisselle pour le soutenir et il continua de taper; il se sentit ceinturé par-derrière et puis on lui prit les bras et on les tordit. Il lâcha l'adjudant Peltier qui tomba sur le sol sans faire ouf et il se mit à secouer tous ces types accrochés à lui, mais quelqu'un lui donna un croc-enjambe et il tomba sur le dos. Ils commencèrent à lui cogner dessus et il tournait la tête à droite et à gauche pour éviter les coups, il disait en haletant :

« Laissez-moi partir, les gars, laissez-moi partir, puisque je vous dis que c'est la paix. »

Gomez racla le fond de sa poche avec ses ongles et il en sortit quelques brins de tabac mélangés à de la poussière et à des bouts de fil. Il mit le tout dans sa pipe et l'alluma. La fumée avait un goût âcre et suffocant.

« Déjà finie, la provision de tabac ? demanda Garcin.

— Depuis hier soir, dit Gomez. Si j'avais su, j'en aurais rapporté davantage. »

Lopez entra, il apportait les journaux. Gomez le regarda et puis il baissa les yeux sur sa pipe. Il avait compris. Il vit le mot de Munich en grosses lettres sur la première page du journal.

« Alors ? » demanda Garcin.

On entendait au loin la canonnade.

« Alors nous sommes foutus », dit Lopez.

Gomez serra les dents sur le tuyau de sa pipe. Il entendait le canon et il pensait à la calme nuit de Juan-les-Pins, au jazz au bord de l'eau : Mathieu aurait encore beaucoup de soirs semblables.

« Les salauds », murmura-t-il.

Mathieu resta un instant sur le seuil de la cantine, puis il sortit dans la cour et ferma la porte. Il avait gardé ses vêtements civils : il ne restait plus qu'une veste militaire au magasin d'habillement. Les soldats se promenaient par petits groupes, ils avaient l'air ahuris et inquiets. Deux jeunes gens qui venaient vers lui se mirent à bâiller en même temps.

« Eh bien! vous rigolez, vous », leur dit Mathieu.

Le plus jeune ferma la bouche et dit d'un air d'excuse :

« On sait pas quoi foutre.

— Salut », dit quelqu'un derrière Mathieu.

Il se retourna. C'était un certain Georges, son voisin de lit, qui avait une bonne tête lunaire et mélancolique. Il lui souriait.

« Alors ? dit Mathieu. Ça va ?

— Ça va, dit l'autre. Ça va comme ça.

— Plains-toi, dit Mathieu. Tu ne devrais pas être ici, à cette heure. Tu devrais être au boum-boum.

— Ben oui », dit l'autre. Il haussa les épaules : « Qu'on soit là ou ailleurs.

— Oui, dit Mathieu.

— Je suis content parce que je vais revoir ma petite, dit-il. Sans ça... Je vais retrouver le bureau ; je ne m'entends pas très bien avec ma femme... On lira les journaux, on se fera du souci à propos de Dantzig : ça recommencera comme l'année dernière. » Il bâilla et dit : « La vie, c'est partout pareil, n'est-ce pas ?

— C'est partout pareil. »

Ils se sourirent mollement. Ils n'avaient plus rien à se dire.

« À tout à l'heure, dit Georges.

— À tout à l'heure. »

De l'autre côté de la grille, quelqu'un jouait de l'accordéon. De l'autre côté de la grille, c'était Nancy, c'était Paris, quatorze heures de cours par semaine, Ivich, Boris, Irène peut-être. La vie, c'est partout pareil, c'est toujours pareil. Il se dirigea à pas lents vers la grille.

« Fais gaffe ! »

Des soldats lui faisaient signe de s'écarter : ils avaient tracé une ligne sur le sol et ils jouaient aux sous, sans grande conviction. Mathieu s'arrêta un instant : il vit rouler des sous, et puis d'autres et puis d'autres. De temps à autre une pièce tournait sur elle-même comme une toupie, trébuchait et tombait sur une autre pièce qu'elle recouvrait à moitié. Alors ils se redressaient et poussaient des cris. Mathieu reprit sa marche. Tant de trains et de camions sillonnant la France, tant de peine, tant d'argent, tant de pleurs, tant de cris dans toutes les radios du monde, tant de menaces et de défis dans toutes les langues, tant de conciliabules pour en venir à tourner en rond dans une cour ou à jeter des sous dans la poussière. Tous ces hommes s'étaient fait violence pour partir les yeux secs, tous avaient soudain vu la mort en face et tous, après beaucoup d'embarras ou modestement, s'étaient déterminés à mourir. À présent ils restaient hébétés, les bras ballants, empêtrés de cette vie qui avait reflué sur eux, qu'on leur laissait encore pour un moment, pour un petit moment et dont ils ne savaient plus que faire. « C'est la journée des dupes », pensa-t-il. Il saisit à pleines mains les barreaux de la grille et regarda au-dehors : le soleil sur la rue vide. Dans les rues commerçantes des villes, depuis vingt-quatre heures, c'était la paix. Mais autour des casernes et des forts il restait une vague brume de guerre qui achevait de se dissiper. L'accordéon invisible jouait *La Madelon;* un petit vent tiède souleva sur la route un tourbillon de poussière. « Et ma vie à moi, qu'est-ce que je vais en faire ? » C'était tout simple : il y avait à Paris, rue Huyghens, un appartement qui l'attendait, deux pièces, chauffage central, eau, gaz, électricité, avec des fauteuils verts et un crabe de bronze sur la table. Il rentrerait chez lui, il mettrait la clé dans la serrure; il reprendrait sa chaire au lycée Buffon. Et rien ne se serait passé. Rien du tout. Sa vie l'attendait, familière, il l'avait laissée dans son bureau, dans sa chambre à coucher; il se coulerait dedans sans faire d'histoires — personne ne ferait d'histoires, personne ne ferait allusion à l'entrevue de Munich, dans un mois tout serait oublié — il ne resterait plus qu'une petite cicatrice invisible dans la continuité de sa vie, une petite cassure : le souvenir d'une nuit où il avait cru partir à la guerre.

« Je ne veux pas, pensa-t-il en serrant les barreaux de toutes ses forces. Je ne veux pas! Cela ne sera pas! » Il se retourna brusquement, il regarda en souriant les fenêtres étincelantes de soleil. Il se sentait fort; il y avait au fond de lui une petite angoisse qu'il commençait à connaître, une petite angoisse qui lui donnait confiance. N'importe qui; n'importe où. Il ne possédait plus rien, il n'était plus rien. La nuit sombre de l'avant-veille ne serait pas perdue; cet énorme remue-ménage ne serait pas tout à fait inutile. « Qu'ils rengainent leur sabre, s'ils veulent; qu'ils fassent leur guerre, qu'ils ne la fassent pas, je m'en moque; je ne suis pas dupe. » L'accordéon s'était tu. Mathieu reprit sa marche autour de la cour. « Je resterai libre », pensa-t-il.

L'avion décrivait de larges cercles au-dessus du Bourget[1], une poix noire et ondulante recouvrait la moitié du terrain d'atterrissage. Léger se pencha vers Daladier et cria en la montrant :

« Quelle foule! »

Daladier regarda à son tour; il parla pour la première fois depuis leur départ de Munich :

« Ils sont venus me casser la gueule. »

Léger ne protesta pas. Daladier haussa les épaules :

« Je les comprends.

« — Tout dépend du service d'ordre », dit Léger en soupirant.

Il entra dans la chambre, il tenait des journaux; Ivich était assise sur le lit, elle baissait la tête.

« Ça y est! Ils ont signé cette nuit. »

Elle leva les yeux, il avait l'air heureux mais il se tut, brusquement gêné par le regard qu'elle fixait sur lui :

« Vous voulez dire qu'il n'y aura pas de guerre ? lui demanda-t-elle.

— Mais oui. »

Pas de guerre; pas d'avions sur Paris; les plafonds ne crèveraient pas sous les bombes : il allait falloir vivre.

« Pas de guerre, dit-elle en sanglotant, pas de guerre, et vous avez l'air content! »

Milan s'approcha d'Anna. Il titubait et ses yeux étaient roses. Il lui toucha le ventre et dit :

« En voilà un qui n'aura pas de chance.

— Quoi ?

— Le môme. Je dis qu'il n'aura pas de chance. »

Il gagna la table en boitant et se versa un verre d'alcool. C'était le cinquième depuis le matin.

« Tu te souviens, dit-il, quand tu es tombée dans l'escalier ? J'ai bien cru que tu allais faire une fausse couche.

— Eh bien ? » dit-elle sèchement.

Il s'était tourné vers elle, le verre en main; il avait l'air de porter un toast.

« Ça aurait mieux valu », dit-il en ricanant.

Elle le regarda : il élevait le verre à sa bouche, d'une main qui tremblait un peu.

« Peut-être, dit-elle. Peut-être que ça aurait mieux valu. »

L'avion s'était posé. Daladier sortit péniblement de la carlingue et mit le pied sur l'échelle; il était blême. Il y eut une clameur énorme et les gens se mirent à courir, crevant le cordon de police, emportant les barrières; Milan but et dit en riant : « À la France! À l'Angleterre! À nos glorieux alliés! » Puis il jeta de toutes ses forces le verre contre le mur; ils criaient : « Vive la France! Vive l'Angleterre! Vive la paix! », ils portaient des drapeaux et des bouquets. Daladier s'était arrêté sur le premier échelon; il les regardait avec stupeur. Il se tourna vers Léger et dit entre ses dents :

« Les cons[1]! »

III

LA MORT DANS L'ÂME

Roman

PREMIÈRE PARTIE

New York, 9 heures A. M.
Samedi 15 juin 1940.

Une pieuvre[a] ? Il prit son couteau, ouvrit les yeux,
c'était un rêve. Non. La pieuvre était là, elle le pompait
de ses ventouses : la chaleur. Il suait. Il s'était endormi
vers une heure; à deux heures, la chaleur l'avait réveillé,
il s'était jeté en nage dans un bain froid, puis recouché
sans s'essuyer; tout de suite après, la forge s'était remise
à ronfler sous sa peau, il s'était remis à suer. À l'aube,
il s'était endormi, il avait rêvé d'incendie; à présent le
soleil était sûrement déjà haut, et Gomez suait toujours :
il suait sans répit depuis quarante-huit heures. « Bon
Dieu! » soupira-t-il en passant sa main humide sur sa
poitrine mouillée. Ça *n'était pas* de la chaleur; c'était une
maladie de l'atmosphère : l'air avait la fièvre, l'air suait,
on suait dans de la sueur. Se lever. Se mettre à suer
dans une chemise. Il se redressa : « *Hombre!* Je n'ai plus
de chemises. » Il avait trempé la dernière, la bleue, parce
qu'il était obligé de se changer deux fois par jour. À
présent, fini : il porterait cette loque humide et puante
jusqu'à ce que le linge fût revenu du blanchissage. Il se
mit debout avec précaution, mais sans pouvoir éviter
l'inondation, les gouttes couraient sur ses flancs comme
des poux, ça le chatouillait. La chemise froissée, cassée
de mille plis, sur le dossier du fauteuil. Il la tâta : rien ne
sèche jamais dans ce putain de pays. Son cœur battait, il
avait la gueule de bois, comme s'il s'était soûlé la veille.

Il enfila son pantalon, s'approcha de la fenêtre et tira les rideaux : dans la rue la lumière, blanche comme une catastrophe ; encore treize heures de lumière. Il regarda la chaussée avec angoisse et colère. La *même* catastrophe : là-bas, sur la grasse terre noire, sous la fumée, du sang et des cris ; ici, entre les maisonnettes de brique rouge, de la lumière, tout juste de la lumière et des suées. Mais c'était la *même* catastrophe. Deux nègres passèrent en riant, une femme entra dans le drugstore. « Bon Dieu ! soupira-t-il. Bon Dieu ! » Il regardait crier toutes ces couleurs : même si j'en avais le temps, même si j'y avais la tête, comment voulez-vous *peindre* avec cette lumière ! « Bon Dieu ! dit-il, bon Dieu ! »

On sonna. Gomez alla ouvrir. C'était Ritchie.

« C'est un meurtre[1] », dit Ritchie en entrant.

Gomez sursauta :

« Quoi ?

— Cette chaleur : c'est un meurtre. Comment, ajouta-t-il avec reproche, tu n'es pas habillé ? Ramon nous attend à dix heures. »

Gomez haussa les épaules :

« Je me suis endormi tard. »

Ritchie le regarda en souriant, et Gomez ajouta vivement :

« Il fait trop chaud. Je ne peux pas dormir.

— Les premiers temps, c'est comme ça, dit Ritchie débonnaire. Tu t'y habitueras. » Il le regarda attentivement. « Est-ce que tu prends des pilules de sel ?

— Naturellement, mais ça ne me fait pas d'effet. »

Ritchie hocha la tête, et sa bienveillance se nuança de sévérité : les pastilles de sel *devaient* empêcher de suer. Si elles n'agissaient pas sur Gomez, c'est que Gomez *n'était pas* comme tout le monde.

« Mais dis donc ! dit soudain Ritchie en fronçant les sourcils, tu devrais être entraîné : en Espagne aussi il fait chaud. »

Gomez pensa aux matins secs et tragiques de Madrid, à cette noble lumière, au-dessus de l'Alcala, qui était encore de l'espoir ; il secoua la tête :

« Ce n'est pas la même chaleur.

— Moins humide, hein ? dit Ritchie avec une espèce de fierté.

— Oui. Et plus humaine. »

Ritchie tenait un journal[1]; Gomez[a] tendit la main pour le lui prendre, mais il n'osa pas. La main retomba.

« C'est un grand jour, dit Ritchie gaiement : la fête du Delaware. Je suis de là-bas, tu sais. »

Il ouvrit le journal à la treizième page; Gomez vit une photo : La Guardia serrait la main d'un gros homme, tous deux souriaient avec abandon[2].

« Ce type à gauche, dit Ritchie, c'est le gouverneur du Delaware. La Guardia l'a reçu hier au World Hall. C'était fameux. »

Gomez avait envie de lui arracher le journal et de regarder la première page. Mais il pensa : « Je m'en fous » et passa dans le cabinet de toilette. Il fit couler de l'eau froide dans la baignoire et se rasa rapidement. Comme il entrait dans son bain, Ritchie lui cria :

« Où en es-tu ?

— Au bout du rouleau. Je n'ai plus une seule chemise et il me reste dix-huit dollars. Et puis Manuel rentre lundi, il faudra que je lui rende son appartement. »

Mais il pensait au journal : Ritchie lisait en l'attendant; Gomez l'entendit tourner les pages. Il s'essuya soigneusement; en vain : l'eau sourdait dans la serviette. Il enfila en frissonnant sa chemise humide et rentra dans la chambre à coucher.

« Match de géants. »

Gomez regarda Ritchie sans comprendre.

« Le base-ball, hier. Les Géants ont gagné[b3].

— Ah! oui, le base-ball... »

Il se baissa pour nouer ses lacets de souliers. Il cherchait à lire, par en dessous, les manchettes de la première page. Il finit par demander :

« Et Paris ?

— Tu n'as pas entendu la radio ?

— Je n'ai pas de radio.

— Fini, liquidé, dit Ritchie paisiblement. Ils y sont entrés cette nuit. »

Gomez se dirigea vers la fenêtre, colla son front au carreau brûlant, regarda la rue, ce soleil inutile, cette inutile journée. Il n'y aurait jamais plus que des journées inutiles. Il se détourna et se laissa tomber sur son lit.

« Dépêche-toi, dit Ritchie. Ramon n'aime pas attendre. »

Gomez se releva. Déjà sa chemise était à tordre. Il
alla nouer sa cravate devant la glace :

« Il est d'accord ?

— En principe, oui. Soixante dollars par semaine et
tu feras la chronique des expositions. Mais il veut te
voir.

— Il me verra, dit Gomez. Il me verra. »

Il se retourna brusquement :

« Il me faut une avance. Tu crois qu'il marchera ? »

Ritchie haussa les épaules. Il dit, au bout d'un moment :

« Je lui ai dit que tu venais d'Espagne et il se doute
que tu ne portes pas Franco dans ton cœur; mais je ne
lui ai pas parlé de... tes exploits. Ne va pas lui raconter
que tu étais général : on ne sait pas ce qu'il pense au
fond. »

Général ! Gomez regarda son pantalon usé et les
taches sombres que la sueur faisait déjà sur sa chemise.
Il dit amèrement :

« N'aie pas peur, je n'ai pas envie de m'en vanter.
Je sais ce que ça coûte, ici, d'avoir fait la guerre en
Espagne : voilà six mois que je suis sans travail. »

Ritchie parut froissé :

« Les Américains n'aiment pas la guerre », expliqua-
t-il sèchement.

Gomez mit son veston sous son bras :

« Allons-y. »

Ritchie plia lentement son journal et se leva. Dans
l'escalier il demanda :

« Ta femme et ton fils sont à Paris ?

— J'espère bien que non, dit vivement Gomez.
J'espère bien que Sarah aura été assez maligne pour
filer à Montpellier. »

Il ajouta :

« Je suis sans nouvelles d'eux depuis le 1er juin.

— Si tu as le job, tu pourras les faire venir, dit
Ritchie.

— Oui, dit Gomez. Oui, oui. Nous verrons. »

La rue, l'éblouissement des fenêtres, le soleil sur les
longues casernes plates et sans toit, aux briques noircies. Devant chaque porte, des marches de pierre blanche;
un brouillard de chaleur du côté de l'East River; la ville
avait l'air rabougrie. Pas une ombre : dans aucune rue
du monde on ne se sentait si terriblement dehors. Des

aiguilles rougies à blanc lui perçaient les yeux; il leva la main pour s'abriter, et sa chemise colla à sa peau. Il frissonna :

« Un meurtre!

— Hier, dit Ritchie, un pauvre vieux est tombé devant moi : insolation. Brrr, fit-il. Je n'aime pas voir les morts. »

« Va en Europe et tu seras servi », pensa Gomez. Ritchie ajouta :

« C'est à quarante blocs. Il faut prendre le bus. »

Ils s'arrêtèrent devant un poteau jaune. Une jeune femme attendait. Elle les regarda d'un œil expert et morose, puis leur tourna le dos.

« Belle fille, dit Ritchie d'un air collégien.

— Elle a l'air d'une garce », dit Gomez avec rancune.

Il s'était senti sale et suant sous ce regard. Elle ne suait pas. Ritchie non plus : il était rose et frais dans sa belle chemise blanche, son nez retroussé brillait à peine. Le beau Gomez. Le beau général Gomez. Le général s'était penché sur des yeux bleus, verts, noirs, voilés par le battement des cils; la garce n'avait vu qu'un petit méridional à cinquante dollars par semaine qui suait dans son costume de confection. « Elle m'a pris pour un Dago[1]. » Il regarda tout de même les belles jambes longues et piqua une suée. « Quatre mois que je n'ai pas fait l'amour. » Autrefois, le désir, c'était un soleil sec dans son ventre. À présent, le beau général Gomez avait des envies honteuses et furtives de voyeur.

« Une cigarette ? proposa Ritchie.

— Non. J'ai la gorge en feu. J'aimerais mieux boire.

— Nous n'avons pas le temps. »

Il lui donna, d'un air gêné, une petite tape sur l'épaule :

« Tâche de sourire, dit-il.

— Quoi ?

— Tâche de sourire. Si Ramon te voit cette tête, tu vas lui faire peur. Je ne te demande pas d'être obséquieux », dit-il vivement, sur un geste de Gomez. « Tu mets sur tes lèvres, en entrant, un sourire tout à fait impersonnel et tu l'y oublies; pendant ce temps-là tu peux penser à ce que tu veux.

— Je sourirai », dit Gomez.

Ritchie le regarda avec sollicitude[a] :

« C'est pour ton gosse que tu te fais du souci ?

— Non. »

Ritchie fit un douloureux effort de réflexion :

« C'est à cause de Paris ?

— Je me fous de Paris, dit Gomez violemment.

— C'est mieux qu'ils l'aient pris sans combat, n'est-ce pas ?

— Les Français pouvaient le défendre, répondit Gomez d'une voix neutre.

— Bah ! une ville en terrain plat.

— Ils pouvaient le défendre. Madrid a tenu deux ans et demi...

— Madrid... » répéta Ritchie avec un geste vague. Il reprit : « Mais pourquoi défendre Paris ? C'est si bête. Ils auraient détruit le Louvre, l'Opéra, Notre-Dame. Moins il y aura de dégâts, mieux ça vaudra. À présent, ajouta-t-il avec satisfaction, la guerre sera vite finie.

— Comment donc ! dit Gomez avec ironie. À ce train-là, dans trois mois ce sera la paix nazie.

— La paix, dit Ritchie, n'est ni démocratique ni nazie : c'est la paix. Tu sais très bien que je n'aime pas les hitlériens. Mais ce sont des hommes comme les autres. Une fois l'Europe conquise, les difficultés commenceront pour eux, et il faudra qu'ils mettent de l'eau dans leur vin. S'ils sont raisonnables, ils laisseront chaque pays s'administrer lui-même au sein d'une fédération européenne. Quelque chose dans le genre de nos États-Unis. »

Il parlait lentement et avec application. Il ajouta :

« Si ça doit vous empêcher de faire la guerre tous les vingt ans, ce sera toujours ça de pris. »

Gomez le regarda avec irritation : il y avait une immense bonne volonté dans ses yeux gris. Il était gai, il aimait l'humanité, les enfants, les oiseaux, l'art abstrait ; il pensait qu'avec deux sous de raison tous les conflits seraient aplanis. Il n'avait pas beaucoup de sympathie pour les immigrants de race latine ; il s'entendait mieux avec les Allemands. « La prise de Paris, pour lui, qu'est-ce que ça représente ? » Gomez détourna la tête et regarda l'éventaire multicolore du marchand de journaux : Ritchie lui paraissait tout d'un coup impitoyable.

« Vous autres, Européens, dit Ritchie, vous vous attachez toujours aux symboles. Il y a huit jours qu'on sait que la France est battue. Bon : tu y as vécu, tu y as laissé des souvenirs, je comprends que ça t'attriste. Mais la prise de Paris ? Qu'est-ce que ça peut te faire, puisque la ville est intacte ? À la fin de la guerre, nous y reviendrons. »

Gomez se sentit soulevé par une joie formidable et coléreuse :

« Ce que *ça* me fait ? demanda-t-il d'une voix tremblante. Ça me fait plaisir! Quand Franco est entré dans Barcelone, ils hochaient la tête, ils disaient que c'était dommage, mais il n'y en a pas un qui ait levé le petit doigt. Eh bien! c'est leur tour à présent, qu'ils dégustent! Ça me fait plaisir », cria-t-il dans le fracas de l'autobus qui s'arrêta contre le trottoir, « ça me fait plaisir! »

Ils montèrent derrière la jeune femme, Gomez s'arrangea pour voir ses jarrets au passage; ils restèrent debout sur la plate-forme. Un gros homme à lunettes d'or s'écarta d'eux précipitamment et Gomez pensa : « Je dois sentir mauvais[a]. » Au dernier rang des places assises, un homme avait déployé un journal. Gomez lut par-dessus son épaule : « Toscanini acclamé à Rio, où il joue pour la première fois depuis cinquante-quatre ans[1]. » Et plus bas : « Première à New York : Ray Milland et Loretta Young dans *Le Docteur se marie*[2]. » Çà et là, d'autres journaux ouvraient leurs ailes : La Guardia reçoit le gouverneur du Delaware; Loretta Young; incendie dans l'Illinois; Ray Milland; mon mari m'a aimée du jour où j'ai usé du désodorisant Pitts; achetez Chrysargyl, le laxatif des lunes de miel; un homme en pyjama souriait à sa jeune épouse; La Guardia souriait au gouverneur du Delaware; « Pas de cake pour les mineurs », déclare Buddy Smith. Ils lisaient; les larges pages blanches et noires leur parlaient d'eux-mêmes, de leurs soucis, de leurs plaisirs; ils savaient qui était Buddy Smith et Gomez ne le savait pas; ils tournaient vers le sol, vers le dos du conducteur, les grosses lettres de la une : « Prise de Paris », ou bien « Montmartre en flammes ». Ils lisaient et les journaux criaient entre leurs mains, inécoutés. Gomez se sentit vieux et las. Paris était loin; il était seul à s'en soucier, au milieu de cent cinquante millions d'hommes; ce n'était plus qu'une petite préoccupation personnelle, à peine plus importante que la soif qui lui brûlait la gorge.

« Passe-moi le journal », dit-il à Ritchie.

Les Allemands occupent Paris. Pression vers le Sud. Prise du Havre. Assaut de la ligne Maginot[1].

Les lettres criaient, mais les trois nègres qui causaient derrière lui continuaient à rire sans entendre.

L'armée française intacte. L'Espagne prend Tanger.

L'homme aux lunettes d'or fouilla méthodiquement dans sa serviette, il en sortit une clé Yale qu'il considéra avec satisfaction. Gomez eut honte, il avait envie de refermer le journal, comme si l'on y parlait indiscrètement de ses secrets les plus intimes. Ces cris énormes qui faisaient trembler ses mains, ces appels au secours, ces râles, c'étaient de grosses incongruités, comme sa sueur d'étranger, comme son odeur trop forte. *La parole d'Hitler mise en doute; Le président Roosevelt ne croit pas...; Les États-Unis feront ce qu'ils pourront pour les Alliés;* le gouvernement de Sa Majesté fera ce qu'il pourra pour les Tchèques; les Français feront ce qu'ils pourront pour les républicains d'Espagne. Des charpies, des médicaments, des boîtes de lait. Misère! *Manifestation d'étudiants à Madrid pour réclamer le retour de Gibraltar aux Espagnols.* Il vit le mot Madrid et ne put lire plus avant. « C'est bien fait, salauds! salauds! Qu'ils mettent le feu aux quatre coins de Paris; qu'ils le réduisent en cendres. »
*Tours (de notre correspondant particulier Archambaud):
La bataille*[a] *continue, les Français déclarent que la pression ennemie décroît; lourdes pertes nazies.*
Naturellement la pression décroît, elle décroîtra jusqu'au dernier jour et jusqu'au dernier journal français; lourdes pertes, pauvres mots, derniers mots d'espoir qui ne trompent plus personne; lourdes pertes fascistes autour de Tarragone; la pression diminue; Barcelone tiendra... et le lendemain, c'était la fuite éperdue.
Berlin (de notre correspondant particulier Brooks Peters): La France a perdu toute son industrie; Montmédy est pris; la ligne Maginot emportée d'assaut; l'ennemi en déroute; chant de gloire, chant cuivré, soleil; ils chantent à Berlin, à Madrid, dans leurs uniformes; Barcelone, Madrid, dans leurs uniformes; Barcelone, Madrid, Valence, Varsovie, Paris; demain Londres. À Tours[2], des messieurs en veston noir couraient dans les couloirs des hôtels[b]. C'est

bien fait! C'est bien fait, qu'ils prennent tout, la France, l'Angleterre, qu'ils débarquent à New York, c'est bien fait!

Le monsieur aux lunettes d'or le regardait; Gomez eut honte, comme s'il avait crié. Les nègres souriaient, la jeune femme souriait, le receveur souriait, *not to grin is a sin*[1].

« Nous descendons », dit Ritchie en souriant.

Sur les affiches, sur la couverture des magazines, l'Amérique souriait. Gomez pensa à Ramon et se mit à sourire.

« Il est dix heures, dit Ritchie, nous n'aurons que cinq minutes de retard. »

Dix heures, trois heures en France : blême, sans espoir, un après-midi se cachait au fond de cette matinée coloniale.

Trois heures en France[2].

« Nous voilà beaux », dit le type.

Il restait pétrifié sur son siège; Sarah voyait la sueur ruisseler sur sa nuque; elle entendait la meute des klaxons.

« Il n'y a plus d'essence! »

Il ouvrit la porte, sauta sur la route et se planta devant sa voiture. Il la considérait tendrement :

« Nom de Dieu! dit-il entre ses dents. Nom de Dieu de nom de Dieu! »

Il flattait de la main le capot brûlant : Sarah le voyait, à travers la vitre, debout contre le ciel étincelant, au milieu de cette immense rumeur; les autos qu'ils suivaient depuis le matin s'éloignaient dans un nuage de poussière. Derrière eux, les klaxons, les sifflets, les sirènes : un ramage d'oiseaux de fer, le chant de la haine.

« Pourquoi se fâchent-ils ? demanda Pablo.

— Parce que nous leur barrons la route. »

Elle aurait voulu sauter hors de la voiture, mais le désespoir l'écrasait sur la banquette. Le type releva la tête[a] :

« Mais descendez! dit-il avec irritation. Vous ne les entendez pas ? Aidez-moi à la pousser. »

Ils descendirent.

« Allez derrière, dit le type à Sarah. Et poussez dur.

— Je veux pousser aussi », dit Pablo.

Sarah s'arc-bouta contre la voiture et poussa de toutes ses forces, les yeux clos, dans un cauchemar. La sueur trempait sa chemisette : à travers ses paupières closes, le soleil lui crevait les yeux. Elle les ouvrit : devant elle[a], le type poussait de sa main gauche plaquée contre la portière ; de la droite, il manœuvrait le volant ; Pablo s'était précipité contre le pare-choc de l'arrière et s'y accrochait avec des cris sauvages.

« Ne te fais pas traîner », dit Sarah.

La voiture roula mollement sur le bas-côté de la route.

« Stop ! stop ! dit le type. Ça va, ça va, bon Dieu ! »

Les klaxons se turent ; le fleuve se remit à couler. Les voitures rasaient l'auto en panne, des visages se collaient aux vitres ; Sarah se sentit rougir sous les regards et se réfugia derrière l'auto. Un grand maigre, au volant d'une Chevrolet, se pencha vers eux :

« Sales cons ! »

Camions, camionnettes, autos de maître, taxis avec des drapeaux noirs, cabriolets. Chaque fois qu'une voiture les dépassait, Sarah perdait un peu de courage et Gien s'éloignait un peu plus. Ensuite ce fut le défilé des charrettes et Gien reculait toujours, en grinçant ; enfin la poix noire des piétons recouvrit la route. Sarah se réfugia sur le bord du fossé : les foules lui faisaient peur. Ils marchaient lentement, péniblement, la souffrance leur donnait un air de famille : quiconque entrerait dans leurs rangs se mettrait à leur ressembler. Je ne veux pas. Je ne veux pas devenir comme eux. Ils ne la regardaient pas ; ils évitaient la voiture sans la regarder : ils n'avaient plus d'yeux. Un géant coiffé d'un canotier frôla l'auto, une valise au bout de chaque bras, se cogna en aveugle au garde-boue, fit un tour sur lui-même et reprit sa marche chancelante. Il était blême. Sur l'une des valises, il y avait des étiquettes multicolores : Séville, Le Caire, Sarajevo, Stresa.

« Il est mort de fatigue, cria Sarah. Il va tomber. »

Il ne tombait pas. Elle suivit des yeux le canotier au ruban rouge et vert qui se balançait gaiement au-dessus de la mer des chapeaux.

« Prenez votre valise et continuez sans moi. »

Sarah frissonna sans répondre : elle regardait la foule avec un dégoût terrorisé.

« Vous entendez ce que je vous dis ? »

Elle se retourna vers lui :

« Ça n'est pas possible d'attendre qu'une voiture passe
et de lui demander un bidon d'essence ? Après les piétons, il viendra encore des autos. »

Le type eut un sourire mauvais[a].

« Je vous conseille d'essayer.

— Et pourquoi pas, pourquoi n'essaierait-on pas ? »

Il cracha avec mépris et resta un moment sans répondre.

« Vous les avez donc pas vus ? dit-il enfin. Ils se
poussent au cul les uns les autres : comment voulez-
vous qu'ils s'arrêtent ?

— Mais si je trouvais de l'essence ?

— Je vous dis que vous n'en trouverez pas. Vous ne
pensez pas qu'ils vont perdre leur rang pour vous ? » Il
la toisa en ricanant : « Si vous étiez belle môme et si vous
aviez vingt ans, je ne dis pas. »

Sarah fit semblant de ne pas entendre. Elle insista :

« Mais si je vous en trouvais tout de même ? »

Il secoua la tête d'un air buté :

« Rien à faire. J'irai pas plus loin. Même que vous en
trouveriez vingt litres; même que vous m'en trouveriez
cent. J'ai compris. » Il se croisa les bras.

« Vous vous rendez compte, dit-il sévèrement. Freiner, débrayer, embrayer[b] tous les vingt mètres. Changer
de vitesse cent fois par heure : c'est ça qui arrange une
voiture! »

Il y avait des taches brunes sur la glace. Il sortit son
mouchoir et les essuya avec sollicitude.

« J'aurais pas dû me laisser entraîner.

— Vous n'aviez qu'à prendre assez d'essence », dit
Sarah.

Il hocha la tête sans répondre; elle avait envie de le
griffer. Elle se contint et dit d'une voix calme :

« Alors ? qu'est-ce que vous allez faire ?

— Rester ici et attendre.

— Attendre quoi ? »

Il ne répondit pas. Elle lui prit le poignet et le serra de
toutes ses forces :

« Si vous restez ici, vous savez ce qui vous arrivera ?
Les Allemands déporteront tous les hommes valides.

— Bien sûr! et ils couperont les mains de votre
gnard et ils vous grimperont, s'ils en ont le courage. Tout
ça, c'est des salades : ils ne sont[c] sûrement pas le quart
aussi méchants qu'on le dit. »

Sarah avait la gorge sèche et ses lèvres tremblaient.
Elle dit d'une voix blanche :

« C'est bon. Où sommes-nous ?

— À vingt-quatre kilomètres de Gien[1]. »

« Vingt-quatre kilomètres ! Je ne vais tout de même
pas pleurer devant cette brute. »

Elle entra dans l'auto, prit sa valise, ressortit, saisit
Pablo par la main.

« Viens, Pablo !

— Où ?

— À Gien.

— C'est loin ?

— Encore assez, mais je te porterai quand tu seras
fatigué. Et puis, ajouta-t-elle avec défi, nous trouverons
sûrement de braves gens pour nous aider. »

L'homme se planta devant eux et leur barra le passage[a].
Il fronçait les sourcils et se grattait le crâne d'un air
inquiet.

« Qu'est-ce que vous voulez ? » demanda sèchement
Sarah.

Il ne savait pas ce qu'il voulait. Il regardait alterna-
tivement Sarah et Pablo; il avait l'air de chercher.

« Alors ? dit-il sans assurance. On s'en va comme ça ?
On ne dit même pas merci ?

— Merci, dit Sarah très vite, merci. »

L'homme avait trouvé ce qu'il cherchait : la colère.
Il se mit en colère et son visage devint pourpre.

« Et mes deux cents francs ? Où qu'ils sont ?

— Je ne vous dois rien, dit Sarah.

— Vous n'avez pas promis deux cents francs ? Ce
matin même ? À Melun ? Dans mon garage ?

— Oui, si vous me conduisiez jusqu'à Gien : mais
vous m'abandonnez avec un enfant au milieu de la route.

— Ce n'est pas moi qui vous abandonne; c'est le
tacot. »

Il secoua la tête et les veines de ses tempes se gon-
flèrent. Ses yeux brillaient et il paraissait content. Sarah
n'avait pas peur de lui :

« Je veux mes deux cents francs. »

Elle fouilla dans son sac :

« Voilà cent francs. Je ne vous les dois pas, et vous
êtes sûrement plus riche que moi. Je vous les donne
pour avoir la paix. »

Il prit le billet et le mit dans sa poche; puis il tendit la main de nouveau. Il était très rouge avec la bouche ouverte et des yeux pensifs.

« Vous me devez encore cent francs.

— Vous n'aurez pas un sou de plus. Laissez-moi passer. »

Il ne bougeait pas, en proie à lui-même. Il ne les veut pas vraiment, ces cent francs. Il ne sait pas ce qu'il veut : peut-être il veut que le petit l'embrasse avant de partir : il traduit ça dans son langage. Il s'avança^a vers elle et elle devina qu'il allait prendre la valise.

« Ne me touchez pas.

— Je veux mes cent francs ou je prends la valise. »

Ils se regardaient dans les yeux. Il n'avait pas du tout envie de prendre la valise, c'était visible; et Sarah était si lasse qu'elle la lui aurait volontiers abandonnée. Mais, à présent, il fallait jouer la scène jusqu'au bout. Ils hésitèrent, comme s'ils ne se rappelaient plus leur rôle; puis Sarah dit :

« Essayez donc de la prendre! Essayez! »

Il saisit la valise par la poignée et se mit à tirer. Il aurait pu la lui arracher d'une seule secousse, mais il se bornait à tirer en détournant la tête; Sarah tira de son côté; Pablo se mit à pleurer. Le troupeau de piétons était déjà loin; le défilé des autos avait recommencé. Sarah se sentit ridicule. Elle tira avec violence sur la poignée; il tira plus fort, de son côté, et la lui arracha. Il regarda Sarah et la valise avec étonnement; peut-être n'avait-il jamais voulu la prendre, mais c'était un fait, à présent : elle était au bout de son bras.

« Rendez-moi cette valise », dit Sarah.

Il ne répondait pas; il avait l'air idiot et tenace. La colère souleva Sarah et la jeta contre les autos :

« Au voleur! » cria-t-elle.

Une longue Buick noire passait près d'eux.

« Allons, dit le type, pas d'histoires! »

Il la saisit par l'épaule, mais elle se dégagea; les mots et les gestes sortaient d'elle avec aisance et précision. Elle sauta sur le marche-pied de la Buick et se cramponna au loquet de la portière.

« Au voleur! Au voleur! »

Un bras jaillit de l'auto et la repoussa.

« Descendez, vous allez vous faire tuer. »

Elle se sentait devenir folle : c'était agréable.

« Arrêtez, cria-t-elle. Au voleur! à l'aide!

— Mais descendez donc! Comment voulez-vous que j'arrête : je me ferais emboutir. »

La colère de Sarah tomba net. Elle sauta sur le sol et trébucha. Le garagiste la rattrapa au vol et la remit sur pied. Pablo criait et pleurait. La fête était finie : Sarah avait envie de mourir. Elle fouilla dans son sac et en tira cent francs.

« Voilà! tout à l'heure vous aurez honte. »

Le type prit le billet sans lever les yeux et lâcha la valise.

« À présent, laissez-nous passer. »

Il s'écarta; Pablo pleurait toujours.

« Ne pleure pas, Pablo, dit-elle sans douceur. Là, là, c'est fini : on s'en va. »

Ils s'éloignèrent. Le type grommela dans leur dos :

« Qui c'est qui m'aurait payé l'essence ? »

Les longues fourmis sombres tenaient toute la route[a]; Sarah essaya un moment de marcher entre elles, mais les rugissements du klaxon la rejetèrent dans le fossé.

« Marche derrière moi. »

Elle se tordit le pied et s'arrêta.

« Assieds-toi. »

Ils s'assirent dans l'herbe. Les insectes rampaient devant eux, énormes, lents, mystérieux; il leur tournait le dos, il serrait encore dans sa main ses cent francs inutiles; les autos grinçaient comme des homards, chantaient comme des grillons. Les hommes ont été changés en insectes. Elle avait peur.

« Il est méchant, dit Pablo. Méchant! Méchant!

— Personne n'est méchant! dit Sarah passionnément.

— Alors pourquoi qu'il a pris la valise ?

— On ne dit pas : pourquoi que. Pourquoi *a-t-il* pris la valise.

— Pourquoi a-t-il pris la valise ?

— Il avait peur, dit-elle.

— Qu'est-ce qu'on attend ? demanda Pablo.

— Que les autos soient passées, pour pouvoir marcher sur la route. »

Vingt-quatre kilomètres. Le petit peut en faire huit au plus. Brusquement elle grimpa sur le talus et agita la main. Les autos passaient devant elle et elle se sentait *vue* par des yeux cachés, par d'étranges yeux de mouches, de fourmis.

« Qu'eſt-ce que tu fais, maman ?

— Rien, dit Sarah, amèrement. Des bêtises. »

Elle redescendit dans le fossé, prit la main de Pablo et ils regardèrent la route en silence. La route et les carapaces qui se traînaient dessus. Gien, vingt-quatre kilomètres. Après Gien, Nevers, Limoges, Bordeaux, Hendaye. À Hendaye, les consulats, les démarches, les attentes humiliantes dans les bureaux. Ce serait beaucoup de chance si elle trouvait un train pour Lisbonne. À Lisbonne, ce serait un miracle si elle trouvait un bateau pour New York. Et à New York ? Gomez n'a pas le sou, peut-être qu'il vit avec une femme ; ce sera le malheur et la honte jusqu'au bout. Il ouvrirait la dépêche, il dirait : « Nom de Dieu ! » Il se tourne vers une grosse blonde aux lèvres beſtiales qui fume une cigarette, il lui dit : « Ma femme rapplique, c'eſt un coup dur ! » Il eſt sur le quai, les autres agitent leurs mouchoirs ; il n'agite pas le sien, il regarde la passerelle d'un air mauvais. « Va ! Va ! pensa-t-elle, si j'étais seule, tu n'entendrais plus jamais parler de moi ; mais il faut bien que je vive pour élever le gosse que tu m'as fait. »

Les autos avaient disparu, la route reſtait vide. De l'autre côté de la route, il y avait des champs jaunes et des collines. Un homme passa à bicyclette ; il était pâle et suant ; il pédalait avec brutalité.

Il regarda Sarah avec égarement et cria sans s'arrêter :
« Paris eſt en flammes. Bombes incendiaires.

— Comment ? »

Mais déjà il avait rejoint le peloton des autos, elle le vit s'accrocher à l'arrière d'une Renault. Paris en flammes. Pourquoi vivre ? Pourquoi protéger cette petite vie ? Pour qu'il erre de pays en pays, amer et peureux ; pour qu'il remâche pendant un demi-siècle la malédiction qui pèse sur sa race^a ? Pour qu'il meure à vingt ans sur une route mitraillée en tenant ses boyaux dans ses mains ? Par ton père tu seras orgueilleux, sensuel et méchant. Par moi, tu seras juif. Elle lui prit la main :

« Allons ! Viens ! Il eſt temps. »

La foule envahit la route et les champs, dense, tenace, implacable : une inondation. Pas un bruit sauf le frot-

tement chuintant des semelles contre la terre. Sarah eut
un instant d'angoisse, elle voulut fuir dans la campagne;
mais elle se reprit, saisit Pablo, l'entraîna avec elle, se
laissa couler. L'odeur. L'odeur des hommes, chaude et
fade, souffreteuse, aigre, parfumée; l'odeur contre nature
de bêtes qui pensent. Entre deux nuques rouges qui s'abri-
taient sous des melons, elle vit fuir au loin les dernières
autos, les derniers espoirs. Pablo se mit à rire et Sarah
sursauta.

« Chut, dit-elle, honteuse. Il ne faut pas rire. »

Il riait toujours, sans faire de bruit.

« Pourquoi ris-tu ?

— C'est comme à l'enterrement », expliqua-t-il.

Sarah devinait des visages et des yeux, à sa droite,
à sa gauche, mais elle n'avait pas le courage de les
regarder. Ils marchaient; ils s'obstinaient à marcher
comme elle s'obstinait à vivre : des murs de poussière
se levaient et s'abattaient sur eux; ils marchaient toujours. Sarah toute droite, la tête haute, fixait son regard
très loin, entre les nuques, et se répétait : « Je ne deviendrai pas comme eux ! » Mais, au bout d'un moment, cette
marche collective la pénétra, remonta de ses cuisses à
son ventre, se mit à battre en elle comme un gros cœur
forcé. Le cœur de *tous*.

« Ils nous tueraient, les nazis, s'ils nous prenaient ?
demanda Pablo tout à coup.

— Chut ! dit Sarah. Je ne sais pas.

— Ils tueraient tout le monde qui est là ?

— Mais tais-toi donc; je te dis que je ne sais pas.

— Alors il faut courir. »

Sarah lui serra la main.

« Ne cours pas. Reste ici. Ils ne nous tueront pas. »

Sur sa gauche, un souffle râpeux. Elle l'entendait
depuis cinq minutes sans y prendre garde. Il se glissa
en elle, s'installa dans ses bronches, devint *son* souffle.
Elle tourna la tête et vit une vieille femme avec des
mèches grises que la sueur poissait. C'était une vieille
des villes avec des joues blanches et des poches d'eau
sous les yeux; elle soufflait. Elle avait dû vivre soixante
ans dans une cour de Montrouge, dans une arrière-
boutique de Clichy; à présent, on l'avait lâchée sur les
routes; elle serrait contre sa hanche un ballot de forme
allongée[a]; chaque enjambée, c'était une chute : elle

tombait d'un pied sur l'autre et sa tête tombait en même temps. « Qui lui a conseillé de partir, à son âge ? Est-ce que les gens n'ont pas assez de malheur sans aller s'en inventer exprès ? » La bonté monta dans ses seins comme du lait : « Je l'aiderai, je lui prendrai son paquet, sa fatigue, ses malheurs. » Elle demanda doucement :

« Vous êtes toute seule, madame ? »

La vieille ne tourna même pas la tête.

« Madame ! dit Sarah plus fort, vous êtes seule ? »

La vieille la regarda d'un air fermé.

« Je peux porter votre ballot », dit Sarah.

Elle attendit un instant ; elle regardait le ballot avec concupiscence. Elle ajouta d'une voix pressante :

« Donnez-le-moi, je vous en prie : je le porterai tant que le petit pourra marcher.

— Je ne donne pas mon ballot, dit la vieille.

— Mais vous êtes éreintée ; vous n'irez pas jusqu'au bout. »

La vieille lui jeta un regard haineux et fit un pas de côté :

« Je ne donne mon ballot à personne », répondit-elle.

Sarah soupira et se tut. Sa bonté inemployée la gonflait comme un gaz. Ils ne veulent pas qu'on les aime. Quelques têtes s'étaient tournées vers elle, elle rougit. Ils ne veulent pas qu'on les aime, ils n'ont pas l'habitude.

« Est-ce que c'est encore loin, maman ?

— Presque aussi loin que tout à l'heure, répondit Sarah, agacée.

— Porte-moi, maman. »

Sarah haussa les épaules. « Il joue la comédie, il est jaloux parce que j'ai voulu porter le ballot de la vieille. »

« Essaie de marcher encore un peu.

— Je ne peux plus, maman. Porte-moi. »

Elle dégagea sa main avec colère ; il va me prendre toutes mes forces et je ne pourrai plus aider personne. Elle porterait le petit comme la vieille son ballot, elle deviendrait pareille à eux.

« Porte-moi, dit-il en trépignant. Porte-moi.

— Tu n'es pas encore fatigué, Pablo, chuchota-t-elle sévèrement ; tu sors de voiture. »

Le petit se remit à trottiner ; Sarah marchait, la tête droite, en s'efforçant de ne plus penser à lui. Au bout d'un moment, elle lui jeta un coup d'œil oblique et vit qu'il

pleurait. Il pleurait tranquillement, sans bruit, pour lui
seul ; de temps à autre, il levait ses petits poings pour
écraser les larmes sur ses joues. Elle eut honte, elle pensa :
« Je suis trop dure. Bonne avec tout le monde par orgueil,
dure avec lui parce qu'il est à moi. » Elle se donnait à
tous, elle s'oubliait, elle oubliait qu'elle était juive, qu'elle
était elle-même persécutée, elle s'évadait dans une grande
charité impersonnelle et, à ces moments-là, elle détestait
Pablo parce qu'il était la chair de sa chair et qu'il lui
reflétait sa race. Elle posa sa grande main sur la tête du
petit, elle pensa : « Ça n'est pas ta faute si tu as la gueule
de ton père et la race de ta mère. » Le râle sifflant de la
vieille lui entrait dans les poumons. « Je n'ai pas le droit
d'être généreuse. » Elle fit passer sa valise dans sa main
gauche et s'accroupit.

     « Mets tes bras autour de mon cou, dit-elle gaiement.
Fais-toi léger. Hop ! Je t'enlève. »

     Il était lourd, il riait aux anges et le soleil séchait ses
larmes[a] ; elle était devenue pareille aux autres, une bête
du troupeau ; des langues de feu lui léchaient les bronches
à chaque respiration ; une douleur aiguë et fausse lui
sciait l'épaule ; une fatigue qui n'était ni généreuse ni
voulue battait du tambour dans sa poitrine. Une fatigue
de mère et de Juive, *sa* fatigue, *son* destin. L'espoir
s'effaça : elle n'arriverait jamais à Gien. Ni elle ni personne. Personne n'avait d'espoir, ni la vieille, ni les deux
nuques au chapeau melon, ni le couple qui poussait un
tandem aux pneus crevés. Mais nous sommes pris dans
la foule et la foule marche et nous marchons ; nous ne
sommes plus que des pattes de cette interminable vermine. Pourquoi marcher quand l'espoir est mort ? Pourquoi vivre ?

     Quand ils commencèrent à crier, elle fut à peine sur-
prise ; elle s'arrêta pendant qu'ils se débandaient, sautaient sur les talus, s'aplatissaient dans les fossés. Elle
laissa tomber sa valise et resta au milieu de la route, droite,
seule et fière ; elle entendait le ronronnement du ciel, elle
regardait à ses pieds son ombre déjà longue, elle serrait
Pablo contre sa poitrine, ses oreilles s'emplirent de fracas ; un instant, ce fut une morte. Mais le bruit décrut, elle
vit des têtards filer dans l'eau du ciel, les gens sortirent
des fossés ; il fallait se remettre à vivre, se remettre à
marcher.

★

« En somme, dit Ritchie, il n'a pas été trop méchant : il nous a offert à déjeuner et il t'a donné cent dollars d'avance.

— Eh oui », dit Gomez.

Ils étaient au rez-de-chaussée du Modern Art Museum[1], dans la Salle des Expositions temporaires. Gomez tournait le dos à Ritchie et aux tableaux : il appuyait son front à la vitre et regardait au-dehors le bitume et le maigre gazon du jardinet. Il dit sans se retourner :

« À présent, je vais peut-être pouvoir penser à autre chose qu'à ma bouffe.

— Tu dois être joliment content », dit Ritchie avec bonté.

C'était une invite discrète : « Tu as trouvé une place, tout est pour le mieux dans le meilleur des nouveaux mondes ; il convient que tu manifestes un enthousiasme édifiant. » Gomez jeta par-dessus son épaule un regard sombre à Ritchie : « Content ? C'est toi qui es content, parce que tu ne m'auras plus sur le dos. »

Il se sentait aussi ingrat que possible.

« Content ? dit-il. C'est à voir. »

Le visage de Ritchie se durcit légèrement :

« Tu n'es pas content ?

— C'est à voir », répéta Gomez en ricanant.

Il laissa retomber son front contre la vitre, il regarda l'herbe avec un mélange de convoitise et de dégoût. Jusqu'à ce matin, Dieu merci, les couleurs l'avaient laissé tranquille ; il avait enterré les souvenirs de ce temps où il errait dans les rues de Paris, halluciné, fou d'orgueil devant son destin, et répétant cent fois par jour : « Je suis peintre. » Mais Ramon avait donné l'argent, Gomez avait bu du Chili White Wine, il avait parlé de Picasso pour la première fois depuis trois ans. Ramon avait dit : « Après Picasso, je ne sais pas ce qu'un peintre peut faire », et Gomez avait souri, il avait dit : « Moi, je le sais », une flamme sèche s'était ranimée dans son cœur. À la sortie du restaurant, c'était comme si on l'avait opéré de la cataracte : toutes les couleurs s'étaient allumées en même temps et lui faisaient fête, comme en 29, c'était le bal de la Redoute, le Carnaval, la Fantasia[2] ; les gens et les objets s'étaient congestionnés ; le violet d'une robe se violaçait, la porte rouge d'un drugstore tournait au cramoisi, les couleurs battaient à grands coups dans les choses, comme des pouls affolés ; c'étaient des élancements, des vibrations qui s'enflaient jusqu'à l'explosion ; les objets allaient se rompre ou tomber d'apoplexie et ça criait, ça jurait ensemble, c'était la foire. Gomez avait haussé les épaules : on lui rendait les couleurs quand il avait cessé de croire à son destin ; ce qu'il faut faire, je le sais très bien, mais c'est un autre qui le fera. Il s'était accroché au bras de Ritchie ; il avait hâté le pas, le regard fixe, mais les couleurs l'assaillaient par côté, elles lui éclataient dans les yeux comme des ampoules de sang et de fiel. Ritchie l'avait poussé dans le musée et, à présent, il était là et il y avait ce vert, de l'autre côté de la vitre, ce vert *naturel,* inachevé, ambigu, une sécrétion organique, pareille au miel, au lait bourru ; il y avait ce vert *à prendre ;* je l'attirerai, je le porterai à l'incandescence... Qu'ai-je à en faire : je ne peins plus. Il soupira : « Un critique d'art n'est pas payé pour s'occuper de l'herbe folle, il pense sur la pensée des autres. Derrière lui, les couleurs des autres s'étalaient sur les toiles : des extraits, des essences, des pensées. Elles avaient eu la chance d'aboutir, celles-là ; on les avait gonflées, soufflées, poussées à l'extrême limite d'elles-mêmes, et elles avaient accompli leur destin, il n'y avait plus qu'à les conserver dans les musées. Les couleurs des autres : à présent, c'était son lot. »

« Allons, dit-il, il faut que je les gagne, ces cent[a] dollars. »

Il se retourna : cinquante toiles de Mondrian[b1] aux murs blancs de cette clinique : de la peinture stérilisée dans une salle climatisée ; rien de suspect ; on était à l'abri des microbes et des passions. Il s'approcha d'un tableau et le considéra longuement. Ritchie épiait le visage de Gomez et souriait d'avance.

« Ça ne me dit rien », murmura Gomez.

Ritchie cessa de sourire, mais il se montra très compréhensif.

« Bien sûr, dit-il avec tact. Ça ne peut pas revenir tout de suite, il faut que tu t'y remettes.

— M'y remettre ? répéta Gomez irrité. Pas à *ça.* »

Ritchie tourna la tête vers le tableau. Une verticale noire barrée par deux traits horizontaux s'enlevait sur fond gris ; l'extrémité gauche du trait supérieur était surmontée d'un disque bleu[1].

« Je croyais que tu aimais Mondrian.

— Je le croyais aussi », dit Gomez.

Ils s'arrêtèrent devant une autre toile ; Gomez la regardait et il essayait de se *rappeler*.

« Est-ce vraiment nécessaire que tu écrives dessus ? demanda Ritchie avec inquiétude.

— Nécessaire, non. Mais Ramon veut que je lui consacre mon premier article. Je pense qu'il trouve que ça fait sérieux.

— Sois prudent, dit Ritchie. Ne commence pas par un éreintement.

— Pourquoi pas ? » demanda Gomez hérissé.

Ritchie sourit avec une ironie débonnaire :

« On voit que tu ne connais pas le public américain. Il ne veut surtout pas qu'on l'effraye. Commence par te faire un nom : dis des choses simples et de bon sens, et dis-les agréablement. Et si tu tiens[a] absolument à attaquer quelqu'un, en tout cas ne choisis pas Mondrian : c'est notre dieu.

— Parbleu, dit Gomez, il ne pose pas de questions. »

Ritchie secoua la tête et fit claquer sa langue à plusieurs reprises, en signe de désapprobation.

« Il en pose des foules, dit-il.

— Oui, mais pas de questions gênantes.

— Ah ! dit Ritchie, tu veux dire des questions sur la sexualité ou le sens de la vie ou le paupérisme ? C'est vrai que tu as fait tes études en Allemagne[2]. La *Gründlichkeit*, hein ? dit-il en lui frappant sur l'épaule. Tu ne trouves pas que c'est un peu démodé ? »

Gomez ne répondit pas.

« Mon opinion, dit Ritchie, est que l'art n'est pas fait pour poser des questions gênantes. Suppose que quelqu'un vienne me demander si j'ai désiré ma mère : je le flanquerais dehors, à moins que ce ne soit un enquêteur scientifique. Dans ces conditions, je ne vois pas pourquoi on autoriserait les peintres à m'interroger publiquement sur mes complexes. Je suis comme tout le monde, ajouta-t-il d'un ton conciliant, j'ai mon problème. Seulement, le jour où il me tracasse, je ne vais pas au Musée : je téléphone au psychanalyste. À chacun son métier : le psychanalyste m'inspire confiance parce qu'il a commencé par se faire psychanalyser[1]. Tant que les peintres n'en feront pas autant, ils parleront de tout à tort et à travers et je ne leur demanderai pas de me mettre en face de moi-même.

— Qu'est-ce que tu leur demandes ? » dit Gomez distraitement.

Il inspectait la toile avec un acharnement morose. Il pensait : « C'est de l'eau claire. »

« Je leur demande l'innocence, dit Ritchie. Cette toile...

— Eh bien ?

— C'est séraphique, dit-il avec extase. Nous autres, Américains[2], nous voulons de la peinture pour gens heureux ou qui essaient de l'être.

— Je ne suis pas heureux, dit Gomez, et je serais un salaud si j'essayais de l'être, quand tous mes copains sont en prison ou fusillés[3]. »

La langue de Ritchie claqua de nouveau :

« Mon vieux, dit-il, je comprends très bien tes inquiétudes d'homme. Le fascisme, la défaite des Alliés, l'Espagne, ta femme, ton gosse : bien sûr! Mais il est bon, par moments, de s'élever au-dessus de ça.

— Pas un seul instant! dit Gomez. Pas un seul instant! »

Ritchie rougit légèrement.

« Qu'est-ce que tu peignais donc ? demanda-t-il, blessé. Des grèves ? des carnages ? des capitalistes en haut de forme ? des soldats tirant sur le peuple ? »

Gomez sourit.

« Tu sais, je n'ai jamais beaucoup cru à l'art révolutionnaire[4]. Et à présent, j'ai tout à fait cessé d'y croire.

— Eh bien! alors ? dit Ritchie. Nous sommes d'accord.

— Peut-être bien; seulement du coup je me demande si je n'ai pas cessé de croire à l'art tout court.

— Et à la Révolution tout court ? » demanda Ritchie.

Gomez ne répondit pas. Ritchie reprit son sourire :

« Vous autres intellectuels européens, vous m'amusez : vous avez un complexe d'infériorité à l'égard de l'action. »

Gomez se détourna brusquement et saisit Ritchie par le bras :

« Viens! Je les ai assez vus. Je connais Mondrian par cœur, je pourrai toujours torcher un article. Montons.

— Où ça ?

— Au premier, je veux voir les autres.

— Quels autres ? »

Ils traversaient les trois salles de l'exposition. Gomez poussait Ritchie devant lui sans rien regarder.

« Quels autres ? répéta Ritchie avec mauvaise humeur.

— Tous les autres. Klee, Rouault, Picasso[1] : ceux qui posent[a] des questions gênantes. »

Ils étaient au pied de l'escalier. Gomez s'arrêta. Il regarda Ritchie avec perplexité et dit, presque timidement :

« Ce sont les premiers tableaux que je vois depuis 36.

— Depuis 36! répéta Ritchie stupéfait.

— C'est cette année-là que je suis parti pour l'Espagne. Je faisais des gravures sur cuivre à l'époque. Il y en a une que je n'ai pas eu le temps d'achever, elle est restée sur ma table[2].

— Depuis 36! Mais à Madrid ? Les toiles du Prado ?

— Emballées, cachées, dispersées. »

Ritchie hocha la tête :

« Tu as dû beaucoup souffrir. »

Gomez rit grossièrement :

« Non. »

L'étonnement de Ritchie se nuançait de blâme :

« Personnellement, dit-il, je n'ai jamais touché à un pinceau, mais il *faut* que j'aille à toutes les expositions : c'est un besoin. Comment un peintre peut-il rester quatre ans sans voir de peinture ?

— Attends, dit Gomez, attends un peu! Dans une minute, je saurai si je suis encore un peintre. »

Ils gravirent l'escalier, entrèrent dans une salle. Sur le mur de gauche, il y avait un Rouault, rouge et bleu. Gomez se planta devant le tableau.

« C'est un roi mage », dit Ritchie.

Gomez ne répondit pas.

« Moi, je ne goûte pas tellement Rouault, dit Ritchie. À toi, évidemment, ça doit plaire.

— Mais tais-toi donc! »

Il regarda encore un moment, puis il baissa la tête :

« Allons-nous-en.

« — Si tu aimes les Rouault, dit Ritchie, il y en a un, au fond, que je trouve beaucoup plus beau.

— Pas la peine, dit Gomez. Je suis devenu aveugle. » Ritchie le regarda, entrouvrit la bouche et se tut. Gomez haussa les épaules.

« Il faudrait ne pas avoir tiré sur des hommes. »

Ils descendirent l'escalier, Ritchie très raide, l'air gourmé. « Il me trouve suspect », pensa Gomez. Ritchie, c'était un ange, bien entendu; on pouvait lire dans ses yeux clairs l'obstination des anges; ses arrière-grands-parents, qui étaient aussi des anges, avaient brûlé des sorciers sur les places de Boston[1]. « Je sue, je suis pauvre, j'ai des pensées louches, des pensées d'Europe; les beaux anges d'Amérique finiront bien par me brûler. » Là-bas les camps, ici le bûcher : il n'avait que l'embarras du choix.

Ils étaient parvenus devant le comptoir de vente, près de l'entrée. Gomez feuilleta distraitement un album de reproductions. L'art est optimiste.

« Nous arrivons à faire des photos magnifiques, dit Ritchie. Regarde ces couleurs : c'est le tableau lui-même. »

Un soldat mort, une femme qui crie : des reflets sur un cœur tranquille[a]. L'art est optimiste; les souffrances sont justifiées puisqu'elles servent à faire de la beauté. « Je ne *suis pas* tranquille, je ne *veux pas* justifier les souffrances que j'ai vues. Paris... » Il se tourna brusquement vers Ritchie.

« Si la peinture n'est pas *tout,* c'est une rigolade[2].

— Plaît-il ? »

Gomez referma violemment l'album :

« On ne peut pas peindre le Mal[3]. »

La méfiance avait glacé le regard de Ritchie; il considérait Gomez d'un air provincial. Tout à coup il rit avec rondeur et lui poussa un doigt entre les côtes :

« Je comprends, vieux! Quatre ans de guerre : il faudra toute une rééducation.

— Pas la peine, dit Gomez. Je suis à point pour être critique. »

Il y eut un silence; puis Ritchie dit, très vite :

« Tu sais qu'il y a un cinéma au sous-sol ?

— Je n'ai jamais mis les pieds ici.

— Ils projettent des classiques et des documentaires.

— Tu veux y aller ?

— Il faut que je reste par ici, dit Ritchie. J'ai une " date[1] " à cinq heures et à sept blocs. »

Ils s'approchèrent d'un panneau de bois laqué et lurent le programme :

« *La Caravane vers l'Ouest*[2], je l'ai vue trois fois, dit Ritchie. Mais l'extraction des diamants au Transvaal, ça peut être amusant. Tu viens ? ajouta-t-il mollement.

— Je n'aime pas les diamants », dit Gomez.

Ritchie parut soulagé. Il lui sourit largement, les lèvres bien en dehors, et lui frappa sur l'épaule.

See you again, dit-il en anglais, comme s'il reprenait en même temps sa langue natale et sa liberté.

« Ça serait le moment de le remercier », pensa Gomez. Mais il ne put s'arracher un mot. Il lui serra la main en silence.

Dehors, la pieuvre ; mille ventouses le pompèrent, l'eau perlait de ses pores et trempa d'un seul coup sa chemise, on lui passait une lame rougie à blanc devant les yeux[3]. N'importe ! N'importe ! Il était joyeux parce qu'il venait de quitter le Musée : la chaleur, c'était un cataclysme, mais elle était vraie. Il était vrai, le sauvage ciel indien que la pointe des gratte-ciel repoussait plus haut que tous les ciels d'Europe ; Gomez marchait entre de vraies maisons de briques, trop laides pour que personne songeât à les peindre, et ce haut building lointain qui semblait, comme les bateaux de Claude Lorrain[4], un léger coup de pinceau sur une toile, il était vrai et les bateaux de Claude Lorrain n'étaient pas vrais : les tableaux, ce sont des rêves. Il pensa à ce village de la Sierra Madre où l'on s'était battu du matin jusqu'au soir : sur la route, il y avait du vrai rouge. « Je ne peindrai plus jamais », décida-t-il avec un âpre plaisir. De ce côté-ci de la glace, *ici* précisément, *ici,* écrasé dans l'épaisseur de cette fournaise, sur *ce* trottoir brûlant ; la Vérité dressait autour de lui ses hautes murailles, bouchait toutes les fissures de l'horizon ; il n'y avait rien d'autre au monde que cette chaleur et ces pierres, sinon des rêves. Il tourna dans la Septième Avenue ; la foule roula sur lui sa marée, les vagues portaient à leur crête des gerbes d'yeux brillants et morts, le trottoir tremblait, les couleurs surchauffées l'éclaboussaient, la foule fumait comme un drap humide au soleil ; des sourires et des yeux, *not to*

grin is a sin, des yeux vagues ou précis, prestes ou lents,
tous morts. Il essaya de continuer la comédie : de vrais
hommes; mais non : impossible! Tout claqua dans ses
mains, sa joie s'éteignit; ils avaient des yeux comme sur
les portraits. Est-ce qu'ils savent que Paris est pris ?
Est-ce qu'ils y pensent ? Ils marchaient[a] tous à la même
allure pressée, l'écume blanche de leurs regards le frôlait
au passage. « Ce ne sont pas les vrais, pensa-t-il, ce sont
les sosies. Où sont les vrais ? N'importe où, mais pas ici.
Personne n'est ici pour de vrai; pas plus moi que les
autres. » Le sosie de Gomez avait pris l'autobus, lu le
journal, souri à Ramon, parlé de Picasso, regardé les
Mondrian. J'arpentais Paris, la rue Royale est déserte,
la place de la Concorde est déserte, un drapeau allemand
flotte sur la Chambre des Députés, un régiment de S. S.
passe sous l'Arc de Triomphe, le ciel est piqueté d'avions.
Les murs de brique s'écroulèrent, la foule rentra sous
terre, Gomez marchait seul dans Paris. Dans Paris, dans
la Vérité, la *seule* Vérité; dans le sang, dans la haine,
dans l'échec et dans la mort. « Salauds de Français!
murmura-t-il en serrant les poings. Ils n'ont pas su tenir
le coup, ils ont foutu le camp comme des lapins, je le
savais, je savais qu'ils étaient perdus. » Il tourna sur sa
droite, s'engagea dans la 56e Rue, s'arrêta devant un bar-
restaurant français : « À la petite Coquette[1]. » Il regarda
la devanture rouge et verte, hésita un instant, puis poussa
la porte : il voulait voir la gueule que faisaient les Français.

À l'intérieur, il faisait sombre et presque frais; les
rideaux étaient tirés, les lampes allumées.

Gomez fut content de retrouver la lumière artificielle.
La salle du fond, plongée dans l'ombre et le silence,
c'était le restaurant. Un grand gaillard aux cheveux taillés
en brosse était assis au bar, les yeux fixes derrière un
pince-nez; de temps à autre sa tête tombait en avant,
mais il la redressait aussitôt, avec beaucoup de dignité.
Gomez s'assit sur un tabouret de bar. Il connaissait un
peu le barman.

« Un double scotch, dit-il en français. Et vous n'avez
pas un journal d'aujourd'hui ? »

Le barman sortit d'un tiroir le *New York Times* et le
lui donna. C'était un jeune homme blond à l'air triste et
ponctuel; on l'aurait pris pour un Lillois s'il n'avait eu

l'accent bourguignon. Gomez feignit de parcourir le
Times et leva soudain la tête. Le barman le regardait d'un
air las.

« Pas fameuses, les nouvelles, hein ? » dit Gomez.

Le barman hocha la tête.

« Paris est pris », dit Gomez.

Le barman émit un son mélancolique, remplit un petit
verre de whisky et en versa le contenu dans un grand
verre ; il recommença l'opération et poussa le grand verre
devant Gomez. L'Américain au lorgnon tourna un instant vers eux des yeux vitreux, puis sa tête s'inclina
mollement, comme s'il les saluait.

« Soda ?

— Oui. »

Gomez reprit sans se décourager :

« Je crois que la France est perdue. »

Le barman soupira sans répondre et Gomez pensa,
avec une joie cruelle, qu'il était trop malheureux pour
pouvoir parler. Il insista, presque tendrement :

« Vous ne croyez pas ? »

Le barman versait l'eau gazeuse dans le verre de
Gomez. Gomez ne quittait pas des yeux cette face lunaire
et pleurarde. Au bon moment, lui dire d'une voix changée : « Qu'avez-vous fait pour l'Espagne ? Eh bien! c'est
à votre tour de danser. »

Le barman leva les yeux et le doigt ; il parla soudain
d'une grosse voix lente et paisible, un peu nasale, avec
un fort accent bourguignon :

« Tout se paie », dit-il.

Gomez ricana :

« Oui, dit-il, tout se paie. »

Le barman promena son doigt dans les airs au-dessus
de la tête de Gomez : une comète annonçant la fin du
monde. Il n'avait pas du tout l'air malheureux :

« La France, dit-il, va savoir ce qu'il en coûte d'abandonner ses alliés naturels. »

« Qu'est-ce que c'est que ça ? » pensa Gomez étonné.
Le triomphe insolent et rancuneux qu'il comptait faire
éclater sur son visage, c'était dans les yeux du barman
qu'il venait de le surprendre.

Il commença prudemment, pour le tâter :

« Quand la Tchécoslovaquie... »

Le barman haussa les épaules et l'interrompit :

« La Tchécoslovaquie! dit-il avec mépris.

— Eh bien! quoi ? dit Gomez. Vous l'avez bien laissée tomber! »

Le barman souriait :

« Monsieur, dit-il, sous le règne de Louis le Bien-Aimé[1], la France n'avait déjà plus une faute à commettre.

— Ah! dit Gomez, vous êtes canadien ?

— Je suis de Montréal, dit le barman.

— Il fallait le dire. »

Gomez posa le journal sur le comptoir. Il demanda au bout d'un moment :

« Il ne vient donc jamais de Français, chez vous ? »

Le barman désigna de l'index un point situé derrière le dos de Gomez. Gomez se retourna : assis à une table recouverte d'une nappe blanche, un vieillard rêvait devant un journal. Un *vrai* Français, avec une face tassée, labourée, ravinée, avec des yeux brillants et durs et une moustache grise. Auprès des belles joues américaines de l'homme au lorgnon, ses joues semblaient taillées au plus juste dans une matière pauvre. Un *vrai* Français, avec un vrai désespoir dans le cœur.

« Tiens! dit-il, je ne l'avais pas remarqué.

— Ce monsieur est de Roanne, dit le barman. C'est un client. »

Gomez but son whisky d'un trait et sauta sur le plancher. « Qu'avez-vous fait pour l'Espagne ? » Le vieux le regarda venir sans marquer d'étonnement. Gomez se planta devant la table et contempla le vieux visage avec avidité.

« Vous êtes français ?

— Oui, dit le vieux.

— Je vous offre un verre, dit Gomez.

— Merci. Ça n'est pas le jour. »

La cruauté fit battre le cœur de Gomez.

« À cause de ça ? demanda-t-il en posant le doigt sur la manchette du journal.

— À cause de ça.

— C'est à cause de ça que je vous offre un verre, dit Gomez. J'ai habité dix ans la France, ma femme et mon fils y sont encore. Whisky ?

— Sans soda, alors.

— Un scotch sans soda, un scotch avec », commanda Gomez.

Ils se turent. L'Américain au lorgnon avait pivoté sur son tabouret et les regardait silencieusement.

Brusquement le vieux demanda :

« Vous n'êtes pas italien, au moins ? »

Gomez sourit :

« Non, dit-il. Non, je ne suis pas italien.

— Les Italiens sont des salauds », dit le vieux[1].

« Et les Français ? » Gomez reprit sa voix douce pour demander :

« Vous avez quelqu'un là-bas ?

— À Paris, non. J'ai mes neveux à Moulins. »

Il regarda Gomez avec attention :

« Je vois bien que vous n'êtes pas ici depuis longtemps.

— Et vous ? demanda Gomez.

— Je me suis établi en 97. Ça fait une paye. »

Il ajouta :

« Je ne les aime pas.

— Pourquoi restez-vous ? »

Le vieux haussa les épaules :

« Je fais de l'argent.

— Vous êtes commerçant ?

— Coiffeur. Ma boutique est à deux blocs. Tous les trois ans, je passais deux mois en France. Je devais y aller cette année, et puis voilà.

— Voilà, dit Gomez.

— Depuis ce matin, reprit le vieux, il en est venu quarante dans ma boutique. Il y a des jours comme ça. Et ils voulaient tout : barbe, taille, shampooings, massages électriques. Vous croiriez peut-être qu'ils m'auraient parlé de mon pays ? Des nèfles ! Ils lisaient leurs journaux sans un mot et je voyais les titres pendant que je les rasais. Il y avait parmi eux des clients de vingt ans, et ils n'ont rien dit. Si je ne les ai pas coupés, c'est qu'ils ont eu de la veine : ma main tremblait. À la fin j'ai laissé mon travail et je suis venu ici.

— Ils s'en foutent, dit Gomez.

— Ça n'est pas tellement qu'ils s'en foutent, mais ils ne trouvent pas le mot qui fait plaisir. Paris, c'est un nom qui leur dit quelque chose. Alors ils n'en parleront pas : justement parce que ça les touche. Ils sont comme ça. »

Gomez se rappelait la foule de la Septième Avenue.

« Tous ces types dans la rue, dit-il, vous croyez qu'ils pensent à Paris ?

— En un sens, oui. Mais, vous savez, ils ne pensent pas de la même façon que nous. Pour l'Américain, penser à quelque chose qui l'embête, ça consiste à faire tout ce qu'il peut pour ne pas y penser. »

Le barman apporta les verres. Le vieux prit le sien et le leva.

« Eh bien! dit-il, à votre santé.

— À la vôtre », dit Gomez.

Le vieux sourit tristement.

« On ne sait pas trop ce qu'il faut se souhaiter, hein ? » Il se reprit, après une courte réflexion :

« Si : je bois à la France. À la France tout de même. »

Gomez ne voulait pas boire à la France.

« À l'entrée en guerre des États-Unis. »

Le vieux eut un rire bref.

« Pour ça, vous pouvez toujours courir. »

Gomez vida son verre et se tourna vers le barman.

« La même chose. »

Il avait besoin de boire. Tout à l'heure il croyait être seul à se soucier de la France, la chute de Paris c'était *son* affaire : à la fois un malheur pour l'Espagne et une juste punition pour les Français. À présent il savait qu'elle rôdait autour du bar, qu'elle tournait en rond sous une forme un peu vague et abstraite à travers six millions d'âmes. C'était presque insupportable : on avait rompu son lien personnel avec Paris, il n'était plus qu'un émigrant de fraîche date, traversé, comme tant d'autres, par une obsession collective.

« Je ne sais pas, dit le vieux, si vous allez me comprendre, mais voilà plus de quarante ans que je vis ici, et c'est seulement de ce matin que je me sens pour de bon à l'étranger. Je les connais et je ne me fais pas d'illusion, je vous jure. Mais je croyais tout de même qu'il s'en trouverait un pour me tendre la main ou pour me dire un mot. »

Ses lèvres se mirent à trembler; il répéta :

« Des clients de vingt ans. »

« C'est un Français, se disait Gomez. Un de ceux qui nous appelaient : Frente crapular. » Mais il n'arrivait pas à se réjouir : « Il est trop vieux », décida-t-il. Le vieux regardait dans le vague, il dit, sans trop y croire :

« Notez : c'est peut-être par discrétion.

— Hum! fit Gomez.

— C'est possible, dit le vieux. C'est très possible. Avec eux tout est possible. »

Il poursuivit sur le même ton :

« J'avais une maison, à Roanne. Je comptais m'y retirer. À présent je me dis que je vais crever ici : ça change le point de vue. »

« *Naturellement,* pensa Gomez, *naturellement,* tu vas crever ici. » Il détourna la tête; il avait envie de s'en aller. Mais il se reprit, rougit brusquement, planta son regard dans les yeux du vieillard et demanda d'une voix sifflante :

« Vous étiez pour l'intervention en Espagne ?

— Quelle intervention ? » demanda le vieux ahuri.

Il considéra Gomez avec intérêt.

« Vous êtes espagnol ?

— Oui.

— Vous avez eu bien des malheurs, vous aussi.

— Les Français ne nous ont pas beaucoup aidés, dit Gomez d'une voix neutre.

— Non. Et voyez : les Américains ne nous aident pas. Les gens et les pays c'est pareil : chacun pour soi.

— Oui, dit Gomez, chacun pour soi. »

Il n'a pas levé le doigt pour défendre Barcelone; à présent Barcelone est tombée; Paris est tombé et nous sommes tous les deux en exil, tous les deux pareils. Le garçon posa les deux verres sur la table; ils les prirent en même temps, sans se quitter du regard.

« Je bois à l'Espagne », dit le vieux.

Gomez hésita puis dit entre ses dents :

« Je bois à la libération de la France. »

Ils se turent. C'était minable : deux vieilles marionnettes cassées, au fond d'un bar new yorkais. Ça buvait à la France, à l'Espagne. Malheur! Le vieux plia soigneusement son journal et se leva :

« Il faut que je retourne à la boutique. La dernière tournée est pour moi.

— Non, dit Gomez. Non, non. Barman, elles sont toutes pour moi.

— Merci, alors. »

Le vieux gagna la porte, Gomez remarqua qu'il boitait. « Pauvre vieux », pensa-t-il.

« La même chose », dit-il au barman.

L'Américain descendit de son tabouret et se dirigea vers lui en chancelant :

« Je suis soûl, dit-il.

— Ah ? dit Gomez.

— Vous n'aviez pas remarqué ?

— Non, figurez-vous.

— Et savez-vous pourquoi je suis soûl ? demanda-t-il.

— Je m'en fous », dit Gomez.

L'Américain lâcha un rot sonore et tomba assis sur la chaise que le vieux venait de quitter[a].

« Parce que les Huns ont pris Paris. »

Son visage s'assombrit et il ajouta :

« C'est la plus mauvaise nouvelle depuis 1927.

— En 1927, qu'est-ce que c'était ? »

Il mit un doigt sur sa bouche.

« Chut! dit-il. Personnel. »

Il posa la tête sur la table et parut s'endormir. Le barman quitta le comptoir et s'approcha de Gomez :

« Gardez-le-moi deux minutes, dit-il. C'est son heure : il faut que j'aille lui chercher son taxi.

— Qu'est-ce que c'est que ce type ? demanda Gomez.

— Il travaille à Wall Street.

— C'est vrai qu'il s'est soûlé parce que Paris est pris ?

— S'il le dit, ça doit être vrai. Seulement, la semaine dernière, c'était à cause des événements d'Argentine, et la semaine d'avant à cause de la catastrophe de Salt Lake City[1]. Il se soûle tous les samedis, mais jamais sans raison.

— Il est trop sensible », dit Gomez.

Le barman sortit rapidement. Gomez se mit la tête dans les mains et regarda le mur; il revoyait nettement la gravure qu'il avait laissée sur la table. Il aurait fallu une masse sombre sur la gauche pour équilibrer. Un buisson, peut-être. Oui, un buisson. Il revit la gravure, la table, la grande fenêtre et se mit à pleurer.

Dimanche 16 juin.

« Là! Là! juste au-dessus des arbres. »

Mathieu dormait et la guerre était perdue. Jusqu'au fond de son sommeil, elle était perdue. La voix le réveilla en sursaut : il gisait sur le dos, les yeux clos,

les bras collés au corps et il avait perdu la guerre. Il
ne se rappelait plus très bien où il était, mais il savait
qu'il avait perdu la guerre.

« À droite! dit Charlot vivement. Juste au-dessus
des arbres, je te dis! T'as donc pas les yeux en face des
trous? »

Mathieu entendit la voix lente de Nippert.

« Ah! ah! Comme ça! dit Nippert. Comme ça! »

Où sommes-nous? Dans l'herbe. Huit citadins aux
champs, huit civils en uniforme, enroulés deux par deux
dans les couvertures de l'armée et couchés sur une toile
de tente au milieu d'un jardin potager. Nous avons perdu
la guerre; on nous l'avait confiée et nous l'avons perdue.
Elle leur avait filé entre les doigts et elle était allée se
perdre, quelque part dans le Nord, avec fracas.

« Ah! Comme ça! Comme ça! »

Mathieu ouvrit les yeux et vit le ciel; il était gris
perle, sans nuage, sans fond, rien qu'une absence. Un
matin s'y formait lentement, une goutte de lumière qui
allait tomber sur la terre et l'inonder d'or. Les Allemands sont à Paris et nous avons perdu la guerre. Un
commencement, un matin. Le premier matin du monde,
comme tous les matins : tout était à faire, tout l'avenir
était dans le ciel. Il sortit une main de dessous la couverture et se gratta l'oreille : c'est l'avenir des autres.
À Paris, les Allemands levaient les yeux vers ce ciel, y
lisaient leur victoire et ses lendemains. Moi, je n'ai
plus d'avenir. La soie du matin caressait son visage;
mais il sentait contre sa hanche droite la chaleur de
Nippert; contre sa cuisse gauche la chaleur de Charlot.
Encore des années à vivre : des années à tuer. Cette
journée triomphale qui s'annonçait, vent blond du matin
dans les peupliers, soleil de midi sur les blés, parfum
de la terre chauffée dans le soir, il faudrait la tuer en
détail, une minute après l'autre; à la nuit, les Allemands
nous feront prisonniers[a]. Le bourdonnement s'amplifia, il
vit l'avion dans le soleil levant.

« C'est un macaroni », dit Charlot.

Des voix endormies lancèrent des insultes vers le
ciel. Ils s'étaient habitués à l'escorte nonchalante des
avions allemands, à une guerre cynique, bavarde et
inoffensive : c'était *leur* guerre. Les Italiens ne jouaient
pas le jeu : ils lâchaient des bombes.

« Un macaroni ? Ah ! Je crois bien, dit Lubéron. Tu n'entends pas le moteur comme il tourne régulier. C'est un Messerschmitt, oui. Modèle 37. »

Il y eut une détente sous les couvertures ; les visages renversés sourirent à l'avion allemand. Mathieu entendit quelques détonations étouffées et quatre petits nuages ronds se formèrent dans le ciel.

« Les cons ! dit Charlot. Les voilà qui tirent dessus les Allemands, à présent.

— C'est un coup à nous faire massacrer », dit Longin irrité.

Et Schwartz ajouta avec mépris :

« Des gars qui n'ont pas encore compris. »

Il y eut encore deux détonations, et deux nuages cotonneux et sombres apparurent au-dessus des peupliers.

« Les cons ! répéta Charlot. Les cons ! »

Pinette s'était dressé sur un coude. Sa jolie petite figure parisienne était rose et fraîche. Il regardait ses camarades avec morgue :

« Ils font leur métier », dit-il sèchement.

Schwartz haussa les épaules :

« À quoi ça sert, à présent ? »

La D. C. A. s'était tue ; les nuages s'effilochaient ; on n'entendait plus qu'un ronronnement glorieux et régulier.

« Je ne le vois plus, dit Nippert.

— Si, si : là, au bout de mon doigt. »

Un légume blanc sortit de terre et pointa vers l'avion : Charlot couchait nu sous les couvertures.

« Tiens-toi tranquille, dit le sergent Pierné d'une voix inquiète : tu vas nous faire repérer.

— Tu parles ! À cette heure, il nous prend pour des choux-fleurs. » Il rentra tout de même son bras, quand l'avion passa au-dessus de sa tête, les types suivirent des yeux en souriant ce rutilant petit morceau de soleil : c'était une distraction du matin, le premier événement de la journée.

« Il fait sa petite promenade apéritive », dit Lubéron.

Ils étaient huit qui avaient perdu la guerre, cinq secrétaires, deux observateurs, un météo, couchés côte à côte au milieu des poireaux et des carottes. Ils avaient perdu la guerre comme on perd son temps : sans s'en apercevoir. Huit : Schwartz le plombier, Nippert l'employé de banque, Longin le percepteur, Lubéron le démarcheur, Charlot Wroclaw, ombrelles et parapluies, Pinette, contrôleur à la T. C. R. P.[1] et les deux professeurs : Mathieu et Pierné. Ils s'étaient ennuyés neuf mois, tantôt dans les sapins, tantôt dans les vignes; un beau jour, une voix de Bordeaux leur avait annoncé leur défaite et ils avaient compris qu'ils étaient dans leur tort. Une main maladroite effleura la joue de Mathieu. Il se retourna vers Charlot :

« Qu'est-ce que tu veux, petite tête ? »

Charlot s'était couché sur le flanc, Mathieu voyait ses bonnes joues rouges et sa bouche largement fendue.

« Je voudrais savoir, dit Charlot à voix basse. Est-ce qu'on va repartir aujourd'hui ? »

Sur son visage réjoui, un air d'angoisse tournait en rond sans arriver à se poser nulle part.

« Aujourd'hui ? Je ne sais pas. »

Ils avaient quitté Morsbronn[2] le 12; il y avait eu cette course en désordre, et puis, tout d'un coup, cet arrêt.

« Qu'est-ce qu'on fout ici ? Peux-tu me le dire ?

— Ils disent qu'on attend la biffe.

— Si les biffins ne peuvent pas se tirer, c'est pas une raison pour qu'on se fasse poisser avec eux[a]. »

Il ajouta avec modestie :

« Je suis juif, tu comprends. Et j'ai un nom polonais.

— Je sais, dit Mathieu tristement.

— Taisez-vous, dit Schwartz. Écoutez! »

C'était un roulement étouffé et continu. La veille et l'avant-veille il avait duré de l'aube à la nuit. Personne ne savait qui tirait ni sur quoi.

« Il ne doit pas être loin de six heures, dit Pinette. Hier, ils ont commencé à cinq heures quarante-cinq. »

Mathieu leva son poignet au-dessus de ses yeux et le renversa pour consulter sa montre :

« Il est six heures cinq.

— Six heures cinq, dit Schwartz. Ça m'étonnerait qu'on parte aujourd'hui. » Il bâilla. « Allons! dit-il. Encore une journée dans ce bled. »

Le sergent Pierné bâilla aussi :

« Eh bien! dit-il, il va falloir se lever.

— Oui, dit Schwartz. Oui, oui. Il va falloir se lever. »

Personne ne bougea. Un chat passa près d'eux à toute vitesse, en zigzaguant. Il se tapit soudain, parut

prêt à bondir; puis, oubliant son projet, s'éloigna nonchalamment. Mathieu s'était dressé sur le coude et le
suivait du regard. Il vit tout à coup une paire de jambes
arquées dans des molletières kaki et releva la tête : le
lieutenant Ulmann s'était planté devant eux, les bras
croisés, et les considérait en haussant les sourcils.
Mathieu remarqua qu'il ne s'était pas rasé.

« Qu'est-ce que vous faites là ? Mais qu'est-ce que
vous faites là ? Vous êtes complètement fous ? Mais
voulez-vous me dire ce que vous faites là ? »

Mathieu attendit quelques instants et, comme personne ne répondait, il dit sans se lever :

« Nous avons préféré dormir en plein air, mon lieutenant.

— Voyez-vous ça! Avec les avions ennemis qui
survolent la région! Elle risque de nous coûter cher,
votre préférence : vous êtes capables de faire bombarder
la division.

— Les Allemands savent bien que nous sommes ici,
puisque nous avons fait tous nos déplacements en plein
jour », dit Mathieu patiemment.

Le lieutenant ne parut pas entendre.

« Je vous l'avais défendu, dit-il. Je vous avais défendu
de quitter la grange. Et qu'est-ce que c'est que ces
façons de rester couchés en présence d'un supérieur! »

Il se fit un petit remue-ménage indolent à ras de
terre et les huit hommes s'assirent sur les couvertures,
les yeux clignotants de sommeil. Charlot, qui était nu,
déposa un mouchoir sur son sexe. Il faisait frais. Mathieu
frissonna et chercha sa veste autour de lui pour la jeter
sur ses épaules.

« Et vous êtes là aussi, Pierné! Vous n'avez pas
honte, un gradé ? Vous devriez donner l'exemple. »

Pierné pinça les lèvres sans répondre.

« Incroyable! dit le lieutenant. Enfin, m'expliquerez-
vous pourquoi vous avez quitté la grange ? »

Il parlait sans conviction, d'une voix violente et
lasse; il avait des cernes sous les yeux, et son teint frais
s'était brouillé.

« Nous avions trop chaud, mon lieutenant. Nous
ne pouvions pas dormir.

— Trop chaud ? Qu'est-ce qu'il vous faudrait ? Une
chambre à coucher climatisée ? Je vous enverrai coucher

à l'école, moi, cette nuit. Avec les autres. Est-ce que vous ne savez pas que nous sommes à la guerre ? »

Longin fit un geste de la main.

« La guerre est finie, mon lieutenant, dit-il avec un drôle de sourire.

— Elle n'est pas finie. Vous devriez avoir honte de dire qu'elle est finie, quand il y a des petits gars qui se font tuer à trente kilomètres d'ici pour nous couvrir.

— Pauvres types, dit Longin. On leur donne l'ordre de se faire descendre pendant qu'on est en train de signer l'armistice. »

Le lieutenant rougit violemment.

« En tout cas, vous êtes encore des soldats. Tant qu'on ne vous aura pas renvoyés dans vos foyers, vous serez des soldats et vous obéirez à vos chefs.

— Même dans les camps de prisonniers ? » demanda Schwartz.

Le lieutenant ne répondit pas : il regardait les soldats avec une timidité méprisante; les hommes lui rendaient son regard sans impatience ni gêne : c'est à peine s'ils jouissaient du plaisir neuf de se sentir intimidants. Au bout d'un moment le lieutenant haussa les épaules et tourna sur lui-même :

« Faites-moi le plaisir de vous lever en vitesse », dit-il par-dessus son épaule.

Il s'éloigna, très droit, d'un pas dansant. « Sa dernière danse, pensa Mathieu[a]; dans quelques heures, les bergers allemands nous chasseront tous vers l'est, en cohue, sans distinction de grade. » Schwartz bâilla et pleura; Longin alluma une cigarette; Charlot arrachait l'herbe par touffes, autour de lui. Ils avaient tous peur de se lever.

« Vous avez vu ? dit Lubéron. Il a dit : " Je vous ferai coucher à l'école. " Donc, c'est qu'on ne part pas.

— Il a dit ça comme ça, dit Charlot. Il n'en sait pas plus que nous. »

Le sergent Pierné explosa brusquement :

« Alors qui est-ce qui sait ? demanda-t-il. Qui est-ce qui sait ? »

Personne ne répondit. Au bout d'un moment, Pinette sauta sur ses pieds :

« On va se laver ? demanda-t-il.

— Moi, je veux bien », dit Charlot en bâillant.

Il se leva. Mathieu et le sergent Pierné se levèrent aussi.

« Bébé Cadum! » cria Longin.

Rose et nu sans un poil, avec ses joues rouges et[a] son gros petit ventre caressé par la lumière blonde du matin, Charlot ressemblait au plus beau bébé de France. Schwartz vint derrière lui à pas de loup, comme chaque matin.

« Tu as la chair de poule, dit-il en le chatouillant. Tu as la chair de poule, bébé. »

Charlot rit et cria en se tortillant, comme à l'ordinaire, mais avec moins de cœur. Pinette se retourna vers Longin qui fumait d'un air têtu.

« Tu ne viens pas?

— Quoi faire?

— Te laver.

— Merde alors! dit Longin. Me laver! Pour qui? Pour les Fritz? Ils me prendront comme je suis.

— C'est pas dit qu'ils te prendront.

— Allons, allons! dit Longin. Allons!

— On peut s'en tirer, nom de Dieu! dit Pinette.

— Tu crois au Père Noël?

— Même qu'ils te prendraient, c'est pas une raison pour rester salingue.

— Je ne veux pas me laver pour eux.

— C'est con, ce que tu dis là! dit Pinette. C'est drôlement con! »

Longin ricana sans répondre; il restait affalé dans les couvertures avec un air de supériorité. Lubéron n'avait pas bougé non plus : il feignait de dormir. Mathieu prit sa musette et s'approcha de l'abreuvoir. L'eau coulait par deux tuyaux de fonte dans l'auge de pierre; elle était froide et nue comme une peau; toute la nuit, Mathieu avait entendu son chuchotement plein d'espoir, son interrogation enfantine. Il plongea la tête dans l'abreuvoir, le petit chant élémentaire devint cette fraîcheur muette et lustrée dans ses oreilles, dans ses narines, ce bouquet de roses mouillées, de fleurs d'eau dans son cœur : les bains dans la Loire, les joncs, la petite île verte, l'enfance. Quand il se redressa, Pinette se savonnait le cou avec fureur. Mathieu lui sourit : il aimait bien Pinette.

« Il est con, Longin, dit Pinette. Si les Fridolins s'amènent, faut qu'on soit propres. »

Il s'introduisit un doigt dans l'oreille et l'y tourna vigoureusement.

« Si tu aimes tant la propreté, lui cria Longin de sa place, lave-toi donc aussi les pieds. »

Pinette lui jeta un regard de pitié.

« Les pieds, ça ne se voit pas. »

Mathieu se mit à se raser. La lame était usée et lui brûlait la peau : « En captivité, je laisserai pousser ma barbe. » Le soleil se levait. Ses longs rayons obliques fauchaient l'herbe; sous les arbres l'herbe était tendre et fraîche, un creux de sommeil aux flancs du matin. La terre et le ciel étaient pleins de signes; des signes d'espoir. Dans le feuillage des peupliers, obéissant à un signal invisible, une multitude d'oiseaux se mirent à chanter à plein gosier, ce fut une petite rafale cuivrée d'une violence extraordinaire, et puis ils se turent, mystérieusement. L'angoisse tournait en rond au milieu des verdures et des légumes joufflus comme sur le visage de Charlot; elle n'arrivait à se poser nulle part. Mathieu essuya sa lame avec soin et la replaça dans sa musette[a]. Le fond de son cœur était complice de l'aube, de la rosée, de l'ombre; au fond de son cœur il attendait une fête. Il s'était levé tôt et rasé comme pour une fête. Une fête dans un jardin, une première communion ou des noces, avec de belles robes tournantes dans les charmilles, une table sur la pelouse, le bourdonnement tiède des guêpes ivres de sucre. Lubéron se leva et alla pisser contre la haie; Longin entra dans la grange, les couvertures sous le bras; il ressortit, s'approcha nonchalamment de l'abreuvoir et trempa un doigt dans l'eau d'un air goguenard et désœuvré. Mathieu n'eut pas besoin de regarder longtemps son visage blême pour sentir qu'il n'y aurait pas de fête, ni maintenant, ni plus jamais.

Le vieux fermier était sorti de sa maison. Il les regardait en fumant sa pipe.

« Salut, papa, dit Charlot.

— Salut! dit le fermier en hochant la tête. Eh! oui. Salut! »

Il fit quelques pas et se planta devant eux :

« Alors ? Vous n'êtes pas partis ?

— Comme vous voyez », dit Pinette sèchement.

Le vieux ricana, il n'avait pas l'air bon.

« Je vous l'avais dit. Vous ne repartirez pas.

— Ça se peut. »

Il cracha entre ses pieds et s'essuya la moustache.

« Et les Boches ? C'est-il aujourd'hui qu'ils viennent ? »

Ils se mirent à rire :

« P't'être ben qu'oui, p't'être ben que non, dit Lubéron. On est comme vous, on les attend : on se fait beaux pour les recevoir. »

Le vieux les regardait d'un drôle d'air.

« Vous, c'est pas pareil, dit-il. Vous en reviendrez. »

Il tira sur sa pipe et ajouta :

« Moi, je suis alsacien.

— On le sait, papa, dit Schwartz, changez de disque. »

Le vieux hocha la tête.

« C'est une drôle de guerre, dit-il. À présent c'est les civils qui se font tuer et les soldats qui en réchappent.

— Allons, allons! Vous savez bien qu'ils ne vous tueront pas.

— Je te dis que je suis alsacien.

— Moi aussi, je suis alsacien, dit Schwartz.

— Ça se peut bien, dit le vieux; seulement, moi, quand j'ai quitté l'Alsace, elle était à eux.

— Ils ne vous feront pas de mal, dit Schwartz. C'est des hommes comme nous.

— Comme nous, dit le vieux avec une indignation subite. Merde, alors! Tu pourrais couper les mains d'un gosse, toi? »

Schwartz éclata de rire.

« Il nous raconte les boniments de l'autre guerre », dit-il en clignant de l'œil à Mathieu.

Il prit sa serviette, essuya ses gros bras musculeux et expliqua, en se retournant vers le vieillard :

« Ils sont pas fous, voyons! Ils vous donneront des cigarettes, oui! et du chocolat, c'est ce qui s'appelle la propagande, et vous n'aurez qu'à les prendre, ça n'engage à rien. »

Il ajouta, riant toujours :

« Je vous le dis, papa, au jour d'aujourd'hui, vaut mieux être natif de Strasbourg que de Paris.

— Je ne veux pas devenir allemand à mon âge, dit le fermier. Merde, alors! J'aime mieux qu'ils me fusillent. »

Schwartz se claqua la cuisse :

« Vous l'entendez ? Merde, alors! dit-il en l'imitant.

Moi, j'aimerais mieux être un Allemand vivant qu'un Français mort. »

Mathieu leva vivement la tête et le regarda; Pinette et Charlot le regardaient aussi. Schwartz cessa de rire, rougit et secoua les épaules. Mathieu détourna les yeux; il n'avait pas de goût pour jouer les juges, et puis il aimait ce gros type costaud, tranquille et dur à la peine; pour rien au monde il n'eût voulu ajouter à sa confusion. Personne ne soufflait mot; le vieux hocha la tête et promena à la ronde un regard rancunier.

« Ah! dit-il, il ne fallait pas la perdre, cette guerre. Il ne fallait pas la perdre. »

Ils se turent; Pinette toussa, s'approcha de l'abreuvoir et se mit à palper le robinet d'un air idiot. Le vieux vida sa pipe sur le gravier, gratta la terre du talon pour ensevelir la cendre, puis il leur tourna le dos et rentra à pas lents dans sa maison. Il y eut un long silence; Schwartz se tenait très raide, les bras écartés. Au bout d'un moment, il parut se réveiller. Il rit péniblement :

« J'ai dit ça pour le charrier. »

Pas de réponse : tous les types le regardaient. Et puis brusquement sans que rien eût changé en apparence, quelque chose céda, il se fit une détente, une sorte de dispersion immobile; la petite société courroucée qui s'était formée autour de lui s'abolit, Longin entreprit de se curer les dents avec son couteau, Lubéron se racla la gorge, et Charlot, l'œil innocent, se mit à chantonner : ils ne parvenaient jamais à soutenir une indignation[a], sauf quand il s'agissait de permission ou de nourriture. Mathieu respira soudain un parfum timide d'absinthe et de menthe : après les oiseaux, les herbes et les fleurs s'éveillaient; elles jetaient leurs odeurs comme ils avaient jeté leurs cris : « C'est vrai, pensa Mathieu, il y a aussi les odeurs. » Des odeurs vertes et gaies, encore pointues, encore acides : elles deviendraient de plus en plus sucrées, de plus en plus opulentes et féminines, à mesure que le ciel bleuirait et que les chenillettes allemandes approcheraient. Schwartz renifla fortement et regarda le banc qu'ils avaient traîné la veille contre le mur de la maison.

« Bon, dit-il, bon, bon. »

Il alla s'asseoir sur le banc. Il laissait pendre ses mains entre ses genoux et voûtait les épaules, mais il

gardait la tête haute et regardait droit devant lui d'un
air dur. Mathieu hésita un instant, puis il le rejoignit
et s'assit à côté de lui. Peu après, Charlot se détacha
du groupe et se planta devant eux. Schwartz leva la
tête et regarda Charlot avec sérieux.

« Il faut que je lave mon linge », dit-il.

Il y eut un silence. Schwartz regardait toujours
Charlot.

« C'est pas moi qui l'ai perdue, cette guerre... »

Charlot semblait gêné; il se mit à rire. Mais Schwartz
suivait son idée.

« Si tout le monde avait fait comme moi, on l'aurait peut-être gagnée. J'ai rien à me reprocher. »

Il se gratta la joue d'un air surpris :

« C'est marrant! » dit-il.

C'est marrant, pensa Mathieu. Oui, c'est marrant. Il
regarde dans le vide, il pense : « Je suis français », et
il trouve ça marrant, pour la première fois de sa vie[a].
C'est marrant. La France, nous ne l'avions jamais vue :
nous étions dedans, c'était la pression de l'air, l'attraction de la terre, l'espace, la visibilité, la certitude tranquille que le monde a été fait pour l'homme; c'était
tellement naturel d'être français, c'était le moyen le plus
simple, le plus économique de se sentir universel. Il
n'y avait rien à expliquer : c'était aux autres, aux Allemands, aux Anglais, aux Belges d'expliquer par quelle
malchance ou par quelle faute ils n'étaient pas tout à
fait des hommes. À présent, la France s'est couchée à
la renverse et nous la voyons, nous voyons une grande
machine détraquée et nous pensons : « C'était ça. »
Ça : un accident de terrain, un accident de l'histoire.
Nous sommes encore français, mais ça n'est plus naturel. Il a suffi d'un accident pour nous faire comprendre
que nous étions accidentels. Schwartz pense qu'il est
accidentel, il ne se comprend plus, il est embarrassé de
lui-même; il pense : « Comment peut-on être français ? »
Il pense : « Avec un peu de chance, j'aurais pu naître
allemand. » Alors il prend l'air dur et il tend l'oreille
pour entendre rouler vers lui sa patrie de rechange; il
attend les armées étincelantes qui vont lui faire fête, il
attend le moment où il pourra troquer notre défaite
contre leur victoire, où il lui semblera _naturel_ d'être
victorieux et allemand.

Schwartz se leva en bâillant :

« Allons, dit-il, je vais laver mon linge. »

Charlot fit demi-tour et rejoignit Longin qui causait avec Pinette. Mathieu resta seul sur son banc.

Lubéron bâilla à son tour bruyamment.

« Ce qu'on s'emmerde ici ! » constata-t-il.

Charlot et Longin bâillèrent. Lubéron les regarda bâiller et bâilla de nouveau.

« Ce qui manque, dit-il, c'est un bobinard[a].

— Tu pourrais tirer ta crampe à six heures du matin ? demanda Charlot avec indignation.

— Moi ? à n'importe quelle heure.

— Eh bien ! pas moi. J'ai pas plus envie de baiser que de recevoir des coups de pied au cul. »

Lubéron ricana.

« Si t'étais marié, t'apprendrais à faire ça sans envie, couillon ! Et ce qu'il y a de bien quand tu baises, c'est que tu ne penses à rien. »

Ils se turent. Les peupliers frissonnaient, un antique soleil tremblait entre leurs feuilles ; on entendait au loin le roulement bonhomme de la canonnade, si quotidien, si rassurant qu'on aurait dit un bruit de la nature. Quelque chose se décrocha dans l'air et une guêpe, au milieu d'eux, fit sa longue chute élastique[b].

« Écoutez ! dit Lubéron.

— Qu'est-ce que c'est ?... »

C'était une sorte de vide autour d'eux, un calme étrange. Les oiseaux chantaient, un coq criait dans la basse-cour ; au loin, quelqu'un frappait à coups réguliers sur un morceau de fer ; pourtant c'était le silence : la canonnade avait cessé.

« Hé ! dit Charlot. Hé ! mais dites donc !

— Oui. »

Ils tendaient l'oreille sans se quitter du regard.

« Ça commencera comme ça, dit Pierné sur un ton détaché. À un moment donné, sur tout le front, ça sera le silence.

— Sur quel front ? Il n'y a pas de front.

— Enfin, partout. »

Schwartz fit un pas vers eux, timidement.

« Vous savez, dit-il, je crois qu'il faut d'abord une sonnerie de clairon.

— Je t'en fous ! dit Nippert. Il n'y a plus de liaisons :

ils l'auraient signé depuis vingt-quatre heures qu'on
serait encore là à l'attendre.

— Peut-être que la guerre est finie depuis minuit,
dit Charlot en riant d'espoir. Le " cessez-le-feu ", c'est
toujours à minuit.

— Ou à midi.

— Mais non, petite tête, à minuit : à zéro heure, tu
comprends ?

— Mais taisez-vous donc », dit Pierné.

Ils se turent. Pierné prêtait l'oreille avec des grimaces
de nervosité; Charlot gardait la bouche ouverte; à
travers le silence bruissant, ils écoutaient la Paix. Une
Paix sans gloire et sans carillons, sans tambour ni
trompette, qui ressemblait à la mort.

« Merde! » dit Lubéron.

Le roulement avait recommencé : il semblait moins
sourd, plus proche, plus menaçant. Longin croisa ses
longues mains et fit craquer ses phalanges. Il dit avec
aigreur :

« Mais, bon Dieu, qu'est-ce qu'ils attendent! Ils
trouvent que nous ne sommes pas assez battus ? Que
nous n'avons pas perdu assez d'hommes ? Est-ce qu'il
faut que la France soit complètement foutue pour qu'ils
se décident à arrêter la boucherie ? »

Ils étaient nerveux et mous, indignés en faiblesse,
avec ce teint plombé qui est particulier aux indigestions.
Il avait suffi d'un roulement de tambour à l'horizon
pour que la grande vague de la guerre s'effondrât de
nouveau sur eux. Pinette se tourna brusquement vers
Longin. Ses yeux étaient orageux, il crispait la main
sur le bord de l'abreuvoir.

« *Quelle* boucherie! Hein ? *Quelle* boucherie ? Où
qu'ils sont, les tués et les blessés ? Si tu les as vus ,c'est
que t'as de la chance. Moi, je n'ai vu que des pétochards
comme toi, qui couraient sur les routes avec le trouil-
lomètre à zéro.

— Qu'est-ce que tu as, petite tête? » demanda Longin
avec une sollicitude empoisonnée. « Tu ne te sens pas
bien ? »

Il jeta vers les autres un regard complice :

« C'était un bon petit gars, notre Pinette, on l'aimait
bien parce qu'il tirait au cul comme nous, c'est pas lui
qui se serait mis en avant quand on demandait un volon-

taire. Dommage qu'il commence à la ramener quand la guerre est finie. »

Les yeux de Pinette étincelèrent.

« Je la ramène pas, eh! con!

— Si, tu la ramènes! Tu veux jouer au petit soldat.

— Ça vaut mieux que de chier dans son froc, comme toi.

— Vous l'entendez : je chie dans mon froc parce que je dis que l'armée française a pris la dérouillée.

— Tu le sais, toi, que l'armée française a pris la dérouillée? demanda Pinette en bégayant de colère. T'es dans les confidences de Weygand[1]? »

Longin eut un sourire insolent et las :

« Pas besoin des confidences de Weygand : la moitié des effectifs est en déroute et l'autre cernée sur place; ça ne te suffit pas? »

Pinette balaya l'air d'un geste péremptoire :

« Nous allons nous regrouper sur la Loire; on rejoint les armées du Nord à Saumur.

— Tu crois ça, toi, gros malin?

— Le pitaine me l'a dit. Tu n'as qu'à demander à Fontainat.

— Eh ben! faudra qu'elles se manient, les armées du Nord, parce qu'elles ont les Boches au cul, tu comprends. Et pour ce qui est de nous, ça m'étonnerait qu'on soit au rendez-vous. »

Pinette, le front bas, regardait Longin par en dessous en soufflant et en frappant du pied. Il secoua violemment les épaules comme pour se débarrasser d'une meute. Il finit par dire, furieux et traqué :

« Même qu'on reculerait jusqu'à Marseille, même qu'on traverserait toute la France, il reste l'Afrique du Nord. »

Longin se croisa les bras et sourit de mépris :

« Pourquoi pas Saint-Pierre-et-Miquelon, andouille?

— Tu te crois fortiche? Dis, tu te crois fortiche? » demanda Pinette en marchant vers lui.

Charlot se jeta entre eux :

« Là! là! dit-il. Vous n'allez pas vous disputer? Tout le monde est d'accord que la guerre n'arrange rien et qu'il ne faut plus jamais se battre. Nom de Dieu! dit-il avec une ardente conviction, plus jamais! »

Il les regardait[a] tous avec intensité, il tremblait de

passion. La passion de tout concilier : Pinette et Longin, les Allemands et les Français.

« Enfin, dit-il d'une voix presque suppliante, on devrait pouvoir s'entendre avec eux, ils ne veulent tout de même pas nous bouffer. »

Pinette tourna sa rage contre lui.

« Si la guerre est perdue, c'est les types comme toi qui en seront responsables. »

Longin ricanait :

« Encore un qui n'a pas compris, voilà tout. »

Il y eut un silence ; puis, lentement, toutes les têtes se tournèrent vers Mathieu. Il s'y attendait : à la fin[a] de chaque discussion, ils lui demandaient son arbitrage parce qu'il avait de l'instruction.

« Qu'est-ce que tu en penses ? » demanda Pinette.

Mathieu baissa la tête et ne répondit pas.

« Tu es sourd ? On te demande ce que tu en penses.

— Je ne pense rien », dit Mathieu.

Longin traversa le sentier et se planta devant lui :

« Pas possible ? Un professeur, ça pense tout le temps[1].

— Eh bien ! tu vois : pas tout le temps.

— Enfin, tu n'es pas con : tu sais bien que la résistance est impossible.

— Comment le saurais-je ? »

À son tour, Pinette s'approcha. Ils se tenaient des deux côtés de Mathieu, comme son bon et son mauvais ange.

« Tu n'es pas un dégonflé, toi, dit Pinette. Tu ne peux pas vouloir que les Français déposent les armes avant de s'être battus jusqu'au bout ! »

Mathieu haussa les épaules :

« Si c'était *moi* qui me battais, je pourrais avoir un avis. Mais c'est les autres qui se font descendre, c'est sur la Loire qu'on se battra : je ne veux pas décider pour eux.

— Tu vois bien, dit Longin en considérant Pinette d'un air goguenard. On ne décide pas du casse-pipe pour les autres. »

Mathieu les regardait avec inquiétude :

« Je n'ai pas dit ça.

— Comment, tu n'as pas dit ça ? Tu viens de le dire.

— S'il restait une chance, dit Mathieu, une toute petite chance[2]...

— Eh bien ? »

Mathieu hocha la tête :

« Comment savoir ?

— Qu'est-ce que ça veut dire ? demanda Pinette.

— Ça veut dire, expliqua Charlot, qu'il n'y a plus qu'à attendre, en tâchant de ne pas trop se faire de bile.

— Non! cria Mathieu. Non! »

Il se leva brusquement, les poings serrés.

« J'attends depuis l'enfance! »

Ils le regardaient sans comprendre, il parvint à se calmer.

« Qu'est-ce que ça peut faire, ce que nous décidons ou que nous ne décidons pas, leur dit-il. Qui est-ce qui nous demande notre avis ? Est-ce que vous vous rendez compte de notre situation ? »

Ils reculèrent, effrayés.

« Ça va, dit Pinette, ça va, on la connaît.

— T'as raison, dit Longin, un griveton n'a pas d'avis. »

Son sourire froid et baveux fit horreur à Mathieu.

« Un prisonnier encore moins », répondit-il sèchement.

Tout nous demande notre avis. *Tout.* Une grande interrogation nous cerne : c'est une farce. On nous pose la question comme à des hommes; on veut nous faire croire que nous sommes encore des hommes. Mais non. Non. Non. Quelle farce, cette ombre de question posée par une ombre de guerre à des apparences d'hommes.

« À quoi ça te sert-il d'avoir un avis ? Ce n'est pas toi qui vas décider. »

Il se tut. Il pensa brusquement : « Il faudra vivre^a. » Vivre, cueillir au jour le jour les fruits moisis de la défaite, monnayer en déroutes de détail ce choix total qu'il refusait aujourd'hui. « Mais, bon Dieu! je n'en voulais pas, moi, de cette guerre, ni de cette défaite; par quel truquage m'oblige-t-on à les assumer ? » Il sentit monter en lui une colère de bête prise au piège et, levant la tête, il vit briller cette même colère dans leurs yeux. Crier vers le ciel tous ensemble : « Nous n'avons rien à faire avec ces histoires! Nous sommes innocents! » Son élan retomba : bien sûr l'innocence rayonnait dans le soleil matinal, on pouvait la toucher sur les feuilles d'herbe. Mais elle mentait : le vrai, c'était cette faute insaisissable et commune, *notre*

faute. Fantôme de guerre, fantôme de défaite, culpabilité
fantôme. Il regarda Pinette et Longin tour à tour, en
ouvrant les mains : il ne savait pas s'il voulait les aider
ou leur demander de l'aide. Ils le regardèrent aussi et
puis ils détournèrent la tête et s'éloignèrent. Pinette
regardait[a] ses pieds ; Longin souriait pour lui-même d'un
sourire raide et gêné ; Schwartz demeurait à l'écart avec
Nippert ; ils se parlaient en alsacien, ils avaient déjà l'air
de deux complices ; Pierné ouvrait et refermait spasmodi-
quement sa main droite. Mathieu pensa : « Voilà ce que
nous sommes devenus[b]. »

Marseille, 14 heures.

Bien entendu[c], il condamnait *sévèrement* la tristesse, mais,
quand on était tombé dedans, c'était le diable pour s'en
sortir. « Je dois avoir un caractère malheureux », pensa-
t-il. Il avait beaucoup de raisons pour se réjouir : en particulier, il aurait pu se féliciter d'avoir coupé à la péritonite, d'être guéri. Au lieu de ça, il pensait : « Je me survis »
et il s'affligeait. Dans la tristesse, ce sont les raisons de
se réjouir qui deviennent tristes et l'on se réjouit tristement. « D'ailleurs, pensa-t-il, je suis mort. » Pour autant
que ça dépendait de lui, il était mort à Sedan en mai 40 :
l'ennui, c'était toutes ces années qui lui restaient à vivre.
Il soupira de nouveau, suivit du regard une grosse
mouche verte qui marchait au plafond, et conclut : « Je
suis un médiocre. » Cette idée lui était profondément
désagréable. Jusque-là, Boris s'était fait une règle de ne
jamais s'interroger sur lui-même et il s'en trouvait fort
bien ; d'autre part, tant qu'il ne s'agissait que de se faire
tuer proprement, ça n'avait pas tellement d'importance
qu'il fût un médiocre : au contraire, il y avait moins à
regretter. Mais à présent, tout avait changé : on le desti-
nait à vivre et il était bien obligé de reconnaître qu'il
n'avait ni vocation, ni talent, ni argent. Bref, aucune des
qualités requises, à part, justement, la santé. « Comme je
vais m'ennuyer ! » pensa-t-il. Et il se sentit frustré. La
mouche[d] s'envola en bourdonnant, Boris passa la main
sous sa chemise et caressa la cicatrice qui lui rayait le
ventre à la hauteur de l'aine ; il aimait sentir sous ses
doigts ce petit ravin de chair. Il regardait le plafond, il
caressait sa cicatrice et il avait le cœur lourd. Francillon

entra dans la salle, marcha vers Boris sans hâte, entre les
lits déserts, et s'arrêta tout à coup, en jouant la surprise.

« Je te cherchais dans la cour », dit-il.

Boris ne répondit pas. Francillon se croisa les bras
avec indignation :

« À deux heures de l'après-midi, tu es encore au
pajot!

— Je me fais chier, dit Boris.

— Tu as le bourdon ?

— Je n'ai pas le bourdon : je me fais chier.

— T'en fais pas, dit Francillon. Ça finira par finir. »

Il s'assit au chevet de Boris et se mit à rouler une cigarette. Francillon avait de gros yeux qui lui sortaient de la
tête et un nez en bec d'aigle; il avait l'air terrible. Boris
l'aimait beaucoup : quelquefois, rien qu'à le voir, il prenait le fou rire.

« C'est du peu! dit Francillon.

— Du combien ?

— Du quatre au jus[1]. »

Boris compta sur ses doigts.

« Ça fait le 18. »

Francillon grogna en signe d'assentiment, lécha le
papier gommé, alluma la cigarette et se pencha vers
Boris, en confidence :

« Il n'y a personne ici ? »

Tous les lits étaient vides : les types étaient dans la
cour ou en ville.

« Tu vois, dit Boris. À moins qu'il n'y ait des espions
sous les lits. »

Francillon se pencha davantage :

« La nuit du 18, expliqua-t-il, c'est Blin qui est de
service. Le zinc sera sur la piste et prêt à partir. Il nous
fait entrer à minuit, on décolle à deux heures, on est à
Londres à sept. Qu'est-ce que tu en dis ? »

Boris n'en disait rien. Il tâtait sa cicatrice, il pensait :
« Ils sont vernis, et il se sentait de plus en plus triste. Il
va me demander ce que j'ai décidé. »

« Hein ? Hein ? qu'est-ce que tu en penses ?

— Je pense que vous êtes vernis.

— Comment, vernis ? Tu n'as qu'à venir avec nous.
Tu ne diras pas qu'on ne te l'a pas demandé.

— Non, reconnut Boris. Je ne dirai pas ça.

— Eh bien ? Qu'est-ce que tu as décidé ?

— J'ai décidé peau de balle, dit-il avec humeur.

— Tu ne vas pourtant pas rester en France ?

— Je ne sais pas.

— La guerre n'est pas finie, dit Francillon d'un air buté. Ceux qui disent qu'elle est finie sont des foireux et des menteurs. Faut que tu sois où l'on se bat; tu n'as pas le droit de rester en France.

— Tu me dis ça à moi, dit Boris amèrement.

— Alors ?

— Alors, rien. J'attends une copine, je te l'ai dit. Je déciderai quand je l'aurai vue.

— Il n'y a pas de copine qui tienne : c'est une affaire d'hommes.

— Eh bien, c'est comme ça », dit Boris sèchement.

Francillon parut intimidé et se tut. « S'il allait croire que j'ai les foies ? » Boris le scruta dans les yeux pour voir; mais Francillon lui adressa un sourire confiant qui le rassura.

« À sept heures, vous arrivez ? demanda Boris.

— À sept heures.

— Ça doit être fameux les côtes d'Angleterre au petit jour. Il y a de grandes falaises blanches, du côté de Douvres.

— Ah! dit Francillon.

— Je ne suis jamais monté en avion », dit Boris.

Il retira la main de dessous sa chemise.

« Ça t'arrive, à toi, de te gratter la cicatrice ?

— Non.

— Je me la gratte tout le temps : ça m'agace.

— Vu l'endroit où la mienne est placée, dit Francillon, ça serait difficile que je me la gratte en société. »

Il y eut un silence, puis Francillon reprit :

« Quand viendra-t-elle, ta copine ?

— Je ne sais pas. Elle devait venir de Paris, tu te rends compte!

— Faut qu'elle se manie le pot, dit Francillon. Parce que nous autres, on ne peut pas attendre. »

Boris soupira et se tourna sur le ventre. Francillon poursuivit sur un ton détaché :

« La mienne, je la laisse dans l'ignorance et pourtant je la vois tous les jours. Le soir du départ, je lui mettrai un mot : quand elle le recevra, nous serons déjà à Londres. »

Boris hocha la tête sans répondre.

« Tu m'étonnes! dit Francillon. Serguine, tu m'étonnes!

— Tu ne peux pas comprendre », dit Boris.

Francillon se tut, allongea la main et prit un livre. Ils passeront au-dessus des falaises de Douvres par le petit matin. Il ne fallait pas y penser : Boris ne croyait pas au Père Noël, il savait que Lola dirait non.

« *Guerre et Paix*[1], lut Francillon. Qu'est-ce que c'est que ça ?

— C'est un roman sur la guerre.

— Sur celle de 14 ?

— Non. Une autre. Mais c'est toujours pareil.

— Oui, dit Francillon en riant, c'est toujours pareil[a]. »

Il avait ouvert le livre au hasard et lisait en fronçant les sourcils avec un air d'intérêt douloureux.

Boris se laissa retomber sur son lit. Il pensait : « Je ne peux pas *lui* faire ça, je ne peux pas m'en aller pour la deuxième fois sans lui demander son avis. Si je restais pour elle, pensa-t-il, ça serait une preuve d'amour. Ah! là, là! pensa-t-il, une drôle de preuve d'amour. » Mais avait-on le droit de rester pour une femme ? Francillon et Gabel disaient que non, bien entendu. Mais ils étaient trop jeunes, ils ne savaient pas ce que c'était que l'amour. « Ce que je voudrais qu'on me dise, pensa Boris, ça n'est pas ce que c'est que l'amour : je suis payé pour le savoir. C'est ce que ça vaut. A-t-on le droit de rester pour rendre une femme heureuse ? Présenté comme ça, je penserais plutôt que non. Mais a-t-on le droit de partir, si ça fait le malheur de quelqu'un ? » Il se rappelait un mot de Mathieu : « Je ne suis pas assez lâche pour avoir peur de faire souffrir quand il le faut. » Oui, bien sûr : seulement Mathieu faisait toujours le contraire de ce qu'il disait; il n'avait jamais le courage de faire de la peine aux gens. Boris s'arrêta, le souffle coupé : « Si ce n'était qu'un coup de tête ? Si mon envie de partir m'était dictée par le pur égoïsme, par la frousse de m'emmerder dans la vie civile ? Peut-être que je suis un aventurier. Peut-être qu'il est plus facile de se faire tuer que de vivre. Et si je restais par goût du confort, par peur, pour avoir une femme sous la main ? » Il se retourna : Francillon se penchait sur le livre avec une application pleine de défiance, comme s'il se fût proposé de déceler les mensonges de l'auteur. « Si je peux lui dire : je pars, si le mot peut sortir de ma bouche, je le dis. » Il se racla la gorge, entrouvrit les lèvres et attendit. Mais le mot ne vint pas; je ne peux pas lui faire cette peine. Boris comprit qu'il ne voulait pas partir sans avoir consulté Lola. « Elle dira sûrement non et puis ce sera réglé. Et si elle n'arrivait pas à temps ? pensa-t-il, saisi. Si elle n'était pas là pour le 18 ? Il faudrait décider seul ? Supposons que je sois resté, qu'elle arrive le 20 et qu'elle me dise : " Je t'aurais laissé partir. " J'aurais bonne mine. Autre supposition : je pars, elle arrive le 19, elle se tue. Oh! merde. » Tout se brouilla dans sa tête, il ferma les yeux et se laissa couler dans le sommeil.

« Serguine, cria Berger de la porte. Il y a une môme qui t'attend dans la cour. »

Boris sursauta et Francillon leva la tête.

« C'est ta copine. »

Boris sortit les jambes du lit et se frotta le cuir chevelu.

« Ça serait trop beau, dit-il en bâillant. Non : c'est le jour de ma sœur.

— Ah! répéta Francillon d'un air stupide, c'est le jour de ta sœur ? C'est la môme qui était avec toi, l'autre fois ?

— Oui.

— Elle est pas mal », dit Francillon sans enthousiasme.

Boris enroula ses molletières et mit sa veste; il salua Francillon avec deux doigts de la main, traversa la salle et descendit l'escalier en sifflotant. Au milieu des marches il s'arrêta et se mit à rire : « C'est marrant! pensa-t-il. C'est marrant ce que je suis triste. » Ça ne l'amusait guère de voir Ivich. « Quand on est triste, elle n'aide pas, pensa-t-il, elle accable. »

Elle l'attendait dans la cour de l'hôpital : des soldats qui tournaient en rond la dévisageaient au passage, mais elle ne prenait pas garde à eux. Elle lui sourit de loin :

« Bonjour, petit frère! »

En voyant apparaître Boris, les soldats rirent et crièrent; ils l'aimaient bien. Boris les salua de la main, mais il constata sans plaisir que personne ne lui disait : « Veinard », ou « J'aimerais mieux l'avoir dans mon lit que le tonnerre. » Par le fait, Ivich avait beaucoup vieilli et enlaidi depuis sa fausse couche. Naturellement Boris était toujours fier d'elle, mais d'une autre façon.

« Bonjour, petit monstre », dit-il en effleurant le cou d'Ivich du bout de ses doigts.

Il flottait toujours autour d'elle, à présent, une odeur de fièvre et d'eau de Cologne. Il la considéra avec impartialité :

« Tu as mauvaise mine, lui dit-il.

— Je sais. Je suis moche.

— Tu ne te mets plus jamais de rouge sur les lèvres.

— Non », dit-elle durement.

Ils se turent. Elle portait une blouse sang de bœuf, à col montant, très russe, qui la faisait paraître encore plus pâle. Si au moins elle avait consenti à découvrir un peu de ses épaules ou de sa gorge : elle avait de très belles épaules rondes. Mais elle s'était fixée sur les corsages montants et les jupes trop longues : on aurait dit qu'elle avait honte de son corps.

« On reste ici ? demanda-t-elle.

— Je peux sortir; j'ai le droit.

— L'auto nous attend, dit Ivich.

— Il n'est pas là ? demanda Boris effrayé.

— Qui ?

— Le beau-père.

— Penses-tu ! »

Ils traversèrent la cour et franchirent le portail. En voyant l'immense Buick verte de M. Sturel[1], Boris se sentit contrarié :

« La prochaine fois, fais-la attendre au coin de la rue », dit-il.

Ils montèrent dans la voiture; elle était ridiculement vaste, on s'y perdait.

« On pourrait y jouer à cache-cache », dit Boris entre ses dents.

Le chauffeur se retourna et sourit à Boris; c'était un type râblé et obséquieux avec des moustaches grises. Il demanda :

« Où dois-je conduire madame ?

— Qu'en dis-tu ? » demanda Boris.

Ivich réfléchit :

« Je veux voir du monde.

— Sur la Canebière, alors ?

— La Canebière, oh non! Oui, oui, si tu veux.

— Sur les quais, au coin de la Canebière, dit Boris.

— Bien, monsieur Serguine. »

« Feignant! » pensa Boris. La voiture démarra et Boris se mit à regarder par la vitre : il n'avait pas envie de parler, parce que le chauffeur pouvait les entendre.

« Et Lola ? » demanda Ivich.

Il se retourna vers elle : elle avait l'air tout à fait à son aise; il mit un doigt sur sa bouche, mais elle répéta d'une voix pleine et forte, comme si le chauffeur ne comptait pas plus qu'une rave cuite :

« Lola. Tu as des nouvelles ? »

Il haussa les épaules sans répondre.

« Hé!

— Pas de nouvelles », dit-il.

Quand Boris était soigné à Tours, Lola était venue s'installer près de lui. Au début de juin, on l'avait évacué à Marseille et elle était repassée par Paris, en prévision du pire, pour prendre de l'argent à la banque, avant de le rejoindre. Depuis, il y avait eu « les événements » et il ne savait plus rien. Un cahot le jeta contre Ivich; ils tenaient si peu de place sur la banquette de la Buick que ça lui rappela le temps où ils venaient de débarquer à Paris : ils s'amusaient à se croire deux orphelins perdus dans la capitale et, souvent, ils se serraient comme ça, l'un contre l'autre, sur une banquette du Dôme ou de la Coupole. Il leva la tête pour en parler à Ivich, mais il vit son air morne et dit seulement :

« Paris est pris, tu as vu ?

— Oui, j'ai vu, dit Ivich avec indifférence.

— Et ton mari ?

— Pas de nouvelles non plus. »

Elle se pencha vers lui et dit vite et bas :

« Je voudrais qu'il crève. »

Boris jeta un coup d'œil vers le chauffeur et vit qu'il les regardait dans le rétroviseur. Il poussa le coude d'Ivich qui se tut : mais elle gardait sur les lèvres un sourire méchant et sérieux. La voiture s'arrêta au bas de la Canebière. Ivich sauta sur le trottoir et dit au chauffeur avec une aisance impérieuse :

« Vous reviendrez me prendre au café Riche à cinq heures.

— Au revoir, monsieur Serguine, dit le chauffeur d'une voix douce.

— Salut », dit Boris agacé.

Il pensa : « Je rentrerai par le tramway. » Il prit le bras

d'Ivich et ils remontèrent la Canebière. Des officiers
passèrent; Boris ne les salua pas et ils ne parurent pas
s'en soucier. Boris était outré parce que les femmes se
retournaient sur son passage.

« Tu ne salues plus les officiers ? demanda Ivich.

— Pour quoi faire ?

— Les femmes te regardent », dit-elle encore.

Boris ne répondit pas; une brune lui sourit, Ivich se
retourna vivement :

« Mais oui, mais oui, il est beau, dit-elle dans le dos
de la brune.

— Ivich! supplia Boris, ne nous fais pas remarquer. »

C'était la nouvelle scie. Un matin quelqu'un lui avait
dit qu'il était beau et, depuis, tout le monde le lui répétait, Francillon et Gabel l'appelaient « Gueule d'Amour¹ ».
Naturellement, Boris ne marchait pas, mais c'était agaçant parce que la beauté n'est pas une qualité d'homme.
Il eût été préférable que toutes ces grognasses s'occu-
passent de leurs fesses et que les types fissent, en passant,
un peu de gringue à Ivich, pas trop : juste assez pour
qu'elle se sente jolie.

À la terrasse du café Riche, presque toutes les tables
étaient occupées; ils s'assirent au milieu de belles
gueuses brunes, d'officiers, d'élégants soldats, d'hommes
âgés aux mains grasses; tout un monde inoffensif et bien
pensant, de gens à tuer, mais sans leur faire mal. Ivich
s'était mise à tirer sur ses boucles. Boris lui demanda :

« Ça ne va pas ? »

Elle haussa les épaules. Boris étendit les jambes et
constata qu'il s'emmerdait.

« Qu'est-ce que tu veux boire ? demanda-t-il.

— Il est bon leur café ?

— Comme ça.

— Je meurs d'envie de boire un café. Là-bas ils en
font d'infect.

— Deux cafés », dit Boris au garçon. Il se tourna vers
Ivich et demanda : « Comment ça marche, avec les
beaux-parents ? »

La passion s'éteignit sur le visage d'Ivich.

« Ça marche, dit-elle. Je deviens pareille à eux. » Elle
ajouta, avec un petit rire : « Ma belle-mère dit que je lui
ressemble.

— Qu'est-ce que tu fais, toute la journée ?

— Eh bien, hier, je me suis levée à dix heures, j'ai fait ma toilette le plus lentement que j'ai pu, ça m'a conduit à onze heures et demie; j'ai lu les journaux...

— Tu ne sais pas lire les journaux, dit Boris sévèrement.

— Non. Je ne sais pas. À déjeuner, on a parlé de la guerre et la mère Sturel a versé un pleur en pensant à son cher fils; quand elle pleure, ses lèvres remontent, je crois toujours qu'elle va se mettre à rire. Après, nous avons tricoté et elle m'a fait des confidences de femme : Georges était de santé délicate quand il était petit, figure-toi, il a eu de l'entérite sur le coup de huit ans, si elle devait choisir entre son fils et son mari, ce serait affreux, mais elle préférerait que son mari meure parce qu'elle est plus mère qu'épouse. Ensuite elle m'a parlé de ses maladies, la matrice, les intestins et la vessie, il paraît que ça ne va pas du tout. »

Boris avait sur les lèvres une excellente plaisanterie : elle lui était venue si vite qu'il doutait encore s'il ne l'avait pas lue quelque part. Pourtant non. « Les femmes entre elles parlent de leur intérieur ou de leurs intérieurs. » C'était un peu pédant sous cette forme, ça ressemblait à une maxime de La Rochefoucauld. « Une femme, faut que ça parle de son intérieur ou de ses intérieurs », ou « quand une bonne femme ne parle pas de son intérieur, c'est qu'elle est en train de parler de ses intérieurs ». Comme ça, oui, peut-être... Il se demanda s'il allait en faire part à Ivich. Mais Ivich comprenait de moins en moins la plaisanterie. Il dit simplement :

« Je vois. Et après ?

— Après, je suis remontée dans ma chambre jusqu'au dîner.

— Et qu'est-ce que tu y as fait ?

— Rien. Après dîner, on a écouté les nouvelles à la radio et puis on les a commentées. Il paraît que rien n'est perdu, qu'il faut garder tout notre sang-froid et que la France en a vu de pires. Après, je suis remontée dans ma chambre et je me suis fait du thé sur mon réchaud électrique. Je le cache parce qu'il fait sauter les plombs une fois sur trois. Je me suis assise dans un fauteuil et j'ai attendu qu'ils dorment.

— Et alors ?

— J'ai respiré.

— Tu devrais prendre un abonnement de lecture, dit Boris.

— Quand je lis, les lettres dansent devant mes yeux, dit-elle. Je pense tout le temps à Georges. Je ne peux pas m'empêcher d'espérer qu'on va recevoir la nouvelle de sa mort. »

Boris n'aimait pas son beau-frère et n'avait jamais compris ce qui avait poussé Ivich en septembre 38[1] à s'enfuir de la maison pour aller se jeter à la tête de cette grande asperge[2]. Mais il se plaisait à reconnaître que ce n'était pas le mauvais cheval; quand il avait su qu'elle avait le ballon, Georges s'était même montré très régulier : c'était lui qui avait insisté pour l'épouser. Seulement il était trop tard : Ivich le haïssait parce qu'il lui avait fait un môme. Elle disait[a] qu'elle se faisait horreur, elle s'était cachée à la campagne et n'avait même pas voulu revoir son frère. Sûrement elle se serait tuée, si elle n'avait eu si peur de mourir.

« Quelle saleté! »

Boris sursauta.

« Quoi ?

— Ça! » dit-elle en désignant sa tasse de café.

Boris goûta le café et dit paisiblement :

« Il n'est pas fameux, faut dire! » Il réfléchit un instant et fit observer : « Il va devenir de plus en plus mauvais, j'imagine.

— Pays de vaincus! » dit Ivich.

Boris regarda prudemment autour de lui. Mais personne ne faisait attention à eux : les gens parlaient de la guerre avec décence et componction. On aurait dit qu'ils revenaient d'un enterrement. Le garçon passa portant un plateau vide. Ivich tourna vers lui des yeux d'encre.

« Il est infect! » lui lança-t-elle.

Le garçon la regarda avec surprise : il avait une moustache grise; Ivich aurait pu être sa fille.

« Ce café, dit Ivich. Il est infect; vous pouvez l'emporter. »

Le garçon la toisait avec curiosité : elle était beaucoup trop jeune pour l'intimider. Quand il eut compris à qui il avait affaire, il eut un sourire brutal :

« Vous voudriez un moka ? Vous ne savez peut-être pas qu'il y a la guerre ?

« — Je ne le sais peut-être pas, répondit-elle vivement, mais mon frère qui vient de se faire blesser le
sait sûrement mieux que vous. »

Boris, rouge de confusion, détourna les yeux. Elle
était devenue culottée et ne manquait pas de repartie,
mais il regrettait le temps où elle râlait en silence, avec
tous ses cheveux dans la figure : ça faisait moins d'histoires.

« C'est pas le jour où les Boches sont entrés à Paris[1]
que j'irais me plaindre pour un café », grommela le
garçon, dépité.

Il s'en alla : Ivich frappa du pied.

« Ils n'ont que la guerre à la bouche; ils n'en finissent
pas de se faire battre et on dirait qu'ils en sont fiers.
Qu'ils la perdent leur guerre, qu'ils la perdent une bonne
fois et qu'on n'en parle plus. »

Boris étouffa un bâillement : les éclats d'Ivich ne
l'amusaient plus. Quand elle était jeune fille, c'était un
plaisir de la voir se tirer les cheveux, en trépignant
et en louchant, ça vous rendait gai pour la journée.
À présent, ses yeux restaient mornes, on aurait dit qu'elle
en remettait; dans ces moments-là, elle ressemblait à
leur mère. « C'est une femme mariée, pensa-t-il, scandalisé. Une femme mariée avec des beaux-parents, un
mari au front et une auto familiale. » Il la regarda avec
perplexité et détourna les yeux parce qu'il sentait qu'elle
allait lui faire horreur. « Je partirai! » Il se redressa
brusquement : sa décision était prise. « Je partirai, je
partirai avec eux, je ne peux plus rester en France. »
Ivich parlait.

« Quoi ? demanda-t-il.

— Les parents.

— Eh bien ?

— Je dis qu'ils auraient dû rester en Russie; tu ne
m'écoutes pas.

— S'ils y étaient restés, ils se seraient fait mettre en
tôle.

— En tout cas ils ne devaient pas nous faire natu-
raliser. Nous aurions pu rentrer chez nous.

— Chez nous, c'est en France, dit Boris.

— Non, c'est en Russie.

— C'est en France, puisqu'ils nous ont fait natu-
raliser.

— Justement, dit Ivich, c'est pour ça qu'ils ne devaient pas le faire.

— Oui, mais ils l'ont fait.

— Ça m'est bien égal. Puisqu'ils ne devaient pas le faire, c'est comme s'ils n'avaient rien fait du tout.

— Si tu étais en Russie, dit Boris, tu en baverais.

— Ça me serait égal, parce que c'est un grand pays et que je me sentirais fière. Ici je passe mon temps à avoir honte. »

Elle se tut un instant, elle avait l'air d'hésiter. Boris la regardait benoîtement; il n'avait aucune envie de la contredire. « Elle sera bien obligée de s'arrêter, pensa-t-il avec optimisme. Je ne vois pas ce qu'elle pourrait ajouter. » Mais Ivich avait de l'invention : elle leva une main en l'air et fit un drôle de petit plongeon, comme si elle se jetait à l'eau :

« Je déteste les Français! » dit-elle.

Un monsieur[a] qui lisait son journal à côté d'eux leva la tête et les considéra d'un air rêveur. Boris le regarda droit dans les yeux. Mais, presque aussitôt, le monsieur se leva : une jeune femme venait vers lui; il lui fit une révérence, elle s'assit et ils se prirent les mains en souriant. Rassuré, Boris se retourna vers Ivich. C'était la grande corrida : elle marmottait entre ses dents :

« Je les déteste, je les déteste!

— Tu les détestes parce qu'ils font du mauvais café!

— Je les déteste pour tout. »

Boris avait espéré que l'orage s'apaiserait de lui-même; mais il voyait bien à présent qu'il s'était trompé et qu'il fallait faire face, courageusement.

« Moi je les aime bien, dit-il. À présent qu'ils ont perdu la guerre, tout le monde va leur tomber dessus; mais je les ai vus en première ligne et je t'assure qu'ils ont fait tout ce qu'ils ont pu.

— Tu vois! dit Ivich, tu vois!

— Qu'est-ce que je vois?

— Pourquoi dis-tu : *ils* ont fait ce qu'ils ont pu? Si tu te sentais français, tu dirais *nous*. »

C'était par modestie que Boris n'avait pas dit « nous ». Il secoua la tête et fronça les sourcils.

« Je ne me sens ni français ni russe, dit-il. Mais quand j'étais là-haut, avec les autres grivetons, je me plaisais avec eux.

— Ce sont des lapins », dit-elle.

Boris feignit de se méprendre.

« Oui : de fameux lapins.

— Non, non : des lapins qui se sauvent. Comme ça! dit-elle en faisant courir sa main droite sur la table.

— Tu es comme toutes les femmes, dit Boris. Tu n'apprécies que l'héroïsme militaire.

— C'est pas ça. Mais puisqu'ils voulaient la faire, cette guerre, ils n'avaient qu'à la faire jusqu'au bout. »

Boris leva la main d'un geste harassé : « puisqu'ils voulaient la faire, ils n'avaient qu'à la faire jusqu'au bout. » Bien sûr. C'est ce qu'il répétait la veille encore avec Gabel et Francillon. Mais... sa main retomba mollement : quand une personne ne pense pas comme vous, c'est déjà difficile et fatigant de lui prouver qu'elle a tort. Mais quand elle est de votre avis et qu'il faut lui expliquer qu'elle se trompe, on s'y perd.

« Lâche-moi, dit-il.

— Des lapins! dit Ivich en souriant de fureur.

— Les types qui étaient avec moi n'étaient pas des lapins, dit Boris. Il y en avait même de drôlement culottés.

— Tu m'as dit qu'ils avaient peur de mourir.

— Et toi? Tu n'as pas peur de mourir?

— Moi, je suis une femme.

— Eh bien eux, ils avaient peur de mourir et c'étaient des hommes, dit Boris. C'est ça qui s'appelle du courage. Ils savaient ce qu'ils risquaient. »

Ivich le regarda d'un air soupçonneux :

« Tu ne vas pas me dire que *toi*, tu avais peur?

— Je n'avais pas peur de mourir parce que je croyais que j'étais là pour ça. »

Il regarda ses ongles et ajouta d'un air détaché :

« Ce qu'il y a de marrant c'est que j'ai eu les jetons tout de même. »

Ivich eut un haut-le-corps :

« Mais à cause de quoi?

— Je ne sais pas. Du bruit peut-être. »

En fait ça n'avait pas duré plus de dix minutes — vingt peut-être, juste au début de l'attaque. Mais il n'était pas fâché qu'Ivich le prît pour un trouillard : ça lui ferait les pieds. Elle le regardait d'un air indécis, stupéfaite qu'on pût avoir peur quand on était un

Russe, un Serguine et son propre frère. À la fin il eut honte et se hâta d'ajouter :

« Enfin, je n'ai pas eu peur tout le temps. »

Elle lui sourit, soulagée, et il pensa tristement : « Nous ne sommes plus d'accord sur rien. » Il y eut un silence; Boris but une gorgée de son café et faillit le recracher : c'était comme si on lui avait mis toute sa tristesse dans la bouche. Mais il pensa qu'il allait partir et se sentit un peu réconforté.

« Qu'est-ce que tu vas faire à présent ? demanda Ivich.

— Je pense qu'ils vont me démobiliser, dit Boris. En fait nous sommes presque tous guéris, mais ils nous gardent ici parce qu'ils ne savent pas que faire de nous.

— Et après ?

— Je... demanderai un poste de professeur.

— Tu n'es pas agrégé.

— Non. Mais je peux être professeur dans un collège.

— Ça t'amusera de faire des cours ?

— Ah! non », dit-il avec élan. Il rougit et ajouta humblement : « Je ne suis pas fait pour ça.

— Et pourquoi es-tu fait, mon petit frère ?

— Je me le demande. »

Les yeux d'Ivich brillèrent :

« Tu veux que je te dise pour quoi nous étions faits ? Pour être riches.

— C'est pas ça », dit-il agacé.

Il la regarda un moment et il répétait : « C'est pas ça! » en serrant sa tasse entre ses doigts.

« Qu'est-ce que c'est alors ?

— J'étais gonflé à bloc, dit-il, et puis on m'a volé ma mort. Je ne sais rien, je ne suis doué pour rien, je n'ai plus goût à rien. »

Il soupira et se tut, honteux d'avoir parlé de lui-même : ce qu'il y a, c'est que je ne peux pas me résigner à vivre médiocrement. Au fond c'est un peu ce qu'elle vient de dire.

Ivich suivait son idée.

« Lola n'a donc pas d'argent ? » demanda-t-elle.

Boris bondit et frappa sur la table : elle avait le don de lire sa pensée et de la traduire en termes inacceptables :

« Je ne veux pas de l'argent de Lola! »

— Pourquoi ? Elle t'en donnait, avant la guerre.

— Eh bien! Elle ne m'en donnera plus.

— Alors tuons-nous tous les deux », dit-elle avec feu.

Il soupira. « Voilà qu'elle recommence, pensa-t-il avec ennui. Ce n'est plus de son âge. » Ivich le regardait en souriant :

« Louons une chambre sur le vieux port et ouvrons le gaz. »

Boris agita simplement l'index de la main droite en signe de refus. Ivich n'insista pas : elle baissa la tête et se mit à tirer sur ses boucles : Boris comprit qu'elle avait quelque chose à lui demander. Au bout d'un moment, elle dit sans le regarder :

« J'avais pensé...

— Hé ?

— J'avais pensé que tu me prendrais avec toi et que nous vivrions tous les trois sur l'argent de Lola. »

Boris put avaler sa salive sans s'étrangler.

« Ah! dit-il, tu avais pensé ça.

— Boris, dit Ivich avec une passion soudaine, je ne peux plus vivre avec ces gens.

— Ils te maltraitent ?

— Au contraire, ils me mettent dans du coton : la femme de leur fils, tu penses. Mais je les déteste, je déteste Georges, je déteste leurs domestiques...

— Tu détestes aussi Lola, fit observer Boris.

— Lola, ce n'est pas pareil.

— Ce n'est pas pareil parce qu'elle est loin et que tu ne l'as pas revue depuis deux ans.

— Lola chante et puis elle boit et puis elle est belle... Boris! cria-t-elle, ils sont *laids!* Si tu me laisses entre leurs mains, je me tuerai, non, je ne me tuerai pas, ce sera pire. Si tu savais comme je me sens vieille et méchante quelquefois! »

« Patatras », pensa Boris. Il but un peu de café pour faire glisser sa salive au fond de sa gorge; il pensait : « On ne peut pas mécontenter *deux* personnes. » Ivich ne tirait plus sur ses cheveux. Sa large face blême s'était colorée, elle le regardait d'un air ferme et anxieux, elle ressemblait un peu à l'Ivich d'autrefois. Peut-être qu'elle rajeunira ? Peut-être qu'elle redeviendra jolie. Il dit :

« À condition que tu nous fasses la cuisine, petit monstre. »

Elle lui prit la main et la serra de toutes ses forces :
« Tu veux bien ? Oh! Boris! Tu veux bien ? »

Je serai professeur à Guéret. Non, pas à Guéret :
c'est un lycée. À Castelnaudary. J'épouserai Lola : un professeur au collège ne peut pas vivre avec une concubine;
dès demain je vais commencer à préparer mes cours. Il
se passa la main dans les cheveux et tira doucement sur
une mèche pour en vérifier la solidité : « Je serai chauve,
décida-t-il; à présent c'est sûr : mes cheveux tomberont
avant que je meure. »

« Naturellement, je veux bien. »

Il voyait un avion tourner dans le petit matin et il
se répétait : « Les falaises, les belles falaises blanches, les
falaises de Douvres. »

Trois heures à Padoux[1].

Mathieu s'était assis dans l'herbe; il suivait des yeux
les tourbillons noirs, au-dessus du mur. De temps en
temps, un cœur de feu montait dans la fumée, la teignait
de son sang, éclatait : alors des étincelles sautaient dans
le ciel comme des puces.

« Ils vont foutre le feu », dit Charlot.

Des papillons de suie vagabondaient autour d'eux;
Pinette en saisit un et l'écrasa pensivement entre ses
doigts.

« Tout ce qui reste d'une carte au dix-millième »,
dit-il en montrant son pouce noirci.

Longin poussa la porte à claire-voie et entra dans le
jardin : il pleurait[a].

« Longin qui pleure! » dit Charlot.

Longin s'essuya les yeux.

« Les vaches! j'ai cru qu'ils auraient ma peau. »

Il se laissa tomber sur l'herbe; il tenait un livre à la
couverture déchirée.

« Il a fallu que j'attise le feu avec un soufflet pendant
qu'ils jetaient leurs papiers dedans. Je recevais toute la
fumée dans la gueule.

— C'est fini ?

— Je t'en fous. Ils nous ont vidés parce qu'ils vont
brûler les documents secrets. Tu parles d'un secret :
des ordres que j'ai tapés moi-même.

— Ça sent mauvais, dit Charlot.

— Ça sent le roussi.

— Non, je dis : s'ils brûlent les archives, ça sent mauvais.

— Eh bien oui : ça sent mauvais, ça sent le roussi. C'est ce que je dis. »

Ils rirent. Mathieu désigna le livre et demanda :

« Où l'as-tu trouvé ?

— Là-bas, dit Longin vaguement.

— Où, là-bas ? Dans l'école ?

— Oui », dit-il.

Il serra le livre contre lui d'un air méfiant.

« Il y en a d'autres ? demanda Mathieu.

— Il y en avait d'autres, mais les types de l'Intendance se sont servis.

— Qu'est-ce que c'est ?

— Un bouquin d'histoire.

— Mais lequel ?

— Je ne sais pas le titre. »

Il jeta un coup d'œil sur la couverture, puis ajouta de mauvaise grâce :

« *Histoire des deux Restaurations*[1].

— De qui est-ce ? demanda Charlot.

— Vau-la-belle, lut Longin.

— Vaulabelle, qui c'est ?

— Que veux-tu que j'en sache ?

— Tu me le prêteras ? demanda Mathieu.

— Quand je l'aurai lu. »

Charlot se coula dans l'herbe et lui prit le livre des mains :

« Dis donc! C'est le tome trois. »

Longin le lui arracha :

« Qu'est-ce que ça peut foutre ? C'est pour me fixer l'attention. »

Il ouvrit le livre au hasard et fit semblant de lire, pour mieux en prendre possession. La formalité accomplie, il releva la tête :

« Le capitaine a brûlé les lettres de sa femme », dit-il.

Il les regardait, les sourcils hauts, l'air simple, mimant par avance des yeux et des lèvres l'étonnement qu'il comptait provoquer. Pinette sortit de sa rêverie boudeuse et se tourna vers lui avec intérêt :

« Sans blague ?

— Oui. Et ses photos aussi il les a brûlées, je l'ai vue dans les flammes. Elle est gironde.

— Sans blague!

— Puisque je te le dis.

— Qu'est-ce qu'il disait ?

— Il ne disait rien. Il les regardait brûler.

— Et les autres ?

— Ils ne disaient rien non plus. Il y a Ullrich qui a sorti des lettres de son portefeuille et qui les a jetées au feu.

— Drôle d'idée », murmura Mathieu.

Pinette se tourna vers lui :

« Tu ne brûleras pas les photos de ta souris ?

— J'ai pas de souris.

— Ah! C'est pour ça.

— Tu as brûlé celles de ta femme, toi ? demanda Mathieu.

— J'attends que les Fridolins soient en vue. »

Ils se turent; Longin s'était mis à lire pour de bon. Mathieu lui jeta un coup d'œil d'envie et se leva. Charlot mit la main sur l'épaule de Pinette.

« La revanche ?

— Si tu veux.

— À quoi jouez-vous ? demanda Mathieu.

— Au morpion.

— Ça peut se jouer à trois ?

— Non. »

Pinette et Charlot s'assirent à califourchon sur le banc; le sergent Pierné, qui écrivait sur ses genoux, se poussa un peu pour leur faire place[a].

« Tu écris tes mémoires ?

— Non, dit Pierné, je fais de la physique[b]. »

Ils se mirent à jouer. Couché sur le dos, les bras en croix, Nippert dormait; avec un gargouillis d'évier l'air du ciel se vidait dans sa bouche ouverte. Schwartz s'était assis à l'écart et rêvait. Personne ne parlait, la France était morte[c]. Mathieu bâilla, il regarda les documents secrets s'évanouir en fumée dans le ciel, il regarda la grasse terre noire entre les légumes et sa tête se vida : il était mort; cette après-midi blanche et morte, c'était une tombe.

Lubéron entra dans le jardin. Il mangeait, ses cils palpitaient sous ses gros yeux d'albinos, ses oreilles remuaient en même temps que ses mâchoires.

« Qu'est-ce que tu manges ? demanda Charlot.

— Un bout de pain.

— Où l'as-tu pris ? »

Il désigna le dehors sans répondre et continua de mâcher. Charlot se tut brusquement et le considéra avec une sorte d'effroi : le sergent Pierné, le crayon levé, la tête renversée, le regardait aussi. Lubéron mâchait toujours, sans hâte : Mathieu remarqua son air important et comprit qu'il apportait des nouvelles; alors il eut peur comme les autres et fit un pas en arrière. Lubéron acheva paisiblement de déglutir et[a] s'essuya les mains à sa culotte. « Ce n'était pas du pain », pensa Mathieu. Schwartz se rapprocha et ils attendirent en silence.

« Eh ben, ça y est! dit Lubéron.

— Quoi ? Quoi ? demanda Pierné brutalement. Qu'est-ce qui y est ?

— Ça y est.

— Le...

— Oui. »

Un éclair d'acier, puis le silence; la molle viande bleue de cette journée avait reçu l'éternité comme un coup de faux. Pas un bruit, pas un souffle d'air, le temps s'était figé, la guerre s'était retirée : tout à l'heure ils étaient en elle, à l'abri, ils pouvaient croire encore aux miracles, à la France immortelle, à l'aide américaine, à la défense élastique, à l'entrée en guerre de la Russie; à présent la guerre était derrière eux, close, parfaite, perdue. Les derniers espoirs de Mathieu devinrent des souvenirs d'espoir.

Longin se reprit le premier. Il avança ses longues mains comme pour tâter précautionneusement la nouvelle. Il demanda avec timidité :

« Alors... il est signé ?

— Depuis ce matin. »

Pendant neuf mois, Pierné avait souhaité la paix. La paix à tout prix. À présent il était là, pâle et suant; le saisissement l'avait rendu furieux.

« Comment le sais-tu ? cria-t-il.

— C'est Guiccioli qui vient de me le dire.

— Comment le sait-il ?

— Radio. Ils ont pris l'écoute tout à l'heure. »

Il avait pris la voix patiente et neutre d'un speaker; il s'amusait à faire l'inexorable.

« Mais le canon ?

— Le cessez-le-feu est à minuit. »

Charlot était rouge aussi, mais ses yeux pétillaient :
« Sans blague! »

Pierné se leva. Il demanda :

« Il y a des détails ?

— Non », dit Lubéron.

Charlot se racla la gorge :

« Et nous ?

— Quoi, nous ?

— Quand est-ce qu'on va rentrer chez nous ?

— Je te dis qu'il n'y a pas de détails. »

Ils se taisaient. Pinette donna un coup de pied à un
caillou qui roula au milieu des carottes.

« L'armistice! dit-il rageusement. L'armistice! »

Pierné hocha la tête; sa paupière gauche s'était mise
à battre dans son visage cendreux comme un volet par
un jour de vent.

« Les conditions seront dures », dit-il avec un ricanement satisfait.

Ils se mirent tous à ricaner.

« Tu parles! dit Longin. Tu parles! »

Schwartz ricanait aussi; Charlot se tourna vers lui et
le regarda avec surprise. Schwartz cessa de rire et rougit
violemment. Charlot le regardait toujours : on aurait dit
qu'il le voyait pour la première fois.

« Te voilà Fritz, à cette heure », lui dit-il doucement.

Schwartz fit un geste violent et vague, tourna les
talons et quitta le jardin; Mathieu se sentit écrasé de
fatigue. Il se laissa tomber sur le banc.

« Ce qu'il fait chaud », dit-il.

On nous regarde. De plus en plus dense, la foule les
regardait avaler cette pilule historique, elle vieillissait et
s'éloignait à reculons, en chuchotant : « Les vaincus de
40, les soldats de la défaite, c'est à cause d'eux que nous
sommes dans les chaînes. » Ils restaient là, inchangés sous
ces regards changeants, jugés, jaugés, expliqués, accusés,
excusés, condamnés, emprisonnés dans cette journée
ineffaçable, ensevelis dans le bourdonnement des
mouches et du canon, dans l'odeur de verdure chauffée,
dans l'air qui tremblait au-dessus des carottes, coupables
à l'infini, aux yeux de leurs fils, de leurs petits-fils et de
leurs arrière-petits-enfants, les vaincus de 40 pour tou-

jours. Il bâilla, les millions d'hommes le virent bâiller :
« Il bâille, c'est du propre, un vaincu de 40 qui a le culot
de bâiller ! » Mathieu coupa net ce bâillement innombrable, il pensa : « Nous ne sommes pas seuls. »

Il regarda ses camarades, son regard périssable rencontra sur eux le regard éternel et médusant de l'Histoire :
pour la première fois la grandeur était descendue sur
leurs têtes : ils *étaient* les soldats fabuleux d'une guerre
perdue. Statufiés ! « Mon Dieu, j'ai lu, j'ai bâillé, j'agitais
le grelot de mes problèmes, je ne me décidais pas à choisir[a] et pour de vrai j'avais déjà choisi, j'avais choisi cette
guerre, cette défaite et j'étais attendu au cœur de cette
journée. Tout est[b] à refaire, il n'y a plus rien à faire » :
les deux pensées entrèrent l'une dans l'autre et s'abolirent
ensemble ; resta la calme surface du Néant.

Charlot secoua les épaules et la tête ; il se mit à rire et
le temps recommença à couler. Charlot riait, il riait contre
l'Histoire, il se défendait par le rire contre la pétrification ; il les regardait avec malice, il disait :

« On a bonne mine, les gars. Pour ça, on a bonne
mine. »

Ils se tournèrent vers lui, interdits, et puis Lubéron
prit le parti de rire. Il plissait le nez d'un air peineux et le
rire lui sortait par les narines :

« Tu peux le dire ! Comment qu'ils nous ont eus !

— C'est la dérouillée, dit Charlot avec une sorte
d'ivresse, c'est la déculottée, la fessée ! »

Longin rit à son tour :

« Les soldats de 40 ou les rois du sprint ! dit-il.

— Les géants de la route.

— Champions olympiques de course à pied.

— Vous en faites pas, dit Lubéron : on sera bien
reçus quand on va rentrer ; on va nous voter des félicitations ! »

Longin eut un râle heureux :

« Y viendront nous chercher à la gare. Avec l'orphéon
et les sociétés de gymnastique.

— Et moi qui suis juif, dis donc ! dit Charlot riant
aux larmes. Vous vous rendez compte, les antisémites de
mon quartier ! »

Mathieu se laissa gagner[c] par ce rire désagréable, il y
eut un moment atroce : on l'avait jeté, tremblant de
fièvre, dans des draps glacés ; puis son éternité de statue

se cassa, vola en éclats de rire. Ils riaient, ils refusaient les obligations de la grandeur au nom de la canaille, faut pas s'en faire pourvu qu'on ait la santé, le boire et le manger, j'emmerde la moitié du monde et je chie sur l'autre moitié, ils refusaient les consolations de la grandeur par austère lucidité, ils se refusaient même le droit de souffrir; *tragiques* : même pas, *historiques* : même pas, nous sommes des cabotins, nous ne valons pas une larme; *prédestinés* : même pas, le monde est un hasard[a]. Ils riaient, ils se cognaient aux murs de l'Absurde et du Destin qui se les renvoyaient; ils riaient pour se punir, pour se purifier, pour se venger : inhumains, trop humains, au-delà et en deçà du désespoir : des hommes. Un moment encore les bouches ouvrirent vers l'azur le reproche de leurs plaies noires; Nippert ronflait toujours, sa bouche bée, elle aussi, était un grief. Puis le rire s'alourdit, se traîna, s'arrêta après quelques secousses : la cérémonie était terminée, l'armistice consacré; ils étaient officiellement *après*. Le temps coulait doucement, tisane attiédie par le soleil : il fallait se remettre à vivre.

« Et voilà! dit Charlot.

— Voilà! » dit Mathieu.

Lubéron sortit furtivement une main de sa poche, l'appliqua contre ses lèvres et se mit à mâcher; sa bouche sautait au-dessous de ses yeux de lapin.

« Voilà, dit-il. Voilà, voilà. »

Pierné prit un air tatillon et vainqueur :

« Qu'est-ce que je vous avais dit ?

— Qu'est-ce que tu nous avais dit[b] ?

— Ne faites pas les idiots. Delarue, tu te rappelles ce que j'ai dit après la Finlande ? Et après Narvik[1], tu te rappelles ? Tu me traitais d'oiseau de malheur et comme tu as plus de facilité que moi, tu m'embrouillais toujours. »

Il avait rosi : derrière ses lunettes ses yeux pétillaient de rancune et de gloire.

« Il ne fallait pas la faire, cette guerre; j'ai toujours dit qu'il ne fallait pas la faire : nous n'en serions pas là.

— Ça serait pire, dit Pinette.

— Ça ne pourrait pas être pire : rien n'est pire que la guerre. »

Il se frottait les mains[c] avec onction et son visage brillait d'innocence : il se frottait les mains, il se lavait les

mains de cette guerre, il ne l'avait pas faite, il ne l'avait
pas même vécue; il avait boudé dix mois, refusant
de voir, de parler, de sentir, protestant contre les ordres
par le zèle maniaque qu'il mettait à les exécuter, distrait,
nerveux, guindé dans une absence de l'âme. À présent
il était payé de sa peine. Il avait les mains pures et ses
prédictions s'étaient accomplies : les vaincus, c'étaient
les *autres,* les Pinette, les Lubéron, les Delarue, les autres.
Pas lui. Les lèvres de Pinette se mirent à trembler.

« Alors ? demanda-t-il d'une voix entrecoupée. Tout
va bien ? Tu es content ?

— Content ?

— Tu l'as eue, ta défaite!

— *Ma* défaite ? Dis donc, elle est à toi autant qu'à
moi.

— Tu l'espérais : elle est à toi. Nous qu'on l'espérait
pas, on ne voudrait pas t'en priver. »

Pierné eut un sourire d'incompris :

« Qui est-ce qui t'a dit que je l'espérais ? demanda-t-il
patiemment.

— Toi, pas plus tard que tout de suite.

— J'ai dit que je l'avais prévue. La prévoir et l'espérer, ça fait deux, non ? »

Pinette le regardait sans répondre, tout son visage
s'était tassé, ses lèvres avançaient comme un mufle; il
roulait de gros beaux yeux mystifiés. Pierné poursuivit
son avantage :

« Et pourquoi l'aurais-je espérée ? Tu peux me le
dire ? Je suis de la cinquième colonne, peut-être ?

— Tu es pacifiste, répondit Pinette péniblement.

— Et alors ?

— Ça revient au même. »

Pierné haussa les épaules en écartant les mains avec
accablement. Charlot courut à Pinette et lui mit son bras
autour du cou.

« Ne vous disputez donc pas, dit-il avec bonté. À quoi
ça sert, de se disputer ? On a perdu, c'est la faute de
personne, personne a rien à se reprocher. On a eu du
malheur, c'est tout. »

Longin eut un sourire de politique :

« Est-ce que c'est un malheur ?

— Si! dit Charlot d'une voix conciliante, faut être
juste : pour un malheur, c'est un malheur. Et même un

grand malheur. Mais qu'est-ce que tu veux, moi, je me dis : chacun son tour. La dernière fois c'est nous qu'on a gagné, ce coup-ci c'est eux, le coup prochain ce sera nous.

— Il n'y aura pas de prochain coup », dit Longin.

Il leva le doigt et ajouta, d'un air paradoxal :

« Nous avons fait la der des der, voilà la vérité. Vainqueurs ou vaincus, c'est du pareil au même : les petits gars de 40 ont réussi ce que leurs papas avaient manqué. Finies les nations, finie la guerre. Aujourd'hui, on est à genoux ; demain ce sera les Anglais : les Boches prennent tout, mettent de l'ordre partout et en avant pour les États-Unis d'Europe.

— Les États-Unis de mon cul, dit Pinette. On sera les larbins d'Hitler.

— Hitler ? Qu'est-ce que c'est que ça, Hitler ? demanda Longin superbement. Naturellement qu'il en fallait un. Comment veux-tu que les pays s'entendent, si tu les laisses libres ? Ils sont comme des personnes, chacun tire de son côté. Mais qui est-ce qui causera de ton Hitler, dans cent ans ? Il sera bien crevé, va, et le nazisme avec.

— Espèce de con ! cria Pinette. Qui c'est qui va les vivre, ces cent ans ? »

Longin parut scandalisé[a] :

« Faut pas penser comme ça, petite tête : faut voir un petit peu plus loin que le bout de son nez ; faut songer à l'Europe d'après-demain.

— Et c'est-il l'Europe d'après-demain qui me donnera ma bouffe ? »

Longin leva une main pacifiante et la balança dans le soleil :

« Bah ! dit-il. Bah ! Bah ! les démerdards s'en tireront toujours. »

La main épiscopale s'abaissa, caressa les cheveux frisés de Charlot :

« C'est pas ton avis ?

— Moi, dit Charlot, je sors pas de là : puisqu'on devait le signer, cet armistice, c'est bien que ça se soit fait tout de suite : il y aura moins de morts et puis les Fritz n'auront pas le temps de se foutre en colère[b]. »

Mathieu le regardait avec stupeur. Tous ! Tous ! Ils se défilaient : Schwartz muait, Nippert se cramponnait au

sommeil, Pinette à la colère, Pierné à l'innocence; terré
dans l'instant, Lubéron bouffait, bouchait tous ses trous
avec de la bouffe; Longin avait quitté le siècle. Chacun
d'eux[a], hâtivement, s'était composé l'attitude qui lui
permettait de vivre. Il se redressa brusquement et dit
d'une voix forte :

« Vous me dégoûtez. »

Ils le considérèrent sans surprise, avec de pauvres
sourires : il était plus étonné qu'eux; la phrase résonnait
encore à son oreille et il se demandait comment il avait
pu la prononcer. Il hésita un instant entre la confusion et
la colère, puis prit le parti de la colère : il leur tourna le
dos, poussa le portillon et traversa la route. Elle était
éblouissante et déserte; Mathieu sauta dans les ronces qui
griffèrent ses molletières et dévala la pente du petit bois,
jusqu'au ruisseau. « Merde », dit-il à haute voix. Il
regarda le ruisseau et répéta : « Merde! Merde! » sans
savoir pourquoi. À cent mètres de lui, nu jusqu'à la ceinture, zébré de soleil, un soldat lavait son linge, il est là,
il sifflote, il pétrit cette farine humide, il a perdu la guerre
et il ne le sait pas[b]. Mathieu s'assit; il avait honte : « Qui
m'a donné le droit d'être si sévère ? Ils viennent d'apprendre qu'ils sont foutus, ils se débrouillent comme ils
peuvent parce qu'ils n'ont pas l'habitude. Moi, j'ai l'habitude et je n'en vaux pas mieux pour ça. Et après tout,
moi aussi, j'ai choisi la fuite. Et la colère. » Il entendit un
craquement léger et Pinette vint s'asseoir au bord de
l'eau. Il sourit à Mathieu, Mathieu lui sourit et ils restèrent un long moment sans se parler[c].

« Vise le gars là-bas, dit Pinette. Il est dans l'ignorance. »

Le soldat, courbé sur l'eau, lavait son linge avec une
obstination périmée; un avion anachronique ronronnait
au-dessus d'eux. Le soldat leva la tête et regarda le ciel
à travers les feuillages avec une appréhension qui les fit
rire : toute cette petite scène avait le pittoresque des
reconstitutions historiques.

« On lui dit ?

— Oh! ça va, dit Mathieu, laisse pisser. »

Ils se turent. Mathieu plongea sa main dans l'eau et
remua les doigts. Sa main était pâle et argentée, avec un
halo bleu de ciel autour d'elle. Des bulles montèrent à la
surface. Une brindille, emportée par un tourbillon local

vint se coller en tournoyant contre son poignet, rebondit, se cogna encore. Mathieu retira sa main.

« Il fait chaud, dit-il.

— Oui, dit Pinette. Ça donne envie de dormir.

— Tu as envie de dormir ?

— Non, mais je vais essayer tout de même. »

Il s'étendit sur le dos, les mains nouées derrière la nuque, et ferma les yeux. Mathieu plongea une branche morte dans le ruisseau et l'agita. Au bout d'un moment, Pinette rouvrit les yeux.

« Merde! »

Il se redressa et se mit à fourrager des deux mains dans ses cheveux.

« Je ne peux pas dormir.

— Pourquoi ?

— Je râle.

— Il n'y a pas de mal à ça, dit Mathieu. C'est sain.

— Quand je râle, dit Pinette, faut que je cogne; sans ça, j'étouffe. »

Il regarda Mathieu avec curiosité :

« Tu ne râles pas toi ?

— Si. »

Pinette se pencha sur ses souliers et entreprit de les délacer :

« J'aurai même pas tiré un coup de fusil », dit-il avec amertume.

Il ôta ses chaussettes, il avait de petits pieds enfantins et tendres, rayés par des traînées de crasse.

« Je vais prendre un bain de pieds. »

Il trempa son pied droit dans l'eau, le prit dans sa main et commença à le frotter. La crasse s'en allait par boulettes. Brusquement il regarda Mathieu par en dessous.

« Ils vont nous ramasser, hein ? »

Mathieu fit un signe de tête.

« Et nous emmener chez eux ?

— Probable. »

Pinette se frotta le pied avec rage :

« Sans cet armistice, ils ne m'auraient pas eu si facilement.

— Qu'est-ce que tu aurais fait ?

— J'aurais fait de la casse.

— Petit taureau! » dit Mathieu.

Ils se sourirent, mais Pinette s'assombrit tout à coup et ses yeux devinrent défiants :

« Tu as dit qu'on te dégoûtait.

— Je n'ai pas dit ça pour toi.

— Tu l'as dit pour tout le monde. »

Mathieu souriait toujours :

« C'est sur moi que tu veux cogner ? »

Pinette baissa la tête sans répondre.

« Cogne, dit Mathieu. Moi je cognerais aussi. Peut-être que ça nous calmera.

— J'oserais pas te faire mal, dit Pinette avec humeur.

— Tant pis. »

Le pied gauche de Pinette ruisselait d'eau et de soleil. Ils le regardèrent tous les deux et Pinette remua les orteils.

« Ils sont marrants, tes pieds, dit Mathieu.

— Ils sont tout petits, hein ? Je peux prendre une boîte d'allumettes et l'ouvrir.

— Avec tes doigts de pieds ?

— Je veux. »

Il souriait; mais la rage le secoua tout à coup et il s'empoigna la cheville avec brutalité.

« J'aurai même pas descendu un Fritz! Ils vont s'amener et ils n'auront qu'à me cueillir.

— Eh ben oui, dit Mathieu.

— C'est pas juste.

— Ça n'est ni juste ni injuste : c'est comme ça.

— C'est pas juste : on paye pour les autres, pour les gars de l'armée Corap et pour Gamelin[1].

— Si nous avions été dans l'armée Corap, nous aurions fait comme les copains.

— Parle pour toi! »

Il ouvrit les bras, respira fortement, serra les poings en gonflant la poitrine et regarda Mathieu avec morgue :

« Est-ce que j'ai une gueule à foutre le camp devant l'ennemi ? »

Mathieu lui sourit :

« Non. »

Pinette fit saillir les longs biceps de ses bras blonds et jouit un moment, pour lui seul, de sa jeunesse, de sa force, de son courage. Il souriait mais ses yeux restaient orageux et ses sourcils bas.

« Je me serais fait tuer sur place.

— On dit ça. »

Pinette sourit et mourut : une balle lui traversa le cœur. Mort et triomphant, il se tourna vers Mathieu. La statue de Pinette, mort pour la patrie, répéta :

« Je me serais fait tuer. »

Et puis de nouveau la colère et la vie réchauffèrent ce corps pétrifié.

« Je ne suis pas coupable; j'ai fait tout ce qu'on m'a dit de faire. C'est pas ma faute, s'ils n'ont pas su m'employer. »

Mathieu le regardait avec une sorte de tendresse; Pinette était transparent au soleil, la vie montait, descendait, tournoyait si vite dans l'arbre bleu de ses veines, il devait se sentir si maigre, si sain, si léger : comment aurait-il pu croire à la maladie indolore qui avait commencé de le ronger, qui courberait son jeune corps tout neuf sur les champs de pommes de terre silésiens ou sur les autostrades de Poméranie, qui le gonflerait de fatigue, de tristesse et de pesanteur. La défaite, ça s'apprend.

« Je ne demandais rien à personne, dit Pinette. Je faisais tranquillement mon boulot; les Fritz, j'étais pas contre : j'en avais pas vu la queue d'un; le nazisme, le fascisme, je savais même pas ce que c'était; et Dantzig, alors, tu permets : la première fois que j'ai vu ce patelin sur une carte, j'étais déjà mobilisé. Bon : là-dessus, il y a Daladier qui déclare la guerre et Gamelin qui la perd. Qu'est-ce que je fais là-dedans, moi ? Où est ma faute ? Tu crois peut-être qu'ils m'ont consulté ? »

Mathieu haussa les épaules :

« Voilà quinze ans qu'on la voit venir. Il fallait s'y prendre à temps pour l'éviter ou pour la gagner.

— Je ne suis pas député^a.

— Tu votais.

— Évidemment, dit Pinette sans assurance.

— Pour qui ? »

Pinette resta silencieux.

« Tu vois bien, dit Mathieu.

— Il a fallu que je fasse mon service militaire, dit Pinette avec humeur. Et puis je suis tombé malade : il n'y a qu'une seule fois où j'aurais pu voter.

— Et cette fois-là, tu l'as fait ? »

Pinette ne répondit pas. Mathieu sourit :

« Moi non plus, je ne votais pas[1] », dit-il doucement.

Le soldat tordait ses chemises, en amont. Il les enveloppa dans une serviette rouge et remonta sur la route en sifflotant.

« Tu reconnais l'air qu'il siffle ?

— Non, dit Mathieu.

— *Nous ferons sécher notre linge sur la ligne Siegfried*[2]. »

Ils rirent. Pinette semblait un peu détendu :

« J'ai travaillé dur, dit-il[a]. Et j'ai pas toujours mangé à ma faim. Ensuite j'ai trouvé cette place à la T. C. R. P. et j'ai épousé ma femme : fallait que je la nourrisse, non ? Elle est de bonne famille, tu sais. Même qu'au début ça n'allait pas tout seul entre nous. Après, ajouta-t-il vivement, ça s'est tassé, mais c'est pour te dire : on ne peut pas s'occuper de tout à la fois.

— Ben non ! dit Mathieu.

— Qu'est-ce que je pouvais faire d'autre ?

— Rien.

— J'avais pas le temps de m'occuper de politique. Je rentrais chez moi, crevé, et puis il y avait les disputes, et puis si t'es marié, c'est pour baiser ta femme tous les soirs, non ?

— Je suppose.

— Alors ?

— Alors rien. C'est comme ça qu'on perd une guerre. »

Pinette eut un nouveau sursaut de fureur.

« Tu me fais marrer ! Même que je me serais occupé de politique : même que je n'aurais fait que ça, qu'est-ce que ça aurait changé ?

— Tu aurais fait ton possible.

— Tu l'as fait, toi ?

— Non.

— Et si tu l'avais fait, tu pourrais te dire que c'est pas toi qui as perdu la guerre ?

— Non.

— Alors ? »

Mathieu ne répondit pas, il entendit le chantonnement tremblant d'un moustique et agita la main à la hauteur de son front. Le chantonnement cessa. « Cette guerre, moi aussi, au début, je croyais que c'était une maladie[b]. Quelle connerie ! C'est moi, c'est Pinette, c'est Longin. Pour chacun de nous, c'est lui-même ; elle est faite à

notre image et l'on a la guerre qu'on mérite. » Pinette
renifla longuement sans quitter Mathieu du regard;
Mathieu lui trouva l'air bête et une marée de colère lui
déferla dans la bouche et dans les yeux : « Assez! assez!
J'en ai marre d'être le type qui voit clair! » Le moustique[a]
vibrait autour de son front, dérisoire couronne de
gloire. « Si je m'étais battu, si j'avais appuyé sur la
gâchette, un type serait tombé quelque part... » Il leva
brusquement la main et s'envoya une bonne claque
contre la tempe; il baissa les doigts et vit sur son index
une minuscule dentelle sanglante, un type qui saignerait
sa vie sur les cailloux, une claque sur la tempe, une
pression de l'index sur la détente, les verres multicolores du kaléidoscope s'arrêteraient net, le sang den-
tellerait les herbes du sentier, j'en ai marre ! j'en ai
marre! S'enfoncer dans un acte inconnu comme dans
une forêt. Un acte. Un acte qui engage et qu'on ne
comprend jamais tout à fait. Il dit passionnément :

« S'il y avait *quelque chose* à faire... »
Pinette[b] le regarda avec intérêt :
« Quoi ? »
Mathieu haussa les épaules.
« Il n'y a rien, dit-il. Rien pour le moment. »
Pinette enfilait ses chaussettes; ses pâles sourcils se
fronçaient en haut de son front. Il demanda brusque-
ment :
« Je t'ai montré ma femme ?
— Non », dit Mathieu.
Pinette se redressa, fouilla dans la poche de sa veste
et sortit une photo de son portefeuille. Mathieu vit une
assez belle femme à l'air dur, avec une ombre de mous-
tache aux coins des lèvres. En travers de la photo elle
avait écrit : « Denise à sa poupée, 12 janvier 1939. »
Pinette[c] rosit :
« C'est comme ça qu'elle m'appelle. Je ne peux pas
l'en déshabituer.
— Il faut bien qu'elle te donne un nom.
— C'est parce qu'elle a cinq ans de plus que moi »,
dit Pinette avec dignité.
Mathieu lui rendit la photo.
« Elle est bien.
— Au lit, dit Pinette, elle est formidable. Tu ne peux
même pas t'imaginer. »

Il était devenu encore plus rouge. Il ajouta d'un air perplexe :

« Elle est d'une bonne famille.

— Tu me l'as déjà dit.

— Ah ? dit Pinette étonné. Je te l'ai déjà dit ? Je t'ai dit que son père était professeur de dessin ?

— Oui. »

Pinette remit soigneusement la photo dans son porte-feuille.

« Ça me fait chier.

— Qu'est-ce qui te fait chier ?

— Ça la fout mal de rentrer comme ça. »

Il avait croisé les mains sur ses genoux.

« Bah ! dit Mathieu.

— Son père est un héros de 14, dit Pinette. Trois citations, la croix de guerre. Il en cause tout le temps.

— Et alors ?

— Eh bien, ça la fout mal de rentrer comme ça.

— Pauvre petite tête, dit Mathieu. Tu ne rentreras pas de sitôt. »

La colère de Pinette était tombée. Il hocha la tête tristement.

« J'aime autant ça, dit-il. J'ai pas envie de rentrer.

— Pauvre petite tête, répéta Mathieu.

— Elle m'aime, dit Pinette, mais c'est un caractère difficile : elle s'en croit. Il y a sa mère aussi, qui se pousse du col. Une souris, faut que ça te respecte, non ? Sans ça, c'est le diable à la maison. »

Il se releva tout d'un coup :

« J'en ai marre d'être ici. Tu viens ?

— Où ça ? dit Mathieu.

— Je ne sais pas. Avec les autres.

— Si tu veux », dit Mathieu sans enthousiasme.

Il se leva à son tour, ils remontèrent sur la route.

« Tiens, dit Pinette, voilà Guiccioli. »

Guiccioli, les jambes écartées, une main en visière au-dessus des sourcils, les regardait en rigolant.

« Elle est bien bonne ! dit-il.

— Quoi ?

— Elle est bien bonne. Vous avez marché comme des tambours.

— Mais quoi ?

— L'armistice », dit Guiccioli, qui riait toujours.

Pinette s'illumina.

« C'était de la colle ?

— Un peu! dit Guiccioli. Il y a Lubéron[a] qui est venu nous faire chier : il voulait des nouvelles, on lui en a donné.

— Alors, dit Pinette avec entrain, pas d'armistice ?

— Pas plus d'armistice que de beurre aux fesses. » Mathieu regarda Pinette du coin de l'œil :

« Qu'est-ce que ça change ?

— Ça change tout, dit Pinette. Tu verras! Tu verras ce que ça change[b]. »

4 heures[c].

Personne sur le boulevard Saint-Germain; rue Danton personne. Les rideaux de fer n'étaient même pas baissés, les vitrines étincelaient : simplement ils avaient ôté le loquet de la porte en s'en allant. C'était dimanche. Depuis trois jours c'était dimanche; il n'y avait plus à Paris qu'une seule journée pour toute la semaine. Un dimanche, tout fait, quelconque, à peine un peu plus raide qu'à l'ordinaire, un peu plus chimique, trop silencieux, déjà plein de croupissures secrètes. Daniel s'approcha d'un grand magasin, lainages et tissus; les pelotons multicolores disposés en pyramides étaient en train de jaunir, ils sentaient le vieux; dans la boutique voisine, les layettes et les blouses se fanaient; une poussière farineuse s'accumulait sur les rayons. De longues traînées blanches salissaient les glaces. Daniel pensa : « Les vitres pleurent. » Derrière les vitres, c'était la fête : les mouches bourdonnaient par millions. Dimanche. Quand ils reviendraient, les Parisiens trouveraient un dimanche pourri affalé sur leur ville morte. S'ils reviennent! Daniel donna libre cours à cette formidable envie de rire qu'il promenait à travers les rues depuis le matin. S'ils reviennent!

La petite place Saint-André-des-Arts, inerte, s'abandonnait au soleil; il faisait nuit noire en pleine lumière. Le soleil, c'était un artifice : un éclair de magnésium qui cachait la nuit, qui allait s'éteindre dans un vingtième de seconde, et qui ne s'éteignait pas. Il colla son front à la grande glace de la Brasserie Alsacienne, j'y ai déjeuné, avec Mathieu : c'était en février pendant sa permission[1], ça grouillait de héros et d'anges. Il finit par distinguer dans la pénombre des taches hésitantes, des champignons de cave : c'étaient des nappes de papier. Où sont les héros ? Où sont les anges ? Deux chaises de fer étaient restées sur la terrasse; Daniel en prit une par le dossier, la porta sur le bord du trottoir et s'assit en rentier sous le ciel militaire, dans cette chaleur blanche qui foisonnait de souvenirs d'enfance. Il sentait dans son dos la pression magnétique du silence, il regardait le pont désert, les boîtes des quais cadenassées, l'horloge sans aiguille. « Ils auraient dû taper un peu sur tout ça, pensa-t-il. Quelques bombes, pour nous faire voir. » Une silhouette glissa le long de la préfecture de police, de l'autre côté de la Seine, comme emportée par un trottoir roulant. Paris n'était pas vide à proprement parler : il se peuplait de petites déroutes-minute qui jaillissaient dans tous les sens et se résorbaient aussitôt sous cette lumière d'éternité. « La ville est creuse », pensa Daniel. Il sentait sous ses pieds les galeries du métro, derrière lui, devant lui, au-dessus de lui des falaises trouées : entre ciel et terre des milliers de salons Louis-Philippe, de salles à manger Empire et de cosy-corners craquaient à l'abandon, c'était à mourir de rire. Il se retourna brusquement : quelqu'un a cogné à la vitre. Daniel regarda longtemps la grande glace, mais ne vit que son propre reflet. Il se leva, la gorge serrée par une drôle d'angoisse, mais pas trop mécontent : c'était amusant d'avoir des peurs nocturnes en plein jour. Il s'approcha de la fontaine Saint-Michel et regarda le dragon verdi. Il pensait : « Tout est permis. » Il pouvait baisser son pantalon sous le regard vitreux de toutes ces fenêtres noires, déchausser un pavé et le balancer dans la glace de la Brasserie, il pouvait crier : « Vive l'Allemagne! », il n'arriverait rien. Tout au plus, au sixième étage de quelque immeuble, une face effarée se collerait au carreau, mais c'était sans conséquence; ils n'avaient plus la force de s'indigner : l'homme de bien, là-haut, se tournerait vers sa femme et lui dirait sur un ton purement objectif : « Il y a un type, sur la place, qui vient d'ôter sa culotte », et elle lui répondrait, du fond de la chambre : « Ne te mets donc pas à la fenêtre, on ne sait pas ce qui peut arriver. » Daniel bâilla. Casser la glace ? Bah! On verrait tellement mieux quand ils commenceraient le pillage. « J'espère bien, pensa-t-il, qu'ils mettront tout à feu et à sang. » Il bâilla encore : il sentait en lui une liberté immense et vaine. Par instants, sa joie lui tournait sur le cœur.

Comme il s'éloignait, une caravane débouchait de la rue de la Huchette. « Ils se déplacent en convois, à présent. » C'était le dixième qu'il rencontrait depuis le matin. Daniel compta neuf personnes : deux vieilles qui portaient des cabas, deux fillettes, trois hommes durs et noueux, avec des moustaches ; derrière eux venaient deux jeunes femmes, l'une belle et pâle, l'autre superbement enceinte et qui gardait sur ses lèvres une manière de sourire. Ils marchaient lentement : personne ne parlait. Daniel toussa et ils se tournèrent vers lui, tous ensemble : il n'y avait ni sympathie ni blâme dans leurs yeux, rien d'autre qu'un étonnement incrédule. L'une des deux fillettes se pencha vers l'autre sans cesser de regarder Daniel, elle murmura quelques mots et toutes deux rirent d'un air émerveillé : Daniel se sentait aussi insolite qu'un chamois fixant sur des alpinistes son lent regard vierge. Ils passèrent fantastiques et périmés, noyés dans leur solitude, Daniel traversa la chaussée pour aller s'accouder à l'entrée du pont Saint-Michel sur le parapet de pierre. La Seine étincelait ; très loin, au nord-ouest, une fumée s'élevait au-dessus des maisons. Tout à coup, le spectacle lui parut insupportable, il se détourna, revint sur ses pas et se mit à remonter le boulevard.

La caravane s'était évanouie. Le silence et le vide à perte de vue : un gouffre horizontal. Daniel était las : les rues ne menaient nulle part ; sans les hommes, elles se ressemblaient toutes. Le boulevard Saint-Michel, hier longue coulée d'or vers le sud, c'était cette baleine crevée, le ventre en l'air. Daniel fit sonner ses pas sur ce gros ventre creux et ballonné, il se força à frissonner de jouissance, il dit à voix haute : « Je détestais Paris. » En vain : plus rien de vivant sauf la verdure, sauf les grands bras verts des marronniers ; il avait l'impression fade et doucereuse de marcher dans un sous-bois^a. Déjà l'aile immonde de l'ennui le frôlait quand, par bonheur, il aperçut une affiche blanche et rouge, collée à une palissade. Il s'approcha et lut : « Nous vaincrons parce que nous sommes les plus forts[1] », écarta les bras et

sourit avec délices, délivré : ils courent, ils courent, ils
n'ont pas fini de courir. Il avait levé la tête et tourné
son sourire vers le ciel, il respirait largement : un procès
en cours depuis vingt ans, des espions jusque sous son
lit ; chaque passant, c'était un témoin à charge ou un
juge ou les deux ; tout ce qu'il disait pouvait être retenu
contre lui. Et puis, d'un seul coup, la débandade. Ils
courent, les témoins, les juges, les hommes de bien, ils
courent sous le soleil et l'azur pond des avions sur
leurs têtes. Les murailles de Paris criaient encore leur
orgueil et leurs mérites : nous sommes les plus forts,
les plus vertueux, les croisés de la démocratie, les défenseurs de la Pologne, de la dignité humaine et de l'hétéro-
sexualité, la route du fer restera barrée[1], nous ferons
sécher notre linge sur la ligne Siegfried. Sur les murs[a] de
Paris les affiches clameronnaient encore tout un petit chant
de gloire refroidi. Mais eux, *eux*, ils couraient, fous de
peur, ils s'aplatissaient dans les fossés, ils demandaient
pardon. Pardon dans l'honneur, bien entendu, tout est
perdu fors l'honneur, prenez tout dans l'honneur : voilà
mon cul, bottez-le dans l'honneur, je vous lècherai le
vôtre si vous me laissez la vie. Ils courent, ils rampent.
Moi, le Coupable, je règne sur leur ville.

Il marchait[b] les yeux baissés, il jouissait, il entendait les
autos glisser tout près de lui sur la chaussée, il pensait :
« Marcelle torche son môme à Dax, Mathieu doit être
prisonnier, Brunet s'est probablement fait tuer, tous mes
témoins sont morts ou distraits ; je me suis récupéré... »
Tout à coup, il se dit : « *Quels* autres ? », il releva brusquement la tête, son cœur se mit à battre jusque dans
ses tempes et il *les* vit. Ils étaient debout, purs et graves,
par quinze ou par vingt sur de longues autos camouflées
qui roulaient lentement vers la Seine, ils glissaient
emportés tout droits et debout, ils l'effleuraient de leur
regard inexpressif et d'autres venaient après eux, d'autres
anges tout pareils et qui le regardaient pareillement.
Daniel entendit au loin une musique militaire, il lui
sembla que le ciel se remplissait d'étendards et il dut
s'appuyer à un marronnier. *Seul* dans cette longue avenue, seul Français, seul civil, et toute l'armée ennemie
le regardait. Il n'avait pas peur, il s'abandonnait avec
confiance à ces milliers d'yeux, il pensait : « Nos vainqueurs ! » et il était enveloppé de délices. Il leur rendit

hardiment leur regard, il se gorgea de ces cheveux blonds, de ces visages hâlés où les yeux semblaient des lacs de glacier, de ces tailles étroites, de ces cuisses incroyablement longues et musculeuses. Il murmura : « Comme ils sont beaux! » Il ne touchait plus terre : ils l'avaient enlevé dans leurs bras, ils le serreraient contre leurs poitrines et leurs ventres plats. Quelque chose dégringola du ciel : c'était l'antique loi. Effondrée la société des juges, effacée la sentence; en déroute les affreux petits soldats kaki, champions des droits de l'homme et du citoyen. « Quelle liberté! » pensa-t-il, et ses yeux se mouillaient. Il était seul survivant du désastre. Seul *homme* en face de ces anges de haine et de colère, de ces anges exterminateurs dont les regards lui rendaient une enfance^a. « Voilà les nouveaux juges, pensa-t-il, voilà la nouvelle loi! » Comme elles paraissaient dérisoires, au-dessus de leur tête, les merveilles du ciel doux, l'innocence des petits cumulus : c'était la victoire du mépris, de la violence et de la mauvaise foi, c'était la victoire de la Terre. Un char passa, majestueux et lent, couvert de feuillage, il ronronnait à peine. Un tout jeune homme à l'arrière, sa veste jetée sur ses épaules, les manches de sa chemise roulées au-dessus du coude, croisait ses beaux bras nus. Daniel lui sourit, le jeune homme le regarda longtemps, d'un air dur, ses yeux étincelaient, puis, tout à coup, pendant que le char s'éloignait, il se mit à sourire. Il fouilla rapidement dans la poche de son pantalon et jeta un petit objet que Daniel attrapa au vol : c'était un paquet de cigarettes anglaises. Daniel serrait le paquet si fort qu'il sentait les cigarettes éclater sous ses doigts. Il souriait toujours. Un trouble insupportable et délicieux lui remonta des cuisses jusqu'aux tempes; il n'y voyait plus très clair, il répétait en haletant un peu : « Comme dans du beurre — ils entrent dans Paris comme dans du beurre. » D'autres visages passèrent devant son regard embué, d'autres encore et d'autres, toujours aussi beaux; ils vont nous faire du Mal, c'est le Règne du Mal qui commence, délices! Il aurait voulu être une femme pour leur jeter des fleurs.

Envol criard, merde, merde, maniez-vous le train, la rue se vida, un bruit de casseroles la remplit à ras

bords, un éclair d'acier laboura le ciel, ils passent
entre les maisons, Charlot, collé contre Mathieu, lui
cria dans l'ombre de la grange : ils volent en rase-
mottes. Les mouettes avides et indolentes tournèrent
un peu au-dessus du village, cherchant leur pâture, puis
s'en allèrent en traînant après elles leur casserole qui
rebondissait de toit en toit, des têtes se montrèrent
prudemment, des types sortirent de la grange, des
maisons, d'autres sautèrent par les fenêtres, ça grouillait, c'était la foire. Silence. Ils étaient tous là en silence,
une centaine, génie, radio, poste de sondage, télépho-
nistes, secrétaires, observateurs, tous sauf les chauffeurs qui attendaient depuis la veille au volant de leurs
voitures; ils prirent place — pour *quel* spectacle ? —
ils s'assirent au milieu de la chaussée, en tailleurs, parce
que la route était morte et que les autos ne passaient
plus, ils s'assirent sur le bord du trottoir, sur l'entablement des fenêtres, et d'autres restaient debout, adossés
aux façades des maisons. Mathieu s'était assis sur un
petit banc, devant l'épicerie; Charlot et Pierné le rejoignirent. Personne ne parlait, ils étaient là pour être
ensemble et pour se regarder; ils se voyaient comme ils
étaient : la grande foire, la foule, beaucoup trop calme,
avec cent faces grises; la rue se calcinait de soleil, se
tordait sous le ciel éventré, brûlait les talons et les fesses,
ils se laissaient brûler; le général logeait chez le médecin :
la troisième fenêtre du premier étage, c'était son œil,
mais ils se foutaient du général : ils se regardaient et
ils se faisaient peur. Ils souffraient d'un départ rentré,
personne n'en parlait, mais il cognait à grands coups
dans les poitrines, on le sentait dans les bras, dans les
cuisses, douloureux comme une courbature, c'était une
toupie qui tournait dans les cœurs. Un type soupira,
comme un chien qui rêve; il dit en rêve : « À l'Intendance il y a des boîtes de singe. » Mathieu pensa :
« Oui, mais ils ont fait garder la porte par les gendarmes »
et Guiccioli répondit : « Eh! pochetée, ils ont mis les
gendarmes à garder la porte. » Un type rêva à son tour
d'une voix blanche et endormie : « C'est comme le
boulanger, il en a, du pain, je te le dis, j'ai vu les miches,
mais il a barricadé sa boutique. » Mathieu continua le
rêve, mais sans parler, il vit un tournedos et sa bouche
s'emplit de salive; Grimaud se souleva un peu, montra

les rangées de volets clos et dit : « En douce qu'est-ce qu'ils ont, dans ce bled ? Hier ils nous faisaient la causette, à présent ils se cachent. » Les maisons, la veille, bâillaient comme des huîtres, à présent elles s'étaient refermées; au-dedans, des hommes et des femmes faisaient les morts, suaient dans l'ombre et les haïssaient; Nippert dit : « C'est pas parce qu'on est vaincus qu'on est des pestiférés. » L'estomac de Charlot chanta, Mathieu dit : « Ton estomac chante. » Et Charlot répondit : « Il ne chante pas, il crie. » Une balle de caoutchouc tomba au milieu d'eux, Latex l'attrapa au vol, une petite fille de cinq à six ans apparut et le regarda timidement. « C'est ta balle ? demanda Latex. Viens la chercher. » Tout le monde la regardait, Mathieu avait envie de la prendre sur ses genoux; Latex essayait d'adoucir sa grosse voix : « Allons, viens! viens! viens sur mes genoux. » Des chuchotements fusèrent un peu partout : « Viens! viens! viens! » La petite ne bougeait pas; « Viens, mon poulet. Viens, viens, ma cocotte, viens! » « Bon Dieu, dit Latex, on fait peur aux mômes, à cette heure. » Les types riaient, ils lui dirent : « C'est toi qui lui fais peur, avec ta gueule! » Mathieu riait, Latex répétait d'une voix chantante : « Viens, ma crotte! » Tout d'un coup, pris de rage, il cria : « Si tu ne viens pas, je la garde. » Il éleva la balle au-dessus de sa tête pour la lui montrer, fit mine de l'empocher, la petite hurla, tout le monde se leva, tout le monde se mit à crier : « Rends-la-lui; salaud, tu fais pleurer un enfant, non, non, mets-la dans ta poche, fous-la sur le toit. » Mathieu, debout, gesticulait, Guiccioli, les yeux brillants de rage, l'écarta, alla se planter devant Latex : « Rends-la-lui, nom de Dieu, on n'est pas des sauvages! » Mathieu frappa du pied, enivré de colère; Latex se calma le premier, il baissa les yeux et dit : « Vous fâchez pas! on va la lui rendre. » Il lança la balle, maladroitement, elle vint frapper un mur, rebondit, la petite se jeta dessus et s'enfuit. Le calme. Tout le monde se rassit, Mathieu se rassit, triste et apaisé; il pensait : « On n'est pas des pestiférés. » Rien d'autre : rien d'autre que les pensées de tout le monde. Par moments il n'était qu'un vide anxieux et, à d'autres moments, il devenait tout le monde, son angoisse se calmait, les pensées de tout le monde sourdaient en lourdes gouttes dans sa tête et

roulaient hors de sa bouche, on n'est pas des pestiférés.
Latex étendit les mains et les considéra tristement :
« J'en ai six, moi qui vous cause, mon aîné a sept ans
et j'ai jamais levé la main sur eux. »

Ils s'étaient rassis, pestiférés, affamés, cernés, sous ce
ciel habité^a, contre ces grandes maisons aveugles qui
suaient la haine. Ils se taisaient : elles n'avaient qu'à se
taire, les abjectes vermines qui souillaient cette belle
journée de juin. Patience! L'exterminateur viendra, on
passera toutes les rues au Fly-tox. Longin montra les
volets et dit : « Ils attendent que les Fritz viennent les
débarrasser de nous. » Nippert dit : « Avec les Fritz,
tu peux parier qu'ils seront plus aimables. » Et Guiccioli :
« Dame! À tant faire que d'être occupés, vaut mieux
que ce soit par des vainqueurs. C'est plus gai et puis le
commerce marche. Nous autres, on est des porte-
malheur. » « Six enfants, dit Latex, l'aîné a sept ans.
Jamais je leur ai fait peur. » Et Grimaud dit : « On est
détestés. »

Un bruit de pas fit lever toutes les têtes, mais elles se
baissèrent aussitôt et le commandant Prat traversa la rue
entre des crânes. Personne ne le salua; il s'arrêta devant
la maison du médecin, les têtes se redressèrent et les
regards se fixèrent sur ses épaules rembourrées pendant
qu'il soulevait le heurtoir de fer et frappait trois fois.
La porte s'entrebâilla et il se glissa dans la maison par
l'étroite ouverture; de cinq heures quarante-cinq à cinq
heures cinquante-six, un à un, tous les officiers d'état-
major passèrent, raides et gênés, entre les soldats silencieux : les têtes se couchaient sur leur passage et, tout
de suite après, se relevaient. Payen dit : « Il y a la fête
chez le général. » Charlot se tourna vers Mathieu et
dit : « Qu'est-ce qu'ils peuvent bien fabriquer ? » Mathieu
répondit : « Ta gueule. » Charlot le regarda et se tut.
Depuis le passage des officiers, les types étaient plus
gris, plus ternes, plus tassés; Pierné regardait Mathieu
avec une surprise inquiète : c'est sa propre pâleur qu'il
surprend sur mes joues.

On entendit chanter, Mathieu sursauta, le chant se
rapprocha :

> *Tant qu'il y aura de la merde dans le pot,*
> *ça puera dans la chambre.*

Une trentaine de gaillards tournèrent le coin de la rue, soûls, sans fusils ni vestes ni calots; ils dévalaient la rue à grands pas, ils chantaient, ils avaient l'air irrité et joyeux; leurs faces étaient rouges de soleil et de vin. Quand ils aperçurent cette larve grise qui remuait doucement à ras du sol et poussait vers eux ses têtes multiples, ils s'arrêtèrent net et cessèrent de chanter. Un gros barbu fit un pas en avant; il était nu jusqu'à la ceinture et noir, avec des muscles en boule et une chaînette d'or autour du cou. Il demanda :

« C'est-il que vous êtes morts ? »

Personne ne répondit, il détourna la tête et cracha; il avait de la peine à garder son équilibre.

Charlot les regarda d'un air myope, en clignant des yeux. Il demanda :

« Vous n'êtes pas de chez nous ?

— Et ça, c'est-il de chez nous ? demanda le barbu en se tapant sur le sexe. Sacré nom de Dieu, non, on n'est pas de chez vous, ça me ferait mal.

— D'où venez-vous ? »

Il eut un geste vague :

« De là-haut.

— Il y a eu de la casse, là-haut ?

— Merde alors! Non, il n'y a pas eu de casse, à part que notre pitaine s'est tiré quand ça s'est mis à sentir mauvais et que nous, on a fait pareil, mais pas du même côté, pour pas le rencontrer. »

Derrière le barbu, les types rigolèrent et deux grands gaillards se mirent à chanter avec défi :

> *Traîne tes couilles par terre*
> *Prends ta pine à la main, mon copain*
> *Nous partons en guerre*
> *À la chasse aux putains.*

Toutes les têtes se tournèrent vers l'œil du général; Charlot agita la main d'un air effrayé :

« Taisez-vous. »

Les chanteurs se turent; ils restaient là, bouche bée, oscillants; ils avaient l'air éreintés, tout à coup.

« Nos officemars sont là, expliqua Charlot, en montrant la maison.

— Je chie sur vos officemars », dit le barbu d'une

voix forte. Sa chaîne d'or étincelait au soleil; il abaissa
son regard vers les types assis sur la chaussée et ajouta :
« Et s'ils vous emmerdent, les gars, vous avez qu'à
venir avec nous, comme ça ils ne vous emmerderont
plus.

— Avec nous! scandaient les autres derrière lui. Avec
nous! Avec nous! Avec nous! »

Il y eut un silence. Le regard du barbu s'était arrêté
sur Mathieu. Mathieu détourna les yeux.

« Alors ? Qui c'est qui vient ? Une fois, deux fois,
trois fois. »

Personne ne bougea. Le barbu conclut avec mépris :

« C'est pas des hommes, c'est des enculés. Amenez-
vous, les gars, je veux pas moisir ici : ils me feraient
dégueuler. »

Ils se remirent en marche; les types s'écartaient pour
les laisser passer, Mathieu ramena ses pieds sous le banc.

Traîne tes couilles par terre...

Les types regardaient l'œil du général : des visages
s'étaient collés aux carreaux, mais les officiers ne se
montrèrent pas.

Nous partons en guerre...

Ils disparurent : personne ne souffla mot; le chant
finit par se perdre. Alors seulement Mathieu respira.

« D'abord, dit Nippert sans regarder ses camarades,
ça n'est même pas prouvé qu'on ne part pas. Et d'une!

— Si, dit Longin. C'est prouvé.

— Qu'est-ce qui est prouvé ?

— C'est prouvé qu'on ne part pas.

— Pourquoi ?

— Plus d'essence.

— Il en reste pour les officiers, toujours, dit Guiccioli. Les réservoirs sont pleins.

— C'est nos camions qui n'ont plus d'essence. »

Guiccioli eut un rire sec :

« Naturellement.

— Je vous dis qu'on est trahis! cria Longin en enflant
sa voix grêle. Trahis, livrés aux Allemands, trahis!

— Lâche-nous, dit Ménard avec lassitude.

— Lâche-nous, répéta Mathieu, lâche-nous!

— Et puis merde, quoi! dit un téléphoniste. Parlez pas tout le temps de départ, on verra bien. C'est casse-cul à la fin. »

Mathieu les imaginait, marchant et chantant sur la route, cueillant des fleurs, peut-être. Il avait honte, mais c'était la grosse honte commune. Il ne trouvait pas ça tellement désagréable.

« Enculés, dit Latex. Il nous a traités d'enculés, ce moutard. Nous qu'on est père de famille. Et t'as visé la chaîne qu'il porte au cou? Petite lope, va! Tu peux parler.

— Écoutez! dit Charlot. Écoutez*ᵃ*! »

On entendit un ronflement d'avion, une voix lasse murmura :

« Planquez-vous, les gars. Ils remettent ça.

— C'est la dixième fois depuis ce matin, dit Nippert.

— Tu as compté? Moi, je compte même plus. »

Ils se levèrent sans hâte, se plaquèrent contre la porte, entrèrent dans les couloirs. Un avion rasa les toits, le bruit décrut, ils ressortirent, scrutant le ciel, et se rassirent.

« C'était un chasseur, dit Mathieu.

— Pet! Pet! » dit Lubéron.

On entendit au loin le claquement sec d'une mitrailleuse.

« D. C. A.?

— D. C. A., mon cul! C'est l'avion qui tire, oui! »

Ils se regardèrent.

« Fait pas bon se promener sur les routes au jour d'aujourd'hui », dit Grimaud.

Ils ne répondirent pas, mais les yeux brillaient et un petit sourire de coin se promenait sur les bouches. Un moment plus tard, Longin dit simplement :

« Ils n'auront pas été loin. »

Guiccioli se leva, mit les mains dans ses poches et plia trois fois les genoux, pour se dégourdir; il leva vers le ciel une face vide avec un pli mauvais autour de la bouche.

« Où vas-tu?

— Faire un tour.

— Où?

— Par là. Je vais voir ce qui leur est arrivé.

— Prends garde aux macaronis!

— As pas peur. »

Il s'éloigna[a] paresseusement. Tout le monde avait envie de l'accompagner, mais Mathieu n'osa pas se lever. Il y eut un long silence; les visages avaient repris des couleurs et se tournaient les uns vers les autres avec animation.

« Ça serait trop beau si on pouvait faire sa petite promenade sur les routes comme en temps de paix.

— Qu'est-ce qu'ils croyaient? Qu'ils iraient à pinces jusqu'à Paname? Il y a des gars qui ne doutent de rien.

— Si c'était faisable, nous ne les aurions pas attendus pour le faire. »

Ils se turent, nerveux et tendus; ils attendaient; un grand type maigre, adossé au rideau de fer de l'épicerie, tremblait des mains. Au bout d'un moment, Guiccioli revint, du même air nonchalant.

« Eh bien? » cria Mathieu.

Guiccioli haussa les épaules : les types s'étaient soulevés sur les mains et tournaient sur lui des yeux étincelants.

« Ratatinés, dit-il.

— Tous?

— Comment veux-tu que je sache? J'ai pas compté. »

Il était blême, des renvois silencieux lui gonflaient les lèvres.

« Où étaient-ils? Sur la route?

— Merde! Si vous êtes si curieux, vous avez qu'à y aller. »

Il se rassit; à son cou une chaînette d'or se mit à briller : il y porta la main, la tourna entre ses doigts, puis la lâcha brusquement. Il dit, comme à regret :

« J'ai prévenu les brancardiers. »

Pauvres types! La chaînette brillait, fascinait. Quelqu'un dirait-il : « Pauvres types »? C'était sur toutes les lèvres; quelqu'un aurait-il l'hypocrisie de dire : « Pauvres types »? Serait-ce même une hypocrisie? La chaînette d'or étincelait sur le cou brun; la cruauté, l'horreur, la pitié, la rancune tournaient en rond, c'était atroce et confortable; nous sommes le rêve d'une vermine, nos pensées s'épaississent, deviennent de moins en moins humaines; des pensées velues, pattues courent partout, sautent d'une tête à l'autre : la vermine va se réveiller[a].

« Delarue, nom de Dieu[b]! Tu es sourd ? »

Delarue, c'est moi. Il se retourna brusquement; Pinette lui souriait de loin : *il voit Delarue.*

« Hé!

— Viens! »

Il frissonna, soudain seul et nu, un homme. *Moi.* Il fit un geste pour chasser Pinette, mais déjà le groupe s'était reformé contre lui; leurs yeux[c] de vermine l'exilaient, ils le regardaient avec une gravité étonnée comme s'ils ne l'avaient jamais vu, comme s'ils le voyaient à travers des profondeurs de vase. « Je ne vaux pas mieux qu'eux, je n'ai pas le droit de les trahir. »

« Viens donc. »

Delarue se leva. L'inénarrable Delarue, le scrupuleux Delarue, le professeur Delarue s'en fut[d] à pas lents retrouver Pinette. Derrière lui le marécage, la bête aux deux cents pattes. Derrière lui, deux cents yeux : il avait peur dans son dos. Et de nouveau, l'angoisse. Elle commença prudemment, comme une caresse, et puis elle s'installa, modeste et familière, au creux de son estomac. Ce n'était rien : tout juste du vide. Du vide en lui et autour de lui. Il se promenait dans un gaz raréfié. Le brav' soldat Delarue souleva son calot, le brav' Delarue se passa la main dans les cheveux, le brav' soldat Delarue tourna vers Pinette un sourire éreinté :

« Qu'est-ce[e] qu'il y a, petite tête ? demanda Delarue.

— Tu t'amuses avec eux ?

— Non.

— Pourquoi restes-tu ?

— On est pareils, dit Mathieu.

— Qui ça, pareils ?

— Eux et nous.

— Alors ?

— Alors, c'est mieux de rester ensemble. »

Les yeux de Pinette flambèrent :

« Je ne suis pas pareil qu'eux! » dit-il en rejetant la tête en arrière.

Mathieu se tut. Pinette dit :

« Amène-toi.

— Où ?

— À la poste.

— À la poste ? Il y a une poste ?

— Je veux. Il y a une recette auxiliaire en bas du village.

— Et qu'est-ce que tu veux y faire, à la poste ?

— T'en fais pas.

— Elle est sûrement fermée.

— Pour moi elle sera ouverte », dit Pinette.

Il passa son bras sous celui de Mathieu et l'entraîna :
« J'ai trouvé une petite », ajouta-t-il.

Ses yeux brillaient d'une gaîté fiévreuse, il souriait d'un air distingué :

« Je veux te la présenter.

— Pour quoi faire ? »

Pinette le regarda sévèrement :

« Tu es mon pote, pas ?

— Bien sûr », dit Mathieu. Il demanda :

« C'est la postière, ta petite ?

— C'est la demoiselle des postes, oui.

— Je croyais que tu ne voulais pas d'histoires de femme ? »

Pinette eut un rire forcé :

« Puisqu'on se bat pas, faut bien passer le temps. »

Mathieu se tourna vers lui et lui trouva l'air fat.

« Tu ne te ressembles plus, mon petit gars. C'est l'amour qui te transforme ?

— Hé! hé! dit Pinette, hé! hé! J'aurais pu tomber plus mal. Tu verrais ses roberts : aux pommes. Et instruite : pour la géographie ou le calcul tu pourrais toujours t'aligner.

— Et ta femme ? » demanda Mathieu.

Pinette changea de visage :

« Au cul! » dit-il brutalement.

Ils étaient arrivés[a] devant une maisonnette à un étage, les volets étaient clos, on avait ôté le loquet de la porte. Pinette frappa trois fois :

« C'est moi! » cria-t-il.

Il se tourna vers Mathieu en souriant :

« Elle a peur qu'on ne la viole. »

Mathieu entendit un bruit de clé :

« Entrez vite », dit une voix de femme.

Ils plongèrent dans une odeur d'encre, de colle et de papier. Une longue banque surmontée d'un grillage

divisait la pièce en deux. Au fond, Mathieu distingua
une porte ouverte. La femme recula jusqu'à cette porte
et la tira sur elle; on l'entendit tourner un verrou. Ils
demeurèrent quelques instants dans l'étroit couloir
réservé au public, puis la postière réapparut derrière
son guichet, à l'abri. Pinette se pencha et appuya son
front au grillage.

« Vous nous mettez en pénitence ? Ce n'est pas gentil.

— Ah! dit-elle, il faut être sage. »

Elle avait une belle voix, chaude et sombre. Mathieu
vit briller ses yeux noirs.

« Alors, dit Pinette, on a peur de nous! »

Elle rit :

« On n'a pas peur, mais on n'a pas confiance non plus.

— C'est à cause de mon ami ? Mais justement il est
comme vous, il est fonctionnaire : vous êtes en pays de
connaissance, ça devrait vous rassurer. »

Il parlait d'une voix élégante en souriant finement.

« Allons, dit-il, passez au moins un doigt par la
grille. Juste un doigt. »

Elle passa un long doigt maigre à travers le grillage
et Pinette lui déposa un baiser sur l'ongle.

« Cessez, dit-elle, ou je le retire.

— Ce ne serait pas poli, dit-il. Il faut que mon ami
vous serre le doigt. »

Il se tourna vers Mathieu.

« Permets-moi de te présenter mademoiselle qui-ne-
veut-pas-dire-son-nom. C'est une courageuse petite Française : elle pouvait se faire évacuer, mais elle n'a pas
voulu quitter son poste en cas qu'on aurait eu besoin
d'elle. »

Il remuait les épaules et souriait : il n'arrêtait pas de
sourire. Sa voix était molle et chantante, avec un léger
accent anglais.

« Bonjour, mademoiselle », dit Mathieu.

Elle agita le doigt à travers la grille et il le serra entre
les siens.

« Vous êtes fonctionnaire ? demanda-t-elle.

— Je suis professeur.

— Et moi postière.

— Je vois bien. »

Il avait chaud et s'ennuyait; il pensait aux visages
gris et lents qu'il avait laissés derrière lui.

« C'est Mademoiselle, dit Pinette, qui a la responsabilité de toutes les lettres d'amour du village.

— Oh! vous savez, dit-elle d'un air modeste, les lettres d'amour, ici...

— Eh bien, moi, dit Pinette, si j'habitais dans votre bled, j'enverrais des lettres d'amour à toutes les filles d'ici pour qu'elles passent par vos mains. Vous seriez la postière de l'amour. »

Il riait avec un peu d'égarement :

« La postière de l'amour! la postière de l'amour!

— Ça serait du propre, dit-elle. Ça doublerait mon travail. »

Il y eut un long silence. Pinette avait gardé son sourire nonchalant, mais il avait l'air tendu et son regard furetait partout. Un porte-plume était attaché par une ficelle au grillage; Pinette le prit, le trempa dans l'encre et traça quelques mots sur un formulaire de mandat carte.

« Voilà, dit-il en lui tendant le mandat.

— Qu'est-ce que c'est ? demanda-t-elle sans le prendre.

— Mais prenez-le donc! Vous êtes postière : faites votre métier. »

Elle finit par le prendre et lut :

« *Payez mille baisers à Mlle Sans-Nom...* Ah! dit-elle, partagée entre la colère et le fou rire, voilà qu'il m'a gâché un mandat-carte! »

Mathieu en avait plein le dos.

« Eh bien, dit-il, je vous laisse. »

Pinette parut déconcerté.

« Tu ne restes pas ?

— Il faut que je retourne là-bas.

— Je te raccompagne, dit Pinette précipitamment. Si! si! je te raccompagne. »

Il se tourna vers la postière.

« Je reviens dans cinq minutes : vous me rouvrirez la porte ?

— Oh! qu'il est assommant, gémit-elle. Tout le temps à entrer et à sortir. Décidez-vous, à la fin!

— Bon, bon! dit-il. Je reste. Mais vous vous rappellerez : c'est vous qui m'avez demandé de rester.

— Je n'ai rien demandé du tout.

— Si!

— Non!

— Oh! merde! » murmura Mathieu entre ses dents.
Il se tourna vers la petite :
« Au revoir, mademoiselle.
— Au revoir », dit la postière assez froidement.
Mathieu sortit et marcha, la tête vide. La nuit tombait; les soldats étaient assis comme il les avait laissés. Il passa au milieu d'eux et des voix montèrent du sol :
« Quelles nouvelles ?
— Il n'y a pas de nouvelles », dit Mathieu*ª*.
Il regagna son banc et s'assit entre Charlot et Pierné. Il demanda :
« Les officiers sont toujours chez le général ?
— Toujours. »
Mathieu bâilla; il regardait tristement les types noyés dans l'ombre. Il murmura : *Nous*. Mais ça ne prenait plus : il était seul. Il renversa la tête en arrière et regarda les premières étoiles. Le ciel était doux comme une femme; tout l'amour de la terre était remonté au ciel. Mathieu cligna des yeux :
« Une étoile filante, les gars. Faites un vœu. »
Lubéron péta :
« Le voilà, mon vœu », dit-il.
Mathieu bâilla de nouveau.
« Bon, dit-il, eh bien, je vais me plumer. Tu viens, Charlot ?
— Je me tâte : des fois qu'on partirait cette nuit, j'aime mieux être prêt. »
Mathieu rit grossièrement :
« Tête de con! dit-il.
— Ça va, ça va! dit Charlot précipitamment. Je viens. »
Mathieu rentra dans la grange et se jeta tout habillé dans le foin. Il mourait de sommeil : il avait toujours sommeil quand il était malheureux. Une boule rouge se mit à tourner, des visages de femmes se penchèrent au balcon et se mirent à tourner aussi. Mathieu rêvait qu'il était le ciel; il se penchait au balcon et regardait la terre. La terre était verte avec un ventre blanc, elle faisait des bonds de puce. Mathieu pensa : « Il ne faut pas qu'elle me touche. » Mais elle leva cinq doigts énormes et saisit Mathieu par l'épaule.
« Lève-toi! Vite! »

— Quelle heure est-il ? » demanda Mathieu. Il sentait un souffle chaud sur son visage.

« Dix heures vingt, dit la voix de Guiccioli. Lève-toi en douce, va jusqu'à la porte et regarde sans te montrer. »

Mathieu s'assit et bâilla.

« Qu'est-ce qu'il y a ?

— Les autos des officiers attendent sur la route à cent mètres d'ici.

— Alors ?

— Fais ce que je te dis ; tu verras. »

Guiccioli disparut ; Mathieu se frotta les yeux. Il appela à voix basse :

« Charlot ! Charlot ! Longin ! Longin ! »

Pas de réponse. Il se leva et marcha en titubant de sommeil jusqu'à la porte. Elle était grande ouverte. Un homme se cachait dans l'ombre.

« Qui est là ?

— C'est moi, dit Pinette.

— Je te croyais en train de baiser.

— Elle fait des manières ; je ne l'aurai pas avant demain. Bon Dieu, soupira-t-il, j'ai les lèvres qui me font mal à force d'avoir souri.

— Où est Pierné ? »

Pinette désigna un porche sombre, de l'autre côté de la rue.

« Là-bas, avec Longin et Charlot.

— Qu'est-ce qu'on fait ici ?

— Sais pas. »

Ils attendirent en silence. La nuit était froide et claire, sous la lune. En face d'eux, sous le porche, un paquet d'ombres remuait vaguement. Mathieu tourna la tête vers la maison du médecin : l'œil du général était clos, mais une lumière pâle fusait sous la porte. *Moi, je suis là.* Le Temps s'effondra, avec son grand avenir-épouvantail. Il ne resta qu'une vacillante petite durée locale. Il n'y avait plus ni Paix ni Guerre, ni France ni Allemagne : tout juste cette lueur pâle sous une porte qui allait peut-être s'ouvrir. S'ouvrira-t-elle ? Rien d'autre ne comptait, Mathieu n'avait plus rien à lui que cet avenir minuscule. S'ouvrira-t-elle ? Une joie aventureuse illumina son cœur flétri[a]. S'ouvrira-t-elle ? C'était important : il lui semblait que la porte, en s'ouvrant, fournirait enfin une réponse à toutes les questions qu'il s'était posées

durant sa vie. Mathieu sentit qu'un frisson de joie allait
naître au creux de ses reins; il eut honte, il se dit avec
application : « Nous avons perdu la guerre. » À l'instant, le Temps lui fut restitué, la petite perle d'avenir
se dilua dans un avenir immense et sinistre. Le Passé, le
Futur à perte de vue, depuis les Pharaons jusqu'aux
États-Unis d'Europe. Sa joie s'éteignit, la lumière s'éteignit sous la porte, la porte grinça, tourna lentement,
s'ouvrit sur des ténèbres; l'ombre palpita sous le porche,
la rue craqua comme une forêt, puis retomba dans le
silence. Trop tard : il n'y a pas d'aventure.

Au bout d'un moment, des silhouettes apparurent
sur le perron; l'un après l'autre, les officiers descendirent les marches; les premiers descendus s'arrêtèrent
au milieu de la chaussée pour attendre les autres et la
rue se métamorphosa : 1912, une rue de garnison sous
la neige, il était tard, la fête de nuit chez le général
avait pris fin; beaux comme des images, les lieutenants
Sautin et Cadine se tenaient par le bras; le commandant
Prat avait posé la main sur l'épaule du capitaine Mauron,
ils se cambraient, souriaient, posaient obligeamment
sous le magnésium de la lune, encore une, la dernière,
je prends le groupe entier, c'est fini. Le commandant
Prat virevolta sur les talons, regarda le ciel et leva deux
doigts en l'air, comme pour bénir le village. Le général
sortit à son tour, un colonel ferma doucement la porte
derrière lui : l'état-major divisionnaire était au complet,
une vingtaine d'officiers, c'était un soir de neige, au
ciel pur, on avait dansé jusqu'à minuit, le plus beau
souvenir de garnison. La petite troupe se mit en marche
à pas de loup. Au premier étage une fenêtre s'était
ouverte sans bruit; une forme blanche se penchait au-
dehors et les regardait partir.

« Sans blague! » murmura Pinette.

Ils marchaient tranquillement, avec une douce solennité; sur leurs visages de statue, ruisselants de lune, il
y avait tant de solitude et tant de silence que c'était un
sacrilège de les regarder; Mathieu se sentait coupable
et purifié[a].

« Sans blague! Sans blague! »

Le capitaine Mauron hésita. Avait-il entendu? Son
grand corps gracieux et voûté oscilla un peu et se
tourna vers la grange; Mathieu voyait ses yeux briller.

Pinette grogna et fit un mouvement pour se jeter au-dehors. Mais Mathieu lui attrapa le poignet et le saisit fortement. Un moment encore, le capitaine fouilla du regard les ténèbres, puis il se détourna et bâilla avec indifférence en se tapotant les lèvres du bout de ses doigts gantés. Le général passa, Mathieu ne l'avait jamais vu de si près. C'était un gros homme imposant, au visage schisteux, qui s'appuyait lourdement au bras du colonel. Les ordonnances suivaient, portant les cantines; un groupe chuchotant et rieur de sous-lieutenants fermait la marche[1].

« Des officiers! » dit Pinette à voix presque haute.

« Plutôt des dieux », pensa Mathieu. Des dieux qui regagnent l'Olympe après un court séjour sur la terre. Le cortège olympien s'enfonça dans la nuit; une lampe électrique fit un rond dansant sur la route et s'éteignit. Pinette se tourna vers Mathieu; la lune éclairait son joli visage désespéré.

« Des officiers!

— Eh oui. »

Les lèvres de Pinette se mirent à trembler; Mathieu avait peur qu'il n'éclatât en sanglots :

« Allons! Allons! dit Mathieu. Allons, petite tête, remets-toi.

— Il faut le voir pour le croire, dit Pinette. C'est le monde renversé. »

Il agrippa la main de Mathieu et la serra, comme s'il conservait un dernier espoir :

« Peut-être que les chauffeurs refuseront de partir ? »

Mathieu haussa les épaules : déjà les moteurs s'étaient mis à ronfler, ça faisait un agréable chant de cigale, très loin, au fond de la nuit. Au bout d'un moment, les autos démarrèrent et le bruit des moteurs se perdit. Pinette se croisa les bras :

« Des officiers! Pour le coup, je commence à croire que la France est foutue. »

Mathieu se détourna : des ombres se détachaient par grappes de la muraille, des soldats sortaient silencieusement des ruelles, des portes cochères, des granges. De vrais soldats, des deuxième classe, fagotés, mal bâtis, qui glissaient contre l'obscure blancheur des façades; en un instant la rue fut pleine. Ils avaient des visages si tristes que le cœur de Mathieu se serra.

III. *La Mort dans l'âme*, Ire *partie*   1235

« Viens, dit-il à Pinette.

— Où ça ?

— Dehors avec les copains.

— Oh merde! dit Pinette, je me plume : j'ai pas le cœur à causer. »

Mathieu hésita : il avait sommeil et des élancements violents lui trouaient le crâne; il aurait aimé dormir et ne plus penser à rien. Mais ils avaient l'air triste et il voyait leurs dos qui moutonnaient sous la lune et il se sentait un des leurs.

« Moi, j'ai envie de causer, dit-il. Bonsoir. »

Il traversa la rue et il s'engloutit dans la foule. La lumière crayeuse de la lune éclairait des faces pétrifiées, personne ne parlait. Tout à coup, on perçut distinctement le bruit des moteurs.

« Ils reviennent! dit Charlot. Ils reviennent!

— Mais non, couillon! Ils ont pris la route départementale. »

Ils écoutèrent[a] tout de même, avec un vague espoir. Le ronflement décrut et s'évanouit. Latex soupira :

« C'est fini.

— Enfin seuls! » dit Grimaud.

Personne ne rit. Quelqu'un demanda d'une voix basse et anxieuse :

« Qu'est-ce que nous allons devenir ? »

Il n'y eut aucune réponse; les types se foutaient de ce qu'ils allaient devenir; ils avaient un autre souci, une peine obscure qu'ils désespéraient d'exprimer. Lubéron bâilla; il dit, après un long silence :

« Ça n'avance à rien de veiller. Au dodo, les gars, au dodo! »

Charlot fit un grand geste découragé :

« Bon! dit-il, je vais me coucher : mais c'est de misère. »

Les types se regardaient avec inquiétude : ils n'avaient aucune envie de se séparer, aucune raison de rester ensemble. Tout à coup une voix s'éleva, une voix amère :

« Ils ne nous ont jamais aimés[b]. »

Celui-là parlait pour tout le monde, tout le monde se mit à parler :

« Non! Non, non! Ça, tu peux le dire, t'as raison, t'es dans le vrai. Ils ne nous ont jamais aimés, jamais,

jamais, jamais! L'ennemi pour eux, c'était pas les Fritz, c'était nous autres; on a fait toute la guerre ensemble et ils nous ont plaqués. »

À présent, Mathieu répétait avec les autres :

« Ils ne nous ont jamais aimés! Jamais!

— Quand je les ai vus passer, dit Charlot, j'étais tellement déçu que j'ai failli tomber raide. »

Un bruissement inquiet couvrit sa voix : ce n'était déjà plus tout à fait ce qu'il fallait dire. À présent il fallait vider l'abcès, on ne pouvait plus s'arrêter, il fallait dire : « Personne ne nous aime. Personne ne nous aime : les civils nous reprochent de n'avoir pas su les défendre et nos femmes ne sont pas fières de nous, nos officiers nous ont laissé tomber, les villageois nous haïssent et les Fritz s'avancent dans la nuit. » Il fallait dire : « Nous sommes les boucs émissaires, les vaincus, les lâches, la vermine, la lie de la terre, nous avons perdu la guerre, nous sommes laids, nous sommes coupables et personne, personne, et personne au monde ne nous aime. » Mathieu n'osa pas, mais Latex dit derrière lui, sur un ton objectif :

« On est des parias. »

Des voix fusèrent un peu partout; elles répétaient durement, sans pitié :

« Des parias! »

Les voix se turent. Mathieu regardait Longin, sans raison particulière, comme ça, parce qu'il lui faisait face, et Longin le regardait. Charlot et Latex se regardaient; tout le monde se regardait, tout le monde avait l'air d'attendre comme s'il restait quelque chose à dire. Il ne restait rien à dire, mais tout à coup Longin sourit à Mathieu et Mathieu lui rendit son sourire; Charlot sourit, Latex sourit; sur toutes les bouches la lune fit éclore des fleurs pâles.

Lundi, 17 juin.

« Viens, dit Pinette. Allez, viens!

— Non.

— Allez, allez! viens donc. »

Il regardait Mathieu d'un air implorant et charmeur.

« Ne fais pas chier l'homme », dit Mathieu.

Ils étaient tous deux sous les arbres, au milieu de la

place, l'église en face d'eux, la mairie à droite. Devant la mairie, assis sur la première marche du perron, Charlot rêvait. Il avait un livre sur les genoux. Des soldats se promenaient à pas lents, seuls ou par petits groupes : ils ne savaient que faire de leur liberté. Mathieu avait la tête lourde et douloureuse comme s'il avait bu.

« Tu as l'air^a de mauvais poil, dit Pinette.

— Je suis de mauvais poil », dit Mathieu.

Il y avait eu cette épuisante ivresse d'amitié : les types flambaient sous la lune et ça valait la peine de vivre. Et puis les torches s'étaient éteintes; ils étaient allés se coucher parce qu'ils n'avaient rien d'autre à faire et parce qu'ils n'avaient pas encore l'habitude de s'aimer. À présent, c'était un lendemain de fête, on avait envie de se tuer.

« Quelle heure est-il ? demanda Pinette.

— Cinq heures dix.

— Merde! Je suis déjà en retard.

— Eh bien! Magne-toi, vas-y.

— Je ne veux pas y aller seul.

— Tu as peur qu'elle te bouffe ?

— C'est pas ça, dit Pinette. C'est pas ça... »

Nippert passa près d'eux sans les voir, les yeux en dedans, recueilli.

« Emmène Nippert, dit Mathieu.

— Nippert ? T'es pas fou ? »

Ils suivirent des yeux Nippert, intrigués par son air aveugle et son pas dansant.

« Qu'est-ce que tu paries qu'il entre à l'église ? » demanda Pinette.

Il attendit un moment, puis se claqua la cuisse :

« Il y entre, il y entre! J'ai gagné. »

Nippert avait disparu; Pinette se tourna vers Mathieu et le considéra d'un air perplexe :

« Paraît qu'ils sont plus de cinquante là-dedans, depuis ce matin. De temps en temps il y en a un qui sort pour pisser et il rentre tout de suite après. Qu'est-ce que tu crois qu'ils fabriquent ? »

Mathieu ne répondit pas. Pinette se gratta le crâne :

« J'ai envie d'y jeter un coup d'œil.

— Tu es déjà en retard pour ton rancart, dit Mathieu.

— Merde pour le rancart », dit Pinette.

Il s'éloigna nonchalamment; Mathieu s'approcha d'un

marronnier. Un gros paquet lâché sur la route : voilà
ce qui restait de l'état-major divisionnaire; il y en avait
comme ça dans tous les villages; les Fritz les ramasse-
raient en passant. « Qu'est-ce qu'ils attendent, bon Dieu ?
Qu'ils se pressent! » La défaite était devenue quotidienne : c'était le soleil, les arbres[a], l'air du temps et cette
envie sournoise d'être mort; mais il lui restait de la veille,
au fond de la bouche, un goût refroidi de fraternité. Le
vaguemestre s'approchait, encadré par les deux cuistots;
Mathieu les regarda : dans la nuit, sous la lune, ces
bouches lui avaient souri. Plus rien; leurs durs visages
fermés proclamaient qu'il faut se méfier des coups de
lune et des extases de minuit : chacun pour soi[b] et Dieu
pour tous, on n'est pas sur terre pour se marrer. Eux
aussi, ils étaient au lendemain d'une fête. Mathieu tira
son canif de sa poche et commença de tailler l'écorce du
marronnier. Il avait envie d'inscrire son nom quelque
part dans le monde[1].

    « T'écris ton nom ?
    — Ben oui.
    — Ha! ha! »

Ils rirent et passèrent. D'autres soldats les suivaient de
près : des types que Mathieu n'avait jamais vus. Mal rasés,
avec des yeux brillants et de drôles d'airs; il y en avait
un qui boitait. Ils traversèrent la place pour aller s'asseoir
sur le trottoir, devant la boulangerie fermée. Ensuite, il
en vint d'autres et d'autres encore que Mathieu ne
connaissait pas non plus, sans fusils ni molletières, avec
des visages gris et de la vieille boue sur leurs souliers.
Ceux-là, on aurait pu les aimer. Pinette, en rejoignant
Mathieu, leur jeta un regard malveillant.

    « Alors ? demanda Mathieu.
    — L'église est pleine. » Il ajouta d'un air déçu : « Ils
chantent. »

Mathieu referma son canif; Pinette demanda :

    « Tu écris ton nom ?
    — Je voulais, dit Mathieu en mettant son canif dans
sa poche. Mais ça prend trop de temps. »

Un grand gaillard s'arrêta près d'eux; il avait un visage
las et flou : un brouillard au-dessus de son col déboutonné.

    « Salut les gars », dit-il sans sourire.

Pinette le dévisagea.

« Salut, dit Mathieu.

— Il y a des officiers, par ici ? »

Pinette se mit à rire.

« Tu l'entends ? » demanda-t-il à Mathieu. Il se tourna
vers le type et ajouta : « Non, mon vieux, non. Il n'y a
pas d'officiers : on est en république.

— Je vois, dit le type.

— De quelle division tu es ?

— La quarante-deux.

— La quarante-deux ? grommela Pinette. Jamais
entendu parler. Où êtes-vous ?

— Épinal.

— Alors qu'est-ce que vous foutez ici ? »

Le soldat haussa les épaules, Pinette demanda soudain,
avec inquiétude :

« Elle va se ramener ici, votre division ? Avec les
officemars et tout le bordel ? »

Le soldat rit à son tour et montra quatre types assis
sur le trottoir.

« La voilà, la division », dit-il.

Les yeux de Pinette étincelèrent :

« Ça chie dur à Épinal ?

— Ça chiait. À présent ça doit être très calme. »

Il tourna les talons et s'en fut rejoindre ses copains.
Pinette le suivait des yeux.

« La quarante-deux, tu te rends compte ! Tu connais
ça, toi, la quarante-deux ? Jamais entendu parler jusqu'à
présent.

— C'était pas une raison pour le snober », dit Mathieu.

Pinette haussa les épaules.

« Il vient tout le temps des types que tu ne sais même
pas d'où ça sort, dit-il avec mépris. Tu n'es plus chez
toi. »

Mathieu ne répondit pas : il regardait les éraflures sur
le tronc du marronnier.

« Allez ! dit Pinette. Viens donc ! On ira dans les
champs, tous les trois ; on ne verra plus personne, on sera
bien.

— Qu'est-ce que tu veux que j'aille foutre entre toi
et ta môme ? Pour faire ce que vous allez faire, vous
n'avez pas besoin de moi.

— On ne le fera pas tout de suite, dit Pinette lamentablement. Faudra causer. »

Il s'interrompit brusquement :

« Regarde-moi ça! Mais regarde-moi ça : encore un étranger. »

Un soldat marchait vers eux, court et trapu, très raide. Un bandeau maculé de sang lui cachait l'œil droit.

« On est peut-être au centre d'une grande bataille, dit Pinette d'une voix vibrante d'espoir. Peut-être bien que ça va chier! »

Mathieu ne répondit pas. Pinette héla le type au bandeau :

« Dis donc! »

Le type s'arrêta et le regarda de son œil unique.

« Il y a eu de la casse là-bas ? »

Le type le regardait sans répondre. Pinette se tourna vers Mathieu.

« On ne peut rien tirer d'eux. »

Le type reprit sa marche. Au bout de quelques mètres, il s'arrêta, appuya son dos contre un marronnier et se laissa glisser jusqu'à terre. Il était assis, à présent, les genoux au menton.

« Ça va mal, dit Pinette.

— Viens! » dit Mathieu.

Ils s'approchèrent.

« Ça ne va pas, vieux ? » demanda Pinette.

Le soldat ne répondit pas.

« Hé! Ça ne va pas ?

— On va t'aider », dit Mathieu au soldat.

Pinette se pencha pour le prendre aux aisselles et se releva aussitôt.

« Pas la peine. »

Le type restait assis, l'œil béant, la bouche entrouverte. Il avait l'air doux et souriant.

« Pas la peine ?

— Eh dis! Regarde-le. »

Mathieu se baissa et posa la tête contre la veste du soldat.

« Tu as raison, dit-il.

— Eh bien, dit Pinette, il faut lui fermer les yeux. »

Il le fit du bout des doigts, appliqué, la tête enfoncée dans le cou, la lèvre inférieure avançante. Mathieu le regardait, et ne regardait pas le mort : le mort ne comptait plus.

« On dirait que tu as fait ça toute ta vie, dit-il.

— Oh! dit Pinette, pour ce qui est de voir des morts, j'en ai vu. Mais c'est le premier depuis qu'on est en guerre. »

Le mort, l'œil clos, souriait à ses pensées. Ça paraissait facile de mourir. Facile et presque gai. « Mais alors, pourquoi vivre ? » Tout se mit à flotter dans le ciel. Les vivants, les morts, l'église, les arbres. Mathieu sursauta. Une main avait touché son épaule. C'était^a le grand gaillard au visage de brume ; il regardait le mort de ses yeux délavés.

« C'qu'il a ?

— Il est mort.

— C'est Gérin », expliqua-t-il.

Il se tourna vers l'est :

« Hé, les gars! Ramenez-vous en vitesse! »

Les quatre soldats se levèrent et se mirent à courir.

« Il y a Gérin qui est mort! leur cria-t-il.

— Merde! »

Ils entouraient le mort et le regardaient avec méfiance.

« C'est marrant qu'il soye pas tombé.

— Des fois, ça arrive. Il y en a qui restent debout.

— Tu es sûr qu'il est mort ?

— C'est eux qui le disent. »

Ils se penchèrent tous à la fois sur le mort. Il y en avait un qui lui tenait le poignet, un autre qui lui écoutait le cœur, le troisième sortit une glace de poche et la lui appliqua sur la bouche, comme dans les romans policiers. Ils se redressèrent, satisfaits :

« Ce con-là ! » dit le grand type en hochant la tête.

Ils hochèrent leur quatre têtes et répétèrent en chœur :

« Ce con-là ! »

Un petit gros se tourna vers Mathieu :

« Il s'est tapé vingt kilomètres. S'il était resté peinard, il vivrait encore.

— Il ne voulait pas que les Fritz le prennent, dit Mathieu, en manière d'excuse.

— Et après ? Ils ont des ambulances, les Fritz. Je lui ai causé, moi, sur la route. Il saignait comme un cochon, mais tu pouvais rien lui dire. Monsieur n'en faisait qu'à sa tête. Il disait qu'il voulait rentrer chez lui.

— Où c'est, chez lui ? demanda Pinette.

— À Cahors. Il est boulanger là-bas. »

Pinette haussa les épaules :

« De toute façon, c'est pas le chemin.

— Non. »

Ils se turent et considérèrent le mort avec embarras.

« Qu'est-ce qu'on en fait ? On le porte en terre ?

— Y a plus rien d'autre à faire. »

Ils le prirent aux aisselles et sous les genoux. Il leur souriait toujours mais, de minute en minute, il avait l'air plus mort.

« On va vous donner un coup de main.

— Pas la peine.

— Si! Si! dit vivement Pinette. On n'a rien à faire, ça nous distraira. »

Le grand soldat le regarda fermement.

« Non, dit-il. Faut que ça reste entre nous. Il est de chez nous, c'est nous qu'on doit l'enterrer.

— Où c'est que vous allez le mettre ? »

D'un coup de tête, le petit gros indiqua le nord :

« Par là. »

Ils se mirent en marche, en portant le cadavre : ils avaient l'air aussi morts que lui.

« Si ça se trouve, demanda Pinette, il avait peut-être de la religion, ce copain-là ? »

Ils le regardèrent avec stupeur. Pinette désigna l'église :

« C'est plein de curetons, là-dedans. »

Le grand soldat leva la main d'un air noble et farouche :

« Non. Non, non. Faut que ça reste entre nous. »

Il fit demi-tour et suivit les autres. Ils traversèrent la place et disparurent.

« Qu'est-ce qu'il avait, le gars ? » cria Charlot.

Mathieu se retourna : Charlot avait relevé la tête et posé son livre à côté de lui, sur la marche.

« Il avait qu'il était mort.

— C'est con, dit Charlot, j'ai pas pensé à regarder; je l'ai vu seulement quand ils l'emportaient. Il est pas de chez nous, au moins ?

— Non.

— Ah! bon », dit-il.

Ils s'approchèrent. Par les fenêtres de la mairie, sortaient des chants et des cris inhumains.

« Qu'est-ce qui se passe là-dedans ? » demanda Mathieu.

Charlot sourit :

« C'est le bordel, dit-il simplement.

« — Et tu peux lire ?

— Je ne lis pas tout à fait, dit Charlot avec humilité.

— Qu'est-ce que c'est, le bouquin ?

— C'est le Vaulabelle.

— Je croyais que c'était Longin qui le lisait.

— Longin! dit Charlot ironiquement. Ah! Je pense bien! Il n'est plus en état de lire, Longin. »

Du pouce, il indiqua le bâtiment, par-dessus son épaule :

« Il est là-dedans, bourré comme un cochon.

— Longin ? Il ne boit que de l'eau.

— Eh ben, vas-y voir, s'il n'est pas bourré!

— Quelle heure est-il ? demanda Pinette.

— Cinq heures trente-cinq. »

Pinette se tourna vers Mathieu :

« Tu ne viens pas ? C'est bien entendu ?

— C'est bien entendu. Je ne viens pas.

— Alors va te faire tâter. »

Il abaissa vers Charlot ses beaux yeux myopes :

« Ce que ça peut m'emmerder.

— Qu'est-ce donc qui t'emmerde, petite tête ?

— Il a trouvé une morue, dit Mathieu.

— Si elle t'emmerde, tu n'as qu'à me la refiler.

— Peux pas, dit Pinette. Elle m'adore.

— Alors, démerde-toi. »

Pinette fit un geste d'imprécation, leur tourna le dos et s'en fut. Charlot le suivit des yeux en souriant :

« Il plaît aux femmes.

— Ben oui, dit Mathieu.

— Je ne l'envie pas, dit Charlot. Moi, de ce moment, rien qu'à l'idée de sauter une gonzesse... »

Il regarda Mathieu avec curiosité :

« On dit que la peur fait bander.

— Eh bien ?

— C'est pas mon cas : elle s'est recroquevillée.

— Tu as peur ?

— Peur, non. C'est quelque chose qui me pèse sur l'estomac.

— Je vois. »

Charlot agrippa soudain Mathieu par la manche; il baissa la voix[a].

« Assieds-toi, j'ai quelque chose à te dire. »

Mathieu s'assit :

« Il y en a qui racontent des conneries grosses comme eux, dit Charlot à voix basse.

— Quelles conneries ?

— Tu sais, dit Charlot gêné, ce sont *vraiment* des conneries.

— Vas-y toujours.

— Eh bien, il y a le caporal Cabel qui dit que les Fritz vont nous châtrer. »

Il rit sans quitter Mathieu du regard.

« Eh bien oui, dit Mathieu. Ce sont des conneries. »

Charlot riait toujours :

« Je n'y crois pas, remarque. Ça leur donnerait beaucoup trop de travail. »

Ils se turent. Mathieu avait pris le Vaulabelle et le feuilletait; il espérait sournoisement que Charlot le lui laisserait emporter. Charlot dit négligemment :

« Les Juifs, chez eux, ils les châtrent ?

— Mais non.

— On m'avait parlé de ça », dit Charlot sur le même ton.

Brusquement il prit Mathieu aux épaules. Mathieu ne put supporter la vue de ce visage terrorisé et baissa son regard sur ses genoux.

« Qu'est-ce qu'ils vont me faire ? demanda Charlot.

— Rien de plus qu'aux autres. »

Il y eut un silence, Mathieu ajouta :

« Déchire ton livret et fous ta plaque en l'air.

— Il y a beau temps que c'est fait.

— Alors ?

— Regarde-moi », dit Charlot.

Mathieu ne pouvait se décider à relever la tête.

« Je te dis de me regarder !

— Je te regarde, dit Mathieu. Eh bien ?

— Est-ce que j'ai l'air juif ?

— Non, dit Mathieu, tu n'as pas l'air juif. »

Charlot soupira; un soldat sortit de la mairie en chancelant, descendit trois marches, rata la quatrième et fila entre Mathieu et Charlot pour aller s'écraser au milieu de la chaussée.

« Qu'est-ce qu'il tient! » dit Mathieu.

Le type se releva sur les coudes et vomit, puis sa tête retomba et il ne bougea plus.

« Ils ont chauffé du vin à l'Intendance, explique Charlot. Tu les aurais vus passer, avec des carafes, qu'ils ont trouvées je ne sais où et une grande bassine pleine de pinard! C'était dégoûtant. »

Longin parut à une fenêtre du rez-de-chaussée et rota. Il avait les yeux rouges et une joue toute noire.

« Tu t'es bien arrangé! » lui cria Charlot sévèrement.

Longin les regarda en clignant des yeux; quand il les eut reconnus, il leva les bras en l'air, tragique :

« Delarue!

— Hé ?

— Je me déconsidère.

— Tu n'as qu'à t'en aller.

— Je ne peux pas m'en aller tout seul.

— Je viens », dit Mathieu.

Il se leva, serrant le Vaulabelle contre lui :

« Tu as de la bonté de reste, dit Charlot.

— Faut bien passer le temps. »

Il monta deux marches et Charlot cria derrière lui :

« Hé! rends-moi mon Vaulabelle.

— Ça va, crie pas si fort », dit Mathieu dépité.

Il lui jeta le livre, poussa la porte, entra dans un couloir aux murs blancs et s'arrêta, pris d'angoisse : une voix criarde et somnolente chantait *L'Artilleur de Metz*[1]. Ça lui rappela l'asile de Rouen, en 24, quand il allait voir sa tante, veuve et folle de chagrin[2] : des fous chantaient derrière les fenêtres. Au mur de gauche, une affiche était placardée sous un grillage; il s'approcha, lut : « Mobilisation générale » et pensa : « J'ai été civil. » La voix s'endormait par moments, retombait sur elle-même et se vidait en gargouillant pour se réveiller dans un cri. « J'ai été civil, c'est loin. » Il regardait[a], sur l'affiche, les deux petits drapeaux croisés et il se voyait avec un veston d'alpaga et un col dur. Il n'avait jamais porté ni l'un ni l'autre; mais il se représentait les civils comme ça. « J'aurais horreur de redevenir civil, pensa-t-il. D'ailleurs, c'est une race qui s'éteint. » Il entendit Longin qui criait « Delarue », vit une porte ouverte sur sa gauche, entra. Le soleil était déjà bas; ses longs rayons poussiéreux tranchaient la pièce en deux sans l'éclairer. Pris à la gorge par une puissante odeur de vin, Mathieu cligna des yeux et ne distingua d'abord qu'une carte murale qui faisait tache sur la blancheur du mur; puis il vit Ménard, assis, jambes pendantes, sur le haut d'une petite armoire, qui agitait

ses godillots dans la pourpre du couchant. C'était lui
qui chantait; ses yeux affolés de gaieté roulaient au-dessus
de sa gueule ouverte; sa voix se tirait de lui toute seule,
elle vivait de lui comme un énorme parasite qui lui eût
pompé les tripes et le sang pour les changer en chansons;
inerte, bras ballants, il regardait avec stupeur cette vermine
qui lui sortait de la bouche. Pas un meuble : on avait dû
faire main basse sur les tables et les chaises. Un cri de
bienvenue courut dans la pièce :

« Delarue! Bonjour, Delarue! »

Mathieu baissa les yeux et vit des hommes. Un type
était affalé dans son vomissement, un autre ronflait
étendu de tout son long; un troisième s'adossait au mur;
il avait la bouche ouverte comme Ménard, mais il ne
chantait pas : une barbe grisâtre lui courait d'une oreille
à l'autre et, derrière ses lorgnons, ses yeux étaient clos.

« Salut, Delarue! Delarue, salut! »

À sa droite, il y avait d'autres types, un peu moins mal
en point. Guiccioli était assis sur le plancher, une gamelle
remplie de vin entre ses jambes écartées; Latex et Grimaud s'étaient accroupis à la turque : Grimaud tenait son
quart par l'anse et le heurtait contre le sol pour scander
les chants de Ménard; la main de Latex disparaissait
jusqu'au poignet dans sa braguette. Guiccioli dit
quelques mots qui furent couverts par la voix du chanteur.

« Qu'est-ce que tu dis ? » demanda Mathieu en mettant la main en cornet contre son oreille.

Guiccioli leva des yeux furieux sur Ménard :

« Tais-toi un moment, bon Dieu! Tu nous casses les
oreilles. »

Ménard cessa de chanter. Il dit lamentablement :

« Je peux pas m'arrêter. »

Et, tout aussitôt, en proie à sa voix, il entonna *Les
Filles de Camaret*.

« Nous voilà beaux! » dit Guiccioli.

Il n'était pas trop mécontent; il regarda Mathieu avec
fierté :

« Ah! C'est qu'il est gai, dit-il. Ici, on est tous gais :
on est des truands, des têtes brûlées; c'est le gang des
casseurs d'assiettes! »

Grimaud approuva de la tête et rit. Il dit avec application, comme s'il parlait dans une langue étrangère :

« On n'engendre pas la mélancolie.

— Je vois, dit Mathieu.

— Tu veux boire un coup ? » demanda Guiccioli.

Au milieu de la pièce, il y avait une bassine de cuivre remplie du gros vin rouge de l'Intendance. Des choses flottaient dedans.

« C'est une bassine à confitures, dit Mathieu. Où l'avez-vous prise ?

— T'occupe pas, dit Guiccioli. Tu bois, oui ou merde ? »

Il s'exprimait avec difficulté et il avait peine à tenir les yeux ouverts, mais il gardait l'air agressif.

« Non, dit Mathieu. Je viens pour emmener Longin.

— L'emmener où ?

— Prendre l'air. »

Guiccioli prit sa gamelle à deux mains et but :

« C'est pas moi qui t'empêcherai de l'emmener, dit-il. Il est tout le temps à parler de son frangin, il fait chier son monde. Rappelle-toi que c'est la bande des rigolos, ici ; un type qui a le vin triste, on n'en veut pas. »

Mathieu prit Longin par le bras.

« Allons, viens ! »

Longin se dégagea avec irritation :

« Minute ! Laisse-moi le temps de m'habituer.

— Tu as tout le temps », dit Mathieu.

Il tourna les talons pour aller jeter un coup d'œil à l'armoire. À travers les vitres, il vit de gros volumes recouverts de toile. De quoi lire. Il aurait lu n'importe quoi : même le Code civil. L'armoire était fermée à clé : il tenta vainement de l'ouvrir.

« Casse la vitre, dit Guiccioli.

— Mais non ! dit Mathieu agacé.

— Pourquoi que tu ne la casses pas ? Attends voir un peu si les Fritz vont se gêner. »

Il se tourna vers les autres :

« Les Fritz vont foutre le feu partout et Delarue veut pas casser l'armoire. »

Les types se mirent à rigoler.

« Bourgeois ! » dit Grimaud avec mépris.

Latex tirait Mathieu par la veste.

« Hé ! Delarue, viens voir. »

Mathieu se retourna.

« Voir quoi ? »

Latex sortit son sexe de sa braguette :

« Regarde! dit-il, et tire ton chapeau : j'en ai fait six avec.

— Six quoi ?

— Six lards. Et des beaux, t'sais, qui pesaient à chaque coup dans les vingt livres; je sais pas qui va les nourrir à présent. Mais vous nous en ferez d'autres, dit-il, tendrement penché sur son gland. Vous nous en ferez d'autres par douzaine, polisson! »

Mathieu détourna les yeux :

« Tire ton chapeau, l'apprenti! cria Latex en colère.

— Je n'ai pas de chapeau », dit Mathieu.

Latex jeta un coup d'œil à la ronde :

« Six en huit ans. Qui dit mieux ? »

Mathieu revint à Longin[a] :

« Alors ? Tu t'amènes ? »

Longin le regarda d'un air sombre :

« J'aime pas qu'on me brusque.

— Je ne te brusque pas, c'est toi qui m'as appelé. »

Longin lui mit son doigt sous le nez :

« Je ne t'aime pas beaucoup, Delarue. Je ne t'ai jamais beaucoup aimé.

— C'est réciproque, dit Mathieu.

— Bon! dit Longin satisfait, comme ça, on va peut-être s'entendre. D'abord, demanda-t-il en regardant Mathieu avec suspicion, pourquoi je ne boirais pas ? Quel intérêt j'aurais à ne pas boire ?

— Tu as le vin triste, dit Guiccioli.

— Si je ne buvais pas, ça serait pire. »

Ménard chanta :

> *Si je meurs, je veux qu'on m'enterre*
> *Dans la cave où y a du bon vin.*

Mathieu regarda Longin.

« Tu peux boire tant que tu veux, lui dit-il.

— Hein ? grogna Longin, déçu.

— Je dis, cria Mathieu, que tu peux boire tant que tu veux : je m'en balance. »

Il pensait : « Je n'ai plus qu'à m'en aller. » Mais il ne pouvait s'y décider. Il se courbait au-dessus d'eux, il respirait la riche odeur sucrée de leur ivresse et de leur malheur; il pensait : « Où irais-je ? » et il avait le

vertige. Ils ne lui faisaient*a* pas horreur, ces vaincus qui
buvaient la défaite jusqu'à la lie. S'il avait horreur de
quelqu'un, c'était de lui-même. Longin se baissa pour
ramasser son quart et tomba sur les genoux.

« Merde. »

Il rampa jusqu'à la bassine, plongea le bras dans le
vin jusqu'au coude, retira le quart ruisselant et se pencha
pour boire. Par les deux coins de sa bouche tremblante,
le liquide dégoulinait dans la bassine.

« Je suis pas bien, dit-il.

— Fais-toi dégueuler, conseilla Guiccioli.

— Comment fais-tu ? » demanda Longin. Il était
blafard et respirait péniblement.

Guiccioli s'introduisit deux doigts dans la bouche,
s'inclina sur le côté, râla un peu et vomit quelques
glaires.

« Comme ça », dit-il en s'essuyant la bouche d'un
revers de main.

Longin, toujours à genoux, fit passer son quart dans
sa main gauche et s'enfonça la main droite dans la gorge.

« Eh ! cria Latex, tu vas dégueuler dans le pinard.

— Delarue ! cria Guiccioli, pousse-le ! pousse-le vite ! »

Mathieu poussa Longin qui tomba assis sans avoir
sorti les doigts de sa bouche. Tout le monde le regardait d'un air encourageant. Longin retira ses doigts et
rota.

« Change pas de main, dit Guiccioli. V'là que ça
vient. »

Longin toussa et devint écarlate.

« Ça ne vient pas du tout, protesta-t-il en toussant.

— Ce que tu es casse-cul ! cria Guiccioli courroucé.
Quand on ne sait pas vomir, on ne boit pas. »

Longin fouilla dans sa poche, se remit à genoux,
puis s'accroupit près de la bassine.

« Qu'est-ce que tu fais ? cria Grimaud.

— Je me fais une compresse humide », dit Longin
en retirant du chaudron son mouchoir dégouttant de
vin. Il l'appliqua sur son front et dit d'une voix enfantine :

« Delarue, s'il te plaît, tu pourrais pas me le nouer
par-derrière ? »

Mathieu prit les deux coins du mouchoir et les noua
sur la nuque de Longin.

« Ah ! dit Longin, ça va mieux. »

Le mouchoir lui cachait l'œil gauche; des filets de vin rouge lui coulaient le long des joues et dans le cou.

« T'as l'air de Jésus-Christ, dit Guiccioli en riant.

— Pour ça t'as raison, dit Longin. Je suis un type dans le genre de Jésus-Christ. »

Il tendit[a] son quart à Mathieu pour qu'il le remplisse.

« Ah! non, dit Mathieu. Tu as assez bu comme ça.

— Fais ce que je te dis, cria Longin. Fais ce que je te dis, bon Dieu! » Il ajouta d'une voix plaintive : « J'ai le bourdon!

— Nom de Dieu, dit Guiccioli, donne-lui vite à boire : il va nous remettre ça avec son frère[b]. »

Longin le regarda avec hauteur :

« Pourquoi que je ne parlerais pas de mon frère si j'en ai envie ? C'est-il toi qui m'en empêcheras ?

— Oh! lâche-nous », dit Guiccioli.

Longin se tourna vers Mathieu :

« Il est à Hossegor, mon frère, expliqua-t-il.

— Il n'est donc pas soldat ?

— Penses-tu : c'est un affranchi. Il se promène dans les pins avec sa petite femme; ils se disent : " Pauvre Paul n'a pas eu de veine ", et ils se frottent en pensant à moi. Je leur en foutrai, tiens, du pauvre Paul. »

Il se recueillit un instant et conclut :

« J'aime pas mon frère. »

Grimaud riait aux larmes.

« Qu'est-ce que t'as à rire ? demanda Longin irrité.

— Tu vas peut-être lui défendre de rire ? demanda Guiccioli avec indignation. Continue, mon petit gars, dit-il paternellement à Grimaud, marre-toi bien, rigole un bon coup, on est là pour s'amuser.

— Je ris à cause de ma femme, dit Grimaud.

— Je me fous de ta femme, dit Longin.

— Tu parles de ton frère, je peux bien causer de ma femme[c].

— Qu'est-ce qu'elle a ta femme ? »

Grimaud mit un doigt sur ses lèvres :

« Chut! » dit-il. Il se pencha vers Guiccioli et dit en confidence : « J'ai une femme qu'est moche comme un derrière. »

Guiccioli voulut parler.

« Pas un mot! dit Grimaud impérieusement. Comme

un derrière, y a pas à discuter. Attends, ajouta-t-il en se soulevant un peu et en passant sa main gauche sous ses fesses pour atteindre sa poche revolver. Je vais te la montrer, ça te fera dégueuler. »

Après quelques efforts infructueux, il se laissa retomber.

« Enfin quoi : elle est moche comme un derrière, tu me crois sur parole. Je vais pas te mentir là-dessus, j'y ai pas d'intérêt[a]. »

Longin parut intéressé :

« Elle est *vraiment* moche ? demanda-t-il.

— Je te dis : comme un derrière.

— Mais qu'est-ce qu'elle a de moche ?

— Tout. Elle a les seins aux genoux, et le cul sur les talons. Et tu verrais ses jambes, funérailles ! Elle pisse entre parenthèses.

— Alors, dit Longin en riant, faut que tu me la passes, c'est une femme pour moi. Je me suis jamais farci que des pouffiasses, moi, les belles, c'était pour mon frère. »

Grimaud cligna de l'œil avec malice.

« Oh ! non, je te la passerai pas, mon petit pote. Parce que, si je te la passe, c'est pas dit que j'en retrouverai une autre, vu que je suis pas beau non plus. C'est la vie, conclut-il avec un soupir. Faut se contenter de ce qu'on a.

— *Et voilà,* chanta Ménard, *la vie la vie*
  Que les bons moines ont[1].

— C'est la vie ! dit Longin. C'est la vie ! On est des morts qui se rappellent leurs vies[2]. Et, nom de Dieu, c'étaient pas des belles vies. »

Guiccioli lui jeta sa gamelle à la figure. La gamelle effleura la joue de Longin et tomba dans la bassine.

« Change de disque, dit Guiccioli avec rage. Moi aussi, j'ai mes ennuis, mais je fais pas chier le monde avec. On est entre rigolos, comprends-tu ? »

Longin tourna vers Mathieu des yeux désespérés :

« Emmène-moi d'ici, dit-il à voix basse. Emmène-moi d'ici ! »

Mathieu se baissa pour l'attraper sous les aisselles ; Longin se tordit comme une couleuvre et lui échappa.

Mathieu perdit patience :

« J'en ai marre, dit-il. Tu viens ou tu viens pas ? »

Longin s'était couché sur le dos et le regardait malicieusement :

« Tu voudrais bien que je vienne, hein ? Tu voudrais
bien.

— Je m'en fous. Je voudrais seulement que tu te
décides, dans un sens ou dans l'autre.

— Eh bien! dit Longin, bois un coup. T'as le temps
de boire un coup pendant que je réfléchis. »

Mathieu ne répondit pas. Grimaud lui tendit son quart.

« Tiens!

— Merci, dit Mathieu en le refusant du geste.

— Pourquoi tu ne bois pas ? demanda Guiccioli stupéfait. Il y en a pour tout le monde : tu n'as pas à te
gêner.

— Je n'ai pas soif. »

Guiccioli se mit à rire.

« Il dit qu'il n'a pas soif! Tu ne sais donc pas, malheureux, qu'on est la bande des boit-sans-soif ?

— Je n'ai pas envie de boire. »

Guiccioli haussa les sourcils :

« Pourquoi tu n'as pas envie comme les autres ?
Pourquoi ? »

Il regarda Mathieu sévèrement :

« Je te croyais dessalé. Delarue, tu me déçois! »

Longin se redressa sur un coude :

« Vous ne voyez donc pas qu'il nous méprise ? »

Il y eut un silence. Guiccioli leva sur Mathieu des
yeux interrogateurs, puis, tout d'un coup, il se tassa et
ses paupières se fermèrent. Il sourit misérablement et
dit en gardant les yeux clos :

« Ceux-là qui nous méprisent, ils n'ont qu'à s'en
aller. On ne retient personne, on est entre nous.

— Je ne méprise personne », dit Mathieu.

Il s'arrêta : « Ils sont ivres et je n'ai pas bu. » Ça lui
conférait malgré lui une supériorité qui lui faisait honte.
Il avait honte de la voix patiente qu'il était contraint
de prendre avec eux. « Ils se sont soûlés parce qu'ils
n'en pouvaient plus! » Mais personne ne pouvait partager leur misère, à moins d'être aussi soûl qu'eux. « Je
n'aurais jamais dû venir », pensa-t-il.

« Il nous méprise, répéta Longin avec une colère
lymphatique. Il est là comme au cinéma, ça le fait marrer
de voir des types soûls qui débloquent.

— Parle pour toi! dit Latex. Je débloque pas.

— Oh! laisse tomber », dit Guiccioli avec lassitude.
Grimaud regardait pensivement Mathieu :

« S'il nous méprise, je lui pisse à la raie. »
Guiccioli se mit à rire :

« On te pisse à la raie, répéta-t-il. On te pisse à la raie. »

Ménard avait cessé de chanter; il se laissa glisser de l'armoire, regarda autour de lui d'un air traqué, puis il parut se rassurer, poussa un soupir de délivrance et tomba évanoui sur le plancher. Personne ne fit attention à lui : ils regardaient droit devant eux et, de temps en temps, jetaient à Mathieu un coup d'œil mauvais. Mathieu ne savait plus que faire de lui-même : il était entré sans penser à mal, pour porter secours à Longin. Mais il aurait dû prévoir que la honte et le scandale entreraient avec lui. À cause de lui ces types avaient pris conscience d'eux-mêmes; il ne parlait plus leur langage et pourtant il était devenu sans le vouloir leur juge et leur témoin. Elle lui répugnait, cette bassine pleine de vin et d'ordures et, en même temps, il se reprochait cette répugnance : « Qui suis-je pour refuser de boire quand mes copains sont soûls ? »

Latex se caressait pensivement le bas-ventre. Tout à coup, il se tourna vers Mathieu, un éclair de défi dans les yeux; puis il attira sa gamelle entre ses jambes et fit barboter son sexe dans le vin.

« Je lui fais faire trempette, parce que c'est fortifiant. »

Guiccioli pouffa. Mathieu détourna la tête et rencontra le regard ironique de Grimaud :

« Tu te demandes où c'est que t'es tombé ? demanda Grimaud. Ah! tu nous connais pas, mon petit pote : avec nous, faut s'attendre à tout. »

Il se pencha en avant et cria, avec un clin d'œil complice :

« Eh! Latex, chiche que tu le bois pas, le pinard ? »
Latex lui rendit son clin d'œil.

« Je vais me gêner. »

Il éleva la gamelle et but bruyamment en surveillant Mathieu. Longin ricanait; tout le monde souriait. Ils en remettent à cause de moi. Latex reposa sa gamelle et fit claquer sa langue :

« Ça donne du goût.

— Alors, demanda Guiccioli, qu'est-ce que t'en dis ?
On n'est pas des rigolos, nous autres ? On n'est pas des
petits rigolos ?

— Et t'as rien vu, dit Grimaud. T'as encore rien
vu. » De ses mains tremblantes il cherchait à déboutonner
sa braguette ; Mathieu se pencha sur Guiccioli :

« Donne-moi ta gamelle, dit-il doucement. Je m'en
vais rigoler avec vous.

— Elle est tombée dans la bassine, dit Guiccioli avec
humeur. Tu n'as qu'à la repêcher. »

Mathieu plongea la main dans la bassine, remua les
doigts dans le vin, tâta le fond, sortit la gamelle pleine.
Les mains de Grimaud s'immobilisèrent ; il les regarda,
puis les remit dans ses poches et regarda Mathieu.

« Ah ! dit Latex radouci. Je savais bien que tu pourrais
pas t'en empêcher. »

Mathieu but. Dans le vin, il y avait des boulettes
d'une substance molle et incolore. Il les recracha et
remplit de nouveau la gamelle. Grimaud riait d'un air
bon :

« Celui qui nous voit, dit-il, c'est plus fort que lui :
faut qu'il boive. Ah ! C'est qu'on fait envie.

— Vaut mieux faire envie que pitié », dit Guiccioli
rigolard.

Mathieu prit le temps de sauver une mouche qui se
débattait dans le vin, puis il but. Latex le regardait d'un
air connaisseur :

« C'est pas une cuite, dit-il. C'est un suicide. »

La gamelle était vide.

« J'ai beaucoup de peine à me soûler », dit Mathieu.

Il remplit la gamelle une troisième fois. Le vin était
lourd avec un étrange goût sucré.

« Vous n'avez pas pissé dedans ? demanda Mathieu,
pris d'un soupçon.

— T'es pas tocbombe[1] ? demanda Guiccioli indigné.
Tu penses comme on irait gâcher du pinard, eh !

— Oh ! dit Mathieu, et puis je m'en fous. »

Il but d'un trait et souffla.

« Alors ? demanda Guiccioli avec intérêt. Tu te sens
mieux ? »

Mathieu secoua la tête :

« C'est pas encore ça. »

Il prit la gamelle; il se penchait, les dents serrées, au-dessus de la bassine quand il entendit[a], derrière son dos, la voix ricanante de Longin :

« Il veut nous montrer qu'il tient l'alcool mieux que nous. »

Mathieu se retourna :

« C'est pas vrai! Je me soûle pour rigoler. »

Longin s'était rassis, tout raide; le bandeau lui avait glissé le long du nez. Au-dessus du bandeau, Mathieu voyait ses yeux fixes et ronds de vieille poule.

« Je ne t'aime pas beaucoup, Delarue! dit Longin.

— Tu l'as déjà dit.

— Les copains non plus ne t'aiment pas beaucoup, dit Longin. Tu les intimides parce que tu as de l'instruction, mais faut pas croire qu'ils t'aiment.

— Pourquoi m'aimeraient-ils ? demanda Mathieu entre ses dents.

— Tu ne fais rien comme tout le monde, poursuivit Longin. Même quand tu te soûles, c'est pas comme nous. »

Mathieu regarda Longin avec perplexité, puis il se retourna et jeta sa gamelle dans la vitre de l'armoire.

« Je ne peux pas me soûler, dit-il d'une voix forte. Je ne peux pas. Vous voyez bien que je ne peux pas. »

Personne ne souffla mot; Guiccioli posa sur le plancher un grand éclat de verre qui lui était tombé sur les genoux. Mathieu s'approcha de Longin, le prit solidement par le bras et le remit sur ses pieds.

« Qu'est-ce que c'est ? De quoi je me mêle ? cria Longin. Occupe-toi de tes fesses, eh! l'aristo.

— Je suis venu pour t'emmener, dit Mathieu, et je partirai avec toi. »

Longin se débattait furieusement.

« Fous-moi la paix, je te dis, lâche-moi. Lâche-moi, nom de Dieu, ou je fais la vache. »

Mathieu entreprit de le tirer hors de la pièce. Longin leva la main et tenta de lui enfoncer les doigts dans les yeux.

« Salaud », dit Mathieu.

Il lâcha Longin et lui envoya deux crochets pas trop secs à la base du menton; Longin devint flasque et tourna sur lui-même; Mathieu le rattrapa au vol et le chargea sur ses épaules comme un sac.

« Vous voyez, dit-il. Moi aussi, quand je m'y mets, je peux faire le rigolo. »

Il les haïssait. Il sortit et descendit les marches du perron avec son fardeau. Charlot éclata de rire sur son passage.

« Qu'est-ce qu'il tient, le frère! »

Mathieu traversa la chaussée et déposa Longin contre un marronnier. Longin ouvrit un œil, voulut parler et vomit.

« Ça va mieux ? » demanda Mathieu.

Longin vomit de nouveau.

« Ça fait du bien, dit-il entre deux hoquets.

— Je te laisse, dit Mathieu. Quand tu auras fini de dégueuler, tâche de pioncer un bon coup. »

Il était hors d'haleine quand il arriva au bureau de poste. Il frappa. Pinette vint lui ouvrir et le considéra d'un air ravi.

« Ah! dit-il, tu as fini par te décider.

— Finalement oui », dit Mathieu.

La postière apparut dans l'ombre, derrière Pinette.

« Mademoiselle n'a plus peur, aujourd'hui, dit Pinette. On va faire une petite promenade à travers champs. »

La petite lui jeta un regard sombre. Mathieu lui sourit. Il pensait : « Elle ne m'a pas à la bonne », mais il s'en foutait éperdument.

« Tu sens le vin », dit Pinette.

Mathieu rit, sans répondre. La postière enfila ses gants noirs, ferma la porte à double tour et ils se mirent en route. Elle avait posé sa main sur le bras de Pinette et Pinette donnait le bras à Mathieu. Des soldats les saluèrent en passant.

« On fait la promenade du dimanche, leur cria Pinette.

— Ah! dirent-ils, sans les officiers, c'est dimanche tous les jours. »

★

Silence de lune sous le soleil; de grossières effigies de plâtre, en rond dans le désert, *rappelleront aux espèces futures ce que fut la race humaine*[1]. De longues ruines blanches pleuraient en rigoles leur suint noir. Au nord-

ouest un arc de triomphe, au nord un temple romain;
au sud un pont mène à un autre temple; de l'eau croupit
dans un bassin, un couteau de pierre pointe vers le
ciel. De la pierre; de la pierre confite dans les sucres
de l'histoire; Rome, l'Égypte*, l'âge de pierre : voilà
ce qui reste d'une place célèbre. Il répéta : « Tout ce
qui reste », mais le plaisir s'était un peu émoussé. Rien
n'est plus monotone qu'une catastrophe; il commençait à s'y habituer. Il s'adossa à la grille, encore heureux
mais las, avec, dans le fond de sa bouche, un goût
fiévreux d'été : il s'était promené tout le jour; à présent
ses jambes avaient peine à le porter et il fallait marcher
tout de même. Dans une ville morte, il faut qu'on
marche. « Je mérite* une petite aubaine », se dit-il.
N'importe quoi, quelque chose qui fleurirait pour lui
seul au coin d'une rue. Mais il n'y avait rien. Le désert
partout : de menus éclats de palais y sautillaient, noirs
et blancs, pigeons, oiseaux immémoriaux devenus
pierres à force de se nourrir de statues. La seule note
un peu gaie dans ce paysage minéral, c'était* le drapeau
nazi sur l'hôtel Crillon.

*Oh! le pavillon en viande saignante sur la soie des mers et
des fleurs arctiques*[1].

Au milieu du chiffon de sang le rond, blanc comme
celui des lanternes magiques sur les draps de mon
enfance; au milieu du rond le nœud de serpents noirs,
Sigle du Mal, mon Sigle. Une goutte rouge se forme
à chaque seconde dans les plis de l'étendard, se détache,
tombe sur le macadam : la Vertu saigne. Il murmura:
« La Vertu saigne! » Mais ça ne l'amusait plus tout à
fait autant que la veille. Durant trois jours il n'avait
adressé la parole à personne et sa joie s'était durcie;
un instant* la fatigue lui brouilla la vue et il se demanda
s'il n'allait pas rentrer. Non. Il ne pouvait pas rentrer :
« Ma présence est réclamée *partout*. » Marcher. Il accueillit avec soulagement la déchirure sonore du ciel :
l'avion brillait au soleil, c'était la relève, la ville morte
avait un autre témoin, elle levait vers d'autres yeux ses
mille têtes mortes. Daniel souriait : c'était lui que l'avion
cherchait entre les tombes. « C'est pour moi seul qu'il
est là. » Il avait envie de se jeter au milieu de la place
et d'agiter son mouchoir. S'ils lâchaient leurs bombes!
Ce serait une résurrection, la ville retentirait de bruits

de forge comme lorsqu'elle était en travail, de belles fleurs parasitaires s'accrocheraient aux façades. L'avion passa; autour de Daniel un silence planétaire se reforma. Marcher! Marcher sans trêve à la surface de cet astre refroidi.

Il reprit sa marche en traînant les pieds; la poussière blanchissait ses souliers. Il sursauta : collant son front à quelque vitre, un général oisif et vainqueur, les mains derrière le dos, observait peut-être cet indigène égaré dans le musée des antiquités parisiennes. Toutes les fenêtres devinrent des yeux allemands; il se redressa et se mit à marcher avec souplesse, en se déhanchant un peu, pour rire : « Je suis le gardien de la Nécropole. » Les Tuileries, le quai des Tuileries; avant de traverser la chaussée, il tourna la tête à gauche et à droite, par habitude, mais sans rien voir qu'un long tunnel de feuillage. Il allait s'engager sur le pont de Solférino quand il s'arrêta, le cœur battant : l'aubaine. Un frisson le parcourut des jarrets à la nuque, ses mains et ses pieds se refroidirent, il s'immobilisa et retint son souffle, toute sa vie se réfugia dans ses yeux : il mangeait des yeux[1] le mince jeune homme qui lui tournait le dos innocemment et se penchait au-dessus de l'eau. « La merveilleuse[2] rencontre! » Daniel n'aurait pas été plus ému si le vent du soir s'était fait voix pour l'appeler ou si les nuages avaient écrit son nom dans le ciel mauve, tant il était manifeste que cet enfant avait été mis là pour lui, que ses longues et larges mains, au bout des manchettes de soie, étaient des paroles de sa langue secrète : « Il m'est donné. » Le petit était long et doux, avec des cheveux blonds ébouriffés et des épaules rondes, presque féminines, des hanches étroites, une croupe ferme et un peu forte, d'exquises petites oreilles; il pouvait avoir dix-neuf ou vingt ans. Daniel regardait ces oreilles, il pensait : « La merveilleuse rencontre » et il avait presque peur. Tout son corps *faisait le mort,* comme les insectes qu'un danger menace; le pire danger pour moi, c'est la beauté. Ses mains se refroidissaient de plus en plus, des doigts de fer s'incrustaient dans son cou. La beauté, le plus sournois des pièges, s'offrait avec un sourire de connivence et de facilité, lui faisait signe, se donnait l'air de l'attendre. Quel mensonge : cette douce nuque offerte n'attendait rien ni personne : elle se cares-

sait à ce col de veste et jouissait d'elle-même, elles
jouissaient d'elles-mêmes et de leur chaleur ces longues
cuisses chaudes et blondes qu'on devinait dans la flanelle grise. Il vit, il regarde le fleuve, il pense, inexplicable et solitaire comme un palmier; il est à moi et il
m'ignore. Daniel eut une nausée d'angoisse et, pendant
une seconde, tout bascula : l'enfant, minuscule et lointain, l'appelait du fond de l'abîme; la beauté l'appelait;
Beauté, mon Destin. Il pensa : « Tout va recommencer. »
Tout : l'espoir, le malheur, la honte, les folies. Et puis,
soudain, il se rappela que la France était foutue : *Tout
est permis!* La chaleur rayonna de son ventre au bout
de ses doigts, sa fatigue fut effacée, le sang afflua à ses
tempes : « Seuls représentants visibles de l'espèce
humaine, uniques survivants d'une nation disparue, il
est inévitable que nous nous adressions la parole : quoi
de plus naturel ? » Il fit un pas en avant vers celui qu'il
baptisait déjà le Miracle, il se sentait jeune et bon,
lourd de la révélation exaltante qu'il lui apportait. Et
presque aussitôt, il s'arrêta : il venait de remarquer que
le Miracle tremblait de tous ses membres; un mouvement convulsif tantôt rejetait son corps en arrière et
tantôt plaquait son ventre contre la balustrade en lui
courbant la nuque au-dessus de l'eau. « Le petit imbécile! » pensa Daniel irrité. L'enfant n'était pas digne
de cette minute extraordinaire, il n'était pas tout à fait
présent au rendez-vous, des soucis puérils distrayaient
cette âme qui devait se tenir vacante pour la bonne
nouvelle. « Le petit imbécile! » Tout à coup, le Miracle
leva le pied droit d'un geste bizarre et contraint, comme
s'il voulait enjamber le parapet. Daniel s'apprêtait à
bondir quand le petit se retourna, inquiet, la jambe en
l'air. Il aperçut Daniel et Daniel vit des yeux d'orage
dans un visage de craie; le petit hésita une seconde,
son pied retomba en raclant la pierre, puis il se mit
en marche avec nonchalance en laissant traîner sa
main sur le rebord du parapet. « Toi, tu veux te
tuer! »

L'émerveillement de Daniel se gela d'un seul coup.
Ce n'était que ça : un sale gosse affolé, incapable de
supporter les conséquences de ses sottises. Une bouffée
de désir lui enflamma le sexe; il se mit à marcher derrière
le gosse avec la joie glacée du chasseur. Il exultait à

froid; il se sentait délivré, tout propre, aussi méchant que possible. Dans le fond il aimait mieux ça, mais il s'amusait à garder rancune au petit : « Tu veux te tuer, petit idiot ? Si tu crois que c'est facile! De plus malins que toi n'y ont pas réussi. » Le gosse avait conscience d'une présence dans son dos; il faisait à présent de grandes enjambées de cheval trop hautes et trop raides. Au milieu du pont il s'aperçut brusquement de l'existence de sa main droite qui frôlait la balustrade au passage : elle se leva au bout de son bras, raide et fatidique, il l'abaissa de force, la fourra dans sa poche, et poursuivit sa marche en rentrant le cou dans les épaules. « Il a l'air *louche,* pensa Daniel, c'est comme ça que je les aime. » Le jeune homme pressa le pas; Daniel en fit autant. Un rire dur lui montait aux lèvres : « Il souffre, il a hâte d'en finir mais il ne peut pas parce que je suis derrière lui. Va, va, je ne te quitterai pas. » Au bout du pont, le petit hésita, puis prit par le quai d'Orsay; il parvint à la hauteur d'un escalier qui accédait à la berge, s'arrêta, se tourna vers Daniel avec impatience et attendit. En un éclair Daniel vit un ravissant visage blême, un nez court, une bouche petite et veule, des yeux fiers. Il baissa les paupières d'un air cagot, s'approcha lentement, dépassa l'enfant sans le regarder, puis après quelques pas jeta un coup d'œil par-dessus son épaule : le petit avait disparu. Daniel se pencha sans hâte au-dessus du parapet et l'aperçut sur la berge, tête basse, absorbé dans la contemplation d'un anneau d'amarrage auquel il donnait pensivement des coups de pied; il fallait descendre au plus vite et sans se faire remarquer. Par chance, il y avait à vingt mètres un autre escalier, étroite échelle de fer qu'une saillie de la muraille dissimulait. Daniel descendit lentement et sans bruit : il s'amusait follement. En bas de l'escalier, il se plaqua contre le mur : l'enfant, à l'extrême bord de la berge, regardait l'eau. La Seine, verdâtre avec des reflets soufrés, charriait d'étranges objets mous et sombres; ça n'était pas très tentant de faire un plongeon dans ce fleuve malade. Le petit se baissa, ramassa un caillou et le laissa tomber dans l'eau, puis il revint à sa contemplation maniaque. « Allons, allons, ce ne sera pas pour aujourd'hui; dans cinq minutes il se dégonfle. Faut-il lui en laisser le temps ? Rester caché, attendre qu'il soit bien pénétré de son abjection et, quand il s'éloignera, partir d'un grand éclat de rire ? C'est chanceux : je peux me faire détester pour toujours. Si je me jette sur lui tout de suite, comme pour l'empêcher de se noyer, il me saura gré de l'en avoir cru capable, même s'il grogne pour la forme, et surtout de lui éviter un tête-à-tête avec lui-même. » Daniel se passa la langue sur les lèvres, respira profondément et bondit hors de sa cachette. Le jeune homme se retourna, épouvanté; il serait tombé si Daniel ne l'avait saisi par le bras; il dit :

« Je vous... »

Mais il reconnut Daniel et parut se rassurer; dans ses yeux l'épouvante fit place à la rage. C'est *d'un autre* qu'il a peur.

« Qu'est-ce que c'est ? » demanda-t-il avec hauteur.

Daniel ne put lui répondre tout de suite : le désir lui coupait le souffle.

« Jeune Narcisse! dit-il péniblement. Jeune Narcisse! »

Il ajouta au bout d'un instant :

« Narcisse s'est trop penché, jeune homme : il est tombé à l'eau.

— Je ne suis pas Narcisse, dit le petit, j'ai le sens de l'équilibre et je peux me passer de vos services. »

« C'est un étudiant », pensa Daniel. Il demanda brutalement :

« Tu voulais te tuer ?

— Vous êtes fou ? »

Daniel se mit à rire et l'enfant rougit :

« Fichez-moi la paix! dit-il d'un air morne.

— Quand ça me plaira! » dit Daniel en resserrant son étreinte.

Le petit baissa ses beaux yeux et Daniel eut juste le temps de se rejeter en arrière pour éviter un coup de talon. « Des coups de pied! pensa Daniel en reprenant son équilibre. Des coups de pied au hasard, sans même me regarder. » Il était ravi. Ils soufflèrent en silence : le petit gardait la tête basse et Daniel pouvait admirer l'étonnante finesse de ses cheveux.

« Alors ? On donne des coups de pied en vache comme une femme ? »

Le petit remua la tête de droite à gauche comme s'il

essayait vainement de la relever. Au bout d'un moment,
il dit avec une grossièreté appliquée :

« Allez vous faire foutre. »

Il y avait dans sa voix plus d'obstination que d'assurance, mais il avait fini par relever la tête et regardait
Daniel en face, avec une hardiesse qui s'effrayait elle-
même. Finalement, ses yeux glissèrent de côté et Daniel
put contempler à son aise cette jolie tête morne et comme
offerte. « Orgueil et faiblesse, pensa-t-il. Et mauvaise
foi. Un petit visage bourgeois bouleversé par un égarement abstrait; des traits charmants, mais sans générosité. » Au même instant, il reçut un coup de pied
dans le mollet et ne put retenir une grimace de douleur :

« Sacré petit imbécile! Je ne sais pas ce qui me retient
de te réchauffer le derrière avec une bonne fessée. »

Les yeux du gosse étincelèrent :

« Essayez! »

Daniel se mit à le secouer :

« Et si j'essayais ? S'il me prenait fantaisie de te
déculotter séance tenante, crois-tu que c'est toi qui m'en
empêcherais ? »

Le petit rougit violemment et se mit à rire.

« Vous ne me faites pas peur.

— Sacredieu! » dit Daniel.

Il l'empoigna par la nuque et tenta de le courber en
avant.

« Non, Non! cria le gosse d'une voix désespérée.
Non, non!

— Tu essayeras encore de me donner des coups de
pied ?

— Non, mais laissez-moi. »

Daniel le laissa se redresser. Le petit se tint coi; il
avait l'air traqué. « Tu as déjà connu le mors, petit
cheval; quelqu'un m'a rendu le service de commencer
le dressage. Un père ? Un oncle ? Un amant ? Non, pas
un amant : plus tard nous adorerons ça, mais pour l'instant nous sommes pucelle. »

« Donc, dit-il sans le lâcher, tu voulais te tuer.
Pourquoi ? »

Le petit gardait un silence buté.

« Boude tant que tu voudras, dit Daniel. Qu'est-ce
que ça me fait ? De toute façon tu as raté ton coup. »

Le petit s'adressa à lui-même un pâle sourire entendu.

« Nous piétinons, pensa Daniel contrarié; il faut sortir de l'impasse. » Il se remit à le secouer :

« Pourquoi souris-tu ? Veux-tu me le dire ? »

Le jeune homme le regarda dans les yeux :

« Il faudra bien que vous finissiez par me lâcher.

— Très juste, dit Daniel. Je vais même te lâcher tout de suite. »

Il desserra son étreinte et mit les mains dans ses poches :

« Et après ? » demanda-t-il.

Le petit ne bougea pas; il souriait toujours. « Il se paye ma tête. »

« Écoute bien, je suis excellent nageur, j'ai déjà sauvé deux personnes, dont une en mer par gros temps. »

Le petit eut un rire de fille sournois et moqueur :

« C'est une manie!

— Peut-être bien, dit Daniel. Peut-être bien que c'est une manie. Plonge! ajouta-t-il en écartant les bras. Plonge donc si le cœur t'en dit. Je te laisserai boire un bon coup, tu verras comme c'est agréable. Ensuite je me déshabille posément, je saute à l'eau, je t'assomme et je te ramène à demi-mort. »

Il se mit à rire.

« Tu dois savoir qu'on recommence rarement un suicide manqué! Quand je t'aurai ranimé, tu n'y penseras plus. »

Le petit fit un pas vers lui comme s'il allait le frapper :

« Qu'est-ce qui vous donne le droit de me parler sur ce ton ? Qu'est-ce qui vous en donne le droit ? »

Daniel riait toujours.

« Ha! ha! Qu'est-ce qui m'en donne le droit ? Cherche! cherche bien! »

Il lui serra le poignet brusquement :

« Tant que je serai là, tu ne pourras pas te tuer, même si tu en meurs d'envie. Je suis le maître de ta vie et de ta mort.

— Vous ne serez pas toujours là, dit le petit d'un air étrange.

— C'est ce qui te trompe, dit Daniel. Je serai *toujours* là. » Il tressaillit de plaisir : il avait surpris dans les beaux yeux noisette un éclair de curiosité.

« Même si c'était vrai que je veux me tuer, qu'est-ce que ça peut vous faire ? Vous ne me connaissez même pas.

« — Tu l'as dit : c'est une manie, répondit Daniel gaiement. J'ai la manie d'empêcher les gens de faire ce qu'ils
veulent. »

Il le regarda avec bonté :

« C'est donc si grave ? »

Le petit ne répondit pas. Il faisait tous ses efforts pour
s'empêcher de pleurer. Daniel fut si ému que les larmes
lui vinrent aux yeux. Heureusement, le gosse était trop
absorbé pour s'en apercevoir. Pendant quelques secondes
encore, Daniel parvint à contenir son envie de lui caresser
les cheveux; puis sa main droite quitta sa poche d'elle-
même et vint se poser d'un geste tâtonnant d'aveugle
sur le crâne blond. Il la retira comme s'il s'était brûlé :
« Trop tôt! C'est une maladresse... » Le petit secoua
violemment la tête et fit quelques pas le long de la berge.
Daniel attendait en retenant son souffle : « Trop tôt,
imbécile, c'était beaucoup trop tôt. » Il conclut avec
colère pour se punir : « S'il s'en va, je le laisserai partir
sans un geste. » Mais dès qu'il entendit les premiers sanglots, il courut à lui et l'entoura de ses bras. Le petit se
laissa aller contre sa poitrine.

« Pauvre petit! dit Daniel bouleversé. Pauvre petit! »

Il aurait donné sa main droite pour pouvoir le consoler
ou pleurer avec lui. Au bout d'un instant le petit releva
la tête. Il ne pleurait plus, mais deux larmes roulaient
sur son visage exquis; Daniel eût voulu les ramasser de
deux coups de langue et les boire pour sentir au fond de
sa gorge le goût salé de cette douleur. Le jeune homme
le regardait avec défiance :

« Comment se fait-il que vous vous soyez trouvé là ?

— Je passais, dit Daniel.

— Vous n'êtes donc pas soldat ? »

Daniel entendit la question sans plaisir.

« Leur guerre ne m'intéresse pas. »

Il enchaîna rapidement :

« Je vais te faire une proposition. Tu es toujours
décidé à te tuer ? »

Le petit ne répondit pas mais il prit un air sombre et
déterminé.

« Très bien, dit Daniel. Alors écoute. Je me suis
amusé à te faire peur, mais je n'ai rien contre le suicide,
s'il est mûrement réfléchi et je me soucie de ta mort
comme d'une guigne puisque je ne te connais pas. Je

ne vois donc pas pourquoi je t'empêcherais de te tuer, si tu en as des raisons valables. »

Il vit avec joie la couleur disparaître des joues du jeune homme. « Tu t'en croyais déjà quitte », pensa-t-il.

« Regarde, poursuivit-il en lui montrant le gros chaton de sa bague. J'ai là-dedans un poison foudroyant. Je porte toujours cette bague, même la nuit, et si je me trouvais dans une situation que mon orgueil ne puisse pas supporter... »

Il s'arrêta de parler et dévissa le chaton. Le petit regarda les deux pastilles brunes avec une méfiance pleine de répulsion.

« Tu vas m'expliquer ton affaire. Si je juge tes motifs recevables, une de ces pilules est à toi : c'est tout de même plus agréable qu'un bain froid. La veux-tu tout de suite ? » demanda-t-il, comme s'il avait brusquement changé d'avis.

Le petit passa, sans répondre, sa langue sur ses lèvres.

« La veux-tu ? Je te la donne ; tu l'avaleras sous mes yeux et je ne te quitterai pas. » Il lui prit la main et dit : « Je te tiendrai la main, et te fermerai les yeux. »

Le petit secoua la tête :

« Qu'est-ce qui me prouve que c'est du poison ? » demanda-t-il avec effort.

Daniel éclata d'un rire jeune et léger :

« Tu as peur que ce ne soit une purge ? Avale, tu verras bien. »

Le petit ne répondit pas : ses joues restaient pâles et ses prunelles dilatées, mais il fit un sourire sournois et coquet en regardant Daniel de côté :

« Alors, tu n'en veux pas ?

— Pas tout de suite. »

Daniel revissa le chaton de sa bague :

« Ce sera comme tu voudras, dit-il froidement. Comment t'appelles-tu ?

— C'est nécessaire que je vous dise mon nom ?

— Ton petit nom, oui.

— Eh bien, si c'est nécessaire... Philippe.

— Eh bien, Philippe, dit Daniel en passant son bras sous celui du jeune homme, puisque tu tiens à t'expliquer, montons chez moi. »

Il le poussa dans l'escalier et lui fit gravir lestement les marches ; ensuite, ils suivirent les quais, bras dessus bras

dessous. Philippe baissait obstinément la tête; il s'était
remis à trembler mais il s'abandonnait contre Daniel et le
frôlait de sa hanche à chaque pas. Beaux souliers de
pécari presque neufs mais qui datent d'au moins un an,
complet de flanelle bien coupé, cravate blanche sur une
chemisette de soie bleue. C'était à la mode en 38, à Montparnasse, coiffure soigneusement négligée : il y a pas mal
de narcissisme, dans tout cela. Pourquoi n'est-il pas soldat ? Trop jeune, sans doute, mais il se pourrait qu'il fût
plus vieux qu'il n'en a l'air; l'enfance se prolonge chez
les gosses opprimés. En tout cas, ce n'est sûrement pas
la misère qui le pousse au suicide. Il demanda brusquement, comme ils passaient devant le pont Henri-IV[1] :

« C'est à cause des Allemands que tu voulais te
noyer ? »

Philippe parut étonné et secoua la tête. Il était beau
comme un ange. « Je t'aiderai, pensa Daniel avec passion,
je t'aiderai. » Il voulait sauver Philippe, en faire un
homme. « Je te donnerai tout ce que j'ai, tu sauras tout
ce que je sais. » Les Halles étaient vides et noires, elles ne
sentaient plus. Mais la ville avait changé d'aspect. Une
heure auparavant, c'était la fin du monde et Daniel se
sentait historique. À présent, les rues revenaient lentement à elles, Daniel se promenait au fond d'un dimanche
d'avant-guerre, à cette heure tournante où, dans l'agonie
de la semaine et du soleil, un beau lundi tout neuf s'annonce. Quelque chose allait commencer : une semaine
nouvelle, une nouvelle histoire d'amour. Il leva la tête
et sourit : une vitre en feu lui renvoyait tout le couchant,
c'était un signe; une odeur exquise de fraise écrasée lui
emplit soudain les narines, c'était un autre signe; une
ombre, au loin, traversa la rue Montmartre en courant,
signe encore. Chaque fois que la fortune plaçait sur sa
route la rayonnante beauté d'un enfant-Dieu, le ciel et la
terre lui faisaient des clins d'œil malicieux. Il défaillait
de désir, le souffle lui manquait à chaque pas, mais il avait
tellement l'habitude de marcher en silence auprès de
jeunes vies sans soupçon qu'il avait fini par aimer pour
elle-même la longue patience pédérastique. « Je t'épie,
tu es nu dans le creux de mon regard, je te possède à distance, sans rien donner de moi, par l'odorat et la vue; je
connais déjà tes flancs creux, je les caresse de mes mains
immobiles, je m'enfonce en toi et tu ne t'en doutes même

pas. » Il se pencha pour respirer le parfum de cette nuque courbée et fut frappé tout à coup par une forte odeur de naphtaline. Il se redressa aussitôt, refroidi, amusé : il adorait ces alternatives de trouble et de sécheresse, il adorait l'énervement. « Voyons si je suis bon détective, se dit-il avec gaieté. Voilà un jeune poète qui veut se jeter à l'eau le jour où les Allemands font leur entrée à Paris[1]; pourquoi ? Indice unique, mais capital : son complet sent la naphtaline, c'est donc qu'il ne le portait plus. Pourquoi changer de vêtement le jour de son suicide ? Parce qu'il ne pouvait plus mettre ceux qu'il portait encore hier. Donc c'était un uniforme qui l'eût fait reconnaître et prendre. C'est un soldat. Mais que fait-il ici ? Mobilisé à l'Hôtel Continental ou dans les services du Ministère de l'Air, il y a beau temps qu'il aurait fichu le camp à Tours[2] avec les autres. Alors ? Alors c'est clair. Tout à fait clair. » Il s'arrêta pour désigner la porte cochère :

« C'est là.

— Je ne veux pas, dit Philippe brusquement.

— Quoi ?

— Je ne veux pas monter.

— Tu aimes mieux te faire ramasser par les Allemands ?

— Je ne veux pas, répéta Philippe en regardant ses pieds. Je n'ai rien à vous dire et je ne vous connais pas.

— Ah, c'est donc ça! dit Daniel. C'est donc ça! »

Il lui prit la tête à deux mains et la releva de force :

« Tu ne me connais pas, mais je te connais, lui dit-il. Je peux te la raconter, ton histoire. »

Il poursuivit en plongeant son regard dans les yeux de Philippe :

« Tu étais dans les armées du Nord, la panique s'est mise dans les rangs et tu as décampé. Après, plus moyen de retrouver ton régiment, je suppose. Tu es rentré chez toi, ta famille avait mis les voiles et toi tu t'es habillé en civil et tu es allé tout droit te jeter dans la Seine. Ce n'est pas que tu sois spécialement patriote mais tu ne peux pas supporter l'idée que tu es un lâche. Est-ce que je me suis trompé ? »

Le petit ne bougeait pas, mais ses yeux s'étaient encore élargis; Daniel avait la bouche sèche, il sentait l'angoisse

monter en lui comme une marée ; il répéta d'une voix plus
violente qu'assurée :

« Est-ce que je me suis trompé ? »

Philippe émit un léger grognement et son corps se
détendit ; l'angoisse recula, la joie coupa le souffle de
Daniel, son cœur s'affola et tapa comme un sourd dans
sa poitrine.

« Monte, murmura-t-il. Je sais le remède.

— Le remède à quoi ?

— À tout ça. J'ai beaucoup de choses à t'apprendre. »

Philippe avait l'air las et soulagé ; Daniel le poussa
sous le porche. Les beaux mômes qu'il chassait à Montmartre ou à Montparnasse, jamais encore il n'avait osé
les ramener chez lui. Mais aujourd'hui la concierge et la
plupart des locataires galopaient sur les routes, entre
Montargis et Gien[1], aujourd'hui, c'était fête. Ils montèrent en silence. Daniel mit la clé dans la serrure sans
lâcher le bras de Philippe. Il ouvrit la porte et s'effaça :

« Entre. »

Philippe entra d'un pas somnolent.

« La porte en face : c'est le salon. »

Il lui tourna le dos, referma la porte à clé, mit la clé
dans sa poche. Quand il rejoignit Philippe, celui-ci s'était
planté devant l'étagère et regardait les statuettes d'un air
animé.

« Elles sont formidables.

— Pas mal, dit Daniel. Elles ne sont pas mal. Et surtout elles sont *vraies*. Je les ai achetées moi-même aux
Indiens.

— Et ça ? demanda Philippe.

— Ça, c'est le portrait d'un enfant mort. Au Mexique,
quand un type cassait sa pipe, on faisait venir le peintre
des morts. Il s'installait et peignait le cadavre sous les
traits d'un vivant. Voilà ce que ça donnait.

— Vous avez été au Mexique ? demanda Philippe
avec une nuance de considération.

— J'y suis resté deux ans. »

Philippe regardait avec extase le portrait de ce bel
enfant pâle et dédaigneux qui lui retournait son regard
du sein de la mort avec la suffisance et le sérieux d'un
initié. « Ils se ressemblent, pensa Daniel. Blonds tous les
deux, tous les deux insolents et blêmes, l'un de ce côté-ci
du tableau et l'autre de l'autre côté, l'enfant qui avait

voulu mourir et l'enfant qui était mort pour de bon se
regardaient; la mort, c'était ce qui les séparait : rien, la
surface plate de la toile. »

« Formidable! » répéta Philippe.

Une fatigue énorme terrassa Daniel tout à coup. Il
soupira et se laissa tomber dans un fauteuil. Malvina
sauta sur ses genoux.

« Là! Là! dit-il en la caressant. Soyez sage, Malvina,
soyez belle. »

Il se tourna vers Philippe et dit d'une voix faible :

« Il y a du whisky dans la cave à liqueurs. Non : à
droite, le petit meuble chinois; là. Tu trouveras aussi des
verres. Tu nous sers; tu fais la jeune fille de la maison. »

Philippe remplit deux verres, en tendit un à Daniel et
resta debout devant lui. Daniel vida son verre d'un coup
et se sentit ragaillardi.

« Si vous étiez poète, dit-il en le vouvoyant subitement, vous sentiriez ce qu'il y a d'extraordinaire dans
notre rencontre. »

Le petit eut un drôle de rire provocant :

« Qui vous dit que je ne le suis pas ? »

Il regardait Daniel bien en face : depuis qu'il était entré
dans la pièce, il avait changé d'air et de manières. « Ce
sont les pères de famille qui l'intimident, pensa Daniel
contrarié : il n'a plus peur de moi parce qu'il a deviné
que je n'en suis pas un. » Il feignit d'hésiter :

« Je me demande, dit-il pensivement, si tu m'intéres-
seras.

— Vous auriez mieux fait, dit Philippe, de vous
demander ça un peu plus tôt. »

Daniel sourit :

« Il est encore temps. Si tu m'ennuies, je te mets
dehors.

— Ne vous donnez pas cette peine », dit Philippe.

Il se dirigeait vers la porte.

« Reste, dit Daniel. Tu sais bien que tu as besoin de
moi. »

Philippe sourit tranquillement et revint s'asseoir sur
une chaise. Poppée passait près de lui, il l'attrapa et la
mit sur ses genoux sans qu'elle protestât. Il la caressait
doucement, voluptueusement.

« Un bon point pour toi, dit Daniel étonné. C'est la
première fois qu'elle se laisse faire. »

Philippe eut un long sourire sinueux et fat.

« Combien avez-vous de chats ? demanda-t-il, les yeux baissés.

— Trois.

— Un bon point pour vous. »

Il grattait le crâne de Poppée qui s'était mise à ronronner. « Cette petite frappe a l'air plus à l'aise que moi, pensa Daniel; il sait qu'il me plaît. » Il demanda brusquement pour le décontenancer :

« Alors ? Comment est-ce arrivé ? »

Philippe lâcha Poppée en écartant les genoux; la chatte sauta sur le sol et s'enfuit.

« Eh bien, dit-il, comme vous l'avez deviné. Il n'y a rien de plus à dire.

— Où étais-tu ?

— Dans le Nord. Un patelin qui s'appelle Parny[1].

— Et alors ?

— Alors rien. On tenait depuis deux jours et puis il y a eu les tanks et les avions.

— À la fois ?

— Oui.

— Et tu as eu peur ?

— Même pas. Ou alors c'est que la peur n'est pas ce qu'on pense. »

Son visage avait durci et vieilli. Il regardait dans le vide, d'un air las :

« Les types couraient; j'ai couru avec eux.

— Après ?

— J'ai marché, puis j'ai trouvé un camion, puis j'ai marché de nouveau; je suis arrivé ici avant-hier.

— À quoi pensais-tu quand tu marchais ?

— Je ne pensais pas.

— Pourquoi as-tu attendu jusqu'aujourd'hui pour te tuer ?

— Je voulais revoir ma mère, dit Philippe.

— Elle n'était pas là ?

— Non. Elle n'était pas là. »

Il releva la tête et considéra Daniel avec des yeux étincelants.

« Vous auriez tort de me prendre pour un lâche, dit-il d'une voix nette et coupante.

— Vraiment ? Alors pourquoi t'être enfui ?

— J'ai couru parce que les autres couraient.

— Tu voulais te tuer, pourtant.

— Eh bien oui. Enfin, j'y pensais.

— Pourquoi ?

— Ce serait trop long à vous expliquer.

— Qu'est-ce qui te presse ? dit Daniel. Tiens, verse-toi du whisky. »

Philippe se versa à boire. Ses joues avaient rosi. Il eut un petit rire :

« S'il n'y avait que moi, ça me serait égal d'être lâche. dit-il. Je suis pacifiste. La vertu militaire, qu'est-ce que c'est ? Du manque d'imagination. Les gens courageux là-bas c'étaient des culs-terreux, de vraies brutes. Seulement le malheur a voulu que je naisse dans une famille de héros.

— Je vois, dit Daniel. Ton père est officier de carrière.

— Officier de réserve, dit Philippe. Mais il est mort en 27 des suites de la guerre : il avait été gazé, un mois avant l'armistice. Cette mort glorieuse a mis ma mère en goût : en 1933, elle s'est remariée avec un général.

— Elle risque d'être déçue, dit Daniel. Les généraux meurent dans leur lit.

— Pas celui-là, dit Philippe haineusement : c'est Bayard : il baise, tue, prie et ne pense pas.

— Il est au front ?

— Où voulez-vous qu'il soit ? Il doit manœuvrer lui-même une mitrailleuse ou ramper vers l'ennemi à la tête de ses troupes. Comptez sur lui pour faire massacrer ses hommes jusqu'au dernier.

— Je l'imagine noir et poilu avec des moustaches.

— Exactement, dit Philippe. Les femmes l'adorent parce qu'il sent le bouc. »

Ils rirent en se regardant.

« Tu n'as pas l'air de l'aimer beaucoup, dit Daniel.

— Je le déteste », dit Philippe.

Il rosit et regarda Daniel fixement.

« J'ai le complexe d'Œdipe[1], dit-il. Le cas type.

— C'est de ta mère que tu es amoureux ? » demanda Daniel avec incrédulité.

Philippe ne répondit pas : il avait un air important et fatal. Daniel se pencha en avant :

« Ça ne serait pas plutôt de ton beau-père ? » demanda-t-il avec douceur.

Philippe sursauta et devint écarlate, puis il éclata de rire en regardant Daniel dans les yeux :

« Vous en avez de bonnes! dit-il.

— Dame, écoute donc! dit Daniel en riant aussi, c'est tout de même à cause de lui que tu voulais te tuer. »

Philippe riait toujours.

« Mais pas du tout! Absolument pas.

— Alors à cause de qui ? Tu cours à la Seine parce que tu as manqué de courage et pourtant tu proclames que tu détestes le courage. Tu as peur de son mépris.

— J'ai peur du mépris de ma mère, dit Philippe.

— De ta mère ? Je suis sûr qu'elle a toutes les indulgences. »

Philippe se mordit les lèvres sans répondre.

« Quand je t'ai mis la main sur l'épaule, tu étais épouvanté, dit Daniel. Tu croyais que c'était lui, n'est-ce pas ? »

Philippe se leva, ses yeux étincelaient.

« Il a... il a levé la main sur moi.

— Quand ?

— Il y a moins de deux ans. Depuis, je le sens toujours derrière moi.

— Tu n'as jamais rêvé que tu étais nu dans ses bras ?

— Vous êtes fou, dit Philippe, sincèrement indigné.

— En tout cas, ce qu'il y a de certain, c'est qu'il te possède. Tu marches à quatre pattes, le général te monte, il te fait caracoler comme une jument. Tu n'es jamais toi-même : tantôt tu penses comme lui et tantôt contre lui. Le pacifisme, Dieu sait que tu t'en fous, tu n'y aurais même pas songé si ton beau-père n'avait été soldat. »

Il se leva et prit Philippe par les épaules.

« Veux-tu que je te délivre ? »

Philippe se dégagea, repris par la méfiance :

« Comment le pourriez-vous ?

— Je t'ai dit, j'ai beaucoup de choses à t'apprendre.

— Vous êtes psychanalyste ?

— Quelque chose comme ça. »

Philippe hocha la tête :

« En admettant que ce soit vrai, demanda-t-il, pour quelle raison vous intéresseriez-vous à moi ?

— Je suis un amateur d'âmes », dit Daniel en souriant. Il ajouta avec émotion : « La tienne doit être exquise, pour peu qu'on la débarrasse de tout ce qui la gêne. »

Philippe ne répondit pas, mais il parut flatté; Daniel fit quelques pas en se frottant les mains :

« Il faudra, dit-il avec une excitation joyeuse, commencer par liquider toutes les valeurs. Tu es étudiant ?

— Je l'étais, dit Philippe.

— Le Droit ?

— Les Lettres.

— Très bien. Alors tu comprends ce que je veux dire : le doute méthodique, hein ? le dérèglement systématique de Rimbaud. Nous détruisons tout. Mais pas par des mots : par des actes. Tout ce que tu as emprunté s'évanouira en fumée. Ce qui restera, c'est toi. D'accord ? »

Philippe le regardait avec curiosité.

« Au point où tu en es, reprit Daniel, qu'est-ce que tu risques ? »

Philippe haussa les épaules.

« Rien.

— C'est parfait, dit Daniel, je t'adopte. Nous commençons tout de suite la descente aux enfers. Mais surtout, ajouta-t-il en lui jetant un regard aigu, ne va pas faire un transfert sur moi.

— Pas si bête, dit Philippe, en lui rendant son regard.

— Tu seras guéri quand tu m'auras rejeté comme une vieille épluchure, dit Daniel sans le quitter des yeux.

— N'ayez pas peur, dit Philippe.

— Comme une vieille épluchure! dit Daniel en riant.

— Comme une vieille épluchure! » répéta Philippe.

Ils riaient tous les deux; Daniel remplit le verre de Philippe.

★

« Asseyons-nous là, dit la fille tout à coup.

— Pourquoi là ?

— C'est plus doux.

— Voyez-vous ça, dit Pinette. Elles aiment ce qui est doux, ces demoiselles de la poste. »

Il ôta sa veste et la jeta sur le sol :

« Tiens, dit-il, pose ta douceur sur ma veste. »

Ils se laissèrent tomber dans l'herbe au bord d'un champ de blé. Pinette ferma le poing gauche, en surveil-

lant la petite du coin de l'œil, introduisit son pouce dans
sa bouche et fit semblant de souffler : son biceps saillit,
comme gonflé par une pompe, et la petite rit un peu :

« Tu peux toucher. »

Elle posa un doigt timide sur le bras de Pinette : à
l'instant le muscle disparut et Pinette imita le bruit d'un
ballon qui se dégonfle.

« Oh! » fit la petite.

Pinette se tourna vers Mathieu :

« Tu te rends compte ? Mauron, s'il me voyait sans
ma veste, assis au bord de la route, qu'est-ce qu'il tousse-
rait!

— Mauron, dit Mathieu, il court encore.

— S'il court aussi vite que je l'emmerde! » Il expliqua,
penché vers la postière : « Mauron, c'est le pitaine. Il est
dans la nature.

— Dans la nature ? répéta-t-elle.

— Il croit que c'est meilleur pour sa santé. » Il
ricana : « On est notre propre maître; il n'y a plus personne pour commander, on peut faire ce qu'on veut : si
ça te chante on peut monter à l'école et faire dodo dans
les draps du pitaine; le village est à nous.

— Pas pour longtemps, dit Mathieu.

— Raison de plus pour en profiter.

— J'aime mieux rester ici, dit la petite.

— Mais pourquoi ? Je te dis que personne ne peut y
trouver à redire.

— Il y a encore des gens dans le village. »

Pinette la toisa superbement :

« C'est vrai, dit-il, tu es fonctionnaire. Faut que tu
fasses gaffe à cause de ton administration. Nous, dit-il en
riant vers Mathieu d'un air complice, on n'a personne à
ménager, on est sans feu ni lieu. Sans foi ni loi. On passe :
vous autres, vous restez et nous, on passe, on s'en va, on
est des oiseaux de passage, des romanichels. Hein ? On est
des loups, des bêtes de combat, on est de grands méchants
loups, ha! »

Il avait arraché un brin d'herbe et en chatouillait le
menton de la petite; il chanta en la regardant profondément et sans cesser de sourire :

« Qui craint le grand méchant loup ? »

La petite rougit, sourit et chanta :

« C'est pas nous! C'est pas nous!

— Ha! dit Pinette réjoui. Ha, poupée! Ha, poursuivit-il d'un air absent, petite poupée, petite poupée,
mademoiselle Poupée! »

Il se tut brusquement. Le ciel était rouge; sur terre,
il faisait frais et bleu. Sous ses mains, sous ses fesses,
Mathieu sentait la vie enchevêtrée de l'herbe, des insectes
et de la terre, une grande chevelure rêche et mouillée,
pleine de poux; c'était de l'angoisse nue contre ses
paumes. Coincés! Des millions d'hommes coincés, entre
les Vosges et le Rhin, par l'impossibilité d'être hommes :
cette forêt plate allait leur survivre, comme si l'on ne
pouvait demeurer dans le monde, à moins d'être paysage
ou prairie ou n'importe quelle impersonnelle ubiquité.
Sous les mains, l'herbe était tentante comme un suicide;
l'herbe et la nuit qu'elle écrasait contre le sol et les pensées captives qui couraient ventre à terre dans cette
nuit et ce faucheux qui se balançait près de son soulier,
qui se fendit brusquement de toutes ses pattes immenses
et disparut. La fille soupira.

« Qu'est-ce qu'il y a, bébé ? » demanda Pinette.

Elle ne répondit pas. Elle avait un petit visage décent
et fiévreux avec un long nez et une bouche mince dont
la lèvre inférieure avançait un peu.

« Qu'est-ce qu'il y a ? Hein, qu'est-ce qu'il y a ? Dis-
moi ce qu'il y a. »

Elle se taisait. À cent mètres d'eux, entre le soleil et
le champ, quatre soldats passaient, obscurs dans une
fumée d'or. Un d'eux s'arrêta et se tourna vers l'est,
effacé par la lumière, pas noir, plutôt mauve contre les
rouges du couchant; il était nu-tête. Le suivant vint
buter contre lui, le poussa et leurs torses filèrent au-dessus
des blés comme des navires; un autre glissa derrière eux,
les bras levés; un retardataire fouettait les épis avec une
badine.

« Encore! » dit Pinette.

Il avait pris la fille par le menton et la regardait : elle
avait les yeux pleins de larmes.

« Dis donc, tu n'es pas marrante. »

Il s'appliquait à lui parler avec une brutalité militaire,
mais il manquait d'assurance : en passant par sa bouche
enfantine, les mots s'imprégnaient de fadeur.

« C'est plus fort que moi », dit-elle.

Il l'attira contre lui.

« Faut pas pleurer, voyons. Est-ce que nous pleurons, nous autres ? » ajouta-t-il en riant.

Elle laissa aller sa tête contre l'épaule de Pinette et il lui caressa les cheveux; il avait l'air fier.

« Ils vont vous emmener, dit-elle.

— Bah! bah!

— Ils vont vous emmener », répéta-t-elle en pleurant.

Le visage de Pinette se durcit :

« J'ai pas besoin qu'on me plaigne.

— Je ne veux pas qu'ils vous emmènent.

— Qui t'a dit qu'ils nous emmèneraient ? Tu verras comment que les Français se battent; tu seras aux premières loges. »

Elle leva sur lui ses grands yeux dilatés; elle avait si peur qu'elle ne pleurait plus.

« Il ne faut pas vous battre.

— Ta, ta, ta.

— Il ne faut pas vous battre, la guerre est finie. »

Il la considéra d'un air amusé :

« Ha! dit-il. Ha! ha! »

Mathieu se détourna, il avait envie de s'en aller.

« On se connaît d'hier », reprit la petite.

Sa lèvre inférieure tremblait, elle inclinait sa longue figure, elle avait l'air noble, ombrageux et triste, comme un cheval.

« Demain, dit-elle.

— Oh! d'ici demain... dit Pinette.

— D'ici demain il n'y a qu'une nuit.

— Justement : une nuit, dit-il en clignant de l'œil. Le temps de s'amuser un peu.

— Je n'ai pas envie de m'amuser.

— Tu n'as pas envie de t'amuser ? C'est vrai que tu n'as pas envie de t'amuser ? »

Elle le regardait sans répondre. Il dit :

« Tu as de la peine ? »

Elle le regardait toujours, la bouche entrouverte.

« À cause de moi ? » demanda-t-il.

Il se pencha sur elle avec une tendresse un peu hagarde mais presque aussitôt il se redressait en tordant les lèvres, il avait l'air mauvais.

« Allons, dit-il, allons! Faut pas t'en faire, poupée : il en viendra d'autres. Un de perdu, dix de retrouvés.

— Les autres ne m'intéressent pas.

— Tu ne diras pas ça quand tu les auras vus. Ce sont de drôles de gars, tu sais. Et balancés! Des épaules comme ça, des hanches comme ça!

— De qui parlez-vous?

— Des Fritz, donc!

— Ce ne sont pas des hommes.

— Qu'est-ce qu'il te faut?

— Pour moi, ce sont des bêtes. »

Pinette eut un sourire objectif :

« Tu as tort, dit-il posément. Ce sont de beaux gosses et de bons soldats. Ils ne valent pas le Français, mais ce sont de bons soldats.

— Pour moi, ce sont des bêtes, répéta-t-elle.

— Ne le répète pas trop, lui dit-il, parce que tu seras bien embêtée de l'avoir dit quand tu auras changé d'avis. Ils sont vainqueurs, tu comprends. Un malabar qui vient de gagner la guerre, tu peux pas lutter contre, faut que tu y passes, ça te démange là. Va demander aux Parisiennes, tiens! Elles se marrent bien, en ce moment, les Parisiennes. Ha! Elles font des parties de jambe en l'air. »

La fille se dégagea brusquement.

« Vous me dégoûtez.

— Qu'est-ce qui te prend, la môme? demanda Pinette.

— Je suis française! dit la fille.

— Les Parisiennes aussi sont françaises, ça n'empêche pas.

— Laissez-moi, dit-elle. Je veux m'en aller. »

Pinette pâlit et se mit à ricaner.

« Ne vous fâchez pas, dit Mathieu. Il a dit ça pour vous charrier.

— Il exagère, dit-elle. Il me prend pour qui?

— Ça n'est pas commode d'être vaincu, dit Mathieu doucement. Il faut le temps de s'habituer. Vous ne savez pas comme il est gentil d'ordinaire, c'est un agneau.

— Ha! dit Pinette. Ha! ha!

— Il est jaloux, dit Mathieu.

— De moi? demanda la petite, radoucie.

— Bien sûr, il pense à tous les types qui essayeront de vous faire la cour pendant qu'il cassera des cailloux.

— Ou qu'il mangera des pissenlits par la racine, dit Pinette qui ricanait toujours.

— Je vous défends de vous faire tuer », s'écria-t-elle. Il sourit.

« Tu parles comme une femme, dit-il. Comme une petite fille, comme une toute petite fille, ajouta-t-il en la chatouillant.

— Méchant! dit-elle en se tordant sous les chatouilles. Méchant! Méchant!

— Ne vous en faites pas trop pour lui, dit Mathieu agacé. Ça va se passer très simplement et d'ailleurs nous n'avons pas de munitions. »

Ils se tournèrent vers lui en même temps et lui jetèrent le même regard haineux et dégrisé, comme s'il les avait empêchés de faire l'amour. Mathieu regarda Pinette avec dureté; au bout d'un moment Pinette baissa la tête et arracha boudeusement une touffe d'herbe entre ses genoux. Sur la route, des soldats flânaient. Il y en avait un qui portait un fusil; il le tenait comme un cierge, en bouffonnant.

« Chiche », dit un petit brun trapu et cagneux.

Le soldat prit le fusil à deux mains par le canon, le balança un moment comme une canne de golf et frappa rudement de la crosse un caillou qui sauta à vingt pas. Pinette les regardait faire, les sourcils froncés.

« Il y en a qui abusent tout de suite », dit-il.

Mathieu ne répondit pas. La petite avait pris la main de Pinette sur ses genoux et jouait avec.

« Vous avez une alliance, dit-elle.

— Tu ne l'avais pas vue? demanda-t-il en crispant un peu la main.

— Si, je l'avais vue. Vous êtes marié?

— Puisque j'ai une alliance.

— Oui, dit-elle tristement.

— Regarde ce que j'en fais de mon alliance. »

Il tira sur son doigt en grimaçant, arracha l'alliance et la jeta dans les blés.

« Oh! tout de même », dit la petite, scandalisée.

Il prit le couteau sur la table, Ivich saignait, il s'envoya un bon coup dans la paume[1], *des gestes, des gestes, de petites destructions, ça vous avance à quoi, j'ai pris ça pour la liberté, il bâilla.*

« Elle était en or?

— Oui. »

Elle se haussa et l'embrassa légèrement sur les lèvres. Mathieu se redressa et s'assit :

« Je me tire ! » dit-il.

Pinette le regarda avec inquiétude.

« Reste encore un peu.

— Vous n'avez pas besoin de moi.

— Reste donc ! dit Pinette, pour ce que tu as à faire... »

Mathieu sourit et montra la petite :

« Elle n'a pas tellement envie que je reste.

— Elle ? Mais bien sûr que si, elle t'aime bien. »

Il se pencha sur elle et dit d'une voix pressante : « C'est un copain. N'est-ce pas que tu l'aimes bien ?

— Oui », dit la petite.

« Elle me déteste », pensa Mathieu ; mais il resta. Le temps ne coulait même plus : il tremblotait, affalé sur cette plaine rousse. Un mouvement trop brusque et Mathieu le sentirait de nouveau dans ses os, comme l'élancement d'un vieux rhumatisme. Il s'étendit sur le dos. Le ciel, le ciel, rose et nul ; si l'on pouvait tomber dans le ciel ! Rien à faire, on est des créatures d'en dessous, tout le mal vient de là.

Les quatre soldats qu'il avait vu glisser le long des blés avaient tourné autour du champ pour rejoindre la route : ils débouchèrent sur le pré, en file indienne. C'étaient des types du génie, Mathieu ne les connaissait pas ; le caporal, qui marchait en tête, ressemblait à Pinette, il était en bras de chemise, comme lui, il avait ouvert sa chemise sur sa gorge velue ; le suivant, un brun hâlé, avait jeté sa veste sur ses épaules sans l'enfiler, il tenait un épi dans sa main gauche, de la main droite il en cueillait les grains ; il renversa la main, la porta à sa bouche, sortit sa langue et lapa avec un mouvement de la tête ces petits fuseaux dorés. Le troisième, plus grand et plus âgé, peignait avec ses doigts ses cheveux blonds. Ils marchaient lentement, rêveusement, avec une souplesse de civil ; le blond abaissa les mains qui fourrageaient dans sa chevelure, il les passa doucement sur ses épaules et son cou comme pour jouir des arêtes de ce corps enfin jailli sous le soleil hors de l'informe emballage militaire. Ils s'arrêtèrent l'un derrière l'autre, presque en même temps, et regardèrent Mathieu. Sous ces yeux d'un autre âge, Mathieu se sentit fondre en

herbe, il était une prairie regardée par des bêtes. Le
brun dit :

« J'ai perdu mon ceinturon. »

La voix ne dérangea pas ce doux monde inhumain :
ce n'était pas une parole; tout juste un des bruissements
qui concourent à faire le silence. Des lèvres du blond, un
bruissement tout pareil s'échappa :

« T'en fais donc pas, les Fritz l'auraient pris. »

Le quatrième arrivait sans bruit; il s'arrêta, leva le
nez et son visage refléta la vacance du ciel.

« Hé! » fit-il.

Il s'accroupit, cueillit un coquelicot, le mit à sa bouche.
En se relevant, il vit Pinette qui serrait la petite contre
lui; il se mit à rire :

« Ça chasse dur.

— Assez dur, reconnut Pinette.

— Le temps se rafraîchit, hein ?

— On dirait.

— C'est pas dommage. »

Les quatre têtes se hochèrent avec un air d'intelligence bien français; l'intelligence s'effaça, il ne resta
qu'un immense loisir et les têtes continuèrent à branler.
« Pour la première fois de leur vie, pensa Mathieu, ils
se reposent. »

Ils se reposaient des marches forcées, des revues
d'habillement, de l'exercice, des permissions, de leurs
attentes, de leurs espoirs, ils se reposaient de la guerre
et d'une fatigue plus ancienne encore : de la paix. Au
milieu des blés, à la lisière du bois, à la sortie du village
il y en avait d'autres par petits groupes, qui se reposaient aussi : des cortèges de convalescents parcouraient la campagne.

« Ho Pirard! » cria le caporal.

Mathieu se retourna. Pirard, l'ordonnance du capitaine Mauron, s'était arrêté au bord de la route et pissait : c'était un paysan breton, ladre et brutal. Mathieu
le regarda avec surprise : le couchant rougissait sa face
terreuse, ses yeux s'étaient dilatés, il avait perdu son air
défiant et rusé; pour la première fois, peut-être, il
regardait les signes tracés dans le ciel et le chiffre mystérieux du soleil. Un jet clair sourdait de ses mains, qui
semblaient oubliées autour de sa braguette.

« Ho Pirard! »

Pirard sursauta.

« Qu'est-ce que tu fais ? demanda le caporal.

— Je prends le frais, dit Pirard.

— Tu pisses, cochon! Il y a des demoiselles. »

Pirard baissa les yeux sur ses mains, parut étonné et se reboutonna hâtivement.

« C'était sans y penser, dit-il.

— Il n'y a pas d'offense », dit la fille.

Elle se blottit contre la poitrine de Pinette et sourit au caporal. Sa robe s'était relevée, elle ne songeait pas à la rabaisser : on vivait dans l'innocence. Ils lui regardèrent les cuisses, mais gentiment, avec un émerveillement triste : c'étaient des anges, ils avaient des regards plats.

« Bon, dit le brun. Eh bé, salut. On la continue, la promenade.

— La promenade apéritive, dit le grand blond en riant.

— Bon appétit », dit Mathieu.

Ils rirent : tout le monde savait qu'il n'y avait plus rien à manger dans le village; toutes les réserves de l'Intendance avaient été pillées aux premières heures du matin.

« Ça n'est pas l'appétit qui manque. »

Ils ne bougeaient pas; ils cessèrent de rire et un peu d'angoisse remonta aux yeux du caporal : on aurait dit qu'ils avaient peur de partir. Mathieu faillit leur dire de s'asseoir.

« Allons! » dit le caporal d'une voix trop calme.

Ils se remirent en marche pour gagner la route; leur départ fit une rapide lézarde dans la fraîcheur du soir; un peu de temps coula par cette déchirure, les Allemands firent un bond en avant, cinq doigts de fer se crispèrent sur le cœur de Mathieu. Et puis la saignée s'arrêta, le temps se cailla de nouveau, il n'y eut qu'un parc où flânaient des anges. « Que c'est vide! » pensa Mathieu. Quelqu'un d'immense avait brusquement décampé, laissant la Nature à la garde des soldats de deuxième classe. *Une voix court sous un antique soleil : Pan est mort, ils ont éprouvé la même absence*[1]. Qui est-ce qui est mort, ce coup-ci ? La France ? La chrétienté ? L'espoir ? La terre et les champs retournaient doucement à leur inutilité première; au milieu des champs qu'ils ne pouvaient

ni cultiver ni défendre, ces hommes devenaient gratuits.
Tout semblait neuf et pourtant le soir était bordé par
la lisière noire de la prochaine nuit; au cœur de cette
nuit, une comète se jetterait sur la terre. Bombarde-
ront-ils ? On attendait sous peu la cérémonie. Était-ce
le premier jour du monde ou le dernier ? Les blés, les
coquelicots qui noircissaient à vue d'œil, tout semblait naître et mourir à la fois. Mathieu parcourut du
regard cette tranquille ambiguïté, il pensa : « C'est le
paradis du désespoir. »

« Tes lèvres sont froides », dit Pinette.

Il était penché sur la petite et l'embrassait.

« Tu as froid ? demanda-t-il.

— Non.

— Tu aimes que je t'embrasse ?

— Oui. Beaucoup.

— Alors ? Pourquoi tes lèvres sont froides ?

— C'est vrai qu'ils violent les femmes ? demanda-t-elle.

— Tu es folle.

— Embrasse-moi, dit-elle passionnément. Je ne veux
plus penser à rien. »

Elle lui prit la tête dans ses mains et l'attira contre
elle, en se renversant.

« Poupée, dit-il. Poupée! »

Il se coucha sur elle, Mathieu ne vit plus que des
cheveux dans les herbes. Mais presque aussitôt la tête
se releva, le masque hargneux et superbe en était tombé;
les yeux, dans une douce nudité lisse, regardaient Mathieu
sans le voir; ils débordaient de solitude.

« Mon chéri, viens, viens », soupira la petite.

Mais la tête ne s'abaissait pas, raide, blanche, aveugle.
« Il fait son métier d'homme », pensa Mathieu en regardant ces yeux obscurs. Pinette avait couché cette femme
sous lui, il l'écrasait dans la terre, il la fondait à la terre,
à l'herbe hésitante; il tenait la prairie couchée sous son
ventre, elle l'appelait, il s'enracinerait en elle par le
ventre, elle était eau, femme, miroir; elle reflétait sur
toute sa surface le vierge héros des batailles futures,
le mâle, le soldat glorieux et vainqueur; la Nature,
haletante, à la renverse, l'absolvait de toutes les défaites,
murmurait : « Mon chéri, viens, viens. » Mais il voulait
jouer à l'homme jusqu'au bout, il s'appuyait des paumes
contre le sol et ses bras raccourcis semblaient des aile-

rons, il dressait sa tête au-dessus de cette docilité touffue, il voulait être admiré, reflété, désiré par en dessous,
dans l'ombre, à son insu, négliger cette gloire qui passait de la terre à son corps comme une chaleur animale,
émerger dans le vide, dans l'angoisse, pour penser :
« Et après ? » La petite lui noua le bras autour du cou
et pesa sur sa nuque. La tête plongea dans la gloire et
l'amour, la prairie se referma. Mathieu se releva sans
bruit et s'en alla ; il traversa le pré, il devint un des anges
qui flânaient sur la route encore claire, entre les taches
des peupliers. Le couple avait disparu dans l'herbe noire ;
des soldats passèrent avec des bouquets ; un d'eux, tout
en marchant, leva son bouquet vers son visage, plongea
le nez dans les fleurs, respira, au milieu des fleurs, son
loisir, sa peine et son injustifiable gratuité. La nuit
rongeait les feuillages, les visages : tout le monde se
ressemblait ; Mathieu pensa : « Je leur ressemble. » Il
marcha encore un peu, vit s'allumer une étoile et frôla
un promeneur obscur qui sifflait. Le promeneur se
retourna, Mathieu vit ses yeux et ils se sourirent, c'était
un sourire de la veille, un sourire d'amitié.

« Il fait frais, dit le type.

— Oui, dit Mathieu, il commence à faire frais. »

Ils n'avaient rien d'autre à se dire et le promeneur s'en
alla. Mathieu le suivit du regard ; faut-il donc que les
hommes aient tout perdu, même l'espoir, pour qu'on lise
dans leurs yeux que l'homme pourrait gagner ? Pinette
faisait l'amour ; Guiccioli et Latex avaient roulé ivres
morts sur le plancher de la mairie ; par les chemins, des
anges solitaires promenaient leur angoisse : « Personne
n'a besoin de moi. » Il se laissa tomber par terre, sur le
bord de la route, parce qu'il ne savait plus où aller. La
nuit lui entra dans la tête par la bouche, par les yeux,
par les narines, par les oreilles : il ne fut plus personne
et plus rien. Plus rien que le malheur et la nuit. Il pensa :
« Charlot ! » et bondit sur ses pieds : il pensait à Charlot,
tout seul avec sa peur, et il avait honte ; j'ai fait le grand
funeste avec ces cochons ivres et pendant ce temps-là il
était seul et il avait peur, modestement, et j'aurais pu
l'aider.

Charlot était assis à la même place ; il se penchait sur
son livre. Mathieu s'approcha et lui passa la main dans
les cheveux.

« Tu t'arraches les yeux.

— Je ne lis pas, dit Charlot. Je pense. »

Il avait relevé la tête et ses grosses lèvres ébauchaient un sourire.

« Tu penses à quoi ?

— À mon magasin. Je me demande s'ils l'ont saccagé.

— C'est peu probable », dit Mathieu.

Il désigna de la main les fenêtres noires de la mairie.

« Qu'est-ce qu'ils font là-dedans ?

— Je ne sais pas, dit Charlot. Il y a un moment que je n'entends plus rien. »

Mathieu s'assit sur une marche.

« Ça ne va pas fort, hein ? »

Charlot sourit tristement.

« C'est à cause de moi que tu es revenu ? demanda-t-il.

— Je m'emmerde. J'ai pensé que tu avais peut-être besoin de compagnie. Ça m'arrangeait[a] plutôt. »

Charlot secoua la tête, sans répondre.

« Tu veux que je m'en aille ? demanda Mathieu.

— Non, dit Charlot, tu ne me gênes pas. Mais tu ne peux pas m'aider. Qu'est-ce que tu me diras : que les Allemands ne sont pas des sauvages ? Qu'il faut avoir du courage ? Je sais tout ça. »

Il soupira et posa le livre à côté de lui, précautionneusement :

« Il faudrait que tu sois juif, dit-il. Autrement tu ne peux pas comprendre. » Il posa la main sur le genou de Mathieu et lui dit sur un ton d'excuse : « C'est pas moi qui ai peur, c'est ma race au-dedans de moi. On ne peut rien faire à ça. »

Mathieu se tut; ils restèrent côte à côte, silencieux, l'un désemparé, l'autre tout à fait inutile, attendant que l'obscurité les ensevelît.

★

C'était l'heure où les objets débordent leurs contours et fusent dans la brume cotonneuse du soir; les fenêtres glissaient dans la pénombre d'un long mouvement immobile, la chambre, c'était une péniche, elle errait; la bouteille de whisky, c'était un dieu aztèque; Philippe, c'était cette longue plante grise qui n'intimidait pas; l'amour, c'était beaucoup plus que l'amour[1], et l'amitié, ce n'était pas tout à fait l'amitié. Daniel, caché, parlait d'amitié, il n'était plus qu'une voix chaude et calme. Il reprit son souffle et Philippe en profita pour dire :

« Ce qu'il fait noir ! Vous ne croyez pas qu'on pourrait allumer ?

— Si l'électricité n'est pas coupée », dit Daniel sèchement.

Il se leva de mauvaise grâce : le moment était venu de subir l'épreuve de la lumière. Il ouvrit la fenêtre, se pencha au-dessus du vide et respira l'odeur de violette du silence : « Tant de fois, à cette même place, j'ai voulu me fuir et j'entendais croître des pas, ils marchaient sur mes pensées. » La nuit était douce et sauvage, la chair tant de fois déchirée de la nuit s'était cicatrisée. Une nuit pleine et vierge, belle nuit sans hommes, belle sanguine sans pépins. Il tira les persiennes à regret, tourna le commutateur et la chambre se jeta hors de l'ombre, les choses rentrèrent en elles-mêmes. Le visage de Philippe se poussa contre les yeux de Daniel, Daniel sentait remuer dans son regard cette tête énorme et précise, fraîchement coupée, renversée, avec ces deux yeux pleins de stupeur qui se fascinaient sur lui comme s'ils le voyaient pour la première fois. « Il faut jouer serré », pensa-t-il. Il leva la main, gêné, pour mettre un terme à toute la fantasmagorie, pinça le revers de son veston entre ses doigts, sourit : il avait peur d'être découvert.

« Qu'est-ce que tu as à me regarder ? Tu me trouves beau ?

— Très beau », dit Philippe d'une voix neutre.

Daniel se tourna et retrouva dans la glace, sans déplaisir, son beau visage sombre. Philippe avait baissé les paupières ; il pouffa derrière sa main.

« Tu ris comme une pensionnaire. »

Philippe cessa de rire. Daniel insista :

« Pourquoi ris-tu ?

— Comme ça. »

Il était à moitié ivre, de vin, d'incertitude, de fatigue. Daniel pensa : « Il est à point. Pourvu que tout fût fait *en riant,* comme une farce de collège, le petit se laisserait renverser sur le divan, cajoler, embrasser derrière l'oreille : il ne se défendrait que par le fou rire. »

Daniel lui tourna brusquement le dos et fit quelques pas à travers la chambre : trop tôt, beaucoup trop tôt, pas de bêtises! Demain il irait se tuer ou c'est moi qu'il essayerait de descendre. » Avant de revenir vers Philippe, il boutonna son veston et le tira sur ses cuisses pour dissimuler l'évidence de son trouble.

« Enfin voilà! dit-il.

— Voilà, dit Philippe.

— Regarde-moi. »

Il lui plongea son regard dans les yeux et hocha la tête avec satisfaction; il dit lentement :

« Tu n'es pas un lâche, j'en étais sûr. »

Il avança l'index et lui frappa la poitrine :

« Toi, fuir par panique ? Allons donc! Ça ne te ressemble pas. Tu es parti, tout simplement; tu as laissé cette affaire se régler sans toi. Pourquoi te serais-tu fait tuer pour la France ? Hein ? Pourquoi ? Tu t'en fous de la France, hein ? Tu t'en fous, petite frappe! »

Philippe fit un signe de tête, Daniel reprit sa marche à travers la chambre.

« Fini tout ça, dit-il avec une agitation pleine de gaieté. Fini, liquidé. Tu as une chance que je n'ai pas eue à ton âge. Non, non, dit-il vivement avec un geste de la main, non, non, je ne veux pas parler de notre rencontre. Ta chance c'est la coïncidence *historique* : tu veux saper la morale bourgeoise ? Eh bien, les Allemands sont là pour t'aider. Ha! tu verras ce coup de balai; tu verras ramper les pères de famille, tu les verras lécher les bottes et tendre leurs gros culs aux coups de pieds; tu verras ton beau-père à plat ventre : c'est lui le grand vaincu de cette guerre, comme tu vas pouvoir le mépriser. »

Il rit aux larmes en répétant : « Quel coup de balai! », puis il se tourna brusquement vers Philippe :

« Il faut les aimer.

— Qui ? demanda Philippe, effrayé.

— Les Allemands. Ce sont nos alliés.

— Aimer les Allemands, répéta Philippe. Mais je... je ne les connais pas.

— Nous en connaîtrons, n'aie pas peur : nous dînerons chez les gauleiter, chez les feldmarschall; ils nous promèneront dans leurs grosses Mercedes noires pendant que les Parisiens iront à pied. »

Philippe étouffa un bâillement; Daniel le secoua par les épaules :

« Il faut aimer les Allemands, lui dit-il, d'un air intense. Ce sera ton premier exercice spirituel[1]. »

Le petit n'avait pas l'air autrement ému; Daniel le lâcha, ouvrit tout grands les bras et dit avec une pompe malicieuse :

« Voici venir le temps des assassins[2]. »

Philippe bâilla pour la seconde fois : Daniel vit sa langue pointue.

« J'ai sommeil, dit Philippe d'un air d'excuse. Voilà deux nuits que je n'ai pas fermé l'œil. »

Daniel pensa se fâcher, mais il était éreinté, lui aussi, comme après chaque nouvelle rencontre. À force d'avoir désiré Philippe, il avait attrapé une lourdeur dans l'aine. Il eut soudain hâte de se retrouver seul.

« Très bien, dit-il, je te laisse. Tu trouveras des pyjamas dans le tiroir de la commode.

— Ce n'est pas la peine, dit le petit mollement, il faut que je rentre. »

Daniel le regarda en souriant :

« Tu feras ce que tu voudras; mais tu risques de tomber sur une patrouille et Dieu sait ce qu'ils feront de toi : tu es joli comme une fille et les Allemands sont tous pédérastes. Et puis, même en admettant que tu arrives chez toi, tu vas y retrouver ce que tu veux fuir. Il y a des photos de ton beau-père sur les murs, hein ? Et le parfum de ta mère flotte dans sa chambre ? »

Philippe ne semblait pas l'entendre. Il fit un effort pour se lever, mais retomba sur le divan :

« Haaâh », dit-il d'une voix endormie.

Il regarda Daniel et lui sourit d'un air perplexe :

« Je crois que je ferais mieux de rester ici.

— Alors, bonsoir.

— Bonsoir », dit Philippe en bâillant.

Daniel traversa la pièce; en passant près de la cheminée, il appuya sur une moulure et un rayon de la bibliothèque pivota sur lui-même, démasquant une rangée de livres à couvertures jaunes[3].

« Ça, dit-il, c'est l'Enfer. Tu liras tout ça plus tard : on y parle de toi.

— De moi ? répéta Philippe sans comprendre.

— Oui, enfin, de ton cas. »

Il repoussa le rayon et ouvrit la porte. La clé était restée à l'extérieur. Daniel la prit et la jeta à Philippe :

« Si tu as peur des fantômes ou des voleurs, tu peux t'enfermer », dit-il avec ironie.

Il referma la porte sur lui, gagna dans le noir le fond de la chambre, alluma sa lampe de chevet et s'assit sur son lit. Enfin seul! Six heures de marche et, pendant quatre heures, ce rôle corseté de prince du mal : « Je suis flapi. » Il soupira, pour le plaisir d'éprouver sa solitude; pour le plaisir de n'être pas entendu, il gémit douillettement : « J'ai tellement mal aux couilles. » Pour le plaisir de n'être pas vu, il fit une grimace pleurarde. Puis il sourit et se laissa aller en arrière comme dans un bon bain : il avait l'habitude de ces longs désirs abstraits, de ces vaines et furtives érections; il savait d'expérience qu'il souffrirait moins s'il restait étendu. La lampe faisait un rond de lumière au plafond, les oreillers étaient frais. Daniel, inerte, mort, souriant, se reposait. « Tranquille, tranquille : j'ai fermé à clé la porte d'entrée, j'ai la clé dans ma poche; d'ailleurs il va s'écrouler de fatigue, il dormira jusqu'à midi. Pacifiste : je vous demande un peu! Somme toute, ça n'a pas très bien rendu. Il y avait sûrement des fils à tirer mais je n'ai pas su les trouver. » Les Nathanaël[1], les Rimbaud, Daniel en faisait son affaire; mais la nouvelle génération le déconcertait : « Quel drôle de[a] mélange : du narcissisme et des idées sociales, ça n'a pas le sens commun. » Tout de même, en gros, ça n'avait pas si mal marché : le petit était là, sous clé. Dans le doute, il ne serait pas mauvais de jouer à fond la carte du dérèglement systématique. Ça prenait toujours un peu, ça flattait : « Je t'aurai, pensa-t-il, je lessiverai tes principes, mon ange. Des idées sociales! Tu vas voir ce qu'elles deviendront! » Cette ferveur refroidie lui pesait sur l'estomac, il avait envie d'un bon coup de cynisme pour la balayer : « Si je peux le garder longtemps, c'est une bonne affaire : j'ai besoin de dételer, il me faut quelqu'un à domicile. Les kermesses[2], Graff et Toto, ma Tante d'Honfleur, Marius, le Sens interdit[3] : finis. Finies les attentes aux abords de la gare de l'Est et la vulgarité abjecte des permissionnaires aux pieds odorants : je me range. » *(Finie la Terreur!)* Il s'assit sur le lit et commença à se déshabiller : « Ce sera une liaison sérieuse », décida-t-il. Il avait sommeil, il était calme, il se leva pour prendre ses effets, il constata qu'il était calme, il pensa : « C'est curieux que je ne sois pas angoissé. » À l'instant il y eut quelqu'un derrière son dos, il se retourna, ne vit personne et l'angoisse le fendit en deux. « Encore une fois! Encore une fois! » Tout recommençait, il savait tout, il pouvait tout prévoir, il pouvait raconter minute par minute les années de malheur qui allaient suivre, les longues, longues années quotidiennes, ennuyeuses et sans espoir et puis la fin immonde et douloureuse : tout était là. Il regarda la porte close, il soufflait, il pensait : « Cette fois-ci, j'en crèverai » et il avait dans la bouche le fiel des souffrances futures.

★

« Ça brûle bien! » dit un vieux.

Tout le monde était sur la route, soldats, vieux et filles. L'instituteur pointait sa canne vers l'horizon; au bout de la canne tournait un faux soleil, une boule de feu qui lâchait des^a aurores blêmes : c'était Roberville[1] qui brûlait.

« Ça brûle bien!

— Eh oui! Eh oui! »

Les vieux se dandinaient un peu, les mains derrière le dos, ils disaient : « Eh oui! eh oui! » de leurs voix profondes et calmes. Charlot lâcha le bras de Mathieu, il dit :

« C'est malheureux! »

Un vieux lui répondit :

« C'est le sort du paysan. Quand c'est pas la guerre, c'est la grêle ou la gelée : pour le paysan, il n'y a point de paix sur la terre. »

Les mains des soldats tâtaient les filles dans l'ombre et faisaient lever des rires; dans son dos, Mathieu entendait les cris des gamins qui jouaient dans les ruelles abandonnées du village. Une femme s'avança : elle tenait un enfant dans ses bras.

« C'est-il les Français qui ont mis le feu? demanda-t-elle.

— Vous êtes pas cinglée, la petite mère? dit Lubéron. C'est les Frisous, oui. »

Un vieux hochait la tête, incrédule :

« Les Frisous ?

— Eh oui, les Frisous : les Boches, quoi! »

Le vieux n'avait pas l'air convaincu :

« Ils sont déjà venus, les Boches, à l'autre guerre. Et ils n'ont point fait grand mal : c'étaient pas de mauvais gars.

— Pourquoi qu'on aurait mis le feu ? demanda Lubéron indigné. On n'est pas des sauvages.

— Et pourquoi qu'ils l'auraient mis, eux ? Où c'est qu'ils cantonneraient[a] ? »

Un soldat barbu leva la main :

« Ça sera des couillons de chez nous qui auront voulu faire les marioles : ils auront tiré. Si les Fritz ont eu seulement un mort, ils ont brûlé le village. »

La femme se tourna vers lui, inquiète.

« Et vous ? demanda-t-elle.

— Quoi nous ?

— Vous n'allez pas faire de bêtises ? »

Les soldats se mirent à rire :

« Ah! dit l'un d'eux avec conviction, avec nous, vous pouvez dormir sur vos deux oreilles. On connaît la vie. »

Ils se regardaient et riaient d'un air de connivence :

« On connaît la vie, on connaît la chanson.

— Vous pensez comme on irait chercher des crosses aux Frisés la veille de la paix. »

La femme caressait la tête de son petit; elle demanda d'une voix hésitante :

« C'est la paix ?

— Oui, c'est la paix, dit l'instituteur avec force. C'est la paix. Voilà ce qu'il faut se dire. »

Il y eut un frisson dans la foule; Mathieu entendit dans son dos un petit vent confus de paroles presque joyeuses.

« C'est la paix, c'est la paix. »

Ils regardaient brûler Roberville et répétaient entre eux : la guerre est finie, c'est la paix; Mathieu regardait la route : elle s'échappait de la nuit, à deux cents mètres, coulait en blancheur incertaine jusqu'à ses pieds et s'en allait baigner derrière lui les maisons aux volets clos. Belle route aventureuse et mortelle, belle route à sens unique. Elle avait retrouvé la sauvagerie des fleuves antiques : demain elle portera jusque dans le village des navires chargés d'assassins. Charlot soupira et Mathieu lui serra le bras sans rien dire.

« Les voilà! dit une voix.

— Eh ?

— Les Fritz, je te dis : les voilà! »

L'ombre avait remué, des soldats en tirailleurs, le fusil sous le bras, sortaient un à un de l'eau noire de la nuit. Ils avançaient lentement, prudemment, prêts à tirer.

« Les voilà! Les voilà! »

Mathieu fut heurté, bousculé : une oscillation ample et vague secouait la foule autour de lui.

« Foutons le camp, les gars, cria Lubéron.

— T'es pas sinoc ? Ils nous ont vus, y a pus qu'à les attendre.

— Les attendre ? Ils vont nous tirer dessus, oui. »

La foule lâcha un énorme soupir accablé; la voix aiguë de l'instituteur troua la nuit :

« Les femmes en arrière. Les hommes, lâchez vos fusils si vous en avez. Et mettez les mains en l'air.

— Bande de cons, cria Mathieu outré. Vous voyez bien que ce sont des Français.

— Des Français... »

Il y eut un temps d'arrêt, un piétinement sur place et puis quelqu'un dit avec défiance :

« Des Français ? D'où qu'ils sortent ? »

C'étaient des Français, une quinzaine d'hommes commandés par un lieutenant. Ils avaient des visages noirs et durs. Les gens du village se rangèrent sur les bas flancs de la route et les regardèrent venir, sans amitié. Des Français, oui, mais qui venaient d'une contrée étrangère et dangereuse. Avec des fusils. À la nuit tombée. Des Français qui sortaient de l'ombre et de la guerre, qui ramenaient la guerre dans ce bourg déjà pacifié. Des Français. Des Parisiens, peut-être, ou des Bordelais; pas tout à fait des Allemands. Ils passèrent entre deux haies d'hostilité molle, sans regarder personne; ils avaient l'air fier. Le lieutenant lança un ordre et ils s'arrêtèrent.

« Qu'est-ce que c'est comme division ici ? » demanda-t-il.

Il ne s'adressait à personne en particulier. Il y eut un silence et il répéta sa question.

« La soixante et une[1], dit un type de mauvaise grâce.

— Où sont vos chefs ?

— Barrés.

— Quoi ?

— Barrés », répéta le soldat avec une complaisance manifeste. Le lieutenant tordit la bouche et n'insista pas.

« Où est la mairie ? »

Charlot, toujours obligeant, s'avança :

« À gauche, au bout de la route. Vous avez cent mètres à faire. »

L'officier se retourna brusquement sur lui et le toisa :

« Qu'est-ce que c'est que ces manières de parler à un supérieur ? Vous ne pouvez pas rectifier la position ? Et ça vous étoufferait de me dire : mon lieutenant ? »

Il y eut quelques secondes de silence. L'officier regardait Charlot dans les yeux; autour de Mathieu, les types regardaient l'officier. Charlot se mit au garde-à-vous.

« À vos ordres, mon lieutenant.

— Ça va. »

L'officier jeta un coup d'œil méprisant à la ronde, fit un geste et la petite troupe se remit en marche. Les types le regardèrent s'enfoncer dans la nuit sans souffler mot.

« On n'en a donc pas fini avec les officiers ? demanda péniblement Lubéron.

— Avec les officiers ? répéta une voix nerveuse et amère. Tu les connais pas. Ils nous feront chier jusqu'au bout. »

Une femme cria brusquement :

« Ils ne vont pas se battre ici, au moins ? »

Il y eut des rires dans la foule et Charlot dit d'une voix débonnaire :

« Pensez-vous, maman : ils sont pas fous. »

De nouveau le silence : toutes les têtes s'étaient retournées vers le nord. Roberville, isolé, hors d'atteinte, déjà légendaire, brûlait de malchance en pays étranger, de l'autre côté de la frontière. La bagarre, le casse-pipe, l'incendie, c'est bon pour Roberville; c'est pas des choses qui peuvent nous arriver à nous. Lentement, nonchalamment, des types se détachèrent de la foule et se dirigèrent vers le village. Ils rentraient, ils allaient faire leur petit somme, pour être tout frais quand les Fritz s'amèneraient au petit matin. « Quelle cochonnerie! » pensa Mathieu.

« Eh bien, dit Charlot, je me tire.

— Tu vas te plumer ?

— On en cause.

— Tu veux que je t'accompagne ?

— C'est pas la peine », dit Charlot en bâillant.

Il s'éloigna ; Mathieu resta seul. « Nous sommes des esclaves, pensa-t-il, des esclaves, oui. » Mais il n'en voulait pas aux copains, ça n'était pas leur faute : ils avaient tiré dix mois de travaux forcés ; à présent, il y avait transmission de pouvoir, ils passaient aux mains des officiers allemands, ils salueraient le Feldwebel et l'Oberleutnant ; ça ne faisait pas grande différence, la caste des officiers est internationale ; les travaux forcés continuaient, voilà tout. « C'est à moi que j'en veux », pensa-t-il. Mais il se reprochait de s'en vouloir parce que c'était une manière de se placer au-dessus des autres. Indulgent pour tout le monde, sévère pour soi : encore une ruse de l'orgueil. Innocent et coupable, trop sévère et trop indulgent, impuissant et responsable, solidaire de tous et rejeté par chacun, parfaitement lucide et totalement dupe, esclave et souverain : « Je suis comme tout le monde, quoi. » Quelqu'un lui agrippa le bras. C'était la postière. Ses yeux brûlaient son visage.

« Empêchez-le, si vous êtes son ami.

— Eh ?

— Il veut se battre : empêchez-le. »

Pinette apparut derrière elle, blême, les yeux morts, avec un mauvais sourire.

« Qu'est-ce que tu veux donc faire, petite tête ? demanda Mathieu.

— Je vous dis qu'il veut se battre, je l'ai entendu : il est allé trouver le capitaine et il lui a dit qu'il voulait se battre.

— Quel capitaine ?

— Celui qui vient de passer avec ses hommes. »

Pinette ricanait, les mains derrière le dos.

« C'était pas un pitaine, c'était un lieutenant.

— C'est vrai que tu veux te battre ? lui demanda Mathieu.

— Vous me faites tous chier, répondit-il.

— Vous voyez ! dit la postière. Vous voyez ! Il a dit qu'il voulait se battre. Je l'ai entendu.

— Mais qu'est-ce qui vous dit qu'ils vont se battre ?

« — Vous ne les avez donc pas vus ? Ils ont le crime
dans les yeux. Et lui, dit-elle en tendant le doigt vers
Pinette, regardez-le donc, il me fait peur, c'est un
monstre ! »

Mathieu haussa les épaules :

« Que voulez-vous que j'y fasse ?

— Vous n'êtes pas son ami ?

— C'est justement pour ça.

— Si vous êtes son ami, vous devez lui dire qu'il n'a
plus le droit de se faire tuer. »

Elle s'accrocha aux épaules de Mathieu.

« Il n'en a plus le droit !

— Pourquoi ça ?

— Vous le savez bien. »

Pinette eut un sourire cruel et mou :

« Je suis soldat, faut que je me batte : les soldats sont
faits pour ça.

— Alors il ne fallait pas venir me chercher[a] ! »

Elle lui saisit le bras et ajouta d'une voix tremblante :
« Tu es à moi ! »

Pinette se dégagea :

« Je suis à personne.

— Si ! dit-elle, tu es à moi ! » Elle se tourna vers
Mathieu et l'interpella avec feu : « Mais dites-le-lui donc,
vous ! Dites-lui qu'il n'a plus le droit de se faire tuer !
C'est votre devoir de le lui dire. »

Mathieu se tut ; elle marcha sur lui, son visage
flambait ; pour la première fois Mathieu la trouva
désirable.

« Vous vous prétendez son ami et ça vous est égal
qu'il attrape un mauvais coup ?

— Non, ça ne m'est pas égal.

— Vous trouvez que c'est bien qu'il aille tirailler
comme un gamin sur une armée entière ? Si encore ça
servait à quelque chose ! Mais vous savez bien que personne ne se bat plus.

— Je sais ! dit Mathieu.

— Alors ? Qu'est-ce que vous attendez pour le lui
dire ?

— Qu'il me demande mon avis.

— Henri ! Je t'en supplie, demande-lui[b] conseil : il est
plus âgé que toi, il doit savoir. »

Pinette leva la main pour refuser, mais une idée lui

vint et il laissa tomber son bras en plissant les yeux d'un
air sournois que Mathieu ne lui connaissait pas :

« Tu veux que je discute le bout avec lui ?

— Oui, puisque tu ne m'aimes pas assez pour m'écouter.

— Bon. Eh bien, c'est d'accord. Mais va-t'en alors.

— Pourquoi ?

— Je n'ai pas à discuter devant toi.

— Mais pourquoi ?

— Parce que! Ce ne sont pas des affaires de femme.

— Ce sont *mes* affaires, puisqu'il s'agit de toi.

— Ah! dit-il exaspéré, tu me casses les couilles. »

Il enfonça son coude dans les côtes de Mathieu.
Mathieu dit vivement :

« Ça n'est même pas la peine que vous vous en alliez :
on va faire les cent pas sur la route; vous n'avez qu'à
nous attendre ici.

— Oui et puis vous ne reviendrez pas.

— Tu es cinglée! dit Pinette. Où veux-tu qu'on aille ?
On sera à vingt mètres de toi, tu nous verras tout le
temps.

— Et si ton ami te dit de ne pas te battre, tu l'écouteras ?

— Certainement, dit Pinette. Je fais toujours ce qu'il
dit. »

Elle se pendit au cou de Pinette :

« Tu me jures que tu reviendras ? Même si tu décidais
de te battre ? Même si ton ami te le conseillait ? J'aime
mieux tout que de ne pas te revoir. Tu me le jures ?

— Oui, oui, oui.

— Dis que tu le jures! Dis : je le jure.

— Je le jure, dit Pinette.

— Et vous, dit-elle à Mathieu, vous jurez de me le
ramener ?

— Naturellement.

— Ne restez pas longtemps, dit-elle, et ne vous écartez pas. »

Ils firent quelques pas sur la route, dans la direction de
Roberville; des buissons et des arbres jaillissaient de
l'ombre. Au bout d'un moment, Mathieu se retourna :
toute droite, tendue, presque effacée par la nuit, la postière cherchait à les distinguer dans les ténèbres. Un pas
de plus et elle s'effaça tout à fait. Au même instant elle cria :

« N'allez pas trop loin, je ne vous vois plus! »

Pinette se mit à rire; il mit les mains en cornet devant sa bouche et cria :

« Oho! Ohoho! Ohohoho! »

Ils continuèrent leur marche. Pinette riait toujours :

« Elle voudrait me faire croire qu'elle est pucelle; c'est pour ça.

— Ah!

— C'est elle qui le dit, t'sais. Moi, je ne m'en suis pas aperçu.

— Il y a des filles comme ça : tu crois qu'elles te mentent et puis elles sont vierges pour de bon.

— Penses-tu! dit Pinette en ricanant.

— Ça arrive.

— Tu parles! Et même en admettant, ça serait une drôle de coïncidence que ça m'arrive justement à moi. »

Mathieu sourit sans répondre; Pinette donna un coup de tête dans le vide :

« Et puis, dis donc! Je ne l'ai pas violée. Quand une fille est sérieuse, tu peux toujours courir pour la sauter. Tiens, prends ma femme : on en mourait d'envie tous les deux, eh bien, il n'y a pas eu mèche avant la nuit de noces. »

Il fendit l'air d'une main péremptoire :

« Pas de salades : cette môme-là, ça la démangeait où je pense et je crois bien que c'est moi qui lui ai rendu service.

— Et si tu lui as fait un gosse?

— Moi? dit Pinette stupéfait. Ah! là, là! Tu me connais pas! Je suis le mec régulier. Ma femme n'en voulait pas parce qu'on était trop pauvres et j'ai appris à me surveiller. Non, dit-il, non. Elle a eu son plaisir, moi le mien : on est quittes.

— Si c'est vraiment la première fois, dit Mathieu, ce serait bien rare qu'elle ait eu du plaisir.

— Eh bien, tant pis! dit-il sèchement. Dans ce cas-là, c'est elle qui est fautive. »

Ils se turent. Au bout d'un moment, Mathieu leva la tête et chercha les yeux de Pinette dans l'ombre.

« C'est vrai qu'ils vont se battre?

— C'est vrai.

— Dans le village?

— Où veux-tu qu'ils se battent? »

Le cœur de Mathieu se serra. Et puis, brusquement, il pensa à Longin vomissant sous son arbre, à Guiccioli vautré sur le plancher, à Lubéron qui regardait brûler Roberville en criant : « C'est la paix. » Il rit de colère.

« Pourquoi ris-tu ?

— À cause des copains, dit Mathieu. Ils vont avoir une drôle de surprise.

— Tu parles.

— Le lieutenant veut bien de toi ?

— Si j'ai un fusil. Il m'a dit : " Viens si tu as un fusil. "

— Tu es bien décidé ? »

Pinette eut un rire farouche.

« Il y a... » commença Mathieu.

Pinette se tourna brusquement vers lui :

« Je suis majeur. J'ai pas besoin de conseil.

— Bon, dit Mathieu. Eh bien, retournons.

— Non, dit Pinette. Avance ! »

Ils firent quelques pas. Pinette dit tout à coup :

« Saute dans le fossé.

— Quoi ?

— Allez ! Saute ! »

Ils sautèrent, grimpèrent sur le talus et se trouvèrent au milieu des blés.

« Sur la gauche, expliqua Pinette, il y a un sentier qui ramène au village. »

Mathieu buta et tomba sur un genou.

« Nom de Dieu ! dit-il. Quelle connerie me fais-tu faire ?

— Je ne peux plus la voir en peinture », répondit Pinette.

Ils entendirent une voix de femme qui venait de la route :

« Henri ! Henri !

— Ce qu'elle est crampon ! dit Pinette.

— Henri ! ne me laisse pas ! »

Pinette tira Mathieu par le bras et ils s'aplatirent dans les blés ; on entendait courir la postière sur la route ; une barbe d'épi racla la joue de Mathieu, une bête s'enfuit entre ses mains.

« Henri ! ne me laisse pas, tu feras ce que tu voudras mais ne me laisse pas, reviens ; Henri, je ne dirai rien, je te le promets, mais reviens, ne me quitte pas comme ça ! Henri-i-i-i-i ! Ne me quitte pas sans m'embrasser ! »

La petite passa près d'eux, haletante.

« Heureusement qu'il n'y a pas encore de lune », souffla Pinette.

Mathieu respirait une forte odeur de terre; la terre était humide et molle sous ses mains, il entendait le souffle rauque de Pinette et il pensait : « Ils vont se battre dans le village. » La petite cria encore deux fois, d'une voix enrouée par l'angoisse, et tout à coup elle rebroussa chemin et se mit à courir en sens inverse.

« Elle t'aime, dit Mathieu.

— Merde pour elle! » répondit Pinette.

Ils se relevèrent, Mathieu vit au nord-est, juste au-dessus des épis, la boule de feu qui clignotait. *S'ils ont eu seulement un mort, les Fritz auront tout brûlé.*

« Alors ? demanda Pinette avec défi. Tu ne vas pas la consoler ?

— Elle m'agace, dit Mathieu. Et puis, de toute façon, les histoires de cul ne me passionnent pas aujourd'hui. Mais tu as eu tort de la sauter, si c'était pour la laisser tomber ensuite.

— Ah, merde! dit Pinette. Avec toi, on a toujours tort.

— Voilà le sentier », dit Mathieu.

Ils marchèrent un moment. Pinette dit :

« La lune! »

Mathieu leva la tête et vit un autre feu à l'horizon : c'était un incendie d'argent.

« On fera de beaux cartons! dit Pinette.

— De toute façon, dit Mathieu, je ne crois pas qu'ils viennent avant demain matin. »

Il ajouta, au bout d'un instant, sans regarder Pinette :

« Vous allez vous faire tuer jusqu'au dernier.

— C'est la guerre, dit Pinette d'un ton rogue[a].

— Justement non, dit Mathieu, justement ce n'est *plus* la guerre.

— L'armistice n'est pas signé. »

Mathieu prit la main de Pinette et la serra légèrement entre ses doigts : elle était glacée.

« Tu es sûr que tu as envie de te faire ratatiner ?

— J'ai pas envie de me faire ratatiner : j'ai envie de descendre un Fridolin.

— Ça va ensemble. »

Pinette dégagea sa main sans répondre. Mathieu voulut

parler, il pensait : « Il meurt pour rien », et ça l'étouffait.
Mais brusquement il eut froid et se tut : « De quel droit
l'en empêcher ? Qu'ai-je à lui offrir ? » Il se tourna vers
Pinette, le regarda et siffla doucement : Pinette était hors
d'atteinte ; il marchait en aveugle dans sa dernière nuit ; il
marchait, mais il n'avançait pas : il était déjà arrivé ; sa
mort et sa naissance s'étaient rejointes, il marchait sous
la lune et le prochain soleil éclairait déjà ses blessures. Il
avait cessé de se courir après, il était présent tout entier
en lui-même, tout Pinette à la fois, dense et clos^a. Mathieu
soupira et lui prit le bras en silence, prit le bras d'un
jeune employé de métro, noble, doux, courageux et
tendre qui avait été tué le 18 juin 1940. Il lui sourit ; du
fond du passé Pinette lui sourit ; Mathieu vit le sourire
et se sentit tout à fait seul. « Pour briser cette coquille qui
le sépare de moi, il faudrait ne plus vouloir d'autre avenir
que le sien, plus d'autre soleil que celui qu'il verra
demain pour la dernière fois ; pour vivre en même
temps les mêmes minutes, il faudrait vouloir mourir de la
même mort. » Il dit lentement :

« Dans le fond c'est moi qui devrais aller au casse-
pipe à ta place. Parce que moi, je n'ai plus tellement de
raisons de vivre. »

Pinette le regarda joyeusement ; ils étaient redevenus
presque contemporains.

« Toi ?

— Je me suis trompé depuis le commencement.

— Eh bien^b, dit Pinette, t'as qu'à venir. On efface tout
et on recommence. »

Mathieu sourit :

« On efface tout mais on ne recommence pas », dit-il.

Pinette lui mit son bras autour du cou.

« Delarue, mon petit pote, dit-il passionnément, viens
avec moi, viens. Ça me ferait plaisir, tu sais, qu'on soye
tous les deux : les autres, je les connais pas. »

Mathieu hésita : mourir, entrer dans l'éternité de^c cette
vie déjà morte, mourir à deux... Il secoua la tête :

« Non.

— Quoi, non ?

— Je ne veux pas.

— Tu as les foies ?

— Non. Je trouve ça con. »

Se fendre la main d'un coup de couteau, jeter son

anneau de mariage, tirailler sur les Fridolins : et puis
après ? Casser, détériorer, ça n'est pas une solution; un
coup de tête, ce n'est pas la liberté. Si seulement je pouvais être *modeste*.

« Pourquoi c'est-il con ? demanda Pinette irrité. Je
veux descendre un Fridolin; ça n'a rien de con.

— Tu peux en descendre cent, la guerre sera perdue
tout de même.

Pinette ricana.

« Je sauverai l'honneur!

— Aux yeux de qui ? »

Pinette marchait tête basse, sans répondre.

« Et même si on t'élevait un monument ? dit Mathieu.
Même si on foutait tes cendres sous l'Arc de Triomphe.
Est-ce que ça vaudrait le coup de faire brûler tout un
village ?

— Qu'il brûle, dit Pinette. C'est la guerre.

— Il y a des femmes et des gosses.

— Ils n'ont qu'à se barrer dans les champs. Ah! dit-il
d'un air idiot, faut que ça pète! »

Mathieu lui posa la main sur l'épaule :

« Tu l'aimes donc tant que ça, ta femme ?

— Qu'est-ce qu'elle vient faire là-dedans ?

— C'est pas pour elle que tu veux te faire descendre ?
demanda Mathieu.

— Me fais pas chier! cria Pinette. J'en ai marre de tes
enculages de mouche. Si c'est tout ce que ça donne, l'instruction, je me consolerai de ne pas en avoir. »

Ils avaient atteint les premières maisons du village;
tout d'un coup, Mathieu se mit à crier, lui aussi :

« J'en ai marre! cria-t-il. J'en ai marre! J'en ai marre! »

Pinette s'arrêta pour le regarder :

« Qu'est-ce qui te prend ?

— Rien, dit Mathieu stupéfait. Je deviens cinglé. »

Pinette haussa les épaules.

« Il faut que j'entre à l'école, dit-il. Les fusils sont
dans la salle de classe. »

La porte était ouverte : ils entrèrent. Sur le carrelage
du vestibule, des soldats dormaient. Pinette sortit sa
lampe de poche; un rond lumineux se découpa sur le mur.

« C'est là. »

Il y avait des fusils, en tas. Pinette en prit un, l'inspecta
longtemps à la lumière de sa lampe, le reposa, en prit un

autre qu'il examina avec soin. Mathieu avait honte d'avoir crié : il faut attendre et garder la tête claire. Se réserver pour une bonne occasion. Les coups de tête n'arrangent rien. Il sourit à Pinette.

« Tu as l'air de choisir un cigare. »

Pinette, satisfait, mit l'arme à la bretelle.

« Je le prends. Allons-nous-en.

— Donne-moi ta lampe », dit Mathieu.

Il promena la lampe sur les fusils : ils avaient l'air ennuyeux et administratifs, comme des machines à écrire. C'était difficile de croire qu'on pouvait donner la mort avec ces engins-là. Il se baissa et en prit un au hasard.

« Qu'est-ce que tu fais ? demanda Pinette étonné.

— Tu vois, dit Mathieu : je prends un fusil. »

★

« Non », dit la femme en lui claquant la porte au nez.

Il reste sur le perron, les bras ballants, avec l'air opprimé qu'il prend quand il ne peut plus intimider, il murmure : « Vieille sorcière », assez haut pour que je l'entende, assez bas pour qu'elle ne l'entende pas, non, mon pauvre Jacques : tout mais pas « Vieille sorcière ». Baisse, à présent, baisse tes yeux bleus, regarde entre tes pieds : la justice, ton beau jouet d'homme, est en miettes, reviens vers l'auto de *ton* pas infiniment douloureux, je sais : le bon Dieu te doit des comptes, mais vous vous arrangerez au jour du Jugement (il revint vers l'auto de *son* pas infiniment douloureux). Pour « vieille sorcière » non; il aurait trouvé autre chose, il aurait dit « vieille peau, vieux débris, vieux machin » mais pas « vieille sorcière », tu lui envies son argot; non, il n'aurait rien dit, les gens nous auraient ouvert la porte à deux battants, ils nous auraient donné leur lit, leurs draps, leurs chemises, il se serait assis au bord du lit, sa grande main posée à plat sur la courtepointe rouge, il aurait dit en rougissant : « Odette, ils nous prennent pour mari et femme » et je n'aurais rien dit, il aurait dit : « Je vais coucher sur le plancher » et j'aurais dit : « Mais non, tant pis, une nuit est vite passée, tant pis, dormons dans le même lit »; viens, Jacques, viens, bouche mes yeux, écrase ma pensée, occupe-moi, sois pesant, exigeant, accaparant, ne me laisse pas seule avec lui; il vint, il des-

cendit les marches, si transparent, si prévisible qu'il
ressemblait à un souvenir, tu renifleras en haussant le
sourcil droit, tu tambourineras sur le capot, tu me regar-
deras profondément, il fit *son* reniflement, *son* haussement
de sourcil, *son* regard profond et pensif, il était là, penché
au-dessus d'elle; il flottait dans cette grosse nuit brute
qu'elle caressait du bout des doigts, il flotte, inconsistant,
routinier et antique, je vois au travers de lui la ferme
obscure et dense, la route, le chien qui rôde, tout est neuf,
tout sauf lui, ce n'est pas un mari, c'est une idée générale;
je l'appelle, mais il n'aide pas. Elle lui sourit parce qu'il
faut toujours leur sourire^a, elle lui offrit le calme et la
douceur de la nature, l'optimisme confiant de la femme
heureuse; par en dessous elle se fondait à la nuit, elle se
diluait dans cette grande nuit féminine qui recélait,
quelque part dans son cœur, Mathieu; il ne sourit pas, il
se frotta le nez, c'est un geste qu'il a emprunté à son
frère, elle sursauta : « Mais qu'est-ce que j'ai pensé, je
dors debout, je ne suis pas encore cette vieille femme
cynique, j'ai rêvé », la parole s'enfonça dans la nuit de sa
gorge, tout est oublié, il ne restait plus en surface que
leur double et calme généralité. Elle demanda gaiement :
« Alors ?

— Pas question. Ils prétendent qu'ils n'ont pas de
grange; mais je la vois, moi, leur grange. Elle est au fond
de la cour. Je n'ai pourtant pas l'air d'un voleur de grand
chemin.

— Tu sais, dit-elle, après quatorze heures de route,
nous ne devons pas être très reluisants^b. »

Il la regarda plus attentivement et elle sentit sous le
regard, son nez s'allumer comme un phare; il va me dire
que mon nez brille. Il dit :

« Tu as des poches sous les yeux, ma pauvre chérie :
tu dois être éreintée. »

Elle sortit vivement son poudrier de son sac et se
regarda dans le miroir avec sévérité, je suis à faire peur :
à la clarté de la lune, son visage semblait marbré de
taches noires; la laideur, passe encore, mais j'ai horreur
de la saleté.

« Qu'est-ce que nous allons faire ? » demanda Jacques
avec perplexité.

Elle avait tiré sa houppette et la passait légèrement sur
ses pommettes et sous ses yeux.

« Ce que tu voudras, dit-elle.

— Je te demande un conseil. »

Il avait saisi au passage la main qui tenait la houppette et l'immobilisait avec une autorité souriante. Je te demande un conseil, pour une fois que je te demande un conseil, chaque fois que je te demande un conseil; mon pauvre ami, tu sais bien que tu ne le suivras pas. Mais il avait besoin de critiquer la pensée des autres pour prendre conscience de la sienne. Elle dit au hasard :

« Continuons, peut-être que nous trouverons des gens plus aimables.

— Merci bien! L'expérience me suffit. Ha! dit-il avec force, je déteste les paysans!

— Veux-tu que nous roulions toute la nuit ? »

Il ouvrit de grands yeux :

« Toute la nuit ?

— Nous serions demain matin à Grenoble, nous pourrions nous reposer chez les Blériot, repartir dans l'après-midi et coucher à Castellane : nous arriverions à Juan après-demain.

— Tu n'y penses pas! »

Il prit son air sérieux pour ajouter :

« Je suis beaucoup trop fatigué. Je m'endormirais au volant et nous nous réveillerions dans le fossé.

— Je peux te remplacer.

— Mon chéri, mets-toi bien dans l'idée que je ne te laisserai jamais conduire la nuit. Avec ta myopie, ce serait un assassinat. Les routes sont encombrées de charrettes, de camions, d'autos : des gens qui n'ont jamais touché à un volant et qui sont partis à l'aveuglette, par frousse. Non, non : il faut des réflexes d'homme. »

Des volets s'ouvrirent; une tête apparut à la fenêtre :

« Est-ce qu'on va pouvoir dormir tranquille ? demanda une voix rude. Allez causer plus loin, nom de Dieu!

— Merci beaucoup, monsieur, dit Jacques avec une ironie cinglante, vous êtes très poli et très hospitalier. »

Il plongea dans l'auto, claqua la portière et démarra brutalement : Odette le regarda du coin de l'œil : le mieux était de se taire; il fait au moins du quatre-vingts, tous feux éteints parce qu'il a peur des avions; heureusement, la lune est pleine; elle fut précipitée contre la portière :

« Qu'est-ce que tu fais ? »

Il avait, presque sans ralentir, jeté la voiture dans un chemin de traverse. Ils roulèrent encore un moment puis il freina brusquement et rangea l'auto au bout du chemin sous un bouquet d'arbres.

« Nous allons dormir ici.

— Ici ? »

Il ouvrit la portière et descendit sans répondre. Elle se glissa derrière lui, l'air était presque frais.

« Tu veux dormir dehors ?

— Non. »

Elle regarda avec regret l'herbe noire et douce, elle se baissa et la tâta comme de l'eau.

« Oh! Jacques! Nous serions si bien; nous pourrions sortir les couvertures et un coussin.

— Non », répéta-t-il. Il ajouta fermement : « Nous dormirons dans la voiture, on ne sait pas qui traîne sur les routes en ce moment. »

Elle le regardait marcher de long en large, les mains dans les poches, de son pas jeune et dansant; le violon du Diable joue dans les arbres, Jacques est forcé de sauter et de danser en mesure. Il tourna vers elle une face soucieuse et vieillie, aux yeux fuyants : « Il y a quelque chose qui ne va pas; on dirait qu'il a honte »; il revint vers l'auto, la jeunesse et l'entrain de l'instrument magique avaient fondu sur lui, s'étaient coulés jusque dans ses pieds et le soulevaient allégrement. « Il déteste dormir dans la voiture. Qui punit-il ? Lui ou moi ? » Elle se sentait coupable sans savoir de quoi.

« Pourquoi fais-tu cette tête ? demanda-t-il. Nous voilà sur les grands chemins, à l'aventure : tu devrais être contente. »

Elle baissa les yeux : « Je ne voulais pas partir, Jacques, je me moque des Allemands, je voulais rester chez moi : si la guerre dure, nous serons coupés de lui, nous ne saurons même pas s'il est tué. » Elle dit :

« Je pense à mon frère et à Mathieu.

— En ce moment, dit Jacques avec un sourire amer, Raoul est à Carcassonne, dans son lit.

— Mathieu n'est pas...

— Dis-toi bien, répondit Jacques avec humeur, que mon frère a été versé dans le service auxiliaire et, par conséquent, ne court aucun danger. Il sera fait prisonnier, voilà tout. Tu te figures que tous les soldats sont des héros. Mais non, ma pauvre amie : Mathieu est scribouillard dans un vague état-major; il est aussi tranquille qu'à l'arrière; peut-être même plus que nous ne le sommes en ce moment. Ils appellent ça une "planque" dans leur argot. Je m'en félicite pour lui, d'ailleurs.

— Ce n'est pas drôle d'être prisonnier », dit Odette sans lever les yeux.

Il la considéra gravement :

« Ne me fais pas dire ce que je n'ai pas dit! Le sort de Mathieu me cause de très grandes inquiétudes. Mais c'est un type solide et débrouillard. Si, si, beaucoup plus débrouillard que tu ne penses, sous ses allures de distrait, de Triplepatte[1]; je le connais mieux que toi : il y a de la pose dans ses perpétuelles hésitations, il s'est fait un personnage. Une fois là-bas, il s'arrangera pour trouver la bonne place : je le vois très bien servant de secrétaire à un officier allemand ou bien il sera cuistot... ça lui ira comme un gant! » Il sourit et répéta complaisamment : « Cuistot, oui, cuistot; comme un gant! Si tu veux savoir le fond de ma pensée, ajouta-t-il en confidence, j'estime que la captivité lui mettra du plomb dans la tête; il nous reviendra un autre homme.

— Combien de temps durera-t-elle? demanda Odette, la gorge serrée.

— Comment veux-tu que je le sache? »

Il hocha la tête et ajouta :

« Ce que je peux te dire, c'est que je ne vois pas que la guerre puisse continuer bien longtemps. Le prochain objectif de l'armée allemande c'est l'Angleterre... et le Channel est bien étroit.

— Les Anglais vont se défendre, dit Odette.

— Bien sûr, bien sûr. » Il écarta les bras avec accablement. « Je ne sais même pas si nous devons le souhaiter. »

Qu'est-ce que nous devons souhaiter? Qu'est-ce que je dois souhaiter? Au début, ça semblait tout simple : elle avait cru qu'il fallait souhaiter la victoire, comme en 14. Mais personne n'avait l'air de la désirer. Elle avait souri avec gaieté, comme elle avait vu sa mère sourire au moment de l'offensive Nivelle[2], elle avait répété fortement : « Mais oui, nous vaincrons! Il faut se dire que nous ne *pouvons pas* ne pas vaincre. » Et ça lui donnait horreur d'elle-même, parce qu'elle détestait la guerre jusque dans la victoire. Mais les gens hochaient la tête

sans répondre, comme si elle avait manqué de tact. Alors
elle s'était tue, elle avait essayé de se faire oublier de tout
le monde; elle les écoutait parler de l'Allemagne, de l'Angleterre, de la Russie, elle n'arrivait même pas à comprendre ce qu'ils voulaient; elle pensait : « S'il était là,
il m'expliquerait. » Mais il n'était pas là, il n'écrivait
même pas : en neuf mois il avait envoyé deux lettres à
Jacques. Qu'est-ce qu'il pense ? Il doit savoir, il doit
comprendre. Et s'il ne comprenait pas ? Si personne ne
comprenait ? Elle releva brusquement la tête : elle aurait
voulu retrouver chez Jacques cet air d'assurance confortable qui la tranquillisait encore quelquefois, elle aurait
voulu lire dans son regard que tout allait bien, que les
hommes avaient des raisons d'espérer qui lui échappaient. D'espérer quoi ? Est-ce que c'était vrai qu'une
victoire des Alliés ne pouvait profiter qu'à la Russie ?
Elle interrogeait ce visage trop connu et tout à coup il
lui parut neuf : elle vit des yeux noirs d'inquiétude; il
restait un peu de morgue aux coins des lèvres, mais
c'était l'arrogance boudeuse d'un enfant pris en faute.
« Il a quelque chose; il n'est pas dans son assiette. »
Depuis leur départ de Paris, il était bizarre, tantôt trop
violent, tantôt presque trop doux. C'était terrible quand
les hommes eux-mêmes avaient l'air de se sentir coupables. Il dit :

« Je meurs d'envie de fumer.

— Tu n'as plus de cigarettes ?

— Non.

— Tiens, dit-elle. Il m'en reste quatre. »

C'étaient des De Rezske; il fit la moue, en prit une
avec défiance :

« De la paille! » dit-il en glissant le paquet dans sa
poche.

À la première bouffée qu'il tira, Odette sentit l'odeur
du tabac; l'envie de fumer lui sécha la gorge. Pendant
longtemps, bien après qu'elle eut cessé de l'aimer, il lui
plaisait de ressentir la soif quand il buvait à côté d'elle,
la faim pendant qu'il mangeait, d'avoir sommeil et de
le regarder dormir, c'était rassurant : il lui prenait
ses désirs, les sanctifiait et les assouvissait pour elle,
d'une manière plus virile, plus morale et plus définitive.
À présent...

Elle dit avec un rire léger :

« Donne-m'en au moins une. »

Il la regarda sans comprendre, puis il leva les sourcils.

« Oh! pardon, ma pauvre chérie : c'était un geste machinal. »

Il sortit le paquet de sa poche.

« Tu peux garder le paquet, dit-elle, mais donne-m'en une. »

Ils fumèrent en silence. Elle avait peur d'elle-même; elle se rappelait les envies violentes et irrésistibles qui la bouleversaient quand elle était jeune fille. Peut-être qu'elles allaient revenir, à présent. Il toussa deux ou trois fois pour s'éclaircir la voix : « Il veut me parler. Mais il prend son temps, comme toujours. » Elle fumait patiemment : « Il va entrer dans son sujet comme les crabes, de côté. » Il s'était redressé; il composa son visage et la regarda avec sévérité.

« Eh bien, ma pauvre Odette! » dit-il.

Elle lui sourit vaguement en tout état de cause; il lui posa la main sur l'épaule :

« Tu dois reconnaître à présent que c'est une équipée.

— Oui, dit-elle. Oui : c'est une équipée. »

Il la regardait toujours. Il éteignit sa cigarette contre le marchepied de la voiture et l'écrasa sous son pied; il s'approcha d'elle et lui dit avec force, comme pour l'en persuader :

« Nous ne courions aucun risque. »

Elle ne répondit pas; il poursuivit d'une voix insistante et douce :

« Je suis sûr que les Allemands se conduiront bien; ils auront à cœur de bien se conduire. »

C'était ce qu'elle avait toujours pensé. Mais elle lut dans les yeux de Jacques la réponse qu'il attendait d'elle. Elle dit :

« Sait-on jamais? Et s'ils avaient mis Paris à feu et à sang! »

Il haussa les épaules.

« Mais comment veux-tu? Voilà bien des idées de femme! »

Il se pencha sur elle et lui expliqua patiemment :

« Écoute, Odette, tâche de comprendre : Berlin aura certainement le désir, tout de suite après l'armistice, de faire figurer la France parmi les partenaires de l'Axe; peut-être même compte-t-on là-bas sur notre prestige en

Amérique pour maintenir les États-Unis en dehors de la
guerre. Tu me suis bien ? En un mot, même battus, nous
avons des atouts. Il y aura même, ajouta-t-il avec un
petit rire, une belle partie à jouer pour nos hommes
politiques s'ils s'en sentent capables. Bon. Eh bien, dans
ces conditions, il n'est même pas imaginable que les
Allemands risquent de dresser l'opinion française contre
eux par des violences inutiles.

— C'est bien mon avis, dit-elle, agacée.

— Ah ? »

Il la regardait en se mordant la lèvre ; il avait l'air si
déconcerté qu'elle se hâta d'ajouter :

« Mais tout de même, comment peut-on être sûr ?
Suppose qu'on tire sur eux par les fenêtres... »

Les yeux de Jacques étincelèrent.

« S'il y avait eu du danger, je serais resté, je me suis
résigné à partir parce que j'étais sûr qu'il n'y en avait
pas. »

Elle le revoyait, entrant au salon avec un grand calme
affolé, elle l'entendait encore dire de sa voix la plus posée,
en allumant une cigarette d'une main qui tremblait :
« Odette, fais tes bagages, la voiture est en bas, dans
trente minutes nous partons. » Où veut-il en venir ? Il
eut un rire désagréable.

« Enfin, dit-il en manière de conclusion, c'est ce qu'on
appelle un abandon de poste.

— Mais tu n'avais pas de poste.

— J'étais chef d'îlot », dit-il. Il repoussa de la paume
une objection possible : « Je sais, c'est ridicule ; et je
n'avais accepté que sur l'insistance de Champenois. Mais
même là j'aurais pu me rendre utile. Et puis nous devions
donner l'exemple. »

Elle le regardait sans amitié : « Eh bien oui, oui, *oui,*
tu aurais dû rester à Paris, ne compte pas sur moi pour te
dire le contraire. » Il soupira :

« Enfin ! Ce qui est fait est fait. Ce serait trop commode
si on n'avait que des devoirs conciliables entre eux. Je
t'ennuie, ma pauvre chérie, ajouta-t-il. Ce sont des scrupules masculins.

— Je crois que je peux les comprendre, dit-elle.

— Naturellement, ma petite enfant, naturellement. »
Il eut un sourire viril et solitaire, puis il lui prit le poignet et lui dit d'une voix rassurante : « Qu'est-ce qui

pouvait m'arriver, voyons ? Au pis ils auraient emmené
les hommes valides en Allemagne, et après ? Mathieu y
est bien. Il est vrai qu'il n'a pas mon maudit cœur. Tu
te rappelles, quand cet imbécile de major m'a réformé ?
— Oui.
— J'étais fou de rage, j'aurais fait n'importe quoi :
tu te rappelles ? Tu te rappelles comme j'étais en colère ?
— Oui. »
Il s'assit sur le marchepied de la voiture et mit la tête
dans ses mains ; il regardait droit devant lui.
« Charvoz est resté, dit-il, les yeux fixes.
— Hé ?
— Il est resté. Je l'ai rencontré ce matin au garage, il
avait l'air étonné que je parte.
— Lui, ça n'est pas pareil, dit-elle machinalement.
— Non, en effet, dit-il avec amertume. Lui, il est céli-
bataire. »
Odette se tenait debout à sa gauche, elle regardait son
crâne qui luisait par places, sous les cheveux, elle pensait :
« C'est donc ça ! »
Il avait les yeux vagues. Il dit entre ses dents :
« Je n'avais personne à qui te confier. »
Elle se raidit :
« Plaît-il ?
— Je dis que je ne pouvais te confier à personne. Si
j'avais osé te laisser aller seule chez ta tante...
— Tu veux dire, demanda-t-elle d'une voix tremblante,
que tu es parti à cause de moi ?
— C'était un cas de conscience », répondit-il.
Il la regardait affectueusement :
« Ces derniers jours, tu étais si nerveuse : tu me faisais
peur. » Elle était muette de stupeur : « Mais pourquoi
faut-il ? Pourquoi se croit-il obligé ? » Il poursuivait avec
une gaieté nerveuse :
« Tu gardais les volets clos, on vivait dans le noir
toute la journée, tu entassais les conserves, je marchais
sur les boîtes de sardines... Et puis je crois que Lucienne
te faisait beaucoup de mal, tu n'étais pas la même quand
elle sortait de chez nous : elle est très affolée, très gobeuse
aussi, très portée à croire les histoires de viol et de mains
coupées. »
Je ne veux pas. Je ne veux pas lui dire ce qu'il veut me
faire dire. Qu'est-ce qui me restera au monde, si je le

méprise ? Elle fit un pas en arrière. Il fixait sur elle un
regard d'acier, il avait l'air de dire : « Dis-le. Mais dis-le
donc ! » Et de nouveau, sous ce regard d'aigle, sous ce
regard de mari, elle se sentait coupable, peut-être a-t-il
cru que j'avais envie de partir, peut-être avais-je l'air
d'avoir peur, peut-être avais-je peur sans le savoir.
Qu'est-ce qui est vrai ? Jusqu'ici, ce qui était vrai, c'était
ce que disait Jacques ; si je ne le crois plus, à quoi pourrais-je croire ; elle dit en baissant la tête.

« Je n'aurais pas aimé rester à Paris.

— Tu avais peur ? demanda-t-il avec bonté.

— Oui, dit-elle. J'avais peur. »

Quand elle releva la tête, il la regardait en riant.

« Allons ! dit-il, tout ça n'est pas bien grave : une nuit
à la belle étoile, ce n'est plus tout à fait de notre âge. Mais
nous sommes encore assez jeunes pour y trouver du
charme. » Il lui caressa légèrement la nuque : « Hyères,
en 36, tu te rappelles ? Nous avions dormi sous la tente,
c'est un de mes bons souvenirs. »

Elle ne répondit pas ; elle avait saisi le loquet de la
portière et le serrait de toutes ses forces. Il réprima un
bâillement :

« Mais c'est qu'il est tard. Veux-tu que nous nous
couchions ? »

Elle fit un signe de tête. Une bête de nuit cria et
Jacques éclata de rire.

« C'est champêtre ! dit-il. Mets-toi au fond de la voiture, ajouta-t-il avec sollicitude. Tu pourras étendre un
peu tes jambes ; moi je dormirai au volant. »

Ils entrèrent dans l'auto ; il ferma à clé la portière de
droite[1] et poussa le taquet de celle de gauche.

« Tu es bien ?

— Très bien. »

Il sortit le revolver et l'examina avec amusement :

« Voilà une situation qui aurait ravi mon vieux pirate
de grand-père », dit-il. Il ajouta gaiement : « Nous
sommes tous un peu corsaires dans la famille. »

Elle ne disait rien. Il se détourna sur son siège et lui
prit le menton.

« Embrasse-moi, ma chérie. »

Elle sentit sa bouche chaude et ouverte qui se pressait
contre la sienne ; il lui lécha légèrement les lèvres comme
autrefois et elle frissonna ; en même temps elle sentit une

main qui se glissait sous son aisselle et qui lui caressait le sein.

« Ma pauvre Odette, dit-il tendrement. Ma pauvre petite fille, ma pauvre petite enfant. »

Elle se rejeta en arrière. Elle dit :

« Je meurs de sommeil.

— Bonsoir, mon amour », dit-il en souriant.

Il se retourna, croisa ses bras sur le volant et laissa tomber sa tête sur ses mains. Elle restait assise, le buste droit, oppressée : elle guettait. Deux soupirs, ce n'est pas encore ça. Il bouge encore. Elle ne pouvait penser à rien tant qu'il veillait avec cette image d'elle dans sa tête ; je n'ai jamais pu penser à rien quand il était près de moi. Ça y est : il avait poussé *ses* trois grognements ; elle se détendit un peu : ce n'est plus qu'une bête. Il dormait, la guerre dormait, le monde des hommes dormait englouti dans cette tête ; droite dans l'ombre, entre les deux fenêtres crayeuses, au fond d'un lac de lune, Odette veillait, une impression très ancienne lui revint à l'esprit, je courais sur un petit chemin rose, j'avais douze ans, je me suis arrêtée, le cœur battant d'une joie inquiète, j'ai dit à haute voix : « Je suis indispensable. » Elle répéta : « Je suis indispensable », mais elle ne savait pas à quoi ; elle essaya de penser à la guerre, il lui semblait qu'elle allait trouver la vérité : « Est-ce que c'est vrai que la victoire ne profitera qu'à la Russie ? » Elle abandonna tout de suite et sa joie se changea en écœurement : « Je n'en sais pas assez. »

Elle eut envie de fumer. Pas vraiment envie, c'est de la nervosité. L'envie enfla, enfla, lui gonfla les seins. Une envie péremptoire et conquérante comme au temps de son impérieuse enfance ; il a mis le paquet dans sa poche de veston. Pourquoi fumerait-il ? Ce goût de tabac, dans sa bouche à lui, doit être tellement ennuyeux, tellement conventionnel, pourquoi fumerait-il plutôt que moi ? Elle se pencha sur lui ; il soufflait, elle glissa la main dans la poche, retira les cigarettes puis elle ouvrit doucement la portière en rabattant le taquet et se glissa au-dehors. La lune à travers les feuilles, les flaques de lune sur la route, ce souffle frais, ce cri de bête, c'est à moi. Elle alluma une cigarette, la guerre dort, Berlin dort, Moscou, Churchill, le Politburo, nos hommes politiques dorment, tout dort, personne ne voit *ma* nuit, je suis indispensable ; les boîtes

de conserves c'était pour mes filleuls de guerre. Elle
s'aperçut soudain qu'elle détestait le tabac; elle tira encore
deux bouffées de sa cigarette puis la jeta : elle ne savait
même plus pourquoi elle avait voulu fumer. Le feuillage
bruissait doucement, la campagne craquait comme un
parquet. Les étoiles c'étaient des bêtes : elle avait peur;
il dormait et elle avait retrouvé le monde obscur de son
enfance, la forêt des questions sans réponses; c'était lui
qui savait le nom des étoiles, la distance précise de la
terre à la lune, le nombre des habitants de la région, leur
histoire et leurs occupations; il dort, je le méprise et
je ne sais rien; elle se sentait perdue dans ce monde inutilisable, dans ce monde *à voir* et *à toucher*. Elle courut à
l'auto, elle voulait le réveiller tout de suite, réveiller la
Science, l'Industrie et la Morale. Elle mit la main sur le
loquet, elle se pencha sur la portière et vit, à travers la
vitre, une grande bouche ouverte. « À quoi bon ? » se
dit-elle. Elle s'assit sur le marchepied et se mit à penser,
comme chaque soir, à Mathieu.

★

Le lieutenant grimpait en courant l'escalier sombre; ils
couraient et tournaient derrière lui. Il s'arrêta en pleine
nuit, il poussa une trappe avec sa nuque et ils furent
éblouis par une lumière d'argent.
« Suivez-moi. »
Ils jaillirent dans le ciel froid et clair, plein de souvenirs
et de bruits légers. Une voix dit :
« Qu'est-ce que c'est ?
— C'est moi, dit le lieutenant.
— Garde à vous!
— Repos », dit-il.
Ils se trouvaient sur une plate-forme carrée, au sommet
du clocher. Quatre piliers soutenaient la toiture, aux
quatre angles. Entre les piliers courait un parapet de
pierre haut d'un mètre environ. Le ciel était partout. La
lune projetait l'ombre oblique d'un pilier sur le plancher.
« Alors ? dit le lieutenant. Ça va, ici ?
— Ça va, mon lieutenant. »
Trois types lui faisaient face; tous trois longs et
maigres avec des fusils. Mathieu et Pinette se tenaient
derrière le lieutenant, intimidés.

« Nous restons ici, mon lieutenant ? demanda un des trois chasseurs.

— Oui », dit le lieutenant. Il ajouta : « J'ai installé Closson et quatre types dans la mairie, les autres occupent l'école avec moi. Dreyer fera la liaison.

— Quels sont les ordres ?

— Feu à volonté. Vous pourrez liquider les munitions.

— Qu'est-ce que c'est ? »

Des appels étouffés, des traînements de pieds : ça montait de la rue. Le lieutenant sourit :

« C'est les ravissants de l'état-major que je fais flanquer dans la cave de la mairie. Ils y seront un peu à l'étroit mais c'est seulement pour la nuit : demain matin, les Boches en prendront livraison quand ils en auront fini avec nous. »

Mathieu regarda les chasseurs : il avait honte pour les copains, mais les trois visages restèrent impassibles.

« Ah! dit le lieutenant : à onze heures, les habitants du patelin se réuniront sur la place; n'allez pas leur tirer dessus. Je les envoie passer la nuit dans les bois. Après leur départ, feu sur tout ce qui traversera la rue. Et ne descendez sous aucun prétexte : c'est nous qui tirerions sur vous. »

Il se dirigea vers la trappe. Les chasseurs dévisageaient Mathieu et Pinette en silence.

« Mon lieutenant... » dit Mathieu.

Le lieutenant se retourna :

« Je vous avais oubliés. Ces types-là veulent se battre, dit-il aux autres. Ils ont des fusils et je leur ai fait donner des cartouchières. Voyez ce que vous pouvez faire d'eux. S'ils tirent trop mal, vous leur reprendrez les cartouchières. »

Il regarda les chasseurs avec amitié.

« Adieu les gars. Adieu.

— Adieu, mon lieutenant », dirent-ils poliment.

Il hésita une seconde en secouant la tête puis descendit à reculons les premières marches de l'escalier et rabattit la trappe sur lui. Les trois types regardaient Mathieu et Pinette sans curiosité ni sympathie. Mathieu fit deux pas en arrière et s'adossa à un pilier. Son fusil le gênait : par moments il le portait avec trop de désinvolture et à d'autres moments il le tenait comme un

cierge. Il finit par le coucher précautionneusement sur
le plancher. Pinette le rejoignit; ils tournaient tous les
deux le dos à la lune. Au contraire, les trois chasseurs
étaient en pleine lumière. La même mousse noire salissait leurs faces crayeuses; ils avaient le même regard
fixe d'oiseaux nocturnes.

« On se croirait en visite », dit Pinette.

Mathieu sourit; les trois types ne sourirent pas.
Pinette se rapprocha de Mathieu et lui souffla :

« Ils ne nous ont pas à la bonne.

— Parbleu! » dit Mathieu.

Ils se turent, gênés. Mathieu se pencha et vit, juste
au-dessous de lui, le moutonnement sombre des marronniers.

« Je m'en vais leur causer, dit Pinette.

— Reste donc tranquille. »

Déjà Pinette s'avançait vers les chasseurs.

« Je m'appelle Pinette. Cézigue, c'est Delarue. »

Il s'arrêta et attendit. Le plus grand fit un signe de
tête mais ils ne se nommèrent pas. Pinette se racla la
gorge. Il dit :

« On est là pour se battre. »

Ils ne répondaient toujours pas. Le grand blond
se renfrogna et détourna la tête. Pinette hésita, déconcerté.

« Qu'est-ce que nous avons à faire ? »

Le grand blond s'était renversé en arrière; il bâilla.
Mathieu vit qu'il était caporal.

« Qu'est-ce que nous avons à faire ? répéta Pinette.

— Rien.

— Comment, rien ?

— Rien pour le moment.

— Et ensuite ?

— On vous le dira. »

Mathieu leur sourit :

« On vous emmerde, hein ? Vous aimeriez mieux
être seuls ? »

Le grand blond le regarda pensivement, puis il se
tourna vers Pinette :

« Qu'est-ce que tu es, toi ?

— Employé de métro. »

Le caporal eut un rire bref. Mais ses yeux ne riaient
pas :

« Tu te crois déjà civil ? Attends un peu.

— Ah ! Tu veux dire : ici ?

— Oui.

— Observateur.

— Et lui ?

— Téléphoniste.

— Auxiliaire ?

— Oui. »

Le caporal le regardait avec application, comme s'il avait peine à fixer son attention sur lui :

« Qu'est-ce qui ne va pas ? Tu as l'air costaud...

— Le cœur.

— Avez-vous jamais tiré sur des hommes ?

— Jamais », dit Mathieu.

Le caporal se retourna vers ses copains. Tous trois hochèrent la tête.

« On fera de son mieux », dit Pinette d'une voix étranglée.

Il y eut un long silence. Le caporal les regardait en se grattant la tête. À la fin, il soupira et parut se décider. Il se leva et dit d'une voix abrupte :

« C'est moi Clapot. C'est à moi qu'il faudra obéir. Les autres, c'est Chasseriau et Dandieu et vous n'avez qu'à faire ce qu'ils vous diront parce que ça fait quinze jours qu'on se bat et on a l'habitude.

— Depuis quinze jours ? répéta Pinette incrédule. Comment ça se fait ?

— On couvrait votre retraite », répondit Dandieu.

Pinette rougit et baissa le nez. Mathieu sentit ses mâchoires se contracter. Clapot expliqua d'un ton plus conciliant :

« Mission de retardement. »

Ils se regardaient sans rien dire. Mathieu se sentait mal à l'aise ; il pensait : « Nous ne serons jamais des leurs. Ils se sont battus quinze jours d'affilée et nous, nous foutions le camp sur les routes. Ça serait trop commode s'il suffisait de se joindre à eux quand ils tirent le feu d'artifice final. Jamais des leurs, jamais. Les nôtres sont en bas, dans la cave, ils croupissent dans la honte et le malheur et notre place est parmi eux et nous les avons plaqués au dernier moment par orgueil. » Il se pencha, il vit les maisons noires, la route qui brillait ; il se répétait : « Ma place est en bas, ma place est

en bas », et il savait en son cœur qu'il ne pourrait plus
jamais redescendre. Pinette s'assit à califourchon sur
le parapet, sans doute pour se donner une contenance.

« Descends de là! dit Clapot. Tu vas nous faire
repérer.

— Les Allemands sont encore loin.

— Qu'est-ce que tu en sais ? Je te dis de descendre. »

Pinette sauta sur le plancher avec humeur et Mathieu
pensa : « Ils ne nous accepteront jamais. » Pinette l'agaçait : il remuait, il parlait quand il eût fallu s'effacer,
retenir son souffle et se faire oublier. Mathieu sursauta :
une énorme détonation, pâteuse et lourde, lui avait
éclaté dans l'oreille. Il y en eut une deuxième, une troisième : des cris de bronze, le plancher vibrait sous ses
pieds. Pinette eut un rire nerveux :

« T'as pas besoin d'avoir peur : c'est l'horloge qui
sonne. »

Mathieu coula un regard vers les chasseurs et vit avec
satisfaction qu'ils avaient sursauté, eux aussi.

« C'est onze heures », dit Pinette.

Mathieu frissonna : il avait froid, mais ce n'était pas
désagréable. Il était très haut dans le ciel, au-dessus
des toits, au-dessus des hommes et il avait froid, et il
faisait noir. « Non, je ne redescendrai pas. Je ne redescendrai pour rien au monde. »

« Voilà les civils qui partent. »

Ils se penchèrent tous au-dessus du parapet. Il vit
des bêtes noires qui remuaient sous le feuillage, on
aurait dit le fond de la mer. Dans la grand-rue, des
portes s'ouvrirent doucement; des hommes, des femmes,
des enfants se glissaient dehors. La plupart portaient des
ballots ou des valises. De petits groupes se formèrent
sur la chaussée : ils paraissaient attendre. Puis les groupes
se fondirent en un seul cortège qui s'ébranla lentement
vers le sud.

« On dirait un enterrement, dit Pinette.

— Pauvres gens! dit Mathieu.

— T'en fais pas pour eux! répondit sèchement Dandieu. Ils le retrouveront, leur bled. C'est bien rare si
les Allemands y foutent le feu.

— Et ça ? dit Mathieu en désignant Roberville.

— C'est pas pareil : les paysans tiraient avec nous. »

Pinette se mit à rire :

« Eh bien, c'était pas comme ici, alors ! Qu'est-ce qu'ils avaient comme pétoche, ici, les culs-terreux. »

Dandieu le regarda :

« Vous ne vous battiez pas : c'était tout de même pas aux ciblots^a à commencer.

— À qui la faute ? demanda Pinette avec colère. À qui la faute si on se battait pas ?

— J'en sais rien.

— Aux officiers ! C'est les officiers qui ont perdu la guerre.

— Dis pas de mal des officiers, dit Clapot. Tu n'as pas le droit d'en dire du mal.

— Je vais me gêner.

— Tu n'en diras pas devant nous, dit Clapot fermement. Parce que je vais te dire : à part le lieutenant, que c'est pas sa faute, tous les nôtres y sont restés. »

Pinette voulut s'expliquer ; il étendit les bras vers Clapot et puis il les laissa retomber :

« On peut pas s'entendre », dit-il avec accablement.

Chasseriau regardait Pinette avec curiosité :

« Mais qu'est-ce que vous êtes venus foutre ici ?

— On est venu pour se battre, je te l'ai déjà dit.

— Mais pourquoi ? Vous n'y étiez pas forcés. »

Pinette ricanait d'un air cancre :

« Comme ça. Pour se marrer.

— Eh bien, vous allez vous marrer ! dit Clapot sans douceur, c'est moi qui vous le dis. »

Dandieu riait de pitié :

« Tu les entends : ils viennent nous faire une petite visite, pour se marrer, pour voir comment que c'est que le baroud ; ils veulent faire leur petit carton comme au tir aux pigeons. Et ils n'y sont même pas forcés !

— Et toi, pochetée ? lui demanda Pinette, qui c'est qui te force à te battre ?

— Nous, c'est pas pareil : on est chasseurs.

— Et alors ?

— Si tu es chasseur, tu te bats. »

Il secoua la tête :

« Si c'était pas de ça, tu parles comme j'irais tirer sur des hommes pour mon plaisir. »

Chasseriau regardait Pinette avec un mélange de stupeur et de répulsion :

« Est-ce que tu te rends compte que vous allez risquer votre peau ? »

Pinette haussa les épaules sans répondre.

« Parce que, si tu t'en rends compte, poursuivit Chasseriau, tu es encore plus con que tu n'en as l'air. Ça n'a pas de bon sens de risquer sa peau tant qu'on n'y est pas forcé.

— On y était forcés, dit brusquement Mathieu. On y était forcés. On en avait marre et puis on ne savait plus quoi faire. »

Il désigna l'école au-dessous d'eux :

« Pour nous, c'était le clocher ou la cave. »

Dandieu parut impressionné; ses traits se détendirent un peu. Mathieu poursuivit son avantage :

« Qu'est-ce que vous auriez fait, à notre place ? »

Ils ne répondaient pas. Il insista :

« Qu'est-ce que vous auriez fait ? »

Dandieu hocha la tête :

« J'aurais peut-être choisi la cave. Tu verras : c'est pas marrant.

— Ben oui*a*, dit Mathieu, mais c'est pas marrant non plus de rester dans une cave quand les autres se battent.

— Je ne dis pas, dit Chasseriau.

— Oui, reconnut Dandieu. On ne doit pas se sentir fiers. »

Ils avaient l'air moins hostiles. Clapot dévisagea Pinette avec une sorte de surprise, puis il se détourna et s'approcha du parapet. La dureté fiévreuse de son regard s'effaça, il avait l'air vague et doux, il regardait vaguement la douce nuit, la campagne enfantine et légendaire, et Mathieu ne savait pas si c'était la douceur de la nuit qui se reflétait sur ce visage ou la solitude de ce visage qui se reflétait dans cette nuit.

« Ho! Clapot », dit Dandieu.

Clapot se redressa et reprit son air aigu de spécialiste.

« De quoi ?

« Je vais faire un tour dans la carrée d'en dessous : j'y ai vu quelque chose.

— Va. »

Comme Dandieu soulevait la trappe, une voix de femme monta jusqu'à eux :

« Henri! Henri! »

Mathieu se pencha au-dessus de la rue. Des retar-

dataires couraient en tous sens, des fourmis affolées ;
sur la route, près de la poste, il vit une petite ombre.

« Henri ! »

Le visage de Pinette noircit, mais il ne dit rien. Des
femmes avaient pris la postière par le bras et tentaient
de l'entraîner. Elle se débattait en criant.

« Henri ! Henri ! »

Elle se dégagea, se jeta dans la poste et referma la
porte sur elle.

« C'est con ! » dit Pinette entre ses dents.

Il raclait ses ongles contre la pierre du parapet :

« Fallait qu'elle aille avec les autres.

— Ben oui, dit Mathieu.

— Il va lui arriver du mal.

— À qui la faute ? »

Il ne répondit pas. La trappe se souleva :

« Aidez-moi. »

Ils rabattirent la trappe en arrière : Dandieu émergea
de l'ombre ; il portait deux paillasses sur son dos.

« J'ai trouvé ça. »

Clapot sourit pour la première fois : il avait l'air
enchanté.

« On a du pot, dit-il.

— Qu'est-ce que vous voulez faire de ça ? » demanda
Mathieu.

Clapot le regarda avec surprise.

« À quoi que tu crois que ça sert, une paillasse ? À
enfiler des perles ?

— Vous allez dormir ?

— On va d'abord casser la croûte », dit Chasseriau.

Mathieu les regarda s'affairer autour des paillasses,
tirer des boîtes de singe de leurs musettes : « Est-ce
qu'ils ne comprennent pas qu'ils vont mourir ? » Chasseriau avait découvert un ouvre-boîte ; il ouvrit trois
boîtes avec des gestes rapides et précis, puis ils s'assirent
et tirèrent leurs couteaux de leurs poches.

Clapot jeta un regard à Mathieu, par-dessus son
épaule :

« Vous avez faim, vous autres ? » demanda-t-il.

Il y avait deux jours que Mathieu n'avait pas mangé ;
la salive lui emplissait la bouche.

« Moi ! dit-il. Non.

— Et ton copain ? »

Pinette ne répondit pas. Il était penché par-dessus le parapet et regardait la poste.

« Allez, dit Clapot. Mangez : c'est pas la bouffe qui manque.

— Celui qui se bat, dit Chasseriau, il a droit à manger. »

Dandieu fouilla dans une musette et en retira deux boîtes qu'il tendit à Mathieu. Mathieu les prit et frappa sur l'épaule de Pinette. Pinette sursauta :

« Qu'est-ce que c'est ?

— C'est pour toi : mange! »

Mathieu prit l'ouvre-boîte que Dandieu lui tendait; il l'appuya sur le rebord de fer-blanc et pesa dessus de toutes ses forces. Mais la lame glissa sans mordre, sauta hors de la rainure et vint heurter son pouce gauche.

« Ce que tu es maladroit, dit Pinette. Tu t'es fait mal ?

— Non, dit Mathieu.

— Donne. »

Pinette ouvrit les deux boîtes et ils mangèrent en silence, près d'un pilier : ils n'avaient pas osé s'asseoir. Ils creusaient dans le singe avec leurs couteaux et piquaient les morceaux sur la pointe de leurs lames. Mathieu mâchait consciencieusement, mais sa gorge était paralysée : il ne sentait pas le goût de la viande et il avait peine à avaler. Assis sur les paillasses, les trois chasseurs se penchaient sur leur manger d'un air appliqué; leurs couteaux brillaient sous la lune[a].

« En douce, dit Chasseriau rêveusement, on mange dans le clocher d'une église. »

Dans le clocher d'une église. Mathieu baissa les yeux[b]. Sous leurs pieds il y avait cette odeur de pierre et[c] d'encens, cette fraîcheur et les vitraux qui luisaient faiblement dans les ténèbres de la foi. Sous leurs pieds, il y avait la confiance et l'espoir. Il avait froid; il voyait le ciel[d], il respirait le ciel, il pensait avec du ciel, il était nu sur un glacier, très haut; très loin au-dessous de lui, il y avait son enfance.

Clapot avait renversé la tête, il mangeait en regardant le ciel :

« Vise la lune, dit-il à mi-voix.

— Hé ? dit Chasseriau.

— La lune. Elle est pas plus grosse qu'à l'ordinaire ?

— Non.

« — Ah! Je la trouvais plus grosse qu'à l'ordinaire. »
Il baissa les yeux tout à coup :
« Venez donc manger avec nous, vous autres : on
ne mange pas debout. »
Mathieu et Pinette hésitaient.
« Allez, allez! dit Clapot.
— Viens! » dit Mathieu à Pinette.
Ils s'assirent; Mathieu sentait la chaleur de Clapot
contre sa hanche. Ils se taisaient : c'était leur dernier
repas et il était sacré.
« On a du rhum, dit Dandieu. Pas chouya : juste
une gorgée pour chacun. »
Ils firent circuler un bidon et chacun mit ses lèvres
où les autres avaient bu. Pinette se pencha vers Mathieu :
« Je crois qu'ils nous ont adoptés.
— Oui.
— C'est pas de mauvais gars. Je les blaire bien.
— Moi aussi. »
Pinette se redressa dans un sursaut d'orgueil : ses
yeux étincelèrent :
« On serait pareils comme eux si on avait été com-
mandés. »
Mathieu regarda leurs trois visages et hocha la tête.
« C'est pas vrai ce que je dis ?
— Peut se faire », dit Mathieu.
Depuis un moment, Pinette regardait les mains de
Mathieu; il finit par lui toucher le coude :
« Qu'est-ce que tu as ? Tu saignes ? »
Mathieu baissa les yeux sur ses mains : il s'était déchiré
le pouce gauche :
« Ah! dit-il, ça doit être avec l'ouvre-boîte, tout à
l'heure.
— Et tu as laissé saigner, ballot ?
— Je n'ai rien senti, dit Mathieu.
— Ah! dit Pinette grondeur et ravi, qu'est-ce que
tu ferais si je n'étais pas là ? »
Mathieu regardait son pouce, surpris d'avoir un corps :
il ne sentait plus rien, ni le goût de la viande, ni celui
de l'alcool, ni la douleur. Je me croyais de glace. Il
rit :
« Une fois, dans un dancing, j'avais un surin... »
Il s'arrêta. Pinette le regardait avec surprise.
« Eh bien ?

— Rien. Je n'ai pas de chance avec les instruments qui coupent.

— Donne ta main », dit Clapot.

Il avait sorti de son paquetage un rouleau de gaze et une fiole bleue. Il versa le liquide brûlant sur le pouce de Mathieu et l'entoura de gaze. Mathieu fit remuer la poupée et la considéra en souriant : tout ce soin pour empêcher le sang de couler trop tôt.

« Et voilà! dit Clapot.

— Voilà », dit Mathieu.

Clapot consulta sa montre :

« Au plume, les gars : il va être minuit. »

Ils l'entourèrent.

« Dandieu! dit-il en lui désignant Mathieu. Tu prendras la garde avec lui.

— D'accord[a]. »

Chasseriau, Pinette et Clapot s'étendirent côte à côte sur les paillasses. Dandieu tira une couverture de son paquetage et la jeta sur leurs trois corps. Pinette s'étira voluptueusement, fit un clin d'œil malicieux à Mathieu et ferma les paupières.

« Moi, je surveille par là, dit Dandieu. Toi, par là. S'il y a du pet, tu ne fais rien sans me prévenir. »

Mathieu s'en fut dans son coin et fouilla des yeux la campagne. Il pensait qu'il allait mourir et ça lui semblait drôle. Il regardait les toits obscurs, la douce phosphorescence de la route entre les arbres bleus, toute cette terre somptueuse et inhabitable et il pensait : « Je meurs pour rien. » Un ronflement soyeux le fit sursauter, il se retourna : les types dormaient déjà; Clapot, les yeux clos, rajeuni, souriait aux anges; Pinette souriait aussi. Mathieu se pencha sur lui et le regarda longtemps; il pensait : « C'est dommage! » De l'autre côté de la plate-forme, Dandieu s'était courbé en avant, les mains à plat sur les cuisses dans l'attitude d'un gardien de but.

« Hé! dit Mathieu à voix basse.

— Hé!

— Tu étais goal ? »

Dandieu se retourna vers lui, étonné :

« Comment que tu le sais ?

— Ça se voit. »

Il ajouta :

« Ça gazait ?

— Avec de la chance, je serais passé pro. »

Ils se firent un petit salut de la main et Mathieu regagna son poste. Il pensait : « Je vais mourir pour rien », et il avait pitié de lui-même. Une seconde ses souvenirs bruissèrent comme un feuillage sous le vent. *Tous* ses souvenirs : « J'aimais la vie. » Une interrogation inquiète restait au fond de sa gorge : « Avais-je le droit de plaquer les copains ? ai-je le droit de mourir pour rien ? » Il se redressa, il s'appuya des deux mains au parapet, il secoua la tête avec colère. « Il y en a marre. Tant pis pour ceux d'en dessous, tant pis pour tout le monde. Finis les remords, les réserves, les restrictions : personne n'est mon juge, personne ne pense à moi, personne ne se souviendra de moi, personne ne peut décider pour moi. » Il décida sans remords, en connaissance de cause. Il décida, et, à l'instant, son cœur scrupuleux et pitoyable dégringola de branche en branche*ª*; plus de cœur : fini. « Je décide que la mort était le sens secret de ma vie, que j'ai vécu pour mourir*b*; je meurs pour témoigner qu'il est impossible de vivre; mes yeux éteindront le monde et le fermeront pour toujours*ᶜ*. »

La terre haussait vers ce mourant son visage renversé, le ciel chaviré coulait à travers lui avec toutes ses étoiles : mais Mathieu guettait sans daigner ramasser ces cadeaux inutiles.

Mardi 18 juin, 5 h. 45.

« Lola! »

Elle se réveilla dans le dégoût comme chaque matin*ᵈ*, elle se réinstalla comme chaque matin dans son vieux corps pourri.

« Lola! Tu dors ?

— Non, dit-elle, quelle heure est-il ?

— Cinq heures quarante-cinq.

— Cinq heures quarante-cinq ? Et ma petite frappe est réveillée ? On me l'a changée.

— Viens! » dit-il.

Non, pensa-t-elle. Je ne veux pas qu'il me touche.

« Boris... »

Mon corps me dégoûte, même s'il ne te dégoûte pas c'est une escroquerie, il est pourri et tu ne le sais pas, si tu le savais, il te ferait horreur.

« Boris, je suis fatiguée... »

Mais déjà il l'avait saisie par les épaules; il pesait sur elle. C'est *dans une blessure* que tu vas entrer. Quand il me touchait, je devenais de velours. À présent, mon corps est de terre sèche; sous mes doigts je me lézarde et m'effrite, il me chatouille. Il la déchirait jusqu'au fond du ventre, il remuait dans son ventre comme un couteau, il avait l'air seul et maniaque, un insecte, une mouche qui monte le long d'une vitre et tombe et remonte. Elle ne sentait que la douleur; il souffle, il est en nage, il jouit; c'est dans mon sang qu'il jouit, dans mon mal. Elle pensa : « Parbleu! il y a six mois qu'il n'a pas eu de femme; il fait l'amour comme un soldat dans un bordel. » Quelque chose remua en elle, un battement d'ailes; mais non : rien. Il se colla à elle, seuls ses seins remuaient, puis il s'éloigna brusquement et les seins de Lola firent un bruit de ventouse qu'on décolle; elle eut envie de rire, mais elle regarda le visage de Boris et l'envie disparut; il avait pris un air dur et tendu, il baise comme on se soûle, sûrement qu'il veut oublier quelque chose. Il finit par se laisser tomber sur elle, à demi mort; elle lui caressa machinalement la nuque et les cheveux; elle était froide et tranquille mais elle sentait de grands coups de cloche qui lui remontaient à toute volée du ventre à la poitrine : c'était le cœur de Boris qui battait en elle. Je suis trop vieille, je suis beaucoup trop vieille. Toute cette gymnastique lui parut grotesque et elle le repoussa doucement.

« Ôte-toi de moi.

— Hein ? »

Il avait relevé la tête et la regardait d'un air surpris.

« C'est à cause de mon cœur, dit-elle. Il bat trop fort et tu m'étouffes. »

Il lui sourit, se laissa glisser le long d'elle et resta couché sur le ventre, le front dans l'oreiller, les yeux clos, avec un drôle de pli au coin de la bouche. Elle se souleva sur un coude et le regarda : il avait l'air si familier, si habituel, elle ne pouvait plus l'observer. Pas plus que s'il avait été sa propre main; je n'ai rien senti. Et hier, quand il est apparu dans la cour, beau comme une fille, je n'ai rien senti. Rien, pas même ce goût de fièvre dans ma bouche, pas même cette lourdeur touffue dans mon ventre : elle regardait cette tête trop connue et

pensait : « Je suis seule. » Petit crâne[1], petit crâne où
roulaient si souvent des secrets sournois, combien de
fois ne l'avait-elle pas pris dans ses mains et serré; elle
s'acharnait, interrogeait, suppliait, elle aurait voulu
l'ouvrir comme une grenade et lécher ce qu'il y avait
dedans; finalement le secret s'échappait et, comme dans
les grenades, ce n'était qu'un peu d'eau sucrée. Elle le
regardait avec rancune, elle lui en voulait de n'avoir
pas su la troubler, elle regardait le pli amer de sa bouche :
« S'il a perdu sa gaieté, qu'est-ce qui lui reste ? » Boris
ouvrit les yeux et lui sourit :

« Je suis drôlement content que tu sois là, vieille
folle. »

Elle lui rendit son sourire : à présent, c'est moi qui
ai un secret et tu peux toujours essayer de me le faire
dire. Il se redressa, rejeta le drap et regarda le corps de
Lola avec attention; il lui effleura les seins d'une main
légère; elle se sentait gênée.

« Du marbre », dit-il.

Elle pensa à la bête immonde qui proliférait dans la
nuit de sa chair et le sang lui monta aux joues.

« Je suis fier de toi, dit Boris.

— Parce que ?

— Parce que! Les types, à l'hosto, tu les as mis sur
le cul. »

Lola eut un petit rire :

« Ils ne t'ont pas demandé ce que tu pouvais bien
faire avec cette vioque ? Ils ne m'ont pas prise pour ta
mère ?

— Lola », dit Boris avec reproche. Il rit, égayé par
un souvenir, et la jeunesse reparut un instant sur son
visage.

« Qu'est-ce qui te fait rire ?

— C'est Francillon. Elle est drôlement roulée, sa
souris, et elle n'a pas dix-huit ans; eh bien, il m'a dit :
" Si tu veux, je fais l'échange tout de suite. "

— Il est bien poli », dit Lola.

Une pensée glissa comme un nuage sur la face de
Boris et ses yeux noircirent. Elle le regardait sans amitié :
« Mais oui, mais oui, tu as tes petits soucis, comme tout
le monde. Si je lui disais les miens, que ferait-il ? Que
ferais-tu si je te disais : " J'ai une tumeur de la matrice,
il faut que je me fasse opérer et, à mon âge, ça peut très

mal tourner. " Tu ouvrirais tes grandes châsses de putain, tu me dirais : " C'est pas vrai ! " Je te dirais que si, tu dirais que ça n'est pas possible, que ça se guérit très bien avec des drogues, avec des rayons, que je me fais des idées. Je te dirais : " C'est pas pour l'argent que je suis rentrée à Paris, c'était pour voir Le Goupil et il a été formel. " Tu me dirais que Le Goupil est un con, que ça n'était justement pas à lui qu'il aurait fallu s'adresser, tu nierais, tu protesterais, tu agiterais la tête d'un air traqué et finalement tu te tairais, coincé, tu me regarderais avec des yeux catastrophés et pleins de rancune. » Elle leva son bras nu et saisit Boris par les cheveux :

« Allons, petite frappe ! Accouche. Dis-moi ce qui ne va pas.

— Tout va bien, dit-il d'un air faux.

— Tu m'étonnes. Ce n'est pas dans tes habitudes de te réveiller à cinq heures du matin. »

Il répéta sans conviction :

« Tout va bien.

— Je vois, dit-elle. Tu as quelque chose à me dire mais tu veux que je te fasse accoucher. »

Il sourit et mit sa tête dans le creux de l'aiselle de Lola. Il respira et dit :

« Tu sens bon[a]. »

Elle haussa les épaules :

« Alors ? Tu causes ou tu ne causes pas ? »

Il secoua la tête, terrorisé. Elle se tut et se coucha sur le dos à son tour : « Eh bien, ne cause pas ! Qu'est-ce que ça peut bien me faire ? Il me parle, il me baise mais je mourrai seule. » Elle entendit Boris soupirer et tourna la tête vers lui. Il avait une gueule triste et dure qu'elle ne lui connaissait pas. Elle pensa, sans enthousiasme : « Bon ! eh bien, je vais m'occuper de toi. » Il faudrait l'interroger, l'épier, interpréter ses mines, comme au temps où elle était jalouse, se donner un mal de chien pour qu'il avoue enfin ce qu'il mourait d'envie de lui avouer. Elle s'assit :

« Bon ! Eh bien, donne-moi ma robe de chambre et une cigarette.

— Pourquoi la robe de chambre ? Tu es bien mieux comme ça.

— Donne-moi ma robe de chambre. J'ai froid. »

Il se leva, nu et brun, elle détourna les yeux ; il prit la robe de chambre, au pied du lit, et la lui tendit. Elle l'enfila ; il hésita une seconde, puis se glissa dans son pantalon et s'assit sur une chaise.

« Tu as trouvé une pucelle et tu veux te marier ? » demanda-t-elle.

Il la regarda avec un tel effarement qu'elle rougit.

« Bon, bon », dit-elle.

Il y eut un bref silence et elle reprit :

« Alors qu'est-ce que tu vas faire, quand ils t'auront lâché ?

— Je t'épouserai », dit-il.

Elle prit une cigarette et l'alluma.

« Pourquoi ? demanda-t-elle.

— Faut que je sois respectable. Je ne peux pas t'emmener à Castelnaudary si tu n'es pas ma femme.

— Qu'est-ce que tu iras foutre à Castelnaudary ?

— Gagner ma vie, dit-il avec austérité. Non, sans blague : je serai professeur au collège.

— Mais pourquoi à Castelnaudary ?

— Tu verras, dit-il, tu verras. Ce sera Castelnaudary.

— Et tu veux dire que je m'appellerai Mme Serguine et que je mettrai un chapeau pour aller voir la femme du directeur d'école ?

— Ça s'appelle un principal, dit Boris. Oui, voilà ce que tu feras. Et moi, à la fin de l'année, je ferai le discours de distribution des prix.

— Hum ! fit Lola.

— Ivich viendra vivre avec nous, dit Boris.

— Elle ne peut pas me souffrir.

— Ben, non. Mais c'est comme ça.

— C'est elle qui veut ?

— Oui. Elle se fait chier chez ses beaux-parents ; elle en devient dingue ; tu ne la reconnaîtrais pas. »

Il y eut un silence ; Lola l'observait du coin de l'œil.

« Vous avez tout arrangé ? demanda-t-elle.

— Oui.

— Et si ça ne me plaisait pas ?

— Oh ! Lola, comment veux-tu ! dit-il.

— Parce que naturellement, dit Lola, du moment qu'il s'agit de vivre avec toi, tu penses que je serai toujours trop contente. »

Elle crut voir une lueur s'allumer dans les yeux de Boris.

« Ça n'est pas vrai ? demanda Boris.

— Si, c'est vrai, dit-elle. Mais tu es une petite frappe, tu es trop sûr de tes charmes. »

La lueur s'éteignit; il regardait ses genoux et Lola voyait ses mâchoires qui remuaient.

« Et ça te plaît, cette vie-là ? demanda-t-elle.

— Je serai toujours content si je peux vivre avec toi, dit Boris courtoisement.

— Tu disais que tu aurais horreur d'être professeur.

— Qu'est-ce que tu veux que je fasse d'autre, à présent ? Je vais te dire ce qui en est, poursuivit-il. Quand je me battais, je ne me posais pas de questions. Mais à présent, je me demande pour quoi je suis fait.

— Tu voulais écrire.

— Je n'y ai jamais pensé sérieusement : je n'ai rien à dire. Tu comprends, je croyais que j'allais y rester, je suis pris au dépourvu. »

Lola le regarda attentivement.

« Tu regrettes que la guerre soit finie ?

— Elle n'est pas finie, dit Boris. Les Anglais se battent; avant six mois les Amerloques seront dans le coup.

— En tout cas, pour toi elle est finie.

— Oui, dit Boris, pour moi. »

Lola le regardait toujours.

« Pour toi et pour tous les Français, dit-elle.

— Pas pour tous! dit-il avec feu. Il y en a qui sont en Angleterre et qui se battront jusqu'au bout.

— Je vois », dit Lola.

Elle tira une bouffée de sa cigarette et jeta le mégot sur le plancher. Elle dit doucement :

« Tu as les moyens d'aller là-bas ?

— Oh, Lola! dit Boris avec un air d'admiration et de reconnaissance. Oui, dit-il, oui. J'ai les moyens.

— Quels moyens ?

— Un zinc.

— Un zinc ? répéta-t-elle sans comprendre.

— Près de Marignane, il y a un petit aérodrome privé, entre deux collines. Un zinc militaire a atterri là il y a quinze jours parce qu'il était mal en point. À présent, il est réparé.

— Mais tu n'es pas aviateur.

— J'ai des copains qui le sont.

— Quels copains ?

— Il y a Francillon, le type que je t'ai présenté. Et puis Gabel et Terrasse.

— Ils t'ont proposé de partir avec eux ?

— Oui.

— Et alors ?

— J'ai refusé, dit-il précipitamment.

— C'est vrai ? Tu n'as pas accepté en douce, en te disant : je préparerai la vieille petit à petit ?

— Non », dit-il.

Il la regardait tendrement. C'était rare qu'il eût ces yeux presque liquides : « Autrefois je me serais tuée pour un regard comme ça. »

« Tu es un vieux machin et une vieille cinglée, lui dit-il. Mais je ne peux pas t'abandonner. Tu ne ferais que des conneries si je n'étais pas là pour te faire marcher droit.

— Alors ? dit Lola. Quand nous marions-nous ?

— Quand tu voudras, dit-il avec indifférence. L'essentiel c'est que nous soyons mariés pour la rentrée des classes.

— La rentrée, c'est en septembre ?

— Non. En octobre.

— Très bien, dit-elle. Nous avons le temps. »

Elle se leva et se mit à marcher à travers la chambre. Sur le plancher, il y avait des mégots tachés de rouge : Boris s'était baissé et il les ramassait d'un air idiot.

« Quand est-ce qu'ils doivent partir, tes copains ? » demanda-t-elle.

Boris rangeait soigneusement les mégots sur le marbre de la table de nuit.

« Demain soir, dit-il sans se retourner.

— Si tôt ! dit-elle.

— Eh bien oui : il faut faire vite.

— Si tôt ! »

Elle marcha jusqu'à la fenêtre et l'ouvrit : elle regardait les mâts oscillants des barques de pêche, les quais déserts, le ciel rose et elle pensait : « Demain soir. » Il y avait encore une amarre à rompre, une seule. Quand l'amarre serait rompue, elle se retournerait. « Autant demain soir qu'un autre jour », pensa-t-elle. L'eau remuait douce-

ment ses flaques d'aurore. Lola entendit au loin la sirène
d'un bateau. Quand elle se sentit tout à fait libre, elle se
tourna vers lui.

« Si tu veux partir, dit-elle, ce n'est pas moi qui te
retiendrai. »

La phrase avait eu du mal à sortir, mais, à présent, Lola
se sentait vide et soulagée. Elle regardait Boris et pensait,
sans savoir pourquoi : « Le pauvre petit, le pauvre
petit. » Boris s'était levé brusquement. Il vint vers elle
et la saisit par le bras :

« Lola.

— Tu me fais mal », dit-elle.

Il la lâcha; mais il la regardait d'un air soupçonneux.

« Ça ne te ferait pas de peine ?

— Si, dit-elle d'une voix raisonnable. Ça me ferait
de la peine, mais j'aimerais encore mieux ça que si tu étais
prof à Castelnaudary. »

Il parut un peu rassuré :

« Toi non plus, tu ne pourrais pas y vivre ?
demanda-t-il.

— Non, dit-elle. Moi non plus. »

Il courbait les épaules et laissait pendre les bras; pour
la première fois de sa vie, il avait l'air embarrassé de son
corps. Lola lui savait gré de ne pas afficher sa joie.

« Lola ! » dit-il.

Il avança la main et la posa sur l'épaule de Lola; elle
eut envie d'arracher cette main de son épaule, mais elle
se contint. Elle lui souriait, elle sentait le poids de sa
main et déjà il n'était plus à elle, il était en Angleterre,
déjà ils étaient morts chacun de leur côté.

« J'avais refusé, tu sais ! dit-il d'une voix tremblante.
J'avais refusé !

— Je sais.

— Je ne te tromperai pas, dit-il. Je ne coucherai avec
personne. »

Elle sourit.

« Mon pauvre petit. »

Il était de trop à présent. Elle aurait voulu être déjà au
lendemain soir. Il se frappa le front tout à coup.

« Merde !

— Qu'est-ce qu'il y a encore ? demanda-t-elle.

— Je ne pars pas ! Je ne peux pas partir !

— Pourquoi ?

— Ivich! Je t'ai dit qu'elle voulait vivre avec nous.

— Boris! dit Lola furieuse, si tu ne reſtes pas pour moi, je te défends de reſter pour Ivich. »

Mais c'était une colère d'*avant* qui s'éteignit tout de suite.

« Je m'occuperai d'Ivich, dit-elle.

— Tu la prendras avec toi ?

— Pourquoi pas ?

— Mais vous ne pouvez pas vous blairer.

— Qu'eſt-ce que ça peut faire ? » dit Lola.

Elle se sentait horriblement lasse. Elle dit :

« Habille-toi ou couche-toi, tu vas prendre mal. »

Il prit une serviette et commença à se frotter le torse. Il avait l'air ahuri. « C'eſt marrant, pensa-t-elle : il vient de décider de toute sa vie. » Elle s'assit sur le lit; il se frottait énergiquement, mais il reſtait sombre.

« Qu'eſt-ce qu'il y a encore ? demanda-t-elle.

— Tout va bien, dit-il. Qu'eſt-ce que j'ai piqué comme suée! »

Elle se mit debout péniblement, l'attrapa par sa mèche et lui releva la tête.

« Regarde-moi. Qu'eſt-ce qu'il y a encore ? »

Boris détourna les yeux :

« Je te trouve drôle.

— Pourquoi drôle ?

— Tu n'as pas l'air plus fâchée que ça de me voir partir. Ça me choque.

— Ça te choque ? répéta Lola. Ça te choque ? »

Elle éclata de rire.

6 heures du matin.[1]

Mathieu grogna, s'assit et se frotta le crâne. Un coq chantait, le soleil était chaud et gai, mais encore bas.

« Il fait beau », dit Mathieu.

Personne ne répondit : ils étaient tous agenouillés derrière le parapet. Mathieu regarda son bracelet-montre et vit qu'il était six heures : il entendait un ronronnement lointain et nombreux. Il se mit à quatre pattes et rejoignit les copains.

« Qu'eſt-ce que c'eſt ? Un zinc ?

— Mais non : c'eſt eux. Infanterie motorisée. »

Mathieu se haussa par-dessus leurs épaules.

« Fais gaffe, dit Clapot. Planque-toi bien : ils ont des jumelles. »

Deux cents mètres avant les premières maisons, la route s'infléchissait vers l'ouest, disparaissait derrière un tertre herbu, filait entre les hauts bâtiments de la minoterie, qui la masquaient, pour venir aborder le village obliquement, en direction du sud-ouest. Mathieu vit des autos, très loin, qui semblaient immobiles, il pensa : « Ce sont des Allemands ! », et il eut peur. Une drôle de peur, presque religieuse, une espèce d'horreur sacrée. Par milliers, des yeux étrangers dévoraient le village. Des yeux de surhommes et d'insectes. Mathieu fut envahi par une évidence affreuse : ils *verront* mon cadavre.

« Ils seront là[a] dans une minute », dit-il malgré lui.

Ils ne répondirent pas. Au bout d'un moment Dandieu dit, d'une voix lourde et lente :

« Nous ne ferons pas long feu.

— En arrière », dit Clapot.

Ils reculèrent et s'assirent tous les quatre sur une paillasse. Chasseriau et Dandieu, on aurait dit deux pruneaux, et Pinette s'était mis à leur ressembler : ils avaient le même teint terreux et les mêmes grands yeux doux, sans fond. « J'ai ces yeux de biche », pensa Mathieu. Clapot s'était laissé retomber sur les talons ; il se mit à leur parler par-dessus son épaule :

« Ils vont s'arrêter à l'entrée du bled et ils enverront des motards en reconnaissance. Surtout ne tirez pas dessus. »

Chasseriau bâilla ; le même bâillement, doux comme une nausée, ouvrait la bouche de Mathieu. Il essaya de se débattre contre l'angoisse, de se réchauffer par la colère, il se dit : « Nous sommes des combattants, nom de Dieu ! Pas des victimes ! » Mais ça n'était pas une *vraie* colère. Il bâilla de nouveau. Chasseriau le regardait avec sympathie :

« C'est dur de s'y mettre, dit-il. Après, tu verras, ça va mieux. »

Clapot tourna sur lui-même et s'accroupit en face d'eux :

« Il n'y a qu'une consigne, leur dit-il : défendre l'école et la mairie ; faut pas qu'ils s'en approchent. C'est les copains d'en dessous qui donnent le signal ; dès qu'ils commencent à tirer, feu à volonté. Et rappelez-vous : tant qu'ils pourront se battre, nous n'aurons qu'un rôle de protection. »

Ils le regardaient d'un air docile et appliqué :

« Et après ? » demanda Pinette.

Clapot haussa les épaules :

« Oh! après...

— Je crois pas qu'on tiendra longtemps, dit Dandieu.

— On peut pas savoir. Probable qu'ils ont leur petit canon d'infanterie : faudra tâcher moyen qu'ils puissent pas le mettre en place. On aura du coton, mais, si ça se trouve, eux aussi parce que la route et la place font un angle. »

Il se remit à genoux et rampa jusqu'au parapet. Il observait la campagne, abrité derrière un pilier.

« Dandieu!

— Eh ?

— Viens ici. »

Il expliqua sans se retourner :

« Nous deux, Dandieu, on les prend de face. Chasseriau, tu te mets à droite et Delarue à gauche. Pinette, en cas qu'ils voudraient nous tourner, tu vas te poster^a de l'autre côté. »

Chasseriau traîna une paillasse à l'ouest contre le parapet; Mathieu prit la couverture et se laissa tomber dessus à genoux.

Pinette rageait :

« Je leur tourne le dos, à ces enfoirés.

— Plains-toi, dit Chasseriau. Moi j'aurai le soleil en pleine gueule. »

Aplati contre son pilier, Mathieu faisait face à la mairie; en se penchant légèrement sur sa droite, il pouvait apercevoir la route. La place, c'était une fosse d'ombre vénéneuse, un piège; ça lui faisait mal de la regarder. Dans les marronniers, des oiseaux chantaient.

« Faites gaffe. »

Mathieu retint son souffle : deux motocyclistes noirs avec des casques fonçaient dans la rue; deux cavaliers surnaturels. Il chercha vainement à distinguer leurs visages : ils n'en avaient pas. Deux tailles fines, quatre longues cuisses parallèles, une paire de têtes rondes et lisses, sans yeux ni bouches. Ils roulaient avec des saccades mécaniques, avec la raide noblesse de personnages articulés qui s'avancent sous le cadran des vieilles horloges quand l'heure sonne. L'heure allait sonner.

« Tirez pas! »

Les motocyclistes firent le tour du terre-plein en pétaradant. Rien ne bougea, sauf des moineaux qui s'envolèrent : cette place truquée faisait la morte. Mathieu, fasciné, pensait : « Ce sont des Allemands. » Ils caracolèrent devant la mairie, passèrent juste en dessous de Mathieu qui vit trembler leurs grosses pattes de cuir sur les guidons et s'engagèrent dans la grand-rue. Au bout d'un instant, ils reparurent, très droits, vissés sur leurs selles cahotantes, et reprirent à pleins gaz le chemin par où ils étaient venus. Mathieu était content que Clapot ait défendu de tirer : ils lui paraissaient invulnérables. Les oiseaux voletèrent un moment encore, puis s'enfoncèrent dans le feuillage. Clapot dit :

« C'est à nous. »

Un frein crissa, des portières claquèrent. Mathieu entendit des voix et des pas : il tomba dans un écœurement qui ressemblait au sommeil : il devait lutter pour tenir les yeux ouverts. Il regardait la route à travers ses paupières mi-closes et se sentait conciliant. Si nous descendions en jetant nos fusils, ils nous entoureraient; ils nous diraient peut-être : « Amis français, la guerre est finie. » Les pas se rapprochaient, ils ne nous ont rien fait, ils ne pensent pas à nous, ils ne nous veulent pas de mal. Il ferma les yeux tout à fait : la haine allait gicler jusqu'au ciel. Ils verront mon cadavre, ils lui donneront des coups de pied. Il n'avait pas peur de mourir, il avait peur de la haine.

Ça y est! Ça claquait dur dans ses oreilles, il rouvrit les yeux : la rue était déserte et silencieuse; il essaya de croire qu'il avait rêvé. Personne n'a tiré, personne...

« Les cons! » murmura Clapot.

Mathieu sursauta :

« Quels cons ?

— Ceux de la mairie. Ils ont tiré trop tôt. Il doit y avoir de la pétoche dans l'air, sans ça ils les auraient laissés venir. »

Le regard de Mathieu remonta péniblement le long de la chaussée, glissa sur le pavé, sur des touffes d'herbe entre les pavés, jusqu'au coin de la rue. Personne. Le silence; *c'est un village en août, les hommes sont aux champs*[1]. Mais il savait qu'on inventait sa mort de l'autre côté de

ces murs : ils cherchent à nous faire le plus de mal possible. Il sombra dans la douceur; il aimait tout le monde,
les Français, les Allemands, Hitler. Dans un rêve pâteux,
il entendit des cris, suivis d'une violente explosion et d'un
fracas de vitres, puis ça se remit à claquer. Il crispa le
poing sur son fusil pour l'empêcher de tomber.

« Trop court, la grenade », dit Clapot entre ses dents.
Ça claquait sans arrêt; les Fritz s'étaient mis à tirer;
deux autres grenades explosèrent. « Si ça pouvait s'arrêter une minute pour que je me reprenne. » Mais ça tirait,
ça claquait, ça explosait de plus belle, dans sa tête, une
roue dentelée tournait de plus en plus vite : chaque
dentelure était un coup de feu. « Bon Dieu ! Si, par-dessus
le marché, j'étais un lâche ! » Il se retourna et regarda ses
camarades : accroupis sur leurs talons, blêmes, les yeux
brillants et durs, Clapot et Dandieu observaient. Pinette
tournait le dos, la nuque raide; il avait la danse de Saint-
Guy ou le fou rire : ses épaules sautaient. Mathieu
s'abrita derrière le pilier et se pencha prudemment. Il
parvenait à garder les yeux ouverts, mais il ne put se
contraindre à tourner la tête vers la mairie : il regardait le
Sud désert et calme, il fuyait vers Marseille, vers la mer.
Il y eut une nouvelle explosion suivie par des dégringolades sèches sur les ardoises du clocher. Mathieu écarquilla les yeux, mais la route filait par en dessous à toute
allure, les objets filaient, glissaient, se brouillaient, s'éloignaient, c'était un rêve, la fosse se creusait, l'attirait,
c'était un rêve, la roue de feu tournoyait, tournoyait comme
la roulette des marchands d'oublies, il allait se réveiller
dans son lit quand il aperçut un crapaud qui rampait
vers la bataille. Pendant un moment, Mathieu regarda
cet animal plat avec indifférence, puis le crapaud devint
un homme. Mathieu voyait avec une netteté extraordinaire les deux plis de sa nuque rasée, sa veste verte, son
ceinturon, ses bottes molles et noires. « Il a dû faire le
tour à travers champs, à présent il rampe vers la mairie
pour jeter sa grenade. » L'Allemand rampait sur les
coudes et sur les genoux, sa main droite qu'il tenait en
l'air serrait un bâton terminé par un cylindre de métal en
forme de marmite. « Mais, dit Mathieu, mais, mais... »;
la route s'arrêta de couler, la roue s'immobilisa, Mathieu
sauta sur ses pieds, épaula, ses yeux durcirent : debout et
dense, dans un monde de solides, il tenait un ennemi au

bout du canon de son fusil et lui visait tranquillement
les reins. Il eut un petit ricanement de supériorité : la
fameuse armée allemande, l'armée de surhommes, l'armée de sauterelles, c'était ce pauvre type, attendrissant
à force d'avoir tort, qui s'enfonçait dans l'erreur et dans
l'ignorance, qui s'affairait avec le zèle comique d'un
enfant. Mathieu ne se pressait pas, il reluquait son
bonhomme, il avait tout son temps : l'armée allemande
est *vulnérable*. Il tira, l'homme fit un drôle de bond sur le
ventre en jetant les bras en avant : il avait l'air d'apprendre à nager. Amusé, Mathieu tira encore et le pauvre
gars fit deux ou trois brasses en lâchant sa grenade qui
roula sur la chaussée sans éclater. À présent il se tenait
coi, inoffensif et grotesque, crevé. « Je l'ai calmé, dit
Mathieu à mi-voix, je l'ai calmé. » Il regardait le mort,
il pensait : « Ils sont comme tout le monde ! » Et il se
sentait gaillard.

Une main se posa sur son épaule : Clapot venait
regarder le travail de l'amateur. Il contempla la bête crevée en hochant la tête, puis il se retourna :

« Chasseriau ! »

Chasseriau se traîna sur les genoux jusqu'à eux :

« Surveille un peu par là, dit Clapot.

— Je n'ai pas besoin de Chasseriau, dit Mathieu vexé.

— Ils vont remettre ça, dit Clapot. S'ils viennent à
plusieurs, tu seras débordé. »

Il y eut une rafale de mitrailleuse. Clapot leva les sourcils :

« Hé ! dit-il en regagnant sa place, ça commence à
tirer gentiment. »

Mathieu se tourna vers Chasseriau.

« Eh bien ! dit-il avec animation, je crois qu'on leur
donne du coton, aux Frisés[a]. »

Chasseriau ne répondit pas. Il avait l'air lourd, brut,
presque endormi.

« Tu ne vois pas le temps qu'ils mettent ? demanda
Mathieu agacé. J'aurais cru qu'ils nous régleraient notre
compte en deux coups de cuillère à pot. »

Chasseriau le considéra avec étonnement, puis consulta
son bracelet-montre.

« Il n'y a pas trois minutes que les motards sont
passés », dit-il.

L'excitation de Mathieu tomba ; il se mit à rire. Chasseriau guettait, Mathieu regardait son mort et riait. Pendant des années, il avait tenté d'agir. En vain : on lui volait ses actes à mesure; il comptait pour du beurre. Mais ce coup-ci, on ne lui avait rien volé du tout. Il avait appuyé sur la gâchette et, pour une fois, quelque chose était arrivé. « Quelque chose de définitif », pensa-t-il en riant de plus belle. Son oreille était criblée de détonations et de cris, mais il les entendait à peine; il regardait son mort avec satisfaction; il pensait : « Il l'a senti passer, nom de Dieu! Il a compris, celui-là, il a compris! » *Son* mort, *son* œuvre, la trace de *son* passage sur la terre. Le désir lui vint d'en tuer d'autres : c'était amusant et facile; il voulait plonger l'Allemagne dans le deuil.

« Fais gaffe. »

Un type rampait le long du mur, une grenade à la main. Mathieu visa cet être étrange et désirable; son cœur battait à grands coups.

« Merde! »

Manqué. La chose se recroquevilla, devint un homme égaré qui regardait autour de lui sans comprendre. Chasseriau tira. Le type se détendit comme un ressort, se dressa, sauta en l'air avec un mouvement du bras, lança sa grenade et s'écroula sur le dos au beau milieu de la chaussée. À l'instant des vitres sautèrent, Mathieu vit, dans un aveuglant jour blême, des ombres qui se tordaient au rez-de-chaussée de la mairie, puis la nuit; des taches jaunes traînaient dans ses yeux. Il était furieux contre Chasseriau.

« Merde! répéta-t-il avec rage. Merde! Merde!

— T'en fais pas, dit Chasseriau. Il a loupé tout de même : les copains sont au premier. »

Mathieu clignait des yeux et secouait la tête pour se débarrasser des taches jaunes qui l'éblouissaient.

« Fais gaffe, dit-il, je suis aveugle.

— Ça va passer, dit Chasseriau. Nom de Dieu, dit-il, vise le type que j'ai descendu, s'il pédale. »

Mathieu se pencha; il y voyait un peu mieux. Le Fritz, couché sur le dos, les yeux grands ouverts, gigotait. Mathieu épaula.

« T'es pas fou! dit Chasseriau. Gaspille pas tes cartouches! »

Mathieu reposa son fusil avec humeur. « Il va peut-être s'en tirer, ce con-là! » pensa-t-il.

La porte de la mairie s'ouvrit largement. Un type parut sur le seuil et s'avança avec une sorte de noblesse. Il était nu jusqu'à la ceinture : on aurait dit un écorché. De ses joues pourpres et comme rabotées, des copeaux de chair pendaient. Il se mit brusquement à hurler, vingt fusils partirent à la fois, il oscilla, piqua du nez et s'abattit sur les marches du perron.

« C'est pas un de chez nous, dit Chasseriau.

— Non, dit Mathieu d'une voix étranglée par la rage. Il est de chez nous, il s'appelle Latex. »

Ses mains tremblaient, ses yeux lui faisaient mal : il répéta d'une voix chevrotante :

« Latex, il s'appelait. Il avait six enfants. »

Et puis brusquement il se pencha, il visa le blessé dont les grands yeux semblaient le regarder.

« Tu vas le payer, salaud.

— T'es cinglé! dit Chasseriau. Je te dis de pas gaspiller les cartouches.

— Me fais pas chier », dit Mathieu.

Il ne se pressait pas de tirer : « S'il me voit, ce salaud, il ne doit pas être à la noce. » Il lui visait la tête, il tira : la tête éclata, mais le type pédalait toujours.

« Salaud! cria Mathieu. Salaud!

— Fais gaffe, nom de Dieu! Fais gaffe! à gauche! »

Cinq ou six Allemands venaient d'apparaître. Chasseriau et Mathieu se mirent à tirer, mais les Allemands avaient changé de tactique. Ils restaient debout, se cachaient dans les encoignures et paraissaient attendre.

« Clapot! Dandieu! ramenez-vous, dit Chasseriau. Il y a du pet.

— Peux pas, dit Clapot.

— Pinette! » cria Mathieu.

Pinette ne répondit pas. Mathieu n'osa pas se retourner.

« Fais gaffe! »

Les Allemands s'étaient mis à courir. Mathieu tira, mais déjà ils avaient traversé la chaussée.

« Bon Dieu! leur cria Clapot de sa place. Il y a des Fritz sous les arbres à cette heure. Qui c'est qui les a laissés passer ? »

Ils ne répondirent pas. Ça grouillait sous les arbres. Chasseriau tira au jugé.

« Ça va être le bordel pour les en déloger. »

Les types de l'école s'étaient mis à tirer; les Allemands, cachés derrière les arbres, leur répondaient. La mairie ne tirait plus guère. La rue fumait doucement, à ras de terre.

« Ne tirez pas dans les arbres, cria Clapot. C'est de la poudre perdue. »

Au même instant, une grenade explosa contre la façade de la mairie à la hauteur du premier étage.

« Ils grimpent aux arbres, dit Chasseriau.

— S'ils grimpent aux arbres, dit Mathieu, on les aura. »

Son regard cherchait à percer le feuillage; il vit un bras qui se levait et tira. Trop tard : la mairie explosa, les fenêtres du premier furent arrachées; de nouveau, il fut aveuglé par cette horrible lumière jaune. Il tira au hasard : il entendit de gros fruits mûrs qui dégringolaient de branche en branche; il ne savait pas si les types tombaient ou descendaient.

« La mairie ne tire plus », dit Clapot.

Ils écoutèrent en retenant leur souffle. Les Allemands tiraient toujours mais la mairie ne répondait plus. Mathieu frissonna. Morts. Des quartiers de viande saignante sur un plancher défoncé, dans des salles vides.

« C'est pas notre faute, dit Chasseriau. Ils étaient trop. »

Brusquement des tourbillons de fumée sortirent par les fenêtres du premier étage; à travers la fumée, Mathieu distingua des flammes rouges et noires. Quelqu'un se mit à crier dans la mairie, c'était une voix aiguë et blanche, une voix de femme. Mathieu sentit brusquement qu'il allait mourir. Chasseriau tira.

« Tu es fou! lui dit Mathieu. Tu tires sur la mairie à présent, toi qui me reproches de gaspiller les cartouches. »

Chasseriau visait les fenêtres de la mairie; il tira trois fois dans les flammes.

« C'est ce type qui gueule, dit-il. Je ne peux plus l'entendre.

— Il gueule toujours », dit Mathieu.

Ils écoutaient, glacés. La voix faiblit.

« C'est fini. »

Mais, brusquement, les cris reprirent de plus belle, inhumains. C'étaient des sons énormes et graves qui grimpaient jusqu'à l'aigu. Mathieu tira à son tour dans la fenêtre, mais sans résultat.

« Il veut donc pas crever! » dit Chasseriau.

Tout d'un coup les hurlements s'arrêtèrent.

« Ouf! dit Mathieu.

— Fini, dit Chasseriau. Crevé. rôti. »

Plus rien ne bougeait ni sous les arbres ni dans la rue. Le soleil dorait le fronton de la mairie en feu. Chasseriau consulta sa montre.

« Sept minutes », dit-il.

Mathieu se tordait dans les flammes, il n'était plus qu'une brûlure, il suffoquait. Il dut plaquer les mains sur sa poitrine et les descendre lentement jusqu'à son ventre pour s'assurer qu'il était indemne. Clapot dit brusquement :

« Il y en a sur les toits.

— Sur les toits ?

— Juste en face de nous, ils tirent sur l'école. Merde, ça y est!

— Quoi ?

— Ils installent une mitrailleuse. Pinette! » cria-t-il.

Pinette se laissa glisser en arrière.

« Viens ici! Les gars de l'école vont se faire seringuer. »

Pinette se mit à quatre pattes : il les regardait d'un air absent.

Son visage était gris.

« Ça ne va pas ? demanda Mathieu.

— Ça va très bien », dit-il sèchement.

Il se traîna vers Clapot et s'agenouilla.

« Tire, dit Clapot. Tire dans la rue pour les occuper. Nous, on se charge de la mitrailleuse. »

Pinette, sans mot dire, se mit à tirer.

« Mieux que ça, nom de Dieu, dit Clapot. On ne tire pas les yeux fermés. »

Pinette tressaillit et parut faire un violent effort sur lui-même; un peu de sang revint à ses joues; il visa en écarquillant les yeux. Clapot et Dandieu, à côté de lui, tiraient sans discontinuer. Clapot poussa un cri de triomphe.

« Ça y est! cria-t-il. Ça y est! Elle a tu sa gueule. »

Mathieu prêta l'oreille : on n'entendait plus rien.

« Oui, dit-il. Mais les copains ne tirent plus. »

L'école était silencieuse. Trois Allemands qui s'étaient cachés sous les arbres traversèrent la chaussée en courant et se jetèrent contre la porte de l'école qui s'ouvrit. Ils entrèrent et on les revit un instant après, penchés aux fenêtres du premier étage, qui faisaient des gestes et qui criaient. Clapot tira et ils disparurent. Quelques instants après, pour la première fois depuis le matin, Mathieu entendit le sifflement d'une balle. Chasseriau regarda sa montre :

« Dix minutes, dit-il.

— Oui, dit Mathieu^a, c'est le commencement de la fin. »

La mairie brûlait, les Allemands occupaient l'école : c'était comme si la France était battue une seconde fois.

« Tirez, nom de Dieu! »

Des Allemands s'étaient montrés, prudemment, à l'entrée de la grand-rue. Chasseriau, Pinette et Clapot firent feu. Les têtes disparurent.

« Ce coup-ci, on est repéré. »

De nouveau le silence. Un long silence. Mathieu pensa : « Qu'est-ce qu'ils préparent ? » Dans la rue vide, quatre morts; un peu plus loin, deux autres : tout ce que nous avons pu faire. À présent il fallait finir la besogne : se faire tuer. Et pour eux, qu'est-ce que c'est ? Dix minutes de retard sur l'horaire prévu.

« À nous », dit Clapot tout à coup.

Un petit monstre trapu roulait vers l'église; il étincelait au soleil.

« Schnellfeuerkanon[1] », dit Dandieu entre ses dents.

Mathieu rampa vers eux. Ils tiraient, mais on ne voyait personne : le canon avait l'air de rouler tout seul. Ils tiraient par acquit de conscience, parce qu'il y avait encore des cartouches. Ils avaient de beaux visages tranquilles et las, leurs derniers visages.

« En arrière! »

Un gros homme en bras de chemise apparut tout à coup à gauche du canon. Il ne cherchait pas à s'abriter : il donnait paisiblement ses ordres, en levant le bras. Mathieu se redressa brusquement : ce petit homme à la gorge nue l'enflammait de désir.

« En arrière et à plat ventre! »

La gueule du canon s'éleva lentement. Mathieu n'avait pas bougé : il était à genoux et visait le feldwebel.

« Tu entends! lui cria Clapot.

— La paix! » grogna Mathieu.

Il tira le premier, la crosse de son fusil lui claqua l'épaule; il y eut une énorme détonation, comme un écho amplifié de son coup de fusil, il vit du rouge, puis il entendit un long bruit mou de déchirure.

« Raté! dit Clapot. Ils ont visé trop haut. »

Le feldwebel se débattait, les jambes en l'air. Mathieu le regardait en souriant. Il allait l'achever quand deux soldats apparurent, qui l'emportèrent. Mathieu rampa à reculons et vint s'étendre à côté de Dandieu. Déjà Clapot soulevait la trappe :

« Vite, descendons! »

Dandieu secoua la tête.

« En-dessous il y a pas de fenêtres. »

Ils se regardèrent.

« On peut pas laisser perdre les cartouches, dit Chasseriau.

— Il t'en reste beaucoup ?

— Deux chargeurs.

— Et toi, Dandieu ?

— Un. »

Clapot rabattit la trappe.

« On peut pas les laisser perdre, dit-il. T'as raison. »

Mathieu entendait derrière lui un souffle rauque; il se retourna : Pinette avait pâli jusqu'aux lèvres et respirait péniblement.

« Tu es blessé ? »

Pinette le regarda d'un air farouche :

« Non. »

Clapot regarda Pinette attentivement :

« Si tu veux descendre, petit, t'es pas forcé de rester. On ne doit plus rien à personne. Nous, tu comprends, c'est nos cartouches. On peut pas les laisser perdre.

— Merde alors! dit Pinette. Pourquoi que je descendrais si Delarue ne descend pas ? »

Il se traîna[a] jusqu'au parapet et se mit à tirailler.

« Pinette! » cria Mathieu.

Pinette ne répondit pas. Les balles sifflaient au-dessus d'eux.

« Laisse-le donc, dit Clapot. Ça l'occupe. »

Le canon tira deux fois, coup sur coup; ils entendirent un choc sourd au-dessus de leur tête, une avalanche de plâtras se détacha du plafond; Chasseriau tira sa montre.

« Douze minutes. »

Mathieu et Chasseriau rampèrent jusqu'au parapet. Mathieu s'était accroupi, à côté de Pinette; Chasseriau, à sa droite, se tenait debout et courbé en avant.

« C'est déjà pas si mal, douze minutes, dit Chasseriau. C'est déjà pas si mal. »

L'air siffla, hurla, frappa Mathieu en pleine face : un air chaud et lourd comme de la bouillie. Mathieu tomba assis par terre. Le sang l'aveuglait; il avait les mains rouges jusqu'aux poignets; il se frottait les yeux et mêlait le sang de ses mains à celui de son visage. Mais ce n'était pas son sang : Chasseriau était assis sur le parapet sud, sans tête; un gargouillis de sang et de bulles sortait de son cou.

« Je ne veux pas, dit Pinette, je ne veux pas! »

Il se leva brusquement, courut à Chasseriau et le frappa en pleine poitrine avec la crosse de son fusil. Chasseriau oscilla et bascula par-dessus le parapet. Mathieu le vit tomber sans émotion : c'était juste le commencement de sa propre mort.

« Feu à volonté », cria Clapot.

La place, brusquement, grouillait de soldats. Mathieu reprit son poste et se mit à tirer, Dandieu tirait près de lui.

« C'est un massacre », dit Dandieu en riant.

Il lâcha son fusil qui tomba dans la rue, il se coucha sur Mathieu en disant :

« Mon vieux! Mon vieux! »

Mathieu le rejeta d'un coup d'épaule. Dandieu tomba en arrière et Mathieu continua à tirer. Il tirait encore quand le toit s'effondra sur lui. Il reçut une poutre sur la tête, lâcha son fusil et tomba. « Quinze minutes! pensait-il avec rage, je donnerais n'importe quoi pour tenir quinze minutes! » La crosse d'un fusil sortait du chaos de bois brisé et d'ardoises en éclats; il le tira à lui : le fusil était gluant de sang mais chargé.

« Pinette! » cria Mathieu.

Personne ne répondit. L'effondrement du toit obstruait toute la partie nord de la plate-forme; les gravats et les poutres bouchaient la trappe; une barre de fer pendait du plafond béant; Mathieu était seul.

« Nom de Dieu, dit-il à voix haute, il ne sera pas dit que nous n'aurons pas tenu quinze minutes. »

Il s'approcha du parapet et se mit à tirer, debout. C'était une énorme revanche; chaque coup de feu le vengeait d'un ancien scrupule. « Un coup sur Lola que je n'ai pas osé voler, un coup sur Marcelle que j'aurais dû plaquer, un coup sur Odette que je n'ai pas voulu baiser. Celui-ci pour les livres que je n'ai pas osé écrire, celui-là pour les voyages que je me suis refusés, cet autre sur tout les types, en bloc, que j'avais envie de détester et que j'ai essayé de comprendre. » Il tirait, les lois volaient en l'air, tu aimeras ton prochain comme toi-même, pan dans cette gueule de con, tu ne tueras point, pan sur le faux jeton d'en face. Il tirait sur l'Homme, sur la Vertu, sur le Monde : la Liberté, c'est la Terreur; le feu brûlait dans la mairie, brûlait dans sa tête : les balles sifflaient, libre comme l'air, le monde sautera, moi avec, il tira, il regarda sa montre : quatorze minutes trente secondes; il n'avait plus rien à demander sauf un délai d'une demi-minute, juste le temps de tirer sur ce bel officier si fier qui courait vers l'église; il tira sur le bel officier, sur toute la Beauté de la Terre, sur la rue, sur les fleurs, sur les jardins, sur tout ce qu'il avait aimé. La Beauté fit un plongeon obscène et Mathieu tira encore. Il tira : il était pur, il était tout-puissant, il était libre.

Quinze minutes[1].

La nuit, les étoiles; un feu rouge au nord, c'est un hameau qui brûle. À l'est et à l'ouest, de longs éclairs de chaleur, secs et clignotants : leurs canons. Ils sont partout, ils m'auront demain. Il entre dans le village endormi; il traverse une place, il s'approche d'une maison au hasard, frappe, pas de réponse, pèse sur le loquet, la porte s'ouvre. Il entre, il referme la porte; le noir. Une allumette. Il est dans un vestibule, une glace sort vaguement de l'ombre, il se voit dedans : j'ai drôlement besoin de me raser. L'allumette s'éteint. Il a eu le temps de distinguer un escalier qui descend sur la gauche. Il s'en approche à tâtons : l'escalier descend en tournant, Brunet tourne, aperçoit une vague clarté diffuse, tourne encore : la cave. Elle sent le vin et le champignon. Des tonneaux, un tas de paille. Un gros homme en chemise de nuit et en pantalon est assis sur la paille à côté d'une blonde à moitié nue qui tient un gosse dans ses bras. Ils regardent Brunet, leurs trois bouches sont ouvertes, ils ont peur. Brunet descend les marches de l'escalier, le type le regarde toujours. Brunet descend, le type dit tout d'un coup : « Ma femme est malade. — Et alors ? demande Brunet. — J'ai pas voulu qu'elle passe la nuit dans les bois. — Tu me dis ça à moi, dit Brunet. Mais je m'en fous. » Il est dans la cave, à présent. Le type le regarde avec défiance : « Alors, qu'est-ce que vous voulez ? — Dormir ici », dit Brunet. Le type fait la grimace; il le regarde tou-

jours. « Vous êtes adjudant ? » Brunet ne répond pas.
« Où sont vos hommes ? demande le type soupçonneux. — Morts », dit Brunet. Il s'approche du tas de
paille, le type dit : « Et les Allemands ? Où sont-ils ?
— Partout. — Je ne veux pas qu'ils vous trouvent ici »,
dit le type. Brunet ôte sa veste, la plie, la pose sur un
tonneau. « Vous entendez ? crie le type. — J'entends,
dit Brunet. — J'ai une femme et un gosse, moi : je veux
pas payer pour vos bêtises. — T'en fais pas », dit
Brunet. Il s'assied, la femme le regarde avec haine :
« Il y a des Français qui vont se battre là-haut, vous
devriez être avec eux. » Brunet la regarde, elle remonte
sa chemise de nuit sur ses seins, elle crie : « Allez-vous-
en! Allez-vous-en! Déjà que vous avez perdu la guerre,
vous allez pas nous faire tuer par-dessus le marché. »
Brunet lui dit : « Vous en faites pas. Vous n'aurez qu'à
me réveiller quand les Allemands seront là. — Et
qu'est-ce que vous ferez ? — J'irai me rendre. — Saleté!
dit la femme, quand on pense qu'il y en a qui se sont
fait massacrer. » Brunet bâille, s'étire et sourit. Il se
bat depuis huit jours sans dormir et presque sans manger,
vingt fois il a manqué d'y rester. C'est fini de se battre,
à présent, la guerre est perdue et il y a du travail à faire.
Beaucoup de travail. Il s'étend sur la paille, il bâille,
il s'endort. « Allez ouste, dit le type, les voilà. » Brunet
ouvre les yeux, il voit une grosse face rouge, il entend
des claquements et des explosions. « Ils sont là ? — Oui.
Et ça cogne. Je ne peux pas vous garder chez moi. »
La femme n'a pas bougé. Elle regarde Brunet de ses
yeux farouches en serrant son enfant endormi dans ses
bras. « Je vais m'en aller », dit Brunet. Il se lève, il
bâille, il s'approche d'un soupirail, fouille dans sa
musette, en sort un morceau de miroir et un rasoir. Le
type le regarde, stupide d'indignation : « Vous n'allez
tout de même pas vous raser, non ? — Pourquoi pas ? »
demande Brunet. Le type est rouge de colère : « Je vous
dis qu'ils me fusilleront, s'ils vous trouvent ici. » Brunet
dit : « J'aurai vite fait. » Le type le tire par le bras pour
le faire sortir : « Je ne veux pas de ça, j'ai une femme et
un gosse, si j'avais su, je vous aurais pas laissé entrer. »
Brunet se dégage d'une secousse, il regarde avec dégoût
ce gros mollasson qui s'obstine à vivre, qui vivra sous
tous les régimes, humble, mystifié, coriace, qui vivra

pour rien. Le bonhomme se ramène sur lui, Brunet
l'envoie dinguer contre le mur. « La paix ou je cogne. »
Le type se tient coi, il souffle, ramassé sur lui-même, il
roule ses yeux d'alcoolique, il dégage une puissante
odeur de mort et de purin. Brunet se met à se raser,
sans savon et sans eau, la peau lui cuit; à côté de lui,
la femme frissonne de peur et de haine, Brunet se hâte :
si ça dure trop longtemps, elle va devenir folle. Il range
son rasoir dans sa musette : la lame servira encore deux
fois : « Tu vois, j'ai fini. Ça n'était pas la peine de faire
tant d'histoires. » Le type ne répond pas, la femme crie :
« Allez-vous-en, sale type, sale froussard, vous allez
nous faire fusiller! » Brunet met sa veste, il se sent propre,
neuf et raide, son visage est rouge. « Allez-vous-en!
Allez-vous-en! » Il salue avec deux doigts, il dit :
« Merci tout de même. » Il monte l'escalier sombre,
traverse une antichambre : la porte d'entrée est grande
ouverte; dehors la cascade blanche du jour, le claquement maniaque des mitrailleuses, la maison est sombre
et fraîche. Il s'approche de la porte d'entrée : il faut
plonger dans cette mousse de lumière. Une petite place,
l'église, le monument aux morts, du fumier devant les
portes. Entre deux maisons brunes, la route^a nationale,
toute rose de matin. Les Allemands sont là, une trentaine d'hommes affairés, des ouvriers en plein travail,
ils tirent sur l'église avec un schnellfeuerkanon, on tire
sur eux du clocher, c'est un chantier. Au milieu de la
place, sous les feux croisés, des soldats français en bras
de chemise, les yeux roses de sommeil, marchent sur
les pointes, à petits pas pressés, comme s'ils défilaient
pour un concours de beauté. Ils lèvent leurs mains pâles
au-dessus de leurs têtes et le soleil se joue entre leurs
doigts. Brunet les regarde, il regarde le clocher, à sa
droite une grande bâtisse est en flammes, il sent la
chaleur sur sa joue : il dit « Merde ». Il descend les
trois marches du perron. Voilà : il est pris. Il garde les
mains dans ses poches, elles sont lourdes comme du
plomb. « Lever les mains! » Un Allemand le vise avec
un fusil. Il rougit, ses mains se lèvent lentement, les
voilà en l'air au-dessus de sa tête : « Ils me paieront ça
avec du sang. » Il rejoint les Français et danse avec eux,
c'est du cinéma, rien n'a l'air vrai, ces balles qui sifflent
ne peuvent pas tuer, le canon tire à blanc. Un Français

fait la révérence et tombe, Brunet l'enjambe. Il tourne
sans hâte le coin de la maison brune et s'engage sur la
grand-route, au moment où le clocher s'effondre[1]. Plus
de Fritz, plus de[a] balles, fini le cinéma, c'est la vraie
campagne, il remet ses mains dans ses poches. On est
entre Français. Une cohue de petits Français en kaki,
mal lavés, pas rasés, le visage noir de fumée, qui rient,
plaisantent, chuchotent, un moutonnement de têtes nues,
de bonnets de police, pas un casque : on se reconnaît, on
se salue : « Je t'ai vu à Saverne au mois de décembre.
— Hé! Girard, salut, faut la défaite pour qu'on se
retrouve, comment va Lisa ? » Un soldat allemand,
l'air ennuyé, l'arme à la bretelle, garde le troupeau des
petits vaincus, accompagne à larges et lentes foulées
leur trottinement pressé. Brunet trottine avec les autres,
mais il est aussi grand que le Fritz, aussi bien rasé. La
route rose se coule entre les herbes, pas un souffle d'air,
une chaleur de défaite. Les hommes sentent fort, ils
jacassent et les oiseaux chantent. Brunet se tourne vers
son voisin, un gros à l'air doux qui respire par la bouche :
« D'où sortez-vous ? — Nous autres, on descendait de
Saverne, on a passé la nuit dans des fermes. — Moi,
je suis venu tout seul, dit Brunet. C'est marrant, je
croyais le village désert. » Un jeune type blond et bronzé
marche à deux rangs de lui, nu jusqu'à la ceinture, avec
une grosse croûte sanglante entre les omoplates. Dans
le dos de Brunet, une immense rumeur naturelle s'est
élevée, des rires, des cris, le raclement des pieds contre
la terre, ça ressemble au bruit du vent dans les arbres.
Il se retourne : à présent il y a des milliers d'hommes
derrière lui, on les a rabattus de partout, des champs,
des hameaux, des fermes. Les épaules et la tête de Brunet
se dressent solitaires au-dessus de cette plaine onduleuse[b] : « Je m'appelle Moûlu, dit le gros type, je suis
de Bar-le-Duc. » Il ajoute fièrement : « Je connais la
région. » Au bord de la route, une ferme brûle, les
flammes sont noires dans le soleil, un chien hurle.
« T'entends le clebs ? dit Moûlu à son voisin, ils l'ont
enfermé dedans. » Le voisin est sûrement du Nord,
blond, pas trop petit, avec une peau de lait, il ressemble
au Fritz qui les garde. Il fronce les sourcils et tourne
ses gros yeux bleus vers Moûlu : « Hé ? — Le chien.
Il est dedans. — Et alors ? dit le ch'timi. C'est un chien.

— Ouah, ouah! ouah! ouah! » Ce n'est pas le chien
qui aboie, cette fois : c'est le jeune type au dos nu. Quelqu'un l'entraîne et lui met la main sur la bouche, Brunet
a eu le temps d'entrevoir sa grosse face pâle effarée aux
yeux sans cils. « Charpin, ça n'a pas l'air d'aller fort »,
dit Moûlu au ch'timi. Le ch'timi le regarde : « Eh ?
— Je dis : Charpin, ton copain, ça ne va pas fort. »
Le ch'timi rit, ses dents sont blanches : « Il a toujours
été particulier. » La route monte, une bonne odeur de
pierre chauffée, de bois brûlé les accompagne, le chien
hurle dans leur dos. Ils arrivent au sommet de la côte;
la route descend en pente raide. Moûlu montre du
doigt l'interminable colonne : « Oh! dis donc! D'où
qu'ils sortent, ceux-là ? » Il se retourne vers Brunet :
« Combien qu'on est ? — Je ne sais pas. Peut-être dix
mille, peut-être plus. » Moûlu le regarde, incrédule.
« Tu peux voir ça comme ça, à vue de nez ? » Brunet
pense aux Quatorze Juillet, aux Premier Mai; on postait
des types boulevard Richard-Lenoir, on faisait l'esti-
mation d'après la durée du défilé. Des foules silencieuses
et chaudes; quand on était au milieu d'elles on brûlait.
Celle-ci est bruyante mais froide et morte. Il sourit, il
dit : « J'ai l'habitude. — Où c'est qu'on va ? demande
le ch'timi. — Sais pas. — Où sont les Frisés ? Qui est-ce
qui commande ? » Il n'y a pas de Frisés sauf une dizaine
qui s'égaillent sur la route. L'immense troupeau se laisse
glisser jusqu'en bas de la côte, comme s'il obéissait à
sa seule pesanteur. « C'est marrant, dit Moûlu. — Oui,
dit Brunet, c'est marrant. » C'est marrant; ils pourraient
se jeter sur les Allemands, les étrangler, s'enfuir à travers champs : à quoi bon ? Ils vont droit devant eux,
où la route les mène. Les voilà au bas de la côte, dans
une cuvette; à présent, ils remontent, ils ont chaud.
Moûlu tire de sa poche une liasse de lettres retenues par
un élastique et la tourne un moment entre ses gros
doigts maladroits. La sueur fait des taches sur le papier,
l'encre violette déteint par place. Il ôte l'élastique, il se
met à déchirer les lettres sans les relire, méthodiquement, en menus morceaux qu'il disperse à mesure, d'un
geste de semeur. Brunet suit des yeux le vol essoufflé
des morceaux : la plupart retombent en confetti sur
les épaules des soldats et de là sous leurs pieds; il y en
a un qui volette une seconde et se pose sur une touffe

d'herbes. Les herbes plient un peu et le portent comme
un dais. Il y a d'autres papiers, tout le long de la route,
déchirés, froissés, roulés en boule, il y en a dans les
fossés, entre les fusils brisés et les casques cabossés.
Quand l'écriture est large et haute, Brunet attrape un
mot au passage : mange bien, ne te découvre pas, Hélène
est venue avec les petits, dans tes bras, mon amour. La
route entière est une longue lettre d'amour souillée. De
petits monstres mous rampent à terre et regardent le gai
troupeau des vaincus de leurs yeux sans prunelles : des
masques à gaz; Moûlu pousse le coude de Brunet, il
montre un masque : « C'est tout de même de la chance
qu'on n'ait pas eu besoin de s'en servir. » Brunet ne
répond pas; Moûlu cherche d'autres complices : « Eh!
Lambert! » Un type, devant Brunet, se retourne, Moûlu
lui désigne un masque, sans commentaires; ils se mettent à
rire et les types rient autour d'eux : ils les détestaient, ces
larves parasitaires, ils en avaient peur et pourtant il
fallait les nourrir, les soigner. À présent, elles gisent
sous leurs pieds, crevées, ils les voient et ça leur rappelle que la guerre est finie. Des paysans qui sont venus,
comme tous les jours, travailler aux champs, les regardent
passer en s'appuyant sur leurs bêches; Lambert s'égaye,
il leur crie : « Salut, papa! C'est la classe. » Dix voix,
cent voix répètent avec une sorte de défi : « C'est la
classe, c'est la classe! On rentre chez nous. » Les paysans
ne répondent rien, ils ne semblent même pas entendre.
Un blond frisé[1] qui a l'air parisien demande à Lambert :
« Du combien que tu crois que c'est ? — C'est du peu,
dit Lambert, c'est du peu, Blondinet. — Tu crois ? Tu
en es sûr ? — T'as qu'à voir. Où qu'ils sont, les types
qui doivent nous garder ? Si qu'on était prisonniers
pour de vrai, tu verrais comme on serait encadrés.
— Alors, pourquoi qu'ils nous ont pris ? demande
Moûlu .— Pris ? Ils nous ont pas pris : ils nous ont mis
de côté pour pas qu'on soit dans leurs jambes pendant
ce temps qu'ils avancent. — Même comme ça, soupire
le Blondinet, ça peut durer longtemps. — T'es pas fou ?
Ils peuvent même pas courir aussi vite qu'on fout le
camp. » Il a l'air guilleret, il ricane. « Ils s'en font pas,
les Fridolins, ils se promènent : une petite poule à
Paris, un coup de pinard à Dijon, une bouillabaisse à
Marseille. Dame, à Marseille c'est fini, faudra bien qu'ils

s'arrêtent : il y a la mer devant. À ce moment-là, ils
nous lâcheront. À la mi-août, on sera chez nous. »
Blondinet hoche la tête : « Deux mois, ça fait. C'est
long. — T'es bien pressé : dis donc. Faut qu'ils réparent
les voies pour que le dur puisse passer. — Le dur, je
leur en fais cadeau, dit Moûlu. Si ça n'est que ça, je
rentrerais bien à pince. — Merde alors, pas moi! Voilà
quinze jours que je marche, j'en ai plein le cul, je veux
me reposer. — T'as donc pas envie de faire joujou avec
ta souris ? — Eh dis! Avec quoi que je le ferais ? J'ai
trop marché, il ne me reste plus rien dans le pantalon.
Je veux dormir, et seul. » Brunet les écoute, il regarde
leurs nuques, il pense qu'il y aura beaucoup de travail
à faire. Peupliers, peupliers, un pont sur un ruisseau,
peupliers. « Il fait soif, dit Moûlu. — C'est pas tellement
la soif, dit le ch'timi, c'est la faim : j'ai rien croûté depuis
hier. » Moûlu trottine et sue, il souffle, il ôte sa veste,
il la met sur son bras, il déboutonne sa chemise, il dit
avec un sourire : « À présent, on peut ôter sa veste, on
est libres. » Arrêt brusque; Brunet vient donner de la
poitrine dans le dos de Lambert. Lambert se retourne;
il porte la barbe en collier, il a de petits yeux vifs sous
d'épais sourcils noirs : « Tu peux pas regarder devant
toi, pochetée ? T'as pas les yeux en face des trous ? »
Il regarde l'uniforme de Brunet avec insolence : « Fini
les juteux. Personne ne commande. Il n'y a que des
hommes. » Brunet le regarde sans colère et le type se
tait. Brunet se demande ce qu'il peut faire dans le civil.
Petit commerçant ? Employé ? Classe moyenne, en tout
cas. Ils sont des centaines de milliers comme ça : aucun
sens de l'autorité ni de la propreté personnelle. Il faudra une discipline de fer. Moûlu demande : « Pourquoi
qu'on s'est arrêté ? » Brunet ne répond pas. Un petit
bourgeois aussi, celui-là, tout pareil à l'autre, mais plus
bête : ça ne sera pas commode de travailler là-dessus.
Moûlu soupire d'aise et s'évente : « On a peut-être le
temps de s'asseoir par terre. » Il pose sa musette sur la
route et s'assoit dessus; le soldat allemand s'approche
d'eux, tourne vers eux son long visage inexpressif et
beau, une vague buée de sympathie affleure à ses yeux
bleus. Il dit avec application : « Pauvres Français, finie
la guerre. Rentrer chez vous. Rentrer chez vous. —
Qu'est-ce qu'il dit, qu'est-ce qu'il dit, qu'on va rentrer

chez nous, bien sûr qu'on va rentrer chez nous, merde,
Julien, t'entends, on rentre chez nous, demande-lui
quand, eh! dis-lui quand est-ce qu'on va rentrer chez
nous ? — Dis, le Frisou, quand est-ce qu'on va rentrer
chez nous ? » Ils le tutoient, serviles et familiers. C'est
toute l'armée victorieuse et ce n'est qu'un griveton.
L'Allemand répète, l'œil vide : « Rentrer chez vous,
rentrer chez vous. — Mais *quand,* eh ? — Pauvres Français, rentrer chez vous. » On repart, peupliers, peupliers. Moûlu gémit, il a chaud, il a soif, il est las, il
voudrait s'arrêter mais personne ne peut freiner cette
marche obstinée que personne ne commande. Un type
gémit : « J'ai mal au crâne », et il marche, le jacasse-
ment s'alourdit, se coupe de longs silences; ils se disent :
« On va pas marcher comme ça jusqu'à Berlin ? » Et
ils marchent; ils suivent ceux de devant, ils sont poussés
par ceux de derrière. Un village, un monceau de casques,
de masques et de fusils sur la grand-place. « Poudroux[1] :
j'y suis passé avant-hier, dit Moûlu. — Tiens, moi, hier
soir, dit Blondinet; en camion, j'étais : il y avait des
gens sur le pas de leur porte, ils n'avaient pas l'air de
nous avoir à la bonne. » Ils sont toujours là, sur le pas
des portes, les bras croisés, silencieux. Des femmes aux
cheveux noirs, aux yeux noirs, aux robes noires, des
vieillards. Ils regardent. Devant ces témoins, les prisonniers se redressent, les visages deviennent cyniques
et pointus, des mains s'agitent, on rit, on crie : « Salut la
petite mère! Salut papa! C'est la classe, finie la guerre,
salut. » Ils passent et saluent, ils envoient des œillades, des
sourires provocants, les témoins se taisent et regardent.
Seule l'épicière, grasse et bonne, murmure : « Pauvres
gars. » Le ch'timi sourit béatement, il dit à Lambert :
« C'est encore heureux qu'on est pas dans le Nord.
— Pourquoi ? — Ils nous foutraient des meubles sur la
gueule. » Une fontaine, dix types, cent types se détachent
des rangs, vont y boire. Moûlu y court, il se penche
maladroitement, goulûment; ils se caressent à leur
fatigue et leurs épaules tremblent; l'eau ruisselle sur
leurs visages. La sentinelle n'a pas même l'air de les voir :
ils resteront au village s'ils veulent et s'ils ont le courage
d'affronter les regards. Mais non; ils reviennent un à un,
ils se hâtent comme s'ils avaient peur de perdre leur
place; Moûlu court comme une femme, en tournant les

genoux, ils se bousculent, ils rient, ils crient, scandaleux
et provocants comme des tapettes; leurs bouches se
fendent en plaies hilares au-dessous de leurs yeux de
chiens battus. Moûlu s'essuie les lèvres, il dit : « C'était
bon. » Il regarde Brunet avec étonnement : « Tu n'as
pas bu, toi ? Tu n'as pas soif ? » Brunet hausse les
épaules sans répondre; dommage que ce troupeau ne
soit pas encadré par cinq cents soldats, baïonnette au
canon, qui piquent les fesses des retardataires et assom-
ment les bavards à coups de crosse : ça vous aurait plus
de gueule. Il regarde à sa droite, à sa gauche, il se
retourne, il cherche un visage pareil au sien parmi cette
forêt de visages abandonnés, ivres, torturés par une
gaieté irrépressible. Où sont les camarades ? Un communiste, ça se reconnaît au premier coup d'œil. Un
visage. Un seul visage dur et calme, un visage d'homme.
Mais non : petits, vifs et vils, ils marchent courbés en
avant, la vitesse entraîne leurs corps malingres et fure-
teurs, toute l'intelligence française s'ébat sur leurs faces
crasseuses, tirant les commissures des bouches avec
des ficelles, pinçant ou dilatant les narines, plissant les
fronts, enflammant les yeux; ils apprécient, distinguent,
débattent, jugent, critiquent, pèsent le pour et le contre,
dégustent une objection, démontrent et concluent, interminable syllogisme dont chaque tête figure une proposition. Ils marchent docilement, ils raisonnent en marchant, ils sont tranquilles : la guerre est finie; il n'y a
pas eu de casse; les Allemands n'ont pas l'air trop vaches.
Tranquilles parce qu'ils croient avoir d'un coup d'œil
apprécié leurs nouveaux maîtres; leurs visages se sont
remis à sécréter de l'intelligence parce que c'est un
article de luxe spécifiquement français qu'on pourra
refiler aux Fritz en temps voulu contre de menus avantages. Peupliers, peupliers, le soleil tape, il est midi :
« Les voilà! » L'intelligence s'efface, le troupeau tout
entier gémit de volupté, ce n'est pas un cri, pas même
un soupir : une sorte d'effondrement admiratif, le
chuintement doux d'un feuillage qui plie sous le poids
de la pluie. « Les voilà! » Ça court d'avant en arrière,
ça passe de tête en tête comme une bonne nouvelle, les
voilà! les voilà! Les rangs se resserrent, se poussent sur
les bas-côtés, la longue chenille frissonne : les Allemands
passent sur la route, en motos, en chenillettes, en camions,

rasés, reposés, bronzés, beaux visages calmes et vagues
comme des alpages. Ils ne regardent personne, leur
regard eſt fixé sur le sud, ils s'enfoncent dans la France,
debout et silencieux, tu te rends compte, on les transporte gratis, c'eſt la biffe à roulettes, moi j'appelle ça
faire la guerre, vise-moi les mitrailleuses, oh! et les
petits canons, dis! Ce que c'eſt bath, pas étonnant qu'on
ait perdu la guerre. Ils sont ravis que les Allemands soient
si forts. Ils se sentent d'autant moins coupables : « Imbattables, y a pas à chier, imbattables*a*. » Brunet regarde ces
vaincus émerveillés, il pense : « C'eſt le matériau. Il
vaut ce qu'il vaut mais tant pis, je n'en ai pas d'autre. »
On peut travailler partout et il y en a sûrement, dans
le lot, qui sont récupérables. Les Allemands sont passés,
la chenille rampe hors de la route, les voilà sur un
terrain de basket-ball qu'ils remplissent de leur poix
noire, ils s'asseyent, ils se couchent, ils se font, avec
des journaux du mois de mai, de grands chapeaux
contre le soleil; on dirait la pelouse d'un champ de
courses, ou le bois de Vincennes un dimanche. « Comment ça se fait qu'on se soit arrêtés ? — Sais pas », dit
Brunet. Il regarde avec irritation cette foule à la renverse, il n'a pas envie de s'asseoir, mais c'eſt idiot, il
ne faut pas les mépriser, c'eſt le meilleur moyen de
faire du mauvais travail, et puis qui sait où l'on va, il
doit ménager ses forces, il s'assied. Un Allemand passe
derrière lui, puis un autre : ils le regardent en riant
amicalement, ils demandent avec une ironie paternelle :
« Où sont les Anglais ? » Brunet regarde leurs bottes
noires et molles, il ne répond pas et ils s'en vont; un
long feldwebel reſte en arrière et répète avec une tristesse pleine de reproches : « Où sont les Anglais ?
Pauvres Français, où sont les Anglais ? » Personne ne
répond; il hoche la tête à plusieurs reprises. Quand
les Fritz sont loin, Lambert leur répond entre ses dents :
« Dans mon cul qu'ils sont les Anglais et tu peux pas
courir aussi vite qu'ils t'emmerdent. — Ouais! dit
Moûlu. — Eh ? — Les Anglais, explique Moûlu, ça
se peut qu'ils emmerdent les Fritz, mais d'ici qu'ils
soient emmerdés à leur tour, et salement, y a pas des
kilomètres. — C'eſt pas dit. — Bien sûr que si, couillon!
c'eſt couru. Ils font les fortiches parce qu'ils sont sur
leur île, mais attends voir un peu que les Fridolins

traversent la Manche et tu verras! Parce que moi je te
le dis, si le soldat français a pas pu résister, c'est pas
les Engliches qui vont gagner la guerre. » Où sont les
camarades ? Brunet se sent seul. Voilà dix ans qu'il ne
s'est pas senti aussi seul. Il a faim et soif, il a honte
d'avoir faim et soif; Moûlu se tourne vers lui : « Ils
vont nous donner à croûter. — Vraiment ? — Il paraît
que le feldwebel l'a dit : ils vont distribuer du pain et
des conserves. » Brunet sourit : il sait qu'on ne leur
donnera rien à manger. Il faut qu'ils en bavent; ils
n'en baveront jamais assez. Tout d'un coup des types
se lèvent, puis d'autres, puis tout le monde se lève,
on repart; Moûlu est furieux, il maugrée : « Qui c'est
qui a dit de repartir ? » Personne ne répond, Moûlu
crie : « Partez pas, les gars, ils vont nous donner à
croûter. » Aveugle et sourd, le troupeau s'est déjà
engagé sur la route. Ils marchent[a]. Une forêt; des
rayons pâles et roux passent à travers les feuilles, trois
canons de 75, abandonnés, menacent encore l'Est; les
types sont contents parce qu'il y a de l'ombre; un régiment de pionniers allemands défile. Le Blondinet les
regarde passer avec un fin sourire, il se divertit à observer
ses vainqueurs à travers ses paupières mi-closes, il joue
avec eux comme le chat avec la souris, il jouit de sa
supériorité; Moûlu saisit le bras de Brunet et le secoue :
« Là! Là! La cheminée grise. — Eh bien ? — C'est
Baccarat[1]. » Il se dresse sur la pointe des pieds, il met
les mains en entonnoir autour de sa bouche, il crie :
« Baccarat! Les gars, faites passer : on arrive à Baccarat! » Les hommes sont las, ils ont le soleil dans les
yeux, ils répètent docilement : « Baccarat, Baccarat »,
mais ils s'en foutent. Blondinet demande à Brunet :
« Baccarat, c'est la dentelle ? — Non, dit Brunet, c'est
la verrerie. — Ah! dit Blondinet d'un air vague et
respectueux. Ah! Ah! » La ville est noire sous le ciel
bleu, les visages s'attristent, un type dit tristement :
« Ça fait drôle de voir une ville. » Ils dévalent une rue
déserte; des éclats de verre jonchent le trottoir et la
chaussée. Blondinet ricane, il les montre du doigt, il
dit : « La voilà, la verrerie de Baccarat. » Brunet lève
la tête : les maisons sont indemnes, mais toutes les vitres
sont cassées; derrière lui une voix répète : « Ça fait
drôle, une ville. » Un pont; la colonne s'arrête; des

millions d'yeux se tournent vers la rivière : cinq Fritz
tout nus jouent dans l'eau, s'éclaboussent en poussant
de petits cris; vingt mille Français gris et suants dans
leurs uniformes regardent ces ventres et ces fesses qui
furent protégés dix mois par le rempart des canons et
des tanks et qui s'exhibent maintenant avec une insolence tranquille dans leur fragilité. C'était ça, ce n'était
que ça : leurs vainqueurs c'était cette chair blanche et
vulnérable. Un soupir bas et profond déchire la foule.
Ils ont supporté sans colère le défilé d'une armée victorieuse sur des chars de triomphe; mais ces Fritz à
poil qui jouent à saute-mouton dans l'eau, c'est une
insulte. Lambert se penche au-dessus*a* du parapet, regarde
l'eau et murmure : « Ce qu'elle doit être bonne! » C'est
moins qu'un désir : tout juste le regret d'un mort.
Morte, oubliée, ensevelie dans une guerre périmée, la
foule se remet en marche dans la sécheresse, dans la
chaleur et les tourbillons de poussière; un portail s'ouvre
en grinçant, de hauts murs se rapprochent, au fond d'une
cour immense, à travers l'air qui tremble, Brunet voit
une caserne aux volets clos; il avance, on le pousse par
derrière, il se retourne : « Ne poussez donc pas, on
entrera tous. » Il franchit le portail, Moûlu rit d'aise :
« Fini pour aujourd'hui. » Fini le monde des civils et
des vainqueurs, des peupliers et des rivières tremblantes
de soleil, ils vont ensevelir entre ces murs leur vieille
guerre crasseuse, ils vont cuire dans leur jus, sans témoin,
entre eux. Brunet avance, on le pousse, il avance jusqu'au
fond de la cour, il s'arrête au pied de la longue falaise
grise, Moûlu le pousse du coude : « C'est la caserne des
gardes mobiles. » Cent persiennes closes; un perron de
trois marches accède à une porte cadenassée. À gauche
du perron, à deux mètres de la caserne, on a édifié un
petit rempart de brique haut d'un mètre et long de
deux, Brunet s'en approche et s'y accote. La cour
s'emplit, un courant continu tasse les premiers arrivés
les uns contre les autres, les plaque contre le mur de la
caserne; il en vient, il en vient toujours; tout d'un coup
les lourds vantaux du portail tournent sur eux-mêmes
et se ferment. « Ça y est, dit Moûlu, on est chez nous. »
Lambert regarde le portail et dit avec satisfaction : « Il
y en a une chiée qui n'a pas pu rentrer : faudra qu'ils
couchent dehors. » Brunet hausse les épaules : « Que

tu couches dans la cour ou dans la rue... » « C'est pas pareil », dit Lambert. Le Blondinet approuve de la tête : « Nous autres, explique-t-il, on n'est pas dehors. » Lambert renchérit : « On est dans une maison sans toit. » Brunet fait volte-face; le dos tourné à la caserne, il examine les lieux : devant lui, la cour descend en pente douce jusqu'au mur d'enceinte. Deux miradors, à cent mètres l'un de l'autre, reposent sur la crête du mur : ils sont vides. Une rangée de piquets fraîchement plantés, entre lesquels on a tendu des fils de fer et des cordes, divise la cour en deux parties inégales. La plus petite — une bande de terrain relativement étroite qui s'étend entre l'enceinte et les piquets — demeure inoccupée. Dans l'autre, entre les piquets et la caserne, tout le monde s'entasse. Les hommes sont mal à l'aise, ils ont l'air en visite, personne n'ose s'asseoir; ils portent leurs musettes et leurs paquetages à bout de bras; la sueur coule sur leurs joues, l'intelligence française a quitté leurs visages, le soleil entre dans leurs yeux vides, ils fuient le passé et le proche avenir dans une petite mort inconfortable et provisoire. Brunet ne veut pas s'avouer qu'il a soif, il a posé sa musette et mis les mains dans ses poches. Il sifflote. Un sergent lui fait le salut militaire; Brunet lui sourit sans lui rendre son salut. Le sergent s'approche : « Qu'est-ce qu'on attend ? — Je ne sais pas. » C'est un grand type maigre et solide avec de gros yeux ternis par l'importance; une moustache barre son visage osseux; il a des gestes vifs et féroces qui sont appris. « Qui commande ? demande-t-il. — Qui voulez-vous que ce soit ? Les Fritz. — Mais chez nous ? Où sont les responsables ? » Brunet lui rit au nez. « Cherchez-les. » Les yeux du sergent se chargent d'un reproche méprisant : il voudrait commander en second, joindre l'ivresse d'obéir au plaisir de donner des ordres; mais Brunet ne veut plus commander du tout; son commandement a pris fin quand le dernier de ses hommes est tombé. À présent, il a autre chose en tête. Le sergent demande avec impatience : « Pourquoi laisse-t-on ces pauvres gars sur pied ! » Brunet ne répond pas; le sergent lui jette un regard furieux et se résigne à commander en premier. Il se campe, entoure sa bouche de ses mains et crie : « Tout le monde assis ! Faites circuler. » Des têtes se retournent, inquiètes, mais les corps ne bougent

pas. « Tout le monde assis! répète le sergent. Tout le
monde! » Des types s'asseyent d'un air endormi; des
voix répètent en écho : tout le monde assis; la foule
ondule et se couche. Le cri tournoie au-dessus des têtes,
tout le monde assis, file à l'autre bout de la cour, se
cogne au mur et revient mystérieusement renversé :
« Tout le monde debout, restez debout, attendez les
ordres. » Le sergent regarde Brunet avec inquiétude :
il a un concurrent, là-bas, du côté du portail. Des
hommes se relèvent en sursaut, ramassent leurs musettes
et les serrent contre leurs poitrines en jetant partout des
regards traqués. Mais la plupart restent assis et, peu à
peu, ceux qui s'étaient levés se rasseyent. Le sergent
contemple son œuvre avec un petit rire fat. « Il n'y
avait qu'à commander. » Brunet le regarde et lui dit :
« Asseyez-vous, sergent. » Le sergent cligne des yeux,
Brunet répète : « Asseyez-vous : l'ordre est de s'asseoir. »
Le sergent hésite puis se laisse glisser à terre entre Lambert et Moûlu : il entoure ses genoux de ses bras, il
regarde Brunet de bas en haut, la bouche entrouverte.
Brunet lui explique : « Moi, je reste debout parce que
je suis adjudant. » Brunet ne veut pas s'asseoir : des
crampes montent de ses mollets à ses cuisses mais il ne
veut pas s'asseoir. Il voit des milliers de dos et d'omoplates, il voit des nuques qui remuent, des épaules qui
soubresautent; cette foule a des tics. Il la regarde cuire
et palpiter, il pense sans ennui et sans plaisir : « C'est
le matériau. » Ils attendent, raidis; ils n'ont plus l'air
d'avoir faim : la chaleur a dû leur brouiller l'estomac.
Ils ont peur et ils attendent. Qu'est-ce qu'ils attendent ?
Un ordre, une catastrophe ou la nuit : n'importe quoi
qui les délivre d'eux-mêmes. Un gros réserviste lève
sa tête blême, il désigne un des miradors : « Pourquoi
qu'elles sont pas là les sentinelles ? Qu'est-ce qu'elles
foutent ? » Il attend un moment, le soleil inonde ses
yeux renversés; il finit par hausser les épaules, il dit
d'une voix sévère et déçue : « Chez eux, c'est pareil
comme chez nous : ça pèche par l'organisation. » Seul
debout, Brunet regarde les crânes, il pense : « Les
camarades sont là-dedans, perdus comme des aiguilles
dans du foin, il faudra du temps pour les regrouper. »
Il regarde le ciel et l'avion noir dans le ciel, puis il
baisse les yeux, il tourne la tête, il remarque sur sa

droite un grand type qui ne s'est pas assis. C'est un
caporal; il fume une cigarette. L'avion passe avec un
bruit fracassant, la foule, retournée comme un champ,
vire du noir au blanc, fleurit : par milliers, à la place
des crânes durs et noirs, de gros camélias s'épanouissent :
des lunettes brillent, éclats de verre au milieu des fleurs.
Le caporal n'a pas bougé : il voûte ses larges épaules
et regarde le sol entre ses pieds. Brunet note avec sympathie qu'il est rasé. Le caporal se retourne et regarde
Brunet à son tour : il a de gros yeux lourds et cernés;
sans son nez épaté, il serait presque beau. Brunet pense :
« J'ai vu cette tête-là quelque part. » Mais où ? Il ne
se rappelle plus : il a vu tant de visages! Il laisse tomber;
ça n'a pas grande importance et d'ailleurs le type n'a
pas eu l'air de le reconnaître. Tout d'un coup Brunet
crie : « Eh! », le type relève les yeux : « Eh ? » Brunet
n'est pas content : il n'avait pas du tout envie d'appeler
ce type. Seulement l'autre était debout et à peu près
propre, rasé... « Viens par là, dit Brunet sans chaleur.
Si tu veux rester debout, tu pourras t'adosser au petit
mur. » Le type se baisse, ramasse son paquetage et
rejoint Brunet en enjambant les corps. Il est costaud
mais un peu gras, il dit : « Salut, vieux. — Salut, dit
Brunet. — Je vais m'installer ici, dit le type. — Tu es
seul ? demande Brunet. — Mes types sont morts, dit
le type. — Les miens aussi, dit Brunet. Comment
t'appelles-tu ? — Comment ? demande le type. — Je
te demande comment tu t'appelles ? — Ah oui. Eh bien :
Schneider[1]. Et toi ? — Brunet. » Ils restent silencieux :
« Qu'est-ce que j'avais besoin d'appeler ce bonhomme,
il va me gêner. » Brunet regarde sa montre : cinq
heures; le soleil est caché derrière la caserne, mais le
ciel reste écrasant. Pas un nuage, pas un frisson : la
mer morte. Personne ne parle; autour de Brunet des
types essaient de dormir, la tête enfouie dans les bras :
mais l'inquiétude les tient éveillés : ils se redressent, ils
soupirent ou se mettent à se gratter. « Eh! dit Moûlu.
Eh! eh! » Brunet se retourne : derrière lui, conduits
par une sentinelle allemande, une dizaine d'officiers
passent en rasant les murs. « Y en a donc encore ? »
demande le Blondinet entre ses dents. Ils n'ont donc
pas tous foutu le camp ? » Les officiers s'éloignent en
silence, sans regarder personne; les hommes ricanent

avec gêne et détournent la tête sur leur passage : on dirait qu'ils ont peur les uns des autres. Brunet cherche le regard de Schneider et ils se sourient. Petite explosion de cris à ras de terre : c'est le sergent qui s'engueule avec Blondinet. « Tous! dit le Blondinet. En auto, en moto, ils se sont tous taillés et ils nous ont laissés dans la merde. » Le sergent se croise les bras : « C'est malheureux d'entendre ça. C'est tout de même malheureux. — À preuve que les Boches nous l'ont dit, répond le Blondinet. Ils nous l'ont dit quand ils nous ont épinglés, ils nous ont dit : " L'armée française est une armée sans chef! " — Et l'autre guerre, ils ne l'ont pas gagnée, les chefs? — C'étaient pas les mêmes. — Et comment que c'étaient les mêmes! seulement ils avaient d'autres troupes. — Alors? C'est nous qu'on a perdu la guerre? C'est le deuxième classe? Mais dis-le donc, tant que tu y es. — Je le dis, répond le sergent. Je dis que vous avez foutu le camp devant l'ennemi et livré la France. » Lambert, qui les écoutait sans rien dire, rougit et se penche vers le sergent : « Mais dis donc, mon petit pote, comment que ça se fait que tu soyes ici, si t'as pas foutu le camp? Tu crois peut-être que tu es mort au champ d'honneur et qu'on est au Paradis? Moi j'ai dans l'idée qu'ils t'ont coincé parce que tu pouvais pas caleter assez vite. — Je suis pas ton petit pote : je suis sergent et je pourrais être ton père. Ensuite je n'ai pas foutu le camp : ils m'ont pris quand je n'ai plus eu de cartouches. » De tous les côtés des types rampent vers eux; le Blondinet les prend à témoin en riant : « Vous l'entendez? » Tout le monde rit. Le Blondinet se retourne vers le sergent. « Mais oui, papa, mais oui, t'as tiré vingt parachutistes et tu as arrêté un tank à toi tout seul. Je peux en dire autant : il n'y a pas de preuves. » Le sergent désigne trois places claires sur sa veste, ses yeux flamboient : « Médaille militaire, légion d'honneur, croix de guerre : je les ai eues en 14, que vous n'étiez même pas nés; les voilà mes preuves. — Où qu'ils sont tes crachats? — Je les ai arrachés quand les Allemands sont arrivés. » Tout le monde crie autour de lui; ils sont couchés sur le ventre, arqués des pieds à la nuque, on dirait des phoques; ils aboient et la passion rougit leurs faces; le sergent, assis en tailleur, les domine, seul contre tous. « Eh!

dis, l'enflé, crie un type, tu crois que je m'en sentais
pour me battre quand la radio du père Pétain nous
cornait dans les oreilles que la France avait demandé
l'armistice¹ ? » Et un autre : « T'aurais voulu qu'on se
fasse tuer pendant que les généraux discutaient le bout
de gras avec les Fritz dans un château historique ?
— Pourquoi pas ? répond le sergent avec emportement.
La guerre, c'est fait pour tuer du monde, non ? » Ils
se taisent une seconde, abasourdis par l'indignation : le
sergent en profite pour continuer : « Il y a longtemps
que je vous vois venir, les gars de 40, les petits démerdards, les gueules d'amour, les as de la rouspétance. On
n'osait plus vous causer ; fallait que le pitaine mette son
képi à la main pour vous adresser la parole : " Pardon
excuses, est-ce que ça vous ennuierait beaucoup de faire
la corvée de patates ? " Je me disais : " Attention ! Un
de ces jours ça va péter et qu'est-ce qu'ils vont faire
mes durs de durs, mes caïds ? " Là-dessus, voilà la fin
des haricots : les permes. Ah ! quand j'ai vu les permes
s'amener, j'ai dit adieu la valise ! Des permes ! Faut
croire qu'on vous trouvait trop gonflés ; on vous envoyait
vite vous faire sucer par vos mômes pour qu'elles vous
dégonflent un petit peu. Est-ce que nous avions des
permes en 14 ? — Oui, vous avez eu des permes, parfaitement vous en avez eu. — Comment le sais-tu,
moutard ? Tu y étais ? — J'y étais point mais mon
vieux y était et il me l'a dit. — C'est qu'il faisait la
guerre à Marseille, ton vieux. Parce que nous on les
a attendues deux ans, les permes, et encore : pour un
oui pour un non elles étaient suspendues. Tu sais combien de temps j'ai passé chez moi en cinquante-deux
mois de guerre ? Vingt-deux jours. Oui, vingt-deux
jours, mon petit gars, ça t'étonne ? Et encore, il y en
a qui disaient que j'étais verni. — Ça va, dit Lambert,
nous raconte pas ta vie. — Je vous raconte pas ma vie,
je vous explique pourquoi nous avons gagné notre
guerre et pourquoi vous avez perdu la vôtre. » Les yeux
de Blondinet brillent de colère : « Puisque t'es si mariolle,
tu pourrais peut-être nous expliquer pourquoi que vous
avez perdu la paix ? — La paix ? » dit le sergent étonné.
Les types crient : « Oui. La paix ! la paix ! T'as perdu
la paix. — Vous, dit Blondinet, vous, les anciens combattants de mes deux, comment que vous avez défendu

vos fils ? Vous l'avez-t-il fait payer l'Allemagne ? vous
l'avez-t-il désarmée ? Et la Rhénanie ? Et la Ruhr ? Et
la guerre d'Espagne ? Et l'Abyssinie ? — Et le traité
de Versailles, dit un long garçon au crâne en pain de
sucre, c'est-il moi qui l'ai signé ? — C'est peut-être
moi ! dit le sergent riant d'indignation. — Oui, c'est toi !
Parfaitement, c'est toi ! Tu votais, non ? Moi, je votais
pas, j'ai vingt-deux ans, j'ai jamais voté. — Qu'est-ce
que ça prouve ? — Ça prouve que tu votais comme un
con et que tu nous as foutus dans la merde. Tu avais
vingt ans pour la préparer ou pour l'éviter, cette guerre,
et qu'est-ce que tu as fait ? Parce que moi, je te le dis,
mon pote, je te vaux ; si j'avais eu des chefs et des armes,
je me battais aussi bien que toi. Mais dis, avec quoi
que je me serais battu ? J'avais même pas de cartouches.
— La faute à qui ? demande le sergent ; qui est-ce qui
votait pour Staline ? Qui est-ce qui se mettait en grève
pour un pet de travers, rien que pour emmerder le
patron ? Qui est-ce qui réclamait des augmentations ?
Qui est-ce qui refusait les heures supplémentaires ? Les
autos et les vélos hein ? Les petites poules, les congés
payés, les dimanches à la campagne, les auberges de la
jeunesse et le cinéma ? Vous aviez un fameux poil dans
la main. J'ai travaillé, moi, même le dimanche et toute
ma chienne de vie... » Le Blondinet devient cramoisi :
il s'approche à quatre pattes du sergent et lui crie dans
la figure : « Répète-le, que j'ai pas travaillé ! Répète-le
donc ! Je suis fils de veuve, eh ! con ! Et j'ai quitté l'école
à onze ans pour soutenir ma mère. » À la rigueur, il
s'en foutrait d'avoir perdu la guerre, mais il ne tolère
pas qu'on l'accuse de ne pas travailler, Brunet pense :
« Il y a peut-être quelque chose à en tirer. » Le sergent
s'est mis à quatre pattes, lui aussi, et ils crient ensemble,
front contre front. Schneider s'est penché, comme pour
intervenir ; Brunet lui pose la main sur le bras : « Laisse
donc : ils passent le temps. » Schneider n'insiste pas, il
se redresse en jetant à Brunet un drôle de regard.
« Allons ! dit Moûlu, allons, vous n'allez pas vous
battre ! » Le sergent se rassied avec un petit rire : « Là,
dit-il, tu as raison ! Il est un petit peu trop tard pour
se battre : s'il voulait du badaboum, il n'avait qu'à s'en
prendre aux Allemands. » Le blond hausse les épaules
et se rassied à son tour. « Tiens ! Tu me fais mal au

ventre! » dit-il. Un long silence : ils sont assis côte à côte; le blond arrache des touffes d'herbes et s'amuse à les tresser; les autres types attendent un moment, puis ils regagnent leurs places à quatre pattes. Moûlu s'étire et sourit; il dit d'une voix conciliante : « C'est pas sérieux, tout ça! C'est pas sérieux. » Brunet pense aux camarades : ils perdaient des batailles, les dents serrées, et de défaite en défaite, ils marchaient à la victoire. Il regarde Moûlu : « Je ne connais pas cette espèce-là. » Il a besoin de parler : Schneider est là, Brunet lui parle. « Tu vois, ce n'était pas la peine d'intervenir. » Schneider ne répond rien. Brunet ricane, il imite Moûlu : « C'était pas sérieux. » Schneider ne répond rien : son lourd et beau visage reste neutre. Brunet s'agace et lui tourne le dos : il déteste la résistance passive. « Je voudrais manger », dit Lambert. Moûlu désigne du doigt l'espace qui sépare l'enceinte des piquets; il parle d'une voix lente et fervente, il récite un poème : « Elle viendra par là, la bouffe, la grille s'ouvrira, les camions entreront et ils nous jetteront du pain par-dessus les fils de fer. » Brunet regarde Schneider du coin de l'œil et rigole : « Tu vois, répète-t-il, on aurait tort de s'émouvoir. La défaite, la guerre, c'est pas sérieux. C'est la bouffe qui compte. » Un bref regard ironique se coule entre les paupières de Schneider. Il dit d'un air compatissant : « Qu'est-ce qu'ils t'ont fait, mon pauvre vieux ? Tu n'as pas l'air de les avoir à la bonne. — Ils ne m'ont rien fait, dit Brunet sèchement. Mais je les entends[a]. » Schneider a les yeux baissés sur la main droite à demi fermée, il regarde ses ongles, il dit de sa grosse voix nonchalante : « C'est difficile d'aider les gens quand on n'a pas de sympathie pour eux. » Brunet fronce les sourcils : « On voyait souvent ma bobine à la une de *L'Huma* et je suis facile à reconnaître. » « Qu'est-ce qui te dit que je veux les aider ? » Le visage de Schneider s'est éteint; il dit mollement : « Nous devons tous nous aider. — Bien sûr », dit Brunet. Il est exaspéré contre lui-même : d'abord, il n'aurait pas dû râler. Mais surtout il s'en veut d'avoir montré sa colère à cet imbécile qui refuse de la partager. Il sourit, il se calme, il dit en souriant : « Ce n'est pas après eux que j'en ai. — Après qui, alors ? » Brunet regarde Schneider avec attention. Il dit : « Après ceux qui les ont mystifiés. »

Schneider a un petit rire mauvais. Il rectifie : « Qui
nous ont mystifiés. On est tous logés à la même enseigne. »
Brunet sent renaître son irritation, il étouffe, il dit d'une
voix débonnaire : « Si tu veux. Mais, tu sais, moi, je
ne me faisais pas d'illusions. — Moi non plus, dit
Schneider. Et qu'est-ce que ça change ? Mystifiés ou
non, nous sommes ici. — Et après ? Pourquoi pas ici
aussi bien qu'ailleurs ? » Il est tout à fait calme, à présent, il pense : « Partout où il y a des hommes, j'ai ma
place et mon travail. » Schneider a tourné les yeux vers
le portail; il ne dit plus rien. Brunet le regarde sans
antipathie : « Qu'est-ce que c'est que ce type ? Un
intellectuel ? Un anarchiste ? Qu'est-ce qu'il faisait dans
le civil ? Trop de graisse, un peu de laisser-aller mais,
au total, il se tient bien : pourra peut-être servir. » Le
soir tombe, gris et rose sur les murs, sur la ville noire
qu'on ne voit pas. Les hommes ont les yeux fixes; ils
regardent la ville à travers les murs; ils ne pensent à
rien, ils ne remuent plus guère, la grande patience
militaire est descendue sur eux avec le soir : ils attendent.
Ils ont attendu le courrier, les permes, l'attaque allemande et c'était leur manière d'attendre la fin de la
guerre. La guerre est finie et ils attendent toujours. Ils
attendent les camions chargés de pain, les sentinelles
allemandes, l'armistice, simplement pour garder un
petit bout d'avenir devant eux, pour ne pas mourir.
Très loin dans le soir, dans le passé, une cloche tinte.
Moûlu sourit[a] : « Eh! Lambert. C'est peut-être l'armistice. » Lambert se met à rire; ils échangent un clin
d'œil entendu. Lambert explique aux autres : « On
s'était dit qu'on ferait un gueuleton à chier partout!
— On le fera le jour de la paix », dit Moûlu. Le Blondinet rigole à cette idée, il dit : « Le jour de la paix,
moi, je dessoûle pas de quinze jours! — Pas de quinze
jours! Pas d'un mois! disent les types autour de lui,
on s'en fera crever, nom de Dieu! » Il faudra détruire
un à un, patiemment, leurs espoirs, crever leurs illusions, leur faire voir à nu leur condition épouvantable,
les dégoûter de tout, de tous et, pour commencer, d'eux-
mêmes. Alors seulement... Cette fois c'est Schneider
qui le regarde, comme s'il lisait sa pensée. Un regard
dur. Brunet lui rend son regard. « Ça sera difficile »,
dit Schneider. Brunet attend, les sourcils levés. Schneider

répète : « Ça sera difficile. — Qu'est-ce qui sera difficile ?
— De nous donner une conscience. Nous ne sommes
pas une classe. Tout juste un troupeau. Peu d'ouvriers :
des paysans, des petits bourgeois. Nous ne travaillons
même pas : nous sommes abstraits. — T'en fais pas, dit
Brunet malgré lui. Nous travaillerons... — Oui, bien sûr.
Mais comme des esclaves, ça n'est pas un travail qui
émancipe et nous ne serons jamais qu'un appoint. Quelle
action commune peux-tu nous demander ? Une grève
donne aux grévistes la conscience de leur force. Mais,
même si tous les prisonniers français se croisaient les
bras, l'économie allemande ne s'en porterait pas plus
mal. » Ils se regardent froidement ; Brunet pense :
« Donc tu m'as reconnu ; tant pis pour toi, je t'aurai à
l'œil. » Brusquement la haine illumine le visage de
Schneider, puis tout s'éteint. Brunet ne sait pas à qui
cette haine s'adressait. Une voix, surprise et ravie :
« Un Frisé ! — Où ça[a] ? où ça ? » Tout le monde lève
le nez. Dans le mirador de gauche, un soldat vient
d'apparaître, casqué, la mitraillette au poing, la grenade
dans la botte ; un autre le suit avec un fusil. « Eh bien,
dit un type, c'est pas trop tôt qu'on s'occupe de nous. »
Tout le monde a l'air soulagé : voici revenu le monde
des hommes avec ses lois, ses constances et ses interdits ; voici l'ordre humain. Les têtes se tournent vers
l'autre mirador. Il est encore vide mais les hommes
attendent avec confiance comme on attend l'ouverture
des guichets de la poste ou le passage du train bleu.
Un casque paraît[b] au ras du mur, puis deux : deux monstres
casqués qui portent à deux une mitrailleuse, qui la
fixent sur son trépied et la braquent sur les prisonniers.
Personne n'a peur ; les types s'installent : les deux miradors sont garnis, ces sentinelles debout sur la crête du
mur annoncent une nuit sans aventures ; aucun ordre
ne viendra tirer les prisonniers de leur sommeil pour les
jeter sur les routes ; ils se sentent en sécurité. Un grand
gaillard qui porte des lunettes de fer a tiré un bréviaire
de sa poche et le lit en marmottant. « Il fait la retape »,
pense Brunet. Mais la colère glisse sur lui sans le pénétrer. Il se repose. Pour la première fois depuis quinze
ans, une journée se traîne lentement, s'achève en beau
soir sans qu'il ait rien à faire. Un ancien loisir monte de
son enfance, le ciel est là, posé sur le mur, tout rose,

tout proche, inutilisable. Brunet le regarde avec timidité, puis il regarde les types à ses pieds qui remuent,
qui chuchotent, qui défont et refont leurs paquetages :
des émigrants sur le pont d'un bateau. Il pense : « Ce
n'est pas leur faute » et il a envie de leur sourire. Il
pense qu'il a mal aux pieds ; il s'assied près de Schneider,
il délace ses chaussures. Il bâille, il sent son corps,
inutile comme le ciel, il dit : « Il commence à faire frais. »
Demain il se mettra au travail. Il fait gris sur la terre,
il entend un doux petit bruit de claquette, un petit
bruit serré et irrégulier, il l'écoute, il essaye d'en trouver
le rythme, il s'amuse à penser que c'est du morse, il
pense tout d'un coup : « C'est un type qui claque des
dents. » Il se redresse ; devant lui il distingue un dos
tout nu avec des croûtes noires, c'est le type qui criait
sur la route, il rampe jusqu'à lui : le type a la chair de
poule. « Eh ! » dit Brunet. Le type ne répond pas. Brunet
sort un chandail de sa musette. « Eh ! » Il touche l'épaule
nue, le type se met à hurler ; il se retourne et regarde
Brunet en haletant, la morve lui coule des deux narines
jusqu'à la bouche. Brunet le voit de face pour la première
fois : c'est un beau gars tout jeune, avec des joues bleues
et des yeux profonds mais sans cils. « T'excite pas,
petite tête, dit doucement Brunet. C'est pour te passer
un chandail. » Le type prend le chandail d'un air craintif,
il l'enfile docilement et reste immobile, les bras écartés.
Les manches sont trop longues, elles lui tombent sur
les ongles. Brunet rit : « Retrousse-les. » Le type ne
répond pas, il claque des dents ; Brunet lui prend les
bras et lui retrousse les manches. « C'est pour ce soir,
dit le type. — Sans blague ? dit Brunet. Et qu'est-ce qui
est pour ce soir ? — L'hécatombe, dit le type. — Bon,
dit Brunet. Bon, bon. » Il fouille dans la poche du type,
en tire un mouchoir sale et taché de sang, il le jette,
prend son propre mouchoir et le tend : « En attendant,
mouche-toi. » Le type se mouche, met le mouchoir
dans sa poche et commence à bafouiller. Brunet lui
caresse doucement le crâne, comme à une bête, il lui
dit : « T'as raison. » Le type se calme, ses dents ne
claquent plus. Brunet se tourne vers ses voisins : « Qui
est-ce qui le connaît ? » Un petit brun à l'air vif se
soulève sur les coudes : « C'est Charpin, dit-il. — Sur-
veille-le de temps en temps, dit Brunet. Qu'il ne fasse

pas de conneries.— Je l'aurai à l'œil, dit le type. — Comment t'appelles-tu ? demande Brunet. — Vernier. — Qu'est-ce que tu faisais ? — J'étais typo à Lyon. » Typo : une chance sur trois ; je lui parlerai demain. « Bonne nuit, dit Brunet. — Bonne nuit », dit le typo. Brunet retourne à sa place. Il se rassied, il fait le bilan. Moûlu : commerçant, c'est sûr. Pas grand-chose à en tirer. Du sergent non plus : indécrottable, le genre Cagoule. Lambert : un rouspéteur. Pour le moment en pleine décomposition sous son cynisme. Peut se gagner. Le ch'timi : un cul-terreux. Négligeable. Brunet n'aime pas les culs-terreux. Le Blondinet : Lambert et lui, c'est le même tabac ; mais le Blondinet est plus intelligent et puis il a le respect du travail, c'est du tout cuit. Le typo : probablement un jeune camarade. Brunet jette un coup d'œil sur Schneider qui fume, immobile, les yeux grands ouverts. « Celui-là, on verra. » Le prêtre a posé son bréviaire, il parle ; couchés près de lui, trois jeunes types l'écoutent avec une familiarité pieuse. Déjà trois : « Il me battra de vitesse, au moins les premiers temps. Ces gars-là ont de la chance, pense Brunet. Ils peuvent travailler au grand jour ; dimanche ils diront leur messe. » Moûlu soupire : « Ils ne viendront plus ce soir. — Qui ? demande Lambert. — Les camions, il fait trop noir. » Il se couche sur le sol et met la tête sur sa musette. « Attends, dit Lambert, j'ai une toile de tente. Combien qu'on est ? — Sept, dit Moûlu, — Sept, dit Lambert, on tiendra tous. On va coucher dessus tous les sept. » Il étend sa toile devant le perron. « Qui est-ce qui a des couvrantes ? » Moûlu sort la sienne, le sergent et le ch'timi déplient les leurs ; Blondinet n'en a pas. Brunet non plus. « Ça ne fait rien, dit Lambert, on va s'arranger. » Un visage sort de l'ombre, timide et souriant : « Si vous me laissez coucher sur la toile de tente, je partage ma couverture. » Lambert et Blondinet regardent froidement l'intrus : « Y a plus de place pour toi », dit Blondinet. Et Moûlu ajoute plus aimablement : « Tu comprends, on est entre copains. » Le sourire disparaît, avalé par la nuit. Voici : un groupe s'est formé au milieu de cette foule, un groupe de hasard, sans amitié ni vraie solidarité, mais qui se referme déjà contre les autres ; Brunet est dedans. « Viens, lui dit Schneider, nous allons coucher tous les deux sous ma couverture. »

Brunet hésite : « Tout à l'heure, je n'ai pas envie de
dormir. — Moi non plus », dit Schneider. Ils restent
assis côte à côte pendant que les autres s'enroulent dans
leurs couvertures. Schneider fume en cachant sa cigarette dans sa main à cause des sentinelles. Il sort un
paquet de gauloises, il le tend à Brunet. « Une cigarette ? Pour l'allumer, tu vas derrière le petit mur, ils
ne voient pas la flamme. » Brunet a envie de fumer. Il
refuse : « Merci, pas pour l'instant. » Il ne jouera pas
au collégien, il n'a plus seize ans : désobéir aux Allemands dans les petites choses, c'est une manière de
reconnaître leur autorité. Les premières étoiles s'allument; de l'autre côté du mur, très loin, on entend
une musique aigrelette, la musique des vainqueurs. Sur
vingt mille corps usés le sommeil roule, chaque corps
est une vague. Ce moutonnement obscur râle comme
la mer. Brunet commence à en avoir assez de ne rien
faire; un beau ciel, ça se feuillette en passant. Autant
dormir. Il se tourne vers Schneider en bâillant et soudain ses yeux se durcissent, il se redresse : Schneider
n'est pas sur ses gardes, sa cigarette s'est éteinte et il
ne l'a pas rallumée, elle pend à sa lèvre inférieure; il
regarde le ciel tristement, c'est le moment de savoir ce
qu'il a dans le ventre. « Tu es de Paris ? demande Brunet.
— Non. » Brunet prend l'air abandonné; il dit : « Moi,
j'habite Paris, mais je suis de Combloux, près de Saint-
Étienne[1]. » Silence. Au bout d'un moment, Schneider
dit à regret : « Je suis de Bordeaux. — Ah! Ah! dit
Brunet. Je connais bien Bordeaux. Belle ville mais
assez triste, hein ? C'est là que tu travaillais ? — Oui.
— Qu'est-ce que tu faisais ? — Ce que je faisais ? — Oui.
— Clerc. Clerc d'avoué. — Ah! » dit Brunet. Il bâille;
il faudra qu'il s'arrange pour voir le livret militaire de
Schneider. « Et toi ? » demande Schneider. Brunet sursaute : « Moi ? — Oui. — Représentant. — Qu'est-ce
que tu représentais ? — Un peu tout. — Je vois. » Brunet
se laisse[a] glisser le long du petit mur, remonte ses genoux
jusqu'à son nez et dit d'une voix déjà lointaine, comme
s'il faisait le bilan de sa journée avant de s'endormir :
« Et voilà. — Voilà, dit Schneider de la même voix.
Voilà. — Une belle déculottée, dit Brunet. — C'était
couru, dit Schneider. — Battus pour battus, dit Brunet,
c'est encore une chance que ça se soit fait si vite : la

saignée eſt moins forte. » Schneider ricane : « Ils nous saigneront à la petite semaine : le résultat sera le même. » Brunet lui jette un coup d'œil : « Tu m'as l'air drôlement défaitiſte. — Je ne suis pas défaitiſte : je conſtate la défaite. — Quelle défaite ? demande Brunet. Il n'y a pas plus de défaite que de beurre aux fesses. » Il s'interrompt; il pense que Schneider va proteſter mais il en eſt pour ses frais. Schneider regarde ses pieds d'un air cancre : son mégot pend toujours au coin de ses lèvres. Brunet ne peut plus s'arrêter, à présent : il faut qu'il développe son idée; mais ce *n'eſt plus* la même idée. Si cet imbécile l'avait seulement queſtionné, Brunet la lui jetait dessus comme un harpon; à présent, ça le dégoûte de parler : les mots vont glisser sans l'entamer sur cette grosse masse indifférente. « C'eſt par chauvinisme que les Français croient la guerre perdue. Ils s'imaginent toujours qu'ils sont seuls au monde et quand leur invincible armée reçoit une pile, ils se persuadent que tout eſt foutu. » Schneider émet un petit son nasillard, Brunet décide de s'en contenter. Il poursuit : « La guerre ne fait que commencer, mon petit vieux. Dans six mois, on se battra du Cap au détroit de Behring. » Schneider rigole. Il dit : « *Nous ?* — Nous, les Français, dit Brunet, nous continuerons la guerre sur d'autres terrains. Les Allemands voudront militariser notre induſtrie. Le prolétariat peut et doit les en empêcher .» Schneider n'a aucune réaction; son corps athlétique reſte inerte. Brunet n'aime pas ça; les lourds silences déconcertants, c'eſt sa spécialité; il s'eſt fait battre sur son propre terrain; il voulait faire parler Schneider et, finalement, c'eſt lui qui a mangé le morceau. Il se tait à son tour, Schneider continue à se taire : ça peut durer longtemps. Brunet commence à être inquiet : cette tête eſt trop vide ou trop pleine. Non loin d'eux, un type jappe faiblement. Cette fois, c'eſt Schneider qui rompt le silence. Il parle avec une sorte de chaleur : « Tu l'entends ? Il se prend pour un chien. » Brunet hausse les épaules : ce n'eſt pas le moment de s'attendrir sur un gars qui rêve, je n'ai pas de temps à perdre. « Pauvres types, dit Schneider d'une lourde voix passionnée. Pauvres types! » Brunet se tait. Schneider continue : « Ils ne rentreront jamais chez eux. Jamais. » Il s'eſt tourné vers Brunet et le regarde haineusement.

« Hé là! dit Brunet en riant, ne me regarde pas comme
ça : je n'y suis pour rien. » Schneider se met à rire, son
visage mollit, ses yeux s'éteignent : « Non, en effet, tu
n'y es pour rien. » Ils se taisent; une idée vient à Brunet,
il se rapproche de Schneider et lui demande à voix basse :
« Si c'est ça que tu penses, pourquoi n'essaies-tu pas
de t'évader ? — Bah! dit Schneider. — Tu es marié ?
— J'ai même deux gosses. — Tu ne t'entends pas avec
ta femme ? — Moi ? On s'adore. — Alors ? — Bah! dit
Schneider. Et toi ? Tu vas t'évader ? — Je ne sais pas,
dit Brunet, on verra plus tard. » Il essaye de voir le
visage de Schneider[a], mais la nuit ensevelit la cour; on
ne voit plus rien du tout, sauf l'ombre noire des miradors contre le ciel. « Je crois que je vais dormir, dit
Brunet en bâillant. — Bon, dit Schneider, alors, moi
aussi. » Ils s'étendent sur la toile de tente, poussent
leurs musettes contre le mur; Schneider déploie la
couverture et ils s'enveloppent dedans. « Bonsoir, dit
Schneider. — Bonsoir. » Brunet se tourne sur le dos
et pose la tête sur sa musette, il garde les yeux ouverts,
il sent la chaleur de Schneider, il devine que Schneider
a les yeux ouverts, il pense : « J'avais bien besoin de
m'embarrasser de ce type. » Il se demande lequel a
manœuvré l'autre. De temps en temps, entre les buissons d'étoiles, un petit effondrement lumineux raye le
ciel; Schneider remue doucement sous la couverture et
chuchote : « Tu dors, Brunet ? » Brunet ne répond pas,
il attend. Un moment passe et puis il entend un petit
ronflement nasillard : Schneider dort, Brunet veille seul,
seule lumière au milieu de ces vingt mille nuits. Il sourit,
ferme les yeux et s'abandonne, deux Arabes rient dans
le petit bois : « Où est Abd-el-Krim ? » La vieille répond :
« Je ne serais pas autrement étonnée qu'il fût au magasin
d'habillement. » Justement, il y est, assis devant un
établi, très calme, hurlant : « Assassins! Assassins! »
Il arrache les boutons de sa tunique; chaque bouton, en
sautant, fait une détonation sèche et un éclair. « Derrière
le mur, grouille! » dit Schneider. Brunet s'assied, se
gratte le crâne, retrouve une nuit étrange et pleine de
rumeurs : « Qu'est-ce qu'il y a ? — Grouille! Grouille! »
Brunet rejette la couverture et s'aplatit derrière le petit
mur avec Schneider. Une voix se lamente : « Assassins! »
Quelqu'un crie en allemand puis ce sont les claquements

secs des mitrailleuses. Brunet risque un œil par-dessus
le mur, à la lueur des éclairs, il voit tout un peuple
d'arbres rabougris, levant vers le ciel des branches
noueuses et tordues, ses yeux lui font mal, il a la tête
vide, il dit : « L'humanité souffrante. » Schneider le tire
en arrière : « L'humanité souffrante, je t'en fous : ils
sont en train de nous massacrer. » La voix sanglote :
« Comme des chiens! Comme des chiens! » La mitrailleuse ne tire plus, Brunet se passe la main sur le front,
se réveille tout à fait : « Qu'est-ce qui se passe ? — Je
ne sais pas, dit Schneider. Ils ont tiré deux fois; la première fois c'était peut-être en l'air, mais la seconde,
c'était pour de bon. » La jungle bruisse autour d'eux :
« Qu'est-ce que c'est ? qu'est-ce que c'est ? qu'est-ce
qu'il y a eu ? » Des chefs improvisés répondent : « Taisez-
vous, ne bougez pas, restez couchés »; les miradors sont
noirs contre le ciel laiteux, au-dedans il y a des hommes
qui guettent, le doigt sur la détente des mitrailleuses. À
genoux derrière le mur, Brunet et Schneider voient au
loin l'œil rond d'une torche électrique. Elle se rapproche,
balancée par une main invisible, elle balaye de sa clarté
des larves grises et plates. Deux voix enrouées parlent
allemand; Brunet reçoit la torche en pleine figure; il
ferme les yeux, aveuglé, une voix demande avec un fort
accent : « Qui a crié ? » Brunet dit : « Je ne sais pas. »
Le sergent se lève, il est à la fête, il se tient tout droit
sous la lumière électrique, correct et distant à la fois :
« C'est un soldat qui est devenu fou, il s'est mis à crier,
ses camarades ont pris peur et se sont levés, alors la
sentinelle a tiré. » Les Allemands n'ont pas compris;
Schneider leur parle en allemand, les Allemands grognent
et parlent à leur tour; Schneider se retourne vers le
sergent : « Ils disent de demander s'il y a des blessés. »
Le sergent se redresse, met ses mains autour de sa
bouche d'un geste vif et précis; il crie : « Signalez les
blessés! » De tous les côtés, des voix faibles lui répondent;
deux phares s'allument brusquement, il neige une lumière
féerique qui caresse la foule prosternée; des Allemands
traversent la cour avec des civières, des infirmiers français se joignent à eux : « Où est le fou ? » demande l'officier allemand avec application. Personne ne répond, mais
le fou est là, debout, les lèvres blanches et tremblantes,
des larmes lui coulent sur les joues, les soldats l'encadrent

et l'entraînent, il se laisse faire, hébété, il essuie son nez
et sa bouche avec le mouchoir de Brunet. À demi dressés,
les hommes regardent ce type qui a souffert leur souffrance jusqu'au bout; ça sent la défaite et la mort. Les
Allemands disparaissent, Brunet bâille; la lumière lui
pique les yeux; Moûlu demande : « Qu'est-ce qu'ils vont
lui faire ? » Brunet hausse les épaules, Schneider dit
simplement : « Les nazis n'aiment pas les fous. » Des
hommes vont et viennent avec des civières, Brunet dit :
« Je crois qu'on peut se recoucher. » Ils se recouchent.
Brunet rit : à l'endroit même où il était étendu, il y a
un trou dans la toile de tente. Un trou aux bords roussis.
Il le montre, Moûlu verdit et ses mains tremblent :
« Oh ! dit-il, oh, oh ! » Brunet dit en souriant à Schneider :
« En somme tu m'as sauvé la vie. » Schneider ne sourit
pas, il regarde Brunet d'un air sérieux et perplexe, il dit
lentement : « Oui. Je t'ai sauvé la vie. — Merci tout de
même », dit Brunet en s'enroulant dans la couverture.
« Moi, dit Moûlu, je vais dormir derrière le mur. » Les
phares s'éteignent brusquement, la forêt crisse, craque,
bruisse, chuchote. Brunet se redresse, du soleil plein les
yeux, du sommeil plein la tête, il regarde sa montre :
sept heures; les hommes s'affairent à plier les toiles de
tente, à rouler les couvertures. Brunet se sent sale et
moite : il a transpiré pendant la nuit et sa chemise colle
à son corps. « Nom de Dieu, dit Blondinet, je la saute ! »
Des yeux, Moûlu interroge mélancoliquement le grand
portail fermé : « Encore une journée sans bouffe ! »
Lambert ouvre l'œil, rageur : « Parle pas de malheur. »
Brunet se lève, inspecte la cour, voit un attroupement
autour d'un tuyau d'arrosage, s'approche : un gros
homme tout nu se fait doucher avec des cris de femme.
Brunet se déshabille, prend son tour, reçoit sur le dos
et sur le ventre un dur jet glacé; il se rhabille sans s'essuyer, va tenir le tuyau et doucher les trois suivants. La
douche a peu d'amateurs, les hommes tiennent à leur
sueur de la nuit. « À qui le tour ? » demande Brunet.
Personne ne répond, il pose le tuyau avec une sorte
de colère, il pense : « Ils se laissent aller. » Il regarde
autour de lui, il pense : « Voilà. Voilà les hommes. »
Ça sera dur[a]. Il met sa veste sous son bras, pour cacher
ses galons, et s'approche d'un groupe qui parle à mi-voix,
histoire de prendre la température. Neuf chances contre

une qu'ils parlent de la bouffe. Brunet ne s'en plaindrait pas : excellent point de départ, la bouffe; c'est simple et concret, c'est vrai : un type qui a faim, ça se travaille en pleine pâte. Ils ne parlent pas de la bouffe : un grand maigre aux yeux rouges le reconnaît : « C'est toi qui étais à côté du fou, non ? — C'est moi, dit Brunet. — Qu'est-ce qu'il avait fait, au juste ? — Il avait crié. — C'est tout ? Merde alors. Total : quatre morts, vingt blessés. — Comment le sais-tu ? — C'est Gartiser qui nous l'a dit. » Gartiser est un homme trapu aux joues flasques; il a des yeux importants et chagrins. « Tu es infirmier ? » demande Brunet. Gartiser fait un signe de tête : oui, il est infirmier, les Frisous l'ont emmené dans les écuries, derrière la caserne, pour donner des soins aux blessés. « Il y en a un qui m'est passé dans les mains. C'est quand même con, dit un type. C'est quand même con de crever ici à huit jours de la classe. — Huit jours ? demande Brunet. — Huit jours, quinze jours si tu veux. Faut bien qu'ils nous renvoient puisqu'ils ne peuvent pas nous nourrir. » Brunet demande : « Et le fou ? » Gartiser crache entre ses pieds : « Cause pas de ça. — Quoi ? — Ils ont voulu le faire taire, il y en a un qui lui a mis la main sur la bouche, alors il l'a mordu. Oh! ma mère! Si tu les avais vus! Les v'là partis à gueuler en charabia, on ne s'entendait plus, ils le poussent dans un coin de l'écurie et ils se mettent tous à cogner dessus, à coups de poing, à coups de crosse, à la fin ça les faisait rigoler et il y avait des types de chez nous qui les excitaient parce que, comme ils disaient, c'est ce fils de putain qui est cause de tout. À la fin, il était pas beau, le gars, il avait la gueule en bouillie avec un œil qui lui sortait, ils l'ont mis sur une civière et ils l'ont emmené je ne sais pas où, mais ils ont dû s'amuser encore avec parce que je l'ai entendu gueuler jusqu'à trois heures du matin. » Il tire de sa poche un petit objet enveloppé dans un morceau de journal : « Regardez ça. » Il déplie le papier : « C'est une dent. J'ai trouvé ça ce matin à l'endroit où il est tombé. » Il refait soigneusement le paquet, le remet dans sa poche et dit : « Je la garde comme souvenir. » Brunet leur tourne le dos et revient lentement vers le perron. Moûlu lui crie de loin : « Tu connais le bilan ? — Quel bilan ? — De cette nuit : vingt morts et trente blessés. — Foutre! dit Brunet.

— C'est pas mal », dit Moûlu. Il sourit, vaguement flatté, et répète : « Pour une première nuit, c'est pas mal. — Qu'est-ce qu'ils ont besoin de gaspiller les cartouches ? demande Lambert. S'ils veulent se débarrasser de nous ils ont un moyen bien simple : ils n'ont qu'à nous laisser crever de faim, comme ils ont commencé. — Ils ne nous laisseront pas crever de faim, dit Moûlu. — Qu'est-ce que tu en sais ? » Moûlu sourit : « T'as qu'à faire comme moi : regarde le portail, ça te distraira et puis c'est par là que les camions vont s'amener. » Le bruit d'un moteur couvre sa voix : « Vise l'avion », crie le ch'timi. C'est un avion d'observation, il vole à cinquante mètres, noir et brillant, il passe au-dessus de la cour, il vire sur l'aile gauche, deux fois, trois fois; vingt mille têtes le suivent, toute la cour tourne avec lui. « Des fois qu'ils nous bombarderaient, dit le Frisé avec une espèce d'indifférence. — Nous bombarder ? dit Moûlu. Pourquoi ? — Parce qu'ils ne peuvent pas nous nourrir. » Schneider regarde l'avion en clignant des yeux; il dit, en grimaçant contre le soleil : « Je crois plutôt qu'ils nous photographient... — De quoi ? » demande Moûlu. Schneider explique laconiquement : « Correspondants de guerre... » Les grosses joues de Moûlu s'empourprent, sa peur se transforme en rage, il se dresse subitement, tend les bras vers le ciel et se met à crier : « Tirez-leur la langue; les potes, tirez-leur la langue, paraît qu'ils nous photographient. » Brunet s'amuse : un frisson de colère a parcouru la foule; un soldat tend le poing, un autre, les épaules rentrées, le ventre offert, se glisse le petit doigt dans la braguette et dresse le pouce vers l'avion comme un sexe; le ch'timi s'est jeté à quatre pattes : la tête baissée, la croupe en l'air : « Mon cul, qu'ils photographieront. » Schneider regarde Brunet : « Tu vois, dit-il. Nous avons encore du ressort. — Bah, dit Brunet, ça ne prouve rien! » L'avion s'en va, dans le soleil. « Alors, dit Moûlu, on verra ma tronche dans le *Franqueforteur* ? » Lambert a disparu, il revient très excité : « Paraît qu'on peut se meubler pour pas cher. — Quoi ? — Il y a des meubles, derrière la caserne, des matelas, des brocs, des pots à eau, il n'y qu'à se baisser pour les prendre, mais faut vous manier parce que c'est la foire d'empoigne. » Il regarde ses camarades avec des yeux brillants : « Vous

venez, les gars ? — Je veux », dit le Frisé en sautant
sur ses pieds. Moûlu ne bouge pas. « Viens donc, Moûlu,
dit Lambert. — Non, dit Moûlu. Je m'économise. Tant
que je n'aurai pas mangé, je ne bouge plus. — Alors,
garde les affaires », dit le sergent. Il se lève et rejoint
les autres en courant. Quand ils sont arrivés au coin
de la caserne, Moûlu leur crie d'une voix molle : « Vous
gaspillez vos forces, eh, cons! » Il soupire, il regarde
Schneider et Brunet avec sévérité, il dit en chuchotant :
« Je ne devrais même pas crier. — On y va ? demande
Schneider. — Qu'est-ce qu'on ferait d'un pot à eau ?
demande Brunet. — Oh! Pour se dégourdir les jambes. »
De l'autre côté de la caserne, il y a une deuxième cour
et une longue bâtisse à un seul étage, percée de quatre
portes : les écuries. Dans un coin, pêle-mêle, s'entassent
de vieilles paillasses, des sommiers, des lits-cages, des
armoires branlantes, des tables boiteuses. Les soldats se
bousculent autour de ces déchets; un type traverse la
cour, chargé d'un matelas, un autre emporte un mannequin d'osier. Brunet et Schneider font le tour des
écuries et découvrent un petit tertre herbu. « On grimpe
là-dessus ? demande Schneider. — Grimpons. » Brunet
se sent mal à l'aise : « Qu'est-ce qu'il veut, le gars ? Une
amitié ? Ça n'est plus de mon âge. » En haut du monticule, ils voient trois fosses fraîchement comblées. « Tu
vois, dit Schneider, ils n'en ont tué que trois. » Brunet
s'assied sur l'herbe à côté des tombes. « Passe-moi ton
couteau. » Schneider le lui passe, Brunet l'ouvre et
commence à découdre ses galons. « Tu as tort, dit
Schneider. Les sous-offs sont exempts de travail. »
Brunet hausse les épaules sans répondre, met les galons
dans sa poche et se relève. Ils reviennent dans la première
cour : les types emménagent; un assez beau garçon, au
visage insolent, se balance dans un fauteuil à bascule;
devant une tente toute montée, deux hommes ont
traîné une table et deux chaises; ils jouent triomphalement aux cartes; Gartiser est assis en tailleur sur une
descente de lit persane, piquetée de brûlures. « Ça me
rappelle la foire aux puces, dit Brunet. — Ou un marché
arabe », dit Schneider. Brunet s'approche de Lambert :
« Qu'est-ce que vous avez rapporté ? » Lambert lève
la tête avec fierté : « Des assiettes! » dit-il en désignant
une pile d'assiettes ébréchées au fond noirci. « Qu'est-ce

que vous voulez en faire ? Les manger ? — Laisse donc
faire, dit Moûlu. Ça fera peut-être venir la bouffe. »
La matinée se traîne : les hommes sont retombés dans
la torpeur; ils essaient de dormir ou s'étendent sur le
dos, la face tournée vers le ciel, les yeux ouverts et fixes;
ils ont faim. Le Frisé arrache l'herbe qui pousse entre
les cailloux et la mâche; le ch'timi a sorti son couteau
et sculpte un bout de bois. Un groupe d'hommes allume
un feu sous une marmite rouillée, Lambert se lève, va
voir et revient déçu : « C'est de la soupe d'orties, explique-
t-il en se laissant tomber entre le Frisé et Moûlu. Ça ne
nourrit pas. » Relève des sentinelles allemandes. « Ils
vont manger », dit le sergent d'un air absent. Brunet va
s'asseoir près du typo. Il lui dit : « Tu as bien dormi ?
— Pas mal », dit le typo. Brunet le regarde avec satisfaction : il a l'air net et propre, avec une lueur gaie dans
les yeux; deux chances sur trois. « Dis donc, je voulais
te demander : c'est à Paris que tu travaillais ? — Non,
dit le typo, à Lyon. — Où ça ? — À l'imprimerie
Levrault[1]. — Ah! dit Brunet, Levrault, je ne connais
que ça. Vous avez fait une belle grève en 36, courageuse
et bien menée. » Le typo a un bon rire fier. Brunet
demande : « Tu as connu Pernu, alors ? — Pernu, le
délégué syndical ? — Oui[a]. — Je veux! » Brunet se
lève : « Viens faire un tour, j'ai à te parler. » Quand ils
sont dans l'autre cour, Brunet le regarde en face : « Tu
es du Parti ? » Le typo hésite, Brunet lui dit : « Je suis
Brunet, de *L'Huma*. — C'est donc ça, dit le typo. Je me
disais aussi... — Tu as des copains, ici ? — Deux ou
trois. — Des types gonflés ? — Des durs de durs. Mais
je les ai perdus hier dans les rangs. — Tâche de les
retrouver, dit Brunet. Et viens me voir avec eux : il
faut qu'on se regroupe. » Il revient s'asseoir à côté de
Schneider; il lui jette un coup d'œil furtif, le visage de
Schneider est calme et inexpressif. « Quelle heure est-il ?
demande Schneider. — Deux heures, dit Brunet. — Vise
le chien », dit le Frisé. Un grand chien noir traverse la
cour, la langue pendante; les hommes le regardent d'un
drôle d'air. « D'où vient-il ? demande le sergent. — Je
ne sais pas, dit Brunet. Il était peut-être dans les écuries. »
Lambert s'est soulevé sur un coude, il suit le chien des
yeux avec perplexité. Il dit comme pour lui-même : « La
viande de chien, c'est pas si mauvais qu'on le dit. — Tu

en as mangé ? » Lambert ne répond pas; il a un geste
d'agacement, puis se laisse retomber sur le dos avec fata-
lisme : les deux types qui jouaient aux cartes devant la
tente ont abandonné leurs cartes sur la table et se sont
levés d'un air négligent; l'un d'eux porte sous son bras
une toile de tente. « Trop tard », dit Lambert. Le chien
disparaît derrière la caserne; ils le suivent sans se presser
et disparaissent derrière lui. « L'auront ? L'auront pas ? »
demande le ch'timi. Au bout d'un moment les deux
hommes reviennent : ils ont entortillé la toile de tente
autour d'un objet volumineux et la portent chacun par
un bout, comme un hamac. Lorsqu'ils passent devant
Brunet une goutte tombe de la toile et s'écrase rouge sur
les cailloux. « Mauvais matériel, fait remarquer le sergent. La toile devrait être imperméable. » Il hoche la
tête, il grommelle : « Pour tout, c'est pareil. Comment
vouliez-vous qu'on gagne la guerre ? » Les deux types
jettent leur paquet dans la tente. L'un d'eux y entre à
quatre pattes, l'autre va chercher du bois pour faire du
feu. Le Frisé soupire : « Ça fera toujours deux survivants. » Brunet s'endort, il est réveillé en sursaut par
un cri de Moûlu : « Là! Là! La bouffe. » Le portail
s'ouvre lentement. Cent types se sont levés : « Un
camion. » Le camion entre, camouflé, avec des fleurs et
des feuilles sur le capot, un printemps, mille types se
lèvent, le camion s'engage entre les murs d'enceinte et
la barrière. Brunet s'est levé, il est bousculé, tiré, poussé,
porté jusqu'aux fils de fer. Le camion est vide. À l'arrière un Fritz, nu jusqu'à la ceinture, les regarde venir,
indolemment. Peau brune, cheveux blonds, longs
muscles fuselés, il a l'air d'un homme de luxe, d'un de
ces beaux jeunes gens qui skiaient demi-nus à Saint-
Moritz. Mille paires d'yeux se sont levées vers lui, ça
l'amuse : il regarde avec un sourire ces bêtes nocturnes
et affamées qui se pressent contre les barreaux de leur
cage pour mieux le voir. Au bout d'un moment, il se
penche en arrière et interpelle les sentinelles du mirador
qui lui répondent en riant. La foule attend, éblouie, elle
épie les mouvements de son maître, elle râle d'impatience
et de plaisir. Le Fritz se baisse, ramasse une boule de
pain au fond du camion, tire un couteau de sa poche,
l'ouvre, l'aiguise contre sa botte et coupe une tranche.
Derrière Brunet, un type s'est mis à souffler. Le Fritz

porte la tranche à son nez et feint de la humer avec
délices, les yeux mi-clos, les bêtes grondent, Brunet se
sent tenaillé à la gorge par la colère. L'Allemand les
regarde à nouveau, sourit, prend la tranche entre le
pouce et l'index à plat, comme un palet. Il a visé trop
court — peut-être exprès — elle tombe entre le camion
et les piquets. Des hommes se baissent déjà pour se
glisser sous les fils de fer : la sentinelle du mirador crie
un ordre sec et les vise avec sa mitraillette. Les types
restent pressés contre la barrière, la bouche ouverte, les
yeux fous. Moûlu, serré contre Brunet, murmure : « Ça
va mal tourner, je voudrais m'en aller. » Mais la poussée
de la foule l'écrase contre Brunet, il essaye en vain de se
dégager, il crie : « Reculez-vous, reculez-vous donc,
idiots ; vous ne voyez pas que ça va recommencer
comme cette nuit. » Dans le camion l'Allemand découpe
une seconde tranche ; il la jette, elle tourne en l'air et
tombe entre les têtes levées ; Brunet est pris dans un
remous énorme, il se sent bousculé, déplacé, frappé ; il
voit Moûlu qu'un tourbillon emporte et qui lève les
mains en l'air, comme s'il se noyait. « Salauds ! pense-t-il,
salauds ! » Il voudrait frapper, à coups de poing, à
coups de pied, sur les hommes qui l'entourent. Une
seconde tranche tombe, une troisième, les types se
battent ; un costaud s'échappe, il tient une tranche serrée
dans sa main, on le rattrape, on le ceinture, il fourre
la tranche entière dans sa bouche en la poussant du plat
de la main pour la faire entrer ; on le lâche, il s'en va
à pas lents en roulant des yeux inquiets. Le Fritz s'amuse,
il envoie des tranches à gauche, à droite, il fait des
feintes pour décevoir la foule. Un morceau de pain
tombe aux pieds de Brunet, un caporal-chef le voit, il
plonge en heurtant Brunet au passage ; Brunet le saisit
aux épaules et le plaque contre lui. Déjà la meute se
rue sur la tartine qui gît dans la poussière. Brunet pose
le pied sur la tartine et racle la terre de la semelle. Mais
dix mains lui saisissent la jambe, l'écartent, ramassent
les miettes terreuses. Le caporal-chef se débat furieusement : un autre morceau vient de tomber contre son
soulier. « Veux-tu me lâcher, sale con, veux-tu lâcher. »
Brunet tient bon, le type essaye de cogner, Brunet pare
avec son coude et serre de toutes ses forces : il est content.
« Tu m'étouffes », dit le type d'une voix blanche. Brunet

serre toujours, il voit passer au-dessus de sa tête le vol
blanc des tartines, il serre, il est content, le type s'abandonne dans ses bras. « C'est fini », dit une voix. Brunet
renverse la tête en arrière : le Chleuh est en train de
refermer son couteau. Brunet ouvre le bras : le caporal-
chef vacille, fait deux pas de côté pour retrouver son
équilibre et tousse en regardant Brunet avec une stupeur
haineuse. Brunet sourit; le type regarde les épaules de
Brunet, hésite puis murmure : « Sale con » et se détourne.
La foule s'écoule lentement, déçue, pas fière. Quelques
privilégiés mâchent encore, honteusement, la main
devant la bouche, en roulant des yeux enfantins. Le
caporal-chef s'est planté contre un piquet; une tranche
de pain gît dans la poussière charbonneuse, entre le
camion et la barrière; il la regarde. L'Allemand saute
du camion, longe le mur, ouvre la porte d'une cabane.
Les yeux du caporal brillent; il guette. Les sentinelles
ont détourné la tête; il se jette à quatre pattes, se glisse
sous les fils de fer, allonge la main; un hurlement : la
sentinelle le couche en joue. Il veut reculer, l'autre sentinelle lui fait signe de rester immobile. Il attend, blême,
la main encore tendue, le derrière en l'air. L'Allemand
du camion est revenu sur ses pas, s'approche sans se
presser, relève le type d'une main et de l'autre le gifle à
toute volée. Brunet rit aux larmes. Une voix dit doucement derrière lui[a] : « Tu ne nous aimes pas beaucoup. »
Brunet sursaute et se retourne. C'est Schneider. Il y a
un silence; Brunet suit des yeux le caporal-chef que le
Fritz emmène à grands coups de pied vers la cabane,
puis Schneider dit d'une voix neutre : « Nous avons
faim. » Brunet hausse les épaules : « Pourquoi dis-tu
" nous " ? Tu as ramassé des tartines, toi ? — Naturellement, dit Schneider. J'ai fait comme tout le monde.
— C'est pas vrai, dit Brunet, je t'ai vu. » Schneider hoche
la tête : « Que j'en aie ramassé ou pas, c'est pareil. »
Brunet, le front bas, gratte la terre avec son talon pour
ensevelir les miettes dans la poussière; une étrange sensation lui fait relever la tête précipitamment; au même
instant quelque chose s'éteint dans les yeux de Schneider,
il ne reste plus qu'une colère molle qui lui alourdit le
visage. Schneider dit : « Oui, nous sommes gourmands !
Oui, nous sommes lâches et serviles. Est-ce que c'est
notre faute ? On nous a tout enlevé : nos métiers, nos

familles, nos responsabilités. Pour être courageux, il faut
avoir quelque chose à faire; autrement tu rêves. Nous
n'avons plus *rien* à faire, pas même à gagner notre
bouffe, nous ne comptons plus. Nous rêvons; si nous
sommes lâches, c'est en rêve. Donne-nous du travail et
tu verras comme nous nous réveillerons. » Le Fritz est
ressorti de la cabane; il fume; le caporal-chef sort derrière lui en boitant : il porte une pelle et une pioche.
« Je n'ai pas de travail à vous donner, dit Brunet. Mais,
même sans travail, on peut se tenir correctement. » Un
tic soulève la lèvre supérieure de Schneider, elle retombe;
Schneider sourit. « Je t'aurais cru plus réaliste. Bien sûr
que tu peux te tenir correctement. Mais qu'est-ce que ça
change : tu n'aideras personne, ça ne servira qu'à ta
satisfaction personnelle. À moins, ajoute-t-il ironiquement, que tu ne croies à la vertu de l'exemple. » Brunet
regarde froidement Schneider. Il lui dit : « Tu m'as
reconnu, n'est-ce pas ? — Oui, dit Schneider. Tu es
Brunet de *L'Huma*. J'ai souvent vu ta photo. — Tu
lisais *L'Huma* ? — Ça m'arrivait. — Tu es de chez nous ?
— Non, mais je ne suis pas non plus contre vous. »
Brunet fait la moue. Ils reviennent lentement vers le
perron en enjambant les corps : épuisés par la violence
de leur désir et de leur déception, les hommes se sont
recouchés; ils sont livides et leurs yeux brillent. Près de
leur tente, les deux joueurs de cartes ont entamé une
manille; sous la table il y a des os et des cendres. Brunet
regarde Schneider du coin de l'œil; il cherche à retrouver
sur ce visage l'air de familiarité qui l'avait frappé la
veille. Mais il a déjà trop vu ce gros nez, ces joues :
son impression s'est évanouie. Il dit entre ses dents :
« Tu sais ce que ça signifie d'être communiste quand on
est tombé dans les mains des nazis ? » Schneider sourit
sans répondre. Brunet ajoute : « Avec les bavards, nous
serons durs. » Schneider sourit toujours; il dit : « Je
ne suis pas bavard. » Brunet s'arrête, Schneider s'arrête
aussi, Brunet demande : « Tu veux travailler avec nous ?
— Qu'est-ce que vous allez faire ? — Je te le dirai.
Réponds d'abord. — Pourquoi pas ? » Brunet essaye
de déchiffrer ce gros visage lisse et un peu mou, il dit,
sans quitter Schneider du regard : « Ça ne sera pas
drôle tous les jours. — Je n'ai plus rien à perdre, dit
Schneider. Et puis ça m'occupera. » Ils se rasseyent,

Schneider s'étend, les mains nouées derrière la nuque;
il dit, en fermant les yeux : « N'empêche. Tu ne nous
aimes guère et ça m'inquiète. » Brunet se couche à son
tour. « Qu'est-ce que c'est que ce type ? Un sympathisant ? Hum! Tu l'as voulu, pense-t-il. Tu l'as voulu. À
présent, je ne te lâche plus. » Il s'endort, il se réveille,
c'est le soir, il se rendort, c'est la nuit, c'est le soleil;
il se redresse, il regarde autour de lui, il se demande où
il est, il se rappelle, il se sent la tête vide. Le Blondinet
est assis, il a l'air abruti et sinistre; ses bras pendent
entre ses jambes écartées. « Ça ne va pas ? demande Brunet. — Pas fort, je suis à la crotte. Tu crois qu'ils nous
donneront à manger, ce matin ? — Je ne sais pas. — Tu
crois qu'ils veulent nous faire crever de faim ? — Je
ne pense pas. — Je m'emmerde! soupire Blondinet.
J'ai pas l'habitude de rester à rien faire. — Alors, viens
te laver. » Le blond regarde sans enthousiasme du côté
du tuyau d'arrosage : « Ça sera froid. — Viens donc. »
Ils se lèvent, Schneider dort, Moûlu dort, le sergent est
couché sur le dos les yeux grands ouverts, il mâchonne
sa moustache; il y a des milliers d'yeux par terre, des
milliers d'yeux ouverts et d'autres que la chaleur et le
soleil font peu à peu éclore; le blond vacille sur ses
jambes : « Merde, je tiens plus debout, moi, je vais me
foutre en l'air. » Brunet déroule le tuyau d'arrosage, le
fixe sur la prise d'eau, tourne le robinet. Il se sent lourd.
Le blond s'est mis à poil; il est dur et velu, avec de gros
muscles en boule. Sa chair rougit et se tasse sous le jet,
mais son visage reste gris. « À moi », dit Brunet. Le
blond prend le tuyau, il dit : « C'est qu'il pèse lourd! »
Il le lâche et le rattrape. Il dirige le jet sur Brunet,
flageole et repose soudain le tuyau. Il dit : « Ça me
fatigue. » Ils se rhabillent. Le blond reste assis par terre
un long moment, une molletière à la main, il regarde
l'eau qui fuse entre les cailloux, il suit des yeux les rigoles
bourbeuses, il dit : « Nous perdons nos forces. » Brunet
ferme le robinet, il aide le Frisé à se relever, il le ramène
vers le perron. Lambert s'est réveillé, il les regarde en
rigolant : « Vous ne marchez pas droit; vous avez l'air
bourrés. » Le Frisé se laisse choir sur la toile de tente,
il grogne : « Ça m'a esquinté, on ne m'y reprendra plus. »
Il regarde ses grosses mains tremblantes et velues :
« Avec ça, la réaction ne se fait pas. — Viens te pro-

mener, dit Brunet. — Plus souvent! » Il s'enroule dans
ses couvertures et ferme les yeux. Brunet s'en va dans
la cour de derrière; elle est déserte; trente tours de cour
au pas de gymnastique. Au dixième, la tête lui tourne;
au dix-neuvième il est obligé de s'appuyer contre un
mur; mais il tient bon, il veut mater son corps, il va
jusqu'au bout et s'arrête essoufflé. Le cœur lui bat
jusque dans la tête, mais il est heureux : « Le corps, c'est
fait pour obéir; je ferai ça tous les jours, j'irai jusqu'à
cinquante. » Il ne sent pas la faim, il est heureux de ne
pas sentir la faim : « Aujourd'hui, c'est mon cinquième
jour de jeûne, je me tiens encore assez bien. » Il retourne
dans la cour de devant. Schneider dort toujours, la
bouche ouverte; tous les types sont couchés, immobiles
et muets, ils ont l'air de cadavres. Brunet voudrait parler
au typo, mais le typo dort encore. Il revient s'asseoir;
son cœur bat toujours aussi fort; le ch'timi se met à rire.
Brunet se retourne : le ch'timi rit, les yeux baissés sur
le bâton qu'il sculpte; il a déjà gravé une date; à présent
il dessine des fleurs à la pointe du couteau : « Qu'est-ce
que t'as à te marrer ? demande Lambert. Tu trouves ça
drôle, toi ? » Le ch'timi rit toujours. Il explique sans
lever les yeux : « Je ris parce que ça fait trois jours
que j'ai pas chié. — C'est normal, dit Lambert. Avec quoi
que tu chierais ? — Il y en a pourtant qui chient, dit
Moûlu. J'en ai vu. — C'est des petits veinards, dit Lambert. Des types qui ont apporté des boîtes de singe avec
eux. » Le sergent se redresse. Il regarde Moûlu en tirant
sur sa moustache : « Alors ? tes camions ? — Ils arrivent,
dit Moûlu. Ils arrivent. » Mais sa voix n'a plus beaucoup
de conviction : « Il faudra qu'ils se pressent, dit le sergent. Sans quoi, ils ne trouveront plus personne. »
Moûlu regarde toujours le portail; on entend un gargouillis liquide et chantonnant, Moûlu s'excuse, il dit :
« C'est mon estomac! » Schneider s'est réveillé. Il se
frotte les yeux, sourit et murmure : « Un café au lait...
— Avec des croissants, dit le Frisé. — J'aimerais mieux
une bonne soupe, dit le ch'timi. Avec un peu de vin
rouge dedans. » Le sergent demande : « Personne n'a
de cigarettes ? » Schneider lui tend son paquet mais
Brunet l'arrête, agacé : il n'aime pas les générosités
individuelles. « Mettons-les plutôt en commun. — Si tu
veux, dit Schneider. J'en ai un paquet et demi. — Moi,

un paquet », dit Brunet. Il le sort de sa poche et le pose
sur la toile de tente. Moûlu sort une boîte de fer-blanc
de sa musette et l'ouvre : « Il m'en reſte dix-sept. — C'eſt
tout ? demande Brunet. Lambert, tu n'en as pas ? — Non,
dit Lambert. — C'eſt pas vrai, dit Moûlu, ton paquet
était plein, hier soir. — J'en ai fumé cette nuit. — Des
clous ! Je t'ai entendu ronfler. — Enfin merde ! dit
Lambert. Je veux bien en donner une au sergent s'il n'en
a pas, mais si je ne veux pas le mettre en commun, ça
me regarde. — Lambert, dit Brunet, tu es libre de
ramasser ta toile de tente et de t'en aller ailleurs, mais
si tu veux reſter avec nous, il faudra prendre l'esprit
d'équipe et t'habituer à tout mettre en commun. Donne
tes cigarettes. » Lambert hausse les épaules et jette
rageusement un paquet sur la couverture de Schneider.
Moûlu compte les cigarettes : « Quatre-vingts. Ça fait
onze par tête de pipe et il en reſte trois à tirer au sort.
On les diſtribue ? — Non, dit Brunet. Si tu les diſtri-
bues, il y a des types qui auront tout fumé d'ici ce soir.
Je les garde. Vous en aurez trois par jour pendant trois
jours ; deux le quatrième. D'accord ? » Les types le
regardent. Ils comprennent vaguement qu'ils sont en
train de se donner un chef. Brunet répète : « D'accord ? »
ils s'en foutent après tout : ils voudraient bouffer, voilà
ce qui les intéresse. Moûlu hausse les épaules et dit :
« D'accord. » Les autres approuvent de la tête. Brunet
diſtribue trois cigarettes à chacun et met les autres dans
sa musette. Le sergent en allume une, en tire quatre
bouffées, l'éteint et se la met derrière l'oreille. Le
ch'timi prend une des siennes, fend le papier et met le
tabac dans sa bouche. « Ça trompe la faim », explique-
t-il, en chiquant. Schneider n'a rien dit. Brunet pense :
« C'eſt peut-être une bonne recrue. » Il pense à Schneider
et puis encore à autre chose ; il se demande brusquement
à quoi il pense, il n'arrive plus à se le rappeler. Il reſte
un moment, les yeux fixes, une poignée de cailloux dans
la main, puis il se lève lourdement : le typo eſt réveillé.
« Alors ? demande Brunet. — Je ne sais pas où ils sont,
dit le typo. J'ai fait trois fois le tour de la cour, je n'ai
pas pu mettre la main dessus. — Continue, dit Brunet,
ne te décourage pas. » Il va se rasseoir, il regarde sa
montre, il dit : « Ça n'eſt pas possible. Quelle heure
avez-vous, les gars ? — Quatre heures trente-cinq, dit

Moûlu. — Alors, c'est ça, c'est bien ça. Quatre heures trente-cinq et je n'ai rien fait, je croyais qu'il était dix heures du matin. » Il lui semble qu'on lui a volé du temps. « Et le typo qui n'a pas retrouvé ses copains... » Tout est lent ici. Lent, hésitant, compliqué; il faudra des mois avant de mettre quelque chose sur pied. Le ciel est d'un bleu cru, le soleil est dur. Il s'adoucit peu à peu, le ciel rosit, Brunet regarde le ciel, il pense à des mouettes, il a sommeil, sa tête bourdonne, il n'a pas faim, il pense : « Je n'ai pas eu faim de la journée », il s'endort, il rêve qu'il a faim, il se réveille, il n'a pas faim, plutôt une légère nausée et un cercle de feu autour du crâne. Le ciel est bleu et gai, l'air frais; très loin, dans la campagne, grince la voix enrouée d'un coq, le soleil est caché mais ses rayons fusent en brume d'or par-dessus la crête du mur; de grandes ombres violettes s'étendent encore sur la cour. Le coq s'est tu, Brunet pense : « Quel silence », il lui semble un instant qu'il est seul au monde. Il se redresse péniblement et s'assied : les hommes sont là, autour de lui, des milliers d'hommes immobiles et couchés. On dirait un champ de bataille. Mais tous les yeux sont grands ouverts. Autour de lui, Brunet voit des faces renversées au milieu de cheveux épars, avec des yeux qui guettent. Il se tourne vers Schneider et voit ses yeux fixes. Il dit doucement : « Schneider! Eh! Schneider! » Schneider ne répond pas. Brunet voit au loin un long serpent mou qui bave : le tuyau d'arrosage. Il pense : « Il faut que je me lave. » Sa tête est lourde, il lui semble qu'elle l'entraîne en arrière, il se recouche, il a l'impression de flotter. « Il faut que je me lave. » Il essaye de se relever mais son corps ne lui obéit plus; ses jambes et ses bras sont mous, il ne les sent plus, ils sont posés à côté de lui comme des objets. Le soleil paraît au-dessus du mur : « Il faut que je me lave », il s'agace d'être un mort parmi ces morts aux yeux ouverts, il se crispe, il rassemble ses membres, il se jette en avant, le voilà debout, ses jambes flageolent, il transpire, il fait quelques pas, il a peur de tomber. Il s'approche du typo, il dit : « Salut! » Le typo se redresse et le regarde d'un drôle d'air : « Salut! dit Brunet. Salut. — Tu ne veux pas t'asseoir ? demande le typo. Ça ne va pas ? — Ça va, dit Brunet. Ça va même très bien. J'aime mieux rester debout. » S'il s'assied, il n'eſt pas sûr de pouvoir se relever. Le typo s'eſt assis, il a l'air vif et frais, ses yeux noisette brillent dans son joli visage de fille. « J'en ai retrouvé un, dit-il joyeusement. Perrin, il s'appelle. Il eſt cheminot à Orléans. Il a perdu ses copains, il les cherche. S'il les trouve, ils viendront tous les trois à midi. » Brunet regarde sa montre : il eſt dix heures, il essuie de sa manche son front en sueur, il dit : « Parfait. » Il lui semble qu'il voulait dire autre chose mais il ne sait plus quoi. Il reſte un moment à vaciller au-dessus du typo, en répétant : « Parfait ! C'eſt parfait ! » et puis se remet en marche avec effort, la tête en feu ; il se laisse tomber lourdement sur la toile de tente, il pense : « Je ne me suis pas lavé. » Schneider s'eſt dressé sur un coude et le regarde avec inquiétude : « Ça ne va pas ? — Si, dit Brunet agacé. Si, si. Ça va. » Il sort un mouchoir et l'étend sur sa figure à cause du soleil. Il n'a pas sommeil : pas exactement. Sa tête eſt vide et il lui semble qu'il descend en ascenseur. Quelqu'un tousse au-dessus de sa tête. Il arrache son mouchoir : c'eſt le typo avec trois autres types, Brunet les regarde avec surprise, il dit d'une voix pâteuse : « Il eſt déjà midi ? » Puis il essaye de se redresser : il a honte d'avoir été surpris ; il pense qu'il n'eſt pas rasé, qu'il eſt aussi sale que les autres ; il fait un violent effort et se remet sur ses pieds. « Salut », dit-il. Les types le regardent avec curiosité ; ce sont des gars comme il les aime : solides et propres avec des yeux durs. De bons outils. Ils le regardent, il pense : « Ici, ils n'ont plus que moi » et il se sent mieux. Il dit : « On marche un peu ? » Ils le suivent. Il tourne le coin de la caserne, il va jusqu'au fond de l'autre cour, il se retourne, il leur sourit. « Je te connais, dit un noiraud au crâne rasé. — Il me semblait bien que je t'avais vu quelque part, dit Brunet. — Je suis venu te voir en 37, dit le noiraud, je m'appelle Stephen ; j'étais de la brigade internationale. » Les autres disent aussi leurs noms : Perrin, d'Orléans, Dewrouckère, mineur à Lens. Brunet s'appuie contre le mur des écuries. Il les regarde, il pense, sans plaisir, qu'ils sont jeunes. Il se demande s'ils ont faim. « Alors ? dit Stephen. Qu'eſt-ce qu'il faut faire ? » Brunet les regarde, il ne se rappelle plus ce qu'il voulait leur dire ; il se tait, il lit l'étonnement dans leurs yeux, il desserre enfin les dents : « Rien. Pour le moment

il n'y a rien à faire. Se compter et rester en contact.
— Veux-tu venir avec nous ? demande Perrin. Nous
avons une tente. — Non, dit vivement Brunet. Restons
où nous sommes et tâchez de voir le plus de types que
vous pourrez, repérez les camarades, arrangez-vous pour
savoir un peu ce qu'il y a dans la tête des autres. Et
pas de propagande. Pas encore. » Dewrouckère fait la
grimace : « Ce qu'il y a dans leur tête, je le sais, dit-il.
Il n'y a rien du tout. Ils pensent à leur estomac. » Il
semble à Brunet que sa tête s'est mise à enfler; il ferme
à moitié les yeux, il dit : « Ça peut changer. Il y a des
curés dans vos secteurs ? — Oui, dit Perrin. Dans le
mien. Même qu'ils font un drôle de boulot. — Laissez-
les faire, dit Brunet. Ne vous faites pas repérer. Et s'ils
vous font des avances, ne les envoyez pas promener.
Compris ? » Ils font un signe de tête et Brunet leur dit :
« Rendez-vous demain à midi. » Ils le regardent, ils
hésitent un peu, il leur dit avec une nuance d'agacement : « Allez! Allez! Je reste ici. » Ils s'en vont. Brunet
les regarde partir, il attend qu'ils aient tourné le coin
pour avancer un pied : il n'est pas sûr de ne pas s'écrouler.
Il pense : « Trente tours au pas de gymnastique. » Il
fait deux pas en chancelant, la colère lui fait monter le
sang au visage, son crâne est martelé de coups violents :
« Trente tours et tout de suite! » Il s'arrache du mur,
il fait trois mètres, il s'étale sur le ventre. Il se relève
et retombe en se déchirant la main. Trente tours, tous
les jours. Il s'accroche à un anneau de fer scellé dans
le mur, il se remet debout, il prend son élan. Dix tours,
vingt tours, ses jambes flageolent, chaque enjambée est
comme une chute mais il sait qu'il s'effondrera s'il s'arrête.
Vingt-neuf tours; après le trentième, il tourne en courant
le coin de la caserne et ralentit seulement quand il entre
dans la cour de devant. Il enjambe les corps, il gagne
le perron. Personne n'a bougé : c'est un banc de poissons crevés qui flottent, le ventre en l'air. Il sourit. Seul
debout. « À présent, il faut que je me rase. » Il ramasse sa
musette, s'approche d'une fenêtre, prend son rasoir, pose
le morceau de miroir de biais sur le rebord de la fenêtre
et se rase à sec; la douleur lui ferme à moitié les yeux.
Son rasoir tombe, il se baisse pour le ramasser, lâche la
glace qui se brise à ses pieds, tombe sur les genoux. Cette
fois il *sait* qu'il ne pourra plus se relever. Il regagne sa

place, à quatre pattes, et se laisse tomber sur le dos; son cœur s'est affolé et tape de grands coups dans sa poitrine. À chaque coup, une pointe de feu lui vrille le crâne. Schneider lui soulève la tête sans un mot et glisse une couverture pliée en quatre sous sa nuque. Des nuages passent; il y en a un qui ressemble à une religieuse, un autre à une gondole. On le tire par la manche : « Debout! On déménage. » Il se lève sans comprendre, on le pousse vers le perron, la porte est ouverte; un flot ininterrompu de prisonniers s'engouffre dans la caserne. Il sent qu'il monte un escalier, il veut s'arrêter, on le pousse par-derrière, une voix lui dit : « Plus haut. » Le pied lui manque, il tombe les mains en avant. Schneider et le typo le prennent chacun par un bras et le portent. Il veut se dégager mais il n'en a pas la force. Il dit : « Je ne comprends pas. » Schneider rit doucement : « Tu as besoin de manger. — Juste comme vous, pas plus. — Tu es plus grand et plus costaud, dit le typo. Il te faut davantage de bouffe. » Brunet ne peut plus parler; ils le hissent jusqu'au grenier. Un long couloir sombre traverse la caserne de part en part. De chaque côté du couloir il y a des boxes, séparés les uns des autres par des barrières à claire-voie. Ils entrent dans l'un d'eux. Trois caisses vides, c'est tout. Pas de fenêtre. Il y a une lucarne tous les deux ou trois boxes; celle du box voisin leur dispense une lumière oblique qui couche sur le plancher, de biais, les grandes ombres des barreaux de bois. Schneider étend sa couverture sur le sol et Brunet se laisse choir dessus. Il voit un instant le visage du typo penché sur lui, il lui dit : « Ne reste pas là, case-toi plus loin et rendez-vous demain à midi. » Le visage disparaît et le rêve commence. L'ombre des barreaux glisse lentement sur le plancher, glisse et tourne sur les corps à la renverse, escalade les caisses, tourne, tourne, pâlit, la nuit monte le long du mur; à travers les barreaux, la lucarne semble une meurtrissure, une meurtrissure pâle, une meurtrissure noire et puis, tout d'un coup, un œil clair et gai, les barreaux reprennent leur ronde, ils tournent, l'ombre tourne comme un phare, la bête est en cage, des hommes s'agitent un moment puis disparaissent, le bateau dérive avec tous les forçats morts de faim dans leurs cages. Une flamme d'allumette, un mot jaillit de la pénombre, peint en

lettres rouges, de biais, sur une des caisses : FRAGILE,
il y a des chimpanzés dans la cage voisine, qui pressent
leurs têtes curieuses contre les barreaux, qui tendent leurs
longs bras entre les barreaux, ils ont des yeux tristes et
ridés, le singe est la bête qui a les yeux les plus tristes,
après l'homme. Quelque chose est arrivé, il se demande
ce qui est arrivé, une catastrophe. Quelle catastrophe ?
Peut-être un refroidissement du soleil ? Une voix s'élève
du fond des cages : « Un soir je vous dirai de douces
choses[1]. » Une catastrophe, tout le monde est dans le
bain. Quelle catastrophe ? Que va faire le Parti ? C'est
un goût délicieux d'ananas frais, un jeune goût un peu
gai, enfantin, il mâche l'ananas, il broie sa douce élas-
ticité fibreuse, quand est-ce que j'en ai mangé pour la
dernière fois ? J'ai aimé l'ananas, c'était comme du bois
sans défense, écorcé ; il mâche. Le jeune goût jaune de
bois tendre *remonte* doucement du fond de sa gorge
comme le lever hésitant du soleil, il s'épanouit sur la
langue, il *veut dire* quelque chose, qu'est-ce qu'il veut
dire, ce sirop de soleil ? J'ai aimé l'ananas, oh ! il y a
longtemps, c'était du temps que j'aimais le ski, les
montagnes, la boxe, les petits yachts à voile, les femmes.
Fragile. Qu'est-ce qui est fragile ? Nous sommes tous
fragiles. Le goût, sur la langue, tourne, tourbillon
solaire, un goût ancien, oublié, je m'étais oublié, *le
fourmillement du soleil dans les feuilles des châtaigniers, la pluie
de soleil sur mon front, je lisais dans le hamac, la maison
blanche derrière moi, derrière moi la Touraine, j'aimais les
arbres, le soleil et la maison, j'aimais le monde et le bonheur,
oh ! autrefois[2].* Il remue, il se débat : « J'ai quelque chose
à faire, j'ai quelque chose à faire tout de suite. » Il a
un rendez-vous urgent, avec qui ? Avec Krupskaïa[3]. Il
retombe : Fragile. Qu'est-ce que j'ai fait de mes amours ;
ils m'ont dit : « Tu ne nous aimes pas assez. » Ils m'ont
eu, ils m'ont écorcé *une jeune pousse tendre et gluante de
sève[4],* quand je sortirai d'ici, je mangerai un ananas entier.
Il se redresse à moitié, un rendez-vous urgent, il retombe
dans une enfance calme, dans un parc, *écartez les herbes
et vous trouverez un soleil ; qu'as-tu fait de tes désirs[5]* ? Je
n'ai pas de désirs, je suis une écorce, la sève est morte ;
les singes accrochés aux barreaux le regardent de leurs
yeux fiévreux, quelque chose est arrivé. Il se souvient,
il se soulève, il crie : « Le typo. » Il demande : « Est-ce

qu'il est venu, le typo ? » Personne ne répond, il retombe
dans la sève gluante, dans la SUBJECTIVITÉ, nous avons
perdu la guerre et je vais crever ici, Mathieu se penche
et chuchote : « Tu ne nous aimais pas assez, tu ne nous
aimais pas assez », les singes s'esclaffent en se frappant
les cuisses : « Tu n'aimais rien, mais non ! rien du tout. »
L'ombre des barreaux tourne lentement sur son visage,
l'ombre, le soleil, l'ombre, ça l'amuse. Je suis du Parti,
j'aime les camarades ; pour les autres, je n'ai pas de
temps à perdre, j'ai un rendez-vous. « Un soir, je vous
dirai de douces choses, un soir je vous dirai que je vous
aime. » Il s'est assis, il souffle, il les regarde, Moûlu
sourit aux anges, la face tournée vers le plafond, une
ombre fraîche le caresse, glisse le long de sa joue, le
soleil fait briller ses dents : « Eh ! Moûlu. » Moûlu
sourit toujours, il dit sans bouger : « Tu les entends ?
— Qu'est-ce que j'entends ? demande Brunet. — Les
camions. » Il n'entend rien ; il a peur de cet énorme désir
qui le submerge tout à coup, désir de vivre, désir d'aimer,
désir de caresser des seins blancs, Schneider est couché
à sa droite, il l'appelle au secours : « Ho ! Schneider. »
Schneider dit d'une voix faible : « Ça va mal. » Brunet
dit : « Tu prendras les cigarettes dans ma musette.
Trois par jour. » Ses reins glissent lentement sur le
parquet, il se retrouve couché, la tête renversée, il
regarde le plafond, je les aime, bien sûr je les aime,
mais *il faut qu'ils servent,* qu'est-ce que c'est que ce
désir ? Le corps, le corps mortel, forêt de désirs, sur
chaque branche un oiseau, ils servent le jambon de
Westphalie sur des assiettes de bois, le couteau tranche
la viande, on sent, quand on le tire, l'adhérence légère
du bois humide, ils m'ont eu, je ne suis qu'un désir
et nous sommes tous dans la merde et je vais crever
ici. Quel désir ? On le soulève, on l'assied, Schneider
lui fait avaler une soupe : « Qu'est-ce que c'est ? — Une
soupe d'orge. » Brunet se met à rire : c'était ça, ce
n'était que ça. Cet immense désir coupable, ce n'était
que la faim. Il s'endort, on le veille, il mange sa seconde
soupe. Il sent des brûlures à l'estomac ; les barreaux
tournent, la voix s'est tue ; il dit : « Il y avait un type
qui chantait. — Oui, dit Moûlu. — Il ne chante plus.
— Il est mort, dit Moûlu. Ils l'ont emporté hier. »
Encore une soupe et, cette fois, avec du pain. Il dit :

« Ça va mieux. » Il s'assied sans aide, il sourit : « L'enfance, l'amour, la " subjectivité ", ce n'était rien : tout
juste un rêve d'inanition. » Il interpelle gaiement Moûlu :
« Alors, ils ont fini par venir, les camions ? — Eh oui!
dit Moûlu. Eh oui! » Moûlu gratte une boule de pain
avec son canif, il la creuse et l'évide par endroits, il
la sculpte. Il explique sans lever les yeux : « C'est une
boule de pain en rab, elle est moisie. Si tu manges le
bleu, ça te fout la chiasse, mais il y a de quoi faire autour. »
Il tend une languette de pain à Brunet, il en enfonce
une autre dans sa grande bouche, il dit fièrement :
« Six jours qu'on est resté sans bouffe. J'en devenais
dingue. » Brunet rit, il pense à la « subjectivité » :
« Moi aussi », dit-il. Il s'endort, il est réveillé par le
soleil, il se sent encore faible, mais il peut se lever. Il
demande : « Est-ce que le typo est venu me voir ?
— Tu sais, ces jours-ci on n'a pas trop fait attention
aux visiteurs. — Où est Schneider ? demande Brunet.
— Je ne sais pas. » Brunet sort dans le couloir; Schneider
parle au typo; ils rient tous les deux. Brunet les regarde
avec agacement. Le typo vient à lui, il lui dit : « Nous
deux Schneider, on a fait du boulot. » Brunet se tourne
vers Schneider, il pense : « Il se glisse partout. »
Schneider lui sourit, il dit : « On a traîné un peu partout, depuis avant-hier, on a repéré de nouveaux copains.
— Hum! dit Brunet sèchement. Il faudra que je les
voie. » Il descend l'escalier, Schneider et le typo descendent derrière lui. Dans la cour, il s'arrête et cligne
des yeux, ébloui : c'est une belle journée. Assis sur les
marches du perron, des hommes fument paisiblement,
ils ont l'air chez eux, ils se reposent après le labeur de
la semaine; de temps en temps il y en a un qui hoche
la tête et laisse tomber quelques mots; alors tout le
monde se met à hocher la tête. Brunet les regarde avec
colère, il pense : « Ça y est! les voilà qui s'installent. »
La cour, les miradors, le mur d'enceinte c'est *à eux,* ils
sont assis sur le pas de leur porte, ils commentent avec
une lente sagesse paysanne tous les incidents du village :
« Qu'est-ce qu'on peut faire avec des gars comme ça ?
Ils ont la passion de posséder; vous les foutez en taule
et, au bout de trois jours, vous ne savez plus s'ils sont
prisonniers ou propriétaires de la prison. » D'autres se
promènent, par deux ou par trois, ils marchent alerte-

ment, ils causent, ils rient, ils virevoltent : ce sont des
bourgeois qui font la parade. Des aspirants passent, en
uniforme de fantaisie, sans regarder personne, et Brunet entend leurs voix distinguées : « Non, mon vieux,
je te demande bien pardon, ils n'ont pas déposé leur
bilan; il avait été question qu'ils le déposent mais la
Banque de France les a renfloués. » Très entourés, deux
types à lunettes jouent aux échecs sur leurs genoux; un
petit bonhomme chauve lit en fronçant les sourcils;
de temps en temps il pose son livre et consulte avec
agitation un énorme bouquin. Brunet passe derrière lui :
le bouquin, c'est un dictionnaire. « Qu'est-ce que tu
fais ? demande Brunet. — J'apprends l'allemand. »
Autour du tuyau d'arrosage, des hommes tout nus
crient et se bousculent en riant; accoudé à un piquet,
Gartiser, l'Alsacien, cause en allemand avec une sentinelle allemande qui l'écoute en approuvant de la tête.
Il a suffi d'une bouchée de pain! Une bouchée de pain,
et cette cour sinistre où agonisait l'armée vaincue s'est
changée en plage, en solarium, en kermesse. Deux types
tout nus se bronzent au soleil, couchés sur une couverture; Brunet voudrait marteler de coups de pied leurs
fesses dorées : foutez le feu à leurs villes, à leurs villages, emmenez-les en exil, ils s'acharneront partout à
reconstruire leur petit bonheur têtu, leur bonheur de
pauvres; allez donc travailler là-dessus. Il leur tourne
le dos et s'en va dans l'autre cour; il s'arrête, saisi :
des dos, des milliers de dos, le tintement d'une sonnette, des milliers de crânes s'inclinent. « Sans blague! »
dit-il. Schneider et le typo se mettent à rire : « Eh! oui!
c'est dimanche. On voulait te faire la surprise. — C'est
donc ça! dit Brunet. C'est dimanche! » Il les regarde,
ébahi : quel entêtement! Ils se sont fabriqué un dimanche
synthétique, tout un dimanche des villes et de la campagne, parce qu'ils ont lu que c'était dimanche sur un
calendrier. Dans l'autre cour, c'était dimanche au village, dimanche dans la grande rue de province, ici c'est
dimanche à l'église; il ne manque que le cinéma. Il se
tourne vers le typo : « Pas de cinéma, ce soir ? » Le typo
sourit : « Les jocistes[1] feront un " feu ". » Brunet serre
les poings, il pense aux curetons, il pense : « Ils ont
drôlement travaillé, pendant que j'étais malade. On ne
devrait jamais tomber malade. » Le typo dit timidement :

« C'est une belle journée. — Bien sûr », dit Brunet entre
ses dents. Bien sûr : une belle journée. Une belle journée
sur toute la France : les rails arrachés et tordus brillent
au soleil, le soleil dore les feuilles jaunies des arbres
déracinés, l'eau miroite au fond des cratères de bombe,
les morts verdissent dans les blés et leur ventre chante
sous un ciel sans nuage. Avez-vous déjà oublié ? Les
hommes, c'est du caoutchouc. Les têtes se sont relevées,
le prêtre parle. Brunet n'entend pas ce qu'il dit, mais il
voit sa tête rougeaude, ses cheveux gris, ses lunettes de
fer et ses fortes épaules; il le reconnaît : c'est le gaillard
au bréviaire qu'il avait remarqué le premier soir. Il se
rapproche. À deux pas de lui, les yeux brillants, l'air
humble, le sergent à moustache écoute passionnément :
« ... Que beaucoup d'entre vous sont croyants, mais je
sais aussi qu'il en est d'autres qui m'écoutent par curiosité, pour s'instruire ou simplement pour tuer le temps.
Vous êtes tous mes frères, mes très chers frères, mes
frères d'armes et mes frères en Dieu, je m'adresse à
vous tous, catholiques, protestants, athées, car la parole
de Dieu est pour tous. Le message que je vous délivre
en ce jour de deuil, qui est aussi le jour du Seigneur,
consiste en ces simples trois mots : " Ne désespérez
pas[1]!... " car le désespoir n'est pas seulement péché
contre l'adorable bonté divine : les incroyants mêmes
conviendront avec moi que c'est un attentat de l'homme
contre lui-même et, si je puis dire, un suicide moral. Il
en est sans doute parmi vous, mes chers frères, qui,
trompés par un enseignement sectaire, ont appris à ne
voir, dans la suite admirable des événements de notre
histoire, qu'une succession d'accidents sans signification
ni lien. Ils s'en vont aujourd'hui répétant que nous
avons été battus parce que nous n'avions pas assez de
tanks, parce que nous n'avions pas assez d'avions. De
ceux-là, le Seigneur a dit qu'ils ont des oreilles pour ne
pas entendre et des yeux pour ne point voir, et sans
doute, lorsque la colère divine se déchaîna sur Sodome
et sur Gomorrhe, se trouva-t-il dans les cités impies des
pécheurs assez endurcis pour prétendre que la pluie de
fer qui réduisait leurs villes en cendres n'était qu'une
précipitation atmosphérique ou un météore. Mes frères,
ne péchaient-ils pas contre eux-mêmes ? Car, si la
foudre est tombée sur Sodome par hasard, alors il n'est

pas un ouvrage de l'homme, il n'est pas un produit de
sa patience et de son industrie qui ne puisse, du jour au
lendemain, être réduit à néant, sans rime ni raison, par
des forces aveugles. Pourquoi bâtir ? Pourquoi planter ?
Pourquoi fonder une famille ? Nous voici, vaincus et
captifs, humiliés dans notre légitime orgueil national,
souffrants dans notre corps, sans nouvelles des êtres
qui nous sont chers. Eh quoi ? Tout cela serait sans
but ? Sans autre origine que le jeu des forces mécaniques ? Si cela était vrai, mes frères, je vous le dis :
il faudrait nous abandonner au désespoir, car il n'est
rien de plus désespérant et rien de plus injuste que de
souffrir pour rien. Mais, mes frères, je demande à mon
tour à ces esprits forts : " Et pourquoi n'avions-nous
pas assez de tanks ? Pourquoi n'avions-nous pas assez
de canons ? " Ils répondront sans doute : " C'est parce
que nous n'en produisions pas assez. " Et voilà que se
dévoile tout à coup le visage de cette France pécheresse
qui, depuis un quart de siècle, avait oublié ses devoirs
et son Dieu. Pourquoi, en effet, ne produisions-nous
pas assez ? Parce que nous ne travaillions pas. Et d'où
vient, mes frères, cette vague de paresse qui s'était
abattue sur nous comme les sauterelles sur les champs
de l'Égypte ? Parce que nous étions divisés par nos
querelles intestines : les ouvriers, conduits par des
agitateurs cyniques, en étaient venus à détester leurs
patrons; les patrons, aveuglés par l'égoïsme, se souciaient peu de satisfaire aux revendications les plus
légitimes; les commerçants jalousaient les fonctionnaires, les fonctionnaires vivaient comme le gui sur le
chêne; nos élus, à la Chambre, au lieu de discuter, dans
la sérénité, de l'intérêt public, se heurtaient, s'insul-
taient, en venaient parfois aux mains. Et pourquoi ces
discordes, mes très chers frères, pourquoi ces conflits
d'intérêts, pourquoi ce relâchement dans les mœurs ?
Parce qu'un matérialisme sordide s'était répandu dans
le pays comme une épidémie. Et qu'est-ce que le matérialisme sinon l'état de l'homme qui s'est détourné de
Dieu : il pense qu'il est né de la terre et qu'il retournera
à la terre, qu'il n'a plus de souci que pour ses intérêts
terrestres. Je répondrai donc à nos sceptiques : " Vous
avez raison, mes frères : nous avons perdu la guerre
parce que nous n'avions pas assez de *matériel*. Mais

vous n'avez qu'en partie raison parce que votre réponse
est *matérialiste* et c'est parce que vous êtes matérialistes
que vous avez été battus. " C'est la France, fille aînée
de l'Église, qui a inscrit dans l'histoire l'éblouissante
succession de ses victoires; c'est la France sans Dieu qui
a connu la défaite en 1940. » Il fait une pause; les hommes
écoutent en silence, bouche ouverte; le sergent approuve
par des signes de tête. Brunet reporte son regard sur le
prêtre; il est frappé par son air de triomphe : ses yeux
brillants courent d'un bout à l'autre de l'auditoire, ses
joues rougissent, il lève la main et reprend la parole
avec un emportement presque gai : « Ainsi, mes frères,
abandonnons l'idée que notre défaite est le fruit du
hasard : c'est à la fois notre punition et notre faute. Non
pas hasard, mes frères : châtiment; voilà la bonne nouvelle que je vous apporte aujourd'hui. » Il fait encore
une pause et scrute les têtes tendues vers lui pour juger
de l'effet produit. Puis il se penche et poursuit d'une voix
plus insinuante : « Nouvelle dure et déplaisante, j'en
conviens, mais pourtant bonne nouvelle. À celui qui
se croit la victime innocente d'une catastrophe et qui se
tord les mains sans comprendre, est-ce qu'on n'annonce
pas la bonne nouvelle quand on lui révèle qu'il expie
sa propre faute ? C'est pourquoi je vous dis : réjouissez-
vous, mes frères! Réjouissez-vous du fond de l'abîme
de vos souffrances, car s'il y a faute et s'il y a expiation,
il y a aussi rachat. Et je vous dis : réjouissez-vous encore,
réjouissez-vous dans la Maison de votre Père, car il est
une autre raison de vous réjouir. Notre-Seigneur, qui
a souffert pour tous les hommes, qui a pris nos fautes
sur lui, qui a souffert et qui souffre encore pour les
expier, Notre-Seigneur vous a choisis. Oui, vous tous,
paysans, ouvriers, bourgeois, qui n'êtes ni tout à fait
innocents ni certainement les plus coupables, il vous a
choisis pour un incomparable destin : il a choisi que
vos souffrances, à l'exemple des siennes, rachètent les
péchés et les fautes de la France entière que Dieu n'a
cessé d'aimer et qu'il a punie à contrecœur. Mes frères,
c'est ici qu'il faut opter : ou bien vous gémirez et vous
vous arracherez les cheveux, disant : "Pourquoi est-ce
à moi que ces malheurs arrivent ? À moi plutôt qu'à
mon voisin qui était un mauvais riche, plutôt qu'aux
politiciens qui ont conduit mon pays à sa perte ?"

Alors rien n'a plus de sens, il vous reste à mourir dans
la haine et la rancœur. Ou bien vous vous direz : " Nous
n'étions rien et voici que nous sommes les élus de la
souffrance, les oblats, les martyrs. " Alors, pendant qu'un
homme providentiel, digne fils de ceux que le Seigneur
a toujours suscités en France quand elle était à deux
doigts de sa ruine[1]... » Brunet s'en va sur la pointe des
pieds. Il retrouve Schneider et le typo contre le mur
de la caserne. Il dit : « Il connaît son affaire. — Je
veux ! dit le typo. Il couche à deux piaules de moi, le
soir on n'entend que lui : il se fait la main sur les
copains. » Deux types passent près d'eux, un grand
maigre au crâne allongé qui porte des lorgnons, et un
petit gros à la bouche dédaigneuse. Le grand dit d'une
voix douce et juste : « Il a très bien parlé. Très simplement. Et il a dit ce qu'il fallait. » Brunet se met à rire :
« Parbleu ! » Ils font quelques pas. Le typo regarde Brunet
avec confiance ; il demande : « Alors ? — Alors ? répète
Brunet. Ce sermon, qu'est-ce que tu en penses ? — Il
y a du bon et du mauvais. En un sens il travaille pour
nous : il leur a expliqué que la captivité ne serait pas
une partie de plaisir ; et je crois qu'il va un peu forcer
là-dessus : c'est son intérêt comme le nôtre. Tant que
ces gars-là se figureront qu'ils vont revoir leur petite
amie à la fin du mois, on ne pourra rien en faire. — Ha ? »
Les beaux yeux du typo se sont écarquillés, ses joues
sont grises. Brunet poursuit : « De ce côté-là ça va,
vous pouvez même vous servir de lui. Vous prenez
vos types entre quat'zyeux et vous leur dites : " Le
cureton, tu as vu ? Il a dit qu'on allait en chier dur " ».
Le typo demande avec effort : « Parce que toi, tu penses
qu'on en a pour longtemps ? » Brunet le regarde durement : « Tu crois au Père Noël ? » Le typo se tait, il
avale sa salive ; Brunet se tourne vers Schneider et continue : « Seulement, d'un autre côté, je ne pensais pas
qu'ils prendraient position si vite, je pensais qu'ils
voudraient voir venir. Eh bien, je t'en fous ; son sermon était un véritable programme politique : la France,
fille aînée de l'Église et Pétain chef des Français[a]. C'est
emmerdant. » Il regarde le typo brusquement : « Qu'est-ce
qu'on pense de lui, autour de toi ? — Les types l'aiment
bien. — Ah ? — Il n'y a pas grand-chose à lui reprocher.
Il partage tout ce qu'il a ; mais il te le fait sentir. Il a

toujours l'air de te dire : je te donne ça pour l'amour
de Dieu. Moi, j'aimerais mieux pas fumer que de fumer
son tabac; mais je suis le seul. — C'est tout ce que tu
sais de lui ? — Tu sais, dit le typo d'un air d'excuse, il
n'est là que le soir. — Qu'est-ce qu'il fout dans la journée ? — Infirmerie. — Il y a une infirmerie à présent ?
— Oui. Dans l'autre bâtiment. — Il est infirmier ?
— Non, mais c'est un copain du major, il fait le bridge
avec lui et deux officiers blessés. — Ha ha! dit Brunet.
Et qu'est-ce qu'ils en disent, les gars ? — Ils en disent
rien : ils s'en doutent mais ils ne veulent pas le savoir.
Moi je l'ai su par Gartiser, qui est infirmier. — Bon,
eh bien tu leur casseras le morceau; tu leur demanderas
comment ça se fait que les curetons soient toujours
fourrés avec les officiers. — D'accord. » Schneider,
depuis un moment, les regarde avec un drôle de sourire. Il dit : « L'autre bâtiment, c'est celui des Fritz.
— Ah! » dit Brunet. Schneider se tourne vers le typo;
il sourit toujours : « Tu vois ce que tu as à dire : que
le cureton plaque ses copains pour aller faire de la lèche
aux Fritz. — Oh, tu sais, dit mollement le typo, j'ai pas
idée qu'il voit beaucoup de Frisous. » Schneider hausse
les épaules avec une impatience feinte : Brunet a l'impression qu'il s'amuse. « Est-ce que tu as le droit, toi,
de te promener dans le bâtiment des Allemands ? »
demande Schneider au typo. Le typo hausse les épaules
sans répondre. Schneider[a] triomphe : « Tu vois! moi
je me fous de ses intentions : il veut peut-être sauver
la France. Mais *objectivement* c'est un prisonnier français
qui passe ses journées avec l'ennemi. Voilà ce que les
copains doivent savoir. » Le typo, déconcerté, se tourne
vers Brunet. Brunet n'a pas aimé du tout le ton de
Schneider, mais il ne veut pas[b] le démentir. Il dit :
« Vas-y doucement. Ne cherche pas à le démolir pour
le moment. D'ailleurs il y en a plus de cinquante ici,
tu n'y suffirais pas. Tu t'arranges pour dire, dans la
conversation : "Le cureton pense qu'on ne reviendra
pas de si tôt et il doit le savoir parce qu'il fréquente
les officemars et qu'il fait la causette aux Fridolins. "
Il faut qu'ils comprennent peu à peu qu'un cureton, ce
n'est pas du même bord. Compris ? — Oui, dit le typo.
— Il y a un type à nous dans la piaule du curé? — Oui.
— Il est dégourdi ? — Encore assez. — Qu'il se laisse

embobiner, qu'il fasse semblant d'être convaincu, nous
avons besoin d'un informateur. » Il s'appuie sur le
mur, réfléchit un moment et dit au typo : « Va me
chercher tes copains. Deux ou trois. Des nouveaux. »
Quand ils sont seuls, Brunet dit à Schneider : « J'aurais
préféré attendre un peu; dans un mois ou deux, les
types seront à point. Mais les curetons sont trop forts.
Si on ne commence pas tout de suite, on sera pris de
vitesse. Tu es toujours d'accord pour travailler avec
nous ? — Travailler à quoi ? » demande Schneider.
Brunet fronce les sourcils : « Je croyais que tu voulais
travailler avec nous. Tu as changé d'avis ? — Je n'ai
pas changé d'avis, dit Schneider. Je te demande à quoi
vous allez travailler*a*. — Eh bien, dit Brunet, tu as
entendu le cureton ? Ces gars-là ne sont pas tombés de
la dernière pluie : dans un mois tu les trouveras partout.
En plus de ça, je ne serais pas autrement étonné si les
Fritz ramassaient parmi nous deux ou trois Quisling
et les*b* chargeaient de nous porter la bonne parole.
Avant la guerre on pouvait leur opposer des formations
solides, le Parti, les syndicats, le comité de vigilance.
Ici, rien. Alors il s'agit de reconstituer *quelque chose*.
Naturellement, ça se réduira souvent à des palabres,
je n'ai jamais beaucoup aimé ça, mais enfin nous n'avons
pas le choix. Donc : repérer les éléments sains, les organiser, amorcer une contre-propagande clandestine, voilà
les objectifs immédiats. Deux thèmes à développer :
nous refusons de reconnaître l'armistice; la démocratie
est la seule forme de gouvernement que nous puissions
accepter aujourd'hui. Inutile d'aller plus loin : dans les
débuts il faut être prudents. Moi je me charge de retrouver les camarades du P. C. Mais il y a les autres, les
socialistes, les radicaux, tous les types plus ou moins
vaguement " de gauche ", les sympathisants comme
toi. » Schneider a un sourire froid : « Les mous. —
Disons : les tièdes. » Brunet se hâte d'ajouter : « Mais
on peut être tiède et honnête. Je ne suis pas sûr de
parler tout à fait leur langage. Tu n'auras pas cette
difficulté, puisque c'est le tien. — D'accord, dit Schneider. En somme il s'agirait de ressusciter un peu l'esprit
Front Populaire ? — Ça ne serait déjà pas si mal »,
dit Brunet. Schneider hoche la tête. Il dit : « Donc ce
sera mon boulot. Mais... es-tu sûr que c'est *le tien* ? »

Brunet le regarde, étonné : « Le mien ? — Oh! dit
Schneider avec indifférence, si tu en es sûr... — Explique-
toi donc, dit Brunet. Je n'aime pas les sous-entendus.
— Mais je n'ai rien à expliquer. Je voulais seulement
dire : que fait le Parti en ce moment ? Quels sont ses
ordres, ses directives ? Je suppose que tu les connais. »
Brunet le regarde en souriant : « Est-ce que tu te rends
compte de la situation ? demande-t-il. Les Allemands
sont à Paris depuis quinze jours[1], toute la France est
sens dessus dessous : il y a des camarades qui sont
tués ou prisonniers, d'autres qui ont filé Dieu sait où
avec leur division, à Pau ou à Montpellier, d'autres qui
sont en taule. Si tu veux savoir ce que fait le Parti en
ce moment, je vais te le dire : il est en train de se réor-
ganiser. — Je vois, dit Schneider mollement. Et toi,
de ton côté, tu essayes de toucher les camarades qui
sont ici. C'est parfait. — Bon, dit Brunet pour conclure.
Si tu es d'accord... — Mais, mon vieux, dit Schneider,
bien sûr que je suis d'accord. Et d'autant plus que ça
ne me regarde pas. Je ne suis pas communiste. Tu me
dis que le Parti se réorganise : je n'en demande pas plus.
Ce que j'aurais voulu savoir, si j'étais à ta place... » Il
fouille dans la poche de sa veste, comme pour y chercher une cigarette, ressort sa main au bout d'un moment
et la laisse pendre le long du mur. « Sur quelles bases
se réorganise-t-il ? Voilà la question. » Il ajoute sans
regarder Brunet : « Les Soviets sont alliés à l'Allemagne. — Mais non, dit Brunet avec impatience. Ils
ont conclu un pacte de non-agression, et encore : tout
provisoire. Regarde un peu, Schneider : après Munich,
l'U. R. S. S. ne pouvait plus... » Schneider soupire :
« Je sais, dit-il. Je sais tout ce que tu vas me dire. Tu
vas me dire que l'U. R. S. S. a perdu confiance dans les
Alliés et qu'elle temporise en attendant d'être assez
forte pour pouvoir déclarer la guerre aux Fritz. C'est
ça ? » Brunet hésite. « Pas exactement, dit-il. Je pense
plutôt qu'elle est sûre qu'ils l'attaqueront. — Mais tu
crois qu'elle fait ce qu'elle peut pour retarder l'échéance.
— J'imagine. — Alors, dit lentement Schneider, si
j'étais toi, je ne serais pas si sûr que le Parti va prendre
fermement position contre les nazis : ça pourrait nuire
à l'U. R. S. S. » Il fixe sur Brunet ses yeux troubles. Il
a un regard émoussé, mélancolique mais difficilement

soutenable. Brunet, agacé, détourne la tête : « Ne te
fais donc pas plus bête que tu n'es. Tu sais bien qu'il
ne s'agit pas d'une prise de position publique. Le Parti
est dans l'illégalité depuis 39[1] et son action restera clandestine. » Schneider sourit : « Clandestine, oui. Mais
qu'est-ce que ça veut dire ? Par exemple qu'on va
imprimer clandestinement *L'Humanité ?* Alors écoute : sur
dix mille exemplaires diffusés, il y en aura au moins cent,
chaque fois, qui tomberont aux mains des Chleuhs; c'est
fatal : dans l'illégalité, on arrive, avec un peu de veine,
à cacher le lieu d'origine des tracts, les imprimeries, la
rédaction, etc., mais pas les tracts eux-mêmes puisqu'ils
sont faits pour être répandus. Je donne trois mois à la Ges-
tapo pour être parfaitement au courant de la politique
du P. C. — Et après ? Ils ne peuvent pas l'imputer à
l'U. R. S. S. — Et le Komintern[2] ? demande Schneider.
Tu t'imagines qu'il n'est jamais question du Komintern
entre Ribbentrop et Molotov ? » Il parle sans agressivité, d'une voix neutre. Pourtant il y a quelque chose
de suspect dans son insistance molle. « Ne faisons pas
les stratèges en chambre, dit Brunet. Ce que Ribbentrop
dit à Molotov, je l'ignore, je ne suis pas sous la table.
Mais ce que je sais — parce que c'est une évidence
simple — c'est que les relations sont coupées entre
l'U. R. S. S. et le Parti. — Crois-tu ? » dit Schneider. Il
ajoute après un instant : « En tout cas, si elles sont
coupées aujourd'hui, elles seront rétablies demain. Il
y a la Suisse. » La messe est finie, des soldats passent
devant eux, silencieux et lointains. Schneider baisse la
voix : « Je suis persuadé que le gouvernement nazi
tient l'U. R. S. S. pour responsable de l'activité du
P. C. — Admettons, dit Brunet. Où cela nous mène-t-il ?
— Imagine, dit Schneider, que l'U. R. S. S. pour gagner
du temps impose une sourdine aux communistes en
France et en Belgique. » Brunet hausse les épaules.
« Impose ! Comment te représentes-tu les rapports de
l'U. R. S. S. et du P. C. ? Est-ce que tu ne sais pas qu'il
y a des cellules dans le P. C. et des gens qui discutent
et qui votent dans les cellules ? » Schneider sourit et
reprend, patiemment : « Je ne voulais pas te blesser. Je
tourne ma phrase autrement : imagine que le P. C.
désireux de ne pas susciter de difficultés à l'U. R. S. S.
s'impose de lui-même une sourdine... — Ça serait

neuf. — Pas si neuf. Qu'est-ce que vous avez fait à la déclaration de guerre ? Et, depuis, la situation a empiré pour l'U. R. S. S. Si l'Angleterre capitule, Hitler aura les mains libres. — L'U. R. S. S. a eu le temps de se préparer. Elle s'attend au choc. — En es-tu sûr ? L'Armée rouge n'était pas si brillante, cet hiver. Et tu disais toi-même que Molotov temporise... — S'il existe entre l'U. R. S. S. et le P. C. les relations que tu dis, les camarades seront fixés en temps voulu sur le degré de préparation de l'Armée rouge. — Les camarades, oui. Là-bas, à Paris. Mais pas toi. Et c'est *toi* qui travailles *ici*... — Enfin où veux-tu en venir ? dit Brunet en élevant la voix. Qu'est-ce que tu veux prouver ? Que le P. C. est devenu fasciste ? — Non, mais que la victoire nazie et le pacte germano-soviétique sont deux réalités qui ne plaisent peut-être pas au P. C. mais dont il doit s'accommoder. Et justement tu ne sais pas *comment* il s'en accommode. — Faut-il que je me croise les bras ? — Je ne dis pas cela, dit Schneider. On cause... » Il reprend au bout d'un instant, en passant l'index sur le côté de son gros nez : « Le P. C. n'est pas plus favorable que les nazis aux démocraties capitalistes, quoique pour d'autres raisons. Tant qu'il a été possible d'imaginer une alliance de l'U. R. S. S. et des démocraties de l'Ouest, vous avez choisi pour plate-forme la défense des libertés politiques contre la dictature fasciste. Ces libertés sont illusoires, tu le sais mieux que moi. Aujourd'hui les démocraties sont à genoux, l'U. R. S. S. s'est rapprochée de l'Allemagne, Pétain a pris le pouvoir, c'est dans une société fasciste ou fascisante que le Parti doit continuer son travail. Et toi, sans chefs, sans mot d'ordre, sans contact, sans nouvelles, tu vas reprendre cette plate-forme périmée de ta propre initiative. On parlait tout à l'heure de l'esprit Front Populaire : mais il est mort, le Front Populaire. Mort et enterré. Il avait un sens en 36[a], dans le contexte historique. Il n'en a plus aucun aujourd'hui. Méfie-toi[b], Brunet, tu vas travailler dans le noir. » Sa voix était devenue âpre; il la brise tout d'un coup et reprend avec douceur : « C'est pour ça que je te demandais si tu étais sûr de ton boulot. » Brunet se met à rire : « Allons! dit-il, tout ça n'est pas si terrible. Groupons les types, tâchons de contrer les curetons et les nazis; pour le reste on

verra bien : les tâches surgissent d'elles-mêmes. »
Schneider approuve de la tête : « Bien sûr, dit-il, bien
sûr. » Brunet le regarde dans les yeux : « C'est toi qui
m'inquiètes, dit-il. Je te trouve bien pessimiste. — Oh!
moi, dit Schneider avec indifférence, si tu veux mon
avis, je pense que ce que nous ferons n'a aucune importance politique : la situation est abstraite et nous sommes
irresponsables. Ceux d'entre nous qui reviendront, plus
tard, trouveront une société organisée, avec ses cadres
et ses mythes. Nous sommes impuissants. Sur ce terrain-là[a], du moins. Parce que d'un autre côté, si nous
pouvons rendre un peu de courage aux copains, si
nous les empêchons de désespérer, si nous leur donnons
une raison de vivre ici, fût-elle illusoire, alors ça vaut
la peine d'essayer. — Eh bien, c'est parfait, dit Brunet...
Allons! dit-il au bout d'un instant de silence, je vais me
promener un peu, puisque c'est ma première sortie. À
tout à l'heure. » Schneider le salue avec deux doigts
et s'en va. « Un esprit négatif, un intellectuel[b], j'avais
bien besoin de m'embarrasser de lui. Drôle de type :
tantôt si amical et si chaud, tantôt glacé, presque
cynique, où l'ai-je vu ? Pourquoi dit-il " *les* camarades "
en parlant des types du Parti et non " *tes* camarades ",
comme on l'attendrait de lui ? Il faudra que je m'arrange
pour jeter un coup d'œil sur son livret militaire. »

Dans la cour endimanchée, les types ont leurs têtes
des jours de sortie; sur tous ces visages lavés, rasés, il y a
la même absence. Ils attendent et leur attente a fait lever
de l'autre côté de l'enceinte toute une ville de garnison
avec des jardins, des bordels et des cafés. Au milieu de
la cour quelqu'un joue de l'harmonica, des couples
dansent, la ville fantôme hausse ses toits et ses feuillages
par-dessus l'enceinte de la prison, elle se reflète sur les
faces aveugles de ces danseurs fantômes. Brunet fait
demi-tour, revient dans l'autre cour. Changement de
décor : on a déplanté l'église; les gars jouent aux barres
en criant, ils courent comme des fous. Brunet finit par
monter sur le petit tertre derrière l'écurie, il regarde les
tombes, il se sent à l'aise. On a jeté des fleurs sur la terre
battue, on a planté trois petites croix l'une à côté de
l'autre. Brunet s'assied entre deux tombes, les morts sont
au-dessous de lui, en long; ça le calme; pour lui aussi, elle
viendra un jour, l'innocence. Il déterre une boîte de sar-

dines ouverte et rouillée, il la jette devant lui : « C'est un dimanche de pique-nique et de cimetière; je me promenais sur une colline, au-dessous de moi des enfants jouaient aux barres dans une ville et leurs cris montaient vers moi. Où était-ce ? » Il ne sait plus; il pense : « C'est vrai qu'on va travailler dans le noir. » Alors quoi ? Ne rien faire ? À cette pensée, sa force se révolte. « Je reviendrais à la fin de la guerre, je dirais aux camarades : " Me voilà. J'ai vécu. " Ça serait du propre. M'évader ? » Il regarde les murs, ils ne sont pas trop hauts; il suffirait d'atteindre Nancy, les Poullain me cacheraient. Mais il y a ces trois morts au-dessous de lui, il y a les enfants qui crient dans cette après-midi éternelle : il applique la paume de ses mains sur la terre fraîche, il décide qu'il ne s'évadera pas. De la souplesse. Grouper les gars et voir venir, leur rendre peu à peu la confiance et l'espoir, en tout cas les inciter à dénoncer l'armistice et puis se tenir prêt à modifier les directives au gré des événements. « Le Parti ne nous abandonnera pas, pense Brunet. Le Parti ne *peut pas* nous abandonner. » Il se couche de tout son long, comme les morts, sur les morts; il regarde le ciel; il se relève, il redescend à pas lents, il pense qu'il est seul. La mort est autour de lui comme une odeur, comme la fin d'un dimanche; pour la première fois de sa vie, il se sent vaguement coupable. Coupable d'être seul, coupable de penser et de vivre. Coupable de n'être pas mort. Au-delà des murs il y a des maisons mortes et noires avec tous leurs yeux crevés : l'éternité de la pierre. Cette clameur de foule dominicale monte vers le ciel depuis toujours. Seul Brunet n'est pas éternel : mais l'éternité est sur lui comme un regard. Il marche : quand il rentre, le soir tombe, il s'est promené tout le jour, il avait quelque chose à tuer, il ne sait pas s'il y est arrivé : quand on ne fout rien, on a des états d'âme, c'est forcé. Le couloir du grenier sent la poussière, les cages bourdonnent, c'est la queue du dimanche qui traîne. Par terre il y a tout un ciel constellé avec des étoiles filantes : les types fument dans le noir. Brunet s'arrête, il dit, sans s'adresser à personne en particulier : « Faites attention si vous fumez : tâchez de ne pas foutre le feu à la baraque. » Les types grognent sous cette voix qui leur tombe d'en haut sur les épaules. Brunet se tait, désorienté; il se sent de trop. Il fait quelques pas encore : un astre rouge jaillit et roule mollement à ses pieds, il pose son soulier dessus; la nuit est douce et bleue, les fenêtres se découpent dans l'ombre, mauves comme les images qui traînent dans les yeux quand on a trop longtemps regardé le soleil. Il ne retrouve pas sa cage, il crie : « Ho! Schneider! — Là, là! dit une voix. Par là! » Il revient sur ses pas, un type chante tout doucement, pour lui-même, « sur la route, la grand-route, un jeune homme chantait[1] », Brunet pense : « Ils aiment le soir. — Par ici, dit Schneider, avance un peu, tu y es. » Il entre, il regarde la lucarne à travers les barreaux, il pense à un bec de gaz qui s'allumait quand la nuit était bleue. Il s'assied en silence, il regarde la lucarne; le bec de gaz, où était-ce? Autour de lui, les types chuchotent. Le matin ils crient, le soir ils chuchotent parce qu'ils aiment le soir; avec la nuit, la Paix entre à pas de loup dans la grande boîte obscure, la Paix et les années anciennes; on dirait même qu'ils ont aimé leur vie. « Moi, dit Moûlu, ce serait plutôt un bon demi sans cravate. À cette heure je serais en train d'en boire un, au Cadran Bleu, en regardant passer les gens. — Le Cadran Bleu, où ça perche? demande le Blondinet. — Aux Gobelins. Au coin de l'avenue des Gobelins et du boulevard Saint-Marcel, si tu vois ce que je veux dire. — Ah! ben, c'est là qu'il y a le cinéma Saint-Marcel? — À deux cents mètres; tu parles si je connais, j'habite en face de la caserne Lourcine. Après le travail je rentrais chez moi manger un morceau et puis je redescendais, j'allais au Cadran Bleu ou bien, des fois, au Canon des Gobelins. Mais au Cadran Bleu il y a un orchestre. — En douce, il y avait des attractions eulpif[2] au cinéma Saint-Marcel. — Je veux. Il y avait Trenet, il y avait Marie Dubas, je l'ai vue sortir en chair et en os, elle avait une petite bagnole pas plus grande que ça. — J'y allais, moi, dit le Blondinet. J'habite Vanves, je rentrais à pinces quand la nuit était belle. — C'est pas tout près. — Non, mais on est jeune. — Moi, dit Lambert, c'est pas la bière qui me fait défaut, j'y ai jamais fait grand mal. C'est le pinard. Je pouvais m'en jeter deux litres par jour derrière la cravate. Des fois trois. Mais fallait que je les sue. Tu te rends compte, si on avait du pinard, ce soir, un bon petit Médoc. — Dis donc! dit Moûlu. Trois litres! — Eh bien! — Moi si j'en bois plus d'un, j'ai des aigreurs. — C'est que tu prends du blanc. — Ah oui! dit Moûlu. Du

blanc. Je connais que ça. — Faut pas chercher plus loin.
Tiens, ma vieille, elle a soixante-cinq ans, j'habite avec
elle. Eh bien, à son âge, elle se tape encore son kil de
rouge dans la journée. Seulement, dame, c'est du rouge. »
Il se tait un instant, il rêve. Les autres rêvent aussi; ils
écoutent tranquillement, sans chercher à interrompre,
ces voix qui parlent pour tous. Brunet pense à Paris, à la
rue Montmartre, à un petit bar où il allait boire un vin
blanc gommé en sortant de *L'Huma*. « Un dimanche
comme ça, dit le sergent, je serais allé avec ma femme à
mon jardin. J'ai un jardin à vingt-cinq kilomètres de
Paris, un peu après Villeneuve-Saint-Georges, il donne
de fameux légumes. » Une grosse voix l'approuve de
l'autre côté des barreaux : « Ah! C'est de la bonne terre
partout par là. — C'est l'heure où on rentrait, dit le sergent. Ou peut-être un peu plus tôt, juste au soleil couchant; je n'aime pas rouler aux lanternes. Ma femme
rapportait des fleurs sur son guidon et moi je mettais des
légumes sur mon porte-bagages. — Moi, dit Lambert,
je sortais pas le dimanche. Il y a trop de monde dans les
rues et puis dis, je travaille le lundi et c'est pas tout près,
la gare de Lyon. — Qu'est-ce que tu fous à la gare de
Lyon ? — Je suis aux Renseignements; le bâtiment qui
est dehors. Des fois que tu voudrais faire un petit voyage,
tu n'auras qu'à venir me trouver pour la location. Même
la veille : je t'arrangerai ça. — Moi, dit Moûlu, je pourrais
pas rester chez moi, ça me donnerait le cafard. Faut dire
que je vis seul. — Même le samedi, dit Lambert, ça se
trouvait souvent que je sortais pas. — Et les souris,
alors ? — Les souris ? Je les faisais monter chez moi. —
Chez toi, dit le Blondinet stupéfait. Et qu'est-ce qu'elle en
disait, ta vieille ? — Elle disait rien. Elle nous faisait la
soupe et puis elle s'en allait au cinéma. — Ah ben! dit le
Blondinet. Tu peux dire qu'elle est à la coule, quand
je pense que ma mère à moi me foutait des claques, même
que j'avais dix-huit ans, quand elle me rencontrait avec
une môme. — Tu habites avec elle, toi aussi ? — Plus
maintenant : je me suis mis en ménage. » Il se tait un
instant, puis il dit : « Ce soir on ne serait pas descendus
non plus. On aurait fait l'amour. » Il y a un long silence,
Brunet les écoute; il se sent quotidien, il se sent éternel,
il dit presque timidement : « Moi, à cette heure-ci j'étais
dans un bistrot de la rue Montmartre, je buvais un vin

blanc gommé avec les copains. » Personne ne répond, un type chante *Mon cabanon*[1] d'une voix cuivrée. Brunet demande à Schneider : « Qui c'est ce gars-là ? » Schneider dit : « C'est Gassou, un receveur des finances, il est de Nîmes. » Le type chante, Brunet pense : « Schneider n'a pas dit ce qu'il faisait le dimanche. »

★

En sursaut, long appel mélodieux, qu'est-ce que c'était ? Blanc le carreau de la lucarne; sur le plancher blanc les barreaux projettent leurs ombres, trois heures du matin. Les vignes moutonnent sous le sulfatage de la lune, l'Allier se caresse à ses îles touffues, à Pont-de-Vaux-Fleurville[2] les vignerons attendent le train de trois heures en battant la semelle, Brunet demande gaiement : « Qu'est-ce que c'était donc ? » Il sursaute parce que quelqu'un lui répond : « Chut! Chut. Écoute! » *Je ne suis pas* à Mâcon dans mon lit, *ce ne sont pas* les grandes vacances. De nouveau le long appel blanc : trois sifflements se tendent, s'étirent, s'effondrent. Quelque chose est arrivé. Le grenier bruisse, l'énorme bête remue sur le plancher; au fond de la nuit sans âge, une voix de vigie : « Un train! Un train! Un train! » C'était donc ça : le premier train. Quelque chose commence : la nuit abstraite va s'épaissir et revivre, la nuit va se remettre à chanter. Tout le monde se met à parler à la fois : « Le train, le premier train, la voie est réparée, faut reconnaître qu'ils ont fait vinaigre, l'Allemand a toujours été bon ouvrier; dites donc, c'est leur intérêt, faut qu'ils remettent tout en état; à ce train-là vous verrez, la France, vous verrez, à ce train-là; où va-t-il, Nancy, Paris peut-être; oh les gars, oh les gars, s'il y avait dedans des prisonniers, des prisonniers qui rentrent, vous vous rendez compte ? » Le train roule au dehors sur une voie de fortune et toute une grande maison sombre est aux aguets. Brunet pense : « C'est un train de munitions »; il essaye, par prudence, de refuser son enfance; il essaye de voir les wagons rouillés, les bâches, un désert de fonte et d'acier; il ne peut pas : des femmes dorment sous la lumière bleue d'une veilleuse, dans une odeur de saucisson et de vin, un homme fume dans le couloir et la nuit, posée contre les vitres, lui renvoie son image; demain matin, Paris. Brunet sourit, il se recouche, enroulé dans son enfance, sous la lumière chuchotante de la lune, demain Paris, il somnole dans le train, la tête posée sur une douce épaule nue, il s'éveille dans une lumière de soie, Paris! Il tourne les yeux vers la gauche sans bouger la tête : six chauves-souris s'accrochent aux murs par les pattes, leurs ailes retombent comme des jupes. Il s'éveille tout à fait : les chauves-souris, ce sont les ombres noires des vestes pendues au mur, naturellement Moûlu n'a pas ôté sa veste, l'obliger à la quitter quand il dort. Et à changer de chemise, il finira par nous coller des poux. Brunet bâille, un matin de plus; qu'est-ce que c'était, cette nuit ? Ah oui, le train. Il se redresse brusquement, rejette sa couverture et s'assied. Son corps est de bois, des courbatures en zigzag, une joie ligneuse dans ses muscles gourds comme si la rudesse du plancher était passée dans sa chair; il s'étire, il pense : « Si j'en reviens, jamais plus je ne coucherai dans un lit. » Schneider dort encore, la bouche ouverte, l'air douloureux; le ch'timi sourit aux anges; Gassou, les cheveux ébouriffés, les yeux rouges, pique des croûtes de pain sur la couverture et les mange; de temps à autre, il ouvre la bouche et frotte du pouce le bout de sa langue pour ôter un crin ou un poil de la laine qui est resté pris dans une miette; Moûlu se gratte la tête avec perplexité, des traînées charbonneuses soulignent ses rides, on jurerait qu'il a les yeux faits : trouver un moyen pour le forcer à se laver; le Blondinet cligne des yeux d'un air morne et chercheur, soudain son visage s'éclaire : « Sans blague! » Sa tête seule émerge de la couverture, il a l'air étonné et ravi. « Qu'est-ce qu'il y a, petite tête ? demande Moûlu. — Il y a que je bande, dit le Blondinet — Tu bandes, dit Moûlu incrédule, ah, je te crois bien! Comme un foulard! » Le Blondinet rejette sa couverture, sa chemise est retroussée sur ses jambes blondes et velues : « C'est ma foi vrai, dit Moûlu. Chançard! — Chançard ? dit Gassou d'un air pincé. Moi je trouve plutôt que c'est un malheur! — Gros jaloux! dit le Blondinet, tu voudrais bien qu'il t'arrive, ce malheur-là. » Moûlu secoue Lambert par le bras, Lambert crie et sursaute : « Hé ? — Regarde! » dit Moûlu. Lambert se frotte les yeux et constate. « Merde! » dit-il simplement. Il regarde encore : « On peut toucher ? — Ça me ferait bien mal, dit le Blondinet. Des fois qu'elle serait pos-

tiche. — Postiche! Postiche! répète le Blondinet écœuré.
Dans le civil je me réveillais tous les matins avec une
trique deux fois grosse comme ça. » Il est couché sur le
dos, les bras en croix, les yeux mi-clos, avec un sourire
enfantin. « Je commençais à m'inquiéter, dit-il, en surveillant entre ses cils son membre qui se soulève et
s'abaisse au rythme de sa respiration. C'est que j'ai une
femme, moi. » Ils rient. Brunet détourne la tête et la
colère lui monte à la gorge. Moûlu dit : « Moi, j'allais au
bobinard, c'est te dire : des fois que ça ne me reviendrait
pas, je ferais une économie. » Ils rient encore, le Blondinet se flatte le sexe d'une main négligente et paterne, il
conclut : « Le Paradis terrestre! » Brunet se tourne brusquement vers le Blondinet, il lui dit entre ses dents :
Cache ça! — De quoi? » demande le Frisé d'une voix[a]
tout empâtée de volupté. Gassou qui a des lettres dit
en singeant Brunet : « Cachez ce sein que je ne saurais
voir. — Vous êtes tous des porcs! » dit Brunet sèchement. Ils ont tourné la tête vers lui, ils le regardent et
Brunet pense : « Ils ne m'ont pas à la bonne. » Gassou
grommelle quelque chose, Brunet se penche vers lui :
« Qu'est-ce que tu dis? » Gassou ne répond pas, Moûlu
dit avec une rondeur conciliante : « De temps en temps
c'est pas un crime de parler d'amour, ça change les idées.
— Ce sont les impuissants qui parlent d'amour, dit Brunet. L'amour, on le fait. Quand on peut. — Et quand on
ne peut pas? — On se tait. » Ils ont l'air gênés et sournois; lentement, à regret, le Blondinet remonte sa couverture. Schneider dort toujours; Brunet se penche sur
le ch'timi et le secoue, le ch'timi grogne et ouvre les
yeux : « Gymnastique! dit Brunet. — Ouais! » dit le
ch'timi. Il se lève et prend sa veste, ils descendent dans la
cour des écuries. Devant une des baraques, le typo,
Dewrouckère et les trois chasseurs les attendent. Brunet
leur crie de loin : « Ça va? — Ça boume. Tu as entendu
le dur, cette nuit? — Oui, répond Brunet agacé, je l'ai
entendu. » Son irritation tombe vite : ceux-là sont jeunes,
vifs, propres; le typo a planté son calot de côté avec un
soupçon de coquetterie. Brunet leur sourit. Il bruine; au
fond de la cour, la foule attend la messe; Brunet constate
avec plaisir qu'elle est moins nombreuse que le premier
dimanche. « Tu as fait ce que je t'ai dit? » Dewrouckère,
sans répondre, ouvre la porte de la baraque : il a répandu

de la paille sur le plancher, Brunet respire une odeur
humide d'écurie. « Où l'as-tu prise ? » Dewrouckère
sourit : « On se démerde. — C'est bien », dit Brunet ; et il
les regarde avec amitié. Ils entrent, ils se déshabillent, ils
ne gardent que leurs caleçons et leurs chaussettes ; Brunet
enfonce ses pieds dans la douceur cassante de la paille, il
est satisfait, il dit : « Allons-y. » Les types se mettent en
rang, le dos tourné à la porte, Brunet, en face d'eux, fait
les mouvements en comptant. Ils l'imitent et leur souffle
chuinte à travers leurs dents. Brunet les regarde avec
plaisir pendant qu'ils s'accroupissent sur leurs talons, les
mains derrière la nuque, costauds, avec de longs muscles
en fuseau, Dewrouckère et Brunet sont les plus forts,
mais ils ont des muscles en boule ; le typo est trop maigre ;
Brunet le considère avec un peu d'inquiétude et puis une
idée lui vient, il se redresse, il crie : « Arrêtez. » Le typo a
l'air heureux qu'on s'arrête, il souffle. Brunet vient à
lui : « Dis donc ! Tu es bien maigre ! — Depuis le
20 juin, j'ai perdu six kilos. — Comment le sais-tu ? —
Il y a une balance à l'infirmerie. — Il faut reprendre, dit
Brunet. Tu ne manges pas assez. — Comment veux-tu ?...
— Il y a un moyen bien simple, dit Brunet, on va te donner
chacun un bout de nos portions. — Je... » dit le typo.
Brunet lui impose silence : « C'est moi le médecin et je
t'ordonne la suralimentation. D'accord ? demande-t-il,
tourné vers les autres. — D'accord, disent-ils. — Bon,
eh bien, tu passeras tous les matins dans les chambrées
pour faire ta collecte. Au temps. » Flexion et rotation
du tronc ; au bout d'un moment le typo chancelle, Brunet
fronce les sourcils : « Qu'est-ce qu'il y a encore ? » Le
typo sourit d'un air d'excuse : « C'est un peu dur. — Ne
t'arrête pas, dit Brunet, ne t'arrête surtout pas. » Les
troncs tournent comme des roues, les têtes défient le ciel
et se jettent entre les jambes, se relèvent, se précipitent
de nouveau. *Assez !* Ils se couchent sur le dos pour faire
les mouvements abdominaux, on finira par le pont
arrière : ça les amuse parce qu'ils se prennent pour des
catcheurs. Brunet sent ses muscles qui travaillent, une
longue douleur fine lui tire l'aine, il est heureux ; c'est le
seul bon moment de la journée, les poutres noires du
plafond roulent en arrière, la paille lui saute au visage,
il respire son odeur jaune, ses mains la touchent très loin
en avant de ses pieds. « Allez ! dit-il. Allez ! — Ça tire, dit

le chasseur. — Tant mieux. Allez! Allez! » Il se relève :
« C'est à toi, Marbot! » Marbot faisait du catch avant la
guerre; il est masseur de son métier. Il s'approche de
Dewrouckère et le saisit par la taille; Dewrouckère rit,
chatouillé, et se laisse tomber en arrière sur les mains
renversées. C'est au tour de Brunet, il sent ces poignes
chaudes plaquées sur ses flancs, il se jette en arrière :
« Non, non, dit Marbot, ne te crispe pas. En souplesse,
nom de Dieu, pas en force. » Brunet tire sur ses cuisses,
ça craque, il est trop vieux, trop noué, il touche à peine
le sol du bout de ses doigts, il se relève, content tout de
même, il sue, il leur tourne le dos et sautille sur place.
« Arrêtez! » Il se retourne brusquement : le typo est
tombé dans les pommes. Marbot le dépose doucement
dans la paille, il dit avec un léger reproche : « C'est trop
dur pour lui. — Mais non, dit Brunet agacé. C'est seulement qu'il n'a pas l'habitude. » D'ailleurs le typo rouvre
les yeux. Il est pâle et souffle péniblement : « Alors, petit
cheval ? » demande Brunet amicalement. Le typo lui
sourit avec confiance : « Ça va, Brunet, ça va. Je m'excuse, je... — Bon, bon, dit Brunet, tu seras meilleur si tu
bouffes davantage. C'est tout pour aujourd'hui, les gars.
À la douche et au pas de gymnastique. » En caleçon, leurs
vêtements sous le bras, ils courent jusqu'au tuyau d'arrosage; ils jettent leurs vêtements sur une toile de tente, en
font un paquet imperméable, se douchent sous la bruine.
Brunet et le typo tiennent la lance et dirigent le jet sur
Marbot. Le typo jette un regard anxieux à Dewrouckère,
se racle la gorge et dit à Brunet : « On voudrait te causer. » Brunet se tourne vers lui sans lâcher la lance : le
typo baisse les yeux, Brunet est légèrement irrité : il
n'aime pas faire peur. Il dit sèchement : « Cet après-midi
à trois heures dans la cour. » Marbot se frictionne avec
un lambeau de chemise kaki et se rhabille. Il dit : « Hé!
les gars; il y a du nouveau! » Un grand noiraud pérore
au milieu d'un groupe de prisonniers : « C'est Chaboche,
le secrétaire, dit Marbot, très excité. Je vais voir ce qu'il
y a. » Brunet le regarde s'éloigner : l'imbécile n'a pas pris
le temps de remettre ses molletières, il en tient une dans
chaque main. « Qu'est-ce que tu crois que c'est ? »
demande le typo. Il a pris un ton détaché mais sa voix ne
trompe pas : c'est la voix qu'ils prennent tous, cent fois
par jour, leur voix d'espoir. Brunet hausse les épaules :

« Ce sera les Russes qui auront débarqué à Brême ou les Anglais qui auront demandé l'armistice : ça ne change pas. » Il regarde le typo sans sympathie. Le petit gars meurt d'envie d'aller rejoindre les autres mais il n'ose pas. Brunet ne lui sait aucun gré de sa timidité : « Dès que j'aurai tourné le dos, il filera là-bas, il se plantera devant Chaboche, les yeux écarquillés, les narines dilatées, les oreilles largement ouvertes, tout en trous. » « Douche-moi », dit Brunet. Il ôte son caleçon, sa chair jubile sous la grêle astringente, boules de grêle, million de petites boules de chair, force ; il se frotte le corps avec les mains, les yeux fixés sur les badauds ; Marbot s'est glissé au milieu du groupe, il lève vers l'orateur son nez retroussé. Bon Dieu, si seulement ils pouvaient perdre l'espoir ; si seulement ils avaient *quelque chose à faire.* Avant la guerre, c'était le travail qui leur servait de pierre de touche, qui décidait de la vérité, qui réglait leurs rapports au monde. À présent qu'ils ne foutent plus rien, ils croient que tout est possible, ils rêvent, ils ne savent plus ce que c'est que le vrai. Ces trois promeneurs, souples et lents, qui avancent par longues ondulations naturelles, avec des sourires végétaux sur le bas du visage, sont-ils éveillés ? De temps en temps un mot roule hors de leur bouche, comme en rêve, et ils ne semblent pas s'en apercevoir. À quoi rêvent-ils[a] ? Ils fabriquent du matin au soir, comme une autotoxine, le sensationnel dont ils sont sevrés ; ils se racontent au jour le jour l'Histoire qu'ils ont cessé de faire : une histoire pleine de coups de théâtre et de sang. « Ça va comme ça. » Le jet s'abaisse, bouillon d'écume entre les cailloux, Brunet s'essuie, Marbot revient vers eux, l'air aveugle et glorieux. Il se dandine un moment, puis se décide à parler. Il dit avec un détachement feint : « Il va y avoir des visites. » Le visage du typo s'empourpre : « Quoi ? *Quelles* visites ? — Les familles[b]. — Vraiment ? dit Brunet avec ironie. Et quand ça ? » Marbot se relève prestement et le regarde dans les yeux d'un air sensationnel : « Aujourd'hui. — Bien sûr, dit Brunet. Et on a commandé vingt mille lits pour que les prisonniers puissent faire l'amour avec leurs femmes. » Dewrouckère rit ; le typo n'ose pas ne pas rire, mais ses yeux restent affamés. Marbot sourit avec tranquillité : « Non, non, dit-il. Officiel ! C'est Chaboche qui le dit. — Ah ! Si c'est Chaboche ! dit Brunet en se marrant. — Il dit que

ça sera affiché ce matin. — Affiché sur mon cul », dit
Dewrouckère. Brunet lui sourit. Marbot a l'air surpris.
« C'est sérieux ; à Gartiser aussi on l'a dit, c'est un camionneur allemand qui le lui a dit, paraît qu'elles viennent
d'Épinal et de Nancy. — Qui ça, elles ? — Eh bien, les
familles donc. Elles se sont amenées hier à vélo, à pied,
en carrioles, dans le train de marchandises, elles ont couché sur des paillasses, à la mairie, et elles sont allées supplier, ce matin, le commandant allemand, tiens, dit-il,
tiens! Voilà l'affiche. » Un type est en train de coller un
papillon sur la porte, c'est la ruée, la foule moutonne
autour du perron ; Marbot montre la porte d'un geste
large : « Alors ? demande-t-il triomphalement, c'est-il
sur ton cul qu'elle est collée l'affiche ? C'est-il sur ton
cul ? » Dewrouckère hausse les épaules. Brunet enfile
lentement chemise et pantalon, agacé d'avoir eu tort. Il
dit : « Salut les gars. Vous fermerez le robinet. » Il va
tranquillement se joindre à la foule qui se presse contre
la porte ; il reste une chance que ce ne soit qu'un bouthéon[1] comme les autres, Brunet déteste les petits
bonheurs immérités qui viennent combler de temps en
temps les cœurs lâches, un rab de soupe, la visite des
familles, ça complique le travail. Il lit de loin, par-dessus
les têtes : « Le commandant du camp autorise les prisonniers à recevoir les visites de leurs familles (parenté
directe). Une salle du rez-de-chaussée sera aménagée à cet
effet. Les visites auront lieu jusqu'à nouvel ordre le
dimanche de quatorze à dix-sept heures. En aucun cas
elles ne pourront dépasser vingt minutes. Si la conduite
des prisonniers ne justifie pas cette mesure exceptionnelle,
elle sera suspendue. » Godchaux lève la tête avec un râle
heureux : « Faut leur rendre cette justice : ils ne sont pas
vaches. » À la gauche de Brunet, le petit Gallois[a] se met
à rire. Un drôle de rire endormi. « Qu'est-ce que tu as à
rire ? demande Brunet. — Hé! dit Gallois, ça vient. Ça
vient petit à petit. — Qu'est-ce qui vient ? » Gallois a
l'air déconcerté, il fait un geste vague, cesse de rire et
répète : « Ça vient. » Brunet fend la foule et s'engage dans
l'escalier : autour de lui, dans l'ombre du rez-de-chaussée,
ça grouille, c'est une termitière, en levant la tête il voit
des mains d'un bleu pâle sur la rampe et une longue spirale oscillante de visages bleus, il pousse, on le pousse,
il se hisse en tirant sur les barreaux, on l'écrase contre la

rampe qui fléchit; toute la journée les types montent et
descendent sans la moindre raison; il pense : « Rien à
faire : ils ne sont pas assez malheureux[a]. » Ils sont devenus rentiers, propriétaires, la caserne est à eux, ils organisent des expéditions sur le toit, dans les caves, ils ont
découvert des livres dans un cellier. Bien sûr il n'y a pas
de médicaments à l'infirmerie et pas de vivres à la cuisine,
mais il y a une infirmerie, il y a une cuisine, il y a un secrétariat et même des coiffeurs : ils se sentent administrés. Ils
ont écrit à leurs familles et, depuis deux jours, le temps
des villes s'est remis à couler. Quand la Kommandantur
leur a prescrit de régler leurs montres sur l'heure allemande, ils se sont empressés d'obéir, même ceux qui,
depuis le mois de juin, portaient en signe de deuil des
montres mortes à leur poignet : cette durée vague qui
croissait en herbe folle s'est militarisée, on leur a prêté
du temps allemand, du vrai temps de vainqueur, le
même qui coule à Dantzig, à Berlin : du temps sacré. Pas
assez malheureux[b] : encadrés, administrés, nourris, logés,
gouvernés, irresponsables. Cette nuit il y a eu ce train et
voilà que les familles vont venir, les bras chargés de
conserves et de consolations. Que de criailleries, de
pleurs, de baisers! « Ils avaient bien besoin de ça; jusqu'ici au moins ils étaient modestes. À présent ils vont se
sentir intéressants. » Leurs femmes et leurs mères ont eu
tout le temps de se créer le grand mythe héroïque du
Prisonnier, elles vont les en infecter. Il arrive au grenier,
suit le couloir, entre dans sa cage et regarde ses compagnons avec colère. Ils sont là, couchés comme d'ordinaire, à ne rien faire, à rêver leur vie, confortables et
mystifiés; Lambert, les sourcils hauts, l'air boudeur et
surpris, lit *Les Petites Filles modèles*[1]. Il suffit d'un coup
d'œil pour comprendre que la nouvelle n'est pas encore
parvenue au grenier. Brunet hésite : va-t-il la leur annoncer ? Il imagine leurs yeux brillants, leur excitation can-
canière. « Ils le sauront toujours assez tôt. » Il s'assied
en silence. Schneider est descendu se laver; le ch'timi
n'est pas encore remonté; les autres regardent Brunet
d'un air consterné. « Qu'est-ce qu'il y a encore ? »
demande Brunet. Ils ne répondent pas tout de suite, puis
Moûlu dit en baissant la voix : « Il y a des poux à la 6. »
Brunet sursaute et fait la grimace. Il se sent nerveux, il
s'énerve encore davantage, il dit avec violence : « Je ne

veux pas de poux ici. » Il s'arrête brusquement, se mord
la lèvre inférieure, et regarde les types avec incertitude.
Personne ne réagit : les visages qui se tournent vers lui
restent ternes et vaguement penauds, Gassou demande :
« Dis, Brunet, qu'est-ce qu'on va faire ? — Oui, oui, vous
ne m'aimez pas beaucoup mais quand il y a un coup dur
c'est moi que vous allez chercher. » Il répond, plus doucement : « Vous n'avez pas voulu déménager quand je
vous l'ai dit... — Déménager où ? — Il y avait des piaules
de libres. Lambert, je t'avais demandé de voir si la cuisine
était libre au rez-de-chaussée. — La cuisine! dit Moûlu,
merci, coucher sur le carrelage, il y a de quoi prendre la
chiasse et puis c'est plein de cafards. — Ça vaut mieux
que les poux. Lambert, je te parle! Y as-tu été ? — Oui.
— Alors ? — Occupée. — Et voilà : il y a huit jours que
tu aurais dû y aller. » Il sent que ses joues se conges-
tionnent, sa voix s'élève, il crie : « Il n'y aura pas de poux
ici! Il n'y en aura pas! — Là! là! dit le Blondinet. T'emballe pas; c'est pas notre faute. » Mais le sergent crie à
son tour : « Il a raison de gueuler! Il a raison! J'ai fait
toute la guerre de 14, moi, et j'ai jamais eu de poux, je
vais pas commencer aujourd'hui par la faute de morpions
comme vous qui ne savent même pas se laver! » Brunet
s'est ressaisi; il dit d'une voix tranquille : « Il faut prendre
des mesures immédiates. » Le Blondinet ricane : « Nous,
on veut bien, mais lesquelles ? — Primo, dit Brunet, vous
passerez *tous* tous les matins à la douche. Deuxièmement
chacun s'épouillera *tous les soirs.* — Qu'ça veut dire ? —
Vous vous foutez à poil, vous prenez vos vestes, vos
caleçons, vos chemises et vous regardez s'il y a des
lentes dans les coutures. Si vous portez des ceintures de
flanelle, c'est là qu'elles se mettent de préférence. »
Gassou soupire : « C'est gai! — En vous couchant, poursuit Brunet, vous suspendez vos affaires aux clous, y compris les chemises : nous dormirons à poil dans les couvertures. — Merde alors! dit Moûlu. Je vais baiser une
bronchite, moi. » Brunet se tourne vivement vers lui.
« J'en viens à toi, Moûlu. Tu es un nid à poux, ça ne peut
pas durer. — C'est pas vrai! dit Moûlu, suffoqué par
l'indignation. C'est pas vrai, j'ai pas de poux. — Peut-
être bien que tu n'en as pas à présent, mais s'il y en a un
dans un rayon de vingt kilomètres il rappliquera sur toi,
aussi sûr que nous avons perdu la guerre. — Y a pas de

raison, dit Moûlu, d'un air pincé. Pourquoi sur moi et
pas sur toi ? Y a vraiment pas de raison. — Il y en a une,
dit Brunet d'une voix tonnante, c'est que tu es sale
comme un cochon ! » Moûlu lui jette un regard venimeux,
il ouvre la bouche, mais déjà tous les autres se sont mis à
rire et à crier : « Il a raison, tu pues, tu cognes, tu sens la
petite fille qui se néglige, tu es cradeau, tu es cracra, moi,
tu me coupes l'appétit, je peux plus bouffer quand je te
regarde ! » Moûlu se redresse et les toise. « Je me lave,
dit-il avec superbe[a]. Je me lave peut-être plus que vous.
Seulement je ne suis pas comme certains qui se foutent à
poil au milieu de la cour d'honneur, histoire de se faire
remarquer. » Brunet lui met le doigt sous le nez : « Tu
t'es lavé hier ? — Mais naturellement. — Alors fais voir
tes pieds. » Moûlu saute en l'air : « T'es pas sinoque. » Il
ramène ses jambes sous lui et s'assied sur ses talons, à la
turque : « Plus souvent que je ferai voir mes pieds. —
Ôtez-lui ses grolles », dit Brunet. Lambert et le Blondinet
se jettent sur Moûlu, le ceinturent et le clouent sur le sol
à la renverse, Gassou lui chatouille les flancs. Moûlu
frissonne, râle, bave, rit et soupire : « Arrêtez ! Arrêtez,
les gars ! Faites pas les cons ! Je peux pas supporter les
chatouilles. — Alors, dit le sergent, tiens-toi peinard. »
Moûlu reste coi, encore secoué de frissons ; Lambert
s'est assis sur sa poitrine ; le sergent lui délace le soulier
droit, tire, le pied jaillit, le sergent pâlit, lâche le soulier
et se relève subitement : « Bon Dieu ! dit-il. — Oui, dit
Brunet, bon Dieu ! » Lambert et le Blondinet se relèvent
en silence, ils regardent Moûlu avec une surprise admirative. Moûlu, calme et digne, se rassied. Une voix
furieuse crie de la cage voisine : « Hé ! les gars de la 4 !
Qu'est-ce que vous foutez ? Ça cocotte, chez vous, ça pue
le beurre rance. — C'est Moûlu qui se déchausse », dit
Lambert avec simplicité. Ils regardent le pied de Moûlu :
le gros orteil sort, noir, de la chaussette trouée. « T'as
vu la plante des pieds ? demande Lambert. C'est plus de la
chaussette, c'est de la dentelle. » Gassou respire dans son
mouchoir. Le Blondinet hocha la tête et répète avec une
sorte de respect : « Ah, la vache ! Ah, la vache ! — C'est
marre, dit Brunet. Cache ça ! » Moûlu rentre précipitamment son pied dans le soulier. « Moûlu, poursuit
Brunet sérieusement, tu es un danger public. Tu vas me
faire le plaisir d'aller prendre une douche et tout de suite.

Si tu n'es pas lavé dans une demi-heure, tu n'auras pas
à bouffer et tu ne coucheras pas ici ce soir. » Moûlu le
regarde avec haine mais il se lève sans protester, il dit
seulement : « Alors, c'est toi qui commandes, ici ? »
Brunet évite de répondre; Moûlu sort, les types rigolent,
Brunet ne rigole pas; il pense aux poux, il pense : « En
tout cas, *moi*, je n'en aurai pas. » « Quelle heure est-il ?
demande le Blondinet, j'ai l'estomac dans les talons. —
Midi, dit le sergent. — Midi, c'est l'heure de la distribution, qui c'est qui est de corvée ? — C'est Gassou. —
Eh bien grouille, Gassou. — On a bien le temps, dit
Gassou. — Grouille, je te dis, quand tu es de corvée, on
est toujours servis les derniers. — Ça va! » Gassou
enfonce rageusement son calot et sort. Lambert s'est
remis à lire. Brunet sent des démangeaisons nerveuses
lui courir entre les omoplates; Lambert se gratte la cuisse
en lisant, le Blondinet le regarde : « Tu as des poux ? —
Non, dit Lambert, mais c'est depuis qu'on en parle. —
Tiens! dit le Blondinet, moi aussi. » Il se gratte dans le
cou : « Brunet, ça ne te démange pas ? — Non », dit
Brunet. Ils se taisent, le Blondinet se gratte avec un sourire crispé, Lambert lit et se gratte; Brunet enfonce ses
mains dans ses poches et ne se gratte pas. Gassou reparaît sur le seuil, l'air orageux : « Est-ce que vous vous
foutez de moi ? — Où est le pain ? — Le pain ? Espèce
de tordu, il n'y a personne en bas, les cuisines ne sont
même pas ouvertes. » Lambert lève un visage effaré :
« C'est-il que ça va recommencer comme en juin ? »
Leurs âmes prophétiques et paresseuses sont toujours
prêtes à croire le pire ou le meilleur. Brunet se tourne vers
le sergent : « Quelle heure as-tu ? — Midi dix. — Tu es
sûr que ta montre marche ? » Le sergent sourit et regarde
sa montre avec complaisance. « C'est une montre suisse »,
dit-il simplement. Brunet crie aux types de la cage voisine : « Quelle heure avez-vous ? — Onze heures dix »,
répond une voix. Le sergent triomphe : « Qu'est-ce que
je vous avais dit ? » — Tu nous as dit : midi dix, pochetée,
dit Gassou avec rancune. — Eh bien oui : midi dix à
l'heure de France, onze heures dix à l'heure des Boches.
— Connard! » dit Gassou rageusement. Il enjambe le corps
de Lambert et se laisse tomber sur la couverture. Le sergent poursuit tranquillement : « C'est tout de même pas
quand la France est dans la merde que je vais lâcher

l'heure française! — Il n'y a plus d'heure française, eh!
fada. De Marseille à Strasbourg les Fritz ont imposé la
leur. — Peut se faire, dit le sergent, paisible et têtu. Mais
celui qui me fera changer *mon* heure, il est pas encore
né. » Il se tourne vers Brunet et il explique : « Quand les
Fritz auront pris la déculottée, vous serez bien contents
de la retrouver. — Hé! crie Lambert, visez Moûlu en
homme du monde! » Moûlu rentre, rose et frais, avec un
air de dimanche. Les types se mettent à rire : « Alors,
Moûlu, elle était bonne ? — Quoi ? — L'eau. — Oui,
oui, dit Moûlu distraitement, très bonne. — Parfait, dit
Brunet. Eh bien, dorénavant, tu nous montreras tes pieds
chaque matin. » Moûlu n'a pas l'air d'entendre, il arbore
un sourire important et mystérieux. « Il y a des nouvelles,
les gars, tenez-vous bien! — Quoi, quoi ? Des nouvelles,
quelles nouvelles ? » Les visages brillent, rougissent,
s'épanouissent. Moûlu dit : « On va recevoir des visites! »
Brunet se lève sans bruit et sort, ça crie derrière son dos,
il presse le pas, il s'enfonce dans la forêt grimpante de
l'escalier, la cour est grouillante, les types tournent lentement, dans la bruine, les uns derrière les autres; ils
regardent tous à l'intérieur du cercle qu'ils décrivent;
toutes les fenêtres sont garnies de têtes qui regardent :
il est arrivé quelque chose. Brunet entre dans le rang, il
se met à tourner aussi mais sans curiosité : tous les jours
à cette même place quelque chose arrive, des types qui
s'immobilisent et paraissent attendre, les autres tournent
autour d'eux en les regardant. Brunet tourne, le sergent
André lui sourit : « Tiens, voilà Brunet, je parie qu'il
cherche Schneider. — Tu l'as vu ? demande vivement
Brunet. — Je veux, dit André en rigolant. Même qu'il te
cherche. » Il se tourne vers les autres et ricane : « Ces
deux-là, c'est cul et chemise, toujours ensemble ou à se
courir après. » Brunet sourit : cul et chemise, pourquoi
pas ? Son amitié avec Schneider, il la tolère parce qu'elle
ne lui prend pas de temps : c'est comme une relation de
paquebot, elle n'engage pas; s'ils reviennent[a] jamais de
captivité, ils ne se verront plus. Une amitié sans exigences,
sans droit, sans responsabilité : tout juste un peu de chaleur au creux de l'estomac. Il tourne, André tourne à côté
de lui, en silence. Au centre de ce lent maelström, il y a
une zone de calme absolu : des hommes en capote, assis
par terre ou sur leurs musettes. André arrête Clapot[1] au

passage : « Qu'est-ce que c'est que ces gars-là ? — C'est des punis, dit Clapot. — Des quoi ? » Clapot se dégage avec impatience : « Des punis, je te dis. » Ils se remettent à tourner sans quitter des yeux ces hommes immobiles et muets. « Des punis ! grommelle André. Première fois que je vois des punis. Punis pour quoi ? Qu'est-ce qu'ils ont fait ? » Brunet s'épanouit : Schneider est là, rejeté sur le bord du maelström ; il examine la petite troupe des punis en se frottant le nez. Brunet aime bien cette façon qu'a Schneider de pencher la tête de côté ; il pense avec plaisir : « Nous allons causer. » Schneider est très intelligent. Plus intelligent que Brunet. Ça n'est pas tellement important, l'intelligence, mais ça rend les relations agréables. Il met la main sur l'épaule de Schneider et lui sourit ; Schneider lui retourne un sourire sans gaieté. Brunet se demande quelquefois si Schneider a plaisir à le voir : ils ne se quittent guère, mais, si Schneider a de la sympathie pour Brunet, il ne la manifeste pas souvent. Au fond, Brunet lui en sait gré : il a horreur des démonstrations. « Alors ? demande André, tu l'as trouvé, ton Schneider. » Brunet rit, Schneider ne rit pas. André demande à Schneider : « Dis ! Pourquoi sont-ils punis ? — Qui ? — Ces gars-là. — Ils ne sont pas punis, dit Schneider. C'est les Alsaciens[1]. Tu ne vois pas Gartiser, au premier rang ? — Ah ! Comme ça ! dit André. Comme ça ! » Il a l'air satisfait, il reste un moment près d'eux, les mains dans les poches, renseigné, assouvi ; puis il se trouble brusquement : « Pourquoi sont-ils là ? » Schneider hausse les épaules : « Va le leur demander. » André hésite, puis il s'approche d'eux à pas lents en feignant l'indifférence. Les Alsaciens, raides et inquiets, assis tout droits, dans l'insécurité, leurs capotes autour d'eux, comme des jupes, ont l'air d'émigrantes[a] sur un pont de bateau. Gartiser est assis en tailleur, les mains à plat sur les cuisses, ses gros yeux de poule roulent dans sa large face. « Alors, les gars, dit André, il y a du neuf ? » Ils ne répondent pas ; le visage incertain d'André se balance au-dessus de leurs crânes baissés. « Il y a du neuf ? » Pas de réponse. « Je croyais qu'il y avait du neuf, moi, à vous voir assis en rond. Hé, Gartiser ? » Gartiser s'est décidé à lever la tête, il regarde André avec morgue. « Comment ça se fait que vous soyez rassemblés, les Alsaciens ? — Parce qu'on nous l'a commandé. — Mais les capotes, les

bardas, on vous a dit de les prendre ? — Oui. — Pourquoi ? — Sais pas. » Le visage d'André est pourpre d'excitation : « Enfin, vous avez bien une idée ? » Gartiser ne
répond pas; derrière lui on parle alsacien avec impatience, André se raidit, offensé : « Ça va, dit-il. Cet hiver,
vous étiez moins fiers, vous ne l'auriez pas ramené, avec
votre patois, mais maintenant qu'on est battus, vous ne
savez plus causer français. » Les têtes ne se lèvent même
pas; l'alsacien, c'est ce bruissement continu et naturel de
feuillage sous le vent. André ricane, le regard fixé sur ce
parterre de crânes : « C'est que c'est pas marrant d'être
Français au jour d'aujourd'hui, hein, les gars ? — T'en fais
pas pour nous, lui dit vivement Gartiser, on va pas le
rester longtemps. » André hésite, fronce les sourcils,
cherche la repartie cinglante et ne la trouve pas. Il fait
demi-tour et revient vers Brunet : « Et voilà ! » Derrière
le dos de Brunet des voix s'élèvent, irritées : « Qu'est-ce
que t'as besoin de leur parler, aussi ? T'as qu'à les laisser
tranquilles, c'est des Boches. » Brunet les regarde; visages
aigres et blêmes, du lait tourné : l'envie. L'envie des petits
bourgeois, des petits commerçants de quartier, ils ont
envié les fonctionnaires puis les affectés spéciaux. À présent, les Alsaciens. Brunet sourit : il regarde ces yeux
enflammés par le dépit, ils sont vexés d'être Français :
c'est déjà mieux que la résignation passive; même l'envie,
ça doit pouvoir se travailler. « Est-ce qu'ils t'ont jamais
prêté quelque chose à toi, ou donné un coup de main ?
— T'es pas fou ? Moi j'en ai vu qui avaient de la barbaque, les premiers jours, ils te la bouffaient sous le nez,
ils t'auraient laissé crever la gueule ouverte. » Les Alsaciens entendent; ils tournent vers les Français leurs
visages rouges et blonds, peut-être que ça va cogner. Un
cri rauque : les Français font un bond en arrière, les Alsaciens sautent sur leurs pieds et se mettent au garde-à-
vous : sur les marches du perron un officier allemand
vient d'apparaître, long et fragile, avec des yeux caves
dans une face barbouillée. Il parle, les Alsaciens écoutent,
Gartiser, écarlate, tend le cou. Les Français écoutent
aussi, sans comprendre, avec un intérêt plein de considération. Leur colère s'est calmée : ils ont conscience d'assister à une cérémonie officielle. Une cérémonie, c'est
toujours flatteur. L'officier parle, le temps coule, raide
et sacré, cette langue étrange, c'est comme le latin d'une

messe; les Alsaciens, plus personne n'ose les envier : ils
ont revêtu la dignité d'un chœur. André hoche la tête, il
dit : « C'est pas si laid comme langue, leur charabia. »
Brunet ne répond pas : ce sont des singes, ils ne peuvent
pas tenir plus de cinq minutes leurs colères. Il demande
à Schneider : « Qu'est-ce qu'il raconte ? — Il leur dit
qu'ils sont libérés. » La voix du commandant sort par
saccades enthousiastes de sa face noire; il crie mais ses
yeux ne brillent pas. « Qu'est-ce qu'il dit ? » Schneider
traduit à voix basse : « Grâce au Führer, l'Alsace va
rentrer dans le sein de la mère patrie. » Brunet se tourne
vers les Alsaciens : mais ils ont des visages lents, toujours
en retard sur leurs passions. Deux ou trois, cependant,
ont rougi. Brunet s'amuse. La voix allemande s'élève et
se précipite, saute de palier en palier, l'officier a levé les
poings au-dessus de sa tête, il rythme avec les coudes sa
voix de gloire, tout le monde est ému, comme au passage
du drapeau, de la musique militaire; les deux poings
s'ouvrent et sautent en l'air, les types tressaillent, l'officier
a hurlé : *Heil Hitler!* Les Alsaciens ont l'air pétrifié; Gartiser se retourne vers eux et les foudroie du regard, puis
il fait face au commandant, jette les bras en avant et crie :
Heil! Il y a un silence imperceptible et puis des bras se
lèvent; malgré lui, Brunet saisit le poignet de Schneider
et le serre fortement. À présent ça crie. Il y en a qui
crient *Heil* avec une sorte d'emportement et d'autres
ouvrent simplement la bouche sans émettre un son,
comme les gens qui font semblant de chanter à l'église.
Au dernier rang, tête baissée, les mains enfoncées dans
ses poches, un grand gaillard a l'air de souffrir. Les bras
s'abaissent, Brunet lâche le poignet de Schneider; les
Français se taisent, les Alsaciens se remettent au garde-
à-vous, ils ont des visages de marbre blanc, aveugles et
sourds, sous la flamme d'or de leurs cheveux. Le commandant jette un ordre, la colonne s'ébranle, les Français
s'écartent, les Alsaciens défilent entre deux haies de
curieux. Brunet se retourne, il regarde les visages haletants de ses camarades. Il voudrait y lire la fureur et la
haine, il n'y voit qu'un doux désir clignotant. Au loin
la grille s'est ouverte; debout sur le perron le commandant allemand regarde avec un sourire bon la colonne qui
s'éloigne. « Tout de même, dit André. Tout de même.
— Merde alors, dit un barbu, quand je pense que je suis

né à Limoges... » André hoche la tête, il répète : « Tout
de même! — Qu'est-ce qu'il y a qui ne va pas? lui
demande Charpin le cuistot. — Tout de même! » dit
André. Le cuistot a l'air gai et animé; il demande : « Eh
dis donc, petite tête, s'il suffisait que tu cries *Heil Hitler*
pour qu'ils te renvoient chez toi, tu crierais pas? Ça n'engage à rien. Tu cries, mais tu ne dis pas ce que tu penses.
— Oh! moi, bien sûr, dit André, moi je crierais ce qu'on
voudra, mais eux autres c'est pas pareil : ils sont Alsaciens; ils ont des devoirs envers la France. » Brunet fait
un signe à Schneider; ils s'échappent, ils se réfugient
dans l'autre cour qui est déserte. Brunet s'adosse au mur,
sous le préau, face aux écuries; non loin d'eux, assis par
terre, entourant ses genoux de ses bras, il y a un long
soldat au crâne pointu, aux cheveux rares. Mais il ne
gêne pas[a]. Il a l'air de l'idiot du village. Brunet regarde
ses pieds. Il dit : « Les deux socialistes alsaciens, tu as
vu? — Quels socialistes? — Chez les Alsaciens : on
avait repéré deux socialistes; Dewrouckère les avait
contactés la semaine dernière, ils voulaient tout bouffer.
— Eh bien? — Ils ont levé le bras avec les autres. »
Schneider ne répond rien : Brunet fixe son regard sur
l'idiot du village, c'est un jeune homme, avec un nez
busqué, ciselé, un nez de riche; sur sa face d'élite, modelée par trente ans de vie bourgeoise, avec des rides en
finesse, des transparences et toutes les sinuosités de l'intelligence, l'égarement tranquille des bêtes s'est installé.
Brunet hausse les épaules : « C'est tout le temps la même
histoire : un jour tu touches un type, il est d'accord : le
lendemain plus personne, il a changé de carrée, ou bien
il fait semblant de ne pas te connaître. » Il montre du
doigt l'idiot : « J'étais habitué à travailler avec des
hommes. Mais pas avec ça. » Schneider sourit : « *Ça*,
c'était un ingénieur de chez Thompson. Ce qu'on appelle
un garçon d'avenir. — Eh bien, dit Brunet, il a son avenir
derrière lui, à présent. — Au fait, demande Schneider,
combien sommes-nous? — Je te dis que je ne peux pas
arriver à le savoir; ça flotte. Enfin, admets que nous
soyons une centaine. — Cent sur trente mille[1]? — Oui.
Cent sur trente mille. » Schneider a posé la question
d'une voix neutre; il ne fait aucun commentaire : pourtant Brunet n'ose pas le regarder. « Il y a quelque chose
qui ne tourne pas rond, poursuit Brunet. En calculant

sur les bases de 36, nous devrions pouvoir regrouper un
bon tiers des prisonniers^a. — Nous ne sommes plus en
36, dit Schneider. — Je sais », dit Brunet. Schneider se
touche la narine du bout de l'index : « Ce qu'il y a, c'est
que nous recrutons surtout les râleurs. Ça explique l'ins-
tabilité de notre clientèle. Un râleur, ce n'est pas forcément un mécontent; au contraire il est content de râler.
Si tu lui proposes de tirer les conséquences de ce qu'il dit,
il prétend qu'il est d'accord naturellement pour ne pas
avoir l'air de se dégonfler, mais dès que tu as le dos
tourné, il se transforme en courant d'air : j'en ai fait
dix fois l'expérience. — Moi aussi, dit Brunet. — Il faudrait pouvoir recruter les vrais mécontents, dit Schneider, tous les braves types de gauche qui lisaient *Marianne*
et *Vendredi*[1], qui croyaient à la démocratie et au progrès^b.
— Eh bien oui! » dit Brunet. Il regarde les croix de bois
au sommet du tertre et l'herbe vernie par la bruine; il
ajoute : « De temps en temps je croise un gars tout seul
qui traîne la semelle avec un air de grand convalescent
et je me dis : en voilà un. Mais qu'est-ce que tu veux
faire ? Dès que tu t'approches, ils prennent peur. On
dirait qu'ils se méfient de tout. — Ça n'est pas tout à fait
ça^c, dit Schneider. Je crois plutôt que ce sont des pauvres
honteux. Ils savent qu'ils sont les grands vaincus de la
guerre et qu'ils ne s'en relèveront jamais. — Au fond,
dit Brunet, ils ne tiennent pas à reprendre la lutte : ils
aiment mieux se persuader que leur défaite est irrémédiable; c'est plus flatteur. » Schneider dit entre ses dents
d'un drôle d'air : « Eh bien, quoi ? C'est consolant. —
Quoi ? — C'est toujours consolant si tu peux penser que
ton échec est celui de l'espèce entière. — Des suicidés!
dit Brunet avec dégoût. — Si tu veux », dit Schneider.
Il ajoute doucement : « Mais tu sais, la France, c'est eux.
Si tu ne les atteins pas, ce que tu fais ne sert à rien. »
Brunet tourne la tête et regarde l'idiot, il se fascine sur ce
visage désert; l'idiot bâille voluptueusement et pleure,
un chien bâille, la France bâille, Brunet bâille : il cesse
de bâiller, il demande, sans lever les yeux, d'une voix
basse et rapide : « Faut-il continuer ? — Continuer
quoi ? — Le travail. » Schneider a un rire sec et déplaisant : « Tu me demandes ça, à moi! » Brunet relève vivement la tête, il surprend sur les grosses lèvres de Schneider un sourire sadique et douloureux en train de s'effacer.

Schneider demande : « Qu'est-ce que tu ferais si tu laissais tomber ? » Le sourire a disparu, la face est redevenue lisse, lourde et calme, une mer morte, je ne comprendrai jamais rien à ce visage. « Ce que je ferais : je me tirerais, j'irais rejoindre les camarades à Paris. — À Paris ? » Schneider se gratte la tête, Brunet demande vivement : « Tu crois que c'est pareil là-bas ? » Schneider réfléchit : « Si les Allemands sont polis... — Pour ça, dit Brunet, ils doivent être polis ! Tu peux être sûr qu'ils aident les aveugles à traverser les rues. — Alors, oui, dit Schneider. Oui, ça doit être pareil. » Il se redresse brusquement et regarde Brunet avec une curiosité sans douceur[a] : « Qu'est-ce que tu espères ? » Brunet se raidit : « Je n'espère rien ; je n'ai jamais rien espéré, je me fous de l'espoir : je *sais*. — Alors qu'est-ce que tu sais ? — Je sais que l'U. R. S. S. entrera tôt ou tard dans la danse, dit Brunet ; je sais qu'elle attend son heure et je veux que nos gars soient prêts. — Son heure est passée, dit Schneider. Avant l'automne l'Angleterre sera foutue. Si l'U. R. S. S. n'est pas intervenue quand il restait un espoir de créer deux fronts, pourquoi veux-tu qu'elle intervienne, à présent qu'elle serait seule à se battre[b] ? — L'U. R. S. S. est le pays des travailleurs, dit Brunet. Et les travailleurs russes ne permettront pas que le prolétariat européen reste sous la botte nazie. — Alors pourquoi ont-ils permis que Molotov signe le pacte germano-soviétique ? — À ce moment-là il n'y avait rien d'autre à faire. L'U. R. S. S. n'était pas prête. — Qu'est-ce qui te prouve qu'elle l'est davantage aujourd'hui ? » Brunet plaque sa paume contre le mur avec irritation : « Nous ne sommes pas au café du Commerce, dit-il, je ne vais pas discuter de ça avec toi : je suis un militant et je n'ai jamais perdu mon temps à faire de la haute spéculation politique : j'avais mon boulot et je le faisais. Pour le reste, je me fiais au Comité central et à l'U. R. S. S. ; ce n'est pas aujourd'hui que je vais changer. — C'est bien ce que je disais, dit Schneider tristement, tu vis d'espoir. » Ce ton funèbre exaspère Brunet : il lui semble que Schneider feint la tristesse[c]. « Schneider, dit-il sans élever la voix, il n'est pas impossible que le Politburo ait sombré tout entier dans la folie. Mais, à ce compte-là, il n'est pas impossible non plus que le toit de ce préau te tombe sur la tête ; pourtant tu ne passes pas ta vie à surveiller le plafond. Après ça, tu

peux me dire, si ça te chante, que tu espères en Dieu ou
que tu fais confiance à l'architecte, ce sont des mots : tu
sais très bien qu'il y a des lois naturelles et que les
immeubles ont l'habitude de tenir debout quand on les
a construits en accord avec ces lois. Alors ? Pourquoi
voudrais-tu que je passe mon temps à m'interroger sur la
politique de l'U. R. S. S. et qu'est-ce que tu viens me
parler de ma confiance en Staline ? J'ai confiance en lui,
oui, et en Molotov et en Jdanov[1] : dans l'exacte mesure
où tu as confiance en la solidité de ces murs. Autrement
dit, je sais qu'il y a des lois historiques et que, en vertu
de ces lois, le pays des travailleurs et les prolétariats européens ont des intérêts identiques. Je n'y pense pas souvent d'ailleurs, pas plus que tu ne penses aux fondations
de ta maison : c'est le plancher sous mes pieds, c'est le
toit sur ma tête, c'est une certitude qui me porte et
m'abrite et me permet de poursuivre les objectifs concrets
que le Parti m'assigne. Quand tu tends la main pour
prendre ta gamelle, ton geste, à lui tout seul, postule le
déterminisme universel ; moi, c'est pareil : le moindre de
mes actes affirme implicitement que l'U. R. S. S. est à
l'avant-garde de la Révolution mondiale. » Il regarde
Schneider avec ironie et conclut : « Qu'est-ce que tu
veux ? Je ne suis qu'un militant. » Schneider n'a pas
quitté son air de découragement ; il a les bras ballants ; ses
yeux sont ternes. On dirait qu'il veut masquer son agilité
d'esprit par la lenteur de ses mimiques. Brunet l'a souvent remarqué : Schneider essaie d'alentir son intelligence comme s'il voulait acclimater en lui un certain
genre de pensée patiente et tenace dont il croit sans doute
qu'elle est le lot des paysans et des soldats. Pourquoi ?
Pour affirmer jusqu'au fond de lui-même sa solidarité
avec eux ? Pour protester contre les intellectuels et contre
les chefs ? Par haine du pédantisme ? « Eh bien, dit
Schneider, milite, mon vieux, milite. Seulement ton
action ressemble drôlement aux parlotes du café du Commerce : nous avons[a] racolé à grand-peine une centaine de
malheureux idéalistes et nous leur débitons des bobards
sur l'avenir de l'Europe. — C'est fatal, dit Brunet : du
moment qu'ils ne travaillent pas encore, je ne peux rien
leur donner à *faire* ; on cause, on prend contact. Attends
un peu qu'on nous ait transportés en Allemagne, tu verras si on ne se met pas au boulot. — Oh ! oui, j'attendrai,

dit Schneider de sa voix endormie. J'attendrai : il faudra bien que j'attende. Mais les curetons et les nazis
n'attendent pas, eux. Et leur propagande est drôlement
plus efficace que la nôtre. » Brunet lui plante son regard
dans les yeux : « Alors ? Où veux-tu en venir ? — Moi,
dit Schneider étonné, mais... à rien. On parlait des difficultés de recrutement... — Est-ce que c'est ma faute,
demande Brunet violemment, si les Français sont des
salauds qui n'ont ni ressort ni courage ? Est-ce que c'est
ma faute si... » Schneider se redresse et lui coupe la
parole; son visage s'est durci, sa voix est si rapide et si
bégayante qu'on croirait que c'est *un autre* qui lui a volé
sa bouche pour insulter Brunet : « Tu es... tu es toujours..
C'est *toi* le salaud, crie-t-il, c'est *toi!* C'est facile de prendre
des supériorités quand on a un parti derrière soi; quand
on a une culture politique et l'habitude des coups durs,
c'est facile de mépriser les pauvres gars qui sont dans le
cirage. » Brunet ne s'émeut pas : il se reproche seulement
d'avoir perdu patience. « Je ne méprise personne, dit-il.
Et quant aux copains, il va de soi que je leur accorde
toutes les circonstances atténuantes. » Schneider ne
l'écoute pas : ses gros yeux se dilatent, il a l'air d'attendre
un événement intérieur. Il se met à crier tout à coup :
« Oui, c'est ta faute! Naturellement c'est ta faute! »
Brunet le regarde sans comprendre : une rougeur malsaine chauffe les joues de Schneider, c'est plus que de la
colère, on dirait une vieille haine, une haine de famille
longtemps cachée et qui jubile d'éclater enfin. Brunet
regarde cette tête énorme et courroucée, cette tête de
confession publique[a] et il pense : « Quelque chose va
arriver. » Schneider l'empoigne par le bras et lui montre
l'ingénieur de la Thompson qui se tourne les pouces
avec innocence. Il y a un instant de silence parce que
Schneider est trop ému pour parler; Brunet se sent froid
et calme : la colère des autres, ça le calme toujours. Il
attend; il va savoir ce que Schneider a dans le ventre.
Schneider fait un violent effort : « En voilà un! un de ces
salauds qui n'ont ni ressort ni courage. Un type comme
moi, comme Moûlu, comme nous tous; pas comme toi,
bien sûr. C'est *vrai* qu'il est devenu un salaud, c'est *vrai,*
c'est tellement vrai qu'il en est persuadé lui-même. Seulement je l'ai vu à Toul, moi, en septembre[b], il avait
horreur de la guerre mais il prenait sur lui parce qu'il

croyait avoir des raisons de se battre et je te jure que ce
n'était pas un salaud et... et voilà ce que tu as fait de lui.
Vous êtes tous d'accord^a, Pétain avec Hitler, Hitler avec
Staline, vous leur expliquez tous qu'ils sont doublement
coupables : coupables d'avoir fait la guerre et coupables
de l'avoir perdue. Toutes les raisons qu'ils croyaient
avoir de se battre, vous êtes en train de les leur ôter. Ce
pauvre gars qui s'imaginait partir pour la croisade du
Droit et de la Justice, vous voulez le persuader qu'il s'est
laissé embarquer par étourderie dans une guerre impérialiste ; il ne sait plus ce qu'il veut, il ne reconnaît plus ce
qu'il a fait. Ce n'est pas seulement l'armée de ses ennemis
qui triomphe : c'est leur idéologie ; lui il reste là, tombé
hors du monde et de l'histoire, avec des idées mortes, il
essaie de se défendre, de repenser la situation. Mais avec
quoi ? Jusqu'à ses outils à penser qui sont périmés : vous
lui avez foutu la mort dans l'âme. » Brunet ne peut pas
s'empêcher de rire : « Mais enfin, demande-t-il, à qui
parles-tu ? À moi ou à Hitler ? — Je parle au rédacteur
de *L'Huma,* dit Schneider, au membre du P. C., au type
qui écrivait le 29 août 39¹ pour célébrer sur deux colonnes
la signature du pacte germano-soviétique. — Nous y
voilà, dit Brunet. — Eh bien oui, dit Schneider : nous y
voilà. — Le P. C. était contre la guerre, tu le sais très bien,
dit Brunet paisiblement. — Contre la guerre, oui. Il le
criait bien haut, du moins. Mais en même temps il approuvait le pacte qui la rendait inévitable. — Non, dit Brunet
avec force : le pacte qui était notre seule chance de l'empêcher. » Schneider éclate de rire : Brunet sourit et se tait.
Schneider cesse de rire brusquement : « Mais oui,
regarde-moi, regarde-moi donc ; prends ton air de méde-
cin des morts. Cent fois je t'ai surpris en train d'observer^b
les copains de tes yeux froids, on aurait dit que tu faisais
un constat. Eh bien ? Qu'est-ce que tu constates ? Que
je suis un déchet du processus historique ? D'accord.
Déchet tant que tu voudras. Mais pas mort, Brunet, *pas
mort,* malheureusement. Ma déchéance, j'ai à la vivre,
c'est un goût dans ma bouche, tu ne comprendras jamais
ça. Tu es un abstrait et c'est vous tous, les abstraits, qui
avez fait de nous les déchets que nous sommes. » Brunet
se tait, il regarde Schneider : Schneider hésite, ses yeux
sont durs et effrayés, il a l'air d'avoir sur la langue des
mots irréparables. Il pâlit tout d'un coup, une buée de

terreur vient ternir son regard, il ferme la bouche. Au
bout d'un instant il reprend de sa grosse voix tranquille
et monotone : « Enfin, bon ! On est tous dans la merde,
toi comme nous, c'est ton excuse. Bien sûr tu continues à
te prendre pour le processus historique mais le cœur n'y
est plus. Le P. C. se reconstitue sans toi et sur des bases
que tu ignores. Tu pourrais t'évader et tu n'oses pas,
parce que tu as peur de ce que tu trouveras là-bas[a]. Toi
aussi, tu as la mort dans l'âme. » Brunet sourit : non. Pas
comme ça. On ne l'aura pas comme ça, ce sont des mots
qui ne le concernent pas. Schneider se tait et frissonne :
en somme il n'est rien arrivé. Rien du tout : Schneider
n'a rien avoué, rien révélé ; il s'est un peu énervé, voilà
tout. Quant au couplet sur le pacte germano-soviétique,
c'est peut-être la centième fois que Brunet l'entend depuis
septembre. Le soldat a dû comprendre qu'on parlait de
lui : il se déplie lentement et s'en va sur ses longues pattes
de faucheux en marchant de côté comme une bête
effrayée. *Qui* est Schneider ? Un intellectuel bourgeois ?
Un anarchiste de droite ? Un fasciste qui s'ignore ? Les
fascistes non plus ne voulaient pas de la guerre. Brunet
se tourne vers lui : il voit un soldat loqueteux et perplexe
qui n'a rien à défendre, plus rien à perdre et qui se frotte
le nez d'un air absent. Brunet pense : « Il a voulu me
faire mal. » Mais il n'arrive pas à lui en vouloir. Il
demande doucement : « Si c'est ça que tu penses, pourquoi es-tu venu avec nous ? » Schneider a l'air vieux et
usé ; il dit d'une voix misérable : « Pour ne pas rester seul. » Il y a un silence, puis Schneider relève la tête
avec un sourire incertain : « Il faut bien faire quelque
chose, non ? N'importe quoi. On peut ne pas être d'accord sur certains points... » Il se tait. Brunet se tait. Au
bout d'un moment, Schneider regarde sa montre : « C'est
l'heure des visites. Tu viens ? — Je ne sais pas, dit Brunet. Vas-y ; je te rejoindrai peut-être. » Schneider le
regarde un instant comme s'il voulait lui parler, puis se
détourne, s'éloigne et disparaît. L'incident est clos. Brunet se met les mains derrière le dos et se promène dans la
cour, sous la bruine ; il ne pense à rien, il se sent creux et
sonore, il perçoit contre sa joue, contre ses mains, de
minuscules pétillements mouillés. La mort dans l'âme.
Bon. Et puis après ? « C'est de la psychologie ! » se dit-il
avec mépris. Il s'arrête, il pense au Parti. La cour est

vide, inconsistante et grise, elle sent le dimanche; c'est
un exil. Tout à coup Brunet se met à courir et se précipite
dans l'autre cour. Les gars se pressent contre la barrière[a]
et se taisent, toutes les têtes se tournent vers le portail :
ils sont là, de l'autre côté des murs, sous la même bruine.
Brunet voit le dos puissant de Schneider au premier
rang; il se fraye un passage, il lui pose la main sur
l'épaule. Schneider se retourne et lui fait un chaud sourire : « Ah! dit-il, te voilà. — Me voilà. — Il est
deux heures cinq, dit Schneider; la grille va s'ouvrir. »
À côté d'eux un aspirant se penche vers son copain et
murmure : « Il y aura peut-être des souris. » « Ça m'amuse
de voir des civils, dit Schneider avec animation, ça me
rappelle le dimanche au bahut. — Tu étais pensionnaire[b] ? — Oui. On faisait la haie devant le parloir pour
voir l'arrivée des parents. » Brunet sourit sans répondre :
les civils, il s'en fout; il est content parce qu'il y a tous les
gars autour de lui pour lui tenir chaud. Le portail s'ouvre
en grinçant, un chuchotement déçu parcourt les rangs :
« Ils ne sont que ça ? » Ils sont une trentaine : par-dessus
les crânes, Brunet voit leur petite troupe noire et serrée,
têtue sous les parapluies. Deux Allemands vont à leur
rencontre, leur parlent en souriant, vérifient leurs papiers,
puis s'effacent pour les laisser entrer. Des femmes et des
vieux, presque tous en noir : un enterrement sous la
pluie; ils portent des valises, des sacs, des paniers recouverts de serviettes. Les femmes ont des faces grises avec
des yeux durs et un air de fatigue; elles avancent à petits
pas, les cuisses serrées, gênées par ces regards qui les
dévorent. « Merde! ce qu'elles sont moches, soupire
l'aspirant. — Eh! dit l'autre, il y a de quoi faire : vise le
popotin de la brune. » Brunet regarde les visiteuses avec
sympathie. Bien sûr, elles sont moches, elles ont l'air dur
et fermé, on dirait qu'elles viennent pour dire à leurs
maris : « T'es pas fou de t'être fait prendre ? Comment
veux-tu que je me débrouille, toute seule avec le petit ? »
Pourtant elles sont venues, à pied ou dans des fourgons,
avec ces lourds paniers de nourriture; ce sont toujours
elles qui viennent et qui attendent immobiles, inexpressives, aux portes des hôpitaux, des casernes, des prisons :
les jolies poupées au regard tremblant portent le deuil à
domicile. Sur leurs visages Brunet retrouve avec émotion
la gêne et la misère de la paix; elles avaient ces yeux fié-

vreux, désapprobateurs et fidèles quand leurs maris
faisaient la grève sur le tas et qu'elles venaient leur porter
la soupe. Les hommes, pour la plupart, sont de gros vieux
solides à l'air calme. Ils marchent lentement, lourdement,
ils sont libres : ils ont gagné leur guerre en leur temps et
se sentent une bonne conscience. Cette défaite qui n'est
pas *leur* défaite, ils en acceptent tout de même la responsabilité; ils la portent sur leurs larges épaules parce que,
lorsqu'on a fait un petit, on doit payer les carreaux qu'il
casse : sans colère et sans honte, ils viennent voir le fiston
qui a fait sa dernière connerie[a] de jeune homme. Sur ces
visages à demi paysans[b], Brunet retrouve tout à coup ce
qu'il avait perdu : le sens de sa vie. « Je leur parlais, ils ne
se pressaient pas de comprendre, ils écoutaient avec ce
même air de calme réfléchi, en tatillonnant un peu; ce
qu'ils avaient compris, ils ne l'oubliaient plus. » Dans
son cœur un vieux désir dresse la tête : « Travailler, sentir sur moi ces regards[c] adultes et responsables. » Il hausse
les épaules, il se détourne de ce passé, il regarde les *autres,*
la bande de petits nerveux aux visages inexpressifs et
grimaçants : « Voilà mon lot. » Dressés sur la pointe des
pieds, ils tendent le cou et suivent les visiteurs d'un
regard de singe, insolent et peureux. Ils comptaient[d] sur
la guerre pour les faire passer à l'âge d'homme, pour leur
conférer les droits du chef de famille et de l'ancien combattant[e]; c'était un rite solennel d'initiation, elle devait
chasser l'autre, la *Grande,* la Mondiale, dont la gloire avait
étouffé leur enfance; elle devait être encore plus grande,
encore plus mondiale; en tirant sur les Fritz, ils eussent
accompli le massacre rituel des Pères, par quoi chaque
génération débute dans la vie. Ils n'ont tiré sur personne,
ils n'ont rien massacré du tout, c'est raté : ils sont restés
mineurs et les Pères défilent devant eux, bien vivants; ils
défilent, haïs, jalousés, adorés, redoutés, et ils replongent
vingt mille guerriers dans l'enfance sournoise des
cancres. Brusquement il y en a un qui se retourne, qui
fait face aux prisonniers : toutes les têtes reculent; il a
d'épais sourcils noirs et des joues écarlates, il porte un
baluchon au bout de sa canne. Il s'approche, pose une
main sur le fil de fer et les regarde par-en dessous de ses
gros yeux striés de sang. Sous ce regard de bête, lent,
inexpressif et farouche, les types attendent, rétractés,
retenant leur souffle, prêts à se rebiffer : ils attendent la

paire de gifles. Le vieux dit : « Alors, vous voilà donc ! »
Il y a un silence et puis quelqu'un murmure : « Eh oui,
papa, nous voilà. » Le vieux dit : « Si c'est pas une
misère ! » L'aspirant se racle la gorge et rougit ; Brunet
lit la même défiance crispée sur son visage. « Oui, papa,
nous voilà : vingt mille types qui voulaient être des héros
et qui se sont rendus sans combattre, en rase campagne. »
Le vieux hoche la tête, il dit profondément, lourdement :
« Pauvres gars ! » Tout le monde se détend, on lui sourit,
les bustes se penchent vers lui. La sentinelle allemande
s'approche, elle touche le bras du vieux, poliment, elle
lui fait signe de s'écarter, il se retourne à peine, il dit :
« Une minute, bon Dieu, j'arrive. » Il fait un clin d'œil
de connivence aux prisonniers et les types sourient, ils
sont contents parce que c'est un vieux qui n'a pas froid
aux yeux, un vieux coriace qui est de chez eux, ils se
sentent libres par procuration. Le vieux demande :
« C'est pas trop dur ? » Et Brunet pense : « Ça y est, ils
vont geindre. » Mais vingt voix gaies répondent : « Non,
papa. Non, non, ça peut aller. — Eh bien, tant mieux, dit
le vieux. Tant mieux^a. » Il n'a plus rien à leur dire mais
il reste là, pesant, tassé, rocheux, la sentinelle le tire doucement par la manche ; il hésite, il parcourt les visages du
regard, on dirait qu'il cherche celui de son fils : au bout
d'un moment une idée remonte de très loin jusqu'à ses
yeux, il a l'air incertain, il dit enfin de sa voix noueuse :
« Vous savez, les gars, c'est pas votre faute. » Les types
ne répondent rien : ils se tiennent raides, presque au
garde-à-vous. Le vieux veut préciser sa pensée, il reprend :
« Personne, chez nous, ne pense que c'est votre faute. »
Les types ne répondent toujours rien, il dit : « Au revoir,
les gars. » Et il s'en va. Alors, tout d'un coup, la foule est
parcourue d'un frisson ; ils se mettent à crier, passionnément : « Au revoir, papa, à bientôt ! À bientôt ! À bientôt ! »
Et leurs voix s'enflent à mesure que le vieux s'éloigne ;
mais il ne se retourne pas. Schneider dit à Brunet : « Tu
vois. » Brunet sursaute, il dit : « Hein, quoi ? » Mais il sait
très bien ce que Schneider va lui dire. Schneider dit : « Il
suffit de nous faire un peu confiance. » Brunet sourit et
dit : « Est-ce que j'ai l'air d'un médecin des morts ? —
Non, dit Schneider, pas en ce moment. » Ils se regardent
avec amitié. Brunet se détourne brusquement et dit :
« Vise la bonne femme. » Elle boitille, elle s'arrête, petite

et grise, laisse tomber son ballot dans la boue, fait passer dans sa main droite le bouquet qu'elle tient dans la gauche et lève le bras droit au-dessus de sa tête. Un moment passe, on dirait qu'il s'est érigé malgré elle, ce bras triomphal qui lui tire l'épaule et le cou ; pour finir elle jette les fleurs d'un mouvement maladroit qui les rabat vers le sol. Elles s'éparpillent, fleurs des champs, bleuets, pissenlits, coquelicots : elle a dû les cueillir sur le bord de la route. Les hommes se bousculent ; ils raclent la terre et pincent les tiges entre leurs ongles boueux ; ils se relèvent en riant et lui montrent les fleurs comme s'ils lui en faisaient hommage. Brunet a la gorge serrée ; il se retourne vers Schneider et dit rageusement : « Des fleurs ! Qu'est-ce que ce serait si nous avions gagné la guerre. » La femme ne sourit pas, elle reprend son ballot, repart, on ne voit plus que son dos qui zigzague sous l'imperméable. Brunet ouvre la bouche pour parler, mais il voit le visage de Schneider et se tait. Schneider se dégage en bousculant ses voisins, il sort des rangs. Ça n'a pas l'air d'aller très fort. Brunet le suit, il lui pose la main sur l'épaule : « Qu'est-ce qui ne va pas ? » Schneider lève la tête et Brunet détourne les yeux, il est gêné par son propre regard, son regard de médecin des morts. Il répète, en regardant ses pieds : « Hein ? Qu'est-ce qui ne va pas ? » Ils sont seuls au milieu de la cour, sous la bruine. Schneider dit : « C'est con. » Il y a un silence, puis il ajoute : « C'est de revoir des civils. » Brunet dit, sans lever les yeux : « Je suis aussi con que toi. — Toi, dit Schneider, ce n'est pas pareil ; tu n'as personne. » Au bout d'un moment Schneider déboutonne sa veste, fouille dans sa poche intérieure, en sort un portefeuille étrangement plat. Brunet pense : « Il a tout déchiré. » Schneider ouvre le portefeuille : il n'y reste qu'une photo de la dimension d'une carte postale. Schneider la tend à Brunet sans la regarder. Brunet voit une jeune femme aux yeux sombres[a]. Sous les yeux il y a un sourire : Brunet n'en a jamais vu de pareil. Elle a l'air de très bien savoir qu'il y a de par le monde des camps de concentration, des guerres et des prisonniers parqués dans des casernes ; elle le sait et elle sourit tout de même : c'est aux vaincus, aux déportés, aux déchets de l'histoire qu'elle donne son sourire. Pourtant Brunet cherche en vain dans ses yeux l'ignoble lueur sadique de la charité : elle leur sourit de

confiance, tranquillement, elle sourit à leur force comme
si elle leur demandait de faire grâce à leurs vainqueurs.
Brunet a vu beaucoup de photos, ces temps-ci, et beaucoup de sourires. La guerre les a tous périmés, on ne peut
plus les regarder. Celui-ci, on peut : il est né tout à
l'heure, il s'adresse à Brunet, à Brunet seul. À Brunet le
prisonnier, à Brunet le déchet, à Brunet le victorieux.
Schneider s'est penché sur l'épaule de Brunet. Il dit :
« Elle se fatigue. — Oui, dit Brunet, tu devrais couper les
bords. » Il lui rend la photo toute scintillante de bruine ;
Schneider l'essuie soigneusement du revers de sa manche
et la remet dans son portefeuille. Brunet se demande :
« Est-elle jolie ? » Il ne sait pas ; il n'a pas eu le temps de
s'en rendre compte. Il lève la tête, il regarde Schneider,
il pense : « C'est à lui qu'elle souriait[a]. » Il lui semble le
voir avec d'autres yeux. Deux types passent, très jeunes,
des chasseurs ; ils ont mis des coquelicots à leurs bouton-
nières, ils ne parlent pas, leurs paupières leur donnent
un air comique de communiants[b]. Schneider les suit du
regard ; Brunet hésite, un vieux mot remonte à ses lèvres,
il dit : « Je les trouve touchants. — Sans blague ? » dit
Schneider. Derrière eux, la haie des curieux s'est disloquée, les visiteurs sont entrés dans la caserne. Dewrouckère s'amène en se dandinant, suivi de Perrin et du typo.
« C'est vrai, pense Brunet, il est trois heures. » Ils ont
tous trois des visages fermés ; Brunet s'agace en pensant
qu'ils ont parlé entre eux : ce sont des choses qu'on ne
peut pas empêcher. Il crie de loin : « Alors, les gars ? »
Ils s'approchent, s'arrêtent et se regardent, intimidés.
« Allez-y de votre boniment, dit Brunet rondement,
qu'est-ce qui cloche ? » Le typo arrête sur lui le regard
de ses beaux yeux inquiets ; il a vraiment mauvaise mine.
Il dit : « On a toujours fait ce que tu nous demandais,
pas ? — Oui, dit Brunet impatienté. Oui, oui. Alors ? »
Le typo ne peut plus rien ajouter, c'est Dewrouckère qui
parle à sa place, sans lever les yeux : « Nous, on veut bien
continuer et on continuera tant que tu nous le demanderas. Mais c'est du temps perdu. » Brunet ne dit rien.
Perrin dit : « Les types ne veulent rien entendre. » Brunet
ne dit toujours rien, le typo reprend d'une voix neutre :
« Pas plus tard qu'hier, je me suis bagarré avec un type
parce que je disais que les Fritz nous emmèneraient en
Allemagne. Le type était fou, il a dit que j'étais de la cin-

quième colonne. » Ils lèvent les yeux et regardent Brunet
d'un air têtu. « C'eſt au point qu'on ne peut même plus
leur dire du mal des Allemands. » Dewrouckère ramasse
son courage et regarde Brunet en face : « Franchement,
Brunet, on ne refuse pas de travailler, si on s'y eſt mal pris
on recommencera autrement. Mais il faut nous comprendre. Nous, on traîne partout. Dans une journée, c'eſt
bien rare si on ne parle pas à deux cents types, on prend
la température du camp ; toi, forcément tu en vois moins,
tu ne peux pas te rendre compte. — Alors ? — Eh bien,
comme sont les gars, si on libérait demain les vingt mille
prisonniers, ça ferait vingt mille nazis de plus. » Brunet
sent que la chaleur lui empourpre les joues, il les regarde
tour à tour, il demande : « C'eſt votre avis ? » Les trois
types répondent « Oui » et il leur demande : « Vous êtes
tous d'accord ? » Ils répondent encore « Oui » et il éclate
brusquement : « Il y a des ouvriers, dans le tas, des paysans, vous devriez avoir honte de penser qu'ils deviendront nazis ou alors ce sera bien de votre faute : un type,
ça n'eſt pas une bûche, comprenez-vous, ça se remue,
nom de Dieu, ça se persuade : si vous n'arrivez pas à les
retourner, c'eſt que vous ne savez pas faire votre
boulot. » Il leur tourne le dos, fait trois pas et revient
brusquement sur eux, le doigt en avant : « La vérité c'eſt
que vous vous prenez pour des caïds. Vous méprisez vos
camarades. Eh bien, retenez ça : un type du Parti ne
méprise personne. » Il voit leurs yeux ſtupéfaits, il
s'irrite davantage, il crie : « Vingt mille nazis, vous
n'êtes pas fous ! Vous ne ferez rien d'eux si vous les
méprisez. Tâchez d'abord de les comprendre[a] : ils ont la
mort dans l'âme, ces gars-là, ils ne savent plus où donner
de la tête ; ils seront au premier qui leur fera confiance. »
La présence de Schneider l'agace : il lui dit : « Allez,
viens ! » et, en partant, il se retourne vers les autres, qui
reſtent muets et déconfits : « Je considère que vous avez
eu une défaillance. C'eſt déjà oublié. Mais ne vous rame-
nez plus avec vos salades. À demain. » Il monte l'escalier
en courant, Schneider souffle derrière lui ; il entre dans la
cage, il se laisse tomber sur sa couverture, il allonge la
main et prend un livre : *Leurs sœurs*[1] d'Henri Lavedan.
Il lit avec application, ligne par ligne, mot par mot ; il se
calme. Lorsque le jour commence à grisonner, il pose le
livre et se rappelle qu'il n'a pas déjeuné : « Vous avez mis

mon pain de côté ? » Moûlu le lui tend, Brunet coupe le morceau qu'il doit donner demain au typo, le range dans sa musette et se met à manger; Cantrelle et Livard paraissent dans l'encadrement de la porte : c'est l'heure des visites. « Salut! — Salut! » disent les types sans lever la tête. « Alors ? demande Moûlu. Qu'est-ce que vous dites de beau ? — On dit qu'il y en a qui sont culottés! dit Livard. Et qui est-ce qui paye, naturellement ? C'est nous. — Ha! dit Moûlu, il y a donc du nouveau ? — Il y a, dit Livard, qu'un juteux vient de s'évader. — S'évader ? Pourquoi ? » demande le Blondinet que la surprise rend brutal. Les types mettent du temps à digérer la nouvelle, il y a dans leurs yeux un très léger désarroi, une légère horreur comme autrefois dans les foules lasses du métro quand un fou se mettait inopinément à aboyer. « Évadé », répète Gassou lentement. Le ch'timi a posé le bâton qu'il sculptait. Il paraît inquiet. Lambert mâche en silence, les yeux fixes et durs. Il dit, au bout d'un moment, avec un rire désagréable : « Il y en a toujours qui se croient plus pressés que les autres. — Ou alors, dit Moûlu, c'est qu'il aime la marche à pied. » Brunet, avec la pointe de son couteau, détache des fragments de mie pourrie et les fait tomber sur la couverture; il se sent mal à l'aise. L'air gris du dehors est entré dans la chambre; dehors, dans la ville morte, il y a un type traqué qui se cache. Nous, nous sommes là, nous mangeons, ce soir nous coucherons sous un toit. Il demande à contrecœur : « Comment s'est-il tiré ? » Livard le regarde avec importance et dit : « Devine! — Eh bien je ne sais pas, moi : par le mur de derrière ? » Livard secoue la tête en souriant, il prend son temps puis, triomphant : « Par le portail, à quatre heures de l'après-midi, sous les yeux des Fritz! » Les types sont éberlués, Livard et Cantrelle jouissent un moment de la stupeur générale, puis Cantrelle explique de sa voix aiguë et rapide : « Sa vieille s'est amenée pour la visite, elle lui apportait des frusques civiles dans une valise; le juteux s'est changé dans un placard et puis il est sorti en lui donnant le bras. — Il n'y avait donc personne pour l'arrêter ? » demande Gassou indigné. Livard hausse les épaules : « L'arrêter, comment veux-tu ? — Eh bien, dit Gassou, moi, si je l'avais reconnu à la sortie, j'aurais appelé un Fritz et je l'aurais fait coffrer! » Brunet le regarde avec stupeur : « Tu n'es

pas cinglé ? — Cinglé ? dit Gassou avec emportement.
Pauvre France! On se fait traiter de cinglé, au jour d'aujourd'hui, quand on veut faire son devoir. » Il jette un
coup d'œil à la ronde pour voir si on l'approuve et
répond avec plus de véhémence : « Tu verras si je suis
cinglé quand ils auront fait sauter les visites. Parce que
moi, je te le dis, ils les ont laissés entrer et ils n'y étaient
pas obligés. C'est pas votre avis, les gars ? » Moûlu et
Lambert hochent la tête, Gassou ajoute sur un ton
sévère : « C'est vrai aussi! Pour une fois que les Frisous
n'étaient pas trop vaches, comment qu'on les remercie ?
En leur chiant dans la main. Ils vont se foutre en rogne
et ils n'auront pas tort. » Brunet ouvre la bouche pour
le traiter de salaud, mais Schneider lui jette un rapide
coup d'œil et crie : « Gassou, tu es ignoble. » Brunet[a] se
tait, il pense amèrement[b] : « Il s'est hâté de l'injurier pour
empêcher que je ne le *juge*. Il ne juge pas Gassou, il ne
juge jamais personne : il a honte pour eux devant moi;
quoi qu'il arrive et quoi qu'ils fassent, il a choisi d'être
avec eux. » Gassou regarde Schneider avec des yeux
étincelants, Schneider lui retourne son regard : Gassou
baisse les yeux : « Bon, dit-il, bon, bon! Allez-y. Faites
supprimer les visites; vous parlez si je m'en fous : mes
vieux sont à Orange. — Et moi donc! dit Moûlu. Je suis
orphelin. Seulement faut tout de même penser aux
copains. — En effet, dit Brunet. Et c'est bien à toi de le
dire, Moûlu, toi qui te laves si soigneusement tous les
jours pour éviter que les copains n'attrapent des poux.
— C'est pas pareil, dit brusquement le Blondinet. Moûlu
est cracra, c'est d'accord, mais il n'emmerde que nous.
Tandis que voilà un gars qui n'a pas peur de foutre
vingt mille hommes dans la crotte pour sa convenance
personnelle. — Si les Chleuhs le rattrapent, dit Lambert,
et s'ils le foutent en taule, c'est pas moi qui irai le
plaindre. — Tu te rends compte, dit Moûlu, à
six semaines de la classe, Monsieur s'en va. Il ne pouvait
pas faire comme nous ? Non ? » Pour une fois, le sergent
est d'accord avec eux : « C'est le caractère français, dit-il
en soupirant, et voilà pourquoi nous avons perdu la
guerre. » Brunet ricane, il leur dit : « N'empêche que
vous voudriez bien être à sa place et que vous avez
honte de n'avoir pas tenté le coup. — C'est ce qui te
trompe, dit vivement Cantrelle; s'il avait risqué quelque

chose, n'importe quoi, un coup de fusil dans les fesses, je ne dis pas, on pourrait penser : c'est un con, une tête brûlée, mais il a eu du cran. Au lieu de ça, Monsieur s'en va tranquillement, il se fait protéger par sa femme, comme un lâche, c'est pas une évasion, c'est un abus de confiance. » Un frisson glacé parcourt l'échine de Brunet, il se redresse et les regarde dans les yeux tour à tour : « Bon. Eh bien, dans ces conditions je vous avertis : demain soir, je fais le mur et je me tire. On verra s'il s'en trouve un pour me dénoncer. » Les types ont l'air gêné, mais Gassou ne se laisse pas démonter. Il dit : « On ne te dénoncera pas, tu le sais très bien, mais quand je sortirai d'ici, compte sur moi pour aller te flanquer une correction : parce que si tu t'évades, tu peux être sûr que ça va nous retomber sur le nez. — Une correction, dit Brunet avec un rire insultant, une correction, toi ? — Oh! ça va; s'il le faut, on s'y mettra à plusieurs. — Tu m'en reparleras dans dix ans quand tu reviendras d'Allemagne. » Gassou veut répondre, mais Livard lui coupe la parole : « Ne discute donc pas avec lui. On sera libéré le 14, c'est officiel. — Officiel ? demande Brunet en rigolant. Tu l'as vu écrit ? » Livard affecte de ne pas lui répondre, il se tourne vers les autres et dit : « Je ne l'ai pas vu écrit, mais c'est tout comme. » Les visages s'allument dans l'ombre : des lampes de radio, sombres et laiteuses. Livard les considère avec un bon sourire, puis il explique : « Hitler l'a dit. — Hitler! » répète Brunet abasourdi. Livard ignore l'interruption. Il poursuit : « C'est pas que je l'aime, ce mec-là : bien sûr que c'est notre ennemi. Et le nazisme je ne suis ni pour ni contre : avec les Chleuhs ça peut réussir, mais ça ne convient pas au tempérament français. Seulement, il a une chose pour lui, Hitler : il fait toujours ce qu'il dit. Il a dit : le 15 juin, je serai à Paris; eh bien il y était; même qu'il était en avance. — Il a parlé de nous libérer ? demande Lambert. — Je veux. Il a dit : le 15 juin je serai à Paris et le 14 juillet vous danserez avec vos femmes. » Une voix timide s'élève, c'est celle du ch'timi : « Je croyais qu'il avait dit : *nous* danserons avec vos femmes. Nous : nous, les Fritz. » Livard le toise : « Tu y étais ? — Non, dit le ch'timi. C'est que qu'on m'a dit. » Livard ricane, Brunet lui demande : « *Toi,* tu y étais ? — Naturellement j'y étais! à Haguenau, c'était; les copains avaient un poste; quand je suis entré, il venait

de le dire! » Il hoche la tête et répète avec complaisance :
« Le 15 juin nous serons à Paris et le 14 juillet vous danserez avec vos femmes. — Ha! répètent les types égayés,
le 15 juin à Paris et nous danserons le 14 juillet. » Les
femmes, la danse. Le cou dans les épaules, la face renversée, plaquant leurs paumes contre les toiles de tente,
les types dansent; le plancher craque, tourne et valse
sous les étoiles, entre les grandes falaises du carrefour
Châteaudun[1]. Radouci, Gassou se penche vers Brunet
et lui explique d'une voix logique : « Hitler, tu comprends, il est pas fou. Tu veux me dire pourquoi il
installerait un million de prisonniers en Allemagne ? Un
million de bouches à nourrir ? — Pour les faire travailler,
dit Brunet. — Travailler ? avec les ouvriers allemands ?
eh bien, il serait beau, le moral des Fritz, quand ils
auraient un peu causé avec nous. — En quelle langue ?
— En n'importe quelle langue, en petit nègre, en espé-
ranto : l'ouvrier français est né malin, c'est un frondeur,
une forte tête, en moins de deux il les aurait dessalés les
Fritz, et tu peux être sûr qu'Hitler y a pensé. Oh! non,
il est pas fou, oh! non. Moi, je suis comme Livard : je
l'aime pas, cet homme-là, mais je le respecte et il n'y en a
pas beaucoup dont je pourrais en dire autant. » Les types
approuvent de la tête, gravement : « Faut lui rendre
cette justice : il aime son pays. » « C'est un homme qui a
un idéal. Pas le nôtre, bien sûr : mais c'est tout de même
respectable. » « Toutes les opinions sont respectables,
pourvu qu'elles soient sincères. » « Et les nôtres, dis donc,
nos députés, qu'est-ce qu'ils avaient comme idéal ? Se
remplir les poches, oui, et les petites femmes et tout le
tremblement. Ils se payaient des gueuletons avec notre
argent. Chez eux, c'est pas ça : tu payes tes impôts, mais
tu sais ce qu'on fait de ton argent. Tous les ans le percepteur t'envoie une lettre : Monsieur, vous avez payé tant,
eh! bien, ça représente tant de médicaments pour les
malades ou tant de mètres carrés d'autostrade. Comme je
te le dis. » « Il ne voulait pas nous faire la guerre, dit
Moûlu : c'est nous qu'on a été la lui déclarer. — Attends
un peu : c'est même pas nous; Daladier, il a même pas
consulté la Chambre[2]. — C'est ce que je dis. Alors, lui,
tu comprends, c'est pas un dégonflé; il a dit : vous me
cherchez, les gars, vous allez me trouver. Et en moins
de deux, il nous a flanqué la fessée. Bon. Et maintenant ?

Tu crois qu'il est content avec un million de prisonniers ?
Tu vas voir : dans quelques jours il va nous dire : les
gars, vous me gênez plutôt, restez donc chez vous. Et
puis il se tournera contre les Russes et ils se boufferont
le nez entre eux. La France, qu'est-ce que tu veux que ça
l'intéresse ? Il en a pas besoin. Il nous reprendra l'Alsace,
question de prestige, c'est d'accord. Seulement, je vais
te dire : on s'en fout des Alsaciens; moi, j'ai jamais pu les
piffer. » Livard rit silencieusement, pour lui-même : il a
l'air fat : « En douce, dit-il, si on avait eu un Hitler,
nous! — Ah, pauvre ami! dit Gassou. Hitler avec le
soldat français ? Terrible! À cette heure, on serait à Constantinople. Parce que, ajoute-t-il avec un clignement
d'yeux égrillard, le soldat français est le meilleur du
monde, quand il est commandé. » Brunet pense que
Schneider doit avoir honte, il n'ose pas le regarder. Il se
lève, il tourne le dos aux meilleurs soldats du monde, il
pense qu'il n'y a plus rien à faire; il sort. Sur le palier, il
hésite, il regarde l'escalier qui s'enfonce en tournant dans
la pénombre : à cette heure la porte doit être fermée. Pour
la première fois, il sent qu'il est prisonnier. Tôt ou tard,
il faudra qu'il rentre dans sa geôle et qu'il s'allonge sur
le plancher à côté des autres et qu'il écoute leurs rêves.
Au-dessous de lui la caserne bruisse, des cris et des
chants montent à travers la cage de l'escalier. Le plancher
craque, il se retourne vivement : Schneider s'avance vers
lui dans le couloir sombre, en traversant un à un les
derniers rayons du jour. Je vais lui dire : « Eh bien!
Auras-tu le culot de les défendre! » Schneider est tout
contre lui, à présent, Brunet le regarde et ne dit rien. Il
s'accoude à la rampe; Schneider vient s'accouder près
de lui, Brunet dit : « C'est Dewrouckère qui a raison. »
Schneider ne répond pas : qu'est-ce que vous voulez
qu'il me réponde ? Un sourire, des fleurs rouges sous la
bruine, il suffit de leur faire confiance, un peu, un tout
petit peu, ah! je te crois bien; il répète rageusement :
« Rien à faire. Rien! Rien! Rien! » Bien sûr que ça ne
suffit pas, la confiance! Confiance en qui ? Confiance en
quoi ? Il faut la souffrance, la peur et la haine, il faut la
révolte et le massacre, il faut une discipline de fer. Quand
ils n'auront plus rien à perdre, quand leur vie sera pire
que la mort... » Ils se penchent tous les deux au-dessus du
noir, ça sent la poussière. Schneider demande en baissant

la voix : « C'est vrai que tu veux t'évader ? » Brunet le
regarde sans répondre, Schneider dit : « Je te regretterai. » Brunet dit amèrement : « Tu serais bien le seul. »
Au rez-de-chaussée des types chantent en chœur :
« Buvons un coup, buvons-en deux, à la santé des amoureux », m'évader, tirer une croix sur vingt mille hommes,
les laisser crever dans leur merde, a-t-on jamais le droit
de dire : il n'y a plus rien à faire ? Et si c'était à Paris
qu'on m'attendait ? Il pense à Paris avec un dégoût dont
la violence l'étonne. Il dit : « Je ne m'évaderai pas : j'ai
dit ça dans la colère. — Si tu penses qu'il n'y a plus rien
à faire... — Il y a toujours quelque chose à faire. Il faut
travailler où on est avec les moyens qu'on a. Plus tard,
nous verrons. » Schneider soupire; Brunet dit brusquement : « C'est toi qui devrais t'évader. » Schneider secoue
la tête, Brunet dit avec timidité : « Là-bas, il y a ta
femme. » Schneider secoue la tête; Brunet demande :
« Mais pourquoi ? Tu n'as rien qui te retienne ici. »
Schneider dit : « Partout ce sera pire. » Buvons un coup,
buvons-en deux, à la santé des amoureux. Brunet dit :
« Vivement l'Allemagne! » et, pour la première fois,
Schneider répète avec une espèce de honte : « Vivement
l'Allemagne, oui! Vivement! » Et merde pour le roi
d'Angleterre qui nous a déclaré la guerre.

★

Vingt-sept hommes, le wagon grince, le canal s'étire
le long de la voie, Moûlu dit : « Finalement, c'est pas si
détruit que ça. » Les Allemands n'ont pas fermé la porte
à coulisses, la lumière et les mouches entrent dans le
wagon; Schneider, Brunet, le typo sont assis sur le plancher, dans l'ouverture de la porte, et leurs jambes pendent
au dehors, c'est un beau jour d'été. « Non, dit Moûlu
avec satisfaction, pas du tout si détruit. » Brunet lève la
tête : Moûlu, debout, regarde filer les champs et les prés
avec satisfaction. Il fait chaud, les hommes sentent fort;
un type ronfle au fond du wagon. Brunet se penche : dans
le fourgon, des casques allemands luisent au-dessus des
canons de fusils. Un beau jour d'été, tout est tranquille;
le train roule, le canal coule; de loin en loin une bombe a
défoncé un chemin, crevé un champ; au fond des trous,
il y a de l'eau qui reflète le ciel. Le typo dit pour lui-

même : « Ça ne serait pas difficile de sauter. » Schneider
montre les fusils d'un coup d'épaule : « Ils te tireraient
comme un lapin. » Le typo ne répond pas, il se penche
comme s'il allait plonger ; Brunet le retient par l'épaule.
« Ça ne serait pas bien difficile », répète le typo fasciné.
Moûlu lui flatte la nuque : « Puisqu' on va à Châlons. —
Mais c'est-il vrai ? Est-ce qu'on y va ? — Tu as vu l'affiche comme moi. — C'était pas écrit qu'on va à Châlons.
— Non, mais c'était écrit qu'on reste en France. Pas vrai,
Brunet ? » Brunet ne répond pas tout de suite : *c'est vrai*
qu'il y avait l'avant-veille, sur le mur, une affiche signée
du commandant : « Les prisonniers du camp de Baccarat
sont destinés à demeurer en France. » N'empêche que
les voilà dans le train, emportés vers une destination
inconnue. Moûlu insiste : « C'est vrai ou c'est pas vrai ? »
Et des voix crient derrière eux, impatientées : « Mais
oui : c'est vrai, c'est vrai ! Faites-nous pas tartir, vous savez
bien que c'est vrai. » Brunet jette un coup d'œil au typo
et dit doucement : « C'est vrai. » Le typo soupire, il dit
avec un sourire rassuré : « C'est marrant, je me sens toujours drôle quand je voyage. » Il rit franchement, à présent, tourné vers Brunet : « J'ai peut-être pris le train
vingt fois dans ma vie ; à chaque coup, ça me fait de
l'effet. » Il rit, Brunet le regarde rire et pense : « Ça ne
va pas fort. » Lucien est assis un peu en arrière ; entourant
ses chevilles de ses bras, il dit : « Mes vieux devaient
venir dimanche. » C'est un jeune type à l'air doux qui
porte des lunettes. Moûlu lui dit : « Tu n'aimes pas
mieux les retrouver chez toi ? — Eh bien si, dit le type,
mais puisqu'ils devaient venir dimanche, j'aurais mieux
aimé qu'on parte seulement lundi. » Le wagon proteste :
« En voilà un qui aurait voulu rester trois jours de plus ;
merde alors, il y en a qui ne se connaissent plus ; un jour
de plus, dis, pourquoi pas jusqu'à Noël ? » Lucien leur
sourit doucement, il explique : « Ils ne sont plus jeunes,
vous savez, ça m'ennuie qu'ils se soient dérangés pour
rien. — Bah ! dit Moûlu, quand ils rentreront, c'est toi
qui les recevras. — Je voudrais bien, dit Lucien, mais
j'aurai pas cette veine : ils vont mettre au moins huit jours
à nous démobiliser. — Qui sait ? dit Moûlu. Qui sait ?
Avec les Fritz, ça peut aller vite. — Moi, dit Jurassien*ª*,
tout ce que je demande, c'est d'être chez moi pour la
cueillette de la lavande. » Brunet se retourne : le wagon

eſt blanc de poussière et de fumée, les uns sont debout, les autres assis; à travers les troncs arqués d'une forêt de jambes, il entrevoit des visages placides et vaguement souriants. Jurassien eſt un gros qui a l'air dur avec une tête entièrement rasée et un bandeau noir sur l'œil. Il eſt assis en tailleur, pour tenir moins de place. « D'où es-tu ? » demande Brunet. « De Manosque; j'étais dans la marine; à présent j'habite avec ma femme; j'aimerais pas qu'elle fasse la cueillette sans moi. » Le typo regarde toujours la voie, il dit : « C'était grand temps. — Qu'eſt-ce qu'il y a, petite tête ? demande Brunet. — Qu'ils nous lâchent. C'était grand temps. — Oui ? — J'avais le noir », dit le typo. Brunet pense : « Lui aussi ! » Mais il voit ses yeux brillants et caves et il se tait. Il pense : « Il s'en apercevra bien assez tôt. » Schneider dit : « C'eſt vrai, petite tête, tu ne nous fais plus jamais rire, qu'eſt-ce que tu as donc ? — Oh! dit le typo, maintenant ça va. » Il voudrait expliquer quelque chose mais les mots lui manquent. Il fait un geſte d'excuse et dit simplement : « Je suis de Lyon. » Brunet se sent gêné, il pense : « J'avais oublié qu'il était de Lyon. Voilà deux mois que je le fais travailler[1] et je ne sais rien de lui. À présent il eſt tout chaud contre moi, et il a le mal du pays. » Le typo s'eſt tourné vers lui, Brunet lit au fond de ses yeux une sorte de douceur[a] angoissée : « C'eſt bien vrai qu'on va à Châlons ? demande le typo brusquement. — Ah, tu remets ça! dit Moûlu impatienté. — Allons, dit Brunet. Allons, allons! Même si c'eſt pas à Châlons qu'on va, on finira bien par revenir. — Faudrait que ce soit à Châlons, dit le typo. Faudrait que ce soit à Châlons. » Il a l'air de faire sa prière. « Tu sais, dit-il à Brunet, si c'était pas à cause de toi, il y a longtemps que je me serais tiré. — Si c'était pas à cause de moi ? — Ben oui. Du moment qu'il y avait un responsable, il fallait bien que je reſte. » Brunet ne répond pas. Il pense : « Naturellement, c'eſt à cause de moi. » Mais ça ne lui fait aucun plaisir. Le typo reprend : « Je serais à Lyon, aujourd'hui. Tu te rends compte, je suis mobilisé depuis octobre 37[2], je connais plus mon métier. — Ça revient vite », dit Lucien. Le typo hoche la tête d'un air sage. « Oh! dit-il. Pas si vite. Vous verrez, ça sera dur de s'y remettre. » Il reſte immobile, les yeux vides, puis il dit : « Le soir, chez mes vieux, j'aſtiquais tout, j'aimais pas

rester à ne rien faire, il fallait que tout soit propre. »
Brunet le regarde du coin de l'œil : il a perdu son air net
et gai, les mots se poussent mollement hors de sa bouche ;
des touffes de poil noir croissent au hasard sur ses joues
amaigries. Un tunnel mange les wagons de tête ; Brunet
regarde le trou noir où le train s'engouffre, il se retourne
brusquement vers le typo : « Si tu veux te tirer, c'est le
moment. — Quoi ? dit le typo. — Tu n'as qu'à sauter
quand on sera dans le tunnel. » Le typo le regarde et puis
tout devient noir, Brunet reçoit de la fumée dans la
bouche et dans les yeux ; il tousse. Le train ralentit.
« Saute, dit Brunet en toussant. Mais saute donc. » Pas
de réponse ; le jour grisaille à travers les fumées, Brunet
s'essuie les yeux, le soleil l'inonde tout à coup ; le typo
est toujours là. « Alors ? » demande Brunet. Le typo
cligne des yeux et dit : « Pour quoi faire ? Puisqu'on va
à Châlons. » Brunet hausse les épaules et regarde le canal.
Il y a une guinguette au bord de l'eau, un type boit, on
voit sa casquette, son verre et son long nez au-dessus de
la charmille. Deux autres marchent sur le lé, ils portent
des canotiers et parlent tranquillement ; ils ne tournent
même pas la tête vers le train. « Hé ! crie Moûlu. Hé ! les
gars ! » Mais déjà ils sont hors de vue. Un autre bistrot,
tout neuf : *À la bonne pêche*. Le grelottement hennissant
d'un piano mécanique frappe Brunet au passage et disparaît ; à présent ce sont les Fritz du fourgon qui l'entendent, Brunet voit un château qu'ils ne voient pas
encore, un château au bout d'un parc, tout blanc et flanqué de deux tours pointues ; dans le parc une petite fille
qui tient un cerceau regarde gravement : à travers ses
jeunes yeux toute une France innocente et surannée les
voit passer. Brunet regarde la petite fille et il pense à
Pétain ; le train file à travers ce regard, à travers cet avenir
plein de jeux sages, de bonnes pensées, de menus soucis,
il file vers les champs de pommes de terre, les usines et
les fabriques d'armement, vers l'avenir noir et vrai des
hommes. Les prisonniers, derrière Brunet, agitent les
mains ; à tous les wagons Brunet voit des mains avec des
mouchoirs : mais la petite ne répond pas, elle serre son
cerceau contre elle. « Ils pourraient dire bonjour, dit
André. Ils étaient bien contents, en septembre, qu'on
aille se faire casser la gueule pour les défendre. — Ben
oui, dit Lambert, seulement voilà : on ne se l'est pas fait

casser. — Et alors, c'est-il notre faute ? On est des prisonniers français, on a droit à un salut. » Un vieux pêche à la ligne, assis sur un pliant ; il ne lève même pas la tête ; Jurassien ricane : « Ils ont repris leur bonne petite vie... — Ça m'en a tout l'air », dit Brunet. Le train roule à travers la paix : pêcheurs à la ligne, guinguettes, canotiers, et ce ciel si tranquille. Brunet jette un coup d'œil derrière lui, il voit des visages bougons mais charmés. « En douce, dit Martial, il a pas tort le vieux. Dans huit jours, c'est moi qui m'en vas pêcher. — À quoi que tu pêches ? À la ligne ? — Ah non ! Merde : à la mouche. » Ils la *voient,* leur libération, ils la touchent presque sur ce paysage familier, sur ces eaux calmes. La paix, le travail, le vieux rentrera ce soir avec des goujons, dans huit jours ils seront libres : la preuve est là, insinuante et douce. Brunet se sent mal à l'aise : il n'est pas bon d'être seul à connaître l'avenir. Il détourne la tête, il regarde fuir les traverses de l'autre voie. Il pense : « Qu'est-ce que je peux dire ? Ils ne me croiront pas. » Il pense qu'il devrait se réjouir ; qu'ils vont enfin comprendre, qu'il pourra enfin travailler. Mais il sent contre son épaule et son bras la chaleur fiévreuse du typo et il est pris d'un écœurement sombre qui ressemble à un remords. Le train ralentit : « Qu'est-ce que c'est ? — Ah ! dit Moûlu d'un air fat, c'est l'aiguillage. Vous parlez si je la connais cette ligne-là. Il y a dix ans, j'étais voyageur, je la faisais toutes les semaines. Vous allez voir : on va prendre à gauche. À droite, on remonte vers Lunéville et Strasbourg. — Lunéville ? dit le Blondinet. Mais je croyais justement qu'on devait passer par Lunéville. — Non, non, je te dis que je connais la ligne. Probable que vers Lunéville, la voie est coupée, on est descendu par Saint-Dié pour l'éviter, à présent on remonte. — À droite, c'est l'Allemagne ? demande la voix anxieuse de Ramelle[a]. — Oui, oui, on prend à gauche. À gauche, c'est Nancy, Bar-le-Duc et Châlons. » Le train ralentit et s'arrête. Brunet se retourne et les regarde. Ils ont de bonnes faces tranquilles, il y en a qui sourient. Seul, Ramelle, le professeur de piano, se mord la lèvre inférieure et touche ses lunettes d'un air agité et déprimé. Il y a tout de même un silence et puis tout d'un coup Moûlu se met à crier : « Hé les poulettes ! Un baiser, mignonnes, un petit baiser. » Brunet se retourne brusquement : elles sont six en robes légères,

avec de gros bras rouges et des visages sains, six à les
regarder, de l'autre côté de la barrière. Moûlu leur envoie
des baisers. Elles ne sourient pas; une grosse brune, pas
laide, se met à soupirer; les soupirs soulèvent sa forte
poitrine; les autres regardent avec de grands yeux déso-
lés; les six bouches font des moues d'enfant qui va pleurer dans ces visages rustiques et inexpressifs. « Allons!
dit Moûlu. Allons! Un bon mouvement! » Il ajoute, saisi
d'une inspiration subite : « On n'envoie pas de baisers
à des gars qui s'en vont en Allemagne? » Derrière lui
des voix protestent : « Hé là! Parle pas de malheur. »
Moûlu se retourne, tout à fait à son aise : « Taisez-vous
donc, je leur dis ça pour qu'elles nous fassent un sourire. » Les types rient, ils crient : « Allons! Allons! » La
brune les regarde toujours avec ses yeux apeurés; elle
lève une main qui hésite, l'appuie sur ses lèvres tombantes
et la projette d'un mouvement mécanique. « Mieux que
ça! dit Moûlu. Mieux que ça! » Une voix furieuse l'interpelle en allemand; il rentre précipitamment la tête : « Ta
gueule, dit Jurassien, tu vas faire fermer le wagon. »
Moûlu ne répond pas, il grommelle pour lui seul : « Ce
qu'elles sont cons, les femmes, dans ce patelin. » Le train
se met à grincer, il s'ébranle lentement, les types se
taisent, Moûlu attend la bouche entrouverte, le train
roule, Brunet pense : « Voilà le moment », il y a un
brusque craquement, une secousse, Moûlu perd l'équilibre et se raccroche à l'épaule de Schneider en poussant
un cri de victoire : « Ça y est, les gars! Ça y est! On va à
Nancy. » Tout le monde rit et crie. La voix nerveuse de
Ramelle s'élève : « Alors c'est sûr, on va à Nancy? —
T'as qu'à regarder », dit Moûlu en désignant la voie. De
fait le train a tourné sur la gauche, il décrit un arc de
cercle, en ce moment on peut, sans se pencher, voir la
petite locomotive. « Et après? C'est direct? » Brunet se
retourne, le visage de Ramelle est encore terreux, ses
lèvres pâles tremblent toujours. « Direct? demande
Moûlu en rigolant, tu crois qu'on va nous faire changer
de train? — Non, mais je veux dire : il n'y a pas d'autres
aiguillages? — Il y en a deux autres, dit Moûlu. Un
avant Frouard, un autre à Pagny-sur-Meuse[1]. Mais tu
n'as pas besoin de t'en faire : nous, nous allons à gauche,
toujours à gauche : sur Bar-le-Duc et Châlons. — Quand
est-ce qu'on sera sûrs? — Ben, qu'est-ce que tu veux de

plus ? On est sûrs. — Mais pour les aiguillages ? — Ah!
dit Moûlu, si c'est ce que tu veux dire, au second. Si on
prenait à droite, ça voudrait dire Metz et le Luxembourg.
Le troisième ne compte pas : à droite, ce serait la ligne
de Verdun et de Sedan, qu'est-ce que tu veux qu'on aille
foutre là-bas ? — Alors c'est le second, dit Ramelle. C'est
celui qui vient... » Il ne dit plus rien, il se recroqueville
sur lui-même, les genoux au menton, d'un air frileux
et perdu. « Dis, ne nous fais pas chier, dit André.
Tu verras bien. » Ramelle ne répond pas; un silence
pesant est tombé sur le wagon; les visages sont inexpressifs mais un peu contractés. Brunet entend le son gaufré
d'un harmonica; André saute en l'air : « Ah! non, pas de
musique! — J'ai bien le droit de jouer de l'harmonica,
dit une voix, au fond du wagon. — Pas de musique! »
dit André. Le type se tait. Le train a pris doucement de la
vitesse; il passe sur un pont. « Fini, le canal », soupire le
typo. Schneider dort assis, la tête brinqueballante. Brunet
s'ennuie, il regarde les champs, il a la tête vide; au
bout d'un moment, le train ralentit, et Ramelle se redresse, les
yeux hagards : « Qu'est-ce que c'est ? — T'en fais pas, dit
Moûlu. C'est Nancy. » Le ballast s'élève au-dessus du
wagon; à présent c'est un mur. Au-dessus du mur court
une corniche de pierres blanches; au-dessus de la corniche il y a une balustrade de fer, à claire-voie. « Il y a
une rue, là-haut », dit Moûlu. Brunet se sent tout à coup
écrasé par un poids énorme. Les types se penchent en
s'appuyant sur lui; ils tournent la tête vers le ciel; la
fumée entre à gros flocons dans le wagon; Brunet tousse.
« Visez le gars, là-haut », dit Martial. Brunet renverse la
tête en arrière, il sent contre son crâne un contact dur, des
mains poussent ses épaules : il y a un type, en effet, penché sur la balustrade. À travers les barreaux, on voit son
veston noir et son pantalon rayé. Il tient une serviette de
cuir; il peut avoir quarante ans. « Salut, crie Martial. —
Bonjour », dit le type. Il porte une moustache soignée
sur une face maigre et dure; il a des yeux bleus très clairs.
« Salut! Salut! » disent les types. « Alors, demande
Moûlu, comment que ça va à Nancy ? C'est pas trop
détruit ? — Non, dit le type. — Tant mieux, dit Moûlu.
Tant mieux. » Le type ne répond pas; il les regarde fixement, avec un air de curiosité. « Les affaires ont repris ? »
demande Jurassien. La locomotive siffle; le type met la

main en cornet contre son oreille et crie : « Quoi ? »
Jurassien fait des gestes au-dessus de la tête de Brunet
pour expliquer qu'il ne peut pas crier plus fort; Lucien
lui dit : « Demande-lui pour les prisonniers de Nancy. —
Quoi, les prisonniers ? — S'il sait quelque chose sur les
prisonniers. — Attends, dit Moûlu, on ne s'entend plus.
— Demande vite, le train va repartir. » Le sifflement a
cessé, Moûlu crie : « Les affaires ? elles ont repris ? —
Vous pensez, dit le civil. Avec tous les Allemands qu'il
y a dans la ville! — Les cinémas ont rouvert ? demande
Martial. — Quoi ? demande le civil. — Merde, dit
Lucien, on s'en barbouille des cinémas, fous-nous la
paix avec les cinémas, laisse-moi causer. » Et il ajoute
d'une haleine : « Et les prisonniers ? — Quels prisonniers ? demande le civil. — Il n'y avait pas de prisonniers,
ici ? — Si, mais il n'y en a plus. — Où sont-ils partis ? »
crie Moûlu. Le civil le regarde avec un peu d'étonnement, il répond : « Eh bien, mais, en Allemagne! — Eh
là! dit Brunet, poussez pas. » Il s'arc-boute des
deux mains contre le plancher; les types l'écrasent et
crient tous ensemble : « En Allemagne ? T'es pas fou ?
À Châlons, tu veux dire ? En Allemagne ? Qui c'est qui
t'a dit qu'ils allaient en Allemagne ? » Le civil ne répond
rien, il les regarde de son air tranquille. « Taisez-vous, les
gars, dit Jurassien. Parlez pas tous à la fois. » Les types
se taisent et Jurassien crie : « Comment le savez-vous ? »
Il y a un cri furieux; une sentinelle allemande, baïonnette
au fusil, saute du fourgon et se jette devant eux. C'est un
tout jeune gars, rouge de colère, il crie en allemand très
vite, d'une voix rauque; Brunet se sent subitement
délesté du poids énorme qui l'écrasait, les types ont dû
se rasseoir précipitamment. La sentinelle se tait, elle
reste devant eux, l'arme au pied. Le civil est toujours là,
penché au-dessus de la balustrade, il regarde; Brunet
devine, dans l'ombre du wagon, tous ces yeux fiévreux
qui se sont levés et qui interrogent en silence. « C'est
con! murmure Lucien, derrière lui. C'est con. » Le type
reste immobile, muet, inutilisable et pourtant plein d'une
science secrète. La locomotive siffle, un tourbillon de
fumée s'engouffre dans le wagon, le train s'ébranle et se
remet en marche. Brunet tousse; la sentinelle attend que
le fourgon passe à sa hauteur, elle y jette son fusil; Brunet
voit deux paires de mains, au bout de manches vert-de-

gris, qui l'attrapent aux épaules et le hissent. « D'abord qu'est-ce qu'il en sait, ce con-là ? — Oui, qu'est-ce qu'il en sait ? S'ils sont partis, il les a vus partir, c'est tout. » Les voix coléreuses explosent derrière Brunet, Brunet sourit sans rien dire. « Il le suppose, voilà tout, dit Ramelle. Il *suppose* qu'ils sont partis pour l'Allemagne. » Le train roule plus vite, il passe le long de grands quais déserts, Brunet lit sur une pancarte : « Sortie. Passage souterrain. » Le train file. La gare est morte. Contre l'épaule de Brunet, l'épaule du typo tremble. Le typo explose brutalement : « Alors c'est un salaud de l'avoir dit, s'il en est pas sûr ! — Tu parles, dit Martial, un beau salaud. — Et comment ! dit Moûlu. C'est pas des choses à faire. Il faut être drôlement con... — Con ? répète Jurassien. Tu l'as pas regardé ! Je te jure qu'il est pas con, moi, ce type-là. Il savait ce qu'il faisait, je te le dis. — Il savait ce qu'il faisait ? » Brunet se retourne, Jurassien sourit d'un air brutal. « C'en est un de la cinquième colonne, dit-il. — Dites donc[a], les gars, dit Lambert, s'il avait raison ? — Ta gueule, eh con ! Si tu veux aller en Bochie fais-toi porter volontaire, mais viens pas faire chier le marin. — Oh puis merde, dit Moûlu, on le saura à l'aiguillage. — C'est quand, l'aiguillage ? » demande Ramelle. Il est vert. Il tapote avec les doigts sur sa capote. « Dans un quart d'heure par là, vingt minutes. » Les types ne disent plus rien, ils attendent. Ils ont des visages durs, des yeux fixes que Brunet ne leur a pas vus depuis la débâcle. Puis tout est tombé dans le silence, on entend juste le grincement des wagons. Il fait chaud, Brunet voudrait ôter sa veste, mais il ne peut pas, il est serré entre le typo et la paroi. Des gouttes de sueur lui roulent dans le cou. Le typo dit sans le regarder : « Oh ! Brunet ! — Hé ? — Tu te moquais de moi, tout à l'heure, quand tu m'as dit de sauter ? — Pourquoi ? » demande Brunet. Le typo tourne vers lui sa tête enfantine et charmante, que les rides, la crasse et la barbe n'arrivent pas à vieillir. Il dit : « Je pourrais pas supporter d'aller en Allemagne. » Brunet ne répond rien. Le typo dit : « Je pourrais pas le supporter. J'y crèverais. Je suis sûr que j'y crèverais. » Brunet hausse les épaules, il dit : « Tu feras comme tout le monde. — Mais tout le monde crèvera, dit le typo. Tout le monde, tout le monde, tout le monde. » Brunet dégage une main et la lui pose sur l'épaule. « T'énerve

pas, petite tête », lui dit-il affectueusement. Le typo
tremble, Brunet lui dit : « Si tu gueules comme ça, tu vas
foutre la trouille aux copains. » Le typo ravale sa salive, il
a l'air docile, il dit : « T'as raison, Brunet. » Il a un petit
geste de désespoir et d'impuissance, il ajoute tristement :
« T'as toujours raison. » Brunet lui sourit. Au bout d'un
moment le typo reprend d'une voix sourde : « Alors,
c'était du flan ? — Quoi ? — Quand tu m'as dit de sauter,
c'était du flan ? — Ah! T'occupe pas, dit Brunet. — Si
je sautais maintenant, dit le typo, est-ce que tu m'en
voudrais ? » Brunet regarde les canons de fusil qui
sortent du fourgon et qui étincellent. Il dit : « Fais pas
de conneries, tu vas te faire buter. — Laisse-moi prendre
ma chance, dit le typo. Dis, laisse-moi prendre ma chance.
— C'est pas le moment... dit Brunet. — N'importe comment, dit le typo, si je vais là-bas, j'y crèverai. Crever
pour crever... » Brunet ne répond pas; le typo dit :
« Dis-moi seulement si tu m'en voudrais. » Brunet
regarde toujours les canons des fusils. Il dit lentement et
froidement : « Oui. Je t'en voudrais. Je te le défends. »
Le typo baisse la tête, Brunet voit sa mâchoire qui bouge.
« Tu es drôlement vache », dit Schneider. Brunet tourne
la tête : Schneider le regarde d'un air dur. Brunet ne
répond pas, il se tasse contre le portant; il voudrait dire
à Schneider : « Si je ne lui défends pas de sauter, tu ne
vois donc pas qu'il va se faire tuer. » Il ne peut pas
parce que le typo l'entendrait; il a le sentiment désagréable que Schneider le juge. Il pense : « C'est con. » Il
regarde la nuque maigre du typo, il pense : « Et s'il allait
crever, là-bas ? » Il pense : « Merde! Je ne suis plus le
même. » Le train ralentit : c'est l'aiguillage. Sûrement,
tous les types savent que c'est l'aiguillage, mais ils ne
disent rien. Le train s'arrête, c'est le silence. Brunet lève
la tête. Penché au-dessus de lui, Moûlu regarde la voie,
la bouche ouverte; il est livide. Dans l'herbe du remblai,
on entend les grillons qui chantent. Trois Allemands
sautent sur la voie pour se dégourdir les jambes; ils
passent en riant devant le wagon. Le train se met en
marche; ils font demi-tour et courent pour rejoindre le
fourgon. Moûlu pousse un hurlement : « À gauche, les
gars! On prend à gauche. » Le wagon vibre et grince,
on dirait qu'il va s'arracher des rails. De nouveau Brunet
sent sur ses épaules le poids de dix corps penchés en

avant. Les types crient : « À gauche! À gauche! On va à
Châlons! » Aux portières des autres wagons paraissent
des têtes noires de fumée qui rient. André crie : « Eh
Chabot! On va à Châlons! » Et Chabot, qui se penche au
quatrième wagon, rit et crie : « C'est du peu, les gars,
c'est du peu. » Tout le monde rit, Brunet entend la voix
de Gassou : « Té! ils ont eu peur comme nous. — Vous
voyez, les gars! dit Jurassien. Il était de la cinquième
colonne. » Brunet regarde le typo. Le typo ne dit rien, il
tremble toujours et une larme coule sur sa joue gauche
en traçant un sillon dans la crasse et le charbon. Un type
se met à jouer de l'harmonica, un autre chante en
mesure : « Mon petit kaki, je te resterai fidèle. » Brunet
se sent horriblement triste, il regarde la voie qui file, il
a envie de sauter. Le wagon est en fête*a*, le train chante.
Comme les trains surprises d'avant guerre. Brunet pense :
« Il y a une surprise au bout. » Le typo pousse un grand
soupir de détente et d'aise. Il dit : « Ah! là là, ah là là! »
Il regarde Brunet d'un air malin, il dit : « Toi, tu croyais
qu'on irait en Allemagne. » Brunet se raidit un peu, il
sent que son prestige est atteint; mais il ne répond rien.
D'ailleurs le typo est d'humeur conciliante, il ajoute
vivement : « Tout le monde peut se tromper; moi, je le
croyais comme toi. » Brunet se tait, le typo siffle; il dit,
au bout d'un moment : « Je la ferai prévenir avant d'y
aller moi-même. — Qui ça? demande Brunet. — Ma
souris, dit le typo. Elle serait dans le cas de tomber dans
les pommes. — T'as une souris? dit Brunet. À ton âge?
— Je veux, dit le typo. Même qu'on se serait mariés
sans cette histoire de guerre*b*. — Quel âge a-t-elle?
demande Brunet. — Dix-huit ans, dit le typo. — Tu l'as
rencontrée au Parti? — N-non, dit le typo. Dans un
bal. — Elle pense comme toi? — Sur quoi? — Sur tout.
— Ben, dit le typo, je ne sais pas ce qu'elle pense. Au
fond, je crois qu'elle pense rien : c'est une môme. Mais
elle est brave et travailleuse et puis... roulée! » Il rêve un
peu, il dit : « C'est peut-être bien ça qui m'avait foutu le
noir. Je m'ennuyais d'elle. T'as une pépée, Brunet? —
Pas le temps, dit Brunet. — Alors, comment que tu
t'arranges? » Brunet sourit : « Quelquefois, en passant,
comme ça, dit-il. — Je pourrais pas vivre comme ça, dit
le typo. Ça ne te dirait rien, un vrai chez-toi avec une
petite femme dedans? — Je n'y serais jamais. — Ben

oui, dit le typo. Ben oui. » Il a l'air confus, il dit comme
pour s'excuser : « Moi j'ai pas besoin de grand-chose ;
elle non plus. Trois chaises et un pucier. » Il sourit dans
le vide, il ajoute : « Sans cette guerre, on aurait été heureux. » Brunet s'agace et regarde le typo sans sympathie ;
sur ce visage que la maigreur rend trop expressif, il lit
un appétit gourmand de bonheur. Il dit doucement :
« Ce n'est pas par hasard qu'il y a eu cette guerre. Et tu
sais bien qu'on ne peut pas vivre heureux en régime
d'oppression. — Oh ! dit le typo, je me serais fait mon
petit trou... » Brunet hausse la voix et lui dit sèchement :
« Alors, pourquoi es-tu communiste ? Les communistes
ne sont pas faits pour se terrer dans des trous. — C'est
à cause des autres, dit le typo. Il y avait tant de misère
dans mon quartier, j'aurais voulu que ça change. —
Quand on entre au Parti, il n'y a plus que le Parti qui
compte, dit Brunet. Tu aurais dû savoir à quoi tu t'engageais. — Mais je le savais, dit vivement le typo. Est-ce
que j'ai jamais refusé de faire ce que tu me demandais ?
Seulement dis, quand je baise, le Parti n'est pas là pour
tenir la chandelle. Il y a des moments où... » Il regarde
Brunet et s'arrête net. Brunet ne dit rien, il pense : « Il
est comme ça parce qu'il croit que je me suis trompé. On
devrait être infaillible. » Il fait de plus en plus chaud, la
sueur trempe sa chemise, le soleil lui tape en plein dans la
figure : tous ces jeunes, il faudrait savoir pourquoi ils
entrent au P. C. ; quand on y entre par idées généreuses,
il vient toujours un moment où l'on se met à flancher.
Et toi, et toi, pourquoi y es-tu entré ? Bah, il y a si longtemps,
ça n'a plus d'importance, je suis communiste parce que
je suis communiste, c'est tout. Il dégage sa main droite,
essuie la sueur qui trempe ses sourcils, regarde l'heure.
Quatre heures et demie. Avec ces détours nous ne
sommes pas près d'arriver. Les Fritz boucleront les
wagons cette nuit et nous dormirons sur une voie de
garage. Il bâille, il dit : « Schneider ! Tu ne dis rien. —
Qu'est-ce que tu veux que je dise ? » demande Schneider.
Brunet bâille, il regarde la voie filer, une face blême
rigole entre les rails, ha, ha, ha, sa tête tombe, il se réveille
en sursaut, les yeux lui font mal, il se pousse en arrière
pour fuir le soleil, quelqu'un a dit : « Condamnation à
mort », sa tête tombe, il se réveille encore et porte la
main à son menton mouillé : « J'ai bavé, j'ai dû dormir la

bouche ouverte »; il a horreur de ça. « Tu veux la
vider ? » On lui tend une boîte de singe ouverte, elle est
toute chaude, il dit : « Qu'est-ce que... ? Ah, bon. » Il la
renverse au dehors, le liquide jaune tombe en pluie sur
la voie. « Eh dis ! Passe-la vite. » Il la tend sans se retourner, on la lui prend des mains, il veut se rendormir, on
lui frappe sur l'épaule; il prend la boîte et la vide.
« Donne-la-moi », dit le typo. Brunet tend la boîte au
typo qui se met debout, péniblement. Brunet essuie ses
doigts humides sur sa veste; au bout d'un moment un
bras s'étend au-dessus de sa tête et incline la boîte de
fer-blanc, l'eau jaune s'éparpille et file en gouttes
blanches vers l'arrière. Le typo se rassied en s'essuyant
les doigts, Brunet laisse tomber sa tête sur l'épaule du
typo, il entend la musique de l'harmonica, il voit un
beau jardin plein de fleurs, il s'endort. Un choc le réveille,
il crie : « Hein ? » Le train s'est arrêté en rase campagne :
« Hein ? — C'est rien, dit Moûlu, tu peux te rendormir :
c'est Pagny-sur-Meuse[1]. » Brunet se retourne, tout est
tranquille, les types se sont habitués à leur joie, il y en a
qui jouent aux cartes et d'autres qui chantent et d'autres
silencieux et charmés qui se racontent des histoires à eux-
mêmes, les yeux pleins des souvenirs qu'ils osent enfin
laisser remonter du fond de leurs cœurs; personne ne
prend garde à l'arrêt du train, Brunet s'endort pour tout
de bon, il rêve d'une plaine étrange où des hommes tout
nus et maigres comme des squelettes, avec des barbes
grises, sont assis autour d'un grand feu; quand il se
réveille, le soleil est très bas sur l'horizon, le ciel est
mauve, deux vaches paissent dans un pré, le train ne
bouge toujours pas, des types chantent; sur le talus les
soldats allemands cueillent des fleurs. Il y en a un, un
petit gros, très costaud, aux joues rouges, qui s'approche
des prisonniers, une pâquerette entre les dents, et qui
leur sourit largement. Moûlu, André et Martial lui sourient. L'Allemand et les Français restent un moment à se
regarder en souriant, puis Moûlu dit brusquement :
Cigaretten. Bitte schön cigaretten. Le soldat hésite et se
retourne vers le talus; ses trois copains, courbés,
montrent leurs derrières; il fouille prestement dans sa
poche et jette son paquet de cigarettes dans le wagon;
Brunet entend derrière lui tout un remue-ménage,
Ramelle qui ne fume pas s'est redressé et crie : *Danke*

schön! avec des sourires. Le petit costaud lui fait signe de se taire. Moûlu dit à Schneider : « Demande-lui où nous allons. » Schneider parle en allemand au soldat ; le soldat répond en souriant ; les autres ont fini leur cueillette, ils s'approchent en tenant leurs bouquets de la main gauche, les fleurs tournées vers le bas ; il y a un sergent et deux soldats ; ils ont l'air hilare et se mêlent en riant à la conversation. « Qu'est-ce qu'ils disent ? demande Moûlu en souriant aussi. — Attends un peu, dit Schneider impatienté. Laisse-moi comprendre. » Les soldats lancent une dernière plaisanterie et retournent sans hâte vers le fourgon, le sergent s'arrête pour pisser contre l'essieu du wagon, il reboutonne sa braguette, les jambes écartées, il jette un coup d'œil à ses hommes et, pendant qu'ils ont le dos tourné, il lance un paquet de cigarettes dans le wagon. « Ha ! dit Martial avec un râle de bonheur, ils sont pas vaches. — C'est parce qu'on est libérés, dit Jurassien, ils veulent nous laisser un bon souvenir. — Ça se pourrait, dit Martial, rêveur. Par le fait tout ce qu'ils font c'est de la propagande. — Qu'est-ce qu'ils ont dit ? » demande Moûlu à Schneider. Schneider ne répond pas ; il a l'air drôle. « Oui, dit André, qu'est-ce qu'ils ont dit ? » Schneider avale sa salive avec peine, il dit : « Ils sont du Hanovre. Ils se sont battus en Belgique. — Où c'est qu'ils ont dit qu'on allait ? » Schneider écarte les bras, sourit d'un air d'excuse et dit : « À Trèves[1]. — Trèves, dit Moûlu. Où c'est que ça perche ? — C'est dans le Palatinat », dit Schneider. Il y a un imperceptible silence, puis Moûlu dit : « Trèves, en Bochie ? Alors c'est qu'ils se sont foutus de toi. » Schneider ne répond pas. Moûlu dit avec une assurance tranquille : « On ne va pas en Bochie en passant par Bar-le-Duc. » Schneider ne dit toujours rien ; André demande nonchalamment : « Ils se marraient ou quoi ? — T'as bien vu qu'ils se marraient, dit Lucien. Ils se fendaient la pipe. — Ils ne se marraient pas quand ils m'ont répondu ça, dit Schneider à contrecœur. — Tu n'as pas entendu ce qu'a dit Moûlu ? demande Martial en colère. On ne passe pas par Bar-le-Duc pour aller en Bochie. Ça n'a pas de bon sens. — On ne passe pas par Bar-le-Duc, dit Schneider, on prend à droite. » Moûlu se met à rire : « Ah, alors non ! Tu permets que je connaisse le chemin mieux que toi. À droite c'est Verdun

et Sedan. Si tu continuais par la droite t'irais peut-être
en Belgique mais en Allemagne, non! » Il se tourne vers
les autres avec un air d'évidence rassurante : « Puisque
je vous dis que je faisais la région toutes les semaines.
Des fois, deux fois par semaine! » ajoute-t-il et son
visage exprime désespérément la conviction. « Évidemment, disent les types. Évidemment qu'il ne peut pas
se tromper. — On passe par le Luxembourg », dit
Schneider. Il se force à parler; à présent qu'il a commencé, Brunet a l'impression qu'il veut leur enfoncer
la vérité dans la tête, il est pâle et il parle sans regarder
personne. André approche son visage de celui de
Schneider et lui crie dans la figure : « Mais pourquoi
qu'on aurait fait ce détour ? Pourquoi ? » Les types
derrière lui crient : « Pourquoi ? pourquoi ? c'est idiot.
Pourquoi ? Il n'y avait qu'à passer par Lunéville alors. »
Schneider rougit, il se tourne tout à fait vers le fond
du wagon et fait face aux types qui crient : « Je n'en
sais rien, moi, je n'en sais rien, *rien,* crie-t-il avec colère.
Peut-être parce que les voies sont détruites ou parce
qu'il y a des convois allemands sur les autres lignes, ne
m'en faites pas dire plus que je ne sais et croyez ce que
vous voudrez. » Une voix aiguë crie au-dessus de toutes
les autres : « Pas besoin de vous en faire, les gars, on
va bientôt savoir. » Et les types répètent : « Ça c'est
vrai, on verra bien, on verra, pas besoin de se tourner
les sangs. » Schneider se rassied sans répondre; à l'avant-
dernier wagon, une tête bouclée paraît, une jeune voix
les hèle : « Eh! les gars! Est-ce qu'ils vous ont dit où
on va ? — Qu'est-ce qu'il dit ? — Il demande où on
va. » Les types éclatent dans le wagon, ils éclatent de
rire : « Il tombe bien, celui-là; il a du nez, c'est le moment
de le demander. » Moûlu se penche, les mains en cornet
autour de sa bouche, et il crie : « Dans mon cul! » La
tête disparaît à côté. Tout le monde rit, le rire cesse;
Jurassien dit : « On joue, les gars ? Ça vaut mieux que
de se faire des idées. — Allons-y », disent-ils. Les types
s'asseyent en tailleurs autour d'une capote pliée en
quatre, Jurassien a ramassé les cartes, il fait la donne.
Ramelle se ronge les ongles en silence; l'harmonica
joue une valse; debout contre la paroi du fond un type
fume une cigarette allemande, l'air pensif. Il dit, comme
pour lui-même : « Ça fait plaisir de fumer. » Schneider

se tourne vers Brunet et lui dit d'un air d'excuse : « Je
ne pouvais pas leur mentir. » Brunet hausse les épaules
sans répondre, Schneider dit : « Non, je ne pouvais
pas. — Ça n'aurait servi à rien, dit Brunet; de toute
façon il faudra bien qu'ils l'apprennent tout à l'heure. »
Il se rend compte qu'il a parlé mollement; il est irrité
contre Schneider; à cause des autres. Schneider le
regarde d'un drôle d'air et dit : « Dommage que tu ne
saches pas l'allemand. — Pourquoi ? demande Brunet,
surpris. — Parce que *toi,* tu aurais été content de les
renseigner. — Tu te trompes, dit Brunet avec lassitude. — Ce départ en Allemagne, dit Schneider, tu
l'as pourtant souhaité. — Eh bien oui, dit Brunet, je
l'ai souhaité. » Le typo s'est remis à trembler, Brunet
lui entoure les épaules de son bras et le serre maladroitement contre lui. D'un coup de tête, il le désigne à
Schneider et dit : « Tais-toi. » Schneider regarde Brunet
avec un sourire étonné; il a l'air de dire : « Depuis
quand te préoccupes-tu d'épargner les gens ? » Brunet
détourne la tête, mais c'est pour retrouver le jeune
visage avide du typo. Le typo le regarde, ses lèvres
remuent, ses grands yeux doux tournent dans son visage
crépusculaire. Brunet va pour lui dire : « Est-ce que je
m'étais trompé ? » Mais il ne dit rien, il regarde ses
pieds pendre au-dessus des roues immobiles, il sifflote;
le soleil décline, il fait moins chaud; un gamin chasse
les vaches avec un bâton, elles galopent puis se calment
et s'en vont sur la route majestueusement; un gosse qui
rentre chez lui, des vaches qui regagnent l'étable : c'est
un crève-cœur. Très loin, au-dessus d'un champ, des
oiseaux noirs tournoient : les morts ne sont pas tous
en terre. Cette angoisse qui le creuse, Brunet ne sait
plus si c'est la sienne ou celle des autres; il se retourne,
il les regarde pour les tenir à distance : des visages gris
et distraits, presque tranquilles, il reconnaît l'air absent
des foules qui vont flamber de colère. Il pense : « C'est
bien. C'est très bien. » Mais sans joie. Le train s'ébranle,
roule quelques minutes et s'arrête. Penché hors du
wagon, Moûlu scrute l'horizon, il dit : « L'aiguillage est
à cent mètres. — Tu vois pas, dit Gassou, qu'ils nous
laissent ici jusqu'à demain ? — Le moral serait beau! »
dit André. Brunet sent jusque dans ses os l'immobilité
pesante du wagon. Quelqu'un dit : « C'est la guerre

des nerfs qui recommence. » Un crépitement sec parcourt le wagon, c'eſt un rire. Il s'éteint; Brunet entend
la voix imperturbable de Jurassien : « Atout et atout! »
il sent une secousse, il se retourne; la main de Jurassien
qui tenait un as de cœur eſt reſtée en l'air, le train s'eſt
remis en marche; Moûlu guette. Au bout d'un moment,
le train prend un peu de vitesse, puis deux rails jaillissent
de dessous les roues, deux éclairs parallèles qui vont
se perdre à gauche, entre les champs. « Merde! dit
Moûlu. Merde! Merde! » Les types se taisent : ils ont
compris; Jurassien laisse tomber son as sur la capote
et ramasse[a] le pli; le train roule gentiment avec un
petit halètement régulier, le soleil couchant rougit le
visage de Schneider, il commence à faire tout à fait
frais. Brunet regarde le typo et le saisit brusquement
par les épaules : « Fais pas de conneries, hein ? Fais
pas de conneries, mon petit gars! » Le corps mince se
crispe sous ses doigts, il serre plus fort, le corps se
détend, Brunet pense : « Je le tiendrai jusqu'à la nuit. »
À la nuit les Fritz viendront fermer le wagon, au matin
il sera calmé. Le train roule sous le ciel mauve, dans
un silence absolu : ils savent, à présent, dans tous les
wagons, ils savent. Le typo s'eſt abandonné comme une
femme sur l'épaule de Brunet. Brunet pense : « Ai-je
le droit de l'empêcher de sauter ? » Mais il serre toujours. Un rire derrière son dos, une voix : « La vieille
qui voulait un môme! Faut que je lui écrive de se faire
grimper par le voisin. » Ils rient. Brunet pense : « Ils
rient de misère. » Le rire a rempli le wagon, la colère
monte; une voix rieuse répète : « Ce qu'on était cons!
Ce qu'on était cons! » Un champ de pommes de terre,
les aciéries, les mines, les travaux forcés : de quel droit ?
de quel droit l'en empêcher ? « Ce qu'on était cons! »
répète la voix. La colère roule et monte. Sous ses
doigts, Brunet sent tanguer les épaules maigres, rouler
les muscles mous, il pense : « Il ne pourra pas tenir le
coup. » Il serre, de quel droit ? Il serre plus fort, le
typo dit : « Tu me fais mal! » Brunet serre : c'eſt une
vie de communiſte, il nous appartient tant qu'il vit. Il
regarde cette petite gueule d'écureuil : tant qu'il vit,
oui; mais vit-il encore ? Il eſt fini, les ressorts sont
cassés, il ne travaillera plus. « Mais lâche-moi, crie le
typo, nom de Dieu, lâche-moi. » Brunet se sent drôle;

il tient dans ses mains cette dépouille : un membre du Parti qui ne peut plus servir. Il voudrait lui parler, l'exhorter, l'aider, il ne peut pas : ses mots sont au Parti, c'est le Parti qui leur a donné leur sens; à l'intérieur du Parti, Brunet peut aimer, peut persuader et consoler. Le typo est tombé hors de cet immense fuseau de lumière, Brunet n'a plus rien à lui dire. Pourtant il souffre encore, ce môme. Crever pour crever... Ah! qu'il décide[a]! Tant mieux pour lui s'il s'en tire; s'il y reste, sa mort servira. Le wagon rit de plus en plus fort; le train roule lentement; on dirait qu'il va s'arrêter; le typo dit d'une voix sournoise : « Passe-moi la boîte, faut que je pisse. » Brunet ne dit rien, il regarde le typo, il voit la mort. La mort, cette liberté. « Merde alors, dit le typo, tu peux pas me passer la boîte ? Tu veux que je pisse dans mon froc ? » Brunet se détourne, il crie : « La boîte!... » De l'ombre luisante de colère, une main sort et tend la boîte, le train ralentit encore, Brunet hésite, il incruste ses doigts dans l'épaule du typo, puis brusquement lâche tout, prend la boîte, ce qu'on était cons tout de même, ce qu'on était cons! Les types cessent de rire. Brunet sent un raclement dur contre son coude, le typo lui a plongé sous le bras, Brunet étend la main, attrape le vide : la masse grise a basculé, pliée en deux, un vol lourd, Moûlu crie, une ombre s'écrase contre le remblai, jambes écartées, bras en croix, Brunet attend les coups de feu, ils sont *déjà* dans ses oreilles, le typo rebondit, le voilà debout, tout noir, libre. Brunet *voit* les coups de feu : cinq lueurs affreuses. Le typo se met à courir le long du train, il a pris peur, il veut remonter, Brunet lui crie : « Saute sur le talus, nom de Dieu! saute! » Tout le wagon crie : « Saute! Saute! » Le typo n'entend pas, il galope, il arrive à la hauteur du wagon, il tend les bras, il crie : « Brunet! Brunet! » Brunet voit ses yeux terrorisés : il lui hurle : « Le talus! » Le typo est sourd, il n'est plus rien que ces yeux immenses, Brunet pense : « S'il remonte vite, il a une chance. » Il se penche : déjà Schneider a compris et le ceinture du bras gauche pour l'empêcher de tomber. Brunet tend les bras. La main du typo touche la sienne, les Fritz tirent trois fois, le typo se laisse aller mollement en arrière, il tombe, le train s'éloigne, les jambes du typo sautent en l'air, retombent, la traverse et les

cailloux sont noirs de sang autour de sa tête. Le train
s'arrête brusquement, Brunet tombe sur Schneider, il
dit, les dents serrées : « Ils ont bien vu qu'il allait
remonter. Ils l'ont descendu pour le plaisir. » Le corps
est là, à vingt pas, déjà une chose, libre. *Je me serais fait
mon petit trou.* Brunet s'aperçoit qu'il tient toujours la
boîte dans sa main, il a tendu les bras au typo sans la
lâcher. Elle est tiède. Il la laisse tomber sur les cailloux.
Quatre Fritz sortent du fourgon et courent vers le
corps; derrière Brunet les types grondent, ça y est, la
colère est déchaînée. D'un wagon de tête une dizaine
d'Allemands sont sortis. Ils grimpent sur le remblai et
font face au train, leurs mitraillettes à la main. Les
types n'ont pas peur; quelqu'un hurle derrière Brunet :
« Salauds! Salauds! » Le gros sergent allemand a l'air
furieux, il se penche, soulève le corps, le laisse retomber
et lui donne un coup de pied. Brunet se retourne brusquement : « Hé là! Vous allez me foutre par terre! »
Vingt types se sont penchés. Brunet voit vingt paires
d'yeux pleins de meurtre : ça va être le coup dur. Il
crie : « Sautez pas, les gars, vous allez vous faire massacrer. » Il se lève péniblement, en luttant contre eux,
il crie : « Schneider! » Schneider se lève aussi. Ils se
prennent tous deux par la taille et chacun, de l'autre
bras, se cramponne aux montants de la porte. « Vous
ne passerez pas. » Les types poussent; Brunet voit toute
cette haine, *sa* haine, *son* outil et il a peur. Trois Allemands s'approchent du wagon et couchent les types en
joue. Les types grondent, les Allemands les regardent;
Brunet reconnaît le gros frisé qui leur jetait des cigarettes : il a des yeux d'assassin. Les Français et les Allemands se regardent, *c'est la guerre* : pour la première
fois c'est la guerre depuis septembre 39. Doucement la
pression se relâche, les types reculent, il peut respirer.
Le sergent s'approche, il dit : *Hinein! Hinein!* Brunet et
Schneider se tassent contre des poitrines, derrière leur
dos un Fritz manœuvre la porte à glissière, le wagon
est plongé dans le noir, ça sent la sueur et le charbon,
la colère grouille, les pieds raclent le plancher, on dirait
une foule en marche. Brunet pense[a] : « Ils n'oublieront
plus. C'est gagné. » Il a mal, il respire mal, il a les yeux
ouverts sur le noir : de temps en temps il les sent gonfler[b], deux grosses oranges qui vont faire éclater ses

orbites. Il appelle à voix basse : « Schneider! Schneider!
— Je suis là », dit Schneider. Brunet tâtonne autour
de lui, il a besoin de toucher Schneider. Une main
prend sa main et la serre. « C'est toi, Schneider ? — Oui. »
Ils se taisent, côte à côte, la main dans la main. Une
secousse, le train part en grinçant. Qu'est-ce qu'ils
ont fait du corps ? Il sent le souffle de Schneider contre
son oreille. Brusquement Schneider retire sa main,
Brunet veut la retenir mais Schneider se dégage d'une
secousse et se dilue dans le noir. Brunet reste seul et
raide, inconfortable, dans une chaleur de four. Il se
tient sur un pied, l'autre est coincé au-dessus du plancher, dans un enchevêtrement de jambes et de souliers.
Il n'essaie pas de le dégager, il a besoin de rester dans
le provisoire : il est de passage, sa pensée est de passage dans sa tête, le train est de passage en France, les
idées jaillissent, indistinctes, et tombent sur la voie,
derrière lui, avant qu'il ait pu les reconnaître, il s'éloigne,
il s'éloigne, il s'éloigne; c'est à cette vitesse-là qu'il est
supportable de vivre. Arrêt complet : la vitesse glisse
et tombe à ses pieds; il sait encore que le train roule :
ça grince, ça cogne et ça vibre; mais il ne sent plus le
mouvement. Il est dans une grosse poubelle, quelqu'un
donne des coups de pied dedans. Derrière son dos, sur
le talus, il y a le corps, désossé; Brunet sait qu'on s'en
éloigne à chaque seconde, il voudrait le sentir, il ne
peut pas : tout stagne. Au-dessus du mort et du wagon
inerte, la nuit passe, seule vivante. Demain l'aube les
couvrira de la même rosée, la chair morte et l'acier
rouillé ruisselleront de la même sueur. Demain viendront les oiseaux noirs.

DRÔLE D'AMITIÉ

I

Brunet s'éveille, saute sur le plancher, allume la veilleuse; les diamants du froid s'incrustent dans sa chair, les ombres dansent, ça sent la nuit et le matin, ça sent le bonheur. Au-dehors, dans le noir, il y a deux cents baraques mortes, trente mille types qui dorment : seul, debout, Brunet pose une main sur le montant du châlit et se penche sur un petit tas de sommeil :

« Debout![a] »

Moûlu secoue la tête sans ouvrir les paupières, une grande bouche d'extra-lucide se creuse dans cette face aveugle :

« Quelle heure qu'il est ?

— L'heure de te lever. »

Moûlu soupire et s'assied, les yeux clos :

« L'a dû geler cette nuit. »

Il ouvre les yeux, regarde sa montre et pousse son cri de stupeur quotidien :

« Jésus Marie! Cinq heures. »

Brunet sourit; Moûlu pleure, plonge les mains dans ses cheveux et se laboure le crâne; Brunet se sent de pierre : une gaie pierre froide.

« Cinq heures! dit Moûlu. Y a pas une foutue baraque dans tout le stalag à part la nom de Dieu de nôtre où les gars accepteraient de se lever à cinq heures quand les Boches ne nous demandent pas d'être debout avant six ; à ce point-là c'est plus de la captivité, c'est du bagne. »

Il hésite, il cherche, tout d'un coup[a] ses yeux brillent et il lance d'une voix joyeuse et sûre sa trouvaille de chaque matin :

« Sale fasciste. »

Brunet rit de plaisir[b] : il aime tout ce qui se répète. Le froid, le noir, sale fasciste : six mois de stalag et un seul matin, toujours le même, qui revient chaque matin, de plus en plus noir, de plus en plus froid, de plus en plus profond, de plus en plus sien. Moûlu jaillit du lit, geint de froid, passe sa chemise[c], enfile son pantalon. Brunet le regarde sans plaisir s'activer autour du poêle : il aurait voulu jouir plus longtemps du froid.

« Ne gaspille pas le charbon, nous allons en manquer. »

Moûlu a enflammé du papier, les brindilles craquent ; il se redresse, tout rouge, et rit à la figure de Brunet :

« Tu la prends pour qui, ta ménagère ? Quand est-ce qu'elle t'a laissé dans le besoin ? »

Il tend l'index vers une caisse pleine de boulets ; Brunet fronce le sourcil :

« Où as-tu pris ça ?

— Cuisine.

— Je t'avais défendu ! » dit Brunet, contrarié.

Moûlu l'interrompt avec indignation :

« Eh dis ! tu sais où il passe, le charbon des cuistots ? Chez les Fritz de la Kommandantur ! Alors, tant qu'à faire, autant que ça soye nous qui en profitent. »

Brunet ne répond pas : il se rase. Sous la morsure du rasoir ses joues de pierre recommencent à vivre ; la chaleur s'insinue en lui comme une tentation.

« Chocolat[d] ?

— Oui. »

Le poêle ronfle, Moûlu pose dessus une gamelle remplie d'eau, sort de sa musette deux barres de chocolat, les jette dans la gamelle et dit en les regardant fondre :

« Tu te rases tôt.

— Je sors.

— Quoi faire ?

— Il y a un arrivage, ce matin ; des gars qui travaillaient en France. J'en touche dix pour la baraque.

— Des bleus! » dit Moûlu égayé.

Il remue l'eau de la gamelle avec la lame de son couteau; il hoche la tête :

« Pauvre bleusaille! C'est pas qu'ils seront plus mal ici qu'ailleurs, mais faudra qu'ils s'habituent. »

Dans la gamelle un liquide brun clapote, des bulles le soulèvent, éclatent, des gouttelettes sautent sur le poêle et blanchissent en chuintant. Moûlu s'empare de la gamelle à travers un mouchoir et la pose sur une caisse. Brunet vient s'asseoir près de lui.

« Entrez. »

Zimmer, l'infirmier, passe sa tête crépue par l'entrebâillement de la porte.

« Déjà levé ? dit Moûlu.

— C'est à cause de ces fils de putains qui se ramènent de France. Faut que j'aille voir s'il y en a pas des malades. »

Il fronce le nez :

« Ça sent le chocolat.

— J'ai reçu un paxon, dit vivement Moûlu.

— Tu es verni.

— Allons! demande Brunet agacé. Qu'est-ce que tu voulais me dire ?

— C'est rapport à Cognard. Ils le descendent ce matin à l'hosto. Dysenterie.

— Merci », dit Brunet.

La tête disparaît, la porte se referme. Moûlu coupe des tranches dans un quignon de pain rassis :

« Tu veux des mouillettes ?

— Non, dit sèchement Brunet.

— Tu as tort, dit Moûlu sans s'émouvoir. Tu ne connais pas ce qui est bon. » Il se lève, décroche les quarts et verse le chocolat. Il montre du doigt le quart de Cognard qui reste pendu à un clou :

« Ça me fait quelque chose. Pas à toi ? »

Brunet hausse les épaules : Cognard était un feignant.

« Par qui que tu vas le remplacer ? demande Moûlu. Par Schneider ?

— Naturellement, par Schneider.

— Moi, je suis pour, dit Moûlu. Il ne salira pas. »

Brunet se lève et met sa capote, Moûlu prend le balai. Brunet ouvre la porte.

« La porte! crie Moûlu. Tu fais partir toute ma chaleur. »

Brunet ferme la porte et retrouve le froid dans le
long couloir qui traverse la baraque : c'est le froid
éternel; tombés des semelles, des capotes, dans ce
tunnel de nuit et de vent, de petits paquets de neige
éternelle se tassent et durcissent, il faudra que je leur
dise de racler leurs souliers dehors, ils finiraient par
me pourrir le plancher; une porte claque, le bois craque,
au bout du tunnel bouffe une vague brume grise, le
matin. Debout dans la nuit, dans le froid, dans le vent,
dans la neige, sur les collines du matin, Brunet contemple
la journée : à dix heures, Chancelier, compte rendu de
son activité à l'infirmerie, intensifier la propagande et
le recrutement; Armand à midi, on réglera définitivement la question de la pâte à polycopier : à trois
heures comité chez Brada, demander à l'organisation
de prendre en charge les prisonniers espagnols que
l'administration du camp isole et affame, ça, c'est du
boulot, il y aura du danger, ça unit. Il respire fortement[a],
le froid coule en lui par le nez, éclate dans ses veines
en bouquet de joie. Derrière les portes, ça glisse, frôle,
racle et chuchote, une foule se lève; tout dort sauf mes
gars. Il pousse une porte : des veilleuses sur la table,
de grandes ombres[b] sautent sur les murs.

« Pas de malades ? »

Des sourires confiants, des dents qui brillent.

« Pas de malades. »

Brunet ouvre et ferme des portes, ça grouille, un
type chante, un autre joue de l'harmonica; ils sont gais,
le froid et la haine les conservent, voilà ce que j'ai fait
d'eux. Dans la piaule de Lambert, un gros bébé nu se
cache dans l'ombre de sa couchette, Brunet le prend
sous l'aisselle, le tire et le fait tomber à quatre pattes
au milieu de la carrée, tout le monde rit, le gros type
proteste avec bonne humeur :

« On ne peut plus dormir son soûl ?

— Tu as bien assez dormi, gros plein de soupe.

— C'est pas ça, mais je faisais un beau rêve.

— T'étais au plume avec ta petite ? demande
Lambert.

— Mon œil! J'étais dans le mirador avec une mitrailleuse et les Fritz étaient dans les baraques à notre place.

« — T'en fais pas, dit Brunet. Ça viendra un jour. »
Lambert tire Brunet par la manche :
« Les Macaronis, c'est-il vrai qu'ils ont pris la piquette ?
— Je veux. »
Les types se redressent, ils tournent vers Brunet des yeux durs :
« C'est pas du bidon ? C'est pas du flan ? »
Brunet regarde bien en face ces visages brutaux :
« Vous n'avez donc pas été aux nouvelles, hier soir ?
— On n'a pas eu le temps. »
Chez Thibaut, il a fait installer un poste récepteur dans une boîte à savon.
« Envoyez quelqu'un chez Thibaut, dit-il. Y a du bon. »
Leurs yeux brillent, la haine et la joie pavoisent leurs joues. Brunet sent son cœur battre, voilà ce que j'ai fait d'eux.
« En Albanie, les gars : les Grecs leur ont mis ça, ils sont en pleine déroute[1]. »
Il referme la porte, il est ému : ils commenceront leur journée dans la gloire. Il ouvre une dernière porte, la bonne : sur dix-huit occupants, dix-sept communistes, dix-sept petits gars bien gonflés, qui se glissent partout, recueillent les renseignements et font circuler les mots d'ordre, le dix-huitième c'est Schneider. Brunet entre et sourit : à ceux-là il sourit toujours le premier.
« Salut les gars. »
Il va s'asseoir sur le banc et ils l'entourent. Il n'a rien de particulier à leur dire, mais c'est le meilleur moment de la journée[a]. Il sort sa pipe de sa poche et la bourre en regardant autour de lui : tout est propre, le plancher déjà balayé et arrosé; courbé en avant, un pied sur le banc, Schneider frotte ses souliers avec un chiffon de laine.
« Qui est-ce qui cause, aujourd'hui ? »
Ils désignent Dewrouckère[b].
« C'est lui.
— Sur quoi ? »
Dewrouckère rougit :
« Sur la vie des mineurs au Pays noir.
— Très bien, dit Brunet. Parfait. »

Il sait que[a] Dewrouckère attend son départ pour commencer. Mais il ne s'en va pas, il est en famille : encore cinq minutes. Toussus se penche sur lui :

« Dis donc, Brunet : mon beau-frère est dans le camp.

— Ton beau-frère ?

— Le frère de ma femme. J'ai vu son nom sur la liste des malades.

— Eh bien ?

— Il est pas du Parti, tu sais, dit Toussus gêné.

— Qu'est-ce qu'il est ?

— Apolitique.

— Alors ?

— Faut-il que[b] je le voie ? On discutait de ça quand tu es entré. »

Brunet ne répond pas. Perrin fait un pas en avant :

« Suppose que le gars se fasse embobiner par les Francistes[1], il peut nous donner. »

Brunet lui fait signe de se taire. Tout le monde le regarde, il ne se presse pas de décider : leur confiance c'est comme des lèvres chaudes sur ses mains.

« Tu l'aimes bien, ton beau-frère.

— Encore assez. On s'entend bien quand on ne cause pas de politique. »

Il a un petit geste étroit pour diminuer l'importance de son désir :

« Tu sais, je ne tiens pas tant à le revoir : ça serait plutôt pour le cas qu'il aurait des nouvelles de ma femme. »

Brunet lui pose la main sur le bras et dit doucement :

« Il vaut mieux[c] que tu ne le voies pas. »

Autour de sa tête, la couronne d'yeux s'enflamme : il a touché juste, les gars ne souhaitaient pas que Toussus voie son beau-frère. Il ajoute en souriant :

« Naturellement si tu tombes dessus, un de ces jours, ça ne sera pas une catastrophe. »

Les têtes[d] s'inclinent, approuvent :

« C'est ce qu'on lui a dit.

— Mais je suis d'accord ! dit Toussus précipitamment. C'était juste rapport à ma femme. »

L'incident est clos; ils se taisent, rassurés, Brunet fume sa pipe, il est heureux. Brusquement le froid le saisit. Pas cette gloire pure et chaste du petit matin :

un froid mouillé qui lui lèche le ventre et les cuisses. Il frissonne[a] :

« Vous n'allumez pas le poêle ?

— On a décidé qu'on ne l'allumerait plus le matin.

— Je vois », dit Brunet.

Il se lève brusquement, il appelle :

« Schneider ! »

Schneider se redresse.

« Hé ?

— Amène-toi, j'ai à te parler. »

Délivré, Dewrouckère soupire et se rapproche de la table, il tient une feuille de papier, les types l'entourent, tout le monde reste debout à cause du froid.

« Alors, voilà, commence Dewrouckère. Voilà. »

Il se tait, il attend. Brunet salue de la main et sort. Schneider le suit en sifflotant.

« Tu siffles faux.

— J'ai toujours sifflé faux », dit Schneider.

Brunet se retourne et lui sourit. Schneider a changé, lui aussi. Il a mauvaise mine et il tousse, mais ses yeux sont presque gais. Brunet pousse la porte de sa piaule :

« Entre. »

Schneider entre, salue Moûlu avec deux doigts, s'approche du poêle et tend la main vers le feu. Il cesse de siffler, il frissonne.

« Ça ne va pas, vieux ? » demande Brunet.

Schneider hausse les épaules :

« C'est d'entrer dans cette étuve, ça me donne le frisson. »

Brunet regarde Moûlu avec irritation, j'aurais dû flanquer son charbon par la fenêtre. Moûlu sourit innocemment. Brunet hésite puis dit simplement :

« Fais-lui une tasse de chocolat.

— Du chocolat, il n'y en a plus, dit Moûlu navré. Tu l'as fini tout à l'heure. »

Il ment. Brunet hausse les épaules.

« Fais-lui du bouillon, alors. »

Moûlu jette deux cubes de Viandox dans l'eau bouillante, Brunet s'assied, Schneider grelotte.

« Ils descendent Cognard à l'hosto, dit Brunet.

— Qu'est-ce qu'il a ?

— Dysenterie.

— Pauvre vieux, dit Schneider, il est foutu. »

Moûlu fait la grimace et dit vivement :

« Faut pas parler comme ça. C'est peut-être sa chance, au contraire. Peut-être qu'ils vont le rapatrier. »

Schneider a un petit rire mauvais.

« Tu parles ! »

Brunet lui demande.

« Veux-tu le remplacer ? »

Schneider se tourne vers lui :

« Qu'est-ce qu'il faisait au juste ?

— Interprète.

— Je peux faire ça.

— Bon. »

Brunet désigne la couchette de Cognard.

« Tu coucheras ici ce soir.

— Non, dit Schneider.

— Non ?

— Je ferai le travail mais je préfère coucher là-bas.

— Je ne vois pas pourquoi, dit Brunet. Ce serait tellement plus commode... »

Il n'ose pas dire : et tu aurais chaud.

« Je me trouve bien là-bas », dit Schneider.

J'aurais dû le prévoir : il refuse de coucher ici parce qu'on y est à peu près tranquille et qu'on n'y crève pas de froid, toujours cette manie d'accepter les charges et de refuser les avantages. *Ce ne sont pas* des avantages : cette piaule[a] est mon instrument de travail. Brunet se lève, ramasse une pelletée de charbon et la jette dans le feu avec violence. Schneider boit son bouillon, il ne frissonne plus, il fait observer sans élever la voix :

« Vous faites un feu d'enfer.

— Pourquoi pas ?

— Si nous partagions notre charbon entre les piaules de la baraque, dit vivement Moûlu, ça ferait trois boulets pour chacune. »

Schneider ne répond pas, il faudrait lui dire son fait une fois pour toutes : cette obstination à ne rien vouloir de plus que les autres, ça n'est même pas de l'humilité chrétienne, c'est une manière orgueilleuse de fuir les responsabilités. Tu n'es qu'un anarchiste, un de ces jean-foutre d'intellectuels qui nous ont fait perdre la guerre parce qu'ils ont refusé d'être officiers[1]. Brunet hausse[b] les épaules, enfonce ses mains dans ses poches et se tait ; la chaleur fait foisonner au fond de ses yeux un peu de sommeil attardé. Brusquement[a] la lumière l'éblouit : l'ampoule qui pend du plafond s'est allumée. Schneider cligne des yeux.

« Six heures ! »

Avec un cri de joie, Moûlu s'est emparé de la boîte à couture, il en sort un dé, du fil, une aiguille, il lève l'aiguille à contre-jour et lui regarde le chas en louchant. Brunet se penche sur la veilleuse et la souffle : il souffle son matin, c'est le matin de tout le monde qui commence. La lumière fait le ménage, décrasse et récure, écrase le sommeil au fond de la tête de Brunet, sculpte les rides de Schneider et ses grosses lèvres douloureuses ; dans les yeux de Schneider toute la nuit s'est réfugiée. Brunet regarde ces yeux sombres, il a envie de lui dire : pourquoi me laisses-tu seul ? Il se redresse, il dit :

« Tu coucheras où tu voudras pourvu que tu sois ici tous les matins à cinq heures. »

Schneider fait un signe de tête, Moûlu s'est mis à coudre, il tire la langue, il fait de petits gestes mièvres et précis.

« Qu'est-ce que tu couds encore ? demande Schneider.

— Des rideaux pour la fenêtre, dit Moûlu. Ça fera plus gai. » Brunet met sa capote :

« Tu feras ça plus tard, je t'emmène.

— Où ? demande Moûlu, désolé.

— Sur la Place Noire. Je vais chercher mes bonshommes. »

Schneider s'est levé.

« Tu as besoin de l'interprète ?

— Non », dit Brunet.

Il regarde cette face encore blême de froid, il hésite puis ajoute :

« Mais reste ici, surtout : j'aurai besoin de toi dès mon retour. »

Schneider lui fait un grand sourire, presque complice ; brusquement ses yeux deviennent transparents et gais. Brunet le regarde en hochant la tête, il pense : drôle d'amitié[b].

« Allez ouste ! »

Il pousse Moûlu devant lui. Dehors ils pataugent dans la boue. Moûlu gémit.

« Hou la la ! On va prendre la crève.

— Pense aux gars qui attendent sur la Place Noire.

— C'est pas ça qui va me réchauffer. »

Il trottine dans le noir, il souffle et geint. Tout à coup il cesse de geindre, lève le nez et dit d'une voix mystérieuse et excitée :

« Il a tort de pas venir chez nous, Schneider.

— Il aime bien ses copains », dit Brunet d'une voix neutre.

Moûlu a un petit rire.

« Ça se peut bien, dit-il. Seulement ses copains ne l'aiment point.

— Tiens! dit Brunet, choqué, qu'en sais-tu ?

— Ils disent qu'il en fait trop.

— On n'en fait jamais trop, dit sèchement Brunet.

— Je te dis ce qu'ils m'ont dit. Ils disent qu'on ne sait pas ce qu'il pense et que sa place n'est pas dans leur piaule puisqu'il n'est pas de chez vous.

— Qu'ils viennent me le dire à moi », dit Brunet.

Il est ennuyé pour Schneider mais pas tellement surpris : c'était couru, les types n'aiment pas qu'on en fasse *trop*, les martyrs[a] leur font peur. Brunet presse le pas : il finira par se faire haïr et ça compliquera le travail. Il décide brusquement : pas d'histoires, il couchera chez moi ce soir, je lui dirai que c'est un ordre.

« Ho, Brunet! »

Thibaut sort de sa baraque, lunaire et rigolard. Brunet lui sourit amicalement : il fait bien son boulot quoiqu'il soit radical-socialiste.

« Salut[b]. »

Thibaut s'est arrêté, ses petits yeux pleurent dans sa large face plate, le froid le suffoque :

« Nom de Dieu, ça pince! Tu vas à la Place Noire ?

— J'en ai dix à toucher.

— Moi, quinze. Les chameaux, on n'a pas idée de s'amener à des heures pareilles. »

Ils foncent dans le silence, une vague phosphorescence jaune les enveloppe; une à une, les baraques sortent de la brume sur leur passage. Le camp est désert, ils patinent entre deux rangées de bateaux fantômes. Tout à coup les baraques s'évanouissent : le no man's land, la brume. Ils bousculent cette crème sale et leurs semelles raclent un sol dur. Brunet s'arrête pour reprendre haleine, des ombres[c] s'agitent. Brunet s'approche, salue

Cosmet, Astruc[1], Rioul, d'autres chefs de baraque. Ils sont vifs et importants, bien pris dans leurs vestes anglaises, on dirait des officiers.

« Alors ? demande Cosmet en riant. On vient au marché d'esclaves ? »

Brunet se détourne sans répondre. Une plainte fourmillante, il lève les yeux : les esclaves sont là, quatre ou cinq cents, serrés les uns contre les autres, un gros tas de vêtements et de boue, les derniers rangs se perdent dans le brouillard. Il fait un pas vers eux, leurs faces terreuses se ressemblent toutes : c'est l'Espèce, il les dévisage[a] l'un après l'autre, il leur sourit avec bonté, mais leurs yeux nocturnes clignotent comme s'ils ne pouvaient plus supporter le regard humain. Brunet se frotte les mains : il en fera des hommes[b]. Une voix énorme sort du haut-parleur :

« Donnez vos ceinturons, vos rasoirs et vos lampes électriques; donnez vos ceinturons... »

Mayer, l'homme de confiance, s'approche, c'est un petit musqué que Brunet n'aime guère.

« Allez-y! Que chacun prenne son compte. »

Cosmet, face à la horde, jette sa main en l'air et roule des yeux intimidants.

« À mon commandement! les quinze premiers sur moi. »

Thibaut se penche à l'oreille de Brunet.

« Quel cul! »

Une vague de terre, de poils et de drap roule sur Cosmet, il recule en criant d'une voix terrible.

« J'ai dit *quinze!* »

La vague clapote et s'arrête.

« En rang par trois. En avant, marche. »

Il pirouette et s'en va sans leur jeter un regard, une quinzaine d'hommes trébuchent dans ses pas. Mayer s'impatiente.

« Allons[c], les autres! On gèle, maniez-vous le train. »

Astruc n'en finit pas de choisir, il passe lentement devant les prisonniers, les examine, prend les plus costauds par le collet, les tire hors des rangs et les envoie derrière lui.

« Brunet! »

Brunet regarde autour de lui et ne voit personne.

« Brunet, Brunet! »

Astruc vient d'empoigner par l'épaule un grand type
costaud et vert de froid. Le type se dégage d'une bourrade et sourit à Brunet.

« Ho Brunet! Tu ne me reconnais pas ?

— Maurice! dit Brunet. Sans blague! »

Il met la main sur le bras d'Astruc :

« C'est un copain.

— Prends-le, dit Astruc courtoisement, il est à toi. »

Brunet secoue Maurice en rigolant :

« Salut, mon petit gars, ça, c'est marrant! Regarde-
moi donc un peu : mais tu as encore grandi!

— Salut, dit Maurice sérieusement. Dis donc : Chalais
est là aussi.

— Chalais! répète Brunet, saisi.

— Oui.

— Dis-lui qu'il vienne. »

Le froid mord. Brunet frissonne et cherche des yeux
la grêle silhouette de Chalais.

« Le deuxième à gauche, au second rang. »

Brunet agite joyeusement la main. Chalais s'approche,
blafard, le nez rouge.

« Salut, dit Brunet.

— Bonjour, camarade », murmure Chalais.

Ils se sourient avec un peu d'embarras, Chalais
claque des dents.

« Tu es gelé », dit Brunet.

Chalais hausse les épaules, ses yeux sont durs et
mornes.

« Pas plus que les autres. »

Si, plus que les autres. Chalais a toujours plus froid
ou plus chaud que les autres. Il fait mauvais ménage
avec son corps.

« Je t'emmène, dit Brunet. Tu te réchaufferas en
marchant. » Chalais ne répond pas. Brunet se détourne[a]
et crie :

« Huit hommes avec moi, ceux qui voudront. »

Huit hommes se détachent des rangs. Brunet regarde
attentivement ces huit visages indiscernables : chez eux
la souffrance n'est pas une expression, c'est un fond de
teint. J'aime mieux ça.

« Vous avez bouffé, ce matin ?

— Des cailloux. On n'a rien pris depuis hier.

— Moûlu! dit Brunet. Va demander à Servien qu'il

nous refile un casse-croûte en douce, cinq boules et dix
boîtes de pilchards. Cours! »

Moûlu part en courant. Maurice et Brunet marchent
côte à côte, Chalais hésite un inſtant puis reſte en
arrière, Brunet se retourne et le voit qui suit, au milieu
des autres, ses jambes épaisses et courtes tricotent sous
son long buſte.

« Je suis content que Chalais soit là », affirme Brunet.
Maurice sourit avec conviction.

« T'as pas tort : c'eſt un as. T'en trouveras pas deux
comme lui dans le Parti. »

Brunet incline la tête sans répondre : bien sûr, Chalais
eſt un as.

« Stop[a]! »

Des Allemands s'approchent : des vieux de la Lands-
wehr, des paisibles. Ils comptent les prisonniers, un
feldwebel à mouſtaches grises, avec des joues de fille,
sourit à Brunet.

« *Guten Morgen.*

— *Guten Morgen* », dit Brunet.
Maurice le pousse du coude.

« Il cause le français ?

— Non. »

Maurice sourit aimablement au feldwebel :

« Bonjour, vieux con! »

Le feldwebel sourit de nouveau, Maurice se marre.

« Voilà comment qu'il faut les traiter. »

Brunet ne rit pas. Ils repartent, le jour point. Aux
fenêtres et sur le pas des portes, des types les regardent
passer en bâillant. Brunet les connaît tous mais, ce
matin, ils lui paraissent étrangers et lointains. Il les
salue de la main avec une sorte d'angoisse : les types
sourient, un peu surpris : dans le camp, on ne se salue
pas. Voilà Chapelot qui se penche[b] à une fenêtre :

« Salut, la bleusaille. »

Maurice lui répond vivement :

« Aux chiottes, les anciens! »

Il se tourne vers Brunet :

« Et toc! »

Il a l'air d'un conscrit parisien en train de faire une
entrée de casseur d'assiettes dans une caserne de province. Brunet le regarde attentivement : il a durci et
maigri, il s'eſt un peu déplumé, il a pris de l'assurance.

« La dernière fois que je t'ai vu, dit Brunet, c'était rue Royale[1].

— Oui, dit Maurice. En 38. De ce temps-là, on se faisait du mauvais sang, je voudrais pas remettre ça. »

Il montre[a] les baraques à Brunet :

« C'est là-dedans que vous créchez ?

— Où veux-tu que ce soit ? »

Maurice se fend la pipe :

« C'est rien cave.

— Eh bien quoi ? demande Brunet, agacé. Vous étiez mieux lotis, là-bas ?

— À Soissons ? On vivait dans une caserne toute neuve. Y en avait même qui couchaient en ville. »

Brunet siffle avec une feinte admiration, Maurice sourit à ses souvenirs, il a l'air imperméable.

Brunet demande :

« Comment va[b] ta femme ?

— Ça va doucement. Elle est venue me voir à Soissons. On recevait toutes les visites qu'on voulait. »

Brunet baisse la voix :

« Vous avez eu des contacts ?

— Pas moi : Chalais. Moi, dit fièrement Maurice, Zézette m'a filé deux numéros de *L'Huma*.

— Ah! dit vivement Brunet. Elle reparaît[2] ?

— Depuis juillet. »

Brunet répète :

« Depuis juillet. »

Ça lui fait presque mal.

« Toutes les semaines ?

— Pas toutes les semaines, non : quand elle peut. » Il ajoute en riant : « Seulement un de ces quatre matins, tu vas la voir paraître au grand jour et tu pourras l'acheter dans des kiosques et y en a qui nous croient déjà morts et qui feront une drôle de bouille!

— Au grand jour ? Avec les Fritz à Paris ?

— Pourquoi pas ? »

Brunet renonce à discuter pour le moment : même sur les meilleurs, il y aura du travail à faire, ils sont restés trop longtemps en France, c'est corrupteur. Il pense brusquement : mais qu'est-ce que Chalais leur racontait donc ? Il demande.

« Tu as un numéro de *L'Huma* ?

— Non; demande à Chalais, il en a peut-être. On les foutait en l'air pour pas se faire poirer avec.

— Vous ne les faisiez pas circuler ?

— Non.

— Pourquoi ?

— La plupart des types n'étaient pas dans nos idées.

— Ça se travaille, les types. Chalais ne les travaillait donc pas ?

— Je ne sais pas ce que faisait Chalais », dit Maurice d'une voix sèche.

Brunet le regarde, Maurice sourit.

« Ce que je peux te dire, en tout cas, c'est que c'était toujours notre bonne vieille *Huma*. »

Ils marchent en silence. Maurice s'amuse, ses yeux courent partout, remarquent tout, un sourire de supériorité lui retrousse la lèvre, le camp a un témoin. Brusquement, il s'arrête : demi-nus[a], penchés sur une auge de pierre, une vingtaine de types se lavent en vitesse sous un hangar. Maurice hoche la tête, Brunet revient sur ses pas et le prend par le bras.

« Nous n'avons pas de temps à perdre. »

Maurice[b] ne répond pas. Brunet regarde les gars qui se lavent et soudain il les *voit* : il voit leurs épaules voûtées, leurs torses maigres, leurs ventres ballonnés, leurs gestes de vieux. Il se tourne vers Maurice avec colère; il lui semble qu'on s'attaque à son œuvre. Maurice a plus froid qu'eux et ses mains tremblent mais il a l'air glorieux et dur comme s'il portait un drapeau de 1er Mai et il se tient droit. Brunet se redresse machinalement, il incruste ses doigts dans les biceps de Maurice, il l'entraîne : c'est facile de faire le malin quand on vient de tirer six mois en France, nous verrons dans six mois si tu vaudras mieux qu'eux. Il dit :

« Tu m'as l'air gonflé, mon petit gars.

— À bloc! dit Maurice.

— Pourvu que ça dure!

— Pourquoi que ça ne durerait pas ?

— Tu verras, dit Brunet doucement. Ce n'est pas marrant tous les jours, l'Allemagne.

— Bah! dit Maurice, on va pas y rester. »

Brunet hausse[c] les sourcils, dépité. Il murmure :

« Tu as l'intention de t'évader ? »

Maurice le regarde avec surprise.

« Moi ? Pour quoi faire puisqu'ils vont nous lâcher ? »

Brunet tressaille, Maurice poursuit d'un air excité.

« Tu vas voir, camarade! Tu vas voir le petit père Staline, un de ces jours, s'il va le leur envoyer dire. Il leur dira : "Finie la rigolade, les gars. Faites la paix avec la France, faites la paix avec l'Angleterre et renvoyez chez eux les travailleurs français."

— Et les Fritz feront la paix ? demande Brunet.

— Je veux!

— Comme ça, bien gentiment ? Tout juste parce qu'on le leur aura demandé ?

— Ah! dit Maurice, tu peux pas te rendre compte! C'est l'U. R. S. S. qui mène la danse, à présent, les Fritz font tout ce qu'elle veut.

— Tiens! dit Brunet. Mais je ne savais pas!

— Forcément, dit Maurice avec indulgence. C'est parce que tu es resté six mois sans contacts. Au début c'était pas comme ça, mais à présent elle les tient.

— Et pourquoi ?

— Parbleu! parce qu'elle leur fournit du matériel. »

Brunet saute en l'air :

« *Quel* matériel ?

— Un peu de tout. Chalais te dira ça mieux que moi. Enfin, si elle cessait ses fournitures, les Fridolins n'auraient plus qu'à se mettre à genoux[1].

— Et comment avez-vous appris tout ça ?

— Eh bien, dit Maurice, c'était dans *L'Huma*. »

Brunet s'est dominé, il sourit à Maurice et se frotte les mains.

« Tant mieux, alors! dit-il. Tant mieux. Ce sont de bonnes nouvelles. »

Ils sont arrivés. Le soleil se lève, la journée commence, grasse et molle, gonflée d'eau, et dans cette journée qui ressemble à toutes les autres, quelque chose est en train d'arriver. Brunet ne ressent ni peur ni colère, il regarde Maurice avec un intérêt glacé, puis il se retourne[a] sur les autres :

« Entrez! »

Ils entrent, Brunet appelle[b] Lambert :

« Case-les. Moûlu apporte un casse-croûte, je m'occuperai d'eux plus tard. »

Il fait signe à Maurice et à Chalais.

« Vous deux, suivez-moi. »

Ils marchent derrière lui, au bout du couloir, Brunet s'arrête, il leur dit avant d'ouvrir la porte :

« Ici, tout le monde est de chez nous. »

Il entre, les types enfilent leurs capotes : ils allaient au travail.

« Alors ? Et le Pays Noir ?

— C'était bien, disent les types, c'était intéressant.

— C'était instructif », dit Bénin avec une sorte de ferveur.

Brunet est ému, il se tourne fièrement vers Chalais.

« Ils se font des causeries, le matin, ils partagent tout ce qu'ils savent. »

Chalais ne répond rien, il claque des dents. Brunet ajoute pour lui-même :

« Il faudrait pouvoir leur donner des livres. »

Il désigne Chalais et Maurice.

« Voilà deux nouveaux camarades. Ils arrivent de France. »

Toutes les têtes se tournent vers eux avec de chauds sourires. Brunet regarde ses gars avec satisfaction : avec ceux-là, Maurice peut toujours s'aligner. Il leur sourit à son tour, il a l'impression fugitive qu'il est en train de leur dire adieu, il pose la main sur l'épaule de Chalais et le pousse en avant, il dit d'une voix forte et solennelle :

« Celui-là, c'est comme si c'était moi. »

Les regards se détournent de lui et se fixent sur Chalais. Brunet regarde un instant ces yeux qui ne le regardent plus, il croyait avoir quelque chose à ajouter, mais il a oublié ce que c'était. Il tourne les talons et jette à Chalais par-dessus son épaule :

« Viens me voir après le casse-croûte, on causera. »

Il sort, il pense[a] : quelque chose est en train d'arriver, il presse le pas, il a hâte de retrouver Schneider; avec tous ses défauts, Schneider c'est la famille. Il pousse la porte : Schneider est là, courbé sur le poêle. Brunet se sent soulagé.

« Me voilà[b]. »

Il entre et frissonne, la chaleur commence par le caresser puis lui monte brusquement au visage dans une vague de sang. Il ôte sa capote et la jette sur sa couchette, il a honte d'avoir chaud.

« Alors ? » demande Schneider.

Brunet s'assied, la chaise craque. Il envoie une claque
violente dans le dos de Schneider.

« Vieille fripouille! Sacré vieux social-traître! »

Il rit. Schneider se retourne et le regarde rire.

« Qu'est-ce qu'il y a eu? Un coup dur? »

Brunet cesse de rire.

« Non, dit-il. Tout va très bien. »

Il étend ses jambes*a* vers le feu, respire fortement,
allume sa pipe.

« Elle sera bonne.

— Hé?

— Ma pipe. Je l'ai achetée hier à la cantine : elle sera
bonne. »

La pipe est bonne, la bonne gueule de Schneider,
rougie par le feu, fait plaisir à voir. On se sent chez soi,
à l'abri.

« J'ai retrouvé deux camarades : un petit gars de
chez Le Flaive[1] et puis*b* Chalais. »

Schneider lève la tête, regarde Brunet avec des yeux
morts et répète distraitement :

« Chalais... Chalais...

— Oui, dit Brunet, son nom ne te dit rien : en dehors
du parti, il était peu connu, mais c'est un type de poids.
Il était député en 39, ils l'ont foutu en taule et, de là,
envoyé directement en première ligne[2]. »

Schneider ne dit rien, Brunet poursuit :

« Je suis content de l'avoir là. Très content. Toujours
décider seul, c'est très joli, mais... Tiens, vis-à-vis de
la France libre, quelle attitude prendre[3]? Je t'ai dit
que ça me préoccupait. Eh bien, il doit savoir, lui : il
a eu des contacts. »

Il s'interrompt. Schneider, écarlate, les yeux mi-clos,
a l'air de dormir. Brunet lui envoie un coup de talon
dans le mollet :

« Tu m'écoutes?

— Oui, dit Schneider.

— Chalais a beaucoup d'expérience, dit Brunet. Pas
du tout le genre d'expérience que j'ai : c'est un fils de
pasteur, un intellectuel*c*. Il n'a jamais beaucoup fréquenté la base et il a gardé un côté puritain. Mais c'est
une tête froide. Et il sait ce qu'il veut. »

Il secoue sa pipe dans le poêle et conclut :

« Il sera très précieux. »

Il s'arrête. Schneider tend l'oreille, comme s'il écoutait les bruits du dehors.

« Mais qu'est-ce que tu as ? » demande Brunet impatienté.

Schneider sourit.

« Si tu veux savoir, j'ai sommeil. La nuit dernière le froid m'a empêché de dormir.

— À partir de ce soir, tu couches ici, dit Brunet avec autorité. C'est un ordre. »

Schneider ouvre la bouche, on marche dans le couloir, il se tait. Sur ses lèvres flotte un drôle de sourire.

« Tu entends ? demande Brunet.

— On verra ce soir, dit Schneider. Si tu me le demandes encore, je le ferai avec plaisir. »

Les pas se rapprochent, on frappe. Il se tait, il a l'air d'attendre.

« Entrez ! »

C'est Chalais, il s'est arrêté sur le seuil, il les regarde.

« Tu nous fais geler, dit Brunet. Ferme la porte. » Chalais fait un pas en avant et s'arrête; il regarde Schneider. Il ferme la porte derrière lui d'un coup de pied, sans cesser de le regarder.

« C'est Schneider, mon interprète », dit Brunet. Il se tourne vers Schneider. « Voilà Chalais. »

Schneider et Chalais se regardent. Schneider est toujours aussi rouge. Il se lève mollement, lentement. Il dit d'un air perplexe :

« Je vais m'en aller.

— Reste donc, dit Brunet. Tu vas prendre un chaud et froid. »

Schneider ne répond pas, Chalais dit de sa voix précise :

« Je voudrais te parler seul à seul. »

Brunet fronce les sourcils, puis il sourit d'un air bonhomme, lève la main et la laisse retomber lourdement sur l'épaule de Schneider. Le visage de Schneider reste mou et sans expression.

« C'est mon homme de confiance, explique Brunet. Tout ce que j'ai fait ici, je l'ai fait avec lui. »

Chalais reste parfaitement immobile, il ne regarde plus personne, il a l'air indifférent. Schneider glisse sous la main de Brunet et gagne la porte en traînant

des pieds. La porte se referme. Brunet regarde un bon
moment le loquet puis il se tourne vers Chalais.

« Tu l'as blessé. »

Chalais ne répond pas, Brunet s'irrite :

« Écoute un peu, Chalais... » dit-il rudement.

Chalais lève la main droite en gardant le coude collé
au corps. Brunet s'interrompt, Chalais dit :

« C'est Vicarios[1]. »

Brunet le regarde sans comprendre, Chalais parle.
Son corps a froid, sa grande voix de tribun n'a pas
froid.

« Ce type qui vient de sortir, c'est Vicarios.

— *Quel* Vicarios ? » demande Brunet.

Mais il a déjà deviné la réponse. Chalais répond sans
élever le ton :

« Le Vicarios qui a été exclu du Parti en 39.

— Ce type s'appelle Schneider », dit Brunet faiblement.

Du même geste étriqué et mécanique, Chalais lève
l'avant-bras et pousse vers Brunet sa paume ouverte.

« Ne te fatigue pas. Il m'a reconnu. Et il sait que je
l'ai reconnu. »

Brunet répète :

« Vicarios! »

Le nom cascade dans sa tête, il pense : c'est un nom
qui me dit quelque chose. Il dit péniblement :

« Je ne savais pas que c'était Vicarios.

— Bien entendu », dit Chalais.

Brunet croit surprendre dans cette voix une nuance
de condescendance, il relève vivement la tête. Mais les
yeux de Chalais sont ternes, il serre les bras contre ses
flancs, enfonce le cou dans ses épaules : on dirait qu'il
rassemble ses membres pour mieux les contrôler. Brunet
demande tranquillement :

« Vicarios, ça n'était pas un journaliste ?

— Attends! » dit Chalais.

Il traverse rapidement la pièce et va se coller contre
le poêle. Il a l'air humilié.

« Je n'arrive pas à me réchauffer. »

Brunet attend : il n'a pas froid, il se sent lourd et
fort, maître de soi et de son corps. Il attend, il a tout
le temps d'attendre, il sourit patiemment à Chalais, il
n'est plus rien qu'une infinie patience. Chalais attire

une chaise à lui et s'assied. Il retrouve vite sa voix en coups de hache.

« L'hiver dernier, tu n'as pas reçu la mise en garde du Parti ?

— Contre Vicarios ?

— Oui.

— Je crois bien que si, dit Brunet lentement. Mais j'étais soldat et, comme il n'y avait pas de Vicarios au régiment...

— Il était rédacteur en chef d'un canard oranais, dit Chalais[a]. Le canard n'était pas exactement du Parti, mais sympathisant[1]. Vicarios, lui, était inscrit. Sa femme aussi. Il a plaqué en septembre 39.

— Le Pacte ?

— Naturellement. Il a publié sa lettre de démission dans son journal, après ça il a sorti trois éditoriaux contre nous et puis il s'est engagé. Ou on l'a mobilisé, je ne sais plus.

— Sans blague! » dit Brunet.

Il se sent tout animé comme à l'annonce d'un décès. Chalais parle et la vie de feu Schneider est bouclée. Mourir, quitter[b] le Parti c'est tout un.

« Sans blague. »

Il répète : sans blague; il pense : quelque chose est en train d'arriver.

« Depuis, dit Chalais, on a su qu'il faisait des rapports au gouvernement général d'Alger. Les copains algérois ont eu les preuves en main. »

Brunet se laisse tomber sur une chaise et rit de tout son cœur. Chalais le regarde.

« Je ris, explique Brunet, parce que, justement ce matin, je viens d'apprendre que mes petits gars ne pouvaient pas le blairer. »

Chalais approuve gravement de la tête.

« La base ne se trompe jamais. »

Brunet pense : que sais-tu de la base ? Il dit :

« Oui. Pour ces trucs-là, ils ont le flair. »

Chalais se chauffe. Brunet pense : Schneider était une mouche[2]. Ça gratte. Il ferme les yeux à moitié, il serre les dents, il regarde le visage ingrat de Chalais à travers ses cils, il pense : mon copain c'est celui-là. Il se sent très calme : ça n'est pas vraiment désagréable, ça gratte. Chaque fois qu'on se découvre de bonnes raisons pour penser que les hommes sont des salauds et que ça n'est pas la peine de vivre, ça commence par faire plaisir. Il regarde Chalais : à présent nous allons vivre ensemble, dans ce camp, pendant des mois et des années, jour après jour.

Ça gratte. Chalais l'examine avec curiosité et demande :

« Qu'est-ce que tu comptes faire ? »

Décontenancé, Brunet se mord les lèvres : *Y a-t-il quelque chose à faire ?* Pendant une seconde, il se sent mou et paresseux, puis, brusquement, la colère le ravage.

« Tu le demandes ? bégaie-t-il. Tu le demandes ? »

Il se domine et reprend sèchement :

« Je vais le foutre dehors, voilà ce que je vais faire. Et en moins de deux! »

Chalais a l'air froid et perplexe. Il murmure :

« C'est risqué.

— Ce qui serait risqué, c'est de le garder dans la baraque.

— Il sait déjà que tu es du Parti ? »

Brunet détourne la tête, sa colère tombe.

« Il m'a reconnu dès le premier jour.

— Et les camarades ? Il sait aussi qu'ils en sont ?

— Naturellement.

— Tant pis! » dit Chalais.

Brunet explique vivement.

« C'était nécessaire, il m'a beaucoup aidé dans mon travail.

— Quel genre de travail faisais-tu ? » demande Chalais négligemment.

Brunet fronce les sourcils :

« Nous en reparlerons.

— De toute façon, dit Chalais, puisqu'il en sait aussi long, il faut envisager le pire : si tu le fous dehors comme une merde, il va nous donner. »

Brunet hausse les épaules :

« Penses-tu! Ça n'est pas du tout ce genre-là. »

Chalais dit avec impatience :

« Mais puisque je te dis qu'il faisait des rapports au gouverneur.

— Oui, dit Brunet. Oui, bien sûr. Mais je le connais à fond : ça n'est pas ce genre-là. »

Chalais dit lentement comme à lui-même :

« Je me demandais s'il ne serait pas plus politique de le garder ici. On lui dirait qu'il n'est pas question de revenir sur sa condamnation et que nous ne sommes pas qualifiés pour ça, mais que, dans les circonstances actuelles... »

Brunet a un rire bref :

« Il est pas fou. Il n'a pas milité dix ans sans savoir que le Parti ne pardonne jamais : si nous le gardons, il pensera qu'il nous fait peur.

— Pas forcément, dit Chalais. On peut... »

De nouveau les ravages de la colère. Les mains de Brunet tremblent, il brûle, il crie d'une voix forte :

« En voilà assez. Je ne respirerai pas cinq minutes de plus le même air que cette salope. Il m'a eu, il ne m'aura plus.

— Comme tu voudras, » dit Chalais.

Brunet ajoute péniblement :

« Je vais le refiler à Thibaut, qui est chef de baraque. Un type sûr qui tiendra sa langue. »

Ils se taisent, Brunet se calme peu à peu, il ne comprend pas très bien ce qui vient de lui arriver. Des mots sans suite tournent dans sa tête; quand il pense à Schneider, il a envie de cogner. Tout ce qui est louche lui fait horreur.

« Eh bien, dit Chalais, appelle Vicarios, qu'on le mette au courant de nos décisions. Tu lui diras qu'il s'en tire à bon compte et qu'il y aura de la casse si on le prend à rôder[a] autour de la Kommandantur. »

Il y a un bref silence.

« Appelle-le ! répète Chalais. Je suis sûr qu'il n'est pas loin. »

Brunet ne bouge pas. Chalais fronce les sourcils.

« Qu'est-ce que tu attends ?

— Que tu t'en ailles. »

Chalais se lève de mauvaise grâce. Bien sûr, pense Brunet. C'est le poêle que tu regrettes.

Chalais a mis la main sur le loquet de la porte. Brunet dit tout d'un coup :

« Ne dis rien aux copains. »

Chalais se retourne étonné.

« Pourquoi ?

— Parce que. Il... il tenait à eux. On ne gagne rien à pousser un type à bout... »

Chalais hésite :

« Il y a eu mise en garde.

— Je te demande de ne rien dire aux copains », dit
Brunet sans élever la voix.

Chalais hausse les épaules.

« Entendu. »

Il sort, Brunet sort derrière lui, se poste sur le seuil de
la baraque et, du regard, cherche Schneider. Il l'aperçoit,
immobile, accoté à la cloison de la 28. Ils se regardent,
Brunet fait demi-tour et rentre chez lui en laissant la
porte ouverte. Presque aussitôt Schneider paraît, frappe
ses semelles contre le plancher pour faire tomber la
neige, entre et ferme la porte. Brunet s'assied en détournant les yeux. Il entend craquer une chaise. Schneider
s'est assis. Brunet lève les yeux : Schneider est assis près
de lui, comme tous les jours, avec sa bonne gueule
ronde ; il ne s'est rien passé.

« J'ai vu ce type à Oran, dit tranquillement Schneider.

— Tu ne m'avais pas dit que tu étais d'Oran, fait
observer Brunet.

— Non, je ne te l'avais pas dit.

— Tu es Vicarios ?

— Oui. »

Vicarios est assis devant Brunet, il parle. Brunet ne
voit que Schneider.

« Je t'ai pourtant rencontré quelque part, dit Brunet.
Les premiers temps, à Baccarat, je me disais : je connais
cette tête-là.

— Nous nous sommes rencontrés en 32, dit Schneider,
au Congrès du Parti. Moi, je t'ai reconnu tout de
suite.

— Au Congrès ! C'est ça ! »

Il interroge ces traits lourds, ce gros nez tombant ; à
défaut de Vicarios, il essaie de retrouver le Schneider
de juin 40, l'étranger ambigu, vaguement familier
qu'on pouvait[a] encore haïr. Mais Schneider est devenu
tout à fait Schneider. Brunet baisse les yeux, il parle en
regardant le plancher.

« Je vais te faire inscrire dans la baraque de Thibaut.
Tu pourras y porter tes affaires après la soupe.

— Bien.

— Nous ne dirons rien aux copains.

— Bien, dit Schneider. Merci. »

Il se lève, il va s'en aller, il fait un pas vers la porte et Brunet tend la main, sa bouche s'ouvre malgré lui, une voix énorme en sort, une voix qui n'est pas à lui :

« Pourquoi m'as-tu menti ? »

Schneider le regarde avec surprise, Brunet se redresse, il est aussi surpris que Schneider. Il corrige avec dureté[a] :

« Pourquoi *nous* as-tu menti ?

— Parce que je vous connais », dit Schneider.

Il a froid, comme Chalais, mais ce n'est pas le même froid. Il revient sur ses pas, il tend ses bonnes grosses mains vers le poêle. Brunet regarde en silence les bonnes grosses mains de Vicarios. Au bout d'un moment Brunet demande :

« Qu'est-ce que tu avais besoin de te coller à nous, puisque tu avais quitté le Parti ?

— J'en avais marre d'être seul », dit Schneider.

Brunet le regarde attentivement.

« Il n'y avait pas d'autre raison ?

— Pas d'autre. »

Il fait quelques[b] pas dans la pièce, d'un air endormi, il ajoute, comme pour lui-même :

« Naturellement, je pensais bien que ça ne pourrait pas durer. »

Il se réveille brusquement, relève la tête et sourit à Brunet :

« Je suis content que nous nous séparions proprement », dit-il.

Brunet ne répond pas. Schneider attend en souriant, puis son sourire s'efface et il dit sans émotion :

« Adieu, Brunet. Nous avons fait du bon travail ensemble. »

Il tourne sur lui-même, il s'en va, nous ne nous verrons plus jamais, le sang monte au visage de Brunet, la colère fait tourner des disques blancs dans ses yeux. Il dit, d'une voix basse et rapide :

« Tout ça, c'est des salades. Tu nous espionnais. »

C'est dans le dos de Vicarios qu'il a lancé sa phrase, c'est Schneider qui se retourne et qui le regarde. Brunet remue sur sa chaise ; il cherche sa colère et ne la retrouve plus. Schneider dit doucement :

« Est-ce que c'est vraiment nécessaire ? »

Brunet ne répond pas, Schneider ajoute :

« Je vais me terrer chez Thibaut, je tâcherai de m'arranger et tu sais bien que je n'essayerai pas de vous nuire. »

Il y a eu mise en garde. Brunet regarde Schneider dans les yeux et dit tranquillement :

« Tu étais payé par le gouverneur général. »

Schneider le regarde, ébahi, presque rieur.

« Qui t'a dit ça ? Chalais ?

— Tu as fait l'objet, dit Brunet, d'une mise en garde que j'ai lue moi-même l'hiver dernier.

— Je ne savais pas. »

Il y a un long silence. Vicarios est blême. À présent *c'est* irréparablement Vicarios. Brunet retrouve sa colère : il regarde avec colère, sur le visage de Vicarios, cette souffrance qui coule comme du sang et qui donne envie de le faire saigner davantage.

« Qu'est-ce qu'elle racontait, ta mise en garde ? demande Vicarios.

— Que tu étais un indicateur. Les camarades d'Alger en ont la preuve. »

Vicarios se jette en avant, Brunet croit qu'il va cogner et se lève, les poings serrés. Vicarios ne cogne pas. Il est tout contre Brunet, ils ont les yeux dans les yeux. Ceux de Vicarios n'ont pas de regard. Ce sont deux bouches béantes qui appellent. Brunet a le vertige, il rejette la tête en arrière parce que Vicarios a mauvaise haleine.

« Brunet ! Tu ne le crois pas ? »

Brunet ne sait pas si ce sont les lèvres ou les yeux de Vicarios qui ont parlé. Il veut murer d'un seul coup toutes ces bouches qui demandent grâce. Il dit :

« Je crois tout ce que dit le Parti. »

Vicarios se redresse. Ses yeux sont noirs et durs dans ce visage de craie, à présent *ils regardent*. Brunet fait un pas en arrière, mais il se force à répéter *sous ces yeux :*

« Je crois tout ce que dit le Parti. »

Vicarios le regarde longtemps puis il se détourne et gagne la porte. Il faut aller jusqu'au bout : c'est utile. Brunet lui crie dans le dos :

« Si tu parles aux Fritz, il y aura de la casse. »

Vicarios se retourne, pour la dernière fois Brunet voit Schneider.

« Mon pauvre Brunet ! » dit Schneider.

La porte se referme : c'est fini. « Le poêle s'est éteint, pense Brunet. Je vais attraper la mort. » Il regarde un

moment la caisse à charbon puis se détourne et sort,
tant pis pour toi, tu n'avais qu'à ne pas mentir. Au bout
du[a] couloir, il s'arrête, ouvre la porte. Chalais est assis
sur le banc. Toussus, Bénin et Lamprecht sont penchés
sur lui et parlent tous à la fois ; près de la fenêtre Maurice,
les bras croisés, remâche une colère. À l'entrée de[b] Brunet
tout le monde se tait.

« Vous n'êtes donc pas au travail ? demande Brunet.

— Le Feldwebel est malade, explique Toussus. Ils
nous ont renvoyés dans les baraques.

— Bon, dit Brunet. Bon, bon. »

Il ajoute avec colère :

« Faites du feu, nom de Dieu ! »

Chalais le regarde attentivement. Brunet lui dit :

« Amène-toi, on va causer. »

Chalais se lève sans souffler mot. Dans le couloir, Brunet lui dit :

« C'est fait.

— Je vois bien », dit Chalais.

Ils marchent en silence, puis Chalais demande :

« Il sera sage ? »

Brunet éclate de rire :

« Sage comme une image. »

Ils entrent chez Brunet, dans de la chaleur morte qui
ne réchauffe plus. Chalais a l'air déçu[c], il relève le col de
sa veste, met les mains dans ses poches et s'assied. Brunet
regarde le poêle éteint et il a envie de rire.

« Tu sais que j'ai eu des contacts ? » dit Chalais au
bout d'un moment.

Brunet tressaille et regarde Chalais avec passion :

« Des contacts sérieux ? fréquents ? »

Chalais sourit :

« Je crois que tu connais personnellement Buchner ?

— Je pense bien.

— La dernière fois que je l'ai vu, c'était lundi. »

Brunet regarde toujours Chalais mais il ne le voit plus.

« Où en est le Parti ? demande-t-il.

— Ça va, dit Chalais. Au début, on a commis des
fautes : la radio soviétique avait demandé aux militants
de ne pas quitter la région parisienne, mais la plupart
des camarades ont eu un vieux réflexe chauvin : ils sont
partis tout de même parce qu'ils ne voulaient pas avoir
affaire à l'ennemi. Résultat : *L'Humanité* aurait pu paraître

avant l'arrivée des Allemands, la copie était prête mais tout est resté en panne parce que le personnel a fait défaut[1]. À présent les camarades sont à leur poste, c'est parfait. »

Brunet écoute avec un mélange de respect et d'ennui : il est déçu. Il y a des questions qu'il voudrait poser mais il n'arrive pas à les formuler. Il dit :

« Avec les emprisonnements et l'exode il doit y avoir un fameux changement de personnel. Qui est-ce qui est au Comité central, à présent[2] ? »

Chalais fait un mince sourire.

« À te dire le vrai, je n'en sais rien. Gromaire[3] y est probablement : c'est tout ce que je peux te dire. Les temps sont changés, mon vieux : moins tu en sais, mieux ça vaut.

— Je vois », dit Brunet.

Il a le cœur serré. Sans savoir pourquoi Chalais se racle la gorge puis il relève la tête et considère Brunet un moment.

« Ce Bénin, demande-t-il, il est de chez nous ?

— Oui.

— Et Toussus ? Et Lamprecht ?

— Aussi.

— D'où viennent-ils ?

— Attends un peu », dit Brunet.

Il réfléchit un instant et récite :

« Bénin , dessinateur à Gnome et Rhône[4]. Lamprecht : abattoirs municipaux de Nantes. Toussus : serrurier à Bergerac. Pourquoi ?

— Ils m'ont surpris », dit Chalais.

Brunet lève les sourcils. Chalais lui sourit d'un air bon :

« Ils sont un peu agités, non ?

— Agités ? répète Brunet. Pas particulièrement. »

Chalais se met à rire :

« Toussus prétend qu'il y a des armes cachées sous la baraque. Il veut prendre le camp d'assaut quand les armées soviétiques entreront en Allemagne. »

Brunet rit à son tour :

« Il est de Gascogne », dit-il.

Chalais cesse de rire. Il fait observer d'une voix neutre :

« Les autres étaient d'accord. »

Brunet sort sa nouvelle pipe et la bourre :

« Ils sont peut-être un peu excités, dit-il, j'avoue que

je ne me rends plus bien compte. Mais de toute façon ça ne peut pas leur faire de mal; ça les aide à passer le temps. »

Il ajoute, sans lever les yeux, d'une lourde voix compréhensive qu'il ne reconnaît pas lui-même :

« Ils savent qu'ils sont foutus s'ils s'abandonnent. Alors ils vivent sur leurs nerfs, ils prennent tout le temps sur eux et toutes leurs réactions sont exagérées. Tu sais, Chalais, le plus âgé n'a pas vingt-cinq ans.

— J'ai remarqué ça, dit Chalais. Vous avez tous l'air terriblement tendus. »

Il ajoute avec un petit rire :

« Ils m'en ont dit de belles.

— Quoi par exemple ?

— La guerre n'est pas terminée, l'U. R. S. S. écrasera l'Allemagne, les travailleurs ont le devoir de refuser l'armistice, la défaite de l'Axe sera une victoire pour le prolétariat. »

Il s'arrête pour observer Brunet. Brunet ne dit rien. Chalais ajoute en forçant un peu son rire :

« Il y en a même un qui m'a demandé si les ouvriers parisiens s'étaient mis en grève et si l'on tirait sur les Allemands dans les rues de Paris. »

Brunet ne dit toujours rien. Chalais se penche vers lui et lui demande doucement :

« C'est toi qui leur as mis ces idées en tête ?

— Pas sous cette forme, dit Brunet.

— Sous cette forme ou sous une autre, c'est toi ? »

Brunet allume sa pipe. Quelque chose est en train d'arriver.

« Oui, dit-il. C'est moi. »

Ils se taisent tous les deux. Brunet fume, Chalais réfléchit. Une lumière triste et jaune entre par la fenêtre : il va sûrement pleuvoir. Brunet jette un coup d'œil à sa montre et pense : « Il n'est que huit heures et demie. » Il se lève brusquement :

« Il faut que je t'explique un peu tout ça, dit-il. Est-ce qu'ils t'ont parlé de notre organisation ?

— Ils m'en ont touché deux mots, dit Chalais distraitement. C'est toi qui l'as mise sur pied ?

— Oui.

— De ta propre initiative ? »

Brunet hausse les épaules et se met à marcher.

« Naturellement, dit-il. Moi, je n'avais pas de contacts. »

Il marche, les yeux de Chalais le suivent.

« Il fallait remonter un drôle de courant, poursuit-il. Les types étaient à zéro, les nazis et les curetons en faisaient ce qu'ils voulaient. Tu sais qu'il y a même un parti franciste, ici, officiellement reconnu et patronné par les Fritz ? Alors j'ai usé des moyens du bord.

— Quels moyens ? demande Chalais.

— Il y a eu quatre facteurs décisifs, dit Brunet. La faim, le transfert en Allemagne, le travail forcé, et la réaction nationaliste. Je me suis servi de tout.

— De *tout* ? répète Chalais.

— Oui, de tout. Il y avait danger de mort et je n'avais pas le droit de faire le difficile. D'ailleurs, ajoute-t-il, ma tâche était rigoureusement définie par les circonstances : je n'avais qu'à organiser leur mécontentement.

— Sur quelle base ? »

Brunet touche de la paume la cloison, il se retourne brusquement et marche vers l'autre cloison :

« Je leur ai donné une plate-forme idéologique, dit-il. Oh! un petit minimum, un a b c : la souveraineté vient du peuple, Pétain usurpe le pouvoir, son gouvernement n'avait pas le droit de signer l'armistice. La guerre n'est pas finie, l'U. R. S. S. entrera tôt ou tard dans la danse; tous les prisonniers doivent se considérer comme des combattants. »

Il s'interrompt brusquement. Chalais demande :

« C'est ça, ton travail ?

— C'est ça », dit Brunet.

Chalais hoche la tête tristement.

« Évidemment. »

Il regarde Brunet et lui sourit d'un air ouvert :

« Il y a des moments où on crèverait si on ne tentait pas *quelque chose,* hein ? n'importe quoi. Et comme tu n'avais pas de liaison, tu as travaillé dans le cirage.

— Ça va, dit Brunet, ne te fatigue pas. »

Il parle d'une voix dure, il ne sait plus s'il s'adresse à Chalais ou au Parti, il demande :

« En deux mots, qu'est-ce que tu me reproches ? »

Le Parti répond d'une voix encore plus dure :

« Tout est à reprendre, mon vieux. Tu es complètement à côté. »

Brunet se tait. Chalais se penche et tâte le poêle d'un air désemparé.

« Il est éteint. »

Brunet tâte le poêle à son tour.

« Oui, dit-il. Il est éteint.

— Avez-vous entendu parler du gaullisme, dans votre bled ? »

Brunet pense : autant que toi. Il va pour dire : nous avons un poste d'écoute. Il se retient.

« Vaguement, dit-il.

— De Gaulle, dit Chalais de sa terrible voix didactique, est un général français qui a quitté Bordeaux au moment de la défaite en emmenant avec lui la politicaille radicale et les dignitaires francs-maçons.

— Je vois, dit Brunet.

— Ils sont tous à Londres, à présent. Churchill leur prête sa radio et ils bouffent de l'Allemand tous les jours au micro. Naturellement c'est la City qui paye.

— Après ?

— Après ? Eh bien sais-tu ce qu'ils disent ?

— Que la guerre continue, je suppose ?

— Oui, et qu'elle va s'étendre au monde entier, ce qui est une façon discrète de mettre l'U. R. S. S. et l'Amérique dans le bain. Ils disent aussi que la France n'a perdu qu'une bataille, que le gouvernement de Vichy est illégitime et que l'armistice est une trahison. »

Brunet hausse les épaules, Chalais sourit :

« Ils ne vont pas jusqu'à parler de la souveraineté du peuple, non. Mais ça viendra un jour si le gouvernement de Sa Majesté juge que c'est nécessaire à sa propagande.

— Tu ne m'émeus pas », dit Brunet.

Il joint les mains, fait craquer ses phalanges et reprend avec calme.

« Tu ne m'émeus pas. Je t'ai déjà dit que mon programme était un a b c. Plus tard on ira plus fort. Il y a des types, dans cette baraque, que je conduirai par la main au P. C. Mais rien ne presse : nous sommes ici pour longtemps. Quant à tes petits copains de Londres, eh bien ! que veux-tu, il y a des rencontres inévitables. C'est pour protéger leurs intérêts que les Anglais font la guerre à l'Axe et nous, nous luttons contre Hitler parce que nous sommes antifascistes. N'empêche que nous avons provisoirement les mêmes ennemis; il n'est donc pas étonnant que nous usions parfois des mêmes mots. »

Il regarde Chalais et se met à rire comme s'il allait lâcher une bonne bourde, mais sa gorge s'est serrée :

« Jusqu'à nouvel ordre, je suppose que l'antifascisme n'est pas devenu une déviation.

— Non, dit Chalais. Ça n'est pas devenu une déviation. Nous sommes contre le fascisme sous toutes ses formes, comme nous l'avons toujours été. Mais tu aurais tort d'en conclure que nous allons nous rapprocher des démocraties bourgeoises.

— Je n'ai jamais pensé ça, s'écrie Brunet.

— Ce que tu penses importe peu. Objectivement tu fais la retape pour les valets de Churchill. »

Brunet bondit. Il dit :

« Moi ? »

Il se calme, il sourit, il s'aperçoit qu'il a fermé les poings, il ouvre les mains et les pose à plat sur ses genoux. Il dit :

« Ça m'étonnerait.

— Suppose, dit Chalais, qu'on libère les gars que tu as endoctrinés. Ils reviennent en France, ils ne reconnaissent plus rien ni personne, la propagande de Vichy leur donne envie de vomir. Où iront-ils ?

— Mais, bon Dieu !... » dit Brunet.

Les yeux de Chalais le brûlent :

« Où iront-ils ?

— Eh bien, dit amèrement Brunet, jusqu'ici je supposais qu'ils iraient dans le Parti. »

Chalais sourit et continue tranquillement :

« Ils se jetteront tête baissée dans le gaullisme, ils iront risquer leur peau dans une guerre impérialiste qui ne les concerne pas et c'est toi, Brunet, qui auras soutenu cette mystification de ton autorité. »

Le regard s'éteint, Chalais essaye de sourire mais son visage ne lui obéit plus. Seule la voix sort, chaude et persuasive, de ce masque violet au nez cramoisi :

« Ce n'est pas le moment, Brunet. Nous avons gagné, notre pire ennemi est à genoux...

— Notre pire ennemi, répète Brunet sans comprendre.

— Notre pire ennemi, oui, dit fortement Chalais. L'impérialisme des généraux français et des deux cents familles.

« — C'est *ça,* notre pire ennemi ? » demande Brunet.

Il crispe les mains sur ses genoux, il réussit à dire, d'une voix neutre :

« Le Parti a changé sa politique. »

Chalais le regarde attentivement.

« Et quand il l'aurait changée ? Qu'est-ce que tu ferais ? »

Brunet hausse les épaules :

« Je te demande simplement s'il l'a changée ?

— Le Parti n'a pas dévié d'un centimètre, dit Chalais. En 39 il a pris position contre la guerre et tu sais ce que ça nous a coûté. Mais tu étais d'accord, Brunet, et le Parti avait raison. Il avait raison parce qu'il exprimait le pacifisme fondamental des masses, communistes ou non. Aujourd'hui nous n'avons plus qu'à recueillir les bénéfices de cette attitude : notre organisation est la seule qui puisse se faire l'interprète de la volonté de paix des travailleurs. Où est le changement ? Toi, pendant ce temps, tu joues sur le nationalisme de tes camarades et tu voudrais nous engager dans une politique belliciste. Ce n'est pas le Parti qui a changé, Brunet, c'est toi. »

Cette voix de haut-parleur, Brunet l'écoute, fasciné : ce n'est plus la voix de personne, c'est la voix du processus historique[1], la voix de la vérité. Heureusement les yeux de Chalais se mettent à briller. Brunet sursaute et demande sèchement :

« C'est ton opinion que tu m'exposes ou bien la politique actuelle du Parti ?

— Je n'ai jamais d'opinion, dit Chalais, je t'expose la politique du Parti.

— Bon, dit Brunet, alors continue, je t'écoute, mais ne fais pas de commentaires, nous perdons du temps.

— Je ne fais pas de commentaires, dit Chalais étonné.

— Tu ne fais que ça. Tu dis : en 39, le P. C. exprimait le pacifisme des masses. C'est une *opinion,* Chalais, rien d'autre qu'une opinion. Nous sommes quelques-uns dans le Parti à savoir que le virage de septembre était en épingle à cheveux et que nous avons failli le louper. Nous sommes quelques-uns qui avons appris à nos dépens que les masses n'étaient pas tellement pacifistes à cette époque. »

Il lève l'avant-bras et la main, comme Chalais, il sourit, comme Chalais, d'un sourire exact et serré.

« Je sais : tu n'as jamais eu beaucoup de contacts avec la base, ce n'était pas ton affaire et j'ai déjà constaté que tu en parles avec un certain romantisme. *Moi*, j'avais des contacts, c'était mon boulot, je travaillais en pleine pâte et je puis t'affirmer que les types n'étaient pas *d'abord* pacifistes : ils étaient *d'abord* antinazis, ils n'avaient digéré ni l'affaire d'Éthiopie, ni celle d'Espagne, ni Munich. S'ils sont restés avec nous, en 39, c'est parce qu'on leur a expliqué que l'U.R.S.S. voulait gagner du temps et qu'elle entrerait en guerre dès qu'elle aurait complété son armement[1]. »

Chalais lui retourne son sourire. Brunet n'a même pas réussi à le mettre en colère.

« L'U.R.S.S. n'entrera jamais dans la guerre, dit Chalais simplement.

— C'est ton *opinion!* crie Brunet. C'est ton *opinion!* »

Il se calme et ajoute en ricanant.

« Moi, j'ai l'opinion contraire.

— *Toi ?* dit Chalais. *Toi, moi...* Qu'est-ce que nous venons faire là-dedans ? »

Il regarde Brunet avec un étonnement écrasant, comme s'il le voyait pour la première fois. Au bout d'un moment, il reprend :

« Je n'ai pas l'impression de t'être très sympathique...

— Laisse donc ça », dit Brunet gêné.

Chalais a un rire sec :

« Oh! dit-il, je t'en parle pour mémoire. Ce n'est pas ça qui m'empêchera de dormir. Seulement il ne faut pas s'y tromper : nous ne sommes pas en train de confronter nos avis. J'ai eu des contacts quand tu n'en avais pas, alors je t'informe, c'est tout. Ni ta personne ni la mienne ne sont en cause. Nous ne ferons rien de bon si nous nous laissons arrêter dès le départ par des questions de personne.

— C'est bien ce que je pense », dit Brunet sèchement.

Il regarde Chalais en essayant de ne plus le voir; il pense : sa personne n'est pas en cause. *Ce n'est pas* la personne de Chalais qui regarde et qui juge; la personne de Chalais ne juge pas, ne pense pas, ne voit pas. Il ne faut pas en faire une question de personne, il ne faut pas en faire une question d'orgueil. Il dit :

« Donc l'U.R.S.S. ne fera pas la guerre. Pourquoi ?

— Parce qu'elle a besoin de la paix : parce que le main-

tien de la paix est depuis vingt ans l'objectif n⁰ 1 de sa
politique étrangère.

— Oui, dit Brunet avec ennui. J'ai entendu ça autrefois dans des discours de 14 Juillet. »

Il rit :

« Maintenir la paix ! quelle paix ? on se bat de Norvège jusqu'en Ethiopie.

— Justement, dit Chalais. L'U. R. S. S. restera en dehors
du conflit et mettra tout en œuvre pour empêcher qu'il ne
se généralise.

— Comment le savez-vous ? demande Brunet avec
ironie. Staline vous a mis au courant ?

— Staline, non, dit tranquillement Chalais. Molotov. »

Brunet le regarde, ouvre la bouche et se tait ; Chalais
poursuit :

« Le 1ᵉʳ août, Molotov a déclaré devant le Soviet
suprême que l'U. R. S. S. et l'Allemagne avaient les mêmes
intérêts fondamentaux et que l'accord germano-soviétique se basait sur cette communauté d'objectifs[1].

— Bon ! dit Brunet, oui, oui. Après ?

— En novembre, dit Chalais, il est allé à Berlin où il
a reçu un accueil enthousiaste[2]. À cette occasion il a
dénoncé les manœuvres de la presse anglaise et anglo-
phile ; il a dit — je te cite à peu près : " Les démocraties
bourgeoises mettent leur dernier espoir dans de préten-
dues divergences qui nous sépareraient de l'Allemagne ;
elles s'apercevront bientôt que ces divergences n'existent
que dans leur imagination ".

— Bah ! dit Brunet. Il était bien forcé de dire ça.

— Il y a trois semaines, dit Chalais, l'U. R. S. S. et
l'Allemagne ont conclu un accord commercial[3].
L'U. R. S. S. fournira vingt-cinq millions de quintaux de
blé, un million et demi de tonnes de mazout, des graisses,
du pétrole et des huiles lourdes.

— Un traité de commerce, répète Brunet.

— Oui.

— Bien, dit Brunet. Vu. »

Il se lève, il va à la fenêtre, il pose son front contre le
carreau glacé, il regarde tomber les premières gouttes de
pluie. Il dit :

« Je ne...

— Pardon ? demande Chalais derrière son dos.

— Rien. Je me suis trompé, c'est tout. »

Il se retourne, se rassied, frappe le fourneau de sa pipe contre son talon pour en faire tomber les cendres.

« Si tu prends la situation concrètement, dit Chalais avec cordialité, tu verras que les travailleurs français n'ont aucun intérêt à ce que l'U. R. S. S. prenne part au conflit.

— Les travailleurs français, dit Brunet, ils sont ici, dans ce camp. Ou dans d'autres tout pareils. Et ceux qui ne sont pas ici font du travail forcé pour les Fritz.

— Eh bien, justement, dit Chalais, c'est pour cela qu'il faut qu'elle poursuive sa politique indépendante. Elle est en train de devenir tout simplement le facteur prépondérant de la diplomatie européenne. À l'issue de la guerre, les nations belligérantes seront épuisées et c'est elle qui dictera le traité de paix.

— Bien, dit Brunet. Bien. Bien. »

Chalais ne frissonne plus : il s'est levé, il marche vivement autour de sa chaise, ses mains jaillissent de ses poches, il éclôt. Brunet se penche, ramasse un bout de bois et se met à curer sa pipe, il a froid jusqu'aux os mais ça lui est égal : le froid et la faim n'ont plus aucune importance.

« Ceci posé, dit Chalais, que doivent exiger les masses françaises ?

— Je te le demande », dit Brunet sans lever la tête.

La voix de Chalais tourne au-dessus de sa nuque, tantôt proche et tantôt lointaine, les souliers de Chalais craquent allègrement.

« Les masses françaises, dit-il, doivent formuler quatre exigences : 1º signature immédiate de la paix, 2º un pacte franco-soviétique de non-agression conçu sur le modèle du pacte germano-soviétique, 3º un traité de commerce avec l'U. R. S. S. qui garantisse le prolétariat contre la famine, 4º un règlement général de la situation européenne avec la participation de l'U. R. S. S.[1].

— Et la politique intérieure ? demande Brunet.

— En toute occasion et par tous les moyens réclamer pour le Parti la légalité et pour *L'Humanité* l'autorisation de reparaître[2].

— Les nazis laisseraient reparaître *L'Huma ?* demande Brunet ahuri.

— Ils nous ménagent », dit Chalais.

Il ajoute, sans hâte :

« Sur quoi veux-tu qu'ils s'appuient ? Les partis sont en pleine décomposition, les responsables ont pris la fuite.

— Ils peuvent susciter un mouvement fasciste.

— Ils peuvent essayer. Et, pour tout dire, ils essayent : mais ils ne sont pas fous, ils savent bien qu'ils n'atteindront jamais les couches populaires. Non, la seule organisation qui se soit élevée contre la guerre, la seule qui ait défendu le pacte germano-soviétique, la seule qui ait gardé la confiance des masses, c'est la nôtre et tu peux être sûr que les Allemands ne l'ignorent pas.

— Tu veux dire qu'ils nous tendent la main ?

— Pas encore. Mais le fait est que leur presse ne nous attaque pas. Et puis tu penses bien qu'ils ont signé des accords secrets avec l'U. R. S. S. au sujet des P. C. européens[1]. »

Il se penche sur Brunet, il lui parle en confidence :

« Notre parti doit être à la fois légal et illégal, c'est ce qui définit sa structure et son action. Or les circonstances nous ont placés dans une semi-clandestinité, nous avions réuni dans nos mains les avantages de la légalité et ceux de l'illégalité, à présent nous n'avons plus que les inconvénients de l'une et de l'autre : en perdant notre statut de Parti officiellement reconnu, nous perdons la possibilité de faire valoir nos revendications au grand jour et d'occuper, en tant que communistes, les positions clés de la bourgeoisie mais, en même temps, nous sommes trop connus : les autorités du Parti sont traquées, l'ennemi a des listes, des adresses, il est rompu à notre tactique. Il faut sortir de là au plus vite. Mais comment ? En faisant des farces aux Allemands, en écrivant : Mort aux Boches, dans les urinoirs ? »

Brunet hausse les épaules, Chalais lève la main pour lui imposer silence :

« Admettons que nous puissions organiser des émeutes, des attentats et des grèves. À qui ça servirait-il ? À l'impérialisme anglais. Et pas pour longtemps puisque l'Angleterre est battue d'avance. Mais si nous redevenons un parti légal, avec un programme et des responsabilités, nous pouvons réclamer un gouvernement populaire siégeant à Paris et la mise en accusation des fauteurs de guerre[2]. Alors et alors seulement se posera la question d'une nouvelle forme d'action illégale, mieux adaptée aux circonstances.

— Et tu t'imagines que les Allemands... ? »

Chalais l'interrompt malicieusement :

« *La Voix du peuple,* tu connais ? C'est le canard du P. C. belge.

— Je connais », dit Brunet.

Chalais prend un temps, sourit et ajoute sur un ton détaché :

« *La Voix du peuple* reparaît depuis le mois de juin[1]. »

Brunet se tasse sur sa chaise, glisse sa main dans sa poche et la referme sur le fourneau de sa pipe parce qu'il est encore chaud. Il dit :

« *Ici,* qu'est-ce qu'il faut faire ?

— Juste le contraire de ce que tu fais.

— Ça veut dire ?

— Attaquer l'impérialisme des démocraties bourgeoises, attaquer de Gaulle et Pétain, affirmer la volonté de paix des masses travailleuses.

— Et vis-à-vis des Allemands ?

— La réserve.

— Bien », dit Brunet.

Chalais se frotte les mains : il a fait du bon travail et il est content.

« Nous deux, dit-il, nous allons nous partager la besogne. Les camarades ont besoin qu'on les reprenne en main petit à petit, mais il vaut mieux que ce ne soit pas toi qui t'en charges : je les verrai. Tu t'occuperas de ceux qui ne sont pas du Parti.

— Et qu'est-ce qu'il faudra que j'en fasse ? »

Chalais regarde Brunet avec attention, mais il ne semble pas le voir : il médite.

« Pour l'instant, dit-il, ta fameuse organisation est plus dangereuse qu'utile. Mais ce n'est pas un mal qu'elle existe et elle pourra servir un jour : il serait souhaitable de la mettre en sommeil sans la liquider tout à fait. Tu es le seul à pouvoir faire ça.

— Pauvres types, dit Brunet.

— Eh ?

— Je dis : pauvres types », dit Brunet.

Chalais le regarde avec étonnement :

« Qu'est-ce que c'est donc que ces gars-là ?

— Des radicaux, dit Brunet. Des socialistes... Il y a aussi des sans-parti. »

Chalais hausse les épaules.

« Des radicaux! dit-il avec mépris.

— Ils travaillaient bien, dit Brunet. Et puis tu sais, la vie est dure, ici, pour ceux qui n'ont plus d'espoir. »

Il s'arrête, il a reconnu la voix étrangère qui emprunte sa bouche, c'est la voix d'un traître. Elle disait : « Ne prends pas ton air de médecin des morts. » Elle disait : « Pauvres types, ils ont la mort dans l'âme[1]. »

« De toute façon ils sont foutus, dit Chalais. Il n'y a qu'à les laisser crever. »

Il ricane :

« Les radicaux! J'aime encore mieux les nazis. Ce sont des chiens mais ils ont le sens du social. »

Brunet pense à Thibaut. Il revoit sa large bouche rieuse, il pense : « Il est foutu, il vaut moins qu'un nazi, il n'a pas le sens du social. » Il pense : « Nous avions un poste de radio. » Il se met à trembler. Il pense : « *Notre* poste. » Il se lève, il marche, ils sont debout l'un en face de l'autre. Il dit :

« Ça se tient!

— Tu parles, dit Chalais avec une cordialité bourrue. Tu parles si ça se tient!

— Tout se tient toujours, dit Brunet. On peut tout démontrer.

— Tu veux des preuves ? »

Chalais fouille dans la poche intérieure de sa veste. Il en sort un journal crasseux et froissé :

« Tiens! »

Brunet prend le journal : c'est *L'Huma*. Il lit : n° 95, 30 décembre 1940[2]. La feuille est si usée qu'elle se déchire à moitié quand il la déplie. Il essaye de lire l'édito, il ne peut pas. Il pense : « C'est *L'Huma* », il promène ses doigts en aveugle sur les caractères du titre et de la manchette. C'est *L'Huma,* j'écrivais dedans. Il replie soigneusement le journal et le tend à Chalais :

« Ça va. »

Il va sortir et sourire à Schneider, il lui dira : « Tu me l'avais bien dit. » La bulle crève : il n'y a plus de Schneider. Il y a Vicarios, la mouche. La lumière noircit devant ses yeux, il reçoit une claque sur l'épaule et sursaute. C'est Chalais : la bouche de Chalais esquisse un sourire

gamin, sa main se retire avec une précision mécanique
et retombe le long de son flanc.

« Et voilà! dit Chalais. Et voilà, ma vieille branche.

— Et voilà », dit Brunet.

Ils se regardent bien en face, ils hochent la tête et se
sourient.   En 39, il avait peur de moi.

« Il faut que j'aille prévenir Thibaut, dit Brunet[a]. Tu
peux rester ici. »

Chalais secoue la tête, ses traits s'effondrent, il dit
d'une voix enfantine :

« Je crois plutôt que je vais m'enrouler dans une couverture et m'étendre sur mon lit.

— Les couvertures sont derrière le poêle, dit Brunet.
Prends-en deux. Je te reverrai. »

Il sort sous la pluie. Il court pour se réchauffer. Le
brouillard lui entre dans la tête, il n'y a plus ni dehors ni
dedans : plus rien que le brouillard. Thibaut est seul, il
y a un jeu de cartes sur la table[b].

« Tu fais des patiences ?

— Non, dit Thibaut, j'écoutais la radio. Je laisse le jeu
sur la table pour le cas où quelqu'un viendrait. »

Il sourit malicieusement : il doit y avoir des nouvelles,
il attend que Brunet l'interroge. Brunet ne l'interroge
pas : il ne s'intéresse pas aux victoires de l'impérialisme
anglais. Il dit :

« Il y a encore de la place dans ton bordel ?

— Dans la piaule des Hollandais, oui, dit Thibaut.

— Je vais te refiler un de mes types. En douce. »

Les yeux de Thibaut pétillent.

« Qui ça ?

— Schneider.

— Il a des ennuis ? demande Thibaut. Les Fritz le
cherchent ?

— Non, dit Brunet, pas pour le moment.

— Je vois », dit Thibaut. Il secoue la tête : « Il se fera
chier, les Hollandais ne parlent pas une broque de français.

— C'est aussi bien.

— Alors, qu'il vienne dès qu'il voudra.

— Est-ce qu'il fait chaud, chez les Hollandais ?
demande Brunet.

— C'est une fournaise. Il y en a un qui est cuistot, ils
ont tout le charbon qu'ils veulent.

— Parfait, dit Brunet. Eh bien, je m'en vais. »

Il ne s'en va pas. Il a posé la main sur le loquet de la porte et il regarde Thibaut comme on regarde une ville qu'on va quitter. Il n'a déjà plus rien à lui dire. Un radical, un type foutu d'avance... Thibaut lui sourit de confiance; Brunet ne peut pas supporter ce sourire : il ouvre la porte et sort. Dehors la pluie tombe dru, on distingue à peine les baraques. Brunet patauge dans la boue et dans la neige fondue. Les gars de la 39 ont laissé un banc dehors, un type est assis sur le banc, il baisse la tête, la pluie ruisselle dans ses cheveux et dans son cou. Brunet s'approche :

« Tu n'es pas cinglé[a] ! »

Le type relève la tête : c'est Vicarios. Brunet dit :

« Thibaut t'attend. »

Vicarios ne répond pas. Brunet s'assied à côté de lui. Ils se taisent; le genou de Vicarios touche celui de Brunet. Le temps coule, la pluie coule, le temps et la pluie, c'est la même chose. Au bout d'un moment, Vicarios se lève et s'en va. Brunet reste seul, il baisse la tête, la pluie ruisselle dans ses cheveux et dans son cou.

★

Brunet[1] bâille : midi, dix heures à tuer. Il s'étire et sa force l'étouffe, il faut que je me crève. À partir de demain, gymnastique jusqu'à l'épuisement. On frappe, il se redresse : une visite, ça fait toujours passer un moment.

« Entrez. »

Ce n'est que Thibaut. Il entre et dit :

« Tu es seul ?

— Tu vois, dit Brunet.

— Je vois mais je n'en crois pas mes yeux. Il n'est pas là, Chalais ?

— Chez le dentiste », dit Brunet en bâillant.

Thibaut se marre.

« Elle a toujours mal quelque part, cette fausse couche. »

Il prend une chaise, la pousse contre celle de Brunet, s'assied.

« Vous ne vous quittez plus, vous deux Chalais.

— J'ai tout le temps besoin de lui, explique Brunet. Il est interprète.

« — C'était pas Schneider qui était interprète, avant ça ?
— Eh bien si, c'était Schneider. »

Thibaut hausse les épaules :

« Tu es comme une jolie femme, tu te payes des béguins. Le mois dernier, il n'y en avait que pour Schneider. À présent, c'est tout pour Chalais. J'aimais mieux Schneider.

— Question de goût », dit Brunet.

Thibaut rejette la tête en arrière et considère Brunet à travers ses cils :

« Schneider et toi, vous n'êtes plus copains ?

— Bien sûr que si.

— Alors tu vas être content, dit Thibaut avec un mince sourire. Il m'a chargé d'une commission pour toi.

— Schneider ?

— Il veut te voir.

— Schneider ? répète Brunet.

— Eh bien oui, Schneider. Il m'a dit de te dire qu'il serait à une heure derrière la 92. »

Brunet ne dit rien, Thibaut le regarde avec curiosité.
« Alors ?

— Dis-lui que je tâcherai d'y aller », dit Brunet.

Thibaut ne s'en va pas. Il ouvre sa large bouche, il rit, mais ses yeux restent gênants :

« Je suis content de te voir, ma vieille.

— Moi aussi, dit Brunet.

— C'est que tu te fais rare.

— J'ai beaucoup à faire.

— Je sais. Moi aussi. Mais on trouve toujours le temps, quand on veut. Les types me demandent dix fois par jour ce que tu deviens. »

Brunet ne répond pas.

« Naturellement, dit Thibaut, j'ai démoli le poste de radio. On ne sait plus rien, on est dans le cirage : tout le monde est furieux. » Brunet s'agace sous ce regard fixe. Il répond sèchement :

« Je t'ai déjà expliqué. Il y a quelqu'un qui a eu la langue trop longue, les Fritz nous tiennent à l'œil. Pour l'instant il faut espacer nos rapports, c'est la prudence la plus élémentaire. »

Thibaut n'a pas même l'air d'entendre. Il poursuit tranquillement :

« Il y en a qui disent que tu n'avais pas besoin de faire

tant d'histoires si c'était pour nous laisser tomber au premier coup dur.

— Bah ! bah ! dit Brunet jovialement. C'est comme ça dans la politique : on piétine, on recule et puis on repart de plus belle. »

Il rit, Thibaut le regarde sans rire, on donne des coups de pied dans la porte, Brunet se lève vivement et va ouvrir : c'est Moûlu, les bras chargés de boîtes de conserve. Cornu et Paulin entrent sur ses talons, ils portent les boules de pain dans une couverture. Moûlu pose les boîtes sur la table, se recule et les contemple avec bonté, en croisant les mains sur son ventre.

« Aujourd'hui, c'est du pilchard. »

Thibaut se lève :

« Alors, à bientôt, dit-il. Quand tu auras le temps.

— C'est ça, dit Brunet. À bientôt. »

Thibaut sort, Moûlu fait un mouvement vers la porte :

« Je vais appeler les gars.

— Non », dit Brunet.

Moûlu le regarde avec stupeur.

« Comment, non ? »

Brunet dit en détournant la tête :

« Pour aujourd'hui, nous ferons la distribution dans les piaules.

— Mais pourquoi ? »

Pourquoi ? Parce que Chalais n'est pas là. Brunet dit d'une voix coupable :

« Pour rien.

— On n'a jamais fait ça, dit Moûlu.

— Justement, c'est une expérience à faire. Je crois que ça gagne du temps.

— Pour ce qu'on en fait, ici, du temps qu'on gagne.

— Allez ouste ! dit Brunet impatienté. Suivez-moi. »

Ils vont de piaule en piaule, comme autrefois. Brunet pousse les portes et entre, Moûlu entre sur ses talons en annonçant :

« On vous sert à domicile, petits veinards. Attendez un peu : demain on vous porte le chocolat au lit. »

Les types ne répondent pas. Ils rentrent du travail, ils sont las avec des regards lents et des gestes épais. La plupart sont assis sur les bancs, ils posent leurs grosses mains à plat sur les tables, ils ne regardent personne et ils

se taisent. Brunet pense : il a suffi d'un mois. Un mois
et la baraque ressemble à toutes les autres. À midi, autrefois, ils chantaient. Devant la piaule des camarades, il
hésite, il a presque peur : il n'y est plus jamais entré sans
Chalais, c'est comme s'il revenait de voyage.

« Alors, dit Moûlu, tu nous ouvres la porte, oui ? »

Brunet ne répond pas. Cornu tourne le loquet de la
main gauche, ils entrent en laissant la porte ouverte.
Brunet reste dans le couloir. Des têtes étonnées se
tournent vers lui, il est bien obligé d'entrer. Il franchit le
seuil, il pense : « Je n'aurais pas dû, c'est une faute
énorme. »

« Tiens, disent les types, voilà Brunet.

— Eh oui, dit Brunet, me voilà. »

Il cherche un regard, il ne voit que des paupières mi-
closes, les types entourent la table, des mains tripotent le
pain et les boîtes de pilchard, une voix dit :

« Merde! Encore du pilchard.

— Petits veinards, dit Moûlu, on vous sert à domicile...

— Ta gueule! dit Brunet. Change de disque. »

Il a parlé trop fort : les regards fourmillent sur lui,
vite coiffés par les paupières, de nouveau les visages
aveugles. Brunet fait un pas en avant. Adossé au châlit
Maurice le considère d'un air insolent et paresseux.

« Alors les gars ? demande Brunet gaiement. Ça
boume ?

— Ça boume, disent-ils, ça boume. »

Les paupières se relèvent, il y a des types qui regardent
Brunet et d'autres qui regardent ceux qui le regardent.
Tout le monde a l'air d'attendre et d'avoir peur. Brunet
sent sa puissance et puis, d'un seul coup, la peur le gagne.
Il ne fallait pas entrer, c'était une faute. À présent, parler.
Dire n'importe quoi, vite. Le silence même est une mani-
festation. Il dit :

« Chalais est chez le dentiste.

— Oui, disent les types. Chez le dentiste.

— C'est pour ça qu'il n'est pas venu, explique Brunet.

— Oui, disent les types. Oui.

— Vous le saviez ?

— Il nous a prévenus hier qu'il ne ferait pas son cours
ce matin.

— Son cours sur l'histoire du Parti communiste ?

— C'est ça. Sur l'histoire du Parti communiste en France. »

Il y a un silence. Jusqu'à quel point Chalais les a-t-il gagnés ? Jusqu'à quel point me croiraient-ils encore ? Il lève la tête, rencontre un regard et détourne les yeux, intimidé. Ils ont envie que je m'en aille. La colère le prend à la nuque, il enfonce ses mains dans ses poches et s'assied sur le bout du banc, comme autrefois. Autrefois les types l'entouraient. Ils ne bougent pas. Il dit d'une voix rassurante :

« Il reprendra son cours demain. »

Il prenait la même voix pour leur dire : « L'U. R. S. S. entrera en guerre au printemps. » Sénac hoche la tête.

« Il sera peut-être obligé de retourner là-bas. »

Sénac disait : « Elle ne sera peut-être pas prête. Elle sera peut-être obligée d'attendre encore un an. »

« Ça m'étonnerait, dit Brunet. Je crois qu'on doit lui arracher sa dent ce matin.

— C'est une dent de sagesse, explique Maillard fièrement. Elle pousse de travers. »

Brunet se lève. Il dit rondement :

« Eh bien, salut, les gars ! Bon appétit.

— Merci, disent-ils. Bon appétit pour toi aussi. »

Il se détourne et sort. Il marche dans le couloir, Moûlu le dépasse en courant, poursuivi par Cornu et Paulin. Ils rient, ils plongent au-dehors, dans le soleil. Brunet les voit, légers contre le ciel clair, qui tourbillonnent, s'empoignent, se lâchent et se baissent pour ramasser de la neige ; il presse le pas, se poste sur le seuil de la baraque et les regarde. Ils disparaissent derrière la 18, en se bousculant ; il se sent seul. Il met la main sur le loquet de la porte. Elle s'ouvrait, Vicarios me souriait, assis près du poêle. Qu'est-ce qu'il peut me vouloir avec son rendez-vous ? De toute façon, il sera prudent de ne pas y aller. Il serre le loquet dans sa main, il n'entre pas : il sait que la piaule est vide. Quelqu'un le touche par-derrière :

« Brunet ! »

C'est Toussus. Avec Bénin.

« Qu'est-ce que vous voulez ? »

Toussus est blême, ses yeux ne voient pas, il cherche sa voix au fond de sa gorge. Derrière lui, à demi détourné, Bénin semble prêt à s'enfuir. Toussus retrouve enfin sa voix :

« On voudrait te causer, nous deux »

Brunet s'adosse à la porte close.

« À moi ?

— Oui. À toi. »

Brunet fronce le sourcil.

« À propos de quoi ?

— À propos de tout. »

Brunet pousse la porte de son dos, elle craque. Il entend la grosse voix charbonneuse de Bénin, qui parle sans le regarder.

« On voudrait comprendre.

— Comprendre ! dit Brunet avec un rire insultant. Comprendre ! Voyez-vous ça ! »

Il les regarde sans amitié : il ne sait pas s'il leur en veut d'être venus lui réclamer des comptes ou d'être venus si tard ou d'avoir été les seuls à venir.

« Adressez-vous à Chalais ! »

Il se reprend et leur fait un sourire bon enfant.

« Moi, je passe la main : trop de boulot.

— C'est à toi qu'on veut causer, dit Toussus patiemment. Tu as bien cinq minutes ?

— Cinq minutes ! Si j'additionnais toutes les cinq minutes qu'on me demande dans une journée, dit Brunet, je n'aurais plus le temps de m'occuper de votre bouffe. Je renvoie tout le monde à Chalais : nous nous sommes divisé le travail. »

Bénin parle en regardant le bout de ses souliers :

« J'ai pas besoin de rien lui demander, à Chalais. Il ne se prive pas de causer et je pourrais te réciter d'avance ses réponses.

— Je vous ferai les mêmes.

— Si c'est toi qui les fais, on arrivera peut-être à les croire. »

Brunet hésite. Refuser ? Ça paraîtra louche. Ils se sont tournés vers lui en même temps, avec le même air cauteleux et revendicant. Brunet dit :

« Je vous écoute. »

Leurs yeux se dilatent, ils jettent autour d'eux des regards effarés, ils se taisent. Brunet rougit de colère. Il ouvre brutalement la porte, il leur tourne le dos, il entre à pas lourds. Derrière lui la porte se referme doucement. Il s'approche du poêle, il se retourne, il ne les invite pas à s'asseoir.

« Alors ? »

Toussus fait un pas en avant, Brunet recule : pas de complicité.

Naturellement, Toussus baisse la voix.

« Chalais a l'air de dire que l'U. R. S. S. n'entrera pas dans la guerre.

— Et alors ? demande Brunet d'une voix haute et claire. Qu'est-ce qui vous gêne ? On ne vous a donc pas appris que le pays des travailleurs ne se laisserait jamais entraîner dans un conflit impérialiste ? »

Ils se taisent, ils échangent des coups d'œil sournois pour s'encourager. Tout à coup Bénin relève la tête et regarde Brunet d'homme à homme.

« C'est pas ce que tu disais. »

Les mains de Brunet tremblent, il les fourre dans ses poches :

« Je me trompais, dit-il.

— Comment sais-tu que c'est toi qui te trompais ?

— Chalais a eu des contacts.

— C'est lui qui le dit. »

Brunet éclate de rire.

« Est-ce que vous vous imaginez qu'il est vendu aux nazis ? »

Il fait un pas en avant, il applique les mains sur les épaules de Toussus, il prend sa grosse voix salée :

« Quand Chalais est entré au P. C., mon petit vieux, tu portais encore des culottes courtes. Faites pas les cons, les gars : si vous prenez l'habitude de traiter les responsables de vendus chaque fois que vous n'êtes pas d'accord avec eux, vous finirez par me dire que le petit père Staline est un agent d'Hitler. »

Sur les derniers mots, il fait son rire communicatif en regardant Toussus dans les yeux. Toussus ne rit pas. Il y a un silence, puis Brunet entend la voix lente et défiante de Bénin :

« C'est quand même marrant que tu te sois trompé à ce point-là.

— Ce sont des choses qui arrivent, dit Brunet légèrement.

— Toi aussi tu es un responsable, dit Toussus. Toi aussi tu étais au Parti quand je portais des culottes courtes. Alors ? Qui croire ?

— Puisque je vous dis que nous sommes d'accord! »
crie Brunet.

Ils se taisent, ils ne le croient pas. Ils ne le croiront
jamais. Les cloisons tournent devant les yeux de Brunet.
Tous les copains sont là, tous les copains le regardent,
il faut parler pour réprimer le désordre. Il étend ses
mains tremblantes, pousse les paumes en avant et
déclare publiquement :

« Je me suis trompé parce que je me croyais malin
et que j'ai voulu décider seul, sur la base d'informations
inexactes, je me suis trompé parce que j'ai cédé à un
vieil instinct patriotard et réactionnaire. »

Il se tait, épuisé. Sous ses sourcils froncés, ses yeux
vont de l'un à l'autre et roulent de la haine : il voudrait
leur arracher les oreilles. Mais les deux visages restent
ternes et boudeurs : ils n'ont pas enregistré sa déclaration, ils ne l'ont même pas écoutée. Les mots se dis-
sipent dans les airs, Brunet se calme : je me suis humilié
pour rien.

« Si l'U. R. S. S. est pour la paix, dit Bénin, pourquoi
qu'elle nous a jetés dans la guerre ? »

Brunet se redresse, il les regarde sévèrement :

« Bénin, dit-il, prends bien garde à toi : tu files un
mauvais coton. Je vais te dire où tu l'as pris, ton argument : à la poubelle. Je l'ai entendu cent fois de la
bouche des fascistes français, mais c'est la première fois
que je l'entends répéter par un camarade.

— C'est pas un argument, dit Bénin, c'est une question.

— Eh bien, voici ma réponse : si Staline ne les avait
pas pris de vitesse, le projet des démocraties bourgeoises
était de lancer les Allemands contre l'U. R. S. S. »

Bénin et Toussus se regardent, ils font la moue.
Bénin dit :

« Oui. Chalais nous a parlé de ça.

— Quant à la guerre, dit Brunet, comment pouvez-
vous souhaiter qu'elle continue ? Les soldats allemands
sont des ouvriers et des paysans. Est-ce que vous voulez
que les travailleurs soviétiques se battent contre des
ouvriers et des paysans pour l'unique profit des banquiers de Londres ? »

Ils se taisent, mystifiés plutôt que convaincus. Ils
vont rentrer piteusement dans leur piaule, au milieu
de leurs copains, ils se jetteront sur leur lit et jusqu'au

soir, ça sera le charivari dans leurs têtes et ils n'auront même plus le courage de se regarder et chacun répétera pour lui seul : je ne comprends pas. La gorge de Brunet se serre, ce sont des mômes, il faut les aider. Il fait un pas en avant, ils le voient s'approcher, ils comprennent et leurs yeux obscurs s'allument pour la première fois. Il s'arrête : le Parti c'est leur famille, ils n'ont rien au monde que le Parti, la meilleure façon de les aider c'est de me taire. Leurs yeux s'éteignent. Il leur sourit :

« Ne réfléchissez pas trop, les gars, ne cherchez pas trop à comprendre : nous ne savons rien. Ce n'est pas la première fois que le P. C. a l'air d'avoir tort. Et puis, à chaque coup, on s'est aperçu après qu'il avait raison. Le P. C. est votre parti, il existe pour vous et par vous, il n'a pas d'autre but que de libérer les travailleurs, il n'a pas d'autre volonté que la volonté des masses. C'est pour ça qu'il ne se trompe jamais. Jamais! Jamais! Mettez-vous bien ça dans la tête. Il ne peut pas se tromper. »

Il a honte de cette voix violente et faible, il voudrait leur rendre l'innocence, il cherche sa force ancienne. Mais la porte s'ouvre et Chalais se précipite dans la pièce, hors d'haleine. Toussus et Bénin s'écartent vivement. Brunet fait un pas en arrière, il déteste leur air de collégiens pris en faute. Tout le monde sourit, Brunet sourit et pense : « Il a couru, il faut qu'on soit allé le prévenir. »

« Salut les gars! dit Chalais.

— Salut! disent-ils.

— Et cette dent ? » demande Toussus.

Chalais sourit, son visage est de plâtre : ça n'a pas dû aller tout seul.

« Fini, arrachée! » dit-il gaiement.

Brunet s'agace d'avoir les mains moites, Chalais ne cesse pas de sourire, ses yeux vont de l'un à l'autre, il parle avec un peu de difficulté :

« Je me sens la gueule en bois. Alors, ajoute-t-il, vous veniez me voir ?

— On passait, dit Toussus.

— Vous ne saviez pas que j'étais chez le dentiste ?

— On pensait que tu étais revenu.

— Eh bien, me voilà, dit-il. Vous aviez quelque chose à me demander ?

« — Deux ou trois petites questions, dit Bénin. Sur
ton cours. Ça n'est pas pressé!

— On reviendra, dit Toussus. On ne veut pas
t'embêter à présent : tu as besoin qu'on te laisse tranquille.

— Quand vous voudrez, dit Chalais. Je suis toujours là, vous savez. C'est bête que vous soyez venu
le seul jour où je me sois absenté. »

Ils sortent à reculons, en souriant et en saluant. La
porte se referme, Brunet sort les mains de ses poches
et les essuie contre le drap de sa culotte; à présent elles
pendent le long de ses cuisses. Chalais ôte sa capote
et s'assied; le souffle et les couleurs lui reviennent peu
à peu.

« Ils sont gentils, ces deux gosses, dit-il. Je les aime
bien. Ils étaient là depuis longtemps ?

— Cinq minutes. »

Brunet fait un pas en avant et ajoute :

« C'était moi qu'ils venaient voir.

— C'est ce que j'ai pensé, dit Chalais. Ils ont beaucoup de confiance en toi.

— Ils m'ont posé des questions sur le Parti, dit
Brunet.

— Et qu'est-ce que tu leur as répondu ?

— Ce que tu leur aurais répondu toi-même. »

Chalais se lève, s'approche de Brunet et renverse la
tête pour le regarder. De sa bouche souriante monte
une odeur de pharmacie.

« Ce matin tu as fait la distribution dans les piaules,
non ? »

Brunet fait un signe de tête.

« Sacré Brunet! » dit Chalais.

Il le prend par les coudes, il essaye de le secouer amicalement. Brunet se fait lourd, Chalais ne peut pas le
remuer. Les mains de Chalais s'ouvrent et tombent,
mais son sourire cordial ne s'efface pas.

« Tu ne le fais pas exprès, bien sûr. Mais tu n'imagines pas comme tu peux me gêner dans mon travail. »

Brunet ne répond pas. Il sait mot pour mot ce que
Chalais va dire.

« Quelle autorité puis-je avoir sur nos gars, demande
Chalais, s'ils ont besoin de ta permission pour me
croire ? »

Brunet hausse les épaules; il dit sans conviction :

« Qu'est-ce que ça peut faire puisque nous sommes d'accord ?

— La vérité, dit Chalais, c'est qu'ils ne pensent pas que nous soyons d'accord. Tu leur répètes ce que je dis, mais ils ne peuvent pas oublier que tu as dit le contraire. Comment veux-tu que je travaille dans ces conditions ?

— Que puis-je faire de plus ? demande Brunet. Voilà un mois que je travaille à m'effacer. »

Chalais rit franchement.

« T'effacer! Mon pauvre Brunet, un type comme toi *ne peut pas* s'effacer. Tu as trop de poids, trop de volume. Et si tu ne dis rien, si tu ne te montres pas, tu n'en es que plus dangereux, tu polarises leur résistance, tout se passe comme si tu avais pris la tête de l'opposition. »

Brunet rit sans gaieté :

« L'oppositionnel malgré lui.

— Exactement. Il suffit que tu existes, il suffit qu'ils sachent, en passant dans le couloir, que tu es derrière cette porte. Après ça, tu peux bien te taire : objectivement ta voix couvre la mienne. »

Brunet dit doucement :

« Tu ne peux tout de même pas me tuer. »

Chalais rit sans lever les yeux.

« Ça n'arrangerait rien. Au contraire. »

C'est le moment. Brunet n'a pas d'illusion, il sait qu'il est vaincu d'avance, mais il y a Toussus, Bénin, tous les autres : il faut faire un dernier effort. Il pose les mains sur les épaules de Chalais et dit avec la même douceur :

« Tout ça, c'est un peu ta faute. »

Chalais relève la tête mais ne dit rien. Brunet continue :

« Ton erreur a été de les contacter toi-même. Tu es excellent pour instruire les cadres, mais, avec nos petits gars, tu n'as pas su trouver les mots. »

Tout est foutu : une colère glacée s'allume dans les yeux de Chalais, il me jalouse. Brunet laisse glisser ses mains le long des bras de Chalais mais il poursuit, par acquit de conscience :

« Je les avais en main. Si tu étais resté dans l'ombre, tu aurais donné les directives et j'aurais fait le travail,

ils n'auraient eu affaire qu'à une seule personne et on
aurait pris le tournant sans qu'ils s'en aperçoivent. »

Les yeux de Chalais s'éteignent, sa bouche sourit.
Brunet dit :

« Pour eux aussi, ç'aurait été moins dur. »

Chalais ne répond pas, Brunet regarde ce visage
mort et ajoute sans aucun espoir :

« Il est peut-être encore temps.

— Il n'a jamais été temps, dit Chalais durement. Tu
incarnes une déviation et tu dois disparaître avec elle :
c'est une loi d'airain. Tu es brûlé, comprends-tu. Si tu
te tais, si tu te caches, tu gardes une autorité regrettable.
Mais si tu parlais, si c'était toi qui leur disais ce que je
leur dis, ils te riraient au nez. »

Brunet regarde ce petit bonhomme avec une sorte
de stupeur : un seul coup et je l'écrase, un seul mot et
je ruine son crédit; mais je suis là, paralysé, j'ai signé
ma perte et je le laisse faire, la moitié de moi-même est
complice de Chalais. Il demande sans élever la voix :

« Alors ? Qu'est-ce qu'il faut que je fasse ? »

Chalais ne répond pas tout de suite. Il va s'asseoir,
pose ses avant-bras sur ses cuisses et joint les mains. Il
rêve, c'est rare de voir Chalais rêver. Au bout d'un
moment, il dit en rêve :

« En d'autres lieux, avec d'autres camarades, tu
pourrais reprendre de l'activité. »

Brunet le regarde en silence. Chalais écoute des voix
intérieures, brusquement il s'éveille :

« Presque tous les jours il y a des départs pour les
Kommandos...

— Je vois », dit Brunet.

Il sourit :

« Je n'irai pas en Kommando, n'y compte pas. Je
veux travailler, je ne veux pas moisir au milieu d'une
vingtaine de culs-terreux qui seront sous la coupe des
curés. »

Chalais hausse les épaules.

« Tu feras ce que tu voudras. »

Ils se taisent, ils rêvent, l'un debout, l'autre assis, au
meilleur moyen de supprimer Brunet. Dans le couloir
il y a des types qui passent et repassent, qui regardent
la porte close et qui pensent : il est là. Je me suis soumis
et Brunet proteste; je me cache et Brunet crève les yeux.

« Si tu m'envoies en Kommando, les copains croiront que tu m'exiles. »

Chalais lui jette un regard perplexe.

« C'est bien ce que je me dis.

— Et si je m'évadais ?

— C'est ce que tu peux faire de pis : ils croiront que tu es allé protester à Paris. »

Brunet se tait, il racle son talon droit contre le sol, il baisse les yeux, il souffle, il pense : je gêne. Ses mains se sont remises à suer. Je gênerai partout. Ici et à Paris, je suis fauteur de désordre. Il hait le désordre, l'indiscipline, la révolte individuelle, je suis une paille dans l'acier, un grain de sable dans les rouages.

« On pourrait réunir les camarades : tu me ferais tes critiques et je reconnaîtrai les faits devant tous. »

Chalais relève vivement la tête :

« Tu ferais ça ?

— Je ferais n'importe quoi pour pouvoir reprendre mon travail. »

Chalais demeure incrédule; tout à coup, Brunet surprend au fond de lui-même un obscur remue-ménage. Il sait ce que c'est, il a peur. Il faut parler tout de suite et très vite.

« Un vote sera nécessaire, dit-il entre ses dents serrées. Quand ils m'auront eux-mêmes condamné...

— Pas de condamnation, dit Chalais en riant, pas de drame : ça ne servirait qu'à les embrouiller. Moi, je vois ça comme ça : rien de solennel, une discussion amicale, entre copains, et à la fin, tu te lèves... »

Trop tard, la fusée siffle, tournoie, explose, éclaire la nuit : *l'U.R.S.S. sera battue*. Elle n'évitera pas la guerre, elle y entrera seule, sans alliés, son armée ne vaut rien, elle sera battue. Il voit les yeux de Chalais, pleins de stupeur : est-ce que j'ai parlé ? Il se maîtrise, il y a un long silence. Puis Brunet ricane :

« Je t'ai bien fait marcher », dit-il péniblement.

Chalais ne dit rien, il est pâle. Brunet dit :

« Je ne ferai pas de confession publique, mon petit vieux. Il y a des limites à tout.

— Je ne t'ai rien demandé, dit Chalais doucement.

— Bien sûr que tu ne m'as rien demandé : tu es trop malin pour ça. »

Chalais sourit, Brunet le regarde avec curiosité :

comment s'y prendra-t-il pour me perdre ? Brusquement Chalais se lève, prend sa capote sous son bras et sort sans dire un mot. Brunet sort sur ses talons et plonge dans le soleil. Elle sera battue. Ils auront démoralisé les camarades et elle sera battue tout de même. Il regarde au fond de lui cette pensée obstinée qui revient cent fois par jour, cette petite boule vitreuse et molle, collée au plancher, sans défense : on pourrait l'écraser d'un coup de talon, c'est si doux, une pensée, si transparent, si fondant, si privé, si complice, ça n'a pas l'air d'exister pour de vrai : et c'est *pour ça* que je me perds ! Est-ce que je pense vraiment que l'U. R. S. S. sera battue ? Est-ce que j'ai simplement peur de le penser ? Et quand même je le penserais, quelle importance ? Une pensée dans une tête, c'est zéro, une hémorragie interne, rien à voir avec une vérité. Une vérité c'est pratique, ça se prouve par l'action ; s'il avait raison, ça se saurait, il pourrait changer le cours des choses, influencer le Parti. Je ne peux rien, donc j'ai tort. Il presse le pas, il se rassure : tout ça n'est pas bien grave. Des idées, il en a toujours eu, comme tout le monde, c'étaient des moisissures, des résidus de son activité cérébrale ; seulement il ne s'en occupait pas, ils les laissait champignonner à la cave. Eh bien, il va les remettre à leur place et tout s'arrangera : il restera dans la ligne, il observera la discipline et portera ses idées en lui sans en souffler mot, comme une maladie honteuse. Ça n'ira pas plus loin, ça ne peut pas aller plus loin : on ne pense pas contre le Parti, les pensées sont des mots, les mots appartiennent au Parti, c'est le parti qui les définit, c'est le Parti qui les prête ; la Vérité et le Parti, ça ne fait qu'un. Il marche, il est content, il s'absente : des baraques, des visages, le ciel. Le ciel lui ruisselle dans les yeux. Derrière lui, oubliés, les mots s'assemblent et bavardent tout seuls : *puisque ça ne compte pas, puisque c'est inefficace, pourquoi ne pas aller jusqu'au bout de ta pensée ?* Il s'arrête brusquement, il se sent drôle. Ça doit être comme ça chez les types qui se prennent pour Napoléon : ils se raisonnent, ils se prouvent qu'ils ne sont pas, qu'ils ne peuvent pas être l'empereur. Et dès qu'ils ont fini, une voix naît derrière leur dos : « Bonjour, Napoléon. » Il se retourne sur sa pensée, il veut la regarder en face : Si l'U. R. S. S. était battue...

Il crève le toit, file dans le noir, explose, le Parti est au-dessous de lui, une gelée vivante qui couvre le globe, je ne l'avais jamais vu, j'étais dedans ; il tourne au-dessus de cette gelée périssable : le Parti peut mourir. Il a froid, il tourne : si le Parti a raison, je suis plus seul qu'un fou ; s'il a tort, *tous les hommes* sont seuls et le monde est foutu. La peur se lève, il tourne en rond, s'arrête hors d'haleine et s'accote à la cloison d'une baraque : qu'est-ce qui m'est arrivé ?

« Je me demandais si tu viendrais. »

C'est Vicarios. Brunet dit :

« Tu vois : je suis venu. »

Ils ne se tendent pas la main. Vicarios porte la barbe, à présent, elle pousse grise. Il attache un regard fiévreux sur le front de Brunet, juste au-dessus des sourcils. Brunet détourne la tête : il a horreur des malades, son regard erre entre les baraques et, tout à coup, surprend au loin un éclat de lumière entre deux paupières mal closes puis un dos qui fuit : Maurice. « Il m'espionne, c'est lui qui est allé prévenir Chalais à l'infirmerie. » Brunet se redresse, ça l'égaye et le ragaillardit. Il se retourne sur Vicarios :

« Qu'est-ce que tu me veux ?

— Je veux m'évader », dit Vicarios.

Brunet sursaute : il va crever dans la neige.

« En plein hiver ? Pourquoi n'attends-tu pas le printemps ? »

Vicarios sourit, Brunet voit ce sourire et détourne les yeux.

« Je suis pressé.

— Eh bien, dit Brunet, barre-toi. »

La lourde voix sombre glisse le long de sa nuque :

« Il me faut un costume civil. »

Brunet se force à relever la tête, il répond avec ennui :

« Il y a une organisation dans le camp. Elle aide les types à s'évader. Adresse-toi à elle.

— Tu la connais, toi ? demande Vicarios.

— Non : j'en ai entendu parler.

— Tout le monde en a entendu parler, personne ne sait rien d'elle. La vérité, c'est qu'elle n'existe pas. »

Il ramène son regard d'encre sur les sourcils de Brunet, il a l'air d'un aveugle, il pousse à contrecœur sa grosse voix molle hors de sa bouche :

« Je regrette, mais il n'y a que vous qui puissiez m'aider. Vous avez des hommes partout. Manoël est au magasin et il y a des costumes par milliers, là-bas. »

Brunet lui demande :

« Pourquoi veux-tu t'évader ? »

Vicarios lève la main et sourit à ses ongles. Il dit, comme s'il se parlait à lui-même :

« Je veux me défendre.

— Contre qui ? devant qui ? demande Brunet avec lassitude. Le Parti s'est changé en courant d'air. »

Vicarios a un rire bas et dur.

« Nous verrons ! dit-il. Nous verrons bien ! »

Brunet se sent las et conciliant : il va crever dans la neige, j'aime encore mieux le savoir au camp.

« Qu'est-ce que ça peut te faire ce que nous pensons de toi ? Tu nous a plaqués depuis plus d'un an : laisse-nous donc tranquilles.

— Ma femme est encore chez vous », dit Vicarios.

Brunet baisse la tête et ne répond pas. Au bout d'un moment, Vicarios ajoute :

« L'aîné de mes gosses a dix ans : pour lui, le Parti c'est le bon Dieu. Il s'est sûrement trouvé quelqu'un pour lui dire qu'il était le fils d'un traître. »

Il ricane doucement, en regardant ses doigts.

« Comme début dans la vie, ça n'est pas tout à fait ce que je lui souhaitais.

— Pourquoi t'es-tu adressé à moi ? demande Brunet avec irritation.

— À qui veux-tu que je m'adresse ? »

Brunet relève la tête, il enfonce ses poings dans ses poches.

« Ne compte pas sur moi. »

Vicarios ne répond pas : il attend. Brunet attend aussi puis perd patience et plonge les yeux dans ces yeux aveugles.

« Tu es contre nous, dit-il.

— Ni pour ni contre. Je veux me défendre, c'est tout.

— Tu es contre nous quoi que tu fasses. »

Pas de réponse. Brunet reprend :

« Et puis ça n'est pas le moment de reconsidérer ton cas. Tu as fourni des arguments à l'ennemi, tu es un slogan à toi tout seul : le communiste farouche que le Parti a tout de même fini par écœurer. Les camarades n'ont pas

trop de toute leur confiance : même si tu es partiellement
innocent, ils ont besoin que tu sois tout à fait coupable.
Plus tard, on verra.

— Plus tard ! »

Vicarios abaisse légèrement son regard, Brunet le reçoit
en plein dans les yeux.

« Non, Brunet : pas toi ! »

Ils se regardent. Ils ne baisseront les yeux ni l'un ni
l'autre.

« Pas toi. Tu es le seul qui n'aies pas le droit.

— Parce que ?

— Parce que tu sais très bien que je ne suis pas un
traître : si tu me refuses ton aide, tu empêches sciemment
les camarades de connaître la vérité. »

*La vérité c'est ce que le Parti décide. La vérité, le Parti,
c'est tout un. Si le Parti se trompe, tous les hommes sont seuls.*
Tous les hommes sont seuls, si tu n'es pas un traître.

« Tu nous as laissés tomber quand nous étions dans
la merde, dit rudement Brunet, tu as essayé de salir le
Parti dans ton canard. C'est aussi criminel que si tu t'étais
vendu au gouverneur.

— C'est peut-être aussi criminel, dit doucement Vicarios, mais ça n'est pas le même crime.

— Je n'ai pas le temps de faire des nuances. »

Ils se regardent. Soudain la fusée tournoie : elle sera
battue. Brunet regarde le visage blême de Vicarios : ce
qu'il voit, c'est son propre visage. Elle sera battue, tous
les hommes sont seuls, Vicarios et Brunet sont seuls et se
ressemblent. Après tout, s'il veut crever, c'est son affaire.

« Tu auras ton costard. »

Le lourd visage demeure inexpressif. Vicarios dit simplement :

« Il me faut aussi des biscuits.

— Tu en auras. » Brunet réfléchit. « Je tâcherai de te
filer une boussole. »

Les yeux de Vicarios s'allument pour la première fois :

« Une boussole ? Ce serait formidable.

— Je ne te promets rien », dit Brunet.

Ils se détournent en même temps. Brunet respire profondément. Il n'a plus qu'à s'en aller. Il reste, il se
demande pourquoi Vicarios ne s'en va pas. Il entend tout
à coup une voix timide et triste :

« Tu as vieilli. »

Brunet regarde la barbe grise de Vicarios et ne répond pas.

« Ça va, pour toi ? demande Vicarios.

— Ça va.

— Et les copains ? Qu'est-ce que vous leur avez dit sur moi ?

— Que tu étais malade et que je t'avais transféré chez Thibaut parce qu'il y faisait moins froid.

— Très bien. »

Il hoche la tête et remarque d'une voix neutre :

« Personne n'est venu me voir...

— C'est aussi bien.

— Oui, naturellement.

— Tu n'avais rien d'autre à me dire ?

— Rien.

— Bon. »

Il s'en va, il marche, il tourne dans la neige, les yeux fiévreux de Vicarios l'accompagnent et bougent avec ses yeux. Il se verrouille, les yeux s'éteignent : qu'il crève ou non, il est foutu, le typo aussi était foutu[1], le Parti a ses déchets, c'est normal. Il serre les poings, il fait volte-face : personne ne fera de moi un déchet. Il marche : une discussion amicale, Chalais me fera cordialement des reproches, alors je me lèverai devant tous... Sur le seuil de la baraque, Moûlu fume avec délices une cigarette à bout doré. Brunet s'arrête :

« Qu'est-ce que c'est que ça ?

— Une cigarette.

— À bout doré ? On n'en vend pas à la cantine. »

Moûlu devient cramoisi :

« C'est un clope. Je l'ai ramassé devant la Kommandantur.

— Vous me dégoûtez tous avec votre manie de ramasser des clopes, dit Brunet. Vous finirez par attraper la vérole. »

Moûlu, tout rouge, les yeux mi-clos, la tête enfoncée dans les épaules, fume précipitamment. Brunet pense : *avant,* il aurait jeté sa cigarette.

« Les copains sont au travail ?

— Pas encore : ils sont dans la piaule avec Chalais.

— Va me chercher Manoël, dit Brunet. En vitesse. Et tâche que personne n'en sache rien.

— Compris », dit Moûlu avec importance.

Il court. À l'autre bout du couloir une porte s'ouvre, Sénac et Rasque sortent rapidement. Ils aperçoivent Brunet, leurs yeux s'éteignent, ils s'arrêtent, enfoncent leurs mains dans leurs poches et repartent d'un pas nonchalant. Brunet leur sourit au passage et leurs têtes font deux petits plongeons cafards. Ils s'éloignent, Brunet les suit d'un regard distrait, il pense : Sénac, c'était celui que je préférais. On lui tire la manche, il se retourne : c'est Toussus.

« Encore toi ! dit Brunet agacé. Qu'est-ce que tu veux ? »

Toussus a un drôle d'air. Il demande :

« Schneider, c'est-il vrai qu'il s'appelle Vicarios ?

— Qui t'a dit ça ? demande Brunet.

— Chalais.

— Quand ?

— Tout de suite. »

Il regarde Brunet avec méfiance, il répète :

« C'est-il vrai ?

— Oui.

— C'est-il vrai qu'il a quitté le Parti en septembre 39 ?

— Oui.

— C'est-il vrai qu'il touchait du gouverneur d'Algérie ?

— Non.

— Alors, Chalais se trompe ?

— Il se trompe.

— Je croyais qu'il ne se trompait jamais.

— Il se trompe sur ça.

— Il dit que le Parti a fait circuler une mise en garde. C'est-il vrai ?

— Oui.

— Alors le Parti se trompe aussi ?

— Les camarades ont été mal informés, dit Brunet. Ça n'est pas bien grave. »

Toussus hoche la tête :

« Pour Vicarios, c'est grave. »

Brunet ne répond pas. Toussus constate négligemment :

« Tu l'aimais bien, toi, Vicarios. C'était ton copain, avant.

— Oui, dit Brunet. Avant.

— Tandis qu'à présent, tu t'en foutrais qu'on lui casse la gueule ? »

Brunet lui saisit le bras :

« Qui est-ce qui veut lui casser la gueule ?

— T'as pas vu passer Rasque avec Sénac ? Ils y allaient.

— C'est Chalais qui leur en a donné l'ordre ?

— Il a pas donné d'ordre. Il est venu avec Maurice et puis il y est allé de sa petite histoire.

— Quelle histoire ?

— Que Vicarios était un traître, qu'il t'avait embobiné et que tu ne le quittais pas, que c'était dangereux et qu'on se réveillerait un jour tous dénoncés.

— Que disaient les camarades ?

— Ils disaient rien, ils écoutaient. Là-dessus il y a Sénac et Rasque qui se sont levés, c'est tout.

— Et Chalais ne leur a rien dit ?

— Il a même pas fait semblant de les voir.

— Bon, dit Brunet. Merci. »

Toussus le retient :

« Tu ne veux pas que je t'accompagne ?

— Surtout pas, dit Brunet. C'est un piège et il n'est fait que pour moi. »

Il court; derrière la 18, personne; il s'arrête, reprend son souffle et se remet à courir. Il court à sa perte, jamais il n'a couru si vite. Devant la baraque de Thibaut, il voit Vicarios avec Sénac et Rasque. Ils sont dans le soleil, tout noirs au milieu de la route déserte, Rasque parle, Vicarios se tait. À présent, Sénac et Rasque se rapprochent et parlent tous les deux à la fois, Vicarios a mis les mains dans ses poches, il ne répond rien. Brunet court plus vite, Rasque lève le bras et frappe Vicarios sur la bouche. Vicarios sort une main et s'essuie la bouche, Rasque veut frapper encore, Vicarios lui attrape le poignet, Sénac se jette en avant et cogne à son tour, Vicarios détourne la tête et le poing de Sénac l'atteint derrière l'oreille. C'est un combat d'ombres chinoises sans bruit ni relief : on n'y croit pas. Brunet fonce et, d'un coup de patte, envoie Sénac contre la baraque. Vicarios saigne, les yeux de Rasque étincellent. Brunet voit le sang et la haine, le piège se referme sur lui, la haine l'entoure : il y croit.

« Qu'est-ce que vous faites, imbéciles ? »

Vicarios lâche le bras de Rasque. Rasque se tourne vers Brunet et le toise :

« On lui dit notre façon de penser.

— Oui. Et vous la direz aux Fritz s'ils s'amènent et vous leur montrerez votre carte du Parti à l'appui ? Allez, ouste, caltez. »

Rasque ne bouge pas, il regarde Brunet d'un air sournois et morose. Sénac revient lentement sur eux, il ne paraît pas intimidé.

« Dis donc, Brunet : c'est pas un traître, ce gars-là ?

— Rentrez chez vous », dit Brunet.

Sénac rougit, il élève la voix.

« C'est pas un traître ? Hein, dis ! C'est pas un traître que tu défends ? »

Brunet le regarde dans les yeux et répète tranquillement :

« Je vous dis de rentrer : c'est un ordre. »

Sénac ricane :

« Ça ne prend plus.

— T'as pas d'ordre à nous donner, papa, dit Rasque. C'est plus à toi de nous donner des ordres.

— Non ? »

Brunet pense : ça va cogner. Un geste et la toile d'araignée qui le paralyse se déchirera de haut en bas.

« Non, Brunet, dit Rasque avec une fermeté tranquille, tu peux plus nous commander, c'est fini.

— Peut-être bien, dit Brunet. Mais je peux t'envoyer quinze jours à l'hosto. Ça, je peux encore le faire. »

Ils hésitent. Brunet les regarde en riant d'impatience : ils savent qu'ils n'auront pas la loi, lequel des deux va vouloir sauver la face et prononcer les mots irréparables ? Sénac tord la bouche et pâlit, il s'effraye de ce qu'il va dire. Ça sera Sénac, tant mieux : c'est celui que je préférais. Le piège fonctionne bien.

« Du moment que vous êtes de mèche... » dit Sénac.

Brunet lance son poing et l'écrase joyeusement sur l'œil droit de Sénac; Sénac se laisse aller mollement dans les bras de Rasque qui vacille. Brunet les regarde avec intérêt, puis il tape encore une fois, juste au même endroit pour fignoler. L'arcade sourcilière de Sénac éclate et se met à pisser le sang. Brunet écarte les bras et rit : la pile d'assiettes est par terre, tout est cassé, tout est fini. Rasque et Sénac s'en vont à petits pas, l'un soutenant l'autre; ils feront leur rapport et la température va monter dans la piaule, le piège a bien rendu, Brunet se frotte les mains, Vicarios s'essuie la bouche, ses lèvres tremblent, un

filet de sang poisse sa barbe grise. Brunet le regarde avec
stupeur, il pense : c'est pour lui que j'ai fait ça.

« Tu as mal ?

— Ce n'est rien. »

Le mouchoir frotte, la barbe crisse. Vicarios dit :

« Tu m'avais promis de ne rien dire aux copains. »

Brunet hausse les épaules. Vicarios tourne vers lui de
grands yeux vides et dit, d'un air préoccupé :

« Ils ne m'aimaient pas, hein ?

— Qui ?

— Tous.

— Non, dit Brunet, ils ne t'aimaient pas. »

Vicarios hoche la tête :

« Ils vont me faire la vie dure.

— Bah! dit Brunet. Tu seras bientôt parti. »

Vicarios s'est à demi détourné, il suit des yeux Sénac
et Rasque.

Brunet voit le bout de son nez et sa joue poilue qui
fuit.

« L'amitié, dit Vicarios, ça devrait tout de même être
possible.

— Elle est possible, dit Brunet, entre deux types du
Parti.

— À condition qu'ils restent tous les deux dans la
ligne. »

Il parle d'une voix lointaine, sans se retourner :

« À Oran, l'an dernier, trois camarades sont venus
voir ma femme et lui ont fourré un papier sous le nez :
ils voulaient qu'elle le signe; ils avaient mis que j'étais
une ordure et qu'elle me désavouait. Elle a refusé, naturellement, alors ils l'ont traitée de salope et menacée.
C'étaient mes meilleurs amis[1]. »

Brunet ne dit rien : il se frotte doucement les phalanges de la main droite, il ne comprend plus très bien
ce qu'il a fait.

« Pourtant, dit Vicarios, si nous avons tant lutté, si
nous luttons encore, est-ce que ce n'est pas *aussi* pour
l'amitié ? »

Brunet pense : et si j'ai frappé Sénac, si je suis tombé
tête baissée dans le piège de Chalais, est-ce que tu ne sais
pas que c'était par amitié ? Il a envie de lui toucher
l'épaule ou de lui serrer le poignet, il a envie de lui sourire pour que son geste n'ait pas été tout à fait vain. Il

ne sourit pas, il ne tend pas la main : entre eux, il n'y aura jamais d'amitié.

« Eh bien oui, dit-il. Pour qu'elle soit possible un jour, après nous.

— Après nous, pourquoi ? Pourquoi pas aujourd'hui ? »

Brunet éclate subitement :

« Aujourd'hui ? Avec un milliard d'esclaves et le feu aux quatre coins du globe ? Tu veux de l'amitié ? Tu veux de l'amour ? Tu veux être un homme tout de suite ? Et avec ça ? Nous ne sommes pas des hommes, mon petit vieux, pas encore. Nous sommes des fausses couches, des demi-portions, des moitiés de bêtes. Tout ce que nous pouvons faire, c'est travailler pour que ceux qui viennent ne nous ressemblent pas. »

Vicarios sort de son rêve, il regarde Brunet avec attention, il dit doucement :

« C'est vrai : tu en as dégusté, toi aussi. »

Brunet rigole :

« Moi ? demande-t-il. Non. Je parlais en général.

— Allons, allons ! dit Vicarios d'une voix vive et gaie, je sais ce qui se passe. Thibaut m'a dit qu'on ne te voyait plus jamais, tu leur as fait démonter le poste de radio, tu te laisses chambrer par Chalais... »

Brunet ne répond pas; les gros yeux de Vicarios pétillent puis s'éteignent, il regarde droit devant lui, d'un air surpris, il dit mollement :

« Je croyais que ça me ferait plaisir...

— Plaisir ? » répète Brunet.

Vicarios ricane :

« Tu ne peux pas savoir combien je vous ai haïs ! »

Il se retourne brusquement et ses yeux se gâtent.

« Du jour où je vous ai quittés, je n'ai fait que me survivre : mais ça ne vous suffisait pas et vous m'avez pourri. Vous avez installé en moi un tribunal d'inquisition : le grand inquisiteur, c'était moi; j'ai *tout le temps* été votre complice et vous saviez que vous pouviez compter sur moi. Par moments, j'étais fou : je ne savais plus qui parlait, de vous ou de moi-même, tu connaîtras ça. Il y a pis : vous m'avez appris à penser en traître, à vivre en traître : je me sentais louche, j'ai fait toutes les expériences de la honte et de la peur. C'est bien réglé, va : celui qui vous lâche, il faut qu'il vous haïsse ou qu'il se fasse horreur.

S'il vous hait, vous avez gagné, il passe au fascisme, c'est ce qu'il fallait démontrer. J'ai résisté tant que j'ai pu et vous tapiez toujours plus fort, vous tapiez comme des sourds. Et les autres, pendant ce temps-là, m'ouvraient leurs bras. Je pouvais bien leur tourner le dos, les insulter : tout leur servait. J'écrivais *pour vous* dans mon journal, je vous suppliais de comprendre, j'essayais de vous avertir, de me justifier : ils reproduisaient mon article en le défigurant et vous, vous vous dépêchiez d'imprimer ces extraits truqués dans *Alger rouge*[1]. Je rectifiais, je démentais dans leurs propres colonnes, ils me félicitaient de ma loyauté, de ma dignité, ça ne leur coûtait rien de me donner des vertus : plus j'en avais, plus vous étiez criminels. Vous, aussitôt, vous annonciez aux camarades que j'écrivais dans les feuilles réactionnaires; vous disiez que j'étais passé à Doriot, à *Je suis partout*[2] et vous en donniez pour preuves leurs éloges. Vous conspiriez avec eux pour m'offrir une image de moi-même qui me répugnait et me fascinait, j'avais le vertige, j'allais tomber... »

Il regarde Brunet avec une fierté sombre.

« Je me suis terré, je me suis tu; si je vous ai haïs, personne n'en a rien su, ma haine n'a servi à personne; c'est moi qui ai gagné : mais à quel prix! Tu es fort, Brunet, mais moi aussi j'étais fort : regarde ce que je suis devenu. »

Brunet murmure sans assurance :

« Il fallait réfléchir à ça avant de nous quitter.

— Crois-tu que je n'y ai pas réfléchi ? Je savais tout d'avance.

— Eh bien alors ?

— Alors tu vois : je vous ai quittés. »

Il sourit à ses souvenirs; le ruisseau rouge, dans sa barbe, s'est coagulé, tressant, au milieu des poils, une petite queue noire.

« Oh! oui, je vous ai haïs! À Baccarat, j'avais froid, j'étais une ombre, je suis venu à toi parce que tu étais vivant et chaud, je me nourrissais de ta vie, j'étais ton parasite et je te détestais d'autant plus. Quand tu m'as parlé de tes projets j'ai compris que tu étais foutu et je me suis dit : j'en tiens un. Je travaillais avec toi — j'aimais le travail qu'on faisait ensemble : on aidait les types, on leur rendait le goût de vivre, c'était propre — et je me disais : un jour, il sera comme moi. Je voulais être là pour voir ta gueule et je jouissais d'avance. »

Il secoue la tête, il regarde Brunet avec application, il dit, au bout d'un moment :

« Ça ne me fait pas plaisir.

— Tu sais, dit tranquillement Brunet, il ne faut pas que tu t'y trompes : ça se peut que j'aie rencontré ces jours-ci quelques petites difficultés, mais je ne quitterai *jamais* le Parti. S'il faut me soumettre, je me soumettrai, s'il faut me désavouer, je me désavouerai. Je ne suis rien, ce que j'ai pu croire ou dire n'a aucune importance. »

Vicarios réfléchit :

« Oui, dit-il lentement, on peut faire ça aussi. Qu'est-ce que ça change ? De toute façon le ver est dans le fruit. »

Il y a un long silence.

« Vicarios, dit tout d'un coup Brunet, est-ce que tu sais que tu es en très mauvaise condition physique ? Si tu t'évades, tu as une bonne chance d'y rester.

— Bien sûr que je le sais », dit Vicarios.

Ils se taisent, ils se regardent furtivement, avec une amitié honteuse, puis Brunet s'en va à pas lourds. À la hauteur de la 27, il rencontre Manoël.

« Je t'ai cherché, dit Brunet.

— Tu voulais me demander quelque chose ?

— Oui, dit Brunet. J'ai besoin de deux costumes civils. »

★

Le vent se cogne aux vitres, tout craque. Brunet gît sur le dos et sue; au-dehors et au fond de lui il fait froid. La nuit l'attend. Il écoute : Moûlu ronfle déjà, du côté de Chalais pas un bruit, la haine veille. Le corps de Brunet demeure parfaitement immobile pendant que sa tête se tourne lentement vers le rougeoiement cendreux du poêle qui s'éteint. Il regarde danser les ombres familières, la douce lumière rouge se fait de plus en plus douce, à présent c'est un regard plein de reproche. Faire confiance à la chaleur, dormir : tout serait simple, après tout je n'étais pas mal ici.

Un petit chuintement pédant et régulier, il sursaute : ça y est, plus de haine, plus de Chalais. Il approche de ses

yeux son poignet renversé, il devine deux phosphores-
cences pâles : dix heures dix, je suis en retard. Il se glisse
hors du lit, il s'habille en silence, aux lueurs mourantes
du feu. Comme il passe sa veste, le poêle grésille et
s'éteint, le fond de ses yeux se tapisse de colchiques; il se
baisse, trouve ses souliers à tâtons, les prend de la main
gauche et gagne la porte. Pour l'ouvrir, il se bat : le vent
pousse comme un homme. Il se glisse au-dehors, fait
passer ses grolles dans sa main droite, se cramponne de
la gauche au loquet extérieur et reconduit lentement le
battant jusqu'au chambranle. Ça y est. Dans le couloir,
c'est la tourmente, il entre des deux pieds dans une
flaque. Il chausse ses souliers, se courbe pour nouer les
lacets, le vent le pousse, il manque tomber sur la tête.
Comme il se relève, le froid le frappe sur la bouche et
sur les oreilles, l'engonce dans une armure de verre, il
reste immobile, ses yeux ne voient rien, pas même la nuit :
des touffes de fleurs mauves les aveuglent. Dans la grosse
plainte rousse du vent[a], il discerne un bruit de fête : c'est
l'harmonica de Bénin. Adieu. Adieu. Il plonge, trébuche
et chancelle, autour de lui l'immense drap noir claque, il
étend la main, la nuit l'étouffe, il rencontre la cloison de
la baraque et la longe en s'y appuyant de l'épaule. Ses
cheveux dansent, une vague l'emporte, il dérive jusqu'à
la route, la nuit partout : rien ne le protège, il se sent nu,
la haute nuit c'est un peuple, des millions d'yeux qui le
voient. Il marche, il résiste au vent, la nuit se fend : une
torche électrique au loin, un fil d'or court sur l'eau noire
jusqu'à ses pieds, Brunet s'écrase contre une baraque et
retient son souffle. Clapotis de souliers, deux hommes
passent, leurs capotes sont folles, elles se troussent et
bondissent autour de leurs reins. La nuit se referme, Brunet reprend sa marche, patauge : il faudra patauger toute
la nuit. Il se heurte à une première baraque, puis à une
autre : c'est là. Il entre sans frapper. Thibaut et Bouillé
le regardent, interdits. Quand ils l'ont reconnu, ils se
mettent à rire. Brunet souffle et leur sourit : c'est le relais.
Il cligne des yeux, frissonne, il secoue le froid et la nuit.

« Il fait un vent à décorner les cocus.

— Aussi! dit Thibaut avec reproche, vous aviez bien
besoin de choisir cette nuit de chien!

— C'est exprès, dit Brunet. Quand le vent souffle, les
barbelés grincent. »

Bouillé prend l'air malicieux :

« Tiens-toi bien, il y a une surprise.

— Quelle surprise ?

— Ferme les yeux, dit Thibaut. Là, rouvre-les. »

Brunet rouvre les yeux et voit un civil.

« Il est pas mignon comme ça ? »

Brunet ne répond pas : il regarde le civil et ça l'intimide.

« Où étais-tu ? »

Vicarios lui sourit :

« Je me suis jeté sous les couvrantes quand tu es entré. »

Il a l'air de sortir d'un placard ou d'une tombe, mais il ne le sait pas. Il a rasé sa barbe, il porte une chemise blanche, sans col, et semble à l'étroit dans son costume marron. Il s'assied, il croise les jambes, il s'accoude à la table avec une aisance un peu raide comme si son corps se souvenait obscurément d'avoir vécu.

« Je ne te croyais pas si gros, dit Brunet.

— Parbleu, je me suis collé des tranches de pain partout : il faudra que tu en fasses autant.

— Où sont mes frusques ?

— Sous le lit. »

Brunet se déshabille, il enfile en frissonnant une chemise bleue à col tenant, il passe un pantalon rayé, met un veston noir. Il rit :

« Je dois ressembler à un notaire. »

Il cesse de rire : Vicarios, à son tour, le regarde avec stupeur. Brunet se détourne et demande à Thibaut :

« Pas de cravate ?

— Non.

— Tant pis. »

Il chausse les souliers civils et ne peut retenir une grimace :

« Un peu justes.

— Garde tes grolles.

— Penses-tu, c'est comme ça que Séruzier s'est fait prendre. Non, non, ça doit aller et ça ira. »

Ils sont face à face dans leurs déguisements anachroniques, ils se sourient d'un air mystifié. Brunet se tourne vers Thibaut et Bouillé qui se fendent la pipe : ces deux-là ont l'air vrai.

« Fermez ça », dit Thibaut.

Il leur tend deux gourdes plates :

« C'est pour l'eau. »

Brunet glisse la gourde dans sa poche de derrière, il dit :

« Le pardessus...

— Boum, voilà! »

Bouillé et Thibaut, avec une servilité feinte, les aident à enfiler leurs pardessus, puis ils se reculent et rigolent :

« Oh! là, là. C'te gueule c'te binette[1] ! »

Thibaut examine Brunet d'un œil critique :

« Attention à pas accrocher le pardessus aux barbelés : c'est que vous n'avez plus l'habitude!

— As pas peur », dit Brunet.

Ils rient un moment, puis se taisent et leur gaieté soufflée retombe. Brunet glisse la carte, la lampe et la boussole dans ses poches. Il réalise tout à coup qu'il est prêt, ça lui fait froid dans le dos.

« Et voilà! » dit-il.

Vicarios tressaille, il dit :

« Voilà. »

Ses mains malhabiles boutonnent lentement son pardessus. Brunet attend, il essaie de tirer le temps en arrière. Ça y est : le dernier bouton est dans sa boutonnière, entre eux et la nuit il n'y a plus rien. Brunet lève les yeux, il regarde le banc, les couchettes, le lacet huileux de la veilleuse, le coquelicot qui danse au bout du lacet, la fumée noire qui s'effile vers le plafond, les grandes ombres intimes qui tournent : il fait chaud, ça sent l'homme et la poussière; il lui semble qu'il abandonne son foyer. Thibaut et Bouillé sont devenus tout pâles :

« Sacrés veinards! » dit Thibaut.

Il fait semblant de les envier, par générosité, Vicarios hoche la tête et dit doucement :

« J'ai les foies.

— Bah! dit Brunet. C'est un petit moment à passer : ça ira tout seul dès qu'on sera de l'autre côté.

— C'est pas de ça que j'ai les foies », dit Vicarios.

Il lèche ses lèvres sèches :

« Qu'est-ce que nous allons trouver là-bas ? »

Brunet sent un petit pincement désagréable et ne répond pas. La nuit : Paris est au bout. Il va falloir se remettre à vivre. Thibaut parle avec précipitation :

« Dès que vous êtes à Paris, n'oubliez pas d'écrire à ma femme. Madame Thibaut, Saint-Sauveur-en-Puisaye[1] : ça suffira. Vous lui donnez de mes nouvelles, que je vais bien, que je n'ai pas le bourdon et qu'elle m'écrive que vous êtes bien arrivés. Elle n'a qu'à mettre : les enfants sont bien arrivés.

— Entendu », dit Brunet.

La planche est là, appuyée contre la cloison. Il la tâte : elle est solide et lourde. Il la met sous son bras. Thibaut s'approche de lui et lui donne un coup maladroit sur l'épaule.

« Sacrés veinards! Sacrés cocus! »

Schneider[2] se dirige vers la porte, Bouillé le suit.

« Un de ces jours, dit Bouillé, peut-être bien qu'on fera pareil que vous.

— Peut-être bien, dit Thibaut, que vous nous verrez rappliquer. »

Schneider leur sourit :

« Ma femme, dit-il, habite 13, rue Cardinet. »

Brunet se retourne. Thibaut et Bouillé se serrent l'un contre l'autre. Thibaut leur sourit d'un air malheureux et tendre, il pousse vers eux sa grosse face plate que la bonté ravage, sa large bouche rit d'amour et d'impuissance : son visage est un don inutile.

« Je vous dis merde, hein!

— Merde! Merde! répète Bouillé en écarquillant les yeux.

— Et pensez quelquefois aux copains.

— Tu parles qu'on y pensera! dit Vicarios.

— Et faites pas les cons si vous voyez que vous êtes pris. Essayez pas de vous tirer parce qu'ils ont ordre de vous descendre.

— On sera pas pris, dit Brunet. Éteignez la veilleuse. »

La nuit mange pour toujours ces deux têtes jumelles et leurs ultimes sourires, la carrée s'engloutit dans le noir et dans le froid. En pleine gueule les gifles du vent, dans la bouche un goût d'acier, dans les yeux des disques violets qui tournent. Derrière eux la porte claque, la retraite est coupée : devant eux, un tunnel, une longue patience et, très loin, une aube louche; la boue colle aux pieds. Brunet est heureux parce que Vicarios marche près de lui. De temps en temps il étend la main et le touche, de temps en temps il se sent touché par une

main. Une bourrasque les stoppe, ils se rabattent contre
les baraques pour s'abriter mais n'y voient goutte.
Brunet cogne sa planche contre une fenêtre et rebondit
en arrière : heureusement la vitre a résisté. Il entend un
juron, un coup sourd : Vicarios a donné du genou contre
une marche d'escalier. Brunet le relève et lui crie à
l'oreille :

« Tu t'es fait mal ?

— Non. Mais on ne peut pas continuer comme ça. »

Ils se rejettent sur la route. Brunet ne s'y sent pas à
l'aise : trop de vide, ils sont vulnérables de partout. Il
calcule avec inquiétude qu'ils devraient être arrivés à
la hauteur de *l'Entlausungsanstalt*[1] : mais ses yeux fouillent
vainement l'obscurité. Un trou se creuse dans la nuit
une porte s'est ouverte sur une vague clarté : la Kommandantur, merde, on a pris trop à gauche. De sa
main libre Brunet accroche Vicarios et le tire vers la
droite. Ils foncent, la planche heurte une cloison,
Brunet saute de côté et manque renverser Vicarios, ils
courent. Brunet redresse sa planche et tente de la
porter verticalement, c'est éreintant parce qu'elle racle
la terre. Il court, le bras gauche étendu, la paume en
avant, il se jette contre le mur de la nuit, le mur recule
mais, par moments, Brunet le devine au bout de sa
main et sent qu'il va s'y assommer, la peur se coule
dans ses jambes et les embrouille. Longtemps ses
semelles écrasent de la bouillie puis elles mordent sur
un sol dur, une île émerge : la Place Noire, c'est une
première étape. Brunet a chaud, ses souliers lui font
moins mal qu'il ne craignait, il envoie un coup de
poing dans les côtes de Vicarios et il l'entend rire. Reste
à s'orienter. Il[a] lui prend le bras, ils marchent contre
le vent, brusquement ils se sentent bousculés de flanc
puis il leur pousse des ailes, ils volent.

« Nous tournons en rond », dit Vicarios.

Ils virent de bord et reprennent le vent, bras dessus
bras dessous, ça hurle, un grincement d'insecte perce
cette grandiloquence oiseuse, il s'enfle : le cœur de
Brunet bat plus vite : le mur, les barbelés. Il pense : à présent,
il faut repérer les chiottes. Au même moment le vent
jette contre son nez une puanteur de grésil et d'ammoniaque. Ils se guident sur le bruit et l'odeur, ils se
glissent le long des chiottes, ils s'accroupissent derrière

un tas d'ordures, à un mètre d'eux les barbelés fouettent l'air en tournant comme des cordes à sauter, c'est le sabbat. Il y a deux nuits : celle qui s'affale derrière eux, grosse masse coléreuse, déjà hors de combat et l'autre, toute fine, complice, qui commence au-delà de l'enceinte, une lumière noire. Vicarios serre la main de Brunet : ils sont heureux. Brunet passe doucement les doigts sur la planche. Trois rangs de barbelés sur une profondeur d'un mètre vingt, la planche a un mètre trente, ça ira. Tout à coup Vicarios lui serre le poignet, Brunet tressaille : la sentinelle marche sur la route. Brunet écoute ce pas invisible, une joie glacée le transit : tout le monde est au rendez-vous, on va pouvoir commencer. Trois nuits de suite, il s'est caché derrière les chiottes, il a observé la sentinelle : elle part de sa guérite, juste en face d'eux, parcourt une centaine de mètres et revient à son poste. En comptant du six à l'heure, ça fait environ deux minutes pour l'aller et retour : ils disposent de trente secondes. Il entend le pas s'éloigner, il compte à voix basse, les premiers nombres se collent sur chaque pas, puis le silence, la sentinelle s'est diluée, elle est partout, c'est la nuit même, aux aguets, les nombres tombent dans le vide et sonnent creux. À cent dix-neuf les pas renaissent, la sentinelle se condense, coule au fond de la nuit, se réduit brusquement à ce clapotis solitaire et peineux, passe devant eux, s'arrête, repart. Un, deux, trois, quatre... Cette fois, elle rapplique à cent vingt-sept, la fois d'après à cent vingt-deux, tablons sur cent vingt, c'est plus sûr. Il recommence à compter, à quarante-cinq il pose la main sur l'épaule de Vicarios et sent des doigts durs qui lui serrent le poignet, il est ému : ce sont les doigts de l'amitié. Ils se lèvent, Brunet avance la main, une guêpe de fer y saute et lui laboure la paume, il glisse le bout des doigts le long du fil, évite un autre piquant, touche un piquet sans cesser de compter, lève la planche et la rabat doucement en avant : elle tient, radeau mollement ballotté par la triple vague des barbelés, les mains de Brunet sont pleines de boue, il prend le temps de les essuyer au piquet, cinquante-sept, il pose le pied gauche sur le barbelé d'en dessous, coince sa semelle contre le piquet, prend son élan, s'enlève, appuie le pied droit sur le barbelé du milieu, lève le genou gauche, le racle au

passage contre la tête du piquet et le pose enfin sur la
planche, cinquante-neuf, à présent il rampe sur les
genoux et sur les mains, le temps coule au ralenti,
soixante, là-bas la sentinelle s'est retournée, elle le
regarde, à la droite de Brunet la nuit est un phare. Il
avance, il étend la main, touche le second piquet, avance
encore malgré le roulis, touche le troisième, recule un
peu et se retourne sur la planche, elle manque chavirer
puis se redresse d'elle-même : c'est Vicarios qui s'y est
cramponné. Brunet tâtonne du pied dans le vide, rencontre un fil de fer, soixante-deux, il veut sauter parce
qu'il a peur d'empiéter sur le temps de Vicarios, le bas
de son manteau s'accroche à un piquant, tant pis, l'impatience le fait trembler, il saute et la doublure du manteau
se déchire. Il saisit la planche à deux mains et la remue
doucement pour indiquer qu'il est bien arrivé. Les barbelés grincent, la planche roule, Brunet la maintient
solidement, il pense à la sentinelle, il la sent qui revient
sur eux, il pense à Vicarios avec colère : qu'est-ce qu'il
fout, ce con-là, il va nous faire poisser, il tend une main,
rencontre un crâne, Vicarios se retourne péniblement
sur sa planche, Brunet l'entend souffler puis plus rien.
Un soulier érafle sa manche, il l'attrape et l'abaisse
doucement jusqu'au barbelé, Vicarios saute à terre, un
éclair de joie les transperce, libres! En haut du mirador
un autre éclair les foudroie, ils clignent des yeux sans
comprendre, la route est blanche de soleil au fond d'un
cirque de ténèbres, les flaques rutilent, il y a des diamants partout. Brunet empoigne Vicarios par l'épaule
et le force à courir, ça claque, ils courent, des balles
sifflent, on tire sur eux du mirador et de la guérite. *De
la guérite :* ils avaient caché quelqu'un dedans, on nous
a donnés. Brunet court, la route est large comme la
mer, tout le monde le voit, c'est un cauchemar, les balles
sifflent. Tout d'un coup Vicarios devient flasque et
s'affaisse, la poigne de Brunet le relève, il retombe,
Brunet le pousse et le tire : la forêt est là, avec tout ce
qui reste de la nuit, il le jette entre les arbres, tombe sur
son dos, ils roulent dans la neige, Vicarios hurle.

« Ta gueule, dit Brunet.

— Tu me fais mal! » hurle Vicarios.

Ils roulent le long de la pente, Vicarios geint, Brunet
ne le lâche pas, la colère l'étrangle, on nous a donnés.

Là-haut, ça gueule et ça tiraille. Ils roulent, Brunet reçoit un mur sur le crâne, ses yeux lui jaillissent des orbites, ça n'est pas le moment de tomber dans les pommes, il fait un violent effort, ses doigts raclent la neige, il se redresse. Sa tête a donné contre une racine, il est coincé entre un tronc d'arbre et le corps de Vicarios, il remue doucement, son bras heurte l'épaule de Vicarios et lui arrache un cri de haine :

« Fous le camp! »

Brunet se met sur les genoux. À présent, il sait qu'il a perdu mais il ira jusqu'au bout, il glisse les mains sous les reins de Vicarios, il veut le soulever et le porter dans ses bras, Vicarios le repousse, Brunet revient à la charge, ils luttent sans se voir : tout à coup Vicarios lui vomit sur les mains, Brunet le lâche, il retombe. Là-haut, c'est le bal des fées : les troncs dansent dans la lumière. Brunet approche son visage du visage de Vicarios.

« Vicarios! dit-il d'une voix suppliante.

— Fous le camp! dit Vicarios. Tout est de votre faute.

— Je ne m'en irai pas, dit Brunet, je me suis évadé pour t'accompagner.

— Tout est de votre faute, dit Vicarios.

— On recommencera, bon Dieu! dit Brunet. Je parlerai aux types du Parti. Je... »

Vicarios se met à japper :

« Recommencer! Tu ne vois pas que je crève ? »

Il fait un violent effort et ajoute péniblement :

« C'est le Parti qui me fait crever. »

Il vomit dans la neige, il retombe, il se tait. Brunet s'assied, le tire à lui, lui relève doucement la tête et l'appuie contre sa cuisse. Où a-t-il été touché ? Il passe la main sur le veston civil, sur la chemise civile, tout est trempé, est-ce de la neige ou du sang ? La peur le glace : il va passer entre ses mains. Il plonge la main dans sa poche et sort sa lampe, là-haut, ils crient, ils appellent, Brunet s'en fout. Il appuie sur le taquet, une tête livide sort de la nuit, Brunet la regarde. Il se fout des Fritz, il se fout de Chalais, il se fout du Parti, plus rien ne compte, plus rien n'existe sauf cette tête haineuse et fulgurante aux yeux clos. Il murmure : pourvu qu'il ne meure pas. Mais il sait que Vicarios va mourir : le désespoir et la haine remontent de proche en proche le

cours de cette vie gaspillée et vont la pourrir jusqu'à
la naissance. Cet absolu de souffrance, aucune victoire
des hommes ne pourra l'effacer : c'est le Parti qui le
fait crever, même si l'U. R. S. S. gagne, les hommes sont
seuls. Brunet se penche, il plonge la main dans les
cheveux souillés de Vicarios, il crie comme s'il pouvait
encore le sauver de l'horreur, comme si deux hommes
perdus pouvaient, à la dernière minute, vaincre la
solitude :

« Le Parti, je m'en fous : tu es mon seul ami. »

Vicarios n'entend pas, sa bouche amère gargouille
et fait des bulles, pendant que Brunet crie dans le vent :

« Mon seul ami! »

La bouche s'ouvre, la mâchoire pend, les cheveux
claquent; cette rafale qui les frappe et s'enfuit, c'est la
mort. Il se fascine sur ce visage stupéfait, il pense :
c'est à moi que cette mort arrive. Les Allemands dévalent
la pente en s'accrochant aux arbres, il se relève et marche
à leur rencontre : sa mort vient seulement de commencer.

Appendices

DÉPAYSEMENT

LA MORT DANS L'ÂME
[Fragments de journal]

LA DERNIÈRE CHANCE

© *Éditions Gallimard, 1981.*

Appendice I

DÉPAYSEMENT

Il se répétait : « Je suis à[a] Naples. » Mais il ne savait plus du tout ce que ça voulait dire. On pouvait penser : « Je suis arrivé de Messine par le bateau[1], vendredi dernier » ou bien encore : « Je suis assis à la terrasse du café Gambrinus, le soir tombe, l'agent de police est en blanc, porte un casque blanc, fait des moulinets avec ses mains gantées de blanc. » Des faits, de tout petits faits : on les attrape quand ils passent. Audry[b] se dit avec dégoût : « Des impressions de voyage. » Il tourna la tête : sur sa gauche s'ouvrait la via Roma, sombre comme le creux d'une aisselle. Plus haut, ses murs s'écartent, elle s'emplit de lumière et révèle sa vraie nature; elle est, comme le Rettifilo, une longue percée hygiénique[c] dans cette ville vérolée. « Je suis à Naples. » C'est ça qu'il fallait sentir. Par-delà le café Gambrinus, par-delà la via Roma il y avait une grosse existence sale et rose, comme les gâteaux de plâtre que les pâtissiers mettent à leurs vitrines. Sentir cette existence. Les mouches sur les tranches saignantes des pastèques, le jour qui tombe bleu sur le purin des ruelles, à travers des linges qui sèchent, les chambres moites qui s'ouvrent à même la rue : des impressions, du pittoresque. Naples était par-delà; une ville, c'est un sens épais et triste qui s'est déposé dans une vallée, au bord d'un fleuve, au bord de la mer — et des hommes montent et descendent les rues au fond de ce brouillard.

Il avait pris des points de vue sur la ville; il avait vu Naples du Vésuve, Naples du Pausilippe, Naples du Palais-Royal. Et puis après ? Espérait-il un jour la reconstituer en mettant tous ses aspects bout à bout ? Ce n'est pas ainsi que les villes se dévoilent. Il suffit parfois de regarder un pavé déchaussé, de respirer une odeur, ça y est, la ville est là, autour de vous.

Près de Motril[1], l'année précédente, Audry avait pris un
bain dans une anse déserte, Duteil, avec son auto, avait
poussé un peu plus loin sur la route de corniche. Audry lui
avait confié ses vêtements, son argent, il était resté seul. Au
bout d'une demi-heure, il était sorti de l'eau et s'était assis
sur une roche au bord de la route. Il avait attendu longtemps : « Et s'il ne revenait pas ? » Il était seul, nu, le soir
tombait : tout d'un coup l'Espagne lui apparut; une bête
énorme qui s'avançait dans la mer, il était assis sur son dos.
Me sentir à Naples dans un bain fétide et doux, plus loin que
Gênes, plus loin que Rome, séparé de la France par un terrain crevassé et montueux, coupé de bandes d'eau plate qui
scintillent. Ce sera pour une autre fois.

D'ailleurs il n'était pas à Naples : il voyait les Napolitains
descendre et monter les étroits trottoirs de la via Roma,
mais la barrière de bois[a] qui entourait la brasserie Gambrinus
le séparait d'eux plus sûrement que s'ils avaient évolué sur
une scène. Les Napolitains ne vont pas à la brasserie Gambrinus. Du moins pas à cinq heures du soir. Un Allemand
lisait la *B. Z. am Mittag*[2] et buvait avec mélancolie un verre
d'eau minérale parce que son Baedeker l'avait mis en garde
contre les bières du Sud. Une Française parlait avec un gros
homme à moustache noire qui avait un fort accent étranger.
Peut-être avaient-ils fait connaissance dans le funiculaire du
Vésuve ou sur le bateau de luxe qui fait Naples-Sorrente-
Capri et retour dans la journée. Les jambes courtes et grasses
de la Française se croisaient et se décroisaient sous la table.
Finalement elle retira sournoisement ses pieds de ses chaussures et les tint suspendus en l'air, en crispant un peu les
orteils. Elle dit en montrant ses oreilles :

« Je les découvre parce que ma famille dit que c'est ce
que j'ai de mieux... »

L'homme rit et baissa la tête d'un air confus. Audry pensa
qu'il devait avoir honte pour elle. Puis il se jeta en avant
avec fatuité et dit quelques mots en touchant la paupière de
la jeune femme.

« Non, dit-elle avec un rire nerveux, je ne les fais pas,
ils sont naturels. »

Des voyageurs comme lui. Tous ces gens avaient les
mêmes ignorances et les mêmes savoirs. Tous étaient versés
dans l'art de consulter un indicateur, aucun n'aurait su dire
le prix des légumes sur les marchés napolitains. Des êtres
à deux dimensions, qui vivaient dans un monde abstrait,
dans un livre de morceaux choisis. Il leur ressemblait; tout
à l'heure il paierait comme eux sa consommation avec des
lires de tourisme. « Le soir tombe. Si je me lève, si je descends jusqu'au Parco Marguerita, je verrai s'allumer sur le
Vésuve les petites étoiles du funiculaire. » À quoi bon ?

Audry s'appuierait des deux mains à la balustrade, il entendrait à ses pieds le bruit hésitant de la mer, il regarderait au loin, de l'autre côté du golfe, un cône violet couronné d'un morceau de fumée brillant et doux comme une moustache blanche.

« On ne peut pas *attacher* les choses. » Ce jour même[a], il était allé à Paestum. Il en était revenu depuis une heure à peine. Pendant le voyage d'aller, il était plein d'espoir. Il s'était levé au petit jour et n'avait pas eu le temps de déjeuner, il avait l'estomac brouillé, la tête vide. Assis sur la banquette de bois d'un wagon de troisième entre un soldat et une paysanne de Salerne, il avait senti l'air, d'abord gris et tiède — de l'eau de vaisselle — s'embraser et flamber autour de lui. Poussière, soleil. Et de longs tunnels charbonneux. Mais il était heureux : quand il allait se trouver en face du temple de Neptune, il se représenterait vivement l'effort qu'il avait fait pour le mériter, pour l'atteindre et ça créerait un lien entre eux, il se dirait : « C'est pour le voir que j'ai fait ça. » Audry était arrivé à Paestum vers dix heures et demie. Il était en sueur et sa chemise adhérait à sa peau. Il se sentait sale. Il avait franchi une enceinte ruinée, traversé des champs, aperçu quelques fermes neuves et puis le temple était apparu. Non, on ne pouvait pas le posséder. Ces heures chaudes patiemment subies pour le mériter, elles restaient collées à Audry sous forme de sueur et de crasse. Le temple, c'était de la vraie beauté. On ne pouvait rien dire, rien penser sur lui, ni surtout le transformer en petits profits personnels. Des hommes l'avaient construit : mais il leur avait échappé depuis longtemps. Il n'était pourtant pas revenu aux pentes douces, à la discrétion des chose naturelles, il n'était pas redevenu pierre. Chacune de ses colonnes, droite et raide sous son chapiteau rond, semblait une fonction pure et nue : elle *portait,* sans abandon, sans faiblesse, mais aussi sans motif. Le temple était impassible et jaune, planté comme un clou dans un paysage aux lignes vagues, il n'exprimait rien : ni l'élégance, ni l'amour, ni la foi; il était là, dur, inopportun, il se suffisait à lui-même[1]. Audry aimait bien les objets inhumains. Mais chaque fois qu'il se trouvait en face d'eux, il s'apercevait brusquement qu'il était un homme et ça l'intimidait. Ces trois Italiens et ces deux jeunes Françaises, quand il les avait remarqués à la gare de Paestum, il n'avait pas songé qu'il était de leur espèce. Devant le temple, au contraire, il s'était senti lié à eux par une solidarité de faiblesse. Ils avaient pris des photographies, sans doute pour se donner l'illusion qu'on pouvait agir sur ce tombeau, qu'on pouvait l'emporter avec soi et le glisser dans un album[2]. Ils mettraient une date derrière la photo : Paestum 26 septembre 1936[3]. Audry avait fait[b] comme les autres : il avait

gravi les marches du temple et regardé, au loin, la mince
ligne bleue de la mer, il avait tourné autour des colonnes,
en les touchant parfois de la main (mais il touchait la pierre,
non le temple), enfin il s'était assis sur un bloc de travertin.
S'asseoir, se reposer sur une colonne brisée : il avait pu
croire un instant qu'il avançait un peu dans l'intimité du
temple. Mais le temple avait laissé derrière lui cette colonne
déchue, il se passait d'elle, elle était tombée hors de lui, sur
la terre molle et sa pierre était usée par le derrière des touristes. Audry s'était levé en regardant sa montre : le train
de retour ne quitterait Paestum que deux heures plus tard.
Il s'était promené, il avait goûté le plaisir amer de tuer le
temps *en face* de cet être intemporel. Ce même temps, les
trois Italiens l'avaient tué à leur manière : en jouant à saute-
mouton. Les Françaises s'étaient assises entre deux colonnes
et elles avaient mangé du pain et du jambon. Audry avait
vu passer, sur la route, des charrettes, des filles du pays
toutes noires avec des mouchoirs rouges sur la tête. Qu'est-ce
que ça pouvait représenter pour elles, le temple de Neptune ? Un objet de rapport ? Ou bien rien du tout ? Il avait
sifflé pour charmer les longs lézards verts qui couraient entre
les dalles[1]. Ils s'arrêtaient parfois, l'œil fixe et Audry s'approchait jusqu'à les toucher, voyait palpiter leur gorge. Vers
une heure, les six voyageurs avaient repris ensemble, sans
souffler mot, le chemin poussiéreux qui conduisait à la gare,
ils s'étaient rangés en colonne devant le guichet et l'employé
avait timbré leurs billets à prix réduits. C'était ça les voyages :
passer trois ou quatre heures désœuvrées en face de l'isolement splendide d'un objet.

Audry regarda tristement sa granite qui fondait dans une
coupe d'émail : « Pourquoi est-ce que je voyage ? » Il introduisait sa blanche personne entre les murs d'un temple,
d'un palais ; il espérait toujours que ces vieilles pierres céde-
raient à son corps un peu de leur précieuse maturité. « Je
devrais pourtant savoir que c'est impossible. » Les vieilles
pierres mûrissent au soleil, elles se gonflent, elles éclatent
comme des fruits. Mais Audry[a] était toujours blanc : le
voyageur reste blanc. Il se retourna vers la glace : il était
tout de même un peu hâlé, ou plutôt cuivré, rougi avec
un nez qui pelait légèrement, mais quand il serait rentré à
Paris, il reprendrait une teinte laiteuse. Comme il était jaune,
le temple de Neptune. Ocre plutôt. D'autres sont bistrés,
d'autres noirs. Le rose des maisons de Naples avait été sans
doute, autrefois, celui d'un fondant. À présent, il était louche
et poisseux, d'une saleté profonde. Des hommes qui[b] passaient dans la rue, les plus crasseux semblaient seulement
barbouillés : « Ils ne vieillissent pas assez pour ressembler
aux pierres ; on les casse quand ils sont encore neufs. »

Il se leva et partit. Le ciel pâlissait. Où aller ? Que faire
de cette heure tendre ? Il suivit un moment la via Roma
puis s'engagea dans une ruelle. « Une ruelle de Naples, ça
n'est pas comme un temple. Ça se colle à vous, c'est de la
poix. » Il se sentait moins sec; sous les balcons verts, sous
les draps, il avançait dans une ombre liquide, l'espèce d'ombre
que peuvent donner les plantes. Une buanderie. Ça sentait
le linge humide; les murs étaient percés de larges trous d'où
s'échappaient des haleines : c'étaient des chambres, des four-
naises noires au fond desquelles on distinguait la pâleur d'un
lit et des ampoules, roses comme des œufs de Pâques en
sucre, qui coloraient doucement de leur lumière une statuette
de la Vierge ou un saint de plâtre. Des chambres impudiques
et secrètes : elles vous jettent au visage leur chaleur organique mais elles ne se livrent pas. « C'est peut-être parce
qu'on ne voit jamais personne dedans. » La nuit, elles
refermaient hermétiquement; le jour, dès qu'elles s'ouvraient,
elles se vidaient de leurs occupants, elles les poussaient
au-dehors, dans la rue, et ils restaient là toute la journée,
moites, stagnants, reliés à elle par un invisible cordon ombilical, reliés entre eux par quelque chose de plus profond que
le langage, par une communauté charnelle. Une ruelle de
Naples, c'est une colonie animale[1]. À les voir sur le pas de
leurs portes ou penchés à leurs balcons, silencieux, les yeux
roses de sommeil, on ne pouvait plus s'étonner que les
Napolitains fussent pâles : ils cuisaient dans l'ombre, à l'étouffée, du matin jusqu'au soir; la chair des femmes, surtout,
avait l'air bouillie, sous la crasse : seules les grosses lèvres
de quelques filles aux cheveux noirs étaient crues.

Audry marchait lentement, entre les gens, les tables, les
cuvettes, les brocs, les établis. Un vieillard dormait, pelotonné dans un panier vide, une mère, soucieuse et preste,
épouillait sa fille, une autre lavait son petit garçon dans un
tonneau; il en sortit en s'ébrouant et courut tout nu à travers la ruelle; des gamins mangeaient des tartines de piments,
deux musiciens des rues somnolaient, accroupis sur le sol.
L'un serrait sa mandoline entre ses genoux, l'autre avait posé
près de lui son violon enveloppé de serge noire. Un jeune
bossu s'était planté au milieu de la chaussée; il pouvait
avoir treize ans, il était d'une maigreur terrible; il considérait d'un air méditatif ses pieds chaussés d'immenses pantoufles — probablement les pantoufles de son père. Au bout
d'un moment il releva la tête et sourit : Audry vit qu'il
avait un œil de verre.

Personne ne prenait garde à Audry; à peine rencontrait-il,
de temps à autre, un regard vide. Les hommes ne parlaient
pas, les femmes échangeaient quelques mots à de longs intervalles. Elles se tenaient par groupe de cinq ou de six, serrées

les unes contre les autres et leurs vêtements faisaient des
taches éclatantes contre les murs roses qui viraient lentement au gris. Tous ces gens semblaient tournés vers eux-
mêmes; ils ne rêvaient même pas : entourés de déchets
vivants, à demi digérés, maculés, d'écailles, de trognons, de
viandes obscènes, de fruits salis et ouverts, ils jouissaient[a]
avec indolence de leur vie organique. Des enfants rampaient
entre les chaises, sous les tables, étalant leurs derrières tout
nus près des viandes, des entrailles de poissons; ou bien ils
se hissaient sur les marches qui accédaient aux chambres, à
plat ventre, battant des bras comme s'ils nageaient et raclant
contre la pierre leurs petites verges tremblantes.

Audry aurait voulu tout voir, mais on ne peut pas saisir
à la fois tous les petits échanges protoplasmiques qui se font,
avec une rapidité hésitante, dans une ruelle de Naples. S'il
s'approchait d'un bassin de cuivre posé sur un escabeau et
rempli de purée de tomates ou d'une Vierge aux yeux en
amandes qu'une main pieuse avait peinte sur le mur, il entendait un bruit furtif derrière son dos, il se retournait, quelque
chose venait de finir. « Où suis-je ? » Le ciel semblait très
haut, très loin au-dessus de sa tête; Audry était tout au fond
— au fond d'une vie épaisse et noire comme du sang qui
se coagule, il était étourdi; il s'imprégnait peu à peu d'un
désir de sommeil, de nourriture, et d'amour.

Il ralentit encore sa marche. Au fond d'une chambre, il
y avait une forme dans un lit; c'était une femme, une
malade. Elle souffrait; elle tournait vers la rue sa tête blême.
Quand elle serait rétablie, elle viendrait s'asseoir sur le pas
de sa porte; sous sa robe de chambre ouverte, elle porterait
tout juste une chemise de nuit. Sa gorge nue faisait une
tache rose au-dessus des draps. Audry la regarda un instant
avec un peu de concupiscence, puis, dégoûté de lui-même,
il s'éloigna à grands pas. Au coin de la rue, sous une Vierge
blanche et bleue qu'éclairait violemment une rampe d'ampoules électriques, un homme s'était agenouillé devant une
petite fille et la considérait en riant; puis tout d'un coup,
relevant un peu sa robe, il mordit comme du pain dans ses
fesses grises. Quelques instants plus tard, Audry déboucha
dans la via Roma.

Elle était brillamment illuminée et grouillante; elle n'avait
pas d'odeur. Audry respira largement et fit quelques pas
d'un air satisfait. Mais il s'aperçut aussitôt qu'il n'était pas
satisfait, qu'il avait perdu son temps. Il y avait quelque chose
à *prendre* dans ce Naples misérable qu'il venait de quitter.
Quelque chose dont on eût pu jouir, un sens — peut-être
était-ce même le sens de Naples. Mais il n'avait pas su en
profiter, c'était chaque fois la même chose : ces ruelles le
touchaient trop pour qu'il pût les voir comme elles étaient.

Il n'aurait même pas su s'y orienter : chaque fois qu'il allait s'y promener, il s'égarait, il errait au hasard, repassait vingt fois par les mêmes lieux, sans les reconnaître. Ça commençait par du dégoût et puis, peu à peu, il y avait ces odeurs sales qui lui remplissaient la gorge, il y avait cette pénombre, l'abandon de ces tristes corps : il était pris* par le bas-ventre. Les Napolitains avaient beau mettre sous verre des images pieuses aux carrefours, ce n'était pas la Vierge qui régnait sur ces ruelles, c'était une molle Vénus, proche parente du sommeil, de la gale et du doux désir de chier. Une fois de plus Audry avait été victime de ses sortilèges, elle lui avait donné des envies indéfinissables, il avait marché, marché par ces ruelles qui se ressemblaient toutes, il avait fini par ne plus rien voir que des pieds nus, des gorges tombantes et les petits culs sales des enfants.

À présent c'était fini, il avait laissé passer l'occasion : la via Roma le baignait dans une lumière de lait, lui offrait la splendeur de ses épiceries, de ses réclames lumineuses, les belles guirlandes de citron que les marchands de limonade suspendent à leurs kiosques. De toutes parts on l'invitait à oublier ce qu'il avait vu : ces sentines, le fascisme les remplacerait bientôt par des boulevards clairs et sains, ce n'était pas le *vrai* Naples. Le « vrai » Naples, Audry le connaissait : c'était celui dont on vendait des reproductions dans les papeteries, c'était la rade vue de Sorrente, toute blanche, propre comme un sou neuf, c'étaient les lumières de Portici, le soir, c'était le Castel de l'Œuf, la place Dante, la place de l'Hôtel-de-Ville, la via del Duomo. En vain aurait-il cherché dans tout Naples une vue de la belle et sordide via dei Tribunali. Cette ville avait honte d'elle-même, elle essayait de faire croire aux étrangers qu'elle était blanche, qu'elle était une ville de casinos et de villas; et beaucoup s'y étaient pris, ils ne savaient pas voir les plaies suspectes que les avenues bourgeoises portaient à leurs flancs.

Audry suivit la foule, il coudoya des gens propres, vêtus de toile blanche ou grise; il croyait marcher dans une rue coloniale, une rue d'Européens bordée de chaque côté par un quartier indigène à demi interdit. Il se rappela une vieille femme qu'il avait vue une demi-heure plus tôt : elle était assise avec noblesse sur un escabeau, elle avait une robe de satin d'un rouge éclatant, un cancer lui rongeait le nez. Était-ce un rêve ? Il avait laissé passer l'occasion. À présent il avait retrouvé des hommes comme tous les hommes, sérieux, aux dents brossées, accablés de malheurs décents. Était-ce la peine d'avoir quitté la France ? À cette heure, dans toutes les villes d'Europe, il eût pu voir la même foule, les mêmes yeux brillants et las. « C'est la sortie des bureaux, des grands magasins. »

Il avait faim, il entra dans une épicerie et acheta du jambon cru qu'il se mit à manger en marchant, il aimait ces minces feuilles de chair un peu cotonneuses sous la dent : le gras avait la saveur moite du suif. Une femme le regarda avec surprise : à Naples pas plus qu'à Paris il n'est convenable de manger dans la rue. Audry se sentit découragé :

« Et pourtant Naples existe. Il suffirait d'un rien... c'est-à-dire qu'il me faudrait une aventure. Pas grand-chose, quelqu'un qui m'adresserait la parole — et alors je sentirais peut-être que je suis à Naples. »

C'était une petite lâcheté : il comptait sur l'aventure pour lui faire découvrir ce qu'il ne pouvait trouver tout seul. D'ailleurs c'était l'heure des lâchetés, l'heure où le voyageur fatigué cesse de compter sur lui-même : il a tout le jour essayé de reconstruire un monde mort, il voudrait que le monde vivant lui soit doux, que les belles filles qu'il frôle lui sourient. Audry avait toujours*a* fait fuir les aventures : il était de bonne foi. Et puis rien ne pouvait plus lui arriver — plus rien d'important : sa vie était faite. Il descendit la via Roma jusqu'au café Gambrinus puis, machinalement, fit demi-tour et se mit à la remonter.

« Hé là ! »

Un agent lui fit signe de traverser : les trottoirs étaient à sens unique. Audry obéit distraitement, il traversa la chaussée entre deux bandes de peinture blanche. La pâtisserie Caflisch l'attirait; il s'arrêta devant la vitrine : « Un gâteau c'est plein de sens. Les gâteaux espagnols sont ascétiques, ils s'effondrent en poussière sous la dent; les gâteaux arabes sont gras comme de petites lampes à huile, quand on les presse l'huile s'égoutte; les gâteaux allemands ont la grosse suavité d'une crème à raser, ils sont faits pour qu'on les mange avec abandon, sans chercher leur goût, simplement pour se remplir la bouche de douceur. »

Audry s'enchantait toujours des gâteaux italiens. Ils étaient tout petits, tout nets — à peine plus gros que des petits fours; ils rutilaient. Leurs couleurs dures et criardes ôtaient toute envie de les manger, on songeait plutôt à les poser sur des consoles, comme des porcelaines peintes. Pourtant Audry en mangeait quelquefois parce que, dès qu'ils étaient dans sa bouche, leur arrogante dureté se fondait en un parfum dont l'infâme délicatesse rappelait à s'y méprendre celle des romans de D'Annunzio.

Une main lui toucha l'épaule. Il se retourna : un grand gaillard basané lui souriait d'un air timide.

« Je vous ai vu sur le bateau Italia, dit-il avec application.

— Je n'y ai jamais mis les pieds », dit Audry.

Ce type n'était pas antipathique. Il avait un dur visage complètement inexpressif, un rocher. Un superbe chapeau vert était posé légèrement sur le haut de son crâne mais le reste de sa mise était pauvre et sa chemise de laine grise n'était pas propre.

« Vous êtes français, dit-il précipitamment. J'aime beaucoup parler le français. »

À peine pouvait-on lire une ruse candide dans ses gros yeux striés de sang. Il hésita un instant, puis :

« Mon frère et ma sœur sont à Paris. »

Il se tut et se gratta la nuque avec embarras. « Il va tourner les talons si je ne relance pas la conversation. »

« Vous êtes de Naples ? » demanda Audry.

L'autre s'illumina et son visage se plissa de mille rides.

« Je m'appelle Rossi, venez boire quelque chose, dit-il précipitamment. J'aime beaucoup parler le français. Non, je ne suis pas né de Naples, je suis génois. »

Audry en était sûr : les Napolitains ont plus de bagout. Le Génois lui prit le bras et l'entraîna dans une ruelle. Les lumières de la via Roma blanchissaient le sol et le bas des murs. Ils tournèrent à droite et plongèrent dans les ténèbres; ils passèrent devant des chambres ouvertes, d'un noir dense, au fond desquelles brillait un petit œil sanglant. Audry devinait des présences autour de lui : des gens qui fumaient, qui mangeaient dans l'ombre, assis contre les murs; de temps en temps une phrase brève se traînait comme un soupir au-dessus de sa tête; des chuchotements, des frôlements soyeux dans les airs : sur les balcons il y avait des hommes et des femmes qui parlaient bas parce qu'il faisait nuit. Le Génois montra un rectangle de lumière qui se découpait dans la muraille, sur leur droite.

« C'est là », dit-il.

Ils descendirent trois marches et entrèrent dans la *bottiglieria;* une lourde odeur de vin prit Audry à la gorge. Le patron sourit à Audry mais ne sembla pas remarquer son compagnon. D'ailleurs le Génois ne voyait personne : il avait l'œil fixe et rond. Ils s'assirent sur un banc devant une table de bois blanc. À la table voisine deux matelots buvaient; ils levèrent la tête et contemplèrent Audry d'un air morose. Audry rougit légèrement : « Ils ont vu que j'étais un touriste. »

Au bout d'un moment le patron apporta deux verres et, sans dire un mot, posa plusieurs bouteilles sur la table. Des bouteilles de luxe, avec des étiquettes et de la poussière. Puis il se recula un peu et attendit, les mains sur le ventre.

Le Génois regardait les bouteilles avec un respect un peu distant.

« Vous pouvez choisir celle que vous voudrez », dit-il.

Audry désigna une bouteille noire avec un long col. Il

n'avait pas d'illusion : il était l'invité mais d'une façon ou
d'une autre son compagnon s'arrangerait pour le faire payer.
L'autre fit claquer sa langue pendant que le patron remplissait les verres.

« Vous avez bon goût. »

Mais c'était une admiration de commande. Il devait préférer le gros rouge du Vésuve qu'on avait tiré d'une barrique
et servi aux matelots dans un cruchon.

Ils burent. C'était un vin épais et sucré avec un arrière-
goût boueux[1]. Le Génois, avant de boire, éleva son verre
à la hauteur de ses yeux et le regarda théâtralement. Mais il
était visible qu'il n'aimait pas ça. Il se tourna vers Audry
d'un air interrogateur.

« C'est bon », dit Audry qui avait envie de vomir.

L'autre rit silencieusement en montrant des dents éblouissantes, puis il but une gorgée sans quitter Audry des yeux
comme s'il la lui dédiait, et avec une moue de jouissance.
Ces mimiques apprises glissaient sur son visage qui rede-
venait tout de suite inexpressif.

« Avez-vous des cigarettes ? »

Audry lui tendit une Macedonia. Il la tourna un moment
entre ses doigts puis se mit à fumer en gardant les yeux fixes.
« Qu'est-ce qu'il va me proposer ? se demanda Audry. Des
femmes, un petit garçon, des photos obscènes ? J'accepterai tout. » Il se sentait heureux et excité : ce genre d'aventure ne trompait pas, se donnait tout juste pour ce qu'il
valait, pour un petit marchandage minable et clandestin, on
pouvait se laisser aller sans défiance, sans craindre les désillu-
sions. Il regarda son compagnon du coin de l'œil : le Génois
avait l'air d'attendre; il tenait sa cigarette entre le pouce et
l'index : un minuscule chiffon blanc enfoui dans cette patte
énorme. Il dit enfin :

« Le français, c'est difficile.

— Ça ressemble à l'italien, dit Audry.

— Oui. Mais l'italien est moins... *stretto*. Vous comprenez *stretto*[2] ?

— Oui. »

Le Génois rit, satisfait.

« Mon frère parle très bien le français. Il m'écrit en français. »

Ils se turent. Le Génois regardait la porte d'entrée. Il dit
soudain :

« Je suis navigateur.

— Ah ?

— Vous pouvez voir. »

Il tendit un livret jaune. « Pour me mettre en confiance. »
Audry le feuilleta par politesse et le lui rendit. Le Génois
dit avec fierté :

« Le dernier bateau que j'ai travaillé, il menait des soldats en Éthiopie[1]. »

Il tourna les pages de son livret :

« Pour le moment je ne travaille pas. »

Audry s'énervait. Il but machinalement une gorgée de vin et reposa le verre avec précipitation. « Est-ce qu'il va se décider à me faire ses offres ? »

Mais le visage du Génois mima soudain l'ébahissement joyeux. En suivant la direction de son regard, Audry vit un assez beau jeune homme qui s'avançait vivement vers eux et dont les traits veules jouaient l'étonnement à la perfection. « Celui-là est sûrement napolitain. »

« *Ecco!* dit le jeune homme, *ecco* Rossi! »

Ils se prirent les mains et se caressèrent un peu comme font les Italiens entre eux. Le Génois se tourna vers Audry sans lâcher les mains du nouveau venu.

« Il est mon ami, dit-il, mon bon ami Renato. C'est une surprise. »

Audry et Renato se saluèrent.

« Tu t'assieds », dit le Génois.

Renato s'assit et le patron apporta un verre.

« Monsieur est venu pour parler le français avec moi.

— Je ne sais pas bien le français, dit Renato avec application, c'est si difficile. »

Audry voulut lui verser du vin, mais le jeune homme l'arrêta :

« Merci, je viens tellement de boire avec des amis. »

Ils se turent, Renato, penché en avant, contemplait Audry avec délices; il souriait[a]. Le Génois était retombé dans son immobilité de pierre. Il fumait, les yeux au plafond, sans plus s'occuper de son ami. « Ils ne se sont tout de même pas mis dans la tête que j'allais coucher avec ce type-là », se demandait Audry en regardant le jeune homme avec inquiétude. Renato avait une peau charmante, un peu grenue, d'un brun qui tirait sur l'orangé. Il avait jeté sa veste sur ses épaules et son cou sortait nu d'un chandail très ouvert.

« Vous connaissez beaucoup Naples ? demanda-t-il.

— C'est la troisième fois que j'y viens.

— C'est une belle ville, dit-il avec conviction, il y a des... monuments.

— Beaucoup de monuments, dit Audry.

— Le musée, hein ? Et le Duomo, ajouta-t-il en clignant de l'œil. Et le Palazzo Reale. Naples est la plus belle ville du monde.

— Paris aussi est la plus belle ville du monde, dit tout à coup le Génois.

— Oui, aussi. Et avez-vous été à Capri ?

— Oui.

— Capri... dit Renato d'un air rêveur. San Michele... »

Il avait un nez légèrement épaté, de beaux cheveux noirs, des yeux tantôt caressants, tantôt fuyants. Audry le regardait avec une curiosité un peu trouble. « Va-t-il s'offrir ? Ne tiendra-t-il vraiment qu'à moi de caresser ou non ce cou, ce torse qu'on devine sous le chandail. Oserai-je le faire, s'il me le propose ? Ce serait la première fois que je coucherais avec un homme.

— Vous êtes monté au Vésuve ?

— Oui.

— En funiculaire ou en auto ?

— À pied.

— Oh ? *Molto lavore! Molto lavore*[1]! »

Renato s'empara de la bouteille :

« Il faut boire. »

Audry posa la main sur son verre : « Ils veulent me soûler. »

« Merci. »

Renato détourna la tête et se brossa le genou avec une grâce langoureuse.

« Et à Pompéi, dit-il d'un air distrait, vous étiez à Pompéi ?

— Oui », dit Audry.

Renato poursuivit sans le regarder :

« Il y a ces images, dans la Maison des Courtisanes. Vous avez vu ? Les positions de l'amour. »

Audry se sentit à la fois rassuré et déçu : « Nous y voilà. » Il se rappelait fort bien la via del Lupanar. Un gardien l'avait poussé dans une petite maison sombre, il avait entrevu, sur la frise, des femmes et des hommes qui se chevauchaient.

Il prit l'air qui convenait.

« Oui, dit-il. Ha! Ha! »

Renato se retourna brusquement vers lui et lui dit avec feu :

« Une maison près d'ici, je connais, qui les montre naturelles.

— Naturelles ? demanda Audry d'un air alléché.

— Nous y allons quand nous avons fini de boire. »

Les matelots payèrent et sortirent. En passant près d'Audry ils ricanèrent un peu. Ils avaient l'air de connaître Renato.

« Allons-y tout de suite », dit Audry.

Mais le Génois s'indigna sincèrement :

« Il en reste encore la moitié, dit-il en désignant la bouteille. On ne peut pas la laisser : il va verser le vin dans une autre bouteille et il le vendra.

— Mais je n'ai plus soif.

— Alors nous allons faire envelopper *votre* bouteille, dit le Génois avec simplicité, et vous l'emporterez. »

Audry appela le patron.

« C'est vingt lires. »

Il paya et le patron entoura la bouteille d'un vieux journal; le Génois la prit sous son bras. Mais Renato ne voulait pas d'un départ précipité : l'affaire était conclue, rien ne pressait, il trouvait plus correct de faire encore un bout de conversation.

« Et vous aimez notre vin ? » demanda-t-il.

Audry se leva.

« Beaucoup. Partons-nous ?

— Très bien; tout de suite », dit Renato froissé.

Ils sortirent, ils retrouvèrent le dédale des ruelles. Renato et le Génois encadraient Audry.

« Qu'est-ce que ça coûte ? » demanda-t-il soudain.

À Naples c'est une question qu'il faut savoir poser.

« Oh ? pour voir ces femmes ? Ce n'est pas cher, répondit Renato et vous verrez, c'est de l'Art : les positions de Pompéi, *naturelles*.

— Oui, mais combien ? »

Renato hésitait :

« Eh bien, si vous donnez cent lires, huit femmes viendront et travailleront toutes à la fois.

— C'est trop cher.

— Vous pouvez en demander seulement quatre ou même deux.

— Deux suffiront. Ça fera combien ?

— Eh bien... Quarante lires. »

— C'est trop cher.

— Eh bien, vous donnerez trente lires, je monterai d'abord et j'arrangerai ça avec la patronne. Je dirai que vous êtes étudiant.

— C'est entendu.

— Vous verrez, on vous présentera huit femmes, vous choisissez les deux plus belles et c'est elles qui font pour vous les positions. »

Il s'arrêta devant une porte voûtée.

« Nous sommes arrivés. Vous me donnez dix lires pour que je paye votre entrée, je monte et je redescends, vous entrez avec moi et vous donnez encore vingt lires quand vous êtes en haut. Est-ce que c'est bien ?

— C'est très bien », dit Audry.

Ces dix lires, il va les mettre en poche. Il va demander à la patronne si je peux monter pour vingt lires. Ils doivent toucher aussi un tant pour cent. Je me demande ce que ça sera. Des tableaux vivants.

Renato sonna et disparut. Audry se mit à faire les cent pas dans la ruelle. Le Génois, énorme et silencieux, le suivait comme son ombre. « Et voilà : je me laisse conduire par deux marlous dans un bordel de Naples pour y voir des tableaux vivants. Il doit y avoir des bonshommes comme

ceux-là par douzaines aux abords de la via Roma, ils attendent
le client comme les chasseurs d'hôtel à la sortie de la gare,
seulement ils n'ont pas de képis. Quand ils repèrent un type
seul et qui a l'allure d'un touriste, ils l'agrafent. S'ils m'ont
laissé tranquille, l'an dernier, c'est parce que j'étais avec
Stassia. J'appelais ça une aventure, tout à l'heure, je n'étais
pas difficile. En fait ce sont encore des plaisirs de touriste.
Le matin on va voir le temple de Paestum, le soir... Dans
les deux cas on reste *dehors*. »

Toutes ces pensées de défiance, il les formait par esprit
de système, par habitude. Mais, pour une fois, son plaisir
était solide et ne se laissait pas entamer. Les positions de
Pompéi et d'ailleurs, Audry s'en moquait. Mais il y avait
ces deux types, Renato et le Génois. Ils lui avaient livré
beaucoup plus d'eux-mêmes qu'il n'était nécessaire pour
conclure un simple marché, beaucoup plus que n'avait fait
le temple de Neptune, que ne feraient dans un moment les
femmes nues qui lui montreraient leur sexe. Ils le prenaient
certainement pour un miché et c'était dommage; mais il avait
tout de même vécu deux heures de leur vie. Il avait assisté
à leur chasse (c'était lui, le gibier — mais qu'est-ce que ça
pouvait faire ?), il avait vu Renato frémir d'espoir et de
crainte, sous son masque indifférent, lorsqu'ils avaient parlé
de Pompéi; il pouvait imaginer leur vie lente, leurs interminables stations dans les *bottiglierie*. Qu'allaient-ils faire de ces
dix lires ? Boire ? Fumer ? Peut-être achèteraient-ils de quoi
manger, tout simplement : ils n'avaient sans doute pas
déjeuné. Le Génois achèterait une pizza, une grosse crêpe
aux anchois et aux tomates; il la plierait en deux, la fourre-
rait avec un morceau de parmesan... Est-ce que leur métier
rapportait ? Ils devaient raccoler deux ou trois étrangers par
semaine. Audry se rappelait avec plaisir leur petite mise en
scène : comme ils étaient généreux, tant de mimiques, tant
de patience, tant de paroles et finalement une vraie comédie;
tout cela pour gagner dix lires en menant un étranger au
bordel. Peut-être l'avènement du fascisme les obligeait-il à
user de précautions. Mais non : Renato était un artiste et il
avait l'amour de son art.

Audry regarda le Génois avec sympathie : il se dandinait
et portait gravement sous son bras la bouteille enveloppée
du journal.

« Une cigarette ?

— Merci.

— Prenez le paquet », dit Audry.

Le Génois sourit et s'inclina lourdement. Il mit la bouteille
sous son bras gauche et prit le paquet.

« Y a-t-il beaucoup d'autres maisons comme celle-ci à
Naples ?

— Il y en a d'autres, répondit vivement le Génois, mais elles ne montrent pas les positions de Pompéi. »

C'est à voir. Les positions de Pompéi, ça doit être comme l'omelette de la mère Poulard au mont Saint-Michel. Toutes les boîtes de Naples doivent s'en faire une spécialité.

Renato revenait en courant. Il était chaussé d'espadrilles blanches qui faisaient un bruit sec sur les pavés.

« Vingt lires, dit-il, elle dit que ça n'est pas beaucoup, elle n'était pas contente. Mais j'ai dit que vous êtes étudiant. Vous pouvez monter. »

Audry le suivit, un peu ému. Il n'était allé au bordel que cinq fois et chaque fois il était ivre mort. La dernière fois, c'était au Havre, en 1930, un mardi, le jour de sa plus belle cuite[1]. On lui raconta le lendemain que la doyenne d'âge des putains, profitant de l'inattention de Duteil et de Chatelus, l'avait tiré vers l'escalier et à demi emporté dans ses bras. Au bout d'une heure, Duteil inquiet avait dû séduire une sous-maîtresse pour qu'on lui permît de monter à la recherche d'Audry. Il l'avait trouvé en caleçon, ronflant sur le lit, tandis que la femme, nue et oisive, se faisait les ongles des pieds. Une bouteille de tokay aux trois quarts pleine était posée entre deux verres sur un guéridon. De cette nuit-là, Audry n'avait conservé qu'un souvenir : il se voyait, comme en rêve, dans une très vieille caravelle aux cloisons de bois. La fille du roi des pirates se tenait devant lui et tous deux, dans une lumière sous-marine, les yeux dans les yeux, trinquaient.

Renato avait laissé la porte entrouverte. Il la poussa et ils entrèrent dans une antichambre sombre. Le Génois fermait la marche, il avait l'air embarrassé. Ils montèrent un escalier en colimaçon : dans un renfoncement de la muraille une femme en caleçon rayé avait jeté ses bras autour du cou d'un petit homme vêtu de noir. Au premier étage Audry vit un rais de lumière sous une porte; on entendait de la musique et des voix d'hommes.

« Ce n'est pas là », dit vivement Renato.

Ils s'engagèrent dans un étroit couloir voûté. Au bout du couloir il y avait une petite porte; Renato s'effaça.

« Entrez. »

Audry tourna le loquet. La porte grinça légèrement, il se sentit poussé dans le noir.

« Est-ce que... ? »

Derrière lui, quelqu'un appuya sur un interrupteur et Audry fut enveloppé soudain d'une brume rouge que perçaient des lueurs larges et froides. Ces lueurs, c'étaient les glaces : Audry tourna sur lui-même et se vit vingt fois, il se vit même au plafond. Ou plutôt il n'y avait pas plus de plafond que de murs : des glaces partout; il se trouvait dans une petite pièce cylindrique qui tenait des labyrinthes de foire et de ces cabinets fantastiques où les illusionnistes font voir des mirages. Elle était presque entièrement nue et l'éclat métallique des miroirs lui donnait, à première vue, une pureté de minéral, de gemme. Mais il y avait, seul au beau milieu de la pièce, un énorme sofa de velours rouge, tout rond, bossué, tassé, qui suait la canaillerie. La banquette qui courait le long des glaces, rouge aussi et usée par endroits ressemblait singulièrement à celle des salles d'attente de troisième classe.

Une femme parut sur le seuil. C'était une naine aux cheveux graisseux, qui regardait Audry avec sévérité. Elle portait un sarrau gris sur une ample robe noire qui lui donnait l'allure d'une petite tonne[1]. Audry s'approcha et elle tendit la main sans dire un mot. Il lui donna deux billets de dix lires qu'elle contempla un moment d'une mine courroucée. Enfin elle les enfouit dans une poche de son sarrau et lui désigna du menton la banquette de velours. Il alla s'asseoir en face de la porte et ses deux gardes du corps s'assirent à ses côtés.

« Renato ! »

La femme fit claquer sa langue. Renato et le Génois se levèrent d'un même mouvement et se dirigèrent piteusement vers elle. Elle leur dit quelques mots et Renato revint la tête basse :

« Elle dit que nous devons nous en aller, mon ami et moi, parce que nous n'avons pas d'argent. »

Audry n'eut pas l'air de comprendre.

« Alors, demanda Renato, nous vous attendons en bas ?
— Si vous voulez. »

Renato se pencha sur lui et lui entoura les épaules de son bras. Il avait une haleine douce et parfumée.

« Vous savez[a], elles demanderont de l'argent mais vous ne devez rien leur donner, dit-il tendrement. C'est tout compris dans les vingt lires. »

Le Génois montrait de loin la bouteille :

« Nous la boirons quand vous redescendrez. »

Ils sortirent à reculons, souriant et agitant les mains. Audry resta seul avec la vieille. « C'est une Sicilienne », pensa-t-il. Elle ne le quittait pas des yeux et tapotait nerveusement le plancher avec le bout de son soulier; elle finit tout de même par s'asseoir contre la porte. « Huit femmes, se disait Audry, huit femmes vont entrer et je choisirai les deux plus belles. » Il n'était nullement troublé, ni même curieux de les voir : ce qui le charmait, c'était de les attendre, en fixant vaguement la porte entrouverte sur les ténèbres. Au même instant des Français et des Américains buvaient des citronnades au café Gambrinus; des fonctionnaires et des officiers, de beaux vieillards au teint brun se promenaient avec leurs femmes au bord de la mer. Ils s'étaient occupés tout le jour, sous la haute direction des autorités compétentes à visiter rationnellement[a] les trésors d'art de la ville; à présent ils se préparaient avec méthode au sommeil. Audry ne songeait pas à dormir : il était seul[b], sous la surveillance d'une naine de Sicile, au fond de ce cylindre miroitant; il voyait à l'infini des glaces et des images de glaces; il était heureux.

Il sursauta : quelqu'un était entré sans bruit. Ce qu'il vit d'abord, ce fut un ventre remarquablement velu. Il se sentit gêné et releva vivement la tête : un jeune visage fardé le regardait d'un air impersonnel et méprisant. « Elle n'est pas mal », pensa-t-il. Il n'osait pas trop examiner ce corps déshabillé, il était retenu par la crainte vague de paraître indiscret. Il détourna les yeux et aperçut une autre femme, une grosse à la peau blême qui s'était plantée devant la Sicilienne et lui souriait en se frictionnant les épaules : elle avait la chair de poule; un soutien-gorge de satin noir bridait ses énormes seins. « Où sont les autres ? se demandait Audry, déçu. La grosse ne doit pas être loin de la cinquantaine. »

Les autres ne vinrent point : Renato avait menti ou bien la direction ne jugeait pas utile d'exhiber tout le lot pour vingt lires. Les deux femmes se prirent par la main et firent la révérence. Puis la grosse vieille éleva au-dessus de sa tête un petit bâton blanc qui ressemblait à une bougie. Audry, qui s'enhardissait, remarqua qu'elle avait le ventre chauve avec une mèche de poils gris.

« Houchch! » fit soudain la Sicilienne en tapant dans ses mains. Aussitôt les deux femmes sautèrent sur le divan : la plus jeune s'étendit sur le dos et l'autre se coucha sur elle. Les gros seins de la vieille s'écrasaient sur le corps de sa compagne et refluaient en masses molles de chaque côté de sa poitrine. Audry pensait à ces vieilles négresses que les Cafres chargent de figurer les mâles dans les danses rituelles de l'amour. Ce n'était pas tout à fait par hasard qu'on l'avait choisie si laide.

« *You speak English ?* » demanda la plus jeune.

Sa tête renversée n'était qu'à quelques centimètres des genoux d'Audry. Il regarda ce visage inhumain, barré d'énormes traits noirs et marbré de taches rouges : c'était étrange de voir ainsi parler une bouche à l'envers.

« *No* », dit Audry.

Il ajouta :

« *Ich spreche deutsch.*

— *Deutsch ? Nein, nein* », dit la grosse femme. Elle soulevait et abaissait rythmiquement son derrière.

De temps à autre, quand les deux ventres s'écartaient,

Audry voyait luire entre eux le bâton blanc qui figurait le phallus : la vieille le maintenait entre ses cuisses.

« Je parle aussi français », dit Audry,

Elles eurent l'air dépité :

« Et ne parle vous pas un petit l'italien ? »

Audry secoua la tête et les deux femmes n'insistèrent pas : elles se relevèrent et la plus jeune se mit à genoux, courbée en avant et lui présentant sa croupe; la vieille s'était un peu écartée pour qu'il pût jouir du spectacle. Audry regardait froidement ces fesses largement ouvertes; il avait croisé les bras pour se donner un air d'attention critique et pour dissimuler l'ébahissement profond où il était tombé. Des corps de femmes, il en avait vu autant qu'un autre : mais ils s'étaient dévoilés lentement; un corps qu'on a d'abord deviné sous des vêtements n'est jamais complètement nu, il traîne toujours sur lui comme un souvenir de corsage et de jupe. Mais ces deux-là s'étaient montrées nues *d'abord :* leur nudité était violente et crue comme un orage. Audry se vit dans une glace, tout petit, tout sage, un peu rouge : était-ce vraiment *lui* qui regardait ces fesses et le corps de l'autre, de la vieille peinturlurée, ce corps qui n'était plus qu'une grosse misère.

La vieille s'était rapprochée de sa compagne et poussait son ventre en avant. Audry pensa qu'elle devait, ordinairement, accompagner ces exercices-là de quelques commentaires. Mais elle se taisait, sûre de n'être pas comprise. Le phallus semblait l'embarrasser beaucoup. Finalement elle mit son bras droit contre son dos et pointa le bâton blanc par-derrière entre ses cuisses. Audry n'en voyait que le bout, qui sortait, rond et brillant, de la petite main grasse. Elles prirent encore plusieurs autres positions mais elles les quittaient presque aussitôt : c'étaient plutôt des ébauches, des indications schématiques. De temps en temps l'une d'elles désignait le plafond et criait : *Look, look.* Audry se hâtait de regarder; mais il faut quelque entraînement pour ne rien perdre de ces jeux : à peine avait-il levé les yeux que déjà l'étreinte s'était dénouée; il voyait dans la glace des épaules et des cheveux ébouriffés.

Enfin la jeune femme revint à sa position première et la vieille se mit à genoux entre ses jambes. Il s'agissait de mimer la masturbation du mâle entre les seins de sa compagne. Mais la vieille, qui haletait un peu n'eut pas le courage de se courber en avant et d'accompagner son phallus : elle restait droite et frottait à bout de bras le bâton sur la poitrine de l'autre. En même temps elle regardait Audry avec un sourire professionnel. L'autre, cependant, chatouillée par le phallus se mit à rire en secouant la tête et dit quelques mots qu'Audry ne comprit pas.

« Vous quittez bientôt Naples ?

— Je pars demain, dit Audry en mentant.

— Vous allez où ?

— À Rome. »

Ils lui serrèrent la main avec effusion :

« Alors bon voyage, bon voyage... Nous avons été si
heureux! Au revoir, monsieur. »

Comme il franchissait le seuil, le Génois lui demanda avec
inquiétude :

« Vous saurez retrouver votre chemin ?

— Oui, oui », dit Audry gaiement.

En fait il n'aurait su dire où il était mais il n'était pas
inquiet. La lune s'était levée; les gens étaient rentrés dans
leurs chambres avec leurs meubles et leurs déchets, ils avaient
refermé et barricadé leurs lourdes portes de bois : Audry
marchait entre des murs aveugles. Seules quelques Vierges,
quelques saintes sous verre scintillaient encore aux carrefours. Il faisait frais, on entendait mugir au loin les navires
qui voulaient entrer dans le port. « Il est minuit, on vient
d'éteindre les lumières du funiculaire du Vésuve. Le Vésuve
et Capri sont anéantis dans le noir. Le dancing du Pausilippe
va fermer; les Américains dorment. Mais dans une maison
que je ne saurais pas retrouver, dans une maison aux volets
clos, un petit salon rond vient peut-être de s'éclairer. » Il
rit. Il imaginait un gros homme chauve adossé à la glace
rutilante... En ce même moment, Renato devait chanter en
s'accompagnant à la mandoline. Le Génois l'écoutait, les
yeux fixes, en fumant les Macedonia d'Audry. Bientôt le doux
sommeil les prendrait et ils se jetteraient tous deux sur le
lit de la vieille; ils dormiraient jusqu'au matin sur le lit
nuptial et la poule picorerait des brins de paille à travers la
chambre et la chèvre tirerait sur la chaîne et la ferait grincer.

« Minuit (minuit sonnait), la via Roma est déserte, l'agent
de police a abandonné son socle vert et blanc. Je vais descendre jusqu'à la mer : on doit voir des lumières au loin,
du côté de Sorrente. »

Il s'arrêta brusquement : il se sentait libre, si libre que c'en
était presque pénible. « Les magistrats[a] dorment, pensa-t-il,
le secrétaire du parti fasciste dort aussi. »

Un coq chanta et le cœur d'Audry se mit à battre plus
vite; une ombre énorme s'était levée devant lui :

« Cette fois ça y est, dit-il à voix haute : je *suis* à Naples. »

LA MORT DANS L'ÂME

[Fragments de journal]

10 juin.

À six heures du matin, départ de Mommenheim[1] en car. Les régiments de biffins que nous dépassons sur la route se sont tapés plus de quarante kilomètres cette nuit. Ils viennent de Wissembourg, paraît-il, et ils ont fait de grands détours. Ils nous regardent passer sans colère mais en manifestant la plus vive surprise. En réalité nous en avons bavé comme les autres, mais c'est un fait : on nous transporte en car.

« Qu'est-ce qu'ils doivent penser de nous ? » se demande Pierné[2], qui est socialiste.

« Pas grand-chose. Ils pensent : voilà des types qu'on transporte en car. »

Arrivée à Haguenau vers huit heures. La ville est évacuée depuis un mois. Elle avait été bombardée le 12 mai sans dégâts sauf des égratignures à la façade toute neuve d'une maison gothique et un obus qui est tombé sur une masure. L'ordre d'évacuer est venu le même soir. La masure, nous l'avons vue en passant : un toit de tuiles effondré dans un jardin plein d'iris. Ça n'a pas l'air d'une blessure de guerre, on croirait plutôt à une mort de vieillesse, n'étaient les iris, si neufs, si flambant neufs et tellement « mine de rien » que c'en est inquiétant. Et puis il y a aussi ce plancher cabré, vertical qu'on aperçoit par un grand trou du mur.

Onze heures du matin.

Dans la cave de la mairie. Nous venons d'y descendre en file indienne, chacun portant une paillasse sur son dos. Poussière, odeur vineuse du plâtre. De loin en loin un soupirail. Il va falloir vivre là-dedans.

« Qu'est-ce que ça dégage! dit Dupin.

— Oui. Paraît qu'ils veulent aussi y installer les bureaux.

— Oh pardon! Et pourquoi pas les roulantes, alors? et les camions. »

Nous jetons les paillasses par terre et nous nous asseyons dessus. Des tourbillons de poussière blanche volent au plafond. J'ai de l'asthme. Nous sommes là, en capote, les genoux aux dents, sans même songer à poser nos casques et nos bardas; nous pesons sur le sol comme du plomb, comme si nous devions passer la guerre ici. Nous avons besoin de racines : depuis quelque temps nous nous sentons si légers, nous avons peur que le vent ne nous emporte. Défense de fumer, naturellement.

Le lieutenant Monique paraît en haut de l'escalier, tout fumant d'une lumière dorée qui l'enlace et monte autour de lui comme une vapeur. Il se penche, rouge et chaud de soleil, les oreilles transparentes, il cherche à distinguer dans l'ombre nos corps pâles et nos visages bleus.

« Eh! l'A. D.[1]!

— Voilà, mon lieutenant.

— Chaubé, vous rassemblerez vos hommes et vous remonterez tout de suite. »

Chaubé nous rassemble et nous remontons — six secrétaires, quatre du S. R. A.[2] — nous rechargeons le camion dans la cour et nous repartons en laissant les copains dans la cave.

L'A. D. fait encore cavalier seul. Nos officiers, doux, sournois et méprisants, se sont installés à l'écart dans l'école catholique de filles. C'est une vieille bâtisse de grès rose; deux agaves dans des caisses vertes flanquent la porte. Une cour pavée de rose par-devant, un jardin par-derrière. Nous coucherons dans la classe enfantine. On se regarde, on est content parce qu'on a évité la cave.

Aux murs il y a des images bleues et dorées : la Vierge, l'Enfant Jésus; sur des étagères, des Saintes et des Saints dans des jardinets de plâtre. Ça sent la tisane et la bonne sœur. Par la fenêtre ouverte, un grand tilleul plein d'oiseaux pousse ses branches jusque dans la pièce et la lumière fuse à travers son feuillage. Une douce lumière tremblante et verdie, une tisane de lumière. Sur la chaire, il y a deux piles de *cahiers roses*; je les feuillette. Cahiers de compositions françaises; ils s'arrêtent tous au 10 mai 1940 : « Votre maman repasse. Décrivez-la. »

Les oiseaux dans le tilleul, ce sont des colombes, elles roucoulent toute la journée.

11 juin.

Au-dehors un soleil de gloire et de mort, le même qui, en Flandre, fait fumer les charognes. Dans l'école une fraîche lumière d'eau bénite un peu croupie. Nous n'avons rien à faire. Nous n'avons plus jamais rien à faire, c'est mauvais signe. Luberon joue des valses sur l'harmonium; le sergent Chaubé, chef des secrétaires, employé de bureau dans le civil, se promène en faisant craquer pensivement, voluptueusement ses souliers, comme on fait craquer les cigares entre le pouce et l'index. À chaque craquement il sourit, en amateur. La guerre ne l'a pas dépaysé, il vit comme en temps de paix, au milieu des dossiers et des pots de colle; quand il partait en permission, il disait qu'il prenait son congé.

Cinq alertes aujourd'hui. Étranges alertes avec des hurlements de bête qu'on égorge, qui montent au ciel, vers les avions, comme des cris de terreur et que nulle oreille n'entend dans la ville morte. Les avions volent très bas, ils font des ronds : ils sont maîtres du ciel, naturellement; pas de D. C. A. ni de chasse française. L'ordre est de se planquer quand on les voit, afin que la ville, vue d'en haut, conserve son aspect de nécropole.

« C'est vachement silencieux », dit Dupin. Oui. Un silence végétal qui n'est pas l'absence de bruit : il y a ces colombes dans l'épais feuillage.vert, comme des grillons au plus profond des herbes, ces moteurs qui ronflent et qui scintillent — on dirait le bruit du soleil — et puis cette ville, tout contre nous, au bout du jardin, de l'autre côté du mur, cette ville interdite. Dupin se lève :

« Merde! Je vais faire un tour dans le patelin.

— C'est défendu.

— Je m'en balance. »

Dupin est commerçant. Il aime les villes avec passion, ça l'excite d'en sentir une, même morte, de l'autre côté du mur : une ville, de toute façon, ça veut dire des vitrines et des carrefours. Il enfonce son calot sur sa tête et nous regarde pardessus les grosses lunettes d'écaille à verres de vitre qu'il porte « parce que, dans le commerce, il faut avoir un physique qui en impose ». Pierné lui dit :

« Si tu trouves un journal...

— Un journal ? dit Moulard. T'es pas sinoc ? Il n'y a plus un chat dans le bled. »

Dupin sourit avec complaisance.

« T'en fais pas. S'il y a quelque chose à ramener, je le ramènerai, c'est moi qui te le dis. »

Il est parti. Quatre ou cinq types dorment par terre, roulés dans leurs capotes, le calot sur le nez, à cause des mouches. Chaubé reprend sa promenade à travers la pièce. Moulard écrit à sa femme et je lis par-dessus son épaule : « Ma petite poupée. » Moulard a vingt-cinq ans et il en paraît vingt. Il plaît aux femmes, il adore la sienne et la trompe innocemment; il a les yeux bleus, les cheveux frisés et les dents en avant. Il parle avec un peu de difficulté, les mots ont toujours l'air un peu trop gros pour sortir et il secoue la tête pour les faire tomber de sa bouche.

Pierné demande brusquement :

« Alors ? Qu'est-ce que nous foutons ici ? Y a-t-il quelqu'un qui le sait ? »

Silence. Il insiste :

« Chaubé ? »

Chaubé surprend parfois des conversations entre les officiers. Il secoue la tête :

« Je ne sais pas.

— Est-ce qu'on est là pour longtemps ?

— Je ne sais pas.

— On disait que c'était le nouveau Q. G. du secteur. »

Foulon, le sergent motard, qui essayait de dormir, lève la tête et dit avec effort :

« Je ne crois pas. C'est trop loin des lignes. »

Pierné, maigre et nerveux, avec des lunettes de fer, a l'air irrité et malheureux. Il est professeur de mathématiques. Est-ce pour cela qu'il ne peut pas vivre sans repères ? Cet hiver, il avait besoin de faire le point tous les jours, il dévorait les journaux quand il y en avait, ou bien il faisait quinze kilomètres dans la neige pour aller entendre les nouvelles dans le camion des radios. Il a besoin d'être à l'ancre; pendant toute cette guerre pourrie, il était à l'ancre, il savait quelle distance exacte le séparait de sa femme, combien de temps il allait demeurer en secteur, quel était son numéro sur la liste des permissionnaires. Voilà quelques jours qu'on a levé l'ancre et il dérive. Nous dérivons tous avec lui, d'ailleurs. Toute une flotille à la dérive dans la brume. Pierné poursuit en hésitant :

« On disait qu'ils voulaient fondre ensemble notre secteur et celui de Lauterbourg ?...

— Peut se faire.

— Y en a, dit Foulon, qui disaient aussi que ça n'était qu'une étape et qu'on s'en irait prendre position sur la Marne.

— La Marne ? » Fay a redressé sa petite tête jaune et rasée. « Il y a longtemps que les Allemands l'ont franchie, la Marne.

— Qu'est-ce que tu en sais ? dit Chaubé.

— Au train dont ils allaient.

— On ne sait rien du tout. »

Nous nous taisons, le cœur lourd. C'est vrai. On ne sait rien. Où sont les Allemands ? Devant Paris ? Dans Paris ? Est-ce qu'on se bat dans Paris ? Depuis cinq jours nous sommes sans journaux et sans lettres. Une image m'obsède :

je vois un café de la place Saint-Germain-des-Prés où j'allais quelquefois. Il est plein à craquer et les Allemands sont dedans. Je ne vois pas les Allemands — depuis le début de la guerre, je n'ai jamais pu *m'imaginer* les Allemands — mais je sais qu'ils sont là. Les autres consommateurs ont l'air en bois. Chaque fois que l'image revient c'est comme un coup de couteau.

Depuis avant-hier, j'ai des souvenirs par centaines. Des souvenirs de Paris, tout dorés, légers comme des vapeurs : je revois les quais de la Rapée, un bout de ciel au-dessus de Ménilmontant, une rue de La Villette, la place des Fêtes, les Gobelins, la rue des Blancs-Manteaux[1], tout ce que j'aime. Mais ces souvenirs ont été frappés en plein cœur, quelqu'un les a tués. Ils sentent la mort comme cette ville écrasée de chaleur, de l'autre côté du mur.

Nous nous taisons, engourdis par le silence ; les tourterelles roucoulent, les moustiques s'éveillent. Un peu plus tard nous entendons des pas bruyants dans le couloir : c'est Dupin qui revient. Il entre en s'épongeant le front ; il a un drôle d'air — et les mains vides.

« Eh bien ?

— Eh bien, j'ai vu toute la ville, tu peux t'y promener comme tu veux, il n'y a personne.

— Alors ? comment que c'est ? »

Il hésite :

« Ça devait être mignon avant la guerre...

— Oui... et à présent ?

— À présent... »

Il hésite. Il s'est assis et s'est mis à essuyer les verres de ses lunettes ; il cligne des yeux et avance ses grosses lèvres avec un air de bonté torturée, de bonté à vif. Pourtant il n'est pas si bon que ça. Il dit :

« C'est marrant...

— Marrant ?

— Oui, enfin, pas marrant, marrant. »

Je lui dis :

« Planque tes carreaux. Tu vas nous montrer ça.

— Y avait des journaux ? demande Pierné.

— Je t'en fous. Il n'y a pas un chat. »

Je dis :

« Vous vous amenez ? »

Chaubé fait semblant de ne pas entendre : il sait que nous ne voulons pas de lui.

Nous partons tous les quatre, Moulard, Pierné, Dupin et moi. On enfile une rue déserte, puis une autre, puis une autre. Des rues de faubourg : maison à un, à deux étages au plus, jardinets, grilles et portail noir avec des sonnettes dorées. Ça ne m'étonne pas trop qu'elles soient désertes : dans les faubourgs, c'est toujours comme ça. Seulement je voudrais pénétrer au cœur de la ville et j'ai l'impression qu'elle me fuit. J'avance, je force les autres je presse le pas, et elle recule, nous n'arrivons pas à sortir des faubourgs. La ville, c'est là-bas, toujours là-bas, au bout de ces rues crayeuses et torrides.

« Tu vois, dit Dupin. C'est plutôt cave.

— Oui. Ça la fout mal. »

Tout à coup, nous débouchons sur une place. Belles et hautes maisons aux façades peintes — bleu, blanc, vert et rose — à pignons, à clochetons; gros magasins. Les rideaux de fer ne sont même pas baissés, les vitrines étincellent. Simplement on a ôté le loquet de la porte, en s'en allant. Il n'y a plus à s'y tromper : nous sommes dans le centre commerçant de la ville. Nous regardons tout autour de nous, un peu désorientés et puis brusquement ça se met à être dimanche. Un dimanche après-midi, un dimanche de province et d'été, plus vrai que nature. Nous ne sommes plus seuls, les gens sont tous là, derrière leurs persiennes tirées, dans la pénombre. Ils viennent de déjeuner, ils font la sieste avant la promenade du soir. Je dis à Moulard :

« On se croirait un dimanche.

— Il y a de ça », dit-il vaguement.

Je me secoue, j'essaye de me dire : « Nous sommes mercredi et c'est le matin; elles sont vides et noires, toutes ces pièces abandonnées, derrière les rideaux. » Mais non, rien à faire, le dimanche tient bon, il n'y a plus à Haguenau qu'une seule journée pour toute la semaine, qu'une seule heure pour tout le jour. Le dimanche s'est glissé jusque dans les plus sourdes, les plus immédiates de mes attentes : c'est mon avenir qui est dimanche : j'attends les bruits de vaisselle du dimanche, les bruits paresseux et lointains qui sortent à regret du ventre des maisons, j'attends les routes poudreuses au bord de la ville, les drapeaux et les cris du stade, j'attends la sonnerie du cinéma et l'odeur des cigarettes blondes, j'attends le frottement cassant du linge propre contre ma peau et cette lassitude du dimanche qui vous prend aux reins et au défaut de l'épaule quand on a marché longtemps au milieu de la foule, j'attends de retrouver dans mon corps, comme un souvenir de ma vie morte, le désespoir placide des après-midi d'été.

« C'est vrai, dit Dupin, on s'attendrait à ce qu'il y ait des cloches qui sonnent. »

Oui. Vêpres. C'est un dimanche tout à fait quelconque, il s'en faudrait de peu qu'il ne passe inaperçu. Seulement il a quelque chose d'un peu plus raide qu'à l'ordinaire, d'un peu plus chimique. Il est trop silencieux, on le dirait embaumé. Et puis, il a beau rutiler, quand on est dedans depuis un moment on s'aperçoit qu'il est déjà plein de croupissures secrètes. Quand ils reviendront, les habitants de Haguenau retrouveront un dimanche pourri affalé sur leur ville morte. Dupin s'est approché d'un grand magasin de laine, il hoche la tête, il apprécie l'art avec lequel on a « fait » l'étalage. Mais les pelotons multicolores habilement disposés dans la vitrine sont en train de jaunir, ils sentent le vieux. Et les layettes, les chemises, dans la boutique voisine, sentent le vieux, elles aussi, elles se fanent; une poussière farineuse s'accumule sur les rayons. C'est une fête pour les mouches; je ne sais comment elles ont pu entrer mais elles bourdonnent par milliers, derrière les grandes vitres salies de longues traînées blanches qui ressemblent à des traces de pleurs. Dupin se retourne brusquement :

« Ça me donne le cafard. »

Il passe sur la glace une main légère, il la caresse avec une sorte d'amour plein de compétence comme un musicien fait de son instrument il secoue la tête :

« Chez moi, ça doit être comme ça, à présent. »

Il nous a souvent parlé de son magasin. *Chez Bobby,* ça s'appelle. Lingerie et chapeaux de femme. Le plus beau du quartier. Le soir il reste allumé de tous ses feux, il éclaire la rue à lui tout seul.

« Ta femme aura eu le temps de ranger les modèles et de baisser les rideaux de fer.

— C'est mon beau-frère qui est resté. Je n'ai pas confiance.»

Il demeure un moment encore devant la vitrine, le front bas, il a l'air malheureux.

Moulard, impatienté, le tire par le bras :

« Allons, viens. On va pas rester cent sept ans devant ces laissés-pour-compte. Tu nous casses les bonbons.

— C'est parce que tu n'es pas commerçant. Même que je ne suis pas dans le coup, ça me fend le cœur de voir gâcher de la marchandise. »

Nous l'emmenons à travers des rues bourgeoises, un jardin public en fleurs, les allées de la gare. On lit partout sur les fenêtres, sur les portes, sur les devantures le mot « Mort », c'est une petite obsession sinistre. De près on voit : « Le pillage des maisons évacuées est punissable de MORT. Jugement immédiatement exécutoire. » Mais tout ça, c'est en petites lettres, il n'y a que la Mort qui se voie. Mort : guerre morte, mort dans le ciel, ville morte et ces mille couleurs qui meurent dans les vitrines et ce bel été putride, plein de mouches et de malheur et nos cœurs que nous avons tués cet hiver, par crainte de souffrir. Dupin me regarde avec timidité :

« Dis donc...

— Quoi ?

— S'ils entrent dans Paris, crois-tu qu'ils vont tout piller ?

— Qu'est-ce que tu veux qu'ils aillent piller dans le XXᵉ, dit Moulard, agacé. Ils iront dans les beaux quartiers. »

Dupin ne répond pas. Il se lèche les lèvres à petits coups et soupire. Un tournant, une rue toute neuve. Tout au bout de la rue, un soldat s'enfuit à notre vue, comme un lézard réveillé par l'approche des hommes. Il se coule entre deux pierres et disparaît. Un maraudeur que nous avons dérangé. Ou bien un griveton en balade, comme nous, qui nous aura pris pour des officiers.

« Allons bon, dit Moulard en levant la tête, ça y est! Il y avait longtemps. »

Ça y est en effet : une déchirure sonore qui parcourt le ciel du Nord au Midi, et puis le long beuglement de la ville déserte et puis l'avion, tout petit, qui brille au soleil.

« Un Stuka, dit Moulard.

— Planquons-nous », dit prudemment Dupin.

Nous nous mettons sous l'auvent d'une boucherie. L'avion brille toujours; comme il semble lent! Etrange impression : ce petit scintillement métallique, seule chose vivante du ciel, d'une vie dense de métal qui convient à la chaleur de ce bleu impitoyable et aux lourdes flammes du soleil. Et sur terre, nous autres vivants, seuls vivants, que de grandes pierres creuses entourent de leurs ombres et de leur silence minéral. Je ne sais pourquoi ce brillant éclat d'acier qui trace son sillon au-dessus de moi m'a si vivement fait sentir mon délaissement au sein de la guerre. Mais un lien étroit, un lien de sang s'est noué entre lui, glorieux vivant du ciel, et nous autres, les vivants écrasés dans l'ombre de la terre, il semble qu'il nous cherche sur l'écorce de cet astre refroidi, entre les tombes, dans ce cimetière du dimanche. Nous seuls, dans toute la ville. C'est pour nous seuls qu'il est là. Depuis qu'il ronfle au-dessus de moi, le silence autour de moi me paraît plus oppressant, planétaire, j'ai envie de me précipiter dans la rue et de lui faire signe avec un mouchoir, comme un naufragé à un bateau sauveur. De lui faire signe pour qu'il lâche sur la ville tout son chargement de bombes : ça serait une résurrection, ce Dimanche funèbre se déchirerait comme un brouillard, la ville retentirait de bruits énormes, de bruits de forge, comme naguère, quand elle était en travail, et de belles fleurs rouges grimperaient le long des murs vers le ciel.

L'avion passe : il ira se délester au-dessus de la forêt de Haguenau ou bien sur quelque route couverte de nos camions. Il ne nous a pas vus, sans doute, pas même regardés. L'alerte est passée, nous retombons dans notre solitude.

Voilà Luberon. Il débouche d'une ruelle et tient à la main un sac en papier.

« Salut. C'est des trucs à manger que tu tiens là ? »

Luberon mange toujours. Il nous regarde en clignant des yeux, il n'est pas trop content de nous avoir rencontrés : il a dû attendre notre départ pour sortir en douce. Il nous considère d'un air perplexe. Il est albinos. Ses cils enfarinés clignotent sur de gros yeux pâles. Finalement il entrouvre son sac et le referme aussitôt. Mais nous avons le temps d'apercevoir des croûtes dorées.

« Des croissants! Merde! Où as-tu trouvé ça ? »

Luberon sourit et dit d'un air naturel :

« Chez la boulangère. »

— Il y a une boulangère ? On croyait que tout le monde s'était tiré. »

Il montre du doigt un magasin dans la rue à gauche.

« Eh bien ? dit Dupin, vexé de n'avoir pas découvert tout seul la boulangerie, elle est fermée.

— Non, non. Les rideaux sont tirés et le loquet est ôté. Mais si tu pousses la porte, tu entres; ça se met à sonner et puis une bonne femme s'amène; elle te sert dans le noir, par exemple, je me demande comment elle fait pour y voir. Ils n'ont pas le droit de vendre aux militaires mais ils s'arrangent. »

Dupin se met à courir et nous le regardons. Nous le voyons entrer dans la boulangerie et Luberon continue :

« Il paraît qu'il y en a une vingtaine de revenus. Dès qu'ils ont su qu'il y avait de la troupe ici, tu comprends. Ils rouvrent en douce, un épicier, un marchand de livres. Surtout à cause des officiers. Avant l'évacuation les officiers achetaient n'importe quoi à n'importe quel prix, les gens de Haguenau ont fait de bonnes affaires. »

Dupin revient, un gros sac sous le bras.

« Il y a des cafés ouverts ?

— On le dit.

— On va voir. »

On va de café en café et on pousse les portes. À la fin il y en a une qui cède, nous entrons dans une salle basse et voûtée, toute sombre. Il y a un homme au comptoir, qu'on distingue mal.

« On peut boire un coup ?

— Entrez vite alors. Et poussez la porte : je n'ai pas le droit de servir les soldats. Passez dans l'arrière-salle. »

L'arrière-salle est claire et gaie, elle donne sur une cour. Elle était réservée aux banquets, aux noces et aux sociétés sportives. Dans une armoire vitrée, il y a trois lourdes coupes de cuivre. C'est le Cycle-Club et le Pédal's club de Haguenau qui les ont gagnées. Le patron vient vers nous, il a l'air italien, avec ses longs cheveux noirs rejetés en arrière et sa moustache noire. Il est en pantoufles et traîne les pieds. Œil velouté, sourire cruel.

« Qu'est-ce que je vous sers ?

— Quatre schnaps. »

Pierné demande :

« Vous avez des journaux ? »

Le type a accentué son sourire :

« Plus de journaux. »

Il prend un temps et ajoute :

« Il ne viendra plus jamais de journaux de Paris. »

Un froid. Il va chercher le schnaps. « Il a peut-être les nouvelles par radio », dit Pierné en s'agitant sur sa chaise. Je lui dis :

« Ferme-la. Si tu lui demandes quelque chose, il te racontera des boniments. Il n'a pas l'air d'avoir les Français à la bonne.

— Non. »

On boit le schnaps sans grand plaisir; le patron va et vient, sans faire de bruit, il nous couve des yeux d'un air d'ogre; comme il doit nous haïr. Pierné ne se tient plus : il meurt d'envie de lui demander des nouvelles. Mais s'il le fait, je lui colle ma main sur la figure. Si on l'interrogeait, le type serait trop content. Dupin l'appelle :

« Ça fait combien ?

— Cent sous. »

Il s'est appuyé sur la table. Il nous dit :

« Le schnaps était bon, les enfants ?

— Très bon.

— Tant mieux. Parce que vous n'en reboirez pas de sitôt. »

Un silence. Il attend que nous lui posions des questions mais nous ne voulons pas lui en poser. Il se dandine un peu en nous regardant et son sourire nous fascine. Il nous veut du mal et ce qui m'agace c'est que je ne peux pas me mettre en colère contre lui. Je ne peux pas, parce qu'il sourit. Il dit d'un air abrupt :

« Vous partez demain matin. »

Je détourne la tête pour ne plus voir son sourire. Dupin hausse les épaules et dit d'une voix un peu trop élevée :

« Ça se peut. Nous, on n'est pas au courant. »

Les yeux de Pierné ont brillé. J'ai envie de lui dire : « Laisse tomber. Mais laisse donc tomber. » Mais il a mordu à l'hameçon. Il essaie de prendre un air détaché mais sa voix tremble du désir de savoir.

« Et où va-t-on, puisque vous êtes si bien renseigné ? »

Le type fait un geste vague de la main.

« À la frontière italienne ? » demande Pierné.

Je lui lance un coup de pied sous la table. Le type fait semblant d'hésiter et puis il répond brusquement :

« Vous n'irez pas loin. »

Je sens qu'il a voulu charger sa voix d'un sous-entendu sinistre. Je me lève :

« Alors ? On les met ? »

Dans l'autre salle, la porte s'ouvre en grinçant. Des pas

autoritaires. Le type va voir, sans se presser ; je l'entends qui dit très haut, exprès :

« Oui, mon lieutenant. Bien, mon lieutenant. »

Il revient de notre côté et prend une bouteille de cassis dans l'armoire. D'un mouvement de tête, en silence, il nous indique une porte, au fond. En trente secondes, nous sommes dehors.

« On va toujours manger les croissants », dit Luberon.

[PAGES DE JOURNAL]

« Je connais celui-là, dit-il. Je l'ai vu à Bouxwiller. Alors ? Qu'est-ce qui vous arrive ?

— Ils nous ont laissés tomber.

— Sans rire ?

— Je veux ! Il devait y avoir un car pour nous à sept heures. On s'amène à six heures et demie, pas de car. On l'attend encore. Tu peux nous emmener ?

— Pas tout de suite, je suis trop chargé. Je vais à Morsbronn.

— À quelle heure tu repasses ?

— Vers dix heures. Ça va ?

— Ça va. Ici, hein ? Tu redescends jusqu'à Altenheim ?

— Non. C'est là que vous allez ? Je vous poserai à sept kilomètres de là, Süffenheim.

— Ça colle. Merci, hein ? »

Il démarre et s'en va, dans la poussière. Nous restons un moment sur la route, les bras ballants, et puis nous nous regardons sournoisement : nous avons eu la même pensée.

« On va chez le type d'hier ?

— On peut. »

Et Pierné, le plus prompt de nous tous à se mettre à couvert, à se mentir pour se justifier, dit d'un air détaché :

« Aux pommes ! On se tapera un bon café. »

Je t'en fous. Ça n'est pas le café qui nous attire. Et nous le savons bien. Je revois la longue tête penchée du type, son sourire italien... Je vais là-bas comme chez la cartomancienne, c'est de la magie noire : le type a partie liée avec le diable, ça ne fait pas de doute et il ne nous veut que du mal. Il veut acheter nos âmes et en échange il nous montrera un

petit morceau d'avenir. Je le vois d'ici cet avenir ambigu
et sinistre qu'il va nous révéler. Ça n'a rien de drôle. Et
pourtant c'est *ça* qui nous fascine. Tant pis. Nous y allons.
Hypocritement, gênés les uns vis-à-vis des autres et chacun
vis-à-vis de soi-même. Mais est-ce notre faute, après tout,
si notre belle morale nationale nous a lâchés, si nos officiers
l'ont emportée avec les cantines dans leurs fourgons. Cette
ville morte, pas tout à fait morte, déjà hantée, cette ville
que des milliers d'hommes ont fuie pendant des jours entiers,
comme une Gomorrhe, sans jamais se retourner, c'est le
Mal. Une catastrophe céleste va la frapper et elle l'attend,
parée de soleil comme une victime propitiatoire. Elle *nous*
attend. Nous y entrons, le fusil sur l'épaule, dans la sournoise
douceur de ce dimanche éternel. La catastrophe est là — à
présent elle est au-dessus de nos têtes. Mort. Mort sur tous
les murs. Mouches. Volets clos. Un poudroiement blanc
d'ossuaire à perte de vue. Un chien passe à fond de train
entre nos jambes.

« Vise le clebs, dit Schwarz à mi-voix. Je ne lui donne
pas quinze jours avant de devenir enragé.

— Pourquoi ? »

Moi aussi, j'ai baissé la voix. Comme si j'étais dans une
église.

« Ils la sautent, tous ces clebs, dit Schwarz. Ils n'ont plus
rien à croquer. »

Pas un bruit. Je sens le long des reins un drôle de frisson.

« Tu te rends compte ? dit Moulard. On a bonne mine.
Ils doivent se taper le cul par terre, les chleus d'ici, s'ils
nous regardent : les quatre survivants de l'armée française!
Des fleurs au fusil, voilà ce qui nous manque. »

Il a redressé sa jolie petite tête que la colère vieillit. Il
n'aime pas se sentir ridicule. Schwarz baisse encore la voix
pour dire avec un petit rire :

« Tu vois pas qu'ils nous tirent dessus, à travers les
fenêtres ? »

J'y pensais. La ville est déserte; nos troupes l'ont abandonnée; peut-être même que nous avons abandonné l'Alsace,
peut-être n'y a-t-il plus, derrière la ligne Maginot, que des
champs solitaires enserrant des carcasses de villages. Que
risqueraient-ils ? Ils n'auraient qu'à se glisser hors de la
ville, leur coup fait, laissant quatre cadavres au soleil du
dimanche, qui blanchiraient et sècheraient, le ventre en
l'air, comme les morts Parsis sur leurs tours et dont les
oiseaux viendraient récurer les yeux, quatre cadavres kaki,
bien propres dans une rue vide — comme les jours d'émeute,
quand la cavalerie vient de charger. Quatre cadavres — et
les nuits tomberaient sur eux et les jours se lèveraient sur
eux et l'herbe pousserait entre les pavés tout autour d'eux,

comme pour prendre leurs mesures; quatre cadavres sous
les grands yeux noirs et morts des maisons. Et puis un jour
la ville éclaterait, engloutissant ses morts; ni vu ni connu.

Je vois une seconde nos quatre corps allongés côte à
côte. Une seconde — et puis quelque chose naît autour de
nous, quelque chose d'instantané et de précieux — ça s'est
produit sept ou huit fois depuis le mois de septembre —
j'appelle ça une grâce de guerre. Car la guerre a des grâces
enivrantes : elle ronge patiemment les œuvres de l'homme
et parfois, entre ces choses à demi digérées, entre ces épaves
qui ont perdu le sceau humain sans retourner à la nature,
un rapport neuf et maléfique s'établit brusquement. Et si
un soldat se trouve passer par là au même moment, la paix
fond sur lui comme l'éclair. Une paix que la Paix n'a jamais
pu lui donner, une paix bouleversante et sauvage, un dépaysement total. Ça ne dure jamais longtemps, ça doit être comme
ça au centre des cyclones — et il ne faut pas trop s'y fier.
Pour moi, je me laisse transporter par elles mais sans en être
la dupe : ce ne sont jamais que des opalescences de charogne,
les esprits subtils de la décomposition, quelque chose comme
les parfums de fruits et de fleurs que dégage l'épileptique
avant la crise.

Ce matin, la guerre nous fait une grâce. Tout autour de
la ville elle a essaimé ses bruits rauques, les grondements
des camions qui défoncent les routes, le ronflement des
avions, les hennissements des chevaux; sur tous les chemins
d'Alsace, de longues colonnes couleur de terre et de feuillage
rampent sans pouvoir masquer, parfois, le miroitement d'un
canon au soleil. Mais nous, nous sommes ici, embourbés
dans ce calme croupi. J'ignore tout du sort des miens, de
la France, de Paris; je suppose que là-bas, au fond de la
France, dans ma ville, la guerre, est en train de façonner pour
moi un malheur à l'image de ma vie, un jeune malheur criard
qui m'attend et que je ne connais pas encore. Nous quatre
qui sommes ici, nous sommes attendus dans nos maisons
par des malheurs qui nous ressemblent. Et pourtant nous
voilà ici, calmes et gourds, endimanchés dans nos lourds
vêtements militaires, au milieu de cette ville dont tous les
enfants ont rêvé, de cette ville où c'est tous les jours dimanche,
nous voilà, oubliés de nos amis et de nos chefs, oubliés dans
ce dimanche oublié. L'armée s'est retirée comme la mer et
elle nous a laissés, quatre épaves parmi toutes ces richesses
délaissées, qui se fanent au dur soleil d'été. Dans les anciens
jours de ma vie morte, j'ai vécu huit jours à Santorin dans
un village terrorisé par d'obscures croyances, j'ai campé au
milieu de l'Atlas[1] : je n'ai jamais connu un pareil abandon.
Nous marchons en silence; nous sommes près d'une tour
de briques rouges, entourée de fossés gluants où verdit une

eau dormante. Sur une place accablée de soleil, une épicerie s'entrebâille, j'aperçois dans le noir l'éclair blanc et mat des boîtes de conserve; une petite fille traverse la place en sautillant et se glisse par l'entrebâillement de la porte, le noir la dévore; devant la mairie, six vieillards impassibles nous regardent en silence d'un air sévère, comme les sénateurs de Rome conquise devaient regarder le défilé des Gaulois. Ils ont tous des casquettes à visière noire et des brassards rouges : défense passive. Et puis voilà le bistrot. Je sens tout de même une résistance intérieure avant d'en franchir le seuil.

Nous entrons. La salle est toute claire, aujourd'hui, les rideaux sont attachés avec les embrasses, le jour entre à flots par les larges baies.

« Bonjour! »

Le type est là, à son comptoir. Il nous regarde avec surprise :

« Vous n'êtes pas partis avec les autres ?

— Nous partons à dix heures.

— Ah ? »

Il y a de l'incrédulité et de la défiance dans ses yeux. Il regarde nos fusils. Mais nous les déposons contre le mur avec les sacs et les musettes. Nous nous asseyons à une table de chêne.

« Quatre cafés et des croissants. »

Le type nous sert et puis il se met à rôder autour de nous comme hier matin. À présent il nous reluque avec un drôle d'air de complicité. Il vient s'appuyer à notre table, il dit :

« Un schnaps ? C'est ma tournée.

— Merci, dit Schwarz. Non merci.

— Allons! le dernier coup, le coup du départ.

— Sans façon. Nous ne prenons jamais de schnaps le matin. »

Il n'insiste pas. Il dit, d'un air négligent :

« Je croyais que le départ avait lieu à six heures, ce matin...

— Eh ben, vous voyez.

— Quand je vous ai vus venir, je me suis dit : en voilà qui se plaisent à Haguenau et qui ne veulent plus le quitter. »

Il se met à rire. Je me sens gêné. Moulard rougit de colère et lui dit sèchement :

« Nous plaire ici ? Il n'y a pas un chat. Moi je n'ai qu'une envie : c'est d'en foutre le camp.

— Et vous n'avez pas pu partir avec les autres ? demande le type d'un air faussement apitoyé.

— On nous a laissés pour garder du matériel qui n'a pas pu tenir dans les camions, dit Pierné avec irritation. À dix heures on vient nous rechercher.

— On n'a laissé que vous quatre ?
— Oui.
— Alors qui garde le matériel, en ce moment ?
— Oh ça va ! dit Moulard en frappant sur la table. Nous cassez pas la tête avec vos questions. On est ici jusqu'à dix heures et à dix heures on rejoint notre unité. Compris ? C'est tout ce qu'on peut vous dire. »

Le type n'a pas cessé de sourire :
« Vous n'avez pas besoin de vous presser, dit-il. Vous pouvez même déjeuner ici, si ça vous dit : elle n'ira pas loin votre unité.
— Qu'en savez-vous ?
— Eh bien quoi ? Elle est partie pour Épinal — elle va s'arrêter aujourd'hui à Altenheim ? Faites-moi confiance : elle n'ira pas beaucoup plus loin. »

Il faudrait se taire, à présent. Surtout se taire. Ne pas l'interroger. Mais Pierné ne peut pas se tenir :
« Pourquoi dites-vous ça ? Et d'où viennent vos renseignements ? demande-t-il d'un ton *[La suite manque]*

★

[Le début manque] me sens gêné : derrière les vitrines ou par les fentes des volets il y a des types qui nous regardent, j'en suis sûr. Tous ceux qui sont rentrés pour faire du commerce avec la troupe. Ils regardent. Ils regardent passer dans *leurs* rues ces Français gauches et désœuvrés qui traînent des grolles. Ils ne disent rien mais ils ont sur les lèvres ce même sourire cruel que j'ai vu tout à l'heure sur celles du bistrot. Qu'est-ce qu'il veut dire, ce sourire ? Que savent-ils ? Les rues me semblent interminables à présent parce que j'imagine des yeux brillants dans l'ombre qui me suivent, qui me suivent — et je me vois comme je dois apparaître à ces yeux. Heureusement l'école n'est pas loin.

Chaubé nous attend sur le pas de la porte. Il fume sa pipe.
« Vous pouvez préparer vos bardas, on se tire », nous dit-il quand nous arrivons.

On se regarde et ça nous coupe les jambes.
« Sans blague ?
— Puisque je vous le dis. Il y a un capitaine qui est arrivé du corps d'armée tout à l'heure. Il a dit : " Comment, tout n'est pas emballé ? Qu'est-ce que vous attendez ? " Il avait l'air affolé. Le capitaine Meunier était soufflé. " Première nouvelle, il dit. Nous n'avons pas d'ordre. " L'autre il lui a dit : " Ben, je vous les apporte ! " Ils se sont un peu

engueulés, comme ça, et puis pour finir nous avons l'ordre
de nous préparer.

— Où va-t-on ? »

Chaubé hausse les sourcils en signe d'ignorance.

« Sais pas. Je sais qu'on va à Altenheim, à trente kilomètres d'ici, parce qu'il y aura un détachement cycliste et il
a bien fallu qu'ils me disent où il irait. Mais ça n'est qu'une
étape.

— Quand part-on ? demande Pierné.

— Dans la nuit.

— Ça va. »

Pierné est heureux : il va pouvoir se perdre dans des empa-
quetages minutieux et tatillons. Partout où il peut le faire,
il emballe, empaquète, brosse, recoud, c'est son tourment
et sa sauvegarde : il se gâche systématiquement la minute
présente mais il s'empêche de penser. Je le laisse à ses diver-
tissements, je m'assieds, je fume, j'écris à Renée. Le capitaine entre :

« Il y a contre-ordre. Départ à cinq heures du matin.
Chaubé, on chargera les camions à minuit.

— Bien, mon capitaine, dit Chaubé.

— Les cars partiront de l'école de garçons. Soyez-y à
quatre heures et quart. Vous, les S. R. A., vous serez du second
départ. Un car reviendra pour vous prendre à sept heures.
Soyez devant l'école de garçons dès six heures et demie. »

Il s'en va. Foulon maugrée.

« Partir de jour ! sont pas sinocs ? »

Mais nous autres, du S. R. A., nous sommes plutôt contents :
nous allons pouvoir dormir toute une nuit.

Le jour s'éteint. Nous sommes assis sur les bancs minuscules de l'école, les genoux au menton, nous attendons la
nuit pour recharger le camion, pleins d'indifférence pour
cette salle qui nous a accueillis et logés trois jours. Nous la
quittons demain — au fond, depuis midi, nous l'avons déjà
quittée. C'est une chose que nous savons faire, nous autres
soldats : nous savons quitter une femme ou un endroit. Déjà
nous ne sommes plus ici, nous ne sommes nulle part, nous
ne sommes plus qu'une grande patience brune, une patience
de guerre, une patience qui ressemble à celle des pauvres ou
des malades. Pierné recoud un bouton à sa braguette. Il me
dit sans lever la tête :

« Ce type, ce matin...

— Oui...

— Il avait tout de même raison. »

14 juin.

À cinq heures, les secrétaires se lèvent, s'habillent et partent. Craquements de souliers, souffles courts, froissements de draps épais. Fay, le petit con, nous crie :

« Rendez-vous à Altenheim. »

Je grogne :

« La paix! Laisse-nous dormir. »

Mais je sais bien que je ne me rendormirai pas. On part, je suis sûr qu'on va quelque part en renfort sur la Marne ou devant Paris — et là, ça sera le coup dur. Je n'ai pas peur du coup dur. C'est une angoisse impatiente qui me tient en éveil. De l'angoisse mais pas de la peur. Nous allons nous désengluer de cette guerre facile, facile comme une obsession, facile comme le monde qui ne résiste jamais, qui ne fait jamais mal, qui cède à nos efforts et puis qui s'éboule et nous enlise tout doucement. Nous allons enfin rencontrer le vrai mal, le mal impénétrable et dur comme un rocher, la vraie peur, qui vous fait face tout d'un coup comme un mufle de bête essoufflée, la douleur physique qui ne vous laisse jamais seul avec vous-même. Nous allons quitter cette guerre-ci, nous allons la laisser dans Haguenau, ensevelie dans son dimanche — cette guerre-ci qui était à l'image de notre vie, où l'on souffre de ne jamais souffrir assez. J'attends je ne sais quelle révélation, je ne sais quelle grâce impitoyable.

« Debout là-dedans! » crie Schwarz. Il extirpe avec peine, comme chaque matin, son gros ventre de son sac de couchage. Il est tout déplumé et ses gros yeux glauques roulent sans rien voir.

« Ils ont eu le jus, ce matin ? demande Moulard.

— Oui. À cinq heures. Mais les roulantes sont parties à présent.

— Alors nous, on fait tintin, pour le casse-croûte ?

— Il paraît. Mais si le chauffeur est à la coule, on tâchera de se faire arrêter en cours de route.

— Je ne dis pas, dit Schwarz, mais c'est râlant tout de même. On y avait droit, au jus, j'aime pas leur faire de cadeaux. »

Nous nous levons dans le frais, vifs et légers, et puis nous nous transformons peu à peu en bonshommes de plomb, gourds et paralysés. Sacs, couvertures, capotes, bidons, musettes, fusils. Pierné garde à la main une petite valise civile, écaillée et défoncée que Schwarz appelle son « Je baise en ville ». C'est avec ces bonshommes de plomb qu'on fait la guerre. Ils avancent à pas lourds, les bras écartés et restent debout quand on les a tués parce que leur poids les enfonce dans la terre. L'école de garçons. La cour est déserte. Nous posons nos sacs en tas dans un coin, nous formons les faisceaux — et puis on attend. Sept heures. Sept heures et demie. Pierné s'énerve.

« Et alors ? Ce car ?

— Attends. Il n'a qu'une demi-heure de retard. »

Pierné se retourne et regarde partout d'un air inquiet :

« Nous ne sommes pourtant pas les seuls à prendre ce car. Il doit y en avoir aussi de l'A. D.

— Ils sont peut-être encore dans la cave. »

Je descends, pour voir. L'odeur de plâtre humide me soufflette à l'entrée; je plonge dans cette obscurité bleue. Personne. La cave est redevenue une vraie cave, un trou sous une maison. Rien ne permet de croire — sauf quelques brins de paille et une paillasse éventrée dans un coin — qu'elle servit de refuge à quatre cents hommes. Des brins de paille dans une cave : nous ne laisserons pas d'autres traces dans Haguenau. Je remonte. Il fait beau. Un charmant matin qui n'est pas pour nous — ni pour personne d'ici.

« Il n'y a plus personne.

— Merde.

— Tu es bien sûr que c'était à sept heures ? » demande Pierné égaré.

On lui impose brutalement silence :

« Oh tu es casse-burnes, tu sais. On était tous là quand il l'a dit. Et puis d'abord tu l'as entendu comme nous. »

Schwarz se baisse et reprend ses musettes, machinalement, comme s'il voulait partir à pied,

« Ils ont dû s'empiler tous dans les cars de cinq heures et puis il s'est trouvé un con d'adjudant pour leur dire : on fera qu'un voyage.

— Et nous, on est les têtards. Ils nous ont oubliés.

— Tu te rends compte ? Oubliés ! »

On s'en frappe les cuisses, tant l'idée nous paraît farce. Oubliés !

« Ça ne te dit rien ça : un déplacement, quatre hommes perdus à la première étape ?

— C'est l'armée française, mon vieux. Simplement.

— Oui, mais ça ne fait rien, je trouve tout de même ça énorme. À quatre par étape, il n'en restera pas lourd si on va jusqu'à Paris. Va voir chez les Fridolins, s'ils sèment leurs hommes comme ça sur la route.

— Oubliés ! »

On en rigole encore un bon moment mais, au fond, on n'est pas tellement fiers. Pierné, qui est notre caporal, nous dit sèchement, en évitant de nous regarder :

« Alors ? qu'est-ce qu'on fait ?

— Allons à pied, dit Moulard, qui sait que Pierné ne peut pas faire de longues marches.

— C'est ça. Et puis quand on arrivera, ils seront déjà

repartis. Je ne m'en sens pas pour leur courir après jusqu'à Paris.

« — Alors ? Tu veux qu'on téléphone à une station de taxis ? »

Schwarz leur dit :

« Il n'y a qu'à rester ici, quand on verra passer un camion, on l'arrêtera. »

Par le fait, il en passe des camions. Seulement ils ne s'arrêtent pas. On leur fait signe mais les chauffeurs lâchent leur volant pour faire, des deux bras, de grands gestes d'impuissance; en même temps ils doivent mettre le pied sur l'accélérateur.

« Salauds !

« — Eh ben! ça va, dit Schwarz. D'ici qu'on reste à Haguenau jusqu'à la fin de la guerre.

« — Bah! là ou ailleurs... »

Je mens. Je brûle d'envie de partir. À cause de ce qui nous attend là-bas, d'abord. Et puis j'aurais peur de rester seul dans Haguenau.

« Tiens! en voilà un de chez nous! » dit Moulard.

C'est vrai; mais il va en sens inverse, du côté de Wissembourg et de la ligne Maginot.

« Hé là! dit Schwarz. Hé là! »

Il s'est mis au milieu de la route, les bras en croix; il a fort grand air.

« Alors quoi ? crie le chauffeur en freinant. T'es sinoc ? »

Moulard s'approche du camion en vitesse.

« Vous êtes de la 70.

« — Probable.

« — Vous allez à Wissembourg ? »

Le chauffeur nous regarde avec méfiance. Ça y est : la cinquième colonne. On nous a déjà fait le coup.

« Qu'est-ce que ça peut te faire, où je vais ?

« — Oh ça va! dit Moulard. Tu veux voir mon livret militaire ? »

Le chauffeur nous regarde tous et puis ses yeux s'illuminent : il a vu Schwarz. [*La suite manque.*]

18 août.

Radio-Stuttgart nous a assaisonnés, ce soir. « Le soldat français de 40 ne savait plus mourir. » Là-dessus, grande dispute chez les aspirants. « C'est parfaitement exact, disait Petit, un type du train. Vous n'avez pas su mourir. » Petit est gérant d'un grand café d'Angers. Il s'est engagé à dix-huit ans, en octobre 18, et il se considère comme un combattant de la Grande Guerre. Chaput a voulu intervenir et

Petit s'est déchaîné, il lui a dit : « Taisez-vous. Vous n'avez
pas le droit de parler. Vous moins que personne. Vous autres
de l'infanterie, depuis le début, vous n'avez fait que foutre
le camp. » Et Courtois, le joueur de rugby, s'est mis en
colère. C'est un grand type superbement balancé, avec les
pommettes saillantes et le nez plat, parce qu'il a fait de la
boxe. « Écoutez, mon vieux, ça suffit! Ce que vous nous
dites là, c'est ce qu'ils vont nous raconter tous, à notre
retour, ceux de l'arrière. Mais j'aime autant vous dire que le
premier qui me parlera comme vous, là-bas, je l'enverrai à
l'hôpital. »

J'ai de la peine à prendre parti. Il me semble que la question est mal posée. Elle sent la fièvre et l'aigre de la passion.
Étions-nous résolus à mourir ? Il faudrait sonder les cœurs.
Et qu'est-ce que cela veut dire au juste : être résolu à mourir
— quand la mort est encore dans les lointains, pâle et bleue
comme une colline à l'horizon. Qu'importe ce que nous avons
pensé de la mort cet hiver, en son absence ? Qu'importe ce que
nous avons dit alors ? On ne nous avait demandé que notre
patience et nous l'avions donnée et puis la guerre a élevé
brusquement ses exigences : brusquement nous nous sommes
aperçus qu'il lui fallait aussi notre sang. Pourtant ce sont
nos paroles de cet hiver que l'on retiendra contre nous. Un
lieutenant m'a dit : « Je connaissais bien mes types. Je peux
vous affirmer qu'ils étaient résolus à tenir jusqu'à la mort
exclusivement. »

Et quand cela serait ? Peut-on nous reprocher de n'avoir
pas sauté à pieds joints dans la mort, de n'avoir pas eu le
tropisme de la mort ? Il ne convient pas aux hommes de
mourir comme des mouches. Ceux qui sont partis en 14 et
qui chantaient aux portières des wagons, ils ont crevé comme
des mouches pendant l'été et les premiers jours de 14, ils
sont morts sans comprendre. Et les Allemands de 40, qui
montaient à l'assaut par milliers, sans casque et en bras de
chemise, ils n'ont pas compris non plus. Nous autres, nous
avions compris — nous avions compris depuis longtemps.
Nous avons grandi à l'ombre de l'avant-dernière grande
guerre et puis il y a eu la guerre d'Espagne et puis on a vu
croître l'ombre de cette guerre-ci et puis il y a eu Munich,
ce faux départ : depuis longtemps nous étions familiarisés
avec la mort et la présence de la mort à nos côtés nous avait
civilisés; déjà nous commencions à connaître le prix d'une
vie humaine, déjà nous regardions nos propres vies avec une
impartiale mélancolie, comme si nous étions de l'autre côté.
Certes nous ne nous sommes engagés avec la mort sans
hésitations ni amertume — mais peut-on nous le reprocher ?
Celui qui ne ressent pas, quand la mort vient sur lui, un
très grand écœurement et une très grande solitude, je le

tiens pour un lâche ou pour un imbécile : mes aînés ont cru
qu'on pouvait mourir de conserve, marcher en troupe dans
la mort comme ils faisaient sur les chemins d'Artois et de
Champagne. Nous, nous avons su dès le premier jour que
nous mourrions seuls. Est-ce que c'est cela qu'on va nous
reprocher quand nous reviendrons ? Est-ce vraiment cela
qui s'appelle : ne plus savoir mourir ? Il me semble au
contraire que nous commençons à apprendre et qu'on nous
a interrompus. Mais soit; s'ils pensent que nous sommes
des lâches, ceux de l'arrière, il faudra les laisser dire. Seulement ils seront injustes : ce n'est pas sur la guerre mais sur
la paix qu'on peut juger des hommes. Nous avons eu *notre*
guerre et, je le reconnais, elle a été à notre image, complexe,
bavarde et rusée et puis, tout à coup, une grande déroute
sanglante. Mais nous n'avons vécu jusqu'ici que la paix des
autres, de nos parents, de nos aînés; nous n'avons pas
encore eu *notre* Paix. La Paix qui nous ressemblera va venir
et c'est sur elle qu'il faudra nous juger. Jusque-là, nous
n'avons qu'à nous taire. S'il le faut, nous reviendrons parmi
les nôtres comme des étrangers. Les femmes, les très jeunes
gens et les vieux hommes nous diront : « Cette guerre que
vous n'avez pas su faire, cette guerre que vous *nous* avez
perdue. » Nous ne répondrons rien, faute de savoir que dire.
Car nous ne saurons jamais très bien si c'est nous qui avons
perdu la guerre. Elle a passé sur nous comme l'éclair, et
nous n'y avons vu que du feu. À présent elle est loin et nous
tâtons nos membres, nous n'en finirons pas de nous interroger sur cette circonstance rapide et ambiguë, à jamais
passée, à jamais perdue, que nous n'avons pas su arrimer
au passage, ni de nous demander avec la conscience mal à
l'aise, jusqu'à quel point nous avons été coupables. Des survivants. Le déluge a cessé, l'eau s'est retirée, notre îlot est
devenu montagne, nous dévisageons avec inquiétude la
campagne inondée qui rutile au soleil.

19 août.

Levé tôt. Été, par un frais matin, regarder les écharpes
de brume qui traînent encore dans la vallée. Longue vallée si sage, si bien découpée, avec ses forêts peignées et
ses champs. Elle n'a pas l'air vraie, on dirait une gravure
léchée et vernie dans un livre d'enfant triste. Dans le creux,
de grosses maisons blanches avec des toits d'ardoise, un
village. Un village tout pareil à ceux de la paix, sauf qu'aucune
lampe ne s'y allume le soir. Quelque chose luit à l'horizon :
la Moselle. Un paysage large et long, insipide et sucré comme
la chair du melon d'eau, qui doit procurer aux Allemands
de grosses extases naturalistes. Il y a dans nos paysages, quels

qu'ils soient, quelque chose de plus tassé, de plus avare, de plus dur et puis un âpre fumet de crasse et de roussi; ils sont cuits par le soleil. Celui-ci est tout cru et gonflé d'eau, les pâles soleils palatins ne parviennent pas à le mûrir. Je le regarde longuement, entre des caleçons et des chemises kaki, qui sèchent, accrochés aux barbelés : ces routes qui le raient de leurs traits pâles, c'est la liberté, la fuite, la belle — et je m'étonne que la liberté soit *en bas,* au-dessous de moi. Des prisonniers au sommet d'une montagne, ça me fait l'effet d'un paradoxe. À l'ordinaire, dans les maisons centrales, les captifs sont investis par le monde, les odeurs et les bruits de la ville viennent rôder jusque dans leur prison et leur souffler au visage; leurs regrets doivent être plus amers parce que tout ce qu'on leur ôte reste de plain-pied avec eux. Nous, nous sommes en l'air. Ce monde dont on nous a arrachés, en nous enlevant sur ce nid d'aigle, qu'il paraît petit : il a les dimensions d'un jouet. C'est lui qui nous a rejetés et pourtant nous avons l'impression de le dominer; le monde pour nous c'est « là-bas », ce sont ces maisons de poupée, ces fourmis et ces champs multicolores sur lesquels nous pouvons jeter, de temps à autre, un regard dédaigneux pour voir passer nos geôliers, tout petits sur les routes. Tout est à nos pieds : les chemins rouges du Palatinat, le long éclair sinueux et plat de la Moselle et le peuple de nos vainqueurs. Le jour où ils nous diront : « Vous êtes libres » et que les grandes barrières de bois s'ouvriront pour nous livrer passage, il nous faudra, à la lettre, descendre parmi les hommes. Nous descendrons la longue route du Petrisberg, nous verrons les maisons et les toits grossir peu à peu. Et quand les maisons seront redevenues écrasantes et sombres, quand elles nous boucheront l'horizon, quand les toits nous cacheront le ciel, alors nous serons redevenus des hommes parmi les hommes, alors nous serons libres. Mais pour l'instant notre regard est plus libre que nous, plus libre que celui de nos geôliers de la ville. Il plane, il méprise — et cependant nous sommes là.

Deux jeunes femmes passent sur la route qui longe les barbelés; l'une d'elles pousse une voiture d'enfant. Je les regarde : elles sont fraîches et bien bâties. Elles passent très vite, en détournant la tête, en souriant au bébé d'un air un peu cafard; elles doivent penser : « Les ennemis sont là. » Hélas! belles filles matinales, vous êtes fort peu mes enne-mies. Mais il y a tant de préjugés derrière ces petits fronts polis, si appliqués à bien penser! Quelque part, à Nancy, des filles françaises passent en hâtant le pas, la tête détournée, devant un jeune soldat allemand qui les regarde en souriant et qui pense : « Vous n'êtes pas mes ennemies. »

19 août — soir.

Le regard triste de nos geôliers. Nous sommes des prisonniers gardés par des prisonniers.

20 août.

En corvée toute la journée. Une corvée très recherchée, la désinfection de quelques baraques dans un camp de travail rattaché au stalag XII D[1]. Peu de boulot et une promenade en camion de 132 kilomètres, aller et retour. Nous sommes partis vers sept heures du matin, avec un feldwebel quinquagénaire, décoré de la guerre de 14. Des yeux d'une douceur enfantine, clairs au-dessus d'une moustache à la Guillaume II, et cet air inachevé, dénoué, de campagne à l'automne, qu'ont tant de visages allemands. Nous nous sommes tassés dans un camion dont il nous a permis de relever la bâche et nous sommes descendus vers la ville. Une ville. Voilà cinq mois et demi que je n'en avais vu. Pourtant j'étais un homme des villes, mais je me suis barré, j'ai voulu les oublier comme tout le reste de ma vie morte. À présent je pense que je vais revoir des rues, des maisons, des magasins et je me sens neuf et tout étonné : autrefois ça me paraissait tout à fait naturel, qu'il y eût des villes; et maintenant je trouve ça surprenant. Je vois de loin des tours, des toits d'ardoise, des murs blancs, des fenêtres qui brûlent au soleil et qui sont toutes noires autour de leurs scintillements, des fumées légères qui salissent le ciel au-dessus de la ville et puis soudain, au milieu des premières maisons, paraissent les débris rougeâtres d'une très ancienne cité. Car il y a une tradition des villes et les neuves se construisent sur l'emplacement des anciennes. Du haut de mon camion, je regarde cet amphithéâtre romain avec sécheresse : est-ce que ça me regarde, ces vieilleries soigneusement emballées dans la mousse et le gazon ? C'est un monde, voilà. — Et moi je suis d'un autre monde : un monde sans tradition. Les baraques, ça pousse en une nuit, comme les champignons et ça disparaît de même. Ça pousse sur de la terre nue et sans mémoire, de la terre commune qui n'a jamais été choisie pour supporter les larges assises d'une ville. Peut-être qu'on trouverait tout de même, en fouillant, quelques restes humains à dix pieds, à vingt pieds au-dessous de nous. Mais la terre les a digérés et assimilés, ceux-là. Et puis on ne fouille jamais; qu'a-t-on besoin de fouiller ? Nous vivons à fleur de terre. Et lorsqu'un camp meurt, entre ses fils barbelés, il n'est pas assez lourd pour descendre sous terre, comme les villes de pierre, qui sont ensevelies par leur propre poids : il pourrit et sèche à la surface du sol et se transforme en poussière anonyme sous le soleil.

Le camion s'enfonce dans les rues violettes d'Allemagne. Mon Dieu! je ne sentais pas cela, autrefois, et à présent cela me frappe, sans doute par l'effet du contraste : comme les villes de la terre sont envahies par leurs morts. Nous autres, là-haut, nous avons horreur de nos morts, nous les balayons avec les ordures. J'en ai vu passer un, avant-hier, porté par deux brancardiers sur une civière. On lui avait mis un foulard sur la tête mais son corps était nu, un long corps effroyablement maigre avec les côtes saillantes, un abdomen ballonné, des pieds énormes et tordus. Dans la nuit grisâtre de cet après-midi d'orage, il avait l'air d'un poisson crevé, le ventre en l'air, argenté dans le noir d'encre de l'eau. On l'a jeté dans une ambulance qui l'a transporté au cimetière militaire de Trèves. Là-bas, sous sa croix de bois, il sera redevenu soldat. Et puis un jour, peut-être, sa veuve obtiendra d'emporter son cercueil et il fera encore, entre les morts de son village, un très convenable mort civil. Un mort civil, un soldat mort, cela peut aller. Mais les prisonniers ne veulent pas entendre parler de la mort. Cette petite épidémie de dysenterie qui nous mine sourdement par en dessous, il n'est pas séant d'y prendre garde : un prisonnier n'est pas mortel. Nous sommes au-dessous de la mort, babillards, futiles et stérilisés : des vivants éternels, comme les protozoaires; il est entendu, une fois pour toutes, que « nous n'en sommes pas morts », que nous « en sommes revenus », nous nous considérons comme immunisés. Et quand nous voyons, comme avant-hier, deux brancardiers qui emportent un cadavre, nous disons en détournant les yeux : « Pauvre type! c'est con tout de même, avoir échappé aux bombardements et à tout le saint-frusquin pour se laisser crever ici. » On lui reproche sa mort en somme : nous estimons que c'est une étourderie.

Mais ici, en bas, on accueille la mort, on recueille les morts. La mort est sur eux, dans le ciel; ce n'est pas seulement à la rapide descente et aux fumées de l'atmosphère que je dois cette sensation d'écrasement : un ciel riche et lourd, un ciel habité pèse sur les toits; partout, sur les portes, aux devantures, je lis *Luftschutzraum*[1]. Les gens qui passent sur les trottoirs, sans même lever la tête pour nous regarder, je les sens captifs de cette mort céleste, ce sont eux qui descendirent hier dans les caves, tandis que je reposais tranquillement sous notre ciel stérilisé qui ne peut guère lâcher sur nous que des pluies et des boues. Captifs aussi de leurs morts. Il y avait longtemps que je n'avais vu cela : une maison. Bâtie par les pères, habitée par les fils et les pères sont là, morts et répandus partout, sur les façades

des immeubles, dans les squares; c'est toujours la vie des
morts que les vivants habitent; et puis de temps en temps,
je vois au passage un *monument* : un mort qu'on a coulé
en bronze. Autrefois je vivais parmi les monuments, entre
des édifices construits par des morts, au goût d'autres morts.
À présent, dans mon aire il n'y a plus de place pour les
monuments ni pour les statues. Nous n'avons pas de morts,
nous, ni de grands vivants, ni de traditions. Nous vivons
sans mémoire et sans avenir, dans l'instant. La mémoire du
monde est à nos pieds, inscrite dans ces vallées; mais nous
avons perdu les souvenirs de nos villes et nous ne voulons
pas laisser renaître celui de nos maisons.
    Le camion traverse des rues et des rues et je me reconnais.
Aujourd'hui je *suis* en Allemagne, je retrouve ces larges rues,
plus étouffantes que des venelles, violettes, toujours violettes — c'est leur couleur secrète —, écrasées par d'énormes
immeubles beiges, roux ou caca-d'oie qui ont l'air d'abcès,
étranges rues qui sentent le feu de bois, qui ont toujours
l'air d'être couvertes d'un dais, qui se partagent entre un
Moyen Âge disgracié et un américanisme sans espoir. Je suis
surpris de voir combien les gens tiennent de place dans les
rues. Un seul homme, ça s'étend tout autour de soi, dans
ses possessions et colonies. Ce qu'on voit n'est que le noyau.
Tout autour il y a un vide énorme. *[La suite manque.]*

· ·

[Le début manque] huit cents mètres d'eux, cependant, je
suis étendu dans mon lit, au calme; il me semble que toute
cette agitation ne me concerne pas. La plupart des types,
dans la chambre, ne se réveillent même pas, ils ont l'habitude : il y a des alertes, à présent, trois ou quatre fois la
semaine. Mon voisin murmure : « La sirène ? » mais c'est
peut-être en rêve, car il se met à ronfler aussitôt après. Nous
savons fort bien qu'aucun abri n'est prévu dans le camp
pour les prisonniers, mais nous nous en moquons. Nous
sommes convaincus que les Anglais connaissent avec exactitude l'emplacement du stalag et qu'ils sauront bien s'arranger pour l'épargner.
    Est-ce *pour cela* que nous sommes si calmes ? Non, je sais
bien que non. Ce n'est qu'un prétexte, une explication rationnelle que nous avons inventée après coup. En fait notre
tranquillité vient de plus loin et plus profond, elle prend sa
source tout au fond de nous-mêmes. Nous ne craignons
plus les bombes parce que nous sommes des *survivants*.
Nous attendions la mort vers la mi-juin, elle n'est pas venue.
Finie la mort, finie la guerre. Nous avons été pris d'un
immense dégoût pour cette guerre ratée et pour cette mort
menteuse. Nous ne voulons même plus y penser, et s'il se

trouve encore des imbéciles pour aller jouer à Jules dans
le ciel par les nuits claires, nous faisons exprès de dormir
pendant leurs acrobaties, histoire de leur montrer que ça ne
nous regarde pas. Nous nous sommes mis hors de jeu.
Nous pouvons souhaiter la victoire des Anglais ou des
Allemands mais nous nous sommes mis hors de jeu, totalement neutralisés, nous boudons la guerre au point de
croire qu'une muraille invisible nous sépare d'elle, où que
nous nous trouvions : la guerre à présent — et la mort —
c'est pour les autres. Nous sommes les survivants...

Ce calme m'inquiète. Je ne suis pas sûr qu'il soit preuve
de santé. Au fond, il vaudrait mieux que nous eussions peur
des bombes. L'absence de la peur n'est pas forcément du
courage. Elle ressemble chez nous aux anesthésies qu'on
rencontre dans certaines maladies nerveuses. Pour tout dire,
nous sommes des hommes qui ont perdu leurs morts. Elles
nous attendaient à certains carrefours, chacun sa chacune,
et à mesure que nous avancions en âge elles se mettaient
à nous ressembler davantage. Et puis, par suite d'un malentendu, nous nous sommes égarés, nous ne les voyons plus,
nous n'avons plus l'impression qu'elles nous attendent. On
nous a dépouillés de nos morts comme on a dépouillé les
choses de leurs goûts et la nuit de ses ténèbres. C'est notre
faute : nous nous acharnons à vivre les jours d'ici comme
un coup pour rien. Il nous semble qu'ils ne comptent pas,
qu'ils ne nous rapprochent d'aucune mort, qu'ils glissent
sur nous sans nous mûrir ni nous user — nous avançons
dans les limbes, dans un jour tamisé et blême, vers rien.
Nous serons bien surpris un jour quand nous nous apperce-
vrons qu'ils comptaient et que nous les avons perdus.

La sirène. En bas, c'est la fin de l'alerte. C'est l'heure où
les bonnes gens, les vrais vivants, les vrais mortels remontent
de l'abri, leur lampe de poche à la main. Ils jettent un coup
d'œil par la fenêtre et disent avec soulagement : « Il fait
jour. » Moi, je n'éprouve même plus ce soulagement. Eh
bien oui, il fait jour, c'est-à-dire qu'un rais de clarté perce
le brouillard gris du dehors. Et puis après ? J'entends un
glissement furtif contre la baraque. Un type qui va pisser.
Un autre, dans la chambre, se lève, s'approche à pas de
loup du lit d'Abel[a] et pisse de son haut dans un seau à
confiture qu'ils réservent spécialement à cet usage. J'entends
son râle heureux : « Ah! Georges! je tenais une de ces
envies de pisser! » Le jour se lève, c'est vrai. Un jour de
plus à vivre. Comment ? Pourquoi ? Je demeure étonné et
un peu dégoûté devant le grand espace sans forme et sans
horloges qui m'attend. *[La suite manque.]*

Appendice III

LA DERNIÈRE CHANCE

Dans l'escalier, Mathieu, les jambes coupées, avait dû s'arrêter trois fois[a]. Il suivit le couloir à pas lents. Comme il passait devant la deuxième salle, deux soldats allemands en sortirent : l'un s'appuyait sur des béquilles, l'autre portait un bandeau autour du front. En apercevant Mathieu ils éclatèrent d'un gros rire sans méchanceté; Mathieu rit aussi, les soldats hochèrent la tête et s'éloignèrent. Mathieu les regarda un moment puis il reprit sa marche très doucement.

Sur le seuil de la « Salle des Français » il s'arrêta : quelqu'un avait ouvert la porte et toutes les fenêtres.

« Eh, les gars! dit Mathieu. Je ferme la porte ? Ça fait courant d'air. »

Il attendit un instant et répéta plus haut :

« La porte, je la ferme ? »

Une voix étouffée sortit du fond d'un lit :

« Fais pas le con; on l'a ouverte parce que ça pue. »

Mathieu s'avança, la narine soupçonneuse, entre les lits. Dans ceux du fond sommeillaient les dysentériques qu'on avait descendus du camp l'avant-veille. Ils étaient restés prostrés depuis leur arrivée et Mathieu n'avait pas pu leur arracher un mot. Il s'approcha d'une fenêtre, contempla un moment la colline, bleue au loin dans le soleil, et sourit. Puis il reprit sa marche. Bollard[b], son voisin de lit, le regardait de ses yeux fixes et brillants. Quand Mathieu fut tout près de lui, Bollard se mit à rire affectueusement :

« Encore! Il faudra qu'on te tue pour t'empêcher de sourire.

— Je m'excuse, dit Mathieu en souriant.

— Les idiots sont comme ça : ils se fendent la pipe toute la journée et si tu leur demandes pourquoi, c'est que la soupe est bonne ou qu'on leur a coupé les cheveux le matin.

— Ce sont des joies saines, dit Mathieu en s'asseyant sur
son lit. Je ne vois pas pourquoi on les leur refuserait. »

Bollard le regarda avec une sévérité feinte :

« Pourquoi souriais-tu ?

— Comme les idiots, dit Mathieu. Parce qu'il fait beau et
que je suis guéri. »

Il se tut brusquement. Mais Bollard[a] n'avait pas eu l'air
d'entendre. Il lissait les couvertures du plat de sa main, il
paraissait nerveux et gêné.

« Je pars, dit-il abruptement.

— Quand ? dit Mathieu.

— Tout à l'heure. »

Mathieu cessa de sourire. Bollard ajouta sans relever la
tête :

« Ils rapatrient les incurables du stalag, il y a un convoi
qui descend tout à l'heure et je les rejoins à la gare. »

Mathieu regardait cette tête baissée et ne savait que dire.

« Ça me fait drôle parce que vous restez ici, dit Bollard.

— Eh bien oui, on reste ici, dit Mathieu. Et après ? »

Il avait la gorge serrée, il pensait : va, c'est encore nous
qui avons le plus de chance.

« Ils vous enverront là-haut, poursuivit Bollard. Et de là
au Kommando...

— Si ce n'est que ça, dit Mathieu, tu n'as pas besoin de
t'en faire pour moi : moi, ça me fait plaisir d'aller là-haut. »

Bollard leva la tête.

« Oh! toi, naturellement, dit-il avec un mépris écrasant.
Qu'est-ce qui ne te fait pas plaisir ? Mais tout le monde
n'est pas comme toi, heureusement. » Il demanda : « Tu n'es
pas trop fatigué ?

— Non, dit Mathieu. Pourquoi ?

— Je voudrais que tu m'habilles. »

Mathieu se leva :

« Où sont tes frusques ?

— Au pied du lit. » Il ajouta : « Les infirmiers doivent
revenir, mais je ne veux pas qu'ils me touchent. »

Il avait déboutonné sa chemise, Mathieu la lui enleva et
regarda avec admiration son torse musclé.

« Dis donc! Tu aurais pu assommer un bœuf. »

Bollard sourit et fit saillir ses biceps :

« Touche! »

Mathieu toucha et siffla puis il prit sur le lit la chemise kaki
et aida Bollard à l'enfiler.

« Pour le froc, dit-il, comment va-t-on faire ?

— Tu vas me soulever, dit Bollard. Baisse-toi un peu. »

Mathieu se baissa, Bollard lui mit ses bras autour du cou;
Mathieu l'enleva d'un coup de reins : il était désagréablement
léger, comme une haltère qu'on a cru en fonte et qui est en

bois. Mathieu faillit tomber à la renverse. Il reprit son équilibre et, de sa main libre, prit le pantalon sur le lit.

« Il va tenir ? demanda Bollard.

— Pourquoi pas ? C'est pas par les jambes que ça tient, un grimpant. C'est par la ceinture, eh pochetée. Tiens-toi bien parce que je te lâche. »

Bollard se cramponnait à son cou; Mathieu le lâcha, prit le pantalon à deux mains et tenta de le faire glisser le long des moignons.

« Nom de Dieu, dit-il.

— C'est pas commode ?

— C'est pas commode parce que je n'y vois rien. Attends. »

Il plaqua une main sur le ventre de Bollard et le repoussa un peu; de l'autre main il levait le pantalon. Heureusement les deux cuisses étaient coupées à la même hauteur.

« Ça y est; bouge pas. »

Il boutonna la braguette : le pantalon tenait.

« Il me serre, dit Bollard, j'ai dû prendre du ventre. L'emmerdant, c'est que je vais devenir gras. »

Mathieu[a] se penchait déjà pour le poser sur le lit.

« Non, dit Bollard. Porte-moi jusqu'à la fenêtre, si tu n'es pas trop fatigué. Je veux la voir au moins une fois, cette colline. »

Mathieu s'approcha de la fenêtre ouverte; Bollard regarda et sourit :

« Je voyais que vous la regardiez, j'entendais que vous en causiez; c'est plus fort que vous : en passant, hop, un coup d'œil à la fenêtre. Mais moi, je ne l'ai jamais vue, t'sais. »

Il regardait avidement :

« Vous serez là-haut. Je la croyais plus élevée. Le bâtiment blanc, c'est la caserne ?

— Oui.

— Mais votre camp, on ne le voit pas ?

— Il est derrière la caserne.

— Ça fait que toi non plus tu ne l'as jamais vu ?

— Eh bien non.

— Vise la route qui grimpe entre les arbres. »

Mathieu regarda la route et vit une mousse noirâtre qui coulait dessus.

« C'est eux, dit Bollard. C'est les incurables qui descendent. »

Il avait l'air agité, tout à coup. Il dit :

« Tu peux me reposer. »

Il était temps; le cœur de Mathieu battait à grands coups dans sa poitrine. Il adossa Bollard au montant du lit; les deux jambes du pantalon, plates et vides, s'étalaient sur le drap. Bollard les regarda :

« Ça fait moche, hein ? Tu n'as pas d'épingles ?

« — Tu penses comme j'ai des épingles, dit Mathieu en haussant les épaules.

— Si tu en avais eu, tu aurais épinglé les jambes du froc à ma veste. Ça aurait été moins moche. »

Ils se turent. Sur le joli visage gai de Bollard, un air nouveau s'était installé : un air d'excuse, de souffrance pensive et rusée.

Il dit :

« Ça ne doit pas être laid, de là-haut, la vue.

— Sûrement pas, dit Mathieu.

— Avant-guerre, poursuivit Bollard, il y avait peut-être un restaurant. Ou une brasserie. »

Mathieu ne répondit pas.

« Enfin voilà, conclut Bollard. Pour l'instant vous voyez la colline de l'hôpital, une fois là-haut, ça sera le contraire. »

Il se mordit la lèvre, soucieusement, et dit, pour lui-même :

« Le plus joli point de vue, à la longue, on s'en lasse. »

Mathieu se taisait et tout à coup un frais jet d'eau sortit de la bouche de Bollard, une voix raisonnable et gaie qui rassurait :

« Tu t'évaderas. Tel que je te connais, tu ne pourras pas t'en empêcher.

— Hum! dit Mathieu.

— Tu verras! dit Bollard avec feu. Tu verras. Ça doit être irrésistible. D'abord parce que c'est facile. Quand on est si près de la frontière... »

Mathieu l'interrompit : il n'avait pas besoin d'être rassuré.

« Pourquoi veux-tu que je m'évade ? demanda-t-il en souriant. Puisque je te dis que je me plairai là-haut.

— Là-haut ?

— Oui. »

Bollard hocha la tête :

« Si je te connaissais pas, je me foutrais en rogne. On n'a pas le droit de parler comme ça.

— À cause.

— À cause de tout. Un prisonnier, faut que ça s'évade; c'est fait pour ça. »

Il regarda Mathieu avec sévérité :

« Je sais ce que tu vas me dire : qu'il faut être raisonnable; je connais la chanson. Eh bien moi, je ne voudrais pas être raisonnable si j'étais à ta place. S'ils ne m'avaient pas rapatrié, j'aurais gueulé, je me serais laissé mourir de faim.

— À quoi ça t'aurait-il servi ?

— À marquer le coup : il y a des choses qu'on ne peut pas accepter. Les Fritz, c'est des hommes comme nous : ils n'ont pas le droit de te prendre ta liberté. »

Mathieu ne voulait pas répondre : mais Bollard avait suivi son regard. Il cria rageusement :

« Ça n'est pas pareil. L'obus est tombé là par hasard. »
Il rougit et ajouta, irrité par le silence de Mathieu :
« Ils ne savaient même pas qu'il y avait quelqu'un dans
le bois, ils tiraient par acquit de conscience. Personne ne
m'a pris mes jambes. Personne. C'est un accident. »
Il regardait Mathieu avec un air de colère et d'angoisse
si gênant que Mathieu se hâta de lui dire :
« Si tu veux. »
Bollard essaya de sourire :
« Tu dis ça pour me la faire boucler. »
C'était la haine, la haine seule qui l'avait couché sur le
sol et qui lui avait arraché les jambes de son poing de fer.
Mathieu connaissait cette haine; Bollard avait le droit de ne
pas la connaître.
« C'est-à-dire, reconnut Mathieu, que tout le monde est
responsable de ta blessure. On ne peut pas en vouloir à tout
le monde. Seulement moi, c'est pareil : si je suis ici, c'est la
faute à tout le monde.
— Pas vrai! Il y a des soldats tout exprès pour t'empêcher
de sortir et, plus tard, il y en aura d'autres qui te foutront
des coups si tu ne travailles pas. Des personnes que tu pourrais reconnaître si tu les rencontrais dans la rue : et ils te
prendront ta liberté dans le détail, au jour le jour, exprès.
— Pour ce que j'en faisais, dit Mathieu en souriant.
— Même pour aller aux chiottes, dit Bollard, il faudra
que tu leur demandes la permission. »
Et toi, pensa Mathieu, il faudra qu'on t'y porte. Il détourna
la tête : Bollard était un homme; il avait le droit que Mathieu
ne l'insultât pas par sa pitié.
« Tu as donc tout oublié ? Le dimanche matin, quand tu
te tâtais pour savoir si tu irais faire une virée à la campagne ?
Et le soir, quand tu revenais du turbin, sans te presser, en
fumant ta pipe... »
Mathieu serra les dents : tout ça, ce n'est pas moi qui le
perds; c'est lui. Et pour toujours. Comment se peut-il qu'il
ne le sache pas encore ? Pourtant Bollard s'acharnait à vanter
ce monde défunt, parce qu'il avait honte de partir, parce
qu'il refusait de penser qu'il allait laisser derrière lui des
esclaves résignés. Mathieu l'interrompit, feignant la mauvaise humeur :
« C'est des salades, dit-il. On était libres, oui. Et puis
après ? libres pour quoi ? libres de quoi ? Est-ce qu'on pouvait empêcher la victoire de Franco ou la guerre ? En un
sens, reprit-il, jamais je ne me suis senti aussi libre que
depuis que je suis ici[1]. »
Bollard haussa les épaules :
« Comprends pas.
— Il n'y a rien à comprendre : c'est comme ça. »

Bollard se tut et Mathieu ajouta plus doucement :

« Le fond de l'affaire, c'est que j'ai un tas de copains au
stalag. Je ne les ai pas revus depuis la fin de juin et j'ai envie
de les retrouver.

— Des copains de régiment! dit Bollard avec mépris.

— Si tu veux : les types qui ont fait la guerre avec moi.

— C'est drôle, dit Bollard, les copains de régiment, pour
moi, ça ne compte pas. Dis, à Bordeaux[1], j'ai des *vrais* copains :
des types, autant dire qu'ils sont nés avec moi. Il y en a un,
depuis dix ans, j'ai pas passé un jour sans le rencontrer. Les
types d'ici, je ne te donne pas quinze jours, une fois libéré,
pour oublier leurs noms.

— Eh bien justement, dit Mathieu, pour moi, ce sont
ceux-là qui sont les vrais. »

« (Les vrais, ce sont ceux devant lesquels tu n'as pas
honte d'avoir les jambes coupées[2].) »

Bollard le regardait, mystifié :

« Tu n'as donc pas d'amis ? »

Daniel; Brunet. Mathieu leva les épaules :

« Bah!

— Et des femmes, tu n'en avais donc pas ?

— Ça m'arrivait d'en avoir, comme à tout le monde.

— Et tu n'aimais pas ça, une belle petite pépée dans ton
lit ?

— J'aimais beaucoup, au contraire. Un intellectuel,
qu'est-ce que tu veux que ça foute ? Causer avec les types,
baiser avec les bonnes femmes. Je préférais baiser.

— Là, je te suis.

— Peuh! dit Mathieu : c'était faute de mieux.

— Faute de mieux ?

— Il doit y avoir mieux.

— Penses-tu!

— En juin, c'était mieux. On ne se parlait plus : on attendait les Allemands et on était ensemble. Tiens : quand nos
officiers se sont taillés...

— Eh bien ?

— Eh bien on était ensemble. Si c'était toujours comme
ça entre les types, je ne baiserais plus qu'une fois par
mois.

— En juin, oui... parce qu'on était battus. Mais... »

Mathieu l'interrompit :

« Là-haut, ça doit être pareil. Je suis sûr que c'est pareil. »

Il fit un pas en arrière et répéta, tourné vers la colline :

« Je suis sûr que c'est pareil[a]. »

Ils se turent un moment puis Bollard dit, sans regarder
Mathieu :

« Moi je baisais ma petite femme tous les jours. Un coup
le matin, deux coups le soir. Je n'ai pas arrêté une seule fois,

depuis le jour de mon mariage jusqu'à celui de la mobilisation.

— Eh bien, dit Mathieu gaiement, tu vas remettre ça.

— Naturellement », dit Bollard. Il ajouta au bout d'un instant : « Tu n'imagines pas ce que c'était. Le dimanche[a], je nous ai vus quitter le théâtre avant la fin pour rentrer faire l'amour. Encore heureux, dit-il en riant, que la marmite ne m'ait pas coupé les couilles, tant qu'elle y était.

— Tu remettras ça, répétait Mathieu mécaniquement, tu remettras ça.

— Elle est bien, ma femme, tu sais, dit Bollard. Elle fait du tennis et du basket. Si tu lui manquais de respect, elle te descendait en moins de deux. Des fois, quand on se caressait, au lit, elle me soulevait à bout de bras. Et fine : à la voir tu ne dirais jamais qu'elle est championne. »

Il étendit ses grands bras et les considéra en souriant : « C'était surtout mes bras qu'elle aimait. Mes bras et mon torse ; elle me caressait les épaules et la poitrine ; elle n'y manquait jamais. Des fois du bout des doigts, des fois du bout des lèvres. Si on lui avait demandé qu'est-ce qu'elle préférait que je garde, de mes bras ou de mes jambes, sûrement elle aurait dit : les bras[b]. Alors tu vois, comme ça tombe, il aurait pu m'arriver pis. »

Il leva vers Mathieu ses yeux brillants de fièvre et ils se mirent à rire tous les deux.

« Tu ne sais pas à quoi je m'occupe, la nuit ? dit Bollard. Je me mets sur le ventre et j'essaie pour voir si je peux encore faire les mouvements de l'amour. Parce que, je te le dis, pour les soins, je ne suis pas inquiet, elle fera tout. Mais il n'y aura pas mèche de la décider à monter sur moi. Elle ne veut pas. Ça la dégoûte.

— Et alors ? demanda Mathieu. Tu peux ?

— Je ne sais pas, dit Bollard. C'est compliqué. Peut-être, en poussant sur les bras. Mais c'est le point d'appui qui fait défaut. »

Il regardait au loin et il avait l'air d'avoir peur.

« Elle n'est pas prévenue... »

Il se reprit brusquement et ajouta avec autorité :

« Je n'ai pas peur pour elle, remarque : elle est vaillante. C'est les autres qui vont me faire chier, mes parents, les siens, les amis. Il va y avoir des oh! et des ah! J'aime bien Rouen[1], tu sais, eh bien, c'est drôle à dire, mais, en un sens, je suis plutôt content qu'ils aient lâché des bombes dessus. De mon point de vue, tu comprends : dans une ville à moitié démolie, un infirme se remarque moins. Les gens ont l'habitude et puis, je ne sais pas, je serai assorti à leurs bâtiments. Marseille, tiens, voilà un endroit où je ne voudrais pas habiter : ils n'ont pas encore compris, ils me traiteraient

avec pitié, comme un accidenté du travail. Je ne veux pas
de pitié : je veux faire partie du paysage. Nous passons par
la Suisse, tu sais, dit-il avec agitation.

— Par la Suisse ?

— Oui, oui. Par la Suisse. Ils nous donneront du chocolat et des petits pains, c'est sûr. Dans trois jours à cette
heure-ci... » Il regarda Mathieu d'un air étonné :

« Ça me fait drôle. »

Mathieu ne répondit pas.

« J'étais heureux, tu sais, dit Bollard. Il y avait ma femme
et puis nous faisions du sport. Jamais une maladie, pas même
un bobo. On n'était pas riches mais on joignait les deux
bouts. J'ai tout misé sur le bonheur. L'amour, le sport,
mon métier... l'été on faisait du camping. Tu aimes ça, toi,
le camping ? »

Mathieu sourit :

« Non, pas plus que ça.

— Couillon ! Tu n'aimes pas la marche à pied ?

— Guère. »

Bollard se mit à rire :

« Il n'y a pas de justice. C'est pas moi qui devrais être
cul-de-jatte, c'est toi. »

Mathieu rit aussi :

« Non, dit-il, il n'y a pas de justice. »

Bollard redevint sérieux :

« Est-ce que je saurai encore être heureux ? »

Mathieu hésitait. Bollard ajouta en le regardant bien en
face :

« Tu comprends, le bonheur, à présent, pour moi, c'est
un devoir.

— Je pense que tu sauras », dit Mathieu.

Ils se turent. Deux infirmiers allemands entraient avec une
civière et des couvertures. Bollard se tourna vers eux et les
regarda de ses grands yeux ; il était devenu très pâle et ses
mains se mirent à trembler. Les Allemands s'approchèrent
sans mot dire, le prirent par les épaules et par les fesses, le
soulevèrent et l'enroulèrent dans la couverture. Il avait l'air
d'un tout petit paquet. Mathieu voulut parler mais les mots
ne sortirent pas. Bollard le regardait à présent ; il appelait
au secours : il ouvrit la bouche mais ce fut seulement pour
dire :

« Adieu, petite tête. »

Mathieu fit un pas, le prit des mains des infirmiers, le
serra contre lui sans rien dire et sentit de nouveau cette
horrible *absence* de poids ; puis il se baissa et le posa sur la
civière.

« Fais gaffe au train la nuit, dit-il. Ne prends pas froid.

— As pas peur! dit Bollard. Je n'ai pas de chance de m'enrhumer : je prenais toujours les rhumes par les pieds. »

Les infirmiers soulevèrent la civière et se mirent en marche.

« Adieu, cria Bollard. Adieu. Et merde!

— Merde aussi pour toi », dit Mathieu.

Déjà les infirmiers étaient sortis. Mathieu pensa : il va en enfer; et pendant une seconde il eut horreur de ce monde que Bollard allait retrouver. La rue La Fayette à six heures du soir, sillonnée par des milliers de trajectoires solitaires. D'en haut ils font une foule... Tous libres, bien sûr, libres et impuissants. Ils sont responsables de tout ce qui leur arrive et ils ne peuvent même pas remuer le petit doigt. Bollard retournait là-dedans. Toujours aussi libre, libre avec les deux jambes tranchées à mi-cuisse; la liberté ça ne sert qu'à vous donner des remords. Libres, séparés d'eux-mêmes et de tous par leurs libertés. Mathieu fit quelques pas vers la fenêtre, il regarda la colline verte et sombre, la colonne des incurables en bas de la route; il sentit renaître doucement sa gaieté, il pensa : « Je ne suis plus libre. » Trente-six ans de solitude abstraite, trente-six ans de pensées sur *rien*. Il regardait la caserne; derrière la caserne les copains l'attendaient, unis par un seul malheur, par un seul destin, par la même fatigue, la même faim, la même colère. Derrière la caserne, dans une enceinte de barbelés, on avait construit et peuplé pour lui une ville natale.

Mathieu lui fouillait le ventre de ses cornes, un bel œil grave le regardait avec reproche : *Sais-tu seulement ce que tu as fait ?* Mathieu voulait s'expliquer mais en vain : les taureaux ne parlent pas. *Sais-tu seulement ce que tu as fait ?* Il fit un violent effort, cria : Non! et ses yeux s'ouvrirent, dans le noir. Tout s'était évanoui sauf sa perplexité, cette vieille stupeur qui datait du 18 juin[1] et qui ne gênait pas, sauf au réveil, sais-tu seulement ce que tu as fait ? Très loin, des doigts de pied se mirent à remuer; étaient-ce les siens ? Était-ce à lui, ce long corps étiré, larvaire, écailleux, partiellement douloureux, partiellement insensible ? Un taureau, certainement pas : mais peut-être un poisson crevé, le ventre en l'air. Il essaya de se soulever, heurta du front le couvercle de sa bière et retomba sur le dos, mort et enterré[a]. Ça sentait la paille, la sueur, le suri et toutes les odeurs du dedans. Il gémit puis doucement, avec précaution, leva le bras et tâta la nuit : c'était vrai; il y avait *vraiment* une espèce de plafond à dix centimètres au-dessus de son nez. Le bras retomba, découragé. Il tourna les yeux, sans remuer la tête et il aperçut, au diable, une brume lumineuse autour de ses souliers. À sa droite, une bête remuait, une grosse vermine, il entendait son souffle inquiet; elle devait lui pousser son groin dans les côtes : il sentait à son flanc une épaisse chaleur vivante qui ne lui appartenait pas. Il étendit la main, tâta, fit lever un rire et une grosse voix inconnue :

« T'es donc réveillé, petite tête ? »

Mathieu se réveilla tout à fait et secoua la tête. Mais cette fois le décor tint bon : il avait plein les yeux de ce noir d'encre, rien à faire pour s'en débarrasser, à moins qu'il ne regardât, au bout du tunnel, cette lumière de soupirail. La voix causait toute seule, à côté de lui :

« Qu'est-ce que t'as pu en écraser! Sont tous partis, t'sais. Y a pus que nous deux. »

Une autre voix descendit du plafond :

« Pas vrai. J' suis là.

— Qui c'est-il qui cause ? dit la première voix.

— Hubert, eh con!

— Salut! » dirent-elles toutes deux à la fois.

Mathieu essaya de se tourner sur le côté mais ne réussit qu'à se coincer de biais entre le couvercle et le fond de la bière. Ses yeux lui faisaient mal mais ils s'habituaient à l'obscurité. Il finit par distinguer sur sa droite, à la hauteur de son aisselle, un visage monstrueusement raccourci : une bouche souriait au-dessous d'un gros nez rond; pas de front, pas d'yeux, pas de cheveux; un menton difforme et prolongé par un goître se perdait dans l'ombre. La bouche remua, la voix sortit; entre les mots et les mouvements des lèvres, il y avait un léger décalage comme dans les premiers films parlants.

« T'es arrivé de cette nuit ?

— Oui.

— Je t'ai entendu quand ils t'ont amené. »

Parbleu! pensa Mathieu soulagé, je vois cette tête à l'envers. Son propriétaire devait être assez petit; il était étendu sur le dos; ce que Mathieu avait pris pour un nez, c'était son menton.

« Tu sors de taule ? reprit le type.

— Non. De l'hosto, en bas.

— Dysenterie ? demanda la voix d'en haut.

— Une balle dans le poumon[b].

— Ah! Ahahahah! »

La voix d'en haut était devenue respectueuse et lointaine. À côté de Mathieu, le type lui fit écho respectueusement : « Ahahah ! »

Il y eut un bref silence.

« Si tu les écoutes, dit la bouche à l'envers, ils ont tous descendu leur Boche. Mais, pour de vrai, il y en a pas beaucoup qui se sont battus. »

Mathieu bâilla et se laissa retomber sur le dos :

« Je ne me suis pas battu, dit-il, j'étais dans l'auxiliaire. J'ai attrapé ça comme un rhume. »

Le type se mit à rire.

« Moi non plus je ne me suis pas battu, dit-il avec complicité.

— Alors, comme ça, tu sors de taule ? demanda Mathieu.

— Depuis hier. » Il cria : « Dis, Hubert ?

— Eh ?

— J'avais un cachot pour moi tout seul, dit-il triomphalement.

— Cocu ! » dit Hubert.

Le type expliqua à Mathieu :

« Au camp, t'es jamais seul. Même pour chier[1].

— Qu'est-ce que tu avais fait ? demanda Mathieu.

— Tiens ! Je m'étais taillé. »

À son tour, Mathieu fut saisi de respect. Il demanda avec déférence :

« Où est-ce qu'ils t'ont repincé ?

— À la frontière : j'avais fait le plus dur.

— T'es pas verni ! »

La voix claironna dans le noir :

« Je regrette rien.

— Les gendarmes t'ont pas tabassé ? demanda Hubert.

— Penses-tu ! Ils m'ont filé du sauciflard, oui, et reconduit en camion, une chouette de balade. Mais c'est pas ça : même qu'ils m'auraient ramené à coups de pied dans le train, je regretterais rien. Dès que t'as mis le pied dehors, t'es fou ! Tu peux pas savoir l'effet que ça fait. »

Il s'était soulevé sur un coude et considérait Mathieu avec intérêt. Mathieu souriait à cette grosse lune aimable qui s'inclinait dans son ciel, il se rappelait la campagne et la nuit.

« Ça ne te tente pas ? » demanda le type.

Mathieu se mit à rire :

« Dis, laisse-moi souffler : j'arrive !

— T'as tiré deux mois d'hosto ? demanda Hubert étonné. T'étais drôlement attigé, alors ? »

Mathieu riait toujours :

« Drôlement ! » dit-il.

Il leva les bras l'un après l'autre avec satisfaction. Pas

question de s'évader : ce sont les prisonniers qui s'évadent.
Mathieu n'était pas encore prisonnier, il venait de naître.
La lumière[a] du matin fusait entre ses pieds; autour de la
baraque, il y avait une ville inconnue et des hommes se promenaient dedans. Il brûla soudain d'envie de se mêler à eux,
comme autrefois quand il se réveillait à Grenade ou à Meknès[1] après une nuit[b] de voyage. Il colla ses paumes contre le
plancher et tira sur ses avant-bras. Ses mains moites collaient
au bois comme des ventouses, son dos glissa lentement vers
la lumière, son occiput racla le fond du cercueil, c'était très
amusant. Au bout d'un moment il s'arrêta : ses jambes pendaient dans le vide et s'agitaient vainement pour trouver
un appui; il se tordit pour se retourner sur le ventre mais
sans y parvenir : un crabe sur le dos.

« Qui c'est qui fait ce boucan ? » demanda Hubert.

Mathieu entendit rigoler son voisin :

« C'est le nouveau qui prend de l'exercice. »

Il dit à Mathieu :

« Laisse-toi glisser, tu te feras pas de mal.

— C'est bon », dit Mathieu.

Il se poussa en avant et sauta, les yeux clos.

« Dame, dit Hubert avec bonté, c'est qu'on est un peu
à l'étroit, mais tu t'habitues vite. Tu sais comment qu'on
appelle ça, nous autres : des cercueils.

— Je m'en serais douté », dit Mathieu.

Il ouvrit les yeux et vit *rien;* il n'était nulle part. Entre
les deux caveaux de famille percés de trous rectangulaires il
y avait une table et des bancs, mais ça n'était rien, même
pas des meubles, même pas des ustensiles, même pas des
choses : l'envers inerte de quelques gestes élémentaires; ça
flottait dans le vide. Le vide enveloppa Mathieu d'un regard
vitreux et dissolvant, lui pénétra dans les yeux, lui rongea
les chairs, il ne resta plus qu'un squelette : « Je vais vivre
dans le vide. » Le squelette prit la position assise. Luxueuse
et blonde, une lumière de septembre[2] entrait par la fenêtre
ouverte mais, ne trouvant rien à éclairer, elle mourait en
l'air et retombait en brume molle sur la table. Mathieu avait
de la peine à respirer. Il pensa : « Je m'essouffle encore
très vite. »

« Alors, dit la voix d'en haut, qu'est-ce que t'en dis ? »

Mathieu releva vivement la tête et vit deux yeux de bête
qui brillaient au fond d'un trou.

« Ça ressemble à la morgue », dit-il.

Il lui sembla qu'un des trous lui tirait la langue. Mais ce
n'était qu'une paire de jambes. Elles se coulèrent au-dehors,
gigotèrent et s'épanouirent en fesses opulentes; un petit gros
en chemise kaki tomba sur le plancher comme une pomme
mûre. Il sourit à Mathieu et considéra la pièce avec objectivité :

« Cette carrée-là, dit-il, elle eſt plutôt cave; c'eſt pour les clients de passage. Ils te mettent ici quand tu sors de taule ou de l'hoſto, le temps que tu trouves une occupation.

— Et après ? demanda Mathieu.

— Après tu vas dans une autre carrée avec les gars qui font le même boulot que toi.

— Et elles sont mieux les autres carrées ?

— Forcément, dit le petit gros.

— Qu'eſt-ce qu'elles ont de plus ?

— Elles ont rien de plus mais tu es chez toi. »

Mathieu mit sa veſte :

« J'ai des copains dans le camp, dit-il. Tu ne sais pas comment je pourrais faire pour les retrouver ? »

Le petit gros se mit à rire :

« On eſt trente mille[a], dit-il simplement.

— Je vois, dit Mathieu.

— Comment qu'ils s'appellent, tes potes ? demanda Hubert.

— Il y a Charlot, dit Mathieu, et puis Lubéron et Longin. Ils sont tous de la soixante-huitième[1].

— Connais pas.

— Et Pierné[b] ?

— Non, dit Hubert. Ça ne me dit rien.

— Va chez les infirmiers, dit le petit gros. Ils en voient tant passer, ça se pourrait qu'ils les connaissent.

— Où eſt-ce l'infirmerie ?

— Tu prends la Grand-Rue et tu descends : tu peux pas te tromper.

— C'eſt bon, dit Mathieu. Salut.

— Salut », dirent-ils.

Il ouvrit la porte et sortit; il croyait plonger dans la chaleur et dans la clarté mais il fut enveloppé dans une ombre fraîche de sous-bois. Il se trouvait au milieu d'un tunnel; la lumière flambait aux deux bouts. Il marcha, sous ses pieds les planches basculaient et craquaient; il passa sans s'arrêter devant des portes closes : il savait à présent qu'elles s'ouvraient sur du vide et c'était le dehors qui l'attirait : au-dehors, trente mille badauds flânaient sous le soleil; il se promènerait parmi eux[c], il visiterait les monuments.

Une mousse d'or lui crépita dans les yeux, l'aveugla, fondit en taches violettes qui pâlirent, s'évanouirent et de nouveau il vit *rien*. Rien; pas plus de ville que de beurre aux fesses : de grandes caisses abandonnées sur un terrain vague. Entre les caisses il y avait du vide et, derrière elles, d'autres caisses. Le sol était gris et torturé : de la boue sèche. Une vague du déluge, chargée d'épaves et d'arches, avait dû s'abattre sur la colline et se retirer : les arches étaient reſtées. Très loin, sur la droite, une grande porte de bois se dressait dans le

vide, solitaire et close; il se retourna et vit au loin, sur sa
gauche, une autre porte, toute semblable, sur fond de ciel.
Entre ces deux portails barbares, plantés face à face dans le
désert comme les vestiges d'un ancien désastre, ça grouillait.
Brassée par des courants divers, une foule glissait le long
des baraques; on l'eût prise, à peu de chose près, pour une
foule humaine. Le regard de Mathieu fila sur un de ces
courants, le chaos des arches abandonnées s'organisa sur
son passage, elles s'accolèrent et se mirent à border un boulevard populeux. Mais c'était louche : une fausse foule sur
un faux boulevard; dès que Mathieu tourna les yeux vers
les baraques, elles retombèrent dans l'isolement, le boulevard
se désagrégea, l'espace cailla, il ne resta que des caisses séparées par un vide indifférencié; le cœur de Mathieu se serra.
Le flot portait vers lui un couple de ces étranges créatures
qui ressemblaient si fort à des hommes. De près elles étaient
trahies par leurs yeux de coton et par leurs visages inertes;
elles parlaient entre elles dans une langue étrangère et de
temps en temps une animation dure et forcée brûlait subitement leurs joues pour s'éteindre aussitôt, comme le bref
printemps d'une terre polaire. Elles ne semblaient ni jeunes
ni vieilles, ni heureuses ni malheureuses. Ou peut-être avaient-
elles, aux yeux de leurs semblables, un air de jeunesse, de
bonheur ou de malheur, et Mathieu ne savait-il pas déchiffrer
leurs traits. En passant elles le dévisagèrent, un rire brutal
leur ravagea la bouche et disparut; Mathieu pensa, gêné :
« J'ai l'air d'un touriste. »

« Dites donc... », commença-t-il.

Déjà leurs yeux s'étaient détournés, la conversation reprenait, comme une averse : la langue inconnue, c'était du français. « Comment se fait-il que je ne l'ai pas compris tout de
suite ? » Parce qu'il sortait de l'hôpital où l'on ne parlait
que l'allemand ? Parce que le français était déjà devenu langue
morte ? Ou parce que ces captifs, oubliés sur une terre étrangère, déformaient chaque jour un peu plus leur langue natale ?
Il tendit l'oreille, attrapa des sons rudes et rauques, presque
mécaniques.

« Sur le *Paris*[1] que j'étais. Liftier. J'ai vu du pays. »

Et puis :

« L'Arizona... le Désert peint...[a2] »

Ils s'éloignèrent et Mathieu répéta : le Désert peint, l'Arizona, pour le plaisir d'assembler ces beaux petits objets de
bois peint, ces œufs de Pâques russes qui ressemblaient à
des mots mais qui ne désignaient rien et qui rutilaient pour
eux seuls. Il répétait : l'Arizona, le Désert peint et, par centaines, des yeux sortaient de la foule, se poussaient contre
lui, le caressaient au passage et laissaient des traces humides
sur sa face et sur ses mains, le désert, l'Arizona, et ça faisait

un poème qui le remplissait de son parfum : « Ici les mots n'ont plus de sens; ils ont des odeurs. » Des mots le frappèrent, d'autres, d'autres encore, radio, capote anglaise, biribi, sémaphore : ces animaux étranges qui font semblant de parler, ce sont des poètes. Ils roulaient[a] contre lui, le frôlaient, se cognaient à lui et pourtant il demeurait *dehors* et leurs conduites lui paraissaient inexplicables : ils ne flânaient pas et pourtant ils n'allaient nulle part. Ils *s'écoulaient,* sérieusement, avec application, en cérémonie. Quoi qu'ils lui inspirassent une répulsion légère et même de la crainte, comme les fous qu'il avait vus à Rouen en 1936[1], il savait parfaitement qu'il n'était pas dans un asile d'aliénés : plutôt dans un vivier de crabes et de langoustes. Il se fascinait sur ces crustacés préhistoriques qui se traînaient sur le sol tourmenté d'une planète inconnue, tout d'un coup son cœur se serra et il pensa : dans quelques jours, je serai l'un d'eux. Il aurait ces yeux, ces airs, ces gestes; il comprendrait *du dedans* ces bêtes incompréhensibles, il serait crabe et ça lui paraîtrait atrocement naturel. Il se balançait sur ses talons, il regardait moutonner devant lui son destin : un seul pas et il entrait dedans; mais il n'osait pas, il restait partagé entre l'envie et la crainte; il hésitait, comme s'il se fût agi d'un engagement d'une gravité extrême, mes mots se gèleront, je perdrai la vue, d'étranges fleurs s'épanouiront dans ma tête. « Que ce soit fini le plus vite possible! » pensa-t-il et il se jeta en avant. Il n'arriva rien, sauf un petit remous de visages qu'il provoqua en s'enfonçant. Des faces se tournèrent vers lui et le flairèrent, brutales et curieuses comme celles des aveugles-nés. Il marcha un moment gêné, indigeste, une pierre dans la mare, la foule se taisait autour de lui. Heureusement il aperçut, sur sa gauche, un groupe de bâtiments entourés de barbelés; sur le fronton du plus grand, il lut *Krankenrevier*[2]. Il s'arracha de la foule et longea les barbelés; sa veste s'accrocha à une étoile de fer, il la dégagea et poussa le portillon d'entrée.

« Hep là! »

Mathieu s'arrêta, interdit. Un grand moustachu qui portait un brassard avec une croix rouge se précipitait vers lui :

« On n'entre pas. Qu'est-ce que tu veux ?

— Je voudrais voir un infirmier, dit Mathieu poliment.

— Lequel ? Pourquoi ?

— N'importe lequel. C'est pour un renseignement. »

Le moustachu le toisa. C'était un simple soldat mais il avait la morgue d'un capitaine[b].

« On n'entre pas, répéta-t-il. Les prisonniers n'ont pas le droit d'entrer à l'infirmerie.

— Alors qu'est-ce que tu fais dedans ? »

Le moustachu le regarda de travers :

« Je ne suis pas prisonnier », dit-il.

Il lui tourna le dos et regagna la *Krankenrevier*. Derrière Mathieu quelqu'un s'était mis à rire. Mathieu sursauta, se retourna brusquement et vit une bouche noire : le rire en sortait, maladroit et lointain.

« Hé[a] ? »

Le type fit un signe de la main et baissa les paupières; la bouche restait ouverte sous les yeux clos, le rire roulait toujours dedans. Ça lui donnait un air décourageant de délectation incommunicable.

« C'est comme ça, dit-il. C'est comme ça. »

Il posa la main familièrement, presque tendrement, sur le fil de fer barbelé et chatouilla du doigt une étoile rouillée.

« Sont pas comme nous, les infirmiers. Sont pas des gars comme toi et moi. Couchent dans des lits, sont pas prisonniers.

— Ils ne sont pas prisonniers ? demanda Mathieu avec étonnement.

— Sont pas prisonniers. »

Il était difficile de savoir s'il répondait à Mathieu ou s'il répétait les mots pour son plaisir personnel. Il ajouta en rigolant :

« Va-t'en voir un peu leur dire qu'ils sont prisonniers, tu seras reçu.

— Ah oui ? dit Mathieu gêné. Mais pourquoi ? »

Le prisonnier ne paraissait pas l'entendre. Il médita un moment, la bouche ouverte, puis les mots vinrent exploser entre ses dents et des rougeurs couvrirent par plaques son visage :

« À part ça, y en a la moitié qui ont le brassard et qui sont infirmiers comme moi.

— Qu'est-ce qu'ils ont fait ? demanda Mathieu avec intérêt. Ils ont truqué leur livret[1] ? »

Pas de réponse : le type se curait l'ongle de l'index à une des pointes de l'étoile.

« C'est comme ça! dit-il enfin. C'est comme ça! »

Il souleva les paupières et parut s'apercevoir de la présence de Mathieu :

« Tu n'es pas d'ici, dit-il d'un air défiant. D'où que tu viens ?

— De l'hosto. »

Le type approuva :

« Ça se voit tout de suite que tu n'es pas d'ici. »

Il cligna de l'œil, rassuré :

« Je m'appelle Chomis.

— Moi Delarue, dit Mathieu.

— Qu'est-ce que tu leur veux aux infirmiers ?

— Je cherche les copains de ma division, ils ont été ramassés en même temps que moi. »

Il rougit et se tut : il venait de s'apercevoir qu'il criait, comme s'il s'adressait à un sourd. Il baissa la voix pour ajouter :

« Ils doivent être ici depuis plus d'un mois. »

Le prisonnier le regarda d'un air fier :

« Eh bien, dit-il superbement, t'as pas fini ! Parce qu'il y a quelqu'un au camp, c'est moi qui te le dis.

— Les infirmiers, dit Mathieu, je pensais qu'ils les connaîtraient peut-être. »

Le type secoua la tête.

« Personne connaît personne. C'est Babylone, je te dis. Tu pourrais même pas retrouver ton frère. »

Un type sortait de l'infirmerie, svelte et vif dans un uniforme de fantaisie, les joues rouges, l'œil humain.

« Voilà Stoegler, dit le prisonnier. Demande-z-y tout de même. »

Stoegler ouvrit le portillon et sortit de l'enceinte. Avant de plonger dans la foule, il s'arrêta un instant pour enfiler ses gants.

« Eh dis donc ! » dit Mathieu.

Stoegler tirait sur son gant droit. Il releva la tête et considéra Mathieu avec humeur.

« Quoi ?

— J'arrive de l'hosto, dit Mathieu. J'ai des copains dans le camp et je voudrais les retrouver.

— Alors ? Qu'est-ce que j'ai à en branler ?

— On m'a dit, reprit Mathieu patiemment, que les infirmiers connaîtraient peut-être leurs noms.

— Je connais pas de nom. Adresse-toi à Chauviré, c'est lui qui a la liste des malades.

— Je ne peux pas entrer.

— Alors attends jusqu'à ce qu'il sorte. »

Il s'en fut d'un long pas élastique. Chomis le suivit du regard et dit tristement :

« L'était pas mauvais gars. Mais il se sent plus pisser.

— Bon, dit Mathieu, ben, je vais attendre.

— T'as que ça à faire », dit Chomis.

Il rigola :

« Le temps coûte rien ici, pas vrai.

— Ça m'en a tout l'air. »

De fait Chomis ne s'en allait pas. Il restait là, comme une borne, sans même regarder Mathieu; il laissait le temps couler.

« Tu les connaîtrais pas, toi, par hasard ? demanda Mathieu.

— T'es pas fou ? demanda Chomis, indigné. Je te dis que personne connaît personne.

« — Des gars de la 70[1] ? »

Chomis pinça la bouche.

« Non, non, non.

— Pierné, Longin, Lubéron, dit Mathieu.

— Non, non : je te dis que je les connais pas.

— Charlot, Nippert ?

— Gaspille pas ta salive, je te dis que je les connais pas.
Tu les trouveras jamais comme ça.

— Bon, bon! » dit Mathieu.

Ils retombèrent dans le silence; Mathieu allongea la main
et se mit à racler de l'ongle le fil de fer barbelé. Ils se tournaient le dos et Mathieu pensait : je les retrouverai, je les
retrouverai tout de même. Il revit le gros visage souriant
de Charlot et il se sentit joyeux. Au bout d'un moment,
Chomis posa la main sur l'épaule de Mathieu :

« Longin, que t'as dit ?

— Longin, oui.

— Et Lubéron ? et Charlot ? et Nippert ?

— Oui. »

Chomis se retourna sur le lent défilé des prisonniers, le
considéra un instant puis appela :

« Ho! Derrien! »

Un type sortit des rangs, suivi de deux autres soldats. Ils
s'arrêtèrent en silence à deux pas de Chomis et de Mathieu
et les regardèrent de leurs yeux patients et fanés.

« Ho! Derrien, dit Chomis avec noblesse, écoute! »

Il désigna Mathieu du doigt :

« Ce gars-là vient de l'hosto, pas ? Il cherche ses potes,
pas vrai ? Bon! Eh ben faut qu'il tombe sur moi! »

Les types n'avaient pas l'air de comprendre.

« Je lui dis comme ça : après qui que t'attends ? expliqua
Chomis. Il me dit : j'attends après les infirmiers. Qu'est-ce
tu leur veux aux infirmiers, je lui dis. Il me dit : des fois
qu'ils sauraient où crèchent mes potes. Je lui dis : dis-moi
toujours comment qu'ils s'appellent. Et il me dit. Et savez-
vous qui c'est ? Lubéron, Longin, Charlot et Nippert, que
je crèche avec eux à la 57! »

Il y eut un silence; il semblait à Mathieu qu'on avait
soufflé sur sa joie; il faudrait se replonger dans la foule,
entrer dans une baraque, pousser des cris de joie, répondre
aux questions : trop difficile. Autour de lui, les bouches s'ouvrirent largement sous les yeux morts; elles roulaient leur
rire : toujours ce même rire aveugle et brutal qui ressemblait
à une tambourinade.

« Merde », dit Derrien.

Un petit rouquin hochait la tête :

« Il peut se vanter d'être verni, le gars.

— Il me dit : j'attends après les infirmiers, des fois qu'ils

sauraient où sont mes potes, expliqua Chomis. Je lui dis :
comment qu'ils s'appellent tes potes ? Il me le dit et, comme
ça se trouve, c'est les gars qui crèchent avec moi à la 57 !

— Unique ! dit le rouquin.

— Ça tu peux le dire, dit Chomis fièrement. Tu peux
dire que c'est unique et que ça n'arrive pas tous les jours.
Parce que moi, je vous le dis, le stalag c'est Babylone. Celui
qui y aurait perdu un cuirassé, il pourrait pas l'y retrouver.
Et lui qui sort tout droit de l'hosto, faut qu'il tombe sur moi.

— Unique ! »

Ils tournaient le dos à Mathieu et riaient sans s'occuper
de lui. Mathieu eût aimé rire avec eux mais c'eût été indiscret.
Il attendit patiemment en grattant la pelade rouge des barbelés, c'était agaçant et voluptueux, on croyait tout le temps
que les croûtes de rouille allaient se détacher, mais elles
tenaient bon et poudraient les doigts de roux ; si je n'avais
pas rencontré ce Chomis, je resterais ici, à me chauffer au
soleil en guettant la sortie des infirmiers : de quoi occuper
largement une journée. Il se rappela qu'il lui restait quatre
cigarettes allemandes et il eut envie de fumer, mais sa poche
était au diable, si loin au bas de ses côtes qu'il eût fallu un
bras de géant pour l'atteindre. L'envie s'étiola : toutes les
envies d'ici doivent être pareilles ; des états d'âme, rien de
plus. Sa tête se renversa toute seule et il vit un ciel trop
léger, trop pâle, trop haut. Bien sûr, les ciels sont de passage,
ils glissent vers l'ouest ; pas question que le stalag en ait un
pour lui tout seul. Derrière lui les rumeurs et les souffles
de la ville, devant lui quelques isbas en rase campagne,
au-dessus de lui cette vitesse abstraite... Il secoua les épaules,
les objets reprirent leurs dimensions normales, son bras se
décrocha du barbelé, plongea court et dru dans la poche de
sa veste, sortit une cigarette ; il semblait à Mathieu qu'il
s'était étiré un moment comme un long salsifis ; par contraste
il se sentait, à présent, dense et trapu. Il alluma sa cigarette,
en tira quelques bouffées et, tout d'un coup, un chœur de
voix parisiennes se leva. Il se retourna brusquement et ne
vit d'abord rien d'autre que la procession d'escargots sans
coquille qui se traînait dans la boue des champs. Mais, aussitôt après il se sentit rougir : les escargots le regardaient,
cinquante paires d'yeux s'étaient tournés vers lui, pleins de
stupeur et de scandale. Il ne comprenait pas, puis il vit que
le regard de Chomis s'attachait à ses lèvres. Il leva la main,
ôta sa cigarette de sa bouche et la laissa pendre contre sa
cuisse, au bout de son bras.

« Je l'ai eue à l'hosto, dit-il.

— Nous autres, expliqua Chomis sur un ton de parfaite
objectivité, on n'a pas fumé depuis juin. Ils parlent toujours
d'installer une cantine mais c'est pas près de se faire. »

Les regards restaient fixés sur Mathieu. Il répéta, plus haut :

« Je les ai eues à l'hosto. »

Ils ne bougèrent pas; ils n'avaient pas l'air de comprendre le français. Mathieu fouilla dans sa poche et sortit les trois autres cigarettes.

« Prenez-les, dit-il précipitamment, moi je ne fume guère, ça ne me prive pas. »

Il les tendit à Chomis et à Derrien. Ils les prirent avec indifférence; Derrien en refila une au rouquin qui se la mit derrière l'oreille. Mathieu sentait la chaleur de la sienne au bout de ses doigts. Il n'osa pas la laisser tomber :

« Je voulais juste tirer deux bouffées », expliqua-t-il.

Il écrasa le bout de sa cigarette contre son talon et la remit dans sa poche. Les regards s'étaient éteints, le défilé des têtes oscillantes aux yeux d'étoffe avait repris. Derrien et le rouquin rejoignirent la foule et s'y fondirent; Chomis considérait Mathieu avec un air sage et profond, mais il ne dit rien.

« Alors ? demanda Mathieu.

— Alors on y va », dit Chomis.

La foule se referma sur eux, les ballotta, les charria pendant quelques minutes puis les rejeta.

« À droite », dit Chomis.

Ils se mirent à patauger dans la boue entre deux baraques.

« Encore à droite. »

Ils tournèrent et pataugèrent encore. Chomis se retourna vers Mathieu.

« Tu connais pas le camp ?

— Je suis arrivé hier soir.

— Alors je te fais passer par là, dit Chomis. C'est pas le plus court mais c'est le plus joli. »

Le terrain descendait en pente douce jusqu'à une triple barrière de barbelés; Chomis fit un signe de la main :

« Tu vas voir; je vais te faire les honneurs. »

Il sautait entre les flaques avec agilité; Mathieu avait peine à le suivre. Chomis s'en aperçut et ralentit son allure.

« Ah! dit-il pour s'excuser, c'est que j'ai le pied marin.

— Comment vont-ils ? » demanda brusquement Mathieu. Il était inquiet; il considérait Chomis et se demandait s'ils s'étaient mis à lui ressembler. Chomis parut étonné; il répondit pourtant :

« Très bien. Ils vont tous très bien. »

Mais les mots semblaient perdre leur sens en passant par sa bouche. Ils étaient tout proches de l'enceinte; Chomis posa son bras sur celui de Mathieu.

« Arrête, dit-il en montrant une sentinelle allemande sur la plate-forme d'un mirador. On va se faire agonir. »

Ils s'arrêtèrent; quelques types rôdaient autour d'eux avec des visages vacants. De l'autre côté de l'enceinte Mathieu voyait une route bitumée, au-delà de la route un pré et, très loin, le sommet d'une colline.

« Ça, dit Chomis, c'est le point de vue. Tu sais ce qu'il y a au-dessous de nous ?

— Non.

— Trèves, dit Chomis triomphalement.

— Ah ?

— Trèves! répéta Chomis en lui plantant son regard dans les yeux.

— Ben oui, dit Mathieu, mais je ne vois rien.

— Naturellement tu ne vois rien mais il n'y a pas à s'y tromper. Au bout du pré il y a un bois en pente et un petit raidillon au bord du bois, si tu le descendais tu aboutirais en ville. »

Ses yeux devinrent fixes :

« Paraît qu'il y a un fleuve. Et de vieux monuments.

— Oui, dit Mathieu.

— Ah ? Tu connais ?

— Ces derniers temps, on nous a promenés dedans.

— Moi je suis venu de nuit, j'ai rien vu : ça fait que j'aurai la surprise. Mais il y a des gars de chez nous qui travaillent en bas et qui m'ont dit comment que c'est. »

Il fit un geste large et conclut :

« Enfin voilà : la ville et le fleuve, c'est au-dessous de toi. »

Mathieu répéta docilement en lui-même : Trèves est au-dessous de moi et il eut un petit moment de plaisir : s'il devait vivre en captivité, autant que ce fût au sommet d'une colline.

« Vise-moi ça », dit Chomis.

Ils avaient repris leur marche, ils passaient devant une longue baraque sonnante et chantante, sans fenêtres[a], avec de grandes portes d'écurie.

« C'est la baraque des bicots[1]. »

Mathieu, par les portes ouvertes, vit de profondes ténèbres. Des choses bougeaient dans l'ombre.

« Tu entends le tam-tam ?

— Oui.

— Tu te croirais pas en Afrique ? Toutes les nuits, c'est le chabanais; paraît que c'est comme ça au Congo, des fois ça t'empêche de dormir. Ah! dit-il, tu te rends compte : combien qu'il y a de races et de nations, dans le stalag, tu rencontres des types de partout, des Belges, des Hollandais, des Espagnols, des Arabes, des Indochinois, des Hindous, quel imbroglio! Et paraît qu'il y a des sociétés secrètes, des organisations politiques, une loge, je pourrais t'en écrire un roman : les Mystères du stalag. »

Des mystères! Mathieu regardait les types qui passaient, avec ces yeux comme des cicatrices, ces corps voûtés, étirés, laminés par d'incompréhensibles habitudes et ils lui semblaient sans mystères : des mystères, le stalag en avait *pour eux,* parce qu'ils se reconnaissaient les uns les autres, se comprenaient à demi, parce qu'à leurs yeux ils formaient une société d'hommes, parce que leurs visages étaient pour eux prometteurs et menaçants, parce que chacun d'eux était pour chaque autre son plus intime ennemi et son frère; plus tard peut-être, quand Mathieu, serait devenu un prisonnier, il penserait avec cet orgueil intrigué aux mystères[a] du camp. Pour l'instant il le voyait fourmiller des êtres plats et interchangeables, avec un seul visage pour tous; ils étaient tout près et c'était comme s'il les voyait de très loin. Les fourmis n'ont pas de mystères; sauf peut-être[b] pour d'autres fourmis. Mathieu pensa que c'était un drôle de sort, pour un homme encore tout vif, que d'être condamné à devenir fourmi.

Ils longeaient la baraque des Arabes; le tam-tam s'amplifia tout à coup, c'était un envol de colombes, toujours recommencé, le battement de milliers d'ailes effarouchées. Chomis toisa Mathieu :

« Hein ?

— Oui, dit Mathieu.

— T'es pas en Afrique ?

— Si, bien sûr », dit Mathieu poliment.

Il n'était pas du tout en Afrique. Ni nulle part sur la terre des hommes. Il se promenait, sec et crispé entre les vitres d'un aquarium. L'horreur n'était pas encore en lui, il pouvait encore se défendre contre elle : elle était dans les choses et dans ces yeux qui voyaient ce qu'il ne voyait pas. Mais bientôt sous la pression de l'eau et des grandes araignées de mer les vitres allaient se rompre. Il se mit à penser qu'il allait revoir Charlot, Pierné, Lubéron, et parvint à se réjouir : nous serons entre hommes.

« C'est ici. »

Ils entrèrent dans une baraque, suivirent un couloir; Chomis s'arrêta devant une porte et se mit à rigoler :

« Tu parles d'une surprise; ils s'y attendent pas. »

Il poussa la porte, Mathieu entra derrière ses talons : la table, les bancs et les deux cimetières verticaux; assis à la table, quatre prisonniers jouaient au bridge; près de la fenêtre, deux autres types s'accotaient au châlit, il fallut un moment à Mathieu pour s'apercevoir que c'étaient Charlot et Lubéron. Il fit un pas en avant puis s'arrêta, indécis : d'une certaine façon ils n'avaient pas changé, ni même maigri. Mais ils avaient les yeux du camp. Ils avaient levé la tête et le regardaient sans le reconnaître[c]; qui a changé, moi ou eux ? Au bout d'une seconde quelque chose céda dans le visage de

Charlot, un trou se creusa en entonnoir pour le rire. Mais ce n'était plus son rire gai d'autrefois : c'était le rire du camp.

« Delarue : merde ! »

Lubéron rit à son tour et répéta :

« Delarue. »

Le cœur de Mathieu se serra pendant qu'il criait joyeusement :

« Salut les gars !

— Salut ! dirent-ils.

— Te v'là donc, petite tête, dit Charlot. Te v'là donc. »

Un des bridgeurs se leva en jetant les cartes sur la table : c'était Longin.

« Salut, bille de clown », lui dit Mathieu.

Longin lui fit un sourire sérieux. Il dit :

« T'as de la veine que c'est mon tour de faire le mort. Comme ça je peux te serrer la cuiller. »

Aucun d'eux ne semblait étonné.

« Ça vous étonne donc pas de me revoir ? demanda Mathieu. Je pensais que vous me croyiez mort. »

Sa voix s'était élevée; il la sentait artificielle.

« Non, dit Charlot, non, non. On savait que t'étais pas mort. On savait que t'étais soigné à l'hôsto.

— Et à présent, demanda Longin, t'es guéri ? »

Ils le considéraient avec un peu d'égarement agacé comme si on venait de les tirer du sommeil, comme des enfants qu'on arrache de leurs jeux pour les attirer dans le monde des grandes personnes; ils n'avaient pas l'air d'avoir beaucoup de plaisir à le revoir.

« Je suis guéri, oui, dit tristement Mathieu.

— Eh ben assieds-toi », dit Lubéron.

Mathieu s'assit.

« Où que t'es ? Quelle baraque ?

— La 17.

— La 17 ? répéta Longin en fronçant les sourcils.

— Eh oui, dit Charlot, la baraque de passage.

— Celle qui est derrière les chiottes ?

— Non, non, dit vivement Lubéron, elle donne sur la Grand-Rue, la 17, juste au-dessus de la *Krankenrevier*.

— Ah ! ah ! dit Longin satisfait. Ah ! ah ! »

Charlot se retourna poliment vers Mathieu :

« Et tu y es depuis longtemps, au stalag ? »

Mathieu allait répondre mais Chomis lui coupa la parole :

« Depuis hier ! dit Chomis triomphalement. Cette nuit il couche à la 17, ce matin il sort pour faire un tour : et faut qu'il tombe sur moi. »

Les types regardaient Chomis, intrigués. Charlot demanda :

« Tu le connaissais ?

— Pas du tout, dit Chomis. Je l'ai jamais vu de ma vie, ce gars-là.

— Alors ? dit Charlot mystifié.

— Eh ben, ça s'est passé comme ça, dit Chomis : il s'est amené vers moi, il dit : Tu connaîtrais pas mes copains ? Quels copains, je lui dis. Il me dit : Lubéron, Longin et Charlot. Je lui dis : T'as qu'à me suivre, tu vas les voir. Voilà comment que ça s'est passé. »

Leurs joues rougirent, ils regardèrent Chomis avec un intérêt vorace; Longin dit :

« Sans blague ? »

Charlot se faisait répéter l'histoire :

« Il te connaissait pas, il t'a rencontré et il t'a demandé où nous étions ?

— Devant l'infirmerie, c'était, dit Chomis.

— Pour un coup de chance, dit Charlot, c'est un coup de chance.

— Une chance sur mille », dit Longin.

Ils parlaient entre eux à présent. Mathieu baissa la tête; ils les entendait vaguement discourir sur cette coïncidence extraordinaire et il se sentait seul. Brusquement il entendit son nom et releva les yeux : on le présentait aux bridgeurs.

« Le noiraud, là-bas, disait Longin, c'est Garnier, il est de Marseille. Le blond qu'a l'air d'une fille, c'est Roquebrune; le petit c'est Charlier. »

Mathieu leur fit un salut de la main. Garnier lui demanda avec intérêt :

« Tu viens de l'hosto ?

— Oui.

— Qu'est-ce qu'ils vous donnent à bouffer, là-bas ?

— Ça dépendait, dit Mathieu. Du pain, de la soupe; des fois, du saucisson ou des pilchards, des fois du miel synthétique.

— De la graisse, du suif ?

— Oui.

— Le pain, combien ? 350 grammes environ ?

— Environ. »

Garnier eut l'air satisfait. :

« C'est pareil que chez nous.

— Attends! dit Chomis : ils touchaient du tabac. »

Ils sursautèrent et Garnier regarda Mathieu avec sévérité :

« Du tabac ?

— Mais non, dit Mathieu gêné, c'étaient les infirmiers qui nous filaient des cigarettes quand ils étaient bien vissés.

— Si c'est que de ça, dit Garnier rassuré, les soldats aussi, des fois, nous filent des cigarettes. »

Il se tassa, parut s'assoupir et répéta d'une voix apaisée :

« Oui, oui, c'est pareil que chez nous. »

Il y eut un silence ; Mathieu osa enfin poser la question qui lui brûlait les lèvres :

« Comment c'est, la vie, ici ? demanda-t-il timidement. Supportable ? »

Ils ne répondirent pas tout de suite, comme si la question les prenait au dépourvu, puis Charlot leva la tête vers Mathieu avec un sourire modeste :

« Tu verras, dit-il, si tu te défends bien, tu peux te la couler douce. C'est pas la vie de château, bien sûr, mais c'est une bonne petite vie. »

Une bonne petite vie. Mathieu regarda Charlot avec horreur, comme s'il s'était transformé brusquement en une monstrueuse cloporte[1]. Les autres se taisaient, avec des visages murés. Impossible de savoir s'ils partageaient cet avis. Quelqu'un péta, un long déchirement rêche. Tout le monde se mit à rire.

« C'est Charlier ! C'est encore Charlier. »

Charlier leva le doigt au plafond, feignant d'y voir une fusée :

« Oh ! la belle bleue. »

Chomis et Roquebrune se jetèrent sur lui en riant et le bourrèrent de coups :

« Veux-tu pas péter quand on a des visites, dégueulasse ! Où c'est qu'on t'a appris à vivre ? »

Charlier riait et se débattait ; Garnier se tourna vers Mathieu et lui expliqua avec distinction :

« C'est la soupe : ça ballonne. Tu dois connaître ça, puisqu'ils vous en donnaient à l'hosto.

— Oui, bien sûr », dit Mathieu précipitamment.

Charlot péta à son tour, leva les yeux et dit d'un air enfantin :

« Des fois, on fait des concours. »

Mathieu ne répondit pas, Charlot rougit brusquement. Mathieu détourna la tête, il pensa : « Je les gêne[a]. » Il y eut un long silence : Longin revint s'asseoir à la table et reprit ses cartes ; Lubéron regardait par la fenêtre. Ils n'avaient plus rien à se dire.

« Voilà la soupe », dit Lubéron.

Ils se penchèrent vers la fenêtre et leurs visages revêtirent fugitivement un air d'attente presque humain.

« Ha ! dirent-ils. Ha ! ha ! »

Charlot dit à Mathieu :

« C'est Schwartz[b] qui va être surpris : il nous parle souvent de toi.

— Schwartz, dit Mathieu, notre Schwartz ? Le gars de Sarrebourg[2] ?

— Ben oui. Le v'là qui revient avec la soupe. »

Mathieu vit deux prisonniers qui portaient péniblement un

bouthéon[1]. Le premier c'était Schwartz, tout pareil à lui-même, sauf qu'il paraissait dormir. L'autre, un long type sque-lettique aux yeux jaunes, a l'air fiévreux et malade. Mathieu ne le connaissait pas.

« Mais, dit-il, je croyais qu'il était parti avec les Alsaciens.

— Ben non. »

La porte s'ouvrit; ils entrèrent et posèrent le bouthéon. Une vague de soupe souleva le couvercle et vint s'abattre sur le plancher.

« À la soupe, dit Schwartz d'une voix morne.

— Qu'est-ce que c'est ?

— Morue.

— Merde, dit Longin, ça change pas souvent.

— Eh, Schwartz! dit Charlot. Devine qui c'est qui est là ? »

Schwartz leva la tête, intrigué; il aperçut Mathieu et ses yeux brillèrent. Mathieu pensa avec un reste d'espoir : il a l'air moins atteint.

« Petite tête! dit Schwartz. Petite tête! »

Il le rejoignit en deux enjambées, le prit par le cou et l'em-brassa.

« Ça me fait plaisir, dit-il. Nom de Dieu, ça me fait plaisir.

— Moi aussi, ça me fait plaisir », dit Mathieu avec chaleur.

Ils rirent en se regardant; Mathieu se sentait tout réchauffé : il venait de rencontrer un homme en pleine brousse.

« Je ne pensais pas te retrouver ici, dit-il. Les Alsaciens ne sont pas libérés ?

— J'ai pas dit que j'étais alsacien.

— Pourquoi ?

— Comme ça, dit Schwartz. Au dernier moment, je me suis dégonflé. »

Il tordit la bouche et reprit son air morne. Mathieu allait l'interroger, mais un ricanement lui coupa la parole. Le grand squelette le toisait ironiquement :

« Alors ? Ça fait qu'au bout du compte, on n'est mort ni l'un ni l'autre. »

Mathieu sursauta et regarda avec stupeur ce masque jau-nâtre et ravagé.

« Tu ne me remets pas ? demanda le type.

— Pinette », murmura Mathieu à contrecœur.

Pinette riait et roulait de gros yeux furieux. Les autres types le regardaient en silence, avec une sorte de crainte. Schwartz avait fait un pas en arrière.

« Pinette », répéta Mathieu navré.

Pinette s'était approché et lui soufflait son haleine au visage : il sentait la fièvre et la cave. Mathieu dit malgré lui :

« Je te croyais mort. »

Pinette cessa de rire :

« Pas plus mort que toi », dit-il d'une voix désagréable. Il ajouta en hochant la tête : « On s'y est pris comme des manches, nous autres. À moins qu'on ait eu la pétoche.

— La pétoche ! dit Mathieu. Je ne crois pas que j'aie eu la pétoche.

— Ha ! dit Pinette, faut bien qu'on l'ait eue : tous les autres sont morts et pas nous. Comment que t'expliques ça ?

— Mais... » dit Mathieu.

Pinette eut un rire pénible :

« Ou alors, dit-il, c'est qu'il y a un bon Dieu pour les cocus. »

Personne ne soufflait mot. Pinette avait l'air d'un sorcier au milieu de sa tribu. Il regarda Mathieu encore un moment de ses gros yeux de feu puis il fit demi-tour et s'éloigna en lui jetant superbement par-dessus son épaule :

« D'ailleurs tu verras, on est morts tout de même : on a les inconvénients d'être morts sans les avantages[1]. »

Mathieu le vit s'approcher du châlit, se hausser sur la pointe des pieds, faire un rétablissement et disparaître dans un trou avec la prestesse d'une cloporte. Il se tourna[a] vers Schwartz et l'interrogea du regard. Schwartz avait l'air péniblement impressionné. Il leva l'index et se toucha le front en silence. Les types continuaient à se taire, on n'entendait plus que le claquement des cartes contre la table. Pour les retrouver, pensa Mathieu, il faut d'abord passer par le trou d'une aiguille. Il faut d'abord devenir comme eux.

[FRAGMENTS]

[I]

L'Allemand les considérait sévèrement :

« Les Français sont des voleurs », dit-il.

Il regardait Pinette et attendait un démenti. Mais Mathieu serrait toujours le bras de Pinette ; l'Allemand reprit, un peu déçu :

« Des voleurs. Ils volent dans le camp, ils se volent les uns les autres et ils essayent de nous voler.

— Qui vous a volés ? »

L'Allemand hocha la tête :

« Une grosse affaire, dit-il. Vous allez voir. Les Français ont volé au magasin. Une fourrure.

— Une quoi ?

— Une fourrure de femme.

— Qu'est-ce qu'elle faisait là ? » dit Pinette.

Mathieu vit venir le coup : il allait dire : « Vous l'avez vous-même volée en France. » Il dit :

« On les a arrêtés ? »

L'Allemand hocha la tête tristement et répéta :

« Grosse affaire! Grosse affaire! »

Il regarda son poignet et dit :

« En rang : et rentrez chez vous. »

Ils se levèrent comme des écoliers. En sortant Mathieu souffla à Pinette :

« C'est des gars de la 28 qui ont fait le coup. Il faut les prévenir. »

Ils se groupèrent dans la cour de la caserne[a]. À dix pas d'eux un autre groupe de prisonniers attendaient, à quinze pas un autre encore. Les secrétaires français vinrent les rejoindre à leur ordinaire. Mathieu était dans un parc, un parc somptueux, il regardait les arbres dénudés au-dessus du mur de la caserne et il pensait qu'il était dans un parc. Toutes les nuances dont il était privé, les rues, les villes, les jardins, il les mettait là sur ces terres pillées. Il aimait la cour de la caserne. Il y avait des sentes, entre les baraques, qu'il détestait tout juste comme l'avenue La Bourdonnais. Tout son univers était là. Des soldats allemands coururent vers eux en criant des ordres. Les groupes de prisonniers se rejoignirent, quatre par quatre; ils traversèrent la cour et la porte de la caserne s'ouvrit. C'était le bref moment que Mathieu aimait entre tous. La caserne était d'un côté de la route et le camp de l'autre côté. Le moment où il traversait la route noire et infinie, où il plongeait dans la liberté des autres, contenait tous les soirs, ceux où il rentrait du lycée dans une ville qui allumait ses lumières. Ils se mettent en marche, Pinette hochant la tête et se parlant pour lui-même.

« C'est pas parce qu'on est vaincus qu'on a perdu la dignité.

— Hé ? demande Charlot.

— C'est pas parce qu'il est vainqueur qu'il a le droit de voir mon cul, dit Pinette.

— Bah! dit Charlot, s'il veut le voir, il le verra, le mien, et je ne me sentirai pas vexé. »

Charlot est modeste, voilà par où il cherche à se sauver, il essaye de prendre son malheur avec une humilité antique. Il est détendu. Pinette a un couteau dans le cœur. Il y a un nœud, un point obscur où convergent à la fois sa femme, sa mort manquée du 20 juin 40. Pinette, c'est la rancune et la récrimination. Il refuse la captivité comme Pierné refusait la guerre.

Mais comme il n'est pas non plus à Paris et ne peut pas y vivre, refus de sa femme, il n'est nulle part. Il est le ressentiment, tout ce qu'il voit le blesse et il le méprise. Charlot essaye de vivre. Il dit pendant que Pinette rentre dans le rang :

« Si on ne se fait pas d'idées, on pourrait avoir une bonne petite vie : graisse de baleine, quatre cents grammes de pain par jour, on n'a pas faim ; on couche sur des planches mais on dort assez, un travail pas trop fatigant, les coups sont rares et on est payé : 30 marks par mois. » Une bonne petite vie : seulement voilà, elle est invivable. Nous sommes des femmes, des esclaves et des morts. Nourris, logés, entretenus. Aucun rapport entre notre travail et notre salaire. On nous a ôté l'avenir. Le passé c'est ambigu, incertain, la défaite comme une mort a détruit le sens de tout ce que nous avons vécu. Le présent c'est la répétition pure, il est général. Il se retourne et regarde les gars : des visages durs, des yeux durs. Beaucoup rient entre eux. Ils n'ont pas l'air triste. Pas mélancoliques. Durs et tendres. Ils rient souvent mais jamais ils ne sourient. Ils rient aux éclats. Et chacun se heurte au même problème : comment vivre, quel mensonge trouver pour vivre ? La faim, la douleur donneraient un sens à cette vie mais nous n'avons pas faim et nous ne souffrons pas. Nous sommes abstraits. Ils entrent dans le camp, l'Allemand qui les conduit fait un signe à la sentinelle. Ils pataugent dans la boue de la rue centrale (il a plu la veille), ils tournent à gauche entre les baraques, le feldwebel Langen vient à eux et les compte. Il fait un geste et la petite troupe se défait. Mathieu entre dans la baraque 28ᵃ. Il frappe chez le chef de baraque. Un petit bonhomme presque chauve vient lui ouvrir : Ramardᵇ.

« Ça va ? demanda Mathieu.

— Comme ça, dit Ramard. J'ai la jambe raide. Dès qu'il pleut ma cicatrice me fait mal. Pas toi ? demande-t-il en désignant d'un doigt rapide l'épaule droite de Mathieu.

— Non », dit Mathieu.

Il y avait une confraternité des blessés de guerre dans le camp, de ceux qui avaient combattu. Ramard se perdait dans la méditation de sa blessure et c'était aussi une évasion, on lui avait marqué sa gloire au fer rouge sur la cuisse. Mathieu avait un sujet de méditation plus profond : il avait tué des hommes. Il les avait vu rouler sur la chaussée. Il portait en lui la mort des autres. C'était ce qui le séparait des autres et lui rendait cette vie vivable. Il alla s'asseoir sur une chaise, Ramard le suivit et s'assit aussi. Il dit :

« Tu te fais rareᶜ...

— Je travaille à la caserne », dit Mathieu. Il se frotta les mains et dit : « Tu as entendu parler d'une histoire au magasin ?

— Non », dit Ramard.

Mathieu le regarda et dit :

« Bon. Alors adieu. »

Il se leva, Ramard le fit rasseoir :

« Attends, dit-il. Attends un peu.

— Il n'y a pas eu de pet là-bas ? »

Ramard balançait la tête d'un air hésitant. Il dit :

« Pas en ce qui nous concerne. Ils ont arrêté des Fritz, je crois.

— Pourquoi ?

— Les Fritz descendaient des bas de soie aux mômes. Ils se les attachaient autour de la ceinture sous leurs vestes. Ils avaient l'air, des fois, ventrus comme des obèses.

— Ils sont en tôle ?

— Oui.

— Ils ont mangé le morceau », dit Mathieu.

Ramard verdit sans répondre.

« Attendez-vous à une visite », dit Mathieu.

Ramard s'était courbé sur sa chaise et regardait ses pieds d'un air absorbé.

« J'ai du cognac allemand, dit-il brusquement.

— Quoi ?

— C'est Viénot.

— Il a du cognac allemand ?

— Oui. C'est compliqué ! Il volait des trucs au magasin. Il les refilait à un gars qui descend travailler en ville. Je ne sais pas qui. Le type les échangeait contre des bouteilles de cognac qu'il nous revendait contre des francs français.

— Pourquoi pas contre des marks ? »

Ramard haussa les épaules :

« Ils voulaient être payés en francs. Pour après la guerre. »

Il rit sans gaieté.

« L'argent change de main ici. Au début on en avait tous un peu. Mais il y a des types qui le centralisent. Moi, j'en avais pas mal, conclut-il mélancoliquement, et ça commence à se faire rare. »

Mathieu lui sourit : Ramard avait la réputation d'avoir été pincé avec la caisse de son régiment.

« Il y a un chef de l'organisation, dit Ramard avec une sorte de haine. Je ne sais pas qui mais c'est un type qui a juré de sécher tout le camp. »

Mathieu pensa : les Mystères de Paris. Le camp c'était une immense ville mystérieuse, mais une ville de rêves. Il y avait de tout : passions, entreprises, meurtres, mais toujours rêvés. Rien ne comptait.

« Faut que je fasse[a] disparaître mes bouteilles », dit Ramard.

Il interrogeait Mathieu du regard.

« Combien en as-tu ? demanda Mathieu.

— Quatre. Pleines.

— Fous-les aux chiottes. »

Ramard le regarda avec indignation :

« T'es pas fou ? Je te dis qu'elles sont pleines.

— Ça va, dit Mathieu, je te les prends. Je te les rapporterai après la fouille. »

Il ouvrit sa veste :

« Mets-les là-dessous. »

Ramard se leva. Il étouffa un cri de douleur en posant le pied gauche sur le sol puis il se dirigea en boitant vers sa paillasse.

« Va pas les casser, dit-il.

— Mais non », dit Mathieu.

Ramard revenait avec les bouteilles :

« Ni les boire.

— Ça me ferait mal. »

Ramard s'était baissé et avait ramassé deux bouteilles vides.

« Celles-là je vais les foutre aux chiottes. »

Mathieu referma sa veste sur les bouteilles. Il remarqua des lignes rouges sur le bout du nez de Ramard.

« Tu te piques donc le nez ? » demande-t-il.

Ramard eut un sourire mou.

« On picole un peu, dit-il. Histoire de passer le temps.

— Je vois, dit Mathieu.

— Ça te dérange ?

— Pas du tout, dit Mathieu. Chacun se débrouille comme il peut. »

Il trouvait ça très naturel.

Il se dirigeait vers la porte :

« C'est à cause de la fourrure qu'ils ont tout découvert ?

— Je ne sais pas.

— Faut-il être con pour voler une fourrure. Qu'est-ce que tu peux foutre d'une fourrure ?

— Il la fout sur son plume le soir pour avoir chaud ?

— Même pas. Sais-tu ce qu'il fait, ce con-là ? Il se promène dans le camp pour faire le mariole avec la fourrure sur son dos. »

Il enroulait les bouteilles vides dans une couverture.

« Tu ne sais pas s'ils sont visés ?

— Je ne sais pas. Mais c'est probable. Il vaudrait mieux les prévenir.

— C'est que je ne sais pas où ils sont », dit Ramard.

Ils sortirent ensemble. Mathieu s'était plaqué les deux bras contre le ventre pour soutenir les bouteilles[a].

[II]

[Chez Longin]

Dimanche.

Charlot m'a dit[1] :

« Va donc voir Longin[a]. Il paraît que ça ne va pas très fort. »

Je prends des livres et je passe à sa baraque. Je le trouve seul, assis d'une fesse sur le bout du banc, les coudes sur la table, l'œil fixe, avec une barbe de huit jours. La rumeur du dimanche entre avec un petit vent aigre par la fenêtre ouverte. À l'autre extrémité de la pièce, le poêle ronfle : Longin s'en est éloigné autant qu'il a pu : il recherche visiblement le froid et l'inconfort; il a entrepris, je le vois bien, de conduire sa mélancolie jusqu'au point où elle sera tout à fait insupportable, sans doute pour prouver à Dieu ou à un invisible témoin que le monde est mauvais. Déserte, la pièce avec ses deux châlits de bois qui se font vis-à-vis a l'air d'un columbarium gigantesque. Pas une trace de la présence humaine. Et ce n'est pas non plus la nature. Ces châlits de bois avec ces alvéoles ont la netteté impitoyable et l'universalité des ustensiles. Pas une saleté, le type qui a fait la chambrée doit être un acharné; les types ont soigneusement poussé leurs paquetages au fond des cases. Rien d'humain, rien de naturel. Longin aurait eu besoin d'une *querencia*[2], d'un coin qui soit à lui tout seul. Il est perdu au milieu de l'universel, transpercé par l'ammoniaque. Visiblement il rajoute à son inconfort par rage de n'avoir pu trouver la douceur d'un petit coin à lui [...] Il est là, abstrait dans ce monde abstrait, mal assis, mal dans sa peau; il se tourne vers moi, ses yeux n'ont pas l'air de voir : deux brumes sèches dans ses orbites.

« Ça va ?

— Non, ça ne va pas. Ça ne va pas du tout.

— Tu as le bourdon ? »

Il hausse légèrement les épaules, agacé :

« Non, je n'ai pas le bourdon. Je vois clair. »

Il se sourit à lui-même mais faiblement. Visiblement il s'économise, ses gestes sont rares, à peine des indications, il marche à pas de loup autour de son désespoir. Je m'assieds près du poêle et nous restons silencieux. Nous respectons tous les deux une grande douleur. À la fin je lui dis :

« Tu viens te promener ? »

Il me répond doucement, comme à un enfantillage, avec une patience marquée :

« Non. Non, je ne vais pas me promener. »

Pendant un inſtant j'ai envie de le planter là, mais je me rappelle à temps que ces comédies sont jouées par quelqu'un de réel. Il *vit* sa douleur, plus ou moins bien, à sa façon. Une douleur c'eſt difficile à vivre. Je sais ce qu'il attend, juſte un peu de chaleur dans ma voix, un peu d'intérêt humain. Je ne peux pas la lui donner comme ça; d'abord il ne m'eſt pas sympathique. Il me fréquente parce que je suis universitaire, ça lui paraît diſtingué. C'eſt son milieu : lui, il eſt architecte[1]. Un petit architecte débutant. Je lui en veux aussi, obscurément, de souffrir. Je ne sais pas pourquoi : c'eſt une espèce de peur, je sens comme une bête qu'il y a quelque chose qu'il faut éviter à tout prix. Je flaire dans ce type un piège. Je mets dans ma voix tout l'intérêt que je peux :

« Mon pauvre vieux, qu'eſt-ce qu'il y a qui ne va pas ? »

Il attendait cette inflexion un peu chantante, il me regarde pour la première fois, mais sans se détendre : il se donne le luxe de repousser ma sympathie, d'en être importuné : il faudra que je recommence. Je remets ça :

« Hein ? Qu'eſt-ce qui ne va pas ? »

Tout son visage eſt affaissé, la chair des tempes et des pommettes a glissé dans ses bajoues, ça lui fait une tête de poire. Il me dit d'un air objectif :

« Je suis un type foutu. »

Je ne réponds pas, ma gorge eſt serrée, je le regarde avec un sourire crispé et je sens ma tête qui s'agite raidement au bout de mon cou. Il répète avec complaisance :

« Un type foutu. »

Un type foutu : moi aussi, je me suis dit, l'an dernier, que j'étais un type foutu. Eſt-ce que j'avais l'air si répugnant ? Plus jamais, plus jamais je ne penserai sur ce que je *suis,* je le jure devant cette caricature de ce que je fus : seulement sur ce que je fais. Il tire un paquet de cigarettes de sa poche, m'obſerve un moment d'un air hésitant puis en allume une :

« Je ne t'en offre pas, dit-il, je n'en ai presque pas.

— Va, va », lui dis-je.

J'avais envie de fumer mais je me suis paralysé au moment de sortir ma pipe de ma poche : je ne peux pas me résoudre à faire les geſtes qu'il fait. Il tire une bouffée de sa cigarette et répète :

« Foutu. »

Il s'agit de proteſter : il veut que je proteſte. Je dis :

« Allons, allons! »

Il tend brusquement vers moi ses mains enflées et calleuses, aux ongles cassés :

« Regarde ça! Mais regarde ça! Mes mains de terrassier, elles tremblent tout le temps. Eſt-ce que tu t'imagines que je pourrais reprendre un crayon ?

— Pourquoi pas ? »

Il me crache jusqu'au visage :

« Pfou! et sourit tout à coup : C'est si léger, un crayon. Tu n'appuies pas, tu sais, tu gardes le poignet souple et tu caresses le papier avec la mine. Comme ça! »

Il fait un geste du poignet et s'effondre :

« Je ne peux plus! Je ne peux plus! »

Il prétend être architecte[a] [...]

[III]

[L'épisode des journaux]

Chauchard s'amène[b] avec un papier jauni, tout déchiré, juste les deux dernières pages, qui semble en train de revenir à la nature, qui a pris par endroits la sécheresse cassante des feuilles mortes et à d'autres une souplesse huileuse qui évoque la décomposition organique; une tache brune occupe la moitié du journal, entourée d'un halo jaunâtre, elle est si profondément enfoncée qu'il semble qu'on la voie par transparence comme un filigrane. Sur ce jardin abandonné, les petites lettres noires sont là, toujours humaines, serrées en colonnes agressives.

« Regardez! »

Tout le monde se lève et l'entoure, même Pinette :

« Un journal! » Il rit et se débat :

« Poussez pas, vous l'aurez chacun à votre tour. On a le temps, non ?

— D'où c'est que tu l'as ? »

Les types se rasseyent lentement, à regret, gardant les yeux fixés sur le journal. Chauchard s'assied au bout de la table, le dos tourné à la fenêtre. Il étale la feuille sur la table et l'aplatit de la main; elle est plissée, ridée, et elle se gonfle dès qu'il la lâche en une molle pyramide qu'il doit aplatir encore. Il explique sans se presser, la main aplatie contre le journal comme s'il voulait en jouir d'abord par le toucher :

« C'est les types qui sont arrivés hier de Rouen. J'en ai rencontré un, aux chiottes. Vous ne savez pas ce qu'il allait en faire ? Se torcher avec, parfaitement. Je le regarde, je me dis : mais c'est un journal, nom de Dieu, j'étais au bout de la rangée, j'ai bondi, je suis arrivé juste à temps : " Tu vas pas te torcher le cul avec un journal, non, que je lui ai dit, quand il y a des types qui n'en ont pas lu depuis six mois. " Il lève la tête, il était tout surpris, il me fait : " Mais il date du mois dernier. — Et après, que je lui dis, tu crois qu'on le sait, nous, ce qui s'est passé le mois dernier ? — Moi je veux bien

vous le donner, qu'il me dit, mais il me faut du papier. " J'en
avais plus sur moi. " Attends ", que je lui ai dit. J'ai bondi à
la baraque 37 et je lui ai rapporté un *Trait d'union*[1], il a râlé,
il a dit que je l'avais fait s'enrhumer mais il a donné le journal.
Il dit qu'il y en a d'autres, que ses copains les donneront contre
contre des cigarettes.

— Nous raconte pas ta vie, dit Roquebrune. Lis et puis
tu nous le passeras. »

Il se carre et lit, nous le regardons faire avec impatience. Il
a les sourcils levés, ce qui donne à son visage un air de stupeur
bornée, de temps en temps il se mord un ongle. Personne ne
parle plus, les joueurs de bridge ont interrompu leur partie,
nous regardons cet homme qui est plongé au milieu de nous
dans un passé plein de souvenirs. À un moment il rit tout
seul et il nous apparaît à moitié comme un fou, à moitié
comme un homme libre, déjà libéré. Il ne peut plus garder son
amusement pour lui tout seul :

« Dites les gars : il y a des vélos-taxis à Paris.

— Des vélos-taxis, qu'est-ce que c'est que ça ? Tu veux
dire des taxis attelés à des vélos ?

— Si tu veux. C'est une petite voiture derrière une bicyclette, je crois. Les gens se promènent comme ça.

— Le genre pousse-pousse.

— Il doit y en avoir des milliers et des milliers[a].

— Les courses. Longchamp. Prairial qu'a gagné. Je le
connais, Prairial, c'est un bon petit cheval. Des écuries
Rothschild.

— Regarde voir les spectacles, dit Charlot.

— Pourquoi ?

— Je sais pas. J'aime voir ce qu'on joue.

— Bon. Eh bien, tiens, tu as Trenet à l'Alhambra.

— Et comme film.

— Comme film... comme film, *Bel Ami*[2] au Max-Linder.

— *Bel Ami*, c'est un film américain ?

— Connard, comment veux-tu qu'ils viennent, les films
américains ?

— Je te dis que c'est un film américain. On ne pouvait pas
le projeter avant la guerre. Sur la Légion, que c'est.

— Mais non, couillon, c'est *Beau geste*[3].

— Ah, peut-être bien, dit Charlot vexé.

— Trenet à l'Alhambra. Danielle Darrieux. *Carnet de bal*.
Pépé le Moko[4]. Ça n'a pas changé, dit Chauchard avec satisfaction. »

Les autres sourient et disent :

« Non, ça n'a pas changé. »

Ils aiment que rien n'ait changé. Ce qui nous soutient,
c'est que nous ne puissions pas imaginer la simultanéité. Notre
monde, Paris et leur campagne, dès que nous en avons été

privés, nous l'avons immobilisé en pensée. Il ne s'y passe plus
rien, c'est un film arrêté. Il reprendra le jour où on nous libérera et où nous rentrerons chez nous mais nous n'imaginons
pas qu'il *change* lui aussi, que les femmes vieillissent, oublient,
ont d'autres amours, que de nouvelles vedettes apparaissent
au cinéma, au théâtre, que des gosses naissent avec leurs nouveaux destins. Si parfois il y en a un qui y pense, il reçoit un
grand coup de faux dans le cœur et il reste silencieux avec de
grands yeux vides. Et le journal nous fait plaisir : on dirait
un journal d'avant-guerre. *Le Matin*[1]. Même papier, mêmes
caractères, mêmes spectacles. Tout est pareil. Un monde de
pure répétition sans âme, pendant que nous vivons des jours
qui ne comptent pas. Du temps perdu pour tout le monde.
Des gros caractères : la Guerre. On tourne la page. Ça, nous
savons. Une histoire sur les Anglais.

« Tiens, on parle de nous.

— De nous ?

— Des prisonniers, je veux dire.

— Qu'est-ce qu'ils disent ?

— Attends. »

Il lit, trop vite pour lui, en haussant les sourcils. Tout d'un
coup, d'une voix monotone, avant de comprendre :

« Les meilleurs d'entre nous, les plus purs, qui expient nos
fautes, comment nous jugeront-ils lorsqu'ils reviendront ?

— Non ! dit Charlot. Il y a écrit ça ?

— Puisque je viens de te le lire.

— Eh ! va donc. »

Chauchard étonné de la surprise produite reprend le texte
et le lit pour lui[a]. Ses lèvres remuent. Il dit :

« Merde.

— C'est un type payé par les Fritz qui dit ça, dit Pinette.
Un vendu. Tu parles si c'est comme ça qu'ils pensent les gars
de chez nous.

— Ils pensent, dit Chauchard : Pourquoi qu'ils ne se sont
pas battus. »

La gaieté est tombée. Les types ont l'air gêné comme si
quelqu'un avait fait une gaffe.

[IV]

[Le rêve[2]]

Charlot regarda son poignet, cligna de l'œil vers Mathieu
et montra sa main gauche aux doigts écartés : cinq heures. Le
jour baissait; les grandes fenêtres faisaient des taches claires,
les murs grisonnaient; on pouvait voir tout ce qu'on voulait
sur les murs : des têtes de mort, des gros barbus hérissés. Déjà

Charlot s'était courbé sur ses écritures, d'un air sournois de
collégien. Bien sûr, il aurait pu dire l'heure à haute voix mais
ça l'amusait de jouer au collégien, comme s'il avait gardé un
regret de n'avoir pas pu terminer ses études. Le Kapo bâilla,
soupira *Ach Gott!*, sortit de sa poche un paquet enveloppé de
papier rose qu'il considéra longuement en écrasant avec le
pouce une larme qui roulait sur sa joue. Mathieu s'était
accoudé à la longue table, la pénombre lui entrait dans les yeux
comme une douce fatigue; sa tête se vida. Il regarda par la
fenêtre : des ombres allemandes passaient dans la cour, à
portée de fusil. Il détourna les yeux : Pinette travaillait près de
lui, à portée de couteau. Il se dit : « Ça commence. » L'air se
raffermit, les distances entre les hommes c'étaient des trajectoires de balles : la petite obsession d'après-midi commençait.
Il ne s'inquiéta pas. Il ne s'inquiétait plus jamais : il regardait
la longue balafre blanche qui rayait le front de Pinette d'une
tempe à l'autre. Pinette ne leva même pas la tête : il écrivait
furieusement, avec un zèle plein de ressentiment; il traçait
des noms de prisonniers sur des fiches de carton. Une seconde
il leva la plume et considéra sa main droite d'un air désappro-
bateur : elle tremblait. Mathieu sentait l'obsession qui montait : ça n'avait rien de désagréable, en dehors d'une sensation
un peu drôle à l'épigastre; elle venait quand elle voulait,
grande ou petite, plutôt petite — la grande c'était la nuit —,
elle repartait sans avoir fait de tort à personne; les copains
n'avaient jamais rien remarqué. Dans la cour, on crie des
ordres en allemand. Mathieu savait qu'il finirait par tuer Charlot, comme d'habitude. Tuer, non : en réalité il ne faisait que
le regarder. Mais d'une certaine façon. Il le regarda et Charlot
devint tuable. Mathieu n'avait aucune envie de le tuer; il
s'amusait seulement à changer les copains en gros gâteaux de
mort. C'était un secret qu'il savait sur eux et qu'ils ne savaient
pas. Il savait que les hommes s'écrasent à coups de talon
comme les fourmis. Finie la dignité humaine. Probablement
que Pinette le savait aussi : c'était un tueur comme Mathieu;
la mort des autres les remplissait tous deux jusqu'aux yeux.
Charlot s'affairait à recopier un ordre sur un registre. Il roulait
de gros yeux minutieux, il se léchait les lèvres, il tournait sa
face avec un aimable intérêt vers la fiche puis avec importance
vers le registre : il était monstrueusement mortel, mortel à
crier — et il ne s'en doutait pas; sa nuque s'offrait au couteau.
Il soupira, Mathieu enfonça le couteau avec amitié. Il les
aimait *jusque-là,* jusque dans^a leur ridicule fragilité. Bien
entendu il était aussi fragile. Tout ce qu'ils étaient, il l'était
aussi; tout ce qu'il sentait, ils le sentaient. Simplement il n'y
avait qu'une chose qui le séparait d'eux : il avait tué et eux
non.

☆

Il avait fini d'écrire, sa tête se vida, il chercha une victime. En général il tuait Charlot : c'est plus agréable de tuer les gras. Vairon était trop laid, il devait avoir le sang gris. Pinette n'était plus qu'un paquet d'os, la lame aurait glissé et puis c'eût été incestueux : ils avaient tué des Fritz ensemble. Naturellement la plupart des prisonniers se vantaient d'avoir combattu, mais c'était un rêve, personne ne les croyait. Pinette et Mathieu étaient remplis de mort jusqu'aux yeux. Ils n'en parlaient jamais entre eux mais ils le savaient, c'était un secret commun entre eux. Charlot écrivait, inconscient de ce formidable ridicule : être mortel. Il offrait sa nuque en vraie victime expiatoire. Entre les tendons à peine visibles, il y avait une place marquée pour le couteau, une large vallée lunaire, du beurre. Le regard de Mathieu, autrefois, déshabillait distraitement les femmes, à présent, il tuait les hommes. Charlot soupira et Mathieu enfonça le couteau, sans haine, sans cruauté, avec amitié. Une manière de faire l'amour avec les hommes. Il avait fallu qu'il descendît des Allemands, pour savoir à quel point les hommes sont nus. Leur mortalité, c'était une nouvelle intimité. Mathieu les rejoignait jusque-là ; finie la dignité humaine ; il regardait tout le camp avec des yeux d'assassin. Il se redressa, écarquilla les yeux, s'éveilla, parcourut du regard la longue table, l'encrier de porcelaine : il n'était pas inquiet mais il fallait tout de même qu'il se délivrât de cette obsession. Au début, quand il était sorti de l'hôpital, ça le prenait trois ou quatre fois par semaine, à présent c'était tous les jours, tous les jours il tuait Charlot ou Lubéron. Ça n'était pas un jeu, plutôt une reconstitution. À sa droite Pinette brûlait comme d'habitude, il avait des traînées rouges sous les yeux, de temps en temps il levait la plume et regardait avec morosité ses doigts tremblants. Vairon avait l'air fier : ça n'était pas sa faute mais, au repos, il avait toujours l'air fier. Mathieu regarda les murs blancs, les fenêtres, vit passer des soldats allemands dans la cour de la caserne, ses yeux se fermèrent et ce fut un autre massacre : postés aux quatre coins du camp les Allemands tiraient. Mitrailleuses, mitraillettes, grenades : ils voulaient se débarrasser des prisonniers parce qu'ils ne pouvaient plus /

Charlot s'affairait à recopier sur un registre la liste des arrivées ; il roulait des yeux minutieux, se léchait les lèvres, se tournait avec un aimable intérêt vers le feuillet dactylographié puis, ramenant au-dessus du registre une face devenue sévère et législative, il écrivait les noms avec raideur, comme des commandements : il était monstrueusement mortel, mortel à crier, salement mortel, de la vraie chair à pâtée, plein de boyaux à étriper et il ne s'en doutait pas. Mathieu regardait sa nuque avec amitié, cherchait des yeux la place où enfoncer la lame. Il les aimait *jusque-là*. Il ferait sauter leurs têtes jusqu'à ce qu'un madrier lui casse la sienne, les confondant dans une horrible fraternité. Ce n'était pas du sadisme : il avait découvert une nouvelle manière de les aimer. Charlot se sentit observé, sursauta et regarda Mathieu d'un air décontenancé, Mathieu vit cette douce grosse tête que la moindre déflagration pouvait transformer en froissure, il sourit à son atroce fragilité. Il se sentait pareil à Charlot en tant qu'on pouvait le tuer mais il se sentait *séparé* parce qu'il avait tué. Tuer c'était une horrible connaissance de l'homme et un nouvel amour. Il ne tuerait probablement plus personne mais le 17 juin 40 il était devenu un tueur pour toujours. Trente-cinq ans de vie, un seul souvenir : un Allemand plus nu que nature nageant sur un trottoir. Les autres Mathieu, doux et problématiques, étaient de l'autre côté de cette journée, hors d'atteinte. Mathieu n'était plus le même : l'obsession de meurtre revenait dix fois par jour au milieu du doux ennui irréel de la captivité. D'un seul coup il se sentait tueur et il sentait les autres tuables. *Ça c'était vrai*. Le seul coup qu'il n'avait jamais pu reprendre. Il détourna la tête et regarda par la vitre. Des Allemands passaient dans la cour avec des fusils. Trois prisonniers côte à côte : un collégien, un tueur, un mort. Mathieu ignorait les opéras qui se jouaient dans les douze autres cervelles. Il ne savait pas si c'était une obsession ou une manière de s'évader du camp. Au fond Pinette et lui revivaient sans relâche la même journée. Seulement pour Pinette c'était une fin et pour Mathieu un commencement. Le commencement de quoi ? Il hocha la tête et la mort redevint impossible. Les murs redevinrent opaques, le maître de la vie et de la mort redevint un employé de mairie.

À sa place la mortalité humaine s'épanouit, bleuissant les peaux comme une ecchymose. Tous mortels. Ils écrivaient dignement et, derrière leur dos, quelqu'un se disposait à leur faire une farce, Mathieu était dans le coup, il était de connivence. Il suffisait de savoir regarder : on voyait leur mort possible en transparence. Pas la mort calme des villes, au milieu des enfants, avec les mains d'ivoire sur les draps. La mort par massacre, obscène avec des demi-nudités, des cuisses en l'air à demi calcinées comme des pilons, des mélanges noirs de chair et de drap militaire et la multiplication des trous. *Tous tuables, écrabouillables.* La mort par massacre. Seul Pinette restait digne, de sa qualité de *déjà décédé.* Mathieu jouait à donner la mort. Son regard piqua la nuque de Charlot au bon endroit. Charlot s'effondra le nez dans les fiches. Mathieu devint un monstrueux index qui pouvait se dresser et se rabattre, coincer la tête de Charlot contre la table, la faire éclater comme une mouche, brouillant les écritures par des vermicelles de sang. C'était Charlot que Mathieu finissait par tuer.

Lui [Pinette] c'était la mort qui l'avait simplifié. Il se trouvait que les Allemands ne l'avaient pas tué mais ils étaient dans leur tort et d'ailleurs ça ne regardait qu'eux. En ce qui le concernait, Pinette était pratiquement décédé, il avait acquis le droit de vivre à reculons, insensible et sourd, l'œil fixé sur ce dernier matin, sur cet incendie où son orgueil et sa mort s'étaient enchevêtrés inextricablement. Les poux ne s'y trompaient pas, ils désertaient son torse squelettique; les copains ne s'y trompaient pas non plus : ils l'appelaient Porte-Malheur.

« Hé, Pinette! » dit Mathieu.

Pinette ne répondit pas. Il aimait un certain Mathieu qui était mort avec lui sur le clocher d'une église et dont on avait ramassé le cadavre criblé de balles, mais le Mathieu survivant l'agaçait plutôt.

Charlot regarda son bracelet montre et cligna de l'œil vers Mathieu. Le jour baissait. Les Allemands n'allumaient pas encore, par économie. Charlot leva trois doigts et Mathieu comprit qu'il était quatre heures trois quarts. Charlot revint à sa tâche d'un air endormi et sournois comme un collégien. En fait il n'était pas nécessaire d'être si secret : les prisonniers

pouvaient parler entre eux. Mais Charlot s'amusait à faire le
collégien comme si un regret lui était resté de n'avoir pu terminer ses études (il avait quitté le lycée à douze ans pour
entrer dans le magasin de son père). Le caporal allemand
bâilla, il laissa un moment son regard errer sur les grands murs
blancs de la salle déjà sombre; il rêva un moment, accoudé à la
longue banque noire où chacun travaillait puis il sortit de sa
poche un paquet enveloppé de papier rose qu'il considéra
longuement. Pinette n'avait pas levé la tête. Il traçait de son
écriture enfantine les noms des prisonniers sur des fiches de
carton bristol. Les gestes de sa main au-dessus du carton,
l'application de son corps étaient enfantins. Mais sa figure ne
l'était plus. Au-dehors, dans la cour de la caserne, on entendait
crier des ordres en allemand. Le caporal Schiler déplia le
paquet. Il se pencha vers Mathieu et dit :

« C'est un verrou. »

Il parlait presque sans accent; il avait vécu en France.

« Je vois bien, dit Mathieu.

— On dit : une verrou ou un verrou ? demanda Schiler.

— Un », dit brièvement Mathieu.

Les Allemands profitaient de leurs conversations avec les
prisonniers pour resquiller des leçons de français.

« Scharlott! » dit le [caporal].

Charlot sursauta. Il avait détruit ses papiers et déclarait
s'appeler Charlot. Pendant qu'il y était il s'était nommé sergent pour ne pas travailler. Mais le travail avait ses avantages
et finalement il avait accepté de venir travailler à la caserne.

« Venez avec moi », dit le [caporal]. Il ajouta avec application : « Nous allons fixer le verrou à la porte des cabinets. »

Les prisonniers levèrent la tête et le regardèrent avec étonnement. Il a ouvert un tiroir et en sort un marteau avec un
poinçon. Il sourit et se leva. C'était un grand jeune homme au
visage dur avec des cheveux noirs et des yeux noirs brillants.
Charlot repoussa sa chaise et le suivit aussi, tout rond et
bedonnant. Vairon sourit en les regardant partir :

« Don Quichotte et Sancho Pança », dit-il.

Il était receveur des contributions et il avait des lettres. Il
passa la main sur son crâne rasé :

« Tu as vu comme il regardait le verrou, Schiler ?

— Eh bien ?

— Ce sont des enfants, dit Vairon. Un rien les amuse.
Qu'est-ce qu'il avait de particulier, ce verrou ? Rien. Mais il
est neuf, il brille. Ils sont comme les sauvages. Ils rigolent
quand quelque chose brille. »

Il sourit largement et se renversa sur sa chaise, il dit :

« Tous les mêmes! Des sauvages. Des barbares. »

Pinette s'était brusquement redressé, il regardait Vairon
avec ses yeux fixes et insoutenables, il avait maintenant un

visage d'écorché, on voyait tous les muscles et toutes les rides, il y a des peaux blanchâtres sur ses lèvres. Il avait le front barré par une énorme cicatrice encore rouge. Il n'y avait qu'un mois qu'il était au camp. Mathieu l'avait fait prendre dans la baraque. Il disait souvent qu'il avait voulu crever et que la mort n'avait pas voulu de lui. Il avait mauvaise haleine, un drôle de souffle froid qui sentait la cave. Il avait horreur qu'on prenne des supériorités sur les Allemands. Il ricana.

« Des barbares! Et toi, tu es le civilisé, hein? Eh ben dis donc comment qu'ils t'ont eu, les barbares.

— Ils m'ont eu? Ils n'ont eu rien du tout », dit Vairon.

Il se retourne et montre les deux secrétaires allemands, paisibles, qui écrivent, il dit superbement :

« Ces gars-là m'ont eu?

— Jusqu'au trognon, dit Pinette.

— Tu me fais bien marrer, dit Vairon. Ces gars-là, mais le Français en fera ce qu'il voudra. Il faut savoir les prendre. Je vais te dire, mon vieux : l'Allemand a toujours eu un amour malheureux pour la France. Tu n'as qu'à regarder l'histoire. Ils aiment notre... notre...

Il s'arrête, le*[a]*/

« Encore un qui n'a pas compris, dit Pinette.

— J'ai peut-être mieux compris que toi, pochetée!

— Sale con! » murmura Pinette.

Il avait pincé les lèvres et ses joues maigres avaient noirci. Longin non plus, sous son sourire, n'avait pas l'air bon. Les yeux de Mathieu allaient de l'un à l'autre. Il regardait ces deux hommes si profondément solidaires qui jouissaient chacun d'une certitude incommunicable et dont chacun soignait son orgueil à sa manière; il pensait qu'ils n'avaient plus qu'à s'entre-tuer. Longin souriait toujours; son sourire doucereux c'était une façon de faire mourir Pinette à petit feu. Pinette avait tourné ses yeux en dedans et s'entretenait avec lui-même. Peut-être songe-t-il à frapper. Peut-être a-t-il compris que chacune de nos évidences secrètes exige la mort de ceux qui ne la partagent pas; après tout c'est un tueur lui aussi. Mathieu parcourt du regard ces quinze visages vagues et rieurs, les quinze fleurs. Chacun de ces hommes à chaque instant pouvait donner et recevoir la mort. J'ai appris que le meurtre est la conséquence logique de *tout*. Ils ne se tuèrent pas; ils oublièrent la dispute, chacun d'eux lâcha prise et s'affaissa sur lui-même, poursuivant son rêve séparé. Mathieu ne pouvait rien oublier : depuis qu'il avait tué il avait acquis une étrange profondeur. Comme il avait tué sans savoir pourquoi ni comprendre ce qu'il faisait, chacun de ses actes lui semblait un petit meurtre, avec une profondeur secrète qu'il ignorait. Vairon dit, derrière eux :

« En tout cas, ils ne sont pas vaches.

— Parce que ?

— Le verrou. C'est plutôt gentil d'y avoir pensé. »

Pinette ricana.

« Le verrou !

— Hé ! dit Vairon, je crache pas dessus. C'est pas marrant d'officier sur la place publique. Moi quand je débourre, je me cramponne au loquet pour pas qu'on entre, c'est malcommode. »

Pinette ricanait toujours.

« Non ! dit Vairon d'un ton fermement objectif. Y a pas à dire : c'est une attention.

— Ils peuvent se la foutre au cul. »

Mathieu en eut brusquement assez :

« Vos gueules ! » dit-il brutalement.

Ils se tournèrent vers lui sans étonnement, le regardèrent et se turent. Mathieu était un peu surpris, pas trop : depuis qu'il avait tué, il était devenu gentilhomme : les Allemands morts s'étaient installés en lui comme des ancêtres ; ils lui conféraient des droits et des devoirs obscurs. De temps à autre un commandement, une violence, un cri sortaient de lui sans qu'il comprît très bien pourquoi. Criminel ou sacré ? Il ne pouvait décider. Les copains, dans ces moments-là, lui obéissaient sans mot dire : il suffit de commander malgré soi pour se faire obéir.

Le Kapo rentrait, suivi de Charlot. Il se planta devant Mathieu et le toisa d'un air important et morose.

« Défense de se servir du verrou.

— De quoi ?

— Le verrou. Défense de s'en servir. »

Pinette regarda Vairon puis le Kapo avec une haine triomphante.

« Alors pourquoi que vous l'avez mis ? demanda-t-il doucement.

— Pour nous.

— Vous avez des chiottes au premier.

— Trop loin », dit le Kapo. Il désigna d'un geste circulaire les Allemands qui travaillaient dans le bureau.

Le soir tombe[a]; dans les yeux des punis, deux par deux, les premiers réverbères s'allument. Brunet bâille, pose sa pelle en travers de la brouette et se tourne vers le couchant : de l'autre côté des barbelés[b], la terre est bleue, l'herbe noire, elles ont bu tout le ciel; la lueur qui fuse au-dessus des sapins, le golfe de clarté entre les arbres et le pré, les flaques de la route, ce sont les yeux d'une bête heureuse. Sous ses doux regards naturels, Brunet retourne à la nature, il se courbe et se redresse, feuillage obscur et muet, sa colère d'homme s'assoupit.

Los! Los!

Brunet bâille encore et saisit la brouette par les brancards : la sentinelle volète sur la Place Noire, elle fond sur les punis, criarde et bonasse, dans un grand bruit d'ailes, ils la regardent avec un étonnement rêveur et ils se mettent lentement en marche pour se rassembler devant les écuries. Il va falloir rentrer, retrouver la cellule, la nuit, la folie.

On lui frappe sur l'épaule, sa colère se réveille en sursaut; il se redresse et toise le type aux yeux de charbon qui lui sourit.

« Salut ! » dit le type.

Brunet ne répond pas. La sentinelle s'approche, le type se retourne et lui parle en allemand; il a oublié une main sur l'épaule de Brunet, l'autre tend un papier. Brunet se secoue, la main se décroche, tombe, la sentinelle lit le papier, hoche la tête, s'éloigne, le type sourit à Brunet :

« Va ranger ta brouette. »

Brunet pousse sa brouette jusqu'au hangar, la range sous une bâche et revient sans se presser; le type fait les cent pas, la tête penchée de côté, les mains jointes derrière le dos.

« Alors ? demande Brunet.

— Alors, je t'emmène.

— Où ?

— Dans ma baraque, tiens ! Je suis interprète à la 11. »

Brunet secoue la tête et dit avec une sorte d'égarement :

« Ils avaient dit qu'ils ne me relâcheraient pas avant demain[c].

— La taule est pleine, explique l'interprète, ils ont besoin de la cellule. »

L'équipe des punis s'est mise en marche, Brunet contemple avec envie ces lourdes formes sombres qui vont rentrer dans leur coquille. Il dit d'une voix adoucie par l'angoisse :

« Je ne croyais pas que ce serait si tôt. »

Les punis tournent le coin de la 72 et disparaissent. Fini, plus personne : Brunet reste seul, dehors. L'interprète se marre bien :

« Mais c'est qu'il n'a pas l'air content! Phénomène, va! »

La colère se rallume ; ses joues le brûlent :

« Eh bien, allons ! dit-il sèchement.

— On repasse par la prison.

— Pour quoi faire ? Tout ce que j'ai, je l'ai sur moi. »

Ils marchent, la colère l'étouffe[a]. Mais il n'y en a plus pour très longtemps : tout à l'heure il la lâchera, elle ira mordre. Cette nuit, je dormirai. Ils traversent la grande rue ; dans la foule les yeux de Brunet cherchent Chalais.

« Je ne reconnais[b] personne, dit-il au bout d'un moment.

— M'en parle pas ! Il y a dix mille nouveaux et puis les Fritz font la chasse aux anciens pour les envoyer en Kommando, tous les jours des départs : c'est bien simple, tu ne sais plus où que tu es. »

Brunet s'arrête, il regarde moutonner ces faces crépusculaires ; il se sent périmé. L'interprète le guette en riant de respect. Il finit par dire :

« Tout le monde cause de toi.

— Parce que ?

— C'est rapport à ton évasion : vous étiez culottés. »

Brunet ne répond pas. Le type toussote ; il lâche enfin sa question :

« Pourquoi qu'ils vous ont repris ?

— Parce qu'on nous a donnés, dit Brunet.

— Tu sais qui ?

— Oui, je le sais.

— Qu'est-ce que tu vas lui faire ? »

Brunet sourit et ses poings se ferment :

« Rien du tout, dit-il doucement.

— Eh ben ! dit l'interprète stupéfait. Tu n'as pas de rancune.

— Je suis un type dans le genre de Jésus-Christ, dit Brunet,

— Mais s'il t'a donné, il pourra en donner d'autres.

— Non, dit Brunet. Non : il n'en donnera pas d'autres. »

L'interprète le prend par le coude, Brunet se dégage brutalement, l'interprète le regarde sans comprendre.

« T'inquiète pas, dit Brunet. Je suis nerveux. »

L'interprète désigne une baraque :

« C'est là. »

Un couloir, une porte, Brunet entre : le silence ; des types sont assis sur des bancs, immobiles et gris. L'interprète s'avance :

« Hé ! »

Ils ne bougent pas ; il explique :

« Je vous amène le fameux Brunet. »

Des têtes se tournent lentement vers Brunet.

« Eh ben ! dit un type d'une petite voix de rêve, eh ben dis donc !

— Où est-ce que je crèche ? demande Brunet.

— Là-haut, dit l'interprète. La rangée du dessus, troisième couchette.

— Bon. Merci. »

L'interprète se balance sur ses talons; il ne se décide pas à s'en aller. Brunet ne dit rien.

« Alors, bonsoir! » dit brusquement l'interprète.

Il enfonce les mains dans ses poches et s'en va, frustré. Brunet ferme la porte derrière lui, se retourne vers les types et regarde vaguement leurs yeux vagues. Il se sent vide; il entend une voix chargée de sollicitude :

« C'était pas trop dur, la taule ?

— J'y étais beaucoup mieux que je ne serai dans ce boxon. »

Toutes ces têtes, on dirait de gros oiseaux perchés sur des branches. La surprise agite mollement les branches et les oiseaux. Brunet explique :

« J'y étais seul.

— Seul ? répète une tête, rêveusement. Tu veux dire : seul dans ta cellule.

— Oui.

— Ça c'est au petit poil. Moi, depuis juin 40, j'ai jamais été seul. »

Brunet suit des yeux les balancements de cet arbre chargé de palombes. Il s'adresse à l'arbre tout entier :

« Qu'est-ce que vous foutez ici ? »

Les têtes font toutes le même sourire lamentable :

« On se fait chier.

— Vous en avez bien l'air, dit Brunet.

— C'est pas qu'on est plus mal qu'ailleurs, dit une face blême et joufflue. Mais on sait qu'on n'est pas pour rester, alors on ne s'attache pas.

— Pas pour rester ? répète Brunet sans comprendre.

— C'est la baraque de passage. D'ici, tu vas direct en Kommando. Depuis deux jours on est là qu'on attend le départ d'une minute à l'autre, tu peux rien commencer.

— Je vois », dit Brunet.

Il a peur. Il pense qu'il n'a pas de temps à perdre. La colère se rallume. Il dit :

« À tout à l'heure. »

Il sort dans un bruissement de feuillage; il marche d'un pas rapide, il ne pense à rien. Devant son ancienne baraque il s'arrête et les souvenirs lui brisent le cœur. La colère les enflamme; quand ils sont retombés en cendres, il entre et pousse la porte de son ancienne piaule; ses narines soufflent du feu.

« Tu peux pas frapper, paysan ? »

Assis près du poêle, deux types jouent aux échecs sur la caisse à charbon. Brunet ne les a jamais vus.

« Hein, dis! Tu ne peux pas frapper ? »

Brunet ne répond pas, son regard court d'un bout à l'autre de la pièce : Chalais n'est pas là. Toutes les nuits, dès qu'il fermait les yeux, il poussait cette porte et ses narines soufflaient du feu : Chalais n'était jamais là; ça le réveillait en sursaut. Cette fois-ci, il ne se réveille pas.

« Réponds quand on te cause. Tu ne sais pas parler ?

— Où est Chalais ? demande Brunet.

— Qui ?

— Chalais. L'interprète. »

Un des deux types tourne vers lui son visage effilé :
« L'interprète, c'est moi. »

Brunet baisse la tête, souffle et racle son talon contre le plancher. Il dit :

« Et Moûlu ? »

Ils le regardent en silence. Et puis il y en a un qui dit d'un air conciliant :

« Tu t'es trompé de baraque. »

Brunet avance sur eux; les deux types se lèvent brusquement, un cavalier saute en l'air et tombe. Brunet s'assied sur le banc. Il pose les mains sur les cuisses, il dit :

« C'était chez moi, ici. »

Les deux types échangent un coup d'œil :

« Eh bien, ça n'y est plus.

— Vos gueules! » dit Brunet sans élever la voix.

Les types se taisent. Ils se tiennent tout raides, de chaque côté de la caisse, ils regardent leurs pieds. Le plus grand des deux garde un sourire de politesse sur sa bouche distinguée.

« Il ne vient jamais ici, Chalais ? »

Le petit brun fait non de la tête. Le grand sourit toujours, ses paupières sont baissées. Brunet se lève et s'approche d'eux.

« Il y a combien de temps que vous êtes ici ?

— Tu t'en iras quand on te l'aura dit ?

— Bien sûr, dit Brunet en souriant.

— Ça fait dix-sept jours, là, tu es content ?

— Très content, gueule de con! »

Ils ne disent rien du tout; le grand sourit. Brunet ricane :

« Qu'est-ce que vous tenez comme gueules de con! »

Il les considère avec concupiscence, c'est surtout le nez du grand qui l'amuse : un long nez ciselé, au premier choc il casserait comme du verre. Brunet attend : mais les types ne bougent pas; ils retiennent leur souffle et leurs yeux mi-clos leur donnent un drôle d'air de volupté chaste. Brunet s'en va, referme doucement la porte et suit le couloir. Devant la piaule des camarades, il s'arrête; il écoute. Ça crie et ça

chante; une voix vulgaire entonne *Le Curé de Saint-Sulpice,*
d'autres voix reprennent en chœur. Brunet secoue la tête et
s'en va, les bras ballants; la fatigue l'écrase.

Chez Thibaut, ça sent le tabac blond. Moûlu est assis sur
la table, les jambes pendantes; il fume et ses lèvres font un
sourire solitaire. Quand il voit Brunet, un flot de sang lui
monte aux joues et il jette sa cigarette.

« Sans blague! »

Il saute sur le plancher et se précipite dans les bras de
Brunet. Brunet l'écarte doucement. Moûlu rit et lui envoie
des coups de poing désordonnés dans les côtes :

« T'es donc sorti! T'as donc fini par sortir! »

Brunet ne dit rien.

« Si seulement j'avais su, dit Moûlu, je serais allé t'attendre devant la taule.

— Où est Chalais? demande Brunet.

— Chalais? Pffftt! Parti. »

Brunet frissonne :

« Parti où?

— Sais pas.

— Et les copains?

— Partis aussi.

— Comment ça se fait?

— Un jour, on les a rassemblés sur la Place Noire et
emmenés. »

Brunet se laisse tomber sur le banc. Quarante jours de
colère tournent follement dans sa poitrine et cherchent une
issue[1]. Il relève brusquement la tête :

« Qui est parti? Toute la baraque ou seulement les camarades du Parti?

— Seulement les types du Parti. Mais moi, pour plus de
sûreté, je me suis tiré et, depuis, je me planque ici. »

Brunet se met à rire. Moûlu rit aussi et demande :

« Qu'est-ce t'as à te marrer, mon petit pote?

— Ça va passer », dit Brunet.

Ça ne passe pas tout de suite. Moûlu s'est croisé les bras;
il demande :

« Et comment ça se fait-il donc que vous ayez manqué
votre coup?

— Nous avons été donnés. »

Moûlu lui jette un regard rapide et dur :

« Par qui? Tu le sais?

— Bah! dit Brunet. À présent, ça n'a plus d'importance. »

Il secoue la tête énergiquement.

« Où est Thibaut?

— Il n'est jamais bien loin. Tu veux casser la graine en
l'attendant?

— Je n'ai pas faim.

« — Moi, dit Moûlu, faut que je bouffe : les émotions me creusent. »

Il se lève, passe derrière le poêle, se baisse et revient s'asseoir avec une gamelle de soupe froide.

« Bon appétit », dit Brunet.

Moûlu baisse les yeux sur sa soupe et s'absente. Les cuillerées montent lentement à ses lèvres; à chacune d'elles ses joues se gonflent et la soupe clapote dans sa bouche. Lourd et vide. Brunet le regarde et attend. Au bout d'un moment, Moûlu relève la tête et regarde Brunet avec bonté.

« Qu'est-ce que tu vas faire à présent ?

— Je vais remettre ça. »

Moûlu hoche la tête d'un air méditatif et approbateur, puis il se remet à manger. Brunet ajoute :

« Il faudrait même que je me presse parce qu'ils ont l'intention de m'envoyer en Kommando. »

Moûlu ne répond pas : il mange et rêve. Quand il a fini il décroche un bidon, verse de l'eau dans la gamelle et va la poser sur le poêle. Puis il se tourne vers Brunet, s'essuie la bouche avec sa manche, rote et demande négligemment :

« C'est par les barbelés que tu veux te tailler ?

— Je n'ai pas de préférence : ça sera comme ça se trouvera.

— Parce que, dit Moûlu lentement, moi, je me taillerais bien avec toi; mais pour les barbelés j'aime autant te dire tout de suite que j'ai les jetons. »

Stupéfait, Brunet regarde Moûlu qui court dans la lumière, des abeilles furieuses dansent autour de ses oreilles, il tombe : c'est pas du sang qui en sortira, c'est du saindoux.

« *Toi,* tu veux te tailler ?

— Pourquoi pas ? Pourquoi que j'en aurais pas envie comme les autres ? »

Brunet se marre. Moûlu explique avec dignité :

« Je suis de caractère tranquille, faut dire ce qui est. Mais il y a des circonstances où tu ne dois pas t'écouter : je ne peux pas rester chez Thibaut, je ne suis pas inscrit. Et si je retourne à ma baraque, je suis bon pour les Kommandos, moi aussi.

— Tu es mou comme une chiffe, dit Brunet. Il va falloir te traîner. »

Moûlu considère ses pieds d'un air buté :

« C'est peut-être moi qui te crèverai. Et puis de toute façon, faut que tu soyes deux, n'est-ce pas ? Alors autant moi qu'un autre. »

Brunet se penche, lui met deux doigts sous le menton et lui relève la tête :

« Toi, tu as une combine.

— Peut se faire », dit Moûlu en souriant.

Brunet fronce le sourcil; Moûlu ajoute vivement :

« T'as qu'à me prendre avec toi : je te la donne. »

Il le regarde[a] d'un air suppliant :

« Elle est aux pommes, la combine ! T'aurais tort de la refuser. »

Brunet l'apprécie du regard : il est mou, bien sûr, mais ça vient du moral. Sous cette graisse, il y a des muscles.

« C'est pas une partie de campagne, dit-il sèchement. Si tu flanches en route, ne va pas croire que je te porterai.

— Je ne flancherai pas.

— Je continuerai sans toi, dit Brunet. Tu ne diras pas que je ne t'ai pas prévenu ?

— Je ne flancherai pas, répète Moûlu d'une voix obstinée.

— Bon. Alors vas-y de ton histoire. »

Moûlu baisse la voix :

« On t'a parlé d'une organisation ? »

Brunet hausse les épaules, déçu :

« C'est ça, ta combine ? Eh bien, tu repasseras : ton organisation n'existe pas. »

Moûlu se fend la pipe, mais sans joie ; ses petits yeux clignotent :

« Elle n'existe pas ?

— Non.

— Alors comment que ça se fait que je connais les gars qui en font partie ? »

Brunet ne répond pas. Moûlu poursuit triomphalement :

« Ils sont malins, d'accord, mais je ne suis pas tombé de la dernière pluie, moi non plus. Ils ont beau se planquer, j'ai fini par les repérer. »

Brunet le regarde avec intérêt :

« Alors ? Ils marchent.

— Non, dit Moûlu d'une voix raisonnable. Non ; faut pas trop demander à la fois : ils ne marchent pas ; ils se méfient. Quand je leur cause, ils font ceux qui ne sont pas au courant. »

Il sourit avec indulgence :

« Des fois que je serais une donneuse, hein ? C'est régulier.

— C'est peut-être régulier, dit Brunet. Mais ça nous fait une belle jambe.

— Eh ! justement, dit Moûlu. Faut que tu soyes dans le coup. Tu es connu dans le quartier, depuis ton évasion : c'est Brunet par-ci, Brunet par-là, presque une star. Si c'est toi qui leur causes, ils n'iront pas se méfier.

— Où sont-ils ? demande Brunet.

— Dans la baraque des artistes. »

Brunet se lève :

« Allons-y. »

Moûlu s'est levé aussi ; il est pâle et ses mains tremblent. Il regarde Brunet d'un air effrayé :

« C'est vrai ? Tu veux bien ?

— Tu ne vas pas avoir peur, à présent ? dit Brunet.

« — Écoute... » dit Moûlu.

Il s'interrompt et sursaute : la porte s'est ouverte. Thibaut paraît, les regarde, ouvre sa grande bouche et se tait.

« Ferme-la ou je saute dedans », dit Brunet.

Thibaut ferme la bouche. Il y a un silence.

« J'ai tant changé que ça ? » demande Brunet.

Thibaut secoue la tête sans répondre. Brusquement le sang revient à ses joues et il se met à rire :

« Ce que tu es cradeau ! Je ne t'aurais jamais reconnu. Ça ne fait rien : on est tout de même drôlement content de te revoir. »

Ils se prennent par les épaules et tournent dans la pièce. Thibaut lâche prise :

« Tu as bouffé ?

— Oui. »

Thibaut rit encore un petit moment puis son rire s'arrête. Il hoche la tête d'un air gourmé.

« Pauvre Schneider, hein ?

— Oui, dit Brunet. Eh oui ! »

Thibaut ajoute sans assurance :

« En voilà un qui n'a pas eu de chance.

— Te casse pas le cul, dit Brunet : je ne suis pas sa veuve. »

Thibaut se tait, interdit. Ils se regardent ; la bouche de Thibaut s'est rouverte, sa mâchoire pend. Tout d'un coup Brunet bouscule Thibaut et ouvre violemment la porte :

« Viens, Moûlu !

— Tu ne restes pas ? » demande Thibaut ahuri.

Brunet entraîne Moûlu sans répondre, Thibaut crie dans leur dos :

« Si tu reviens avant le couvre-feu, je peux te coucher ici. »

Brunet court. Moûlu supplie :

« Cours pas si vite !

— Je ne cours pas ! » dit Brunet.

Il fait doux ; c'est la brume ; on entend au loin une belle musique triste ; le ciel est violet. Moûlu dit timidement :

« Dis, Brunet !

— Eh ?

— Schneider ?

— Eh bien ?

— Il est mort sur le coup ?

— Non. Pas sur le coup.

— Je l'aurais parié », dit Moûlu.

Il se racle la gorge et demande :

« Il s'est vu mourir ?

— En voilà assez ! » dit Brunet d'une voix forte.

Moûlu se tait. Ils marchent, la musique s'enfle[a], ils entrent dans une baraque, la musique n'est plus triste du tout : elle leur casse les oreilles. Moûlu dit avec considération :

« Ils jouent par cœur, tu sais. C'est des as. »

Il frappe à une porte, l'ouvre et ils coulent au fond de la mer; tout est bleu, les carreaux de la fenêtre sont d'un gros bleu noir, dans l'ombre bleue on devine des êtres sans visages qui fument. Brunet referme la porte.

« Ho Pinette! » crie Moûlu.

Une voix amère et cassée tombe d'en haut.

« C' qu'il a fait ?

— C'est Moûlu, hé! »

Silence. Ça grouille à ras du sol : des bêtes du fond de la mer qui rampent. La voix reprend, au-dessus de leurs têtes :

« Je t'ai déjà dit de pas nous faire chier.

— Je te fais pas chier, Pinette, dit Moûlu humblement. Je t'amène un copain qui veut te causer.

— Dis-y qu'il aille se faire tâter.

— Très bien, dit Brunet. J'y cours. »

Il fait un pas en arrière; Moûlu le retient par le bras et dit chaleureusement :

« C'est Brunet, les gars : Brunet que son copain s'est fait descendre.

— Après ?

— Eh bien, dit Moûlu, c'est lui qui veut discuter le bout de gras. »

Pas de réponse; musique. Brunet voudrait s'en aller mais il s'est englué dans ce silence, il attend. Tout d'un coup, il y a une dégringolade puis une forme noire flotte à leur rencontre; elle s'ancre devant eux et oscille sur place, les remous de l'ombre changent sans arrêt ses contours.

« Où qu'il est[a] Brunet ? demande la voix amère.

— Devant toi.

— C'est moi que je suis Pinette : qu'est-ce que tu me veux ? »

Cette fois-ci non plus Brunet ne cognera pas : il enfonce ses mains dans ses poches et dit avec douceur :

« Viens dehors.

— Pourquoi ?

— Je ne peux pas te parler ici.

— Pourquoi ?

— Oh bon! » Brunet baisse la voix : « Il paraît que tu as des combines.

— Des combines pour quoi faire ?

— Pour se tailler. »

Pinette se marre :

« Vous l'entendez, les gars ? »

Ils ont entendu : la nuit se secoue, le rire jaillit de partout.

« Des combines! Mais mon pauvre vieux, si j'en avais, ça fait une paye que je ne serais plus ici.

— Parfait, dit Brunet. C'est Moûlu qui est un con. Pardon, excuses et bonsoir. »

Moûlu l'agrippe, Brunet se dégage et sort. Il les entend rire dans leur grotte sous-marine. Il y a une rafale de musique puis quelqu'un lui touche l'épaule : c'est Moûlu.

« Espèce de con ! dit Brunet.

— M'engueule pas, dit Moûlu. Puisque je te dis que c'est eux.

— Quoi, eux ?

— L'organisation, c'est eux.

— Peut-être bien mais qu'est-ce que j'ai à en foutre s'ils ne veulent pas parler ? »

Il marche à grands pas, Moûlu l'implore :

« Va pas si vite ! Arrête ! »

Brunet s'arrête :

« Alors ?

— Il faut avoir de la patience ! Il faut insister. » Brunet l'accroche aux épaules et le secoue :

« De la patience ! crie-t-il. De la patience ! Mais nom de Dieu... »

La porte s'est rouverte derrière eux, un type sort en courant :

« Radinez en vitesse !

— De quoi ?

— Y a Pinette qui dit que vous reveniez.

— Va lui dire que je l'emmerde.

— Non, Brunet, non, non, non, gémit Moûlu. Non : t'as pas le droit, moi aussi, je suis dans le coup, c'est notre chance, t'as pas le droit de refuser.

— Bon ! dit Brunet. On y va. Mais qu'il n'essaie pas de la ramener parce que s'il recommence à pinailler comme tout à l'heure, je lui file mon poing dans la gueule. »

Ils entrent ; nuit noire, on ne distingue même plus la fenêtre : de petits feux ronds vagabondent dans les ténèbres.

« Alors ? demande Brunet. Vous vous êtes décidés ? »

Pas de réponse ; la porte claque derrière eux. Brusquement Moûlu passe son bras sous celui de Brunet.

« Qu'est-ce qu'il y a ?

— Rien, dit Moûlu, il n'y a rien. »

Mais ses doigts serrent fortement le coude de Brunet. Il ajoute sur un ton détaché :

« Ils sont en retard, les Fritz : c'est-il pas l'heure d'allumer ? »

La nuit tourne doucement autour d'eux, les feux tournent, une main pousse Brunet en avant.

« Assoyez-vous.

— Où ça ?

— Par là. »

Des mains le guident, nombreuses et légères; son genou heurte un banc, il s'assied, un souffle court sur sa nuque, ça sent l'homme. Tout près de son oreille une voix éclot, il la *reconnaît*. Où l'a-t-il entendue ? Pas dans le camp, en tout cas. Elle vient de loin; d'une autre vie.

« Qu'est-ce que tu nous veux ?

— C'est à vous qu'il faut demander ça : c'est vous qui nous avez rappelés. »

Silence. Brunet sabre de la main cette nuit pleine de fleurs.

« En voilà assez! Oui ou merde, est-ce que vous voulez nous aider ?

— Vous aider à quoi, demande la voix et toute[a] la vie de Brunet lui rentre dans la tête par les oreilles. Une vie morte et indéchiffrable, au fil de cette voix de nuit : c'est un cauchemar.

— À nous évader, dit-il sans assurance.

— Qui vous[b] a dit que nous pouvions vous aider ?

— Te casse pas la tête, dit Brunet. Moi, c'est Moûlu : je sors de taule; il y a une heure, je ne vous connaissais même pas. »

Il ne s'adresse à personne de vivant, il jette les mots dans un trou.

« Et toi[c], Moûlu ? » demande la voix masquée.

Moûlu ne répond pas, la voix s'enfle, Brunet la perd.

« Eh bien, Moûlu ? »

Je ne l'ai jamais entendue[d]. Le trou se referme; tout est plein. Brunet s'agite sous les petits yeux rouges des chauves-souris. Un œil se ferme, puis un autre; Moûlu se met à crier :

« Laissez-moi! Laissez-moi! »

Brunet se redresse :

« Qu'est-ce que c'est ? »

Brusquement la nuit s'éteint. Assis dans la lumière de tous les soirs, Brunet est en train de regarder Moûlu. Moûlu, debout et seul dans la lumière, regarde ses mains d'un air déconcerté. Les voix[e] sont rentrées dans les bouches; il y a des visages partout. Les visages de tout le monde et de tous les jours : ce n'était que ça.

« Eh bien, Moûlu, qu'est-ce qui t'a pris ? »

Moûlu montre ses mains et part d'un rire confus :

« Je me suis cogné au poêle : j'ai cru qu'ils voulaient me brûler. »

Brunet tressaille; il attend que les types rient. Mais personne ne rit. La nuit est toujours là : au cœur de la lumière comme une invisible suie. Brunet tourne la tête et découvre Schneider, contre la fenêtre. Schneider devient un grand type aux yeux froids qui ressemble à Schneider, puis le type devient Mathieu. C'est Mathieu, pense Brunet déçu. Il ressemble à Schneider, en plus vache. Brunet feint la surprise :

« Elle est bien bonne! » Il ajoute comme en rêve : « Le monde est petit. »

Mathieu rêve aussi. Il ouvre la bouche; une phrase de dormeur en sort :

« Ça fait plus de trois mois que je t'ai repéré. »

Brunet répète :

« Trois mois. »

Il rêve : j'ai toujours dit que notre service de renseignements était mal fait. Il se réveille en sursaut : Mathieu est toujours là. Pourquoi s'obstine-t-il à ressembler à Schneider ? Il n'a pas l'air bon. Brunet parcourt des yeux les autres visages : personne n'a l'air bon.

« Tu veux t'évader ? demande Mathieu.

— Oui.

— Bien. On te donnera un coup de main. »

C'est la voix de Mathieu. Tout rentre dans l'ordre; eh bien oui, c'est Mathieu, pourquoi ne serait-il pas ici, j'y suis bien. Brunet s'étonnera une autre fois : il n'a pas de temps à perdre.

« Je veux m'évader le plus tôt possible », dit-il.

Mathieu hoche la tête :

« Ils sont quatre à passer avant toi.

— Ça ne m'arrange pas », dit sèchement Brunet.

Un jeune tubard le regarde avec hostilité, c'est la voix de Pinette qui sort de sa bouche :

« Tu es plus pressé que les autres ?

— Oui. »

Il y a deux types barbus, assis par terre, qui grognent. Brunet regarde ces faces de pirates et pense : ils ne m'ont pas à la bonne; mais, pour la première fois depuis la mort de Schneider, il se sent à son aise, au milieu de vrais hommes. Il pense : les miens, je les obligeais à se raser. Et puis la piaule était mieux balayée. Mathieu lève la main et les types se taisent.

« On va peut-être pouvoir s'arranger », dit-il.

Il se tourne vers un grand chauve à lunettes :

« Il n'y a personne, chez toi ?

— Personne », dit le type.

Mathieu dit à Brunet :

« On va chez lui. »

Brunet jette sur les types un regard de regret.

« Il faut que je te parle en particulier, dit Mathieu. J'ai une proposition à te faire.

— Allons! » dit Brunet.

Moûlu se jette sur Brunet et lui prend la main :

« Je vais avec toi.

— Non », dit doucement Mathieu.

Les lèvres de Moûlu sont bleues. Il dit :

« Emmène-moi, Brunet. Emmène-moi. »

Brunet hésite; brusquement Moûlu élève la main de Brunet jusqu'à sa bouche et la baise. Brunet retire sa main avec colère. La nuit s'épaissit encore, la lumière c'est de la nuit refroidie. Pinette s'avance vers Moûlu :

« Reste donc. Brunet te reprendra en passant. »

Des voix crient dans les airs :

« Moûlu! Moûlu! Reste donc : on va se marrer. »

Moûlu se cramponne à Brunet, il sourit toujours sous ses yeux égarés :

« C'est que je ne veux pas rentrer après le couvre-feu.

— Bah! dit Pinette. Si tu t'évades, tu en verras bien d'autres. »

Dix paires de pinces accrochent Moûlu et le tirent en arrière. Les visages des gars sont tout gris.

« Viens-tu ? » demande Mathieu.

Brunet hausse les épaules et sort derrière Mathieu. La musique fait rage, Mathieu entrouvre une porte et se penche :

« Plus fort! »

Il referme la porte; Brunet lui crie à l'oreille :

« Plus fort ? Tu n'es pas fou ? »

Mathieu ne répond pas : il ouvre une autre porte et tourne le commutateur; la lumière jaillit, ils entrent et s'asseyent. Mathieu sur un lit, Brunet sur le banc; ils se regardent sans chaleur. La nuit est entrée avec eux.

« Te voilà donc!

— Eh oui, me voilà!

— Tu as une gueule d'assassin, dit Brunet.

— Tu n'es pas beau non plus », dit Mathieu.

Ils rient. Riant entre ses dents serrées, Brunet regarde rire son vieil ami Delarue et pense : « Ce que c'est ennuyeux, un ami d'enfance. » Il demande :

« Et qu'est-ce[a] que tu deviens ? »

Mathieu lui rit au nez :

« Qu'est-ce que tu veux que je devienne ? »

Brunet détourne les yeux, dépité. Mathieu demande à son tour :

« Où as-tu été fait prisonnier ?

— À Verdelais[1].

— Moi aussi, dit Mathieu.

— Ah! »

Les mots, c'est du chewing-gum. Si prévisibles qu'on les remâche d'avance. Brunet bâille; il ne sait pas si c'est d'angoisse ou d'ennui. Il referme la bouche, écrase du pouce les larmes qui ont sauté de ses yeux et demande :

« Tu étais à Baccarat en juillet ?

— Non : j'étais blessé.

— Tu t'es battu ?

— Je me suis battu un quart d'heure.

— Tu étais un de ces enragés qui tiraient sur nous du clocher ? »

Le visage de Mathieu s'égaye :

« Eh oui!

— Salaud! dit Brunet gaiement. Tu as bien failli me descendre[1]. »

Mathieu sourit, les yeux mi-clos : il a l'air fou.

« Drôle de rencontre! dit Brunet.

— Qu'est-ce qu'elle a de drôle ? demande Mathieu.

— Au fond, dit Brunet, tu as raison : qu'est-ce qu'elle a de drôle ? »

Mathieu se lève d'un air absent, pose la main sur le loquet de la porte et paraît écouter puis il fait demi-tour et revient s'asseoir. Brunet le considère avec rancune : il lui en veut d'être là, de n'être plus Mathieu, de n'être que Mathieu.

« Pourquoi ne m'as-tu pas fait signe ? »

Mathieu lui jette un regard mort et rancuneux.

« À quoi bon[a] ? »

Brunet ricane, Mathieu se reprend et explique affablement :

« Nous ne faisions pas le même genre de travail.

— Tu savais donc que je travaillais ?

— Eh bien, dit Mathieu d'une voix ennuyeuse, tu faisais de la propagande, non ? Une espèce de propagande politique ? »

Brunet ricane toujours : de la propagande, eh oui! C'est dérisoire.

« Vous n'auriez pas été d'accord, dit Mathieu[b]. Nous faisions évader les types et vous désapprouviez les évasions.

— Nous désapprouvions les évasions parce qu'elles étaient prématurées, dit Brunet avec humeur. La plupart des types ont la tête montée; si vous les aidez sans discernement... »

Le sourire de Mathieu[c] durcit :

« Tu voudrais qu'on leur fasse passer un examen ?

— Un examen, non.

— Nous aidons ceux qui le demandent », dit Mathieu sèchement.

Brunet veut lui répondre et puis il hausse les épaules : pourquoi discuter ? Passe encore autrefois, quand Brunet le communiste parlait à Mathieu le professeur. Ils étaient pareils, alors, pareillement naïfs, le militant qui croyait au père Noël et le vieil enfant masochiste qui mettait tant de zèle à confesser ses fautes et si peu à s'en corriger. Deux nobles figures du Moyen Âge. À présent, ça se pourrait bien qu'ils soient encore pareils : mais c'est justement pour ça qu'ils n'ont plus rien à se dire. Et puis, de toute façon, j'ai besoin de lui. Il sourit :

« Alors ? Te voilà chef de brigands ? »

Mathieu le regarde sans amitié :

« Je ne suis le chef de personne[2], dit-il vivement.

— Là! là! dit Brunet, je ne voulais pas te vexer. »

Il ajoute, sans cesser de sourire :

« On peut dire que tu as fait du chemin depuis juin 38[1].

— Pourquoi : depuis juin 38 ? Ah oui : c'est qu'on ne s'est pas revus depuis!

— Tu habitais rue Froidevaux[2], dit Brunet.

— Non : rue Huyghens.

— C'est ça, rue Huyghens. »

Un salon bourgeois dans une lumière désolée; on se battait en Espagne : c'est loin.

« Tu avais des fauteuils verts.

— Oui. Tu disais qu'ils étaient corrupteurs[3]. »

Brunet se met à rire :

« C'est *vrai* qu'ils étaient corrupteurs », dit-il.

Mathieu ne rit pas; il tend l'oreille, il a l'air inquiet. Brunet se lève et marche. Il y a quelque chose de pourri dans cette nuit. De l'autre côté de la cloison un cor sonne la charge.

« Est-ce que ce n'est pas la chevauchée des Walkyries ?

— Ça m'en a tout l'air, dit Mathieu.

— Nom de Dieu! »

Brunet marche. Tout d'un coup il se plante devant Mathieu :

« Tu parlais d'une combine. »

Mathieu hausse les épaules. Brunet dit :

« Je te répète que je suis pressé.

— Et moi je te répète : pas plus que les autres.

— Si. Plus que les autres. »

Mathieu le regarde attentivement :

« Tu veux voir où en est le P. C. ?

— Il y a ça, dit Brunet.

— Eh bien, mon pauvre vieux : il faudra que tu attendes ton tour; je n'y peux rien. »

Brunet se met à trembler. Par bonheur Mathieu ne le regarde pas. Brunet se maîtrise et dit avec douceur :

« Ils ont donc de si bonnes raisons, les autres ?

— Il y en a un, dit Mathieu, qui veut rentrer chez lui parce que sa famille est dans la mouise, il y en a un autre qui est amoureux... »

Brunet se redresse :

« Et voilà leurs raisons ?

— Qui suis-je pour juger si les tiennes sont meilleures ? dit Mathieu.

— Le Parti... » dit Brunet.

Mathieu dit d'une voix rapide et glacée :

« Je refuse de choisir. J'aide tout le monde ou personne[a]. »

Ils échangent des regards irrités et les Walkyries bondissent en désordre au travers d'eux. Brunet baisse le regard, joint les mains et se laisse refroidir. Quand il est tout à fait froid il relève la tête :

« On a fait du tort à quelqu'un.

— Oui ? Et alors ?

— Il faut que je répare ça. »

Mathieu sourit :

« Sirène !

— Sirène ? répète Brunet.

— Tu me chantes la petite chanson qui peut me séduire. Tu as toujours cru que j'étais plus sensible aux malheurs individuels qu'aux catastrophes collectives. »

Brunet hausse les épaules :

« Je te dis la vérité.

— C'est possible, dit Mathieu. Mais je me suis mis de la cire dans les oreilles. »

Brunet sourit :

« Suppose que je fasse appel à ton amitié ? »

Mathieu éclate de rire :

« Gangster ! Tous les moyens te sont bons, hein ? »

Il ajoute sans cesser de rire :

« En trente-huit, quand j'ai fait appel à la tienne, tu m'as envoyé bondir.

— J'avais tort », dit Brunet.

Il se passe[a] la main sur le front et répète :

« J'avais tort. »

Ce n'est pas à Mathieu qu'il s'adresse : l'amitié de Mathieu le dégoûte.

« Non, dit Mathieu, tu n'avais pas tort : qu'avions-nous de commun ? Notre amitié, c'était du bavardage. Tu m'as dit : " Mes seuls amis ce sont les camarades du Parti[1] ". »

Brunet répète lentement :

« Les camarades du Parti... »

Oui, oui, bien sûr, il a dit ça.

« Le Parti, dit-il, je crois bien que je vais le quitter. »

Mathieu lève les sourcils :

« Dis donc ! Toi aussi, tu as fait du chemin.

— Oui, dit Brunet. J'ai fait du chemin. »

Mathieu le regarde avec intérêt :

« Et quand tu l'auras quitté ?

— Je ne le quitterai pas tout de suite. Il y a cette affaire à arranger : ça prendra du temps, les camarades sont têtus.

— Mais quand tu l'auras arrangée ?

— Eh bien j'irai planter mes choux, je suppose. »

Mathieu le regarde toujours :

« Je ne te vois pas en train de planter tes choux. »

Brunet ne dit rien. Mathieu demande :

« Qu'est-ce que tu lui reproches, au P.C. ?

— Est-ce qu'on reproche jamais quelque chose au P. C. ? répond Brunet avec humeur. Le P. C. va jusqu'au bout, il est logique avec lui-même. C'est à moi que je fais des reproches.

— Ça revient au même[a].

— Mais non.

— Mais si : autrefois tu n'aurais même pas pu te faire de reproches parce que tu n'étais personne. Pour que tu puisses te reprocher quelque chose, il a fallu que tu deviennes quelqu'un. Et ça signifie que tu avais rompu avec le P. C. avant même d'en prendre conscience. »

Il y a du bruit dans le couloir. Mathieu sursaute et tend l'oreille; ses paupières aux longs cils se baissent sur ses yeux, il a l'air de dormir. Le bruit s'éloigne, ses yeux s'ouvrent, son regard est resté braqué sur Brunet.

« Tu as une drôle de gueule, dit-il. On dirait qu'elle est trempée dans du vinaigre. Qu'est-ce que tu as fait ? Qu'est-ce qu'on t'a fait ?

— Mon évasion... dit Brunet.

— Eh bien ?

— Je l'ai ratée parce que j'ai été donné par un camarade. »

Mathieu a un drôle d'air. Brunet s'interrompt brusquement :

« Qu'est-ce qu'il y a ? Qu'est-ce que tu sais ?

— Je te dirai tout à l'heure. Continue.

— C'est tout. »

Mathieu siffle doucement :

« Voilà donc ce qu'il y a, espèce de Frankenstein! Tu n'avais plus de moi et la rancune t'en a donné un et il ne passe pas, tu ne peux ni l'avaler ni le recracher. Manque d'habitude, hein ? »

Brunet hausse les épaules, Mathieu continue sans s'émouvoir :

« Il faut t'y résigner : l'habitude ne vient jamais. »

Brunet l'écoute, il pense : c'est n'importe qui. Une conscience impersonnelle, sans passé ni avenir. Je m'évaderai, je le laisserai derrière moi avec ses sentences et ses problèmes. Il dit :

« Je n'ai de rancune contre personne. Le camarade qui nous a dénoncés, je voulais l'assommer sur place. Mais je ne peux pas lui donner tort. Je viens d'apprendre qu'il est parti : tant mieux pour lui et pour moi. Ce qu'il a fait... je l'aurais peut-être fait moi-même, si j'avais été à sa place. »

Il se lève et marche : il a envie de parler devant n'importe qui.

« Je peux être totalement *pour* les camarades et totalement *contre* les ennemis de classe. Totalement, ça veut dire : corps et âme et jusqu'à la mort inclusivement. Mais je ne peux pas être à la fois *pour et contre* les camarades. C'est trop fort pour moi.

— Qui te le demande ?

— Le Parti. Et il a raison. Le P. C. est un parti de violence, tu le sais. Et la violence ne m'a jamais fait peur. Seulement je croyais que c'était un mal nécessaire et qu'on pouvait la diriger, en limiter l'emploi.

— Eh bien ?

— On ne peut pas. Si tu en uses une fois, elle est partout, jusque dans l'organisation intérieure du Parti. »

Il s'interrompt, il regarde fixement le visage inexpressif de Mathieu : je dois le scandaliser. La conscience impersonnelle, c'est du rêve. Brunet a devant lui un petit bourgeois idéaliste, enfoncé dans ses préjugés de classe. Il continue tout de même, avec un plaisir méchant :

« Tu te rappelles, en 26, quand tu me cassais les pieds avec Platon : la justice règne jusque dans la caverne des voleurs[1] ?

— Je me rappelle.

— Eh bien voici le complément : l'injustice règne jusque dans la communauté des justes. C'est *nous* les justes, ajoute-t-il violemment, c'est *nous,* je ne cesserai jamais de le dire, même si je quitte le Parti. C'est nous parce que nous sommes les seuls qui combattons pour l'homme. Et justement à cause de ça... Tiens : je pensais qu'il fallait dire[a] la vérité aux camarades chaque fois que c'était possible. Eh bien, c'est du trotskisme : ça n'est *jamais* possible de leur dire la vérité et c'est à eux qu'il faut mentir d'abord[b]. »

Brusquement l'angoisse le reprend; il regarde Mathieu comme s'il l'appelait à son secours :

« Alors ? Où sont les justes ? Où sont les voleurs ? »

Mathieu rit de bon cœur.

« Que tu es naïf ! » dit-il.

Brunet reprend sa marche. C'est vrai qu'il est naïf. Depuis le temps qu'il a désappris de penser seul, sa pensée s'est ankylosée, elle s'essouffle tout de suite, elle s'embrouille, il en sort de drôles d'idées, des idées d'enfant, il a depuis plus d'un mois l'impression décourageante de peiner sur des questions auxquelles d'autres ont depuis longtemps répondu; il porte un bandeau[c] sur les yeux et il y a des gens qui le voient faire et qui rient.

« Naïf ? Évidemment : devant un professeur de philosophie... »

Mathieu ne répond pas. Que sait-il ? Est-ce que la philosophie peut fournir des réponses ? Mais *de quel* point de vue ? Brunet n'a que faire d'une sagesse de petit bourgeois. Il marche, les yeux de Mathieu le suivent et le comprennent. Brunet se calme : ça lui fait du bien d'être compris par cette intelligence sans charité. Mathieu dit brusquement :

« Reste avec nous.

— Avec vous ? répète Brunet stupéfait.

— Eh bien oui : il y a du travail à faire. Tu sais bien que tu ne pourras jamais rester inactif. »

Brunet s'arrête et met les mains dans ses poches :

« À propos : qu'est-ce que c'est votre travail ? Vous faites évader les types, et puis ?

— C'est tout.

— Ça n'est pas grand-chose. »

Les yeux de Mathieu brillent :

« C'est ce que j'ai trouvé de mieux pour justifier ma vie et tu es bien orgueilleux si tu penses que ça ne suffirait pas à justifier la tienne.

— Je ne dis pas ça », dit Brunet. Il a un rire bref : « Mais je pense que ma vie n'a pas besoin d'être justifiée. Justifier sa vie ! répète-t-il. Quel drôle de souci : pourquoi faire ? C'est de l'individualisme petit-bourgeois.

— Tu n'as jamais cherché de justification ? dit Mathieu froidement. Alors pourquoi es-tu entré au Parti[1] ?

— J'ai *donné* ma vie au Parti, c'est tout.

— Oui. Pour qu'il te la rende après l'avoir consacrée : on connaît le truc. »

Brunet hausse les épaules. Mathieu se lève et va vers lui :

« Écoute, Brunet, et réfléchis : il n'y a rien à faire de mieux, nulle part. Avec nous ni violence ni mensonge; nous mettons les types en face d'eux-mêmes et ils décident en connaissance de cause. On ne force personne, on ne fait pas de boniment : simplement, s'ils décident de s'évader, nous sommes là. Nous sommes des occasions, des marchepieds, nous ne les jugeons pas, nous ne leur demandons rien en échange de nos services, pas même d'être bons républicains. Nous sommes à tous. Est-ce que ce n'est pas ce que tu as toujours voulu, au fond : être pour les autres une occasion d'être libres ? Être une occasion, c'est tout, risquer ta peau pour l'être, n'être qu'elle et te sauver par-dessus le marché. »

Brunet secoue la tête : le contentement qu'il lit dans les yeux de Mathieu l'agace profondément. Il va lui montrer que la vie n'est pas un roman; il a pris[a] les bonnes consciences en horreur.

« C'est fade ! dit-il.

— Fade ? répète Mathieu étonné.

— Fade pour moi », dit Brunet. Il ajoute paternellement : « Toi, bien sûr, ça te change un peu parce que tu étais universitaire. Alors, évidemment, tu trouves ça mieux que ton bavardage. Il y a du mystère, un peu de danger, un petit complot : tu es tout fier; tu prends ça pour de l'action. Mais que sais-tu de l'action ? Et qu'est-ce que vous faites, pour de bon ? Rien du tout. Une évasion n'arrange pas les choses. Vous prenez un gars que les nazis oppriment dans le camp et vous l'envoyez en grand secret se faire opprimer ailleurs. Ils étaient prisonniers, ils seront exploités, ils vont retourner à leurs misères et à leurs mystifications. Alors tu peux bien

te vanter d'agir *proprement*. Ce que tu fais est peut-être tout
à fait propre mais ça n'est pas de l'action. C'est une opération
strictement négative et limitée, en champ clos et dans des
circonstances exceptionnelles, qui met une poignée d'hommes
en jeu : une expérience de laboratoire, en quelque sorte.
Vous avez trouvé une sortie cachée, j'imagine, vous y condui-
sez vos gars et puis je pense que vous leur donnez un costume
civil, un bout de pain et votre bénédiction. Tout ça reste
dans les cadres du bon vieil idéalisme bourgeois, ça ressemble
aux activités charitables de Mme Boucicaut[1]. »

Il ouvre les bras et sourit largement :
« Nous risquions davantage. Notre conscience. Je ne serai
pas des vôtres : je ne pourrai jamais me résigner à ces petits
jeux de société. Ce que nous voulions nous autres, ça n'était
pas sauver nos pauvres existences : nous voulions changer
le monde; la moindre de nos actions mettait l'univers en jeu.
Faire évader des prisonniers, répète-t-il en ricanant, qu'est-ce
que ça change ?

— Pour chacun d'eux, ça change beaucoup, dit tranquillement Mathieu.

— Ça change *quoi ?*

— Champart reverra sa femme.

— Et ça compte ?

— Peut-être pas. Mais alors ça ne compte pas non plus
que Vicarios soit calomnié.

— Ah! dit Brunet. Tu sais ça aussi ?

— Oui, dit Mathieu. Ça aussi. Quant à la violence, je t'ai
dit qu'il n'y en avait pas *entre nous*. Mais... »

Il s'interrompt et regarde Brunet d'un air de pince-sans-
rire :
« Qu'est-ce que tu crois que font mes copains, en ce
moment ?

— Du diable si je le sais.

— Ils sont en train de juger Moûlu, dit Mathieu. Et
quand ils l'auront jugé, ils l'étrangleront.

— De quoi ? »

Brunet le repousse et court vers la porte. Il entend derrière lui une voix molle :
« Rassieds-toi : c'est lui qui t'a donné. »

Brunet se retourne. Ses yeux lui font mal :
« Tu veux dire que c'est lui qui a fait tuer Vicarios ?

— Oui. C'est ça que je veux dire. »

Brunet le regarde avec incertitude :
« Tu en es sûr ?

— Sûr. »

Brunet reste immobile. D'abord il ne pense à rien et puis
il pense à Vicarios. Il passe ses mains moites sur ses joues
suantes; les sueurs se mélangent. Il demande :

« Qu'est-ce qu'ils jouent ? Je connais.

— L'ouverture des *Grottes de Fingal*[1].

— Le piano jouait ça, au temps du muet.

— Tout juste, dit Mathieu. Ça ou la *Danse macabre*[2] quand le traître allait violer l'héroïne.

— Vous avez bien choisi l'accompagnement sonore », dit Brunet.

Mathieu ne répond pas. Brunet ajoute péniblement :

« La musique, c'est pour...

— Oui. Mais je crois qu'il n'aura pas le temps de crier. »

L'orchestre s'est tu. La tension augmente. On l'attend comme la pluie. Brunet se laisse tomber sur le banc : il a des douleurs dans l'épaule et dans les reins. Il dit avec lassitude :

« Si vous vous trompiez ?

— Impossible.

— Vicarios aussi, dit Brunet, on disait que c'était une donneuse.

— Ça n'est pas pareil. »

Brusquement la musique reprend, c'est la pluie. C'est une débandade de notes, les instruments se courent après. Mathieu hausse la voix et se met à parler très vite :

« Il allait tout le temps à la caserne, après le couvre-feu; il a vu trois fois le commandant. Tu as dû lui faire des demi-confidences sur tes projets d'évasion et il leur a tout raconté.

— Mais pourquoi ? demande Brunet. Pourquoi ?

— Pour des cigarettes à bout doré », dit Mathieu.

Il continue sur le même rythme précipité :

« Après ça, sa position devenait délicate parce qu'il y a eu des types dans ta baraque, Chalais en tête, qui se sont mis à le soupçonner. Alors il les a dénoncés comme communistes.

— Je vois, dit Brunet.

— Je ne sais pas comment il nous a repérés, dit Mathieu, mais il fait est qu'il nous embête depuis dix jours en faisant semblant de vouloir s'évader. Quand tu es sorti de taule, il a dû se dire que tu nous inspirerais confiance, qu'on te préparerait une évasion de derrière les fagots et qu'il ferait pincer tout le monde. »

Brunet voit la bonne grosse gueule de Moûlu sur fond rouge; il joint les mains, fait craquer ses doigts et soupire. Il dit :

« Je vais les aider. »

Mathieu tend l'oreille. Il est devenu pâle, il dit :

« Ça n'est plus la peine. »

Il y a un silence. Brunet ne bouge pas : dans sa poitrine c'est le dégel, la débâcle d'une vieille colère. Il respire fortement. Il dit :

« Tu ne sais pas... mon vieux... tu ne sais pas... Je croyais que c'était Chalais ! »

Il respire de nouveau, il s'étire, délivré : un Moûlu, qu'est-ce que c'est ? Il se sent vide, un grand coffre de bois tout vide, avec un petit parfum gai au fond du coffre. Et puis, tout de suite après, l'angoisse. Elle sourd de partout et remplit le coffre. Il frissonne et demande :

« Qu'allez-vous faire du corps ?

— Les chiottes sont à deux pas », dit Mathieu.

Brunet lève les yeux sur cet ami d'enfance qui est[a] en train de se changer si paisiblement en assassin. Ils se regardent sans se reconnaître. La musique joue et Moûlu est mort. Brunet hoche la tête et dit :

« Oui : tu as fait beaucoup de chemin. »

Mathieu a gardé son air tranquille mais il est blême. Il dit :

« C'était lui ou c'était nous.

— Ça... ne te fait rien ? » demande Brunet.

Mathieu secoue la tête. Brunet insiste :

« Rien du tout ?

— J'ai peur que les copains ne se fassent prendre. »

Il regarde Brunet d'un air perplexe :

« C'est moi qui les ai décidés à tenter le coup.

— Quand ?

— Tout à l'heure, quand tu es sorti : en un sens c'est de l'improvisation. »

Des pas dans le couloir; Brunet les entend dans ces yeux agrandis où de l'eau tremble à chaque bruit. Quelque chose racle la cloison; Mathieu tend la main vers le commutateur. Son visage est désert :

« Il faut que j'aille avec eux. »

La nuit rejaillit jusqu'au ciel, Brunet n'en finit pas de tomber. Il écoute, il n'entend rien, il s'abandonne à sa longue chute immobile; le froid lui remonte du ventre à la poitrine. Schneider et le typo sont là. Moûlu : mort. Mathieu : mort aussi. La nuit, c'est la Vérité. Le monde et le jour sont des cauchemars. La nuit grince, la lumière efface tout, le rêve recommence, l'assassin s'est adossé à la porte close et dévisage Brunet en secouant la tête. Il dit :

« Tu es sale comme un peigne. »

Brunet sursaute :

« Hein ?

— Tu es sale comme un peigne. Il n'y avait donc pas d'eau à la prison ?

— Il y en avait.

— Alors, dit-il, c'est que tu es encore plus atteint que je ne croyais. »

Et, comme Brunet porte la main à son visage, il ajoute vivement :

« Ça n'est pas un reproche : tu avais la propreté mesquine. »

Brunet laisse retomber sa main. Le type[a] s'assied d'un air endimanché et pose ses mains à plat sur ses cuisses. Elles sont propres mais elles gênent. Brunet a le sentiment que c'est la première fois qu'il voit des mains. Ils regardent ces mains tous les deux et la voix d'assassin, oubliée, cause toute seule.

« J'ai déjà tué. »

Les mains ont la bougeotte, elles grattent le drap du pantalon; Brunet relève la tête.

« Ici, dans[b] le camp ? demande-t-il.

— Non. En juin 40. Après tu n'es plus le même. »

Brunet hausse les épaules :

« Moi aussi j'ai tiré sur des Fritz, si c'est ça que tu veux dire. C'était de la rigolade. Quand la vie avait un sens, la mort en avait un aussi. »

Il regarde avec un doux écœurement le sinistre individu qui fume en face de lui :

« Quel minable petit assassinat! »

Mathieu l'approuve de la tête. Brunet dit :

« Il y avait un vieillard, tout nu dans un salon rond.

— Où ça ?

— Oh! dans un bordel, une fois. Il n'arrivait pas à bander, les putains s'étaient mises à six. Elles lui tiraillaient la queue, elles lui foutaient des gifles.

— Eh bien ?

— C'est le même genre de saloperie. Tes types se sont acharnés sur Moûlu comme ces morues sur ce vieux. Et il n'arrivait pas à mourir tout juste comme l'autre n'arrivait pas à bander.

— C'est sa faute, dit Mathieu. On a l'assassinat qu'on mérite. Les types viennent de me dire qu'ils se sont fendus la pipe tout du long. Ils avaient l'impression de lui faire une grosse farce.

— Dommage que j'aie manqué ça », dit Brunet[c] sèchement.

Les yeux de Mathieu se remplissent de fumée :

« Tu ne l'aurais pas tué, toi. »

Brunet hésite :

« Je pense que si. Mais dans la colère.

— La colère n'est pas une excuse.

— Ça n'est pas une excuse, c'est un droit. Et j'aurais agi seul. »

Mathieu sourit péniblement :

« Anarchiste[d]!

— D'ailleurs je l'ai tué, dit Brunet tout à coup. Je l'ai tué aussi bien que vous puisque je vous ai laissés faire.

— C'est bien mon avis », dit Mathieu.

Ils se regardent avec la haine sournoise de deux complices;

Brunet regarde son complice aux mains qui tremblent. Un complice, ça vaut tout de même mieux qu'un ami d'enfance. Il sourit :

« Il y a un cadavre entre nous, c'est le cas de le dire. »

Ils se taisent, ils attendent, ils écoutent mais il n'y a plus rien à attendre ni à écouter : la nuit est morte. La nuit, c'est Moûlu. Tout ce noir, au-dehors, c'est le corps et le sang de Moûlu. Mathieu fume et crachote des brindilles de tabac; Brunet se lève : il faudra ouvrir la porte et plonger dans la mort. Tant pis.

« Bon. Alors salut!

— Attends! »

Mathieu tire une dernière fois sur sa cigarette; il la jette, l'écrase du talon puis rend lentement la fumée par le nez :

« Tu peux t'évader demain si tu veux. »

Brunet lui jette un coup d'œil soupçonneux :

« Tu ne disais pas ça.

— Je t'ai parlé d'une combine.

— Eh bien ?

— Pour te dire vrai, dit Mathieu, ça n'est pas exactement une combine, c'est un marché.

— Un marché ? Entre toi et moi ?

— Entre toi et nous. Mais *nous,* nous ne mentons pas : je vais jouer cartes sur table. »

Un marché. Quelque chose à accepter, à refuser, quelque chose à faire, peut-être. Brunet se sent durcir et le calme descend sur lui. Il y a des semaines qu'il n'a pas été aussi calme.

« Je t'écoute.

— Champart devait partir demain. Si tu veux, on le renvoie à quinzaine et tu pars à sa place.

— C'est trop beau, dit Brunet. Qu'est-ce que ça cache ?

— Je suis là pour te le dire : ça cache que si tu es repris, les Fritz te foutront douze balles dans la peau.

— Voyez-vous ça! »

Ils se sourient et s'observent. Deux marchands soupçonneux qui cherchent à placer leur camelote.

« Moûlu t'a donné, explique Mathieu. Bon : à cinq heures, ce soir, tu sors de taule; quelques heures après on l'étrangle et demain matin, au moment où on découvre son corps dans les chiottes, ton chef de baraque te porte manquant. Conclus.

— Je conclus très bien, dit Brunet. Et... ça vous arrange ?

— Ben voyons! Les Fritz ne feront pas d'enquête dans le camp s'ils pensent que tu es coupable. »

Brunet se met à rire :

« Et s'ils n'y pensent pas tout seuls, vous serez là pour les aider. »

Mathieu fait un geste vague. Il se tait.

« Mes félicitations, dit Brunet. Et tu as trouvé ça tout seul ?

— Mais oui, dit Mathieu.

— Entre le moment où j'ai quitté votre piaule et celui où j'y suis rentré ? Tu es un cerveau. »

Il se met à rire.

« Et si tu apprends qu'ils m'ont fusillé, ça ne t'empêchera pas de dormir ?

— Ça ne m'empêchera pas de dormir, dit Mathieu, puisque je t'aurai prévenu et que tu auras pris tes responsabilités. »

Il ajoute avec une douce ironie :

« Mais ça me fera de la peine, bien sûr. »

Brunet rit plus fort. Mathieu rit aussi puis demande :

« Alors ?

— J'accepte, dit gaiement Brunet. Trop heureux[a].

— Tu coucheras ici, dit Mathieu.

— Parfait. »

Il regarde Mathieu avec cordialité : il lui est reconnaissant de n'avoir pas à lui dire merci. Je ne leur dois rien. Mathieu hésite. Tout d'un coup il dit timidement[b] :

« Tu ne devrais pas quitter le P. C.[c] »

Brunet fronce les sourcils, Mathieu répète :

« Tu ne devrais pas le quitter.

— Non, mais, dit Brunet, de quoi je me mêle ?

— Oh, bien sûr, dit Mathieu, ça ne me regarde pas. » Il ajoute en rougissant :

« Tu sais pourquoi je t'ai dit ça ?

— Du diable si je le sais.

— Parce que. » Du geste il désigne la veste crasseuse puis le visage de Brunet. « Tu es cradeau.

— Et après ?

— Pour ceux qui t'ont connu avant, c'est un signe. »

Près de la fenêtre il y a une glace de poche accrochée à un clou. Brunet se lève et va se regarder. Mathieu ne bouge pas. Brunet grogne et revient s'asseoir.

« Si tu quittes le Parti, dit Mathieu, tu es foutu. »

Brunet secoue la tête :

« C'est burlesque », dit-il.

Il regarde Mathieu avec stupeur :

« Tu es là, *toi*, en train de me donner des conseils...

— Qui veux-tu qui t'en donne ? Ceux de tes camarades seraient intéressés.

— Que sais-tu du P. C. ? demande Brunet en haussant les épaules.

— Pas grand-chose. Mais je sais que tu lui as donné ta vie et que ça ne se reprend pas. »

Brunet se lève.

« Tu verras si ça ne se reprend pas. » Il regarde Mathieu

avec irritation : « Ma parole, tu te prends au sérieux. Tu crois que c'est arrivé parce que tu as fait liquider un pauvre petit mouton de quatre sous, un irresponsable... »

Mathieu, la tête baissée, poursuit avec une obstination sereine :

« Le P. C. c'est toi. Toi au-delà de toi-même. Ta raison c'est la nécessité du Parti, ta liberté c'était sa volonté et, tu vois, ta propreté elle-même c'était son inflexibilité. Il se servait de toi pour changer le monde mais tu te servais de lui pour inscrire ton œuvre sur la terre.

— Qu'est-ce que tu t'imagines ? demande Brunet. Que je pensais à mon œuvre et à toutes ces conneries ? Mon pauvre vieux, je faisais mon travail et c'est tout.

— Bien sûr, dit Mathieu. Tu avais le plaisir d'être modeste. Quand on détient la Vérité, on n'a pas besoin d'orgueil.

— La Vérité, dit Brunet avec un sourire amer. La Vérité !

— Toi sans le Parti, dit Mathieu, qu'est-ce que c'est ? De la merde. Un peu d'orgueil et de crasse. Et le Parti sans toi, qu'est-ce qu'il fera ? Précisément la politique que tu ne veux pas qu'il fasse. En le quittant, tu le précipites dans la voie que tu détestes.

— Crois-tu que je peux empêcher quoi que ce soit ? demande Brunet. Tu prends le P. C. pour un congrès radical-socialiste.

— Essaye. Essaye de lutter du dedans.

— Impossible. Radicalement impossible, répète Brunet en détachant les syllabes.

— Je sais. Essaye.

— À quoi ça mène-t-il de tenter l'impossible ?

— À rien. Mais il n'y a rien d'autre à faire.

— Tu en parles*a* à ton aise : toi, tu as un but modeste, pas du tout impossible à atteindre et tu te démerdes assez bien. »

Mathieu sourit :

« C'est que je ne suis pas encore tout à fait un homme », dit-il.

Brunet s'est mis à marcher dans la pièce. Il ne sait plus s'il répond à Mathieu ou à lui-même :

« Et puis, dis donc, tu ne me l'as pas envoyé dire, tout à l'heure : avant je n'étais personne. À présent je suis quelqu'un. Crois bien que je n'en suis pas exagérément fier mais je ne peux pas revenir en arrière. Je n'avais pas de moi ; la rancune et la stupeur m'en ont donné un et il ne passe pas : je ne peux ni le recracher ni l'avaler. Manque d'habitude, je suppose.

— Oui, dit Mathieu. Manque d'habitude. Mais l'habitude ne vient jamais.

— Tu vois bien ! Même si je rentre tête baissée dans le

Parti, je ne pourrai plus m'oublier. Toute une partie de moi-même restera dehors. »

Les yeux de Mathieu étincellent :

« Justement, dit-il. Dehors. Dehors et dedans à la fois. Totalement dans le coup et totalement hors du coup, voulant l'impossible et sachant que tu le veux et le voulant comme s'il était à portée de la main : c'est ça un homme. »

Il se lève et vient vers Brunet.

« D'ailleurs qu'es-tu d'autre ? qu'es-tu aujourd'hui, puisque tu es encore du Parti tout en n'y étant déjà plus. Tu n'as rien à inventer, rien à changer : tu n'as qu'à vouloir être ce que tu es. Jusqu'au jour où tu y laisseras ta peau. »

Brunet le regarde en souriant :

« Merci du conseil. »

Mathieu gagne la porte :

« Le lit du fond n'est pas occupé.

— Bien.

— Je viendrai te réveiller à six heures. »

Il entrouvre la porte et se glisse au-dehors sans lui tendre la main. Brunet tourne un moment dans la pièce et va se regarder dans le miroir. Il remet du charbon dans le feu, il bâille, il s'approche d'une planche peinte en rouge et posée de travers sur deux caisses. Sur la planche il y a un rasoir, un bout de savon et deux lames usagées. Brunet prend le rasoir dans sa main et le regarde[1].

NOTICES, DOCUMENTS
NOTES ET VARIANTES

LA NAUSÉE

NOTICE

Avec quelque recul, les bons romans deviennent tout à fait semblables à des phénomènes naturels; on oublie qu'ils ont un auteur, on les accepte comme des pierres ou des arbres, parce qu'ils sont là, parce qu'ils existent[1]. Quarante ans après sa publication, *La Nausée* a pris l'existence non d'un minéral, comme le disait Sartre de *Lumière d'août,* mais d'une évidence culturelle. *La Nausée* est là, elle existe, elle appartient à notre paysage intellectuel, elle est constitutive de notre sensibilité : la lire aujourd'hui, même pour la première fois, c'est en quelque sorte la reconnaître, nous reconnaître en elle. Et pourtant, devenue familière à force d'être lue, relue, étudiée, commentée, citée, à force aussi d'avoir exercé son influence sur quantité d'œuvres qu'elle aimante de loin et parfois comme à leur insu[2], *La Nausée* ne cesse de résister, d'opposer un mystère irréductible au lecteur qui va à sa rencontre comme s'il l'avait toujours connue et s'étonne de se heurter à son épaisseur, à son opaque évidence. C'est qu'il en va des grandes œuvres comme des personnes avec qui nous vivons : elles ne nous surprennent plus, mais nous ne cessons de les découvrir et de n'en pas revenir qu'elles nous échappent. Appelons ce paradoxe un mystère, celui qui signale la réussite durable d'une œuvre, celui qui nous empêche de nous en tenir quitte. Et par le fait, *La Nausée* a bien l'étrange évidence d'une personne, ce « mystère en pleine lumière[3] ». Elle est là, elle existe, nous entretenons avec elle un rapport ambigu et profond, intime et pourtant dénué de toute complaisance, intellectuel et pourtant chargé d'affectivité; elle déborde de toutes parts ce que l'on peut en dire. On n'a donc pas fini d'en parler.

1. « *Sartoris*, par W. Faulkner », *La Nouvelle Revue française*, février 1938, repris dans *Situations*, I, p. 7.
   2. Qu'on songe, pour ne prendre que deux exemples récents, à ce que lui doivent un film comme *La Vie à l'envers* d'Alain Jessua (1964), un roman comme *L'Irrévolution* de Pascal Lainé (1971).
   3. Expression empruntée à Barrès et qui revient souvent sous la plume de Sartre pour désigner le « projet fondamental », pleinement vécu par le sujet, mais non connu par lui (voir notamment *L'Être et le Néant*, p. 630-631).

Il ne nous incombe pas ici d'analyser exhaustivement une œuvre aussi universellement connue[1], aussi abondamment et diversement commentée et presque unanimement célébrée aujourd'hui comme l'une des productions littéraires majeures du XXᵉ siècle. Nous ne tenterons pas non plus une synthèse critique dont il y a des raisons de penser qu'elle est impossible dans l'état actuel des connaissances. Nous éviterons enfin de résumer la paraphrase philosophique qui a longtemps tenu lieu de critique à l'égard d'une œuvre dont l'originalité est d'être parfaitement claire sur le plan du sens[2] en même temps qu'elle résiste à toute tentative de mise en forme conceptuelle. Ce n'est pas par hasard, après tout, que Sartre, avant d'aborder son œuvre philosophique proprement dite, a recouru à une forme littéraire qu'il lui a fallu en grande partie inventer, pour exprimer une expérience qui se situe à la frontière du concept et du sentiment et qu'on peut appeler, à la suite de Sartre lui-même, un *vécu*. Il s'agira donc plutôt ici d'apporter les éléments d'information actuellement disponibles concernant les intentions de Sartre et la genèse de son livre. Quant au livre lui-même, il ne saurait être question pour nous de l'envisager sous tous ses aspects; tout au plus pourrons-nous suggérer quelques perspectives de lecture. Nous avons reproduit ou mentionné ci-dessous dans la section Documents[3] la plupart des textes, des lettres et des déclarations de Sartre et de Simone de Beauvoir relatifs à *La Nausée*. On s'y reportera pour compléter les indications nécessairement résumées qui vont suivre concernant le sens pour Sartre de son livre, les circonstances dans lesquelles il l'écrit, son contexte intellectuel et moral, les conditions de sa publication; enfin de larges extraits du dossier de presse portent témoignage sur l'accueil qui lui fut réservé lors de sa parution en 1938.

Commençons par un témoignage extérieur et qui date d'*avant* la publication de *La Nausée*. « Lange fut seul avec la ville : c'était son lot d'être seul avec les villes, de se promener au milieu des pierres paralysées comme lui, qui n'avaient pas plus de communications entre elles qu'il n'en avait avec autrui. Quand il songeait à des livres qu'il pourrait écrire, il imaginait un livre qui décrirait uniquement les rapports d'un homme avec une ville où les hommes ne seraient que des éléments du décor, qui parlerait d'un homme seul, vraiment seul, semblable à un îlot désert. » C'est ainsi que dans *Le Cheval de Troie*, roman paru chez Gallimard en 1935, Paul Nizan parle du projet de son ancien « petit camarade » qu'il décrit plus ou moins sous le nom de Lange[4]. Ancien normalien, professeur d'histoire dans un lycée de province, Lange, plutôt

1. On en dénombre une trentaine de traductions.
2. Point de sens délibérément cryptique dans *La Nausée* : elle inclut son propre métalangage, son propre commentaire.
3. Voir p. 1678 et suiv.
4. Voici ce qu'en dit Simone de Beauvoir dans *La Force de l'âge* : « Nizan fit paraître *Le Cheval de Troie*. Un des principaux personnages, Lange, était professeur en province; anarchiste, il promenait sa solitude à travers les rues de la ville, et tout en regardant les pierres s'abandonnait à de noires rêveries métaphysiques; il avait donc avec Sartre d'évidentes ressemblances; dans les dernières pages, il se ralliait au fascisme. Nizan affirma d'un ton nonchalant mais avec fermeté que c'était Brice Parain qui lui avait servi de modèle. Sartre lui dit avec bonne humeur qu'il n'en croyait rien » (p. 244).

qu'un anarchiste, est un nihiliste ; il est convaincu de l'absurdité
totale du monde, pénétré du scandale de la contingence de tout :
« Je n'aime pas les marxistes, dit-il au militant communiste Bloyé,
protagoniste du roman. Je n'aime pas les psychanalystes non plus...
ces gens qui vous disent : Vous n'êtes pas tel que vous paraissez
être... Le monde n'a pas de double fond, les hommes n'ont pas
de double fond. Vous posez une question qui n'a pas de sens. Tout
ce qu'il importe de fixer, c'est le rapport de l'homme seul à l'Être...
Je trouve Valéry naïf de s'étonner que les choses soient telles
qu'elles sont, au lieu de s'indigner qu'il en existe. Mon indignation
est plus radicale que la tienne. Il est plus radical de nier le monde
que le monde bourgeois... » Plus loin, Lange déclare encore :
« Un homme d'aujourd'hui est aussi solitaire qu'une étoile. Pascal
était un enfant qui jouait à la solitude. Ce n'était pas sérieux :
quand il avait assez joué, il avait Dieu. Nous sommes beaucoup
plus sérieux que Pascal : nous n'avons que le néant pour compagnie... [...] Aujourd'hui, il n'y a que le néant de l'homme seul[1]. »

Sartre a vingt-six ans quand, au cours de l'automne 1931, il
commence un ouvrage qu'il appelle son « factum sur la contingence » et qui deviendra *La Nausée*. L'année 1931 marque à la
fois une fin et un commencement. Sur le plan littéraire, c'est l'année
de l'échec définitif d'un premier « factum[2] », « La Légende de la
vérité », écrit pendant le service militaire et finalement refusé par
les éditions Rieder à qui Nizan l'avait présenté ; plus généralement, c'est l'année de l'échec de toutes les tentatives de Sartre
dans le domaine de l'écriture. Sur le plan de la vie sociale, c'est la
fin des études et du service militaire, c'est-à-dire de cette période
où il menait une vie relativement heureuse avec ses « petits camarades ». Son entrée dans la vie pratique s'accompagne de responsabilités professionnelles qu'il n'accepte qu'à contrecœur et d'un
isolement qu'il lui faut maintenant assumer. Simone de Beauvoir
étant nommée à Marseille, Sartre se retrouve seul au Havre à enseigner la philosophie et à vivre dans le concret une aventure intellectuelle dont il a trouvé des échos chez Nietzsche et dont il a déjà
traité sur un mode abstrait dans « La Légende de la vérité »,
l'aventure de l'homme seul. Il y a là un premier passage à « l'âge
de raison » et le début d'une dépression qui, avec des intermittences, durera plusieurs années. *La Nausée* peut aussi être lue, de

1. Paul Nizan, *Le Cheval de Troie*, Gallimard, 1935, respectivement
p. 121, 60, 115-116.
2. Ce mot appartient au vocabulaire didactique. Selon le Robert, c'est
un « mémoire dépassant l'exposé du procès et dans lequel l'une des parties
mêle attaques et justifications » ou bien un « libelle d'un ton violent dirigé
contre un adversaire ». On remarquera que ces deux définitions ne conviennent
pas mal à *La Nausée*.
Vers la fin des années vingt, Sartre et son ami Nizan nomment couramment
« factum » les travaux littéraires qu'ils projettent et ils commencent à réfléchir
aux formes que ces travaux pourraient prendre. Nizan déclare ainsi, dans une
lettre envoyée en 1927 à Henriette Alphen (citée par Jacqueline Leiner
dans *Le Destin littéraire de Paul Nizan*, Klincksieck, 1970, p. 55) : « Je ne
sais pas comment on finit un factum, il n'y a pas de recette. Il faut que cela
vienne tout seul poussé par une logique intérieure. Les trois quarts du temps,
les livres sont coupés artificiellement, un roman n'est jamais fini. Il n'y a,
ni dans l'existence réelle ni dans l'existence imaginaire, de commencements
ni d'achèvements absolus. »

ce point de vue, comme l'expression d'une crise d'identité, d'une « crise de la trentaine » liée au passage à l'âge adulte. Dans cette perspective, Roquentin représente le premier moment d'une crise dont Mathieu, dans *L'Âge de raison*, incarne le second. À ce niveau sager sous un angle autobiographique les deux romans constituent deux « dramatisations » d'une crise personnelle prolongée que Sartre semble avoir dans une large mesure dépassée en les écrivant.

« En arrivant au Havre, ayant derrière moi déjà des petits écrits, je me disais : c'est le moment maintenant de commencer à écrire. Et c'est là que j'ai commencé effectivement, mais ça a duré longtemps [...] », déclare Sartre dans un entretien inédit[1]. Son ambition est alors clairement de faire une œuvre d'un genre nouveau, philosophique dans sa portée dernière, et informée par des lectures récentes comme celles de Valéry et de Rilke[2]. Il veut à la fois y couler son expérience singulière et constituer celle-ci en une vision du monde totalisante et cohérente. « [...] refusant tout crédit aux affirmations universelles, il s'ôtait le droit d'énoncer même ce refus sur le mode de l'universel; au lieu de dire, il lui fallait montrer », dit Simone de Beauvoir[3] à propos de « La Légende de la vérité ». Ce même motif vaut pour le nouveau factum. Son thème : la contingence[4]. Son sujet : l'expérience de la contingence, vécue par un individu solitaire dans une ville de province. Sa forme : un mixte de roman et de méditation philosophique. Mais c'est précisément sur les problèmes de forme et de style que Sartre semble avoir le plus longuement achoppé, ce qui n'a rien de surprenant quand on mesure la hauteur et l'originalité de son ambition de départ.

Le thème de la contingence s'était, si l'on ose dire, imposé à lui avec nécessité, puisque la contingence est, comme on le sait par *Les Mots*, son expérience première d'enfant sans père, élevé dans le bonheur fade d'une permanente comédie familiale, et qui s'est demandé très tôt ce qu'il était « venu foutre sur terre[5] ». Durant les années vingt, c'est autour de la notion de contingence que se forme petit à petit sa pensée, elle en constitue le noyau d'originalité le plus décidé, le fondement le plus radicalement personnel, et c'est à cette intuition originaire qu'il cherche des confirmations dans ses lectures littéraires et philosophiques. Les écrits de cette période qui ont été conservés, notamment le diplôme sur l'image, le roman « Une défaite » (« Empédocle »), le mythe « Er l'Armé-

---

1. Avec John Gerassi, 26 mars 1971.

2. Sur l'influence de Rilke, voir n. 2, p. 3, et sur celle de Valéry, n. 1, p. 6.

3. *La Force de l'âge*, p. 49.

4. La meilleure définition de la contingence est sans doute celle donnée dans le texte même de *La Nausée* : « L'essentiel c'est la contingence. Je veux dire que, par définition, l'existence n'est pas la nécessité. Exister, c'est *être là*, simplement; les existants apparaissent, se laissent *rencontrer*, mais on ne peut jamais les *déduire*. Il y a des gens, je crois, qui ont compris ça. Seulement ils ont essayé de surmonter cette contingence en inventant un être nécessaire et cause de soi. Or aucun être nécessaire ne peut expliquer l'existence : la contingence n'est pas un faux-semblant, une apparence qu'on peut dissiper; c'est l'absolu, par conséquent la gratuité parfaite. Tout est gratuit, ce jardin, cette ville et moi-même » (p. 155).

Définition que l'on peut compléter par celle-ci, où le mot nature a le même sens que contingence : « [...] ce que l'on nomme nature c'est l'ensemble de ce qui existe sans avoir *le droit d'exister* » (*Situations*, III, p. 185).

5. *Les Mots*, p. 70.

nien », le volume d'essais « La Légende de la vérité », attestent de cette recherche qui a pour horizon l'élucidation de la notion de contingence ; mais c'est dans des écrits aujourd'hui perdus, tels qu'un carnet où Sartre notait ses pensées vers 1922[1], des lettres à Simone Jollivet, deux poèmes, « L'Arbre » et « Le Chant de la contingence », que, nous a dit Sartre, cette notion prend une forme plus élaborée. Selon son condisciple Raymond Aron, Sartre aurait précisé pour la première fois en termes philosophiques cette notion pour lui cardinale vers 1928, à l'occasion d'un exposé sur Nietzsche[2]. Sartre lui-même a plusieurs fois affirmé que ses premières idées sur la contingence lui furent suggérées par la comparaison entre l'impression de nécessité produite par les images d'un film et le sentiment de gratuité absurde que donne l'écoulement de la vie réelle. Sa réflexion sur la contingence semble donc s'être liée de bonne heure à une réflexion sur la beauté et sur le statut de l'œuvre d'art ; elle s'articule sur une opposition constante chez lui, celle de l'imaginaire et du réel. Retenons enfin le témoignage capital de Simone de Beauvoir qui fait sa connaissance en 1929 et écrit ceci : « [...] en causant avec Sartre j'entrevis la richesse de ce qu'il appelait sa " théorie de la contingence ", où se trouvaient déjà en germe ses idées sur l'être, l'existence, la nécessité, la liberté. J'eus l'évidence qu'il écrirait un jour une œuvre philosophique qui compterait. Seulement il ne se facilitait pas la tâche, car il n'avait pas l'intention de composer, selon les règles traditionnelles, un traité théorique. Il aimait autant Stendhal que Spinoza et se refusait à séparer la philosophie de la littérature. À ses yeux, la Contingence n'était pas une notion abstraite mais une dimension réelle du monde : il fallait utiliser toutes les ressources de l'art pour rendre sensible au cœur cette secrète " faiblesse " qu'il apercevait dans l'homme et dans les choses. La tentative était à l'époque très insolite ; impossible de s'inspirer d'aucun mode, d'aucun modèle : autant la pensée de Sartre m'avait frappée par sa maturité, autant je fus déconcertée par la gaucherie des essais où il l'exprimait ; afin de la présenter dans sa vérité singulière, il recourait au mythe[3]. »

On peut donc affirmer que toute l'activité intellectuelle de Sartre, toutes ses premières tentatives d'écriture l'ont mené lentement et orienté de plus en plus précisément vers le « factum » qu'il commence en 1931 et dans lequel il va enfin prendre *son* problème à bras le corps.

Une première version est achevée en deux ans. Elle semble aujourd'hui définitivement perdue et il serait hasardeux de faire des conjectures trop précises à son sujet. Sartre nous a dit qu'elle se présentait déjà comme les cahiers retrouvés d'Antoine Roquentin, que la vie de celui-ci à Bouville y était décrite avec beaucoup moins de détails, que les thèmes essentiels y figuraient, mais sous une forme très abstraite, que son style était guindé, encore très tributaire du « glacé » de l'écriture dix-neuviémiste, et enfin, et surtout, que l'ensemble était passablement ennuyeux. Ce que confirme entièrement Simone de Beauvoir qui semble être la seule à avoir

1. Carnet retrouvé en 1979 par Simone de Beauvoir dans ses papiers et dont une page a été publiée en fac-similé dans le numéro d'*Obliques* consacré à Sartre.
2. Entretien inédit de Raymond Aron avec John Gerassi.
3. *Mémoires d'une jeune fille rangée*, p. 342.

lu cette première version à mesure que Sartre l'écrivait et dont il faut souligner le rôle essentiel qu'elle a joué dans l'élaboration de toute l'œuvre. C'est elle en effet qui prodigue critiques, encouragements et conseils à Sartre, lui suggérant notamment de donner à l'expérience de Roquentin une progression dramatique, un *suspense*[1]. La transformation principale que Sartre, à l'instigation de Simone de Beauvoir, semble donc avoir apportée au « factum » initial peut sans doute se formuler ainsi : de donnée *a priori*, objet d'une *méditation* statique, la notion de contingence devient le moteur du texte, elle se construit en même temps que lui, se dévoile et se définit progressivement, à mesure qu'un *récit* avance. En d'autres termes, la conviction de départ de Sartre devient la découverte de Roquentin et le factum passe d'une forme austèrement didactique à une forme qui se rapproche du roman d'aventures et du roman policier et fait donc davantage jouer ce que Roland Barthes appellerait le « code herméneutique », c'est-à-dire la recherche d'une vérité énigmatique qui se propose et à la fois se dérobe à une interprétation, comme les traces laissées par le coupable dans un roman policier se brouillent avant de révéler soudain son identité. La contingence, comme la mort ou la folie, rôde autour de Roquentin ; c'est elle qui se découvre comme responsable de ce qui lui arrive et qui constitue le principe actif d'un roman qui, ainsi que le montre bien Geneviève Idt[2], est la mise en énigme romanesque d'un problème philosophique.

Une analyse précise de la chronologie du roman dans sa version définitive nous montre que celui-ci, à l'exception du feuillet sans date, se déroule du lundi 25 janvier 1932 (et non *29* janvier comme le donne l'édition originale) au mercredi 24 février. Ces dates n'ont rien d'arbitraire par rapport à un contexte historico-biographique. Non pas que Sartre aurait tenu pour cette période un journal personnel dont il aurait par la suite tiré la substance de son roman, ni même qu'il ait élaboré au jour le jour et dans l'ordre chronologique le « journal » de Roquentin. Mais il n'est guère douteux que le début de l'année 1932 ait servi de référent précis et que l'adoption de la forme de journal ait eu un rôle déterminant dans la métamorphose du factum en roman. C'est en inscrivant historiquement son idée de la contingence et en la rattachant plus directement à son vécu quotidien que Sartre accomplit le pas décisif. Par ce passage au concret, *La Nausée* annonce bien déjà, dans plusieurs de ses aspects, ce « roman vrai » qu'il réalisera plus tard avec *L'Idiot de la famille*. Il faut se garder cependant de prendre à la lettre l'affirmation de Sartre dans *Les Mots*[3] : « J'étais Roquentin, je montrais en lui, sans complaisance, la trame de ma vie », et pousser trop loin l'identification de Roquentin à Sartre. *La Nausée* est certes dans une très large mesure un roman autobiographique, elle l'est même entièrement si l'on considère qu'à travers Roquentin, Sartre livre sa vérité la plus profonde, l'essence de son expérience, le sens originel de son choix d'écrire[4]. En

1. *La Force de l'âge*, p. 111.
2. *La Nausée : analyse critique*, Hatier, 1971.
3. P. 210.
4. De ce strict point de vue on peut dire que *Les Mots* n'apportent qu'une confirmation biographiquement circonstanciée à *La Nausée*, puisque dans celle-ci l'écriture est déjà donnée comme moyen d'échapper à la contingence.

Roquentin, Sartre projette sans doute aussi ses hantises les plus enfouies, son horreur de tout ce qui est naturel, son catharisme à l'égard de la chair. Mais ce qui le distingue principalement de son personnage, c'est que ce dernier n'est pas un écrivain au sens où l'entend Sartre à l'époque, c'est-à-dire quelqu'un dont la vie tout entière est orientée par le choix d'écrire, tout entière vouée à l'écriture par un mandat irrésistible. Le travail qu'accomplit Roquentin sur Rollebon n'est pas le produit d'une vocation, c'est bien plutôt l'occupation d'un dilettante — et c'est précisément ce que Sartre n'a jamais été par rapport à l'écriture. Différence capitale. Et ce n'est qu'à la fin que Roquentin en vient à envisager l'écriture comme le moyen d'un salut métaphysique. Or ce projet, dans le roman, reste velléitaire, tout indique qu'il ne sera pas réalisé. Sartre n'a pas voulu, comme Proust avec la *Recherche du temps perdu* et bien que l'œuvre proustienne soit probablement l'influence la plus profonde qu'on puisse déceler dans *La Nausée*, faire penser au lecteur que le livre annoncé à la fin du récit se confond avec le livre qu'il vient de lire. C'est bien pourquoi le « je » de *La Nausée* n'est pas identique au « je » de la *Recherche du temps perdu*. Et c'est pourquoi il faut lire jusqu'au bout la phrase des *Mots* dont nous n'avons ci-dessus cité que le début : « J'étais Roquentin [...], en même temps j'étais *moi*, l'élu, annaliste des enfers, photomicroscope de verre et d'acier penché sur mes propres sirops protoplasmiques[1]. » La différence fondamentale entre Sartre et Roquentin est que c'est *lui* qui écrit *La Nausée* et que, par là, contrairement à Roquentin, il est heureux ; non pas d'un bonheur intermittent, né de ce qu'il entrevoit parfois fugitivement la possibilité d'échapper à la contingence, mais heureux d'un bonheur puissant et continu, qui n'empêche pas les accès d'angoisse ou d'anxiété, mais qui lui est assuré au bout du compte par l'exécution de son mandat, par l'écriture elle-même. C'est justement ce bonheur que Sartre, quand il en aura compris le caractère illusoire, appellera plus tard « ma névrose ». Comme toutes les névroses — puisque le fonctionnement névrotique est mise en place d'une construction défensive —, la « névrose d'écriture » de Sartre l'a longtemps préservé. Elle se manifestait durant les années trente par une anxiété latente, des moments dépressifs, des périodes d'abattement ; mais dans l'ensemble, ainsi que tous les témoignages l'attestent, elle garantissait à Sartre une vitalité, un équilibre, une productivité, une humeur joyeuse enfin dont Roquentin est très évidemment dépourvu. Aussi bien est-ce lui-même en période de crise que Sartre décrit en Roquentin. Lui-même à vif, toutes défenses tombées, c'est-à-dire *lui-même moins l'écriture*, lui-même à ce point d'intensité où la névrose peut basculer dans la psychose, pour employer la terminologie freudienne. De ce point de vue il est sans doute légitime d'affirmer que Roquentin est une intensification, une radicalisation, un passage à la limite de la folie de Sartre, ou plutôt que celui-ci a évité la folie grâce à *La Nausée*. Affirmation somme toute banale, si l'on veut bien se rappeler avec Sartre que le génie est l'issue qu'on invente dans les cas désespérés : « Je ne pense pas, en effet, que le génie naisse de la folie, mais que, dans certaines situations, l'un et l'autre sont deux issues également acceptables : être fou par écrit, ou faire de la

littérature orale, c'eſt, dans certains cas limites, à choisir », écrit
Sartre dans un texte admirable et peu connu, « De la vocation
d'écrivain[1] », qui éclaire particulièrement bien les mobiles profonds
de *La Nausée*. Roquentin n'eſt rien d'autre que l' « être fou par
écrit » de Sartre. Mais c'eſt la notion même de folie qui eſt, dans
La Nausée, interrogée et disqualifiée, rendue impertinente. La pire
manière de ne pas comprendre *La Nausée* eſt d'invalider l'expérience de Roquentin en le taxant de fou, ou, ce qui revient au
même, d'identifier le fou comme l'Autre absolu, celui que je ne
suis pas. En nous entraînant dans une expérience limite qui,
malgré toutes les différences qu'il peut y avoir entre nous et
Roquentin, nous implique au plus profond, *La Nausée* nous révèle
aussi que l'écriture eſt une issue humaine et non un charisme myſté-
rieux : si elle résulte d'un choix, elle devient mon possible, même
si mon hiſtoire personnelle m'incline à trouver une autre solution
au problème métaphysique de l'exiſtence. C'eſt pourquoi, malgré
l'aspect de fétichisation de l'art que comporte le salut final entrevu
par Roquentin, son choix d'écrire correspond à une sorte de
laïcisation ou de démocratisation de la création.

Sartre abandonne Roquentin au seuil de la terre promise, en
laissant entendre qu'il n'y atteindra pas; ainsi ne nous montre-t-il
pas les vrais obſtacles que rencontre celui qui a décidé d'écrire.
Sartre s'y eſt heurté précisément en composant *La Nausée*, et ce
sont des difficultés de forme, de ſtyle, d'écriture au sens ſtriſt.

Comme on le sait, Sartre a travaillé à la deuxième version de
son livre en 1933-1934 alors qu'il était pensionnaire à l'Inſtitut
français de Berlin et lisait les *Ideen zu einer reinen Phänomenologie* de
Husserl. L'apport de cette leſture à l'élaboration de *La Nausée*
eſt difficile à déterminer en l'absence des premiers états du texte.
Sartre lui-même nous a assuré qu'elle n'a pas eu de caraſtère
décisif, car son attention « aux choses mêmes » avait précédé sa
prise de contaſt avec la phénoménologie husserlienne. À Berlin,
Sartre travaillait le matin sur Husserl — de ce travail eſt résulté
l'essai philosophique *La Transcendance de l'Ego,* écrit à la fin de
son séjour — et l'après-midi il écrivait *La Nausée;* c'étaient là,
selon lui, deux aſtivités séparées, et même séparées concrètement
par ses promenades dans Berlin après le déjeuner pris dans une
des brasseries qu'il affeſtionnait, comme s'il lui avait fallu retrouver
physiquement les déambulations de Roquentin dans Bouville pour
passer quotidiennement de la philosophie au roman. Qu'il y ait
eu cependant une certaine osmose entre le travail philosophique
et le roman, que celui-ci ait bénéficié de la découverte de la phénoménologie, notamment par l'acquisition d'une formulation philosophique plus précise, cela n'eſt guère douteux au vu du texte
final : *La Nausée* eſt bien un roman phénoménologique; elle l'eſt
par le ſtatut de la conscience qu'il établit à travers le personnage
de Roquentin, par la dissolution du sujet qu'elle opère, par son
refus de la psychologie : Roquentin n'a pas de « caraſtère », pas
d'ego subſtantiel, il eſt pure conscience *du* monde, son expérience
n'eſt pas un voyage dans les profondeurs de l'intériorité, c'eſt
au contraire un éclatement vers les choses; tout eſt dehors : la
Nausée n'eſt pas *dans* Roquentin, c'eſt lui qui se dissout en elle.

Il serait souhaitable d'élucider ce que *La Nausée* doit à Céline,

1. Repris dans *Les Écrits de Sartre*, p. 694-698.

puisque c'est l'influence littéraire le plus souvent affirmée, à
commencer par Céline lui-même qui hurlait volontiers, après la
guerre, que Sartre lui avait fait les poches avant de l'assassiner.
Toutefois cette influence est difficilement mesurable. Sartre, qui
reconnaît de bonne grâce ses dettes, nous a affirmé que celle de
La Nausée à l'égard du *Voyage au bout de la nuit* est négligeable[1].
Pourtant, Simone de Beauvoir note dans *La Force de l'âge* que
lorsqu'elle et Sartre lurent le *Voyage au bout de la nuit* à sa parution
en 1932, son anarchisme leur sembla proche du leur. Cela n'empêche que *La Nausée* soit idéologiquement très éloignée du *Voyage
au bout de la nuit*, malgré une affinité de surface qui tient à ce qui
s'y exprime d'hostilité commune au mode de vie et au système de
valeurs bourgeois, à une tonalité sombre, à un antihumanisme
virulent. Mais Roquentin n'est pas comme Bardamu une victime
des hommes qui porte condamnation sur ses congénères au nom
d'une unique valeur, la compassion — valeur que tout le *Voyage
au bout de la nuit* montre constamment bafouée par l'égoïsme bestial
de l'être humain; il est un solitaire par choix, par refus des comédies auxquelles recourent les hommes pour se défendre contre la
conscience de leur contingence. Le *Voyage au bout de la nuit* est un
cri contre la vie considérée comme une dégueulasserie, son antihumanisme est un humanisme blessé, une plainte puissante mais
stérile, un refus crispé de la pensée. *La Nausée,* au contraire, ne
s'en prend pas à la vie, elle la constate : c'est comme ça, et elle
oppose à son absurdité molle et insignifiante la volonté de ne pas
être dupe, ce qui débouche nécessairement sur la rigueur d'une
réflexion. Là où le *Voyage au bout de la nuit* ouvrait non sans complaisance les vannes à une récrimination éperdue, *La Nausée* entreprend
avec une sorte de lyrisme sec et tendu un travail de démystification.
Et c'est évidemment là toute la différence entre un anarchisme de
droite et un anarchisme de gauche. L'influence que signale Simone
de Beauvoir *(« Sartre en prit de la graine[2] »)* est donc surtout
formelle. Mais ce n'est pas une influence directe et proprement
stylistique. La syntaxe de *La Nausée,* à quelques exceptions près,
reste classique, elle n'imite pas la syntaxe « orale » et populaire

1. Autre influence parfois invoquée, mais tenue par Sartre pour négligeable : celle de *L'Enfer* de Henri Barbusse (voir les articles de John F. Davis
et de Albert J. Salvan mentionnés dans la Bibliographie). Ce roman, qui
fit scandale à sa parution en 1908, raconte l'histoire d'un homme de trente ans
qui s'installe dans une chambre d'hôtel et s'aperçoit que, par un trou dans
la cloison, il peut voir et entendre ce qui se passe dans les deux chambres
voisines. Il assiste ainsi à « un défilé d'êtres surpris tels qu'ils sont » et rapporte un certain nombre de conversations et de scènes intimes et érotiques.
Le récit est fait au présent, à la première personne, et se rapproche de la
forme d'un journal. Sartre nous a dit avoir lu *L'Enfer* très jeune, vers onze
ans, sans y comprendre grand-chose, mais cette lecture l'avait frappé. Il
l'avait trouvé le livre dans la bibliothèque de son beau-père, et sa famille
s'était fort alarmée d'une lecture si évidemment au-dessus de son âge. Les
ressemblances de *L'Enfer* avec *La Nausée* sont nombreuses et pourraient
faire l'objet d'une étude approfondie. Mais les différences sont beaucoup
plus évidentes. Barbusse voudrait écrire « la bible du désir humain », il
tend à diviniser l'homme et se fascine sur l'éros et la mort, sur un ton qui
est le plus souvent lyrique, pathétique et triomphal. Comme l'écrivain
communiste que Sartre décrit dans son attaque contre l'humanisme (voir
p. 138), il ne cache pas, derrière son goût pour la vérité, « sa passion âpre
et douce pour ses frères ».
2. *La Force de l'âge*, p. 142.

qui fut la principale nouveauté du style célinien; et les rares
subversions syntaxiques de *La Nausée* doivent au monologue
intérieur joycien plus qu'à Céline. Le vocabulaire de *La Nausée*
est souvent cru et brutal — Sartre appelle un chat un chat —, il
n'est jamais argotique. C'est le vocabulaire d'un intellectuel qui
s'exprime simplement, avec une sorte de correction spontanée,
sans faire de phrases, c'est-à-dire sans faire de littérature. Et c'est
là sans doute que se situe la vraie influence de Céline : celui-ci,
avec le *Voyage au bout de la nuit* et l'extraordinaire liberté de son
écriture, a donné à Sartre licence d'oser. Tous les textes de Sartre
précédant *La Nausée,* y compris la première version de celle-ci,
selon le témoignage de Simone de Beauvoir, sont extrêmement
respectueux d'une certaine légitimité littéraire qui n'est autre que
l'écriture du XIXe siècle figée en écriture scolaire et rehaussée
d'afféteries, d'élégances — ce qu'on appelle alors le « bel écrit ».
La bombe Céline a d'abord — et pas seulement sur Sartre — un
effet de décongestion : une langue littéraire est donc possible qui
ne soit pas la langue du bien dire homologué. Grâce à Céline
tout devient licite, les barrières du lexique autorisé tombent, tous
les mots, même les plus obscènes, reçoivent droit de cité en littérature. Cette soudaine extension du lexique ouvre du même coup
de nouveaux possibles au champ romanesque lui-même : il est
désormais permis de parler de tout, et sans périphrases. En éman-
cipant le lexique, en assouplissant la syntaxe, Céline a permis
l'entrée en scène du corps dans le roman français monopolisé
jusque-là par la psychologie. *La Nausée* doit à Céline d'avoir pu
s'engouffrer derrière lui dans un territoire libéré. À quoi s'ajoute
bien sûr l'influence, surtout technique, des romanciers américains
— largement attestée par les articles que Sartre consacrera à
Faulkner et à Dos Passos — et celle, plus profonde, mais formellement peu apparente, de Kafka[1].

On peut donc supposer que le travail accompli par Sartre à
Berlin sur la deuxième version de son livre a somme toute consisté
à sauter un nouveau pas qui a été d'intégrer dans un style original
les nouveautés trouvées dans ses lectures récentes. L'originalité
de la pensée ayant chez Sartre précédé l'originalité de l'expression,
c'est très certainement à Berlin que, stylistiquement, il est devenu
lui-même. Cependant, il se rallia à l'avis de Simone de Beauvoir
et de quelques-uns de ses intimes qui trouvaient qu'il avait « abusé
des adjectifs et des comparaisons[2] » et, rentré au Havre, il entreprit
de réviser soigneusement son texte. Là encore nous ignorons
l'ampleur de cette révision qui fut interrompue, durant l'année 1935,
par un travail de commande : une étude philosophique sur l'imagination, dont devaient résulter deux livres, *L'Imagination* en 1936,
et *L'Imaginaire* en 1940. Ce que nous appelons la troisième version
du livre, la seule à nous être parvenue en manuscrit, est celle qui,
terminée au début de 1936, intègre — semble-t-il — les éléments
d'une expérience récente (visite de musées et d'un asile psychia-

1. Dans *La Force de l'âge* (p. 193-194), Simone de Beauvoir nous apprend
que Sartre avait lu *La Métamorphose* et *Le Procès* et elle précise : « Notre
admiration pour Kafka fut tout de suite radicale ; sans savoir au juste pourquoi,
nous avions senti que son œuvre nous concernait personnellement. [...]
Kafka nous parlait de nous ; il nous découvrait nos problèmes, en face d'un
monde sans Dieu et où pourtant notre salut se jouait. »
2. *La Force de l'âge*, p. 209.

trique) et, plus importants, les résultats de la « crise mescalinienne » que Sartre subit à partir de février 1935 (avec visions de crabes et parapluies-vautours, etc.). C'est là probablement que se renforce l'aspect « fantastique » du livre, mais il est bien sûr difficile de déterminer jusqu'à quel point les hallucinations réellement subies par Sartre ont précédé ou suivi la rédaction des passages du texte final qui semblent en porter la trace. La « crise mescalinienne » n'est en effet que le point culminant d'une crise d'identité liée au passage à des responsabilités d'adulte, la phase mélancolique d'une névrose dont nous avons vu qu'elle est inséparable du projet même du livre, de son sens fondamental. Le livre lui-même a maintenant pour titre « Melancholia » d'après la célèbre gravure de Dürer que Sartre affectionnait depuis sa jeunesse et qui était aussi l'une des œuvres préférées de la jeune femme avec qui il avait eu du temps de l'École normale sa première liaison amoureuse, Simone Jollivet, le modèle d'Anny.

Le quatrième temps de l'élaboration du livre est négatif : c'est celui de l'auto-censure. Les péripéties de la publication du roman se résument ainsi : le manuscrit de « Melancholia » fut remis une première fois par Nizan à un lecteur de la maison Gallimard, sans doute au printemps 1936. À la suite de quoi, Sartre reçut un mot de Paulhan l'avisant que son ouvrage n'était pas retenu. À l'automne 1936, le manuscrit fut recommandé une nouvelle fois à Gaston Gallimard par Charles Dullin et par Pierre Bost, et il fut définitivement accepté en avril 1937. Il apparut alors que Paulhan avait seulement refusé de publier « Melancholia » en feuilleton dans *La Nouvelle Revue française* à cause de sa longueur. Une fois le manuscrit accepté, c'est Brice Parain qui, chez Gallimard, est chargé de mener à bien sa publication et il commence par demander à Sartre d'effectuer d'assez importantes coupures et d'éliminer les passages les plus osés et les mots les plus crus. L'autorité invoquée est celle de Me Maurice Garçon. Sartre, d'assez mauvaise grâce mais conscient d'avoir fait trop long, accepte les remarques de Brice Parain et coupe une cinquantaine de feuillets portant principalement sur le passé de Roquentin, sa vie à l'hôtel Printania (avec deux personnages de bonnes qui disparaissent complètement de la version publiée), des détails sur la vie à Bouville, la scène du viol, celle de la racine du marronnier et la rencontre avec Anny. Ces coupures ou modifications — que l'on trouvera en variantes — visent surtout les aspects populiste et érotique du livre. Bien qu'elles soient intéressantes en elles-mêmes et qu'elles permettent de comprendre certains points obscurs du texte publié, elles ne lui enlèvent en fin de compte rien d'essentiel ; on peut même soutenir qu'elles ont été particulièrement bien faites et qu'elles ont délesté l'ouvrage de ce qu'il pouvait avoir de lourd et de redondant. Œuvre profondément personnelle et originale, *La Nausée* est aussi, paradoxalement, l'un des textes de Sartre qui doit le plus à l'intervention d'autrui.

Cette intervention se retrouve dans le choix du titre qui va être finalement donné au roman. « Melancholia » étant jugé inadéquat, Sartre propose : « Les Aventures extraordinaires d'Antoine Roquentin », avec comme bande publicitaire : « Il n'y a pas d'aventures », mais c'est finalement Gaston Gallimard qui, en octobre 1937, trouve un titre qui fera fortune et qui jusqu'à présent reste des plus étroitement associés au nom de Sartre. Il ne l'accepta pourtant

pas sans réticence, car il craignait, de même que Simone de Beauvoir, que ce titre entraîne une lecture naturaliste de son livre.
Ce qui s'est passé au contraire, c'est que le mot de nausée a en
quelque sorte changé de sens grâce au roman de Sartre : il suffit
aujourd'hui de lui mettre une majuscule pour qu'il évoque non
plus le malaise physique ou les vomissements, mais l'angoisse
existentielle.

À sa parution au printemps de 1938, *La Nausée* fut reçue avec
une assez rare unanimité comme un événement littéraire de première importance. Souvent comparé aux romans de Kafka et mis
sans hésitation au même rang qu'eux, l'ouvrage frappa néanmoins
par sa nouveauté et la hauteur de ses ambitions : qu'un jeune
auteur inconnu se situât d'emblée à un tel niveau de qualité et
fît preuve d'une si évidente maturité littéraire laissa augurer un
avenir d'écrivain avec qui il faudrait compter. La parution du
Mur, l'année suivante, fut une confirmation. Mais *La Nausée*
aurait sans doute suffi à elle seule à assurer à Sartre son statut de
grand écrivain : en une dizaine d'années l'œuvre atteignit le rang
de classique incontesté, sans perdre pour autant sa virulence, sa
charge affective et son étrange pouvoir de fascination. Elle est
sans doute, avec *L'Étranger* de Camus, le roman contemporain
le plus étudié, le plus abondamment commenté ; mais elle est
aussi l'un des ouvrages les plus lus par le grand public. Publiée
à la même époque que le *Cahier au retour au pays natal* de Césaire,
Au château d'Argol, de Julien Gracq et que les meilleures œuvres
de Michaux, *La Nausée* a de toute évidence une importance historique plus marquée : d'un côté, par son aspect réaliste, c'est un
document de premier ordre sur la vie quotidienne et sur l'angoisse
sociale des années trente ; de l'autre, par son aspect formel et sa
problématique philosophico-fictionnelle, c'est un ouvrage qui
marqua un nouveau départ pour la littérature. Comme l'a dit
Armand Hoog dans *Carrefour* du 18 octobre 1945, le livre « fut
reçu comme une espèce de libération ; il permettait d'entrevoir un
nouveau roman français ». Et en effet, autant les grands romans
de Malraux et de Céline sont restés sans postérité littéraire, autant
le roman français de la seconde moitié du siècle se rattache par une
filiation évidente à *La Nausée*, surtout par la problématique romanesque qu'elle inaugure (mise en question du récit, désintégration
du personnage, expulsion de la psychologie, expérimentation
ludique de l'écriture, etc.). Ainsi *La Nausée* reste-t-elle l'un des
piliers de notre modernité ; on peut en dire ce qu'a dit Sartre de
Flaubert, dans la continuité duquel elle se place : elle est « au
carrefour de tous nos problèmes littéraires d'aujourd'hui[1] ».

Dans l'ensemble des œuvres de Sartre, si on les considère comme
une totalité en mouvement, *La Nausée* occupe une place privilégiée : elle est à la fois l'œuvre fondatrice sur laquelle reposent
tous les textes qui ont suivi — ou qu'en tout cas aucun n'a jamais
démenti — et œuvre de recherche et de transition informant les
œuvres à venir, tout en les laissant rétrospectivement modifier par
elles. À près de trente ans de distance lui répond, complémentaire
et opposée, l'autre grande réussite littéraire de Sartre, *Les Mots*.
Lui-même n'hésite pas à avouer pour la première une préférence

1. *L'Idiot de la famille*, Préface, t. I, p. 8.

marquée : « Dans le fond, je reste fidèle à une chose, c'est à *La Nausée* [...]. C'est ce que j'ai fait de meilleur[1] ». De la part d'un écrivain qui reconnaît par ailleurs être de ceux qui s'irritent quand on les loue avec trop de conviction de leurs premières œuvres, car il veut à chaque fois croire que le livre en cours éclipsera ceux qui l'ont précédé[2], cette préférence s'explique d'abord par le fait que Sartre a le sentiment d'avoir livré dans *La Nausée* le plus profond de soi, et d'avoir du même coup dévoilé une vérité indépassable sur la condition de l'homme. Dès 1947 il affirmait : « Je ne fais pas de difficulté pour admettre la description marxiste de l'angoisse " existentialiste " comme phénomène d'époque et de classe. L'existentialisme, sous sa forme contemporaine, apparaît sur la décomposition de la bourgeoisie et son origine est bourgeoise. Mais que cette décomposition puisse *dévoiler* certains aspects de la condition humaine et rendre possibles certaines intuitions métaphysiques, cela ne signifie pas que ces intuitions et ce dévoilement soient des illusions de la conscience bourgeoise ou des représentations mythiques de la situation[3]. » Plus tard, en 1972, au cours d'un entretien inédit[4], il dira la même chose en d'autres termes : « *La Nausée*, je pense que c'est le goût de l'existence pour l'homme et que, d'une certaine façon, ça le sera toujours, même dans une société entièrement désaliénée. » Ainsi, malgré l'aveuglement politique dont Sartre s'accuse aujourd'hui d'avoir fait preuve durant les années trente, *La Nausée* n'en resterait pas moins, pour l'essentiel, le moment le plus radical de son œuvre. Il est d'ailleurs frappant de constater que de l'après-guerre au début des années soixante-dix, période durant laquelle Sartre s'est efforcé de concilier en lui ses tendances au radicalisme métaphysique avec les exigences d'un réalisme politique, s'il n'a jamais désavoué *La Nausée,* il n'y a fait que très rarement allusion, sinon pour en dénoncer l'aspect de névrose littéraire. Dans les années soixante-dix, lorsqu'il est allé jusqu'au bout de sa radicalisation, il a retrouvé au contraire dans sa première œuvre un anarchisme dans lequel son refus absolu de tous les pouvoirs pouvait se reconnaître.

Et, par le fait, ce qui domine en définitive dans *La Nausée* c'est la violence polémique dont sont chargés ses deux principaux paradigmes, l'existentiel et le social. Claude Roy a raison lorsqu'il affirme : « *La Nausée* est ce beau livre de fureur et de rage, un de ces " cris du cœur " que personne ne sait par quel bout prendre, comme le sont *La Confession dédaigneuse* d'André Breton, le *Dictionnaire du diable* d'Ambrose Bierce ou le *Voyage au bout de la nuit*[5]. » Mais il faut souligner que, de ces œuvres, *La Nausée,* si elle n'est pas la plus noire, est sans doute la plus foncièrement agressive. Dire sur l'existence une vérité soupçonnée par chacun mais obstinément éludée par la plupart, parce qu'elle fait peur et que sa prise en compte ne garantit un salut d'aucune sorte, mais appelle au contraire à un effort exténuant, c'est évidemment une agression. Agression à la mesure de l'immense mystification qu'elle veut faire

1. Entretien inédit avec Michel Contat et Michel Rybalka, 1971.
2. Voir *Les Mots*, p. 200-201.
3. *Situations*, II, p. 329.
4. Avec Michel Contat et Michel Rybalka.
5. « Sartre, Voyage au bout de la raison », *Le Nouvel Observateur*, 13-19 septembre 1976.

éclater. *La Nausée* ne prétend pas, comme on l'a dit, décrire l'horreur de vivre mais bien la vérité fondamentale de la vie, qui n'est
ni horrible ni heureuse, qui *est*, toute qualification ne venant
qu'après et n'engageant que celui qui la donne. Mais si le dévoilement de l'existence a quelque chose de dirimant, c'est parce
qu'il arrache des mensonges, tout un tissu d'illusions, de leurres,
de faux-semblants mis en place pour faire croire que la vie vaut
d'être vécue, réserve des joies et qu'il suffit de se laisser aller à
son cours bénéfique ou de se raidir stoïquement lorsque pointe
l'inévitable douleur, pour donner sens et grandeur aux destins les
plus médiocres. La « noirceur » de *La Nausée* est polémique :
aux sucreries ou aux fières ivresses de l'humanisme optimiste, elle
oppose une lucidité sèche qui doit sa hargne, son âpreté et sa
véhémence au renversement qu'elle opère. Ce n'est pas une vision
tragique, bien qu'il y ait du jansénisme chez Roquentin; dans un
monde où l'on se mentirait moins, la Nausée, cette « saisie affective
d'un phénomène d'être », selon l'heureuse expression de Francis
Jeanson[1], pourrait fort bien prendre une forme plus détachée.
Mais dans un monde mystifié il faut d'abord procéder à une vigou-
reuse inversion des valeurs, déployer les armes de la critique.
Ironie, parodie, satire, pastiches, tout est bon pour déchirer les
voiles, dégonfler les mensonges, détruire les illusions, exposer les
erreurs, ridiculiser les attitudes. *La Nausée* est chez Sartre le
moment du négatif pur. Ou plutôt, la seule positivité est dans le
refus. Plus tard, dans *Qu'est-ce que la littérature ?* Sartre affirmera
que le moment est venu d'une littérature non plus de l'*exis* mais
de la *praxis*, une littérature totale dans laquelle la négativité à
l'égard des pseudo-valeurs bourgeoises s'allierait à la production
de valeurs nouvelles, celles de l'action créatrice, celles en définitive
que porte la classe opprimée. Roquentin n'en est pas là. L'œuvre
qu'il entrevoit est destinée à faire aux gens de leur existence[2] ». En d'autres termes, c'est encore une œuvre de démystifi-
fication, comme l'est précisément *La Nausée*. Mais la démystification est tout le contraire du nihilisme; elle postule au moins la
possibilité de l'authenticité. Et c'est en cela que la « noirceur »
de *La Nausée* est malgré tout tonique : le monde n'est pas l'enfer,
il est le lieu du mensonge humaniste et de la comédie des droits;
face à lui, Roquentin incarne l'unique valeur, celle de la vérité,
et son expérience est une ascèse qui le mène à l'existence nue, au
degré zéro de l'existence, à partir de quoi tout, peut-être, est
possible, c'est à voir. Mais ce qui est certain pour lui, c'est que,
comme le dira Oreste dans *Les Mouches*, « la vie humaine commence
de l'autre côté du désespoir[3] »

Viendra alors dans l'œuvre de Sartre le temps de l'engagement,
avec ses contradictions propres, que Roquentin ignore à peu près
totalement. Lui, reste « l'homme seul », celui qui a « le privilège
de saisir sur le vif la réalité[4] », l'individu qui, comme Sartre se
voyait lui-même dans les années trente, « s'oppose à la société par
l'indépendance de sa pensée mais qui ne doit rien à la société [...]
parce qu'il est libre[5] ». Liberté toute négative : Roquentin n'a

1. *Sartre par lui-même*, Seuil, 1955, p. 143.
2. Voir *La Nausée*, p. 210.
3. *Les Mouches*, acte III, sc. II, p. 114.
4. *La Force de l'âge*, p. 50.
5. « Autoportrait à soixante-dix ans », *Situations*, X, p. 176.

pas d'attaches, ni femme ni enfants, pas de responsabilités, aucune obligation, aucun engagement, aucune solidarité pratique envers quiconque; il a tout juste les ressources nécessaires pour ne pas être obligé de travailler; il offre le minimum de prise possible aux contraintes sociales dans une période de paix. Son expérience limite se fonde donc sur une situation limite dans laquelle la liberté n'est niée ni soutenue par rien : liberté nue, degré zéro de la liberté. Roquentin est un naufragé social, mais un naufragé volontaire, une île flottante qui dérive dans les eaux saumâtres bordant le continent bourgeois. Il est l'ancêtre du moderne marginal. L'anti-héros par excellence, c'est-à-dire la disqualification de la notion même de héros romanesque. Non que Roquentin soit, humaine-ment, un médiocre, une larve. Au contraire, il y a de la grandeur, en tout cas du courage moral dans la manière dont il fait face à la Nausée pour l'explorer systématiquement et complètement, sans tentation de la fuir, de la contourner, de l'éluder. Roquentin mène jusqu'au bout une expérience spirituelle aussi radicale que celle de Dieu chez le janséniste ou le cathare. Et, bien que *La Nausée* ne porte nulle trace d'une quelconque inquiétude religieuse, l'expérience qu'elle relate peut en effet être considérée comme celle de la mort de Dieu : Roquentin est une sorte de Pascal de l'athéisme, un extrémiste, un furieux.

En face de lui, les Salauds. Ceux qui s'arrogent des droits, se figent dans des rôles, s'identifient à leurs fonctions. Ceux qui mentent et se mentent, qui refusent l'évidence de leur propre contingence. Tous des bourgeois. Le fait vaut d'être souligné, puisqu'après tout il est parfaitement concevable — et pratiquement attesté — qu'un chef ou même un militant prolétarien puisse être existentiellement un Salaud. Mais c'est ici que dans *La Nausée* le paradigme existentiel se double d'un paradigme social sans véritablement le rejoindre : les Salauds appartiennent à la classe dirigeante, mais celle-ci n'est pas dénoncée en tant que telle du point de vue de l'opprimé, elle est *méprisée* en bloc comme l'incarnation d'une antivaleur. En d'autres termes, la bourgeoisie appa-raît moins dans *La Nausée* comme une classe ayant ses comporte-ments historiques propres que comme une entité morale exécrée. Au musée de Bouville, Flaubert n'est pas loin : la lutte de classe n'est pas à l'ordre du jour pour Roquentin, et son indignation est de toute évidence plus esthétique que politique. « Au fond, dit Sartre, moi, à la différence des communistes ou des surréalistes, je voulais, en un sens, que les Salauds continuent d'exister, car ils étaient le matériau de mon œuvre[1]. »

De là une ambiguïté qui demeure au plan romanesque : Roquen-tin n'est pas un personnage édifiant, puisqu'il n'est jamais présenté en modèle positif; il n'est exemplaire que dans la mesure où il mène à son terme la prise de conscience négative de ce qu'est l'existence; mais, de même qu'il y a un conformisme du non-conformisme, on peut dire qu'il y a un héroïsme de l'antihéroïsme : ce qui subsiste de consistance dans le personnage de Roquentin, son intégrité morale qui apparaît par contraste avec la lâcheté des Salauds, sa remontée finale vers un salut possible par la création, en font malgré tout un héros, le héros de la négativité. Ainsi le

1. Synopsis inédit des émissions historiques de Sartre prévues pour la télévision, 1975.

lecteur risque d'être maintenu dans le mirage de l'Autre prestigieux qui l'empêche d'inventer son propre chemin — ce qui est le seul appel positif auquel peut en définitive consentir un roman de la liberté. C'est là le problème auquel se heurtera Sartre avec *Les Chemins de la liberté* et qui explique peut-être son abandon de la forme romanesque.

*

Une rapide analyse du texte de *La Nausée* révèle une construction en quatre parties selon un modèle à la fois narratif et discursif classique qui est aussi celui, en quatre mouvements, de la symphonie :

— Les premières pages sont un constat de la crise que subit Roquentin et indiquent la méthode qu'il compte suivre pour tirer au clair ce qui lui arrive. Après un « sommeil de six ans », Roquentin sort en quelque sorte de l'innocence et subit une métamorphose qui modifie sa relation aux choses et lui fait découvrir sur le plan du vécu sa contingence.

— La deuxième partie est celle de la *tabula rasa*, de la déconstruction : Roquentin, dans un processus purificateur qui s'apparente au cogito préréflexif analysé par Sartre dans *L'Être et le Néant*, se débarrasse des arrière-mondes et de toutes les valeurs liées au passé (expérience, histoire, aventure, propriété, gloire, etc.). C'est cette partie du factum où Roquentin *attaque* ceux qui croient pouvoir échapper à la contingence en s'attribuant des droits et en se rattachant au passé. À la fin de sa visite au musée de Bouville, Roquentin peut dire : « Adieu salauds! » et conclure que le passé n'existe pas.

— Dans une troisième étape — celle des justifications, du passage au réflexif — Roquentin réalise au cours de la scène culminante du jardin public que l'homme est de trop et que « l'essentiel c'est la contingence ». Il tente à partir de cette intuition fondamentale de construire une autre vision de la réalité humaine et de définir par un langage métaphorique et souvent poétique la notion d'existence. La rencontre avec Anny représente la dernière tentation concrète du passé et lui permet de mesurer le chemin qu'il a parcouru; avec un point de départ semblable au sien, Anny a évolué dans un sens opposé et elle est perdue pour lui. Une fois cette dernière hypothèque affective levée, Roquentin se rend compte qu'il est libre, mais il ne sait pas quoi faire de sa liberté.

— La fin du livre, qui n'a rien de triomphant mais a plutôt les caractères d'un *anticlimax*, propose deux possibilités de salut pour Roquentin : l'une, à peine esquissée, qui serait l'engagement, la solidarité pratique avec les autres, et sur laquelle nous reviendrons plus loin; l'autre, évidente mais volontairement ambiguë, le salut par l'œuvre d'art. De ce dernier point de vue, *La Nausée* nous expliquerait comment on devient artiste et la fin du livre marquerait l'arrivée de Roquentin au seuil de la terre promise de la création. Sartre explique[1] l'ambiguïté de cette fin, sur laquelle on a beaucoup épilogué, par l'évolution de sa pensée sur le statut ontologique de l'œuvre d'art au cours même de l'élaboration de *La Nausée*. Mais on constate que cette fin ambiguë trouve une

---

1. Voir Documents, p. 1698-1699.

correspondance dans l'ambiguïté dont Sartre, à la fin des *Mots,* se demande si elle n'est pas restée la marque de son attitude à l'égard de la littérature initialement « investie » en tant que moyen de salut. De *La Nausée* aux *Mots,* Sartre n'aurait donc pas changé autant qu'il l'affirme par ailleurs. En effet, cette solution que Roquentin ose à peine entrevoir, cette « maigre chance de s'accepter[1] », si maigre que le texte la dément presque au moment même où il l'évoque — on est très loin du triomphalisme esthétique de Proust dans *Le Temps retrouvé* —, on peut y voir *déjà* de l'auto-ironie, une distance prise à l'égard de ce que Sartre n'appelle pas encore sa « névrose », mais qu'il connaît bien, c'est-à-dire cette foi démesurée, totale et en définitive indicible en la valeur métaphysique de la littérature, seul moyen d'échapper à la contingence et à la finitude. Avec Roquentin déjà il y croit sans oser y croire vraiment. Dans *Les Mots* il dit qu'il n'y croit plus, mais ne peut s'empêcher d'y croire encore. C'est que, comme il le souligne lui-même, « on se défait d'une névrose, on ne se guérit pas de soi » et, une fois rangé « l'impossible Salut au magasin des accessoires », il reste peut-être quand même l'espoir à peine avouable que « tout soit rendu au centuple[2] ». Roquentin n'écrira sans doute pas un livre, mais Sartre, lui, bien qu'il n'ait cessé depuis de dévaloriser l'imaginaire au profit du réel et qu'il ait abandonné la fiction pour le roman vrai, a continué de faire des livres. Ceux-ci ont beau signifier son congé à la littérature, « on ne sort pas des arbres par des moyens d'arbre », comme dit Francis Ponge, et, malgré qu'il en ait, Sartre continue de toute évidence à tenir la création pour la seule valeur qui mérite qu'on lui sacrifie sa propre vie.

Selon Sartre, Roquentin fait donc fausse route en s'imaginant que l'on peut échapper à la contingence ; la solution qu'il entrevoit n'est qu'un leurre, une impossibilité masquée, une tentation qui ne se réalisera pas. L'exemple du saint Antoine de Flaubert vient ici à l'esprit. Mais quelles que soient les ambiguïtés au niveau du texte lui-même, il n'en reste pas moins que ce dénouement impossible marque pour Sartre la fin d'une période, celle de l'homme seul. Son chemin va être désormais celui indiqué par Nietzsche dans *Ainsi parlait Zarathoustra* : « Où cesse la solitude, commence la place publique et où commence la place publique commence aussi le bruit des grands comédiens et le bourdonnement des mouches venimeuses. » Aux ambiguïtés de la littérature vont s'ajouter celles de la politique.

L'élaboration du texte en quatre temps, que nous avons signalée plus haut, attire naturellement l'attention sur son aspect formel, pertinemment analysé par les études de Geneviève Idt[3] et de Georges Raillard[4] auxquelles nous renvoyons le lecteur. Volontairement mal définie sur le plan du genre, *La Nausée* est une œuvre sans précédent qui joue sur les oppositions roman-philosophie, fiction-autobiographie, imaginaire-réel, etc., et se propose comme une somme faite d'éléments très variés, reliés à un même sujet, mais agencés selon une certaine discontinuité qui se retrouve au

1. Prière d'insérer de *La Nausée,* voir p. 1694.
2. *Les Mots,* p. 211-213.
3. *La Nausée : analyse critique,* Hatier, 1971.
4. *La Nausée de J.-P. Sartre.* Hachette, 1972.

plan de l'écriture elle-même, ou plutôt *des* écritures. Le texte utilise, sur un mode constamment comique, ironique ou parodique, un bon nombre de procédés et de thèmes qui marquent l'histoire du roman depuis le XVIIIe siècle jusqu'à Malraux. Sur ce plan, on peut remarquer que l'histoire du marquis de Rollebon se situe significativement à la fin du XVIIIe et au début du XIXe siècle, qu'un personnage comme l'Autodidacte, avec les références à Flaubert et à Renan, appartient au XIXe siècle, qu'Anny, avec sa théorie des moments parfaits et son goût de l'aventure, réfère à un passé plus récent, celui de Proust et de Malraux. Roquentin reflète lui aussi les années vingt avec son passé malrucien, son goût de l'exotisme à la Claude Farrère, ses souvenirs de voyage à la Paul Morand; mais il refuse de s'identifier complaisamment à cette figure déjà périmée du héros romanesque et il devient à la fois le personnage le plus moderne par tout ce qui le rattache à la culture des années trente (Kafka, Faulkner, la phénoménologie, etc.) et l'agent par rapport auquel s'organisent les différentes tranches du passé. Cet aspect extrêmement « cultivé » du livre, les références plus ou moins explicites qu'il ne cesse de faire à une tradition romanesque, font de *La Nausée* non une œuvre de rupture comme le fut par exemple le *Voyage au bout de la nuit*, mais une œuvre de dépassement, un moment de la culture qui contient en lui son propre passé pour l'ouvrir sur une transformation. Sartre n'y liquide pas sa culture de normalien saturé de lectures, il la dépasse par une sorte de surenchère ludique — ce qui est encore un trait de normalien.

On a déjà souligné que *Roquentin* ou *rocantin* voulait dire lexicalement vieillard ridicule qui veut faire le jeune homme, et aussi chanteur de chansons satiriques (sens attesté dès le XVIIe siècle et repris, entre autres, par Flaubert[1]). Selon le dictionnaire de Bloch et Wartburg, le sens parfois donné de « vieux soldat », « vétéran chargé de la défense d'un roc », n'est confirmé par aucun texte, ce qui rend impossible de rattacher étymologiquement le mot à *roque* « roche, forteresse ». Bloch et Wartburg proposent l'origine suivante : « Villon appelle *vieux roquart* un vieillard morose et qui toussote. Il s'agit de la dérivation d'un radical onomatopéique *rok-* employé pour exprimer le bruit d'objets qui se heurtent. Un verbe *roquer* " heurter, roter, craquer, etc. " est très répandu dans les parlers; *roquentin* a probablement été formé sur le participe présent de ce verbe, d'après *ignorantin, plaisantin*, etc. » Pour Sartre lui-même, le nom est « symbolique comiquement » et désigne « celui qui a fait son tour du monde[2] »; dans son écrit de jeunesse, « L'Ange du morbide » (1923), il est déjà question de la « nausée des fins de voyage ».

Personne, cependant, ne semble avoir mis en relief le sens premier du mot que le *Larousse du XIXe siècle* définit ainsi : « Nom que l'on donne autrefois à des chansons composées de fragments d'autres chansons et cousus ensemble comme un centon, de manière à produire le plus souvent des effets bizarres par le changement de rythme et des surprises gaies ou ridicules dans la suite des

1. Ainsi dans *L'Éducation sentimentale* (*Œuvres complètes*, éd. du Seuil, 1964, p. 65) : « [...] Trois roquentins, postés dans une embrasure, chuchotaient des remarques obscènes [...] »
2. Entretien avec Michel Contat et Michel Rybalka, 1971.

pensées. » L'inspiration mise à part, on ne peut s'empêcher de voir ainsi dans *La Nausée* un rocantin, c'est-à-dire un texte fait à partir de bribes d'autres textes, de citations réelles ou truquées, de clichés romanesques reconnus et même de fragments de chansons. Sartre lui-même connaissait ce sens de rocantin, mais il nous a affirmé que celui-ci n'avait eu aucune influence sur la composition de son texte, ni celle-ci sur le choix du nom de son héros. La structure de *La Nausée* renvoie peut-être à celle que Sartre attribue dans *Les Mots* aux « romans » qu'il écrivait dans son enfance. Ceux-ci sont, en effet, décrits comme suit : « Étranges "romans", toujours inachevés, toujours recommencés ou continués, comme on voudra, sous d'autres titres, bric-à-brac de contes noirs et d'aventures blanches, d'événements fantastiques et d'articles de dictionnaire[1] [...]. »

Geneviève Idt remarque fort justement que « le discours de *La Nausée* renvoie sans cesse à d'autres discours, tout en les refusant[2]. » Roquentin apparaît constamment comme celui qui écoute, celui qui copie le discours des autres, afin de le restituer sur un mode mi-sérieux mi-comique dans son journal. Ce qui correspond d'ailleurs à sa situation de solitaire : l'homme seul est celui qui écoute parler les autres à leur insu et s'en moque. On ne peut manquer d'être frappé par la présence au milieu du texte d'une page entière d'*Eugénie Grandet;* ce que l'on distingue moins, c'est la part inhabituelle faite aux citations de toute sorte (Encyclopédies, mémoires, dialogues et bribes de conversation, etc.); la première moitié du roman, surtout, est extrêmement riche en citations directes ou à peine modifiées. Sans invoquer l'influence d'époque de l'esthétique du collage, on peut simplement rappeler ici que, dans *Les Mots,* le petit Sartre est présenté comme un avide lecteur du Larousse encyclopédique et que ses premiers « romans » étaient la copie pure et simple de textes écrits par d'autres. On sait aussi qu'une des faces les plus marquées du talent de Sartre est son don d'imitateur : à l'École normale il n'avait pas d'égal pour « attraper » les tics de langage de ses maîtres et les parodier.

Pour une bonne part, Roquentin est un *scriptor,* un agent passif qui se laisse traverser par la parole d'autrui et qui établit par l'écriture une sorte de synthèse passive qui ne gomme que partiellement la discontinuité du reçu. À ce propos, on aurait tort de voir en Roquentin, comme on l'a fait trop souvent et en négligeant un texte tel que *La Transcendance de l'Ego* dont l'homogénéité avec *La Nausée* est pourtant évidente, l'exemple du sujet fondateur et triomphant. Comme l'a remarqué Lucien Goldmann, *La Nausée* est le premier roman où le personnage est en voie de dissolution et où le statut du sujet devient des plus problématiques[3]. Cependant l'activité de Roquentin ne se limite pas à celle de *scriptor* et c'est dans la relation texte-intertexte ou le rapport littéraire faite-littérature à faire (tel qu'il est développé dans *L'Idiot de la famille*) qu'il faut chercher une explication d'ensemble. Enfin, il se pourrait bien que la forme de « rocantin » soit celle qui structuralement

1. P. 126-127.
2. *La Nausée : analyse critique*, Hatier, 1971, p. 71.
3. Voir Lucien Goldmann, *Structures mentales et création culturelle*, éd. Anthropos, 1970, p. 212.

se prête le mieux à une écriture de la contingence, c'est-à-dire de ce qui advient dans la dispersion et la gratuité.

Si l'on étudie maintenant, dans le cadre ouvert et en mouvement que nous venons de décrire, les petites unités, c'est-à-dire les images et les métaphores qui parcourent le livre, on est au contraire frappé par leur extrême cohérence et leur densité. Le réseau sémantique ou thématique qu'elles forment permet d'attribuer à presque chaque mot une valeur codée et de concevoir un système de valeurs et d'anti-valeurs qui lui-même laisse entrevoir une éthique. Pour utiliser la terminologie de *L'Être et le Néant,* on peut d'une façon simplifiée distinguer dans *La Nausée* trois catégories de métaphores : celles de l'en-soi, celles du pour-soi et dans un rapport instable d'attraction-répulsion avec les précédentes, celle de la réalité humaine et de la nausée. Ainsi par exemple, la réalité humaine est décrite en termes de *gris* et d'*ombre;* tentée à la fois par l'en-soi et le pour-soi, elle ne peut se concevoir en termes de *noir* et de *matière,* ou de *blanc* et de *lumière,* que sur le mode de l'inauthenticité et de la mauvaise foi. Toutes les indications spatiotemporelles concernant la réalité humaine répondent au même schéma : le monde de la nausée est mou, vague, louche, sale, ouvert, ici, maintenant, dans une lumière aqueuse et des couleurs dégradées, en opposition à ce qui est dur, solide, rigide, net, fermé, devant, avant (sur le mode de l'en-soi) ou à ce qui est liquide, lumière, couleurs pures, derrière, sans substance, sans corps (sur le mode du pour-soi). Comme le montre Serge Doubrovsky[1], ces oppositions peuvent également être interprétées dans un sens sexuel; elles marqueraient dans leur alternance une incertitude, une angoisse touchant l'identité sexuelle du sujet. D'un point de vue existentiel, nous dirons plutôt que la Nausée est ce malconfort nécessaire qui permet à la réalité humaine de réaliser son statut ontologique particulier : elle est ce qu'elle n'est pas et n'est pas ce qu'elle est. En d'autres termes, la difficulté d'être implique la nécessité d'être et il y a une nécessité de la contingence (ce que Sartre, dans *L'Être et le Néant,* appelle aussi facticité). La Nausée nous est ainsi présentée comme le stade fondamental d'une prise de conscience de l'être propre de la réalité humaine; en tant qu'elle est — ou devrait être — l'expérience de tous, assumer la Nausée est aussi la condition nécessaire d'une morale de la liberté et, par conséquent, d'une prise de conscience politique radicale.

À ce propos, faisons quelques remarques sur la portée politique du roman. Commencé avant le triomphe du nazisme en Allemagne et terminé avant l'avènement du Front populaire en France et le début de la guerre d'Espagne, il a été écrit dans une conjoncture historique particulièrement changeante et troublée, bien propre à susciter et à alimenter cette angoisse sociale qui transparaît à tout moment dans le texte : montée des fascismes et du racisme, stalinisation de l'U.R.S.S. et changement d'orientation du parti communiste français, décadence et pourrissement des démocraties bourgeoises, espoirs souvent déçus et sans lendemain placés dans les tentatives de front populaire. Simone de Beauvoir, qui décrit

1. « Le Neuf de cœur : fragment d'une psycholecture de *La Nausée* », *Obliques,* n°s 18-19, 1979, p. 67-73.

fort bien cette période, nous donne une indication précieuse en soulignant que Sartre et elle avaient durant les années trente une « esthétique d'opposition » et qu'ils furent à maintes reprises tentés par un engagement politique mais que celui-ci était, pour eux, rendu impossible autant par leur formation intellectuelle, leur situation particulière, que par le radicalisme de leurs exigences. Sartre lui-même, on l'a vu, revendiquait à la fin de sa vie le contenu fondamentalement anarchiste de *La Nausée*. Et celle-ci, malgré le gommage prononcé des événements contemporains et malgré l'accent mis sur la métaphysique, peut certes être lue au premier degré comme une œuvre politique. Roquentin a beau être un homme seul qui cherche avant tout à régler ses problèmes person-nels et à sauver sa propre vie par l'écriture, il n'en est pas moins un intellectuel qui, par ses attaques acerbes contre la société bourgeoise, sa critique de la vie quotidienne et sa volonté d'aller au fond des choses, révèle sinon un engagement, du moins une sensibilité de gauche. La seule tentation dont on le sent totalement exempt, au contraire de Lange dans *Le Cheval de Troie*, est préci-sément celle du fascisme. Sans conscience politique, il est un anti-fasciste élémentaire, tenté ni par le pouvoir ni par la soumission. Il s'insurge tout au long du livre contre ce qu'on appellerait aujourd'hui les « microfascismes » et les tendances autoritaires de la vie bourgeoise, et il intervient physiquement en faveur de l'Autodidacte contre le « petit chef » qu'est le bibliothécaire corse[1]. La fin du livre montre d'ailleurs une évolution sensible de Roquentin vers une plus grande reconnaissance d'autrui, et lorsqu'il se propose de suivre l'exemple du « Juif et de la Négresse[2] » qui ont composé et interprété « Some of these days », on peut voir là une première prise de position politico-esthétique et l'annonce de textes comme *Réflexions sur la question juive* et *Orphée noir*.

Dans l'ensemble, *La Nausée* est un livre démystificateur par sa critique des idéologies et sa contestation radicale de l'ordre existant ; c'est aussi une œuvre pré-révolutionnaire, une œuvre d'antithéorie, qui précède de peu et en quelque sorte prépare pour Sartre la découverte de l'historicité et qui annonce déjà une philo-sophie de la liberté : elle en représente le nécessaire stade négatif. Ce caractère idéologique a d'ailleurs été particulièrement remarqué par les milieux traditionnels et réactionnaires, qui ont rapidement reconnu que Sartre n'était pas de leur bord et ont dénoncé son roman comme sale, pessimiste et mal écrit. Comme Claude-Edmonde Magny a été la première à le voir dans son analyse du problème philosophie-roman[3], *La Nausée*, comparable en cela au galet ramassé par Roquentin, reste un objet à deux faces, à deux versants antinomiques mais indissociables. D'un côté, elle peut-être considérée comme une œuvre de transi-tion où la découverte de la contingence ne serait qu'une étape sur la voie de l'engagement et de la reconnaissance de la nécessité historique ; de l'autre, comme une œuvre fondatrice, où se déve-loppe pleinement sur un mode fictionnel une problématique de la contingence et où le poids de l'histoire ne vient pas encore

1. Voir p. 198.
2. P. 209.
3. *Les Sandales d'Empédocle*, Seuil, 1945, p. 168.

dévier les intuitions de ce que serait une philosophie de la liberté créatrice. C'est dans cette seconde voie que semblait durant ses dernières années se diriger Sartre en abandonnant une bonne partie de ce qu'était pour lui le marxisme et en prenant pour base de sa réflexion non plus la *Critique de la raison dialectique,* ni d'ailleurs *L'Être et le Néant,* mais l'œuvre où il s'est le mieux révélé, *La Nausée.* Cette direction était à peine ébauchée; il ne s'agissait pas pour Sartre de revenir en arrière mais au contraire de prendre un nouveau départ et de trouver de nouveaux chemins en réexaminant ce qui avait été et ce qui est toujours son intuition fondamentale. L'essentiel reste la contingence...

MICHEL CONTAT,
MICHEL RYBALKA.

Été 1978.
Revu en décembre 1980.

DOCUMENTS

Nous donnons ci-dessous un certain nombre de documents (carnet « Dupuis », lettres, prière d'insérer, extraits d'interviews et d'ouvrages de Sartre) susceptibles d'éclairer la genèse de *La Nausée* et les conditions de sa publication.

Faute de place, nous ne pouvons donner ici deux textes d'époque qui se rattachent aux préoccupations de Sartre dans *La Nausée :* « Portraits officiels » et « Visages »; ils sont reproduits dans *Les Écrits de Sartre,* p. 557-564. Le lecteur trouvera, d'autre part, des renseignements essentiels dans *La Force de l'âge* de Simone de Beauvoir, en particulier aux pages 111, 208-209, 292-294 de l'édition blanche Gallimard. On ne saurait trop recommander à celui qui voudrait comprendre le contexte philosophique dans lequel se place *La Nausée* une lecture de *La Transcendance de l'Ego,* de l'*Esquisse d'une théorie des émotions,* de *L'Imaginaire* et de *L'Être et le Néant.* Ce dernier ouvrage, en particulier, reprend presque mot pour mot en certains cas les formulations que l'on trouve dans le roman. Enfin, on se reportera à un passage essentiel sur *La Nausée* dans *Les Mots,* p. 209-210.

LE CARNET « DUPUIS »

Nous en étions à corriger les épreuves du présent appareil critique lorsque nous avons eu accès à un manuscrit d'une valeur inestimable pour étudier la genèse de La Nausée. *Il s'agit d'un carnet de moleskine noire, format 9 × 15, comptant 140 pages de papier à petits carrés, non numérotées par Sartre et foliotées de 1 à 70 par la Bibliothèque Nationale, dont 35 sont entièrement couvertes, au recto, de notes de la main de Sartre. Ce carnet était en la possession d'un ancien élève du lycée du Havre, André Dupuis, qui en a fait don à la Bibliothèque Nationale en mai 1981. Grâce à l'obligeance de M. Pierrot, conservateur en chef au Département des manuscrits, et de Mme Berne, conservateur, nous avons pu exploiter in extremis les pages de ce carnet qui concernent* La Nausée. *Nous les donnons ci-dessous, à la suite de la note rédigée par M. André Dupuis à l'intention de la Bibliothèque Nationale et qu'il a bien voulu nous autoriser à reproduire :*

Croyant comprendre, à la lecture d'un article paru dans le journal *Le Monde*[1], qu'un fonds Sartre est en cours de création à la Bibliothèque Nationale, je suis prêt à faire don d'un manuscrit de l'auteur, en ma possession depuis 1936.

Origine. J'étais élève au lycée du Havre, pendant l'année scolaire 1935-36, en classe de philosophie; Jean-Paul Sartre y était notre professeur. Son enseignement était vigoureux, stimulant, drôle et sérieux à la fois et a laissé une marque indélébile sur ceux de ma génération qui y furent confrontés. Mais ce pédagogue éblouissant était un parfait fantaisiste sur le plan administratif. Il possédait un carnet (et même plusieurs, pris ou abandonnés au gré du caprice) où il inscrivait — parfois — et dans le plus grand fouillis, nos noms et nos notes. En juin 1936, à l'approche du bachot, j'ai trouvé dans (ou sur, je ne sais plus) son bureau, un carnet de moleskine d'une soixantaine de pages en papier quadrillé. Je l'ai pris et gardé. (Traînait aussi un classeur à feuilles perforées, une cinquantaine de pages environ d'un manuscrit qui était sans conteste un fragment de *La Nausée* (état provisoire ou définitif, je ne sais.) Je le laissai; Sartre vint-il le reprendre? un autre de ses élèves s'en empara-t-il? fut-il jeté? J'ignore. D'ailleurs nous ignorions tous à l'époque qu'il écrivait une œuvre de fiction qui allait paraître chez Gallimard quelques mois après. (Assez loquace avec nous quant à ses œuvres philosophiques en cours — à l'époque il travaillait à *L'Imaginaire* et venait de corriger les épreuves de *L'Imagination* pour Alcan — il était muet sur ses activités plus strictement littéraires.)

Contenu. Environ trente-cinq pages ont été utilisées par Sartre, en général le seul recto (plus quelques additifs, remarques isolées, sur tel ou tel verso). Les notes sont de deux ordres : développements philosophiques — sans titre — d'une quinzaine de pages; puis un texte d'une rédaction plus cursive, divisé en huit chapitres. D'autre part, tant à la suite du second texte philosophique qu'éparpillés sur le verso de certaines pages, des notes ou des fragments rédigés, de caractère littéraire, pour la plupart liés à la gestation de *La Nausée*. (Une brève note, Les Veufs, Les Statues, est peut-être une référence à la nouvelle *La Chambre*, parue dans le recueil *Le Mur*, après *La Nausée*.)

Enfin — et c'était sans doute sa fonction initiale —, le carnet contient, sur la face intérieure de la couverture et sur les premiers feuillets la liste des élèves, dans un aimable désordre et avec une orthographe parfois aventureuse. Des notes (de dissertation ou d'exposés oraux) suivent, en regard des noms. Elles sont le plus souvent très généreuses... Quelques pages griffonnées au crayon sont une liste de sujets d'exposés que Sartre distribuait à des élèves volontaires.

Ce dernier aspect du carnet n'a qu'un intérêt anecdotique et, éventuellement, sentimental, pour ceux qui ont été élèves de Sartre cette année-là. Tout au plus doit-on signaler le nom d'un certain Didelot, qui apparaît deux ou trois fois. Guy Didelot est

---

1. Voir Michel Contat, «Sartre un an après», *Le Monde*, 17 avril 1981.

l'adolescent dont parle Simone de Beauvoir au chapitre IV de *La Force de l'âge*[1], qui se suicida pendant les vacances de Pâques 36, se jetant du haut des toits de la maison de sa grand-mère, après avoir pris son petit déjeuner et avoir interpellé les passants de la rue : « Écartez-vous ! » Je l'ai assez bien connu, si l'on peut connaître cette sorte d'archange boudeur, hautain et taciturne ; brillant germaniste, fasciné par Sternberg, Marlène Dietrich et le nazisme, dont il semblait épouser l'idéologie avec un sombre enthousiasme et un goût certain de la provocation. Je crois qu'il haïssait Sartre, refusant l'emprise intellectuelle irrésistible qu'il exerçait sur nous et, bien sûr, en dépit de ses rejets, sur lui-même ; il nous en voulait, je crois, de nous voir subjugués par un autre que lui. Un sourd antagonisme entre Sartre et lui était fort perceptible en classe. Perceptible et pesant.

ANDRÉ DUPUIS.

Comme on le verra à la lecture des notes de Sartre qui se rattachent à La Nausée, *il est plus probable que ce manuscrit date d'avant l'année 1935-36.* Melancholia/La Nausée *était terminé au début de 1936 et le plan que donne Sartre à la suite de ces notes, bien qu'il corresponde en gros au plan finalement adopté, se réfère de toute évidence à un état antérieur du texte. Quant aux notes elles-mêmes, groupées en huit chapitres, elles portent sur des thèmes philosophico-littéraires qui se retrouvent dans la version finale (l'Aventure, l'Expérience, le Fait historique et l'Événement présent, Promenade, Dialogue avec l'Autodidacte, l'Ennui, la Contingence, l'Inhumain), mais les idées y sont encore en gestation. Cependant, la référence à plusieurs épisodes du livre tel que nous le connaissons semble indiquer que ces notes ont été prises à un stade relativement avancé de l'élaboration de l'œuvre. Elles constituent une sorte de résumé, sur un plan abstrait, du livre tel que Sartre s'apprête à le récrire. C'est pourquoi nous inclinons à dater ces notes d'avant le séjour à Berlin, probablement 1932. Il est tout à fait plausible que Sartre, en 1935-36, ait repris un de ses vieux carnets, dont il n'avait plus l'usage et qui restait à moitié vierge, pour y consigner les notes de dissertation et les sujets d'exposés de ses élèves. N'ayant pu consulter que brièvement ce carnet, nous n'avons pour le moment pas d'autres éléments pour confirmer notre hypothèse. Voici donc ce texte, établi par Michel Contat[2] :*

I

De l'aventure

Citation de Jules Verne ou de Maurice Leblanc. Discussion terme à terme. Impossibilité logique d'avoir le sentiment d'aventure dans la vie puisqu'on ne *sait* pas que c'est une aventure. Exemple : la jeune fille qu'on rencontre dans la rue, on ne sait pas qu'on va l'aimer. Le lecteur le sait lui. Donc transcrirait-on mot à mot la plus banale des histoires, elle prend forme d'aventure. Renversement de l'ordre des événements : Supposons que j'écrive : « je me promenais lorsque soudain j'entends un bruit

1. Voir *La Force de l'âge*, p. 258.
2. Nous restituons entre crochets les mots qui peuvent manquer ; nous composons entre crochets obliques les mots de lecture conjecturale. Grâce à l'obligeance de Vincent de Coorebyter nous avons pu corriger quelques erreurs de lecture à l'occasion de la présente réimpression (1995).

étrange ; je le reconnais en avançant : ce sont les gémissements d'un jeune chien. » Voilà pour le lecteur les gémissements d'un jeune chien associés à l'idée d'étrange. C'est juste un peu moins fort que ceci : « un jeune chien poussait d'étranges gémissements ». Au lieu que dans la réalité c'est tout le contraire [:] dès que l'impression est assimilée à de l'habituel, l'étrange disparaît. / *[En regard de cette note, qui se trouve sur le Folio 18, on lit ceci :]* Des amis me disent que je suis franchement laid[1] mais sympathique. Je le crois volontiers. Mais j'ai beau scruter ce doux caillou qui luit faiblement dans la glace, je n'y vois point de laideur ni de beauté, à moins que ma laideur soit précisément cette absence de beauté et la façon dont mes traits sont jetés au hasard. Pourtant je sais bien ce que sont les gens laids : un visage < gris > vous barbouille l'estomac < ou un nez > déchiqueté vous donne un grand coup de poignard. Mais je ne puis me vanter de me produire tel effet. Je suppose que je suis trop habitué à moi, comme un père qui ne peut désirer sa < bru >. *[Sous cette remarque se lisent les deux notations suivantes :]* J'ai volé une liasse de documents à *[un nom illisible]* touchant M. de Rollebon. // un soleil pauvre et froid blanchit la poussière de mes vitres ciel pur brouillé de pâleur blanche // *[Suite du Folio 18 :]* Définition de l'aventure : sentiment d'une liaison fatale du passé au présent et à l'avenir impliquant connaissance simultanée des trois et de leur liaison. Sentiment d'un cours musical du temps. Que l'art donne l'impression d'aventure : le phonographe dans le café. Qu'il s'arrête on tombe d'un monde à l'autre, dans la Vie sans Aventures. Qu'on a parfois le sentiment d'aventures sans adjuvant dans sa vie : quand on lie le passé au présent sans souci de l'avenir : bref, quand on a le loisir de romancer sa vie. *[En regard de cette ligne se lisent les mots suivants :]* Tous les domestiques étaient partis : condition nécessaire. Exemple : quand j'étais de garde au service militaire. L'avenir ne me pressait point. J'avais deux heures à tirer. Procédés de romancier : concentrer mon attention sur mes anciennes relations, le ton général de ma vie, puis reporter ma vue sur moi-même. Ainsi se peut-on donner souvent une joie puissante, rien qu'à penser : moi je suis là, introduisant d'un coup tout le passé dans le présent. Mais c'est quand on ne fait rien : on a le sentiment d'aventure précisément quand on n'a pas d'aventures. Le sentiment d'aventures souvent le Dimanche dans les rues. On n'a rien à faire, on se représente vaguement le cours de l'univers comme fatal, il semble que si l'on changeait de rue le cours de la vie changerait. Et cela même qu'on n'en change point paraît une aventure. Puis soudain l'illusion tombe. / Mais quand le présent presse : non. Le boxeur : s'il envoyait par terre « je lui ai fait mal » pas assez méchant. Des impressions furtives d'aventure auxquelles on est réduit : quand la femme qu'on a connue assez curieusement va au lavabo etc. etc. / Corsaires, explorateurs : métier / Impossibilité psychologique de reconnaître l'aventure si elle arrive. Mais j'ai comme l'idée en tête qu'il y a une impossibilité métaphysique à l'aventure d'exister.

1. Voir p. 22 et n. 1.

II

D'une autre illusion

Idée d'expérience : Ulysse plein d'usage et raison. Si nous ne pouvons pas jouir de nos aventures au moins profitons-en par la suite. Il faut avoir beaucoup vécu pour faire de la philosophie. / Deux idées connexes : transformation affective par l'action continue du moindre événement — transformation intellectuelle par la réflexion sur ces événements. / [J'ai trente ans, j'ai voyagé longtemps et je ne sais rien de plus sur les hommes que ce que pourrait savoir un philosophe qui n'aurait jamais quitté son cabinet. Certainement, si je retourne en Turquie, je me laisserai moins facilement voler par un marchand turc qu'un Français tout neuf à Constantinople[1] (encore n'en suis-je pas sûr). Mais est-ce que cela s'appelle connaître les hommes ? C'est connaître des règles pratiques de défensive et d'offensive. Voilà tout. // Les visages chargés de rides symbole de l'expérience : en fait, fonte des graisses, descente des traits chez les cycloïdes *[de]* Kretschmer[2]   *add. en regard du Folio 21, sur l'illusion d'expérience*] Mais / 1° Supposition d'un inconscient bien maladroite. Impossibilité d'une transformation affective constante. / 2° Mémoire = reconstruction des images vives et des images mortes (voir brouillon). Impossibilité de réfléchir sur ce qu'on recrée : le sens s'en est perdu. / 3° Quand même ils < revivraient > ambiguïté essentielle de tous les faits. Histoire de la Polonaise. / Voyez d'ailleurs les pauvretés qu'ils tirent de leur expérience : des vérités de Lapalisse. Le banquier, le notaire, le confesseur, le médecin : je connais bien les hommes. Ils sont méchants. Le moindre livre en apprend plus sur ce sujet. En fait, expérience = résignation — connaissance des coutumes d'un certain milieu — idées générales des passions de l'homme — et, pour les plus fins, un certain sens de la manière dont les événements tournent, c'est-à-dire de l'impossibilité d'avoir des aventures. / Pas d'inconscient, pas d'expérience. L'homme est ce qu'il est dans le présent. Il y est tout seul. Croyance que chez un homme diminué, quelque part, métaphysiquement survit l'homme qu'il était. Mais non et même pas dans le souvenir des autres. [*En regard du Folio 23, sur le thème de l'expérience, on lit* : « Rien ne réussit ni ne tourne aussi mal qu'on le *[*croit   *corrigé en*   craint*] biffé*] // Ils disent : / « Dans la vie, rien ne tourne si bien qu'on l'espère ni si mal qu'on le craint. » // Les statues[3] // Le veuf[4] //]

---

1. Voir n. 4 au bas de la p. 1727-1728.
2. Le psychiatre allemand Ernst Kretschmer (1888-1964) est l'auteur d'une classification bien connue des différents types physiques.
3. Probable référence à un thème qui se retrouvera dans la version finale : les statues des grands hommes aux carrefours de la ville (Impétraz, voir p. 35 et var e, p. 36).
4. Voir ci-dessous, p. 1686, le plan, § 5.

III

Du fait historique et de l'événement présent

Après la Chartreuse de Parme je me suis souvent demandé ce que c'était qu'un fait. Je constate deux manières de le définir : une historique, l'autre sociologique. Sociologique : le fait religieux — le crime — par l'universel. Assimilable à un fait physique. Mais Whewell[1] a montré l'impossibilité de distinguer le fait de la loi en physique. Historique : par le général, précisément la manière de penser des hommes d'expérience : rassembler une quantité de choses sous la même rubrique : le Sénat a voté telle loi — Waterloo. / Dessous l'*événement*. Cloisons étanches : l'universel produit l'universel, le général produit le général. Waterloo provoque l'abdication de Napoléon — non pas telle mort particulière d'un soldat. Mais pareillement cette mort ce sont des circonstances particulières qui la provoquent, non pas le règne de Napoléon. Le règne de Napoléon a coûté tant de millions d'hommes — non pas tel homme particulier. La crise provoque des faillites, non pas une faillite particulière. Le général est un ensemble massif qui produit des effets massifs. / Le fait particulier : l'événement. / Impuissant à produire par sa réunion avec d'autres le général ou l'universel. Pensé en général au moment même qu'il se produit comme général. Ex. : la Polonaise dans les vitres. / Ambigu. Histoire de Jeanne la Folle (selon les époques : rationaliste ou troublée). Barrès et Prévost au procès de Rennes. Polymorphie du fait. C'est-à-dire qu'à partir du moment où on le traduit par le langage il est susceptible de recevoir de nombreuses interprétations. Toutes sont non pas fausses mais forcées, il les contient peut-être toutes dans une indistinction première.

IV

Promenade

Cet individuel que je cherche, les gens en ont une représentation qu'ils tirent des œuvres d'art : individualité de Fabrice, individualité d'un morceau de musique (le temps écoulement nécessaire). Même Bergson < c'est > encore cela. Image d'une magnifique balle ronde, bleue et rouge, polie, unique. C'est le *mythe de l'individuel*. Voyons la réalité que sont les faits individuels. Dans les rues : les faits : sorte de surface métaphysique, jamais étudiée : inachevés, lâches, ambigus : un peu l'impression d'un costume trop grand [c'est-à-dire qu'à chaque instant on a l'impression que la fin d'un geste commencé ne s'imposait pas comme telle. *add. marg.*] Désordre dans leur apparition : étrange désordre : ne sont jamais ni tout à fait nouveaux, ni tout à fait connus quand on le remarque. Ont un sens englobant : c'est là ce qui limite un fait, qui l'empêche de se perdre dans d'autres faits : exemple : la jeune fille en vert et le nègre[2]. Sens diffus et pourtant le fait reste vague,

---

1. William Whewell (1795-1866), savant et logicien anglais.
2. Voir p. 12 la rencontre de « la petite femme en bleu ciel » avec le nègre au « chapeau vert », dont Sartre nous avait dit qu'elle représentait l'inverse de la nausée.

hésitant. [Je vois bien que l'individualité absolue est une construction de l'esprit. 1° les faits se répètent, 2° il y a quelque chose en eux qui n'est pas poussé jusqu'à l'individuel : une espèce de faiblesse congénitale qui les arrête en route. Il ne sont *pas* individuels. Privation, comme une fille qui eût pu être jolie mais qui a les traits trop gros. Ils ne *sont pas* non plus uniques.   *add. marg.*]

V

Dialogue avec l'Autodidacte

« Nul n'était mieux qualifié pour... » / Les deux dangers : la Science et les Voyages. Tandis qu'il me parle de la science je vois ces murs, ces gens, cette nature : nous ne parlons pas des mêmes choses. Mais il lit des livres de géographie : appel du voyage : serait-il vrai que j'ai mal voyagé ? Je le quitte, je me perds dans la foule.

VI

De l'ennui

[*En regard, au haut du Folio 28, on lit :*] Mlle V. n° 94 (III-767) / Mlle Dodard et les prêtres (III 721)] Ce monde des faits où je vis me paraît étrange. Je reconnais au passage les événements comme de petits homunculus [*sic ; corrigé au crayon en* homunculi] manqués et éphémères. Je m'ennuie. Je me sens de plain pied avec cette réalité. Réalité métaphysique de l'ennui. Les hommes s'ennuient. Impression intellectuelle mais qui devient parfois sensible. L'Arbre : étoffe : l'ennui. Qu'est-ce donc que l'ennui ? C'est où il y a à la fois *trop* et *pas assez*. Pas assez parce qu'il y a trop, trop parce qu'il n'y a pas assez.

VII

De la contingence

Rappel de tous les caractères précédemment exposés

$$\left\{ \begin{array}{l} \text{ambiguïté} \\ \text{signification} \\ \text{ennui} \end{array} \right.$$

Essai d'une théorie pour la justifier.

Modalité $\left\{ \begin{array}{l} \text{possible} \\ < \text{réel} > \\ \text{nécessaire} \end{array} \right.$

Distinction de l'existence et de l'être. Ce qui est n'existe pas, ce qui existe n'est pas. Exemple : une idée. Essence objective et essence formelle.

Problème du possible. On fait du possible l'inverse du nécessaire. Si tout est nécessaire rien n'est possible que ce qui est : soit. Mais faut-il en conclure que si rien n'est nécessaire tout est possible autre que ce n'est ? Que signifierait un possible qui n'aurait aucune réalité formelle ? Que

peut signifier un possible qui n'est pas *pensé?* Rien. Un possible
n'existe pas en soi, il existe dans une pensée. On dit en effet « il *est*
possible que... » C'est-à-dire que l'on conçoit que l'existence est la
modalité du possible. Un possible existe mais il existe en tant que
possible. En fait le possible caractérise seulement l'indépendance de
la pensée par rapport au réel. Il n'est point une modalité. Les seuls
modalités c'est existence et être. Mais elles ne sont nullement confondues. Donc une chose peut être sans être pour cela nécessaire et cela
ne veut pas dire que d'autres choses sont possibles, ni non plus
impossibles puisque le possible est une catégorie psychologique non
une modalité. C'est ce que j'appellerai *contingent*. Le possible est une
catégorie de la pensée préparatoire du nécessaire parce dans le
nécessaire il y a choix, élimination. Mais dans le contingent : pas
d'élimination. Ce qui existe entraîne ce qui existe et l'entraîne sans
que ce soit nécessairement, le lien entre eux est aussi contingent. Le
rapport entre deux faits existants ne peut donc être ni de principe à
conséquence ni de moyen à fin. C'est une transformation sans
rigueur d'un fait en un autre fait. Ne possède pas la puissance de
s'affirmer, ni d'exister tel quel, glisse hors du sujet. Du passage d'un
état à un autre état il y a trop. Désordre, monotonie, tristesse.
Problème de l'existence du monde : pas de problème possible. Le
monde n'est pas absolument fait de réalité individuelle : il n'y a
d'individuel qu'une essence particulière. Pourtant signification.
Chaque chose est comme une pensée où il y a trop. Il y a une vraie
pensée possible dans cette pensée, non pas comme tirable par analyse, en puissance : comme la canne est en puissance dans l'arbre. Je
vois bien que nous avons une faculté pour comprendre un rapport
non de notion à notion mais d'objet entier à objet entier (parce qu'il
y a trop) : la compréhension. La nature est dans la position d'une
personne qui voudrait s'exprimer par idées et qui ne pourrait s'exprimer que par objet, qui devrait donc à la place d'une simple touche de
rouge faire paraître une maison entière, qui de là devrait passer à un
autre objet entier, la matière de chaque objet faisant dévier la pensée.
De là le sens enveloppé des paysages. Existence chez chacun de nous
d'une sympathie avec cette manière de rapporter l'objet tout entier à
l'objet tout entier : *compréhension*. Possibilité de comprendre la contingence, non de l'exprimer. Tout au plus de la faire sentir. *[En regard du
Folio 34, sur le thème de la compréhension, on lit :]* Aussi primitivement la
distinction entre pensée et objet *[ici et dans la suite de cette note, Sartre écrit,
par plaisanterie :* oget] n'est pas faite et l'objet est en même temps tout
entier pensée, c'est-à-dire parcouru par une unité réelle. Chaque
pensée formée est par une générosité qui n'est que faiblesse soufflée
en objet. Ce n'est que par appauvrissement que la pensée paraîtra, par
raréfaction de la matière qui la soutient. La véritable < pensée >
n'existe pas, elle est, c'est la réalité objective d'une pensée.

VIII

De l'inhumain

La contingence n'est pas inhumaine, au contraire trop humaine.
Les mains de chair sur le front. L'inhumain = envers de la néces-

sité dirigée. Boulevard Victor Noir : des immeubles, grandes
pierres creuses. Liberté au milieu de l'envers du décor. [*En regard,
on lit :* Annie et le moment parfait. Prendre plaisir à imaginer
M. de Rollebon depuis qu'on ne cherche plus à restituer sa vie.
Thème de la vieille cloporte[1]. / Lawrence et l'amour : les mythes.
/ Théorie des mythes et artificialisme.] [*À la suite de* Liberté *au
milieu de l'envers du décor, après un trait noir, on lit, d'une écriture
plus petite couvrant une ligne au lieu de deux précédemment :*]

3 Février : Dimanche, promenade au parc.

4 Février : Relit M. de Rollebon. À chaque page : est-ce que
M. de Rollebon sentit de la sorte l'aventure.

5. Journée à la B.M. Mardi gras. Le veuf décoré.

6. L'expérience et la solitude dans le présent.

7. La visite au musée. Le canon de Beaumarchais. [*Une   add.
marg. illisible*]

8. Réflexion sur le fait — promenade. Décide d'abandonner
M. de Rollebon. Deuxième rencontre de la v.[ieille] clop[orte].

[9. Déjeuner avec l'Autodidacte et promenade au bord de la
mer : l'ennui — la contingence   *biffé*]

10. Voyage à Paris : revoir Annie. Plus de moments parfaits.
Annie écrit : « Tu devrais écrire un roman. » M. de Rollebon
< me hante > . À l'aller : les hommes d'action industriels.

11. Déjeuner avec l'Autodidacte et promenade. L'aventure et
la science. [Un moment, envie de repartir.   *Add. marg.*] L'ennui,
la contingence.

12. Légende de la Contingence : Dieu avait sorti le monde du
four et il a trouvé qu'il n'était pas assez cuit. Il allait le remettre
au four quand il a buté et le monde a roulé hors de ses mains.

13. La contingence en moi : dans mes membres quand je marche
— incapacité de me voir entier. M. de Rollebon vu par lui-même
de l'intérieur : monotonie, mélancolie. L'homme essaie de se
construire lui-même : Paul Ier au milieu du mécanisme. La contingence dans la ville ou contingence dans le nécessaire. / Le soir :
la peur dans le parc : tout peut arriver. La nuance spéciale de la
peur contingente : pas de fantômes dans un certain bizarre. La
vieille cloporte.

14. Autodidacte pédéraste barru à la bibliothèque. [*Fin du
manuscrit.*]

CORRESPONDANCE

*Lettre de Sartre à Simone de Beauvoir écrite en octobre 1931, alors que
Sartre était professeur au Havre. Transcrite ici d'après le manuscrit
original et inédite dans sa majeure partie ; un fragment en est paru dans
La Force de l'âge, p. 111 :*

[...] Le matin j'ai fait cours, à mon ordinaire : je traîne sur les
méthodes en psychologie parce que j'ai la paresse d'apprendre
certaines connaissances précises qui seraient nécessaires pour aller
plus loin. J'ai tapirisé[2] une heure un con. Je suis allé déjeuner au

1. Voir p. 39.
2. Dans le langage de l'École normale, on appelait *tapir* l'élève auquel les
normaliens donnaient des leçons particulières.

reſtaurant à 1 h 50. Il eſt contre la gare dans ce quartier du Havre que j'aime tant et que j'ai décidé de faire paraître dans le factum sur la Contingence. Certes tout y eſt contingent, même le ciel qui devrait ſelon la vraiſemblance météorologique être le même sur toute la ville du Havre : mais il n'en eſt rien. Ai-je bien ou mal déjeuné ? Je n'en ſais rien parce que je ſuis enrhumé. Ce qu'on me ſert n'a pas l'air trop joli et je redoute, maintenant que mon nez ſe dégage, d'y trouver lundi un goût qui me faſse reculer. Bref, je lis *Le Matin* (habitude espagnole[1]), je mâche je ne ſais quoi, je bois un café à l'hôtel Terminus[2] où vous paſsâtes une nuit. Mais, après, la journée du mardi eſt longue, vu que je n'ai pas cours. D'inſensibles ſollicitations m'ont donc conduit de l'hôtel Terminus à ma chambre et de ma chambre à mon lit. Sur mon lit, de badiner un inſtant, de me figurer le Caſtor à Marſeille[3], d'imaginer le ſoleil ,de rêver le ſoleil, de dormir. À trois heures et demie je me ſuis éveillé. J'avais un peu honte à cauſe de mon noble métier d'écrivain car, en ſomme, en prenant les mots à la lettre, un écrivain devrait écrire. Mais ce n'eſt pas du tout mon cas. Toutefois j'ai pris alors la déciſion de laiſser là cette maudite perception[4] qui ne m'amuſe pas du tout et de commencer la Contingence. Je ſuis parti ſous un quart de pluie et trois quarts de ſoleil, j'ai été chercher la rue Émile-Zola. J'avais reçu en effet un mot de la veuve Dufaux, qui avait loué une chambre à Morel[5] et que je voulais plaquer comme vous ſavez. Elle ne l'entend pas de cette oreille et m'avait écrit une lettre où l'accumulation des participes ſe rapportant au complément, quoique mis en tête de la phraſe, m'avait dès le début indiſposé. Toutefois le déſir de réaliſer des économies (je veux cette année faire de l'économie un art[6]) m'a décidé à me rendre compte ſur les lieux. Je ſuis arrivé boulevard François-Iᵉʳ (vous le connaiſsez), j'ai trouvé dans un recoin une maiſon bourgeoiſe, je ſuis entré dans un veſtibule bourgeois plongé dans une obſcurité bourgeoiſe. Alors votre grand-mère m'eſt apparue, ô précieux Caſtor. Encore un ſervice que vous m'avez rendu. Pour moi, il faut vous le dire, elle eſt typique de la veuve et de l'abjection humaine. L'idée de vivre chez une vieille femme toute pareille m'a fait prendre la fuite. J'ai écrit une belle lettre à la veuve Dufaux, je n'irai pas chez elle[7].

---

1. Sartre et Simone de Beauvoir venaient de paſser l'été (1931) en Espagne et ils avaient notamment viſité la cathédrale de Burgos.

2. L'hôtel Terminus, la rue Émile-Zola, le boulevard François-Iᵉʳ et l'avenue Foch exiſtent toujours.

3. Simone de Beauvoir venait d'obtenir un poſte de profeſseur à Marſeille.

4. Sartre travaillait-il déjà au projet qui allait aboutir à *L'Imaginaire* ?

5. Sans doute le fils de Mme Morel (Mme Lemaire), à qui Sartre avait donné des leçons en 1927 et qu'ils ſurnommaient « le Tapir ». C'eſt à lui qu'eſt dédié *L'Imaginaire*.

6. Sartre avait dépenſé pour ſon ſéjour en Espagne tout ce qui lui reſtait de l'héritage de ſa grand-mère. Malgré la ſécurité matérielle que lui aſsurait dans les années trente ſa ſituation de profeſseur, Sartre a toujours connu des ennuis d'argent, car il avait tendance à dépenſer plus qu'il ne gagnait. Simone de Beauvoir avoue ſans ambages qu'ils étaient tous deux volontiers tapeurs. Le chapitre des rapports de Sartre à l'argent ſerait l'un des plus révélateurs qui ſoient. On remarquera ſimplement ici que Sartre n'a guère pratiqué dans ſa vie l'art de l'économie qu'il prône dans cette lettre et qu'il était à la fois généreux et dépenſier.

7. Cet épiſode ſemble avoir été transposé dans un paſsage qui ſe trouve

Ensuite, le cœur léger, j'ai été voir un arbre. Pour cela il suffit de pousser la grille d'un beau square[1] sur l'avenue Foch et de choisir sa victime et une chaise. Puis de contempler. Non loin de moi la jeune femme d'un officier au long cours exposait à votre vieille grand-mère les inconvénients du métier de marin. Votre vieille grand-mère agitait la nuque pour dire : « Ce que c'est que de nous ». Au fait, c'était peut-être Mme Dufaux. Et je regardais l'arbre. Il était très beau et je n'ai pas crainte de mettre ici ces deux renseignements précieux pour ma biographie : c'est à Burgos que j'ai compris ce que c'était qu'une cathédrale et au Havre ce que c'était qu'un arbre. Malheureusement, je ne sais pas trop quel arbre c'était. Vous me le direz : vous savez ces jouets qui tournent au vent ou quand on leur imprime un très rapide mouvement de translation ; il avait partout de petites tiges vertes qui en faisaient la farce avec six ou sept feuilles plantées dessus précisément ainsi. Ci-joint un petit croquis. J'attends votre réponse[2]. Au bout de vingt minutes, ayant épuisé l'arsenal de comparaisons destinées à faire de cet arbre, comme dirait Mme Woolf[3], autre chose que ce qu'il est, je suis parti avec une bonne conscience et j'ai été à la Bibliothèque lire les « Samedis de M. Lancelot », fines remarques d'Abel Hermant sur la grammaire[4] [...]

Lettre de Sartre à Simone de Beauvoir, écrite sans doute en avril 1937 et reprise ici de La Force de l'âge, *p. 304-307 :*

Apprenez donc que je suis débarqué à la gare du Nord à 3 heures moins 20. Bost[5] m'attendait. Nous avons pris un taxi et je suis allé à l'hôtel pour y chercher *Erostrate*. De là, nous sommes passés au Dôme, où nous avons retrouvé Poupette[6] qui corrigeait les deux autres nouvelles : *Dépaysement* et *Le Mur*. Nous nous y sommes mis tous les trois, et à quatre heures juste, c'était fini. J'ai laissé Bost dans le petit café où je vous ai attendue, le jour où vous fûtes mélancoliquement chercher le factum refusé à la *N.R.F.* Je suis entré glorieusement. Sept types attendaient à l'entresol, qui Brice Parain, qui Hirsch, qui Seligmann. J'ai décliné mon nom, demandé à voir Paulhan à une bonne femme qui maniait des téléphones sur une table. Elle a pris un de ces téléphones et m'a annoncé. On m'a dit d'attendre cinq minutes. Je me suis assis dans un coin, sur une petite chaise de cuisine, et j'ai

---

dans le manuscrit de *La Nausée* mais qui a été éliminé de la version finale (voir var. *c*, p. 16).

1. Il s'agit du square Saint-Roch. Il y aura des gens pour remarquer une relation entre ce nom et celui de Roquentin.

2. Simone de Beauvoir précise dans *La Force de l'âge :* « C'était un marronnier. » L'ignorance de Sartre en matière de botanique, qu'il souligne ici avec humour, est cependant révélatrice de l'absence d'intérêt qu'il porte à la nature en tant que telle.

3. Simone de Beauvoir avait lu « tous les Virginia Woolf » et Sartre lui-même s'est inspiré des techniques du romancière anglaise.

4. Ouvrage paru chez Flammarion en 1929. Un volume de *Nouvelles remarques* a été publié en 1931.

5. Il s'agit ici de Jacques-Laurent Bost, le « petit Bost », ancien élève et proche ami de Sartre, et non de son frère aîné Pierre Bost, qui recommanda *La Nausée* à Gallimard.

6. Nom familier de la sœur de Simone de Beauvoir, Hélène.

attendu. J'ai vu passer Brice Parain qui m'a vaguement regardé sans avoir l'air de me reconnaître. Je me suis mis à relire *Le Mur* pour me diſtraire et un peu pour me réconforter parce que je trouvais *Dépaysement* bien moche. Un petit monsieur fringant eſt apparu. Linge éblouissant, épingle de cravate, veſton noir, pantalon rayé, guêtres et le melon un peu en arrière. Une face rougeaude, avec un grand nez coupant et des yeux durs. C'était Jules Romains. Soyez tranquille, ce n'était pas une ressemblance. D'abord, il était naturel qu'il se trouvât là plutôt qu'ailleurs ; ensuite, il a dit son nom. Ainsi. Au bout d'un moment, comme tout le monde m'avait oublié, la bonne femme du téléphone eſt sortie de son coin et a demandé du feu à un des quatre types qui reſtaient. Ils n'en avaient ni les uns ni les autres. Alors, elle s'eſt levée et, coquettement impertinente : « Alors, vous êtes là quatre hommes, et vous n'avez pas de feu ? » J'ai levé la tête, elle m'a regardé et elle a dit avec hésitation : « Cinq. » Puis : « Qu'eſt-ce que vous faites là ? — Je viens voir M. Parent..., non, Paulhan. — Eh bien, montez ! » J'ai monté deux étages et je me suis trouvé en face d'un grand type basané, avec une mouſtache d'un noir doux et qui va doucement passer au gris. Le type était vêtu de clair, un peu gros, et m'a fait l'impression d'être Brésilien. C'était Paulhan. Il m'a introduit dans son bureau ; il parle d'une voix diſtinguée, avec un aigu féminin, ça caresse. Je me suis assis du bout des fesses dans un fauteuil de cuir. Il m'a tout de suite dit : « Qu'eſt-ce que c'eſt que ce malentendu, à propos des lettres ? Je ne comprends pas[1]. » J'ai dit : « L'origine du malentendu vient de moi. Je n'avais jamais pensé à paraître dans la revue. » Il m'a dit : « C'était impossible ; d'abord c'eſt beaucoup trop long, nous en aurions eu pour six mois et puis le lecteur aurait perdu la tête au deuxième feuilleton. Mais c'eſt admirable. » Ont suivi plusieurs épithètes laudatives que vous imaginez, « accent tellement personnel », etc. J'étais très mal à mon aise parce que je pensais : « Après ça il va trouver mes nouvelles moches. » Vous me direz que peu importe le jugement de Paulhan. Mais dans la mesure où ça pouvait me flatter qu'il trouvât « Melancholia » bien, ça m'ennuyait qu'il dût trouver mes nouvelles moches. Il me disait pendant ce temps-là : « Connaissez-vous Kafka ? Malgré les différences, je ne vois que Kafka à qui je puisse comparer cela dans la littérature moderne. » Il s'eſt levé, il m'a donné un numéro de *Mesures* et m'a dit : « Je vais donner une de vos nouvelles à *Mesures* et je m'en réserve une pour la N.R.F.[2] » J'ai dit : « Elles sont un peu... heuh... heuh... libres. Je touche aux queſtions en quelque sorte sexuelles. » Il a souri d'un air indulgent. « Pour cela *Mesures* eſt très ſtrict, mais à la N.R.F. nous publions tout. » Alors, je lui ai dit que j'en avais deux autres. « Eh bien! a-t-il dit, l'air enchanté, donnez-les-moi, comme ça je pourrai choisir pour assortir au numéro de la revue, n'eſt-ce pas ? » Je vais lui apporter dans huit jours les deux autres, si ma correspondance ne m'empêche pas de finir *La Chambre*. Il

---

1. Nous n'avons jusqu'à présent pas pu retrouver les lettres qui auraient pu être échangées entre Sartre et Paulhan à propos de « Melancholia ».
2. Paulhan fit publier « La Chambre » dans *Mesures* (3ᵉ année, nᵒ 1, 15 janvier 1938) et « Le Mur », puis « Intimité » dans *La Nouvelle Revue française* (respectivement sous le numéro 286 du 1ᵉʳ juillet 1937 et dans les numéros 299 et 300 du 1ᵉʳ août et du 1ᵉʳ septembre 1938).

m'a dit ensuite : « Votre manuscrit est entre les mains de Brice Parain. Il n'est pas tout à fait d'accord avec moi. Il trouve des longueurs et des passages ternes. Mais je ne suis pas de son avis : je trouve qu'il faut des ombres pour que s'enlèvent mieux les passages éclatants. » J'étais emmerdé comme un rat. Il a ajouté : « Mais votre livre sera sûrement pris. Gallimard *ne peut pas* ne pas le prendre. D'ailleurs, je vais vous conduire chez Parain. » Nous avons descendu un étage et nous sommes tombés chez Parain qui ressemble à présent à s'y méprendre à Constant Rémy, mais en plus hirsute. « Voilà Sartre. — Je me disais bien..., a dit l'autre cordialement. D'ailleurs, il n'y a qu'un Sartre. » Et de me tutoyer sur-le-champ. Paulhan est remonté chez lui, et Parain m'a fait traverser un fumoir plein de fauteuils de cuir et de types, sur les fauteuils, pour m'emmener sur une terrasse-jardin au soleil. Nous nous sommes assis sur des fauteuils de bois ripolinés à blanc, devant une table de bois ripolinée et il a commencé à me parler de « Melancholia ». C'est difficile de vous rapporter ce qu'il a dit par le menu, mais en gros voici : il a lu les trente premières pages et il a pensé : voilà un type présenté comme ceux de Dostoïevski ; il faut que ça continue comme ça et qu'il lui arrive des choses extraordinaires, parce qu'il est en dehors du social. Mais, à partir de la trentième page, il a été déçu et impatienté par des choses trop ternes, genre populiste. Il trouve la nuit à l'hôtel trop longue (celle où sont les deux servantes[1]) parce que n'importe quel écrivain moderne peut faire ainsi une nuit à l'hôtel. Trop long aussi le boulevard Victor-Noir, encore qu'il trouve « fameux » la femme et l'homme qui s'engueulent sur le boulevard. Il n'aime guère l'Autodidacte qu'il trouve à la fois trop terne et trop caricatural. Il aime au contraire beaucoup la nausée, la glace (quand le type se prend au miroir), l'aventure, les coups de chapeaux et le dialogue des bonnes gens à la brasserie. Il en est là, il n'a pas lu le reste. Il trouve le genre faux et pense que ça se sentirait moins (le genre journal) si je ne m'étais préoccupé de « souder » les parties de « fantastique » par des parties de populisme. Il voudrait que je supprime autant que possible le populisme (la ville, le terne, des phrases comme : « J'ai trop lourdement dîné à la brasserie Vézelise ») et les soudages en général. Il aime bien M. de Rollebon. Je lui ai dit que, de toute façon, il n'y a plus de soudage à partir du dimanche (il n'y a plus que la peur, le musée, la découverte de l'existence, la conversation avec l'Autodidacte, la contingence, la fin). Il m'a dit : « Nous avons l'habitude, ici, si nous pensons qu'on peut changer quelque chose à un livre de jeune auteur, de le lui rendre, dans son intérêt même, pour qu'il y fasse quelques retouches. Mais je sais combien il est difficile de refaire un livre. Tu verras et, si tu ne peux pas, eh bien, nous prendrons une décision sans cela. » Il était un peu protecteur, très « jeune aîné ». Comme il avait à faire, je l'ai quitté, mais il m'a invité à boire un verre avec lui quand il aurait fini. J'ai donc été faire une farce au petit Bost. Comme j'avais gardé par inadvertance mon manuscrit de « Melancholia », je suis entré dans le café et j'ai jeté le livre sur la table sans un mot. Il m'a regardé en pâlissant un peu et

---

1. Le passage des deux servantes a été éliminé de la version finale par Sartre (voir var. *c*, p. 16). Dans les modifications qu'il a apportées à son manuscrit, Sartre semble avoir suivi d'assez près les conseils de Brice Parain.

je lui ai dit : « Refusé », d'un air piteux et faussement dégagé.
« Non! mais pourquoi ? — Ils trouvent ça terne et emmerdant. »
Il en est resté sonné, puis je lui ai tout raconté et il était tout
joyeux. Je l'ai replaqué et j'ai été boire avec Brice Parain. Je vous
ferai grâce de la conversation tenue dans un petit café de la rue
du Bac. B. P. est assez intelligent, sans plus[1]. C'est un mec qui
pense sur le langage, comme Paulhan : ça les regarde. Vous savez,
le vieux truc : la dialectique n'est que de la logomachie parce qu'on
n'épuise jamais le sens des mots. Or tout est dialectique, etc. Il
veut faire une thèse là-dessus. Je l'ai quitté. Il m'écrira dans une
huitaine. Pour les modifications à « Melancholia », naturellement
je vous attends et nous déciderons ensemble ce qu'il faut faire...

Simone de Beauvoir ajoute à cette lettre (voir La Force de l'âge,
p. 308) :

À mon retour à Paris, Sartre me donna de nouveaux détails
sur l'affaire de « Melancholia ». Paulhan avait refusé seulement
de le publier dans la *N.R.F.*; pour l'édition en volume, le lecteur
chargé du compte rendu était resté perplexe. Sachant que Sartre
avait été recommandé par Pierre Bost, il avait noté sur sa fiche :
« Demander à Pierre Bost si l'auteur a du talent. » Depuis, Gallimard avait lu le livre et il semblait l'aimer; il ne lui reprochait
que son titre. Il en suggéra un autre : *La Nausée;* j'étais contre :
à tort, je l'ai compris par la suite; mais je craignais que le public
ne prît *La Nausée* pour un roman naturaliste. Il fut convenu que
l'ouvrage paraîtrait au cours de l'année 1938.

*Lettre autographe de Sartre, répondant à une communication de Brice
Parain qui n'a pas été conservée. Datée « Vendredi » et écrite fin avril
ou début mai 1937 :*

Mon cher Brice-Parain,

Je te remercie bien vivement de ta lettre, elle m'a fait grand
plaisir. Je suis très heureux que tu aies aimé la fin de « Melancholia ». Je pense que tes critiques, en ce qui concerne le début,
sont tout à fait justifiées et je tâcherai de l'arranger, dans la mesure
du possible (j'en suis un peu sorti à présent et ça ne sera pas très
commode).
Je te prie de croire à mon amitié.

J.-P. SARTRE.

---

1. Les rapports de Sartre et de Brice Parain, commencés en 1934, ont
été amicaux, mais non sans réserves sur le plan intellectuel. Dans « Aller
et retour », un long essai à propos de l'ouvrage de Brice Parain, *Recherches
sur la nature et les fonctions du langage*, paru dans *Les Cahiers du Sud* en
février et mars 1944 (et repris dans *Situations*, I), Sartre déclare poursuivre
avec Brice Parain un « long dialogue amical », mais lui reproche de mécon-
naître la nature du langage en tant qu' « être-pour-autrui » et de fonder sa
doctrine sur des principes théoriques périmés.
Brice Parain, de son côté, a violemment attaqué les positions politiques de
Sartre dans les deux articles suivants :
— « Querelle de khâgneux », *Monde nouveau-Paru*, 11e année, n° 92,
septembre 1955, p. 44-51;
— « Sartre a parlé » [à propos de l'intervention soviétique en Hongrie],
Monde nouveau-Paru, 11e année, n° 106, décembre 1956, p. 1-8.

Lettre dactylographiée de Brice Parain, datée du 10 mai 1937 et adressée à : J.-P. Sartre, Hôtel royal de Bretagne, 11 bis, rue de la Gaîté, Paris (XIV^{e1}) :

Mon cher Sartre,

Notre Conseil juridique nous dit que probablement les pages 208 et suivantes[2], et peut-être aussi l'incident de la fin de la bibliothèque, seraient passibles de poursuites. C'est dommage, surtout pour le premier! Que faire ? Viens un de ces jours, nous en parlerons, et je te rendrai ton manuscrit.

Bien cordialement,

B. PARAIN.

Une courte lettre de Brice Parain à Sartre, datée du 18 mai 1937, reprend le même sujet :

Me Maurice Garçon te conseille de modifier les pages 208 et suivantes; je te rendrai donc le manuscrit, et tu verras ce que tu peux y faire.

Lettre autographe de Sartre à Brice Parain, sur papier à en-tête du restaurant-brasserie La Coupole. Sans date, mais écrite en mai 1937 :

Mon cher Brice-Parain,

Je travaille depuis huit jours sur un autre exemplaire tapé[3] de « Melancholia ». J'ai supprimé une quarantaine de pages et fait pas mal de petits changements[4]. Je poserai le manuscrit à la N.R.F. au début de la semaine prochaine. Pour ce qui est des pages 208 et sqq., je pense qu'il est impossible de les supprimer. J'y ferai quelques modifications (supprimer « Je bande », « lécher les lèvres », etc.), mais l'essentiel va rester. Est-ce que ça pourra aller ?

Bien amicalement,

J.-P. SARTRE.

Lettre dactylographiée de Brice Parain, datée du 4 juin 1937 et adressée à : Monsieur Sartre, chez Monsieur Mancy, 23, avenue de Lamballe, Paris (XVIe) :

Mon cher Sartre,

J'ai bien reçu ton manuscrit revu; j'ai montré le passage page 182 et suivantes actuel à notre avocat. Garçon désirerait que tu le corriges encore, en supprimant les termes trop crus; Gaston Gallimard est aussi de cet avis. Reviens chercher ton manuscrit et nous

---

1. Sartre habitait alors Laon où il était professeur mais il se rendait deux fois par semaine à Paris et descendait à cet hôtel, où logeait Simone de Beauvoir (voir *La Force de l'âge*, p. 287).

2. Il s'agit de l'épisode du viol de Lucienne, dont une partie a été supprimée par Sartre. Voir notes de la page 142.

3. Il se pourrait qu'il y ait eu trois copies du dactylogramme, puisque celui que nous avons pu consulter et qui a été retrouvé dans les papiers de Simone Jollivet ne comporte pas de coupures, à l'exception de vingt pages manquantes, dont les pages 206 et suiv.

4. On trouvera plus loin les passages qui ont été supprimés du manuscrit et qui correspondent effectivement à une quarantaine de pages.

en reparlerons. En attendant, je te fais renvoyer le premier texte, parce qu'il m'embarrasse!

Bien cordialement,

B. PARAIN.

Lettre de Sartre à Brice Parain, sans date mais écrite en juin 1937 :

Mon cher Brice-Parain,

Il n'y a plus un mot cru dans le texte et j'espère que tout le monde sera content. En tout cas, moi, je ne peux pas faire davantage.

Bien amicalement,

J.-P. SARTRE.

Lettre dactylographiée signée par Gaston Gallimard mais rédigée par Brice Parain, datée du 17 juin 1937 et envoyée à Sartre, Hôtel royal de Bretagne :

Monsieur,

Nous vous envoyons ci-joint un contrat[1] pour votre ouvrage intitulé : « Melancholia. » Nous vous demandons de changer ce titre qui ne nous paraît pas très favorable au lancement de l'ouvrage; voulez-vous y réfléchir ?

[...]

Lettre autographe de Sartre à Brice Parain, sans date mais écrite fin juin 1937 sur papier à en-tête de La Coupole *:*

Mon cher Brice-Parain,

Je te renvoie les contrats signés. Puisque « Melancholia » ne vous plaît pas, que pensez-vous de « Les Aventures extraordinaires d'Antoine Roquentin ? »

On pourrait mettre sur la bande : *Il n'y a pas d'aventures,* ou quelque chose comme ça[2]. Mais peut-être trouveras-tu que, pour la bande, je me mêle de ce qui ne me regarde pas. J'aimerais bien que ce titre vous convienne parce que je ne peux pas en trouver d'autres. Peux-tu me dire quand — à peu près — ça paraîtra ?

Bien à toi,

J.-P. SARTRE.

Lettre dactylographiée de Brice Parain à Sartre (Hôtel royal de Bretagne), datée du 1er juillet 1937 :

Mon cher Sartre,

Bien reçu ta lettre et le contrat. Le titre me paraît convenir;

1. Le contrat qui est joint ne présente aucune particularité marquante. Il porte sur « un ouvrage intitulé : " Melancholia " (titre provisoire) » et il accorde à l'auteur « dix pour cent sur le prix fort de chaque exemplaire vendu de l'édition courante pour les dix premiers mille; douze pour cent ensuite ». Par ailleurs, Sartre accorde à la Société Gallimard « un droit de préférence pour l'édition de ses œuvres en prose à venir (romans et nouvelles) », droit qui sera périmé lorsque la Société aura accepté dix ouvrages de l'auteur, etc. Sartre doit recevoir 20 exemplaires pour son service personnel et le service de presse ne doit pas dépasser 250 exemplaires. Le contrat est daté du 18 juin 1937.

2. Il semble que le livre ait été finalement mis en vente sans bande publicitaire.

comme il est long, on pourrait peut-être y supprimer : « extraordinaires » ? Quant à la bande : « Il n'y a pas d'aventures », elle ne serait indiquée que si on voulait voir fuir le public ! Nous avons le temps d'en trouver une. Comme tu n'es pas candidat pour le prix Goncourt et Femina, il vaut mieux que ton livre ne paraisse pas dans le dernier trimestre avec les livres qui concourent, donc janvier environ.

Te reste-t-il un exemplaire de ton *Imagination* ? J'aimerais bien le lire.

Je pars pour [mot manquant] jusqu'à la fin du mois de juillet. Seras-tu à Paris au mois d'août ?

Bien amicalement,

B. PARAIN.

Lettre de Brice Parain à Sartre (Hôtel royal de Bretagne), datée du 12 octobre 1937 :

Mon cher Sartre,

Gaston Gallimard propose pour ton livre un titre que je trouve excellent : « La Nausée », et qui serait d'autant plus à choisir que personne ne recule ici devant son allure un peu rébarbative. Qu'en penses-tu ?

Tu dois être rentré; j'aimerais bien te voir et avoir ton livre sur *L'Imagination*.

Bien amicalement,

B. PARAIN.

PRIÈRE D'INSÉRER

Le prière d'insérer de La Nausée *a été rédigé par Sartre pour la première édition. Avec son ton mi-ironique mi-sérieux, il constitue de toute évidence un compromis entre le contenu anecdotique du livre et son sens philosophique. On constate que Sartre y replace la phrase qu'il aurait voulu voir figurer en bande publicitaire : « Il n'y a pas d'aventures. » D'autre part, on trouve ici deux indications temporelles qui sont utiles à la compréhension du roman : Anny a disparu « depuis quatre ans » alors qu'il y a une hésitation entre quatre et six ans dans le texte même; l'Existence se dévoile à Roquentin « le premier jour du printemps » et c'est là un printemps bien précoce, puisque, comme on le verra d'après la chronologie donnée plus loin, c'est un mercredi 17 février.*

Après avoir fait de longs voyages, Antoine Roquentin s'est fixé à Bouville, au milieu des féroces gens de bien. Il habite près de la gare, dans un hôtel de commis voyageurs, et fait une thèse d'histoire sur un aventurier du XVIIIe siècle, M. de Rollebon. Son travail le conduit souvent à la Bibliothèque municipale, où son ami l'Autodidacte, un humaniste, s'instruit en lisant les livres par ordre alphabétique. Le soir, Roquentin va s'asseoir à une table du « Rendez-vous des Cheminots » pour entendre un disque — toujours le même : *Some of these days*. Et parfois, il monte avec la patronne du bistrot dans une chambre du premier étage. Depuis quatre ans, Anny, la femme qu'il aime, a disparu. Elle voulait toujours qu'il y ait des « moments parfaits » et s'épuisait, à chaque inſtant, en efforts minutieux et vains pour recomposer le monde autour d'elle. Ils se sont quittés ; à présent Roquentin perd son passé goutte à goutte, il s'enfonce tous les jours davantage dans un étrange et louche présent. Sa vie même n'a plus de sens : il croyait avoir eu de belles aventures ; mais il n'y a pas d'aventures, il n'y a que des « hiſtoires ». Il s'accroche à M. de Rollebon : le mort doit juſtifier le vivant.

Alors commence sa véritable aventure, une métamorphose insinuante et doucement horrible de toutes ses sensations ; c'eſt la Nausée, ça vous saiſit par-derrière et puis on flotte dans une tiède mare de temps. Eſt-ce Roquentin qui a changé ? Eſt-ce le monde ? Des murs, des jardins, des cafés sont brusquement pris de nausée ; une autre fois il se réveille dans une journée maléfique : quelque chose a pourri dans l'air, dans la lumière, dans les geſtes des gens. M. de Rollebon meurt pour la seconde fois ; un mort ne peut jamais juſtifier un vivant. Roquentin se traîne au hasard des rues, volumineux et injuſtifiable. Et puis, le premier jour du printemps il comprend le sens de son aventure : la Nausée, c'eſt l'Exiſtence qui se dévoile — et ça n'eſt pas beau à voir, l'Exiſtence. Roquentin garde encore un peu d'espoir : Anny lui a écrit, il va la retrouver. Mais Anny eſt devenue une lourde femme grasse et désespérée ; elle a renoncé aux moments parfaits, comme Roquentin aux Aventures ; elle aussi, à sa manière, elle a découvert l'Exiſtence : ils n'ont plus rien à se dire. Roquentin retourne à la solitude, tout au fond de cette énorme Nature qui s'affale sur la ville et dont il prévoit déjà les prochains cataclysmes. Que faire ? Appeler au secours d'autres hommes ? Mais les autres hommes sont des gens de bien : ils échangent des coups de chapeau, et ne savent pas qu'ils exiſtent. Il va quitter Bouville ; il entre au Rendez-vous des Cheminots pour écouter, une dernière fois, *Some of these days* et, pendant que le disque tourne, il entrevoit une chance, une maigre chance de s'accepter.

EXTRAITS D'INTERVIEWS

Claudine Chonez a tiré deux articles de l'interview que lui a accordée Sartre au moment de la course aux prix littéraires 1938, dans laquelle La Nausée *figurait en bonne place. Il s'agit de la première interview importante qu'on ait jamais demandée à Sartre. Nous donnons ici le texte intégral de l'article « Jean-Paul Sartre, romancier philosophe » (Marianne, 23 novembre 1938) et les passages concernant Sartre de l'article « A qui les lauriers des Goncourt, Fémina, Renaudot, Interallié ? » (Marianne, 7 décembre 1938).* Marianne, *« Grand hebdomadaire littéraire illuſtré », dont le direƈeur était Emmanuel Berl, avait été fondé en 1932 et défendait en 1938 des positions antimunichoises.*

JEAN-PAUL SARTRE, ROMANCIER PHILOSOPHE (*Marianne*, 23 novembre 1938).

L'homme paraît à peine trente ans, de frêle ſtature, avec des cheveux pâles et des yeux noyés sous les lunettes, mais des lèvres minces qui, elles, semblent regarder à force de subtile sinuosité. Ancien normalien, professeur de philosophie. L'apparence du pur philosophe, d'un être en qui la chair et le sang se sont retirés à l'intérieur pour suralimenter l'esprit. La chair et le sang, il sait les mettre dans son roman, dans ses nouvelles. Seulement c'est une chair malade, trop dure ou trop molle, envahissante; c'est un sang lourd, glacé, angoissé. Le héros « à la Jean-Paul Sartre » vit une vie *horriblement* riche.

J.-P. Sartre, qui a étudié en Allemagne, a fortement subi l'influence de la phénoménologie, qui connaît là-bas une vogue égale à celle du bergsonisme dans la France d'avant-guerre. Cette recherche des principes de toute chose par une intuition directe, qui constate en se gardant de légiférer, Sartre l'applique dans *La Nausée* à l' « essence » primordiale qu'est le sentiment de l'existence. Notons ici que la pure « description » appliquée à un objet réel ou imaginé, qui est la méthode même de l'analyse phénoménologique, semble conduire tout naturellement au roman ... Mais ce roman-là décrira non plus tellement la psychologie du personnage que tout l'arrière-plan métaphysique, les derniers retranchements de la conscience.

Ce que découvre le héros de *La Nausée*, cet Antoine Roquentin, incapable de se leurrer, n'est pas drôle. Le monde des autres existences, de la sienne propre, lui est révélé en des moments qu'il faut bien appeler privilégiés, en ces moments de solitude, d'ennui, de vague malaise, où nous nous sentons baignés dans un étrange limon, plein de formes innombrables, absurdement variées, chacune monstrueuse et chacune semblable à l'autre, dans un effort de vivre qui ne rime strictement à rien. « Le sentiment de l'existence, c'est une angoisse », dit le phénoménologue allemand Heidegger; « une nausée », répond Sartre.

Naturellement, on l'a accusé d'un pessimisme si absolu que la vie deviendrait proprement intenable à qui adopterait l'attitude de son personnage. Mais rassurons-nous : pour presque tous les hommes, la vie a contre ce genre de maladie des ressources, des tours de passe-passe extraordinaires. Quant aux autres, c'est bien leur droit de se supprimer, en fait ou en imagination. Et enfin, Sartre, nous le verrons, a voulu que le trop lucide héros de *La Nausée* lui-même parvînt à redresser la machine.

Pour le moment, notre philosophe-romancier épuise avec une méthode rigoureuse, le côté destructif de son système, l'analyse successive des évasions impossibles. Pendant les loisirs que lui laissait l'achèvement d'un ouvrage sur *Les Mondes imaginaires* (faisant suite à l'essai sur *L'Imagination*), il écrivait une série de nouvelles. Les lecteurs de la *N.R.F.* n'ont sûrement pas oublié.

« J'aurais rêvé, dit J.-P. Sartre, de n'exprimer mes idées que dans une forme belle — je veux dire dans l'œuvre d'art, roman ou nouvelle. Mais je me suis aperçu que c'était impossible. Il y a des choses trop techniques, qui exigent un vocabulaire purement philosophique. Aussi je me vois obligé de doubler, pour ainsi dire, chaque roman d'un essai. Ainsi en même temps que *La Nausée*, j'écrivais *La Psyché,* ouvrage qui va bientôt paraître et qui traite de la psychologie du point de vue phénoménologique. »

En même temps, J.-P. Sartre éprouvait le besoin de mettre au net ses idées sur le roman, genre, selon lui, étroitement défini et doté de lois précises : un roman doit être construit sur l'idée de la durée, et aussi de l'imprévu, qui réclame sans cesse l'attention du lecteur. D'où une sévère critique contre le déterminisme du roman naturaliste. D'où aussi, dans une prochaine *N.R.F.* « l'éreintement » projeté de Mauriac, à qui notre auteur reproche de peindre ses personnages du « point de vue de Dieu », en les privant de vraie liberté, de ces rouages subtils qui assurent leur résistance envers l'auteur et leur heureuse complicité avec le lecteur. En ce sens, aussi bien par le nombre des personnages et la durée, le prochain livre de Sartre sera, dit-il, « un vrai roman ».

Mais voyons comment, en dialecticien consommé, il compte y opposer la reconstruction à la démolition et une raison de vivre à la nausée d'exister. Oui, exister est monstrueux, vide, absurde. Mais qui dit absurde dit gratuit. Antoine Roquentin, lorsque sa conscience aura bien savouré sa nausée vis-à-vis d'elle-même, s'apercevra que cette conscience existe avec une merveilleuse gratuité, qu'elle est avant tout une spontanéité, qu'elle est libre.

Malheureusement, la vie quotidienne est là comme une sorte d'objet encombrant qui entoure l'individu, s'accroche à lui, l'empêche de *se sentir*. Pour libérer pratiquement Antoine, il ne faudra rien de moins qu'un bouleversement du monde : utilisant en bon romancier ce qu'il a sous les yeux, Jean-Paul Sartre fait vivre à son héros les jours récents où nous avons cru que tout allait être balayé dans la guerre ; il l'imagine mobilisé, découvrant dans cette rupture sa liberté totale et enivrante. Au retour, Antoine est mûr pour la volupté de l'acte gratuit, à la suite de Lafcadio et des surréalistes. Mais Sartre a soin de noter que les précurseurs de son héros se sont généralement donné bien du mal pour parfaire un acte gratuit ; tandis qu'Antoine *ne peut pas* s'en empêcher.

Naturellement, il viole une femme et fait commettre un crime. C'est, en effet, la loi des actes gratuits, dirigés contre toute entrave et tout utilitarisme, que de s'orienter sur les domaines réprouvés par la morale sociale... Et pourtant, il ne s'en agit pas moins là d'une profonde reconstruction morale de l'individu, d'une véritable résurrection, de la nausée à l'ardeur, du suicide au goût de la vie, vie unique, irréversible, libre.

Rien ne nous permet de croire d'ailleurs que Sartre et son héros s'en tiendront là. Sans doute iront-ils plus loin, retrouveront-ils d'autres valeurs, d'autres « essences » destinées à enrichir l'harmonie retrouvée. Certains phénoménologues n'ont-ils pas été jusqu'à rétablir, comme des données immédiates, indiscutables, l'existence du « sacré », celle du « divin » ?

Auteur et personnages n'en sont encore qu'au début de leur carrière, mais leur carrière s'annonce riche dans son austérité, elle ne s'étend qu'à l'essentiel, mais elle l'épuise.

À QUI LES LAURIERS DES GONCOURT, FEMINA, RENAUDOT, INTERALLIÉ (*Marianne*, 7 décembre 1938).

Il [Jean-Paul Sartre] semble, au physique comme au moral l'opposé même de l'homme d'action. Il a grandi entre les livres, et plus tard entre les murs d'une classe de khâgne ou d'une « turne » de l'École normale. Agrégé de philosophie, il est tout naturellement devenu professeur dans un lycée parisien, et ne paraît guère songer à imiter tant de fils ingrats de l'*Alma Mater*, qui l'abandonnent sans crier gare au premier tournant. Au physique, imaginez un jeune homme blond, de taille frêle, le regard noyé derrière les lunettes, l'air absent du monde extérieur (faussement absent, sans doute, puisqu'il est romancier).

Il a voyagé, mais c'était moins pour courir le monde en sa folle jeunesse, que pour aller étudier la philosophie à Leipzig. Il est revenu de là-bas, épris, comme romancier aussi bien que comme penseur, de la phénoménologie. C'est un système philosophique qui a pour marque distincte de n'être pas systématique; n'attendez pas que je vous en dise plus long. Mais lisez *La Nausée,* le premier roman de Sartre (qui a pour marque distinctive de n'être pas tout à fait un roman). Jean-Paul Sartre est en train de réussir cette tentative absolument originale : insérer dans la vie, par l'instrument de la fiction, une pensée philosophique précise, presque technique. Il produit sur un rythme binaire : un roman ou un recueil de nouvelles, puis, bien vite, un essai purement philosophique pour le doubler, le compléter. Et vice versa. C'est ainsi que ce taciturne, qui s'anime seulement au feu de la discussion, fait son chemin avec rapidité : il a déjà publié un essai sur l'*Imagination,* un autre sur les *Mondes imaginaires,* et en prépare un troisième qui s'appellera : *La Psyché.* Et à côté de *La Nausée,* je m'en voudrais de ne pas citer ses nouvelles, qui vont être réunies, en volume, et au premier rang desquelles brillera ce récit admirable, inspiré par la guerre d'Espagne, mais plus encore par un sens étonnant de la vie et de la mort, qui s'appelle *Le Mur.* « On a accusé *La Nausée* d'être par trop pessimiste, me dit Sartre. Mais attendons la fin. Dans mon prochain roman, qui sera la suite, le héros redressera la machine. On verra l'existence réhabilitée, et mon héros agir, goûter l'action. »

Jean-Paul Sartre, type du penseur pur, serait-il au fond de lui-même plus près qu'on ne le pense de l'homme d'action ?

Extrait d'une interview, « Jean-Paul Sartre s'explique sur Les Mots *»,
donnée à Jacqueline Piatier (*Le Monde, *18 avril 1964).*

Ce que j'ai regretté dans *La Nausée* c'est de ne m'être pas mis complètement dans le coup. Je restais extérieur au mal de mon héros, préservé par ma névrose qui, par l'écriture, me donnait le bonheur... J'ai toujours été heureux. Même si j'avais été plus honnête vis-à-vis de moi-même, à ce moment-là, j'aurais encore écrit *La Nausée.* Ce qui me manquait c'était le sens de la réalité. J'ai changé depuis. J'ai fait un lent apprentissage du réel. J'ai vu des enfants mourir de faim. En face d'un enfant qui meurt, *La Nausée* ne fait pas le poids.

EXTRAITS INÉDITS
DU FILM « SARTRE PAR LUI-MÊME »

SARTRE : [...] Je sais que l'idée de contingence est venue de la comparaison qui s'est établie spontanément chez moi entre le paysage dans un film et le paysage dans la réalité. Le paysage d'un film, le metteur en scène s'est arrangé pour qu'il ait une certaine unité et un rapport précis avec les sentiments des personnages. Tandis que le paysage de la réalité n'a pas d'unité. Il a une unité de hasard et ça m'avait beaucoup frappé. Et ce qui m'avait beaucoup frappé aussi c'est que les objets dans un film avaient un rôle précis à tenir, un rôle lié au personnage, alors que dans la réalité les objets existent au hasard[1]. [...] Et alors, à cette époque-là et jusqu'à deux ans avant *La Nausée*, je pensais que l'art n'était pas l'imaginaire mais que c'était bel et bien la saisie d'essences. Une œuvre d'art était donc la création presque d'une essence. Elle faisait surgir dans le monde une essence pareille aux autres essences. Et elle avait un caractère d'unité profonde, de nécessité profonde, tandis que la vie c'était la contingence. Vous noterez que c'est un thème qui dans un certain sens vient du XIXe siècle. Vous le trouveriez par exemple chez Flaubert. Chez lui ce n'est pas la contingence, c'est plutôt l'absurdité, la méchanceté des choses. [...]

CONTAT : *La Nausée décrit une expérience existentielle que vous avez vécue. Mais pourquoi avez-vous dû passer par la fiction pour en rendre compte ?*

— D'abord, parce que cette expérience n'est pas celle que j'ai décrite. Par exemple, on voit dans le roman *La Nausée* un personnage qui a effectivement une certaine forme d'intuition qu'on pourrait presque appeler pathologique, qui est la Nausée : il s'aperçoit de ce qu'est l'être et les créatures autour de lui. Mais je n'ai jamais eu à proprement parler cette « nausée »; c'est-à-dire que je la réclame quand même, mais beaucoup plus philosophique. C'était une certaine conception du monde en général et qui ne donnait pas lieu à des intuitions très particulières comme celle de la racine d'un arbre dans un jardin. [...] C'était plutôt des idées que j'avais — bien qu'en effet il y ait eu certains moments où j'ai vu les choses comme cela — qu'une impression constante comme a ce personnage. Alors, pour le rendre au lecteur — ce qui était important pour moi puisque ça représentait somme toute ma façon d'être et d'exister dans le monde — il fallait donc donner à ces idées une forme plus romanesque. Il fallait que ce fût une aventure, donc une espèce d'intuition voilée au départ, un peu déguisée, puis qui se montre peu à peu et qui se découvre, comme dans un roman policier, si vous voulez; à la fin vous exposez qui est le coupable : le coupable c'est la contingence, et vous expliquez ça en quelques pages consacrées aux objets dans un jardin. Mais ça représente donc la mise en forme d'une idée philosophique. [...] Si je ne l'avais pas rendue sous cette forme romanesque, l'idée n'était pas encore assez solide pour que j'en fasse

1. Dans une note de son livre *Sartre par lui-même* (éd. de 1955, p. 129), Francis Jeanson rapporte un propos de Sartre qui va dans le même sens : « Il [le cinéma] représentait pour nous le défi aux adultes (tout comme le jazz aujourd'hui); nous allions au cinéma contre notre famille. Or j'ai été très frappé par la différence entre les images cinématographiques et les paysages réels : le " vague " de ceux-ci, en comparaison de celles-là, me reflétait le visage de ma vie — considérée en dehors des œuvres. »
Simone de Beauvoir confirme dans *La Force de l'âge* (p. 53) que « c'est en regardant passer les images sur un écran qu'il avait eu la révélation de la nécessité de l'art et qu'il avait découvert, par contraste, la déplorable contingence des choses données ».
Sartre avait développé cette idée en 1931 dans un discours de distribution des prix sur « L'Art cinématographique » (voir *Les Écrits de Sartre*, p. 548-549).

un livre philosophique; c'était plutôt quelque chose d'assez vague, mais qui me tenait très fort à la peau... Si je ne la transposais pas sous la forme d'une fiction, je ne pouvais pas non plus faire que ça donne un roman. Parce que justement, dans le roman, c'est un événement que j'ai attribué à un personnage. À l'époque, beaucoup de gens, par exemple Caillois[1], disaient qu'il était fou. Ce qui n'avait jamais été mon intention. C'était un personnage qui avait une intuition, mais qui était privilégié en cela qu'il avait l'intuition que les autres auraient dû avoir. [...]

EXTRAITS DE L' « AUTOPORTRAIT
À SOIXANTE-DIX ANS » (1975)[2]

[...] J'ai changé en ce sens que j'étais anarchiste sans le savoir quand j'écrivais *La Nausée* : je ne me rendais pas compte que ce que j'écrivais là pouvait avoir un commentaire anarchiste, je voyais seulement le rapport à l'idée métaphysique de « nausée », à l'idée métaphysique d'existence. Ensuite, j'ai découvert par la philosophie l'être anarchiste qui est en moi. [...]

Avant la guerre, je me considérais simplement comme un individu, je ne voyais pas du tout le lien qu'il y avait entre mon existence individuelle et la société dans laquelle je vivais. Au sortir de l'École normale, j'avais bâti toute une théorie là-dessus : j'étais « l'homme seul », c'est-à-dire l'individu qui s'oppose à la société par l'indépendance de sa pensée mais qui ne doit rien à la société et sur qui celle-ci ne peut rien, parce qu'il est libre. Ça, c'est l'évidence sur laquelle j'ai fondé tout ce que je pensais, tout ce que j'écrivais et tout ce que je vivais avant 1939. Durant toute l'avant-guerre je n'avais pas d'opinions politiques et, bien entendu, je ne votais pas. J'étais oreilles toutes ouvertes aux discours politiques de Nizan, qui était communiste, mais j'écoutais aussi bien Aron ou tel autre qui étaient socialistes. Quant à moi, je considérais que ce que j'avais à faire c'était écrire et je ne voyais absolument pas l'écriture comme une activité sociale. Je jugeais que les bourgeois étaient des salauds et je pensais pouvoir rendre compte de ce jugement, ce que je ne me privais pas de faire, en m'adressant précisément aux bourgeois pour les traîner dans la boue. *La Nausée* n'est pas uniquement une attaque contre la bourgeoisie mais elle l'est pour une bonne part : voyez les tableaux dans le musée... Si vous voulez, *La Nausée* est l'aboutissement littéraire de la théorie de « l'homme seul » et je n'arrivais pas à sortir de là, même si j'entrevoyais déjà les limites de cette position qui consistait en somme à condamner les bourgeois comme des salauds et à tenter de rendre compte de mon existence en essayant en même temps de définir pour l'individu solitaire les conditions d'une existence non mystifiée. Dire la vérité sur l'existence et démystifier les mensonges bourgeois c'était tout un et c'était ça que j'avais à faire pour accomplir mon destin d'homme, puisque j'avais été fait pour écrire. [...]

Moi j'avais un adversaire : le lecteur bourgeois; j'écrivais *contre*

1. Nous ne connaissons pas l'origine de cette allusion : Roger Caillois ne semble pas avoir écrit sur *La Nausée*.
2. *Situations*, X, p. 155, 176-177, 179.

lui, du moins en partie, alors que Nizan aurait voulu des lecteurs *pour* qui écrire et, étant donné sa situation d'écrivain communiste lu par un public qui était en gros le même que le mien, le public des gens qui lisent, ça le mettait dans une contradiction qui n'était pas la mienne. Finalement, j'étais assez confortablement installé dans ma situation d'écrivain antibourgeois et individualiste.

DOSSIER DE PRESSE

Contrairement à une opinion assez répandue, La Nausée *est un livre qui fut loin de passer inaperçu : il obtint à la fois un remarquable succès d'estime parmi les critiques et, avec un tirage de plus de 7 000 exemplaires l'année de sa parution, un bon succès de librairie. Il fut même question de lui attribuer l'un des grands prix littéraires, mais le prix Goncourt alla à Henri Troyat pour* L'Araigne *et le prix Interallié à Paul Nizan pour* La Conspiration.*

Parmi la trentaine de critiques que nous avons pu relever, presque toutes s'accordent pour reconnaître à Sartre un grand talent et pour lui prédire un brillant avenir. Cet ensemble d'éloges, venant des horizons politiques et intellectuels les plus variés, est assez inhabituel et mérite d'être souligné.

Compte rendu de A.-M. Petitjean, sous le titre « Morbus romanticus » dans Vendredi, *6 mai 1938.*

Jean-Paul Sartre est un inconnu. Il fallait être initié, distrait ou sourcier pour remarquer les deux étonnantes nouvelles qu'il fit paraître récemment dans *Mesures* et dans la *N.R.F.*[1] Et bientôt il sera coupable d'ignorer *La Nausée,* où éclate un talent énorme, où tout annonce l'un de nos plus grands romanciers. [...] Les plus mauvais passages de *La Nausée* sont, de loin, ceux où Sartre nous donne l'impression, non point d'un homme qui médite sur son existence, mais d'un professeur qui espère, par la méthode du roman, se délivrer de ses leçons de philosophie. [...]

Compte rendu de Paul Nizan dans Ce Soir, *16 mai 1938.*

[...] M. Sartre pourrait être un Kafka français en vertu du don qu'il a d'exprimer l'horreur de certaines situations intellectuelles si sa pensée, contrairement à celle de l'auteur de *La Grande Muraille de Chine,* n'était entièrement étrangère aux problèmes moraux. Kafka s'est toujours interrogé sur le sens de la vie. M. Sartre ne s'interroge que sur le fait de l'existence. [...]

Il n'est pas douteux que nous ne possédions dans la personne de M. Sartre un romancier philosophe de premier plan : on sait que depuis Voltaire le roman philosophique en France est un genre léger assez voisin de la fable : la littérature de M. Sartre n'a aucun rapport avec ce genre frivole, mais elle donne assez bien l'idée de ce que pourrait être une littérature associée à une

---

1. Respectivement, *La Chambre* et *Le Mur.*

philosophie existentielle. On aurait tort d'ailleurs de s'empresser, comme on ne manquera point de le faire, de rapprocher M. Sartre de Martin Heidegger. L'objet de l'angoisse chez le philosophe allemand est le néant : il est chez M. Sartre, l'existence. La loi de l'homme rigoureusement seul, n'est point la peur du néant, mais la peur de l'existence. [...] Par ses dernières pages, *La Nausée* n'est pas un livre sans issue. M. Jean-Paul Sartre qui, tout au long de son livre, fait le tableau d'une grande ville bourgeoise, où il me semble reconnaître Le Havre, avec un humour féroce et un sens violent de la caricature sociale, a des dons trop précis et trop cruels de romancier pour ne pas s'engager dans les grandes dénonciations, pour ne pas déboucher totalement dans la réalité.

Dans ses « Propos du samedi » parus dans Le Figaro *du 24 mai 1938, André Billy écrit à propos du prix Marianne (décerné ex-æquo à Jean Fontenoy pour* Changhaï *secret et à Paul-Émile Victor pour* Boréal *— les membres du jury étant André Billy lui-même, G. Duhamel, R. Fernandez, A. Maurois, P. Morand, J. H. Rosny, Paul Valéry, etc.) :*

« Quoi! Pas un roman à prôner ? J'ai bien essayé d'introduire dans la discussion *La Nausée*, de Jean-Paul Sartre, le roman de jeune le plus remarquable que j'aie lu depuis longtemps : personne, à l'exception de Ramon Fernandez, d'accord avec moi sur la qualité très supérieure de ce début, ne m'a écouté, ne m'a entendu[1] [...]

Compte rendu d'André Rousseaux dans Le Figaro, *28 mai 1938.*

Peut-on faire un bon romancier avec un philosophe ? [...]
M. Jean-Paul Sartre n'a pas encore dépouillé la philosophie qui envahit son encrier, et même sa tête et son cœur. Je crois qu'il a une vision du monde mais il en fait un concept. Il a le sentiment de l'humanité mais cela devient sous sa plume une dissertation sur la personnalité, ses limites, ses altérations, ses aspirations, ses doutes d'elle-même. C'est dommage. Car M. Sartre est un écrivain. Sa prose tombe d'aplomb, avec la correction et l'autorité d'un langage manié par un homme qui trouve naturellement le mot juste, rapide, fort, pour exprimer une pensée qui va où elle veut. Ce langage a même l'énergie interne d'une violence contenue, qui éclate seulement en deux ou trois endroits. Un écrivain, ce mot suffit. Il n'y en a pas tant [...]

A. Rousseaux voit dans La Nausée *un « roman farci d'intellectualisme » mais aussi « le roman de la solitude » et cite un passage du* Journal *de Julien Green : « Connaît-on l'angoisse de suivre une rue en pensant avec désespoir à toutes les rues où l'on n'est pas, les rues où ceux qui voudraient vous connaître vous attendent et s'en vont, ne voyant personne*

---

1. Plus tard, dans un article intitulé « Du nihilisme au patriotisme » (*Le Figaro*, 14 juillet 1945), André Billy confirmera : « Je n'oublierai jamais l'impression que me fit le premier livre de Sartre. Une pensée qui pénétrait si profondément le mystère de l'être et des choses, une vigueur d'expression si originale me convainquirent tout de suite qu'une œuvre maîtresse, telle qu'il n'en paraît pas de cette force et de cette importance tous les dix ans, venait de nous être donnée [...] »

*venir ? » Pour lui, Roquentin est un « nouveau modèle du mystique de
soi-même » et fait penser à Salavin et à Proust (le galet étant ici l'équivalent de la madeleine).*

On se reportera au dossier de presse du Mur *pour une lettre inédite de
Sartre à A. Rousseaux et pour une courte mise au point sur leurs relations.*

Compte rendu d'Edmond Jaloux, de l'Académie française, dans Le Jour-
Écho de Paris, *30 mai 1938.*

Edmond Jaloux voit dans La Nausée *une « expérience prémystique »
ou plutôt une « expérience mystique où le surnaturel ne joue aucun rôle ».
Il poursuit :*

« L'originalité de M. Sartre est justement d'avoir dépouillé son
livre de toute poésie [...] Il faut reconnaître que M. Sartre (qui
s'était déjà révélé à nous par des nouvelles d'une grande force
d'expression) est un des écrivains les mieux doués de la nouvelle
génération et que son premier livre, qui est un roman absolument
autonome, pourrait bien laisser une trace durable dans l'évolution
littéraire de notre époque. »

Second compte rendu d'Edmond Jaloux, paru dans Les Nouvelles littéraires, *18 juin 1938.*

Ce long compte rendu a beaucoup contribué à établir la réputation de
La Nausée.

[...] Aucun livre, me semble-t-il, n'a versé à son lecteur une
pareille somme de dégoût. Cependant, une lumière bizarre perce
peu à peu les ténèbres de ce roman. [...]
Il faut lire *La Nausée* pour à quel degré d'angoisse et de
douleur peut aboutir cette recherche éperdue de la *notion d'être.*
Il s'y ajoute, je le répète, le monde moderne avec toutes ses failles
et toutes ses déficiences, avec ce chaos général où il est si difficile
de s'orienter et où les catastrophes naissent spontanément sous
les pas.
De là, cette impression générale de misère qui se dégage des
pages de M. Jean-Paul Sartre. Chacune de ces descriptions lui
apporte un élément de plus. Nous avons l'impression d'assister
aux promenades d'un visionnaire dans un monde en formation :
tout est gluant, visqueux, informe. On a l'impression de surveiller
de haut une société de limaces ; les êtres humains que nous aper-
cevons ne s'accomplissent à peu près que dans la stupidité ou
dans le vice. [...] La misanthropie de M. Jean-Paul Sartre va si
loin qu'il reprend à son usage la célèbre scène des tableaux dans
Hernani. Dans un chapitre trop long, — et d'ailleurs très ennuyeux,
la seule erreur du livre, car nous avons entendu cent fois depuis
Octave Mirbeau cette satire haineuse du bourgeois important [...]
C'est une œuvre d'avenir et dont la vie sera longue. Sans doute,
échappera-t-elle aux distinctions habituelles parce qu'elle est profondément originale, qu'elle est neuve et sans écho ; les expériences
métaphysiques auxquelles a été condamné Antoine Roquentin
n'éveilleront aucun souvenir littéraire. On dira, peut-être, ce n'est

pas un roman; mais qu'est-ce qu'un roman, sinon, avant tout, une forme de fiction contenant une vaste expérience[1] ?

Compte rendu de Jean-Pierre Maxence (critique d'extrême droite auquel il est fait plusieurs fois allusion dans La Force de l'âge) *paru dans* Gringoire, *10 juin 1938. Maxence commence par comparer Sartre à Irène Nemirovsky, auteur d'un ouvrage intitulé* La Proie *(Albin Michel).*

Tous deux ont en commun un grave défaut : un style contourné, artificieux, pesant, pâteux même. M. Jean-Paul Sartre alourdit son texte d'un vocabulaire philosophique qui le rend assez insupportable [...] Tous deux méconnaissent également cette qualité essentielle d'un style : la lumière. Leurs livres sont sans air, sans lumière, étouffants [...].

M. Jean-Paul Sartre, lui du moins, a un vrai talent. J'avais lu de lui, en revue, une nouvelle d'une éclatante cruauté, d'une force amère tout à fait remarquable. *La Nausée* ne la vaut point, mais quelques pages permettent d'espérer beaucoup d'un jeune écrivain capable soudain de ces plongées intérieures, de ces rythmes intenses, de cette douloureuse lucidité.

[...] Un premier roman à la fois irritant et plein d'intérêt.

Compte rendu de Martin Maurice dans La Lumière, *10 juin 1938.*

[...] Par un singulier bonheur, cette œuvre négative, où l'esprit s'affirme en se refusant, est écrite dans un style positif exempt de tout maniérisme et qui ne doit rien qu'à sa précision et à sa franchise. C'est un début d'une maturité peu commune [...]

Compte rendu non signé paru dans la rubrique « le Courrier des lettres » dans Le Progrès *(de Lyon), 10 juin 1938.*

La Nausée apparaît sans conteste comme l'un des ouvrages de début les plus dignes d'attention qui aient paru au cours de ces dernières années [...] [Elle] n'enchantera pas moins les admirateurs de Maupassant qu'elle ne touchera les fervents de Kierkegaard [...]

Dans un ouvrage d'une si étonnante maîtrise, [les lignes de la fin] sont les seules à révéler la jeunesse de l'auteur, avec un accent de confidence qui gagne aussitôt notre sympathie. Elles nous

---

1. A la suite de ces deux critiques, Sartre adressa à Edmond Jaloux une lettre de remerciement qui est conservée à la bibliothèque Doucet et que nous reproduisons intégralement. La lettre n'est pas datée, mais a dû être écrite en juin ou juillet 1938.

> *Monsieur,*
>
> *Permettez-moi de vous exprimer toute ma reconnaissance pour les deux remarquables articles que vous avez publiés sur* La Nausée. *Parmi tous les critiques qui ont bien voulu parler de mon livre, vous êtes le seul, Monsieur, à l'avoir présenté comme une expérience phénoménologique, une fiction qui permet d'atteindre l'essence. Je craignais un peu, depuis quelque temps, qu'un malentendu ne me sépare des personnes qui liraient cet ouvrage sur la foi des critiques. Il me semble, Monsieur, que ce malentendu, grâce à vous, n'est plus à craindre et vous pouvez juger du plaisir que j'éprouve à avoir été si parfaitement compris.*
>
> *Je vous prie d'accepter, Monsieur, l'expression de mes sentiments très distingués.*
>
> J.-P. SARTRE.

autorisent à penser que *La Nausée* ne demeurera point un beau témoignage isolé mais sera le prélude d'une œuvre qui marquera entre celles de la nouvelle génération.

Compte rendu d'Auguste Bailly dans Candide, *16 juin 1938.*

Je ne sais quel sera, dans le roman, l'avenir de M. Jean-Paul Sartre. Il lui sera, je pense, impossible d'écrire jamais un livre négligeable. Celui qu'il vient de nous donner, *La Nausée*, n'est certainement pas un chef-d'œuvre mais n'en constitue pas moins l'un des débuts littéraires les plus remarquables de ces dernières années. M. Jean-Paul Sartre, avec vigueur et certitude, se fait d'emblée une belle place dans la jeune génération de nos romanciers [...]

Compte rendu de Henry Bidou dans Le Journal des débats, *24 juin 1938.*

Cette critique qui insiste longuement sur le problème philosophique, sur la différence entre l'existence et l'être, offre peu d'intérêt.

Dans Le Journal *du 26 juin 1938, Georges Le Cardonnel compare Roquentin au personnage de Folantin dans* À vau-l'eau *de Huysmans et conclut :*
La Nausée est le roman du désespoir de l'homme qui prend conscience de son impuissance à sortir des limites sans lesquelles il perdrait même sa notion d'*être*.

Dans Le Mois *(n° 91, 1er juillet-1er août 1938, p. 202-206), André Perrin relève dans le style « la marque de Proust, de Joyce, voire du surréalisme » et écrit notamment :*
Peut-être le livre de M. Jean-Paul Sartre est-il davantage un poème qu'un roman [...] On n'aime pas *La Nausée* et peu l'aimeront ; néanmoins M. Jean-Paul Sartre se révèle avec ce livre un écrivain avec lequel il faudra dorénavant compter [...]

Compte rendu de Claude Morgan (membre du parti communiste) dans Commune, *6e année, n° 59, juillet 1938, p. 1379-1380.*

La Nausée est un témoignage saisissant sur ce mal qui est aujourd'hui répandu dans une grande partie du monde : le dégoût de la vie et des hommes. Il émane de cet ouvrage, dont l'auteur a un talent réel d'écrivain, un morne désespoir. On ne peut lire ces pages lucides (d'une lucidité terrible) sans se sentir le cœur serré par l'état moral misérable auquel la société a réduit l'homme [...]

Compte rendu d'Armand Robin dans Esprit, *n° 70, juillet 1938, p. 574-575. Rappelons ici que la revue* Esprit, *dirigée par Emmanuel Mounier, a joué un rôle essentiel dans la diffusion de la phénoménologie en France dans les années trente.*

[...] On voit que Sartre s'arrête là où Kafka commence, qu'il a la bonté, ou peut-être l'indulgence, de ne pas nous contraindre à la bêtise absolue et même à la métamorphose en vermine ; peut-être aussi cette humanité tardive n'est-elle qu'une méfiance de plus : Sartre voit dans les hommes de notre époque autant de

Mrs Teste rudimentaires, qui se croient atteints de folie, dès qu'ils sont menacés de banalité; la complaisance avec laquelle son Antoine Roquentin, sorte de Salavin métaphysique, contemple ses actes par transparence, la savante minutie avec laquelle il se regarde du haut de sa « surréalité », les caprices enfin d'une imagination effarouchée par le quotidien l'inquiètent, lui semblent les maux du siècle, mais le laissent pantois devant l'avenir : en fin de compte il prend parti pour une nouvelle expérience métaphysique de la vie, plutôt que pour une vie : dernière défiance.

Il est à souhaiter que ce livre ait un grand retentissement; qu'on ne lui reproche pas d'être abstrait : sans doute méritons-nous d'être exprimés par un héros métaphysique. Antoine Roquentin, c'est souvent le lecteur, c'est parfois l'écrivain d'aujourd'hui; il représente assez bien notre héritage.

Compte rendu de Marcel Arland dans La Nouvelle Revue française, *n° 198, 1er juillet 1938, p. 129-133.*

[...] Un roman ? À vrai dire, il faudrait plutôt parler d'un essai, d'une satire, d'une méditation philosophique. [...]

Son livre est vrai et, ce qui après tout ne gâte rien, il est utile dans la mesure où il dépiste le mensonge. On dira que le mensonge, il le voit partout, qu'il s'acharne à tout rabaisser, et que tout de lui, monde, personnage central et jusqu'à la forme artistique, est traité sans amour. C'est en effet ce qui le limite. On n'oubliera pas pourtant que ce livre, dans ses pages essentielles, est une œuvre de combat et que l'on ne combat guère qu'au nom de ce que l'on aime.

Compte rendu d'Emmanuel Buenzod dans La Gazette de Lausanne, *3 juillet 1938.*

[...] Ce plaisir de découverte, de contact tout neuf, *La Nausée* de M. Jean-Paul Sartre nous l'apporte.

Disons-le tout de suite : ce n'est pas la forme qui nous le vaut [...]

Il y a dans cet étrange ouvrage plus de sagesse et d'utilité que ne lui en accorderont ceux pour lesquels toute audace est bizarrerie. En fait M. J.-P. Sartre est davantage un philosophe qu'un romancier; et *La Nausée* pourrait bien être, en somme, sans didactisme ni pédanterie, un nouveau « Traité du monde comme représentation ». En tout cas un document d'une remarquable fertilité et ténacité d'investigation, en même temps qu'un témoignage extrêmement émouvant de l'inquiétude spirituelle [...]

Compte rendu d'André Thérive (l'un des critiques les plus influents de l'époque) dans Le Temps, *14 juillet 1938.*

Si *La Nausée* avait paru il y a trente ans, quel émoi dans le monde des lettres et quel tollé probablement! Aujourd'hui le livre paraît tout naturel; son importance vient de ce qu'il résume plusieurs tendances de la littérature et de la psychologie contemporaines (sans parler du talent de l'auteur qui semble déjà hors de pair).

A. Thérive compare Roquentin à Barnabooth de Valery Larbaud et à Bardamu de Céline. Pour lui, l'Autodidacte est « un composé de Pécuchet *et de Salavin dont (p. 150) il expose grotesquement la morale humanitaire et unanimiste ».*

A. Thérive reproche à Roquentin d'utiliser le procédé du monologue intérieur, ce « charabia à la dérive que l'Ulysses de James Joyce a popularisé », et d'être « touché par des snobismes esthétiques », des « divagations » dans le genre surréaliste et des procédés qui « sentent le vieil unanimisme ».

Mais, *conclut le critique,* M. J.-P. Sartre, son porte-parole, a un talent exceptionnel. Les commentateurs futurs diront ce qu'il doit à Jules Romains ou à Mme Virgina Woolf.

Compte rendu de John Charpentier dans Mercure de France, *n° 962, 15 juillet 1938, p. 422-424.*

[...] [Roquentin] aspire à une sorte d'anéantissement nirvanique. Son processus philosophique n'est pas sans analogie avec celui de Schopenhauer, nourri, comme on sait, de doctrines hindoues [...] Roquentin se livre à une expérience mystique ou prémystique, analogue à celle de Marcel Proust. Il retrouve le temps, à sa manière. À défaut de recourir à la religion, tout court, il demande à l'art d'être une religion [...] *[La Nausée]* est une des œuvres les plus âpres que j'aie lues depuis longtemps; et c'est l'œuvre d'un écrivain : brutal, cynique, certes; mais jamais vulgaire. Quelle évocation que celle du Rendez-vous des Cheminots, le café où Roquentin va s'acagnarder! Et quel portrait que celui de l'Autodidacte! [...] Les pages où M. Sartre parle des gens qui aiment les hommes, proclament leur foi dans les hommes, m'ont rappelé celles que Nietzsche consacre aux socialistes [...]

Dans la Revue des lectures, *périodique catholique, 15 juillet 1938, p. 882-883,* La Nausée *est classée comme un « roman de mauvaises mœurs » parmi des ouvrages qui sont signalés seulement « pour que le public honnête s'impose la consigne de les ignorer ou de les boycotter ».*

Compte rendu de Vladimir Weidlé dans Temps présent *[hebdomadaire catholique dirigé par Stanislas Fumet], 29 juillet 1938*

[...] Un livre blessant et profond, amer jusqu'au blasphème et empreint, en même temps, de cette étrange grandeur que donne à l'homme une attitude mentale acceptée et vécue jusque dans ses conséquences les plus inhumaines [...]
Le titre du livre n'a rien d'une hyperbole : la vie semble avoir réellement pour l'auteur l'effet d'un émétique [...] À côté de lui, le rugissant M. Céline n'est qu'un farceur sans malice, poussé à vilipender le genre humain par une sorte de bienveillance mal décrassée, et qui n'a jamais été initié à la connaissance vomitive de toute chose : des maisons et des arbres, du ciel et de la terre. La religion chrétienne et le bouddhisme connaissent une pitié répandue sur toute la création : M. Sartre nous révèle une nausée cosmique. Aucun texte n'est imbu d'une haine aussi corrosive que celle dont respirent les pages où il parle des habitués de la bibliothèque et du café, des bourgeois se promenant le dimanche dans les beaux quartiers, des portraits de notables et de patriciens au musée municipal. Cette haine, malgré certaines apparences, n'a rien

d'un sentiment de classe, car elle en veut non pas à tel genre de vie mais à tout ce qui encadre et protège la vie [...]

Compte rendu de Maurice Blanchot sous le titre « L'Ébauche d'un roman » dans Aux écoutes, *30 juillet 1938.*

[...] Le dessein qu'il [Sartre] a eu est magnifique. Parmi tant de romanciers qui acceptent d'être excellents dans un genre épuisé, il a eu le projet de former un mythe non pas avec le hasard et les accidents humains, mais avec la source même des mythes. Il s'est intéressé au drame fondamental. Il a, sans incident, sans aventure, sans passion, sans rêverie, tiré de l'existence unie la tragédie la plus forte. Il s'est installé dans l'intime de l'être. Et il a entrepris d'y faire surgir les plaisirs du pur roman.

Entreprise si rare, si importante, si nécessaire que, même imparfaite, elle mérite les plus grandes louanges et que même les fausses louanges de lecteurs inattentifs sont heureuses. M. Jean-Paul Sartre habitue les esprits à penser qu'il peut y avoir création artistique en dehors de toute attente des événements réels, en dehors de ces feintes existences des personnages qui sont généralement l'objet des ambitions du romancier. Il porte le roman là où il n'y a plus d'incidents, plus d'intrigues, plus de personnes particulières, dans ce site où l'esprit ne se soutient qu'en se berçant de notions philosophiques, comme l'existence et l'être, notions qui paraissent indigestes pour l'art et qui ne lui sont rebelles que par suite du travail arbitraire de la pensée, mythes essentiels qui, frappés de milliers de coups, ont fui en poudre.

Il faut que les usages soient bien forts pour que, parti d'un dessein aussi conscient, M. Jean-Paul Sartre ait fini par mêler à son puissant sujet diverses aventures réalistes et exprimé ce roman de l'existence par les détours de la psychologie habituelle. [...] La nausée est l'expérience bouleversante qui lui révèle ce que c'est d'exister sans être, l'illumination pathétique qui le met en contact, parmi les choses existantes, non pas avec les choses, mais avec leur existence. Sentiment original et authentique qui aurait pu, dans une œuvre plus rigoureuse, ouvrir la carrière, de symbole en symbole, aux essences et produire une sorte de roman de l'être, chef-d'œuvre égal aux plus grands. [...]

Compte rendu de G.-A. Roulhac dans Le Populaire de Nantes, *25 septembre 1938.*

[...] On a l'impression, en lisant la confession de Jean-Paul Sartre, qu'un esprit tout à fait original a fait son apparition dans le monde des lettres. Sera-t-il un romancier plus tard ? Ce n'est pas certain, mais c'est probable [...]

Compte rendu de Ch.-F. Coulon dans Aguedal *[Rabat], 3e année, no 5, octobre 1938, p. 424-425.*

[...] On retrouve ici, à la fin de ce livre harassant, l'illumination de James Joyce, la fièvre de Franz Kafka, dans une page[1] dont l'accent âpre et tourmenté révèle, sous l'analyste et le philosophe un poète véritable.

1. Il s'agit du passage où Roquentin voit un orteil-béquille, une araignée-mâchoire, etc.

Compte rendu de Jean Daniélou, le futur cardinal, dans Études, *t. CCXXXVII, octobre 1938, p. 140-141.*

[...] Les dernières pages semblent indiquer que [...] Sartre [...] se situera dans la ligne de Valéry ou de Proust, parmi les purs artistes. Et certes il y a déjà là une grandeur. Mais le dégoût d'Antoine Roquentin me semble aller plus loin et ne pouvoir se dépasser rigoureusement que par une réinvention difficile de la nécessité de l'homme même. S'il poursuivait en ce sens, il est sûr que son œuvre aurait une tout autre portée.

Compte rendu par Albert Camus dans Alger républicain, *20 octobre 1938, repris dans Albert Camus,* Essais *(Gallimard, Bibl. de la Pléiade), p. 1417-1419.*

Un roman n'est jamais qu'une philosophie mise en images. Et dans un bon roman, toute la philosophie est passée dans les images. Mais il suffit qu'elle déborde les personnages et les actions, qu'elle apparaisse comme une étiquette sur l'œuvre, pour que l'intrigue perde son authenticité et le roman sa vie. [...] Ce qu'il y a de frappant dans *La Nausée*, c'est que des dons émouvants de romancier et les jeux de l'esprit le plus lucide et le plus cruel y sont à la fois prodigués et gaspillés. [...] En lui-même à vrai dire, le livre n'a pas figure de roman, mais plutôt de monologue. Un homme juge sa vie et par là se juge. Je veux dire qu'il analyse sa présence au monde, le fait qu'il remue ses doigts et mange à heure fixe — et ce qu'il trouve au fond de l'acte le plus élémentaire, c'est son absurdité fondamentale. [...] Du doute primitif, un « J'écris, donc je suis » sortira peut-être. Et l'on ne peut s'empêcher de trouver une disproportion assez dérisoire entre cet espoir et la révolte qui l'a fait naître. [...] Au reste, c'est ici le premier roman d'un écrivain dont on peut tout attendre. Une souplesse si naturelle à se maintenir aux extrémités de la pensée consciente, une lucidité si douloureuse, révèlent des dons sans limites. Cela suffit pour qu'on aime *La Nausée* comme le premier appel d'un esprit singulier et vigoureux dont nous attendons avec impatience les œuvres et les leçons à venir.

Compte rendu de Jean Cassou dans La Renaissance, *vol. XXI, n° 4, 1938, p. 41.*

Le roman de J.-P. Sartre, *La Nausée*, a été à juste titre salué par la critique comme l'un des livres les plus vigoureux et les plus originaux qui aient paru depuis longtemps. En ce jeune écrivain se révèle un de ces esprits critiques, d'une impitoyable rigueur, qui sont le sel de la terre. [...] On sort ébloui de la lecture de son livre, et avec le sentiment d'avoir découvert une dimension nouvelle à cette sorte de comique métaphysique que les Normaliens, passés virtuoses en la matière, appellent le « canular ».

Compte rendu anonyme paru dans The Times Literary Supplement, *3 December 1938, p. V.*

M. Sartre est un jeune écrivain remarquable, aussi accompli qu'original. Son premier roman a une intrigue très mince, mais le thème et la façon dont il le traite le situent d'emblée à mi-chemin entre Céline et Kafka [...] Son but artistique est de faire sentir au lecteur que « la vie est comme ça ». [Notre traduction]

Dans sa rubrique « Les Livres littéraires » publiée dans Carrefour, *1ʳᵉ année, nᵒ 2, janvier 1939, p. 100, Gabriel Marcel écrit :*

La Nausée, de M. Sartre, n'était pas indigne du prix Goncourt; il n'y a pas à parler, comme l'ont fait des écervelés, d'éblouissante révélation à propos de ce livre dont tous les mérites se situent presque exclusivement sur le plan de l'analyse phénoménologique, et non de la création artistique proprement dite. Mais il est hors de doute que M. Sartre est à la fois un penseur et un écrivain, et que la suite de ses travaux mérite la plus sérieuse attention.

Article de José-Henri Lasry, « À propos de La Nausée *de J.-P. Sartre : une philosophie en roman »,* Fontaine, *nᵒ 9, mai-juin 1940, p. 15-18.*

[...] [Nous sommes] en présence de cette bête rare : un roman philosophique, un vrai. Je ne veux pas dire un roman qui dégage à la lecture la philosophie de l'auteur — cela va de soi pour toute œuvre de valeur; ni celui où des pages d'essai philosophique servent de pauses entre les péripéties de l'intrigue, mais une philosophie exprimée en roman, une philosophie matière, personnage central, essence profonde d'un roman, et qui, circulant à travers toute l'œuvre, l'alimente, comme une nappe d'eau qu'on sent présente, même souterraine [...]

M. Sartre fait rendre aux objets leur maximum d'existence [...] Faut-il parler d'une poésie « existentielle » ? On songe à ces ballets fantastiques que forment à nos yeux la germination d'une graine, l'éclosion d'une fleur, à ces pantomimes effrayantes dansées par les mollusques, au fond des eaux, sous l'œil révélateur de la caméra.

Opinion d'Adrienne Monnier dans une « Lettre à André Gide sur les jeunes » rédigée en avril 1942 et reproduite dans Les Gazettes *d'Adrienne Monnier, 1925-1945, Julliard, 1953, p. 267-272.*

En 39 et même en 38, beaucoup de jeunes gens avaient déjà les lectures et les idées qu'ils ont maintenant : ils en étaient à ce que nous appellerons le point Sartre. [...] À défaut de tout ce qui leur manque, ils sont *swing [suit un développement sur le jazz].* Sartre a fait une mise au point sur le plan moral qui représente pour les jeunes, et peut-être pour nous, le plus grand effort de lucidité. C'est le contraire du bourrage de crâne, et pourtant une certaine mystique y est présente, et une certaine joie. Pensons à la fin de *La Nausée :* nous rejoignons, là aussi, la lumière nègre [...]

Critique de Claude-Edmonde Magny dans un article intitulé « Existentialisme et littérature » et portant principalement sur L'Âge de raison *et* Le Sursis : Poésie 46, *nᵒ 29, 1946. Repris dans le volume* Littérature et critique, *Payot, 1971, p. 91-100.*

[...] *La Nausée* était un livre double, juxtaposant par tranches alternées un essai phénoménologique et un récit romanesque étroitement imbriqués entre eux certes, mais où le commentaire philosophique sur les événements demeurait distinct de ces événements eux-mêmes. Le problème du *surroman,* c'est-à-dire du roman investi d'une signification qui transcende l'origine, n'était pas résolu (*Littérature et critique,* p. 92-93). [...] Il y a tout un côté épique, lyrique, qui est inhérent à l'œuvre littéraire et que Sartre sacrifie par trop dans ses œuvres récentes, lui dont on attendait pourtant qu'il nous donnât, avec plus de cohérence, d'incandescence intérieure qu'un Céline, cette épopée des aspects sordides de l'humanité dont il a brossé dans *La Nausée,* cette *Batrachomyomachie* du XXᵉ siècle, quelques extraordinaires fragments. [...] On cherche en vain, dans *Le Sursis* et *L'Âge de raison* ces merveilleuses descriptions de galets, de papiers brenneux, de palissades aux lambeaux d'affiches à demi arrachées qui dressaient derrière l'aride phénoménologique de *La Nausée* leur inoubliable décor. Il y avait dans ce livre une part de *roman poétique,* au meilleur sens du mot, quelque chose d'un peu analogue au *Paysan de Paris* d'Aragon. Volontairement ou non, Sartre avait entrepris d'annexer à la sensibilité du XXᵉ siècle des terres nouvelles, qui fussent aussi émouvantes pour nous que l'étaient pour les préromantiques les décors de parcs en ruine et de châteaux hantés des romans noirs. [...] (p. 98-99).

Il existe deux autres comptes rendus de La Nausée *que nous n'avons pas pu consulter : l'un de Jean Libert dans* Le Rouge et le Noir *du 29 juin 1938, l'autre de Franz Hellens dans un périodique du 26 juin 1938.*
On se reportera, par ailleurs, au dossier de presse du Mur *pour d'autres appréciations de l'œuvre.*

BIBLIOGRAPHIE

ÉDITIONS DE « LA NAUSÉE »

a. Édition blanche N.R.F. Gallimard.
— Première édition : 223 pages. Achevé d'imprimer : 5 avril 1938. Tirage total (avec le service de presse) : 4 100 exemplaires, marqués, par tranche de 500, 1ʳᵉ à 8ᵉ édition. Édition originale tirée à 63 exemplaires.
C'est cette édition que nous avons utilisée pour l'établissement de notre texte.
— Réimpression identique. Achevé du 6 décembre 1938. Tirage : 3 300 exemplaires, 9ᵉ à 14ᵉ édition. Autre réimpression, même tirage, achevé du 27 mars 1942.
— Édition recomposée : 229 pages. Imprimée en 1944. Tirage : 2 750 exemplaires.
550 exemplaires supplémentaires, tirés en avril 1944 sur papier Heliona, ont été reliés d'après la maquette de Mario Prassinos.
— Nouvelle édition recomposée de 222 pages : nombreuses réimpressions à partir de janvier 1947. Vers la fin de 1948, le tirage total de *La Nausée* était d'environ 32 000 exemplaires; vers la fin de 1951, d'environ 55 000.
750 exemplaires, tirés en février 1954, ont été reliés d'après la maquette de Mario Prassinos.
— À partir de 1960, édition recomposée de 243 pages qui sup-

prime les mots *Roman* et *Fin*. Nombreuses réimpressions qui, à partir du tirage du 3 mai 1968, reproduisent sur les rabats de couverture une partie du prière d'insérer.

Le même texte a été utilisé, à partir de 1960, pour la collection reliée « Soleil ».

b. Gallimard, coll. « Pourpre », [1950], 252 pages.

c. Coll. « Grand Prix des meilleurs romans du demi-siècle », n° 11, André Sauret, éditeur, 320 pages. Avec une lithographie originale de Goerg (représentant Sartre). Tirage achevé le 16 juillet 1951, 3 400 exemplaires.

d. Gallimard, coll. « Le Rayon d'or », n° 3, [1951], 251 pages. Avec douze gouaches de Mario Prassinos, 3 600 exemplaires.

e. Le Club du Meilleur Livre, coll. « Romans », [1954], 272 p.

f. Gallimard, « Le Livre de poche », n° 160, [1956], 252 p.

g. *Œuvre romanesque*, t. I, avec des lithographies originales de Walter Spitzer : Éditions Lidis, [1965], 235 p. Édition de luxe, sur papier filigrané à la signature de Jean-Paul Sartre, tirée à 5 012 exemplaires.

Une partie de cette édition a été reprise en 1971 par le Club français du livre.

h. Gallimard, « Le Livre de poche Université », [1966]. Texte de l'édition *f* avec étude et notes de Georges Raillard (70 pages).

i. Culture, arts, loisirs, [1967], 240 p. Édition club avec couverture de Carzou et un cahier d'études illustré dû à André Gérel.

j. Gallimard, coll. « Folio », d'abord n° 46, puis n° 805, [1972], 248 p.

k. *Œuvres romanesques* de Jean-Paul Sartre et de Simone de Beauvoir, t. I, *La Nausée*, *Le Mur*, éditions du Club de l'Honnête Homme, [1979], 6 250 exemplaires.

Traductions de « La Nausée »

La Nausée a été traduite jusqu'à présent dans les langues suivantes : allemand, anglais (d'abord sous le titre *The Diary of Antoine Roquetin* ; il existe deux traductions différentes), basque, bulgare, catalan, cingalais, coréen, cotonien, croate, danois, espagnol, esperanto, finnois, grec, hébreu, hongrois, italien, japonais, letton, macédonien, néerlandais, norvégien, polonais, portugais, punjabie, roumain, russe, serbe, serbo-croate, slovène, suédois, scipétaire, tchèque, turc, ukrainien.

ÉTUDES SUR LA « NAUSÉE »

Une bibliographie exhaustive des études faites sur *La Nausée* occuperait sans doute une quarantaine de pages. Nous nous contenterons de donner ci-dessous les références qui nous semblent les plus directement utiles et nous ne mentionnerons pas les études contenues dans les ouvrages généraux sur Sartre.

Concordance

FORTIER (Paul-A.) : *Concordance to Sartre* : La Nausée. Ouvrage réalisé sur ordinateur I.B.M. à l'Université du Saskatchewan, Regina, en 1972. 2 vol. 1 419 p. + 328 p. Hors commerce.

Le texte utilisé est celui de l'édition Gallimard de 1968. Le premier volume reprend tous les mots de *La Nausée* — même les plus simples — dans l'ordre alphabétique et avec leur contexte ; le second indique la fréquence des mots par ordre alphabétique puis classe ces mots par ordre de fréquence[1].

Volumes

IDT (Geneviève) : *La Nausée : analyse critique,* Hatier, coll. « Profil d'une œuvre », n° 18, 1971, 79 p.

RAILLARD (Georges) : *La Nausée de J.-P. Sartre,* Classiques Hachette, coll. « Poche critique », 1972, 94 p.

GORE (Keith) : *Sartre : La Nausée and Les Mouches,* London, Edward Arnold, 1970. Sur *La Nausée,* p. 17-43.

Voir aussi « Principaux ouvrages parus de 1981 à 1994 », p. 2172 et suiv. du présent volume.

Articles

ARNOLD (A. James) : « *La Nausée* revisited », *French Review,* vol. XLI, n° 2, novembre 1965, p. 199-213.

BACHELARD (Gaston) : *La Terre et les Rêveries de la volonté,* José Corti, 1948. Cf. p. 112-116.

BOLLE (Louis) : *Les Lettres et l'Absolu,* Genève, Perret-Gentil, 1959. Cf. p. 121-128.

BOST (Pierre) : « Proust devant une sonate, Sartre devant un air de jazz entendent une seule voix... », *Le Figaro littéraire,* 8 janvier 1949, p. 1, 3.

BROSMAN (Catharine Savage) : « Sartre's nature : Animal images in *La Nausée* », *Symposium,* vol. XXXI, n° 2, été 1977, p. 107-125.

CHAMPIGNY (Robert) : « Sens de *La Nausée* », *PMLA,* vol. LXX, n° 1, mars 1955, p. 37-46.

COHN (Robert-G.) : « Sartre versus Proust », *Partisan Review,* vol. XXVIII, n⁰ˢ 5-6, septembre-novembre 1961, p. 633-641.

COLLINS (M. L.) et PIERCE (C.) : « Holes and slime : sexism in Sartre's phychoanalysis », in GOULD (Carol C.) et WARTOFSKY (Marx W.), eds, *Women and Philosophy,* New York, Putnam, 1976, p. 112-127.

COLVILLE (Georgiana M.) : « Éléments surréalistes dans *la Nausée* », *L'Esprit créateur,* vol. XVII, n° 1, printemps 1977, p. 19-28.

CONTAT (Michel) : « De " Melancholia " à *La Nausée* : la normalisation NRF de la Contingence », *Genesis,* n° 22, 2004, p. 75-94.

COTTIER (Georges) : « L'Homme de la facticité : notes sur *La Nausée* de Jean-Paul Sartre », *Lettres* [Genève], 3ᵉ année, n° 1, p. 33-45.

DALE (Jonathan) : « Sartre and Malraux : *La Nausée* and *La Voie royale* », *Forum for Modern Language Studies,* vol. IV, n° 4, octobre 1968, p. 335-346.

DAVIS (John F.) : « *La Nausée* : Imagery and use of the diary form », *Nottingham French Studies,* vol. X, n° 1, mai 1971, p. 33-46.

---

1. Fréquence de mots dans *La Nausée,* d'après la concordance de Paul Fortier : nausée, 28 ; mélancolie (et dérivés, ainsi que pour tous les suivants), 3 ; exister, 243 ; présent, 97 ; aventure, 42 ; mort, 108 ; seul, solitude, 99 ; vide, 32 ; louche, 4 ; obscène, 6 ; fade, 7 ; mou, 20 ; dur, 27 ; tiède, 13 ; visqueuse, 1 ; jeune, 103 ; vieux, 97 ; blanc, 53 ; noir, 110 nègre, 10 ; rouge, 50 ; roux, 18 ; bleu, 37 ; vert, 30 ; jaune, 23 ; blond, 14 ; brun, 21 ; violet, 14.

Doubrovsky (Serge) : « Le Neuf de cœur. Fragment d'une psycho-lecture de *La Nausée* », *Obliques*, nᵒˢ 18-19, 1979, p. 67-73.

Falk (Eugène F.) : *Types of Thematic Structures : The Nature and Function of Motifs in Gide, Camus, and Sartre,* Chicago, University of Chicago Press, 1967. Cf. p. 117-176.

Fitch (Brian T.) : *Le Sentiment d'étrangeté chez Malraux, Sartre, Camus et S. de Beauvoir,* Minard-Lettres modernes, 1964. Cf. « Le mirage du moi idéal : *La Nausée* de Jean-Paul Sartre », p. 93-139

Fletcher (Dennis J.) : « The use of colour in *La Nausée* », *Modern Language Review,* vol. LXIII, nᵒ 2, avril 1968, p. 370-380.

— « Sartre and Barrès : some notes on *La Nausée* », *Forum for Modern Language Studies,* vol. IV, nᵒ 4, octobre 1968, p. 330-334.

Fletcher (John) : « Sartre's *Nausea :* a modern classic revisited », *Critical Quarterly,* vol. XVIII, nᵒ 1, printemps 1976, p. 11-20.

Goldthorpe (Rhiannon) : « The presentation of consciousness in Sartre's *La Nausée* and its theoretical basis », *French Studies,* vol. XXII, nᵒ 2, avril 1968, p. 114-132 ; vol. XXV, nᵒ 1, janvier 1971, p. 32-46.

Greene (Francis J.) : « Louis Guilloux's *Le Sang noir :* a prefiguration of Sartre's *La Nausée* », *French Review,* vol. XLIII, nᵒ 2, décembre 1969, p. 205-214.

Grossvogel (David I.) : *Limits of the Novel,* Ithaca, Cornell University Press, 1968. Cf. p. 226-255.

Idt (Geneviève) : « *Les Mots,* sans les choses, sans les mots, *La Nausée* », *Degrés,* 1ʳᵉ année, nᵒ 3, juillet 1973, p. 1-17

Jameson (Fredric) : « The laughter of *Nausea* », *Yale French Studies,* nᵒ 23, été 1959, p. 26-32.

Keefe (Terry) : « The ending of Sartre's *La Nausée* », *Forum for Modern Language Studies,* vol. XII, nᵒ 3, juillet 1976, p. 217-235.

Kermode (Frank) : *The Sense of an Ending,* Londres-New York, Oxford University Press, 1967. Cf. p. 127-152.

Leclerc (Annie) : « De Roquentin à Mathieu », *L'Arc,* nᵒ 30, décembre 1966, p. 71-76.

Magny (Claude-Edmonde) : *Les Sandales d'Empédocle,* Neuchâtel : La Baconnière, 1945 ; éd. du Seuil, 1960. Cf. « Sartre ou la duplicité de l'être », p. 105-172.

Marcel (Gabriel) : *Les Grands Appels de l'homme contemporain,* éd. du Temps présent, 1946. Cf. p. 111-176.

Mingelgrün (Albert) : « L'air de jazz dans *La Nausée :* un cheminement proustien », *Revue de l'université de Bruxelles,* nᵒ 1, 1972, p. 55-68.

Morris (Madeleine-F.) : « Faust à Bouville », *Revue de littérature comparée,* 42ᵉ année, nᵒ 4, octobre-décembre 1968, p. 534-548.

Onimus (Jean) : « Folantin, Salavin, Roquentin : trois étapes de la conscience malheureuse », *Face au monde réel,* Bruges, Desclée de Brouwer, 1962, p. 99-116. Publié d'abord dans *Études,* janvier 1958.

Oxenhandler (Neal) : « The metaphor of metaphor in *La Nausée* », *Chicago Review,* vol. XV, nᵒ 4, été-automne 1962, p. 47-54.

Pellegrin (Jean) : « L'objet à deux faces dans *La Nausée* », *Revue des sciences humaines,* nᵒ 113, janvier-mars 1964, p. 87-97.

Poulet (Georges) : *Le Point de départ. Études sur le temps humain,* III, Plon 1964, p. 216-236.

Prince (Gerald) : « L'Odeur de la nausée », *L'Esprit créateur,* vol. XVII, nᵒ 1, printemps 1977, p. 29-35.

ROBBE-GRILLET (Alain) : « Nature, humanisme, tragédie », *Pour un nouveau roman,* éd. de Minuit, 1963, p. 55-84. Publié d'abord dans *La Nouvelle Revue française,* octobre 1958.

RUPPERT (Peter) : « The aesthetic solution in *Nausea* and *Malte Laurids Brigge* », *Comparative Literature,* vol. XXIX, n° 1, hiver 1977, p. 17-34.

RYBALKA (Michel) : « ... À trente ans ce beau coup : *La Nausée* », *Magazine littéraire,* n°s 103-104, septembre 1975, p. 15-18.

SAISSELIN (Rémy-G.) : « Bouville ou l'anti-Combray », *French Review,* vol. XXXIII, n° 3, janvier 1960, p. 232-238.

SCHÄDTER (Herbert) : *Das literarische Frühwerk Sartres. Untersuchungen zur Interpretation von* La Nausée *und* Le Mur, thèse de l'université de Mayence, 1969, 177 p.

SIMON (Pierre-Henri) : *L'Homme en procès,* Neuchâtel, La Baconnière, 1950 ; Payot, 1965. Cf. « Jean-Paul Sartre ou la navigation sans étoiles », p. 51-91.

VIDAL (Jean-Pierre) : « Bretelles mauves, mains rouges et mur chocolat », *Protée,* [Chicoutimi], vol. II, n° 1, avril 1972, p. 73-84.

WAHL (Jean) : *Poésie, pensée, perception,* Calmann-Lévy, 1948. Cf. « Note sur *La Nausée* », p. 97-109.

WATSON (Graeme) : « Roquentin in Indo-China », *A.U.M.L.A.* [Australie], n° 22, novembre 1964, p. 277-281.

ZIMMERMAN (Eugenia Noik) : « *Some of these days :* Sartre's petite phrase », *Contemporary Literature,* n° 11, 1970, p. 375-388.

— « The metamorphosis of Adam : nausea and things in Sartre and Proust », in STAMBOLIAN (George), éd., *Twentieth Century French Fiction,* Essays for Germaine Brée. New Brunswick, Rutgers University Press, 1975, p. 54-71.

Complément depuis 1980 : voir RYBALKA (M.) et CONTAT (M.), *Sartre : Bibliographie 1980-1992,* p. 2163. Ensuite, voir *Bulletin du Groupe d'Études Sartriennes/L'Année sartrienne* pour plus d'une centaine de références supplémentaires.

NOTE SUR LE TEXTE

Ainsi que l'indique la dédicace « À mon cher Ieroslaw [*signé*] Kobra[1] », le manuscrit définitif de *La Nausée* a été donné par Sartre à Olga Kosakiewicz. Celle-ci et son mari J.-L. Bost, ayant besoin d'argent, le vendirent après la guerre au peintre Fautrier. Après la mort de ce dernier, le manuscrit fut acquis par un industriel parisien qui le revendit en 1979 à la Bibliothèque nationale, où il peut être consulté. Notre travail sur le texte de *La Nausée* s'est effectué en trois étapes. Dans un premier temps, ne pouvant obtenir communication du manuscrit, nous avons utilisé un relevé de la plupart des passages inédits et des variantes fait par Monique Bolloré et Daphné de Saint-Marceaux, à qui nous exprimons ici toute notre reconnaissance. Puis, en 1976, nous avons pu exploiter un dactylogramme presque complet du texte, qui se trouvait alors dans les papiers de Simone Jollivet et qui est conservé aujourd'hui dans les archives de Sartre. Enfin, en août 1979, nous avons pu prendre connaissance du manuscrit nouvellement acquis par la Bibliothèque nationale, que nous avons utilisé pour vérifier le travail déjà fait et établir notre apparat critique de façon définitive.

1. Voir n. 1, p. 1.

Description du manuscrit

Le manuscrit comporte 513 feuillets 17 cm × 22 cm, tous de la main de Sartre et répartis en trois classeurs :

— les 160 feuillets du premier classeur sont numérotés par Sartre d'une façon discontinue de 1 à 129, avec des feuillets intercalés marqués bis, ter ou non numérotés. Le début du texte (feuillets 3 à 9), qui manquait, a été retrouvé[1].

Un bon nombre de feuillets, écrits à l'encre violette et correspondant de toute évidence à un premier état du manuscrit, sont abondamment raturés et alternent avec des feuillets écrits en bleu-noir ou noir qui ont été ajoutés plus tard ;

— le deuxième classeur comprend 156 feuillets non numérotés par Sartre, écrits complètement en bleu-noir et avec très peu de ratures ;

— le troisième classeur (197 feuillets) comporte plusieurs types d'écriture. Le début est écrit à l'encre bleu-noir, avec peu de ratures. L'épisode d'Anny est rédigé à l'encre violette, avec des corrections au bleu-noir. Le texte correspondant à « Dimanche » ainsi que l'épisode de la bibliothèque sont d'une petite écriture noire postérieure aux passages à l'encre violette mais antérieure à ceux en bleu-noir. Les passages correspondant à « Mercredi » et la fin sont en bleu-noir.

Dans l'ensemble, le manuscrit laisse apparaître au moins quatre états différents, dans la succession suivante :

1. Passages à l'encre violette — les plus anciens ;
2. Passages en petite écriture noire — anciens, mais un peu postérieurs ;
3. Corrections et nombreux ajouts en bleu-noir ou bleu — longs passages récrits avec peu de ratures ;
4. Corrections au crayon ou à l'encre bleu ciel.

D'autre part, Sartre indique à deux reprises : « Laisser un blanc de trois lignes. » Certaines parties du manuscrit comportent d'assez nombreux passages biffés, dont quelques-uns sont illisibles. Nous avons repris en variantes tout ce qui présentait un intérêt sur le plan du fond et du style, en n'omettant que les modifications qui nous paraissaient être d'un ordre très mineur (ponctuation, etc.).

Le manuscrit décrit ci-dessus a été, par la suite, en 1980, relié par Monique Mathieu. Il fait partie, sous la cote NAF 17900, des plus beaux manuscrits reliés modernes de la BN et a été montré lors de l'exposition « Cinq années d'enrichissement du patrimoine national, 1975-1980 », Grand Palais, 16 novembre 1980 — 2 mars 1981. Les neuf premiers feuillets manquants du début ont été retrouvés et joints à la reliure.

Description du dactylogramme

Il s'agit d'un ensemble de 329 feuillets 21 × 27 sur papier blanc jaunâtre et suivant fidèlement, avec les exceptions que nous notons ci-dessous, le texte du manuscrit que nous venons de décrire.

1. Voir var. *a*, p. 5.

Ce dactylogramme (celui qui était en possession de Simone Jollivet et qui se trouve aujourd'hui dans les archives de Sartre) devait à l'origine comporter 350 feuillets : il y manque, en effet, 20 feuillets correspondant aux dates lundi, mardi et début de mercredi, après la visite de Roquentin au musée de Bouville[1]. Le feuillet 195 porte, à ce propos, deux indications : « À raccorder », d'une écriture autre que celle de Sartre, peut-être celle de Simone Jollivet, et « Manquent vingt pages », de la main de Sartre. Il manque aussi le dernier feuillet.

Le dactylogramme donne les premières pages du texte qui manquent dans le manuscrit et ne comporte pas, en revanche, un assez long passage concernant la rencontre avec Anny.

Après la page de titre et deux feuillets non numérotés, nous trouvons 194 feuillets numérotés de 1 à 194 de la main de Sartre et présentant des corrections mineures, toujours de Sartre. Les 132 derniers feuillets ne sont pas numérotés et ne portent aucune correction.

Le dactylogramme ne reprend généralement pas les passages biffés dans le manuscrit, et il suit celui-ci de près. Nous n'avons pas jugé utile d'indiquer en variantes une dizaine de changements de paragraphes entre le dactylogramme et l'édition originale.

L'éditeur n'a pas conservé les épreuves de *La Nausée* et nos propres recherches pour les retrouver sont restées vaines. Sartre n'a jamais revu son texte après sa publication en volume.

Pour l'établissement du texte, nous avons pris et suivi d'aussi près que possible l'édition originale, publiée par Gallimard au printemps de 1938. Nous signalons les points précis où nous sommes intervenus pour corriger un texte fautif, soit en nous fondant sur le manuscrit ou le dactylogramme, soit avec l'accord de Sartre. Nous avons aussi corrigé, sur quelques points mineurs, la ponctuation et nous avons, sauf dans les variantes, normalisé l'usage des majuscules. Cette dernière question n'a pas été facile à résoudre : Sartre, en effet, avait tendance à utiliser à tout bout de champ des majuscules, et qui plus est, de façon anarchique.

On constatera à l'étude des variantes que Sartre a fourni un travail considérable pour la version finale de *La Nausée*. Contrairement à ce qui devait devenir son habitude, il a abondamment corrigé — sans les récrire complètement — certaines parties du texte et il a, d'autre part, beaucoup élagué. On trouve, en effet, un grand nombre de suppressions, portant à la fois sur des pages entières et sur de petits détails.

SIGLES UTILISÉS

ms.   Manuscrit conservé à la Bibliothèque nationale.
dactyl.   Dactylogramme, conservé dans les archives de Sartre.
orig.   Édition originale, Gallimard, 1938.

Par « éditions récentes », nous entendons les éditions de *La Nausée* disponibles depuis 1960, qu'il s'agisse de la collection blanche, de la collection Soleil ou des éditions de grande diffusion, dans le Livre de poche ou dans Folio.

1. P. 113-123 de la présente édition.

NOTES ET VARIANTES

Page 1.

a. *Titre dans ms. et dans dactyl. :* MELANCHOLIA[1] / Roman   : *Page de titre de l'édition originale :* Jean-Paul Sartre / LA NAUSÉE / Roman[2] / « C'est un garçon sans importance / collective, c'est tout juste un individu. » / (Louis-Ferdinand Céline : *L'Église.*) / NRF / Gallimard / Paris — 43, Rue de Beaune[3].

1. Surnom donné par René Maheu à Simone de Beauvoir pour ses qualités de travail et de persévérance et pour son « esprit constructeur », par analogie avec le mot anglais *beaver* (qui signifie « castor »), et couramment utilisé par ses intimes. (Voir *Mémoires d'une jeune fille rangée,* p. 323.)

Sartre a dédié « au Castor » ses deux œuvres philosophiques majeures : *L'Être et le Néant* et la *Critique de la raison dialectique.* Si *La Nausée* est la seule de ses œuvres littéraires qui porte également cette dédicace, ce serait une erreur d'en conclure que Sartre considérait cette œuvre comme philosophique : il tenait simplement à dédier à Simone de Beauvoir sa première œuvre importante.

Le manuscrit comporte deux feuillets de dédicace, l'un « Au Castor », l'autre « À mon cher Ieroslaw Kobra. » Selon Sartre, il s'agit là d'un prénom qu'il a fabriqué à partir de différents surnoms à consonance slave que Simone de Beauvoir et lui-même donnaient à Olga Kosakiewicz, le troisième membre du « trio » formé en 1935. (Sartre lui dédie plus tard le volume *Le Mur.*) Cette inscription est sans doute une dédicace faite lorsque Sartre a donné à Olga Kosakiewicz le manuscrit de *La Nausée* qu'elle avait « lu avec passion », comme le dit Simone de Beauvoir (*La Force de l'âge,* p. 264). Kobra est l'un des surnoms de Sartre dans les années 30.

2. Cette citation est tirée dans la première œuvre de Céline, *L'Église,* comédie en cinq actes, publiée par Denoël et Steele en

---

1. On sait (voir la Notice, p. 1667) que le premier titre de *La Nausée,* « Melancholia » a été suggéré à Sartre par une gravure sur cuivre d'Albrecht Dürer, datant de 1514, mesurant 23,9 × 16,8 cm et intitulée « Melencolia I ». Comme l'indique George Bauer dans le second chapitre de son livre (« *La Nausée* : Melancholy of the Artist », *Sartre and the Artist,* University of Chicago Press, 1969, p. 13 et suiv.), cette gravure a fait l'objet de nombreuses études et interprétations et a inspiré bon nombre de poètes et d'écrivains, surtout à l'époque romantique.

Théophile Gautier, par exemple, décrit l'œuvre de Dürer dans un poème intitulé « Melancholia » (*Poésies complètes,* t. II, Nizet, 1970, p. 87-88).

Melencolia I a aussi inspiré Gérard de Nerval, Michelet et Victor Hugo. Dans *William Shakespeare,* celui-ci écrit que « comme la grande larve de Dürer, Hamlet pourrait se nommer Melancholia » (cité par Jean-Bertrand Barrère, « Victor Hugo et Albert Dürer », dans le volume *La Gloire de Dürer* : colloque de Nice, Klincksieck, 1974, p. 179).

Michelet, quant à lui, consacre cinq pages à « Melencolia I » dans cette même *Histoire de France* à laquelle il est fait allusion plus loin dans *La Nausée* (voir édition Flammarion, t. VIII, s.d., p. 81-85).

2. Le mot *roman* sera supprimé de toutes les éditions à partir de 1960 environ. Sartre ne se souvient pas d'avoir demandé cette suppression, mais depuis 1950, au moins, il ne considérait plus *La Nausée* comme un roman. De même, à la dernière page du livre, le mot *fin* sera supprimé dans les mêmes éditions : voir var. *b,* p. 210.

3. La dédicace « Au Castor » figure sur une page à part dans l'édition originale.

1933 (p. 150), créée en 1936 au théâtre des Célestins à Lyon, et représentée seulement en janvier 1973 à Paris. Il s'agit du jugement que porte sur Bardamu le Juif Yudenzweck, directeur du Service des compromis à la Société des Nations. Yudenzweck poursuit d'ailleurs (p. 151) : « Nous ne parlons pas la même langue. Il parlait le langage de l'individu, moi, je ne parle que le langage collectif. Il m'intéressait assez jusqu'au moment où j'ai compris ça. Alors, j'ai cessé de l'écouter, par discipline. »

Sartre ignorait à l'époque, nous a-t-il dit, l'aspect antisémite de la pièce, puisqu'il ne l'avait pas lue : il tenait la citation de seconde main. Il se réfère encore à elle dans son article sur Maurice Blanchot (*Situations I*, p. 131-132) pour parler de « l'homme naturel, c'est-à-dire l'individu, celui que Céline appelle "un garçon sans importance collective" et qui ne saurait être qu'une fin absolue ».

Comme bon nombre de ses contemporains, Sartre fut fortement impressionné en 1932 par *Voyage au bout de la nuit*. Parmi les articles qui ont examiné les correspondances possibles entre le *Voyage* et *La Nausée*, mentionnons celui d'Allen Thiher, « Céline and Sartre » dans *Philological Quarterly* (vol. L, 1971, p. 292-305); voir également Georges Raillard, *La Nausée de J.-P. Sartre*, Hachette, 1972, p. 39-41. Voir aussi notre Notice, p. 1665-1666.

En 1945, dans le texte « Portrait de l'antisémite » (repris dans *Réflexions sur la question juive*), Sartre reprochera à Céline d'avoir été payé par les nazis et Céline lui répondra par un violent pamphlet, *À l'agité du bocal* (P. Lanauve de Tartas éditeur, 1948). Dans « Écrire pour son époque » (1946, voir *Les Écrits de Sartre*, p. 675), Sartre dira cependant : « Peut-être Céline demeurera seul de nous tous. » Vers la fin de sa vie il tenait toujours le *Voyage au bout de la nuit* pour une des œuvres essentielles de son temps.

Page 3.

a. sans y rien changer, [<à part¹> les notes que nous avons mises de manière à éclairer un texte souvent obscur *biffé*]. / La première page *ms.*

1. Cet avertissement, où l'auteur, suivant un procédé romanesque utilisé depuis le XVIIIᵉ siècle, feint de s'effacer devant « les éditeurs », sert de point de départ au récit et a pour principale fonction de maintenir sa fin ouverte sur un prolongement indéterminé. Sartre nous a affirmé que cette note figurait déjà en tête de la toute première version. Ce procédé qui vise à situer le récit *dans la réalité*, a évidemment ici une fonction ironique, puisqu'il apparaît au lecteur contemporain comme l'aveu même d'une fiction. À l'origine, chez Daniel Defoe par exemple, qui semble avoir été le premier à l'employer avec *Robinson Crusoé*, le procédé pouvait à la rigueur tromper le lecteur candide, aucun nom d'auteur ne figurant en tête du livre; il devint cependant rapidement une pure convention, reconnue pour telle, dès lors qu'apparut sur la page de titre de l'ouvrage un nom qui n'était pas celui du narrateur prétendu. (Voir sur ces questions : May, Georges. *Le Dilemme du roman au XVIIIᵉ siècle*, P.U.F., 1963.)

Pour Sartre, qui voulait, avec *La Nausée*, dépasser le genre romanesque tout en jouant avec ses modalités historiques, la

---

1. C'est nous qui restituons, ces deux mots étant illisibles.

référence à *Robinson Crusoé* par le moyen de cet « avertissement » est intentionnelle : d'entrée de jeu se trouve ainsi rattaché à une tradition littéraire fondée par le récit de Defoe un livre qui vise à s'en affranchir. De la même façon, le titre que Sartre un moment a songé à lui donner, « Les Aventures extraordinaires d'Antoine Roquentin », jouait selon toute apparence sur celui de Defoe : *The Life and strange surprising Adventures of Robinson Crusoe.*

Plus importante nous apparaît la lecture qu'implique cet avertissement liminaire, et qui est une lecture *cultivée :* le texte se donne d'emblée en référence à une tradition romanesque supposée connue et qui fonctionne selon un certain nombre de conventions admises, un code culturel. Mais surtout, l'avertissement comporte implicitement une information qui n'est pas sans conséquence sur la manière dont les cahiers d'Antoine Roquentin vont être lus et sur ce qui se passe *après* le récit qu'ils contiennent : c'est, d'une part, que leur auteur est soit mort, soit disparu, soit interné (puisqu'on dispose de ses papiers sans que sa volonté de les voir publiés ait pu se manifester) et que, d'autre part, il n'a de toute évidence pas écrit le roman dont il forme le projet à la fin du livre, puisqu'il n'en est pas fait état par les éditeurs. Ainsi, grâce à l'Avertissement, le récit s'ouvre et s'achève sur une énigme.

2. Selon Sartre, l'un des ouvrages qui a le plus influencé *La Nausée* est *Les Cahiers de Malte Laurids Brigge* de Rainer Maria Rilke, paru en 1910, traduit en français en 1926 par Maurice Betz (Émile Paul Frères) et qu'il a lu alors qu'il était encore à l'École normale.

Une comparaison détaillée des deux livres pourrait faire l'objet d'une thèse ou d'une longue étude ; contentons-nous ici d'indiquer quelques points de ressemblance :

— sur le plan de la forme, l'utilisation de ce que l'on pourrait appeler le journal existentiel, avec la production d'une fiction qui se veut à la fois autobiographique et réaliste et qui refuse jusqu'à un certain point le romanesque traditionnel ;

— le choix comme personnage central d'un homme seul : Malte est un étranger de vingt-huit ans, « un jeune homme insignifiant » qui vit pauvre et isolé à Paris et qui fait de temps à autre des recherches historiques à la Bibliothèque nationale. Comme Roquentin, il écrit ;

— ce personnage vit dans la peur et dans une atmosphère étrange. Quelque chose a changé en lui, il est en état de crise mais à travers la difficulté d'être, il commence à percevoir une nécessité inéluctable, celle de son existence et de sa mort.

On trouverait de nombreux autres points, surtout dans le premier tiers des *Cahiers,* pour établir l'affinité entre les deux œuvres. Cependant il est certain que *La Nausée* fonctionne sur un registre beaucoup plus cartésien, plus social et philosophiquement plus rigoureux que l'ouvrage de Rilke. Idéologiquement, les deux œuvres sont très éloignées : Sartre est évidemment aux antipodes du mysticisme et de la religiosité de la fin des *Cahiers ;* il accorde une place plus réduite au passé de son personnage et, surtout, ne prend pas comme thème central de son livre l'être-pour-mourir et l'obsession de la mort.

Pour une comparaison entre Rilke et Sartre, voir : Lyon, Laurence Gill. « Related images in *Malte Laurids Brigge* and *La Nausée.* » *Comparative Literature,* vol. XXX, n° 1, hiver 1978, p. 53-71.

3. Sur la signification du mot roquentin, voir la Notice, p. 1674.

4. Ainsi que nous l'établissons plus loin (voir n. 1, p. 8), le récit couvre la période janvier-février 1932 et le journal proprement dit va du 25 janvier au 24 février 1932. À cette époque, Sartre est professeur de philosophie au lycée du Havre.

À la lecture des journaux du Havre, on ne distingue aucun événement important ayant marqué cette période : le Mardi gras (9 février) fut gris et froid et il y eut une vague de froid le 14 février. Le cabinet Laval fut renversé le 16 février pour être remplacé le 23 par un cabinet Tardieu. La Chine et le Japon venaient d'entrer en guerre et il y avait une grande famine en Ukraine et Russie Blanche. *Havre-Éclair* menait une campagne contre le cinéma, « danger national, danger social, danger moral ». Ce n'est qu'au mois de mars que se produisirent plusieurs événements marquants : le rapt du bébé Lindbergh, la mort d'Aristide Briand et des élections en Allemagne qui virent un relatif insuccès de Hitler face à Hindenburg.

5. Il est difficile, malgré les indications supplémentaires que donne le manuscrit, de reconstituer avec précision le passé de Roquentin, car les renseignements que l'on peut relever ici et là dans le récit ne concordent pas tous. Cependant, il nous semble possible de proposer la chronologie imaginaire suivante :

— Au moment de La Nausée, en janvier 1932, Roquentin a trente ans.

— Vers 1922-1923, il commence à s'intéresser au marquis de Rollebon (recherches à la Mazarine, vol de papiers en U.R.S.S.).

— Vers 1923, il commence une série de voyages qui dureront six ans.

— De 1924 à 1927, c'est-à-dire trois ans, il est lié avec Anny et voyage avec elle.

— La séparation se fait en 1927 lorsque Roquentin se rend pour un an au Japon.

— Après le Japon, Roquentin séjourne encore en Extrême-Orient et à Hanoi (vers 1928).

— Vers 1929, il vient se fixer à Bouville, pour y achever ses recherches sur Rollebon.

— En 1930, il fait la connaissance de l'Autodidacte.

— En janvier 1932, expérience du galet et début du journal.

6. Pour décrire Bouville, Sartre s'est inspiré surtout du Havre, mais aussi de La Rochelle (où il a vécu de 1917 à 1920) et de Rouen (où Simone de Beauvoir a enseigné de 1932 à 1936). (Il existe actuellement en France trois agglomérations qui portent le nom de Bouville.) Ce sont sans doute les différents sens symboliques de Bouville (ville des bœufs, de la boue, du bout) qui ont amené Sartre à choisir ce nom auquel on peut trouver aussi une consonance flaubertienne.

Dans la géographie imaginaire de *La Nausée,* la plupart des noms de rues, de quartiers ou de lieux ont été inventés par Sartre, ou tout au moins pris dans le registre des noms typiquement bourgeois que l'on trouve habituellement dans une ville de province. Ainsi nous avons les rues Chamade, Suspédard, Tournebride, Bressan, du Président-Chamart, le passage Gillet, la place Ducoton, des localités comme Monistiers et Compostel, etc. D'autres noms semblent avoir été choisis en fonction de leur signifié : rue des Mutilés, rue Paradis, la douce et féminine rue Jeanne-Berthe-Cœuroy...

Plusieurs noms sont empruntés à des personnages historiques identifiables : le boulevard Victor-Noir, l'avenue Galvani, la rue Joséphin-Soulary (voir nos notes). D'autres indications renvoient plus ou moins directement à la géographie du Havre : les Grands Bassins, le Coteau Vert, la place Sainte-Cécile et peut-être même la rue Ferdinand-Byron (par déformation ironique de la rue Ferdinand-Brunetière). On peut rattacher à Rouen : le quartier Beauvoisis (par approximation avec Beauvoisine), la rue des Horlogers (cf. la rue du Gros-Horloge), la rue de l'Aumônier-Hilaire (cf. boulevard et faubourg Saint-Hilaire). Il y a dans *La Nausée* une poétique de la ville de province à laquelle la toponymie contribue singulièrement.

7. Sartre nous a affirmé à plusieurs reprises qu'il n'y avait aucune figure historique précise derrière le marquis de Rollebon et qu'il avait voulu faire un personnage d'aventurier assez composite, dans le ton de l'époque. C'est cependant à Talleyrand — un Talleyrand au petit pied — qu'il a pensé, pour son rôle politique et pour la poudre qu'il mettait sur son visage.

Nos propres recherches dans ce domaine n'ont abouti à rien.

D'après les renseignements que fournit plus tard Roquentin (voir p. 17-18) les dates du marquis de Rollebon sont 1750-1825.

Page 5.

a. voilà *dactyl. Rappelons que nous ne disposons pas du manuscrit pour le début du roman. Il ne commence qu'à la page 9 (voir var. d, p. 9).*

1. Avec ce *Feuillet sans date,* Sartre, en laissant des mots en blanc ou raturés, confirme et renforce le faux effet de réel recherché par l'Avertissement des éditeurs qui précède : on est supposé avoir affaire à un manuscrit non mis au net par son auteur et publié tel quel. Le procédé est d'ailleurs rapidement abandonné (la dernière « note des éditeurs » se trouve p. 18). Sa véritable fonction est en effet davantage de susciter un certain type de lecture que d'accréditer une fiction : il souligne les ambiguïtés et les limites de l'entreprise d'écrire.

2. Dans son article sur François Mauriac, Sartre lui reproche de ne pas faire sa place à l'insignifiant et à l'informe et il ajoute : « il faut se taire ou tout dire, surtout ne rien omettre, ne rien " sauter " » (*Situations,* I, p. 48).

Dans *La Force de l'âge,* p. 144, Simone de Beauvoir voit ainsi l'une des qualités de Hemingway : « Sous sa plume, des détails insignifiants prenaient soudain un sens. »

3. Le mot rajouté en surcharge et illisible indique peut-être la tentative de trouver un langage nouveau. L'autre mot raturé *(forcer* ou *forger)* suggère deux fonctions possibles de l'écriture : celle-ci peut soit forcer, exagérer, altérer une réalité pré-existante, soit forger, façonner, inventer même faussement une réalité autonome. (Le même procédé sera utilisé plus tard par Albert Camus dans sa nouvelle *Jonas* où il est question d'un mot dont on ne sait s'il faut le lire comme « solitaire » ou « solidaire »).

Page 6.

1. Sartre nous a précisé que, pour l'épisode du galet, il y a eu une influence certaine d'un dialogue de Paul Valéry, *Eupalinos ou l'Architecte,* paru en 1921. Dans *Eupalinos,* en effet, Socrate parle

longuement d'un objet qu'il a trouvé au bord de la mer et qui lui pose une énigme :

« J'ai trouvé une de ces choses rejetées par la mer; une chose blanche, et de la plus pure blancheur; polie, et dure, et douce, et légère. Elle brillait au soleil, sur le sable léché, qui est sombre et semé d'étincelles. Je la pris; je soufflai sur elle; je la frottai sur mon manteau, et sa forme singulière arrêta toutes mes autres pensées. Qui t'a faite? pensai-je [...] Je demeurai quelque temps et la moitié d'un temps, à la considérer sous toutes ses faces. Je l'interrogeai sans m'arrêter à une réponse... Que cet objet singulier fût l'œuvre de la vie, ou celle de l'art, ou bien celle du temps et un jeu de la nature, je ne pouvais le distinguer... Alors, je l'ai tout à coup rejeté à la mer » (*Eupalinos, L'Âme et la Danse, Dialogue de l'arbre*, coll. « Poésie », Gallimard, 1970, p. 64-69).

Valéry établit une opposition entre le galet, « épave énigmatique » qui est « de la même matière que sa forme : matière à doutes » et l'arbre qui est « un produit de la nature ». C'est cette méditation sur l'être de l'objet qui semble avoir surtout influencé Sartre, mais on peut trouver dans *Eupalinos* et *L'Âme et la Danse* d'autres points qui ont retenu son attention.

Le rapport Sartre-Valéry est déjà indiqué par Ferdinand Alquié dans son article « Paul Valéry vivant » (*Cahiers du Sud*, numéro spécial, 1946) et il est développé par Georges Raillard dans son volume sur *La Nausée*, p. 22-24.

D'autre part, le galet est un de ces « objets à deux faces » qui, selon l'expression de Geneviève Idt (*La Nausée : analyse critique* p. 42) « portent en eux la coexistence contingente de deux qualités antinomiques et cependant indissociables ». Voir à ce sujet l'article de Jean Pellegrin, « L'objet à deux faces dans *La Nausée* », *Revue des sciences humaines,* janvier-mars 1964, p. 87-97.

2. Dans le passage qui suit, Sartre change les noms de rues mais semble décrire assez exactement le quartier où il s'était installé à son arrivée au Havre en 1931. Avant d'habiter au 16, puis au 12 de la rue Guillaume-le-Conquérant (appartement chez P. Vasseur, courtier), Sartre avait, en effet, pris une chambre à l'hôtel Printania, 8, rue Charles-Laffitte. Cette rue va dans la direction nord-est, jusqu'à la gare S.N.C.F. et se trouve près de la gare routière; elle donne sur une petite place d'où partent le boulevard de Strasbourg et presque perpendiculairement le cours de la République (ici, boulevard Victor-Noir). Ce cours commence par plusieurs cafés et restaurants ainsi que l'Hôtel Terminus (face à la gare).

L'hôtel Printania n'existe plus aujourd'hui, et le reste a sensiblement changé depuis la guerre.

Dans une lettre adressée en octobre 1931 à Simone de Beauvoir (voir notre section « Documents », p. 1686), Sartre écrit : « Je suis allé déjeuner au restaurant à 1 h 50. Il est contre la gare dans ce quartier du Havre que j'aime tant et que j'ai décidé de faire paraître dans le factum sur la Contingence [premier projet de *La Nausée*]. Certes tout y est contingent, même le ciel [...] »

3. Sartre choisit probablement le nom du journaliste Yvan Salmon, dit Victor Noir, qui fut tué par Pierre Bonaparte le 10 janvier 1870, pour sa connotation d'anarchisme et sa dénotation de noir.

Page 7.

a. encore quelques minutes, mes bons amis : le tram   *dactyl.*

1. De telles notations réalistes désignent *La Nausée* comme « roman d'époque ». Son imaginaire visuel est tributaire de la thématique de l'art d'avant-garde du début des années trente, dont Sartre a sans doute eu une connaissance plus directe à Berlin en 1933-1934 : tableaux expressionnistes d'un Kokoschka, par exemple, ou films expressionnistes comme *Kühle Wampe* de Slatan Dudow et Bertolt Brecht, à l'inspiration sociale misérabiliste. Leur acclimatation en France a donné le réalisme poétique de Carné-Prévert, dont *Quai des brumes,* tourné au Havre en 1938, offre des équivalents plastiques à bien des descriptions d' « atmosphère » de *La Nausée.*

Page 8.

1. Les états du texte à notre disposition (dactyl., orig.) donnent *Lundi 29 janvier 1932.* Or, cette date ne correspond à rien dans le calendrier qui indique soit vendredi 29 janvier soit lundi 25 janvier. Comme on pourra le voir ci-dessous, seule cette dernière date permet de rendre compte d'une façon précise de la suite des événements. Sartre nous a affirmé n'avoir eu aucune intention de brouiller la chronologie de son récit et c'est pourquoi nous rétablissons, avec son accord, *Lundi 25 janvier 1932* (voir aussi var. *a,* p. 10).

Avec cette modification et en tenant compte des passages éliminés du manuscrit, nous pouvons établir la chronologie suivante :

Début janvier 1932	Feuillet sans date. Expérience du galet.
Lundi 25 janvier 1932	Début du journal proprement dit. Crise de Roquentin. Détails sur sa vie passée.
Mardi 26 janvier	Roquentin au café Mably. Il ramasse un vieux papier.
Dans la nuit de mercredi à jeudi [du 27 au 28]	Les deux bonnes de l'hôtel Printania. Vie de Roquentin à l'hôtel.
Jeudi [28 janvier] *matin*	Histoire de Lucie.
Après-midi	Sur M. de Rollebon.
Vendredi [29 janvier] Trois heures	*Un drôle de moment dans l'après-midi.* M. de Rollebon. Roquentin se regarde dans la glace.
— *Cinq heures et demie*	*La Nausée m'a saisi.* La partie de cartes. *Some of these days.*
— Sept heures et demie	Roquentin dehors, sur le boulevard Noir. Suite de l'histoire de Lucie.
— Vers huit heures	Roquentin va aller voir un film, *Le Satan de la mer.*
Samedi [30 janvier] Matin	Lucie
— *Deux heures du matin*	
Lundi [1ᵉʳ février]	*Baisé. Sans autre histoire.*
Mercredi [3 février]	À la Bibliothèque, l'Autodidacte.
Jeudi [4 février] — *Onze heures et demie*	À la Bibliothèque : Impétraz et l'Autodidacte.

— *Trois heures*	La méthode de l'Autodidacte.
Vendredi [5 février]	
— *Matin*	Promenade dans Bouville.
— *Trois heures*	Roquentin rentre chez lui, après avoir déjeuné trop lourdement. Souvenirs de Meknès, etc. Visite de l'Autodidacte. Réflexions sur l'aventure.
Samedi midi [6 février]	*Il faut choisir : vivre ou raconter.*
Dimanche [7 février]	La promenade du dimanche dans Bouville, sur la Jetée. Lecture d'*Eugénie Grandet.*
Lundi [8 février]	*Se méfier de la littérature.*
— *Sept heures du soir*	Travail sur Rollebon.
— *Onze heures du soir*	Baise la patronne du café, par *politesse.*
Mardi gras [9 février]	*J'ai fessé Maurice Barrès.* Roquentin reçoit une lettre d'Anny qui lui donne rendez-vous le 20 février à Paris. Scènes de la vie de café.
Mercredi [10 février]	*Il ne faut pas avoir peur.*
Jeudi [11 février]	*Écrit quatre pages.*
Vendredi [12 février]	« Mort » de M. Fasquelle. Le bonhomme à la pèlerine. Travail à la Bibliothèque.
Samedi matin [13 février]	
— *L'après-midi*	Visite au musée de Bouville. *Adieu Salauds.*
Lundi [15 février]	Roquentin renonce à son étude sur Rollebon. *J'existe.*
Mardi [16 février]	*Rien. Existé.*
Mercredi [17 février]	Déjeuner avec l'Autodidacte : Roquentin n'est pas humaniste. Voyage en tramway et arrivée au Jardin public.
— *Six heures du soir*	Scène culminante du livre : Roquentin au Jardin public, dans une *extase horrible,* devant la racine du marronnier.
— *Dans la nuit*	Roquentin décide de s'installer définitivement à Paris.
Jeudi [18 février]	*Accalmie.*
Vendredi [19 février]	Départ pour Paris.
Samedi [20 février]	Paris.
— *Quatre heures*	Entretien Roquentin-Anny. Discussion sur les moments privilégiés.
Dimanche [21 février]	Roquentin regarde Anny prendre le train à la gare d'Orsay et décide de retourner à Bouville, pour régler ses affaires.
Mardi [23 février] à *Bouville*	(Je suis) *seul et libre. Mais cette liberté ressemble un peu à la mort.*
Mercredi [24 février]	Dernier jour de Roquentin à Bouville.
— *Vers deux heures*	Il lit le journal à la Bibliothèque et prend la défense de l'Autodidacte.
— *Une heure plus tard*	Il fait ses adieux, écoute une dernière fois *Some of these days* et forme le projet d'écrire un livre.

2. Sartre a beaucoup fréquenté au début des années trente la Bibliothèque du Havre. Celle-ci avait quatre employés et comportait 85 000 livres (dont un assez grand nombre de mémoires). Elle était située 2 *bis*, rue Ancelot (rebaptisée en 1980 rue Jean-Paul Sartre), près du Lycée de garçons (aujourd'hui lycée François-Ier). La bibliothèque actuelle, sise rue Jules-Lecesne, comporte encore presque tous les ouvrages dont il est question par la suite dans *La Nausée*.

3. Sartre nous a déclaré à propos de l'Autodidacte :

« Ce personnage représente un véritable autodidacte qui avait à peu près le métier de clerc d'huissier qu'il a dans le roman. Avec son grand faux col, sa moustache blonde et ses yeux un peu égarés, il avait l'air un peu fou. Il était tout le temps à la Bibliothèque. Il n'était pas pédéraste, du moins que je sache; il n'était pas marié, il vivait seul. Il m'a parlé quelques fois, rarement; je le voyais à la Bibliothèque.

« En lui donnant seulement l'initiale d'un nom (Ogier P.), j'ai voulu utiliser un procédé romanesque qui datait d'un siècle. Lorsque j'écrivais *La Nausée*, j'étais traversé par des habitudes littéraires du siècle précédent.

« L'Autodidacte a donc existé, mais je lui ai prêté tous les sentiments que j'ai voulu. »

On trouve un autre personnage d'autodidacte socialiste, Delorteil, alias Charle Fraval, dans *La Semence et le Scaphandre*, texte écrit en 1923, mais selon Sartre, ce personnage n'a aucun rapport avec Ogier P.

On sait que l'une des caractéristiques de l'Autodidacte est de consigner avec soin dans un carnet ses pensées et surtout les pensées de autres. Rappelons à ce propos que Sartre, vers 1922-1923, faisait la même chose dans un carnet à couverture « Suppositoires Midy » qu'il avait trouvé dans le métro et où il notait alphabétiquement ses réflexions sur l'Art, sur la Beauté, la Contingence, etc.

Voir *Sartre : un film réalisé par Alexandre Astruc et Michel Contat, texte intégral*, Gallimard, 1977, p. 31, et fac-similé dans *Obliques*, nos 18-19, 1979, p. 66.

Page 9.

a. il faut choisir. Mais enfin, a-t-on jamais vu, à moins que le Diable ne s'en mêle, la nature changer ses lois du jours au lendemain. / Il faut croire que c'est moi   *dactyl. ms manque*
b. de petits changements s'accumulent   *dactyl. ms manque*
c. un beau jour, je suis le siège d'une véritable   *dactyl. ms manque*
d. heurté, incohérent. Quand j'ai quitté [...] après six ans de voyages, ces mêmes personnes eussent encore très bien pu parler de coup de tête : mais elles avaient disparu, pour la plupart; et je ne sais pas ce qu'elles sont devenues. / J'avais toutes les raisons de rester en France. En vérité j'étais un jeune homme très heureux. Quand je me rappelle ma vie de ce temps-là, mon départ me semble inconcevable. J'avais vingt-et-un ans. Ou vingt-deux puisque mon père est mort en 1918. La plupart de mes camarades disparaissaient de temps à autres pour six mois et m'envoyaient des cartes postales de Madrid ou de Florence; mais je ne m'étais jamais dit : « Moi aussi je pourrais faire comme eux. » / J'avais

de l'argent, des amis, quelques femmes. Je venais d'échouer à l'agrégation d'histoire et de découvrir Monsieur de Rollebon. Je passais des jours charmants. Sans doute avais-je déjà l'intention d'écrire un livre sur le Marquis ; en tout cas je n'étais plus occupé que de lui. Je travaillais jusqu'au soir à la Mazarine, recueillant dans les Mémoires du temps tous les passages qui le concernaient, puis, après dîner, j'allais avec Lucienne et Vélines dans ce petit bar du passage de l'Opéra où chantait une fille du nom de Tatiana. *dactyl. seulement, le manuscrit manquant pour ce passage. La suite de la variante est commune à ms., qui commence ici, et à dactyl., à l'exception, toutefois, pour ce dernier, des biffures :*

Je suis parti au mois d'octobre[1]. Vers la fin de juillet Chantelle m'avait fait offrir la Bourse Panckouke. En principe elle était réservée aux spécialistes de la Géographie économique et j'étais historien. Mais je crois qu'il se tenait pour responsable de mon échec à l'agrégation[2]. Quand j'y pense, elle n'était pas bien tentante, cette bourse. À peine de quoi suffire aux frais de deux traversées. Il est vrai qu'on ne fixait aucun itinéraire, on ne me demandait rien, sinon de franchir une mer. / J'ai reçu la lettre un mardi, j'étais à Cauterets, avec ma tante. Le jeudi, j'ai écrit que j'acceptais et pour pouvoir voyager plus longtemps j'ai réalisé la moitié des valeurs que je tenais de ma mère[3] ; je n'envisageais même pas de revenir un jour : brusquement, dans la nuit de mardi au mercredi, l'idée de voyage ou plus précisément d'aventure m'était apparue et s'était installée en maîtresse. J'avais compris ou cru comprendre ce que c'était que voyager, voir du neuf, se confier aux événements. / Ma passion des aventures a duré six ans. Elle me poussait ici, puis là : en Angleterre, en Espagne, au Maroc, à Venise, en Allemagne, à Constantinople[4], puis de nouveau en Allemagne et

1. Sartre a probablement supprimé ce passage où l'on retrouve un certain nombre d'éléments autobiographiques que nous signalons en notes en bas de page afin de laisser le passé de Roquentin dans le flou et pour éviter quelques incohérences de dates par rapport à la suite du texte. L'âge de Roquentin reste indéterminé jusqu'aux dernières pages du livre, où on apprend qu'il a trente ans. À se fonder sur la présente variante et sur les indications données page 18, il aurait eu vingt-deux ans à l'époque de son échec à l'agrégation et du début de ses recherches sur M. de Rollebon, ce qui lui donnerait trente-deux ans au moment où il commence son journal. Cette différence est sans importance : Roquentin est l'homme de la trentaine. En commençant son roman, Sartre a sans doute vieilli son personnage de quelques années par rapport à lui-même, mais, le temps de la rédaction ayant été assez long (environ cinq ans), il s'est trouvé avoir à peu près rejoint l'âge de Roquentin au moment où il terminait son livre. Ainsi pouvons-nous supposer que lorsqu'il écrit les lignes qui précisent l'âge de Roquentin, c'est à lui-même qu'il pense. On peut remarquer encore que c'est à trente ans, en 1935, que Sartre a vécu une crise dépressive dont *Melancholia/La Nausée*, non achevée mais en majeure partie écrite, a été en quelque sorte la prémonition.

2. Sartre a lui-même échoué à l'agrégation en 1928 : il sera reçu premier l'année suivante.

3. Vers 1930, à la suite de la mort de sa grand-mère, Louise Schweitzer, Sartre a fait un petit héritage qui lui a permis de voyager et qu'il a dépensé rapidement.

4. Il a effectivement visité l'Angleterre, l'Espagne, le Maroc, Venise, l'Allemagne, l'Europe centrale, au cours des années trente, mais il n'est jamais allé à Constantinople. Il faut, cependant, rapporter ici ce qu'écrit Simone de Beauvoir dans *Mémoires d'une jeune fille rangée* (p. 340) : « Avec le romantisme de l'époque et de ses vingt-trois ans, [Sartre] rêvait à de grands

à travers toute l'Europe centrale. Des fois, je m'arrêtais, je comptais sur mes doigts les pays et les villes que j'avais vus : ce n'était pas assez, ce n'était jamais assez. Et je repartais. J'avais complètement oublié M. de Rollebon. / Je ne m'ennuyais pas, je n'étais pas malheureux. Si, j'ai été malheureux comme les pierres pendant un an et demi, au temps d'Anny; mais c'eſt une autre affaire. J'avais perdu conscience. Je cherchais des aventures, j'en trouvais, je les tirais derrière moi comme un maniaque, comme ces fourmis qui traînent des bouts de bois dix fois plus gros qu'elles. / En 27, à Genève, je n'avais plus le sou : il devait me reſter mille francs, je crois. [La mère de Vélines m'avait écrit : elle me disait que son fils allait mourir. Il était dans un sanatorium à Briançon, il voulait me voir. J'ai emprunté une motocyclette, j'ai fait un saut jusqu'à Briançon. J'y suis reſté trois jours, puis je suis revenu à Genève. Pourquoi Genève ? *biffé*] Pas un inſtant je n'ai songé à revenir en France. Il fallait de l'argent mais je savais bien que je finirais par en trouver. J'en ai trouvé. Je suis parti pour le Japon[1]. [De fait au bout de six jours, j'ai rencontré Peï Ho qui m'a prié d'aller à Osaka et de m'occuper de ses fils pendant son absence. C'était un préceptorat, en somme; mais, à l'époque, j'en faisais une mission de confiance. En réalité je surveillais les enfants mais j'étais moi-même surveillé par une espèce de grand-mère. *biffé*] Je suis reſté un an à Tokio et à Osaka, j'ai fait quelques économies, puis je suis parti me promener à Java, à Shanghaï, en Indochine. Mes dernières attaches avec la France résiſtent rompues : j'avais appris la mort de Vélines à Tokio, au retour d'une excursion en Corée. J'étais vraiment seul au monde : de ma famille il ne devait reſter qu'un de mes cousins dans le Périgord[2], un Roquantin avec un « a[3] ». Il y avait cinq ou six types dispersés dans les provinces françaises, qui pensaient à moi tous les deux ans. Et puis Anny. Mais je n'aimais pas penser à Anny. À Hanoï j'ai rencontré Mercier, que je n'avais pas vu depuis dix ans. Il se rendait au Bengale. Mercier me pressait de me joindre à lui. / Alors je suis rentré en France, aussi brusquement que j'en étais parti. Je me revois encore, *ms.*, *daĉtyl. à la réserve des biffures*

e. de l'affaire Pétrou, je ne me rappelle plus son nom[4]. Mercier me pressait d'accepter; je me demande pourquoi *ms.*, *daĉtyl.*

f. une patience d'ange qui voilait une légère irritation. *ms.*, *daĉtyl.*

1. Sur cet épisode de la vie de Roquentin, on a voulu voir l'influence des aventures indochinoises d'André Malraux (voir par

voyages : à Constantinople, il fraterniserait avec les débardeurs; il se soûlerait, dans les bas-fonds, avec les souteneurs; il ferait le tour du globe et ni les parias des Indes, ni les popes du mont Athos, ni les pêcheurs de Terre-Neuve n'auraient de secrets pour lui. »

1. Sartre n'a visité le Japon qu'en 1966. Vers 1930, cependant, il avait posé sa candidature à un poste de lecteur à Tokyo à partir d'octobre 1931, poste que, finalement, il n'obtint pas. On peut supposer que c'est à ce poste de lecteur — et à ses ressources — qu'il fait allusion ici.

2. La famille du père de Sartre était originaire de Thiviers (Dordogne).

3. Les deux autres orthographes de Roquentin sont Rocantin et Roquantin. Il est d'ailleurs curieux de noter que c'est cette dernière graphie qui est utilisée par Simone de Beauvoir tout au long de ses mémoires.

4. On trouve, à ce mot, sur *ms.*, un appel, avec la note suivante qui, finalement, n'a pas été retenue : *1. Il s'appelait Tiolet. — Note de l'Éditeur.*

exemple l'article — à vrai dire peu substantiel — de Graeme Watson, « Roquentin in Indo-China », *A.U.M.L.A.*, nᵒ 22, novembre 1964, p. 277-281). Étant donné le flou dans lequel Sartre laisse volontairement la nature des activités auxquelles Roquentin a pu se livrer durant ses voyages et en particulier en Extrême-Orient, le lecteur de romans est évidemment tenté d'assimiler ces activités à celles des aventuriers de *La Voie royale* (1930). L'identité des lieux et l'osmose qui se produit entre les romans d'une même époque conféreraient ainsi au passé de Roquentin un caractère malrucien que le texte, en lui-même, n'atteste pas; Roquentin y apparaît davantage comme un voyageur impénitent et se livrant occasionnellement à de vagues recherches érudites que comme un aventurier s'activant aux limites de la légalité. Prétendre que Roquentin est un héros de Malraux « revenu » de l'aventure, serait donc abusif. Cependant, la contestation du thème littéraire de l'aventure — thème d'époque et que les romans de Malraux ont largement contribué à illustrer et à répandre — est très certainement une des visées de *La Nausée*, comme suffirait à l'indiquer la bande publicitaire que Sartre avait suggérée pour son livre : « Il n'y a pas d'aventures. » Sartre lui-même, aux alentours de ses vingt ans, rêvait d'être aventurier et, comme il nous l'a dit, il a incarné en Roquentin ses deux pôles : le rat de bibliothèque et l'aventurier, ou plutôt, le voyageur (voir n. 4 de la variante *d* page 9).

Dans un texte postérieur de douze ans à *La Nausée,* Sartre est revenu, à propos du *Portrait de l'Aventurier* de Roger Stéphane, sur le problème non plus de l'aventure mais de l'aventurier au sens d' « homme d'action » et de « héros », en opposition cette fois au militant; cette problématique est totalement absente de *La Nausée* : l'option militante (changer le monde par la *praxis*) ne se pose même pas pour Roquentin, personnage radicalement apolitique.

2. On verra dans la suite du texte que la lymphe, comme tous les liquides organiques, est la métaphore privilégiée de la Contingence. Voir aussi n. 4, p. 28.

Page 10.

a. Toutes les éditions, y compris l'originale, donnent : Mardi 30 janvier. *Nous avons corrigé : voir n. 1, p. 8.*

1. Voir n. 5, p. 17.

Page 11.

a. pour exister, ils ont besoin de se mettre à plusieurs *ms., dactyl.*

1. Premier écho de l'épigraphe empruntée à Céline. L'isolement autarcique de Roquentin, comme nous l'avons souligné dans notre Notice, est constitutif de son expérience.
2. Si l'œuvre avait gardé son titre original de « Melancholia », l'apparition de ce mot avec sa valeur d'euphémisme n'aurait pas manqué de souligner d'emblée le lien entre sexualité et Nausée. On verra plus loin (scène de la partie de cartes au Rendez-vous des Cheminots, p. 25 et suiv.) que la première Nausée de Roquen-

tin identifiée comme telle eſt conſécutive à un désir fruſtré de
« baiser ». L'étude annoncée par Serge Doubrovsky sur « *La
Nausée* et le sexe de l'écriture » se propose précisément de mettre
au jour la place importante (mais encore peu commentée jusqu'ici)
de la sexualité dans le signifiant textuel de l'œuvre.

Page 12.

a. des hiſtoires nettes, bien conſtruites, vraisemblables. *ms.,
daɛtyl.*
b. en deux mots. Il me semble que je bafouillerais. *ms., daɛtyl.*
c. femme blonde et le nègre *ms., daɛtyl.*
d. ces couleurs tendres, le rouge du ciel, le beau manteau *ms.,
daɛtyl.*
e. la ſtupéfaɛtion boudeuse qui paraissait *ms., daɛtyl.*

1. André Thérive, dans sa critique de *La Nausée* (*Le Temps*,
14 juillet 1938), qualifie ce subjonɛtif d' « horrible ». Selon *Le
Bon Usage* de Grévisse, la conſtruɛtion *après que* avec le subjonɛtif
« heurte les principes ». *Le Bon Usage* indique cependant une
tendance chez les auteurs à utiliser le subjonɛtif et cite parmi
d'autres la phrase de Sartre.
2. Sur le personnage d'Anny, voir p. 160 et n. 2.

Page 13.

*a. À la suite des derniers mots de ce paragraphe, on trouve, dans ms.,
les lignes suivantes, biffées, qui s'interrompent à la fin de la page, la suite
ne figurant plus dans le manuscrit :* Ces émotions sont inoffensives
et je ne les ai jamais refusées. Mais il y en a d'autres beaucoup
plus dangereuses : par exemple, quand un type s'hypnotise sur
une porte fermée et qu'il imagine quelque chose derrière cette
porte, un chien qui gratte ou simplement le noir; quand il regarde
avec vertige un gros inseɛte sale; ou quand il pense qu'il n'a pas
d'yeux derrière la tête et qu'il devine des [*fin de la page*]
b. de la vraisemblance, juſte assez pour être libre. Au fond
j'étais jusqu'ici un amateur ; je reſtais tout près des gens, à la
surface de la solitude, bien résolu, en cas d'alerte, à me réfugier
au milieu d'eux. Tant que j'ai pu changer de regiſtre et penser à
mon gré selon le vraisemblable et l'invraisemblable, j'étais libre. /
Maintenant, il y a *ms., daɛtyl.*

1. Sartre nous a dit qu'il voyait dans l'attaque contre la vraisemblance l'un des thèmes essentiels de *La Nausée*. Il tenait alors
la vraisemblance, ou le vraisemblable, pour une catégorie de la
pensée bourgeoise, qui ne se préoccupe pas du réel ou du vrai
mais voit celui-ci à travers les voiles de ce qu'elle tient pour le
possible. En d'autres termes, la vraisemblance eſt idéologique et
s'oppose à la saisie brute du monde réel par la conscience immédiate, condition de l'accès au vrai et privilège de « l'homme seul ».
Dans la théorie qu'avait conſtituée Sartre au sortir de l'École
normale et dont *La Nausée* eſt encore, selon lui, largement tributaire, le vraisemblable et le certain étaient rejetés comme des
catégories abſtraites auxquelles s'opposait l'expérience concrète
de « l'homme seul » (voir *Situations*, X, p. 176-177, cité dans la
seɛtion Documents, p. 1692, et *La Force de l'âge*, p. 49-50).

Page 14.

a. qu'Anny fût là. *ms., dactyl.*

1. Ce souvenir est sans aucun doute autobiographique : lorsqu'il était enfant Sartre allait souvent jouer dans les jardins du Luxembourg en compagnie de son grand-père (ici transposé en oncle). On remarquera que c'est là une des seules indications données par le texte sur l'enfance de Roquentin. Il n'est pas indifférent que ce souvenir d'enfance soit un souvenir de terreur, analogue à certains de ceux qui sont rapportés dans *Les Mots;* par exemple, p. 76 : « Quai Voltaire, une fois nous la rencontrâmes [la mort], c'était une vieille dame grande et folle, vêtue de noir, elle marmonna sur mon passage : "Cet enfant, je le mettrai dans ma poche." » Folie et mort, intimement liées, apparaissent comme deux hantises provoquées chez Sartre enfant par le sentiment de son « délaissement » de « vermine stupéfaite, sans foi, sans loi, sans raison ni fin » (*Les Mots,* p. 75), bref, par le sentiment qu'il a eu très tôt de sa contingence. Mais, comme Sartre à l'époque où il écrit son roman, Roquentin est un homme qui a annulé son enfance (voir *Les Mots,* p. 199). Le texte publié de *La Nausée* ne comporte nulle mention des parents de Roquentin (il n'est fait allusion à son père, dans la variante *d,* p. 9, que pour faire part de sa mort en 1918). Sans père ni mère, sans enfance, Roquentin semble un être incréé, il a l'existence hasardeuse et surnuméraire d'un produit naturel.

2. On trouve dans l'œuvre de Sartre de nombreuses références à des créatures d'origine marine et en particulier aux crabes. Pour lui, ceux-ci représentent une autre forme d'êtres et une forme de pensée à la fois différente, abjecte et inéluctablement aliénée. Simone de Beauvoir rapporte dans *La Force de l'âge* qu'à la suite de son expérience avec la mescaline, Sartre, en particulier au cours d'un séjour à Venise, se sentait poursuivi par des langoustes. Dans *Les Mots* (p. 125), Sartre écrit que, comme enfant déjà, il avait eu « peur de l'eau, peur des crabes et des arbres ».
Pour une étude détaillée de ce thème, voir Marie-Denise Boros, *Un séquestré : l'homme sartrien* (Nizet, 1968), p. 33-38. Voir aussi n. 1, p. 147.

Page 15.

a. pas parlé *[1ʳᵉ ligne de la page]* [Pourquoi n'ai-je pas relaté ce petit incident ? Est-ce maladresse (je n'ai pas l'habitude de tenir un journal ni, comme je le disais plus haut, de me raconter ce qui m'arrive) ou orgueil ? C'est vrai, je suis orgueilleux et secret, mais à présent, en relisant ce que j'ai écrit au café, la honte me prend : des mystères, des états d'âme, de l'indicible, je n'en veux point, je ne suis ni vierge ni prêtre, pour jouer à la vie intérieure. Et puis je suis envahi par une grande curiosité : jusqu'ici je n'ai consigné sur ce cahier que des réflexions générales ; si je l'arrache de moi, cette petite aventure de solitaire, quel effet me fera-t-elle, sur le papier, noir sur blanc, à la lumière de tout le monde ? *biffé*] / Il n'y a pas *ms.* : pas parlé ? Ça doit être par orgueil [...] pour jouer à la vie intérieure. J'écrirai, je relaterai cet incident. D'ailleurs la curiosité aussi m'y pousse : jusqu'ici je n'ai consigné sur ce cahier *[comme dans ms.]* à la lumière de tout le monde ? / Il n'y a pas *dactyl.*

1. Cf. *La Force de l'âge* (p. 28) : « Les " petits camarades "
[Sartre, Nizan, Guille, Maheu] éprouvaient le plus grand dégoût
pour ce qu'on appelle la " vie intérieure "; dans ces jardins où
les âmes de qualité cultivent de délicats secrets, ils voyaient, eux,
de puants marécages; c'est là que s'opèrent en douce tous les tra-
fics de la mauvaise foi, c'est là que se dégustent les délices croupies
du narcissisme. Pour dissiper ces ombres et ces miasmes, ils avaient
coutume d'exposer au grand jour leurs vies, leurs pensées, leurs
sentiments. »

Page 16.

a. grises... Et puis je n'ai *ms., dactyl.*

*b. à la suite des derniers mots de ce paragraphe, on trouve, dans ms.,
ces lignes biffées qui s'arrêtent en bas de la page et n'ont pas de suite :*
Je sais très bien qu'ils ne vivent pas mais leur mode d'existence
me semble à présent un intermédiaire entre la vie et l'être abstrait
que je leur attribuais du dehors. Je les prends avec crainte, j'ai
peur qu'ils ne bougent. Pas exactement, c'est *[fin de page]*

c. Entre le chapitre daté Mardi *et celui qui est daté* Jeudi matin, à
la Bibliothèque, *on lit dans ms. et dactyl. un très long passage qui est
intitulé :* Dans la nuit de mercredi à jeudi. *Il décrit avec plus de détails
que le Feuillet sans date (voir p. 5 à 7), la vie de Roquentin à l'hôtel
Printania et présente, d'autre part, deux personnages de bonnes qu'on ne
retrouvera pas dans la version publiée. Le voici :* une sorte de nausée
dans les mains. // Dans la nuit de Mercredi à Jeudi. / À côté,
cette fille sanglote toujours, mais moins fort : elle se calme, elle
va s'endormir. / Moi, en tout cas, je suis réveillé pour de bon;
il est bien inutile que je me recouche, je ne ferais que donner des
coups de pied dans les draps. Je vais écrire, puis je ferai ma toilette. À partir de six heures, je commencerai à guetter les ser-
veuses du Rendez-vous des Cheminots. On les voit très bien arriver d'ici : deux ombres grises le long des vitres; puis on voit
s'allumer les lampes de la salle du fond. Je descendrai prendre
un café noir. / La palissade du chantier est vaguement éclairée;
la rue des Mutilés est déserte. Je me demande pourquoi ils entretiennent un veilleur de nuit dans le chantier : les travaux sont
abandonnés depuis deux ans. Ce type fait consciencieusement sa
ronde quatre fois par nuit : tout à l'heure un petit brouillard
blanc faisait à travers les planches, c'était la lumière de sa lanterne.
Mais il n'y a rien à voler : je le connais bien, ce chantier; par la
fenêtre, sans même quitter ma table de travail, je peux voir, quand
il fait jour, des tôles rouillées, à moitié ensevelies dans une épaisse
poussière, une brouette chargée de pierres et dont les brancards
sont cassés, deux tas de sable, quatre wagonnets recouverts de
bâches. Après tout, peut-être qu'ils songent à reprendre les travaux. / Il y a un mois, il s'est fait un grand remue-ménage dans
le chantier. Un bonhomme en noir s'est amené avec deux ouvriers :
il venait faire l'inventaire. J'ai tout vu, il y avait de quoi rire. Il
avait peur de se salir dans la poussière; il avait relevé le bas de
son pantalon. Il s'est approché des wagons sur la pointe des pieds
et il a soulevé la bâche avec précaution. Après quoi il s'est brossé
pendant un quart d'heure. / Ce terrain vague, entouré de planches
gonflées de pluie, qui pourrissent et ruissellent d'un suint noir,
c'est « la Nouvelle Gare ». Les Bouvillois souffraient trop à la

pensée que Dunkerque avait construit une nouvelle gare. Alors, un beau jour, ils ont relégué la leur dans le passé : ils l'appellent à présent « la vieille gare ». C'est « à la vieille gare » qu'ils vont prendre le train, attendre leurs amis de Paris. On a entrepris mollement quelques travaux, on a ceint un bout de terrain d'une palissade ; puis, faute d'argent, les travaux se sont interrompus. Les planches mouillées de la clôture emplissent la rue des Mutilés d'une merveilleuse odeur de forêt. Les Bouvillois sont contents, ils ont une nouvelle gare ; ils ne jalousent plus trop Dunkerque. / Trois heures viennent de sonner à Sainte-Cécile. Depuis hier soir j'ai peut-être dormi cinquante minutes. Passe encore si c'était la première fois : mais, de juin à février, j'ai passé sept nuits entièrement blanches et toujours pour les mêmes raisons. Cet hôtel est impossible : les murs sont de carton, le moindre bruit s'entend d'un étage à l'autre. Dès la tombée de la nuit, cette légère maison de briques s'anime, s'éclaire, elle résonne jusqu'au matin comme un tambour. / J'ai eu tort de me coucher si tôt : j'aurais dû veiller jusqu'à l'arrivée du train de Paris. La patronne m'avait prévenu qu'elle attendait trois représentants : un pour la radio, les deux autres pour les produits pharmaceutiques. Les voyageurs en produits pharmaceutiques sont les plus bruyants de tous — après, toutefois, ceux qui placent des articles de dentelle. / J'ai eu beau me dire tout ça, je n'ai pas pu tenir le coup : j'étais éreinté, les yeux me piquaient, mes paupières se fermaient ; je me suis mis au lit à neuf heures et demie. Alors, naturellement, ils m'ont réveillé dans mon premier sommeil, il n'y a rien de pis. / Ils étaient encore dans la rue que déjà je les entendais. Ils lisaient et commentaient de leurs voix riches la plaque que leur Syndicat a fait mettre sur le mur, au-dessus de la porte de l'hôtel : « Cet hôtel est fréquenté par Messieurs les Voyageurs de Commerce ; on y trouve *L'Écho des voyageurs.* » / Ils ont fait craquer leurs souliers par les corridors, se sont parlé d'une chambre à l'autre, ont pissé de leur haut dans les vases. À présent ils ronflent. Il paraît qu'ils ne restent pas ici, ils vont à Marommes[1] : la patronne, qui ne dort jamais, viendra les réveiller sur les cinq heures, en cognant du poing à leurs portes. / Aussitôt après, mes deux voisines du 16 sont montées. Ce sont les filles de cuisine du restaurant Vauvenargues[2]. Il y en a une que je n'ai jamais vue, celle qui s'appelle Louise. J'ai aperçu, une fois, Léone, une grande blonde qui a la taille un peu déviée : elle sortait de sa chambre comme j'entrais dans la mienne. Mais tous les bruits qu'elles font, de l'autre côté du mur, il y a trois ans que je les connais : ils se succèdent tous les soirs dans le même ordre. D'abord ce sont des chuchotements qui se traînent un peu, comme des soupirs ; la clé tourne dans la serrure : elles s'enferment. Pendant un moment elles vont et viennent, le plancher craque, puis elles font couler de l'eau et en même temps je perçois des frôlements d'étoffes. C'est interminable, elles ouvrent l'armoire qui grince, je me demande toujours ce qu'elles peuvent se mettre sur le corps : elles n'ont jamais fini de se déshabiller et pendant ce temps-là, l'eau coule toujours. Le jeudi elles doivent laver du

---

1. Maromme (sans *s*) est une petite ville industrielle située à quelques kilomètres au nord de Rouen.

2. Nous avions plus haut le café *Mably* : *La Nausée* est traversée par un certain nombre de références culturelles au XVIIIᵉ siècle (voir n. 2, p. 21).

linge, le robinet reste ouvert pendant plus de trois quarts d'heure. Quand elles le ferment, j'entends des gargouillis saccadés dans le tuyau d'eau. C'est toujours à cet instant que se produit un long cliquetis mélodieux dont je n'ai jamais pu deviner la cause, mais que j'attends avec impatience parce qu'il annonce que c'est la fin, qu'elles vont se coucher. Ça n'a jamais manqué : aussitôt après les sommiers gémissent; elles doivent se laisser tomber de tout leur poids sur les lits; j'imagine qu'elles sont mortes de fatigue. Elles se disent au revoir à voix basse et j'entends qu'on remonte un réveil. Quelquefois il se met à sonner mais elles l'arrêtent aussitôt, en riant doucement. J'ai beaucoup de sympathie pour elles : il m'arrive de faire exprès un peu de bruit, de chanter, de faire couler de l'eau, moi aussi, pour qu'elles sachent que la chambre voisine n'est pas vide, pour qu'elles se disent : « le type d'à côté fait sa toilette. » / Ce soir, elles ont chuchoté plus fort et plus longtemps que d'habitude, avec de brusques éclats de voix. Enfin elles se sont endormies et il y a eu environ dix minutes de silence. Ce que j'appelle silence c'est un concert de craquements et de ronflements auxquels se mêlait une musique de fifre qui vient de l'intérieur du mur, près de la tête de mon lit. Mais je ne suis pas difficile : déjà je tirais un lièvre avec un fusil coudé. Un bruit de ferraille m'a réveillé en sursaut : le tramway n° 7 « Abattoirs — Vieille Gare — Grands Bassins » s'arrêtait sous ma fenêtre. C'est le tram d'onze heures et demie, le dernier : il va jusqu'au dépôt, route de Paris. Quand il fait halte, devant l'hôtel Printania, ses vitres ont des éclats sanglants à cause de l'enseigne au néon qu'elles reflètent. Autrement elles sont toutes noires : on n'allume pas les lampes, à l'intérieur de la voiture, parce qu'il n'y a jamais de voyageurs à cette heure-là. Une fois, pourtant, je suis monté, je me suis assis dans le noir. Les réverbères me balayaient de blanc au passage. Le receveur dormait en face de moi, allongé sur la banquette. / Dans la rue, quelqu'un a dit : « Bonsoir, vieux », puis le tramway est reparti et une étincelle bleue a rempli ma chambre. J'éprouvais du plaisir à me représenter ce gros objet qui filait en soubresautant, tout noir entre les maisons noires, avec un feu rond à l'avant. / Mes yeux se sont ouverts. Il faisait froid, j'avais beau ramener sur moi les couvertures, j'avais froid aux jambes et au ventre. Ah! Comme je connais ces nuits-là! Je baignais dans la clarté laiteuse qui monte de la rue et s'infiltre à travers les rideaux. Des gens sont passés en chantant. J'avais sommeil, j'avais la chair de poule, mais j'étais heureux. J'ai entendu très distinctement quelques notes de *Plaisir d'amour*. C'était le gramophone du Rendez-vous des Cheminots. Puis je n'ai plus rien entendu et j'ai refermé les yeux. / Alors j'ai vu rouler de grandes vagues vertes et glacées. Il faisait un vent terrible et j'étais couché sur un rocher très inconfortable, la tête tournée vers le ciel. Le ciel était noir, avec des étoiles : c'est un rêve que je fais souvent; il me donne une joie très vive et une sensation de liberté. Une voix répétait mon nom sur l'air de *Plaisir d'amour*. / Tout d'un coup, tout s'est évanoui et je me suis dressé en sursaut : depuis un moment le clapotis des vagues était venu se mêler aux sifflements du vent; puis le clapotis s'est enflé, enflé : et c'étaient des sanglots. J'ai d'abord cru que quelqu'un sanglotait contre ma porte. Mais j'ai entendu gémir un sommier. Cela venait de la chambre voisine; l'une des deux filles pleurait. Elle sautait dans son lit comme une carpe et elle s'est mise à crier : « Non! Non. » Alors l'autre s'est levée, j'ai entendu des pas, et elle est venue près du lit de son amie, elle a entrepris de la calmer, d'une voix posée qui perçait les murailles. Je n'entendais pas ce qu'elle disait mais cette voix toute chantante de bon sens me tordait les nerfs. / Je ne riais plus : on me réveillait pour la troisième fois et, naturellement, je sentais une barre dans ma tête et mes yeux me démangeaient comme des plaies qui sèchent. J'ai commencé à me tourner dans mes draps en soufflant de désespoir; puis j'ai ramené mes couvertures sur ma tête : mais j'étouffais et d'ailleurs l'impitoyable voix me suivait sous les draps. Taper à la cloison ? On n'empêche pas une fille de sangloter, et alors il faut bien accepter que son amie la console. Je ne leur en voulais pas, d'ailleurs; au contraire : elles aussi, elles auraient bien voulu dormir. Celle qui ne pleurait pas, surtout. Elle devait se tenir à la tête du lit de son amie, pieds nus, en chemise; elle parlait, parlait, à n'en plus finir, en sentant le froid qui montait le long de ses jambes jusqu'à son ventre; elle tendait en avant ses bras nus et glacés, elle avait des douleurs lourdes au fond des yeux. C'est à l'hôtel que j'en voulais, à cette bicoque de carton, je haïssais la patronne. Je m'assis sur le lit et dis à voix haute : / « Qu'elle attende un peu, la vieille maquerelle, je foutrai le camp d'ici dès qu'il fera jour. » / Le plus pénible c'était de sentir la faiblesse de ma colère : je la reconnaissais, cette colère, je savais bien que c'était une apparence[1], que je ne quitterais pas l'hôtel. Cent fois, avec la même barre d'une tempe à l'autre, je me suis débattu sous une averse de bruits ou de clarté, cent fois j'ai juré de foutre le camp. Je suis resté. Non que l'hôtel Printania ait, par ailleurs, des avantages, qu'il soit bon marché, central, que la patronne en soit aimable. Je suis resté à cause des nuits blanches, des bruits, des lumières de la rue, du froid. / L'année dernière, au mois de mars, je suis allé visiter des chambres meublées du côté de Saint-Vincent, derrière le Jardin des Plantes. St-Vincent, c'est le quartier des chats et des statues, des petites places tranquilles, des rues courtes et larges, bordées de villas. Rue Saint-Hilaire, rue Chauveau j'ai vu des chambres spacieuses, où les nuits devaient être ouatées. Rue Lucien-Renaudas[2], on m'aurait laissé pour deux cent cinquante francs une mansarde à deux fenêtres. L'une des fenêtres s'ouvrait sur les marronniers du Jardin public, de l'autre on voyait des toits et la mer. Ou alors, si j'avais consenti à payer un peu plus cher, j'aurais trouvé tout ce que j'aurais voulu au-dessus de la place Ducoton, à mi-chemin du Coteau Vert. Dans de belles maisons blanches, on loue des pièces superbes, qui donnent sur le port et les bassins. On

---

1. Sur ce mot d' « apparence », un passage de *La Force de l'âge* (p. 134) apporte une information qui en précise la connotation proprement sartrienne : « Une de mes jeunes collègues affirmait avec éclat dans la salle des professeurs des opinions tranchées et des humeurs extrêmes; mais quand j'essayai de parler avec elle, j'enfonçai dans des sables mouvants; ce contraste me dérouta; un jour je m'illuminai : " J'ai compris, dis-je à Sartre, Ginette Lumière, c'est une apparence! " Désormais, nous appliquâmes ce mot à tous les gens qui miment des convictions et des sentiments dont ils n'ont pas en eux le répondant : nous avions découvert, sous un nom différent, l'idée de *rôle*. »
2. *Rue Lucien-Renaudas :* rue dédiée, sans aucun doute, au peintre Renaudas dont Roquentin rencontre les œuvres, plus tard, au musée de Bouville : voir p. 99.

voit les bateaux entrer et sortir et, la nuit, les feux rouges et verts des balises. / Je sonnais, une bonne venait m'ouvrir; je traversais une cour ou un jardin, j'entrais dans les flancs chauds d'une maison bourgeoise. Dans la salle à manger, je trouvais des dames, de vraies dames distinguées avec des chignons. / « Eh bien! Nous allons monter voir la chambre, Monsieur, si vous voulez. Excusez-moi je passe devant vous pour vous montrer le chemin. » / Un air obscur et chargé stagnait dans l'antichambre. Des vêtements d'homme pendaient aux patères. On avait poussé la voiture d'enfants sous l'escalier. Ça sentait le souvenir. / Nous montions, la dame ouvrait une porte, au second étage, j'entrais dans une douceur rose et bleue. / « C'est là. » / C'était une chambre taillée sur mesure. On avait choisi la table, les rideaux, les tentures pour quelqu'un, pour le fils, sans doute, qui, depuis, s'était marié, s'était établi. / La dame me disait : / « Vous voyez, il y a des rayons. Vous pourrez y mettre vos livres. » / Je regardais le lit de chêne, l'édredon rouge. Par les grands froids, je trouverais en rentrant une cruche dans mon lit. S'ils m'entendaient tousser, à travers le mur, ils me feraient apporter par la bonne un bol de tisane. Le soir, la lampe, entourée d'un voile de gaze, verserait une tendre clarté. Les fenêtres seraient très noires, d'un noir profond. La bonne petite chambre, la chère petite chambre craquerait tout doucement, ronronnerait un peu. Chaque chose y aurait sa lumière particulière, son parfum personnel, sa couleur, ses ombres, son histoire. Je me glisserais dans le lit de plume, sous l'édredon rouge. J'éteindrais : il ferait tout noir. / La dame devenait rose : / « Les commodités sont à l'étage en dessous. » / « Merci, Madame. J'écrirai. Je ne suis pas encore décidé. » La dame faisait un dernier effort : / « Et vous savez, c'est un vrai petit chez-soi, un petit home. Vous vous y plairiez sûrement. La nuit on n'entend pas un bruit, on se croirait à la campagne. Elle est très agréable pour travailler : en été vous ouvrez vos fenêtres, les tilleuls du jardin entrent presque dans la chambre. Enfin vous verrez, Monsieur, vous m'écrirez. Au revoir, Monsieur... » // Je me suis assis sur mon lit, les yeux grands ouverts; j'avais très froid mais mon mal de tête avait à peu près disparu. Ici la nuit est de toutes les couleurs. Je n'ai pas de volets, j'ai beau tirer un maigre rideau de cretonne, les couleurs passent au travers et viennent, dès que j'éteins, peindre en vert, en rouge, en bleu le mur du fond, juste au-dessus de ma tête. Elles s'étalent, tournent, disparaissent et d'autres les remplacent. La nuit n'est pas non plus silencieuse. Tout ce que les hommes font la nuit, je l'entends. J'entends la chasse d'eau des cabinets, j'entends, le samedi soir, les soupirs amoureux du couple irrégulier qui habite au 9, j'entends les trains qui sifflent, les musiques des cafés. Toute la rue passe par ma chambre et coule sur moi; quand je ferme les yeux, noyé dans le bruit, dans le froid, ébloui par les lumières qui filtrent à travers mes paupières, je m'imagine souvent que je dors sur un banc du boulevard Victor-Noir. // La fille s'arrêta de pleurer et se moucha. Puis j'entendis qu'elle tournait la clé dans la serrure. Elle sortit doucement. Un rais de lumière parut sous ma porte. À cette vue, tout ce qui restait de ma colère s'évanouit. Je regardai avec un plaisir extraordinaire cette belle lumière jaune d'œuf. Des pas s'éloignèrent; la porte des cabinets s'ouvrit et se referma en grinçant à peine. L'autre fille, restée seule, se moucha aussi

et fit couler un peu d'eau : elle avait dû verser des larmes. Je me
représentais le long couloir désert; j'étais heureux. La fille tira
la chasse d'eau et revint à pas de loups. La raie jaune s'effaça.
Le sommier grinça, quelques mots furent échangés et presque
aussitôt les sanglots recommencèrent. Alors je tournai le commutateur et ma chambre apparut. / Je suis dans un grand cube de
carton. À côté, en-dessous, il y a d'autres cubes tout semblables,
empilés les uns sur les autres. Mais la plupart sont plongés dans
le noir. Presque tous contiennent, comme celui-ci, une petite bête
molle. Il y a aussi des objets en bois, en verre, en diverses matières
dures et polies. Ils sont neufs. Le lavabo de faïence blanche, le
linoléum qui recouvre le parquet, le montant nickelé du lit, la
plaque de verre sur ma table, les murs crépis, la glace sans cadre
au-dessus du lavabo, tout cela est raide, léger et fragile comme
du verre filé; tous les meubles ont l'air creux, surtout les chaises,
qu'on peut soulever avec le petit doigt. Ils baignent dans une
lumière glaciale, la lumière des gares, des salles d'attente, des couloirs : c'est celle qui convient à ces boîtes cubiques où des gens,
tous les soirs, viennent attendre le jour. Sous la porte, tout à
l'heure, elle se condensait en un trait mince et d'un jaune vif.
Mais, dans cette chambre, où l'ampoule du plafond la déverse
par grandes nappes, elle pâlit, elle répartit également un jaune
diaphane sur toutes les surfaces. Les couleurs intimes, les bleus
sombres, les verts, les rouges, elle en fait des noirs durs et barbouillés. / Mes livres sont dans une caisse; ceux dont j'ai besoin,
je les pose sur les chaises, par terre, sur le lit. Il y a une autre
caisse, sous la table, dont je n'ai pas entièrement décloué le couvercle. Elle contient des lettres, des photos, des cartes postales.
Il y aurait de quoi tapisser les quatre murs. Mais ce n'est pas la
peine : je suis de passage. Ces chaises sont si dures que je m'assieds du bout des fesses et que je reste tout raide, comme en visite :
je suis libre. / [« On n'entend pas un bruit, disait cette dame, on
se croirait à la campagne. » / Je vois ce que c'est : la lampe, entourée d'un voile de gaze, verse une tendre lumière rose, les fenêtres
sont bien noires, d'un noir profond. Dehors le monde est aboli,
il n'y a qu'une espèce de substance noire, qui est collée à la fenêtre
et qui s'étire à la ronde pendant des lieues et des lieues. La chambre
existe toute seule, la bonne petite chambre, la chère petite chambre :
elle craque tout doucement. Chaque objet a sa petite clarté particulière, son parfum personnel, sa couleur, ses ombres, son histoire.
On se glisse dans le lit de plume, sous l'édredon rouge. On éteint :
il fait tout noir. Ici, la nuit n'est pas noire : elle est de toutes les
couleurs. Je n'ai pas de volets; j'ai beau tirer un maigre rideau
de cretonne, les couleurs passent au travers et viennent, dès que
j'éteins, peindre en vert, en rouge, en bleu le mur du fond, juste
au-dessus de ma tête. Elles s'étalent, tournent et disparaissent;
et d'autres les remplacent. La nuit n'est pas non plus silencieuse.
Tout ce que les hommes font la nuit, je l'entends. J'entends la
chasse d'eau des cabinets. J'entends, le samedi soir, les soupirs
amoureux du couple irrégulier du 9, j'entends ronfler les commis
voyageurs, j'entends des musiques qui jouent, des trains qui sifflent
et tous les bruits de la rue. Toute la rue passe par ma chambre et
coule sur moi; quand je ferme les yeux, submergé de bruits et de
froid, ébloui par les lumières qui passent à travers mes paupières,
je m'imagine souvent que je dors sur un banc, en pleine rue

biffé] Cette pièce ne sent pas l'homme, elle ne garde pas les empreintes; je pourrais y habiter dix ans au milieu de ces meubles, qui ne sont que des fonctions : je ne la marquerais pas, je serais toujours de passage[1]. Ils sont partis, ils ont emporté avec eux leurs amours, leurs goûts, leurs soucis. Et d'autres viendront après moi et ils ne retrouveront rien de moi dans cette chambre sans mémoire, sauf peut-être, au fond du tiroir de la table de nuit, un morceau de coton et un paquet de tabac presque vide. // Je me suis levé, j'ai enfilé mon pantalon. Longtemps, j'ai regardé par la fenêtre, la rue des Mutilés et, au coin du boulevard Victor-Noir et du boulevard de la Redoute, l'enseigne éteinte du Rendez-vous des Cheminots. Maintenant j'écris. Ma voisine ne pleure plus, elle s'est endormie. Pas pour longtemps la pauvre : il doit être quatre heures passées, d'ici trois quarts d'heure la patronne va tambouriner aux portes des représentants; et puis, à six heures moins le quart, le réveil de ces filles sonnera. / J'écris. De temps en temps je lève la tête. Je ne vois pas le chantier — il faudrait m'approcher de la fenêtre — mais je devine la lourde masse grise de la Vieille Gare. J'entends des coups sourds qu'on frappe quelque part, loin, du côté de la rue Jeanne-Berthe-Cœuroy. Tout à l'heure un camion est passé, à toute vitesse. / Je me sens libre. Il m'arrive rarement de le sentir si fort : ça n'est pas une joie qu'on puisse goûter tous les jours. Elle a quelque chose d'amer et de malsain. Elle s'installe en mon corps lorsqu'il est épuisé. Il faut d'abord que je me torde sur mon lit en cherchant vainement le sommeil, il faut que l'hôtel et la rue se liguent pour me pousser aux limites de l'énervement. Alors vient un moment où je suis par delà le sommeil, par delà la fatigue — quand on est libre, on est toujours par delà quelque chose. — Ce moment est venu, je suis comme ivre. De grands frissons me parcourent l'échine et un début de sourire se forme aux coins de mes lèvres. Les bruits, les couleurs me font un effet extraordinaire et me vibrent par tout le corps; je les sens jusqu'au bout des doigts. Je *suis* cette légère maison de briques rousses, tournée vers le Nord-Est. Demain, je le sais, vidé, somnolent, incapable, je me traînerai. Mais à présent c'est l'heure de la liberté, je sens au fond de mes yeux et sur mes lèvres quelque chose de charmant et de léger. Une heure de liberté complète n'est pas trop payée d'une toute une journée maussade. / Des pas, je ne sais comment sortir du silence. Ça y est. // Ç'a été très rapide, mais j'en ai le cœur encore battant. Une vraie douche; comme si on m'avait brusquement plongé au cœur de la morne journée de demain. Quelqu'un traînait ses savates juste au-dessous de ma fenêtre. Elles claquaient d'abord contre le trottoir et puis le claquement se prolongeait en un long frôlement feutré. Le bruit de ces pas avait un sens, avait quelque chose à dire. Mais j'étais si dégoûté que je n'ai pas cherché à comprendre. C'est exactement ce qui m'est arrivé l'autre jour avec ce galet. À présent c'est fini mais j'ai l'impression qu'il y a eu, sous mes fenêtres, pendant une seconde, quelque chose d'affreux. Je me lève, je regarde à travers les vitres mais je ne vois

---

1. On sait que Sartre a vécu à l'hôtel jusqu'en 1946. Dans ses entretiens inédits avec John Gerassi, il dit : « J'étais vraiment le type qui n'avait rien. Et c'est une chose importante pour moi : ne rien posséder. Avoir un appartement, ça représente une faute, à mes yeux; et c'est pourquoi j'en donne un à Mathieu [dans *L'Âge de raison*] : c'est la limite objective de sa liberté. »

qu'une ombre vague qui s'engage dans le boulevard de la Redoute. Ce qui m'étonne c'est que le sentiment de ma liberté me soit aussitôt revenu. De mon écœurement il ne reste plus trace, il s'est effacé avec le dernier des pas. / Il est cinq heures : la patronne, au deuxième étage, sonne la charge contre les portes. Dans la rue des ouvriers qui vont à Jouxtebouville passent à bicyclette avec des lampions rouges à leurs guidons. Je reste le front contre la vitre, je ne fais pas un mouvement, je laisse monter en moi cette joie lourde et puissante. N'avais-je pas de semblables ivresses à Meknès, à Rabat quand je sentais qu'une aventure allait commencer ? / Bientôt le soleil va se lever, bientôt je ne serai plus libre : mais, pour l'instant, je connais ma force. Le ciel pâlit, c'est le petit matin. C'est à cette heure-là que, à Londres, je me séparais d'Anny. Elle entrebâillait à peine la petite porte et je sortais furtivement, je me trouvais dans Euston Square, sans avoir pris le temps de nouer les lacets de mes souliers[1]. J'avais derrière moi des nuits blanches, des nuits de haine, devant moi un jour sordide. J'étais égaré de tendresse mais libre, par-delà le sommeil et la fatigue et la souffrance et l'amour. Je ne sais pourquoi, ce matin, c'est cette amère et somptueuse liberté que je retrouve. En tous cas, je veux en user. Pendant que je dispose encore de moi-même, je décide de ne plus avoir peur. On attend quelque chose de moi : le galet, le papier boueux, les traînements de savate sont autant d'invites. Je ne sais ce qui se propose ainsi, on dirait que c'est mauvais et sournois. Mais j'accepte. Qu'ai-je à perdre : pas de femme, ni d'enfants, ni de mission spéciale en ce monde. Je ne suis pas un chef, ni un responsable, ni tout autre genre de con[2]. J'accepte : désormais je ne laisserai plus retomber les galets que j'aurai pris dans ma main. Je les serrerai très fort et les tournerai de tous les côtés jusqu'à ce qu'ils s'expliquent. Je ramasserai les feuilles de journaux, les marrons, les feuilles mortes, comme par le passé ; je ne me raccrocherai pas désespérément à la raison, je ne me raidirai pas mais, au contraire, je me laisserai aller, en souplesse. Et quand j'entendrai des pas, dehors, au lieu de me ratatiner dans mon fauteuil, j'ouvrirai la fenêtre et je regarderai *qui* marche. // Jeudi matin, à la Bibliothèque. / Tout à l'heure, *ms., dactyl. à l'exception des passages biffés*

1. Souvenir autobiographique de la liaison de Sartre avec « Camille », Londres étant substitué ici à Toulouse. Voir *La Force de l'âge*, p. 73 : « Faute d'argent, ses séjours [ceux de Sartre à Toulouse] étaient brefs et ils se déroulaient selon des rites à peu près immuables. Vers minuit, il se plantait sur le trottoir, en face de la pharmacie, et il attendait qu'une certaine fenêtre s'allumât ; cela signifiait que Camille avait bordé et embrassé sa mère, et Zina descendait alors lui ouvrir la porte. Il quittait la chambre de Camille dès que le jour pointait. [...] Il n'était pas accoutumé à dormir en plein jour, et souvent, par économie, il ne prenait même pas de chambre d'hôtel ; il somnolait sur les bancs du jardin public, ou au cinéma ; la troisième nuit, la quatrième, il tombait de fatigue [...]. D'ailleurs, elle s'ingéniait à susciter des disputes ; ce qu'elle attendait de l'amour, c'était de grands déchirements suivis de réconciliations exaltées. »
2. Comme le confirmera la visite au musée, ce n'est pas de la haine qu'éprouve Roquentin pour les gens qui éludent la Nausée, mais du mépris. Roquentin n'est pas un révolté qui s'oppose aux Salauds en tant qu'ils sont les représentants haïssables d'une classe d'oppression, il est un élu à qui se propose une vérité que les autres fuient lâchement et bêtement.

Page 17.

1. Claude-Henri de Fusée, abbé de Voisenon (1708-1775), était un homme de lettres connu pour ses ouvrages licencieux, ses nombreuses liaisons et son physique peu avantageux; Voltaire l'appelait son « cher ami Greluchon ».

2. L'affaire du Collier de la Reine commence en 1784.

3. Voir n. 1, p. 18.

4. André Robert Andrea de Nerciat (1739-1801), auteur de *Félicia ou Mes fredaines* (1778) ainsi que de plusieurs romans considérés à l'époque comme obscènes et immoraux.

5. Paul Ier, Empereur de Russie, fut assassiné le 12 mars 1801 à Saint-Pétersbourg, à la suite d'une conspiration dirigée par le comte de Pahlen avec la participation de certains éléments étrangers. À Paul Ier, « ce fou couronné » comme il apparaît dans les mémoires du comte de Ségur, succéda son fils, Alexandre Ier, qui était au courant de la conspiration.

6. Fille de Louis XVI (1778-1851). Enfermée à la prison du Temple, elle vit son père et sa mère monter sur l'échafaud et joua un certain rôle politique après la Restauration.

7. La maison de Roquelaure s'éteignit au XVIIIe siècle. En fit partie Gaston-Jean-Baptiste, duc de Roquelaure, surnommé, dit-on, avec raison, « l'homme le plus laid de France ». Il existe, par ailleurs, un bourg de Roquelaure à huit kilomètres d'Auch.

Page 18.

a. C'est par elle que j'ai connu *dactyl.*

b. lorsqu'il est revenu d'Allemagne. Certes on m'aurait bien étonné, ce jour-là, en m'annonçant que j'allais tout plaquer six mois plus tard et filer à l'étranger. La figure *ms., dactyl.*

c. Voir var. a, p. 19.

1. Voir la note 1 au bas de la page 1733.

2. Cette note a été composée par Sartre à partir de divers éléments pris dans une encyclopédie. La référence au bas de la page est moins imaginaire et comporte deux éléments réels : le nom de l'auteur, Berger, et le sujet de son étude, Mirabeau-Tonneau. Sartre a, de toute évidence, consulté l'ouvrage suivant : Berger, Eugène, *Le Vicomte de Mirabeau Mirabeau-Tonneau, 1754-1792*, Hachette, 1904, 394 pages.

Ce livre est peut-être le genre d'ouvrage historique que Sartre voulait critiquer et dont il voulait faire un usage parodique. Son « Avant-Propos » a une certaine relation avec *La Nausée* :

« M. Eugène Berger avait consacré les dernières années de sa vie à la composition d'un ouvrage sur le vicomte de Mirabeau [...]

« La mort empêcha l'auteur de mettre la dernière main au livre et de le publier lui-même; mais sa famille a pensé qu'elle rendrait hommage à sa mémoire en prenant ce double soin, et que l'œuvre était de celles qui méritent de voir le jour. »

Par ailleurs, Eugène Berger signale que André Boniface Louis Riqueti, vicomte de Mirabeau, dit Mirabeau-Tonneau à cause de son embonpoint, frère du grand Mirabeau, était un personnage fort laid, qu'il a été, à la Révolution, l'un des premiers officiers à quitter la France et que, parmi ses amis, se trouvait un certain M. de Bouville.

Page 19.

a. depuis que je m'en occupe. [*p. 18, fin de l'avant-dernier §*] / Si j'étais libre, je serais à Paris, j'aurais déjeuné à la brasserie Demory[1], rue Broca ; je remonterais doucement l'avenue des Gobelins et j'irais dans un petit cinéma que je connais bien, avenue d'Italie, tout près d'un pont sur le chemin de fer de Ceinture. Puis je redescendrais, par des rues charmantes, sur la place de Rungis. // Vendredi. / Trois heures *ms., dactyl. Les trois paragraphes qu'on ne lit pas ici dans le manuscrit depuis* D'abord, à partir de 1801 *jusqu'à* en tout cas, plus plaisants. *se trouvent plus loin dans cet état du texte, avec des variantes. Nous les donnons dans la variante a de la page 39.*

1. Titre porté par le plus jeune des frères de Louis XVI, plus tard Charles X.

2. Les scrupules de Roquentin concernant son travail d'historien trouvent un écho intéressant dans certaines déclarations de Sartre sur *L'Idiot de la famille,* ouvrage dont on a pu dire que « Roquentin s'y rattrape avec Flaubert de la biographie de Rollebon, abandonnée dans *La Nausée* » (Serge Doubrovsky, « Une étrange toupie », *Le Monde,* 2 juillet 1971, repris in Jacques Lecarme, *Les Critiques de notre temps et Sartre,* Garnier, 1973, p. 123). Sartre dit en effet qu'il souhaite que son livre sur Flaubert soit lu comme un « roman *vrai* » et que, bien qu'il s'y fonde sur des documents objectifs et des faits attestés, il doit à chaque instant recourir à son imagination pour les mettre en rapport (voir *Situations,* X, p. 94-95). Sans vouloir ici pousser trop loin l'identification de Rollebon à Flaubert et de Roquentin à Sartre, on pourra simplement faire remarquer que si Sartre ne s'était pas transposé dans *La Nausée* en historien professionnel, Roquentin aurait, après tout, fort bien pu s'attacher à la biographie d'un écrivain plutôt qu'à une figure de l'histoire politique : le sens existentiel de la relation entre le biographe et son objet n'en aurait pas été fondamentalement modifié, puisque ce sens est la tentative de justification du vivant par le mort. Justification qui comporte comme il se doit une part d'identification : Roquentin aime en Rollebon l'aventurier qu'il a lui-même rêvé d'être (on observera incidemment qu'Antoine Roquentin et Adhémar de Rollebon ont les mêmes initiales : A.R.). Mais le rapport de Roquentin avec Rollebon doit certainement aussi quelque chose aux fantasmes dont Sartre, enfant sans père, « herbe folle » privée du sentiment d'exister *de droit,* parle dans *Les Mots :* après sa mort, un arrière petit-neveu ou un érudit se pencherait sur des manuscrits oubliés et reconstituerait sa vie, la sauvant ainsi de l'oubli et de la mort. Ainsi Roquentin est-il l'incarnation de la postérité par rapport à Rollebon : il lui donne l'immortalité. Mais ce qu'il va découvrir c'est qu'en prétendant sauver Rollebon, c'est en réalité sa propre vie qu'il entend justifier et que cette entreprise est vaine (voir p. 117). Le rapport Roquentin/Rollebon relève bien

1. Dans *La Force de l'âge* (p. 21), Simone de Beauvoir, racontant sa vie avec Sartre durant les années 1929-1930, écrit ceci : « Quand nous mangions dans ma chambre du pain et du foie gras Marie, quand nous dînions à la brasserie Demory dont Sartre aimait la lourde odeur de bière et de choucroute, nous ne nous sentions privés de rien. » Sartre fréquentait déjà cette brasserie — qui existe toujours mais a été complètement transformée — avec ses amis lorsqu'il était à l'École Normale, où la nourriture (le « pot ») était notoirement mauvaise.

de la même mystification dont Sartre a été victime et qu'il dénoncera dans *Les Mots,* celle qui subordonne le présent à un avenir qui n'est que la reproduction du passé : « [...] je choisis pour avenir un passé de grand mort et j'essayai de vivre à l'envers » (p. 165). Mystification, car ce fantasme d'immortalité par l'accession à la gloire est, comme Sartre l'a montré, un « mirage [qui] naît spontanément de la culture » (p. 166). C'est en effet dans la littérature ou, mieux, dans l'idéologie littéraire du XIXe siècle, que s'affirme l'identité de la gloire et de la mort, celle-ci étant la condition de celle-là et celle-là l'apothéose de celle-ci. Et c'est cette idéologie qui est souterrainement à l'œuvre dans l'espoir qu'a Roquentin de sauver sa vie en sauvant celle de Rollebon. Plus encore que le représentant du passé ou le Père symbolique, comme le veut François George *(Deux études sur Sartre),* Rollebon nous apparaît donc être dans *La Nausée* la représentation métonymique de la Culture.

Page 20.

a. leur grâce ambiguë. Ce ne sont plus que des cafés, ou, comme dit le Dictionnaire de l'Académie, des « lieux publics où l'on prend du café ou d'autres breuvages[1] » / Un jour parfait *ms., dactyl.*

b. ou bien j'écris quelques mots, *ms., dactyl.*

c. sortirons des limbes. / C'est très désagréable : je ne peux pas m'empêcher de penser à mon travail. Pourtant ce n'est pas précisément le jour. Eh bien oui ; je le sais, qu'il ne va pas ; je sais que depuis trois semaines je tente sans succès de boucher les trous, de me persuader que tout va bien. D'ailleurs il y a beaucoup plus longtemps que cela ne marche pas. Qu'est-ce que j'ai fait, depuis deux ans ? Des mises au point de détail, des classifications. J'ai formé aussi quelques hypothèses qui semblent justes : celles de son mariage secret, de sa fugue au Portugal en 1784. J'ai à peu près éclairci son rôle dans la conclusion de la paix d'Amiens[2]. Mais j'ai toujours évité la véritable question : de lui, de *l'homme,* qu'est-ce que je sais ? À la place d'une idée bien lourde, bien pleine, j'ai des connaissances en tas, qui font du volume mais ne pèsent pas. Comme je le croyais simple, le marquis, au temps que je recueillais sur lui les premiers renseignements : maintenant tout s'est embrouillé. / A-t-il ou non participé *ms., dactyl.*

1. Nom inventé par Sartre, semble-t-il.

Page 21.

a. se seraient contentés *ms., dactyl.*

b. au démoniaque. La vérité c'est que je ne vois pas *ms., dactyl.*

c. du matin par Monsieur de Rollebon, le malade, *ms., dactyl.*

1. Simone de Beauvoir signale dans *La Force de l'âge,* p. 142, que Sartre et elle avaient lu la biographie — à vrai dire médiocre —

1. La huitième édition du Dictionnaire de l'Académie (1932) donne la définition suivante du mot café : « Se dit, par extension, d'un Lieu public où l'on débite du café ou d'autres breuvages. »
2. Traité conclu le 27 mars 1802 par Bonaparte avec l'Angleterre.

de Mme de Charrière (sans *s*) par Geoffrey Scott, intitulée *Portrait de Zélide.*

2. Gabriel Bonnot de Mably (1709-1785), historien et philosophe, surnommé « le prophète du malheur » à cause de son pessimisme. C'est sans doute l'abbé Mably qui donne son nom au café que fréquente souvent Roquentin.

3. Louis-Philippe, comte de Ségur (1753-1830), général de Napoléon, auteur dramatique, a écrit trois volumes de mémoires publiés en 1824.

4. Cette anecdote nous semble familière, mais nous n'avons pas pu en déterminer l'origine.

Page 22.

a. selon laquelle il aurait dû   *ms., dactyl.*

b. puisqu'un de ses premiers mouvements fut pour se débarrasser du Marquis   *ms., dactyl.*

c. ces journées fichues, je reste   *ms., dactyl.*

d. laid une motte de terre   *ms., dactyl.*

1. Sur la laideur de Sartre, voir ce qu'il en dit dans le film *Sartre par lui-même* (voir *Sartre : un film réalisé par Alexandre Astruc et Michel Contat, texte intégral,* Gallimard, 1977, p. 21-22).

2. Dans *L'Être et le Néant* (p. 363), Sartre cite et commente la célèbre formule d'Auguste Comte : « L'œil ne peut se voir lui-même. » Il montre que mon regard ne peut se porter sur mon regard mais seulement sur l'organe en tant qu'objet vu : « je ne puis voir l'œil voyant ». De sorte que ce que je ne puis saisir sur mon visage, c'est son sens, sa dimension transcendante. Celle-ci ne peut apparaître qu'à autrui. Quand je contemple mon visage sans essayer — vainement — de le voir par les yeux d'autrui, je ne saisis pas sur lui ma transcendance mais sa facticité, sa contingence, son pur être-là physique. C'est cette expérience que décrit ici Roquentin. On se reportera au texte *Visages* publié en 1939 et repris dans *Les Écrits de Sartre,* p. 560-564, pour situer d'une façon plus complète les remarques de Roquentin sur son visage. Voir aussi, n. 4, p. 24.

3. Sartre insiste à plusieurs reprises sur le fait que Roquentin est roux. Selon Simone de Beauvoir (*La Force de l'âge,* p. 198), c'est à Georges Politzer que Sartre avait emprunté sa « belle chevelure flamboyante » pour en doter Antoine Roquentin.

Page 23.

a. qui m'engourdit. J'ai envie de me secouer, de m'arracher à mon image, mais je ne le puis : je glisse   *ms., dactyl.*

1. Sartre attribue ici à la « tante Bigeois » des paroles que lui disait sa propre grand-mère, Louise Schweitzer, lorsqu'il était enfant.

2. Voir *Les Mots* (p. 88-89) : « Quand je me les rappelle aujourd'hui, ces grimaces, je comprends qu'elles assuraient ma protection : contre les fulgurantes décharges de la honte, je me défendais par un blocage musculaire. Et puis, en portant à l'extrême mon infortune, elles m'en délivraient : je me précipitais dans l'humilité pour esquiver l'humiliation [...] ; le miroir m'était d'un grand secours : je le chargeais de m'apprendre que j'étais un monstre ; s'il y parvenait, mes aigres remords se changeaient en pitié. [...] »

Page 24.

a. Monsieur de Dangeville disoit qu'il ressembloit, avec tout *ms., dactyl.*

b. Cinq heures et demie. / Voilà plus d'une heure que je m'agite sur ma chaise, l'esprit traversé de nuées monotones : je me suis terriblement ennuyé ; j'ai des fourmis dans les jambes. / Il fait encore clair, un jour bleu tombe doucement sur la table ; tant pis, j'allume la lampe. Du coup, les vitres bleues virent au noir. / Et après ? Vais-je pouvoir écrire ? Peut-être en effet que je sens naître en moi des mouvements plus calmes, plus larges. Le soleil n'est plus là, cette belle nuit l'a remplacé. Au dehors tout est d'un bleu noir ; le « Rendez-vous des Cheminots » vient d'allumer son enseigne. Ça va, ça commence à aller. J'allonge furtivement la main vers mes papiers. Voilà la dernière phrase :

« Telle est du moins l'opinion de Tcherkoff. » / Il faut aller prudemment pour ne pas effaroucher cette petite émotion d'apaisement, qui vient enfin de se poser. J'écris : / « Mais, si l'on veut bien considérer... » / Elle s'est envolée avec un minuscule bruit d'ailes, comme j'écrivais « considérer ». Je me sens bien seul, en face de ce mot considérable. J'en ai assez, je vais au café. / Si la patronne est là, je baiserai. / Ça ne va pas ! *ms., dactyl.*

c. la Nausée (je vais appeler ça la Nausée). Et cette   *ms., dactyl.*

1. La comtesse de Genlis (1746-1830) a écrit plus de 80 ouvrages et notamment des *Mémoires* (1825).

2. Sartre se réfère peut-être à Charles Étienne Botot, dit Dangeville (1707-1787) qui était un acteur de la Comédie-Française.

3. Le mot *plaisant* appliqué à une personne a chez Sartre et Simone de Beauvoir valeur de litote : il signifie non seulement que la personne ainsi qualifiée est sympathique et de commerce agréable mais encore qu'on lui reconnaît des qualités morales superlatives. Employé en ce sens, le mot « plaisant » faisait déjà partie du vocabulaire des « petits camarades » à l'époque de l'École normale.

4. On retrouve cette même formule ailleurs chez Sartre, appliquée à des phénomènes différents : « Un portrait, c'est, en quelque sorte — du moins en apparence —, la nature sans les hommes. » (*L'Imaginaire*, p. 43) « Ainsi le sculpteur classique verse dans le dogmatisme parce qu'il croit pouvoir éliminer son propre regard et sculpter en l'homme la nature humaine sans les hommes [...]. » (*Situations*, III, p. 298) « À la tombée du jour, égaré dans une jungle de paroles, tressaillant au moindre bruit, prenant les craquements du parquet pour des interjections, je croyais découvrir le langage à l'état de nature, sans les hommes. » (*Les Mots*, p. 44).

Pour Roquentin, la formule renvoie à l'absence de *sens* de son visage, à sa contingence monstrueuse (voir la formule qui, dans *L'Être et le Néant* (p. 377), définit le corps tel qu'il est vécu sur le plan du pour-soi : « le corps est la forme contingente que prend *la nécessité de ma contingence* »). Le sens, en effet, ne peut advenir que par autrui : l'homme totalement seul perdrait ses caractéristiques d'homme et tomberait au niveau d'existence absurde de la viande. On n'est homme que parmi les hommes qui vous reconnaissent pour tel. D'où les métamorphoses de Roquentin, analogues à celle de Grégoire Samsa. Voir n. 1, p. 147.

5. Avec sa majuscule, qui apparaît ici pour la première fois, la

Nausée atteint son statut capital : elle est « isolée », nommée, reconnue. La majuscule rend inutile l'annonce solennelle donnée dans le manuscrit (voir var. *c*).

6. L'un des lieux privilégiés de *La Nausée* et des premières œuvres de Sartre est le café et l'on sait que, plus tard, sa fréquentation des cafés de Saint-Germain-des-Prés et de Montparnasse frappa tout particulièrement l'esprit de ses contemporains.

Reprenons ici ce qu'écrit Roger Troisfontaines en 1945 sur « l'homme au café » (*Le Choix de J.-P. Sartre,* Aubier-Montaigne, p. 51-52) :

« Voyez-le, échoué sur la banquette de moleskine, à une place quelconque. S'il vit habituellement dans cette salle commune, c'est parce qu'il n'a pas de « chez soi », de foyer où s'épanouirait sa famille, où il recevrait ses intimes. Ceux qu'il nomme ses amis sont de vagues camarades, et l'amour, il " le fait avec " des femmes de rencontre. [...]

« " L'homme au café ", toutes amarres rompues, coupé de ses rapports organiques avec le monde, les autres hommes et Dieu, le fleuve de la vie l'a rejeté tout seul sur la berge. [...] S'il hante cette salle, c'est pour dissiper sa vie profonde, l'assourdir sous le cliquetis des verres et les bribes de conversation, la défigurer parmi ces visages anonymes... »

À ceci, Sartre objecta, au cours d'une conversation, que R. Troisfontaines présentait le café comme un mal en soi et précisa (p. 52-53) :

« C'est vrai que j'y passe mes journées, et du matin au soir. Mais vous l'interprétez mal, car j'y suis bien plus " engagé " que chez moi. Dans ma chambre, j'ai envie de m'étendre sur mon lit. Au café, je travaille : c'est là que j'ai composé tous mes livres. [...] Ce qui m'attire au café ? c'est un milieu d'indifférence où les autres existent mais sans se soucier de moi et sans que je m'occupe d'eux. Les consommateurs anonymes qui se disputent bruyamment à la table voisine me dérangent moins qu'une femme et des enfants qui marcheraient à pas de loup pour ne pas me gêner. Le poids d'une famille me serait insupportable. Tandis qu'au café les autres sont là, tout simplement. La porte s'ouvre, une jolie femme traverse la salle, s'assied : je la suis des yeux puis je reviens sans effort à ma feuille blanche : elle a passé comme un mouvement dans ma conscience, sans plus. »

Page 25.

a. j'hésitais à entrer et puis *ms., dactyl.*

1. Voir n. 2, p. 11.

2. On s'est souvent autorisé d'une référence directe à *La Nausée* dans un ouvrage de philosophie pure comme *L'Être et le Néant* (p. 387), pour affirmer que l'aventure de Roquentin est une illustration d'une idée philosophique, donc abstraite. En réalité, comme nous avons tenté de l'indiquer dans notre Notice, il s'agit d'une expérience qui n'est en aucune façon réductible à une notion, fût-ce celle de contingence. Avant même la parution de *L'Être et le Néant,* Claude-Edmonde Magny notait déjà qu' « un roman comme *La Nausée*, qui n'est plus centré sur un caractère mais sur une " expérience ", constitue évidemment une rupture absolue avec la conception traditionnelle du roman » (*Les Sandales d'Empé-*

docle, p. 142). Plutôt que d'une rupture, il nous semble s'agir d'un dépassement; mais nous suivons Claude-Edmonde Magny lorsqu'elle dit que « le héros de *La Nausée* (qui d'ailleurs, conformément aux traditions, donne son nom au roman), ce n'est pas Antoine, ce n'est pas Anny, ce n'est même pas Bouville : c'est la Nausée elle-même » (*ibid.*, p. 155).

Page 26.

a. comme un chien qui rêve. *[9 lignes] | On trouve, à la suite de ces mots qui figurent dans ms. au bas d'une page, une page entièrement biffée que voici :*

[Ce mur crépi en brun jaune derrière Adolphe me fait mal. C'est la couleur qui me fait mal; mais pas ici, en moi, comme lorsque des sons discordants vous déchirent les oreilles : là-bas, sur le mur. J'ai l'air d'une mauviette, d'un Monsieur de Mon Boudoir, quand j'écris ça. J'affirme donc que jusqu'à aujourd'hui je me foutais parfaitement de la couleur de ce mur et d'une quantité d'autres choses. Seulement je n'étais pas comme je suis à présent : j'étais une forme fermée et le mur en était une autre et nous avions des rapports très superficiels; ce café était un pur contenant spatial dans lequel je me trouvais comme un petit cercle dans un grand. Aujourd'hui, naturellement, je sens bien que je ne suis pas le mur et que le mur n'est pas moi. Ce qu'il y a plutôt ? C'est que je ne me termine pas. Il y a un noyau qui est bien moi, bien distinct du reste, qui est cette masse ici sur la banquette. Et puis, autour du noyau, cela pâlit, cela pâlit, cela s'étend dans toutes les directions et il y a un moment donné où cela devient un brouillard dont personne ne saurait dire ni si c'est le mur, les bretelles mauves ou moi. C'est pourtant un brouillard vivant, une de ces petites brumes denses qui flottent dans la mer, entre deux eaux et qui sont des bêtes. En même temps, le café se penche sur moi et m'enveloppe d'une façon plus organique : il me contient comme je contiens mon foie ou mon cœur. / La présence brun foncé, à ma droite, produit une soudaine rumeur et la main rouge traverse mon champ visuel *biffé] [Fin de la page] Le texte reprend à :* « Tiens, le voilà ton atout. *ms.*

1. Sartre observe dans *L'Imaginaire* (p. 58) que dans la perception *quelque chose* apparaît qui est *ensuite* identifié, et il ajoute : « Alain, parmi tant d'autres philosophes, a bien montré comment le jugement rectifie, organise, stabilise la perception. Ce passage de " quelque chose " à " tel objet " a été souvent décrit dans les romans, surtout lorsqu'ils sont écrits à la première personne. " J'entendis, dit, par exemple, Conrad (nous citons de mémoire), des bruits sourds et irréguliers, des craquements, des crépitements : c'était la pluie. " » On trouve dans *La Nausée* d'autres exemples de cette vision « phénoménologique » où l'objet est donné avant d'être nommé.

2. Voir *La Force de l'âge*, p. 115.

Page 27.

a. Dans une première rédaction, biffée, du manuscrit, Sartre avait d'abord écrit : Nanette.

1. *Some of these days* — que l'on a comparé *ad nauseam* à la petite

phrase de Vinteuil chez Proust — est un *ragtime* dont les paroles et la mélodie furent composées en 1910 par le Noir Shelton Brooks (né en 1886 à Amesburg, Ontario, Canada) et publiées par Will Rossiter à Chicago. La chanson aurait été inspirée à Brooks par une conversation entendue dans un restaurant et dans laquelle revenaient les mots *« some of these days »*. Elle fut presque immédiatement reprise par la chanteuse blanche Sophie Tucker (1888 ?-1966), née en Russie dans une famille juive et dont le vrai nom était Sophie Abuza. La chanson connut vite un énorme succès et fit l'objet de nombreux enregistrements. Elle devint l'air favori de la longue carrière de Sophie Tucker : son autobiographie, publiée en 1945, porte d'ailleurs le titre *Some of these days*.

Sartre, plus loin, déclare que la chanson a été composée par un Juif et qu'elle est interprétée par une Négresse. Il ne s'agit pas ici d'une simple interversion. Selon toute vraisemblance, Sartre a dû remarquer sur un disque le nom de Shelton Brooks et a dû imaginer, à défaut de renseignements plus précis, que celui-ci était juif, tout comme, par exemple, les compositeurs Irving Berlin et George Gershwin. On peut d'ailleurs remarquer que le jazz et le music-hall américains doivent beaucoup à la collaboration entre Juifs et Noirs. Sous l'Occupation, la presse collaborationniste se déchaînait régulièrement contre le jazz ou le « swing », qualifié de musique « judéo-nègre ».

Pour ce qui concerne Sophie Tucker, l'erreur de Sartre est tout à fait compréhensible : comme le signale dans un article bien documenté Eugenia Noik Zimmerman (« *Some of these days : Sartre's petite phrase* », *Contemporary Literature*, vol. XI, n° 3, été 1970, p. 175-181), Sophie Tucker, comme plus tard Al Jolson, avait l'habitude au début de sa carrière de se noircir le visage (faisant ainsi du *coon-shouting*, selon l'expression de l'époque) et elle passa souvent en Europe pour une chanteuse noire.

La version originale de la chanson était : *Some of these days, you're gonna miss me, honey*. Il existe cependant des enregistrements qui donnent *you'll miss me, honey* (version utilisée par Sartre) ou *you will miss me, honey*.

Simone de Beauvoir note, dans *La Force de l'âge* : « Comme la plupart des jeunes gens de notre temps, nous étions passionnément émus par les " negro spirituals ", par les " chants de travail ", par les " blues ". Nous aimions pêle-mêle *Old Man River*, *Saint James Infirmary*, *Some of these days*, *The Man I love*, *Miss Hannah*, *Saint Louis Blues*, *Japansy*, *Blue Sky* [*Skies*] ; la plainte des hommes, leurs joies égarées, les espoirs brisés avaient trouvé pour se dire une voix qui défiait la politesse des arts réguliers, une voix brutalement jaillie du cœur de leur nuit et secouée de révolte ; parce qu'ils étaient nés de vastes émotions collectives, — celles de chacun, de tous — ces chants nous atteignaient chacun en ce point le plus intime de nous-mêmes qui nous est commun à tous ; ils nous habitaient, ils nous nourrissaient au même titre que certains mots et certaines cadences de notre propre langue, et par eux l'Amérique existait au-dedans de nous » (p. 145).

Lorsqu'il était adolescent, Sartre fréquentait le College Inn de la rue Vavin et aurait même voulu, à une certaine époque, devenir chanteur de jazz. Il mentionne souvent des airs de jazz dans ses premières œuvres et en 1947 il publiera un texte, « Nick's Bar, New York City », remarqué surtout pour sa première phrase :

« La musique de jazz, c'est comme les bananes, ça se consomme sur place » (voir *Les Écrits de Sartre*, p. 680-682).

Les paroles que chante Sophie Tucker ne sont pas exactement celles de l'édition originale de la chanson publiée par l'éditeur de musique Will Rossiter à Chicago en 1910. Dans le disque elles s'entendent comme suit :

> *Some of these days*
> *You'll miss me, honey.*
> *Some of these days*
> *You're gonna be so lonely.*
> *You'll miss my huggin',*
> *You're gonna miss my kissin',*
> *You're gonna miss me, honey.*
> *When I'm far away*
> *I feel so lonely*
> *For you only.*
> *'Cause you know, honey,*
> *You always had your way,*
> *And when you leave me*
> *You know it's gonna grieve me*
> *Gonna miss your big fat mama*
> *Your mama*
> *Some of these days.*

Contrairement à ce que Sartre écrit plus loin (p. 205), le solo n'est pas joué au saxophone mais à la clarinette.

C'est en 1925-1926 que Sartre écoutait régulièrement ce disque chez Mme Morel chez qui il se rendait presque tous les jours.

Il existe une lettre de Sartre à Joë Bousquet, sur papier à en-tête du Dôme, datée du samedi 28 mai, reproduite en fac-similé dans le catalogue suivant : Lake, Carlton. *Baudelaire to Beckett*. University of Texas at Austin, Humanities Research Center, 1976, p. 158.

> *Cher Monsieur,*
>
> *Votre lettre m'a profondément touché et je vous en remercie vivement. Je suis heureux que mon livre vous ait plu. J'aurais le plus grand plaisir à recevoir vos services de presse et, puisque vous voulez bien me les envoyer, voici mon adresse :*
>
> > *Jean-Paul Sartre*
> > *Hôtel Mistral*
> > *24, rue Cels*
> > *Paris (14ᵉ)*
>
> *Je suis un peu confus d'avoir laissé une faute comme celle que vous me signalez et, s'il y a jamais un autre tirage de* La Nausée*, je la ferai disparaître. Mais je crois que « Some of these days », qui date d'avant-guerre, était un rag-time. En tout cas il figure dans le pot-pourri de rag-times de Jack Hylton.*
>
> *Je vous prie d'accepter, cher Monsieur, avec tous mes remerciements, l'assurance de ma très sincère sympathie.*
>
> > J.-P. SARTRE.

Comme nous ne possédons pas la lettre de Joë Bousquet qui a suscité cette réponse, nous ne pouvons qu'émettre des hypothèses concernant la « faute » admise par Sartre. Celui-ci croyait se souvenir qu'il s'agissait de l'erreur qui fait de Sophie Tucker une Négresse et non une Blanche. Il est possible aussi que l'erreur porte sur le nom d'Al Jolson qui apparaît dans le livre comme « Al Johnson ».

Page 28.

a. et tailler dedans. *[p. 27, derniers mots de la page] | On trouve, à la suite, dans ms., sur un feuillet à part, quelques lignes biffées, que voici :* [Ces tables, ces bouteilles au-dessus du comptoir, ces odeurs, ces quelques vies qui s'accrochent à la banquette comme des bribes de moelle à un os, tout ça c'est du délayage, c'est de la sauce. Et moi ? Une soupe claire : on y a mis des litres d'eau pour qu'elle affleure au bord de la soupière. Claire et tiède. *biffé] Le texte, à la page suivante, reprend à :* Nanette tourne la manivelle

b. un disque Pathé qui se joue encore avec une aiguille à saphir *ms., dactyl.*

Sartre a récrit plusieurs fois le passage ci-dessous pour finalement l'abandonner. Nous donnons ici un de ces essais :

c. petites secousses [électriques; à chacune je me plais. Mais on voudrait en vain les retenir, s'attarder aux plus belles, aux plus pleines. Au moment même que je les regrette, je dois les approuver de s'anéantir. Un ordre inflexible les fait naître et les détruit; qu'un accident les pousse au-delà du terme fixé, il ne demeurera plus que des sons canailles et languissants. Il faut consentir à la mort de ce qu'on aime et je connais peu d'impressions plus fortes, peu qui rapprochent davantage du sentiment de la fatalité. *biffé] ms.*

d. si même j'arrivais *dactyl.*

1. Drame lyrique de Pietro Mascagni (1890).
2. Sartre a été lycéen à La Rochelle de novembre 1917 à 1920.
3. On peut rattacher ce paragraphe à ce que dit Sartre en 1931 dans son discours sur « L'Art cinématographique » (voir *Les Écrits de Sartre,* p. 549) : « [...] Cette irréversibilité du temps que nous enseigne la science et dont le sentiment serait insupportable s'il n'accompagnait toutes nos actions, les arts du mouvement ont pour fin de nous la représenter hors de nous, peinte dans les choses, redoutable encore mais belle. Il y a dans la mélodie quelque chose de fatal. Les notes qui la composent se pressent les unes contre les autres et se commandent étroitement. De même notre tragédie se présente comme une marche forcée vers la catastrophe. Nul n'y peut revenir en arrière : chaque vers, chaque mot entraîne un peu plus loin dans cette course à l'abîme. Point d'hésitation ni de retard [...]. / Mais la musique est fort abstraite. Paul Valéry a raison de n'y voir que " des formes, des mouvements qui s'échangent " [...]. »
4. C'est ici l'unique apparition dans *La Nausée* de l'adjectif qui depuis *L'Être et le Néant* a été si automatiquement associé à Sartre, à tel point que le mot « visqueux » a aujourd'hui en littérature une connotation inévitable d'anti-valeur sartrienne. Voir *L'Être et le Néant,* p. 661-674.

Page 29.

a. la briser. / Peut-être ce mélange de certitude et de doute est-il indispensable à mon plaisir. Le dernier accord *ms.*

   b. Elle emplit la salle *ms., dactyl.*

   1. Voir dans *L'Imaginaire* (Conclusion, p. 243-245) les pages qui offrent un commentaire philosophique de ce passage. Interrogeant la nature de l'objet esthétique, Sartre y montre que l'œuvre d'art est un *irréel* qui a sa matière et sa durée propres; il se sert de l'exemple de la *Septième Symphonie* de Beethoven (équivalent dans *L'Imaginaire* de « Some of these days » dans *La Nausée*).

Page 30.

   a. comme une petite machine. *ms., dactyl.*

   1. Apparition du thème de l'aventure, sous sa forme mystifiée, illusionnée. L'*aventure,* comme la musique, comme la danse, comme les « moments parfaits » d'Anny, a pour fonction d'imprimer un ordre inflexible, irréversible à la molle durée informe, sans vecteurs, du temps de la contingence : en imposant une *forme* elle confère nécessité à ce qui est moins gratuit qu'amorphe. L'aventure est une esthétisation du temps, une imaginarisation de l'existence; c'est pourquoi elle appelle nécessairement le récit pour se parfaire. Voir p. 49.

   2. Le serpent Naga est un animal fabuleux à sept têtes fréquemment représenté par les sculpteurs khmers.

Page 31.

   a. J'hésite. Suivre la rue des Mutilés, puis la rue de la Révolte et la route de Paris : ça n'en finit pas et c'est bordé d'habitations à bon marché, de grandes casernes en briques rouges avec des centaines et des centaines de fenêtres sans rideau. Quand, vers le soir, aux jours de soleil, les vitres sont enflammées, il y a des fenêtres qui s'ouvrent, des hommes mettent le nez dehors; ils fument et regardent en-dessous d'eux. Alors quelque chose naît dans la rue, quelque chose avec une écœurante odeur d'homme. Si on se trouve là, cela vous passe au travers, cela vous gonfle et vous secoue au passage. Je n'aime pas beaucoup ça. À cette heure-ci, je n'ai rien de pareil à craindre. Mais je verrai des lumières à travers les vitres. Je saurai qu'il y a, à tous les étages, autour des tables couvertes de toile cirée, des familles harassées qui mangent. / Aller droit devant moi, traverser le boulevard de la Redoute et suivre, de l'autre côté, un tronçon du boulevard Victor-Noir jusqu'au Bassin des Mariniers ? Il n'y a pas de lune aujourd'hui et l'eau ne luit pas. On doit enfoncer jusqu'aux chevilles dans des tas de charbon. Derrière moi le boulevard de la Redoute conduit au cœur *ms., dactyl.*

   b. le Boulevard Noir — le bien nommé — jusqu'à *ms.*

   c. de droite, d'une masse gazeuse, grise avec des traînées de feu, s'échappe un bruit *ms., dactyl.*

   1. Allusion privée à Simone Jahan, une collègue de Simone de Beauvoir à Rouen et amie de Marc Zuorro (sur ce dernier, voir les notes des *Chemins de la liberté*).

On peut noter cependant qu'il y avait aussi un Jahan parmi les collègues de Sartre au Havre.

Il y a dans *La Nausée* un assez grand nombre de signes de connivence et d'allusions privées qu'il est souvent difficile de repérer et qu'il est presque toujours risqué de signaler. Sartre n'a pas écrit son livre en pensant aux lecteurs qu'il aurait, par exemple, au lycée du Havre ou en visant un public particulier; il estime cependant que les allusions privées sont nécessaires et il nous a défini ainsi leur rôle dans le roman : « L'élément privé ne devait pas être compris exactement et devait donner au lecteur une impression de contingence pure et simple; en réalité c'était quelque chose qui avait un autre sens et qui était lié à une nécessité personnelle. »

Geneviève Idt (p. 18) fait à ce propos une remarque de portée plus générale : « De tels signes de connivence permettent de supposer dans *La Nausée* l'existence de multiples codes plus ou moins secrets, et mettent le texte en situation de dialogue, que l'auteur soit provocateur ou complice de ceux auxquels il s'adresse. Mais en même temps, ils surprennent : *La Nausée* est souvent considérée comme un grand texte philosophique qui renouvelle la conception du monde. Et pourtant, par certains aspects, c'est une pochade, un jeu de clerc qui se gausse des bourgeois en compagnie d'autres clercs. »

2. Ce que Sartre a dit sur le rôle du cinéma dans l'élaboration de son idée de la contingence (voir section Documents, p. 1690 et n. 3, p. 28) se trouve ici confirmé dans le texte lui-même : Roquentin veut aller au cinéma pour conforter la victoire remportée sur la Nausée grâce à l'air de musique. À la spontanéité désordonnée de la nature, il s'agit toujours d'opposer la rigueur de l'artifice. L'antinaturalisme de Sartre est proche parent de celui de Baudelaire.

3. Avenue nommée probablement d'après Louis Galvani, physicien et médecin, né à Bologne (1737-1798).

4. Chez Sartre, malgré l'usage habituel, les deux points se rencontrent assez souvent deux fois de suite. Plus tard, nous a dit Sartre, c'est Simone de Beauvoir qui fit systématiquement la chasse aux doubles deux points lorsqu'elle revoyait ses manuscrits.

Page 32.

    a. mais s'éclairent *ms., dactyl.*
    b. la chaussée. Il faut que je prenne encore *ms., dactyl.*

Page 33.

    a. je ne me sens plus; je suis *orig. Nous corrigeons cette coquille d'après ms. et dactyl.*
    b. l'a oublié; quand on veut aller du boulevard de la Redoute à l'avenue Galvani, on prend plutôt la rue Jeanne-Berthe-Cœuroy. Des fois, un gros camion *ms., dactyl.*

Page 35.

    a. elle s'amollirait. / Je lui tourne le dos *ms. Le membre de phrase qui manque ici, dans ms. et dactyl., se retrouve plus bas : voir var. b.*
    b. Je m'en vais. / Quelques baraques de bois. Il fait plus clair : on se rapproche de l'avenue Galvani. Avec un peu d'attention je pourrais même éviter les flaques d'eau. Mais je ne m'en donne pas la peine : le mal est fait, mes chaussettes sont trempées. / De temps en temps, je me retourne : mais Lucie reste invisible. Elle a dû rester là-bas, parmi les pierres, derrière ce lourd rideau noir. Moi je viens de quitter la région magique, je retourne chez les hommes :

sous la sonnerie perçante et continue, je devine à présent des rumeurs. Sur ma droite, la vie renaît; la première plante, rabougrie, tassée, presqu'un minéral, une petite épicerie sale et triste, s'enracine profondément pour résister au vent qui la bouscule. / À gauche surgit la forme sombre du premier immeuble. Il est désert. Le jour on peut voir sur les carreaux, à tous les étages, des bandes de papier collées de biais : À louer, locaux à louer, appartements à louer. Au rez-de-chaussée de l'immeuble il y a une belle plante morte. Le vent l'a semée, sa nature délicate n'a pu s'accommoder du terrain. Les « Caves générales de l'Ouest » ont fait faillite au mois de novembre. / L'an dernier encore ce magasin rayonnait comme un astre; il restait ouvert très avant dans la nuit et, on devinait de loin son doux éclat. J'aimais regarder, par les vitres, les tonneaux brillants et laqués rangés chacun dans une case particulière, comme des chevaux de course dans leurs boxes. Un soir d'été la porte était restée ouverte, maintenue par un crochet de fer. Je me suis avancé jusqu'au seuil. Une magnifique odeur de vin m'a rempli les narines. Je m'approche : je me colle contre le rideau de fer qui à présent est baissé nuit et jour. Derrière ce rideau, dans l'ombre, le sol est couvert de paille et les murs nus sentent peut-être encore le vin. Souvent, les soirs de pluie, je me suis mis à l'abri sous cette marquise; je m'accotais contre le rideau de fer, j'entendais, comme ce soir, la sonnerie du Ciné-Saphir, dont je voyais, sur l'autre trottoir, les feux rouges trembler à travers les gouttes. / C'est vendredi, aujourd'hui, on a changé le programme. Quelqu'un a dû, ce matin, fixer des photos neuves sur les panneaux recouverts de papier violet. Je vois, de loin, qu'on donne *Le Satan de la Mer*[1]. C'est écrit en gros caractères sous une rampe de douze ampoules blanches et de deux ampoules rouges, qui ressemblent à des groseilles à maquereaux. Je veux savoir quels sont les beaux hommes, les belles femmes grasses qui sourient, ce soir, avec noblesse, sur leurs volets de bois. Je traverse : j'aime ce petit cinéma trapu, camard, lie-de-vin. Ce n'est pas lui qui se laissera périr. Il résiste, il tire tout ce qu'il peut du terrain. C'est un dur. Il y a quinze photos sur le panneau. Des photos toutes luisantes, qui ont l'air de sortir de la cuve — et qui sont venues d'Amérique avec le film. Voilà une fille de pêcheurs sur la grève; elle pleure, et le soleil se joue dans ses cheveux et les vagues viennent mourir à ses pieds. Un officier de marine baise la main d'une vieille dame. Deux hommes nus jusqu'à la ceinture luttent dans la chaufferie d'un navire. Un homme et une femme, bien gras, tout bons à manger, sont assis sur une dune, en costume de bain, et se tiennent par la main. / La sonnerie sourd du mur juste au dessus de ma tête, on dirait que ce sont les deux groseilles rouges qui sonnent. Il y a déjà quelques clients, des poisses à casquette qui prennent leur billet à un guichet de fortune, une petite guérite posée sur le trottoir. Quand la portière de grenat s'entrouve pour les laisser passer, je respire un parfum de gazoline et j'entrevois un hangar rustique avec de longs bancs. L'écran, tout au fond, luit doucement. Je veux aller au Ciné-Saphir : je veux voir *Le Satan de la Mer*. / Huit heures un quart. Il est encore

---

1. Il n'existe, à notre connaissance, aucun film portant exactement ce titre. Dans un passage éliminé du manuscrit, Sartre précise : « Satan, je crois que c'est l'officier de marine qui baise la main de la vieille dame. »

trop tôt pour que je prenne ma place : le spectacle ne commencera
guère avant neuf heures. Je bâille, je me tourne vers une clarté
crémeuse, trouée d'éclairs : c'est le rond-point Augusta-Holmès[1],
confluent du boulevard Noir et de l'avenue Galvani. À droite du
rond-point, une vapeur mauve filtre à travers les rideaux de mousseline d'un café-tabac. À gauche la pharmacie Victor-Noir a l'air
d'un bocal de bonbons. Me voilà donc revenu parmi les hommes :
il fait presque tiède, il fait jour, et, devant moi, il y a cette avenue
coquette qui s'en va vers la campagne, en chantant, comme pour
un pique-nique, avec toute sa parure de boutiques luisantes et
parfumées, avec les pâtissiers-boulangeries aux gâteaux vernis, les
fleuristes, la splendeur sanglante et fade des bouchers et les cré-
meries, semblables à des crèches, où, dans la paille, dans le blanc,
dans une atmosphère de nativité, de belles femmes manient précautionneusement le beurre et les œufs. / Derrière moi, le trou
noir s'est refermé ; Lucie, la maigre possédée, est restée au fond
du trou. Mais moi je ne pouvais pas y rester : j'étais vide. Depuis
longtemps je ne souffre plus, je n'aime plus. // Samedi. / J'étais là,
ce matin, quand Lucie est venue faire la chambre. Je lui ai demandé :
/ « Est-ce qu'il n'y a pas de malade, chez mes voisines ? » / « C'est
Louise qui est malade, la brune. La semaine dernière c'était son
frère qui partait. Elle n'a que lui, il ne voulait pas partir.
Mais ils l'ont tout de même envoyé au Maroc. À présent elle est
à l'hôpital avec une salpingite. C'est toujours les mêmes qui ont
du malheur. » / Elle ne me regarde plus : elle chantonne en pinçant
les lèvres ; elle tapote mon oreiller d'une main preste. Elle a retrouvé
son air positif et le niveau ordinaire de ses souffrances. // Deux
heures du matin. / Impossible d'admettre que *le monde* ait changé :
ça se saurait. / Peut-être que c'est moi qui ne suis plus le même,
parce que je m'enfonce dans la solitude ? / Je n'en suis pas tellement persuadé : je ne sens pas la Nausée comme un sentiment
qui serait *en moi*, c'est plutôt une qualité des choses. Seulement il
est possible que ma solitude me rende plus sensible à un certain
aspect du monde. // Lundi. / Baisé. Sans autre histoire. // Mercredi. /
[Je suis allé tard à la Bibliothèque. Vers cinq heures. Il y a longtemps que je n'y allais plus que le matin et au début de l'après-
midi. C'était un tort : six heures est, à la Bibliothèque, une heure
charmante parce qu'on voit arriver les vieillards et les autodidactes.
Ils entrent sur la pointe des pieds, d'un air à la fois familier et
recueilli, saluent avec noblesse le garçon de bibliothèque, un
Corse grossier qui ne répond pas à leurs saluts, et se mettent à
fureter partout. Il y en a de charmants : le capitaine retraité de la
marine marchande qui lit du George Sand et qui, à la fin de *La
Petite Fadette*, avait les yeux pleins de larmes, le petit vieux qui
lit le *Mémorial de Sainte-Hélène* (voilà six mois qu'il est dessus).
biffé] Travaillé de cinq à neuf à la Bibliothèque. À six heures et
demie, l'Autodidacte est arrivé. Il y a quinze jours que je ne l'avais
vu. Il s'est précipité sur moi et m'a serré la main avec la plus
vive satisfaction, il s'est informé respectueusement de « mes
travaux ». Puis il a posé sur la table un paquet entouré de papier
et, roidement, sans l'ombre d'une hésitation, sans prendre la peine
d'ôter son léger paletot (il doit geler avec cette toile d'araignée

sur le dos) il a été cueillir deux volumes sur un rayon. Curieuse lecture : une traduction du *Rig-Véda* de Langlois[1] et un « abrégé de grammaire hébraïque », par Lambert[2]. À huit heures il a sorti de son paquet une tranche de pain et du chocolat qu'il s'est mis à manger sans interrompre sa lecture. De temps à autre il levait la tête en soufflant et roulait d'un air inquiet ses magnifiques yeux noirs. Une fois, il s'est mordu les doigts avec désespoir puis a donné un coup de menton en avant et s'est replongé dans son livre. À dix heures, il a remis les livres en place, s'est incliné profondément dans ma direction et s'en est allé. // Jeudi 11 1/2. / J'ai travaillé deux heures   *ms., dactyl., à la réserve du passage biffé*

c. du XVIIIe siècle. [La Façade de la Bibliothèque fut commencée en 1778 par Jeanneney et achevée en 1782 par Bataillon *biffé*]. Elle est bordée au sud par la Bibliothèque, qui fut construite en 1782 et, sur les trois autres côtés par des maisons basses avec des arcades. À l'entrée   *ms., dactyl. à la réserve de la phrase biffée*

1. Nom imaginé par Sartre, dans lequel on aura reconnu le mot « impétrant », celui qui a des droits. Notons d'autre part que, le thème de la statue et celui de la pétrification reviennent constamment dans l'œuvre de Sartre.

Page 36.

a. pile d'in-folios. Quand ces vieilles dames avaient seize ans, à la sortie de la messe, de vieux messieurs les saluaient courtoisement : peut-être fut-il l'un d'eux, peut-être alla-t-il prendre le thé, parfois, chez leurs grands-mères. À présent il a sa statue : c'est un peu   *ms., dactyl.*

b. il aurait pu mettre son autorité   *ms., dactyl.*

c. Sartre avait d'abord écrit, sur ms., 1892, *puis pour les trois dates qui suivent, respectivement :* 1897, 1902 *et* 1905.

d. À présent — et moins encore aujourd'hui que certains jours d'été, sous le soleil — elle a   *ms., dactyl.*

e. un sorcier : c'est ainsi qu'on finit par ensorceler toute une ville. Aux carrefours de Bouville se dressent des géants en redingote, verts et blancs, conchiés de pigeons. Ce ne sont pas de grands dieux : à peine dieux des mouches, des fourmis, des cloportes. Ils n'ont pas non plus beaucoup de crédit : tout au plus peuvent-ils faire que je me torde le pied, un jour de verglas, ou que mon chapeau s'envole sous la brise (mais je ne porte pas de chapeau). Ils peuvent surtout s'emparer du passant, le transpercer de l'horreur qu'ils font peser sur le carrefour. Ça ne dure qu'un moment : leur empire cesse au coin de la rue[3]. Et je ne dis même pas qu'ils ne portent parfois bonheur à certaines gens : Impétraz a de la bonté pour les dames en noir et les curés, Ducoton est doux aux humanistes. Seulement moi, ces sorciers de bronze me poursuivent de leur haine. Ce ne sont pas *mes* sorciers. Et puis il y en a trop : tous les dix pas, à Bouville, je rencontre la statue d'un homme

1. *Rig-Véda,* ou Livre des Hymnes, premier des quatre livres sacrés de l'Inde, traduit par Alexandre Langlois (Paris, 1848-1851, 4 volumes).

2. *Abrégé de la grammaire hébraïque [...] à l'usage de la jeunesse israélite,* par Lion Mayer Lambert (Metz : l'auteur, 1820).

3. Le thème de ces quelques lignes sera repris et amplifié en 1943 dans la pièce *Les Mouches,* où Jupiter apparaît aux côtés de sa statue comme le dieu des mouches et de la mort.

de bien, je sens une menace qui plane ; ils me traquent. / Je regarde Impétraz   *ms., dačtyl.*

f. Il salue, il s'appuie sur les in-folios. Son gilet   *ms., dačtyl.*

1. Ensemble de 32 volumes publiés vers 1900. On sait que pendant son enfance Sartre fut un lecteur et un utilisateur assidu de dictionnaires et d'encyclopédies. Dans *Les Mots* (p. 38-39), il écrit : « Le Grand Larousse me tenait lieu de tout [...] C'est dans les livres que j'ai rencontré l'univers [...] »

2. Charles Rollin (1661-1741), professeur au Collège de France, recteur de l'Université de Paris, publia en 1726-1728 un *Traité des études* qui, selon le dictionnaire, « reste un des monuments de la pédagogie ». Il existe une étude sur Rollin par H. Ferté (Hachette, 1902).

Il n'est pas impossible, par ailleurs, que Sartre fasse ici une allusion privée à son collègue Rollin qui fut professeur adjoint au lycée du Havre de 1932 à 1936.

3. Ce passage sur Impétraz peut être rapproché des lignes où Sartre se déplait à imaginer le professeur de province qu'il aurait pu être : « [...] Je me distrairais de ma solitude provinciale en composant des poèmes, une traduction d'Horace en vers blancs, je donnerais aux journaux locaux de courts billets littéraires, à la *Revue pédagogique* un essai brillant sur l'enseignement du grec, un autre sur la psychologie des adolescents ; à ma mort on trouverait des inédits dans mes tiroirs, une méditation sur la mer, une comédie en un acte, quelques pages érudites et sensibles sur les monuments d'Aurillac, de quoi faire une plaquette qui serait publiée par les soins de mes anciens élèves » (*Les Mots*, p. 130).

4. Dans une lettre écrite à Olga Kosakiewicz à la fin de l'été 1936 (voir p. 2126-2127), Sartre parle des « belles statues sorcières de Rome » et les oppose, à « la distinction froide et [à] la culture pleine de convention » qui caractérisent une société de « banquiers, de commerçants ou d'armateurs ». Simone de Beauvoir note elle aussi, dans *La Force de l'âge* (p. 161), à propos du séjour qu'elle fit avec Sartre à Rome en 1933 : « Nous eûmes le coup de foudre pour les places et les fontaines et les statues sorcières. »

Page 37.

a. achevé cette pipe. / Je suis furieux : je sais bien qu'il y a toujours eu des statues dans les villes. Elles étaient toutes ensorcelées les petites places romaines, sous le soleil ; mais quels beaux magiciens de pierre, jeunes, tout nus et qui posaient la main sur l'encolure d'un cheval ou sur la crinière d'un lion. J'en ai marre, des sortilèges bourgeois de Bouville, de cette sordide magie blanche, la magie des prêtres et des veufs ; j'en ai marre de cet Inspecteur sans yeux : / « Vous, Ducoton, préfet, Impétraz, inspecteur d'Académie, Bourgadié, ingénieur des Ponts et Chaussées, sorti premier de Polytechnique, brillants sujets, élite intellectuelle, puissants par vos vertus, le respect des gens en place et des idées reçues, l'épargne, les bonnes manières ; et vous autres, génies de moindre importance, dont on lit le nom sur les plaques, au coin des rues, Tiercelet, Popelin, Canivôt, Gastral, sénateurs, députés, philanthropes, conseillers municipaux, médecins, économistes, armateurs, vous tous enfin, jeteurs de sort qui régnez sur Bouville, en vain vous acharnez-vous sur moi, je ne crains pas vos maléfices : mon mépris eſt suffisant pour les anéantir ; je crache sur les vertus bourgeoises et je vous emmerde. » [« Vous, Ducoton, préfet *[...]* et je vous emmerde. » *biffé dans daɛtyl.*[1]] / Une grande ombre maigre *ms., daɛtyl.*

1. Dans l'édition d'*Eugénie Grandet* que Sartre a consultée à la bibliothèque du Havre (Calmann-Lévy, 1928 : voir n. 1, p. 58), les pages 27 et 28 du livre vont de : « Le douzain eſt un antique [...] » jusqu'à « Ainsi Grandet saisi parfois d'un remords » (*La Comédie humaine*, Bibl. de la Pléiade, t. III, p. 1045-1046).
2. Ouvrage d'Albert L. Larbalétrier (Masson, 1901), qui eſt l'auteur d'une cinquantaine de livres sur l'agriculture : *La Truffe et les Truffières*, etc.
3. Ce titre pléonaſtique eſt celui d'un recueil d'apologues et de contes traduits du sanscrit par Édouard Lancereau (Maisonneuve, 1882). Laſtex eſt un nom imaginé par Sartre.

Page 38.

1. Court ouvrage paru en 1880 (Bolbec : J. Dussaux). Un autre Lavergne — Édouard — eſt l'auteur d'une thèse : *Le Havre, son évolution et son avenir*, publiée au Havre en 1927.
2. La présence de *Lambert* et de *Langlois* dans cette énumération se juſtifie par un passage du manuscrit éliminé dans la version finale (voir var. *a*, p. 35).
3. Cette méthode de l'Autodidaɛte a été commentée par Jacques Derrida dans un exposé intitulé « Le Livre ouvert » (inédit) : « [...] Suivre l'ordre alphabétique des noms d'auteurs n'eſt pas une si mauvaise méthode, une si mauvaise voie, dès lors qu'on se fait une certaine idée du savoir et de la culture. [...] Par l'ordre alphabétique nous sommes assurés de parcourir linéairement la totalité d'un texte en passant au moins une fois par chaque point du texte général. [...] »
Sartre, quant à lui, se refuse à voir dans la leɛture ou l'écriture une aɛtivité purement sérielle et souligne dans *L'Idiot de la famille* (t. III, p. 61), « la contiguïté inerte des livres dans les bibliotèques ».

---

1. C'est le seul passage important qui est barré dans le dactylogramme de *La Nausée*, les autres coupures ayant été faites sur une copie que nous n'avons pas retrouvée. Il s'agit donc d'une suppression que Sartre a faite spontanément et non à la suite des critiques et suggestions de Brice Parain. Elle offre par là-même un intérêt particulier. La personne de l'entourage de Sartre qui n'aurait pas manqué de se sentir visée par ce passage insultant est évidemment le beau-père, M. Mancy, ce polytechnicien « homme de bien », incarnation des vertus « bourgeoises ». Ne pas heurter de front un homme qui allait de toute façon être choqué par l'ensemble du livre, est sans doute un motif qui suffit à expliquer cette auto-censure. Le thème est d'ailleurs repris et amplifié à un niveau de généralité supérieur dans la visite du musée. Sartre, à la relecture, a sans doute senti ce que ce passage avait d' « adolescent ». La menace ressentie par Roquentin de la part des hommes de bien statufiés aux carrefours de Bouville et qui le poursuivent de leur haine (voir var. *a*, p. 39, résultant d'une coupure ultérieure mais entraînée par celle-ci et qui obéit de toute évidence aux mêmes motifs) renvoie très probablement à l'animosité que Sartre adolescent avait ressentie de la part de son beau-père. Ainsi, la « grande ombre maigre » qui surgit derrière le scripteur comme pour lire par-dessus son épaule est-elle peut-être, plutôt que l'Autodidacte, la figuration du retour inopiné d'un refoulé, celui des sentiments ambivalents (« je vous emmerde ») que Sartre éprouvait pour M. Mancy.

Page 39.

a. le doux parfum du chocolat. // Vendredi matin. / J'ai suivi
les longs murs à meurtrière de la caserne. Sous l'influence du
boulevard Noir, le boulevard de la Redoute commence assez mal.
On l'a percé en 62. En 64, on y a construit la « Nouvelle Caserne »
sur l'emplacement des fossés et des remparts. Cette caserne,
appelée d'abord Caserne Napoléon et, aujourd'hui Caserne Foch,
s'étend sur deux cent dix mètres de façade. Naturellement, je tiens
tous ces détails de l'Autodidacte. / Mais, peu à peu, cette avenue
calme et massive prend conscience de ses devoirs : elle a une
mission. Le boulevard Victor-Noir, la rue Jeanne-Berthe-Cœuroy,
l'avenue Galvani, ne sont que des organes de protection. Abritée
par cette carapace, contre la mer, contre la jetée blanche, contre
les arbres et, au printemps, sous les fleurs, se blottit la chair délicieuse et tendre de la ville bourgeoise ; là-bas se font les échanges
protoplasmiques, là-bas, quelque part, entre la Bourse, l'Église
Sainte-Cécile et la Place Marignan, bat le cœur de la ville. La
mission du boulevard de la Redoute est d'y conduire les voyageurs,
ceux qui débarquent de la gare, ou ceux qui sont venus dans leur
auto en suivant la route de Paris, la rue de la Révolte et la rue
des Mutilés. Lentement ce boulevard de casernes et de remparts
se transforme en voie royale : les consulats, les banques, les
bureaux y paraissent d'abord furtivement, le plus loin possible
de la chaussée, retirés au deuxième, au troisième étage d'une
maison grise. Puis ils s'enhardissent, descendent un étage avec
précaution. Pour finir, ils s'étalent majestueusement; comme des
lions, les pattes de devant posées sur le trottoir. En même temps
la brique, le stuc, le ciment armé remplacent le torchis. Les
maisons se séparent, s'entourent d'un bout de jardin. / Je pensais
vaguement à M. de Rollebon. À partir de 1801, je ne comprends
plus rien *[p. 18, début du dernier §, jusqu'à]* me laisse entièrement
froid[1]. [Qu'est-ce que ça peut me faire, que je sois plus intelligent
que M. Germain Berger qui écrivit *Mirabeau-Tonneau et ses amis* ?
En supposant que ce soit prouvé, quel plaisir pourrai-je tirer de
cette supériorité ? Ce que je cherche, en écrivant ce livre, ce n'est
pas l'estime ni le respect de mes contemporains. D'ailleurs si
c'était là mon but, il vaudrait mieux choisir un autre sujet, faire
quelque chose sur New York ou Moscou : ça se vend bien *ne
figure que dans ms.*] Au fond, qu'est-ce que je cherche ? Je n'en sais
rien. Longtemps l'homme, Rollebon lui-même, m'a intéressé plus
que le livre à écrire. Le livre était un but lointain, un prétexte à
rassembler des documents. Mais, maintenant, l'homme... l'homme
commence à m'ennuyer. C'est au livre que je m'attache, je sens un
besoin de plus en plus fort de l'écrire — à mesure que je vieillis,
dirait-on. / Voilà le consulat d'Angleterre. Je le salue et je prends
sur la gauche l'avenue Royer-Collard. On l'appelle ici « l'avenue des
Nouveaux-Riches ». Les villas pourpres, blanches, multicolores
qui la bordent sont presque toutes habitées par des familles que
la guerre a enrichies. Les autres, celles qui sont riches depuis trois
générations au moins, les vieilles familles d'armateurs, de négociants en bois, en coton, en café, habitent au-dessus de la ville,
sur le versant méridional ou au sommet du Coteau Vert. De la

---

1. Voir la variante *a* de la page 19.

place Ducoton, en levant la tête, on aperçoit leurs grandes maisons, leurs parcs, leurs belvédères. / L'avenue Royer-Collard aboutit à la mer; elle est claire et propre, plantée de marronniers avec de larges trottoirs en terre rose. À travers les grilles, par-dessus les murs bas, les portails vernis, mon regard surprend des fauteuils de jardin abandonnés sur les pelouses. Les gens ont dû profiter du soleil d'hier pour s'asseoir un moment dehors, sous des manteaux et des couvertures. Toutes les façades ont des perrons et des marquises et, de chaque côté de l'entrée, de grandes baies vitrées. Derrière ces baies, il y a des pièces hautes de plafond, avec de beaux meubles, des vases de porcelaine, des bustes et des statuettes, des collections de médailles, des coffrets à cigarettes, des caves à liqueur, des exemplaires sur Japon du *Lys rouge*[1] ou de *Fumées d'opium*[2]. / Évidemment on peut admettre que Rollebon *[début du 2e § de la page 19, jusqu'à :]* de haut espionnage et d'intrigues en Orient pour le compte du tsar *[suite du 2e § jusqu'à :]* avec les principautés asiatiques. / Ça ne manque pas de vraisemblance mais ce n'est pas prouvé *[texte du 3e § de la page 19, jusqu'à :]* de pure imagination. Encore suis-je sûr que, si j'inventais des personnages de roman, j'en tirerais plus de satisfactions : ils auraient l'air plus vrais, en tout cas, plus plaisants. / Onze heures sonnent à l'église Sainte-Cécile; l'avenue est déserte : elle est toujours déserte. Il y a moi et aussi, devant le portail de la Villa Reine-Gabrielle, une bonne qui astique la sonnette de cuivre. Par une fenêtre entrebâillée, j'aperçois une nuque immobile : ce doit être un buste de plâtre. La mer est devant moi, cachée par le brouillard. Ça sent tout de même le sel et le varech. / Un matin lucide et calme. Juste ce qu'il faut pour se dire sans tristesse qu'on s'est peut-être entièrement fourvoyé, qu'il va falloir peut-être tout recommencer. Je suis dans un drôle d'état depuis quelque temps, une espèce d'indécision générale sur toute chose; j'attends du neuf. // Trois heures. / J'ai déjeuné trop lourdement; je reviens sans courage à l'hôtel Printania, par le boulevard de la Redoute. L'air est aqueux et gras. Il me semble que je regarde à travers des larmes. De gros nuages frôlent les toits et passent lentement, avec des mouvements incertains, vivants. / [Pour me divertir, j'ai imaginé que nous étions au fond de l'eau, dans une cité engloutie, et que les nuages étaient de gros poissons qui passaient au-dessus. *biffé*] / Il faut rentrer. Mais je sais ce qui m'attend. Sûrement ça va être le même supplice que tous ces jours derniers : je vais me mettre à ma table, prendre mon stylo, contempler la dernière ligne que j'ai tracée (c'est toujours la même : « Mais si l'on veut bien considérer... ») et puis je ne ferai rien, je me tordrai sur ma chaise, pris d'un innommable dégoût pour ce que j'ai écrit, et ce que je pourrais écrire. À tout prendre il vaudrait peut-être mieux que j'aille au cinéma. Mais, dans ces moments-là, on s'obstine : j'ai *besoin* de rentrer, de m'asseoir en face de mes feuilles. C'est comme un alibi. Ou plutôt une justification. Après tout, c'est ça que je

---

1. Œuvre d'Anatole France (1894).
2. *Fumée d'opium* (sans *s*), œuvre de Claude Farrère (1911). — Sartre a été, dans son adolescence, un lecteur assidu de Claude Farrère, et c'est, en particulier, dans *Les Civilisés* (roman portant sur l'Indochine, prix Goncourt, 1905), qu'il a été frappé pour la première fois, vers l'âge de quinze ans, par l'horreur de la colonisation.

suis, que j'ai choisi d'être : l'homme qui écrit la vie du marquis de Rollebon. Il faut jouer le jeu jusqu'au bout. / Dans ma chambre. Je jette mon manteau sur une chaise. Alors ? Qu'en sera-t-il, aujourd'hui ? Je m'approche timidement de la table, je lance un coup d'œil furtif sur mes papiers : bon, je suis renseigné ; la seule vue de mon écriture me donne envie de vomir. Je vais prendre ma pipe, dans la poche de mon pardessus. À travers l'étoffe, je tâte *Eugénie Grandet,* que j'ai emprunté ce matin à la Bibliothèque. Vais-je lire ? Je n'en ai même pas envie. / Un peu plus, j'étais pris au piège   *ms., dactyl., à la réserve de la biffure et du passage indiqué*

Page 40.

   a. du temps. Une douce torpeur m'insensibilise. Je vois   *ms., dactyl.*
   b. de la voix. / [Je suis charmé d'avoir retrouvé ce chameau. Peut-être que ça va être aujourd'hui comme il y a deux ans, peut-être que je vais pouvoir « me donner le spectacle » comme je disais alors. *biffé*] Il y a deux ans   *ms.*

   1. Le père de Sartre, Jean-Baptiste, aspirant de première classe, avait croisé dans les eaux japonaises sur le *Descartes,* en 1898 (voir Annie-Cohen Solal, *Sartre,* Gallimard, 1985, p. 28-29). Sartre lui-même n'a visité le Japon qu'en 1966 et l'U.R.S.S. qu'à partir de 1954. En revanche, il a fait des voyages en Espagne (où habitaient ses amis Fernando et Stépha Gerassi) en 1931 et 1932 ; au Maroc espagnol, avec, en particulier, un arrêt à Tétouan, en 1932 ; en Grèce, en 1937. Ce n'est qu'au cours de l'été 1938 qu'il fit avec Simone de Beauvoir un séjour prolongé au Maroc français.

Page 41.

   1. Cette comparaison se retrouve fréquemment sous la plume de Sartre.
   2. Dans la mythologie scandinave, déesses du destin, analogues aux Parques, qui règlent la vie des hommes et l'ordre de l'univers.

Page 42.

   a. sera figée : ils « se » prennent. / J'ébauche   *ms., dactyl.*
   b. s'incline légèrement en avant   *ms., dactyl.*

Page 44.

   a. du nouveau, quelque chose qui me sorte de l'ordinaire ; des aventures   *ms., dactyl.*

   1. La citation complète de Pascal est la suivante : « J'ai grand-peur que cette nature ne soit elle-même qu'une première coutume, comme la coutume est une seconde nature » (Brunschvicg, 93 ; Lafuma, 241).

Page 45.

   a. sans penser à rien. D'ordinaire,   *ms., dactyl.*

   1. Simone de Beauvoir indique dans *La Force de l'âge* qu'en 1931 elle a visité avec Sartre Ségovie, la cathédrale de Burgos, Santillane, etc.

Page 46.

   a. grand canif rouillé. Anny lui donna un coup sur l'avant-bras et je l'empoignai pendant qu'elle lui tirait les cheveux. Alors il se mit   *ms., dactyl.*

b. à présent. Je me sens un peu comme un type qui vivrait dans le souvenir de sa femme morte et qui apprendrait un jour qu'elle le trompait[1]. Je viens   *ms., dactyl.*

Page 47.

a. la minute passe et je ne la retiens pas, j'aime qu'elle passe. / [Entraîné vers ce terme fatal dont j'ignore la nature, il me semble que je prévois toute la suite du temps. Sans doute ne prévois-je pas le contenu des instants futurs : seulement leur dessin général, leur enchaînement. Je prévois à vide, en quelque sorte, je sens le déroulement d'une forme pure. Et pourtant je connais aussi que je suis libre, j'agis à ma fantaisie sur les événements. Étrange liberté, dont je sais qu'elle aura des conséquences fatales : chacun de mes gestes, d'une façon que je ne peux même pas soupçonner, prépare tout ce qui arrivera par la suite ; à chaque moment, ma liberté m'offre l'aspect d'une responsabilité infinie : elle s'identifie avec le poids écrasant de la fatalité. / « C'est fini. » Le train m'emporte, quelque chose a cassé net ; par delà le terme final, je me retrouve dans la tourbe du temps quotidien.   *biffé*] Je me retourne   *ms.*

b. perdu [perdre   *dactyl.*] une fortune, une maîtresse passionnée — de revivre   *ms., dactyl.*

Page 48.

a. dans sa lecture. / Ma voisine a reçu un homme dans sa chambre, cette nuit : elle profite de ce que sa copine est malade. Ils ont parlé un petit moment, puis ils ont fait l'amour et elle a gémi longtemps. Ensuite je me suis endormi mais, sur les deux heures du matin, une voix de femme m'a réveillé. Elle criait « Georges, oh ! Georges. » Ils remettaient ça. Je les ai haïs, puis, pour me distraire, je suis revenu   *ms., dactyl.*

b. y en avoir. / Je note ici ce que j'ai pensé, bien que cela ne puisse avoir de rapport avec la Nausée. Pour que l'événement   *ms., dactyl.*

c. qui dupe les gens : un type, quel qu'il soit, c'est toujours un conteur d'histoires. Alors il cherche à vivre sa vie comme s'il la racontait et c'est justement ça qui n'est pas possible : seulement il ne s'en aperçoit pas, il vit entouré de ses histoires et des histoires d'autrui, il voit tout ce qui lui arrive à travers elles ; et même quand il est tout seul, il ne peut pas s'empêcher de raconter. / Mais il faut choisir   *ms., dactyl.*

d. cette femme dont je   *ms., dactyl.*

1. Annonce discrète de la scène du martyre de l'Autodidacte. Les lignes qui suivent dans le manuscrit (var. *a*) renforcent l'allusion aux mœurs de l'Autodidacte : Roquentin se met à penser aux gémissements amoureux de sa voisine de chambre, voisine qui, dans un autre passage supprimé (var. *b*, p. 85), est décrite affligée de « formes obscènes » et de « grosses fesses ». Le terrain de cette association d'idées est de toute évidence la sexualité, avec le dégoût

---

1. Sartre a peut-être fait disparaître cette phrase en raison de l'allusion trop évidente qu'elle fait à Charles Bovary.

qu'elle provoque chez Roquentin. Dès lors, dans la chaîne associative, le membre de phrase coupé au début du paragraphe suivant (var. *a*) ne peut qu'apparaître comme une dénégation : ce qui a bel et bien un rapport avec la Nausée, c'est la sexualité, comme le confirment amplement d'autres passages. Au niveau inconscient qui est celui de l'association et qui semble ici gouverner le texte initial, la séquence s'articule ainsi : homosexualité de l'Autodidacte → répulsion devant la sexualité (« Je les ai haïs ») → Nausée → aventure.

2. Là se trouve sans doute l'une des clés de *La Nausée*, la formule qui signe ce que l'on pourrait appeler la « libido narrative » de Sartre, à l'œuvre peut-être dans toute littérature fondée sur le récit. Sartre, comme beaucoup de rejetons de la bourgeoisie cultivée, est un enfant de la littérature : il a appris la vie dans les livres. Et ce qu'il a trouvé, plus particulièrement dans les romans, c'est un modèle de vie, autrement dit une *forme*. Le roman oppose à l'infinie dispersion du vécu, aux « molles spirales du temps » (*Les Mots*, p. 161) une structure, un vecteur, une rigidité signifiante et téléologique. Pour se sauver de l'ennui (qui est appréhension de la contingence), il s'agit de tenter d'imprimer à sa propre vie le modèle du roman. « Je me sentais romanesque, voilà tout », conclut Sartre dans un passage des *Mots* (p. 203) où il raconte comment, vers sept ou huit ans, il trompait son ennui en s'imaginant qu'il était « le héros d'une longue histoire qui finissait bien ». Le sentiment de l'aventure c'est la tentative de vivre sa vie comme si elle était un roman. Vaine tentative, à moins justement d'*écrire* sa vie, de la transmuer en récit par l'écriture. Travail de Sisyphe, perpétuellement à recommencer, toujours voué à l'échec. Cependant, si Roquentin parvient à se désillusionner par rapport à l'aventure, c'est pour se retrouver à la fin de *La Nausée* dans une autre illusion, celle de l'écrivain.

3. À la fin de son année à Berlin, Sartre fit un séjour à Hambourg en juillet 1934, en compagnie de Simone de Beauvoir. Hambourg semble être pour Sartre un lieu privilégié : il en parle, notamment, dans « La Chambre » (voir p. 254) et il y a placé l'action des *Séquestrés d'Altona*. La graphie correcte serait Sankt Pauli (quartier chaud de Hambourg). La graphie « San Pauli » semble cependant fréquente dans les romans français des années trente (voir par exemple *France-la-Doulce* de Paul Morand, Gallimard, 1934, p. 46).

Page 49.

a. c'est une espèce d'addition   *ms., dactyl.*

Page 50.

a. l'aventure. Mais hélas, nous oublions   *ms., dactyl.*

1. Voir les remarques de Valéry dans *Tel Quel II* sous le titre « La Vie est un conte » (Œuvres, Bibl. de la Pléiade, t. II, p. 776-777) : « Chaque vie commence et finit par une sorte d'accident. / Pendant qu'elle dure, c'est par accidents qu'elle se façonne et se dessine. [...] / La croyance au temps comme agent et fil conducteur est fondée sur le mécanisme de la mémoire et sur celui du discours combinés. Le type du récit, de l'histoire, de la fable contée, du dévidement d'événements et d'impressions par celui qui sait où il va, qui possède ce qui va advenir, s'impose à l'esprit [...]. » Ce rapprochement est

signalé par Philippe Lejeune dans une note, p. 228, de son *Pacte autobiographique* (Seuil, 1975) où il renvoie également à Gérard Genette, *Figures II*, Seuil, 1967, p. 97.

Page 51.

    a. de dix heures. Eh bien, si c'est Dimanche, je sais ce que j'ai à faire : le Dimanche, à cette heure, on peut voir   *ms., dactyl.*

    b. trop longtemps après *ms., dactyl.*

    c. Les éditions récentes donnent, par erreur, Joséphine-Soulary.

    1. Joseph-Marie, dit Joséphin, Soulary (1815-1891) est un poète lyonnais qui connut une certaine notoriété vers 1860.

Page 52.

    1. La construction du Sacré-Cœur, édifice du « Vœu national », en expiation de la Commune, fut décidée par une loi du 23 juillet 1873.

    Le 13 février 1971, Sartre se souviendra des origines réactionnaires de la basilique, lorsqu'il participera avec un groupe de militants gauchistes à l'occupation manquée du Sacré-Cœur.

    2. Il y a au Havre un coteau qui domine la ville sur toute sa longueur et qui est habité par la riche bourgeoisie : la « Côte » qui va de Sainte-Adresse à l'entrée de Graville.

    3. Il existe au Havre un boulevard de ce nom, ainsi qu'une église Sainte-Cécile (sans rapport avec celle décrite ici).

Page 53.

    a. Piégois *ms., dactyl.*

    b. elle avait bien cent *ms., dactyl.*

    1. Il y a à La Rochelle une rue Dupaty (du nom d'un magistrat et littérateur né dans la ville en 1746 et mort en 1788).

    2. Maison d'édition connue pour son sérieux et son traditionnalisme. C'est d'ailleurs elle qui édite *Labor improbus* d'Olivier Blévigne (voir p. 110).

    3. Roman de Pierre Benoit (Albin Michel, 1929).

    4. Ouvrage publié en 1906 et réédité chez Vuibert en 1923. Paul Doumer a été élu président de la République en 1931 et assassiné par Gorguloff en 1932.

    5. Non loin de la promenade du Mail où Sartre allait souvent, il y a à La Rochelle une porte de Mer ou des Deux-Moulins.

    6. L'homme de lettres Henry Bordeaux, originaire de Haute-Savoie, homme d'extrême-droite, a beaucoup écrit et parlé sur la montagne. En 1925, il a, par exemple, publié un volume s'intitulant *Paysages romanesques des Alpes* (Éditions de la vraie France).

Page 54.

    a. Lefrançais *ms., dactyl.*

Page 55.

    a. de l'air, comme on dit, il n'y a pas *ms., dactyl.*

    1. Sur l'expression « manger quelqu'un des yeux », on se reportera à l'article « Une idée fondamentale de la phénoménologie de Husserl : L'Intentionnalité » (repris dans *Situations*, I), où Sartre

dénonce l'illusion selon laquelle « connaître, c'est manger » et où il s'attaque à la philosophie « alimentaire » de Brunschvicg, Lalande et Meyerson.

Page 56.

   a. c'est son mari. / Je les regarderai mieux tout à l'heure : voici qu'un salut va naître sur l'autre trottoir et je ne veux pas le manquer. Un Monsieur, qui tient sa femme par le bras, lui glisse quelques mots à l'oreille et se met à sourire. Aussitôt, elle dépouille soigneusement de toute expression sa face d'un blanc argenté qui brille comme de la soie végétale, et fait quelques pas *ms., dactyl.*

Page 57.

   a. fleurs de serre. / *On trouve, à la suite de ces mots, sur un feuillet à part, dans le manuscrit, ces lignes biffées :* [on brise les crânes des enfants prodiges sur les pavés et, les yeux des blessés, on les fait jaillir à coups de talon de leurs orbites.
   Il est bien exact que je fais peur aux petits garçons. En voilà un qui me regarde avec inquiétude, parce que je ris tout seul. Madame Roetterer passe tout près de moi, avec son livre de messe et un grand cabas qui est, paraît-il, plein de croûtes de pain : c'est une Sainte. *biffé*] / *fin du feuillet* / J'arrive *ms.*

   1. Sartre choisit ici un nom assez banal, Vézelise étant une ville de Lorraine connue pour ses bières.

Page 58.

   a. qui m'appuie toute la journée *ms., dactyl.*

   1. La longue citation qui suit reprend d'une façon exacte les pages 83 et 84 de l'édition in-12 en 246 pages d'*Eugénie Grandet* publiée par Calmann-Lévy en 1928. Le volume se trouve à la bibliothèque du Havre. Le texte diffère en plusieurs points (disposition des phrases, ponctuation, majuscules) de celui donné par d'autres éditions (Bibl. de la Pléiade, t. III, p. 1085).
   2. *Le texte de Balzac se lit ici :* Quoi que vous voulez encore, Mamselle ?

Page 59.

   a. boulettes de viande grise mâchées. Le mari *ms., dactyl.*
   b. Les éditions récentes donnent, par erreur : effacé.

Page 61.

   a. lui raconter... » / Le dialogue des romans, où chacun répond exactement à son interlocuteur, comme c'est loin du vrai langage des gens[1]. Mes voisins *ms., dactyl.*

Page 62.

   a. corps alourdi. Cette impression prenait une espèce de pro-

   1. Si cette phrase a disparu du roman publié, c'est, de toute évidence, parce qu'elle donne directement le sens de la mise en opposition du dialogue balzacien avec celui du couple de la brasserie. En la supprimant Sartre veut faire naître cette réflexion spontanément chez le lecteur.

fondeur ou, du moins, d'universalité[1] : à cette même heure, après le long et copieux déjeuner du Dimanche, tous les Bouvillois se levaient de table   *ms., dačtyl.*

b. du mur vert. Bientôt elles se laisseraient aller dans leurs fauteuils, détendues, abandonnées aux images, à la musique, en évitant de parler. En vain : quelque chose en elles resterait contracté. Elles avaient trop peur qu'on ne leur gâchât leur beau Dimanche ; de chaque minute elles exigeaient qu'elle fût parfaite, qu'elle apportât le délassement, le repos. Elles sentaient profondément qu'elles avaient le droit de s'amuser[2]. Tout à l'heure   *ms., dačtyl*

c. villa « La Vague » : derniers préparatifs avant la promenade. La fille   *ms., dačtyl.*

d. sur la Jetée. Pour moi, j'étais libre et je faisais comme les autres : je suivis   *ms., dačtyl.*

1. Pour mesurer le rôle important que joue le cinéma chez Sartre, on pourra se référer aux *Mots* (p. 96-102) ainsi qu'au discours de distribution de prix (« L'Art cinématographique », repris dans *Les Écrits de Sartre*, p. 546-552) qu'il prononça au Havre en juillet 1931. Ce dernier texte précède de peu le début de la rédaction de *La Nausée* ; il constitue une réflexion fort intéressante sur le rapport continuité-discontinuité et sur les structures de l'œuvre d'art et, comme tel, permet de mieux comprendre ce que Sartre a voulu faire dans *La Nausée*.

2. Dans son attaque contre les moments privilégiés et sa critique de la vie quotidienne, Sartre n'épargne pas le dimanche et son événement le plus marquant, la promenade dominicale. Dans sa préface à la pièce de Georges Michel, *La Promenade du dimanche* (Gallimard, 1967, p. 9-10), il écrit : « [...] C'est déjà un mythe que la promenade dominicale : elle a lieu toutes les semaines dans toutes les villes de la terre : nous avons tous été ce môme à cloche-pied — " les enfants s'ennuient le Dimanche, le Dimanche les enfants s'ennuient " — qui ne sait que faire de son corps et qui sent ce jour-là, plus amèrement que les autres jours, sa parfaite gratuité. Et nous avons vu, depuis, cinq cents fois ou mille fois ces familles grises, endimanchées, le père brutal et peureux, pompeux et grossier, content de soi et honteux ; la mère, aigre raisonneuse, disputant et cédant toujours, glisser dans les rues sous un ciel pluvieux.

Aimé, détesté, attendu, toujours décevant, le Dimanche est une cérémonie collective. Michel en fait un mythe : c'est la vie humaine. »

Dans *Le Sursis*, Sartre parle de « la petite mort dominicale, la petite mort en famille ».

Comme Sartre l'indique en citant les paroles d'une chanson de Juliette Gréco, la critique du dimanche est aussi un thème d'époque, abondamment utilisé par les existentialistes. (Voir aussi n. 1, p. 65.)

3. Dans son livre *Esprit du Havre et ses aspects depuis ses origines* (Le Havre, Imprimerie de la Presse, 1951, p. 197), Julien Guillemard écrit : « La principale promenade dominicale des Havrais

---

1. La même remarque que pour la variante *a* de la page 61 vaut pour cette suppression bien venue : Sartre est conscient d'une tendance (professorale) à souligner des significations qui gagnent à rester implicites.

2. Passage supprimé sans doute pour éviter la redondance par rapport à une idée exprimée plus loin, p. 102 : « Ainsi le plaisir, passant lui aussi au rang de droit, perdait son agressive futilité. »

qui prenaient plaisir à se dindonner, et il y en avait, c'était la rue de Paris avec, aux beaux jours, la jetée [...]. »

Page 63.

a. côte à côte, sans s'accorder un regard ; ils se laissaient *ms., dactyl.*

b. Dans ms. et dactyl., cette phrase (Tous ces hommes [...] du sol) *se trouve à la fin du paragraphe, après* devenaient crayeux.

Page 64.

a. marchant à deux, à trois, devant *ms., dactyl.*

b. À présent, tout ruisselants *ms., dactyl.*

1. Ces cigarettes de « goût oriental » mais bon marché n'existent plus.

On remarquera l'importance qu'a le tabac sous ses différentes formes (pipe, cigarettes, petits cigares « Voltigeur ») dans la vie de Roquentin. Lui-même fumeur invétéré, Sartre raconte dans *L'Être et le néant* (p. 657-658) comment il a procédé à une époque de sa vie pour se priver de tabac et il analyse le sens symbolique de l'acte de fumer (« À travers le tabac que je fumais, c'était le monde qui brûlait, qui se fumait, qui se résorbait en vapeur pour rentrer en moi. »)

Page 65.

1. Dans un passage de *La Force de l'âge* (p. 262) où elle parle du « trio » constitué avec Olga, Simone de Beauvoir note : « Ensemble, nous haïssions les foules dominicales, les dames et les messieurs comme il faut, la province, les familles, les enfants et tous les humanismes. Nous aimions les musiques exotiques, les quais de la Seine [à Rouen], les péniches et les rôdeurs, les petits caboulots douteusement famés, le désert des nuits. »

2. Le « sentiment d'aventure », ici encore (voir aussi n. 1, p. 30 et n. 2, p. 48), résulte d'une esthétisation du réel, soulignée allusivement par le nom donné au phare, qui est celui d'un peintre impressionniste, Gustave Caillebotte (1848-1894).

Page 67.

1. Dans ses entretiens biographiques inédits avec John Gerassi, Sartre raconte que lorsqu'il sortait en groupe avec ses camarades de l'École normale, ils appelaient cela « descendre sur la ville ».

2. Ce passage d'unanimisme social est le seul dans *La Nausée* à indiquer au lointain l'horizon politique de l'aventure de Roquentin. La datation précise du journal de celui-ci n'empêche que l'expérience d'ordre « métaphysique » qu'il relate pourrait se dérouler dans un contexte historique bien antérieur. Cependant, comme nous l'avons brièvement indiqué dans notre Notice, p. 1676, l'angoisse existentielle de Roquentin trouve un de ses fondements dans l'angoisse sociale propre au début des années trente (rappelons que Sartre écrit la seconde version de *La Nausée* à Berlin en 1933-1934, à un moment où il a sous les yeux la victoire du parti national-socialiste).

C'est à ce passage (et à un autre, p. 90) que Simone de Beauvoir se réfère sans doute lorsqu'elle note dans *La Force de l'âge,* après avoir évoqué le pacifisme de la gauche des années trente : « Ainsi, nos aînés nous interdisaient-ils d'envisager qu'une guerre fût seulement possible. Sartre avait trop d'imagination, et trop encline à l'horreur, pour respecter tout à fait cette consigne; des visions le traversaient dont certaines ont marqué *La Nausée* : des villes en émeute, tous les rideaux de fer tirés, du sang aux carrefours et sur la mayonnaise des charcuteries » (p. 154).

Page 68.

  a. rien au monde que j'aime tant. *ms., dactyl.*
  b. il faut tout écrire *ms., dactyl.*

1. Voir ce que François George écrit bellement de Sartre : « Lui, avec une naïveté grandiose, celle de Descartes, celle de Husserl, il s'est installé à sa table de café sans rien dans les poches pour *commencer* la pensée » (*Deux études sur Sartre,* Bourgois, 1976, p. 13).
  Sartre a toujours reconnu l'influence qu'a eue Descartes sur sa philosophie. Dans une interview donnée en 1944, il déclare : « [...] chez nous, un seul a agi profondément sur mon esprit, c'est Descartes. Je me range dans sa lignée et me réclame de cette vieille tradition cartésienne qui s'est conservée en France » (cité dans *Les Écrits de Sartre,* p. 108).
  Selon Georges Poulet (*Le Point de départ,* Plon, 1964, p. 227), c'est délibérément que Sartre « a conçu son roman comme une parodie du *Discours de la méthode* » (voir n. 2, p. 120).

Page 69.

  a. de me nettoyer, de former des pensées *ms., dactyl.*
  b. entre nous, elle était infernale jusqu'à ce qu'il *ms., dactyl.*
  c. allés ce soir-là au cinéma *ms., dactyl.*

1. En situant Roquentin à Aden, Sartre a peut-être en mémoire le séjour qu'y fit son ami Paul Nizan en 1927.

Page 70.

  a. l'orgie de hier soir, je me suis senti, tout le jour, *ms., dactyl.*

Page 71.

1. Comment ne pas rapprocher cette phrase de Roquentin d'une déclaration bien ultérieure de Sartre au sujet de Flaubert à qui il venait de consacrer près de quinze ans de travail : « Aujourd'hui je me dis que je n'aimerais pas dîner avec lui parce qu'il devait être vraiment assommant, mais je le vois comme un homme » (*Situations,* X, p. 102). Un homme, c'est-à-dire un composé instable de grandeur et de médiocrité, de souffrance et de mauvaise foi, un « pauvre type » en somme et qui mérite l'indulgence comme nous la méritons tous plus ou moins, et non un « type bien » comme Roquentin le souhaiterait de Rollebon. On voit là toute la distance qu'il y a entre l'idéalisme moral du Sartre de la trentaine, à qui Roquentin peut certainement être identifié ici, et l'objectivité « empathique » du Sartre de *L'Idiot de la famille,* même si leurs valeurs sont restées les mêmes. Ces valeurs, dans le portrait moral imaginé de Rollebon qui suit, se résument en cette phrase clé : « Il n'a jamais pensé qu'il eût le moindre droit sur les autres, ni

les autres sur lui ; les dons que lui fait la vie, il les tient pour injuſtifiés et gratuits. » Là s'exprime une manière d'« idéal du moi » qui se trouve en quelque sorte atteſtée par une phrase de Simone de Beauvoir dans un portrait de Sartre fait une dizaine d'années plus tard : « Il se lance dans de nouvelles entreprises sans espoir de succès ou de récompense, car il n'eſtime pas que le monde lui doive quoi que ce soit. Il n'attend rien des autres, mais tout de lui-même » (cité dans *Les Écrits de Sartre*, p. 419). Cet idéal ſtoïque eſt toujours reſté celui de Sartre ; sa vie, à ce qu'on sache, ne l'a guère démenti.

2. Titres inventés.

Page 72.

1. Velléda était, au temps de Vespasien (1ᵉʳ siècle apr. J.-C.), une prêtresse de la Germanie qui s'opposa à l'avance des Romains et qui, grâce surtout à ses prophéties, devint l'objet d'un culte. Velléda eſt aussi un personnage des *Martyrs* de Chateaubriand. Elle incarne la passion romantique. Une ſtatue de la Velléda eſt dressée au jardin du Luxembourg, où Sartre enfant pouvait rêver sur elle.

2. On sait que selon la théorie psychanalytique classique les rêves où apparaissent des animaux répugnants sont en général liés aux rapports sexuels entretenus avec un ou une partenaire non désiré(e), ce qui de toute évidence eſt le cas ici : ce que la patronne a en définitive de rédhibitoire pour le désir de Roquentin, c'eſt qu'elle appartient sans discrétion au règne abhorré de la *physis*.

D'un point de vue plus général, on pourra prendre en compte à ce propos une remarque intéressante faite par Sartre à Francis Jeanson en réponse au reproche qui lui eſt souvent adressé de représenter l'acte sexuel de façon plus ou moins dégoûtante : « L'amour, quand on le fait, on n'a rien à lui reprocher... Seulement, il se trouve que tout change si l'acte eſt *vu* par un tiers. En mettant le lecteur en tiers, on aura donc les plus grandes chances de lui faire éprouver — à propos de la chair — l'horreur de la contingence, d'autant qu'il reconnaîtra là, dans la plupart des cas, ses propres réactions d'adolescent à l'égard de l'acte sexuel » (*Sartre par lui-même*, Seuil, 1955, p. 124).

3. Sur Barrès, voir n. 2, p. 371. Voir aussi *Situations*, II, p. 209-210.

Page 73.

1. Voir *Les Mots* (p. 199) : « J'aime et je respecte [...] l'humble et tenace fidélité que certaines gens — des femmes surtout — gardent à leurs goûts, à leurs désirs, à leurs anciennes entreprises, aux fêtes disparues, j'admire leur volonté de reſter les mêmes au milieu du changement, de sauver leur mémoire, d'emporter dans la mort une première poupée, une dent de lait, un premier amour. »

2. Si l'on tient compte de la date 1924 donnée trois lignes plus bas (alors que le journal de Roquentin eſt daté de 1932), Sartre aurait dû écrire « huit ans » au lieu de six.

Page 74.

1. Simone de Beauvoir écrit dans *La Force de l'âge* (p. 210) : « Nous délaissâmes la brasserie Paul [à Rouen] pour un café-reſtaurant qui s'appelait Chez Alexandre et que Sartre a plus ou moins décrit dans *La Nausée* sous le nom de Chez Camille ; une demi-douzaine de tables en marbre baignaient, été comme hiver, dans

une lumière d'aquarium ; le patron, un chauve mélancolique, faisait le service lui-même [...] »

Le café-restaurant Chez Alexandre n'existe plus ; il était situé au 58 de la rue Saint-Nicolas, à Rouen, non loin de la rue du Gros-Horloge.

Page 76.

1. Dans *L'Imaginaire* (p. 181 et suiv.), Sartre utilise le prénom Annie pour l'exemple de l'homme qui produit une image de la femme aimée afin de ressentir sa tendresse pour elle. De même, dans *L'Être et le Néant (passim)*, « Annie » est le pendant féminin de « mon ami Pierre » dans les exemples concrets sur lesquels s'appuie la réflexion philosophique. Selon Sartre, le choix de ce prénom est purement fortuit : Annie, comme Pierre, est un prénom très courant et renvoie donc le moins possible à un individu particulier (cependant l'un de ses amis les plus intimes, Guille, se prénommait Pierre, et le « mon ami Pierre » fonctionnait comme signe de connivence pour les familiers, et sa cousine Lannes, avec qui il fut très lié durant son enfance et son adolescence, s'appelait Annie).

Pour ce qui concerne *La Nausée*, remarquons que l'anglicisation du prénom donne au personnage d'Anny — dont la nationalité n'est nulle part précisée — une aura étrangère qui renforce son caractère romanesque : Anny est un amour de voyage, lié à des lieux plus ou moins exotiques, Marseille, Londres, Meknès, Djibouti ; sa liaison avec Roquentin semble avoir été essentiellement nomade, jamais ils ne paraissent avoir vécu ensemble quelque part une vie de couple installé dans ses meubles. Ainsi Anny appartient-elle de toute évidence à la catégorie de l' « aventure », dont sa volonté de créer des « moments parfaits » est une des modalités.

Page 77.

a. Dans les éditions récentes, cette phrase est abrégée, par erreur, comme suit : Elle doit penser à la bouteille [...] *au lieu de :* Elle doit s'offrir un petit plaisir d'imagination : je crois qu'elle pense à la bouteille [...].

Page 79.

a. ne peut pas attraper les souvenirs   *ms., dactyl.*
b. mais il n'est déjà plus libre. Il doit attendre   *ms., dactyl.*

Page 80.

a. Je le vois [...] ne me connaît pas.   *Cette phrase ne figure ni dans ms. ni dans dactyl.*

Page 81.

1. Le paradigme existentiel et le paradigme social se croisent une première fois dans cet affrontement de regards : avec le docteur Rogé s'annonce le thème du Salaud qui sera développé lors de la visite du musée : voir p. 98 et suiv.

Page 82.

a. sa crise. Il en a tant vu : une bonne bourrade   *ms., dactyl.*
b. Le docteur a de l'expérience.   *Cette phrase ne se trouve pas dans ms. et dactyl.*

Page 83.

1. Sartre a visité Venise à la fin de l'été 1933 et Séville au cours de l'été 1932; il a assisté à la Passion d'Oberammergau en juillet-août 1934 (voir *La Force de l'âge*, p. 203).

2. L'une des principales villes de Moravie.

3. On ne saura rien de plus sur le milieu familial de Roquentin, probablement petit-bourgeois. Roquentin est à proprement parler un homme seul.

Page 84.

a. avec elle. / Monsieur Achille ne me croirait pas. Les idées *ms., dactyl.*

b. dernière défense. Je pensais bien qu'ils n'y croyaient pas tout à fait. Le docteur *ms., dactyl.*

Page 85.

a. s'y sont gravées. Quelle erreur : c'est la fonte des graisses. / Le docteur *ms., dactyl.*

b. ce ciel inutilisé. / Rue Boulibet. Un monsieur en noir — je crois que c'est un veuf — donne la main à un petit garçon qui porte un loup de taffetas rose. Je vois de loin les formes obscènes d'une femme habillée en matelot. Les autres gens ne se sont pas costumés, ils la regardent avec curiosité. Elle ne voit personne; elle marche la tête baissée, à petits pas pressés : elle a mis des souliers à hauts talons. / Je la reconnais, à présent : c'est ma voisine, celle dont l'amie est à l'hôpital. Je lui touche le bras. / « Qu'est-ce que c'est ? » / Elle relève le front, ses yeux sont hagards. / « Je suis votre voisin, lui dis-je, je voudrais seulement savoir comment va votre amie. » / Elle ne répond pas tout de suite : elle tord ses lèvres fardées, on dirait que sa voix ne peut pas passer / « C'est toujours pareil, dit-elle enfin, elle ne va pas bien. » / Elle s'éloigne. En me retournant, je vois le gai sautillement de ses grosses fesses que moule le pantalon. // Mercredi. *ms., dactyl.*

c. Les éditions récentes donnent, fautivement, publier *au lieu de* oublier.

d. Vendredi. / Il a fallu, dès mon lever, que je donne de la lumière, tant ma chambre était sombre. En ouvrant la fenêtre, je mis le nez dans un grand brouillard couleur d'eau sale : je ne distinguais même pas le chantier de la Nouvelle Gare. Au-dessous de moi, par dix mètres de fond, un champignon noir se déplaçait lentement, ce devait être un parapluie. Je sentais derrière moi la chaude clarté de ma chambre; je me retournai. M'asseoir là, travailler dans la lumière, exprimer avec sécheresse et précision des idées claires... / Tout à coup je pensai aux gens qui marchaient dehors, tout au fond de cette mer grise, à toutes les choses, hier encore solides et brillantes, aujourd'hui noyées dans la brume : j'enfilai mon manteau et je descendis; il aurait mieux valu que je reste chez moi. / Le brouillard était si *ms., dactyl.*

1. Ici se révèle ce que l'invitation à la prise de conscience a de foncièrement agressif.

2. Voir l'inscription sur le mur de la chambre où Frantz s'enferme dans *Les Séquestrés d'Altona* : « Il est défendu d'avoir peur. »

Page 88.

a. j'aurais peur   *ms., dactyl.*

Page 89.

a. du poil. Peut-être est-il tombé sur la figure, au contraire, en se cassant le nez. / L'escalier privé   *ms., dactyl.*

b. On trouve, dans dactyl., trois rédactions manuscrites biffées qui montrent que Sartre a beaucoup hésité : Je le toucherais / Je toucherais cette chair froide / Je toucherais cette chair morte.

Page 90.

a. faire peur. Désœuvré, j'appuyai   *ms., dactyl.*

b. une vision affreuse : quelqu'un   *ms., dactyl.*

Page 91.

a. que Garrett pour   *ms., dactyl.*

b. dans de grands mouchoirs   *ms., dactyl.*

c. Les éditions récentes donnent fautivement bonheur *au lieu de* honneur.

1. Auteur fictif.

2. Ce Corse qui a des habitudes dégoûtantes fait ici une première apparition de mauvais augure, surtout si l'on a à l'esprit la représentation stéréotypée du Corse, fonctionnaire borné ou bandit d'honneur, mais toujours bourré d'une violence aux manifestations imprévisibles. Sartre joue ingénument sur ce topos aux relents racistes pour préparer l'explosion du personnage aux pages du dernier jour de Roquentin à Bouville (p. 195-201).

Sartre ne conserve pas de souvenirs précis de ce personnage en qui il a voulu voir le type du gardien de bibliothèque et à qui il donne plus loin le nom typique de Paoli. Selon plusieurs témoignages, cet employé de la bibliothèque du Havre aurait été réellement un Corse.

Page 92.

a. livres. Ces objets sans gloire servent-ils   *ms. dactyl.*

b. rien du tout, parce qu'il semblait — à je ne sais quoi, à une espèce d'air malade qu'ils avaient — parce qu'il semblait que   *ms., dactyl.*

Page 94.

a. Les éditions récentes, donnent, fautivement : le bar de la Marine.

1. Voir n. 1, p. 147.

Page 96.

a. à petits coups   *ms., dactyl.*

1. Stendhal a toujours été l'un des auteurs préférés de Sartre et il représente pour lui une sorte d'idéal en littérature. Vers la fin de *La Nausée* (p. 207), Roquentin déclare qu'il aurait voulu vivre avec Fabrice del Dongo et Julien Sorel.

D'autre part, Simone de Beauvoir écrit dans *Mémoires d'une jeune fille rangée* (p. 342) : « [Sartre] aimait autant Stendhal que Spinoza et se refusait à séparer la philosophie de la littérature. »

Page 97.

a. réverbères. Était-ce possible ? En avait-on fini avec cette angoisse ? Une place *ms., dačtyl.*

Page 98.

1. Le Musée du Havre, édifié en 1845, se trouvait à l'extrémité de la rue de Paris près de la Nouvelle Jetée. Il a été entièrement détruit en 1944. D'après ce que nous pouvons en savoir, ce musée ne correspond guère à la description qui nous eſt donnée du Musée de Bouville. Sartre a voulu ici présenter un musée typique de ville de province, en transposant des éléments vus ici et là et en évitant des identifications trop marquées. On sait par *La Force de l'âge* que Sartre a visité un bon nombre de musées et, en particulier, à l'automne 1934, celui de Rouen. Ce dernier, qui abrite notamment un important ensemble de portraits d'écrivains par Jacques-Émile Blanche, a aussi dans ses collections quelques portraits offrant certaines analogies avec les toiles fictives décrites plus loin par Sartre, en particulier ceux qui ont pour auteur Joseph-Désiré Court (1796-1865) et Thomas Couture (1815-1879). Toutefois l'eſthétique des portraits décrits par Sartre semble se rapprocher davantage de celle des portraits de notables qui faisait loi à la fin du XVIIIe siècle et au début du XIXe. Le tableau qui nous paraît ressembler le plus à ceux du musée de Bouville eſt celui représentant Laurent Forfait, miniſtre de la Marine, par Jacques Lemoine (1752-1824), portrait entré au musée de Rouen en 1840.

Voir aussi le texte intitulé « Portraits officiels », datant de 1939 et repris dans *Les Écrits de Sartre,* p. 557-559.

2. À la fin des années vingt, en peinture, Sartre s'intéressait surtout au portrait. Simone de Beauvoir écrit à ce sujet (*La Force de l'âge,* p. 91) : « [...] un tableau, pour moi, c'était d'abord une surface couverte de couleurs, tandis que Sartre réagissait au sujet et à l'expression des personnages ».

3. Il y a eu au Havre plusieurs journaux satiriques, *L'Amusant Havrais, Le Furet Havrais, Le Grelot havrais,* mais aucun d'eux ne semble avoir duré jusqu'en 1905 (date indiquée par Sartre p. 110).

Pour la description qui suit (« feuille de chantage », etc.), il n'eſt pas impossible que Sartre ait pensé à l'affaire du *Bonnet rouge,* journal anarchiſte qui, avec son directeur Miguel d'Almereyda et l'aventurier Bolo Pacha, fut accusé en 1917 de trahison.

4. Le musée des Beaux-Arts de Rouen comporte une salle présentant les faïences de Bernard Palissy et de ses continuateurs.

Page 99.

a. un homme à casquette, l'amant de cœur de la bonne, qui attendait, *ms., dačtyl.*

b. orphelinat, pas un de ceux qu'on avait représentés n'était mort célibataire, pas un n'était mort sans enfants ni inteſtat, pas un n'était mort sans les *ms., dačtyl.*

1. Nous n'avons pu identifier ce peintre. Sartre affirme avoir vu un tableau de ce genre dans un musée. Pour Geneviève Idt (*La Nausée : analyse critique,* p. 73), cette œuvre, au titre kafkéen, fait penser à « un tableau de Greuze, *Le Mauvais Fils puni,* commenté par Diderot dans *Les Salons,* où l'on voit le mauvais fils rentrer à la maison le jour même de la mort de son père [...] ».

Page 100.

a. Les hommes avaient construit Sainte-Cécile-de-la-Mer. Ils avaient fondé *ms., dactyl. Le reste du paragraphe est semblablement au plus-que-parfait et non au passé composé.*

1. En pleine période de *fascio* mussolinien, le mot « faisceau » a de toute évidence une résonance rien moins qu'innocente. Tout ce passage parodie le style journalistique d'extrême droite, qui deviendra celui du pétainisme.

Page 102.

1. Voir ce que Sartre, se rapportant sans doute à l'époque où il était professeur au Havre, raconte dans *Saint Genet* (p. 39) : « Un pasteur m'aborda, l'œil brillant, à l'issue d'une conférence où j'avais tenté d'exposer dans leur complexité les vues de quelques moralistes contemporains : " Comme il est plus facile, me dit-il, de faire son devoir. " Il faut reconnaître qu'il se corrigea presque aussitôt : " Et plus difficile aussi, ajouta-t-il. Plus difficile! " Mais j'avais compris son premier mouvement : oui, le Bien tel qu'ils l'entendent est plus facile que le Mal. Il est facile et rassurant de " faire son devoir " : c'est affaire d'entraînement puisque tout est répétition. Qui donc, de son propre gré, quitterait le troupeau et ses préceptes confortables pour aller rejoindre cette liberté mutilée dont les tronçons sanglants se tordent dans la poussière ? »

Page 103.

1. Sartre non plus ne votait pas pendant les années trente. Après la guerre, il a accordé plus de crédit au droit de l'électeur, sans en faire lui-même beaucoup usage. Son attitude générale à cet égard se résume finalement bien dans le titre d'un de ses articles de 1973 : « Élections, piège à cons » (*Situations*, X).

Page 104.

1. Sur Renan, Sartre a dans *Qu'est-ce que la littérature ?* (*Situations*, II, p. 163) une formule sans appel : « Renan dont le " beau style " offre tous les exemples souhaitables de bassesse et de laideur. »

Page 105.

a. Le Patron offrait des cigares à ces étudiants qui n'étaient pas bien loin encore de leurs premières cigarettes. Il les traitait en hommes. Il s'étendait *ms., dactyl.*
b. et le quittai poliment. / Jean Parrottin *ms., dactyl.*

1. L'expression, au-delà du cliché, est là pour en évoquer une autre, celle par laquelle Nizan décrivait la fonction des idéologues humanistes de la bourgeoisie : les chiens de garde.
2. Peut-être « Société des Armateurs bouvillois » ?

Page 106.

a. s'éteint, que quelque chose cède alors et disparaît et qu'une autre chose reste : c'était ce résidu *ms., dactyl.*

1. Sartre a visité l'Escurial en 1931.

Page 107.

a. comme un mur. Derrière ce mur les joues   *ms., dactyl.*
b. avec les arbres et les bêtes, les pensées de la terre   *ms., dactyl.*
c. de l'homme : le sentiment des Droits   *ms., dactyl.*

1. Voir *L'Être et le Néant*, p. 393 : « La chair est contingence pure de la présence. Elle est ordinairement masquée par le vêtement, le fard, la coupe de cheveux ou de barbe, l'expression, etc. Mais, au cours d'un long commerce avec une personne, il vient toujours un instant où tous ces masques se défont et où je me trouve en présence de la *contingence pure de sa présence* ; en ce cas, sur un visage ou sur les autres membres d'un corps, j'ai l'intuition pure de la chair. Cette intuition n'est pas seulement connaissance; elle est appréhension affective d'une contingence absolue, et cette appréhension est un type particulier de *nausée.* »

Page 108.

1. On sait que c'est là l'un des mots le plus négativement connotés de tout le vocabulaire sartrien. Voir *La Putain respectueuse* ou « Je déteste les victimes quand elles respectent leurs bourreaux » (*Les Séquestrés d'Altona*, p. 15).

Page 109.

a. a qui parler. » / Le mot « rouspéteurs » m'était adressé. *ms., dactyl.*

1. L'abbé Henri Morellet (1727-1819) fut membre de l'Académie française et s'intéressa de près au *Dictionnaire.*

Page 110.

a. Épuisé), *Punir* (1900.   *ms., dactyl.*

1. Il y eut effectivement des élections à l'Assemblée nationale à cette date.
2. Pour ce qui concerne cet épisode, Sartre dit avoir pensé au massacre de Fourmies, où, lors d'une manifestation de grévistes, le 1er mai 1891, la troupe tira sur les ouvriers, faisant neuf morts et une soixantaine de blessés.
3. Ce titre reprend la moitié de la phrase bien connue de Virgile (*Géorgiques*, I, 144-145), *Labor omnia vincit improbus*, phrase que Sartre cite d'ailleurs lui-même dans *L'Idiot de la famille*, t. III, p. 381. Chez Virgile, ces mots signifient : « Un travail opiniâtre vient à bout de tout », mais on peut noter que l'adjectif *improbus*, utilisé hors contexte, peut aussi prendre un sens négatif, celui de mauvais, inférieur, pervers.

Page 111.

1. Si l'on se réfère à ce qui est dit plus haut, Octave Blévigne est mort deux ans avant son père et cette date devrait donc être 1906.
   En parlant de Polytechnique, Sartre vise peut-être son beau-père, M. Joseph Mancy, qui lui-même sortait de l'École. On peut d'ailleurs soutenir que les notables bouvillois représentent tous plus ou moins le polytechnicien Mancy, figure exécrée de l'Autorité et de la Vertu pour Sartre adolescent. La visite polémique au musée a tous les caractères d'un massacre orestien : si le beau-

père est d'abord quelqu'un qui *usurpe* un droit, les « grands hommes » de Bouville, qui s'arrogent des droits, sont tous usurpateurs, tous beaux-pères, puisqu'*il n'y a pas de droits*. Roquentin apparaît ainsi comme un Oreste d'avant l'acte, qui liquide symboliquement un Égisthe collectif, la bourgeoisie.

Page 112.

a. Les éditions récentes donnent fautivement énorme.

1. « Par chance, il est mort en bas âge », dit étrangement Sartre (*Les Mots*, p. 11) de son père, polytechnicien mort à l'âge de trente-deux ans,

2. *L'Énéide,* VI, 883, Virgile met ces paroles dans la bouche d'Anchise montrant à Énée, aux Enfers, parmi les glorieux descendants de sa race, le jeune Marcellus, fils d'Octavie, sœur d'Auguste. C'est une promesse qui ne se réalisera pas.
Dans l'édition des Belles-Lettres (Paris, 1948; texte établi par Henri Goelzer et traduit par André Bellessort, celui-ci étant un ancien professeur de Sartre au lycée Louis-le-Grand), l'ensemble de la citation se lit ainsi :

> *Heu, miserande puer! si qua fata aspera rumpas!*
> *Tu Marcellus eris. Manibus date lilia plenis,*
> *Purpureos spargam flores animamque nepotis*
> *His saltem accumulem donis, et fungar inani*
> *Munere.* [...]

Traduction : « Hélas, enfant, cause de tant de larmes, puisses-tu rompre la rigueur des destins! Tu seras Marcellus. Donnez des lis à pleines mains, que je répande des fleurs éblouissantes, que je prodigue au moins ces offrandes à l'âme de mon petit-fils, et lui rende ces vains hommages. »

3. Ce personnage bouvillois est bien adapté, métonymiquement, à sa fonction. Un *bossoir* est, en effet, un appareil de levage utilisé à bord d'un navire pour hisser et amener une ancre, une embarcation, etc. Sartre s'est amusé de toute évidence à choisir des noms ridicules.

Page 113.

a. sanctuaires peints, notre orgueil et notre raison d'être, la justification finale de notre vie, adieu Salauds. *ms., dactyl.*

b. Il manque vingt pages au dactylogramme, couvrant les dates lundi, mardi et les premières lignes de mercredi (p. 113-123). L'absence de ces vingt pages s'explique probablement par le fait que Sartre s'en est servi pour y apporter d'importantes modifications.

c. c'est fini. Après ce qui s'est passé tout à l'heure, je ne *peux* plus *ms.*

d. dans le moment présent. *ms.*

e. puis-je encore espérer *ms.*

1. Le mot « salauds » au sens sartrien a connu une singulière fortune. Sartre le définit ainsi dans *L'Existentialisme est un humanisme* (Nagel, p. 84) : « [...] Je ne peux vouloir la liberté des autres. Ainsi, au nom de cette volonté de liberté, impliquée par la liberté elle-même, je puis former des jugements sur ceux qui visent à se cacher la totale gratuité de leur existence, et sa totale liberté. Les uns qui se cacheront, par l'esprit de sérieux ou par des excuses

déterministes, leur liberté totale, je les appellerai lâches; les autres qui essaieront de montrer que leur existence était nécessaire, alors qu'elle est la contingence même de l'apparition de l'homme sur la terre, je les appellerai des salauds. »

Page 114.

a. et solides, comme encroûtés   *ms.*

Page 115.

a. de ces petits feuillets   *ms.*

Page 116.

a. j'évoque le Marquis : / [« M. de Dangeville disoit qu'il ressembloit avec tout ce blanc et tout ce bleu à un fromage de Roquefort. » *biffé*[1]] « son petit visage ridé [...] où il y avoit une malice singulière qui sautoit[2] aux yeux, quelque effort qu'il fît pour la dissimuler. » / Son visage   *ms.*

b. les archives : cette journée qui n'en finit pas de s'écouler, c'est déjà un lendemain. Et d'autres jours viendront ensuite — des jours qui ne seront peut-être, jamais plus que des lendemains. / J'ai envie de   *ms.*

1. Sartre cite volontiers la fin d'*Un amour de Swann,* où Swann se réveille de sa passion pour Odette de Crécy et ne comprend plus ce qui a pu la susciter (cf. Proust, *À la Recherche du temps perdu,* Bibl. de la Pléiade, t. I, p. 382).

2. C'est par inadvertance, apparemment, que Sartre situe le bureau de Mercier à *Shanghaï.* Au début de *La Nausée,* nous avons : « Je me revois encore, avec Mercier, dans le bureau de ce fonctionnaire français [...] », et dans un passage éliminé de la version finale, il est dit : « À Hanoï, j'ai rencontré Mercier [...] »

Page 118.

a. se déplient et   *ms.*

b. Je n'insiste pas   *Le passage qui commence par ces mots ne figure pas dans le manuscrit dont le texte reprend comme nous l'indiquons à la variante b de la page 119. C'est — de toute évidence — une lacune.*

Page 119.

a. Les éditions récentes donnent fautivement : J'existe par ce que je pense, *au lieu de :* J'existe parce que je pense.

b. mollement, moelleusement, elle existe. *[p. 118, 11ᵉ ligne avant la fin de l'avant-dernier §][3]* donner cette existence dont on ne veut pas. Partout, à perte de vue, s'étend l'existence; on se noie dans l'existence. / Il n'y a qu'un moyen d'en sortir, mais je n'en userai jamais : j'ai peur de la mort. / Ma salive est sucrée   *ms.*

c. est assez superficielle.   *ms.*

1. La blessure qui s'inflige Roquentin, à l'instar de Lafcadio dans *Les Caves du Vatican,* est une tentative d'exorcisme : il s'agit

1. Cette partie de la citation a été biffée sans doute parce que Sartre s'est aperçu qu'elle figurait déjà plus haut (p. 24 de notre édition).
2. L'édition originale donne aussi ici *avoit* et *sautoit* (au lieu de *avait* et de *sautait*). Nous avons corrigé pour suivre cette première leçon.
3. La suite fait défaut, voir var. *b,* p. 118.

d'échapper à la spirale maudite de la réflexivité par un coup de force qui déjoue la contingence de la conscience elle-même en la ramenant au corps. Mais, comme le montre Sartre dans *L'Être et le Néant* (p. 387), le corps, en tant qu'il est « la matière contingente et indifférente de tous nos événements psychiques, [...] détermine un *espace psychique* », et la douleur physique n'est rien d'autre qu'une manière « d'exister notre contingence ». La blessure de Roquentin ne produit qu'un événement objectif : du sang sur une page ; la fadeur de l'existence reflue immédiatement après cette brève trouée. De même, dans *L'Âge de raison*, Mathieu se cloue d'un coup de couteau la main sur une table de night-club, comme un défi à sa propre vie, à ses juges familiers et à Ivich qui vient de se mutiler elle-même. L'acte reste gratuit et de trop : un geste. Sur un plan plus psychologique, on peut y voir, chez Roquentin comme chez Mathieu, une violence autocastratrice, une négation brutale du corps sexué.

Page 120.

a. encore, sa vulve meurtrie. *ms.*

b. parce que je pense que je ne veux plus être *ms. Dans les deux pages suivantes, jusqu'à* pick-up *[p. 122, fin du 1ᵉʳ §], la ponctuation, dans ms., est presque inexistante.*

c. voilà que je... Je bande. Violée. Je sens mon sexe qui tire qui frotte contre mon pantalon une grande verge rousse dans le ventre de Lucienne la verge existe elle rampe ma verge s'est levée je suis planté dans la rue comme une verge j'existe pourquoi une verge toute droite toute seule qui tire qui perce verge rousse qui s'élance vers le ciel à moi et frotte et qui perce le ventre du sang dans la verge une queue gonflée de mon sang vers le ciel je désire je suis un désir sanglant pointé vers le ciel entre les maisons dans ma queue un doux désir sanglant de viol qui me prend sous la queue et la lève tout doux d'un doigt et derrière les oreilles *ms.*

d. derrière moi verge comme un doigt *ms.*

e. maculé *ms.* : maculée *orig., éd. récentes. Nous corrigeons.*

f. la boue sur ma queue qui sortait *ms.*

g. moins fort la queue glisse doucement [...] et caresse roulée chaude contre *ms.*

1. On sait par les mémoires de Simone de Beauvoir (voir *La Force de l'âge*, p. 135 et suiv.) qu'elle et Sartre avaient un « ardent intérêt » pour les faits-divers et lisaient fréquemment des journaux comme *Détective*. Un examen rapide des journaux du Havre et de Paris pour la période janvier à mars 1932 ne nous a fait découvrir aucune affaire de viol qui puisse servir de référent à ce qu'écrit Sartre. Ici, sans doute, comme dans maints autres cas, Sartre choisit un événement relativement commun, presque archétypal. L'image du viol revient souvent dans son œuvre. Remarquons encore que Sartre a parlé du viol dans une interview (*Libération*, 15 novembre 1973) où il déclare notamment : « Je ne pense pas que l'agression puisse être entièrement éliminée de la sexualité : l'agressivité est humaine et un acte sexuel dépourvu d'agressivité impliquerait un homme entièrement différent de ce qu'il est aujourd'hui. »

2. Georges Poulet (*Le Point de départ*, p. 227-228) commente

ces lignes ainsi : « Dire *Je pense, donc je suis,* cela veut dire pour Sartre :
Je suis, mais je suis absurde. Albert Camus dira exactement la même
chose [*mais chez lui*] le *Cogito* de l'absurde est [...] le fondement d'une
morale de la solidarité. Il n'en va pas de même chez Sartre, chez qui
l'acte de la conscience fait amèrement éprouver à l'homme sa solitude. Aussi le *Cogito* sartrien apparaît-il plutôt comme une sorte de
caricature tragique du *Cogito* de Descartes. Sartre s'en rend d'ailleurs
bien compte, et c'est délibérément qu'il a conçu son roman comme
une parodie du *Discours de la méthode.* [...] Rien ne marque plus nettement que ces lignes le retournement que Sartre fait exécuter au *Cogito*
cartésien. Celui-ci devient, dans l'horreur et la révulsion, le sentiment
de la gratuité du *vivre* et du *penser*. Le *Cogito* ne peut plus être prononcé
que sur le ton de la dérision : effet de la nausée qu'inspire une vie
où l'on est toujours de trop. Prendre conscience de soi, c'est prendre
conscience d'une superfluité affreuse, inépuisable, universelle. »

Page 121.

   a. je ballotte contre les maisons   *ms.*
   b. une chute tombée une queue tombée tombera tombera pas la
queue gratte gratte à la lucarne   *ms.*
   c. à ma main   *ms.*
   d. de petites couilles grises   *ms.*
   e. de ne pas penser la verge se lève et crève la vulve rouge comme
la Légion d'honneur je bande je vais baiser ? Baiser dans l'épanouissement des draps blancs la chair blanche épanouie qui retombe douce
baiser les moiteurs fleuries   *ms.*
   f. l'existence de l'autre me sentir exister dans son ventre exister
dans les muqueuses rouges et respirer leur lourde douce douce odeur
d'existence glisser baiser entre les cuisses les douces lèvres   *ms.*
   g. d'un pus clair lécher les lèvres mouillées qui larmoient   *ms.*
   h. fou je suis-je fou ?   *ms.*
   i. très peur il pensa ignoble individu   ms. *Les variantes relevées dans
les pages 120 et 121 sont révélatrices de la fantasmatique sartrienne touchant la
sexualité. On se rappelle*[1] *que c'est à la demande de son éditeur qui craignait la
censure, que Sartre a édulcoré ces lignes. On pourrait donc être tenté de rétablir
le texte du manuscrit dans ces pages, car, à l'inverse d'autres suppressions, les
coupures, ici, ne répondent pas à des impératifs littéraires. Nous n'avons pas
cru cependant qu'il était légitime d'adopter ces leçons, Sartre ayant, en définitive,
accepté que ce texte paraisse sous cette forme.*

Page 122.

   a. begin to bean   ms., orig., éd. récentes. Nous corrigeons.
   b. cette rigueur. Je m'oublie, mon cœur se calme. [Je suis heureux. *biffé*] / Mardi   *ms.*
   1. Au début du passage sur le viol, il était question de *Lucienne*
et non de *Lucile*. Il s'agit vraisemblablement d'une erreur.
   2. Ces deux lignes proviennent du *verse* (rarement chanté de nos
jours) de l'air célèbre d'Ira et George Gershwin, *The Man I Love*,
enregistré aussi, intégralement, par Sophie Tucker. Traduction :
« Lorsque la douce lune commence à briller / Chaque soir je me
mets à rêver. »

---

   1. Voir la Notice, p. 1667 et les lettres de la page 1692.

Page 123.

a. Mercredi. / Il faut que j'aille déjeuner avec l'Autodidacte. Il y a seulement trois jours, cela m'aurait été très désagréable. Mais maintenant... Exister ici ou là, c'est absolument indifférent. Tout de même, c'est un drôle d'invité qu'il va recevoir. / Il y a un rond *ms.*

b. dans ma force, ne rien lui demander : Anny *ms., dactyl.*

1. Selon le prière d'insérer de *La Nausée* (voir p. 1694), ce mercredi est « le premier jour du printemps ». Sans doute faut-il comprendre « le premier jour *de* printemps ».

Page 125.

1. Quand on sait l'horreur de Sartre pour les coquillages et les crustacés, on mesure le sacrifice que fait ici son personnage à l'encombrante générosité de l'Autodidacte.

Page 128.

1. Voir ces lignes de *L'Être et le Néant* (p. 420) : « Au lieu que, avant d'être aimés, nous étions inquiets de cette protubérance injustifiée, injustifiable qu'était notre existence; au lieu de nous sentir " de trop ", nous sentons à présent que cette existence est reprise et voulue dans ses moindres détails par une liberté absolue qu'elle conditionne en même temps — et que nous voulons nous-mêmes avec notre propre liberté. C'est là le fond de la joie d'amour, lorsqu'elle existe : nous sentir justifiés d'exister. » Or, le regard ironique de Roquentin sur ce jeune couple renvoie à la suite de l'analyse sartrienne de l'amour qui montre que cette justification est illusoire.

2. Attentat commis par le révolutionnaire italien F. Orsini contre Napoléon III le 14 janvier 1858 et qui fit 158 tués et blessés.

3. Il y eut deux amnisties pour les Communards, en janvier 1879 et en juillet 1880.

4. La tour de la Lanterne à La Rochelle renferme plusieurs panneaux sculptés dans la pierre par des prisonniers, en particulier un bas-relief représentant un navire et qui mérite de figurer parmi les plus intéressantes œuvres d' « art brut ». Sartre avait probablement eu l'occasion de le voir. Tout mystifié qu'il soit par des alibis humanistes, l'intérêt de l'Autodidacte pour une œuvre produite par un artiste non professionnel cadre bien avec le personnage dans ce qu'il a de plus naïvement authentique : comme le Communard clandestin, l'Autodidacte est un bricoleur de la culture.

Page 129.

a. un petit carnet *ms., dactyl.*

Page 130.

1. Possible réminiscence de Balzac. Dans *César Birotteau,* le chimiste Vauquelin déclare au naïf parfumeur que Dupuytren tient l'huile de noisette pour un stimulant : « — Je ne me suis donc pas trompé ! dit Birotteau triomphalement, je me suis rencontré avec un grand homme » (Balzac, *La Comédie humaine,* Bibl. de la Pléiade, t. VI, p. 127).

Page 131.

a. est sage mais que la jeunesse est belle, il admire le hasard qui a réuni dans une même salle toute cette sagesse et toute cette beauté. Il hoche   *ms., dactyl.*

Page 132.

a. que Garrett pour   *ms., dactyl.*

1. Ce passage évoque le comportement décrit dans *L'Être et le Néant,* p. 90-92, où Sartre montre la mauvaise foi de la jeune femme qui, ne voulant dire ni oui ni non, « oublie » son bras comme un objet inerte entre les mains de l'homme lors d'un premier rendez-vous et tient des propos éthérés qui visent à retarder le moment de la décision crûment charnelle. Simone de Beauvoir a repris allusivement cette même scène dans *L'Invitée* (p. 61-62).

2. Là encore apparaît le caractère foncièrement agressif qu'a le dévoilement de l'existence, conçu comme une démystification. Le rire de Roquentin est une conduite de désolidarisation : il fait éclater le faux sérieux au nom d'une vérité que ce sérieux précisément refuse, refoule. Pour une explication en même temps qu'une critique de ce rire, on pourra se reporter aux pages 811-824 de *L'Idiot de la famille,* I, où Sartre finit par conclure que « le rire est conservateur ».

Page 133.

1. Traduction française de l'ouvrage à succès de Lennox Robinson, *Is Life Worth Living ?* Londres, Macmillan, 1933.

2. On notera l'unique apparition dans *La Nausée* de ce terme qui fut plus tard associé à Sartre plus qu'à aucun autre intellectuel et qui semble ici, dans la bouche de l'Autodidacte, fonctionner comme une ironie préventive à l'égard de l'engagement politique du Sartre de la période d'après la guerre. Nombreux furent les gens qui dirent alors : « Voilà Sartre devenu son propre Autodidacte! »

Page 135.

a. Il hésita   *dactyl. et orig. Nous corrigeons d'après ms., tout le reste du passage étant au présent.*

Page 136.

a. sans doute, j'eusse, pour   *ms., dactyl.*
b. je ne fusse pas   *ms., dactyl.*
c. enveloppé d'ardeur, une omelette-surprise. Puis cette agitation   *ms., dactyl.*

Page 137.

a. ému par ma mort   *ms., dactyl.*

1. C'est en décembre 1920 que se produisit au congrès de Tours la Scission du parti socialiste S.F.I.O. (Section Française de l'Internationale Ouvrière) à la suite de laquelle se créa le parti Communiste Français.

Page 138.

1. Dans *Les Mots* (p. 146), Sartre signale que son grand-père votait radical et commente : « Cela ne m'étonne pas : il avait choisi le parti des fonctionnaires [...] »

2. Référence anachronique par rapport à la datation du journal de Roquentin (1932) : venant après une période d'industrialisation lourde et de collectivisation forcée, le deuxième plan quinquennal (1933-1937) marqua un changement considérable dans la ligne du parti communiste en U.R.S.S. : la lutte des classes fut moins accentuée, un bon nombre de traditions furent restaurées et une phraséologie plus humaniste fut adoptée.

3. Dans ce joyeux massacre des humanistes, on peut reconnaître quelques cibles qui avaient sans doute pour Sartre un visage familier : celui de Charles Schweitzer pour « l'humaniste radical », de Pierre Guille pour « l'humaniste dit " de gauche " », de Paul Nizan pour « l'écrivain communiste ». Voir ce qu'écrit Simone de Beauvoir dans *La Force de l'âge* : « [...] Pagniez [Guille] n'aimait pas que ses certitudes bourgeoises et protestantes fussent contestées par le gauchisme de Sartre. De son côté, il présentait à Sartre l'image de l'humaniste cultivé que celui-ci ne voulait pas être et dont il ne réussissait pas à se distinguer » (p. 121).

Page 139.

1. On sait que Sartre récuse la distinction établie par Roland Barthes entre « écrivain » (celui qui écrit pour écrire, intransitivement) et « écrivant » (celui qui écrit quelque chose et prend position sur les problèmes de son époque). Voir à ce sujet l'entretien « L'écrivain et sa langue » donné à Pierre Verstraeten dans la *Revue d'esthétique*, XVIII, juillet-décembre 1965, p. 306-334, repris dans *Situations,* IX. La position définie ici avec réticence par Roquentin semble cependant très proche de celle de l' « écrivain ».

Page 140.

a. le pessimisme, [l'anarchisme, *add. interl.*] l'égotisme : *ms., dactyl.*

1. Voir Simone de Beauvoir, *La Force de l'âge,* « La position de Sartre, par rapport à ses congénères, n'était pas non plus très claire. Il se moquait de tous les humanismes; impossible, pensait-il, de chérir — non plus que de détester — cette entité : " l'Homme ". [...] En fait, comme Antoine Roquentin dans *La Nausée,* Sartre avait en horreur certaines catégories sociales, mais il ne s'en prit jamais à l'espèce humaine en général : sa sévérité visait seulement ceux qui font profession de l'aduler. Voici quelques années, une dame qui entretenait une dizaine de chats demanda à Jean Genet avec reproche : " Vous n'aimez pas les animaux ? — Je n'aime pas les gens qui aiment les animaux ", dit-il. C'était exactement l'attitude de Sartre à l'égard de l'humanité » (p. 155-156).

Citons encore un commentaire de Jacques Derrida, tiré d'un exposé intitulé « Le Livre ouvert » :

« Sartre [...] est aujourd'hui la cible de tous les anti-humanismes — et cela est loin d'être injustifié dans la mesure où sa philosophie est fondamentalement humaniste et se donne même expressément pour telle. Sartre a néanmoins, dans *La Nausée,* fait le procès le plus implacable, le plus lucide et le plus désespéré de l'humaniste, sinon de l'humanisme, de la figure en tout cas de l'homme humaniste. De ces pages impitoyables, je ne retiendrai, parmi tant de traits remarquables, que celui-ci, qu'il faudrait inscrire aujourd'hui au-dessus de tous les débats entre humanistes et antihumanistes : " Je ne veux pas qu'on m'intègre, ni que mon beau sang rouge aille engraisser cette bête lymphatique; je ne commettrai pas la sottise de me dire ' anti-humaniste '. Je ne *suis pas* humaniste, voilà tout ". »

Nous ajouterons que la phrase : « Je ne veux pas qu'on m'intègre », nous semble essentielle pour comprendre Sartre. Dans *Les Mots* (p. 185), Sartre rapporte que, comme écolier, son attitude était le contraire de celle de Roquentin : « Je n'avais qu'une passion : m'intégrer. »

Page 141.

a. de m'attendrir : c'est un maniaque. *ms., dactyl.*

1. On remarquera ici l'usage ironique de l'adjectif *havrais :* après avoir donné bien des détails qui permettent d'associer Bouville au Havre, Sartre refuse pour un moment cette identification au lecteur.

2. On peut voir là l'écho d'une dissension que Sartre avait eue en 1935, à Rouen, avec son ami Pierre Guille, dont l'humanisme l'agaçait parfois. Simone de Beauvoir raconte que Guille avait passé une nuit à l'hôtel du Petit Mouton où elle logeait : « Il nous dit, au matin, comme il s'était ému d'entendre, dans la chambre voisine, un dialogue où se répondaient une voix masculine et une voix de femme : il n'avait pas distingué les paroles, mais dans l'alternance de ces sons graves et aigus il lui avait paru saisir le chant éternel du couple. Nous protestâmes vertement : il avait occupé une chambre contiguë à celle où l'adjudant battait sa femme. Peu importait, affirma-t-il; ce duo n'en avait pas moins eu un sens symbolique, universel et bouleversant. Entre Pagniez [Guille] et nous, ce genre de dissension n'avait rien de neuf; mais nous avions perdu à son égard notre ancienne partialité et nous dîmes que son humanisme creusait un fossé entre nous » (*La Force de l'âge,* p. 256).

Page 142.

1. Pour saisir l'importance que Sartre lui-même accorde au visage, on se reportera au texte « Visages », publié en 1939 et repris dans *Les Écrits de Sartre,* p. 560-564. Sartre y écrit notamment : « Le sens d'un visage c'est d'être la transcendance *visible*. »

Page 143.

a. une immensité d'héroïsme. » / Il me regarde d'un air dur; il a l'air de penser : « De quoi se mêle-t-il ? pourquoi ne veut-il pas reconnaître son héroïsme, pourquoi se défend-il d'être admirable ? Où irions-nous si tout le monde faisait comme lui ? » / « Et comme dessert *ms., dactyl.*

1. Malraux, dans la préface du *Temps du mépris* (1935), puis dans *L'Espoir* (1937), utilise la phrase : « Il est difficile d'être un homme. »

2. Dans *Caliban parle* (1928) et dans le *Journal d'un homme de 40 ans* (1934), l'écrivain et plus tard académicien Jean Guéhenno

décrit son expérience d'autodidacte et son aspiration à la culture bourgeoise.

Sartre n'avait aucune animosité particulière contre Guéhenno et cette petite pique est sans doute à mettre sur le même plan que celle dirigée contre le prix Fémina quelques pages plus haut.

Jean Guéhenno lui-même disait ne pas comprendre pourquoi il avait été ainsi attaqué par Sartre.

Page 144.

a. mais ce n'est pas *ms., dactyl.*

b. contre les Virgan, [Guéhenno, Malraux, Brazillach, Dietrich, Francis[1], Romain Rolland *biffé*] et les autres, tous ceux qui ont empoisonné *ms.*

c. envie de rire. » / Je ne veux pas lui dire le peu de prix que j'attache à ses pâmoisons. Je me tais *ms., dactyl.*

d. Il aurait cru à plus de *ms., dactyl.*

1. Cette phrase de l'Autodidacte semble bien avoir été inspirée à Sartre par un propos de son ami Marc Zuorro rapporté par Simone de Beauvoir dans *La Force de l'âge* (p. 125) : « Excusez-moi... mais quand je pense à la violence de mes désirs et que j'entends vos raisonnements... je ne peux pas m'empêcher de rire ! » « Il nous faisait rire lui aussi », ajoute Simone de Beauvoir.

Page 145.

a. cette aveuglante évidence ? On sent qu'on existe et surtout que le Monde existe — partout. Me suis-je creusé la tête ! En ai-je écrit ! Maintenant je sais. Mais ça m'est égal *ms., dactyl.*

b. qu'aujourd'hui. Je me demandais toujours : mais qu'est-ce qui me prend ? Eh bien je suis renseigné. / «... de la Rome *ms., dactyl.*

c. dans le gros œil *ms., dactyl.*

Page 146.

a. à tout un petit événement *ms., dactyl.*

b. À présent le traître démasqué *ms., dactyl.*

Page 147.

1. Voir *Les Mots* (p. 125-126) où Sartre parle de ses terreurs enfantines. On voit là le sens de la métaphore qui transforme Roquentin en crabe aux yeux des autres : l'existence vraie se cache sous la pellicule des apparences, sous la surface de la mer ; celui qui en a l'intuition est *d'une autre espèce* : créature monstrueuse mi-marine, mi-terrestre, un crabe, un traître.

Voir aussi, Frantz dans *Les Séquestrés d'Altona* (p. 167), pour qui les crabes sont les hommes de la postérité, « de vrais hommes bons et beaux » aux yeux desquels il apparaîtra, lui, témoin de son siècle, comme un monstre : « Moi, le Crabe. »

1. Il s'agit ici de Luc Dietrich (qui, en 1936, avait publié *Le Bonheur des tristes* chez Denoël) et sans doute de l'écrivain Robert Francis. On notera l'orthographe de Brasillach et l'inclusion de Malraux. Virgan est un nom inventé par Sartre.

Page 148.

a. avaient fait. Ils ne l'avaient pas voulu, mais maintenant que c'était fait, qu'est-ce qu'ils y pouvaient ? Ils ont porté   *ms., dactyl.*

b. dans la claire eau grise. [Je pourrais dire encore que je suis assis sur un tertre herbeux au bord d'une mer grise : toutes ces phrases sont équivalentes, c'est toujours de la littérature.   *biffé*] Les choses   *ms.*

Page 149.

a. Je ne pouvais plus.   *ms., dactyl.*

Page 150.

a. Seulement le but de ce journal est   *ms., dactyl.*

b. c'est moi. / Je n'écris pas ceci pour les autres : ils n'y comprendraient rien. D'ailleurs je ne me soucie pas d'apporter ma contribution au progrès humain. J'écris pour moi — par dignité. Non : pas par dignité, ça me dégoûte, ça serait encore de l'humanisme. Je n'ai pas de dignité, je n'en ai jamais eu ; la grandeur de l'homme, je m'en moque, je me moque du roseau pensant. Mais tant pis, j'écrirai. Ne fût-ce que pour tuer le temps. / Ça s'est passé tout à l'heure, au Jardin Public   *ms., dactyl.*

c. avant cette minute, je n'avais   *ms., dactyl.*

d. l'existence est voilée. Elle est   *ms., dactyl.*

e. on n'y pense jamais. Quand je   *ms., dactyl.*

f. je ne pensais rien du tout, j'avais la tête vide, avec tout juste   *ms., dactyl.*

g. le vert est une des qualités   *ms., dactyl.*

1. Pour situer le passage de la racine du marronnier, on se reportera à la lettre de Sartre à Simone de Beauvoir écrite à l'automne 1931 (et que nous reproduisons dans la section Documents, p. 1686).

D'autre part, le marronnier apparaît au moins à quatre autres reprises dans l'œuvre de Sartre :

— Dans *Les Mots* (p. 124-125), Sartre raconte avoir été glacé d'effroi par une histoire fantastique, « Du vent dans les arbres », que, comme enfant, il avait lue dans *Le Matin* et où un marronnier est associé à la mort.

— Dans *L'Enfance d'un chef* (voir p. 320-321), Sartre attribue à Lucien Fleurier une expérience qui est à l'opposé de celle de Roquentin.

— Dans *La Mort dans l'âme,* au début du passage daté « Lundi, 17 juin », Mathieu s'approche d'un marronnier et commence à graver son nom dans l'écorce, car il a envie « d'inscrire son nom quelque part dans le monde ».

— Finalement, dans *Les Mots* (p. 132), Sartre rapporte un conseil que lui donnait son grand-père : « Sais-tu ce que faisait Flaubert quand Maupassant était petit ? Il l'installait devant un arbre et lui donnait deux heures pour le décrire. » Et Sartre ajoute ici : « J'appris donc à voir ». Plus loin, il rapporte (p. 151) : « Je commençais, au Luxembourg, par me fasciner sur un brillant simulacre de platane : je ne l'observais pas, tout au contraire, je faisais confiance au vide, j'attendais ; au bout d'un moment, son vrai feuillage surgissait sous l'aspect d'un simple adjectif ou, quelquefois de toute une proposition : j'avais enrichi l'univers d'une frissonnante verdure. »

Enfin, Simone de Beauvoir raconte dans *La Force de l'âge* (p. 49) qu'à l'époque de son service militaire, Sartre « s'était essayé à des poèmes » : « L'un d'eux s'intitulait *L'Arbre ;* comme plus tard dans *La Nausée,* l'arbre, par sa vaine prolifération, indiquait la contingence; il le relut sans enthousiasme [...]. »

2. Selon Dennis Fletcher (« Some notes on *La Nausée,* » *Forum for Modern Language Studies,* vol. IV, nº 4, octobre 1968, p. 330-334), la scène de la racine du marronnier serait la contre-partie du chapitre « L'arbre de M. Taine » dans *Les Déracinés* de Maurice Barrès, ce que Sartre dément.

Page 151.

a. comme le jour, je touchais l'existence. / J'ai fermé les yeux, j'aurais voulu être aveugle. Aussitôt d'autres objets sont apparus, sur fond noir : un galet, un verre de bière sur une table, une paire de bretelles mauves, une main; ils avaient un relief surprenant, on aurait dit qu'ils étaient éclairés par le dedans. J'ai relevé les paupières pour me débarrasser de ces images : mais la racine du marronnier était là. Alors je suis tombé dans une extase horrible; j'étais au plus profond de l'existence, elle s'était soudain dévoilée *ms., dactyl.*

b. n'avaient jamais été qu'une apparence, un vernis. Mais ce vernis *ms., dactyl.*

c. et obscène nudité. C'est peut-être ça qu'il faudrait noter d'abord : cette impression de nudité. Je ne fais pas de littérature; si j'emploie ce mot, c'est faute d'un mot nouveau, qui rendrait mieux ce dévoilement total et impudique. Ce qui m'a souvent troublé devant la nudité d'une femme, c'est la soudaine apparition du sens bestial et secret du corps, au-dessous des signes humains dont se compose un visage. Eh bien, tout à l'heure, c'était pareil. L'aspect humain des objets avait fait place à un drôle de sens... c'était bien un sens, oui. Ça voulait dire quelque chose. Mais... Je parlerai tout à l'heure de ce sourire des choses, doux, tremblant, un peu pourri : je ne l'ai vraiment compris qu'à la fin, beaucoup plus tard. Sur le moment j'étais gêné, comme si j'eusse assisté par surprise à un spectacle que je n'eusse pas dû voir. Mais je n'avais pas le courage de m'en aller : sur le banc, je me sentais à peine, je m'oubliais; si je me levais, n'allais-je pas découvrir tout à coup ma propre existence ? J'aimais mieux qu'elle restât dehors, cette existence insoutenable. / Je me gardais *ms., dactyl.*

d. comment dire ? Ils ne m'auraient pas gêné s'ils avaient existé moins fort *ms., dactyl.*

e. plus de retenue. Il me sembla tout d'abord que ça n'aurait pas été impossible : il y a des êtres qui mettent à exister une espèce de réserve, comme un cercle, par exemple, ou bien une mélodie. Mais je réfléchis que ces êtres-là, précisément, n'existaient pas. Les sons existent; sur le papier, les notes existent. Mais pas la mélodie. La mélodie, c'est autre chose, ça n'est pas de ce monde-ci. / Le marronnier était de ce monde-ci. Une rouille verte *ms., dactyl.*

f. et s'y abandonnait, les emplissait de soupirs tendres; mes narines *ms., dactyl.*

g. Je compris soudain qu'il *ms., dactyl.*

1. Voir *Les Mouches* (acte III, sc. II). ORESTE. — « Les hommes d'Argos sont mes hommes. Il faut que je leur ouvre les yeux.

JUPITER. — Pauvres gens ! Tu vas leur faire cadeau de la solitude et de la honte, tu vas arracher les étoffes dont je les avais couverts, et tu leur montreras soudain leur existence, leur obscène et fade existence, qui leur est donnée pour rien » (*Théâtre*, p. 113-114).

2. Sur la notion d'obscénité, voir *L'Être et le Néant*, notamment cette définition : « Une désadaptation particulière qui détruit la situation dans le temps même où je la saisis et qui me livre l'épanouissement inerte de la chair comme une brusque apparition sous le mince vêtement des gestes qui habillent, alors que je ne suis pas, par rapport à cette chair, en état de désir : voilà ce que je nommerai l'obscène. » (p. 452).

Appliquée à une autre réalité que celle du corps, comme ici, la catégorie de l'obscène a évidemment valeur de métaphore et c'est cette métaphore qui sous-tend toute la méditation de Roquentin sur la contingence. Elle est à rapprocher de la catégorie du visqueux, du mou, du poisseux, dont on a pu dire (voir particulièrement François George, *Deux études sur Sartre*) qu'elle renvoie pour Sartre à la passivité féminine, principe négatif et tentation à rejeter. L'immanence clapotante à laquelle il faut s'arracher serait le monde maternel, la nausée un dégoût devant un monde féminisé, une répulsion devant la femme en tant qu'être sexué, vorace et enlisant, ou encore une crainte en même temps qu'une tentation de se pâmer comme une femme offerte, de s'ouvrir comme un sexe humide. À cette crainte, seule l'érection peut faire momentanément barrage. Les images de la transcendance sont chez Sartre des images « érigées » : la liberté sartrienne est phallique. L'existence, au contraire, est une débandade universelle.

Page 152.

a. certaines situations qu'on appelle comiques. Nous étions *ms., dactyl.*

b. De trop : le marronnier, là, en face de moi un peu sur la gauche, *était de trop*. La Velléda *était de trop...* / Et *moi ms., dactyl.*

c. ces existences superflues. Mais cette songerie n'eut d'autre résultat que de me conduire à une réflexion qui m'accabla : c'est qu'il était sans doute en mon pouvoir de me tuer mais non d'anéantir ma « superfluité ». Ma mort même *ms., dactyl.*

d. pour l'éternité. / J'avais le regard baissé, je considérai distraitement la racine du marronnier : je compris soudain que l'existence était absurde. // Ce mot d'Absurdité *ms., dactyl.*

1. Sur cette phrase, voir *L'Être et le Néant*, p. 33-34.

Page 153.

a. Absurdité, c'est encore un mot *ms., dactyl.*

b. la chose. Ce que je voudrais fixer ici, c'est le caractère absolu *ms., dactyl.*

c. son délire. Du moins c'est ce que pense l'aliéniste. Mais moi *ms., dactyl.*

d. de l'absolu : l'absolu, c'est l'absurde. Cette racine *ms., dactyl.*

e. avec des mots ? [Il y avait de la terre, moitié boue, moitié poussière, et des cailloux, et au-dessus la racine, comme une

falaise de granit noir. Eh bien tout ça *ne tenait pas ensemble,* ça
retombait de tous les côtés, ça s'effritait et la racine, qui semblait
jaillie de l'arbre, s'isolait, me remplissait les yeux; on aurait dit
qu'elle existait seule au monde, qu'il n'y avait jamais eu, qu'il
n'y aurait jamais au monde qu'elle. *biffé*] Absurde *ms.*

f. Mais je sentais si bien que, devant cette *ms., dactyl.*

g. n'était pas celui de l'existence. Ça, du moins, c'est une idée
que j'ai retenue, que je vois nettement encore, à l'heure qu'il est :
sans doute parce que c'est une *idée* (ce qui a disparu c'est l'impression de plein, c'est la *possession* de l'existence.) Par exemple, un
cercle n'est *ms., dactyl.*

h. n'existe pas. Tandis que, cette racine, c'était précisément
parce que je ne pouvais pas l'expliquer qu'elle existait. Noueuse
ms., dactyl.

i. sa propre existence. Si seulement j'avais pu inventer quelques
questions — d'où venait-elle ? pourquoi était elle ainsi, douloureuse et crevassée, avec sa peau huileuse ? — il me semblait que
j'aurais pu être délivré. Mais les questions glissaient sur elle et
perdaient leur sens : il n'y avait rien à demander. Les questions,
c'étaient des mots et qu'est-ce que ça pouvait bien vouloir dire
des mots et même des idées, auprès de cette jouissance monstrueuse
dont je m'écœurais. (Je crois que j'ai acquis, cette après-midi,
quelque chose comme la technique de cette jouissance. Parce
que je viens de regarder une tache d'encre bleue, sur le buvard,
me disant : elle est *là;* et j'ai senti que ça allait revenir. Alors j'ai
eu peur et j'ai détourné les yeux. J'écris n'importe quoi pour
éviter que ça renaisse, que ça m'emplisse et me secoue jusqu'à
me couper la respiration, comme tout à l'heure, et me faire monter
les larmes aux yeux. Mais je sens bien qu'il est désormais en mon
pouvoir de me fasciner sur une poussière, sur une mouche, un
brin de tabac et de sentir à volonté l'horreur que *ça existe.*) / Mon
talon se lança soudain contre la fermeté mate, presque élastique
de la racine. Un geste absurde, qui ne fit pas de bruit. Mon pied
resta posé sur la souche de bois sombre, que la terre souillait.
Je regardais mon pied et la racine : je n'étais pas pour grand-
chose dans le coup de talon. Tout au plus, par bravade, l'avais-je
laissé naître : puisque je ne *pouvais* pas me faire oublier, au moins
avais-je voulu créer moi aussi du trop et que mon absurdité fût
à l'origine d'autres existences absurdes. Mais, à présent que mon
pied touchait la racine, j'avais l'étrange impression de n'avoir rien
fait. naître. Sans doute, cette semelle, ce cuir jaune au-dessus de
la vieille fibre terreuse, c'était de trop. Mais ces existences superflues n'étaient pas nées de moi... il me semblait plutôt... qu'elles
s'étaient emparées de moi pour exister, comme cette agitation qui,
tout à l'heure, s'était emparée, dans le tramway, du bras de mon
voisin. Et maintenant c'était ainsi : mon pied était posé sur la
racine, je sentais la racine à travers ma semelle. Elle n'existait plus
seulement pour mes yeux : elle se frottait contre mon pied, elle
se faisait lourde. Ça me répugnait et m'écœurait un peu, cette
résistance pesante et douce. Ça m'étonnait aussi. J'avais beau
me répéter *ms., dactyl.*

j. mais pas du tout ce qu'était celle-ci. Ce qu'était cette racine-ci,
avec sa couleur, sa forme, son mouvement figé, c'était inexplicable; c'était... au-dessous de *ms., dactyl.*

Page 154.

    a. contre le bois : j'aurais voulu écorcher un peu cette griffe noire. Pour rien   *ms., dactyl.*

    b. Noire ? Ce fut peut-être le moment le plus pénible : j'ai senti   *ms., dactyl.*

    c. autre chose qui y ressemblait : le noir   *ms., dactyl.*

    d. *peu près ?* Puis je cessai   *ms., dactyl.*

    e. galet qui fut à l'origine   *ms., dactyl.*

    f. refusait d'être, sous quel concept il refusait de se laisser ranger. Mais je n'avais   *ms., dactyl.*

Page 155.

    a. mais c'était aussi... une meurtrissure ou encore une secrétion, un suint — et autre chose, une odeur   *ms., dactyl.*

    b. Ce noir-là était une présence amorphe et veule, ambiguë, qui débordait   *ms., dactyl.*

    c. et glacé, submergé par le dégoût. Mais, au sein même de la Nausée, quelque chose de   *ms., dactyl.*

    d. mes découvertes. Elles demeuraient intimement mêlées à cette racine noire que je ne cessais pas de regarder. Mais je crois *ms., dactyl.*

    e. se laissent *rencontrer,* mais jamais *déduire.* Il y a   *ms., dactyl.*

    f. un être nécessaire qui serait cause de soi.   *ms., dactyl.*

    g. c'est l'absolu. Ainsi l'existence est-elle une parfaite gratuité. Tout est   *ms., dactyl.*

    h. des Cheminots » : et c'est ça la Nausée. C'est ça que les Salauds   *ms., dactyl.*

    i. Mais c'est un pauvre mensonge   *ms., dactyl.*

    j. autres hommes, ils sont de trop, ils n'arrivent pas   *ms., dactyl.*

    k. ils sont *trop,* c'est-à-dire   *ms., dactyl.*

    l. tristes. Ça m'agace : tout ce que j'écris sur les Salauds, c'est à présent que ça me vient. Alors pourquoi l'écrire ? Et pour qui ? Je veux seulement fixer ici ce que j'ai senti tout à l'heure. / Combien de temps   *ms., dactyl.*

Page 156.

    a. j'étais dedans, j'étais dans un plein éternel. Ce qu'il faudrait noter clairement c'est que je n'étais pas *en repos,* ce n'était pas une pure contemplation. Il faudrait plutôt comparer mon état à celui d'un type qui aurait avalé quelque chose qui ne « voudrait pas passer ». C'est ça : la souche noire   *ms., dactyl.*

    b. levé les yeux ? Quand j'y repense, je me dis que je ne pouvais pas les lever, qu'il a fallu que je m'anéantisse un instant pour renaître   *ms., dactyl.*

    c. de concevoir l'existence   *ms., dactyl.*

    d. L'existence ça n'est pas   *ms., dactyl.*

    e. ça soit lourd   *ms., dactyl.*

    f. des petits mouvements   *ms., dactyl.*

    g. qui pesaient sur moi comme des regards. Je me disais, en suivant de l'œil le balancement   *ms., dactyl.*

    h. autour d'elles comme des mains d'aveugle, je n'arrivais   *ms., dactyl.*

1. Cette phrase renvoie à la formule axiomatique de la phénoménologie husserlienne : « Toute conscience est conscience *de* quelque chose. »

Page 157.

a. trop claire. Entre deux états qui nous intéressent, nous n'admettons que des réalités inférieures, qui existent moins et dont l'unique fonction est de lier le premier état au second, d'établir une continuité. Ça n'est pas vrai, pensai-je, ça n'est pas vrai : il n'y a pas de mouvement qui soit seulement un passage. Toutes ces agitations *ms., dactyl.*

b. de ces doigts secs, les enveloppaient *ms., dactyl.*

c. Mes yeux qui suivaient les déplacements des branches ne rencontraient *ms., dactyl.*

d. et qui n'avaient jamais l'air de naître. Le vent-existant *ms., dactyl.*

e. ils étaient et ensuite, d'un seul coup, ils n'étaient plus : l'existence est sans mémoire. Il fallait se taire et perdre jusqu'au souvenir des existants disparus. L'existence partout *ms., dactyl.*

f. sur le dossier du banc, étourdi *ms., dactyl.*

g. sans origine : *À la suite de ces mots figure, dans ms. et dactyl., une cinquantaine de lignes qui ont trouvé place plus loin dans le texte publié (voir var. e, p. 158). Le texte s'enchaîne ainsi, dans ms., avec des variantes :* sans origine : je fermai les yeux pour la deuxième fois. Je voulais dormir, je ne voulais plus rien voir : mais pour la deuxième fois, les images ainsi alertées *[p. 158, 3 lignes avant la fin de l'avant-dernier §] jusqu'à* des tonnes et des tonnes d'existence, indéfiniment : *[p. 159, 5 lignes en bas de page]* le massif de lauriers, les arbres, partout des éclosions

h. pourquoi y a-t-il tant *ms., dactyl.*

i. tant d'arbres ? Ils se distinguaient si peu les uns des autres. Sans doute on pouvait s'amuser à dire : celui-là est lisse et blanc, cet autre noir et rugueux. Mais ça n'était pas vrai, ils n'étaient pas vraiment noirs ni vraiment lisses, au fond ils étaient tous pareils. Tant d'existences manquées *ms., dactyl.*

j. de ces efforts et il y avait d'autres efforts semblables au mien au sein du Gros Être, il y avait d'autres types roux qui me ressemblaient — manqués comme moi). Cette abondance-là *ms., dactyl.*

Page 158.

a. sa nourriture ? / C'était complètement impossible de *ms., dactyl.*

b. Mais tous ces existants avaient toujours l'air sur le point de tout planter là et de s'anéantir. Ils étaient las, ils étaient vieux, à chaque instant ils continuaient d'exister *ms., dactyl.*

c. pour mourir. La mort leur viendrait un jour de l'extérieur, il n'y a que les notes de musique *ms., dactyl.*

d. une nécessité interne. Elles *sont* leur propre mort; seulement elles n'existent pas. *ms., dactyl.*

e. par rencontre. *La cinquantaine de lignes qui suivent ces mots se trouvent, dans ms. et dactyl., avec des variantes, un peu plus haut dans le texte : voir var. g, p. 157. L'enchaînement, à la suite de* par rencontre, *dans* ms., *est donné dans la variante e de la page 159.*

f. remplir mes yeux d'existence. L'existence est un plein que l'homme ne peut quitter. / Les images, Dieu sait ce qu'elles représentaient. Des choses. Pas des choses vraies *ms., dactyl.*

Page 159.

a. mes beaux fruits », et souriait mystérieusement de temps à autre, attentive à l'épanouissement de ses seins qui la chatouillaient. Et puis tout d'un coup j'ai crié *ms., dactyl.*

b. une sorte de confiture. Et j'étais dedans, moi, avec tout le jardin. J'avais peur *ms., dactyl.*

c. je ne me sentais plus à Bouville, je n'étais nulle part *ms., dactyl.*

d. gros être absurde parce que je voyais qu'il n'y avait pas de moyen d'en sortir. On ne pouvait *ms., dactyl.*

e. meurt par rencontre[1] *[p. 158, 5 lignes avant la fin de l'avant-dernier §].* J'étouffais au fond de cet immense ennui. Mais tout d'un coup *ms., dactyl.*

Page 160.

a. la terre jaune à mes pieds, d'où *ms., dactyl.*

b. Alors, tout d'un coup, le jardin m'a souri. C'est ça qu'il aurait fallu comprendre. Ce sourire des arbres, du massif de laurier, ça *voulait dire* quelque chose ; c'était ça le véritable secret de l'existence. Je me suis appuyé à la grille et j'ai longtemps regardé. Je me rappelai *ms., dactyl.*

c. à moi que ça s'adressait ? *ms., dactyl.*

d. un regard fixe. C'était *ms., dactyl.*

e. Les choses, c'étaient des pensées *ms., dactyl.*

f. j'ai écrit ceci. // Dans la nuit. *ms., dactyl.*

g. installé à Paris. // Jeudi. / Accalmie. Après-demain je revois Anny. J'ai passé la matinée à fouiller dans mes caisses pour retrouver des photos d'elle. J'en ai retrouvé sept. Elle était bien belle. // Vendredi. *ms., dactyl.*

h. Samedi. / Paris. De temps en temps je me dis : c'est Paris, dans une semaine j'y reviendrai pour toujours. Alors je sens les larmes qui me montent aux yeux. Pourtant je n'ai pas grand plaisir à revoir toutes ces rues, toutes ces places dont j'espérais tant : je suis trop énervé. J'ai pris coup sur coup trois fines pour me remettre. À présent j'écris pour passer le temps. Je n'attends rien, je n'imagine rien, mais mes doigts tremblent quand je porte le verre à mes lèvres. Il est deux heures. Encore deux heures et j'entrerai à l'hôtel d'Espagne, je monterai l'escalier, je frapperai à la porte d'Anny. Et après ? C'est ça, justement, qui est énervant : ne pas pouvoir imaginer ce qui se passera après. Je ne peux plus écrire, je vais aller faire un tour. // [Quatre heures.] / Voilà la chambre 22. Il faut que je reprenne mon souffle, et puis je n'aimerais pas qu'Anny vît mes mains trembler. Je vais attendre une seconde. Mais peut-être qu'elle m'a entendu monter. J'entends remuer derrière la porte. Elle

1. Voir var. *e*, p. 158.

n'ouvre pas ? Qu'est-ce qu'elle fait ? Est-ce qu'elle est seule ? Une idée absurde me traverse l'esprit : si elle allait avoir la figure couverte d'un carré d'étoffe ? Jusqu'aux yeux. Enfin, qu'est-ce qu'il y a derrière cette porte ? *biffé*] Anny vient m'ouvrir *ms., dactyl. à l'exception du passage biffé.*

1. Tout ce chapitre de la rencontre avec Anny est un récit au présent où, comme dans celui du « Mercredi » (déjeuner avec l'Autodidacte), Sartre abandonne la fiction du « Journal » et applique strictement une règle reprise de Hemingway qui consiste à ne rien omettre du dialogue des interlocuteurs. Ce dialogue direct répond à la définition que donnera Sartre plus tard du bon dialogue théâtral : un minimum de mots tendus vers de successifs points de non retour (« quand une parole n'est point telle qu'on ne puisse plus revenir en arrière après l'avoir prononcée, il faut la retirer soigneusement du dialogue », *Un théâtre de situations*, p. 228).

2. Sartre nous a plusieurs fois affirmé qu'Anny est celui de ses personnages romanesques qui est le plus directement inspiré par une personne réelle, Simone Jollivet, la jeune femme avec qui il a eu sa première liaison, de 1925 à 1927. À vrai dire, il nous a simplement confirmé là une identification qu'ont pu faire tous les lecteurs des mémoires de Simone de Beauvoir, où Simone Jollivet est appelée « Camille ». Le portrait très vivant que trace Simone de Beauvoir de « Camille » est trop long pour que nous le reproduisions ici entièrement (voir en particulier les pages 71-80 de *La Force de l'âge*); aussi en retenons-nous seuls quelques éléments recoupant plus ou moins certains traits du personnage d'Anny : « [Sartre] prêtait toujours de vives couleurs aux choses et aux gens dont il parlait et le portrait qu'il me fit d'elle me parut assez prestigieux. [...] Telle qu'elle existait pour moi, à distance, elle avait l'éclat d'une héroïne de roman. Elle était belle : d'immenses cheveux blonds, des yeux bleus, la peau la plus fine, un corps alléchant, des chevilles et des poignets parfaits. [...] Son père lui fit aimer Michelet, George Sand, Balzac, Dickens [...] Elle s'émerveillait d'unir la beauté à l'intelligence et que l'une et l'autre fussent chez elle d'une qualité si singulière. Elle se promit à un destin exceptionnel. Pour commencer, elle s'orienta vers la galanterie. Tout enfant elle avait été patiemment dépucelée par un ami de la famille. [...] Elle s'habillait somptueusement, en s'inspirant beaucoup moins de la mode que des tableaux qu'elle aimait; sa chambre ressemblait à un décor d'opéra. [...] Elle avait vingt-deux ans, Sartre dix-neuf, quand ils se rencontrèrent [au printemps 1925] à l'enterrement d'une cousine commune dans un bourg du Périgord. Sartre était engoncé dans un costume noir et coiffé d'un chapeau, appartenant à son beau-père, qui lui tombait sur les sourcils; l'ennui éteignait son visage et lui prêtait une laideur agressive. Camille eut une sorte de coup de foudre : " C'est Mirabeau ", se dit-elle; quant à elle, sous ses crêpes noirs, sa beauté paraissait un peu folle et elle n'eut pas de peine à l'intéresser. [...] Ils échangèrent des lettres qu'elle signait Rastignac, lui Vautrin [...] Il lui exposa ses idées sur la vie et lui conseilla des lectures : Stendhal, Dostoïevsky, Nietzsche. Cependant, il amassait sou par sou un pécule qui lui permit au bout de six mois de s'offrir un voyage à Toulouse; il y retourna quelquefois pendant environ deux ans. Faute d'argent, ses séjours étaient brefs et ils se déroulaient selon des rites à peu près immuables. [...] Ils avaient beaucoup d'autres sujets de querelle car, en attendant d'être George

Sand, Camille n'avait rien changé à sa manière de vivre[1]. D'ailleurs, elle s'ingéniait à susciter des disputes; ce qu'elle attendait de l'amour, c'était de grands déchirements suivis de réconciliations exaltées. La seconde année de leur liaison, elle passa quinze jours à Paris et elle fit grand effet au bal de l'École Normale. [...] Paris ne lui plaisait pas. [...] Elle repartit pour Toulouse. Ils rompirent, au début de l'été [1927], pour des raisons confuses. / Dix-huit mois plus tard, au début de 1929, il reçut un mot d'elle, lui proposant un rendez-vous qu'il accepta. Elle avait fait l'année passée un nouveau voyage à Paris, avec un riche entreteneur qu'elle appelait " l'amateur éclairé " [...]. Elle souhaita mettre de la passion dans sa vie et, se rappelant l'ardeur de ses querelles avec Sartre, elle le relança. Il la trouva changée, mûrie, nettoyée de son provincialisme. [...] Elle suivait des cours à l'école de l'Atelier et figurait dans des spectacles; mais elle ne se sentait pas une vocation d'actrice; elle refuserait toujours d'incarner des personnages en qui elle ne se reconnaîtrait pas : Agrippine, soit, mais Junie jamais. [...] Les seuls égaux qu'elle se reconnût, c'était des morts : Nietzsche, Dürer à qui — selon un de ses autoportraits — elle ressemblait beaucoup, et Emily Brontë qu'elle venait de découvrir. [...] Je reconnus sa voix aiguë et mièvre, mais le visage était plus ambigu que sur la scène. De profil, il ressemblait en effet, à celui de Dürer; de face, les grands yeux bleus, faussement naïfs, l'affadissaient, mais il prenait un extraordinaire éclat lorsque Camille se souriait à elle-même, la tête rejetée en arrière et les narines frémissantes. [...] Si Sartre se plaisait à ces rencontres, pour ce qui est de la passion il n'avait aucune envie de rengager. Elle fut déçue, leurs rapports tournèrent court. Au temps où Sartre faisait son service [1930], il n'avait plus avec elle qu'une très intermittente amitié. »

Dans une interview autobiographique, Sartre parle de sa liaison avec Simone Jollivet en ces termes : « [Mes amis] avaient des filles à Paris, tandis que moi j'avais une grande histoire à Toulouse avec la fille d'un pharmacien, elle-même devenue par la suite la compagne de Dullin. Je l'avais rencontrée à l'enterrement d'une cousine à Thiviers, en Dordogne, où j'allais de temps en temps en vacances. Elle s'appelait Simone Jollivet. Nous avons suivi l'enterrement joyeusement parce que nous n'étions pas les femmes d'un côté, les hommes de l'autre, mais mélangés et que j'étais avec cette jeune femme. Après l'enterrement, ma tante Hélène a invité une quinzaine de personnes à déjeuner. Je m'embêtais avec ces gens que je comprenais mal, des notabilités de Thiviers, médecins, notaires, etc. J'essayais de parler à cette jeune femme qui avait aussi envie de me parler mais nous étions toujours troublés dans notre conversation par les questions des médecins et des notaires. Alors, le café à peine avalé, nous sommes partis, la jeune femme et moi, et nous nous sommes promenés tous les deux dans les prés de Thiviers. Là a commencé une liaison qui a duré plusieurs années. »

1. Voir cette phrase de la préface de Sartre à *Aden-Arabie* de Paul Nizan qui fait implicitement allusion à Simone Jollivet : « Quand [Nizan] revint [d'Aden], l'année suivante [printemps 1927], c'était la nuit, personne ne l'attendait, j'étais seul dans ma thurne, l'inconduite d'une jeune provinciale m'avait plongé, depuis la veille, dans une indignation chagrine » (*Situations*, IV, p. 145).

Simone de Beauvoir la décrit dans ses Mémoires comme une femme plutôt belle et intelligente...

« Belle et intelligente, oui. Mais une intelligence faussée par tout ce qu'elle inventait, ce qu'elle imaginait. Sa vie était une vie imaginaire. Elle se voyait avec les sœurs Brontë, par exemple. Elle écrivait des petites choses, des romans, lamentables d'ailleurs. Ses rapports avec Dullin ont été plus ou moins terribles. Elle était assez difficile de caractère. Ce qui rendait les choses faciles entre nous, c'était la distance. J'allais de temps en temps à Toulouse, elle venait à Paris. Nos relations se sont estompées, puis j'ai repris ma liaison avec elle alors qu'elle vivait avec Dullin. J'étais à la Cité universitaire. Un jour, je l'ai vue arriver. Stupéfait. Pas mécontent. Nous avons repris nos rapports mais ils ont vite cessé » (« Sartre et les femmes », interview par Catherine Chaine, *Le Nouvel Observateur*, 31 janvier 1977).

Nous ignorons quelle fut la réaction de Simone Jollivet au portrait d'elle fait à travers le personnage d'Anny. Sartre, quant à lui, pense, nous a-t-il dit, que ce portrait psychologique était à la fois fidèle et flatteur : il a accordé au personnage plus de force, plus de rigueur que n'en avait son modèle. Elle fut sans doute l'une des premières personnes à qui Sartre fit lire son texte puisque c'est dans ses papiers que fut retrouvée, après sa mort (sur les circonstances pénibles de cette mort, survenue en 1967, voir *Tout compte fait*, p. 76-88), la copie dactylographiée qui nous a servi à établir les variantes.

Page 165.

1. *Le Baladin du monde occidental* de John Millington Synge était l'une des œuvres préférées de Sartre. Voir *La Force de l'âge* (p. 22) : « Il [Sartre] avait emprunté à Synge, le mythe du " Baladin ", éternel errant qui déguise sous de belles histoires mensongères la médiocrité de la vie. »

Page 166.

a. Les éditions récentes donnent fautivement agréable.

1. Ce film, réalisé en 1923 par Henry Roussel et repris dans une version sonore en 1932, connut un très grand succès grâce à l'actrice Raquel Meller et fut même apprécié des intellectuels. Il se situe dans le cadre du Second Empire et raconte comment une petite marchande de fleurs devint l'amie d'Eugénie de Montijo.

Page 168.

a. et tout cela. C'était un monde à part. Je n'aurais certes pas pensé : « Je suis dans une chambre d'hôtel. » L'hôtel s'arrêtait *ms., dactyl.*

Page 169.

a. vivre sans cela. / Je suis encore sous le coup de la surprise. / « C'était le plus profond de toi-même; enfin c'était, tu me l'as souvent dit, ce qui faisait le sens de ta vie. Tu voulais, j'imagine, que chaque instant soit d'une pureté absolue. » / Elle hausse les épaules et sa forte poitrine se soulève. / « Je ne me serais pas satisfaite d'une

pureté à vide. Je voulais tout. » / « Je veux tout[1] » : Anny m'avait
dit cela une fois, à Marseille. Ces mots font soudain renaître une
vieille image, une des plus profondément oubliées. Je vois, sur un
ciel d'un bleu sombre, une jeune fille maigre aux longs bras. C'est
elle que j'aimais : cette jeune femme grasse m'est étrangère. Je sens
au cœur un fort pincement. / « Mais comment est-ce arrivé ? »
dis-je distraitement. / Je l'entends comme dans un rêve, je pense à
Marseille. / « Arrivé ? Cela n'est pas *arrivé*, que tu es sot. Je ne me
suis jamais *aperçue* qu'il n'y en avait pas. Au fond, je l'ai toujours
su. » / « Toujours ? Même quand tu m'en voulais si fort ? » / « C'est
pour cela que je t'en voulais. » / Le soir nous avions dîné sur le
port. Des musiciens mendiants avaient joué du clairon, de l'accordéon, de la flûte. Je lui avais dit que je voulais écrire des romans.
Tiens, c'est vrai : autrefois j'ai voulu écrire des romans. / « Je
voudrais bien savoir si tu m'écoutes. Ton sourire attendri est tout
à fait hors de propos. » / Je sursaute. Anny poursuit : / « Tu parlais
de comédie, tout à l'heure : il n'y en avait pas d'autre que celle-là ; je
ne voulais pas reconnaître que mes efforts étaient inutiles. Pourtant,
tout au fond, j'en avais le sentiment. Alors je me mettais en colère
contre toi. D'ailleurs tu avais dans ces cas-là un air de bonne volonté
candide qui aurait fait damner un saint. » / Elle prend un air appliqué, en même temps elle saisit ma main gauche par le bout des
doigts et la soulève un peu.

« J'avais tort de t'en vouloir, » dit-elle avec une amabilité solennelle. Elle laisse retomber ma main. / [Une phrase qui a de la bouteille : on le sent au ton dont elle est dite. Voilà peut-être des années
qu'Anny se dit, tournant et retournant sa nouvelle certitude dans
sa tête :

« Quand je verrai Antoine, je lui dirai que j'avais tort. Je le lui
dirai comme ceci, avec cette intonation-ci, en lui prenant la main
gauche du bout des doigts. *biffé*] / Anny reconnaît rarement ses
torts : quand elle le fait c'est avec pompe et très longtemps après
l'événement. Il convient alors de lui manifester une reconnaissance
extraordinaire. Que faire ? Évidemment si un jour d'autrefois, à
Marrakech, par exemple, où j'ai été à deux doigts de pleurer, elle
m'avait dit soudain : « J'ai eu tort de t'en vouloir », cela m'aurait
fait un effet considérable. Mais maintenant... Je lui prends, à mon
tour, (faute de pouvoir inventer quelque autre geste plus appro-
prié) la main, mais à hauteur du poignet, et je la serre. Je fixe Anny
dans les yeux d'un air pénétré. Voilà : je ne peux pas faire plus.
J'aimerais regarder les doigts de cette main, les prendre un à un,
serrer leurs phalanges, les retourner un peu en arrière, ces doigts

1. Cette formule scelle l'estime de l'auteur pour le personnage d'Anny.
Dans « Autoportrait à soixante-dix ans », on posait à Sartre la question :
« Au fond, les gens pour qui vous avez une estime entière ne sont-ils pas
ceux qui ont une " soif d'absolu ", comme on disait au XIXᵉ siècle ? » Sartre
répond : « Oui, certainement. Ceux qui veulent tout. C'est ce que j'ai voulu
moi-même. Naturellement, on n'arrive pas à tout, mais il faut vouloir tout »
(*Situations*, X, p. 194). — Si Anny est un personnage déchu, c'est précisément pour avoir renoncé au « je veux tout ». Et, aux yeux de Roquentin,
cette déchéance se marque par l'empâtement d'Anny. La maigreur est, chez
Sartre, affectée d'une valeur morale : elle est le signe de l'intransigeance.
Engraisser, s'épaissir, c'est perdre son exigence. (Ainsi Marcelle, la femme
grasse et lourde de *L'Âge de raison*, a été dans sa jeunesse une fille mince à
l'allure garçonnière. Voir aussi le texte sur les sculptures de Giacometti,
« La Recherche de l'Absolu » *Situations*, III).

de petite fille qui sont restés maigres. Mais je n'en ai pas le loisir : il faut soutenir le regard d'Anny. / Un long silence. Elle estime évidemment que le silence seul peut souligner assez l'importance de ce qu'elle vient de dire. Tant mieux : je n'ai pas envie de parler. / Il n'y a plus de moments parfaits. Alors, ce qu'elle voulait me dire, ce n'était que cela ? Après le premier moment de surprise, je m'aperçois que ce changement ne m'intéresse vraiment pas beaucoup. Je *devrais* m'y intéresser. Cette indifférence est une infidélité à Anny et surtout à moi-même, à tout ce passé où j'ai tant souhaité ce qui me laisse à présent si calme. Mais il faut dire que je ne le réalise pas très bien, ce changement, je n'en sais pas assez pour mesurer au juste son importance : et je n'ai pas grande envie d'en savoir davantage. Je suis dans un curieux état de trouble et d'engourdissement. [Il y a tant de choses invisibles entre Anny et moi. *biffé*]. Cette image de Marseille, en disparaissant, a laissé en moi une véritable nostalgie du Midi, qui fait paraître cette chambre-ci tout à fait irréelle et ma présence inexplicable. [J'ai tant envie de soleil : qu'est-ce que je fais sous cette lumière glauque ? Sentiment d'absurde et même de cocasse.   *biffé*] Et puis il y a cette main que je tiens, ce contact qui me trouble d'une vague tendresse, d'un vague désir, qui réveille des souvenirs vagues, des souvenirs de sa chair. Et surtout il y a Anny que j'ai tant espérée ; cette personne là, assise en face de moi dans sa robe noire, c'est Anny. / Anny dégage sa main. / « Rends-moi ma main si tu veux une autre tasse de thé. » / Est-ce bien Anny ? Je la retrouve et ne la retrouve pas. Elle est grasse... Mais cela ne me gêne pas trop. Il y a surtout cet air de lassitude que ses rires et sa vivacité ne parviennent pas à masquer[1]. / Elle poursuit : / « Tu vois, si j'étais restée la même qu'autrefois, je t'en voudrais bien fort de ton air étonné. Car enfin tu devrais le savoir, qu'il n'y a plus de moments parfaits. Je te l'ai dit cent fois. » / « Tu me l'as dit ? à moi ? » / Elle rit : / « Oh! ne fais pas ces yeux ronds. Oui, je te l'ai dit. Je te parle souvent, tu sais ; je t'informe toujours de ce qui m'arrive. Tu es assis devant moi, tu dis " oui " de temps en temps. D'ailleurs, aujourd'hui, tu n'es pas beaucoup plus gênant qu'un personnage d'imagination : tu dis ce qu'on veut te faire dire — avec un peu de retard. Tu n'as pas l'air très intelligent, tu respires la béatitude. Je me demande pourquoi ? » / « Tiens, c'est parce que je te revois. » / Elle n'a pas l'air de saisir ; je lui demande sans amertume : / « Ça t'est donc égal, à toi, de me revoir ? » / Elle réfléchit. / « Oui, enfin je suis contente de voir que tu n'as pas changé. C'était cela qui m'inquiétait. Mais de te voir là, je ne peux pas te dire que ça me fasse grand-chose. » / Elle médite une seconde. / « Non... vraiment. D'ailleurs je n'ai pas l'impression de te revoir. Je ne t'ai pas quitté. Tu comprends, en un sens, / ça me gêne presque, que tu sois de chair et d'os[2]. / Elle a croisé   *ms.*

---

1. Les lignes qui suivent, depuis « Elle poursuit [...] » jusqu'à « tu dis oui de temps en temps », se trouvent sur un feuillet intercalé sans suite dans *ms.* Ces lignes manquent dans *dactyl.*

2. Ce passage qui, en lui-même, ne manque pas de force a sans doute été supprimé parce qu'il aurait ralenti une scène à toute l'efficacité sèche d'un bon dialogue de théâtre. D'autre part, le vague et nostalgique trouble sensuel de Roquentin en face d'Anny gagne à rester implicite, en quelque sorte lié dans l'esprit du lecteur à la situation elle-même, pour n'apparaître fugitivement qu'à la fin de la scène, au moment, où, de toute façon, comme le dit Anny, « on ne recommence pas [...] » (p. 182).

Page 170.

a. l'oublier. [Quand je lis un livre, cette certitude me traverse brusquement, comme un éclair. *biffé*] Jamais   *ms.*

Page 171.

a. serais-je triste ? [Tu te rappelles cette forêt incendiée que nous avons traversée en automobile, des troncs d'arbres calcinés pendant des kilomètres et des kilomètres! Ça, c'est mon paysage intérieur. Et pourtant, *biffé*] j'étais capable   *ms.*

b. de retrouver dans ma mémoire cette belle   *ms.*

Page 172.

a. tout à fait comprise; [elle serpente sous les images comme un ruisseau sous les fleurs : il faut se pencher, écarter les branches et souvent on ne voit dans l'eau que le reflet des fleurs *biffé*] Il faut *ms.*

Page 173.

a. trente pages plus loin. » / [Elle me demande d'un air mondain : « N'est-ce pas un privilège des vieux livres ? Dans les premières éditions de Jules Verne, au moment où on voit le dessin qui représente l'évasion de Mathias Sandorf, on ne sait même pas qu'il va être mis en prison. Les images apparaissent comme des prophéties, des visions prémonitoires : elles font un effet extraordinaire. Maintenant on a tout changé : l'événement qui est représenté page 12 vient d'être raconté page 11. Je suppose qu'ils considèrent ça comme un progrès de l'édition, ces imbéciles. Je vais te dire pourquoi c'est absurde : c'est que le rôle d'une gravure n'a jamais été de permettre au lecteur de se représenter la scène, le visage de l'héroïne et tout. Elle le gênerait plutôt... *biffé*] / « Je t'en supplie   *ms.*

1. Selon toute probabilité, cette édition de l'*Histoire de France* de Michelet doit être celle, à deux colonnes, publiée par J. Hetzel en 1881 (cote B.N. : 4⁰ L³⁵ 197M). La Bibliothèque nationale ne disposant que du premier tome de cette édition, il nous a été impossible d'identifier le tableau sur l'assassinat du duc de Guise décrit plus loin. D'après les éléments donnés il ne s'agit pas de la célèbre peinture de Paul Delaroche conservée au musée de Chantilly.

Page 174.

a. Quand Henri III est assassiné   *ms. On peut lire* Henri III *ou* Henri IV *dans dactyl.*

Page 176.

a. de t'aider. [Je te prenais pour une esthète. Je te reprochais, en somme, de ne jamais t'abandonner *biffé*] Si j'avais su...   *ms.*

b. Kiew   *ms., dactyl., orig. Nous restituons ici l'orthographe habituelle.*

1. Sartre avait séjourné pour la première fois à Londres pendant les vacances de Pâques 1933, avec Simone de Beauvoir. Il y a une référence aux jardins de Kew dans *La Force de l'âge* (p. 149).

Page 177.

a. à m'insensibiliser complètement   *ms., dactyl.*

1. Anny confond ici le Vendredi saint avec la Pentecôte. C'est à la Pentecôte, en effet, qu'est descendu l'Esprit saint sur les apôtres sous forme de langues de feu.

Page 178.

1. Dans *La Force de l'âge* (p. 22 et 24), Simone de Beauvoir note ceci à propos du jeu des couples novices : « Rien [...] ne nous limitait, rien ne nous définissait, rien ne nous assujettissait; nos liens avec le monde, c'est nous qui les créions; la liberté était notre substance même. Au jour le jour nous l'exercions par une activité qui tenait une grande place dans nos vies : le jeu. [...] Comédies, parodies, apologues, nos inventions avaient un rôle précis : elles nous défendaient contre cet esprit de sérieux que nous refusions avec autant de vigueur que Nietzsche, et pour des raisons analogues; elles allégeaient le monde en le projetant dans l'imaginaire et nous permettaient de le tenir à distance. [...] Le jeu, en déréalisant notre vie, achevait de nous convaincre qu'elle ne nous contenait pas. »

Page 179.

a. je reviens de [Norvège   *biffé*] Suède.   *ms.*

Page 180.

a. rire au nez. [Surtout quand on jouait *Dommage qu'elle soit putain*. Il se vantait, au second acte, d'avoir accompli sur ma personne des exploits dont il était bien incapable, le pauvre. »   *biffé*] / « Mais tu   *ms.*

b. d'autres personnages aussi. [Tiens celle-ci. » / Elle désigne du doigt le portrait d'Emily Brontë.   *biffé*] / Il faut savoir   *ms.*

c. Les éditions récentes donnent fautivement : ajouta-t-elle d'un air magique.

1. Sartre décrit longuement dans *Les Mots* (voir, en particulier, p. 92 et suivantes) les « exercices spirituels » qu'il pratiquait lui-même dans son enfance. Il s'était intéressé aux mystiques et avait lu Loyola à l'École normale. Le professeur Henri Delacroix, qui avait dirigé son diplôme d'Études supérieures sur l'Image, était lui-même un spécialiste des grands mystiques. Les lectures de Sartre seront mises à profit plus tard dans *Saint Genet*.

Page 181.

a. il se dépense. [Je l'ai rencontré à Berlin, à l'hôtel Eden; il me faisait porter des fleurs tous les soirs dans ma chambre. L'autre jour je lui ai dit que je partais. Il a dit : « Je vous suis. » C'est un tout petit garçon, il a peut-être vingt-deux ans. Il était marié de l'année dernière. Il a tout abandonné, sa situation, sa femme enceinte; il débarquait à Paris vingt-quatre heures après moi. » / Pauvre jeune homme. Je me le représente fort bien et je n'ignore pas ce qu'Anny fait des garçons de son âge. Des espèces de pages, un peu vieux pour leur fonction, un peu ridicules, très malheureux. / « Il sait très bien qu'il n'aura que des miettes. Il me semble qu'il vient de détériorer pas mal de choses par ce simple geste. Mais lui, il est tout fier, il n'a pas de regrets, pas de remords. Il pense qu'il a "agi ". Je lui dis : " Mon pauvre petit, vous n'avez rien fait, vous êtes monté dans un train et vous avez fait de la peine à votre estimable femme. " Alors il se secoue la tête : je crois qu'il n'est pas très intelligent mais il ne m'ennuie pas encore. » *biffé*] / Je me lève *ms.*

Page 182.

a. À [six *corrigé par surcharge en* cinq] heures trente-huit *ms.* À six heures trente-huit *orig. Nous avons corrigé à cause de l'indication* cinq heures trente huit *donnée quatre lignes plus haut.*

1. Cette manière de s'adresser à un public absent en parlant de Roquentin à la troisième personne marque le retour volontaire d'Anny sur la scène de l'inauthenticité, après un ultime moment de vérité. Personnage déchu dont Sartre est parvenu à donner en une unique scène le sentiment de son ancien éclat, Anny est certainement une des créations les plus denses — et sans doute les plus difficiles à réussir — de toute son œuvre littéraire. Elle a suivi la même trajectoire spirituelle que Roquentin : partie avec les mêmes exigences et les mêmes illusions, elle a rencontré comme lui l'évidence de l'échec et de l'absurdité. Mais faute d'avoir pris le risque comme Roquentin de se laisser couler dans la solitude, elle a perdu ses chances de heurter le fond, ce qui permet le coup de talon salvateur. Ce manque de courage et de radicalité la renvoie à la médiocrité d'un destin de femme entretenue. Seules sa lucidité sèche et désolée, son absence de complaisance lui conservent quelque chose qui ressemble à de la valeur et qui lui vaut la tendresse de Roquentin. La porte qui se referme sur celui-ci rompt son dernier lien humain. Il va pouvoir toucher le fond.

Page 183.

a. lui donnait l'air très Dame. Et une *ms., dactyl.*
b. Et qu'est-ce que j'y gagnerai ? C'est *ms., dactyl.*

1. Il semble bien que ce titre ait été inventé.

Page 184.

a. dans les trous *ms., dactyl.*

Page 185.

a. la liberté ? J'ai grimpé la rue Gantillon jusqu'au sommet du Coteau Vert. Au-dessous de moi *ms., dactyl.*
b. je ne peux même plus *ms., dactyl.*

Page 186.

a. je suis venu ni quel chemin j'ai pris. Par l'escalier *ms., dactyl.*
b. qu'un songe incompréhensible. / Je regarde *ms., dactyl.*
c. de Bouville. [Voilà donc ce qu'ils voient de leurs fenêtres, les Blévigne, les Parrottin, tous les messieurs du Coteau Vert ; voilà

comment leur apparaît leur fief, leur ville. À vrai dire, ce n'est pas un spectacle à dilater le cœur, [*laissé en suspens*] *biffé en définitive*] On dirait *ms.*

Page 187.

  a. je la *vois...* / S'il arrivait *ms., dactyl.*

  1. Ironiquement, Sartre recevra en avril 1940 le prix du Roman populiste pour *Le Mur* et l'ensemble de son œuvre.

Page 188.

  a. ils sauront tout à coup que leurs *ms., dactyl.*
  b. Et un autre tout à coup trouvera *ms., dactyl.*

  1. Ainsi que le montre un manuscrit de quinze pages rédigé apparemment le jour même de l'expérience (et acquis en 1994 par la Bibliothèque nationale), ce passage doit beaucoup aux hallucinations subies par Sartre après s'être fait piquer à la mescaline à l'hôpital Sainte-Anne, en février 1935, dans un but expérimental. La description que donne Simone de Beauvoir de ces hallucinations dans *La Force de l'âge* (p. 216 et suiv.) offre de frappantes analogies, mais il n'est pas impossible que le texte ait anticipé sur les visions mescaliniennes et même qu'il les ait nourries. Dans le film *Sartre par lui-même*, Sartre affirme qu'il n'écrivait plus *La Nausée* lors de la crise dépressive que semble avoir déclenchée cette expérience. Remarquons encore que ces visions doivent quelque chose à la peinture surréaliste.

Page 189.

  a. j'ai à peine été surpris *ms., dactyl.*

  1. Dans *La Force de l'âge* (p. 218), Simone de Beauvoir remarque «avec quelle facilité l'imagination de Sartre courait à la catastrophe».

Page 190.

  a. Les éditions récentes donnent fautivement : boulevard Victor-Hugo, *au lieu de :* boulevard Victor-Noir.

  1. Cette tournure, empruntée au parler populaire, était volontiers utilisée par les intellectuels de gauche des années trente et quarante; on la rencontre fréquemment sous la plume de Simone de Beauvoir.
  2. Les principaux journaux du Havre étaient en 1932 : *Journal du Havre, Le Havre, Le Petit Havre* et *Havre-Éclair*. Le *Journal du Havre* était une feuille commerciale, avec, principalement, des informations sur l'activité du port et le négoce, et ne comportait pas le genre de renseignements que donne Sartre. Celui-ci, une fois de plus, semble avoir voulu donner l'image d'un journal typique de province.
  3. L'industriel Albert Dubosc était conseiller général du Havre et faisait partie du conseil d'administration du lycée où Sartre enseignait. À ce titre, il présida, le 12 juillet 1931, la distribution des prix au cours de laquelle Sartre fit un discours sur «L'Art cinématographique».
  4. Remiredon et Naugis : noms imaginés par Sartre peut-être d'après Remiremont et Nangis.

Page 191.

a. paquet blanc que je supposai contenir   *ms., dactyl.*

b. Au chiffre 1932 donné par ms., dactyl., orig., ici et quatre lignes plus bas, nous substituons, avec l'accord de Sartre, 1931. L'action de « La Nausée » se déroulant en janvier-février 1932, le bilan des activités de la brigade de gendarmerie ne peut, en effet, porter que sur 1931. Le manuscrit montre d'ailleurs une hésitation sur ce chiffre, écrit d'abord 193< >, *puis* 193[1 ?] *corrigé en 1932.*

c. Voir var. b.

1. Un certain George Nys (qui apparaît sous le nom d'Eunice dans un écrit de jeunesse intitulé « La Semence et le Scaphandre ») était le secrétaire de *La Revue sans titre* à laquelle Sartre collabora en 1922-1923.

2. Monistiers, Jouxtebouville, Compostel sont des noms inventés par Sartre.

3. À Gaspard qui est assez typiquement un nom de gendarme, Sartre oppose quatre noms qui pourraient être des allusions privées :
— Lagoutte est le nom d'un collègue de Sartre au lycée du Havre ;
— Ghil renvoie peut-être à Pierre Guille qui fut un ami très proche de Sartre jusque vers 1938 et qui apparaît sous le pseudonyme de Pagniez dans *La Force de l'âge ;*
— Les liens de Sartre avec Paul Nizan sont trop connus pour que nous y revenions ici. Signalons, cependant, qu'il y a un « général Nizan » dans « L'Enfance d'un chef » et que Nizan a lui-même placé un « commandant Sartre » dans *La Conspiration ;*
— Pour Pierpont, Sartre a pensé à Pierpont-Morgan, trouvant amusant de donner le nom d'un milliardaire à un gendarme.
Les quatre noms évoquent quatre des meilleurs amis de Sartre à l'École normale : Lagache, Nizan, Péron et Guille.

Page 192.

1. Sartre utilise à plusieurs reprises dans son œuvre le procédé qui consiste à recopier une page de journal : voir, par exemple, *Le Sursis* et le début de *La Mort dans l'âme* (où sont exploités des extraits du *New York Times*). Ici, il s'agit évidemment d'un pastiche.

Page 193.

1. Il est difficile de reconstituer exactement, sur un plan logique, les actions qui vont suivre. Au cours d'un dîner qu'il eut avec Sartre au printemps 1939, André Gide, intéressé par la tentative de séduction des deux jeunes garçons par l'Autodidacte, aurait fait la remarque suivante (rapportée par Gisèle Freund dans son livre *Le Monde et ma caméra,* Denoël-Gonthier, 1970, p. 94) : « Ce n'est pas une chose possible. J'ai essayé de reconstituer la scène avec un ami, et nous n'y sommes pas parvenus. »

Page 194.

a. Les éditions récentes donnent par erreur : la dame allait éclater.

Page 195.

a. et sensuelle, elle étalait sa blancheur nacrée, elle avait   *ms., dactyl.*

b. pour cette fois-ci à son   *ms., dactyl.*

Page 196.

a. sa culture. Vous ne m'en avez   *ms., dactyl.*

Page 198.

a. lui avoir cassé les dents.   *ms., dactyl.*

Page 199.

a. Les éditions récentes donnent par erreur première.
b. et je suis la rue Boulibet   *ms., dactyl.*

Page 200.

a. le plaisir physique. Et si   *ms., dactyl.*
b. je suis ici. / Ce qu'il y a d'étrange c'est que ça me fait creux,
à présent, quand je dis « je ». Je n'arrive plus   *ms., dactyl.*

Page 201.

a. ne s'oublie *jamais ;* elle est conscience d'être de trop là-bas
sur le mur; elle est conscience   *ms., dactyl.*

Voir n. 1, p. 156.

Page 203.

a. Dans ms. Sartre avait, ici et plus loin, écrit tout d'abord Marinette.
Lors d'une relecture, il a corrigé en Madeleine.

1. Au début de *La Nausée,* à la page 11, la patronne du Rendez-
vous des Cheminots se prénomme Françoise et non Jeanne.
Cependant, Jeanne est aussi un patronyme assez répandu.
2. En 1932, le franc valait approximativement 3 francs de 1981.
Sartre, à cette époque, comme professeur agrégé non titularisé,
gagnait environ 2 000 francs par mois. Les ressources qu'il attribue
à Roquentin, en laissant leur origine dans le vague (sans doute
un petit héritage : voir var. *d,* p. 9), sont de toute évidence
calculées pour assurer à Roquentin le minimum en-dessous duquel
il serait obligé de travailler, ce qui modifierait sa relation au monde.
Surnuméraire, Roquentin est aussi un individu radicalement impro-
ductif, c'est-à-dire, en termes marxistes, parasitaire. À l'argument
selon lequel l'expérience de Roquentin se réduirait à un phénomène
de classe et ne saurait donc prétendre à une quelconque universalité,
Sartre a indirectement répondu dans une note de *Qu'est-ce que la
littérature ? (Situations,* II, p. 329) que nous citons p. 1668-1670 de
notre Notice. Cela n'empêche qu'une lecture sociocritique de *La
Nausée,* dans la direction indiquée par Lucien Goldmann, reste à
faire et donnerait sans doute d'intéressants résultats, à condition
qu'elle ne prétende pas expliquer Roquentin par les difficultés du
commerce extérieur dans les ports normands aux environs de 1930
ou la chute du cours du grain en Alsace à la veille de 1914, comme
nous le disait plaisamment Sartre lorsque nous évoquions devant
lui la nécessité d'une telle étude.

Page 204.

a. jouer aux boules avec   *ms., dactyl.*

1. Sartre dément avoir fait intentionnellement une référence à Proust en prénommant « Madeleine » la serveuse qui, « chargée des disques au Rendez-vous des Cheminots », constituerait « un truchement (ironisé) entre le visqueux du vécu et la rigueur intemporelle de l'œuvre » (Georges Raillard, *La Nausée de J.-P. Sartre*, p. 73).

Page 205.

a. les yeux clos, chassant de leurs fronts, des coins de leurs lèvres, toute signification humaine, cherchent à   *ms., dactyl.*

b. compatissante. Le génie leur apparaît un peu avec le beau visage grave d'un médecin qui viendrait sonder leurs peines. Les cons.   *ms., dactyl.*

c. cette musique-ci. [Ça n'est tout de même pas juste que ces imbéciles se repaissent de consolations illusoires et que moi — qui suis moins salaud qu'eux, qui vois clair, qui ai *peur* de la beauté — elle me mette dans cet état-là. On ne devrait se risquer à écouter la musique que quand on est fort, jeune et joyeux. Dès qu'on commence à pourrir, il devient malsain d'aller au concert.   *biffé*] Tout à l'heure   *ms.*

d. une souffrance-modèle. En face de moi, disait Anny. Elle est née en face de mes ennuis, de mes soucis d'argent et de mon amour pour Anny. Quatre notes   *ms., dactyl.*

Page 206.

a. qu'elle est compatissante   *ms., dactyl.*

b. pour tout ce qui   *ms., dactyl.*

c. Les éditions récentes abrègent cette phrase d'une dizaine de mots et donnent : voilà le fin mot de ma vie   *au lieu de*   voilà le fin mot de l'histoire. Je vois clair dans l'apparent désordre de ma vie.

1. Se référant à une visite faite au zoo de Vincennes, Simone de Beauvoir écrit dans *La Force de l'âge* (p. 23) : « Quand la tristesse décomposait le visage de Sartre, nous prétendions que l'âme désolée de l'éléphant de mer s'était emparée de lui. »

Page 207.

a. Dans les éditions récentes, on lit par erreur braves.

b. plaintes sèches des saxophones. Et puis   *ms., dactyl.*

c. s'écaillent   *orig. Nous corrigeons. La faute provient très probablement du dactylogramme où deux lettres, tapées l'une sur l'autre, peuvent permettre les deux lectures.*

d. jeune et ferme. En elle, il y a bien comme une succession, puisque les notes viennent les unes après les autres. Mais ce n'est pas la même chose : au cœur de chaque note, toutes les autres sont présentes à la fois. / La voix s'est tue   *ms., dactyl.*

1. Sartre a découvert le Tintoret au cours d'un séjour à Venise en 1933. Par la suite, il se réfère au peintre vénitien dans *Situations*, II et entreprend sur lui un livre qui reste inachevé mais dont des fragments ont paru en 1957 et 1966 pour être repris dans *Situations*, IV et IX.

2. Peintre de l'école florentine (1420-1498). Sartre passa deux semaines à Florence au cours de l'été 1933.

3. Au moment où il écrivait *La Nausée*, Sartre n'avait de New

York qu'une connaissance livresque (et cinématographique). Le passage qui suit évoque Dos Passos sur lequel Sartre écrira un article pour *La Nouvelle Revue française* en août 1938 (repris dans *Situations,* I, p. 14 et suiv.).

Page 208.

a. de bien glorieux. Mais à présent ça ne me répugne plus. Quand j'entends   *ms., dactyl.*

Page 209.

a. ça ne lui fait ni chaud ni froid, à ce type; mais moi je serais heureux,   *ms., dactyl.*

b. Est-ce que, moi aussi, je ne pourrais pas essayer... Naturellement, il ne pourrait pas s'agir d'un air   *ms., dactyl.*

1. En 1931, Le Havre était la onzième ville de France, avec 165 000 habitants.

Page 210.

a. le bois humide. Ça ne trompe jamais : demain   *ms.*

b. Dans l'édition originale ainsi que dans les rééditions jusqu'en 1960, le texte se termine par le mot FIN.

1. Dans la mesure où elle évoque la pluie qui a déjà une fois dissipé l'obscure menace qui planait sur Bouville le vendredi de brouillard (voir p. 97), cette dernière phrase vaut comme un accord final de résolution et achève *La Nausée* sur une note de fragile apaisement.

LE MUR

NOTICE

Bien que les nouvelles du *Mur* soient postérieures à la rédaction de *La Nausée,* on aurait tort de les considérer comme de simples prolongements du roman de Sartre. Il semble en effet, lorsqu'on examine la chronologie, que de 1922 à 1938 Sartre ait constamment mené son activité littéraire sur deux plans à la fois autonomes et complémentaires, celui des romans et celui des nouvelles. Nous n'insisterons pas ici sur les écrits de jeunesse des années vingt, où cela est déjà vrai. Sartre nous a dit avoir très tôt conçu son œuvre d'écrivain comme un vaste ensemble diversifié, dans lequel une série de nouvelles occuperait une place aussi importante que le reste et s'inscrirait dans une stratégie globale, convergeant vers une totalité patiemment construite selon une conception critique de l'œuvre littéraire.

Le projet d'un ensemble de nouvelles date du tout début des années trente. Sartre commence par *La Nausée,* mais il a déjà l'idée, suivant en cela l'une des directions de son roman, de composer des nouvelles d' « atmosphère », centrées sur une ville ou sur une région et tirant leur substance soit de son expérience comme touriste soit des faits divers marquants de l'époque, vus sous l'angle du vécu quotidien. Avant les textes que nous connaissons, il y a une première tentative de nouvelle, restée inachevée : elle racontait l'histoire d'un homme qui rentre en France sur un bateau et fait la connaissance d'un orchestre féminin ; ce sont les femmes de cet orchestre qui devenaient finalement les héroïnes de la nouvelle[1]. Ce thème, qui a pour source les imaginations que Sartre et Simone de Beauvoir se faisaient en observant un orchestre féminin qui jouait dans une grande brasserie de Rouen, sera repris dans *Le Sursis*.

Un second projet sera un texte que Sartre rédigera complètement en 1935, à la suite d'un voyage en Norvège avec ses parents, mais qu'il perdra plus tard et qui n'a pas été jusqu'à présent retrouvé. De cette nouvelle, intitulée « Soleil de minuit », Sartre nous a dit ceci : « Elle montrait une petite fille de treize ans qui faisait une croisière en bateau avec ses parents et qui s'imaginait que le soleil de minuit n'était qu'une boule rouge dans un ciel noir, n'éclairant pas la nuit. Elle découvrait alors ce qu'était vraiment le soleil de minuit et elle se rendait compte que c'était tout à fait autre chose que la représentation qu'elle s'en était faite. Ainsi la nouvelle consistait essentiellement en une description phénoménologique d'un soleil de minuit, faite du point de vue d'une enfant, et le thème était la différence entre le mythe d'un phénomène et sa réalité. Il s'agissait de faire une description réelle à partir de la destruction d'un mythe. La petite fille voyait une île peuplée d'oiseaux que le bateau longeait, et cette île était éclairée par un soleil pâle à minuit. Les parents avaient un petit rôle, mais juste assez pour aider l'idée à se manifester plus nettement[2]. »

En 1936, Sartre tire profit de ses vacances d'été à Naples pour écrire « Dépaysement », la première des nouvelles qu'il comptait publier en volume. Ce texte était conçu comme un prolongement de *La Nausée* et devait former le lien entre celle-ci et le futur volume de nouvelles. C'est aussi la seule nouvelle dont le personnage principal ait un rapport direct avec Sartre et qui repose sur une expérience vécue. Elle frappe autant par son aspect philosophique et par sa dénonciation des mythes du tourisme que par son utilisation du contexte italien. Nous la publions en appendice pour la première fois dans sa version intégrale[3].

Avec « Érostrate », écrit également en 1936, Sartre abandonne tout exotisme et une forme de récit où il s'identifiait fortement au narrateur, pour recourir au fait divers et à la notion de situation limite *(Grenzsituation)* déjà utilisée par Jaspers. « Érostrate » ne s'inspire pas, semble-t-il, d'un cas réel, mais on connaît l'intérêt que Sartre et Simone de Beauvoir ont porté dans les années trente aux faits divers : affaires des sœurs Papin, de Violette Nozière, de Gorguloff, etc. Dans une interview publiée en 1964, Sartre indique dans quelle perspective il conçoit le fait divers : « [...] on peut éveiller la conscience politique des gens à partir de n'importe quel évé-

---

1. Entretien avec M. Contat et M. Rybalka, 1974. Nous ne connaissons pas de manuscrit pour cette première tentative.
2. Entretien du 10 octobre 1977.
3. Voir p. 1537-1557.

nement, si on le prend dans sa totalité. Les faits les plus quotidiens sont susceptibles d'une interprétation en profondeur. L'analyse d'un fait divers, par exemple, peut être bien plus révélatrice de la nature d'une société qu'un commentaire sur un changement de gouvernement.

Il y a, à gauche, un réflexe de pruderie, de gêne devant tout ce qui a trait à la sexualité et au crime. On laisse à la presse de droite l'exploitation "de la fesse et du sang". C'est une erreur. Il ne faut pas bannir un certain type d'informations sous prétexte que d'autres s'en servent d'une façon répugnante. Il faut trouver le moyen de bien s'en servir, c'est-à-dire de faire, à partir des faits divers, une analyse sociologique de la société[1].

Il n'est pas évident que, dès 1936, Sartre ait eu une conception aussi politisée de l'interprétation du fait divers, mais il est certain que, pour lui, une nouvelle comme « Érostrate » reflète, sous le signe de l'aberrant et de l'anomique, les mœurs d'une époque et a une valeur de révélateur sociologique[2].

La nouvelle « Le Mur », écrite au début de 1937, publiée avec succès en juillet de la même année, possède dans l'œuvre de Sartre un statut particulier : d'une part, elle utilise certains souvenirs de voyage, décrit une situation limite qui fait penser au *Dernier Jour d'un condamné* de Victor Hugo et constitue une méditation sur la mort qui, par son côté anti-Malraux, n'est pas sans rapport avec le thème central d'« Érostrate », celui du meurtre-suicide longuement préparé et piteusement manqué ; d'autre part, elle est une « réaction affective et spontanée[3] » non plus à un fait divers, mais à un des événements majeurs de l'époque, la guerre d'Espagne. On sait que Sartre n'a jamais envisagé sérieusement de partir se battre lui-même et qu'il a surtout pensé, en écrivant sa nouvelle, au cas d'amis personnels. On peut soutenir, cependant, que la guerre d'Espagne constitue pour lui, sur un mode indirect et par personnes interposées, un premier rendez-vous avec l'Histoire. « Le Mur » est sans aucun doute une méditation philosophique qui annonce des œuvres comme *Huis clos* et *Les Jeux sont faits* ; c'est aussi le premier texte « politique » de Sartre.

Les deux nouvelles, « La Chambre » et « Intimité », écrites en 1937 et publiées en 1938, sont des histoires cruelles à la limite du fait divers ; décrivant le monde clos et étouffant de la petite bourgeoisie d'avant guerre, elles présentent, dans le cadre de la vie quotidienne, deux petites tragédies personnelles et préfigurent certains épisodes des *Chemins de la liberté*, particulièrement ceux mettant en valeur des personnages féminins. Dans les deux textes, en effet, Sartre accorde la première place à des femmes et observe les situations aliénées dans lesquelles elles se trouvent placées. « La Chambre » attire notre attention sur le problème de la folie, tandis que « Intimité » insiste sur celui de l'impuissance sexuelle.

« L'Enfance d'un chef », rédigée en 1938, est une courte biographie imaginaire, écrite sur un mode ironique, où Sartre remonte à l'enfance pour expliquer l'évolution négative d'un personnage

---

1. *Situations*, VIII, p. 143.
2. Pour une critique de cette position, on se reportera à l'analyse de Georges Auclair, *Le Mana quotidien :* structures et fonctions de la chronique des faits divers, éd. Anthropos, 1970.
3. Voir l'interview « Jean-Paul Sartre parle du *Mur* »; citée dans la section Textes complémentaires, p. 1827.

qui a les traits d'un anti-Roquentin, et où il réalise partiellement le projet totalisateur qui donnera lieu plus tard aux *Mots* et à *L'Idiot de la famille*. « L'Enfance d'un chef » est un texte historiquement mieux situé, politiquement plus explicite que les nouvelles qui précèdent. Sartre n'hésite plus à prendre nettement position sur des problèmes de société, ou de culture, tels que l'activité des groupes d'extrême droite, l'antisémitisme, la mode psychanalytique et un certain surréalisme. L'œuvre propose un bilan négatif de l'entre-deux-guerres et annonce le Sartre engagé des années quarante.

Après « L'Enfance d'un chef », Sartre ne publiera plus de texte romanesque court. Son dernier projet, une nouvelle intitulée « Un obstiné », ne verra pas le jour. Sartre n'en conservait aucun souvenir, mais on peut supposer d'après le titre que le thème central, celui de l'idée fixe, aurait été proche de celui d' « Érostrate ».

C'est Sartre qui a proposé à Gallimard, une fois *La Nausée* acceptée, de publier un volume de nouvelles. D'après la correspondance qui nous a été communiquée par l'éditeur[1] le projet a été mis en route au début du printemps 1938. Le premier manuscrit constitué semble avoir inclus les textes suivants : « Dépaysement », « Érostrate », « Le Mur », « La Chambre », « Intimité ». Dans une lettre du 9 mai 1938, Sartre mentionne l'ordre que voici pour ses nouvelles, tout en omettant « Dépaysement » et en indiquant que les deux derniers titres ne sont pas terminés : « Le Mur », « Intimité », « La Chambre », « Érostrate », « L'Enfance d'un chef », « Un obstiné ». L'ordre finalement adopté sera le suivant : « Le Mur », « La Chambre », « Érostrate », « Intimité », « L'Enfance d'un chef ».

« Un obstiné » ne sera qu'une velléité, et Sartre confirmera au cours de l'été 1938 l'élimination de « Dépaysement », considéré comme une « nouvelle manquée[2] ». Il est possible que l'ordre finalement adopté (qui suit l'ordre chronologique des parutions en revue) ne soit pas dû à Sartre, mais à un responsable de la maison Gallimard. Si on le compare avec l'ordre proposé par Sartre, on remarque que les deux textes qui ne changent pas de place sont les deux nouvelles « politiques » du recueil, « Le Mur » étant en position initiale et indiquant le thème central du recueil, « L'Enfance d'un chef » étant en position finale. Il ne faut sans doute pas accorder une importance exagérée à la place respective des nouvelles, mais il est certain que l'on obtient une lecture sensiblement différente de « L'Enfance d'un chef » si on rapproche le texte d' « Érostrate » plutôt que d' « Intimité ».

La correspondance conservée par les Éditions Gallimard n'indique pas de titre général pour le futur recueil, mais il est logique, pour plusieurs raisons, que Sartre ait choisi *Le Mur*. D'une part, c'est le titre de la première nouvelle — particulièrement réussie et fort bien reçue — qu'il ait publiée dans son âge mûr, et c'est aussi, dans le contexte de la Guerre d'Espagne, son texte le plus actuel et le plus apte à accrocher le public. D'autre part, le mot *mur*, dans ses différentes acceptions (matérielle, symbolique, philosophique), est un de ceux qui s'applique le mieux à toutes les nouvelles du

---

1. Il existe un ensemble de cinq lettres au contenu banal échangées entre Sartre et Louis Chevasson.
2. Lettre à Louis Chevasson, écrite du Maroc à la fin de juillet ou au début d'août 1938.

recueil et leur fournit une unité thématique et interprétative[1]. Sartre lui-même insiste, dans son prière d'insérer, sur l'unité philosophique que le thème du mur donne à son recueil : « [...] Toutes ces fuites sont arrêtées par un Mur ; fuir l'Existence, c'est encore exister. L'Existence est un plein que l'homme ne peut quitter. » Dans *La Nausée* déjà, quelques pages avant la fin[2], Sartre utilise longuement le mur pour définir la conscience et l'existence : « Lucide, immobile, déserte, la conscience est posée entre des murs ; elle se perpétue. [...] Tout à l'heure encore quelqu'un disait *moi*, disait *ma* conscience. Qui ? Au-dehors il y avait des rues parlantes, avec des couleurs et des odeurs connues. Il reste des murs anonymes, une conscience anonyme. Voici ce qu'il y a : des murs, et entre les murs, une petite transparence vivante et impersonnelle [...] Conscience oubliée, délaissée entre ces murs, sous le ciel gris [...] il y a conscience de la souffrance, la souffrance est consciente entre les longs murs qui s'en vont et qui ne reviendront jamais : « On n'en finira donc pas ? » la voix chante entre les murs un air de jazz, *Some of these days* [...] »

Lié aux autres thèmes essentiels du recueil (impuissance, séquestration, mauvaise foi), le mur désigne à la fois ce qui fait obstacle à l'humain et l'humain qui se pétrifie. Ainsi, dans « La Chambre », Pierre transmue sa femme Ève en Agathe, tandis que Lucien Fleurier, dans « L'Enfance d'un chef », se prend à la fin pour une cathédrale.

La renommée de Sartre comme auteur de nouvelles précède, dans un cercle restreint, celle qu'il obtiendra par la publication de *La Nausée*. « Le Mur » suscite l'étonnement de Gide et « La Chambre » frappe plusieurs critiques, dont Gabriel Marcel ; le rusé Jean Paulhan refuse en 1936 *La Nausée*, mais accepte de publier trois nouvelles dans la *N.R.F.* et dans *Mesures*. Dès le printemps de 1938, l'éditeur anglais John Lehman, directeur de *New Writing*, écrit à Sartre pour s'assurer les droits de traduction de « La Chambre[3] ».

Lorsque le recueil paraît en février 1939, il reçoit d'emblée un accueil très favorable[4]. Il est immédiatement désigné comme « Livre de mars » et, en avril 1940, il vaut à Sartre le prix du Roman populiste[5]. Entre-temps, il fait l'objet d'une violente attaque de Robert Brasillach qui commence à reconnaître en Sartre un adversaire idéologiquement dangereux.

Ouvrage réputé moins difficile que *La Nausée*, *Le Mur* a obtenu un succès populaire beaucoup plus important. Le volume a connu l'un des plus gros tirages du Livre de poche et a été abondamment traduit à l'étranger ; plusieurs de ses textes ont été adaptés à la télévision et au cinéma. Dans les pays anglo-saxons, en particulier, il est souvent considéré comme la meilleure œuvre de fiction que Sartre ait écrite et beaucoup regrettent que Sartre n'ait pas composé davantage de nouvelles.

---

1. Pour une analyse du mur dans *Le Mur*, on se reportera au volume de Geneviève Idt (*Le Mur de Jean-Paul Sartre : Techniques et contexte d'une provocation*, p. 30-33) ainsi qu'à l'excellente étude de Ninette Bailey parue dans *L'Esprit créateur* (vol. XVII, n° 1, printemps 1977, p. 36-50).

2. Voir p. 200-202.

3. Lettre de Sartre à Louis Chevasson, datée du 9 mai 1938.

4. Voir les extraits de presse que nous donnons plus loin, p. 1810 et suiv.

5. Pour ce prix, Sartre semble avoir été préféré à Raymond Queneau. Sur le roman populiste, voir *La Nausée*, p. 187 et n. 1.

On verra par les extraits de presse donnés plus loin que le volume a obtenu d'emblée une réputation de scandale, et Geneviève Idt a sans doute raison de qualifier *Le Mur* de « provocation ». Les principaux reproches adressés au recueil ont été ceux d'obscénité, de « goût de l'horrible » et même de pornographie. De fait, l'ouvrage a été souvent interdit par des autorités bien-pensantes (en particulier à Athènes, Belfast et Buenos Aires) et a fait en 1969 l'objet d'une controverse dans un lycée français[1].

Quarante ans après leur parution, les nouvelles du *Mur* n'ont rien perdu de leur force et de leur cohérence. Elles sont le témoignage d'une période où les problèmes semblaient sans issue mais où la littérature était encore possible, et leur succès de lecture et de critique confirme les liens mal expliqués mais privilégiés que notre époque entretient avec les années trente.

MICHEL RYBALKA

DOCUMENTS

PRIÈRE D'INSÉRER

Le prière d'insérer du Mur, *rédigé par Sartre, se lit ainsi :*

Personne ne veut regarder en face l'Existence. Voici cinq petites déroutes — tragiques ou comiques — devant elle, cinq vies. Pablo, qu'on va fusiller, voudrait jeter sa pensée de l'autre côté de l'Existence et concevoir sa propre mort. En vain. Ève essaie de rejoindre Pierre dans le monde irréel et clos de la folie. En vain : ce monde n'est qu'un faux-semblant et les fous sont des menteurs. Érostrate se propose de scandaliser les hommes par un refus éclatant de la condition humaine, par un crime. En vain : le crime est fait, le crime existe et Érostrate ne le reconnaît plus, c'est un gros paquet immonde d'où le sang coule. Lola *[Lulu]* se ment : entre soi et le regard qu'elle ne peut pas ne pas jeter sur soi, elle essaie de glisser une brume légère. En vain, la brume devient sur-le-champ transparence; on ne se ment pas : on croit qu'on se ment. Lucien Fleurier est le plus près de sentir qu'il existe mais il ne le veut pas, il s'évade, il se réfugie dans la contemplation de ses droits : car les droits n'existent pas, ils doivent être. En vain. Toutes ces fuites sont arrêtées par un Mur; fuir l'Existence, c'est encore exister. L'Existence est un plein que l'homme ne peut quitter.

« LE MUR » AU LYCÉE

Le Mur est sans doute le volume de Sartre qui a été le plus attaqué dans les milieux bien-pensants. Un exemple de cette répression se situe au début de 1969 lorsqu'un maître auxiliaire au lycée de Vernon, M. Canu,

---

1. Voir Documents, ci-dessous.

*coupable, aux yeux de l'administration et de certains parents d'élèves,
d'avoir proposé à des étudiants de seize à dix-huit ans une dissertation
sur* Le Mur, *fut frappé d'une mesure de mutation.*

*Sartre écrivit à ce sujet le texte suivant qui fut publié dans la rubrique
« Libres opinions » dans* Le Monde *du 18 janvier 1969 et qui fut par
la suite repris dans* Situations, *IX :*

À Vernon, un grand bâtiment contient à la fois le lycée classique
et le lycée technique. M. Canu, maître auxiliaire, est chargé d'assurer l'enseignement du français, de l'histoire et de la géographie
dans la classe de BEP 1 (technique). En français, le programme est
vague : les élèves, à travers la littérature contemporaine, doivent
se faire une idée des grands problèmes de l'époque. M. Canu a
donné à ses élèves, âgés de dix-sept à dix-huit ans, les sujets de dissertations suivants : « Lisez *Le Mur,* de Sartre, et dites ce que vous en
pensez », « Qu'est-ce que la publicité ? », « L'enfance et l'adolescence de Tolstoï ». Plus rarement, il leur faisait commenter une
pensée d'auteur contemporain. La dissertation sur *Le Mur* a été
proposée en octobre, les copies ont été remises le 8 novembre. Dans
l'entre-temps, la directrice avait convoqué M. Canu et lui avait
déclaré qu'il avait, en demandant aux élèves de lire mon livre (paru
chez Gallimard en 1939 et publiée en Livre de poche il y a plusieurs
années) commis *une faute professionnelle grave.* Après discussion, elle
ajoutait que « l'affaire était enterrée ».

Le 6 décembre, professeurs et élèves demandent à la directrice
de réunir l'assemblée générale pour discuter certains problèmes
pédagogiques. Devant son refus, une grève d'un quart d'heure est
décrétée au cours de laquelle des professeurs prennent brièvement
la parole : M. Canu est parmi eux.

Quelques jours plus tard, l'inspecteur d'académie se rend à Vernon, convoque les délégués de la classe de M. Canu, deux jeunes
filles, et leur pose des questions sur ce qu'il appelle « l'affaire du
Mur ». Enquête policière, somme toute, avec invite à la délation.
Quelles étaient les méthodes de M. Canu ? Quels rapports avait-il
avec ses élèves ? Quels passages du livre incriminé avait-il lus en
classe ? Est-ce qu'une de leurs condisciples avait fait allusion, dans
son devoir ou dans sa conversation, aux détails « crus », « osés » de
ces nouvelles ? Il cherchait à leur faire dire qu'une d'elles au moins
avait été « choquée », « bouleversée » pour soutenir sa thèse : en
révélant cet ouvrage à de très jeunes gens, M. Canu avait produit,
par imprudence ou délibérément, un « effet psychologique ». Les deux
jeunes filles ne purent lui donner satisfaction. Il se retira donc, après
avoir exigé d'elles le plus grand silence, pour « éviter le scandale ».

Peu après, le scandale éclatait : après une conversation avec la
directrice et l'inspecteur, qui lui dit être obligé d'en référer au rectorat et lui prédit que « l'affaire » serait sanctionnée par un blâme.
M. Canu apprit par une lettre sa mutation : cette lettre faisait allusion à l'entretien qui l'avait précédée, mais ne donnait aucun motif
à la mutation, dont elle soulignait simplement le caractère de péna-
lisation. On le remplaça par un auxiliaire qu'on fit venir d'une ville
du Midi où il ne demandait qu'à demeurer. Les élèves du lycée
technique et une partie des « classiques » ont décidé la grève et
occupé le lycée. Ce qui provoqua une manifestation de certains
parents : un groupe d'entre eux voulut pénétrer dans le lycée pour
« casser la figure aux grévistes »; ils n'y parvinrent pas, mais ne se

dispersèrent pas avant d'avoir lancé contre M. Canu et contre l'auteur du *Mur* des injures ordurières. La grève des élèves a été provisoirement arrêtée. Les syndicats d'enseignants ont décidé qu'ils se mettraient en grève eux aussi, après un préavis de cinq jours, c'est-à-dire le vendredi 17 janvier. Tels sont les faits. Ils parlent d'eux-mêmes. Et voici ce qu'ils dénoncent :

D'abord les motifs de la mutation sont politiques. L' « affaire » avait été « enterrée ». On la déterra après la grève symbolique de décembre et la « prise de parole » de M. Canu. On lui reprochait avant tout d'avoir abonné ses élèves au *Monde* et de leur donner à faire des exposés hebdomadaires, *d'après ce journal,* sur les problèmes de l'actualité. Il était suspect pour avoir renoncé au cours octroyé — les élèves disent « débité », — bref pour avoir compris qu'il lui fallait tenir compte, comme enseignant, des événements de mai. Il n'est pas douteux, cependant, qu'il n'a pas dépassé ses droits. Son unique faute a été de vouloir un enseignement moderne dans un lycée réactionnaire de choc dont le conseil d'administration — où se trouve par hasard M. Tomasini — est bien décidé à torpiller la loi d'orientation[1].

Mais il faut remarquer aussi que le prétexte choisi n'est pas innocent : il a pour conséquence la mise à l'index d'un livre de poche, traduit en de nombreuses langues et dont il existe même, à l'étranger, des éditions scolaires. Dans de nombreux lycées, heureusement, cette interdiction paraîtrait grotesque, et mes livres, comme ceux de tous les contemporains, font l'objet de dissertations, d'exposés ou de discussions. Je viens de recevoir une lettre d'une jeune fille de quinze ans et demi, élève de troisième, qui doit faire un exposé sur mes idées et me demande des renseignements. Elle cite ceux de mes ouvrages qui ont paru dans le Livre de poche et cite, entre autres, *Le Mur*. Si la décision de l'inspecteur d'académie devait être suivie dans d'autres départements, nous nous acheminerions doucement vers les *auto-da-fé* de l'Allemagne hitlérienne. On sait ce qui a suivi.

L' « effet psychologique » qu'escomptait l'inspecteur, ce n'est pas chez les jeunes gens qu'il s'est produit, mais chez certains parents. Ce sont eux qui ont été obscènes et qui se sont précipités sur le livre pour y chercher les passages « osés » : du coup, les plus jeunes des lycéens l'ont acheté en hâte, se promettant de « bien rigoler ». Le livre se vend fort bien à Vernon, mais c'est, à présent, pour de telles raisons que, je le dis tout net, je préférerais que, dans toute la ville, on n'en ait pas acheté un seul exemplaire. Quand je compare les gesticulations grotesques de certains adultes à la curiosité grave et profondément honnête dont témoignent les copies remises à M. Canu et que j'ai pu me procurer, je me sens peu fier d'être une grande personne. Je ne prétends pas que tous les élèves ont tout compris des cinq nouvelles que contient *Le Mur*. Ce qui est sûr, c'est que leur souci majeur a été de trouver le lien qui les relie, d'en dégager la signification d'ensemble et d'y découvrir le profit intellectuel ou moral qu'ils en pouvaient tirer. Ces garçons et ces filles, d'une émouvante bonne foi, ce sont eux que l'administration et le rectorat insultent. Et c'est la lecture de leurs devoirs qui m'a, avant tout, décidé à protester. D'autant que la provocation, ici,

---

1. On vient d'y décider que les élèves seraient sanctionnés *au lycée* pour leur conduite en ville. M. Tomasini est député U.D.R. *[Note de Sartre.]*

n'est pas gratuite. Une mère de famille a mangé le morceau. On lui disait : à dix-sept ans, pourtant, ils devraient pouvoir lire... Elle interrompit sèchement : « À la rigueur, si c'était des classiques. Mais ce sont des techniques, ne l'oubliez pas. » Des techniques : leurs pères sont des ouvriers ou des employés dont le salaire est très modeste. Donc, ce ne sont pas des « héritiers ». Un classique, c'est un fils de bourgeois : l'éducation bourgeoise est une défense efficace contre les idées subversives. Mais un fils d'ouvrier, *au même âge*, n'a pas le droit de faire les mêmes lectures. Ne respire-t-on pas dans ce « tumulte » de Vernon un léger parfum de ségrégation ?

Il faut dénoncer aussi la condition des maîtres auxiliaires très nombreux à Vernon. Ils sont nommés, leur dit-on, « à titre *précaire* ». Le mot est joli et dit bien ce qu'il veut dire : on peut les muter ou les renvoyer sans la moindre explication. De ce point de vue, l'injuste traitement infligé à M. Canu apparaît sous son vrai jour. C'est une manœuvre d'intimidation : soyez sages ou vous perdrez votre emploi à l'instant. On peut imaginer le dossier qui a suivi M. Canu à Évreux et la surveillance dont il fera l'objet. Il est d'ailleurs à craindre que sa nomination ne soit pas renouvelée en octobre prochain. Un peu de terreur, ça ne fait jamais de mal, n'est-ce pas ?

Je ne crois pas à la « réforme » proposée par M. Edgar Faure. Mais je crois qu'il la défend sincèrement. Et je me permets de lui demander s'il entend que le lycée de Vernon use des nouveaux droits qui lui ont été donnés pour liquider entièrement la loi d'orientation et revenir à un régime autoritaire, qui menace d'être pire que tout ce qui l'a précédé.

DOSSIER DE PRESSE

Compte rendu par Pierre Loiselet dans Vendémiaire, *15 février 1939.*

[...] Entre l'existence et ce qui peut être, il y a un mur. Des gens essaient de le franchir. En vain. Il n'y a pas d'échelle assez haute et les hommes ne sont pas des dieux [...]

Il y a des années que je n'avais lu des nouvelles d'une telle densité. C'est plein. C'est dur. Le temps s'y cassera les dents.

Compte rendu par François de Roux dans « Les Livres de la semaine », L'Intransigeant, *23 février 1939.*

La Nausée, roman de début fort curieux, où un talent prodigieux éclate à chaque page, laissait malgré tout un doute dans l'esprit du lecteur. Des dons exceptionnels justement accordés à un personnage et à un sujet exceptionnel permettraient-ils à M. Sartre de créer tout un monde romanesque ou ne lui donneraient-ils que la faculté d'exprimer un seul tourment, un seul drame ? La lecture du « Mur » avait levé ce doute. « Le Mur » est un chef-d'œuvre de vingt-trois pages. Tout, dans cette courte nouvelle, est d'une perfection achevée : la technique, l'économie du récit, la psychologie, le relief des héros et de leurs sentiments. [...] Pas un instant nous ne quittons le plan de la réalité la plus exacte. L'art naturaliste n'est jamais parvenu à donner une telle impression de « vécu » [...] Pas de description extérieure. Pas d'intervention du romancier. Une telle réussite tient du prodige [...].

Pour M. Sartre, un être qui n'est pas dégagé de son hérédité, des influences sociales, de sa nature, de son destin et de son caractère, est un prisonnier. Le romancier, selon lui, ne peut peindre que des êtres libres, ne peut guère enregistrer que des échecs [...]

Quel dommage que M. Sartre ne veuille pas — ou ne puisse pas — élargir son univers!

Compte rendu par Marius Richard dans Toute l'édition, *25 février 1939.*

Après avoir affirmé que La Nausée *est « une des révélations de l'année littéraire », Marius Richard qualifie les nouvelles du* Mur *de « contes terribles cruels, inquiets, désobligeants, pathologiques, érotiques ». Disant sa préférence pour « Le Mur », il poursuit :*

Par son intensité, [ce récit] laisse loin derrière lui la fameuse *Torture par l'espérance* de Villiers de L'Isle-Adam [...] Il y a dans ces quarante pages une angoisse, une âcreté qui impressionnent l'esprit, en même temps qu'un mépris anarchique de la personne humaine qu'on retrouve tout au long du livre [...]

Compte rendu par André Billy dans « Les Livres de la semaine », L'Œuvre 26 février 1939.

[...] *La Nausée* a été, dans le domaine du jeune roman, l'événement dominant de l'année dernière [...]

Quels dons magnifiques! Quelle façon désinvolte et autoritaire de nous plonger dans le flot trouble de la vie et de nous y faire, comme on dit vulgairement, « boire la tasse », jusqu'à la suffocation et au vomissement! La nausée! Ce mot résumera longtemps, je crois, le sens de tout ce qui tombera de la plume de Sartre [...] Personne n'aura plus que lui, dans notre littérature du moins, exprimé l'horreur de vivre. Vocation épouvantable et qu'il doit accomplir jusqu'au bout. Destin tragique, voie maudite qui le conduira on ne sait où, peut-être à une affreuse solitude [...]

« L'Enfance d'un chef » esquisse magistralement et de la façon la plus pertinente, par le simple récit, la liquidation morale de toute une jeunesse. « Le Mur » est un morceau hallucinant : on en sort les nerfs éprouvés [...] « Intimité » est une étude de sentimentalité montparnassienne [...]

Je ne suis pas juge de la part que la philosophie allemande a dans cette littérature, ni des chances que Sartre a de s'en dégager, ni de ce qu'il y aurait de désirable et de bienfaisant pour lui dans cette possibilité de dégagement. Tel qu'il est, l'art de Jean-Paul Sartre a déjà produit plusieurs chefs-d'œuvre du genre atroce [...]

Compte rendu par Pierre Lagarde dans Excelsior, *28 février 1939.*

Avec *Le Mur,* violence et audace ne se démentent pas; mais quelque chose de plus vaste soulève l'ensemble, fait craquer la forme, un jaillissement, un bouillonnement qui charrient pêle-mêle les outrances, les maladresses, les excès de mauvais goût, pour nous porter vers les rivages de la philosophie et de la métaphysique.

[...] Ce n'est pas là un volume à mettre entre toutes les mains, de même que les viandes crues ne sont pas faites pour tous les estomacs.

Compte rendu par André Rousseaux dans le feuilleton « La Vie litté-raire », Le Figaro, 4 mars 1939.

Le premier livre de M. Jean-Paul Sartre, *La Nausée*, a été justement salué, l'année dernière, comme le plus remarquable début qu'on ait vu depuis quelque temps. Il ne faudrait pas que, après un tel départ, M. Sartre écrivît n'importe quoi. C'est ce qu'il fait malheureusement en ce moment-ci. Son article sur Mauriac, dans *La Nouvelle Revue française* du mois dernier, était une pantalonnade d'agrégé de philosophie, mais une pantalonnade quand même (et les passages un peu sérieux de l'article décelaient un matérialisme qui n'en élevait pas le niveau). Aujourd'hui, M. Sartre publie un recueil de nouvelles, dont les deux premières sont excellentes, les deux suivantes moins bonnes, la dernière fort médiocre [...]

A propos de « L'Enfance d'un chef » qui le choque par ses « détails si répugnants », André Rousseaux écrit : M. Sartre n'a pas l'air de se douter qu'il n'y a point d'esprit de parti qui n'avilisse le partisan. *Et il a, déclare-t-il, le sentiment de se trouver devant* un écrivain très fort, dont le défaut le plus grave serait d'abuser de sa force en jetant son lecteur dans des situations trop tendues.

A propos de « La Chambre », qu'il appelle « l'histoire du fou », le critique poursuit : Que manque-t-il donc à un tel récit [...] ? C'est sans doute qu'une intelligence trop inhumaine se penche sur cette humanité. L'auteur de *La Nausée* a le dégoût des hommes.

L'article continue ainsi :

Je crains bien, en définitive, que le matérialisme auquel je faisais allusion en commençant ne soit de nature à vicier profondément tout ce que M. Sartre est capable d'écrire. C'est grand dommage pour un écrivain de cette qualité. Dans une des nouvelles de ce volume, il fait dire à une amoureuse, au sujet de l'homme qu'elle aime : « Il m'aime, il n'aime pas mes boyaux » [...] Et j'ai bien peur que, du côté du foie, de l'œsophage et des intestins, du côté du réalisme viscéral en un mot, M. Jean-Paul Sartre ne s'enferme dans une littérature bornée [...]

André Rousseaux avait déjà développé plusieurs points de sa critique du Mur *dans un texte intitulé « Les Gambades de M. Jean-Paul Sartre » et traitant de l'article de Sartre contre François Mauriac* (La Revue universelle, t. LXXVI, nº 22, 15 février 1939, p. 484-485).
Pour conclure, A. Rousseaux déplore le néo-réalisme, qu'on voit poindre chez M. Sartre *et déclare, faisant allusion à Zola :* Je constate qu'il va falloir demander à M. Jean-Paul Sartre de préparer une délégation de la N.R.F. au prochain pèlerinage de Médan.

À la suite des deux articles d'André Rousseaux cités ci-dessus, Sartre lui a écrit une assez longue lettre non datée que nous avons retrouvée dans ses manuscrits et qui, de ce fait, n'a peut-être pas été envoyée à son destinataire. Nous la reproduisons intégralement ci-dessous.

Monsieur,

Je viens de lire votre article du *Figaro* sur *Le Mur*. Je ne m'attendais pas à ce que mes nouvelles vous plussent, nous avons trop
d'opinions opposées. Aussi je suis heureux de pouvoir vous remercier pour vos efforts d'impartialité et d'objectivité. Mais précisément parce que j'estime votre probité de critique, il faut que je dissipe un
grave malentendu. Vous m'accusez de *matérialisme* et c'est précisément la doctrine qui répugne le plus à ma raison. Une telle erreur,
dont je suis peut-être responsable, risque de me nuire dans l'esprit
de ceux qui ne m'ont pas encore lu et de vous nuire dans l'esprit de
ceux qui m'ont lu et compris. Voilà pourquoi je prends la liberté de
vous écrire.

L'origine de ce malentendu me paraît être mon article sur Mauriac. Vous aimez beaucoup ce qu'il fait, vous avez pris de l'humeur
en lisant mes critiques et vous n'en avez pas saisi, je crois, le véritable sens. Vous dites que, lorsque je suis sérieux, je me montre
« matérialiste » dans cet article. Comme vous citez par ailleurs dans
La Revue universelle une de mes phrases : « Seules les choses sont, la
conscience n'est pas, elle se fait », j'imagine que c'est précisément
cette phrase qui vous a trompé. Peut-être en effet n'est-elle pas
claire. Vous l'avez comprise, je suppose, comme si j'affirmais que
seules les choses matérielles ont de la réalité et que la conscience se
fabrique à partir d'elles. Or c'est juste le contraire que j'entendais.
Je voulais dire : seules les choses ont cette existence passive et
inerte qu'on appelle ordinairement l'*être*. L'existence de la conscience est d'une autre sorte : c'est celle d'une spontanéité absolue
et libre qui se détermine elle-même à exister. Pourrez-vous encore
me traiter de matérialiste après cette profession de foi ?

Encore est-il vrai, me direz-vous, que vous avez des curiosités
matérialistes. Mais cela n'est pas exact. Le corps en décomposition
de Pablo ne m'intéressait, quand j'ai écrit *Le Mur*, que dans la
mesure où je pouvais montrer la conscience de Pablo en lutte contre
cette déroute. J'ai eu bien du malheur si je ne suis pas parvenu à faire
sentir l'héroïsme buté de cette conscience qui dit « non » à son corps
en pleine liberté. Je puis vous affirmer que la description d'une
débâcle viscérale ne m'intéresse jamais pour elle-même.

Pareillement il faut, Monsieur, que vous soyez bien persuadé de
mon matérialisme pour avoir porté à mon compte la remarque de
Lulu : « Il m'aime, il n'aime pas mes boyaux. » Je ne l'ai écrite que
pour montrer, au contraire, comment cette petite conscience stupide
et pervertie pressent malgré tout un amour absolu qui irait plus
loin que la beauté charnelle. Et n'aviez-vous pas sous les yeux le
personnage d'Ève qui aime précisément comme on doit aimer, par
serment.

*Nous avons retrouvé aussi parmi des manuscrits de Sartre un feuillet
non daté, à en-tête de la N.R.F., et qui porte quelques lignes de sa main
destinées sans doute à une note pour* La Nouvelle Revue française. *Cette
note, qui répond à l'article d'André Rousseaux critiquant le texte de Sartre
sur François Mauriac, publié dans* La Revue universelle *du
15 février 1939, n'a pas paru et semble avoir pris place à un commentaire
anonyme intitulé « À propos du François Mauriac de Sartre » publié dans*
La Nouvelle Revue française *de mars 1939. Elle se lit ainsi :*

M. Rousseaux, qui accuse Sartre de « penser trop vite », met sans aucun doute une sage lenteur à penser. Il est certain, en tout cas, qu'il lit très vite, probablement par métier. Sinon il n'aurait pas parlé de néo-réalisme quand tout l'article de Sartre essaie de prouver que les personnages d'un roman doivent être libres et que le romancier doit montrer les consciences « du dedans[1] ».

Compte rendu par Albert Camus, Alger républicain, 12 mars 1939. Repris dans Albert Camus, Essais, Gallimard, Bibl. de la Pléiade, p. 1419-1422.

[...] s'il y avait une critique à faire, elle porterait seulement sur l'usage que fait l'auteur de l'obscénité.

L'obscénité en littérature peut atteindre la grandeur. À coup sûr, elle contient l'élément d'une grandeur, si on pense par exemple à l'obscénité de Shakespeare. Mais du moins il faut qu'elle soit commandée par l'œuvre elle-même. Et pour *Le Mur*, si cela se trouve dans « Érostrate » par exemple, je n'en dirai pas autant d'« Intimité » où la description sexuelle semble souvent gratuite.

Il y a chez M. Sartre un certain goût de l'impuissance, au sens plein et au sens physiologique, qui le pousse à prendre des personnages arrivés aux confins d'eux-mêmes et trébuchant contre une absurdité qu'ils ne peuvent dépasser. C'est contre leur propre vie qu'ils butent, et, si j'ose dire, par excès de liberté. [...] Cet univers intense et dramatique, cette peinture à la fois éclatante et sans couleurs, définissent bien l'œuvre de M. Sartre et font sa séduction. Et l'on peut bien déjà parler d'une œuvre à propos d'un écrivain qui, en deux livres, a su aller tout droit au problème essentiel et le faire vivre à travers des personnages obsédants. Un grand écrivain apporte toujours avec lui son monde et sa prédication. Celle de M. Sartre convertit au néant, mais aussi à la lucidité. Et l'image, qu'il perpétue à travers ses créatures, d'un homme assis au milieu des ruines de sa vie, figure assez bien la grandeur et la vérité de cette œuvre.

Compte rendu par Jean-Pierre Maxence paru dans Gringoire, 16 mars 1939. L'article traite également de l'ouvrage de Francis Carco, La Bohème et mon cœur, Albin Michel.

[...] On peut estimer sa conception de la vie bien catastrophique, voire étouffante. On peut regretter que ce professeur de philosophie (dont est paru un curieux ouvrage sur *L'Imagination*) paraisse à ce point hanté par les thèses du docteur Freud. On peut juger même que l'espèce de hantise sexuelle qui pèse sur ses personnages leur donne un visage grimaçant, un masque d'obsédés. Ce qu'on ne saurait nier, c'est la verve, la vigueur, l'intensité de tout cela. M. Jean-Paul Sartre anime le monde extérieur comme il évoque les cryptes de l'âme. Il possède son univers propre, un univers puissant et horrible tout ensemble, un univers grouillant de larves, parcouru de fièvres malignes, sur lequel pèse un ciel de plomb; un univers dont le pessimisme est si radical que, comparé à lui, le monde de

---

1. Plus tard, dans *Saint Genet* (p. 647), Sartre attaquera André Rousseaux en ces termes : « [...] Seriez-vous de neige pure, exempts de tout refoulement, iriez-vous à la vertu par tropisme, comme le puceron à la lumière et M. Rousseaux à l'erreur, Genet vous répugnerait encore, donc vous seriez compromis [...] »

M. Louis-Ferdinand Céline peut sembler presque souriant. Les amateurs de sucreries se récrieront. Les moralistes se scandaliseront, point tout à fait à tort peut-être. Mais le talent existe, indéniable, vigoureux, un talent à l'éclat vitreux de magicien des marais. [...]

Compte rendu par Pierre Loewel dans un feuilleton qui traite aussi, brièvement, de La Galère d'André Chamson, L'Ordre, 20 mars 1939.

[...] M. Jean-Paul Sartre a une conception philosophique du monde qui, dans un noir dégoût, va sous une forme châtiée aussi loin que celle de Céline au temps où celui-ci avait du talent [...] Un don d'analyste féroce, une acuité de vue saisissante, un style excellent, net, délié, sans bavures, caractérisent son remarquable talent [...]

Compte rendu par Martin Maurice dans La Lumière, 24 mars 1939.

[...] Dans le genre noir, il semble difficile de s'avancer plus loin par des moyens plus sobres [...]

Compte rendu par André Thérive, traitant également de La Galère d'André Chamson, Le Temps, 30 mars 1939.

La Nausée de M. Jean-Paul Sartre a été la révélation de l'an dernier : *Le Mur* du même auteur n'apporte aucune déception, au contraire, sur cet écrivain du talent le plus rare mais de l'audace la plus commune aujourd'hui [...]

[Dans la nouvelle « Le Mur », Pablo est le] frère cadet de l'inoubliable Antoine Roquantin *[sic]*, fictivement transporté dans une guerre civile. Les défauts techniques de la nouvelle et certaines lacunes dans le détail (p. 31[1]) n'empêchent que « Le Mur » [...] ne soit une œuvre remarquable, d'une puissance et d'une originalité exceptionnelles.

Mais on peut estimer « La Chambre » supérieure encore. [...] « L'Enfance d'un chef » [...] est un véritable petit roman satirique de cent pages, comparable par la finesse et la cruauté aux biographies de Stephen Hudson[2].

Qu'est-ce qui empêche donc de recommander *Le Mur* sans arrière-pensée ?

Disons-le nettement : c'est l'extrême hardiesse du ton. La licence de certaines pages importerait peu, car nous sommes blasés depuis quelques années, et même l'effrayante aventure de Lucien Fleurier avec M. Bergère, l'écrivain surréaliste, ne fera point pâlir les lecteurs assidus de Marcel Proust; mais il règne dans *Le Mur* une crudité si continuelle qu'elle ressemble aux effets d'une hantise. Je sais bien que la franchise scientifique est nécessaire à qui veut étudier des cas pareils, et que l'aisance dans l'atrocité forme une qualité essentielle de notre auteur. Malgré tout on peut regretter que la haute litté-

1. Il s'agit de la cinquième page avant la fin de la nouvelle, allant de « ils couraient après d'autres hommes pour / les emprisonner ou les supprimer » à « Je n'aimais plus Ramon Gris. Mon/ ». André Thérive vise probablement ici l'usage de *ça* et l'aspect discontinu de certaines phrases.
2. Pseudonyme de Sidney Schiff (1869 ?-1944), écrivain anglais dont les « histoires vraies » étaient traduites chez Gallimard (voir en particulier *Myrte*, publié en 1938).

rature produite aujourd'hui des ouvrages qui jadis eussent couru
sous le manteau [...]

Compte rendu par Robert Brasillach dans L'Action française,
13 avril 1939.

On a essayé de faire une réputation à M. Jean-Paul Sartre, dont
le premier livre, *La Nausée*, a obtenu une sorte de succès. C'était
un roman comme il en paraît vingt par an, ennuyeux, mal écrit,
alourdi d'un érotisme assez sale. M. Sartre, qui est, dit-on, professeur de philosophie (pauvres élèves!), passa tout aussitôt aux yeux
d'un certain snobisme pour un profond penseur, capable mieux
qu'aucun autre d'exprimer l'âpre mélancolie contemporaine, et de
décrire un univers atroce pour ceux qui comprennent comme pour
ceux qui sentent. Grand bien leur fasse!

M. Jean-Paul Sartre, pourtant, ne se découragea point. Prenons
garde d'ailleurs que c'est un esprit ingénieux, subtil, qui ne manque
pas d'une certaine intelligence hargneuse [...] »

Brasillach relève ensuite « l'agréable méchanceté et l'intelligence
féroce » *de l'article de Sartre dirigé contre François Mauriac; il qualifie
la nouvelle* « Le Mur » *de* « réussite absolument incontestable »
et voit dans « L'Enfance d'un chef » *une* « complaisance pour l'horrible » *et déclare au sujet d'* « Intimité » : « Les personnages [...]
n'ont d'autres soucis que les plus bas et les plus animaux. »

L'article se poursuit ainsi :

Les autres romanciers sont des enfants à côté de M. Sartre : les
personnages d' « Intimité », de « L'Enfance », de « La Chambre »
vivent dans un univers puant et sordide. C'est à croire que l'auteur
n'a jamais rencontré d'homme propre, au sens matériel du terme, —
et nous ne parlons pas des femmes. Faut-il dire que nous sommes
partagés entre le dégoût, une invincible envie de rire, et une certaine pitié ? Car enfin, mon pauvre Sartre, ce ne doit pas être drôle
de vivre toute la journée au milieu des mauvaises odeurs, des habitudes répugnantes, du linge sale, des chambres malsaines, et de
créatures qui ignorent la douche et le dentifrice ? M. Gide a jadis
fait un sort à une pauvre folle qui demeura enfermée des années
dans une chambre qu'on ne nettoyait jamais et qui y prit plaisir :
toute cette littérature est bien de la littérature pour la séquestrée de
Poitiers [...]

Ce compte rendu suscita une réaction de La Nouvelle Revue française
où avait paru à l'origine la nouvelle « Intimité ». *Une courte note anonyme,
intitulée* À propos d' « Intimité », *fut publiée dans le numéro 308 du
1er mai 1939, p. 898, pour prendre la défense de Sartre. Nous la reproduisons in extenso :*

Robert Brasillach parle du *Mur*, dans l'*A.F.* du 13 avril, de façon
plus juste (ou moins injuste) qu'il n'avait fait de *La Nausée*. Mais
il écrit cette phrase curieuse : « Les personnages d' "Intimité "
n'ont d'autres soucis que les plus bas et les plus animaux. »

Or l'héroïne d' « Intimité » n'avait au contraire d'autre souci —
c'était là tout le thème du récit — que de se priver d'animalité, et de
bassesse : exactement de se priver de sensualité. L'on peut estimer
qu'elle y parvenait mal — que le souci était absurde, que l'héroïne

était sotte. Le grief de M. Brasillach est à peu près *le seul* que l'on ne puisse honnêtement lui adresser.

Compte rendu de La Nausée *et du* Mur *par Gaëtan Picon dans* Les Nouvelles Lettres, *1ʳᵉ année, nᵒ 6, mars-avril 1939, p. 120-122.*

[...] La langue est pure, nue et pleine. Mais la signification prend ici plus d'importance que l'organisation même des signes. Ces deux ouvrages ne sont qu'une méditation sur l'existence. Sartre intègre à notre littérature un thème absolument nouveau.

[...] L'on est en droit de se demander, en présence de ces deux livres dont il est superflu de redire l'importance, si nous nous trouvons en face du hors-texte littéraire d'une entreprise philosophique déjà capitale, ou bien du prologue d'une œuvre romanesque qui serait, au fond, construite sur une gageure.

Compte rendu par Gabriel Marcel dans la rubrique « Les Livres littéraires », Carrefour, *1ʳᵉ année, nᵒ 4, juin-juillet 1939, p. 85-86.*

[Le Mur] me paraît nettement supérieur à *La Nausée* qui rallia tant de suffrages l'année dernière. Les dons proprement romanesques de l'auteur sont infiniment plus manifestes dans les meilleurs de ces récits, je pense surtout au « Mur », qui donne son titre au volume, et à « La Chambre », qui avait fait sensation lorsqu'elle parut dans *Mesures,* il y a deux ou trois ans. Le sujet de « La Chambre » qui rappelle un épisode de *Mrs. Dalloway*[1], est étrangement pathétique [...] « Le Mur » peut se comparer aux meilleurs morceaux de *La Condition humaine.* Dans les trois autres nouvelles, il est permis de regretter l'abus d'une coprophilie à la Céline. Mais c'est à regret qu'on évoque ici l'auteur du *Voyage au bout de la nuit.* Aucune comparaison n'est possible entre lui et M. Sartre, qui est un véritable philosophe, et qui garde le sens des valeurs spirituelles fondamentales.

Compte rendu par Jean Vaudal dans La Nouvelle Revue française, *nᵒ 313, 1ᵉʳ octobre 1939, p. 639-642.*

[...] Je n'entends pas mettre Sartre le critique en contradiction avec Sartre le romancier. M'y risquerais-je, il répondrait aussitôt que la liberté dont il parle c'est du personnage de roman qu'il faut l'espérer, et que des nouvelles sont bien autre chose qu'un roman. Non, il s'agit seulement de nos préférences spontanées. Si « Intimité » ou « La Naissance d'un chef *[sic]* » sont de curieux récits, d'une puissante couleur, nous pouvons placer bien au-dessus « Le Mur », « La Chambre » et les belles parties de *La Nausée.* C'est la faute de l'auteur si, ayant su appeler du premier coup, notre plus haute exigence, nous ne lui laissons plus droit qu'aux réussites complètes.

---

1. Sartre avait lu Virginia Woolf, mais il ne semble pas qu'un rapprochement trop précis entre *Mrs. Dalloway* et « La Chambre » s'impose.

BIBLIOGRAPHIE

ÉDITIONS DU « MUR »

a. Édition blanche N.R.F. Gallimard.
— Première édition : 221 pages. En souscription dès septembre 1938. Achevé d'imprimer : 26 janvier 1939, mise en vente 15 février 1939. Tirage : 5 500 exemplaires, 1ʳᵉ à 10ᵉ édition. Édition originale tirée à 110 exemplaires.
Dédicace : « À Olga Kosakiewicz. »
C'est cette édition que nous avons utilisée pour l'établissement de notre texte, Sartre ne l'ayant jamais revue par la suite.
De l'édition originale, nous avons vu l'exemplaire sur alfa nº 92, dédicacé ainsi :
« À Monsieur Edmond Jaloux avec les hommages de l'auteur et l'expression de sa reconnaissance — J.-P. Sartre. »
Un exemplaire de la première édition marqué S.P. [service de presse] porte la dédicace :
« À Mademoiselle Adrienne Monnier
Avec les hommages de J.-P. Sartre. »
Le volume comprend les cinq textes suivants :
P. 9-34 : « Le Mur » ;
P. 35-68 : « La Chambre » ;
P. 69-89 : « Érostrate » ;
P. 91-132 : « Intimité » ;
P. 133-220 : « L'Enfance d'un chef. »
On se reportera à chacune des nouvelles pour une information plus détaillée.
— Réimpression identique. Achevé du 7 juin 1939. Tirage : 3 300 exemplaires. Autre réimpression : mars ou avril 1943. Tirage : 4 400 exemplaires.
— Édition recomposée : 223 pages. Imprimée en janvier 1946. Tirage : 5 500 exemplaires.
1 000 exemplaires supplémentaires ont été reliés d'après la maquette de Mario Prassinos.
Nombreuses réimpressions de 223 pages à partir de 1946. Le tirage total du *Mur* atteignait plus de 40 000 exemplaires en 1949.
— À partir de 1961, semble-t-il, nouvelle édition recomposée de 245 pages. Présentée en 1967 avec une jaquette illustrée reproduisant une photo du film *Le Mur* réalisé par Serge Roullet et une lettre de Sartre à celui-ci.
Le même texte a été utilisé à partir de 1961 pour la collection reliée « Soleil ».
b. Édition de luxe, illustrée par 33 gravures à l'eau-forte de Mario Prassinos, Gallimard, [1945], 241 p. Tirage : 398 exemplaires.
c. Collection « Le Livre de poche », nº 33, Gallimard, [1953], 256 pages.
Le Mur a été l'un des plus gros succès de la collection, avec une vente qui atteignait en 1970 1 200 000 exemplaires.
d. Collection « Pourpre », Gallimard, [1954], 258 pages.
e. Club du Meilleur Livre, coll. « Récits », [1958], 264 pages.

Achevé d'imprimer : 5 mars 1958. Édition reliée tirée à 6 150 exemplaires.

f. Avec une préface de Jean-Louis Curtis : Lausanne, éd. Rencontre, [1965], 327 pages.

g. Œuvre romanesque, t. II, illustrée par W. Spitzer : éd. Lidis, [1965], 212 pages.

h. Ibid., Club français du livre, [1972].

i. Gallimard, coll. « Folio », n⁰ 68, [1972], 253 pages.

j. Œuvres romanesques de Jean-Paul Sartre et de Simone de Beauvoir, t. I, *La Nausée, Le Mur.* Éditions du Club de l'honnête homme, [1979], 6 250 exemplaires.

ÉTUDES SUR « LE MUR »

Nous groupons ci-dessous, sans reprendre les articles que nous citons dans le dossier de presse, les principales publications concernant *Le Mur* et chacune des nouvelles.

Sur l'ensemble du volume

IDT (Geneviève) : *Le Mur de Jean-Paul Sartre : Techniques et contexte d'une provocation,* Larousse, coll. « Thèmes et textes », 1972.
Cette étude, brillante et systématique, est un modèle du genre, tant sur le plan de la recherche que du point de vue critique (inspiré de *S/Z* de Barthes). C'est un livre essentiel pour la connaissance de Sartre et nous lui sommes redevables de bien des aperçus.
BAILEY (Ninette) : « Le Mur dans *Le Mur :* étude d'un texte à partir de son titre », *L'Esprit créateur,* vol. XVII, n⁰ 1, printemps 1977, p. 36-50. — L'une des meilleures études parues jusqu'à présent.
CURTIS (Jean-Louis) : Préface à l'édition Rencontre du *Mur,* Lausanne, 1965.
KADISH (Doris Y.) : « From Isolation to Integration : Jean-Paul Sartre's *Le Mur* », *Modern Language Studies,* vol. V, n⁰ 1, printemps 1975, p. 45-52.
PRITCHETT (V. S.) : « Quelques livres de Sartre », *La France libre,* n⁰ 59, 15 septembre 1945, p. 375-379.
SCHÄDTER (Herbert) : *Das literarische Frühwerk Sartres : Untersuchungen zur Interpretation von La Nausée und Le Mur,* thèse, Mayence, 1969.

Sur la nouvelle « Le Mur »

AMES (Van Peter) : « Back to the Wall », *Chicago Review,* vol. XIII, n⁰ 2, été 1959, p. 128-143.
BRAUN (Sidney D.) : « Source and Psychology of Sartre's *Le Mur* », *Criticism,* vol. VII, n⁰ 1, hiver 1965, p. 45-51. — Braun signale des ressemblances entre « Le Mur » et une nouvelle d'Andreïev intitulée « Les Sept qui furent pendus ».
LAUFER (Roger) : *Introduction à la textologie,* Larousse, 1972, p. 13-15. — Laufer donne les principales variantes affectant cinq éditions différentes du « Mur ».
PITTS (Rebecca E.) : « The Wall : Sartre's Metaphysical Trap », *Hartford Studies in Literature,* vol. VI, n⁰ 1, 1974, p. 29-54.
PY (Albert) : « Le Recours à la nouvelle chez J.-P. Sartre : étude

du " Mur " », *Studies in Short Fiction*, vol. III, n° 2, hiver 1966, p. 246-252.

Sur « La Chambre »

BUCK (Stratton) : « The Uses of Madness », *Tennessee Studies in Literature*, vol. III, 1958, p. 63-71. — Comparaison entre « La Chambre » et *Louis Lambert* de Balzac.

GREENLEE (James) : « Sartre's " Chambre " : The Story of Eve », *Modern Fiction Studies*, vol. XVI, n° 1, printemps 1970, p. 77-84.

ISSACHAROFF (Michael) : « " La Chambre " ou les séquestrés de Sartre », *L'Espace et la Nouvelle*, José Corti, 1976, p. 73-84. Paru d'abord dans *Travaux de linguistique et de littérature* [Strasbourg], vol. XII, n° 2, 1974.

MACKEY (David) : « Sartre and the Problem of Madness », *Journal of the British Society for Phenomenology*, vol. I, mai 1970, p. 80-82.
— Relie la nouvelle aux théories de Sartre sur l'imagination.

SIMON (John K.) : « Madness in Sartre : Sequestration and " The Room " », *Yale French Studies*, n° 30, fin hiver 1962-1963, p. 63-67.
— Comparaison avec *Les Séquestrés d'Altona*.

— « Sartre's " Room " », *Modern Language Notes*, vol. LXXIX, décembre 1964, p. 526-538.

VIRTANEN (Reino) : « " La Chambre " and *Louis Lambert* : A Brief Comparison », *Symposium*, vol. VIII, n° 2, mars 1954, p. 327-330.

Sur « Érostrate »

ROM (Paul) et ANSBACHER (Heinz L.) : « An Adlerian Case or a Character by Sartre ? », *Journal of Individual Psychology*, vol. XXI, mai 1965, p. 32-40.

WOODLE (Gary) : « Érostrate : Sartre's Paranoid », *Review of Existential Psychoanalysis and Psychiatry*, vol. XIII, 1974, p. 30-41.

Sur « Intimité »

MORRIS (Edward) : « Intimacy », *Yale French Studies*, n° 1, printemps-été 1948, p. 73-79.

LILAR (Suzanne) : *À propos de Sartre et de l'amour*, Grasset, 1967.
— Plusieurs références précises à la nouvelle.

Sur « L'Enfance d'un chef »

COHN (Dorrit) : « Narrated Monologue : Definition of a fictional style », *Comparative Literature*, vol. XVIII, printemps 1966, p. 97-112.

ELMQUIST (Claire) : « Lucien, Jean-Paul et la mauvaise foi », *Orbis Litterarum*, vol. XXVI, 1971, p. 220-231.

RAHV (Betty T.) : « Bad Faith in " L'Enfance d'un chef " », *From Sartre to the New Novel*, Port Washington, Kennikat Press, 1974, p. 37-55.

SMITH (Madeleine) : « The Making of a Leader », *Yale French Studies*, n° 1, printemps-été 1948, p. 80-83.

LASOWSKI (Aliocha Wald) : *« L'Enfance d'un chef »* de Jean-Paul Sartre, Gallimard, 2007.

LE MUR

NOTICE

« Le Mur », écrit selon toute vraisemblance entre février et mai 1937, publié dans *La Nouvelle Revue française* dès juillet 1937, est l'un des premiers textes littéraires qui aient été consacrés à la guerre d'Espagne. Il n'a pas la même ampleur que *L'Espoir* de Malraux, *Les Grands Cimetières sous la lune* de Bernanos, les textes de Koestler, de Hemingway ou d'Orwell, mais il occupe une place à part et frappe par sa qualité, sa concision et sa portée philosophique.

Lorsque Sartre et Simone de Beauvoir reviennent à Paris en septembre 1936, après leurs vacances en Italie, ils retrouvent soudain un événement qui, quelques semaines auparavant, ne leur semblait guère plus important qu'une quelconque « mutinerie au Maroc espagnol », mais qui, maintenant, à la suite du progrès des armées de Franco, devient non seulement un conflit international, mais affecte aussi leur vie personnelle, politique et intellectuelle. Simone de Beauvoir écrit : « [...] nous plongeâmes dans le drame qui pendant deux ans et demi domina toute notre vie : la guerre d'Espagne[1] ». On peut donc jusqu'à un certain point affirmer que cette guerre est le premier rendez-vous important de Sartre avec l'histoire.

Parmi les amis de Sartre, Fernando Gerassi ne tarda pas à s'engager au service de la République, mais Sartre, en partie à cause de sa constitution physique et de son incapacité à porter les armes, n'envisagea pas de rejoindre les Brigades internationales. Il lui resta, comme cela apparaît clairement au début de *L'Âge de raison,* « une espèce de regret de ne pas être tel que j'aurais pu m'y engager[2] ». Il est certain, cependant, que Sartre se sentait personnellement et intellectuellement impliqué par la guerre d'Espagne et qu'il voulait vers la fin de 1936 à la fois sortir du marasme que reflète « Dépaysement » et faire quelque chose d'utile pour la cause républicaine.

L'occasion d'écrire « Le Mur » lui est fournie par un événement qui le touche de près. Vers février 1937, alors qu'il était professeur à Laon, Jacques-Laurent Bost, un de ses anciens élèves du Havre, devenu très proche ami, lui demanda d'intervenir auprès de Nizan afin de lui permettre d'aller se battre pour les Républicains et de lui faciliter le passage en Espagne. Sartre intervint « mollement » et Nizan lui-même dirigea Bost vers Malraux qui ne donna pas de suite sérieuse au projet[3]. Pendant cette affaire, la préoccupation principale de Sartre ne semble pas avoir été la situation politique et militaire en Espagne, mais plutôt la situation personnelle de

---

1. *La Force de l'âge*, p. 283.
2. *Sartre : un film réalisé par A. Astruc et M. Contat, texte intégral*, p. 62-63.
3. À ce sujet, voir Simone de Beauvoir, *La Force de l'âge*, p. 298-299 et *Sartre* (texte du film), p. 62-64.

Jacques-Laurent Boſt et il paraît surtout s'être soucié d'éviter à celui-ci une erreur qui aurait pu lui coûter la vie.

La nouvelle a donc un point de départ plus métaphysique que politique. Pour Sartre, « Le Mur » eſt une « méditation personnelle sur la mort possible d'un ami » ainsi qu'une « réaction affective et spontanée à la guerre d'Espagne[1] ». La nouvelle n'eſt pas conçue comme un aĉte antifasciſte, elle l'eſt par-dessus le marché.

Pour écrire « Le Mur », Sartre s'inspire de ses souvenirs de touriſte (il a visité l'Espagne en 1931 et 1932), de la leĉture des journaux et aussi des comptes rendus personnels que pouvaient lui donner des amis comme Fernando Gerassi. Sartre a été également influencé par un texte scientifique dont il ne se rappelle plus l'origine, mais qu'il croit avoir lu dans la littérature psychologique de l'époque et qui faisait état d'une observation menée par un médecin sur des condamnés à mort[2]. Nous n'avons pas pu retrouver ce texte malgré de nombreuses recherches. Notons à titre de curiosité que *Les Temps modernes* ont publié une hiſtoire semblable dans leur numéro d'août-septembre 1947 : « Une nuit avec cinq condamnés à mort », par Don Angelo Beccherle.

Sartre lui-même soutient que « Le Mur » « n'eſt pas une œuvre de philosophie », mais on peut dire que c'eſt une nouvelle d'imagination où Sartre se met dans la peau d'un condamné à mort pour tenter de penser la mort et où, accessoirement, il réfléchit, comme Kant l'a fait avant lui, sur le fait de mentir[3].

« Le Mur » eſt sans doute le seul texte de fiĉtion sartrien qui prenne pour centre le thème de la mort, ce qui a permis des comparaisons plus ou moins fondées avec *L'Étranger* de Camus et des textes de Malraux. Ce que l'on a discerné moins clairement, c'eſt qu'ici Sartre ne prend le point de vue de l'être-pour-la-mort que pour montrer les limites et l'absurdité de ce point de vue. Pablo, condamné à mort et n'ayant logiquement plus que quelques heures à vivre, finit par échapper à l'exécution; ses angoisses, dans un sens, ont été vaines, et il comprend finalement que l'homme eſt toujours un « être-en-perpétuel-sursis ». Dans *L'Être et le Néant*[4] Sartre insiste sur « le caraĉtère absurde de la mort » et donne un exemple parallèle à celui du *Mur* :

1. Voir, dans Textes complémentaires, interview sur le film *Le Mur*, p. 1829.
2. Voir, dans Textes Complémentaires, interview sur le film *Le Mur*, p. 1831.
3. C'eſt François George qui a attiré notre attention sur le texte de Kant intitulé « Sur un prétendu droit de mentir par humanité » (traduit par L. Guillermit et édité par Vrin en 1967). Kant y donne l'exemple suivant : « [...] Il est [...] possible que, après que tu as loyalement répondu par l'affirmative au meurtrier qui te demandait si celui à qui il en voulait était dans ta maison, ce dernier soit sorti sans qu'on le remarque et ait ainsi échappé au meurtrier, et qu'ainsi le forfait n'ait pas eu lieu; mais si tu as menti et dit qu'il n'était pas à la maison, et que de fait il soit réellement sorti (encore que tu ne le saches pas), supposé que le meurtrier le rencontre lors de sa sortie et perpètre son acte, c'eſt à bon droit qu'on peut t'accuser d'être responsable de sa mort [...] Celui qui *ment*, si généreuse puisse être son intention en mentant, doit répondre des conséquences de son mensonge, même devant les tribunaux civils, si imprévues qu'elles puissent être [...] » Et Kant ajoute plus loin : « Tout homme a non seulement un droit, mais c'eſt même son devoir le plus strict de se montrer véridique dans les déclarations qu'il ne peut éluder, lors même que cette vérité nuit, à lui-même ou à autrui. »
4. P. 591.

« On a souvent dit que nous étions dans la situation d'un condamné, parmi des condamnés, qui ignore le jour de son exécution, mais qui voit chaque jour exécuter ses compagnons de geôle. Ce n'est pas tout à fait exact : il faudrait plutôt nous comparer à un condamné à mort qui se prépare bravement au dernier supplice, qui met tous ses soins à faire belle figure sur l'échafaud et qui, entre temps, est enlevé par une épidémie de grippe espagnole [...] »

On se reportera d'ailleurs à *L'Être et le Néant*[1] pour comprendre ce qu'est la mort pour Sartre et pour voir la critique qu'il y fait des positions de Malraux et de Heidegger. Nous nous contenterons ici de quelques citations :

« Il est certain que la réalité-humaine, par qui la mondanité vient au réel, ne saurait rencontrer l'inhumain; le concept d'inhumain lui-même est un concept d'homme. Il faut donc abandonner tout espoir, même si *en-soi* la mort était un passage à un absolu non-humain [Sartre dit auparavant un passage « à l'autre côté du " mur " »], de la considérer comme une lucarne sur cet absolu. La mort ne nous révèle rien que sur nous-mêmes et d'un point de vue humain[2] [...] ».

« [...] la mort n'est jamais ce qui donne un sens à la vie : c'est au contraire ce qui lui ôte toute signification[3] [...]. »

« Je ne saurais ni découvrir ma mort, ni l'attendre, ni prendre une attitude envers elle, car elle est ce qui se révèle comme l'indécouvrable, ce qui désarme toutes les attentes, ce qui se glisse dans toutes les attitudes et particulièrement dans celles qu'on prendrait vis-à-vis d'elle, pour les transformer en conduites extériorisées et figées dont le sens est pour toujours confié à d'autres qu'à nous-mêmes. La mort est un pur fait, comme la naissance; elle vient à nous du dehors et elle nous transforme en dehors[4]. [...] »

« Je ne suis pas "libre pour mourir", mais je suis un libre mortel. La mort échappant à mes projets parce qu'elle est irréalisable, j'échappe moi-même à la mort dans mon projet même [...] Nous ne saurions donc ni penser la mort, ni l'attendre, ni nous armer contre elle [...] Bien qu'il y ait d'innombrables attitudes en face de cet irréalisable "à réaliser par-dessus le marché", il n'y a pas lieu de les classer en authentiques et inauthentiques, puisque, justement, nous mourons toujours *par-dessus le marché*[5]. »

Sur le plan de l'écriture, « Le Mur » est un récit objectif, fait cependant à la première personne. Sartre semble s'être inspiré du style du roman noir américain et en particulier de la technique de Hemingway. Comme le note Geneviève Idt[6], l'usage du passé simple exclut tout lien entre le temps de l'événement et celui de la narration et il n'y a aucune allusion aux circonstances de la narration. Ainsi le récit donne une impression de spontanéité, tout en étant situé au passé. Geneviève Idt indique encore que le texte devrait être présenté comme une traduction, puisque la

1. *L'Être et le Néant*, p. 584 et suiv.
2. *Ibid.*, p. 591.
3. *Ibid.*, p. 597.
4. *Ibid.*, p. 603-604.
5. *Ibid.*, p. 606.
6. *Le Mur de Jean-Paul Sartre*, p. 67.

langue de Pablo est l'espagnol. Pablo est à la fois acteur et observateur de l'événement dans lequel il est impliqué, il réfléchit sur cet événement, tout en rapportant ses sensations et ses sentiments et en mélangeant des éléments de monologue intérieur avec des remarques qui pourraient être celles d'un romancier réaliste traditionnel.

Ces ambiguïtés de l'écriture ne facilitent pas l'interprétation du personnage de Pablo. Celui-ci n'est certainement pas un héros positif, un militant à toute épreuve, et Sartre lui a reproché après coup de ne pas être « réellement et totalement engagé dans la lutte » et de ne pas être « suffisamment dévoué à une cause pour que sa mort ne lui paraisse pas absurde[1] ». Par un acte de parole qu'il croit gratuit, par un mensonge qui dit la vérité, il cause sans le vouloir la mort de son ami et devient ainsi un lâche et un traître aux yeux d'autrui. Comme dit Inès à la fin de *Huis clos*, « seuls nos actes décident de ce qu'on a voulu[2] ». Cependant, on pourrait tout aussi bien considérer Pablo comme cet homme moyen qui, manipulé par l'histoire et pris dans le système inhumain d'une guerre impitoyable, essaie de faire de son mieux, mais voit ses actes se retourner contre lui et ne peut guère prétendre être à la hauteur des circonstances. Héros ou anti-héros de l'absurde, le personnage de Pablo affirme ainsi à sa façon l'impossibilité de la morale à notre époque.

MICHEL RYBALKA.

NOTE SUR LE TEXTE

Publication

    a. La Nouvelle Revue française, n⁰ 286, 1ᵉʳ juillet 1937, p. 38-62[3].
    b. Repris avec quelques variantes mineures dans le volume *Le Mur* (1939).
    c. Édition scolaire, présentée et annotée par W. Peeters, Anvers,

---

  1. Voir Textes complémentaires, p. 1828.
  2. *Théâtre,* p. 179.
  3. Quelques jours après la parution du « Mur » dans *La Nouvelle Revue française,* André Gide écrivait à Paulhan (lettre du 27 juillet 1937, publiée dans *La Nouvelle Revue française,* n⁰ 205, janvier 1970, p. 78) :
« Quant à la nouvelle de Sartre, je la tiens pour un chef-d'œuvre. Voici longtemps que je n'avais rien lu qui me réjouît à ce point. Quel est donc ce nouveau Jean-Paul ? Il me semble qu'on peut beaucoup attendre de lui. »
Ce jugement est confirmé par Maria Van Rysselberghe, l'amie de Gide, qui rapporte, à la date du 9 juillet 1937 : « Au cours de la conversation Bypeed [Gide] dit qu'il a lu avec le plus grand intérêt dans *La N.R.F.* de juillet un récit intitulé « Le Mur » d'un nommé Sartre, il l'a trouvé tout à fait passionnant et d'excellente qualité. Et Jean [Schlumberger] ayant dit : " Combien je préfère cela au *Temps du mépris* de Malraux " (c'est le sujet qui lui fait faire ce rapprochement), Gide dit nettement : " Moi aussi, du reste ce qu'écrit Malraux peut être fort intéressant, mais il n'a pas le sens de la langue " » (*Cahiers André Gide,* 6, Les Cahiers de la Petite Dame, t. III, 1937-1945, Gallimard, 1975, p. 28).

éd. de Sikkel, [1964]. Troisième édition avec photos du film de Serge Roullet, 1969.

Traductions

La nouvelle a été immédiatement remarquée à l'étranger et a connu plusieurs traductions, parmi lesquelles :
— une mauvaise adaptation de Lucy Cores sous le titre « Three who died » [Trois qui moururent], dans le magazine américain *Living Age,* nº 353, octobre 1937, p. 135-140;
— une première traduction anglaise par C. A. Whitehouse, « The Wall : A story of the Spanish Civil War », *Life and Letters Today,* vol. XVII, nº 10, hiver 1937, p. 73-85;
— une traduction allemande de — mm [Rudolf Jakob Humm], dans la revue dirigée par Thomas Mann, *Mass und Wert,* vol. II, Heft 1, septembre-octobre 1938, p. 31-51;
— une deuxième traduction anglaise de Maria Jolas, *Chimera,* vol. III, nº 4, été 1945, p. 15-36;
— une traduction en japonais, 1940.

Manuscrit et texte

Ce n'est qu'au moment de mettre sous presse que nous avons pu consulter, grâce à l'obligeance de Serge Fauchereau, le manuscrit olographe de la nouvelle « Le Mur » qui est la propriété de M. Robert Dreyfus-Valette, lequel a bien voulu nous autoriser à en relever les variantes. Ce manuscrit figurait dans l'exposition « Les Réalismes, entre révolution et réaction » qui a eu lieu du 17 décembre 1980 au 20 avril 1981 au Centre Georges-Pompidou. Il s'agit d'un cahier relié en cuir rouge comptant 35 feuillets quadrillés de format scolaire 22 × 17 à double perforation, plus une page de titre manuscrite : *Le Mur.* Les feuillets sont numérotés au crayon et il y manque les feuillets 32, 33, 34, correspondant aux pages 227, 5e ligne (depuis « mais je la voyais ») à 228, 2e alinéa (jusqu'à « Je veux mourir proprement ») de la présente édition et les feuillets de la fin (39 et suivants) correspondant aux pages 230 (depuis « Il en faut beaucoup plus pour m'intimider ») à 233 (fin). Nous avions précédemment pu consulter trois de ces feuillets manquants, qui se trouvaient dans les papiers de Simone de Beauvoir : les feuillets 32, 33 et 39. Le feuillet 1, qui a été reproduit en fac-similé par Serge Fauchereau dans le « Petit Journal » de l'exposition « Les Réalismes », édité par le Centre Georges-Pompidou (4e trimestre 1980), p. 24, montre que le premier titre de la nouvelle était « La Cave » (ce titre est raturé et corrigé, de la main de Sartre, par « Le Mur »). Ce manuscrit semble être la copie mise au net d'un brouillon. Il y a peu de ratures (une ou deux par page, dans l'ensemble). Certaines corrections ou indications de corrections à faire ont été portées au crayon rouge (probablement par Simone de Beauvoir) et ensuite repassées à l'encre par Sartre.

Nous avons suivi le texte de l'édition originale en volume (Gallimard, 1939) en donnant les variantes de la préoriginale parue dans *La Nouvelle Revue française* [sigle : *N.R.F.*] et celles du manuscrit [sigle : *ms.*]. Par *éditions récentes,* nous entendons celles parues depuis 1961.

TEXTES COMPLÉMENTAIRES

En 1967, la nouvelle « Le Mur » a donné lieu à une adaptation cinématographique de Serge Roullet, avec Michel de Castillo dans le rôle principal (celui de Pablo Ibbieta). Le film fut présenté par Sartre au Festival de Venise en septembre et eut sa première parisienne le 23 octobre.

Il exista un disque (L'Avant-Scène, 33 tours) reproduisant les dialogues du film. On se reportera pour plus de détails aux *Écrits de Sartre*, p. 452-454 et 495-496.

Nous donnons ci-dessous deux lettres et une interview de Sartre se rapportant à ce film.

Lettre de Sartre à Serge Roullet, datée « 12 janvier 66 ». Reproduite en fac-similé dans la thèse de maîtrise de Marie-Thérèse Colson, Problèmes de sémiologie — Cinéma et littérature : Le Mur *— Sartre et Roullet, Nancy, juin 1970, 56 pages.*

Je viens de lire le scénario que vous avez tiré du « Mur » et je tiens à vous dire que je le trouve excellent. Il va de soi que j'ai le plus vif désir de le voir mis en scène par vous et que, si vous en avez besoin, je me mets à votre disposition pour aider à sa réalisation [...]

Lettre de Sartre à Serge Roullet, datée du « 10 janvier 67 ». Reproduite en fac-similé dans la thèse de maîtrise de Marie-Thérèse Colson (voir ci-dessus) et figurant au dos de la jaquette de l'édition blanche Gallimard à partir de 1967. Texte intégral.

Mon Cher Roullet

Après la projection de votre film Le Mur je veux vous redire toute ma satisfaction et vous remercier de votre beau travail. On a porté à l'écran, déjà, quelques-unes de mes œuvres, mais je ne me suis jamais reconnu dans ces films. Dans le vôtre, je me reconnais entièrement et j'admire votre profonde honnêteté qui vous a interdit de jamais vous préférer à la *nouvelle* que vous avez voulu rendre. Il en est résulté quelque chose qui passe mes espérances : dans ce film austère et rigoureux, les images, les temps, les gestes ont rendu poignante et presque intolérable l'angoisse de ces condamnés à mort. Cette angoisse, je la *disais*, mais vous nous la faites subir.

Je vous prie, Mon Cher Roullet, de croire à ma gratitude et à mon amitié.

J.-P. SARTRE.

À l'occasion de la présentation du film Le Mur *au festival de Venise, Sartre donna, le 5 septembre 1967, une conférence de presse dont le texte fut par la suite publié dans* Jeune Cinéma, *n° 25, octobre 1967, p. 24-28.*

Ce texte étant particulièrement précieux pour la compréhension de la nouvelle, nous le reproduisons intégralement ci-dessous.

Jusqu'à quel point Jean-Paul Sartre estime-t-il que Roullet a été fidèle à l'idée de son scénario ; et dans le cas où il n'aurait pas été entièrement fidèle, jusqu'à quel point pense-t-il qu'un réalisateur doit être fidèle au scénariste ?

D'abord, je ne suis pas scénariste du film. Roullet a pris la nouvelle et il a découpé, comme il l'a entendu, le scénario d'aprèsalnouvelle.

Mais le problème se pose plutôt de savoir dans quelle mesure on doit adapter des écrits littéraires au cinéma, et dans quelle mesure un auteur peut penser qu'on a été, ou non, fidèle.

Alors le problème se pose comme cela : si vous êtes parfaitement fidèle, au cinéma, vous risquez de perdre votre originalité, le film n'étant plus qu'une sorte de commentaire de la nouvelle; si vous n'êtes pas fidèle, alors l'auteur peut se trouver lésé.

En vérité, je trouve ici qu'il y a une très, très heureuse solution de cette contradiction. Je pense que Roullet a été parfaitement fidèle d'un bout à l'autre, d'une manière absolument scrupuleuse, je pourrais presque dire protestante et je pense que son originalité vient précisément de ce que cette fidélité a donné dans le film des choses qui ne sortaient pas de la nouvelle. Et je vais m'expliquer :

Quand Roullet m'a dit qu'il voulait faire un film sur « Le Mur », la première chose que je lui ai dite, c'est : « Mais, est-ce bien un sujet de film ? » Vous ne connaissez peut-être pas la nouvelle, mais enfin, ce sont des gens qui sont condamnés à mort, on le sait au départ; ils n'ont aucune chance d'échapper à la mort, et c'est toute la nuit d'attente jusqu'au moment où elle finira à l'aube. Il me paraissait que c'était le sujet d'une nouvelle de trente pages, mais que le spectateur ne pourrait pas subir cette situation qui est en somme statique. Cependant, il a insisté et j'ai dit : « Bon, d'accord, c'est une tentative. » Après quoi, j'ai vu le film, et je considère que, précisément, parce qu'il n'a fait aucune concession, parce que cette nouvelle de vingt pages se transformait en une heure et demie d'attente, le sujet maintenant est transformé : ça n'est plus le rapport de ces hommes avec la lutte, avec la lutte contre les fascistes, avec les événements politiques, etc., c'est le temps, le temps comme une espèce de flux, qui va vers une destinée qu'on ne peut pas limiter. Ce qui sort, si vous voulez, c'est la temporalité. Autrement dit, dès le début, nous savons que personne n'a de chance, que ces gens-là n'en réchapperont pas. À partir de ce moment, pendant une heure et demie, nous vivons une nuit avec eux et non seulement chacune est vécue par le spectateur comme par eux, comme quelque chose qui rapproche inévitablement de la mort mais encore chaque personnage, à cause de souffrances, de peurs, d'angoisses subies, se constitue un passé propre; de sorte que vous verrez à la fin quand un personnage qui est le dernier survivant réagit à une certaine absurdité en riant, ce rire n'est pas un rire quelconque, n'est pas un rire symbolique, mais dans le film de Roullet, c'est vraiment la conclusion individuelle et singulière de tout ce qui s'est déroulé dans le temps cette nuit-là. De sorte que pour moi, le film est devenu le temps par rapport à la mort. Cette mort étant une mort non pas d'accident, non pas de maladie, c'est-à-dire des morts dont on peut toujours espérer qu'elles n'auront pas lieu (comme un malade pourra toujours être sauvé) mais une mort imposée à l'homme par l'homme. Au fond, ce qu'il a fait c'est une version plus moderne du *Dernier Jour d'un condamné* de Hugo et ce film, à mon avis, est original en même temps qu'honnête parce qu'il rend insupportable l'idée d'une mort imposée par des hommes à l'homme; non pas simplement comme suppression, à la fin, d'un homme par un autre à qui incombe cette volonté de tuer, mais à cause de ce temps qu'on vit en sachant qu'il y a quelque chose d'absolument inévitable. Ce temps est pur et sans espoir.

Quand j'ai écrit « Le Mur » je n'étais pas en rapport avec les thèses marxistes, j'étais simplement en révolte totale contre le fait du fascisme espagnol, et par conséquent, comme à ce moment-là, nous étions sur le plan de la défaite espagnole, je me trouvais beaucoup plus sensible à l'absurdité de ces morts qu'aux éléments positifs qui pouvaient se dégager d'une lutte contre le fascisme, etc.

Aujourd'hui, j'ai changé. Cependant, je voudrais que vous compreniez bien que je ne suis pas pour les optimismes de commande et que je considère à la fois que mourir au cours d'une lutte, d'une lutte sociale, d'une lutte pour le progrès, n'est pas un élément négatif, pris dans l'ensemble d'une situation révolutionnaire ; mais je pense que pour beaucoup, dans la mesure où elle est vécue, elle représente une souffrance et un désespoir qu'aucune victoire ultérieure ne pourra changer. Un homme mort est mort ; son désespoir a existé. Il ne faut pas imaginer que les lendemains qui chantent changeront quoi que ce soit à ce désespoir ; et j'ai choisi précisément dans « Le Mur » de ne pas prendre un personnage qui soit réellement et totalement engagé dans la lutte, et qui par conséquent n'ait pas complètement donné sa vie à sa cause. Ce personnage — que vous verrez dans le film — il est représenté : c'est un homme, qui est certainement convaincu, certainement animé d'idées de progrès, d'idées révolutionnaires, mais il n'est pas suffisamment dévoué à une cause pour que sa mort ne lui paraisse pas absurde.

Vous verrez d'ailleurs une autre mort, celle d'un jeune garçon qui n'a pas eu encore le temps de prendre part à la lutte, et qui se trouve dans une condition complètement désespérée. Ne croyez pas que ce désespoir soit marqué pour indiquer qu'il faut être désespéré, mais plutôt pour marquer que les optimismes sont toujours trop vite acceptés dans une société trouée par des morts. Ce ne sont pas les mêmes qui gagnent et qui meurent.

J'ai lu que vous n'aviez pas suivi le tournage et que votre participation au film était inexistante. Est-ce juste ?

D'une part, le dialogue peut être considéré comme entièrement de moi, puisqu'il est pris du livre, à part deux ou trois modifications que j'ai approuvées. D'autre part, j'ai lu le scénario à plusieurs reprises, entièrement, et nous en avons parlé avec Roullet. En plus, j'ai vu le film et nous avons discuté sur certains points particuliers. Par conséquent, je me considère, dans la mesure où un auteur peut l'être, comme entièrement engagé par le film de Roullet. Je ne voudrais pas m'en séparer en disant « Je m'en lave les mains, je ne l'ai pas fait » ; ça n'est pas vrai. C'est lui qui l'a fait, mais il l'a fait avec mon accord complet et avec la possibilité, qu'il m'a toujours donnée de lui faire part de mes critiques ou de mes objections ou de lui proposer quelque chose. Sans quoi je ne serais pas ici.

On vous a souvent adapté au cinéma, je voudrais savoir si c'est la première fois que vous êtes satisfait d'une de ces adaptations.

Eh bien ! oui, voilà une très bonne question : c'est la première fois. Je pourrais vous citer les films, mais ce n'est pas la peine d'en parler. Ils ont tous été de lamentables insuccès. Quelquefois des succès publics, mais pour moi des insuccès en tout cas ; et j'espère que celui-là, qui me plaît, ne sera pas un insuccès public.

Je voudrais savoir si, pour un philosophe comme Jean-Paul Sartre,
le cinéma est une manière de faire rentrer plus de gens dans une philo-
sophie.

Vous savez : « Le Mur » n'est pas une œuvre de philosophe, c'est
au contraire une réaction affective et spontanée à la guerre d'Espagne. En particulier, si vous regardez le point de vue anecdotique,
il se trouvait que j'étais en relation d'amitié avec des hommes (des
morts — et des communistes) qui étaient liés à Malraux, et Malraux
organisait le passage des volontaires en Espagne. Et un de mes
amis, un de mes anciens élèves, tout jeune, à la suite de déceptions
personnelles, m'avait demandé de le faire passer en Espagne et
j'étais très embêté parce que d'une part je considérais qu'il n'avait
pas la formation militaire et même biologique suffisante pour tenir
dans les coups durs, et que d'autre part je ne pouvais pas refuser
à un homme qui me demandait en confiance l'autorisation, s'il
pouvait l'obtenir, d'aller se battre[1]. Et au fond « Le Mur » est né de
ces différentes propositions. En particulier, vous verrez dans le film,
il y a des personnages qui sont très insuffisamment préparés à cette
bataille, à cette mort et qui en souffrent. Et on voit d'autres comme
Pablo, qui le sont davantage. De sorte qu'il ne faut pas chercher
ici une image philosophique, il faut y chercher plutôt une espèce
de méditation en forme sur la mort...

Le problème de savoir si on peut réaliser des œuvres philosophiques au cinéma est un problème très difficile et très différent.
Ce que je trouve parfaitement réalisé chez Roullet ce n'est pas
philosophique; c'est l'engagement politique et personnel, c'est
l'horreur d'une mort infligée à un homme par des hommes. En
ce sens, la façon dont il a traité de l'un aujourd'hui — et qui parle
de la guerre — permet de faire réfléchir sur ce qui se passe en
Grèce, sur ce qui se passe en Bolivie, sur ce qui se passe pour les
pays où les hommes sont jetés en prison et rafles comme ça, à la
va-vite, le lendemain, et savent qu'ils seront tués.

C'est dans ce sens si vous voulez que cette méditation personnelle
sur la mort possible d'un ami en 36 est devenue maintenant une
espèce de dénonciation de ces exécutions sommaires auxquelles
aujourd'hui nous assistons et qui nous obligent à porter témoignage.

Pensez-vous qu'il y ait une analogie entre les mouvements de jeunes
gens au moment de la guerre d'Espagne, au moment de l'après-guerre
européenne, et ceux qui sont pour les Gardes rouges ?

Je pense que cette question déborde la conférence de presse
parce que prendre position devant ces trois jeunesses m'amènerait
à des prises de positions politiques bien compliquées. Il m'est bien
difficile de répondre mais ce qui me paraît certain c'est que la façon
dont la jeunesse nous parlait — par exemple ce jeune homme, mon
ancien élève qui m'avait demandé à partir en Espagne — la façon
dont cette jeunesse réalisait à ce moment-là la guerre d'Espagne
était tout autre chose : ni bien, ni mieux, ni plus mal; mais ces
jeunes gens français qui s'engageaient avaient réellement l'impression de pouvoir faire quelque chose là-bas. Ils étaient certainement
en partie écœurés par la passivité des Français. Et en même temps

---

1. Simone de Beauvoir, exposant dans *La Force de l'âge* le projet de Jac-
quet-Laurent Bost de partir se battre en Espagne, indique que cela se passait
vers février ou mars 1937.

cependant, c'était une époque où la France vivait : c'était le temps du Front populaire. Ce qu'ils estimaient, c'est que là-bas il y avait une puissance d'action directe qui prolongeait un certain nombre d'idées, de thèses politiques auxquelles ils croyaient, qu'ils avaient découvertes ou qu'on leur avait fait comprendre, et par conséquent ils ne cherchaient pas là une fuite ; c'était le prolongement naturel de leur action. Ils croyaient à un certain nombre de principes ; il arrivait nécessairement, quand vous aviez vingt ou vingt-cinq ans, que vous vous disiez : « Est-ce que je ne peux pas aller là-bas payer de ma personne ? » Il me paraît aujourd'hui lorsque par exemple un Français, un jeune Français, est dans l'admiration devant les Gardes rouges (cette admiration est parfaitement légitime, c'est son droit) que la chose est un peu différente, parce que c'est surtout sa nostalgie d'une réalité révolutionnaire qu'il marque par là, son dégoût de ce qui se passe en Europe ; mais ce n'est certainement pas quelque chose qui puisse amener une action positive ni en Europe, ni en Chine. En Chine, parce que ces jeunes gens européens n'ont rien à faire là-bas ; ils ne seraient pas acceptés ; ils sont acceptés comme témoins quelque temps, mais les Chinois font leurs affaires eux-mêmes... Ni en Europe, parce que la situation actuelle ne permet pas une prise de position [...] qui soit pro-chinoise.

Nous avons donc deux aspects différents du problème, qui viennent de deux réalités différentes. C'était à l'époque de la Révolution d'Espagne et par conséquent d'une action immédiate. La Révolution chinoise, quoique intéressante profondément pour tout l'ensemble du monde, nous est beaucoup plus fermée en tant qu'Européens. Voilà pourquoi, d'un certain point de vue, je trouve qu'il y a beaucoup d'idéalisme chez un jeune homme qui est en admiration devant les Gardes rouges — et le mot idéalisme je l'emploie dans le bon et dans le mauvais sens à la fois — et il y avait beaucoup plus de volonté pratique chez les jeunes gens qui disaient : « Il faut partir en Espagne » et ceci vient uniquement d'une différence de situation.

Ce qui vous plaît le plus au sens technique dans ce film ?

Eh bien, voilà : deux choses : l'une qui est dans la tradition de Bresson, et qui est l'allusion, la discrétion, la suppression des effets trop marqués, trop clairs ; et l'autre, inversement (et qui est très propre à Roullet) c'est que, sur son sujet qui est ce temps angoissant et douloureux de la personne qui va mourir, loin d'avoir sa tactique allusive, il ne nous épargne rien. Autrement dit, il nous fait déguster le temps avec notre propre temps.

Je vais vous donner un exemple. Dans ce film, au départ, des accusés vont passer devant une sorte de tribunal improvisé. Ils sont là un très grand nombre à attendre et il y a naturellement parmi eux ceux qui sont les héros du film, d'autres que nous ne reverrons jamais. Un metteur en scène américain habile, connaissant son métier et faisant les choses très bien, bien sûr, nous aurait en une demi-seconde fait sentir à la fois que les héros attendront comme les autres, qu'ils passeront à leur place, qu'ils font la queue, et en même temps il aurait trouvé une astuce pour que, une fois marquée cette seconde, ils soient brusquement posés devant les tables d'interrogatoire. Ceci pour nous épargner, pour nous flatter, parce que, à ce niveau-là, le cinéma est du divertissement. Roullet ne nous épargne pas : c'est-à-dire que vous avez vingt personnes qui sont là, ou cinquante, à attendre d'être jugées, dans l'angoisse ; eh bien ! les héros passeront comme les autres, mais à leur tour ; non pas les derniers, non pas les premiers, mais quand il faudra. De sorte qu'au lieu de nous donner simplement l'allusion : « Vous savez, ils passeront à leur tour », il nous fait prendre le tour en même temps que les héros.

Vous savez : il y a la fameuse *Passion* d'Oberammergau[1] qu'on joue tous les cinq ans en Allemagne et qui est vieille de trois cents ans : ce qui m'avait frappé, par exemple, c'est que quand on donnait à Judas les 30 deniers, il les comptait les uns après les autres en disant : 1, 2, 3, jusqu'à 30. Cela m'avait frappé, non pas à cause du réalisme, mais à cause précisément de ce qu'il y avait à la fois de quotidien et de résistant dans la chose. Je pense qu'au théâtre il aurait dit : « Je ne les compte pas », et il les aurait mis en poche. Eh bien, précisément, dans le film, vous verrez, rien ne nous est épargné lorsqu'il s'agit de nous montrer l'angoisse du temps.

Par contre, vous avez des rapports qui sont à la fois amoureux et sexuels entre Pablo, un des héros, et sa compagne (nous les voyons quelquefois) : ces rapports sont au contraire traités sur le plan de l'allusion. Ces deux types de choses font, à mon avis, l'originalité technique du film : c'est-à-dire un mélange de lourdeur [...] et en même temps de légèreté. De sorte que finalement ceci s'impose de plus en plus, et non pas simplement parce que ça dure une heure et demie, mais parce que dans cette heure et demie on nous fait attendre tout le temps et que nous sommes finalement obligés d'attendre avec les condamnés eux-mêmes. Ce qui s'impose dans le film, c'est l'angoisse.

Je voudrais savoir si le personnage de médecin belge, qui est là, représente un élément occidental, pas engagé directement dans la guerre d'Espagne.

Vous avez parfaitement raison, c'est là le sens même de la chose. Ce médecin est très intéressé par tous les détails de mort, il vérifie la température, il regarde la tension, mais il est complètement incapable d'imaginer cette mort. Ce personnage a existé réellement. Malheureusement je ne sais plus où je l'ai lu ; c'était ou dans le Bulletin de psychologie ou dans un ouvrage quelconque ; c'était un médecin qui avait demandé à voir des condamnés à mort ; c'étaient des soldats qui s'étaient enfuis et le personnage réel n'était d'ailleurs pas belge ; il avait enregistré avec beaucoup de précision les signes avant-coureurs de la mort[2]. Ce médecin peut faire songer aux gens qui, par rapport à la guerre du Viêt-nam, par exemple, entrent dans des considérations savantes ou politiques, ou économiques, mais sont parfaitement incapables d'imaginer ce que ça peut être pour les gens du Viêt-nam Nord que d'être bombardés

1. Sartre a assisté à la *Passion* d'Oberammergau en 1934, année jubilaire marquant le trois centième anniversaire de la cérémonie (voir *La Force de l'âge*, p. 202-203).

2. Nos recherches pour retrouver la source indiquée ici par Sartre sont restées vaines. Sartre nous a précisé que, selon son souvenir, et contrairement à ce qu'il affirme ici, le médecin en question belge et que l'expérience relatée avait eu lieu pendant la retraite de Caporetto, les condamnés à mort étant des déserteurs de l'armée italienne. Contrairement aussi à ce qu'a pu nous indiquer Simone de Beauvoir, il semble que le *Traité de psychologie* de Georges Dumas ne contienne aucune description correspondant à cet épisode.

quinze fois par jour. Ainsi ce personnage représente, en effet, un certain type de traître scientifique.

> *Il me semble que, ici, il s'agit de voir qu'il y a une « tragicité » dans l'arreſtation de Ramon.*

Je considère que Pablo n'eſt pas suffisamment engagé comme militant; par conséquent, il a une attitude beaucoup plus individualiſte que celle d'un militant. Si on avait demandé à un militant responsable de soi et courageux : « Où eſt Ramon ? » ce militant aurait répondu, sans aucun sens de l'humour, sans envie de faire une plaisanterie : « Je ne sais pas », parce que la seule consigne qu'il aurait eue, c'eſt : « On ne le découvre pas. » En conséquence Ramon n'aurait pas été tué, cet homme aurait été fusillé, et nous aurions eu une chose tragique mais parfaitement rationnelle, étant donné les forces en présence. Si Pablo s'amuse à cette farce, c'eſt parce qu'il trouve la situation absurde. Elle ne l'eſt pas que je sache, c'eſt une situation de guerre, une situation rationnelle au contraire. Il veut réagir par une action individuelle, parce qu'il trouve que c'eſt une farce. C'eſt dans la mesure où il veut jouer avec des forces qu'il ne comprend pas qu'il dévie contre lui les forces de l'absurde. Cela ne vient pas d'un « deſtin » absurde qui entraînerait les hommes. Cela je n'y ai jamais cru; Camus, lui, y croyait; nous discutions souvent là-dessus. Cela vient de la non-connaissance — parce que Pablo n'eſt pas suffisamment informé — des actions réelles à faire. C'eſt par une action enfantine qu'il a obtenu cela : en ce sens il n'eſt pas totalement innocent parce qu'il n'a pas su jouer le rôle qu'il avait à jouer; il eſt d'ailleurs bien excusable, parce qu'il n'eſt pas formé complètement comme un révolutionnaire[1]...

NOTES ET VARIANTES

Page 211.

1. Sartre fit la connaissance d'Olga Kosakiewicz, fille d'émigrés russes inſtallés en Normandie, en 1935 par l'intermédiaire de Simone de Beauvoir. Pendant quelque temps, ils formèrent ce « trio » dont il eſt queſtion dans *La Force de l'âge*. On se référera d'ailleurs à ce volume (p. 235 et suiv.) pour de nombreux détails concernant Olga et ses relations avec Sartre et Simone de Beauvoir.

Olga Kosakiewicz a inspiré assez directement le personnage de Xavière dans *L'Invitée* et celui d'Ivich dans *Les Chemins de la liberté*. Plus tard, elle fit du théâtre sous le nom d'Olga Dominique et épousa Jacques-Laurent Boſt.

Page 213.

a. devaient être des étrangers. *ms.*
b. à écrire sur leurs papiers. Ils demandèrent   *NRF*
c. dans [le corps international *biffé*] : Tom *ms.*

1. Les Brigades internationales se formèrent dès août 1936. Voir à ce sujet l'ouvrage très documenté de Jacques Delperrie de Bayac, *Les Brigades internationales*, Fayard, 1968.

1. Serge Roullet, de son côté, a donné plusieurs interviews pour présenter son film lors de sa sortie; voir notamment son entretien avec Luce Sand dans *Jeune Cinéma*, n° 25, octobre 1967, p. 29-31.

Page 214.

a. Tom et Juan m'attendaient *ms.,*   NRF

Page 215.

a. la première fois, il a manqué tourner de l'œil. » / — Je ne crois   *ms.*

Page 217.

a. je pensais aux balles, [je les voyais filer vers moi, grises et longues,   *biffé*] j'imaginais   *ms.*

Page 218.

a. agitait la tête de temps en temps pour s'empêcher   NRF

b. je pense qu'[un mur aurait été plus intelligent et plus pitoyable que lui   *biffé*] il avait [...] bûche, mais sans doute   *ms.*

Page 219.

a. me regarder d'un œil dur   NRF

Page 220.

a. c'est une manifestation   NRF

b. Il avait l'air [d'un docteur qui rassure   *biffé*] un malade payant   *ms.*

Page 222.

a. pas des vraies   *ms.*

b. dis-je durement, tu boufferas   NRF

c. à penser aux couleurs, aux balles   NRF

d. pour penser ça, Pablo. [C'est comme si j'essayais de me soulever moi-même en m'attrapant par les jambes.   *biffé*] Tu peux   *ms.*

Page 224.

a. Le Belge prenait des notes. / Nous le regardions tous les trois   *éd. récentes, qui omettent ainsi, par saut du même au même, toute une ligne du texte.*

b. à demain ; nous étions là, [comme trois fumées grises, comme   *biffé*] trois ombres   *ms.*

c. que du feu. Il souriait   *ms.*

Page 225.

a. d'avoir [parlé en dormant   *biffé*]. Mais il se lissait   *ms.*

b. me fit sourire [: était-ce la peine de tant se débattre ?   *biffé*] Avec quelle   *ms.*

c. réunions publiques : [je n'y allais pas que d'une fesse   *biffé*], je prenais tout   *ms.*

1. Francesco Pi y Margall (1824-1901), homme politique et intellectuel espagnol, de tendance libérale-révolutionnaire et préanarchiste.

Page 227.

a. Toutes les versions imprimées donnent : il se taisait. *Nous restituons ici* il se tassait *d'après le manuscrit.*

Page 228.

    a. je me sentis barré, inhumain   *ms.*
    b. faire ça dans [le cimetière   *biffé*] la cour   *ms.*

Page 229.

    a. comprenais pas ce [qu'ils voulaient   *corrigé en*   qui m'arrivait] mais j'aurais

Page 230.

    a. des noms [pour   *biffé*] [sur   *corr. interl.*] leurs paperasses *ms.*
    b. choquantes [ou   *biffé*] [et   *corr. interl.*] burlesques   *ms.*

Page 232.

    a. Je les imaginai   *orig. Nous avons ici adopté la leçon de la préoriginale qui donne l'imparfait.*

Page 233.

    a. la pelouse centrale, je ne comprenais pas ce qui m'arrivait. J'étais hébété.   *NRF*

LA CHAMBRE

NOTICE

    Cette nouvelle, parue dans *Mesures* en janvier 1938, a été terminée au printemps 1937, peu après que Sartre eut obtenu l'assurance que *La Nausée* serait publié par Gallimard. Un premier projet avait été ébauché à une date difficile à déterminer, sans doute 1935 ou 1936, mais il n'en reste pas de traces.
    Sartre aborde dans « La Chambre » une nouvelle situation limite dont l'aboutissement, dans le domaine du fait-divers, pourrait sans doute se résumer ainsi : « Voyant son mari sombrer dans la folie, elle le tue par amour. » Dans une situation qui est une fois de plus celle de la séquestration, Sartre pose, sans indiquer de solutions, un problème qui le préoccupe depuis quelques années et dont on trouve des échos dans *La Nausée,* le problème de la folie.
    Les intentions de Sartre, telles qu'il nous les a précisées en 1972, étaient les suivantes : « Je voulais donner le rapport d'un fou avec l'ensemble familial, prendre, en dehors de toute théorie, la vie commune d'un fou et d'une femme normale, en particulier sur le plan sexuel, et laisser entendre par des vues objectives, jamais subjectives, une certaine intimité intérieure. Il s'agissait de montrer par rapport à la folie à la fois la peur et la tentation. Quant au personnage de Pierre, il est toujours vu par les autres, et c'est à travers leur vision qu'il apparaît comme une subjectivité fuyante qu'on peut un peu déchiffrer. »
    À l'origine de la nouvelle, il y a un cas réel qui nous est décrit

par Simone de Beauvoir dans *La Force de l'âge*[1] comme étant celui d'une enseignante de Rouen, Louise Perron. Celle-ci impressionna fortement Simone de Beauvoir et Sartre par son comportement psychotique et paranoïaque. Pour reprendre les termes de *La Force de l'âge*, Louise Perron souffre de dédoublement, recherche l'acte pur, se croit victime d'une coalition et se meut dans de sombres fantasmagories ; elle a des tendances suicidaires et constitue un danger pour ceux qui l'entourent. Sa crise se précipite lorsqu'elle a une liaison sexuelle avec un socialiste quinquagénaire qui l'emmène dans un hôtel proche de la gare du Nord. Simone de Beauvoir écrit à ce propos[2] : « Nous rêvâmes, Sartre et moi, sur la nuit qu'avait passée, le samedi précédent, avec Louise, le socialiste quinquagénaire. Sartre devait ébaucher sur ce thème une nouvelle qu'il abandonna mais qui fut à l'origine de " La Chambre ". »

Si Sartre se sent à ce point concerné par le cas de Louise Perron et s'il l'utilise partiellement pour construire le personnage de Pierre dans sa nouvelle, c'est que lui-même, vers 1935, se croit aux limites de la folie. À cette époque il est fortement marqué par la visite d'un asile psychiatrique à Rouen où il observe des malades atteints de paranoïa ou de psychose hallucinatoire, et dont l'un prétend qu'on lui a installé un téléphone dans le ventre. Après être passés par la cour des déments où, pour paraphraser *La Force de l'âge*[3], des déchets humains, le visage affaissé, la bouche baveuse, répètent indéfiniment des gestes autrefois chargés de symboles, aujourd'hui vidés de tout sens, Simone de Beauvoir et Sartre en viennent à se poser les questions suivantes : « Avaient-ils un jour — dans leur lointaine enfance — ressemblé à tout le monde ? comment, pourquoi, en étaient-ils venus là ? et que faisions-nous dans cette cour à les regarder, à nous interroger[4] ? » Ce qui semble les frapper particulièrement dans ce voyage aux enfers, c'est l'irréversibilité de la folie ou, tout au moins, de l'internement psychiatrique : « Quand on entrait ici, il fallait abandonner toute espérance[5] ». Pour celui qui est considéré comme fou, les jeux sont faits et le pire est toujours sûr.

Un autre élément, bien plus déterminant, de la « folie » de Sartre se situe non plus au niveau de l'observation angoissée, mais à celui du vécu direct. En février 1935, en effet, Sartre se fait piquer à la mescaline à l'hôpital Sainte-Anne afin d'observer sur lui-même certaines anomalies de la perception, mais cette expérience l'affecte beaucoup plus longuement et beaucoup plus profondément qu'il ne l'avait prévu. Pendant près d'un an, sa perception des objets se trouve modifiée, il se croit poursuivi par des langoustes, il souffre d'un état d'angoisse, et il déclare un jour à Simone de Beauvoir : « Je sais ce qui en est : je commence une psychose hallucinatoire chronique[6] ». « Telle qu'on la définissait à l'époque, c'était une maladie qui en dix ans sombrait fatalement dans la démence », commente Simone de Beauvoir. Elle a alors le plus grand mal à persuader Sartre que son cas n'est pas aussi grave : « Votre seule folie, c'est de vous croire fou, » lui dit-elle.

1. P. 173 et suiv.
2. *Ibid.*, p. 179.
3. *Ibid.*, p. 260.
4. *Ibid.*
5. *Ibid.*
6. *Ibid.*, p. 217.

Lorsque Sartre entreprend d'écrire « La Chambre », sa crise mescalinienne est passée ; il la voit à distance et d'un point de vue qui, tout en conservant des éléments d'intériorité, tend à être extérieur. Sa position en ce qui concerne la folie n'est pas clairement explicitée, et il choisit de considérer la folie de Pierre comme un donné mystérieux à partir duquel les autres personnages de la nouvelle doivent se définir. Dans ce sens, « La Chambre » traite moins de la folie que des réactions à la folie. D'autre part, il est certain que Sartre n'accepte pas la position exprimée à l'époque par Simone de Beauvoir. « J'accordais une dignité métaphysique à la folie : j'y voyais un refus et un dépassement de la condition humaine[1]. » Par ailleurs, il critique fortement la position traditionnelle représentée par M. Darbédat et par le docteur Franchot, qui estime qu' « on ne doit jamais entrer dans le délire d'un malade[2] » et pour lequel « tous les aliénés sont des menteurs[3] »

Sartre, cependant, n'hésite pas à reprendre à son compte cette dernière opinion du docteur Franchot. Il écrit en effet dans le prière d'insérer du *Mur :* « Ève essaie de rejoindre Pierre dans le monde irréel et clos de la folie. En vain : ce monde n'est qu'un faux-semblant et les fous sont des menteurs. »

Pour établir et maintenir au sujet de la folie cette ambiguïté qui fait la richesse de la nouvelle et lui donne son épaisseur romanesque, Sartre opère les choix suivants :

Bien que « La Chambre » soit l'histoire de deux couples et de deux générations et bien que le cas de Pierre, comme celui de Frantz dans *Les Séquestrés d'Altona,* soit à la base du récit, le personnage principal de la nouvelle n'est pas Pierre mais Ève. Celle-ci est prise entre deux mondes dont l'un est considéré comme « normal » et l'autre comme « fou », mais qui sont en réalité également aliénés ; elle ne peut plus vivre dans le monde bourgeois et routinier de ses parents où, remarquons-le, Mme Darbédat est séquestrée au même degré que Pierre par « un mal inconnu », et elle ne parvient pas à intégrer l'univers noir, halluciné, et inversé de Pierre. Coincée entre la sclérose et l'inarticulé, entre ces deux mondes en apparence opposés mais en réalité complémentaires, elle est tentée par cette chambre où il y avait autrefois une réciprocité entre Pierre et elle, notamment sur le plan sexuel, mais qui est devenue le domaine de l'en-soi ; elle finit, cependant, par se retrouver « nulle part » et elle en est réduite à envisager la solution tragique de l'euthanasie.

Très habilement, Sartre fait intervenir ici la notion de temps : la folie de Pierre est prise dans son évolution, juste au moment où, dans un processus qui est donné comme inéluctable, elle atteint le niveau de l'autisme et de la non-communication. Il est significatif, par exemple, que M. Darbédat s'inquiète des rapports sexuels entre Ève et Pierre (« Il la tient par là »), alors que ces rapports ont maintenant cessé. En présentant le cas de Pierre comme évolutif et en le décrivant presque entièrement du point de vue d'Ève et de M. Darbédat, Sartre joue sur les deux plans de la normalité et de l'anormalité et évite de se prononcer sur les limites de l'une et de l'autre.

Le mot de *récapitulation* utilisé à la fin de la nouvelle, l'attitude

1. *La Force de l'âge,* p. 185.
2. P. 243.
3. P. 256.

de M. Darbédat qui tient à tout prix à exclure son beau-fils de l'humain, la pratique du docteur Franchot nous permettent finalement d'entrevoir les causes profondes de la folie de Pierre. Celui-ci est fou, car il a été soumis à la pétrification des parents et parce qu'il est maintenant considéré comme une chose par les autres. Pétrifié pétrifiant, il est l'Adam qui a été transformé en Pierre par le monde bourgeois et qui maintenant voudrait transformer lui-même Ève en Agathe ; le jardin de l'Éden s'est rétréci en cette Chambre, lieu de l'hallucination et / ou du mythe, où, selon les mots de Merleau-Ponty[1], les choses s'enracinent dans le corps, les objets frappent par leur « vertigineuse proximité », où s'établit une étrange « solidarité » entre l'homme et le monde. Les statues que Pierre est le seul à voir ne sont-elles pas les Erynnies, les forces du passé et de l'enfance, qui viennent placer le présent sous le signe du tragique et de l'horrible ? Les jeux sont faits pour Pierre et sans doute pour Ève. Sartre, cependant, n'enferme pas entièrement le lecteur dans la tragédie : il nous laisse entendre, par sa critique du monde bourgeois des Darbédat et des Franchot, que c'est celui-ci qui crée et perpétue le monde de Pierre, et il nous indique ainsi une perspective sociale et morale au problème de la folie.

MICHEL RYBALKA.

NOTE SUR LE TEXTE

Publication

a. Mesures[2], 3ᵉ année, nᵒ 1, 15 janvier 1938, p. 119-149.
Traduction anglaise du texte de *Mesures* par John Rodker : *New Writing*, n. s., vol. II, printemps 1939, p. 6-28. Reprise dans le volume : *French Stories from New Writing*, Londres, Lehman, 1947, p. 13-41.
b. Repris avec quelques variantes dans le volume *Le Mur* (1939). Une excellente adaptation a été réalisée en 1964 pour la télévision française par Michel Mitrani.

Texte

Texte établi d'après l'édition originale (Gallimard, 1939). Nous ne connaissons pas de manuscrit. Les variantes données sont celles de la version publiée dans *Mesures*. Il nous est arrivé dans deux cas de préférer la leçon de *Mesures* à celle de l'originale.

NOTES ET VARIANTES

Page 234.

a. retint sa respiration par crainte d'éparpiller la fine poussière *Mesures.*
b. était obséquieux. / En dépit de ses précautions, il fallut

1. *Phénoménologie de la perception*, Gallimard, 1945, p. 337.
2. *Mesures* était une revue trimestrielle de grande qualité, publiée de janvier 1936 à avril 1940 ; elle avait à son comité de rédaction Jean Paulhan, Henri Michaux, etc.

qu'elle passât plusieurs fois le plat de la main sur les pages de
son livre, parce qu'elles s'étaient recouvertes   *Mesures*.

1. Arcachon est lié à l'enfance de Sartre. Il y passa plusieurs de ses
vacances et y fréquenta même l'école communale en 1912-1913
(voir *Les Mots*, p. 62-65).

2. Pseudonyme de Sibylle Gabrielle Marie-Antoinette de
Riqueti de Mirabeau, comtesse de Martel de Janville (1850-1932),
auteur d'une centaine de volumes que le Larousse nous décrit
comme « volontiers frondeurs » et « d'un esprit délibérément réactionnaire ».

Dans *Les Mots* (p. 103), Sartre mentionne que sa propre grand-
mère « lisait du Gyp ».

3. Pseudonyme d'Antoinette Huzard (née en 1874), auteur de
nombreux romans destinés au public féminin et qui connut quelque
notoriété en son temps.

Page 235.

1. Il est possible qu'il s'agisse de l'une des œuvres suivantes :
— *La Petite Madame de Thianges* par Paul Acker (1906) ;
— *La Petite Madame* par Vaucaire (1909) ;
— *Petite Madame* par André Lichtenberger (1920).

2. Journal conservateur, publié jusqu'en 1940, ayant une réputation de mesure et de sérieux.

Page 236.

a. avec les yeux ou avec les coins   *Mesures*

Page 238.

a. il fallait qu'elle parle.   *Mesures*

Page 240.

a. comme un égaré parce qu'il a   *Mesures*
b. Il se rappelait avec satisfaction   *Mesures*

Page 241.

a. on veut juger un homme, tel qu'il est   *Mesures*

Page 243.

a. et cependant on ne pouvait lui demander la moindre humilité,
pas même une reconnaissance   *Mesures*
b. la tenait du bout de   *Mesures*

1. On peut peut-être rapprocher l'attitude de Pierre avec sa
fourchette de celle de Roquentin au début de *La Nausée* : « Dans
mes mains [...], il y a quelque chose de neuf, une certaine façon de
prendre ma pipe ou ma fourchette. Ou bien c'est la fourchette qui a,
maintenant, une certaine façon de se faire prendre, je ne sais
pas [...] » (p. 8).

Page 244.

1. Il s'agit sans doute de Marie Ventura qui joua le rôle de
Phèdre à Orange en 1920.

Page 249.

a. un peu paternels ; *orig. Nous pensons qu'il s'agit là d'une faute de l'édition originale et nous adoptons la leçon de « Mesures ».*

Page 252.

a. pour l'étourdir et paralyser ses soupçons *Mesures*

Page 253.

a. sous sa chaise en effleurant *Mesures*

Page 254.

a. L'édition originale donne : il va se défier. *Nous adoptons, ici encore, la leçon de « Mesures », qui nous paraît la bonne.*
b. tu te le rappelles ? *Mesures*

1. Hambourg, sans doute parce que c'est un des lieux privilégiés de l'imaginaire romanesque de l'époque, semble exercer une certaine fascination sur Sartre : Roquentin y a séjourné, et c'est là, aussi, que Sartre situera plus tard l'action des *Séqueſtrés d'Altona.*

Page 255.

a. Pierre avait l'air faux, on aurait dit qu'il inventait. « Il souffre *Mesures*

1. À l'inverse d'Henri Michaux ou de Boris Vian, par exemple, Sartre crée rarement des mots, et il eſt intéressant qu'il attribue l'invention de *ziuthre* à l'aliéné qu'eſt Pierre. Un mot relativement proche, *zutre,* formé de la même manière que *merdre,* a été utilisé par Alfred Jarry dans un texte sur *Ubu roi* (Jarry, *Œuvres complètes,* Bibl. de la Pléiade, t. I, p. 416).

Page 257.

1. Sur cette graphie, voir n. 3, p. 48.

Page 259.

a. tièdes, marbraient leurs grands *Mesures*

Page 260.

a. Ce n'eſt pas ce mot-là... *Mesures*

Page 261.

a. se mît à bafouiller. « Je suis *Mesures*

ÉROSTRATE

NOTICE

« Éroſtrate » eſt la deuxième nouvelle que Sartre ait complètement rédigée dans son âge mûr, après « Soleil de minuit », mais avant « Dépaysement ». Écrit, selon Simone de Beauvoir, en 1936, le texte n'a pas connu de publication en revue et a paru seulement dans le volume *Le Mur* en 1939.

Nous connaissons peu de détails sur les circonstances dans lesquelles la nouvelle a été composée. Sartre nous a indiqué qu'à son origine il y avait eu une longue conversation avec un ami au sujet d'un fantasme de celui-ci, qui s'était imaginé tirant dans la foule, accomplissant ainsi l'acte surréaliste que préconisait André Breton dans son *Second Manifeste*. À ce point de départ personnel, il faut ajouter cet « intérêt pour les faits divers » que signale Simone de Beauvoir[1], la lecture de l'ouvrage d'Alfred Adler sur *Le Tempérament nerveux* avec sa notion de complexe d'infériorité, et surtout un certain goût de Sartre pour la modernisation de mythes antiques, goût déjà révélé par des textes de jeunesse comme « Empédocle » et « Er l'Arménien ».

Selon la légende, Érostrate ou Herostrate était un Éphésien obscur qui, pour immortaliser son nom, incendia en 356 avant Jésus-Christ le temple de Diane Artémis à Éphèse, considéré comme l'une des sept merveilles du monde et bâti en 620 par un constructeur dont l'histoire n'a pas conservé le nom. Les Éphésiens le livrèrent au supplice et défendirent, sous peine de mort, de prononcer son nom. Paul Hilbert, le personnage que nous présente Sartre, est un obscur petit employé parisien qui voudrait lui aussi devenir un héros noir et s'assurer l'immortalité par un acte anti-humaniste et destructeur qui étonnerait les foules ; malgré tous ses efforts, il ne réussit pas à atteindre la gloire douteuse du fait divers et à être la parodie vivante d'Érostrate. Geneviève Idt écrit fort justement à ce sujet : « Il se forge de lui-même une image glorieuse et composite, faite de figures mythiques disparates : l'incendiaire qui détruisit le temple de Diane à Éphèse le jour même où naquit Alexandre ; le Christ, que les hommes tuèrent aussi "à trente-trois ans" ; le nihiliste russe, peut-être emprunté aux *Démons* de Dostoïevski, à la fois Stavroguine, par son obsession du crime, et Kirilov, par sa théorie du suicide ; et les sœurs Papin, dont il présente le crime comme un noble geste de protestation sociale. Mais la réalité du personnage, c'est l'image du " furieux ", de l'obsédé malheureux, que diffuseront les grands quotidiens : elle jette dans la vulgarité la belle figure du grand destructeur[2]. » D'autres contradictions marquent le personnage de Paul Hilbert : comment cet être rigide et presque caricatural, caractérisé par sa canne, son lorgnon, ses gants et son

---

1. *La Force de l'âge*, p. 135. Simone de Beauvoir précise dans le même passage : « [...] Les cas extrêmes nous attachaient, au même titre que les névroses et les psychoses : on y retrouvait exagérées, épurées, dotées d'un saisissant relief, les attitudes et les passions des gens qu'on appelle normaux. Ils nous touchaient encore d'une autre manière. Toute perturbation satisfaisait notre anarchisme ; la monstruosité nous séduisait. Une de nos contradictions, c'est que nous niions l'inconscient ; cependant Gide, les surréalistes et, malgré nos résistances, Freud lui-même, nous avaient convaincus qu'il existe en tout être un "infracassable noyau de nuit" : quelque chose qui ne réussit ni à percer ni les routines sociales ni les lieux communs du langage mais qui parfois éclate, scandaleusement. Dans ces explosions, toujours une vérité se révèle, et nous trouvions bouleversantes celles qui délivrent une liberté. Nous accordions un prix particulier à toutes les turbulences, qui mettaient à nu les tares et les hypocrisies bourgeoises, abattant les façades derrière lesquelles se déguisent les foyers et les cœurs [...]. »

2. *Le Mur de Jean-Paul Sartre*, p. 154.

bedon, pourrait-il devenir Érostrate ? Le fait même qu'il ait besoin de se trouver des modèles dans la mythologie et dans le passé est garant de son échec et atteste son impuissance à détruire véritablement. Avatar petit-bourgeois de l'homme seul, il ne parvient pas à provoquer la grande peur métaphysique liée au nom d'Érostrate et ne suscite guère que la pitié que l'on a pour les médiocres. Le nom même de Paul Hilbert suggère une contradiction interne : le suffixe germanique — bert signifie « illustre », alors que l'ensemble du nom a indubitablement une connotation bourgeoise.

Dans un article, « Érostrate aujourd'hui », publié dans *Le Monde* du 5 juillet 1978, Pierre Viansson-Ponté compare à de « modernes Érostrate » les plastiqueurs actuels, et en particulier ceux qui ont détruit plusieurs salles du château de Versailles. Il les décrit comme de « minables zorros [...] souvent aigris par des échecs ou des difficultés, mal intégrés et parfois mal dans leur peau, habités par quelque idée fixe, [...] voyant leur ennemie qu'ils nomment " la société " comme une sorte d'hydre monstrueuse qui brutalise, opprime, réprime aveuglément [...] » Cet article, ne fait pas allusion à la nouvelle de Sartre, mais il permet de comprendre pourquoi celle-ci connaît aujourd'hui un regain d'actualité : dans nos sociétés bloquées et en crise, le mythe d'Érostrate reste plus que jamais vivant, et des individus comme Paul Hilbert sont peut-être les seuls Érostrate que nous méritions. On peut noter ici que le personnage de Sartre n'a aucune conscience de classe, qu'il se défend d'être anarchiste et qu'il voudrait commettre un « acte proprement impolitique »; si, par moments, on remarque chez lui ce « mépris haineux des petites gens » que Simone de Beauvoir attribue à Céline et qu'elle qualifie d'« attitude préfasciste[1] », son but premier est de commettre l'acte le plus radical qui soit : le crime anti-humaniste. À ce sujet, la lettre qu'il envoie à cent deux écrivains — et qui est, avec la scène sexuelle du début, le meilleur passage de la nouvelle — constitue une des condamnations les plus radicales de l'humanisme que nous ayons chez Sartre et dépasse même celle que nous propose Roquentin dans *La Nausée*. Lorsque Paul Hilbert écrit : « Ils ont accaparé le sens de la vie », lorsqu'il se refuse, à l'inverse de l'Autodidacte, à « aimer » les hommes, lorsque, répercutant les problèmes de l'écrivain, il voudrait des mots qui seraient à lui, il trouve des accents qui font quelques instants oublier sa médiocrité petite bourgeoise et sa psychose et il nous fait ainsi penser à ceux qui, comme Beckett et Camus, ont développé en littérature les grands thèmes du pessimisme philosophique. De ce point de vue, « Érostrate » apparaît moins comme l'étude d'un cas psychopathologique que comme un voyage aux bords du nihilisme et un témoignage personnel sur la misère de l'homme.

Confession à la première personne et d'une facture traditionnelle, « Érostrate » a suscité jusqu'à présent davantage un succès de lecture qu'un succès de critique. Si l'on en juge par l'adaptation qui en a été jouée au théâtre Mouffetard en 1977 et par diverses utilisations du texte (dont celle faite par Jean-Pierre Énard dans son roman *Le Dernier Dimanche de Sartre*[2]), la nouvelle semble toucher aujourd'hui, principalement pour des raisons de société,

1. *La Force de l'âge*, p. 142.
2. Le Sagittaire, 1978.

un public plus large. Il reste à la critique de déterminer comment « Érostrate » s'inscrit plus personnellement dans l'ensemble du projet d'écriture sartrien.

MICHEL RYBALKA.

NOTE SUR LE TEXTE

Publication

a. Dans le volume *Le Mur* (Gallimard, 1939).

b. Traduit en anglais par Eleanor Clark dans : *Decision,* vol. II, n° 5-6, novembre-décembre 1941, p. 60-73.

Texte

Nous avons suivi le texte de l'édition originale (Gallimard, 1939). Il n'existe pas de publication en préoriginale et nous n'avons pas pu consulter le manuscrit. Celui-ci a été vendu en 1961, en même temps que celui de la nouvelle « Le Mur », lors de la vente Davray.

Adaptation théâtrale

Le texte intégral de la nouvelle, sans modifications ni coupures, a été joué à partir d'août 1977 au théâtre Mouffetard dans une mise en scène de Yves Gourvil. Le texte était réparti entre trois acteurs : Jean-Louis Grinfeld, Philippe Duclos et Martine Irzenski.

NOTES

Page 262.

1. Dans son enfance, Sartre habita au cinquième étage du numéro 1 de la rue Le-Goff, et il voulait vers la fin des années vingt écrire un texte dont le personnage principal aurait habité au sixième étage d'un immeuble parisien.

2. Le quartier où se situe très précisément toute l'action de la nouvelle est le Montparnasse familier de Sartre : il habite à l'époque l'hôtel Mistral, rue Cels, du côté sud du cimetière, et fréquente quasi exclusivement *Le Dôme, La Coupole* et *Les Trois Mousquetaires.* C'est dans ce quartier aussi, où Sartre a vécu de 1962 à sa mort, que se situent en partie « Intimité » et *L'Âge de raison.* Simone de Beauvoir en a fait également l'essentiel du cadre de *L'Invitée.* Ces textes ont beaucoup contribué à alimenter la mythologie littéraire de Montparnasse pour les générations d'après-guerre.

Page 264.

1. L'une des sœurs Papin, dont il sera question plus loin (voir p. 272 et n. 2), se prénommait Léa.

2. Voir n. 4, p. 31.

Page 271.

1. Dans la suite de sa lettre, Paul Hilbert indique qu'il veut tuer cinq passants au lieu de six, gardant ainsi la sixième cartouche pour

lui-même. Geneviève Idt (*Le Mur de Jean-Paul Sartre,* p. 24) remarque que c'est là une façon détournée de poser le problème du suicide éventuel du personnage. Plus loin, Hilbert recherche six victimes et finit par tirer en tout cinq coups de feu. Le fait que le revolver ait une capacité de six cartouches joue ainsi un rôle important dans le déroulement de l'action.

2. On sait que Platon voulait inscrire au fronton de sa République : « Nul n'entre ici s'il n'est géomètre. »

Page 272.

1. Sartre fait allusion ici au célèbre crime des sœurs Papin qui inspira plus tard *Les Bonnes* de Genet et le film de Nico Papatakis, *Les Abysses* (sur ce film, voir le texte de présentation de Sartre dans *Les Écrits de Sartre,* p. 733-734, et le film de Jean-Pierre Denis, *Les Blessures assassines* [2000]). Ce crime eut lieu le 2 février 1933 ; le procès fit sensation et se termina, le 30 septembre, par la condamnation à mort de la sœur aînée.

Dans un de ses premiers articles, « Motifs du crime paranoïaque : Le crime des sœurs Papin », publié dans la revue *Minotaure* en 1933 et repris dans *Obliques* (n° 2 [sur Genet], 1972, p. 100-103) ainsi qu'en annexe de la réédition de sa thèse (*De la psychose paranoïaque dans ses rapports avec la personnalité,* Seuil, 1975, p. 389-398), Jacques Lacan décrit ainsi le meurtre par Léa et Christine Papin de leurs patronnes (mère et fille) :

« [L'attaque] fut soudaine, simultanée, portée d'emblée au paroxysme de la fureur : chacune s'empare d'une adversaire, lui arrache vivante les yeux des orbites, fait inouï, a-t-on dit, dans les annales du crime, et l'assomme. Puis, à l'aide de ce qui se trouve à leur portée, marteau, pichet d'étain, couteau de cuisine, elles s'acharnent sur les corps de leurs victimes, leur écrasent la face, et, dévoilant leur sexe, tailladent profondément les cuisses et les fesses de l'une, pour souiller de ce sang celles de l'autre. Elles lavent ensuite les instruments de ces rites atroces, se purifient elles-mêmes et se couchent dans le même lit [...] »

On peut rapprocher ici le texte de Sartre de ce qu'écrit Simone de Beauvoir dans *La Force de l'âge* (p. 136-137) à propos des sœurs Papin :

« Avec leurs cheveux ondulés et leurs collerettes blanches, que Christine et Léa semblaient sages, sur l'ancienne photo que publièrent certains journaux ! Comment étaient-elles devenues ces furies hagardes qu'offraient à la vindicte publique les clichés pris après le drame ? Il fallait en rendre responsable l'orphelinat de leur enfance, leur servage, tout cet affreux système à fabriquer des fous, des assassins, des monstres qu'ont agencé les gens de bien. L'horreur de cette machine broyeuse ne pouvait être équitablement dénoncée que par une horreur exemplaire : les deux sœurs s'étaient faites les instruments et les martyres d'un sombre justice [...] »

À cette époque, Sartre et Simone de Beauvoir lisaient surtout *Détective* et *Paris-Soir.* Ils suivirent l'affaire des sœurs Papin avec passion.

Page 274.

1. Au cours de l'été 1935, Sartre fit avec Simone de Beauvoir des promenades dans les Causses ; c'est là, d'ailleurs, qu'il perdit le texte de sa nouvelle « Soleil de minuit ».

Page 275.

1. Populairement, « sans argent », d'après l'expression « être dans la panne » [être dans la misère]. L'édition originale donne la graphie : *panés.*

Page 276.

a. Ce mot semble curieux ici. Ne s'agit-il pas ici d'une coquille de l'édition originale pour amène ?

INTIMITÉ

NOTICE

Selon toute vraisemblance, « Intimité » a été rédigé au début de 1937, c'est-à-dire après « Dépaysement ». La nouvelle était terminée au printemps 1937 et elle fut alors acceptée par Jean Paulhan pour la *N.R.F.* où elle parut en deux livraisons au cours de l'été 1938 dans une version qui omet, par rapport au texte publié en 1939, plusieurs passages à caractère sexuel évident. Il est probable que ces coupures de bienséance furent faites par Sartre lui-même, à la demande de Jean Paulhan et pour éviter le reproche d'obscénité (que l'on ne manqua d'ailleurs pas de faire tout de même après la publication en volume).

Comme « Érostrate », c'est une nouvelle d'atmosphère dont l'action se passe principalement à Montparnasse et un critique a pu la définir comme une « étude de sentimentalité montparnassienne[1] ». On sait que Sartre et Simone de Beauvoir avaient l'habitude d'imaginer la vie des gens qu'ils côtoyaient au Dôme ou dans d'autres cafés, et il s'agit ici d'un texte où Sartre, comme Roquentin dans *La Nausée*, se met à l'écoute des petits problèmes d'autrui et transpose des conversations entendues dans son entourage, tout en parodiant les clichés sur le bonheur et sur les rapports hommes-femmes que transmettent inlassablement la grande presse et le courrier du cœur. Il est caractéristique, à ce propos, que le titre « Intimité » soit devenu plus tard celui d'un hebdomadaire spécialisé dans la mise en images de ce genre de clichés.

Dans *La Nausée* déjà, la notion d'intimité était donnée comme négative et il est évident qu'ici le mot apparaît comme ironique : l'intimité entre Lulu et Henri n'est pas fondée sur la réciprocité, elle est au contraire transformée en extériorité à la fois par la nature de leurs rapports sexuels (Henri est explicitement impuissant, tandis que Lulu ne peut trouver la jouissance que dans la masturbation) et par la " parlerie " qui stéréotype le vécu quotidien et lui donne un caractère de fausse spontanéité. Dans *Intimité*, Sartre nous propose déjà une critique de la vie quotidienne au sens où l'entendra plus tard Henri Lefebvre.

L'intérêt de la nouvelle est à la fois thématique et formel, dans la mesure où le texte découvre certaines modalités aliénées que peuvent prendre les rapports humains et où il décrit ces rapports

1. André Billy, dans *L'Œuvre* 26 février 1939.

de deux points de vue différents, l'un et l'autre féminins, avec plusieurs types de discours et avec une technique originale du monologue intérieur.

Dans « Intimité », les hommes jouent un rôle tout à fait passif et secondaire ; ils laissent l'initiative aux femmes et sont dominés par leur mère. Geneviève Idt remarque que nous avons affaire ici à un « véritable matriarcat[1] » qui transforme les hommes en « mâles-objets » et dans lequel « seules les femmes ont une subjectivité[2] ». Sartre accorde en effet un rôle prédominant à ses deux personnages féminins, Lulu et Rirette, mais il met surtout l'accent sur leur aliénation et il ne fait ni de l'une ni de l'autre des femmes qui satisferaient aux valeurs posées par le féminisme actuel.

À travers ces deux personnages, Sartre pose, plus généralement, et en des termes qui seront repris dans *L'Être et le Néant,* le problème de la mauvaise foi féminine, dans ses relations avec le corps et la sexualité. Certains commentateurs s'y sont trompés, qui n'ont pas hésité à attribuer directement à Sartre des phrases comme celles de Lulu : « Ce que c'est sale l'amour », ou « Pourquoi faut-il que nous ayons un corps ? » Dans son ouvrage *À propos de Sartre et de l'amour*[3], Suzanne Lilar s'autorise, par exemple, de ces énoncés pour diagnostiquer chez Sartre une hantise de l'incarnation et un ressentiment érotique. Sans que cela soit à exclure, il faut bien voir que le but premier de Sartre est de montrer une sexualité aliénée, sans indiquer directement de perspective positive.

L'autre intérêt d' «Intimité » se situe sur le plan de la forme. La nouvelle comprend quatre parties où alternent les points de vue de Lulu et de Rirette et parvient à intégrer au récit d'importants segments de monologue intérieur. Le monologue de Lulu au début de la nouvelle fait penser à *Ulysse,* mais, comme l'établit une longue analyse de Geneviève Idt[4], Sartre emploie une technique très différente de celle de Joyce et obtient des effets extrêmement variés, dans la mesure où se déploient plusieurs types de discours et où prédomine un style qui propose une transcription novatrice du langage parlé.

MICHEL RYBALKA.

NOTE SUR LE TEXTE

Publication

a. La Nouvelle Revue française, n° 299, 1er août 1938, p. 187-200 ; n° 300, 1er septembre 1938, p. 381-406.
Version « censurée », avec d'importantes coupures et plusieurs variantes par rapport au texte définitif.
b. Texte complet dans le volume *Le Mur* (1939).

Texte

Nous avons suivi le texte de l'édition originale (Gallimard,

1. Voir *Le Mur de Jean-Paul Sartre,* p. 45.
2. *Ibid.,* p. 72.
3. Grasset, 1967.
4. *Le Mur de Jean-Paul Sartre,* p. 72-77.

1939). Les variantes indiquées sont celles de *La Nouvelle Revue française* (sigle utilisé : *NRF*). Nous ne connaissons pas de manuscrit.

NOTES ET VARIANTES

Page 280.

a. qui le soignerais et d'autres fois,   NRF
b. elle était enfant et qu'elle   NRF

Page 281.

1. Sartre adopte pour ce personnage le diminutif donné en surnom à la femme de Paul Nizan, Henriette, sans qu'il y ait lieu de pousser plus loin le rapprochement.
2. Même idée dans *Le Diable et le Bon Dieu* (p. 209-210) où Goetz s'écrie devant Hilda : « Donnez-moi les yeux du lynx de Béotie pour que mon regard pénètre sous cette peau. Montrez-moi ce qui se cache dans ces narines et dans ces oreilles. Moi qui répugne à toucher du doigt le fumier, comment puis-je désirer tenir dans mes bras le sac d'excréments lui-même ? » Et Hilda lui répond : « [...] l'on n'aime rien si l'on n'aime pas tout. » La sortie de Goetz, révèle Sartre dans une interview, est directement inspirée par une citation d'Odon de Cluny qu'il a trouvée dans *Le Déclin du Moyen Âge* de Johan Huizinga (voir Sartre, *Un théâtre de situations,* p. 278 et p. 280, n. 8).

Page 282.

a. ça marche encore,   NRF
b. *Voir var. a, p. 283.*

Page 283.

a. parce qu'il ressemblait à un curé. *[p. 282, 17ᵉ ligne en bas de page]* Elle serra fortement   NRF

Page 284.

a. dans sa nuit,   *orig. Nous avons adopté la leçon de la* NRF.

1. Souvenir autobiographique. Dans ses entretiens inédits avec John Gerassi, Sartre, sans se référer à ce passage, raconte ceci : « Chez mon grand-père, ma mère et moi couchions dans la même chambre. Je n'ai pas eu de vision charnelle de ma mère à ce moment-là, comme Stendhal ou comme Freud. Elle était extrêmement pudique. Elle se levait bien avant moi et allait faire ses ablutions à la salle de bain d'à côté. Quand elle revenait elle était habillée, donc je ne l'ai jamais vue. [Voir *Les Mots,* p. 13.] Je me rappelle seulement un jour, à la même époque, elle était en combinaison, les bras nus. Lorsqu'elle a mis une veste j'ai vu qu'elle avait des poils sous les bras. Comme je n'en avais pas moi-même j'ai demandé ce que c'était. Elle m'a répondu : " Bêtune, mais c'est une maladie. " C'est stupide. Je me rappelle ce détail, il me frappe encore aujourd'hui. »
2. Nous avons demandé à Sartre s'il y avait pour lui un sens

cryptique à ces mots. Il nous a répondu que s'il y en avait eu un, il ne s'en souvenait plus.

Page 285.

　　a. je ne pourrai même pas　*orig. Ici encore, nous avons adopté la leçon de la NRF.*

　　b. Il m'a pris par　*orig. Nous adoptons la leçon de la NRF.*

Page 286.

　　a. et qu'elle soupirait. Je ne la toucherais pas　*NRF*

Page 287.

　　a. au nez des clientes, ce sont　*orig. Nous corrigeons en adoptant la leçon de la NRF.*

Page 294.

　　a. un sourire complice　*NRF*

Page 296.

　　1. Hitler fit occuper la Rhénanie démilitarisée par ses troupes en mars 1936. Cela situerait donc l'action d' « Intimité » en 1937.

Page 297.

　　a. à l'Hôtel du Globe, rue Vandamme,　*NRF. Cette modification, qui est confirmée à deux autres reprises (p. 303 et p. 310), est curieuse : il existe un hôtel du Théâtre, au 16 de la rue Vandamme, près de la rue de la Gaîté, alors qu'il y a dans Paris une quinzaine d'hôtels du Globe. Sartre semble avoir voulu éviter ici une allusion précise.*

　　b. Rirette la suivit, faillit　*NRF*

　　c. je veux bien, plus petit　*NRF*

Page 298.

　　1. Ligne d'autobus parisien.

Page 304.

　　a. qu'il soit pur en ce moment, il est tout sec,　*NRF*

　　b. et j'avais froid. « Je monte une minute,　*NRF*

Page 305.

　　a. il n'arrête pas. Je n'ai pas gémi,　*NRF*

Page 306.

　　a. qui vous étouffe à moitié. Je veux dormir,　*NRF*

Page 307.

　　a. ça suffira. Elle　*NRF*

Page 309.

　　a. plus ? / — Ça n'est pas　*NRF*

L'ENFANCE D'UN CHEF

Par ses dimensions et par la variété et la richesse des thèmes abordés, « L'Enfance d'un chef » est plus qu'une simple nouvelle. Lorsque Sartre en commence la rédaction en 1938 — pour la terminer rapidement en juillet —, il sait, en effet, que le texte paraîtra directement en volume et qu'il peut se permettre une œuvre plus ambitieuse et plus développée que les nouvelles qu'il a écrites jusqu'alors. On a quelquefois qualifié « L'Enfance d'un chef » de petit roman, mais Sartre lui-même définit son œuvre ainsi : « C'est une longue nouvelle, consacrée à un seul personnage, et ce personnage, au fond, ne *prend* pas comme un personnage de roman ; on ne se dit pas : Qu'est-ce qui va lui arriver[1] ? »

Si l'on en croit *Situations, II*[2], ce personnage doit beaucoup à quelqu'un qui a eu sa place dans la vie de Sartre : « J'ai connu vers 1924 un jeune homme de bonne famille, entiché de littérature et tout particulièrement des auteurs contemporains. Il fut bien fou, quand il convenait de l'être, se gorgea de la poésie des bars quand elle était à la mode, afficha tapageusement une maîtresse, puis, à la mort de son père, reprit sagement l'usine familiale et le droit chemin. Il a épousé depuis une héritière. [...] Vers le moment qu'il se maria, il puisa dans ses lectures la formule qui devait justifier sa vie. "Il faut, m'écrivit-il un jour, faire comme tout le monde et n'être comme personne[3]" ». Ayant à l'esprit ce personnage négatif, Sartre donne au héros de sa nouvelle le nom naturaliste de Fleurier et place dans le titre le mot « chef » qui détermine idéologiquement tout le texte à venir.

Sartre écrit dans *Les Mots* qu'il n'a jamais voulu ni obéir ni commander et il a toujours lutté pour un modèle de société anti-hiérarchique, où il n'y aurait ni chefs ni subordonnés. Dans *Situations, III*[4], il précise ces idées ainsi, tout en donnant de Lucien Fleurier une excellente définition générale : « Tout membre de la classe dominante est homme de droit divin. Né dans un milieu de chefs, il est persuadé dès son enfance qu'il est né pour commander. [...] Il y a une certaine fonction sociale qui l'attend dans l'avenir, dans laquelle il se coulera dès qu'il en aura l'âge et qui est comme la réalité métaphysique de son individu. » Déterminé par son milieu social, Lucien a des velléités d'indépendance, mais il finit par accepter et par valoriser le rôle qu'on a créé pour lui. On connaît, d'autre part, le sens politique que le mot chef a pris

1. Cité par Francis Jeanson, *Sartre par lui-même*, Seuil, p. 7.
2. P. 212-213.
3. Dans les *Mémoires d'une jeune fille rangée* (p. 210), Simone de Beauvoir attribue une phrase toute pareille à son cousin Jacques dans une lettre qu'il lui avait écrite : « Le secret du bonheur et le comble de l'art, c'est de vivre comme tout le monde, en n'étant comme personne. » On trouve des affirmations du même genre chez Flaubert et c'est la morale, en définitive, d'un roman comme *L'Ordre* de Marcel Arland, dont « L'Enfance d'un chef » peut être considéré comme la parodie et la critique.
4. P. 184 et suiv.

entre les deux guerres avec la montée du fascisme. Comme Paul Hilbert par rapport à Érostrate, Lucien ne parvient pas à égaler les grands modèles : c'est un chef dérisoire en quête de sa propre identité, un héritier sans envergure, voué à la répétition et qui, en fin de compte, est plus proche de la droite conservatrice et nationaliste, dans la tradition barrésienne et maurrassienne, que du fascisme dur et musclé à la Doriot. Lui qui veut mener les autres se caractérise par sa passivité et son suivisme et détermine toutes ses valeurs à partir d'autrui. Vers la fin, il se prend pour un roc et une cathédrale, mais il sait que le vrai Lucien, il faut « le chercher dans les yeux des autres » ; son dernier acte consiste à imiter son ami Lemordant (lui-même sans doute imitateur d'Hitler) en se laissant pousser une moustache. On pourrait sourire devant ce dénouement ironique, si on ne savait que Lucien, après avoir terminé son éducation de chef, va disposer d'un réel pouvoir sur les autres et exercer, aussi bien dans sa famille que dans son usine, une réelle violence.

Ce personnage a, cependant, été bâti avec un bon nombre de souvenirs autobiographiques. L'itinéraire de Lucien Fleurier suit d'assez près celui de Sartre et de Roquentin, et le texte de « L'Enfance d'un chef » nous renvoie constamment à *La Nausée* et aux *Mots*. Sartre va même, dans le prière d'insérer du *Mur*, jusqu'à le comparer favorablement aux personnages des autres nouvelles : « Lucien Fleurier est *le plus près*[1] de sentir qu'il existe [...]. » Ces éléments d'identification restent en définitive trompeurs, et l'évolution de Lucien vient balayer toutes les hésitations que l'on pouvait entretenir à son sujet. Son itinéraire apparaît en rétrospective comme constamment négatif et on peut sans difficulté le définir comme un anti-Sartre et comme un de ces « salauds » dont les portraits sont exposés au musée de Bouville.

Tout en faisant la biographie d'un « salaud » dans les vingt ou vingt-cinq premières années de sa vie, tout en nous montrant, comme il le dira plus tard, tout « ce que pouvait contenir de merde un cœur bourgeois[2] », Sartre nous propose une critique des valeurs politico-culturelles de la période 1905-1938. Les principales cibles sont les groupes d'extrême-droite, l'antisémitisme, une certaine forme de surréalisme et la psychanalyse. Nous renvoyons ici aux notes que nous avons consacrées à chacun de ces sujets, mais nous voudrions cependant lever certaines équivoques concernant les attaques contre le surréalisme et le freudisme. Sartre ne polémique pas directement contre Freud et Breton, il ne s'en prend pas à leurs œuvres dans leurs forces vives, il s'attaque à leur aspect de mode et à leur exploitation par des individus peu scrupuleux et inauthentiques comme Bergère. Ici, il montre une fois de plus comment il ne faut pas être. Il est vrai, en revanche, que Sartre n'a aucune sympathie particulière ni pour le surréalisme ni pour la psychanalyse. On peut soutenir cependant qu'à cette dernière, la nouvelle doit pour une bonne part sa forme narrative : elle est une « histoire de cas », destinée à provoquer chez le lecteur un contre-transfert négatif.

Une autre des originalités de « L'Enfance d'un chef » est la place importante accordée à la critique de l'antisémitisme. Sartre

---

1. C'est nous qui soulignons.
2. *Sartre : un film réalisé par A. Astruc et M. Contat, texte intégral*, p. 91.

ne théorise pas celui-ci, comme il le fera plus tard dans *Réflexions sur la question juive,* il le montre en action et lui donne même un rôle essentiel dans l'histoire de Lucien Fleurier : c'est en se définissant par la haine, comme antisémite, que celui-ci trouve finalement son identité de chef. Le « Portrait de l'antisémite » des *Réflexions sur la question juive* est une sorte de commentaire général du portrait particulier de Lucien. Cet aspect de la nouvelle n'est pas passé inaperçu, et on sait que Sartre a donné peu après la parution du *Mur* une interview sur l'antisémitisme, publiée seulement en 1947 dans *La Revue juive de Genève*[1].

Une des ambiguïtés de la nouvelle provient de son ampleur chronologique : Sartre prétend couvrir les vingt ou vingt-cinq premières années de la vie de Fleurier, alors que la période qu'il décrit est en réalité sensiblement plus longue, 1905-1938. Lorsqu'on essaie d'établir la chronologie de « L'Enfance d'un chef[2] », on s'aperçoit, en effet, que Sartre mêle des événements de la période 1924-1925, alors que lui-même avait vingt ans, à ceux de la période 1935-1938, alors que ses positions politiques commençaient à se préciser. La nouvelle constitue ainsi à la fois un récit sur une période historique révolue et sur le cas de ce personnage dont Sartre parle dans *Situations,* II, et un discours, basé sur une actualité récente, par lequel il voudrait convaincre le lecteur de sa propre idéologie politique. Sartre tire ici un grand parti du fait que certains événements historiques, tels l'agitation des groupes d'extrême droite et le phénomène de mode concernant le freudisme, peuvent aussi bien s'appliquer à la période 1924-1925 qu'à la période 1935-1938, et il n'est pas téméraire d'avancer qu'ils n'ont pas cessé d'être actuels.

« L'Enfance d'un chef » se lit donc à la fois comme un document d'époque, *a period piece,* dirait-on en anglais, et comme un texte qui conserve aujourd'hui toute sa force de provocation politico-culturelle.

MICHEL RYBALKA.

NOTE SUR LE TEXTE

Publication et texte

— Dans le volume *Le Mur* (Gallimard, 1939).
Le texte que nous donnons est celui de cette édition. Nous ne connaissons pas de manuscrit et il n'y a pas de publication en préoriginale.

NOTES ET VARIANTES

Page 314.

1. Cette phrase ainsi que certains détails qui suivent peuvent être rapprochés d'un passage des *Mots* (p. 28) où le petit Sartre,

1. Voir *Les Écrits de Sartre,* p. 167-168.
2. Voir Geniève Idt, *Le Mur de J.-P. Sartre,* p. 166-168, pour des détails précis.

vers l'âge de sept ans, assiste à une réception, déguisé en ange :
« À la fête anniversaire de la fondation de l'Institut [de Langues
Vivantes dirigé par Charles Schweitzer], il y a plus de cent invités,
de la tisane de champagne, ma mère et Mlle Moutet jouent du
Bach à quatre mains ; en robe de mousseline bleue, avec des
étoiles dans les cheveux, des ailes, je vais de l'un à l'autre, offrant
des mandarines dans une corbeille, on se récrie : " C'est *réellement*
un ange ! " »

Page 316.

1. Ce passage est de toute évidence directement redevable à la
psychanalyse freudienne, en particulier à la notion de « scène
primitive » *(Urszene)* ou « scène originaire » (voir à ce terme le
Vocabulaire de la psychanalyse de Laplanche et Pontalis) : Sartre
suggère que Lucien a vu ses parents faire l'amour et que cette
scène a été immédiatement refoulée. Cet emprunt à la psychanalyse
de l'une de ses idées les plus connues (l'affirmation du caractère
traumatique du coït parental — effectif ou fantasmé — sur l'enfant)
n'implique pas de la part de Sartre une reconnaissance de sa véra-
cité : la suite du texte ne comporte aucune indication permettant
de lier par une relation de cause à effet le développement du
caractère de Lucien Fleurier à cet événement de sa petite enfance,
comme c'est le cas par exemple dans « L'homme aux loups »
(dans *Cinq psychanalyses*) où Freud précisément établit le déterminisme de la « scène originaire ». Le système d'intelligibilité de
« L'Enfance d'un chef » n'est pas la psychanalyse freudienne mais
bien déjà la « psychanalyse existentielle » dont Sartre jettera les
bases dans *L'Être et le Néant* et qu'il illustrera plus tard par ses
études sur Baudelaire, Genet et Flaubert, sans oublier *Les Mots*.
La référence implicite à l'une des notions clés du freudisme est
ici pour une bonne part ironique : elle fonctionne pour le lecteur
comme une allusion à un topos de sa propre culture tissée de
thèmes psychanalytiques dégradés — et c'est justement cette
culture « à la mode » des années trente dans laquelle Lucien sera
par la suite immergé et qui sert, sur le mode critique, de cadre
de références à l'ensemble de la nouvelle. Celle-ci, à un certain
niveau, peut être lue comme une « histoire de cas » d'inspiration
psychanalytique. Mais il faut remarquer alors que Sartre ne fait
que reprendre à la psychanalyse ce que celle-ci a emprunté à la
littérature, puisque les récits de cas par Freud ressemblent de si
près « aux nouvelles que composent les écrivains », comme Freud
lui-même s'en excuse dans les *Studien* (cité par O. Mannoni dans
les remarques finales de ses « Fictions viennoises », *Les Temps
modernes*, nᵒ 363, octobre 1976, p. 540). « Le premier et peut-être
le seul qui ait voulu récupérer pour la littérature ce que Freud
lui avait pris, et qui ait délibérément retourné les armes de la
psychanalyse pour fabriquer de la *méconnaissance artificielle*, ce fut
Italo Svevo », écrit O. Mannoni *(ibid.)* ; cette remarque vaut si
évidemment pour « L'Enfance d'un chef » qu'à Italo Svevo il nous
semble qu'il faut sans nul doute ajouter Sartre.

Page 317.

1. Souvenir d'*Oliver Twist* de Dickens, que Sartre avait lu vers
douze ans à La Rochelle.

2. Ouvrage de la Comtesse de Ségur.

Page 319.

1. Cette phrase évoque l'épisode suivant des *Mots* : « C'était en octobre 14 [...] Ma mère m'acheta des cahiers, tous pareils ; sur leur couverture mauve on avait figuré Jeanne d'Arc casquée, signe des temps. Avec la protection de la Pucelle, je commençai l'histoire du soldat Perrin : il enlevait le Kaiser, le ramenait ligoté dans nos lignes, puis, devant le régiment rassemblé, le provoquait en combat singulier, le terrassait, l'obligeait, le couteau sur la gorge, à signer une paix infamante, à nous rendre l'Alsace-Lorraine [...] » (p. 177).

Page 321.

1. L'attitude de Lucien Fleurier devant le marronnier est naturellement à rapprocher de celle de Roquentin dans *La Nausée* (p. 150 et suiv.) et de celle de Mathieu dans *La Mort dans l'âme*.

2. Pour Roquentin, dans *La Nausée,* les choses sont des « innommables ».

Page 322.

1. Charles Dullin avait acheté une maison de campagne à Férolles-Attilly, près de Crécy-en-Brie, en Seine-et-Marne. Sartre fit là d'assez nombreux séjours (voir Simone de Beauvoir, *La Force de l'âge,* p. 196-197).

2. Hebdomadaire d'Arnould Galopin, avec première page en couleurs, qui prit la suite de *Le Poilu de douze ans* et de *Le Kronprinz capturé,* publications destinées à susciter le patriotisme des très jeunes. (Nous devons ce renseignement à M. René Bouscayrol.)

Page 325.

1. Ce personnage est sans doute le même que celui qui apparaît sous le nom de Mme Couffin, p. 319, ligne 2.

Page 326.

1. Dans *Les Mots,* le petit Sartre découvre une inscription semblable concernant son instituteur à l'école communale d'Arcachon : « Un jour, je découvris une inscription toute fraîche sur le mur de l'École, je m'approchai et lus : " Le père Barrault est un con. " Mon cœur battit à se rompre, la stupeur me cloua sur place [...] » (p. 63).

Page 327.

1. Il s'agit d'une variante régionale de *panet* ou *pannet,* partie tombante ou flottante d'un vêtement. Le supplément du Robert donne deux exemples, l'un d'Edmond de Goncourt, l'autre de Montherlant, et signale la variante *pantet.*

Page 328.

a. *Ce nom est sans doute une erreur pour* Boisset.

Page 329.

a. *Au lieu de* par contre, *les éditions récentes donnent* en revanche.

Cette substitution semble être le fait d'un correcteur puriste : le Dictionnaire de l'Académie à partir de la 8e édition ne donne plus par contre, mais, *ajoute Grévisse (« Le Bon Usage »), l'expression est aujourd'hui reçue « par le meilleur usage ».*

Dans « Les Samedis de Monsieur Lancelot », ouvrage que Sartre pratiquait, Abel Hermant écrit : « " Par contre " n'est pas un barbarisme, mais un terme technique de comptabilité, et une façon de parler boutiquière. »

Page 330.

1. Roman édifiant du cardinal Wiseman, paru en 1854, traduit et édité en France depuis 1855.

2. Il n'y a pas d'ouvrage ayant ce titre exact, mais il existe plusieurs biographies du cardinal Lavigerie écrites entre 1890 et 1910. Le volume dont il est question ici pourrait bien être *Le Cardinal Lavigerie et ses œuvres africaines,* de l'abbé Félix Klein (Paris, 1890, nouv. éd., 1917).

3. On trouvera le texte de ces deux chansons très connues, et que Sartre mentionne assez souvent, dans le volume *Chansons d'étudiants* (distribué par la librairie Maloine, sans date).

Page 331.

1. Sartre sera lui-même professeur de khâgne au lycée Condorcet en 1941 et le restera jusqu'en 1944. Au moment où il écrit « L'Enfance d'un chef », il est professeur au lycée Pasteur, à Neuilly, lycée alors beaucoup moins prestigieux que le lycée Condorcet ou le lycée Lakanal à Sceaux, mentionné plus loin. Ces derniers viennent eux-mêmes derrière le lycée Janson-de-Sailly, haut lieu de la bourgeoisie du XVIe arrondissement, et les deux grands lycées classiques du Quartier latin, Henri-IV et Louis-le-Grand. Quant au lycée Saint-Louis, situé boulevard Saint-Michel, où Lucien entrera plus tard, c'était un lycée à orientation scientifique où l'extrême droite recrutait nombre de ses adeptes.

2. Pour le lecteur parisien, cette adresse est synonyme de « beaux quartiers » : la rue Raynouard, à Passy, est l'une des plus connues du XVIe arrondissement. Notons qu'à leur retour de Saint-Étienne, en 1935, M. et Mme Mancy, les parents de Sartre, s'installèrent au 57, boulevard Beauséjour, situé tout près, avant de déménager dans le même quartier, rue de Passy.

Page 334.

1. On retrouve cette même comparaison dans *Saint Genet* (p. 100-101) où Sartre décrit l'impossible identité, l'impossibilité de coïncider avec soi-même, l'absence à soi : « Genet, lui aussi, souffre de n'être jamais au rendez-vous ; il est hanté, lui aussi, par une intuition irréalisable comme par un éternuement qui ne veut ni s'achever ni passer ; c'est un palais vide [...] jamais personne ne paraît. » Cette dernière image nous renvoie d'ailleurs à la fin de « L'Enfance d'un chef » (p. 386), où Lucien finit par s'identifier à une cathédrale.

Page 335.

1. Ce sont là des propos sur les ouvriers qui étaient courants dans la bourgeoisie de l'époque et que Sartre entendait dans le milieu de son beau-père à La Rochelle. Dans ses entretiens inédits

avec John Gerassi, Sartre souligne qu'il a eu quelques contacts
avec les ouvriers de son beau-père mais que, celui-ci étant directeur
salarié et non propriétaire, lui-même n'a jamais eu la moindre
tentation de se prendre pour un futur chef.

Page 338.

    1. Chanteuse blanche américaine, célèbre pour ses interpréta-
tions de *Some of these days* (voir n. 1, p. 27).
    2. Devrait se lire *Al Jolson.* Sartre fait la même erreur que Simone
de Beauvoir dans *La Force de l'âge* : « Dans *Le Fou chantant,* Al
Johnson chantait *Sunny Boy* avec une émotion si communicative
que j'eus la surprise, quand la lumière revint, de voir des larmes
dans les yeux de Sartre » (p. 54).
    3. C'est en 1921 qu'a paru le premier volume de Freud traduit
en français et vers 1925 la psychanalyse était très à la mode en
France, en particulier dans les milieux surréalistes (voir à ce sujet
les références qu'André Breton fait à Freud dans son *Manifeste*
de 1924).
    Il serait trop long d'établir ici les rapports ambigus que Sartre
a entretenus avec la psychanalyse. Dans *La Force de l'âge,* Simone
de Beauvoir fait d'ailleurs en partie le point de la question :
    « [...] La psychanalyse nous aurait proposé des réponses, si
nous l'avions consultée. Elle commençait à se répandre en France
et certains de ses aspects nous intéressaient. En psychopathologie,
le "monisme endocrinien" de Georges Dumas nous semblait
— comme à la plupart de nos camarades — inacceptable. Nous
accueillions avec faveur l'idée que les psychoses, les névroses et
leurs symptômes ont une signification et que celle-ci renvoie à
l'enfance du sujet. Mais nous nous arrêtions là ; en tant que méthode
d'exploration de l'homme normal, nous récusions la psychanalyse.
Nous n'avions guère lu de Freud que ses livres sur *L'Interprétation
des rêves* et la *Psychopathologie de la vie quotidienne.* Nous en avions
saisi la lettre plutôt que l'esprit ; ils nous avaient rebutés par leur
symbolisme dogmatique et par l'associationnisme dont ils étaient
entachés. Le pansexualisme de Freud nous semblait tenir du délire,
il heurtait notre puritanisme. Surtout, par le rôle qu'il accordait à
l'inconscient, par la rigidité de ses explications mécanistes, le freudisme, tel que nous le concevions, écrasait la liberté humaine :
personne ne nous indiquait de possibles conciliations et nous
n'étions pas capables d'en découvrir. Nous restâmes figés dans notre
attitude rationaliste et volontariste ; chez un individu lucide,
pensions-nous, la liberté triomphe des traumatismes, des complexes,
des souvenirs, des influences. Affectivement dégagés de notre
enfance, nous ignorâmes longtemps que cette indifférence s'expliquait par notre enfance même.
    « Si le marxisme et la psychanalyse nous touchèrent si peu,
alors qu'un assez grand nombre de jeunes gens s'y ralliaient, ce
n'est pas seulement parce que nous n'en avions que des notions
rudimentaires : nous ne désirions pas nous regarder, de loin, avec
des yeux étrangers » (p. 25-26).

Page 339.

    1. Il peut s'agir soit de *Le Rêve et son interprétation,* publié par
Gallimard en 1925 dans une traduction d'Hélène Legros, soit de

La Science des rêves (Traumdeutung) publié chez Alcan en 1926 dans une traduction de I. Meyerson et republié en 1967 sous le titre *L'Interprétation des rêves* (P.U.F.). Sartre cite ce dernier ouvrage sous son titre allemand dans son diplôme d'études supérieures sur l'image, écrit vers 1927.

2. Ouvrage traduit par le docteur S. Jankélévitch et paru chez Payot en 1921.

3. Traduit par le docteur S. Jankélévitch avec comme sous-titre : *Application de la psychanalyse à l'interprétation des actes de la vie courante,* Payot, 1922.

Page 340.

1. Il n'est pas impossible que cet alexandrin provienne d'un poème de jeunesse de Sartre. La métaphore du crabe revient souvent dans son œuvre.

Page 341.

1. Sartre nous a déclaré à propos de Bergère : « Il n'y a pas de modèle pour ce personnage, je l'ai inventé de toutes pièces. C'est un surréaliste mineur et pédéraste, ce qui n'était pas le cas de la plupart des surréalistes. Dans mon esprit, Bergère n'est d'ailleurs même pas un écrivain : il est surréaliste parce que c'est la mode. » Geneviève Idt remarque qu'Achille Bergère a les mêmes initiales qu'André Breton et que la clé du personnage pourrait être Jean Cocteau (voir *Le Mur de Jean-Paul Sartre,* p. 180 et 182). Le prénom que Sartre attribue à Bergère a déjà une connotation de dérision dans *La Nausée* avec le personnage de monsieur Achille.

Notons que le portrait de Bergère est pour beaucoup dans l'hostilité que les surréalistes ont toujours manifestée à Sartre, malgré les déclarations favorables que fit à certains moments André Breton.

2. Immortalisé par une chanson, Monsieur Dumollet personnifie satiriquement le petit bourgeois français.

Page 344.

1. Ce mot était très à la mode depuis la fin des années vingt dans les milieux intellectuels.

2. Allusion au célèbre poème de Rimbaud.

Page 345.

1. Cette adresse, curieusement, était dans la réalité celle de Bernard Groethuysen, comme nous le savons par une lettre datant du 16 décembre 1937 où Brice Parain demande à Sartre de prendre rendez-vous avec Groethuysen, membre du comité de lecture de Gallimard, au sujet de *L'Imaginaire.* Il se peut que Sartre n'ait pas pris garde à cette coïncidence et qu'il ait eu, au contraire, en mémoire que Rimbaud avait logé rue Campagne-Première pendant trois mois au début de 1872. L'aventure de Lucien Fleurier avec Bergère évoque sur le mode parodique et dérisoire celle de Rimbaud avec Verlaine : Lucien, nous l'avons dit, est un anti-Roquentin, il est aussi un faux Rimbaud, l'inversion bourgeoise du poète-aventurier.

2. Geneviève Idt nous signale que pour décrire l'ameublement de Bergère, Sartre s'inspire sans doute de l'exposition surréaliste

qui avait eu lieu en janvier 1938 à la galerie des Beaux Arts et qui présentait notamment un « ultrameuble » de Kurt Seligmann reposant sur des jambes de femmes, un mannequin en plâtre de Dali habillé de petites cuillers et un « Coin de chasteté » de Dali.

Page 346.

1. Simone de Beauvoir rapporte dans *La Force de l'âge* (p. 319) qu'au cours du voyage qu'il fit en Grèce pendant l'été 1937, Sartre vola lui-même un crâne à l'ossuaire de Mistra.

On retrouve chez bon nombre de personnages de Sartre cette fascination à la fois vécue et littéraire (voir Gide) pour le vol.

2. Ce genre de mystification a été à la mode chez certains surréalistes ; il relève des farces et attrapes, auxquelles ils n'hésitaient pas à attribuer une signification métaphysique et une fonction subversive.

3. Voir « Le Poète se fait *voyant* par un long, immense et raisonné *dérèglement* de *tous les sens* » (Rimbaud, *Œuvres complètes,* édition A. Adam, Bibl. de la Pléiade, p. 251).

4. Évidente paraphrase du passage célèbre d' « Alchimie du Verbe » dans *Une saison en enfer :* « Je m'habituai à l'hallucination simple : je voyais très franchement une mosquée à la place d'une usine, une école de tambours faite par des anges, des calèches sur les routes du ciel, un salon au fond d'un lac [...] » (Rimbaud, éd. cit., p. 108).

Page 347.

1. Cette phrase se trouve également dans la fameuse lettre du Voyant (à Paul Demeny, 15 mai 1871, éd. cit., p. 251).

Page 348.

1. Dans *La Mort dans l'âme,* Daniel compare également le jeune homme qu'il veut séduire à Rimbaud, voir p. 1288.

Page 349.

1. Sur ce qu'est l'expérience de la drogue pour Sartre (mescaline et non haschisch), voir :
— *La Force de l'âge,* p. 216-220 ;
— *L'Imaginaire, passim ;*
— Les propos « Une génération spontanée d'alexandrins », rapportés dans *Arts,* 14-21 juin 1961; cités dans *Les Écrits de Sartre,* p. 368.

Page 350.

1. Cette terminologie ferroviaire semble avoir été très à la mode dans les années trente. Vers 1935, rapporte Simone de Beauvoir dans *La Force de l'âge* (p. 207), Ramon Fernandez quitta les organisations révolutionnaires auxquelles il appartenait en déclarant : « J'aime les trains qui partent. » Le régime mussolinien se targuait d'une réussite majeure : depuis son avènement, les trains partaient et arrivaient à l'heure.

2. Sartre rend ici un chien de sa chienne à Nizan qui, dans *La Conspiration* (1938), avait donné le patronyme Sartre à un commandant, répliquant ainsi à *La Nausée* où se trouve un gendarme Nizan.

Page 359.

1. Ce jugement résume assez bien l'attitude de l'université française à l'égard de la psychanalyse durant les années trente. En le mettant dans la bouche d'un personnage plutôt ridicule, Sartre s'en désolidarise malgré ses propres réserves touchant les fondements de la théorie psychanalytique.

Page 360.

1. Rapportée à la critique philosophique que fait Sartre dans *L'Être et le Néant* de l'inconscient chez Freud, cette phrase ne peut manquer d'apparaître comme de l'auto-ironie préventive.

2. Ce thème se trouve développé dans *La Nausée,* notamment dans le portrait d'Olivier Blévigne; voir p. 109 et suiv.

Page 361.

1. Au début de *La Nausée,* Roquentin se réveille lui aussi d'un sommeil de six ans; voir p. 10.

Page 362.

a. *Dans les éditions récentes, toute une ligne ayant sauté, le texte se lit fautivement :* le vrai Lucien était perdu

Page 366.

1. Le modèle de ce personnage, nous a dit Sartre, n'était pas parmi ses élèves du lycée Pasteur, qui étaient des garçons très calmes, pour la plupart complètement apolitiques et avec qui il s'entendait bien. C'était plutôt un modèle collectif, des étudiants qu'il avait côtoyés vers 1925 et dont quelques-uns portaient le calot rouge des Camelots du roi; mais il se souvenait encore précisément du visage de celui auquel il pensait en décrivant le personnage.

Page 371.

1. Sartre n'invente pas cet épisode. Vers 1928, il avait lui-même signé, avec d'autres normaliens, un manifeste contre la préparation militaire obligatoire et ce manifeste suscita une réaction violente de la part des étudiants d'extrême droite.

2. On se souvient que, dans *La Nausée,* Roquentin rêve d'administrer une fessée à Maurice Barrès; voir p. 72. L'hostilité de Sartre à l'auteur des *Déracinés* date de son adolescence et elle était si forte qu'il ne s'est jamais donné la peine de l'attaquer autrement que par des allusions de ce genre. Sartre partageait cette hostilité avec les surréalistes qui, rappelons-le, à la mort d'Anatole France, de Pierre Loti et de Barrès, les avaient qualifiés ainsi : « Le traître, l'idiot et le policier. » Sartre nous a dit que vers l'âge de dix-huit ans, il avait néanmoins abordé Maurice Barrès au bois de Boulogne pour essayer de lui proposer *La Revue sans titre,* à laquelle il collaborait alors.

Page 374.

1. Ce genre de chahut fut pratiqué à plusieurs reprises par des étudiants d'extrême droite, notamment en 1935, à l'occasion de l'affaire du professeur Jèze.

Page 376.

1. Cette phrase semble un pastiche de l'expérience de Roquentin dans *La Nausée*.

Page 377.

1. Le professeur Claude inventa les enseignes lumineuses, puis se lança dans la politique d'extrême droite. Le sculpteur Maxime Real del Sarte contribua à couvrir la France de monuments à la mémoire des morts de la Grande Guerre.

Page 378.

1. On notera ici l'usage négatif de ce mot, dont l'histoire reste à faire. Remarquons simplement que la notion d'engagement, au sens où Sartre la reprendra plus tard, a été avancée dans les années trente par Denis de Rougemont, Emmanuel Mounier et le groupe *Esprit*.

Page 381.

1. Pianiste.

Page 383.

1. Calomnie constamment répétée dans la presse d'extrême droite au moment du Front populaire.

Page 384.

1. Jeunesses patriotes.

Page 385.

1. Cf. cette remarque de *L'Être et le Néant* : « [Contrairement à la honte ou à l'orgueil qui sont des sentiments authentiques] la fierté — ou vanité — est un sentiment sans équilibre et de mauvaise foi : je tente, dans la vanité, d'agir sur Autrui en tant que je suis objet ; cette beauté ou cette force ou cet esprit qu'il me confère en tant qu'il me constitue en objet, je prétends en user, par un choc en retour, pour l'affecter passivement d'un sentiment d'admiration ou d'amour » (p. 337-338).

Page 386.

1. Autant qu'au « Connais-toi toi-même » de Socrate et à ses variantes par Montaigne ou Pascal, la maxime à laquelle se rallie ici Lucien Fleurier s'oppose à la psychanalyse et, peut-être plus directement encore, au Rimbaud de la lettre du Voyant citée plus haut par Bergère (voir p. 346-347) : « La première étude de l'homme qui veut être poète est sa propre connaissance, entière ; il cherche son âme, il l'inspecte, il la tente, l'apprend » (Bibl. de la Pléiade, p. 251).

2. Dans *L'Être et le Néant* (p. 92-93), Sartre cite comme un des prototypes des formules de mauvaise foi le titre d'une pièce de Jean Sarment, *Je suis trop grand pour moi* (1942), et montre que cette phrase « utilise la double propriété de l'être humain, d'être une *facticité* et une *transcendance* » : elle « nous jette d'abord en pleine transcendance pour nous emprisonner soudain dans les étroites limites de notre essence de fait [...] le " je suis trop grand

pour moi " en nous montrant la transcendance muée en facticité, est la source d'une infinité d'excuses pour nos échecs ou nos faiblesses ».

La même phrase est commentée dans *L'Idiot de la famille* (t. II, p. 1295). Sartre en dit notamment ceci : « On a compris l'ignominieuse consolation qui nous est proposée : *vous valez mieux que votre vie,* nous dit-on. »

3. Cf. *Saint Genet,* p. 100, où Sartre écrit : « je n'aime pas les âmes habitées ».

Page 387.

1. Ici encore, Sartre attribue à Lucien Fleurier une pensée qui déforme et pastiche ce qui est dit dans *La Nausée* (p. 153).

2. Sartre montre à plusieurs reprises l'inanité de cette formule. Dans le prière d'insérer du *Mur,* il écrit, par exemple : « [...] Les droits n'existent pas, ils doivent être » (p. 1807).

Page 388.

1. Cette tirade des droits rappelle irrésistiblement, jusque dans la coupe anaphoristique de la phrase, le passage de *La Nausée* (p. 101) concernant le négociant Jean Pacôme, l'un des salauds du musée de Bouville. « L'Enfance d'un chef », qui montre la genèse existentielle, psychologique et sociale de l'idée de droit, pourrait aussi bien s'appeler « Comment on devient un salaud » ou, pour paraphraser à la fois Joyce et Dylan Thomas : « Portrait du chef en jeune chien ».

2. Dans *La Nausée* (p. 121), Sartre avait formulé un Cogito burlesque qui prend ici tout son sens : « Je ne pense pas donc je suis une moustache. »

Nous devons à Jean-Luc Seylaz au sujet de la dernière phrase de « L'Enfance d'un chef » cette remarque : pour le lecteur de l'époque, la moustache la plus célèbre est celle d'Hitler, elle est le signe même du fascisme. Ainsi l'association devait-elle automatiquement se produire entre le « Führer » et le chef qui, ici, est enfin né.

Les Chemins de la liberté

NOTICE

En été 1938, *La Nausée* parue, et alors qu'il est sur le point d'achever « L'Enfance d'un chef » pour le volume *Le Mur* déjà programmé par Gallimard, Sartre se trouve à pied d'œuvre pour aborder le troisième pan du vaste programme littéraire qu'il a établi dès le début des années trente : d'abord le « factum sur la Contingence », c'est-à-dire le dévoilement de l'existence, puis les nouvelles, qui montrent la façon dont l'existence est vécue par des individus singuliers ne se confondant pas avec l'auteur, et maintenant le roman, fresque à multiples personnages, dont des entreprises romanesques comme *Les Buddenbrooks* de Thomas Mann, *Les Hommes de bonne volonté* de Jules Romains, *Les Thibault* de Roger Martin du Gard lui ont montré la possibilité.

Plus ambitieuse que les précédentes, autant par les dimensions qu'il lui prévoit que par le projet philosophique qui la sous-tend, cette œuvre se propose à lui d'abord comme une forme vide, avant toute détermination de contenu narratif : « le roman », c'est ainsi que Sartre désigne le cycle qui, alors, ne s'appelle pas encore *Les Chemins de la liberté*. « *La Nausée*, les nouvelles, le roman »; quand Sartre, à la fin de sa vie encore, parlait de ses fictions romanesques, il le faisait toujours en ces termes, qui marquaient trois étapes d'une entreprise conçue dès l'origine comme un ensemble devant se suffire à lui-même, à côté de l'entreprise philosophique au sens strict, elle-même flanquée de l'entreprise critique et de celle, plus périphérique, du théâtre. Par la suite, Sartre ne formera plus, que l'on sache, d'autre projet romanesque précis.

Dans une lettre datant de juillet 1938, Sartre écrit à Simone de Beauvoir, alors en randonnée à Tignes : « J'ai trouvé d'un coup le sujet de mon roman, ses proportions et son titre. Juste comme vous le souhaitiez : le sujet, c'est la liberté. » Transcrivant ces lignes dans *La Force de l'âge*, Simone de Beauvoir ajoute : « Le titre qu'il m'indiquait en caractères d'imprimerie, c'était *Lucifer*. Le tome I s'appellerait *La Révolte* et le tome II *Le Serment*. En épigraphe : " Le malheur, c'est que nous sommes libres[1] ". » Nous ne connaissons aucun document attestant, avant celui-là, que Sartre était à la recherche d'un sujet pour son roman. Seule semble subsister une lettre datant de juillet 1935 où Sartre écrivait à Simone de Beauvoir : « Il y a d'excellentes choses dans *Le Don paisible* qui est moins bon que *La Terre défrichée*[2]. Assez bon toutefois pour me faire honte : j'ai déchiré et jeté ce matin trente pages sur un orchestre féminin, puis j'ai désespéré d'avoir jamais mon métier en mains, puis j'ai sagement remis la question à plus tard. Je recommencerai demain. » L'orchestre féminin se retrouvera dans *Le Sursis* ; quant au métier que le jeune professeur se plaint de ne pas maîtriser, c'est évidemment celui de romancier. Avant *L'Être et le Néant*, Sartre, en effet, se considère comme un romancier plus qu'un philosophe, et il est encouragé en cela par Simone de Beauvoir, qui trouve qu'il perd son temps à la philosophie. « J'ai toujours été écrivain d'abord, puis philosophe, c'est venu comme ça », confirme Sartre en 1972[3]; et, écrivain, pour lui, cela veut dire romancier. Le « factum » n'était pas à proprement parler un roman, et les nouvelles bien sûr non plus, même si la dernière, « L'Enfance d'un chef », en offrait en quelque sorte un raccourci ironique. Que Sartre, au moment d'aborder pour la première fois le roman, se soit interrogé sur sa nature et ses techniques, cela est suffisamment attesté par ses

1. *La Force de l'âge*, p. 337.
2. Romans de Mikhail Cholokhov dont les traductions françaises étaient parues respectivement en 1930-1931 et 1933.
3. *Sartre : un film réalisé par A. Astruc et M. Contat, texte intégral*, Gallimard, 1977, p. 41.

articles de 1938-1939 consacrés à Faulkner, Dos Passos, Mauriac, Nabokov[1]. Le souci qu'il y manifeste à chaque fois est de montrer comment une technique de narration renvoie à une morale et à une métaphysique. C'est donc avec cette double préoccupation, technique et philosophique, qu'il envisage son roman au cours de l'été 1938.

Si l'on en juge par ce qu'il en dit en novembre à Claudine Chonez lors d'une interview destinée à *Marianne*[2], le projet n'a encore que très vaguement pris forme à l'automne. Sartre parle de son héros comme d'une continuation de Roquentin, qui va découvrir sa liberté en étant mobilisé durant la crise de Munich et qui, au retour, accomplit un acte gratuit en violant une femme et en faisant commettre un crime, le tout devant aboutir à l'affirmation d'une morale positive et représentant un « redressement » par rapport à *La Nausée*.

Sartre a-t-il vraiment voulu reprendre le personnage de Roquentin et lui faire commettre un viol ? En l'absence de tout brouillon pour les premiers états du roman, nous en sommes réduits aux conjectures. Le fantasme du viol n'est certes pas absent de *La Nausée* et on peut le retrouver jusque dans un texte comme « L'Ange du morbide[3] », mais il se peut aussi que Sartre ait parlé de vol et non de viol à son interlocutrice (qui rapporte ses propos en style indirect), auquel cas il pourrait avoir eu en tête l'épisode de *L'Âge de raison* où Mathieu vole de l'argent à Lola. Quant au crime que le personnage fait commettre, il pourrait s'agir alors de l'avortement de Marcelle.

Que retenir de ces témoignages pour ce qui concerne les premiers stades du projet romanesque de Sartre ? Avant tout le caractère symbolique du titre général : « Lucifer. » Dans le contexte intellectuel et moral totalement irreligieux qui est le sien, Sartre ne songe pas, de toute évidence, au démon, à l'esprit du Mal, comme le fait par exemple Gide dans *Les Faux-monnayeurs* avec le personnage dostoïevskien de Strouvilhou. Pour Sartre, la référence à l'ange du Mal est strictement culturelle : elle renvoie à la mythologie chrétienne pour qualifier ironiquement une expérience existentielle qui n'a rien à voir avec une quelconque spiritualité religieuse. Le choix de ce titre indique seulement qu'il entendait donner à son roman une dimension mythique et renouer ainsi avec une inspiration symbolique présente dans ses écrits de jeunesse, mais abandonnée dans *La Nausée*. En somme, « Lucifer » aurait dû réunir deux directions successives chez Sartre et apparemment incompatibles : le mythe et le réalisme psychologique d'inspiration autobiographique. Daniel, dans la version finale, a certes quelque chose de démoniaque, une sorte de dimension dostoïevskienne « francisée ». Il ne faudrait pas cependant en déduire que c'était à lui que se référait le titre et qu'il devait par conséquent prendre à l'origine le premier rôle dans le roman. Le qualificatif « luciférien » convient à Mathieu dans son sens étymologique de « porte-lumière » : Mathieu est un homme de la lucidité, un intellectuel qui veut en toute circonstance voir clair,

1. Repris dans *Situations*, I *(Critiques littéraires)*.
2. Voir Documents de *La Nausée*, p. 1697-1698.
3. Voir l'analyse de M. Contat : « *L'Ange du morbide* ou le Mystère de la femme qui crache », in *Sartre et la mise en signes*, Actes du colloque de London, Canada (1978). Sous presse (Klincksieck-French Forum).

ne pas se mentir, ne pas être dupe, avec ce que cette volonté implique d'échec, mais aussi de grandeur.

Sur le titre « Lucifer », Sartre nous a dit ceci : « Il avait une signification héritée de " l'homme seul " : quelqu'un qui est différent des autres, qui leur est d'une certaine façon supérieur, mais qui en même temps est maudit, séparé. L'idée était de montrer que la lumière vient du Mal, qu'il faut choir dans le Mal pour y voir clair et ensuite redresser : Lucifer tire la lumière du Mal, tel était au départ le thème du roman[1]. »

Mais ce thème devait être porté par une matière romanesque fortement autobiographique. En ce sens, Mathieu est bien une continuation de Roquentin, mais dans la mesure seulement où ces deux personnages représentent Sartre lui-même. S'il a pu songer un moment à reprendre Roquentin avec son nom et son passé, il y a rapidement renoncé. En revanche, il a bel et bien voulu « prolonger » le personnage avec Mathieu, c'est-à-dire le prendre là où il l'avait laissé, au stade d'une sorte de table rase existentielle, pour ensuite poursuivre la trajectoire amorcée, vers une authentique libération.

Sur le titre « La Révolte », Sartre nous a déclaré ceci : « L'idée première du roman était la révolte contre les contraintes sociales. Mon personnage s'opposait par un acte illégal — l'avortement, finalement — aux normes morales de la société. Du même coup il se révoltait contre lui-même en tant que conditionné par les autres, par la société. Il s'agissait de montrer la réussite d'une révolte active à travers une série d'événements contemporains[2]. »

« Le Serment » renvoyait à un thème philosophique et psychologique qu'on trouve déjà dans les écrits de jeunesse datant des années 1925-1929 et que Sartre résuma plus tard en une formule percutante en écrivant que « tout caractère est un serment[3] ». Si, en effet, la « nature » de l'homme est liberté, il ne saurait *avoir* un caractère au sens de la psychologie traditionnelle, fondée sur l'idée d'hérédité ; son caractère résulte du choix volontaire qu'il fait de lui-même, selon la formule même du serment : « Je serai celui-là », qui scelle la liberté en l'affirmant, comme Sartre le montrera plus tard sur le cas de Genet : « Je serai le Voleur. » La tension qu'installe d'emblée au cœur de cette liberté le fait qu'à la fois elle *est* et qu'elle a *à être,* l'épigraphe l'exprimait : « Le malheur, c'est que nous sommes libres. » Ce thème philosophique paradoxal (« l'homme est condamné à être libre ») est assez connu, et surtout il est suffisamment explicité dans le roman lui-même, pour que nous n'ayons pas à le commenter ici. Remarquons simplement que le

1. Entretien du 3 juillet 1973.
2. *Ibid.*
3. En 1938, Sartre donna une conférence sur « le serment » aux soirées philosophiques de Gabriel Marcel. Raymond Aron, qui rapporte le fait (dans *Histoire et dialectique de la violence,* Gallimard, 1972, p. 139-140) en précisant que la semaine suivante il reprit lui-même le sujet et discuta les thèses de Sartre, résume ainsi le thème de cette conférence : « Celui-ci [le serment] lui paraissait, à l'époque, une sorte d'automystification. Si je veux aujourd'hui, qu'ai-je besoin de jurer ? Et que restera-t-il du serment demain, si je ne veux pas ? Tout serment, en dernière analyse, ressemblerait à un serment d'ivrogne. Inutile lorsque je suis à jeun, impuissant quand la bouteille me fascine. » Sartre lui-même nous a dit se souvenir qu'un des exemples dont il s'était servi était Louis II de Bavière qui se jurait périodiquement de ne plus se masturber.

substrat philosophique du roman, qui ne trouvera son expression conceptuelle que dans *L'Être et le Néant*, où on a voulu voir les fondements philosophiques que le roman se serait borné à illustrer, semble bien en réalité avoir été mis en place dès la conception même du projet. À vrai dire, l'intrication du projet romanesque et du projet philosophique est telle, qu'on est fondé à soutenir que *L'Être et le Néant* est un roman philosophique autant que *Les Chemins de la liberté* sont une philosophie romanesque et que les deux œuvres sont une seule et même autobiographie, soumise à des registres d'expression différents.

Pour ce qui concerne la concrétion progressive de l'écriture romanesque de Sartre à partir du projet abstrait qui fut le sien au départ, le plus important nous semble être la décision qu'il a prise, immédiatement après l'événement, d'intégrer la crise de Munich à l'expérience de son héros. Cette démarche se retrouvera tout au long de la rédaction du roman; elle est en quelque sorte consubstantielle à celui-ci : elle s'épuise à rattraper l'événement pour l'incorporer au récit, un peu à la manière de carnets intimes branchés sur le cours du monde extérieur. Tout se passe comme si, à partir de l'été 1938, Sartre voulait verser au fur et à mesure son expérience dans le roman qu'il est en train d'écrire et qui reçoit ainsi ses déterminations de l'extérieur : le projet romanesque est happé par l'histoire, et le romancier, toujours en retard, est lancé dans une course dont en définitive l'inachèvement est la loi, puisqu'elle est constamment relancée par l'événement nouveau, par le cours de l'histoire. Suivons les étapes de cette relance perpétuelle.

Sartre situe la première partie de son roman à peu près à la date où l'idée lui en est venue : toute l'action de *L'Âge de raison* se déroule en quarante-huit heures aux alentours du 13 juin 1938. À ce moment-là l'œuvre est prévue en deux tomes, et, si l'on en juge par les titres, rien n'indique que leurs sujets auraient débordé la sphère privée où se cantonne le premier volume, tel que nous le connaissons : les événements historiques (guerre d'Espagne, nazisme) y sont certes présents, mais à l'écart, et ils n'influent pas directement sur les personnages dans le cours de leur vie. « Le Serment », de même que « La Révolte », aurait sans doute été une affaire entre le personnage et lui-même, dans le petit cercle de ses intimes. Survient Munich. Du fait même que Sartre a décidé de *situer son roman au présent de son écriture*, le voilà contraint d'y intégrer l'événement qui a failli tout bouleverser. Ce sera l'objet du second volume, différé.

Selon Simone de Beauvoir, le titre *Les Chemins de la liberté* pour l'ensemble du roman date du début de 1939[1]. Métaphorique, il reste abstrait, mais a perdu le caractère symbolique qu'avait « Lucifer ». On peut en déduire que le projet lui-même évolue alors d'un plan métaphysique à un plan historique, tout en gardant son caractère moral.

Durant le premier semestre de 1939, Sartre travaille au premier volume, qui ne semble prendre son titre définitif, *L'Âge de raison,* que vers la fin de l'année. Survient, le 23 août, le pacte germano-soviétique et, avec lui, la certitude que la guerre ne sera pas cette fois évitée. Nouvelle relance du projet. Simone de Beauvoir note que, dans les jours qui suivirent, à Foix, après un copieux déjeuner,

1. *La Force de l'âge,* p. 354.

« Sartre [lui] a exposé comment, au troisième volume des *Chemins de la liberté*, Brunet, dégoûté par le pacte germano-soviétique, démissionnerait du P. C.; il viendrait demander son aide à Mathieu : renversement nécessaire, disait Sartre, de la situation exposée au premier volume[1]. » Nous pouvons conclure de ce témoignage qu'à la veille d'être mobilisé, Sartre a mené le premier volume au moins jusqu'au chapitre x, où Brunet propose à Mathieu d'adhérer au P. C. pour sortir de son marasme, et que c'est à ce moment-là qu'il envisage désormais son roman comme une trilogie : le premier volume faisant le récit de la crise personnelle de Mathieu, le second décrivant la crise de Munich, et le troisième... la guerre qui n'est pas encore commencée, mais dont l'horizon fatal aspire vers lui tout le roman et agit rétroactivement sur le début.

Sartre est mobilisé le 2 septembre 1939 et il part pour Nancy avec la conviction que la guerre sera courte, que les démocraties l'emporteront. Cantonné à Brumath, il commence la rédaction de carnets et continue *L'Âge de raison*. Les lettres qu'il envoie à Simone de Beauvoir la tiennent au courant de la progression de son travail; elles constituent une sorte de « Journal de L'Âge de raison » que nous reproduisons plus loin[2]. Le 2 novembre, Simone de Beauvoir, en visite à Brumath, note dans le journal qu'elle tient alors : « Je lis le roman de Sartre, cent pages, c'est la première fois que je lis d'un coup un si gros morceau et je trouve ça excellent. Je note quelques critiques, en particulier sur le caractère de Marcelle[3]. » Le 31 décembre la première version est achevée et Sartre décide de donner le titre « Septembre » au second volume, qu'il compte commencer aussitôt. Parmi les épisodes qu'il prévoit pour ce second volume, un seul ne se retrouvera pas du tout dans la version définitive, celui de « Sarah tuant son gosse », sans doute parce que cette idée avait quelque chose d'excessif, de trop « littéraire », et ne correspondait en tout cas, contrairement à presque tout le reste du roman, à rien de ce dont Sartre avait une connaissance directe (il la gardera toutefois pour le quatrième volume, comme l'indiquent les plans que nous donnons plus loin[4]). L'épisode que Sartre désigne comme « la dernière nuit de Nancy[5] » indique qu'il avait décidé dès ce moment-là de faire mobiliser Mathieu en septembre 1938, dans les circonstances que lui-même venait de connaître un an plus tard.

À partir du 30 décembre 1939, *L'Âge de raison* est annoncé par Gallimard pour paraître en 1940, mais dès les premiers jours de cette année Sartre songe à publier les deux volumes à la fois, pour que le lecteur aperçoive mieux la direction d'ensemble du roman. Lui-même, pourtant, est suspendu à l'incertitude d'une guerre qui semble s'enliser; mais c'est évidemment la direction philosophique du roman qu'il a en tête. En janvier, au lieu de commencer le second volume, il retravaille encore certaines scènes du premier et se met à s'interroger sur la valeur de ce qu'il a déjà écrit. Un projet de diversion, vite abandonné, l'occupe pendant quelques jours : un petit livre de critique littéraire sous forme de dialogue, qu'il aurait intitulé « Les Histoires pour l'oncle Jules ». Il songe

1. *La Force de l'âge*, p. 387.
2. P. 1894 et suiv.
3. *La Force de l'âge*, p. 430.
4. P. 2133 et suiv.
5. Voir la lettre du 31 décembre 1939, p. 1900.

après cela à une pièce sur Prométhée (personnage qui apparaissait déjà dans la pièce « Épiméthée » écrite en 1930 durant son service militaire et perdue par la suite). Et pendant toute cette période il consigne aussi des notes dans ses carnets, avec la vague idée de publier ceux-ci[1]. Il fait lire son roman au camp à l'abbé Leroy et à Marius Perrin.

Le 16 janvier 1940, il reprend « tout modestement et sagement » le roman en y ajoutant un chapitre sur Boris (il s'agit vraisemblablement de la seconde partie du chapitre IX de la version finale) et il entrevoit la nécessité de refondre tout le premier volume. Il s'interroge aussi sur la façon dont il imagine et il conclut qu'il n'a pas l'imagination romanesque. D'après le contexte de la lettre[2], il semble que Sartre entende par « imagination romanesque » la faculté d'inventer des situations ou des comportements éloignés de sa propre expérience, et nous verrons qu'en effet c'est sur cet écueil, notamment, que se brisera pour finir le roman. Vers la mi-mars il entreprend de composer un prologue de *L'Âge de raison,* car les personnages lui paraissent manquer de racines ; il veut les montrer dix ans auparavant, de façon à faire mesurer leur vieillissement. La conviction qu'il met à justifier le procédé aux yeux de Simone de Beauvoir indique que c'est surtout lui-même qu'il cherche à persuader. Il semble qu'à l'occasion d'une permission que Sartre passa à Paris fin mars, Simone de Beauvoir lui fit abandonner cette idée. Il retouche encore certains passages ; mais il se sent assuré maintenant, après en avoir douté par intermittence, que son premier volume est en bonne voie d'achèvement. C'est le caractère de Marcelle qui lui cause le plus de difficultés. De rafistolage en rafistolage, il entrevoit un défaut de base à ce premier tome : celui de ne pas suffisamment faire « sentir que nous sommes dans l'âge du fondamental[3] ».

Durant toute la « drôle de guerre », en effet, Sartre a parcouru un chemin philosophique considérable, qui l'a conduit d'une morale individualiste et d'une position abstraitement anarchiste à une pensée de l'historicité qu'il forge dans un dialogue intérieur avec Heidegger, devant l'évidence que la guerre a non seulement modifié son propre rapport au monde, mais aussi pénétré d'un sens radicalement différent toute l'expérience de sa génération. Cette pensée de « l'être-pour-la-guerre », inspirée de la notion heideggerienne de « l'être-pour-la-mort », est maintenant au cœur de sa réflexion sur la morale et la liberté, et il s'aperçoit que la méconnaissance qu'il a eue auparavant de sa véritable situation dans le monde et dans l'histoire tire en arrière le roman conçu avant cette révélation que constitue pour lui la guerre et qui l'entraîne à se convertir à l'histoire. Or, la découverte de l'historicité est le sujet profond du second volume ; le problème de Sartre est donc maintenant d'inscrire en creux dans le premier, sans en modifier la tonalité affective ni l'économie narrative, une prise de conscience nouvelle qui ne peut se manifester en tant que telle, mais doit se faire pressentir, se faire appeler dans l'esprit du lecteur. La difficulté, selon nous surmontée dans la version définitive de *L'Âge de raison,* réside pour Sartre précisément dans ce

---

1. Cette idée de publication apparaît dans la lettre du 15 janvier 1940, p. 1904.
2. Lettre du 25 janvier 1940, p. 1905.
3. Lettre du 23 avril 1940, p. 1907.

décalage entre le temps de l'écriture et l'événement rapporté, décalage qui ira en s'élargissant après la guerre, tellement que Sartre ne parviendra plus à le rattraper.

À la fin du mois d'avril 1940, il songe à donner au cycle entier le titre « La Grandeur ». L'expression serait évidemment apparue comme une antiphrase ironique appliquée au Mathieu du premier volume, mais elle aurait sans doute souligné davantage l'aspect de quête morale, de recherche de l'authenticité chez cet homme apparemment aux prises avec de misérables problèmes d'alcôve, et surtout, elle aurait indiqué la perspective, éthique plus qu'à proprement parler philosophique, de l'ensemble du roman. Sartre travaille alors dans une certaine hâte à rapetasser son manuscrit — en le dactylographiant lui-même, ce qui n'est pas dans ses habitudes —, car il voudrait le faire paraître en octobre en volume et, dès juillet ou août, en feuilleton dans la *N.R.F.* Il donne carte blanche à Simone de Beauvoir pour corriger et couper, ce qui prouve la confiance qu'il fait à celle qui est son unique juge littéraire. Pourquoi cette hâte soudaine à vouloir faire paraître *L'Âge de raison,* alors que l'année précédente il voulait publier ensemble les deux premiers tomes ? Craint-il qu'une offensive allemande l'empêche pour longtemps de se mettre au second ? Si c'est le cas, il ne prévoit pas, de toute évidence, en ce début de mai, qu'une défaite militaire puisse empêcher son roman de paraître à la rentrée : la vie littéraire continue, *L'Imaginaire* a paru en février, en avril *Le Mur* a reçu le Prix populiste, et Sartre mène, à quelques dizaines de kilomètres de la frontière allemande, une existence d'homme de lettres heureux, que rien ou presque ne vient distraire de son travail.

L'offensive allemande commence le 10 mai ; entre cette date et celle du 21 juin à laquelle il sera fait prisonnier, Sartre, qui se trouve toujours sur le front de l'est, continue à retoucher son roman. Tout espoir de publication prochaine abandonné, c'est à présent « *contre* la faillite de la démocratie et de la liberté, contre la défaite des Alliés » qu'il fait l'acte d'écrire, « faisant jusqu'au bout " comme si " tout devait être rétabli[1] ». La dernière lettre datant d'avant sa captivité nous montre Sartre, au début de juin, travaillant à resserrer une scène et décidant de faire se passer le troisième tome tout entier pendant une permission de Mathieu, car il estime qu'il y aura bien assez d'écrivains pour « décrire la guerre proprement dite ». Cette idée n'aura pas de suite, puisqu'en définitive Sartre sautera, en une ellipse totale, la période qui va de septembre 1938 à la défaite, en reprenant dans *La Mort dans l'âme,* huit ans cette fois après les événements, ses personnages au moment de la débâcle de juin 1940.

Les documents nous manquent pour toute la période de la captivité de Sartre, qu'il passe d'abord à Baccarat, jusqu'à la mi-août, puis à Trèves, en Allemagne, jusqu'au milieu de mars 1941. Des lettres qu'il envoya de Baccarat à Simone de Beauvoir, celle-ci écrit : « il affirmait que nos idées, nos espoirs finiraient par triompher[2] » ; et, vers le 15 août, il lui annonça presque avec gaieté son transfert en Allemagne[3]. Il semble, en effet, qu'à aucun moment

---

1. Lettre du 27 mai 1940, p. 1910.
2. *La Force de l'âge,* p. 473.
3. Voir *Ibid.,* p. 476.

il ne perdît son optimisme ; il s'employa, au contraire, à insuffler l'espoir à ses camarades de captivité, comme s'y efforçaient aussi un certain nombre de prêtres avec qui il se lia au stalag. Ce thème philosophico-moral de la résistance par l'espérance est au cœur de *Bariona,* la pièce qu'il écrit et met en scène pour la fête de Noël du camp, et on le retrouvera, débarrassé de ses oripeaux bibliques, dans la seconde partie de *La Mort dans l'âme,* où il attribue au militant communiste Brunet son expérience de prisonnier, avec, bien entendu, les différences idéologiques et psychologiques qui s'imposent.

L'expérience de Sartre au camp est avant tout celle de la solidarité, celle d'une vie en commun, au corps à corps perpétuel, dans une sorte de socialité fusionnelle où, selon tous les témoignages, il s'est senti profondément heureux sur un plan affectif. Sur le plan littéraire, ce sentiment nouveau d'appartenance et de solidarité se traduit par la priorité qu'il donne alors sur la poursuite du roman à une entreprise collective, celle du théâtre. La philosophie, cependant, reste au centre de ses préoccupations : durant toute sa captivité, il ne cesse de prendre des notes en vue de *L'Être et le Néant,* qu'il commencera à rédiger après son retour à Paris et après avoir mis au point la version définitive de *L'Âge de raison,* sur laquelle, nous a-t-il dit, il a continué de travailler par intermittence au camp. Parmi les motifs qui lui firent, bien qu'il en ait eu l'occasion avant, retarder jusqu'en mars son évasion[1], le moindre ne fut pas celui de récupérer d'abord le manuscrit de *L'Âge de raison,* qui lui avait été confisqué par un officier allemand. Il y travaillera encore après son retour à Paris : Simone de Beauvoir indique qu'à la veille des vacances d'été 1941, durant lesquelles il va tenter d'étendre le groupe de résistance intellectuelle qu'il a fondé et qui s'appelle « Socialisme et liberté », « Sartre terminait *L'Âge de raison*[2] ». Ce travail final, dont nous ne savons pas quelle a été exactement la nature, a résulté sans doute des critiques que put faire pour la première fois Simone de Beauvoir au vu du manuscrit complet, puisqu'auparavant elle n'avait pu prendre connaissance, en avril de l'année précédente, que d'environ deux cents pages du début. Le roman achevé, la question de sa publication ne se posait maintenant plus : « Sartre garda *L'Âge de raison* dans ses tiroirs parce qu'aucun éditeur n'aurait accepté de faire paraître un roman aussi scandaleux[3]. » Il en publiera, en 1943, deux chapitres dans des revues, l'une imprimée en Suisse, l'autre à Lyon[4].

Selon M. Perrin, Sartre commença début 1941 la rédaction du deuxième volume, prévu dès 1938 et qu'il avait décidé de

---

1. Sur les circonstances de cette évasion (libération à l'aide d'un faux le faisant passer pour civil), voir *La Force de l'âge,* p. 492, et le livre d'un compagnon de captivité, l'abbé Marius Perrin, *Avec Sartre au stalag XII D,* Éd. J.-P. Delarge, 1980. Ce témoignage, dont nous avons pris connaissance au moment de mettre sous presse, confirme en tous points le récit de Simone de Beauvoir. C'est l'abbé Perrin lui-même qui confectionna le faux indiquant que Sartre avait été réformé pour troubles de l'équilibre.

2. *La Force de l'âge,* p. 497.

3. *Ibid.,* p. 528-529. Rappelons qu'une avorteuse fut exécutée sous le régime de Vichy.

4. Voir *infra,* p. 1937.

consacrer entièrement à la crise de Munich, avec pour titre
« Septembre ». Simone de Beauvoir parle peu du travail de Sartre
durant les années d'occupation, sinon pour dire sobrement que son
compagnon et elle travaillaient beaucoup et sans se préoccuper
d'une publication immédiate : « nous avions décidé de vivre comme
si nous étions assurés de la victoire finale[1] ». À vrai dire, la productivité de Sartre durant ces années est assez ahurissante : en
trois ans, il va écrire deux pièces, un traité de philosophie, un
roman, quatre études[2], des scénarios de films, tout en assumant
la charge d'une khâgne au lycée Condorcet. S'étant résolu, en
automne 1941, à disperser le groupe « Socialisme et liberté », « il
s'attela alors opiniâtrement à la pièce qu'il avait commencée : elle
représentait l'unique forme de résistance qui lui fût accessible », écrit
Simone de Beauvoir[3]. Cette pièce, *Les Mouches,* est terminée au début
de 1942. On peut supposer que Sartre voua ensuite l'essentiel de son
temps à la rédaction de *L'Être et le Néant,* puisque celle-ci se fit
en moins d'une année, de la fin de 1941 à octobre 1942. Sartre nous
a pourtant affirmé qu'il avait mené de front l'ouvrage philosophique
et le roman, passant de l'un à l'autre pour se distraire du premier, et
écrivant dans les cafés, principalement à La Coupole et aux Trois
Mousquetaires, à Montparnasse.

La rédaction du deuxième volume des *Chemins de la liberté* s'est donc
étendue sur presque quatre ans : le manuscrit a été achevé en octobre
ou novembre 1944 et remis aussitôt à Gallimard, en même temps que
celui de *L'Âge de raison,* les deux romans devant paraître ensemble en
septembre 1945. Mais cette rédaction fut intermittente, morcelée à
l'image du texte lui-même, et tout indique qu'elle fut moins difficile
que celle du premier volume. Sartre n'avait plus à résoudre de problèmes de caractères et d'intrigue ; ses personnages existaient déjà
et leur destin individuel, de même que celui des personnages nouveaux qu'il introduisait, étaient pris dans un destin collectif, un événement historique, qui exigeaient du romancier plus de documentation que d'imagination, plus d'attention au réel qu'à proprement
parler de l'invention romanesque. Il semble s'être beaucoup amusé à
brasser ces histoires individuelles comme un jeu de cartes et à faire
feu en virtuose de tous les artifices d'une technique « carnavalesque »,
pour reprendre la notion empruntée à Bakhtine par Geneviève Idt[4]
pour qualifier l'écriture romanesque — ou plutôt *les* écritures — du
Sursis. Le titre lui-même, remplaçant celui de « Septembre », est repris
par Sartre d'un roman de Hemito von Doderer dont la traduction
française parut en 1943[5] et qui n'a d'ailleurs aucun rapport avec le
sien ; le roman de Hemito von Doderer se passe au XVIIe siècle, et
Sartre ne l'avait pas lu ; le titre s'imposa à lui comme exprimant à la
fois la situation de septembre 1938 et l'idée philosophique qui est un
thème majeur du roman, celle de l'existence humaine en sursis perpétuel. Le choix de ce titre, à un moment où l'issue de la guerre était
encore incertaine, même si la victoire des Alliés se dessinait à l'hori-

1. *La Force de l'âge,* p. 515.
2. Sur Camus, Blanchot, Bataille et Brice Parain.
3. *La Force de l'âge,* p. 514.
4. Voir Geneviève Idt, « Les toboggans du romanesque », *Obliques,* nos 18-19, [1979],
p. 75-94.
5. Hemito von Doderer, *Sursis,* roman traduit de l'allemand par Blaise Briod,
Plon, 1943.

zon, traduit bien la liaison fondamentale du roman en train de se faire à l'histoire en train de se faire, et la commune imprévisibilité de leur sens : si, en 1943, les accords de Munich ont à jamais celui d'une guerre à laquelle il a été sursis, le sursaut de la liberté que représente au nazisme ne peut l'emporter que par la victoire militaire des Alliés, que rien ne garantit encore. Incertain de l'issue de la guerre, dont dépend aussi la publication de son roman, Sartre poursuit celui-ci comme un pari sur la liberté et le met ainsi en sursis, comme la liberté est elle-même en sursis dans l'ensemble du roman, c'est-à-dire toujours différée dans son accomplissement. Le simple décalage temporel s'est élargi : *L'Âge de raison,* qui se passe en juin 1938, est achevé en 1941; *Le Sursis,* qui se passe en septembre 1938, est achevé en 1944; trois ans pour le premier, six ans pour le second; neuf ans sépareront de la publication du troisième les événements décrits dans celui-ci.

Dans le prière d'insérer qu'il écrit pour les deux premiers volumes, Sartre fixe le cadre temporel de l'ensemble du roman : « J'ai voulu retracer le chemin qu'ont suivi quelques personnes et quelques groupes sociaux entre 1938 et 1944. Ce chemin les conduira jusqu'à la libération de Paris, non point peut-être jusqu'à la leur propre. Mais j'espère du moins faire pressentir par delà ce temps où il faut bien que je m'arrête, quelles sont les conditions d'une délivrance totale. » Le troisième et dernier volume est annoncé avec le titre « La Dernière chance ». Il devra donc couvrir à lui seul une période de six ans, ce qui est énorme par rapport au premier qui se déroulait en 48 heures, et au second, en sept jours. La technique adoptée dans les deux premiers, qui consiste à ne rien résumer, à ne rien omettre à l'intérieur de courtes unités temporelles juxtaposées, permet bien sûr les ellipses — mais on ne sait-on rien de ce qui arrive aux personnages entre la mi-juin et le 23 septembre 1938 —, il n'empêche qu'un seul volume paraît d'emblée étroit pour traiter de la guerre, de la défaite, de la résistance et de la libération. Cette première difficulté a probablement arrêté Sartre assez rapidement à l'orée du troisième volume. A-t-il commencé celui-ci aussitôt après avoir donné les deux premiers à l'impression ? Si oui, quand s'est-il arrêté[1] ? Dans une interview qu'il donne peu après la parution de *L'Âge de raison* et du *Sursis* et que nous reproduisons plus loin[2], il déclare, en octobre 1945, qu'il travaille à son traité de morale existentialiste en même temps qu'à « La Dernière chance. » Ce sont certainement à cette date les deux ouvrages qui lui tiennent le plus à cœur, dans la mesure où ils prolongent ses deux projets d'écriture essentiels : philosophie et roman. De plus, il les a promis au public et ils doivent dissiper des malentendus. Il se peut donc qu'il y ait effectivement travaillé alors. Mais les manuscrits que nous connaissons datent à peu près certainement de 1947 pour le premier cahier de notes pour la Morale, et de 1947-1948 pour le troisième tome des *Chemins de la liberté.* Cet ajournement trouve ses raisons d'abord dans la brusque transformation que connaît la situation de Sartre vers l'automne 1945.

L'Âge de raison avait été commencé à un moment où Sartre, grâce

---

1. Le numéro de novembre 1947 des *Temps modernes* annonça des fragments de « La Dernière Chance » à paraître prochainement.
2. Voir p. 1912 et suiv.

à *La Nausée,* puis au *Mur,* avait atteint le type de notoriété promise avant la guerre à un jeune talent puissant et original. Au même titre que Nizan, par exemple, mais sans l'audience et la responsabilité que valait à celui-ci sa position d'éditorialiste communiste, il faisait partie du petit nombre d'écrivains sur qui le public lettré pouvait compter pour produire, à plus ou moins longue échéance, une œuvre littéraire d'importance égale à celle d'écrivains ayant débuté plus tôt dans la carrière, comme Malraux ou Céline, qui étaient loin encore d'occuper la position assise et dominante d'un Gide. Cette situation de jeune écrivain d'avenir était restée celle de Sartre durant toute la guerre; ni la représentation des *Mouches,* puis de *Huis clos,* ni la publication de *L'Imaginaire,* puis de *L'Être et le Néant,* ne l'avaient qualitativement changée : ces œuvres nouvelles avaient contribué, dans une vie littéraire étouffée par l'occupation, à consolider sa réputation auprès d'un cercle assez restreint, en confirmant les promesses inscrites dans ses textes d'avant la guerre. Cette situation est sans doute la plus propice pour mûrir patiemment une œuvre d'envergure, destinée par son auteur autant, sinon plus, à la postérité qu'aux lecteurs contemporains : l'attente d'un public relativement homogène, cultivé et clairvoyant est suffisante pour stimuler l'écrivain; la demande n'est ni trop forte ni trop étendue pour l'inhiber ou au contraire le jeter dans une production éperdue et prématurée.

Or, en 1945, presque d'un jour à l'autre, cette situation change du tout au tout : Sartre devient non seulement un auteur à la mode, mais il apparaît comme un chef d'école et il est investi du rôle de maître à penser de toute une génération, avant d'être rapidement promu ambassadeur de la pensée française à l'étranger. Simultanément, les attaques se déclenchent de toutes parts : dénoncé par les bien-pensants comme corrupteur de la jeunesse et par les communistes comme faux prophète petit-bourgeois, il est accusé par les uns et les autres de se complaire dans la fange. Bref, il fait scandale. Sartre a expliqué les causes de cette soudaine transformation qui fait de lui, après la guerre, un « monument public », un Autre avec lequel il va devoir apprendre à vivre[1]. Ces causes sont essentiellement un nationalisme culturel qui pousse les Français, ravalés au rang de nation de second ordre par la défaite, puis par une victoire où ils ont eu peu de part, à grandir les écrivains issus de la résistance; le développement des moyens de communication de masse qui élargit le public virtuel des écrivains; l'ouverture des frontières aux traductions après les années où les besoins de lectures étrangères étaient restés inassouvis; enfin, l'investissement de la littérature par la politique. En réponse à cette situation nouvelle, Sartre développe la notion de « littérature engagée », qu'il conçoit comme une manière d'assumer la responsabilité nouvelle de l'écrivain, placé devant un public virtuel total qu'aucun de ses prédécesseurs n'avait pu avoir.

Cet engagement dans l'époque entraîne pour Sartre une véritable réquisition de sa propre production à des tâches immédiates. Pendant deux ou trois ans, à l'exception du théâtre, qui répond aussi,

1. Voir « La Nationalisation de la littérature », *Situations*, II; « Qu'est-ce que la littérature ? », notamment le chapitre intitulé « Situation de l'écrivain en 1947 », in *Situations*, II; et *Sartre*, texte du film réalisé par A. Astruc et M. Contat, p. 76-81.

en partie, à une volonté de toucher directement le public sur des sujets d'actualité, il est mobilisé par des textes de circonstance, comme « Matérialisme et révolution » ou « Qu'est-ce que la littérature ? », où il polémique et développe ses idées en réponse aux attaques dont il est l'objet. Il multiplie les interventions, dans sa revue d'abord (le premier numéro des *Temps modernes* paraît en octobre 1945), mais aussi dans la presse, à la radio, voyageant, donnant des conférences, des interviews, s'efforçant en toute occasion de clarifier et d'affirmer ses positions, avant de se lancer, pour finir, avec le Rassemblement Démocratique Révolutionnaire, dans une forme de politique active. Il devient à proprement parler un polygraphe. Non pas que la philosophie et la littérature, au sens de la création romanesque, soient abandonnées. Au contraire, ces interventions multiples et ponctuelles ne visent à rien d'autre qu'à assurer les conditions d'un exercice authentique de la littérature et de la philosophie, mais elles l'obligent à différer ses projets proprement créateurs.

Durant ces deux ou trois ans de l'immédiat après-guerre, ce n'est pas seulement sa situation personnelle d'écrivain qui a changé, c'est toute la situation historique, et pas seulement à l'échelon national. S'il avait pensé, avec le troisième et dernier tome des *Chemins de la liberté,* aborder, en plongeant ses personnages dans la résistance, l'étape positive, constructive de leur entreprise de libération, il découvre, au fur et à mesure que le temps passe, une situation extraordinairement brouillée, où les problèmes de la liberté ne se posent plus comme sous l'occupation en termes de choix tranchés : résister ou collaborer, abattre des Allemands au risque de faire fusiller des otages, parler ou ne pas parler sous la torture, etc. Le problème moral reste le même, c'est celui des implications pratiques du choix en faveur de la liberté, mais il s'est politisé et, par là-même, dans une situation politique complexe et ambiguë, il a perdu son caractère d'alternative extrême entre la vie et la mort, l'héroïsme ou la lâcheté, pour se retrouver chargé de toutes les ambiguïtés et incertitudes de l'après-guerre. Comment, dans ces conditions, continuer un roman qui a été expressément annoncé comme devant conduire ses protagonistes à l'héroïsme, sans verser dans la littérature édifiante, la simple commémoration de la résistance, ce qu'on commence alors à appeler le « résistantialisme » ? En termes littéraires, comment conserver à la suite le caractère des premiers tomes, celui d'une expérience fictive et concrète de la liberté, liée à des événements contemporains, ce qui implique entre l'écrivain et son représentant romanesque, Mathieu, une contemporanéité d'expérience ? Autrement dit, comment garder le roman ouvert sur le présent de son écriture si les circonstances ont changé au point de changer la nature même des choix qui s'imposent ?

En 1947, dans « Qu'est-ce que la littérature ? », Sartre définit la technique du « roman de situation », la plus appropriée, selon lui, pour « rendre compte de notre époque »; c'est celle qu'il a appliquée dans *L'Âge de raison* et *Le Sursis :* « sans narrateurs internes ni témoins tout-connaissants[1] », le roman de situation fonctionne selon les principes d'une « relativité généralisée » qui fait qu'aucune des consciences présentées tour à tour n'a de point de vue privilégié sur les autres, sur soi et sur les événements. Cette technique laisse

1. *Situations*, II, p. 252.

« partout des doutes, des attentes, de l'inachevé » et réduit le lecteur à « faire lui-même des conjectures, en lui inspirant le sentiment que ses vues sur l'intrigue et sur les personnages n'étaient qu'une opinion parmi beaucoup d'autres[1] ». Mais pour que cette technique ne soit pas un artifice mensonger, il faut que l'auteur ne détienne pas lui-même le sens achevé d'un destin clos, d'une période close. Comme nous l'avons vu, Sartre écrivait *Le Sursis,* au moment où le combat des Alliés et de la résistance était lui-même en sursis. Pour parler de la résistance dans le troisième tome, il lui faut maintenant, quatre ans après la Libération, prendre sur elle le point de vue ouvert et incertain qui la met derechef en sursis en la suspendant à un avenir à forger. Ce point de vue est celui de la révolution, du socialisme, auquel Sartre s'est rallié dès 1941 en se déterminant pour un projet philosophique et politique alliant « socialisme et liberté ». Sous l'occupation, pas de problème : la réalisation de ce projet passait nécessairement par la résistance aux nazis, par la victoire sur l'occupant; elle n'impliquait rien d'autre que le choix de l'héroïsme individuel : lutter contre les Allemands, c'était s'exposer, au moins virtuellement, à la torture et à la mort. Le choix pouvait être plus ou moins difficile, exiger plus ou moins de courage personnel, en tout cas il était clair; qu'on s'alliât aux résistants nationalistes ou aux communistes, il revenait au même. Une fois la victoire acquise sur les Allemands, l'alliance de la résistance n'a pas tardé à éclater : le monde s'est divisé en deux blocs antagonistes, États-Unis et U.R.S.S., et la lutte des classes, exploités contre exploiteurs, suspendue durant la guerre, a repris à l'échelon national. Tout serait simple encore, du point de vue de l'exigence révolutionnaire, si l'U.R.S.S. s'identifiait au socialisme et si son opposition au bloc atlantique ne signifiait pas la guerre, et celle-ci, étant donné l'apparition de l'arme atomique, la fin de l'aventure humaine : ni liberté, ni socialisme, rien, « une bombe aura soufflé les lumières[2] ».

Toute l'action et la réflexion de Sartre vont dès lors consister à maintenir ensemble les exigences de la liberté, du socialisme et de la paix en montrant que c'est en les pensant incompatibles qu'on précipite le monde à la catastrophe. Un premier refus, donc : celui de choisir entre les deux blocs, car ce choix mène droit à la guerre. Un second refus : celui de se rallier au parti communiste, car celui-ci, en identifiant ses intérêts à ceux de l'U.R.S.S., est devenu en France un parti conservateur et opportuniste qui ménage la bourgeoisie, tout en prétendant défendre les intérêts des travailleurs, et qui utilise ses intellectuels à couvrir ses contradictions par un marxisme réduit à « un déterminisme stupide[3] ». Mais, dans la mesure où le projet socialiste, qui est fondamentalement celui de l'universel concret, de la liberté se prenant elle-même pour fin, ne sera pas réalisé sans les travailleurs et que ceux-ci se reconnaissent dans le Parti communiste, il est impossible de vouloir le socialisme *contre* le Parti communiste. Ainsi, pour Sartre, le problème du socialisme, de la liberté et de la paix se pose, en 1947-1948, *par rapport* au Parti communiste. Celui-ci n'est pas l'adversaire, il est le principal obstacle à une authentique exigence socialiste; c'est donc sur lui qu'il faudrait agir. Et comme il n'est pas question de le faire directement, car le

1. *Situations*, II, p. 253.
2. Monologue final de Frantz dans *Les Séquestrés d'Altona*, p. 223.
3. *Situations*, II, p. 285.

parti n'admet nulle critique et déclare son ennemi quiconque n'est pas totalement avec lui, comme il fait écran entre les travailleurs et les intellectuels qui se situent en dehors de lui et se réclament d'eux, il ne reste plus à Sartre qu'à assumer son isolement en s'adressant à des lecteurs eux aussi isolés — bourgeois en rupture de classe, communistes écœurés — pour leur faire prendre conscience du caractère insupportable de cet isolement et les engager à inventer une issue à une situation qui serait parfaitement désespérée si « la vision lucide de la situation la plus sombre [n'était] déjà, par elle-même, un acte d'optimisme : elle implique en effet que cette situation est *pensable*, c'est-à-dire que nous n'y sommes pas égarés comme dans une forêt obscure et que nous pouvons au contraire nous en arracher au moins par l'esprit, la tenir sous notre regard, donc la dépasser déjà et prendre nos résolutions en face d'elle, même si ces résolutions sont désespérées[1] ». Ces lignes sont datées de 1947, date à laquelle Sartre reprend son projet de Morale. L'issue, en effet, ne peut se trouver, selon lui, qu'en inventant une éthique nouvelle, une morale « dure », qui ne peut prendre appui sur rien d'autre qu'une exigence de liberté et doit procéder par la lucidité d'une conscience qui s'assume comme subjectivité sans garant ni fondement, qui ne peut donc se projeter dans l'avenir qu'en se convertissant à elle-même, tout en se sachant rigoureusement située dans une époque qu'elle n'a pas choisie mais que, au même titre que toutes les autres subjectivités, elle contribue à faire.

On voit que Sartre retrouve ainsi son vieux problème, celui de *La Nausée* : la Contingence. Mais il le retrouve « historialisé », c'est-à-dire indissolublement lié aux conditions spécifiques de l'époque qui lui donnent sa forme. Au moment où il reprend la Morale, il ne sait pas où il va, il l'écrit comme une série d'interrogations sur la violence, le mensonge, l'ignorance, l'oppression, etc., interrogations articulées chaque fois sur la question du rapport entre la fin et les moyens. C'est probablement pour éviter le piège de l'abstraction que Sartre a décidé, comme il l'avait fait pour *L'Être et le Néant* et *Le Sursis*, de reprendre, parallèlement à sa réflexion philosophique, la mise à l'épreuve de celle-ci dans cette expérience concrète qu'est le roman.

À l'ensemble des problèmes que nous venons d'évoquer un peu schématiquement, problèmes tout à la fois personnels, littéraires, politiques et moraux, le troisième volume des *Chemins de la liberté* représente une solution d'attente, ou du moins de transition. L'étape constructive est renvoyée à un quatrième volume, auquel Sartre transfère le titre conclusif « La Dernière chance ». Pour le troisième, on pourrait reprendre le titre d'un de ses romans de jeunesse, « Une défaite », ou celui de Zola « La Débâcle », puisqu'il raconte la défaite française de juin 40, Sartre reprend le titre qu'il avait donné aux pages de son journal de guerre (reconstitué après coup) publiées en 1942 dans la revue *Messages* : « La Mort dans l'âme[2] ». Sa composition en deux parties bien distinctes de style et de technique narrative marque son caractère de transition : la première reprend tous les personnages de *L'Âge de raison,* mais cette fois isolés et dispersés par rapport à Mathieu qui, dans le premier volume, était le centre autour duquel ils gravitaient et

---

qui maintenant se trouve au front quelque part en Lorraine durant les trois jours qui précèdent l'armistice. Mathieu garde la première place dans l'économie de cette partie. La seconde partie semble ouvrir un nouveau cycle : à Mathieu succède Brunet, le militant communiste qui, dans *L'Âge de raison* et *Le Sursis,* tenait un rôle périphérique. Il semble prendre dans le roman la relève de Mathieu laissé pour mort sur le clocher d'où il tiraillait sur les Allemands qui vont emmener Brunet en captivité. La seconde partie apparaît ainsi comme le début d'un cycle où Brunet représente à lui seul l'esprit de résistance durant les premiers temps de la captivité en France et qui reste en suspens avec le transfert des prisonniers en Allemagne. Ce déplacement de l'axe du roman vers le communiste Brunet figure bien le déplacement de la problématique politique et morale de Sartre, dans les années d'après guerre, vers le Parti communiste, autour duquel cette problématique se concentre désormais. Le rapport que Sartre entretient avec son nouveau protagoniste n'a plus rien à voir avec celui qu'il avait avec Mathieu et qui était un rapport d'identité existentielle, un rapport d'intériorité. Sartre ne s'identifie pas davantage à Brunet qu'il ne s'est identifié précédemment à Daniel, à Boris ou à Gomez : du dehors, il observe en Brunet le développement d'un conflit entre le choix existentiel du militant, qui consiste à obéir à des valeurs « objectives » incarnées par la direction du parti, et une situation, celle de la captivité, où le militant, privé de directives, doit se déterminer seul. Si Sartre lui-même n'a jamais vécu ce conflit, il lui insuffle néanmoins la tension d'un débat qui lui est propre, celui qui l'oppose, au moment où il écrit, aux communistes staliniens. Ce débat a atteint, sur le plan affectif, son point culminant en été 1947, lorsque Sartre a sommé les intellectuels du parti de faire la preuve de leurs allégations contre son ami Nizan, mort à la bataille de Dunkerque en mai 1940 après avoir quitté le parti à la suite du pacte germano-soviétique, et dénoncé ensuite comme traître. C'est dans « Drôle d'amitié », publié la même année que *La Mort dans l'âme,* en 1949, dans *Les Temps modernes* comme « extraits des *Chemins de la liberté,* tome IV », que Sartre transpose son propre conflit avec le Parti communiste dans celui que vit Brunet entre son amitié pour Schneider-Vicarios, représentant de Nizan dans le roman, et sa fidélité au parti. Pour cela, il est essentiel que l'épisode se situe à une époque où le parti *a tort,* c'est-à-dire avant son entrée dans la résistance, pendant cette période où, par soumission à l'U.R.S.S., il se place dans une position attentiste à l'égard des Allemands et cherche à obtenir d'eux sa légalisation, jusqu'à ce que l'attaque allemande contre l'U.R.S.S., le 22 juin 1941, le précipite dans l'action clandestine contre l'occupant. Que reproche Sartre à cette politique ? D'avoir été adoptée au nom d'un prétendu « processus historique », selon lequel le développement de l'histoire obéit à des lois objectives dont le parti serait en tout temps l'interprète infaillible. Ce « réalisme » politique est pour lui la traduction d'une philosophie déterministe qui élimine la subjectivité de l'histoire et transforme l'opposant en traître « objectif ». Or, cette notion d'objectivité qui se prétend scientifique n'étant pas à la portée des masses, parce que celles-ci n'ont pas assimilé le marxisme dont elles sont les porteurs mais que seuls détiennent dans sa vérité les intellectuels de la direction du parti, celui-ci doit mentir aux masses, dans leur propre intérêt, en présentant l'opposant comme un vendu. C'est ce mécanisme implacable que Sartre démontre à son niveau existentiel dans « Drôle d'amitié » et qu'il analyse à son niveau politique et idéologique à propos de Tito dans « Faux savants ou faux lièvres[1] ? », écrit en 1950, et où il interprète la dissidence titiste par rapport à l'U.R.S.S. comme la réintégration de la subjectivité dans l'histoire. Ce dernier texte est important, car il constitue une charnière entre la position radicalement antistalinienne qu'illustre « Drôle d'amitié » et la position « ultra-bolchéviste » qu'il va prendre en 1952. Il y montre, en effet, que la subjectivité est réintroduite non comme un idéal formel, un volontarisme moral, mais par le mouvement même de l'histoire objective, ce qui est une importante concession à l'objectivisme marxiste, sur le plan théorique.

Nous ne pouvons entrer ici dans le détail d'une argumentation philosophique complexe. Mais, pour ce qui intéresse la genèse des *Chemins de la liberté* et les motifs de leur inachèvement, il faut clarifier les raisons pour lesquelles Sartre, vers 1949-1950, aboutit à une impasse où il va définitivement abandonner le roman et dont il sort en 1952 par une conversion, un coup de force philosophique qui oriente d'abord son projet littéraire vers l'autobiographie — préparée par les biographies existentielles de Genet et de Mallarmé — et le conduira ensuite à cette synthèse roman-biographie-autobiographie-philosophie qu'est *L'Idiot de la famille*.

Les deux événements clés qui font prendre conscience à Sartre de l'impasse philosophique dans laquelle il s'enferme avec la Morale en cours d'élaboration sont l'échec du Rassemblement démocratique révolutionnaire et la guerre de Corée. Avec le R.D.R., Sartre avait pensé possible de constituer une force capable d'infléchir de l'extérieur le parti communiste vers une politique révolutionnaire et indépendante de Moscou. Durant l'année 1949, il devient évident que le Rassemblement n'est qu'un groupe d'intellectuels dont les plus actifs sont en train, par antisoviétisme, de se rallier à la politique américaine. Pour éviter un virage à droite du R.D.R., Sartre agit de manière à le faire éclater, puis démissionne. Sartre se retrouve dans la position d'un écrivain solitaire. Il s'aperçoit alors que la morale qu'il élabore, et qui est avant tout une morale de la lucidité, ne vaut que pour lui, dans la mesure où la seule pratique qu'elle implique est celle de l'écriture. C'est une morale idéaliste, sans prise sur le réel et qui suppose une conversion à l'authenticité qui semble réservée à l'intellectuel. En effet, la « réflexion purifiante » qui est la condition de cette conversion est conçue comme un acte réflexif et critique nécessitant les instruments intellectuels d'une critique abstraite de l'aliénation. Qu'est-ce qu'une morale suspendue à une conversion intellectuelle ? Une morale particulière, une « morale d'écrivain » qui ne vaut pas pour les hommes confrontés aux réalités d'une pratique concrète, celle du travail, de la production matérielle, de la lutte des classes. C'est une morale d' « homme seul », une morale du salut individuel. L'échec du Rassemblement démocratique révolutionnaire ramène donc Sartre à sa position de l'époque de *La Nausée*, celle dont précisément il avait voulu faire sortir Mathieu et dont il s'était lui-même tiré par l'expérience de la solidarité durant sa captivité

---

1. Préface au livre de Louis Dalmas, *Le Communisme yougoslave depuis la rupture avec Moscou*, reprise dans *Situations*, VI, p. 23 et suiv.

et par son engagement dans la résistance. Or il ne sait plus que faire de Mathieu. Jusqu'à *La Mort dans l'âme*, à l'exception de l'épisode du clocher, il lui avait prêté sa propre expérience, le vécu d'un intellectuel quelconque, qui s'interroge sur lui-même dans le cours du monde. Telle que la suite du roman est projetée, il lui faut maintenant transformer complètement le personnage, opérer en lui une conversion pratique. S'il veut garder avec Mathieu son rapport initial d'*alter ego*, il faut qu'il continue à lui prêter son expérience, la couleur de sa propre vie. Mais sa propre expérience de la résistance n'a pas été celle d'un résistant actif, d'un militant, d'un héros, mais celle d'un « écrivain qui résistait », et résistait d'abord par l'écriture[1]. Comment transposer cette expérience dans celle du héros qui affronte la torture, en gardant le rapport au roman qui a, jusqu'ici, été le sien et qui fait prévaloir une problématique du présent dans l'évocation du passé ?

Ce qui commence à faire problème pour Sartre en 1949-1950, c'est l'écriture elle-même ; ce qu'il met en question, c'est son statut d'écrivain, en ceci qu'il implique une séparation qu'il a cessé de valoriser comme dans les années trente. Sous l'occupation l'acte d'écrire était spontanément solidaire ; écrire contre les Allemands et contre ceux qui les soutenaient, démystifier l'idéologie de la collaboration ne posait pas plus de problème que résister physiquement et moralement à la torture ; écrire, ne pas parler, pour l'écrivain ou le résistant, c'était un même acte de liberté qui posait la liberté des autres en même temps que la sienne propre, c'était un acte entièrement positif et sans ambiguïté : héroïsme et écriture coïncidaient. Mais, dès lors que l'écriture a cessé d'être une pratique positive, il n'est plus possible pour l'écrivain de lui donner le même sens qu'un acte d'héroïsme. Le Sartre de 1950 ne peut plus s'identifier au Mathieu de 1943 auquel il a assigné d'avance un destin héroïque qu'il ne veut plus modifier. Il ne peut pas non plus s'identifier à Brunet, à qui il a fait suivre le chemin inverse de Mathieu et qui, en découvrant sa subjectivité, est en train de devenir un intellectuel lucide. En effet, c'est le dépassement réciproque de l'intellectuel par le militant et du militant par l'intellectuel — qu'il avait pensé incarner dans la rencontre et l'identification de Brunet et de Mathieu au sein de la résistance : ils devaient y devenir tous les deux l'authentique homme d'action —, c'est cette fusion de la liberté et de l'action qui lui paraît maintenant suspecte d'idéalisme. L'esprit de la résistance, qui imprègne la morale de Sartre et devait amener les personnages de son roman à coïncider avec leur liberté, a cessé de coïncider avec les nécessités d'un présent bouché par la politique des blocs. Sartre se trouve donc bloqué. Il lui faut faire l'apprentissage du réalisme, et ce n'est pas avec Mathieu qu'il peut l'entreprendre. Les deux chapitres non publiés du quatrième tome des *Chemins de la liberté* que nous donnons dans le présent volume, montrent, en effet, un Mathieu méconnaissable : une résurrection, certes, mais sous la forme d'une épure... On imagine volontiers que c'est en voyant ce qu'il était en train de faire de Mathieu, une figure décharnée de l'idéalisme, que Sartre, en romancier exigeant, a perçu l'évidence du caractère abstrait que prenait sa morale et qu'il a laissé tomber l'une et l'autre.

1. Dans ses entretiens inédits avec John Gerassi, Sartre déclare : « Sous l'occupation, j'étais un écrivain qui résistait, et non un résistant qui écrivait. »

Cela n'ôte rien, pour nous, à l'intérêt que présentent ces pages : elles sont l'expression symptomatique de l'impasse littéraire et intellectuelle où se trouve Sartre en 1950.

La guerre de Corée, qui éclate cette année-là, achève de le désorienter. Avec elle, en effet, la guerre froide menace sérieusement de déboucher sur une troisième guerre mondiale, sur un holocauste nucléaire. Sartre refuse de se réfugier dans un désengagement silencieux, comme le fait alors Merleau-Ponty. Mais, ne voyant aucune issue politique à la situation, il entreprend de réfléchir, sur des bases philosophiques encore incertaines, à la signification morale du choix d'écrire, du choix de l'imaginaire dans un monde déchiré par les forces antagonistes du Bien et du Mal. L'occasion lui en est fournie par une préface aux Œuvres complètes de Jean Genet qui va prendre les dimensions d'un vaste essai à la fois critique, biographique et philosophique, et qui prend ainsi le relais de la Morale abandonnée l'année précédente. On connaît la conclusion que comporte cet essai : « toute Morale qui ne se donne pas explicitement comme *impossible aujourd'hui* contribue à la mystification et à l'aliénation des hommes. Le " problème " moral naît de ce que la Morale est *pour nous* tout en même temps inévitable et impossible. L'action doit se donner ses normes éthiques dans ce climat d'indépassable impossibilité[1] ». C'est la tension de cette contradiction qu'il faut garder à l'esprit pour comprendre correctement le sens du rapprochement de Sartre avec le Parti communiste en 1952. Le coup de force qu'il exerce alors sur lui-même résulte de sa conviction que sa position d'écrivain solitaire n'est plus tenable, que, dans la situation de guerre froide menaçant de devenir brûlante, le choix s'impose entre les deux blocs, car ne pas choisir, au nom de la morale et de la liberté, c'est renforcer le camp de ceux qui se prévalent de la liberté et de la morale pour étendre leur domination. Si Sartre choisit l'U.R.S.S. et le Parti communiste c'est pour la seule raison que, compte tenu du rapport actuel des forces, qui est en faveur du camp américain, l'U.R.S.S. a intérêt à maintenir la paix. Il s'agit donc du choix d'un moindre mal, et non pas d'une adhésion positive. Sartre ne se fait guère d'illusions, au départ, sur la nature du régime soviétique et sur la sincérité démocratique du Parti communiste français. Cependant, par la logique des justifications théoriques qu'il donne à son adhésion et des fidélités qu'impose l'action commune, il sera entraîné au delà d'une alliance circonstancielle à laquelle il s'est résolu par haine de l'adversaire plutôt que par sympathie pour l'allié, jusqu'à ce que le sursaut moral suscité chez lui par la répression soviétique en Hongrie lui fasse retrouver, de 1956 à 1968, la voie d'un compagnonnage distant et résolument critique et d'une réflexion théorique radicalement indépendante.

Sartre aurait-il pu mettre à l'épreuve sur le plan existentiel sa position nouvelle de 1952 dans la suite des *Chemins de la liberté* ? À première vue, on est tenté de répondre oui. N'a-t-il pas de nouveau le même rapport au Parti communiste que celui des résistants non communistes durant l'occupation à partir de l'entrée en guerre de l'U.R.S.S., un rapport d'alliance politique et de solidarité d'ac-

---

1. *Saint Genet*, p. 212.

tion ? Mathieu aurait donc pu incarner, dans la situation de 1942-1944, la position du compagnon de route et Brunet celle du militant non stalinien, mais fidèle au parti. Cependant nous avons vu plus haut pourquoi Sartre ne pouvait plus songer à montrer les contradictions propres à la situation de 1949-1950 dans une entreprise non problématique comme celle de l'héroïsme résistant. Mais il y a plus : les camps soviétiques. Le seul fait de leur existence — que Sartre et Merleau-Ponty dénoncent en janvier 1950 dans *Les Temps modernes*[1] — lui interdit d'identifier le Parti communiste et l'U.R.S.S. à une entreprise de liberté, ce qu'ils étaient pendant la guerre. C'est l'identification entre les deux périodes historiques qui est devenue radicalement impossible. Si Sartre avait pu, en 1951, mettre en scène et dépasser dans l'imaginaire son propre conflit, sur un plan mythique, dans *Le Diable et le Bon Dieu* avec, pour contexte, la guerre des paysans, il ne pouvait pas montrer, sur un plan existentiel, les ambiguïtés et les contradictions de sa position actuelle, dans le contexte de la résistance. Simone de Beauvoir cite à ce propos des notes inédites de Sartre : « J'ai fait faire à Goetz ce que je ne pouvais pas faire. » Gœtz surmontait une contradiction que Sartre ressentait d'une manière aiguë depuis l'échec du R.D.R. et surtout depuis la guerre de Corée, mais sans réussir à la dépasser : " La contradiction n'était pas dans les idées. Elle était dans mon être. Car cette liberté que *j'étais* impliquait celle de tous. Et tous n'étaient pas libres. Je ne pouvais pas sans craquer me mettre sous la discipline de tous. Et je ne pouvais pas être libre seul[2]. " »

Ne s'étant pas encore résigné à abandonner son roman, Sartre a songé alors, nous a-t-il dit, à sauter purement et simplement la période de la résistance en plongeant ses personnages dans les conflits idéologiques et politiques de l'après-guerre pour leur faire vivre le *divorce* de la résistance. On aurait appris incidemment ce qu'ils avaient fait pendant les années d'occupation et à la Libération, mais le récit romanesque se serait déroulé dans un présent situé aux alentours de 1950. Nous n'en savons pas plus sur ce projet, que Sartre n'a pas entrepris de réaliser. La dernière mention qu'il a faite, à l'époque, de son travail romanesque en cours date, semble-t-il, de juillet 1952. Dans une interview donnée à un journal autrichien, il se dit contraint par une sorte de dictature intérieure à réaliser ses nombreux projets et il cite parmi ceux-là « La Dernière Chance », auquel il dit travailler présentement et dont il prévoit la parution pour octobre. Il déclare à ce sujet : « " La Dernière Chance " a peu à voir avec l'"existentialisme ; le roman a un point de départ presque kantien [...]. J'aimerais presque dire que ce livre constitue pour moi un jalon important de mon œuvre[3]. » Ce que Sartre dit là du caractère de débat moral qu'aurait son livre correspond à ce que nous connaissons du quatrième tome. Quoi qu'il en soit, l'abandon définitif date de plus tard, car Sartre nous a dit avoir prévu à cette époque non seulement un quatrième tome, mais un cinquième et sans doute même un sixième, en gardant toujours pour le volume

1. « Les jours de notre vie », *Les Temps modernes*, n° 51, janvier 1950. Repris dans : Maurice Merleau-Ponty, *Signes*, Gallimard, 1960, p. 330 et suiv.
2. *La Force des choses*, p. 262.
3. Notre traduction. « Besuch bei Jean-Paul Sartre », *Die Presse*, [Vienne] Wochenausgabe vom 12. Juli 1952, n° 28, p. 6. Cette interview n'est pas répertoriée dans l'édition française des *Écrits de Sartre*.

final le titre « La Dernière Chance. » Comme l'indique Simone de Beauvoir : « Sans qu'il eût abandonné l'idée du quatrième livre, il se trouva toujours un travail qui le sollicitait davantage[1]. » En 1959 encore, il déclare dans une interview : « Je suis embêté pour finir mon roman. Le quatrième tome devrait parler de la Résistance. Le choix alors était facile — même s'il fallait beaucoup de force et de courage pour s'y tenir. On était pour ou contre les Allemands. C'était noir ou blanc. Aujourd'hui — et depuis 45 — la situation s'est compliquée. Il faut moins de courage, peut-être, pour choisir, mais les choix sont plus difficiles. Je ne puis exprimer les ambiguïtés de notre époque dans ce roman qui se situerait en 43. Et d'un autre côté, cet ouvrage inachevé me pèse; il m'est difficile d'en commencer un autre avant d'avoir fini celui-là[2]. » Comme tant d'autres ouvrages de Sartre, *Les Chemins de la liberté* fut donc abandonné non par une décision délibérée qui pourrait être datée avec précision, mais progressivement, à mesure qu'il en différait l'achèvement, jusqu'au moment où il lui fallut bien constater qu'il était abandonné. Selon nous, cependant, c'est en formant, vers la fin de 1953, le projet d'une autobiographie que Sartre a décidé — ou plutôt que la décision s'est prise en lui — de laisser son roman en l'état, car ce nouveau projet représente une issue à l'impasse dans laquelle il se trouve avec le roman. Si, en effet, il avait voulu se mettre lui-même en question à travers Mathieu comme il l'avait fait dans les trois premiers tomes, mais en le précipitant maintenant dans les conditions historiques de la guerre froide, il aurait fallu qu'il lui fît vivre ses propres contradictions. Or, toute une série de raisons l'en empêchent. Des raisons d'ordre privé, d'abord. Sartre est devenu un personnage public; sa vie privée est donc l'objet d'une curiosité qu'il n'a aucune envie de satisfaire. Quelles que soient les transpositions qu'il pourrait opérer, on ne manquerait pas de voir en Mathieu un double de l'auteur et d'attribuer à celui-ci tout ce qu'il ferait vivre à celui-là, à moins d'en faire quelqu'un de tellement différent qu'il soit impossible d'identifier le personnage à l'auteur. Or, nous l'avons dit, leur relation de départ est bien d'identité et il est impossible de la changer, si le personnage doit garder une cohérence psychologique. Par conséquent Sartre doit continuer à lui prêter son être pour pouvoir lui donner ses contradictions. Et justement, ce dont il a pris conscience, c'est que ces contradictions ne sont pas celles de n'importe qui, mais qu'elles sont liées à son statut d'écrivain. Jusqu'ici, il n'avait pas mis en question son existence *en tant qu'*écrivain. Écrire lui paraissait une activité si évidente, si spontanément sienne, mais si semblable à n'importe quelle autre, qu'il avait pu, en toute innocence, prêter à Mathieu le goût et la couleur de sa vie sans lui attribuer sa même choix que le sien, celui de l'écriture. Puisque sa propre contestation porte maintenant sur son être même, c'est-à-dire sur le choix d'écrire, il lui faudrait faire de Mathieu lui aussi un écrivain, et pas « un écrivain du dimanche » comme il l'est dans *L'Âge de raison*, mais quelqu'un qui a fait le choix total d'écrire, qui exerce pleinement sa liberté dans l'écriture et à qui sa notoriété, son influence ont donné le type de responsabilité qui a fait prendre conscience à Sartre que l'écriture n'est pas une activité innocente ni une production de même nature que les autres. Ce qui veut dire qu'il lui faudrait

1. *La Force des choses*, p. 214.
2. *L'Express*, 17 septembre 1959.

faire de Mathieu un autre lui-même, autrement dit écrire, *nolens volens,* un roman à clés. Il n'y a en effet de roman à clés que dans la mesure où les personnages fictifs ont pour référents des personnes réelles que les lecteurs reconnaissent ou croient reconnaître, c'est-à-dire des personnages publics (c'est d'ailleurs pourquoi, pour l'entourage de son auteur, chaque roman à caractère autobiographique fonctionne comme un roman à clés). On connaît, à cet égard, la mésaventure qui est arrivée à Simone de Beauvoir avec *Les Mandarins,* où les lecteurs ont identifié Dubreuilh à Sartre, Henri à Camus, Anne à l'auteur. Ses dénégations ultérieures sont restées sans effet dans la mesure même où le roman se donnait pour une fiction réaliste. Il suffit de songer à ce qu'a d'invraisemblable le fait que, dans le milieu de l'intelligentsia parisienne d'après-guerre où se déroule le roman, Sartre, Camus et Simone de Beauvoir, qui y étaient omniprésents, ne sont pas nommés une seule fois, pour comprendre pourquoi les lecteurs étaient tout naturellement tentés de les y chercher sous un déguisement. Autrement dit, lorsqu'un auteur est devenu lui-même une figure de premier plan de l'époque et du milieu qu'il décrit dans un roman, il doit s'y représenter nommément, comme le fera, par exemple, Norman Mailer dans *Les Armées de la nuit,* où il se met en scène à la troisième personne, ou alors accepter que son roman soit là comme un roman à clés. Et s'il refuse l'un et l'autre, il est entraîné à l'autobiographie par la logique même du réalisme littéraire.

Tout cela, Sartre nous l'a dit implicitement mais très clairement dans un entretien[1] à propos des *Chemins de la liberté :* « Ce qu'il y a fatalement de faux dans un roman où on construit un personnage d'après soi-même, c'est justement qu'il n'est pas *tout à fait* vous-même. Les différences qu'on lui donne et qu'au départ on croit sans signification décisive, finissent par le faire basculer dans la fausseté. Mathieu, dans *L'Âge de raison,* je lui ai tout donné de moi — je ne parle pas des faits de sa vie, mais de son caractère — sauf l'essentiel, à savoir que je vivais pour écrire. Il y a quelque chose de radicalement faux dans un roman autobiographique, c'est qu'il est à cheval : ni tout à fait un roman, ni tout à fait une autobiographie. Mais ça, je ne voulais pas le voir à l'époque, car je ne voulais pas abandonner le roman et je ne pouvais en écrire qu'en me servant de ma propre vie. »

Cette dernière déclaration nous éclaire sur un autre motif de l'abandon des *Chemins de la liberté :* c'est que, après la guerre, l'expérience de Sartre se restreint et se particularise à l'extrême ; elle devient celle d'un homme de lettres, d'un intellectuel connu qui, en dehors de ses anciens familiers, ne fréquente presque plus que des gens pareils à lui, même à l'étranger. Il n'est pas jusqu'à ses relations amoureuses qui ne passent d'abord par un rapport à l'Autre, le Sartre célèbre. Un roman peut bien sûr rendre compte de ce type d'expérience particulière se déroulant dans un milieu à la fois clos sur lui-même et visible, exposé, comme l'est l'intelligentsia parisienne. C'est précisément ce que fait Simone de Beauvoir avec *Les Mandarins,* qui paraît en 1954. Sartre nous a dit que ce livre lui avait en quelque sorte coupé l'herbe sous les pieds : « *Les Mandarins* sont en fait la vraie suite des *Chemins de la liberté,* comme je l'envisageais à partir de 1950, mais avec un autre point de vue. Du moment que

Simone de Beauvoir l'avait fait et bien fait, il n'y avait plus de raison d'y revenir[1]. » On voit que tout conspire, vers 1954, à éloigner Sartre de son roman et à le diriger vers une autobiographie qui va lui permettre d'interroger son propre rapport à l'écriture, en commençant par mettre en question et élucider l'origine de sa vocation d'écrivain.

À ces raisons intérieures et extérieures s'ajoute un motif que nous n'avons pas encore évoqué et qui est l'accueil mitigé réservé par la critique à *La Mort dans l'âme,* que Sartre considérait pourtant comme le plus réussi des trois volumes. Si elle avait dans l'ensemble favorablement accueilli les deux premiers, en soulignant leur puissance littéraire, la critique avait néanmoins déclaré suspendre son jugement jusqu'à la parution de la suite. Celle-ci n'étant pas venue apporter les réponses positives promises et attendues, la critique transféra sa déception du plan moral au plan littéraire en affirmant que *La Mort dans l'âme* marquait un essoufflement de la création romanesque chez Sartre[2]. Bien que celui-ci ait toujours prétendu n'accorder aucune importance au jugement des journalistes littéraires, ce demi-échec devant la critique contribua à l'intimider devant le quatrième volume, dont il savait qu'il devait lui faire remonter la pente. Lorsque nous lui avons parlé, en 1969, d'un propos récent de Mauriac expliquant son long silence romanesque par l'attaque qu'il avait subie en 1939 de la part de Sartre et qui, disait-il, lui avait donné à réfléchir, si elle ne l'avait pas démoralisé[3], Sartre nous a avoué qu'il avait eu une réaction analogue après *La Mort dans l'âme*[4].

Dans l'écheveau des raisons que nous avons essayé de démêler pour expliquer l'inachèvement des *Chemins de la liberté,* la plus importante nous paraît tenir à la nature même de l'entreprise romanesque de Sartre. Dès le départ, Sartre a conçu le roman comme une mise à l'épreuve concrète de sa philosophie de la liberté, une mise en question des différentes attitudes existentielles possibles dans une situation historique donnée. Tant qu'il s'est agi de décrire des libertés aliénées et s'enfermant dans les pièges de la mauvaise foi, le roman progressait selon une logique critique qui ne trouvait aucun obstacle dans la matière romanesque elle-même. Celle-ci, directement inspirée à Sartre par son propre vécu, par l'observation psychologique et par une imagination solidement ancrée dans le réel, s'offrait comme un réseau de sens à inventorier et dans lequel il avançait en même temps que ses personnages, sans savoir ce qu'il allait y trouver. Par là-même, les chemins de la liberté s'ouvraient à une errance

1. Entretien inédit, 1974.
2. Voir Dossier de presse, p. 2017 et suiv.
3. Interview de François Mauriac dans *France-Soir,* 28 février 1969.
4. Il nous a raconté aussi, à cette occasion, une anecdote qu'on nous permettra de rapporter. Lors d'un voyage en train, vers 1950, il fut intrigué par une belle jeune femme en fourrure qui lui faisait face dans le compartiment et donnait tous les signes de l'ennui en lisant un livre dont il ne pouvait voir le titre, car il était recouvert d'une liseuse en cuir. Elle finit par reposer le livre avec un soupir excédé et s'en fut au wagon-restaurant. Amusé à l'idée de savoir lequel de ses confrères provoquait des bâillements d'une si charmante personne, il souleva discrètement le livre resté sur la banquette et découvrit qu'il s'agissait de *La Mort dans l'âme* et, qui plus est, que le passage sur lequel avait calé l'élégante était celui qu'il jugeait le mieux venu de tout le roman, celui auquel il avait le plus travaillé : la scène où Mathieu ne parvient pas à se saouler avec ses camarades.

du lecteur, qui y accompagnait les personnages en tâtonnant comme eux. Aspiré par leur liberté en sursis, le lecteur mobilisait la sienne propre et l'engageait dans les mêmes apories. C'était à lui de ressentir l'exigence d'en sortir. Ainsi le roman, dans sa phase négative, démystificatrice et critique, fonctionnait comme un appel à la liberté du lecteur. Mais le projet de Sartre comportait, au delà, une phase positive, affirmative, constructive : les chemins de la liberté ne devaient pas rester ce labyrinthe où chacun était condamné à errer plus ou moins lucidement; ils devaient devenir des chemins *vers* la liberté[1]. On sait le risque de la littérature constructive : il est de verser dans la littérature édifiante. Et, en effet, à montrer des personnages qui coïncident avec leur liberté, on risque bien, dans un monde où l'aliénation est le lot commun, de les donner en exemple et de paraître moraliser à partir d'eux. Le tempérament philosophique et littéraire de Sartre est trop radicalement critique pour pouvoir s'épanouir dans la positivité. Pour que la liberté continue à s'affirmer comme une exigence plutôt que comme un donné, le roman de la liberté se devait de rester inachevé et ouvert, et c'est sans doute ce qui en fait la force d'inquiétude et l'authenticité : les jeux ne sont pas faits, la partie est suspendue, au lecteur de la relancer pour son compte. La liberté ne s'atteint pas comme un but, elle est le chemin lui-même.

Nous allons tenter maintenant, en mettant en retrait le point de vue de Sartre qui nous a guidé dans la reconstitution de la genèse de son roman, d'aborder tour à tour chacune de ses quatre parties en les envisageant surtout sous l'angle du lecteur.

MICHEL CONTAT.

CHRONOLOGIE DES ÉVÉNEMENTS

Nous donnons ci-dessous une chronologie succincte des principaux événements historiques intervenant, directement ou indirectement, dans Les Chemins de la liberté. *Lorsque nécessaire, des informations plus détaillées sont données dans les notes. (La présente chronologie est établie d'après : Roger Céré et Charles Rousseau,* Chronologie du Conflit mondial (1939-1945), *Paris, S.E.F.I., 1945; et Geneviève Vallette et Jacques Bouillon,* Munich 1938, *Armand Colin, coll. « Kiosque », 1964.)*

1925	La France et la Tchécoslovaquie signent à Locarno un traité d'assistance en cas de guerre non provoquée avec l'Allemagne.
1933	*30 janvier :* Arrivée de Hitler au pouvoir.
1935	*16 mars :* Hitler reconstitue l'armée allemande.
	2 mai : Signature du pacte franco-soviétique.
	16 mai : Accord soviéto-tchécoslovaque.
	3 octobre : Agression italienne contre l'Éthiopie.
1936	*7 mars :* Réoccupation de la Rhénanie. Dénonciation par l'Allemagne des traités de Locarno et remilitarisation de la Rhénanie.

---

1. Le titre a d'ailleurs été traduit en anglais par *Roads to Freedom*.

26 avril-3 mai : Victoire du Front populaire aux élections législatives en France.
4 juin : Formation du gouvernement Léon Blum.
18 juillet : Soulèvement militaire dirigé par le général Franco contre le gouvernement républicain.
25 août : À Moscou, exécution de Zinoviev, Kamenev, etc.
4 septembre : Prise d'Irun par les nationalistes.
25 novembre : Pacte Antikomintern entre l'Allemagne et le Japon.

1937   *1ᵉʳ janvier :* Loi autorisant le gouvernement français à empêcher le départ des volontaires pour l'Espagne.
26 avril : Destruction de Guernica.
21 juin : Démission du gouvernement Blum et constitution du ministère Chautemps.
6 novembre : Adhésion de l'Italie au pacte Antikomintern.

1938   *12 mars :* Entrée des troupes allemandes en Autriche. Proclamation de l'*Anschluss.*
13 mars : Constitution du ministère Léon Blum.
29 mars : Les députés des Allemands des Sudètes au Parlement tchécoslovaque réclament l'autonomie.
10 avril : Démission du gouvernement Blum. Ministère Daladier où Georges Bonnet occupe les Affaires étrangères.
21 avril : Hitler présente à l'état-major le « plan vert » pour l'invasion de la Tchécoslovaquie.
24 avril : Au Congrès du Parti allemand des Sudètes, Konrad Henlein présente son programme de revendications en « huit points ».
7 mai : La Grande-Bretagne et la France invitent le gouvernement tchécoslovaque à négocier avec le parti de Henlein.
14 mai : Entrevue Hitler-Henlein. Agitation en pays sudète.
20 mai : Mobilisation partielle en Tchécoslovaquie.
22 mai : Démarche franco-britannique à Berlin et à Prague.
24 mai : Prague rapporte les mesures militaires.
30 mai : Directive de Hitler aux chefs militaires : l'invasion de la Tchécoslovaquie aura lieu au plus tard le 1ᵉʳ octobre.
Mi-juin : Offensive des nationalistes vers Valence et les côtes de la Méditerranée.
13 juillet : La visite en France des souverains britanniques consacre le renforcement de l'Entente cordiale.
23 juillet : Valence est sauvée.
3 août : Début de la mission de Lord Runciman, chargé de trouver une solution au problème tchécoslovaque.
5 septembre : Ouverture du Congrès du parti national-socialiste à Nuremberg.
Prague propose l'autonomie interne aux Allemands des Sudètes.
7 septembre : Henlein rejette les propositions de Prague.
9 septembre : Roosevelt dément l'intention prêtée au gouvernement américain de soutenir les démocraties en cas de guerre avec l'Allemagne.
13 septembre : Insurrection séparatiste en pays sudète.
Chamberlain prend l'initiative de se rendre auprès de Hitler.
15 septembre : Entrevue Chamberlain-Hitler à Berchtesgaden. Henlein réclame l'annexion des territoires sudètes au Reich.
16 septembre : Le cabinet britannique entend Lord Runciman qui préconise le transfert immédiat des districts sudètes à l'Allemagne. Fuite en Allemagne de Henlein. Dissolution de son parti par le gouvernement tchécoslovaque.
17 septembre : Les Allemands des Sudètes constituent des corps francs.
19 septembre : Note franco-britannique invitant Prague à la conciliation.
21 septembre : La Tchécoslovaquie accepte les propositions franco-britanniques (cession des territoires sudètes contre la

garantie par l'Angleterre et la France des nouvelles frontières). Le gouvernement polonais revendique la ville de Teschen en Tchécoslovaquie.

22 septembre : Démission en Tchécoslovaquie du cabinet Hodza et formation d'un cabinet d'union nationale présidé par le général Syrovy. Manifestations anti-allemandes à Prague. Entrevue Chamberlain-Hitler à Godesberg.

23 septembre : Deuxième entrevue Chamberlain-Hitler à Godesberg. Ordre de mobilisation générale en Tchécoslovaquie.

24 septembre : Retour de Chamberlain à Londres. Remise par le gouvernement britannique au gouvernement tchécoslovaque du mémorandum allemand donnant six jours à la Tchécoslovaquie pour évacuer les territoires « cédés » à l'Allemagne. Rappel de certaines catégories de réservistes en France. Mise en alerte de la flotte britannique.

25 septembre : Entrevue Chamberlain-Daladier-Bonnet à Londres. Remise par le gouvernement tchécoslovaque au gouvernement britannique d'une note déclarant inacceptables les exigences allemandes.

26 septembre : Message de Roosevelt à Hitler. Hitler annonce la mobilisation allemande pour le 28. Déclaration du gouvernement britannique indiquant qu'en cas d'attaque allemande contre la Tchécoslovaquie, l'Angleterre tiendra ses engagements à l'égard de la France. Discours de Hitler au Sportpalast de Berlin adressant un ultimatum au président Benès.

27 septembre : Nouveau message de Roosevelt suggérant une conférence internationale.

28 septembre : Sollicité par la Grande-Bretagne, Mussolini prend contact avec Hitler. Ultime appel de Chamberlain proposant une conférence à quatre pour régler pacifiquement la question des minorités allemandes en Tchécoslovaquie. Mobilisation de la flotte britannique. Annonce de la Conférence de Munich.

29 septembre : Entrevue Chamberlain-Hitler-Daladier-Mussolini à Munich. Accords de Munich imposant à la Tchécoslovaquie la cession du territoire des Sudètes au Reich. Appel de Pie XI pour la paix du monde.

30 septembre : Acceptation de l'accord de Munich par le gouvernement tchécoslovaque. Déclaration anglo-allemande de nonagression. Retour triomphal des chefs d'État dans leurs capitales. Ultimatum polonais à Prague.

2 octobre : Entrée des Polonais à Teschen. Revendications hongroises présentées à Prague.

4-5 octobre : Ratification des accords de Munich par les Chambres en Angleterre et en France.

5 octobre : Démission de Benès.

24 octobre : Berlin soumet à Varsovie un plan de règlement du problème de Dantzig.

10-11 novembre : Violente vague antisémite en Allemagne.

18 novembre : Refus polonais de négocier sur Dantzig.

6 décembre : Signature à Paris de l'accord de non-agression franco-allemand.

17 décembre : Rome dénonce les accords franco-italiens de 1935.

1939   *21 janvier :* Barcelone occupée par les franquistes.

8 février : Note franco-britannique à Berlin sur la garantie des frontières tchécoslovaques.

27 février : Reconnaissance du gouvernement Franco par Londres et Paris.

15 mars : Entrée des troupes allemandes en Bohême, des troupes hongroises en Ruthénie.

16 mars : Violentes réactions de la presse britannique contre le coup de force allemand.

18 mars : Discours de Chamberlain à Birmingham : revirement du Premier ministre britannique. Notes française et britannique de protestation à Berlin.

22 mars : Annexion de Memel (en Lituanie) par l'Allemagne.

26 mars : L'Allemagne demande à la Pologne de se joindre au pacte Antikomintern.

28 mars : Chute de Madrid. Fin de la guerre d'Espagne.

29 mars : Daladier élude les demandes italiennes au sujet de Djibouti et de la Tunisie.

31 mars : Chamberlain annonce aux Communes que la Grande-Bretagne garantira l'intégrité du territoire polonais.

23 août : Signature à Moscou du traité de non-agression germano-soviétique entre Molotov et Ribbentrop.

27 août : Suspension des journaux communistes *L'Humanité* et *Ce soir*.

1er septembre : Invasion de la Pologne et bombardement des villes polonaises sans déclaration de guerre.

Proclamation de la mobilisation générale en France.

3 septembre : 17 heures. Survenance de l'état de guerre entre la France et l'Allemagne.

17 septembre : Invasion de la Pologne par l'armée soviétique.

20 septembre : Vote par la Chambre des députés de la déchéance de soixante députés communistes sur soixante-sept. Le 29, vote par le Sénat de la déchéance du sénateur communiste Marcel Cachin.

26 septembre : Publication d'un décret portant dissolution des organisations communistes.

17 novembre : Invasion de la Finlande par l'armée soviétique.

1940 *21 mars* : Formation du cabinet Paul Reynaud.

9 avril : Invasion de la Norvège par l'Allemagne.

Avril : Débarquement de troupes françaises en Norvège.

10 mai : 4 h 30. Attaque allemande contre la Belgique et la Hollande.

14 mai : L'armée allemande enfonce le front français à Sedan (armée Huntziger). L'armée Corap, plus au nord, doit se replier.

18 mai : Nomination du général Weygand comme commandant en chef en remplacement du général Gamelin.

28 mai-3 juin : Bataille de Dunkerque.

10 juin : Transfert du gouvernement à Tours.

Déclaration de guerre de l'Italie à la France et à la Grande-Bretagne.

12 juin : Au Conseil des ministres de Cangey, le général Weygand, appuyé par le maréchal Pétain, conclut à la nécessité de demander sans retard un armistice. Discours de Paul Reynaud.

13 juin : Décision de transférer le gouvernement à Bordeaux et de déclarer Paris ville ouverte.

14 juin : Entrée des troupes allemandes à Paris.

16 juin : Démission de Paul Reynaud et formation d'un ministère présidé par le maréchal Pétain.

22 juin : Signature de la convention d'armistice à 18 h 50, entrée en vigueur le 25 juin à 0 h 35.

10 juillet : Vote par l'Assemblée nationale réunie à Vichy des pleins pouvoirs au maréchal Pétain par 569 voix contre 80 et 18 abstentions.

24 septembre : Entrevue Pétain-Hitler à Montoire.

3 octobre : Promulgation en France de la loi portant statut des juifs.

29 décembre : Message de Pétain à la jeunesse française : « Vous payez des fautes qui ne sont pas les vôtres; c'est une dure loi qu'il faut comprendre et accepter, au lieu de la subir ou de se révolter contre elle. »

1941 *22 juin* : Ouverture des hostilités par l'Allemagne contre l'U.R.S.S.

I. L'ÂGE DE RAISON

NOTICE

Comme *La Nausée,* *L'Âge de raison* est le récit d'une crise. Mais, alors que la découverte de la contingence, dans *La Nausée,* mettait en crise le récit lui-même et poussait Sartre à subvertir la forme romanesque en inventant un jeu d'écritures propre à exprimer une expérience sans précédent littéraire et à reculer ainsi les limites du narrable, le récit, dans *L'Âge de raison,* semble préexister, en tant que forme, à l'expérience relatée. « J'ai choisi de raconter *L'Âge de raison* comme on fait d'ordinaire, en montrant seulement les relations de quelques individus », dit Sartre dans le prière d'insérer. Nous verrons plus loin quelle technique il désigne ainsi. Ne retenons pour l'instant que cette sereine et, pour ainsi dire, innocente affirmation selon laquelle une forme romanesque existe, à la façon d'un moule commode, et qu'il s'en est servi. Le roman ? Des personnages ayant entre eux des relations, lesquelles produisent une histoire que le romancier raconte.

De fait, la première satisfaction du lecteur de *L'Âge de raison* est bien d'avoir affaire d'emblée à un texte qui se donne, en toute transparence, comme un roman tel qu'il en a déjà lu. Cette impression de familiarité dissimule un piège moral. Le lecteur se trouve en terrain connu, il n'a pas le sentiment d'être entraîné dans des voies non défrichées, avec des personnages hors du commun. Il est simplement amené à regarder avec une certaine banalité *sous l'angle du romanesque.* Roman critique, *L'Âge de raison* n'est pas une critique du roman ; il est une critique de la vie quotidienne par le moyen du roman. Les personnages sont fortement individualisés, mais aucun d'eux n'est exceptionnel — comme le sont par exemple ceux de Malraux — et ce qui leur arrive ne l'est pas davantage : des soucis d'argent, une grossesse inattendue, des relations amoureuses compliquées, un avortement projeté, des hésitations sur la conduite à tenir. Rien que de banal, même pour l'époque. Mais, par la grâce du romanesque, ces personnages sans grandeur ont une dimension, une présence, une intensité d'existence qui les distinguent, sans qu'ils cessent pourtant d'être communs : ils sont ce que nous sommes pour nous-même, lorsque ce léger décollement schizoïde qui nous fait imaginer un instant notre vie au lieu de la vivre, nous fait devenir, le temps d'un bref rêve éveillé, un personnage de roman.

Cela signifie-t-il qu'avec *L'Âge de raison* Sartre régresse au stade de l'illusion dont *La Nausée* avait fait la critique ; qu'il cherche à compenser les insatisfactions de sa vie en les transmuant en récit, c'est-à-dire en une suite de « moments parfaits » ? Mathieu, nous l'avons vu, est un double de l'auteur. Sartre lui prête la couleur de sa vie, son caractère, un certain type de présence au monde qui est le sien. Les autres personnages, Ivich, Boris, Daniel, Brunet, Sarah, Jacques, ont plus ou moins pour modèles des familiers avec qui il a ou a eu des relations proches de celles que Mathieu entretient avec eux. Seules Marcelle, Lola et Odette doivent leur existence même à l'imagination romanesque. À ce propos, éliminons d'emblée une équivoque. *L'Âge de raison* n'a pu être lu comme un roman à clés que par l'entourage de Sartre, jusqu'à ce que la publication en 1960 de *La Force de l'âge* de Simone de Beauvoir soit venue transformer le lecteur en « érudit à bon compte » ou en « lecteur indiscret », comme le dit Geneviève Idt[1]. Déjà les lecteurs de *L'Invitée* (1943) avaient pu identifier Ivich à Xavière. Les mémoires de Simone de Beauvoir révèlent le modèle commun des deux personnages, Olga Kosakiewicz, et les autres modèles : Jacques-Laurent Bost pour Boris, « Marco » pour Daniel, Stépha Gerassi pour Sarah. Quant à Brunet, d'une façon plus lointaine, ce sont les rapports de Sartre avec Nizan, tels qu'il les a exposés en 1960 dans la préface à *Aden Arabie,* qui ont permis de supputer ce que le personnage doit à Nizan. Nos propres notes précisent dans certains cas ces identifications qui sont devenues courantes chez les lecteurs de Sartre et de Simone de Beauvoir; il ne faudrait pas cependant qu'elles contribuent à établir un rapport d'identité entre les personnages et les modèles : si Sartre s'est effectivement inspiré de certains familiers pour construire ses personnages, ceux-ci n'en appartiennent pas moins à un univers romanesque où l'imagination l'emporte sur les apports du réel, comme il en va toujours dans un roman, même réaliste. De la même façon, si Mathieu reçoit la plupart de ses traits, psychologiques et moraux, de son créateur, il n'en garde pas moins une totale autonomie en tant que héros de roman. Il serait naïf de penser que tout ce qui lui arrive est arrivé à Sartre.

La crise personnelle que Sartre transpose dans Mathieu est antérieure à la rédaction du roman. Les difficultés du passage à « l'âge de raison », Sartre les a vécues en 1935-1936[2]. Simone de Beauvoir insiste sur leurs causes psychologiques, occasionnelles (l'expérience mescalinienne) et professionnelles (le métier de professeur). Il se pourrait pourtant qu'elles aient été aggravées du fait qu'à cette époque Sartre n'avait pas encore obtenu la reconnaissance de ce qui le constituait comme personne à ses propres yeux : son être-écrivain. L'acceptation, puis la publication, et enfin l'accueil presque unanimement favorable de *La Nausée* lui ont certainement ôté les doutes qu'il pouvait avoir avant cela sur sa capacité à réaliser sa vocation. Lorsqu'il commence *L'Âge de raison,* Sartre n'est plus un professeur de philosophie qui écrit, « un écrivain du dimanche », comme l'est Mathieu. Il peut donc prendre du recul sur la crise qu'il a vécue, et lui donner, à travers Mathieu, un caractère de généralité. Ce qui ne veut pas dire qu'en 1938-1939, son marasme des années 1935-1936 soit entièrement dépassé. Des difficultés d'ordre privé que Simone de Beauvoir ne mentionne pas peuvent avoir ravivé à la veille de la guerre une crise restée latente. Nous n'en savons rien. Quoi qu'il en soit, la guerre vient tout changer en révélant à Sartre ce que son marasme personnel, plus ou moins profond, devait à une crise sociale et spirituelle que la guerre à la fois dévoile, fait éclater

---

1. Voir G. Idt, *Le Mur de Jean-Paul Sartre*, Hatier, 1972, p. 201, et « Les toboggans du romanesque », *Obliques*, nᵒˢ 18-19, [1979], p. 83.
2. « Sartre ne se résignait pas à passer à l'« âge de raison », à l'« âge d'homme » », *La Force de l'âge*, p. 218.

et résout provisoirement. Ainsi le roman, qui avait été commencé comme le récit d'une crise individuelle à portée métaphysique, prend, pour Sartre comme aujourd'hui pour ses lecteurs, le sens d'une crise individuelle reflétant, à la manière d'un microcosme, la crise générale de la société française à la veille de Munich, ce qui d'ailleurs n'élimine pas son horizon métaphysique. Mathieu et le petit groupe de ses familiers représentent métonymiquement le marasme français de la fin des années trente : leur aboulie, leur indécision, leur lâcheté, leurs fuites, leur mauvaise foi, leur vaine lucidité, leur façon de s'agripper à l'instant, de s'abandonner au cours des choses, de ne s'affairer que pour préserver leur confort et leur indépendance sont celles-là mêmes, prises au niveau privé, qui se retrouvent, au niveau civique et politique, dans la démission qui a abouti aux accords de Munich, où la France et l'Angleterre cèdent à Hitler. C'est ce qui fait de *L'Âge de raison* sans doute le meilleur document, en tout cas l'un des plus probants, sur l'état des esprits en France à la veille de Munich. Même lu sans le complément du *Sursis*, il ne peut être perçu par le lecteur, qui connaît forcément la suite de l'histoire, autrement que dans la lumière rétrospective qui donne à ce mois de juin 1938 et à ces personnages pris à leurs propres pièges quelque chose de sinistre, de fiévreux et de crépusculaire, mais aussi quelque chose de fragile et de poignant, de séduisant : la douceur moite de l'avant-guerre, le calme tendu qui précède l'orage, un provincialisme parisien aux charmes ambigus, avant la grande tourmente qui fera du monde un seul monde, à feu et à sang. Cet aspect de douceur de vivre, présent malgré le tourment des personnages, semble avoir échappé aux lecteurs de l'après-guerre, si l'on en juge d'après les critiques. Ceux-ci ont lu le roman comme la description d'un enfer moral. Pour le lecteur d'aujourd'hui, dont les normes morales doivent sans doute beaucoup, et plus qu'ils ne s'en doutent, à Sartre et à l'existentialisme, la lecture de *L'Âge de raison* apparaît comme une plongée dans un passé romanesque heureux, d'une façon paradoxale.

Ce sentiment, croyons-nous, provient du romanesque lui-même. Le jugement des critiques de l'après-guerre était abstrait et moralisant, parce qu'il portait sur les personnages non en tant que matière romanesque, mais en tant que représentants d'une attitude devant la vie et de valeurs qu'ils réprouvaient, car elles mettaient en question les leurs propres. Leur antipathie pour Mathieu ne s'adressait pas au personnage lui-même, mais au professeur-amoureux-de-la-sœur-d'un-élève-et-qui-veut-faire-avorter-sa-maîtresse-et-vole-pour-cela-de-l'argent-à-une-amie. Ce jugement est à peine moins impertinent que celui qui approuverait Mathieu comme intellectuel-lucide-qui-refuse-de-se-laisser-piéger-par-une-paternité-non-dési-rée-et-fait-taire-ses-scrupules-en-préférant-son-indépendance-et-la-jeune-fille-qu'il-désire-à-une-femme-qu'il-n'aime-plus-mais-ne veut-pas-laisser-dans-l'embarras. Ce sont des jugements a priori qui surimposent au roman des valeurs étrangères à celui-ci. Ce type de lecture est bien sûr toujours plus ou moins présent chez tout lecteur de roman. C'est de lui que Sartre joue de façon déli-bérée dans *L'Âge de raison*. Il est évident que la perspective adoptée par le roman — et donc suscitée chez le lecteur — sur les person-nages est morale. Non qu'ils soient explicitement blâmés ou approuvés, mais ils provoquent la sympathie ou l'antipathie, et le roman fonctionne ainsi comme contestation de la morale des lecteurs.

Le public visé par la contestation la plus profonde est certainement celui auquel Mathieu renvoie une image critique de lui-même : c'est le public des intellectuels anti-fascistes et non militants, opposés à la morale bourgeoise, mais n'ayant pas rompu radicalement avec le mode de vie bourgeois. Dans la mesure où, en Mathieu, c'est lui-même que Sartre conteste, il est hors de doute que le personnage, malgré ses échecs et ses impuissances, est sympathique, c'est-à-dire vu et montré en sympathie par le fonctionnement même du roman. Sur les dix-huit chapitres de celui-ci, dix sont narrés entièrement du point de vue de Mathieu, et deux partiellement. Cette « vision avec » le personnage n'entraîne pas nécessairement une connivence, mais elle implique une compréhension intime de ses motifs. Mathieu est un personnage « problématique[1] », puisque, placé dans une situation où il lui faut faire un choix décisif pour sa vie — accepter ou refuser la paternité — qui entraîne ou est accompagné par toute une série de choix d'importance diverse — quitter Marcelle ou l'épouser, la faire avorter dans de bonnes ou de mauvaises conditions, dire ou non son amour à Ivich, adhérer ou non au Parti communiste, voler ou non de l'argent à Lola, avouer ou non à Marcelle qu'il ne l'aime plus —, aucune morale extérieure ne vient lui prescrire sa conduite. Ces alternatives, au contraire, sont vécues par Mathieu, par le lecteur, comme autant de problèmes auxquels il n'existe pas de solution moralement satisfaisante et apaisante. Lorsque Mathieu prend une décision, il le fait de façon imprévisible, soudaine, irréfléchie, par une sorte de « coup d'État existentiel » où une violence sur soi répond à une violence du monde sur soi, comme chez certains personnages de Dostoïevski, et le lecteur en est surpris au même titre que le personnage qui découvre son choix à l'instant où il le fait. Il en va de même, quoiqu'avec une coloration affective différente, chez ceux des personnages de *L'Âge de raison* qui sont vus de l'intérieur : Boris (mais son imprévisibilité se manifeste surtout dans *Le Sursis*, car dans le premier volume il n'a pas grand-chose à décider), Marcelle (dont les choix apparaissent cependant liés à l'œuvre de la nature en elle, à une sorte de passivité marécageuse) et Daniel (chez qui la crise est de violence auto-punitive et éclate par soubresauts sous les coups de l'angoisse). À l'opposé, le portrait satirique de Jacques, bourgeois satisfait et conformiste, et le portrait apparemment neutre, sympathique mais subtilement dénigrant, de Brunet, le militant communiste, tous deux peints de l'extérieur, reflètent deux fractions du public que le roman conteste d'une façon différente. À l'égard du bourgeois conservateur, la visée polémique est évidente : il est désigné comme l'adversaire, d'ailleurs méprisé plutôt que combattu. C'est dans cette fraction du public que se recrutaient, à la Libération, la plupart des critiques, ce qui explique peut-être leur vertueuse condamnation du livre entier[2]. Brunet polarise sur lui la mauvaise

---

1. Au sens, notamment, que Lukács donne à ce terme dans *Théorie du roman*.

2. Sartre avait prévu, dès 1940, cette réaction : « Je ne vois pas trop ce que la censure pourrait lui reprocher, sinon le manque de " santé morale " ; mais on ne se refait pas » (voir *infra*, p. 1911, lettre à Adrienne Monnier,

conscience de Mathieu le petit-bourgeois; mais ses certitudes
étroites dénoncent la religiosité communiste de façon implicite.
Ivich n'apparaît qu'à travers la vision que Mathieu a d'elle : elle
est opaque, fermée sur elle-même, sur ses caprices et ses humeurs,
un être de fuite[1]. La séduction qu'elle exerce sur Mathieu tient à
ce qu'il pressent d'exigence et de fragilité sous les masques enfantins, rancuneux et butés, de cette petite idole gracieuse. Elle est
pour Mathieu une image de la liberté : pure, inatteignable, capricieuse, cruelle. (Dans *Le Sursis*, en pénétrant un instant dans sa
conscience, nous découvrirons son inconsistance; dans *La Mort
dans l'âme* elle ne sera plus qu'une vieille adolescente déchue.)
Mathieu, par fonction dans le roman, par caractère et par choix,
est transparent : nous en savons autant sur lui qu'il en sait lui-
même, rien de plus. Il est « l'homme qui veut être libre », qui
veut ne se tenir que de lui-même, « reprendre son existence à
son compte », ne pas être dupe, ne pas se mentir, ne pas s'illu-
sionner sur lui-même, rester disponible. Mais cette passion de la
liberté, nous le savons d'emblée, a perdu son élan; Mathieu
conserve ses exigences de jeunesse, mais il les vit comme sous
la lumière glacée d'une étoile morte. Il porte sur lui le jugement
le plus sévère : « Un type paresseux et froid, un peu chimérique
mais très raisonnable au fond, qui s'est sournoisement confectionné
un médiocre et solide bonheur d'inertie et qui se justifie de temps
en temps par des considérations élevées[2]. » C'est du moins ainsi
que les autres le voient, pense-t-il, en particulier son frère aîné,
Jacques, et il n'ignore pas la part de vérité qui entre dans ce
jugement. Mais, placé au centre de sa conscience par le mode même
de la narration, le lecteur adhère suffisamment à Mathieu pour
ressentir le goût de sa vie, partager ses exigences, épouser son
mouvement vers la liberté. Lorsque Mathieu se dit : « Si je mourais
aujourd'hui, personne ne saurait jamais si j'étais foutu ou si je
gardais encore des chances de me sauver[3] », le lecteur sent bien
que tout jugement porté sur le personnage arrêterait les comptes
trop tôt et que son destin est indécidé comme le sien propre.
Nous voyons aussi Mathieu à travers le regard juvénile, chaleureusement admiratif de Boris, qui est un personnage charmant
quoique falot, et nous savons qu'il ne se trompe pas lorsqu'il
pense : « Ce type-là est bien[4]. » La « quête infructueuse » que raconte
le roman, cette « dernière chance » que vivent plus ou moins
tous les personnages, nous ne les ressentons pas comme un échec
radical et irréversible. S'achevant sur un constat d'échec, le roman
ne se referme pas sur une impasse morale, car l'échec de Mathieu
est vécu non comme un abandon, mais comme une erreur de
parcours dans une recherche positive. « Libre pour rien », Mathieu

du 23 février 1940). N'oublions pas, d'autre part, que la réaction des critiques
bien-pensants a été aggravée du fait que *L'Âge de raison* et *Le Sursis*, à leur
publication, ont été des « best-sellers »; quand un livre atteint le grand public,
les critiques se sentent un devoir de mise en garde.

1. François George use à son sujet de cette formule belle et juste : « la fri-
gidité sacrée de cet ange filou » (*Deux études sur Sartre*, p. 417).

2. P. 443.

3. P. 624.

4. Pour le lecteur, l'identification à Mathieu, dont nous avons dit qu'il est
Sartre moins l'écriture, fonctionne en fait comme une projection sur Sartre
comme auteur de Mathieu.

n'est pas le « pauvre sire » que Sartre, à un certain stade de sa création, craignait qu'il ne paraisse[1]. Si nous l'avons accompagné avec « empathie » dans les méandres de son chemin de liberté, nous lui prêtons notre propre chance, notre propre exigence de trouver une issue. *L'Âge de raison* appelle une suite dans l'esprit du lecteur.

Cette ouverture de la lecture ne tient pas à quelque grâce miraculeuse, mais à la facture même du livre et à ce que nous avons appelé plus haut le « romanesque ». Roman très sobrement construit, de façon pour ainsi dire classique (unité serrée d'action, de temps, de lieu, intrigue reposant sur une question simple aux prolongements complexes : Mathieu va-t-il réussir à trouver sa liberté[2] ?), *L'Âge de raison* met en œuvre une technique peu apparente, mais qui obéit à des règles précises, à un code romanesque homologué[3]. Sartre nous a affirmé s'être posé peu de questions de technique pour *L'Âge de raison,* mais en avoir constamment gardé une à l'esprit : qui parle ? C'est-à-dire : par qui les personnages sont-ils vus ? Quelle conscience du monde la narration investit-elle ? Cette question correspond évidemment à la définition du sujet dans la théorie phénoménologique : si toute conscience est conscience *de* quelque chose, le monde ne peut apparaître qu'à des consciences situées rigoureusement et singulières, toutes uniques ; s'il n'y a pas de point de vue privilégié sur le monde, pas de perception globale qui subsumerait toutes les perceptions individuelles et les totaliserait, il n'est pas philosophiquement licite de recourir à la technique du narrateur omniscient[4]. Celle qui s'impose alors est le « réalisme subjectif » : la narration à la première personne ou la narration objective faite d'un point de vue particulier, à la troisième personne, combinée à des formes de monologue intérieur, sans intervention d'auteur. Simone de Beauvoir a dit l'importance qu'a eue Hemingway pour la conception du roman que Sartre et elle se sont faite dans les années trente : « La technique d'Hemingway, dans son apparente et adroite simplicité, se pliait à nos exigences philosophiques. Le vieux réalisme, qui décrit les objets en soi, reposait sur des postulats erronés. Proust, Joyce optaient, chacun à sa manière, pour un subjectivisme que nous ne jugions pas mieux fondé. Chez Hemingway, le monde existait dans son opaque extériorité, mais toujours à travers la perspective d'un sujet singulier ; l'auteur ne nous en livrait que ce qu'en pouvait saisir la conscience avec laquelle il coïncidait ; il réussissait à donner aux objets une énorme présence, précisément parce qu'il ne les séparait pas de l'action où ses héros étaient engagés ; en particulier, c'est en utilisant les résistances des

---

1. Voir la lettre du 13 novembre 1939, p. 1896.
2. Chaque chapitre est, de la même façon, porté par une question pratique et morale, relancée en des termes nouveaux dans le suivant.
3. Pour une analyse des techniques romanesques de Sartre, on se reportera à l'étude précise de Gerald J. Prince, *Métaphysique et technique dans l'œuvre romanesque de Sartre*, Droz, 1968, et à celle, d'inspiration sémioticienne, assez ardue, d'André Helbo, *L'Enjeu du discours-Lecture de Sartre*, éd. Complexe, 1978.
4. On se rappelle la condamnation par Sartre, en 1939, du romancier tout-connaissant : « Dieu n'est pas un artiste ; M. Mauriac non plus » (*Situations*, I, p. 52). Ce texte est essentiel pour comprendre à quelles conceptions philosophiques et littéraires répond la technique des *Chemins de la liberté*.

choses qu'il parvenait à faire sentir l'écoulement du temps. Un grand nombre des règles que nous nous imposâmes dans nos romans nous furent inspirées par Hemingway[1]. » La règle fondamentale qui est, en effet, appliquée dans *L'Invitée* comme dans *L'Âge de raison* est celle que Simone de Beauvoir, pour son compte, formule ainsi : « [...] à chaque chapitre, je coïncidais avec un de mes héros, je m'interdisais d'en savoir ou d'en penser plus long que lui[2] ». La très remarquable analyse critique proposée par Simone de Beauvoir de son roman nous fait regretter que Sartre, de son côté, n'ait pas été amené à en faire une pareille pour le sien. Les remarques suivantes sur *L'Invitée* valent aussi pour *L'Âge de raison* : « Refusant d'embrasser d'un coup d'œil les multiples consciences de mes héros, je me suis [...] interdit d'intervenir dans le déroulement du temps ; j'y découpe, de chapitre en chapitre, certains moments : mais je présente chacun dans son intégralité, sans jamais résumer une conversation ou un événement.

Il y a une règle, moins rigoureuse, mais dont la lecture de Dashiell Hammett aussi bien que celle de Dostoïevski m'avait enseigné l'efficacité, et que j'essayai d'appliquer : toute conversation doit être en action, c'est-à-dire modifier les rapports des personnages et l'ensemble de la situation. En outre, pendant qu'elle se déroule, il faut qu'autre chose d'important arrive ailleurs : ainsi, tendu vers un événement dont l'épaisseur des pages imprimées le sépare, le lecteur éprouve comme les personnages eux-mêmes la résistance et le passage du temps[3]. »

Sartre lui-même a fait en 1947 des propositions théoriques pour la technique et l'esthétique du roman qui conviendraient à son époque. Nous les mentionnerons au sujet du *Sursis,* qui les illustre davantage que *L'Âge de raison.* Dans le prière d'insérer, Sartre a opposé la technique de ces deux romans : le premier serait raconté « comme on fait d'ordinaire », le second recourrait aux procédés du cinéma (« le grand écran »). En fait, nous ne connaissons aucun roman qui ait la même structure narrative que celle de *L'Âge de raison,* si ce n'est *L'Invitée,* qui n'obéit d'ailleurs pas à des unités de temps, d'action et de lieu aussi resserrées. Si *L'Âge de raison* apparaît comme un roman traditionnel, c'est qu'il radicalise un certain nombre de techniques du roman réaliste du XIXe siècle — Flaubert, Maupassant, Tourguéniev — reprises ou réinventées par le roman américain — Hemingway, Caldwell, Hammett. Ces techniques se retrouvent dans le cinéma « romanesque » des années trente, particulièrement américain — Lang, Vidor, Hawks[4] —, et les exemples de « vision cinématographique » sont nombreux dans *L'Âge de raison.*

De même qu'on a pu dire que *Les Faux-Monnayeurs* de Gide sont un festival du roman traditionnel plus qu'une ouverture sur le roman moderne[5], *L'Âge de raison* apparaît comme une apothéose du réalisme romanesque. Ainsi le « référent » du roman est-il

1. *La Force de l'âge,* p. 144-145.
2. *Ibid.,* p. 346-347.
3. *Ibid.,* p. 352-353.
4. On sait la difficulté qu'il y a à démêler les influences du cinéma américain sur le roman américain et vice-versa. En réalité, ils ont un ancêtre commun qui est le roman réaliste français, anglais et russe. Sur ces questions voir G.-A. Astre, *John Dos Passos,* Lettres modernes, 1956.
5. Voir Philippe Lejeune. *Le Pacte autobiographique,* Seuil, 1975, p. 184.

moins la réalité que la littérature romanesque elle-même. Avides lecteurs de romans dès leur enfance et jusque dans leur âge adulte, Sartre et Simone de Beauvoir étaient enclins à voir la réalité à travers le voile magnifiant de leurs lectures, à esthétiser le réel; la théorie des « moments privilégiés », dont *La Nausée* fait l'impitoyable critique, n'était rien d'autre que cette vision romanesque de la vie qui donnait à celle-ci des fulgurances d'intensité dans le « grand marasme onduleux » de la contingence; non dupes de l'illusion, ils n'en continuaient pas moins à préférer les lieux et les gens « romanesques », autrement dit à n'être séduits que par une réalité référée aux romans. Ainsi des modèles des personnages de *L'Âge de raison* étaient déjà romanesques dans la vie, ou du moins perçus comme tels[1]; avec Mathieu, Sartre réalise l'opération sur sa propre vie : il coule celle-ci dans un moule romanesque, il la transmue en roman. Et il le fait à la fois parce qu'il pense atteindre de cette façon une vérité de lui-même[2], et en référence consciente à toute une culture romanesque dont il crédite son lecteur, qu'il entend ainsi piéger. Comme l'a justement observé Geneviève Idt, le fonctionnement de *L'Âge de raison* est pour une bonne part ironique et culturel. Il semble que le modèle par rapport auquel le roman se place en position polémique soit *Les Faux-Monnayeurs* : « la modalité des points de vue, dans [*L'Âge de raison*] est gidienne; mais la fiction l'est aussi : comme dans *Les Faux-Monnayeurs*, le problème pour les personnages est de bien vieillir, de renoncer au mythe le plus vivant de l'entre-deux-guerres, celui de la jeunesse. Leur seule qualité, la lucidité, est gidienne[3]. » L'ironie commence par le titre, *L'Âge de raison*, qui semble annoncer un roman d'éducation édifiant : la formule est foncièrement bourgeoise, elle indique l'entrée dans la vie responsable, sérieuse, après les désordres excusables de la jeunesse, et elle est d'ailleurs employée dans le roman par un personnage « négatif », Jacques, satirisé comme l'archétype du bourgeois, caricature d'Antoine Thibault de Roger Martin du Gard. Plus encore, c'est l'intrigue tout entière qui tourne en dérision les stéréotypes romanesques; elle se termine par un mariage : l'ami de l'amant épouse la femme séduite, enceinte et abandonnée, *happy end* type; seulement l'ami est pédéraste et n'épouse pas la femme par générosité ou par amour, mais pour se martyriser et prouver à l'amant que celui-ci est un salaud. L'amant renonce à séduire la jeune fille qu'il avait préférée à sa maîtresse, mais il ne le fait pas par scrupule : simplement il n'a plus l'élan nécessaire. La pure jeune fille ne résiste pas aux avances de l'homme mûr par vertu, mais par caprice et par orgueil, et quand elle serait prête à se donner, il n'en veut plus. Cette ironie fonctionne de manière subtile, la parodie est souterraine. L'écriture, qui varie en fonction des personnages, met le lecteur en sympathie avec eux, même dans le cas de Daniel, dont le satanisme au petit pied n'est qu'une façon de se débattre dans sa culpabilité. Le style est rarement ironique au premier degré et ne verse jamais dans le burlesque; au contraire, pour Mathieu tout au moins, il atteint à une sorte

1. Voir *La Force de l'âge, passim*.
2. Voir *Situations*, X, p. 146, où Sartre admet avoir autant, si ce n'est plus, approché sa vérité à travers Mathieu ou Roquentin que dans *Les Mots*.
3. In *Obliques*, p. 89.

de pathétique sec, dénué de complaisance, et qui fait précisément la qualité du personnage. Tous, en définitive, à l'exception de Jacques, sont des personnages complexes et, d'une façon ou d'une autre, attachants. C'est en cela que le roman propose une subtile contestation : pour autant qu'il soit séduit par l'atmosphère romanesque, le lecteur est entraîné à une insidieuse mise en question de ses propres valeurs morales. Au sens positif de ce terme, *L'Âge de raison* est une œuvre « démoralisante » : elle conteste la morale courante et induit à la recherche d'une autre morale.

Roman du romanesque, *L'Âge de raison* est un roman hybride : il joue de l'illusion dénoncée dans *La Nausée,* mais il en joue par une surenchère gratifiante pour le lecteur et il déplace la subversion sur le terrain moral. Son aspect de « roman de mœurs » — encore accentué aujourd'hui par la distance — en fait sans aucun doute un « roman d'époque », un roman daté et peut-être vieilli[1]. Ses lectures varieront sans doute beaucoup dans l'avenir, comme elles ont déjà considérablement changé depuis sa publication. Roman de l'échec, il est peut-être, en tant que roman, réussi à trop bon compte. Il n'en demeure pas moins que, par son pouvoir d'inquiétude et la rigueur de sa composition, il exerce sur le lecteur une fascination intime, ambiguë, moitié affective, moitié intellectuelle, que ce soit dans l'attraction ou la répulsion. Moins original que *La Nausée, L'Âge de raison* réalise cependant un élargissement et un approfondissement de l'univers romanesque de Sartre.

MICHEL CONTAT.

DOCUMENTS

LETTRES À SIMONE DE BEAUVOIR

Dans La Force de l'âge, *Simone de Beauvoir transcrit le journal qu'elle tint durant l'exode (elle quitta Paris le 10 juin 1940) et elle note (p. 452) : « J'avais pris toutes les lettres de Sartre. Je ne sais pas où ni quand elles se sont perdues. » Ces lettres n'ont pas été retrouvées jusqu'à présent, à l'exception d'une quarantaine parmi lesquelles Simone de Beauvoir a elle-même choisi les extraits que nous publions ci-dessous et qui concernent le travail de Sartre, sur* L'Âge de raison *notamment, jusqu'en juin 1940. Vingt-trois de ces extraits (marqués ici d'une étoile noire à la date) ont paru dans le* Magazine littéraire, « Sartre dans son histoire », *nᵒˢ 103-104, septembre 1975, p. 42-49.*

* Le 22 octobre [1939].

[...] Moi cependant j'achevais la 90ᵉ page de mon roman. Ces derniers jours, j'avais une impression, un peu, de dessèchement en

---

1. Qu'on pense en particulier aux transformations psychologiques et morales que l'usage des moyens anticonceptionnels et la légalisation de l'avortement ont amené dans les relations entre les hommes et les femmes dans le milieu décrit par Sartre.

le travaillant. Vous savez, quand on en est au milieu, on en a deux cents pages derrière soi, deux cents pages devant, on a l'impression que c'est un monde et puis, quand on en est vers la fin, comme c'est mon cas (il reste environ quatre chapitres après celui-là) le monde s'ossifie et on a l'impression d'une grande machinerie bien montée mais sans trop de chair. On connaît toutes les avenues et jusqu'aux ruelles, on a l'impression de *fini*. [...] Je trouve qu'au point où vous en êtes de votre roman, au point où j'en étais du mien quand je vous ai quittée, on a cette impression d'indéfini : il semble que les complications de l'intrigue, les sentiments des personnages, leurs réactions réciproques, etc. sont indéfiniment nombreuses. Ça fait qu'il semble qu'on travaille dans le profond. Et puis un peu plus tard, tout d'un coup il fait objet fini et ça surprend. Mais j'ai réfléchi qu'aux lecteurs il fera plus longtemps qu'à moi indéfini — surtout à la première lecture, qui pour moi est celle qui compte le plus. (Pour l'ex- ou l'impressionniste — et nous en sommes — c'est la première, parce que nous voulons que les mots se brûlent. Pour le classique — dont est Gide — c'est la seconde ou la troisième. Mais pour moi rien ne vaut le moment où les mots organisent d'eux-mêmes la vision du lecteur. Je ne suis pas d'avis qu'on doive lui donner du travail. Ou du moins pas ce genre de travail là.) [...] Et puis [le roman] recommence à me faire compliqué et riche, mais d'une autre façon, comme une machinerie bien montée. Il me semble que, si j'ai réussi, on doit avoir, au point où j'en suis, une drôle d'impression de simultanéité : « pendant que Mathieu... Marcelle de son côté..., et d'autre part Ivich... et Lola..., et Boris... et Daniel... » [...]. Et puis enfin je crois que j'ai dit à peu près ce que je voulais. C'est une drôle d'impression que j'ai : ce roman, que je pensais ne jamais finir, je *sais* à présent qu'il sera fini. Seulement je ne sais pas du tout (censure) quand il sera publié.

En voilà assez sur lui mais il faut vous dire que j'en suis plein. J'ai proposé ce soir à Pierre de monter la garde à sa place pour pouvoir en écrire davantage. [...]

Le 26 octobre [19]39.

[...] J'ai encore écrit 10 pages de carnet sur l'historicité. Je commence à m'y reconnaître. Vous verrez tout ça d'un coup quand vous lirez le petit carnet, car il faut voir comment je suis arrivé à tout cela, il y a bien du changement dans ma morale, vous verrez. Mais non pas de ceux que vous puissiez désapprouver. Je ne suis pas Ghéon, rassurez-vous bien et je n'ai pas encore retrouvé Dieu, ni les assises bien-pensantes de la société. J'ai des tas d'idées en ce moment et je suis bien heureux de tenir ce petit carnet, car c'est lui qui les fait naître. [...] Ça me fait toute une petite vie secrète au-dessus de l'autre, avec des joies, des inquiétudes, des remords dont je n'aurais pas connu la moitié sans ce petit objet de cuir noir. L'essentiel de mes remords c'est en somme ce qu'on avait dit à Marseille : qu'on est jeté dans une condition qui implique des tas d'irrationnels et que ça n'est pas en les masquant qu'on les supprime. Les masques, en somme, c'est tout juste prendre l'attitude d'inauthenticité à leur égard. Nous en avions énuméré des tas (naissance, mort, génération, classe sociale, etc.) mais il y a aussi la guerre. Et je me rends compte que j'étais en totale inauthenticité vis-à-vis d'elle. Je me la masquais et ce que je ne voyais pas c'est que notre époque (18-39) ne tirait son sens de rien d'autre (en son ensemble comme dans ses plus petits détails) que d'un être-pour-la-guerre. Ainsi me semble-t-il que j'ai eu, malgré moi et à mon insu, pendant vingt ans, au plus profond de ma nature un être-pour-la-guerre inauthentique. Qu'aurait-il fallu faire ? Vivre et penser cette guerre à l'horizon, comme la possibilité spécifique de cette époque. Alors j'aurais saisi mon *historicité,* qui était d'être destiné à cette guerre (eût elle-même été évitée en 39 et pour toujours, elle n'était pas moins le sens concret de toute cette époque). Ne croyez pas naturellement que ça veut dire que je devais m'y résigner ou l'accepter. Mais seulement la tenir pour mon destin, comprendre qu'en me *choisissant* de cette époque, je me choisissais pour cette guerre. Vous me direz : vous n'avez pas choisi cette époque, vous êtes tombé dedans. Mais non. Je vous expliquerai que nous l'avons choisie — et je ne l'entends pas au sens métaphysique du choix d'un caractère intelligible, mais concrètement. Voilà une esquisse tout à fait schématique — et peut-être incompréhensible — de ce qui remplit des pages et des pages de carnet. Je ne crois pas du tout que cela conduise à la saloperie, ni à des solidarités humanistes et louches. [...]

* 13 novembre [1939].

[...] J'ai du mal à écrire ce chapitre[1]. D'abord, c'est en soi difficile, ensuite il s'agit de montrer une apparition brusque et intermittente de la liberté et je ne peux quasi rien dire, puisque l'essentiel sera dit au second volume et puis finalement je suis pris entre une théorie husserlienne et une théorie existentielle de la liberté, je suis mal assuré de mes idées. D'ailleurs primitivement Mathieu devait voler Lola par passion pour Ivich et non par liberté et c'est pour qu'il ne soit un trop pauvre sire que je lui donne cette petite lueur. Il y a aussi une difficulté technique : lorsque Mathieu se jetait dehors à la fin du chapitre précédent c'était de *l'action*. Et dans ce nouveau chapitre il me semble que le lecteur attendrait encore de l'action, un récit dégraissé à la Mérimée. Tandis qu'on lui donne forcément du pâteux poétique. Voilà bien des difficultés. Avec tout ça j'essaye de faire quelque chose mais je piétine un peu. Tout de même, je pense que je serai sorti d'affaire dans un jour ou deux. Ensuite il faudra parler de Daniel et ça m'amusera, vous m'avez encouragé. [...]

* 25 novembre 1939.

[...] Ça ne m'a pas empêché d'écrire mon roman, assez bien. Le chapitre tout entier sera bon mais il faudra le retravailler. À propos de Marcelle, W. [...] a naturellement dit qu'il fallait conserver intact son caractère. Elle donne des arguments qui ne sont pas trop sots : « Avec cette sale petite odeur du début comment pourras-tu la rendre forte ? — et puis sa situation ne fait pas fort non plus — et surtout si en plus de forte et de sympathique elle garde une sournoiserie qui deviendra troublante, est-ce qu'elle ne sera pas presque la sœur d'Ivich, qui ressortira moins ? » Le fait reste que Marcelle n'est pas trop bien. Mais on pourrait la changer totalement en faiblesse. Seulement alors, on ne compren-

---

1. Il s'agit vraisemblablement du chapitre XVI de la version finale.

dra plus que Mathieu s'y intéresse. Il y a là une difficulté et je ne sais encore que faire. D'ailleurs ça n'est pas du tout pressé. [...]

27 novembre [1939].

[...] J'ai relu les 17 pages du chapitre Mathieu-Daniel et je vois qu'il y a encore à faire, ça me désole un peu mais je vais m'y remettre et ravauder. Pour l'instant ça m'intéresse beaucoup moins. Le dernier chapitre m'intéressera, j'imagine, davantage. Mais surtout, je crève d'envie d'écrire une pièce de théâtre. Si je le fais, vous la porterez bonnement à Toulouse[1] et Dullin. [...]

Le 3 décembre [1939].

[...] Du coup au retour j'ai *vu* cette morale que je pratique depuis trois mois sans en avoir fait la théorie — au contraire strict de mes habitudes. Je ne l'ai pas encore écrite mais vous la devinez et, pour vous préciser un peu, voici ce que j'ai mis sur mon carnet : « Je vois comment se lient métaphysique et valeurs, humanisme et mépris, notre liberté absolue et notre condition dans une vie unique et bornée par la mort, notre inconsistance d'être sans Dieu et qui n'est pas son propre auteur et notre dignité, notre autonomie d'individu et notre historicité. » Tout tourne naturellement autour des idées de liberté, de vie et d'authenticité. [...]

4 décembre [1939].

[...] En conséquence j'ai repris pour la n^{me} fois la fin du XVIIe chapitre, c'est presque fini et j'ai hâte d'en sortir. Je crois que là-bas je commencerai le XVIIIe et dernier qui m'amuse davantage. Je reviendrai sur celui-là ensuite. De toute façon le roman sera fini quand je viendrai en permission[2]. [...] Je suis toujours enchanté de ma morale, qui est sombre comme il se doit et que je sens. J'y ai tout doucement glissé depuis septembre; la guerre, le *Testament espagnol*[3], *Terre des Hommes*[4], *Verdun*[5] m'y ont disposé. C'est surtout l'effondrement du stoïcisme qui m'y a amené; je le considère à présent comme une « morale de complaisance ». Nous avons fait du chemin, [...] depuis le temps où nous étions rationalistes, cartésiens et anti-existentiels. [...]

9 décembre [1939].

[...] J'ai achevé ma morale. Je vais vous la copier, ici. C'est fort long. Si je n'y parviens pas complètement, je continuerai demain. Mais j'ai bien fort envie que nous la discutions.

1. Sobriquet que Sartre donnait à Simone Jollivet (voir Chronologie, p. XLV, et *La Nausée*, n. 2, p. 160).
2. D'après *La Force de l'âge* (p. 442), Sartre vint en permission à Paris au début de février 1940.
3. Reportage d'Arthur Koestler sur la guerre d'Espagne, dont la traduction avait paru en 1939 chez Albin Michel. Sartre le loue comme « l'un des rares ouvrages de notre époque qui sont assurés de durer » dans sa « Présentation des *Temps modernes* » (*Situations*, II, p. 30).
4. Roman d'Antoine de Saint-Exupéry paru en 1939 (Gallimard). Sartre l'a rapproché de Heidegger dans *Qu'est-ce que la littérature ?*
5. Seizième volume des *Hommes de bonne volonté* de Jules Romains, paru en 1938 et que Sartre mentionne plusieurs fois dans *L'Être et le Néant*.

La première question : la morale est le système des fins ; à quelle fin doit donc agir la réalité humaine ? La seule réponse : à fin d'elle-même. Aucun autre but ne peut se proposer à elle. Constatons d'abord qu'une fin ne peut être posée que par un être qui est ses propres possibilités, c'est-à-dire qui se pro-jette vers ces possibilités dans l'avenir. Car une fin ne peut être ni tout à fait transcendante à celui qui la pose comme fin, ni tout à fait immanente. Transcendante elle ne serait pas *son* possible. Immanente elle serait rêvée mais non voulue. La liaison de l'agent à la fin suppose donc un certain lieu du type de l'être-dans-le-monde, c'est-à-dire une existence humaine. Le problème moral est spécifiquement humain. Il suppose une volonté limitée — il n'a point de sens en dehors d'elle, chez l'animal ou dans l'esprit divin. Mais en outre la fin a un type existentiel très particulier : elle ne saurait être un existant donné sinon elle cesserait du même coup d'être fin. Mais elle ne peut être non plus une virtualité pure au sens de simple possibilité transcendante : elle perdrait sa vertu attractive. Elle a une existence plénière et affective mais à venir, qui revient de l'avenir sur la réalité humaine comme exigeant d'être réalisée par elle dans un présent. De ce fait une existence éternelle et transcendante comme Dieu ou la volonté divine ne saurait être fin pour la volonté humaine. Au contraire la réalité humaine peut et doit être fin pour elle-même parce qu'elle est toujours du côté de l'avenir, elle est son propre sursis. Mais d'ailleurs la réalité humaine est bornée partout par elle-même et quel que soit le but qu'elle se propose, ce but est toujours elle-même. On ne saisit le monde qu'à travers une technique, une culture, une condition ; et à son tour le monde ainsi appréhendé se livre comme humain et renvoie à la réalité humaine. J'avais écrit dans *La Nausée* : « L'existence est un plein que l'homme ne peut quitter. » Je ne m'en dédis pas. Mais il faut ajouter que le plein est humain. L'humain est un plein existentiel que la réalité humaine retrouve à perte de vue à l'horizon. L'homme retrouve partout son projet, il ne retrouve que son projet. À ce sujet ce qu'on peut dire de plus fort pour une morale sans Dieu c'est que la réalité humaine est morale dans la mesure même où elle est sans Dieu une morale n'est morale que quand elle est pour l'homme, et à dessein de la réalité humaine, même la morale du Christ. Mais cela ne signifie *ni* que la morale doit être un individualisme où l'individu se prend lui-même pour fin *ni* un utilitarisme social *ni* un humanisme en extension au sens où les hommes, particules singulières d'humanité, seraient une fin pour l'homme. Cela signifie seulement que la réalité humaine est d'un type existentiel tel que son existence la constitue sous forme de valeur à réaliser par sa liberté. C'est ce que Heidegger exprime en disant que l'homme est un être des lointains. Mais comprenons bien que cet être-valeur qui nous constitue en tant que valeur de nos horizons, ce n'est ni vous, ni moi, ni les hommes, ni une essence humaine *forte* (au sens d'un eudémonisme aristotélicien) c'est le sursis toujours mouvant de la réalité humaine elle-même (à la fois et en toute indifférenciation moi, vous et nous tous). La réalité humaine existe à dessein de soi. Et c'est ce *soi* avec son type d'existence propre (comme ce qui l'attend dans l'avenir pour être réalisé par sa liberté) qui est la *valeur*. Mais entendons que la réalité-humaine est *constituée* par le rapport à soi dans l'avenir.

La réalité humaine n'est donc ni un fait ni une valeur, c'est le rapport d'un fait à une valeur, un fait qui s'explique par une valeur. Il n'existe d'autre valeur que la réalité humaine pour la réalité humaine. Et le monde est ce qui sépare la réalité humaine de son dessein. Sans monde point de valeur. Il arrive à l'homme de croire qu'il serait *plus* moral s'il était soulagé de la condition humaine, s'il était Dieu, s'il était ange. Il ne se rend pas compte que la moralité et ses problèmes s'évanouiraient avec son humanité.

Il suit de là que pour déterminer les prescriptions de cette morale il n'est d'autre méthode que de déterminer la nature de la réalité humaine. Il faut prendre garde que nous ne tombions pas ici dans l'erreur qui consiste à dénier la valeur du fait, car la réalité humaine est une valeur autant qu'un fait.

La caractéristique de la réalité humaine du point de vue qui nous occupe c'est qu'elle se motive elle-même sans être son propre fondement. Ce que nous appelons sa liberté c'est qu'elle n'est jamais rien sans qu'elle se motive à l'être. Il ne peut jamais rien lui arriver *du dehors*. Ceci vient de ce que la réalité humaine est d'abord conscience, c'est-à-dire qu'elle n'est rien qu'elle ne soit conscience d'être. Elle motive sa propre réaction à l'événement et l'événement en elle c'est cette réaction et elle ne découvre l'événement qu'à l'occasion de cette réaction. Elle est donc libre en ce sens que ses réactions et la façon dont le monde lui apparaît lui sont intégralement imputables. Mais la liberté totale ne peut exister que pour un être qui est son propre fondement c'est-à-dire responsable de sa facticité. La facticité n'est pas autre chose que le fait qu'il y ait dans le monde à chaque instant une réalité humaine. C'est un *fait*. Il ne se déduit de rien, comme tel et ne se ramène à rien. Et le monde des valeurs, la nécessité et la liberté, tout est suspendu à ce fait primitif et absurde. Si on examine une conscience quelle qu'elle soit, on n'y trouvera rien qui ne lui soit imputable. Mais le fait qu'*il y ait* une conscience qui motive sa propre structure est irréductible. Cette facticité n'est pas un dehors mais elle n'est pas non plus un dedans. Ce n'est pas une passivité d'objet créé et soutenu mais ce n'est pas non plus la totale indépendance de l'*ens causa sui*. Mais si l'on considère mieux les choses on constate clairement que cette facticité ne signifie pas que la conscience a son fondement en autre chose qu'en soi — en Dieu par exemple — car tout fondement transcendant de la conscience tuerait la conscience en l'enfantant. C'est seulement que la conscience existe *sans* fondement. C'est une sorte de néant propre à la conscience que nous appellerons sa gratuité. Cette gratuité pourrait se comparer à une chute dans le monde — et les motivations à une sorte d'accélération que la pierre qui tombe serait libre de se donner à elle-même. Autrement dit la vitesse de chute dépend de la conscience mais non la chute elle-même.

La structure propre de la conscience c'est de se jeter en avant dans le monde pour échapper à cette gratuité mais elle s'y jette à dessein d'elle-même pour être dans l'avenir son propre fondement. Dire que la réalité humaine existe à dessein de soi, cela revient à dire que la conscience se jette dans l'avenir pour y être son propre fondement. C'est-à-dire qu'elle projette par delà le monde, à l'horizon, un certain futur d'elle-même, avec l'illusion que, lorsqu'elle sera ce futur, elle le sera en tant que son propre fondement. Ainsi la valeur première constitutive de la naturehumaine et source de toutes les valeurs c'est l'être-pour-soi son-propre-fondement. La conscience est pure facticité mais la réalité-humaine est constituée par cette valeur à l'horizon de cette facticité. C'est que la conscience, libre fondement de ses possibles est fondement de son être à venir sans pouvoir être fondement de son être présent. C'est là ce qu'on appelle la volonté. (J'en avais écrit le 23 et 24 décembre[1].) Ce qui échappe à la conscience c'est que, lorsque cet avenir deviendra présent — fût-elle exactement comme elle devait être — elle sera conscience et en conséquence, tirera sa motivation de soi, tout en étant de fait et par conséquent transie de gratuité et de néant.

Ainsi à travers toutes ses entreprises l'homme ne cherche ni à s'accroître ni à se conserver mais à se fonder. Et à la fin de chacune d'elles, il se retrouve tel qu'il était : gratuit jusqu'aux moelles. [...]

*Le 31 décembre [1939].

[...] Savez-vous que j'ai *fini* le roman ? J'ai mis le mot fin sous une page. Après quoi, tout grave et pompeux d'avoir fini, j'ai déchiré soigneusement cette page et deux autres qui venaient avant, en menus morceaux. Puis jeté le tout dans le seau à charbon. Je ne me suis aperçu de mon erreur que dix minutes après. Il a fallu reprendre les bouts de papier dans le seau, en me crottant les doigts et faire un puzzle. J'y suis parvenu et j'ai tout recopié. Puis j'ai écrit au-dessous de « Fin » : « Un volume qui fait suite à celui-ci s'intitulera : *Septembre*. » Aimez-vous « Septembre » ? Ça me plaît assez fort et je ne crois pas qu'on ait jamais parlé précisément de ce titre entre nous. Il me plaît si fort que je balance si je ne vais pas commencer le second livre tout de suite. Finalement je suis las de *L'Âge de raison*, mais il n'y a pas de raison pour que *Septembre* me dégoûte, puisque c'est tout autre chose. Je ne ferai pas tout d'ailleurs. Simplement des épisodes : Sarah tuant son gosse, le Boubou[2] au dancing avec Mathieu, Mathieu rencontrant une femme dans une bagarre, la dernière nuit de Nancy, etc. Et puis toutes les vies de types qui finalement se rencontrent avec lui dans le wagon. Oui, oui, ça me décide de vous l'écrire et je vais commencer dans deux ou trois jours. D'ici là je vais un peu fignoler cette fin, pour pouvoir vous l'apporter en janvier. [...]

1ᵉʳ janvier [19]40.

[...] J'ai retravaillé des passages de mon roman tout le jour et vais aussitôt après me mettre à « Septembre », je m'en réjouis fort. J'espère pouvoir faire paraître les deux volumes à la fois, ça serait mieux, on verrait mieux où je vais. [...]

6 janvier [1940].

[...] J'ai travaillé mon roman. La scène avec Daniel, celle de la fin, est rudement délicate. Pensez qu'il annonce à la fois à Mathieu qu'il épouse Marcelle et qu'il est pédéraste. Il y a de quoi sonner un type et puis la situation exigerait que Mathieu posât une foule de questions oiseuses tandis que l'économie du chapitre l'interdit expressément. Je m'en tire assez bien. Mais c'est long. J'ai écrit une trentaine de pages sur votre beau carnet bleu de nuit.

1. Sans doute inadvertance pour novembre.
2. Sobriquet de Fernando Gerassi (voir *L'Âge de raison*, n. 1, p. 433).

[...] Depuis que j'ai brisé mon complexe d'infériorité vis-à-vis de l'extrême gauche, je me sens une liberté de pensée que je n'ai jamais eue. Vis-à-vis des phénoménologues aussi. Il me semble que je suis en chemin, comme disent les biographes aux environs de la page 150 de leur livre de « me trouver ». [...] Je veux dire juste par là que je ne pense plus en tenant compte de certaines consignes (la gauche, Husserl) etc., mais avec une totale liberté et gratuité, par curiosité et désintéressement pur, en acceptant par avance de me retrouver fasciste si c'est au bout de raisonnements justes (mais n'ayez crainte je ne crois pas que ce soit à envisager). Ça m'intéresse et je crois que, outre la guerre et la remise en question, la *forme* carnet y est pour beaucoup, cette forme libre et rompue n'asservit pas aux idées antérieures, on écrit chaque chose au gré du moment et on ne fait le point que lorsqu'on veut. Par le fait je n'ai pas encore relu l'ensemble de mes carnets et j'ai oublié une foule de choses que j'y ai dites. Au fond c'est le bénéfice des *Propos* qu'Alain vante si fort et dont il profite si peu, ce systématique. [...]

* 9 janvier [1940].

[...] Figurez-vous que je traverse une petite crise de doute de moi-même aujourd'hui. Le fait n'est pas si fréquent qu'il ne vaille la peine d'être raconté. Ça tient à une multitude de petites causes. Je viens de finir *L'Âge de raison*, aujourd'hui. Il reste dix lignes à corriger, ça me prendra une heure demain et j'en suis un peu ébahi. Je me dis : ça n'était que ça et je le trouve maigre, bien maigre. Peut-être ce livre a-t-il tout de même un peu souffert, non pas directement de la guerre, mais du changement de mes points de vue sur toute chose. J'étais un peu sec à son égard tout ce temps, et chose curieuse surtout depuis que vous en avez lu les 180 pages de novembre. Pourtant vous m'avez dit que c'était bon. Je ne sais pas trop ce qui s'est passé dans ma tête. Est-ce cette nécessité de changer le caractère de Marcelle ? Enfin voilà, j'en suis mécontent, j'aurais voulu que ça soit bien et *sincère*. Entendez-moi, je sais bien qu'on ment tout le temps dans un roman. Mais du moins on ment pour être vrai. Et il me semble que tout le roman est un peu un mensonge gratuit. Oh et puis voilà un an et demi que j'y travaille, je peux bien en être un peu dégoûté. Et puis alors j'ai relu mes cinq carnets et ça ne m'a pas fait l'impression agréable que j'escomptais un peu. Il m'a semblé qu'il y avait du vague, des gentillesses et que les idées les plus nettes étaient des resucées de Heidegger, qu'au fond je ne faisais depuis le mois de septembre, avec les trucs sur « ma » guerre, etc., que développer laborieusement ce qu'il dit en dix pages sur l'historicité. Là-dessus je lis cette vie de Heine[1] qui me prend, comme elle vous a prise. Mais, à présent que je suis « fait », les lectures de biographie ne me donnent plus cette excitation joyeuse et facile que j'avais il y a dix ans. Ça m'a plutôt un peu abattu. Je me suis jugé plutôt futile en face de ce type, qui a fait bien des saloperies et qui avait une grande faiblesse de caractère, mais qui

1. Il peut s'agir de l'ouvrage d'Edmond Vermeil, *Henri Heine, ses vues sur l'Allemagne et les révolutions européennes,* suivi de *Textes choisis,* paru en février 1939 aux Éditions sociales internationales ou, plus probablement, de la biographie de Heine par Antonina Vallentin parue chez Gallimard en 1934.

a vécu, comme vous le disiez, si formidablement la situation. Pour moi je sais bien que j'ai attendu la guerre pour déchiffrer un peu ma situation et je vois aussi que je n'ai pas grand talent pour ça : la bonne volonté ne me manque pas mais il me faudrait aussi ce sens historique qu'il avait. Enfin voilà [...]

10 janvier [1940].

Je vous ai donc écrit hier une petite lettre bien modeste. Il n'en reste plus rien du tout en ce jourd'hui. Je ne suis certes point délirant d'orgueil mais je suis revenu à des sentiments convenables, c'est-à-dire que je fais ce qu'il faut sans penser du tout à moi. [...] Ce matin j'ai fini le roman. Mais tout à fait fini, on n'en parlera plus avant Paris. Et puis cette après-midi, j'ai longuement médité sur ma pièce de théâtre. Je voulais un siège de ville, des pogroms, que sais-je ? Le sujet proprement dit ne venait pas. Alors j'ai tout à coup commencé quoi donc ? Les Histoires pour l'Oncle Jules. D'abord avec une sorte de remords parce que c'est futile. Mais ensuite m'est venue l'idée d'y mettre une foule de choses sous forme badine et finalement ça m'amuse beaucoup et m'excite un peu. Ça commence ainsi (pour vous donner le *la*).

« Mon oncle Jules entra, ce matin-là, dans ma chambre et me dit : " Mon neveu, tu voles ton argent. " »

J'ai pensé que j'en écrirai entre les deux permissions (si le genre vous agrée, ce que vous direz dans quinze jours). Ça fera un drôle de petit livre gratuit, finalement dans la ligne des « Er l'Arménien » et « Légende de la Vérité[1] », mais justement comme je n'ai plus aucun des défauts qui rendaient le genre insupportable (symbolisme, maniérisme, etc.) je me demande ce que ça va donner. Ça c'est l'événement du jour. [...]

Le 11 janvier [1940].

[...] Voici l'idée que j'ai eue. Ce serait un petit volume de critique littéraire où j'exposerai les lois des genres. Il y aurait naturellement dialogue discussion sur les genres et puis finalement l'histoire, pour illustrer 1º un conte de fées[2] (pour distinguer le conte de fées allégorie Maeterlinck du vrai conte de fées populaire) 2º le récit 3º la nouvelle 4º le chapitre de roman. Exposé du genre puis histoire racontée. Je commence par me justifier d'écrire de l'obscène et par expliquer ce qu'est une œuvre littéraire en général, tout ça sous la forme de paradoxes badins qui risquent évidemment de taper sur les nerfs. Vous verrez, vous jugerez. En tout cas j'acquiers la preuve en écrivant ce dialogue que j'ai de quoi faire un excellent dialogue de théâtre. J'ai le sens de ce dialogue. Il faut seulement qu'il me vienne un sujet. C'est remis à la fin des histoires de l'oncle Jules. Dites-moi tout de même si a priori vous vous méfiez ou si vous m'encouragez. C'est du beau style simple. Mais c'est formidable comme il est *facile* d'écrire en beau style simple. Dix fois plus facile que d'écrire dans le style rude et bafouillé de *L'Âge de raison*. Je comprends

1. Premiers essais philosophiques de Sartre, écrits, le premier, à l'École normale, vers 1928, et le second après l'agrégation, en 1929.
2. Le roman de jeunesse *Une défaite* contenait déjà un conte de fées.

maintenant pourquoi je suis un peineux et les autres non pas. C'est que j'ai pour mes romans adopté un style qui n'est peut-être ni meilleur ni pire que les autres mais qui est simplement plus difficile. Voilà pour l'intelligence. Bien entendu je ne travaille plus à mon carnet, je n'ai plus le temps. Il faut pourtant que j'y mette encore une petite chose ou deux, je le ferai demain. Pour peu que la guerre dure, je reviendrai avec cinquante volumes et je n'aurai plus qu'à me reposer pour le restant de mes jours. [...]

12 janvier [1940].

C'est fini, j'ai déchiré tout à l'heure les six premières pages des Histoires pour l'oncle Jules, ça me faisait honte de les écrire. Il y avait là-dedans une complaisance à soi et des gracieusetés, à vrai dire voulues par le genre, et des couplets, qui me donnent le frisson. Et puis je vous l'ai dit, je me sentais une Walkyrie déchue[1]. Aussi ai-je repris mon projet d'écrire une grande pièce de théâtre avec sang, viols et massacres et vous m'auriez vu, toute cette après-midi, l'air triste et le poing aux dents — ce qui est ma manière de chercher un sujet, vous le savez — en telle manière que Pierre[2] qui guette mes défaillances m'a demandé avec une supériorité ironique et compatissante si je n'avais pas le cafard ou de mauvaises nouvelles de chez moi. Je l'ai vertement renvoyé à ses affaires et par le fait j'étais fort gai, je m'étais lancé en plein et avec enthousiasme dans la confection d'un « Prométhée » dictateur de la liberté qui finissait dans les supplices que vous savez. J'en ai eu mon petit moment d'enthousiasme, parce que je vise au grand dans la littérature et j'ai chanté « The Man I love » en faisant le sondage, ce qui faisait trembler sur son pied le théodolithe. Et puis, à la réflexion, le caractère symbolique de Prométhée m'a un peu dégoûté. Ce n'est pas qu'en soi on ne puisse user du symbole, si du moins l'on demeure discret, mais j'en ai tant abusé dans ma folle jeunesse que j'en ai une indigestion. Tout un tas de métaphores de « La Légende de la vérité » me sont remontées aux lèvres et finalement j'en suis là. Je crains de m'assombrir encore un jour ou deux dans la recherche d'un sujet et puis de finir par en revenir honnêtement à « Septembre ». Honnêtement mais avec un petit regret. Il me semble que j'ai le style dramatique dans la tête et je voudrais en user une bonne fois. Et quand l'occasion sera-t-elle meilleure que maintenant puisque j'ai du loisir[3] ? [...]

14 janvier [1940].

Toute la journée j'ai rêvassé sur un sujet de pièce. À la fin j'avais sombré dans l'écœurement le plus total. Tout a été envisagé et rien ne fut retenu, depuis Prométhée jusqu'à ce fameux bateau plein de juifs dont l'histoire m'avait un moment tenté. Et puis

---

1. Mathieu, dans *L'Âge de raison*, (p. 493), parle de Marcelle comme d'une « Walkyrie en chambre » et ajoute : « Pour elle c'est une déchéance terrible ».
2. Nom de famille du professeur décrit sous le nom de Pierné dans *La Mort dans l'âme*. Sartre et lui ne s'aimaient pas beaucoup.
3. Sartre nous a dit que durant la « drôle de guerre » il avait environ douze heures de liberté par jour et qu'il écrivait la plupart du temps dans une salle de classe où ils étaient quatre ou cinq, sans que la conversation des autres le dérangeât le moins du monde.

rien. Rien du tout. J'ai écrit une scène de Prométhée et je l'ai déchirée, vous savez combien je suis à charge aux autres et à moi-même dans ces périodes d'enfantement. Pour comble, ayant voulu relire un passage de mon roman, pour me mettre enfin en face de quelque chose d'achevé qui ait un peu de dureté, je l'ai trouvé exécrable. Alors j'ai pris mon courage à deux mains et je l'ai refait mais je ne crois pas que ce soit encore ça. Du coup je n'ai presque rien écrit sur le carnet. Telle fut ma journée, du vide rêveur en somme. [...]

Le 15 janvier [1940].

[...] Ce matin j'ai relu la conférence de Heidegger « Qu'est-ce que la métaphysique ? » et je me suis occupé dans la journée à « prendre position » par rapport à lui sur la question du Néant. B. vous aura dit que j'avais une théorie du Néant. Elle n'était pas encore très bien tournée et voici qu'elle l'est. Vous la verrez quand je viendrai en permission. Vous allez peut-être trouver que mes carnets deviennent trop philosophiques [...]. Mais il faut bien aussi en faire et puis j'écrivais justement dans mon carnet aujourd'hui que la philosophie que je fais doit être un peu émouvante pour d'autres parce qu'elle est intéressée. Elle a un rôle dans ma vie qui est de me protéger contre les mélancolies, morosités et tristesses de la guerre et puis à cette heure je n'essaye pas de protéger ma vie après coup par ma philosophie, ce qui est salaud, ni de conformer ma vie à ma philosophie ce qui est pédantesque mais vraiment vie et philo, ne font plus qu'un. À ce propos j'ai lu une belle phrase de Heidegger qui pourrait s'appliquer à moi : « La métaphysique de la réalité-humaine n'est pas seulement une métaphysique *sur* la réalité-humaine; c'est la métaphysique venant... à se produire *en tant que réalité-humaine.*» N'empêche que pour le « public cultivé », il y aura des passages emmerdants. Mais il commence à y en avoir un ou deux de croustillants par contre : un sur les trous en général et un autre tout particulièrement sur l'anus et l'amour à italienne. Ceci compensera cela. [...]

* 16 janvier [1940].

[...] lassé de courir après un sujet grandiose qui se faisait prier, j'ai repris tout modestement et sagement le roman. Il y avait un chapitre à faire sur Boris et je l'ai commencé. Au fond pourquoi ne reprendrais-je pas et ne refondrais-je pas mon roman à présent ? Je suis encore tout chaud et cependant suffisamment loin des premiers chapitres pour que leurs fautes m'apparaissent.

* 17 janvier [1940].

[...] Travaillé aussi à mon roman. Ce que je fais (le petit Boris) m'amuse très bien. Je me suis amusé à décrire l'avenue d'Orléans; ça m'a fait tout poétique et j'ai retrouvé le genre d'émotion que j'avais l'an dernier pour mes personnages, à imaginer simplement l'angle de la rue d'Alésia et de l'avenue d'Orléans par un beau soir de juin.

23 janvier [1940].

[...] Je fignole le roman — la fin — et je m'en dégoûte un petit peu. Voilà que mon envie d'écrire une pièce me reprend. Finalement je ne sais pas ce que je ferai et c'est un peu plaisant, je suis tout excité, parce que ma liberté m'est rendue. Quand je serai à Paris, je prendrai tous les *Paris-Soir* de septembre 38 pour ma documentation.

* 25 janvier [1940].

[...] J'ai rempli *quatre-vingts* pages de carnet, je ne sais pas si vous vous rendez compte. Parce que ce matin en m'éveillant, j'ai entrevu la façon dont je composais un roman et dont j'imaginais : ça m'a frappé (ce que disait Lévy[1] me chiffonnait : que je n'avais pas l'imagination d'un romancier et je savais que vous en aviez discuté avec B. et que vous lui aviez dit qu'on sentait bien chez Faulkner ce qui est inventé). Et j'ai voulu mettre ça dans mon carnet. J'ai commencé ce matin, je n'ai fait que ça en dehors des corvées de soupe et je viens de terminer. C'est assez drôle de voir comment ça se goupille un roman. Mais je pense en effet que je n'ai pas l'imagination romanesque. Ça ne veut pas dire que j'écrirai de plus mauvais romans que les autres mais seulement que je ne suis pas « fait » pour le roman. Vous lirez bientôt les quatre-vingts pages [...]

* 11 mars [1940].

[...] Ce matin j'avais mis le point final à mon chapitre Jacques-Mathieu que je vais taper après cette lettre. Je crois qu'il amusera plus à lire qu'il ne m'a amusé à écrire.

* Jeudi 14 mars [1940].

[...] J'ai reçu aussi un énorme paquet : le 1er tiers de mon manuscrit tapé et je l'ai relu toute l'après-midi. Je suis à la fois content et déçu : c'est bien *dans le détail*, c'est même ce que j'ai écrit de mieux, mais c'est un peu vrai ce que dit Lévy, que les chapitres ne sont pas reliés, ça s'en va un peu dans le brouillard et le sujet n'est pas nettement posé. Il faut que je reprenne tout ça et que je donne une armature nette à ces premiers chapitres. Notamment il faudra en revenir au vieux truc : Mathieu se ressouvenant, sinon ce personnage n'a ni consistance, ni unité. Il faut qu'on sache d'où il vient, où il a été professeur, comment il a connu Boris et Ivich, etc. Tout ça peut être bref mais il faut qu'on le sache *tout de suite;* d'une façon générale ça manque de racines [...].

* 15 mars [1940].

[...] J'ai pourtant eu le temps de projeter un prologue à *L'Âge de raison,* c'est la meilleure manière de présenter les personnages : ce sera le 10 juin 1928 (juste dix ans avant l'histoire[2]) il y aura trois chapitres : I) Ivich : on verra Ivich et le lit nuptial. On saura là qu'elle est unique, on verra Boris, on verra la mère, on entendra parler du père. Ce sera l'histoire du lit où elle couchait avec sa mère. — 2) Mathieu : il sera en passe de passer l'agrégation, on le verra tout jeune et plaisant avec Brunet et Daniel — il expli-

---

1. Ancien élève de Sartre au lycée Pasteur.
2. Pour la date à laquelle est supposé se dérouler *L'Âge de raison,* voir n. 2, p. 395.

quera qu'il veut être libre, ça fera pas mal de le retrouver dix ans
après et ça permettra de ne pas exposer *à la fois* qu'il veut être
libre et qu'il ne l'est plus, ce qui est une erreur de technique.
3) Marcelle : une histoire quelconque de la jeunesse de Marcelle
qui la rendra attachante. On aura bien davantage l'impression du
vieillissement et de l'âge de raison ensuite. Je suis enchanté de
ce projet. Qu'en pensez-vous ? Je ne sais trop si j'ai plaidé pour
lui comme il convenait mais je vous assure qu'il m'apparaît lumi-
neusement, qu'il a tous les avantages : ça donnera des racines à
mes personnages et ça me permettra d'alléger le texte ensuite.
Je vais commencer dès demain. [...]

*   23 mars [1940].

[...] C'est que je travaille comme un dur. Dix heures par jour
à un Prologue du Roman. Je vous vois déjà froncer le sourcil.
Mais ce prologue était indispensable, sinon les personnages
manquent de racines. Il aura trois chapitres : I. Ivich. II. Mathieu.
III. Marcelle. Il se passe dix ans avant au mois de juin 1928. Je
suis en train de finir le premier chapitre : Ivich, que je vous apporterai. Ça me permettra de dégraisser d'interminables monologues
de Mathieu. Ne râlez pas, je jure que c'est une bonne idée. Ivich
ça fait toute une petite nouvelle à soi seul et, pour une fois, vous
lirez un factum de moi du commencement à la fin. Ce seront trois
instantanés de personnages dix ans avant, avec leur jeunesse (ou
enfance) et leurs espoirs. Je ne tiens plus le petit carnet, du coup.
[...] Il [le roman] sera fini en octobre, sans doute et il aura
six cents pages, j'ai compté. Je suis un peu fier de cette longueur
parce que, jusqu'ici, je faisais plutôt des bluettes. J'ai toujours
considéré l'abondance comme une vertu. Mais qu'il y a donc encore
à travailler pour que ces six cents pages soient convenables.
Avez-vous reçu la lettre où je vous disais que les détails, à la
relecture, me satisfaisaient mais que j'entrais dans les vues de
Lévy et que je trouvais l'ensemble un peu heurté ? C'est pour ça
que je fais un prologue.

Samedi 13 avril [1940].

[...] Figurez-vous que le travail de rapetassage a l'air de se faire
très vite. Est-ce que je suis trop indulgent ? (j'ai un complexe
depuis l'histoire du Prologue) ou bien n'est-ce pas plutôt que le
travail était presque tout fait et qu'il n'y avait que le coup de
pouce à donner ? Je travaille aujourd'hui la mort de Lola.
Un capitaine est venu — fringant, école de guerre, dîne avec le
général — et m'a dit : « Et celui-là qui a l'air effondré que fait-il ? »
Je n'avais pas du tout l'air effondré mais j'avais la gueule que j'ai
quand je travaille. « Un travail personnel, mon capitaine. — Mais
quoi ? — Un écrit. — Un roman ? — Oui mon capitaine. — Sur
quoi ? — Ça serait un peu long à vous expliquer. — Enfin il
y a des femmes qu'on baise et des maris cocus ? — Naturellement.
— C'est très bien. Vous avez de la chance de pouvoir travailler. »
Sur quoi, j'ai été acheter des petits pains pour le dîner et il a
dit aux secrétaires non sans une pointe de mélancolie : « Les
auteurs, il ne faut pas les voir de près. » « C'est son costume qui
ne lui va pas », a dit le bon Pieter[1] indigné.

---

1. Diminutif de Pieterkowski, l'un des meilleurs camarades de Sartre pen-

* Dimanche 14 avril [1940].

[...] Aujourd'hui j'ai bien travaillé. J'ai refait tout le passage sur la mort de Lola et des bricoles. Ce qu'il y a de charmant c'est que je refais ceci ou cela suivant mon humeur, si quelque chose ne va pas, je prends autre chose. C'est plaisant et j'aurai fini dans deux mois. À ce moment-là, je vous enverrai le manuscrit recommandé, vous le relirez et le porterez à Brice Parain s'il va bien. C'est surprenant de penser que ce gros pavé va être terminé. [...]

* Lundi 15 avril [1940].

[...] Depuis que je suis revenu, que je vous ai si bien vue et retrouvée[1] et que je vois ce roman se terminer, j'ai une profonde paix de l'âme. Je suis vraiment heureux. Vous savez, ce roman c'est une étape, dans ma vie. Et j'avais si peur de ne jamais le finir. Et puis, à présent, je commence à sentir que ça y est presque. Encore deux mois ou trois, et je n'aurai plus besoin de m'accrocher. Je me reposerai quelque temps et puis je commencerai *Septembre*.

* Vendredi 19 avril [1940].

[...] Ce matin, j'ai renâclé sur le chapitre Mathieu-Marcelle, le premier. J'ai des tas d'ennuis : d'abord, si Marcelle est malade vraiment, ça va compliquer la question de l'accouchement : elle risque d'y laisser sa peau et je n'ai pas besoin de difficultés supplémentaires. Ensuite, jusqu'à quel point son caractère est-il compatible avec ses petites trahisons ? Tout ça est évidemment affaire de doigté mais c'est bien ennuyeux. J'ai donc travaillé sans trop de goût. Ah oui et puis aussi il y a ça : si elle a vraiment tant envie d'avoir un enfant, sa morosité du premier chapitre est-elle bien explicable ? De soupirs en soupirs et de parties d'échec en parties d'échec, à la fin de la journée, tout de même quelque chose du roman a été fait. Au fond ce qui est à trouver, c'est plutôt le *ton* avec lequel il faut parler de Marcelle. Je suis sur la voie. [...]

* Mardi 23 avril [1940].

[...] du point de vue où je me place à présent, je voudrais aussi que mon roman à moi fasse sentir que nous sommes dans l'âge du fondamental. C'est ça que je pense, vous le savez; je pense ces jours-ci que c'est seulement à présent qu'on va tirer les conséquences de la perte de la foi. Mais dans ce premier tome du roman, rien de tout cela ne paraît et c'est bien triste. Cela ne vient pas d'un défaut technique, mais bel et bien de l'encrassement où j'étais quand la guerre a éclaté. C'est un ouvrage husserlien et c'est un peu écœurant quand on est devenu zélateur de Heidegger. Aussi mon roman me dégoûte un peu. J'essaierai de faire passer ce que je pourrai de ça dans le monologue de Mathieu que je dois refaire, mais je crains que l'ensemble ne fasse pas du tout existen-

dant la « drôle de guerre » et la captivité; juif et marchand de vêtements féminins à Paris, il est le modèle du personnage de Charlot Wroclaw dans *La Mort dans l'âme.*

1. Simone de Beauvoir écrit dans *La Force de l'âge* (p. 447) : « Le rythme des permissions s'accéléra. Sartre revint à Paris à la mi-avril, et nous reprîmes le cours de nos conversations. »

tiel. Heureusement que c'est fini. Mais j'envie le courage de types comme Kafka, qui pouvaient crier froidement à leurs amis : « Après ma mort, brûlez mes écrits. » Pour moi, si mécontent que j'en sois, il n'est pas question que le factum ne paraisse pas, puisque je l'ai achevé. Et c'est marrant parce que je le laisserai éditer avec un défaut essentiel, au lieu que je ne tolèrerais pas qu'il paraisse avec un défaut technique.

Par ailleurs je n'ai quasiment rien fait aujourd'hui parce que je commence un chapitre pour de bon, le chapitre Marcelle et ça c'est bien autre chose que du rafistolage. J'ai été ressaisi par cet écœurement que vous connaissez comme moi. Tous les prétextes m'ont été bons pour déserter le travail. [...]

* Le vendredi 26 avril [1940].

[...] J'ai donc assez longuement travaillé et j'aurai bientôt fini le chapitre de Marcelle. Je crois que son caractère est meilleur. En ce sens que je le fais moins fouillé et plus pathétique. En somme la première Marcelle c'était un rôle de composition avec traits de caractère comiques. À présent Marcelle c'est plutôt une situation : une femme malade, vieillie, qui se sent ratée, qui est obligée de rester chez elle à cause de sa santé, qui jalouse un peu Mathieu parce qu'il est bien portant et fait ce qu'il veut — sans féminisme, simplement par réaction contre sa condition de femme et de malade — ne pas se laisser dominer — et surtout qui désire passionnément un lardon pour donner un sens à sa vie, mais qui est prise au piège parce qu'ils ont convenu depuis longtemps qu'ils le feraient passer s'il y en avait un. En plus de ça elle se dégoûte elle-même parce qu'elle est malade, qu'elle sait qu'elle n'a pas de grâce, etc. Et surtout parce que sa vie est absurde. Elle est, elle aussi, à sa manière, *noire*, mais ce n'est pas une apparence[1]. Et puis elle est nouée : elle ne peut pas parler d'elle-même. Et elle aime beaucoup Daniel parce que Daniel c'est le seul qui parvienne à la faire s'intéresser à elle-même. Il me semble qu'avec le pathétique de la situation, ce caractère plutôt *typique* que particulier doit suffire. Qu'en pensez-vous ? Vous me direz sans doute qu'il faut voir. Et puis je maintiens un bout de conversation avec la mère mais leurs rapports seront très différents (je ne sais pas au juste ce qu'ils seront, ça n'est pas fait — mais en tout cas ça sera très court : six ou sept pages. Et le chapitre en tout n'en aura pas beaucoup plus de dix. Ça va-t-il ? Seulement alors je mets deux conversations téléphoniques Marcelle-Mathieu dans le cours du roman pour la rappeler (j'en ai déjà fait une) et puis, dans le chapitre 1, j'insiste sur les rapports Marcelle-Mathieu (ils se sont mis sur le plan de se dire tout mais il a construit tout seul sa lucidité, parce qu'il y était porté sans se rendre compte qu'elle ne le suivait pas). Ça va rétablir un peu les choses. Mais je suis content que ce roman soit fini : je ne l'écrirais plus comme ça. Vous m'avez frappé l'autre jour, en disant que vous aviez vu comme mon désir de penser le monde à moi tout seul s'*historialisait* à travers toute

---

1. Dans *La Force de l'âge* (p. 134), Simone de Beauvoir précise ceci sur la notion d'*apparence* que Sartre et elle avaient forgée : « Désormais, nous appliquâmes ce mot à tous les gens qui miment des convictions et des sentiments dont ils n'ont pas en eux le répondant : nous avions découvert, sous un nom différent, l'idée de *rôle*. »

ma vie. Et ça m'a peu frappé, vous l'oserai-je dire, en ce qui me concerne (on est modeste) mais frappé comme ce qui manquait à Mathieu. Il ne s'historialise pas. J'entends bien 1° qu'il est pris en période de crise, 2° que c'est dans les volumes suivants qu'il s'historialisera. Mais justement c'est la conception générale du livre qui est en question. Au fond il faut prendre les héros depuis l'enfance — ou user de trucs. [...]

* Dimanche 29 avril [1940].

[...] À propos : aimeriez-vous que j'intitule (mais vous allez crier. Figurez-vous que j'ai l'air sournois et confus et que je vous regarde de coin), aimeriez-vous que j'intitule la série complète des Mathieu : « La Grandeur. » Je sais, c'est folie et billevesée. Mais donnez-moi tout de même votre avis sans trop m'engueuler. Car finalement il s'agira plutôt de l'authenticité que de la liberté proprement dite. Envoyez-moi ce petit entrefilet de *Paris-Midi* : ici on ne reçoit jamais *Paris-Midi*[1].

[...] Marcelle avance, je crois qu'elle sera émouvante et un peu répugnante. Il me semble que c'est assez bon mais j'ai fait une telle erreur avec le Prologue, que je n'ose plus jurer de rien. [...] J'ai eu une idée de simplification en tout cas : la mère ne saura rien. Pourquoi tant compliquer à tort et à travers. Et d'ailleurs la mère apparaîtra à peine en fin de chapitre. Je me suis donné des nausées, hier soir, à force de décrire celles de Marcelle. Je tirais ma langue en arrière et j'avançais les lèvres, pour bien voir le mouvement. [...]

*1er mai [1940].

[...] je viens de finir le retapage du chapitre III et je le dactylographierai ce soir à neuf heures, après le sondage. J'avance à pas de géant. Si ça continue comme ça, j'aurai fini certainement le 1er juin. Pieter vous l'apportera en arrivant à Paris pour sa permission et il faudra tout de suite le donner à Parain pour qu'il le donne à Gallimard et à Paulhan. Non sans l'avoir relu toutefois. Et critiqué. Pour les critiques, elles seront sans doute de deux sortes : d'une part les mots à supprimer — ou passages. Vous savez il y en a toujours. Celles-là, vous pouvez y donner suite de vous-même. Vous avez un blanc-seing pour raturer, biffer, rayer tout ce que vous voudrez. Et puis celles plus conséquentes et vagues sur les passages qui « ne vont pas ». Celles-là, voici : vous serez gentille de les consigner tout au long par écrit et de

---

1. *Paris-Midi* du 25 avril 1940 avait publié en page 3, 1re colonne, dans la rubrique « En marge » signée « Le Veilleur », l'entrefilet suivant, sous le titre « Un lauréat pas ordinaire » :

« Malgré la guerre, les jurys littéraires ne désarment pas, et le Prix populiste vient d'être décerné à un écrivain du plus grand talent : J.-P. Sartre, auteur d'un recueil de longues nouvelles, intitulé *Le Mur*.

« Ce livre, qui fut accueilli à sa publication, avec des mouvements divers, est d'une force — et d'une audace — remarquable. Zola, dans ses descriptions les plus réalistes, apparaît comme un simple Berquin à côté de J.-P. Sartre.

« Le lauréat, qui est dans le civil professeur de philosophie, se trouve maintenant quelque part aux armées : il contemple les astres et mesure la vitesse des vents.

« Il écrit également, dit-on, son journal... qui paraîtra après la guerre. La lecture en sera, à coup sûr, fort savoureuse. »

me les envoyer et je ferai les corrections sur les épreuves pour
gagner du temps, car s'il fallait attendre mon passage à Paris
puis remporter à nouveau le manuscrit, le corriger et le renvoyer,
nous n'en finirions plus. Par ce moyen le livre doit pouvoir paraître
en octobre et sans doute être publié en feuilleton par la *N.R.F.*
dès juillet ou août[1]. Je n'ai plus qu'une cinquantaine de pages
à faire ou refaire : le chapitre Mathieu-Daniel — le chapitre Daniel-
Marcelle — le chapitre Marcelle seule — le chapitre Marcelle-
Mathieu. Voilà pour le mois de mai. [...]

★ Samedi 4 mai [1940].

[...] J'ai travaillé et j'ai eu l'excellente surprise après avoir tapé
comme ça, pour voir sur un texte plus net, cinq pages informes
de brouillon, de les trouver bonnes et définitives. Demain je
finis le monologue de Mathieu que j'ai fait résolument existentiel.
En somme il partira du point où Roquentin s'était arrêté. [...]

★ Lundi 27 mai [1940].

[...] J'ai aussi tapé dix pages à la machine. Ce roman, à travers
tant d'avatars, la paix, la « drôle de guerre » et la vraie guerre[2]
s'achemine doucement vers sa fin. Il y a des moments où ça me fait
comme à vous, maniaque et obstiné de l'écrire, quand les types
crèvent comme des mouches dans le Nord et quand le destin de
toute l'Europe est en jeu, mais que puis-je faire ? Et puis c'est
mon destin, mon étroit destin individuel et aucun grand épouvan-
tail collectif ne doit me faire renoncer à mon destin. J'ai donc
continué tous ces jours-ci, sauf dans les moments (vers le 18 et 19)
où vraiment j'étais trop sombre pour écrire. Je ne lui vois toujours pas d'avenir. Je m'y intéresse au présent. Penser qu'il sera
publié ou toute chose analogue, que des gens le liront, c'est à
cent lieues de mon esprit. Non, mais voilà : il faut qu'il soit fini
aux environs du 15 juin. C'est tout. C'est son seul avenir. Après
ça ne dépend plus de moi. Par force, me voilà assez pur quand
j'écris — je n'ai plus ces petites vanités et ces petits espoirs d'auteur dont je ne pouvais me défendre l'an dernier. Je suis aussi
pur que lorsque j'écrivais *La Nausée* ou les premières nouvelles
du *Mur*, tout à fait inconnu et sans savoir même si on me prendrait
mes livres. Mais c'est encore autre chose, ça fait plus « existentiel »
et plus sombre, c'est tout de même *contre* la faillite de la démocratie
et de la liberté, contre la défaite des Alliés — symboliquement —
que je fais l'acte d'écrire. Faisant jusqu'au bout « comme si »
tout devait être rétabli.

★ [Début juin].

[...] J'ai fort peu travaillé hier. Réflexion faite, je garde la
démarche de Mathieu pour le prêt des fonctionnaires, mais resser-
rée : 8 pages au lieu de 18, parce que ça ne fait pas mal, après la

---

1. Un pavé publicitaire paru dans *Les Nouvelles littéraires* du
30 décembre 1939 avait annoncé : « La N.R.F. publiera en 1940 [...] *L'Âge
de raison*, roman par Jean-Paul Sartre. » *La Nouvelle Revue française* (revue)
annonça ensuite à partir de mars 1940 et jusqu'en juin 1940 parmi les textes à
paraître très prochainement : « *L'Âge de raison* (fragments). »
2. L'offensive allemande sur la France avait commencé le 10 mai. Sartre
sera fait prisonnier le 21 juin.

conversation Daniel-Mathieu où on a envisagé sérieusement qu'il épouse Marcelle, de voir tout d'un coup ce type se précipiter chez un usurier pour lui demander l'argent, sans commentaire aucun. Je crois que j'ai raison. Mais vous jugerez. Il m'est venu une idée : mon dernier volume se passera tout entier *pendant une permission* de Mathieu. Qu'en pensez-vous ? Il y en aura bien assez d'autres pour décrire la guerre proprement dite. [...]

Fragment d'une lettre datée du 23 février 1940, adressée à Adrienne Monnier pour la remercier de l'envoi d'un numéro de La Gazette des livres, *bulletin qu'elle éditait. Ce fragment est cité par Simone de Beauvoir dans* La Force de l'âge, *p. 440, où elle le donne, par erreur, comme extrait d'une lettre à Jean Paulhan.*

Mon travail consiste ici à lancer des ballons en l'air, et à les suivre à la lorgnette ; ça s'appelle « faire un sondage météorologique ». Ensuite de quoi, je téléphone la direction du vent aux officiers des batteries d'artillerie qui en font ce qu'ils veulent. La jeune école utilise les renseignements, la vieille les met au panier. Ces deux méthodes se valent, puisqu'on ne tire pas. Ce travail extrêmement pacifique (je ne vois que les colombophiles, s'il y en a encore dans l'armée, pour avoir une fonction plus douce et plus poétique) me laisse de très grands loisirs que j'emploie à terminer mon roman. J'espère qu'il paraîtra d'ici quelques mois, et je ne vois pas trop ce que la censure pourrait lui reprocher, sinon le manque de « santé morale » ; mais on ne se refait pas.

PRIÈRE D'INSÉRER
(1945)

Sartre a rédigé le texte suivant pour présenter L'Âge de raison et Le Sursis :

Mon propos est d'écrire un roman sur la liberté. J'ai voulu retracer le chemin qu'ont suivi quelques personnes et quelques groupes sociaux entre 1938 et 1944. Ce chemin les conduira jusqu'à la libération de Paris, non point peut-être jusqu'à la leur propre. Mais j'espère du moins faire pressentir par-delà ce temps où il faut bien que je m'arrête, quelles sont les conditions d'une délivrance totale. En ce roman qui comprendra trois volumes, je n'ai pas cru devoir user partout de la même technique. Pendant la bonace trompeuse des années 37-38, il y avait des gens qui pouvaient encore garder l'illusion, en de certains milieux, d'avoir une histoire individuelle bien cloisonnée, bien étanche. C'est pourquoi j'ai choisi de raconter *L'Âge de raison* comme on fait d'ordinaire, en montrant seulement les relations de quelques individus. Mais avec les journées de septembre 1938, les cloisons s'effondrent. L'individu, sans cesser d'être une monade, se sent engagé dans une partie qui le dépasse. Il demeure un point de vue sur le monde, mais il se surprend en voie de généralisation et de dissolution. C'est une monade qui fait eau, qui ne cessera plus de faire eau, sans jamais sombrer. Pour prendre compte de l'ambiguïté de cette condition, j'ai dû avoir recours au « grand écran ». On retrouvera dans *Le Sursis* tous les personnages de *L'Âge de raison* mais perdus,

circonvenus par une foule d'autres gens. Je désirais à la fois
éviter de parler d'une foule ou d'une nation comme d'une seule
personne en lui prêtant des goûts, des volontés, et des représentations, à la manière dont en use Zola dans *Germinal,* et de la réduire
à la somme des éléments qui la composent. J'ai tenté de tirer
profit des recherches techniques qu'ont faites certains romanciers
de la simultanéité tels Dos Passos et Virginia Woolf. J'ai repris lr
question au point même où ils l'avaient laissée et j'ai essayé de
retrouver du neuf dans cette voie. Le lecteur dira si j'ai réussi.

Je demande qu'on ne juge pas mes personnages sur ces deux
premiers volumes dont l'un tente de décrire le marasme français
des années d'entre deux guerres et dont l'autre vise à restituer le
désarroi qui a saisi tant de gens au moment du sursis dérisoire de
Munich. Beaucoup de mes créatures, même celles qui paraissent
présentement les plus lâches, feront preuve plus tard d'héroïsme
et c'est bien un roman de héros que je veux écrire. Mais, à la
différence de nos bien-pensants, je ne crois pas que l'héroïsme soit
facile.

TEXTES COMPLÉMENTAIRES

Nous reproduisons in extenso *la seule interview que Sartre, à notre
connaissance, a donnée au moment de la sortie des deux premiers volumes
des* Chemins de la liberté. *Réalisée par un jeune journaliste enthousiaste,
Christian Grisoli, elle a été publiée dans* Paru, *n° 13, décembre 1945,
p. 5-10.*

Le Flore, à six heures du soir, tous feux allumés dans la brume
nocturne, est une plénitude sans fissure. On se presse autour des
tables, dans l'air épaissi de fumées et de voix. Des visages à la
fois inconnus et vaguement familiers — c'est le visage même,
ambigu, de la « gloire » — flottent sur les banquettes, au centre
de groupes plus compacts et plus discoureurs. Des chaises surgissent
dans les allées, pour les retardataires. Ils s'asseyent. Leur corps
les gêne. Ils se sentent volumineux et indiscrets, inutiles spectateurs
d'on ne sait quel spectacle.

Sartre vient d'entrer, aussitôt accueilli de signes et d'appels. On
le hèle, on l'aborde, on le suit. Il résiste. Je lui sais gré de préserver
l'entretien qu'il a bien voulu m'accorder. Nous nous trouvons
enfin assis dans un coin retiré de la salle du premier étage, non
loin d'un couple paisiblement enlacé.

Philosophe, romancier, dramaturge, critique, journaliste, capable
de s'exprimer sur tous les modes avec un bonheur égal, Sartre
est là, simple et cordial, ouvert à toutes les questions, l'esprit
foisonnant, la parole nette et brève, qui d'emblée cerne l'idée
d'un contour sans bavure.

« Comment allez-vous ? Et cette question très banale a une
très précise signification pour qui était hier à votre conférence[1].

1. Conférence intitulée « L'existentialisme est-il un humanisme ? » donnée
par Sartre au Club Maintenant, salle des Centraux, rue Jean-Goujon, le
29 octobre 1945, et publiée par la suite sous le titre *L'Existentialisme est un
humanisme* (Nagel, 1946).

— J'ai bien failli, en effet, y périr étouffé. J'espère au moins que cette foule... chaleureuse n'était pas faite que de snobs, de snobs pour et de snobs contre, curieux de la bête curieuse, du mauvais maître, du philosophe pernicieux, comme chante le chœur des bien-pensants. J'avais à cœur de dissiper les malentendus que les gens qui lisent mal répandent parmi ceux qui ne lisent pas. Il peut sembler étrange qu'il faille démontrer l'évidence...

— Non, certes, quand on songe à quel mur d'incompréhension et de mauvaise foi vous vous heurtez.

— On nous reproche avec obstination, à nous existentialistes, notre pessimisme, la noirceur de notre " philosophie du désespoir ". Ce reproche est bien surprenant. C'est au nom de la sagesse commune qu'on nous juge. Or quelle est l'idée de l'homme que cette sagesse nous propose ? Voyez ses proverbes, ses préceptes, ses histoires et ses fables. Tous nous montrent l'homme capable du pire, porté au pire par sa nature. Et que dit-elle, la sagesse des Nations, devant les faiblesses, les lâchetés, les vilenies, les bassesses des hommes[1] ? Non pas : " C'est répugnant ! " mais " C'est humain ! " comme s'il y avait en l'homme une corruption essentielle, irrémédiable, qui lui serait une excuse. Nous disons, nous, qu'il n'y a pas de nature humaine, qu'il n'y a pas d'essence éternelle et immuable de l'homme, possibilité abstraite, idée platonicienne qui déterminerait les existences singulières. Nous disons qu'en l'homme la liberté précède l'essence, qu'il crée son existence en agissant, qu'il est ce qu'il se fait par son choix, qu'il lui appartient de se choisir bon ou mauvais et qu'il est toujours responsable. Philosophie du désespoir ? Oui, sans doute, dans la mesure où nous n'accordons aucun sens aux espoirs transcendants des métaphysiques et des religions. Il n'y a pas de voie toute tracée qui mène l'homme à son salut. Il lui faut sans cesse inventer son chemin. Mais, pour l'inventer, il est libre, responsable, sans excuse, tout son espoir est en lui. J'ai rencontré ce matin quelqu'un qui m'a reproché mon optimisme. Enfin !

— Quel est, dans cette perspective, le sens que vous donnez aux notions de délaissement et d'angoisse dont on fait aujourd'hui un si irritant abus ?

— Ce sont là des notions toutes simples et que livre immédiatement la réflexion. L'homme est libre. C'est lui qui fait qu'il y a un monde. Il est responsable de lui-même et du monde. Il décide, par son choix, de son sens. Il ne peut refuser de choisir, puisque ce refus est lui-même un choix. Et il doit choisir seul, sans aide et sans recours. Rien ne lui vient du dehors qu'il puisse recevoir ou accepter. Il doit se faire lui-même jusque dans le moindre détail : c'est son délaissement — conséquence de sa liberté. Quant à l'angoisse, c'est la prise de conscience de cette liberté, la reconnaissance que mon avenir est ma possibilité, qu'il dépend de moi de le soutenir dans l'existence, que je ne suis séparé de lui que par ma liberté. Il n'y a rien là d'écrasant pour l'homme, comme on le dit trop souvent. Bien au contraire.

— Que pensez-vous du procès de moralité que, chaque jour, on vous intente à propos de *L'Âge de raison* et du *Sursis ?* Vos

---

1. Simone de Beauvoir a développé ces arguments dans « L'Existentialisme et la sagesse des nations », *Les Temps modernes*, n° 3, décembre 1945, p. 385-404.

personnages sont menés par leurs plus ignobles instincts. Ils mijotent dans l'ordure. L'homme de Sartre est l'homme du bas-ventre, etc...

— Je pense que ce qui rend surtout mes personnages gênants, c'est leur lucidité. Ce qu'ils sont, ils le savent, et ils choisissent de l'être. Hypocrites ou aveugles, ils seraient plus acceptables. On s'est ému qu'une histoire d'avortement soit au centre de *L'Âge de raison*. Bien à tort. Car, enfin, en 1938, on poursuivait l'avortement : c'est donc qu'il existait. Pourquoi se crever volontairement les yeux ? Les statistiques montreraient sans doute qu'il y a plus d'avortements en un an que d'employés de tramway. Qui s'inquiéterait d'un roman sur les employés de tramway ? Mais je vais plus loin : oui, sans doute, Mathieu est coupable de refuser l'enfant. Mais on peut trouver à ce refus des raisons avouables : peur de compromettre Marcelle, de peiner sa mère... Ceux qui s'indignent n'ont-ils pas rencontré dans le monde, comme on dit, des femmes qui refusaient leur enfant pour la seule raison qu'il était plus commode pour elles de n'en pas avoir ? Oui, Mathieu est coupable. Mais sa véritable faute n'est pas où on l'a vue. Elle est moins dans l'avortement qu'il propose à Marcelle que dans son engagement sans amour huit ans auparavant. Ou plutôt Mathieu ne s'est pas engagé véritablement à l'égard de Marcelle. Non parce qu'il ne l'a pas épousée : le mariage est à mes yeux un acte indifférent, il n'est que la forme sociale de l'engagement. Mais parce qu'il savait bien que cette liaison n'était pas véritablement une entreprise à deux. Ils se voient quatre fois par semaine. Ils disent qu'ils se disent tout : en réalité, ils ne cessent pas de se mentir, parce que leur rapport même est faux et menteur.

— Il y a dans *Le Sursis* un thème, un épisode où l'on se plaît à ne voir qu'obscénité gratuite : c'est celui des potteaux. Quelle est, dans votre pensée, sa vraie signification ?

— Là encore je n'ai rien inventé et je tiens de bonne source que les rapports de malade à infirmière sont souvent ceux qui lient Charles à Jacqueline[1]. Je crois qu'il y a là une chose très importante et très profonde, comme une réaction de défense, comme un défi. Un homme est son projet, son avenir. Charles n'est pas un homme, parce qu'il est l'avenir des autres. Il est un objet, il est un pot de fleurs. Sa vie sans avenir est une vie morte, privée de sa dimension essentielle : celle des actes. Voilà pourquoi il est tenté d'établir avec ces verticaux qui sont comme le visage de sa servitude des rapports qui les réduisent eux-mêmes au rang d'instruments, des rapports humiliants, des rapports par le bas. De même, je sais que la scène de l'évacuation des malades a soulevé l'estomac des bien-pensants. Et, pourtant, je pense que, dans cet univers où règne la nécessité naturelle, cet effort de Charles pour vaincre son corps, pour en surmonter les besoins, est un effort émouvant pour accéder à l'humain.

— Le dévoilement et l'élucidation de la liberté sont au cœur de *L'Être et le Néant*. Le problème de la liberté est aussi le principal objet de votre roman. En quel sens ?

— L'homme est libre au sens le plus plein et le plus fort. La liberté n'est pas en lui comme une propriété de son essence humaine. Il n'est pas d'abord, pour, ensuite, être libre. Il est libre par cela seul qu'il est. Il n'y a pas de distance entre son être et sa liberté.

1. Voir *Le Sursis*, var. *b*, p. 921.

Mais cet homme qui est ainsi condamné à la liberté, il doit pourtant se libérer, parce qu'il ne se reconnaît pas immédiatement comme libre ou parce qu'il se trompe sur le sens de sa liberté. Ce cheminement de l'homme libre vers sa liberté, c'est le paradoxe de la liberté et c'est aussi le thème de mon livre. Il est l'histoire d'une délivrance et d'une libération. Mais il n'est pas achevé. *L'Âge de raison* et *Le Sursis* ne sont encore qu'un inventaire des libertés fausses, mutilées, incomplètes, une description des apories de la liberté. C'est seulement dans *La Dernière Chance* que se définiront les conditions d'une libération véritable.

— Ne faut-il pas voir dans Mathieu et Brunet, sur ce plan de la liberté manquée, deux pôles ?

— Exactement. Mathieu incarne cette disponibilité totale que Hegel appelle liberté terroriste et qui est véritablement la contre-liberté. Il ressemble à Oreste au début des *Mouches,* sans poids, sans attache, sans lien au monde, flottant comme un fil de la Vierge. Il n'est pas libre parce qu'il n'a pas su s'engager. Il ne s'est pas engagé vraiment à l'égard de Marcelle, puisqu'il n'a pas su construire avec elle une vie pour deux. Il ne s'est pas engagé dans la guerre d'Espagne, sous prétexte que ce n'était pas son entreprise. Mais il n'y a pour moi d'entreprise que si je commence à faire. La guerre d'Espagne serait devenue la sienne s'il était parti. Il est bien le frère de l'ouvrier qu'il rencontre au début de *L'Âge de raison,* qui a eu peur, qui est resté et qui a honte. Mathieu ne s'engage pas davantage dans la guerre qui devient sa guerre, par cela même qu'il l'accepte. Il l'accepte, mais il ne la revendique pas comme sienne. Il se sent exclu de l'aventure historique qui se joue. Il pense ses compagnons de mobilisation comme des morts ou comme des survivants : par là même il s'en sépare. Mathieu, c'est la liberté d'indifférence, liberté abstraite, liberté pour rien. Mathieu n'est pas libre, il n'est rien, parce qu'il est toujours dehors.

— Et Brunet ne l'est pas davantage parce qu'il est toujours dedans ?

— Brunet incarne l'esprit de sérieux, qui croit aux valeurs transcendantes, écrites au ciel, intelligibles, indépendantes de la subjectivité humaine, posées comme des choses. Pour lui, il y a un sens absolu du monde et de l'histoire qui commande ses entreprises. Brunet s'engage parce qu'il faut une certitude pour vivre. Son engagement n'est qu'une obéissance passive à cette exigence. Il se délivre à peu de frais de l'angoisse. Il n'est pas libre. L'homme est libre pour s'engager, mais il n'est libre que s'il s'engage pour être libre. Il y a une autre vie militante que celle de Brunet. Mais Brunet est un militant qui manque sa liberté.

— Vous avez donné comme titre à votre livre *Les Chemins de la liberté.* Si ces chemins ne sont pas des impasses, ils doivent mener quelque part. Où mènent-ils ?

— Ils mènent effectivement les personnages à leur liberté. Mathieu trouvera son amour et son entreprise. Il s'engagera d'un engagement libre, qui donnera au monde un sens pour lui. Ce sera le sujet de *La Dernière Chance.*

— Mais de *L'Âge de raison* au *Sursis,* progresse-t-il ?

— Non. Mais il achève de se libérer de son passé. Quand le sursis s'achève, ses affaires sont en ordre, son compte est réglé. Marcelle ne pèse plus dans sa vie. Il a préféré à Ivich une fille de rencontre. Il est seul, il est prêt pour sa liberté.

— En somme, le sursis, ce n'est pas seulement le sursis dérisoire de Munich, c'est aussi le sursis que vous demandez pour vos personnages ?

— Oui, car rien, jamais, n'est donné. On ne naît pas héros ou lâche comme on naît petit ou roux. On se choisit héros ou lâche, et ce choix peut toujours être remis en question. Mes personnages sont en suspens. Il n'y a pas un sens absolu, pour toujours fixé, de leur conduite. C'est leur avenir qui décidera de la signification de leur passé, qui le sauvera s'ils se sauvent. Il est trop tôt pour les juger.

— Il est courant — et la liaison devient presque habituelle — qu'on rapproche votre œuvre de celle de Camus. Que pensez-vous de ce rapprochement ?

— Il repose sur une confusion grave. Camus n'est pas un existentialiste. Bien qu'il se réfère à Kierkegaard, à Jaspers, à Heidegger, ses vrais maîtres, ce sont les moralistes français du XVIIe siècle. Il est un classique, un Méditerranéen. Je dirais de son pessimisme qu'il est solaire, en pensant à ce qu'il y a de noir dans le soleil. La philosophie de Camus est une philosophie de l'absurde, et l'absurde naît pour lui du rapport de l'homme et du monde, des exigences raisonnables de l'homme et de l'irrationalité du monde. Les thèmes qu'il en tire sont ceux du pessimisme classique. Il n'y a pas pour moi d'absurde au sens de scandale et de déception où l'entend Camus. Ce que j'appelle absurde est chose très différente : c'est la contingence universelle de l'être, qui est, mais qui n'est pas le fondement de son être ; c'est ce qu'il y a dans l'être de donné, d'injustifiable, de toujours premier. Et les conséquences que je tire de ce caractère de l'être se développent sur un plan tout différent de celui où se tient Camus, qui est celui d'une raison sèche et contemplative, à la française.

— On vous reproche souvent de vous parer des « oripeaux » du marxisme. Pensez-vous que ce reproche soit fondé ?

— Ma position à l'égard du marxisme est claire. Je le tiens pour une philosophie située, solidaire de la physique newtonienne, de l'évolutionnisme darwinien, d'une biologie vitaliste. Cette physique, cet évolutionnisme, cette biologie sont aujourd'hui dépassés. Pourquoi le marxisme leur survivrait-il, clos sur soi, immuable comme un dogme ? Il est une philosophie ouverte, et, en ce sens, je suis marxiste, puisque je suis d'accord avec Marx sur cette position fondamentale que l'homme fait son histoire en situation. Il y a un donné, il y a des conditions de l'histoire. Mais seule peut en déduire une négation de la liberté une pensée qu'égare la nostalgie d'un être plein et sans faille, une pensée qui refuse d'admettre qu'il y a du néant.

— Puisque vous êtes habitué à vous entendre qualifier de mauvais maître, vous ne serez pas surpris que je vous pose l'irritante question de vos disciples.

— Je n'ai pas de disciples et je ne souhaite pas d'en avoir. Comme tous les professeurs de philosophie, j'ai eu des élèves, des élèves qui ont utilisé, en en faussant le sens, les thèmes que je leur proposais. Je dis qu'il faut être lucide, mais d'une lucidité qui n'est pas à elle-même sa propre fin, d'une lucidité pour. Certains ont tiré de cette exigence un cynisme complaisant et facile, comme si la conscience que l'on prend de sa bassesse suffisait à vous justifier de vous passer toutes vos petites envies. Je pourrais multiplier les exemples.

— À quoi travaillez-vous en ce moment ?

— Vous savez que *L'Être et le Néant* s'achève sur l'exigence et la promesse d'une éthique. C'est à cette morale de l'existentialisme que je travaille en même temps qu'à *La Dernière Chance*.

— N'avez-vous pas une pièce en préparation ?

— En effet, et dont les personnages ont déjà parcouru, eux, le chemin de la liberté. L'action se passe dans un maquis, et la pièce a pour thème ce que j'appellerai, faute d'un mot meilleur, l'héroïsme[1]. Je m'efforcerai de montrer ce qu'il y a dans l'héroïsme de total, comme je montrerai, dans un prochain numéro des *Temps modernes*, ce qu'il y a de total dans l'antisémitisme, qui implique une position non seulement par rapport aux juifs, mais par rapport aux enfants et aux arbres. Je m'efforcerai aussi d'élucider le rapport très complexe qui lie, dans la torture, le bourreau et la victime, le bourreau ayant besoin de croire à la bassesse de sa victime pour se sentir justifié, la victime, inversement, ayant besoin de croire à sa dignité pour n'être pas définitivement vaincue par son bourreau. La torture, c'est vraiment la lutte à mort des consciences. »

Nous descendons. Nous entrons de nouveau dans ce bloc massif et clos de lumières, de rumeurs, de fumées. Je prends congé.

Sartre est notre attente, une attente dont nous sommes sûrs que toujours elle sera comblée.

CHRISTIAN GRISOLI.

Sous le titre « New Writing in France », le magazine américain Vogue *(juillet 1945, p. 84-85) a publié un article de Sartre qui reprenait le thème de l'une de ses conférences aux États-Unis en 1945. Ce texte n'ayant jamais paru en français, nous le retraduisons ici* in extenso *de l'américain.*

NOUVELLE LITTÉRATURE EN FRANCE

Ce serait une erreur de penser que les lettres françaises tout entières ont été jetées dans la confusion par ces quatre années de combat, d'espoir et de désespoir, d'humiliation et de fierté. La littérature d'une période donnée est un phénomène complexe, dans lequel des survivances et des traditions coexistent avec des expériences neuves et des idées originales. Ainsi il y a des tendances, des mouvements qui ont donné son expression particulière à la pensée d'avant-guerre et qui, provisoirement ou de façon définitive, ne sont plus représentés aujourd'hui.

Une certaine préciosité joueuse, un optimisme enjoué, une manière assez superficielle de prendre le lecteur à témoin, ces traits qui étaient comme la bonne humeur de notre littérature ont disparu avec Giraudoux, sans doute pour longtemps. La guerre a dispersé les surréalistes et, bien que leur influence sur la poésie demeure profonde, à proprement parler il n'y a plus actuellement de mouvement surréaliste en France. Gide, longtemps absent, violemment attaqué, et d'ailleurs ne s'exprimant plus guère, a perdu presque toute son influence sur la jeunesse : sa philosophie, qui convenait à l'époque heureuse d'avant l'autre guerre, ne peut être d'aucun secours en nos temps de misère.

---

1. *Morts sans sépulture* (1946).

Mais, en même temps que ces disparitions, il faut souligner une certaine continuité : les mouvements qui furent si éclatants entre 1920 et 1930 survivent aujourd'hui, ralentis, fatigués, ayant perdu leur pertinence. Cela est d'abord une affaire de générations : les événements n'ont que partiellement affecté nos plus célèbres écrivains, qui ont plus de soixante ans. Ils pouvaient *donner* leur temps, leur argent, leurs actions à la Résistance ; ils ne pouvaient que *prêter* leur esprit. Immédiatement après la Libération, ils ont repris leurs habitudes de pensée.

La guerre et nos malheurs ont donné à plusieurs écrivains de la nouvelle génération un goût pour la vieille théorie de l'Art pour l'Art — mais rajeunie, plus grave et enveloppée de métaphysique. La peur, l'horreur et le désespoir ont incliné les âmes les moins touchées vers un pessimisme absolu qui se tient à l'écart des entreprises humaines.

Parmi les écrivains dont l'œuvre reflète ce dégoût pour l'époque, je pense spécialement à Georges Bataille, qui a environ quarante ans et dont l'ouvrage récent, *L'Expérience intérieure*, a eu un certain succès ; et à Maurice Blanchot, un curieux écrivain, excellent critique littéraire, et ami intime de Bataille. Grand admirateur de Mallarmé, Blanchot compare ses poèmes à ces « atomes de silence » dont parle Valéry, et il aspire à faire pour le roman ce que l'auteur de *L'Après-midi d'un faune* a fait pour la poésie. Blanchot a écrit d'étranges romans, *Thomas l'Obscur* et *Aminadab*, qui se déroulent dans un monde entièrement imaginaire, et dont les héros ne ressemblent *que lointainement* aux hommes ; les événements qui s'y produisent *ont l'air* d'être symboliques, mais en fait ne le sont pas.

Et je comparerai volontiers ces œuvres sombres et secrètes à *Antigone*, la dernière pièce de Jean Anouilh, notre auteur dramatique le plus vanté. Anouilh propose un dilemme : il nous faut choisir entre Créon et Antigone. Si l'on ne veut pas profiter de la méchanceté des hommes ni leur imposer un ordre rigoureux par la tromperie, la violence et le mensonge, comme fait Créon, alors il faut s'exposer volontairement à la mort, comme fait Antigone. Anouilh a été accusé de prendre le parti des fascistes, parce qu'il avait peint Créon avec trop de complaisance, mais en réalité sa sympathie va à Antigone et au suicide. Et il faut bien dire que les rigueurs de notre temps, les maux sociaux, le contact quotidien avec le Mal, ont donné naissance en France à une littérature du suicide.

Heureusement, ces ouvrages, par leur nature même, sont sans postérité. Il y a une autre littérature en train de naître qui porte tout l'espoir pour l'avenir, bien qu'elle soit étroitement liée à nos plus anciennes traditions. Cette littérature est le résultat de la Résistance et de la guerre ; son meilleur représentant est Albert Camus, qui a trente ans. Pour lui, comme pour la majorité des jeunes écrivains d'aujourd'hui, la Résistance a été une éducation. Elle leur a appris que la liberté d'écrire, comme la liberté elle-même, doit être défendue par les armes en certaines circonstances, et que la littérature par conséquent n'est pas une activité gratuite menée indépendamment de la politique, mais au contraire, en ces temps présents, une activité étroitement liée au fonctionnement des institutions démocratiques. En effet, pour qu'un auteur puisse écrire, il doit être libre, et il doit s'adresser à des hommes libres.

En publiant de nombreux articles clandestins, souvent dans des circonstances dangereuses, pour fortifier les gens contre les Allemands ou pour les encourager, ils ont pris l'habitude de penser qu'écrire est un acte, et ils ont acquis le goût de l'action. Loin de prétendre que l'écrivain n'est pas responsable, ils demandent qu'il soit en tout temps prêt à payer pour ce qu'il écrit. Dans la presse clandestine il n'y avait pas une ligne qui pût être écrite sans mettre en danger la vie de l'auteur ou de l'imprimeur ou de ceux qui distribuaient les tracts de la Résistance; ainsi, après l'inflation des années de l'entre-deux-guerres, où les mots semblaient du papier-monnaie pour lequel personne ne pouvait payer en or, le mot écrit a retrouvé son pouvoir.

Pour Camus, pour Leiris, pour Jean Cassou, pour tous les jeunes écrivains, parler est une affaire sérieuse; écrire, une affaire plus sérieuse encore. Et comme ils savent que leurs œuvres *engagent* nécessairement le lecteur, ils veulent s'engager eux-mêmes complètement dans leurs œuvres. C'est pourquoi il est tellement question de « littérature engagée » en France aujourd'hui. Ces jeunes écrivains sont rattachés à des hommes comme Bataille et Blanchot par un profond pessimisme; ils en sont venus à connaître la réalité du Mal.

La stupéfaction, l'indignation que les Américains ressentent devant les corps torturés de Buchenwald, nous les avons ressenties depuis longtemps. Pendant quatre ans les jeunes gens de France et même les enfants de France ont su ce dont l'homme est capable. Quatre années de combat sans gloire et sans espoir dans un pays humilié par la défaite leur ont appris que le monde est dur et injuste, que les meilleurs furent ceux qui ont souffert le plus, qui sont morts en premier; que dans la guerre la mort frappe au hasard, mais que dans la Résistance elle *choisissait*. Ceux qui survivent aujourd'hui savent que la guerre a abattu l'élite du pays.

Ainsi les livres de Camus sont profondément sombres. Ses premiers ouvrages, *L'Étranger* et *Le Mythe de Sisyphe,* sont conçus pour montrer que le monde est « absurde » et que l'homme est délaissé, sans secours, sans espoir, sans Dieu. Aucune justice, aucun ange n'était présent à l'agonie de ceux qui furent torturés à Fresnes ou à Oradour; et ceux à qui la douleur arracha des aveux sont morts dans le désespoir, chargés d'une honte qu'ils n'avaient pas méritée. Mais au rebours du désespoir de Blanchot, le pessimisme de Camus et de ses camarades est sain et constructif. C'est quand il a perdu tout espoir que l'homme se trouve lui-même, car il sait alors qu'il ne peut s'appuyer sur rien d'autre que sur lui-même. La présence constante de la mort, la menace permanente de la torture ont fait mesurer à des écrivains comme Camus les pouvoirs et les limites de l'homme.

« Parlerais-je si j'étais torturé ? » Une telle question, pour nos pères et nos grands-pères, était complètement abstraite; elle était comme un jeu de l'esprit. Et ainsi sont-ils morts sans connaître leurs possibilités ultimes. Pour Camus et tous les autres, au contraire, cette question était concrète. Elle les a hantés en permanence. Et lorsqu'on considère la nature humaine de cette perspective extrême, on a des chances d'en avoir une vue entière. De sorte que les nouveaux écrivains ne sont pas seulement préoccupés du psychologique et du social; ils se préoccupent avant tout de l'homme total, de l'homme métaphysique, et c'est en lui qu'ils placent leur confiance. Ils sont les vrais romanciers et poètes de la liberté — car, après tout, la plupart de ceux qui furent torturés n'ont pas parlé. Ainsi, dans l'extrémité de la souffrance, il y a encore place pour le règne de l'humain.

En ce sens, l'écrivain d'avant-guerre qui est le mieux adapté au présent et qui reprendra tout naturellement sa place d'honneur à nos yeux est André Malraux, qui n'a rien publié en France depuis cinq ans, qui a commandé un groupe de maquisards, qui a combattu en Allemagne. Lui aussi a montré l'homme affrontant la mort et la torture jusqu'aux limites de son courage et de sa liberté. Pourtant Malraux est un romantique de l'action; ses engagements volontaires ont toujours été un peu gratuits — on pourrait dire qu'il lui importe presque uniquement de braver la mort et le Mal, et que le but final lui est indifférent.

Chez Camus, au contraire, il y a une sorte d'humilité. Il a connu le long passage du temps dans la Résistance, l'attente démoralisante, futile, les tentatives qui échouaient cent fois et qui étaient recommencées cent fois. Il a appris la patience; il sait qu'un homme ne peut pas beaucoup. Et pourtant c'est cette contribution infinie de chaque homme à la lutte qui, pour lui, confirme la prééminence de l'esprit humain sur le monde « absurde ».

Rien n'illustre mieux cela que le grand mythe présenté dans le livre qu'il va bientôt publier, *La Peste*. L'épidémie ravage Oran; les autorités algériennes décident d'isoler la ville. Dans la ville agonisante où bientôt aucune âme ne survivra, un médecin reste. Et le médecin *se révolte*. Il se révolte contre la maladie, contre la mort, contre le monde. La révolte ne se perd pas en vaines et sublimes imprécations contre le ciel; elle consiste simplement à s'occuper des malades. Il les soigne sans espoir, sans aide, sans médicaments, car tout a été épuisé. Mais il continue de les visiter, de les soigner avec les moyens qui restent. Et ainsi, en faisant son boulot simplement et sans illusions, il défie le Mal et l'Univers, il affirme envers et contre tout la prééminence de l'esprit humain. C'est cette croyance en l'action austère, modeste et utile qui distingue Camus et sa génération de Malraux.

Tout naturellement, du moment qu'écrire est une action, Camus est passé de la Résistance au journalisme politique. Les éditoriaux qu'il écrit dans *Combat* défendent les mêmes idées : la politique ne doit pas être réaliste. Le réalisme détruit l'idée même d'humanité, car il est une soumission aux choses. En 1940, après la défaite française, être réaliste c'était prêcher la collaboration avec l'Allemagne. Et, en même temps, c'était trahir. Les hommes, au contraire, qui défendaient la fidélité aux traités contre tout espoir, ceux-là étaient comme le médecin qui continue son travail dans une ville à demi morte. Et ainsi le véritable homme d'État est celui qui, par des actions modestes et efficaces, aspire à affirmer en toutes circonstances le règne de l'homme.

Cette sombre, cette pure austérité se révèle dans l'art de Camus par une très nette tendance à retourner au classicisme, dont la sévérité et l'économie de moyens lui conviennent. Il place ses espoirs en une littérature de retenue, sans éclats désordonnés; il voudrait qu'une liberté humaine qui contrôle, projette, met de l'ordre, se fasse sentir à tout moment dans son écriture. La pièce qu'il a présentée l'année dernière au Théâtre des Mathurins, *Le Malentendu*, est conçue dans le style des tragédies du XVIIᵉ siècle, bien qu'elle ne soit pas écrite en vers. Les trois unités sont respectées; les personnages — en petit nombre — sont présentés en état de crise ; le langage est dur et beau, le dialogue est tendu. Ainsi ces œuvres nouvelles, nées du désastre et d'une situation sans précédent, semblent ouvrir le chemin qui retourne à la grande tradition.

Il s'agit véritablement d'un retour au classicisme. Après la guerre de 1914, comme l'a dit Thibaudet, nous avons vu un phénomène de décompression. C'est cette détente anarchique, cette brusque explosion de liberté qui a donné à la France son épanouissement d'après la guerre : Giraudoux, les surréalistes, Cocteau même. Mais l'après-guerre de 1945 ne s'accompagnera pas de détente. La France restera épuisée pour longtemps ; pendant vingt ans, peut-être trente, elle sera absorbée par la tâche sévère et ingrate de reconstruire ses villes ruinées, ses usines détruites. Et cette littérature volontaire, décidée, qui semble avoir fait un vœu de pauvreté, correspond parfaitement à une entreprise aussi terne, appliquée et modeste. La génération qui a brillé dans les années de l'entre-deux-guerres va bientôt passer à l'arrière-plan ; les œuvres de pur désespoir dont j'ai parlé plus haut, réactions excusables aux duretés de notre époque, ne laisseront guère de postérité. Mais il est probable que dans l'œuvre sombre et pure de Camus se puissent discerner les principaux traits des lettres françaises de l'avenir. Elle nous offre la promesse d'une littérature classique, sans illusions, mais pleine de confiance en la grandeur de l'humanité ; dure, mais sans violence inutile, passionnée mais retenue... une littérature qui s'efforce de peindre la condition métaphysique de l'homme tout en participant pleinement aux mouvements de la société.

DOSSIER DE PRESSE

L'Âge de raison et *Le Sursis* ayant été mis en vente simultanément, la quasi-totalité des comptes rendus traitent des deux volumes en même temps.

Compte rendu d'Émile Henriot dans Le Monde, *17 octobre 1945.*

Des bêtes menées par leurs instincts recouverts de mots mensongers — voilà ce que nous sommes d'après M. Jean-Paul Sartre, professeur d'existentialisme et à ce titre maître admiré d'une partie de la jeunesse d'aujourd'hui. [...] Je préviens d'abord le lecteur qu'il s'agit d'un livre écœurant, le talent (indéniable) de cet écrivain aimant à jouer dans l'ignoble et le vénéneux. [...] Une immonde odeur de latrines s'exhale de son livre, à donner la nausée à la plus intrépide infirmière. J'aimerais mieux ne pas m'appesantir sur tant de bile remuée et de dégoûtantes images, mais il faut produire un exemple, qui, j'imagine, suffira. Pour peindre la disposition de Mathieu penché sur Ivich ivre morte, M. Sartre ne craint pas d'écrire : « Une aigre petite odeur de vomi s'échappait de sa bouche si pure. Mathieu respira passionnément cette odeur. » Je m'excuse auprès du lecteur, mais je suis là pour parler du livre dont tout le monde parle déjà, et je suis bien forcé de dire ce qu'il y a dedans.

Le Sursis est d'un intérêt plus général. [...] Il résulte de ce procédé un récit haché, coupé et tourbillonnant comme un film qui serait

entièrement tourné ou monté en surimpressions. [...] Le jeu, de
virtuosité pure, est pratiquement sans valeur; et il prête à un confu-
sionnisme tout gratuit. [...]

Compte rendu de Claude-Edmonde Magny dans Clartés, *n° 17,
19 octobre 1945.*

[...] À travers la crise fort concrète que raconte *L'Âge de raison*,
il lui apparaît [à Mathieu] que c'était là [la disponibilité totale
pour un acte libre et réfléchi qui engagerait toute sa vie] un espoir
chimérique : il a attendu vainement quelque chose qui ne pouvait
lui venir de cette façon. (L'une des plus profondes nouvelles de
Henry James, *La Bête de la jungle* a un thème identique.) [...] Sartre
réussit [dans *Le Sursis*] à nous présenter ses personnages, non
plus comme les héros du roman traditionnel, avec des frontières
bien délimitées, mais comme des consciences brutalisées, écorchées
comme des peaux de lapin, dépouillées par l'approche de la mort
et le flot véhément des émotions collectives de leur certitude
orgueilleuse d'être uniques, irremplaçables.
Mais ce n'est là encore qu'une étape vers la liberté véritable :
les héros du *Sursis* se dissolvent, s'émiettent, se laissent aller au
fil des événements; ils se déprennent d'eux-mêmes sans pour
cela devenir positivement libres. [...]
Ainsi ces deux volumes si copieux réussissent à nous laisser sur
notre faim : grâce à leur dialectique, menée avec une impitoyable
rigueur (parfois aux dépens de l'intérêt proprement romanesque)
nous savons maintenant ce que n'est pas la liberté : nous attendrons
sans trop d'impatience que le troisième volume de la trilogie
fasse paraître avec évidence devant nous ce qu'elle est et vienne
nous offrir, à nous aussi, « la dernière chance ».

*Long compte rendu navré et moralisant d'André Rousseaux, en deux parties :
« Les esclaves de Jean-Paul Sartre »,* Le Figaro, *20 octobre 1945;
« Les prisonniers de Jean-Paul Sartre »,* Le Figaro, *27 octobre 1945.*

[...] Pour cet écrivain qui fait ce qu'il veut de sa plume, il restait
à s'affirmer par un grand roman, un de ces romans copieux et
foisonnants comme on en voyait naître naguère en Amérique, en
Angleterre ou en Scandinavie, et comme la France en produit de
plus en plus. [...] Quand Sartre écrit *Huis clos*, nous avons le sentiment qu'il a travaillé pour l'immortalité (au moins relative); quand
il publie *L'Âge de raison* et *Le Sursis*, il nous semble lire un ouvrage
d'actualité. [...] Mais dans le monde viscéral où M. Sartre fait
errer des êtres sans conscience, y a-t-il place pour le cœur, ce
viscère noble ? [...] La vieille locution de fatalité de la chair est
beaucoup trop faible, d'ailleurs, si l'on aborde ce domaine dans
l'œuvre de Jean-Paul Sartre. C'est le royaume des muqueuses,
l'empire des sécrétions, la physiologie la plus répugnante élevée
à la hauteur de l'œuvre d'art. [...] L'ingéniosité de M. Sartre est
immense. Son talent fait tout ce qu'il veut, disions-nous. Même
trop. Des deux premiers volumes de son grand roman, tout le
premier est une suite de scènes et de dialogues où une intelligence
de première force amène les personnages qu'elle veut pour poser,
discuter, commenter les questions qu'elle veut : c'est l'intellectuel
au plus haut point. Avec l'inévitable décor de boîtes de nuit et de
cafés de Montparnasse, pour meubler ce désert d'âmes de son

vacarme et de sa désolation. [...] Nous sommes tout de même quelques-uns à avoir cherché ailleurs que sur les banquettes de café nos raisons de vivre. [...] l'espèce d'enfer qu'il nous représente montre dans quel chemin nous descendons si nous glissons sans nous en douter dans cette horreur inhumaine qu'est un monde sans amour.

Compte rendu de Maurice Nadeau, intitulé « Le tourment existentiel », dans Combat, *23 octobre 1945.*

[...] Écrit dans la tradition naturaliste, [*L'Âge de raison*] apparaît comme une dissection philosophique poussée de la veulerie et de la lâcheté. La peinture est d'un réalisme si aigu qu'il faut parfois, pour en soutenir la vue, un bon estomac. [...] En excellent romancier, Sartre est parvenu à animer un monde qui ne le cède en rien pour la vie et l'ampleur au monde véritable. De ce point de vue, il a probablement créé le chef-d'œuvre du roman contemporain. [...] Il nous reste pourtant, après la lecture de ces deux ouvrages, un goût de cendres en la bouche. Si l'on tente de l'analyser, on se trouve placé au foyer du drame de beaucoup d'intellectuels français, dont Mathieu, le professeur de philosophie, pourrait être le prototype. [...] Perdu dans la contemplation de son existence, l'intellectuel de Sartre oublie de vivre.

Certes, cette littérature d'écorché vif n'est pas exaltante. Cela vient peut-être aussi de ce que l'auteur lui refuse son rôle de compensation, et ne considère le roman que comme le véhicule d'une philosophie. Il n'est point au fond si éloigné de Zola qui prétendait faire du roman avec la science. [...]

Compte rendu d'Armand Hoog dans Carrefour, *19 octobre 1945.*

[...] Jean-Paul Sartre se trouve donc être, avec le grand Malraux, l'un des hommes qui ont le mieux senti tout ce que chacune de nos vies, si elle essaie d'être un peu libre, doit au *fait* que dans un certain endroit de la terre, à un certain moment de l'histoire, des hommes se battent, s'engagent, sortent d'eux-mêmes, se sentent responsables [...] Ce qui me semble mériter le plus d'admiration, dans les deux volumes de Sartre, c'est l'art extraordinaire avec lequel l'auteur a marqué, par la composition et l'écriture même, le progrès du temps, de l'existence encore immobile de 1937 au coup de pied dans la fourmilière de 1938. [...] Un grand écrivain et la liberté, c'est, à chaque génération, ce que cherche un pays.

Compte rendu par Paul Morelle dans Volontés, *31 octobre 1945.*

[...] Je concède à M. Émile Henriot que la littérature de Jean-Paul Sartre ne soit pas toujours séante à renifler. Mais quoi, si les lecteurs du *Monde* sont ainsi amenés à mettre le nez dans leur m..., la belle affaire! [...] En tout cas, cette façon de considérer Sartre comme le Rimbaud de notre époque ne doit pas être pour lui déplaire.

L'Âge de raison s'inscrit dans la ligne de *La Nausée*. [...] Plus que *La Nausée*, qui faisait parfois figure de monologue philosophique, c'est un véritable roman, tel que le lecteur a appris à les aimer, avec un certain fouillis de personnages, une intrigue pas trop nette, des caractères suffisamment secrets pour que chacun de leurs actes soit une surprise. [...] Mais, après *L'Âge de raison*, il y a *Le Sursis*. Or les trois cent cinquante pages du *Sursis* représentent une ambition peu commune dans le monde romanesque. [...] *Le Sursis*, c'est, en définitive, le triomphe du roman sur la technique. Je crois, en effet, contrairement à certaines opinions pourtant autorisées, que l'on n'a jamais poussé aussi loin la technique du roman dans le but de faire apparaître l'insaisissable. [...]

Compte rendu de Louis Beirnaert dans Études, *t. 247, novembre 1945, p. 272-273.*

Si les livres avaient une odeur, il faudrait se boucher le nez à la lecture des derniers romans de Sartre. [...] Ne poser le problème de la vie qu'en fonction de ses excréments, rabaisser l'existence au niveau du ruisseau et du dépotoir, c'est, très exactement, le dessein de Sartre, et c'est contre quoi nous protestons par simple souci de vérité : il y a autre chose dans le monde que des ratés, et tous les hommes ne passent pas leur vie entre les cafés de Montparnasse et les boîtes de nuit de Montmartre. [...]

Le monde de Sartre est peut-être la preuve atroce de notre manque d'amour.

Compte rendu de Louis Parrot dans Les Lettres françaises, *27 octobre 1945.*

[...] Ce qu'il faudra bien admettre, c'est qu'avec ces deux derniers livres où se confirme avec éclat un talent d'une rare puissance, J.-P. Sartre prend place parmi les plus grands écrivains français d'aujourd'hui, l'un de ceux dont l'influence est la plus sensible, et, pourquoi ne pas le dire, la plus féconde en dépit des mauvais imitateurs que cette œuvre ne va pas manquer de susciter. [...] Il sera facile de découvrir ou de dénoncer, dans la plupart des individus que J.-P. Sartre met en scène, des personnages qui ne sont pas particulièrement désignés à nous servir de modèles. La psychologie morbide de bon nombre d'entre eux, leur complaisance pour tout ce qui les retient à une *sous-réalité* dans laquelle on conçoit facilement que la vie ne soit qu'une absurde aventure, rien de tout cela ne nous attacherait à eux, si nous n'éprouvions finalement un sentiment de pitié devant leur désespoir ou leur aveuglement. Les personnages de Sartre sont grands dans la lâcheté. Ils n'ont pas encore appris à être des héros et l'auteur demande pour eux aussi un sursis. [...]

Commentaire assez bref, dans la chronique « Cabinet de lecture », par Joë Bousquet, dans Cahiers du Sud, *n° 174, 2e semestre 1945, p. 845-846.*

[...] Peut-être pas une œuvre de vérité, mais sûrement une réussite esthétique : l'application au roman des techniques utilisées dans la symphonie de Beethoven et dans la polyphonie de Wagner.

Sartre a compris, sinon voulu, ces ressemblances, aussi les a-t-il soulignées, en s'appuyant ouvertement sur la cinquième de Beethoven. J'admire beaucoup cette aisance et cette espèce de gros humour qui l'entraîne à s'imiter lui-même, à « chiner » sa manière. Ainsi, devinant qu'on l'accusera d'avoir imité Pascal

dans la lettre de Daniel à Mathieu, interrompt-il brusquement le
jeu en jetant la lettre par la portière. Sartre est plein de talent, je
le lis avec passion, mais lui adresse deux reproches. D'abord, il
sait trop ce qu'il veut et où il nous mène ; et semble ne rien attendre
pour lui-même de ce qu'il écrit. L'autre reproche porte sur le fond
même de sa doctrine. [...]

*Remarquable étude, sans doute la plus pénétrante parue à l'époque, inti-
tulée « Les romans de Sartre », par Maurice Blanchot, dans* L'Arche,
nº 10, octobre 1945, p. 121-134. Reprise dans Blanchot (Maurice) :
La Part du feu, *Gallimard, 1949, p. 195-211.*

    *Cette étude serrée requiert une lecture attentive et nous n'en retiendrons
ici que ce jugement :* « On peut évidemment penser que si Jean-
Paul Sartre a écrit, en même temps que des œuvres philosophiques
considérables, des romans, des pièces de théâtre et des essais
critiques qui ne le sont pas moins, cette capacité d'œuvres si
différentes lui est propre et exprime la seule diversité de ses dons.
C'est un fait cependant : cette rencontre en un même homme
d'un philosophe et d'un littérateur pareillement excellents vient
aussi de la possibilité que lui ont offerte philosophie et littérature
de se rencontrer en lui. »

*Compte rendu fouillé et ambitieux, intitulé « Jean-Paul Sartre et le
roman contemporain », de Gaétan Picon, dans* Confluences, *vol. V,
nº 8, octobre 1945, p. 883-891.*

    C'est un grand mérite pour une œuvre de contraindre le lecteur
à se définir en face d'elle. Nul ne contestera ce mérite à l'œuvre
de Sartre : nul ne s'étonnera qu'il entraîne des conséquences
auxquelles Sartre ne peut songer à se dérober. [...] Si l'ambition
de Sartre a été de forcer les portes de l'histoire de la littérature,
il y a dès maintenant réussi. Son importance, sa qualité sont hors
de question. — Mérite-t-il aussi d'être suivi ? Si je mets quelque
application, et même quelque violence, à refuser cette œuvre, que
l'on me comprenne : c'est dans la mesure où elle se veut un exemple
et où elle est une tentation. [...] Si la liberté d'une existence sans
direction devient chez Sartre le sentiment d'un monde sans issue
où se débat une conscience informe, accablée d'être pour rien,
cette même liberté, dans les perspectives de l'instinct tragique,
serait l'exaltante conscience du pouvoir humain. [...] Chaque
doctrine est une source où chacun vient boire selon ses forces.
Et ce que nous trouvons d'abord chez Sartre, ce n'est pas l'existentialisme — c'est son propre univers.
    Sartre partage avec tous les grands créateurs romanesques ce
privilège : avoir un univers. Il n'est pas seulement un écrivain
habile et intelligent : il voit d'incomparables obsessions. [...] Cet
univers dont l'originalité et la force sont indéniables, il n'en est
pas de plus accablant. Jamais le dégoût de vivre n'a plus souverai-
nement, plus irrémédiablement parlé. [...] La scène atroce du *Sursis*
où nous voyons l'amour naître entre deux infirmes, dans le wagon
qui les éloigne de la guerre, au milieu de l'odeur de leurs propres
excréments (scène capitale où culmine l'inspiration majeure de
Sartre), nous sentons bien qu'elle n'est pas la mise en scène d'un
amour d'infirmes, mais la dénonciation d'une souillure originelle.
[...] Bien plus que par le sentiment de l'absence de nécessité, de

la contingence (que soulignait un passage connu de *La Nausée*), l'œuvre de Sartre est gouvernée par l'horreur instinctive de tout ce qui est vie, de tout ce qui est nature — horreur de la chair, du corps humain, — dégoût de la sexualité et de la reproduction de l'espèce. La clef de l'œuvre n'est pas dans l'existentialisme, mais dans l'érotisme de ressentiment le plus implacable, le plus rigoureux qui se soit jamais confié à nous. [...] Sartre ne recevra sa perfection que des limites de son monde : il n'en a jamais été plus loin que dans ce roman. Dût-il l'atteindre dans des œuvres moins ambitieuses, elle nous semblerait encore trop étroite et paralysante pour être saluée comme celle d'un maître de notre art et de notre vie.

Compte rendu de Marcel Thiébaut, dans la Revue de Paris, *25ᵉ année, nᵒ 9, décembre 1945, p. 103-107.*

[...] À la base de la philosophie de Sartre, il y a la nausée. [...] c'est la nécessité où se trouve M. Sartre de songer souvent au vomi qui l'a poussé, le réflexe de professeur de philosophie aidant, à construire l'existentialisme. [...] Ce qu'il y a de surprenant et d'infiniment louable chez M. Sartre, c'est que, ayant édifié un système et écrivant des romans, il ne s'appuie pas, en tant que romancier, sur son système, mais sur les sensations qui l'ont inspiré. Aussi une œuvre comme *Les Chemins de la liberté* a-t-elle un indéniable accent de sincérité. [...] Le monde de Sartre est souvent ignoble et glaireux. Les baisers s'épanouissent entre les diarrhées, les déclarations d'amour entre les vomissements. Mais parfois, détachées de tout, pures, inexplicables, des minutes brillent comme des diamants. [...] Ces grandes visions que marque une obsession peuvent avoir leurs beautés. Ainsi les tableaux de Bosch, les romans de Kafka. M. Sartre a un grand talent : c'est un observateur profond, un remarquable analyste; il a des trouvailles de style étonnantes. Le monde qu'il évoque est — ce qui est un sûr témoignage de sa force — profondément personnel. La qualité de son récit en fait souvent oublier les incroyables bassesses. [...] M. Sartre est un danger pour la jeunesse, mais ses livres, pour glaireux qu'ils puissent être, se classent parmi les œuvres importantes de notre époque. Ils ne seraient pas dangereux si, sur le plan purement littéraire, ils n'étaient pas valables.

Compte rendu de Gabriel Marcel, dans La Nef, *nᵒ 13, décembre 1945, p. 130-133.*

L'importance du roman de Sartre dont les tomes I et II viennent de paraître, ne peut être contestée par personne. On doit seulement regretter que l'œuvre n'ait pas été publiée tout de suite dans son intégralité. Il est probable, en effet, que la lecture du tome III contribuera à modifier dans une certaine mesure le jugement porté sur les deux premiers volumes. [...] Admettons que Mathieu [...] *après nous avoir étonnés* par une sorte de constance dans l'ignominie dont même le roman contemporain offre peu d'exemples aussi achevés, étant parvenu enfin, en 1940, à l'âge adulte, devienne un héros de la Résistance, quelle position d'ensemble serons-nous invités à adopter en face du personnage considéré dans la courbe de son devenir ? [...] J'avoue ne pas voir comment, du point de vue de Sartre, il pourrait y avoir un sens quelconque à dire que

Mathieu a révélé dans la résistance cette vraie nature dont il était encore séparé avant d'avoir accédé à l'âge de raison. Pourtant l'auteur n'aurait certainement pas songé à nous prévenir dans sa *prière d'insérer* que certains de ses personnages auraient plus tard la fièvre typhoïde ou périraient dans un accident aérien. La vérité me paraît être qu'en tentant de nous rassurer ainsi par avance, il a consenti une assez injustifiable concession à une exigence dont on peut admettre que le lecteur non existentialiste n'est pas encore dégagé, mais qu'il aurait été de son strict devoir à lui de déclarer abusive, et de décourager. [...] Je noterai encore que *L'Âge de raison* — et c'est un de ses mérites — constitue par lui-même un des romans les plus remarquablement composés qui soient, et qu'on peut parfaitement le considérer en lui-même, abstraction faite des développements ultérieurs. [...] En dernière analyse, la notion d'engagement, que j'ai naguère avec d'autres contribué à remettre en honneur, est de celles dont on tend aujourd'hui à user sans aucun discernement, sans procéder à un examen pourtant indispensable des conditions qu'elle implique. [...] En langage philosophique, ne faut-il pas dire que c'est le néant axiologique qui s'y révèle qui est la tare de l'œuvre romanesque et dramatique de Sartre comme de son système proprement dit ?

Compte rendu de Maurice Delepine, dans Le Populaire, *1ᵉʳ novembre 1945.*

[...] Aucun des personnages n'est vrai, humainement vrai. Pourquoi ? Voici ma conclusion que je vous ai promise. Les hommes n'ont point que des corps avides de jouir, que des instincts à apaiser, des besoins physiologiques à satisfaire. Ils ont des cœurs pour aimer et — écrivons le mot sans le définir — ils ont une âme ! [...]

Compte rendu de Pierre Fauchery, intitulé « Chemins ou impasses ? », *dans* Action, *2 novembre 1945.*

Peu de romans sont nés dans une telle attente. La vie de J.-P. Sartre est aussi publique que celle de Socrate, et ses réussites dans des domaines variés intéressent la chronique parisienne autant que l'histoire de l'esprit. Toutefois on hésitait encore à lui décerner le titre de grand romancier : je ne crois pas qu'on puisse le lui contester désormais.

On retrouve dans *L'Âge de raison* toutes les ressources qui s'affirmaient dans les premiers essais romanesques de Sartre, et notamment cet humour féroce qu'il emploie à décrire une certaine espèce de bourgeois : des morceaux comme l'exposition Gauguin, la visite de Mathieu à son frère l'avoué, ont la même saveur que les pages les plus célèbres de *La Nausée*. [...] La richesse des moyens d'expression est d'autant plus efficace qu'elle se dissimule sous le laisser-aller de la langue parlée ; si Sartre fuit le « beau style », c'est pour nous atteindre plus soudainement par la sensualité d'une épithète ou l'éclat nu d'une image. [...] Avouons-le cependant : si vivants que soient les personnages de *L'Âge de raison*, ils ne laissent pas de nous décevoir. Après *L'Invitée*, après *L'Âge de raison*, on ne peut plus en douter : il y a un « petit monde » existentialiste, singulièrement fermé et étroit : une franc-maçonnerie. [...] Il semble que l'auteur se soit avisé de la monotonie de ce ballet, car dans le second volume *(Le Sursis)*, il ouvre son

roman à toute une foule hétéroclite, dont il manœuvre les éléments
avec la maîtrise désinvolte de la technique « synchronique ».
S'il n'est pas l'inventeur de ce procédé, reconnaissons que Sartre
l'utilise avec une rigueur implacable et en développe toutes les
possibilités. [...] Le va-et-vient fiévreux du narrateur traduit ici
l'affolement des gouvernements et des peuples. [...]

Article d'André Billy, intitulé « Comment parlons-nous ? », où, à pro-
pos des Chemins de la liberté, *l'auteur déplore la dégradation du français*
parlé en ce milieu du XXᵉ siècle, dans Le Figaro, *3 novembre 1945.*

Un roman vient de paraître qui fait un peu scandale par l'audace
et la crudité de ses peintures, la veulerie des caractères qu'il nous
présente, le pessimisme et le dégoût de vivre qui s'en exhalent.
[...] Je ne veux examiner qu'un aspect très secondaire de ce livre
surprenant d'où le talent déborde : celui du langage que l'auteur
y fait tenir à ses personnages. Ce langage est grossier et sa grossièreté frappe d'autant plus que ceux qui l'emploient sont plus
cultivés. On est particulièrement étonné qu'un professeur agrégé
de philosophie s'exprime comme un plongeur de restaurant ou un
chauffeur de taxi. [...] Si encore les professeurs de philosophie
étaient les seuls à en user de la sorte! Ce tic pourrait être attribué
à une sorte de pédanterie à rebours. Mais non! C'est tout le monde
qui, en France, se sert de mots et d'expressions argotiques et
populaires. Sartre n'est pas le premier à l'avoir mis en lumière.
La chose nous avait déjà été rendue sensible dans l'*Aurélien* d'Aragon, et avant Aragon, par d'autres sans doute, que j'oublie.
[...] Une chose me choque [...] dans nos façons modernes de
parler, et ce n'est certes pas leur verdeur, c'est leur pauvreté. Ce
sont toujours les mêmes mots qui reviennent. Ils sont en très
petit nombre et ne donnent pas du tout l'impression d'un enrichissement de notre langue. Le roman de Sartre est significatif à
ce point de vue. L'argot de son philosophe accuse une indigence
lamentable. [...]

Compte rendu, sans grand intérêt, intitulé « Les Chemins de l'anarchie »,
par Claude Benedick, dans La Marseillaise, *8 novembre 1945.*

[...] Il est curieux et inquiétant de voir, à une époque où le
courage et la discipline sont plus nécessaires que jamais, se développer une théorie qui, dans la mesure où elle ne paralyse pas
l'effort, justifie tous les excès. Théorie d'autant plus dangereuse
qu'elle a trouvé chez nous, pour l'illustrer, un des plus puissants
romanciers de sa génération. [...]

Compte rendu attentif, sans doute le reflet le plus fidèle des intentions de
Sartre, par Christian Grisoli, dans Paru, *nᵒ 13, décembre 1945,*
p. 11-17.

[...] cette distinction rassurante de la philosophie et de la littérature doit être aussitôt surmontée. Appliquée à Sartre, elle n'a
pas de sens. Il n'y a pas chez lui un philosophe et un romancier,
un philosophe dont les romans seraient comme le repos de sa
méditation et les vacances de sa réflexion. Sa pensée est rigoureusement une. Il s'efforce de décrire la condition de l'homme et son
expérience du monde. Cette condition et cette expérience, une rare

variété de dons lui permet de l'exprimer sur deux modes : le roman, chez lui, renvoie toujours à la métaphysique, parce que métaphysique et roman renvoient l'un et l'autre à la même réalité humaine. L'une dégage les thèmes, déroule les implications, élucide les significations ; l'autre nous les montre en les faisant exister devant nous à la manière des choses. Mais il s'agit expressément pour tous deux de manifester l'homme situé par rapport au monde et le monde lui-même. [...] Mais cet homme si essentiellement libre que sa liberté ne fait qu'un avec son être, il faut pourtant qu'il se libère. La liberté est au terme d'une délivrance : il y a un chemin de la liberté. C'est que l'homme ne se reconnaît pas immédiatement comme libre, ou qu'il se trompe sur le sens de sa liberté. Ce sont ces erreurs, ces égarements, ces impasses que Sartre entend décrire dans les deux premiers volumes de son livre, qui en sont la partie négative et purificatrice. De même que la *Recherche de la vérité* de Malebranche est d'abord une recherche des obstacles à la vérité, de même la recherche de la liberté chez Sartre s'ouvre par un inventaire des fausses libertés, ou, comme il dit, des apories de la liberté. [...] Chacun sait, depuis Hegel et la dialectique du maître et de l'esclave, que personne n'est libre si tout le monde n'est pas libre. Et l'expérience de ces dernières années nous a trop bien appris que la liberté de chacun est portée par celle de tous les autres, que je ne puis être libre seul et qu'il faut que ma liberté se noue aux autres libertés dans le monde. Ainsi se trouve posé le problème des rapports de l'individu au groupe, qui est au centre du *Sursis*. [...] Ce problème de la communication des consciences implique une position sur la nature de l'être collectif. Cette position, Sartre l'a définie dans sa présentation des *Temps modernes*. Il entend surmonter l'antinomie qui déchire la conscience contemporaine ; le groupe, classe ou nation, n'est ni une collection abstraite d'individus fermés sur soi et incommunicables, ni un être concret où l'individu est englouti. L'individu n'est pas un atome, et le groupe n'est pas une totalité. Il y a un troisième terme. [...] Le *nous* est au terme, non pas donné, mais voulu. Au niveau du *Sursis*, le problème est posé, mais non résolu encore.[...] Une solidarité profonde, une communauté de destin s'esquisse entre les hommes. Mais il n'y a pas de conscience objective qui soit capable de penser l'événement dans sa totalité. Le social n'existe pas comme objet : c'est là une illusion d'historien. Fabrice, à Waterloo, en avait déjà fait l'épreuve. Cette guerre qui vient à l'ambiguïté de tout événement : elle existe, puisqu'elle pèse sur la vie de chacun, et, en un sens, elle n'existe pas puisque personne n'est capable de la saisir toute et que chacun ne voit d'elle qu'un épisode fragmentaire et confus. C'est cette ambiguïté que la technique du récit — technique du discontinu et du simultané — rend de façon saisissante et parfois bouleversante. [...] Attendons *La Dernière Chance*. Il est à peine besoin, maintenant, de demander si ce livre est désespéré. Oui certes, il l'est pour qui met son espoir dans les routes tracées, les certitudes acquises, les valeurs transcendantes et le salut garanti. Mais Oreste ne nous avertissait-il pas que la vie humaine commence au-delà du désespoir ?

Compte rendu de L'Âge de raison *par Albert Béguin, dans* Esprit,
13ᵉ année, nᵒ 13, 1ᵉʳ décembre 1945, p. 969-971.

Il y eut une fois un écrivain qui s'appelait Jean-Paul Sartre,
et qui semblait devoir être l'un des plus importants, l'un des plus
véridiques, de sa génération. Il avait écrit *La Nausée* et *Le Mur,* des
livres dont on voudrait pouvoir dire qu'ils étaient d'une pureté
absolue, si à propos de Sartre ce mot ne risquait de paraître paradoxal. Un homme y témoignait de cette exigence violente qu'on
a au moment de la jeunesse où l'on découvre sa vérité personnelle.
Sans souci d'aucune approbation, il obtenait une tension intérieure
et une force de choc extraordinaires. Puis il y eut *Les Mouches* et
Huis clos, où la même vue du destin humain se simplifiait à l'usage
des spectateurs. Déjà, par le passage à la scène, l'entreprise de
découverte solitaire se changeait en conquête, sinon en propagande.

Avec *L'Âge de raison,* elle se change en démagogie. [...] Provisoirement, *L'Âge de raison* n'est donc qu'un roman. Mais c'est
un mauvais roman. [...] il est périlleux d'employer le roman à
prouver une théorie de l'homme. Tout le livre peut se résumer
par l'énoncé d'une question : « Qu'est-ce que la liberté ? » [...]
On sort de cette lecture, non pas avec l'impression que la vie
a été évoquée dans sa lourdeur, mais évoquée avec lourdeur.
Une intelligence qui pas une minute ne consent à se taire accable
de sa pesée les faits et les personnes. Rien dans la composition
ne résulte d'autre chose que d'une ingéniosité démonstrative. [...]

Compte rendu du Sursis *par Yefime, dans* Esprit, *13ᵉ année, nᵒ 13,
1ᵉʳ décembre 1945, p. 971-973.*

[...] Ce n'est pas paradoxe mais croirait-on, un effet de sa sensibilité particulière, teintée de sadisme, qui pousse l'auteur à s'efforcer
de nous émouvoir au moyen de détails scatologiques ou obscènes ;
l'on se demande souvent s'il ne voit pas les humains comme
faisait Gulliver les filles d'honneur au pays de Brobdingnag. Cette
verve satirique où son talent s'épanouit bien mieux qu'à l'occasion
d'une action patiente, anime dans de courts passages des sketches
où le sert avec bonheur son style haché, d'où toute grâce est
bannie pour une recherche expressive de l'insolite à grand renfort
d'épithètes se rapportant aux sens, d'expressions prises au vif. [...]

Compte rendu intelligent de Pierre Maulet, dans Renaissances, *nᵒ 17,
décembre 1945, p. 146-147.*

Le roman, c'est bien connu, n'est pas l'affaire des intellectuels.
L'intelligence d'une certaine qualité fait obstacle à ce jaillissement
de vie qu'il doit être. Balzac, ce géant, n'était pas intelligent,
Zola encore moins sans doute. [...] Il y a Proust bien sûr qui est
une manière de prodige. On devra maintenant compter J.-P. Sartre.

Les deux premiers volumes des *Chemins de la liberté,* qui sont
l'événement littéraire de cette année, appartiennent à la catégorie
peu nombreuse de ce qu'on pourrait appeler le roman lucide. Il
n'y a pas d'ombre dans l'œuvre de Sartre ; tout s'y passe en pleine
lumière. [...] Ce qui rend les héros de Sartre antipathiques, c'est
que dans aucune circonstance ils ne réagissent de façon conforme.
Mathieu Delarue, entre autres, que l'on peut considérer comme le
représentant de Sartre, est un non-conformiste de l'espèce la plus

redoutable. Non point qu'il se livre à des actions d'éclat ou même plus simplement tienne des propos subversifs : son non-conformisme est d'essence plus subtile. Il réside dans une réduction, aux dimensions que leur laisse la lucidité, des valeurs en cours et dans la recherche personnelle du salut. Mathieu refuse le lyrisme, cette mousse de l'esprit. Il se tient à l'écart du drame, du pathétique, du pittoresque, par décence, par dignité humaine. Par dignité humaine, non par orgueil. Mathieu n'a pas d'orgueil mais une extrême pudeur devant la vie qui lui commande de ne pas être dupe, de ne pas se duper lui-même et partant de ne pas se laisser aller à la pose, à l'attitude. [...] On le voit, c'en est assez pour le rendre haïssable. [...]

Chronique très attentive de Claude-Edmonde Magny, intitulée « Existentialisme et littérature » et traitant des Chemins de la liberté *et du* Sang des autres *de Simone de Beauvoir, dans* Poésie 46, *janvier 1946, p. 58-67.*

[...] *L'Âge de raison* se présente comme un roman ordinaire, beaucoup plus purement romanesque que ne l'était même *La Nausée :* Sartre a réussi à y résoudre le problème, essentiel pour un romancier de ses ambitions, de conférer *par l'intérieur* à son récit une signification métaphysique qui lui demeure immanente et pourtant dépasse infiniment la trame même des événements, un peu comme Malraux l'avait fait dans *La Condition humaine* ou Camus dans *L'Étranger,* quoique par des procédés entièrement différents. *La Nausée* était un livre double, juxtaposant par tranches alternées un essai phénoménologique et un récit romanesque étroitement imbriqués entre eux certes, mais où le commentaire philosophique sur les événements demeurait distinct de ces événements eux-mêmes. Le problème du *surroman,* c'est-à-dire du roman investi d'une signification qui transcende l'intrigue, n'était pas résolu. Dans *L'Âge de raison* au contraire, ce sont les personnages eux-mêmes, leur histoire, leurs misères, leurs états de conscience qui *signifient.* Tout au plus quelques réflexions ou quelques monologues intérieurs de Mathieu, si opportunément choisi comme un professionnel (et presque un martyr) de la pensée, viennent-ils éclairer et préciser de temps à autre cette signification, mais sans rompre la trame du récit, comme le faisaient tant de pages abstraites (d'ailleurs admirables) du journal d'Antoine Roquentin.

Dans *Le Sursis,* Sartre a voulu perfectionner encore sa technique en la transformant complètement pour l'adapter aux fins nouvelles qu'il poursuit et au nouveau thème de son livre. Le récit de *L'Âge de raison* demeure, malgré sa complexité, relativement linéaire. Dans *Le Sursis* au contraire, se poursuivront simultanément plusieurs intrigues, et l'auteur passera, de l'une à l'autre, sans même la transition d'un alinéa ou d'un changement de typographie. [...] On cherche en vain, dans *Le Sursis* et *L'Âge de raison* ces merveilleuses descriptions de galets, de papiers brenneux, de palissades aux lambeaux d'affiches à demi arrachées qui dressaient derrière l'aride phénoménologie de *La Nausée* leur inoubliable décor. Il y avait dans ce livre une part de *roman poétique,* au meilleur sens du mot, quelque chose d'un peu analogue au *Paysan de Paris* d'Aragon. Volontairement ou non Sartre avait entrepris d'annexer à la sensibilité du xxe siècle des terres nouvelles, qui fussent aussi émouvantes pour nous que l'étaient pour les préromantiques les décors de parcs en ruines et de châteaux hantés des romans noirs. [...] La « part des dieux » dans son œuvre n'a jamais été si faible qu'avec *Le Sursis,* où l'on ne trouve vraiment que ce que l'auteur a bien voulu y mettre. La présentation du premier numéro des *Temps modernes* a suscité des « mouvements divers » dans le Landerneau littéraire. Il faut convenir qu'elle renferme des propositions au moins inquiétantes pour ceux qui demeurent attachés aux valeurs proprement littéraires. Et la démonstration par l'exemple que constituent les deux volumes des *Chemins de la liberté* ne suffit pas à nous rassurer entièrement. Sartre semble avoir l'intention, avant d'aborder le troisième volume de sa trilogie, de doter l'existentialisme d'une morale. Il nous accorde là une sorte de « sursis ». Espérons simplement que la grâce sera complète.

Long compte rendu intéressant, qui prend la défense des Chemins de la liberté *contre la plupart des reproches qui leur ont été faits, par Henri Hell, dans* Fontaine, n^os *48-49, janvier-février 1946, p. 352-357.*

[...] Le héros sartrien est un héros lucide. Et sa lucidité ne l'abandonne jamais, elle le dévore et installe en lui l'angoisse d'exister, la Nausée. C'est le grand mérite de Sartre que de nous tracer une image de l'homme dépouillé, de l'homme fondamental. Il rejette toutes les conventions sur lesquelles nous vivons en société, il dissèque nos vanités, dévoile la confusion de nos pensées. Cette sorte de « table rase » qu'il opère dans le monde romanesque n'est peut-être qu'une étape, et qui devra être dépassée. Mais il n'en est pas de plus nécessaire; de plus salutaire. Et qui ne voit comme le héros sartrien est celui même de notre temps. [...] Le monde de Sartre, dit-on, est trop sordide. Et de rapprocher ses personnages des héros naturalistes : mais ces derniers sont de pâles photographies, sans aucune épaisseur. L'angoisse métaphysique donne aux créatures de Sartre une profondeur qui les restitue à la réalité la plus dense. [...] En vérité, ne reproche-t-on pas à Sartre de ne peindre que des êtres sordides tout comme on reprochait à Racine de ne s'intéresser qu'à des princesses, et à Proust de ne diriger les faisceaux de son art que sur des gens du monde ? Peu importe l'objet de la vision : seule l'acuité du regard compte, et la parcelle de réalité qu'il révèle pour la première fois. [...] Toutes ces critiques sont faites *de l'extérieur.* Elles manifestent cette déformation critique qui consiste à exiger d'un artiste, d'un écrivain, un univers qui justement n'est pas le sien, celui qui l'obsède et que sa mission est d'exprimer. [...] Il n'exprime pas la totalité de l'homme ? Peut-être, mais il traduit avec une force singulière sa nudité et la misère essentielle de son existence. Les romans de Sartre sont des romans métaphysiques, c'est là l'importance de cet écrivain dans l'histoire du roman français. [...] Le défaut d'un tel roman, dira-t-on, c'est que la métaphysique préexiste au roman. En somme *Les Chemins de la liberté* est un roman à thèse. On entend bien que l'étiquette de « roman à thèse » est péjorative. Comme celle de roman métaphysique. Il règne dans l'esprit des critiques et de la majorité des lecteurs de tenaces préjugés. Un grand romancier ne saurait être « intelligent ». [...] Toute grande œuvre suppose une métaphysique. Aussi bien le problème du « roman métaphysique » est-il un faux problème, puisque dans son essence même tout roman est métaphysique. L'originalité profonde de Sartre est d'avoir fait de la métaphysique le sujet, la substance même de ses romans. [...] Cette réussite singulière est le résultat de l'art le plus lucide, le plus volontaire et le plus rigoureux. Admettons qu'il y ait à la base de l'œuvre et de la philosophie de Sartre une volonté d'omission, un parti pris. C'est là que l'artiste se trahit. Il n'y a pas d'art sans parti pris : toute appréhension de l'univers par l'artiste est partielle, partiale, personnelle. [...]

Long article fouillé et réfléchi de Raymond Picard, intitulé « L'Art de Jean-Paul Sartre et les Hommes de mauvaise volonté », dans La France libre, *n° 64, 15 février 1946, p. 289-296.*

[...] la multiplicité des rubriques où nous pourrions inscrire ce roman est révélatrice, et nous prenons ainsi conscience d'un des caractères essentiels de l'art de J.-P. Sartre : il est composite. Sa nouveauté consiste surtout à combiner des éléments, personnages, techniques, tons, procédés, dont chacun, pris séparément, nous serait peut-être familier ; mais l'ensemble est original. [...] « Il joue sur tous les tableaux » ; il joue et il gagne ; son roman est une œuvre très riche et pleine de prolongements ; mais ce qu'il gagne en richesse, il le perd en pureté, nous nous trouvons devant une sorte de « baroque » du roman, aussi loin qu'il est possible des « classiques » du roman, tels que *Adolphe* ou *Le Rouge et le Noir*. [...] *L'Âge de raison* fait parfois songer à une sorte d'anthologie du roman d'avant-guerre. Comme les héros pareillement désespérés de *La Bête à concours* [de Georges Magnane], par exemple, roman très significatif de cette période, Mathieu est mis en face d'un avortement [...] Bref, J.-P. Sartre a repris tout ce qui interdisait à Gide l'accès des bibliothèques de patronage [...].

R. Picard examine ensuite avec perspicacité quelques-unes des techniques utilisées dans L'Âge de raison.

L'auteur nous fait continuellement changer de point de vue sur le personnage, il nous fait tourner autour de sa réalité, afin que nous puissions l'apercevoir sous tous les angles possibles. [...] Il est bien évident que cette technique serait sans valeur si elle n'avait un style à son service. [...] En un sens, assurément, J.-P. Sartre est symboliste, et du reste, ce sont des procédés symbolistes qu'il emploie ; citons le plus courant, la « correspondance », qui consiste à transposer une sensation d'un clavier sensoriel à un autre. [...] J.-P. Sartre arrive ainsi parfois à un sens presque visionnaire de l'intimité des êtres ; il rend un sentiment, une atmosphère avec le même « chic » qu'un dessinateur qui, en quelques traits, campe une attitude ; il y a chez J.-P. Sartre tout un art du croquis intérieur. [...] l'argot risque de faire à J.-P. Sartre un succès de scandale bourgeois, qui est d'assez mauvais aloi ; il est peu honorable d'être loué dans les salons parce qu'on écrit systématiquement « emmerde » au lieu de « ennuie ». [...] Ce qu'il y a d'étrange chez J.-P. Sartre, c'est qu'il a mis en œuvre un art qui rappelle le *symbolisme,* dans un dessein apparemment *naturaliste*. Avant lui, on pensait que Rimbaud excluait Jules Renard et Verlaine Zola ; après lui, on peut en douter. [...] Comme Caldwell ou Dos Passos, J.-P. Sartre est préoccupé de rester « au niveau des choses »; renchérissant sur eux, il est même « naturaliste », et il court ainsi sa chance comme romancier existentialiste. Mais il se trouve que J.-P. Sartre est professeur de philosophie, qu'il est cultivé, raffiné, civilisé, et son roman est également un roman d'analyse, un roman psychologique, un roman poétique selon la vieille tradition occidentale. [...]

R. Picard est sévère pour Le Sursis :

Cette enquête ingrate tient à la fois du « sondage » de l'Institut Gallup, de la reconstitution historique, de la tranche de vie à la Dos Passos, et de l'exposé « vivant » pour l'École des sciences politiques. Les réussites mêmes de J.-P. Sartre, impitoyable prophète du passé, qui, en 1945, prévoit patiemment septembre 38, sont irritantes. [...] C'est le roman à thèse dans toute son horreur. [...] *Le Sursis* est un peu composé comme *Le 6 Octobre,* a une valeur « unanimiste » et fait appel à cette technique de cinéma dont Jules Romains parlait tant dans sa tapageuse préface. Mais ce qu'il faut surtout remarquer, c'est combien l'atmosphère des deux œuvres est différente : chez Jules Romains, les personnages malgré leurs petitesses et leurs turpitudes, chantaient la gloire de l'homme, son énergie et son travail. « Paix sur la terre aux Hommes de Bonne Volonté. » J.-P. Sartre au contraire prend soin de nous dire lui-même d'un de ses personnages : « Daniel était un homme de mauvaise volonté. » Il pourrait le dire de presque tous. [...] Ces deux romans du désarroi nous présentent un univers de désordre veule, plaisant miroir de notre temps! L'autre après-guerre, euphorique et confiant, avait eu son écrivain : Giraudoux, qui suscite un univers de paradis terrestre « où tout ce que l'on aime est digne d'être aimé », où les choses, riches fécondes et pures, viennent au devant des êtres et les comblent merveilleusement. Notre après-guerre désespéré a J.-P. Sartre, qui est l'anti-Giraudoux, et qui compose un monde infernal, notre monde, où s'étale la misère de l'homme sans Dieu, et dont la peinture semble la première partie d'une apologétique chrétienne, mais il n'y aura pas de deuxième partie, car il n'y a pas de Dieu. Dieu est mort. Entre Giraudoux et Sartre, cependant, et au-delà de ces deux après-guerre antagonistes, n'y aurait-il pas de place en littérature pour un monde ni ange, ni bête, un monde des *hommes ?*

Compte rendu de Gilles G. Granger, dans Études philosophiques, *n° 1, janvier-mars 1946, p. 72-75.*

[...] L'univers de Sartre est absolument d'un seul tenant; point d'îles véritables, tout au plus quelques péninsules. Il n'est aucun personnage qui ne soit à sa manière un exemplaire de l'*homme* Sartre; de là l'impression d'une vérité intense de ce monde, mais aussi le sentiment de sa singularité. [...]

*Compte rendu du Robert Kanters, intitulé « De l'avortement considéré comme un des beaux-arts », traitant d'*En souvenir de Barbarie *de Mouloudji, du* Sang des autres *de Simone de Beauvoir, et de* L'Âge de raison *et du* Sursis, *dans* Les Lettres, *n° 4, 1946, p. 308-311.*

Tout est dit, et l'on vient trop tard depuis plus de sept mille ans qu'il y a des existentialistes, et qui pensent, si nous en croyons

Mme de Beauvoir dans le troisième numéro des *Temps modernes* (*Les Temps modernes,* on le sait, c'est cette curieuse revue où, comme dans le film du même nom, on travaille à la chaîne. Mme de Beauvoir parle de M. Merleau-Ponty, M. Merleau-Ponty parle de M. Sartre, M. Sartre parle de lui-même, sans doute parce qu'au-delà, il ne reste que le néant...) Et tout est dit sur ces livres après plus de sept mille journalistes sans doute, qui en ont parlé. À peine pourrait-on essayer des rectifications de détail : ainsi, pour *Les Chemins de la liberté,* les partisans de M. Sartre ont généralement loué son talent de grand romancier, et ses adversaires lui ont reproché le caractère immoral ou nauséeux de l'univers qu'il décrit. C'est peut-être le contraire qu'il conviendrait de faire : cet univers de la nausée, c'est bien le nôtre, celui où nous pataugeons tous [...] et le seul mérite de l'école naturaliste que M. Sartre dirige est d'exprimer cet aspect du monde tel qu'on peut le connaître dans un pays défait et qui ne se reprend qu'à grand-peine. L'œuvre de M. Sartre fait comme le maréchal : elle nous répète chaque matin que nous sommes vaincus. Et d'autre part, quant au talent de romancier de M. Sartre, il y aurait beaucoup à dire : *L'Âge de raison* n'ajoute rien à *La Nausée*; M. Sartre y refait *L'Invitée* du point de vue de l'homme : cela aussi c'est du travail à la chaîne et M. Gallimard a sans doute fait signer un contrat à Xavière-Ivich. Quant au *Sursis,* cela tient trop visiblement de Dos Passos et de Jules Romains : les morceaux d'une ou deux bonnes nouvelles, privés de vie, y nagent dans un ragoût tiède, dont l'intelligence est tout le sel : et encore, ce petit Boris me paraît bien nigaud quand je songe à Lafcadio, son frère aîné. [...] Ce n'est pas par hasard, ou par les nécessités de l'intrigue que l'avortement tient une telle place dans ces œuvres, et il n'est pas besoin de les psychanalyser pour comprendre que ce leitmotiv de l'imagination existentialiste symbolise le refus d'une partie de l'existence. Rien de plus frappant à ce propos que l'absence complète de l'enfant ou de l'adolescent dans une œuvre comme *L'Âge de raison* dont le protagoniste est un professeur. Il y a le disciple Boris, et la sœur du disciple, je le sais bien, mais cela représente une classe d'adolescents à peu près comme l'idiot du village peut en représenter la population. Ce Mathieu Delarue qui vient de faire ses dernières classes de l'année quand nous le rencontrons, son métier ne joue aucun rôle dans sa vie intérieure, et c'est peut-être l'artifice le plus sensible de l'œuvre et sa fausseté la plus apparente. [...]

Compte rendu chaleureux et tranchant vivement sur les autres par le ton, de Gilbert Guisan, dans La Gazette de Lausanne, *31 mai 1946.*

Quand la civilisation passe par une crise, que ses assises majeures s'éboulent et semblent entraîner l'avenir dans leur chute, il est naturel que le lecteur se tourne vers l'écrivain et lui demande de nouvelles raisons de vivre. [...] En plaçant ainsi l'individu en face de ses responsabilités, vis-à-vis de lui-même et vis-à-vis des autres, en montrant que la liberté implique un engagement et, par suite, de la décision, de l'abnégation, du courage, Sartre est un maître d'énergie. [...] Exaltante, l'œuvre de Sartre l'est, parce qu'elle est dure et impitoyable. [...] La doctrine qui accompagne l'œuvre et veut l'éclairer, accorde par principe cette liberté, — liberté d'autant plus large que, si volontaire et si attentif que soit l'écrivain, il ne peut tout à fait se soustraire aux lois de la création romanesque, aux hasards de l'imagination et de la sensibilité et que, de cette manière, il subsiste toujours une possibilité d'interprétation personnelle d'une réalité qui n'est pas une fabrication de l'existentialisme, mais tout simplement qui *est*. Il se peut que l'œuvre de Sartre, par la vie de ses personnages, soit l'œuvre de l'échec. Encore faut-il, avant de juger, attendre la publication de *La Dernière Chance*. Cependant l'échec subsisterait-il, il serait comme celui de Deslauriers et de Frédéric Moreau, « un échec fécond ». *Les Chemins de la liberté* sont notre *Éducation sentimentale*.

Compte rendu par Guy S. Le Clec'h, dans La Nef, *nᵒ 19, juin 1946, p. 93-96.*

[...] *Les Chemins de la liberté* sont le diagnostic exact de cette véritable maladie d'une génération qui se fermait sur elle-même, monade sans ouverture sur le monde extérieur. Cet abus d'une pureté intérieure provoquait toute sa souffrance. [...] Ainsi le mal dont a souffert notre jeunesse résidait dans cette recherche épuisante de l'être, par la vie de la méconnaissance absolue qu'en son fond il est liberté, et que cette liberté ne peut se saisir que lorsqu'elle s'engage dans le monde. [...]

Compte rendu symptomatique, intitulé « Romans sartriens » et traitant aussi du Sang des autres *de Simone de Beauvoir, par André Rousseaux, dans* France Illustration, *nᵒ 5, novembre 1946, p. 127.*

[...] la littérature de M. Sartre à l'égard de la morale est un désastre. Laissons ici cet aspect de la question, et constatons en effet que l'avènement du « sartrisme » et des « sartriens », comme on dit, est le fait littéraire du moment. Car M. Sartre n'est pas seulement un jeune maître, il est chef d'école, il a son équipe, sa revue, sa doctrine. [...] La première impression éprouvée en ouvrant ces livres-là est celle d'une rentrée dans le réalisme plus brutale que tout ce qu'on avait pu voir à cet égard depuis l'école naturaliste.[...] Sartre en remonte à Zola en scatologie, et sans doute est-il à l'heure actuelle le champion du genre. [...] Si le « sartrisme » devait triompher sur ces bases-là, il marquerait, au milieu du xxᵉ siècle, un retournement complet de tendance dans la littérature dont ce siècle s'honore jusqu'à présent. [...] Soit que les écrivains ressortissent formellement au bergsonisme, comme Péguy et peut-être Proust, soit qu'il y ait rencontre de tendances, la littérature de ces cinquante dernières années a épanoui sa poésie intense dans l'atmosphère spirituelle bergsonienne.

Sartre par rapport à Bergson, c'est, en philosophie, l'arrivée d'un contre-courant. Et en littérature donc! [...] Ces livres, d'un intellectualisme tout pur, ne sont rien d'autre que des romans à thèse. La thèse est posée au début de l'ouvrage. Les personnages, avec des nuances diverses, ont pour mission de discuter la thèse, dans un langage qui est en général celui des conversations d'intellectuels au café, et qu'ils tiennent évidemment de l'auteur. [...] Savez-vous ce qu'est ce genre d'ouvrage ? Celui que construirait l'intelligence logicienne de Paul Bourget. [...]

Il existe aussi des comptes rendus dans les périodiques suivants :

Terre des hommes, *nᵒ 4, 20 octobre 1945 : Henri Thomas.*

Libertés, 12 octobre 1945 : François Erval.
Vingtième Siècle, 8-15 novembre 1945 : Thierry Maulnier.
Fraternité, n° 68, 19 décembre 1945 : Pierre Gascar.
Les Nouvelles littéraires, n° 951, 1945, Robert Kemp.
Les Nouvelles littéraires, n° 961, 3 janvier 1946 : Raymond Las Vergnas.
Cahiers du Sud, n° 179, 1946, p. 287-294 : Jean Catesson.
Juin, n° 4, 12 mars 1946 : Raymond Guérin.
Arts et Lettres, n° 1, mars 1946 : Jean-Louis Bory.
Revue de la Méditerranée, n° 12, mars-avril 1946 : Raoul Celly.

BIBLIOGRAPHIE[1]

a. Fragment sous le titre « L'Âge de raison », dans le volume « Domaine français » de la revue *Messages,* Genève-Paris, éditions des Trois Collines, 1943, p. 51-60.

Ce fragment se situe dans la deuxième partie du chapitre VIII (p. 520-527 de notre édition) : de « Écoute-moi, dit Brunet, je ne vais pas y aller par quatre chemins » jusqu'à « Mathieu pensa : " C'était mon meilleur ami " ».

b. Autre fragment intitulé « Les Chats » : *L'Arbalète,* n° 7, été 1943, sur 14 pages. Tiré en août 1943 à 425 exemplaires.

Passage où Daniel tente de se débarrasser de ses chats, depuis le début du chapitre VII jusqu'à « Et puis la honte reprit le dessus et il recommença à se voir... » (p. 87-96 de l'édition originale et p. 479-490 de notre édition).

c. Édition en volume : Gallimard, [1945], 309 pages. Il s'agit de l'édition originale.

Achevé d'imprimer : 15 mars 1945. Mis en vente en septembre 1945 en même temps que *Le Sursis.* Dédié à Wanda Kosakiewicz.

Justificatif de tirage : Il a été tiré de cet ouvrage huit exemplaires sur vergé antique blanc, dont cinq exemplaires numérotés de I à V et trois exemplaires hors commerce marqués de *a* à *c.*

Il a été tiré en outre mille exemplaires sur papier de châtaignier, dont neuf cent soixante exemplaires numérotés de 1 à 960 et quarante exemplaires hors commerce numérotés de I à XL. Ces exemplaires portent la mention EXEMPLAIRE SUR PAPIER DE CHÂTAIGNIER et sont reliés d'après la maquette de Mario Prassinos.

Ce justificatif a été complété ainsi plus tard : Ce volume ayant été recomposé en juillet 1949, il a été tiré mille cinquante exemplaires sur alfa Navarre, dont mille numérotés de 961 à 1960 et cinquante, hors commerce, numérotés XLI à XC. Ces exemplaires, reliés d'après la maquette de Mario Prassinos, portent la mention EXEMPLAIRE SUR ALFA.

Le volume a également été publié en 1962 dans la collection « Soleil » (319 p.).

d. Gallimard, « Le Livre de poche », n°s 522-523, [1960]. 442 p.

e. Œuvre romanesque, t. III. Illustrée par W. Spitzer. Éditions Lidis, [1965]. 387 p.

f. Gallimard, coll. « Folio », n° 14, [1972], 377 p.

---

1. Nous ne donnons ici que la bibliographie des éditions. Une bibliographie critique, pour l'ensemble des *Chemins de la liberté,* sera donnée, p. 2121.

NOTE SUR LE TEXTE

Nous n'avons pas pu consulter les manuscrits de *L'Âge de raison* et du *Sursis*. Ces manuscrits, nous a dit Sartre, ont été vendus par lui, en 1945, à un collectionneur suisse qu'il avait rencontré au café de Flore et dont il ne se rappelait pas le nom. Malgré plusieurs appels que nous avons publiés dans la presse, ce collectionneur ne s'est jamais manifesté. Aucun dactylogramme ne semble avoir été conservé, pas plus que les éditions Gallimard n'ont archivé les épreuves de l'édition originale et de la réimpression recomposée en 1949.

Pour *L'Âge de raison,* nous avons suivi l'édition originale, en la comparant à la réimpression de 1949, pour laquelle Sartre avait indiqué à Gallimard, oralement semble-t-il, des corrections dont nous avons tenu compte, soit pour l'établissement du texte lui-même, soit en les donnant en variantes. Nous signalons les points précis sur lesquels nous sommes intervenus, presque toujours avec l'accord de Sartre. Pour la ponctuation, plus particulièrement pour les virgules, et la disposition typographique des dialogues (suppression des guillemets et quelques passages à la ligne), nous suivons le plus souvent la réimpression de 1949, sans avoir jugé utile de signaler en chaque cas les changements par rapport à l'édition originale. Sartre nous a dit avoir apporté le plus grand soin à la ponctuation, mais, en l'absence de manuscrit, il eût été hasardeux de remettre en question systématiquement les virgules portées, vraisemblablement par un correcteur de la maison Gallimard, dans le texte recomposé et qui précèdent principalement les conjonctions *puis* et *mais* et l'adjectif verbal placé en apposition, le plus souvent donné sans virgule dans l'édition originale (ex., p. 399 : — Je ne sais pas, dit-il décontenancé). Pour ce qui concerne l'usage de l'italique, dont Sartre estimait avoir abusé dans l'édition originale, nous expliquons plus bas le principe que nous avons adopté sur le conseil de Sartre. Nous donnons aussi en variantes les différences présentées, par rapport à l'édition en volume, par les deux extraits publiés en préoriginale. Le premier de ces fragments, dans le volume intitulé « Domaine français » de la revue *Messages,* correspond aux pages 520 (depuis « — Écoute-moi, dit Brunet ») à 527 de l'édition originale (jusqu'à « C'était mon meilleur ami. »). Le second, dans la revue *L'Arbalète,* correspond aux pages 479 (début du chapitre) à 490 (jusqu'à « il recommença à se voir [...] »).

SIGLES UTILISÉS

DF   « Domaine français », *Messages,* 1943.
Arb.   *L'Arbalète,* 1943.
orig. Édition originale, 1945.
réimpr. Réimpression de 1949.

NOTES ET VARIANTES

Page 391.

1. L'ensemble des *Chemins de la liberté* est dédié à Wanda Kosakiewicz. Sœur cadette d'Olga, Sartre l'a rencontrée en 1937 et elle est restée jusqu'à la mort de celui-ci l'une de ses intimes. Elle a fait carrière au théâtre sous le pseudonyme de Marie-Olivier, créant des rôles féminins qui furent écrits pour elle dans les pièces de Sartre : Lucie dans *Morts sans sépulture*, Jessica dans *Les Mains sales*, Catherine dans *Le Diable et le Bon Dieu*, Anna Damby dans *Kean*, Véronique dans *Nekrassov*, Leni dans *Les Séquestrés d'Altona*. Au cinéma on a pu la voir dans *La Danse de mort* de Marcel Cravenne (1946), adapté d'après Strindberg par son beau-frère Jacques-Laurent Bost. Elle apparaît au côté de Sartre dans une brève séquence sur le théâtre du film *Sartre par lui-même.* — Il existe une correspondance où Sartre, durant la « drôle de guerre », la tenait au courant de la progression de *L'Âge de raison,* roman pour lequel il jugea certains de ses conseils judicieux. Le personnage d'Ivich lui doit quelques-uns de ses traits.

Page 394.

a. Paris-11ᵉ *orig. Nous adoptons la leçon de la réimpression, résultant d'une modification sans doute apportée par un correcteur, la rue de Belleville se trouvant à cheval sur le 19ᵉ (côté impair) et le 20ᵉ arrondissement (côté pair).*

1. Confederación Nacional del Trabajo. Syndicat espagnol dont des représentants participaient au gouvernement républicain. La C.N.T., le plus important des syndicats ouvriers espagnols, avait une majorité anarcho-syndicaliste et joua un rôle important dans la guerre civile. Une C.N.T. française, calquée sur le syndicat espagnol, eut une existence éphémère à la fin des années 30. L'adresse parisienne du « Comité anarcho-syndicaliste » semble avoir été inventée par Sartre (voir var. *a*). Malgré sa sympathie de principe pour les milieux anarchistes, il n'avait aucun contact avec eux.

Page 395.

1. Le manque d'argent joue un rôle moteur dans la progression du récit de *L'Âge de raison :* Mathieu va courir pendant quarante-huit heures à travers Paris pour trouver la somme nécessaire à la sauvegarde de sa liberté. S'il l'avait, il n'y aurait pas de problème, donc pas de roman. Le traitement d'un professeur agrégé, en 1938, était d'environ 3 000 francs, nous a dit Sartre : c'est ce qu'il gagnait lui-même. La situation matérielle de Mathieu, nous a-t-il précisé, correspond tout à fait à la sienne à l'époque : il était souvent à court d'argent et en empruntait volontiers, de même qu'il en prêtait (voir aussi *La Force de l'âge,* p. 371).

2. De même que, par volonté de réalisme, Sartre respecte strictement la topographie parisienne (à une exception près, due à l'inadvertance — voir n. 1, p. 665), il s'est astreint dans *L'Âge de raison* à une chronologie et une unité de temps rigoureuses :

tout le roman se déroule en trois nuits et deux journées consécutives. Sans vouloir faire ici une étude détaillée de la chronologie interne du roman, on peut noter que, en gros, la quasi totalité de ces quarante-huit heures est couverte par le récit, les ellipses portant principalement sur les heures de la nuit où les personnages dorment. De nombreuses et précises indications d'heure jalonnent le récit et en soulignent, pour Mathieu, le caractère de course contre la montre. Le calcul mental que fait ici implicitement Mathieu et les indications temporelles qui sont données obliquement par la suite, permettent de fixer la date du début du roman à la soirée du 12 ou du 13 juin 1938. Dans la réalité, le 13 juin de cette année-là fut un lundi. Du moment que Mathieu (voir p. 398) dit à Marcelle avoir fait « hier » ses derniers cours au lycée, il faut admettre, ce qui concorde avec les données chronologiques de la suite, que le premier chapitre se déroule dans la nuit du mardi au mercredi. Ainsi, selon le calendrier réel, l'action du roman se situerait entre le mardi 14 juin 1938 à 22 h 30 et la nuit du jeudi 16 au vendredi 17, vers 2 h du matin[1].

1. Voici, pour l'ensemble du roman, la chronologie telle qu'on peut la reconstituer ; nous y ajoutons l'indication du personnage selon le point de vue duquel le récit est mené :

Chap. I : Mardi 14 juin 1938, de 22 h 30 à environ 1 heure du matin. (Point de vue de Mathieu.) Mathieu rencontre un ivrogne rue Vercingétorix où il se rend pour voir Marcelle. Marcelle lui dit qu'elle est enceinte. Il va voir une avorteuse, rue Morère.

Chap. II : Même nuit, entre minuit environ et 2 heures. (Point de vue de Boris.) Boris avec Lola dans un restaurant de Montmartre, puis dans la chambre d'hôtel de Lola, rue Navarin.

Chap. III : Mercredi 15 juin, de 9 heures à environ 10 h 30 (Point de vue de Mathieu.) Mathieu chez Sarah, rue Delambre, rencontre Brunet, puis demande à Sarah son aide pour faire avorter Marcelle. Au jardin du Luxembourg, il médite sur sa vie.

Chap. IV : De 10 h 40 à 11 h 30. (Point de vue de Mathieu.) Mathieu à la terrasse du Dupont-Latin, boulevard Saint-Michel, avec Ivich. En taxi, en route vers l'exposition Gauguin, il tente de l'embrasser.

Chap. V : Midi. (Point de vue de Marcelle.) Marcelle seule chez elle. Elle aimerait garder l'enfant.

Chap. VI : Entre 11 h 30 et midi. (Point de vue de Mathieu.) Visite de l'exposition Gauguin, rue du Faubourg-Saint-Honoré. Puis Ivich accompagne Mathieu qui se rend à pied chez Daniel, rue Montmartre. Elle le quitte abruptement.

Chap. VII : De 10 heures du matin à midi environ. (Point de vue de Daniel.) Daniel, chez lui, se prépare à aller noyer ses chats. Il se rend en bus à Charenton, craque, et rentre en taxi rue Montmartre où il retrouve Mathieu, venu lui emprunter de l'argent.

Chap. VIII : De 12 h 30 environ à 15 heures. (Point de vue de Mathieu.) Mathieu chez son frère Jacques, rue Réaumur, échange quelques mots avec la femme de celui-ci, Odette. Jacques refuse de lui prêter l'argent nécessaire à l'avortement de Marcelle, mais lui offre une somme importante s'il consent à l'épouser. Mathieu téléphone à Marcelle pour la rassurer. Chez lui, rue Huyghens, avec Boris. Brunet vient lui proposer de s'inscrire au parti communiste.

Chap. IX : De 18 heures à 20 heures. (Point de vue de Daniel.) Daniel quitte son bureau et se rend à la kermesse du boulevard Sébastopol où il retrouve un jeune amant, Bobby.

(Point de vue de Boris.) Boris en route de l'avenue d'Orléans au boulevard Saint-Michel où il veut voler un dictionnaire. Daniel l'interrompt en l'abordant devant la librairie.

(Point de vue de Daniel.) Daniel se rend à pied chez Marcelle, bien décidé à faire en sorte que Mathieu l'épouse.

Chap. X : De 22 heures à environ 23 h 30. (Point de vue de Daniel.) Daniel

3. Souvenir des « rites immuables » qui présidaient à la liaison compliquée de Sartre avec Simone Jollivet lorsqu'il était étudiant et qu'il allait la voir à Toulouse : il devait attendre dans la rue que sa mère soit couchée et bordée pour pouvoir la rejoindre dans sa chambre au-dessus de la pharmacie (voir *La Force de l'âge*, p. 73).

Page 396.

1. D'après des indications ultérieures (voir p. 408 et 507), la liaison de Mathieu et de Marcelle dure depuis sept ans; elle a donc commencé en 1931, date qui ne correspond, semble-t-il, à rien dans la vie privée de Sartre.

fait avouer à Marcelle qu'elle désire garder son enfant et lui promet de parler à Mathieu.
Chap. XI : De 23 h 30 environ au petit matin. (Point de vue de Mathieu.) Mathieu au Sumatra avec Ivich, Boris et Lola. Lola refuse à Boris de lui prêter l'argent qu'il veut donner à Mathieu. Ivich et Mathieu se mutilent par défi.
Chap. XII : Jeudi 16 juin, de 9 heures à midi. (Point de vue de Mathieu.) Mathieu rejoint Ivich au Dôme à Montparnasse. Boris arrive, il croit Lola morte. Mathieu accepte d'aller à son hôtel récupérer les lettres de Boris qui pourraient compromettre celui-ci. Il n'ose pas prendre l'argent de Lola. Celle-ci se réveille. Mathieu retourne au Dôme. Au téléphone, Sarah promet à Mathieu d'obtenir du médecin autrichien qu'il fasse crédit pour l'avortement de Marcelle.
Chap. XIII : À l'heure du déjeuner. (Point de vue de Boris.) Boris et Ivich se promènent en attendant l'heure pour Boris d'aller chercher le résultat de l'examen d'Ivich.
Chap. XIV : Vers 13 h 30. (Point de vue de Mathieu.) Mathieu avec Daniel dans un bar. Daniel lui conseille de demander à Marcelle ce qu'elle souhaite vraiment.
(Point de vue de Marcelle.) Daniel, au téléphone, rend compte de sa conversation avec Mathieu; elle reprend espoir.
Chap. XV : D'environ 17 heures à 20 h 45. (Point de vue de Mathieu.) Mathieu à l'officine de prêts aux fonctionnaires. Il ne pourra pas obtenir d'argent avant le début de juillet. Chez lui, il trouve un message d'Ivich qui a été collée à son examen. Il part en taxi à sa recherche au Quartier Latin et la retrouve ivre dans un dancing d'étudiants. Il l'emmène chez lui et propose de l'entretenir pour que, après les vacances, elle puisse continuer à vivre à Paris. Arrive Sarah qui dit à Mathieu, devant Ivich, que le médecin refuse de faire crédit pour l'avortement. Mathieu annonce à Ivich qu'il va épouser Marcelle et quitte précipitamment l'appartement en y laissant la jeune fille.
Chap. XVI : De 20 h 45 à 23 heures environ. (Point de vue de Mathieu.) Mathieu tombe dans la rue, avenue du Maine, et décide d'aller voler l'argent de Lola.
(Point de vue de Daniel.) Daniel, rue aux Ours, chez son amant Ralph.
(Point de vue de Mathieu.) Rue Navarin. Mathieu s'introduit dans la chambre de Lola et prend les billets de banque.
(Point de vue de Daniel.) Daniel, chez lui, veut se châtrer, prend peur et se réfugie dans un bar.
Chap. XVII : 23 heures. (Point de vue de Mathieu.) Mathieu, chez Marcelle, lui donne l'argent volé et lui dit qu'il ne l'aime plus. Elle le chasse.
Chap. XVIII : De minuit environ à 2 heures du matin. (Point de vue de Mathieu.) Mathieu retrouve Ivich. Il lui annonce qu'il a rompu avec Marcelle et qu'il a volé Lola. Ivich lui dit qu'elle n'a pas d'amour pour lui mais qu'elle reviendra à la rentrée. Elle s'enfuit lorsque survient Lola qui cherche Boris; Lola est persuadée que c'est lui qui l'a volée. Daniel arrive avec l'argent. Lola s'en va. Daniel annonce à Mathieu qu'il va épouser Marcelle : il est pédéraste et ainsi il se punira. Resté seul, Mathieu pense : « C'est vrai, c'est tout de même vrai : j'ai l'âge de raison. »

Page 398.

a. Il semble, bien qu'il n'en ait pas gardé un souvenir précis, que Sartre avait donné pour instruction aux Éditions Gallimard — qui n'en ont conservé aucune trace écrite — de supprimer dans les réimpressions de « L'Âge de raison » et du « Sursis » les italiques dont il jugeait avoir abusé dans l'édition originale. Ainsi les nombreux mots imprimés en italique dans celle-ci ont-ils été réimprimés en romain dans les éditions qui se sont succédé à partir de 1949. Cependant, après coup, Sartre estima cette modification systématique elle aussi abusive, les italiques ayant dans bien des cas une valeur expressive. Lorsque nous lui avons demandé, en 1974, quel parti adopter pour l'établissement du texte de la présente édition, il nous a recommandé de suivre l'édition originale chaque fois que l'italique nous paraissait souligner le « sens existentiel » du mot et appeler une accentuation particulière de la phrase lue à haute voix. Nous avons suivi cette recommandation en nous fiant à notre intuition, cas par cas. Nous n'avons pas jugé utile de signaler en variantes les mots en italique de l'édition originale qui sont donnés en romain dans la présente édition.

1. Sartre nous a dit qu'il avait situé l'action du roman à une période où Mathieu est en vacances pour ne pas avoir à le montrer faisant son cours, ce qui l'aurait obligé à lui donner une philosophie.

2. Avant d'être nommé au lycée Pasteur de Neuilly, Sartre avait été professeur à Laon, en 1936-1937. C'est la ville où il fait habiter les parents d'Ivich. Beauvais, dans l'Oise, se trouve à une distance moindre de Paris que Laon (140 kilomètres), mais dans la même région, au nord. Merleau-Ponty était, à l'époque, professeur à Beauvais.

3. Sartre prononçait Ivik et non Ivitch.

4. Ce mot d' « évidence » se trouve probablement là comme une allusion privée, à caractère ironique, destinée au petit clan de la « famille ». Simone de Beauvoir rapporte en effet qu'à l'époque du « trio », Sartre interprétait de façon maniaque la moindre parole, la moindre moue d'Olga. Elle note à ce propos : « Il y avait un mot emprunté à la phénoménologie et dont nous abusions au cours de ces discussions : évidence. Les sentiments, tous les " objets psychiques " ne sont que des probables; mais l'*Erlebnis* enferme sa propre évidence. Pour me clouer la bouche, Sartre disait : " Olga était furieuse contre moi, tout à l'heure : c'est une évidence " » (*La Force de l'âge*, p. 266).

Page 399.

1. Physique, Chimie, Biologie. Examen de propédeutique aux études de médecine.

Page 400.

a. aimait cette chair beurreuse réimpr. L'adjectif « mou » ou « molle », qui revient souvent dans l'édition originale, a été systématiquement éliminé, à la demande de Sartre, qui jugeait en avoir abusé. Il avait sans doute été rendu attentif à cet abus par les nombreux pastiches de son style littéraire qui fleurirent dans la presse après 1945 et où l'adjectif « mou » revenait comme un leitmotiv, au même titre que le mot « vomir ». C'est du moins ce que nous a suggéré Jean Cau, qui était à l'époque le secrétaire de Sartre mais ne se souvient pas d'avoir transmis à Gallimard une instruction à ce sujet. Les dossiers de fabrication de l'éditeur étant incomplets pour cette période, aucune trace écrite de la demande de Sartre n'a été retrouvée. Pour la présente édition, où nous suivons l'originale, nous rétablissons, avec l'accord de Sartre, le texte de 1945, tout en signalant chaque fois la variante concernant l'adjectif « mou » ou « molle » des réimpressions successives.

1. Voir n. 3, p. 395. La « chambre-coquillage » est aussi un souvenir de la liaison avec Simone Jollivet.

Page 401.

1. Le texte contient des indications contradictoires sur l'âge de Mathieu. S'il a trente-quatre ans, comme le dit ici Marcelle, il serait né en 1904. Page 425, Boris pense à lui comme à un type de trente-cinq ans, et page 661, est précisée son année de naissance, la même que celle de Sartre, 1905, ce qui lui donnerait trente-trois ans en juin 1938. Ces petites incohérences s'expliquent par le fait que la composition du roman a duré, en gros, de 1938 à 1940, et que Sartre voulait donner à Mathieu, son *alter ego*, le même âge que le sien au moment où il écrivait. Pour Sartre, nous a-t-il dit, la crise que traverse Mathieu est typiquement une crise des trente-cinq ans, c'est-à-dire la crise d'un homme arrivé à la moitié de son espérance de vie : l'âge de raison, c'est la fin de la jeunesse, le début de la maturité, la mi-vie.

2. Sur ce point, les rapports de Mathieu et de Marcelle évoquent le « pacte » qui a lié, durant toute leur vie ensemble, Sartre et Simone de Beauvoir : « non seulement aucun des deux ne mentirait jamais à l'autre, mais il ne lui dissimulerait rien ». Dans *La Force de l'âge* (p. 28-30), où elle décrit leur rapport de transparence, Simone de Beauvoir souligne ce que ses relations avec Sartre avaient de particulier du fait de leur choix commun d'écrire, ce qui interdit de les considérer comme exemplaires; elle montre avec beaucoup de clairvoyance les avantages et les dangers de ce type de relations dans un couple. Elle note à ce propos : « Sartre a souvent débattu avec moi cette question, et il l'a abordée, lui aussi, dans *L'Âge de raison*. Au premier chapitre, Mathieu et Marcelle, en feignant de " se dire tout ", évitent de parler de rien. La parole ne représente parfois qu'une manière, plus adroite que le silence, de se taire » (*La Force de l'âge*, p. 29).

Page 402.

1. Sur ce thème de la lucidité, voir notre commentaire sur le premier titre des *Chemins de la Liberté,* « Lucifer », dans la Notice p. 1860.

2. On se rappelle le mot de Gide, dans *Les Faux-monnayeurs,* très connu à l'époque : « Il est bon de suivre sa pente, pourvu que ce soit en montant. »

Page 403.

1. Formulation qui résume l'idée philosophique du lien entre contingence et liberté que Sartre a développée dans *L'Être et le Néant* mais qui date chez lui des années 20 et qui est à la base de sa philosophie en tant que celle-ci est d'abord la reprise réflexive de son sentiment de l'existence, de son vécu originaire. Cependant, le traitement de cette idée à travers le personnage de Mathieu est ironique, dans la mesure où la passion de Sartre pour la liberté est, chez Mathieu, refroidie. De telle sorte que le jugement porté sur lui par Marcelle est, pour une part, juste.

Page 404.

1. Sur le désir en tant que vaine tentation de « posséder la transcendance de l'autre comme pure transcendance et pourtant comme corps », voir le chapitre de *L'Être et le Néant* consacré aux relations concrètes avec autrui (IIIᵉ partie, chap. III, section II, p. 432-449).

Page 408.

1. Certaines résonances antisémites dans la suite du texte, principalement liées au personnage de Sarah, peuvent étonner de la part du futur auteur des *Réflexions sur la question juive*. Selon Sartre, que nous avons interrogé à ce sujet, elles s'expliquent par une volonté de réalisme : la société française de l'avant-guerre était tout entière pénétrée d'un antisémitisme diffus et peu virulent, dont même les milieux antifascistes n'étaient pas indemnes. Sartre lui-même, durant les années trente, était peu sensible au problème juif; il ne comptait pas, à l'époque, de juifs parmi ses amis proches, à l'exception de Bianca Bienenfeld, modèle d'un des personnages du *Sursis* (voir n. 2, p. 813) et de Fernando Gerassi, dont la femme, Stépha, modèle de Sarah, n'était pas juive. Il va de soi, cependant, qu'une nouvelle comme « L'Enfance d'un chef » ne laisse aucun doute sur l'hostilité de Sartre en 1938 à l'égard de l'antisémitisme (voir la Notice pour ce texte, p. 1849).

Page 409.

a. ses orbites. Elle ne   *réimpr.*

1. On sait l'importance du regard dans la philosophie de Sartre, en tant que le regard de l'autre me vole le monde, qu'il manifeste la transcendance de l'autre qui transcende la mienne et me constitue comme objet, dans l'expérience de la honte notamment, et me révèle la dimension « pour-autrui » de mon être-au-monde (voir *L'Être et le Néant*, IIIᵉ partie, chap. I, « Le pour-autrui », section IV, « Le regard », p. 298-349). Ce thème philosophique est l'un des principaux thèmes littéraires de *L'Âge de raison* et du *Sursis*, et il a été abondamment commenté. Encore une fois, plutôt que de considérer le thème littéraire comme une illustration du thème philosophique, il convient sans doute de voir dans l'un et l'autre un même vécu existentiel. C'est en ce sens qu'on peut considérer *L'Être et le Néant* comme une autobiographie abstraite et *Les Chemins de la liberté* comme un essai de philosophie concrète, ce qui n'ôte pas plus à l'un sa spécificité romanesque qu'à l'autre sa spécificité philosophique.

Page 410.

1. Des lecteurs ont pu penser qu'il s'agissait ici d'un signe de connivence à Camus et à sa « lumière méditerranéenne ». Sartre nous a assuré que non. Rappelons qu'il n'a d'ailleurs fait la connaissance d'Albert Camus qu'en 1943.

2. Transports en commun de la Région parisienne, ancien nom de ce qui est aujourd'hui la R.A.T.P.

3. Voir n. 2, p. 281.

Page 411.

1. La date de Pâques en 1938 fut le dimanche 17 avril. La réflexion de Mathieu indique vraisemblablement qu'il avait quitté Paris pendant les vacances.

Page 413.

1. Le nom Delarue a de toute évidence été choisi par Sartre pour sa connotation de nom, si l'on ose dire, *commun* : c'est à la fois un nom très répandu et, un peu comme l'*Everyman* de la littérature anglaise, un nom qui évoque le « n'importe qui ». Mathieu est l'homme *de la rue*, c'est-à-dire à la fois un homme lancé, concrètement, dans une course à travers Paris, un homme qui « marche dans la rue » (pour reprendre le titre d'un film de 1949, *Un homme marche dans la rue*, à l'inspiration très existentialiste, réalisé par un ami de Sartre, Marcel Pagliero) et « un garçon sans importance collective, tout juste un individu » (pour reprendre l'épigraphe de Céline de *La Nausée*). Husserl voulait ramener en philosophie le point de vue naturel de l'homme de la rue.

Page 415.

1. Chanson américaine de Coates et Hanighen que Sartre aimait beaucoup et qu'il entendait chez Mme Morel. Elle a été rendue célèbre par Billie Holiday.

2. Il est question dans *La Force de l'âge* (p. 435 et 545), d'une belle russe prénommée Lola à la « lourde bouche » et aux « yeux sans fin », que Sartre et Simone de Beauvoir observaient avec amitié parmi les « bouleversantes » du Flore et qui eut une liaison avec leur jeune ami Mouloudji. Ce n'est pas elle qui a servi de modèle au personnage de Lola. Sartre nous a dit avoir composé celui-ci d'après ce qu'il imaginait des femmes de ce genre, plus ou moins artistes et droguées, qu'on rencontrait avant la guerre au Dôme et dans les cafés de Montparnasse, et aussi de comédiennes-chanteuses comme Marianne Oswald (voir *La Force de l'âge*, p. 329-330) et Margo Lion (qui joue dans la version française du film de Pabst tiré de *L'Opéra de quat'sous* de Brecht et qui écrivit à Sartre s'être reconnue dans le personnage).

Page 416.

1. Ce titre de chanson semble avoir été inventé par Sartre.

Page 417.

1. Argot pour « bourgeois ».

Page 418.

1. Simone de Beauvoir note dans *La Force de l'âge* (p. 253) : « Dans le Boris de *L'Âge de raison,* Sartre a peint en le russifiant un portrait du " petit Bost " tel du moins qu'il nous apparaissait alors ». Jacques-Laurent Bost, le « petit Bost », que Sartre et Simone de Beauvoir surnommaient aussi « le petit crâne », était un ancien élève de Sartre au lycée du Havre, fils de l'aumônier protestant de ce lycée et frère cadet du romancier et scénariste Pierre Bost.

« Il avait dix-neuf ans, un sourire éclatant, une aisance princière, car il estimait, en bon protestant, que sur cette terre n'importe quel homme est roi. Démocrate par principe et avec conviction, il ne se sentait supérieur à personne : mais il admettait difficilement qu'on pût consentir à vivre dans une autre peau que la sienne et surtout à avoir un autre âge ; à sa façon, lui aussi [comme Olga] incarna à nos yeux la jeunesse. Il en avait la grâce, presque insolente tant elle était désinvolte, et aussi la fragilité narcissiste [...]. Par besoin de sécurité, il recherchait la compagnie des adultes bien qu'ils lui inspirassent — sauf peut-être Sartre — un étonnement apitoyé. »

Sartre a rajeuni Boris d'un an par rapport à Bost, qui est né en 1916, de façon à lui faire devancer l'appel en septembre 1938, dans *Le Sursis*. Bost lui-même était sursitaire en 38, il fut appelé en 39, et blessé, comme Boris, en mai 40. Il a raconté son expérience de la guerre dans *Le Dernier des métiers* (Gallimard, 1946).

Olga Kosakiewicz, le modèle d'Ivich, est née, elle, en 1917, en Russie, et a quitté son pays avec ses parents après la révolution d'Octobre. Sa mère était française d'origine et son père d'une famille russe noble qui était reçue à la Cour du Tsar et avait de grandes propriétés. La révolution l'avait complètement dépossédée. Après un séjour en France puis en Amérique, la famille Kosakiewicz s'installa dans une petite ville de l'Orne, où le père, ingénieur de formation, acquit une scierie. Olga fit la connaissance de Bost par l'intermédiaire de Simone de Beauvoir et de Sartre, à Rouen, où ils se lièrent d'amitié. Au moment où Sartre écrivait *L'Âge de raison,* ils vivaient à Paris et formaient déjà un couple ; ils se sont mariés pendant la guerre ; Sartre, à partir de 1939, fut davantage lié avec Wanda, la jeune sœur d'Olga, à qui le roman est dédié (voir n. 1, p. 391), mais le personnage d'Ivich qu'il donna pour sœur à Boris, doit plus à Olga, nous a-t-il dit. Les ressemblances d'Ivich avec le personnage de Xavière dans *L'Invitée* de Simone de Beauvoir, lui aussi inspiré d'Olga, sont évidentes pour les lecteurs des deux romans (Sur Olga, voir *La Force de l'âge*, p. 170-173, 208, 235-243, 246-251, 262-271, 326-327).

Page 422.

1. Sartre attribue ici à Boris un souvenir personnel analogue qu'il raconte avec humour dans le film *Sartre par lui-même* (*Sartre*, texte du film, p. 20-21) : chez un pharmacien, son grand-père Schweitzer s'était baissé, en faisant craquer ses jointures, pour ramasser une pièce de dix sous, afin de marquer au jeune Poulou qui avait volé dans le sac de sa mère, qu'il n'avait plus le droit de toucher à l'argent.

2. Descartes a toujours été la grande passion philosophique de Sartre. (Voir n. 1, p. 68 et n. 4, p. 444.)

Page 423.

a. — Ce n'est   orig. Nous adoptons la leçon de réimpr., car Boris, qui répète ici sa phrase, a employé plus haut le ça.

1. À part la mescaline qu'il avait prise une fois, Sartre n'avait pas d'expérience directe de la drogue et des drogués. L'héroïne crée rapidement une très forte accoutumance. Plus loin (voir p. 607), Lola est imaginée par Mathieu en train d'aspirer de la drogue

par les narines, ce qui se pratique avec la cocaïne. Simone de Beauvoir note, au sujet d'une chanteuse qu'ils avaient entendue en 1935 dans un restaurant espagnol de Paris : « De temps en temps, elle s'absentait, et quand elle réapparaissait, il y avait quelque chose de triomphant sur son visage : elle prenait de l'héroïne, nous dit Camille [Simone Jollivet] qui, en tant que fille de pharmacien, pensait s'y connaître en drogue » (*La Force de l'âge*, p. 252). Sartre nous a dit que plusieurs des habitués qu'ils côtoyaient au Dôme à la fin des années 30 prenaient de la drogue, et que lui et Simone de Beauvoir, par goût du romanesque, soupçonnaient la dame des lavabos d'en faire le trafic.

2. Classique du jazz, interprété notamment par Louis Armstrong.

Page 431.

1. Simone de Beauvoir note qu'en 1936, Sartre, Olga et elle avaient établi leur « quartier général au Dôme » et elle fait de ce café du boulevard Montparnasse et des gens qui le fréquentaient à l'époque une description très vivante (voir *La Force de l'âge*, p. 288).

Page 432.

1. L'expression « social-traîtres » appliquée aux socialistes par les communistes semble dater du congrès de Tours, en 1920.

2. Les nationalistes s'emparèrent d'Irun, petite ville basque espagnole proche de la frontière française, le 4 septembre 1936. Les anarchistes tinrent les derniers. Pour *Paris-Soir*, voir n. 1, p. 736.

Page 433.

a. mistress Stimson   orig. *Dans « Le Sursis, la maîtresse de Gomez est nommée Simpson; il est probable que Sartre a modifié ce nom dans l'originale pour éviter l'homonymie avec la célèbre maîtresse qui entraîna l'abdication du roi Édouard VIII d'Angleterre, en 1936. Nous unifions la graphie sur celle du « Sursis ».*

1. Le modèle qui a servi à Sartre pour le personnage de Gomez, qui n'apparaîtra que dans *Le Sursis*, est le peintre Fernando Gerassi (1899-1974), qu'il avait connu en 1929, par Simone de Beauvoir (voir *La Force de l'âge*, p. 34, 84, 89). Celle-ci fait (p. 285-286) du départ de Fernando Gerassi pour l'Espagne un récit assez différent de celui donné beaucoup plus tard par son fils, John Gerassi, alors âgé de cinq ans, dans un article intitulé « Sartre et son premier homme d'action » (*Obliques*, nos 18-19, 1979, p. 37-42). Gerassi tente d'élucider les rapports de Sartre avec son père par la culpabilité que Sartre aurait éprouvée à l'égard du combattant.

Né le 5 octobre 1899 à Constantinople dans une famille espagnole sépharade, Fernando Gerassi, après des études secondaires en Turquie, fit des études de philosophie à Berlin et à Fribourg-en-Brisgau dans le séminaire de Husserl. Il abandonne la philosophie en 1921 pour étudier l'histoire de l'art avec Wölfflin à Munich et décide de devenir peintre en copiant des Vélasquez au Prado. Il expose à Paris au Salon des Sur-Indépendants en 1934 et 1935, avec Miró et Picasso. Établi à Paris depuis 1935, il part pour l'Espagne dès le début de la guerre civile et devient rapidement chef d'état-major du général Lukacz (l'écrivain hongrois Mata Zalka) et chef des liaisons des Brigades Internationales, grâce surtout à sa connaissance des langues. Il est parmi les derniers défenseurs de Barcelone, puis se réfugie en France en mars 1939. Après quatre mois de camp de concentration, il émigre, après la débâcle, avec sa famille aux États-Unis, où il arrive en septembre 1940 et où il travaillera pour les services secrets américains. Il recommence à peindre en 1946, se retire dans le Vermont où il peint, avec peu de succès, jusqu'à sa mort, en 1974. D'après son fils John, de qui nous tenons ces renseignements, il avait jugé son portrait sous les traits de Gomez, « dur mais correct ».

2. Cette date est surprenante. C'est le 17 mars 1919 que se constitue en Bavière un gouvernement uniquement composé de socialistes, sous la présidence de Hoffmann. Le 7 avril 1919 est proclamée à Munich la République des Conseils, qui dura à peine un mois. C'est vraisemblablement à ce gouvernement révolutionnaire que pense Sartre. Après la création de la république de Weimar (septembre 1919) qui transforme la Bavière en Land avec un gouvernement purement administratif, Munich devient le terrain d'élection des organisations fascistes.

Page 435.

1. Expression rendue célèbre par le pamphlet de Paul Nizan contre les philosophes de la Sorbonne, les idéologues de la bourgeoisie, *Les Chiens de garde* (Rieder, 1932; réédition Maspero, 1961). Par sa position par rapport à Mathieu-Sartre, Brunet doit évidemment quelque chose à Nizan, mais celui-ci, par son caractère et son côté bohème, n'est pas le modèle du personnage. Sartre nous a dit avoir voulu faire avec Brunet le portrait-type du militant communiste d'origine intellectuelle et jouant un rôle dirigeant (il est membre du Comité central, ce que Nizan n'était pas). Pour le physique, il est inspiré de Georges Politzer.

Page 438.

1. Le thème de la paternité refusée est évidemment essentiel dans *L'Âge de raison*. Mettre ou ne pas mettre au monde un enfant, telle est la question, peut-être le choix existentiel le plus problématique se posant à une philosophie de la liberté. On remarquera que, si Sartre lui-même n'a jamais, assure-t-il, souhaité être père, la question l'a préoccupé, comme il apparaît dans *L'Âge de raison* mais aussi dans *Bariona* et dans un projet de pièce qui aurait dû s'intituler « Le Pari » (voir *Les Écrits de Sartre,* p. 293-294) et dont il reste des traces dans les deux premières scènes de *Nekrassov*. Dans *Bariona*, mettre au monde un enfant est présenté comme un acte d'espérance, un pari optimiste sur l'avenir et la liberté. Une analyse du thème de la paternité chez Sartre permettrait sans doute d'atteindre une des dimensions les plus profondes de sa psychologie.

Page 441.

1. Le Dupont Latin se trouvait à l'angle du boulevard Saint-Michel et de la rue des Écoles. C'était un des cafés les plus fréquentés du Quartier Latin. Il s'appelle aujourd'hui le Select Latin, la célèbre chaîne des cafés Dupont ayant disparu.

Page 442.

1. Ce mot devrait peut-être se lire *pleurs*.

Page 443.

1. Journaux ayant soutenu le Front populaire : *L'Œuvre* était dirigé par Henri Raud et comptait parmi ses collaborateurs Geneviève Tabouis, Édouard Herriot, Édouard Daladier, Albert Bayet, et André Billy pour la littérature. Il était diffusé à environ 130 000 exemplaires en 1938. Quant au *Populaire*, il était l'organe central du parti socialiste S.F.I.O. et avait pour directeur politique Léon Blum. Il combat avec une certaine mollesse pour l'indépendance de la Tchécoslovaquie. Dans ses meilleurs moments, il annonce un tirage de 300 000 exemplaires. — Simone de Beauvoir note que, dans les années trente, « Sartre lisait les journaux : mal, mais assidûment » (*La Force de l'âge*, p. 151).

2. Pithiviers est une ville du Loiret, à 84 kilomètres de Paris. Sartre l'a très probablement choisie pour la ressemblance de son nom avec Thiviers, la ville de Dordogne d'où sa famille paternelle était originaire et où il passa fréquemment des vacances durant son enfance et son adolescence.

Page 444.

1. Voir n. 2, p. 23.

2. Dans *L'Être et le Néant* (p. 657), Sartre parle de la « fraîche vivacité au travail du matin ».

3. Durant son enfance, Sartre fit plusieurs séjours à Arcachon.

4. À l'École normale, Sartre et Nizan avaient tous deux placé Spinoza dans leur Panthéon personnel, avec Socrate, Descartes et Kant (voir *Situations*, IV, p. 152).

Page 445.

a. une veille d'armes. *orig., réimpr. Nous corrigeons ce qui est sans doute une inadvertance de Sartre.*

1. Voir *Situations*, IV, p. 156 : « Nous gardâmes longtemps, [Nizan] et moi, le vocabulaire chrétien : athées, nous ne doutions pas d'avoir été mis au monde pour y faire notre salut et, avec un peu de chance, celui des autres. Une seule différence : j'avais la certitude d'être élu [...]. »
La laïcisation de l'idée de salut dans les années vingt mériterait une étude approfondie. Pour ce qui concerne le serment, qui était à l'origine le thème principal du premier tome de « Lucifer », voir notre Notice, p. 1862.

2. Sartre nous a dit, en 1974, que s'il n'avait pas donné sa petite taille à Mathieu, son double, c'était parce que celui-ci aurait manqué ainsi de cette force morale qu'il se sentait lui-même avoir. Selon lui, à l'époque, un héros de roman devait nécessairement être grand et costaud. Sartre s'est toujours senti costaud, physiquement et moralement, nous a-t-il dit, et s'est toujours senti aussi en situation dominante, sauf dans ses rapports avec Olga à l'époque du « trio ». Il n'a jamais souffert de sa taille ; il ne se sentait pas petit. Mais sachant qu'une petite taille est associée à la faiblesse, à l'infériorité dans l'esprit du lecteur, il fallait que Mathieu fût grand pour avoir une stature romanesque. La remarque vaut également pour Roquentin.

Page 451.

1. Voir *Situations*, X, p. 177, où les analogies et les différences entre le Sartre d'avant guerre et Mathieu apparaissent clairement.

Page 455.

1. Voir n. 4, p. 398.

Page 459.

1. L'exposition Gauguin que Sartre va décrire au chapitre VI eut lieu en réalité du 19 au 31 octobre 1938 à la Galerie Charpentier, 76, faubourg Saint-Honoré. Elle était intitulée « Georges Daniel de Monfreid et son ami Paul Gauguin » (catalogue sous la cote Yd² 1 au département des Estampes de la Bibliothèque Nationale).

Page 461.

1. Il se pourrait que Sartre ait eu à l'esprit ici la phrase du comte Mosca devant la berline qui emporte Fabrice et la Sanseverina dans *La Chartreuse de Parme* : « Si le mot d'amour vient à surgir entre eux, je suis perdu. » Il cite cette phrase dans *Qu'est-ce que la littérature ?* (*Situations*, II, p. 74) et dans *L'Idiot de la famille* (I, p. 783) pour montrer que toute nomination de ce qui n'a pas encore été nommé ou qui n'ose dire son nom, dévoile le monde d'une certaine façon qu'il faut ensuite assumer (« la fonction de l'écrivain est de faire en sorte que nul ne puisse ignorer le monde et que nul ne s'en puisse dire innocent »). Ici le mot est remplacé par un acte, mais celui-ci a la même fonction de dévoilement : le baiser de Mathieu a nommé son amour.

Page 462.

1. Le mot semble avoir été à la mode vers 1930. Ainsi Marie Laurencin appelait-elle René Crevel son « archange ». Simone de Beauvoir, au sujet de « Marco » (Marc Zuorro), leur ami homosexuel et le modèle de Daniel, note : « Marco, auprès des femmes, jouait sans peine les archanges » (*La Force de l'âge*, p. 247). Sur « Marco », que Sartre avait connu en 1928 à la Cité universitaire et qui devint plus tard professeur au lycée de Rouen puis au lycée Louis-le-Grand à Paris, voir *La Force de l'âge*, p. 124, 125, 164-168, 234, 242-244, 247, 256-258, 270, 291, 292, 333, 478, et, sur la fin de sa vie, *La Force des choses*, p. 159.

Page 463.

a. sur les choses, pluvieux   *réimpr.*

Page 465.

1. À propos de cette expression, on notera avec amusement que Sartre l'avait relevée comme la seule qui lui avait plu dans un manuscrit de Paul Guth dont il fit à celui-ci, de vive voix, à Rouen vers 1935, en usurpant l'identité de l'écrivain Pierre Bost, une critique dévastatrice (voir le récit de cette plaisanterie dans *La Force de l'âge*, p. 256-258); Sartre avait ajouté que cette expression « une fraise de sang » se trouvait d'ailleurs dans tous les manuels de physiologie.

Page 468.

1. Sartre, ici et dans la suite du chapitre, cite de mémoire des toiles qu'il n'avait pas sous les yeux en reproduction au moment où il écrivait. Les toiles suivantes de Gauguin peuvent correspondre à cette description : *Calvaire breton ou le Christ vert* (1889, Musée des Beaux-Arts, Bruxelles), *Le Christ jaune* (1889, Albright Knox Art Gallery, Buffalo), *Nature morte aux fleurs* (1891, Coll. Edward G. Robinson, Beverly Hills), *Contes barbares* (1902, Folknang Museum, Essen).

2. Il existe de nombreux autoportraits de Gauguin. Celui-ci pourrait être l'*Autoportrait*, 1884 (coll. Henri de Monfreid, reproduit dans *Gauguin*, Hachette, 1960).

Page 469.

1. Il n'existe aucune peinture de Gauguin correspondant exactement à cette description. George H. Bauer (dans *Sartre and the Artist*), pense qu'il s'agit de l'*Autoportrait devant le Christ jaune* (1889, coll. Maurice Denis, Saint-Germain en Laye) où, toutefois, si le Christ est nu, Gauguin lui-même ne l'est pas. George H. Bauer, cependant, a sans doute raison de souligner que Daniel, au début du chapitre VII (voir p. 479), est vu de la même façon que Gauguin ici.

Page 470.

1. Cette visite de l'exposition Gauguin est une reprise, sur un autre ton, de la visite du musée de Bouville dans *La Nausée* (voir p. 98). Voir aussi la visite du Museum of Modern Art au début de *La Mort dans l'âme*. Au ton agressivement polémique succède la démystification ironique qui sera assez exactement le ton des *Mythologies* de Roland Barthes.

2. Cette description correspond d'assez près à *L'Appel* (1902, Museum of Art, Cleveland).

Page 479.

a. Nu jusqu'à la ceinture,   *Début de l'extrait publié dans L'Arbalète sous le titre* LES CHATS.

Page 480.

a. concierge, Daniel en était   *Arb.*
b. toute gonflée par la poussée blanche de la puberté.   *Arb.*

1. Cette anecdote, nous a dit Sartre, est réelle ; il l'avait lue dans la presse.

Page 482.

a. un champ de cigales.   *Arb.*
b. « De la viande de boucherie ! » Il   *Arb.*
c. terreur rageuse de bêtes prises au piège. « C'était donc ça   *Arb.*

Page 483.

1. Le patronyme de Daniel, personnage tourmenté, a évidemment valeur d'antiphrase. De même, Inès, la lesbienne de *Huis clos,* s'appelle Serrano.

Page 485.

  a. en un tournemain, ils vous rivent à vous-même et après ils
ne vous permettraient pas de changer pour l'or du monde. Celui-ci
Arb.

  b. celui-là a toujours le même sourire, moi   *Arb.*

  c. donc jamais ? » Il se dit : « Cette... cette fuite. » On entendit
Arb.

Page 486.

  a. fond de soi. Dans cette vie-ci heureusement, avec un peu
d'entraînement on pouvait éviter ça. Le panier   *Arb.*

  b. le Bosphore. « Où est-ce que j'ai lu cette histoire de supplice
turc : on mettait un type dans un tonneau dont l'intérieur était
garni de pointes acérées et on faisait rouler le tonneau sur une
pente. » Tonneaux,   *Arb.*

Page 489.

  a. d'opale : l'huile. Puis il   *Arb.*

Page 490.

  a. se voir...   *Fin du texte donné dans Arb.*

Page 507.

  1. Simone de Beauvoir note, à propos de son installation à
l'hôtel Mistral, rue Cels, en 1937, avec Sartre, qui habitait l'étage
au-dessus : « Nous avions ainsi tous les avantages d'une vie
commune, et aucun de ses inconvénients » (*La Force de l'âge*,
p. 323).

Page 508.

  1. Écho des discussions fastidieuses que Sartre avait dans les
années 30 avec son beau-père, Joseph Mancy, qui le tenait pour le
représentant patenté du parti communiste.

Page 509.

  1. Dans *Qu'est-ce que la littérature ?* Sartre cite cette phrase comme
lui ayant été écrite par un jeune homme qu'il avait connu dans
les années 20, au moment où, après avoir été « bien fou, quand il
convenait de l'être », il s'était rangé en épousant une héritière.
Sartre ajoute : « On devine que je la tiens pour la plus abjecte
saloperie et la justification de toutes les mauvaises fois » (*Situations*, II, p. 213 ; voir aussi la Notice de « L'Enfance d'un chef »,
p. 1848). Le personnage de Jacques Delarue, dont les rapports
avec Mathieu peuvent rappeler de loin, sur le mode satirique, ceux
d'Antoine Thibault avec son frère cadet Jacques dans *Les Thibault*
de R. Martin du Gard, a été inspiré surtout par le beau-père de
Sartre. Il a voulu faire à travers lui, nous a-t-il dit, le portrait-
charge du bourgeois de droite. L'ironie subtile de Sartre consiste
à faire dire à Mathieu des vérités sur lui par un personnage qu'il
méprise.

Page 510.

1. La rue Montorgueil, dans les Halles, était une des rues de Paris que Sartre préférait. Voir *Le Sursis*, p. 1065.

Page 512.

1. Journal qui appartenait comme *Paris-Soir* à Jean Prouvost, avec un tirage beaucoup plus faible et la même tendance politique de centre gauche.

2. « Grand illustré quotidien du matin », tel était le sous-titre de ce journal dont le directeur des informations politiques était Philippe Soupault.

Page 513.

1. Ces titres sont inventés par Sartre. Toutefois, à l'exception de celui concernant Greta Garbo, ils correspondent tous à des événements qui se retrouvent, sous des titres différents, dans la presse entre le 12 et le 16 juin 1938 et en particulier dans *Excelsior*. Pierre-Étienne Flandin était le leader parlementaire de l'opposition de droite et d'extrême droite au Front populaire puis au gouvernement Daladier, qu'il rendait responsables de la tension internationale. L'affaire Weidman, affaire criminelle qui faisait les titres des journaux depuis plusieurs mois, connaissait une nouvelle actualité avec la reconstitution du crime (le meurtre de Janine Keller par Weidman et Million). La visite des souverains britanniques, attendue pour le 20 juin, fut finalement repoussée au 13 juillet en raison du décès de la reine-mère. Quant au bombardement de Valence (qui coula notamment deux cargos français dans le port et fit de nombreuses victimes dans la ville), il fit partie d'une vaste offensive des nationalistes espagnols, largement décrite à la une d'*Excelsior* du 16 juin.

2. Simone de Beauvoir note que, fin 1937, « Fernand [Gerassi] vint encore une fois en permission; il avait bien changé, il ne souriait plus. " Salauds de Français! " disait-il. Il semblait nous envelopper, Sartre et moi, dans sa rancœur. Cela me paraissait injuste, puisque nous souhaitions de tout cœur que la France vînt au secours de son pays, mais sa colère se souciait peu de ces nuances » (*La Force de l'âge*, p. 329).

Page 514.

1. Toreros que Sartre et Simone de Beauvoir avaient vus toréer à Madrid, en été 1931, aux premiers temps de la République (voir *La Force de l'âge*, p. 90).

Page 515.

1. Dans le film *Sartre par lui-même*, Sartre dit avoir essayé d'expliquer, à travers Mathieu, son propre regret de ne pas être tel qu'il aurait pu s'engager dans les Brigades internationales (*Sartre*, texte du film, p. 63).

2. La dernière page d'*Excelsior* est en effet une page de photos, mais aucune, le 12 et le 18 juin ne correspond aux descriptions données ici.

Page 516.

1. Dans ses entretiens inédits avec John Gerassi (1972), Sartre

explique qu'il a fait, en 1946, un gros sacrifice à sa mère en consentant à vivre avec elle dans un appartement : « Jusque-là, j'avais toujours vécu à l'hôtel, travaillé au café, mangé au restaurant et c'était très important pour moi, le fait de ne rien posséder. C'était une manière de salut personnel ; je me serais senti perdu — comme l'est Mathieu — si j'avais eu un appartement à moi, avec des meubles, des objets à moi. »

Page 517.

1. Au moment où il écrit *L'Âge de raison,* Sartre est professeur au lycée Pasteur de Neuilly. Le lycée Buffon, à Paris, est situé boulevard Pasteur, dans le XVe arrondissement, ce qui explique sans doute que Sartre y ait fait enseigner Mathieu. Dans *Le Sursis* (p. 826), Jacques, par une inadvertance de Sartre, dit d'ailleurs que Mathieu est professeur au lycée Pasteur. Nous n'avons pas corrigé le texte sur ce point, bien que Sartre nous ait précisé qu'il n'avait pas voulu donner à Mathieu le même lycée que le sien.

Page 518.

1. Jacques Doriot, exclu du parti communiste en 1934, avait fondé en 1936 un parti ouvertement fasciste, le Parti populaire français. Les Croix-de-feu, ligue d'extrême droite, avaient été dissous en juin 1936. Ils restèrent en activité sous le nom de Parti social français, fondé par le colonel de La Rocque, tout le monde continuant à les appeler Croix-de-feu. Sous l'Occupation, Doriot devint un des agents les plus actifs de la collaboration avec l'Allemagne, tandis que La Rocque fut déporté en 1943 par les Allemands. Précisons que Joseph Mancy, le beau-père de Sartre, dont nous avons dit plus haut qu'il servit en partie de modèle au personnage de Jacques, s'il eut de la sympathie pour l'extrême droite durant les années 30, fut gaulliste par nationalisme sous l'Occupation et favorable à la Résistance, ce qui améliora alors ses rapports avec Sartre.

Page 520.

a. Début du texte publié dans « Domaine français » sous le titre L'ÂGE DE RAISON.
b. je devienne communiste ?   *DF*
c. Écoute, répéta-t-il brusquement,   *DF*
d. je ne suis pas pris   *DF*

1. Sartre a expliqué que si, dans les années 30, il ne pouvait pas envisager d'entrer au parti communiste, c'était, entre autres raisons, parce qu'il n'avait pas de « bagage » et qu'il aurait donc dû y entrer inconditionnellement (voir *Sartre,* texte du film, p. 46). Sur les rapports entre le parti communiste et les intellectuels à cette époque, on pourra consulter David Caute, *Le Communisme et les intellectuels, 1914-1966,* Gallimard, 1967, qui contient notamment un chapitre sur Sartre. Voir aussi, pour ce qui concerne Nizan : Annie Cohen-Solal, avec la collaboration d'Henriette Nizan, *Paul Nizan, communiste impossible,* Grasset, 1980.

Page 521.

a. venir avec nous   *DF*

1. On reconnaît dans cet argument de Brunet et dans ceux qui vont suivre un détournement parodique du pari de Pascal. Brunet a trouvé son salut dans un pari pascalien communiste et tente de convaincre Mathieu, nouveau « libertin ».

2. Voir Hugo dans *Les Mains sales,* parlant de Hoederer : « Tout ce qu'il touche à l'air vrai. Il verse le café dans les tasses, je bois, je le regarde boire et je sens que le vrai goût du café est dans sa bouche à lui » (p. 132).

Page 522.

1. Sartre déclare de même, dans le film *Sartre par lui-même :* « En tout cas, ce qu'il y a de certain, c'est qu'avant la guerre, pour nous, s'engager, ça ne pouvait être que s'engager au parti communiste » (*Sartre,* texte du film, p. 47).

2. Dès le 14 mars 1938, c'est-à-dire au lendemain de l'Anschluss, Gabriel Péri, dans *L'Humanité,* avait écrit : « Dans deux semaines, si la carence franco-britannique se prolonge, Henlein [chef du parti des Allemands des Sudètes en Tchécoslovaquie] formulera ses exigences. Vingt divisions nazies seront massées sur la frontière tchèque. Et le président Bénès recevra un ultimatum » (cité par G. Vallette et J. Barrillon, *Munich 1938,* Armand Colin, coll. « Kiosque », 1964, p. 17). Le même éditorialiste communiste écrit le 25 avril : « l'invasion de la Tchécoslovaquie, ce serait l'étape décisive vers ce que *Mein Kampf* a appelé le règlement de comptes définitif avec la France, c'est l'étape vers la guerre et vers la servitude à la fois » (*ibid.,* p. 48). Après une première crise le 21 mai entre l'Allemagne et la Tchécoslovaquie, qui amena le gouvernement français à envisager la mobilisation, le mois de juin fut exceptionnellement calme, l'impression prévalant dans les démocraties que Hitler avait reculé.

3. Argot militaire pour infanterie.

Page 523.

a. que M. Schmidt conserve   *DF*
b. qu'il avait eu peur   *DF*

1. Célèbre maître de forges.

2. Usines connues notamment pour leur fabrique d'armements et qui se trouvaient dans la région de Tchécoslovaquie revendiquée par les Allemands.

3. Arme favorite des ligues d'extrême droite dans les manifestations de rue.

Page 525.

a. scepticisme et tu y tiens.   *DF*
b. pour rien. Je ne demanderais pas mieux   *DF*

Page 527.

a. beaucoup de temps. » / Évidemment.   *DF*
b. l'affaire : les seuls amis,   *DF*
c. de Brunet, un monde de chair et de sang, des raisons   *DF*
d. mon meilleur ami. *Fin du texte de « Domaine français ».*

Page 528.

1. Voir la préface à Nizan : « Cet ordre [l'ordre établi], pour ma

part, j'aimais qu'il existât et pouvoir lui jeter ces bombes : mes paroles » (*Situations*, IV, p. 147). Et Simone de Beauvoir, sur Sartre à la fin des années 20 : « [...] il était alors beaucoup plus anarchiste que révolutionnaire ; il trouvait détestable la société telle qu'elle était, mais il ne détestait pas la détester ; ce qu'il appelait son " esthétique d'opposition " s'accommodait fort bien de l'existence d'imbéciles et de salauds, et même l'exigeait : s'il n'y avait rien eu à abattre, à combattre, la littérature n'eût pas été grand-chose » (*Mémoires d'une jeune fille rangée*, p. 340).

Page 529.

a. Il était dix heures ; *orig. Nous rectifions cette erreur d'après réimpr.*

Page 536.

1. La possession par Daniel de cette carte de priorité indique qu'il jouit de protections haut placées.

Page 543.

1. Aujourd'hui avenue du Général-Leclerc.

Page 544.

1. On reconnaît ici, dans les pensées du disciple Boris, une caricature des idées de son maître Mathieu sur la liberté. Le procédé est tout à fait caractéristique de l'ironie sartrienne, proche de celle de Dos Passos, mais de nature foncièrement auto-ironique.

Page 547.

1. Sartre désigne ici sans aucun doute l'*avenue* Denfert-Rochereau.

Page 549.

1. Petit parapluie à manche court.
2. Cette librairie est fictive. Sartre nous a dit qu'il avait en tête la librairie Gibert qui se trouve un peu plus bas sur le boulevard Saint-Michel, à l'angle de la rue de l'École-de-Médecine, et qui existe toujours.

Page 550.

1. Titre inventé.
2. *Le Dictionnaire du français argotique* de François Caradec (1977) donne « être pour homme » : homosexuel.
3. Geneviève Idt souligne une analogie assez évidente entre cette scène et une scène de vol interrompu dans *Les Faux-monnayeurs* et *Le Journal des Faux-monnayeurs* de Gide, et elle précise en note : « Dans un entretien du 7 décembre 1975, Sartre reconnaît qu'il a pensé à Gide, mais il met en valeur la source anecdotique de l'épisode : son modèle aimait voler des livres. Peu importe : c'est peut-être la culture qui permet de trier dans le matériau de la vie ce qu'on décide de raconter » (*Obliques*, n°s 18-19, 1979, p. 89).

Page 555.

1. Benjamin des *Frères Karamazov* de Dostoïevski, orthographié d'ordinaire Aliocha.

Page 559.

1. Dans *Haute école* (Julliard, 1950, p. 187), Jean-Louis Curtis cite cette dernière phrase comme un exemple d'infraction à la règle que Sartre prétend suivre et selon laquelle la narration doit épouser la vision du personnage et elle seule. Il affirme qu'ici c'est le narrateur qui ironise sur le personnage. On peut lui répondre que, malgré la tournure « objective » de la phrase, c'est bien Daniel qui, ironiquement, se voit lui-même en Saint-Michel porteur de glaive et de bonbons, et que cette vision est tout à fait dans son caractère.

Page 560.

1. Nom de chat, que La Fontaine *(Le Chat et le Vieux Rat)* a emprunté à Rabelais, et qui signifie « Ronge-Lard ». Rodilard est aussi le nom du secrétaire dans *Le Soulier de satin* de Claudel.

Page 563.

a. un nouveau lien entre eux, comme un cordon ombilical *réimpr.*

Page 573.

a. odorante et elle lui caressera les cheveux. *orig. Sartre nous a assuré que cette correction du futur au passé simple a été faite par lui.*

Page 575.

1. Curieux choix d'un nom japonais pour un orchestre noir. Peut-être s'agit-il d'un orchestre réel ?

Page 577.

a. son unique secours. Ivich *orig., réimpr. Nous corrigeons en* recours *sans avoir pu consulter Sartre; le mot nous paraissant plus « sartrien » que* secours, *qui a toute chance d'être, ici, une coquille.*

Page 581.

1. Danse à deux temps, originaire des Antilles, à la mode de 1930 à 1950. *Begin the Biguine* fut un air célèbre des années 30.

Page 583.

1. Voir le portrait d'Ivich dessiné par Sartre, p. 2026.

Page 584.

1. Le coup du crochet : intervention du public, à l'origine avec un crochet, pour interrompre un concurrent malheureux dans un concours de chant. À partir des années 30, les « radio crochets » devinrent des émissions très populaires.

2. Voir *La Nausée*, p. 205 : « Une glorieuse petite souffrance

vient de naître, une souffrance modèle. Quatre notes de saxophone.
Elles vont et viennent, elles ont l'air de dire : " Il faut faire comme
nous, souffrir *en mesure* ". »

Page 585.

1. On pense bien sûr ici à la célèbre description dans *L'Être
et le Néant* (p. 95-96) du garçon de café qui joue à être garçon
de café pour réaliser sa condition et exister sur le mode de l'en-soi.

2. Chanson datant de 1937, interprétée par Damia et Suzy
Solidor, musique de Claude Pingault, paroles de Christian Webel :

> *Le commandant du Cachalot*
> *Vient d'engager à Saint-Malo*
> *Vingt gars, pas davantage,*
> *Mais ils sont tous fins matelots*
> *On ne connaît qu'un seul salaud*
> *Parmi cet équipage.*
> *Qui triche au jeu, sitôt qu'il perd ?*
> *Qui est brutal, jaloux, amer ?*
> *C'est Johnny Palmer.*

3. Sur la souffrance comme « manque », voir *L'Être et le Néant,*
p. 130-131. La même idée se retrouve sous une forme ramassée
dans *Le Diable et le Bon Dieu* (p. 49) : « GOETZ, *avec une sorte de
tendresse :* Tu es en sueur. Comme tu souffres ! — HEINRICH : Pas
assez ! Ce sont les autres qui souffrent, pas moi. Dieu a permis
que je sois hanté par la souffrance d'autrui sans jamais la ressentir. »

Page 586.

1. Simone de Beauvoir note dans *La Force de l'âge* (p. 55)
qu'après qu'ils eurent, en 1930, vu *L'Opéra de quat'sous* représenté
au théâtre Montparnasse par Gaston Baty, « Sartre sut par cœur
toutes les chansons de Kurt Weil et bien souvent par la suite
nous répétâmes le slogan : " Beefsteak d'abord, morale après ". »

2. Comédienne et chanteuse française qui jouait le rôle de Polly
Peachum dans la version française du film tiré par G. W. Pabst
de *L'Opéra de quat'sous* de Brecht et Weill (voir n. 2, p. 415). La
chanson s'appelle « Jenny-des-Corsaires » dans la traduction française de Jean-Claude Hémery publiée par l'Arche en 1959 (Bertolt
Brecht, *Théâtre complet,* VII, p. 27) et le refrain se lit ainsi :

> *Un navire corsaire*
> *Toutes voiles dehors*
> *Entrera dans le port.*
>
> *Le navire corsaire*
> *Découvrant ses sabords*
> *Canonnera le port.*

Page 600.

1. Le livret militaire de Sartre, que nous avons pu consulter,
porte les indications suivantes :

SARTRE, Jean-Paul
résidant à Paris, 2, square Clignancourt, XVIIIe arrondissement

profession : étudiant
fils de : feu Marie Jean Baptiste Aymard
et de : Schweitzer Anne-Marie Madeleine
      remariée Mancy
domiciliés : 2, square Clignancourt

———

Bureau de recrutement : Seine (6e Bureau)
Numéro au registre matricule : 3610

———

Soldat *appelé* au service auxiliaire de la classe de mobilisation
   1925.
À *Paris,* le 10 novembre 1925

———

Grades successifs : 2e classe

———

Nom et adresse de la personne à prévenir en cas d'accident :
M. Sartre [biffé] Schweitzer
200, rue Saint-Jacques, Paris

———

Instruction générale :
1º À l'arrivée au corps : agrégé de philosophie
2º Connaissance des langues étrangères : *allemand*

———

Changements d'adresse :
En *résidence* du *8 mars 1932* à *Havre*
8, rue Charles-Lafitte

———

Ordre pour le cas de mobilisation
Hommes en sursis (article [1] 23)

2. Ce titre de tango (avec une faute, dans les éditions, que nous
avons corrigée *[murrio]*) signifie « Mon cheval mourut ».

Page 607.

1. Voir n. 1, p. 423.

Page 609.

1. À l'origine de cette scène d'automutilation, il y a une scène
réelle que Simone de Beauvoir a racontée dans *La Force de l'âge*
(p. 266-267) après l'avoir transposée dans *L'Invitée* (p. 293) :
Olga, à l'époque où le « trio » s'était transformé en « machine
doucement infernale », avait brûlé sa main « en y collant une cigarette embrasée avec une patience maniaque ». La scène rappelle
évidemment aussi l' « acte gratuit » de Lafcadio se donnant un
coup de couteau dans la cuisse dans *Les Caves du Vatican* de Gide.

Page 610.

1. À la fin de *La Mort dans l'âme* (voir p. 1344), c'est par un

défi analogue à sa propre vie que Mathieu tire sur les Allemands du haut d'un clocher.

Page 621.

1. Argot pour billets de banque.

Page 623.

1. Rappelons ici que Sartre a songé un moment à donner pour titre à son cycle romanesque « La Grandeur » et que le premier titre de *L'Âge de raison* était « Le Serment ».

Page 624.

1. Il y a dans *L'Être et le Néant* (p. 597) un passage à résonance autobiographique où Sartre montre, sur l'exemple d'un écrivain frappé par la mort après un premier livre, que « puisque la mort ne paraît pas sur le fondement de notre liberté, elle ne peut qu'*ôter à la vie toute signification* ».

Page 640.

1. On remarquera l'ironie qui fait d'Ivich, sous ses airs éthérés, le seul personnage qu'on voit en train de manger dans *L'Âge de raison*. Encore ne s'agit-il que d'une pomme. En revanche, la consommation d'alcool est importante dans le roman. On remarquera aussi qu'à part Lola, aucun des personnages n'est vu au travail. *L'Âge de raison* se déroule dans les marges de la vie sociale normale et quotidienne.

Page 644.

1. Sur les rapports du jeu et de la morale, voir *L'Être et le Néant*, p. 640-642, et *Le Diable et le Bon Dieu,* p. 100-101. Le jeu étant, paradoxalement, un acte libre ayant la liberté pour fondement et la visant, tricher au jeu est évidemment le comble de la mauvaise foi. Bien entendu, ce thème est ici présenté sur le mode psychologique et frivole et ne fait que souligner l'infantilisme délibéré de Boris et Ivich.

Page 645.

1. Sartre nous a dit que le bar qu'il avait à l'esprit pour cet épisode était le Cintra, square de l'Opéra, qui existe encore aujourd'hui et correspond en effet à la description donnée ici.

Page 648.

1. Ce titre de chanson dont nous n'avons pas retrouvé l'origine devrait-il se lire *There's a cradle in Carolina* (« Il y a un berceau en Caroline ») ? Rappelons que Sartre ne savait guère l'anglais, mais qu'il donnait habituellement des titres de chansons qu'il avait entendues.

Page 649.

1. Le choix de cette date n'est probablement pas fortuit : d'après la chronologie interne du roman, elle correspond à peu près à la date à laquelle l'enfant de Marcelle et de Mathieu a été conçu. La duplicité de Marcelle est ainsi soulignée.

Page 650.

1. Voir la Notice, p. 1861 et suiv.

2. Cette référence au célèbre charlatan et conspirateur italien du XVIIIe siècle, de son vrai nom Joseph Balsamo, souligne évidemment le côté ténébreux de Daniel. Du modèle de Daniel, Marco, Simone de Beauvoir écrit ceci : « [...] il était natif de Bône et d'une beauté assez extraordinaire : brun, le teint ambré, les yeux brûlants, son visage évoquait à la fois les statues grecques et les tableaux du Greco » (*La Force de l'âge,* p. 124).

Page 651.

1. Lohengrin est le nom du héros d'une légende allemande qui a inspiré à Wagner son opéra (1850). Fils de Parsifal, il est appelé à secourir la princesse de Brabant. Il délivre la jeune femme et l'épouse, lui faisant jurer qu'elle ne lui demandera jamais le secret de ses origines. Cette promesse n'ayant pas été tenue, Lohengrin repart sur la nacelle, traînée par un cygne, qui l'avait mené. L'homme qui a un secret et qui épouse une femme en détresse, puis l'abandonne : Lohengrin semble bien impliquer prophétiquement ce que sera le destin de Daniel. Rappelons aussi que le modèle du personnage voulait devenir chanteur d'opéra et « ne doutait pas d'égaler un jour Chaliapine » (*La Force de l'âge,* p. 124).

Page 661.

1. Voir n. 1, p. 517.

2. Existait-il réellement des officines de prêt aux fonctionnaires pratiquant le taux usuraire à l'époque de 20 % ?

3. Voir n. 1, p. 401.

Page 663.

1. Voir n. 1, p. 665.

Page 665.

1. On peut s'étonner que Mathieu descende à Denfert-Rochereau et prenne la rue Froidevaux pour se rendre chez lui, rue Huyghens, qui se trouve de l'autre côté du cimetière Montparnasse. En fait, dans l'esprit de Sartre, nous a-t-il dit, Mathieu a son appartement là où lui-même logeait en 1938, au 24, rue Cels, hôtel Mistral, qui se trouve entre la rue Froidevaux et l'avenue du Maine et qui existe encore aujourd'hui (ce même hôtel, sous le nom d'hôtel Bayard, est le cadre de *L'Invitée* de Simone de Beauvoir). C'est ce qui explique la curieuse erreur topographique de la page 729, où il est question du « coin de la rue Huyghens et de la rue Froidevaux », alors que ces deux rues sont séparées par toute l'étendue du cimetière.

Page 668.

1. Dans un article intitulé « Paris as subjectivity in Sartre's Roads to Freedom » (*Modern Fiction Studies,* vol. XXIV, no 1, printemps 1978, p. 3-21), Prescott S. Nichols, étudiant le réalisme topographique des *Chemins de la liberté,* note qu'une boutique de disques qui se trouve à deux pas, boulevard Saint-Michel, s'appelle « La Tarentule ».

Page 672.

1. Cette phrase est parmi celles de Sartre qui ont suscité le plus de scandale (voir dans le Dossier de presse l'article d'Émile Henriot paru dans *Le Monde,* p. 1921). N'y faut-il pas voir, au contraire, une saisissante expression d'amour, au reste psychologiquement convaincante ?

Page 676.

1. Voir n. 2, p. 756.

Page 678.

1. En 1935, Sartre et Simone de Beauvoir avaient tenté sans grand succès d'aider Olga à préparer une licence de philosophie après qu'elle eut échoué à son premier examen de médecine (voir *La Force de l'âge,* p. 239-240).

Page 683.

1. *L'Âge de raison* a été écrit en partie au café des Trois Mousquetaires, que Sartre et Simone de Beauvoir fréquentaient assidûment entre 1938 et 1942, et qui se trouve, avenue du Maine, non loin de la rue Cels. C'est là que Simone de Beauvoir retrouva Sartre, en mars 1941, à son retour de captivité (voir *La Force de l'âge,* p. 492).

2. *Tu ne sais pas aimer* est une chanson datant de 1931, musique de Guy Zoka, paroles de Maurice Aubrel, et dont l'interprète la plus connue est Damia.

> *Un soir ton corps s'est donné*
> *Oui mais ton cœur tu l'as gardé*
> *C'est pourquoi malgré tous tes sourires*
> *Mon regret ne cesse de te dire*
> *Tu ne sais pas aimer*
> *En vain je tends les bras.*

Page 692.

1. Il y a peut-être dans ce fantasme de castration un souvenir de *Louis Lambert,* dont il nous est dit qu'il fut surpris « au moment où il allait pratiquer sur lui-même l'opération à laquelle Origène crut devoir son talent » (Balzac, *La Comédie humaine,* Bibl. de la Pléiade, t. XI, p. 679).

Page 694.

a. dans ce bar tranquille. La lumière   *réimpr.*

Page 721.

1. Les commentateurs ont été nombreux à souligner le caractère dostoïevskien du personnage de Daniel. Il se pouvait donc que Sartre ait intentionnellement employé pour lui le mot « possédé » comme une référence à Dostoïevski. Il nous a assuré cependant qu'il n'avait jamais pensé à faire de Daniel un personnage dostoïevskien mais avait suivi au plus près ce qu'il imaginait de la psychologie de son modèle.

Page 729.

a. la chaleur sucrée du   *réimpr.*

1. Voir n. 1. p. 665,

II. LE SURSIS

NOTICE

De *L'Âge de raison* au *Sursis,* la crise passe de l'individuel au collectif. La petite constellation des neufs personnages principaux, Marcelle, Daniel, Ivich, Boris, Lola, Brunet, Sarah, Jacques, Odette, qui gravitaient autour du protagoniste, Mathieu, se retrouve, éclatée, au sein d'une nébuleuse tournoyante. Dix-huit nouveaux personnages apparaissent sporadiquement au premier plan : Milan et Anna, Maurice et Zézette, Pierre, Maud, Charles, Jeannine, Catherine, Philippe, Pitteaux, Gros-Louis, Gomez, Birnenschatz, Schalom, Ella, Georges. S'y ajoutent une trentaine de personnages historiques et une cinquantaine de figures de second plan dont les apparitions sont d'inégale importance[1]. Qu'ils aient ou non des liens entre eux, ces personnages poursuivent chacun leur propre trajectoire et affrontent dans la solitude la menace qui pèse sur eux tous[2]. Ce qui les unifie est la crise internationale aboutissant aux accords de Munich, très précisément datée du vendredi 23 septembre 1938, à 16 h 30, au vendredi 30 septembre dans l'après-midi ; mais, plus encore, c'est un regard, celui de l'Histoire. Mathieu, qui reste le personnage principal du roman, parce que c'est lui qui tente le plus de penser l'événement et de se penser en son sein, se dit à un moment : « Il faudrait être partout à la fois[3]. » La guerre étant partout et nulle part, elle est un élément ambiant, comme l'air ou la lumière, elle ne peut être saisie, perçue ; elle est la perception même du monde,

---

1. Un décompte par ordinateur du nombre de mots dévolus à chacun d'entre eux et de la fréquence de leurs apparitions permettrait probablement de quantifier leur prégnance sur le fond que constitue la totalité du roman. Il est douteux cependant que cette prégnance corresponde à celle laissée dans le souvenir du lecteur.

2. Un procédé déjà amorcé avec la rencontre fortuite de Daniel et de Boris dans *L'Âge de raison* s'affirme dans *Le Sursis :* celui des croisements de trajectoires que nous avons suivies isolées précédemment. Ainsi Sarah rencontre Gros-Louis, Philippe rencontre Maurice, Mathieu rencontre Irène et Philippe. Dans *La Mort dans l'âme* Daniel rencontrera Philippe. Loin de donner un sentiment de contingence, ces rencontres articulent la matière romanesque et donnent ironiquement une impression de nécessité. Sartre adapte ainsi le procédé balzacien du retour des personnages. Il est probable qu'à la fin des *Chemins de la liberté,* tous les personnages auraient fini par se croiser à un moment ou à un autre, ou en tout cas que chacun aurait eu un lien quelconque avec un autre, qui lui-même... et ainsi de suite jusqu'à boucler la boucle.

3. P. 1022.

un regard sans regardeur, une « totalité détotalisée », en termes philosophiques sartriens. La tentative de Mathieu de penser la guerre en essayant de la *voir* est celle-là même de Sartre dans le roman essayant de la montrer. Un très beau passage du *Sursis* formule le problème : « Un corps énorme, une planète, dans un espace à cent millions de dimensions ; les êtres à trois dimensions ne pouvaient même pas l'imaginer. Et pourtant chaque dimension était une conscience autonome. Si on essayait de regarder la planète en face, elle s'effondrait en miettes, il ne restait plus que des consciences. Cent millions de consciences libres dont chacune voyait des murs, un bout de cigare rougeoyant, des visages familiers, et construisait sa destinée sous sa propre responsabilité. Et pourtant si on *était* une des ces consciences on s'apercevait à d'imperceptibles effleurements, à d'insensibles changements, qu'on était solidaire d'un gigantesque et invisible polypier. La guerre : chacun est libre et pourtant les jeux sont faits. Elle est là, elle est partout, c'est la totalité de toutes mes pensées, de toutes les paroles d'Hitler, de tous les actes de Gomez ; mais personne n'est là pour faire le total. Elle n'existe que pour Dieu. Mais Dieu n'existe pas. Et pourtant la guerre existe[1]. »

Autant dire que la tentative de Sartre dans *Le Sursis* est une gageure intenable. Dans la mesure où elle est tenue pourtant, elle relève nécessairement d'un artifice. Cet artifice, dont on a fait grief au *Sursis* comme une virtuosité gratuite, relève au contraire d'une nécessité artistique profonde, s'il est vrai qu'en art il faut mentir pour être vrai. Puisque le point de vue de Dieu sur la guerre, qui serait le seul vrai, est impossible à prendre, il faut multiplier à l'infini celui de Fabrice à Waterloo et compter que ce pullulement de perceptions subjectives, isolées et fragmentaires produira par accélération cette vision simultanée de l'objet sous toutes ses faces qui a été l'idéal de la peinture cubiste. Dans le cas présent, il se trouve seulement que l'objet — la guerre — n'est pas représentable, parce que, comme Pascal l'a dit de l'univers, il est « une sphère infinie dont le centre est partout, la circonférence nulle part », métaphore traditionnelle de l'impensable.

Sartre a expliqué en 1947, en termes généraux, dans *Qu'est-que la littérature ?* le changement de perspective qui s'opère entre *L'Âge de raison* et *Le Sursis :* « À partir de 1930, la crise mondiale, l'avènement du nazisme, les événements de Chine, la guerre d'Espagne, nous ouvrirent les yeux ; il nous parut que le sol allait manquer sous nos pas et, tout à coup, *pour nous aussi* le grand escamotage historique commença : ces premières années de la grande Paix mondiale, il fallait les envisager soudain comme les dernières de l'entre-deux-guerres ; chaque promesse que nous avions saluée au passage, il fallait y voir une menace, chaque journée que nous avions vécue découvrait son vrai visage : nous nous y étions abandonnés sans défiance et elle nous acheminait vers une nouvelle guerre avec une rapidité secrète, avec une rigueur cachée sous les airs nonchalants, et notre vie d'individu, qui avait paru dépendre de nos efforts, de nos vertus et de nos fautes, de notre chance et de notre malchance, du bon et du mauvais vouloir d'un très petit nombre de personnes, il nous semblait qu'elle

---

1. P. 1024-1025.

était gouvernée jusque dans ses plus petits détails par des forces obscures et collectives et que ses circonstances les plus privées reflétaient l'état du monde entier. Du coup nous nous sentîmes brusquement *situés* : le survol qu'aimaient tant pratiquer nos prédécesseurs était devenu impossible, il y avait une aventure collective qui se dessinait dans l'avenir et qui serait *notre* aventure, c'était elle qui permettrait plus tard de dater notre génération, avec ses Ariels et ses Calibans, quelque chose nous attendait dans l'ombre future, quelque chose qui nous révélerait à nous-mêmes peut-être dans l'illumination d'un dernier instant avant de nous anéantir; le secret de nos gestes et de nos plus intimes conseils résidait en avant de nous dans la catastrophe à laquelle nos noms seraient attachés. L'historicité reflua sur nous; dans tout ce que nous touchions, dans l'air que nous respirions, dans la page que nous lisions, dans celle que nous écrivions, dans l'amour même, nous découvrions comme un goût d'histoire, c'est-à-dire un mélange amer et ambigu d'absolu et de transitoire[1]. » Sartre s'interroge ensuite sur le type de roman qui est appelé par cette découverte de l'historicité, et il en vient à formuler les règles qui gouvernent la technique narrative de l'ensemble des *Chemins de la liberté* : « Puisque nous étions *situés,* les seuls romans que nous pussions songer à écrire étaient des romans de *situation,* sans narrateurs internes ni témoins tout-connaissants; bref il nous fallait, si nous voulions rendre compte de notre époque, faire passer la technique romanesque de la mécanique newtonienne à la relativité généralisée, peupler nos livres de consciences à demi lucides et à demi obscures, dont nous considérerions peut-être les unes ou les autres avec plus de sympathie, mais dont aucune n'aurait sur l'événement ni sur soi de point de vue privilégié, présenter des créatures dont la réalité serait le tissu embrouillé et contradictoire des appréciations que chacune porterait sur toutes — y compris sur elle-même — et toutes sur chacune et qui ne pourraient jamais décider du dedans si les changements de leurs destins venaient de leurs efforts, de leurs fautes ou du cours de l'univers; il nous fallait enfin laisser partout des doutes, des attentes, de l'inachevé et réduire le lecteur à faire lui-même des conjectures, en lui inspirant le sentiment que ses vues sur l'intrigue et sur les personnages n'étaient qu'une opinion parmi beaucoup d'autres, sans jamais le guider ni lui laisser deviner notre sentiment. [...] Les romans de nos aînés racontaient l'événement au passé, la succession chronologique laissait entrevoir les relations logiques et universelles, les vérités éternelles; le plus petit changement était déjà compris, on nous livrait du vécu déjà repensé. Peut-être cette technique, dans deux siècles, conviendra-t-elle à un auteur qui aura décidé d'écrire un roman historique sur la guerre de 1940. Mais nous, si nous venions à méditer sur nos écrits futurs, nous nous persuadions qu'aucun art ne saurait être vraiment nôtre s'il ne rendait à l'événement sa brutale fraîcheur, son ambiguïté, son imprévisibilité, au temps son cours, au monde son opacité menaçante et somptueuse, à l'homme sa longue patience; nous ne voulions pas délecter notre public de sa supériorité sur un monde mort et nous souhaitions le prendre à la gorge : que chaque personnage soit un piège, que le lecteur y soit attrapé et qu'il soit jeté d'une

1. *Situations,* II, p. 242-243.

conscience dans une autre, comme d'un univers absolu et irrémédiable dans un autre univers pareillement absolu, qu'il soit incertain de l'incertitude même des héros, inquiet de leur inquiétude, débordé par leur présent, pliant sous le poids de leur avenir, investi par leurs perceptions et par leurs sentiments comme par de hautes falaises insurmontables, qu'il sente enfin que chacune de leurs humeurs, que chaque mouvement de leur esprit enferment l'humanité entière et sont, en leur temps et en leur lieu, au sein de l'histoire et malgré l'escamotage perpétuel du présent par l'avenir une descente sans recours vers le Mal ou une montée vers le Bien qu'aucun futur ne pourra contester. » Sartre poursuit en rappelant le rôle qu'ont joué Kafka, Faulkner, Hemingway et Dos Passos pour la rupture de sa génération avec l'idéalisme littéraire : « [...] pour nous, le relativisme historique, en posant l'équivalence *a priori* de toutes les subjectivités, rendait à l'événement vivant toute sa valeur et nous ramenait, en littérature, par le subjectivisme absolu au réalisme dogmatique. [Nos prédécesseurs] pensaient donner à la folle entreprise de conter une justification au moins apparente en rappelant sans cesse dans leurs récits, explicitement ou allusivement, l'existence d'un auteur; nous souhaitions que nos livres se tinssent tout seuls en l'air et que les mots, au lieu de pointer en arrière vers celui qui les a tracés, oubliés, solitaires inaperçus, fussent des toboggans déversant les lecteurs au milieu d'un univers sans témoins, bref que nos livres existassent à la façon des choses, des plantes, des événements et non d'abord comme des produits de l'homme; nous voulions chasser la Providence de nos ouvrages comme nous l'avions chassée de notre monde[1]. »

Cette tentative est évidemment impossible, puisque l'auteur est nécessairement le démiurge de sa création. Il faut donc recourir à un artifice, et Sartre précise dans une note : « Ainsi notre problème technique est de trouver une orchestration des consciences qui nous permette de rendre la pluridimensionnalité de l'événement. De plus, en renonçant à la fiction du narrateur tout-connaissant, nous avons assumé l'obligation de supprimer les intermédiaires entre le lecteur et les subjectivités-points-de-vue de nos personnages; il s'agit de le faire entrer dans les consciences comme dans un moulin, il faut même qu'il coïncide successivement avec chacune d'entre elles. Ainsi avons-nous appris de Joyce à rechercher une deuxième espèce de réalisme : le réalisme brut de la subjectivité sans médiation ni distance. Ce qui nous entraîne à professer un troisième réalisme : celui de la temporalité. Si nous plongeons en effet, sans médiation, le lecteur dans une conscience, si nous lui refusons tous les moyens de la survoler, alors il faut lui imposer sans raccourcis le temps de cette conscience. Si je ramasse six mois en une page, le lecteur saute hors du livre. Ce dernier aspect du réalisme suscite des difficultés que personne de nous n'a résolues et qui, peut-être, sont partiellement insolubles, car il n'est ni possible ni souhaitable de limiter tous les romans au récit d'une seule journée. S'y résignât-on même, il resterait que le fait de consacrer un livre à vingt-quatre heures plutôt qu'à une, à une heure plutôt qu'à une minute, implique l'intervention de l'auteur et un choix transcendant. Il faudra alors masquer ce choix par

1. *Situations*, II, p. 252-254, 256.

des procédés purement esthétiques, construire des trompe-l'œil et, comme toujours en art, mentir pour être vrai[1]. »

On voit d'après ces textes que la technique de base reste la même dans *L'Âge de raison* et *Le Sursis*. Le second procède, par rapport au premier, par élargissement spatial, élongation temporelle, accélération du rythme narratif et du passage d'une conscience à une autre, et multiplication des personnages. L'orchestration des consciences, Sartre dit l'avoir faite, dans *Le Sursis*, par le recours au « grand écran ». Cette référence métaphorique au cinéma attire évidemment l'attention sur les procédés de montage. À vrai dire, plutôt que le montage cinématographique, qui met bout à bout des plans déjà découpés, le montage du *Sursis* évoque celui de la télévision en régie directe. Sartre se trouve, par rapport à la matière romanesque qu'il brasse, dans la position du réalisateur qui a devant lui une multitude d'écrans lui donnant l'image captée en direct et en continuité par des caméras dispersées aux quatre coins de l'espace (ici, l'Europe) et qui choisit parmi toutes ces images, en passant d'un écran à un autre, celle qu'il va transmettre sur l'écran unique des récepteurs[2]. C'est la plus ou moins grande rapidité de la succession des images qui donne le sentiment de la simultanéité. L'art intervient dans les rythmes de succession et dans les éléments associatifs qui relient une image à une autre. Le simple accolement des plans produirait un sentiment d'arbitraire et aboutirait sans doute à l'insignifiance, ou à un effet stroboscopique gratuit, quand le rythme s'accélère : la perception finirait par se brouiller complètement. C'est ce que certains critiques peu attentifs ou rebutés par le procédé ont reproché au *Sursis* à sa parution. En fait, pour peu qu'on lise le roman au rythme qui lui convient et qui est exactement l'inverse de celui de la narration, rapide pour les séquences longues, lent pour les montages rapides, on s'aperçoit que le texte est extrêmement inventif sur le collage des « plans », leur articulation, les associations qui les lient l'un à l'autre. Une étude de ces procédés de montage ou « pivots scripturaux[3] » montrerait sans doute qu'ils relèvent, plus que de la technique du « fondu enchaîné » comme on l'a dit souvent, de l'esthétique du « montage par attractions » définie et mise en œuvre par Eisenstein (et elle-même pour une part héritée de l'esthétique symboliste des « correspondances »). On n'en isolera ici que quelques exemples, pris un peu au hasard, pour

1. *Situations*, II, p. 327-328.
2. Nous n'esquissons ici, bien sûr, qu'une analogie. Il ne faudrait pas en déduire que Sartre avait d'abord écrit une série de nouvelles qu'il aurait ensuite tronçonnées en les alternant. *Le Sursis*, nous a-t-il dit, a été écrit dans l'ordre de succession où la narration éclatée se présente, et c'est dans son esprit que Sartre conservait les divers épisodes qu'il brasse comme des cartes. Cela est confirmé par les quelques pages de brouillons dont on trouvera, en variantes, les principaux passages. La structure narrative du *Sursis* est le tressage, plus ou moins serré, d'une vingtaine de nouvelles indépendantes avec la continuité romanesque portée par le personnage principal, Mathieu. Chacune de ces nouvelles est écrite dans le style qui correspond à la particularité existentielle de son protagoniste. D'où la variété des écritures. Geneviève Idt a raison de dire que *Le Sursis* est « le recueil achevé des romans inachevés de Sartre » (*Obliques*, nᵒˢ 18-19, 1979, p. 92).
3. Nous empruntons cette expression à Jean-Luc Seylaz qui a fait une analyse structurale des romans de Sartre dans un cours (inédit) à la faculté des lettres de l'université de Lausanne, en 1972.

focaliser l'attention du lecteur sur ces éléments associatifs qui font la texture de cet énorme « patchwork » qu'est *Le Sursis*. Au début du chapitre « Dimanche 25 septembre[1] », un montage alterné montre l'errance de Philippe et de Gros-Louis dans les rues désertes, l'un à Paris, l'autre à Marseille. Le thème associatif est leur commun abandon. À un moment, ils pensent *ensemble* : « N'y a-t-il personne pour m'aider ? » Ils ont chacun une blessure, physique pour Gros-Louis (une plaie à la tête), d'amour-propre pour Philippe (la gifle reçue la veille de Maurice, qui répète en l'aggravant celle qu'il a reçue précédemment de son beau-père) ; ils errent tous les deux sous le regard aveugle des fenêtres. Le thème du regard (thème récurrent du livre entier) assure la transition avec la séquence suivante : « Dieu regardait Daniel. » Le montage, ici, procède donc par analogie (de situations, d'actions, de sentiments) sous l'unité d'un thème. Ailleurs[2], la collure est faite sur une opposition de sensations et de sentiments : on passe de Maurice, exalté et joyeux (« Il avait chaud, les tempes lui faisaient mal, c'était le plus beau jour de sa vie ») à Charles, indisposé, malheureux (« Il avait froid, il avait mal au ventre, il sonna pour la troisième fois... »). Plus loin[3], nous avons un montage alterné typiquement cinématographique entre un train vu de l'extérieur et dont des soldats entendent le sifflement dans la cour d'une caserne, et l'intérieur d'un autre train, d'où Charles voit défiler le paysage. L'attraction est double : d'analogie (les trains) et d'opposition (extérieur/intérieur). Plus loin encore[4], le montage est fait sur la musique : l'orchestre de l'hôtel Provençal où se trouvent Mathieu et Gomez joue un tango qu'Odette, de sa villa, entend, et on passe à Maud qui joue un tango avec l'orchestre Baby's. Exemple d'un pivot purement scriptural, jouant sur l'équivoque du sujet du verbe dans une même phrase : « Il dort ; il dort, quand il est entré il ne tenait plus debout...[5] ». Le premier « il » se réfère à un compagnon de train auquel pense Charles, le second à Philippe endormi dans un café et que contemple la caissière. Ailleurs, la transition d'un lieu à un autre est opérée par un objet qui peut appartenir aux deux : on passe de Boris, dans un bar de Biarritz, à Philippe, dans une brasserie à Paris, et la phrase intermédiaire : « La pendule sonna en face de lui, au-dessus de la glace[6] » peut se référer aux deux lieux. Le montage procède parfois par une association d'idées induite chez le lecteur ; ainsi Mathieu pense de Gomez : « comme il est romanesque ! » et se juge ensuite : « moi je ne suis pas romanesque[7] » ; mais le lecteur se rappelle qu'Odette, elle, précédemment, a trouvé Mathieu romanesque, et le texte passe justement à Odette. Le montage peut aussi reposer sur un lieu-commun : on passe de Gomez qui s'apprête à coucher avec une actrice de rencontre à Sarah qui se réveille en pleurant d'angoisse à cause de la guerre[8]. Le stéréotype

1. P. 906-907.
2. P. 920.
3. P. 953.
4. P. 974.
5. P. 946.
6. P. 976-977.
7. P. 973.
8. P. 992.

moral supposé chez le lecteur et ironisé comme tel est du type : pendant que sa femme est malheureuse, il se tape le repos du guerrier. Plus loin l'association se fait sur une opposition d'analyse politique : M. Birnenschatz attribue toute la responsabilité de la situation à un homme : Hitler. On passe à Brunet qui l'attribue au capitalisme allemand. Les deux opinions sont aussi simplistes[1]. La très belle séquence de Charles, l'allongé, qui résiste à la débâcle de ses intestins et dont le mouvement de passion pour Catherine est de la protéger, est alternée avec des scènes diplomatiques qui montrent les gouvernements français et anglais décidés, semble-t-il, au risque de la guerre, à protéger la faible Tchécoslovaquie[2]. L'attitude de Charles prend le sens d'une leçon de résistance pour les démocraties devant Hitler. Lorsque Charles, séparé de Catherine et désespéré, cède et demande le vase, sa déroute personnelle annonce, métonymiquement, l'abandon des démocraties devant Hitler dont on attend le discours[3]. Enfin, dernier exemple, le plus évident, dans l'avant-dernier chapitre, l'abandon de la Tchécoslovaquie est monté en alternance avec le viol consenti d'Ivich par un jeune homme qu'elle hait.

On n'en finirait pas d'inventorier et de classer ces procédés. Leur variété, leur subtilité, très souvent leur humour, leur utilisation ironiquement exhibée ou dissimulée, sont pour beaucoup dans l'allégresse de lecture que provoque le texte, un des textes de Sartre qui se relisent le mieux, celui en tout cas qui ménage le plus constamment des découvertes proprement scripturales, donc un plaisir de lecture chaque fois renouvelé. Ce sont ces inventions, cette effervescence créatrice, cette vision kaléidoscopique s'affichant comme telle avec une virtuosité euphorique, qui assurent la modernité du *Sursis* et le relient bien davantage à un roman expérimental comme *La Vie : mode d'emploi* de Georges Perec, avec ses histoires-gigogne se déboîtant à l'infini d'une matrice commune, un immeuble, ou à un chef d'œuvre cinématographique méconnu comme *Made in U.S.A.* de Jean-Luc Godard, avec son montage éclaté obéissant d'abord à des associations plastiques, qu'à l'unanimisme vieillot de Jules Romains.

Aux *Hommes de bonne volonté,* épopée de l'humanisme idéaliste, dont tout sépare Sartre idéologiquement, il doit non pas une technique, mais une ambition. Jules Romains, en multipliant et en diversifiant les situations sociales prises comme point de référence d'un événement ou d'une époque, prétendait unifier le social sous l'idéologique, sous sa propre idéologie. Son unanimisme était moins une esthétique littéraire qu'une morale, un humanisme fièrement optimiste. Chez Sartre, certes, la technique procède fondamentalement de son athéisme. Et la perspective d'ensemble qui gouverne le roman est bien morale, politique et philosophique. Ainsi peut-on suivre, tressé dans la thématique générale de la liberté, un paradigme moral (opposition du Bien et du Mal) qui se double lui-même d'un paradigme politique et social : par exemple, les deux personnages situés aux extrêmes de l'éventail social, le réfugié juif Schalom qui vit de mendicité digne, et le général Lacaze, brute militaire fortunée et influente,

1. P. 1000.
2. P. 955.
3. P. 1007.

sont aussi, l'un le personnage le plus totalement sympathique du roman, l'autre le plus radicalement antipathique ; le premier est anti-munichois, le second ne s'inquiète du pacifisme droitier de Pitteaux que parce qu'il risque de le compromettre à travers les frasques de son beau-fils Philippe. Mais ces systèmes d'opposition idéologique sont en quelque sorte souterrains et ils n'affleurent dans le texte qu'au second degré, sous une forme ludique, en tant que stéréotypes ironiquement donnés pour tels. Ce qui domine dans *Le Sursis*, ce n'est pas la morale, ce n'est pas la philosophie, c'est l'esthétique, le jeu des écritures. Dans un passage en flagrante contradiction avec les principes narratifs qu'il prétend observer, Sartre va jusqu'à parodier, par surenchère, sa propre position de narrateur tout-connaissant qui se dissimule comme tel : il s'agit du passage humoristique sur François Hannequin, pharmacien de première classe à Saint-Flour[1], présenté sous forme de fiche de renseignements que seul un être cumulant les informations du policier, de l'épouse, du médecin de famille, du psychanalyste, de l'officier d'état-civil, du proviseur, du curé et du personnage lui-même pourrait fournir : Dieu fait fiche. Le passage parodie aussi le procédé des biographies express cher à Dos Passos dans un style imité d'Anatole France. Geneviève Idt a excellemment montré que « *Le Sursis* est conforme dans ses thèmes et dans son écriture à la description que donne M. Bakhtine de la littérature " carnavalisée[2] ", qui transpose sur le mode littéraire les procédures du carnaval : bouleversement des valeurs, des hiérarchies et des rôles, coexistence des contraires, polyphonie et cacophonie. [...] À cette farce gigantesque [qu'est la " journée des dupes " de Munich], à cet énorme " remue-ménage " convenait une écriture polyphonique jusqu'à la discordance. Plus qu'une farce : une farcissure, un hachis de styles et de modèles différents[3]. » Elle en repère un certain nombre, plus ou moins indiqués de façon allusive dans le texte lui-même : *42e parallèle* de Dos Passos, *Mrs. Dalloway* de Virginia Woolf, Maupassant, Anatole France, Queneau, on en trouverait sans doute bien d'autres. G. Idt observe fort justement que la présence de ces modèles parodiés incite le lecteur à soupçonner partout le jeu et l'ironie, et elle conclut : « chez Sartre, contrairement à Gide, c'est le pathétique qui brise par éclairs une ironie constante ».

Le pathétique, en effet, est le registre qui convient à la vision rétrospective de Munich comme prélude à la guerre. Mais, dans la mesure où le sens rétrospectif de Munich est celui d'une illusion de paix, d'une mystification, d'un sursis vite révoqué, l'ironie s'impose pour un récit de Munich au présent. La position de Sartre par rapport à l'événement au moment où il écrit le roman (1942-1944) lui a permis de faire coexister ses différents tempéraments d'écrivain — le moraliste, le sentimental, le chroniqueur, le polémiste, le scénariste, le dialoguiste, le nouvelliste, le psychologue, le philosophe — en donnant le pas au registre d'écriture où sa verve inventive se déploie sans doute de la façon la plus originale et la plus percutante : l'ironie et le pastiche. *Le Sursis*

1. P. 833.
2. Voir Mikhail Bakhtine, *L'Œuvre de François Rabelais et la culture populaire au Moyen Âge et sous la Renaissance*, Gallimard, 1970.
3. In *Obliques*, nos 18-19, 1979, p. 91.

est un festival des écritures de Sartre en même temps qu'un carnaval du roman réaliste.

Un reproche fréquemment adressé au *Sursis* est que Sartre ne s'y aventure pas, qu'il sait trop où il va, ne se surprend pas lui-même, maîtrise trop sa matière. Outre ce que ce type de jugement implique de présupposés esthétiques et philosophiques romantiques (les seules œuvres qui mériteraient de durer seraient celles où l'auteur s'est risqué dans ses propres gouffres pour en ramener ce qu'il ignore lui-même), on peut répondre que *Le Sursis* fait affleurer un thème sur lequel Sartre ne s'est expliqué nulle part ailleurs : le désir de guerre. Il constitue la part nocturne du roman, son inquiétante ambiguïté. (De ce point de vue on l'opposera à *L'Équinoxe de septembre* de Montherlant où, sur le même événement, le désir de guerre s'exprime ouvertement comme une affirmation des valeurs viriles actives, alors que dans *Le Sursis* il apparaît comme un vertige passif.) Enfin, il ne faut pas perdre de vue que *Le Sursis* appartient à un ensemble, qu'il représente un deuxième mouvement, brillant, syncopé, enlevé, dans une ample symphonie inachevée. La virtuosité qui s'y déploie, la richesse et la variété de l'orchestration ne prennent leur vrai sens qu'opposées aux mouvements qui l'entourent, tendu et méditatif pour *L'Âge de raison*, lent et discrètement pathétique pour *La Mort dans l'âme*. Il n'en reste pas moins, hélas, que pour beaucoup de lecteurs cette virtuosité est fatigante par son effet de papillotement et qu'elle les empêche de goûter au plaisir du récit qu'ils réclament avant tout d'un roman. À quoi nous leur objecterions vainement, au nom de la modernité, qu'ils ont tort.

MICHEL CONTAT.

PERSONNAGES HISTORIQUES
LIÉS À LA CONFÉRENCE DE MUNICH
ET APPARAISSANT DANS « LE SURSIS »

M. Frank Ashton Gwatkin, *conseiller du Foreign Office, collaborateur de Lord Runciman.*

M. Édouard Benès, *président de la République tchécoslovaque.*

M. Georges Bonnet, *ministre français des Affaires étrangères.*

Sir Neville Chamberlain, *Premier ministre de Grande-Bretagne.*

M. Champetier de Ribes, *ministre français des Anciens Combattants.*

M. Édouard Daladier, *président du Conseil français.*

M. Von Dörnberg, *chef du protocole allemand.*

Général Gamelin, *vice-président du Conseil supérieur de la guerre.*

M. Joseph Goebbels, *ministre allemand de la Propagande.*

Maréchal Hermann Göring, *ministre de l'Air du Reich.*

Lord Halifax, *secrétaire du Foreign Office.*

Sir Nevile Henderson, *ambassadeur de Grande-Bretagne à Berlin.*

M. Konrad Henlein, *chef du Parti allemand des Sudètes.*

M. Rudolf Hess, *remplaçant permanent du chancelier Hitler.*

M. Adolf Hitler, *chancelier du Reich.*

M. Alexis Léger, *secrétaire général du ministère français des Affaires étrangères.*

M. Hubert Masaryk, *fonctionnaire au ministère des Affaires étrangères tchécoslovaque.*

M. Jan Masaryk, *ministre de Tchécoslovaquie à Londres.*

M. Vojtech Mastny, *ministre de Tchécoslovaquie à Berlin.*

M. Benito Mussolini, *président du Conseil italien.*

M. Paul Reynaud, *ministre français de la Justice.*
M. Joachim von Ribbentrop, *ministre allemand des Affaires étrangères.*
M. Albert Sarraut, *ministre français de l'Intérieur.*
M. Paul Schmidt, *traducteur de la Wilhelmstrasse.*
Sir Horace Wilson, *conseiller industriel du gouvernement anglais.*

BIBLIOGRAPHIE

ÉDITIONS

a. Fragment intitulé « La nuit du 29 septembre 1938 »: *Les Étoiles* [périodique dirigé par P. Emmanuel et G. Sadoul], n° 6, juin 1945.

Ce fragment constitue les pages 337-343 de l'édition originale.

b. Édition en volume : Gallimard, [1945], 350 p.

Achevé d'imprimer : 31 août 1945. Mis en vente en septembre en même temps que *L'Âge de raison.*

Édition originale : tirage identique à celui de *L'Âge de raison,* voir p. 1937.

Recomposé en juillet 1949 (350 p.), le volume a été également publié dans la collection « Soleil » en 1962 (363 p.).

c. Gallimard, « Le Livre de poche », n°s 654-655, [1961], 512 p.

d. Œuvre romanesque, t. IV, illustrée par W. Spitzer. Éditions Lidis, [1965], 440 p.

e. Idem, Club français du livre, 1972.

f. Gallimard, coll. « Folio », n° 36, [1972].

g. Œuvres romanesques de Jean-Paul Sartre et de Simone de Beauvoir, t. III. Éditions du Club de l'honnête homme, 1979.

NOTE SUR LE TEXTE

Les principes exposés plus haut (voir p. 1938) pour *L'Âge de raison* nous ont guidé également pour l'établissement du texte du *Sursis :* nous suivons l'édition originale, sauf pour le guillemettage et, dans certains cas (voir var. *a,* p. 398), pour les mots en italique dont Sartre estimait avoir abusé.

Ne disposant pas du manuscrit complet plus tard localisé à Yale, nous avons eu recours à un ensemble de feuillets manuscrits de brouillons et de premiers états pour plusieurs passages de la version publiée. Nous donnons intégralement en variantes ces rédactions initiales qui permettent de se faire une idée du travail d'écriture et de composition accompli par Sartre pour ce second tome des *Chemins de la liberté.* L'origine de ces variantes est indiquée par le sigle *ms.*

Les variantes, presque toujours minimes, présentées par la réimpression de 1949 sont indiquées par le sigle *réimpr.* Lorsque, dans des cas exceptionnels, nous avons adopté pour le texte la leçon de *réimpr.,* nous donnons en variante la leçon de l'originale *(orig.).*

Nous donnons ci-dessous cinq fragments provenant de ces

feuillets manuscrits et qu'il est difficile de rattacher à des passages du texte final. Deux de ces fragments concernent Maud (le premier se plaçant vraisemblablement vers la page 836 de la présente édition) ; le troisième introduit un personnage nommé M. Guillemin, éliminé de la version finale ; le quatrième décrit une rencontre entre Brunet et Pitteaux, dont rien dans le texte publié n'indique qu'ils se connaissent ; le cinquième concerne Pitteaux seul.

Note de 2001. Le manuscrit complet du *Sursis* se trouve à l'Université de Yale. Il a été exploité et décrit par Isabelle Grell-Feldbrügge.

FRAGMENTS INÉDITS DU " SURSIS "

[1ᵉʳ fragment]

C'était une longue table.

« Auriez-vous l'obligeance de me passer le sel ? » demanda Maud.

La belle jeune femme prit la salière et la posa près de l'assiette de Maud, sans tourner la tête. Elle avait le teint chaud et la mine chaste, elle baissait les yeux presque tout le temps sans qu'on pût savoir si c'était par réserve ou pour faire admirer ses cils. Bien que ses formes fussent plus opulentes que celles de Maud, elle les voilait par une sorte d'impotence voulue de ses gestes, quelque chose qui voulait indiquer qu'elle connaissait son corps tout à fait en surface et n'en usait pas, qu'elle le connaissait par la vue, un peu par le toucher mais non par les sensations sourdes qui permettent la grâce. Une vraie passagère de seconde classe. Elle est beaucoup plus belle que moi, pensa Maud. Elle l'écrasait par sa beauté, sa réserve. Elle était juste où il fallait, en face de ce repas décent, avec les nappes qui couvraient la nudité de la table, avec les morceaux de glace qui refroidissaient le vin sans excès et lui ôtaient scrupuleusement toute saveur. Maud était à côté d'elle un petit fourneau obscène aux gestes trop vifs et < à présent > chargés d'une lourdeur secrète. Elle serra les cuisses sous la table. Elle se sentait coupable. Non d'avoir couché avec le capitaine : ça, c'était professionnel. Mais d'être là, parmi ces gens décents. Elle but et le petit cube de glace artificielle lui caressa la lèvre supérieure. C'était une drôle d'impression, on avait les lèvres gelées et puis un froid qui se fondait en chaleur moite dans la bouche, un faux froid qui ne rafraîchissait pas. Maud reposa le verre, une mince pellicule rose et liquide roula sur le glaçon et puis il émergea complètement, froid et argenté. Le vin rouge était cerné par une frange circulaire aqueuse. C'était triste. Et le colin frit, dans son assiette, était une nourriture triste. France en face d'elle *[fin du 1ᵉʳ fragment]*

[2ᵉ fragment]

Ces messieurs et ces dames avaient entre eux un secret de politesse qui rendait leurs corps invisibles les uns aux autres. Ce secret, Maud, l'ignorait, mais elle en avait un autre, ignoble. Avec les hommes de seconde et de première elle ne communiquait jamais que par le sexe et *[un blanc]*

Il ne se pencherait jamais sur elle avec son air d'apparat, mais elle se rappellerait toujours les poils blancs qu'il avait sur la poitrine. C'était son lot. Avec les Messieurs de seconde et de première, avec les commandants de bateau, avec les consuls, elle n'avait d'autre contact que le sexe et la chair. Elle avait les joues en feu, elle n'osait relever la tête de peur de les voir tous nus tout à coup, de ce regard trop expert qui déshabillait malgré elle les hommes et les femmes.

« Maud », dit France.

Maud baissa le nez mais France dit d'une voix forte : « Maud, tu connais toi aussi le commandant. Est-ce qu'il t'a parlé de ce discours ? »

Maud rejeta soudain la tête en arrière et fixa sur France un regard étincelant.

« Il ne m'a rien dit, dit-elle. Rien ! Rien ! Rien ! »

France la considéra avec une surprise placide et n'insista pas. Les autres ne s'étaient pas retournés *[fin du 2e fragment]*

[*3e fragment*]

M. Guillemin est en retard, dit M. Couvin à M. Charles.

« Non, dit M. Charles, c'est l'heure. »

Il battait les cartes en gardant les yeux baissés et en fredonnant. Mme Couvin soupira et regarda ses bagues. M. Louvain apparut, il poussait la porte tambour. Il avait des yeux morts et une moustache cirée mais il savait tout et il avait des raisonnements politiques de première classe.

« Je vous en annonce une bonne », dit-il en agitant la main au-dessus de sa tête.

« Eh bien ?

— L'Allemagne mobilise demain », dit M. Guillemin en posant son chapeau sur une chaise. « Charles, dit-il au garçon, un tilleul.

— Mon Dieu », dit Mme Couvin.

M. Charles cessa de fredonner mais il continua à battre les cartes.

« Vous en êtes sûr ? » demanda M. Couvin.

M. Guillemin hocha la tête sans répondre.

« Eh bien, dit Mme Couvin, nous voilà propres. Moi, dit-elle à son mari, je ne reste pas à Paris.

— Mais pourquoi, chère Madame ? demanda M. Guillemin. Vous ne risquez rien.

— Et leurs avions ?

— Comment ? mais vous y croyez à la guerre aérienne ? Mais Madame comment l'imaginez-vous ? Si Paris était détruit demain, après-demain Berlin serait en flammes et inversement. Non, non l'aviation est une arme beaucoup trop dangereuse pour celui qui l'emploie. Les avions resteront endormis dans la grotte d'Éole. On vous parle du gaz, des rayons de la mort. Ta ta ta. Un peu de réflexion, s'il vous plaît. Une invention chez un belligérant c'est aussitôt une invention chez l'autre.

— Mais avec quoi se battra-t-on ?

— Avec des fusils, chère Madame.

— Et des tanks, dit M. Charles.

— Bah ! des tanks. Ce sont les éléphants d'Annibal. Ils surprennent le premier jour. Mais après... ils sont lourds et incommodes.

— Mais s'ils avancent ?

— Ils n'avanceront pas. Comment voulez-vous qu'ils avancent ? Et la ligne Maginot ? Et je vous garantis que nous n'avancerons pas non plus. Ils ont des ouvrages fortifiés extraordinaires.

— Mais alors ? demanda Mme Louvain éperdue. Où se battra-t-on ?

— En Afrique, dit M. Couvin.

— Jamais de la vie », dit M. *[fin du 3e fragment]*

[4e fragment]

« C'est Pitteaux, dit Ernest. Et voilà Brunet. »

Brunet regarda Pitteaux lourdement. Les paupières de Pitteaux battirent. « Il a mauvaise mine », pensa Brunet. Il dit brusquement :

« Vous avez mauvaise mine.

— Je travaille beaucoup », dit Pitteaux.

C'était un bureau triste et pauvre. Deux tables, un téléphone. Quelques livres au fond sur une planche, *Les Chants de Maldoror*, naturellement, et un Rimbaud. Pitteaux se tourna vers Ernest :

« Je ne te vois pas très souvent. Je parie que tu viens me demander un service.

— Non, non, dit Ernest. Pas de service. Je voulais te faire faire la connaissance de Brunet.

— C'est Brunet de *L'Huma* ? demanda Pitteaux.

— Lui-même », dit Brunet.

Il regardait Pitteaux et il pensait : c'est un pauvre type. Un maigre et un nerveux. Un nerveux qui avait la hantise du calme. Il faisait tout le temps des mouvements de retour au calme, effaçant les rides de son visage, croisant les jambes et mettant sagement les mains sur les genoux. Et puis ce calme se détruisait soudain pour faire place à un autre retour au calme, il passait la main sur son front et puis il plaçait sagement ses avant-bras sur la table. Ainsi bondissait-il de calme en calme. Sous le regard de Brunet son visage s'était composé une dignité distante et paisible; la bouche seule faisait une moue ironique et fatale.

« Votre revue a beaucoup changé de ton depuis six mois, dit Brunet. Elle est beaucoup plus agressive à présent. Vous avez publié d'ailleurs des articles bien faits. Pourquoi ce changement de ton ? »

Pitteaux se lissa les cheveux et posa les mains à plat sur ses genoux :

« Depuis six mois, dit-il, la guerre s'est sensiblement rapprochée. Il a fallu que le ton de la revue s'adapte à l'urgence de la situation.

— À la même époque à peu près, dit Brunet, vous avez changé de format. La revue est de cent pages in-octavo, à présent.

— Je vous demande pardon, dit Pitteaux, que signifie cette enquête ? »

Brunet rit avec bonhomie.

« Je n'ai pas qualité pour faire une enquête, dit-il. C'est le parti qui m'a envoyé ici. Je fais la tournée des pacifistes. Nous voudrions que vous reveniez au ton plus objectif, plus détaché que vous preniez il y a six mois. Par exemple il ne vous est pas interdit de dire que la paix est une bonne chose, que la guerre est une horreur. Mais lorsque vous parlez longuement de nouveaux gaz que les Allemands ont inventés, ou du rayon de la mort, il ne s'agit plus de liberté de pensée mais d'une propagande ouvertement défaitiste.

— Je n'arrive pas à comprendre que vous osiez me parler sur ce ton, dit Pitteaux. Il faudrait vous jeter dehors.

— Jetez-moi dehors, dit-il. D'ailleurs je vais m'en aller. Mais écoutez ceci : si nous apprenons que vous recevez de l'argent nazi, nous n'irons pas vous dénoncer à la police. Non. Mais nous réglerons l'affaire nous-mêmes.

— Je ne reçois d'argent de personne, dit Pitteaux.

— Qui est le Diable ? demanda Ernest.

— Le Diable ? » Pitteaux se mit à rire. « Ça t'intrigue, hein ? Il y a quelque temps...

— Sept mois exactement, dit Ernest.

— Peut-être. J'ai eu l'idée de matérialiser le mal dans une figure humaine. » Il rit. « C'était une façon de parler. Je disais : j'ai vu le Diable ; je voulais dire : le mal m'est apparu de telle ou telle façon. Faut-il donc toujours traduire ? J'ai le parler imagé. Depuis, celui-ci *[fin du 4ᵉ fragment]*

[5ᵉ fragment]

J'en ai marre. Le type le regardait toujours. C'était un grand homme noir avec des sourcils touffus et une cicatrice. Il le regardait paisiblement, comme on regarde un tableau ou un paysage, comme s'il n'avait pas été défendu de tout temps de regarder un homme dans les yeux. « C'est lui qu'ils ont chargé de me suivre », pensa Pitteaux. Eux c'était les communistes ou les flics alertés par le colonel. À tout prendre les flics étaient les moins dangereux, « ça n'est pas une vie », pensa-t-il. Et il eut pitié de lui-même. Le métro s'était arrêté. Pitteaux ouvrit la portière et sauta sur le quai. Saint-Placide. Il feignit de considérer le plan de Paris. Le métro repartit, il entendit les portières claquer derrière lui et le glissement de la rame sur les rails. Il se retourna. Le quai était désert. Donc il n'était pas suivi. Je coucherai dans un hôtel de Montparnasse. Il remonta l'escalier et prit la rue *[un blanc]* petite et sombre. Une main lui toucha l'épaule. Il se retourna brusquement, il eut l'impression qu'il allait hurler. C'était Vallier, de l'agence Havas.

« Salut, dit Vallier.

— Ça va ? demanda Pitteaux.

— Ça va très mal, dit Vallier. C'est la guerre.

— Il y a du nouveau ?

— Je veux. L'agence Havas a reçu une dépêche de Berlin ce soir à huit heures trente. Si les Tchèques ne cèdent pas, Hitler mobilise demain.

— La mobilisation générale ? demanda Pitteaux.

— Oui. »

Il sembla à Pitteaux qu'un bain de calme et de clair de lune coulait au fond de lui-même. Il dit avec amertume :

« Et voilà. On aura lutté dix ans pour arriver à ça ! »

Il ajouta : « C'est la guerre pour jeudi, tu ne crois pas ?

— Pour mercredi peut-être. »

Il serra la main de Vallier et plongea dans l'ombre. Mercredi. Mercredi Brunet serait mobilisé et *[un blanc]* et lui-même. Il faudrait tenir jusque là. Après c'était l'anonymat, le bain dans l'anonymat. La guerre durerait trois ans, cinq ans. C'était trois ans,

cinq ans de sommeil, un militaire ça ne risque rien. « Pourvu
qu'Hitler mobilise, pensa-t-il. Pourvu qu'Hitler mobilise. » *[fin
du 5ᵉ fragment]*

NOTES ET VARIANTES

Page 733.

1. Les secondes entrevues Hitler-Chamberlain sur la question
des Sudètes, après celles de Berchtesgaden, eurent lieu à Godesberg, petite station climatique de Rhénanie, à l'hôtel Dreesen.
Sir Neville Chamberlain était logé en face, sur l'autre rive du
Rhin, à l'hôtel Petersberg. *Paris-Soir* daté du 23 septembre 1938
publie en première page une photographie des lieux et un article
comportant plusieurs indications topographiques dont Sartre,
semble-t-il, s'inspire.

Sur les sources documentaires du *Sursis*, Sartre nous a donné
des indications assez vagues, et parfois contradictoires. Sa lettre
du 23 janvier 1940 à Simone de Beauvoir (voir p. 1904) indique
qu'il comptait utiliser la collection de *Paris-Soir* de septembre 1938.
Il nous a dit pourtant qu'il n'était jamais allé la consulter en bibliothèque et que sa documentation avait consisté en un « ensemble
de journaux et de revues parues au moment de Munich et après »,
ensemble qu'il avait constitué après son retour de captivité. La
plupart des hebdomadaires et des mensuels (par exemple *Match*
et *Crapouillot*) ont en effet publié des numéros spéciaux sur « Septembre 38 ». Ceux que nous avons consultés — mais nous n'avons
pas procédé à un dépouillement systématique — n'attestent aucune
source directe. En revanche, il est certain, comme nos notes le
montreront, que Sartre a disposé des numéros de *Paris-Soir* de la
semaine précédant Munich. Cependant, Sartre nous a dit qu'il
s'était surtout servi d'un ouvrage rassemblant les documents officiels sur Munich et paru pendant la guerre. Il ne s'agissait pas,
selon lui, de *Chronique de septembre* de Paul Nizan, paru en mars 1939
(le livre fut inscrit par son éditeur sur la « liste Otto » et pilonné
en 1940 et il n'a été réédité qu'en 1978). Sur ce point, la mémoire
de Sartre le trompait. Les ouvrages entrant en ligne de compte
sont : le « Livre jaune » publié par le Quai d'Orsay (*Documents
diplomatiques, 1938-1939. Pièces relatives aux événements et négociations
qui ont précédé l'ouverture des hostilités entre l'Allemagne, d'une part, la
Pologne, la Grande-Bretagne et la France, d'autre part.* Paris, Imprimerie
nationale, 1939); Alfred Fabre-Luce, *Histoire secrète de la conciliation
de Munich*, Grasset, 1938; Bernard Lavergne, *Munich, défaite des
démocraties*, Alcan, 1938. Aucun de ces ouvrages ne contient tous
les documents cités par Sartre. En revanche, à deux ou trois
exceptions mineures près, ces documents se trouvent tous dans
le livre de Nizan, notamment le discours de Hitler au Sportpalast
que Sartre reproduit presque *in extenso* d'après cette version (provenant du Bulletin quotidien de la presse étrangère, 29 septembre 1938) et non d'après celle de l'agence Havas donnée en
extraits dans la plupart des journaux, comme *Paris-Soir* daté du
28 septembre. Mais surtout, le rapport de M. Hubert Masaryk
sur le rôle de la délégation tchécoslovaque appelée à la Confé-

rence de Munich le 29 septembre, rapport qui sert de source
directe à l'avant-dernier chapitre du *Sursis*, se trouve dans le livre
de Nizan et, à notre connaissance, nulle part ailleurs — en français.
Un bon nombre de particularités typographiques communes aux
documents cités par Sartre et Nizan achèvent de nous convaincre
que *Chronique de septembre* est la source documentaire principale du
Sursis. Soulignons à ce propos que, même en tant que document
historique, le roman de Sartre est de beaucoup supérieur au travail de journaliste de son ami. Outre qu'il constitue un témoignage
de première main sur le *vécu* de la crise de Munich, comme *L'Équinoxe de septembre* de Montherlant ou le *Mémorial de la guerre blanche*
de Georges Duhamel, *Le Sursis* rejoint dans l'ensemble l'analyse
et le jugement d'un historien moderne comme Henri Noguères
dont l'ouvrage *Munich ou la Drôle de paix* (Laffont, coll. Ce jour-là,
1963) nous a essentiellement servi pour confronter le roman à la
réalité historique.

Pour l'identification des personnalités publiques apparaissant
sous leur nom dans *Le Sursis,* on se référera à la liste donnée
p. 1971. Voir aussi la Chronologie historique, p. 1882.

Page 734.
a. *Toutes les éditions du « Sursis » donnent fautivement la graphie*
Neville *pour le prénom de l'ambassadeur de Grande-Bretagne à Berlin,*
Sir Nevile Henderson. *Nous corrigeons.*

1. Sartre utilise ici les termes mêmes d'une allocution radiodif-
fusée de M. Vavrecka, ministre de la Propagande du gouvernement
tchécoslovaque, dans la soirée du 21 septembre (voir Paul Nizan,
Chronique de septembre, Gallimard, 1939, réédition 1978, p. 79).
2. Faut-il supposer une ironie délibérée et chargée d'un sens
politique dans l'utilisation de ce nom, celui d'un dirigeant communiste allemand célèbre, Karl Liebknecht, assassiné en 1919, pour
un jeune Allemand des Sudètes ? De la même façon, on peut
remarquer que Milan Hlinka, l'instituteur tchèque antifasciste,
porte le nom d'un dirigeant autonomiste slovaque, Mgr Hlinka.

Page 736.
1. Avec une diffusion qui atteignit plus de 2 millions d'exemplaires durant la crise de Munich, *Paris-Soir,* « Grand quotidien
d'informations illustrées », appartenant à Jean Prouvost, avait en
1938 le plus fort tirage de la presse française.

Page 737.
1. Deutsches Nachrichten Büro. Agence de presse nationale
allemande.

Page 738.
1. Les Allemands des Sudètes avaient constitué des corps francs
dès le 17 septembre.
2. Tête de cochon.

Page 745.
1. Organisation de jeunesse communiste, sur le modèle des
scouts.

2 Gabriel Péri avait écrit dans *L'Humanité,* le 21 septembre :
« Si l'on veut la paix, il faut dire enfin solennellement sans équivoque ce qui n'a jamais été dit encore : la Tchécoslovaquie a
offert tout ce qu'elle pouvait offrir. [...] Il faut que l'on sache
[à Berlin] que l'impunité, sous quelque forme que ce soit, ne
couvrira pas l'agresseur » (cité par G. Vallette et J. Bouillon,
Munich 1938, Armand Colin, coll. Kiosque, 1964, p. 156).

Page 746.

1. Le beau-père de Sartre, Joseph Mancy, avait été quelque
temps directeur des usines Le Flaive à Saint-Étienne.
2. Boningue est un nom inventé. Sartre nous a dit avoir pensé
à l'épouse du philosophe Léon Brunschvicg ; elle était pacifiste
et avait été secrétaire d'État. Le secrétaire du Syndicat national
des instituteurs était André Delmas. Les Pivertistes étaient les
minoritaires socialistes, de tendance trotskyste, partisans de Mar-
ceau Pivert, qui avaient fait scission au congrès de Royan de la
S.F.I.O., au début de juin 1938, pour créer le P.S.O.P. (Parti
socialiste ouvrier et paysan), lequel se prononçait pour un « pacifisme révolutionnaire » (voir Daniel Guérin, *Front populaire,*
Julliard, 1967, p. 250 et suiv.).

Page 748.

a. dorée par l'heure; calme d'un soir   *orig. Nous adoptons la
leçon de réimpr., qui nous semble meilleure.*

Page 751.

1. Hôtel de Juan-les-Pins.

Page 752.

1. Dans le *Baudelaire* de Sartre, on trouve cette notation : « Une
jeune Russe prenait des excitants lorsqu'elle avait envie de dormir :
elle ne pouvait consentir à se laisser envahir par cette sollicitation
sournoise et irrésistible, à se noyer tout à coup dans le sommeil,
à n'être plus qu'une bête qui dort. Tel est Baudelaire [...] » (p. 126).
2. Sartre nous a affirmé qu'il s'agissait d'une chanson à la mode
à l'époque.

Page 753.

a. Odette Delorme   *orig., réimpr. Nous corrigeons cette erreur manifeste.*

Page 754.

1. Hebdomadaire d'extrême droite. Partisan de l'abandon devant
Hitler dès mars 1938.
2. Quotidien dont le titre complet était *Le Jour-Écho de Paris.*
Ses positions avaient varié : opposé à toute guerre pour la
Tchécoslovaquie, il s'était, après la crise du 21 mai, prononcé
pour la fermeté à l'égard d'Hitler, puis avait pris des positions
munichoises extrêmes.
3. Durant la guerre de 14-18, ce fut une des occupations favo-
rites des dames de la bonne société. Dans *Verdun* de Jules Romains,
on voit une marraine de guerre s'y livrer avec frénésie.

Page 756.

1. On sait l'importance de ce thème du « n'importe qui » cher à Sartre (voir *Les Mots*, p. 213, et *Situations*, X, p. 158-159). À noter qu'il s'agit d'un fantasme ambivalent, puisque le rêve est à la fois d'être n'importe qui et d'être quelqu'un, comme on le voit un peu plus bas avec Odette, pour qui Mathieu précisément n'est pas n'importe qui, mais quelqu'un de romanesque.

2. Dans l'esprit de Sartre, il s'agit de la villa de Mme Morel, à Juan-les-Pins, où il passa avec Simone de Beauvoir des vacances durant l'été de 1939. Pendant les journées de Munich, en septembre 1938, Sartre était seul à Paris, après avoir fait avec Simone de Beauvoir un voyage au Maroc. Sartre nous a dit avoir télescopé, pour *Le Sursis*, ses souvenirs de deux étés, celui de 1938 et celui de 1939, puisqu'en 1938 il ne fut pas mobilisé.

Page 757.

a. se sentait coupable. Elle regardait   *réimpr.*

Page 762.

1. Berck-Plage, dans le Pas-de-Calais, était dans les années 30 une station médicale où l'on soignait les maladies osseuses, en particulier l'ostéite tuberculeuse, ou mal de Pott. Sartre et Simone de Beauvoir y rendirent visite, en septembre 1937, à un ancien élève de Sartre, Lionel de Roulet, qui devait par la suite épouser la sœur de Simone de Beauvoir. Voir *La Force de l'âge*, p. 322-323 : « Il nous décrivit les mœurs de ce monde étranger, il nous raconta un tas d'anecdotes, en particulier sur les amours des malades entre eux, ou avec leurs infirmières. Ces récits, d'un violent réalisme, et toute l'atmosphère de Berck inspirèrent à Sartre un épisode du *Sursis* que les belles âmes lui ont particulièrement reproché. » Lionel de Roulet n'était plus à Berck en septembre 1938, lorsque les malades furent évacués.

Page 764.

1. Petit verre d'absinthe.

Page 765.

1. Dans *La Force de l'âge* (p. 367), Simone de Beauvoir rapporte des discussions qu'elle eut avec Sartre dans les premiers mois de 1939 au sujet de la guerre contre Hitler : « [...] si la décision avait reposé dans nos mains, aurions-nous osé envoyer les bergers des Basses-Alpes, les pêcheurs de Douarnenez se faire tuer pour défendre nos libertés ? [...] » Gros-Louis, le berger des Basses-Alpes, est un personnage qui résulte manifestement des préoccupations de Sartre à cette époque. On en retrouve d'ailleurs un écho plus direct dans le roman, au cours de la conversation entre Mathieu et Gomez où Mathieu justifie son pacifisme par le « berger des Cévennes » qui ne saurait pas pourquoi il se bat (p. 983). Voir aussi, sur les déchirements de conscience provoqués par la crise de Munich, *Le Sang des autres* (p. 115-116) de Simone de Beauvoir, où celle-ci attribue ses sentiments et ceux de Sartre au personnage de Jean Blomart. Voir aussi n. 1, p. 826.

Page 767.

a. Il pensa : « C'est rigolo. » Une grosse femme   *réimpr.*

1. Simon Sabiani, en 1938, était député des Bouches-du-Rhône, conseiller général de Marseille et le principal leader dans le Midi du P.P.F. de Jacques Doriot.

Page 768.

a. — Peut-être qu'oui, dit   *réimpr.*

1. Petite ville des Landes.

Page 769.

1. Sainte Marguerite, vierge et martyre, est une sainte auxiliatrice, invoquée pour l'heureuse délivrance des femmes enceintes.

Page 778.

1. Simone de Beauvoir rapporte dans *La Force de l'âge* (p. 240) que, vers 1935, à Rouen, elle, Olga et Sartre, à la terrasse du café Victor, entendirent « un orchestre féminin qui nous rappela celui du grand café de Tours et dont les grâces nous amusèrent tant que Sartre, plus tard, le fit entrer dans *Le Sursis* ».

Page 779.

a. frisson déplaisant contre le long de sa nuque.   *Erreur d'orig., corrigée dans réimpr., que nous suivons ici.*

1. Dr. Paul Schmidt. Fonctionnaire de la Wilhelmstrasse qui faisait office d'interprète d'Hitler lors de la rencontre de Godesberg et ensuite de Munich. Il est l'auteur d'un livre de mémoires, *Sur la scène internationale,* qui porte sur cette période. (Toutes les éditions du *Sursis* donnent fautivement la graphie Schmitt. Nous corrigeons cette erreur qui n'avait rien d'intentionnel de la part de Sartre.)

Page 780.

a. cuisse chaude de Nénette   *orig., réimpr. Nous corrigeons en Zézette ce qui est, de toute évidence, une inadvertance de Sartre.*

Page 782.

1. Le colonel Yves-Émile Picot (1862-1938), combattant de la Grande Guerre, est le père des Gueules cassées : il est le fondateur et le premier président de l'Union des blessés de la face, dont la devise était « Sourire quand même ». Nous n'avons pas retrouvé d'ouvrage de lui.

Page 786.

1. La seconde rencontre de Chamberlain et Hitler, prévue pour 10 heures du matin, n'eut lieu, après une lettre du Premier ministre britannique et des conversations entre Horace Wilson, Nevile Henderson et von Ribbentrop, qu'à 22 h 30 à l'hôtel Dreesen de Godesberg, le vendredi 23 septembre. Voir Nizan, *Chronique de Septembre,* p. 91-92.

Page 787.

a. Charles Viguier   *orig., réimpr. Nous corrigeons.*

1. Aristide Briand, après la guerre de 1914-1918, multiplia les efforts pour consolider la paix. Il fut le principal artisan français du Pacte de Locarno, en 1925, qui concluait un rapprochement avec l'Allemagne tout en liant la France à la Tchécoslovaquie par un traité d'assistance en cas d'attaque allemande. La date du 27 mai 1919 ne correspond, semble-t-il, à rien de précis.

Page 792.

1. Nous n'avons pas retrouvé le texte original de cette proclamation dont Sartre aurait pu s'inspirer. Le décret de mobilisation fut pris à 21 h 30, en même temps que le poste de Prague annonçait sa communication imminente.

2. Le gouvernement a décidé.

Page 793.

1. *Paris-Soir* du 26 septembre 1938 publie, sous le titre « M. Chamberlain, ancien commis voyageur, préfère tout voir par lui-même », un article où il est rapporté que le Premier ministre britannique a été commis voyageur au début de sa carrière, puis directeur d'une importante maison de Birmingham.

Page 794.

1. *Bei mir bist du schön* est une chanson américaine dont le titre original est en allemand. Benny Goodman l'a enregistrée en version jazz en 1938. Les paroles françaises (1938) disent : « *Bei mir bist du schön* cela signifie " vous êtes pour moi plus que la vie ". »

Page 795.

1. Il n'existe aucune localité de ce nom dans le Calvados, ni, semble-t-il, ailleurs en France. Cependant, Sartre n'a pas inventé ce nom. Il se fonde, pour tout le récit à la Maupassant qui suit, sur un article publié dans *Paris-Soir* du 26 septembre 1938, sous le titre « Les gendarmes de Crévilly s'étaient trompés d'affiches / Ils annoncèrent faussement la mobilisation générale » : « Caen, 25 septembre. / Il est arrivé en Normandie, hier, une aventure que les paysans ne sont pas près d'oublier. / À Crévilly, près de Caen, les gendarmes avaient mal compris les ordres. Au matin, les habitants affolés, virent apposées sur les murs de la Mairie les affiches de la Mobilisation générale. / Le sonneur se précipita aussitôt dans l'église et sonna le tocsin, les propriétaires réquisitionnés attelèrent leurs carrioles et arrivèrent à Caen vers 8 heures avec leurs chevaux, certains avec leurs bœufs, tout étonnés d'être seuls ! / Quand ils connurent leur erreur ils reprirent joyeusement la route de Crévilly, heureux d'en être quittes à si bon compte. » Il existe, à 16 km de Caen, un chef-lieu de canton du nom de Creully. Pour autant que l'anecdote rapportée soit vraie, on peut supposer soit que *Paris-Soir* a fait une erreur sur ce nom, soit que l'erreur du journal était délibérée, pour ne pas désobliger les gendarmes et les habitants de Creully. Sartre, pour sa part, se souvenait d'avoir lu cette anecdote dans la presse, mais ne se rappelait pas où. Il nous avait dit à ce propos : « D'une manière

générale, vous avez raison de penser que je n'invente que très rarement de toutes pièces et qu'il y a presque toujours un point de départ réel, mais le plus souvent c'est très vague » (entretien du 24 juillet 1974).

Page 797.

1. Célèbre cinéaste allemande dont le film *Les Dieux du stade* sur les Jeux Olympiques de Berlin 1936 était apparu comme un hymne au national-socialisme. *Paris-Soir* du 8 octobre 1938 publie un grand article sous le titre « Si Hitler avait une femme... la face de l'Europe peut-être en serait changée, mais jamais encore aucune femme n'a pu fixer le maître de l'Allemagne. » L'article est illustré de photos, entre autres, de Leni Riefenstahl (« Elle a distrait Hitler. Distrait au point que Goebbels fut jaloux d'elle et provoqua des incidents fameux. Mais maintenant ? Elle est la figure de proue du IIIᵉ Reich. Et c'est tout »).

Page 798.

a. ouvert les yeux, des yeux de nouveau-né *réimpr. par saut du même au même.*

1. Pour tout cet épisode marocain, Sartre s'inspire du voyage qu'il fit avec Simone de Beauvoir en été 1938 (voir *La Force de l'âge*, p. 337-343).

Page 801.

1. Œuvre d'Offenbach (1881). La *Barcarolle,* nous a dit Sartre, était fréquemment au répertoire des orchestres de brasseries; il ne l'aimait pas particulièrement.

Page 802.

1. Voir Nizan, *Chronique de septembre,* p. 99 : « À l'aube [du samedi 24 septembre], à Paris et dans toute la France, trois affiches blanches avaient annoncé la convocation de "certaines catégories de réservistes", celles des hommes porteurs des fascicules de mobilisation 2 et 3, et l'application du droit de réquisition. » Voir n. 1, p. 805.

Page 805.

1. L'affiche était titrée RAPPEL IMMÉDIAT / de / CERTAINES CATÉGORIES DE RÉSERVISTES. Le texte donné par Sartre correspond au texte original, sauf pour ce qui concerne l'heure (4 heures sur l'affiche), due sans doute à une inadvertance de Sartre. (Voir Henri Noguères, *Munich ou la Drôle de paix,* Laffont, 1963, p. 181, où une note précise : « Des affiches identiques à celle-ci, apposées simultanément, rappelaient également les réservistes dont les fascicules portaient le chiffre " 3 ". Les chiffres " 2 " ou " 3 " apparaissaient d'ailleurs, en sous-impression, sur toute la hauteur de chaque affiche. »)

Page 806.

a. Un feuillet isolé donne pour le passage qui suit (depuis Morte. [...] à Il laissait sa vie derrière lui, j'ai mué [p. 808]) les deux premières versions suivantes :

[1re version :] Morte. Il se retourna, il la regarda : elle était morte. Les morts n'ont plus d'avenir et elle avait perdu son avenir. Ou plutôt c'était cet avenir qui était mort. Elle avait réclamé à grands cris un certain avenir, pour elle-même, pour les hommes, pour le monde et c'était cet avenir qui lui donnait son sens. Elle exigeait de se disposer le long d'une grande route étale et sans cahots, comme le vivant exige pour ses projets de vivre dix ans, trente ans encore. Et la mort survient et les attentes du vivant n'ont plus de sens parce qu'il n'a pas pensé la mort. Si une fois, une seule fois j'avais pensé la guerre, j'avais agi pour la combattre ou pour la préparer, ma vie serait sauvée, elle se poursuivrait au-delà de ce mois de Septembre. Mais il n'avait jamais pensé que la paix. Il avait vécu pour la paix, dans la paix, il ne la voyait pas, il ne la sentait pas, c'était l'air qu'on respire, la lumière qui éclaire le monde, elle ne pouvait pas plus < manquer > que l'air ou la clarté. Et le moindre de ses gestes n'avait de sens que si la paix était éternelle.

[2e version :] Morte. Il se retourna, il la regarda : elle était morte. Viguier était mort, il allongeait les mains sur le drap blanc et sa viande coulait comme une crème sous sa peau, il était mort et son avenir s'étendait à perte de vue à travers le monde, hors de jeu, fixe, comme son regard fixe sous ses paupières. La vie de Mathieu avait un avenir fixe et vitreux, hors de jeu. Briand, le pèlerin de la paix, une fois Viguier l'avait vu ; la Paix, l'avenir du monde, son avenir. L'avenir de Mathieu, une longue route étale et sans cahots, la Paix. À présent il était par-delà son propre avenir, il le regardait et il pensait : la Paix. Mme Doré désigna Viguier, elle était lasse, elle avait sommeil et ses yeux la picotaient ; elle dit à l'infirmière : « C'était un brave homme » et elle chercha un mot, un mot un peu noble, parce qu'elle éprouvait le besoin de conclure et qu'elle pensait que personne ne conclurait, le lendemain, sur la tombe. Un mot qui fût une conclusion à lui tout seul et elle dit : « Un homme... pacifique. » « J'ai eu un avenir pacifique. » Il était là, cet avenir, il pénétrait chaque chose de sa vie morte. Il avait été la lumière qui éclairait ses projets, l'air qu'il respirait, la substance des couleurs, des odeurs, des contacts. Il touchait la paix sur les choses et il ne savait pas que c'était la paix et il ne savait pas surtout que la paix c'était un avenir, un avenir fragile. Et le monde avait eu un autre avenir. Il s'était attendu sur une certaine route, large, étale, sans cahots. Il voyait au loin un Mathieu de quarante ans, un Mathieu de soixante ans qui lui faisait signe. Et le monde avait pris une autre route. Une route où personne ne l'attendait. À présent il s'engageait sur ce chemin neuf et il contemplait la vie qu'il avait quittée. Morte. Ni passée, ni présente : latérale, morte, avec son petit avenir à elle, fixe comme un regard mort. Un avenir fermé. Personne n'irait plus jamais dans cet avenir. La clé en était perdue. L'avenir attendu la Paix. Les beaux soirs de Pérouse, de Ségovie, d'Athènes, c'étaient des attentes. *Ils* attendaient des multitudes d'autres soirs, tout pareils, ils n'avaient leur sens que dans une société de soirs et de matins qui se donnaient la main. En 1925 quand ils descendaient, Daniel *[un trait]* c'était vers la Paix qu'ils descendaient. Et en *[un blanc]* c'était vers la Paix *[fin du fragment manuscrit]*

1. Geneviève Idt a très judicieusement intitulé « Les toboggans du romanesque » son étude des *Chemins de la liberté* (in *Obliques*,

n°s 18-19, 1979, p. 75-94). Dans *Le Sursis,* en effet, les libertés apparaissent comme happées par l'histoire et entraînées malgré elles vers un destin collectif.

Page 808.

  a. Une feuille de brouillon en très mauvais état donne pour ce passage et la suite le plan suivant :

On ne peut pas penser la guerre. La guerre c'est comme un mal de dents. Ma vie est absurde puisqu'elle aboutit là. Elle est morte. Tout aboutissait à penser le sens de ceci, de cela. Je ne puis sentir la simultanéité. Je pense plus que je ne sens. Ma vie comme un obstacle à sentir ce qui se passe. Où est Jacques, où est Daniel, que peuvent-ils penser. Se détacher de sa vie de ce point de vue.
  Thème : ma vie est absurde puisqu'elle aboutit là : elle est morte. Tout aboutissait à cette guerre : le jazz, la radio, le surréalisme, etc. *Entre deux guerres.* On a ôté le sens de ma vie. C'est comme si j'étais déjà mort. Effort pour *penser* la guerre ; on ne peut pas. Si blessure, aventure individuelle alors pas désastre, si désastre pas blessure. On ne pense pas plus la guerre que la mort. Elle n'a pas de sens pour moi. La guerre d'Espagne aurait eu un sens. Celle-ci j'y suis jeté par condition. Elle n'a aucun sens.
  Arrivée de Gomez. Son aspect aventurier. Tout de suite derrière lui cette guerre d'Espagne où les gens sont libres de se battre.
  Ivich blottie dans sa chambre. Apeurée. Pense à Mathieu comme à son dernier recours. Monter en simultanéité Ivich penser à Mathieu, désirer qu'il pense à elle et Mathieu n'y pas penser. « S'il pouvait penser à moi, si seulement en ce moment, en ce moment précis il pensait à moi. » Mathieu regardait Gomez, il pensait : « Quel beau type d'aventurier. » Ivich cherchait à envoûter son esprit, à l'attirer dans ses mailles. « Pense à moi, je le veux. » Mathieu regardait le ciel et pensait à Gomez. Odette revenait en autocar de Monte-Carlo, elle *[fin du fragment manuscrit]*

  1. Souvenir personnel de Sartre, nous a-t-il dit.
  2. Il ne s'agit pas d'une citation, nous a assuré Sartre.

Page 809

  a. présent. Mathurin flottait. *orig., réimpr. Nous corrigeons.*

Page 812

  a. humeur : «Samedi, c'est demain, *orig., réimpr. Nous corrigeons.*

  1. Dans *L'Âge de raison* (voir n. 1, p. 418), Boris dit qu'il est né en 1917, ce qui lui donnerait vingt et un ans en 1938.
  2. De même que Gomez et Mathieu, Fernando Gerassi et Sartre se vouvoyaient. Gerassi vint plusieurs fois en France en permission (voir *La Force de l'âge,* p. 329, 364-365), mais il ne semble pas que Sartre l'ait rencontré lors de la crise de Munich. Sur Fernando Gerassi en tant que modèle de Gomez, voir n. 1, p. 433.

Page 813.

  1. Sartre était lui aussi mobilisable à Nancy, précisément au camp d'aviation d'Essey-lès-Nancy, où il fut mobilisé en septembre 1939.
  2. Pour ce personnage, qui devait prendre de l'importance dans la suite projetée des *Chemins de la liberté,* Sartre nous a dit s'être un peu

inspiré d'une ancienne élève de Simone de Beauvoir avec qui celle-ci s'était liée, Bianca Bienenfeld (voir *La Force de l'âge*, p. 365).

Page 816.

1. Rappelons que les *Réflexions sur la question juive,* dont cette phrase constitue la thèse centrale, ont été écrites pendant la guerre. Terminées à la fin de 1944, elles ont paru en 1946.

Page 817.

1. Référence, sans doute, à une petite ville de Poméranie.

Page 819.

1. Une scène de ce genre est décrite dans « L'Enfance d'un chef », du point de vue des agresseurs.

Page 820.

1. Hebdomadaire d'extrême droite créé en 1930 et dont le rédacteur en chef était Pierre Gaxotte et les principaux collaborateurs Robert Brasillach, Claude Jeantet, Lucien Rebatet. *Je suis partout* reprend les thèmes de la propagande allemande et souhaite que la France s'engage au plus tôt dans une « collaboration » avec Hitler. « Son antisémitisme, sa xénophobie, son anticommunisme, le poussent naturellement aux positions munichoises les plus extrêmes » (G. Vallette, J. Bouillon, *Munich 1938,* p. 290).

Page 821.

a. Une page manuscrite isolée donne de ce passage une rédaction plus courte :

Un homme de proie. Ils sont marqués, ils ont une étoile et tout leur réussit. Mais c'est par eux qu'arrivent la guerre et la mort et la douleur. Il savait qu'elle pensait ça de lui. Il allait partir et elle penserait ça de lui au fond de son cœur. Qu'est-ce qu'il pouvait lui dire ? Elle ne lui pardonnerait jamais d'avoir été en Espagne. Elle était dure à sa façon, elle pouvait garder dix ans une rancune dans son cœur. Il était en pyjama au balcon de l'hôtel, penché au-dessus de la place Gélu. Les arbres verts. Sous les arbres la place était glissante, liquide, blanche et preste comme un poisson. Cette nuit-là, un nègre avait chanté et la nuit avait été lourde et riche comme une nuit d'Espagne. Ce matin la place était pleine de cris, ça sentait la marée, le soleil s'était pris dans la mer, les bateaux bougeaient, la mer s'élargissait et le soleil éclaboussait Gomez. Il faisait frais et chaud en même temps, c'était le matin.

1. Dans *L'Âge de raison* (p. 431), Sarah est vue par Mathieu avec des « cheveux raides et rares ».

Page 826.

1. Sur l'état d'esprit de Sartre durant la crise de Munich, nous avons trois témoignages. Simone de Beauvoir rapporte qu'elle-même pensait que « même la plus cruelle injustice valait mieux que la guerre » et que Sartre lui répondait : « On ne peut pas céder indéfiniment à Hitler. » Elle note encore : « Il n'avait pas l'âme belliqueuse ; sur l'instant, le 30 septembre, il n'avait pas été fâché de reprendre le fil de sa vie civile ; il n'en tenait pas moins Munich

pour une faute, et il estimait qu'un nouveau recul serait criminel ; en transigeant, nous devenions commplices de toutes les persécutions, de toutes les exterminations » (*La Force de l'âge*, p. 345 et 366). Sartre lui-même a écrit en 1948 : « Nous étions contre la capitulation de Munich, nous autres, munichois de 48 » (voir *Les Écrits de Sartre*, p. 691). À ce propos, Raymond Aron précise dans une note de *Histoire et dialectique de la violence* (Gallimard, 1973, p. 271) : « Sartre n'était nullement antimunichois en 1938. Je me souviens parfaitement d'une longue conversation, en octobre 1938, avec Sartre qui, tout antifasciste et antihitlérien qu'il était — sur ce point il n'y avait entre nous aucune différence, même de degré — n'acceptait pas la diplomatie des antimunichois dans la mesure où elle entraînait ou pouvait entraîner la guerre, c'est-à-dire la mort des autres. Il se refusait à disposer de leur vie. Ce qui est frappant, c'est que *Le Sursis* ne présente aucun munichois en "héros positif", aucun qui ait été favorable à l'accord de Munich pour des raisons moralement ou politiquement valables. » Sartre, à qui nous avions fait part de ce rappel de Raymond Aron, nous a dit ceci : « Je soutenais les points de vue munichois et antimunichois avec une égale sincérité. J'étais complètement déchiré. » En revanche, en 1939, il n'avait plus aucune hésitation : l'idée de ne pas se battre contre Hitler, l'idée de ne pas se rendre à l'ordre de mobilisation ne l'a même pas effleuré, nous a-t-il assuré.

2. La Tchécoslovaquie est fille des traités de Versailles. Ses frontières furent fixées aux traités de Saint-Germain et de Trianon. Elle comprenait une forte minorité allemande et des minorités polonaises, hongroises et ruthènes. Le gouvernement de Thomas Masaryk s'était engagé à assurer la complète égalité de tous les citoyens, sans distinction de race et de langue, et à respecter les particularismes nationaux. Jusqu'en 1935, la vie du nouvel État se déroula sans heurts. La détérioration des rapports tchéco-allemands commence en 1935, l'année de la démission de Masaryk et de l'avènement de Bénès, son disciple et collaborateur, à la présidence de la République. L'annexion de l'Autriche à l'Allemagne en mars 1938 marque une recrudescence de l'activité du *Sudeten Deutsche Partei* de Konrad Henlein, le Führer des Allemands des Sudètes en Tchécoslovaquie.

3. Le document reproduit à la fin du *Sursis* (p. 1123) indique *ethnologique* et non *ethnographique*.

4. Jacques résume ici parfaitement les arguments des munichois tels qu'ils s'exprimaient dans *Gringoire* ou *Je suis partout*.

5. Voir n. 1, p. 517. L'erreur de Sartre peut d'ailleurs être mise au compte de Jacques et prouver ainsi le peu d'intérêt de celui-ci pour la vie de son frère.

6. Sartre lui-même a passé la « drôle de guerre » dans la région de Bitche en Moselle.

Page 828.

1. Rappelons qu'au moment où il écrit *Le Sursis,* Sartre a déjà intitulé « La mort dans l'âme » les pages reconstituées de son journal de la débâcle (voir p. 1559 et suiv.).

Page 829.

1. Cette francisation à la Queneau du mot *week-end,* courante à l'époque, n'a pas survécu.

2. Sartre connaisait bien ce quartier de Passy, dans le seizième arrondissement, puisque sa mère et son beau-père, chez qui il déjeunait tous les dimanches, habitaient en 1938 au 23, avenue de Lamballe (c'est l'adresse donnée comme étant la sienne « avant les hostilités » sur la fiche de démobilisation de Sartre, datée de Bourg, 23 avril 1941, que nous avons pu consulter).

Page 830.

1. Guy La Chambre avait succédé à Pierre Cot à la charge de ministre de l'Air, qu'il occupa de janvier 1938 à mars 1940.

Page 831.

1. Avion de chasse allemand de la Première Guerre mondiale; littéralement : pigeon.

2. La graphie plus courante est peinard, l'étymologie probable étant : qui échappe à la peine.

Page 832.

1. Célèbre maître de forges : nom typique des « deux cents familles ».

Page 833.

1. Journaux défendant des positions munichoises modérées. *Le Matin* étant nettement plus germanophile que *Le Temps,* lequel croit cependant à la bonne foi d'Hitler.

2. Nous avons dit (voir la Notice du *Sursis,* p. 1963) que ce procédé de la biographie express d'apparence objective est emprunté à Dos Passos; Sartre en fait un usage triplement ironique : à l'égard du personnage, à l'égard de son modèle et à l'égard de sa propre position de romancier.

Page 836.

1. *Sombreros et mantilles* et *J'attendrai* sont deux chansons qui furent de grands succès en 1938, interprétées par Rina Ketty (rééditées sur disque Pathé-Marconi, coll. « Du Caf' conc' au Music-hall », nᵒ 14 C 054-15288). La chanson *J'attendrai,* qui devint une scie ironique durant la « drôle de guerre », est entendue dans le film *Sartre par lui-même.*

2. *Ma poupée chérie,* berceuse très connue à l'époque.

Page 838.

1. Termes mêmes de la déclaration de Chamberlain à son arrivée à Londres, le samedi 24 à 13 h 15 (voir Nizan, *Chronique de septembre,* p. 99).

Page 839.

1. C'est de cette façon que Sartre, en octobre 1939, fit savoir à Simone de Beauvoir qu'il se trouvait à Brumath (voir *La Force de l'âge,* p. 422).

Page 841.

1. Ce passage aux accents très personnels est l'un des plus beaux, des plus pathétiques et des plus lucidement désespérés de

toute l'œuvre de Sartre. François George (*Deux études sur Sartre,*
p. 252) note avec raison : « On songe ici à ce que peut être dans le
fantasme de Sartre le départ du père. » Comment en effet ne pas
penser que ce père « appelé à d'autres fonctions » est probablement
pour Sartre une image de son propre père, enlevé par la mort
quand lui-même avait un an ? Le personnage de Georges, cet
être effacé, timide et aimant, doit sans doute son existence aux
fantasmes de Sartre sur son père.

Page 844.

   1. Sartre et Simone de Beauvoir étaient rentrés d'Athènes à
Marseille sur le *Théophile-Gautier* en été 1937 (voir *La Force de
l'âge,* p. 321).

Page 845.

   a. la regardait froidement, par côté. *orig., réimpr. Nous corrigeons
avec l'accord de Sartre.*

Page 851.

   1. Dernières paroles du Christ sur la croix (« Mon Dieu, mon
Dieu, pourquoi m'as-tu abandonné ? »).

Page 852.

   a. *Pour le passage qui va de la page 850, depuis* Chasser les mots [...],
à la page 852, jusqu'à [...] méchant, lâche. [...], *nous avons un
premier état en manuscrit :* Il essaya d'écarter les mots, il se mit à
compter, comme ça il ne parlerait pas, au-dedans de lui-même.
Un, deux, trois, il ne fallait surtout pas s'endormir mais se laisser
glisser, comme quand on veut s'endormir, cinq, six, sept, des
mirages à présent, une plaie saignante sous le ciel, les deux bords
écartés avec un beau sang qui gargouillait entre les bords et rutilait
au soleil, et le ciel bleu au-dessus, le beau ciel serein, les deux lèvres
devraient se confondre, il faudrait aussi écarter les images, il avait
une peur étrange, il était là assis sur sa chaise, fermer les yeux.
Mais il n'osa parce que le fils de la patronne le regardait, il aurait
l'air d'un vieux qui roupille après le déjeuner. Se débarrasser de
ça, fermer les yeux quand même. Il les ferma, douze, treize, mais
le regard du gamin lui chauffait les paupières comme le soleil
passe à travers les paupières. C'était raté. Fixer un objet plutôt et
compter, il fixa la plate-bande, c'était un fouillis, un grand mouvement vert et fixe, le regard s'y perdait, je recommence. Le
regard ondulait dans le vert, c'était un foisonnement horrible sous
le ciel, comme moi. Il n'y avait plus de mots et d'images, mais il
se voyait encore, il ne fallait plus, il fallait se rejoindre, ça y était
presque, cinquante-deux, cinquante-trois, défi, cinquante-quatre,
des mots en lambeaux, ça ne faisait rien, défi. Un défi absurde
vers le ciel clair, immonde et absurde. Il était absurde d'être
immonde, se vouloir immonde, pédéraste et limité, limité par la
mort, limité par les autres, ballotté à l'existence par quoi, vers
quoi ? Ça vient, ça vient. Ça le fendit comme une faux, c'était
extraordinaire et délicieux, une angoisse épouvantable et une joie...
[Quelque chose qui n'était pas lui, comme une face curieuse
< amoureuse > posée sur lui. *Phrase écrite dans la marge*]. Il
prit peur et sursauta, il regarda tous les objets, précis, précis et le

dos brun et musclé du fils de la patronne qui jardinait ; il n'avait pas été jusqu'au bout, il faudrait recommencer. Il s'assit, tout étourdi. Il avait un but, à présent. C'était palpitant. *[fin de ce fragment manuscrit]*

Autre rédaction pour ce passage : Le soleil était là, épars, il jonchait le sol en confettis. Quel silence, pas un bruit, pas un mot, la nature était là, à demi crevée, il se sentait si seul, au fond de cette nature, qu'il se laissa repartir. Être comme si j'étais vu par un autre, sans bruit, sans voix. Il égalisa son souffle comme s'il allait dormir. Compter sur chaque respiration. Un, deux, trois, il avait peur, quel silence autour de lui et lui seul, petit hiatus bavard dans le silence. Il fallait anéantir la parole et que le silence du jardin se rejoigne à travers lui. Fermer les yeux, mais il n'osa pas, à cause d'Émile, s'il le regardait il aurait l'air d'un vieux saisi de somnolence après le déjeuner. Fermer les yeux tout de même, il se contraignit à biaiser les paupières mais Émile le regardait sûrement, ce regard lui chauffait les paupières comme un rayon de soleil, c'était raté, se fasciner sur un objet plutôt, il fixa la plate-bande, à gauche, un grand mouvement vert et fixe, comme une vague immobilisée au moment où elle se défait, son regard se perdait dans ce fouillis végétal. Je recommence, un, deux, trois, des mots en lambeaux, ce souffle égal, son regard oscillant à la surface de ce foisonnement végétal, la terre < la peur >, le défi ; un défi insolent et absurde vers le ciel clair. Être ce que je suis, la bouche d'égout sous l'azur. Ça vient, ça vient, se vouloir abject et immonde, sous ce ciel pur, comme une revendication amère, comme une supplication vaine et qui se sait vaine. Une supplication vers le ciel vide, ça vient. Ça le fendit comme une faux, ce fut extraordinaire et délicieux. Ouvert, ouvert, la cosse éclate, ouvert, ouvert, comblé, moi-même pour l'éternité, pédéraste, méchant, lâche ; *[un blanc]* Qui ? Il ne fallait pas dire qui. Rien ni personne. Une épaisse nuit était descendue contre lui et cette nuit était regard. Il était *l'objet* inerte d'un regard, un regard qui le fouillait jusqu'au fond, qui le pénétrait comme un sexe *[une ligne en blanc]* Mais il y avait cette étrange, étrange jouissance, plus âpre, plus amère que toutes les voluptés, il y avait ce regard... *[fin de cet autre fragment manuscrit]*

Page 860.

1. Voir n. 2, p. 1287.
2. *Œuvres poétiques complètes*, Bibl. de la Pléiade, p. 522.

Page 861.

1. Ce titre n'existait pas en 1938. Un « organe international du parti de la paix » a paru sous le titre *Le Pacifiste*, avec comme sous-titre *Le Floréal* en 1904, repris de février à octobre 1924, *Le Pacifiste-Le Floréal*, « Journal d'union républicaine ». Sartre nous a dit avoir complètement inventé le personnage de Pitteaux à partir de ce qu'il pouvait savoir des petits groupements pacifistes en activité à l'époque. Sur les arrière-plans douteux du personnage voir le brouillon d'un passage éliminé de la version définitive, p. 1975-1977.
2. Francis Jeanson, dans une note de la première édition de son *Sartre par lui-même* (Seuil, 1955, p. 116), a relevé l'analogie des

situations familiales de Philippe et de Baudelaire, dont la mère avait épousé en secondes noces le général Aupick, lorsque l'enfant avait sept ans. Geneviève Idt (*Obliques*, p. 93) a souligné ce que le personnage de Philippe pouvait devoir aux fantasmes de Sartre lui-même par rapport à son beau-père. Sartre, que nous avions interrogé à ce sujet bien avant la parution de l'étude de G. Idt (avec laquelle il nous a dit par la suite n'avoir aucun désaccord particulier), nous a assuré que, si le cas de Baudelaire qu'il étudiait en effet au moment où il écrivait *Le Sursis* a pu l'inspirer pour Philippe, celui-ci lui avait surtout été inspiré au départ par un procès qu'avait eu un jeune homme d'Action française et dont nous n'avons pas retrouvé la trace.

Page 862.

1. Célèbre médecin aliéniste (1772-1840).
2. Voir Pierre Mendousse, *L'Âme de l'adolescent,* Félix Alcan, 1909.

Page 867.

1. Odeur de poisson frais, de marée.

Page 872.

1. Pour l'épisode de Gros-Louis avec Mario et Starace, Sartre nous a dit s'être lointainement inspiré de sa propre aventure à Naples, dont il avait déjà tiré, en restant très près de la réalité, la nouvelle « Dépaysement » (voir Appendice I, p. 1537 et suiv., et *Les Écrits de Sartre,* p. 68).

Page 874.

a. sentait vide mais lucide.   *réimpr.*

Page 886.

1. Au sujet de ce passage, que Geneviève Idt (*Obliques,* p. 93) appelle « un étrange mythe des origines du strabisme », nous avions demandé à Sartre s'il correspondait à des images qu'il s'était formées lui-même durant son adolescence à propos de son propre strabisme; il nous a répondu sobrement : « Ça indique une direction d'esprit. »

Page 892.

1. On ne s'étonne pas de voir Philippe s'identifier au comte de Lautréamont.

Page 894.

a. pas envie de rire. Une *orig., coquille. Nous corrigeons.*

Page 896.

1. Sonia est la fiancée de Raskolnikoff dans le roman de Dostoïevski. Rappelons que Sartre avait été un grand lecteur de Dostoïevski vers l'âge de dix-sept ans.

Page 897.

a. ça va pas mal à cette heure. » Son livret   *orig. Cette correction outrepassant les droits d'un correcteur, il y a des chances pour qu'elles soit de Sartre lui-même pour la réimpression, dont nous adoptons le texte.*

b. chez les flics. C'est pas   *orig. Cette correction, comme la précédente — ainsi que celle que nous signalons var. a, p. 898 —, outrepasse les droits d'un correcteur. Il y a des chances pour qu'elles proviennent toutes deux de Sartre lui-même pour la réimpression, dont nous adoptons le texte.*

Page 898.

a. chez les flics, dit-il.   *orig.*

Page 900.

a. « Maurice Gounod. »   *orig., réimpr. Le patronyme du personnage étant Tailleur dans la suite du roman, nous corrigeons ici, avec l'accord de Sartre, ce qui n'était qu'une inadvertance de sa part.*

Page 908.

1. Sartre a raconté dans *Les Mots* (p. 83) comment, dans son enfance, il liquida Dieu par indignation d'être la cible de « Son regard ». Voir p. 1098 et n. 1.

Page 911.

1. Le général Gallieni est mort en 1916. Sartre assista en famille à son enterrement, sur l'esplanade des Invalides, et fut témoin de l'accident évoqué dans les lignes qui suivent.

Page 912.

1. Nous avions un doute sur la question de savoir si cette Irène est bien la même que celle que rencontrera Mathieu dans la suite du roman. Sartre nous a assuré que oui et que pour le physique de ce personnage il avait vaguement en tête une jeune femme prénommée Lola qui était la compagne de Mouloudji (voir *La Force de l'âge*, p. 435 et 545 et *L'Âge de raison*, p. 415 et n. 2).

Page 914.

1. *Sombre dimanche* est le titre d'une chanson, hongroise d'origine, très connue dans les années 30 et qui passait pour avoir provoqué des suicides.

Page 915.

1. Le nom de ce café, qui existe toujours, à l'angle de la rue Vavin et du 101, boulevard du Montparnasse, s'écrit avec un C.

Page 916.

1. Notons que le fragment qui suit ne reproduit pas exactement le texte de l'affiche qui précède.

Page 918.

1. Premier vers du « Tombeau d'Edgar Poe » de Mallarmé.

Page 919.

1. Philippe ne vit-il donc pas avec sa mère ? C'était pourtant ce qui apparaissait p. 859. La confusion, nous a dit Sartre, peut provenir du fait qu'il avait lui-même chez son beau-père une chambre qui restait inoccupée puisqu'il vivait à l'École normale.

Page 921.

a. Brouillon pour le passage qui suit, de Il frissonna à [...] le frottement du papier. *[p. 922]* : Il avait froid, il sonna pour la troisième fois ; depuis le jour de sa première radiographie il n'avait
connu pareille angoisse. Il avait fait un mauvais rêve et s'était
réveillé en sursaut au milieu de la nuit et depuis il ne s'était pas
rendormi. C'était à peine un rêve d'ailleurs : il voyait la plage,
les hôpitaux, les cliniques après leur départ. Et tout était vide.
Mais le vide ce n'était pas seulement le silence et l'absence, c'était
quelque chose comme on pouvait le voir en rêve, un élément,
une sorte de vie affreuse. À présent il ne pouvait s'en empêcher,
il voyait sa chambre comme elle serait lorsqu'il serait parti. Comme
un mort qui assiste à son enterrement. Les quatre murs, le plafond,
le plancher se rejoignaient, ça faisait comme un cube tout nu.
Les objets sur la table ne pesaient pas, ne remplissaient pas, ils
étaient légers et creux, le vide impitoyable se continuait sous eux,
la chambre se reformait partout comme une eau troublée qui se
calme, elle reprenait son visage solitaire comme s'il était déjà
parti. Il n'était plus qu'un témoin et pourtant il était bien vivant
avec ce corps impotent, grouillant et cette colique, est-ce qu'elles
vont me laisser chier dans mon froc ? Il sonna longuement, la
porte s'ouvrit, Mme Louise entra. / — Enfin, dit-il. / — Ah !
une minute, dit Mme Louise. Nous avons cent malades à habiller ;
chacun son tour. / — Donnez-moi vite le bassin, dit Charles. /
— Qu'est-ce qui vous arrive ? Ça n'est pas votre heure. / — J'ai
de l'angoisse, dit Charles, ça doit être pour ça. / — Oui, mais il
faut que je vous prépare, dans une demi-heure il faut qu'il n'y
ait plus un malade ici. Enfin dépêchez-vous. / Elle défit le cordon
de son pyjama et tira sur son pantalon puis elle le souleva par les
reins et fit glisser la bassine sous lui. / — Vous aurez beau temps
pour partir, dit-elle. / — J'aurais pas voulu partir, dit Charles.
Ça me donne de l'angoisse. / — Bah ! Bah ! dit Mme Louise.
Allons ! Est-ce que c'est fini ? / — C'est fini, dit Charles. / Elle
fouilla dans la poche de son tablier et sortit une grande feuille
de papier et des ciseaux. Elle coupa le papier en deux avec les
ciseaux. / — Soulevez-vous un peu, dit-elle. / Il entendit le froissement du papier, il sentit le frottement du papier. *[fin du fragment
de ms.]*

b. moins dix, Jacqueline n'était pas *orig., réimpr. Par une inadvertance de Sartre, dans toutes les éditions qui précèdent la présente,
l'infirmière de Charles qui se prénommait plus haut Jeannine devenait
Jacqueline jusqu'à la page 199 de l'originale (p. 956 de la présente édition)
où elle reprenait son prénom initial. Nous corrigeons cette erreur, après
avoir consulté Sartre à ce sujet.*

Page 924.

a. Brouillon pour le passage qui suit, jusqu'à Ah, là ! là ! *[p. 925]* :
On avançait petit à petit, les gouttières entraient deux par deux
dans l'ascenseur, mais il n'y avait qu'un seul ascenseur et ça prenait
du temps. / — Ce que c'est long, dit Charles. — On ne partira
pas sans vous, dit Mme Louise. / Le corbillard passa sous les
fenêtres, la petite dame en deuil qui suivait ça devait être la famille,
il y avait aussi une femme robuste en gris avec un feutre bleu,
c'était sûrement l'infirmière. Pauvre homme, pensa-t-elle. Il repo-

sait là, tout de son long avec des couvertures sur le corps, il ne pouvait pas bouger et on le poussait vers l'ascenseur. Pauvre homme, il n'aura guère de monde pour le conduire à sa dernière demeure. Elle le poussa dans la cage sombre, il sentit un petit choc et l'ascenseur s'enfonça, ils le descendront dans la fosse avec des cordes et personne ne se penchera sur lui, sauf cette petite femme, je n'aimerai pas mourir comme ça, il sentit qu'on le descendait dans cette fosse, à présent l'étage était au-dessus de sa tête, il quittait sa vie par en dessous, on le vidangeait comme de l'eau de vaisselle, il eut un sanglot bref mais il l'arrêta, il avait l'impression qu'il allait s'évanouir, Philippe marchait, tout le monde saluait, il tourna la tête et vit trois femmes qui suivaient le corbillard. Il salua. Gros-Louis marchait, un monsieur passa près de lui, avec un chapeau et une moustache. / — Dis-donc, dit Gros-Louis, tu sais lire ? / Le monsieur le regarda de côté et pressa le pas comme s'il n'avait pas entendu. / — Te sauve pas, dit Gros-Louis. Je ne vais pas te manger. / Le monsieur marchait plus vite, Gros-Louis allongea le pas et le monsieur se mit à courir en poussant un drôle de petit cri comme une bête. / — Ah, là ! là ! dit Gros-Louis. Ah, là ! là ! *[fin du fragment de ms.]*

Page 926.

   a. Brouillon pour le passage qui suit, jusqu'à [...] sortit en claquant la porte. *[p. 929]* : Elle le regardait souriante et désespérée, ses yeux couraient, inquiets, sa poitrine se soulevait fortement, elle tira un peu sur sa couverture, il y avait encore quelque chose à lui sur la terre. / — Eh bien, dit-il, vous m'avez laissé tomber ce matin. / — Oh, monsieur Charles, je n'ai pas pu, le temps m'a duré, allez, je maudissais les gosses. / — Allons, allons, dit-il sèchement, pressons-nous, conduisez-moi. / — Et après ? demanda Maud avec défi. Oui j'ai été chez le capitaine, et après ? / Elle n'allait pas avoir honte devant ce malade encore tout bar-bouillé de vomissures, il la dégoûtait profondément. / Pierre haussa les épaules. / — Puisque je te dis que je m'en moque. Tu fais ce que tu veux, je ne trouve pas ça mal. / Elle en eut le souffle coupé. Bien sûr il ne trouvait pas ça mal. Il avait de l'argent, une moralité < soignée > qu'on lui avait apprise à l'école, il regardait Maud avec la largeur d'esprit des gens d'une autre espèce. Une fourmi, elle était une fourmi, on ne trouve jamais mal ce que fait une fourmi. / — Eh bien si tu ne trouves pas ça mal, tu es un beau saligaud, dit-elle. / — C'est donc mal ? dit [Pierre] d'un air indulgent. / — Ah ne fais donc pas le malin. Non ce n'est pas mal. Mais toi si tu m'estimais un peu tu devrais trouver ça mal. Mais tu t'en moques, hein, tu es au-dessus de ça ; je suis une peau. Tu m'as prise, pourvu que tu me retrouves quand tu en auras envie, tu me permets tout. Ce sont des mœurs de vieux dégoûtant, tu es jeune, tu n'es pas mal et tu regardes déjà les femmes comme un vieillard qui paie. Mais tu ne me retrouveras pas. / Elle sortit en claquant la porte, elle pensait à Claude. Il lui en voulait, il l'estimait assez pour lui en vouloir. Il ne comprenait pas la vie, c'était un petit protestant mais c'était si gentil à lui de lui en vouloir. *[fin du fragment de ms.]*

Page 934.

   1. Cette fois, Sartre rajeunit Boris de trois ans par rapport à

l'âge qu'il lui avait précédemment donné. Voir *L'Âge de raison*, n. 1, p. 418.

2. Dans son étude sur le *Journal* de Jules Renard, écrite vers 1944, Sartre cite déjà cette phrase : « Fantec, auteur, n'étudie qu'une femme, mais fouille-la bien et tu connaîtras la femme » (*Situations*, I, p. 278).

Page 935.

1. Voir n. 1, p. 296.

2. En mars 1936, lors de l'occupation militaire de la Ruhr par Hitler, Albert Sarraut est Président du Conseil, ministre de l'Intérieur. Il sera ministre d'État (poste honorifique) dans le deuxième gouvernement présidé par Léon Blum.

Page 936.

a. — Pedro, ne descends *orig. Dans tout l'épisode qui suit, le petit garçon de Sarah est appelé Pedro, par une inadvertance de Sartre qui fut corrigée dans les réimpressions.*

Page 937.

1. Voir var. *a*, p. 433.

Page 938.

a. Un fragment de manuscrit donne : — Les gens restent chez eux, dit la caissière en haussant les épaules. / — Eh bien oui : c'est ce que je leur reproche. / — Si vous croyez qu'on a le cœur à aller au cinéma. / — Quoi, quoi ? à aller au cinéma. Ça les distrairait. De quoi ont-ils peur ? Les Allemands ne viendront pas foutre le feu chez eux pendant qu'ils sont au spectacle. / — Ça n'est pas ça, dit-elle. Mais on a la tête ailleurs. / Et alors ? À quoi ça sert-il de rester entre quatre murs à faire les Jérémie ? Est-ce que c'est ça qui empêchera la guerre ? Tant que la guerre n'est pas déclarée, il faut faire comme si elle ne devait jamais éclater. Je suis allé chez Garcin : pas un chat. Nous ne sommes plus des hommes, Madame Charles, conclut-il tristement. Un homme s'était arrêté près d'eux, il regardait l'affiche mais il n'avait pas l'air de la voir, c'était un grand type blafard avec un bandeau taché de sang autour de la tête. Il soufflait *[fin du fragment de ms.]*

b. Une page de brouillon donne, pour le passage qui suit, le premier jet suivant : Sarah se promène avec Pedro. Impression de désolation. Peu de gens dehors, magasins fermés. On dirait un dimanche. Dans une rue rencontre un grand type. Il la regarde timidement d'abord et la suit. Inquiétude de Sarah. Elle vient courageusement sur lui : « Qu'est-ce que vous voulez ? » « Je voudrais que vous lisiez ça », dit le type. « Eh bien, dit Sarah, vous avez une feuille blanche, il faut que vous alliez à Prades. » « Ça veut dire que je dois partir. » Elle regardait le type. Il avait l'air doux, malgré son œil à demi fermé et violet. Il demanda : « Il va y avoir la guerre ? » « Je ne sais pas », dit Sarah. Elle fouilla dans son sac et tira un billet de cent francs : « Pour votre voyage », dit-elle. Le type regarda le billet mais ne le prit pas. « J'ai pas envie de me battre », expliqua-t-il. Elle entra dans l'épicerie et en revint avec des boîtes de conserves. « Avez-vous un ouvre-boîte ? » dit-elle. « J'ai un couteau », dit l'homme. « Prenez ça. Et ne vous battez pas si vous le pouvez. Si vous pouvez l'éviter, il ne faut pas vous battre. » Le type avait pris les conserves dans ses grosses mains et il la regardait d'un œil hébété. « Au revoir », dit Sarah. Elle reprit la main de Pedro et < poursuivit > son chemin. [*fin du fragment de ms.*]

Page 944.

1. Argot pour femelles.

Page 945.

a. Brouillons :

[*1*] Le train se mit en marche. Il passait le long de *quelque chose*. Des ombres indistinctes couraient d'abord lentement puis plus rapidement sur la paroi du wagon, déchirant le rectangle de lumière qui s'y projetait. C'est tout ce que je verrai du paysage, pensa Charles. La lumière pâlit un peu, grisonna et puis brusquement devint éclatante et jaune. Charles fit tourner son miroir de 90 degrés. Le miroir se mit à refléter la lumière. C'est tout ce que je verrai du paysage, une lumière sur une cloison réfléchie dans ma glace. Mais cette lumière était déjà une sorte de repos pour les yeux et pour l'esprit. Le train trépidait et la lumière vivait, tantôt elle tremblait et pâlissait, tantôt elle devenait dure et immobile comme si ce n'était qu'un badigeonnage de jaune d'œuf. Il la regarda longtemps dans la glace et il lui sembla qu'elle lui devenait familière, elle lui donnait une impression rassurante de liberté. Au bout d'un moment ce fut pour lui comme s'il était assis, les jambes pendantes sur le marchepied du wagon et comme s'il regardait défiler les paysages, les arbres, les champs, la mer. Aucun de ces objets n'était représenté dans le rectangle de lumière et il n'y avait même aucun signe, aucune ombre particulière qui pût en évoquer un mais ils étaient tous présents à la fois dans une indistinction totale. Ainsi pouvait-il remplacer ses pensées par ces mouvements de la lumière, de même qu'il suffit de prononcer indéfiniment un mot pour empêcher les idées de se former dans la tête, de même il suffisait qu'il regardât cette lumière qui frissonnait, vivait, se figeait, se secouait tout à coup par rafales comme ridée par le vent, pour que ces changements se substituassent à ceux de sa tête. Ainsi < portés > sur le dehors, il pouvait laisser stagner en lui une petite angoisse calme et isolée qui n'avait besoin ni de mots ni d'idées pour s'exprimer, qui n'était qu'un poids glacé. Il regardait cette lumière et il lui semblait se défendre contre l'odeur de paille qui emplissait ses narines. Il était une masse noire et indistincte qui se fondait à demi avec le sol couvert de brins de paille et aussi cette lumière là-bas et il pouvait oublier cette masse plus grande, moins différenciée, au profit de cette partie < légère > de lui-même qui dansait sur la cloison. Et tout cela n'aurait pas été si mal s'il n'y avait eu cette inquiétude fourmillante de son côté gauche, à cause de Blanchard. / — Blanchard ? souffla-t-il. / Il attendit un peu et demanda : / — Tu dors ? / Blanchard ne répondit pas.

[*2*] Personne ne parlait plus. Il y avait des types qui tordaient un peu le cou pour voir s'ils avaient des voisines. Et puis tout se calma, Charles avait manœuvré la glace, et le plancher ressemblait à des vagues sombres d'une mer figée. De nouveau l'odeur de paille lui remplit les narines. Blanchard respirait fort à côté de lui. Charles voulut chasser l'odeur de paille. Il tira une cigarette

de sa poche et alluma une allumette. / — Qu'est-ce que c'est ?
dit l'infirmière. / Charles voyait son visage courroucé très haut
et très loin au-dessus de lui, dans une nuée sombre. / — J'allume
une cigarette. / — Ah! non, dit-elle. Non. En plein air passe
encore mais pas ici. Nous sommes vingt et < voyez > . / Charles
souffla sur l'allumette et tâtonna autour de lui pour trouver un
coin du sol où la poser. Il se sentait oppressé, c'était tout juste
comme lorsqu'il était enfant et qu'il se glissait sous le lit de ses
parents, pour jouer : au bout d'un moment l'angoisse venait
parce qu'il avait l'impression de ne plus pouvoir jamais sortir,
il respirait mal, couché sur le dos et le sommier était là, contre
lui, étouffant, pesant presque sur sa poitrine. Le toit du wagon
était extraordinairement proche. Il avait pour la première fois
l'impression d'être *à la renverse,* c'était presque intolérable. Et ces
fourmillements dans les jambes, qui avaient disparu depuis les
premiers mois. Il fallait penser : je suis une pierre. Rien d'autre,
c'était la méthode. Renoncer à tous les moyens de locomotion
sans quoi on n'était plus qu'une vaine agitation. Il laissa aller son
corps en arrière mais il gardait le cou raide et la tête hors de l'eau.

[ʒ] Il se fit un petit mouvement au ras du sol, sans doute des
types qui tordaient le cou pour voir s'ils avaient des voisines.
Mais, dans l'ensemble, il semblait qu'une sorte de gêne pesât sur
le wagon. Les chuchotements traînèrent un peu et s'éteignirent.
Charles se sentait les tripes collantes et mouillées au-dedans de
lui-même, un accident était toujours possible; quelle honte s'il
fallait demander le bassin devant les filles. Blanchard respirait fort,
mon Dieu, s'il pouvait s'endormir! Les types de son genre font
des farces pour se tenir éveillés, mais quand ils ont les mains
inoccupées, leurs yeux deviennent roses et ils glissent très vite
dans le sommeil. L'odeur de paille lui remplit soudain les narines;
il tira une cigarette de sa poche et frotta une allumette. / — Qu'est-ce
que c'est ? dit l'infirmière. / Elle s'était assise sur le pliant, près
de la porte. Elle avait posé un tricot sur ses genoux. Charles
voyait son visage courroucé très haut et très loin au-dessus de lui. /
— J'allume une cigarette. / — Ah! non, dit-elle. Non. Ici on
ne fume pas. / Charles souffla sur l'allumette et tâtonna autour de
lui, du bout des doigts. Il rencontra entre deux couvertures une
planche humide et rugueuse et y posa le bout de bois carbonisé.
Puis il ramena vivement ses mains sur son ventre, ce contact
l'avait fait frissonner, en l'obligeant à *réaliser* tout à coup qu'il
était sur le plancher. À Berck, quand il était sur son chariot, il
y avait encore une distance entre lui et le sol, il vivait horizonta-
lement mais à la hauteur d'un enfant. C'était supportable. À présent
il était au plus bas, il était *tombé* et le monde entier était au-dessus
de lui, il était au-dessous des tables et des chaises, au-dessous des
armoires, sous les talons des porteurs et des infirmières, écrasé,
à demi confondu avec la boue et la paille; les bêtes qui courent
entre les planches pouvaient lui monter sur la poitrine. Il fut
tout à coup oppressé par un très vieux souvenir : il avait six ans,
il s'était glissé, pour jouer à cache-cache, sous le lit de sa mère,
tout à coup il avait eu l'impression qu'il ne pourrait plus jamais
sortir de sa cachette, il respirait mal, le sommier lui écrasait le
nez, il avait pensé qu'il allait mourir. À la renverse, à ras du sol;
c'était intolérable. Ces fourmillements dans les cuisses et dans les
reins, il les reconnaissait : ils le chatouillaient sans repos les premiers

temps qu'il était à Berck, quand il n'avait pas encore oublié ses jambes. Il se retourna sur le flanc, puis sur le ventre, puis il se remit sur le dos. Doucement, pour ne pas réveiller Blanchard. La sueur lui ruisselait sur la poitrine ; puis il remonta ses genoux sous ses couvertures. « Est-ce qu'on ne va pas bientôt partir ? » Une vieille, vieille envie lui revenait : rejeter les couvertures, se lever brusquement et courir. « Je suis une pierre, pensa-t-il. Rien qu'une pierre. » Il étendit les jambes et se laissa aller en arrière. Il fallait penser : je ne suis qu'une pierre, une chose qui se déplace dans les bras des autres, un pot de fleurs. Il sentait son corps se calmer, se pétrifier lentement. Tranquille! Tranquille! Mais il gardait le cou raide et la tête dressée. Les corps moutonnaient autour de lui, sous les couvertures, comme les vagues figées d'une mer immonde. Il y eut une secousse et puis des roulements, des raclements tout de suite monotones et apaisants comme la pluie. Le train s'était mis en marche. Il passait le long de *quelque chose;* il y avait au-dehors des objets solides et ensoleillés qui glissaient contre les wagons : des ombres indistinctes, d'abord lentement puis plus rapidement, couraient sur la paroi du wagon, face à la porte ouverte, déchirant le rectangle de lumière qui s'y projetait. La lumière pâlit un peu, grisonna et puis brusquement éclata, jaune et dure. Charles avait mal au cou. Il laissa aller sa tête en arrière, leva les bras et fit tourner son miroir de 90 degrés. Il voyait à présent, dans le coin gauche de la glace, une partie du rectangle lumineux. C'était suffisant : cette surface brillante suffisait à calmer ses yeux et son esprit. Elle vivait, c'était tout un paysage : tantôt la lumière tremblait et pâlissait comme si elle allait s'évanouir, tantôt elle se durcissait et s'immobilisait; on aurait dit alors qu'elle n'était qu'un badigeonnage jaune. Elle lui devenait familière, il se sentait libre : au bout d'un moment ce fut comme s'il s'était assis les jambes pendantes sur le marchepied du wagon, en regardant défiler les arbres, les champs et la mer. Aucun de ces objets n'était représenté en particulier dans le rectangle de lumière, il n'y avait même aucun signe, aucune ombre pour les évoquer mais ils étaient tous présents à la fois, fondus dans un éblouissement indistinct.

Page 946.

a. Une page isolée appartenant apparemment au manuscrit de la version finale donne : défiler les arbres, les champs et la mer. Aucun de ces objets n'était représenté en particulier sur l'écran, il n'y avait même aucun signe, aucune ombre pour les évoquer, sauf une colonne sombre qui, de loin en loin, se hâtait de traverser, d'avant en arrière, le rectangle lumineux. Mais ils étaient tous présents à la fois, fondus dans un éblouissement indistinct. / — Blanchard ? murmura Charles.

b. Autre rédaction pour le passage qui suit, jusqu'à la page 948 : Il dort, il dort, quand il est entré il avait l'air porté par un courant d'air, il volait, il ne tenait plus debout, il s'est assis à la table du milieu avec un air dur. Il a commandé un café en fixant des yeux étincelants sur Félix, il en vient quelquefois comme ça qui prennent les garçons pour des ennemis. De tout jeunes gens ; ils croient que la vie est une lutte, on leur a expliqué ça dans les livres alors ils luttent dans les cafés, ils vous plantent un regard droit dans les yeux. La vie n'est pas une lutte, c'est un marécage, dès qu'on fait un mouvement on s'enfonce, mais ils ne le savent pas, ils s'agitent et c'est ce qui fait qu'ils descendent beaucoup plus vite les premières années : après ils restent immobiles pour garder la tête à l'air libre, à mon âge on n'enfonce plus guère. « Quatre noirs et deux crèmes à la terrasse. » Elle fit manœuvrer l'appareil, elle appuya sur les boutons. Pauvre gosse, il est pâle comme un mort, il dort la bouche ouverte, il n'est plus joli du tout, où a-t-il traîné toute cette nuit, a-t-il fait un mauvais coup ? Il a peut-être assassiné une vieille, il avait l'air de porter quelque chose de lourd. Ils l'arrêteront, ils l'emmèneront, on verra sa photographie sur *Le Matin* avec une sale petite gueule butée; il ne faut pas les voir de près, on ne peut plus les haïr, pauvre gosse. Ils sont là, ils cherchent quelque chose, ils boivent un café crème ou ils tuent quelqu'un et c'est pareil, si on les voit de tout près, c'est pareil. Pauvre gosse, qu'est-ce qu'il a été faire ? où a-t-il été, à présent il en a pour toute sa vie, à moins qu'il ne soit tué à la guerre, pauvre jeune homme, il doit avoir l'âge de partir, je me demande ce qu'il a dans sa valise. Il a de la peine pendant qu'il dort, la peine ça ne vous quitte pas facilement. On ne peut rien lui dire, rien faire pour lui. Il n'y avait qu'elle et lui dans le café, rien qu'eux deux. Il faisait chaud et il dormait dans ce café désert, avec de la poussière sur ses souliers et elle le veillait. Il dort et mon mari n'aura pas son allocation. Pitié pour nous autres, pauvres humains. / J'étais assise sur le banc, je regardais les rails et le tunnel, il y avait un oiseau qui chantait et moi j'étais pleine, enceinte, chassée, je n'avais plus d'yeux pour pleurer, je n'avais plus d'argent dans mon sac, mon billet, c'est tout, j'ai fermé les yeux, j'étais si lasse, j'ai dormi, puis j'ai rêvé qu'on me tuait, qu'on me tirait les cheveux en m'appelant traînée et puis le train est venu et je suis montée dedans. Est-ce qu'il aura eu son indemnité *[fin du fragment de ms.]*

1. Termes de limonade sortis d'usage : un *versé* est un café ordinaire versé au percolateur (l'expression courante est « à l'averse »); un *chinois* est un thé.

Page 952.

a. montra l'écriture : « La cantine   *orig., réimpr. Nous corrigeons.*

Page 953.

1. La description, ici, nous a dit Sartre, est celle de la caserne d'aviation d'Essey-lès-Nancy où il fut lui-même mobilisé en septembre 1939.

Page 955.

a. *Nous disposons pour le passage qui suit, et qui a tant scandalisé, de plusieurs feuillets manuscrits de brouillon :*

[1] C'était un ballonnement sec et douloureux de son ventre. Un ciel lourd et menaçant d'orage. / — Oui, dit-il, oui. Je pense comme vous. Oui. / Les voix montaient parallèlement vers le toit. Elle n'était qu'une voix. Une voix pure et chantante. Il aurait voulu n'être qu'une voix, une voix d'homme. Mais à présent il était un ciel [cul ?]. Cette envie obscure de s'ouvrir, de se déchirer, de se fendre et de pleuvoir, par en bas, liquide et sang, elle ne faisait plus qu'un avec l'envie plus aigre d'être vu tout nu, tout obscène et de sentir les mousses molles de sa chair se durcir sous des

doigts en pâte d'amande. Tout était là, à la fois, un gros désir inférieur, humide, massif et sombre, un désir de masses indifférenciées

[2] Jusque là il avait fait bon ménage avec le ballonnement sec et douloureux de son ventre : c'était du vide. À présent, tout d'un coup, le ventre était plein à déborder. / — Oui, dit-il, oui. Je pense comme vous. Oui. / Les voix montaient parallèlement ; il aurait voulu n'être qu'une voix. Mais il était avant tout ondulations massives de ses parties basses, il était le paquet de matières mouillées qui glougloutaient dans ses intestins, cette acidité qui se glissait jusqu'aux bords serrés de son trou, cette insécurité palpitante de son sphincter. Il était cette fonte, cette débâcle, cette forêt parcourue d'éclosions, de bourgeonnements, cet horrible printemps sous les couvertures. Elle était là, pure et neigeuse, toute parfumée, et lui, il était souillé. / Mais il aurait supporté encore d'être, s'il avait pu n'être que cette inertie capricieuse. Mais il sentait naître dans ses fesses et le bas de son ventre une espèce d'envie de rire, une envie obscure et sensuelle de s'ouvrir, de se fendre et [*fin du fragment de ms.*]

1. Le gouvernement Daladier comprenait notamment MM. Albert Sarraut, à l'Intérieur, Georges Bonnet, aux Affaires étrangères, Auguste Champetier de Ribes, aux Anciens Combattants et Pensionnés, Paul Reynaud, à la Justice.

2. Termes mêmes du communiqué du samedi 24 septembre, 16 h 55 (voir Nizan, *Chronique de septembre,* p. 101).

Page 956.

a. *Brouillon pour les lignes qui suivent :* Pour toujours la lourde et sombre envie de chier était électrisée en surface par un désir crépitant de caresses. « C'est ça que je suis », pensa-t-il, et le cœur lui manqua. Il avait horreur de lui, il secoua la tête et la sueur lui brûla les yeux. Le train ne repartira donc pas, pensa-t-il. Si le wagon se remettait à rouler, il lui semblait qu'il serait arraché à lui-même et qu'il pourrait tenir un moment encore. Il étouffa un nouveau gémissement : il souffrait, il allait se déchirer comme une étoffe ; il referma en silence sa main sur la douce main si maigre. *Des mains en pâte d'amande prennent master Jack avec compétence, comme une fille de charcuterie prend une andouillette sur son lit de gelée.* Horreur ! Il haïssait Jeannine. / — Comme vous avez chaud aux mains, dit la voix. [*fin du fragment de ms.*]

Page 957.

a. *Brouillon :* — Personne n'a envie ? demanda l'infirmière. Si quelqu'un a envie, il vaudrait mieux le dire pendant l'arrêt, c'est plus commode. Surtout ne vous retenez pas, n'ayez pas honte les uns devant les autres. Il n'y a ni hommes ni femmes ici, il n'y a que des malades. / Quelqu'un gémit doucement dans le soleil, un des malades du milieu. L'infirmière vint vers lui. Charles fit manœuvrer sa glace et vit le malade. C'était un gros adolescent aux joues très rouges, le genre de personnes qui ont fait dans leurs culottes pendant toute leur enfance et qui, en cas de difficultés, sont toujours les premières à lâcher le paquet. L'infirmière l'écouta et revint avec un urinal qu'elle lui donna et qu'il fit disparaître. Elle se redressa. / Personne ne répondit. Elle se baissa, prit l'urinal et l'éleva en l'air. Le verre étincela au soleil, un liquide d'un beau jaune caramelisé rutilait au soleil. Elle s'approcha de la porte et tendit le bras au dehors. Charles vit son ombre sur le blanc lumineux de la cloison, le bras levé, l'urinal renversé, une ombre brillante se déversait de l'urinal.

— Madame, dit une voix. / — Ah, dit-elle, vous vous décidez ! Je viens. / Ils vont céder les uns après les autres, pensa Charles. Ils vont empuantir leurs voisines et après est-ce que les conversations reprendront ? Les salauds, pensa-t-il. Il s'était si fort absorbé dans sa haine qu'il avait oublié de se surveiller. Un pet s'échappa de lui en le chatouillant au passage. Il se referma à temps : le reste allait suivre. Il respira avec inquiétude et voilà que tout d'un coup l'odeur lui remplit les narines, c'était une odeur pourrie, *[un mot illisible]*. Elle va la sentir. Il aurait donné sa main droite *[fin du fragment de ms.]*

Page 958.

a. Brouillon pour les lignes qui suivent : Il hésita un instant entre le dégoût et un immonde désir. Et puis tout d'un coup il se verrouilla, ses entrailles se fermèrent comme un poing, il ne sentit plus son corps. L'envie avait disparu, il ne restait plus que l'amour. C'est une malade. Le papier se froissa, l'infirmière se releva. Il se sentait fort et dur, c'était comme s'il avait recouvré la santé. Une malade *[fin du fragment de ms.]*

Page 959.

1. Lord Halifax était secrétaire du Foreign Office ; fils de Thomas Masaryk, Jan Masaryk était ambassadeur de Tchécoslovaquie à Londres.

Page 960.

a. à une forte panique   *orig., réimpr. Nous rétablissons le texte original du message de Jan Masaryk que Sartre a recopié mot pour mot — voir Nizan, « Chronique de septembre », p. 102-103.*

b. Un feuillet manuscrit isolé donne pour les pages qui vont suivre, jusqu'à [...] englouti par le consentement universel. *[p. 965], le plan suivant :* Mathieu remontait : détachement. C'est comme ça dans les maladies graves, pensa-t-il. On se détache peu à peu et puis tout d'un coup on est malade. Qu'est-ce que c'est pour moi la guerre une maladie. Il faut la supporter avec stoïcisme. *[un mot illisible]* le stoïcisme a du bon. Absurde comme une maladie. Regarde les gens qui n'ont pas l'air en guerre. Gais. Attend Gomez, allusions à Gomez. / Philippe regarde les gens : on va faire de la boucherie avec ça. Et puis sursaut : ils le veulent bien. Il < admet > comme une maladie. La guerre n'est pas une maladie. Idée de sacrifice : un martyr. Pas de victimes innocentes.

Daladier dans son auto. Regarde les gens qui ne se doutent de rien, avec irritation. Tant de travail pour eux : « C'est probablement la guerre. Il s'agit d'avoir les Anglais avec nous. »

Brouillons pour ces mêmes pages :

[1] Des étoffes rouges et roses et mauves et blanches, des gorges nues, de beaux seins durs, des flaques de soleil rousses, des mains, des liquides dorés, vermeils, des voix gaies qui tournaient

dans l'air comme un manège, la valse de *La Veuve joyeuse,* l'odeur de sable chaud, de pins, l'odeur vanillée du large, des boutiques de luxe, le long de la mer, c'était la paix. La paix à Juan-les-Pins. Elle demeurerait là quelques jours encore après la déclaration de guerre, par inertie : toutes les teintes vives ne pouvaient pas s'éteindre tout de suite, ni le soleil se cacher. Les gens s'y laissaient prendre, peut-être il y avait au fond d'eux-mêmes une petite angoisse bien cachée par des broussailles de couleur, par des buissons de musiques et de cris. La paix. Mathieu passait le long des cafés et regardait les femmes, par habitude. Mais il était en faute : il n'aurait pas dû être là. Depuis cinq heures il était dans le train, il était dans un dimanche de caserne consignée, à Essey-lès-Nancy. À Essey-lès-Nancy Georges et *[un blanc]* se turent parce qu'il fallait parler trop fort, ils levèrent la tête, l'avion passa au-dessus d'eux dans un fracas immense, si bas qu'ils virent sa cocarde; qu'est-ce qu'il va me dire, qu'est-ce qu'il aura à me dire ? Il jaillira du train, vif et brun, je suis aussi brun que lui à présent et je n'ai rien à lui dire. Il a fait la guerre, en Espagne. Mathieu aimait à penser à la guerre en Espagne, Catherine c'est un beau nom, dit Charles, à la guerre en Espagne, au soleil, avec héroïsme individuel et l'amour à Madrid et les résistants dans les nids d'aigle et les dynamiteros, c'était plus drôle que cette guerre triste et cérémonieuse qui se préparait à l'Est, des canons contre des tanks, pas de dynamiteros. La guerre en Espagne, l'Espagne n'avait pas perdu son parfum d'Espagne. L'Espagne était là, une raie bleue à l'horizon de l'eau, Claude la regardait. Une terre. Une terre sèche, gercée, fendillée qui porte des hommes et des canons, qui se battent. Et moi je suis sur ce bateau, en paix, avec la musique derrière mon dos, je glisse, il imaginait tous les hommes, petits à cause de la distance, qui tiraient les uns sur les autres. Le bateau glissait le long de la terre ferme. On n'entendait pas les vagues et là-bas on entendait le canon. Le bateau glissait toujours, Mathieu glissait le long des cafés, il n'était plus ni dans la paix, ni dans la guerre. Il était là-bas dans une caserne. Les lumières et les couleurs, les musiques tombaient à ses pieds sans le toucher. Il allait vers la gare, il n'était pas fatigué, il n'avait pas soif, il n'avait pas *[un blanc]*. Il sentait son corps comme une présence anonyme et cotonneuse. Tout ça ne le regardait pas. C'est comme ça quand on commence une maladie grave, pensa-t-il. *[fin du fragment de ms.]*

[2] Mathieu passa le long du café, les gens y étaient attablés tranquillement, ils n'avaient pas l'air en guerre, il y avait de belles robes blanches. Il se sentait un peu en faute parce qu'il n'aurait déjà pas dû être là, le lieu était déjà hors de lui. En fait il était dans le train, il était dans une caserne poussiéreuse d'Essey-lès-Nancy. Georges leva la tête, il y avait un grondement énorme, un avion passait au-dessus d'eux, si près qu'ils virent sa cocarde. Mathieu se demandait ce que Gomez allait lui dire. Il marchait, il n'avait pas chaud, il n'avait pas soif, les parfums tombaient à côté de lui. La lumière ne le regardait pas. C'est comme ça quand commence une maladie grave, pensa-t-il, on ne sent rien sinon une sorte de détachement. Philippe marchait et fit passer sa mallette dans l'autre main, il pensait : ça sent la guerre. Les gens étaient aux terrasses de café mais il y avait quelque chose de noir dans la lumière et puis les voix étaient trop fortes ou pas assez. Un gosse dit : « Je veux de la grenadine » et sa mère le gifla.

C'est avec tous ces gens qu'on va faire la guerre, pensa Philippe et son cœur fut transpercé de pitié. Mathieu regardait les beaux hommes, bien lavés, bien < nacrés > et il se disait : on va les mettre en uniforme, ça ne se comprenait pas. Ils seront lieutenants ou capitaines, se dit-il. Ils coucheront dans des lits, ils seront toujours rasés. Et puis pas mal d'entre eux se feront embusquer. Ça ne lui paraissait pas tellement mal. Pourquoi ne pas le faire ? La solidarité avec ceux qui allaient au casse-pipe. Lui il allait au casse-pipe et il ne demandait aucune solidarité. Finalement, pensa-t-il, pourquoi est-ce que j'y vais ? Philippe fut heurté par un grand gaillard qui passait avec insolence et son esprit s'assombrit. Finalement ils ne sont pas tellement innocents, pensa-t-il. Ils n'auraient qu'à dire non. C'était hallucinant cette vision, cette foule *[un mot illisible]* (la Bastille) qui était là, qui aurait pu dire non et qui ne le disait pas. L'auto de Daladier filait sur les routes et Daladier enfoncé dans les coussins regardait les gens sur les trottoirs, ça s'emmerdait d'aller à Londres, il boufferait comme un cochon, pas d'apéro, il regardait les gens, il vit une femme en cheveux qui riait, la bouche ouverte, il pensa : « Ils ne se rendent pas compte! » et il hocha la tête. Ils vont là-bas comme à une boucherie, pensa Philippe, ils ne se rendent pas compte, ils pensent que c'est une maladie. La guerre n'est pas une maladie, pensa-t-il. C'est un mal qui vient aux hommes par les hommes. La petite gare apparut. Pourquoi est-ce que je pars, pensa Mathieu. Parce que ce n'est pas mon affaire de résister. Mais pourquoi ? Qu'est-ce qui est *mon* affaire ? Je sens bien que je n'ai pas de raison de ne pas partir. La guerre est une maladie. Mon affaire c'est de la supporter comme une maladie. L'héroïsme triste des petits fonctionnaires qui ne font pas la situation et qui la supportent par respect d'eux-mêmes. Est-ce que c'est mon lot ? Je n'ai pas de raison de faire la guerre puisqu'elle est absurde. Je n'ai pas de raison profonde de ne pas la faire. Il faudrait un martyre, pensa Philippe et l'idée de martyre le reprit. Il haïssait tous ces hommes qui voulaient *[un mot illisible]* mais son sang les sauverait. / Les cons, pensait Daladier, les sales cons. Mathieu poussa le portillon. « J'attends un ami », dit-il à l'employé. La gare était riante et gaie comme un cimetière. Pourquoi est-ce que je pars ? Il s'assit sur un banc. Il y en a qui refuseront mais ça n'est pas mon affaire de refuser. Les rails brillaient, le train viendrait par la gauche. Sur la gauche, le miroitement lointain des rails c'était Toulon, Marseille, Port-Bou. Et qu'est-ce qui est *mon* affaire ? pensa-t-il. Voilà, pensa-t-il. Voilà : je suis mené. Un petit fonctionnaire. Et tout ce qu'ils me laissent c'est le stoïcisme triste des petits fonctionnaires qui supportent la pauvreté, la maladie et la guerre par respect d'eux-mêmes. Mais je ne me respecte même pas. *[fin du fragment de ms.]*

1. Saint Wenceslas, roi légendaire de Bohême, est le patron de la Tchécoslovaquie; Jean Huss, théologien de Bohême, fut le précurseur de la Réforme en Europe Centrale; Thomas Masaryk, le fondateur et le premier Président de la République tchécoslovaque (mort en 1937).

Page 966.

a. *Brouillon* : Je voudrais un endroit avec de la musique et des

femmes, dit Gomez. Il regarda Mathieu avec impudence et ajouta :
« Je viens de passer huit jours en famille. / — Ah bon, dit
Mathieu. Bon. Eh bien, nous irons au Provençal. » / C'était
l'ancien Gomez qu'il retrouvait d'abord. Le nouveau semblait
plus caché. « Pauvre Sarah! » pensa Mathieu. / « Où est Sarah ?
demanda-t-il. / — Je l'ai laissée à Marseille avec le petit. Ils rentrent
à Paris demain. » / Ils firent quelques pas sur la route. Gomez dit
brusquement : / « Je voudrais chercher un hôtel pour me décrasser
un peu; je suis terriblement sale. » / Mathieu se mit à rire : Gomez
était net comme un sou neuf. / « Écoutez, Gomez, dit-il. Il y a
une chambre préparée pour vous chez mon frère. Vous n'aurez
besoin de voir personne : ils sont prévenus. / Gomez sourit : /
— Je crois qu'il vaut mieux que je loge à l'hôtel, dit-il. Vous ne
voudriez pas que je ramène des [*fin du fragment de ms.*]

Page 968.

   *a. Brouillon pour le passage qui suit et qui va approximativement
jusqu'à* Il regardait le Marocain mort et il disait : " Sacré salaud! "
[*p. 969*] : Une main moite serrée dans l'ombre, un crissement de
plume accrochant un lambeau de papier, le visage de Philippe
sorti de l'ombre émergeant des ténèbres froides de la glace, un
tout petit mouvement de tangage, les glou-glous de la bière dans
sa gorge : une seconde. / « L'orchestre féminin Baby's donnera
un concert symphonique ce soir à 21 heures 30 dans le salon des
1^eres; tous les passagers sont invités sans distinction de classe. »
Il lisait l'affiche quand il sentit un parfum chaud et un petit bruit
d'ailes dans son dos, il se retourna, c'était Maud, elle le regardait,
il fit un pas, le Belge visa le Marocain qui rampait dans les ruines,
Maud et Claude se regardaient, le Belge et le Marocain se regardaient, Claude détourna brusquement la tête, le Belge appuya sur
la gachette, un homme mourut et Claude poursuivit sa marche. /
— Alors, Marcelle [*fin du fragment de ms.*]
   b. vingt-quatrième *orig., réimpr. Nous corrigeons cette inadvertance de Sartre, puisque le chapitre est « Dimanche 25 septembre ».*

Page 983.

   1. Voir n. 1, p. 765.

Page 984.

   1. Souvenir du poème de Baudelaire « À une Malabaraise. »

Page 991.

   a. Brouillon pour le dialogue et le paragraphe qui suivent : Il l'embrassa.
Elle avait des lèvres fraîches et douces, une haleine exquise. /
— Une seule nuit, gémit-elle. Ce n'est pas beaucoup. / — Je
reviendrai, dit-il. Après la guerre. / Elle l'embrassa encore et se
dégagea doucement. / — Attends-moi. / Elle ouvrit la porte du
cabinet de toilette et disparut. Sarah réveillée en sursaut se dressa
sur le lit. Pas de chance. Pour cinq minutes qu'elle fermait l'œil
il fallait que ces camions passent sur le quai. Ça n'en finissait pas.
Elle les comptait. Un, deux, trois, il y en avait. Ils devaient être
pleins d'hommes et d'armes. Elle pensa : c'est la guerre. Le petit
dormait à côté d'elle. Une boule dans la gorge. Toute une année

elle était restée sans pleurer et quand Gomez était revenu elle
n'avait pas pleuré et quand il était parti elle avait les yeux secs.
Et à présent elle... Catherine! Catherine! elle n'en pouvait plus.
Les larmes coulèrent, les hoquets la soulevèrent, elle pleurait en
mordant l'oreiller pour ne pas réveiller le petit. Elle pleurait sur
elle, sur le petit, sur la misère du monde, sur la guerre, sur le type
à la tête bandée. Elle pleurait sans bruit. Gomez fit quelques pas
dans la chambre, il s'assit sur le divan, il prit la poupée et la mit
sur ses genoux. Il entendait couler l'eau dans le cabinet de toilette
et il aimait cette douceur bien connue qui remontait le long de
ses hanches comme deux mains lisses. Il pensa : « Je suis fort. »
Il pensait : j'aime la vie et je risque ma vie, j'attends la mort demain,
tout à l'heure et je ne la crains pas. Je me bats, je sais pourquoi
je me bats, je commande à des hommes, ils m'aiment et m'obéissent,
j'ai bien mangé et bien bu et cette femme se hâte pour venir se
blottir dans mes bras. Il pensa : je suis un fort. Il pensa à Mathieu
avec une sorte d'horreur amicale; il pensa : je ne voudrais pas
être dans sa peau. *[fin du fragment de ms.]*

Page 997.

1. Contrairement à ce que semble penser Gerald J. Prince
(*Métaphysique et technique dans l'œuvre romanesque de Sartre*, Droz,
1968, p. 109), le journaliste de *L'Humanité* qui apparaît ici n'est
pas Brunet, dont ce n'est d'ailleurs pas le style d'expression, nous
a confirmé Sartre.

Page 999.

1. Sans doute *L'Information financière, économique et politique*, quotidien parisien fondé en 1899.

Page 1001.

1. Voir n. 1, p. 518.

Page 1004.

1. La grossièreté de langage, ou le franc-parler, de Daladier
était bien connue à l'époque; en tout cas, Sartre ne l'a pas inventée,
nous a-t-il dit.
2. Souvenir des premières lignes du *Diable au corps* de Raymond
Radiguet : « ce que fut la guerre pour tant de très jeunes garçons :
quatre ans de grandes vacances ».

Page 1014.

1. Radio Stuttgart émettait en direction de la France la propagande allemande.

Page 1017.

a. voulu seulement les abandonner *orig., réimpr. Nous rétablissons
sur ce point le texte de la traduction du discours d'Hitler que Sartre,
pour le reste, a transcrite telle quelle, à quelques variantes minimes près,
mais en omettant toutefois plusieurs passages — voir Nizan, « Chronique
de septembre », p. 116-123.*

1. Ce personnage réapparaîtra dans le quatrième tome : voir
p. 1600.

Page 1019.

1. Voir n. 1, p. 584.

Page 1022.

1. Le droit de libre disposition des peuples faisait partie des principes sur lesquels le président américain Woodrow Wilson avait voulu fonder la Société des Nations.

2. Sartre redira plus tard de la seconde guerre mondiale : « le massacre fut enfanté par la Terre et naquit partout » (*Situations*, IV, p. 186).

Page 1023.

1. *L'Intransigeant*, journal de grande information.

Page 1027.

1. *Vous qui passez sans me voir* est une chanson datant de 1937, rendue célèbre par Jean Sablon. Les paroles sont de Charles Trenet, la musique de John Hess et Paul Misraki.

2. Voir n. 1, p. 327.

Page 1033.

1. Sartre nous a dit que Jacques-Laurent Bost, le modèle de Boris, était certain, bien avant 1938, quand il était encore au Havre, que la guerre allait éclater tôt ou tard et qu'il y serait tué. Comme Sartre lui-même ne croyait pas du tout à la guerre, il pensait que cette certitude de Bost qu'il mourrait jeune devait s'interpréter par des raisons psychologiques.

Page 1035.

1. Termes exacts de la fin de la déclaration lue par Chamberlain à la radio de Londres dans la nuit du 26 septembre, vers 8 h 30 (voir Nizan, *Chronique de septembre*, p. 123, et Henri Noguères, *Munich ou la drôle de paix*, p. 199).

2. Titre déjà nommé dans *L'Âge de raison*, p. 415 et n. 1. Radio Daventry, de la même façon que Radio Sottens pour la Suisse, était le grand poste émetteur britannique.

Page 1037.

1. Malgré sa prédilection pour Stendhal, Sartre lui-même, nous a-t-il dit, n'a jamais eu le projet d'une étude sur l'auteur des *Souvenirs d'égotisme,* sans doute justement parce que Stendhal était le seul écrivain français qu'il aimait sans réserves. Paul Arbelet et Henri Martineau ont écrit l'un et l'autre plusieurs livres sur Stendhal.

Page 1038.

1. Voir *L'Âge de raison*, p. 517 et 524.

Page 1039.

1. Charles-Édouard Renouvier (1815-1903), philosophe kantien, chef de file de la tendance néo-criticiste de la philosophie en France. Maine de Biran (1766-1824), rénovateur du spiritualisme. Sartre nous a assuré que la mention de ces deux philosophes

n'obéissait à aucune intention autre que celle de citer deux sujets de mémoire typiques. Il nous a déclaré : « Renouvier, je ne l'ai même pas lu, ou à peine. Maine de Biran, je l'ai lu parce que c'était un auteur qui menait la première tentative de psychologie un peu introspective. Je l'ai étudié pour ma licence. » (Entretien du 24 juillet 1974.)

Page 1043.

a. nouveau : ses anciens *orig., réimpr. C'est de notre propre initiative que nous corrigeons ce texte manifestement fautif.*

1. Cet itinéraire, bizarre si Mathieu vient de la rue Huyghens où il est censé habiter, s'éclaire si on se rappelle que son appartement se situe à l'endroit où Sartre lui-même habitait en 1938, rue Cels (voir *L'Âge de raison*, n. 1, p. 665).

Page 1044.

a. Brouillon pour le paragraphe qui suit : « Je ne laisse rien derrière moi », pensa Mathieu. / La petite Indochinoise attrapa son regard au passage et lui sourit. Est-ce que j'ai déjà l'air d'un griveton ? Ou est-ce qu'elle n'a pas encore compris ? Il se tâtait : j'y vais, je n'y vais pas ? Et pourtant je serais nu contre elle, ce sont mes cuisses, mes reins, mon sexe qu'elle dépersonnaliserait au grand jour anonyme de son regard, ses caresses professionnelles feraient de ma chair la plus intime un vêtement de confection. Il rêva un moment à cette libération *[fin du fragment de ms.]*

Page 1046.

1. Le premier fut président du Conseil de 1899 à 1902, le second est l'auteur d'une *Histoire de la Monarchie de juillet* (1884-1892).

Page 1047.

1. Il se pourrait que la dernière de ces dates soit celle de la rédaction de ce passage, mais ce n'est là que pure hypothèse de notre part.

Page 1050.

1. Air de jazz célèbre composé par Duke Ellington et Juan Tizol.

Page 1054.

1. Le 27, en fin de matinée, l'envoyé spécial de Chamberlain, Sir Horace Wilson, a en effet rencontré Hitler pour lui remettre un message du Premier britannique reprenant les termes de sa déclaration de la veille au soir. Hitler maintint ses menaces en cas de rejet du mémorandum par les Tchèques, malgré l'avertissement des Anglais que si la France était entraînée dans une guerre avec l'Allemagne, l'Angleterre soutiendrait la France. Au sortir de cette réunion, Hitler mit sept divisions d'assaut en état d'alerte (voir H. Noguères, *Munich ou la drôle de paix*, p. 199-208).

Page 1056.

a. Ich hatte einen Kamerade… orig., réimpr. Nous restituons le texte véritable du poème; la faute de grammaire n'incombe probablement pas à Sartre.

1. Premier vers du poème « Der gute Kamerad » (1809) de Ludwig Uhland, mis en musique par Friedrich Silcher et devenu au XIXᵉ siècle une chanson populaire que les nazis, plus tard, affectionnèrent.

Page 1057.

1. Définition même de la conscience chez Sartre. Voir « Une idée fondamentale de la phénoménologie de Husserl : l'intentionnalité » *(Situations*, I *).*

Page 1058.

1. La formule se retrouve dans *L'Être et le Néant*, p. 494 : « Dire que le pour-soi a à être ce qu'il est, dire qu'il est ce qu'il n'est pas en n'étant pas ce qu'il est, dire qu'en lui l'existence précède et conditionne l'essence ou inversement, selon la formule de Hegel, que pour lui " Wesen ist was gewesen ist ", c'est dire une seule et même chose, à savoir que l'homme est libre. Du seul fait, en effet, que j'ai conscience des motifs qui sollicitent mon action, ces motifs sont déjà des objets transcendants pour ma conscience, ils sont dehors ; en vain chercherai-je à m'y raccrocher : j'y échappe par mon existence même. Je suis condamné à exister pour toujours par-delà mon essence, par-delà les mobiles et les motifs de mon acte : je suis condamné à être libre. Cela signifie qu'on ne saurait trouver à ma liberté d'autres limites qu'elle-même ou, si l'on préfère, que nous ne sommes pas libres de cesser d'être libres. »
Voir aussi *Les Mouches (Théâtre*, p. 112-113) : « JUPITER — [...] Ta liberté n'est qu'une gale, elle n'est qu'un exil. / ORESTE — Tu dis vrai : un exil. [...] Étranger à moi-même, je sais. Hors nature, contre nature, sans excuse, sans autre recours qu'en moi. Mais je ne reviendrai pas sous ta loi : je suis condamné à n'avoir d'autre loi que la mienne. »

Page 1060.

a. dans la tête, ils décident à ma place du sort de tout ce que j'aime. Mais je suis là ! *ms.*

b. Fin de ms. : autant qu'Hitler ! Et ils ne le savent même pas. Ils discutaient sous la lampe : plume à la main, ils exposaient leurs raisons de détruire Paris et c'étaient de bonnes raisons : politiques, militaires, économiques. Mais mes raisons à moi, s'écria-t-elle avec rage, mes raisons de l'épargner, est-ce qu'elles ne valent pas les leurs ? En admettant qu'ils gagnent la guerre, qu'ils améliorent la situation de plusieurs millions de personnes, est-ce que ça effacera le mal qu'ils m'auront fait à *moi* ? Les façades sombres et lisses demeurèrent muettes ; mais ça n'était pas le silence de la pierre ; il y avait autour d'elle un horrible silence vivant : l'oubli. Les maisons étaient des dos tournés, la rue fuyait sous ses pieds. J'étouffe, j'étouffe dans cet oubli. Elle était là, pesant de tout son poids sur les pavés, elle touchait son corps, elle se respirait, elle se voulait irremplaçable et en même temps ils l'avaient.

Page 1061.

a. Brouillon : Il déboucha sur une place. De l'autre côté de la chaussée s'ouvrait une grande bouche sombre et bourdonnante, ça sentait le chou. Il s'arrêta devant la grille d'une station de métro, à ses pieds il vit des brins de paille et des feuilles de salades maculées de boue, à droite des ombres passaient dans la lumière d'un café. Philippe s'éclaircit la voix et cria de toutes ses forces : / « À bas la guerre. / Ivich demanda : / — Un billet de troisième pour Paris.

Page 1063.

1. Passeport pour apatrides et réfugiés.

Page 1065.

1. Voir n. 1, p. 510.

Page 1069.

1. Souvenir personnel de Sartre. Adolescent, il avait séjourné à l'hôtel des Arènes de Nîmes avec son grand-père.

2. Sartre a fait plusieurs séjours à Arcachon dans son enfance.

Page 1070.

1. Composé par Maurice Ravel pour un pianiste qui avait été blessé à la main droite pendant la guerre. Sartre aimait bien ce concerto.

Page 1080.

1. Reproduction textuelle du démenti transmis par le D.N.B. à l'agence Havas le 28 à 14 h 15 (voir Nizan, *Chronique de septembre,* p. 132). Un premier démenti, moins détaillé, avait été publié à 2 h 30.

Page 1085.

a. agaçant et peu douloureux. *orig., réimpr. Nous corrigeons avec l'accord de Sartre.*

Page 1090.

1. Dans *Les Mains sales,* Hugo, qui n'est pas sans ressemblance avec Philippe, choisit pour nom de guerre celui du héros de *Crime et Châtiment.*

Page 1094.

1. Celui de Voltaire vu par Alfred de Musset.

Page 1095.

1. Parodie de Pascal : « Joie, Joie, Joie, Pleurs de Joie » (Le Mémorial).

Page 1097.

1. Dans le chapitre sur « Le Regard » de *L'Être et le Néant,* Sartre écrit (p. 328-329) : « Si, d'autre part, me détournant du regard comme occasion d'épreuve concrète, je cherche à penser *à vide* l'indistinction infinie de la présence humaine et à l'unifier sous le concept du sujet infini qui n'est jamais objet, j'obtiens une notion purement formelle qui se réfère à une série infinie d'épreuves mystiques de la présence d'autrui, la notion de Dieu comme sujet

omniprésent et infini *pour qui* j'existe. Mais ces deux objectivations, l'objectivation concrète et dénombrante comme l'objectivation unifiante et abstraite, manquent l'une et l'autre la réalité éprouvée, c'est-à-dire la présence prénumérique d'autrui. [...] C'est à cette réalité prénumérique et concrète, bien plus qu'à un état d'inauthenticité de la réalité humaine, qu'il convient de réserver le mot de « on ». Perpétuellement, où que je sois, *on* me regarde. »

2. Phrase sans doute formée par Sartre sur le modèle de cette expression d'Audiberti qu'il admirait : « la noirceur secrète du lait » (voir *Situations*, I, p. 306).

Page 1098.

1. C'est là pour Sartre le cogito même de la mauvaise foi, de l'esprit de sérieux.

2. Cette lettre de Daniel est en partie une parodie des idées exprimées par Georges Bataille dans *Le Coupable* (Gallimard, 1944).

Page 1102.

1. Sartre nourrissait à l'égard de Daladier les mêmes sentiments que ceux prêtés ici à Boris.

Page 1104.

1. Cigarettes bon marché de goût américain fabriquées en France.

2. Voir n. 1, p. 465.

Page 1107.

1. Aérodrome de la région parisienne où se tenaient des meetings d'aviation.

Page 1108.

1. Transcription textuelle de la déclaration faite par Daladier à la radio le 28 septembre à 19 h.

Page 1113.

a. elle avait toujours un faible   orig., réimpr. *Nous corrigeons de notre propre initiative.*

Page 1118.

1. Fonctionnaire au ministère des Affaires étrangères tchécoslovaque. Il rédigea sur cette ultime entrevue entre la délégation tchécoslovaque et les délégations anglaise et française dans la nuit du 29 septembre un rapport de service qui constitue l'unique source de ce chapitre, fidèlement suivie aux détails près (voir Nizan, *Chronique de septembre*, p. 219-221). Les autres personnes qui assistèrent à l'entrevue, outre Daladier, Chamberlain, Horace Wilson, sont : M. Mastny, ambassadeur de Tchécoslovaquie à Berlin, M. Asthon Gwatkin, conseiller du Foreign Office, M. Alexis Léger (le poète Saint-John Perse), secrétaire général du ministère français des Affaires étrangères.

Page 1120.

1. En réalité, l'entrevue du « verdict » eut lieu à 1 h 30 à la Führerhaus de Munich, dans la salle même où s'était tenue la

conférence, et non à l'hôtel Regina (voir le rapport de Hubert Masaryk dans Nizan, *Chronique de septembre*, p. 220, et Noguères, *Munich ou la drôle de paix*, p. 295).

Page 1121.

a. accomplir les demandes nécessaires *orig., réimpr. Nous rétablissons le texte de l'accord de Munich (voir Nizan, « Chronique de septembre », p. 221).*

Page 1124.

1. Transcription textuelle et intégrale (sauf omission de trois lignes à la clause 7°) de l'accord de Munich tel qu'il figure dans Nizan, *Chronique de septembre*, p. 221-223.

Page 1126.

a. réconciliés maintenant! dit-il en riant   *réimpr.*

Page 1127.

a. qu'est-ce que je vais faire, à présent? Qu'est-ce que je vais faire? »   *réimpr. Cette correction a été faite probablement par un correcteur ignorant ou allergique au parler populaire.*

Page 1128.

a. ses moutons, maintenant! » Il prit   *réimpr. Même remarque, pour cette variante comme pour la variante a, p. 1126, qu'à la variante a, p. 1127.*

1. L'attitude et les sentiments de M. Birnenschatz rappellent ceux de Léon Blum qui avait écrit dans *Le Populaire* du 20 septembre après l'acceptation par le gouvernement tchécoslovaque du plan franco-anglais qui cédait à la plupart des revendications de Hitler : « La guerre est probablement écartée. Mais dans des conditions telles que moi, qui n'ai cessé de lutter pour la paix, je n'en puis plus éprouver de joie et que je me sens partagé entre un lâche soulagement et la honte. » Cependant, après l'accord de Munich, Léon Blum écrivit : « Il n'y a pas un homme et pas une femme en France pour refuser à N. Chamberlain et à É. Daladier leur juste tribut de gratitude. La guerre est écartée. Le fléau s'éloigne. On peut reprendre son travail et retrouver son sommeil. On peut jouir de la beauté d'un soleil d'automne. » (*Le Populaire,* 1er octobre 1938, cité par G. Vallette et J. Brouillon, *Munich 1938,* p. 182).

Page 1132.

1. Apercevant de l'avion qui le ramenait de Munich la foule immense massée sur l'aéroport du Bourget, Daladier, persuadé qu'elle venait le conspuer, ordonna au pilote de tourner quelques instants au-dessus de l'aérodrome pour lui laisser le temps de préparer une déclaration et de réfléchir au comportement qu'il devait avoir (voir H. Noguères, *Munich ou la drôle de paix,* p. 310).

Page 1133.

1. Cette anecdote, nous a dit Sartre, avait été rapportée à

l'époque. Daladier lui-même, beaucoup plus tard, en 1961, a écrit ceci : « Je suis surpris de cette foule énorme, délirante de joie », cité par H. Noguères, *Munich ou la drôle de paix*, p. 314, qui ajoute que le président du Conseil avait, d'après certains témoignages, fait cette réflexion : « Les imbéciles, s'ils savaient ce qu'ils acclament! » Une note précise : « André Stibio (*La Bataille*, 17 juillet 1946) et Geneviève Tabouis (*Vingt ans de suspense diplomatique*, 1958) rapportent ce propos. Toutefois, à en croire J. Debû-Bridel (*L'Agonie de la IIIᵉ République*, 1948), Daladier n'aurait pas dit " les imbéciles "... mais " les c... ". Tandis que d'après Pierre Lazareff *(De Munich à Vichy)* il n'aurait été question que d' " idiots ". » Quoi qu'il en soit, cette anecdote est révélatrice de l'état d'esprit de Daladier à son retour de Munich. Quant au mot lui-même, il est évident que Sartre le prend à son compte.

III. LA MORT DANS L'ÂME

NOTICE

Le tome III des *Chemins de la liberté* fut annoncé dès 1945 sous le titre « La Dernière Chance » et des fragments du roman furent promis aux lecteurs des *Temps modernes* dès 1947[1]. Dans un entretien datant d'octobre 1945[2], Sartre résume ainsi son projet : « Mathieu trouvera son amour et son entreprise. Il s'engagera d'un engagement libre, qui donnera au monde un sens pour lui. Ce sera le sujet de " La Dernière Chance " ». Par la suite, ne pouvant réaliser cette ambition en un seul volume, Sartre décida de changer de titre et adopta celui de « La Mort dans l'âme » qu'il avait déjà utilisé pour des pages de journal en 1942.

Il est difficile de déterminer avec exactitude la date à laquelle Sartre commença ce tome III, mais il est certain que le gros de l'ouvrage fut élaboré en 1947-1948, en même temps que l'ébauche de la morale de l'existentialisme annoncée à la fin de *L'Être et le Néant* et à l'époque où Sartre commençait à s'engager nettement dans la politique, en participant à la création et aux activités du Rassemblement démocratique révolutionnaire. Si l'on en juge d'après les manuscrits qui nous sont parvenus, Sartre a beaucoup investi dans cet ouvrage, récrivant certains passages jusqu'à sept ou huit fois et remaniant son texte considérablement. On sait, d'autre part, qu'il escomptait mieux que le demi-échec qui marqua la sortie du livre en 1949.

Sur le plan idéologique, *La Mort dans l'âme* résume, sous une forme romanesque dont on n'a pas toujours saisi l'originalité, les ambiguïtés et les contradictions de la position de Sartre entre 1940 et 1949. D'une part, l'action du livre se déroule en juin 1940; la première partie commence le 15 juin, jour de la prise de Paris

1. Voir nᵒ 26, novembre 1947, avant-dernière page.
2. Publié dans *Paru*, nᵒ 13, décembre 1945, p. 5-10. Voir p. 1912 et suiv.

par les Allemands, et se termine le 18 juin, peu après la capitulation des armées françaises; la deuxième partie se déroule du 18 au 29 juin et décrit à la fois le transfert des prisonniers français vers l'Allemagne et les premiers efforts de réorganisation à l'intérieur des camps. *La Mort dans l'âme* est bien, sur ce plan, la chronique d' « un des plus beaux effondrements humains de l'histoire » selon l'expression d'André Rousseaux[1] et ce n'est pas sans juste raison que l'on a pu comparer l'œuvre à *La Débâcle* de Zola et à *Guerre et paix* de Tolstoï. Comme *Le Dernier des métiers* de Jacques-Laurent Bost ou *Week-end à Zuydcoote* de Robert Merle, c'est un roman de guerre, ou plutôt de la guerre manquée. Remarquons ici que l'ouvrage illustre l'un des thèmes les plus constants de l'œuvre de Sartre, celui du « qui perd gagne ». D'autre part, *La Mort dans l'âme*, écrit sept ou huit ans après les événements, reflète les positions de Sartre après la guerre, en particulier dans ses rapports avec les communistes et dans le rôle qu'il a joué lorsqu'il est devenu l'un des principaux porte-parole du R.D.R.

Nous assistons ici à un intéressant effet de décalage, d'*hystérésis*. De même que, dans le premier épisode du livre, Sartre utilise les souvenirs de ses séjours à New York en 1945-1946 pour décrire la ville en juin 1940, de même il éclaire la situation historique de cette époque par son idéologie de 1948, idéologie qui elle-même se trouve dépassée en 1949, à la parution du livre, lorsque Sartre abandonne le R.D.R. et toute idée de troisième force.

Il suffit de relire aujourd'hui les *Entretiens sur la politique* réalisés en 1948 avec David Rousset et Gérard Rosenthal pour voir tout ce que *La Mort dans l'âme*, surtout dans sa deuxième partie, doit à l'idéologie du R.D.R. Paraphrasons quelques idées-clés de ces entretiens qui tournent autour du thème essentiel : « Rien n'est perdu, mais tout est à refaire, à faire » (alors que *La Mort dans l'âme* joue sur les deux positions : « Il n'y a plus rien à faire » et « Tout est à refaire »). Pour Sartre et Rousset, il s'agit de créer un rassemblement qui comble un manque dans l'ordre de l'action et qui permette aux inorganisés ou à ceux qui sont mal à l'aise dans leur parti d'éviter la solitude et de rester dans la vérité. Le rassemblement ainsi créé est « à cheval » sur deux classes : il n'est pas, dans sa structure, une formation marxiste, mais il doit tenir compte du fait qu'aucune transformation authentique ne peut être réalisée sans la participation des communistes.

Sartre se réfère souvent dans son roman aux rapports difficiles qu'il a eus avec le Parti communiste dans l'immédiat après-guerre, et, sur un plan où idéologie et sentiments personnels se rejoignent, il accorde une importance toute particulière à ce qu'on a appelé à l'époque « l'affaire Nizan[2] ». En introduisant dans *La Mort dans l'âme* le personnage de Schneider-Vicarios, Sartre intériorise la situation de celui qui fut, jusqu'à sa mort en mai 1940, son ami le plus proche et il poursuit la justification commencée en 1947. Un autre lien, qui relève de l'affectivité, s'établit ainsi entre les deux périodes historiques. On peut remarquer que Sartre fait survivre Nizan pendant quelque temps, pour en faire son compagnon pendant la période de captivité et que, d'autre part, il lui donne son propre nom, Schneider étant la traduction allemande

1. *Le Figaro littéraire*, 22 octobre 1949.
2. Voir *Les Écrits de Sartre*, p. 164.

de *sartor*, tailleur. L'amitié de Sartre et de Nizan, dans ses ambiguïtés et dans son opacité, constitue, sans aucun doute, l'une des
données de base autour desquelles s'articulent *Les Chemins de la
liberté*.

Comme l'a bien vu Geneviève Idt[1], on peut, sur le plan structural, considérer *La Mort dans l'âme* soit comme un roman hétéroclite, soit comme une épopée en deux cycles, le cycle Mathieu
qui s'achève avec la mort apparente de celui-ci et le cycle Brunet.
La première partie reprend la technique déjà utilisée dans *Le
Sursis* : Sartre y décrit, sur le mode d'une « totalité détotalisée »,
ce qui arrive du 15 au 18 juin 1940 aux personnages que nous
connaissons déjà par la lecture de *L'Âge de raison* et du *Sursis* et
qui sont le plus souvent organisés en couples. Sur cent quatre-
vingt-trois pages de texte[2], vingt-neuf sont consacrées à Gomez-
Sarah, vingt-quatre à Daniel-Philippe, vingt-deux à Boris-Lola,
dix à Odette-Jacques et près de cent à Mathieu (presque toujours
lié à Pinette). Une bonne partie du texte est occupée par des dialogues, avec la disposition typographique, séparant chaque phrase
prononcée, habituelle à ceux-ci. Le découpage en seize unités
narratives, la dispersion géographique des personnages, le peu
de place accordé à certains d'entre eux, peuvent effectivement
donner, à première lecture, une impression d'hétéroclite.

Cependant on s'aperçoit vite que tout le récit est organisé
autour de Mathieu, et nous n'avons plus, comme dans *Le Sursis*,
d'épisodes qui ne soient de quelque façon reliés personnellement
à lui. Sartre semble lui-même avoir voulu resserrer son texte
autour de Mathieu en éliminant de ses manuscrits plusieurs passages qui auraient pu accentuer une tendance à la dispersion. Les
épisodes « mineurs » ne sont jamais des digressions et jouent
tous un rôle important soit par rapport à Mathieu, soit par rapport au plan d'ensemble des *Chemins de la liberté*. Comme l'indique
explicitement la scène hallucinante du clocher, à la fin de la première partie, la déroute de 1940 permet une destruction radicale
de toutes les valeurs, de toutes les impuissances liées au passé
de Mathieu. À l'expérience individuelle de Roquentin, le solitaire,
succède une expérience collective où les superstructures s'écroulent
les unes après les autres, mais où commence à s'affirmer une certaine fraternité. Ainsi, par exemple, l'épisode de Gomez fait table
rase de l'art, celui de Daniel (ainsi que la scène de la désertion
des officiers) marque la fin de ce qui faisait l'ordre ancien, tandis
qu'ailleurs sont remis en question les rapports humains traditionnels, comme ceux de la famille.

Dans cet écroulement général, il y a cependant quelques éléments positifs, et deux personnages, en particulier, émergent
comme sympathiques : le soldat Pinette, homme simple et droit
qui amène Mathieu à résister jusqu'au bout, et Odette, la femme
que Mathieu, plus tard, aimera et qui pour le moment reste mariée
à son frère Jacques. Notons au passage que, comme la plupart
des romans de guerre, *La Mort dans l'âme* est un roman d'hommes
et qu'une place assez réduite, mais non accessoire, y est accordée
aux femmes.

La dispersion que l'on constate dans la première partie est

d'une certaine façon inhérente au personnage de Mathieu. Celui-ci est depuis longtemps un homme à la dérive. La guerre, qu'il appelait de ses vœux, lui permet de faire définitivement table rase du passé et le force à se définir par rapport au vécu qui l'entoure, ici et maintenant. Vidé de ses valeurs, il devient une instance anonyme qui se met à l'écoute des autres et qui se laisse absorber par eux d'une façon passive, tout en restant l'homme du ressentiment. Son seul désir est d'avoir les désirs des autres et, comme le personnage de La Gloïre dans *L'Arrache-cœur* de Boris Vian, il accepte avec une curieuse délectation de prendre sur lui les péchés de l'humanité. Son dernier acte, son seul vrai acte, consiste à vouloir lutter contre le temps et s'anéantir, soi et les autres, dans un geste de révolte à la fois absolu et dérisoire[1].

Après la disparition de Mathieu, la deuxième partie place au centre de la narration le militant communiste Brunet, personnage jusque-là relativement peu important dans *Les Chemins de la liberté*. Le texte est présenté d'une façon compacte et les dialogues sont mélangés au monologue intérieur et sont comme enfermés dans la narration; les dates sont absentes (bien qu'on puisse les reconstituer) et il n'y a que deux coupures temporelles dans un ensemble de 95 pages. On ne sait trop de quel point de vue la narration est faite et souvent il semble que l'on assiste à un monologue intérieur de groupe. Cette technique nouvelle, liée à l'assombrissement du ton, donne au texte une densité et une gravité particulières; Geneviève Idt a sans doute raison de dire que la deuxième partie décrit « la descente aux enfers d'un groupe[2] ».

Si Brunet prend le relais de Mathieu, c'est parce que les deux personnages sont destinés sur le plan romanesque à évoluer en sens inverse. Mathieu, après avoir échappé à la mort, abandonnera sa dérive et deviendra l'un des organisateurs de la résistance dans le camp de prisonniers. Brunet, lui, veut d'abord continuer à être un militant exemplaire du Parti et, réagissant conformément aux cadres idéologiques auxquels il a été habitué, il tente de recréer un ordre dans la débâcle. Assez vite, cependant, il s'apercevra que la ligne du Parti a changé et qu'elle contredit maintenant son action parmi les prisonniers; il perd peu à peu ses repères et finit par mettre au premier plan son amitié avec Schneider, ce qui formera le sujet de la suite, *Drôle d'amitié*. Au désir abstrait d'ordre se substitue chez lui un désir concret, fondé sur la réciprocité des rapports humains.

Comme Mathieu, Brunet ne peut plus, devant le choc des événements, se laisser guider par des considérations théoriques; il se met à l'écoute du groupe et devient le porteur d'une cause mal définie mais perçue comme essentielle. Une pensée du *nous* commence à se faire jour, et une valeur semble émerger, la fraternité. Il s'agit d'une fraternité difficile, aux prolongements ambigus et souterrains, sans définition claire, mais en fin de compte porteuse d'espoir. On pourrait ici penser à Malraux et à Camus, mais on ne retrouve ni les tendances métaphysiques de l'un ni le moralisme humaniste de l'autre : Sartre ne part pas des a priori tradi-

---

1. Il semble que les thèses de René Girard sur la violence soient particulièrement pertinentes pour expliquer certains aspects de l'attitude de Mathieu (voir *La Violence et le Sacré*, Grasset, 1972).

2. *Obliques*, nᵒˢ 18-19, p. 85.

tionnels et essaie d'inventer une nouvelle façon de rendre compte du vécu et de parler des relations humaines. Cela le différencie également de l'Autodidacte dans *La Nausée* qui, lui aussi, avait connu une expérience de fraternité pendant la Première Guerre mondiale, mais ne l'utilise que pour justifier un humanisme borné et abstrait.

Derrière les aspects historiques et politiques, on découvre dans *La Mort dans l'âme* une œuvre profondément personnelle où se reflètent, sans qu'on ait toujours les moyens et les instruments pour les analyser, deux événements majeurs de la vie de Sartre : tout d'abord, cette expérience concrète de la guerre, de la défaite et des camps de prisonniers qui, pour la première fois, l'a inséré étroitement dans le groupe social auquel il aspirait ; ensuite, la crise générale qu'il a subie vers la fin des années 40 et sur laquelle Simone de Beauvoir nous donne quelques renseignements. Dans *La Mort dans l'âme* et dans ce qui subsiste de « La Dernière Chance », Sartre abaisse en quelque sorte sa garde et nous laisse entrevoir la face sombre et opaque de sa personnalité.

Ce ton particulier ne correspond guère à ce que le public et les critiques attendaient de Sartre et explique, dans une certaine mesure, l'insuccès relatif du livre lors de sa sortie en 1949 et dans les années qui ont suivi. Plusieurs commentateurs ont cependant su reconnaître la valeur de l'œuvre. Pour Jean-Louis Bruch, c'est « assurément un grand roman, peut-être le plus humain de toute l'œuvre sartrienne[1] » ; pour Henri Peyre, c'est « peut-être la création la plus chaleureuse et la plus émouvante de Sartre[2] ». Pour nous, *La Mort dans l'âme* constitue l'une des réussites de l'œuvre de Sartre et c'est sans doute un des grands romans de notre époque. Le temps semble venu de lui donner la place qu'il mérite.

MICHEL RYBALKA.

TEXTE COMPLÉMENTAIRE

PRIÈRE D'INSÉRER

Sartre a rédigé le texte suivant pour présenter *La Mort dans l'âme* :

Ils sont vivants mais la mort les a touchés : quelque chose est fini ; la défaite a fait tomber du mur l'étagère aux valeurs. Pendant que Daniel, à Paris, célèbre le triomphe de la mauvaise conscience, Mathieu, dans un village de Lorraine, fait l'inventaire des dégâts : Paix, Progrès, Raison, Droit, Démocratie, Patrie, tout est en miettes, on ne pourra jamais recoller les morceaux.

Mais quelque chose commence aussi : sans route, sans références ni lettres d'introduction, sans même avoir compris ce qui leur est arrivé, ils se mettent en marche, simplement parce qu'ils survivent. Daniel, au plus bas de lui-même, commence, sans le savoir, à

1. *La Revue du Caire*, n° 126, janvier 1950, p. 247.
2. In *Jean-Paul Sartre*. New York : Columbia University Press, 1968, p. 29. Notre traduction.

monter la pente qui le conduira à la liberté et à la mort. Brunet s'engage dans une entreprise dont il est loin de soupçonner qu'elle brisera sa cuirasse de certitudes pour le laisser nu et libre. À la recherche de la mort qu'on lui a volée, Boris vole vers Londres : ce n'est pas la mort qu'il y trouvera. Et surtout, Mathieu fait timidement l'expérience de la solidarité. Au milieu de tous ces hommes qui se perdent ensemble, il apprend qu'on ne se sauve jamais seul. Dans le coup, c'est lui qui perd le plus : les autres sont refaits de leurs principes; lui, il est refait de son problème. Qu'on se rassure, il en trouvera un autre.

DOSSIER DE PRESSE

Compte rendu, court, favorable mais sans grand intérêt, de P. Ms. [P. Muzass] dans Le Figaro, *12 octobre 1949.*

[...] On aurait tort de penser que *Les Chemins de la liberté* n'est qu'un traité de philosophie camouflé. Le roman est concret, pittoresque, fourmillant de couleur.

« Ils survivent », dit Sartre de ses héros.

Ils vivent aussi.

Compte rendu par Robert Kemp, intitulé « Sartre contre Sartre », dans la rubrique « La Vie des livres », Les Nouvelles littéraires, *13 octobre 1949.*

[...] On doit garder l'estomac léger, avant de respirer ces pages, toutes dégouttantes de m..., et de c..., sans points suspensifs. [Ces mots] sont périmés, et je crois aussi que l'argot ignoble dont Sartre fait le fond du langage soldat, vieillira plus vite encore... Il semble déjà rococo.

[Sartre utilise le] vocabulaire de la basse violence.

Monsieur Sartre exagère; ou ce qui est pire, il triche : car il est plus facile de traduire en mots de trois ou cinq lettres et en métaphores de la pègre l'écœurement des guerriers fugitifs, que d'analyser (comme il l'a fait superbement dans *Situations,* III) l'état d'âme des Français vaincus.

Il y a aussi les scènes immondes [...] Que dire de la « trempette » dans une gamelle — devinez ce qui trempe —, dont on nous régale aujourd'hui... [...] Comme narrateur, M. Sartre est toujours éclatant. La bataille, le train sont d'admirables morceaux de bravoure. Les dialogues politiques sont succulents, les dialogues soldatesques plus faciles et plus chargés de gros mots que de grandes idées... C'est ce qu'il faut, n'est-ce pas, pour peindre l'inhibition d'une armée en fuite ? Nous avions déjà *La Débâcle.* Mais Zola écrivait comme un abbé de cour, en comparaison.

Compte rendu par Jane Albert-Hesse dans Franc-Tireur, *13 octobre 1949.*

Jean-Paul Sartre n'a pas fini de nous étonner. On achève la lecture de *La Mort dans l'âme* disputé entre des impressions d'apparence contradictoire. L'une, que l'écrivain ne donne pas ce que nous sommes désormais en droit d'attendre de lui : un dépassement de son propre talent d'une amplitude et d'une richesse rares, mais d'ores et déjà connues; l'autre qu'il est le seul à atteindre ces points culminants sur l'horizon littéraire d'aujourd'hui et qu'il est irremplaçable. Force nous est bien de prendre le phénomène tel qu'il est, sans commune mesure.

[La deuxième partie est un] chef-d'œuvre de menaçante grandeur et que baignent des lueurs de bas-enfer. On pense à Jérôme Bosch [...].

Compte rendu par Maurice Nadeau sous le titre « Le Roman des vaincus, La Mort dans l'âme », Combat, 13 octobre 1949.

[...] Sartre nous déçoit dans la mesure où il ne côtoie pas l'abîme, où il ne met rien en jeu : ni sa vie, ni même sa philosophie. On est trop certain qu'il va gagner [...] Donnant comme dans *Le Sursis* la première place à l'événement social, il a voulu cette fois écrire le roman de la défaite. Il y a parfaitement réussi [...]. On sait assez, par *Les Mains sales* notamment, comment il excelle à transformer un problème philosophique en un problème humain, vivant et dramatique, comment il sait également faire passer la voix du métaphysicien un peu têtu qu'il est par une bouche d'homme, simple et naturelle. Elle y prend des accents qui touchent et la font aimer, qui permettent d'affirmer qu'en dépit du désir d' « écrire pour son époque », lui aussi sera « sauvé ».

Critique de Maurice Nadeau dans un article intitulé « À propos de Louis Guilloux et de Jean-Paul Sartre. Le Romancier et ses personnages », Mercure de France, n° 1306, 1ᵉʳ décembre 1949, p. 700-703.

Selon Maurice Nadeau, Louis Guilloux, dans « Jeu de patience », illustre mieux que Sartre lui-même les thèses que celui-ci a formulées à propos du roman.

Par un paradoxe incompréhensible, l'auteur de *La Mort dans l'âme* vient de faire exactement le contraire de ce qu'il recommande. [...] [Les personnages du roman] illustrent une attitude particulière du vaincu devant la guerre, la défaite et la captivité, mieux, ils l'assument et la « typifient ». [...] Par quelle magie Sartre qui n'entendait camper que des « existants », des personnages qui soient des « pièges », parvient-il à donner vie à des « essences » dépourvues de tout mystère ?

Par une volonté tyrannique d'exposer en détail et complètement la vérité significative qu'ont pris pour lui-même les événements. Chaque personnage est chargé d'incarner l'une des faces de cette vérité et devient à son tour significatif; il se rassemble autour d'un comportement moral, politique, physique ou métaphysique; il abdique toute autonomie aux mains du créateur qui seul voit l'ensemble et lui donne sa place dans cet ensemble. Par un retournement inattendu, Sartre ressuscite les « caractères » tels que les construisaient les romanciers qu'il a si brillamment vilipendés [...]. Ils sont terriblement lisibles ces Pinette, ces Mathieu, ces Daniel, comme est trop lisible l'événement dans lequel ils ont été jetés. Le spectacle criant de vie et de vérité humaine que l'auteur a monté pour nous avec une maîtrise admirable n'est qu'un vêtement de chair et de sang jeté sur le squelette d'une démonstration. C'est miracle qu'il en épouse l'architecture, mais c'est grand dommage qu'on puisse suivre les lignes de celle-ci comme au radioscope. À certains moments, même, elles crèvent le vêtement.

Compte rendu par André Rousseaux dans Le Figaro littéraire, *22 octobre 1949.*

Un roman ? Même pas un récit. Toute la seconde partie du volume ressortit à une espèce de reportage romancé, où des personnages et des figurants, de valeur très faible dans l'ordre de la création littéraire, servent à mettre en œuvre une évocation historique [...]

Disons-le tout de suite, et franchement : cet ouvrage nous paraît des plus faibles. [...] Le souci de vérité naturaliste produit des dialogues inlassablement argotiques et orduriers, dont le vocabulaire est à base de nomenclature excrémentielle. [...] Tout doit prendre sa place dans ce livre, comme chaque roue dentée dans une mécanique, ou comme chaque argument dans une démonstration. De quoi s'agit-il ? De tirer de la philosophie du désespoir une morale constructive. [...] Les Mathieu, les Boris, et les autres vont donc être plongés dans cette « nausée » à l'échelle nationale, et le rôle qu'ils vont avoir à y tenir sera de dessiner, dans cette décomposition d'une société, les réactions humaines propres à reconstituer un ordre de vie selon Jean-Paul Sartre. Autrement dit, les personnages du roman doivent témoigner de la pensée de Sartre devant un des plus beaux effondrements humains de l'histoire.

Le malheur est qu'ils témoignent tout intellectuellement. [...]

Compte rendu par A. P. [Aimé Patri] dans Paru, *n⁰ 55, novembre 1949, p. 17-19.*

Nous voici assurément en présence d'un grand livre qui l'emporte sur les deux tomes précédents des *Chemins de la liberté,* autant que l'événement grandiose et sinistre qu'il a pour mission d'évoquer, dans une sorte de fresque épique aux multiples volets, tranchait lui-même sur la grisaille de la vie quotidienne [...] Dans la peinture de l'immense chaos matériel et moral produit par la défaite de 1940, Sartre a trouvé une magnifique occasion de déployer les meilleures ressources d'un génie de romancier visionnaire que l'on a souvent comparé à celui de Zola. Mais le psychologue concret demeure. Aucun de ses personnages n'est une marionnette simplement agitée par le grand vent de l'histoire [...] Sartre estime que c'est dans une débâcle pareille que chacun apprend à toucher le fond de sa liberté. Tout s'étant écroulé, tous les systèmes de valeurs préétablis étant par terre, chacun se rétracte par-devant lui-même, dépouillé de toutes les formations parasitaires qui lui servaient de masque au nom de l'esprit de sérieux. C'est à partir de ce « rien » qu'il va falloir reconstruire quelque chose [...].

Compte rendu par André Wurmser, intitulé « Les falsificateurs de l'Histoire contre le roman » dans Les Lettres françaises, *3 novembre 1949.*

Il est des parallèles que l'actualité impose, on se laisserait à dire : providentiellement. *La Mort dans l'âme* paraît à peu près en même temps que *Les Communistes* [d'Aragon]. [...] Je veux d'abord poser la question essentielle : lorsque le romancier prétend faire œuvre d'historien, ou à tout le moins ne pas contredire l'histoire, peut-on parler du talent d'un menteur ?

Sartre nous montre comment un falsificateur de l'Histoire est amené, par la fatalité même de la lutte, à détruire le roman et à rendre vain ce qui aurait été son talent. [...] Le procédé est ici celui des *Mains sales* : supposons que les communistes soient ce qu'ils ne sont pas, ce qu'à aucun moment l'histoire d'aucun pays n'a permis de supposer qu'ils pouvaient être [...]. Le roman de M. Sartre est un ouvrage de propagande, un roman *dirigé* et par là même privé de valeur [...].

Compte rendu par Marcel Arland dans La Gazette de Lausanne, *octobre 1949. Repris dans le volume* Lettres de France, *Albin Michel, 1951, p. 132-138.*

[...] Que devient cette liberté dont Jean-Paul Sartre faisait jadis la première vertu du roman ? Ni Mathieu, ni Brunet ne semblent vivre d'une vie autonome. Ils servent l'auteur, ils sont les instruments de sa pensée [...] Jamais son habileté, on peut dire sa maîtrise, ne s'est révélée plus éclatante et plus sûre que dans ces tableaux de la débâcle. [...] Parfois pourtant on se heurte à des images d'une poésie douteuse. Déjà, dans *L'Âge de raison,* Sartre écrivait : « Une grande fleur mauve montait vers le ciel : c'était la nuit. » De même, dans ce nouveau livre : « Sur toutes les bouches, la lune fit éclore des fleurs pâles »; ou bien : « Une joie aventureuse illumina son cœur flétri »; ou ceci, qui ne vaut pas mieux : « Il avait l'air vague et doux, il regardait vaguement la douce nuit, la campagne enfantine et légendaire, et Mathieu ne savait pas si c'était la douceur de la nuit qui se reflétait sur ce visage ou la solitude de ce visage qui se reflétait dans la nuit. » Citerai-je encore ? Voici qui ferait envie à Mlle Akakia : « La molle viande bleue de cette journée avait reçu l'éternité comme un coup de faux. » Et voici qui rejoint exactement Barbusse : « Les bouches ouvrirent vers l'azur le reproche de leurs plaies noires » [...] Sartre lui-même a maintes fois déclaré qu'il cherchait avant tout une audience et une action immédiates. Il les a, et c'est justice. On ne saurait mettre à les conquérir et les étendre plus de talent, d'efforts, de vigueur et d'intelligence qu'il n'en apporte dans son œuvre. C'est une œuvre trop concertée, trop volontaire; elle peint un monde trop limité; elle offre un art trop conscient, trop intellectuel et, pour mon goût, trop raccrocheur. Mais qu'elle soit l'une des œuvres les plus représentatives de notre époque, qui en douterait ?

Compte rendu par Claude Elsen dans un article intitulé « Le Mythe de l'engagement » dans La Table ronde, *nº 24, décembre 1941, p. 1914-1921.*

[...] Si Gilles, c'était Drieu, Mathieu Delarue n'est pas Sartre. Mais celui-ci n'en a pas moins chargé le personnage central de sa quadrilogie romanesque d'incarner au moins autant que d'autres ses thèses philosophiques.

Compte rendu de Thierry Maulnier dans un « Feuilleton littéraire » intitulé « Le Mal du milieu de siècle » dans Hommes et mondes, *nº 41, décembre 1949, p. 591-593.*

[...] La seconde partie de *La Mort dans l'âme* [...] est meilleure ou du moins inspire au lecteur une plus grande sympathie que la première : peut-être parce que le premier rôle y est tenu par Brunet, le militant communiste, le plus robuste, le plus *sain* des personnages du roman ; un peu schématisé, lui aussi, par les besoins de la démonstration, mais peint avec une impartialité, un souci d'entrer profondément dans les raisons de l'adversaire, une humanité enfin dont Sartre, cloué au pilori par le parti de Brunet, a peu de chances d'être payé de retour. [...] Il faut maintenant attendre le tome IV (et dernier) des *Chemins de la liberté,* afin de porter sur l'ouvrage un jugement d'ensemble et de savoir y surmonter la pesanteur naturelle qui entraîne son œuvre vers une esthétique du dégoût et une obsession de la déchéance, en dépit de l'exigence tout abstraite d'une éthique de la liberté.

Commentaire de Roger Nimier dans un article intitulé « Réflexions sur le roman français » dans Liberté de l'esprit, *n° 7, décembre 1949, p. 172.*

La Nausée avait connu un certain succès auprès des étudiants en 37 [38] et *Les Chemins de la liberté* ne cessent d'étonner la bourgeoisie de 1949. On peut dire beaucoup de choses à propos de ces livres ; mais généralement, ils ne sont pas ennuyeux. L'auteur est un homme du XVIIIᵉ siècle, l'application et le sens du péché en plus. Dans *La Mort dans l'âme*, il me semble que toutes les pages concernant Daniel sont excellentes, vraiment très perspicaces et divertissantes. Par contre, les scènes de guerre sont terriblement conventionnelles. Cette sentimentalité bourrue ne m'est jamais apparue, même dans les régiments d'infanterie plus exposés que les autres à la tendresse [...].

Compte rendu par René Tavernier dans la rubrique « Les Livres » dans Liberté de l'esprit, *n° 7, décembre 1949, p. 173.*

Le grand roman français de ces derniers mois, c'est M. Jean-Paul Sartre qui l'a écrit [...] La démonstration de notre moderne encyclopédiste se poursuit avec la même rigueur dont témoignait M. Jules Romains avec ses trop complets *Hommes de bonne volonté*. Mais alors que les précédents volumes souffraient d'une thèse défendue de façon trop professorale, ce dernier livre consacré à la drôle de guerre et à la défaite atteint souvent une vérité, une émotion indiscutables. Et l'on y voit souvent comment M. Sartre peut trop longuement s'attarder à des comptes rendus sténographiques de conversations familières, mais comment aussi, mieux que quiconque, il peut moduler de manière ravissante. Le masochisme de M. Sartre le conduit à craindre cette poésie poignante qui lui échappe comme malgré lui, et pour laquelle il est évidemment doué [...].

Compte rendu par Marcel Thiébaut dans la rubrique « Parmi les livres » dans La Revue de Paris, *56ᵉ année, décembre 1949, p. 167-169.*

Considéré comme un roman [...], *La Mort dans l'âme* est un livre puissant [...] C'est autour de Mathieu, soldat, que s'organise surtout le roman. Sartre a peint dans des chapitres d'une saisissante vigueur l'accablement des hommes abandonnés par leurs officiers (bien des officiers se sont fait tuer au combat, d'autres ont été moins brillants; libre à Sartre de choisir, d'aucuns trouveront pourtant qu'il abuse souvent de sa liberté) et attendent avec stupeur le moment où ils seront faits prisonniers. Dans la stupeur et la saoulerie — ce qui nous vaut une répugnante peinture de fantaisies assez abjectes. La fameuse *nausée*, beaucoup de lecteurs l'éprouveront en lisant ce passage. Il n'a pas été écrit pourtant pour scandaliser et il n'y faut voir que le reflet d'une obsession de l'auteur.

À ce tableau de l'enlisement dans la glaire, la vinasse et l'absurde succède une splendide image de *l'héroïsme pour rien*. [...] Le philosophe existentialiste agit en l'espèce comme Bayard ou Turenne. Qui sait, tout en répudiant le christianisme, la morale existentialiste se révélera-t-elle un jour chrétienne ? [...].

Compte rendu par [Wladimir] Rabi dans Esprit, *n⁰ 163, janvier 1950, p. 175-176.*

[...] Finalement *Les Chemins de la liberté* semblent apparaître comme une grosse machine de guerre contre le parti communiste, ce qui restreint singulièrement le message de l'auteur.

Compte rendu de Jean-Louis Bruch publié dans La Revue du Caire, *n⁰ 126, janvier 1950, p. 243-247. Voir p. 2016.*

Article de Pierre Abraham, « La liberté et ses chemins », paru dans Europe, *vol. 28, n⁰ 51, février 1950, p. 54-61.*

Dans ce compte rendu condescendant et négatif, Pierre Abraham oppose au roman de Sartre « Les Communistes » d'Aragon, dont le second fascicule venait de paraître. Avant de critiquer l'image du militant communiste que Sartre donne avec le personnage de Brunet, il écrit : [...] Il est curieux de constater à quel point cet auteur, dont la réputation d'intelligence est bien assise chez nos femmes du monde, demeure superficiel.

Il est également curieux de devoir observer qu'il réserve ses plus belles épithètes à l'envahisseur. Autant les Français, civils ou militaires, sont « saouls » ou « dégueulasses », autant les Allemands nous sont offerts comme des objets de vitrine, mieux, comme des objets de dévotion. Eh oui, les qualificatifs destinés à la Wehrmacht sont, le plus souvent, choisis un peu au-dessus de l'espèce humaine. [...] Et je me demande s'il est indispensable, pour donner une image valable de la défaite, de multiplier arbitrairement la sanie et l'excrément [...] La sorte de lassitude qui saisit le lecteur devant ce retour incessant à la merde, ce n'est pas la lassitude que le romancier pourrait vouloir évoquer en nous replongeant dans le désastre de 40. C'est un dégoût de lecture, et non un dégoût d'atmosphère romanesque. Le procédé littéraire n'a pas rempli son but. C'est raté [...].

Critique de Maurice Mouillaud dans un article intitulé « J.-P. Sartre ou le trafiquant des lettres », et portant en exergue la phrase « Les sophistes ont la mort dans l'âme », paru dans La Nouvelle Critique, *2ᵉ année, n⁰ 15, avril 1950, p. 32-43.*

Sartre est une manière de spéculateur des Lettres [...] Il n'y a pas de différence fondamentale entre la façon dont Sartre a spéculé sur les thèmes de l'anticommunisme et la manière dont un spéculateur de la Bourse de Chicago suppute la demande sur le marché des gains [grains]. [...] Au lendemain de la Libération, Sartre sut composer son portefeuille idéologique non sans un instinct averti. Sur quoi pouvait-il spéculer ? Entre autres, sur ce sentiment dont il a fait le titre d'un de ses livres : *La Mort dans l'âme*. La mort dans l'âme, c'est vrai, on la trouve dans un monde de petits-bourgeois intellectuels qui pensent avoir rompu leurs attaches avec les idées de la classe bourgeoise, qui savent en tout cas la mort de la bourgeoisie, mais qui ne sont pas liés à la classe ouvrière, et ignorent tout de sa vie [...].

BIBLIOGRAPHIE

PUBLICATION

a. Texte intégral paru en six parties dans *Les Temps modernes* :
    I : n° 39, décembre 1948-janvier 1949, p. 1-45.
    II : n° 40, février 1949, p. 230-278.
    III : n° 41, mars 1949, p. 443-502.
    IV : n° 42, avril 1949, p. 626-666.
    V : n° 43, mai 1949, p. 821-867.
    VI : n° 44, juin 1949, p. 1025-1079.
b. Extrait en feuilleton avec le sous-titre « Le combat sans espoir » : *Combat,* 21, 22-23 et 25 octobre 1949.
    Le troisième feuilleton porte la mention « à suivre ». Cet extrait reprend tout l'épisode du clocher, à la fin de la première partie du roman (p. 1331 et suiv. de la présente édition).
c. Volume : NRF Gallimard [1949]. 293 p. Achevé d'imprimer : 24 août 1949. Mis en vente en septembre, avec un tirage initial d'environ 30 000 exemplaires. Le texte comporte de légères variantes à celui des *Temps modernes*.
    Édition originale tirée à 2 163 exemplaires, dont 2 050 sur alfa, reliés d'après la maquette de Mario Prassinos.
    À partir de 1962, édition recomposée de 298 pages. La réimpression de 1969 porte en page 4 de la couverture le prière d'insérer reproduit plus haut (p. 2016). Même texte repris pour la collection reliée « Soleil », n° 91, [1962].
d. Gallimard, « Le Livre de Poche », n°s 821-822, [1962]. 435 p.
e. *Œuvre romanesque*, tome V. Éditions Lidis, [1965]. 372 p. Édition reprise par le Club Français du Livre, 1972.
f. Gallimard, coll. « Folio », n° 58, [1972]. 378 p. Texte identique à celui de l'édition recomposée.
g. *Œuvres romanesques* de Jean-Paul Sartre et de Simone de Beauvoir, tome 4 (suivi par *Les Mots*). Éditions du Club de l'Honnête Homme, 1979.

    Pour les études critiques, on se reportera à la bibliographie donnée pour l'ensemble des *Chemins de la liberté,* p. 2121.

NOTE SUR LE TEXTE

LES MANUSCRITS

La Mort dans l'âme est l'œuvre romanesque de Sartre pour laquelle nous avons retrouvé le plus de manuscrits et c'est celle, par conséquent, pour laquelle nous avons pu établir le texte le plus exact et donner le plus de variantes.

Il existe deux ensembles de manuscrits : le plus important est en possession d'une personne de l'entourage de Sartre et se trouve actuellement à Paris; l'autre appartient au professeur George H. Bauer, de Los Angeles. Ces deux ensembles sont complémentaires et comprennent :

— Une première version du roman, incomplète, mais avec certains passages récrits jusqu'à sept ou huit fois. Nous désignons cette version par *ms. 1*.

— Une version définitive, presque intégralement manuscrite mais avec quelques feuillets dactylographiés corrigés à la main. Cette version, qui couvre tout le texte et que nous désignons par *ms. 2*, nous a permis de repérer un certain nombre d'erreurs se trouvant dans le texte imprimé. Ce dernier a sans doute été composé à partir d'un dactylogramme que nous ne possédons plus mais qui devait contenir des erreurs de lecture quelquefois assez grossières. Dans bien des cas, le texte procuré par *ms. 2* semble plus correct que le texte publié; nous n'avons cependant corrigé que les erreurs évidentes, nous interdisant d'introduire des corrections quand le texte de l'édition originale était intelligible, même si certaines leçons du *ms. 2* pouvaient nous paraître meilleures. Vers la fin du roman, *ms. 2* semble même présenter un état de l'œuvre plus élaboré que le texte qui a été finalement publié par Sartre.

Le manuscrit de Paris

Le manuscrit de Paris est réparti en cinq cahiers dont voici la description :

— *1er cahier :* reliure « Anneaux T[1] », couverture bleue. 62 feuillets 19,5 × 31 à petits carreaux, écrits au recto, numérotés au verso de 1 à 62 et correspondant aux pages 1137 à 1181 de la présente édition.

— *2e cahier :* reliure « Anneaux T », couverture brun-rouge. Mélange de 61 feuillets 19,5 × 31 à petits carreaux, de 16 feuillets de même dimension, lignés et non troués, et de 4 feuillets 21 × 27, de toute évidence ajoutés. En tout, 81 feuillets correspondant aux pages 1183 à 1236 de la présente édition. Le premier feuillet est numéroté 66. Manquent donc les feuillets 63, 64 et 65 (p. 1181-1183 de la présente édition) que l'on retrouve dans le manuscrit Bauer. Plus d'une moitié de l'épisode Boris-Ivich est sur papier

---

1. Ce genre de reliure permet d'ajouter ou de retirer facilement des feuillets lorsque ceux-ci ont la perforation appropriée.

ligné et a donc été ajoutée. On trouve au verso de trois feuillets de petits croquis de Sartre[1].

— *3e cahier* : reliure « Anneaux T », couverture rouge. 118 feuillets 19,5 × 31 à petits carreaux, plus 12 feuillets lignés donnant l'épisode Jacques-Odette. Quelques notes au verso. P. 1236-1322.

— *4e cahier* : reliure « Anneaux T » petit format 17 × 22, à deux trous, couverture rouge. 120 feuillets, avec d'assez nombreuses ratures et modifications, se répartissant ainsi :

— 94 feuillets à petits carreaux 17 × 22
— 7 feuillets lignés 19,5 × 30,5
— 3 feuillets à petits carreaux 19,5 × 31
— 10 feuillets dactylographiés 23 × 29
— 6 feuillets non lignés 22,5 × 28 (ceux-là écrits recto verso).

Les feuillets dactylographiés sont numérotés 4, 6, 8, 9 à 14, 16 (le feuillet 15 se trouvant dans le manuscrit Bauer). Ils portent des corrections manuscrites et correspondent, avec des feuillets à petits carreaux intercalés, aux pages 1366-1381 de la présente édition. L'ensemble du cahier couvre les pages 1322-1402 de notre édition.

— *5e cahier* : dossier « Erbe », n° 300, à deux trous, de couleur brune. 97 feuillets 17 × 22 à petits carreaux plus 5 feuillets non lignés 21 × 27, papier blanc, écrits recto verso. Ces 102 feuillets correspondent aux pages 1402-1457 de notre édition.

En outre ce cahier comprend, en formats divers :

— 6 feuillets de notes pour la page 1164 et la fin du volume.
— 6 feuillets, papier blanc, écrits recto verso, donnant une première version des pages 1394-1397 et 1413-1431.
— 21 feuillets de notes diverses, (p. 1417-1426).
— 11 feuillets pour les pages 1422-1426.
— 5 feuillets de pages d'un fragment de journal intitulé « La Mort dans l'âme[2] ».

L'ensemble du manuscrit comprend donc 544 feuillets.

Le manuscrit Bauer

Des huit cents et quelques feuillets que comprend le manuscrit Bauer[3], 370 environ se rapportent à *La Mort dans l'âme*.

L'ensemble, autographe à l'exception de 10 pages dactylographiées corrigées de la main de Sartre, est intitulé « Les Chemins de la liberté / Tome III / La Mort dans l'âme », tandis qu'une section porte le titre « Brunet ». L'ensemble complète en plusieurs points le manuscrit de Paris, mais semble constituer dans ses grandes lignes et sans suite cohérente une première version du roman, avec certains passages récrits jusqu'à sept ou huit fois[4]. Cette première version correspond aux pages suivantes de notre édition : 1137 à 1184, 1195-1196, 1199 à 1254, 1296 à 1302, 1317 à 1326, 1345 à 1371, 1410 à 1438. On se reportera aux variantes pour une délimitation plus précise. Les fragments inédits sont d'un grand intérêt ; Sartre a dû les éliminer, d'une part, pour rendre son roman

1. Nous les reproduisons p. 2026 et suiv.
2. Nous donnons ce texte en appendice ; voir p. 1559.
3. Il est décrit p. 2105-2106 et p. 2132 et suiv.
4. Certains de ces passages, qui sont inédits, sont reproduits p. 2030 et suiv.

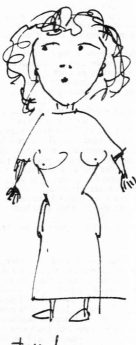

Ivich

Jessica

Odette.

Lola

Marcelle

moins long, d'autre part, pour concerner l'attention du lecteur sur Mathieu et sur Brunet. Pour la version finale, Sartre paraît d'ailleurs avoir opéré par élimination et resserrement, en rejetant un bon nombre d'éléments qu'il ne jugeait sans doute pas essentiels au récit. Il est possible également que son intention ait changé au fur et à mesure que son roman s'élaborait. À l'origine, vers 1945-1946, *La Mort dans l'âme* devait probablement utiliser la même technique (« totalité détotalisée ») que *Le Sursis* et présenter les réactions d'un assez grand nombre de personnages devant cet événement historique qu'était la défaite de 1940 ; autrement dit, *La Mort dans l'âme* était conçue comme une continuation de *Sursis*. Par la suite, vers 1947-1948, le roman s'est peu à peu modifié pour tendre à une confrontation entre Mathieu et Brunet, et entre existentialisme et communisme. Confrontation mais aussi essai de conciliation et effort de synthèse : dans *La Mort dans l'âme* et *La Dernière Chance,* Mathieu et Brunet, partis de positions diamétralement opposées, se rejoignent dans l'action et ont tendance, l'un, à devenir plus « marxiste », l'autre, plus « existentialiste ».

Il est difficile de dater avec précision les différents stades de développement du roman. Les notes et pièces annexes contenues dans le manuscrit Bauer vont de 1946 (notes succinctes pour *La Putain respectueuse,* manuscrit d'un texte sur Gjon Mili, etc.) à novembre 1948 (correspondance venant du R.D.R., du Comité français d'échanges avec l'Allemagne nouvelle, des éditions Nagel, etc.).

On tiendra compte également du texte « Journal de Mathieu », publié dans *Les Temps modernes,* n° 434, septembre 1982, p. 449-475.

LA PRÉORIGINALE

Rappelons que le texte intégral de *La Mort dans l'âme* a été publié dans *Les Temps modernes;* voir la Bibliographie, p. 2023. Nous en donnons les variantes sous le sigle *TM.* On y verra qu'une certaine « censure », par rapport au texte publié dans l'édition originale, y est à l'œuvre. On remarquera que les différences d'un texte à l'autre sont plus grandes dans la dernière partie du roman, celle qui a paru dans le numéro de juin 1949. Il n'est pas indifférent de noter que Sartre nous a affirmé que c'est à partir du texte imprimé dans *Les Temps modernes* qu'il a établi le texte de l'édition originale. Certaines différences ou particularités par rapport au texte de *ms. 2* pourraient, peut-être, s'expliquer par là.

ÉDITION ORIGINALE ET ÉTABLISSEMENT DU TEXTE

Fidèle à notre principe, c'est le texte de l'édition originale que nous avons adopté. Mais, de toute évidence, il arrive assez souvent que ce texte est fautif. Nous l'avons alors corrigé en signalant dans notre apparat critique pour quelles raisons nous corrigions et sur quoi nous nous fondions pour le faire.

Les variantes de la première version sont données sous le sigle *ms. 1.* Très souvent, comme il est habituel à Sartre, le texte a été entièrement récrit, et non pas seulement corrigé. On se trouve alors devant des passages qui sont encore assez éloignés du texte qui sera publié. Dans de tels cas, il est impossible de donner ces leçons en les raccordant au texte définitif. Nous avons alors, dans un bref commentaire, indiqué à quelles parties du roman publié on pouvait raccorder de tels passages.

Les variantes de la seconde version sont données sous le sigle *ms. 2*. En raison du désordre des manuscrits — et de leur dispersion —, il n'est pas toujours facile, tout particulièrement pour les passages récrits plusieurs fois, de distinguer ce qui appartient réellement à *ms. 1* et ce qui appartient à *ms. 2*. Nous nous sommes cependant efforcé, dans toute la mesure du possible, de maintenir cette distinction.

Nous avons dit que quelques passages — tout particulièrement à la fin du roman — représentent dans *ms. 2* un état du roman qui donne, de celui-ci, un état plus avancé ou plus achevé que ne l'est, en définitive, l'œuvre publiée. Ces leçons sont données sous le sigle *ms. évolué*.

Signalons que la présentation différente des dialogues dans la deuxième partie (à compter de la page 1345) a été voulue telle par Sartre.

Comme nous l'avons signalé dans notre Bibliographie, le texte de l'édition originale a été entièrement recomposé en 1962, avec de considérables modifications typographiques ayant trait tout particulièrement à la présentation des dialogues et des titres, dont nous n'avons pas à tenir compte puisque nous avons adopté ici la présentation habituelle de la Bibliothèque de la Pléiade. Mais, lors de cette recomposition, de nouvelles erreurs ont été introduites, que nous avons corrigées, en ne nous astreignant pas cependant à les signaler dans tous les cas.

Précisons que les variantes données dans notre apparat critique ne représentent, en raison de la masse des documents dont nous disposions, qu'un choix, forcément limité. Nous nous sommes attachés à relever les variantes les plus significatives soit par l'importance du texte soit par leur contenu. Il nous a fallu, enfin, accourcir certaines leçons, ou bien parce qu'elles étaient trop longues et que nous ne disposions pas de la place suffisante pour les donner intégralement ou bien, encore, parce que, pour le même passage, nous disposions de plusieurs versions différentes et que nous avons, dans de tels cas, voulu donner quelques lignes de chacune d'elles. Nous avons alors signalé que nous accourcissions en l'indiquant par trois points de suspension placés entre des crochets qui sont composés en italique : *[...]*.

FRAGMENTS INÉDITS

Nous nous trouvons, pour *La Mort dans l'âme*, devant un nombre considérable de fragments — d'importance et de longueur variables — que Sartre n'a pas utilisés pour établir la version définitive de ce roman. Nous en avons donné certains dans notre apparat critique, lorsque nous pouvions les rattacher plus ou moins directement à une partie du roman. Certains autres ne peuvent pas — ou très difficilement — être replacés, même très approximativement, dans le roman qui a paru. C'est la raison pour laquelle nous les donnons ici.

Le premier d'entre eux, qui est important, raconte le suicide d'un couple âgé de réfugiés, Karl et Heider, à la suite de la prise de Paris par les Allemands, vers le 15 juin 1940. Cet épisode reprend, de façon indirecte, certains éléments de la fin du *Sursis* et aurait dû, sans doute, prendre place tout au début de *La Mort dans l'âme,* afin de constituer, peut-être, une tentative de transition entre les deux romans.

La série de fragments que nous donnons ensuite constitue, de toute évidence, la continuation de Sarah et de Pablo dans un village sur la route de Gien. L'intérêt principal de ces pages est d'introduire plusieurs personnages qui n'apparaissent pas dans la version finale : deux prostituées, Céleste et Carmen, et un couple âgé — celui de M. et Mme Vavasseur — dont l'attitude contraste avec celle du couple de réfugiés, Karl et Heider.

Tous ces fragments appartiennent au manuscrit Bauer et représentent un état du texte qui relève de *ms. 1.*

[1er fragment]

Quand elle [Heider] le vit revenir, elle comprit qu'il était temps. Elle le connaissait bien. Quand une circonstance était grave, il souriait pour ne pas avoir l'air important. Il souriait, en ce moment, sous sa moustache blanche. Ses yeux bleus et naïfs souriaient tendrement.

« Bon, dit-elle, bon. Je suis prête. »

Il s'assit près d'elle sans répondre et sourit. Il dit : « Nous nous coucherons comme d'habitude, tranquillement. »

« Es-tu triste ? demanda Heider.

— Oui, dit-il, je suis très triste. Mais pas étouffé. J'étais bien assez vieux pour faire une mort.

— Moi aussi, dit-elle. Mais... Oh! Karl, c'est terrible de mourir dans le noir. Ils ont gagné et l'Europe est perdue, et après nous il y aura leur force pour toujours. Et nous mourons.

— Il y aura encore de beaux jours, dit Karl. Il y a toujours les beaux jours. Et il y aura des hommes comme nous. Mais pour nous il n'y aurait plus de beaux jours. Ils nous mettraient dans un camp.

— Je sais. » Elle le regarda avec un peu de crainte. Toute leur vie ils avaient cherché à vivre sans lâcheté. Ce n'avait pas été commode. À Vienne, en 23, quand ils donnaient leurs maigres ressources à leurs voisins, ce n'avait pas été commode. Ni en 33, quand Dollfuss persécutait les socialistes. Ni à Paris en 38. Et toujours ils avaient pu se dire : nous avons du courage. Et aujourd'hui ils allaient fuir. Elle lui dit :

« Tu es sûr que nous devons le faire ? Est-ce qu'il ne serait pas mieux de rester ?

— J'en suis sûr », dit-il en souriant davantage. Il eut l'air timide et elle avait envie de l'embrasser. Elle adorait sa timidité de vieillard. Il était timide avec tout le monde, avec les enfants, avec les jeunes gens qui admiraient son œuvre. Avec tout le monde sauf avec les Nazis qui l'avaient interrogé en 1936. Il dit timidement : « Si nous avions quarante ans ou même cinquante, je pense qu'il faudrait rester. Mais nous ne sommes plus bons à rien, ma chérie. » Il ajouta : « J'ai toujours pensé qu'il fallait être maître de sa mort. »

« Si tu le penses... », dit-elle. Elle caressa un beau livre doré.
« Tes beaux livres, dit-elle. Personne ne les lira plus. »

« On les a lus, dit-il. C'est fini. Nous avons vécu avec une époque
et nous disparaissons avec elle.

— Comme nous l'avons aimée, dit-elle.

— Oui, dit-il. Comme nous l'avons aimée. »

Elle lui dit : « Je suis heureuse que nous mourions ensemble.
Tu sais, je me demandais toujours : Vaut-il mieux qu'il meure
d'abord ? Mais je n'aurais pas pu le supporter. Ou bien moi, mais
tu te serais consolé. Cela me faisait rager.

— Je ne me serais pas consolé.

— Au bout de vingt ans, tu te serais consolé.

— Non.

— Mettons au bout de trente ans. »

Ils rirent. Heider dit :

« C'est mieux comme ça.

— Oui, c'est beaucoup mieux comme ça. »

Il se déshabilla et elle prit des papiers qu'elle mit sous la porte.
Quand il revint tout maigre dans son pyjama gris, il lui dit :

« Qu'est-ce que tu fais ?

— Je bouche la porte. Il ne faut pas que l'odeur donne l'éveil.

— Tu penses à tout », lui dit-il tendrement.

Elle se déshabilla vite. Elle aurait encore voulu lui parler mais
elle pensa qu'il trouverait trop pompeuse une conversation avec
la mort autour. Elle mit les cachets de véronal dans deux verres
et les fit fondre, puis elle ouvrit le gaz.

Quand elle revint il était couché. Il lisait. Il but le liquide blanc
et elle but à son tour. Puis il l'embrassa tendrement, comme chaque
soir. Il lui dit seulement, en la regardant : « Tes beaux yeux verts. »
Il ne le lui avait pas dit depuis longtemps. Elle lui dit : « Je
t'aime », et il rougit et toussota. Et puis il se tourna sur le côté
et bâilla. Elle s'étendit sur le dos. Elle touchait sa jambe avec sa
jambe. Elle n'avait pas peur. À côté de lui elle n'avait jamais
peur. Il était timide et scrupuleux mais finalement il faisait toujours ce qu'il fallait faire. Elle regrettait les lumières, et la mer
et Paris. Mais finalement Paris était pris, la lumière était troublée
pour toujours. Un monde finissait, un monde finissait dans les
yeux de Karl. Elle eut l'impression qu'elle en était la maîtresse
et qu'avec son sommeil elle l'entraînait dans l'absolu, pour toujours.

[2ᵉ fragment]

Le mal de mer, la brutalité des douaniers, les lumières hostiles
de la ville, le luxe interdit des magasins, les regards et les chuchotements *encore une Juive, elle vient de Pologne, naturellement on ne peut
pas les renvoyer, c'est affreux ce qu'ils font là-bas mais tout de même,*
l'accueil de Gomez, sa gêne et la misère, la misère dépaysante des
faubourgs : elle avait tout prévu, tout vécu par avance, je ferai
des ménages, je ne lui demande pas de me recevoir chez lui, si
seulement il pouvait prendre le gosse, les premiers temps, pour
que je puisse me retourner. Et puis le sort avait décidé : tout était
fini. Fini New York, est-ce que j'ai jamais cru que j'y arriverai ?
La ville s'était évanouie, elle avait fondu dans la chaleur, je ne
connaîtrai pas l'exil. Elle était assise sur le bord du trottoir, la
tête de Pablo reposait sur ses genoux et les Allemands étaient à

Gien. La chaleur, la fatigue, les courbatures, le sommeil, le deſtin ne faisaient plus qu'un. Un camion allemand la ramasserait, elle rentrerait à Paris avec le petit, elle retrouverait son quartier, sa rue, son ſtudio et ils tâcheraient de vivre, dans le confort et la terreur; elle préférait encore la terreur à la misère. Il ne m'arrivera rien de plus qu'aux autres, rien de plus. Qu'eſt-ce qui pourrait m'arriver ? Je suis comme tout le monde : une Parisienne dans Paris occupé, il faudra graisser la patte à la concierge et sortir le moins possible, elle n'eſt pas mal avec moi, c'eſt tout, sortir le moins possible; si je ne me fais pas remarquer, ils ne viendront pas me chercher, ils ont d'autres chats à fouetter, se perdre dans la foule, être comme tout le monde, faire comme tout le monde, je descendrai le matin, très tôt, pour les provisions et, le reſte de la journée, je ne bougerai pas de chez moi, le petit peut aller tranquillement à l'école, c'eſt encore une chance qu'il ressemble à son père et pas à moi. Sarah secoua la tête en haussant les sourcils : les quatre marronniers plantés au milieu du terre-plein, c'était un piège; quand elle regardait leur feuillage, ça l'endormait. Il ne fallait pas dormir : il fallait regarder, penser, juger, pour tenir la cataſtrophe à diſtance; qui sait ce qui peut arriver pendant mon sommeil ?

« C'était un coffre, dit la vieille. Un coffre en bois noir. »

Le Monsieur et la Dame, adossés à l'auvent de la boulangerie, écoutaient la vieille avec indifférence. Ils s'appelaient Vavasseur, Sarah avait lu le nom sur leur valise.

« Il sera tombé dans la paille quand vous avez défait votre ballot.

— À moins de ça, dit la vieille.

— Eh bien, dit M. Vavasseur avec une impatience courtoise, allez donc voir, Madame : allez donc voir dans la grange. »

La vieille regardait son ballot d'un air hésitant. Elle finit par se décider :

« Je vous le confie.

— C'eſt ça, dit le Monsieur. C'eſt ça. On le surveillera. Allez vite. »

La vieille partit, courte et grasse, sur ses grands pieds tâtonnants; elle marchait les jambes écartées et poussait en avant ses mains ouvertes comme si elle voulait attraper son ombre. Elle avait l'air de lutter contre le vent et il n'y avait pas de vent. De dos, Sarah pouvait l'aimer. De face, c'était une autre affaire. Sarah soupira : elle aurait voulu aimer tout le monde. Céleſte et Carmen pouffèrent :

« Vise-la, dit Carmen, on croirait qu'elle fait dans son froc.

— Penses-tu ! »

Céleſte et Carmen étaient entrées dans la grange pendant la nuit; elles s'étaient déshabillées avec des rires et Carmen avait ronflé comme un gendarme; Sarah les avait déteſtées du premier inſtant. À présent elles étaient assises sur le bord du trottoir et Carmen avait piqué des œillets dans ses cheveux noirs. Elle était belle, crasseuse et lourde, avec des seins magnifiques et un duvet sur la lèvre. Céleſte, rousse et beaucoup moins belle, avait une cicatrice sous le menton.

« Cette fois le voilà », dit Céleſte.

Elles se levèrent. Le camion tourna autour de la place avec un bruit de casserole. C'était un camion français : un soldat allemand le conduisait.

« Et la vieille ? dit Carmen.

— T'en fais pas pour elle, dit Céleste. Tant mieux si elle n'est pas là : nous ne sommes plus que six, on trouvera peut-être à se caser tous. »

Sarah réveilla Pablo et se leva mais le camion passa devant eux sans s'arrêter.

« Hé ! cria Carmen en agitant les bras. Hé ! Hé ! »

Déjà il tournait dans la rue Nationale, en direction de Paris; il était bondé de réfugiés, avec des valises et des bicyclettes.

« Merde ! dit Céleste, en se rasseyant.

— Je ne sais pas comment qu'ils font, dit Carmen. Ils sont toujours pleins quand ils passent. »

Sarah ne put résister au plaisir de renseigner.

« Ils viennent de Gien, dit-elle. C'est là-bas qu'ils se remplissent.

— Eh ben, nous voilà propres.

— L'officier a dit que le nôtre partirait d'ici.

— D'ici ?

— Il doit faire la tournée des villages pour ramasser les réfugiés. »

Carmen dévisageait Sarah avec curiosité :

« Vous vouliez aller à Gien ?

— Oui.

— Et puis vous vous êtes arrêtée en route ? »

Sarah désigna Pablo :

« Je ne pouvais plus le porter. »

Carmen regardait Pablo et Sarah tour à tour.

« Il est à vous ?

— Oui. »

Elle hocha la tête et fit la grimace :

« Sans blague ! »

Sarah pinça les lèvres et leva les yeux : elle regarda monsieur et madame Vavasseur. Gomez les eût détestés mais elle se sentait plus proche d'eux que de ces femelles. Pendant la première heure ils avaient fait les cent pas en se donnant le bras et puis ils s'étaient plaqués contre les volets de la boulangerie et ils restaient debout, par dignité. Madame Vavasseur se mordait les lèvres d'un air perplexe. Par moments son mari se pliait en deux, comme s'il avait le mal de mer, et elle le regardait avec angoisse. Sarah détourna la tête par discrétion et se mit à compter les maisons, de l'autre côté de la place : une boucherie rouge sang, une pharmacie, une épicerie, une maisonnette de briques, carrée, avec un toit plat; elles s'étaient toutes fermées comme des huîtres, des muscles puissants tenaient closes portes et persiennes; au-dedans il y avait sûrement des hommes, mais qui faisaient les morts.

Carmen bâilla.

« Je vais prendre un bain de soleil. »

Elle s'étendit sur le dos, releva ses jupes sur ses grosses cuisses violettes et ferma les yeux. Pablo, droit et muet, regardait ces jambes avec sérieux; il avait serré ses petits poings et se mordait la lèvre inférieure. Il ressemblait à Gomez.

« Pablo ! dit Sarah violemment.

— Maman ?

— Qu'est-ce que tu fais ?

— Je fais rien.

— Va jouer sur la place, dit-elle.

— Je n'ai pas envie de jouer.

— Regarde, dit Sarah. Il y a une brouette. Allons, va jouer, va ! » ajouta-t-elle en lui donnant une petite tape sur le mollet. Il se mit à courir, sans conviction, et au bout d'un moment, elle vit qu'il jouait au cheval sur le terre-plein. Elle baissa les yeux, regarda ses bas déchirés qui se plissaient sur ses jambes courtes et elle eut horreur de tous les corps. « Ce sont des filles », pensa-t-elle en tirant sa robe sur ses genoux.

« Frédéric ! dit madame Vavasseur.

— Eh ?

— Assois-toi.

— Où ?

— Eh bien, sur le trottoir.

— Pourquoi ? demanda-t-il. Je suis très bien comme ça.

— Mais tu n'es pas fatigué ? »

[3e fragment]

« Il n'y a qu'à fouiller partout.

— Et s'il ne veut pas qu'on fouille ? Comment voulez-vous que je l'y oblige ?

— Volé par des Français ! dit la vieille, désespérée. Comme si on n'avait pas déjà assez de malheur ! »

Sarah se leva et la prit dans ses bras.

« Allons, pauvre maman, asseyez-vous et tâchez de n'y plus penser. Le camion va venir et nous allons tous rentrer à Paris. »

La vieille ne voulait pas s'asseoir. Elle se débattait en roulant des yeux affolés.

« Je ne rentrerai pas à Paris sans mon coffre ! »

Brusquement elle se dégagea et se mit à courir.

« Qu'est-ce qu'elle fait ? dit Carmen. Mais qu'est-ce qu'elle fait ? »

La vieille avait traversé la chaussée.

« Madame ! » cria monsieur Vavasseur.

Mais déjà elle s'était jetée sur le feldwebel.

« On m'a volé mon coffre ! »

Le feldwebel la regardait sans comprendre. Elle lui prit les mains et les serra.

« Vous allez me le faire rendre, n'est-ce pas ? Vous n'avez qu'à parler, il vous obéira. »

Le feldwebel dégagea ses mains et les mit dans ses poches ; elle s'accrocha à ses bras.

« C'est le fermier, dit-elle. Un Français ! Un Français qui vole une Française. Vous pouvez tout, monsieur l'officier. Si vous le menacez de prison, il le rendra. »

Le feldwebel, impatienté, lui avait tourné le dos et donnait des ordres en allemand aux soldats. Elle hésita, fit demi-tour et traversa lentement la chaussée.

« J'ai soixante-huit ans », dit-elle.

Personne ne répondit. Elle répéta :

« Soixante-huit ans et personne ne m'aide.

— C'est dégoûtant, dit madame Vavasseur d'une voix glaciale.

— C'est dégoûtant, dit la vieille en écho. Les Français sont des voleurs.

— Non, dit madame Vavasseur. Ce qui est dégoûtant, c'est d'accuser des Français devant un gradé allemand.

— Mais puisqu'ils m'ont volé mon coffre.

— D'abord vous n'en savez rien, dit monsieur Vavasseur. Et puis, si on vous a volée, il fallait vous plaindre aux gendarmes.

— Il n'y en a pas.

— Alors tant pis! Il y a beaucoup de gens qui perdront plus que vous dans cette aventure. Et si les Français se volent entre eux, les Allemands n'ont pas besoin de le savoir. Ils nous méprisent assez sans ça.

— Et qui me rendra ma valise? demanda la vieille. C'est toujours pas vous. »

Monsieur Vavasseur la regarda d'un air intimidant :

« Est-ce que vous ne comprenez pas, Madame, que la France a perdu la guerre? »

La vieille resta bouche bée, puis elle parut se casser en deux et elle alla s'asseoir à l'écart. Sarah l'entendit pleurer.

« Qu'est-ce qu'elle a, la dame? demanda Pablo.

— Elle a du malheur, dit Sarah. Comme tout le monde. »

[4ᵉ fragment]

« La v'là! dit Carmen. La v'là. Qu'est-ce que je te disais : elle l'a paumé, son coffre. »

La vieille revenait vers eux, les mains vides.

« Volé », cria-t-elle de loin.

Elle s'approcha en trottinant et se planta devant eux sur la chaussée. Ils la regardaient en levant la tête.

« Volé! Par des Français! J'en étais sûre.

— Comment savez-vous qu'on l'a volé? demanda sévèrement monsieur Vavasseur. Vous avez très bien pu le perdre; il ne faut pas accuser à la légère.

— À la légère? Ses yeux étincelèrent. Le fermier a vu deux jeunes gens qui sortaient avec.

— De la grange?

— Oui.

— Hum? fit Carmen.

— Eh bien quoi? Puisqu'il les a vus.

— Quels jeunes gens? Il n'y avait pas de jeunes gens avec nous, cette nuit.

— Il dit qu'il les a vus sortir avec.

— Sortir? Et comment qu'il les a laissés rentrer? Ça serait pas plutôt lui qui l'aurait piqué?

— Eh! dit la vieille, j'y ai pensé comme vous. Mais qu'est-ce que je pouvais faire? Il aurait fallu que mon mari soit là. »

Elle regarda M. Vavasseur d'un air suppliant : « Monsieur, vous ne voulez pas retourner avec moi là-bas?

— C'est inutile, dit M. Vavasseur. En admettant qu'il vous l'ait pris, vous ne pourrez rien prouver. »

Il ne répondit pas. Elle allongea timidement la main et lui toucha la manche :

« Tu ne te sens pas malade, au moins?

— Mais non.

— Tu es blanc! » dit-elle.

Il regardait droit devant lui; il avait relevé ses lunettes sur son front et Sarah voyait ses yeux tristes.

« C'est un abandon de poste, dit-il comme pour lui-même. [Il

fallait les attendre de pied ferme.   *biffé*] La pire folie c'était de partir.
— Tu dis ça maintenant.
— Je l'ai toujours dit. J'ai toujours dit que les Français devaient reſter à leur poſte.
— Mais, Frédéric, tu n'avais pas de poſte.
— Je te demande pardon : j'ai un domicile et un quartier ; j'aurais pu rassurer les gens autour de moi, les empêcher de faire des bêtises. »
Il passa la main sur ses yeux et dit avec mélancolie :
« Le chef d'îlot m'avait demandé de l'aider. »
Les yeux de madame Vavasseur se remplirent de larmes.
« Je suis désolée, dit-elle.
— Bah ! Bah ! dit M. Vavasseur avec une gaîté soudaine. On a aussi des devoirs vis-à-vis de sa femme. »
[Elle battit des cils, éperdue : elle s'eſt habituée à compter pour rien, à sauver sa vie par le sacrifice ; ça lui paraît scandaleux qu'on fasse quelque chose *à cause d'elle,* c'eſt le monde renversé. *biffé*]
Elle battit des cils, éperdue.
« Mais je n'ai rien demandé ! *Pour moi !* reprit-elle d'une voix basse et profonde, tu es parti *pour moi !* C'eſt le monde renversé. »
Il rit doucement.
« Et voilà, ma pauvre vieille ! Nous voilà tous les deux sur les routes, à notre âge.
— Ah ! dit-elle, tout m'eſt égal pourvu que tu ne tombes pas malade. »
Il regarda les boutiques fermées, les Allemands sur la place, les deux filles qui riaient, il leva sa longue main pâle, la laissa retomber sur son genou et conclut :
« C'eſt ridicule !
— Combien as-tu donné au voiturier ? demanda-t-elle au bout d'un moment.
— Cinq cents. »
Elle soupira : « Ce n'était vraiment pas la peine. »
Pablo s'était approché des Allemands et les regardait en suçant son pouce. Le feldwebel se tourna vers lui et lui sourit. Pablo sourit gravement et ils se parlèrent un moment.
« Pablo, cria Sarah. Viens ici ! »
Pablo revint en courant et lui jeta les bras autour du cou.
« À présent dit Sarah, tu vas reſter à côté de moi.
— Ils ont enfoncé une boule dans la caisse, expliqua Pablo avec animation, et ils appuyent dessus pour arracher le couvercle.
— Oui, dit Sarah. Oui. Oui. »
Elle lui ébouriffa les cheveux du plat de la main :
« Ce sont des Allemands, tu sais. Il ne faut pas jouer avec les Allemands.
— Je ne t'ai rien demandé, dit-elle avec assurance.
— Tu ne m'as rien demandé, mais tu étais d'une agitation ! »
Elle remua roidement la tête, d'un air incertain :
« Ce n'eſt pas vrai.
— Tu courais dans tout l'appartement, tu voulais fermer les volets, tu as fait pour six mois de provisions comme si nous allions soutenir un siège et puis tu devenais rouge après le repas, ça ne trompe jamais. »
Elle s'était un peu affaissée et le regardait avec des yeux de chien battu.

« C'est pour moi que tu es parti ? »

Il ne répondit pas; elle écarta les bras et les laissa retomber contre ses flancs :

« Pourquoi n'as-tu rien dit ? Si j'avais su que c'était pour moi... »

Il l'interrompit :

« Tu étais si tranquille en Bretagne; je n'aurais jamais dû te faire revenir.

— Ah! s'écria-t-elle, sans toi je n'aurais pas vécu! »

[5ᵉ fragment]

M. Vavasseur leur parla de loin, sans les regarder :

« On ne peut pas demander aux Allemands, dit-il. Il ne faut rien demander aux Allemands.

— Vous aimez mieux crever de faim ?

— Il ne faut rien demander aux Allemands.

— Et c'est pas les Allemands qui vont nous ramener dans leurs camions ?

— Ce n'est pas la même chose.

— Oh ça va, dit Céleste avec une soudaine lassitude. Les Allemands, on est comme vous : on les a au cul.

— Frédéric! appela madame Vavasseur avec sévérité.

— Eh bien ?

— Tu es blanc. Viens t'asseoir. »

Il haussa les épaules et vint s'asseoir entre elle et Sarah. Il dit :

« J'ai de l'asthme.

— Oui. C'est ton foie.

— Non, dit-il. C'est le foin, dans la grange. »

Il était plié en compas, les genoux remontés jusqu'au menton. Il croisa les mains sur ses chevilles et dit :

« Nous n'aurions pas dû partir. »

Elle ne répondit pas. Trois Allemands conduits par un feld-webel passèrent devant eux, portant une lourde caisse. Ils traversèrent la chaussée et posèrent la caisse sur le terre-plein. M. Vavasseur étala sa main droite sur ses genoux et la considéra d'un air chagrin.

« Si j'avais été seul, je ne serais pas parti.

— Non.

— Si, tu es fatigué.

— Tss, tss », fit-il avec impatience.

Elle soupira et se tut. Il ajouta au bout d'un instant :

« Toi, si tu veux, tu peux t'asseoir.

— Moi ? dit-elle, effrayée. Mais je ne m'assoirai pas sans toi.

— Allons, dit-il. Sois raisonnable. »

Elle secoua la tête :

— Je ne vais pas m'asseoir quand tu restes debout.

— Mais je reste debout parce que ça me plaît. Toi, ce n'est pas pareil : tu as des varices.

— Alors assoyons-nous ensemble.

— Louise, dit-il avec force, fais-moi ce plaisir : assieds-toi sans discuter. »

Elle hésita, se pencha sur le bord du trottoir à une certaine distance de Sarah, épousseta la pierre avec son mouchoir, s'assit enfin, droite et guindée.

« Vous pouvez vous asseoir sur mon imperméable », dit Sarah.

Madame Vavasseur la regarda avec surprise :
« Plaît-il ?
— Mon imperméable : vous pouvez vous asseoir dessus. Moi, je me suis mise sur celui du petit.
— Je vous remercie, dit Mme Vavasseur. Ce n'est pas la peine. »
Un moment passa. Sarah avait à demi fermé les paupières mais le regard de madame Vavasseur pesait encore sur elle. Elle se sentit rougir et ses épaules soubresautèrent : elle avait horreur qu'on la dévisageât. Elle eut le courage de se retourner et vit des yeux glacés qui semblaient la RECONNAÎTRE. Sarah RECONNUT ce regard à son tour et baissa la tête la première, dans la confusion. Quand elle osa relever les yeux, madame Vavasseur paraissait[a] l'avoir oubliée et regardait au loin avec un air de souffrance. Ses joues lisses et transparentes étaient usées comme un bénitier; sur sa bouche tragique aux lèvres plates, aux commissures affaissées, Sarah vit trembler une bonté inquiète.

[*6ᵉ fragment*]

« J'ai faim ! » dit Céleste.
Carmen s'étira, se releva et s'assit.
« Ça pique.
— Quoi !
— Le soleil sur les jambes : ça pique quand on n'est pas habituée.
— Oui. Moi, j'ai faim.
— Eh ?
— Je te dis que j'ai faim.
— Tu ne m'étonnes pas. [Moi aussi, je la saute : on n'a pas croûté depuis hier midi. *biffé*]
— Ces salauds ont fermé boutique, dit Céleste en désignant la boulangerie.
— C'est des culs-terreux, dit Carmen. Tu ne les connais pas : ils nous laisseraient crever la gueule ouverte.
— Tout de même, dit Céleste, si on leur demandait gentiment ? »
Carmen se leva en bâillant.
« Vous en voulez ? » demanda-t-elle à Sarah.
Sarah la regarda sans répondre.
« Pour le petit, vous en voulez ?
— Oui, dit Sarah avec effort. Oui, merci. »
Carmen s'approcha paresseusement de la boutique. Elle regarda un moment les volets bruns.
« Je frappe-t-y ?
— Vas-y toujours. »
Elle se mit à cogner de ses petits poings gras. À chaque coup de poing ses beaux seins sautaient sous l'étoffe noire.
« Y a quelqu'un ? Y a quelqu'un ? »

a. On trouve, sur un autre feuillet du manuscrit Bauer, une première version des lignes qui précèdent, que nous donnons ici exceptionnellement : qu'on la dévisageât, il lui semblait qu'on allait surprendre sur sa face un secret obscène qu'elle ignorait elle-même. Elle se tourna brusquement et vit des yeux froids qui semblaient la RECONNAÎTRE. Les deux femmes se regardèrent et Sarah céda la première, dans la confusion. Comme toujours, se dit-elle, en baissant le nez. Pourquoi ai-je toujours l'impression d'être dans mon tort ? Pourquoi est-ce toujours moi qui détourne les yeux ? Quand elle eut trouvé le courage de relever la tête, madame Vavasseur paraissait

Céleste avait levé le nez et regardait les persiennes closes du premier étage.

« On voudrait un peu de pain », cria-t-elle. Après un moment d'attente, elle ajouta : « Il y a un gosse avec nous et on n'a pas mangé depuis vingt-quatre heures. »

Personne ne répondit. Elle haussa les épaules et conclut :

« Enfoirés! »

Carmen vint s'asseoir en se suçant les phalanges.

« Je me suis cassé les poings.

— Attends qu'un officier allemand passe : tu verras s'ils ne vont pas lui ouvrir. »

[*7ᵉ fragment*]

Un silence écrasant tomba sur eux. Le temps s'était arrêté, ils étaient en suspens dans un instant interminable. Sarah regarda la brouette, les marronniers, la boucherie écarlate : au temps où ils avaient une auto, ils avaient traversé cent fois, en aveugles, des places toutes pareilles. La vitesse collait contre Paris ces agglomérations hybrides, moitié faubourgs, moitié villages; à quatre-vingts à l'heure les maisons n'étaient que des silhouettes plates, Sarah n'avait jamais pensé que des gens pouvaient y habiter. À présent, Paris avait rétracté ses tentacules, ce n'était plus qu'une pieuvre blessée et roulée en boule, la campagne s'était disloquée, les routes ne menaient plus nulle part, le village était devenu le centre de ce monde mort. Mais il gardait son anonymat. Abstrait, instantané, sans avenir ni mémoire, il demeurait pour toujours un lieu de passage.

« Bon Dieu que j'ai faim! dit Céleste.

— Bon Dieu, oui! » dit Carmen.

Elle bâilla.

« Tu crois qu'il va venir, le camion?

— Je veux!

— Et s'il ne venait pas?

— Oh! dis, parle pas de malheur. Je ne recommence pas une nuit dans cette putain de grange. »

Elles se turent; elles avaient vieilli, tout à coup, et regardaient devant elles d'un air morne.

« Quelle heure est-il? demanda Mme Vavasseur.

— Je ne sais pas, dit monsieur Vavasseur. Ma montre est arrêtée. »

Il bâilla proprement, derrière sa main; Sarah bâilla aussi; Carmen se mit à bâiller.

« Ils me font bâiller », dit-elle.

Un camion déboucha de la rue Nationale. Les yeux de Carmen brillèrent.

« C'est peut-être lui!

— Penses-tu, dit Céleste. Il vient en sens inverse. »

Le camion s'arrêta brusquement devant eux. Sarah se leva en poussant un cri.

« Maman! » dit Pablo effrayé.

« Ce n'est rien, dit Sarah, confuse. Viens, mon chéri, nous allons rentrer. »

Ils s'étaient tous levés, Sarah prit Pablo dans ses bras et courut, avec les autres, à l'arrière du camion. Une trentaine de réfugiés s'empilaient sous la bâche. Des femmes et des enfants surtout. Un homme, mortellement pâle, tenait dans ses mains sa tête bandée. Il y avait du sang frais sur le bandeau. Personne ne parlait. Un soldat allemand sauta sur le sol : il était jeune et beau. Carmen poussa le coude de Céleste et elles pouffèrent.

« Paris ? » demanda le soldat.

Ils crièrent tous ensemble. : « Paris! Paris! »

Il les regarda.

« Seulement trois », dit-il. « La Madame d'abord », ajouta-t-il en montrant la vieille.

Elle ne voulait pas monter.

« Je ne vais pas m'en aller sans mon coffre », dit-elle.

Ils se jetèrent sur elle et la poussèrent au camion.

« Allons, allons, maman, ne dites pas de bêtises. »

Carmen portait le ballot; elle le tendit à un réfugié pendant que deux autres types hissaient la vieille et que le soldat la poussait par-derrière. Elle s'assit contre la bâche, ahurie et morose, attrapa son ballot et le serra contre elle.

« Après ? » dit le soldat.

Il hésita puis pointa l'index vers Sarah :

« La Madame et l'enfant, dit-il. C'est tout. »

Sarah chancela de bonheur. Le soldat tendit les bras vers Pablo et le petit, effrayé, se cacha le visage contre l'épaule de sa mère.

« Chut! lui dit-elle à l'oreille. Chut, mon chéri. On rentre. »

Déjà l'Allemand enlevait Pablo dans ses bras.

« Mon mari! » cria madame Vavasseur.

Sarah se retourna. Madame Vavasseur était violette; ses lèvres plates s'étaient mises à trembler; elle avait un air insupportable de souffrance et de bonté.

« Mon mari va tomber malade! Il ne peut plus attendre, il ne peut plus, il va tomber. »

Le soldat s'inclina légèrement. Il tenait Pablo contre sa poitrine.

« Bientôt camion, dit-il poliment.

— Oui, bientôt : demain, après-demain et nous allons tous crever sur la route, cria madame Vavasseur éperdue. Mon mari est le plus âgé, il a soixante-cinq ans. »

Sarah lut tant d'angoisse et de remords dans ses yeux qu'elle manqua lui céder son tour. Mais elle regarda le visage crayeux de Pablo et se tut. Pauvre petit, je n'ai pas le droit d'être généreuse. Monsieur Vavasseur, les traits crispés, regardait ses pieds.

« Enfants d'abord, dit le soldat.

— Pourquoi d'abord ? Il est solide, ce petit, il peut attendre! »

Il se détourna sans répondre et déposa, à bout de bras, Pablo sur le plancher du camion. Sarah s'avança; elle entendit crier dans son dos :

« C'est une Juive.

— Marthe! » dit monsieur Vavasseur d'une voix basse et rapide. Sarah faillit tomber. Madame Vavasseur s'était approchée et la désignait du doigt. Le soldat les regardait d'un air interloqué.

« C'est une Juive, criait-elle. Vous n'avez donc pas vu son nez ?

— Marthe, tais-toi! Je t'ordonne de te taire! »

Madame Vavasseur n'entendait plus; elle avait bondi sur l'Allemand et le secouait aux épaules :

« Elle pas française. Juive. Judin! Judin! Pas camion. »

Le soldat regarda Sarah et fit un geste vague. Sarah pensa :
« Pauvre type » et elle eut honte pour lui.

« Judin ! » criait la dame. « Judin ! »

Il demanda à Sarah : « Judin ?

— Oui », dit Sarah.

Il devint rouge jusqu'aux oreilles. Ils se regardèrent et Sarah se
demanda lequel d'entre eux deux était le plus misérable.
Madame Vavasseur avait cessé de crier. Une voix s'éleva du fond du
camion :

« Was ist los ? »

Le soldat ne répondit pas ; il se retourna vers le camion, prit Pablo
par les épaules et le déposa sur la chaussée. Pablo se laissa faire,
ahuri. Sarah prit sa petite main et la serra fortement. L'Allemand se
tourna vers madame Vavasseur.

« Montez. »

Elle monta. Son mari la suivait. En passant devant Sarah, il ôta
son canotier et découvrit son crâne chauve.

« Pardon », dit-il d'une voix neutre.

Sarah se rassit sans lâcher la main de Pablo. Au-dessus d'elle les
gens s'étaient mis à parler tous à la fois. Elle ne leva pas la tête. Elle
ne souhaitait plus rien, sauf que le camion partît.

« Pourquoi ne veulent-ils pas de nous ? demanda Pablo.

— Chut, dit-elle. La dame est âgée, le monsieur est malade. »

Pablo se tut. De son talon, il raclait la poussière. Le camion
démarra brusquement, dans un nuage de poussière. Il tourna autour
de la place et disparut dans la rue Nationale.

« Eh ben ! dit Céleste. Eh ben, elle est culottée, celle-là !

— Tu peux dire qu'elle défend son bifteck ! » dit Carmen.

Céleste se pencha sur Sarah avec un air complice :

« Vous aurez le prochain, dit-elle. C'est pas nous qu'on vous
fera des ennuis ; on aimerait encore mieux coucher ici. »

Sarah ne répondit pas, elle les haïssait : c'étaient deux filles à soldat, deux putains et, à présent, ils dépendaient d'elles. Elles les
laisseraient monter dans la prochaine voiture, elles se pousseraient
du coude en rigolant, elles diraient : « On n'est vraiment pas
vache ! Si on avait voulu, ils restaient en carafe », et elles se félicite-
raient de leur grandeur d'âme. Il y eut un silence : Carmen et Céleste
se taisaient, déconcertées.

« J'ai envie de pisser, dit Carmen pour rompre le charme.

— Va dans la ruelle. »

Carmen revint au bout d'un moment.

« C'était bon ! » dit-elle.

Elle se rassit en ajoutant :

« Seulement il y avait plein de soldats.

— Alors ?

— Bah ! dit-elle. Des Frisous, ça ne compte pas. »

Pablo raclait toujours ses semelles contre la terre. Il s'immobilisa
et dit lentement, sans lever les yeux :

« Je suis Juif.

— Ce sont des bêtises, dit vivement Sarah. N'y pense plus. »

Le petit la regarda d'un air rusé.

« Eh bien quoi ? dit-elle, gênée. Qu'est-ce qu'il y a ? »

Il la regardait toujours ; elle sentit que ses joues s'empourpraient.

« Baisse les yeux ! dit-elle brutalement.

— Tu es Juive ! dit-il avec étonnement. Tu es Juive !

— Oui, dit Sarah. Je suis Juive.
— Papa aussi est Juif ?
— Non. »

Il eut un sourire étrange et s'assit tranquillement près d'elle. Sarah le regarda du coin de l'œil : cet air vieillot et réfléchi, il ne l'avait jamais eu auparavant mais elle le reconnaissait, pour l'avoir vu sur tant d'autres visages, en Pologne, en Ukraine, en Roumanie, à Berlin. Il ne ressemblait plus du tout à Gomez. Elle avait envie de le prendre dans ses bras mais elle n'osa pas le toucher parce qu'elle avait honte. Elle pensa : « Je l'ai infecté. »

NOTES ET VARIANTES

Page 1137.

a. Il existe plusieurs brouillons de ce début. L'un d'eux se lit : C'est une Pieuvre. Elle l'enserrait dans ses longs bras. La Pieuvre était là : c'était la chaleur. / Gomez ouvrit les yeux. Il était nu sur son lit et il suait. « Bon Dieu ! » soupira-t-il en passant la main sur sa poitrine moite. La chambre était une fournaise. Il allait falloir se lever. L'Idée lui en donnait mal au cœur, retrouver dehors cette chaleur colossale. Il alla jusqu'à la fenêtre et tira les rideaux en se mettant en arrière. Il vit la rue blanchie par le soleil, la lumière blanche tomber comme une catastrophe. Il y avait une autre catastrophe. Il y pensa très vite et tout de suite à Ritchie qui allait venir. Une goutte de sueur tomba sur le rebord de la fenêtre. Je sue sans m'arrêter depuis quarante-huit heures. La lumière tombée dans la rue comme un fait inexorable illuminait une autre catastrophe. Il regardait la rue avec angoisse et colère. Il vit passer deux nègres qui riaient et puis une jeune femme entra dans le drugstore. « Bon Dieu, dit-il, bon Dieu. » / On sonna. Il alla ouvrir. C'était Ritchie. *ms. 1*

Page 1138.

1. Sartre traduit ici l'expression américaine : *It's a murder* (C'est à crever).

Page 1139.

a. Ritchie tenait le *New York Times* dans la main ; Gomez *ms. 1*
b. chambre à coucher. / Ritchie tenait le journal ouvert à la 7e page. / « Il n'y a pas eu de partie », dit-il. / Gomez sursauta : / « Quoi ? / — Hier, au base-ball. Gillson a gagné. *ms. 1*

1. Dans tout l'épisode « Gomez à New York », Sartre utilise abondamment, comme nous allons le voir, les informations données par le *New York Times* du 15 juin 1940.
2. À la treizième page du *New York Times* (15 juin 1940), il y a effectivement une photo représentant le maire de New York La Guardia accueillant le gouverneur du Delaware Richard C. McMullen, à l'occasion de la journée spéciale du Delaware à l'Exposition internationale de New York. On se demande pourquoi Sartre, après avoir écrit en manuscrit *World Fair*, a préféré ensuite *World Hall*, qui ne correspond à rien. La graphie correcte aurait été *World's Fair*.

3. Cette information est encore directement empruntée au *New York Times* du 15 juin 1940 : on y apprend que, la veille, les Giants de New York ont battu les Pirates de Pittsburgh par un score de huit à six, pour leur septième victoire consécutive.

Page 1141.

a. À présent, *[16 lignes]* c'était honteux et presque pervers, un désir de petit garçon. Tout ce qui reste d'un héros : un petit Espagnol suant au milieu de grands blonds secs qui ont de l'argent. Il revit l'auto sur la route de Tarragone avec les éclats d'obus. Mais le passé ne l'aidait pas. Ritchie le regarda avec sollicitude *ms. 1*

1. En américain, sens proche de « métèque ».

Page 1143.

a. Dans une première version, les lignes qui précèdent se lisent ainsi : L'autobus s'arrêta près d'eux. La femme monta, puis eux-mêmes. Ils restèrent debout près de l'entrée. Gomez voyait partout des journaux déployés. Les Américains lisaient. Les journaux étaient ouverts à la page du sport, de la vie économique, des funnies. La première page était vide, inutilisée, tournée vers le sol. Personne ici pour se faire le témoin de ce petit événement lointain : la prise de Paris. Paris lui sembla tout à coup un petit village insignifiant. Des soldats verts y étaient entrés. Ils buvaient des limonades et de la bière au Dôme et à la Rotonde. Fini Paris, finie l'Europe. Ma vie est ici. « Passe-moi le *New York Times,* dit-il à Ritchie. Je dois sentir mauvais. » *ms. 1*

1. Traduction du titre : « Toscanini acclaimed in Rio de Janeiro : Plays there for the first time in 54 years » (*The New York Times,* p. 17).
2. Titre d'un compte rendu du film *The Doctor takes a wife* par Bosley Crowther dans le *New York Times,* p. 12 : « Ray Milland and Loretta Young in a flip farce at the Roxy. »

Page 1144.

a. le retour de Gibraltar à l'Espagne. Quels étudiants! Salauds! Il serra les poings. Quels étudiants! Ils se sont faits tuer ou ils sont en prison. Quels étudiants! À présent Franco triomphe. Il en a pour longtemps. *Les Anglais combattront même si la France capitule.* Et les nouvelles lamentables : « Les Français notent une diminution de violence dans les combats. En quelques points la violence demeure. Nazis repoussés. Lourdes pertes nazies. La Loire dernière barrière. » Les journaux de Barcelone : « Lourdes pertes fascistes. Tarragone ne se rendra pas. » Foutus. Ils sont foutus. L'Europe est foutue. *Par Archambault : la bataille ms. 1*
b. Ici se situe approximativement un passage non utilisé par la suite : En page 3 la carte de France et juste en dessous, sous trois colonnes, un poème de R. L. Duffus :

THE MAP OF FRANCE

Shut your eyes.
Now let me guide your finger
On the map.
It's alive, isn't it ?

It's beating like a pulse.
It's warm with men's lives.

Un poème! Poème d'Éluard sur l'Espagne républicaine, tableau de Picasso sur Guernica[1]. Ils font toujours des tableaux, des poèmes. Des armes, des tanks, des canons, bon Dieu! / Il se mit à rire : / — Ils ne l'ont pas volé. Les Français ne l'ont pas volé! *ms. 1*

1. Ces titres d'articles, ainsi que les suivants, sont repris de la première page du *New York Times,* 15 juin 1940 :

— En gros titre : « GERMANS OCCUPY PARIS, PRESS ON SOUTH; CAPTURE HAVRE, ASSAULT MAGINOT LINE; FRENCH ARMY INTACT; SPAIN SEIZES TANGIERS. »

— « Hitler is doubted; Roosevelt skeptical [of pledge he will not cross Atlantic; Has recollections]; U.S. doing all it can for Allies, [He asserts of French appeal]. »

Sartre, dont c'est ici l'un des rares efforts de traduction que nous lui connaissons, commet une légère mais sans doute volontaire erreur en utilisant le futur au lieu du présent pour rendre « U.S. doing all it can ». Le sens de cette phrase est précisé dans la suite de l'article : « [...] Le Président a déclaré que les États-Unis font et continueront de faire tout ce qui est en leur pouvoir pour venir en aide aux Alliés. »

— « "Gibraltar" now cry; Madrid students parade and shout for return of famous rock. »

— Dépêche de G. H. Archambault, datée de Tours, 14 juin 1940: « French note lull; Battle continues along front—At some points its violence abates; [Attack is repulsed;] Nazi losses are heavy [in Maginot assault—Loire next barrier]. »

Voir la variante *a* de cette page pour une traduction plus complète de ces titres dans le manuscrit. La même note inclut un autre titre du *New York Times :* « Will fight on, British insist, even if the French capitulate » traduit par : « Les Anglais combattront même si la France capitule. »

Notons que le nom *Archambault* est bien orthographié dans le manuscrit mais devient *Archambaud* dans la version finale.

— Dépêche de C. Peters Brooks, venant de Berlin : « Berlin says industrial losses may be worst for French; Montmedy captured; Anchor of Maginot line lost — Nazis report foe is routed. »

2. Tours a été pendant trois jours, du 11 au 14 juin 1940, le siège du gouvernement français.

Page 1145.

a. contre le ciel [*10 lignes*] crayeux, au milieu de cette immense rumeur de forêt sous le vent. Le bouchon du radiateur étincelait au soleil. Loin devant eux les autos qu'ils suivaient depuis le matin s'éloignaient lentement, dans un nuage de poussière. Derrière eux,

---

1. « Guernica », le célèbre tableau de Picasso, se trouve à New York au Museum of Modern Art, où Sartre n'a pas dû manquer de le voir. Ce que pense Gomez semble être repris par Sartre lui-même dans *Situations,* II (p. 63) : « Et " Le Massacre de Guernica ", ce chef-d'œuvre, croit-on qu'il ait gagné un seul cœur à la cause espagnole ? » Le poème d'Éluard sur l'Espagne est sans aucun doute « La Victoire de Guernica », publié en 1937 et reproduit dans : Paul Éluard, *Œuvres complètes,* Gallimard, Bibl. de la Pléiade, t. I, p. 812-814.

la meute. Sarah tressaillait à chaque coup de klaxon, elle savait qu'elle barrait le passage à tous ces gens qui avaient peur. Elle avait honte pour elle et pour eux. Mais un désespoir de plomb l'écrasait sur son siège, il lui semblait qu'elle ne pouvait plus remuer un doigt. Klaxons, sirènes, trompes, sifflets. Derrière elle c'était tout un ramage d'oiseaux de fer, le chant de la haine. Le type releva la tête   *ms. 1*

1. Traduction : « Ne pas sourire est un péché. » Une campagne du sourire a eu cette phrase pour slogan, mais il nous a été impossible de déterminer à quelle date.

2. Comme documentation pour l'épisode qui suit, Sartre a utilisé des articles parus dans les journaux ainsi que des souvenirs de personnes qui avaient vécu l'exode, en particulier ceux de Simone de Beauvoir. Celle-ci a elle-même transposé ses expériences dans *Le Sang des autres* (Gallimard, 1945, p. 179 et suiv.) et en a parlé directement dans *La Force de l'âge* (p. 456-465).

Stépha Gerassi, le modèle de Sarah, n'a pas vécu l'exode dans les mêmes conditions. Le jour de l'entrée des Allemands à Paris, elle put quitter la ville avec son mari pour rejoindre son fils qui était en pension à Bordeaux. Après diverses péripéties, tous trois s'embarquèrent à Lisbonne pour New York en septembre 1940.

On se reportera à l'ouvrage de Jean Vidalenc, *L'Exode de mai-juin 1940* (P.U.F., 1957), pour une documentation historique et pour une excellente bibliographie (qui omet, cependant, de mentionner *La Mort dans l'âme*).

Page 1146.

a. de toutes ses forces, mais distraitement. Il n y avait plus rien dans sa tête. Plus rien que le bruit de sirène et cette grande catastrophe solaire au goût ferrugineux qui la traversait de part en part. Devant elle   *ms. 1*

Page 1147.

a. Première version non biffée dans ms. 1 : Il les regardait tous deux avec rancune. C'était un garagiste de Melun, il était juif.
Version plus évoluée dans ms. 1 : C'était un garagiste de Melun, un affecté spécial.
Version biffée dans ms. 2 : Le type ricana : / — Je vous conseille d'essayer. / — Alors ? Qu'est-ce que vous allez faire ? / — Rester ici et attendre. / — Attendre quoi ? » Il haussa les épaules sans répondre. C'était un garagiste de Villeneuve-Saint-Georges ; Sarah l'avait persuadé de partir : il avait demandé cent francs pour les emmener jusqu'à Gien dans sa voiture.
b. freiner, déraper, embrayer   *orig. Comme dans d'autres cas, qui seront signalés, nous restituons ici le mot donné par le manuscrit autographe,* déraper *étant dû à une lecture fautive de la personne chargée de la dactylographie du texte.*
c. c'est des conneries : ils ne sont   *ms. 1*

Page 1148.

a. Dans ms. 1, le passage qui suit se lit ainsi : Il les regardait d'un air perplexe : il ne savait pas très bien ce qu'il voulait d'eux ; il fronçait les sourcils, il était en train d'inventer des exigences. / « Alors ? on part comme ça sans remercier ? / — Merci, dit Sarah. Merci. » / Il ne s'écartait pas : à sa manière, il avait peur de la solitude et de la longue faction qu'il allait monter devant sa voiture morte. Sarah comprit qu'il avait besoin d'aide, et bien qu'elle n'eût pas de sympathie pour lui, elle fit un pas en avant et leva une main comme pour la lui tendre. Mais elle vit aussi qu'il ne comprenait pas ses propres désirs; peut-être n'avait-il même pas les mots qui les auraient exprimés, il hésitait; il n'avait pas l'air de savoir ce qu'il voulait. Finalement son visage devint violet : il avait pris le parti de la colère. Autant contre lui-même, sans doute, que contre eux. / « Et l'essence ? et l'usure des freins ? et ma peine ? Qui c'est qui me paiera tout ça ? / — Je n'ai rien à vous payer, dit Sarah avec lassitude. Ce n'est pas pour mes beaux yeux que vous êtes venu jusqu'ici. Vous vous êtes sauvé avec nous, voilà la vérité. » / Il secoua la tête sans comprendre et sa colère parut redoubler. / « — Je veux deux cents francs. » *[5 lignes en bas de page]*

1. Cette précision, s'il fallait la prendre à la lettre, situerait la scène aux environs de l'actuel village de Nogent-sur-Vernisson.

Page 1149.

a. Laissez-nous passer *[6 lignes].* / Elle s'irritait à son tour contre ce bloc de chair, de rage et de bêtise : il aurait tellement bien pu ne pas se mettre en colère, peut-être qu'il souhaitait simplement que le gosse l'embrassât avant de le quitter. Mais il était retombé dans les ornières de la fureur, faute de pouvoir inventer son désir, et maintenant il fallait qu'il exigeât ces deux cents francs — parce qu'il ne connaissait pas d'autre langage que celui de l'argent. Si seulement on avait pu lui dire : ça n'est pas vrai, tu ne les veux pas vraiment. Il s'avança   *ms. 1*

Page 1150.

a. Les autos occupaient toute la route   *ms. 1*

Page 1151.

a. la main de Pablo, *[5e ligne de la page]* elle regarda passer les autos; mais elle savait qu'elles ne s'arrêteraient pas et elle les voyait autrement : c'était des bateaux sur un fleuve très lent; des bateaux et elle était sur la rive, séparée d'eux par une grande étendue d'eau. On aurait pu l'égorger, les gens des bateaux auraient dit : Tiens, on égorge quelqu'un sur la rive. Et ils n'auraient rien fait pour l'aider. Ils ne pouvaient pas l'aider. Ils passaient, ils la regardaient à travers les glaces et ils ne pouvaient pas l'aider; peut-être n'étaient-ils pas mauvais mais ils s'étaient dit au départ qu'ils ne pouvaient aider personne, que c'était tout à fait impossible. À présent les autos roulaient et ils la regardaient et ils n'allaient sûrement pas jusqu'à penser que c'était une femme désespérée qui tenait un gosse par la main; pour eux elle faisait partie du paysage, comme une pierre ou une racine. Un visage effaré se colla à une vitre, Sarah reçut son regard en pleine figure et se sentit *dehors*. Ils roulaient, séparés du paysage et du monde par la vitesse, par ces quatre cloisons et ces vitres; ils étaient encore dans leur maison; ils avaient peur mais ils restaient à l'abri. Elle *était* le paysage. Perdue, diluée dans cette campagne sans limites, avec Paris qui brûlait dans son dos, avec les Allemands qui se ruaient dans son dos et ce ciel vénéneux au-dessus de sa tête; ils pensaient bien aussi au ciel, eux, dans

leurs maisons roulantes, mais c'est une chose de penser au ciel à
travers un plafond et c'est une autre chose de l'avoir tout nu, tout
cru au-dessus de sa tête. Écrasée, broyée, diluée, perdue. Elle
regarda Pablo avec haine : « Sans lui, je serais au fond de la Seine. »
Gien. Après Gien, Nevers, Lyon, Marseille, les routes, la poussière
impitoyable des routes, le soleil. À Marseille, avec beaucoup de
chance, un bateau pour Lisbonne. À Lisbonne, avec encore plus de
chance, un autre bateau pour New York. Et puis ? Gomez sera
furieux : il n'a pas le sou. Ou peut-être vit-il avec une autre femme.
Jusqu'au bout : ce serait le malheur et la honte jusqu'au bout, mais
il fallait vivre. Pour protéger cette petite vie falote et obstinée.
Pourquoi faire ? Pour qu'il erre pendant cinquante années de pays
en pays, amer et peureux, en remâchant la malédiction attachée à
sa race ?   *ms. 1*

Page 1152.

   *a. Long passage de ms. 1 presque totalement éliminé dans la version
finale :* Elle tombait; à chaque inégalité elle tombait d'un pied sur
l'autre et sa tête, coiffée d'un chapeau à fleurs, tombait en même
temps, mais ses yeux restaient fixes et durs; ils regardaient la route
entre les têtes. « Personne ne peut donc l'aider ? » Un peu en avant,
sur la gauche, un jeune homme et une jeune femme, sac au dos,
poussaient des bicyclettes, ils avaient mis leur costume de camping
et la poussière salissait leurs genoux nus; la femme portait une
plume de coq à son chapeau tyrolien. « Est-ce qu'ils ne peuvent pas
l'aider ? » Ils n'y pensaient pas; ils ne la voyaient pas : ils avaient
leurs propres ennuis. À la bicyclette du jeune homme le pneu avant
avait éclaté, une déchirure blanche en étoile tournait autour de la
roue; la jeune femme abandonnait son visage au soleil, à la poussière, aux tics. Sur ce visage désert une grimace de souffrance naquit
et se maintint un moment autour des lèvres; elle leva la main
gauche et glissa les doigts entre son épaule droite et la courroie du
rücksack. / « Ça me fait mal », dit-elle. / Le jeune homme ne répondit pas; la main et les commissures des lèvres retombèrent, il ne
resta qu'un visage oublié, blanc dans le soleil. Sarah regardait la
vieille : « Ça n'est pas possible qu'elle ait fait tout ce chemin à pied.
Comment est-elle venue là ? » Une charrette dont le cheval s'était
abattu au milieu de la route; un camion qui était resté en panne ?
Pourtant elle était là, vivante et têtue, la route lui entrait par les
yeux et la traversait de part en part, coulait dans sa tête comme un
fleuve éblouissant. « Et tous les autres ? D'où viennent-ils ? »
Sarah sentit ses pommettes s'enflammer : elle était une intruse. Eux,
ils sont épuisés et je descends de voiture avec des forces toutes
fraîches. Mais elle savait aussi qu'ils l'avaient prise à leur piège :
elle s'était engloutie dans cette foule en deuil, engluée dans la
misère humaine, elle n'en sortirait plus. Depuis quinze ans sa
maigre pension la soutenait un tout petit peu au-dessus d'eux, juste
ce qu'il fallait pour leur tendre la main et les aider à remonter,
c'était un luxe. À présent elle était tombée au milieu d'eux, l'autre
était restée, noire et inutile, au bord de la route et elle était au milieu
d'eux, elle subirait jusqu'au bout leur destin. Si je pouvais les
aider pendant que j'en ai encore la force. Elle se pencha vers
Pablo : / « Tu es fatigué ? / — Non, maman. / — Tu n'as pas soif ?
Si tu as soif, il y a une bouteille d'eau dans les valises. / — Je n'ai
pas soif. » / C'est vrai. Il a bu tout à l'heure, dans l'auto. Eux, ils

ont soif mais ils ont renoncé à boire. Elle les aimait. Elle les aimait sans les voir, elle aimait leur odeur, leurs visages blancs de poussière, leurs yeux grands ouverts, elle aurait voulu prendre leurs souffrances en elle, qu'on la fendît en entonnoir et qu'on l'en emplît jusqu'à la suffocation. Elle regarda la vieille du coin de l'œil : « Qui lui a conseillé de partir ? Qui l'a envoyée sur les routes à son âge ? Est-ce que les gens n'ont pas assez de malheur ? Ils s'en inventent. » Elle sentait monter à sa gorge une formidable colère. La vieille folle! la vieille folle! Une grand-mère qui court les routes; elle la haïssait pour sa sottise, en suffoquant du désir de lui reprendre ses vieilles douleurs, de marcher à sa place, percluse et croulante, de tomber à sa place sur la terre chauffée à blanc et d'être roulée, foulée à sa place par ces mille pieds impitoyables et torturés, couverts de cors, d'œils-de-perdrix, de cloques et de durillons, étouffants dans des souliers blancs de poussière, par ces mille pieds d'homme. Elle lui demanda brusquement : / « Vous êtes seule, Madame ? » / La vieille ne tourna même pas la tête et continua de marcher avec son horrible patience. Sarah haussa la voix : / « Madame! Vous êtes seule ? » / La vieille se tourna vers Sarah avec stupeur; elles se regardèrent. Sarah haletait un peu : / « Je peux vous porter votre ballot. » *[p. 1153, 11ᵉ ligne]* / La vieille la regarda encore un instant et puis sa tête, emportée par le rythme de la marche, tomba en avant.

Page 1154.

   a. ses larmes. *La suite du texte, dans ms. 1, se présente différemment :* Sarah sentait la fatigue monter de ses mollets à ses cuisses, une crampe lui chatouillait l'avant-bras et elle pensait : il faut arriver à Gien. Les deux types aux nuques rouges firent le même petit saut de carpe et coururent au fossé sans lâcher leur baluchon : au bord de la route, il y avait une valise abandonnée; elle les vit se baisser, l'ouvrir et y fouiller. Elle pensa : « Je serai obligée de laisser ma valise. » Elle la laisserait, dans la poussière, ridicule et sanglée dans ses courroies jaunes; les gens passeraient devant elle et la brûleraient de regards cupides et puis deux veufs aux nuques de taureau se détacheraient de la colonne et des mains rouges fouilleraient parmi ses combinaisons. « Ils prendront tout et puis ils repartiront chargés de ce poids inutile. » Elle pensa : « inutile » et elle comprit qu'elle n'avait plus d'espoir. Elle n'arriverait jamais à Gien. Ni elle ni personne; elle partageait le destin de ce troupeau malchanceux et méchant. Elle n'avait plus d'espoir et elle continuait à marcher; et les types aux melons n'avaient plus d'espoir et ils continuaient à chaparder le long de leur chemin; et la vieille n'avait plus d'espoir, elle savait qu'elle tomberait le nez dans la poussière et elle continuait à trottiner en serrant son ballot contre elle. Pourquoi marcher ? pourquoi vivre ? À chaque respiration des langues de feu lui léchaient les bronches. Quand l'espoir est mort, pourquoi vivre ? Elle fut à peine surprise quand les gens commencèrent à courir. *[début du dernier § de la page]*

Page 1155.

   1. L'appellation exacte est : Museum of Modern Art.
   2. Il est probable que ces souvenirs sont personnels : Sartre a rencontré le peintre Fernando Gerassi (modèle de Gomez) en 1929.

Page 1156.

a. je les gagne, les cent   *orig. Nous reſtituons ici la leçon du manuscrit.*
b. Les manuscrits et l'édition originale donnent Maudrian. *Les éditions récentes donnent* Mondrian. *Cette correction, bien qu'elle ne soit peut-être pas due à Sartre, s'impose, et nous l'adoptons.*

1. Tout le passage consacré à Mondrian eſt anachronique. Mondrian était peu connu en 1940, mais a obtenu une popularité soudaine après sa mort, en 1944-1945, et plus spécialement au cours du premier séjour de Sartre aux États-Unis. L'exposition dont il eſt question ici eſt une rétrospective de l'œuvre de Mondrian qui a eu lieu du 20 mars au 13 mai 1945 au Museum of Modern Art et que Sartre a de toute évidence visitée.
C'eſt probablement pour suggérer l'idée de mal et pour porter un jugement de valeur que Sartre a d'abord déformé Mondrian en *Maudrian* (voir var. *b*). Dans sa mise au point sur Sartre et Mondrian (*Sartre and the Artiſt,* University of Chicago Press, 1969, p. 68-75), George H. Bauer établit un parallèle entre cette scène et celle de la galerie des portraits au musée de Bouville.

Page 1157.

a. agréablement. Quand tu seras connu, tu pourras te permettre ce que tu voudras... Le public se rassure, ça fait un nom de moins à apprendre ; ça veut dire tout simplement qu'il lui refuse la qualité de peindre... Si tu tiens   *ms. 2*
Autre version, moins évoluée : Un critique d'art connu peut éreinter un inconnu : c'eſt que tu refuses l'accès dans la société des peintres. Mais si tu es un inconnu, tu ne peux pas attaquer un peintre connu, ça bouleverse les assises de la société. Et puis surtout pas Maudrian. Nous adorons Maudrian.   *ms. 2*

1. Plusieurs tableaux de Mondrian correspondent à cette description, par exemple une « Composition en jaune et bleu » datant de 1933.
2. Fernando Gerassi a fait des études de philosophie en Allemagne dans les années vingt.

Page 1158.

1. À l'époque où il rédige *La Mort dans l'âme,* en 1947-1948, Sartre continue encore, comme dans « L'Enfance d'un chef », à donner une vue caricaturale de la psychanalyse traditionnelle, vue confirmée par les pratiques qu'il a pu observer au cours de ses séjours aux États-Unis.
2. Sartre nous a déclaré au sujet du personnage de Ritchie : « C'eſt un personnage d'Américain type que je me suis amusé à faire. J'ai voulu faire une caricature : il eſt vu par Gomez. Mais dans un sens il n'eſt pas tellement caricatural : j'en ai vu comme ça. »
3. On peut rapprocher cette déclaration de Gomez — qui, à bien des égards eſt ici un porte-parole de Sartre-artiſte — d'un propos tenu par l'écrivain à John Gerassi dans leurs entretiens inédits : « Le bonheur eſt réactionnaire. »
4. On rapprochera les idées de Gomez sur la peinture de celles exprimées par Sartre dans *Qu'eſt-ce que la littérature ?* au début du chapitre « Qu'eſt-ce qu'écrire ? » (*Situations,* II, p. 59-63) et dans ses

articles ultérieurs sur Lapoujade et sur Rebeyrolle (où Sartre tente de définir ce que peut être une peinture engagée et gauchiste).

Page 1159.

　　a. Klee, Rouault, Friesz : ceux qui posent　　*TM*

　　1. Sartre analyse assez longuement la peinture de Klee dans son essai sur Wols (« Doigts et non-doigts », *Situations,* IV, p. 413 et suiv.). Dans *Situations,* II (p. 85), il note brièvement : « La grandeur et l'erreur de Klee résident dans sa tentative pour faire une peinture qui soit à la fois signe et objet. » Dans *Situations,* IV (p. 390), Sartre oppose Masson à Rouault et critique ce dernier de la façon suivante : « Vous ne trouverez pas " dans la nature " ces plombs de vitrail qui enserrent les visages de Rouault; ils n'expriment rien de visible mais plutôt une terreur sacrée, la haine du changement et de la pluralité, un amour profond de l'ordre qui, par-delà les déchirements du temps et de l'espace, vise à restituer aux objets leur calme pérennité. Rouault peint le monde tel que Dieu l'a fait, non tel que nous le voyons [...] » Comme troisième peintre, Sartre avait d'abord cité Friesz au lieu de Picasso (voir var. *a*). Othon Friesz (né au Havre en 1879, mort en 1949) était relativement peu connu vers 1940 et Sartre ne semble faire aucune allusion à lui dans le reste de son œuvre. Sartre ne se rappelait pas pourquoi il avait d'abord fait citer Friesz par Gomez; il considérait Friesz comme un peintre « très secondaire ». En revanche, Sartre a bien connu Picasso et a même joué en mars 1944 le rôle du Bout rond dans la pièce *Le Désir attrapé par la queue.* On trouvera deux analyses de « Guernica », l'une dans *Situations,* II (p. 63), l'autre dans l'essai sur Lapoujade (*Situations,* IV, p. 368-369) : « [Pour " Guernica "], le plus chanceux des artistes a profité de la chance la plus inouïe. De fait, la toile réunit des qualités incompatibles. Sans effort. Inoubliable révolte, commémoration d'un massacre, le tableau, tout à la fois, semble n'avoir cherché que la Beauté; par-dessus le marché, il l'a trouvée [...] »

　　2. Voir *L'Âge de raison,* p. 433.

Page 1160.

　　a. des reflets sur *une eau* tranquille　　*ms. 2*

　　1. Allusion, sans doute, à l'affaire des sorcières de Salem, que Sartre exploitera en 1955-1956 pour un scénario de film.

　　2. Sartre utilise souvent ce genre de formules pour exprimer sa « conception totalitaire » de l'art. Dans une interview accordée à Madeleine Chapsal (*Situations,* IX, p. 15), il déclare, par exemple : « Si la littérature n'est pas *tout,* elle ne vaut pas une heure de peine. » Cette « recherche de l'absolu », Sartre l'a retrouvée, plus encore que chez Fernando Gerassi, chez Alberto Giacometti qui, nous a dit Sartre, a aussi pour une bonne part inspiré la figure d'artiste incarnée par Gomez à New York. Selon le témoignage de Fernando Gerassi rapporté dans un article biographique inédit de son fils John Gerassi, Sartre se serait inspiré, pour cette scène, des conversations qu'ils eurent ensemble en visitant le Museum of Modern Art de New York en 1945-1946. Sartre lui-même nous a précisé : « Fernando Gerassi n'a eu aucune influence intellectuelle sur moi, ni avant, ni après la guerre. Je ne l'ai en fait jamais consi-

déré comme un intellectuel. C'est comme peintre que j'avais de l'estime pour lui, moins d'ailleurs pour sa peinture elle-même que pour l'intensité de son engagement personnel dans l'acte de peindre. » Vers 1947, Sartre a écrit à l'intention des autorités américaines qui faisaient des difficultés à Fernando Gerassi la lettre-attestation suivante (inédite) :

J.-P. Sartre
42, rue Bonaparte
Paris (6ᵉ)

Fernando Gerassi est un de mes amis les plus intimes. Je le connais depuis 1929 et je l'ai vu constamment de 1929 à 1939 (à de certaines époques, tous les jours). J'ai habité chez lui en Espagne (en 1931), j'ai visité très fréquemment son atelier lorsqu'il s'est installé à Paris, je l'ai vu travailler, j'ai souvent discuté avec lui sur sa conception de la peinture; j'ai assisté à son exposition à la Galerie Bonjean; j'ai vu la quasi-totalité des tableaux qu'il a peints entre 1929 et 1939; je puis témoigner *sous la foi du serment* 1° que Gerassi a peint de sa propre main un nombre considérable de toiles que je pourrais identifier si on me les montrait 2° que si l'on nomme « un peintre » quelqu'un qui consacre sa vie à peindre et qui place tous ses espoirs dans la peinture, Gerassi mérite pleinement ce nom par la continuité de son entreprise, par les nombreux sacrifices qu'il a fait[s] à son art, (acceptant de vivre très pauvrement pour pouvoir peindre en toute indépendance) et par la nature de son travail. J'ajoute — mais ceci n'est évidemment qu'une conviction personnelle — qu'il est évident pour moi que Gerassi a un très grand talent. J'en étais déjà sûr en 1939 quand j'ai été mobilisé. Je n'ai plus eu aucun doute quand, en 1945, je l'ai retrouvé à New York et que j'ai vu ses nouveaux tableaux.
En foi de quoi je signe

J.-P. Sartre
professeur agrégé de l'Université
hommes de lettres.

(quatre ouvrages traduits aux U.S.A., deux pièces jouées à New York en 1946-47 [No Exit-The Flies], Prix de la critique New Yorkaise pour la meilleure pièce étrangère jouée à New York en 1946.)

3. Cet argument est expliqué dans les premières pages de *Qu'est-ce que la littérature ?* où Sartre oppose littérature et peinture, mais il est sensiblement modifié dans ses articles sur Lapoujade (voir *Situations*, IV, p. 364 et suiv.) et sur Rebeyrolle (voir *Derrière le Miroir*, nº 187, octobre 1970).

Page 1161.

1. En américain : rendez-vous.
2. Titre français du film *The Covered Wagon* réalisé en 1922 par James Cruze. La cinémathèque du Museum of Modern Art est l'une des plus connues des États-Unis.
3. Faut-il voir ici un souvenir de *Michel Strogoff*, ce livre de Jules Verne qui marqua fortement l'enfance de Sartre ?
4. Claude Gellée, dit Le Lorrain (1600-1682), a surtout peint des ports de mer.

Page 1162.

a. qu'ils y pensent ? Un pied géant frappait le sol sans répit. Qu'est-ce qu'ils pensent ? Ils marchaient   *ms. 2*

1. À l'origine *(ms. 1)* Sartre avait situé la scène au « Pink Elephant Bar ».

Page 1164.

1. Louis XV.

Page 1165.

1. Les Italiens avaient attaqué la France, alors que la victoire allemande était assurée, et le Président Roosevelt venait de qualifier cette attaque de « coup de poignard dans le dos ».

Page 1168.

a. *Dans une première version, qui se déroule au « Pink Elephant Bar », cette scène se présente ainsi dans ms. 1 :* C'était un petit homme tout rond avec des lunettes. / — Je me saoule parce que Paris est pris, expliqua-t-il. / — Ce n'est pas vrai dit le barman, on n'a pris Paris qu'une fois et tu te saoules tous les jours. / — Hier c'était pour autre chose, dit le petit homme. Mais aujourd'hui c'est parce que Paris est pris. J'y ai été, à Paris, dit-il. / — Ah ? fit Gomez. / — J'y ai été. En 33. J'y étais comptable. À présent ils l'ont pris. C'était une toute petite ville, dit-il en pleurant, une toute petite ville avec de toutes petites maisons. / [...] C'était mieux là-bas. Les cafés ont des terrasses, vous savez. / — Oui, dit Gomez, je sais. / — Et puis les rues tournent. Elles ne sont pas droites comme ici. Et quand les gens passent dans la rue, ils regardent les vitrines.

1. Les « événements d'Argentine » et la « catastrophe de Salt Lake City » ne correspondent à rien sur le plan historique en 1940.

Page 1169.

a. *Première version dans ms. 1 du passage qui suit :* « J'ai l'estomac détraqué, expliqua-t-il. Si ça va mieux, je me laverai cet après-midi. » / Pinette leva une main mousseuse en signe de tolérance. / « Tu fais ce que tu veux », lui dit-il. / Rasséréné, Lubéron se leva et alla pisser contre la haie. Il avait renversé la tête en arrière et considérait le ciel en déboutonnant sa braguette. / « En voilà un qui vole bas, dit-il sans hâte. On ferait bien de se planquer. » / Ils entrèrent dans la grange. Nippert et Longin se garèrent sous un marronnier. Le ronronnement devint énorme. / « Il vole en rase-mottes », dit Schwartz. / Le ronronnement décrut rapidement puis enfla de nouveau. / « Il tourne au-dessus du village. / — Pourrait y avoir du vilain, dit Pinette en s'étirant. — C'est peut-être un Caproni[1] », dit Charlot avec espoir. / Ça sentait la paille et le purin. Pierre essuyait ses lunettes d'un air morose. Mathieu sentait la crème à raser lui sécher sur le visage. Le bruit diminua enfin et ils entendirent le crépitement lointain d'une mitrailleuse. Charlot leva un doigt en l'air : / « Hé ? fit-il. Hé ? Hé ? Il mitraille la route. » Il ajouta brusquement réjoui : « Alors ? Oui ou merde, c'est-il un Caproni ? » / Ils ressortirent. Charlot cria à [Lequier *biffé*] Lubéron : / « C'était un Caproni. / — Un Dornier[2]! » dit Lequier paisi-

---

1. Avion de bombardement italien, qui doit son nom au pionnier de l'aviation Giovanni Caproni.
2. Avion allemand, de grande dimension, comme le Caproni.

blement. / « Merde, dit Charlot. Tu n'as pas entendu ? Ils ont
mitraillé la route. / — C'était un Dornier, dit Lequier. / — Les
Allemands ne mitraillent pas les routes. / — Qu'est-ce que ça
prouve ? Ils ont prêté un de leurs appareils aux *[fin du feuillet]*

Page 1171.

    a. qu'on se fasse cueillir avec eux   *ms. 1*   : qu'on se fasse biter
avec eux.   *ms. 2*

    1. Transports en commun de la Région parisienne.

    2. Sartre lui-même a passé presque toute la « drôle de guerre »
dans la région de Morsbronn et de Brumath, en Alsace.

Page 1173.

    *a. Première version dans ms. 2, réduite en définitive aux deux lignes
qui suivent :* Mathieu pensa : « Il nous commande pour la dernière
fois. » Pour la dernière fois, il étincelait de propreté, de beauté,
dans son uniforme taillé sur mesure, aux épaules rembourrées, à la
taille de guêpe ; pour la dernière fois il avait le loisir et le cœur
d'exécuter devant eux les figures classiques de la danse du chef :
dans quelques heures les bergers allemands les chasseraient tous
vers l'Est, en cohue, sans distinction de grades. « Il le sait, il sait
que nous le savons. » Ils se regardaient avec perplexité, moitié
ennemis, moitié complices ; le lieutenant s'attachait encore à commander et les hommes, débraillés, les cheveux en broussaille, les
yeux roses et chassieux, esquissaient une sorte de garde-à-vous
assis, pour par décence ou par commodité ou pour se masquer le plus
longtemps possible l'imminence de la catastrophe ou peut-être
parce qu'ils regrettaient encore les premiers mois de la guerre,
quand c'était une même chose que d'obéir aux chefs et de croire à la
victoire.

Page 1174.

    a. avec ses joues roses et   *orig. Nous adoptons ici la leçon de ms. 2*

Page 1175.

    a. dans sa musette. *À la suite de ces mots, on lit, dans ms. 1 :* « Il y a
dix mois, par un matin tout pareil à celui-ci, j'avais ouvert ma
fenêtre, je regardais les oliviers, les cyprès, les pins, je lisais sur eux
que la guerre était impossible, qu'il n'y aurait plus jamais de guerre.
Ils m'ont mobilisé le surlendemain. » Il maintenait en lui, avec une
sorte de zèle, ce soleil funèbre de midi : « La guerre est perdue. »
ms. 1

Page 1177.

    a. se racla la gorge avec un plaisir visible et Charlot, l'air inno-
cent, se mit à chantonner. Mathieu pensa : « Ils se sont absentés. »
Aucun des réservistes n'était jamais tout à fait dans le coup : leurs
souvenirs les tiraient en arrière et ils faisaient la guerre distraitement, menant de front leurs besognes quotidiennes et une lente
rêverie toujours recommencée. Ni tout à fait ensemble, ni jamais
tout à fait seuls, [ils demeuraient dans un état ambigu, entre la solidarité d'un organisme et la vie diffuse d'une colonie animale,
biffé] ils se parlaient comme les enfants et les vieillards, sans s'écou-

ter ni se répondre, et ils ne parvenaient jamais à tenir longtemps une indignation *ms. 1*

Page 1178.

   a. Autre version du passage qui suit dans ms. 2 : « Si tous les gars du Nord et du Midi avaient été comme moi, peut-être qu'on l'aurait gagnée. » / Charlot ricana. / « Je n'ai rien à me reprocher, dit Schwarz. / — Moi, dit Charlot, il y a bien une petite bêtise ou deux que je pourrais me reprocher, mais pas depuis la guerre. » / Schwarz se grattait la joue d'un air surpris. / « C'est drôle, dit-il. / — Qu'est-ce qui est drôle ? — Bah! » / Il regarde dans le vide, je vois ce qu'il voit. Je sais ce qu'il pense; il pense « Je suis Français » et ça lui semble drôle. Pour la première fois de sa vie, il se sent drôle parce qu'il est Français.

Page 1179.

   a. Schwarz fit une grimace presque douloureuse; il était à l'instant le plus pénible de la métamorphose : à l'instant des remords. Il dit : / « Où veux-tu que j'aille ? Ma femme et mon gosse habitent Saverne et les Fritz y sont déjà. / — Moi, dit Charlot, je suis polonais par mon père. / — Chacun a ses ennuis », dit Schwarz. Il se leva en bâillant : « Allons! dit-il. Je vais laver mon linge. » / Mathieu resta seul sur le banc. Charlot rejoignit Longin et Pinette et bâilla à son tour. / « Qu'est-ce que tu as, petite tête ? demanda Pinette. / — Je bâille », dit Charlot. Il ajouta : « C'est bien ma veine : j'aime pas la campagne. De 36 à 39 je ne suis pas sorti de Paris. / — Qu'est-ce que tu faisais, les dimanches d'été ? / — J'allais au théâtre, dit Charlot. Ou bien je me promenais sur les Boulevards. / — Moi, j'allais dans la vallée de Chevreuse », dit Pinette. / Charlot fit la moue : / « Peuh! dit-il. C'est des arbres : c'est toujours pareil. Dans les villes, tu as les magasins et puis les gens qui passent : ça te change les idées. » / Il bâilla de nouveau. Schwarz s'était baissé; il enroulait ses molletières à ses fortes jambes. / « Et maintenant ? demanda Longin. — Quoi maintenant ? / — Qu'est-ce qu'on fait ? / — Qu'est-ce que tu veux qu'on fasse ? Je vais laver mes chemises, pour tuer le temps, et puis j'ai un bouton à recoudre à ma braguette. / — Et après ? » demanda Longin. / Charlot haussa les épaules. Longin le regarda d'un air de pitié et se mit à ricaner. / « Ce qui manque, dit [*Lequier biffé*] Lubéron, c'est un bobinard. *ms. 1*

   b. On peut approximativement placer ici un long fragment de ms. 1 qui n'a été repris que très partiellement dans la version définitive qui en conserve cependant les idées essentielles : « Si on allait voir les radios ? demanda le sergent Pierné. / — Les radios ? / — Ils ont rangé leur camion dans la cour de l'auberge. Je suis sûr qu'ils doivent avoir des informations. » / Pierné, maigre et nerveux, avec des lunettes de fer, était professeur de mathématiques. Était-ce pour cela qu'il ne pouvait pas vivre sans repères ? Au cours de l'hiver, il avait fait le point tous les jours, il faisait souvent quinze kilomètres dans la neige pour aller entendre les nouvelles dans le camion de la radio. Il avait besoin d'être à l'ancre : pendant toute la guerre pourrie il savait la distance exacte qui le séparait de sa femme, le temps qu'il allait rester en secteur, son numéro d'ordre sur la liste des permissionnaires. À présent l'ancre était levée et il dérivait dans la brume;

depuis qu'ils avaient quitté Morsbronn, il y avait, en permanence, de l'égarement dans ses yeux. / Longin ricana. Depuis son réveil, il considérait ses camarades avec un air de supériorité malicieuse : / « Les informations, je les connais : les Fritz descendent de Saverne, ils remontent d'Épinal et nous sommes à Padoux, à mi-chemin entre les deux colonnes. Elles feront leur jonction ici. » / Pierné regarda d'un air las, puis il prit ses lunettes par la branche, les souleva et passa la main sur ses yeux larmoyants. / « À cette heure, on devrait savoir s'il est signé. / — Le... ? » / Pierné fit retomber ses lunettes sur son nez : / « L'Armistice. » / Il avait pris une voix parfaitement naturelle, languissante et ennuyeuse, comme s'il avait usé d'un mot de tous les jours, d'un de ces mots qui concernaient la conduite de la guerre et dont ils s'amusaient, comme « défense élastique » ou « colmatage » ou « repli sur des positions préparées à l'avance ». Mais ce n'était pas un mot de tous les jours. Pinette fronça les sourcils en rosissant, Longin prit un air tout à fait satanique, Lequier soupira, Charlot sourit vaguement et répéta avec une humble passion : / « L'Armistice. » / Le Mot était de nouveau parmi eux ; ils le retenaient depuis le matin et puis il avait roulé par une bouche ouverte et il était là, ambigu, sinistre et sacré : La « défense élastique » et les « replis stratégiques » c'étaient encore des mots de vie même s'ils désignaient les derniers sursauts d'un organisme à l'agonie. « Armistice » c'était un mot de mort. Il évoquait la fin des hostilités, la fin de l'attente, de la peur, de la fuite, mais aussi la fin de l'espoir, la fin d'un monde : au-delà, rien. Absolument rien. Ceux qui le souhaitaient le plus y aspiraient un peu comme un vieux malade aspire à la mort. Pinette se défendit par la violence. / « L'armistice, dit-il d'une voix coléreuse et craintive, qu'est-ce que ça peut nous foutre ? » / Pierné baissa les yeux sur ses mains tavelées : / « Je veux savoir. / — Tu seras bien avancé. / — Je veux savoir, répéta-t-il d'un air maniaque. / — Et si tu avais une maladie de cœur et que tu allais mourir dans huit jours, tu voudrais le savoir ? / — Naturellement. / — Et qu'est-ce que tu ferais, si tu le savais ? / — Rien. Je le saurais, c'est tout. / — Moi, je ne veux rien savoir du tout, dit Pinette farouchement. S'ils décident d'arrêter la guerre, ceux de Bordeaux, c'est leur affaire, puisqu'ils l'ont déclarée. Et comme j'ai dans l'idée que c'est un sacré coup de cochon, je veux que ça soit sur leur dos que ça retombe, pas sur le mien. Moi, je suis soldat : j'obéis. Je veux même pas y penser à votre armistice, ce serait déjà de la complicité. » / Charlot eut un sourire mou. / « Écoute donc, dit-il, s'il est signé avant que les Fridolins n'arrivent, ils nous laisseront en liberté. / — Tu parles ! / — Pourquoi pas ? dit Charlot. Pourquoi donc pas ? » / Ses yeux brillaient d'un optimisme d'affolement. Pourquoi donc pas ? Pourquoi ne découvrirait-on pas, au dernier moment, que le monde était bon et les Allemands humains et que tout reposait sur un malentendu. Pourquoi ne se réveillerait-on pas, tout à coup ? / « Signé ou non, dit Pinette méchamment, ça ne fera pas de différence : ils ramasseront tout ce qui traîne sur les routes. » / Charlot roulait de gros yeux. / « Et puis d'abord, dit-il, c'est pas dit qu'ils nous trouvent. / — Et pourquoi ? petite tête ? » / Longin considérait Charlot entre ses paupières mi-closes : il avait l'air de s'amuser prodigieusement. / « J'étais avec le chauffeur, hier, quand le général leur a fait défendre de quitter leurs voitures. / — Sans blague, dit Longin ironiquement. / — Ils doivent se tenir prêts de nuit comme de jour à reprendre la route, cinq minutes après l'ordre de départ. / — Et alors ? / — Eh bien, ça prouve tout de même qu'on ne va pas moisir ici. » / Longin se mit à rire. / « Charlot qui croit qu'on va repartir. Elle est bien bonne. / — Mais..., dit Lequier. / — Où veux-tu qu'on aille ? Ils sont partout. / — Alors, dit Charlot, pourquoi leur a-t-on défendu de quitter leurs voitures ? / — Pour nous amuser », dit Longin. / Pierné le regarda d'un air irrité. / « En tout cas, dit-il, la trouée de Belfort était libre, aux dernières nouvelles. Si nous faisons vite... / — Oui, dit Longin avec intention. Si nous faisons vite. » Il parcourut des yeux son auditoire et parut satisfait : les types le regardaient avec un intérêt passionné. Il reprit, après un court silence : « Qu'est-ce qu'on fout ici, depuis quarante-huit heures ? Pouvez-vous me le dire ? Pourquoi n'est-on pas reparti ? / — Ils disent qu'on attend la biffe. / — La biffe ? Tu parles s'ils s'en barbouillent. Et pourquoi a-t-on fait la retraite de jour, alors que pendant la drôle de guerre, quand il n'y avait pas de danger, tous les déplacements avaient lieu la nuit ? Et pourquoi les avions Fridolins nous suivent-ils bien gentiment sans nous bombarder ? Hein ? » / Schwarz était resté à l'écart mais il s'était tourné vers Longin et le regardait d'un air dur. Longin prit du tabac et se mit à rouler une cigarette dans ses longues mains molles et un peu tremblantes. / « Moi, je m'en fous, notez bien. Si les Fritz doivent me cueillir, autant que ce soit tout de suite. Je ne vais pas traverser toute la France pour me faire piquer à Marseille. Seulement c'est tout de même un drôle de mic-mac. » / Pierné semblait réfléchir. Il dit lentement, sans cesser de regarder ses mains : / « C'est peut-être que l'armistice est déjà signé. / — Eh bien oui ! dit Longin triomphant. L'Armistice ! Voilà une heure que j'essaie de vous le faire comprendre. Avec une clause livrant aux Allemands toute l'armée d'Alsace. » / Pierné parut touché au vif. Il se redressa et sa paupière gauche se mit à battre pendant que sa main droite fauchait l'air au bout de son bras raidi : / « Prends garde », dit-il d'une voix pâteuse. / Longin se tourna vers lui et lui toucha la poitrine de son index : / « C'est comme l'armée Corap. Tu y crois, toi, à cette histoire ? Tu as déjà vu le soldat français foutre le camp à la première escarmouche ? Et Léopold ? Un jour c'était le sauveur de sa Patrie ; le lendemain il ne valait pas la corde pour le pendre. Je vous dis que nous sommes trahis. » / Il s'arrêta pour jouir de son effet, qui était considérable : les types, impressionnés, restaient la bouche bée, le souffle court. Pinette grimaçait comme s'il avait reçu le soleil en pleine face. « Comment peuvent-ils encore le croire ? » pensa Mathieu. « De septembre à mai il a répété que les Alliés étaient de mèche avec Hitler, qu'ils avaient signé des accords secrets et qu'il n'y aurait jamais de casse. À présent, il parle de trahison, c'était à prévoir. » Longin cherchait son regard : son désir le plus cher eût été de convaincre Mathieu. Mathieu le savait ; d'ordinaire il lui riait au nez ; cette fois il n'en eut pas le courage : il prit un air préoccupé. « Pourquoi lui refuser ce plaisir ? Il se défend comme il peut. » / « J'en aurai le cœur net ! » dit Pierné. / Il enfonça son calot sur sa tête et fit brusquement volte-face. Ils le virent gagner le portillon de son pas heurté d'ataxique, l'ouvrir, se glisser dehors en se cognant à la barrière et disparaître dans la ruelle. Il y eut un moment de franche hilarité. / « Il y va, dit Nippert en se frappant la cuisse. Il va chez les radios. / — Il va se faire vider,

dit Pinette égayé. Ils me l'ont dit hier, ils m'ont dit : il nous court,
ton copain; on le videra s'il revient. / — V'l'avez vu, dit Lequier.
Quand il eſt contrarié, on croirait qu'il a la danse de Saint-Guy. /
— Sa paupière ? / — Oui, oui. Et sa main. Et puis tout. Pour la
prise de Paris, c'était sa jambe : elle s'eſt mise à sauter. / — Il n'eſt
pas sain, dit Nippert. / — C'eſt-à-dire que je ne comprends même
pas qu'on ne l'ait pas réformé. Vous savez qu'il eſt somnambule ? /
— Je veux! dit Charlot. À Brumath il couchait chez le particulier.
Un matin, il se réveille : plus de pantalon, plus de calot. Il les
cherche partout; finalement il trouve son froc sur l'armoire, et le
calot, il l'avait mis sous globe à la place des fleurs d'oranger de la
taulière. Il avait fait ça en dormant. » / Ils hochèrent la tête et continuèrent à rire. Longin paraissait déçu, il les regardait avec une
sorte d'inquiétude. Et puis les rires cessèrent, la petite société-
minute se disloqua une fois de plus, chacun revint à sa demi-soli-
tude. Schwarz plongea ses deux chemises dans l'eau de l'abreuvoir;
Charlot inclina la tête en arrière et la tourna lentement de droite à
gauche, comme s'il se caressait la nuque au col de sa veſte, offrant
aux feuillages et au ciel une grosse face confiante, un sourire bon
et un regard diſtrait. Pinette avait rejeté son calot sur le haut de son
crâne, il ruminait d'un air têtu et Mathieu eut l'impression que les
révélations de Longin faisaient un lent et long chemin dans sa
pensée. « Dans quelle mesure y croient-ils ? C'eſt difficile à dire. »
Peut-être même que la queſtion n'avait plus de sens. Dans le civil,
leur métier leur servait de pierre de touche pour décider du vraisemblable. La vérité c'était l'ouvrage bien fait, la pièce bien ajuſtée,
la caisse bien tenue : elle naissait sous leurs doigts; quand on leur
parlait d'autres vérités, plus lointaines et qu'ils n'avaient pas faites,
ils savaient par expérience que d'autres hommes, en Russie, en
Espagne, en Chine, les avaient pétries de leurs mains, à la sueur de
leur front; ils réclamaient qu'elles fussent dures, solides et carrées
comme un outil, ils refusaient d'inſtinct les pensées molles qui
rôdaient dans la bourgeoisie et qui semblaient des rêves anonymes.
À présent ils chômaient, ils vivaient entre parenthèses, ils ne tail-
laient plus dans la matière, la guerre n'était qu'un songe morne et
paresseux de bourgeois et leur sort dépendait d'événements
obscurs qu'ils apprenaient par les journaux. Ils avaient perdu la
mesure du vrai en même temps qu'ils perdaient confiance dans le
pouvoir de leurs mains; ils acceptaient toutes les nouvelles sans
examen et les répétaient sans y ajouter foi : c'étaient des songes
dans un songe, qui suscitaient en eux des émotions sans conséquence. Croyaient-ils même à la défaite, à cette défaite fantôme,
chuchotée par mille voix, démentie par le soleil ? « Et moi ? Eſt-ce
que j'y crois ? » / Pierné, rouge de colère, claqua le portillon derrière
lui : / « Ils ne veulent rien dire. / — C'eſt qu'ils ne savent rien, dit
Pinette. / — Non, non : ils avaient un drôle d'air. Je suis sûr qu'ils
ne veulent rien dire. » / Longin eut un rire sec : / « Pardi! Ils ont
des ordres. / — Des ordres de qui ? / — Des ordres. Eſt-ce que tu
t'imagines que le gouvernement va nous tenir au courant de ses
petites combines. / — C'eſt dégueulasse, dit Pierné avec agitation.
Qu'ils arrêtent les nouvelles pendant les opérations, je veux bien.
Mais qu'eſt-ce que ça peut leur faire aujourd'hui, que nous sachions
où nous en sommes. C'eſt décourageant, à la fin : on eſt dans le
cirage, on ne comprend plus rien, on se noie. Après tout, nous
sommes des hommes et la guerre c'eſt nous : nous avons le droit

de savoir. » / Pinette haussa les épaules. / « Eh connard ! dit-il. Tu ne voudrais pas qu'on nous annonce que nos généraux sont en train de causer avec ceux d'Hitler pendant qu'on oblige les gars de chez nous à s'expliquer avec les troufions allemands ? / — Et pourquoi qu'on les obligerait à s'expliquer avec les Allemands ? demanda Charlot indigné. On a perdu, eh bien on a perdu. Il faudrait avoir le courage de le reconnaître. / — Si on arrive à les contenir, dit Pinette, les conditions de l'armistice seront meilleures. / — Et on ferait tuer cent mille hommes pour une rectification de frontière ? Ça me ferait mal ! *[lacune dans ms.]* » Mais j'étais fier d'eux et de moi parce que nous étions graves, modestes, appliqués ; je pensais que nous méritions de gagner la guerre parce que nous avions horreur d'elle : il paraît au contraire que nous faisions tout ce qu'il fallait pour la perdre. Et nous voilà, incertains, déchus, déjà malpropres : des types foutus. Il sourit pour lui-même : les calmes journées de 38, une enfant sautait à la corde, il s'était penché par la fenêtre, il avait décidé qu'il était foutu. À l'époque, c'était du billard, des décisions qu'on prenait par plaisir, histoire de se varier la vie, des chatouillements qu'on s'offrait, bien seul et sans conséquence appréciable, de petites contestations hygiéniques de soi par soi : on pouvait aussi bien décider de ne plus fumer, ça n'engageait pas ; le lendemain on reprenait son coup, on reprenait sa pipe, on se disait : j'en ai marre, à partir d'aujourd'hui je ne suis plus foutu. / « Tout s'est décidé sans nous, il n'y a plus de coup à reprendre. Le premier éclat des chars sous le soleil des Flandres, nous ne l'avons pas su, mais il nous a frappés au cœur et tués à distance ; la défaite silencieuse qui roule vers nous achève la métamorphose. Foutus pour de bon, sans appel. Périmés : périmés au milieu des légumes et de la Paix végétale du jardin. » / « Sommes-nous innocents ? Ça n'est pas possible que le péché soit tombé sur nous du dehors. Cette défaite qui nous fige en nous-mêmes pour toujours, il faut qu'elle ait trouvé des complicités au-dedans de nous. Où est notre faute ? » Elle éclata, claironnée par un gosier de fer et il la reconnut : ce cri, depuis des jours et des jours il se tendait au travers de sa pensée : il suffisait une bonne fois de vouloir l'écouter et on s'apercevait qu'on n'avait pas cessé de l'entendre : "Nous étions de mauvaise foi." Notre probité, notre désir d'être justes, même avec l'ennemi, déjà nous condamnaient : c'étaient des civilités ; civils déguisés nous prenions ces petits luxes de la paix pour des vertus éternelles ; nous avions emporté la paix dans nos musettes avec les autres conserves, c'était notre confort moral ; aux meilleurs moments nous rêvions de témoigner pour elle presque sous les balles, nous acceptions à la rigueur d'être ses martyrs. Quelle saloperie ! Le Martyre n'entre pas dans les attributions militaires ; un soldat c'est d'abord un bourreau. Nous avons voulu être édifiants quand il fallait aimer la haine, la violence, l'injustice et l'aveuglement, quand il fallait aimer la mort. Nous savions pourtant bien qu'on ne fait pas la guerre avec de bons sentiments. Il promenait son regard ébloui sur un plant de carottes, il pensait : « C'est extraordinaire d'avoir tort presque dans ses vertus. » Elles étaient là, ces hypocrites vertus, il les voyait, entre les feuilles, miteuses, humiliées. Qu'est-ce qu'elles cachent ? La Comédie. *Je ne me battrai jamais, je refuserai de partir, la guerre est une ignominie, je me ferai fusiller sur place, je criais dans l'or de juin, à la terrasse du Capoulade, et toi, Brunet, il souriait, c'est une affaire de circonstances, la guerre, ça doit s'exploiter au profit de la*

*Révolution, moi, dit Daniel, je me ferai verser dans le Train ou dans la
section du camouflage, non, non, j'ai crié non, même pas ça, jamais, jamais,
je me ferai fusiller, je ne partirai pas, j'avais* VINGT-CINQ ANS *il enten-*
dait son cri d'or : je ne partirai pas (un enfant de quinze ans criait
dans son cri, criait : je suis libre). Je suis parti. On nous a forcés
à faire la guerre. Qui d'ailleurs ? Qui d'autre que nous. Je suis
parti de moi-même, pourquoi ? Parce que c'était le plus simple;
sans nul motif : aucune invasion, pas d'Alsace à libérer. Les Polonais, là-bas, que nous n'aimions pas trop parce qu'ils avaient participé à la curée tchèque. Et puisque nous n'avions pas refusé de
partir, il a fallu nous inventer des motifs. Il paraît que je me battais
pour la liberté, j'avais trouvé ça. Pour quelle liberté ? La mienne
c'était le vide; je défendais le néant, ça n'encourage pas. Était-ce
une guerre ? Personne ne songeait à la faire : nous n'en avions pas
envie et l'état-major n'en avait pas les moyens; le gouvernement
nous avait mobilisés par peur de l'opinion, c'est-à-dire de nous et
nous avions obéi par peur du gouvernement, c'est-à-dire de nous
encore; ainsi nous sommes tous devenus complices; on a pris la
Paix maussade qui nous attendait derrière la ligne Maginot et on
l'a marquée d'un autre nom; l'inconfort, le froid, nos rhumatismes,
on nous a dit que c'était la guerre et nous avons fait semblant de le
croire. Personne n'osait dire que la guerre commence au premier
sang; nous avions pourtant le même sang que nos pères à verser
sur les mêmes champs, mais nous ne songions pas à l'offrir ni personne à nous le demander : on ne réclamait que notre patience. Les
morts, nous expliquait-on, c'était un virus à éliminer de tout conflit
vraiment moderne, comme la nicotine du tabac et la caféine du café;
moi, ça m'arrangeait : j'ai toujours été patient; héros s'il s'agit de ne
rien faire sauf supporter. J'attendais l'heure de la soupe en soufflant
sur mes doigts gourds et je me persuadais que mes engelures
hâtaient la victoire. Nous avons cru à la magie, nous envoûtions
l'ennemi en perçant d'épingles nos propres corps : pour chaque pied
gelé de ce côté-ci du Rhin, nous proclamions qu'une âme allemande
se glaçait, que deux yeux allemands se dessillaient de l'autre côté. Je
me suis fait naïf, j'ai tout avalé : que le temps travaillait pour nous,
et le Blocus, et le général Hiver, qu'on avait vu des guerres finir
mais jamais commencer avec des cartes de pain, que la route du
fer resterait barrée; il fallait bien que je pense qu'elle se gagnerait
toute seule, cette guerre, puisque j'avais eu la lâcheté de ne pas la
refuser et que je n'avais pas le courage de la vouloir. Et nous voilà,
criant que nous n'avons jamais fait de mal. J'en pense bien : jamais;
c'est même ce que je nous reproche. Innocents tant qu'on veut :
c'est notre innocence qui est coupable. / « Pourquoi souris-tu ?
demanda Charlot. / — Pour rien. » / Il pensait : voilà trente-cinq ans
que je pratique l'innocence; je suis tout blanc, blanc comme l'her-
mine, blanc comme une page blanche, comme un coup tiré à blanc.
Je n'ai rien fait et voilà le résultat : cette catastrophe planétaire. Il
aurait mieux valu commettre un crime.

Page *1181*.

a. une ardente conviction, c'est trop con! / Il les regardait   *ms. 2.*
Pour ms. 1, voir var. a, p. 1182.

1. Le général Weygand avait remplacé le général Gamelin
comme commandant suprême des forces françaises en mai 1940.

Page 1182.

a. « Pourquoi pas St-Pierre Miquelon [*sic*] [*p. 1181, 9 lignes en bas de page*] / — Il ne faut plus se battre, s'écria Charlot passionnément. Nom de Dieu, c'est trop con! Enfin, ajouta-t-il en les regardant tour à tour avec intensité, comme s'il dépendait d'eux de conclure l'armistice, on devrait pouvoir s'entendre. Ils ne veulent tout de même pas annexer toute la France; qu'est-ce qu'ils en feraient ? » / Ils se tournèrent brusquement vers Mathieu. Mathieu s'y attendait; il fit la grimace : à la fin *ms. 1*

1. Simone de Beauvoir rapporte dans *Mémoires d'une jeune fille rangée* (p. 338) qu'on lui avait parlé de Sartre en ces termes : « Il n'arrête jamais de penser. »

2. Rappelons que le premier titre du troisième volume des *Chemins de la liberté* devait être « La Dernière Chance ».

Page 1183.

a. — Là dit Longin, tu as raison [*14 lignes*] Pense ce que tu veux, dit-il à Pinette, continue la guerre, écrase les Fritz à Poitiers, au Maroc, à Madagascar : ça ne sortira pas de ta tête. Pendant ce temps tu nettoieras les chiottes à Munich. » / Quel mensonge, cette ombre de question posée par une ombre de guerre à des apparences d'hommes; le soleil seul est vrai — et l'odeur terrestre des légumes. Il vit l'abjecte satisfaction de Longin, son sourire veule, ce sont mes paroles qui sont dans sa tête. Il eut honte, il pensa brusquement : « Il faudra vivre. » *ms. 1*

Page 1184.

a. la tête. Notre faute. Cette faute idéale, ce péché solitaire, ce pur événement de l'âme... Pinette regardait ˎ *ms. 1*

b. Voilà ce que nous sommes devenus. *À la suite de ces mots, on lit dans ms. 1 :* Et nous étions partis sans haine, sans fanfares, sans bouquets. Ils disaient : « La guerre c'est une perte de temps et d'argent, mais il faut qu'on en finisse. » Ils disaient : « J'ai une femme malade et trois enfants mais on ne peut pas baisser culotte devant Hitler. » Ils disaient : « C'est la deuxième fois en vingt-cinq ans, tâchons que ce soit la dernière. » Ils pensaient qu'ils allaient y laisser leur peau, mais n'en parlaient pas, par discrétion. Je les ai [*fin du feuillet*]

c. *Dans ms. 1 le paragraphe commence ainsi :* Il faisait beau, les tramways gloussaient comme des poules affolées, le ciel était blanc de chaleur. Dans le Midi tout est blanc, ciel, soleil, maisons, poussière, même les gens. On croyait communément que les Méridionaux étaient hâlés mais c'était une lourde erreur. Saisi d'un scrupule Boris faillit se lever pour aller jeter un coup d'œil par la fenêtre et vérifier son idée; mais il soupira et se laissa retomber sur le dos sans détacher son regard du plafond. Bien entendu il condamnait sévèrement la tristesse : il y avait une foule de trucs jubilants à Marseille et elle empêchait de leur faire bon accueil et puis surtout elle obligeait à s'occuper de soi et à se prendre au sérieux. Seulement, une fois qu'on était tombé dedans, il n'y avait plus moyen d'en sortir parce que toutes les raisons de se réjouir qu'on pouvait se rappeler paraissaient tristes à leur tour. Par exemple, ça ne lui aurait pas été difficile de se dire qu'il avait eu de la veine d'en réchapper ou qu'il fallait être verni pour avoir coupé à la péritonite; et personne n'au-

rait eu le droit de le blâmer. Au lieu de ça, Boris pensait *[6 lignes]*
d. pensa-t-il. Les pays vaincus deviennent austères et bien-pensants : c'est connu. Ah! pensa-t-il avec colère, il fallait la continuer
cette guerre, il fallait la continuer jusqu'au bout puisqu'on l'avait
commencée. Il imaginait tous les crabes de Bordeaux en train de
préparer en douce leur armistice et il se sentait frustré. La mouche
ms. 1

Page 1185.

1. Le chiffre quatre est étrange si l'on considère que la scène se
passe le 16 juin et que le départ est prévu pour le 18.

Page 1187.

a. toujours pareil. *On lit dans ms. 2 à la suite de ces mots :* Il
ajouta : « C'est bien ? / — Je veux! C'est un bouquin de 1 800 pages
serrées : il y a de quoi lire. / — Une vraie lecture d'hôpital, dit Francillon. Tu me le prêtes ? / — Tu n'aurais pas le temps de le lire d'ici
le 18. » / Francillon ne répondit pas. [...] / « Commence par le commencement, dit Boris. / — Je déteste commencer par le commencement : quand je lis, c'est en dernier.

1. Sartre affirmait n'avoir été aucunement influencé par le roman
de Tolstoï.

Page 1189.

1. Ce n'est sans doute pas par hasard que Sartre a choisi pour le
mari et la belle-famille d'Ivich le nom de l'un des personnages
principaux de Maurice Barrès dans *Les Déracinés* (1891). Il mentionne déjà le nom de Sturel péjorativement dans « L'Enfance
d'un chef » (p. 372).

Page 1191.

1. Cette expression a été popularisée avant la guerre par un film
de Jean Grémillon avec Jean Gabin (1937) et par une chanson.

Page 1193.

a. un môme. Jamais un gnard n'avait été refusé avec une pareille
violence. Elle disait *ms. 2*

1. À la fin du *Sursis* (p. 1082 et suiv.), Ivich avait quitté ses
parents pour aller retrouver Mathieu à Paris. Celui-ci, avant de
rejoindre son corps d'affectation à Nancy, avait installé Ivich dans
son appartement mais n'avait pas profité de l'occasion pour coucher
avec elle. Boris semble ignorer cet épisode. Voir aussi n. 1, p. 1194.
2. Georges Sturel reçoit ici le même qualificatif que Lucien
Fleurier dans « L'Enfance d'un chef » (p. 327).

Page 1194.

1. Cette remarque, si on la met en relation avec le « quatre au
jus » de la page 1185 (voir n. 1), laisse penser que Sartre avait
d'abord daté la rencontre Boris-Ivich du 14 juin (jour de la prise de
Paris par les Allemands) et non du dimanche 16 juin.

Page 1195.

a. grand pays et *[7ᵉ ligne]* qu'on doit se sentir fier d'être russe, ce n'est pas la Russie qui aurait perdu la guerre : les Allemands n'ont pas osé s'y frotter ; on doit se sentir fier. Ici, on passe son temps à avoir honte : je me sens salie. / — Ah ! dit-elle, comme entraînée par sa propre violence, je déteste les Français ! » / Un monsieur *ms. 2*

Page 1199.

a. *Première version dans ms. 1 du passage qui suit :* Lequier[1] et Longin avaient été requis pour tisonner. Longin revint le premier. Il avait les yeux rouges et des larmes coulaient sur ses joues. / « Tu parles d'un business, dit-il de sa voix boudeuse. Cinq minutes de plus et c'était l'asphyxie. Ils m'ont collé un soufflet dans les mains — je ne sais pas où ils l'ont trouvé — et il fallait que j'attise le feu pendant qu'ils jetaient les papiers dedans. / — C'est fini, à présent ? / — Je t'en fous ; il y en a pour la journée. Ils nous ont vidés parce qu'ils brûlent les documents secrets. Entre nous, tu parles d'un secret : c'est des ordres que je tapais moi-même. » / Il se laissa tomber dans l'herbe et Mathieu remarqua qu'il tenait un livre à la main. / « Ils me dégoûtent, continua-t-il. Maintenant que tout est foutu, tu croirais peut-être qu'ils vont se montrer un peu plus sincères avec les hommes ? Des clous ! Ils éprouvent encore le besoin de jouer la comédie. Il y a Orcel qui m'appelle et qui me dit : " Vous comprenez, on se débarrasse de tout ce qui pourrait nous encombrer quand nous repartirons. " Je te crois. / — Eh bien ? demanda Charlot. / — Ils pensent à repartir comme moi à me suicider. Ils ne veulent pas que les archives tombent entre les mains des Fritz quand ils nous cueilleront. / — Où as-tu trouvé ce bouquin ? demanda Mathieu. / — À côté. Je ne sais pas d'où il vient. Ils l'auraient bien brûlé avec le reste mais je l'ai mis à gauche.

1. Petit village de Lorraine (département des Vosges), situé entre Épinal et Rambervilliers. C'est là que Sartre fut fait prisonnier le 21 juin 1940, le jour même de ses trente-cinq ans.

Page 1200.

1. *Histoire des deux Restaurations, jusqu'à la chute de Charles X en 1830,* d'Achille de Vaulabelle (Paris, 1844 à 1854). Dans une interview donnée en 1944, Sartre se rappelle avoir lu l'ouvrage à Baccarat, en 1940, et déclare y avoir trouvé un parallèle avec la restauration vichyste (voir *Les Écrits de Sartre,* p. 108).

Page 1201.

a. — J'ai pas de souris, *[13ᵉ ligne]* j'ai pas de photos. / — Alors tu peux pas comprendre. S'ils te fouillent, tu comprends. Ils te prennent la photo, ils te la rendent, ils te disent " Jolie Madame ". Tu leur fous dans la gueule. / — Tu as déchiré les tiennes ? / — Pas encore, dit Pinette. Ça risquerait de nous porter la poisse. Je les déchirerai quand les Fritz se seront annoncés. » / Ils étaient debout autour de Longin qui s'était mis à lire. Charlot bâilla. / « Tu fais une partie ? demanda-t-il à Pinette. / — Si tu veux. / — À quoi jouez-vous ? demanda Mathieu. / — À la bataille navale. » / Ils s'assirent

1. Dans la première version, plusieurs noms sont différents de ceux utilisés dans la version définitive. Ainsi nous avons : Lequier au lieu de Lubéron ; Pierre au lieu de Pierné ; Orcel au lieu de Mauron, etc.

sur le banc, à côté du sergent Pierre qui écrivait sur un bout de carton et qui se poussa pour leur faire place *ms. 1*

b. physique.   *Après ce mot, on lit dans ms. 1 :* « Tu as découvert une arme nouvelle ? » | Pierné sourit gentiment. | « C'est le problème du bachot de 39, expliqua-t-il. Je l'aurais donné à mes élèves, s'il n'y avait pas eu la guerre. Je fais le corrigé.

c. Première version dans ms. 1 du passage qui suit : Charlot et Pinette jouaient en silence. « C'est un rêve, pensa Mathieu. » Un rêve ou la mort. Il fit quelques pas sur le sentier et puis il s'arrêta, il regardait la terre entre les légumes. Il n'y avait plus rien à penser. Plus rien sur rien. Cette après-midi chaude et blanche était définitive, un fait accompli. Tout était déjà là, au passé, dans cette chaleur éternelle, la défaite, la déroute, vingt années d'esclavage, la mort. L'air chaud qui tremblait au-dessus des carottes, le bourdonnement des mouches, la tache de soleil sur le mur, la canonnade au loin, l'odeur de verdure chauffée, la fumée ronde et noire, *c'était* la mort. La mort, l'éternité, l'équivalence. Et pendant ce temps, des types fonçaient vers eux dans des autos blindées, avec des grenades dans leurs bottes; des types grands et blonds, sur des routes de craie, dans la saveur vivante et crue du présent *[fin de feuillet]* | Mathieu bâilla et il y eut une nouvelle offensive des souvenirs : depuis l'avant-veille ils fondaient sur lui, par bandes. Les souvenirs voletaient, ils se cognaient aux murs. Des souvenirs de Paris, dorés, légers comme des vapeurs, les quais de la Rapée, un bout de ciel au-dessus de Ménilmontant, la Place des Fêtes, la Kermesse des Gobelins, la rue Montorgueil, tout ce qu'il aimait : mais ces oiseaux brillants avaient été frappés au cœur, quelqu'un les avait tués en plein vol. Le Dôme miroitait au soleil, plein à craquer, les Allemands étaient dedans; ils buvaient de la limonade et de la bière, surveillant, du coin de l'œil, leurs fusils en faisceaux sur le trottoir. Les Allemands sont à Paris, ils se sont glissés dans chacun de mes souvenirs; la France est morte *[fin de feuillet]* | Personne ne parlait. Ils étaient solitaires. Mais ils se sentaient ensemble. Ils avaient besoin d'être ensemble, de se voir du coin de l'œil. Mathieu s'assit dans l'herbe; il se sentait bien. Son corps était bien. Il y avait juste cette angoisse au creux de l'estomac. Il ne pensait rien. Il n'avait plus rien à penser. Le matin on pouvait penser. Mais cette après-midi, la chaleur était définitive comme [une catastrophe *biffé*] un fait accompli. Rien ne pouvait plus arriver. Tout était déjà là : la défaite, la fuite et ces années de *[un blanc]*. Vingt ans, trente ans présents à la fois dans cette chaleur éternelle. Tout semblait calme, l'air chaud qui tremblait au-dessus des carottes, la grande tache de soleil aveuglante sur le mur et le bourdonnement des mouches. C'était une conclusion. Et pendant ce temps des camions blindés remplis de grands hommes verts roulaient vers eux sur des routes blanches de soleil. C'était fatigant à imaginer. Lequier poussa la porte de la maison et entra. Il avait l'air important et un peu fat. Pierre leva la tête et le regarda avec intensité. Il avait deviné qu'il apportait des nouvelles. Mais il y avait une telle épaisseur de silence entre eux qu'il n'osa pas questionner. Lequier parla le premier. | « Ça y est! On est refaits. »   *ms. 1*

Page 1202.

a. de déguster et   *TM, orig. Nous corrigeons en adoptant la leçon des manuscrits.*

Page 1204.

a. à choisir, il s'agissait d'être libre, d'être bien, d'être moi, je cherchais en gémissant une perfection formelle et vide et, pendant ce temps-là, je préparais l'avenir des hommes qui vont naître. Je me croyais seul et il y avait déjà tous ces regards [pleins de reproches *biffé*]. Je ne me décidais pas à choisir; les événements qui passaient à ma portée, je les prenais dans mes mains, je les serrais entre mes doigts, je les faisais craquer à mes oreilles comme des cigares et puis je les rejetais : pas assez bons pour moi. *ms. 1*

b. cette défaite et cette journée qui est ma vérité. Les jeux sont faits. Tout est *ms. 1*

c. Première version, dans ms. 1 du début de ce paragraphe : Ils avaient ri, comme s'ils n'avaient eu qu'une seule expression pour la joie et le désespoir, qu'une seule défense contre l'angoisse. Mathieu rit aussi : leur rire n'était pas ignoble, c'était un acte de courage, un effort pour se voir avec les yeux des autres et sans pitié.

Page 1205.

a. Un hasard. *À la suite de ce mot on lit dans ms. 1 :* Ils riaient, leur rire était un battement spasmodique entre les deux murs de l'Absurde et de la Destinée, cette oscillation perpétuelle entre l'inhumain et le trop humain *[lacune]* Ils riaient, au-dessous de la douleur, au-dessous de la honte, plus que des héros, moins que des lâches.

b. Autre version du passage qui suit dans ms. 1 : « Vous ne vous rappelez pas : dès septembre. Vous m'avez appelé Cassandre. / — Ça quoi ? / — Allez, ne faites pas les idiots. Dès septembre, je vous l'ai dit; je vous ai dit : On fait la guerre, c'est bien, mais il faudra payer la note. Delarue, je ne l'ai pas dit ? » / Mathieu ne répondit pas. Pierné répéta âprement : / « Je ne l'ai pas dit ? Hein ? Je ne l'ai pas dit ? / — Tu l'as dit et tu as dit aussi le contraire, répondit Mathieu. Comme tout le monde. / — C'est faux : je n'ai jamais dit le contraire et tu le sais très bien : j'ai toujours senti qu'il y avait quelque chose de pourri dans cette guerre. » / Il ajouta avec un petit rire : / « Tu me démontrais que nous serions vainqueurs. / — Après ? / — Après ? Eh bien, tu vois où ça nous a menés. Ah! il ne fallait pas la faire *[6 lignes en bas de page]*

c. Autre début de ce paragraphe dans ms. 1 : Il triomphait. Depuis le 1ᵉʳ septembre, peut-être depuis sa naissance, il attendait son heure. Il avait choisi d'être pacifiste parce qu'il prévoyait la défaite, comme il prévoyait la pluie, quand il partait pour un pique-nique, et le déraillement quand il prenait le train. Il n'entreprenait rien, il s'était entraîné à subir, en prévoyant le pire dans tous les cas; il avait choisi de n'être qu'un reproche *[fin de feuillet]* / Il avait choisi de ne rien entreprendre, de subir les entreprises des autres et de triompher dans les catastrophes.

1. La Finlande fut envahie par les armées soviétiques le 30 novembre 1939. Pour Narvik, voir n. 1, p. 1218.

Page 1207.

a. scandalisé : *Après ce mot, on lit dans ms. 1 :* Faut pas vivre au jour le jour, petite tête : faut regarder plus loin que ça. Bien sûr, c'est toujours un malheur d'être vaincus. Mais moi, je me dis autre chose, je me dis : et si par hasard nous avions fait la dernière guerre ? Qu'en dis-tu ? Hein : les soldats de la der des

der, ça vous a de la gueule, vainqueurs ou vaincus. La Paix, j'ai
toujours dit que ça n'était pas à Genève qu'il fallait la chercher,
j'ai toujours dit qu'il fallait d'abord unifier l'Europe. Eh bien
c'eſt fait.

b. en colère. *À la suite de ces mots on lit dans* ms. *1* : Pinette le
toisa ironiquement : / « Et puis comme ça les Fritz n'auront pas eu
le temps de piller ton magasin. » / Charlot baissa la tête : / « Il y a
ça aussi, dit-il avec un sourire honteux. / — Et tu n'as jamais
entendu parler de ce qu'ils faisaient aux Juifs ? / — Oh ! dit Charlot,
je me ferai tout petit. Nous avons l'habitude. » / Mathieu se redressa
brusquement.

Page 1208.

a. quitté le siècle, il jugeait les coups du haut de l'an 2000, s'était
réfugié dans le troisième millénaire de l'ère chrétienne. Chacun
d'eux   *ms. 1*

b. il ne le sait pas.   *On lit après ces mots dans* ms. *1* : Moi, je le sais ;
son calme présent c'eſt déjà mon passé. Mathieu s'assit au bord de
l'eau. Tous, ils me dégoûtent tous ; ils se sont tous défilés, à l'anglaise ; Pierné s'enfonce dans le Passé pour rejoindre ses prophéties
anciennes, Lequier s'eſt terré dans l'inſtant, il bouffe, il bouche
tous ses trous avec de la bouffe et Longin a sauté à pieds joints par-
dessus notre siècle ; du haut de l'an 2000, il juge les coups. Et les
autres, tous les autres, Nippert qui dort comme un sourd, qui se
cramponne au sommeil, Schwarz qui commence à se dire que c'eſt
la France qui a perdu la guerre et qu'il n'eſt pas si sûr, après tout,
d'être français, Charlot qui pense au peuple errant

c. parler.   *On peut approximativement situer ici le passage suivant de*
ms. *1* : « Comment ça va, petit cheval ? / — Mal, dit Pinette. Je ne
sais pas quoi faire de ma peau. » / Il avait pris des cailloux et les
lançait dans l'eau. Il ajouta au bout d'un moment : / « Je râle. /
— Tous ces gars-là, dit Mathieu, ils ont déjà trouvé leurs défenses.
Pierre triomphe parce qu'il l'avait bien dit. Longin se croit déjà à
cent ans d'ici, Schwarz se dit que les Alsaciens auront un traitement
de faveur, Nippert, que tout était écrit dans la Bible ; les officiers
pensent que c'eſt bien fait pour le Front populaire et qu'il fallait
que la France tombe au plus bas pour qu'elle se relève. Rien que
des fuites. Pas un qui veuille vivre la défaite au jour le jour. Ils n'y
sont déjà plus. Plus personne. Salauds. » Il se mit à rire. « Et moi
aussi, tiens. Si je me mets en colère contre eux, c'eſt parce que je ne
veux pas voir que je suis coupable. Bon Dieu ! Ce qu'on a de
défenses. » / Pinette le regardait sans comprendre : / « Coupable
de quoi ? / — C'eſt une longue hiſtoire », dit Mathieu. Il regarda le
visage charmant et plein de bonne volonté de Pinette et puis il
ajouta, avec un remords de l'inquiéter : « Nous sommes tous coupables d'avoir perdu la guerre. / — Coupable ? Je n'ai rien fait. /
— Toi peut-être, dit vivement Mathieu. Tu es peut-être trop jeune.
Moi je suis coupable.

Page 1210.

1. Le général André Corap commandait la 9ᵉ Armée française
qui était chargée de défendre la région de Lille et qui fut rapidement
enfoncée à la suite de l'attaque allemande du 10 mai (voir Simone
de Beauvoir, *La Force de l'âge*, p. 449). Le général Maurice Gamelin

commanda les forces franco-anglaises de septembre 1939 à mai 1940, date à laquelle il fut jugé responsable des revers français et remplacé par le général Weygand.

Page 1211.

a. député. *On peut placer ici le passage suivant de ms. 1 :* Il y eut un long silence. Pinette sortit son couteau et commença à scalper une pierre couronnée de mousse. / « La vache, dit Mathieu. / — Qu'est-ce que c'est ? / — Ce moustique. Il m'a piqué. » / Pinette le regarda avec douceur : / « Moi non plus, je ne me suis pas beaucoup occupé de la guerre. Je travaillais dur et puis je me suis marié. Au début ça n'allait pas tout seul avec ma femme, parce qu'elle est de bonne famille. Au moment de Munich j'étais plutôt content, je me disais : un an de gagné ; je ne voyais pas plus loin. C'est ça que tu me reproches ? / — Si tu veux. » / Pinette referma son couteau et le mit dans sa poche : / « Je n'avais pas le temps de m'intéresser à la politique. / — Ben oui, dit Mathieu. / — Fallait bien que je gagne notre vie. Quand tu as travaillé des dix heures, tu as envie d'aller faire un tour avec ta môme sur le Boulevard Rochechouart ; tu te fous de la politique. / — Ben oui. » / Pinette soupira et remit ses chaussettes : / « On ne peut pas s'occuper de tout à la fois. À quoi ça sert, alors, les députés ? / — Tu votais ? » / Il baissa le nez d'un air confus : / « Non. — Et voilà », dit Mathieu. / Il ajouta : / « Moi non plus, je ne votais pas. *[p. 1212, 1ʳᵉ ligne]*

Page 1212.

a. travaillé dur, dit-il. *On peut replacer ici ce passage important de ms. 1, dont plusieurs éléments n'ont pas été repris par la suite :* Il fallait l'empêcher ou la gagner. / — Qu'est-ce que tu pouvais faire ? Tu n'étais même pas député. / — Mon possible. Tout le monde peut faire son possible. / — Et alors ? Ça t'avancerait à quoi à présent ? / — J'aurais fait mon possible. / — C'est tout ? / — Oui, dit Mathieu. Pour le moment, c'est tout. » / Il dit comme pour lui-même : « Ça doit être extraordinaire de pouvoir se dire une fois dans sa vie : j'ai fait mon possible. Tu peux crever là-dessus, tu n'as pas perdu ton temps. » / Pinette se mit à rire : / « Ça ne t'aurait pas mené loin. » / Mathieu rit aussi. / « Dieu sait où ça m'aurait mené. En Espagne, peut-être[1]. Ou alors je serais peut-être officier de l'armée française. / — Officier ? répéta Pinette avec stupeur. Tu ne peux pas blairer les officiers. / — C'est vrai, dit Mathieu. Je ne peux pas les blairer. Mais peut-être que j'aurais dû être officier tout de même. » / Il entendit le chantonnement tremblant d'un moustique et agita la main à la hauteur de son visage. Le chantonnement cessa. / « Tu sais, reprit-il, que j'ai demandé à suivre le peloton[2] ? » / Pinette n'en croyait pas ses oreilles : / « Non! Quand ça ? / — À la fin de l'hiver. J'étais à Wissembourg et je les voyais de près, les

1. Dans les deux premiers tomes des *Chemins de la liberté*, l'un des remords de Mathieu est de ne pas avoir rejoint les Brigades internationales en Espagne.
2. Cet épisode ajoute une ambiguïté au personnage de Mathieu, mais il a été éliminé — c'est juste titre, nous semble-t-il — de la version finale. Sartre nous a affirmé n'avoir jamais fait de demande pour devenir officier et il est resté jusqu'au bout soldat de deuxième classe, à la différence, par exemple, de Merleau-Ponty qui, lui, était officier.

officemars. Le capitaine se saoulait la gueule et les deux lieutenants étaient fascistes, ça les désolait de faire la guerre à Hitler. Je me suis dit : s'ils sont si moches, c'eſt parce que les types comme moi ne font pas ce qu'ils ont à faire. / — Sans blague, répéta Pinette. Sans blague ! Et alors ? / — Alors ils ont fait traîner ma demande, parce que je n'étais pas bien noté et puis j'ai eu cet accident au cœur et ils m'ont versé dans l'auxiliaire sans me demander mon avis et je suis devenu téléphoniſte à l'état-major de la division. » / Le mouſtique était revenu, c'était un petit remords tatillon. Mathieu le laissa trublionner autour de ses tempes, il n'avait pas le courage de lever la main. « Rien de ce que je fais n'a de conséquence, reprit-il d'une voix lasse. C'eſt comme une malédiction. Je calcule mon coup, je mise soigneusement et finalement il se trouve toujours que le jeu n'était pas commencé ou qu'il venait de finir et que c'eſt un coup pour rien. Tu vois : j'ai voulu être officier et puis quoi ? Me voilà téléphoniſte sans compétence, sans responsabilité. » Pinette avait tourné vers lui ses grands yeux bleus et le regardait avec application. Mathieu fut ému de sa bonne volonté. Il fit un effort sur lui-même et ajouta péniblement : « Ce n'eſt pas tout à fait vrai, ce que je te dis ; je ne suis pas tout à fait honnête : il n'y a pas de malédiction. Il n'y a pas de malédiction : je me suis choisi comme ça, j'ai voulu garder mes mains pures ; je n'ai jamais rien fait, de peur de me salir. Eh bien, ça y eſt, dit-il en ricanant. Ça y eſt : elles sont pures. Tout à fait pures : pas de sang, pas de boue, pas d'odeur. Résultat : je suis un soldat de 40, un de ces pacifiſtes mous qui ont perdu la guerre. » Il ajouta passionnément : « J'aurais mieux fait de me plonger jusqu'au cou dans la merde. » Pinette renifla longuement sans le quitter du regard. Mathieu lui trouva l'air bête ; une marée de colère lui monta jusqu'aux yeux : « J'en ai marre, dit-il brusquement, j'en ai marre. Je passe ma vie à reconnaître mes fautes. Loyalement. Avec lucidité. Je suis un spécialiſte de la lucidité. Eh bien, la lucidité, je l'ai au cul. J'en ai marre d'être le type qui voit clair ; je voudrais faire quelque chose. N'importe quoi. / — Tu vois bien », dit Pinette. / Mathieu haussa les épaules : / « Il n'y a plus rien à faire. Pour le moment, il n'y a rien à faire. »

b. C'était un malheur, quelque chose comme la typhoïde, on attrape ça n'importe où, on n'y eſt pour rien, la seule chose qu'on puisse faire, c'eſt de la supporter patiemment. Pas du tout : la guerre, c'était moi-même. Moi-même en face de moi. Je me sens myſtifié. Drôle de guerre, on l'appelait : on se préparait tous les jours pour le jour où ça cognerait, un beau matin on s'eſt réveillés et c'était fini pour nous et nous n'avions même pas commencé. Elle me ressemble : je suis un drôle de type, j'ai mené une drôle de vie. Une partie pour rire, juſte pour apprendre les règles : ça ne comptait pas, qu'on me disait, je pouvais reprendre mes coups et, par le fait, j'avançais mes pions, je les retirais, je disais : pardon je me suis trompé de cases et personne ne répondait et il n'arrivait jamais rien, d'ailleurs je jouais tout seul, contre moi-même : j'avais les blancs et les noirs comme dans les problèmes d'échecs. Tu miseras plus tard, qu'on me disait, tu miseras quand tu sauras jouer. 15 juin 1940 : la drôle de guerre, la vraie guerre, ma drôle de vie c'était une vraie vie ; la partie était sérieuse, tous les coups comptaient. J'avais misé tout ce que je possédais ; j'avais hypothé-qué le deſtin des autres qui vont naître et j'ai perdu pour de vrai, sans même lever le doigt. Parce que c'eſt ça, la règle du jeu : si tu ne joues pas, l'adversaire joue pour toi. Quel était l'adversaire ? Il soupira : / « Tiens ! J'aimerais mieux être dans la peau de Gamelin. Au moins, s'il est battu, il sait pourquoi. / — Eh bien, pas moi ! dit Pinette. Dans n'importe quelle peau mais pas dans la sienne. D'abord, si j'étais dans la sienne, je me suiciderais. / — Si je m'étais battu, si j'avais appuyé sur la gâchette, un type serait tombé quelque part, un type avec une vie, bah ! c'est le plus facile. *ms. 1*

1. Sartre lui-même n'a pas voté jusqu'à une date qui pourrait bien être 1946 ou 1947. Simone de Beauvoir rapporte dans *La Force de l'âge* (p. 272) qu'il n'avait pas voté aux élections qui virent le succès du Front populaire en 1936.

2. Cette phrase, tirée d'une chanson dont nous n'avons pas pu retrouver l'auteur, est l'un des clichés optimistes de « la drôle de guerre » et fait partie d'une série de slogans exploités par la propagande officielle.

Page 1213.

a. qui voit clair (voit-il si clair ?) Le moustique   *ms. 1*

b. j'en ai marre de la lucidité, j'en ai marre de reconnaître mes fautes, je veux, je veux passionnément. / — Je voudrais faire quelque chose. Pinette   *ms. 1*

c. avait écrit : « À mon mari chéri. Marthe. Nov. 1938. » Pinette *ms. 1*

Page 1215.

a. Lequier.   *TM, orig. Nous substituons Lubéron car il est clair que Sartre a oublié de remplacer ici, comme il le fait dans le reste du texte, le nom de Lequier par celui de Lubéron.*

b. On peut approximativement situer vers la fin de cette section un long passage de ms. 1 que Sartre n'a pas repris dans le texte final : — Qu'est-ce qu'ils disent ? / — Je ne sais pas l'allemand. / — Moi, je le sais », dit Pierre en faisant un pas en avant. Guiccioli le repoussa : / « Pas d'histoires. Tu ne monteras pas dans notre camion. / — Essayez d'entendre s'ils parlent de l'armistice, dit Pierre d'une voix désespérée. Ça se dit : Waffenstillstand. / — L'armistice, bande de cons ! dit le gros chauffeur blond. Vous n'entendez pas le canon ? Si l'armistice était signé, ils auraient commencé par cesser le feu. » / Mathieu regarda autour de lui. Des chauffeurs étaient descendus de leurs voitures. Partout des hommes rudes et costauds, au visage sali par le sommeil qui les regardaient avec des yeux brûlants de colère. Ils n'avaient pas envie de savoir, tous ceux-là. Ils mangeaient dans leurs camions, ils fourrageaient toute la journée dans leur moteur, le soir ils se laissaient tomber sur leur siège et dormaient comme des bêtes. Ils parlaient de la soupe ou de la fille de l'aubergiste : jamais de la guerre, ni de l'armistice ; ils s'étaient entourés d'un petit avenir sérieux et quotidien qui leur masquait leur vrai avenir. Devant ces regards hostiles et minéraux, si proches de la pierre, pleins de la gravité du quotidien, le sergent Pierre, avide de savoir, qui battait des ailes comme une poule aveuglée par des phares, paraissait futile. Ce qui comptait ce n'était pas ces grandes nouvelles vagues. C'était le sommeil et le pain. Les chauffeurs ne les haïssaient pas tant pour les avoir réveillés que pour avoir déchiré cette mince couche d'avenir. S'ils restaient, il allait y avoir de la bagarre, il y avait de la bagarre dans l'air. La bagarre aussi pouvait masquer l'avenir. / « Dehors, les secrétaires. / — Vous nous recevez drôlement », dit Pinette en rougissant. / Mathieu lui posa la main sur l'épaule : / « Laissons. C'est pas nécessaire de se casser la figure. Après tout nous les avons réveillés. » / Pinette bouillait de colère. Schwarz le retint à son tour. Il avait l'air lourd et puissant. / « Ça va, dit-il. Pas d'histoires. » / Il ajouta avec une sorte d'application : « On va pas se battre entre Français. » Et Mathieu traduisit, presque malgré lui : « Je vais pas me battre pendant les dernières heures que je suis français. » / Ils firent demi-tour en entraînant Pinette et se retrouvèrent dehors, sous les huées. Le soleil les enveloppa de gloire, les cheveux blonds de Pinette se mirent à flamber. / « Ce qu'il fait chaud, dit Lequier. / — Oui, dit Charlot, on va en déguster, à midi. » / Ils se sentaient vides et las. Où aller ? Où pouvaient-ils aller ? Ils restaient contre le mur de l'auberge, ils entendaient les cris et le murmure confus des chauffeurs, ils flottaient dans un soleil sans fin. Un moment, la canonnade cessa et ils se regardèrent. Mais elle reprit peu à peu. / « Ça sera comme ça toute la journée, dit Lequier. Elle s'arrêtera, puis recommencera. Faut pas y prêter l'oreille, sans ça on deviendra tocbombe. » / Mais Mathieu savait qu'il ne pourrait pas s'empêcher d'y prêter l'oreille ; il y avait dans son oreille une petite attente crispée. Il y avait aussi une disposition paresseuse et lâche à la colère. Il avait évité la bagarre avec les chauffeurs et il le regrettait presque. La colère simplifiait tout. Voir rouge, taper et sentir le choc d'un poing sur sa figure. Détruire par une explosion cette longue patience de tant de jours, de tant de mois. Il se retourna brusquement. Le capitaine <Gourlin>, le capitaine Dumin, le commandant Orcel étaient devant eux. Il fit le salut militaire. Les trois officiers étaient rasés de frais, sanglés dans leur uniforme, impassibles et souriants. Un autre genre de refus, un autre genre de négativisme. « Qu'est-ce qu'ils savent ? » pensa Mathieu. Les secrétaires avaient rectifié la position. Il y eut un silence. Le commandant Orcel les regardait en souriant mais sans bienveillance. Il ressemblait à l'acteur Pierre Renoir dans *Domino*[1]. / « Qu'est-ce que vous foutez ici ? demanda le capitaine Dumin. / — Faut bien tuer le temps, mon capitaine. / — Vous feriez mieux de rester dans votre grange. Il faut qu'il y ait le moins de monde possible dans les rues, vous allez vous faire repérer par les avions. / — Nous rentrons, mon capitaine, dit Pierre avec un empressement morose. / — Et tenez-vous prêts à partir. / — On va partir ? / — Je n'en sais rien. Mais l'ordre de partir peut être donné d'une minute à l'autre. » / La colère de Mathieu se déchaîna et fit trembler ses mains. Ils mentaient, ils leur mentaient effrontément. Ils étaient là, souriants et bien rasés, trois qui *savaient*. Et ils leur mentaient pour leur conserver leur calme, ils les traitaient comme des enfants, comme des choses. / « Je ne crois pas qu'on partira, mon capitaine, dit-il doucement. La colère lui faisait battre les tempes. Où irait-on ? Les Allemands sont à Épinal et à Saverne. / — Bah bah ! dit le commandant Orcel. Qui vous a dit ça ? / — La radio l'a annoncé hier soir. » / Le commandant Orcel parut contrarié : / « Ces radios sont insensés. Ils s'amusent à répandre de fausses nouvelles. Vous savez bien qu'il y a de faux postes allemands. » / Mathieu le regarda dans les yeux : / « Je sais aussi que la guerre est perdue. Est-ce tellement nécessaire de le cacher quand Reynaud et le maréchal Pétain l'ont annoncé sur tous

---

1. Pièce de Marcel Achard (1931).

les tons. / — Ne faites pas de défaitisme, mon garçon, dit le commandant Orcel, avec mépris. / — S'il y a défaitisme, il vient de plus haut que nous. » / Le capitaine Munier avait l'air anglais. Il fouettait ses leggins avec une baguette. / « C'est bon, c'est bon, dit-il. Ne discutons pas. Retournez à vos postes. Si on a besoin de vous, on vous le fera savoir. » / La colère avait gagné Pierre. Il était rouge comme une tomate et sa paupière s'était mise à battre. Il dit, sans regarder les officiers : « Est-ce qu'on n'obtiendrait pas davantage en nous faisant confiance qu'en s'obstinant à nous traiter comme des enfants ? / — Qu'est-ce que vous voulez dire ? / — Tout le monde sait que la guerre est perdue. / — Et si elle est perdue, à qui la faute ? » demanda violemment Dumin. Chez eux aussi, sous cette calme apparence couvait la colère. Lorsque Mathieu s'en aperçut, il en fut aussitôt calmé. / « Vous voulez dire que c'est à nous ? / — Qui a voté pour le Front populaire ? / — Ce n'est pas le Front populaire qui a décidé de traverser la Belgique. / — C'est le Front populaire qui ne nous a pas armés. / — C'est vous qui vous opposiez à la construction des tanks. » / Ils se regardaient dans les yeux avec haine : des égaux ; enfin des égaux. [*À la suite de ces mots, Sartre a ajouté, après coup :* Pinette intervint, il était jeune et chaud, il respectait les officiers. / « Pourquoi se rejeter les responsabilités, dit-il. Si l'on pouvait s'entendre au lieu de se disputer. » / Les yeux du commandant Orcel flamboyèrent. / « Je ne me *dispute* pas avec mes hommes », dit-il. / Schwarz et Pinette le regardèrent avec surprise puis leur visage se durcit : ils claquèrent des talons, firent le salut militaire et s'en allèrent sans un mot. Mathieu et les autres les suivirent. / « Ces types-là nous haïssent, dit M[athieu]. — Oui, ils nous haïssent et ils ont peur de nous. *Fin du passage ajouté après coup.*] « C'est nous, pensa Mathieu. Nous, qui avons perdu la guerre. Nous sommes devenus historiques. Les types qui ont perdu la guerre. Pour toujours. / — Je n'ai rien fait, dit Pinette. / — Toi peut-être. Tu es peut-être trop jeune. Mais moi : écoute donc, j'ai vécu trente-cinq ans sans m'engager. Trente-cinq ans. Et je me suis engagé tout de même. J'ai perdu la guerre. / — Tu es bien orgueilleux. / — Perdue autant qu'il était en mon pouvoir. Je n'ai su ni la rendre impossible ni la préparer. / — Et tu serais bien avancé si tu l'avais préparée. Ça ne serait pas la même situation ? / — Si. La même. / — Eh bien ? / — C'est des choses qu'on ne doit pas dire en commençant. Qui est-ce qui peut se dire, aujourd'hui : J'ai fait ce que j'ai pu ? / — Mais concrètement, qu'est-ce que tu pouvais faire ? / — Tiens, regarde : je pouvais être officier. J'étais pacifiste. Je ne voulais pas me salir. Toujours négatif. J'ai été six mois à la biffe en avant et puis j'ai eu cet accident au cœur et ils m'ont versé dans l'auxiliaire. Conclusion : Je n'ai rien fait. J'avais choisi de perdre la guerre depuis le début. Je m'en rends compte à présent. / — Je n'étais [pas] bien, dit Pinette. J'ai eu du mal, tu sais, et puis je me suis marié de bonne heure et j'ai deux mômes, c'était dur de gagner sa vie. / — Tu vois, dit Mathieu, tu vois. — Je vois », dit Pinette. / Ses yeux étincelaient : il n'aimait pas se sentir coupable. / « Alors, dit-il, qu'est-ce qu'il faut faire ? / — Rien. Pour le moment, rien — du moins je ne vois pas. » / Il releva la tête et ses yeux lançaient des éclairs. Ses belles lèvres gonflées. / « On ne va pourtant pas rester comme ça : ceux qui ont perdu la guerre. » / Il releva la tête : « Si on avait des fusils, ils ne me prendraient pas vivant. » / Tout de suite un rêve de violence pour <masquer> la faute. Les yeux injectés de sang. Mathieu se sentait mal à l'aise : est-ce lui qui a tort ? Est-ce que je ne me complais pas à me sentir coupable ? Foncer. Si j'avais été fait pour foncer. Un acte. Un acte et foncer à son but. Je pense trop à moi. Un acte pour se délivrer debout. Et même en ce moment je pense que je suis coupable, je me trouve coupable de me trouver coupable. Faire ! Faire quelque chose ! Ils restèrent un instant à se regarder et ils avaient une envie enfantine et violente d'agir. / Ils étaient au bord de la rivière. Un soldat lavait son linge près d'eux. *ms. 1*

c. Les trois pages qui suivent ont été récrites sur ms. 1 sept ou huit fois. Principales variantes :

Paris 16 heures.

Des falaises, des rochers, des pierres creuses. Il ne reste plus d'autres témoins des insectes qui les ont habités que leurs ordures. Les insectes sont partis. Enfin ! Enfin. Le ciel traînait par terre contre ces falaises, on ne voyait que lui et le vert cru, inutile des marronniers. Le boulevard, la semaine passée encore, c'était une flèche tendue, un mouvement, une direction. Il était retombé dans l'immobilité de la pierre. Présence immobile et massive. Où est leur bonne volonté ? Daniel tourna sur la place de la Sorbonne et regarda Auguste Comte.

Fermée la Source, fermé le Cluny, fermé le Dupont latin. Des vitres poussiéreuses, les chaises s'empilaient les unes sur les autres. Daniel pensa : Tout est creux. Sous ses pieds le grand trou noir du Métro, inutilisé, à droite, à gauche, tous ces trous percés dans la pierre. Vides : les insectes s'étaient enfuis en laissant leurs ordures comme vestiges. Les portes étaient fermées. Ça sentait encore l'homme, c'était encore tout chaud de la présence des hommes. Ces affiches qui ne s'adressaient plus à personne. Écrasés, en fuite. Ils ont abandonné la maison de leurs pères. De leurs grands-pères. Ils courent sur les routes, tout noirs, les routes qui vont s'effondrer sous leur poids, le ciel n'est plus cette douce bonne volonté qui les encourage. Il pond des avions au-dessus de leurs têtes, ils ont la fureur du ciel. Ils courent. Où sont vos vertus ? Des milliers de salons Louis XVI poussiéreux et vides derrière leurs volets clos. Au coin du boulevard St-Germain il eut une appréhension. Il lui semblait que quelqu'un allait tourner. Personne à perte de vue, le vide. « Il y a quinze ans que je déteste Paris. » Il marchait doucement. Ça n'avait plus de sens d'aller nulle part. De temps en temps, pour une seconde, il semblait qu'on fût Dimanche. Pas pour longtemps. C'était si louche cette aveuglante après-midi, si mondaine et posée sur ce désert.

Où sont leurs vertus ? Et le ciel ? Autrefois il était doux comme un œil, il les couvait du regard. À présent il pond des avions sur leurs têtes. Ils ont peur du ciel et les routes vont s'effondrer sous leur poids. Ils courent, ils courent. Au-dessus de Daniel le ciel était encore tendre : un reproche, un regret, un espoir, clair comme l'âme d'une femme d'officier. *[...]*[1] Daniel dressait sa mauvaise volonté contre ce ciel en chômage. Il marchait sur la terre creuse, entre les pierres creuses. Partout des trous. Des trous vides.

---

1. Rappelons que lorsque nous accourcissons un passage donné en variantes nous l'indiquons par trois points de suspension entre des crochets composés en *italique*.

Le ciel était tout attendri. Clair comme un regard de femme d'officier : un reproche, un regret, un espoir [...]

Daniel avait peur mais il s'amusait de sa peur. Il cria « Hoho! » en mettant ses mains en cornet autour de sa bouche. Rien ne bougea. Ce qui faisait le plus peur c'étaient les cafés, la Source, le Biarritz, le Palais du Café : une simple vitre séparait de grandes grottes noires. Au fond de ces grottes, il semblait que quelqu'un était tapi et vous regardait. Il était vu sans voir [...]

Ils avaient fui, ils avaient abandonné la maison de leur père. Daniel se promenait entre des milliers de salons Louis XV, de salons Louis XVI, de salles à manger Empire qui craquaient tout seuls derrière des volets clos [...]

« Je déteste Paris depuis vingt ans », pensa Daniel avec joie. Il était à l'aise entre ces tombeaux. Il marchait doucement, ça n'avait pas de sens d'aller ici plutôt que là : tout était pareil, sans les hommes toutes les rues se ressemblent. La ville était prise d'une sorte d'engourdissement, retombée dans l'inertie, mangée par la matière. De temps en temps, on aurait pu se croire un Dimanche. Mais c'était un drôle de Dimanche, louche, semblable à la mort. Cette aveuglante après-midi, si mondaine, ce ciel si attendri, clair comme un regard de femme d'officier, grouillaient pour Daniel de souvenirs d'enfance. Mais il y avait quelque chose de glacé.

Page 1216.

1. Sartre est venu à Paris en permission au début de février 1940.

Page 1217.

a. dans un sous-bois. *On peut situer ici approximativement le passage suivant de ms.* 1 *:* C'était amusant d'avoir peur. Il avait peur des arbres, à sa droite, trop vivants dans leurs cages de fer et qui jetaient comme un cri la mousse verte et acide de leurs feuilles [...] / Il marchait en plein soleil et, à sa gauche, au-dessus de sa tête, sous ses pieds, c'était la nuit. Il pressa le pas : il lui semblait que cette nuit trop nue le regardait. Si une porte s'ouvrait tout à coup, si un type tout pâle sortait sa tête et faisait « Hou! ». Il tourna à gauche, sur la place de la Sorbonne. Pour rien, simplement pour quitter le boulevard St-Michel. Auguste Comte était là, morose; une femme de pierre lui chatouillait le menton avec une palme. Ils ont abandonné leurs grands hommes, pensa Daniel en rigolant. Qu'est-ce que c'est, un grand homme sans la police pour le garder ? Je pourrais pisser dessus si je voulais. Il s'était adossé au rideau de fer de la librairie Vrin, il sentait derrière son dos des milliers de livres austères abandonnés à la nuit. Les livres des juges, les dépositaires de leur Droit, de leur Science, de leur Vertu. Personne pour les lire : les petites lettres noires se mettaient en boule sur les pages désertes, il ne restait plus que du papier noirci.

Il avait levé la tête et regardait vaguement les fenêtres qui lui faisaient face, de l'autre côté de la place. Tout à coup, au troisième étage, il vit bouger un rideau, puis une face se colla au carreau. Un homme ? Une femme ? À cette distance, on ne pouvait pas savoir. En tout cas, homme ou femme, l'être le regardait. « Je lui fais peur », pensa Daniel sans le quitter des yeux. Et, pendant un instant, il se fit peur à lui-même. Ils se regardèrent encore un moment puis la tête disparut et le rideau retomba. Daniel eut l'idée d'une bonne farce. Troisième étage, à gauche. À tous les autres étages, les persiennes étaient closes. Il traversa la rue ; la porte était entrebâillée. Il entra, au fond du couloir il y avait une loge obscure. On avait accroché un écriteau contre la vitre : « La concierge revient de suite. » Tu parles ! pensa Daniel. Elle doit être à Gien ou à Nevers. L'escalier, à main droite, se perdait dans la pénombre. Daniel monta ; les marches de bois craquaient sous son poids. Au troisième étage, il sonna. Il entendit la sonnerie creuse dans l'appartement silencieux, puis tout retomba dans le silence. Il écouta, en retenant son souffle. Pas un bruit. Il sonna deux fois encore, longuement, puis se mit à tambouriner contre la porte. Au bout d'un moment il entendit un frôlement léger. « Il est derrière la porte. Il écoute. » Daniel avait envie de rire. Il frappa du poing contre le battant. / « Qui est là ? dit une voix étouffée. / — Est-ce que vous ne venez pas voir le défilé des armées allemandes ? » cria Daniel à travers la porte. / Il n'y eut pas de réponse. Daniel attendit un instant puis il redescendit l'escalier en prenant soin de ne pas faire craquer les marches. Au-dehors il regagna le boulevard St-Michel en rasant les murs : il ne voulait pas que l'être abject et terrorisé qui se terrait derrière la porte verrouillée le vît sortir de l'immeuble ; il voulait peser tout le jour sur ce destin misérable. « Le salaud ! Le salaud ! » pensait-il. Le salaud ! Le salaud ! »

　　1. Ce slogan a été effectivement employé par les services de propagande français en 1940.

Page 1218.

　　a. la ligne Siegfried ; nous avons gagné la guerre des nerfs et la guerre économique, il ne nous reste plus qu'à gagner la guerre militaire. Sur les murs　*ms. 1*

　　b. Il marchait　*Première version du début de ce paragraphe dans ms. 1 :* Il mit les mains en cornet autour de sa bouche et cria : « Ho ! Ho ! comme les Suisses dans la montagne. Le son fut avalé par le silence, rien ne bougea et puis, tout à coup, très loin, comme en écho, une voix étouffée répondit : « Ho ! Ho ! » Il cria encore et la voix répéta son cri. Personne n'était en vue. Daniel allait recommencer, quand un grondement léger monta du sol. Il prêta l'oreille, le grondement enfla, enfla, décrut et disparut. Daniel s'aperçut alors qu'il s'était arrêté au-dessus d'un grillage scellé dans le trottoir. « Le Métro marche », pensa-t-il. Et il eut peur. Sous ses pieds, sous la croûte du bitume, des gens filaient à travers les longues sapes noires, brinqueballaient dans des wagons. Quelle sorte de gens ? Et où vont-ils ? Paris s'était repeuplé brusquement. Pourtant le boulevard restait désert. « Mathieu est sûrement prisonnier, se dit-il en reprenant sa marche. Il était dans l'armée de l'Est ; il n'a même pas eu l'occasion de se battre. » Il devait marcher sur une route sans fin, très vite, un peu trop vite à son gré, avec une crosse de fusil dans les reins. Et Brunet ? Daniel revit un visage sévère et lourd sous des cheveux roux ; il conclut : « Il avait une gueule à faire un mort. » [...] Le petit Serguine aussi, ça pouvait faire un joli petit cadavre, pâle et frais, dans un champ de pommes de terre ; tous mes témoins sont morts ou distraits, [j'ai glissé hors de leurs consciences,　*biffé*] je me suis récupéré ; Marcelle, peut-être, à Dax, quand elle couche le petit... Marcelle ne comptait pas.

1. À la suite du débarquement allié à Narvik, destiné à empêcher les Allemands d'avoir accès aux minerais de fer norvégiens, Paul Reynaud, alors Président du Conseil, déclara d'une façon emphatique à la radio en avril 1940 : « La route du fer est et restera coupée. » Peu de temps après, les Allemands se rendaient maîtres de toute la Norvège.

Page 1219.

a. et du citoyen, contempteurs du crime, de l'inceste, de l'homosexualité. En déroute la laideur, la morale et la bonne volonté. C'était la violence qui avait vaincu, la mauvaise foi, le mépris de l'homme, la mauvaise volonté. [...] Il émergeait seul du désastre pendant que des fourmis affolées couraient sur les routes, seul en face des anges dont les regards lui rendaient une nouvelle enfance *ms. 1*

Page 1222.

a. affamés, ternis, sous le ciel habité,   *TM, orig. Nous corrigeons ces erreurs du texte imprimé en adoptant les leçons que donnent les manuscrits.*

Page 1225.

a. Mathieu *[5e ligne]* pensait au barbu et il avait honte mais c'était la grosse honte de tout le monde ; ça n'était pas tellement désagréable d'avoir honte en commun, sans responsabilité. Ça reposait. / « Eh ! Eh ! dit Charlot. Écoutez ! *ms. 2*

Page 1226.

a. Voir var. b, p. 1227.

Page 1227.

a. atroce et confortable *[p. 1226, 3 lignes en bas de page]* ; la honte c'est tiède. L'homme n'existe pas, nous sommes le rêve d'une monstrueuse vermine aplatie dans la vase et qui tricote des pattes en dormant ; déjà nos pensées se décomposent et pâlissent, deviennent ; la vermine va se réveiller *ms. 1, ms. 2. Voir aussi var. b.*

b. Outre la leçon de ms. 1 donnée dans la variante a ci-dessus, on dispose d'une autre leçon, que voici : Il s'éloigna *[p. 1226, 3e ligne]*, avec nonchalance. Mathieu avait envie de l'accompagner mais il n'osa pas. « Tous. Nous avons tous envie de l'accompagner. Nous sommes tous pareils. » Une porte claqua et Schwarz apparut. Il alla pisser contre un mur et revint vers eux en boutonnant sa braguette. Le grand type aux mains tremblantes se mit à rire. / « Taisez-vous, dit-il. Méfiez-vous, les gars : les oreilles ennemies nous écoutent. » / Schwarz marcha sur lui et le prit au collet : / « Qu'est-ce qu'il y a ? / — Lâche-moi, dit l'autre péniblement. Tu es un boche. » / Schwarz lança son poing en avant, Mathieu le vit s'écraser sur la figure du type, il entendit ou crut entendre un craquement. Le type se mit à hurler. Schwarz ramena son poing en arrière et souffla sur ses phalanges : elles étaient pleines de sang. Le type se mit à remonter la rue en se tenant la tête et en criant. Il saignait, on aurait pu le suivre à la trace, il criait comme une femme qui accouche. Mathieu jeta un coup d'œil vers la maison du médecin mais per-

sonne ne se montra aux fenêtres. Longin se mit à ricaner : / « Tu as
frappé fort, espèce de brute. » / Les autres ne disaient rien; ils
regardaient Schwarz. / « Je suis nerveux », dit Schwarz. / Longin
se mit à crier. / « Moi aussi je suis nerveux, criait-il, moi aussi!
moi aussi! » / Il s'étrangla et se mit à tousser; Charlot lui tapa dans
le dos avec sollicitude. Guiccioli revenait du même pas lent. « Eh
bien ? » cria Mathieu. / Il avait crié et il eut honte. Mais il répéta
sa question d'une voix plus basse. / « Eh bien ? » / Guiccioli haussa
les épaules; il attendit pour répondre d'être au milieu d'eux; les
types s'étaient soulevés sur les mains et tournaient vers lui des yeux
étincelants. / « Il y en a quatre qui se sont faits ratatiner. À un kilomètre d'ici à peu près. Les autres, je ne sais pas où ils sont. » / Nous
demandons : / « Le barbu ? / — Le barbu a pris ça en pleine gueule;
tu ne lui vois plus la tête, il ne reste que sa barbe. Je les ai poussés
dans le fossé, c'est plus convenable. » / Nous grognons de soulagement et de cruauté; est-il possible que j'aie grogné ? Guiccioli se
rassied, nous voyons briller à son cou une chaînette d'or. / « Il fait
frais, dit Nippert. / — Oui, dit Lubéron. Le soleil se couche. / —
C'est bath, là-bas, dit Guiccioli. Il y a un peu de vent, ça remue les
peupliers. » / Le silence, nous sommes bien sages, le sang nous a
délivrés. Je dis nous, pensa-t-il avec stupeur. Il disait nous, il *était*
nous. Notre faim, notre rage. Une seule pensée, une seule attente,
une seule peur grouillant à travers nos cent têtes, ça coule en moi,
ça me traverse et ça ressort. / « Delarue, nom de Dieu   *ms. 1*

    c. contre lui : on lui avait repris la honte, la peur, la rage et la
cruauté qu'on lui avait prêtées; leurs yeux   *ms. 1*

    d. le scrupuleux Delarue, Delarue le zéro, s'en fut   *ms. 1*

    e. un gaz raréfié. Une âme énorme l'avait empli, distendu, s'était
retirée, l'avait laissé vide et flasque, vieille mamelle éreintée pour
avoir eu trop de lait. Le brav' soldat Delarue sourit à Pinette, le
brav' soldat Delarue dit : « Qu'est-ce   *ms. 2*

Page 1228.

    a. — Je croyais que tu *[20e ligne]* voulais rester fidèle à ta
femme, dit Mathieu étonné. À Brumath tu te cachais sous les tables
quand la serveuse du Soleil Levant te courait après. » / Pinette eut
un rire forcé. / « Il se peut, dit-il. Mais puisqu'on ne se bat pas,
faut bien que le passe le temps. / — Moi, je veux bien, dit Mathieu.
Mais pourquoi tiens-tu à me la montrer ? » / Pinette le regarda d'un
air angoissé : / « Tu es mon copain, non ? / — Alors ? / — Je suis
comme ça, dit Pinette. Suppose que je meure, eh bien, je ne serais
pas tranquille si quelqu'un n'était pas là pour constater le décès. /
— Et tu ne pourras pas la baiser, si je ne suis pas là pour constater ? »
demanda Mathieu, inquiet. / Pinette avait repris son air fat. / « Ah!
dit-il avec élégance, qu'est-ce que tu veux ? L'amour, c'est la petite
mort. » / Ils étaient arrivés   *ms. 1*

Page 1231.

    a. — Il n'y a pas de nouvelles, dit Mathieu. *Après cette phrase, on
lit dans ms. 1 :* « Les nouvelles, je vais vous les dire, dit une voix
méridionale. Les Russes sont à Moscou et les Allemands sont à
Berlin. » / Il y eut quelques rires mous. Mathieu regagna son
banc; Charlot avait levé la tête : / « Alors ? On part ? / — Quoi ?
/ — Pinette t'appelait : j'aurais cru qu'il aurait su quelque chose. »

/ Mathieu s'assit : / « Tu sais bien qu'on ne partira pas. / — Alors, ne le dis pas, supplia Charlot passionnément. Même si c'est vrai, ne le dis pas. » / Mathieu jeta un coup d'œil à la maison du médecin : il y avait un rai de lumière sous la porte. Il demanda : / « Les officiers sont toujours chez le général ? / — Toujours. » / Un type rit, dans la nuit, et Pierné sursauta : / « Qu'est-ce qui te fait rire ? / — Je pense à la chanson qu'ils chantaient. Comment que c'était ? Traîne ton cul par terre ? / — Tes couilles. / — Ha! dit-il en riant. Tes couilles. C'est vrai. » / Un grand type s'approcha de Mathieu : / « Salut! » / Mathieu reconnut avec surprise l'adjudant Félix, surnommé le Cagoulard parce qu'il lisait *Je suis partout*[1] et qu'il avait déclaré devant témoins : « Ce qui manque à la France, c'est un Mussolini. » Sombre et méprisant, l'adjudant Félix n'adressait jamais la parole aux hommes, sauf pour *le service. [lacune]* sont bien marrés, ils disaient qu'on n'avait pas encore touché le fond, qu'il fallait toucher le fond pour repartir à neuf. J'oublierai jamais ça. / — Attends voir qu'il soit prisonnier. Tu verras ce que lui raconterai. / — T'es pas fou ? Les officemars, on les met pas avec nous autres. On aurait trop peur que nous leur tapions dessus. / — Ce sont eux qui ont perdu la guerre, dit la voix sèche de l'adjudant. Ils mériteraient douze balles dans la peau. / — Patience, dit Guiccioli. Il y aura des comptes à régler quand on sera de retour. » / L'adjudant eut un rire insultant : / « Des comptes à régler ? Vous voulez rire! D'abord vous ne rentrerez jamais chez vous. Vous resterez ici, bien sages, sous des croix de bois. / — Assez! cria un type. Assez! Assez! / — Et quand même vous rentreriez ? poursuivit l'adjudant d'une voix vibrante et amère. Vous êtes de pauvres cons et vous le serez toujours. D'ici que vous régliez vos comptes, ils auront le temps de perdre d'autres guerres. » / Charlot se pencha vers Mathieu. / « Qu'est-ce qui lui prend au Cagoulard, souffla-t-il, stupéfait. Qu'est-ce qu'il a bouffé, ce soir ? / — Je me le demande », dit Mathieu. Il dit à l'adjudant : « Vous n'avez pas toujours pensé ça. / — On apprend à tout âge », dit l'adjudant. Il reprit au bout d'un instant : « Comment voulez-vous qu'ils gagnent la guerre ? Ils aiment mieux Hitler que la République. Moi non plus, je n'ai rien contre Hitler et je n'aime pas tant la République. Mais je suis encore français, non ? » / Il y eut un long silence, puis Guiccioli reprit : / « Pour le bombardement, en douce, il a pas dit non. / — Même qu'il avait l'air emmerdé. / — Pour ça, faut pas exagérer : il a toujours l'air emmerdé, il croit que c'est le chic anglais. »

Page 1232.

a. *On peut rattacher à ce passage les deux notes suivantes de Sartre qui se lisent dans ms.* 1 : « J'ai cru à l'aventure. » Il y a beau temps qu'il n'y croyait plus. / Le petit événement absolu qu'il avait attendu comme l'accord de résolution d'une mélodie, ce n'était plus rien qu'un des millions d'incidents qui nourrissent les statistiques.

Page 1233.

a. *Fin du § dans ms.* 2 : Mathieu se sentait aussi coupable qu'un enfant qui surprend la nudité de son père en train de pisser; il se

---

1. Hebdomadaire d'extrême droite fondé en 1930, d'abord maurrassien puis fasciste, animé par Robert Brasillach.

sentait coupable et terrifié. *Nous avons gardé* purifié, *que donnent* TM *et orig., bien que la leçon de ms. 2,* terrifié, *puisse, sans doute, être considérée comme le bon texte.*

Page 1234.

1. Sartre nous a indiqué qu'en juin 1940 tous ses officiers avaient fui à la suite du général qui les commandait et qu'aucun d'eux n'avait été capturé avec les soldats par les Allemands. Bien qu'il soit difficile de trouver une documentation précise à ce sujet, presque tous les témoignages concordent pour dire que les désertions d'officiers ont été particulièrement nombreuses pendant la débâcle et qu'elles ont été, dans certains secteurs, la règle plutôt que l'exception.

Page 1235.

a. la route départementale. / « Alors, dit Latex, c'est qu'ils essayent par la trouée de Belfort[1]. / — Ils passeront s'ils font vinaigre : elle doit être encore libre. / — Peut se faire. » / Ils écoutèrent *ms. 1*

b. « Qu'est-ce qu'on va devenir ? *[15 lignes]* » / On ne lui répondit pas. Qu'est-ce que ça peut nous foutre ce qu'on va devenir ; nous sommes seuls au monde. Seuls au monde, orphelins ; et nous souffrons d'un mal obscur qui n'arrive pas à dire son nom. Chacune des phrases qui s'arrachaient de leurs cent bouches était un tâtonnement d'aveugle, une tentative avortée pour exprimer cette souffrance. Ils se turent, découragés, Et puis, tout à coup, une voix s'éleva, une voix amère et pitoyable, un sanglot : / « Ils ne nous ont jamais aimés ! » *ms. 1*

Page 1237.

a. de leur sinistre liberté. Mathieu regardait leurs visages avec une sorte d'avidité : ils ruisselaient de soleil mais leurs yeux ne brillaient plus. / « Tu as l'air *ms. 1*

Page 1238.

a. d'un marronnier. La défaite avait perdu sa grandeur farouche de la veille : à présent c'était ce paquet lourd et indistinct qui se tassait au creux de son estomac, c'était le soleil, les arbres, *ms. 1*

b. de fraternité. *[6 lignes]* Bien sûr, autrefois, quand j'étais étudiant... mais ce n'était pas la même chose. Hier, c'était l'homme qui était en jeu — et ça valait la peine d'être un homme. Des soldats venaient vers lui ; il les regarda, il essaya de retrouver en lui cette passion qui l'avait porté vers eux la veille. Mais à qui aurait-on fait croire que les visages moroses et trop connus des cuistots s'étaient parés de tant de grâce nocturne ? Les visages s'approchaient en se balançant, comme des têtes au bout de piques, ils proclamaient qu'il faut se méfier des extases de minuit et des coups de lune, que ce sont des farces que les dieux font aux hommes qu'ils veulent perdre, qu'il faut être sérieux — chacun pour soi *ms. 1*

1. Cette action apparaît comme particulièrement symbolique,

---

1. Un nombre important de soldats français réussirent à se réfugier en Suisse, en passant par la trouée de Belfort.

lorsque l'on sait le rôle que joue le marronnier dans *La Nausée,* « L'Enfance d'un chef » et d'autres textes de Sartre.

Page 1241.

a. j'en ai vu. *[2ᵉ ligne]* En 36, toute une famille, mes voisins, empoisonnée par des champignons, c'est te dire. Mais c'est le premier depuis qu'on est en guerre. » / Ils regardaient le mort avec étonnement : ça paraissait si facile de mourir. Et si naturel. Presque gai. « Mais s'il est indifférent de mourir, alors pourquoi vivre ? » Le soldat était mort et souriant; la place, l'église, les marronniers étaient morts avec lui. Tout se mit à flotter dans le ciel, les vivants, les morts et les arbres. / « Qu'est-ce qu'on fait ? demanda Pinette. On lui prend ses papiers pour les envoyer chez lui ? / — Comment veux-tu qu'on les envoie ? » / Le mort, l'œil clos, faisait toujours son beau sourire. C'était un sourire peint comme sur les tableaux de famille. Derrière ce sourire, l'homme s'était évanoui. Une main toucha l'épaule de Mathieu. C'était *ms. 2*

Page 1243.

a. — Je vois. / — Tu y crois, toi, au bombardement ? / — Quel bombardement ? / — On disait qu'ils bombarderaient la nuit dernière. / — Eh bien, ils ne l'ont pas fait. / — Oui, mais aux dernières nouvelles, ça serait pour cette nuit. / — Personne n'en sait rien, dit Mathieu. / — Moi, je n'y crois pas, dit Charlot avec force. Pas du tout. Pourquoi qu'ils nous bombarderaient, d'abord ? Ils n'ont qu'à nous cueillir. » / Mathieu baissa la tête sans répondre; Charlot reprit d'une voix pressante : / « Puisqu'on ne peut pas se défendre, ça serait idiot pour eux de gaspiller leurs munitions. Tu ne trouves pas ? Qu'est-ce que tu en penses ? / — Je ne pense rien. / — Tu ne crois pas qu'on devrait étendre des draps de lit sur les toits pour que leurs avions voient bien qu'on ne veut pas se battre ? » / Mathieu rougit de colère mais ne répondit pas. Charlot prit un air important et baissa la voix *ms. 1*

Page 1245.

a. J'ai été civil. » Le type chantait; tantôt sa voix s'embarrassait en elle-même et il vomissait des puddings pâteux de mots agglutinés, tantôt il lançait des notes pointues comme des silex qui devaient lui déchirer la bouche au passage. J'ai été civil, c'est loin. C'était surtout abstrait : il regardait *ms. 1*

1. Sartre mentionne à plusieurs reprises, par exemple dans « L'Enfance d'un chef », cette chanson de salle de garde.
2. Simone de Beauvoir décrit longuement dans *La Force de l'âge* (p. 258-262) la visite qu'elle fit avec Sartre, Olga et Bost d'un grand asile psychiatrique près de Rouen, au début de 1936. Cette visite impressionna fortement Sartre. Les références à la tante et à la date ne semblent pas avoir de caractère autobiographique.

Page 1248.

a. Six en sept ans, qui dit mieux ? » / Grimaud se mit à rire : / « Pas moi! dit-il en agitant la tête. Oh! pas moi. — T'en serais pas capable, hein ? Tu bandes la semaine des quatre jeudis ? » / Grimaud riait d'un air de connivence avec lui-même. / « C'est pas ça, dit-il. Oh non, c'est pas ça! / — Elle en veut pas, ta femme ? Elle veut garder sa ligne ? / — C'est pas ça, dit Grimaud. Tu peux pas comprendre : faudrait que tu la voyes. » / Il se tut, plongé dans un rêve hilare. Mathieu revint vers Longin   *ms. 1*

Page 1249.

a. le vertige. Pour les pucerons ailés, les plaques d'ombre sont des pièges ; s'ils y entrent, ils s'y embavent et n'en sortent pas. « Je n'aurais jamais dû entrer. » Pourtant ils ne lui faisaient   *ms. 1*

Page 1250.

a. de Jésus-Christ : j'ai hérité de toute la misère du monde. / Il tendit   *ms. 2*

b. avec son frère : *À la suite de ces mots on lit dans ms. 1* : « Nous fais pas chier », dit le caporal Lubin. Il était tout droit, adossé au mur, encore plus pâle que d'ordinaire ; avec son collier de barbe qui courait autour de sa figure, il avait l'air encore plus morne et plein de morgue qu'à l'ordinaire. « Il nous l'a déjà raconté, dit-il. Merde. » / Il but dans son quart et cracha. / « *Oh, chanta Pernet, la troublante volupté / De la première étreinte / Qu'on risque avec timidité / Et presque avec contrainte*[1]*. / Plus tard, le même Pernet chante : / Le duc de Bordeaux / Ressemble à son père / Son père à sa mère / Et sa mère à mon cul*[2] *!*

c. Autre version de ms. 2, abandonnée, des quelques lignes qui précèdent : — Mon frère est un salaud! dit Longin en levant le doigt. C'est un mec qu'a trop de chance, je te le dis! / — Latex parlait de baiser, dit Grimaud, ça m'a rappelé ma femme. » / Ménard chanta : / « *Ma femme est morte ! / C'est elle qui faisait le diable à la maison...*

Page 1251.

a. d'intérêt. *À la suite de ce mot, on lit, dans ms. 1, le passage suivant :* — [...] T'es marié toi, Delarue ? / — Non. / — Alors c'est pour ça. Tu ne peux pas bien te rendre compte, qu'est-ce que c'est que de coucher tous les jours avec une femme qui te dégoûte. / — Je ne vois pas le rapport, dit Delarue. / — Je vais te le dire, le rapport : c'est qu'on m'a volé ma vie. J'ai vécu sept ans avec cette mocheté et comment que je me serais envoyé de belles petites si j'avais su que je finirais ici, comme un rat dans une ratière. Merde alors. Tu te rends compte, j'économisais, je faisais des projets. Et cette cochonnerie de gouvernement qui n'est même pas foutu de faire la guerre proprement...

1. Refrain de la chanson d'étudiants « Les Moines de St-Bernardin ».
2. Cette phrase pourrait s'appliquer aux personnages de *Huis clos.*

Page 1254.

1. Argot pour toqué.

1. Nous savons par les mémoires de Simone de Beauvoir que Sartre connaissait et chantait souvent lui-même ce genre de rengaines populaires.
2. Paroles légèrement modifiées d'un couplet de la chanson d'étudiant « Taïaut! Taïaut! »

Page 1255.

a. la bassine. Plutôt leur complice que leur juge ; les Fritz nous trouveront couchés dans notre vomissement et leur mépris tombera également sur nous tous : c'eſt juſte. Il entendit *ms. 2*

Page 1256.

1. Cette vision à la Chirico, qui pourrait rappeler Rimbaud ou Lautréamont, eſt de Sartre lui-même, Ici, comme dans plusieurs autres cas, Sartre choisit de s'exprimer dans un regiſtre « littéraire », d'où les italiques. Remarquons que Frantz, dans *Les Séqueſtrés d'Altona,* prophétise à plusieurs reprises d'une façon analogue.

Page 1257.

a. sucres de l'hiſtoire ; ils vociféraient, jetaient des briques, des tuiles, des tessons sur le temple de la rive gauche, ces pères de famille qui venaient de défendre la moralité publique et l'esplanade n'était pas assez large pour les contenir tous : où sont-ils ? où sont-ils avec leurs bérets basques et leurs pardessus à taille ? Rome, l'Égypte *ms. 2*

b. qu'on marche. À peine débouchait-il dans une rue, sur une place qu'il était saisi tout à coup par le drôle de sentiment qu'il n'avait aucune raison d'être là plutôt qu'ailleurs, précisément parce que tout était pareil, parce que la ville était redevenue de l'espace pur : il lui fallait presser le pas, fuir, aller ailleurs, quelque part où sa présence serait juſtifiée. Dès qu'il s'arrêtait, sa présence devenait injuſtifiable : interdiction de séjour, on ne le tolérait qu'en transit, il ne « faisait que passer », il allait ailleurs, mais, juſtement, il n'y avait pas d'ailleurs. « Je mérite *ms. 2*

c. ce paysage auſtère et classique, c'était *ms. 2*

d. sa joie s'était durcie ; faute d'être partagée, elle pesait sur les épaules comme un rocher. Certainement non ; certainement la petite aubaine qui l'attendait quelque part, ailleurs, ça n'était pas le drapeau de l'enfance. Un inſtant *ms. 2*

1. Cette citation provient du poème des *Illuminations* intitulé « Barbare » (Rimbaud, *Œuvres complètes,* Bibl. de la Pléiade, p. 144). Selon A. Adam (*ibid.,* p. 1004), le *pavillon en viande saignante* serait un souvenir du pavillon danois, croix blanche sur fond rouge. Le drapeau nazi comportait une croix gammée rouge ou noire sur fond généralement blanc. Sartre semble avoir relu de près les œuvres de Rimbaud lorsqu'il composa *La Mort dans l'âme :* le manuscrit Bauer comprend plusieurs feuillets de citations tirées des *Illuminations,* d'*Une saison en enfer,* etc. Un feuillet, en particulier, relève les combinaisons de couleur rouge et noire que l'on rencontre chez Rimbaud.

Page 1258.

1. Sur l'expression « manger des yeux », voir l'article de Sartre sur Husserl dans *Situations, I,* p. 31.

2. Daniel veut sans doute donner à cet adjectif le même sens que lui attribuent Rimbaud et les surréaliſtes. Le mot « merveilleuse » eſt en italique dans *Les Temps modernes.*

Page 1266.

1. Cette notation est curieuse. Sartre confond sans doute le pont Sully (où commence le boulevard Henri-IV) avec le Pont-Neuf, qui est plus logiquement sur le chemin de l'appartement de Daniel, rue Montmartre.

Page 1267.

1. Il y a ici encore un petit décalage chronologique : la scène se passe le 16 juin, alors que les Allemands sont entrés dans Paris le 14.

2. Siège provisoire du gouvernement français jusqu'au 14 juin 1940.

Page 1268.

1. Les aventures de Sarah et de Pablo se déroulent précisément sur la route de Montargis à Gien.

Page 1270.

1. Nom inventé.

Page 1271.

1. Dans « L'Enfance d'un chef », texte qui comporte d'assez nombreuses ressemblances avec l'épisode Daniel-Philippe que nous étudions ici, Lucien Fleurier et son ami Berliac sont eux aussi aux prises avec le complexe d'Œdipe (voir p. 338 et suiv.). Sur le complexe d'Œdipe, voir *Situations,* IX, p. 106.

Page 1278.

1. Ces mots résument un épisode de *L'Âge de raison,* à la fin du chapitre XI; voir p. 609 et suiv.

Page 1281.

1. Cette phrase, qui évoque Nietzsche, est de Sartre; elle fait partie de ces énoncés « littéraires » dont nous avons vu un premier exemple p. 1256.

Page 1284.

a. m'arrangerait   TM, orig. *Nous avons adopté la leçon de ms. 2, qui nous semble préférable.*

1. Cette formule, que Sartre critique à plusieurs reprises, semble avoir été mise à la mode par Jacques Chardonne avec un livre qui connut un assez grand succès et qui est précisément intitulé *L'Amour c'est beaucoup plus que l'amour* (Stock, 1937).

Page 1287.

1. Sartre attaque à plusieurs reprises la notion d'*exercice spirituel.* Dans *La Nausée,* par exemple, Anny s'illusionne lorsqu'elle recommande à Roquentin les *Exercices spirituels* d'Ignace de Loyola.

2. Cette citation de Rimbaud (tirée du poème « Matinée d'ivresse » des *Illuminations*) a déjà été utilisée par Philippe lui-même dans *Le Sursis* sous sa forme correcte (« Voici le temps des Assassins ») dans une lettre adressée à sa mère (p. 859).

3. Depuis Oscar Wilde, tout au moins (voir *Le Portrait de Dorian*

Gray), le livre jaune a été le symbole de l'esthétisme décadent et fin de siècle.

Page 1288.

a. Le déconcertait : un communiste, un camelot du roi, passe encore. On sait où ils vont. Mais quel drôle de *ms. 2*

1. Personnage des *Nourritures terrestres*. Tout l'épisode Daniel-Philippe baigne dans une atmosphère que l'on pourrait qualifier de gidienne, mais les références à l'œuvre de Gide sont moins évidentes que celles faites à Rimbaud.

2. Dans *L'Âge de raison* (p. 530), Daniel se rend à la kermesse du boulevard Sébastopol pour y draguer des jeunes gens.

3. Il s'agit ici sans aucun doute de cafés ou d'établissements fréquentés par les homosexuels.

Page 1289.

a. qui cachait des *TM, orig. Nous adoptons la leçon de ms. 2, le texte publié étant probablement fautif.*

1. Il n'existe pas de localité portant ce nom au nord de Padoux, mais peut-être s'agit-il d'un hameau ou d'un lieu-dit. Sartre ne se souvenait plus d'où il avait tiré le nom.

Page 1290.

a. cantonneront. *TM, orig. Ici encore nous adoptons la leçon de ms. 2.*

Page 1292.

1. La situation générale décrite ici est celle de la 70e Division (dont Sartre faisait partie) et non celle de la 61e Division qui fut démantelée vers la mi-mai 1940 dans la région de Rocroi. La 70e Division avait été formée à l'origine dans le cadre « B », avec des hommes de plus de trente-deux ans ; elle appartenait au Deuxième Groupe d'Armées qui fut isolé en Lorraine et dans l'Est à partir du 13 juin 1940 et elle était commandée par le général François. Lorsque nous lui avons demandé pourquoi il y avait un certain brouillage dans les numéros et les secteurs de différents régiments et divisions, Sartre nous a répondu : « Ai-je mis de *vrais* régiments ? »

Page 1294.

a. venir me chercher ! *À la suite de ces mots, on lit dans ms. 1 :* Je ne voulais pas, dit-elle, tournée vers Mathieu, et c'est lui qui voulait, il disait qu'il était malheureux et j'ai cédé parce que je pensais qu'ils allaient le faire prisonnier. / — Rien que pour ça ? demanda Pinette. / — Parfaitement : rien que pour ça. / — Allez, allez ! Pas de salades, dit-il en haussant les épaules. Tu as pris ton plaisir et moi le mien, nous sommes quittes. / — Non, je n'ai pas pris de plaisir. / — Oh pardon, je croyais. / — Non, je n'ai pas pris de plaisir ; tu me faisais mal et je ne pensais qu'à toi. » / Elle lui saisit le bras et dit d'une voix tremblante / « Tu es à moi ! Tu n'as plus le droit de disposer de ta vie. » / Pinette lui caressa la joue. / « Ça va, dit-il. On en recausera. Faut d'abord que je discute le bout avec Delarue. »

b. Je t'en supplie, tu dis qu'il est intelligent et juste, demande-lui *ms. 2*

Page 1298.

a. d'un ton rauque. *TM, orig. Nous corrigeons et adoptons la leçon donnée par ms. 2.*

Page 1299.

a. dense et clos. *À la suite de ces mots, on trouve, dans ms. 2, un passage récrit quatre ou cinq fois. L'une des versions se lit :* , équilibré dans un sombre repos. À quoi bon lui parler ? Il n'y avait plus rien qu'on pût changer à sa vie, plus rien qu'on pût y ajouter, pas même une minute. Il respirait encore, il était encore chaud mais il n'avait plus une vérité à découvrir, plus un serment à tenir, plus une décision à prendre. Sa vaillance et son honnêteté, sa douceur, son application enfantine, sa tendresse, sa noblesse comique de petit taureau, elles étaient encore là, mais fanées par la mort, elles ne serviraient plus ni à lui ni à personne.

b. depuis le commencement et je ne crois pas qu'on puisse reprendre son coup. / — Eh bien *ms. 2*

c. dans l'intimité de *ms. 2 On peut se demander si ce n'est pas la bonne leçon.*

Page 1302.

a. leur sourire. *Après ces mots, on lit dans ms. 2 :* Elle offrit à l'idée de Jacques une idée de sourire : elle avait généralisé toute la surface de son corps; elle était en surface.

b. *On peut situer approximativement ici quelques notes écrites au verso d'une lettre envoyée à Sartre le 22 novembre 1948 par Théo Bernard, Secrétariat à l'Organisation du R.D.R. :* Ils roulaient depuis quatorze heures et, depuis quatorze heures, Jacques n'était pas dans son assiette. / Depuis leur départ de Paris, Jacques s'était montré bizarre, tantôt violent et tantôt presque trop humble; il n'est pas dans son assiette.

Page 1305.

1. Ce qualificatif a été quelquefois appliqué à Sartre lui-même.

2. L'offensive Nivelle eut lieu en avril 1917 et échoua. Il s'agit ici sans doute pour Sartre d'un souvenir personnel.

Page 1310.

1. Cette action — fermer à clé une portière de l'intérieur d'une voiture — semble des plus improbables. Rappelons que Sartre n'a jamais possédé d'automobile, bien qu'il eût obtenu le permis de conduire dans sa jeunesse.

Page 1317.

a. civelots *TM, orig. Nous adoptons la leçon de ms. 2. Ce terme d'argent militaire, qui signifie « civil », se rencontre sous diverses graphies : civlot, civelot, et ciblot, cette dernière étant la plus rare.*

Page 1318.

a. c'est pas marrant de tirer sur des hommes. C'est le dernier des métiers[1]. / — Ils s'amènent, dit Chasseriau, et faut que tu les

---

1. Rappelons que le livre de Jacques-Laurent Bost, qui fait le récit de la débâcle s'intitule *Le Dernier des métiers* (Gallimard, 1946).

descendes quand ils ne t'ont encore rien fait. De loin ça va encore.
Mais si tu les vois de près... / — Ben oui. *ms. 1*

Page 1320.

a. On peut approximativement situer ici les notes suivantes de ms. 2 :
C'était la nuit ; ils mangeaient, planant si haut dans les airs au-dessus
d'un village abandonné, ils mangeaient la viande précieuse et rare
et le repas était sacré comme au temps des fauves ; ils mangeaient
avant de mourir et l'imminence de la mort donnait une gratuité
solennelle aux actes qui maintiennent la vie. Mathieu pensa :
« Je fais mon dernier repas. »
b. dit Chasseriau rêveusement, depuis quinze jours, c'est la
première fois qu'on bouffe tranquilles. / — On se croirait avant-
guerre, dit Dandieu. En pique-nique. / — Avant-guerre, dit
Chasseriau, faut pas croire qu'on t'aurait laissé bouffer dans le
clocher d'une église. / — C'est vrai, dit Chasseriau, c'est vrai
qu'on bouffe dans le clocher d'une église. » Il ajouta avec un rire
respectueux : « C'est la vie de château. » / Mathieu baissa les
yeux *ms. 2*
c. de poivre et *TM, orig. Nous adoptons la leçon de ms. 2.*
d. Il avait froid. Il se sentait glacé et au fond de lui, dans l'ombre,
il devinait un drôle de crabe : l'horreur de la mort. Mais tant pis :
il n'avait jamais été plus pur. Il voyait le ciel *ms. 2*

Page 1322.

a. D'accord. *Ici s'intercalent deux longs passages que Sartre a biffés,
le premier dans ms. 1, le second dans ms. 2 :* Pinette distribua le papier
et les enveloppes. Dandieu tenta d'écrire sur ses genoux, se leva,
posa la page sur le rebord du parapet : / « Quand j'écris sur mes
genoux, j'y vois rien. Quand j'écris sur la pierre, mon crayon fait
des trous. » / Clapot leva la tête : / « Tu n'écris pas ? demanda-t-il
à Mathieu. / — Je n'ai personne, dit Mathieu. / — Pas de femmes,
pas de gosses, pas de parents ? / — J'ai un frère, dit Mathieu.
Mais on ne s'entend pas. / — Et toi ? demanda Clapot à Pinette. /
— J'ai personne non plus, dit Pinette d'un air mauvais. / — Fais
pas le faraud », dit Mathieu. Il le prit par le cou et chuchota :
« Quand ce ne serait que pour faire râler ton beau-père. » / Le
visage de Pinette s'éclaircit : / « T'as raison, dit-il. Qu'est-ce qu'il
va fumer, le vieux, s'il apprend que son gendre est mort au champ
d'honneur. » / Ils écrivaient, courbés sur leurs genoux, les yeux
écarquillés. Mathieu le regardait écrire. Je n'aurai pas laissé de
traces ; pas même dans un cœur. Il revit le cimetière anglais à
Rome et la tombe de Keats, simple dalle dans l'herbe rousse :
« Son nom était écrit sur de l'eau[1]. » / « Allez ! Allez ! dit Clapot.
Au pajot ! » / Ils cachetèrent les enveloppes et les tendirent à
Dandieu qui les glissa dans sa poche puis ils s'étendirent côte à
côte sur les paillasses... *ms. 1* : Il prit les lettres sur la paillasse
et les donna à Dandieu : / « Quand Dreyer montera pour faire la
liaison, passe-lui les bafouilles et dis-lui de les mettre à la boîte.
C'est tout ce qu'on peut faire. » / Ils avaient l'air décontenancés :

1. La tombe de Keats à Rome porte l'épitaphe suivante, tirée de *Philaster*,
une pièce de Beaumont et Fletcher : « Here lies one whose name was writ
on water. » Sartre a vu la tombe de Keats au cours d'un de ses séjours à
Rome.

ils regardaient les lettres. / « Et vous ? demanda Mathieu. Vous
n'envoyez rien à vos familles ? / — On n'a plus d'enveloppes. /
— J'en ai », dit Pinette avec empressement. / Ils tournèrent vers
Mathieu des yeux perplexes : / « On ne peut tout de même pas
leur dire qu'on est morts. » / Dandieu lança son rire froid : /
« On ne peut pas vendre la peau de l'ours avant de l'avoir tué. /
— Dites-leur où vous êtes mais laissez-leur un espoir. » / Chasseriau
haussa les épaules. / « Écrivons toujours, dit-il en tirant son
stylo. La *[fin du feuillet] ms. 2*

Page 1323.

   a. Fin de la phrase dans ms. 1 : de branche en branche pour aller
s'écraser au fond de lui sur les rochers. Il ne resta qu'un grand froid
minéral. Un grand froid, le zéro absolu.
   b. Premières versions du passage qui suit dans ms. 1 : [1] Cette lumière
qui allait éclairer le monde jusqu'au cœur, le cœur noir de sa vie,
et puis le monde noircirait, sa vie noircirait. Il avait vécu pour cette
mort : toute sa vie s'y reflétait.
   [2] Cette lumière qui éclairait le cœur noir de sa vie et la surface
plate du monde. Un instant de lumière, un instant de savoir, et puis
le monde noircirait sous ses yeux, le monde sans les hommes. Ses
yeux noirciraient, par des doigts d'acier, la vue s'en exprimerait
goutte à goutte, resteraient deux charbons. Tous les hommes
allaient mourir dans sa mort. Ils déclaraient le monde invivable par
sa mort. Il mourrait avec tous et par tous. Tel était donc le secret
de ma vie, tel était donc le secret que j'ai voulu lui donner : ma
mort et ma vie ne font qu'un. J'ai été le témoin de l'impossibilité
de vivre et j'ai vécu l'échec jusqu'à la mort. Un homme a décidé
que le monde était impossible. Seul en haut d'une tour, je meurs
impossible, impossible pour toujours
   Autre version du même passage dans ms. 2 : Il est impossible de vivre.
Pour tout le monde. En haut d'une tour, je meurs impossible, je
meurs pour tous. J'invente, je décide et je prouve l'impossibilité de
l'homme : j'engage tous les hommes à mourir, ils mourront en moi
et par moi ; mes yeux
   c. pour toujours. »   *À la suite de ces mots, un nouveau paragraphe
dans ms. 1 et ms. 2 donne le texte suivant :* / Mathieu guettait, dur et
modeste, il guettait cette mort qui allait venir de l'horizon, cette
mort qui donnerait la dernière main à sa vie [...] Il guettait cette
mort rayonnante qui se confondait avec l'aurore : la mort du genre
humain.
   d. Dans ms. 1, *ces mots sont suivis par :* elle pensa, comme chaque
matin : « J'ai une tumeur de la matrice. » C'est un rêve! Mais
non : elle avait le goût d'acier du réel dans la bouche.

Page 1325.

   1. Dans *La Force de l'âge* (p. 253), Simone de Beauvoir écrit :
« Nous nous étions amusés, au cours de ces années [1930-1935], à
inventer un personnage auquel nous nous référions souvent : le
petit Crâne. La vie intérieure, je l'ai dit, nous détestions ça; le petit
Crâne n'en avait pas une paille; il était toujours dehors, dans les
situations, dans les choses. Modeste, paisible et têtu, il ne se piquait
pas de penser, mais toujours il disait et faisait ce qu'il convenait de
dire et de faire. Jacques Bost — que nous appelâmes « le petit

Boſt », par opposition à son frère Pierre — nous parut l'incarnation du petit Crâne. » Malgré le contexte, il eſt donc possible qu'il s'agisse ici d'une allusion privée.

Page 1326.

a. Tu sens bon. *On lit, à la suite de ces mots, dans ms. 1 :* / Dans cette maladie, il paraît qu'on finit par puer de la gueule. Sur la fin, je le renverrai.

Page 1331.

1. Si l'on en juge par ce qu'écrit Sartre dans *L'Idiot de la famille* (t. I, p. 666-667), l'épisode qui suit a un référent autobiographique : « [...] Rien n'était réel, tout le monde jouait. Je me rappelle avoir éprouvé la même impression, en juin 40, quand je traversai sous la menace des fusils allemands braqués sur nous, la grande place d'un village, pendant que, du haut de l'église, des Français canardaient indiſtinctement l'ennemi et nous-mêmes : c'était pour rire, ce n'était pas vrai [...] / Si je n'avançais pas, les Allemands tiraient ; si j'avançais, je me trouvais sous le feu des Français. J'optai, pourtant : du côté des Allemands, le danger était pire : ils ne me rateraient pas. »

Page 1332.

a. mon cadavre. À présent, quoi que je fasse, mort ou vif, je leur appartiens. / — Ils seront là   *ms. 2*

Page 1333.

a. porter   *TM, orig. Nous corrigeons d'après ms. 2.*

Page 1334.

1. Cet alexandrin à la Péguy eſt de Sartre.

Page 1336.

a. aux Fritz.   *TM, orig. Nous adoptons la leçon de ms. 2.*

Page 1341.

a. — Dix minutes, dit-il. / — Je t'avais dit qu'on ne ferait pas long feu, dit Dandieu. / — Attendez ! cria Mathieu de sa place. C'eſt pas fini. » / Une vingtaine d'Allemands, attirés par les cris de leurs camarades, venaient d'apparaître à l'entrée de la rue. Chasseriau, Pinette et Clapot épaulèrent : deux Allemands tombèrent, les autres sautèrent en arrière et disparurent. / « Oui, dit Mathieu   *ms. 2*

1. Canon à tir rapide.

Page 1342.

a. — Tu es blessé, *[10 lignes]* petite tête ? demanda-t-il étourdiment. / — Non, dit Pinette d'un air farouche. / — C'eſt le baptême du feu, dit Clapot avec indulgence. On a passé par là. / — J'ai pas peur, dit Pinette. J'ai pas peur et je t'emmerde. » / Il se traîna   *ms. 2*

Page 1344.

1. Malgré les apparences, ni Mathieu ni Pinette ne meurent dans

cet incident. On les retrouvera plus tard, dans un camp de prisonniers. Voir IV. *Drôle d'amitié*, p. 1461 et suiv.

Page 1345.

   a. Le manuscrit de la deuxième partie est intitulé : BRUNET.

Page 1347.

   a. deux maisons qui brûlent, la route   *TM, orig. Nous corrigeons
en adoptant la leçon de ms. 2.*

Page 1348.

   a. Plus de Chleuh, plus de   *ms. 2*
   b. cette plaine onduleuse   *Dans ms. 1, ces mots sont suivis par :*
« Où était-il, le 125ᵉ? — À Saverne, dit le type. Et toi, tu étais
où? — Wissembourg, dit Brunet.   *ms. 1*

   1. Il est évident, par tous les détails qui précèdent, que Brunet
se trouve à Padoux, au matin du 18 juin 1940, et qu'il assiste au
combat déclenché par Mathieu et ses camarades. Si l'on se réfère à
la note autobiographique donnée plus haut (p. 1331), Brunet se
trouve placé dans une situation semblable à celle de Sartre, lorsqu'il
a été fait prisonnier par les Allemands. Sartre nous a d'ailleurs
confirmé : « Les circonstances dans lesquelles j'ai été fait prisonnier
sont exactement celles de Brunet. »

Page 1350.

   1. Ce personnage va être désigné dans la suite du récit soit
comme le Blondinet soit comme le Frisé.

Page 1352.

   1. Ce nom, qui apparaît d'abord dans le manuscrit sous la forme
de Pouderoux ou Ponderoux, semble avoir été inventé par Sartre.

Page 1354.

   a. y a pas à nier, imbattables   *TM*

Page 1355.

   *a. Dans ms. 1, les lignes qui suivent comportent d'importantes diffé-
rences de style et sont écrites au passé :* Ils virent des hommes qui se relevèrent et ils repartirent. Le petit moustachu tirait à la dérobée des
gras morceaux gluants et graisseux d'une boîte de singe et se les
enfonçait dans la bouche en appuyant avec la paume de la main,
puis il mâchait en baissant la tête. Ils furent heureux de traverser
une forêt et y marchèrent longtemps. Le soleil marchait roux entre
les feuilles épaisses, un régiment de pionniers allemands passa, pelles
et bêches sur l'épaule. Devant Brunet, un petit blond aux grosses
joues pâles les regarda d'un air d'infini mépris. Il dit à mi-voix :
« Ces cons-là ! » Vers le soir ils traversèrent Baccarat et entrèrent
dans la cour d'une caserne. Personne ne les conduisait vraiment, ils
avaient l'air d'aller où ils voulaient.

   1. Après avoir été capturé par les Allemands à Padoux, Sartre
passa quelque temps dans la caserne des gardes mobiles à Baccarat.

Page 1356.

a. des chars de triomphe : pour ces grands soldats studieux et antiques, ils comptaient encore, ils vivaient au sein de la même guerre, ils étaient leurs vaincus. Mais ces Fritz à poil qui jouent à saute-mouton dans l'eau n'ont pas un regard pour la horde qui piétine le pont au-dessus d'eux : ils sont retournés à la jeunesse sans mémoire et sans date de la Paix. Brunet regarde les visages maigres et noirs des malchanceux qui l'entourent : ils cuisent au soleil, dans le no man's land de la guerre, ils emmènent partout le no man's land avec eux ; ils ont l'enfer de la soif au fond de la gorge et la rivière coule au-dessous d'eux, interdite, annexée, baignant rieusement ces étranges fleurs. Lambert soupire, se penche au-dessus *ms. 1*

Page 1359.

1. On peut noter que *Schneider,* qui signifie en allemand « tailleur », est synonyme de « Sartor » ou « Sartre ». Dans « La Semence et le Scaphandre », un écrit de jeunesse à base fortement autobiographique, Sartre apparaît déjà sous le nom de Tailleur.

Page 1361.

1. Allusion, en particulier, au fameux discours du 17 juin 1940, où le maréchal Pétain demanda aux Français de cesser le combat et qui eut pour effet de briser la résistance.

Page 1363.

a. je les entends. » *Après ces mots, on lit dans ms. 1 :* « Tu es là pour les aider, non ?... » « Dans le fond ils s'en foutent. Ils veulent rentrer chez eux. Si tu les avais entendus, le long de la route. » « Je les ai entendus », dit Schneider. « Alors ? » « C'était pas bien beau, mais qu'est-ce que ça prouve ? C'est une foule à psychanalyser. La défaite est un choc. Ils ont enfoui ça profondément en eux et ils ne veulent pas y penser pour de bon. Tout ce qu'on entend c'est de la surface. » « Mais non, dit Brunet. Ce qu'ils disent, c'est ce qu'ils pensent, tout simplement. »

Page 1364.

a. pour ne pas s'effondrer dans le passé et dans le désespoir. Un type en bras de chemise se met à rire ; il dit, pour lui seul : « ... des types qui se promènent dans la rue. » « Tu n'as pas besoin de t'en faire, dit Schneider. Il n'y a que des Fritz dans la rue, les civils restent chez eux. » « Le type le regarde avec surprise puis il a un sourire confus : « Je pensais à moi, dit-il. » Brunet pense : il est en avance sur les autres ; les autres ne pensent pas encore à leurs femmes, à leurs villes, à la Paix ; ils attendent d'être installés. Une cloche tinte, très loin dans le soir, dans le passé. Moûlu sourit *ms. 1*

Page 1365.

a. « Un Chleuh ! — Où ça ? *ms. 1*

b. comme on attend le lever de la lune ou le passage du train de 10 h 15 ; la défaite était un grand désert inhumain qui va être habité. Demain ou cette nuit il y aura la relève, puis une autre relève, puis des camions avec du pain, et, peut-être, quelqu'un viendra leur parler, un responsable qui fera le point, voici revenu le monde des hommes. C'est un monde brutal et primitif d'esclaves et de maîtres, mais tout vaut mieux que cette grande angoisse fade qu'ils viennent de traverser. Dans l'autre mirador, un casque paraît　*ms. 1*

Page 1368.

a. — Qu'est-ce que tu représentais ? — La société Mirus, les poêles. — Pour la région parisienne ? — Oui. — Je comprends, dit Schneider. » Brunet se laisse　*ms. 1*

1. Sartre a situé près de Saint-Étienne une localité qui est à plus de 150 kilomètres de cette ville. Combloux se trouve, en effet, en Haute-Savoie, près de Megève.

Page 1370.

a. jappe faiblement. *[p. 1369, 9 lignes en bas de page]* « Écoute celui-là, dit Brunet. Il s'imagine qu'il est un chien. — Les pauvres types, dit Schneider. Ils croient qu'ils en ont pour trois mois. — Oui. — Ils ne reviendront jamais chez eux, ils ne reverront jamais leurs femmes. Ni leurs mômes ; ils crèveront en Allemagne. — Tu n'es pas marié ? demande Brunet. — Si. Et j'ai deux mômes. Mais je m'en fous. — Tu ne t'entends pas avec ta femme ? — Moi, on s'adore. Tu n'es pas marié, toi. — Ça se voit ? — Naturellement ça se voit. » Ils se taisent : Brunet distingue encore le gros nez de Schneider et ce sourire triste autour de sa bouche. Schneider suit son idée ; il montre de la main les corps endormis, il dit : « Ce n'est pas leur faute. Qu'est-ce qu'ils pouvaient faire ? Nous étions tout seuls. — Tout seuls ? dit Brunet en bâillant. Et les Anglais ? — Bah ! dit Schneider. » Il baisse les yeux sur ses fortes mains, il dit avec froideur : « Entre nous, mon vieux, qui c'est qui a plaqué l'autre ? Si on avait invité l'U.R.S.S. à Munich... » Il s'arrête, il a peur d'avoir été trop loin : il essaie de voir le visage de Schneider　*ms. 2*

Page 1372.

a. Voilà les hommes. Il faudra tirer quelque chose de ça. N'importe quoi : une étincelle, un sursaut de révolte. » Ça sera dur　*ms. 2*

Page 1376.

a. le délégué syndical C.G.T.U[1] ? — Oui.　*ms. 2*

1. Référent possible : l'imprimerie Berger-Levrault située non pas à Lyon, mais à Nancy.

Page 1379.

a. derrière lui : *Après ces mots, on lit dans ms. 2 :* « Tu n'aimes pas beaucoup les hommes. » Brunet sursaute et se retourne. C'est Schneider. « Quoi ? dit Brunet. — Je dis que tu n'aimes pas beaucoup les hommes. — Brunet hausse les épaules : Pas ceux-là en tout cas. — Pas ceux-là ? Y en a-t-il d'autres ? » Brunet ne répond pas : il suit des yeux le caporal-chef que le Fritz emmène vers la cabane à grands coups de pied. Il dit entre ses dents : « Les salauds ! » Schneider dit d'une voix neutre : « Ils ont faim. — Et alors ? — Oh évidemment. Mais je t'aurais cru plus réaliste. » Le Chleuh est ressorti, il fume ; le caporal-chef sort derrière lui en boitant, il porte

1. C.G.T. Unitaire, syndicat d'obédience communiste.

une pelle et une pioche. « Ce qu'il y a, dit Schneider, c'est qu'ils
n'ont pas encore de raison pour en vouloir aux Allemands. » Brunet ne répond pas : il racle la terre avec son talon pour recouvrir de
poussière les miettes que les hommes n'ont pas ramassées. Schneider rallume sa cigarette, il dit : « S'il y avait eu du sang versé...
Après ce n'est plus jamais pareil. Mais de ce côté-ci, ça s'est passé
sans trop de casse. Bon : d'un autre côté, l'esclavage anarchique où
nous sommes tombés n'a rien de très plaisant : mais beaucoup de
types aiment encore mieux ça que la tyrannie de leurs officiers. Et
puis surtout les trois quarts s'imaginent qu'on va les libérer demain.
Alors ? Il y a la faim, je veux bien, qui peut les irriter ; mais d'ici
deux ou trois jours nous serons nourris. On ne peut pas travailler
dans ces conditions. » Brunet se raidit et le regarde froidement :
« Travailler à quoi ? » Schneider a un geste vague et répète simplement : « Travailler... » Il jette sa cigarette, passe le doigt sur son nez
et ajoute : « Attends que nous soyons en Allemagne : un petit
voyage au Mecklembourg, voilà qui change les idées. » Brunet ne
dit rien. Schneider s'est tu, il regarde Brunet fixement, il a l'air
d'attendre une question. Brunet le regarde aussi, à la fin, il lui
demande : « Tu veux dire que tu es... — Du parti ? Non, dit Schneider. Mais je ne suis pas contre. » Brunet se détourne, prend le fil
de fer entre le pouce et l'index,· le soulève et le laisse retomber. Il
entend derrière son dos *[fin de feuillet]*

Page 1388.

1. Il s'agit ici des paroles d'une chanson. Ces paroles sont
complétées un peu plus loin.
2. Ces phrases sont de Sartre.
3. Nadejda Konstantinovna Krupskaïa (1869-1939) était la
femme de Lénine.
4. Phrase de Sartre.
5. Phrase de Sartre.

Page 1391.

1. Adhérents de l'organisation catholique Jeunesse Ouvrière
Chrétienne.

Page 1392.

1. Ce message est aussi celui de Sartre dans *Bariona*. On peut
remarquer que l'expérience de Brunet avec les « curetons » ne correspond pas à celle de Sartre au stalag. Sartre a, en effet, établi des
rapports de camaraderie et même d'amitié avec plusieurs prêtres et
a essayé de réaliser avec *Bariona* « l'union la plus large des chrétiens
et des incroyants ». Pour plus de détails, voir *Les Écrits de Sartre,*
p. 372-375, ainsi que le texte de *Bariona* dans le même volume,
p. 565-633. Le discours dont il est question ici a été comparé, un peu
à la légère, nous semble-t-il, à celui du Père Paneloux dans *La
Peste.*

Page 1395.

a. chef des Français. *Après ces mots, on lit dans ms. 2 :* Je pensais
qu'ils seraient ainsi réservés, au moins au début. — Il parle peut-
être en son propre nom. — Penses-tu! Tu as jamais vu un cureton
parler en son propre nom ? » *ms. 2*

1. Ce sermon reprend un bon nombre des thèmes qui furent utilisés après la défaite non seulement par une grande partie du clergé mais aussi par la propagande du régime de Vichy. On peut se reporter aux discours du maréchal Pétain pour trouver une argumentation et une formulation similaires. C'est en partie pour dénoncer la complaisance au repentir et à la honte et pour attaquer la notion d'homme providentiel que Sartre écrivit *Les Mouches*.

Page 1396.

a. Le typo, cloué, ne répond pas. Schneider   *ms. évolué. À partir d'ici, ms. 2 semble, en certains points, plus évolué que le texte publié. C'est sous ce sigle, ms. évolué, que nous signalons les passages qui semblent relever de cet état plus achevé du roman.*

b. le ton de Schneider ; un drôle de ton ironique et dur : « Est-ce de moi qu'il se moque ? » Mais il ne veut pas   *ms. évolué*

Page 1397.

a. Première version du passage qui suit dans ms. 2 : « Écoute, dit Brunet, je ne vais pas te faire un cours. Mais enfin voilà : les types sont battus donc dégoûtés du régime, ça ne fait pas un pli. Pour l'instant, ils sont occupés avec la bouffe, mais attends un peu et tu les entendras dégueuler sur la République. Moi, ça ne serait pas pour me déplaire ; seulement il y a les curetons, tu viens d'en entendre un. Ces gens-là ne sont pas nés d'hier. Dans un mois tu les trouveras partout, ils vont arranger des régimes, des jeux, des concours, est-ce que je sais ? et ils se débrouilleront pour exploiter en douce le mécontentement des types au profit de Pétain.

b. deux ou trois fascistes et les   *ms. 2*

Page 1398.

1. La prise de Paris ayant eu lieu le 14 juin, cette précision permet de situer la scène au dimanche 30 juin.

Page 1399.

1. Le décret qui prononça la dissolution de toutes les organisations communistes date du 26 septembre 1939. *L'Humanité* fut interdite fin août 1939 et son premier numéro clandestin parut le 26 octobre 1939.

2. Nom donné par les communistes russes à la IIIe Internationale. Cette organisation fut dissoute en 1943 pour faire place au Komin-form.

Page 1400.

a. en 38,   *orig. Nous adoptons la leçon de ms. 2 et de TM.*

b. plus aucun aujourd'hui.   *Après ces mots on lit dans ms. 1 :* Tu dates, Brunet, tu es périmé, dépassé, tu travailleras dans la nuit, à l'aveuglette.   *ms. 1*

Page 1401.

a. et ses mythes, elle les assimilera et nous aurons perdu notre temps. Nous sommes impuissants. Sur ce terrain-là   *ms. évolué* : et ses mythes. Nous sommes impuissants. Sur ce terrain-là   *TM* : et ses mythes. Sur ce terrain-là   *orig. Nous adoptons la leçon de TM.*

b. Première version des quinze lignes qui précèdent dans ms. 1 :

« Si tu veux savoir, je pense qu'on ne peut rien faire. Ni en bien, ni en mal. Un prisonnier c'est un enfant. Tu lui parleras, il t'écoutera un bout de temps et puis, la minute d'après, il ira écouter un cureton ou un fasciste. C'est le travail concret qui unit. Et les responsabilités prises en commun. Mais ici nous ne pouvons rien faire ; la situation est abstraite et nous sommes irresponsables. S'il y en a qui reviennent, dans cinq ans, dans dix ans, ils trouveront une société faite, quelle qu'elle soit, avec des cadres et des mythes, elle les assimilera et nous aurons perdu notre peine. » Il sourit : « Seulement il faut bien faire quelque chose... Ne serait-ce que pour passer le temps. » Le typo revient avec trois jeunes gars et Schneider s'en va. Deux des types sont sympathiques, de bons petits gars. Le troisième porte la barbe en collier, Brunet déteste ça. Il les interroge : ils croient tous que l'U.R.S.S. entrera en guerre avant trois mois. Il leur donne ses instructions, il les quitte et se promène dans la grande cour, à pas lents. Il a envie de fumer, mais les cigarettes sont là-haut, dans sa musette. Il pense à Schneider : un esprit négatif, un intellectuel

Page 1403.

1. Paroles d'une chanson populaire.

2. *Eulpif* est une expression populaire qui signifiait : fameux, formidable, sensass. Sartre nous a dit l'avoir entendue en 1940.

Page 1405.

1. Chanson à succès d'avant-guerre.

2. Pont-de-Vaux et Fleurville sont deux localités séparées par la Saône et situées au nord de Mâcon, où le grand-père de Sartre, Charles Schweitzer, enseigna au lycée Lamartine après la guerre de 1870, et près de Saint-Albain, où naquit la mère de Sartre, le 22 juillet 1882. On s'explique mal la référence à l'Allier faite dans la proposition précédente, mais il s'agit peut-être là d'un autre souvenir.

Page 1407.

a. demande le Blondinet d'une voix   TM. *Sartre emploie tantôt* le Blondinet, *tantôt* le Frisé *pour désigner le même individu.*

Page 1410.

a. À quoi rêvent-ils ? *Après ces mots, on trouve dans ms.* 1 : Du débarquement des troupes allemandes en Angleterre ? De l'assassinat d'Hitler ?

b. Quelles visites ? » Marbot se baisse et se met à enrouler ses molletières : « Les familles. »   *ms. évolué*

Page 1411.

a. Dans ms. 1, ce personnage s'appelle Goblot.

1. Marmite militaire de campagne, inventée par l'intendant militaire Bouthéon. Synonyme de bouteillon.

Page 1412.

a. rien à faire. » Quand il leur parle de défaite, d'oppression, de ruine, ils le regardent d'un air incertain, partagés entre l'envie de rire et l'envie de bâiller : ce sont des mots qui ne disent plus rien. Ils ne sont pas assez malheureux   *ms. évolué b.* du temps sacré; à présent on se demande l'heure pour se distraire, par plaisir. La Croix-Rouge a distribué des formulaires de lettres et ils ont écrit à leurs familles; la plupart ont déménagé, ils occupent, aux étages inférieurs, des appartements d'officiers, vaguement flattés de s'étendre sur des parquets où on distingue encore des traces d'encaustique. L'immense bâtisse est à eux; ils se sentent propriétaires, ils éprouvent un obscur plaisir à grouiller dedans; ils font des expéditions dans les caves, sur les toits, ils ont découvert dans un cellier des livres qui circulent de mains en mains. « Ils ne sont pas assez malheureux »   *ms. 1*

1. Ouvrage bien connu de la comtesse de Ségur.

Page 1414.

a. avec surprise.   *orig. Nous adoptons la leçon de ms. 2 et de TM.*

Page 1416.

a. Brunet sourit : « T'as raison », dit-il, en reprenant sa marche. À Paris, quand on disait : « Brunet et Mathieu, c'est le cul et la chemise, c'est les deux doigts de la main, c'est deux têtes sous le même bonnet », ça ne lui faisait pas plaisir, il se sentait compromis. Avec Schneider, c'est autre chose. Il ne s'étonne même plus d'avoir si souvent envie de le voir. C'est comme une relation de paquebot, ça n'engage pas; ils feront un bout de chemin ensemble et puis, s'ils reviennent   *ms. 1*

1. On peut remarquer, bien que cela ne semble avoir aucune conséquence, que ce personnage porte le même nom que l'un des chasseurs qui fait le coup de feu avec Mathieu à la fin de la première partie (voir p. 1315).

Page 1417.

a. émigrants   *orig. Nous adoptons la leçon de ms. 2 et de TM.*

1. L'attention que Sartre porte aux Alsaciens dans l'épisode qui suit s'explique en partie par les origines alsaciennes de la famille Schweitzer (voir à ce sujet *Les Mots*). Rappelons qu'après la défaite de 1940 un grand nombre d'Alsaciens évitèrent la captivité mais furent enrôlés de force dans l'armée allemande.

Page 1420.

a. ne gêne pas.   *Les lignes qui suivent se lisent ainsi dans ms. 1 :* Brunet s'est retourné sur Schneider et le regarde dans les yeux en fronçant les sourcils. « Oui, dit Schneider. Oui, je sais. — Qu'est-ce que tu sais ? — Ce que tu vas me dire. Il n'y a pas besoin d'être très malin pour le deviner. — Bah! dit Brunet. » Il se détourne, il regarde le soldat. C'est un jeune type déjà chauve, au nez busqué, avec une face richement meublée modelée par trente ans de vie *bourgeoise*, qui s'est transformée. Son visage c'est un œillet rose transparent, délicatement modelé par la vie bourgeoise, fait pour sortir d'un col glacé comme d'un vase de porcelaine, mais un air de bête l'habite, tranquille et égaré. Brunet se fascine sur ce visage abandonné. Quelquefois, en regardant un chat qui bâillait ou un vieux à sa fenêtre, il a eu le vertige, un besoin de repos. Il dit : « André... — Oui. — Il est avec nous. — Alors ? — Tu as vu ce

qu'il pense. Il lécherait les bottes des Fritz. Si ça pouvait l'aider. »
Schneider ne répond pas. *ms. 1*

Dans une deuxième version de ms. 1, la fin de ce passage, à partir de
Quelquefois, *se lit ainsi :* Quelquefois, dans une ville de province où
il avait parlé, en rentrant à son hôtel, il regardait un chat qui bâillait
ou les yeux incolores d'un vieux qui se penchait à la fenêtre et il
sentait naître un vertigineux besoin de repos. Il dit : « Est-ce que tu
penses qu'il faut continuer ? — Continuer quoi ? — Le travail. »
Schneider ne répond pas. Brunet lève les yeux : Schneider se frotte
le nez d'un air embarrassé et malheureux; il finit par répondre :
« Il ne *[fin de feuillet]*

1. Ailleurs, le nombre de prisonniers est plusieurs fois indiqué
comme étant de vingt mille.

Page 1421.

a. regrouper une moitié des prisonniers. *On lit, à la suite, dans
ms. 1 :* — Il y en a beaucoup que ça cachent, dit Schneider. — Je sais.
Tiens, les radicaux, les socialistes. Ils ont mauvaise conscience; ils
pensent que c'est eux les vaincus, ils ne disent rien. Tu as vu Nicolas. C'est fou ce qu'il a décollé depuis trois semaines; il en crèvera.
Alors, qu'est-ce que tu feras si tu ne travailles pas ? — Foutre le
camp. Oh! je ne dis pas que j'y suis décidé. C'est la facilité, bien
sûr. » Il regarde Schneider : « Tu crois que c'est aussi comme ça,
là-bas ? — Où ça, là-bas ? — Partout de l'autre côté de ce mur. —
Je ne sais pas, dit Schneider. J'en ai peur. Si les Allemands sont
polis... — Pour ça ils sont polis, dit Brunet, tu n'as qu'à les voir.
Ils doivent aider les vieilles à traverser les rues. — Eh oui, dit Schneider. » Brunet soupire, il s'entend avec surprise dire : « Qu'est-ce que
l'U.R.S.S. attend, bon Dieu! » C'est venu sur son souffle comme si
le soupir lui avait arraché les mots malgré lui et les avait portés au
dehors. Il ne regarda pas Schneider; il est sûr que Schneider a souri.
Il regarde l'ingénieur, il pense : il devait avoir des calculs plein la
tête. La tête s'est vidée, qu'est-ce qu'il reste ? Une petite plainte
mélancolique *ms. 1*

b. Autre version de ce passage dans ms. 1 : « Les vrais mécontents
nous ne les connaissons pas parce qu'ils se cachent. Avant-guerre
ils étaient radicaux, socialistes, c'étaient des braves types de gauche,
des idéalistes qui croyaient à la démocratie et au progrès, [les milliers de Français qui se considéraient comme les héritiers naturels
de la Révolution *biffé*]. Ceux-là se taisent et se rongent en silence,
ils se méfient de tout le monde. Les vrais vaincus de la guerre, ceux
qui ne s'en relèveront jamais, ce sont eux. Et ils le savent. Des fois
je rencontre dans la cour des types tout seuls, muets avec un teint
plombé, comme s'ils avaient une indigestion et avec des yeux de
poisson bouilli, et je pense : en voilà un [...] Je ne peux tout de
même pas aller faire du boniment à tous les types qui ont mauvaise
mine. — D'ailleurs ils t'enverraient promener, dit Schneider. Ils
voient des provocateurs partout. Et puis ils ne tiennent pas tant
que ça à ce qu'on les organise : ils vivent dans la honte; la honte,
ça isole. Une défaite est plus facile à supporter s'ils pensent qu'elle
est irrémédiable. — Des suicidés, dit Brunet avec mépris. — Si tu
veux, mais tu sais, dit doucement Schneider, la France c'était eux. »

c. Ce n'est pas tout ça, *orig. Nous adoptons la leçon de ms. 2 et de*
TM.

1. *Marianne* et *Vendredi* étaient avant la guerre les deux principaux hebdomadaires de la gauche non communiste. Sartre écrivit pour *Vendredi* un article qui ne fut pas imprimé et eut une interview publiée dans *Marianne*, à la fin de 1938 (voir le texte, p. 1695-1698).

Page 1422.

a. sans douleur : *orig. Nous adoptons la leçon de ms. 2 et de TM.*
b. à se battre ? » *Après ces mots, on lit dans ms. 1 :* Brunet regarde toujours l'ingénieur, il dit, en s'agaçant d'entendre sa voix : « Si l'Amérique... — Oui, dit Schneider, l'Amérique. C'est bien ça : on commence par souhaiter que l'U.R.S.S. entre en guerre et puis on comprend qu'elle ne se battra pas toute seule et on se met à espérer dans l'Amérique, c'est-à-dire dans les capitalistes américains. Tiens, nous sommes bien pareils aux autres : on ne nous a rien laissé que l'espoir dans une guerre impérialiste. — Si l'U.R.S.S. est en guerre, ce n'est pas une guerre impérialiste. — Bon. L'U.R.S.S. n'entre en guerre que si les U.S.A. y entrent, mais réciproquement les U.S.A. n'y entreront aux côtés de l'U.R.S.S. que si elle leur donne des garanties. — Quelles garanties ? — Le genre suppression du Komintern, refoulement de la lutte des classes dans les intérêts de la guerre. » Il ajoute doucement : « L'alliance du prolétariat et de la bourgeoisie impérialiste, tu te rappelles, Lénine appelait ça trahir. — Il disait ça en 17 ou en 18, dit vivement Brunet, et c'était valable à l'époque, mais il disait aussi que les événements décident en chaque cas de la meilleure politique. Tu n'étais pas de chez nous, tu ne peux pas savoir mais tout ce que tu racontes, ça s'appelle du gauchisme. Tu ne refuseras pas à l'U.R.S.S. le droit de rechercher sa sécurité dans des accords momentanés avec telle ou telle puissance bourgeoise. — Non, bien sûr. Seulement si sa politique étrangère consiste à s'allier en 39 avec les Nazis et en 40 avec les U.S.A., à chaque fois elle abandonne un peu d'elle-même. » Brunet hausse les épaules avec irritation : « Moi, je suis un militant, dit-il. Pas un joueur de manille du Café du Commerce. Je ne vais pas remettre en question... — Eh bien, milite, dit Schneider, milite. »
c. *Le passage qui suit a été récrit plusieurs fois dans ms. 2 :* feint la tristesse pour dissimuler on ne sait quelle jubilation. « Schneider, dit-il, en ce moment précis, tu es absorbé par notre discussion, tu ne penses qu'à ce que je te dis et à ce que tu vas me répondre. Seulement, si tu veux continuer à me parler, il faut que tu fasses confiance au toit pour ne pas s'écrouler et au sol pour ne pas s'ouvrir sous tes pieds. Dans cette exacte mesure, je fais confiance à l'U.R.S.S. et je crois que sa politique sert les intérêts du prolétariat mondial. *ms. 2*

Autres versions du même passage :

[*1*] « Si tu gardais le nez en l'air, pendant que tu me parles, sans quitter le plafond des yeux, je penserais que tu es fou. Moi, c'est pareil : il y a une possibilité mathématiquement déterminable que Molotov soit tout nu dans la cour du Kremlin en train de jouer du cor de chasse avec une plume de paon dans le derrière. Mais si je n'arrivais pas à détacher ma pensée de ce milliardième de milliardième de chance et si je renonçais à l'action à cause de ça, c'est toi qui me jugerais cinglé et tu aurais raison. Je crois à

l'U.R.S.S. et à la Révolution comme à l'existence des murs qui nous entourent et des soldats fritz dans les miradors. » *ms. 2*

[2] « Je crois que nous sommes sous un préau couvert, dit Brunet, et que ceci est un toit au-dessus de ma tête. Ça n'est pas tout à fait sûr; il faudrait que je passe mon temps à vérifier. Mais j'estime que mes vérifications sont suffisantes et je m'occupe d'autre chose. Seulement, pour pouvoir continuer à causer avec toi, il faut que je fasse confiance à ce toit pour ne pas se transformer en cascade et à cette terre pour ne pas s'ouvrir sous mes pieds. Appelle ça de l'espoir, si tu veux. Dans cette exacte mesure, je fais confiance à l'U.R.S.S., je crois que sa politique sert les intérêts du prolétariat mondial exactement comme je crois à ce que je vois. En effet, je ne vérifie pas tout le temps et, par exemple, en ce moment, prisonnier, sans contacts, je ne peux pas vérifier : évidemment, tous les membres du Politbureau ont pu être frappés d'une crise de folie collective. C'est à peu près aussi probable que le tremblement de terre dont je te parlais. »

[3] « Eh bien, oui, dit-il, en ce moment je suis coupé du P.C., sans informations ni contact, si c'est ça que tu veux dire. Il y a donc une possibilité abstraite pour que le Politbureau tout entier ait été atteint de folie collective. Mais il y a une possibilité abstraite que le toit nous tombe sur la tête. Si tu passais ta vie, le nez en l'air, à regarder le plafond, on t'emmènerait à l'asile. Je crois à l'U.R.S.S. et à la Révolution dans l'exacte mesure où tu crois à l'existence des murs qui nous entourent ou à la solidité du toit. Il ne faut pas t'imaginer que je pense souvent à ça [...] » *ms. 2*

[4] « Quand tu tends la main pour prendre ta fourchette, ton geste à lui tout seul implique le déterminisme universel. Eh bien, moi, c'est pareil : le moindre de mes actes est une affirmation de l'existence de l'U.R.S.S. Qu'est-ce que tu veux, il conclut avec ironie, je ne suis qu'un militant. » *ms. 2*

Page 1423.

a. Seulement tu as beau mépriser les parlotes du café du Commerce, notre action leur ressemble drôlement. Nous avons   *TM*

1. Andreï A. Jdanov (1896-1948), l'un des auxiliaires les plus dévoués de Staline, entra au Politburo en 1939 et fut le promoteur du pacte germano-soviétique. Au moment de la rédaction de *La Mort dans l'âme*, il était surtout connu comme le théoricien du « réalisme socialiste ».

Page 1424.

a. d'éclater enfin. Il a l'air prophétique et méchant comme s'il allait déchaîner une catastrophe ou comme s'il se disposait à faire une confession publique *ms. 1*

b. en septembre, *Après ces mots, une première version de ms. 1 se lit :* quand il portait encore ses vêtements civils, et nous avons été ensemble au magasin d'habillement et nous sommes partis ensemble pour Bitche et je te jure qu'à ce moment-là ce n'était pas un salaud. Il avait horreur de la guerre et puis il venait de se marier et ça lui coûtait de partir. *ms. 1*

Autre version, plus évoluée : persuadé lui-même. Et tous les autres sont comme lui. Toi aussi d'ailleurs, mais tu ne veux pas le reconnaître. Tu t'agites, tu parles, tu organises, mais qu'est-ce que c'est :

une fuite. Une fuite devant toi-même. » Brunet ricane sans
répondre : il ne se sent pas touché. Schneider hésite et reprend :
« Tu es une machine qui tourne à vide. Celui-là c'est une machine
arrêtée : ça ne fait pas beaucoup de différence. Ce type-là, je l'ai vu
pour la première fois le 3 septembre, à Toul ; il était encore en civil,
on est allé ensemble au magasin d'habillement et puis on est parti
ensemble pour Bitche et je te jure qu'il n'avait pas de fleur à son
fusil. Mais c'était un radical-socialiste qui faisait partie d'un Comité
de vigilance. Je ne crois pas que ses opinions politiques étaient
très fermes, sauf une : l'antinazisme. Il pensait avoir des raisons
de se battre, il était d'accord avec lui-même, il avait une bonne
conscience. À présent la France est foutue, l'Angleterre ne vaut
pas mieux et les nazis triomphent : tu peux voir ce qu'il est devenu.
Ce n'est pas une question de ressort : mais que veux-tu qu'il fasse
[...] Il croyait s'être engagé avec sérieux dans une croisade pénible
mais juste, on lui démontre qu'il s'est laissé embarquer avec une
incroyable légèreté dans une aventure mal préparée ; il pensait
refaire la guerre de 14, il s'aperçoit qu'il a fait celle de 70. Il vit
dans la contradiction ; ce qui triomphe, ce n'est pas seulement la
force des ennemis, c'est leur morale, leurs façons de voir ; lui, il
reste là, tombé hors du monde, avec des idées mortes ; il essaye de
se défendre, de repenser la situation, mais en même temps il sait
très bien que tout ce qui se passe dans sa tête est périmé. Il est
malheureux comme un chien et il ne peut même pas prendre son
malheur au sérieux : il se rend très bien compte que ça n'a plus
d'importance. Et ça, c'est le pire : souffrir, c'est toujours supportable. Ça commence à ne plus aller quand on a conscience de
souffrir pour rien. » Brunet hausse les épaules : « Tu dramatises.
Je ne trouve pas qu'il ait l'air si malheureux. Ni ses copains. »

Page 1425.

   a. fait de lui. — Moi ? demande Brunet ahuri. Tu vois bien que
j'essaye, au contraire... » Schneider l'interrompt : « Toi, oui, toi.
Toi comme les autres. Tu fais semblant de vouloir nous rendre
courage mais au fond, vous êtes tous d'accord *TM*
   b. Premières notes concernant dans ms. 1 *le passage suivant qui a été
récrit cinq ou six fois :* Est-ce que je ne vois pas comment tu nous
regardes ? Tu as les yeux froids ; tu ne vas pas gaspiller ta pitié
pour des gars qui ne comptent plus, pour les déchets du processus
historique. Déchets, oui. Mais nous sommes encore vivants. Et
notre déchéance, ça n'est pas une étiquette à épingler sur un mannequin : il faut la vivre au jour le jour. / Mais nous vivons, Brunet !
Nous vivons notre déchéance. Pour nous c'est un événement
absolu. / [...] « Tu es un abstrait, Brunet. Et c'est vous tous, les
abstraits, qui avez signé le pacte germano-soviétique. — Ah, dit
Brunet, nous y voilà. — Vous saviez qu'il donnerait aux nazis la
possibilité de faire la guerre et qu'il en résulterait beaucoup de
déchet. Mais vous disiez que vous n'y pouviez rien, que c'était une
exigence du processus historique et que vous aviez la conscience
pure.

   1. À la date du 29 août 1939, *L'Humanité* ne paraissait plus.
Les derniers numéros légaux de *L'Humanité* et de *Ce soir* (journal
auquel collaborait Nizan) datent du 25 août. Dans l'après-midi du
même jour, le gouvernement, pour empêcher la parution d'articles

favorables au pacte germano-soviétique et « de nature à nuire à la défense nationale », fit saisir les exemplaires déjà prêts de l'édition de province du 26 août. Certains exemplaires de cette édition échappèrent à la saisie. L'article de Brunet que mentionne Schneider a deux référents possibles :

— Un éditorial d'Aragon dans *Ce soir* du 25 août, intitulé « Tous contre l'agresseur ». Aragon soutient que le pacte germano-soviétique est un pacte de non-agression et qu'il ne remet pas en cause le traité d'assistance mutuelle entre la France et l'U.R.S.S. et il écrit : « Si la France se porte au secours d'un État victime d'une agression par le jeu de ses traités propres (la Pologne, par exemple), NÉCESSAIREMENT L'U.R.S.S. AIDERA LA FRANCE. » Pour lui, le plus grand danger contre la paix reste le danger hitlérien et il affirme l'urgence d'une alliance anglo-franco-soviétique.

— Un éditorial, « Union de la Nation française contre l'agresseur hitlérien », signé par P. L. Darnar et paru dans *L'Humanité* (saisie) du 26 août. Ce texte reprend les mêmes arguments que ceux développés par Aragon et constitue une défense peu enthousiaste mais ferme du pacte germano-soviétique.

Page 1426.

a. tu trouveras là-bas. *On lit à la suite dans ms. 1 :* Tu t'agites, tu organises, tu contactes : mais c'est une fuite. Nous sommes des machines arrêtées, mais toi tu tournes à vide : ça ne vaut guère mieux. Tu le sais, tu sais que tu es périmé et tu es comme nous : tu as la mort dans l'âme. C'est peut-être même toi le plus atteint.

Page 1427.

a. Première version dans ms. 1 du passage qui suit : Le dimanche suivant, il bruine mais tout le monde est dehors : il y aura des visites. Quelques familles des environs ont obtenu la permission de voir leurs prisonniers. On a installé en parloir une baraque de l'autre côté de la grille. Chaque prisonnier est visible un quart d'heure. On s'est pressé vers 2 heures contre la balustrade pour les voir arriver [...] Ils sont venus de Nancy, d'Épinal, de Metz, en bicyclette, à pied, quelques-uns sur des wagons de marchandises.

b. Première version dans ms. 1 du passage qui suit : Schneider sourit à Brunet : « Tu sais à quoi ça me fait penser ? Quand j'étais môme et pensionnaire, je ramassais des colles. Des fois mon père venait, il entrait, il était rouge et fort, il allait trouver le proviseur et faisait lever la consigne. Puis il sortait avec moi et me disait : « À nous deux. » Mais j'étais fier de lui et de moi parce que je pensais qu'il emmerdait le proviseur et qu'il était [m'avait ?] tiré de là. C'est nous les vaincus. »

Page 1428.

a. Fin de cette phrase dans ms. 1 : fait leur dernière sottise de gosse, celle dont on dit dans les livres qu'elle fait passer l'adolescent à l'âge d'homme :

b. Fragments de ms. 1 pour le passage qui suit : [*1er feuillet*] Quand l'instituteur s'était plaint que leur gars fût un cancre, ils avaient mis leur costume du dimanche et ils avaient été lui parler, d'homme à homme ; et plus tard, quand le gars faisait son apprentissage et que le bruit courait qu'il avait volé une clé anglaise, ils avaient été parler au patron. À présent, dans ces mêmes habits de dimanche, toujours aussi lents, toujours aussi lourds, aussi libres, ils venaient s'expliquer avec les officiers allemands à propos de la dernière sottise de leur fils. *[2ᵉ feuillet]* Le temps se gâte, la pluie tombe sans arrêt, ils l'entendent tout le jour tapoter de ses doigts hésitants au carreau et sur le rebord du toit. Sous la pluie, sous l'écume grise et bouillonnante du ciel intime, la caserne se contracte, la vie publique se relâche et fait place à la vie de clan ; à part Brunet et quelques obstinés qui font tous les matins des tours de cour au pas de gymnastique, les types ne sortent plus, ils restent assis par terre, adossés au mur, la lumière intime du ciel les a envoûtés ; ils poursuivent un grand rêve d'automne, ils parlent du feu dans les cheminées, des feuilles jaunies des arbres, des premiers dimanches au cinéma ; il y a un certain manque dans leurs yeux, le manque de la lumière électrique. *[3ᵉ feuillet]* ils parlent des premières flambées de sarments dans les cheminées, des premières feuilles mortes, et des villes si douces où les magasins chassent dans les rues, devant eux, en plein jour une tendre petite buée de lumière électrique.

Première version du même passage dans ms. 1 : Il y en a un qui passe, maigre et costaud avec des cheveux blancs bouclés et une moustache blanche ; sur cette tête à demi paysanne, Brunet retrouve comme un souvenir un air de solidité réfléchie ; avec ces gars-là on s'entend toujours, je leur parlais, ils comprenaient lentement en tatillonnant un peu, ils n'oubliaient jamais ce qu'ils avaient compris. Dans son cœur un vieux désir dresse la tête, un désir de travail : parler à ce vieux, lui expliquer quelque chose, n'importe quoi, pour sentir sur moi le regard de ces yeux sérieux, décider quelque chose avec lui. Il se détourne : le Passé est trop proche, le passé, la joie morte du travail, l'espoir mort. Il se retourne vers les prisonniers, vers son présent. Qu'est-ce qu'ils pensent ? Leurs visages trop expressifs sont indéchiffrables.

c. sur moi des regards   *orig. Nous adoptons la leçon de TM.*

d. les visiteurs de ce vieux regard de singe, effronté, fiévreux, cynique et malin, le regard français. Ils comptaient   *ms. 1*

e. ancien combattant. *On lit, à la suite, dans ms. 1* : C'était sur les combattants de 14 plus encore que sur les Allemands qu'ils voulaient tirer leurs premières balles.

Page *1429.*

a. On peut placer ici le passage suivant : Ce sont les premières paroles de charité qu'ils entendent depuis la défaite. Le vieux les regardait : « Mon fiston n'est pas là ? — Comment s'appelle-t-il ? — Renoux. » Les types crient : « Renoux ! Renoux ! » Personne ne répond. « Je l'aurai par les frisés, dit le vieux. Au revoir. »   *ms. 1*

Page *1430.*

a. aux yeux sombres. *Après ces mots, on lit dans ms. 1* : Elle n'est pas très jolie mais elle a un sourire qui te bouleverse. Il dit : « C'est comme les fleurs que la femme a jetées. — Quoi ? — Son sourire. — Tu es marié ? demande Schneider. — Je suis veuf, dit Brunet. » Il dit en regardant toujours la photo : « Ma femme était toute petite et rousse. Elle ne souriait pas souvent parce qu'elle était très malade. Elle travaillait chez Dunlop, dans les pneus. C'est un sale métier.

Elle était tuberculeuse. Je le savais, je l'ai épousée à cause de ça. Elle est morte au bout de deux ans de mariage. » Il n'en a pas dit si long depuis cinq ans. Il regarde de nouveau la photo pour éviter de penser à quelque chose, à la douceur laiteuse et transparente d'une peau de rousse. Il entend Schneider qui dit : « Je ne pense pas qu'elle sourie beaucoup ces temps-ci. » Il lève la tête, il voit passer deux types.

Page 1431.

a. Première version du passage qui précède dans ms. 1 : Il dit : « Elle viendra te voir, peut-être. — Non, dit Schneider. » Il ajoute : « Bordeaux, c'est loin. » Brunet lui rend la photo, il pense que cette femme a souri à Schneider, qu'elle souriait par lui et une sorte de douceur imprègne Schneider, le dore comme un soleil couchant.

b. On peut approximativement placer ici le passage suivant de ms. 1 : Brunet secoue les épaules, il dit : « J'ai peur que ça ne leur tourne la tête. » Depuis vingt ans qu'il milite, il sait ce qui trempe les hommes : la misère, le travail, la haine et les sursauts d'orgueil, les risques courus en commun, la discipline. Il se méfie des fleurs et des sourires. La sympathie, c'est du luxe : à quoi ça mène-t-il ? L'estime, la camaraderie de combat, voilà ce qui compte. Il suit des yeux les deux chasseurs, il regarde les coquelicots tachés de boue qu'ils portent à la boutonnière, il pense à ce sourire qu'il ne reverra plus, il se sent mal à l'aise, au bord d'un monde étrange et suspect qu'il ne comprend pas bien. Quand il parle, c'est comme pour se répondre à lui-même. Il dit : « Je ne suis pas ici pour m'attendrir mais pour travailler », et il se félicite, le lendemain matin, de ne pas s'être laissé rouler. Surexcités par les visites, les hommes ont parlé toute la nuit ; la même phrase a roulé comme une vague, du haut en bas de la caserne, vingt mille fois répétée : « Ça n'est pas notre faute. » Le Frisé a pris des airs avantageux en regardant le sergent qui boudait ; dans la cage voisine, les types parlaient femmes pour la première fois depuis le 21 juin. Les fausses nouvelles ont foisonné jusqu'au matin ; chacun des trente malheureux qui ont reçu des visites en a rapporté par brassées : les Allemands donnent la Belgique à la France à la place de la Bretagne, l'Italie prend la Corse, la Savoie, Nice et la côte jusqu'à Marseille, l'Espagne réclame Collioure. À deux heures du matin, Livard et Cantrelle, deux agents de publicité, sont montés au grenier, très animés : la mère de Cantrelle leur a glissé en douce une bouteille de cognac. Ils ont été de cage en cage, riant et criant : « Ça y est, les gars, c'est la classe, c'est la fuite, on se débine. — Pstt! Pstt! a dit le Frisé. Par là. » Ils ont gratté des allumettes, sont entrés et se sont laissé tomber sur les caisses en riant. « Qu'est-ce que vous racontez ? a demandé le Frisé. — Quoi ? a dit Livard. Ce qu'on raconte ? — Sur les départs. » Ils ont pris le fou rire et se sont poussés du coude ; ils n'arrivaient pas à reprendre haleine. Enfin Livard a dit : « Eh bien, c'est commencé. Officiel. À Nancy. — Comment le sais-tu ? dit Brunet intéressé. — Eh bien, c'est la mère à Cantrelle. Elle est de là-bas. Trois trains qui sont partis. Trois trains maouss, on les a vus ; les types étaient aux portières : ils envoyaient des baisers et criaient : à la prochaine. » Brunet se penche vers Schneider, il chuchote : « Ça a l'air vrai. Dans quinze jours on sera en Allemagne. — Où sont-ils partis ? demande Schneider. — Eh bien, dit Cantrelle, d'une voix étonnée, à Châlons, tiens! — À Châlons, pourquoi ? — Parce que c'est le

grand centre de libération. Tu ne le sais pas ? Tu t'amènes là-bas,
tu signes ton nom sur un registre et on te donne un costard civil,
avec une prime. — Qui te donne une prime ? demande Brunet en
réprimant une envie de rire. Les Allemands ? — Eh non, couillon !
Pétain. C'est arrangé entre eux. » Dans l'après-midi, les adjudants
réunissent les Alsaciens dans la cour.

On peut, semble-t-il, situer au début du passage précédent après Il suit
des yeux les deux chasseurs *les deux fragments de ms. 1 que voici :*

[*1er fragment*] Il montre à Schneider les types qui se promènent
dans la cour, sifflotants, l'air allant, et il dit : « À coups de pied dans
le cul. Je voudrais les voir nettoyer les chiottes des Allemands à
Kœnigsberg. Salauds ! » Schneider ne répond pas. Brunet se tourne
brusquement vers lui : « Mais naturellement si, je les aime. Seulement regarde-les : comment veux-tu qu'on les aime pour ce qu'ils
sont ? Comment veux-tu aimer ce mélange de vanité, d'aveuglement, d'égoïsme et de paresse ? Je les aime pour ce que nous en
ferons ! » Schneider soupire, il regarde ses ongles et dit : « C'est pas
les hommes qui t'intéressent, c'est l'organisation. » [...]

[*2e fragment*] « Tu es chrétien ? demande Brunet. — Moi ! Tu
sais bien que non. » Schneider dit lentement : « Ne crois pas que je
veuille te donner des leçons. Un moment je savais ce que j'étais, à
présent je ne sais rien du tout. — J'ai plus d'espoir en eux que toi,
dit Brunet. Je ne veux pas pratiquer la charité chrétienne; plus tu
les aimes, moins tu les changes. Il faut les changer et non changer
avec eux. »

Page 1432.

a. de les comprendre. *À la suite, on lit dans ms. 1 :* Il suffit de
leur faire un peu confiance. Et puis surtout de les aimer, vous entendez. De les aimer. Viens Schneider.

1. Ouvrage publié en 1896 et qui a connu plusieurs rééditions.

Page 1434.

a. tu es dégueulasse. » Brunet   *TM*
*b. Le passage qui suit a été récrit cinq ou six fois. L'une des versions
se lit :* « Il l'a dit très vite parce qu'il savait que j'allais le penser.
Il a honte de Gassou comme un Français à l'étranger peut avoir
honte d'un autre Français, ou un Juif d'un autre Juif. L'étranger
c'est moi. Il l'insulte pour affirmer leur solidarité contre moi.   *ms. 1*

Page 1436.

1. Le siège du P.C.F. se trouvait carrefour Châteaudun (rebaptisé
en 1956 place Kossuth).
2. Ni la Chambre des députés ni le Sénat ne furent directement
consultés pour la déclaration de guerre à l'Allemagne, le 3 septembre 1939. Ce fait fut souvent reproché à Daladier par la suite,
en particulier par l'extrême droite.

Page 1439.

a. Ici et par la suite, ms. 2 et TM donnent Jurienne *au lieu de*
Jurassien.

Page 1440.

a. Nous maintenons douceur, *leçon de TM et d'orig., alors qu'il faudrait peut-être corriger en* douleur. *Le manuscrit ne permet pas de déterminer ce que Sartre a écrit.*

1. Cette précision permet de situer la dernière scène de *La Mort dans l'âme* vers la fin du mois d'août 1940. C'est à la même époque que Sartre a été transféré de France au stalag XII D à Trèves.

2. Cette longue durée s'explique par le fait que le service militaire avait été porté à deux ans en 1936. Ceux qui, comme le typo, furent incorporés en octobre 1937, connurent près de trois ans de service actif plus cinq ans de captivité.

Page 1442.

a. On lit, sur ms. 2, Ramette. *C'est, peut-être, la bonne graphie de ce nom qui, par la suite, a pu être mal lu. Nous conservons cependant* Ramelle.

Page 1443.

1. Il s'agit en réalité de Pagny-sur-Moselle.

Page 1446.

a. la cinquième colonne, dit-il. Voilà ce que c'est. On m'a déjà fait le coup. À Dettwiller, c'était. Une boulangère, pendant la retraite. Elle était sur le pas de sa porte; à chaque fois qu'un détachement passait, elle faisait semblant de chialer, elle disait : " Pauvres gars. Vous serez tous massacrés, vous n'en reviendrez pas. " Des trucs comme ça. — Qu'est-ce qu'on lui a fait ? demande Martial. — On l'a passée par les armes », répond noblement Jurassien. « Dites donc *ms. 2*

Page 1448.

a. en tête. *orig. Nous adoptons la leçon de TM.*

b. sans cette putain de guerre. *TM. Cette correction serait-elle due aux ennuis que Sartre eut avec le titre de sa pièce « La Putain respectueuse » ?*

Page 1450.

1. Erreur pour Pagny-sur-Moselle.

Page 1451.

1. Sartre lui-même fut transféré au stalag XII D à Trèves.

Page 1454.

a. repasse *orig. Nous corrigeons en adoptant la leçon de ms. 2 et de TM.*

Page 1455.

a. pour crever... « Il y a longtemps que je me serais tiré, si ce n'était pas à cause de toi. Ce qu'on était cons! » Ah! qu'il décide! *ms. 2*

Page 1456.

a. en marche. Les salauds, les salauds, les sales Boches, t'en fais pas, mon petit gars, ils se marreront pas toujours, tu verras quand ils auront les Russes au cul et l'Amérique. Brunet pense *ms. 2*

b. gonflés *TM, orig. Nous adoptons la leçon de ms. 2.*

IV. DRÔLE D'AMITIÉ

NOTICE

Pour les lecteurs des *Temps modernes* qui lurent dans la revue les deux parties de *Drôle d'amitié* présentées dans les numéros de novembre et de décembre 1949 comme « Extraits des *Chemins de la liberté*, tome IV », ce texte put paraître prendre directement la suite du tome III, *La Mort dans l'âme*, que la revue avait publié en six livraisons de janvier à juin de la même année et qui était sorti en volume en septembre. On avait quitté Brunet et Schneider en août 1940, dans le train qui les emmenait en captivité en Allemagne, à Trèves ; on les retrouvait au cours de l'hiver 1940-1941 au stalag ; c'était une suite logique, présentant une continuité avec toute la deuxième partie de *La Mort dans l'âme* dont Brunet était devenu le protagoniste. Ainsi se trouvait confirmé le sentiment qu'un second cycle, un cycle Brunet, s'ouvrait dans *Les Chemins de la liberté* après ce que tous les lecteurs de *La Mort dans l'âme*, malgré la phrase finale du « prière d'insérer » qui suggérait le contraire, avaient sans doute interprété comme la mort de Mathieu[1].

Il fallut, somme toute, attendre quatorze ans pour avoir des nouvelles de ce dernier. Et ce n'est pas Sartre qui les donna, mais Simone de Beauvoir, dans un passage de *La Force des choses*[2] où elle explique pourquoi Sartre abandonna le quatrième tome et renonça à conclure. Nous reproduisons ici *in extenso* ce passage qui résume le scénario de la suite inachevée.

« *La Mort dans l'âme* s'achevait sur des points d'interrogation : Mathieu était-il mort ou non ? Qui était ce Schneider qui intriguait Brunet ? Que devenaient les autres personnages ? *La Dernière Chance* devait répondre à ces questions. Le premier épisode parut, fin 49, dans *Les Temps modernes*, sous le titre *Drôle d'amitié*. Un prisonnier nouvellement arrivé au Stalag, Chalais, un communiste, reconnaissait en Schneider le journaliste Vicarios qui avait quitté le parti au moment du pacte germano-soviétique : il avait fait l'objet d'une mise en garde du P.C. qui le tenait pour un indicateur. Chalais affirmait que jamais l'U.R.S.S. n'entrerait en guerre et que *L'Humanité* donnait comme consigne la collaboration. Inquiet, indigné, déchiré, quand Brunet apprenait de Vicarios qu'il allait s'évader afin d'affronter ses calomniateurs, il décidait de partir avec lui. Cette fuite en commun scellait l'amitié que Brunet gardait contre tous à Vicarios. Celui-ci était tué, Brunet repris. La suite resta à l'état de brouillon. Brunet décidait de faire une nouvelle tentative. On lui avait parlé d'un prisonnier qui dirigeait un réseau d'évasions, il le cherchait ; c'était Mathieu qui, au moment où il le retrouvait, participait à l'exécution d'un " mouton ". Rescapé, Mathieu, fatigué d'être depuis sa naissance libre " pour rien ", s'était enfin et allé-

---

1. Voir p. 1344.
2. P. 212-214.

grement décidé à l'action. Grâce à son aide Brunet s'échappait et gagnait Paris ; il constatait, stupéfait, que — par un retournement analogue à celui qui à la fin des *Mains sales* pousse Hugo au suicide — l'U.R.S.S. étant entrée en guerre, le P.C. condamnait la collaboration. Ayant réussi à réhabiliter Schneider, il reprenait, dans la résistance, ses tâches de militant ; mais le doute, le scandale, la solitude lui avaient découvert sa subjectivité : il avait reconquis au sein de l'engagement sa liberté. Mathieu faisait le chemin inverse. Daniel, qui collaborait, lui avait joué le tour de le faire rappeler à Paris comme rédacteur d'un journal contrôlé par les Allemands. Mathieu se dérobait et entrait dans la clandestinité. Au Stalag, son entreprise avait encore été celle d'un aventurier individualiste ; maintenant, se soumettant à une discipline collective, il avait abouti au véritable engagement ; partis, l'un de l'aliénation à la Cause, l'autre de la liberté abstraite, Brunet et Mathieu incarnaient tous deux l'authentique homme d'action, tel que Sartre le concevait. Mathieu et Odette s'aimaient, elle quittait Jacques, ils connaissaient la plénitude d'une passion consentie. Arrêté, Mathieu mourait sous les tortures, héroïque non par essence mais parce qu'il *s'était fait* héros. Philippe aussi résistait, pour se prouver qu'il n'était pas un lâche et par ressentiment contre Daniel. Il était abattu, au cours d'une descente dans un café du Quartier Latin. Fou de douleur et de colère, Daniel dissimulait dans sa serviette une des grenades que Philippe cachait dans l'appartement ; il se rendait à une réunion d'importantes personnalités allemandes et se faisait sauter avec elles. Sarah, réfugiée à Marseille, le jour où les Allemands l'arrêtaient se jetait avec son gosse par une fenêtre. Boris était parachuté dans le maquis. Tout le monde mort, ou presque, il n'y avait plus personne pour se poser les problèmes de l'après-guerre.

Mais c'était ceux qui à présent intéressaient Sartre ; la résistance, il n'avait rien à en dire parce qu'il envisageait le roman comme une mise en question et que, sous l'occupation, on avait su sans équivoque comment se conduire. Pour ses héros, à la fin de *Drôle d'amitié* les jeux étaient faits : le moment critique de leur histoire, c'est celui où Daniel embrasse avec emportement le mal, où Mathieu en vient à ne plus supporter le vide de sa liberté, où Brunet brise des os dans sa tête ; il ne restait à Sartre qu'à cueillir des fruits délicatement mûris ; il préfère défricher, labourer, planter. Sans qu'il eût abandonné l'idée du quatrième livre, il se trouva toujours un travail qui le sollicitait davantage. Sauter dix ans et précipiter ses personnages dans les angoisses de l'époque actuelle, cela n'aurait pas eu de sens : le dernier volume eût démenti toutes les attentes de l'avant-dernier. Il y était préfiguré d'une manière trop impérieuse pour que Sartre pût en modifier le projet et pour qu'il eût le goût de s'y conformer. »

En 1964, George H. Bauer, qui préparait alors son ouvrage *Sartre and the Artist*, fit l'acquisition chez un libraire parisien d'un ensemble de manuscrits de Sartre comptant huit cents feuillets et se rapportant à *La Mort dans l'âme*. En examinant cet ensemble entièrement autographe, sauf dix pages dactylographiées, il y découvrit, à sa grande surprise, des pages totalement inédites du quatrième tome abandonné, un cahier contenant *Drôle d'amitié* et une quantité de pages se rapportant à l'étude sur Genet, l'essai sur David Hare, l'essai sur Gjon Mili, plusieurs essais politiques, etc. À l'exception des cahiers qui procuraient une bonne partie du texte

de *La Mort dans l'âme* et du cahier contenant *Drôle d'amitié,* cet
ensemble se présentait dans le plus grand désordre.

Nous avions appris l'existence d'un manuscrit, comptant 223 pages,
de la partie du tome IV non publiée dans *Les Temps modernes,* qui
fut vendu le 12 mai 1959 à l'hôtel Drouot. Nous le signalâmes dans
Les Écrits de Sartre[1] et nous pensions alors qu'il s'agissait de celui
dont George H. Bauer avait fait l'acquisition. En fait, ce n'était pas le
même manuscrit, et nous n'avons pu jusqu'ici le consulter. En
revanche, George H. Bauer a consenti de bonne grâce et très amicalement à collaborer avec nous en préparant les notes et variantes pour
Drôle d'amitié et en établissant lui-même le texte des passages inédits
du IVᵉ tome dispersés dans le manuscrit qu'il possède[2]. Il s'est fondé
pour cela sur les plans trouvés à l'intérieur du manuscrit. Ces plans,
reproduits ci-après[3], révèlent que, contrairement à l'affirmation de
Simone de Beauvoir, *Drôle d'amitié* n'est pas le premier épisode du
IVᵉ tome des *Chemins de la liberté,* mais le troisième et le cinquième. Les
chapitres pour lesquels George H. Bauer a pu établir le texte, et qui
font le récit, le premier, de la convalescence de Mathieu à l'infirmerie
du camp à la suite de sa blessure, le second, des retrouvailles de
Brunet et de Mathieu au camp après la tentative d'évasion manquée
de Brunet et la mort de Schneider, encadrent donc le récit de *Drôle
d'amitié.* Cependant, puisque ces chapitres restent à l'état de brouillon,
Sartre avait jugé préférable que nous les donnions ici à part[4], comme
un document, alors que *Drôle d'amitié,* texte publié et donc amené par
Sartre à son état final, appartient, au même titre que les trois volumes
publiés, à l'ensemble inachevé mais définitif des *Chemins de la liberté.*
Ce roman se trouve ainsi avoir quatre parties : *L'Âge de raison, Le
Sursis, La Mort dans l'âme, Drôle d'amitié.* Du moment que Sartre réservait le titre *La Dernière Chance* au volume final et qu'il n'était pas
certain, lorsqu'il écrivait le IVᵉ tome, que ce serait bien le dernier,
nous ne donnons qu'avec beaucoup d'hésitation, malgré la caution
de Simone de Beauvoir, ce titre aux fragments inédits établis par
George H. Bauer.

Dans l'économie générale des *Chemins de la liberté,* dont nous avons
souligné la variété des écritures, *Drôle d'amitié,* de même que les
fragments inédits, marque l'envahissement du roman par le dialogue
théâtral. La structure dramatique de l'œuvre est celle du débat, d'un
conflit de droits analogue à celui que Hegel, cité par Sartre[5], avait
désigné comme faisant l'essence de la tragédie antique. Le ton, chargé
d'une affectivité intense, est tragique lui aussi.

Comme nous l'avons indiqué dans la Notice générale des *Chemins
de la liberté*[6], l'intention idéologique qui anime *Drôle d'amitié* est celle
de contester le stalinisme à la française du parti communiste dans
les années d'après-guerre. Cette intention s'articule sur une motivation affective : l'amitié malheureuse de Sartre pour Nizan. Au
début des années 20, cette amitié, « plus orageuse qu'une passion »,

1. P. 220.
2. Voir la description du *manuscrit Bauer,* p. 2025.
3. Voir p. 2139 et suiv.
4. Voir Appendice III, p. 1585 et suiv.
5. Voir *Un théâtre de situations, passim,* notamment p. 136-137. Soulignons aussi la
parenté de *Drôle d'amitié* et des fragments avec *Morts sans sépulture.*
6. Voir p. 1867 et suiv.

avait déjà donné lieu à un roman, « La Semence et le Scaphandre », suscité par une brouille avec Nizan, et que Sartre avait abandonné une fois la brouille résorbée. On sait que, durant les années 30, les liens entre Sartre et Nizan se distendirent. Il semble que la mort de Nizan, en mai 1940, ait provoqué chez Sartre un réveil de son amitié pour lui. Prisonnier au stalag XII D de Trèves, plongé dans un climat de chaude affectivité, Sartre a probablement rêvé sur ce qui serait advenu de Nizan dans les mêmes circonstances. Comment le militant, dénoncé comme un traître par la direction du parti pour l'avoir quitté au moment du pacte germano-soviétique, aurait-il été traité par les communistes du camp s'ils l'avaient reconnu ? Comment Nizan aurait-il réagi à cette situation nouvelle de militant séparé de sa famille politique, exclu par elle et découvrant le scandale de la solitude ? C'est cette situation que le texte, neuf ans plus tard, met en scène dans l'imaginaire. Tout se passe comme si Sartre s'était en quelque sorte incorporé Nizan pour le faire survivre en lui. À travers le personnage de Schneider (traduction allemande de l'origine latine de son propre nom, *sartor*) qui est en vérité Vicarios (le vicaire, le représentant de Nizan), Sartre réalise une fusion de lui-même et de Nizan. La « drôle d'amitié » entre Brunet, le militant pur et dur en qui il avait précédemment contesté le communiste Nizan, et Schneider/Vicarios, le militant déchu qui réunit en lui les positions antagonistes de l'intellectuel solitaire et de l'intellectuel partisan — positions qui avaient séparé Sartre et Nizan dans les années 30 —, est une amitié fantasmée entre l'ancien Nizan et celui qu'il serait peut-être devenu s'il n'avait pas été tué au front, mais avait rejoint Sartre au camp, où ils se seraient retrouvés, à nouveau pareils, égaux, interchangeables, amis comme au beau temps de l'adolescence. Ainsi, cette amitié est-elle aussi une réconciliation posthume. La mort de Schneider/Vicarios est la seconde mort de Nizan, mais cette fois récupérée et sauvée par l'amitié de Sartre, par le travail du deuil que le texte réalise : *Drôle d'amitié,* où Sartre livre son affectivité sans les déguisements de l'ironie, est une élégie pour un ami mort, une élégie pudique, mais passionnée et tragique.

C'est ce qui nous incline à dire, en poursuivant l'analogie que nous avons esquissée entre *Les Chemins de la liberté* et une symphonie beethovenienne, que son quatrième mouvement se serait sans doute rapproché d'un oratorio tragique. Geneviève Idt, pour sa part, a indiqué à juste titre que, pour la fin shakespearienne qu'il envisageait dans le tome ultime, il aurait probablement fallu à Sartre inventer une forme littéraire se rapprochant, elle, de l'opéra[1].

MICHEL CONTAT.

NOTE SUR LE TEXTE

Drôle d'amitié a été publié en deux parties dans *Les Temps modernes,* n° 49, novembre 1949, p. 769-806, et n° 50, décembre 1949, p. 1009-1039. C'est ce texte que nous donnons ici, avec des variantes pro-

---

1. Voir *Obliques,* n°s 18-19, p. 85.

venant du manuscrit Bauer (cahier bleu, IDEAL, 400 _paginas_, et 63 feuillets de brouillon, désigné par le sigle _ms._) qui est incomplet et ne couvre que la première partie, p. 1461-1501.

NOTES ET VARIANTES

Page 1461.

a. Première version du paragraphe initial dans ms. : Dans la toute petite carrée du capitaine, dans la toute petite cabine du bateau mort qui sent le bois mouillé, le capitaine se réveille chef de baraque, saute sur le plancher de la baraque, gratte une allumette, allume la veilleuse du seul maître à bord, la seule flamme qui brille dans cette flottille à la dérive, le froid le dissout dans la raison universelle, dans l'objectivité, dans le bonheur ; les ombres dansent, ça sent la nuit et le matin, les travailleurs de tous les pays se lèvent et nous aussi nous sommes des travailleurs. Au-dehors, la nuit écrase deux cents bateaux prisonniers de la banquise ; debout dans une journée d'homme qui commence, Brunet-la-Raison, Brunet-l'objet-pur, Brunet-le-Bonheur pose une main sur le montant du châlit et se penche sur un petit tas de sommeil : / « Debout ! » / Pas de réponse. / « Debout ! Debout ! »

Page 1462.

_a._ il cherche à se rappeler son rôle ; tout d'un coup   _ms._

b. Première rédaction du début de ce paragraphe : Brunet lui sourit amicalement ; sale fasciste : tout est dans l'ordre. Brunet salue au passage cette injure quotidienne que Moûlu réinventera demain ; il aime tout ce qui se répète. Tout est dans l'ordre, la journée peut commencer.   _ms._

_c._ jaillit du lit, un éclair de blancheur dans une odeur de pain chaud, pose sur le plancher ses petits pieds gras et roses, voilà ce que j'ai fait de lui, geint de froid, se dresse nu sur la banquise, un pingouin, passe sa chemise   _ms._

_d._ comme une vie intérieure. Moûlu pousse vers lui sa grosse face effarée aux sourcils touffus : / « Je vois. Tu es d'accord pour que je te fournisse le chauffage mais faut pas que je t'en cause parce que tu ne veux pas le savoir. Chocolat ?   _ms._

Page 1464.

_a._ la journée : _[8 lignes]_ pouce par pouce, jour par jour, le réseau s'étend ; à la nuit il aura gagné encore un peu de terrain. Il s'arrête, il respire fortement   _ms._

_b._ sauf mes gars ; ils se lèvent dans cette nuit paysanne, frais, durs et chastes, par-delà l'espoir et le désespoir ; ils ont repris la captivité à leur compte ; si, demain, on leur impose de se lever à quatre heures du matin, ils se lèveront à trois heures ; le froid et la haine les conservent. Brunet marche dans leur matin, il est fier d'eux, travailleurs de tous les pays... Il pousse une porte : des veilleuses sur la table, petits cercueils, au-dessus des cercueils, des coquelicots s'agitent, de grandes ombres   _ms._

Page 1465.

a. Première rédaction dans ms. pour les deux lignes qui suivent : de la journée : tous les matins il s'assied dans leur matin, leur jeunesse l'entoure, silencieuse et confiante; ils ont des bouches qui sourient, des yeux graves, presque avares, des plis d'amertume et d'orgueil au coin des lèvres. Dix-sept petits chevaux · tout à l'heure, chacun tirera de son côté; pour un instant encore, ils ne font qu'un seul attelage, Brunet tirant les rênes. Il sort sa pipe de sa bouche et la bourre; il attend d'éclater dans dix-sept directions différentes. A présent ici, au repos, rassemblant ses cavales; tout à l'heure, partout, chez les cordonniers, chez les tailleurs, à la Kommandantur, à l'Entlausungsanstalt[1] : dix-sept fois présent au camp, dans ces dix-sept jeunes corps. Il allume *ms.*

b. Dans le manuscrit, nous avons Julien *au lieu de* Dewrouckère.

1. Le 28 octobre 1940, Mussolini donna l'ordre à ses troupes stationnées en Albanie d'attaquer la Grèce. L'armée italienne connut rapidement une série de revers; elle fut chassée de Grèce et dut même abandonner les villes albanaises d'Argyrokastro (9 décembre), Klissoura (10 janvier) et Tomarica (19 janvier).

Page 1466.

a. au Pays noir. *[p. 1465, avant-dernière ligne].* Il ajoute vivement : « C'est eux qui me l'ont demandé. / — Qu'est-ce que tu connais des mineurs? demande Brunet. Je croyais que tu travaillais au Creusot[2]. » / Julien hausse les épaules. / « Mon père, dit-il simplement. / — C'est bien, dit Brunet. C'est très bien. » / Il sait que *ms.*

b. qu'il est ? PSF[3] ? / — Apolitique, plutôt; c'est le genre à grogner contre les Juifs et les fonctionnaires et puis, deux minutes après, contre les deux cents familles : un irresponsable. / — Après ? / — Faut-il que *ms.*

c. de ma femme. / — Tu n'en as pas, toi ? / — Pas depuis que je suis ici. » / Brunet regarde Toussus avec bonté, il va lui faire cadeau d'une tâche nouvelle, d'une nouvelle occasion de sentir sa force. Il dit : / « Il vaut mieux *ms.*

d. une catastrophe. Tu n'auras qu'à lui dire que la politique ne t'intéresse plus. / Les têtes *ms.*

1. Le Parti franciste fut fondé par Marcel Bucard en novembre 1933, peu de temps après le triomphe nazi en Allemagne. Selon J. Plumyène et R. Lasierra (voir *Les Fascismes français, 1923-1963,* Le Seuil, 1963, p. 57-63), ce mouvement était, « de tous les fascismes français, le plus intransigeant, le plus systématique, le plus fasciste ». Son slogan était : « La France aux Français » et il était implanté, avec l'appui des Allemands, dans la plupart des camps de prisonniers. Sartre nous a précisé que, dans son camp, les francistes étaient organisés et actifs.

---

1. Baraque d'épouillage, de désinfection.
2. Dans *La Mort dans l'âme,* Dewrouckère est présenté comme « mineur à Lens ». Il est possible qu'à l'origine Julien ait été conçu comme un personnage distinct de Dewrouckère.
3. Parti Social Français, d'extrême droite, dirigé par le colonel François de la Rocque après la dissolution, en 1936, de la ligue des Croix-de-Feu.

Page 1467.

a. ils se taisent, rassurés *[p. 1466, 3 lignes en bas de page]*, et Brunet pense qu'il les aime, il fume sa pipe et il est content; Julien relit timidement ses papiers, en les cachant derrière sa main : sur des feuilles quadrillées qui viennent de la Kommandantur il a tracé trois ou quatre lignes d'une grosse écriture. Tout à coup le froid saisit Brunet. Pas le froid glorieux du petit matin : un froid sournois et mouillé qui lui lèche le ventre et les cuisses de sa langue ignoble. Brunet frissonne *ms.*

Page 1468.

a. des avantages. Grâce à quoi tu t'imagines que j'ai pu mettre debout une organisation d'un millier d'hommes ? Cette piaule *ms.*

b. d'être officiers. Tu le sais pourtant bien, qu'il faut des chefs et que ton devoir est de commander. Tu as beau faire l'autruche et te cacher dans la foule, TU LE SAIS. Brunet hausse *ms.*

1. Rappelons que Sartre, lorsqu'il était à l'École normale, avait refusé de suivre la préparation militaire d'élève officier et qu'il fit son service militaire et fut mobilisé comme deuxième classe, au contraire de Merleau-Ponty, par exemple, qui devint sous-lieutenant. Sartre note, dans « Merleau-Ponty vivant » (*Situations*, IV, p. 190, n. 1) : « Je ne sais s'il a regretté en 1939, au contact de ceux que leurs chefs appellent curieusement des hommes, la condition de simple soldat. Mais quand je vis mes officiers, ces incapables, je regrettai, moi, mon anarchisme d'avant-guerre : puisqu'il fallait se battre, nous avions eu le tort de laisser le commandement aux mains de ces imbéciles vaniteux. On sait qu'il y est resté, après le court intérim de la Résistance; c'est ce qui explique une partie de nos malheurs *[1961]*. »

Page 1469.

a. de sommeil attardé, il voit des fauteuils verts; où a-t-il vu des fauteuils verts ? Ah, oui : chez Mathieu; ils étaient corrupteurs[1]. Brusquement *ms.*

b. il pense : quelle amitié. *ms.*

Page 1470.

a. en fasse trop : voilà ce que Schneider ne peut pas comprendre. Si je refusais les avantages de ma charge — en admettant que ce soit des avantages — ils trouveraient ça louche. Les martyrs *ms.*

b. qu'il soit socialiste. / « Salut *ms.*

c. reprendre haleine et s'orienter. Ils sont arrivés par l'ouest; sur la gauche, à cent mètres, il doit y avoir les barbelés et puis une route rose où personne ne passe; au-delà de la route, un bois de sapins descend sous le brouillard vers une vallée invisible qui fume les jours de beau temps : de l'autre côté de la vallée, une colline : dans deux heures d'ici on pourra la voir; quelquefois il y a des moutons qui paissent sur sa cime et d'autres fois des hommes marchent, qui vont où ils veulent. Où ils veulent... C'est un rire

1. Ce souvenir, éliminé de la version imprimée dans *Les Temps modernes*, sera repris plus loin, p. 175. Il se réfère à un épisode de *L'Âge de raison*, chap. VIII; voir p. 517.

bref, Brunet se redresse et tourne le dos à la colline : la liberté, pour quoi faire ? Et quelle liberté ? Ils vont dans les usines de guerre, faire du travail forcé. D'un bout à l'autre de l'Europe, il n'y a que des captifs, des ombres *ms.*

Page *1471*.

a. c'est l'Espèce. Il voudrait penser qu'il est avec eux, du bon côté de la barrière, il les dévisage *ms.*

b. le regard humain, ce sont des bêtes. Brunet les considère sans amitié et sans mépris : des bêtes, j'en ferai des hommes *ms.*

c. une quinzaine de types, hébétés, se mettent à le suivre. Quand ils passent près des cuisines, trois Allemands surgissent du brouillard et leur font signe ; les types s'arrêtent, les Allemands les comptent et les tâtent en riant. L'homme de confiance se tourne avec impatience vers les chefs de baraques : / « Allons *ms.*

1. Sans doute signe de connivence à l'égard du cinéaste Alexandre Astruc qui a fait partie de l'entourage de Sartre dans les années d'après-guerre et qui a écrit plusieurs articles critiques sur son œuvre.

Page *1472*.

a. dit Brunet. / — Bah! dit Chalais d'un ton dur. » / Brunet a toujours connu Chalais en lutte contre son corps. Ses épaules, ses bras, ses jambes sont les jouets de forces malignes qu'il essaye perpétuellement de contenir. Il hait son corps, il lui en veut et le traite dur. Mais le corps se venge. / Ils se regardent avec un léger embarras. Chalais grelotte. Brunet se détourne *ms.*

Page *1473*.

a. Chalais *[4e ligne de la page]* les suit avec les autres, à distance respectueuse. Brunet est enchanté de pouvoir travailler avec un responsable : quand on est deux, on est plus sûr de ne pas s'écarter de la ligne. Seulement il eût préféré que ce ne fût pas Chalais. / « Stop! *ms.*

b. de la main pour les forcer à lui sourire, les types sourient de bonne grâce, avec un peu de surprise : dans le camp on ne se salue pas. Maurice les dévisage avec un étonnement rigolard ; il pousse Brunet du coude : / « Ils sont caves, les gars d'ici ; ils ont l'air de déterrés. » / Un gars de Nancy, que Brunet connaît de vue, se penche *ms.*

Page *1474*.

a. remettre ça. Vaut mieux être jusqu'au cou dans la merde que d'avoir tout le temps peur d'y tomber. / Il montre *ms.*

b. l'air imperméable. Ils font quelques pas en silence puis Brunet demande : / « C'était pas trop dur, le voyage ? / — C'était marrant », dit Maurice. / Brunet le regarde par en dessous, il pense : « Je l'ai connu môme[1] », il fait un effort pour le trouver sympathique. / « Comment va *ms.*

1. Au début du *Sursis* (23 septembre 1938), Brunet rencontre

1. Dans *Le Sursis* p. 745, Brunet dit à Zézette à propos de Maurice : « Je l'ai connu, il était haut comme ça [...] il était aux Faucons rouges [...]. »

effectivement Maurice Tailleur et sa femme Zézette rue Royale (voir p. 744).

2. À l'époque où Sartre rédigeait les tomes III et IV des *Chemins de la liberté*, il y eut une sérieuse controverse concernant la parution et le contenu de *L'Humanité* clandestine pendant la drôle de guerre et surtout pendant la période qui suivit la défaite. Cette controverse semble aujourd'hui réglée sur le plan historique et c'est sur l'initiative du Parti communiste lui-même qu'a paru en octobre 1975 une édition en fac-similé de tous les numéros de *L'Humanité* clandestine. Voici les principaux faits qui nous intéressent ici : le dernier numéro légal de *L'Humanité* date du 25 août 1939, date à laquelle le gouvernement fit saisir l'édition du 26 à la suite d'articles favorables au pacte germano-soviétique (voir à ce sujet notre note pour *La Mort dans l'âme*, n. 1, p. 1399). Le premier numéro (imprimé) de *L'Humanité* clandestine date du 26 octobre 1939, mais fut précédé d'un certain nombre de tracts clandestins. Les 57 numéros publiés jusqu'au 24 juin 1940 dénoncent généralement les « traîtres » qui ont quitté le Parti, s'opposent aux poursuites anti-communistes, s'attaquent à la guerre et réclament la paix.

Après l'occupation de Paris en juin 1940, plusieurs responsables communistes, plus tard désavoués par le Parti, demandèrent aux autorités allemandes l'autorisation de faire reparaître officiellement *L'Humanité*. Cette autorisation, un moment considérée, ne fut pas accordée à cause de l'opposition du gouvernement de Vichy et *L'Humanité* resta clandestine, tout en réclamant pendant plusieurs mois le droit de pouvoir « paraître normalement ». Pendant l'été 1940, le journal dénonce le gouvernement de Vichy mais ne s'attaque pas aux occupants et prône même la fraternité franco-allemande : « Il est particulièrement réconfortant, en ces temps de malheur, de voir de nombreux travailleurs parisiens s'entretenir amicalement avec des soldats allemands, soit sur la rue, soit au bistrot du coin. / Bravo, Camarades, continuez, même si cela ne plaît pas à certains bourgeois aussi stupides que malfaisants » (n° 59, 4 juillet 1940).

D'autres numéros demandent la reprise du travail, insistent sur le conflit capitalisme-prolétariat, sans s'attaquer aux Allemands, et donnent en exemple l'U.R.S.S. Le numéro 73 du 28 août célèbre l'anniversaire du pacte germano-soviétique qui « consolidait la paix à l'est de l'Europe » et qui a eu le résultat suivant : « L'U.R.S.S. s'est maintenue en dehors de la guerre impérialiste : elle a considérablement accru sa puissance, elle a libéré 23 millions d'êtres humains du joug du capital [allusion à l'annexion de territoires précédemment polonais, roumain et tchécoslovaque] et elle montre aux exploités et opprimés de l'univers le chemin de la libération, le chemin du bonheur. »

Le numéro 76 du 14 septembre 1940 confirme : « En U.R.S.S. il y a de tout pour tous », et le numéro 89 du 16 novembre justifie le voyage de Molotov à Berlin : « L'U.R.S.S. agit toujours dans l'intérêt des peuples [...] La puissance inspire le respect. »

Vers la fin de 1940 et au début de 1941, le ton change graduellement. Les hommes de Vichy, antinationaux et antisoviétiques, veulent « la vassalisation de la France pour se faire protéger par des baïonnettes étrangères » (n° 91 du 3 décembre 1940). Les occupants deviennent les « protecteurs des traîtres de Vichy » (n° 96, 4 janvier 1941). Le 8 février 1941 (n° 98), apparaît le slogan :

« Unissons-nous pour la grande revanche », et le 5 mars (n° 102), le journal attaque enfin les hitlériens et ceux qui veulent nazifier la France. Le 26 mai (n° 114), il propose un « Front national de lutte pour l'indépendance de la France » et après l'attaque de l'U.R.S.S. par Hitler, il reprend constamment les slogans : « Vengeance » et « Dehors les Allemands ». La fidélité à l'U.R.S.S. se trouve réaffirmée : « La libération de la France dépend de la victoire de l'U.R.S.S. Faisons tout pour hâter cette victoire. Le fascisme c'est l'ennemi à abattre. »

D'après l'étude de ces textes, il apparaît que Chalais présente un point de vue déjà périmé lorsqu'il arrive au camp et parle à Brunet. La ligne du Parti, après avoir été celle de Chalais, redevient ironiquement celle de Brunet. Ce retournement fait penser à la situation décrite dans *Les Mains sales*.

Pour des renseignements plus complets sur *L'Humanité* clandestine, nous renvoyons le lecteur à :

— la collection du journal conservée à la Bibliothèque nationale (cote Rés. G. 1470 [175]). On trouvera également à la Bibliothèque nationale des éditions de province de *L'Humanité* ainsi que des faux d'origine allemande (cote Rés. G. 1473 [6]).

— la reproduction en fac-similé du journal : *L'Humanité clandestine (1939-1944)*. Commentaires sous la direction de Germaine Willard. Préface de Jacques Duclos. Conclusions de Georges Cogniot. Éditions sociales — Institut Maurice-Thorez, 2 vol., 1975.

— A. Rossi (pseudonyme d'Angelo Tasca) : *Les Communistes pendant la drôle de guerre*. Les Iles d'Or, 1951. Ce volume comprend de nombreux fac-similés. Deux autres ouvrages du même auteur comportent des renseignements utiles : *Physiologie du Parti communiste français* (Self, 1948) et *Deux ans d'alliance germano-soviétique* (Arthème Fayard, 1949).

— Germaine Willard : *De Munich à Vichy : La drôle de guerre*. Éditions sociales, 2ᵉ éd., 1969.

L'auteur, donnant le point de vue communiste officiel, justifie (p. 163) les appels à la fraternité franco-allemande de l'été 1940.

La question de *L'Humanité* clandestine a fait en novembre 1974 l'objet d'un débat à l'Assemblée nationale entre le ministre de l'Intérieur Michel Poniatowski et Jacques Duclos.

Page 1475.

a. Maurice s'amuse : le froid ankylose son visage mais ses yeux courent partout et remarquent tout; un sourire de supériorité s'est figé sur ses lèvres noires. Les types passent près d'eux, nonchalants, bougons, fripés; les yeux de Maurice les photographient au passage; Brunet presse le pas : il veut enfermer au plus vite ce regard hostile, l'empêche de traîner sur des gars sans méfiance qui se montrent dans leur débraillé du matin parce qu'ils se croient entre eux. Ils ne sont pas entre eux. Maurice n'est pas un des leurs. Pas encore. Le camp a des témoins. Maurice s'arrête : demi-nus *ms.*

b. Maurice le suit docilement mais sa tête reste tournée vers le hangar : / « Ils y vont mou. Pas de danger qu'ils se fassent mal. / — Ils n'ont pas de savon. / — Raison de plus pour frotter. » / Brunet ne répond pas; l'équipe de Trezale passe, avec des pelles; ils vont travailler à la caserne. Ils sourient à Brunet, qui leur rend leur sourire; Maurice les regarde, Brunet cesse de sourire : il leur trouve brusquement l'œil éteint et les épaules voûtées. Il les regarde et il regarde Maurice   _ms._

_c._ y reſter. Et puis les voyages forment la jeunesse. Hier on a traversé Luxembourg; cette nuit on s'eſt promené à pinces dans Trèves : j'aurais rien vu de tout ça, sans la guerre. / Brunet hausse _ms._

Page 1476.

_a._ un intérêt glacé, il pense : Quelque chose eſt en train d'arriver. Il se retourne   _ms._

_b._ Entrez! / Le troupeau trébuchant entre docilement dans le couloir. Brunet appelle   _ms._

1. Il y a trois accords commerciaux entre l'U.R.S.S. et l'Allemagne, signés le 19 août 1939, le 11 février 1940 et le 10 janvier 1941. C'eſt sans doute à ce dernier que Maurice fait allusion. Nous n'avons pas pu vérifier s'il en était queſtion dans _L'Humanité_ clandeſtine.

Page 1477.

_a._ Il sort; le long couloir lui paraît plus long et plus vide; un regard étrange le ronge de sa terne lumière. Brunet se promène à travers ce regard : il voit sa baraque pour la première fois. Il pense :   _ms._

b. Dans les pages de brouillon, l'épisode qu'on vient de lire (depuis le milieu de la page 1474) concernant Maurice et la reparution de « L'Humanité » eſt raconté de la façon suivante : « — _L'Humanité_ reparaît ? / — Ben oui. Clandeſtinement. / — Eh bien ? / — Eh bien, je ne sais pas. Des articles contre Pétain, oui. Des Chleuhs pas un mot. » / Brunet se sent la gorge sèche, il donne une tape dans le dos de Maurice et sourit : / « Il faut ça mon vieux. Il faut ça. D'abord tu comprends, on n'eſt pas encore organisé. Faut pas trop chavirer tant qu'on n'a pas des planques, les Fritz pourraient venir faire un tour. C'eſt un moment pour rien. Et puis l'U.R.S.S. attend son heure. » / Il regarde les yeux de Maurice qui reſtent ternes, il rit, il lui claque le dos. Il lui dit : / « Alors, tu prends ta musette et tu te ramènes, hein, je t'attends. Je te mets dans la chambre 6, rien que des camarades. » / Il s'en va, il a un remords : il pourrait lui gâcher le moral; je vais le mettre dans la chambre 5, chez les mous. Il part, il pense chez les mous, il a la gorge serrée, il rentre dans la chambre pour boire un verre d'eau. Schneider eſt là. / « Alors ? » / Brunet hausse les épaules : / « On ne peut pas avoir de renseignements. Le type ne sait rien. Et puis : Il travaillait en ville et il ne sait rien ? » / Brunet ne répond pas, il s'assied; il eſt las. / « Tu veux faire une partie d'échecs, demande Schneider. / — Non. » / Quand Maurice entre, il eſt toujours assis à la même place. / « Me voilà », dit Maurice. / Il regarde Schneider et il a un coup   _ms._

Page 1478.

_a._ très bien. » / Il passe la main sur l'épaule de Schneider : / « Mais, dis donc! Tu cuis! — Moi ? — Ta veſte eſt brûlante. / — C'eſt marrant, dit-il. Ce matin, je n'arrive pas à me réchauffer. » / Brunet étend ses jambes   _ms._

_b._ de chez Renault et puis   _ms._

_c._ de paſteur cévenol, un intellectuel.   _ms._

1. Voir n. 1, p. 746.

2. Après la dissolution du Parti communiste, le 26 septembre 1939, la plupart des députés de ce parti furent arrêtés. Seuls échappèrent à l'arrestation les députés mobilisés, ceux qui s'étaient désolidarisés de la nouvelle politique du Parti et une dizaine de leaders comme Thorez, Duclos, Marty, Tillon, Ramette, qui réussirent à se mettre à l'abri. Tout le groupe communiste vit son immunité parlementaire levée le 16 janvier 1940 et fut traduit le 20 mars devant le tribunal militaire. Le 3 avril, tous les députés furent condamnés à quatre ou cinq ans de prison, à une amende et à la perte des droits civiques et politiques. Il ne nous a pas été possible de déterminer si certains députés ont été envoyés en première ligne après avoir été emprisonnés, mais cela semble peu probable. En revanche, un grand nombre de responsables secondaires et de militants furent renvoyés aux armées après leur arrestation. Le personnage de Chalais paraît n'avoir aucun référent précis parmi les députés communistes.

3. Jusqu'en mai-juin 1941, période à laquelle le Parti commence à préconiser un « Front national de lutte pour l'indépendance de la France », l'attitude des communistes a été en général d'ignorer la France libre ou de lui être hostile.

Page 1480.

1. Sartre semble avoir choisi ce nom pour sa valeur symbolique et pour susciter la curiosité du lecteur. Le sens principal est celui de « vicaire », celui qui exerce en second des fonctions attachées à un office ecclésiastique (cf. les fonctions de Schneider auprès de Brunet). D'autre part, le « vicaire apostolique » est le prélat chargé de l'administration de territoires au pouvoir des infidèles et des hérétiques (cf. la notion d'hérésie attachée à Schneider). L'adjectif anglais « vicarious » indique mieux que le français certains des sens annexes : délégué (par exemple, en ce qui concerne l'autorité), partage (plaisir), souffert à la place d'autrui (punition), ressenti par contrecoup (émotion), fait à la place d'un autre (travail), etc.

Le référent politique du personnage de Vicarios est de toute évidence Paul Nizan. Il n'y a pas lieu de revenir ici sur les détails de l'amitié entre Sartre et Nizan (voir à ce sujet *Les Écrits de Sartre,* p. 341-342, ainsi que les différentes études sur Nizan, en particulier celle de Jacqueline Leiner), mais on peut relever les faits suivants : Nizan était l'un des principaux intellectuels du Parti communiste et était journaliste à *Ce soir.* Opposé au pacte germano-soviétique, il démissionna du Parti; il fut aussitôt accusé, comme la plupart des autres « renégats », de travailler pour la police. Dans un article publié dans *Die Welt* (21 mars 1940), le secrétaire du Parti, Maurice Thorez, écrit, à propos de l'attitude de Nizan à la fin du mois d'août 1939 : « L'indicateur de police Nizan propageait sous le couvert d'un "plan" de collaboration avec les feuilles bourgeoises pour pallier l'interdiction légale qui frappait la presse communiste, l'idée d'un "communisme national", c'est-à-dire communisme en paroles et nationalisme en fait » (cité par A. Rossi, *Les Communistes français pendant la drôle de guerre,* p. 40). Mobilisé en septembre 1939, Nizan fut tué pendant la retraite de Dunkerque, le 23 mai 1940. Après la guerre, Sartre s'employa à réhabiliter la mémoire de son ami dans une controverse qui l'opposa au Parti

communiſte et en particulier à Aragon (voir « Le cas Nizan »
dans *Les Temps modernes*, n° 22, juillet 1947, p. 181-184, et *Les
Écrits de Sartre*, p. 164).

Page 1481.

a. un canard oranais, *Le Fanal,* dit Chalais   *ms.*

b. Il se sent important et vaguement excité comme à l'annonce
d'un décès. C'eſt Schneider, le défunt, il n'y a pas de pire mort
que de quitter le Parti. Chalais parle et Brunet voit la vie de Schneider, déjà fermée sur elle-même, déjà un deſtin. Mourir, quitter   *ms.*

1. Il n'exiſte pas, à notre connaissance, de journal oranais
correspondant aux détails donnés ici.

2. Sartre retrouve ici un sens vieux de *mouche :* espion, indicateur
de police. Simone de Beauvoir utilise le mot dans la même accep-
tion en parlant des dénonciateurs qui sévissaient au Flore (voir
La Force de l'âge, p. 546).

Page 1483.

a. Ça gratte. *[p. 1482, début du 2ᵉ §]* Il dit tranquillement : /
« Qu'eſt-ce qu'on fait ? » / Chalais rejette la tête en arrière et lui
lance un regard glacé : / « Tu me le demandes ? » / Brunet détourne
la tête : / « Tu veux... le balancer ? / — Naturellement, dit Chalais.
Et tout de suite. / — Hum! dit Brunet. C'eſt risqué! / — Ce qui
serait risqué, c'eſt de le garder dans la baraque. Qui sait s'il n'a
pas déjà fait des rapports à la Kommandantur ? » / Brunet sursaute,
indigné : que Schneider, en 39, dans un bled perdu... Mais pas
ici, pas depuis qu'ils travaillaient ensemble. / « Non, dit-il sèchement. Impossible. / — Parce que... / — Eh bien, j'ai fait beaucoup
de travail ici... » / Chalais le regarde : / « Quel travail ? demande-t-il
d'une voix brève. / — On en parlera plus tard, dit Brunet sur le
même ton. Il reprend : J'ai fait beaucoup de travail et s'il avait
voulu me donner, il y a beau temps que je ne serais plus là. » /
Chalais ne dit rien ; il étend ses longues mains jaunes vers le poêle
et les contemple d'un air dégoûté. / « Si on le fout dehors comme
une merde, dit Brunet, il va devenir enragé. » / Chalais secoue
la tête : / « Il ne parlera pas. S'il parle, il sait ce qui l'attend. Eſt-ce
que tu peux t'imaginer ce qui se passe dans sa tête en ce moment ? /
— Oui, dit Brunet, je peux me l'imaginer. / — Bon, eh bien tu
verras : il sera trop heureux de s'en tirer avec un changement de
baraque. » / Brunet ne répond pas ; ils s'observent. Au bout d'un
moment Chalais dit avec impatience : / « Et puis de toute façon
nous n'avons pas le choix. / — Très bien, dit Brunet. » / Il ajoute
sans regarder Chalais : / « J'ai un copain qui eſt chef de baraque.
Thibaut, il s'appelle. Je vais lui refiler le moineau en douce. Il
ne dira rien. / — Parfait, dit Chalais. Eh bien, tu n'as plus qu'à
communiquer nos décisions à Vicarios. Dis-lui qu'il s'en tire à
bon compte et qu'il y aura du vilain si on le prend à rôder   *ms.*

Page 1484.

a. vaguement familier qui n'était ni tout à fait soi-même ni
tout à fait un autre et qu'on pouvait   *ms.*

Page 1485.

a. avec surprise; il a l'air de dire : tu n'as plus le droit de me demander ça. Brunet partage sa surprise : en effet, je n'ai plus le droit. Il s'en veut d'avoir prêté sa bouche à cette voix. De toute façon la question est posée, à présent; il ne lui reste plus qu'à la reprendre à son compte. Il répète, avec dureté   *ms.*

b. Pas d'autre. Quand je travaillais avec vous, je me sentais mieux, c'est tout. / Il fait quelques   *ms.*

Page 1487.

a. ne pas mentir et puis nous n'avons pas le temps de faire de nuances : plaquer le Parti quand il est dans la merde, c'est aussi criminel que de faire des rapports sur son activité. Au bout du   *ms.*

b. parlent avec animation. Chalais ne dit rien; la souffrance tord sa bouche inhumaine, la défiance durcit son regard inhumain. A l'entrée de   *ms.*

c. a l'air déçu   *le manuscrit a ici une lacune. Il ne reprend qu'aux mots* Il faut que j'aille prévenir Thibaut, dit Brunet. *[p. 1500, var. a].*

Page 1488.

1. Radio-Moscou, principale source d'informations et de directives pour les communistes pendant la période troublée qui accompagna la défaite, avait effectivement demandé aux militants du Parti de ne pas quitter Paris (voir A. Rossi, *Les Communistes français pendant la drôle de guerre,* p. 310 et 319). On se reportera au même ouvrage (p. 324-325) pour les tractations qui eurent lieu entre certains responsables communistes et les autorités allemandes en vue de la reparution officielle possible de *L'Humanité.* Nous n'avons pu trouver aucune information précise concernant le numéro de *L'Humanité* resté en panne, faute de personnel. Ce numéro semble avoir subi le même sort que d'autres projets communistes beaucoup plus ambitieux, comme celui de prendre, à la faveur des circonstances , le pouvoir pour former un gouvernement populaire.

2. À propos de la situation du Parti en 1940, Jacques Fauvet écrit dans son *Histoire du Parti communiste français* (Fayard, 1965, tome II, p. 62) : « L'appareil du parti est ébranlé; la direction, toujours recherchée par la police, a perdu la plupart de ses membres. Duclos et Gaston Monmousseau, tous deux condamnés par contumace, sont les seuls, parmi les dirigeants élus au Bureau politique en 1937, à rester en liberté. Encore pourront-ils se cacher et toujours se tenir sur leurs gardes [...] Les autres membres du Bureau sont, soit en prison comme Sémard, Billoux et Midol, soit à l'étranger comme Thorez, Marty et Ramette. Quant à Gitton, secrétaire à l'organisation, il fait partie des " renégats ". »

3. Ce nom, qui est aussi celui d'un peintre bien connu, n'a été porté par aucun dirigeant communiste de l'époque.

4. Usine de mécanique et de motocyclettes située à Suresnes.

Page 1493.

1. Toute la pensée de Sartre dans les années d'après-guerre s'oppose à la notion de « processus historique » dans la mesure où celui-ci coïncidait avec l'objectivisme stalinien et niait le rôle de la subjectivité dans l'histoire : voir en particulier ses textes, « Le Processus historique » (dans *Les Écrits de Sartre,* p. 677-679) et « Faux savants ou faux lièvres ? » (dans *Situations,* VI, p. 23

et suiv.). Dans le premier, Sartre attaque un article de la *Pravda*
où l'on reproche à l'existentialisme d'ignorer le processus historique; dans le second — qui est essentiel pour la compréhension
de *Drôle d'amitié* — il montre que l'erreur des staliniens est de
« voir dans la subjectivité non pas une certaine interprétation de
l'objectif mais la négation de cette objectivité »; la subjectivité
devient ainsi « une tare constitutionnelle dont l'autre nom est
trahison » (*Situations*, VI, p. 44 et 46).

Page 1494.

1. Cet argument constitue la principale justification que Sartre
a continué de voir au pacte germano-soviétique. Dans « Les Communistes et la paix » (*Situations*, VI, p. 104), il écrit cependant à
propos du pacte : « On a tout dit sur le procédé et il est certain
qu'il manque de délicatesse : mais qui peut nier que la Russie, à
défaut de la paix du monde, entendait préserver *sa* paix. Il faudra
que l'Allemagne l'attaque, en 1941, et les premières opérations
semblent indiquer que l'armée soviétique n'était pas entièrement
préparée au choc [...] Il est certain que l'U.R.S.S. a craint l'encer-
clement et la guerre. »

Page 1495.

1. Dans ce discours, Molotov déclara : « Les relations amicales
établies entre l'Allemagne et l'U.R.S.S. sont fondées sur les intérêts fondamentaux des deux pays. »
2. Molotov fit un voyage officiel à Berlin, du 12 au 14 novembre 1940, pour parer à la situation créée par la signature, le
27 septembre, du pacte tripartite entre l'Allemagne, l'Italie et le
Japon, et pour améliorer les relations entre l'U.R.S.S. et l'Allemagne. Il déclara à ce propos : « L'intérêt de l'Allemagne et de
l'Union soviétique exige que ces deux pays collaborent et ne
luttent point l'un contre l'autre. » Les discussions entre Molotov
et Ribbentrop furent surtout dirigées contre l'Angleterre. Sur le
voyage de Molotov à Berlin, voir l'ouvrage d'A. Rossi, *Deux ans
d'alliance germano-soviétique* (A. Fayard, 1949, p. 166-180).
3. L'accord fut signé le 10 janvier 1941. On peut noter que,
quelque temps auparavant, le 18 décembre 1940, Hitler avait déjà
donné l'ordre de préparer « l'opération Barberousse », c'est-à-dire
l'attaque contre l'U.R.S.S.
  La mention de l'accord commercial signé « il y a trois semaines »
permet de situer l'ensemble de cet épisode vers la fin du mois de
janvier 1941 ou au début du mois de février. Dans des notes du
manuscrit, Sartre indique cependant que la discussion entre Brunet
et Chalais a lieu le premier mars.

Page 1496.

1. Ce programme de politique extérieure a été, en gros, celui
du Parti communiste après la signature du pacte germano-soviétique. Un article de *L'Humanité* clandestine (n° 58, 1er juillet 1940)
réclame le maintien de la Paix et la conclusion d'un pacte d'amitié
franco-soviétique qui compléterait le pacte germano-soviétique et
qui permettrait la conclusion d'un accord commercial avec l'Union
soviétique pour éviter la famine ».
2. Voir n. 2, p. 1474. Soulignons une fois encore que Chalais

décrit la situation de juillet-août 1940 plutôt que celle du début de 1941 et que sa position est déjà dépassée par rapport à l'évolution du Parti.

Page 1497.

1. Il y eut des accords secrets entre l'U.R.S.S. et l'Allemagne, mais ils ne semblent pas avoir concerné directement les partis communistes européens.

2. Ces revendications sont souvent reprises dans *L'Humanité* clandestine.

Page 1498.

1. *La Voix du Peuple*, organe du Parti communiste de Belgique (qui avait la réputation d'être l'un des plus staliniens d'Europe), ne paraissait plus depuis le 17 novembre 1939. Nous n'avons pas pu vérifier à quelle date exacte le journal a repris sa publication.

Page 1499.

1. Schneider adresse à peu près les mêmes paroles à Brunet à la fin de *La Mort dans l'âme* ; voir p. 1426.

2. Nous avons consulté ce numéro à la Bibliothèque nationale. Il tient, sur un feuillet, les slogans habituels : « À bas les affameurs du peuple / Qu'on fasse payer les riches » ; « À bas l'Internationale sanglante du Capital » ; « Vive la solidarité internationale des travailleurs ». Dans l'éditorial, on lit : « De Laval à Flandin, la trahison continue sous l'égide de Pétain, et seul le Parti communiste, en luttant pour le *gouvernement du peuple*, montre le chemin à suivre pour réaliser *la liberté et l'indépendance de la France*, sous le signe de la fraternité des peuples et de l'amitié avec l'Union soviétique. » Deux autres articles mentionnent : « Les ouvriers français envoyés en Allemagne ne sont pas contents » et « Pensez aux prisonniers ». Ce numéro ne confirme donc que partiellement les allégations de Chalais.

Page 1500.

a. Il faut que j'aille prévenir Thibaut, dit Brunet. *C'est par ces mots que reprend, après la lacune (voir var. c, p. 1487), le manuscrit.*

b. le brouillard. Derrière le 52 il se cogne contre un Marocain et s'arrête hors d'haleine : / « Je t'ai fait mal ? » / Le Marocain secoue la tête et lui rit au visage. / « Ti veux une montre ? / — Non, dit Brunet. / — Ti veux un beau stylo pas cher ? / — Je veux ta petite sœur », dit Brunet. / D'autres Marocains ont jailli de la brume, maigres, jaunes et méditatifs. Ils attendent sans bouger ; de temps en temps il y en a un qui tousse. Leurs turbans lourds de pluie ressemblent à des pansements mouillés. Des Français glissent et tournent autour d'eux, la mine absente ; de temps en temps il y en a un qui se cogne à un Bicot : le Français et le Bicot restent un moment collés l'un à l'autre sans se parler, leurs mains qui pendent le long de leurs flancs font de prestes échanges, puis le Français reprend sa marche, l'air comblé. Brunet fronce les sourcils, Bénin rôde entre les baraques, avec la honte arrogante d'un veuf qui va au bordel ; il s'approche en aveugle d'un Marocain ; le Marocain déboucle sa capote, Bénin se penche, l'œil sournois : on dirait qu'il reluque un corsage. Brunet lui met la main sur

l'épaule : / « Viens-t-en voir un peu par ici. » / Le Marocain fait
un pas en arrière; Bénin se retourne : / « Eh bien, quoi ? / — Je
vous ai défendu cent fois d'aller au Marché arabe. / — J'ai besoin
de tabac et de lames de rasoir. / — Il y a d'autres façons de s'en
procurer, dit Brunet. Les Fritz viennent souvent faire des rafles
par ici. Si tu es pincé avec un paquet de tabac allemand dans ta
poche, ils t'emballeront. / — C'est mes oignons », dit Bénin. /
Brunet pince les lèvres : Chalais les a déjà travaillés dur. / « Ce
ne sont pas tes oignons, dit-il avec autorité. S'ils te pincent, les
copains peuvent être inquiétés. Nous n'avons pas d'intérêt à nous
faire remarquer. » / Bénin hésite. Tout d'un coup Brunet se sent
las et indifférent. Il dit : / « Et puis tu me fais chier : achète ce que
tu veux ». / Bénin n'a pas l'air de l'entendre; il jette un coup d'œil
sur sa gauche, glousse et se met à courir; les Bicots se sont débandés
en piaillant, trois Allemands foncent, baïonnette au fusil. Brunet
ne court pas; il les attend. Un petit Bavarois bedonnant se précipite
sur lui comme pour l'embrocher : / « Los! Los! » / Brunet ne
bouge pas; l'Allemand s'arrête déconcerté et répète : / « Los ? » /
Brunet ne bouge pas; l'Allemand prend son fusil par le canon;
une formidable colère secoue Brunet, des fusées lui éclatent dans
les yeux : s'il cogne, je l'écrase comme une merde. L'Allemand
ne cogne pas; il recule d'un air inquiet. Brunet pense : « Avec les
Allemands, la réserve. » Il tourne le dos à l'Allemand et s'en va.
Il se sent calme; simplement il a mal au crâne et des ganglions de
colère lui gonflent le cou. Il frappe chez Thibaut, il entre. Thibaut
est seul, il y a un jeu de cartes sur la table.   *ms.*

Page 1501.

a. Tu n'es pas cinglé ? Tu vas attraper la mort. *Le manuscrit
s'arrête sur ces mots et ne couvre pas les dernières lignes de l'épisode.*

1. Le texte donné ci-après constitue la deuxième partie de *Drôle
d'amitié*, telle qu'elle est publiée dans *Les Temps modernes*, n° 50,
décembre 1949, p. 1009-1039. Nous ne disposons pas de manuscrit
pour cette deuxième partie, à l'exception d'un seul feuillet que
nous reproduisons plus loin : voir var. a, p. 1530.

Page 1518.

1. Allusion au dernier épisode de *La Mort dans l'âme*, voir p. 1455.

Page 1522.

1. Sartre a pu se fonder pour cette anecdote sur le récit que lui
a sans doute fait Henriette Nizan, après la guerre, de ses propres
démêlés avec des camarades du Parti à la suite de la démission
de Nizan. Voir Annie Cohen-Solal, avec la collaboration d'Henriette Nizan, *Paul Nizan, communiste impossible,* Grasset, 1980, p. 246-
247, où elle raconte comment Léon Moussinac lui a demandé de
se désolidariser publiquement de Nizan et comment Ginzburger
lui a dit : « Je ne salue pas les traîtres! »

Page 1524.

1. Titre imaginé par Sartre, avec comme référent possible *Alger
républicain.*
2. Pour Doriot, voir *L'Âge de raison,* n. 1, p. 518; pour *Je suis
partout,* n. 1, p. 820.

Page 1526.

    a. Dans la grosse plainte mousse du vent,   *TM. Nous corrigeons.*

Page 1528.

    1. Refrain populaire.

Page 1529.

    1. Localité de l'Yonne, au sud-ouest d'Auxerre.
    2. Sartre écrit deux fois *Schneider* au lieu de *Vicarios.*

Page 1530.

    a. Ici se situe le seul feuillet manuscrit dont nous disposons pour la deuxième partie de « Drôle d'amitié ». Nous le reproduisons intégralement : Il prend le bras de Vicarios et ils marchent. Le vent souffle en trombe. Ils marchent longtemps contre le vent debout, tout d'un coup, ils le sentent dans leurs dos. / « Nous tournons en rond », crie Brunet. / Ils font demi-tour et marchent encore en se guidant sur le vent. Au bout d'un moment Brunet entend un monstrueux grincement, on dirait une armée de homards : les barbelés. Ils s'approchent, le vent porte à leurs nez une odeur de grésil et d'ammoniaque. Les chiottes, on y est. Ils se glissent le long des chiottes, ils s'accroupissent sur leurs talons derrière une cabane, les fils de fer grincent et dansent à deux mètres d'eux, le vent tombe. Ils entendent indistinctement un pas lourd qui écrase des flaques d'eau et de boue de l'autre côté des barbelés. Brunet l'a observée pendant les nuits de lune : elle part de là, fait une centaine de mètres et revient à son point de départ. Il faut compter à peu près deux minutes pour l'aller et retour; ça leur donne environ trente secondes pour franchir les barbelés. Il compte lentement : à cent trente il entend la sentinelle qui revient. Il recommence et compte cette fois jusqu'à cent dix-neuf, puis une autre fois jusqu'à cent vingt-sept. Tablons sur cent vingt, c'est plus sûr. *[p. 1531, 15ᵉ ligne en bas de page]*

    1. Baraque d'épouillage.

BIBLIOGRAPHIE
POUR L'ENSEMBLE DES « CHEMINS DE LA LIBERTÉ »

    Nous ne donnons ici que les références qui nous paraissent les plus utiles et nous ne mentionnerons pas les études contenues dans les ouvrages généraux sur Sartre, ni les articles cités dans les Dossiers de presse.

Volumes

HELBO (André) : *L'Enjeu du discours : Lecture de Sartre,* Bruxelles, Éditions Complexe, coll. « Creusets », 1978, 286 pages. — Étude spécialisée, d'inspiration linguistique, portant sur la « narratologie » de Sartre, notamment dans *Les Chemins de la liberté.*
JOUBERT (Ingrid) : *Aliénation et liberté dans « Les Chemins de la liberté » de Jean-Paul Sartre,* Didier, 1973, 318 pages.
PRINCE (Gerald Joseph) : *Métaphysique et technique dans l'œuvre romanesque de Sartre,* Genève Droz, 1968, 148 pages.

Thèses universitaires non éditées

CHADWICK (Anthony Ronald) : *An Analysis of « La Mort dans l'âme »*, McMaster University, 1968. Thèse de maîtrise.

GUINN (Katherine Lynn) : *Sartre's « L'Âge de raison » : Profile of a Novel*, University of Pittsburgh, 1977.

POWELL (Elton George) : *The Thematic Structure of Jean-Paul Sartre's « Les Chemins de la liberté »*, University of North Carolina, 1972.

Articles

BEACH (Joseph Warren) : « Sartre's *Roads to Freedom* », *Western Review*, vol. XII, nᵒ 3, Spring 1948, p. 180-191.

BLOTNER (Joseph L.) : « Jean-Paul Sartre : The Shadow of Munich », in *The Political Novel*, New York, Doubleday, 1949.

BROMBERT (Victor) : « Sartre and the Existential Novel : The Intellectual as "Impossible Hero" », in *The Intellectual Hero : Studies in the French Novel, 1880-1955*, Philadelphia, Lippincott, 1961, p. 181-203.

CRANSTON (Maurice W.) : « Introduction and Appreciation », *in* SARTRE (Jean-Paul) : *The Age of Reason*, Eric Sutton, trans., London, Heron Books, 1970.

DOUGLAS (Kenneth N.) : « Sartre and the Self-Inflicted Wound », in *Sartre : A Collection of Critical Essays*, E. Kern ed., Englewood Cliffs, New Jersey, Prentice-Hall, 1962, p. 39-46.

EDINBOROUGH (Arnold) : « Sartre and the Existentialist Novel », *Queens Quarterly*, vol. LVI, nᵒ 1, Spring 1949, p. 105-112.

EOFF (Charles A.) : « The Challenge of Absurdity : Sartre's *L'Âge de raison* », in *The Modern Spanish Novel*, New York, New York University Press, 1961, p. 222-233.

FOWLIE (Wallace) : « Existentialist Hero : A Study of *L'Âge de raison* », *Yale French Studies*, vol. I, nᵒ 1, Spring-Summer 1948, p. 53-61.

FRID (Y.) : « A Philosophy of Unbelief and Indifference : Sartre and Contemporary Bourgeois Individualism », *Modern Quarterly*, vol. II, nᵒ 3, Summer 1947, p. 215-223.

GLICKSBERG (Charles I.) : « Sartre : Existentialism in Fiction », *Prairie Schooner*, vol. XXIII, nᵒ 1, Spring 1949, p. 12-18. Sur *Le Sursis*.

HARDWICK (Elizabeth) : « Fiction Chronicle : *The Age of Reason* by Jean-Paul Sartre », *Partisan Review*, vol. XIV, nᵒ 5, September-October 1947, p. 533-535.

IDT (Geneviève) : « *Les Chemins de la liberté* : Les toboggans du romanesque », *Obliques*, nᵒˢ 18-19, 1979, p. 75-94.

KUHN (Rheinhard) : « Jean-Paul Sartre : *Les Chemins de la liberté* », in *Der Moderne französische Roman*, Walter Pabst, éd., Berlin, Erich Schmidt, 1968, p. 198-212.

LECLERC (Annie) : « De Roquentin à Mathieu », *L'Arc*, nᵒ 30, 1966, p. 71-76.

LICHTENSTEIN (Heinz) : « Jean-Paul Sartre's *The Age of Reason* », *Philosophy and Phenomenological Research*, vol. IX, nᵒ 1, September 1948, p. 148-153.

MASON (H. A.) : « *Les Chemins de la liberté*, I and II », *Scrutiny*, vol. XIV, nᵒ 1, Summer 1946, p. 2-15.

MATTHEWS (H. J.) : « Sartre : *Roads to freedom* », in *The Hard Journey : The Myth of Man's Rebirth,* London, Chatto and Windus, 1968, p. 97-113.

McLAUGHLIN (Richard) : *« The Age of Reason », Saturday Review of Literature,* vol. XXX, nᵒ 29, December 1947, p. 13, 24-25.

O'BRIEN (Justin) : « Sartre : *Roads to Freedom* », in *The French Literary Horizon,* New Brunswick, New Jersey, Rutgers University Press, 1967, p. 313-316.

PEYRE (Henri) : « Sartre's *Roads to Freedom* », in *Sartre : A Collection of Critical Essays,* E. Kern, éd., Englewood Cliffs, New Jersey, Prentice-Hall, 1962, p. 31-38.

PINGAUD (Bernard) : « Un Univers figé », in BOUTANG (Pierre) : *Sartre est-il possédé ?,* La Table ronde, 1950.

SPENDER (Stephen) : « Sartre's Existential Comedy », *The Nation,* vol. CLXVI, nᵒ 9, 28 February 1948, p. 239-241.

ULLMAN (Stephen) : *Style in the French Novel,* Oxford, Blackwell, 1964. Voir l'étude sur *La Mort dans l'âme,* p. 173-187 et 242-259.

WAELHENS (Alphonse de) : « Le roman existentialiste », *Essais et Études Universitaires,* II, 1946, p. 107-117.

WARDMAN (Harold) : « Sartre and the Literature of " praxis " : *Les Chemins de la liberté »*, *Essays in French Literature* (University of Western Australia), vol. IV, 1967, p. 44-68.

WILSON (Edmund) : *« L'Âge de raison »*, *New Yorker,* vol. XXIII, 2 August 1947, p. 60-63.

— « Jean-Paul Sartre : The Novelist and the Existentialist », in *Sartre : A Collection of Critical Essays,* E. Kern, éd., Englewood Cliffs, New Jersey, Prentice-Hall, 1962, p. 47-53.

Complément depuis 1980 : voir RYBALKA (M.) et CONTAT (M.), *Sartre : Bibliographie 1980-1992,* p. 2163. Ensuite, voir *Bulletin du Groupe d'Études sartriennes/L'Année sartrienne.*

APPENDICES

Appendices I

DÉPAYSEMENT

NOTICE

L'existence de « Dépaysement » a été signalée depuis longtemps par Simone de Beauvoir, mais on ne connaissait jusqu'à présent ce texte que par des extraits, considérablement modifiés, publiés par Sartre dans *Verve* en 1938 sous le titre « Nourritures ». Sartre envisagea d'inclure « Dépaysement » parmi les nouvelles du *Mur,* et il en envoya le texte complet aux Éditions Gallimard ; plus tard, cependant, il décida d'enlever le texte du volume, car c'était, selon lui, une « nouvelle manquée ».

« Dépaysement » s'inspire de très près d'un voyage que Sartre fit en Italie au cours de l'été 1936 en compagnie de Simone de

Beauvoir[1]. Simone de Beauvoir indique que la nouvelle a été écrite en 1937, et il est probable, vu la précision des détails donnés sur Naples et sur l'aventure d'Audry, que la date de composition se situe au début de l'année.

À notre surprise, « Dépaysement » se révèle comme un texte ayant une importance toute particulière dans l'évolution de l'œuvre de Sartre. Pour celui-ci, la nouvelle devait être d'abord un prolongement de *La Nausée;* alors que cette dernière était l'introduction à l'existence, « Dépaysement » devait montrer le moment où, réellement, quelqu'un est là et existe. Sartre dit avoir écrit la nouvelle pour elle-même, sans avoir, à l'origine, l'idée de l'intégrer à un volume. Par la suite, cependant, il a pensé que le texte pourrait former la transition entre *La Nausée* et les autres nouvelles du *Mur,* mais il a finalement estimé qu'il y avait une trop grande différence de ton et d'approche pour faire figurer « Dépaysement » en tête du volume qu'il projetait. Ces hésitations mettent bien en relief le statut particulier de la nouvelle : ni prolongement ni nouveau départ, c'est, au sens propre du terme, un *essai* qui tire pour nous sa valeur du fait qu'il est avorté et qu'il est révélateur de la situation de Sartre en 1936.

À cette époque, en effet, Sartre sort avec peine de la crise « mescalinienne » qui l'avait gravement affecté l'année précédente. Il hésite au seuil de l'âge de raison et il a, comme Audry, l'impression que sa vie est « faite »; il tente, cependant, de trouver une voie qui lui permette de ne pas encore s'engager et de continuer à se chercher, une voie qui, en d'autres termes, lui permette à la fois de rompre avec le passé et de poursuivre la problématique de l'homme seul qui a été la sienne depuis une dizaine d'années.

Le titre « Dépaysement » est clair : il s'agit pour Sartre de se chercher sur un mode autobiographique à peine déguisé, non plus dans un cadre français, à La Rochelle ou au Havre, mais dans une autre ville au bord de la mer, Naples, et dans un ailleurs qui est l'Italie. Refusant pour quelque temps encore de faire face à ses vrais problèmes, Sartre choisit, dans un mélange d'horreur et de plaisir, de faire corps avec Naples et de vivre la vie des autres. Tout le monde, cependant, ne peut pas être Stendhal. Le tourisme a ses contradictions, et la solution du « touriste appliqué » (selon l'expression de Simone de Beauvoir) n'est pas la bonne.

« Dépaysement » est ainsi simultanément et peut-être contradictoirement une nouvelle de tourisme et une nouvelle d'atmosphère. Audry y poursuit un double but, trouver « le sens de Naples » et « sentir l'existence », et il découvre au cours de son itinéraire napolitain plusieurs des thèmes favoris de *La Nausée* : vie grouillante, sordide et suspecte de la ville, réflexion sur le statut de l'œuvre d'art lors de la visite au temple de Neptune à Paestum, tentation de l'aventure (sur laquelle Audry compte pour lui faire découvrir ce qu'il ne peut « trouver tout seul »). L'originalité par rapport à *La Nausée* — et cela Sartre l'a bien vu lui-même en ne publiant, plus tard, que le texte corrigé et revu de *Verve* — consiste à accentuer le thème de la nourriture et celui de la « parenté immonde », de la « communauté charnelle » qui relie hommes et choses à Naples. Alors que, dans *La Nausée* et dans la majeure partie de l'œuvre de Sartre, la nourriture est une antivaleur, ici, au contraire, elle nous est montrée sous l'angle de la fascination, en des termes que l'on pourrait trouver chez les écrivains naturalistes (que Sartre, pourtant, n'apprécie guère). On notera également le caractère singulier — à la Fellini — de la scène érotique qui nous est présentée : l'aventure d'Audry consiste à subir, en voyeur manipulé et passif et sur le mode de la non-réciprocité, un simulacre grotesque de l'acte sexuel interprété par deux femmes.

Il est peut-être possible de faire une lecture politique de « Dépaysement », et on se demande même si, dans sa description de Naples, Sartre n'a pas saisi une sorte de substrat sensible du fascisme et n'a pas fourni ainsi un document fort pertinent sur l'Italie de 1936. Les allusions directes au fascisme sont cependant assez rares, et il est certain que nous n'avons pas affaire à un texte politiquement engagé. La nouvelle comporte une référence à la guerre d'Éthiopie, mais elle passe entièrement sous silence la guerre d'Espagne, qui est pourtant l'événement majeur de l'été 1936. Coupé de sa base parisienne et tout appliqué à visiter l'Italie, Sartre ne semble pas se rendre compte que l'histoire est en cours. Simone de Beauvoir donne de ceci une explication peut-être trop simple; parlant du départ pour l'Italie, elle écrit : « La nuit du 12 au 13 [juillet], le général Franco débarqua en Espagne. Mais le pays entier avait choisi la République : la défaite des rebelles ne paraissait pas faire de doute. Nous fîmes nos valises, le cœur tranquille[1]. » Après la parenthèse que constituent les vacances en Italie, elle en vient à dire : « De retour à Paris, en septembre, nous plongeâmes dans le drame qui pendant dans et demi domina toute notre vie : la guerre d'Espagne[2]. »

Cette mise entre parenthèses de l'histoire, ce décalage par rapport aux événements, expliquent peut-être pourquoi Sartre, lorsqu'il entreprit d'écrire le récit de son aventure napolitaine, n'a pas trouvé une forme satisfaisante. Tout d'abord, Sartre choisit de faire son récit à la troisième personne et principalement à l'imparfait. Il hésite sur le nom à donner à son personnage principal : celui-ci est d'abord « Paul » (ce qui renforcerait le caractère autobiographique), puis « Brown » (ce qui créerait une distanciation), puis « Audry » (nom d'une femme qui faisait partie de l'entourage de Sartre). Dans le texte « Nourritures », Sartre résout une partie des problèmes de narration en parlant directement à la première personne. D'autre part, « Dépaysement » frappe par un certain manque d'unité : le texte bascule trop vers le *récit* et intègre mal les parties de *discours* (au sens donné à ces deux mots par Benveniste); enfin, la nouvelle comprend deux parties bien distinctes : la description de Naples, dans laquelle vient s'insérer comme une digression la visite à Paestum, et l'aventure d'Audry. Ainsi Sartre ne réussit vraiment ni à faire ce récit direct d'une expérience vécue qui serait dans le prolongement de *La Nausée* ni à trouver le ton distancié et objectif qui caractérisera les nouvelles écrites peu après.

Ce sont sans doute ces défauts qui ont empêché Sartre d'inclure « Dépaysement » dans le volume *Le Mur*. Plus généralement,

1. *La Force de l'âge*, p. 274.
2. *Ibid.*, p. 283.

l'échec de la nouvelle est aussi celui de toute une direction que Sartre aurait pu donner, vers le milieu des années trente, à sa production littéraire. Cette direction que, provisoirement, nous qualifierons de morbide, introvertie et non engagée, ne disparaîtra pas complètement : on la retrouvera plus clairement aux moments de crise personnelle, lorsque Sartre, avec une sorte de délectation morose, et sur un mode esthétique mineur, se laissera aller narcissiquement à vivre et à penser l'horreur; on la verra ainsi dans certains passages des *Chemins de la liberté,* en particulier dans *La Mort dans l'âme,* et, pour autant qu'on puisse en juger, dans cette *Nausée* de l'âge mûr que devait être « La Reine Albemarle et le dernier touriste ».

MICHEL RYBALKA.

TEXTES COMPLÉMENTAIRES

Simone de Beauvoir, dans La Force de l'âge *(p. 274-280), donne presque tous les éléments qui forment l'arrière-plan de « Dépaysement » : description et atmosphère du séjour à Naples, lettre de Sartre à Olga Kosakiewicz, occasion précise qui a fourni le sujet de la nouvelle. Nous ne reprenons ici que la lettre adressée par Sartre à Olga Kosakiewicz :*

Ce qui m'a désobligé d'abord, c'est la manie qu'avaient les Pompéiens d'élargir fictivement leurs toutes petites chambres. Les peintres s'en chargeaient en couvrant les murs de fausses perspectives : ils peignaient des colonnes et, derrière ces colonnes, des lignes fuyantes qui donnaient à la pièce des dimensions de palais. Je ne sais pas s'ils se laissaient prendre, les vaniteux Pompéiens, à ces trompe-l'œil, mais il me semble que j'en aurais eu horreur et que c'est tout à fait ce genre de dessins agaçants dont on ne peut plus détacher les yeux quand on a un peu de fièvre. Et puis, j'ai été assez déçu par les fresques dites « de la bonne époque » qui représentent des personnages et des scènes mythologiques. J'espérais un peu trouver à Pompéi une sorte de révélation de la vraie vie romaine, une vie plus jeune, plus brutale que celle qu'on nous a enseignée à l'école; il me semblait impossible que ces gens-là ne fussent pas un peu des sauvages. Et tout le poncif gréco-romain qui m'assommait en classe, j'en rendais le XVIIIᵉ siècle responsable. Je pensais donc redécouvrir la vraie Rome. Or les fresques m'ont bien détrompé : ce poncif gréco-romain, on le trouvait déjà à Pompéi. Tous ces dieux ou demi-dieux qu'ils faisaient peindre sur leurs murs, on sent qu'ils n'y croyaient plus depuis longtemps. Les scènes religieuses n'étaient plus que des prétextes et pourtant ils ne s'en débarrassaient pas. En parcourant ces salles remplies de fresques, j'étais envoûté par ce classicisme plein de poncifs, je revoyais dix fois, vingt fois une scène de la vie d'Achille ou de Thésée, et ça me paraissait effrayant, une ville dont les habitants n'avaient rien que ça sur leurs murs, que ça, qui leur faisait déjà civilisation morte, qui était si loin de leurs préoccupations de banquiers, de commerçants ou d'armateurs. J'imaginais la distinction froide et la culture pleine de convention de ces gens et je me sentais bien loin des belles statues sorcières de Rome. (Le Castor vous aura sans doute dit que nous avons retrouvé, quelques jours plus tard, au rez-de-chaussée de ce même musée, une foule de statues sorcières, avec des prunelles de cuivre. Mais elles datent d'une époque antérieure.) En sortant du musée, je n'avais presque plus envie de voir Pompéi et j'éprouvais pour ces Romains un mélange de curiosité et de répulsion assez désagréable. Il me semblait, si vous voulez, que, même de leur temps, ils étaient déjà l'Antiquité et qu'ils auraient pu dire : « Nous autres, Romains de l'Antiquité », comme ces chevaliers de je ne sais quelle comédie bouffe qui disaient : « Nous autres, chevaliers du Moyen Âge, qui partons pour la guerre de Cent ans. »

*

Après avoir décidé de ne pas insérer « Dépaysement » dans Le Mur, *jugeant en définitive cette nouvelle « ratée », Sartre la publia en 1938 dans la revue* Verve, *sous le titre « Nourritures ». Il y supprimait l'anecdote pour ne plus conserver que la description de Naples. Ce texte fut repris en 1949 par l'éditeur Jacques Damase, puis, par nous, en 1970, dans* Les Écrits de Sartre[1]. *Le voici, dans son intégralité :*

NOURRITURES

J'ai découvert à Naples la parenté immonde de l'amour et de la Nourriture. Ce n'est pas venu tout de suite, Naples ne se livre pas d'abord : c'est une ville qui a honte d'elle-même; elle essaie de faire croire aux étrangers qu'elle est peuplée de casinos, de villas, de palais. Je suis arrivé par mer, un matin de septembre et elle m'a accueilli de loin par des éclairs farineux; je me suis promené tout le jour dans des rues droites et larges, la Via Umberto, la Via Garibaldi et je n'ai pas su voir, sous les pommades, les plaies suspectes qu'elles portent à leurs flancs.

Vers le soir je m'étais échoué à la terrasse du café Gambrinus, devant une granite que je regardais mélancoliquement fondre dans sa coupe d'émail. J'étais plutôt découragé, je n'avais attrapé au passage que de tout petits faits multicolores, des confettis. Je me demandai : « Est-ce que je *suis* à Naples ? Naples est-ce que ça existe ? » J'ai connu des villes comme ça — Milan, par exemple — de fausses villes, qui s'effritent dès qu'on y entre. Naples ce n'était peut-être qu'un nom donné à des milliers de chatoiements au ras du sol, à des milliers de lueurs dans des milliers de vitres, à des milliers de passants solitaires et de bourdonnements dans les airs. J'ai tourné la tête, j'ai vu, sur ma gauche, la Via Roma qui s'ouvrait, sombre comme une aisselle. Je me suis levé et je me suis engagé entre ses hautes murailles. Encore une déception : cette ombre chaude vaguement obscène, ce n'était qu'un rideau de brouillard qu'on traversait en quinze pas. De l'autre côté, j'ai trouvé un long couloir antiseptique qui m'a baigné dans sa lumière de lait, en m'offrant la splendeur de ses épiceries avec le jambon cru, la mortadelle et toutes les variétés de sang séché, ses réclames lumineuses et les belles guirlandes de citron que les marchands de

1. Voir la Note sur le texte, p. 2130.

limonade suspendent à leurs auvents. Un courant m'emporta, me fit remonter ce boulevard éblouissant ; je coudoyais des hommes vêtus de toile blanche, aux dents brossées, aux yeux brillants et las. Je les regardais et je regardais, sur ma gauche, leurs nourritures, qui flamboyaient dans les vitrines ; je me disais : « Voilà ce qu'ils mangent ! » Ça leur allait si bien : c'étaient des nourritures propres — plus que propres : pudiques. Ce jambon cru, c'était de la mousseline ; la langue écarlate, on aurait dit un velours somptueux : ces gens, qui cachaient leurs corps sous des vêtements clairs, se nourrissaient d'étoffes et de papiers peints. De verroterie aussi : je m'arrêtai devant la pâtisserie Caflish, elle avait l'air d'une joaillerie. En général les gâteaux sont humains, ils ressemblent à des visages. Les gâteaux espagnols sont ascétiques avec des airs fanfarons ; ils s'effondrent en poussière sous la dent ; les gâteaux grecs sont gras comme de petites lampes à huile, quand on les presse, l'huile s'égoutte ; les gâteaux allemands ont la grosse suavité d'une crème à raser, ils sont faits pour que des hommes obèses et tendres les mangent avec abandon, sans chercher leur goût, simplement pour se remplir la bouche de douceur. Mais ces gâteaux d'Italie avaient une perfection cruelle : tout petits, tout nets — à peine plus gros que des petits fours, ils rutilaient. Leurs couleurs dures et criardes ôtaient toute envie de les manger, on songeait plutôt à les poser sur des consoles, comme des porcelaines peintes. Je me dis : « Ça va ! Eh bien il ne me reste plus qu'à aller au cinéma. »

C'est à ce moment que je découvris, à vingt mètres de la pâtisserie Caflish, une des innombrables plaies de cette ville vérolée, une fistule, une ruelle. Je m'approchai et la première chose que je vis, au milieu d'une rigole, ce fut encore un aliment — ou plutôt une mangeaille : une tranche de pastèque (je me rappelais encore les pastèques de Rome entrouvertes, qui avaient l'air de glaces framboise et pistache piquetées de grains de café) maculée de boue, qui bourdonnait de mouches comme une charogne et saignait sous les derniers rayons du soleil. Un enfant en guenilles s'approcha de cette viande pourrie, la prit entre ses doigts et se mit à la manger avec beaucoup de naturel. Alors il me sembla que j'apercevais ce que les marchands de la Via Roma masquaient derrière leurs orfèvreries alimentaires : la *vérité* de la nourriture.

Je pris à gauche, puis à droite, puis encore à droite : toutes les ruelles étaient semblables. Personne ne prenait garde à moi, à peine rencontrais-je, de temps à autre, un regard vide. Les hommes ne parlaient pas, les femmes échangeaient quelques mots à de longs intervalles. Elles se tenaient par groupes de cinq ou six, serrées les unes contre les autres et leurs haillons faisaient des taches éclatantes sur les parois cendreuses. J'avais été frappé, dès le matin, par le teint blême des gens de Naples ; à présent je ne m'en étonnais plus : ils cuisaient dans l'ombre, à l'étouffée. La chair des femmes, surtout, avait l'air bouillie sous la crasse ; la ruelle avait digéré leurs joues : elles tenaient encore mais on aurait pu en détacher des lambeaux en tirant avec les doigts. Je vis avec soulagement les grosses lèvres moustachues d'une fille : celles-là du moins avaient l'air crues. Tous ces gens semblaient tournés vers eux-mêmes, ils ne rêvaient même pas : entourés eux aussi de leurs nourritures, déchets vivants, écailles, trognons, viandes obscènes, fruits ouverts et souillés, ils jouissaient avec une indolence sensuelle de leur vie organique. Des enfants rampaient entre les meubles étalant à côté des entrailles de poissons leurs derrières nus ; ou bien ils se hissaient sur les marches qui accédaient aux chambres, à plat ventre, battant des bras comme s'ils nageaient, raclant contre la pierre leurs petits sexes tremblants. Je me sentis digéré à mon tour : ça commença par une envie de vomir, mais très douce et sucrée et puis elle descendait dans tout mon corps comme un drôle de chatouillement. Je regardais ces viandes, toutes ces viandes, celles qui saignaient, celles qui étaient blêmes, le bras nu d'une vieille aveugle, le chiffon rougeâtre qui restait collé à un os blanc et il me semblait qu'il y avait *quelque chose* à en faire. Mais quoi ? Manger ? Caresser ? Vomir ? Au coin d'une ruelle, une rampe d'ampoules s'alluma, éclairant une Vierge dans sa niche, une négresse, qui portait Jésus dans ses bras. « Est-ce la nuit ? » Je levai la tête : au-dessus des maisons, au-dessus des linges qui pendaient comme des peaux mortes, très loin, très haut, je vis le ciel encore bleu.

Au fond d'un trou il y avait une forme dans un lit. C'était une jeune femme, une malade. Elle souffrait, elle tournait la tête vers la rue, sa gorge faisait une tache tendre au-dessus des draps. Je m'arrêtai, je la regardai longtemps, j'aurais voulu promener mes mains sur son cou maigre... Une me secouai et m'éloignai à grands pas. Mais trop tard : j'étais pris. Je ne voyais plus que de la chair, des fleurs de chair misérables, qui flottaient dans une obscurité bleue, de la chair à palper, à sucer, à manger, de la chair mouillée, trempée de sueur, d'urine, de lait. Tout d'un coup un homme s'agenouilla près d'une petite fille et la considéra en riant ; elle riait aussi, elle disait : « Papa, mon papa » ; puis, relevant un peu la robe de l'enfant, l'homme mordit combien du pain ses fesses grises. Je souris : jamais aucun geste ne m'a paru si naturel, si *nécessaire*. À la même heure mes frères vêtus de blanc, dans la Via Roma, achetaient pour leur dîner des bibelots vernis... « Ça y est, pensai-je, ça y est ! » Je me sentais plongé dans une énorme existence carnivore : une existence sale et rose qui se caillait sur moi : « Ça y est : je *suis* à Naples. »

NOTE SUR LE TEXTE

Nous disposons à la fois d'un manuscrit autographe et d'une version dactylographiée de ce manuscrit, conservée par les éditions Gallimard. C'est d'après ces deux états de la nouvelle que nous avons établi notre texte.

Le manuscrit se compose de cinquante-trois feuillets 17 × 22, numérotés par Sartre et écrits d'un seul côté à l'encre bleu-noir, sur un papier à petits carreaux. Il y a d'assez nombreuses ratures et corrections. Certaines sont indéchiffrables. Le dernier feuillet du manuscrit manque et le texte du dactylogramme s'arrête à *Les magistrats*[1]. (Sigle : *ms.*) Ce n'est que sur des points mineurs que le texte en diffère de celui du manuscrit. Il est possible, mais non certain, que ce dactylogramme ait été revu par Sartre. (Sigle : *dactyl.*)

C'est le texte du manuscrit que nous suivons, mais il nous est

---

1. Voir var. *a*, p. 1557.

arrivé d'adopter quelques corrections du dactylogramme quand elles nous ont paru émaner de Sartre. Pour le reste, nous avons donné quelques variantes, qui nous ont semblé significatives.

C'est en 1938, dans la revue *Verve* (n° 4, p. 115-116, achevé d'imprimer du 15 novembre 1938), que Sartre publia le texte de cette nouvelle, remanié, sous le titre « Nourritures ». Nous l'avons donné p. 2127 et suiv. Le même texte fut repris en 1949, chez Jacques Damase, dans le volume intitulé « *Nourritures* suivi d'extraits de *La Nausée* », avec des pointes sèches de Wols. Il y occupe les pages 13 à 19. À la fin, on lit cette date : « Naples, 1935 ». Nous l'avions à notre tour redonné aux pages 553-556 de notre volume *Les Écrits de Sartre,* en 1970.

NOTES ET VARIANTES

Page 1537.

a. Il se répétait [par acquit de conscience *biffé*] : « Je suis à *ms.*
b. Le manuscrit laisse apparaître que Sartre avait d'abord nommé le héros de sa nouvelle Paul, *pour en venir au bout de trois ou quatre pages à* Brown *et finalement, quelques pages plus loin, à* Audry. *Ce nom est celui de Colette* Audry *que Sartre avait rencontrée à Rouen vers 1932 et qu'il connaissait bien.*
c. sa vraie nature [et alors on ne peut plus s'y tromper *biffé*] ; elle est, comme le Rettifilo, une longue [grande *biffé*] percée hygiénique *ms.*

1. Après leur séjour à Naples, Sartre et Simone de Beauvoir visitèrent le sud de l'Italie et revinrent de Messine à Naples par bateau.

Page 1538.

a. descendre et [grouiller sur *biffé*] monter les étroits trottoirs de la via Roma, mais [il était plus sûrement séparé d'eux par *biffé*] la barrière de bois *ms.*

1. Ville du littoral méditerranéen, au sud de Grenade. Sartre fit un séjour dans la région au cours de l'été 1932 en compagnie de Simone de Beauvoir, de Mme Morel et de Pierre Guille.
2. *Berliner Zeitung am Mittag.*

Page 1539.

a. attacher les choses. » [Il était payé pour le savoir. *biffé*] Ce jour même, *ms.*
b. 26 septembre 1936. [Mais la claire journée de septembre et le temps jaune qu'elle contenait ne s'étaient pas laissés prendre : entre les feuilles de l'album il ne resterait qu'un morceau de carton noir et gris *biffé*] Audry avait fait *ms.*

1. Sartre donne ici une définition de ce qu'il appellera plus tard « l'être-en-soi ». — À propos du temple de Neptune, Simone de Beauvoir écrit : « À Paestum, nous contemplâmes pour la pre-

mière fois un temple grec. Sartre fut déconcerté parce que, me dit-il, " il n'y a rien à en penser ". À moi aussi, cette beauté parut trop simple, trop lisse; je ne trouvais pas de prise » (*La Force de l'âge*, p. 279). Plus loin, elle ajoute : « De nouveau, nous interrogeâmes des temples grecs; nous ne trouvions toujours rien à en dire, ils ne nous disaient rien : mais leur silence avait plus de poids que bien des bavardages » (p. 281).

2. Ces lignes de Sartre sur la photographie rappellent l'épisode de *La Nausée* où Roquentin montre des cartes postales à l'Autodidacte (voir p. 42). Plus tard, dans un texte sur Gjon Mili[1], Sartre reprendra l'idée que la photographie est un vol, une prise de possession.

3. Cette date est légèrement postérieure à la visite de Sartre à Paestum.

Page *1540*.

a. comme des fruits [quand elles sont mûres *biffé*]. Mais Audry   *ms.*

b. d'une saleté profonde. [Les hommes qui passaient dans la rue étaient tout frais, tout propres *biffé*]. Des hommes qui   *ms.*

1. Simone de Beauvoir confirme à ce propos : « [À Sélinonte], nous déjeunâmes, à l'ombre des marbres où couraient des lézards : Sartre sifflait pour les charmer » (*La Force de l'âge*, p. 281).

Page *1541*.

1. L'expression « colonie animale » revient à plusieurs reprises dans l'œuvre de Sartre. C'est lui qui a suggéré à son futur secrétaire André Puig de la prendre pour titre de son premier roman (*La Colonie animale,* Juillard, 1963).

Page *1542*.

a. salis et ouverts, [ils portaient une attention pleine d'indolence à leurs fonctions naturelles, *biffé*] ils jouissaient   *ms.*

Page *1543*.

a. ces tristes corps [plus que nus   *biffé* : il était pris   *ms.*

Page *1544*.

a. lui sourient. [Mais il était vain de compter sur la générosité du monde; le monde est âpre, c'est à peine si l'on trouve de temps en temps un os à ronger. On peut appeler ça, si l'on veut, une aventure, mais il faut avoir de l'imagination. *biffé*] Audry avait toujours   *ms.*

Page *1546*.

1. Simone de Beauvoir dit avoir bu à Pompéi « un vin chargé de toutes les boues du Vésuve » (*La Force de l'âge*, p. 279).

---

1. Texte pour l'exposition de Gjon Mili à la Galerie du Bac, Paris, 1er-10 octobre 1946. Repris en fac-similé dans le catalogue de l'exposition Gjon Mili au musée des Arts décoratifs, Paris, 3 juin-26 juillet 1971.

2. En français, ici : direct.

Page 1547.

a. contemplait Audry avec [une sorte de concupiscence amorale, *biffé*] délices; il souriait   *ms.*

1. Allusion à la campagne menée par l'Italie contre l'Éthiopie à partir d'octobre 1935.

Page 1548.

1. En français : « Oh ? C'est trop fatigant! Trop fatigant! »

Page 1551.

1. Cette anecdote semble autobiographique : à la fin de l'année scolaire 1931, alors qu'il était professeur au Havre, Sartre s'était enivré en compagnie de plusieurs anciens élèves et s'était rendu dans un bordel de la ville. L'anecdote est racontée par Jacques-Laurent Bost dans le film *Sartre par lui-même* (voir *Sartre*, texte intégral du film, Gallimard, 1977, p. 50).

Page 1552.

a. une haleine douce et [charmante   *biffé*] parfumée. / « Vous savez,   *ms.*

1. Ce mot paraît improbable et devrait sans doute se lire *nonne*, mais il figure tel quel dans *ms.* et *dactyl.*

Page 1553.

a. des autorités compétentes, [des économistes, des statisticiens, des hygiénistes et des démographes à ordonner[1] rationnellement leurs besoins naturels, à reculer de quelques mois l'âge moyen de la mortalité humaine   *biffé*] à visiter rationnellement   *ms.*

b. ne songeait pas à dormir [, n'avait aucun besoin à satisfaire *biffé*] : il était seul,   *ms.*

Page 1555.

a. Lèche, lèche   *ms. Nous adoptons ici la leçon de dactyl.*

Page 1556.

1. On retrouve dans *La Nausée* (p. 20) la même liaison d'adjectifs.

Page 1557.

a. Les magistrats   *fin de ms., dont le dernier feuillet manque. La fin du texte de la nouvelle est donnée d'après dactyl.*

1. Ce mot est de lecture incertaine.

Appendice II

LA MORT DANS L'ÂME

[Fragments de journal]

NOTICE

En 1941, après son retour de captivité, Sartre commença à écrire un journal de guerre pour la période qu'il n'avait pas décrite dans ses lettres à Simone de Beauvoir. Il reconstitua donc de mémoire les jours qui avaient précédé sa capture par les Allemands et les débuts de sa captivité, à Baccarat d'abord, puis au Stalag XII D à Trèves. Ce texte fut entrepris sans idée de publication et sans non plus l'intention de l'insérer ou de s'en servir dans *Les Chemins de la liberté*. Sartre, alors, n'avait pas encore commencé *Le Sursis* et il savait que la suite du roman serait repoussée à beaucoup plus tard, puisqu'il voulait d'abord rédiger le traité de philosophie existentielle pour lequel il n'avait cessé, durant la « drôle de guerre », de prendre des notes et qui allait devenir *L'Être et le Néant*. Comme la plupart de ses carnets avaient été perdus pendant la débâcle et qu'il y notait aussi bien des pensées philosophiques que des réflexions personnelles au jour le jour et des descriptions de sa vie aux armées, sans cependant adopter la forme d'un journal suivi, il décida à son retour d'Allemagne de fixer l'expérience qu'il avait vécue, en lui donnant cette forme. Il le fit en prenant quelque liberté avec ses souvenirs : « Même si j'ai rédigé ce journal sans intention romanesque, j'ai pu par exemple inventer plus ou moins des personnages. Un romancier, quand il écrit pour fixer des souvenirs personnels, les imagine aussi, car il imagine toujours plus ou moins le réel », nous a-t-il déclaré en 1972, lorsque nous l'avons interrogé sur la nature exacte de ces notes. Ainsi le « je » qui parle dans ce journal reconstitué est-il Sartre, tout en ne coïncidant pas totalement avec lui. Une phrase comme « j'écris à Renée[1] » — qui ne se réfère à personne dans la vie de Sartre — marque cette subtile distance entre le narrateur et l'auteur.

Sartre a interrompu la rédaction de ce texte au bout de quelque temps, sans doute, nous a-t-il dit, parce qu'il n'en était pas entièrement satisfait et que Simone de Beauvoir avait trouvé que le récit perdait de l'intérêt à mesure qu'il avançait. Il en a extrait les pages qu'il jugeait les meilleures pour les publier dans un volume collectif intitulé *Exercice du silence* et rassemblant des pages de Bachelard, Éluard, Tardieu, Audisio, Queneau, Frénaud, Adamov, Leiris, Lescure, Bataille. Ce volume, bien qu'il n'en porte nulle part la mention, est le cinquième cahier de la nouvelle série de la revue *Messages* (« Cahiers de la poésie française ») qui était dirigée par Jean Lescure. Il fut imprimé à Bruxelles en décembre 1942.

---

1. P. 1574.

C'est sur la suggestion de Wanda Kosakiewicz que Sartre intitula ces « Pages de journal » *La Mort dans l'âme*, titre qu'il devait reprendre pour le troisième tome des *Chemins de la liberté,* initialement prévu comme « La Dernière chance ». Contrairement à ce que nous avions dit à leur sujet dans *Les Écrits de Sartre*[1], ces pages ne proviennent donc pas des carnets de guerre de Sartre.

Le manuscrit dont nous avons disposé pour la suite inédite que nous donnons ici à ces pages est incomplet. Il couvre la période qui va du 12 au 14 juin, puis celle qui va du 18 au 20 août 1940, mais même pour ces périodes quelques feuillets manquent, de toute évidence. Sartre ne se rappelait pas s'il avait raconté sa capture (dont les circonstances sont celles de la capture de Brunet dans *La Mort dans l'âme*) ni s'il avait poursuivi son récit de la captivité au stalag au-delà du 20 août. Relisant ces pages en 1972, il lui semblait que non, mais il n'en était pas certain. Il se souvenait, en revanche, avoir relu ces notes au moment où il écrivait *La Mort dans l'âme* et s'en être servi pour le roman. (On peut remarquer que celui-ci commence à la date où se termine le journal d'avant la captivité, le 15 juin 1940.)

Pour nous, l'intérêt de ces pages réside surtout dans la comparaison qu'elles permettent avec la transposition des mêmes événements, des mêmes personnages et du même état d'esprit, dans le roman. Le travail du style, l'intégration d'une expérience vécue à une matière romanesque, à un récit porté par des subjectivités situées et lestées d'un passé (Mathieu, Brunet), n'en apparaissent que mieux. Il est difficile, désormais, de lire ces fragments de journal en faisant abstraction à la fois de ce que nous savons de l'auteur et du traitement proprement littéraire auquel il a soumis plus tard l'expérience qu'ils relatent. Il nous semble cependant que, même sans les référer au texte romanesque ultérieur, et en dépit de leur caractère lacunaire, leur valeur dépasse l'intérêt purement documentaire. On y voit Sartre aux prises avec une forme qu'il avait déjà exploitée dans *La Nausée,* celle du journal, qu'il tend à tirer, d'un côté, vers le pur récit romanesque à l'américaine (relation sans commentaire de faits et de comportements) et de l'autre, vers la méditation. Si cette dernière, dans *La Nausée,* était métaphysique, elle commence ici à devenir à la fois historique et existentielle. Ainsi les deux tendances du pseudo-journal de *La Nausée* se trouvent dissociées dans ces pages et retrouveront une unité supérieure dans le roman, où elles seront tressées, et l'une et l'autre épurées. Par leurs qualités propres, ces fragments de journal nous permettent de mieux mesurer la réussite, encore si peu reconnue, du troisième tome des *Chemins de la liberté.*

MICHEL CONTAT.

NOTE SUR LE TEXTE

Le journal daté du 10 et du 11 juin [1940] provient du volume *Exercice du silence,* Bruxelles, 1942. Achevé d'imprimer le

1. P. 83-84.

10 décembre 1942. Éditeur : Jean Annotiau, rue Marché-aux-Herbes, 61, Bruxelles. Ouvrage non paginé. (Cote B.N. : Messages 8° Z. 29291 [1942, III].) Le texte y couvre 15 pages sous le titre « La Mort dans l'âme ». Il est repris sous ce titre dans *Les Écrits de Sartre*, p. 638-649. Nous ne connaissons pas de manuscrit.

Les pages de journal ([12 juin], [13 juin], 14 juin, 18 août, 19 août, 20 août) que nous donnons à la suite proviennent de deux ensembles de feuillets autographes en possession de Simone de Beauvoir et d'Arlette El Kaïm-Sartre. Le premier, daté par nous du 12 juin, comprend 6 feuillets 21 × 14,5, papier blanc crème ligné, couverts recto verso d'une écriture régulière, avec très peu de ratures. Le second comprend 1° 6 feuillets lignés écrits recto verso et qui se suivent ; 2° 8 feuillets de la même écriture et de la même encre mais avec lignes verticales, et qui se suivent également ; 3° 2 feuillets à lignes verticales, et qui se suivent encore. Encre bleu-noir, écriture très lisible, sans ratures ou presque.

NOTES ET VARIANTES

Page 1559.

1. Petite localité d'Alsace, entre Hochfelden et Brumath.
2. Voir la lettre de Sartre à Simone de Beauvoir du 12 janvier 1940, n. 2, p. 1903.

Page 1560.

1. Nous n'avons pas pu déterminer la signification de ce sigle, qui est peut-être Antenne Divisionnaire.
2. Service de Renseignement des Armées.

Page 1563.

1. Rappelons que Sartre avait composé la chanson *Rue des Blancs-Manteaux* vers 1934 ; elle fut intégrée par la suite dans *Huit clos* (où c'est Inès qui la chante). Mise en musique par Joseph Kosma, elle a figuré longtemps au répertoire de Juliette Gréco.

Page 1569.

1. Ce texte inédit appartenant manifestement à la suite du « journal » *La Mort dans l'âme* publié dans *Exercice du silence,* nous le datons du 12 juin.

Page 1571.

1. Le village de l'île de Santorin, située dans les Cyclades, est probablement celui que Simone de Beauvoir appelle Emborio dans *La Force de l'âge* (p. 316) et dont elle dit que Sartre s'en inspira pour décrire l'Argos des *Mouches*. Sartre, en compagnie de Simone de Beauvoir et de Jacques-Laurent Bost, a passé plusieurs jours à Santorin lors du voyage qu'ils firent en Grèce pendant l'été de 1937. L'été de 1938, il voyagea au Maroc avec Simone de Beauvoir et campa en effet dans l'Atlas (voir *La Force de l'âge,* p. 341).

Page 1581.

1. Sartre avait été transféré de Baccarat au ſtalag XII D à Trèves vers la mi-août.

Page 1582.

1. Abri antiaérien.

Page 1584.

a. *Ce mot eſt de leĉture incertaine.*

Appendice III

LA DERNIÈRE CHANCE

NOTICE

La quatrième partie des *Chemins de la liberté* eſt sans doute le plus connu de tous les inédits de Sartre, son œuvre la plus attendue par le public de l'après-guerre. Dès la parution de *L'Âge de raison* et du *Sursis* en septembre 1945, les leĉteurs surent qu'un volume intitulé *La Dernière Chance* allait suivre, qui mènerait les personnages « jusqu'à la libération de Paris, [mais] non point peut-être jusqu'à la leur propre[1] ». Pour les raisons indiquées dans la Notice d'introduĉtion générale aux *Chemins de la liberté*[2] et dans la Notice de *Drôle d'amitié*[3], ce titre conclusif laissa la place, provisoirement, en 1949, à *La Mort dans l'âme* et fut transféré à un quatrième volume annoncé comme « à paraître ». Le prière d'insérer du troisième volume, en promettant la suite, laissait celle-ci dans le vague : Sartre disait seulement que Mathieu, « refait de son problème », en trouverait un autre[4]. Comme on le sait, *La Dernière Chance* ne devait jamais voir le jour. Seuls deux chapitres, dont Brunet et Schneider étaient les protagoniſtes, parurent, à la fin de 1949, dans *Les Temps modernes*, sous le titre *Drôle d'amitié*[5].

Nous ne reviendrons pas en détail ici sur les motifs de l'abandon de *La Dernière Chance*, qui se résument en définitive à ceci : l'impossibilité pour Sartre de rendre compte de son « vécu » et des ambiguïtés de l'après-guerre dans un roman qui devait se situer durant l'Occupation et la Résiſtance. Les brouillons et les plans qui nous sont parvenus et qui sont publiés pour la première fois dans le présent volume[6] permettent de se faire une idée assez précise du caraĉtère de « débat moral » qu'aurait eu l'ensemble du quatrième tome et de l'impasse eſthétique où l'incertitude idéologique de Sartre l'avait conduit à la fin des années 40. Rappelons que l'abandon du roman se fit progressivement et que Sartre travailla pro-

---

1. Prière d'insérer de *L'Âge de raison* et du *Sursis*, voir p. 1911.
2. Voir les pages 1859 à 1882.
3. Voir p. 2104 et suiv.
4. Voir p. 2017.
5. On se reportera à la Notice de ce texte, p. 2104-2107, pour ce qui concerne la place de ces deux chapitres dans l'économie du quatrième tome.
6. Voir p. 2139 et suiv.

bablement à *La Dernière Chance,* par intermittences, jusqu'en 1952.

Il est difficile de dater avec précision les divers fragments dont nous disposions, d'autant plus que nous n'avons pas eu accès à un autre manuscrit qui pourrait être d'une rédaction plus tardive[1]. Ceux que nous organisons ici, en suivant de plus près possible les plans de Sartre reproduits ci-dessous, ont été écrits vraisemblablement comme une suite directe à *La Mort dans l'âme,* dont nous savons que la version définitive a été achevée en 1948[2]. Ils datent donc le plus probablement de cette année. Il semble que, au cours de l'année 1949, pressentant les difficultés qu'il aurait à achever son roman, Sartre ait extrait du quatrième tome en cours de rédaction les deux chapitres qui correspondaient le plus à sa préoccupation du moment (sa polémique avec le Parti communiste) pour leur donner une forme presque achevée et publiable, comme s'il avait voulu, avec *Drôle d'amitié,* à la fois s'encourager lui-même à continuer et prendre date en se prémunissant contre un éventuel abandon. Un seul chapitre de la suite, celui qui montre Mathieu à la fin de sa convalescence à l'infirmerie et s'apprêtant à rejoindre ses camarades au camp, et qui devait, d'après le plan [1³], précéder l'épisode de Brunet organisant la résistance communiste au stalag[4], se présente dans le manuscrit sous une forme presque aussi élaborée et semble donc provenir d'une rédaction amenée à un stade proche de la publication. La plupart des autres fragments sont d'une rédaction moins avancée, et quelques-uns sont sans doute un premier jet.

Le travail d'établissement du texte posait des problèmes délicats, comme il en va toujours avec des brouillons auxquels ne correspond aucune version définitive. La difficulté était accrue du fait que le manuscrit comporte, pour de nombreux passages, des rédactions différentes. Notre premier souci a été de fournir un texte permettant une lecture suivie et offrant la plus grande lisibilité possible, cela parfois au détriment des règles rigoureuses qui interdisent le panachage de versions différentes. En l'état incomplet de notre information, il était impossible de déterminer avec exactitude à quel état du texte correspondaient les divers fragments dont nous disposions. Si l'on avait choisi de donner la succession des fragments dans le désordre à première vue inextricable où ils se présentaient dans le manuscrit tel que nous l'avons trouvé, on aurait eu affaire à un texte inintelligible. Opter pour la lisibilité, c'était respecter le lecteur sans trahir l'auteur. Précisons d'ailleurs que Sartre avait pris connaissance du travail effectué sur ses brouillons et qu'il l'avait admis. Le texte que nous présentons, s'il ne répond certes pas aux exigences que Sartre aurait eues pour une publication faite sous sa responsabilité d'auteur, correspond cependant à la fois au caractère documentaire qu'il voulait lui conserver et répond à la demande des lecteurs non spécialistes qu'un tel document peut passionner.

L'intérêt de ce texte inabouti est, bien évidemment, à la mesure, d'abord, de l'importance des *Chemins de la liberté* dans l'œuvre de

1. Voir p. 2145.
2. Voir p. 2029.
3. Voir p. 2140.
4. Première partie de *Drôle d'amitié.*

Sartre. Retrouver vivant, au camp, Mathieu abandonné pour mort dans le troisième tome, retrouver Brunet après son évasion manquée, assister à leur rencontre improbable et au retournement de situation, par rapport à *L'Âge de raison,* qui fait que c'est Mathieu, maintenant, qui exhorte Brunet à ne pas quitter le Parti, ce sera sans doute pour le lecteur, comme ce le fut pour nous lorsque nous découvrîmes ce manuscrit, une grande satisfaction de curiosité. Au-delà, l'intensité du débat moral et politique, sa nervosité, pour ainsi dire, sa tension entre un registre romanesque et un registre théâtral portent témoignage sur l'état d'esprit de Sartre qui devait le mener à sa « conversion » pro-communiste de 1952[1] et sur sa recherche d'une forme qui aurait élevé le roman réaliste-critique à la hauteur d'un mythe contemporain. Pour ce qui est de la matière romanesque elle-même, c'est à l'évidence le fonctionnement d'une société artificielle, celle du camp de prisonniers, le côté « les Mystères du stalag », qui intéressait le plus Sartre. À ce titre, les fragments de *La Dernière Chance* sont un document passionnant non seulement sur l'échec du grand roman de Sartre joué à « qui perd gagne », mais aussi sur l'expérience sociale qui lui a sans doute le plus donné à réfléchir et dont sortira, plus tard, la *Critique de la raison dialectique.* Ainsi ces fragments portent en germe une grande part de l'œuvre ultérieure de Sartre, relancée dans des directions nouvelles par leur échec même à se constituer en œuvre[2].

GEORGE H. BAUER.
MICHEL CONTAT.

NOTE SUR LE TEXTE

Description du manuscrit

L'ensemble du manuscrit qui appartient à George H. Bauer, de Los Angeles, est contenu dans un classeur à sangle, recouvert de toile beige, d'un format de 24,5 × 34,5. Au dos, écrit en caractères d'imprimerie, ce titre : CHEMINS DE LA LIBERTÉ. Sur une étiquette collée sur la couverture, ces mots : Écrits de J.-P. Sartre, 2 numéros de la *Revue sans titre.*
Sur la couverture elle-même, on lit :
Manuscrits
Romans
Ch[emins] de la LIBERTÉ
Genet
La Nuit
Esclavage et
Paternalisme

1. « En langage d'Église, ce fut une conversion », *Situations,* IV, p. 249.
2. Un autre fragment inédit du IVᵉ tome des *Chemins de la liberté,* qui n'avait pas été retrouvé avant la publication du présent volume, a été publié, après, sous le titre « Journal de Mathieu », dans *Les Temps modernes,* nº 424, septembre 1982, p. 449-475. Daté du « 15 septembre » au « 25 novembre (1939) », ce journal évoque la vie quotidienne au stalag, Sartre y attribuant à Mathieu sa propre expérience.

Les pages olographes qui constituent *La Dernière Chance* se présentent de la façon suivante :

Plans, premières ébauches, notes.

  1 feuillet non ligné, 22,5 × 28
  1 feuillet non ligné, perforé, 17 × 21,5
  2 feuillets non lignés, 21 × 26, 5
  4 feuillets à petits carreaux, 17 × 22
  2 feuillets à petits carreaux, 16,5 × 21,5
  11 feuillets à petits carreaux, 17 × 22

Mathieu à l'hosto.

  22 feuillets à petits carreaux, 21,5 × 27,5
  8 feuillets non lignés, écrits recto-verso, 21 × 26,5

Mathieu arrivé au stalag.

Feuillets mélangés, nombreuses ratures et modifications, parfois écrits recto-verso :

  15 feuillets à petits carreaux, 17 × 22
  22 feuillets à petits carreaux, 21,5 × 27,5
  5 feuillets à petits carreaux, 16,5 × 21,5
  14 feuillets à petits carreaux, 17 × 22
  23 feuillets non lignés, 21 × 26,5
  7 feuillets à rectangles 4 × 8, 21 × 27
  8 feuillets à petits carreaux, 21,5 × 27,5

Mathieu au travail. L'épisode des journaux. Chez Longin. Charlot, Pinette, rêve.

Feuillets mélangés, nombreuses ratures et modifications, parfois écrits recto-verso :

  24 feuillets à petits carreaux, 17 × 22
  20 feuillets non lignés, 21 × 26,5

Drôle d'amitié.

Cahier bleu, IDÉAL, « 400 paginas ». 61 feuillets lignés, 16 × 23

  1 feuillet non ligné, perforé, 17 × 21,5
  1 feuillet à petits carreaux, 17 × 22

Brunet. Va trouver Mathieu. L'étranglade. Conversation Brunet-Mathieu.

  175 feuillets à petits carreaux, 17,5 × 22

Plans de La Dernière Chance

Il était difficile de publier le manuscrit de *La Dernière Chance* dans l'état où il nous est parvenu, non seulement en raison du désordre dans lequel ces pages se trouvent et de l'impossibilité d'y opérer un reclassement, mais surtout en raison de l'état d'inachèvement qui est le sien. Nous avons déjà noté, à plusieurs reprises, que Sartre abandonnait purement et simplement sa rédaction pour la reprendre d'une tout autre façon. Aussi avons-nous pris le parti de présenter ces fragments dans une certaine continuité en nous efforçant de rechercher la trame d'un récit qui, si elle n'était pas clairement définie, peut, du moins, être en partie retrouvée par les plans dont nous disposons. C'est sur eux que nous nous sommes fondé pour établir ce travail, sans toutefois nous dissimuler le risque d'une telle entreprise.

Ces plans sont au nombre de dix. Pour la commodité de notre travail, nous les avons numérotés.

★

[I]

1) Brunet
2) Mathieu (1re moitié de ce qui a été fait)
3) Brunet
    1) Brunet chef de baraque. Une seule journée. Dans le style d'une journée.
    Aspect de la baraque.
    Son organisation.
    Les conférences. Bulletin qui marque l'heure des conférences, etc. Tartines de marxisme.
    Sa baraque. Ses rapports avec Schneider et Moûlu le traître.
    Va chercher les hommes à l'entrée. Rencontre Maurice.
    Hésitations de Maurice. Lui donne *L'Humanité*.
    Brunet et Schneider lisent *L'Huma*. Leur déception.
    Conversation Schneider-Brunet.
    Maurice entre. Reconnaît Schneider.
        Sort avec Brunet. Tu sais qui c'est. Un tel d'Alger. Traître.
    Conversation Schneider-Brunet. Décident de s'évader.
4) Mathieu (2e moitié de ce qui a été fait — jusqu'à l'organisation d'évasion).
5) *Brunet*
    L'évasion. Mort de Schneider.
6) Daniel.
7) Irène et l'officier allemand.
8) Brunet. Va trouver Mathieu. L'étranglade. Le lendemain : conversation Brunet-Mathieu. Évasion de Brunet.
9) Mathieu se laissera-t-il libérer ? Va trouver l'abbé Rodière.
10) Brunet et la femme de Schneider.
11) Mathieu à Paris.

[II]

Se réveille à l'hosto.
    Souvenir vague d'avoir tué. Croit que c'est un rêve.
Mais *j'ai tué.*
S'installe. Rapports avec son [ses] voisins. Ses cris. Il se rendort.
    Nouveaux cris. Il meurt. Nouveau cauchemar : je l'ai tué.
    Conversation avec son voisin de droite.
        — J'ai descendu des Fritz.
        — Moi aussi.
        — Ça me fait drôle.

— Ah tu n'es plus le même avant qu'après.
Un nouveau Mathieu. Avec un passé neuf. Il a tué. Une curiosité
ardente : et maintenant.

Retrouve Pinette. Schwarz. Charlot, Longin, Lubéron, les trois lui
font fête.
Pas Pinette.
— T'es donc pas mort, petite tête, lui dit Mathieu joyeusement.
Pinette le toise vexé.
— Comme tu vois. À ce qu'il paraît que toi non plus.
— Ben non.
— On aurait dû.
Il se détourne et s'en va.
Regard interrogatif de Mathieu à Charlot.
Charlot :
— Il est comme ça.
— Il a drôlement maigri.

[III]

Bonheur de Mathieu

1) L'épisode des journaux. Discours de Pétain. Honte des types.
Mathieu les trouve sympathiques.
2) Bridge. Mathieu sort.
Sa promenade : les collines d'en face.
Sa solidarité : type de rapport avec les autres.
Le Camp comme Apocalypse. Poésie de la promiscuité.
3) Discussion avec un type sur les Fritz.
Supériorité du gars. Mathieu en esprit d'admettre tout. C'est
sa manière à lui (de ce type) de supporter les Fritz.
4) Chez Longin.
5) Il sort. Solidarité plus forte.
Le prisonnier, homme des foules.
6) Le type qui veut s'évader. Parle à Mathieu. Mathieu refuse.
7) Le couvre-feu. Épisode de Charlot.

Pinette.

Descente dans le rêve.
Le Braco lui apporte du tabac. Mathieu cherche distraitement
des clopes.
Le gars qui vient faire traduire sa lettre.
8) Le rêve.
8*) La conversation avec le Braco : ça doit être encore un rêve.
9) La *justification*.
10) *Embarqué*. Il a tué, il est embarqué. Aux limites de la condition humaine.

Épisode de l'Allemand.

1) Le prisonnier qui s'évade lui dit le nom du type qui donne les
vêtements civils.
2) Mathieu se lève pour aller aux cabinets. Va voir le prisonnier
s'évader. Le type s'évade. Mathieu le voit passer par la porte.
La porte se referme.
3) Mathieu revient : changé. Je *peux* m'évader. Au fond je l'ai

toujours pu. Pourquoi ne l'ai-je pas voulu : horreur de la liberté
explosive. Solidarité avec les types.
4) Rentre : ne retrouve plus de solidarité avec les gars.
  Épisode de la lettre à Roumegière.
  Épisode de la conférence franciste.
  Si je reste il faut agir. Je ne peux retrouver cette solidarité que
    dans l'action.
  Conditions de l'action : mettre les prisonniers en face de leur
    liberté. *Occasion.* Fournir l'occasion. Leur rendre un avenir.

[IV]

Mathieu
Impression d'être   quelque chose a commencé à ce moment-là.
engagé   J'ai un autre passé. Je suis celui qui a tué.
                     Il faut que je donne un sens à ça.
Il est *justifié* parce qu'il ne peut pas être ailleurs. Je suis ici chez
  moi.
L'homme des *foules* (sa solidarité)   *Immédiat* sans but : parce qu'il
                                         est nécessairement avec eux.

Apocalypse
On lui demande de s'évader. Il refuse spontanément, instinctive-
  ment.
Du coup sa décision de rester devient choix libre à justifier.
Raisons : il a horreur de la liberté d'explosion
          il s'agit d'une liberté constructive
          Partir quand les autres restent ça n'est pas une solution.
Mais que peut-on faire dans le camp ?
Transformer la solidarité immédiate et passive en solidarité
  active.
S'engager.
Refuse d'agir contre par organisation : on supprimera la liberté
  des types. On utilisera leurs plus basses passions. On restera
  sur le plan du rêve.
La porte ouverte comme menace permanente.
Il s'était simplifié, lui aussi, il vivait à reculons, les yeux tournés
  vers le 18 juin 1940, occupé à réparer l'erreur impardonnable
  des Allemands et du sort. Il était mort, il vivait tout juste
  pour affirmer sa mort. Il avait à peu près réussi à en persuader
  les copains.

[V]

Deuxième conversation et décident de s'en aller.
  Les costumes civils. Les barbelés. La traversée de la route.
Coups de feu. On était guettés. Revient sur Schneider et le tire.
  Schneider meurt désespéré. « Vous m'avez sali. Vous avez sali
    ma femme. » Brunet repris.
  Speech du commandant. La prison. Ressort.
  Plus que jamais s'évader.
Le petit traître. « Je crois que je sais qui c'est. On pourrait filer
  ensemble. »
  La baraque : revient le soir. Brunet-Mathieu. Nous avons fait
    évader un triste type.
  L'exécution.
  Grande conversation Brunet-Mathieu. Est-ce que je dois rester

avec vous ? C'est du boulot. Non. Tu dois continuer. Tâche de réhabiliter Schneider.
Évasion de Brunet.

Mathieu : sa promenade au matin. Bonheur (Dimanche)
lundi : convoqué à la Komd.
Rester ou partir. Pas de bonheur médiocre. Sans responsabilité. Marchera aussi bien sans moi. D'ailleurs de toute façon disparaître.
Il part.
Le trajet en wagon. La scène des types : prévenir ma femme.
Mathieu disponible.
La soirée à Paris.
Revoit Daniel. Dispute. Refuse de collaborer au journal.
Revoit Odette. S'évade dans Paris.
Décide de résister.

[VI]

[...][1] qui vient d'avoir un môme (Après avoir essayé de Pierné qui refuse — et de Longin qui refuse aussi) le mettent en face de sa liberté.
1er Mars *Brunet et Chalais. Brunet-Vicarios. Décident l'évasion.*
Scène Mathieu et un évadé. (On raconte l'évasion tout entière.)
Bonheur de Mathieu. Pinette amélioré, etc.
Évasionite.
Nouvelle attitude des gars.
8 Mars Chez Thibaud : faites attention. Les Fritz râlent. Trop d'évasions.
Évasion Brunet-Schneider.

Daniel
α) Devant le côté résistant de Philippe qui le hait par moments décide de fonder un journal.
β) Odette et Jacques le savent.
γ) La soirée chez les Allemands. Rencontre du général et de son beau-fils. Odette va trouver Daniel.
ε[2]) La réaction de Philippe : il s'abouche avec des gars pour résister. (Vu du point de vue de Philippe.) La rencontre a été très importante : si le général collabore, Philippe *ne peut plus* collaborer. Il s'agit d'une conspiration de jeunes gens sans liaison avec rien : ils veulent descendre un Allemand. On tire au sort : Philippe descendra son Allemand. Il fréquente Irène et sait qu'il y a un Allemand chez elle. C'est lui qu'il descendra.

[VII]

Après l'entrevue des collaborateurs.
Daniel ne peut pas supporter que Mathieu le juge : il me jugera parce qu'il a eu la veine d'être prisonnier. D'où son acceptation de la demande d'Odette.

---

1. Le début manque.
2. Tel, le delta manque.

[VIII]

Début de Mai.

Brunet s'est évadé. La grande farce des civils. Pendant qu'il est
en train de la monter, Mathieu apprend à la Kommandantur qu'il
est libéré. Accepte ou refuse ? Discussion avec Pinette. Je suis là
pour faire le travail. Si tu restes c'est une justification. Pense à ce
qu'a dit Brunet : tu as le travail facile. Soudaine horreur du confort
et du bonheur : veut briser et risquer. Partira.

Sarah se tue. Birnenschatz se sent solidaire des juifs et fait de
la résistance.

Une soirée passionnée de l'Allemand et d'Irène.

Brunet arrive chez la femme de Schneider. Leur conversation.

Premiers contacts avec les communistes : désaveu de Chalais.
L'U.R.S.S. est en guerre.

Philippe décide de tuer son Allemand le prochain dimanche
dans la nuit.

Mathieu dans le train : très embêté parce qu'à Châlons il a appris
qu'il était en congé de captivité. Il pense, pendant que les gars
pensent à leurs femmes.

[IX]

Départ
2 chapitres
  1) Un Allemand dans Paris.
     Paris qui se ferme. (Octobre)
     Dans le métro offre sa place.
     Va voir Gide. Absent.
     Va voir un autre écrivain qui ne veut pas le recevoir.
     Sa situation. Son désespoir.
  2) Rencontre d'Irène et de l'Allemand.
     Vue par Irène.
     Irène se fout de la guerre. Ne s'occupe que des hommes.
       Pitié de cet Allemand. Elle le voit. Elle le fréquente.

[X]

Les regrets de Mathieu : va au dancing (le Jockey), n'y retrouve
plus l'atmosphère d'autrefois. Il y avait un monde et des problèmes.
Quand j'entendais le jazz, je noyais dedans mes problèmes. Ce
monde ne reviendra plus. Plus jamais. Fait un résumé de ce qui
s'est passé. Conclut : je suis *un autre*. Je résous les problèmes du
Mathieu d'aujourd'hui. Pas ceux du Mathieu mort en Juin 40.
Un Allemand en uniforme rêve, tout seul.

*

Le plan 1 est le plus important. Il nous permet de connaître
précisément le projet de Sartre, car il nous fournit la succession
des épisodes. On peut le comparer avec le résumé qu'en donne
Simone de Beauvoir dans *La Force des choses*[1]. Mais il est évident
que Simone de Beauvoir reprend le récit de *Drôle d'amitié*

1. P. 212-214, cité dans la Notice de *Drôle d'amitié*, p. 2004-2005.

— d'après elle, « le premier épisode » — sans mentionner l'importance capitale de l'expérience de Mathieu au stalag. Ce plan 1 date sans doute du moment où Sartre écrivait *Drôle d'amitié* et il suggère qu'il avait déjà terminé les pages sur Mathieu avant d'entreprendre les deux épisodes qu'il publiera dans *Les Temps modernes* en 1949. Cette version, publiée dans *Les Temps modernes,* n'existe pas sous sa forme définitive ou quasi définitive dans le manuscrit que nous avons pu consulter. On n'y trouve en effet qu'une première rédaction de la première partie de *Drôle d'amitié,* c'est-à-dire le « cahier bleu », une soixantaine de pages qui nous livrent une rédaction de premier jet, et — pour la deuxième partie — une seule page. On peut penser que cette page unique de la deuxième partie faisait en réalité partie du manuscrit de 233 pages vendu le 12 mai 1959 à l'hôtel Drouot[1]. En fait, on ne retrouve, dans notre manuscrit, que deux épisodes à peu près. entièrement rédigés : « Mathieu à l'hosto » et son arrivée au stalag Tous les autres n'existent qu'à l'état de fragments, dans un état d'inachèvement à peu près total. On peut cependant ranger les épisodes intitulés « Bonheur de Mathieu », « L'épisode des journaux », « Chez Longin », « Charlot, Pinette, le rêve » parmi les activités de Mathieu qui se passent au stalag. Il n'en demeure pas moins que des difficultés subsistent et qu'elles sont insurmontables en raison de l'inachèvement de l'œuvre. Elles proviennent des contradictions et des incohérences qui existent entre les divers plans et les différentes versions qui nous sont parvenues. On pourra tout particulièrement comparer la dernière partie du plan 1 avec les plans v, vi, vii, viii, ix et x. Il est par exemple impossible de résoudre la contradiction entre la date du 8 mars donnée pour l'évasion de Brunet et de Schneider dans le plan vi et celle du début de mai, qui est fournie par le plan viii.

Nous donnons donc tout d'abord, aux pages 1585-1611, le seul « chapitre » à peu près achevé et qui montre, avec une certaine cohérence, Mathieu à la fin de sa convalescence à l'infirmerie ; nous avons rassemblé ensuite, p. 1611 et suiv., divers fragments, qui relèvent d'un état moins élaboré de l'œuvre.

NOTES ET VARIANTES

Page 1585.

a. Dans une version antérieure, ce chapitre commence ainsi : Les grands murs blancs, les fenêtres ouvertes, le gigantisme mélancolique des productions allemandes qui sont aux maisons françaises ce qu'est un melon d'eau à un cantaloup. Les mouches bourdonnantes. Mathieu rentra, il était essoufflé, il se laissa tomber sur une chaise. Bollard le regardait avec sympathie. / « Je finirai par te haïr, dit-il, tu rigoles toujours. / — Je m'excuse, dit Mathieu. / — Pourquoi souris-tu ? / — Je me suis bien promené. / — Tu es comme les

1. Voir p. 2106.

idiots qui disent que la soupe est bonne. / — C'est pas ça, dit Mathieu, mais c'est agréable de sentir la convalescence. *ms.*

b. Dans le manuscrit, Sartre hésite entre Collard *et* Bollard. *Une fois il écrit même* Boullard *et une autre fois* Callard.

Page 1586.

a. se tut brusquement et pensa : « J'ai gaffé. » Mais Bollard *ms.*

Page 1587.

a. devenir gras. Quand un athlète se néglige, ça fait obèse : c'est bien connu. / Mathieu *ms.*

Page 1589.

1. Cette phrase rappelle le début de l'article « La République du silence » (écrit en 1944 et repris dans *Situations,* III) : « Jamais nous n'avons été plus libres que sous l'occupation allemande. »

Page 1590.

a. Une version antérieure donne pour le dialogue qu'on vient de lire (depuis le haut de la page 1590) la rédaction suivante : Ils vivaient à l'ombre de la colline. Ils la regardaient. Il voyait la crinière noire de la forêt et puis la caserne Kemel blanche au sommet. Les baraquements de prisonniers étaient derrière. Ils ne les avaient jamais vus. / « Mais je suis content de monter là-haut. / — Oh! toi, tu es content de tout. / — Non, non, je suis content de tout parce que je vais monter là-haut. Mes copains sont là-haut. / — Tu es sûr de les retrouver ? / — Si je ne retrouve pas ceux-là, il y en aura d'autres. Je vais te dire : j'ai vécu seul, j'étais bourgeois. Il aurait fallu que je ne le sois pas. J'aurais fait plus tôt mon expérience. / — Quelle expérience ? / — Ce qu'il y a eu de plus fort dans ma vie : trois jours[1]. Je veux retrouver ça. Je n'ai rien là-bas. / — Pas de femmes ? / — Si, bien sûr. Quelques-unes. Des histoires commencées ou en commencement. Mais ça n'est pas pareil. Tu comprends, les femmes, pour les bourgeois, c'est le moyen de communiquer avec autrui. Ça vaut pour autre chose. Comme une autre communication. *ms.*

1. Un peu plus loin, la ville d'origine de Bollard devient Rouen (voir p. 1591). Sartre semble avoir été soucieux de replacer son personnage dans une ville ayant souffert de la guerre; Rouen, occupée par les Allemands le 9 juin 1940, a été plus atteinte que Bordeaux, bombardée le 19 juin.

2. Cette phrase est de toute évidence une pensée de Mathieu.

Page 1591.

a. ce que c'était. Quand on se touchait la main, on recevait chacun une décharge électrique; le dimanche, *ms.*
b. Sartre avait d'abord écrit jambes, *qu'il a biffé.*

1. Voir n. 1, p. 1590.

1. Allusion aux événements survenus à Mathieu dans *La Mort dans l'âme,* du 16 au 18 juin 1940; voir p. 1168 et suiv.

Page 1593.

1. Voir *La Mort dans l'âme,* à la fin de la première partie (p. 1343-1344), où Sartre crée une ambiguïté en laissant croire que Mathieu et Pinette ont été tués. L'ancien Mathieu est mort; un autre renaît ici.

Page 1594.

a. Dans une version antérieure de ce passage, on trouve à la suite des mots mort et enterré *les phrases suivantes :* Il faisait noir, ça sentait les odeurs du dedans. Mort et enterré, feu Mathieu Delarue. Mort le 18[1] juin 1940 : il donna par habitude une pensée aux [Allemands[2]] qu'il avait tués, le petit qui nageait sur le trottoir et l'officier qui avait l'air d'une demoiselle. Deux familles en deuil. Il y pensait chaque fois qu'il se réveillait.

b. Notes d'une première version : Professeur atteint de dysenterie. Mourant. / Quel est le sens de la vie ? / — Écoute, dit Mathieu. J'ai goûté quelque chose de formidable. J'ai d'abord été individuel, et puis j'ai appris que la vérité venait me chercher chez moi. Et puis pour finir, j'ai goûté à quelque chose de formidable. La camaraderie dans la défaite. J'avais toujours connu dans les livres la camaraderie dans la victoire. Mais dans la défaite, tu as l'impression que les hommes pourraient se sauver. Je suis heureux parce que je vais remonter. J'en ai pour longtemps mais ça me plaît. Le problème se pose à partir de là.

Page 1595.

1. Au sujet de sa vie au stalag, Sartre dit ceci dans le film *Sartre par lui-même :* « [...] je me suis placé dans une élite du camp. Mais en même temps, il est bien certain que les rapports qu'on avait n'étaient pas des rapports d'élite, c'étaient des rapports d'individu à individu. C'était une communication sans trou, nuit et jour; on se voyait, on se parlait directement et à égalité. Vous savez, il y avait des cabinets en commun. Alors, quand on en fait usage avec beaucoup de gens, l'élite disparaît. Voilà un bel exemple où l'idéalisme disparaît. Eh bien donc, cette vie en corps à corps perpétuel, en communication perpétuelle, c'était un signe du genre de communication qu'on avait » (*Sartre : un film d'A. Astruc et M. Contat,* Gallimard, 1977, p. 67).

Page 1596.

a. de naître : avec un corps tout neuf et une nouvelle innocence — jamais il ne s'était senti aussi libre. La lumière *ms.*

b. ou à Fez après une nuit *ms.*

1. Sartre séjourna à plusieurs reprises en Espagne et fit un voyage au Maroc en 1938 avec Simone de Beauvoir. C'est à Fez qu'il eut une crise de foie qui l'alita pendant deux jours. Cette double expérience, être touriste et être malade, semble s'appliquer également à Mathieu lorsque, au moment de sa convalescence, il découvre cette « ville inconnue » que constitue le stalag.

---

1. *Sartre avait d'abord écrit* le 20, *qu'il a corrigé en* 18.
2. *Le mot* Allemands *ou* hommes *manque dans le manuscrit.*

2. Cette notation est précieuse pour situer le passage. Plus haut (p. 1595), nous avons appris que l'hospitalisation de Mathieu a duré deux mois (fin juin-fin août). Sartre lui-même est arrivé au stalag de Trèves vers la fin du mois d'août 1940.

Page 1597.

a. est [quinze mille *biffé*] trente mille, *ms.*

b. Il y a Pinette, dit Mathieu, et puis Charlot et Longin. Ils sont tous de la soixante-huitième. / — Connais pas. / — Et Lubéron ? Et Pierné ? *ms. Le fait d'avoir d'abord écrit* Pinette *constitue un lapsus de la part de Sartre : le lecteur et Mathieu doivent croire jusqu'à un certain point du récit que Pinette est mort dans la scène du clocher décrite dans « La Mort dans l'âme ».*

c. parmi eux en touriste, il visiterait *ms.*

1. Dans *La Mort dans l'âme,* Mathieu et son groupe font partie de la « 61e Division ». La 68e Division, commandée par le général Fagalde, ne fut pas engagée dans l'Est mais dans le Nord et prit part à la bataille de Dunkerque. Sartre lui-même faisait partie de la 70e Division. Voir p. 1602 et n. 1.

Page 1598.

a. Dans de précédentes rédactions de ce passage, Sartre donne : les Cañons du Colorado *et* New York, Times Square.

1. Bâtiment de ligne de la marine de guerre française, avarié en juin 1940.

2. Le Désert peint et les Cañons du Colorado se trouvent dans l'Arizona.

Page 1599.

a. Ce mot est de lecture incertaine. On peut, aussi, lire : coulaient.

b. il avait la noblesse intimidante d'un capitaine. *ms.*

1. En 1936, Sartre obtint l'autorisation de visiter un asile psychiatrique près de Rouen. Voir la Notice de « La Chambre », p. 1835.

2. Infirmerie. Le mot allemand est du genre neutre, mais Sartre l'emploie plus loin au féminin, sans doute par attraction avec le mot français.

Page 1600.

a. brusquement. Un type pâle, à l'air vague, clignait des yeux, maladroit et lointain, le rire sortait de sa bouche bée. Celui-là c'était un vrai prisonnier. / — Hé ? *ms.*

1. Le truquage de livrets et autres pièces militaires a été assez courant dans les camps de prisonniers. C'est grâce à l'un de ces truquages que Sartre réussit à se faire libérer à la fin du mois de mars 1941.

Page 1602.

1. Plus haut (p. 1597) Mathieu avait affirmé que ses camarades étaient de la 68e Division. Ici il indique qu'ils faisaient partie de la même division que Sartre, la 70e.

Page 1605.

a. sonnante et trébuchante, sans fenêtres *ms.*

1. En mai 1940, il y avait dans l'armée française dix divisions nord-africaines ainsi qu'un bon nombre de troupes coloniales.

Page 1606.

a. il penserait avec orgueil et curiosité aux myſtères *ms.*

b. n'ont pas de visages; sauf peut-être *ms.*

c. du camp, [ces drôles d'yeux vagues et drogués. *biffé*] Ils avaient levé la tête et le regardaient [d'un air myope *biffé*], sans le reconnaître; *ms.*

Page 1609.

a. Dans une première version de ms., on lit : Mathieu ne répondit pas : il les avait pris en horreur brusquement. Et puis il eut horreur de lui-même parce qu'il avait gardé la dignité humaine.

b. Dans ce manuscrit, Sartre écrit Schwarz *(sans* t *). Nous reſtituons la graphie* Schwartz, *qui eſt celle retenue par Sartre dans « La Mort dans l'âme ».*

1. Dans l'œuvre de Sartre (cf. *La Nausée, Les Mouches,* etc.), le mot *cloporte* eſt toujours féminin.

2. Signalons à titre de curiosité que, dans *La Mort dans l'âme,* Schwartz dit être alsacien, alors qu'il eſt originaire de Sarrebourg, donc mosellan. Il déclare à ce moment-là qu'il préférerait être « un Allemand vivant qu'un Français mort » (p. 1177) et on a pu supposer qu'il rejoint le groupe d'Alsaciens-Lorrains qui se rallient aux Allemands dans la deuxième partie du livre.

Page 1610.

1. Marmite militaire de campagne inventée par l'intendant Bouthéon. On emploie aujourd'hui, par déformation, bouteillon.

Page 1611.

a. avec l'agilité d'un lézard. Il se tourna *ms.*

1. La situation rappelle ici celle de *Huis clos* (1944).

FRAGMENTS

Ces fragments appartiennent sans doute à une toute première version de *La Dernière Chance.* Plusieurs indications permettent de les replacer dans le récit en décembre 1940 ou en janvier 1941, à l'époque où Mathieu a retrouvé ses camarades de régiment. Les variantes que nous donnons sont celles du manuscrit.

Page 1612.

a. Il exiſte plusieurs versions du passage qui suit (jusqu'au premier alinéa de la page 1633) ; en voici la première : Ils s'arrêtèrent dans la cour sur trois rangs; d'autres prisonniers sortaient du bâtiment central, s'arrêtèrent et leur firent signe. Ils les saluèrent de la main. Le soir tombait, la caserne était un parc sur la colline. C'était un bon moment, Mathieu regardait joyeusement les arbres au-dessus du mur; il avait appris à voir tous les feuillages à ces branches nues, les feux tournants de toutes les villes dans l'air du soir, à pressurer les choses, à leur faire rendre le monde, un arbre c'était une forêt, un mur, Paris, cette soirée brumeuse c'était tous les retours au soir tombant; il se sentait riche et patient; le monde est tout entier partout; ils n'ont pas pu nous priver de monde. Charlot à sa droite regardait avec un sourire humide et modeste, Pinette grommelait à sa gauche; Pinette avait un couteau dans le cœur. / « ... qu'on a perdu la dignité. / — Eh ? demanda Charlot. / — C'est pas parce qu'il est vainqueur qu'il verra mon cul, dit Pinette. / — Ah ? dit Charlot, tu suis ton idée. Eh bien, s'il veut le voir, le mien, il le verra, tant mieux si ça lui fait plaisir. » / Pinette lui lança un regard meurtrier. Il haïssait Charlot parce que Charlot acceptait la captivité et tentait avec humilité de se conquérir partout de petits bonheurs. / « Va, dit-il, va te faire enfiler par les Fritz. » / Charlot ne répondit pas. Des soldats passèrent devant eux en criant des ordres, des enfants de Barcelone jetaient leurs derniers cris à l'heure où le soleil jetait ses derniers feux. Les prisonniers s'ébranlèrent, traversèrent la cour, la lourde grille s'ouvrit, c'était l'autre bon moment. Ils sortirent, ils sortaient d'une usine, d'un atelier, Mathieu sortait du lycée; la caserne était d'un côté de la route, le camp de l'autre côté, ils traversèrent la route infinie, ils plongèrent dans la liberté des autres, ils traversèrent l'Allemagne, le monde entier, sous la colline, au bord du fleuve, la ville s'allumait au secret derrière les volets clos. Hors des murs et des barbelés, sur une route d'homme, dans ce soir de tout le monde, ils marchaient. Ça durait chaque soir une minute et Mathieu attendait cette minute toute la journée. Charlot rit doucement :

« Il chavire. / — Qui ça ? / — Pinette. Il se ronge les sangs. C'est con. » / Pinette feignait de ne pas les entendre. Charlot dit humblement : / « Si tu ne demandes pas trop, tu peux t'avoir une bonne petite vie. »

Autre version : Ils s'arrêtèrent dans la cour, sur trois rangs; du bâtiment central d'autres prisonniers sortirent. Ils s'arrêtaient et se faisaient signe de la main; le soir tombait, la caserne était un parc sur une colline, Mathieu regardait joyeusement les arbres au-dessus du mur, c'était un bon moment, il voyait tous les feuillages à ces branches nues, dans l'air du soir il voyait les feux tournants des villes : en trois mois de captivité il avait appris à pressurer les choses, à leur faire rendre tout ce qu'elles pouvaient; un arbre valait pour une forêt, un mur pour tout Paris, cette soirée brumeuse pour tous les retours au soir et pour un particulier, un retour de Notre-Dame de la Garde, un soir; il se sentait riche et patient; tout lui livrait le monde. Des soldats allemands passèrent devant eux en criant des ordres, c'étaient des enfants de Tolède qui jetaient leurs derniers cris à l'instant où le soleil jetait ses derniers feux. En captivité on feuillette et on refeuillette le monde sans répit, c'est une récapitulation. Les prisonniers s'ébranlèrent, quatre par quatre ils traversèrent la cour, la lourde grille tourna sur ses gonds, s'ouvrit, c'était l'autre bon moment, celui de la liberté. La caserne était d'un côté de la grand route, le camp de l'autre côté. Ils traversèrent la route noire et infinie. Ils plongèrent dans la liberté des autres. Ce bref moment hors des murs et des barbelés, Mathieu l'attendait tout le jour, il traversa le monde entier. Au-dessous de la colline, au bord du fleuve, la ville s'allumait sans doute, derrière ses volets. À sa droite, Pinette rageait toujours.

Page 1613.

a. Sartre avait d'abord écrit : la baraque 38, *qu'il a corrigé.*

b. Sartre hésite entre Chamard *et* Ramard. *Nous nous en tenons, dans le reste du fragment, à cette dernière graphie.*

c. — Non », dit Mathieu. *[11 lignes] /* Non. Bien sûr que non. Il n'allait pas perdre son temps à ruminer une cicatrice. Il avait un meilleur alibi puis il porte en lui la mort des autres. Il s'assit sur la chaise que Ramard lui montrait et le silence tomba sur eux, le lourd silence des paysans et des prisonniers. Ramard le regardait en hochant la tête. Il finit par dire : / « Tu te fais rare... » *ms.*

Page 1614.

a. « L'argent change de main *[14 lignes],* dit-il. Au début j'en avais pas mal mais ça file : tu as des gars qui ne pensent qu'à faire leur pelote pour quand ils reviendront; Viénot veut s'établir à son compte. » / Mathieu sourit : encore un rêve. En France, on était peut-être en train de changer la monnaie; mais, pendant ce temps, des types d'ici accumulaient des billets sous leurs paillasses. Il y avait de tout au camp : des entreprises, des commerces, des passions, des crimes. Mais tout était rêvé. Ramard l'interrogea du regard. / « Faut que je fasse *autre version dans ms.*

Page 1615.

a. Cette page, des premiers aux derniers mots, se présente, dans ms. sous deux versions : l'une longue — *celle que nous avons donnée —, l'autre, beaucoup plus courte, que voici :* — Quatre. Pleines. / — Je les prends », dit Mathieu. / Il ouvrit sa veste. / « Tu les foutras là-dessous. / — Va pas les casser. / — Tu es fou. / — Ni les boire », dit Ramard. / « Tu te piques donc le nez ? » / Ramard eut un sourire mou. / « On picole un peu, dit-il. Histoire d'oublier. » / Mathieu referma la veste sur les bouteilles.

Page 1616.

a. Sartre avait d'abord écrit Remache *qu'il a biffé, au lieu de* Longin.

1. Ce fragment est le seul qui soit rédigé à la première personne, avec un ton qui est proche du journal que Sartre a reconstitué à son retour de captivité et dont il a publié une partie sous le titre « La Mort dans l'âme » (voir p. 1569-1584).

2. Dans le vocabulaire de la tauromachie, une *querencia* est l'endroit de l'arène que recherche le taureau pour s'y sentir en sécurité. Simone de Beauvoir note dans *La Force de l'âge* (p. 127) que Sartre et elle appelaient ainsi les bars qui leur plaisaient par leur tranquillité.

Page 1617.

1. Dans *La Mort dans l'âme,* Longin est percepteur et non architecte. En remplaçant Remache par Longin, Sartre, de toute évidence, ne s'est plus souvenu de la profession qu'il avait déjà attribuée à ce dernier.

Page 1618.

　　a. Coupure dans le manuscrit (fin de feuillet).
　　b. Voir var. a, p. 1619.

Page 1619.

　　a. Tout le début de cet épisode se présente sous deux versions, dans ms. L'une, assez longue — celle que nous avons retenue —, l'autre, plus courte, mais qui contient des éléments que ne retient pas la version plus développée. Voici la version courte : Chauchard s'amène avec *[p. 1618, début de l'épisode]* une feuille jaunie, à demi déchirée. / « Tu sais ce que c'est que ça ? Un journal. / — Un journal ? » Tout le monde se lève et l'entoure. / « Poussez pas, vous l'aurez chacun à votre tour. On a le temps, oui ? / — D'où que tu l'as ? / — C'est les types qui sont arrivés hier de Lorraine. J'en vois un, aux chiottes. Tu sais ce qu'il allait en faire ? Se torcher le cul avec. Merde, j'ai bondi dessus. " Dis donc que je lui dis, tu auras tout le papier que tu veux, mais donne-moi ça ". Il me fait : " Il date du mois dernier. — Et après, que je lui dis, tu crois qu'on sait ce qui s'est passé, nous, le mois dernier ? " Alors il me l'a donné contre des vieux *Traits d'union* et une cigarette. » / Même Pinette s'est levé. On l'entoure. / « N'étouffez pas. » / Le journal a l'air louche. Il y a des taches dessus. Charlot les regarde avec défiance : « Il m'a dit que c'était des taches de graisse. » On prend la bougie et on regarde. Il s'assied et se met à lire, il a la bouche fendue de rire par instants, les sourcils levés miment la stupéfaction bornée. « Oh dites donc, les gars, il y a des vélos-taxis à Paname. — Des vélos-taxis, tu veux dire des taxis attelés à des vélos ? — Je sais pas. Les gens se promènent comme ça. — Il doit y en avoir des milliers et des milliers.

　　1. Le *Trait d'union* était sans doute le bulletin du stalag.
　　2. Film allemand de Willi Forst, datant de 1939.
　　3. Film de William A. Wellman, avec Gary Cooper et Ray Milland, sorti aux États-Unis en juillet 1939 mais interdit en France parce qu'il traitait de la Légion étrangère.
　　4. Films à succès de Julien Duvivier sortis respectivement en 1937 et 1936.

Page 1620.

　　a. Dans une autre version c'est Mathieu qui est en train de lire le journal à haute voix : « Donnons aussi une pensée à ceux qui expient nos fautes en terre lointaine, aux meilleurs d'entre nous, aux purs... / — Quoi ? Quoi ? demanda Chomis effaré. Qui c'est-ils, ceux-là. De qui qu'il cause ? / — De nous autres, couillon », dit Garnier avec un rire gêné. / Mathieu continua : / « Le sort leur a pas permis d'être des héros, mais la France doit reconnaître en eux ses martyrs. Quand ils reviendront, mûris, par l'épreuve, ils auront le droit de nous demander des comptes[1]... » / Pinette l'interrompit : / « Il y en a encore long ? / — Encore un paragraphe. / — Ben, c'est pas la peine de te fatiguer, parce que, si les copains sont comme moi, on en a notre claque de ces boniments. » / Mathieu repoussa le journal et les regarda. Ils avaient l'air misérables.

　　1. Sartre reprend ici les termes mêmes d'un discours du maréchal Pétain.

1. Simone de Beauvoir écrit dans *La Force de l'âge* (p. 485) : « Je ne voyais que des gens aussi désarmés que moi; personne parmi eux ne possédait de radio, je ne pouvais même pas écouter la B.B.C. Comment déchiffrer les événements à travers les mensonges des journaux ? Outre *La Victoire* et *Le Matin,* paraissaient à présent [nov.-déc. 1940] chaque jour *L'Œuvre, Temps nouveaux.* Ils expliquaient tous avec entrain que c'était Gide, Cocteau, les instituteurs, les Juifs et *Quai des Brumes* qui nous avaient précipités dans l'abîme. Des journalistes que j'avais bien aimés, aux beaux jours du *Canard enchaîné* — Henri Jeanson, Galtier-Boissière — prétendaient dans *Aujourd'hui* sauvegarder quelque liberté d'esprit; mais ils étaient obligés de publier les communiqués allemands et un grand nombre d'articles pro-allemands : ces compromissions avaient plus de poids que leurs menues astuces. »

2. Il existe plusieurs versions, sans continuité, de la plupart des fragments qui suivent, ce qui rend l'établissement du texte particulièrement difficile. On peut cependant distinguer deux lignes de récit : l'obsession de Mathieu et l'épisode du verrou.

Page 1621.

a. Autre version pour cette fin de fragment : jusque dans cette fragilité, jusqu'en ce point où la vie et la mort ne font qu'un. Les femmes, on les baise, les hommes, on les tue. Il avait appris ça le 20 juin 1940; il ne pouvait plus l'oublier : il suffit d'avoir tué une fois pour être un tueur, pour regarder ses amis en spécialiste. Finie la dignité humaine; il savait un secret : c'est qu'on peut écraser les hommes à coups de talon, comme des fourmis.

Page 1626.

a. Le fragment s'arrête ici (fin de feuillet).

Page 1628.

a. Il existe dans ms. une dizaine de versions pour le début de ce chapitre. L'une d'elles se lit : Le soir tombe; au ciel, toutes les enfances se penchent, elles se reflètent sur les visages. Chastaing bâille, Guillaume soupire et sourit, Georgin s'appuie sur sa pioche; naïves et pieuses, les premières lampes s'allument dans les yeux des punis, tous les visages se renversent et reflètent l'enfance du ciel.

b. Fin de la phrase dans une autre version de ms. : des barbelés, c'est l'heure du bonheur : les flaques de la route, l'herbe mouillée, la lumière qui rase les sapins sont de douces bêtes qui le regardent. À plomb, sur une colline, il y a un homme qui marche et qui va où il veut.

c. Dans une première version de ms. on lit : Brunet fronce les sourcils. Si tôt !... Il faut secouer tous ces rêves de furieux, il faut tenir les promesses qu'il s'est faites pendant ces trente nuits. Il ne s'y était pas préparé, il avait encore besoin d'une nuit.

Page 1629.

a. Fin de la phrase dans une autre version de ms. : la colère le ravage, ses yeux brûlent, ses mains tremblent, mais c'est le moment de prendre patience. Bientôt je lâcherai ma flamme. Alors viendra le calme. Avec un peu de chance tout sera fini donc dans une heure et, cette nuit, je pourrai dormir.

b. cherchent Chalais dans la foule oisive et douce dont chaque visage est un crépuscule. / — Je ne reconnais *ms.*

Page 1632.

1. Dans un passage d'une autre version (voir var. *c,* p. 1628), Sartre mentionne *trente nuits* au lieu de *quarante jours.* Cette dernière indication nous permet de placer cet épisode vers la fin mars 1941, date à laquelle Sartre lui-même a été libéré en se faisant passer pour civil.

Page 1634.

a. je te la donne *[p. 1633, dernière ligne]* et, par-dessus le marché, je fournis les costards et la bouffe. / Il le regarde *ms.*

Page 1635.

a. Ils marchent encore aux sons d'une belle musique triste, le ciel est violet. La musique s'enfle *ms.*

Page 1636.

a. dit Moûlu déconcerté, eh bien c'est lui qui veut te causer. » / Pas de réponse. Des pointes de feu sillonnent la nuit. Il y a des hommes partout. Brunet entend la respiration de cette masse obscure. Ce silence hostile l'intrigue. Il attend. Un type se lève et vient vers eux. Son long buste se découpe vaguement sur le fond bleu. / « Où qu'il est *ms.*

Page 1638.

a. la voix trop connue et toute la *ms.*
b. sans assurance. Il répond à un mort. / — Qui vous *ms.*
c. jette les mots au hasard dans un trou noir. Il ne parle à personne de vivant ; au fond du trou il y a son passé, qui attend. / — Et toi *ms.*
d. jamais entendue. *À la suite de ces mots, on lit dans une autre version de* ms. : Il retombe dans la nuit menaçante, il s'agite sur son banc : / « Bon Dieu, pressons-nous, dit-il. Dans dix minutes, c'est le couvre-feu. » / Il est coincé dans le présent de ce cul-de-sac. Fait comme un rat : le passé c'était encore une issue. Il n'y a pas d'issue. Les chauves-souris le regardent de leurs petits yeux rouges.
e. Brusquement la lumière jaillit, éteignant les feux rouges et la nuit, la lumière de tous les soirs dans une piaule comme toutes les autres. Moûlu se tient au milieu de la pièce, les bras étendus. Il y a des types partout, les voix *ms.*

Page 1640.

a. un ami d'enfance. » La douceur morte du passé lui desserre irrésistiblement la bouche, le rire s'achève en bâillement. Il referme la bouche puis il dit : / « Et qu'est-ce *ms.*

1. Il existe une localité de ce nom en Gironde, mais non pas en Lorraine. On se demande d'ailleurs pourquoi Sartre a choisi Verdelais, puisqu'il est évident, par ce qui est indiqué dans *La Mort dans l'âme* et par ce qui suit, que Mathieu et Brunet ont tous deux été faits prisonniers à Padoux.

Page 1641.

a. demande Mathieu, *[10 lignes]* surpris. / — Toutes ces coïncidences, dit Brunet avec lassitude. Tout ce luxe de coïncidences qu'il a fallu pour que je tombe sur toi plutôt que sur n'importe qui. Et pourquoi faire ? Finalement qu'est-ce que tu es pour moi ? / — Je te le demande. / — Eh bien justement : n'importe qui. / — Eh oui, dit gaiement Mathieu. La montagne a accouché d'une souris. / N'importe qui. Un prisonnier qui ressemble vaguement à Mathieu regarde d'un air myope un prisonnier qui ressemble vaguement à Brunet. La ressemblance va se dissiper : Brunet dira : « Excusez-moi, je vous prenais pour Delarue. » À moins que ce ne soit Mathieu qui dise : « Excusez-moi, je vous prenais pour Brunet. » Mathieu se lève, d'un air absent, pose la main sur le loquet de la porte et paraît écouter puis il fait demi-tour et revient s'asseoir. Qui donc a pris tant de peine pour m'envoyer ce vieux camarade de lycée à la place de l'ami qu'on m'a tué ? Brunet considère Mathieu avec rancune : il lui en veut d'être là, de n'être plus Mathieu, de n'être que Mathieu, de n'être pas Schneider. / — Puisque tu savais que j'étais au camp, il y a longtemps que tu aurais dû me faire signe. / Mathieu lui jette un regard mort et rancuneux. « Il m'en veut, c'est le comble. » / — À quoi bon *ms.*

b. dérisoire. / [« Ça n'explique pas pourquoi tu n'es pas venu me dire bonjour. / — Bah! dit Mathieu. Nous n'aurions pas été d'accord. *passage biffé dans la version de ms. que nous donnons*] « Vous n'auriez pas été d'accord, dit Mathieu.

c. Une autre version de ms. donne : Une espèce de propagande *[10 lignes]* contre le fascisme ? / Brunet ricane toujours : bien sûr. Une espèce de propagande. Comme ça paraît dérisoire à présent. / « Compliments. Votre service d'informations valait mieux que le nôtre. » / Il ajoute ironiquement : / « Et alors ? Ça n'explique pas que tu n'aies pas cherché à me revoir. Tu avais peur du noyautage, hein ? » / La bouche veule, les yeux vagues, Mathieu paraît hésiter. Cette fois Brunet le reconnaît, c'est bien Mathieu, c'est l'ancien Mathieu, hésitant et sincère. Seulement cette mollesse est jouée; elle est concertée, la transparence idéaliste de ces gros yeux. Brunet pense : « Il a bien su tirer parti de ses défauts. » / « Tu sais, dit Mathieu, nous ne nous occupons pas de politique. » / Brunet sursaute : / « Tu entends dire qu'il y a dans le camp une organisation démocratique, tu n'essayes même pas d'entrer en contact avec elle et tu appelles ça ne pas faire de politique ? Moi je trouve, au contraire, que ça vous qualifie politiquement. » / Il s'arrête parce qu'il met de se's'entendre : le ton incisif de sa voix lui semble périmé. « Pourquoi discuter ? De quoi ? Avec qui ? » Mathieu lui sourit : / « Vous désapprouviez les évasions et c'était notre affaire de les organiser, dit-il paisiblement : on ne pouvait pas travailler ensemble. / — Nous désapprouvions les évasions parce qu'elles étaient prématurées, dit Brunet avec humeur. Les types se sont laissé monter le coup contre la démocratie. Si vous les aidez sans discernement, ce sont des fascistes que vous enverrez en France. / Le sourire de Mathieu

1. Ce dialogue confirme ce qui était suggéré au début de la deuxième partie de *La Mort dans l'âme*, à savoir que Brunet a assisté aux derniers moments de la résistance de Mathieu dans le clocher de Padoux.

2. Dans *Les Mots* (p. 13), Sartre écrit : « Je ne suis pas un chef, ni n'aspire à le devenir. Commander, obéir, c'est tout un. »

Page 1642.

a. ou personne. *À la suite de ces mots on lit dans une autre version :* Sa colère se communique à Brunet; ils échangent des regards irrités pendant que l'arrière-garde des Walkyries bondit en désordre au-dessus de leurs têtes. C'est moi qui dépends de lui, à présent, quelle humiliation. Brunet baisse le regard, joint les mains et se laisse refroidir. Quand il se sent calmé, il relève la tête et dit d'un air cagot : / « J'admets que je te demande un passe-droit. Mais suppose que je fasse appel à ta vieille amitié ?

1. Au cours de sa rencontre avec Brunet (voir *L'Âge de raison,* p. 520), Mathieu avait refusé de s'inscrire au Parti communiste et lui avait déclaré : « C'est ton aide et non que je voudrais... pas celle de Karl Marx. »
2. Voir n. 1, p. 665.
3. Voir *L'Âge de raison,* p. 517.

Page 1643.

a. dit Brunet, il n'y a rien qu'on doive mettre au-dessus de l'amitié. / Il se passe *ms.*

1. Phrase effectivement prononcée par Brunet dans *L'Âge de raison,* à la fin du chapitre VIII, p. 527.

Page 1644.

a. On trouve, dans ms., une autre version de la conversation entre Brunet et Mathieu — qui se termine avec l'étranglement de Moûlu (p. 1651) — qu'on peut rattacher à peu près ici à notre texte : « Pourquoi es-tu entré au Parti, alors ? / — Le Parti, on lui donne sa vie, dit Brunet. / — Oui : pour qu'il vous la rende consacrée : on connaît le truc. » / Brunet hausse les épaules. Mathieu se lève et marche vers lui : / « Reste donc avec nous. Nous, vois-tu, nous sommes propres. / — Vous seriez bien les seuls. / — Avec nous, poursuit Mathieu sans paraître l'entendre, pas de boniments ni de mensonges. Il suffit que notre organisation existe pour que les types soient mis au pied du mur : ils ne peuvent plus se raconter que l'évasion est impossible; dans un sens ou dans l'autre, il faut qu'ils décident. Nous ne leur demandons rien, tu sais, pas même d'être bons républicains; nous ne sommes ni des éducateurs ni des juges : tout juste des occasions. / — Bah ! / — Eh, dit Mathieu, ça ne serait pas déjà si mal si les gens prenaient l'habitude d'être des occasions les uns pour les autres. / — Tu crois ? » / Il pense : « Je t'en foutrai, moi, des occasions ! » Il a pris les bonnes consciences en horreur. « C'est fade ! » dit-il en faisant la moue. / « Eh ? / — Je dis : c'est fade. Je n'ai pas envie de travailler avec vous. » / Il ajoute d'un air paternel : / « Toi, bien sûr, après dix ans de professorat, tu dois t'amuser comme un petit fou. Il y a du mystère et de l'intrigue; pour un peu, il y aurait du danger : tu t'imagines que tu fais de l'action. » / Il regarde Mathieu et sourit : « Nous, nous voulions changer le monde. / — Pour le moment, dit Mathieu, contente-toi de changer... / — Changer quoi ? Vos gars troquent une prison contre une autre, c'est tout. Ici, au moins, l'oppression est sans masque. Tout compte fait, je les aime mieux ici. / — Mais eux, dit doucement Mathieu, ils s'aiment peut-être mieux là-bas. / — Eux ? dit Brunet. Oh oui, bien sûr. » / Il ajoute au bout d'un instant : / « Vous avez découvert une sortie cachée, j'imagine ? Et vous leur donnez un bout de pain, des vêtements civils et votre bénédiction. J'appelle ça : faire la charité. Après ça, évidemment, ça ne vous est pas difficile de rester propres. Pas de mensonges, pas de violences, une conscience pure : vous ne sortez pas des cadres de l'idéalisme bourgeois. / — Pas de violence ? » Mathieu sourit : « Qu'est-ce que tu crois que font mes copains, en ce moment ? / — Que veux-tu que j'en sache ? / — Ils sont, dit Mathieu, en train de juger Moûlu. / — De le juger ? / — Et quand ils l'auront jugé, poursuit-il, ils l'étrangleront. / — De quoi ? » / Brunet le repousse et court vers la porte. Il entend derrière lui une voix molle : / « Rassieds-toi : c'est lui qui t'a donné. » / Brunet se retourne : une grosse boule flotte à hauteur d'homme. Brunet la regarde et demande : / « Tu veux dire que c'est lui qui a fait tuer Vicarios ? » / Une plaie s'ouvre dans la boule : / « Exactement. » / Brunet secoue la tête : / « Impossible. Je sais qui c'est : c'est un type de chez nous. / — Tu te trompes », dit Mathieu tranquillement. / Brunet passe ses mains moites sur ses joues suantes; les sueurs se mélangent. Brusquement il pense à Vicarios et ferme les poings : on ne lui fera pas lâcher sa haine; qu'est-ce qui lui resterait ? / « Je te dis que ce n'est pas Moûlu. J'ai les preuves. / — Tu n'as pas plus de preuves que de beurre aux fesses, dit Mathieu. Tu bluffes. Nous, nous avons un informateur chez les Fritz. » / Brunet se retrouve assis sur le banc. Il dit avec lassitude : / « Alors ? / — On le conduisait à la caserne après le couvre-feu et il voyait tout le temps le commandant du camp... / — Mais pourquoi ? demande Brunet. Pourquoi ? / — Pour des cigarettes à bout doré. » / Brunet se tait. Une douleur lancinante lui traverse l'épaule. Il serre les poings, il retient sa haine; il répète en lui-même : « C'est Chalais. » / « Après ça, poursuit Mathieu, sa position devenait plutôt délicate. Il y a eu des types dans ta baraque pour le soupçonner; en particulier, ton copain Chalais... / — Oui, dit Brunet. Oui, oui. Après ? / — Eh bien il a paré le coup en les dénonçant comme communistes. / — Je vois, dit Brunet. Dis donc, il doit les avoir par caisses, les cigarettes. / — Tu sais, dit Mathieu, les Allemands ne sont pas si généreux. » / Brunet a baissé la tête, la voix coule mollement au-dessus de lui : « Je ne sais pas comment il nous a repérés, mais le fait est qu'il nous embête depuis une dizaine de jours en faisant semblant de vouloir s'évader. Quand tu es sorti de taule, il a dû se dire que tu nous inspirerais confiance et qu'il ferait pincer tout le monde. » / Brunet voit d'un bonne grosse gueule de Moûlu qui tourne sur fond rouge. D'un seul coup il lâche prise, la haine roule hors de lui, il est vide. Il n'a plus rien à lui, il n'est personne. Un Moûlu, ça ne peut pas se haïr. / « Je croyais que c'était Chalais, figure-toi. / — Eh bien oui, dit Mathieu. Je pensais bien que c'était ce que tu croyais. » / Brunet rit : / « Ça me posait des tas de questions », dit-il. / Il soupire. Ses mains se sont ouvertes, il ne sait plus qu'en faire. Il fait craquer ses doigts et soupire. Il dit : / « J'aime mieux ça. / — Tu es sûr que tu aimes mieux ça ? » demande Mathieu. / Brunet ne répond pas. L'orchestre se tait et Mathieu devient pâle. Brunet fait un effort pour se lever : / « Je

vais les aider. » / La musique rebondit. Une débandade de notes :
les instruments se courent après. Mathieu secoue la tête : / « Je
crois que ça n'est plus la peine. » / Brunet retombe assis. Il
demande : / « Qu'allez-vous faire du corps ? » / Mathieu fait un
geste : / « Les chiottes, dit-il. / — C'est vrai, dit Brunet. Elles
sont à deux pas. / — Oui, dit Mathieu, à deux pas.

Page 1645.

a. Autre version dans ms. : Eh bien voici une vérité complémentaire : en période d'oppression, l'injustice règne jusque dans la
communauté des justes. Et ça ne peut pas être autrement. Tiens :
je croyais qu'il fallait dire

b. mentir d'abord. *À la suite de ces mots, on lit cette autre version
dans ms. :* Les histoires de fins et de moyens, des fins qui justifient
les moyens ou qui ne les justifient pas, ça ne m'a jamais beaucoup
tracassé. Je pensais que les fins, en apparaissant dans l'histoire,
amenaient avec elles leurs moyens. / — C'est aussi ce que je pense »,
dit Mathieu. / Brunet se met à rire : / « Eh bien tu te mets le doigt
dans l'œil. La fin amène ses moyens, ça c'est vrai. Mais quand tu
uses des moyens qu'elle t'indique — les seuls qui / *[coupure]*

c. Autre version dans ms. : qu'il est naïf. Le Parti ne l'a pas armé
contre la solitude. Sa pensée s'essouffle vite, elle est raidie, guindée,
ses idées sont enfantines, il ne sait pas comment les prendre, il
a depuis des jours l'impression agaçante de peiner sur des questions
auxquelles d'autres ont depuis longtemps réfléchi; il avance, les
mains tendues en avant, un bandeau

1. Vers la fin des années vingt, Sartre s'est beaucoup intéressé à
Platon et a écrit plusieurs essais d'inspiration platonicienne. Voir
La Force de l'âge, p. 49-50.

Page 1646.

a. la vie n'est pas si simple; il a pris   *ms.*

1. Voir var. *a,* p. 1644, *une version plus courte du passage qui suit.*

Page 1647.

1. Aristide Boucicaut et sa femme Marguerite (1816-1887) sont
connus pour leurs œuvres philanthropiques et ont laissé leur nom
à un hôpital du 15e arrondissement.

Page 1648.

1. Cette œuvre de Mendelssohn a marqué l'enfance de Sartre
et il s'y réfère à plusieurs reprises dans *Les Mots.* Parlant d'un
film auquel il assistait avec sa mère, il écrit (p. 98) : « Le pianiste
attaquait l'ouverture des *Grottes de Fingal* et tout le monde comprenait que le criminel allait paraître [...] » Peu après, Sartre établit
un parallèle entre son expérience du cinéma et celle qu'il eut en
captivité :
« À feu mon père, à mon grand-père, familiers des deuxièmes
balcons, la hiérarchie sociale du théâtre avait donné le goût du
cérémonial : quand beaucoup d'hommes sont ensemble, il faut
les séparer par des rites ou bien ils se massacrent. Le cinéma
prouvait le contraire : plutôt que par une fête, ce public si mêlé
semblait réuni par une catastrophe; morte, l'étiquette démasquait

enfin le véritable lien des hommes, l'adhérence. Je pris en dégoût les cérémonies, j'adorai les foules; j'en ai vu de toute sorte mais je n'ai retrouvé cette nudité, cette présence sans recul de chacun à tous, ce rêve éveillé, cette conscience obscure du danger d'être homme qu'en 1940, dans le Stalag XII D » (p. 99).

Sartre indique également (p. 103) que sa mère lui jouait souvent, à sa demande, l'ouverture des *Grottes de Fingal*.

2. De Saint-Saëns.

Page 1649.

a. Brunet lève le regard sur cet étranger qui est   *ms.*

Page 1650.

a. sa main. C'est drôle d'être vu par des yeux d'assassin. Le type   *ms.*

b. Brunet relève vivement la tête et reconnaît Mathieu / « Ici, dans   *ms.*

c. C'était de la rigolade. *[15ᵉ ligne de la page]* / Mathieu tend une cigarette à Brunet. C'est une cigarette belge, une Prince Albert. Elle s'est à moitié vidée dans sa poche. Brunet l'allume, une petite flamme bleue court sur le papier qui se recroqueville, rongé par un petit liséré rouge. Brunet se sent éreinté. Il dit : / « Quand la vie avait un sens, la mort en avait un aussi. À présent elles sont aussi absurdes l'une que l'autre. / — Absurde! dit Mathieu avec colère. Lâche-nous. / Absurde, c'est encore un mot d'homme, une théorie d'homme sur la vie. Ça n'est donc pas fini, les théories sur la vie ? / — Il n'est pas absurde, ce misérable petit assassinat ? / — Non, dit Mathieu, il est comique. Il y a des types qu'on peut tuer sans sortir de la bouffonnerie. » / Il ajoute entre ses dents serrées : / « Il paraît qu'il a été marrant. Il gigotait comme si on lui faisait des chatouilles. Les types se fendaient la pipe. / — Dommage que j'aie manqué ça », dit Brunet.   *ms.*

Autre version dans ms. : la mort en avait un aussi. / Les mains grimpent le long de la veste et s'enfouissent dans les poches; à travers le drap, Brunet les voit gratter. La droite ressort, une cigarette entre les doigts, et nage vers Brunet dans l'air visqueux. À présent elle est là, endormie : une araignée au bout de son fil, et Brunet regarde ces doigts velus. Il leur arrache la cigarette et l'allume. La couche de papier se pince et se recroqueville, rongée par un petit anneau cancéreux. Effrayée, la main s'enfuit, la gorge de Brunet s'emplit d'une âcre fumée, il tousse. Il est éreinté. Toute cette crasse, sur son visage, des yeux d'assassin l'ont fait éclore; il la sent qui lui tire la peau. / « Ça devrait m'être tout à fait égal qu'on tue. Eh bien non! Depuis que j'ai compris que la vie n'a aucun sens, la mort me paraît plus absurde encore que la vie. » / Il regarde avec un doux écœurement

d. Autre version pour le passage de dialogue qu'on vient de lire : C'est un pucelage que tu perds et tu ne peux rien y faire. / — Moi aussi j'ai tué, dit Brunet. Mais ça ne m'a pas changé[1]. » / Les pas s'effacent. Mathieu regarde Brunet. Brunet frissonne : ils ne sont plus amis mais ils sont complices. Il a perdu l'amitié, à la place

---

1. *Autre version de cette phrase dans ms.* : Mais on m'a tué mon meilleur ami et la mort me fait horreur.

il retrouve la complicité. / « Eh bien quoi ? Tu ne l'aurais pas
tué, toi ? / — Si, dit Brunet. Mais seul. / — Anarchiste ! » dit
Mathieu.

Page 1652.

a. Autre version dans ms. pour les 4 lignes qui précèdent : « Ça me
ferait de la peine, dit Mathieu, mais ça ne me gênerait pas. Tu
aurais choisi en connaissance de cause. Si tu acceptes, ça ne me
regarde plus. » / Brunet sourit : / « Qu'est-ce que tu attends pour
entrer au P.C. ? / — Je ne m'occupe pas de politique, dit Mathieu
avec une douceur obstinée. Il ajoute : Alors ? Tu acceptes ? /
— Naturellement, dit Brunet. Trop heureux.

b. Autre version, plus courte, pour le dialogue qui va suivre : Il dit
tout à coup, presque timidement : / « Ne quitte pas le P.C.,
Brunet. » / Brunet fronce les sourcils. / « Quoi ? / — Ne quitte
pas le P.C. Tu ne sais pas ce que c'est d'être seul. » / Brunet rit
de scandale : / « Mais de quoi je me mêle ! Et c'est toi qui me dis
ça ? Quand je t'ai dit d'entrer... / — Eh bien justement, dit Mathieu.
Tu es le P.C. Ta moralité, ton énergie, ton intelligence, toi, tu
te les as construites dans le P.C. Si tu le quittes, tu n'es plus rien.
Tu perds tout, tu ne comptes plus sur la terre. Aujourd'hui, même
si tu es contre le P.C., tu ne peux être contre qu'en lui et par lui.
Dehors tu sers la classe bourgeoise ou tu n'es rien. Essaye de
lutter du dedans. / — C'est impossible. / — Je le sais. Essaye.
Tu seras du moins cet essai. Tu n'as pas d'autre chance.

c. Autre version de cette phrase dans ms. : — Brunet, reste au Parti !
La solitude c'est un faux problème. On n'est homme qu'à plusieurs.

Page 1653.

a. à faire. Un homme c'est ça : un type qui tente l'impossible. /
— Tu en parles   *ms.*

Page 1654.

1. Cette action de Brunet rappelle la scène par laquelle débute
la deuxième partie de *La Mort dans l'âme :* voir p. 1345 et suiv.

BIBLIOGRAPHIE GÉNÉRALE

Une bibliographie complète de Sartre comprendrait sans doute douze à quinze mille références. Nous nous contentons de donner ci-dessous une liste sommaire des principales publications sur l'œuvre parues en volumes, avec exceptionnellement quelques articles importants publiés en revues.

Pour les textes de Sartre, le lecteur pourra se référer à notre ouvrage, *Les Écrits de Sartre* (Gallimard, 1970), ainsi qu'à sa traduction américaine, revue et augmentée, *The Writings of Jean-Paul Sartre* (Evanston : Northwestern University Press, 1974). Des suppléments ont été publiés dans :

Magazine littéraire, nº 55-56, septembre 1971, p. 36-47 ; nº 103-104, septembre 1975, p. 9-49.
Obliques, nº 18-19, 1979, p. 331-347.

Pour les textes sur Sartre, on pourra consulter :

WILCOCKS (Robert) : *Jean-Paul Sartre : A Bibliography of International Criticism.* Edmonton : University of Alberta, 1975. Voir aussi *Obliques,* nº 18-19, p. 348-360, avec bibliographie espagnole et latino-américaine de Paul Aubert.
LAPOINTE (François H. et Claire) : *Jean-Paul Sartre and his Critics.* Bowling Green : Bowling Green State University, 1975. 2ᵉ édition, révisée et augmentée (plus de 11 000 références), 1981.
ALDEN (Douglas) et BROOKS (Richard A.), éds : *A Critical Bibliography of French Literature,* vol. VI, 3ᵉ partie. Syracuse : Syracuse University Press, 1980, p. 1524-1572. Ensemble mis au point par George H. Bauer.
RYBALKA (Michel) et CONTAT (Michel) : *Sartre : Bibliographie 1980-1992.* CNRS Éditions et Philosophy Documentation Center, 1993. Avec suppléments dans le *Bulletin du Groupe d'Études Sartriennes/L'Année sartrienne.*

On pourra, d'autre part, se reporter aux Bibliographies que nous avons données à propos de chacune des œuvres publiées dans ce volume. Lorsque le lieu d'édition n'est pas mentionné, il s'agit de Paris.

ADERETH (Maxwell) : *Commitment in Modern French Literature.* London :
  Gollancz, 1967 ; New York : Schocken, 1968.
ADLOFF (Jean Gabriel) : *Sartre : Index du corpus philosophique, I. L'Être
  et le Néant, Critique de la raison dialectique.* Klincksieck, 1981.
ADORNO (Theodor W.) : « Zur Dialektik des Engagements », *Neue
  Rundschau,* 73, n° 1, 1962, p. 93-110.
ANDERSON (Thomas C.) : *The Foundation and Structure of Sartrean Ethics.*
  Lawrence : Regents Press of Kansas, 1979.
ARCHARD (David) : *Marxism and Existentialism : The political philosophy
  of Sartre and Merleau-Ponty.* Belfast : Blackstaff Press, 1980.
ARNOLD (A. James) et PIRIOU (Jean-Pierre) : *Genèse et critique d'une
  autobiographie :* Les Mots *de Jean-Paul Sartre.* Minard, 1973.
ARON (Raymond) : *Histoire et dialectique de la violence.* Gallimard, 1973.
  Du même, voir *L'Opium des intellectuels* (Calmann-Lévy, 1955) et
  D'une Sainte Famille à l'autre (Gallimard, 1969).
ARONSON (Ronald) : Sartre : *Philosophy in the World.* New York :
  Schocken ; London : Verso, 1981.
AUDRY (Colette) : *Sartre et la réalité humaine.* Seghers, 1966.

BARNES (Hazel E.) : *Humanistic Existentialism : The Literature of Possibility.*
  Lincoln : University of Nebraska Press, 1959.
— *Sartre.* New York : Lippincott, 1973.
— *Sartre and Flaubert.* Chicago : University of Chicago Press, 1981.
BARTHES (Roland) : « *Nekrassov* juge de sa critique », *Théâtre populaire,*
  n° 14, juillet-août 1955, p. 67-72.
BATAILLE (Georges) : *La Littérature et le Mal.* Gallimard, 1957.
BAUER (George H.) : *Sartre and the Artist.* Chicago : University of
  Chicago Press, 1969.
BEIGBEDER (Marc) : *L'Homme Sartre.* Bordas, 1947.
BIEMEL (Walter) : *Jean-Paul Sartre in Selbstzeugnissen und Bilddokumenten.*
  Reinbek bei Hamburg : Rowohlt, 1964.
BISHOP (Thomas) : Huis clos *de Jean-Paul Sartre.* Hachette, 1975.
BLANCHOT (Maurice) : *La Part du feu.* Gallimard, 1949.
BOLLE (Louis) : *Les Lettres et l'Absolu : Valéry, Sartre, Proust.* Genève :
  Perret-Gentil, 1959.
BOROS (Marie-Denise) : *Un séquestré : l'homme sartrien.* Nizet, 1968.
BOUTANG (Pierre) et PINGAUD (Bernard) : *Sartre est-il un possédé ?*
  La Table ronde, 1946.
BRÉE (Germaine) : *Camus and Sartre.* New York : Delta, 1972.
BRIOSI (Sandro) : *Il Pensiero di Sartre.* Ravenna : Longo, 1978.
BURNIER (Michel-Antoine) : *Les Existentialistes et la Politique.* Gallimard,
  1966.

CAMPBELL (Robert) : *Jean-Paul Sartre ou une littérature philosophique.* Pierre
  Ardent, 1945.
CATALANO (Joseph) : *A Commentary on Sartre's* Being and Nothing-
  ness. New York : Harper, 1974 ; Chicago : University of Chicago
  Press, 1980.
CAWS (Peter) : *Sartre.* London, Boston : Routledge and Kegan Paul,
  1979.
CERA (Giovanni) : *Sartre tra ideologia e storia.* Bari : Laterza, 1972.
CHAMPIGNY (Robert) : *Stages on Sartre's Way, 1938-1952.* Bloomington :
  Indiana University Press, 1959. Voir du même : *Pour une esthétique de
  l'essai* (Minard, 1967).
CHIODI (Pietro) : *Sartre e il marxismo.* Milano : Feltrinelli, 1965.

Collins (Douglas) : *Sartre as Biographer.* Cambridge : Harvard University Press, 1980.

Colombel (Jeannette) : *Sartre ou le Parti de vivre.* Grasset, 1981.

Contat (Michel) : *Explication des* Séquestrés d'Altona. Minard, Archives des lettres modernes, n° 89, 1968.

Cotroneo (Girolamo) : *Sartre, rareté e storia.* Napoli : Guida, 1976.

Craib (Ian) : *Existentialism and Sociology : A Study of Jean-Paul Sartre.* Cambridge : Cambridge University Press, 1976.

Cranston (Maurice W.) : *Jean-Paul Sartre.* New York : Grove Press, 1962.

— *The Quintessence of Sartrism.* Montréal : Harvest House, 1970.

Danto (Arthur C.) : *Jean-Paul Sartre.* New York : Viking Press, 1975.

Desan (Wilfrid) : *The Tragic Finale.* Cambridge : Harvard University Press, 1954 ; New York : Harper, 1960.

— *The Marxism of Jean-Paul Sartre.* Garden City : Doubleday, 1965.

Fe (Franco) : *Sartre e il communismo.* Firenze : La Nuova Italia, 1970.

Fell (Joseph P.) : *Emotion in the Thought of Sartre.* New York : Columbia University Press, 1965.

— *Heidegger and Sartre : An Essay on Being and Place.* New York : Columbia University Press, 1979.

Filippov (Lev I.) : *Filosofskaia Antropologüa J.-P. Sartra.* Moscou : Nauka, 1977.

Fitch (Brian T.) : *Le Sentiment d'étrangeté chez Malraux, Sartre, Camus, Simone de Beauvoir.* Minard, 1964.

Gagnebin (Laurent) : *Connaître Sartre.* Éd. Resma, 1972 ; éd. Marabout, 1977.

Garaudy (Roger) : *Une littérature de fossoyeurs : Un faux prophète, Jean-Paul Sartre.* Éditions sociales, 1948.

— *Questions à Jean-Paul Sartre.* Revue Clarté, 1960.

George (François) : *Deux études sur Sartre.* C. Bourgeois, 1976.

Girard (René) : « L'anti-héros et les salauds », *Mercure de France,* n° 1217, mars 1965, p. 442-449.

— « À propos de Jean-Paul Sartre : rupture et création littéraire ». In *Les Chemins actuels de la critique,* Plon, 1967, p. 393-411.

Goldmann (Lucien) : *Structures mentales et création culturelle.* Anthropos, 1970.

Gorz (André) : *Le Socialisme difficile.* Le Seuil, 1967.

Greene (Norman N.) : *Jean-Paul Sartre : The Existentialist Ethic.* Ann Arbor : University of Michigan Press, 1960.

Grene (Marjorie) : *Dreadful Freedom : A Critique of Existentialism.* Chicago : University of Chicago Press, 1948.

— *Sartre.* New York : New Viewpoints, 1973.

Guindey (Guillaume) : *Le Drame de la pensée dialectique : Hegel, Marx, Sartre.* Vrin, 1974.

Gutwirth (Rudolf) : *La Phénoménologie de Jean-Paul Sartre.* Toulouse : Privat, 1974.

Halpern (Joseph) : *Critical Fictions : The Literary Criticism of Jean-Paul Sartre.* New Haven : Yale University Press, 1976.

Hartmann (Klaus) : *Grundzüge der Ontologie Sartres in ihrem Verhältnis zu Hegels Logik.* Berlin : De Gruyter, 1963.

— *Sartres Sozialphilosophie : Eine Untersuchung zu* Critique de la raison dialectique. Berlin : De Gruyter, 1966.
HAUG (Wolfgang F.) : *Jean-Paul Sartre und die Konstruktion des Absurden.* Frankfurt-am-Main : Suhrkampf, 1966.
HAYIM (G. J.) : *Existential Sociology of Jean-Paul Sartre.* Amherst : University of Massachusetts Press, 1980.
HELBO (André) : *L'Enjeu du discours : Lecture de Sartre.* Bruxelles : éd. Complexe ; Paris : P.U.F., 1978.
HERVÉ (Pierre) : *Lettre à Sartre et à quelques autres par la même occasion.* La Table ronde, 1956.
HODARD (Philippe) : *Sartre entre Marx et Freud.* Jean-Pierre Delarge, 1980.
HOUBART (Jacques) : *Un père dénaturé.* Julliard, 1964.
HOWELLS (Christina) : *Sartre's Theory of Literature.* London : Modern Humanities Research Assoc., 1979.
HUGUES (H. Stuart) : *The Obstructed Path : French Social Thought in the years of desperation 1930-1960.* New York : Harper and Row, 1966.
HYPPOLITE (Jean) : *Figures de la pensée philosophique,* vol. 2. P.U.F., 1971.

IDT (Geneviève) : La Nausée : *analyse critique.* Hatier, 1971.
— Le Mur : *techniques et contexte d'une provocation.* Larousse, 1972.
INVITTO (Giovanni), éd. : *Colloqui con Sartre.* Lecce : Milella, 1974.

JAMESON (Fredric R.) : *Sartre : The Origins of a Style.* New Haven : Yale University Press, 1961.
— *Marxism and Form.* Princeton : Princeton University Press, 1971.
JEANSON (Francis) : *Le Problème moral et la pensée de Sartre.* Le Seuil, 1947. Dernière édition 2000.
— *Sartre par lui-même.* Le Seuil, 1955.
— *Sartre.* Desclée de Brouwer, coll. « Les Écrivains devant Dieu », 1966.
— *Sartre dans sa vie.* Le Seuil, 1974.
JOLIVET (Régis) : *Sartre ou la Théologie de l'absurde.* A. Fayard, 1965.
JOUBERT (Ingrid) : *Aliénation et liberté dans* Les Chemins de la liberté *de Jean-Paul Sartre.* Didier, 1973.

KAELIN (Eugene F.) : *An Existentialist Aesthetics : The Theories of Sartre and Merleau-Ponty.* Madison : University of Wisconsin Press, 1962.
KANAPA (Jean) : *L'existentialisme n'est pas un humanisme.* Éditions sociales, 1947.
KAUFMANN (Walter A.) : *Existentialism from Dostoievsky to Sartre.* New York : Meridian Books, 1956.
KERN (Edith) : *Existential Thought and Fictional technique : Kierkegaard, Sartre, Beckett.* New Haven : Yale University Press, 1970.
— éd. : *Sartre : A Collection of Critical Essays.* Englewood Cliffs, N. J. : Prentice-Hall, 1962.
KING (Thomas M.) : *Sartre and the Sacred.* Chicago : University of Chicago Press, 1974.
KIRSNER (Douglas) : *The Schizoid World of Jean-Paul Sartre and R. D. Laing.* St Lucia : University of Queensland Press, 1976 ; New York : Other Press, 2003.
KOEFOED (Oleg) : « L'œuvre littéraire de Sartre », *Orbis Litterarum,* vol. 6, nᵒ 3-4, 1948, p. 209-272 ; vol. 7, nᵒ 1-2, 1949, p. 61-138.

KOHUT (Karl) : *Was ist Literatur ? Dit Theorie des « littérature engagée » bei Jean-Paul Sartre.* Marburg, 1965.

KÖNIG (Traugott), éd. : *Sartres Flaubert lesen : Essays zu* Der Idiot der Familie. Reinbek bei Hamburg : Rowohlt, 1980.

KRAUSS (Henning) : *Died Praxis der « littérature engagée » im Werk Sartres 1938-1948.* Heidelberg : Carl Winter, 1970.

KROSIGK (F. von) : *Philosophie und politische Aktion bei Jean-Paul Sartre.* München : Beck, 1969.

KUZNETSOV (V. N.) : *Jean-Paul Sartre i ekzistentializm.* Moscou : Izd. MGU, 1969.

LA CAPRA (Dominick) : *A Preface to Sartre.* Ithaca : Cornell University Press, 1978.

LAFARGE (René) : *La Philosophie de Jean-Paul Sartre.* Toulouse : Privat, 1967.

LAING (R. D.) et COOPER (D. G.) : *Reason and Violence : A Decade of Sartre's Philosophy, 1950-1960.* London : Tavistock, 1964 ; New York : Routledge, 1999. Traduction française : Payot, 1972.

LARAQUE (Franck) : *La Révolte dans le théâtre de Sartre.* J.-P. Delarge-Ed. Universitaires, 1976.

LAS VERGNAS (Raymond) : *L'Affaire Sartre.* Haumont, 1946.

LAUNAY (Claude) : Le Diable et le Bon Dieu *: analyse critique.* Hatier, 1970.

LAURENT (Jacques) : *Paul et Jean-Paul.* Grasset, 1951.

LAWLER (James) : *The Existentialist Marxism of Jean-Paul Sartre.* Amsterdam : Grüner, 1976.

LECARME (Jacques), éd. : *Les Critiques de notre temps et Sartre.* Garnier, 1973.

LECHERBONNIER (Bernard) : Huis clos *: analyse critique.* Hatier, 1972.

LEE (Edward N.) et MANDELBAUM (Maurice), éds : *Phenomenology and Existentialism.* Baltimore : Johns Hopkins Press, 1967.

LEFEBVE (Maurice-Jean) : *L'Image fascinante et le Surréel.* Plon, 1965.

LEFEBVRE (Henri) : *L'Existentialisme.* Le Sagittaire, 1946. Du même, voir aussi *Le Temps des méprises* (Stock, 1976).

LEFÈVRE (Luc J.) : *L'Existentialisme est-il un philosophe ?* Alsatia, 1946.

LEJEUNE (Philippe) : *Le Pacte autobiographique.* Le Seuil, 1975.

— *Je est un autre.* Le Seuil, 1980.

— « Ça s'est fait comme ça », *Poétique,* n° 35, septembre 1978, p. 269-304.

LÉVI-STRAUSS (Claude) : *La Pensée sauvage.* Plon, 1962.

LILAR (Suzanne) : *A propos de Sartre et de l'amour.* Grasset, 1967.

LORRIS (Robert) : *Sartre dramaturge.* Nizet, 1975.

LUKACS (Georg) : *Existentialisme ou marxisme ?* Nagel, 1948.

LUTZ-MÜLLER (Marcos) : *Sartres Theorie der Negation.* Frankfurt/M : Peter Lang ; Bern : Herbert Lang, 1976.

MADSEN (Axel) : *Hearts and Minds : The Common Journey of Simone de Beauvoir and Jean-Paul Sartre.* New York : W. Morrow, 1977.

MAGNY (Claude-Edmonde) : *Les Sandales d'Empédocle.* Neuchâtel : La Baconnière, 1945.

MANSER (Anthony R.) : *Sartre : A Philosophic Study.* London : Athlone Press, 1966.

MARCEL (Gabriel) : *Homo viator.* Aubier, 1945.

— *Les Grands Appels de l'homme contemporain.* Éd. du Temps présent, 1946.

MARCUSE (Herbert) : « Existentialism : Remarks on Jean-Paul Sartre's *L'Être et le Néant* », *Philosophy and Phenomenological Research*, vol. 8, n° 3, March 1948, p. 309-336.

MARTIN-DESLIAS (Noël) : *Jean-Paul Sartre ou la Conscience ambiguë*. Nagel, 1972.

MAURIAC (Claude) : *Et comme l'espérance est violente*. Grasset, 1976.

MAURO (Walter) : *Invitto alla lettura di Jean-Paul Sartre*. Milano : Mursia, 1976.

McBRIDE (William L.) : *Fundamental Change in Law and Society : Hart and Sartre on Revolution*. La Haye : Mouton, 1970.

McCALL (Dorothy) : *The Theatre of Jean-Paul Sartre*. New York : Columbia University Press, 1969.

McMAHON (Joseph J.) : *Humans Being : The World of Jean-Paul Sartre*. Chicago : University of Chicago Press, 1971.

MEHLMAN (Jeffrey) : *A Structural Study of Autobiography : Proust, Leiris, Sartre, Lévi-Strauss*. Ithaca : Cornell University Press, 1974.

MERLEAU-PONTY (Maurice) : *Sens et non-sens*. Nagel, 1948.
— *Les Aventures de la dialectique*. Gallimard, 1955.
— *Le Visible et l'Invisible*. Gallimard, 1964.

MESZAROS (István) : *Work of Sartre : Search for Freedom*, vol. 1. Atlantic Highlands : Humanities Press, 1979.

MITROKHIN (L. N.), éd. : *Sovremennyi Eksistentializm*. Moscou : Izd. Mysl', 1966.

MOLNAR (Thomas) : *Sartre, Ideologue of Our Time*. New York : Funk and Wagnalls, 1968. Traduction française : *Sartre, philosophe de la contestation*. Le Prieuré, 1969.

MORAVIA (Sergio) : *Introduzione a Sartre*. Roma-Bari : Laterza, 1973.

MOROT-SIR (Édouard) : Les Mots *de Jean-Paul Sartre*. Hachette, 1975.

MORRIS (Phyllis S.) : *Sartre's Concept of a Person : An Analytic Approach*. Amherst : University of Massachusetts Press, 1976.

MOUGIN (Henri) : *La Sainte Famille existentialiste*. Éditions sociales, 1947.

MOUNIER (Emmanuel) : *L'Espoir des désespérés : Malraux, Camus, Sartre, Bernanos*. Le Seuil, 1953.

MÜLLER-LISSNER (Adelheid) : *Sartre als Biograph Flauberts*. Bonn : Bouvier Verlag, 1977.

MURDOCH (Iris) : *Sartre, Romantic Rationalist*. New Haven : Yale University Press, 1953.

NAESS (Arne) : *Four Modern Philosophers : Carnap, Wittgenstein, Heidegger, Sartre*. Chicago : University of Chicago Press, 1968.

NATANSON (Maurice) : *A Critique of Jean-Paul Sartre's Ontology*. Lincoln : University of Nebraska Press, 1951 ; La Haye : Nijhoff, 1973.

NAVILLE (Pierre) : *L'Intellectuel communiste (à propos de Jean-Paul Sartre)*. Rivière, 1956.

NIEL (André) : *Jean-Paul Sartre, héros et victime de la « conscience malheureuse »*. Courrier du Livre, 1966.

ODAJNYK (Walter) : *Marxism and Existentialism*. New York : Anchor Books, 1965.

PACALY (Josette) : *Sartre au miroir : Une lecture psychanalytique de ses écrits biographiques*. Klincksieck, 1980 ; 2000.

PAISSAC (Henry) : *Le Dieu de Sartre*. Arthaud, 1950.

Patte (Daniel) : *L'Athéisme d'un chrétien, ou Un chrétien à l'écoute de Sartre.* Nouvelles Éditions latines, 1965.
Perrin (Marius) : *Avec Sartre au stalag XII D.* J.-P. Delarge, 1980.
Peyre (Henri) : *Jean-Paul Sartre.* New York : Columbia University Press, 1968.
Pollman (Leo) : *Sartre und Camus.* Stuttgart : Kohlhammer, 1967.
Poster (Mark) : *Existential Marxism in Postwar France : From Sartre to Althusser.* Princeton : Princeton University Press, 1975.
— *Sartre's Marxism.* London : Pluto Press, 1979.
Pouillon (Jean) : *Temps et roman.* Gallimard, 1946.
Poulet (Georges) : *Le Point de départ.* Plon, 1964.
Presseault (Jacques) : *L'Être-pour-autrui dans la philosophie de Jean-Paul Sartre.* Montréal : Bellarmin ; Paris : Desclée de Brouwer, 1970.
Prince (Gerald J.) : *Métaphysique et technique dans l'œuvre romanesque de Sartre.* Genève : Droz, 1968.
Pruche (Benoît) : *L'Homme de Sartre.* Arthaud, 1949.
Pucciani (Oreste F.) : « Jean-Paul Sartre », *Encyclopédie de la Pléiade, Histoire de la philosophie,* t. III. Gallimard, 1974, p. 641-691.

Rahv (Betty T.) : *From Sartre to the New Novel.* Port Washington, NY : Kennikat Press, 1974.
Raillard (Georges) : *La Nausée de Jean-Paul Sartre.* Hachette, 1972.
Richter (Liselotte) : *Jean-Paul Sartre.* Berlin : Colloquium Verlag, 1961.
Robert (Jean-Dominique) : « Philosophie et science de l'homme selon J.-P. Sartre », *Archives de philosophie,* vol. 32, n° 2, avril-juin 1969, p. 244-284.
Rovatti (Pier Aldo) : *Che cosa ha veramente detto Sartre.* Rome : Ubaldini, 1969.
Roy (Claude) : *Somme toute.* Gallimard, 1976.
Royle (Peter) : *Sartre, l'enfer et la liberté : Études de Huis clos et des Mouches.* Québec : Presses de l'Université Laval, 1973.

Sabin (Walter) : *Jean-Paul Sartre : Die schmutzigen Hände.* Berlin-München : Diesterweg, 1976.
Salvan (Jacques L.) : *To Be or Not To Be : An Analysis of Jean-Paul Sartre's Ontology.* Detroit : Wayne State University Press, 1962.
— *The Scandalous Ghost : Sartre's Existentialism as related to Vitalism, Humanism, Mysticism and Marxism.* Detroit : Wayne State University Press, 1967.
Savage (Catherine) : *Malraux, Sartre and Aragon as Political Novelists.* Gainesville : University of Florida Press, 1965.
Schaff (Adam) : *Marx oder Sartre ?* Berlin : Deutscher Verlag der Wissenschaften, 1965. Traduit du polonais.
Schilpp (Paul A.), éd. : *The Philosophy of Jean-Paul Sartre.* La Salle, IL : Open Court, 1981.
Schmidt-Schweda (Dierlinde) : *Werden und Wirken des Kunstwerks : Untersuchungen zur Kunsttheorie von Jean-Paul Sartre.* Meisenheim am Glan : Hain, 1975.
Schwarz (Theodor) : *Jean-Paul Sartre et le marxisme.* Lausanne : L'Âge d'homme, 1976. Paru d'abord en allemand en 1967.
Seel (Gerhard) : *Sartres Dialektik.* Bonn : Bouvier, 1971.
Sendyk-Siegel (Liliane) : *Sartre, images d'une vie.* Commentaires de Simone de Beauvoir. Gallimard, 1978.
Sheridan (James F.) : *Sartre : The Radical Conversion.* Athens, Ohio : Ohio University Press, 1973.

Sicard (Michel) : *La Critique littéraire de Jean-Paul Sartre,* vol. 1. Minard, 1976 ; vol. 2, Minard, 1980.

Silverman (H. J.) et Elliston (F. A.), éds : *Jean-Paul Sartre : Contemporary Approaches to his Philosophy.* Pittsburgh : Duquesne University Press, 1980.

Sotelo (Ignacio) : *Sartre y la razón dialéctica.* Madrid : Tecnos, 1967.

Spiegelberg (Herbert) : *The Phenomenological Movement.* La Haye : M. Nijhoff, 1960. Nouvelle édition, 1965.

Stack (George J.) : *Sartre's Philosophy of Social Existence.* St Louis : Warren H. Green, 1978.

Stenstroem (Thure) : *Existentialismen.* Stockholm : Natur och Kultur, 1966.

Stern (Alfred) : *Sartre : His Philosophy and Existential Psychoanalysis.* New York : Liberal Arts Press, 1953 ; Dell, 1967.

Streller-Justus (J.) : *Zur Freiheit verurteilt : Ein Grundriss der Philosophie Jean-Paul Sartres.* Hamburg : Meiner, 1952.

Suhl (Benjamin) : *Jean-Paul Sartre : The Philosopher as Literary Critic.* New York : Columbia University Press, 1970 ; 1999. Traduction française : Éditions universitaires, 1971.

Teroni (Sandra) : « Da " Melancholia " alla " Nausée " : note su un manuscritto sartriano », *Studi francesi,* n° 68, 1979, p. 253-270.

Théau (Jean) : *La Philosophie de Sartre.* Ottawa : Éd. de l'Université d'Ottawa, 1978.

Thody (Philip) : *Jean-Paul Sartre : A Literary and Political Study.* London : Hamilton, 1960.

— *Sartre : A Biographical Introduction.* London : Studio Vista, 1971.

Todd (Olivier) : *Un fils rebelle.* Grasset, 1981.

Tordai (Zádor) : *Existence et réalité : polémique avec certaines thèses fondamentales de* L'Être et le Néant *de Sartre.* Budapest : Académie des Sciences de Hongrie, 1967.

Tournier (Michel) : *Le Vol du vampire.* Mercure de France, 1981 (« Sartre cryptométaphysicien », 1979, p. 299-313).

Troisfontaines (Roger) : *Le Choix de Jean-Paul Sartre : Exposé et critique de* L'Être et le Néant. Aubier, 1945. Édition revue, 1946.

Truc (Gonzague) : *De Jean-Paul Sartre à Louis Lavelle, ou Désagrégation et réintégration.* P. Tissot, 1946.

Ussher (Arland) : *Journey through Dread : A Study of Kierkegaard, Heidegger and Sartre.* New York : Devin-Adair, 1955 ; Biblio and Tannen, 1968.

Varet (Gilbert) : *L'Ontologie de Sartre.* P.U.F., 1948.

Verstraeten (Pierre) : *Violence et éthique : Esquisse d'une critique de la morale dialectique à partir du théâtre politique de Sartre.* Gallimard, 1972.

— éd. : *Autour de Jean-Paul Sartre : Littérature et philosophie.* Gallimard, coll. « Idées », 1981.

Wahl (Jean) : *Esquisse pour une histoire de l'existentialisme.* Éd. de l'Arche, 1949.

Warnock (Mary) : *The Philosophy of Jean-Paul Sartre.* London : Hutchinson, 1965.

— éd. : *Sartre : A Collection of Critical Essays.* Garden City, NY : Doubleday, 1971.

Werner (Éric) : *De la violence au totalitarisme : Essai sur la pensée de Camus et de Sartre.* Calmann-Lévy, 1972.

ZEHM (Günther A.) : *Jean-Paul Sartre*. Velber bei Hanover : Friedrich
  Verlag, 1965.

NUMÉROS SPÉCIAUX DE REVUES :

Adam International Review, nᵒ 343-345, 1970.
Alter, « Sartre phénoménologue », nᵒ 10, 2002.
L'Arc, nᵒ 30, 1966.
Anthropos, [Barcelone], nᵒ 165, febrero-abril 1995.
Aut Aut, « Sartre dopo la " Critique " », nᵒ 136-137, iuglio-ottobre
  1973.
Biblio/ Livres de France, 17ᵉ année, nᵒ 1, janvier 1966.
Bulletin de la Société américaine de philosophie de langue française, vol. 4,
  nᵒ 2-3, Summer-Fall 1992 p. 92-332.
Bulletin du Groupe d'Études Sartriennes (nᵒ 1-14, 1987-2000), devenu
  L'Année sartrienne, nᵒ 15-22, 2001-2009.
Cahiers de l'Association internationale des études françaises, nᵒ 50, mai 1998.
Dix-Neuf/ Vingt, « Sartre écrivain », nᵒ 10, octobre 2000 [2002].
L'Esprit créateur, vol. 29, nᵒ 4, Winter 1989.
Essais, [Bordeaux], nᵒ 2-3, printemps 1968.
Études sartriennes, 1-12, 1984-2008.
French Review, vol. 55, nᵒ 7, Summer 1982.
Iztapalapa, [Mexico], 1982.
Journal of the British Society for Phenomenology, vol. 1, nᵒ 2, May 1970.
Lignes, nouvelle série, nᵒ 1, Sartre-Bataille, mars 2000.
Magazine littéraire, nᵒ 55-56, septembre 1971 ; nᵒ 103-104, septembre
  1975 ; nᵒ 176, septembre 1981 ; nᵒ 282, novembre 1990 ; nᵒ 384,
  février 2000.
Nouvelle Critique, « Sartre est-il marxiste ? », nᵒ 173-174, 1966.
Obliques, nᵒ 18-19, 1979 ; nᵒ 24-25, 1981. Ces deux numéros spéciaux
  contiennent des inédits importants.
October, [New York], nᵒ 87, éd. Denis Hollier, Winter 1999, sur
  Réflexions sur la question juive.
Philosophy Today, Fall 1980.
Présence francophone, nᵒ 35, 1989.
Raison présente, nᵒ 117, 1ᵉʳ trimestre 1996.
Revue internationale de philosophie, 39ᵉ année, nᵒ 152-153, 1985.
Roman 20-50, [Lille], nᵒ 5, juin 1988. Dossier sur *La Nausée*.
Sartre Studies International, 27 numéros, 1995-2008.
Simone de Beauvoir Studies, vol. 1-20.
Les Temps modernes, nᵒˢ 531 à 533, octobre-décembre 1990, « Témoins
  de Sartre », 2 vol., 1433 p. ; nᵒ 608, mars-avril-mai 2000.
Tulane Drama Review, vol. 5, nᵒ 3, 1961.
Yale French Studies, nᵒ 1, 1948 ; nᵒ 30, 1966 ; nᵒ 68, 1985.

Sur la mort de Sartre, on pourra plus particulièrement se référer aux
ensembles d'articles publiés par les journaux suivants :

Esprit, juin-juillet 1980.
L'Express, 19-25 avril 1980.
Libération, 17 avril 1980, ainsi que l'« édition spéciale » *Sartre* de 60 pages.
Le Matin, numéro hors série, mai 1980.
Le Monde, 17 avril 1980.
Les Nouvelles littéraires, 17-24 avril et 24 avril-1ᵉʳ mai 1980.
Le Nouvel Observateur, 21-27 avril 1980.

Le Point, 21-27 avril 1980.
Telos, [St-Louis], n° 44, Summer 1980.

PRINCIPAUX OUVRAGES PARUS DE 1981 À 1995 :

Pour une liste plus complète, on se reportera au volume de M. RYBALKA et M. CONTAT, *Sartre : Bibliographie 1980-1992*, CNRS éditions et Philosophy Documentation Center, Bowling Green, 1993, ainsi qu'aux suppléments parus ou à paraître dans le *Bulletin du Groupe d'Études Sartriennes*, devenu *L'Année sartrienne* (adresse : Grégory Cormann, Université de Liège, 4000 Liège).

ANDERSON (Thomas C.) : *Sartre's Two Ethics*. La Salle, IL : Open Court, 1993.
ANDREEV (Leonid G.) : *Zhan-Pol Sartre : svobodnoe soznanie i XX vek*. Moscou : Moskovskii Rabochii, 1994.
ARONSON (Ronald) : *Sartre's Second Critique*. Chicago : University of Chicago Press, 1987.
ARONSON (Ronald) et VAN DEN HOVEN (Adrian), éds : *Sartre Alive*. Detroit : Wayne State University Press, 1991.

BEAUVOIR (Simone de) : *Journal de guerre, septembre 1939 - janvier 1941*. Gallimard, 1990.
— *Lettres à Sartre*, 2 volumes, Gallimard, 1990.
BELL (Linda A.) : *Sartre's Ethics of Authenticity*. Tuscaloosa : University of Alabama Press, 1989.
BEN-GAL (Ely) : *Mardi, chez Sartre. Un Hébreu à Paris, 1967-1980*. Flammarion, 1992 ; 2001.
BERLINGER (Rudolph) : *Sartre's Existenzerfahrung (« La Nausée »)*. Würzburg : Könighausen und Neumann, 1982.
BOSCHETTI (Anna) : *Sartre et « Les Temps modernes »*. Minuit, 1985.
BOULÉ (Jean-Pierre) : *Sartre médiatique. La place de l'interview dans son œuvre*. Minard, 1992.
BUISINE (Alain) : *Laideurs de Sartre*. Lille : P.U.L., 1986.
BURGELIN (Claude), éd. : *Lectures de Sartre*. Lyon : P.U.L., 1986.
— *« Les Mots » de Jean-Paul Sartre*. Gallimard, « Foliothèque » n° 35, 1994.
BUSCH (Thomas W.) : *The Power of Consciousness and the Force of Circumstance in Sartre's Philosophy*. Bloomington : Indiana University Press, 1989.

CANNON (Betty) : *Sartre and Psychoanalysis*. Lawrence, KS : University of Kansas Press, 1991. Traduction : *Sartre et la psychanalyse*. P.U.F., 1993.
CAROFIGLIO (Vito) et SEMERARI (Giuseppe), éds : *Jean-Paul Sartre. Teoria, scrittura, impegno*. Bari : Edizioni del Sud, 1985.
CATALANO (Joseph S.) : *A Commentary of Jean-Paul Sartre's « Critique of the Dialectical Reason »*. Chicago : University of Chicago Press, 1986.
CHARMÉ (Stuart Z.) : *Meaning and Myth in the Studies of Lives. A Sartrean Perspective*. Philadelphia : University of Pennsylvania Press, 1984.
— *Vulgarity and Authenticity : Dimensions of Otherness in the World of Jean-Paul Sartre*. Amherst : University of Massachusetts Press, 1991.
COHEN-SOLAL (Annie) : *Sartre, 1905-1980*. Gallimard, 1985. Le Livre de poche, 1999.
— *Album Pléiade Sartre*. Gallimard, 1991.

COLOMBEL (Jeannette) : *Jean-Paul Sartre. I/ Un homme en situations. II/ Une œuvre aux mille têtes.* Le Livre de poche, 1985-1986 ; en un volume, 2000.

CUMMING (Robert D.) : *Phenomenology and Deconstruction,* vol. 2 : *Method and Imagination.* Chicago : University of Chicago Press, 1992.

DAMAST (Thomas) : *Jean-Paul Sartre und das Problem des Idealismus. Eine Untersuchung zur Einleitung in* L'Être et le Néant. Berlin : Akademie Verlag, 1994.

DAVIES (Howard) : *Sartre and « Les Temps modernes ».* Cambridge University Press, 1987.

DEGUY (Jacques) : *« La Nausée » de Jean-Paul Sartre.* Gallimard, « Foliothèque » n° 28, 1993.

DETMER (David) : *Freedom as Value.* La Salle, IL : Open Court, 1988.

DOBSON (Andrew) : *Jean-Paul Sartre and the Politics of Reason.* Cambridge : Cambridge University Press, 1993.

DORNBERG (Martin) : *Gewalt und Subjekt.* Würzburg : Königshausen und Neumann, 1989.

DOUBROVSKY (Serge) : *Autobiographiques : De Corneille à Sartre.* P.U.F., 1988 ; 2000. [Trois textes sur Sartre, dont deux sur *La Nausée,* p. 81-167]

EAKIN (John Paul) : *Fictions in Autobiography.* Princeton : Princeton University Press, 1985 (« Sartre, the Boy who wanted to be a Book »).

FAUCONNIER (Bernard) : *L'Être et le Géant.* R. Desforges, 1989 ; Éd. des Syrtes, 2000. [Sartre et De Gaulle]

FLYNN (Thomas R.) : *Sartre and Marxist Existentialism.* Chicago and London : University of Chicago Press, 1984.

FULLBROOK (Kate) et FULLBROOK (Edward) : *Simone de Beauvoir and Jean-Paul Sartre.* New York : BasicBooks, 1994.

GALSTER (Ingrid) : *Le Théâtre de Jean-Paul Sartre devant ses premiers critiques.* Tübingen et Paris : Gunter Narr/Jean-Michel Place, 1986 ; L'Harmattan, 2001.

GERASSI (John) : *Jean-Paul Sartre : Hated Conscience of His Century,* vol. 1. Chicago : University of Chicago Press, 1989. Traduction française : *Sartre, conscience haïe de son siècle.* Monaco : Éd. du Rocher, 1992.

GOLDTHORPE (Rhiannon) : *La Nausée.* Londres : Harper Collins, 1991.

GORDON (Haim) et GORDON (Rivca) : *Sartre and Evil : Guidelines for a Struggle.* Westport, CT : Greenwood Press, 1995.

GORDON (Lewis Ricardo) : *Bad Faith and Antiblack Racism.* Atlantic Highlands, NJ : Humanities press, 1995.

HARTH (Hélène) et ROLOFF (Volker), éds : *Literarische Diskurse des Existentialismus.* Tübingen : Stauffenberg Verlag, 1986.

HARVEY (Robert) : *Search for a Father. Sartre, Paternity and the Question of Ethics.* Ann Arbor : University of Michigan Press, 1992.

HAYMAN (Ronald) : *Writing Against. A Biography of Sartre.* London : Weidenfeld and Nicolson, 1986.

HENDLEY (Steve) : *Reason and Relativism.* Albany : State University of New York Press, 1991.

HENGELBROCK (Jürgen) : *Jean-Paul Sartre. Freiheit als Notwendigkeit.* Freiburg : Karl Alber, 1989.

HOLLIER (Denis) : *Politique de la prose. Jean-Paul Sartre et l'an quarante.*
    Gallimard, 1982. Traduction américaine, 1986.
HOWELLS (Christina) : *Sartre : the Necessity of Freedom.* Cambridge :
    Cambridge University Press, 1988.
— éd. : *The Cambridge Companion to Sartre.* Cambridge : Cambridge
    University Press, 1992 ; 2001.

INVITTO (Giovanni) et MONTANO (Aniello), éds : *Gli scritti postumi di
    Sartre.* Genova : Marietti, 1993.
IRELAND (John) : *Un art déloyal. Le Théâtre de Sartre.* J.-M. Place, 1994.
ISHAKI (Harumi), éd. : [*Sartre, maintenant*]. Tōkyō, 1991.
ISSACHAROFF (Michael) et VILQUIN (Jean-Claude), éds : *Sartre et la
    mise en signe.* Klincksieck. Lexington, KY : French Forum, 1981 ;
    2000.

KAMPS (Walter) : *Bildung in der Perspektive der Sozialphilosophie Jean-Paul
    Sartres.* Frankfurt : Haag & Herchen, 1990.
KAUFMANN (Emil) : *Macht und Arbeit. Jean-Paul Sartre und die europäische
    Neuzeit.* Würsburg : Königshausen und Neumann, 1988.
KNEE (Philip) : *Qui perd gagne. Essai sur Sartre.* Sainte-Foy, Québec :
    Presses de l'Université Laval, 1993.
KÖNIG (Traugott), éd. : *Sartre. Ein Kongress.* Reinbek bei Hamburg :
    Rowohlt, 1988.

LAMBLIN (Bianca) : *Mémoires d'une jeune fille dérangée.* Balland, 1993.
LEAK (Andrew N.) : *The Perverted Consciousness : Sexuality and Sartre.*
    London : Macmillan, 1989.
LEJEUNE (Philippe) : *Moi aussi.* Le Seuil, 1986 (« Les Enfances de
    Sartre », p. 117-163).
LESCH (Walter) : *Imagination und Moral.* Würzburg : Königshausen und
    Neumann, 1989.
LEVY (Benny) : *Le Nom de l'Homme. Dialogue avec Sartre.* Verdier, 1984.
LOUETTE (Jean-François) : *Jean-Paul Sartre.* Hachette, 1993.

MAILLARD (Michel) : *Sartre.* Nathan, 1994.
McBRIDE (William L.) : *Sartre's Political Theory.* Bloomington : Indiana
    University Press, 1991.
McCULLOCH (Gregory) : *Using Sartre : An Analytical Introduction to Early
    Sartrean Themes.* London, New York : Routledge, 1994.
METTLER (Dieter) : *Sartres Baudelaire.* Tübingen : Stauffenburg Verlag,
    1990.
MIETHING (Christoph) : *Saint-Sartre oder der autobiographische Gott.*
    Heidelberg : Carl Winter — Universitäts Verlag, 1983.

NOUDELMANN (François) : *« Huis Clos » et « Les Mouches » de Jean-Paul
    Sartre.* Gallimard, « Foliothèque » n° 30, 1993.

OSTERBERG (Dag) : *Jean-Paul Sartre : filosofi, kunst, politikk, privatliv.*
    Oslo : Gyldendal Norsk, 1993.

PALONEN (Kari) : *Politik als Vereitelung. Die Politikkonzeption in
    J.-P. Sartre* Critique de la raison dialectique. Münster : Thien und
    Wienold, 1992.

REED (Paul) : *Sartre : La Nausée.* London : Grant & Cutler, 1987.

RENAUT (Alain) : *Sartre, le dernier philosophe*. Grasset, 1993 ; Le Livre de poche, 2000.
ROSSUM (Walter von) : *Sich verschreiben : Jean-Paul Sartre 1939-1953*. Frankfurt : Fischer, 1990.
ROUGER (François) : *Le Monde et le Moi : Ontologie et systématique chez le premier Sartre*. Klincksieck, 1986.

SCRIVEN (Michael) : *Sartre and the Media*. London : Macmillan, 1993.
SICARD (Michel) : *Essais sur Sartre. Entretiens avec Sartre (1975-1979)*. Galilée, 1989.
SIEGEL (Liliane) : *La Clandestine*. Maren Sell, 1988.

TERONI (Sandra) : *L'Idea e la Forma*. Venezia : Marsilio Ed., 1988.
TERONI (Sandra) et VANNINI (Andrea), éds : *Sartre e Beauvoir al Cinema*. Firenze : Ed. La Bottega del Cinema, 1989.
THODY (Philip) : *Jean-Paul Sartre*. New York : St Martin's Press, 1992.

VOGT (Erik M.) : *Sartres Wiederholung*. Wien : Passagen, 1994.

WILCOCKS (Robert), éd. : *Critical Essays on Jean-Paul Sartre*. Boston : G. K. Hall, 1988.
WOOD (Philip R.) : *Understanding Jean-Paul Sartre*. Columbia : University of South Carolina Press, 1990.

ZIMMERMANN (Rainer E.), éd. : *Sartre*. Cuxhaven : Junghans, 1989.
— *Das Sartre-Jahrbuch Eins ; Das Sartre-Jahrbuch Zwei*. Münster, 1991.

PRINCIPAUX OUVRAGES PARUS DE 1995 À 2004 :

ARAGÜÉS (Juan Manuel) : *El viaje del Argos. Derivas en los escritos póstumos de J.-P. Sartre*. Zaragoza : Mira Editores, 1995.
ARONSON (Ronald) : *Camus and Sartre. The Story of a Friendship and the Quarrel that Ended it*. Chicago : University of Chicago Press, 2003. Traduction française : Éditions Alvik, 2005.
ASABUKI (Tomiko) : *Vingt-huit jours au Japon avec Jean-Paul Sartre et Simone de Beauvoir (18 septembre-16 octobre 1966)*. L'Asiathèque, 1997.

BEAUVOIR (Simone de) : *Lettres à Nelson Algren. Un amour transatlantique 1947-1964*. Ed. Sylvie Le Bon de Beauvoir. Gallimard, 1997. Le Livre de poche, 1999.
BEAUVOIR (Simone de) & BOST (Jacques-Laurent) : *Correspondance croisée, 1937-1940*. Édition établie par Sylvie Le Bon de Beauvoir. Gallimard, 2004.
BIRCHALL (Ian) : *Sartre and Stalinism*. Oxford, New York : Berghahn Books, 2004.
BLECH (Thomas) : *Bildung als Ereignis des Fremden. Freiheit und Geschichtlichkeit bei Jean-Paul Sartre*. Marburg : Tectum Verlag, 2001.
BLOOM (Harold) : *Jean-Paul Sartre*. Philadelphia : Chelsea House, 2001.
BOULÉ (Jean-pierre) : *Sartre, Self-Formation and Masculinities*. Oxford, New York : Berghahn Books, 2004.
BOURTON (William) : *Sartre : 1905-2005*. Bruxelles : Labor, 2004.
BROCHIER (Jean-Jacques) : *Pour Sartre. Le jour où Sartre refusa le Nobel*. Paris : J.-C. Lattès, 1995.
BURNIER (Michel-Antoine) : *L'Adieu à Sartre suivi du Testament de Sartre* [...]. Plon, 2000.

CABESTAN (Philippe) & TOMES (Arnaud) : *Le Vocabulaire de Sartre.* Ellipses, 2001.

CATALANO (Joseph S.) : *Good Faith and Other Essays : Perspectives on a Sartrean Ethics.* Lanham, MD : Rowman & Littlefield, 1996.

CLÉMENT (Bruno) : *Le Lecteur et son modèle.* P.U.F., 1999.

CONTAT (Michel), éd. : *Pourquoi et comment Sartre a écrit* Les Mots. *Genèse d'une autobiographie.* P.U.F., 1996.

DAWANS (Stéphane) : *Sartre : le spectre de la honte.* Liège : Éditions de l'Université de Liège, 2002.

DE COOREBYTER (Vincent) : *Sartre face à la phénoménologie. Autour de « L'Intentionnalité » et de* La Transcendance de l'ego. Bruxelles : Ousia, diffusion Librairie Vrin, 2000.

DEGUY (Jacques) : *Sartre.* Les Mots. Hatier, 1996 ; 2002.

DEUTSCHER (Max) : *Genre and Void : Looking Back at Sartre and Beauvoir.* Aldershot, Hants/Avebury : Ashgate, 2003.

DRAKE (David) : *Intellectuals and Politics in Post-War France.* Basingstoke : Palgrave, 2001.

FARINA (Gabriella) : *L'alterità : lo sguardo nel pensiero di Sartre.* Roma : Bulzoni, 1998.

FARINA (Gabriella) & TAMASSIA (Paolo), éds : *Immaginari di Sartre. Conversazioni con Michel Sicard.* Roma : Associate Editrice Internationale, 1999.

FARINA (Gabriella) & TOGNONATO (Claudio), éds : *Sartre contro Sartre. Quindici anni dopo.* Bologna-Roma : Edizioni Cosmopoli, 1996.

FLYNN (Thomas R.) : *Sartre, Foucault, and Historical Reason.* Vol. 1 : *Toward an Existentialist Theory of History.* Chicago : University of Chicago Press, 1997.

— *Sartre, Foucault : A Poststructuralist Mapping of History.* Chicago : University of Chicago Press, 2004.

FOURNY (Jean-François) & MINAHEN (Charles D.), éds : *Situating Sartre in Twentieth-Century Thought and Culture.* New York : St Martin's Press, 1997.

FOX (Nik F.) : *The New Sartre. Explorations in Postmodernism.* London : Continuum, 2003.

FRANÇOIS (Damien) : *L'Immédiateté. Anthropologie culturelle critique.* Bern, etc. : Peter Lang, 2000. [Sur Le Sursis]

FULTON (Ann) : *Apostles of Sartre : Existentialism in America, 1945-1963.* Evanston, IL : Northwestern University Press, 1999.

GALSTER (Ingrid) : *Sartre, Vichy et les intellectuels.* L'Harmattan, 2001.

— éd. : *La Naissance du « phénomène Sartre ». Raisons d'un succès 1938-1945.* Le Seuil, 2001.

GILES (James), éd. : *French Existentialism : Consciousness, Ethics, and Relationship with Others.* Amsterdam : Rodopi, 1999.

GIOVANNANGELI (Daniel) : *Le Retard de la conscience : Husserl, Sartre, Derrida.* Bruxelles : Ousia, 2001.

GOEBEL (Eckart) : *Der engagierte Solitär.* Berlin : Akademie-Verlag, 2001.

GORDON (Haim), éd. : *Dictionary of Existentialism.* Westport, CT : Mellen Press, 1999.

GORDON (Haim & Rivca) : *Sartre and Education.* Lewiston, NY : Edwin Mellen Pr., 2001.

— *Sartre's Philosophy and the Challenge of Education.* Lewiston, NY : Edwin Mellen Press, 2001.

GUIGOT (André) : *L'Ontologie politique de Sartre*. Villeneuve d'Ascq : Presses du Septentrion, coll. Thèses à la carte, 2001.
GUTWIRTH (Rudolf) : *La Morale et la pratique politique de Sartre*. Bruxelles : Vubpress, 1997.
— *L'Homme narcissique : Freud, Sartre, Edelman*. Bruxelles : Ousia, 2004.

HABIB (Stéphane) : *La Responsabilité chez Sartre et chez Levinas*. L'Harmattan, 1998.
HACKENESH (Christa) : *Jean-Paul Sartre*. Reinbek/H : Rowohlt, 2001.
HOLM (Helge Vidar) : *Scribo ergo sum : le narrateur-écrivain autodiégétique sartrien*. Stavanger : Adveling for Humanistiske Fag, 1996.
HOWELLS (Christina), éd. : *Sartre*. London : Logman, 1996.
HÜTTMANN (Katharina) : *Der Einfluss André Gides im Werk Jean-Paul Sartres von 1939 bis 1949*. Frankfurt/M : Peter Lang, 2000.

IDT (Geneviève) : « Jean-Paul Sartre : *Les Mots* », dans le volume collectif *L'Écriture de soi. Un thème, trois œuvres*. Belin, 1996.
IMBODEN (Roberta) : *The Church, a Demon Lover : A Sartrean Analysis of an Institution*. Calgary : University of Calgary Press, 1995.
ISHIZAKI (Harumi) & SAWADA (Nao), éds : *L'Héritage de Jean-Paul Sartre : vingt ans après sa mort*. Tōkyō : Éditions de l'Université Aoyamagakuin, 2001.

KAMPITS (Peter) : *Jean-Paul Sartre*. München : C.H. Beck, 2004.
KIRCHMAYER (Raoul) : *Il circulo interroto. Figure del dono in Mauss, Sartre e Lacan*. Trieste : ÉHT, 2002.
KLOCKARS (Kristian) : *Sartre's Anthropology as a Hermeneutics of Praxis*. Aldershot, Hants/Avebury & Brookfield, VT : Ashgate, 1998.
KNOPP (Peter) & WROBLEWSKY (Vincent von), éds : *Existentialismus heute*. Frankfurt/M : Philo-Verlagsgesellschaft, 1999 ; *idem, Carnets sartriens*, 5 volumes, Berlin, 2000-2004.
KRISTEVA (Julia) : *La Révolte intime*. Fayard, 1997.
— *Au commencement était l'amour* [...] suivi de *À propos de l'athéisme de Sartre*. Le Livre de poche, 1997.

LAMOUCHI (Nourredine) : *Jean-Paul Sartre et le Tiers Monde*. L'Harmattan, 1996.
— *Un maître-préfacier : Jean-Paul Sartre et l'autre colonisé*. Tunis : Cérès Éditions, 2002.
LAYCOCK (Steven W.) : *Nothingness and Emptiness. A Buddhist Engagement with the Ontology of Jean-Paul Sartre*. Albany, NY : SUNY Press, 2001.
LEMIÈRE (Vincent) : *La Conception sartrienne de l'enfant*. L'Harmattan, 1999.
LEVY (Neil M.) : *Being Up-to-date : Foucault, Sartre, and Postmodernity*. New York : Peter Lang, 2000.
— *Sartre*. Oxford : Oneworld Publications, 2002.
LÉVY (Bernard-Henri) : *Le Siècle de Sartre*. Grasset, 2000, Biblio-Essais, 2002. Voir *Bulletin du Groupe d'Études Sartriennes*, n° 14, 2000, p. 79-125, pour la réception de ce volume.
LINSENBARD (Gail) : *An Investigation of Jean-Paul Sartre's Posthumously Published Notebooks for an Ethics*. Lewiston, NY : Edwin Mellen Press, 2000.
LOUETTE (Jean-François) : *Sartre contra Nietzsche (Les Mouches, Huis Clos, Les Mots)*. Grenoble : Presses Universitaires de Grenoble, 1996.

— *Silences de Sartre.* Toulouse : Presses Universitaires du Mirail, 1995 ; 2002.

LOVINY (Christophe), éd., textes de Bonal (Gérard) et Ribowska (Malka) : *Simone de Beauvoir.* Seuil/Jazz Éditions, 2001.

MARTIN (Bill) : *The Radical Project : Sartrean Investigations.* Lanham, MD : Rowman & Littlefield, 2000.

MARTIN (Thomas) : *Oppression and the Human Condition : An Introduction to Sartrean Existentialism.* Lanham, MD : Rowman & Littlefield, 2002.

McBRIDE (William Leon), éd. & introductions : *Sartre and Existentialism,* 8 volumes, New York : Garland, 1997.

MELETTI BERTOLINI (Maria) : *La Conversione all'autenticità : saggio sulla morale di J.-P. Sartre.* Milano : F. Angeli ; Parma : Dipartimento di filosofia, Univ. di Pavia, 2000.

MÖBUSS (Suzanne) : *Sartre.* Freiburg : Heider, 2000.

MONTEIL (Claudine) : *Les Amants de la liberté : l'aventure de Jean-Paul Sartre et Simone de Beauvoir dans le siècle.* Éditions 1, 1999.

MOREAU (Jean-Luc) : *Le Paris de Jean-Paul Sartre et Simone de Beauvoir.* Éditions du Chêne, 2001.

MOUILLIE (Jean-Marc) : *Sartre : conscience, ego, psyché.* P.U.F., 2000.

— éd., *Sartre et la phénoménologie.* Fontenay/Saint-Cloud : Presses de l'ENS, 2000.

MULATRIS (Paulin K.) : *Désir, sens et signification chez Sartre.* L'Harmattan, 1999.

MURPHY (Julien S.), éd. : *Feminist Interpretations of Jean-Paul Sartre.* University Park, PA : University of Pennsylvania Press, 1999.

NEPPI (Enzo) : *Le Babil et la caresse : Pensée du maternel chez Sartre.* New York : Peter Lang, 1995.

NEVEU (Franck) : *Études sur l'apposition. Aspect du détachement nominal et adjectival en français contemporain dans un corpus de textes de J.-P. Sartre.* H. Champion, 1998.

NOUDELMANN (François) : *Sartre : L'Incarnation imaginaire.* L'Harmattan, 1996.

OLSCHANSKI (Reinhard) : *Phänomenologie der Missachtung. Studien zum Intersubjektivitätsdenken Jean-Paul Sartres.* Bodenheim : Syndikat, 1997.

PÉREZ LINDO (Augusto) : *Acción y inercia social. En el existencialismo de Jean-Paul Sartre.* Buenos Aires : Beatriz Geremen-Ediciones del Signo, 2001.

PETIT (Philippe) : *La Cause de Sartre.* P.U.F., 2000.

PHILIPPE (Gilles) : *Le Discours en soi. La Représentation du discours intérieur dans les romans de Sartre.* Honoré Champion, 1996.

POISSON (Catherine) : *Sartre et Beauvoir : du je au nous.* Amsterdam/New York : Rodopi Press, 2002.

POULETTE (Claude) : *Jean-Paul Sartre aux prises avec son enfance […].* Villeneuve d'Ascq : Presses Universitaires du Septentrion, coll. Thèses à la carte, 2001.

— *Sartre ou les aventures du sujet.* L'Harmattan, 2001.

RADEMACHER (Lee M.) : *Structuralism vs. Humanism in the Formation of the Political Self : the Philosophy of Politics of Jean-Paul Sartre and Louis Althusser.* Lewiston, NY : Edward Mellen Press, 2002.

RAJAN (Tilottama) : *Deconstruction and the Remainders of Phenomenology : Sartre, Derrida, Foucault, Baudrillard*. Stanford : Stanford University Press, 2002.

REGNAULT (François) : *Sartre et Lacan. Le Verbe être : entre concept et fantasme*. L'Harmattan, 2003.

RINGER (Loren) : *Saint Genet Decanonized*. Amsterdam : Rodopi, 2001.

RISSET (Jacqueline), éd. : *Bataille-Sartre, un dialogo incompiuto*. Roma : Artemide Ed., 2002.

RIZK (Hadi) : *La Constitution de l'être social. Le statut ontololgique du collectif dans la* Critique de la raison dialectique. Kimé, 1997.

ROEDIG (Andrea) : *Foucault und Sartre : Die Kritik des modernen Denkens*. Freiburg/B, München : Alber, 1997.

ROMANO (Luis Antonio Contatori) : *A Passagem de Sartre e Simone de Beauvoir pelo Brasil em 1960*. Campinas, Brésil : Mercado de Letras/ FAPESP, 2002.

SALZMANN (Yvan) : *Sartre et l'authenticité*. Genève : Labor & Fides, 2000.

SANTONI (Ronald E.) : *Bad Faith, Good Faith, and Authenticity in Sartre's Early Philosophy*. Philadelphia : Temple University Press, 1995.

— *Sartre on Violence : Curiously Ambivalent*. University Park : Penn State University Press, 2003.

SCANZIO (Fabrizio) : *Sartre et la morale, 1937-1952*. Napoli : Vivarium, 2000.

SCHÖNWALDER-KUNTZE (Tatjana) : *Authentische Freiheit : zur Begründung einer Ethic nach Sartre*. Frankfurt/M : Campus, 2001.

SCHUMACHER (Bernard N.), éd. : *Jean-Paul Sartre*. Das Sein und das Nichts. Berlin : Akademie Verlag, 2003.

SCRIVEN (Michael) : *Jean-Paul Sartre. Politics and Culture in Post-War France*. Basingstoke : MacMillan, 1999. Traduction française, 2001.

SILVESTER (Rosalind) : *Seeking Sartre's Style*. [Sur Les Chemins de la liberté]. Lampeter, Wales : Edwin Mellen Press, 2003.

SIMONT (Juliette) : *Jean-Paul Sartre : un demi-siècle de liberté*. Bruxelles : De Boeck Université, 1998.

— éd. : *Écrits posthumes de Sartre, II*. Vrin, Annales de l'Institut de philosophie de l'Université de Bruxelles, 2001.

SIRINELLI (Jean-François) : *Deux intellectuels dans le siècle, Sartre et Aron*. Fayard, 1995 ; Hachette Pluriel, 1999.

SPRINTZEN (David A.) & VAN DEN HOVEN (Adrian), éds : *Sartre and Camus, A Historic Confrontation*. Amherst, NY : Prometheus Books, 2003.

SPURK (Jan) : *Bastarde und Verräter. Jean-Paul Sartre und die französischen Intellektuellen*. Bodenheim : Syndikat Frankfurter Buchgesellschaft, 1998.

STEWART (Jon), éd. : *Debate between Sartre and Merleau-Ponty*. Evanston, IL : Northwestern University Press, 1998.

SUBACCHI (Martina) : *Bergson, Heidegger, Sartre : il problema della negazione della nulla*. Firenze : Firenze Atheneum, 2002.

SUBRA (Leena) : *A Portrait of the Political Agent in Jean-Paul Sartre*. Jyväskylä : University of Jyväskylä Publications, 1997.

TAMASSIA (Paolo) : *Politiche della scrittura. Sartre nel dibattito francese del novecento su letteratura e politica*. Milano : Francoangeli, 2001.

TÖLLNER (Uwe) : *Sartres Ontologie und die Frage einer Ethikx*. Frankfurt/M : Peter Lang, 1996.

VAN ROSSUM (Walter) : _Simone de Beauvoir und Jean-Paul Sartre. Die Kunst der Nähe_. Berlin, 1998.

VASALLO (Sara) : _Sartre et Lacan. Le Verbe être : entre concept et fantasme_. L'Harmattan, 2003.

WICKERS (Olivier) : _Trois aventures extraordinaires de Jean-Paul Sartre_. Gallimard, 2000.

WIDER (Kathleen V.) : _The Bodily Nature of Consciousness : Sartre and Contemporary Philosophy of Mind_. Ithaca, NY : Cornell University Press, 1997.

WILDENBURG (Dorothea) : _Ist der Existentialismus ein Idealismus ? [Sartre und Fichte]_. Amsterdam : Rodopi, 2003.

— _Jean-Paul Sartre_. Frankfurt/M : Campus, 2004.

WINOCK (Michel) : « Les années Sartre », dans son volume _Le Siècle des intellectuels_. Seuil, 1997. Édition de poche, 1999.

WITTMANN (Heiner) : _Sartre und die Kunst_. Tübingen : Gunter Narr, 1996. Traduction : _L'Esthétique de Sartre_. L'Harmattan, 2001.

WORMSER (Gérard) : _Sartre_. Armand Colin, 1999.

ZURRO (Ma. del Rosario) : _Sartre : pensar contra si mismo ?_ Valladolid : Universidad de Valladolid, 2002.

PRINCIPAUX OUVRAGES PARUS DE 2005 À 2009 :

2005, année du centenaire de la naissance de Sartre, a été marquée par un très grand nombre d'activités sartriennes : une exposition à la Bibliothèque nationale de France, près de 50 colloques, et aussi la publication d'une centaine de volumes et numéros spéciaux de revues. Parmi ces derniers, relevons : _Aden, Bollettino Studi Sartriani, Cahiers d'Études lévinassiennes, Cités_, nº 22, _Concordia_, nº 39 et 48, _Daimon_ (Grèce), nº 35, _Espace & Liberté_, nº 334, _L'Histoire_, nº 295, _Impulso_ (Sao Paulo), nº 44, _Journal of Romance Studies, Micromegas_, nº 6, _Philosophy Now_, nº 53, _Le Portique_, nº 16, _Il Portolano_, nº A11, _La Règle du jeu_, nº 27, _La Revue internationale de philosophie_, nº 231, _Rue Descartes_, nº 47, _Segni e Comprensione_, nº 54, _Les Temps modernes, Varijk_ (Turquie)... Un bon nombre de manuscrits inédits importants ont été publiés dans _Les Temps modernes_ et dans _Études sartriennes_. On peut consulter à ce sujet _L'Année sartrienne_ et le site jpsartre.org

Sartre (Jean-Paul) : _Théâtre complet_. Dirigé par Michel Contat. Gallimard, Bibl. de la Pléiade, 2005. — _Typhus_, scénario inédit. Gallimard, 2007.

Sartre (Jean-Paul) : Une série de traductions sont parues en Italie : _Autoritratto a sessenti anni & Simone de Beauvoir interroga Sartre sul feminismo, Le Troiane. La mia autobiografia in un film, Tintoretto, o il sequestrato di Venezia, Visita a Cuba, Bariona_, etc.

BARBARAS (Renaud), éd. et intro. : _Sartre, désir et liberté_. P.U.F., 2005.

BAROT (Emmanuel) : _Le Devenir de l'être social_. L'Harmattan, 2005.

BAROU (Jean-Pierre) : _Sartre, le temps des révoltes_. Stock, 2006.

BAUER (George H.) : _Sartre et l'artiste_. Traduction par Sophie Astier-Vezon d'un ouvrage paru en 1969. Sans lieu, 2008.

BEAUVOIR (Simone de) : _Cahiers de jeunesse 1926-1930_. Éd. et intro. : Sylvie Le Bon de Beauvoir, Gallimard, 2008.

BEDORF (Thomas) et CREMONINI (Andreas), éds : *Levinas und Sartre.* München : Wilhelm Fink, 2005.

BERNASCONI (Robert) : *How to Read Sartre.* New York : Granta, 2007.

BERNE (Mauricette), éd. : *Sartre. Catalogue de l'exposition à la BNF.* Bibliothèque nationale de France/Gallimard, 2005.

BISHOP (Tom) et GIRARD (Coralie), éds : *Situating/Situation de Sartre 2005.* New York University, 2007.

BREEUR (Roland) : *Autour de Sartre. La conscience mise à nu.* Grenoble : Éditions Jérôme Millon, 2005.

BÜRGER (Philip) : *Sartre. Eine Philosophie des Als-ob.* Suhrkamp : 2007.

BURNIER (Michel-Antoine) et CONTAT (Michel) : *Sartre, roman.* Grasset, 2006.

CABESTAN (Philippe) : *L'Être et la Conscience. Recherches sur la psychologie et l'ontophénoménologie sartriennes.* Bruxelles : Ousia, 2005.

CAEYMAEIX (Florence) : *Sartre, Merleau-Ponty, Bergson. Les phénoménologues français et leur héritage bergsonien.* Zurich : Olms Verlag, 2005.

CARNEY (John) : *Rethinking Sartre : A Political Reading.* University Press of America, 2007.

CASSEVILLE (Caroline) : *Mauriac et Sartre : le roman et la liberté.* Le Bouscat, Grenoble : L'Esprit du temps, 2006.

CHÂTEAU (Dominique) : *Sartre et le cinéma.* Séguier, 2005.

COHEN-SOLAL (Annie) : *Sartre, un penseur pour le XXIᵉ siècle,* Gallimard, coll. La Découverte, 2005.

CONTAT (Michel) : *Pour Sartre.* P.U.F., 2008.

— *Sartre : L'invention de la liberté.* Textuel, 2005.

— éd. : *Sartre.* Bayard, 2005 ; Bruxelles : Ousia, 2005.

COOMBES (Sam) : *The Early Sartre and Marxism.* Oxford, etc. : Peter Lang, 2008.

CORNILLE (Jean-Louis) : *Nauséographie de Sartre.* L'Harmattan, 2007.

COX (Gary) : *The Sartre Dictionary.* New York, London : Continuum, 2008.

DAIGLE (Christine) : *Le nihilisme est-il un humanisme ? Étude sur Nietzsche et Sartre.* Presses de l'Univ. Laval, 2005.

DAIGLE (Christine) et GOLOMB (Jacob), éds : *Beauvoir and Sartre : The Riddle of Influence.* Bloomington : Indiana University Press, 2009.

DARNELL (Michelle R.) : *Self in the Theoretical Writings of Sartre and Kant : A Revisionist Study.* Lewiston/Queenston/Lampeter : Edwin Mellen Press, 2005.

DETMER (David) : *Sartre Explained.* La Salle, IL : Open Court, 2008.

DRAKE (David) : *Sartre.* London : Haus Pub., coll. Life and Times, 2005.

GALSTER (Ingrid), éd. et intro. : *Sartre devant la presse d'Occupation. Le dossier critique des* Mouches *et* Huis clos. Rennes : Presses univ. de Rennes, 2005.

— éd. et intro. : *Sartre et les juifs.* Actes du colloque de Paris, 19-20 juin 2003. La Découverte, 2005.

GAUDEAUX (Jean-François) : *Sartre/Merleau-Ponty, le dialogue inachevé.* La Transparence, 2005.

— *Sartre, l'aventure de l'engagement.* L'Harmattan, 2006.

GOMEZ-MULLER (Alfredo) : *Sartre : de la nausée à l'engagement,* éd. du Félin, 2005.

— éd. : *Sartre et la culture de l'autre.* L'Harmattan, 2006.
GRELL (Isabelle) : *« Les Chemins de la liberté » de Sartre : genèse et écriture (1938-1952).* Bern, etc. : Peter Lang, 2005.
GUIGOT (André) : *Sartre.* Vrin, 2007.

HACKENESH (Christa), éd. : *Jean-Paul Sartre : Ein Lesebuch mit Bilder.* Rowohlt, 2005.
HUGLO (Pierre-André) : *Sartre : Questions de méthode.* L'Harmattan, 2005.

JUDAKEN (Jonathan) : *Jean-Paul Sartre and the Jewish Question.* Lincoln & London : Univ. of Nebraska Press, 2006.

KREMER-MARIETTI (Angèle) : *Jean-Paul Sartre et le désir d'être.* L'Harmattan, 2005 [*L'Être et le Néant*].

LALLEMENT (Bernard) : *Sartre, l'improbable salaud.* Le Cherche-Midi, 2005.
LANZMANN (Claude) : *Le Lièvre de Patagonie.* Gallimard, 2009.
LEAK (Andrew N.) : *Jean-Paul Sartre.* London : Reaktion, 2006.
LEFORT (Bernard) : *Sartre, réveille-toi, ils sont devenus mous.* Ramsay, 2005.
LÉVY (Benny) : *La Cérémonie de la naissance : lectures de Sartre.* Lagrasse, Aude : Verdier, 2005.
— *Pouvoir et Liberté.* Éd. Gilles Hanus. Lagrasse : Verdier, 2007.

MENU (André) : *Sartre, une chance pour les sciences humaines.* Connaissances et Savoirs, 2007.
MONNIN (Nathalie) : *Sartre.* Belles Lettres, coll. Figures du Savoir, 2008.
MOREAU (Jean-Luc) : *Sartre, voyageur sans billet.* Fayard, 2005.
MORRIS (Katherine J.) : *Sartre.* Oxford : Blackwell, 2008.
MÜNSTER (Arno) : *Sartre et la praxis.* L'Harmattan, 2005.

NOUDELMANN (François) : *Le Toucher des philosophes.* Gallimard, 2009.

QUINTILIANO (Deise) : *Sartre : Philia e autobiografia.* Rio de Janeiro : 2005.

RECHERCHES & TRAVAUX, n° 71, 2007. *L'Idiot de la famille de Jean-Paul Sartre.*
REISMAN (David) : *Sartre's Phenomenology.* London : Continuum, 2007.
ROWLEY (Hazel) : *Tête à Tête. Simone de Beauvoir and Jean-Paul Sartre.* New York : HarperCollins, 2005. Traduction française, Grasset, 2006.

SALLENAVE (Danièle) : *Castor de guerre.* Gallimard, 2008.

VERSTRAETEN (Pierre) : *L'Anti-Aron.* Éd. La Différence, 2008.

WEBBER (Jonathan) : *The Existentialism of Jean-Paul Sartre.* London : Routledge, 2009.
WORMSER (Gérard), éd. et intro. : *Jean-Paul Sartre, du mythe à l'histoire.*
— *Jean-Paul Sartre, violence et éthique.* Lyon : [Sens] [Public], 2005.
WROBLEWSKY (Vincent von), éd. et intro. : *Pourquoi Sartre. Pourquoi Sartre ?.* Latresne-Bordeaux : Le Bord de l'eau, 2005. Traduction en allemand, 2009.

ZHANG (Chi) : *Sartre en Chine (1939-1976)*. Éd. Le Manuscrit, 2007.
ZHENG (Yiwey) : *Ontology and Ethics in Sartre's Early Philosophy*. Lanham,
MD : Lexington Books, 2005.

Mars 2009.

TABLE

Les Chemins de la liberté

Table 2189

Appendices

Ce volume, portant le numéro
deux cent quatre-vingt-quinze
de la « Bibliothèque de la Pléiade »
publiée aux Éditions Gallimard,
a été achevé d'imprimer
sur Bible des Papeteries Bolloré Thin Papers
le 7 septembre 2018
par Normandie Roto Impression s.a.s.
à Lonrai,
et relié en pleine peau,
dorée à l'or fin 23 carats,
par Babouot à Lagny.

ISBN : 978-2-07-011002-5.
N° d'édition : 343834. – N° d'impression : 1802644.
Dépôt légal : septembre 2018.
Premier dépôt légal : 1981.
Imprimé en France.